目（罒）　四四　六六〇
矛　四五　六七五
矢　四五　六七五
石　四五　六七九
示（礻）　四五　六八二
禸　四六　六八六
禾　四六　六九〇
穴　四六　六九七
立　四七　七〇三

六畫

竹　四七　七〇四
米　四七　七一〇
糸（糹）　四七　七一四
缶　四八　七二七
网（罒）　四八　七二七
羊（⺶）　四八　七三〇
羽　四九　七三五
老　四九　七三八
而　四九　七四一
耳　四九　七四一
聿　五〇　七四九
肉（月）　五〇　七四九
臣　五〇　七五九
自　五〇　七六一
至　五一　七七一
臼（臼）　五一　七七一
舌　五一　七七六
舛　五一　七七[illegible]
舟　五一　七七七
艮　五一　七七八
色　五二　七七九
艸（艹）　五二　七七九
虍　五三　八〇〇
虫　五三　八〇四
血　五三　八〇六
行　五三　八〇八
衣（衤）　五四　八一〇
西（覀、襾）　五四　八一六

七畫

見　五四　八一七
角　五四　八二二
言　五四　八二三
谷　五五　八三九
豆　[illegible]　八三九
[illegible]　八四〇
[illegible]
[illegible]
[illegible]
走　[illegible]
足　[illegible]
身　[illegible]
車　[illegible]
辛　[illegible]　[illegible]四
辵（⻌）　五七　八六五
邑（阝右）　五八　八八二
酉　五八　八八三
里　五九　八八六

八畫

金　五九　八八九
長　六〇　九〇一
門　六〇　九〇四
阜（阝左）　六〇　九〇九
隹　六一　九一六
雨　六一　九二四
青　六一　九二八
非　六二　九三〇

九畫

[illegible]　六二　九三一
[illegible]　六二　九三四
[illegible]　六二　九三四
音　六二　九三五
頁　六二　九三五
風　六二　九四一
飛　六三　九四七
食（飠）　六三　九四八
首　六三　九五四
香　六三　九五五

十畫

馬　六三　九五五
骨　六四　九六一
高　六四　九六二
髟　六四　九六五
鬥　六四　九六五
鬯　六四　九六六
鬼　六四　九六六

十一畫

魚　六四　九六七
鳥　六四　九六九
鹵　六五　九七四
鹿　六五　九七四
麻　六五　九七四

十二畫

黃　六五　九七五
黍　六五　九七六
黑　六五　九七六

十三畫

黽　六五　九七八
鼎　六五　九七八
鼓　六五　九七八
鼠　六五　九七九

十四畫

鼻　六五　九七九
齊　六五　九七九

十五畫

齒　六五　九八〇

十六畫

龍　六五　九八一
龜　六五　九八三

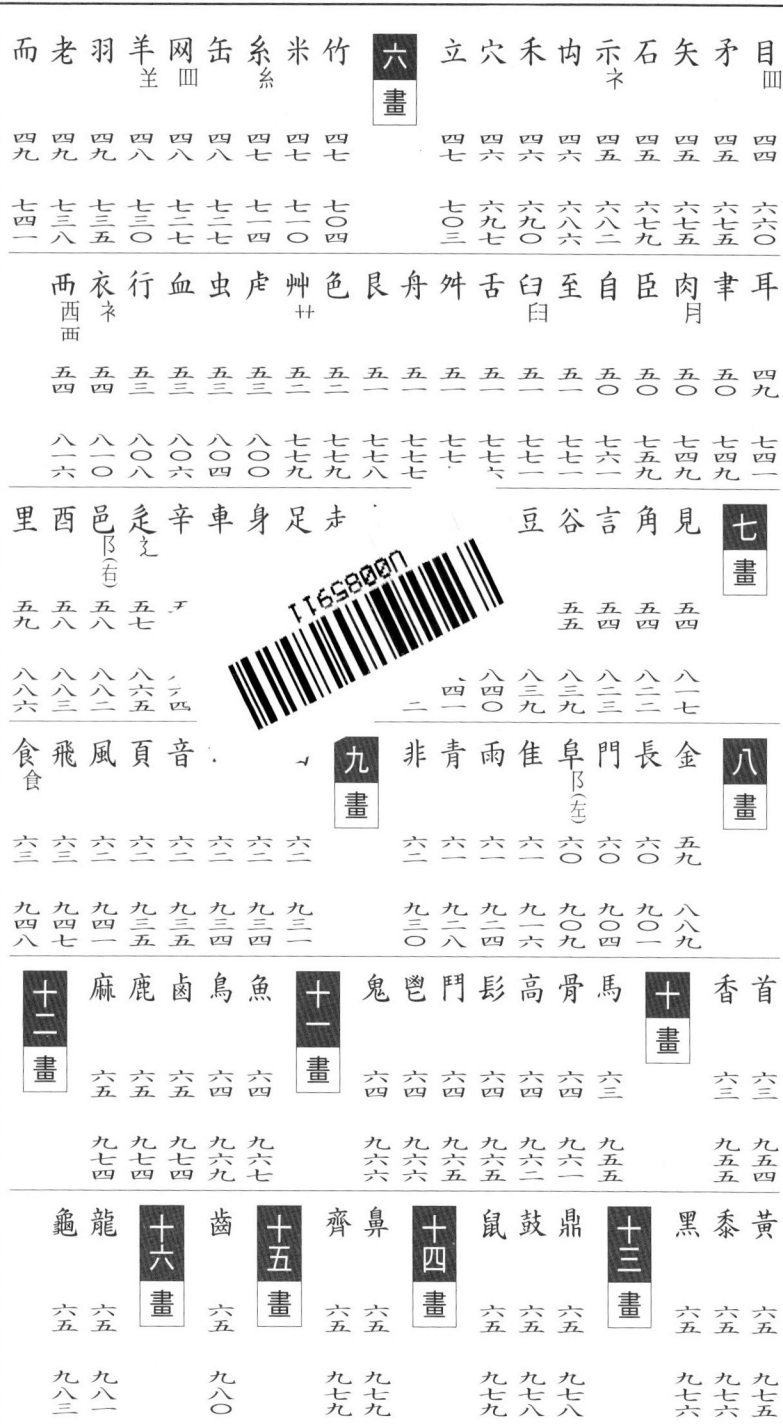

國家圖書館出版品預行編目資料

成語典／三民書局成語典編纂委員會編纂. ——增訂四版三刷. ——臺北市：三民，2023
面； 公分
含索引

ISBN 978-957-14-7272-0（精裝）
1. 漢語詞典 2. 成語

802.35 110013105

成語典

編纂者	三民書局成語典編纂委員會
發行人	劉振強
出版者	三民書局股份有限公司
地址	臺北市復興北路 386 號 (復北門市) 臺北市重慶南路一段 61 號 (重南門市)
電話	(02)25006600
網址	三民網路書店 https://www.sanmin.com.tw
出版日期	增訂四版三刷 2023 年 8 月
書籍編號	S805211
ISBN	978-957-14-7272-0

成語典

編纂委員

主　編：

侯迺慧　臺北大學中文系教授

編　撰：

孟慶玲　邱素雲
陳惠豐　吳美玉
莊淮芬　廖翠華
王媛蘭　王韻芳
歐陽增梁　詹吉翔
袁煥錦

編　輯：

邱垂邦　劉培育
鄭兆婷　康培筠
楊逸竹

三民書局

增訂四版前言

成語具備獨特的生命力以及普遍的功用性。三千年前詩經中的「窈窕淑女」、「宜室宜家」、「投桃報李」、「未雨綢繆」、「同仇敵愾」……，至今仍被使用於日常表情達意的用語中，於此可見一斑。編纂一本實用、好用的中型成語辭典，為此一獨特珍貴的成語文化略盡綿薄，一直是敝局努力的目標；持續完善本成語辭典，則是我們不斷在進行的工作。

此次增訂編輯部考量有助學子與一般讀者增進成語能力，除收錄近年來大考中出現的成語，再精挑細揀增錄了百餘則成語，挑選過程難免有遺珠之憾，但以中型成語辭典而言，本辭典所錄的成語總數已逾七千四百則，所收詞條的普遍性、常用性，對於日常使用應當已經足夠。當然，值得再收錄進來的，未來我們仍會持續努力收集，以豐富本辭書的成語陣容。

如果說收錄詞條的數量與質量是一本成語辭典的主幹，那麼使這棵大樹枝繁葉茂、花果繁盛的，便是如何編輯與撰述。透過解釋、語源、辨析、例句、近反義詞等體例的編撰，以及解釋、例句等文字敘述的明白易懂與貼近生活，我們期許這本成語辭典，不僅資料豐富正確實用，便於隨時查閱檢索，而且具有可閱讀性。

所謂可閱讀性，就是除了便利檢索的工具書功能外，它還是讀者喜於逐頁閱讀的案頭書，能在逐字閱讀中吸收成語知識。在電腦、網路與智慧手機逐漸取代傳統產業與產品之際，工具書的出版與推廣顯得無比艱困。但一指習得的資訊，固然即時便利，卻往往良莠不齊，泥沙俱下，而且缺乏系統性的學習架構。想要增進成語知識與能力，除了勤讀累積之外，擁有一本好的工具書，更是不可或缺。

除了使收錄的詞條更加齊備，分類成語表越加完善，同時不斷精進編撰的文字與內容，使其更具有可閱讀性，這些無不是歷次增訂的重點工作。期望這是一本讓讀者實用的成語典，更是一本讓讀者喜用的成語典。我們會持續努力，敬祈讀者不吝賜教。

三民書局成語典編纂委員會　謹誌

二〇二一年八月

主編序

成語的使用向來是語文學習中相當重要的一環，因為它具有多方面的功能效益。首先，成語以簡潔扼要的文字傳達了豐富的意涵，使語文的運用達到最好的經濟效益，並且具有畫龍點睛之妙。其次，許多成語源於歷史典故，引用時不但可使文句更形趣味生動，還能在完成表意的同時，開展出更寬廣的時空想像。再次，成語的使用往往也是文化涵養的一種表現，尤其中國歷史傳統悠久，文化豐富深厚，長期積累的成語也充滿了民族的智慧，在寥寥數字中往往蘊含了深刻的人生體會，這便使得語言文字的表意更加雋永而耐人尋味。此外，成語從形成到被普遍使用，期間經歷了約定俗成的階段，

可以說是大眾認可與不斷制約之後的產物。有這樣的共通心理作為基礎，成語在運用時，便較之一般的語言文字更容易達到表意溝通，引起共鳴，廣被接受的目的。因此，正確生動地使用成語便成了語文學習中相當重要的課題，而一本好的成語辭典則是這個課題中不可或缺的重要工具。

然而，一本好的成語辭典必須具備哪些條件呢？我們認為至少需具備以下六點：一、需有精確明晰的解釋，使讀者輕鬆、如實地了解成語的意涵。二、對於語源出處應有簡要的介紹，使讀者一方面學習歷史典故與文化知識，同時也能了解成語生成的具體情境和原意。三、需有妥切鮮活的例句。成語的使用有其約定俗成的習慣，不能以想當然耳的方式隨興套用，而且成語在衍化的過程中，有時候會有多層意涵，所以妥切的例句示範才能使讀者得到完整切當的認知。四、對於一些容易被誤用的成語必須特別說明、澄清，建立精確的成語使用文化。五、收錄齊全而實用的詞條，讓成語的使用者與聆聽者（閱讀者）在遇到疑義時，能夠從辭典中得到解惑。六、簡單而便利的

檢索系統，這是任何一部工具書必須具備的，也是辭典能發揮功用的重要鎖鑰。

三民書局成語典的編撰即依循上述的原則，不但廣為收錄六千多則詞條，其豐富性遠遠超越坊間的諸多成語典，可算是目前最實用而齊全的一部；而且每一則成語的解釋都力求明晰精確；語源出處的徵引能確實精要地再現典故的情境和精神，並經過仔細查證，不以訛傳訛；每則成語並依照其用法提供精準生動的例句示範；此外，有近義、反義兩個項目，讓使用者可以同時把握多組正、反義的成語，在語文的運用上得以左右逢源；更重要的是在辨析部分，本辭典根據成語容易誤讀、誤用的情形特別提出解說與更正。例如時下很多人直接使用「無時無刻」一詞而忘了在後面加上「不」字連用，致使某銀行信用卡廣告出現「無時無刻最高保障」的驚人標語，其效果適與原意背道而馳。其他像「不能自已」寫成「不能自己」、「暴殄（ㄊㄧㄢˇ）天物」唸成「暴殄（ㄓㄣˇ）天物」等，諸如此類，本辭典均予以點明辨析。

最後，本辭典採用三種檢索系統，讀者可依個人習慣或不同情況選用不同的查索方法，迅速有效地達成查檢工作。綜上可知，本辭典在編撰上已力求趨近於理想與實用，也期待讀者不吝賜予指教，使其更臻於完美。

侯迺慧 謹識

二〇〇五年三月十五日

編輯凡例

壹　編輯宗旨

本辭典之編輯，在以精確明晰的解釋，簡要的語源說明，鮮活的用法舉例，以及便利的檢索等，提供各級教師、學生和社會大眾一本內容豐富而實用的成語工具書。

貳　條目的收錄與編排

一、條目的收錄以齊全和實用為原則，共收詞條七四一〇則，以四字成語為主，兼及一般常用之格言、諺語、俗語和歇後語等。除兩岸三地相關詞書收錄者外，

歷年來各版本中小學教科書出現之成語，亦廣為收錄。

二、條目之編排依首字部首和部首外筆畫為序。首字相同者，依條目之字數由少而多排列。首字與字數皆相同者，第二字以下則依總筆畫為序排列。

三、成語或俗語等有不同的字面但詞意相同且皆為常見者，原則上皆列為條目，以利檢索，但釋義擇其一為主，相關條目則簡為參見「某某」。

四、條目之注音參考教育部「國語一字多音審訂表」，其中「一」與「不」採變調規則標注。

參　釋義體例

條目之釋義依照「解釋」、「語源」、「辨析」、「例句」、「近義」、「反義」分項為之，說明如下：

一、【解釋】接排在條目之下，一般先解釋成語的字面義，後說明其比喻義、引申義或用法，再解釋難詞、難字。成語有兩種以上用法時，則分項敘述。

二、【語源】本欄旨在使讀者從典故或古例中了解成語之來源、形成或演變的過

程，認識成語為一精簡濃縮之用語的文化特性。處理原則為：

1.成語來源明顯可考，或所引書證字面與成語關聯性強，不需進一步說明者，依時代、作者、書名、篇名的順序列出原文。

2.書證全引太長或不易說明者，則以敘述的方式帶出關鍵字句，或演繹成一簡要的成語故事，並注明出處。

3.書證為十三經、先秦諸子、二十五史、大部類書、佛經、著名章回小說（水滸傳、三國演義、西遊記、金瓶梅、紅樓夢）等，不列朝代和作者。民國以後之書證不列朝代。

三、【辨析】提醒條目中易誤寫、誤讀之字形字音的辨正，或使用時需特別注意的地方（如褒義或貶義等）。

四、【例句】每一條目至少造一例句，以貼近生活經驗和情境為原則，供實際應用之參考。有兩個以上的用法時，則分別舉例。

五、【近義】列出語意與用法相近者，以收觸類旁通和豐富語彙之效。

六、【反義】舉意思相反或相對者，作為比較、參考。

肆　檢索方法

本辭典提供「條目部首索引」、「首字注音索引」和「首字筆畫索引」三種查索方法。其中「條目部首索引」詳列全書完整條目和頁碼，置於書前；「首字注音索引」和「首字筆畫索引」則只列出條目首字之頁碼，置於書後。書後另附錄有分類成語表。

目次

條目部首索引

一部

1
一

1 一

亠部

人部

2 人

儿部

入部

八部

力部

勹部

2 卩厂厶又

3 口

囗部

女部

子部

宀部

曰部

月部

木部

欠部

火部

立部

竹部

米部

糸部

缶部

网部

羊部

6
自至臼舌舛舟艮

谷部

豆部

邑部

酉部

里部

金部

飛部

食部

首部

香部

馬部

一 部

一把抓（ㄅㄚˇ ㄓㄨㄚ） 全部抓在手裡。形容全部掌握、什麼都管。

例句 陳老闆能力很強，公司大小事務一把抓，導致底下的員工很少有機會獨當一面。

近義 一手包辦

反義 分層負責

一把罩（ㄅㄚˇ ㄓㄠˋ） 形容某方面很在行。

例句 小芬的英文能力一把罩，與外國人交談一點都難不倒她。

近義 兩把刷子

反義 三腳貓　笨手笨腳

一面倒（ㄇㄧㄢˋ ㄉㄠˇ） 指情勢完全傾向某一方面。

例句 輿論一面倒的指責此次警方處理群眾事件執法過當，市長不得不出面道歉。

反義 見仁見智

一溜煙（ㄌㄧㄡ ㄧㄢ） 一抹流動的煙。比喻跑得很快。

語源 明馮夢龍醒世恆言卷一五：「眾人一溜煙向園中去了。」

例句 歹徒搶了那婦人的皮包後，便一溜煙地跑走了。

近義 一轉眼

一窩蜂（ㄨㄛ ㄈㄥ） 一整窩蜜蜂一起擁上來。①比喻許多人一擁而上的樣子。②比喻群眾盲目競逐同一時尚。

語源 宋陸游入蜀記：「大盜張遇，號一窩蜂。」西遊記第二十八回：「那些小妖，就是一窩蜂，齊齊擁上。」

例句 ①聽到小販「一件五十元」的吆喝，路人便一窩蜂的圍攏過去，在地上挑了起來。②現代科技造就許多電子新貴，所以莘莘學子都一窩蜂地選讀相關科系。

一了心願（ㄌㄧㄠˇ ㄒㄧㄣ ㄩㄢˋ） 完成心願。

例句 阿嬤說她活這麼老還不曾出國旅遊，今天終於搭機去琉球玩，總算一了心願。

近義 如願以償　得償所願

反義 事與願違　壯志未酬

一了百了（ㄌㄧㄠˇ ㄅㄞˇ ㄌㄧㄠˇ） 起主導作用的事情了結了，其餘的一切也就隨之了結。本指了解事情主要的道理，其他的就能融會貫通。後多用於指人一死，萬事也都了結。

語源 明王守仁傳習錄下：「良知無前後，只知得現在的幾，便是一了百了。」清魏秀仁花月痕第二十回：「當秋痕受餓時，能彀同侯氏一死，豈不是一了百了？」

例句 ①這種數學題型只要掌握公式要領，即使再複雜也能一了百了。②你以為逃避就可以一了百了，解決所有問題？這完全是錯誤且不負責任的想法。

近義 一了百當　一通百通

反義 沒完沒了　層出不窮

一刀兩斷（ㄉㄠ ㄌㄧㄤˇ ㄉㄨㄢˋ） 一刀將東西切斷。①比喻堅決果斷。②比喻雙方的關係完全決裂。

語源 唐寒山詩三百三首：「男兒大丈夫，一刀兩段截。」宋朱熹朱子語類卷四四論語二十六：「克己者是從根源上一刀兩斷，便斬絕了。」

例句 ①他做事向來一刀兩斷、俐落乾脆，從來不會拖泥帶水。②自從上次發生法律糾紛後，我們公司就與那家廠商一刀兩斷，再也沒有往來了。

近義 斬釘截鐵　快刀斬亂麻

反義　藕斷絲連　拖泥帶水

一刀畢命（ㄧˋ ㄉㄠ ㄅㄧˋ ㄇㄧㄥˋ）　一刀就結束生命。也比喻受到致命的一擊。畢，結束；終止。也作「一刀斃命」。

語源　三國魏曹植七啟八首之六：「故田光伏劍於北燕，公叔畢命於西秦。」三國志魏書齊王芳傳：「雖殺身斃命不足以塞責。」蔡東藩前漢通俗演義第四十六回：「勃命將呂祿先行綁出，一刀畢命。」

例句　那位官員貪汙還一再狡辯，但檢調已經掌握到關鍵證據，足以讓他一刀畢命。

近義　致命一擊　打蛇打七寸

一力承當（ㄧˊ ㄌㄧˋ ㄔㄥˊ ㄉㄤ）　獨自一人承擔責任。比喻勇於負責。

語源　清俞萬春蕩寇志第十七回：「但有山高水低，我一力承當。」

例句　這件事既然是正確的，組長要我們只管去做，有任何問題他會一力承當。

近義　責無旁貸　義不容辭

反義　畏首畏尾　敷衍塞責

一口咬定（ㄧˋ ㄎㄡˇ ㄧㄠˇ ㄉㄧㄥˋ）　一口咬住不放。比喻堅持自己所說的話，不肯改變。

語源　清錢沛思輯綴白裘永團圓計代：「蔡生一口咬定，說你藏過女兒。」

例句　如果沒有真憑實據，你憑什麼一口咬定這件事是他做的呢？

一夕之間（ㄧˊ ㄒㄧˋ ㄓ ㄐㄧㄢ）　一個夜晚之間。形容很短的時間。

語源　宋李昉太平廣記第三十卷：「一夕之間，風雷震擊，一十四里，盡為平潭矣。」

例句　大火來得又快又猛，一夕之間整座廠房已燒成了灰燼。

近義　頃刻之間　彈指之間

反義　長年累月　年深日久

一己之私（ㄧˋ ㄐㄧˇ ㄓ ㄙ）　個人的私事、私利或私念。

語源　宋程頤、程顥二程遺書：「佛氏總為一己之私，安得同乎？」

例句　他為了一己之私而出賣朋友，實在太不講道義了。

近義　自私自利

反義　大公無私　公而忘私

一己之見（ㄧˋ ㄐㄧˇ ㄓ ㄐㄧㄢˋ）　個人的見解、看法。

語源　宋周煇清波雜志卷八：「近時曾公端伯亦編皇宋百家詩選，去取任一己之見。」

例句　他看事情往往只憑一己之見就胡亂批評，很難讓人信服。

近義　一隅之見　一孔之見

反義　大處著眼　通盤考量

一之為甚（ㄧ ㄓ ㄨㄟˊ ㄕㄣˋ）　一次已經很嚴重了。警告不可再犯相同的錯誤。多與「豈可再乎」連用。甚，過分。也作「一之謂甚」。

語源　左傳僖公五年：「晉不可啟，寇不可翫，一之為甚，其可再乎！」

辨析　「一之為甚，豈可再乎」與「可一不可再」不同。後者多用於指機會難得，只有一次，而無警告人不可再犯之意。

例句　這種偷雞摸狗的事一之為甚，今天你僥倖得逞，下次可不會這麼走運。

一五一十（ㄧˋ ㄨˇ ㄧˋ ㄕˊ）　古時候數銅錢每五枚一數，叫做「一畫」；數的時候一五、一十、十五、二十地累計下去，每一畫一數。後來用以形容非常詳盡。

語源 清西周生醒世姻緣傳第三十四回：「官說你得的不止這個，掐著一五一十的要。」

例句 在老師的誘導下，他終於把事情的經過一五一十地說出來。

近義 全盤托出 鉅細靡遺

反義 支吾其詞 掐頭去尾

一介不取 即使非常細微的東西也不隨便拿取。形容一個人非常廉潔。介，通「芥」，本意為小草，後用來比喻細小的東西。

語源 孟子萬章上：「非其義也，非其道也，一介不以與人，一介不以取諸人。」

例句 他是一介不取的人，你休想用賄賂來換取他的支持。

近義 兩袖清風 臨財不苟

反義 中飽私囊 貪得無厭

一仍舊貫 完全依照舊例。指一切照舊行事。一，完全。仍，沿襲；照舊。舊貫，舊例；舊制。

語源 論語先進：「閔子騫曰：『仍舊貫，如之何？何必改作！』」晉書殷仲堪傳：「謂今正可更加梁州五百，合前為一千五百，自此之外，一仍舊貫。」

例句 原本以為換了一個新上司，大家的日子會輕鬆些，誰知所有規定一仍舊貫，甚至還更嚴格呢！

近義 一如既往 率由舊章

反義 改弦更張 改弦易轍

一元復始 天地的氣象又重新開始。指新年。一，指天地之始，混沌為一體。元，指天地之元氣。復，再。

語源 公羊傳隱公元年：「元者何？君之始年也。春者何？歲之始也。」漢董仲舒春秋繁露玉英：「一元者，大始也。」清華廣生八角鼓曲節至新春：「一元復始，萬象更新。」

例句 一元復始萬象新，大家對未來的一年充滿了無限的新希望。

一分一毫 參見「一絲一毫」。

一反常態 完全改變了平常的態度。一，完全。

語源 唐白居易贈友五首（其一）：「時令一反常，生靈受其病。」

例句 平日沉默寡言的他，在選舉期間卻一反常態，口沫橫飛地為某位候選人積極拉票。

近義 判若兩人 搖身一變

反義 一如既往 依然故我

一孔之見 透過小孔所見到的事物。比喻見識狹窄。常用為自謙之詞。

語源 漢桓寬鹽鐵論相刺：「通一孔，曉一理，而不知權衡，以所不睹不信。」

例句 以上只是我個人的一孔之見，請大家多多指教。

近義 井蛙之見 管窺蠡測

反義 見多識廣 高瞻遠矚

一心一意 只有一種心意。指心志專一，沒有其他的念頭。

語源 唐駱賓王代女道士王靈妃贈道士李榮：「一心一意無窮已，投漆投膠非足擬。」

例句 他一心一意想幫助你開創事業，你可千萬別辜負了他的期望。

近義 全心全意 心無旁騖

反義 三心二意 心猿意馬

一心二用 形容做事不專心。

語源 南朝梁劉勰劉子專學：「使左手畫方，右手畫圓……

而不能成者，由心不兩用，則手不並運也。」

例句　你邊讀書邊看電視，一心二用，書怎麼會讀得好？

近義　心不在焉

反義　心無旁騖　全神貫注

一手包辦（ㄧˋ ㄕㄡˇ ㄅㄠ ㄅㄢˋ）　事情由一人包攬完成。多指事情由一人獨攬，不讓別人插手。也作「一手包攬」。

語源　清李綠園歧路燈第四十三回：「你一手包攬，我只瞧我的頭錢。」

例句　這件事他想一手包辦，我們就別插手，看他做得如何再說吧！

近義　一把抓　一力承當

反義　分工合作　分層負責

一手遮天（ㄧˋ ㄕㄡˇ ㄓㄜ ㄊㄧㄢ）　一隻手遮住天，企圖使他人看不見。比喻獨攬權勢，隱瞞事實。也作「隻手遮天」。

語源　明張岱馬士英阮大鋮傳：「而士英一手遮天，靡所不為矣。」

例句　你休想一手遮天，那些貪贓枉法的勾當遲早會事跡敗露，你等著自食惡果吧！

近義　瞞天過海　掩人耳目

反義　光明正大　不欺暗室

一文不名（ㄧˋ ㄨㄣˊ ㄅㄨˋ ㄇㄧㄥˊ）　一文錢也沒有。形容很貧窮。名，占有。原作「一錢不名」。

語源　史記佞幸列傳：「竟不得名一錢，寄死人家。」

例句　早年日進斗金、意氣風發的他，在這次股市崩盤中賠得一文不名。

近義　一貧如洗　囊空如洗

反義　腰纏萬貫　家財萬貫

一文不值（ㄧˋ ㄨㄣˊ ㄅㄨˋ ㄓˊ）　形容毫無價值。文，古代很小的貨幣單位，一文就是一錢。

語源　宋羅大經鶴林玉露卷一四：「士大夫若愛一文，不直（值）一文。」清吳趼人二十年目睹之怪現狀第四十回：「這幅畫雖好，可惜畫錯了，便一文不值。」

例句　自從爆發那件性醜聞之後，他的畫作就一文不值了。

反義　價值連城　無價之寶

一日三秋（ㄧˊ ㄖˋ ㄙㄢ ㄑㄧㄡ）　一天不見，好像隔了三個秋季。形容思念殷切。秋，代表一年。三秋，指時間很長。也作「一日不見，如隔三秋」。

語源　詩經王風采葛：「彼采葛兮，一日不見，如三秋兮。」

例句　男友遠赴外國念書，她的思念之情與日俱增，深感一日三秋之苦。

近義　望穿秋水　朝思暮想

一日千里（ㄧˊ ㄖˋ ㄑㄧㄢ ㄌㄧˇ）　一日之間前進千里。①形容舟、車、馬匹等行進速度很快。②比喻進展或進步迅速。③比喻寫文章運思下筆敏捷。

語源　莊子秋水：「騏驥驊騮，一日而馳千里。」後漢書王允傳：「郭林宗嘗見允而奇之，曰：『王生一日千里，王佐材也。』」

例句　①現代交通發達，搭飛機旅行一日千里，既便捷又舒適。②爸爸的公司開創以來，因為經營得法，業務的拓展一日千里。③林同學文思敏捷，下筆就像江河傾瀉，一日千里，難怪能榮獲徵文冠軍。

近義　突飛猛進　日新月異

反義　一落千丈　江河日下

一木難支（ㄧˊ ㄇㄨˋ ㄋㄢˊ ㄓ）　參見「獨木難支」。

一毛不拔（ㄧˋ ㄇㄠˊ ㄅㄨˋ ㄅㄚˊ）　一根毫毛也不肯拔下。原指不出一絲一毫的力量。後多比喻吝嗇到了極點。

語源 孟子盡心上：「楊子（楊朱）取為我，拔一毛而利天下，不為也。」

例句 小李平日總是一毛不拔，但在此次風災之後，竟然捐出十萬元來救災，真是令人感動。

近義 愛財如命　鐵公雞

反義 一擲千金　輕財好施

一片冰心 ㄧˊ ㄆㄧㄢˋ ㄅㄧㄥ ㄒㄧㄣ　一片純潔的心。比喻品格高潔，淡泊名利。

語源 唐王昌齡芙蓉樓送辛漸：「洛陽親友如相問，一片冰心在玉壺。」

例句 他為人不慕榮利，一片冰心，受到社會各界的推崇。

近義 冰清玉潔

一世之雄 ㄧˊ ㄕˋ ㄓ ㄒㄩㄥˊ　當代的英雄人物。

語源 宋書武帝紀：「劉裕足為一世之雄。」

例句 王先生白手起家，憑著決心毅力，創立全國第一大企業，不愧是財經界的一世之雄。

近義 人中之龍　一時之選

反義 凡夫俗子　販夫走卒

一丘之貉 ㄧˋ ㄑㄧㄡ ㄓ ㄏㄜˊ　同一山丘裡的貉。比喻彼此相同，沒有差別。今多用來指同樣低劣或臭味相投的一群人。貉，耳朵短小，毛棕灰色，形狀像狐狸的哺乳動物。

語源 漢書楊惲傳：「古與今如一丘之貉。」

例句 貪官汙吏與違法建商同為一丘之貉，都是這起房屋倒塌事件的共犯。

近義 狼狽為奸　狐群狗黨

反義 志同道合　同善相濟

一代宗師 ㄧˊ ㄉㄞˋ ㄗㄨㄥ ㄕ　在思想學問或技藝方面的成就，受到一時代人尊崇、奉為楷模的學者或大師。

語源 後漢書朱浮傳：「尋博士之官，為天下宗師。」常傑淼雍正劍俠圖第四十九回：「燕普跟他師哥無形劍客萬俟羽修，那可是武林的一代宗師，本領高強，藝業出眾。」

例句 將歌仔戲發揚光大的楊女士，堪稱臺灣戲劇的一代宗師。

一以貫之 ㄧˋ ㄧˇ ㄍㄨㄢˋ ㄓ　用一個道理貫通萬事。「以一貫之」的倒裝。貫，通達；統一。

語源 論語里仁：「子曰：『吾道一以貫之。』」

例句 孔子的思想可以用「忠恕」二字一以貫之。

一去不返 ㄧˊ ㄑㄩˋ ㄅㄨˋ ㄈㄢˇ　一離去就沒再回來。

語源 戰國策燕策三：「風蕭蕭兮易水寒，壯士一去兮不復還！」南朝梁沈約與徐勉書：「而建武肇運，人世膠加，一去不返，行之未易。」

例句 他半個月前出門訪友，一去不返，讓家人憂心忡忡。

近義 泥牛入海　斷線風箏

反義 捲土重來　合浦珠還

一本正經 ㄧˋ ㄅㄣˇ ㄓㄥˋ ㄐㄧㄥ　形容說話或做事規矩、莊重而不隨便。一本，一副。正經，正派；端正不馬虎。

例句 他私底下雖然嘻嘻哈哈的，但辦公時可就變得一本正經，毫不馬虎。

近義 正經八百　一板一眼

反義 嬉皮笑臉　油腔滑調

一本初衷 ㄧˋ ㄅㄣˇ ㄔㄨ ㄓㄨㄥ　指完全依照原來的心意或決定。初衷，最初的心意。

例句 即使經濟困難，他仍然一本初衷地完成了學業。

近義 始終如一　有始有終

一本萬利　用極少的本錢獲取豐厚的利潤。或指一次投資而永久獲利。

語源　明徐復祚一文錢羅夢：「一本萬利財源長，倉庫豐盈箱不空。」

例句　許多人妄想投資股票可以一本萬利，結果反而血本無歸。

反義　血本無歸　無利可圖

一生一世　一輩子；終身。

語源　紅樓夢第九十三回：「他倒拿定一個主意：說是人生婚配，關係一生一世的事，不是混鬧得的。」

例句　選舉是一時的，做人則是一生一世的事，何必為了勝選而不擇手段呢？

一目了然　一眼就能看得清楚明白。①形容人聰明，領會得快。②形容事物顯明，容易辨識。

語源　明張岱皇華考序：「山溪道路，一目了然。」

例句　①姐姐的古文造詣很高，再艱深的文章她都能一目了然。②這本工具書的編排井然有序，閱讀起來一目了然。

近義　一覽無遺　盡收眼底

反義　霧裡看花　眼花撩亂

一目十行　一次能看十行文字。形容閱讀的速度極快。

語源　宋劉克莊雜記六言五首（其二）：「五更三點待漏，一目十行讀書。」

例句　他報名參加速讀訓練，希望練就一目十行的本領。

近義　過目不忘　過目成誦

一石二鳥　用一塊石頭同時打下兩隻鳥。比喻一舉兩得。

例句　警方這次的臨檢不但破獲了毒品走私案，還偵破了一件偷竊案，可說是一石二鳥。

近義　一箭雙雕　一舉兩得

一吐為快　盡情說出要說的話而感到暢快。吐，傾吐。

語源　清史稿聖祖本紀康熙五十六年：「死者人之常理，要當於明爽之時，舉平生心事一為吐露，方為快耳。」

例句　這些話我擺在心裡好久了，今天終於有機會一吐為快。

近義　暢所欲言　不吐不快

反義　欲言又止　欲語還休

一如既往　完全跟過去一樣，沒有改變。一，完全。既往，已往；以前。

例句　他走進咖啡館，點了一杯卡布奇諾。一如既往，挑個角落坐下後便看起小說來。

近義　一仍其舊　一仍舊貫

反義　改弦更張　改弦易轍

一字千金　一個字有千金的價值。稱譽文章的價值很高。

語源　史記呂不韋列傳：「呂不韋乃使其客，人人著所聞集論……以為備天地萬物古今之事，號曰呂氏春秋。布咸陽市門，懸千金其上，延諸侯游士賓客，有能增損一字者，予千金。」

例句　他的作品在臺灣文壇獲得極高的評價，可說是一字千金。

近義　一字不易　字字珠璣

反義　驢鳴犬吠　蛙鳴蟬噪

一字不易　一個字都無法更改。比喻文字精練，無可更動。

語源　新唐書王勃傳：「援筆成篇，不易一字。」

例句　這篇文章讀來如行雲流

水，加上行文精練，一字不易，獲得第一名可說是實至名歸。

近義 文不加點 字字珠璣

反義 冗詞贅句 連篇累牘

一字不差 ㄧˊ ㄗˋ ㄅㄨˋ ㄔㄚ 一個字也沒錯；完全吻合。差，錯；不同。也作「一字不爽」。

語源 紅樓夢第七十七回：「所責之事，皆係平日私語，一字不爽。」清石玉崑三俠五義第一回：「細細拷問，與當初言語一字不差。」

例句 他的信上所說與你的轉述一字不差，我相信這件事很快就可以真相大白了。

近義 一模一樣 毫無二致

反義 千差萬別 截然不同

一字排開 ㄧˊ ㄗˋ ㄆㄞˊ ㄎㄞ 人員成一字型排成一橫列。也比喻全部亮相或逐一檢視。

語源 明紀振倫楊家將演義第二回：「上手有一十五人，一字排開於北。」

例句 這家公司的高級主管一字排開，無不具有創辦人苦幹實幹的特質，所以企業能穩定經營和成長。

一帆風順 ㄧˋ ㄈㄢ ㄈㄥ ㄕㄨㄣˋ 帆船順風而行。比喻非常順利，毫無阻礙。常用在祝福別人旅途平安無事或事業進行順利。

語源 清李漁憐香伴僦居：「櫛霜沐露多勞頓，喜借得一帆風順。」

例句 林大哥要出國進修，我們都祝福他一帆風順，早日學成歸國。

近義 一路順風 無往不利

反義 一波三折 好事多磨

一年半載 ㄧˋ ㄋㄧㄢˊ ㄅㄢˋ ㄗㄞˇ 一年或半年。指不太長的一段時間。載，年。

語源 太平廣記卷二〇二陳琡引宋王仁裕玉堂閑話：「遂挈家居于茅山，與妻子隔山而居……或一年半載，與妻子略相面焉。」

例句 只要肯下功夫，我相信不出一年半載，你的手藝就可以跟師傅一樣了。

一年到頭 ㄧˋ ㄋㄧㄢˊ ㄉㄠˋ ㄊㄡˊ 指整年。

語源 清孔尚任桃花扇第三齣：「乾柴只靠一把鋸，偷樹一年到頭不吃素。」

例句 表哥一年到頭遊手好閒，讓舅舅、舅媽傷透腦筋。

近義 日復一日 經年累月

一成不變 ㄧˋ ㄔㄥˊ ㄅㄨˊ ㄅㄧㄢˋ 本指法律制度一經成立，便不可改變。後指守舊不知變通。成，制定；形成。

語源 禮記王制：「刑者侀也，侀者成也，一成而不可變。」宋葉適上韓提刑：「惟法令制時之要……一成不變，無乃過中。」

例句 活潑好動的他喜歡新奇刺激，拒絕過一成不變的生活。

近義 蹈常襲故 墨守成規

反義 革故鼎新 推陳出新

一至於此 ㄧˊ ㄓˋ ㄩˊ ㄘˇ 竟然到了這種地步。形容事態之嚴重。也作「一至於斯」。

語源 戰國策齊策一：「宣王大息，動於顏色，曰：『靖郭君之於寡人一至此乎！』」南朝梁蕭綱與湘東王論文書：「甚矣哉！文之橫流，一至於此！」

例句 每次看到新聞報導中歹徒的殘暴手段，都不禁令人感歎世道人心之敗壞一至於此。

近義 伊于胡底

一衣帶水 ㄧˋ ㄧ ㄉㄞˋ ㄕㄨㄟˇ 像一條衣帶般不寬的水面。指兩地之間只一水之隔，距離不

遠，往來無阻。

語源　南史陳本紀下：「我為百姓父母，豈可限一衣帶水不拯之乎？」

例句　這兩個小國間只有一衣帶水，人民往來頻繁，早已融成一片。

近義　近在咫尺　一箭之地

反義　天涯海角　天南地北

一技之長 ㄧˊ ㄐㄧˋ ㄓ ㄔㄤˊ

某種擅長的技能、才藝。

語源　清王士禎池北偶談一技：「近日一技之長，如雕竹則濮仲謙……裝潢書畫則莊希叔，皆知名海內。」

例句　若能及早培養一技之長，找工作一定不成問題。

反義　一無所長　酒囊飯袋

一步到位 ㄧˊ ㄅㄨˋ ㄉㄠˋ ㄨㄟˋ

跨一步就到預定位置。比喻一個步驟或一次就全部做好。也作「一次到位」。

例句　政治上的改革，通常都需要循序漸進，很難一步到位。

近義　一蹴而就　直截了當

反義　循序漸進　按部就班

一步登天 ㄧˊ ㄅㄨˋ ㄉㄥ ㄊㄧㄢ

比喻很輕易或很迅速就達到極高的境界或地位。

例句　如果不肯努力，只妄想一步登天，肯定不會成功。

近義　平步青雲　青雲直上

反義　一落千丈　一蹶不振

一決雌雄 ㄧˋ ㄐㄩㄝˊ ㄘ ㄒㄩㄥˊ

決定勝負，比出高下。雌雄，比喻勝敗、高下。原作「決雌雄」。

語源　史記項羽本紀：「願與漢王挑戰，決雌雄。」三國演義第三十一回：「汝等各回本州，誓與曹賊一決雌雄。」

例句　這是冠亞軍賽，兩隊必須一決雌雄，如果打成平手就要延長加賽。

近義　決一死戰

反義　偃旗息鼓　握手言和

一男半女 ㄧˋ ㄋㄢˊ ㄅㄢˋ ㄋㄩˇ

一個兒子或女兒。

語源　京本通俗小說志誠張主管：「員外何不取房娘子，生得一男半女，也不絕了香火。」

例句　徐大姊已年屆四十，沒能生下一男半女，一直是她心中的遺憾。

反義　兒孫滿堂

一見如故 ㄧˊ ㄐㄧㄢˋ ㄖㄨˊ ㄍㄨˋ

初次見面就像老朋友一樣意氣相投。一見，第一次見面。故，故舊；老友。

語源　南唐張泊賈氏譚錄：「李鄴侯為相日，吳人顧況西遊長安，鄴侯一見如故。」

例句　阿明和小輝兩人一見如故，相談甚歡。

近義　惺惺相惜　相知恨晚

反義　白頭如新　半生不熟

一見傾心 ㄧˊ ㄐㄧㄢˋ ㄑㄧㄥ ㄒㄧㄣ

初次見面便十分愛慕，一心嚮往。傾心，愛慕；嚮往。

語源　資治通鑑晉孝武帝太元九年：「主上與將軍風殊類別，一見傾心，親如宗戚。」明汪廷訥種玉記第六齣：「前日在花園中遇著霍仲孺，丰格不凡，襟懷灑落，我一見傾心，只是無緣相會，如何是好。」

例句　李大哥對表姊一見傾心，沒多久就展開熱烈追求。

近義　一見如故　一見鍾情

一見鍾情 ㄧˊ ㄐㄧㄢˋ ㄓㄨㄥ ㄑㄧㄥˊ

男女初次見面就產生愛意。也泛指對人或事物一看見就很有好感。鍾，專注；集中。

語源　清李漁比目魚發端：「劉旦生來饒豔質，譚生一見鍾情極。」

辨析　鍾，不可寫成「鐘」。

例句　①陳先生在一次宴會中

認識了表姊，兩人一見鍾情而開始交往。②許多外國觀光客初次來到臺灣，便對這裡的好山好水一見鍾情，讚賞不已。

近義 心心相印　情有獨鍾

一言一行 ㄧˋ ㄧㄢˊ ㄧˋ ㄒㄧㄥˊ 一句言談或一個舉止。指所做的任何一件事。

語源 清姚之駰後漢書補逸卷一七：「與郭林宗、李元禮等為談論之首，一言一行，天下以為準的。」

例句 父母的一言一行都是子女模仿的對象，影響十分深遠。

近義 言談舉止

一言九鼎 ㄧˋ ㄧㄢˊ ㄐㄧㄡˇ ㄉㄧㄥˇ 一句話的分量有九鼎之重。比喻說話極具決定性或信譽極高。鼎，古代烹煮用的銅器，重量大。常作為傳國的寶器。

語源 史記平原君列傳：「毛先生一至楚，而使趙重於九鼎大呂。毛先生以三寸之舌，強於百萬之師。」清李綠園歧路燈第五回：「二位老師一言九鼎。」

例句 這幾位耆老說話向來是一言九鼎，因此深受大家敬重。

近義 一諾千金　擲地有聲

反義 人微言輕　食言而肥

一言不合 ㄧˋ ㄧㄢˊ ㄅㄨˋ ㄏㄜˊ 一句話說得不投合。

語源 唐李頎別梁鍠：「一言不合龍額侯，擊劍拂衣從此棄。」

例句 他們倆一言不合，大打出手，引來許多路人圍觀。

近義 話不投機

一言不發 ㄧˋ ㄧㄢˊ ㄅㄨˋ ㄈㄚ 一句話也不說。多指心中有想法卻不表達出來。也作「一語不發」。

語源 明馮夢龍喻世明言卷一：「三巧兒聽說丈夫把她休了，一言不發，啼哭起來。」

例句 從外面趕回來的他緊鎖雙眉，一言不發，準是發生什麼不得了的大事了。

近義 閉口不談　默不作聲

反義 口若懸河　滔滔不絕

一言為定 ㄧˋ ㄧㄢˊ ㄨㄟˊ ㄉㄧㄥˋ 一句話就說定了。用於強調遵守信約。

語源 明馮夢龍喻世明言卷十：「你兩人一言為定，各無反悔。」

例句 就這麼一言為定了，暑假我們一起去歐洲玩吧！

近義 說一不二　一諾千金

反義 出爾反爾　言而無信

一言僨事 ㄧˋ ㄧㄢˊ ㄈㄣˋ ㄕˋ 一句不好的話，足以使整個事情失敗。警惕人說話要謹慎小心。僨，敗壞。

語源 大學：「一家仁，一國興仁；一家讓，一國興讓；一人貪戾，一國作亂。其機如此，此謂一言僨事，一人定國。」

例句 身為發言人，講話千萬不可衝動，否則一言僨事，損失的可是整個公司的商譽。

近義 駟不及舌　禍從口出

反義 一言興邦

一言難盡 ㄧˋ ㄧㄢˊ ㄋㄢˊ ㄐㄧㄣˋ 不是一句話就能說得完。形容事情曲折複雜，很難簡略概括。

語源 元石君寶魯大夫秋胡戲妻第一折：「我迴避了座上客，心間事，著我一言難盡。」

例句 說起這件陳年往事，真是一言難盡！

近義 說來話長　言不盡意

反義 一言蔽之　一語中的

一走了之 ㄧˋ ㄗㄡˇ ㄌㄧㄠˇ ㄓ 丟下事情，離開不管。

一

語源　清石玉崑續小五義第一一三回：「按說我們一同前去，他們被捉，我們沒有一走了之的道理。」

例句　這事是阿牛起的頭，如今遇到困難，他怎麼可以一走了之呢？

近義　打退堂鼓　為德不卒

反義　堅持到底　有始有終

一身是膽（ㄧˋ ㄕㄣ ㄕˋ ㄉㄢˇ）　全身都是膽量。形容膽量極大，英勇過人。一身，全身；渾身。也作「渾身是膽」。

語源　三國志蜀書趙雲傳裴松之注引雲別傳：「子龍一身都是膽也。」

例句　陳隊長一身是膽，衝進屋內連續擊倒三名歹徒，成功救出人質。

近義　一以當十　萬夫莫敵

反義　膽小如鼠　膽小怕事

一事無成（ㄧˊ ㄕˋ ㄨˊ ㄔㄥˊ）　一件事也沒做成。指人虛度時光，事業上毫無成就。

語源　唐白居易除夜寄微之：「鬢毛不覺白毿毿，一事無成百不堪。」

例句　他年輕時荒唐墮落，而今年華老大，仍舊一事無成。

近義　一無所長　老大無成

反義　功成名就　建功立業

一刻千金（ㄧˊ ㄎㄜˋ ㄑㄧㄢ ㄐㄧㄣ）　一刻鐘的時間價值千金。比喻時間非常寶貴。古人以一晝夜為百刻，一刻為十四點四分，指短暫的時間。

語源　宋蘇軾春宵：「春宵一刻值千金，花有清香月有陰。」

例句　在講求快速又高效率的時代裡，一刻千金，你怎麼可以輕易浪費時間？

近義　寸陰尺璧　一寸光陰一寸金

反義　玩歲愒時　韶光虛擲

一呼百諾（ㄧˋ ㄏㄨ ㄅㄞˇ ㄋㄨㄛˋ）　一人呼喚，眾人應諾。①形容反應十分熱烈，聲勢壯大。②形容權勢顯赫，侍從和奉承的人眾多。諾，答應聲。

語源　漢韓嬰韓詩外傳卷五：「當前決意，一呼再喏者，人隸也。」唐拾得詩五四首（其五一）：「高堂車馬多，一呼百諾至。」

例句　①晚會後舉行有獎問答時，現場是一呼百諾，反應熱烈。②他黑道上的朋友眾多，一呼百諾，因此沒有人敢得罪他。

近義　眾星捧月　前呼後擁

反義　充耳不聞　不理不睬

一命嗚呼（ㄧˊ ㄇㄧㄥˋ ㄨ ㄏㄨ）　指死亡。多含有譏諷或詼諧的意味。嗚呼，歎詞。

語源　清石玉崑三俠五義第一回：「劉后所生之子，竟至得病，一命嗚呼！」

例句　這次旅行途中竟遇上搶匪，若非恰巧有警察經過，說不定我早就一命嗚呼了！

近義　嗚呼哀哉　撒手歸天

一官半職（ㄧˋ ㄍㄨㄢ ㄅㄢˋ ㄓˊ）　普通的一個官位或職務。泛指地位不高的官員或公職。

語源　元王實甫西廂記第四本第四折：「都則為一官半職，阻隔得千山萬水。」

例句　建華打算參加高考，將來謀個一官半職，有份穩定的收入，他就心滿意足了。

一往情深（ㄧˋ ㄨㄤˇ ㄑㄧㄥˊ ㄕㄣ）　對人或事物始終寄以真摯深厚的感情。形容情感深刻專注。一往，全心嚮往而不變。

語源　南朝宋劉義慶世說新語任誕：「桓子野每聞清歌，輒喚奈何！謝公聞之，曰：『子

野可謂一往有深情。」

例句 雖然林先生過世多年，林太太仍對他一往情深，令人動容。

近義 情深意切 情深似海

反義 薄情寡義 無情無義

一往無前 ㄧˋ ㄨㄤˇ ㄨˊ ㄑㄧㄢˊ 形容毫不猶豫地勇敢前進。一往，一心前往。無前，無人居其前。

語源 明孫傳庭官兵苦戰斬獲疏：「曹變蛟遵臣步法，與北兵轉戰衝擊，臣之步兵莫不一往無前。」

例句 為了搶救身陷火場的民眾，消防隊員們一往無前，英勇救人。

近義 勇往直前 奮不顧身

反義 畏縮不前 裹足不前

一念之差 ㄧˊ ㄋㄧㄢˋ ㄓ ㄔㄚ 一個念頭造成的差錯。指一時疏忽或想法錯誤而造成嚴重的後果。念，想法。

語源 宋蘇軾次韻致政張朝奉仍招晚飲：「我本三生人，疇昔一念差。」宋黃榦陶器銘：「一線之漏，足以敗酒；一念之差，得無敗所守乎！」

例句 他因為當年的一念之差鑄下大錯，換來了十年的牢獄之災。

近義 一失足成千古恨

反義 回心轉意 懸崖勒馬

一拍即合 ㄧˋ ㄆㄞ ㄐㄧˊ ㄏㄜˊ 手一拍就合乎樂曲的節奏。比喻人與人或人與事物（多指思想觀念）一湊在一起就融洽一致。

語源 清李綠園歧路燈第十八回：「君子之交，定而後求；小人之交，一拍即合。」

例句 他們二人都有志於開發新市場，所以談起這筆生意便一拍即合，決定攜手合作。

一板一眼 ㄧˋ ㄅㄢˇ ㄧˋ ㄧㄢˇ 比喻言談行事有條不紊，循規蹈矩。有時也比喻做事死板，不知變通。板、眼，中國民族音樂和戲曲中的節拍。每小節中最強的拍子叫板，次強拍和弱拍叫眼。原作「一板三眼」。

語源 清吳趼人糊塗世界第六回：「如今的時勢，就是孔聖人活過來，一板三眼的去做，也不過是個書呆子罷了！」

例句 他是個拘謹的人，做事雖然一板一眼，但不常出錯。

近義 一絲不苟 正經八百

反義 荒腔走板

一枕黃粱 ㄧˋ ㄓㄣˇ ㄏㄨㄤˊ ㄌㄧㄤˊ 參見「黃粱一夢」。

一枝獨秀 ㄧˋ ㄓ ㄉㄨˊ ㄒㄧㄡˋ 一枝獨自開花。比喻在同類中特別突出。秀，花。此作動詞「開花」。

例句 這家公司生產的電腦功能新穎，在電子業界可說是一枝獨秀。

近義 獨步一時 首屈一指

反義 差強人意 不過爾爾

一波三折 ㄧˋ ㄅㄛ ㄙㄢ ㄓㄜˊ 寫書法時，一捺要三次轉換筆鋒的方向。原指筆勢曲折多姿。今多比喻事情進行不順利，阻礙、挫折很多。波，指書法中的捺。折，指寫字時轉換筆鋒。

語源 晉王羲之題衛夫人筆陣圖後：「（宋翼）每作一波，常三過折筆。」

例句 我們好不容易才取得參賽資格，現在卻又因為經費短缺，難以成行，真是一波三折。

近義 好事多磨 困難重重

反義 一帆風順 水到渠成

一知半解 ㄧˋ ㄓ ㄅㄢˋ ㄐㄧㄝˇ 所知不多，見解膚淺。

語源 宋張栻寄周子充尚書：「若學者以想像臆度，或一知

半解為知道，而曰知之則無不能行，是妄而已。」

例句 探討學問不能只是一知半解，必須深入研究，才能獲得真知。

近義 似是而非　不求甚解

反義 好學深思　融會貫通

一股勁兒 一陣強烈的熱情和動力。形容充滿行動熱情。

例句 班長總是一股勁兒帶領著班上同學，積極參與各項校內活動競賽，深受到班導的信賴。

近義 全神貫注　全心全意

反義 意興闌珊　心不在焉

一股腦兒 ①全部；一齊。②不顧一切地；死命地。也作「一古腦兒」。

語源 清張春帆宦海第十九回：「陳連泰一古腦兒把這八十五萬銀子通通都賺了去。」清韓邦慶海上花列傳第二十五回：「小雲一時著急，叉開兩手跑過去，一古腦兒摟住巧珍不依。」

例句 ①媽媽在百貨公司「血拼」了兩個多小時，一回到家，大包小包一股腦兒往沙發一丟，人就癱在那兒了。②弟弟不肯去上幼稚園，娃娃車來了還一股腦兒抱著爺爺不放，哭得像個淚人兒。

一表人才 形容儀表俊秀出眾。多用於形容男子的容貌儀表。表，外貌儀態。

語源 明馮夢龍東周列國志第四回：「長成得一表人才，面如傅粉，脣若塗朱。」

例句 他長得一表人才，是演藝圈的當家小生。

近義 相貌堂堂　器宇軒昂

反義 其貌不揚　尖嘴猴腮

一哄而散 形容人群亂哄哄地一下子散去。哄，喧嚷；喧鬧。也作「一鬨而散」、「一轟而散」。

語源 明沈德符萬曆野獲編卷一〇壬戌科罷選吉士：「御筆硃書四大字，曰：『今年且罷。』於是一哄而散。」

例句 看到警察遠遠走來，那群攤販趕緊拎起貨物，一哄而散。

近義 作鳥獸散

反義 蜂擁而至　一擁而上

一柱擎天 一根柱子支撐著天。比喻人能擔重任。

語源 唐大詔令集賜陳敬瑄鐵券文：「卿五山鎮地，一柱擎天。」

例句 這場球賽靠著他一柱擎天扛下得分重任，我們才能獲勝。

近義 中流砥柱

反義 無力回天　一木難支

一派胡言 完全胡說八道。一派，一片。

語源 清李伯元文明小史第二十八回：「濟川聽了他一派胡言，也不同他分辯。」

例句 他對我的指控純是一派胡言，請大家不要相信。

近義 胡說八道　信口開河

反義 至理名言　持平之論

一炮而紅 形容人或物的聲名在經過某一事件後迅速傳播開來。

例句 小胖天籟般的歌聲在歌唱比賽中一炮而紅，從此變成家喻戶曉的歌星。

近義 一舉成名　聲名鵲起

反義 一蹶不振　曇花一現

一相情願 只考慮自己的意願，而不顧別人

的想法或客觀的情況。一相，單方面。也作「一廂情願」。

語源 清張南莊何典序：「陰空撮撮，一相情願；口輕唐唐，半句不通。」

例句 他對你不理不睬，你還一相情願地討好他，豈不是白費心機！

近義 自作多情

反義 兩相情願

一致百慮（ㄓˋ ㄅㄞˇ ㄌㄩˋ） 各方想法雖然很多，目標卻是一樣的。一致，趨向相同。

語源 易經繫辭下：「天下同歸而殊塗，一致而百慮。」

例句 各黨的政見一致百慮，莫不以民眾福祉為依歸。

近義 殊途同歸

一面之詞（ㄇㄧㄢˋ ㄓ ㄘˊ） 單方面的說詞。也作「片面之詞」。

語源 水滸傳第三十三回：「若聽一面之詞，誤了多少緣故。」

例句 法官判案不能只聽信原告或被告的一面之詞，必須多方查證。

一面之雅（ㄇㄧㄢˋ ㄓ ㄧㄚˇ） 只見過一面的交情。指認識還不深。雅，素；交情。也作「一日之雅」、「一面之交」。

語源 漢書谷永傳：「永斗筲之材，質薄學朽，無一日之雅，左右之介。」漢崔寔政論：「且觀世人之相論也，徒以一面之交，定臧否之決。」

例句 我與他只有一面之雅，因此對他還不是很了解。

近義 點頭之交　萍水相逢

反義 莫逆之交　刎頸之交

一飛沖天（ㄈㄟ ㄔㄨㄥ ㄊㄧㄢ） 比喻一旦有所作為，就有驚人的表現。

語源 韓非子喻老：「雖無飛，飛必沖天；雖無鳴，鳴必驚人。」史記滑稽列傳：「此鳥不飛則已，一飛沖天；不鳴則已，一鳴驚人。」

例句 他的業績近三個月突然一飛沖天，令人刮目相看。

近義 一鳴驚人　一舉成名

反義 沒沒無聞　庸庸碌碌

一食萬錢（ㄕˊ ㄨㄢˋ ㄑㄧㄢˊ） 一頓飯要花費很多錢。形容生活奢侈。

語源 晉書任愷傳：「一食萬錢，猶云無可下箸處。」

例句 他是個美食主義者，為品嚐難得一見的珍饌，一食萬錢也在所不惜。

近義 揮金如土　炊金饌玉

反義 省吃儉用　饘粥餬口

一家之言（ㄐㄧㄚ ㄓ ㄧㄢˊ） 指有獨到見解、自成體系的言論或著作。

語源 漢司馬遷報任少卿書：「亦欲以究天人之際，通古今之變，成一家之言。」

例句 葉先生對臺灣文學有獨到研究，論著甚多，已成一家之言。

近義 獨樹一幟　成一家言

反義 人云亦云　拾人牙慧

一展長才（ㄓㄢˇ ㄔㄤˊ ㄘㄞˊ） 發揮所擅長的才能。

例句 他大學念的是水利系，目前在水利署工作，正可一展長才。

近義 如魚得水　蛟龍得水

反義 懷才不遇　英雄無用武之地

一席之地（ㄒㄧˊ ㄓ ㄉㄧˋ） 一塊席子大小的地方。比喻很小的一塊地方。

語源 舊唐書后妃傳玄宗楊貴妃：「然貴妃久承恩顧，何惜宮中一席之地，使其就戮，安忍取辱於外哉！」

例句　他努力研究栽種，好不容易才站穩腳跟，在花卉市場上擁有一席之地。

近義　立錐之地　一隅之地

反義　無地容身

一息尚存　還有一口氣息存在。指人還活著。

語源　宋朱熹朱子語類卷二六朱子十四：「一息尚存，此志不容少懈，可謂遠矣。」

例句　人只要一息尚存，就要讓生命活得漂亮，活得有尊嚴。

反義　駕鶴西歸　一命嗚呼

一時之間　在極短的時間裡。

語源　晉書衛瓘傳：「晦按次錄瓘家口及其子孫，皆兵仗將送，著東亭道北圍守，一時之間，便皆斬斫。」

例句　這人好面熟，只是一時之間想不起在哪裡見過。

近義　頃刻之間　彈指之間

反義　長年累月　三年五載

一時之選　當代傑出的人才。也作「一時之秀」。

語源　周書唐瑾傳：「時六尚書皆一時之秀，周文自謂得人。」唐張說贈太州刺史楊公神道碑：「王國詞人曳裾睢苑，皆一時之選也。」

例句　這次圍棋大賽的參賽者都是一時之選，精彩可期。

近義　風雲人物　人中之龍

反義　泛泛之輩　凡夫俗子

一時半刻　指極短的時間。

語源　宋楊無咎眼兒媚：「千嬌百媚，一時半霎，不離心頭。」元關漢卿山神廟裴度還帶第二折：「塵世都不到一時半刻，可又早週圍四壁，添我在冰壺畫圖裡。」

例句　我雖然想幫你周轉，但五百萬並不是個小數目，這一時半刻怎麼湊得齊？

近義　一朝一夕　旦夕之間

反義　長年累月　積年累月

一時瑜亮　參見「瑜亮並生」。

一氣呵成　一口氣完成。①比喻做事一次完成。②比喻文章氣勢流暢，首尾連貫。呵，張口舒氣。

語源　明胡應麟詩藪內編卷五：「則一篇之中句句皆律，一句之中字字皆律，而實一意貫串，一氣呵成。」

例句　①林老師個性積極，做起事來一氣呵成，絕不拖延。②這篇論文氣勢磅礡，有一氣呵成之勢。

近義　行雲流水　一揮而就

反義　斷斷續續　拖泥帶水

一病不起　生病後就沒有痊癒。不起，不能起身。指病治不好，終至死亡。

語源　宋洪邁夷堅乙志光祿寺：「因噴嚏……蔣一病不起。」

例句　王伯伯前天中風後竟然一病不起，全家頓時陷入絕境。

近義　一瞑不視　一命嗚呼

一笑置之　笑一笑就把它放在一邊。表示不在意或不放在心上。

語源　宋楊萬里觀水嘆二之一：「出處未可必，一笑姑置之。」

例句　老張一向喜歡開玩笑，他的話一笑置之就好了，你別太在意。

近義　付之一笑　置之度外

一脈相傳　一個血統或派系世代承襲流傳下

來。比喻思想、學說自成系統，一直傳承下去。也作「一脈相承」。

語源　宋錢時兩漢筆記卷一一：「是故言必稱堯舜……一脈相承，如薪傳火。」清李漁十二樓第五回：「就以國為姓，一脈相傳下來的。」

例句　儒家學說自堯、舜、禹、湯、文、武、周公至孔子一脈相傳，幾千年來一直影響著傳統讀書人的思維。

近義　衣缽相傳　薪火相傳

反義　自成一家　另闢蹊徑

一針見血（ㄧˊ ㄓㄣ ㄐㄧㄢˋ ㄒㄧㄝˇ）　比喻說話或寫文章簡潔有力又能切中要害。

語源　梁啟超新民說論私德：「此真一針見血之言哉！」

例句　這篇論文雖短，卻能一針見血地指出當今教育的弊病。

近義　一語中的　切中肯綮

反義　漫無邊際　隔靴搔癢

一馬當先（ㄧˋ ㄇㄚˇ ㄉㄤ ㄒㄧㄢ）　騎馬跑在最前面。也比喻領先或領導別人前進。

語源　三國演義第七十一回：「鼓角齊鳴，喊聲大震，黃忠一馬當先，馳下山來。」

例句　本屆自行車越野賽，五號選手一馬當先，把其他人遠遠拋在腦後，勇奪冠軍。

近義　身先士卒　奮勇當先

反義　望塵莫及　瞠乎其後

一乾二淨（ㄧˋ ㄍㄢ ㄦˋ ㄐㄧㄥˋ）　形容十分乾淨，一點不剩。

語源　清李汝珍鏡花緣第四十四回：「此山大蟲，虧得駱小姐殺的一乾二淨，我們才能在此安業。」

例句　幾個小朋友一下子就把一大盤水果吃得一乾二淨。

近義　一掃而空　風捲殘雲

一唱一和（ㄧˊ ㄔㄤˋ ㄧˊ ㄏㄜˋ）　一個先唱，一個接著附和。原形容兩人感情投合。也比喻兩人互相配合，彼此呼應。唱，也作「倡」。

語源　詩經鄭風蘀兮：「叔兮伯兮，倡予和女。」宋陳昉潁川小語卷下：「呼應者一唱一和，律呂相宣以成文也。」

辨析　和，音ㄏㄜˋ，不讀ㄏㄜˊ。

例句　他們哥兒倆在臺上一唱一和，默契十足。

近義　遙相呼應　一搭一唱

反義　唱獨角戲　各行其是

一唱三歎（ㄧˊ ㄔㄤˋ ㄙㄢ ㄊㄢˋ）　原指宗廟奏樂時一人帶頭領唱，三人讚歎應和。後多用來形容音樂或詩文感情豐富深刻，令人讚美。唱，也作「倡」。

語源　禮記樂記：「清廟之瑟，朱弦而疏越，壹倡而三歎，有遺音者矣。」

例句　這首老歌感情豐富，音韻優美，使人有一唱三歎之感。

近義　餘音繞梁　盪氣迴腸

反義　蛙鳴蟬噪　驢鳴犬吠

一得之愚（ㄧˋ ㄉㄜˊ ㄓ ㄩˊ）　愚笨之人的一點心得、見解。謙稱自己的見解粗淺。

語源　史記淮陰侯列傳：「智者千慮，必有一失；愚者千慮，必有一得。」明歸有光論禦倭書：「辱明公惓惓下問，一得之愚，敢不自竭！」

例句　在下才疏學淺，以上的建議只是個人的一得之愚，請大家多多指教。

一掃而空（ㄧˋ ㄙㄠˇ ㄦˊ ㄎㄨㄥ）　形容完全清除。

語源　宋蘇軾孔毅父以詩戒飲酒……次其韻：「醉時萬慮一掃空，醒後紛紛如宿草。」

例句　她上臺說了一段幽默的

開場白，使得原本沉悶的氣氛一掃而空。

近義　一乾二淨　風捲殘雲

一探究竟（ㄊㄢˋ ㄐㄧㄡˋ ㄐㄧㄥˋ）　把事物探究清楚。

例句　這個村莊的人瑞很多，是否有什麼特殊因素造成，且讓本臺記者為您深入採訪，一探究竟。

近義　尋根究底　沿波討源

反義　不求甚解　走馬看花

一敗塗地（ㄅㄞˋ ㄊㄨˊ ㄉㄧˋ）　一旦敗戰，就會被敵人殺死而肝腦塗地。形容徹底失敗，不可收拾。塗地，肝腦塗地的省文，形容死得很慘。

語源　史記高祖本紀：「天下方擾，諸侯並起，今置將不善，壹（一）敗塗地。」

例句　他們不了解當地市場就貿然前往投資，結果是一敗塗地。

近義　萬劫不復　土崩瓦解

反義　攻無不克　所向披靡

一望而知（ㄨㄤˋ ㄦˊ ㄓ）　一看就知道。

語源　清李汝珍鏡花緣第七十九回：「玉蟾、鳳雛二位姐姐開放勢子，一望而知是用過功的。」

例句　她衣著樸素，言語天真，一望而知是個涉世未深的小女生。

近義　一目了然　可想而知

反義　霧裡看花　錯綜複雜

一望無際（ㄨㄤˋ ㄨˊ ㄐㄧˋ）　一眼望去，看不到邊際。形容非常遼闊。也作「一望無垠」。

語源　唐權德輿早發杭州泛富春江寄陸三十一公佐：「四望浩無際，沉憂將此同。」宋秦觀蝶戀花：「九派江分從此去，煙波一望空無際。」

例句　陽明山擎天崗上一望無際的大草原，是民眾休閒踏青的好去處。

近義　無邊無際　漫無邊際

反義　一隅之地　方寸之地

一清二白（ㄑㄧㄥ ㄦˋ ㄅㄞˊ）　①形容清楚明白。②形容清白純潔，沒有汙點。

語源　清李綠園歧路燈第四十六回：「老爺只叫這二人到案，便一清二白。」

例句　①經過一年的調查，這件槍擊案的真相已經一清二白。②他未曾貪汙半毛錢，自認一清二白，對於外界的指控毫不理會。

近義　一清二楚　一清如水

反義　模糊不清　貪贓枉法

一清二楚（ㄑㄧㄥ ㄦˋ ㄔㄨˇ）　形容非常清楚。

例句　嫌犯主動出面，把這幾天的行蹤交代得一清二楚，希望檢調單位能還他清白。

近義　清清楚楚　明明白白

反義　不清不楚　模稜兩可

一清如水（ㄑㄧㄥ ㄖㄨˊ ㄕㄨㄟˇ）　比喻為官十分廉潔。

語源　明淩濛初初刻拍案驚奇卷二〇：「況且一清如水，俸資之外，毫不苟取。」

例句　市長為官廉潔，一清如水，深受民眾愛戴信賴。

近義　一介不取　兩袖清風

反義　中飽私囊　貪汙舞弊

一統天下（ㄊㄨㄥˇ ㄊㄧㄢ ㄒㄧㄚˋ）　統一全國。

語源　公羊傳隱公元年：「何言乎王正月？大一統也。」

例句　歷史上合久必分，分久必合，因此每當亂世之末，必定有強者出來一統天下。

近義　一匡天下　四海為一

反義　四分五裂　半壁江山

一視同仁（ㄧˊ ㄕˋ ㄊㄨㄥˊ ㄖㄣˊ） 原指對百姓一律看待，同施仁愛。後多指對人不分親疏厚薄，同樣看待。

語源 唐韓愈原人：「是故聖人一視而同仁，篤近而舉遠。」

例句 不論舊職員或新同事，林經理都一視同仁，不會偏袒任何人。

近義 貴賤無二　等量齊觀

反義 厚此薄彼　揀佛燒香

一貧如洗（ㄧˋ ㄆㄧㄣˊ ㄖㄨˊ ㄒㄧˇ） 貧窮得像被水沖洗過，一無所有。形容十分貧窮。

語源 元關漢卿感天動地竇娥冤楔子：「小生一貧如洗，流落在這楚州居住。」

例句 阿輝的小孩罹患心臟病，需要長期治療，龐大的醫藥費早已使他一貧如洗了。

近義 一文不名　家徒四壁

反義 家財萬貫　富可敵國

一傅眾咻（ㄧˊ ㄈㄨˋ ㄓㄨㄥˋ ㄒㄧㄡ） 一人教導，許多人在旁邊喧擾。①形容學習環境惡劣。②比喻做事時助成者少，而阻撓者多，難有成效。傅，教導。咻，喧嘩；吵鬧。

語源 孟子滕文公下：「一齊人傅之，眾楚人咻之，雖日撻而求其齊也，不可得矣。」

例句 學習的環境很重要，假使一傅眾咻，再好的資質也將學無所成。

反義 蓬生麻中

一勞永逸（ㄧˋ ㄌㄠˊ ㄩㄥˇ ㄧˋ） 一時的辛勞工作可以獲得永久的安逸。

語源 漢書匈奴傳下：「以為不壹勞者不久佚，不暫費者不永寧。」北魏賈思勰齊民要術種苜蓿：「此物長生，種者一勞永逸。」

例句 全面實施新生兒的疫苗注射，才能一勞永逸，徹底防範小兒麻痺症的流行。

反義 勞而無功　徒勞無功

一場春夢（ㄧˋ ㄔㄤˊ ㄔㄨㄣ ㄇㄥˋ） 一場春宵好夢。比喻世事變化無常，轉眼成空。

語源 唐張泌寄人：「倚柱尋思倍惆悵，一場春夢不分明。」

例句 她不惜犧牲色相以求在螢光幕上出名，到頭來才發覺這一切不過是一場春夢。

近義 南柯一夢　黃粱一夢

反義 心想事成　美夢成真

一廂情願（ㄧˋ ㄒㄧㄤ ㄑㄧㄥˊ ㄩㄢˋ） 參見「一相情願」。

一揮而就（ㄧˋ ㄏㄨㄟ ㄦˊ ㄐㄧㄡˋ） 一揮動筆很快就完成文章或書畫作品。形容才思敏捷。

語源 宋史文天祥傳：「天祥以法天不息為對，其言萬餘，不為稿，一揮而成。」

例句 他不管是寫信或是作文都是文不加點，一揮而就，令人佩服。

近義 文不加點　一氣呵成

反義 搜索枯腸　咬文嚼字

一朝一夕（ㄧˋ ㄓㄠ ㄧˋ ㄒㄧ） 一個早晨或一個晚上。形容非常短暫的時間。

語源 易經坤卦文言：「臣弒其君，子弒其父，非一朝一夕之故，其所由來者漸矣。」

例句 他們兩家是世仇，其中的恩恩怨怨非一朝一夕造成，並不是那麼容易解決的。

近義 旦夕之間　一時半刻

反義 長年累月　積年累月

一無可取（ㄧˋ ㄨˊ ㄎㄜˇ ㄑㄩˇ） 沒有一點可取之處。指毫無優點或價值。

語源 唐盧肇渾天法：「玄中、山經一無可取。」

例句 他雖然無情無義，背叛

朋友，但也不是毫無優點、一無可取。

近義　一無是處　乏善可陳

反義　完美無缺　盡善盡美

一無所有（ㄧ ㄨˊ ㄙㄨㄛˇ ㄧㄡˇ）　什麼都沒有。多指財物。

語源　五代王定保唐摭言慈恩寺題名游賞賦詠雜記：「釣異其事，馳往舊游訪之，則向之花竹一無所有，但見頹垣壞棟而已。」

例句　他因為投資失敗而賠上所有積蓄，如今已一無所有。

近義　空空如也　一貧如洗

反義　應有盡有　無所不有

一無所知（ㄧ ㄨˊ ㄙㄨㄛˇ ㄓ）　什麼都不知道。形容完全不了解或什麼都記不起來。

語源　北史隋宗室諸王：「逆臣賊子，專弄威柄，陛下唯守虛器，一無所知。」

例句　他剛由外面回來，對這件事一無所知，問他也是無濟於事。

近義　不明所以　不甚了了

反義　了然於胸　瞭如指掌

一無所長（ㄧ ㄨˊ ㄙㄨㄛˇ ㄔㄤˊ）　沒有任何專長。

語源　明朱之瑜答安東守約書：「不肖性行質直，一無所長。」

例句　社會上競爭激烈，因此我們一定要好好充實自我，若是一無所長，將難以在社會立足。

近義　庸庸碌碌　百無一能

反義　多才多藝　一技之長

一無所得（ㄧ ㄨˊ ㄙㄨㄛˇ ㄉㄜˊ）　沒有任何收穫、獲得。也作「一無所獲」。

語源　漢焦延壽焦氏易林訟：「步走逐鹿，空無所得。」太平御覽卷九九六茅引吳書：「盛燒船而去，賊一無所得。」

例句　我四處張貼尋狗啟事，也在街頭巷尾到處尋找，仍然一無所得。

近義　空手而回

反義　滿載而歸

一無所獲（ㄧ ㄨˊ ㄙㄨㄛˇ ㄏㄨㄛˋ）　參見「一無所得」。

一無長物（ㄧ ㄨˊ ㄓㄤˋ ㄨˋ）　一點多餘的東西都沒有。原形容生活節儉。後多用來形容非常貧窮。長，多餘的。也作「別無長物」、「身無長物」。

語源　南朝宋劉義慶世說新語德行：「丈人不悉恭，恭作人無長物。」明淩濛初二刻拍案驚奇卷三九：「房內只有一張大几，四下一看，別無長物。」清史稿卷四七六循吏一：「以積勞遘疾卒，身無長物。」清曾樸孽海花第二十回：「倒是自己一無長物怎好？」

例句　他因生意失敗，把所有值錢的東西都拿去典當，家中一無長物。

近義　室如懸磬　家徒四壁

反義　應有盡有　富可敵國

一無是處（ㄧ ㄨˊ ㄕˋ ㄔㄨˋ）　沒有一點值得稱讚的地方。即毫無優點。

語源　宋歐陽脩與王懿敏公：「事與心違，無一是處，未知何日遂得釋然。」明張岱與胡季望：「是猶三家村子，使之治山珍海錯，烹飪燔炙，一無是處。」

例句　求好心切的父母老是把孩子訓斥得一無是處，反而讓孩子喪失了自信。

近義　一無可取　全盤否定

反義　盡善盡美　十全十美

一筆勾消（ㄧ ㄅㄧˇ ㄍㄡ ㄒㄧㄠ）　一筆畫全部勾除註銷。比喻一下子全部取消，或全部作罷。也作「一筆勾銷」。

一

語源 明凌濛初拍案驚奇卷一○：「再央一個鄉官在太守處說了人情，婚約一紙，只須一筆勾消。」

例句 在長官的調解之下，他們兩人終於答應將過去的恩怨一筆勾消，共同為這項研究計畫而努力。

一筆勾銷 參見「一筆勾消」。

一筆抹殺 將過去的事功，一次全部抹除。也作「一筆抹煞」。

語源 明沈德符萬曆野獲編嘉靖大獄張本：「而世宗獨斷……遂將前後爰書，一筆抹殺。」

辨析 「一筆抹殺」多指功勞、成就而言；「一筆勾消」則多指仇恨、債務而言。

例句 他為人公私不分，常因私底下的小衝突，就將別人工作上的表現一筆抹殺。

近義 全盤否定

一筆抹煞 參見「一筆抹殺」。

一絲一毫 形容極微小或極少。絲、毫，都是極小的計量單位，十絲為一毫米，十毫米為一釐米。也作「一分一毫」。

語源 宋史司馬康傳：「凡為國者，一絲一毫皆當愛惜，惟於濟民則不宜吝。」

例句 奶奶生性儉樸，對於物資相當愛惜，一絲一毫都不輕易浪費。

近義 一星半點　一點一滴

一絲不苟 一點兒也不隨便。形容十分嚴格認真，連最細微的地方也不馬虎。苟，苟且；隨便。

語源 清吳敬梓儒林外史第四回：「上司訪知，見世叔一絲不苟，陞遷就在指日。」

例句 李小姐做事向來一絲不苟，把會計的工作交給她負責，絕對沒有問題。

近義 一板一眼　一本正經

反義 馬馬虎虎　得過且過

一絲不掛 ①佛家語。比喻不受塵俗牽累，沒有任何掛慮。②形容沒有穿衣服，全身赤裸。

語源 宋黃庭堅僧景宣相訪寄法王航禪師詩：「一絲不掛魚脫淵，萬古同歸蟻旋磨。」

例句 ①王伯伯退休以後，潛心向佛，如今已達到心靈清淨、一絲不掛的境界。②這群小朋友一絲不掛、優游自在地在溪中嬉戲，好不快樂啊！

近義 無牽無掛　赤身露體

反義 牽腸掛肚　衣冠楚楚

一隅三反 由一件事情類推得知其他許多事物。形容人聰明穎慧。隅，角落。反，類推。

語源 論語述而：「舉一隅不以三隅反，則不復也。」明黃宗羲陳乾初墓誌銘：「乾初括磨舊習，一隅三反。」

例句 他自小聰明敏慧，一隅三反，頗被看好。

近義 舉一反三　聞一知十

反義 冥頑不靈　渾渾噩噩

一隅之地 狹小偏遠的地方。隅，角落。

語源 晉書劉毅傳：「所統江州，以一隅之地當逆順之衝。」

例句 一百五十年前，香港只是偏處中國南方的一隅之地，是鴉片戰爭改變了她的命運。

一隅之見 片面的見解。常用來謙稱自己的見解有限，或批評別人的見解

不夠周延。隅，角落。比喻部分、片面。

語源 明王守仁傳習錄上：「人但各以其一隅之見，認定以為道止如此。」

例句 ①以上所言只是我個人的一隅之見，敬請大家批評指教。②王立委僅憑一隅之見就在院會上大放厥辭，實在貽笑大方。

近義 一孔之見　一得之見

反義 真知灼見　讜言正論

一飯千金 ˊ ㄈㄢˋ ㄑㄧㄢ ㄐㄧㄣ

受人一頓飯的恩惠，以千金回報。比喻知恩厚報或知恩必報。

語源 史記淮陰侯列傳記載：西漢開國名將韓信年少時很窮困，經常餓肚子。有一位在河邊漂洗絲絮的老婦可憐他，時常給他飯吃。後來韓信因功被封為楚王後，特地找到這位老婦，以千金酬謝她早年的恩惠。後以「一飯千金」比喻感恩厚報。

例句 劉董事長早年曾受到一位老婆婆的接濟，他感念在心。事業有成後，他成立了一個慈善基金會，以回報這一飯千金的恩德。

近義 感恩圖報　知恩圖報

反義 忘恩負義　恩將仇報

一塌糊塗 ˋ ㄊㄚ ㄏㄨˊ ㄊㄨˊ

形容紊亂或敗壞到不可收拾的地步。也作「一踏糊塗」。

語源 清曾樸孽海花第三十回：「與其顧惜場面，硬充好漢，到臨了弄的一塌糊塗，還不如一老一實，揭破真情，自尋生路。」

例句 張先生心血來潮想親手燒菜慰勞太太，不料卻將廚房弄得一塌糊塗，讓張太太啼笑皆非。

一意孤行 ˊ ˋ ㄍㄨ ㄒㄧㄥˊ

不顧別人的意見或反對，全憑自己的意思行事。

語源 史記酷吏列傳：「禹終不報謝，務在絕知友賓客之請，孤立行一意而已。」元戴良祭汪遯齋文：「亶一意以孤行，亦群情之所忌。」

例句 我們早就勸他不要再做無理的抗爭，誰知他一意孤行，落得被炒魷魚的下場。

近義 獨斷獨行　師心自用

反義 集思廣益　從善如流

一新耳目 ˋ ㄒㄧㄣ ㄦˇ ㄇㄨˋ

聽到和看到的都換了新樣子。指事物的改變，讓人有新穎的感覺。也作「耳目一新」。

語源 唐白居易修香山寺記：「香山之泉石，石樓之風月，與往來者耳目一時而新。」宋高登上淵豐皇帝第三書：「今亦望加大用，且以播四方，一新民之耳目。」

例句 這次他展出的畫作不論是技法或題材，都是大膽的嘗試，令人有一新耳目的感覺。

近義 萬象更新　煥然一新

反義 了無新意　司空見慣

一概而論 ˊ ㄍㄞˋ ㄦˊ ㄌㄨㄣˋ

全部用同一個標準來看待事物。概，古代量米麥時用來刮平斗斛的器具。一概，指同一個標準。

語源 晉王羲之草書勢：「百體千形而呈其巧，豈可一概而論哉！」

辨析 本則成語多用於否定。指對問題不作具體分析，籠統地同樣看待。

例句 網路遊戲有好有壞，不能一概而論，你加以全盤否定，恐怕有失偏頗。

近義 以偏概全　一筆抹煞

一歲三遷（ㄧˊ ㄙㄨㄟˋ ㄙㄢ ㄑㄧㄢ） 一年之內，三次升遷。形容官途順利，升遷極快。一歲，一年。遷，官職更動。

語源 南史到撝傳：「上又數游撝家，懷其舊德，至是一歲三遷。」

例句 他官運亨通，一歲三遷，身價水漲船高，已被視為下屆市長的熱門人選。

近義 青雲直上　扶搖直上

反義 仕途多舛　投閒置散

一落千丈（ㄧˊ ㄌㄨㄛˋ ㄑㄧㄢ ㄓㄤˋ） 原指琴聲突然由高到低，有如一下子跌落千丈一般。後來泛指聲望、地位、景況等急遽下降、變壞。

語源 唐韓愈聽穎師彈琴：「躋攀分寸不可上，失勢一落千丈強。」

例句 陳先生最近因為健康欠佳，加上經濟不景氣，所經營的餐飲店生意便一落千丈。

近義 江河日下　每況愈下

反義 突飛猛進　扶搖直上

一葉知秋（ㄧˊ ㄧㄝˋ ㄓ ㄑㄧㄡ） 從一片樹葉的凋落，便知道秋天即將到來。比喻從細微的跡象看出事物發展的趨向。

語源 宋趙長卿秋景思越人：「那堪更、一葉知秋，天色兒，漸冷落。」

例句 總經理對國際金融走向觀察入微，常能一葉知秋，洞燭機先，做出正確的判斷。

近義 見微知著　因小見大

反義 不辨菽麥　愚昧無知

一路順風（ㄧˊ ㄌㄨˋ ㄕㄨㄣˋ ㄈㄥ） 祝福旅途平安順利的用語。

語源 清文康兒女英雄傳第十九回：「忽然一路順風裡，說道想要告休歸里。」

例句 祝你們這趟歐洲之旅一路順風。

近義 一帆風順

一較高下（ㄧˊ ㄐㄧㄠˋ ㄍㄠ ㄒㄧㄚˋ） 互相較量優劣好壞。

例句 世界各地的長跑好手將在這次的馬拉松比賽一較高下，精采可期。

近義 較短量長　度長絜大

反義 與世無爭

一飽眼福（ㄧˋ ㄅㄠˇ ㄧㄢˇ ㄈㄨˊ） 形容看到喜歡看或值得看的事物並看得很滿足。

例句 馬戲團的表演精彩逗趣又刺激，讓觀眾一飽眼福。

一鼓作氣（ㄧˋ ㄍㄨˇ ㄗㄨㄛˋ ㄑㄧˋ） 作戰開始時，第一次敲擊戰鼓使士兵振作勇氣。比喻趁氣勢旺盛時全力以赴，一舉成事。

語源 左傳莊公十年：「夫戰，勇氣也。一鼓作氣，再而衰，三而竭。」

例句 就剩這面牆還沒粉刷，我們今晚就一鼓作氣把它完成吧，不要再拖到明天了。

近義 打鐵趁熱

反義 再衰三竭　師老兵疲

一團和氣（ㄧˋ ㄊㄨㄢˊ ㄏㄜˊ ㄑㄧˋ） 形容態度和藹可親，或氣氛和睦融洽。

語源 宋謝良佐上蔡語錄：「伯淳終日坐如泥塑人，然接人則渾是一團和氣。」

例句 雖然討論時大家都有不同的看法，但會議結束後彼此仍是一團和氣。

近義 和藹可親　和顏悅色

反義 怒目相向　聲色俱厲

一塵不染（ㄧˋ ㄔㄣˊ ㄅㄨˋ ㄖㄢˇ） 原為佛教用語，指修行得六根清淨。後多用來形容環境或物體十分乾淨清潔。也形容人品清廉高尚。也作「纖塵不染」。

語源 唐田穎攬雲臺記：「一塵不染，萬念胥空。」明馮夢

龍醒世恆言卷二十：「把個大相國寺打掃得一塵不染。」明吳之鯨武林梵志卷三六律通寺：「有辟塵爐，非木非石，扣之錚然，纖塵不染。」

例句 媽媽總是把家裡打掃得窗明几淨，一塵不染。

近義 六根清淨 窗明几淨

反義 亂七八糟 烏七八糟

一碧萬頃 形容一片廣大無邊的水面或原野。碧，青綠色。

語源 唐田穎浩然臺詩序：「北望可見長江一碧萬頃，涵虛無涯。」

例句 日月潭潭水一碧萬頃，風光明媚，吸引許多觀光客前來遊覽。

近義 碧波萬頃

一網打盡 撒一次網就把魚捕光。比喻全部捉到或消滅。

語源 宋魏泰東軒筆錄卷四：「劉待制元瑜既彈蘇舜欽，而連坐者甚眾，同時俊彥，為之一空。劉見宰相曰：『聊為相公一網打盡。』」

例句 希望政府的治平專案能夠將地痞流氓一網打盡，讓民眾保有安全寧靜的生活環境。

近義 一舉成擒 斬草除根

反義 網開一面 漏網之魚

一語中的 一句話就說中了要點。的，箭靶的中心。比喻事物的關鍵處。也作「一語破的」。

語源 清趙翼甌北詩鈔七言古二關索插槍巖歌：「書生論古勿泥古，未必傳聞皆偽史策真。」清李保泰評：「結句千古名理，一語破的。」

例句 他一語中的，解除嫌犯的心防，終於使他俯首認罪。

近義 一語道破 一針見血

反義 不著邊際 不知所云

一語成讖 無意中說出一句不吉利的話，竟成了應驗的預言。讖，預言。

例句 原本只是一句玩笑話，沒想到一語成讖，讓他內疚不已，耿耿於懷。

一語道破 一句話就說穿了。形容說話精確，一句話就說出關鍵或揭出真相。

語源 明陳確與張考夫書：「自唐虞至戰國二千餘年，聖人相傳心法，一語道破。」

例句 輔導老師一語道破張同學的心事，為他打開困惑許久的心結。

近義 一語中的 一針見血

反義 隔靴搔癢 不著邊際

一誤再誤 ①已經錯了一次，仍不引以為戒，再錯下去。誤，錯誤；差錯。也作「一錯再錯」。②指時間一再延誤。誤，延誤。

語源 宋史魏王廷美傳：「太祖已誤，陛下豈容再誤邪？」清沈德潛說詩晬語卷下：「前賢讀書，不肯一誤再誤如此。」

例句 ①這種行為是老闆眼中的大忌，你卻一誤再誤，當心飯碗不保。②因為氣候惡劣，我們的班機一誤再誤。

近義 重蹈覆轍 執迷不悟

反義 知過能改 迷途知返

一鳴驚人 平時不啼叫的鳥，一鳴叫就使人震驚。比喻平時沒有特殊表現的人突然做出驚人的舉動或成就。

語源 史記滑稽列傳：「此鳥不飛則已，一飛沖天；不鳴則已，一鳴驚人。」

例句 楊同學平日木訥寡言，

竟在這次演講比賽中一鳴驚人，獲得冠軍。

近義 一飛沖天　一舉成名

反義 沒沒無聞　庸庸碌碌

一暴十寒（ㄆㄨˋ ㄕˊ ㄏㄢˊ） 曝曬一天，寒凍十天。比喻做事沒有恆心，不能堅持。暴，「曝」的本字。曝曬。也作「一曝十寒」。

語源 孟子告子上：「雖有天下易生之物也，一日暴之，十日寒之，未有能生者也。」明王守仁牌行委官陳逅設教靈山：「毋令一暴十寒，虛應文具。」

辨析 暴，音ㄆㄨˋ，不讀ㄅㄠˋ。

例句 弟弟立定志向，改變一暴十寒的讀書態度以後，學業成績有了很大的進步。

近義 半途而廢

反義 鍥而不捨　持之以恆

一模一樣（ㄇㄛˊ ㄧㄤˋ） 由同一個模子印製出來的一個樣子。形容外型完全相同。

語源 西遊記第四十七回：「就是幾千萬兩，也沒處買這般一模一樣同年同月的兒女。」

例句 那對雙胞胎長得幾乎一模一樣，教人無從分辨。

近義 毫無二致　如出一轍

反義 截然不同　大相逕庭

一盤散沙（ㄆㄢˊ ㄙㄢˇ ㄕㄚ） 比喻人心渙散，不能團結。

語源 宋蘇軾二公再和亦再答之：「親友如摶沙，放手還復散。」　清陳天華獅子吼第八回：「只有中國的會黨，一盤散沙，一個機關報沒有，又怎麼行呢？」

例句 失去了共同奮鬥的目標，我們大家就像一盤散沙，連見面也越來越少了。

近義 分崩離析　烏合之眾

反義 眾志成城　萬眾一心

一窮二白（ㄑㄩㄥˊ ㄦˋ ㄅㄞˊ） 形容非常貧窮。

例句 他誓言要努力打拚，早日脫離一窮二白的困境。

近義 一貧如洗　無以為繼

反義 豐衣足食　物阜民豐

一箭之仇（ㄐㄧㄢˋ ㄓ ㄔㄡˊ） 被射中一箭的仇恨。也比喻過去因某事所結下的怨仇。

語源 三國演義第七十四回：「卻說關公回營，拔了箭頭……謂眾將曰：『我誓報此一箭之仇！』」

例句 四年前因為被對手抹黑而落選，這次他穩紮穩打，終於奪回市長寶座，報了一箭之仇。

近義 新仇舊恨　睚眥必報

反義 一飯之恩

一箭之地（ㄐㄧㄢˋ ㄓ ㄉㄧˋ） 射出一箭所能到達的距離。形容距離不遠。

語源 元無名氏諸葛亮博望燒屯第三折：「放我一箭之地，埋鍋造飯去。」

例句 你要找的地方離這裡只有一箭之地，往下繼續走就會看到。

近義 近在咫尺　咫尺之遠

反義 遠在天邊　遙不可及

一箭雙雕（ㄐㄧㄢˋ ㄕㄨㄤ ㄉㄧㄠ） 一支箭同時射中兩隻雕。本指箭術高超。後多比喻一舉兩得。雕，也作「鵰」。像老鷹的兇猛大鳥。

語源 宋釋普濟五燈會元卷一八東京慧海儀禪師：「萬人膽破沙場上，一箭雙雕落碧空。」

例句 這個計畫既能發展經濟，也可以兼顧環保，可說是一箭雙雕。

一

近義 一石二鳥 一舉兩得

反義 顧此失彼 賠了夫人又折兵

一線生機 有一點生存下去的機會與希望。

語源 宋羅大經鶴林玉露卷一六：「若借溫太真之事，為小人開一線之路，借范堯夫之言，為君子憂後來之禍，則失之矣。」清李伯元文明小史第二十九回：「中國人犯了外國人的法，那是沒有一線生機的，甚至波及無辜。」

例句 雖然山間氣候惡劣，但受困山中的登山客仍抱著一線生機，絲毫不肯放棄。

近義 一線希望 一線曙光

反義 灰心喪氣 萬念俱灰

一線希望 非常微小的期望。多指最後的一點希望。

例句 失聯班機的殘骸一直未尋獲，乘客家屬心中仍抱著一線希望，只盼奇蹟能出現。

近義 一線生機 一線曙光

反義 萬念俱灰

一線曙光 如線一般細微的亮光。比喻些微的希望。曙光，清晨出現的第一道亮光。比喻光明、希望。

例句 經過幾位重要人士的斡旋，雙方的和解終於透露出一線曙光。

近義 曙光乍現 一線希望

反義 灰心喪氣 萬念俱灰

一踏糊塗 參見「一塌糊塗」。

一窺堂奧 探看其中的精深、奧妙。窺，觀看；探看。堂奧，屋室的最深處。比喻學問或技藝的精深處。

語源 晉棗腆答石崇詩：「窺覩堂奧，欽蹈明規。」

例句 久聞傅教授的佛學修養造詣高深，藉著這次來聽他演講，正可一窺堂奧。

近義 一探究竟

一親芳澤 指親近女子。芳澤，舊稱婦人用以潤髮的香油。

語源 楚辭大招：「粉白黛黑，施芳澤只。」

例句 他對她愛慕已久，卻苦無一親芳澤的機會。

近義 肌膚之親

反義 敬而遠之

一諾千金 給人的承諾有如千金般可貴。比喻說話很有信用。

語源 宋賀鑄六州歌頭：「肝膽洞，毛髮聳，立談中，死生同，一諾千金重。」

例句 陳先生為人向來一諾千金，因此在商場上樹立了良好的口碑。

近義 一言九鼎 說一不二

反義 輕諾寡信 言而無信

一錯再錯 參見「一誤再誤」。

一頭霧水 整個人像籠罩在迷霧之中。比喻不清楚，不明白。

例句 這件事他說得零零落落，前言不搭後語，讓大家聽得一頭霧水。

近義 莫名其妙 如坐雲霧

反義 豁然開朗 恍然大悟

一償宿願 實現長久以來的願望。宿，平日的；積久的。

例句 小豬是美國職棒紅襪隊的球迷，這次利用出差的機會，終於一償宿願，在波士頓芬威球場現場觀賞比賽。

近義 如願以償 一了心願

反義 事與願違　壯志未酬

一應俱全 ㄧˋ ㄧㄥ ㄐㄩˋ ㄑㄩㄢˊ 應該有的都齊全了。

語源 清文康兒女英雄傳第九回：「那案子上調和作料一應俱全。」

例句 臺北迪化街各式各樣的南北貨一應俱全，每年都吸引大批買辦年貨的人潮。

近義 應有盡有　綽有餘裕

反義 空無一物　付之闕如

一聲不響 ㄧˋ ㄕㄥ ㄅㄨˋ ㄒㄧㄤˇ 形容一句話也不說或不發出半點聲響。

例句 問了半天，她還是一聲不響，真是拿她沒辦法！

近義 一言不發　默不作聲

反義 侃侃而談　口沫橫飛

一臂之力 ㄧˊ ㄅㄧˋ ㄓ ㄌㄧˋ 指一部分力量或微小的幫助。

語源 宋黃庭堅代人求知書：「不愛斧斤而斲之，期於成器，捐一臂之力，使小人有黃鐘、大呂之重。」

例句 這項研究幸好有陳教授助我們一臂之力，否則難以如期完成。

近義 綿薄之力

一舉一動 ㄧˋ ㄐㄩˇ ㄧˊ ㄉㄨㄥˋ 指一切的舉止動作。

語源 元方回三勿齋記：「一舉一動，無非義者。」

例句 王董事長是工商界的大老，他在這項投資案中的一舉一動，受到眾人的關注。

近義 一言一行　言行舉止

一舉成名 ㄧˋ ㄐㄩˇ ㄔㄥˊ ㄇㄧㄥˊ 本指考中科舉而天下知名。後指做某件事成功而出了名。

語源 唐韓愈唐故國子司業竇公墓誌銘：「公一舉成名而東。」

例句 這個新人藉由唱片公司的大力宣傳、頻頻曝光而一舉成名。

近義 一鳴驚人　脫穎而出

反義 默默無聞　名不見經傳

一舉兩得 ㄧˋ ㄐㄩˇ ㄌㄧㄤˇ ㄉㄜˊ 做一件事同時得到兩種好處。

語源 漢班固東觀漢記耿弇：「吾得臨淄，即西安孤，必復亡矣，所謂一舉而兩得者也。」

例句 這趟歐洲之旅，不但增廣見識，又達到休閒的目的，真是一舉兩得！

近義 一石二鳥　一箭雙雕

反義 顧此失彼　雞飛蛋打

一舉數得 ㄧˋ ㄐㄩˇ ㄕㄨˋ ㄉㄜˊ 一個舉動能獲得多方面的好處。

例句 騎自行車上班，不但響應環保，還可減肥、健身兼省錢，真是一舉數得。

近義 一舉兩得　一箭雙雕

一點靈犀 ㄧˋ ㄉㄧㄢˇ ㄌㄧㄥˊ ㄒㄧ 比喻兩心相印或聰明靈慧。舊說犀牛角上有紋線，兩端能感應通靈，故稱靈犀。

語源 唐李商隱無題：「身無彩鳳雙飛翼，心有靈犀一點通。」元王仲誠中呂宮粉蝶兒：「蕙蘭性一點靈犀透，舉止溫柔。」

例句 天色漸暗，迷路的他憑著心中的一點靈犀，找到下山之路，化險為夷。

近義 心心相印　靈臺清明

反義 貌合神離　愚昧駑鈍

一擲千金 ㄧˊ ㄓˋ ㄑㄧㄢ ㄐㄧㄣ 原指賭博時，一次就投下極大的賭注。後用來形容任意揮霍金錢。擲，下賭注。

語源 晉書何無忌傳：「劉毅家無儋石之儲，摴蒱一擲百萬。」唐吳象之少年行：「一擲千金渾是膽，家無四壁不知

貧。」

例句　她買起名牌服飾常是一擲千金，毫不吝惜。

近義　揮金如土　揮霍無度

反義　省吃儉用　一毛不拔

一瀉千里　①形容水勢奔流直下。②比喻文章文筆流暢，氣勢奔放。瀉，傾洩；水往下急流。

語源　唐李白贈從弟宣州長史昭：「長川豁中流，千里瀉吳會。」　明焦竑玉堂叢語文學一：「其文如源泉奔放，一瀉千里。」

例句　①長江、黃河一瀉千里，是中國境內最大的二條河流，共同孕育了燦爛的中華文明。②這篇社論不僅立論精當，而且筆勢不凡，有一瀉千里之妙。

近義　飛流直下　一氣呵成

反義　涓涓細流　拖泥帶水

一竅不通　比喻一點也不懂。

語源　元張國賓羅李郎大鬧相國寺第一折：「阿，這老爹一竅也不通！」

例句　現代人如果對電腦一竅不通，很快就會落伍了。

近義　一無所知　愚不可及

反義　無所不知　瞭如指掌

一薰一蕕　一香一臭放在一起，將只聞其臭，不聞其香。比喻善惡同列、好壞混雜時，善的與好的往往被惡的與壞的掩蓋。薰，香草。蕕，臭草。

語源　左傳僖公四年：「一薰一蕕，十年尚猶有臭。」

例句　你與黑道分子來往，雖然自認清白，但一薰一蕕，外界還是會以異樣眼光看你。

近義　薰蕕同器　好壞相雜

反義　薰蕕不同器　涇渭分明

一雙兩好　形容夫妻雙方才貌匹配相稱，感情融洽，有如天生一對。也作「一床兩好」。

語源　唐張文成遊仙窟：「一床無兩好，半醜亦何妨。」宋周煇清波雜志卷八：「一雙兩好古來無，好女從來無好夫。」

例句　陳太太與陳先生鶼鰈情深，沒有人不稱讚他們是一雙兩好的標準夫妻。

近義　天生一對　天作之合

反義　琴瑟失調　夫妻反目

一曝十寒　參見「一暴十寒」。

一瓣心香　以一炷香表達虔誠的心意。指真誠崇敬的心意。也作「一炷心香」。

語源　唐韓偓仙山：「一炷心香洞府開，偃松皺澀半莓苔。」

例句　幾位同學今晚設宴為李老師暖壽，我因出差在外，只能以一瓣心香，遙祝老師生日快樂。

近義　誠心誠意　拳拳之誠

反義　虛情假意

一蹴可幾　參見「一蹴而就」。

一蹴而就　踏一步就成功。比喻很容易成功。蹴，踏；踩。就，成功。也作「一蹴可就」、「一蹴可幾」。幾，音ㄐㄧ。到達。

語源　宋蘇洵上田樞密書：「天下之學者，孰不欲一蹴而造聖人之域！」清薛福成代李伯相復豐將軍書：「自古絕大事業，本無一蹴可幾之理。」

例句　成功必須靠奮鬥努力去爭取，不要妄想一蹴而就。

近義　輕而易舉　手到擒來

反義　談何容易　困難重重

一蹶不振（ㄐㄩㄝˊ ㄅㄨˋ ㄓㄣˋ） 一跌倒就爬不起來。比喻遭遇挫敗就無法再振作起來。

語源 漢劉向說苑說叢：「一蹶之故，卻足不行。」明張居正寄太史吳後庵：「一蹶而不振，豈非命哉?」

例句 他並不因為去年考試失敗而一蹶不振，反而更加努力，今年終於金榜題名。

近義 一敗塗地 灰心喪志

反義 再接再厲 東山再起

一籌莫展（ㄔㄡˊ ㄇㄛˋ ㄓㄢˇ） 比喻一點辦法也沒有。籌，算籌，古代計數的用具。引申為計畫、辦法。展，施展。

語源 明于謙覆教習功臣子孫疏：「當有事之際，輒欲委以機務，莫不張皇失措，一籌莫展。」

例句 面對這種罕見的疾病，小鎮上的醫師一籌莫展，只好將病患轉診到大醫院。

近義 束手無策 無計可施

反義 胸有成竹 足智多謀

一觸即發（ㄔㄨˋ ㄐㄧˊ ㄈㄚ） 扣在弦上的箭，一碰觸就射出去。比喻情勢非常緊張，隨時都有可能發生衝突。原作「觸而即發」。

語源 明李開先原性堂記：「予方有意，觸而即發，不知客何所見，適投其機乎?」

例句 這場足球冠軍賽情勢緊張，兩隊球迷的衝突有可能一觸即發。

近義 劍拔弩張 箭在弦上

反義 相安無事

一覽無餘（ㄌㄢˇ ㄨˊ ㄩˊ） 參見「一覽無遺」。

一覽無遺（ㄌㄢˇ ㄨˊ ㄧˊ） 一看就全部知曉，沒有絲毫遺漏。也作「一覽無餘」。

語源 南朝宋劉義慶世說新語言語：「若使阡陌條暢，則一覽而盡。」明叢蘭預防邊患事：「賊若據此俯視本關城內虛實強弱，一覽無遺。」金瓶梅第六十一回：「風虛寒熱之症候，一覽無餘。」

例句 登高遠眺，山下的美景一覽無遺。

近義 一目了然 盡收眼底

反義 隱隱約約 模糊不清

一體兩面（ㄊㄧˇ ㄌㄧㄤˇ ㄇㄧㄢˋ） 一件事物的正反兩面。指兩方面同時具在，互為因果或互相影響。

例句 二人在一起生活，信賴與安全感一體兩面，既然你不信賴他，又怎麼可能對他有安全感呢?

近義 互為表裡 互為因果

反義 風馬牛不相及

一鱗半爪（ㄌㄧㄣˊ ㄅㄢˋ ㄓㄨㄚˇ） 龍在雲中偶爾露出一塊鱗片、半隻腳爪，難得見到全貌。比喻零星片段的事物。

語源 唐高仲武中興間氣集上蘇渙：「其文意長於諷刺，亦有陳拾遺一鱗半甲，故善之。」清趙執信談龍錄：「神龍者屈信變化，固無定體，恍忽望見者，第指其一鱗一爪。」

例句 許多年輕人對過去的歷史文化只知一鱗半爪，絲毫不懂得尊重與珍惜。

近義 東鱗西爪 支離破碎

反義 渾然一體 全體全貌

一顰一笑（ㄆㄧㄣˊ ㄧˊ ㄒㄧㄠˋ） 一個皺眉或一個微笑。指憂愁、歡喜的表情。顰，皺眉。

語源 韓非子內儲說上：「吾聞之，明主愛一嚬一笑，嚬有為嚬，而笑有為笑。」唐權德輿雜興五首（其一）：「一顰

一笑千金重，肯似成都夜失身。」

例句 她的一顰一笑在他的心目中留下了深刻的印象。

一步一腳印（ㄧˊ ㄅㄨˋ ㄧˊ ㄐㄧㄠˇ ㄧㄣˋ） 每走一步就留下一個足跡。比喻做事踏實認真，付出必有收穫。

語源 宋釋惟白續傳燈錄卷一一臨安府佛日淨慧戒弼禪師：「僧問：『如何是毗盧印？』師曰：『草鞋踏雪。』曰：『學人不會。』師曰：『步步成蹤。』」

例句 雲門舞集今天能夠享譽國際，是創辦人林懷民先生帶領團員一步一腳印奮鬥多年的成果。

近義 腳踏實地 實實在在

反義 好高騖遠

一言以蔽之（ㄧˋ ㄧㄢˊ ㄧˇ ㄅㄧˋ ㄓ） 用一句話來概括它。蔽，總括；概括。也作「一言蔽之」。

語源 論語為政：「詩三百，一言以蔽之，曰：『思無邪。』」宋書索虜傳：「因此而推勝負，殆可以一言蔽之。」

例句 投資股市不可短視近利，一言以蔽之，長期投資才是正確的理財之道。

近義 總而言之 言歸正傳

反義 千言萬語 一言難盡

一問三不知（ㄧˊ ㄨㄣˋ ㄙㄢ ㄅㄨˋ ㄓ） 指從頭到尾都不知道，或每次詢問都回答不知道。三不知，指事情的開始、發展經過和結果。

語源 左傳哀公二十七年：「君子之謀也，始衷終皆舉之而後入之，今我三不知而入之，不亦難乎！」紅樓夢第五十五回：「一個是拿定了主意：不干己事不張口，一問搖頭三不知。」

例句 那個嫌犯真狡猾，警察偵訊時，他總是一問三不知。

近義 一無所知 孤陋寡聞

反義 無所不知 知無不言

一鼻孔出氣（ㄧˋ ㄅㄧˊ ㄎㄨㄥˇ ㄔㄨ ㄑㄧˋ） 比喻意見相同，彼此附和。多含有貶義。

語源 清西周生醒世姻緣傳第六回：「那晁住媳婦就是合珍哥一個鼻孔出氣，也沒有這等心意相投。」

例句 我平日對你那麼好，沒想到你竟和他一鼻孔出氣，反過來指責我的不是。

近義 狼狽為奸 朋比為奸

一翻兩瞪眼（ㄧˋ ㄈㄢ ㄌㄧㄤˇ ㄉㄥˋ ㄧㄢˇ） 原為賭牌比大小的用語。指翻牌時雙方瞪大眼睛看，輸贏當下分曉。比喻勝負、好壞立見分明。

例句 這種重大議題不如交付全民公投，哪個主張最受支持，公投後一翻兩瞪眼，誰也別再吵。

近義 高下立判 立見分曉

反義 相持不下

一山不容二虎（ㄧˋ ㄕㄢ ㄅㄨˋ ㄖㄨㄥˊ ㄦˋ ㄏㄨˇ） 一座山不能同時容納兩隻老虎。比喻一個地方不能同時容納兩個勢力強大的人物。

例句 你們合夥經營公司，最好先把權責劃分清楚，以免將來造成一山不容二虎的局面，傷了和氣。

一客不煩二主（ㄧˊ ㄎㄜˋ ㄅㄨˋ ㄈㄢˊ ㄦˋ ㄓㄨˇ） 比喻事情若能獨力承當，就不再麻煩他人。

語源 宋釋惟白續傳燈錄堂遠禪師：「一鶴不棲雙木，一客不煩兩家。」金瓶梅第五十二回：「一客不煩二主，你不接濟他這一步兒，叫他又往那裡

借去？」

例句 一客不煩二主，這點小事我自己解決就可以了，不勞你費心。

一動不如一靜（ㄧˊ ㄉㄨㄥˋ ㄅㄨˋ ㄖㄨˊ ㄧˊ ㄐㄧㄥˋ） 原指「動不如靜」。後也指多一事不如少一事。

語源 宋張端義貴耳集：「孝宗幸天竺及靈隱，有輝僧相隨。見飛來峰，問輝曰：『既是飛來，如何不飛去？』對曰：『一動不如一靜。』」

例句 在局勢未明朗之前，一動不如一靜，我們暫且靜觀其變。

近義 多一事不如少一事　以不變應萬變

一發不可收拾（ㄧ ㄈㄚ ㄅㄨˋ ㄎㄜˇ ㄕㄡ ㄕˊ） 事情一發生就無法控制、收拾。

語源 清王夫之讀通鑑論隋文帝：「上下相率以偽，君子之所甚賤，亂敗之極，一發而不可收也。」

例句 由於廠房內堆積了許多易燃物品，因此火勢一發不可收拾，造成眾多人員的傷亡。

近義 愈演愈烈　伊于胡底

一蟹不如一蟹（ㄧˊ ㄒㄧㄝˋ ㄅㄨˋ ㄖㄨˊ ㄧˊ ㄒㄧㄝˋ） 螃蟹一隻不如一隻。比喻一個比一個差或一代不如一代。

語源 舊題宋蘇軾艾子雜說三物記載：艾子在海上航行，到了一個地方，看到一種圓扁而多足的動物，當地人叫牠做「蝤蛑」。不久又看到一種也是圓扁多足的動物，名字叫「螃蟹」。之後他又得到一種動物，形狀長得跟前兩種沒兩樣，但個子卻小很多，他好奇地問：「這又是什麼東西？」當地人說：「是彭越。」於是艾子不禁感歎說：「何一蟹不如一蟹也！」

例句 這幾年我們的籃球校隊是一蟹不如一蟹，難怪對外比賽從沒得獎。

近義 每況愈下　江河日下

反義 青出於藍　後來居上

一不做，二不休（ㄧ ㄅㄨˋ ㄗㄨㄛˋ，ㄦˋ ㄅㄨˋ ㄒㄧㄡ） 事情既然已做了，乾脆就做到底，不要停止。表示下定決心，不顧一切地豁出去。休，停止。

語源 唐趙元一奉天錄卷四：「第一莫作，第二莫休。」水滸傳第三十九回：「晁蓋叫道：『一不做，二不休！眾好漢相助著晁某，直殺盡江州軍馬，方纔回梁山泊去！』」

例句 既然已經跟他們鬧翻了，乾脆一不做，二不休，將所有的爭議都交由司法審判，徹底解決。

一而再，再而三（ㄧˋ ㄦˊ ㄗㄞˋ，ㄗㄞˋ ㄦˊ ㄙㄢ） 一次又一次。

語源 尚書多方：「至于再，至于三。」左傳僖公五年：「一之為甚，其可再乎？」清俞萬春蕩寇志第一〇九回：「那廝必然再用此法，一而再，再而三，我其危矣！」

例句 他老愛順手牽羊偷東西，一而再，再而三，賊性不改，令家人十分失望。

近義 三番兩次

一傳十，十傳百（ㄧ ㄔㄨㄢˊ ㄕˊ，ㄕˊ ㄔㄨㄢˊ ㄅㄞˇ） 形容消息傳播得很快。

語源 明馮夢龍喻世明言卷二八：「一傳十，十傳百，霎時間，滿京城通知道了。」

例句 位在南投深山那處有如世外桃源的祕境被發現後，一傳十，十傳百，吸引了無數山友前來尋幽探奇。

近義　口耳相傳　不脛而走

一寸光陰一寸金　一寸長的時間價值一寸黃金。形容時間很寶貴。

語源　唐王貞白白鹿洞：「讀書不覺已春深，一寸光陰一寸金。」

例句　我在年少輕狂時不了解「一寸光陰一寸金」的道理，因而浪費許多寶貴的時間。

近義　一刻千金　寸陰尺璧

反義　韶光虛度　蹉跎歲月

一日之計在於晨　計畫一天的時間在早晨。

語源　南朝梁蕭繹纂要：「一年之計在於春，一日之計在於晨。」

例句　一日之計在於晨，你時常睡到日上三竿才起床，難怪會渾渾噩噩地過日子。

近義　一年之計在於春　早起的鳥兒有蟲吃

一失足成千古恨　一旦犯了錯，就會成為終身的遺憾。常用來勸戒人們行事要謹慎，不要犯錯或誤入歧途。千古，形容時間久遠。

語源　明孫緒雜著：「錢狀元福才……既被劾去。有詩曰：『一失足為天下笑，再回頭是百年人。』」

例句　你要考慮清楚，千萬別魯莽行事，否則一失足成千古恨，想後悔也來不及了。

近義　一著不慎，滿盤皆輸

反義　浪子回頭金不換　放下屠刀，立地成佛

一個巴掌拍不響　比喻單方面鬧不起事來。

語源　紅樓夢第五十八回：「一個巴掌拍不響，老的也太不公些，小的也太可惡些。」

例句　一個巴掌拍不響，今天的場面會失控，你也有責任，不能一味怪罪別人。

一朝天子一朝臣　天子換了人，所有的臣子也跟著更換。比喻人事因領導人的更換而變動。含有貶義。

語源　元金仁傑蕭何月夜追韓信第三折：「我從來將相出寒門。咱王是一朝天子一朝臣。」

例句　副主任升為主任後，便將負責重要事務的職務改由他的親信擔任，當真是一朝天子一朝臣。

一塊石頭落了地　比喻終於可以安心、放心。

語源　清吳敬梓儒林外史第四十五回：「余二先生一塊石頭落了地，寫信約哥回來。」

例句　這批貨終於在連日趕工下如期交到客戶手上，廠長總算一塊石頭落了地，露出了難得的笑容。

近義　如釋重負　無牽無掛

反義　提心吊膽　牽腸掛肚

一竿子打翻一船人　比喻不論好壞，一律加以批評、貶損。

語源　梁啟超新中國未來記第三回：「一國之大，自然是有好的，有壞的，何必一棍打一船呢？」

例句　社團裡雖然有一、二個不負責任的人，但其餘成員都很好，你不能一竿子打翻一船人，否定大部分人的努力。

一人之下，萬人之上　本指宰相的職位。因其地位僅

次於天子，而在眾官百姓之上。今泛指權勢顯赫，地位僅次於最高主管的人。

語源　唐馬總意林太公六韜：「屈一人下，伸萬人上，惟聖人能行之。」金瓶梅第三十回：「俺老爺當今一人之下，萬人之上，不論三臺八位，不論公子王孫，誰敢在老爺府前這等稱呼？」

例句　小陳自以為是一人之下，萬人之上，在公司裡胡作非為，終於遭到開除的下場。

一人有慶，兆民賴之

天子一人施行善政，億萬百姓都因此得利。慶，善。賴，利。

語源　尚書呂刑：「一人有慶，兆民賴之，其寧惟永。」

例句　國家元首若勤政廉明，則是「一人有慶，兆民賴之」，因此我們在投下神聖一票時應當慎重。

一人得道，雞犬升天

本指一個人修行得了正果，連家中的雞犬也受到福佑而升天。後比喻一個人有了名位權勢，親友依靠他而得到升遷或好處。

語源　太平廣記卷八劉安引神仙傳：「安臨去時，餘藥器置在中庭，雞犬舐啄之，盡得升天。」

例句　自從他升為總經理後，他的親信無一不升職或加薪，真可謂「一人得道，雞犬升天」。

反義　樹倒猢猻散　一人獲罪，誅連九族

一人傳虛，萬人傳實

本來不存在的事情，傳言的人一多，大家就信以為真了。

語源　王符潛夫論賢難：「一犬吠形，百犬吠聲；一人傳虛，萬人傳實。」

例句　你雖然問心無愧，但最好還是出面說明一下，因為一人傳虛，萬人傳實，不可不防啊！

近義　三人成虎　眾口鑠金

一分耕耘，一分收穫

花一分力氣耕種，就有一分成果收穫。比喻付出多少努力，就可以得到多少成果。

例句　妳夢想哪天也能上臺表演，從現在起就要努力付出。「一分耕耘，一分收穫」，總有一天願望會實現的。

一夫當關，萬夫莫敵

①形容地勢險要，易守難攻。

②形容人非常勇武善戰。

語源　淮南子兵略：「一人守隘，而千人弗敢過也。」晉左思蜀都賦：「一人守隘，萬夫莫向。」唐李白蜀道難：「劍閣崢嶸而崔嵬，一夫當關，萬夫莫開。」

例句　①八通關古道穿過埡口，高倨稜線，身在其中真有「一夫當關，萬夫莫敵」的感受。②身材魁梧高大的他往籃框下一站，就有「一夫當關，萬夫莫敵」的氣勢。

近義　一夫荷戈，萬夫莫前

一日為師，終身為父

只要當過自己的老師，就應像對父親一樣尊敬他。

語源　元關漢卿溫太真玉鏡臺第二折：「一日為師，終身為父。」

例句　現代人尊師重道的觀念淡薄，已無古人「一日為師，終身為父」的想法。

近義 尊師重道

一犬吠形，百犬吠聲

一隻狗看到人影叫起來，一群狗聽到後也跟著叫。比喻不辨真相、隨聲附和，或盲目附和者眾多。也作「吠形吠聲」、「吠影吠聲」。

語源 漢王符潛夫論賢難：「諺曰：『一犬吠形，百犬吠聲。』世之疾此，固久矣哉。」

例句 八卦雜誌中的花邊新聞多半是空穴來風，無奈一犬吠形，百犬吠聲，常使當事人困擾不已。

近義 人云亦云　隨聲附和

反義 實事求是　言之有據

一佛出世，二佛涅槃

比喻死去活來。出世，指生。涅槃，指死。也作「一佛出世，二佛生天」。

語源 水滸傳第三十八回：「打得宋江一佛出世，二佛涅槃，皮開肉綻，鮮血淋漓。」明凌濛初初刻拍案驚奇卷三二：「直哭得一佛出世，二佛生天。」

例句 正在行竊的小偷被發現之後，遭到屋主和鄰居一頓毒打，痛得他一佛出世，二佛涅槃，跪地求饒。

近義 死去活來

一言既出，駟馬難追

話既已說出口，用四匹馬拉的車也追不回來。比喻話說出口，便無法收回。既，已經。駟，四匹馬拉的車。

語源 論語顏淵：「惜乎！夫子之說君子也，駟不及舌！」宋歐陽脩筆說駟不舌說：「俗云『一言出口，駟馬難追』，論語所謂『駟不及舌』也。」

例句 君子一言既出，駟馬難追，你要考慮清楚再做承諾，以免後悔莫及。

近義 一言駟馬　駟不及舌

反義 出爾反爾　言而無信

一波未平，一波又起

一層波浪還未平息，另一層波浪又興起。①比喻詩文氣勢富於起伏變化。②比喻事情挫折紛紜，一事未了，一事又起。

語源 唐劉禹錫浪淘沙：「流水淘沙不暫停，前波未滅後波生。」宋姜夔白石道人詩說：「波瀾開闔，如在江湖中，一波未平，一波已作。」

例句 ①這本小說情節生動，一波未平，一波又起，吸引我連夜把它讀完。②最近政府在除弊革新工作上受到不少阻撓，一波未平，一波又起，令人十分憂心。

近義 一波三折

反義 風平浪靜

一葉蔽目，不見泰山

比喻被局部現象所迷惑，因而看不清全局或找不到問題的根本。

語源 鶡冠子天則：「夫耳之主聽，目之主明。一葉蔽目，不見太山。」

例句 他對這件事太過鑽牛角尖，以致一葉蔽目，不見泰山，錯失了解決問題的最佳時機。

近義 扣盤捫燭

反義 見微知著

一粒老鼠屎，壞了一鍋粥

比喻因為極少數的偏差、不善而破壞整體。

例句 最近因為少數警察的不當行為，而影響全體警察的風紀形象，「一粒老鼠屎，壞了一

鍋粥」，當政者要引以為戒。

近義 害群之馬

一朝被蛇咬，十年怕草繩 比喻一旦受了挫折，以後遇到類似的事，都會心存疑懼。

語源 明凌濛初初刻拍案驚奇卷一：「文若虛道：『一年吃蛇咬，三年怕草索。』」

例句 她曾經歷過一次失敗的婚姻，「一朝被蛇咬，十年怕草繩」，說什麼也不敢再婚。

一朝權在手，便把令來行 一旦掌握權力，便即刻發號施令。多指小人得勢之後作威作福的樣子。

語源 明顧大典青衫記：「一朝權在手，便把令來行，大小三軍，聽吾命令！」

例句 他最近升上主任，一朝權在手，便把令來行，許多新措施搞得大家人仰馬翻。

1

丁是丁，卯是卯 形容分得非常清楚，毫不含糊、通融。丁卯，「釘鉚」的諧音。釘，榫頭。鉚，接頭凹入處。釘鉚弄錯了，器物就接不上。

語源 紅樓夢第四十三回：「我看你利害，明兒有了事，我也丁是丁，卯是卯的；你也別抱怨！」

例句 他做事公私分明，丁是丁，卯是卯，因此得罪了不少小人。

近義 說一不二 毫不含糊

反義 含糊籠統 馬馬虎虎

七上八下 形容心神不安的樣子。

語源 宋宗杲大慧普覺禪師語錄卷二一：「方寸裡七上八下，如咬生鐵橛，沒滋味時，切莫退志。」

例句 大考放榜前，她的心情一直七上八下，不能專心做事。

近義 忐忑不安 坐立不安

反義 若無其事 泰然自若

七手八腳 形容人多手雜的樣子。

語源 宋釋普濟五燈會元卷二〇育王德光禪師：「上堂七手八腳，三頭兩面，耳聽不聞，眼覷不見。」

例句 張同學上體育課時突然中暑昏倒，大家七手八腳地把他抬到醫務室休息。

近義 手忙腳亂

反義 不慌不忙 從容不迫

七老八十 形容年紀很老。為較不莊重的用法。

語源 宋劉克莊七十八咏十首（其七）：「鍾馗七老八大，無人與換藍袍。」清西周生醒世姻緣傳第九十四回：「人家買茄子還要饒老，他卻連一個七老八十的妗母也不肯饒。」

例句 李奶奶常常笑李爺爺說：「都七老八十了還像小孩子一般胡鬧，真不像話！」

七折八扣 扣除後再扣除。形容多次或多項扣除。百分取十叫折，百分去十叫扣。七、八二字形容多的意思。

語源 清石玉崑三俠五義第九十六回：「再加這些店用房錢、草料、麩子，七折八扣，除了兩錠銀子之外，倒該下了五六兩的賬。」

例句 這個月要繳房租、水電費和保險費，七折八扣後，薪水已所剩無幾了。

七步之才 具備七步之內吟成詩篇的才華。形容人才思敏捷。參見「七步

成詩」。

【語源】明淩濛初初刻拍案驚奇卷九：「不然如何恁般來得快？真個七步之才，也不過如此。」清李汝珍鏡花緣第八十六回：「聞得老丈詩學有七步之才，想來素日篇什必多，特來求救。」

【例句】身為主持人，不僅要臺風穩健，還需具有七步之才，掌控現場氣氛。

【近義】出口成章　信手拈來

【反義】腸枯思竭　江郎才盡

七步成詩 ㄑㄧ ㄅㄨˋ ㄔㄥˊ ㄕ　形容文思敏捷，有才氣。

【語源】南朝宋劉義慶世說新語文學記載：三國魏文帝曹丕命令其弟曹植需在七步之內完成詩作，否則將處以重刑。曹植果然在七步之內吟成詩篇：「煮豆持作羹，漉菽以為汁，其在釜底然，豆在釜中泣，本是同根生，相煎何太急？」

【例句】李同學文采出眾，七步成詩，曾贏得國內多項文學獎。

【近義】下筆成章　援筆立成

【反義】搜索枯腸　腹笥甚窘

七拼八湊 ㄑㄧ ㄆㄧㄣ ㄅㄚ ㄘㄡˋ　把各式各樣的人或事物湊合在一起。通常有勉強拼湊之意。

【語源】清吳趼人二十年目睹之怪現狀第九十二回：「他也打了半天的算盤，說：七拼八湊，還勉強湊得上來，三天之內，一定交到。」

【例句】他上網抓了一些資料，七拼八湊，就想當成讀書報告交差，實在太草率了。

七歪八扭 ㄑㄧ ㄨㄞ ㄅㄚ ㄋㄧㄡˇ　參見「歪七扭八」。

七情六欲 ㄑㄧ ㄑㄧㄥˊ ㄌㄧㄡˋ ㄩˋ　泛指人的種種情感及欲望。

【語源】禮記禮運：「何謂人情？喜、怒、哀、懼、愛、惡、欲，七者弗學而能……故聖人所以治人七情，修十義。」呂氏春秋仲春紀貴生：「所謂全生者，六欲皆得其宜也。」漢高誘注：「六欲，生、死、耳、目、口、鼻也。」金瓶梅第一回：「單道世上人，營營逐逐，急急巴巴，跳不出七情六慾關頭，打不破酒色財氣圈子。」

【例句】我們都是有七情六欲的凡夫俗子，難免犯錯，何必自責太深呢？

【反義】六根清淨

七葷八素 ㄑㄧ ㄏㄨㄣ ㄅㄚ ㄙㄨˋ　各種葷食和素食雜列在一起。形容人頭昏腦脹，思緒混亂。

【例句】產品一連出狀況，客戶跳腳，老闆氣炸，搞得我七葷八素，忙得不可開交。

【近義】頭昏腦脹　暈頭轉向

【反義】氣定神閒　不慌不忙

七零八落 ㄑㄧ ㄌㄧㄥˊ ㄅㄚ ㄌㄨㄛˋ　零散紛亂的樣子。零、落，零散；散亂。七、八兩字指非常嚴重的意思。

【語源】宋釋普濟五燈會元卷一五慧力有文禪師：「無味之談，七零八落。」

【例句】地震把書架上的書震得七零八落，收拾起來真費勁。

【近義】亂七八糟　參差不齊

【反義】井然有序　有條有理

七嘴八舌 ㄑㄧ ㄗㄨㄟˇ ㄅㄚ ㄕㄜˊ　形容人多語雜、議論紛紛的樣子。

【語源】明馮惟敏海浮山堂詞稿仙桂引思歸：「收拾起萬緒千頭，脫離了七嘴八舌。」

【例句】班會時，班長一提議辦個春季郊遊，同學們便七嘴八舌地討論起來。

【近義】眾說紛紜　議論紛紛

反義　眾口一詞　異口同聲

七竅生煙（ㄑㄧ　ㄑㄧㄠˋ　ㄕㄥ　ㄧㄢ）　形容氣憤到極點，好像七竅都要冒出怒火來。七竅，指兩眼、兩耳孔、兩鼻孔和口。

語源　清吳趼人二十年目睹之怪現狀第四十四回：「他老婆聽了，便氣得三尸亂爆，七竅生煙。」

例句　黃太太得知兒子又去飆車，氣得七竅生煙。

近義　火冒三丈　怒髮衝冠

反義　平心靜氣　心平氣和

2

丈二金剛——摸不著頭（ㄓㄤˋ　ㄦˋ　ㄐㄧㄣ　ㄍㄤ　ㄇㄛ　ㄅㄨˋ　ㄓㄠˊ　ㄊㄡˊ）　一丈二尺高、手持金剛杵的佛陀侍從摸不著自己的頭腦。比喻莫名其妙，搞不清楚狀況。金剛，佛的侍從力士，手持金剛杵。

語源　中國廣東俗諺，或作「丈八金剛」。

例句　你們之間的糾紛太複雜，我這個局外人聽得有如「丈二金剛——摸不著頭」，很難作出判斷。

近義　莫名其妙

三隻手（ㄙㄢ　ㄓ　ㄕㄡˇ）　指趁人不注意偷取財物的扒手。因其動作敏捷，好像多了一隻手的幫助，故稱。

例句　車站裡人潮洶湧，要小心有三隻手出沒。

近義　梁上君子　穿窬之盜

三腳貓（ㄙㄢ　ㄐㄧㄠˇ　ㄇㄠ）　比喻技藝淺拙的人。

語源　宋無名氏百寶總珍集解賣：「物不中謂之三腳貓。」

例句　拜託！我這三腳貓功夫，只能自個兒在家裡玩玩，千萬別叫我當眾丟人現眼！

近義　學藝不精

反義　身懷絕技

三人成虎（ㄙㄢ　ㄖㄣˊ　ㄔㄥˊ　ㄏㄨˇ）　只要有三個人說市集上有老虎，大家就會信以為真。比喻謠言經一再傳播，足以惑亂聽聞。也形容謠言的可怕。

語源　韓非子內儲說上：「龐恭曰：『夫市之無虎也明矣，然而三人言而成虎。』」

例句　公眾人物的言行要格外謹慎，否則在媒體的報導下，三人成虎，不存在的事大家也會信以為真了。

近義　以訛傳訛　眾口鑠金

反義　謠言止於智者

三三兩兩（ㄙㄢ　ㄙㄢ　ㄌㄧㄤˇ　ㄌㄧㄤˇ）　三個、兩個地聚在一起。形容零零散散的樣子。

語源　宋郭茂倩樂府詩集引晉人嬌女詩：「行不獨自去，三三兩兩俱。」

例句　下課後，同學們三三兩兩地在校園裡聊天。

近義　三五成群

反義　成群結隊　成千上萬

三叉路口（ㄙㄢ　ㄔㄚ　ㄌㄨˋ　ㄎㄡˇ）　參見「三岔路口」。

三五好友（ㄙㄢ　ㄨˇ　ㄏㄠˇ　ㄧㄡˇ）　幾個好朋友。

例句　每逢假日，與三五好友上山踏青是爸爸最喜愛的休閒活動。

三五成群（ㄙㄢ　ㄨˇ　ㄔㄥˊ　ㄑㄩㄣˊ）　三個、五個聚集在一起。形容零散地集結的樣子。

語源　明馮夢龍喻世明言卷二七：「三五成群，把他嘲笑戲侮。」

例句　放學時，同學們三五成群結伴返家。

近義　三三兩兩

反義　踽踽獨行

三元及第（ㄙㄢ　ㄩㄢˊ　ㄐㄧˊ　ㄉㄧˋ）　原指科舉時代鄉試中解元，會試

中會元，殿試中狀元。現也指同時考取三種考試或三所學校。

語源 宋趙昇朝野類要三元：「解試、省試並為魁者，謂之雙元；若又為殿魁者，謂之三元。」唐韓愈與祠部陸員外薦士書：「其後一二年，所與及第者，皆赫然有聲。」

例句 他今年先後考取研究所、高考和特考，三元及第，真不簡單。

近義 連中三元

三天兩頭 ㄙㄢ ㄊㄧㄢ ㄌㄧㄤˇ ㄊㄡˊ 隔一天或幾乎每天。形容次數之頻繁。也作「三日兩頭」。

語源 紅樓夢第五十九回：「三日兩頭兒，打了乾的打親的，還是賣弄你女孩兒多，還是認真不知王法？」

例句 那幾個地痞流氓三天兩頭就來鬧事，令當地居民不堪其擾。

三心二意 ㄙㄢ ㄒㄧㄣ ㄦˋ ㄧˋ 形容心意不專一，猶豫不決的樣子。

語源 元關漢卿趙盼兒風月救風塵第一折：「爭奈是匪妓，都三心二意。」

例句 你選填大學科系要早日決定，別再三心二意了。

近義 二三其德　心猿意馬

反義 一心一意　全心全意

三令五申 ㄙㄢ ㄌㄧㄥˋ ㄨˇ ㄕㄣ 屢次發布政令之後，又屢次告誡。形容再三叮嚀告誡。三、五，都是表示多次。

語源 史記孫子吳起列傳：「約束既布，乃設鈇鉞，即三令五申之。」

例句 學校已經三令五申考試不可作弊，但是仍有少數同學明知故犯而遭到記過處分。

近義 耳提面命　諄諄告誡

三生有幸 ㄙㄢ ㄕㄥ ㄧㄡˇ ㄒㄧㄥˋ 經歷三生修養才擁有的福分。形容極為難得、幸運。三生，佛教指前生、今生、來生。

語源 元王實甫西廂記第一本第二折：「小生久聞老和尚清譽，欲來座下聽講，何期昨日不得相遇。今能一見，是小生三生有幸矣。」

例句 能和你從小學到高中都同班，我真是三生有幸！

近義 福星高照　吉星高照

反義 時運不濟　時乖運蹇

三年五載 ㄙㄢ ㄋㄧㄢˊ ㄨˇ ㄗㄞˇ 泛指經歷一段時間。載，年。

語源 唐白居易有感三首（其二）：「三年五歲間，已聞換一主。」紅樓夢第四十七回：「眼前我還要出門去走走，外頭遊逛三年五載再回來。」

例句 單憑民眾的捐獻，恐怕三年五載這座橋樑還是建不起來。

三年有成 ㄙㄢ ㄋㄧㄢˊ ㄧㄡˇ ㄔㄥˊ 經過三年便很有成績。泛指努力者必有成果。

語源 論語子路：「苟有用我者，朞月而已可也，三年有成。」

例句 他自從投入琉璃創作後，便潛心鑽研，而今三年有成，作品已受到名家肯定。

近義 卓然有成

反義 一事無成

三岔路口 ㄙㄢ ㄔㄚˋ ㄌㄨˋ ㄎㄡˇ 三條不同方向的道路交叉的地方。比喻面臨抉擇的關頭。岔，道路分歧處。也作「三叉路口」。

語源 宋蘇軾儋耳四絕句（其二）：「溪邊古路三叉口，獨立斜陽數過人。」元方回寄題休寧趙氏五首（其四）：「三叉路口駐車輪，莫訝知津更問

津。」水滸傳第六回：「又行不過五七里，到一個三岔路口。」

例句 即將畢業的她正面臨升學、工作或出國深造的三岔路口，頗為煩惱。

近義 十字路口

反義 陽關大道

三更半夜 ㄙㄢ ㄍㄥ ㄅㄢˋ ㄧㄝˋ 即深夜。舊時一夜分五更，每更二小時，三更約為深夜十二點。

語源 宋釋文瑩玉壺清話：「是時陳象與董儼五人者旦夕會飲於樞第……都人諺曰：『陳三更，董半夜。』」

例句 老王為了業績，每每工作到三更半夜，結果把身體都累壞了。

近義 夜闌更深　更深靜夜

反義 日上三竿

三災八難 ㄙㄢ ㄗㄞ ㄅㄚ ㄋㄢˋ 佛教語，指水、火、風大三災(或刀兵、饑饉、疫癘小三災)及八種難於見佛求道的障礙。後泛指多病多痛或諸多磨難。

語源 南朝梁宗士標孝敬寺剎下銘：「長辭八難，永離三災。」紅樓夢第三十二回：「我想你林妹妹那個孩子，素日是個有心的，況且他也三災八難的。」

例句 他從小就三災八難，飽受病痛折磨，因此培養了他極為堅強的性格。

近義 多災多難　飽經風霜

反義 一帆風順　風平浪靜

三言兩語 ㄙㄢ ㄧㄢˊ ㄌㄧㄤˇ ㄩˇ 很少的幾句話。形容言語簡短扼要。

語源 宋吳潛望江南：「六宇五胡生口面，三言兩語費顏情，贏得鬢星星。」

例句 小喬三言兩語就把那個推銷員打發走了。

近義 言簡意賅

反義 長篇大論　連篇累牘

三豕渡河 ㄙㄢ ㄕˇ ㄉㄨˋ ㄏㄜˊ 因「己亥」與「三豕」古文形近，因而將「己亥渡河」誤為「三豕渡河」。指文字傳寫、刊印的錯誤。

語源 呂氏春秋慎行論察傳：「子夏之晉，過衛，有讀史記者曰：『晉師三豕涉河。』子夏曰：『非也，是己亥也。』」漢蔡邕月令問答：「經典傳記無刻木代牲之說，蓋書有轉誤，三豕渡河之類也。」

例句 現在的學生作文常見三豕渡河，錯字連篇，令人擔憂。

近義 魯魚亥豕

三足鼎立 ㄙㄢ ㄗㄨˊ ㄉㄧㄥˇ ㄌㄧˋ 參見「鼎足而立」。

三妻四妾 ㄙㄢ ㄑㄧ ㄙˋ ㄑㄧㄝˋ 形容妻妾眾多。

語源 明抱甕老人今古奇觀第三十二卷：「將來發富發貴起來，大人家三妻四妾，常討慣的。」

例句 古時候的王公貴族三妻四妾可說司空見慣，但現代的富豪們也要學起他們來，往往就會成為八卦雜誌追逐的對象。

近義 齊人之福　左擁右抱

反義 中饋猶虛

三姑六婆 ㄙㄢ ㄍㄨ ㄌㄧㄡˋ ㄆㄛˊ 原指舊時九種不同身分的婦女，常藉著串門子的機會說長道短，造謠生事。現泛指搬弄是非、見識淺陋的女人。

語源 元陶宗儀輟耕錄卷一○：「三姑者，尼姑、道姑、卦姑也；六婆者，牙婆、媒婆、師婆、虔婆、藥婆、穩婆也。」

一

牙婆，掮客。師婆，女巫。虔婆，鴇母。穩婆，助產接生婆。

例句 她們幾個三姑六婆只要聚在一起，就開始背著別人說長道短。

三長兩短（ㄙㄢ ㄔㄤˊ ㄌㄧㄤˇ ㄉㄨㄢˇ） 原指說長道短。後來多指意外的變故或災禍。常用為推測不幸而死亡的委婉語。

語源 全金元詞無名氏驀山溪：「不如歸去，作箇清閑漢。著甚來由，惹別人，三長兩短。」元羅貫中三遂平妖傳第五回：「萬一此後再有三長兩短，終不然靠著太醫活命。」

例句 我買保險的目的是為了將來若有個三長兩短時，孩子還能過安穩的生活。

近義 山高水低

反義 安然無恙

三思而行（ㄙㄢ ㄙ ㄦˊ ㄒㄧㄥˊ） 反覆考慮清楚後再做。

語源 論語公冶長：「季文子三思而後行。子聞之，曰：『再，斯可矣。』」

例句 婚姻是終身大事，你最好還是三思而行，不要衝動地決定。

近義 謀定後動　從長計議

反義 輕舉妄動　魯莽從事

三省吾身（ㄙㄢ ㄒㄧㄥˇ ㄨˊ ㄕㄣ） 原指每天從三個方面省察自己。也指時時自覺地自我反省檢討。

語源 論語學而：「曾子曰：『吾日三省吾身：為人謀而不忠乎？與朋友交而不信乎？傳不習乎？』」宋洪邁容齋續筆第十五卷：「三省吾身，謂予無僭。」

例句 人能時時不忘三省吾身，必能減少犯錯。

近義 反躬自省　自我反省

三紙無驢（ㄙㄢ ㄓˇ ㄨˊ ㄌㄩˊ） 參見「博士買驢」。

三從四德（ㄙㄢ ㄘㄨㄥˊ ㄙˋ ㄉㄜˊ） 古代要求婦女應有的品德。

語源 儀禮喪服：「婦人有三從之義……未嫁從父，既嫁從夫，夫死從子。」周禮天官冢宰九嬪：「(四德)婦德、婦言、婦容、婦功。」元佚名兩軍師隔江鬥智第二折：「從來不出閨門裡，羞答答怎便將男兒細窺？則我這三從四德幼閑習，既嫁雞須逐他雞。」

例句 今天是男女平等的時代，女性已經不再受限於三從四德的約束，可以在社會上一展長才。

三教九流（ㄙㄢ ㄐㄧㄠˋ ㄐㄧㄡˇ ㄌㄧㄡˊ） 原指宗教、學術界的各種流派。今也指各行各業的人。三教，指儒教、道教、佛教。九流，指儒家、道家、法家、名家、墨家、陰陽家、縱橫家、農家、雜家。

語源 宋趙彥衛雲麓漫鈔卷六：「(梁武)帝問三教九流及漢朝舊事，了如目前。」

例句 聲色場所出入分子複雜，三教九流的人都有，還是別去為妙。

近義 龍蛇雜處　龍蛇混雜

三曹對案（ㄙㄢ ㄘㄠˊ ㄉㄨㄟˋ ㄢˋ） 指與事件有關的雙方和證人一起對質，釐清真相。三曹，原告、被告和見證的第三人。或指古代主管律法的刑部、都察院和大理寺。

語源 西遊記第十一回：「但只是他在此折辯，定要陛下來此，三曹對案。」

例句 這宗疑雲重重的案件在法庭中三曹對案之後，終於真相大白。

三朝元老 ㄙㄢ ㄔㄠˊ ㄩㄢˊ ㄌㄠˇ 經歷三位君王統治時期的大臣。指德高望重、閱歷豐富的大臣。

語源 詩經小雅采芑：「方叔元老，克壯其猶。」漢班固東觀漢記：「章帝詔曰：『行太尉事衛尉趙憙，三世在位，為國元老。』」宋趙師使水調歌頭：「共仰三朝元老，要識一時英傑，人物自堂堂。」

例句 宋代韓琦歷仕仁宗、英宗、神宗，是名重一時的三朝元老。

三番兩次 ㄙㄢ ㄈㄢ ㄌㄧㄤˇ ㄘˋ 形容重複多次。

語源 元張可久天淨沙春情：「一言半句恩情，三番兩次丁寧。」

例句 老師已三番兩次告誡我們，你卻依然故我，難怪會被處罰。

近義 一而再，再而三　至再至三

三陽開泰 ㄙㄢ ㄧㄤˊ ㄎㄞ ㄊㄞˋ 表示一年之始呈現吉祥。多用在新年祝頌之辭。

語源 明張居正賀元旦表二：「茲者，當三陽開泰之候，正萬物出震之時。」

辨析 按照易經，正月為泰卦（䷊），三陽生於下，表示冬去春來，陰消陽長，有吉亨之象。

例句 新春伊始，三陽開泰，祝福大家今年行大運！

三催四請 ㄙㄢ ㄘㄨㄟ ㄙˋ ㄑㄧㄥˇ 指多次催促、相請。

例句 現在的小孩不愛吃飯，每次都要三催四請才勉強上餐桌。

近義 千呼萬喚

三綱五常 ㄙㄢ ㄍㄤ ㄨˇ ㄔㄤˊ 指封建禮制下，人倫之間的道德標準。綱，提綱的總繩。比喻事物中主要的部分。常，不變。引申為準則。

語源 論語為政：「殷因于夏禮……周因于殷禮。」三國魏何晏注引漢馬融曰：「所因，謂三綱五常。」宋朱熹論語集注：「三綱，謂君為臣綱，父為子綱，夫為妻綱；五常，謂仁、義、禮、智、信。」

例句 即使是在二十一世紀，傳統的三綱五常所標榜的價值仍值得我們重視。

三魂七魄 ㄙㄢ ㄏㄨㄣˊ ㄑㄧ ㄆㄛˋ 道家指依附人身而存在的精氣，人死就離散消失。後作為魂魄的通稱。魂，陽性精氣。魄，陰性精氣。

語源 晉葛洪抱朴子內篇地真：「欲得通神，當金水分形，形分則自見其身中之三魂七魄。」

例句 他突然在我背後叫了一聲，嚇得我三魂七魄飛去了一半。

三緘其口 ㄙㄢ ㄐㄧㄢ ㄑㄧˊ ㄎㄡˇ 比喻沉默不語。緘，本指封繩，此作動詞用，封閉。

語源 漢劉向說苑敬慎：「孔子之（往）周，觀於太廟，右陛之前有金人焉，三緘其口，而銘其背曰：『古之慎言人也，戒之哉！戒之哉！無多言，多言多敗。』」

例句 與會人士走出會場之後，各個三緘其口，不願透露會談內容。

三頭六臂 ㄙㄢ ㄊㄡˊ ㄌㄧㄡˋ ㄅㄧˋ 原指佛家守護神金剛夜叉的法相有三個頭、六隻手臂。後用來比喻神通廣大，本領高強。

語源 宋釋普濟五燈會元卷一

一汾州善昭禪師：「(僧)曰：『如何是主中主?』師曰：『三頭六臂擎天地，忿怒那吒撲帝鍾。』」

例句 許多職業婦女既要兼顧工作與家務，又要照顧小孩，沒有三頭六臂實在無法應付。

近義 神通廣大　法力無邊

反義 鼯鼠技窮　一無是處

三餐不繼 ㄙㄢ ㄘㄢ ㄅㄨˋ ㄐㄧˋ　一日三餐不能接續。形容生活非常窮困。

例句 他自從失業後，每日三餐不繼，非常可憐。

近義 無以為繼　并日而食

反義 家財萬貫　富可敵國

三顧茅廬 ㄙㄢ ㄍㄨˋ ㄇㄠˊ ㄌㄨˊ　劉備拜訪諸葛亮於草廬，三次才得見。比喻對賢士的尊重與仰慕。顧，拜訪。茅廬，隱士所居之草屋。

語源 三國蜀諸葛亮出師表：「先帝不以臣卑鄙，猥自枉屈，三顧臣於草廬之中，諮臣以當世之事。」南史袁昂傳：「昂答曰：『陛下在田之日，遂蒙三顧草廬。』」

例句 為了徵聘傑出人才，董事長不惜三顧茅廬，親自到校園中徵才。

近義 禮賢下士　求賢若渴

反義 傲世輕才　侮辱斯文

三寸不爛之舌 ㄙㄢ ㄘㄨㄣˋ ㄅㄨˋ ㄌㄢˋ ㄓ ㄕㄜˊ　形容口才很好，能言善辯。三寸，形容不長，並非確指舌的長度。原作「三寸之舌」。

語源 史記平原君虞卿列傳：「毛先生以三寸之舌，彊於百萬之師。」元關漢卿關大王獨赴單刀會第四折：「則為你三寸不爛舌，惱犯我三尺無情鐵。」

例句 她憑著三寸不爛之舌說服許多學弟妹加入辯論社，令人刮目相看。

近義 舌燦蓮花　能言善辯

反義 笨口拙舌　笨嘴拙腮

三句不離本行 ㄙㄢ ㄐㄩˋ ㄅㄨˋ ㄌㄧˊ ㄅㄣˇ ㄏㄤˊ　指人說話內容通常不離開本身所從事的行業。

例句 爸爸和幾個商場上的朋友在一起總是三句不離本行，滿口生意經。

三人行必有我師 ㄙㄢ ㄖㄣˊ ㄒㄧㄥˊ ㄅㄧˋ ㄧㄡˇ ㄨㄛˇ ㄕ　三人同行，其中必有人可做我的老師。說明隨時隨地都有可以學習的人。

語源 論語述而：「子曰：『三人行，必有我師焉，擇其善者而從之，其不善者而改之。』」

例句 只要用心觀察，別人的優點或缺點都可以成為借鏡，所以「三人行必有我師」確實是很好的座右銘。

三折肱而成良醫 ㄙㄢ ㄓㄜˊ ㄍㄨㄥ ㄦˊ ㄔㄥˊ ㄌㄧㄤˊ ㄧ　有了多次斷臂的經驗，體驗許多治療方法之後，也可成為高明的醫生。比喻人多歷挫折，則經驗豐富，自然能深知其事。肱，手臂由肩到肘的部分，即上臂。

語源 漢劉向說苑雜言：「三折肱而成良醫。」

例句 他創業的過程遭遇了許多挫敗，卻未因此而氣餒，反而三折肱而成良醫，至今已開了多家連鎖店。

近義 久病成良醫

三更燈火五更雞 ㄙㄢ ㄍㄥ ㄉㄥ ㄏㄨㄛˇ ㄨˇ ㄍㄥ ㄐㄧ　到了三更還沒熄燈休息，五更聽到雞鳴就起床。形容人刻苦努力。

語源 清頤瑣黃繡球第十六回：「一個人總要吃得苦，從前只把三更燈火五更雞，埋頭在八股試帖小楷的各種事情，

以為是能吃苦了。」

例句 姐姐三年來天天過著三更燈火五更雞的生活，埋頭苦讀，終於如願考上理想大學。

近義 夙興夜寐 孜孜不倦

反義 醉生夢死 玩歲愒時

三十六計，走為上策

指無力對抗敵人時，最好先避開。也泛指無能為力或形勢不對時，先求脫身再說。

語源 南齊書王敬則傳：「檀公三十六策，走是上計。」

例句 眼看雙方人馬就要動手火拼，為了不被波及，我們還是「三十六計，走為上策」。

三日打魚，兩日曬網

比喻學習或做事沒有恆心，時常中斷。

語源 紅樓夢第九回：「(薛蟠)因此也假說來上學，不過是三日打魚，兩日曬網。」

例句 小林這種「三日打魚，兩日曬網」的做事態度，遲早會被老闆解雇。

近義 一暴十寒 有始無終

反義 鍥而不捨 持之以恆

三十年河東，三十年河西

三十年前河東興盛，三十年後河西興盛。比喻盛衰變化無常。

語源 清吳敬梓儒林外史第四十六回：「大先生，三十年河東，三十年河西。就像三十年前，你二位府上何等氣勢，我是親眼看見的。」

例句 「三十年河東，三十年河西」，十年前他是意氣風發的大老闆，如今卻因事業慘敗而不得不對人卑躬屈膝。

三個臭皮匠，勝過一個諸葛亮

比喻眾人貢獻計策，必有好辦法。諸葛亮，三國時蜀國劉備的軍師，以足智多謀聞名。

例句 雖然我們都沒經驗，但「三個臭皮匠，勝過一個諸葛亮」，只要我們好好策劃，一定可以把活動辦得有聲有色。

上上下下

從上到下。①指團體裡的每個人。②形容從頭到腳或每個地方。

語源 水滸傳第四十八回：「他又上上下下都使了錢物，早晚間要教包節級牢裡做翻他兩個，結果了性命。」明凌濛初初刻拍案驚奇卷一六：「蕙娘又將燦若上上下下仔細看了一會，開口問道：『你京中有甚勢要相識否？』」

例句 ①只要我們上上下下團結一心，相信沒有什麼難關過不了。②外婆拉著妹妹的手，上上下下地打量，不住地誇她漂亮。

近義 從頭到尾 徹頭徹尾

上下其手

手指著上面，表示尊貴；指著下面，表示低賤。比喻玩弄手法，暗中舞弊。

語源 左傳襄公二十六年記載：春秋時，有一次楚國出兵攻打鄭國。楚國的一個小官穿封戌一馬當先，活捉了鄭國的將領皇頡。但楚國的王子圍卻想爭這個功勞，硬說人是他捉到的。於是伯州犁便出來評斷說：「問一問囚犯就知道了。」但他有意討好王子圍，故意「上其手」說：「這位是貴為我國國君弟弟的王子圍。」又「下其手」說：「這個人是方城外的縣令穿封戌，到底是誰捉到你的呀？」暗示皇頡該怎

麼回答才對自己有利，皇頡果然順著伯州犁的意思回答說：「我是被王子圍捉到的。」後人便用「上下其手」來比喻暗中舞弊，圖謀私利。

例句 這座橋梁建造時，由於建商勾結政府官員，上下其手，偷工減料，導致品質低劣，如今已成危橋。

近義 徇私舞弊 徇情枉法

反義 奉公守法 大公無私

上行下效（ㄕㄤˋ ㄒㄧㄥˊ ㄒㄧㄚˋ ㄒㄧㄠˋ） 在上領導的人怎麼做，下面被領導的人就效法他。行，做。效，效法；模仿。

語源 唐白居易人之困窮由君之奢欲：「蓋亦君好則臣為，上行則下效。」

例句 自從政府厲行節約用水以來，上行下效，民眾已不再隨意浪費了。

近義 風行草偃 有樣學樣

上達天聽（ㄕㄤˋ ㄉㄚˊ ㄊㄧㄢ ㄊㄧㄥ） 原指心聲、意見能向上傳達到皇帝耳中。也泛指言論、意見能傳達給團體的最高領導人。天聽，天意的知覺。也指天子的聽聞。

語源 孟子萬章上：「天視自我民視，天聽自我民聽。」晉書石苞傳：「幸賴陛下天聽四達，靈鑒昭遠。」水滸傳第八十一回：「指望將替天行道、保國安民之心，上達天聽，早得招安。」

例句 董事長被一小撮人包圍，只有少數人的意見可以上達天聽，我看公司前景堪憂。

近義 下情上達

反義 人微言輕 浮雲蔽日

上樹拔梯（ㄕㄤˋ ㄕㄨˋ ㄅㄚˊ ㄊㄧ） 請人爬梯上樹後卻把梯子拿掉。比喻誘人做事，中途卻改變態度或抽手不管而使其陷入困境。

語源 南朝宋劉義慶世說新語黜免：「殷中軍廢後，恨簡文曰：『上人著百丈樓上，擔梯將去。』」宋釋曉瑩羅湖野錄靈源禪師：「此事黃龍興化亦當作助道之緣，共出一臂，莫送人上樹拔卻梯也。」

例句 小馬原本以為接下這項差事後就可以高升主任，沒想到經理上樹拔梯，讓他吃盡了苦頭。

近義 反面無情 翻臉無情

上梁不正下梁歪（ㄕㄤˋ ㄌㄧㄤˊ ㄅㄨˋ ㄓㄥˋ ㄒㄧㄚˋ ㄌㄧㄤˊ ㄨㄞ） 比喻在上位的人行為不正，下屬也會跟著學壞。梁，屋梁。

語源 明賈鳧西木皮詞正傳：「從來說：『前腳不正後腳趄，上梁不正下梁歪。』」

例句 你一開口就滿嘴髒話，當心上梁不正下梁歪，你的小孩也會愛講髒話喔！

反義 以身作則 言傳身教

上窮碧落下黃泉（ㄕㄤˋ ㄑㄩㄥˊ ㄅㄧˋ ㄌㄨㄛˋ ㄒㄧㄚˋ ㄏㄨㄤˊ ㄑㄩㄢˊ） 上至天空，下至地底。形容竭盡所能到處尋找。窮，極。碧落，泛稱天空。黃泉，地下的水泉。

語源 左傳隱公元年：「不及黃泉，無相見也。」唐白居易長恨歌：「上窮碧落下黃泉，兩處茫茫皆不見。」

例句 為了找回走失的愛犬，他上窮碧落下黃泉，連續幾天不眠不休，終於奇蹟似地找到了。

上天無路，入地無門（ㄕㄤˋ ㄊㄧㄢ ㄨˊ ㄌㄨˋ，ㄖㄨˋ ㄉㄧˋ ㄨˊ ㄇㄣˊ） 形容走投無路，陷入絕境。

語源 宋釋普濟五燈會元卷一○安吉州西余體柔禪師：「進前即觸途成滯，退後即噎氣填胸，直得上天無路，入地無門，

如今已不奈何也！」

例句　他平日對親友不聞不問，自從經商失敗欠了一大筆債後，如今已是上天無路，入地無門，實在是咎由自取。

近義　山窮水盡　走投無路

下三濫 ㄒㄧㄚˋ ㄙㄢ ㄌㄢˋ　形容人卑鄙無恥或不成材。也作「下三爛」。

例句　想不到他為了升官，竟使出栽贓對手這種下三濫的手段，實在太可惡了。

近義　卑鄙無恥　不仁不義

反義　光明磊落　行己有恥

下馬威 ㄒㄧㄚˋ ㄇㄚˇ ㄨㄟ　原指古時新官到任，用嚴厲的態度對待屬員，以表示威嚴。今泛指一開始就給對方威嚇或打擊，表示自己的厲害。原作「下車作威」。

語源　漢書敘傳：「畏其下車作威，吏民竦息。」明凌濛初二刻拍案驚奇卷二一：「先把李旺打一個下馬威。」

例句　新老師一來就給同學下馬威，聲明不交作業者該科就得零分，因此同學們都不敢遲交作業。

近義　先聲奪人

反義　先禮後兵

下不了臺 ㄒㄧㄚˋ ㄅㄨˋ ㄌㄧㄠˇ ㄊㄞˊ　指陷入困窘、尷尬的處境。

語源　清吳趼人二十年目睹之怪現狀第六十七回：「問官叫差役撬開，果然一點不錯，未免下不了臺，乾笑著道……」

例句　你要老吳當眾道歉，是存心讓他下不了臺，事情恐怕會越弄越糟。

近義　不知所措

反義　若無其事　處之泰然

下不為例 ㄒㄧㄚˋ ㄅㄨˋ ㄨㄟˊ ㄌㄧˋ　下次不能援用這次作為例子。表示只通融這一次。下，下次。例，先例；例子。

語源　清張春帆宦海第十八回：「既然如此，只此一次，下不為例如何？」

例句　念在小華是初犯，老師說這次考試作弊可以原諒他，但下不為例。

近義　可一不可再　一之謂甚，其可再乎

反義　一而再，再而三

下里巴人 ㄒㄧㄚˋ ㄌㄧˇ ㄅㄚ ㄖㄣˊ　原指春秋時楚國兩種較低俗的民間歌曲。後泛指通俗的文學藝術或歌曲。

語源　戰國楚宋玉對楚王問：「客有歌於郢中者，其始曰下里、巴人，國中屬而和者數千人。」

例句　音樂動人之處，即使下里巴人，也有值得欣賞的地方。

近義　雅俗共賞　老嫗能解

反義　陽春白雪　曲高和寡

下坂走丸 ㄒㄧㄚˋ ㄅㄢˇ ㄗㄡˇ ㄨㄢˊ　在斜坡向下滾圓球。形容非常迅速順利或說話敏捷而無停滯。坂，也作「阪」。山的斜坡。

語源　漢荀悅漢紀高祖紀：「此由以下坂而走丸也。」五代王仁裕開元天寶遺事卷四走丸之辯：「張九齡善談論，每與賓客議論經旨，滔滔不竭，如下坂走丸也。」

例句　因為他事先周詳計畫和準備，這件事才能如下坂走丸般順利完成。

近義　暢行無阻　迎刃而解

反義　荊天棘地　窒礙難行

下情上達 ㄒㄧㄚˋ ㄑㄧㄥˊ ㄕㄤˋ ㄉㄚˊ　將下層的心聲、實情傳達給在上位者。

語源　宋書索虜傳：「雖盡節奉命，未能令上化下布，而下情上達也。」

例句 媒體要能發揮下情上達的功能，才算善盡社會責任。

近義 上達天聽

反義 浮雲蔽日

下逐客令（ㄒㄧㄚˋ ㄓㄨˊ ㄎㄜˋ ㄌㄧㄥˋ） 指主人不客氣地叫客人離開。

語源 戰國秦李斯諫逐客書記載：秦始皇曾下逐客令，要各國的客卿離開秦國。

例句 見到小明忙著收拾明天出國的行李，不等他下逐客令，我就先告辭了。

下筆成章（ㄒㄧㄚˋ ㄅㄧˇ ㄔㄥˊ ㄓㄤ） 一動筆就寫成一篇文章。形容學識淵博或文思敏捷。

語源 三國志魏書曹植傳：「太祖嘗視其文，謂植曰：『汝倩人邪？』植跪曰：『言出為論，下筆成章，顧當面試，奈何倩人！』」

例句 她不是才思敏捷、下筆成章的作家，作品往往要經過字斟句酌、反覆推敲才得以完成。

近義 一揮而就 行雲流水

反義 搜索枯腸 字斟句酌

3

不夜城（ㄅㄨˋ ㄧㄝˋ ㄔㄥˊ） 形容燈火通明的城市。

語源 太平御覽天部三：「解道康齊地記曰齊有不夜城。蓋古者有日夜中照於東境，故萊子立此城，以不夜為名。」唐蘇頲廣達樓下夜侍酺宴應制：「樓臺絕勝宜春苑，燈火還同不夜城。」

例句 賭城拉斯維加斯是座典型的不夜城，炫麗的夜景令人目眩神迷。

不倒翁（ㄅㄨˋ ㄉㄠˇ ㄨㄥ） 一種兒童玩具，形狀如一老翁坐在半個球上，因上輕下重，扳倒又能馬上立起。比喻地位穩固，在任何情況下都打不倒的人。

例句 他已連任了七屆立委，稱得上是政壇的「不倒翁」。

不一而足（ㄅㄨˋ ㄧ ㄦˊ ㄗㄨˊ） 本指不以讚美一事一物為滿足。今指同類事物或現象很多，不只一種，無法一一列舉。

語源 公羊傳文公九年：「許夷狄者，不一而足也。」

例句 這個地方的景色優美，有如世外桃源，兼且交通便利，優點不一而足，因此吸引大批遊客前來。

近義 不勝枚舉 不計其數

不了了之（ㄅㄨˋ ㄌㄧㄠˇ ㄌㄧㄠˇ ㄓ） 事情沒有了結，擱在一邊不管，就算了結。

語源 宋葉夢得避暑錄話卷上：「唐人言冬烘，是不了了之語，故有『主司頭腦太冬烘，錯認顏標是魯公』之言。」

例句 這件刑案因為證據不足，無法起訴，最後竟不了了之。

近義 半途而廢 虎頭蛇尾

反義 追根究底 有始有終

不二法門（ㄅㄨˋ ㄦˋ ㄈㄚˇ ㄇㄣˊ） 本是佛家語，指契入正法、不可言傳的門徑。今指獨一無二的門徑或方法。法門，佛教入道之門。

語源 維摩詰經入不二法門品：「如我意者，於一切法無言無說，無示無識，離諸問答，是為入不二法門。」

例句 視員工為手足，注重員工的福利，是他經營工廠、凝聚員工向心力的不二法門。

不三不四（ㄅㄨˋ ㄙㄢ ㄅㄨˋ ㄙˋ） 形容不像樣、不正經。有時也指男女苟且之事。

語源 水滸傳第六回：「智深見了，心裡早疑忌道：『這伙人不三不四，又不肯近前來，莫不要攛洒家。』」

例句 那群年輕人打扮得不三

不四，走在街上，引人側目。

近義 不倫不類 非驢非馬

反義 堂堂正正 光明正大

不上不下 ㄅㄨˋ ㄕㄤˋ ㄅㄨˋ ㄒㄧㄚˋ 上不去也下不來。形容處境尷尬，進退兩難。

語源 莊子達生：「上而不下，則使人善怒；下而不上，則使人善忘；不上不下，中身當心，則為病。」明馮夢龍醒世恆言卷六：「如今住在這裡，不上不下，還是怎生計較？」

例句 高等教育普及化後，碩士找工作不上不下的情況愈發嚴重。

近義 進退兩難 進退失據

反義 左右逢源 無往不利

不予置評 ㄅㄨˋ ㄩˇ ㄓˋ ㄆㄧㄥˊ 不發表任何評論或看法。

例句 因為不是當事人，因此我對這件事不予置評。

反義 評頭論足 說長道短

不仁不義 ㄅㄨˋ ㄖㄣˊ ㄅㄨˋ ㄧˋ 毫無仁義道德。

語源 易經繫辭下：「小人不恥不仁，不畏不義。」

例句 像他這麼一個不仁不義的人，難怪沒有人願意與他往來。

近義 寡廉鮮恥 厚顏無恥

反義 高風亮節 居仁由義

不分畛域 ㄅㄨˋ ㄈㄣ ㄓㄣˇ ㄩˋ 指不分界限，不分彼此。畛域，範圍；界限。

語源 莊子秋水：「泛泛乎其若四方之無窮，其無所畛域。」清夏敬渠野叟曝言第一三六回：「不分畛域，節節防閒，自無他患！」

例句 南亞震災發生後，世界各國不分畛域，齊心展開救援的工作。

近義 不分彼此

不分軒輊 ㄅㄨˋ ㄈㄣ ㄒㄩㄢ ㄓˋ 比喻分不出高下。軒，車前高起的部分。輊，車後低下的部分。也作「不可軒輊」。

語源 詩經小雅六月：「戎車既安，如輊如軒。」清薛雪一瓢詩話：「杜少陵(甫)、李青蓮(白)雙峰並峙，不可軒輊。」

例句 陳同學和林同學在數理方面不分軒輊，但是在語文方面，林同學就略勝一籌了。

近義 不相上下 伯仲之間

反義 天壤之別 相形見絀

不分晝夜 ㄅㄨˋ ㄈㄣ ㄓㄡˋ ㄧㄝˋ 不分白天或晚上。表示行動持續進行沒有中斷。

語源 三國演義第三十八回：「催動三軍，不分晝夜，攻打夏口。」

例句 颱風來臨前夕，農民不分晝夜地採收西瓜，只盼能減少損失。

近義 夜以繼日 不眠不休

不分勝負 ㄅㄨˋ ㄈㄣ ㄕㄥˋ ㄈㄨˋ 分不出高下。指雙方實力相當，勢均力敵。

語源 三國演義第五回：「飛抖擻精神，酣戰呂布。連鬥五十餘合，不分勝負。」

例句 經過三十分鐘的延長賽，兩隊依然不分勝負，於是大會決定讓兩隊並列冠軍。

近義 不分軒輊 勢均力敵

反義 天壤之別 相形見絀

不毛之地 ㄅㄨˋ ㄇㄠˊ ㄓ ㄉㄧˋ 荒瘠不能耕種的土地。指荒涼、貧瘠或沒有開墾的地方。毛，草木。這裡特指五穀。

語源 公羊傳宣公十二年：「君如矜此喪人，錫之不毛之地。」

例句 經過居民熱心的參與，那片不毛之地已經變成一座美麗的花園。

近義　窮鄉僻壤　窮山惡水

不主故常（ㄅㄨˋ ㄓㄨˇ ㄍㄨˋ ㄔㄤˊ）　不拘泥於常規或某種形式。

語源　莊子天運：「變化齊一，不主故常。」

例句　新任的校長是留美的博士，行事作風不主故常，或許校務會有一番新氣象。

近義　不拘一格　另闢蹊徑

反義　蕭規曹隨　墨守成規

不乏其人（ㄅㄨˋ ㄈㄚˊ ㄑㄧˊ ㄖㄣˊ）　不缺少那樣的人。指某種人數量並不少。

語源　宋曾協上張同知書：「某不敢先，且意閣下之不乏斯人也。」清呂留良與陳執齋書：「然則如今日之錢侯，遠近不乏其人。」

例句　專挑法律漏洞而牟利者向來不乏其人，讓執法單位十分頭痛。

近義　大有人在　不計其數

反義　絕無僅有　寥寥無幾

不以為忤（ㄅㄨˋ ㄧˇ ㄨㄟˊ ㄨˇ）　不認為是違逆、冒犯。指不在意、不生氣。忤，違逆。

語源　舊唐書蘇味道傳：「味玄若請託不諧，輒面加淩折，味道對之怡然，不以為忤。」

例句　小張對老李的批評雖然有失公道，但老李不以為忤，還感謝他的一番好意。

近義　豁達大度　宰相肚裡能撐船

反義　懷恨在心　怒火中燒

不以為然（ㄅㄨˋ ㄧˇ ㄨㄟˊ ㄖㄢˊ）　不認為正確。表示不贊同或不支持別人的意見。

語源　宋蘇軾再乞罷詳定役法狀：「右臣先曾奏論前衙一役，只當招募，不當定差，執政不以為然。」

例句　對於大牛的精打細算，小新嘴上雖說佩服他能如此節儉，但其實心裡頗不以為然。

近義　不敢苟同

不以為意（ㄅㄨˋ ㄧˇ ㄨㄟˊ ㄧˋ）　不放在心上。表示毫不在意，帶有輕忽的意思。

語源　史記律書：「（孝文帝曰：）又先帝知勞民不可煩，故不以為意。朕豈自謂能？」三國演義第十一回：「管亥望見救軍來到，親自引兵迎敵。因見玄德兵少，不以為意。」

例句　手上長個小疹子，起初我不以為意，沒去看醫生。沒想到才隔兩天，手臂竟疼得舉不起來。

近義　漫不經心　滿不在乎

反義　如臨大敵　戒慎恐懼

不出所料（ㄅㄨˋ ㄔㄨ ㄙㄨㄛˇ ㄌㄧㄠˋ）　沒有超出預料。即在意料之中。

語源　清褚人穫隋唐演義第四十四回：「豈知不出所料，曉得拿了秦夫人，必然打這裡經過。」

例句　由於他一意孤行，不聽勸告，結果不出所料，這項投資最後落得血本無歸。

近義　果不其然　可想而知

反義　出乎意料　始料未及

不刊之論（ㄅㄨˋ ㄎㄢ ㄓ ㄌㄨㄣˋ）　確鑿不移、不可更改或磨滅的言論。刊，削除；修改。原作「不刊之書」。

語源　漢揚雄答劉歆書：「是懸諸日月，不刊之書也。」宋郭若虛圖畫見聞誌論曹吳體法：「況唐室以上，未立曹、吳，豈顯釋寡要之談，亂愛賓不刊之論。」

例句　二千多年前孔子對弟子們的教誨，至今仍是不刊之論。

近義　至理名言　金石之言

反義　不經之談　無稽之談

一

不加思索 ㄅㄨˋ ㄐㄧㄚ ㄙ ㄙㄨㄛˇ 參見「不假思索」。

不可一世 ㄅㄨˋ ㄎㄜˇ ㄧˊ ㄕˋ 自認為當代第一，誰也比不上。形容狂妄自大、自命不凡的樣子。一世，當代；一個世代。

【語源】宋羅大經鶴林玉露卷一五：「荊公（王安石）少年，不可一世士。」

【例句】小李少年得志，常表現出不可一世的模樣；但經過上次失敗的教訓之後，如今已變得沉潛內斂。

【近義】目空一切 旁若無人

【反義】謙沖自牧 虛懷若谷

不可企及 ㄅㄨˋ ㄎㄜˇ ㄑㄧˇ ㄐㄧˊ 無法趕上；沒有希望達到。企及，踮起腳才能達到。比喻勉力去做，希望能達到。

【語源】禮記檀弓：「不至焉者，跂而及之。」新唐書杜審言傳：「揚雄、枚皋可企及也。」唐柳冕答衢州鄭使君論文書：「不可企而及之者，性也。」

【例句】他所締造的男子一百公尺短跑世界紀錄，令一般選手不可企及。

【近義】望塵莫及 望其項背

【反義】迎頭趕上 後來居上

不可名狀 ㄅㄨˋ ㄎㄜˇ ㄇㄧㄥˊ ㄓㄨㄤˋ 無法用言語形容。名，說明。狀，描繪；形容。

【語源】晉葛洪神仙傳王遠：「光彩耀目，不可名狀。」

【例句】優游在山明水秀的風景當中，其中的樂趣實在是不可名狀，只有親自走一趟才能夠體會。

【近義】不可言喻 無法形容

【反義】一語破的 不言而喻

不可多得 ㄅㄨˋ ㄎㄜˇ ㄉㄨㄛ ㄉㄜˊ 形容非常難得。

【語源】漢王充論衡超奇：「譬珠玉不可多得，以其珍也。」

【例句】王先生頭腦清楚，態度認真負責，是個不可多得的管理人才。

【近義】鳳毛麟角 百裡挑一

【反義】比比皆是 不勝枚舉

不可收拾 ㄅㄨˋ ㄎㄜˇ ㄕㄡ ㄕˊ 形容事態嚴重，無法挽救。

【語源】唐韓愈送高閑上人序：「泊與淡相遭，頹墮委靡，潰敗不可收拾。」

【例句】你借錢應急還情有可原，若是想要藉此擺闊而不知節制，總有一天會演變到不可收拾的地步。

【近義】不可救藥 病入膏肓

【反義】亡羊補牢

不可言喻 ㄅㄨˋ ㄎㄜˇ ㄧㄢˊ ㄩˋ 無法用語言文字表達。

【語源】宋沈括夢溪筆談：「其術可以心得，不可以言喻。」

【例句】這幅畫作意境之高遠，實在不可言喻。

【近義】不可名狀

【反義】不言而喻

不可或缺 ㄅㄨˋ ㄎㄜˇ ㄏㄨㄛˋ ㄑㄩㄝ 不能缺少。

【例句】對資訊時代的人們來說，電腦和網路已是不可或缺的生活必需品。

【近義】無可替代 至關緊要

【反義】無足輕重 不關痛癢

不可思議 ㄅㄨˋ ㄎㄜˇ ㄙ ㄧˋ 本為佛教用語，指事理神奇奧妙，不是一般人所能想像理解的。今多用來指出乎常情的事。

【語源】維摩詰經不思議品：「諸佛菩薩有解脫，名不可思議。」

【例句】在科技不發達的上古時代，埃及人竟然能建造出雄偉神奇的金字塔，令人覺得不可思議。

一

近義 難以置信 匪夷所思

反義 合情合理 可想而知

不可限量 ㄅㄨˋ ㄎㄜˇ ㄒㄧㄢˋ ㄌㄧㄤˋ 原指數量極大，無法計算。後多用來形容深具潛力，無法限制或預知其發展。也作「無可限量」。

語源 吳支謙譯撰集百緣經卷二：「汝於來世，當得作佛，號釋迦牟尼，廣度眾生，不可限量。」 儒林外史第二十六回：「鮑文卿辭了回來，向知府著實稱贊這季少爺好個相貌，將來不可限量。」

例句 薇薇很有音樂天分，只要有良好的學習與訓練，將來的成就必定不可限量。

近義 永無止境 得未曾有

反義 不成氣候 不過爾爾

不可捉摸 ㄅㄨˋ ㄎㄜˇ ㄓㄨㄛ ㄇㄛ 形容變化不定，難以預料。

語源 明謝肇淛五雜俎：「及一廁足，不能自返，而故為不可捉摸之言以掩之。」

例句 這部科幻小說是他的成名作，文字詭譎多變，情節不可捉摸。

近義 撲朔迷離 變幻莫測

反義 顯而易見 一目了然

不可偏廢 ㄅㄨˋ ㄎㄜˇ ㄆㄧㄢ ㄈㄟˋ 不可因重視某方面，而忽視另一方面。

語源 三國魏劉廙政論備政：「凡此數事，相須而成，偏廢則有者不為用矣。」 宋胡仔苕溪漁隱叢話前集山谷下引呂氏童蒙訓：「讀莊子，令人意寬思大，敢作；讀左傳，便使人入法度，不敢容易；二書不可偏廢也。」

例句 要保持健康的身體，適當的運動和均衡的飲食二者不可偏廢。

近義 面面俱到

反義 以偏概全

不可救藥 ㄅㄨˋ ㄎㄜˇ ㄐㄧㄡˋ ㄧㄠˋ 參見「無可救藥」。

不可理喻 ㄅㄨˋ ㄎㄜˇ ㄌㄧˇ ㄩˋ 無法講道理使其明白。形容不通情理，或態度蠻橫、不講理。喻，明白；通曉。

語源 明沈德符萬曆野獲編褐蓋：「要之，此輩不可理喻，亦不足深詰也。」

例句 因為憤怒使他變得不可理喻，我們只有等他氣消了再跟他解釋吧！

近義 蠻橫無理 不通情理

反義 通情達理 知書達理

不可終日 ㄅㄨˋ ㄎㄜˇ ㄓㄨㄥ ㄖˋ 連一天都過不下去。形容惶恐不安。也作「惶惶不可終日」。

語源 禮記表記：「君子不以一日使其躬儳焉，如不終日。」

例句 他因為沒有第二專長，擔心這波不景氣被公司裁員，惶恐不可終日。

近義 如坐針氈 惶惶不安

反義 無憂無慮 逍遙自在

不可勝數 ㄅㄨˋ ㄎㄜˇ ㄕㄥ ㄕㄨˇ 數不完。形容非常多。勝，盡。

語源 墨子非攻中：「百姓飢寒凍餒而死者，不可勝數也。」

例句 他是運動場的常勝軍，這兩年代表學校所贏得的獎牌多得不可勝數。

近義 不勝枚舉 不計其數

反義 寥寥無幾 屈指可數

不可開交 ㄅㄨˋ ㄎㄜˇ ㄎㄞ ㄐㄧㄠ 無法解決、擺脫。多用來形容沒完沒了或達到了極點。開交，了結；擺脫。

語源 明薛論道林石逸興卷五沉醉東風：「要開交不得開，口說罷心不罷。」 清李伯元官場現形記第二回：「吳贊善聽到這裡，便氣得不可開交了。」

例句 歲末年終，許多工作都得趕著完成，同事們都忙得不可開交。

近義 難解難分

不可磨滅 ㄅㄨˋ ㄎㄜˇ ㄇㄛˊ ㄇㄧㄝˋ 不因歲月流逝而消失。磨滅，隨時間推移而消逝。

語源 宋歐陽脩記舊本韓文後：「蓋其久而愈明，不可磨滅。」

例句 黃教授學養俱佳，講課旁徵博引，深入淺出，給同學們留下不可磨滅的深刻印象。

近義 永垂不朽 流芳百世

反義 曇花一現 煙消雲散

不可諱言 ㄅㄨˋ ㄎㄜˇ ㄏㄨㄟˋ ㄧㄢˊ 參見「無可諱言」。

不平則鳴 ㄅㄨˋ ㄆㄧㄥˊ ㄗㄜˊ ㄇㄧㄥˊ 指人遇到不公平的對待，就會發出不滿的言論。

語源 唐韓愈送孟東野序：「大凡物不得其平則鳴。」

例句 這些公民團體不平則鳴，無非是為了爭取公眾的權利，執政者切不可等閒視之。

反義 噤若寒蟬 忍氣吞聲

不打自招 ㄅㄨˋ ㄉㄚˇ ㄗˋ ㄓㄠ 指未經拷打就自己招認罪行。也用來比喻主動或無意間洩漏自己的祕密或虧心事。

語源 明馮夢龍警世通言卷二四：「劉爺看了書吏所錄口詞，再要拷問，三人都不打自招。」

例句 聽完老師懇切說明誠實的重要後，小胖便不打自招，承認他段考作弊。

近義 此地無銀三百兩

反義 屈打成招

不甘示弱 ㄅㄨˋ ㄍㄢ ㄕˋ ㄖㄨㄛˋ 不願表現得比別人差。

例句 看到姊姊的小提琴獨奏獲得滿堂彩，妹妹也不甘示弱地秀出長笛絕活。

近義 不遑多讓 不甘雌伏

反義 甘拜下風 心悅誠服

不甘寂寞 ㄅㄨˋ ㄍㄢ ㄐㄧˋ ㄇㄛˋ 不願處於冷落清閒之中。形容急於表現自己或與人並列。

語源 唐朱慶餘自述：「詩人甘寂寞，居處遍蒼苔。」清呂留良與高旦中書：「念頭澹薄，自然刪落，若不甘寂寞，雖外事清高，正是以退為進。」

例句 看到身邊好友相繼成為歌手，阿花也不甘寂寞地推出首張個人專輯。

近義 不甘雌伏 不安本分

反義 隨遇而安 安於現狀

不甘雌伏 ㄅㄨˋ ㄍㄢ ㄘ ㄈㄨˊ 比喻不願屈居人下或無所作為。雌伏，像雌鳥般隱伏。

語源 後漢書趙溫傳：「大丈夫當雄飛，安能雌伏！」

例句 他不甘雌伏於這間小公司，一有機會便想跳槽。

近義 不甘後人 不甘示弱

反義 甘拜下風 自甘落後

不由分說 ㄅㄨˋ ㄧㄡˊ ㄈㄣ ㄕㄨㄛ 參見「不容分說」。

不由自主 ㄅㄨˋ ㄧㄡˊ ㄗˋ ㄓㄨˇ 指無法控制自己。主，主宰；控制。

語源 紅樓夢第八十一回：「但覺自己身子不由自主，倒像有什麼人拉拉扯扯，要我殺人才好。」

例句 聽到自己的作品得獎，英英不由自主地手舞足蹈起來。

近義 不能自已 情不自禁

不白之冤 ㄅㄨˋ ㄅㄞˊ ㄓ ㄩㄢ 指無從申訴、不明不白的冤情。

語源 明余繼登典故紀聞：「覆盆自若，人懷不白之冤。」

例句 他為人正直，做事一向

坦蕩，卻無故蒙受這不白之冤，真令人叫屈。

[近義] 覆盆之冤　負屈含冤

[反義] 一清二白　平白無辜

不亦樂乎（ㄅㄨˋ ㄧˋ ㄌㄜˋ ㄏㄨ）　不也很快樂嗎？形容感到非常快樂，或勸人樂意去做某事。

[語源] 論語學而：「有朋自遠方來，不亦樂乎？」

[例句] 寒流來襲，若能與三五好友一同享用熱騰騰的火鍋，不亦樂乎？

[近義] 樂不可支　其樂無窮

不共戴天（ㄅㄨˋ ㄍㄨㄥˋ ㄉㄞˋ ㄊㄧㄢ）　不和仇敵同在蒼天之下生活。形容仇恨極深，不能共存。戴，頂著。

[語源] 禮記曲禮上：「父之讎，弗與共戴天。」

[例句] 這樁命案，兇手手段之兇殘，彷彿與被害人之間有著不共戴天之仇。

[近義] 誓不兩立　血海深仇

[反義] 化敵為友　言歸於好

不合時宜（ㄅㄨˋ ㄏㄜˊ ㄕˊ ㄧˊ）　不符合當時的需要和潮流。也作「不入時宜」。

[語源] 漢書哀帝紀：「違經背古，不合時宜。」

[例句] 現代雙薪家庭已成為普遍現象，男主外、女主內的觀念已經不合時宜了。

[近義] 冬扇夏爐　古調獨彈

[反義] 因時制宜　順應潮流

不同凡響（ㄅㄨˋ ㄊㄨㄥˊ ㄈㄢˊ ㄒㄧㄤˇ）　不同於平凡的樂曲。比喻事物出色，不同於凡俗。響，聲響。

[語源] 唐程太虛潄玉泉：「瀑布橫飛翠壑間，泉聲入耳送清寒。天然一曲非凡響，萬顆明珠落玉盤。」

[例句] 三大男高音之一的卡列拉斯唱起歌來，悅耳動聽，果然不同凡響。

[近義] 與眾不同　鶴立雞群

[反義] 平淡無奇　大同小異

不吐不快（ㄅㄨˋ ㄊㄨˇ ㄅㄨˋ ㄎㄨㄞˋ）　不把話說出來就不痛快。

[例句] 謝謝你願意聽我發牢騷，這些話我實在是不吐不快。

[近義] 骨鯁在喉　一吐為快

[反義] 隱忍不發　有口難言

不在話下（ㄅㄨˋ ㄗㄞˋ ㄏㄨㄚˋ ㄒㄧㄚˋ）　不必多說，或事屬當然用不著說。

[語源] 元秦簡夫宜秋山趙禮讓肥第四折：「以下各隨次第加官賜賞，這且不在話下。」

[例句] 由他們倆的交往情形來看，感情和默契之融洽，自然不在話下。

[近義] 理所當然　天經地義

不安本分（ㄅㄨˋ ㄢ ㄅㄣˇ ㄈㄣˋ）　不甘於所處的地位。

[例句] 他雖已衣食無虞，卻仍不安本分，整天求神問卜，妄想能一夕致富。

[近義] 痴心妄想　不甘寂寞

[反義] 安分守己　樂天知命

不安於室（ㄅㄨˋ ㄢ ㄩˊ ㄕˋ）　不肯在家安分過日子。常指為人妻者有外遇。

[語源] 詩經邶風凱風序：「衛之淫風流行；雖有七子之母，猶不能安其室。」

[例句] 陳太太參加旅遊回來後，竟然不安於室，與其中一名團員暗通款曲，氣得陳先生要跟她離婚。

不成氣候（ㄅㄨˋ ㄔㄥˊ ㄑㄧˋ ㄏㄡˋ）　比喻不具規模或沒有影響力。

[語源] 清陳廷焯白雨齋詞話：「洪稚存經術湛深，而詩多魔道；詞稍勝於詩，然亦不成氣候。」

[例句] 這幾個地痞流氓雖然行

徑囂張，但只是烏合之眾，不成氣候，還不至於形成幫派。

近義 不足輕重 微乎其微

反義 大有可觀 舉足輕重

不成體統 ㄅㄨˋ ㄔㄥˊ ㄊㄧˇ ㄊㄨㄥˇ 指不合乎規矩、體制。

語源 三國演義第十三回：「刻印不及，以錐畫之，全不成體統。」

例句 那位藝術家的作品怪異獨特，雖不成體統，卻創意十足。

近義 不倫不類 有失體統

反義 循規蹈矩 有禮有節

不自量力 ㄅㄨˋ ㄗˋ ㄌㄧㄤˋ ㄌㄧˋ 參見「自不量力」。

不即不離 ㄅㄨˋ ㄐㄧˊ ㄅㄨˋ ㄌㄧˊ 原為佛家用語，指修證過程不可執著。後指既不太親近，又不疏遠。

語源 大方廣圓覺修多羅了義經：「不即不離，無縛無脫，始知眾生本來。」

例句 他個性孤僻，與朋友相處總是不即不離，更增添其神祕的感覺。

近義 若即若離

反義 寸步不離 形影不離

不孚眾望 ㄅㄨˋ ㄈㄨˊ ㄓㄨㄥˋ ㄨㄤˋ 不受眾人信服。

語源 詩經大雅下武：「永言配命，成王之孚。」

例句 這名參選人因名聲不佳而不孚眾望，看來是沒有機會當選了。

近義 大失所望 聲名狼藉

反義 不負眾望 不負所托

不形於色 ㄅㄨˋ ㄒㄧㄥˊ ㄩˊ ㄙㄜˋ 指情緒不顯露在臉上。

語源 三國志蜀書先主傳：「少語言，善下人，喜怒不形於色。」

例句 他的性格沉穩內斂，喜怒不形於色，雖然不太親切，但是心地善良。

近義 不露聲色 面不改色

反義 喜形於色 怒形於色

不忍卒睹 ㄅㄨˋ ㄖㄣˇ ㄗㄨˊ ㄉㄨˇ 不忍心看完；不忍心看下去。多指景象悲慘，令人不忍再看。卒，完；盡。

語源 明史韃靼傳：「插炰烋悖慢，耳目不忍睹聞，方急款尚如是。」清薛福成觀巴黎油畫記：「偃仰僵仆者，令人目不忍睹。」

例句 爆炸現場血肉模糊，令人不忍卒睹。

近義 慘不忍睹 怵目驚心

不忍卒讀 ㄅㄨˋ ㄖㄣˇ ㄗㄨˊ ㄉㄨˊ 不忍心讀完。形容詩文內容極其悲慘動人。卒，完；盡。

語源 清淮陰百一居士壺天錄卷上：「閩督何公小宋，挽其夫人一聯，一字一淚，如泣如訴，令人不忍卒讀。」

例句 茶花女這本小說中，女主角瑪格麗特的悲慘遭遇實在令人不忍卒讀。

近義 哀感頑豔 迴腸盪氣

不忍釋手 ㄅㄨˋ ㄖㄣˇ ㄕˋ ㄕㄡˇ 捨不得放手，形容非常喜愛。不忍，捨不得。釋，放下。

語源 明馮夢龍醒世恆言卷三：「九娘見了這錠大銀，已自不忍釋手。」

例句 他一見那塊漢白玉古玩，便細細把玩，不忍釋手。

近義 愛不釋手

反義 棄若敝屣 視如草芥

不忮不求 ㄅㄨˋ ㄓˋ ㄅㄨˋ ㄑㄧㄡˊ 不嫉妒，不貪求。忮，嫉妒。

語源 詩經邶風雄雉：「不忮不求，何用不臧！」

例句 人生在世如能安守本分，腳踏實地，不忮不求，亦不失為謙謙君子。

一

近義　無欲則剛

不折不扣（ㄅㄨˋ ㄓㄜˊ ㄅㄨˋ ㄎㄡˋ）　按定價出售，不予減價。比喻實在、完全，不減分毫。折、扣，按定價減去的成數。

例句　他是個不折不扣的鐵公雞，你休想從他那裡獲得任何贊助。

近義　完完全全　百分之百

反義　七折八扣

不攻自破（ㄅㄨˋ ㄍㄨㄥ ㄗˋ ㄆㄛˋ）　不需攻擊便自行瓦解。原指城邑因內部混亂，不待攻擊而潰散。後也指論點不待批駁便露出破綻。

語源　晉劉琨請殺愍帝表：「子業若死，民無所望，則不為李矩、趙固之用，不攻而自破矣。」

例句　他的說法前後矛盾，不攻自破，根本不值得採信。

近義　詞窮理屈　不堪一擊

反義　固若金湯　無懈可擊

不求甚解（ㄅㄨˋ ㄑㄧㄡˊ ㄕㄣˋ ㄐㄧㄝˇ）　原指讀書只求理解其要旨，不刻意在文字上作解釋。今多指讀書不認真，只略知大概，不求深入理解。

語源　晉陶淵明五柳先生傳：「好讀書，不求甚解，每有會意，便欣然忘食。」

例句　他讀書總是囫圇吞棗，不求甚解，因此考試成績一直不太理想。

近義　一知半解　囫圇吞棗

反義　尋根究底　好學深思

不求聞達（ㄅㄨˋ ㄑㄧㄡˊ ㄨㄣˊ ㄉㄚˊ）　無意於功名富貴。聞，名聲。

語源　論語顏淵：「子曰：『何哉，爾所謂達者？』子張對曰：『在邦必聞，在家必聞。』子曰：『是聞也，非達也。夫達也者……在邦必達，在家必達。』」三國蜀諸葛亮出師表：「苟全性命於亂世，不求聞達於諸侯。」

例句　他生性淡泊，不求聞達，只求盡自己的本分，當一個離島的醫生，服務偏鄉民眾。

近義　與世無爭　淡泊名利

反義　汲汲營營　追名逐利

不肖子孫（ㄅㄨˋ ㄒㄧㄠˋ ㄗˇ ㄙㄨㄣ）　指不能繼承先輩事業，沒有出息或品行不良的子孫。不肖，不像。

語源　莊子天地：「親之所言而然，所行而善，則世俗謂之不肖子。」宋邵雍盛衰吟：「克肖子孫，振起家門；不肖子孫，破敗家門。」

例句　許多企業的開創者辛辛苦苦地白手起家，卻被不肖子孫在旦夕之間敗光，令人不勝欷歔。

反義　孝子賢孫

不見天日（ㄅㄨˋ ㄐㄧㄢˋ ㄊㄧㄢ ㄖˋ）　看不見天空和太陽。比喻生活在黑暗中，看不到光明。

語源　宋王闢之澠水燕談錄補遺：「耿遂密訪絳所為，校輒泣曰：『福州之人以為終世不見天日也。』」

例句　現代社會強調男女平等，但依然有許多婦女生活在不見天日的婚姻暴力中。

近義　暗無天日

反義　重見天日　撥雲見日

不見經傳（ㄅㄨˋ ㄐㄧㄢˋ ㄐㄧㄥ ㄓㄨㄢˋ）　不見經傳上有記載。比喻沒有來歷、沒有根據。或指人或事物沒有名氣。經，經典。傳，解經的文字。

語源　宋羅大經鶴林玉露卷六：「俗語云：『但存方寸地，留與子孫耕。』指心而言也。三字雖不見於經傳，卻亦甚雅。」

例句　許多事業有成的企業家，往往一開始也是不見經傳的無名小卒，所以只要肯努力，人人都有成功的機會。
近義　沒沒無聞　湮沒無聞
反義　大名鼎鼎　名垂青史

不言之教（ㄅㄨˋ ㄧㄢˊ ㄓ ㄐㄧㄠˋ）　不運用言語而進行的教化。指以身作則而達到教化的目的。
語源　莊子知北遊：「夫知者不言，言者不知，故聖人行不言之教。」
例句　家庭教育中，父母的不言之教也很重要，因為它對子女最具有潛移默化的效果。
近義　以身作則　風行草偃
反義　三令五申　諄諄教誨

不言而喻（ㄅㄨˋ ㄧㄢˊ ㄦˊ ㄩˋ）　不用說明即可明白。形容事理非常淺顯易懂。
語源　孟子盡心上：「君子所性，仁義禮智根於心……施於四體，四體不言而喻。」
例句　這個遊樂區處處可見風車和鬱金香，營造荷蘭風的用心不言而喻。
近義　顯而易見　想當然耳
反義　曲折離奇　一言難盡

不足為奇（ㄅㄨˋ ㄗㄨˊ ㄨㄟˊ ㄑㄧˊ）　指事物或現象很平常，不值得引以為奇。
語源　宋畢仲游祭范德孺文：「人樂其大而忘其私，不然則公不足為奇。」
例句　你這種促銷方式早已不足為奇，必須有更新穎的方案，才能吸引消費者。
近義　司空見慣　屢見不鮮
反義　少見多怪　稀奇古怪

不足為法（ㄅㄨˋ ㄗㄨˊ ㄨㄟˊ ㄈㄚˇ）　不能當作遵循的準則。多指某種做法不值得效法。
語源　墨子明鬼下：「且周書獨鬼，而商書不鬼，則未足以為法也。」宋魏慶之詩人玉屑詩體上：「字謎、人名、卦名、數名、藥名、州名之詩，只成戲論，不足為法也。」
例句　雖然他這次立下了大功，但是他投機取巧的方式不足為法，我們應該深自警惕。
近義　不足為訓
反義　奉為圭臬

不足為訓（ㄅㄨˋ ㄗㄨˊ ㄨㄟˊ ㄒㄩㄣˋ）　不能作為依循的典範。訓，法則。
語源　左傳僖公二十八年：「以臣召君，不可以訓。」明胡應麟詩藪續編卷一：「君詩如風螭巨鯨，步驟雖奇，不足為訓。」
例句　為人應當腳踏實地，按部就班，投機取巧的行徑實在不足為訓。
近義　不足為法
反義　奉為圭臬

不足為憑（ㄅㄨˋ ㄗㄨˊ ㄨㄟˊ ㄆㄧㄥˊ）　不能作為憑證、依據。也作「不足為據」。
語源　宋劉安世論蔡確作詩譏訕事第六：「詩板是明白已驗之跡，便可為據；開具乃委曲苟免之詞，不足為憑。」
例句　這件事的真相究竟如何，單聽他的一面之詞不足為憑，應該要兩造對質才是。
反義　白紙黑字　鐵證如山

不足掛齒（ㄅㄨˋ ㄗㄨˊ ㄍㄨㄚˋ ㄔˇ）　形容人或事物不值得一提。掛齒，放在嘴上談論。也作「無足掛齒」。
語源　史記叔孫通列傳：「此特群盜鼠竊狗盜耳，何足置之齒牙間。」水滸傳第八十七回：「宋江答道：『無能小將，不足掛齒。』」
例句　這點小忙只是舉手之勞，實在不足掛齒，您就用不

著謝我了。

近義 微不足道　不值一哂

反義 大書特書　沒齒難忘

不足輕重 ㄅㄨˋ ㄗㄨˊ ㄑㄧㄥ ㄓㄨㄥˋ 參見「無足輕重」。

不卑不亢 ㄅㄨˋ ㄅㄟ ㄅㄨˋ ㄎㄤˋ 既不自卑，也不高傲。形容態度合宜適中或措辭很有分寸。也作「不亢不卑」。

語源 明朱之瑜答小宅生順書七首之七：「聖賢自有中正之道，不亢不卑，不驕不諂。」

例句 他平日待人接物總是不卑不亢，值得我們效法。

近義 恰如其分

反義 低聲下氣　妄自尊大

不屈不撓 ㄅㄨˋ ㄑㄩ ㄅㄨˋ ㄋㄠˊ 形容人意志堅強，遇到困難挫折也不屈服。屈、撓，彎曲；屈服。

語源 荀子法行：「堅剛而不屈，義也……折而不橈，勇也。」橈，後多作「撓」。

例句 意志堅定的人即使遇到困難也不屈不撓，因此往往能成就大事業。

近義 百折不撓　寧死不屈

反義 知難而退　一蹶不振

不拘一格 ㄅㄨˋ ㄐㄩ ㄧˋ ㄍㄜˊ 不局限於一個規格、標準。格，標準；法式。

語源 清趙翼甌北詩話黃山谷詩：「東坡隨物賦形，信筆揮灑，不拘一格。」

例句 這部小說的寫作手法不拘一格，融合各家的創作形式、語言風格，實在是難得的佳作。

近義 不落窠臼　自出機杼

反義 拾人牙慧　陳腔濫調

不拘小節 ㄅㄨˋ ㄐㄩ ㄒㄧㄠˇ ㄐㄧㄝˊ 不拘泥於小細節。

語源 後漢書虞延傳：「性敦樸，不拘小節。」

例句 陳小姐個性開朗，不拘小節，每到一個新環境，很快就能交到朋友。

近義 不修邊幅　大而化之

反義 一本正經　一板一眼

不明不白 ㄅㄨˋ ㄇㄧㄥˊ ㄅㄨˋ ㄅㄞˊ 不清楚，不明白。

語源 京本通俗小說志誠張主管：「當夜，張勝無故得了許多東西，不明不白，一夜不曾睡著。」

例句 他是這個基金會的負責人，許多會務收支的細節卻交代得不明不白，難怪會被媒體質疑。

近義 不清不楚　糊裡糊塗

反義 真相大白　明明白白

不明就裡 ㄅㄨˋ ㄇㄧㄥˊ ㄐㄧㄡˋ ㄌㄧˇ 不知道真實情況。也作「不知就裡」。

語源 明馮夢龍醒世恆言卷八：「那婆子不知就裡，不來再問。」

辨析 「就裡」不能寫成「究裡」。

例句 他對這件事還不明就裡就隨便發表意見，實在太不負責了。

近義 不明所以

不枉此生 ㄅㄨˋ ㄨㄤˇ ㄘˇ ㄕㄥ 不枉費這一生。形容一生沒有白過。枉，徒然；白費。

例句 小傑立志要登上聖母峰，認為那樣才不枉此生。

近義 問心無愧　死而無怨

反義 死不瞑目

不治之症 ㄅㄨˋ ㄓˋ ㄓ ㄓㄥˋ 無法醫治的病症。也比喻無法挽救的缺失、禍害。

語源 明馮夢龍醒世恆言卷十：「傷寒書上有兩句歌云：『兩感傷寒不需治，陰陽毒過七朝期。』此乃不治之症。」

一

例句 ①隨著現代醫療的進步，白血病已非不治之症。②在阿城眼中，這小鎮的落後、蕭條已是不治之症，他一刻也不想再待下去。

近義 病入膏肓 不可救藥

反義 起死回生 妙手回春

不法之徒 ㄅㄨˋ ㄈㄚˇ ㄓ ㄊㄨˊ 違法犯紀的人。

語源 元史志刑法一：「而兇頑不法之徒，又數以赦宥獲免。」

例句 不法之徒危害社會秩序與安寧，理應受到法律的制裁。

近義 作奸犯科 目無法紀

反義 奉公守法 安分守己

不知凡幾 ㄅㄨˋ ㄓ ㄈㄢˊ ㄐㄧˇ 不知有多少；多得數不清。凡，總共。

語源 明史馬文升傳：「加以湖廣征蠻，山陝防邊，供餽餉給軍旅者，又不知凡幾。」

例句 古往今來，因為沉迷美色而斷送江山的帝王不知凡幾，令人慨嘆。

近義 多如牛毛 比比皆是

反義 寥寥無幾 屈指可數

不知不覺 ㄅㄨˋ ㄓ ㄅㄨˋ ㄐㄩㄝˊ 沒有知覺或不經意。

語源 妙法蓮華經：「令發一切智心，而尋廢忘，不知不覺。」清夏敬渠野叟曝言第三回：「兩人不及細說，將身上衣裳略攢掉些水氣，不知不覺，天已昏暗。」

例句 家電用品在不知不覺中已全面進入數位化了。

不知去向 ㄅㄨˋ ㄓ ㄑㄩˋ ㄒㄧㄤˋ 失去蹤跡；不知下落。

語源 大宋宣和遺事元集：「那晁蓋一行人，星夜走了，不知去向。」

例句 警察趕到時，歹徒早已不知去向，只能循線再度追捕。

近義 杳如黃鶴 無影無蹤

反義 有跡可尋

不知好歹 ㄅㄨˋ ㄓ ㄏㄠˇ ㄉㄞˇ 分辨不出好壞。指不明事理。

語源 西遊記第四十一回：「那呆子不知好歹，就跟著他，徑回歸路。」

例句 小李幫助你是出於一片好意，你別不知好歹，誤會了他的用心。

近義 不明事理 善惡莫辨

反義 是非分明 恩怨分明

不知所云 ㄅㄨˋ ㄓ ㄙㄨㄛˇ ㄩㄣˊ 本指感傷激動之下，不清楚自己所表達的內容。後多用於指作文或說話空洞紊亂，使人不了解其意。云，說。

語源 三國蜀諸葛亮出師表：「臨表涕泣，不知所云。」

例句 這篇論文內容空泛，雜亂無章，看了幾次仍不知所云。

近義 語無倫次 語焉不詳

反義 有條不紊 文從字順

不知所措 ㄅㄨˋ ㄓ ㄙㄨㄛˇ ㄘㄨㄛˋ 不知道該怎麼辦才好。形容慌張或窘困之狀。措，安置；處理。

語源 管子七臣七主：「臣下振怒，不知所錯（措）。」三國志吳書諸葛恪傳：「哀喜交并，不知所措。」

例句 遭逢經濟不景氣，又無一技之長，失業後要如何維持家計，實在令他不知所措。

近義 手忙腳亂 手足無措

反義 不慌不忙 從容不迫

不知所終 ㄅㄨˋ ㄓ ㄙㄨㄛˇ ㄓㄨㄥ 不知最後的結果。終，結局。

語源 國語越語下：「(范蠡)遂乘扁舟，以浮於五湖，莫知其所終極。」

例句 我那本琦君的紅紗燈幾

一

經朋友、同學借閱，早已不知所終，看來得再買一本了。

近義　杳無音訊　下落不明

不知進退（ㄅㄨˋ ㄓ ㄐㄧㄣˋ ㄊㄨㄟˋ）　指行為舉止沒有分寸，輕舉妄動。

語源　宋洪邁容齋續筆名將晚謬：「慕容紹宗挫敗侯景，一時將帥皆莫及，而攻圍潁川，不知進退，赴水而死。」

例句　他做事總是冒冒失失，不知進退，因此我不放心將重要任務交給他。

近義　冒冒失失　輕舉妄動

反義　中規中矩　三思而後行

不知輕重（ㄅㄨˋ ㄓ ㄑㄧㄥ ㄓㄨㄥˋ）　不會辨別事情的輕重緩急。指做事不得要領或不識大體。

語源　紅樓夢第一〇九回：「婆子們不知輕重，說是這兩日有些病，恐不能就好，到這裡問大夫。」

例句　新來的助理經驗不足，做事可能不知輕重，你要好好教她。

近義　不得要領　捨本逐末

反義　老成練達　老成持重

不舍晝夜（ㄅㄨˋ ㄕㄜˇ ㄓㄡˋ ㄧㄝˋ）　日日夜夜都不停息。比喻勤奮不懈。舍，通「捨」。停止。

語源　論語子罕：「子在川上曰：『逝者如斯夫！不舍晝夜。』」

例句　張教授為了萃取礦石中的特殊成分，近三個月以來不舍晝夜，埋首於實驗室之中。

近義　夜以繼日　焚膏繼晷

不近人情（ㄅㄨˋ ㄐㄧㄣˋ ㄖㄣˊ ㄑㄧㄥˊ）　不合乎人的常情。

語源　莊子逍遙遊：「大有逕庭，不近人情焉。」

例句　對於老闆種種不近人情的加班要求，她終於忍受不了而遞出辭呈。

近義　不近情理　不通人情

反義　通情達理　合情合理

不為已甚（ㄅㄨˋ ㄨㄟˊ ㄧˇ ㄕㄣˋ）　做事有分寸，不過分。多指對人的責罰適可而止。

語源　孟子離婁上：「仲尼不為已甚者。」

例句　他為人厚道，做事總是不為已甚，因此獲得別人的尊敬。

近義　恰如其分　適可而止

反義　置人死地　不留餘地

不為所動（ㄅㄨˋ ㄨㄟˊ ㄙㄨㄛˇ ㄉㄨㄥˋ）　形容心意堅定，不受外界影響、改變。

語源　明周楫西湖二集第三十卷：「或有頂天立地天神手持槍刀來刺汝之心，汝一心修煉，不為所動，諸景即時消滅。」

例句　弟弟只想要電動玩具，即使爺爺想用冰淇淋做交換，他依然不為所動。

近義　一心一意　無動於中

反義　三心二意　見異思遷

不甚了了（ㄅㄨˋ ㄕㄣˋ ㄌㄧㄠˇ ㄌㄧㄠˇ）　不大清楚；不大了解。了了，清楚；明白。

語源　清文康兒女英雄傳第三十九回：「凡是老爺的壽禮，以及合家帶寄各人的東西，老爺自己卻不甚了了。」

例句　這件事他解釋了半天，大夥兒還是不甚了了，要求他再說一次。

近義　一知半解　似懂非懂

反義　了然於胸　瞭如指掌

不相上下（ㄅㄨˋ ㄒㄧㄤ ㄕㄤˋ ㄒㄧㄚˋ）　分不出高低、好壞。

語源　唐李肇唐國史補楊穆分優劣：「貞元中，楊氏、穆氏兄弟，人物氣概，不相上下。」

例句　這屆花式溜冰比賽冠亞軍選手的表現優異，不相上下，令觀眾們大飽眼福。

近義 旗鼓相當 伯仲之間

反義 天差地遠 判若雲泥

不相聞問 ㄅㄨˋ ㄒㄧㄤ ㄨㄣˊ ㄨㄣˋ 彼此之間沒有往來，互不關心。

語源 漢書嚴助傳：「拜為會稽太守，數年不聞問。」

例句 公寓裡住戶雖多，但往往不相聞問，難怪宵小之輩有機可乘。

近義 不聞不問 漠不關心

反義 噓寒問暖 體貼入微

不省人事 ㄅㄨˋ ㄒㄧㄥˇ ㄖㄣˊ ㄕˋ ①指昏迷失去知覺。②指不懂得人情世故。省，知覺。

語源 宋汪應辰與朱元晦書：「問其無所苦否，則曰：『無事，無事。』尋即不省人事。」水滸傳第四十九回：「小妹一時麤鹵，年幼不省人事，誤犯威顏。」

例句 ①老王車禍受傷以後，就一直不省人事，恐怕是凶多吉少了。②她年幼不省人事，你何必跟她一般見識？

近義 人事不知 不明事理

反義 神清氣全 通情達理

不矜細行 ㄅㄨˋ ㄐㄧㄣ ㄒㄧˋ ㄒㄧㄥˊ 不重視細小的行為或瑣事。矜，顧惜。

語源 尚書旅獒：「不矜細行，終累不德。」

例句 年少輕狂的他為人不矜細行，所以常有一些流言蜚語在他背後傳布。

近義 不拘小節 不修邊幅

反義 謹小慎微 一本正經

不約而同 ㄅㄨˋ ㄩㄝ ㄦˊ ㄊㄨㄥˊ 彼此沒有先約定，但行動卻相同。

語源 史記平津侯主父列傳：「不謀而俱起，不約而同會。」

例句 九二一地震後，全國民眾不約而同伸出援手，有錢出錢，有力出力，協助災區重建。

近義 不謀而合

不苟言笑 ㄅㄨˋ ㄍㄡˇ ㄧㄢˊ ㄒㄧㄠˋ 不隨便談笑說話。形容態度嚴肅。

語源 禮記曲禮上：「不苟訾，不苟笑。」明史王守仁傳：「日端坐講讀五經，不苟言笑。」

例句 他律己甚嚴，不苟言笑，是個值得託付重任的人。

近義 一本正經 笑比河清

反義 談笑風生 嬉皮笑臉

不計其數 ㄅㄨˋ ㄐㄧˋ ㄑㄧˊ ㄕㄨˋ 多得無法計算數目。形容數量很多。

語源 史記樗里子甘茂列傳：「破城墮邑，不知其數。」宋魏了翁奏措京湖諸郡：「或謂官民兵在城內者約二十萬，而散在四郊者不計其數。」

例句 伊朗昨天發生規模六點五的大地震，死傷者不計其數，亟待國際救援。

近義 恆河沙數 不可勝數

反義 屈指可數 寥寥可數

不負所托 ㄅㄨˋ ㄈㄨˋ ㄙㄨㄛˇ ㄊㄨㄛ 不辜負所被付托的事。指順利完成他人託付的任務。也作「不負所託」。

語源 元史裕宗傳：「使仁孝顯於躬行，抑可謂不負所托矣。」明淩濛初二刻拍案驚奇卷三三：「有甚分付，都在不才身上，決然不負所托。」

例句 老張穩當可靠，這件事交給他，一定不負所托。

近義 不辱使命 克盡厥職

反義 敷衍塞責 草草了事

不負眾望 ㄅㄨˋ ㄈㄨˋ ㄓㄨㄥˋ ㄨㄤˋ 沒有辜負眾人的期望。

例句 代表團果然不負眾望，在此次談判中為我國爭取了許多權益。

近義 不負所托 不辱使命

反義　大失所望　無功而返

不食煙火 ㄅㄨˋ ㄕˊ ㄧㄢ ㄏㄨㄛˇ　參見「不食人間煙火」。

不修邊幅 ㄅㄨˋ ㄒㄧㄡ ㄅㄧㄢ ㄈㄨˊ　不把布帛的邊緣修剪整齊。比喻人不注重儀容衣著或不拘小節。

語源　北齊顏之推顏氏家訓序致：「肆欲輕言，不脩邊幅。」

例句　他平時雖然不修邊幅，不拘小節，做起事來卻是一絲不苟，令人信任。

近義　蓬首垢面　不拘小節

反義　衣冠楚楚　一本正經

不倫不類 ㄅㄨˋ ㄌㄨㄣˊ ㄅㄨˊ ㄌㄟˋ　既不像這一類，也不像那一類。形容人、事不合規範，不成樣子。倫、類，類別。

語源　史通雜說上公羊傳：「致使編次不倫，比喻非類，言之可為嗤怪也。」明吳炳療妒羹絮影：「眼中人不倫不類，穽中人不伶不俐。」

例句　隨著時代演變，年輕人所謂流行的打扮，看在老一輩的眼裡卻顯得不倫不類。

近義　不三不四　非驢非馬

不值一哂 ㄅㄨˋ ㄓˊ ㄧˋ ㄕㄣˇ　不值得一笑。形容事物極無價值或水準不夠。哂，微笑。多含有嘲諷或輕視的意味。

語源　明張岱祭祁文載文：「文載以道眼觀之，不足以當其一哂。」清謝鴻中東池草堂尺牘與惺齋：「庸俗人贊賞萬端，不值識者一哂。」

例句　雖然他對自己的發明頗為得意，但在專家的眼裡其實不值一哂。

近義　不屑一顧　無足掛齒

反義　身價百倍　價值連城

不容小覷 ㄅㄨˋ ㄖㄨㄥˊ ㄒㄧㄠˇ ㄑㄩˋ　不容許輕忽。覷，瞇著眼細看。

語源　三國演義第四回：「汝休小覷我。我非俗吏，奈未遇其主耳。」

例句　這次的國際棒球邀請賽，參賽隊伍均是各國的精英所組成，實力不容小覷。

近義　刮目相看　另眼相待

反義　不屑一顧　嗤之以鼻

不容分說 ㄅㄨˋ ㄖㄨㄥˊ ㄈㄣ ㄕㄨㄛ　不容許分辯、解說。也作「不由分說」。

語源　京本通俗小說錯斬崔寧：「後邊兩個趕到跟前，見了小娘子與那後生，不容分說，一家扯了一個。」三國演義第十三回：「郭汜兵退，車駕冒險出城，不由分說，竟擁到李傕營中。」

例句　見到半夜三更才回家的弟弟，父親不容分說便痛打了他一頓。

近義　不容置辯　不容置喙

反義　暢所欲言　言無不盡

不容置喙 ㄅㄨˋ ㄖㄨㄥˊ ㄓˋ ㄏㄨㄟˋ　不容許開口評論。形容沒有說話的餘地。置喙，插嘴。喙，鳥獸的嘴，借指人的嘴。

語源　清尹會一答陳榕門書：「及通盤籌畫，以棄為取，固已洞鑑無疑，無容置喙。」

辨析　喙，音ㄏㄨㄟˋ，不讀ㄓㄨㄛˊ，也不可寫作「啄」。

例句　夫妻吵架是人家的家務事，只要不影響到旁人，外人不容置喙。

近義　不容分說

反義　各抒己見　暢所欲言

不容置疑 ㄅㄨˋ ㄖㄨㄥˊ ㄓˋ ㄧˊ　不容許他人有所懷疑。表示完全真確。

例句　警方打擊犯罪的決心不容置疑，相信社會治安很快就會獲得改善。

近義　千真萬確　無庸置疑

一

反義 難以置信 不以為然

不屑一顧 ㄅㄨˊ ㄒㄧㄝˋ ㄧˊ ㄍㄨˋ 瞧不起而不願看一眼。表示非常輕視而不加注意。不屑，瞧不起。

語源 清曾樸孽海花第二十八回：「我的眼光是一直線，祇看前面的，兩旁和後方，都悍然不屑一顧了。」

例句 他一心想賺大錢，對這種小生意根本就不屑一顧。

近義 不值一哂 付之一笑

反義 另眼相待 刮目相看

不恥下問 ㄅㄨˋ ㄔˇ ㄒㄧㄚˋ ㄨㄣˋ 不認為向年齡、地位、學問等比自己低的人請教是羞恥的。稱讚人虛心向學。

語源 論語公冶長：「敏而好學，不恥下問。」

例句 他為人謙虛，不恥下問，是同學們學習的好榜樣。

近義 三人行必有我師

反義 自以為是 妄自尊大

不時之需 ㄅㄨˋ ㄕˊ ㄓ ㄒㄩ 隨時可能會有的需要。不時，無法預料到的時候。

語源 宋蘇軾後赤壁賦：「我有斗酒，藏之久矣，以待子不時之需。」

例句 世事難料，平日要有儲蓄的習慣，以備不時之需。

不留餘地 ㄅㄨˋ ㄌㄧㄡˊ ㄩˊ ㄉㄧˋ 不保留一點緩衝的空間。

語源 莊子養生主：「恢恢乎其於遊刃必有餘地矣。」清紀昀閱微草堂筆記槐西雜志一：「然詞鋒太利，未免不留餘地矣。」

例句 他為人刻薄，罵人不留餘地，難怪會沒有朋友。

近義 趕盡殺絕 逼上梁山

反義 不為已甚 寬以待人

不疾不徐 ㄅㄨˋ ㄐㄧˊ ㄅㄨˋ ㄒㄩˊ 不過快也不過慢。形容從容穩當。

語源 宋黃庭堅王純中墓志銘：「君調用財力，不疾不徐，勞民勸功，公私以濟。」

辨析 疾是快的意思，不作「急」。

例句 錢經理辦事不疾不徐，眼光精準，是總經理的熱門人選。

近義 不慌不忙 從容不迫

反義 手忙腳亂 驚慌失措

不眠不休 ㄅㄨˋ ㄇㄧㄢˊ ㄅㄨˋ ㄒㄧㄡ 沒有休息和睡覺。

例句 九二一大地震後，救難人員不眠不休投入救援工作的精神，令人感佩。

近義 焚膏繼晷 夜以繼日

不能自已 ㄅㄨˋ ㄋㄥˊ ㄗˋ ㄧˇ 無法自我控制。形容情緒激動。已，停止；克制。

語源 宋書劉休仁傳：「痛念之至，不能自已。」

辨析 已是停止、克制之意。不能誤作「己」。

例句 小美得到了偶像明星的親筆簽名，興奮地又叫又跳，不能自已。

近義 情不自禁

反義 若無其事 淡然處之

不能自拔 ㄅㄨˋ ㄋㄥˊ ㄗˋ ㄅㄚˊ 指陷於不利的境地，自己無法擺脫。

語源 宋書劉義恭傳：「世祖前鋒至新亭，劭挾義恭出戰，恆錄在左右，故不能自拔。」

例句 那些在勒戒中心戒毒的人，都是因為輕易嘗試而不能自拔的例證。

近義 陷入絕境

不辱使命 ㄅㄨˋ ㄖㄨˇ ㄕˇ ㄇㄧㄥˋ 不辜負他人的囑託。

語源 論語子路：「行己有

恥；使於四方，不辱君命。」

例句 這次能不辱使命完成老闆交代的任務，完全是靠大家通力合作所致。

近義 不負所托　克盡厥職

反義 無功而返　鎩羽而歸

不假思索 ㄅㄨˋ ㄐㄧㄚˇ ㄙ ㄙㄨㄛˇ 無需思考即能立刻反應。形容思想、做事反應敏捷。假，借助；依靠。也作「不加思索」。加，多。

語源 宋黃榦復黃會卿：「戒懼謹獨，不待勉強，不假思索，只是一念之間，此意便在。」清西周生醒世姻緣傳第八十一回：「研墨操筆，不加思索，往上就寫。」

例句 他不假思索，提起筆來，馬上就寫出了一篇好文章，不愧是出了名的快手。

近義 當機立斷

反義 猶豫不決　舉棋不定

不假辭色 ㄅㄨˋ ㄐㄧㄚˇ ㄘˊ ㄙㄜˋ 不在言語或臉色上表示友好。

語源 宋書庾登之傳：「由外悉知此，而誣於信受，群情豈了，陛下不假為之辭。」清史稿穆緝香阿傳：「雖應對進退間亦不假以辭色。」

例句 由於他好惡分明的個性，對不喜歡的人從來不假辭色，因此得罪了不少小人。

近義 疾言厲色　聲色俱厲

反義 假以辭色　和顏悅色

不偏不倚 ㄅㄨˋ ㄆㄧㄢ ㄅㄨˋ ㄧˇ 不偏向任何一方。①形容中立、公正。②形容正中目標。倚，偏向。

語源 宋朱熹中庸章句：「中者，不偏不倚，無過不及之名。」

例句 ①比賽時，裁判需保持不偏不倚的態度，才能維持比賽的公平性。②國軍在這次飛彈試射演習中，不偏不倚地命中目標，贏得民眾喝采。

近義 中庸之道　無偏無黨

反義 厚此薄彼　徇情枉法

不動聲色 ㄅㄨˋ ㄉㄨㄥˋ ㄕㄥ ㄙㄜˋ 不從語言、神態流露出內心的情緒。形容非常沉著鎮定。動，變動。聲色，言談和臉色。也作「不露聲色」。

語源 宋歐陽脩相州晝錦堂記：「至於臨大事，決大議，垂紳正笏，不動聲色。」

例句 取得證據之前，你在他面前最好不動聲色，以免打草驚蛇，前功盡棄。

近義 若無其事　不形於色

反義 形於辭色　喜形於色

不務正業 ㄅㄨˋ ㄨˋ ㄓㄥˋ ㄧㄝˋ 本指不從事正當、有意義的事情。也戲指丟下正職而從事其他事情。務，從事。

語源 施公案第一七九回：「想你我幼年之間，不務正業，打劫為生，空混了半生。」

例句 ①阿仁年近四十還不務正業，成天遊手好閒，讓父母傷透腦筋。②蔡醫師不務正業，脫下白袍，一頭栽入高科技產業，倒也做得有聲有色。

近義 好逸惡勞　遊手好閒

反義 直道而行　腳踏實地

不得而知 ㄅㄨˋ ㄉㄜˊ ㄦˊ ㄓ 指無從知道。

語源 唐韓愈爭臣論：「故雖諫且議，使人不得而知焉。」

例句 這項併購案的金額到底是多少，外人不得而知。

近義 一無所知　無從得知

反義 不言而喻　昭然若揭

不得要領 ㄅㄨˋ ㄉㄜˊ ㄧㄠˋ ㄌㄧㄥˇ 指掌握不到事情的要點或關鍵。

語源 史記大宛列傳：「騫從月氏至大夏，竟不能得月氏要領。」

一

例句 你做事老是不得要領，難怪效率很難提升。

近義 不知輕重 隔靴搔癢

反義 一針見血 切中肯綮

不情之請 ㄅㄨˋ ㄑㄧㄥˊ ㄓ ㄑㄧㄥˇ 不合情理的請求。多用為對人有所請託的客套話。

語源 清王韜淞濱瑣話蕊玉：「僕有不情之請：君囊中琴，欲仍歸舊主。」

例句 我很冒昧地向您提出這個不情之請，希望您能慷慨解囊，助大家一臂之力。

不惜工本 ㄅㄨˋ ㄒㄧˊ ㄍㄨㄥ ㄅㄣˇ 不吝惜成本。形容肯花錢。工本，製造物品的成本。

語源 清李伯元官場現形記第一回：「姓方的瞧著眼熱，有幾家該錢的，也就不惜工本，公開一個學堂。」

例句 那位收藏家不惜工本，以五百萬元打造一個保險櫃，只為保存他的收藏品。

近義 所費不貲 在所不惜

反義 精打細算 斤斤計較

不教而殺 ㄅㄨˋ ㄐㄧㄠˋ ㄦˊ ㄕㄚ 參見「不教而誅」。

不教而誅 ㄅㄨˋ ㄐㄧㄠˋ ㄦˊ ㄓㄨ 事先不施行教育，一旦觸犯了便加以殺戮或懲罰。也作「不教而殺」。

語源 論語堯曰：「不教而殺謂之虐。」荀子富國：「故不教而誅，則刑繁而邪不勝。」

例句 對小孩子的教育要特別有耐心，千萬不可不教而誅，以免造成他的心理不平衡。

反義 明正典刑

不脛而走 ㄅㄨˋ ㄐㄧㄥˋ ㄦˊ ㄗㄡˇ 沒有腿卻能跑。比喻事物未經聲張、推行，即已迅速地傳播。脛，小腿。泛指腿、腳。

語源 清趙翼甌北詩話白香山詩：「婦人女子亦喜聞而樂誦之，是以不脛而走，傳遍天下。」

例句 米酒即將漲價的消息不脛而走，造成了搶購風潮。

近義 一傳十，十傳百

不速之客 ㄅㄨˋ ㄙㄨˋ ㄓ ㄎㄜˋ 沒有被邀請而自己來的客人。常用以指突然拜訪或不受歡迎的客人。速，邀請。

語源 易經需卦：「有不速之客三人來。」

例句 聚會時原本氣氛熱絡，但是來了一位不速之客，弄得大夥十分尷尬。

近義 不請自來

不勝其煩 ㄅㄨˋ ㄕㄥ ㄑㄧˊ ㄈㄢˊ 事情煩雜，使人無法忍受。勝，忍受。

語源 宋陸游老學庵筆記卷三：「每發一書，則書百幅，擇十之一用之。於是不勝其煩，人情厭患。」

辨析 勝，音ㄕㄥ，不讀ㄕㄥˋ。

例句 他的決定總是反反覆覆，讓人不勝其煩，很難和他共事。

近義 不堪其擾 忍無可忍

反義 不厭其煩 甘之如飴

不勝枚舉 ㄅㄨˋ ㄕㄥ ㄇㄟˊ ㄐㄩˇ 不能一一列舉出來。形容數量很多。勝，盡。枚舉，一個一個列舉。

語源 清錢大昕十駕齋養新錄藝文志脫漏：「宋人撰述不見於志者，又復不勝枚舉。」

辨析 勝，音ㄕㄥ，不讀ㄕㄥˋ。

例句 臺灣各地的諺語多得不勝枚舉，每一則都充滿生活智慧和趣味。

近義 不計其數 不可勝數

反義 屈指可數 寥若晨星

不勝唏噓 ㄅㄨˋ ㄕㄥ ㄒㄧ ㄒㄩ 感到十分悲哀、嘆息。不勝，不

禁；無限。唏噓，悲嘆聲。

例句 聽到他小時候的不幸遭遇，大家都不勝唏噓。

近義 喟然而嘆　悲從中來

不勞而獲 ㄅㄨˋ ㄌㄠˊ ㄦˊ ㄏㄨㄛˋ 未經辛勞奮鬥而獲得。指僥倖而得或享受別人辛勞的成果。

語源 孔子家語入官：「所求於邇，故不勞而得也。」清盛大士谿山臥游錄卷三：「學問斷無不勞而獲之理。」

例句 他平日默默耕耘，這次的得獎絕非不勞而獲。

近義 坐享其成　漁翁得利

反義 一分耕耘，一分收穫

不堪一擊 ㄅㄨˋ ㄎㄢ ㄧˊ ㄐㄧˊ 禁不起打擊。形容非常脆弱。堪，能夠。

例句 「草莓族」這個詞是用來指那些未經世事、不堪一擊的年輕世代。

近義 摧枯拉朽

反義 牢不可破　銅牆鐵壁

不堪入目 ㄅㄨˋ ㄎㄢ ㄖㄨˋ ㄇㄨˋ 不能看。多形容景象低俗、淫穢或髒亂。

語源 清沈復浮生六記浪遊記快：「余自績溪之遊，見熱鬧場中卑鄙之狀，不堪入目。」

例句 許多廟宇藉酬神之名請來舞孃大跳脫衣舞，真是不堪入目。

反義 百看不厭

不堪入耳 ㄅㄨˋ ㄎㄢ ㄖㄨˋ ㄦˇ 不能聽。多形容言語粗俗或聲音不悅耳。

語源 晉葛洪抱朴子辭義：「夫文章之體，尤難詳賞，苟以入耳為佳，適心為快。」明李開先市井豔詞序：「但淫豔褻狎，不堪入耳。」

例句 小妹剛開始學拉小提琴，那一陣陣殺鵝般的聲音真是不堪入耳。

近義 五音不全

反義 繞梁三日　珠圓玉潤

不堪回首 ㄅㄨˋ ㄎㄢ ㄏㄨㄟˊ ㄕㄡˇ 不忍回想以前的事。不堪，不忍。

語源 唐戴叔倫哭朱放：「最是不堪回首處，九泉煙冷樹蒼蒼。」

例句 地震所造成的重大災害，令災民不堪回首。

近義 觸景傷情

反義 回味無窮

不堪其擾 ㄅㄨˋ ㄎㄢ ㄑㄧˊ ㄖㄠˇ 不能忍受如此的困擾。

語源 新唐書志食貨五：「初，捉錢者私增公廨本……外以逋官錢迫蹙閭里，民不堪其擾。」

例句 體育場裡的演唱會音量太大，附近居民不堪其擾，只好報警處理。

近義 不勝其煩　忍無可忍

反義 忍氣吞聲　隱忍不發

不堪負荷 ㄅㄨˋ ㄎㄢ ㄈㄨˋ ㄏㄜˋ 無法負擔、承受。

語源 南齊書謝朓傳：「江夏年少輕脫，不堪負荷神器，不可復行廢立。」

例句 阿發為了趕工而長期熬夜加班，身體當然不堪負荷，健康早已亮起紅燈。

近義 無能為力

反義 遊刃有餘　勝任愉快

不堪設想 ㄅㄨˋ ㄎㄢ ㄕㄜˋ ㄒㄧㄤˇ 無法預想。形容事情的發展可能壞到極點。堪，能夠。

語源 清宣鼎夜雨秋燈錄刑房吏：「此訟徒也，必與其子孫有深隙，意購此卷去族滅一門，不堪設想。」

例句 這裡沒有緊急逃生門，一旦發生火災，後果將不堪設想。

不寒而慄 ㄅㄨˋ ㄏㄢˊ ㄦˊ ㄌㄧˋ 天氣不寒冷身體卻發抖。形容非

常害怕。慄，顫抖。

語源 史記酷吏列傳：「是日皆報殺四百餘人，其後郡中不寒而慄。」

例句 電影中逼真可怖的情節，至今回想起來仍令人不寒而慄。

近義 毛骨悚然　心驚肉跳

反義 泰然自若　無動於中

不揣冒昧 ㄅㄨˋ ㄔㄨㄞˇ ㄇㄠˋ ㄇㄟˋ 不衡量自己不適當的行為或言語。多用為自謙之詞。

語源 紅樓夢第八十四回：「那王爾調又道：『晚生還有一句話，不揣冒昧，合老世翁商議。』」

例句 我有一件事，不揣冒昧，想提出來和您商量一下。

近義 不揣譾陋　不自量力

不揣譾陋 ㄅㄨˋ ㄔㄨㄞˇ ㄐㄧㄢˇ ㄌㄡˋ 不衡量自己的淺陋。自謙之詞。揣，測量；估量。譾陋，淺陋。也作「不揣淺陋」。

語源 清唐芸洲七劍十三俠第一二八回：「某不揣譾陋，甘心歸附大王者，亦以大王有志於天下，而為一代之明主耳！」

例句 關於這個議題，個人不揣譾陋，想提出一些看法，請大家不吝指教。

近義 自不量力　不揣冒昧

不敢苟同 ㄅㄨˋ ㄍㄢˇ ㄍㄡˇ ㄊㄨㄥˊ 不敢隨便附和。苟，隨便；輕率。

語源 韓詩外傳卷四：「不恤乎公道之達義，偷合苟同，以之持祿養，是謂國賊也。」清陳確寄劉伯繩書：「萬萬不敢自是，亦不敢苟同，仁兄必素所鑑也。」

例句 雖然我敬佩你的為人，不過你剛才說的那一番話我實在不敢苟同。

不期而遇 ㄅㄨˋ ㄑㄧˊ ㄦˊ ㄩˋ 沒有事先約定卻意外地相逢。期，約定。也作「不期而會」。

語源 穀梁傳隱公八年：「不期而會曰遇。」南朝梁簡文帝湘宮寺智蒨法師墓誌銘：「不期而遇，襄水之陽。」

例句 與畢業後就出國深造的好友竟在歐洲不期而遇，真可說是人生一大樂事。

近義 因緣湊巧　邂逅相遇

反義 失之交臂

不欺暗室 ㄅㄨˋ ㄑㄧ ㄢˋ ㄕˋ 在無人看見的地方，也不做虧心事。形容人光明磊落。

語源 唐楊炯浮漚賦：「類達人之修身，故不欺於暗室。」

例句 他行事一向光明磊落，不欺暗室，像這樣的小技倆他是不屑為之的。

近義 不愧屋漏

不無小補 ㄅㄨˋ ㄨˊ ㄒㄧㄠˇ ㄅㄨˇ 指多少有點幫助。

語源 孟子盡心上：「夫君子所過者化，所存者神，上下與天地同流，豈曰小補之哉？」宋朱熹晦庵集答或人：「諸家雖或淺近，要亦不無小補。」

例句 這一筆錢雖然不多，不過對於貼補家用卻也不無小補。

近義 聊勝於無

反義 於事無補　無濟於事

不痛不癢 ㄅㄨˋ ㄊㄨㄥˋ ㄅㄨˋ ㄧㄤˇ 原指沒有反應，麻木不仁。後比喻膚淺、不中肯，未能觸及要害。

語源 宋朱熹朱子語類卷一〇六朱子三：「此等人，所謂不仁之人，心都頑然無知，抓著不癢，掐著不痛矣。」清湯斌湯子遺書卷一語錄：「若不痛不癢，剽竊聖賢言語糟粕，縱

步趨無失，究竟成一鄉愿。」

【例句】他現在說這些話只是放馬後炮，不痛不癢，令人懷疑他的誠意。

【近義】無關緊要　隔靴搔癢

【反義】一針見血　舉足輕重

不絕如縷 ㄅㄨˋ ㄐㄩㄝˊ ㄖㄨˊ ㄌㄩˇ　原比喻情勢危急，好像只有一絲線相連。後來也比喻聲音悠長細微。縷，細線。

【語源】公羊傳僖公四年：「南夷與北狄交，中國不絕若綫。」唐柳宗元寄許京兆孟容書：「以是嗣續之重，不絕如縷。」

【例句】遊樂場小火車嗚嗚的汽笛聲不絕如縷，勾起了我的童年記憶。

【反義】戛然而止

不絕於耳 ㄅㄨˋ ㄐㄩㄝˊ ㄩˊ ㄦˇ　聲響持續不斷。

【語源】清劉鶚老殘遊記第二回：「這時臺下叫好的聲音不絕於耳，卻也壓不下那弦子去。」

【例句】夏日的鄉居生活，蛙鳴蟬叫不絕於耳，充滿歡樂而悠閒的氣息。

【反義】戛然而止

不著痕跡 ㄅㄨˋ ㄓㄨㄛˊ ㄏㄣˊ ㄐㄧ　不留任何痕跡。

【例句】王太太熱心助人且不著痕跡，能讓受幫助的人欣然接受，又能心懷感激。

【近義】無跡可尋　不動聲色

【反義】明火執仗　大張旗鼓

不著邊際 ㄅㄨˋ ㄓㄨㄛˊ ㄅㄧㄢ ㄐㄧˋ　接觸不到邊界；沒有著落。也比喻說話、做事離題太遠，漫無重點。著，附著；觸及。

【語源】水滸傳第十八回：「天色又看看晚了，何濤思想：『在此不著邊際，怎生奈何？』」

【例句】他所提的方案總是不著邊際，所以無法得到大家的認同。

【近義】漫無邊際　天馬行空

【反義】一語中的　一針見血

不虛此行 ㄅㄨˋ ㄒㄩ ㄘˇ ㄒㄧㄥˊ　沒有白走這一趟。比喻有所收穫。

【語源】宋魏了翁答林知錄書：「又得舊友偕行，相與切磋究圖，自謂庶幾不虛是行矣。」

【例句】這次戶外教學行程豐富，老師解說精闢，同學們都覺得不虛此行。

【近義】滿載而歸

【反義】無功而返

不傷大雅 ㄅㄨˋ ㄕㄤ ㄉㄚˋ ㄧㄚˇ　參見「無傷大雅」。

不愧不怍 ㄅㄨˋ ㄎㄨㄟˋ ㄅㄨˋ ㄗㄨㄛˋ　參見「無愧無怍」。

不愧屋漏 ㄅㄨˋ ㄎㄨㄟˋ ㄨ ㄌㄡˋ　雖獨處深暗的內室，也不會做令自己慚愧的事。指做事光明磊落。屋漏，屋內西北角的深暗處。

【語源】詩經大雅抑：「相在爾室，尚不愧于屋漏。」

【例句】陳先生待人處事能不愧屋漏，所以受到朋友們的信賴。

【近義】不欺暗室　俯仰無愧

不慌不忙 ㄅㄨˋ ㄏㄨㄤ ㄅㄨˋ ㄇㄤˊ　形容說話或行動從容不迫。

【語源】明馮夢龍醒世恆言卷二五：「只見翠翹不慌不忙的答道：『娘子睡在房裡，說今早有些頭痛，還未曾起來梳洗哩。』」

【例句】他個性沉穩，遇事不慌不忙，處理事務井然有序，難怪常被委以重任。

【近義】從容不迫　不疾不徐

【反義】慌慌張張　急急忙忙

不溯既往 ㄅㄨˋ ㄙㄨˋ ㄐㄧˋ ㄨㄤˇ 原指法律不適用於施行前的違法行為。也用來指不追究過去的錯誤。

例句 李老師不溯既往，耐心感化頑皮搗蛋的小強，終於使他變乖了。

近義 既往不咎　網開一面

反義 追根究底　罪加一等

不經之談 ㄅㄨˋ ㄐㄧㄥ ㄓ ㄊㄢˊ 指荒唐而無根據的話。經，常道；常法。

語源 史記孟子荀卿列傳：「其語閎大不經。」晉羊祜誡子書：「無傳不經之談，無聽毀譽之語。」

例句 八卦雜誌往往刊載一些不經之談，讀者要能明辨是非，才不會被誤導。

近義 無稽之談　信口開河

反義 不刊之論　至理名言

不置可否 ㄅㄨˋ ㄓˋ ㄎㄜˇ ㄈㄡˇ 不說可以或不可以。形容對事情不表示意見，不作決斷。否，否定；不可。也作「未置可否」。

語源 清吳敬梓儒林外史第六回：「那兩位舅爺王德、王仁，坐著就像泥塑木雕的一般，總不置一個可否。」

例句 他生性隨便，對任何事都不置可否，完全沒有一點主見。

近義 不予置評　聽其自便

反義 議論紛紛

不義之財 ㄅㄨˋ ㄧˋ ㄓ ㄘㄞˊ 用不正當的方法所得到的錢財。

語源 漢劉向列女傳齊田稷母：「不義之財，非吾有也。」

例句 他靠走私毒品而大發不義之財，遲早會受到法律嚴厲的制裁。

不落人後 ㄅㄨˋ ㄌㄨㄛˋ ㄖㄣˊ ㄏㄡˋ 不落在別人之後。指不輸給別人。

語源 施公案第四九二回：「江湖上面誰不知道賀天保是個英雄好漢，他的兒子，自必也不落人後了。」

例句 老王熱心公益，只要聽到哪裡需要捐獻，他必定不落人後。

近義 恥居人下　一馬當先

反義 與世無爭

不落俗套 ㄅㄨˋ ㄌㄨㄛˋ ㄙㄨˊ ㄊㄠˋ 不流於世俗陳舊的習慣或規格。

語源 紅樓夢第十七回：「左右一望皆雪白粉牆，下面虎皮石隨勢砌去，果然不落富麗俗套。」

例句 為了籌辦一個不落俗套的慶祝晚會，主辦單位絞盡了腦汁。

近義 別出心裁　另闢蹊徑

反義 老調重彈　拾人牙慧

不落窠臼 ㄅㄨˋ ㄌㄨㄛˋ ㄎㄜ ㄐㄧㄡˋ 比喻不落俗套，有獨創的風格。窠臼，老套子、舊格式。

語源 宋朱熹答許順之書（其十二）：「此正是順之從來一個窠臼，何故至今出脫不得？」紅樓夢第七十六回：「這『凸』『凹』二字，歷來用的人最少，如今直用作軒館之名，更覺新鮮，不落窠臼。」

例句 廣告要力求創新，不落窠臼，才能打動消費者。

近義 不落俗套　別出心裁

反義 老調重彈　拾人牙慧

不虞匱乏 ㄅㄨˋ ㄩˊ ㄎㄨㄟˋ ㄈㄚˊ 不憂慮缺乏。指物資非常充足。虞，憂慮。

例句 今年夏季雨水充足，各種用水不虞匱乏。

近義 綽綽有餘　取之不竭

反義 所剩無幾　付之闕如

不解之緣 ㄅㄨˋ ㄐㄧㄝˇ ㄓ ㄩㄢˊ 指難以切斷的密切關係。

【語源】古詩十九首客從遠方來：「文綵雙鴛鴦，裁為合歡被；著以長相思，緣以結不解。」

【例句】中學時，老師在課堂上播放南管樂曲，我就被那舒緩、平和的樂聲吸引，自此結下不解之緣。

【近義】一見如故　如魚得水

不過爾爾 ㄅㄨˋ ㄍㄨㄛˋ ㄦˇ ㄦˇ 只不過如此。表示毫無特殊的地方。爾爾，如此；這樣。

【語源】晉書張方傳：「王若問卿，但言爾爾。不然，必不免禍。」明胡應麟詩藪雜編卷六：「金人一代制作不過爾爾。」

【例句】他老是吹噓自己的本事有多大，沒想到實際上臺表演時，也不過爾爾。

【近義】差強人意

【反義】不同凡響　與眾不同

不遑多讓 ㄅㄨˋ ㄏㄨㄤˊ ㄉㄨㄛ ㄖㄤˋ 沒有閒暇多作謙讓。意指表現也不差。遑，閒暇。

【例句】面對量販店的降價促銷，巷口的便利商店也不遑多讓，陸續推出買二送一以及摸彩等促銷活動。

【近義】不甘示弱　還以顏色

【反義】甘拜下風　自甘落後

不厭其煩 ㄅㄨˋ ㄧㄢˋ ㄑㄧˊ ㄈㄢˊ 不嫌麻煩。形容人極有耐心。原或作「不憚其煩」。憚，怕。

【語源】宋袁燮陸宣公論：「(陸)贄之告君，不憚其煩，而帝每不能聽。」

【例句】老師不厭其煩地教我們識譜唱歌，直到每個人都能將音唱準為止。

【反義】不勝其煩　不堪其擾

不厭其詳 ㄅㄨˋ ㄧㄢˋ ㄑㄧˊ ㄒㄧㄤˊ 不厭煩仔細地做事。形容非常詳細。

【語源】宋朱熹答劉公度：「講學不厭其詳，凡天下事物之理，方冊聖賢之言，皆須子細反覆究竟。」遼史第六十四卷：「太史遷既著世家，又列年表，不厭其詳。」

【例句】李小姐將市場調查數據不厭其詳的製成各式圖表，讓公司主管一目了然。

【近義】不厭其煩　鉅細靡遺

【反義】粗枝大葉　大而化之

不厭糟糠 ㄅㄨˋ ㄧㄢˋ ㄗㄠ ㄎㄤ 連酒糟、米糠也吃不飽。形容生活極為貧困。厭，通「饜」。滿足；飽。糟，酒滓。糠，穀皮。也作「糟糠不厭」。

【語源】戰國策韓策一：「一歲不收，民不厭糟糠。」史記伯夷列傳：「然回也屢空，糟糠不厭。」

【例句】民國四、五十年代，臺灣農村多數家庭那種不厭糟糠的生活，現代的年輕人是無法想像的。

【近義】簞瓢屢空　饘粥餬口

【反義】炊金饌玉　錦衣玉食

不聞不問 ㄅㄨˋ ㄨㄣˊ ㄅㄨˋ ㄨㄣˋ 不打聽也不過問。形容漠不關心。聞，聽。

【語源】紅樓夢第四回：「這李紈雖青春喪偶……竟如槁木死灰一般，一概不聞不問。」

【例句】子女在外結交什麼樣的朋友，做父母的不能不聞不問。

【近義】不相聞問　置若罔聞

【反義】噓寒問暖　體貼入微

不遠千里 ㄅㄨˋ ㄩㄢˇ ㄑㄧㄢ ㄌㄧˇ 不以千里為遠。指不辭長途跋涉的辛苦。

【語源】孟子梁惠王上：「叟！

不遠千里而來，亦將有以利吾國乎？」

例句 為了參加好友的婚禮，小華不遠千里，特地從英國趕回臺灣。

近義 長途跋涉　飄洋過海

不蔓不枝 ㄅㄨˋ ㄇㄢˋ ㄅㄨˋ ㄓ　蓮梗挺直，不旁生枝條。也比喻文章或話語簡潔而流暢。

語源 宋周敦頤愛蓮說：「予獨愛蓮之出淤泥而不染，濯清漣而不妖，中通外直，不蔓不枝。」

例句 這篇小說情節緊湊，內容不蔓不枝，顯現作者功力深厚。

近義 言簡意賅　要言不煩

反義 拖泥帶水　冗詞贅句

不請自來 ㄅㄨˋ ㄑㄧㄥˇ ㄗˋ ㄌㄞˊ　未經邀請而自行前來。

例句 這場聚會他不請自來，害得大家都很尷尬。

近義 不速之客

不學無術 ㄅㄨˋ ㄒㄩㄝˊ ㄨˊ ㄕㄨˋ　沒有學問，也沒有才能。術，才藝；本領。

語源 漢書霍光傳：「然光不學亡（無）術，闇於大理。」

例句 他仗著家裡有錢，成天吃喝玩樂，又不學無術，終於落得坐吃山空的下場。

近義 胸無點墨　不識之無

反義 學富五車　博學多聞

不擇手段 ㄅㄨˋ ㄗㄜˊ ㄕㄡˇ ㄉㄨㄢˋ　為求達到目的，任何手段都使得出來。多指採取卑劣的手段。

例句 楊老闆控告競爭對手不擇手段打擊他們的商譽，他將保留法律追訴權。

近義 肆無忌憚　為所欲為

反義 堂堂正正　安分守己

不謀而合 ㄅㄨˋ ㄇㄡˊ ㄦˊ ㄏㄜˊ　指事前不曾商量，而彼此的意見或行動竟然相同。

語源 戰國策中山策：「不約而親，不謀而信。」晉干寶搜神記卷二：「二人之言，不謀而合。」

例句 我們兩人的理念不謀而合，相信共同合作將是件愉快的事。

近義 不約而同　如出一轍

反義 貌合神離　同床異夢

不辨菽麥 ㄅㄨˋ ㄅㄧㄢˋ ㄕㄨˊ ㄇㄞˋ　不能辨別豆子和麥子。指缺乏常識。菽，豆類的總稱。

語源 左傳成公十八年：「周子有兄而無慧，不能辨菽麥，故不可立。」

例句 有些學生讀書只為考試，離了課本後就只是一個不辨菽麥的書呆子。

近義 五穀不分　愚昧無知

反義 博古通今　見多識廣

不遺餘力 ㄅㄨˋ ㄧˊ ㄩˊ ㄌㄧˋ　形容竭盡全力，一點也不保留。遺，留。餘力，剩餘的力量。

語源 戰國策趙策三：「秦之攻我也，不遺餘力矣。」

例句 金恩博士畢生對美國黑人人權的爭取不遺餘力，是令人敬佩的人權鬥士。

近義 全力以赴　鞠躬盡瘁

反義 敷衍了事　好逸惡勞

不翼而飛 ㄅㄨˋ ㄧˋ ㄦˊ ㄈㄟ　沒有長翅膀卻飛走了。形容東西無故消失不見。也作「無翼而飛」。

語源 管子戒：「無翼而飛者，聲也。」戰國策秦策三：「眾口所移，毋翼而飛。」

例句 在重重警力的戒護下，價值連城的珠寶仍然不翼而飛，實在令人匪夷所思。

近義 不知去向　杳無蹤跡

反義 失而復得　合浦珠還

不懷好意（ㄅㄨˋ ㄏㄨㄞˊ ㄏㄠˇ ㄧˋ） 心中存有不良企圖。

語源 三國演義第四十七回：「今日何故又來，必不懷好意！」

例句 陌生人的贈與多半不懷好意，最好加以婉拒。

近義 存心不良 心懷鬼胎

不藥而癒（ㄅㄨˋ ㄧㄠˋ ㄦˊ ㄩˋ） 沒有治療，疾病自行痊癒。原作「勿藥而愈」。

語源 明馮夢龍警世通言卷三四：「表妹之疾，是抑鬱所致。常須於寬敞之地散步陶情，更使女伴勸慰，開其鬱抱，自當勿藥。」清夏敬渠野叟曝言第三十七回：「老伯不必多慮，世妹之病，大約可以勿藥而愈。」

例句 你的頭痛是長期熬夜造成的，這幾天生活規律，睡眠充足，當然不藥而癒了。

反義 病入膏肓 回天乏術

不識大體（ㄅㄨˋ ㄕˋ ㄉㄚˋ ㄊㄧˇ） 不懂得從大局考慮。大體，關係全局的道理。

語源 史記平原君虞卿列傳：「平原君，翩翩濁世之佳公子也，然未睹大體。」舊唐書刑法志：「臣以至愚，不識大體。」

例句 在公開的會議場合，我們要遵守規範，不要不識大體，讓人家看笑話。

近義 不識時務 目光如鼠

反義 顧全大局 高瞻遠矚

不識之無（ㄅㄨˋ ㄕˋ ㄓ ㄨˊ） 不認識「之」、「無」二字。指不識字或文化程度很低。唐白居易出生七個月就認得「之」、「無」二字，後以「不識之無」為不識字的代稱。

語源 唐白居易與元九書：「僕（我）始生六、七月時，乳母抱弄於書屏下，有指『無』字、『之』字示僕者，僕雖口未能言，心已默識。」

例句 高伯伯雖然是個不識之無的老農夫，對人生的體悟卻比很多知識分子來得深刻。

近義 目不識丁

反義 博學多聞 學富五車

不識抬舉（ㄅㄨˋ ㄕˋ ㄊㄞˊ ㄐㄩˇ） 不接受或不珍惜別人對自己的善意。識，知道。抬舉，稱讚；提拔。

語源 西遊記第六十四回：「這和尚好不識抬舉，我這姐姐哪些兒不好？」

例句 這人真不識抬舉，竟然把登門幫忙的社工人員連罵帶趕地轟出來。

近義 不知好歹

不識時務（ㄅㄨˋ ㄕˋ ㄕˊ ㄨˋ） 不知道當前時勢的趨向。

語源 後漢書張霸傳：「時皇后兄虎賁中郎將鄧騭，當朝貴盛，聞霸名行，欲與為交，霸逡巡不答，眾人笑其不識時務。」

例句 懂得進退是做人的基本原則，你不要不識時務，硬要抗爭。

近義 不識大體 不知好歹

反義 審時度勢 看風使舵

不辭辛勞（ㄅㄨˋ ㄘˊ ㄒㄧㄣ ㄌㄠˊ） 即使勞累辛苦也不推辭。形容工作勤奮。

語源 唐牛肅紀聞吳保安：「使亡魂復歸，死骨更肉，唯望足下耳。今日之事，請不辭勞苦。」

例句 他做事認真負責，上級交辦的工作一定不辭辛勞地完成，獲得老闆的賞識。

近義 任勞任怨 廢寢忘食

反義 置身事外 袖手旁觀

不關痛癢（ㄅㄨˋ ㄍㄨㄢ ㄊㄨㄥˋ ㄧㄤˇ） 參見「無關痛癢」。

不露聲色（ㄅㄨˊ ㄌㄡˋ ㄕㄥ ㄙㄜˋ） 參見「不動聲色」。

不顧一切（ㄅㄨˊ ㄍㄨˋ ㄧˊ ㄑㄧㄝˋ） 指毫無顧忌放手一搏。

例句 雖然遭到家人反對，他還是不顧一切地遠走異鄉，到海外發展事業。

近義 毅然決然 放手一搏

反義 瞻前顧後 猶豫不決

不歡而散（ㄅㄨˋ ㄏㄨㄢ ㄦˊ ㄙㄢˋ） 不愉快地分開。

語源 明馮夢龍醒世恆言卷三二：「眾客咸不歡而散。」

例句 這次會議不但沒有結論，還因為雙方各執己見，弄得不歡而散。

近義 拂袖而去

反義 依依不捨

不羈之材（ㄅㄨˋ ㄐㄧ ㄓ ㄘㄞˊ） 不受約束的才能。指豪邁奔放的才華。

語源 漢陸賈新語資質：「或懷不羈之才，身有堯舜皋陶之美。」

例句 他天賦異秉，在此次全國圍棋比賽中充分展露不羈之材，輕鬆獲得冠軍。

近義 人中之龍

不打不相識（ㄅㄨˋ ㄉㄚˇ ㄅㄨˋ ㄒㄧㄤ ㄕˊ） 不曾交手便不能互相認識。指經過交手較量後而互相了解。

語源 水滸傳第三十七回：「你兩個今番卻做個至交的弟兄。常言道：不打不成相識。」

例句 我和小強曾是球場上激烈競爭的對手，如今卻成為無話不談的好友，真可說是不打不相識。

近義 化敵為友

不能贊一辭（ㄅㄨˋ ㄋㄥˊ ㄗㄢˋ ㄧˋ ㄘˊ） 原指文章寫得好，旁人不能再加一句話或提出批評。後也指對已很完美或自己不清楚的事不能表示意見。贊一辭，說一句話。也作「不贊一辭」、「不能贊一詞」。

語源 史記孔子世家：「至於為春秋，筆則筆，削則削，子夏之徒不能贊一辭。」

例句 她在平衡木上的表現太完美了，評審們皆不能贊一辭，一致給予滿分。

近義 一字不易 字字珠璣

不期然而然（ㄅㄨˋ ㄑㄧ ㄖㄢˊ ㄦˊ ㄖㄢˊ） 沒有期待如此而竟然成為如此。期，希望。然，這樣。

語源 宋鄭樵與景韋兄投宇文樞密書：「蓋磁石取鐵，以氣相合，固有不期然而然者。」

例句 因為實驗的偶然失誤，陳教授竟不期然而然地發現一種新元素。

近義 出乎意料 始料未及

反義 意料之中 果不其然

不分青紅皂白（ㄅㄨˋ ㄈㄣ ㄑㄧㄥ ㄏㄨㄥˊ ㄗㄠˋ ㄅㄞˊ） 指不管是非曲直。皂，黑色。

語源 詩經大雅桑柔：「匪言不能，胡斯畏忌。」漢鄭玄箋：「賢者見此事之是是非非，不能分別皂白，言之於王也。」紅樓夢第六十一回：「不管青紅皂白，愛兜攬事情。」

例句 哥哥一進門就不分青紅皂白地把我臭罵一頓，弄得我一頭霧水。

近義 是非不分

反義 明辨是非

不可同日而語（ㄅㄨˋ ㄎㄜˇ ㄊㄨㄥˊ ㄖˋ ㄦˊ ㄩˇ） 不能放在同一時間談論。形容兩者優劣相差極大，無法相提並論。原作「不可同年而語」。

【語源】漢賈誼過秦論：「試使山東之國與陳涉度長絜大，比權量力，則不可同年而語矣。」
【例句】臺灣早期的貧困艱苦和現在物資充裕、交通便捷的生活相比，實在不可同日而語。
【近義】此一時彼一時
【反義】相提並論　等量齊觀

不足為外人道（ㄅㄨˋ ㄗㄨˊ ㄨㄟˊ ㄨㄞˋ ㄖㄣˊ ㄉㄠˋ）不值得向外界的人宣揚。多用於婉轉地要求別人保密；有時也用於表示某事非他人所能理解。不足，不值得。
【語源】晉陶淵明桃花源記：「此中人語云：『不足為外人道也。』」
【例句】①我住院的事不足為外人道，免得造成不必要的困擾。②對於從事創作的人來說，孕育作品所經歷的辛酸，實在不足為外人道。

【近義】守口如瓶　隻字不提
【反義】大書特書　大肆張揚

不知天高地厚（ㄅㄨˋ ㄓ ㄊㄧㄢ ㄍㄠ ㄉㄧˋ ㄏㄡˋ）不知道天有多高，地有多厚。形容人懵懂無知而狂妄自大。
【語源】紅樓夢第十九回：「那是我小時候兒，不知天多高，地多厚，信口胡說的。」
【例句】有些青少年不知天高地厚，喜好逞兇鬥狠，以致造成一生無法彌補的遺憾。

不按牌理出牌（ㄅㄨˋ ㄢˋ ㄆㄞˊ ㄌㄧˇ ㄔㄨ ㄆㄞˊ）比喻做事不按常理，出人意料。
【例句】小巢當房屋仲介常不按牌理出牌，先說屋子的毛病，再講優點，倒也贏得客戶的信任。
【近義】另闢蹊徑　不落俗套
【反義】蹈常襲故　照本宣科

不食人間煙火（ㄅㄨˋ ㄕˊ ㄖㄣˊ ㄐㄧㄢ ㄧㄢ ㄏㄨㄛˇ）道教以為修道成仙的人超脫凡俗，不吃人間食物。後借以讚美詩畫意境高遠脫俗，或人具有仙風道骨般的氣質。現則多用來譏諷人脫離人群與現實，不知人間疾苦。也指熟食。也作「不食煙火」。
【語源】宋徐鹿卿減字木蘭花：「狂吟江浦，不食人間煙火語。」明抱甕老人今古奇觀第四十八卷：「人都道他不食煙火，體氣欲仙。」
【例句】你應該多去體驗人生，別只關在象牙塔裡，盡寫些不食人間煙火的文章。

不得其門而入（ㄅㄨˋ ㄉㄜˊ ㄑㄧˊ ㄇㄣˊ ㄦˊ ㄖㄨˋ）找不到門徑進去。也比喻沒有方法或門路。
【語源】論語子張：「夫子之牆數仞，不得其門而入，不見宗廟之美，百官之富。」
【例句】學習新事物若是缺乏良師，過程往往如瞎子摸象，不得其門而入。

不登大雅之堂（ㄅㄨˋ ㄉㄥ ㄉㄚˋ ㄧㄚˇ ㄓ ㄊㄤˊ）不能登上高貴文雅的堂屋。用以指粗俗的事物或文藝作品，也指人沒有見過大場面。
【語源】清文康兒女英雄傳緣起首回：「這部評話原是不登大雅之堂的一種小說，初名金玉緣。」
【例句】對於繪畫，我只是個初學者，這些作品實在是不登大雅之堂，請勿見笑。
【反義】雅俗共賞　文質彬彬

不費吹灰之力（ㄅㄨˋ ㄈㄟˋ ㄔㄨㄟ ㄏㄨㄟ ㄓ ㄌㄧˋ）比喻不需費力。
【語源】清劉鶚老殘遊記第十七回：「若替他辦那事，自不費吹灰之力，一定妥當的。」

例句 小巢不費吹灰之力，短短一個禮拜就成交三間豪宅，讓同事驚訝不已。

近義 易如反掌 探囊取物

反義 挾山超海 談何容易

不怕官，只怕管 不怕管不到自己的高官，只怕管得到自己的頂頭上司。指在人管轄下，只得聽命於人。

語源 水滸傳第二十七回：「古人道：『不怕官，只怕管。』」

例句 儘管他的要求不合理，但畢竟是我的主管，「不怕官，只怕管」，只好遷就他了。

近義 仰人鼻息 人在屋簷下，不得不低頭

不見棺材不掉淚 比喻人不見到最壞的結果便不肯罷休，頑固而不聽勸告。

語源 金瓶梅詞話第九十八回：「咱如今將理和他說，不見棺材不下淚，他必然不肯。」

例句 他為人固執，做什麼事都是蠻幹到底，不見棺材不掉淚，因此吃了不少苦頭。

近義 不到黃河心不死 冥頑不靈

反義 因時制宜 見風使舵

不到黃河心不死 比喻對不可為的事仍然繼續去做，不到絕望的地步絕不停止。

語源 清李伯元官場現形記第十七回：「這種人不到黃河心不死。」

例句 事情已經到了這步田地，他還不肯放棄，真是「不到黃河心不死」！

近義 不見棺材不掉淚

反義 知難而退

不是冤家不聚頭 不是前世的怨敵，今世也就不會相聚在一起。多用來指彼此有仇怨者偏偏聚在一起或時常碰面。也用來指時常吵架的夫妻或情侶。也用為情人的暱稱。冤家，宿敵。聚頭，聚在一起。

語源 宋宗杲大慧普覺禪師語錄卷三：「師云：『讀書人已在這裡，且作麼生與伊相見？』乃顧視左右云：『不是冤家不聚頭。』」

例句 他們兩人交往時就常鬧意見，結婚生子後還是時常拌嘴，真可說是「不是冤家不聚頭」。

近義 冤家路窄 狹路相逢

不為五斗米折腰 指不願意為微薄的俸祿而卑躬屈膝。也比喻清高有骨氣。折腰，彎腰下拜。指委屈自己去服侍別人。

語源 晉書陶潛傳：「吾不能為五斗米折腰，拳拳事鄉里小人邪！」明馮夢龍喻世明言卷五：「古人不為五斗米折腰，這箇助教官兒，也不是我終身養老之事。」

例句 越來越多的社會新鮮人選擇創業當老闆，出發點並不是「不為五斗米折腰」，而是想擁有更多個人的自由。

近義 不食嗟來食 貧賤驕人

反義 摧眉折腰 俛首帖耳

不看僧面看佛面 比喻就算不顧某人的情面，也要顧到與某人有關係且有頭有臉的人的情面。多用於懇求對方答應自己的要求。

語源 西遊記第三十一回：「哥呵！古人云：不看僧面看佛面。兄長既是到此，萬望救

他一救。」

例句 關於這件糾紛，里長既已出面斡旋，不看僧面看佛面，你好歹也要有善意的回應。

不能越雷池一步 原指晉朝時庾亮警告溫嶠不可領兵越過雷池到京城去。後指不能跨越一定的範圍。越，超過。雷池，水名，在今安徽望安南。比喻一定的範圍或界限。

語源 晉書庾亮傳：「吾憂西陲，過於歷陽，足下無過雷池一步也。」

例句 歹徒挾持人質，迫使警方不能越雷池一步，只得暫時按兵不動。

不管三七二十一 比喻不顧一切或不問是非情由。

語源 明洪楩清平山堂話本快嘴李翠蓮記：「不管三七二十一，我一頓拳頭打得你滿地爬。」

例句 不管三七二十一，你先幫爸媽訂好飯店房間，免得他們到時候又說不想去旅行。

近義 不分青紅皂白

反義 瞻前顧後　思前想後

不識廬山真面目 無法看清廬山的真實面貌。比喻看不清事實的真相。

語源 宋蘇軾題西林壁：「不識廬山真面目，只緣身在此山中。」

例句 沒想到你是這方面的專家，我卻不識廬山真面目，在你面前高談闊論，真是慚愧。

近義 當局者迷

反義 旁觀者清

不入虎穴，焉得虎子 不進入老虎棲身的洞穴，怎能抓到小老虎？比喻不冒險就不能獲得成功。

語源 後漢書班超傳：「不入虎穴，不得虎子。」三國演義第七十回：「(黃)忠曰：『不入虎穴，焉得虎子？』策馬先進，士卒皆努力向前。」

例句 「不入虎穴，焉得虎子」，偵辦這起跨國販毒案件，必須有人潛入臥底蒐集情報，光靠目前的線索是破不了案的。

不在其位，不謀其政 不擔任那個職務，就不過問、干涉那個職務範圍內的事情。也指不關心與自己無關的事。

語源 論語泰伯：「子曰：『不在其位，不謀其政。』」

例句 這是劉處長的決定，後果由他負責，「不在其位，不謀其政」，你何必替他操心？

近義 各司其職

反義 越俎代庖

不孝有三，無後為大 古人認為不孝的事有三件，而以沒有子嗣傳承香火為最。

語源 孟子離婁上：「孟子曰：『不孝有三，無後為大。舜不告而娶，為無後也。君子以為猶告也。』」

例句 現在有許多人都抱著獨身主義的心態，這在過去「不孝有三，無後為大」的時代是不可思議的。

不經一事，不長一智 不經歷一件事情，就不能增長和那件事有關的智慧。指智慧因閱歷而增加。多用於失敗後總結並汲取教訓。

語源 宋釋惟白續傳燈錄卷二蘇州定慧道海禪師：「僧云：

『不因一事，不長一智。』」紅樓夢第六十回：「俗話說：『不經一事，不長一智』，我如今知道了。」

例句　不經一事，不長一智。經過這次失敗後，他已變得成熟內斂多了。

近義　吃一塹，長一智

反義　重蹈覆轍　執迷不悟

4

世世代代（ㄕˋ ㄕˋ ㄉㄞˋ ㄉㄞˋ）　一世接著一世、一代接著一代；每一世、每一代。

例句　這個小鎮依傍著漁港，居民世世代代都靠捕魚維生。

世代交替（ㄕˋ ㄉㄞˋ ㄐㄧㄠ ㄊㄧˋ）　生物學上指有性生殖世代和無性生殖世代交替出現的現象。現也用來泛指不同世代的傳承、交棒。

例句　如何讓老幹新枝各得其所，完成黨的世代交替，是他接任黨主席後的首要任務。

近義　承先啟後　薪火相傳

世代簪纓（ㄕˋ ㄉㄞˋ ㄗㄢ ㄧㄥ）　指家族中為官者眾多。世代，世世代代。簪纓，古代官吏的帽飾。後用以代稱達官顯貴。

語源　三國演義第六十回：「久聞公世代簪纓，何不立於廟堂，輔佐天子，乃區區作相府門下一吏乎？」

例句　他們王家世代簪纓，人才輩出，是知名的望族。

近義　簪纓門第　簪纓世胄

世外桃源（ㄕˋ ㄨㄞˋ ㄊㄠˊ ㄩㄢˊ）　指與現實社會隔絕的人間樂土。也用於形容風景優美、人跡稀少的地方。

語源　晉陶淵明桃花源記：「先世避秦時亂，率妻子邑人，來此絕境，不復出焉。」

例句　這裡人跡罕至，風光秀麗，景色優美，有如世外桃源。

近義　烏托邦　洞天福地

反義　人間煉獄

世事難料（ㄕˋ ㄕˋ ㄋㄢˊ ㄌㄧㄠˋ）　人事的演變，難以預料。

例句　唉！世事難料，昨天還與大學玩伴一同把酒言歡，今日卻傳來他車禍喪生的噩耗，令人不勝唏噓。

近義　禍福無常　禍不單行

反義　福星高照　逢凶化吉

世風日下（ㄕˋ ㄈㄥ ㄖˋ ㄒㄧㄚˋ）　社會的風氣日漸敗壞。

例句　現代社會人們競逐功利，以致世風日下，笑貧不笑娼，怎不令人憂心？

近義　世衰道微　人心不古

反義　民風淳樸　民淳俗厚

世道人心（ㄕˋ ㄉㄠˋ ㄖㄣˊ ㄒㄧㄣ）　指社會風氣和人們的思想。

語源　明袁宏道李溫陵傳：「細心讀之，其破的中竅之處，大有補於世道人心。」

例句　王伯伯篤信佛教且熱心公益，常舉辦一些有益世道人心的活動，因而獲選為好人好事代表。

近義　世態人情

世態炎涼（ㄕˋ ㄊㄞˋ ㄧㄢˊ ㄌㄧㄤˊ）　指人情冷暖無常。

語源　明馮夢龍醒世恆言卷二〇：「世態炎涼，自來如此，不足為異。」

例句　老王面臨破產危機，從前那些朋友個個避不見面，令他倍感世態炎涼。

近義　人情冷暖

反義　民淳俗厚

世上無難事，只怕有心人（ㄕˋ ㄕㄤˋ ㄨˊ ㄋㄢˊ ㄕˋ，ㄓˇ ㄆㄚˋ ㄧㄡˇ ㄒㄧㄣ ㄖㄣˊ）　參見「天下無難事，只怕有心人」。

5

丟人現眼（ㄉㄧㄡ ㄖㄣˊ ㄒㄧㄢˋ ㄧㄢˇ）　指當眾出醜。

例句 他喝得酩酊大醉，在大馬路上就呼呼大睡了起來，真是丟人現眼。

丟三落四 ㄉㄧㄡ ㄙㄢ ㄌㄚˋ ㄙˋ 遺漏很多。形容粗心或健忘。落，遺漏。

語源 紅樓夢第六十七回：「偺們家沒人，俗語說的，『夯(笨)雀兒先飛』，省的臨時丟三落四的不齊全，令人笑話。」

例句 做事要謹慎一點，你這麼丟三落四的，怎麼教人放心？

近義 馬馬虎虎　粗心大意

反義 謹小慎微　小心翼翼

丟盔棄甲 ㄉㄧㄡ ㄎㄨㄟ ㄑㄧˋ ㄐㄧㄚˇ 形容戰敗逃亡的狼狽樣子。

語源 元孔文卿地藏王證東窗事犯第一折：「諕得禁軍八百萬丟盔卸甲。」

例句 姐姐準備下廚時，一見材料是活魚和螃蟹，就丟盔棄甲，向媽媽求援了。

近義 棄甲曳兵　落荒而逃

反義 旗開得勝　大獲全勝

7

並行不悖 ㄅㄧㄥˋ ㄒㄧㄥˊ ㄅㄨˋ ㄅㄟˋ 同時進行，互不衝突。悖，違背；牴觸。

語源 中庸：「萬物並育而不相害，道並行而不相悖。」

例句 經濟發展和環境保護要如何並行不悖，是當前政府要努力的課題。

近義 齊頭並進　雙管齊下

反義 背道而馳　勢不兩立

並駕齊驅 ㄅㄧㄥˋ ㄐㄧㄚˋ ㄑㄧˊ ㄑㄩ 馬兒並排拉著車，一齊快跑。比喻齊頭並進，不分先後。也指能力不相上下。駕，馬拉車。驅，快跑。

語源 南朝梁劉勰文心雕龍附會：「是以駟牡異力，而六轡如琴；並駕齊驅，而一轂統輻。」

例句 經過研發人員不斷的努力，公司產品的競爭力已經可以與其他大廠並駕齊驅。

近義 勢均力敵　旗鼓相當

反義 實力懸殊　相距甚遠

丨部

3

中西合璧 ㄓㄨㄥ ㄒㄧ ㄏㄜˊ ㄅㄧˋ 比喻兼有中國和西方國家的事物精華。合璧，半圓形的玉叫半璧，兩個半璧合成一個圓形叫合璧。引申為聚集精華。

語源 清李伯元官場現形記第五十二回：「咱們今天是中西合璧。」

例句 這棟建築融合中國庭園及西方巴洛克式風格，中西合璧，倒也別具一格。

近義 兼容並蓄

反義 不中不西

中流砥柱 ㄓㄨㄥ ㄌㄧㄡˊ ㄉㄧˇ ㄓㄨˋ 在黃河急流中的砥柱山，任憑河水沖擊，依然屹立不動。比喻堅強屹立並在危局中起支柱作用的人或力量。

語源 晏子春秋內篇諫下：「古冶子曰：『吾嘗從君濟於河，黿銜左驂，以入砥柱之中流。』」元薩都剌雁門集揚子江送同志：「滿江風浪晚來急，誰似中流砥柱人？」

例句 青年學子是國家社會未來的中流砥柱，教育的首要之務在培養其健全的人格。

近義 國之棟梁　一柱擎天

反義 害群之馬

中庸之道 ㄓㄨㄥ ㄩㄥ ㄓ ㄉㄠˋ 指待人處事不偏不倚、恰當適宜。是儒家強調的處世之道。不過頭也無不及為「中」，常或不變稱「庸」。

語源 宋蘇舜欽啟事上奉寧軍

陳侍郎：「舜欽性不及中庸之道，居常慕烈士之行，幼趨先訓，苦心為文，十年餘矣。」

【例句】陳伯伯行事向來符合中庸之道，因此鄉里間若有糾紛，都會請他出來仲裁。

【近義】不偏不倚　允執厥中

中規中矩（ㄓㄨㄥˋ ㄍㄨㄟ ㄓㄨㄥˋ ㄐㄩˇ）　合乎圓規、矩尺等度量標準的要求。形容材質或行為合乎法度。中，合乎。

【語源】莊子徐无鬼：「直者中繩，曲者中鉤，方者中矩，圓者中規。」

【辨析】中，音ㄓㄨㄥˋ，不讀ㄓㄨㄥ。

【例句】他做事一向中規中矩、四平八穩，應該不會這樣投機取巧。

中道而廢（ㄓㄨㄥ ㄉㄠˋ ㄦˊ ㄈㄟˋ）　參見「半途而廢」。

中飽私囊（ㄓㄨㄥ ㄅㄠˇ ㄙ ㄋㄤˊ）　指經手公款，從中舞弊以自肥。中飽，居中而得利。

【語源】韓非子外儲說右下：「薄疑謂趙簡主曰：『君之國中飽。』簡主欣然而喜曰：『何如焉？』對曰：『府庫空虛於上，百姓貧餓於下，然而姦吏富矣。』」清李綠園歧路燈第七回：「小人貪利，事本平常，所可恨者，銀兩中飽私囊，不曾濟國家之實用耳。」

【例句】這筆錢原本是善心人士的捐款，沒想到經手的人竟巧立名目中飽私囊，實在可惡。

【近義】假公濟私　公器私用

【反義】涓滴歸公　分文不取

中饋猶虛（ㄓㄨㄥ ㄎㄨㄟˋ ㄧㄡˊ ㄒㄩ）　指男子還沒有娶妻。中饋，指婦女在家主持飲食的事。也用以代稱妻子。

【語源】易經家人卦：「無攸遂，在中饋。」明馮夢龍古今小說卷一七：「因遭虜亂，存亡未卜，至今中饋尚虛。」

【例句】他自軍中退伍之後便一直忙於事業，至今中饋猶虛，妳幫他作個媒人吧！

【反義】使君有婦

6 **串門子**（ㄔㄨㄢˋ ㄇㄣˊ ㄗ˙）　指沒事到他人家中聊天。

【語源】紅樓夢第七十七回：「那媳婦那裡有心腸照管，吃了飯，便自去串門子。」

【例句】你沒事到處串門子，閒聊可以，搬弄是非就不好了。

丶 部

2 **凡夫俗子**（ㄈㄢˊ ㄈㄨ ㄙㄨˊ ㄗˇ）　平凡而庸俗的人。指普通人。

【語源】三國魏曹植任城王誄：「凡夫愛命，達士徇名。」宋陸游劍南詩稿春殘：「庸醫司性命，俗子議文章。」

【例句】上流社會那些名流、名媛的生活，絕非凡夫俗子所能想像的。

【近義】匹夫匹婦　升斗小民

凡事豫則立，不豫則廢（ㄈㄢˊ ㄕˋ ㄩˋ ㄗㄜˊ ㄌㄧˋ，ㄅㄨˋ ㄩˋ ㄗㄜˊ ㄈㄟˋ）　任何事預先準備，就容易成功；不預先準備，就容易失敗。豫，通「預」。事先。

【語源】中庸：「凡事豫則立，不豫則廢。」

【例句】凡事豫則立，不豫則廢，你要採訪李院長前，可先要做點功課才行。

【近義】有備無患　未雨綢繆

【反義】臨渴掘井　臨陣磨槍

ノ 部

2 **久而久之**（ㄐㄧㄡˇ ㄦˊ ㄐㄧㄡˇ ㄓ）　經過很長的一段時間。

語源 清李漁連城璧第二卷：「吏書門子清晨撞著他，定要叫幾聲大吉利市。久而久之，連官府也知道他這個混名。」

例句 只要養成良好的生活習慣和規律運動，久而久之，身體自然健康。

近義 年深日久　年復一年

反義 一時半刻　一朝一夕

久旱逢甘霖 ㄐㄧㄡˇ ㄏㄢˋ ㄈㄥˊ ㄍㄢ ㄌㄧㄣˊ　比喻期望已久，終於如願以償。也作「久旱逢甘雨」。

語源 宋洪邁容齋四筆得意失意詩：「舊傳有詩四句，誦世人得意者云：『久旱逢甘雨，他鄉見故知。洞房花燭夜，金榜掛名時。』」

例句 睽違十年後，中華成棒隊再度贏得世界冠軍，久旱逢甘霖，全國上下都欣喜若狂。

近義 如願以償　苦盡甘來

反義 久旱不雨　事與願違

久病成良醫 ㄐㄧㄡˇ ㄅㄧㄥˋ ㄔㄥˊ ㄌㄧㄤˊ ㄧ　長久生病，服了許多藥，懂得病理藥性和治療方法，也可以成為一名好醫生。比喻對某事挫折的經驗豐富，領略自然精深。

語源 左傳定公十三年：「三折肱知為良醫。」

例句 他連續五年報考高普考，雖然都落榜了，但是久病成良醫，現在已能指導別人應考的各種準備。

近義 三折肱而成良醫

4

乏人問津 ㄈㄚˊ ㄖㄣˊ ㄨㄣˋ ㄐㄧㄣ　參見「無人問津」。

乏善可陳 ㄈㄚˊ ㄕㄢˋ ㄎㄜˇ ㄔㄣˊ　沒有什麼優點好處可以稱道。

例句 這篇論文只是資料的堆砌，毫無創見，實在乏善可陳。

9

乘人之危 ㄔㄥˊ ㄖㄣˊ ㄓ ㄨㄟˊ　利用他人有危難時，加以威脅、傷害。也作「趁人之危」。

語源 後漢書蓋勳傳：「謀事殺良，非忠也；乘人之危，非仁也。」

例句 堂堂男子漢大丈夫，我絕不做乘人之危的事，你不要含血噴人。

近義 落阱下石　乘虛而入

反義 扶危濟困　急人之難

乘車戴笠 ㄔㄥˊ ㄔㄜ ㄉㄞˋ ㄌㄧˋ　比喻友誼真摯深厚，不因貧賤富貴而改變。乘車，比喻富貴。笠，斗笠。戴笠，比喻貧賤。

語源 晉周處風土記越謠歌：「卿雖乘車我戴笠，後日相逢下車揖。」

例句 爺爺與郭董相交數十年，乘車戴笠之誼，久而彌篤。

近義 布衣之交　忘年之交

反義 肝膽楚越

乘風破浪 ㄔㄥˊ ㄈㄥ ㄆㄛˋ ㄌㄤˋ　駕船順著長風、衝過巨浪。也比喻志向遠大，氣概豪邁。

語源 宋書宗愨傳：「愨年少時，(叔父)炳問其志，愨曰：『願乘長風破萬里浪。』」

例句 表哥覺得平順的人生過於庸碌，寧願選擇乘風破浪、勇於闖蕩的人生，不負青春歲月。

近義 冒險犯難　勇往直前

反義 畏首畏尾　裹足不前

乘軒食祿 ㄔㄥˊ ㄒㄩㄢ ㄕˊ ㄌㄨˋ　乘坐好的車子，領高俸祿。諷刺居官位而無貢獻的人。

語源 左傳閔公二年：「衛懿公好鶴，鶴有乘軒者。將戰，國人受甲者皆曰：『使鶴，鶴實有祿位，余焉能戰？』……及狄人戰於熒澤，衛師敗績，遂滅衛。」

例句 王院長一上任便革除一批乘軒食祿的官員，展現大刀闊斧的改革決心。

丿

近義 尸位素餐　伴食中書

反義 宵衣旰食　枵腹從公

乘堅策肥 ㄔㄥˊ ㄐㄧㄢ ㄘㄜˋ ㄈㄟˊ　乘坐堅車，驅策肥馬。形容富貴人家的奢華。

語源 漢書食貨志上：「千里游敖，冠蓋相望，乘堅策肥，履絲曳縞。」

例句 M型化社會，有人貧無立錐，三餐不繼；但乘堅策肥、日食萬金的富人也大有人在。

近義 炊金饌玉　錦衣玉食

反義 惡衣惡食　食不兼味

乘勝追擊 ㄔㄥˊ ㄕㄥˋ ㄓㄨㄟ ㄐㄧˊ　趁著戰勝的氣勢，繼續進攻。也泛指獲得勝利或成就之後，更加努力進行。乘，趁著；利用。原作「乘勝逐北」。

語源 戰國策中山策：「魏軍既敗，韓軍自潰，乘勝逐北，以是之故能立功。」晉書苻堅載記卷一一三：「及日中，評眾大敗，俘斬五萬有餘，乘勝追擊，又降斬十萬。」

例句 在領先一球之後，我方乘勝追擊，終場前三分鐘再射進一球，最後便以二比〇贏得這場足球賽。

近義 追亡逐北　打鐵趁熱

乘虛而入 ㄔㄥˊ ㄒㄩ ㄦˊ ㄖㄨˋ　趁對方疏於防備時入侵。

語源 宋張君房雲笈七籤卷一二〇范陽盧蔚醮本命驗：「將至所居，自後垣乘虛而入，徑及庭中。」

辨析 乘，音ㄔㄥˊ，不讀ㄔㄥˋ。

例句 我們趁著春節假期全家出遊，沒想到小偷卻乘虛而入，偷走了所有值錢的東西。

近義 乘瑕抵隙　攻其不備

反義 無隙可乘　無懈可擊

乘間伺隙 ㄔㄥˊ ㄐㄧㄢˋ ㄙˋ ㄒㄧˋ　利用空隙或漏洞以等待機會。

語源 晉傅玄傅子：「分任授職，乘間伺隙，兵不妄動，故戰少敗而江南安。」

例句 他靠著冷靜沉著，乘間伺隙，終於趁著綁匪打盹時成功逃了出來。

近義 伺機而動

乘龍快婿 ㄔㄥˊ ㄌㄨㄥˊ ㄎㄨㄞˋ ㄒㄩˋ　指令人滿意的好女婿。

語源 漢劉向列仙傳記載：春秋時蕭史善吹簫，簫聲似鳳鳴。秦穆公將女兒弄玉許配給他，為他們建造鳳臺，蕭史教弄玉吹簫，招來許多鳳凰棲集，於是弄玉乘鳳、蕭史乘龍，夫婦一同升天而去。後遂稱「乘龍」為佳婿。明湯顯祖紫釵記第十齣：「待做這乘龍快婿，驕驥才郎，少的駟馬高車。」

例句 今天是表姐的大喜之日，表姐夫學識、人品俱佳，姨丈、姨媽對這位乘龍快婿十分滿意。

近義 東床嬌婿　東床快婿

乙部

1 **九五之尊** ㄐㄧㄡˇ ㄨˇ ㄓ ㄗㄨㄣ　指帝王、君位。九五，指易經乾卦的第五爻，為陽爻。九，陽爻。五，第五爻。易經乾卦：「九五，飛龍在天，利見大人。」唐孔穎達正義：「言九五陽氣盛至於天，故云飛龍在天。此自然之象，猶若聖人有龍德，飛騰而居天位。」龍和天都是帝王的象徵，所以用「九五之尊」借指帝王、君位。

語源 晉書東海王越傳：「遂裂冠毀冕，幸百六之會；綰璽揚纛，窺九五之尊。」

例句 唐朝的武則天雖為女性，卻能登上九五之尊，君臨天下二十六年，是中國歷史上最著名的女皇帝。

近義 黃袍加身　稱孤道寡

九牛一毛　很多牛身上的一根毛。比喻極多數中微不足道的少數。九，虛數，很多的意思。

語源 漢司馬遷報任少卿書：「假令僕伏法受誅，若九牛亡一毛，與螻蟻何以異？」宋釋惠洪石門文字禪題輔教編：「凡所著集，雖不欲傳，其在四方好事者之所錄，殆九牛一毛耳。」

例句 黃總裁大手筆捐贈五千萬元賑災，然而這對他來說不過是九牛一毛而已。

近義 滄海一粟　微不足道

反義 盈千累萬　不可勝數

九死一生　九成會死，一成能活。形容處境危險，或多次經歷危險而倖存。

語源 宋真德秀再守泉州勸諭文：「父母生兒，多少艱辛，妊娠將免（娩），九死一生。」

例句 消防隊員冒著九死一生的危險，把受困火場的民眾一一救出來。

近義 千鈞一髮　死裡逃生

反義 安然無恙　穩如泰山

九死不悔　即使歷經多次死亡，也不後悔。比喻意志堅定，絕不動搖退縮。九，表示極多。

語源 戰國楚屈原離騷：「亦余心之所善兮，雖九死其猶未悔。」宋黃庭堅徐氏二子祝詞：「躬此盛德，其在有功。遭世險傾，九死不悔。」

例句 小傑抱定九死不悔的決心，一定要完成攀登聖母峰的夢想。

近義 堅定不移　百折不撓

反義 知難而退　半途而廢

九泉之下　地下極深之處。指人死後的歸處。九泉，人死後埋葬的地方。九，虛數，指極深。也作「黃泉之下」。

語源 魏阮瑀七哀：「冥冥九泉室，漫漫長夜臺。」元關漢卿竇娥冤：「我便九泉之下，可也瞑目。」

例句 奶奶生前含辛茹苦將你養大，你若不好好做人，教她在九泉之下怎能瞑目？

九霄雲外　在九重天的雲層之外。形容極高遠的地方。霄，雲霄。

語源 元馬致遠邯鄲道省悟黃粱夢第二折：「恰便是九霄雲外，滴溜溜飛下一紙赦書來。」

例句 一想到明天要去旅行，他的心就飛到九霄雲外了。

九牛二虎之力　比喻極大的力量。常用來指費很大力氣去做一件事。

語源 元鄭德輝虎牢關三戰呂布楔子：「兄弟，你不知他靴尖點地，有九牛二虎之力，休要放他小歇。」

例句 大家費盡了九牛二虎之力，才把不慎跌落山谷的登山客抬上來。

近義 千鈞之力　回天之力

反義 縛雞之力　吹灰之力

2

乞漿得酒　原只要討水喝，得到的卻是酒。比喻所得超過所求。乞，求。漿，泛指流質物體。

語源 晉袁準正書：「太歲在酉，乞漿得酒；太歲在巳，販妻鬻子。」

例句 今年這麼不景氣，能拿到二個月的年終獎金，已是乞漿得酒，我們該滿足了。

近義 大喜過望　喜出望外

反義 大失所望 事與願違

7

乳狗噬虎 ㄖㄨˇ ㄍㄡˇ ㄕˋ ㄏㄨˇ 母狗為了保護小狗，連來犯的老虎都敢咬。比喻緊急狀況下，弱者也會奮起搏鬥。乳狗，哺育幼犬的母狗。

語源 漢劉安淮南子說林：「乳狗之噬虎也，伏雞之搏狸也，恩之所加，不量其力。」

例句 那個小混混欺人太甚，逼得他乳狗噬虎，挺身反抗。

近義 狗急跳牆 困獸猶鬥

乳臭未乾 ㄖㄨˇ ㄒㄧㄡˋ ㄨㄟˋ ㄍㄢ 身上還帶有吃奶的味道。譏諷人年幼無知。乳臭，吃奶留下的氣味。臭，氣味。乾，退盡。也作「口尚乳臭」。

語源 漢書高帝紀：「是口尚乳臭，不能當韓信。」明淩濛初二刻拍案驚奇卷二十：「雖有兩個外甥，不是姐姐親生，亦且是乳臭未除，誰人來稽查得他？」

辨析 臭，音ㄒㄧㄡˋ，不讀ㄔㄡˋ。

例句 在他眼中，你不過是個乳臭未乾的後輩小生，怎麼可能聽你的呢？

近義 少不更事 不省人事

反義 少年老成 老成持重

10

乾瞪眼 ㄍㄢ ㄉㄥˋ ㄧㄢˇ 眼睜睜看著。形容只能在一旁著急卻無可奈何。

語源 清西周生醒世姻緣傳第六十七回：「艾前川無可奈何，極的只乾瞪眼。」

例句 阿強失誤連連，被對手打得落花流水，教練只能在一旁乾瞪眼，一點也使不上力。

近義 無可奈何 無計可施

乾柴烈火 ㄍㄢ ㄔㄞˊ ㄌㄧㄝˋ ㄏㄨㄛˇ 乾柴遇上烈火，一燒不可收拾。比喻相互吸引的男女獨處時，很容易發生親熱的行為。

語源 明馮夢龍醒世恆言卷八：「移乾柴近烈火，無怪其燃；以美玉配明珠，適獲其偶。」

例句 他們兩人早就互有好感，今天難得獨處，乾柴烈火，恐怕會有越軌的行為。

乾淨俐落 ㄍㄢ ㄐㄧㄥˋ ㄌㄧˋ ㄌㄨㄛˋ 形容做事簡潔明快或說話簡潔不囉嗦。

例句 他工作態度認真積極，處理事情乾淨俐落，不會拖泥帶水，因此很受上司賞識。

近義 直截了當 一乾二淨

反義 拖泥帶水 婆婆媽媽

12

亂七八糟 ㄌㄨㄢˋ ㄑㄧ ㄅㄚ ㄗㄠ 雜亂的樣子。

語源 清吳趼人發財祕訣第四回：「只見牀前放著一隻衣箱，就將衣箱面做了桌子，上面亂七八糟堆了些茶壺、茶碗、洋燈之類，又放著幾本書。」

辨析 糟，不可寫作「遭」。

例句 你的房間亂七八糟，簡直就像是遭了小偷一樣。

近義 雜七雜八 雜亂無章

反義 有條不紊 井然有序

亂中有序 ㄌㄨㄢˋ ㄓㄨㄥ ㄧㄡˇ ㄒㄩˋ 雜亂中仍有條理與秩序。

例句 地震來時大家馬上衝出教室，雖然驚慌，但亂中有序，這都要歸功於平常的防震演習。

反義 雜亂無章 亂七八糟

亂臣賊子 ㄌㄨㄢˋ ㄔㄣˊ ㄗㄟˊ ㄗˇ 叛逆君父、違背倫常的人。

語源 孟子滕文公下：「孔子成春秋，而亂臣賊子懼。」

例句 偵辦洩密罪的檢察官在記者會上，誓言要讓那些亂臣賊子無所遁形。

近義 逆子貳臣

反義 忠臣孝子

亂點鴛鴦（ㄌㄨㄢˋ ㄉㄧㄢˇ ㄩㄢ ㄧㄤ） 原指縣官將兩對或多對未婚夫妻交互錯判為配偶。後也泛指將別人胡亂湊合配對。

語源 明馮夢龍醒世恆言卷八：「今日聽在下說一椿意外姻緣的故事，喚做『喬太守亂點鴛鴦譜』。」

例句 你可別亂點鴛鴦，她們可都是名花有主了。

反義 天作之合

亅 部

1

了無生趣（ㄌㄧㄠˇ ㄨˊ ㄕㄥ ㄑㄩˋ） 指毫無生存的意念，或生活枯燥乏味。了，完全。

例句 ①他因久病纏身，了無生趣，於昨日清晨自殺了。②人們應培養多方面的興趣，否則一成不變的生活真是了無生趣。

近義 索然無味 百無聊賴

反義 趣味橫生 生意盎然

了無牽掛（ㄌㄧㄠˇ ㄨˊ ㄑㄧㄢ ㄍㄨㄚˋ） 沒有任何掛念。

語源 明周楫西湖二集第二十四卷：「所望二閣在家和順相容，使我在任所了無牽掛之憂。」

例句 兒女都已成家立業，他們夫妻倆了無牽掛，到處遊山玩水。

近義 無憂無慮 心如止水

反義 憂心忡忡 憂思百結

了無新意（ㄌㄧㄠˇ ㄨˊ ㄒㄧㄣ ㄧˋ） 完全沒有一點創新。

語源 宋洪邁容齋隨筆第七卷：「其後繼之者……規仿太切，了無新意。」

例句 他的演講不僅冗長，而且了無新意，不聽也罷。

近義 一成不變 平淡無奇

反義 別出心裁 翻空出奇

了然於心（ㄌㄧㄠˇ ㄖㄢˊ ㄩˊ ㄒㄧㄣ） 心中非常清楚、明白。了然，清楚、明瞭。

語源 唐白居易睡起晏坐詩：「了然此時心，無物可譬喻。」明余象斗廉明奇判公案第四章爭占類：「沈稱曬稻，蔣稱曬杴。貯盛既異，了然於心。」

例句 聽完兩造的說詞，法官對案情已了然於心。

近義 一清二楚 不言而喻

反義 匪夷所思 難以捉摸

3

予取予求（ㄩˊ ㄑㄩˇ ㄩˊ ㄑㄧㄡˊ） 向我拿，向我要。形容無節制地索取。予，我。

語源 左傳僖公七年：「唯我知女(汝)，女專利而不厭，予取予求，不女疵瑕也。」

例句 由於默契不足加上戰術錯誤，我隊在這場比賽中讓對手予取予求，終場難逃落敗的命運。

近義 得寸進尺 軟土深掘

予智自雄（ㄩˊ ㄓˋ ㄗˋ ㄒㄩㄥˊ） 自以為智慧傑出過人。予，我。雄，傑出；出眾。也作「予智予雄」。

語源 中庸：「人皆曰予知。」管子宙合：「主盛處賢而自予雄也。」

例句 他自以為出國念過幾年書、喝過一點洋墨水便予智自雄，講話的口氣好大。

近義 自命不凡 恃才傲物

反義 謙沖自牧 虛懷若谷

7

事不宜遲（ㄕˋ ㄅㄨˋ ㄧˊ ㄔˊ） 指事情緊急，必須當機立斷去實行，不容拖延。

語源 元賈仲名蕭淑蘭情寄菩薩蠻第四折：「事不宜遲，收拾了便令媒人速去。」

例句 這件事必須馬上處理，事不宜遲，請你立即動身吧！

近義 刻不容緩 迫在眉睫

反義 從長計議

事不關己 ㄕˋ ㄅㄨˋ ㄍㄨㄢ ㄐㄧˇ 與自己無關。也作「事不關己，高高掛起」。

語源 清無垢道人八仙得道第八十八回：「但是事不關己，非故非親的，怎好隨便替人家出頭？」

例句 指考的日子已近，你還一副事不關己的樣子，莫非已成竹在胸？

近義 置身事外 不關痛癢

反義 息息相關 休戚相關

事出有因 ㄕˋ ㄔㄨ ㄧㄡˇ ㄧㄣ 事情的發生必有原因，絕非憑空而來。

語源 宋賾藏古尊宿語錄卷四○雲峰悅禪師：「看這兩個老漢，一場敗闕，然則事不孤起，起必有因。」清李伯元官場現形記第四回：「郭道台就替他洗刷清楚，說了些『事出有因，查無實據』的話頭，稟復了制台。」

例句 局面演變至這個地步，必定事出有因，應當查明清楚，不可妄下定論。

近義 其來有自 無風不起浪

反義 無緣無故 平白無故

事半功倍 ㄕˋ ㄅㄢˋ ㄍㄨㄥ ㄅㄟˋ 原指做事只用古人的一半氣力，卻能收到成倍的功效。後泛指做事得法，費力小而收效大。功，成效；功效。

語源 孟子公孫丑上：「故事半古之人，功必倍之，惟此時為然。」六韜龍韜軍勢：「夫必勝者，先見弱於敵而後戰者也，故事半而功倍。」

例句 你若能把論文的大綱先擬好，再多方收集資料，寫起來一定事半功倍。

反義 事倍功半

事必躬親 ㄕˋ ㄅㄧˋ ㄍㄨㄥ ㄑㄧㄣ 凡事一定親自去做，不讓別人代替。形容做事認真負責。有時也指放心不下，凡事都要自己來。躬親，親自去做。

語源 禮記月令：「王命布農事……以教道民，必躬親之。」唐張九齡謝賜大麥麵狀：「事必躬親，動合天德。」

例句 為了圓滿達成上級交付的任務，他全心投入，事必躬親，絲毫不敢馬虎。

近義 躬行實踐 身體力行

反義 假手他人 因人成事

事在人為 ㄕˋ ㄗㄞˋ ㄖㄣˊ ㄨㄟˊ 指事情的成敗，在於當事人肯不肯努力去做。

語源 明朱之瑜與野傳四十四首：「事事皆在人為，特患不肯用功耳。」

例句 這項任務雖然艱鉅，但我相信事在人為，怎麼可以一開始就打退堂鼓呢？

近義 謀事在人 有志者，事竟成

反義 聽天由命

事倍功半 ㄕˋ ㄅㄟˋ ㄍㄨㄥ ㄅㄢˋ 做事用別人一倍的氣力，而功效只有一半。形容做事不得法，費力大而收效小。功，成效；功效。

語源 唐白居易為人上宰相書：「蓋得之，則不啻事半而功倍也；失之，則不啻乎事倍而功半也。」

例句 這件工作千頭萬緒，你又沒做好規劃，難怪做起來會事倍功半。

反義 事半功倍

事過境遷 ㄕˋ ㄍㄨㄛˋ ㄐㄧㄥˋ ㄑㄧㄢ 事情已經過去，境況也改變了。多指事物已漸為人所淡忘。境，境況；情況。遷，改變；變動。

語源 清魏秀仁花月痕第三十回：「文酒風流，事過境遷。」

例句 由於政壇變化太快，多年前那起影響大選的槍擊疑雲早已事過境遷，沒人再提起了。

近義 時移事易 物換星移

反義 一如既往

事與願違 ㄕˋ ㄩˇ ㄩㄢˋ ㄨㄟˊ 事情的發展與願望相違背。

語源 三國魏嵇康幽憤詩：「嗟我憤歎，曾莫能儔，事與願違，遘茲淹留。」

例句 她滿懷希望去面試，不料事與願違，沒有被錄取。

近義 天不從人願 人算不如天算

反義 如願以償 心想事成

事緩則圓 ㄕˋ ㄏㄨㄢˇ ㄗㄜˊ ㄩㄢˊ 指處理事情放慢腳步，從容深思，結果就會圓滿。勸人不要操之過急。也作「事寬則圓」。

語源 清東魯古狂生醉醒石第三回：「自古道：『事寬則圓。』且回去訪個實落，再來和他說話。」

例句 妳不要性急，事緩則圓，這件事過兩天再來求他，或許他就會答應。

近義 急事緩辦 欲速則不達

反義 操之過急 病急亂投醫

事關重大 ㄕˋ ㄍㄨㄢ ㄓㄨㄥˋ ㄉㄚˋ 事情牽涉甚廣，關係重大。

語源 明陳洪謨繼世紀聞第六卷：「法司以事關重大，不敢從。」

例句 雖然政府預算赤字龐大，但加稅事關重大，必須審慎以對。

近義 茲事體大 非同小可

反義 無關緊要 不關痛癢

事實勝於雄辯 ㄕˋ ㄕˊ ㄕㄥˋ ㄩˊ ㄒㄩㄥˊ ㄅㄧㄢˋ 事情的真相，不是巧言詭辯所能扭曲或改變的。雄辯，強而有力的論辯。

例句 民調顯示絕大多數的民眾反對開放賭場，事實勝於雄辯，縣長一味支持不知所為何來。

近義 鐵證如山 白紙黑字

反義 舌燦蓮花 口說無憑

二部

二百五 ㄦˋ ㄅㄞˇ ㄨˇ 戲指頭腦簡單、行事魯莽又常出醜的人。

語源 清吳趼人二十年目睹之怪現狀第八十三回：「原來他是一個江南不第秀才，捐了個二百五的同知，在外面瞎混。」

例句 我昨天才交代小新別亂說話，沒想到他又把這件事情搞砸了，真是個二百五！

近義 半瓶醋 半吊子

二愣子 ㄦˋ ㄌㄥˋ ㄗ˙ 稱愚鈍笨拙的人。

例句 阿牛是個二愣子，說什麼我也不相信小美會喜歡他。

近義 愣頭愣腦 傻裡傻氣

二八年華 ㄦˋ ㄅㄚ ㄋㄧㄢˊ ㄏㄨㄚˊ 女子十六歲。泛指少女時代。二八，指十六歲。

語源 唐李白江夏行：「正見當壚女，紅妝二八年。」清佚名大明奇俠傳第十回：「小娘子故意以兩指一豎，復以大二兩指慢慢一拃，似若無限含羞，示以二八年華的意思。」

例句 小妹正值二八年華，每天都充滿青春活力。

近義 荳蔻年華 黛綠年華

反義 七老八十 人老珠黃

二八佳人 ㄦˋ ㄅㄚ ㄐㄧㄚ ㄖㄣˊ 指年輕美麗的女子。子。二八，十六歲。比喻年輕。佳人，美人。

語源 宋蘇軾李鈴轄坐上分題戴花：「二八佳人細馬馱，十千美酒渭城歌。」

例句 選美會場上，許多二八

佳人盛裝打扮，爭奇鬥妍。

近義 荳蔻年華　妙齡女子

反義 徐娘半老　人老珠黃

二三其德 ㄦˋ ㄙㄢ ㄑㄧˊ ㄉㄜˊ 形容意志不專，反覆無常。

語源 詩經衛風氓：「士也罔極，二三其德。」

例句 他做事總是二三其德，因此不到三十歲就已換了十種工作了。

近義 三心二意　朝三暮四

反義 一心一意　專心致志

二姓之好 ㄦˋ ㄒㄧㄥˋ ㄓ ㄏㄠˇ 指兩家結成婚姻。二姓，指締結婚姻的男女雙方家庭。

語源 禮記昏義：「昏禮者，將合二姓之好，上以事宗廟，而下以繼後世也。」

例句 他們兩家是世交，如今又結二姓之好，今後往來更像一家人了。

近義 秦晉之好

二話不說 ㄦˋ ㄏㄨㄚˋ ㄅㄨˋ ㄕㄨㄛ 不說第二句話，立刻行動。形容非常乾脆、爽快或直接。

語源 清李綠園歧路燈第八十四回：「東方微亮時，偷出的碧草軒……二話不說，搭了牲口，不出東門——怕王隆吉看見，一徑出南門，上亳州而去。」

例句 聽到我經濟有困難，老張二話不說就借錢給我，不愧是多年的好朋友。

近義 直截了當　單刀直入

反義 拖泥帶水　黏皮帶骨

二一添作五 ㄦˋ ㄧ ㄊㄧㄢ ㄗㄨㄛˋ ㄨˇ 原是珠算除法的口訣。借指雙方平分。

語源 清石玉崑三俠五義第二回：「好好兒的二一添作五的家當，如今弄成三一三十一了，你到底想個主意呀！」

例句 如果我們獲得這筆彩金，就二一添作五，一人分一半吧！

二人同心，其利斷金 ㄦˋ ㄖㄣˊ ㄊㄨㄥˊ ㄒㄧㄣ ㄑㄧˊ ㄌㄧˋ ㄉㄨㄢˋ ㄐㄧㄣ 比喻齊心協力便能發揮莫大效果。

語源 易經繫辭上：「二人同心，其利斷金；同心之言，其臭如蘭。」

例句 二人同心，其利斷金，他們夫妻倆胼手胝足努力多年後，終於開了一家屬於自己的民宿。

近義 眾志成城

1

于歸之喜 ㄩˊ ㄍㄨㄟ ㄓ ㄒㄧˇ 祝賀女子嫁人的吉祥話。于歸，要歸家了。指女子出嫁。傳統上女人結婚後便以夫家為家，故謂出嫁為歸家。

語源 詩經周南桃夭：「之子于歸，宜其室家。」

例句 後天是姐姐于歸之喜的大日子，真心祝福她幸福美滿。

近義 宜室宜家

2

互別苗頭 ㄏㄨˋ ㄅㄧㄝˊ ㄇㄧㄠˊ ㄊㄡˊ 互相區別發展跡象。引申指互相較量，分出高下。苗頭，跡象。

例句 這家本土服飾公司積極投入網路銷售，要與進口的日系平價服飾互別苗頭。

近義 一較高下　較短量長

互為表裡 ㄏㄨˋ ㄨㄟˊ ㄅㄧㄠˇ ㄌㄧˇ 參見「相為表裡」。

互相標榜 ㄏㄨˋ ㄒㄧㄤ ㄅㄧㄠ ㄅㄤˇ 彼此吹噓、稱揚。多用在貶意。

語源 後漢書黨錮傳序：「海內希風之流，遂共相標榜，指天下名士，為之稱號。」明馮夢龍東周列國志第五十三回：「君臣宣淫，互相標榜，朝堂之上，穢語難聞。」

例句 這兩家公司互相標榜所

二

生產的有機食品都是真材實料，其實是共同欺騙消費者。

近義　沆瀣一氣　臭味相投

互通有無　彼此交換以滿足需要。

例句　跳蚤市場裡貨品琳瑯滿目，每個人都能在這裡互通有無，享受尋寶的樂趣。

互通聲氣　指互通消息或看法一致。

語源　易經乾卦：「同聲相應，同氣相求。」

例句　兩大在野黨互通聲氣，在議會封殺了執政黨的提案。

近義　呼朋引類　有志一同

互踢皮球　比喻互相推卸責任。踢皮球，兩人在地上一來一往，將球踢給對方的一種遊戲。

例句　對於上半年度的虧損，製造部門與業務部門互踢皮球，讓老闆大為光火。

近義　推諉塞責　爭功諉過

反義　一力承當　義無反顧

五內如焚　形容內心非常焦慮。五內，五臟。指內心。

語源　漢蔡琰悲憤詩二首（其一）：「見此崩五內，恍惚生狂癡。」清李汝珍鏡花緣第五十七回：「蹉跎日久，良策毫無……每念主上，不覺五內如焚。」

例句　準備用來支付房租的一筆錢竟不翼而飛，急得她五內如焚。

近義　憂心忡忡　心急如焚

反義　氣定神閒　處之泰然

五方雜處　形容某個區域內的居民很複雜。五方，東西南北中。泛指各地方。原作「五方雜厝」。

語源　漢書地理志下：「是故五方雜厝，風俗不純。」清李汝珍鏡花緣第二十七回：「語音不同，倒像五方雜處一般，是何緣故？」

例句　臺北市匯集了許多從外地前來求職謀生的人，是個五方雜處的大都會。

近義　龍蛇混雜

五日京兆　只剩五天任期的京兆尹。比喻任職時間短暫或即將去職的人。京兆，即京兆尹，漢代官名，為京畿長安的長官。

語源　漢書張敞傳：「舜以敞（時任京兆尹）劾奏當免，不肯為敞竟事，私歸其家……曰：『吾為是公（指張敞）盡力多矣，今五日京兆耳，安能復案事？』」

例句　卸任在即，市長雖自知已是五日京兆，仍然兢兢業業，克盡職責，贏得市民的讚譽。

反義　三朝元老

五世其昌　連續五代都很興盛。多用在結婚賀詞，祝願子孫繁多昌盛。

語源　左傳莊公二十二年：「其妻占之曰：『吉，是謂鳳凰于飛，和鳴鏘鏘……五世其昌，並於正卿。』」

例句　結婚禮堂裡掛著「五世其昌」、「愛河永浴」的喜幛，顯得喜氣洋洋。

近義　子孫滿堂　瓜瓞綿綿

反義　斷子絕孫　一脈單傳

五光十色　形容色彩繽紛豔麗。

語源　南朝梁江淹麗色賦：「五光徘徊，十色陸離。」

例句　國慶日的夜晚，五光十色的煙火把整個夜空點綴得絢爛無比。

近義　五顏六色　五彩繽紛

反義 黯淡無光

五味雜陳 ㄨˇ ㄨㄟˋ ㄗㄚˊ ㄔㄣˊ

酸、苦、辣、鹹、甜五種滋味一齊呈現。比喻心裡感觸很多或很不好受。雜陳，錯雜陳列；同時呈現。

語源 禮記禮運：「五味、六和、十二食，還相為質也。」漢鄭玄注：「五味，酸苦辛鹹甘也。」

例句 看到黃金時段不是韓劇就是日劇，本土劇製作人心中五味雜陳。

近義 百感交集 愛恨交織

五官端正 ㄨˇ ㄍㄨㄢ ㄉㄨㄢ ㄓㄥˋ

形容人五官協調，長相順眼。五官，人的臉上耳、目、眉、口、鼻等器官的總稱。

語源 荀子正名：「形體色理以目異，聲音清濁、調竽奇聲以耳異……五官簿之而不知，心徵之而無說。」清徐珂清稗類鈔優伶類：「擇五官端正者，令其學語、學視、學步。」

例句 想報考空姐，雖不必長得貌美如花，但至少也得五官端正，比較有機會被錄取。

近義 平頭正臉 眉清目秀

反義 其貌不揚 獐頭鼠目

五花八門 ㄨˇ ㄏㄨㄚ ㄅㄚ ㄇㄣˊ

原指古代戰術中變化很多的五門陣和八門陣。現比喻花樣繁多，變化多端。

語源 清吳敬梓儒林外史第四十二回：「那小戲子……跑上場來，串了一個五花八門。」

例句 3C電子商品展上，五花八門的新產品令人目不暇給。

近義 形形色色 花樣百出

反義 枯燥乏味 一成不變

五音不全 ㄨˇ ㄧㄣ ㄅㄨˋ ㄑㄩㄢˊ

形容人抓不準音調高低，唱歌走音。五音，指宮、商、角、徵、羽五聲音階。泛指音調。

例句 小新唱歌五音不全卻又勇氣十足，常常引起大家哈哈大笑。

反義 抑揚頓挫 字正腔圓

五彩繽紛 ㄨˇ ㄘㄞˇ ㄅㄧㄣ ㄈㄣ

形容色彩很多而且燦爛絢麗。

語源 清吳趼人二十年目睹之怪現狀第四十二回：「鋪設得五色繽紛，當中掛了姊姊畫的那一堂壽屏，兩旁點著五六對壽燭。」

例句 走在花市裡，各式各樣的花卉，五彩繽紛，令人目不暇給。

近義 五光十色 五顏六色

五陵年少 ㄨˇ ㄌㄧㄥˊ ㄋㄧㄢˊ ㄕㄠˋ

借指富豪子弟。五陵，西漢五個皇帝的陵墓（長陵、安陵、陽陵、茂陵、平陵）。漢時將富豪之家遷居於此。

語源 唐李白少年行：「五陵年少金市東，銀鞍白馬度春風。」

例句 那些五陵年少頂著企業家第二代的光環，一舉一動向來就是媒體追逐的焦點。

近義 膏粱子弟 紈袴子弟

反義 平頭百姓 白屋寒門

五湖四海 ㄨˇ ㄏㄨˊ ㄙˋ ㄏㄞˇ

泛指中國或世界各地。五湖，一般指洞庭湖、鄱陽湖、太湖、巢湖、洪澤湖。四海，古人認為中國四面環海。借指全國各地。也泛指世界各地。

語源 周禮夏官職方氏：「其川三江，其浸五湖。」論語顏淵：「四海之內，皆兄弟也。」唐呂巖絕句三首(其二)：「斗笠為帆扇作舟，五湖四海任遨遊。」

例句 小林熱愛旅遊，足跡遍及五湖四海。

近義 大江南北

五穀不分 ㄨˇ ㄍㄨˇ ㄅㄨˋ ㄈㄣ　連稻、黍、稷、麥、菽等五種常吃的穀物都分辨不清。比喻人對於現實生活昏昧無知。

語源　論語微子：「四體不勤，五穀不分。」

例句　我們除了廣博的學習外，還要身體力行，實地印證，才不會成為一個五穀不分、不知變通的書呆子。

近義　不辨菽麥　庸庸碌碌

反義　見多識廣　博學多聞

五穀豐登 ㄨˇ ㄍㄨˇ ㄈㄥ ㄉㄥ　各種農作物收成豐盛。五穀，指稻、黍（黃米）、稷（小米）、麥、菽（大豆），泛指農作物。原作「五穀豐熟」。

語源　六韜龍韜立將：「是故風雨時節，五穀豐熟，社稷安寧。」水滸傳第一回：「那時天下太平，五穀豐登，萬民樂業，路不拾遺，戶不夜閉。」

例句　風調雨順、五穀豐登是看天吃飯的農民最大的願望。

近義　麥穗兩歧　豐衣足食

反義　年穀不登

五顏六色 ㄨˇ ㄧㄢˊ ㄌㄧㄡˋ ㄙㄜˋ　形容色彩鮮豔多樣。

語源　清李汝珍鏡花緣第十四回：「惟各人所登之雲，五顏六色，其形不一。」

例句　每年元宵燈會，花燈樣式千奇百怪，五顏六色，光彩奪目。

近義　五彩繽紛　五光十色

五臟六腑 ㄨˇ ㄗㄤˋ ㄌㄧㄡˋ ㄈㄨˇ　人體內臟器官的總稱。五臟指心、肝、脾、肺、腎；六腑指胃、大腸、小腸、三焦、膀胱、膽。

語源　呂氏春秋恃君覽達鬱：「凡人三百六十節、九竅、五臟六腑。」

例句　坐一趟雲霄飛車，五臟六腑好像被翻攪過一般，渾身不對勁，不知道為何有那麼多人大排長龍，樂此不疲？

五體投地 ㄨˇ ㄊㄧˇ ㄊㄡˊ ㄉㄧˋ　佛家語，指兩肘、兩膝和額頭著地下拜的最敬禮。後比喻敬佩到極點。

語源　楞嚴經卷一：「阿難聞已，重復悲淚，五體投地，長跪合掌，而白佛言……。」

例句　老虎．伍茲曾得過不少大賽冠軍，他的高爾夫球技，令不少球迷佩服得五體投地。

近義　心悅誠服　甘拜下風

反義　不甘示弱　不以為然

五十步笑百步 ㄨˇ ㄕˊ ㄅㄨˋ ㄒㄧㄠˋ ㄅㄞˇ ㄅㄨˋ　戰爭時兵士逃跑，退五十步的嘲笑退一百步的沒有勇氣。比喻自己有同樣的毛病、錯誤，只是程度輕一些，卻去嘲笑別人。

語源　孟子梁惠王上：「兵刃既接，棄甲曳兵而走，或百步而後止，或五十步而後止。以五十步笑百步，則何如？」

例句　這兩位候選人不斷互相攻擊，在我看來只是「五十步笑百步」，品格一樣差。

近義　不相上下　相去無幾

反義　天壤之別　天差地遠

井井有條 ㄐㄧㄥˇ ㄐㄧㄥˇ ㄧㄡˇ ㄊㄧㄠˊ　形容非常有條理。

語源　荀子儒效：「井井兮其有理也。」宋樓鑰周伯範墓誌銘：「經理家務，井井有條。」

例句　姊姊把原本凌亂不堪的書房整理得井井有條，讓人眼睛為之一亮。

近義　有條不紊　井然有序

反義　亂七八糟　顛三倒四

井底之蛙 ㄐㄧㄥˇ ㄉㄧˇ ㄓ ㄨㄚ　生活在水井中的青蛙，無法了解海洋的廣闊。比喻眼界狹隘、見識短淺的人。

語源　莊子秋水：「井鼃（蛙）

二

不可以語於海者，拘於虛也。」後漢書馬援傳：「子陽井底蛙耳，而妄自尊大。」

例句 在全球化的浪潮下，一個現代國民必須具有國際觀，才不致成為「井底之蛙」。

近義 以管窺天 以蠡測海

反義 博古通今 見多識廣

井然有序 ㄐㄧㄥˇ ㄖㄢˊ ㄧㄡˇ ㄒㄩˋ 條理分明而有秩序。

語源 金史禮志一：「珠貫棋布，井然有序。」

例句 他精明能幹，凡事都能處理得井然有序。

近義 井井有條 有條不紊

反義 雜亂無章 亂七八糟

井水不犯河水 ㄐㄧㄥˇ ㄕㄨㄟˇ ㄅㄨˋ ㄈㄢˋ ㄏㄜˊ ㄕㄨㄟˇ 比喻彼此互不干涉、侵犯。犯，侵犯。

語源 紅樓夢第六十九回：「我和他井水不犯河水，怎麼就沖了他？」

例句 自從那次翻臉後，他們倆從此井水不犯河水，誰也不再理誰。

近義 你走你的陽關道，我過我的獨木橋

亠部

1 **亡羊補牢** ㄨㄤˊ ㄧㄤˊ ㄅㄨˇ ㄌㄠˊ 羊走失了之後，趕緊將羊圈圍欄修補好。比喻出了差錯後，設法補救。亡，走失；丟失。牢，豢養牲畜的圍欄。

語源 戰國策楚策四：「見兔而顧犬，未為晚也；亡羊而補牢，未為遲也。」

例句 雖然你前兩年沒有好好用功，但若能在最後這一年亡羊補牢，加緊努力，依然可以考上理想的學校。

近義 見兔顧犬 補偏救弊

反義 防患未然 未雨綢繆

亡命之徒 ㄨㄤˊ ㄇㄧㄥˋ ㄓ ㄊㄨˊ 指逃亡在外的人。也指犯罪而不顧生死的人。亡命，逃亡；流亡。

語源 史記張耳陳餘列傳：「張耳嘗亡命游外黃。」

例句 你千萬不要和那個亡命之徒交往，以免受到牽累。

近義 不法之徒

亡魂喪膽 ㄨㄤˊ ㄏㄨㄣˊ ㄙㄤˋ ㄉㄢˇ 失去魂魄、嚇破了膽。形容驚嚇恐懼到極點。亡，失去。喪膽，嚇破膽。

語源 宋太平廣記卷一一六：「乃口發大聲，響烈雷震，力士亡魂喪膽，人皆仆地。」

例句 突然一陣天搖地動，屋子嘎嘎作響，所有的人亡魂喪膽，一時之間不知如何是好。

近義 魂飛魄散 膽破魂奪

反義 面不改色 氣定神閒

4 **交口稱譽** ㄐㄧㄠ ㄎㄡˇ ㄔㄥ ㄩˋ 眾人同聲稱讚。交口，眾口同聲，說個不停。稱譽，稱讚；讚美。

語源 唐韓愈柳子厚墓誌銘：「諸公要人，爭欲令出我門下，交口薦譽之。」元史王利用傳：「利用幼穎悟，弱冠與魏初同學，遂齊名，諸名公交口稱譽之。」

例句 方同學個性溫良，學行俱佳，師長們對她交口稱譽，當選模範生可謂實至名歸。

近義 有口皆碑 讚不絕口

反義 群起攻之 眾矢之的

交淺言深 ㄐㄧㄠ ㄑㄧㄢˇ ㄧㄢˊ ㄕㄣ 與交情不深的人談論內心深處的話。指言談不得體。

語源 戰國策趙策四：「交淺而言深，是亂也。」

例句 小弟有話想說，只恐交淺言深，讓您見怪。

交頭接耳 ㄐㄧㄠ ㄊㄡˊ ㄐㄧㄝ ㄦˇ　彼此湊近耳邊低聲說語。形容說悄悄話的樣子。

語源　元關漢卿關大王獨赴單刀會第三折：「不許交頭接耳，不許語笑喧嘩。」

例句　會議上，他們不斷地交頭接耳，對主席很不尊重。

近義　竊竊私語

亦步亦趨 ㄧˋ ㄅㄨˋ ㄧˋ ㄑㄩ　老師慢走就跟著慢走，老師快走就跟著快走。原指學生緊緊追隨老師學習效法。後多用以比喻沒有主見，處處模仿或追隨別人。亦，跟著。步，慢走。趨，快走。

語源　莊子田子方：「顏淵問於仲尼曰：『夫子步亦步，夫子趨亦趨，夫子馳亦馳；夫子奔逸絕塵，而回瞠若乎後矣！』」　明朱之瑜元旦賀源光國書八首（其六）：「今乃怡怡然亦步亦趨，恐非持滿保泰之道也。」

例句　寫作要發揮自己的創意，不要亦步亦趨，模仿別人。

近義　人云亦云　拾人牙慧

反義　別出心裁　匠心獨運

亦師亦友 ㄧˋ ㄕ ㄧˋ ㄧㄡˇ　是老師，也是朋友。形容兼具教導與友好關係的人。

例句　林隊長待人如己，是我工作上亦師亦友的好長官。

亦莊亦諧 ㄧˋ ㄓㄨㄤ ㄧˋ ㄒㄧㄝˊ　既莊重又幽默。

例句　電影中的男配角個性老成持重，兼且幽默風趣，亦莊亦諧的演出贏得影迷的讚賞。

7

亭亭玉立 ㄊㄧㄥˊ ㄊㄧㄥˊ ㄩˋ ㄌㄧˋ　形容女子身材修長、姿態秀美的樣子。也形容花木挺拔秀麗。亭亭，聳立挺拔的樣子。

語源　唐于邵楊侍御寫真贊：「仙狀秀出，丹青寫似，亭亭玉立，峨峨嶽峙。」

例句　才幾年不見，妳這個黃毛丫頭竟已長成亭亭玉立的美少女了！

人部

人一己百 ㄖㄣˊ ㄧ ㄐㄧˇ ㄅㄞˇ　別人用一分工夫可以做好的，自己用百倍的工夫來做。勉勵人勤能補拙。為「人一能之，己百之」的略語。

語源　中庸：「人一能之，己百之；人十能之，己千之。果能此道矣，雖愚必明，雖柔必強。」

例句　雖然你資質不如人，但若能以人一己百的精神自勵向學，成就未必會比別人差。

近義　駑馬十駕　勤以補拙

人人自危 ㄖㄣˊ ㄖㄣˊ ㄗˋ ㄨㄟ　每個人都覺得自己身處危險之中。多指因氣氛恐怖而深懷戒心。

語源　史記李斯列傳：「法令誅罰日益刻深，群臣人人自危，欲畔（叛）者眾。」

例句　因傳出這家餐廳使用的食材有致癌之虞，曾上門消費的顧客人人自危，紛紛上醫院體檢。

近義　提心吊膽　人心惶惶

反義　高枕無憂　高枕而臥

人亡政息 ㄖㄣˊ ㄨㄤˊ ㄓㄥˋ ㄒㄧ　人死後，他所制訂或推行的政策也隨之停止。指人治不是長久之計。息，停息；停止。

語源　中庸：「其人存，則其政舉；其人亡，則其政息。」

例句　民主法治的好處是政府施政一切都以憲法為依歸，不會再有人亡政息的現象出現。

反義 人存政舉

人小鬼大 ㄖㄣˊ ㄒㄧㄠˇ ㄍㄨㄟˇ ㄉㄚˋ 指年紀雖小卻很機靈，主意很多。

語源 清石玉崑三俠五義第六十一回：「好四攘的！人小鬼大，你竟敢弄這樣的戲法。」

例句 表弟人小鬼大，常愛學大人說話，逗得外公外婆哈哈大笑。

近義 聰明伶俐

反義 少不更事

人山人海 ㄖㄣˊ ㄕㄢ ㄖㄣˊ ㄏㄞˇ 形容非常多的人聚在一起。

語源 水滸傳第五十回：「每日有那一般打散，或是戲舞，或是吹彈，或是歌唱，賺得那人山人海價看。」

例句 這一場世紀演唱會果然引人注目，離演出還有二小時，會場內外就已擠得人山人海。

近義 水洩不通 人滿為患

反義 三三兩兩 寥寥無幾

人才輩出 ㄖㄣˊ ㄘㄞˊ ㄅㄟˋ ㄔㄨ 有才能的人一批又一批地出現。形容人才眾多。

語源 元史崔彧傳：「得如左丞許衡教國子學，則人才輩出矣。」

例句 當代文學界人才輩出，想要在文壇出人頭地可得要更加努力才行。

近義 人才濟濟 濟濟多士

反義 後繼無人 青黃不按

人才濟濟 ㄖㄣˊ ㄘㄞˊ ㄐㄧˇ ㄐㄧˇ 形容人才很多。濟濟，眾多的樣子。

語源 清李汝珍鏡花緣第六十二回：「閨臣見人才濟濟，十分歡悅。」

辨析 濟，音ㄐㄧˇ，不讀ㄐㄧˋ。

例句 臺灣高科技產業人才濟濟，是我們對外競爭的最大本錢。

近義 人才輩出 人文薈萃

人中之龍 ㄖㄣˊ ㄓㄨㄥ ㄓ ㄌㄨㄥˊ 比喻傑出的人物。

語源 晉書宋纖傳：「名可聞而身不可見，德可仰而形不可睹，吾而今而後知先生人中之龍也。」

例句 他的天資聰穎，反應敏捷，堪稱是人中之龍。

近義 一世之雄 一時之選

反義 濫竽充數 泛泛之輩

人之常情 ㄖㄣˊ ㄓ ㄔㄤˊ ㄑㄧㄥˊ 一般人通常有的心情和情理。也作「人情之常」。

語源 尉繚子守權：「若彼城堅而救不誠，則愚夫蠢婦無不守陴而泣下，此人之常情也。」

例句 趨利避害是人之常情，但凡事都以功利為考量，又未免太現實。

近義 人同此心

反義 不近人情

人云亦云 ㄖㄣˊ ㄩㄣˊ ㄧˋ ㄩㄣˊ 別人怎麼說，自己也跟著怎麼說。形容人沒有主見，只會附和別人。云，說。

語源 金蔡松年槽聲同彥高賦：「糟床過竹春泉句，他日人云吾亦云。」

例句 他是個沒有主見的人，總是人云亦云。

近義 拾人牙慧 鸚鵡學舌

反義 別出心裁 自出機杼

人心不古 ㄖㄣˊ ㄒㄧㄣ ㄅㄨˋ ㄍㄨˇ 人心詭詐，不如古人淳樸真誠。多用來慨歎社會風氣敗壞。

語源 明宋應星野議風俗議：「且學問未大，功業未大，而只以名姓自大，亦人心不古之一端也。」

例句 近來詐欺、搶劫等案件層出不窮，令人慨歎人心不古。

近義 世風日下 世衰道微

反義　古貌古心　風俗淳厚

人心所向（ㄖㄣˊ ㄒㄧㄣ ㄙㄨㄛˇ ㄒㄧㄤˋ）　民眾心中所歸向、擁護的。也作「人心所歸」。

語源　晉書熊遠傳：「人心所歸，惟道與義。」舊唐書李建成傳：「而秦王勳業克隆，威震四海，人心所向，殿下何以自安？」

例句　他的國政規劃正是時勢所趨，人心所向，贏得總統大選也是理所當然。

近義　眾望所歸　天與人歸

反義　眾叛親離　舟中敵國

人心惶惶（ㄖㄣˊ ㄒㄧㄣ ㄏㄨㄤˊ ㄏㄨㄤˊ）　人們內心驚恐不安。惶惶，驚恐不安的樣子。也作「皇皇」。

語源　宋樓鑰攻媿集雷雪應詔條具封事：「乃者水旱連年，人心惶惶。」

例句　連續發生幾起縱火案，搞得社區人心惶惶，居民紛紛要求警方早日破案。

近義　不可終日　人人自危

反義　高枕無憂　高枕而臥

人文薈萃（ㄖㄣˊ ㄨㄣˊ ㄏㄨㄟˋ ㄘㄨㄟˋ）　指人才和文物聚集。薈萃，聚集。

語源　清王濬卿冷眼觀第一回：「聽人說琉璃廠是個人文薈萃之區，我獨自一人逛到那裡去醒一醒渴睡。」

例句　這個小鎮早年是個文風鼎盛、人文薈萃的地方。

人去樓空（ㄖㄣˊ ㄑㄩˋ ㄌㄡˊ ㄎㄨㄥ）　人已離去，空留遺跡。①指舊地重遊時對友人的思念。②形容空無一人的建築。

語源　唐崔顥黃鶴樓：「昔人已乘黃鶴去，此地空餘黃鶴樓。黃鶴一去不復返，白雲千載空悠悠。」

例句　①老王回故鄉定居後，每回我經過他的故居，那種人去樓空的惆悵感便會襲上心頭。②由於消息走漏，警察趕來這裡抓賭時，早已人去樓空，白忙一場。

近義　睹物思人　物是人非

人生如寄（ㄖㄣˊ ㄕㄥ ㄖㄨˊ ㄐㄧˋ）　人生有如寄居在世間一般。形容人生短暫。

語源　尸子：「老萊子曰：『人生天地之間，寄也；寄者，固也。』」古詩十九首驅車上東門：「人生忽如寄，壽無金石固。」

例句　人生如寄，再怎麼絢爛繁華也終成過眼雲煙，何必太過執著呢？

近義　人生如夢　浮生若夢

人生如夢（ㄖㄣˊ ㄕㄥ ㄖㄨˊ ㄇㄥˋ）　人生就像一場夢，短暫而虛幻。

語源　宋蘇軾念奴嬌赤壁懷古：「人生如夢，一尊還酹江月。」

例句　人生如夢，富貴榮華轉眼成空，何必汲汲營營，惶惶終日？

近義　人生如寄　浮生若夢

人生朝露（ㄖㄣˊ ㄕㄥ ㄓㄠ ㄌㄨˋ）　人生就像早晨的露水一般。形容人生短暫。也作「人生如朝露」。

語源　漢書蘇武傳：「人生如朝露，何久自苦如此！」

例句　人生朝露，應該好好把握珍惜，才不枉來這世上一遭。

近義　人生如寄　浮生若夢

人仰馬翻（ㄖㄣˊ ㄧㄤˇ ㄇㄚˇ ㄈㄢ）　人從馬上翻落，馬也驚嚇得倒在地上。形容慘敗的樣子。也比喻忙亂不堪。

語源　清俞萬春蕩寇志第八十九回：「嘴邊咬著一顆人頭，殺得賊兵人仰馬翻。」清李伯元官場現形記第一回：「趙家一門大小，日夜忙碌，早已弄

得筋疲力盡，人仰馬翻。」

例句 為了準備百年校慶的各項活動，近一個月來，大家都忙得人仰馬翻，不可開交。

人各有志 ㄖㄣˊ ㄍㄜˋ ㄧㄡˇ ㄓˋ 每個人都有自己的志向和願望。意謂彼此志向不同，不能強求一致。

語源 漢王粲詠史：「人生各有志，終不為此移。」三國志魏書胡昭傳：「人各有志，出處異趣。」

例句 人各有志，他無意出來競選，你何必多費脣舌？

人地生疏 ㄖㄣˊ ㄉㄧˋ ㄕㄥ ㄕㄨ 人和地方都很陌生。形容對新環境不熟悉。

語源 清文康兒女英雄傳第二回：「卑職到此不久，人地生疏，正要合大人討教呢！」

例句 這個小鎮我沒來過，人地生疏，不如由你充當導遊，帶我四處參觀一下吧！

近義 人生地不熟

反義 熟門熟路

人多嘴雜 ㄖㄣˊ ㄉㄨㄛ ㄗㄨㄟˇ ㄗㄚˊ ①形容意見紛歧，難有定論。②指參與的人太多，容易洩露祕密。

語源 紅樓夢第五十七回：「他們這裡人多嘴雜，說好話的人少，說壞話的人多。」

例句 ①討論班遊時，同學們你一言我一語，人多嘴雜，毫無結論。②辦公室人多嘴雜，我們到外面去談，以免洩露機密。

近義 莫衷一是 眾說紛紜

反義 眾口齊聲 異口同聲

人老珠黃 ㄖㄣˊ ㄌㄠˇ ㄓㄨ ㄏㄨㄤˊ 人老了就像年久的珍珠泛黃一樣。形容女子年老，容貌失去了光彩。

語源 清錢沛思輯綴白裘醉菩提醒妓：「你掉轉頭，人老珠黃，悽悽惶惶，掩上門兒，愁聽別院笙歌。」

例句 有些女人擔心年華逝去，人老珠黃，因而買起昂貴的保養品來，眼眨都不眨一下。

人言可畏 ㄖㄣˊ ㄧㄢˊ ㄎㄜˇ ㄨㄟˋ 別人的批評或謠傳是很可怕的。用來叮嚀小心言行，或形容謠言的可怕。

語源 詩經鄭風將仲子：「人之多言，亦可畏也。」

例句 人言可畏，因此公眾人物對外的一言一行都要小心謹慎。

近義 眾口鑠金 三人成虎

人事全非 ㄖㄣˊ ㄕˋ ㄑㄩㄢˊ ㄈㄟ 指人與事物隨著時間推移，已全然不是從前的模樣。

例句 王董事長退休後，公司裡群龍無首，誰也不服誰，不到幾年竟已人事全非。

近義 物是人非 人去樓空

人來人往 ㄖㄣˊ ㄌㄞˊ ㄖㄣˊ ㄨㄤˇ 形容來來往往的人很多。也形容忙於應酬。

語源 紅樓夢第十三回：「只這四十九日，一條寧國府街上，白漫漫，人來人往；花簇簇，官去官來。」

例句 春節前的最後一個周末，市場裡人來人往，大家都來趕辦年貨。

近義 熙熙攘攘

人命關天 ㄖㄣˊ ㄇㄧㄥˋ ㄍㄨㄢ ㄊㄧㄢ 人的生死關係重大。強調有關生命安危的事，不可輕率。關天，比喻關係重大。

語源 元關漢卿感天動地竇娥冤：「方知人命關天關地，如何看做壁上灰塵。」

例句 假酒可是會喝死人的，人命關天，你千萬別再販賣

了。

近義　生死攸關　茲事體大

反義　無關緊要　視同兒戲

人定勝天（ㄖㄣˊ ㄉㄧㄥˋ ㄕㄥˋ ㄊㄧㄢ）　指人的智慧或謀略可以克服大自然或命運。

語源　宋劉過龍洲集襄陽歌：「歌曰人定兮勝天，半壁重開新日月。」

例句　海底隧道的工程雖然困難重重，但人定勝天，只要我們鍥而不捨，一定可以成功。

近義　事在人為　有志竟成

反義　聽天由命

人非木石（ㄖㄣˊ ㄈㄟ ㄇㄨˋ ㄕˊ）　人不是木頭、石塊，是有思想感情的。木、石，比喻沒有知覺、感情之物。也作「身非木石」、「人非土木」、「人非草木」。

語源　漢司馬遷報任少卿書：「身非木石，獨與法吏為伍，深幽囹圄中，誰可告愬者！」宋書吳喜傳：「人非木石，何能不感！」宋無名氏張協狀元第十二齣：「張協人非土木，必有報謝之期！」清王夢吉濟公傳第六十五回：「人非草木，誰能無情？」

例句　看著新聞報導的震災畫面，倖存的受難者們無助地哀嚎，人非土木，誰不同感哀傷呢！

人前人後（ㄖㄣˊ ㄑㄧㄢˊ ㄖㄣˊ ㄏㄡˋ）　人面前和背後。①指到處；處處。②指看得到與看不到之處。即表面上與背地裡。也作「人前背後」。

語源　宋朱熹朱子語類論語六：「君子周而不比，周是遍，人前背後都如此。」紅樓夢第一回：「封肅見面時便說些現成話兒，且人前人後又怨他不會過，只一味好吃懶做。」

例句　①吳媽媽對這個新女婿越看越順眼，人前人後不住地誇讚。②小朱往往說一套做一套，人前人後兩種嘴臉，實在很難跟他共事。

人神共憤（ㄖㄣˊ ㄕㄣˊ ㄍㄨㄥˋ ㄈㄣˋ）　人和神都憤恨他。形容人們的憤怒達到極點。

語源　舊唐書于頔傳：「頔頃擁節旄，肆行暴虐，人神共憤，法令不容。」

例句　這些殺人放火的歹徒，人神共憤，希望警方早日將他們繩之以法。

人面桃花（ㄖㄣˊ ㄇㄧㄢˋ ㄊㄠˊ ㄏㄨㄚ）　原形容女子容貌美麗，與桃花相媲美。後用來比喻對景物依舊，但人事已非、往事不再的感慨。

語源　唐孟棨本事詩情感記載：唐朝人崔護在某一年清明節，獨自到長安城南遊玩。覺得口渴，便到遍植桃花的一戶人家敲門要水喝。一位美麗的女子來開門，並且給了崔護一碗水。兩人對彼此都有好感，但並未多交談。第二年清明，崔護再度前往拜訪，不料大門深鎖，崔護只好在門上寫了一首詩：「去年今日此門中，人面桃花相映紅。人面不知何處去？桃花依舊笑春風！」然後悵然而歸。後人便用「人面桃花」表示對往事不再的感歎。

例句　阿財的女友舉家移民澳洲，每次經過她的舊居，他總有人面桃花的感慨。

近義　物是人非

人面獸心（ㄖㄣˊ ㄇㄧㄢˋ ㄕㄡˋ ㄒㄧㄣ）　面貌是人，但內心卻如野獸。本來是鄙視夷狄之人不知禮義。後多用來形容面貌和善、內心惡毒的人。

語源　漢書匈奴傳：「夷狄之

人貪而好利，被髮左衽，人面獸心。」

例句 對這種人面獸心的歹徒，就要用嚴厲的刑罰加以制裁。

近義 衣冠禽獸

反義 面惡心善

人浮於事 ㄖㄣˊ ㄈㄨˊ ㄩˊ ㄕˋ 人多於事。指找工作的人多於工作的機會。也作「人浮於食」。

語源 禮記坊記：「故君子與其使食浮於人也，寧使人浮於食。」清文康兒女英雄傳第二回：「他從前就在邳州衙門，如今在兄弟這裡。只是兄弟這裡，人浮於事，實在用不開。」

例句 他原本期待畢業後能一展抱負，無奈人浮於事，找了半年工作還是沒有著落。

近義 僧多粥少

人飢己飢 ㄖㄣˊ ㄐㄧ ㄐㄧˇ ㄐㄧ 參見「人飢己飢，人溺己溺」。

人高馬大 ㄖㄣˊ ㄍㄠ ㄇㄚˇ ㄉㄚˋ 原形容人騎在馬背上的高大英姿。後多用來形容人個子高大。

語源 清無名氏大明奇俠傳第四十八回：「一將當先，十分威武，真正盔明甲亮、人高馬大。」

例句 籃球國手個個人高馬大，與嬌小的記者站在一起，形成有趣的畫面。

近義 鶴立雞群

人情世故 ㄖㄣˊ ㄑㄧㄥˊ ㄕˋ ㄍㄨˋ 人際之間的常情與世事的慣例。

語源 元戴表元故玉林項君墓誌銘：「君少歷艱險，長經離析，精於人情世故。」

例句 阿姨個性溫和，又深諳人情世故，所以人際關係相當好。

人情冷暖 ㄖㄣˊ ㄑㄧㄥˊ ㄌㄥˇ ㄋㄨㄢˇ 形容人情變化無常。

語源 唐劉得仁送車濤罷舉歸山：「朝是暮還非，人情冷暖移。」

例句 昔日叱吒風雲的他，在落魄潦倒後，才真正感受到人情冷暖，世態炎涼。

近義 世態炎涼　世情如紙

人情練達 ㄖㄣˊ ㄑㄧㄥˊ ㄌㄧㄢˋ ㄉㄚˊ 熟練通達於人情世故。練達，熟練通達。

語源 紅樓夢第五回：「又有一副對聯，寫的是：『世事洞明皆學問，人情練達即文章。』」

例句 吳大哥人情練達，妳可以多向他請益，保證能學到很多。

近義 見多識廣　老成練達

反義 不省人事　愚昧無知

人棄我取 ㄖㄣˊ ㄑㄧˋ ㄨㄛˇ ㄑㄩˇ 撿取別人所輕棄的。原指商人低買高賣的做法。今指見解、眼光與他人不同。

語源 史記貨殖列傳：「白圭，周人也。當魏文侯時，李克務盡地力，而白圭樂觀時變，故人棄我取，人取我與。」

例句 社會新鮮人選擇工作時，不應盲從趨勢，或許人棄我取才是最有遠見的決定。

人傑地靈 ㄖㄣˊ ㄐㄧㄝˊ ㄉㄧˋ ㄌㄧㄥˊ 人才傑出，地方靈秀。指傑出人才的出生地或所到之地因人而著名。也指靈秀之地孕育傑出的人才。也作「地靈人傑」。

語源 唐王勃滕王閣詩序：「物華天寶，龍光射牛斗之墟；人傑地靈，徐孺下陳蕃之榻。」

例句 蘭陽平原山明水秀，人才輩出，是個人傑地靈的好地方。

近義 鍾靈毓秀

人琴俱亡 ㄖㄣˊ ㄑㄧㄣˊ ㄐㄩˋ ㄨㄤˊ 人和琴音都沒有了。常用來指看

到死者遺物而引發對死者的悼念與悲痛之情。

語源　南朝宋劉義慶世說新語傷逝：「王子猷、子敬俱病篤，而子敬先亡。子猷……取子敬琴彈。絃既不調，擲地云：『子敬，子敬，人琴俱亡！』」

例句　李師父生前最喜歡舞刀弄槍，如今人琴俱亡，家中的十八般兵器也隨之塵封，令人不勝惆悵。

近義　睹物思人　見鞍思馬

人間仙境（ㄖㄣˊ ㄐㄧㄢ ㄒㄧㄢ ㄐㄧㄥˋ）　形容景色優美的地方。

例句　清晨的日月潭薄霧繚繞，青山倒映綠水，真是人間仙境，令人流連忘返。

近義　世外桃源　洞天福地

人間地獄（ㄖㄣˊ ㄐㄧㄢ ㄉㄧˋ ㄩˋ）　比喻痛苦黑暗的環境。

語源　清金埴哀東獄：「上天下地兩局促，始信人間有地獄。」

例句　在暴政之下民不聊生，可憐的小百姓猶如活在人間地獄般痛苦。

近義　水深火熱　生靈塗炭

反義　極樂世界　人間天堂

人微言輕（ㄖㄣˊ ㄨㄟ ㄧㄢˊ ㄑㄧㄥ）　地位低微，說話不受重視。多用為自謙之詞。也作「身輕言微」。

語源　後漢書循吏傳：「臣前後七表言故合浦太守孟嘗，而身輕言微，終不蒙察。」宋蘇軾上文侍中論強盜賞錢書：「欲具以聞上，而人微言輕，恐不見省。」

例句　像我這種小職員，人微言輕，提的意見誰會理睬呢？

近義　人微權輕　微不足道

反義　一言九鼎　舉足輕重

人微權輕（ㄖㄣˊ ㄨㄟ ㄑㄩㄢˊ ㄑㄧㄥ）　指人資歷淺，地位低，難以使人信服。

語源　史記司馬穰苴列傳：「士卒未附，百姓不信，人微權輕。」

例句　我只是個小職員，人微權輕，只怕這些建議講了也是白講。

近義　人微言輕

反義　位高權重　舉足輕重

人溺己溺（ㄖㄣˊ ㄋㄧˋ ㄐㄧˇ ㄋㄧˋ）　參見「人飢己飢，人溺己溺」。

人煙輻輳（ㄖㄣˊ ㄧㄢ ㄈㄨˊ ㄘㄡˋ）　形容人口眾多，住戶密集。人煙，住家的炊煙。輻輳，車輻由四方向中央的轂聚集。比喻人、物或道路由四方向中央匯聚。

語源　三國魏曹植送應氏：「中野何蕭條，千里無人煙。」史記劉敬叔孫通列傳：「使人人奉職，四方輻輳，安敢有反者！」清葉夢珠閱世編卷三建設：「雖斗大一城，人煙輻輳，居然有金湯之勢。」

例句　古代文明多半發源於大河兩旁，尤其是水陸交通要地更是人煙輻輳之地。

近義　人煙稠密

反義　人煙稀少　地廣人稀

人跡罕至（ㄖㄣˊ ㄐㄧ ㄏㄢˇ ㄓˋ）　很少有人到來。指荒涼偏僻的地方。

語源　漢荀悅漢紀孝武紀：「而夷狄殊俗之國，遼絕異黨之地，舟車不通，人迹罕至。」

例句　這片原始森林人跡罕至，靜謐中透出些許神祕的氛圍。

近義　窮鄉僻壤　人煙稀少

反義　熙來攘往　人煙稠密

人滿為患（ㄖㄣˊ ㄇㄢˇ ㄨㄟˊ ㄏㄨㄢˋ）　人太多而造成困擾或災患。

語源　清方苞江南閩廣積貯議：「自井田廢，而民之聚者不可散，歷世相仍，通都大郡

有人滿之患。」

例句 周年慶期間百貨公司人滿為患，我們還是別去逛了。

近義 人山人海　水洩不通

反義 寥寥無幾　三三兩兩

人盡其才 ㄖㄣˊ ㄐㄧㄣˋ ㄑㄧˊ ㄘㄞˊ 每個人都能充分發揮他的才能。

語源 漢劉安淮南子兵略：「若乃人盡其才，悉用其力，以少勝眾者，自古及今，未嘗聞也。」

例句 他管理公司的原則是唯才是任，務求人盡其才。

近義 適才適所　陳力就列

反義 投閒置散　牛鼎烹雞

人模人樣 ㄖㄣˊ ㄇㄛˊ ㄖㄣˊ ㄧㄤˋ 原形容舉止很體面，有模有樣。後多用來形容人外表斯文，但言行舉止卻不相稱。有譏刺意味。

語源 元無名氏看錢奴買冤家債主第三折：「他也似箇人模人樣。」

例句 ①小明平時十分調皮搗蛋，沒想到今天招呼起客人來，竟然人模人樣。②別看小王人模人樣的，其實暗地裡他不知幹了多少寡廉鮮恥的事，真是人不可貌相。

近義 人小鬼大　沐猴而冠

人窮志短 ㄖㄣˊ ㄑㄩㄥˊ ㄓˋ ㄉㄨㄢˇ 人處在窮困的環境，志向也變小了。

語源 明淩濛初初刻拍案驚奇卷一五：「又道是『人窮志窄』，李生聽了這句話，便認為真。」清東山雲中道人唐鍾馗平鬼傳第八回：「只因人窮志短，彼眾我寡，故此暫且躲避於此。」

例句 雖然你家境不好，也不可人窮志短，反而要加倍努力，才能出頭天。

反義 人窮志不短　窮當益堅

人謀不臧 ㄖㄣˊ ㄇㄡˊ ㄅㄨˋ ㄗㄤ 人為的計畫不夠周全完善。指人為的處理不當，而使可以成功的事失敗。臧，美善；美好。

語源 詩經邶風雄雉：「何用不臧？」易經繫辭下：「人謀鬼謀，百姓與能。」

例句 這次活動有許多缺失，認真檢討起來，完全是人謀不臧所造成的。

人聲鼎沸 ㄖㄣˊ ㄕㄥ ㄉㄧㄥˇ ㄈㄟˋ 形容人聲喧嚷嘈雜，猶如鼎裡的水沸騰起來一樣。鼎，古代烹煮用具。

語源 漢書霍光傳：「今群下鼎沸，社稷將傾。」明馮夢龍醒世恆言卷一〇：「一日午後，劉方在店中收拾，只聽得人聲鼎沸。他只道什麼火發，忙來觀看。」

例句 市場裡人聲鼎沸，處處是小販的叫賣聲和菜籃族的講價聲。

反義 鴉雀無聲　萬籟俱寂

人贓俱獲 ㄖㄣˊ ㄗㄤ ㄐㄩˋ ㄏㄨㄛˋ 罪犯與其犯罪所得的財物一起被查獲。贓，貪汙或竊盜所得之財物。

語源 明淩濛初初刻拍案驚奇卷三六：「按名捕捉，人贓俱獲。」

例句 狡猾的竊賊三番兩次光顧社區都全身而退，這次終於被監視器拍到而人贓俱獲。

近義 一網打盡　罪證確鑿

反義 捕風捉影　查無實證

人心隔肚皮 ㄖㄣˊ ㄒㄧㄣ ㄍㄜˊ ㄉㄨˋ ㄆㄧˊ 人心隔著一層肚皮，是看不見的。形容人心難測。

語源 清李綠園歧路燈第三十回：「果然人心隔肚皮，主戶人家竟幹了這事。」

例句 你不要隨便在路上填寫問卷，畢竟人心隔肚皮，誰知

道那些資料會不會被濫用。

人生地不熟 在陌生的地方對人、地都感到生疏。

語源 清李漁十二樓聞過樓第三回：「要把贓物藏過一邊，怎奈人生地不熟，不知那一個去處可以掩藏。」

例句 你一個人到印度出差，人生地不熟，一切要小心。

近義 人地生疏

人算不如天算 人的盤算籌劃比不上命運的安排或情勢的發展。

語源 明周楫西湖二集第二十四卷：「奉勸世人便學癡呆懵懂些也不妨。這正是：人算不如天算巧，天若加恩人不愚。」

例句 執政黨推出民調最高的市長候選人，本以為十拿九穩，可惜人算不如天算，他被爆出婚外情，最後輸了這場選戰。

近義 事與願違 造化弄人

反義 心想事成 如願以償

人心不足蛇吞象 人心貪多不知足，就好像蛇想要吞食大象一樣。比喻貪得無厭，希求不可能的事。

語源 明朱權卓文君第一折：「我則待居朝省，主廟堂，怎做得人心不足蛇吞象。」

例句 他總是鑽營謀利，想把一切都占為己有，真是人心不足蛇吞象。

近義 得隴望蜀 貪得無厭

反義 知足知止 知足常樂

人生七十古來稀 七十高齡自古以來就不多。

語源 唐杜甫曲江：「酒債尋常行處有，人生七十古來稀。」

例句 現代醫學進步，加上大家重視養生，「人生七十古來稀」的現象已大為改觀。

人怕出名豬怕肥 指人的名氣大了就容易惹人注意，招致麻煩。也作「人怕出名豬怕壯」、「人怕出名豬怕胖」。

語源 紅樓夢第八十三回：「俗語兒說的：『人怕出名豬怕壯』，況且又是個虛名兒，終久還不知怎麼樣呢！」

例句 她自從獲得影后的殊榮後，私生活就時常被媒體誇張報導，讓她深有「人怕出名豬怕肥」之感。

人不犯我，我不犯人 別人不來侵犯我，我也不去侵犯別人。

例句 「人不犯我，我不犯人」，若非他一再汙衊，我也不會告他惡意毀謗。

近義 相安無事 井水不犯河水

人之將死，其言也善 指人臨終前所說的話往往都是真誠的、善意的。

語源 論語泰伯：「曾子言曰：『鳥之將死，其鳴也哀；人之將死，其言也善。』」

例句 或許是人之將死，其言也善，那個無惡不作的死刑犯臨刑前才真心向被害人家屬懺悔，可惜為時已晚。

近義 鳥之將死，其鳴也哀

反義 至死不悟 執迷不悟

人同此心，心同此理 指對合於情理的事情，人們的感受或想法大致相同。

語源 孟子告子上：「欲貴者，人之同心也。」清文康兒女英雄傳第九回：「只是他也是個

女孩兒，俗話說的：『人同此心，心同此理。』若說照安公子這等人物，他還看不入眼，這眼界也就太高了。」

例句 你想獲得優勝，他也想爭取第一，人同此心，心同此理，你怎麼能阻礙人家參賽呢？

近義 將心比心

人在江湖，身不由己

原為武俠小說中的用語。指人在社會上打滾，必然會受制於社會規範，不能凡事都由自己作主。也用來比喻受制、遷就於他人或客觀環境。江湖，江河湖海。泛指社會、民間。

例句 自從他到情報局上班後，講話便變得小心許多，這也是「人在江湖，身不由己」，你就別怪他了！

近義 不由自主　形勢比人強

反義 無拘無束　為所欲為

人而無信，不知其可

指人若不守信用，便無法在世上立足。

語源 論語為政：「人而無信，不知其可也。」

例句 「人而無信，不知其可」，做生意一定要講信用，否則沒人敢跟你來往。

人為刀俎，我為魚肉

別人是刀子、砧板，而我是刀下的魚肉。比喻處於受人擺布、任人宰割的境地。俎，砧板。

語源 史記項羽本紀：「如今人方為刀俎，我為魚肉，何辭為！」

例句 外來強勢文明的入侵，原住民和他們的傳統文化往往淪入「人為刀俎，我為魚肉」的境地，令人憂心。

近義 生死由人　任人宰割

人為財死，鳥為食亡

人為了得到錢財而死，就像鳥為了覓食而喪命一樣。用來譏諷人貪求錢財，即使失去生命也在所不惜。

例句 即使走私毒品會判死刑，有人還是會鋌而走險，「人為財死，鳥為食亡」，實在一點都沒錯。

人飢己飢，人溺己溺

別人挨餓，就如同自己挨餓；別人溺水，就如同自己溺水。比喻本著仁愛、慈悲的胸懷，救助他人的苦難。也省作「人飢己飢」、「人溺己溺」或「己飢己溺」。

語源 孟子離婁下：「禹思天下有溺者，由己溺之也；稷思天下有飢者，由己飢之也，是以如是其急也。」

例句 市長呼籲市民同胞發揮「人飢己飢，人溺己溺」的精神，有錢出錢，有力出力，幫助颱風受災的民眾。

近義 慈悲為懷

人無遠慮，必有近憂

指做事若不考慮深遠，很快就會遭遇困難。

語源 論語衛靈公：「子曰：『人無遠慮，必有近憂。』」

例句 經營公司一定要把眼光放遠，做好規劃，否則「人無遠慮，必有近憂」，很快就會遇到瓶頸。

人無千日好，花無百日紅

人不可能永遠過著美好的日子，就像花不可能永遠紅豔盛開。

語源 元楊文奎翠紅鄉兒女兩團圓楔子：「人無千日好，花無百日紅，早時不算計，過後一場空。」

例句 俗話說：「人無千日好，花無百日紅。」所以要有居安思危的觀念。

近義 好景不常

人不可貌相，海水不可斗量（ㄖㄣˊ ㄅㄨˋ ㄎㄜˇ ㄇㄠˋ ㄒㄧㄤˋ，ㄏㄞˇ ㄕㄨㄟˇ ㄅㄨˋ ㄎㄜˇ ㄉㄡˇ ㄌㄧㄤˋ） 人不可只憑外貌判定他的內在才德，就像海水不能用升斗去測量一樣。比喻不可以貌取人。相，觀察；判斷。

語源 元佚名小尉遲將認父歸朝第二折：「凡人不可貌相，海水不可斗量，休輕覷了也。」

例句 纖細嬌小的她，竟然是籃球國手，真是人不可貌相，海水不可斗量啊！

近義 以貌取人，失之子羽

反義 以貌取人 以表為裡

2 **什襲而藏**（ㄕˊ ㄒㄧˊ ㄦˊ ㄘㄤˊ） 把物品層層包裹後收藏起來。形容鄭重地珍藏物品。什，通「十」。襲，計算衣物的量詞。也作「什襲珍藏」。

語源 藝文類聚引闞子：「宋之愚人，得燕石於梧臺之東，歸而藏之……革匱十重，緹巾十襲。客見之，掩口而笑曰：『此特燕石也，其與瓦甓不殊！』」宋張守跋唐千文帖：「此書無一字刓缺，當與夏璜趙璧什襲珍藏。」

例句 他收集的奇珍異寶裡，以這顆夜明珠最為珍貴，因此他特別什襲而藏，不肯輕易示人。

仁心仁術（ㄖㄣˊ ㄒㄧㄣ ㄖㄣˊ ㄕㄨˋ） 仁慈的心腸和良善的方法。用於讚頌良醫或從政者能行仁道。術，行事的方法。

語源 孟子離婁上：「今有仁心仁聞，而民不被其澤。」又梁惠王上：「無傷也，是乃仁術也。」

例句 他是一個具有「仁心仁術」的醫生，深得病人的敬重。

近義 妙手回春

仁民愛物（ㄖㄣˊ ㄇㄧㄣˊ ㄞˋ ㄨˋ） 仁慈愛護人民與萬物。形容仁者的胸懷。

語源 孟子盡心上：「親親而仁民，仁民而愛物。」

例句 政治人物若是懷著仁民愛物的信念，為民眾謀福利，便能得到選民的支持。

近義 民胞物與

仁至義盡（ㄖㄣˊ ㄓˋ ㄧˋ ㄐㄧㄣˋ） 竭盡心力行仁行義。形容對人已盡了最大限度的仁義。至、盡，極。

語源 禮記郊特牲：「蜡之祭，仁之至，義之盡也。」

例句 我們對你已是仁至義盡，接下來就看你怎麼做了。

近義 盡心盡力 情至意盡

反義 袖手旁觀 不聞不問

仁者樂山（ㄖㄣˊ ㄓㄜˇ ㄧㄠˋ ㄕㄢ） 有仁德的人喜歡山的厚重安固。樂，愛好。

語源 論語雍也：「知者樂水，仁者樂山。」

辨析 樂，音ㄧㄠˋ，不讀ㄌㄜˋ。

例句 他退休之後，結廬山下，正是「仁者樂山」的最佳寫照。

近義 樂山樂水

仁智互見（ㄖㄣˊ ㄓˋ ㄏㄨˋ ㄐㄧㄢˋ） 參見「見仁見智」。

仇人相見，分外眼紅（ㄔㄡˊ ㄖㄣˊ ㄒㄧㄤ ㄐㄧㄢˋ，ㄈㄣˋ ㄨㄞˋ ㄧㄢˇ ㄏㄨㄥˊ） 敵對雙方見了面，情緒會格外高漲和敏感。分外，特別；格外。也作「仇人相見，分外眼明」。眼明，眼光銳利。形容警戒心極高。

語源 水滸傳第二回：「史進見了大怒，讎人相見，分外眼明。」明羅懋登三寶太監西洋記第三十九回：「正是仇人相見，分外眼紅。」

例句 初賽時這兩隊就衝突不斷，如今又在決賽碰頭，「仇人相見，分外眼紅」，現場氣氛十分緊張。

近義 狹路相逢　冤家路窄

今夕何夕 今夜是何夜？指今夜之不同於尋常。有讚歎、慶幸之意。

語源 詩經唐風綢繆：「今夕何夕，見此良人！」

例句 多年不見的好友難得相聚一堂，把酒言歡，今夕何夕，大家都格外珍惜。

今非昔比 現在與過去不能比擬。形容變化很大。比，類比；比擬。

語源 宋崔與之與循州宋守書：「循為南州佳郡，今非昔比矣。」

例句 他們已經家道中落，今非昔比，再也不能像從前那樣仗勢欺人了。

反義 依然如故

今是昨非 現在是對的，以前是錯的。有悔悟之意。也作「昨非今是」。

語源 晉陶淵明歸去來辭：「寔迷途其未遠，覺今是而昨非。」

例句 年齡漸長，閱歷既廣，他頓感今是昨非，深覺虛擲了不少寶貴時光。

反義 執迷不悟　不可救藥

3

他山之石，可以攻玉 別座山上的石頭可用來磨玉。①比喻治國可以任用異國的賢臣。②比喻藉著別人的言行事例，可以改正自己的缺失，或供作參考。攻，琢磨。

語源 詩經小雅鶴鳴：「它山之石，可以為錯……它山之石，可以攻玉。」

例句 ①秦始皇相信「他山之石，可以攻玉」，因此任用李斯為客卿，終於消滅六國，完成統一大業。②「他山之石，可以攻玉」，如能擷取同業的優點來補強公司的行銷策略，相信業績一定可以很快成長。

仗勢欺人 憑著威勢欺侮別人。

語源 元王實甫西廂記第五本第三折：「他憑師友君子務本，你倚父兄仗勢欺人。」

例句 班長總是仗勢欺人，只要是他看不順眼的同學，打掃工作就特別沉重。

近義 恃強凌弱　狐假虎威

反義 抑強扶弱　除暴安良

仗義執言 秉持正義發表言論。仗，秉持。

語源 明馮夢龍警世通言卷一二：「此人姓范名汝為，仗義執言，救民水火。」

例句 他個性耿直，每次遇見不平的事總是仗義執言，因此得罪了不少小人。

近義 不平則鳴　慷慨陳詞

仗義疏財 基於道義，拿出自己的錢財來幫助別人。疏財，散發錢財。

語源 漢桓寬鹽鐵論錯幣：「古者貴德而賤利，重義而輕財。」水滸傳第十七回：「又且馳名大孝，為人仗義疏財，人皆稱他做孝義黑三郎。」

例句 每當重大天災發生之後，許多人都能仗義疏財，救助災民。

近義 輕財好施　慷慨解囊

反義 見利忘義　見財起意

付之一炬 ㄈㄨˋ ㄓ ㄧˊ ㄐㄩˋ 一把火全部燒掉。也比喻全數被毀。

語源 唐杜牧阿房宮賦：「楚人一炬，可憐焦土！」明沈德符萬曆野獲編尚衣失珠炮：「則故稱遺漏，付之一炬，以失誤上聞，不過薄責而已。」

例句 因為一時的用火不慎，多年來的積蓄和收藏付之一炬，讓王先生懊悔不已。

近義 毀於一旦 付之東流

付之一笑 ㄈㄨˋ ㄓ ㄧˊ ㄒㄧㄠˋ 用笑來回應。多表示毫不在意或不值得理睬。

語源 元張元幹永遇樂：「乘除了、人間寵辱，付之一笑。」

例句 李議員自認問心無愧，對於媒體那些捕風捉影的傳聞，都只付之一笑。

近義 不以為意 淡然處之

反義 耿耿於懷 氣急敗壞

付之東流 ㄈㄨˋ ㄓ ㄉㄨㄥ ㄌㄧㄡˊ 被水流沖走。中國江河多向東流，故稱。比喻一切落空或前功盡棄。也作「盡付東流」、「付之流水」、「付諸東流」。

語源 唐高適封丘作：「生事應須南畝田，世情付與東流水。」明宋應星野議風俗議：「則數年心力膏血，付之東流。」明馮夢龍醒世恆言卷二七：「將那吟詠之情，久已付之流水。」清西周生醒世姻緣傳第七十九回：「往時的情義盡付東流。」

例句 昨夜的一場暴風雨，花園苗圃一片狼藉，園丁連日來的苦心栽培全都付之東流。

近義 前功盡棄 毀於一旦

反義 功德圓滿 大功告成

付之流水 ㄈㄨˋ ㄓ ㄌㄧㄡˊ ㄕㄨㄟˇ 參見「付之東流」。

付之闕如 ㄈㄨˋ ㄓ ㄑㄩㄝ ㄖㄨˊ 應該有的事物任它缺少。闕，空缺。如，語助詞。

例句 這項法案實施的時間匆促，許多配套措施付之闕如，令人擔憂不已。

近義 一無所有

反義 應有盡有 一應俱全

付諸東流 ㄈㄨˋ ㄓㄨ ㄉㄨㄥ ㄌㄧㄡˊ 參見「付之東流」。

仙山瓊閣 ㄒㄧㄢ ㄕㄢ ㄑㄩㄥˊ ㄍㄜˊ 仙人所居住的山林樓閣。形容奇異不凡或美妙虛幻的境界和景象。

語源 唐白居易長恨歌：「忽聞海上有仙山，山在虛無縹緲間。樓閣玲瓏五雲起，其中綽約多仙子。」南朝梁陶弘景水仙賦：「層城瑤館，縉雲瓊閣，黃帝所以觴百神也。」

例句 清晨時分，在雲霧縹緲間的指南宮有如仙山瓊閣，令人神往。

近義 瑤臺銀闕 瑤臺瓊室

反義 蓬門蓽戶

仙風道骨 ㄒㄧㄢ ㄈㄥ ㄉㄠˋ ㄍㄨˇ 神仙飄逸的風度和修道者清高的氣骨。形容人的風度、氣質都超越凡人。

語源 唐李白大鵬賦序：「余昔於江陵見天台司馬子微，謂余有仙風道骨。」

例句 張老先生言行清高，舉止不凡，頗有仙風道骨。

近義 龍章鳳姿 超群脫俗

反義 肉眼凡胎 凡夫俗子

代代相傳 ㄉㄞˋ ㄉㄞˋ ㄒㄧㄤ ㄔㄨㄢˊ 一代一代地傳承下來。

語源 明方汝浩禪真逸史第十三回：「這是我道教源流，代代相傳的。」

例句 巷口秦媽媽的手工蔥油餅是代代相傳的美味點心，令人百吃不厭。

人

近義 一脈相傳　薪火相傳

代罪羔羊 ㄉㄞˋ ㄗㄨㄟˋ ㄍㄠ ㄧㄤˊ　比喻代替他人承擔罪過者。也作「替罪羔羊」。

語源 聖經利未記記載：猶太教信徒於贖罪日的祭禮中，由祭司手按羔羊頭後將羊宰殺，表示罪過已由這羔羊承擔，稱為「代罪羔羊」或「替罪羊」。

例句 真正該為這項損失負責的是陳經理，小李只是代罪羔羊。

近義 波及無辜　李代桃僵

反義 罪魁禍首　冤有頭，債有主

令人不齒 ㄌㄧㄥˋ ㄖㄣˊ ㄅㄨˋ ㄔˇ　行為讓人瞧不起。不齒，不並列。指不屑與之為伍。

語源 晉書王敦傳：「含字處弘，凶頑剛暴，時所不齒，以敦貴重，故歷顯位。」

例句 政治人物選前說一套、選後做另一套的行徑，令人不齒。

辨析 齒有並列之意，不齒即不與之並列，有瞧不起之意，不可寫作「不恥」（不以為羞恥之意）。

近義 羞與噲伍　羞與為伍

反義 推崇備至　高山仰止

令人心寒 ㄌㄧㄥˋ ㄖㄣˊ ㄒㄧㄣ ㄏㄢˊ　①讓人恐懼、害怕。心寒，同「寒心」。害怕戰慄。②讓人失望、痛心。心寒，亦同「寒心」。指因失望而感到痛心。

語源 左傳哀公十五年：「齊因其病取讙與闡，寡君是以寒心。」紅樓夢第五十五回：「太太滿心疼我，因姨娘每每生事，幾次寒心。」

例句 ①歹徒連續殺害四人，行凶過程毫無人性，真是令人心寒。②政府施政一再出錯，官員卻還大言不慚，實在令人心寒。

近義 不寒而慄　痛心疾首

令人扼腕 ㄌㄧㄥˋ ㄖㄣˊ ㄜˋ ㄨㄢˋ　①讓人感到惋惜。②讓人感到憤怒。扼腕，以一手握住另一手之腕，表達內心的惋惜或憤慨。扼，握；捉。

語源 戰國策燕策三：「樊於期偏袒扼腕而進曰：『此臣之日夜切齒拊心也，乃今得聞教。』」清天花藏主人麟兒報第三回：「雖說是白屋出公卿，然無因無依，自能振起者，亦不一二；棄擲者，反有八九，往往令人扼腕。」

例句 ①中華隊在四強戰以一分飲恨，輸給日本隊而無緣爭冠，令人扼腕。②飆車族無視他人安全與社會安寧的行徑，令人扼腕。

近義 悵然若失　氣憤填膺

反義 令人激賞

令人神往 ㄌㄧㄥˋ ㄖㄣˊ ㄕㄣˊ ㄨㄤˇ　使人心中嚮往。

語源 晉陸雲答兄平原二首之一：「神往同逝感，形留悲參商。」明胡應麟少室山房筆叢卷一一：「今著述湮沒，悵望當時蹈海之風，令人神往不已。」

例句 這篇文章中將香格里拉的美描繪得有如人間仙境，令人神往。

近義 心嚮往之　心馳神往

令人動容 ㄌㄧㄥˋ ㄖㄣˊ ㄉㄨㄥˋ ㄖㄨㄥˊ　使人感動。動容，內心有所感動而表現在容貌上。

例句 屈原忠君愛國卻遭流放，悲憤之餘，寫下許多不朽詩篇，讀之令人動容。

近義 感人肺腑　心有戚戚焉

反義 鐵石心腸　鐵石心肝

令人捧腹 ㄌㄧㄥˋ ㄖㄣˊ ㄆㄥˇ ㄈㄨˋ　令人笑到用手按著肚子。形容非

人

常好笑。

語源　史記日者列傳：「司馬季主捧腹大笑曰：『觀大夫類有道術者，今何言之陋也，何辭之野也！』」

例句　他為人幽默風趣，說起笑話來總是令人捧腹。

近義　捧腹大笑　令人噴飯

令人噴飯 ㄌㄧㄥˋ ㄖㄣˊ ㄆㄣ ㄈㄢˋ　形容事情或言行可笑、滑稽。噴飯，吃飯時忽然大笑，把飯噴出來。

語源　宋蘇軾文與可畫篔簹谷偃竹記：「與可是日與其妻游谷中，燒筍晚食，發函得詩，失笑噴飯滿案。」清周亮工書影卷一：「令人演武三思素娥雜劇，鄙俚荒唐，見之令人噴飯。」

例句　同學們將課文內容編成話劇，並在其中加了許多笑料，演來令人噴飯。

近義　令人捧腹

令人髮指 ㄌㄧㄥˋ ㄖㄣˊ ㄈㄚˇ ㄓˇ　使人頭髮豎立起來。形容使人憤怒到極點。指，直立。

語源　莊子盜跖：「盜跖聞之大怒，目如明星，髮上指冠。」明蔣一葵長安客話土木：「為國立君成往事，令人髮指觸邪冠。」

例句　這夥搶匪專挑老弱婦孺下手，惡劣的行徑令人髮指。

近義　怒髮衝冠　怒不可遏

反義　一笑置之

令人激賞 ㄌㄧㄥˋ ㄖㄣˊ ㄐㄧ ㄕㄤˇ　讓人非常讚賞。激賞，極為讚賞。激，強烈的。

例句　她在片中的角色揮灑自如，演技令人激賞，難怪會贏得本屆影展的后座。

近義　歎為觀止　不可多得

反義　一無是處　乏善可陳

令人矚目 ㄌㄧㄥˋ ㄖㄣˊ ㄓㄨˇ ㄇㄨˋ　因為傑出、特殊而引人注意。矚目，注視。也作「引人矚目」。

例句　小胖渾厚且充滿情感的嗓音令人矚目，一發片便打破了新人的銷售紀錄。

近義　眾所矚目　備受矚目

反義　不成氣候　不足為奇

令出如山 ㄌㄧㄥˋ ㄔㄨ ㄖㄨˊ ㄕㄢ　命令一旦發出就必須執行，如山一樣不可動搖。

語源　清李伯元官場現形記第十三回：「果然現任縣太爺一呼百諾，令出如山。」

例句　新任警政署長執法嚴厲，令出如山，使治安立刻有了明顯的改善。

近義　軍令如山　令出必行

反義　朝令夕改

令行禁止 ㄌㄧㄥˋ ㄒㄧㄥˊ ㄐㄧㄣˋ ㄓˇ　有命令就能執行，有禁令就能制止。形容法令或紀律嚴明。

語源　韓非子八經：「君執柄以處勢，故令行禁止。」

例句　柯市長新官上任三把火，緊盯市政，果然令行禁止，施政滿意度屢創新高。

近義　令出如山　雷厲風行

以人廢言 ㄧˇ ㄖㄣˊ ㄈㄟˋ ㄧㄢˊ　因為不喜歡某人，便不採納他的言論或意見。以，因為。廢，否定；捨棄。

語源　論語衛靈公：「君子不以言舉人；不以人廢言。」

例句　擔任會議主席絕不能以人廢言，開會才能達到充分討論、集思廣益的效果。

近義　以貌取人

反義　以言舉人　量才錄用

以力服人 ㄧˇ ㄌㄧˋ ㄈㄨˊ ㄖㄣˊ　用武力或威勢使人屈服。

語源　孟子公孫丑上：「以力服人者，非心服也，力不贍也。」

例句 以力服人，只能讓人口服心不服；以德服人，才能讓人心悅誠服。
近義 以勢服人
反義 以理服人　以德服人

以升量石 ㄧˇ ㄕㄥ ㄌㄧㄤˊ ㄉㄢˋ 用一升的容器來量一石的物品。比喻以淺陋來揣度高深。升、石，容量單位。十升為一斗，十斗為一石。
語源 漢劉安淮南子謬稱：「使堯度舜則可，使桀度堯，是猶以升量石也。」
辨析 石，音ㄉㄢˋ，不讀ㄕˊ。
例句 以他的資質和學歷，要想理解康德的哲學思想，無異是以升量石。

以文害辭 ㄧˇ ㄨㄣˊ ㄏㄞˋ ㄘˊ 因拘泥於文字或字面的解釋，而妨礙了對整句話的理解或表達。文，文字。辭，語詞；語句。
語源 孟子萬章上：「故說詩者，不以文害辭，不以辭害志。以意逆志，是為得之。」
例句 文字無非用來表達思想，因此讀書要力求義理上的圓融貫通，若以文害辭，無疑是捨本逐末。
近義 以辭害意

以文會友 ㄧˇ ㄨㄣˊ ㄏㄨㄟˋ ㄧㄡˇ 用詩文結交朋友。
語源 論語顏淵：「曾子曰：『君子以文會友，以友輔仁。』」
例句 這場詩文發表會目的在以文會友，所以不談文藝以外的話題。

以古諷今 ㄧˇ ㄍㄨˇ ㄈㄥˋ ㄐㄧㄣ 用古代的人事諷喻當今的人事。也作「借古諷今」。
例句 他在演講中引述秦朝迅速敗亡的歷史，無非是在以古諷今，希望執政者能施行仁政，使國家長治久安。

以此類推 ㄧˇ ㄘˇ ㄌㄟˋ ㄊㄨㄟ 根據已知的事物來加以類比、推斷。也作「依此類推」。
語源 宋周煇清波雜誌卷六：「宣和間，宗室圍爐次，索炭，既至，訶斥左右云：『炭色紅，今黑，非是。』蓋嘗供熟火也。以此類推之，豈識世事艱難！」
例句 她浪費成性，衣服非名牌不買。以此類推，其他用品的花費也就可想而知了。
近義 諸如此類　可想而知

以卵擊石 ㄧˇ ㄌㄨㄢˇ ㄐㄧˊ ㄕˊ 用雞蛋打石頭。比喻以弱攻強，必然失敗。
語源 墨子貴義：「以其言非吾言者，是猶以卵投石也。盡天下之卵，其石猶是也。」三國演義第四十三回：「劉豫州不識天時，強欲與爭，正如以卵擊石，安得不敗乎？」
例句 對方是空手道九段的搏擊高手，你想跟他過招，無異是以卵擊石。
近義 不自量力　螳臂當車
反義 量力而為　力所能及

以攻為守 ㄧˇ ㄍㄨㄥ ㄨㄟˊ ㄕㄡˇ 把進攻當作防守。指以主動積極的進攻取代被動消極的防禦策略。
語源 宋秦觀淮海集邊防下：「是之謂以守為攻，以攻為守。」
例句 球賽進行到下半場，我們改採以攻為守的戰術，終於將雙方比數拉開。
反義 以守為攻　堅壁清野

以身作則 ㄧˇ ㄕㄣ ㄗㄨㄛˋ ㄗㄜˊ 用自身的行為作為要求別人的準則、規範。則，準則；榜樣。
語源 論語子路：「其身正，不令而行；其身不正，雖令不從。」

例句 父母教育子女，以身作則的方式是最有成效的。
近義 身先士卒
反義 上梁不正下梁歪

以身相許 ㄧˇ ㄕㄣ ㄒㄧㄤ ㄒㄩˇ ①指女子將一生託付給心愛的男子。②指投注全部心力在某種事物或事業上。
語源 明周楫西湖二集第十二卷：「潘用中看了詩句，方知小姐情意深重、以身相許之意。」
例句 ①阿忠誠實可靠，工作穩定，經過兩年愛情長跑，小麗終於決定以身相許，與他共結良緣。②他從小就熱愛雕刻，將青春歲月都花在一鑿一刻上，幾乎到了以身相許的地步。
近義 山盟海誓　情有獨鍾

以身試法 ㄧˇ ㄕㄣ ㄕˋ ㄈㄚˇ 指藐視法律，故意犯法。
語源 漢書王尊傳：「明慎所職，毋以身試法。」
例句 你明知貪汙是會被判刑的，為何要以身試法呢？
近義 知法犯法　明知故犯
反義 奉公守法

以毒攻毒 ㄧˇ ㄉㄨˊ ㄍㄨㄥ ㄉㄨˊ 中醫治療法，以毒蟲毒草除去人身上的病毒。比喻用狠毒的手段來對付惡毒的人。
語源 唐神清讖異說：「彼蓋不知執事淨命以聲止聲，良醫之家以毒止毒也。」
例句 對付這些流氓的方法，恐怕只有以毒攻毒了。
近義 以暴制暴　以戰止戰

以柔克剛 ㄧˇ ㄖㄡˊ ㄎㄜˋ ㄍㄤ 用柔和克制剛強。
語源 老子七十八章：「柔之勝剛。」三國蜀諸葛亮將苑將剛：「善將者，其剛不可折，其柔不可卷，故以弱制強，以柔制剛。」
例句 他是個吃軟不吃硬的人，你不要和他正面衝突，最好是採取以柔克剛的方法。
近義 以弱制強
反義 以強凌弱　以眾欺寡

以珠彈雀 ㄧˇ ㄓㄨ ㄊㄢˊ ㄑㄩㄝˋ 以寶珠來彈擊一隻小麻雀。比喻行事不知輕重或得不償失。
語源 莊子讓王：「今且有人於此，以隨侯之珠彈千仞之雀，世必笑之。是何也？則其所用者重而所要者輕也。」
例句 人在報復的心態下，往往不惜以珠彈雀，逞一時之快。
近義 得不償失　不知輕重
反義 一本萬利　事半功倍

以退為進 ㄧˇ ㄊㄨㄟˋ ㄨㄟˊ ㄐㄧㄣˋ 原指以謙遜提昇德行。後指以退讓的姿態作為進取的手段。
語源 漢揚雄法言君子：「昔乎顏淵以退為進，天下鮮儷焉。」
例句 政壇上屢見以退黨、辭職來表明個人立場的事件，這難保不是政客們以退為進、爭取選票的技倆。
反義 以攻為守

以偏概全 ㄧˇ ㄆㄧㄢ ㄍㄞˋ ㄑㄩㄢˊ 以特殊的狀況或少數的例證來概括全部的情形。形容見解偏差，不夠周全。
例句 雖然你被人騙走了不少錢，但也不能以偏概全，認為世界上沒有好人啊！
近義 窺豹一斑　瞎子摸象

以淚洗面 ㄧˇ ㄌㄟˋ ㄒㄧˇ ㄇㄧㄢˋ 因憂傷悲苦而淚流不止。
語源 宋王銍默記卷下：「又韓玉汝家有李國主歸朝後與金陵舊宮人書云：『此中日夕，只以眼淚洗面。』」
例句 自從她失去了心愛的女

人

兒後，終日以淚洗面，以致形銷骨立。

近義 潸然淚下 淚如雨下

反義 笑逐顏開 眉開眼笑

以理服人（ㄧˇ ㄌㄧˇ ㄈㄨˊ ㄖㄣˊ） 用道理說服人。

例句 調解糾紛要能以理服人，爭執雙方才容易接受，否則將事倍功半。

近義 以德服人

反義 以力服人 以勢服人

以訛傳訛（ㄧˇ ㄜˊ ㄔㄨㄢˊ ㄜˊ） 謠言或錯誤的訊息經過輾轉傳述，越加遠離事實真相。訛，謠言。也指錯誤。

語源 宋王柏默成定武蘭亭記：「訛以傳訛，僅同兒戲，每竊哂之。」

例句 這個謠言非但沒有被制止，反而以訛傳訛，弄得滿城風雨，致使真相難明。

近義 三人成虎 曾子殺人

反義 有憑有據 言之鑿鑿

以逸待勞（ㄧˇ ㄧˋ ㄉㄞˋ ㄌㄠˊ） 本指軍事上先按兵不動，蓄積戰力，等待敵人疲憊後，再加以出擊。後也指從容應對，毫不慌亂。逸，安閒；安樂。勞，疲勞；疲憊。

語源 孫子軍爭：「以近待遠，以佚待勞，以飽待饑，此治力者也。」佚，通「逸」。

例句 與其一窩蜂地搶佔市場，倒不如以逸待勞，等情勢明朗之後再決定投資的方向，時猶未晚。

近義 養精蓄銳

反義 疲於奔命

以意逆志（ㄧˇ ㄧˋ ㄋㄧˋ ㄓˋ） 由文章的意旨探求作者的心志。逆，迎；求。

語源 孟子萬章上：「故說詩者，不以文害辭，不以辭害志。以意逆志，是為得之。」

例句 讀別人的文章，特別是詩，要善於以意逆志，不可以辭害意或斷章取義，而做出錯誤的解讀。

近義 觀察入微 別有會心

反義 以文害辭 以辭害意

以寡擊眾（ㄧˇ ㄍㄨㄚˇ ㄐㄧ ㄓㄨㄥˋ） 用少數人擊敗多數人。也作「以寡敵眾」。

語源 後漢書馮緄傳：「前代陳湯、馮、傅之徒，以寡擊眾。」

例句 事前若有完備的規劃，並妥善地運用資源，在商場上也能以寡擊眾，佔有一席之地。

以管窺天（ㄧˇ ㄍㄨㄢˇ ㄎㄨㄟ ㄊㄧㄢ） 從竹管的孔來窺看天空。比喻見識狹小。以，用。窺，從小孔或縫隙中看。

語源 莊子秋水：「是直用管窺天，用錐指地也，不亦小乎？」

例句 他的意見只是以管窺天，未從大處著眼，並不可取。

近義 以蠡測海 坐井觀天

反義 高瞻遠矚 見多識廣

以貌取人（ㄧˇ ㄇㄠˋ ㄑㄩˇ ㄖㄣˊ） 以容貌來評斷人。

語源 史記仲尼弟子列傳：「孔子聞之，曰：『吾以言取人，失之宰予；以貌取人，失之子羽。』」

例句 這家公司的老闆往往以貌取人，難怪人才越來越少。

反義 量才錄用

以儆效尤（ㄧˇ ㄐㄧㄥˇ ㄒㄧㄠˋ ㄧㄡˊ） 警告犯同樣錯誤的人。指嚴厲懲罰犯錯者，使其他人知所警惕，不敢再犯。儆，告誡；警告。效尤，效法錯誤行為。

語源 左傳莊公二十一年：「鄭伯效尤，其亦將有咎。」清李綠園歧路燈第九十三回：「自宜按律究辦，以儆效

人

尤。」

例句 上班遲到的現象愈來愈嚴重，老闆決定拿幾個人開刀，以儆效尤。

近義 懲一警百　殺雞儆猴

以德服人 用德澤使人信服。

語源 孟子公孫丑上：「以德服人者，中心悅而誠服也。」

例句 領導者應該以德服人，才能凝聚向心力，凡事都收到事半功倍之效。

近義 以理服人

反義 以力服人

以德報怨 用恩惠來回報仇怨。

語源 論語憲問：「或曰：『以德報怨，何如？』子曰：『何以報德？以直報怨，以德報德。』」

例句 人不可濫施仁義，有時候以德報怨反而是姑息養奸。

反義 以怨報德　恩將仇報

以暴易暴 以暴力替代暴力。暴，兇暴；易，替代。

語源 史記伯夷列傳：「以暴易暴兮，不知其非矣。」

例句 警察用殘暴的手段鎮壓失控的示威群眾，結果兩敗俱傷，這不是以暴易暴嗎？

以鄰為壑 把鄰國當作排洩洪水的大水坑。比喻只圖私利而遺害周圍的人。壑，聚水的溝坑。

語源 孟子告子下：「禹之治水，水之道也，是故禹以四海為壑，今吾子以鄰國為壑。」

例句 有些人只顧自己享受舒適的冷氣，而將冷凝水隨意地排出，這種以鄰為壑的行為應該加以制止。

近義 嫁禍於人　委過於人

反義 助人為樂　同舟共濟

以禮相待 有禮節、有禮貌地對待別人。

語源 水滸傳第九十七回：「宋江以禮相待，用好言撫慰。」

例句 即使客戶無理取鬧，劉老闆仍是以禮相待，因此生意越做越廣。

以辭害意 原指拘泥個別辭意而曲解作者的原意，也指為追求文辭的修飾、華美而妨害文意、思想的表達。

語源 孟子萬章上：「故說詩者，不以文害辭，不以辭害志。以意逆志，是為得之。」紅樓夢第四十八回：「詞句究竟還是末事，第一、立意要緊。若意趣真了，連詞句不用修飾，自是好的；這叫做『不以辭害意』。」

例句 這篇文章論點雖好，卻因過分雕飾文字，以辭害意，反而模糊了焦點。

近義 以偏概全　詞不達意

反義 意溢於辭

以蠡測海 用水瓢測量海水。比喻見識短淺。蠡，用匏瓜對剖做成的水瓢。

語源 漢東方朔答客難：「以管窺天，以蠡測海，以筳撞鐘，豈能通其條貫，考其文理，發其聲音哉？」

例句 這篇文章只是個人淺見，難免有以蠡測海的弊病，敬請指教。

近義 以管窺天　坐井觀天

反義 見多識廣　博古通今

以觀後效 觀察後續的表現以定效果。指對有罪或有過錯的人從寬處理後，觀察他是否能改過。後效，以後的效果。

人

語源 後漢書孝安帝紀：「秋節既立，鷙鳥將用，且復重申，以觀後效。」

例句 小胖夜不歸營又在外滋事，念在他初犯，且很有悔意，隊長決定這次不處罰他，以觀後效。

以子之矛，攻子之盾

用你賣的長矛刺你賣的盾牌。比喻指出對方言論或行為的前後不一致，使對方難以自圓其說。

語源 韓非子難一：「楚人有鬻楯與矛者，譽之曰：『吾楯之堅，物莫能陷也。』又譽其矛曰：『吾矛之利，於物無不陷也。』或曰：『以子之矛，陷子之楯，何如？』其人弗能應也。」

例句 他在辯論時，常常運用「以子之矛，攻子之盾」的方法來駁倒對方。

近義 以其人之道，還治其人之身

以眼還眼，以牙還牙

別人若以怒目瞪我，我就怒目瞪他；若用牙咬我，我也回咬他。比喻用同樣方式報復，絕不寬容。

語源 舊約全書出埃及記：「若有別害，就要以命償命，以眼還眼，以牙還牙。」

例句 得饒人處且饒人，若是一味以眼還眼，以牙還牙，勢必冤冤相報，沒完沒了。

近義 以其人之道，還治其人之身　血債血還

反義 以德報怨　逆來順受

以小人之心，度君子之腹

用小人卑劣的心態揣測君子的思想或言行。形容一個人居心不良卻推想別人也像他一樣。度，揣摩；猜測。

語源 左傳昭公二十八年：「願以小人之腹，為君子之心。」南朝宋劉義慶世說新語雅量：「可謂以小人之慮，度君子之心。」明馮夢龍醒世恆言卷七：「誰知顏俊以小人之心，度君子之腹。」

辨析 度，音ㄉㄨㄛˋ，不讀ㄉㄨˋ。

例句 他是真的想幫助你，並無惡意，你不要以小人之心，度君子之腹。

以其人之道，還治其人之身

用某人對付別人的方法來對付他。

語源 宋朱熹中庸集注十三章：「故君子之治人也，即以其人之道，還治其人之身。」

例句 對付這種小人，最好是以其人之道，還治其人之身，才能讓他得到教訓。

近義 以眼還眼，以牙還牙

反義 以德報怨　逆來順受

4

仰人鼻息

比喻依靠別人生活或看別人臉色行事。

語源 後漢書袁紹傳：「孤客窮軍，仰我鼻息，譬如嬰兒在股掌之上，絕其哺乳，立可餓殺。」

例句 他沒有本事另立門戶，只好繼續過著仰人鼻息的生活。

近義 看人眉睫　寄人籬下

反義 自力更生　自給自足

仰事俯畜

對上奉養父母，對下贍養妻兒。指維持一家生計。

語源 孟子梁惠王上：「是故明君制民之產，必使仰足以事父母，俯足以畜妻子。」

例句 在經濟不景氣的時候，

人

要獨自一個人承擔仰事俯畜的責任，確實不容易。

近義　養家活口

任人宰割 ㄖㄣˋ ㄖㄣˊ ㄗㄞˇ ㄍㄜ　比喻任憑他人打壓、操控而無力反抗。

例句　部分學者擔心外國肉品進口後，本土畜牧業只能任人宰割，因此極力反對開放。

近義　人為刀俎，我為魚肉

任人唯賢 ㄖㄣˋ ㄖㄣˊ ㄨㄟˊ ㄒㄧㄢˊ　任用人只選擇才德兼備者。

語源　尚書咸有一德：「任官惟賢材，左右惟其人。」

例句　任何企業要永續經營，其幹部都應該任人唯賢。

近義　量才錄用

反義　任人唯親

任人唯親 ㄖㄣˋ ㄖㄣˊ ㄨㄟˊ ㄑㄧㄣ　任用人只選擇跟自己關係親近者，而不考慮能力或品行。

例句　昏庸無能的君主，往往因為識人不明、任人唯親而讓朝廷小人充斥，朝綱敗壞。

反義　任人唯賢　量能授官

任重道遠 ㄖㄣˋ ㄓㄨㄥˋ ㄉㄠˋ ㄩㄢˇ　責任沉重，而路程遙遠。比喻任務重大而艱鉅，要經過長期的艱苦努力。

語源　論語泰伯：「士不可以不弘毅，任重而道遠。仁以為己任，不亦重乎？死而後已，不亦遠乎？」

例句　教育是百年樹人的大計，任重道遠，有賴全體教師共同努力。

近義　負重致遠

反義　一蹴而就

任勞任怨 ㄖㄣˋ ㄌㄠˊ ㄖㄣˋ ㄩㄢˋ　做事不辭辛勞，忍受別人的怨責。

語源　漢桓寬鹽鐵論刺權卷三：「夫食萬人之力者，蒙其憂，任其勞。」漢書佞幸傳：「誠不能以一軀稱快萬眾，任天下之怨。」明史王應熊傳：「乃群臣不肯任勞任怨，致陛下萬不獲已。」

例句　他對地方的事務一向任勞任怨，所以獲選為本屆里長。

近義　勞而無怨

反義　怨天尤人

伉儷情深 ㄎㄤˋ ㄌㄧˋ ㄑㄧㄥˊ ㄕㄣ　夫妻之間的感情深厚。伉儷，本指妻子。後用為夫妻的美稱。

語源　左傳昭公二年：「非伉儷也，請君無辱。」清吳趼人二十年目睹之怪現狀第七十回：「這太史公倒也伉儷情深，一概謝絕。」

例句　小陳夫妻倆伉儷情深，每到休假日便相偕出遊，令人羨慕不已。

近義　鶼鰈情深　舉案齊眉

反義　露水夫妻　琴瑟不調

伊于胡底 ㄧ ㄩˊ ㄏㄨˊ ㄉㄧˇ　要到什麼地步為止。多用以表示事情已經到了不可收拾的地步。伊，句首語助詞。于，往；到。胡，何；什麼。底，原作「厎」。通「止」。

語源　詩經小雅小旻：「我視謀猶，伊于胡底？」清沈赤然寒夜叢談卷三：「靡曼成風，不知伊于胡底？」

例句　網路的色情氾濫不知伊于胡底？汙染無知青少年的心靈莫此為甚。

近義　一至於此

伐毛洗髓 ㄈㄚˊ ㄇㄠˊ ㄒㄧˇ ㄙㄨㄟˇ　脫換毛皮，清潔骨髓。形容人脫胎換骨，呈現全新面貌。

語源　太平廣記卷六東方朔：「吾生來已三洗髓五伐毛矣。」明王鐸與質公：「大梁張林宗，詩家董狐，伐毛洗髓於此

道。」

例句　原本吊兒郎當的小李從陸軍官校畢業後，整個人似乎伐毛洗髓，變得成熟多了。

近義　脫胎換骨　改頭換面

反義　執迷不悟　冥頑不靈

休戚相關（ㄒㄧㄡ ㄑㄧ ㄒㄧㄤ ㄍㄨㄢ）　彼此的快樂和憂愁有連帶關係。形容彼此的利害關係相當密切。休戚，喜與憂。

語源　國語周語下：「為晉休戚，不背本也。」宋陳亮送陳給事去國啟：「睹此設心，無非體國；然用捨之際，休戚相關。」

例句　人與人之間的際遇很奇妙，本來毫無瓜葛的人，也有可能在一瞬間變得與你休戚相關。

近義　息息相關　唇亡齒寒

反義　毫無瓜葛

休戚與共（ㄒㄧㄡ ㄑㄧ ㄩˇ ㄍㄨㄥˋ）　形容彼此同甘共苦。休，喜樂。戚，憂愁。

語源　三國志吳書顧雍傳裴注引吳書：「正以明公與主將義固磐石，休戚共之。」明瞿共美天南逸史帝幸南寧府：「臣與皇上患難相隨，休戚與共。」

例句　國家的前途與全民休戚與共，沒有哪一個人可以獨善其身、置身事外。

近義　休戚相關　禍福與共

反義　漠不關心　水火不容

休養生息（ㄒㄧㄡ ㄧㄤˇ ㄕㄥ ㄒㄧˊ）　在戰爭或動亂以後，政府採取安定社會的措施，減輕人民負擔，並鼓勵生產，以恢復國家的元氣和生機。生息，繁衍人口。

語源　唐韓愈平淮西碑：「高祖、太宗，既除既治。高宗、中、睿，休養生息。」

例句　經過了一場戰亂，現在人民最需要的是休養生息。

近義　輕徭薄賦　與民休息

反義　窮兵黷武　橫徵暴斂

5

伯牙絕琴（ㄅㄛˊ ㄧㄚˊ ㄐㄩㄝˊ ㄑㄧㄣˊ）　鍾子期死後，伯牙從此不再彈琴。比喻為知己的過世而悲傷，或感嘆知音之難遇。伯牙，春秋時人，善鼓琴，鍾子期是他的好友兼知音。也作「伯牙絕弦」。

語源　荀子勸學：「伯牙鼓琴而六馬仰秣。」呂氏春秋本味：「伯牙鼓琴，鍾子期聽之，方鼓琴而志在太山，鍾子期曰：善哉乎鼓琴，巍巍乎若太山。……鍾子期死，伯牙破琴絕弦，終身不復鼓琴，以為世無足復為鼓琴者。」三國志魏書王粲傳：「昔伯牙絕絃於鍾期，仲尼覆醢于子路，痛知音之難遇，傷門人之莫逮也。」

例句　人生在世知音難尋，小名懷抱著伯牙絕琴之痛，送別好友最後一程。

伯仲之間（ㄅㄛˊ ㄓㄨㄥˋ ㄓ ㄐㄧㄢ）　實力相當，難分優劣。伯仲，古代以伯、仲、叔、季示兄弟的排行次序。

語源　三國魏曹丕典論論文：「傅毅之於班固，伯仲之間耳。」

例句　這兩支球隊實力在伯仲之間，我看不到最後一分鐘，勝負恐怕難以分曉。

近義　旗鼓相當　勢均力敵

反義　天淵之別　天壤之別

伴食中書（ㄅㄢˋ ㄕˊ ㄓㄨㄥ ㄕㄨ）　譏諷居高位而無所作為的官吏。伴食，唐時朝會結束後，宰相率百僚到尚書省都堂會食。中書，中書令，唐時為宰相之一。也作「伴食宰相」。

語源　舊唐書盧懷慎傳：「懷

人

慎與紫微令姚崇對掌樞密，懷慎自以為吏道不及崇，每事皆推讓之，時人謂之『伴食宰相』。」宋史胡銓傳：「孫近傳會檜議，遂得參知政事。天下望治有如饑渴，而近伴食中書，漫不敢可否事。」

例句 新上任的主管像個伴食中書似的，什麼事也沒做，就只會說：「一切照舊，該怎麼辦就怎麼辦。」

近義 尸位素餐 乘軒食祿

反義 克盡厥職 夙夜匪懈

伶牙俐齒 ㄌㄧㄥˊ ㄧㄚˊ ㄌㄧˋ ㄔˇ 形容說話流利敏捷。伶、俐，聰慧靈巧。也作「伶牙俐嘴」。

語源 元蕭德祥楊氏女殺狗勸夫第四折：「一任你百樣兒伶牙俐齒，怎知大人行會斷的正沒頭公事。」明朱權沖漠子第二折：「伶牙俐嘴，誇強會說。」

辨析 俐，不可寫作「利」。

例句 小妹說話伶牙俐齒，很會討爸爸的歡心。

近義 能言善道 口才辨給

反義 笨口拙舌 笨嘴拙腮

伶牙俐嘴 ㄌㄧㄥˊ ㄧㄚˊ ㄌㄧˋ ㄗㄨㄟˇ 參見「伶牙俐齒」。

伸手不見五指 ㄕㄣ ㄕㄡˇ ㄅㄨˋ ㄐㄧㄢˋ ㄨˇ ㄓˇ 形容能見度極低，或根本看不見。

語源 清頤瑣黃繡球第四回：「依著他所指，走入一間小房，黑漆漆的伸手不見五指。」

例句 停電的夜裡，到處都伸手不見五指，可以想像盲人平時的生活有多麼不便。

近義 昏天黑地 一團漆黑

反義 燈火通明 燈火輝煌

伺機而動 ㄙˋ ㄐㄧ ㄦˊ ㄉㄨㄥˋ 等待適當時機行動。

例句 夏季裡各種傳染病都伺機而動，家家戶戶應注意居家環境衛生。

近義 相機行事 見幾而作

似是而非 ㄙˋ ㄕˋ ㄦˊ ㄈㄟ 表面像是對的，其實是錯的。

語源 莊子山木：「材與不材之間，似之而非也。」後漢書章帝紀：「夫俗吏矯飾外貌，似是而非，揆之人事則悅耳，論之陰陽則傷化。」

例句 他習慣了文過飾非，常以似是而非的理由來為自己不當的行為辯解。

近義 貌同實異

反義 千真萬確

似曾相識 ㄙˋ ㄘㄥˊ ㄒㄧㄤ ㄕˋ 好像曾經見過。形容對所見人事感覺熟悉，但又不真切。

語源 宋晏殊浣溪沙(其四)：「無可奈何花落去，似曾相識燕歸來。」

例句 這幅畫的筆觸、風格似曾相識，但一時之間又想不起這畫家的名字。

反義 素昧平生 素不相識

位居要津 ㄨㄟˋ ㄐㄩ ㄧㄠˋ ㄐㄧㄣ 比喻擔任重要的職位。要津，重要的渡口。比喻重要的職位。

例句 陳部長雖然位居要津，公務繁忙，但假日一定回鄉下老家陪伴雙親。

近義 高官厚祿

反義 人微言輕

位極人臣 ㄨㄟˋ ㄐㄧˊ ㄖㄣˊ ㄔㄣˊ 官位達於人臣的最高一級。即宰相。

語源 三國志吳書孫綝傳：「臣伏自省，才非幹國，因緣肺腑，位極人臣。」

例句 王安石位極人臣，又深得宋神宗的器重，才能推動熙寧變法。

近義 峨冠博帶 紆青拖紫

反義 升斗小民 抱關擊柝

低三下四 ㄉㄧ ㄙㄢ ㄒㄧㄚˋ ㄙˋ ①形容下等、低賤。②形容謙卑退讓以討好別人。

語源 清吳敬梓儒林外史第四十回：「我常州姓沈的，不是甚麼低三下四的人家。」紅樓夢第一〇一回：「我們家的事少不得我低三下四的求你了。」

例句 ①她出身富貴人家，這些低三下四的東西恐怕是看不上眼的。②他在老闆面前總是低三下四的，真是令人看不慣。

近義 低聲下氣

反義 高人一等

低迴不已 ㄉㄧ ㄏㄨㄟˊ ㄅㄨˋ ㄧˇ 不停地徘徊留戀。形容傷感難忘的心情。低迴，徘徊；留戀。已，停止。

語源 史記司馬相如列傳：「低迴陰山，翔以紆曲兮，吾乃今目睹西王母皬然白首。」

例句 來到恩師墓前，想起他生前的提攜之情，令我低迴不已。

低迷不振 ㄉㄧ ㄇㄧˊ ㄅㄨˋ ㄓㄣˋ ①形容人情緒低落、精神不佳的樣子。②形容股市或經濟不景氣，沒有起色的樣子。

例句 ①小新失戀後，連日來低迷不振，大家都很擔心他。②近日股市低迷不振，令許多投資人愁眉不展。

近義 無精打采 暮氣沉沉

反義 精神抖擻 朝氣蓬勃

低聲下氣 ㄉㄧ ㄕㄥ ㄒㄧㄚˋ ㄑㄧˋ 放低聲音，壓住氣息。形容卑屈或懼怕的樣子。

語源 禮記內則：「及所，下氣怡聲，問衣燠寒。」宋朱熹童蒙須知語言步趨：「凡為人子弟，須要常低聲下氣，語言詳緩。」

例句 他自知理屈，低聲下氣地跟大家賠不是。

近義 低三下四 委曲求全

反義 趾高氣揚 不卑不亢

何去何從 ㄏㄜˊ ㄑㄩˋ ㄏㄜˊ ㄘㄨㄥˊ 原指不知道應該捨棄什麼、依從什麼。今多指不知如何是好。去，原指「捨棄」，這裡作「離開」解釋。

語源 戰國楚屈原卜居：「此孰吉孰凶，何去何從？」

例句 他剛到一個新城鎮，不知何去何從，還好在車站找到旅遊指南。

近義 無所適從 莫衷一是

何足掛齒 ㄏㄜˊ ㄗㄨˊ ㄍㄨㄚˋ ㄔˇ 哪裡值得提起。指微不足道。常用作謙詞。足，值得。掛齒，掛在嘴上。指說起。

語源 史記劉敬叔孫通列傳：「此特群盜鼠竊狗盜耳，何足置之齒牙間？」元關漢卿山神廟裴度還帶第二折：「真所為井底之蛙耳，何足掛齒也。」

例句 這只是舉手之勞而已，何足掛齒？你就別放在心上了。

近義 微不足道 何足道哉

反義 舉足輕重

何樂而不為 ㄏㄜˊ ㄌㄜˋ ㄦˊ ㄅㄨˋ ㄨㄟˊ 令自己快樂的事，為什麼不做呢？指樂意去做。

語源 清李伯元官場現形記第十七回：「這是惠而不費的，我又何樂而不為呢？」

例句 參加紅十字會醫療團，不僅可以幫助落後地區的人民，還可以增加人生經驗，何樂而不為呢？

反義 視為畏途 勉為其難

佛口蛇心 ㄈㄛˊ ㄎㄡˇ ㄕㄜˊ ㄒㄧㄣ 說話像佛一樣慈悲，內心卻有如毒蛇。比喻人嘴裡說得十分好聽，卻心懷惡毒。

語源 宋釋普濟五燈會元卷二十淨慈曇密禪師：「古今善知識，佛口蛇心，天下衲僧，自投籠檻。」

例句 小林表面跟人有說有笑，私底下卻到處扯人後腿，他這種佛口蛇心的人，還是少跟他來往為妙。

近義 口蜜腹劍　笑裡藏刀

反義 表裡如一　心口如一

佛頭著糞 ㄈㄛˊ ㄊㄡˊ ㄓㄨㄛˊ ㄈㄣˋ

比喻好的事物被不好的事物糟蹋了。

語源 元劉壎隱居通議序書：「歐陽公作五代史，或作序記其前。王荊公見之曰：『佛頭上豈可著糞？』」

例句 他的題字完全破壞了老李畫作上的幽遠意境，有如佛頭著糞。

反義 錦上添花

作奸犯科 ㄗㄨㄛˋ ㄐㄧㄢ ㄈㄢˋ ㄎㄜ

做壞事而觸犯法律。作奸，做壞事。科，法律條文。

語源 三國蜀諸葛亮出師表：「若有作奸犯科及為忠善者，宜付有司，論其刑賞。」

例句 所有作奸犯科的人都應受到法律的嚴懲，使正義得以伸張。

近義 違法亂紀　為非作歹

反義 安分守己　奉公守法

作如是觀 ㄗㄨㄛˋ ㄖㄨˊ ㄕˋ ㄍㄨㄢ

作這樣看。如是，如此。

語源 金剛經：「一切有為法，如夢幻泡影，如露亦如電，應作如是觀。」

例句 陰極則陽，陽極則陰，這易經中物極必反的觀念，大至國家興衰，小至個人運勢都可作如是觀。

作育英才 ㄗㄨㄛˋ ㄩˋ ㄧㄥ ㄘㄞˊ

教導、培養優秀的人才。

語源 孟子盡心上：「得天下英才而教育之，三樂也。」

例句 林老師作育英才多年，許多學生在各行各業都有優秀的表現。

近義 春風風人　時雨春風

反義 誤人子弟

作法自斃 ㄗㄨㄛˋ ㄈㄚˇ ㄗˋ ㄅㄧˋ

自己制定的法令，反而使自己受害。比喻自作自受。

語源 史記商君列傳：「商君亡於關下，欲舍客舍。客人不知其是商君也，曰：『商君之法，舍人無驗者坐之。』商君喟然嘆曰：『嗟乎！為法之敝，一至此哉！』」

例句 那些貪贓枉法的官員，總有一天會作法自斃。

近義 咎由自取　自作自受

作舍道邊 ㄗㄨㄛˋ ㄕㄜˋ ㄉㄠˋ ㄅㄧㄢ

在路邊蓋房子。因路邊往來人多口雜，房子難以蓋成。比喻眾說紛紜，難以成事。

語源 詩經小雅小旻：「如彼築室于道謀，是用不潰于成。」後漢紀孝章皇帝紀：「諺言：『作舍道邊，三年不成。』」

例句 開會時宜就提案事項討論議決，不可任由大家隨意發言，否則將如作舍道邊，會議永遠開不完。

近義 築室道謀　人多口雜

作威作福 ㄗㄨㄛˋ ㄨㄟ ㄗㄨㄛˋ ㄈㄨˊ

欺壓他人，以供自己享受。

語源 尚書洪範：「臣之有作福作威玉食，其害于而家，凶于而國。」晉書劉暾傳：「暾勃然謂彰曰：『君何敢恃寵作威作福？』」

例句 附近的小流氓仗著人多勢眾就作威作福，但最後還是難逃法律的制裁。

近義 飛揚跋扈　橫行霸道

反義 和藹可親　愛民如子

作惡多端 ㄗㄨㄛˋ ㄜˋ ㄉㄨㄛ ㄉㄨㄢ 做了很多壞事。多端，眾多。

語源 西遊記第四十二回：「想當初作惡多端，這三四日齋戒，那裡就積得過來？」

例句 這個流氓殺人放火，作惡多端，最終還是難逃法律的制裁。

近義 為非作歹　胡作非為

反義 安分守己　潔身自愛

作賊心虛 ㄗㄨㄛˋ ㄗㄟˊ ㄒㄧㄣ ㄒㄩ 比喻做了壞事，心中恐懼不安。也作「做賊心虛」。

語源 宋釋普濟五燈會元卷一五明州雪竇重顯禪師：「師曰：『作賊人心虛。』」

例句 他作賊心虛，警察一盤問，自己就露出馬腳了。

反義 問心無愧　心安理得

作壁上觀 ㄗㄨㄛˋ ㄅㄧˋ ㄕㄤˋ ㄍㄨㄢ 在壁壘上觀看別人交戰。比喻在一旁觀望，而不出手幫助。壁，軍事壁壘；營壘。

語源 史記項羽本紀：「諸侯軍救鉅鹿下者十餘壁，莫敢縱兵。及楚擊秦，諸將皆從壁上觀。」

例句 對於阿嬤跟媽媽的爭執，爸爸雖不認同，也只能作壁上觀，以免火上加油。

近義 袖手旁觀　置身事外

反義 見義勇為　拔刀相助

作繭自縛 ㄗㄨㄛˋ ㄐㄧㄢˇ ㄗˋ ㄈㄨˊ 蠶吐絲作繭，將自己包在裡面。比喻自己使自己陷入困境。

語源 南朝梁寶誌誌公和尚十四科頌善惡不二：「聲聞執法坐禪，如蠶吐絲自縛。」宋陸游書嘆：「人生如春蠶，作繭自纏裹。」

例句 這件事他一開始不敢說出真相，不得不一再圓謊，無異是作繭自縛。

近義 咎由自取　自作自受

你死我活 ㄋㄧˇ ㄙˇ ㄨㄛˇ ㄏㄨㄛˊ 形容拼鬥激烈，非分出勝負不可。

語源 明馮夢龍醒世恆言卷九：「分明似孫龐鬥智，賭個你死我活。」

例句 他們兩人為一點小事爭得你死我活，完全不聽旁人的勸說。

近義 不共戴天　勢不兩立

反義 相親相愛　相安無事

你來我往 ㄋㄧˇ ㄌㄞˊ ㄨㄛˇ ㄨㄤˇ 雙方有所行動，一來一往，互有勝負。通常用於打鬥、競賽及權謀。

例句 這是場精彩的比賽，為了勝利，雙方使出渾身解數，你來我往，過程扣人心弦。

近義 難分難解

你爭我奪 ㄋㄧˇ ㄓㄥ ㄨㄛˇ ㄉㄨㄛˊ 形容互相爭奪。

語源 明馮夢龍醒世恆言卷三：「復帳之後，賓客如市。捱三頂五，不得空閑，聲價愈重。每一晚白銀十兩，兀自你爭我奪。」

例句 那家人為了父親留下的大筆遺產而你爭我奪，甚至對簿公堂，徒讓社會大眾看笑話。

近義 明爭暗鬥　貪多務得

反義 同心協力　同舟共濟

你儂我儂 ㄋㄧˇ ㄋㄨㄥˊ ㄨㄛˇ ㄋㄨㄥˊ 你中有我，我中有你。形容男女之間的感情甜蜜深厚。儂，吳語。我。

語源 宋吳處厚青箱雜記第八卷：「路授則家住關西，打賞罵賞；饒瑄則生居浙右，你儂我儂。」元管道昇我儂詞：「你儂我儂，忒煞情多，情多處，熱如火。」

例句 表姊新婚沒多久，每天和表姊夫你儂我儂，過著甜蜜

人

的兩人生活。

近義 卿卿我我　如膠似漆

反義 貌合神離　同床異夢

6

佳偶天成（ㄐㄧㄚ ㄡˇ ㄊㄧㄢ ㄔㄥˊ） 美好的配偶是自然生成的。天成，不假人工，自然形成。也作「嘉偶天成」。

語源 清程允升幼學故事瓊林婚姻：「良緣由夙締，佳偶自天成。」

例句 這對新婚夫妻郎才女貌，佳偶天成，且讓我們一同祝福他們百年好合。

近義 天作之合　天造地設

反義 亂點鴛鴦

佳評如潮（ㄐㄧㄚ ㄆㄧㄥˊ ㄖㄨˊ ㄔㄠˊ） 好評如同潮水般一波接著一波而來。形容廣受好評。

例句 這間餐廳料好實在、口味獨特，開幕以來佳評如潮，時常一位難求。

近義 備受好評　口碑載道

反義 一無可取　不過爾爾

佶屈聱牙（ㄐㄧˊ ㄑㄩ ㄠˊ ㄧㄚˊ） 參見「詰屈聱牙」。

使君有婦（ㄕˇ ㄐㄩㄣ ㄧㄡˇ ㄈㄨˋ） 比喻男子已娶妻。語出古樂府詩豔歌羅敷行。使君，奉君命出巡的使者，其後專指刺史。

語源 宋書樂志豔歌羅敷行：「秦氏有好女，自名為羅敷……使君謝羅敷，寧可共載不？羅敷前置詞，使君一何愚！使君自有婦，羅敷自有夫。」清煙水散人合浦珠第十一回：「卻不道使君有婦，羅敷有夫？」

例句 林課長早就使君有婦，她還經常對他拋媚眼示好，不知目的何在？

近義 有婦之夫

反義 中饋猶虛

侃侃而談（ㄎㄢˇ ㄎㄢˇ ㄦˊ ㄊㄢˊ） 從容不迫的談論。侃侃，理直氣壯而神情和樂的樣子。也作「侃侃而言」。

語源 論語鄉黨：「朝，與下大夫言，侃侃如也。」元關漢卿鐵大尹智寵謝天香第四折：「是以老夫侃侃而言，使足下怏怏而別。」

例句 平常他就很關心環保的議題，即使面對許多專家，他也能侃侃而談，毫不怯場。

近義 直抒己見　暢所欲言

反義 支支吾吾　吞吞吐吐

來日方長（ㄌㄞˊ ㄖˋ ㄈㄤ ㄔㄤˊ） 未來的日子還很漫長。指未來仍大有可為。常用來勸人不要著急或頹喪，把眼光放遠。

語源 禮記曲禮上：「生與來日，死與往日。」清汪由敦甌北初集序：「英年茁發，來日方長。」

例句 妳現在還年輕，來日方長，只要不斷寫作，繼續投稿，終有被採用刊登的一天。

近義 長此以往　久而久之

反義 時日無多

來來往往（ㄌㄞˊ ㄌㄞˊ ㄨㄤˇ ㄨㄤˇ） 有的來，有的去。形容人多熱鬧的樣子。

語源 三國演義第六十三回：「又見民夫來來往往，搬磚運石，相助守城。」

例句 年節將屆，年貨大街人潮來來往往，忙著採購年貨。

近義 熙來攘往　人來人往

反義 門可羅雀　三三兩兩

來者不拒（ㄌㄞˊ ㄓㄜˇ ㄅㄨˋ ㄐㄩˋ） 對於前來的人、事或物都不加以拒絕。

語源 孟子盡心下：「夫子之設科也，往者不追，來者不拒。」

例句 他對朋友的請求一向是

來者不拒，雖然因此建立了好人緣，卻也累壞了自己。

近義 有求必應 照單全收

反義 拒人千里 吃閉門羹

來者可追 ㄌㄞˊ ㄓㄜˇ ㄎㄜˇ ㄓㄨㄟ 參見「來者猶可追」。

來勢洶洶 ㄌㄞˊ ㄕˋ ㄒㄩㄥ ㄒㄩㄥ 形容事物的來臨或動作舉止氣勢盛大。洶洶，氣勢盛大。

例句 這波流行感冒來勢洶洶，大家千萬不可掉以輕心。

近義 鋪天蓋地 聲勢浩大

反義 銷聲匿跡 無聲無息

來歷不明 ㄌㄞˊ ㄌㄧˋ ㄅㄨˋ ㄇㄧㄥˊ 來源和經歷不清楚。

語源 明張鳳翼紅拂記第十九齣：「你要買就買不是來歷不明的。」

例句 許多散裝販售的食品標示不清，來歷不明，最好不要購買。

來頭不小 ㄌㄞˊ ㄊㄡˊ ㄅㄨˋ ㄒㄧㄠˇ 參見「大有來頭」。

來龍去脈 ㄌㄞˊ ㄌㄨㄥˊ ㄑㄩˋ ㄇㄞˋ 傳統地理風水將山勢起伏的地形看成像龍一般，龍頭所在之處叫做「來龍」，頭尾一脈相連，而有「來龍去脈」的說法。後用來比喻事物發生的最初原因及整個過程。

語源 明吾丘瑞運甓記牛眠指穴：「此間前岡有塊好地，來龍去脈，靠嶺朝山，種種合格。」清劉熙載藝概詩概二：「律詩中二聯必分寬緊遠近，人皆知之；惟不省其來龍去脈，則寬緊遠近為妄施矣。」

例句 當他明白整件事情的來龍去脈後，才知道先前的看法只是誤會一場。

近義 前因後果

來者猶可追 ㄌㄞˊ ㄓㄜˇ ㄧㄡˊ ㄎㄜˇ ㄓㄨㄟ 指未來尚可彌補及改善。也作「來者可追」。

語源 論語微子：「往者不可諫，來者猶可追。」

例句 雖然你曾誤入歧途，但如今誠心悔改，來者猶可追，大家都會支持你的。

近義 亡羊補牢

反義 病入膏肓 江心補漏

來者不善，善者不來 ㄌㄞˊ ㄓㄜˇ ㄅㄨˋ ㄕㄢˋ ㄕㄢˋ ㄓㄜˇ ㄅㄨˋ ㄌㄞˊ 前來的不懷善意，有善意的不會來。多指對前來拜訪或交涉的人要提高警覺。

語源 清趙翼陔餘叢考卷四三成語：「來者不善，善者不來，亦本老子『善者不辨，辨者不善』句。」

例句 「來者不善，善者不來」，他們表面是來交流互訪，真正目的是刺探我方虛實，你講話可要小心喔！

例行公事 ㄌㄧˋ ㄒㄧㄥˊ ㄍㄨㄥ ㄕˋ 按慣例處理的公事。指形式上的工作。

語源 清王濬卿冷眼觀第十四回：「等我把那些例行公事辦畢了，還有幾句要緊的話同你商量呢！」

例句 這些都只是例行公事，應該很快就可以辦妥，你為什麼要拖拖拉拉呢？

近義 奉行故事 官樣文章

供不應求 ㄍㄨㄥ ㄅㄨˋ ㄧㄥˋ ㄑㄧㄡˊ 所供應不能滿足需求。應，滿足。

辨析 供，音ㄍㄨㄥ，不讀ㄍㄨㄥˋ。

例句 臺北市的停車位總是供不應求，所以到處都是違規停車的亂象。

反義 供過於求

依此類推 ㄧ ㄘˇ ㄌㄟˋ ㄊㄨㄟ 參見「以此類推」。

依依不捨（ㄧ ㄧ ㄅㄨˋ ㄕㄜˇ）　形容非常眷戀，捨不得離開。

語源　東漢王逸九思悼亂：「顧章華兮太息，志戀戀兮依依。」明馮夢龍醒世恆言卷四：「依依不捨，永日忘歸。」

例句　哥哥要出國留學，在機場送行時，大家都依依不捨。

近義　依依難捨　難分難捨

依然故我（ㄧ ㄖㄢˊ ㄍㄨˋ ㄨㄛˇ）　仍舊是從前老樣子的我。形容某人的情況沒有變化。多指舊習未改或沒有長進。

語源　宋陳著賀新郎次韻戴時芳：「誰料腥埃妨闊步，孤瘦依然故我。」

例句　原指望他出院後能把煙癮戒掉，以免肺病復發，哪知他依然故我，真是傷腦筋！

近義　依然如故　一如既往

反義　判若兩人　煥然一新

依違兩可（ㄧ ㄨㄟˊ ㄌㄧㄤˇ ㄎㄜˇ）　贊成或反對都可以。指對事情態度模稜，不表肯定或否定。依，依從；贊同。違，違背；反對。

語源　資治通鑑卷二八四後晉齊王開運元年：「太尉侍中馮道雖為首相，依違兩可，無所操決。」

例句　遇到重大決定，他的態度總是依違兩可，怎麼能當一個領導者呢？

近義　模稜兩可　不置可否

反義　當機立斷　斬釘截鐵

依樣畫葫蘆（ㄧ ㄧㄤˋ ㄏㄨㄚˋ ㄏㄨˊ ˙ㄌㄨ）　比喻模仿他人，沒有創意。

語源　宋魏泰東軒筆錄：「頗聞翰林草制，皆檢前人舊本，改換詞語，此乃俗所謂『依樣畫葫蘆』耳，何宣力之有？」

例句　臨帖雖只是依樣畫葫蘆，但卻是學習書法不可或缺的步驟。

近義　如法炮製　照貓畫虎

反義　另闢蹊徑　不主故常

7

侯門深似海（ㄏㄡˊ ㄇㄣˊ ㄕㄣ ㄙˋ ㄏㄞˇ）　指原本相識之人因地位懸殊而隔絕疏遠。也指豪門貴族或官府的門禁森嚴，一般人無法進入。

語源　唐崔郊贈去婢：「侯門一入深如海，從此蕭郎是路人。」

例句　她夢想在演藝圈成名後可以結識政商名流，飛上枝頭成鳳凰，只是侯門深似海，終究未能如願。

近義　深宅大院

反義　小戶人家

侵門踏戶（ㄑㄧㄣ ㄇㄣˊ ㄊㄚˋ ㄏㄨˋ）　源自閩南語。指未經主人同意，就強勢地進到屋內。現也泛指不懷好意，登門挑釁。戶，戶限；門檻。

例句　日本海上自衛隊的軍艦以護漁為名，公然進入我國領海，外交部長對這種侵門踏戶的舉動，向日本政府提出嚴正抗議。

近義　登堂入室　欺人太甚

侷促不安（ㄐㄩˊ ㄘㄨˋ ㄅㄨˋ ㄢ）　形容因緊張害怕而不知所措的樣子。

語源　清李伯元文明小史第三十三回：「一張方方的臉，一陣陣的紅上來，登時覺得侷促不安。」

例句　生性靦腆的小陳在異性面前總是顯得侷促不安，因此至今還交不到女朋友。

近義　惴惴不安　忐忑不安

反義　處之泰然　神色自若

便宜行事（ㄅㄧㄢˋ ㄧˊ ㄒㄧㄥˊ ㄕˋ）　指不必請示上級，而根據實際情況或變化處理事務。

語源　史記酷吏列傳：「孝景

帝乃使使持節拜都為雁門太守，而便道之官，得以便宜從事。」漢書魏相傳：「數條漢興已來國家便宜行事。」

辨析 便，音ㄅㄧㄢˋ，不讀ㄆㄧㄢˊ。

例句 出差在外要懂得便宜行事，事事必向上級請示，怎能當好業務員？

近義 通權達變　見機行事

反義 墨守成規　膠柱鼓瑟

促膝談心 ㄘㄨˋ ㄒㄧ ㄊㄢˊ ㄒㄧㄣ 形容親密交談，互相傾訴。促膝，膝蓋相接近。形容坐得很靠近。

語源 晉葛洪抱朴子疾謬：「促膝之狹坐，交杯觴於咫。」唐田穎攬雲臺記：「來則促膝談心，率皆聖賢之道。」

例句 偶爾偷得浮生半日閒，與好友相聚促膝談心，也是人生一樂。

近義 抵掌而談

反義 話不投機

俗不可耐 ㄙㄨˊ ㄅㄨˋ ㄎㄜˇ ㄋㄞˋ 庸俗得使人不可忍受。耐，忍受。

語源 清蒲松齡聊齋誌異沂水秀才：「美人取巾，握手笑出，曰：『俗不可耐！』」

例句 瞧她大紅上衣配上大綠花裙，肩上還背了個黃色皮包，這副妝扮真是俗不可耐！

反義 超凡脫俗　雍容大度

俛首帖耳 ㄈㄨˇ ㄕㄡˇ ㄊㄧㄝ ㄦˇ 參見「俯首帖耳」。

信口開河 ㄒㄧㄣˋ ㄎㄡˇ ㄎㄞ ㄏㄜˊ 毫無根據，隨口亂說。信口，隨口。開河，原作「開合」，即打開、閉合。

語源 元關漢卿包待制智斬魯齋郎第四折：「你休只管信口開合，絮絮聒聒。」紅樓夢第六十三回：「賈蓉只管信口開河，胡言亂道。」

例句 他老是喜歡信口開河，你千萬別太相信他說的話。

近義 信口雌黃　胡說八道

反義 言之鑿鑿　言之有物

信口雌黃 ㄒㄧㄣˋ ㄎㄡˇ ㄘ ㄏㄨㄤˊ 形容不顧事實，隨口亂說或惡意誣陷。信，隨意。雌黃，一種礦物，橙黃色；古代書寫錯誤時，用以塗抹重寫的塗料。

語源 明史馬孟禎傳：「愛憎由心，雌黃信口，流言蜚語，騰入禁庭。」

例句 這件事關係著他的名譽節操，你不可以信口雌黃、胡亂誣賴。

近義 數黃道白　胡說八道

反義 言之鑿鑿　言必有據

信手拈來 ㄒㄧㄣˋ ㄕㄡˇ ㄋㄧㄢˊ ㄌㄞˊ 隨手拿來。形容寫文章時不用思索，隨手寫下即可成文。信手，隨手。拈，捏；拿。

語源 宋釋普濟五燈會元隨州大洪山報恩禪師：「昔日德山臨濟信手拈來，便能坐斷十方，壁立千仞。」

例句 王教授信手拈來，便寫下這幾句精妙絕倫的對句，果然很有學問。

近義 意到筆隨　一揮而就

反義 嘔心瀝血　字斟句酌

信而有徵 ㄒㄧㄣˋ ㄦˊ ㄧㄡˇ ㄓㄥ 有憑有據，確實可信。信，真實的。徵，證據；實據。

語源 左傳昭公八年：「君子之言，信而有徵。」

例句 他治學嚴謹，考證精詳，信而有徵且不囿成見，故能發前人所未發。

近義 真憑實據　不容置疑

反義 無憑無據

信筆塗鴉 ㄒㄧㄣˋ ㄅㄧˇ ㄊㄨˊ ㄧㄚ 隨意作畫或是書寫。比喻作畫拙劣或字跡潦草。常用作自謙之

詞。

語源 清李漁意中緣 第八齣先訂：「僻處蠻方，無師講究，不過信筆塗鴉，怎經得大方品騭？」

例句 這只是我信筆塗鴉之作，不值得你如此看重拿去參展。

近義 率爾操觚　輕率下筆

反義 意在筆先　意到筆隨

信誓旦旦 以誠懇的態度立下誓言。形容誓言或承諾誠懇可信。信誓，誠信的誓言。旦旦，誠懇的樣子。

語源 詩經衛風氓：「總角之宴，言笑晏晏；信誓旦旦，不思其反。」

例句 上個月老闆還信誓旦旦答應提高加班費，如今卻矢口否認，令員工大失所望。

近義 指天誓日

反義 自食其言　輕諾寡信

信賞必罰 有功必賞，有罪必罰。形容賞罰分明。信，真實不欺。

語源 韓非子外儲說右上：「信賞必罰，其足以戰。」

例句 領導者一定要做到信賞必罰，才能服眾。

近義 賞罰分明　獎善懲惡

8

修身齊家 修養自身品德，治理好自己的家庭。為儒家對君子的基本要求。

語源 大學：「身修而后家齊，家齊而后國治，國治而后天下平。」元無名氏九世同居第一折：「父親，有甚麼修身齊家的事，訓教你兒者。」

例句 身為國家的領導人，若不能做好修身齊家的工夫，又如何能侈言治國平天下呢？

修身養性 修煉身心，培養德性。

語源 金史世宗下大定二十八年：「當修身養德，善於持守。」

例句 滾滾紅塵，處處是誘惑，但只要我們心頭拿得住，又何處不可修身養性呢？

近義 澡身浴德　誠意正心

反義 放浪形骸　玩世不恭

俯仰無愧 無愧於天地之間。形容行事光明磊落。俯，低頭。仰，抬頭。

語源 孟子盡心上：「仰不愧於天，俯不怍於人，二樂也。」

例句 人若是俯仰無愧，則他人的毀譽也就毋須掛懷。

近義 不愧不怍　問心無愧

反義 無地自容　羞愧無地

俯拾即是 只要彎身去撿，到處都是。形容數量眾多，很容易得到。

語源 唐司空圖二十四詩品自然：「俯拾即是，不取諸鄰。」

例句 讀唐詩三百首就像漫步在春天的花園，秋天的楓林，佳篇妙句如落英飛紅，俯拾即是。

近義 比比皆是　不可勝數

俯首帖耳 像狗見了主人那樣低著頭，垂著耳朵。形容人卑恭順服的樣子。俯，也作「俛」。

語源 唐韓愈應科目與時人書：「若俛首帖耳搖尾而乞憐者，非我之志也。」

例句 他在上司面前俯首帖耳，一副諂媚相，令人作嘔。

近義 百依百順　奴顏婢膝

反義 不甘雌伏　桀驁不馴

俯首稱臣 低頭自稱臣下。比喻認輸、投降。俯首，低頭。

例句 好萊塢挾其龐大資金、人才與技術，電影票房收入動輒上億美金，其他國家的電影

業不得不俯首稱臣。

近義 甘拜下風 自愧弗如

俯首認罪（ㄈㄨˇ ㄕㄡˇ ㄖㄣˋ ㄗㄨㄟˋ） 低頭承認所犯的過錯或罪行。俯首，低頭。

語源 清李百川綠野仙蹤第一回：「這幾句話，說得冷于冰俯首認罪。」

例句 眼見紙包不住火，小強終於俯首認罪，承認牆上的塗鴉是他畫的。

近義 不打自招 無所遁形

反義 推諉塞責 委過他人

俯首聽命（ㄈㄨˇ ㄕㄡˇ ㄊㄧㄥ ㄇㄧㄥˋ） 形容恭順地聽從別人的指示命令。俯首，低頭。

語源 漢焦延壽焦氏易林否：「俯伏聽命，不敢動搖。」宋范浚香溪集巡幸：「高祖必先取二人兵以自振，故能使之俯首聽命，唯所指使。」

例句 即使這次的工作分配不盡合理，但大家仍然俯首聽命，共同為年度業績而努力。

近義 唯命是從 俯首帖耳

反義 犯顏苦諫 自作主張

俾晝作夜（ㄅㄧˋ ㄓㄡˋ ㄗㄨㄛˋ ㄧㄝˋ） 將白天當作晚上。形容荒淫作樂，晨昏顛倒。俾，使。

語源 詩經大雅蕩：「式號式呼，俾晝作夜。」

例句 那個小開仗著家境富有，天天尋歡作樂，俾晝作夜，白白浪費大好青春。

近義 卜晝卜夜 荒淫無度

倉皇失措（ㄘㄤ ㄏㄨㄤˊ ㄕ ㄘㄨㄛˋ） 恐懼慌張，不知如何應付。

語源 太平廣記卷一八一裴德融引盧氏雜說：「裴倉皇失措，騎前人馬出門去。」

例句 事情發生得太突然，令平日穩健的他，也不禁倉皇失措，一時拿不定主意。

近義 手足無措 不知所措

反義 從容不迫 不慌不忙

個中三昧（ㄍㄜˋ ㄓㄨㄥ ㄙㄢ ㄇㄟˋ） 事物的要旨或竅門。三昧，梵語 samādhi 之音譯，本義指心靈明淨安定的狀態，借指訣竅、要旨。

例句 爺爺從年輕時就拜師學習太極拳，天天練習從不間斷，已深得個中三昧。

近義 登堂入室 曲盡其妙

反義 不得要領 漫不經心

個中滋味（ㄍㄜˋ ㄓㄨㄥ ㄗ ㄨㄟˋ） 其中的味道、情味。指切身體會到的甘苦。也作「個中真味」。

語源 宋向子諲西江月：「個中真味少知音，不是清狂太甚。」明王衡鬱輪袍第七折：「我哥哥參透了個中滋味，便棄了官也，回至輞川來。」

例句 女人懷胎十月的苦辛，個中滋味唯有經歷過的人才能了解。

倍受矚目（ㄅㄟˋ ㄕㄡˋ ㄓㄨˇ ㄇㄨˋ） 格外地受到關注。也作「備受矚目」。

例句 她本來就是很被看好的實力派歌手，這張醞釀了兩年的專輯終於出爐，更是倍受矚目。

近義 眾所矚目 令人矚目

反義 無關緊要 微不足道

倒打一耙（ㄉㄠˋ ㄉㄚˇ ㄧ ㄆㄚˊ） 比喻錯在自己，卻反而責怪別人。耙，用以聚攏穀物、平整泥土的農具。

語源 西遊記中的豬八戒以九齒釘耙為兵器，常用詐敗逃跑後倒打一耙的戰術取勝。清錢德蒼綴白裘初集卷二永團圓計代：「假如難間令愛死哉，有司檢驗，我裡翻轉一耙，告伊威逼致死。」

例句 因為打瞌睡而撞上前車的王先生，下車後竟倒打一

人

耙，指責對方不該緊急煞車。

近義　反咬一口　惡人先告狀

反義　直承不諱

倒吃甘蔗（ㄉㄠˋ ㄔ ㄍㄢ ㄓㄜˋ）　吃甘蔗由尾端吃起，越吃越甜。比喻情況漸至佳境。

語源　南朝宋劉義慶世說新語排調：「顧長康噉甘蔗，先食尾，人問所以，云：『漸至佳境。』」

例句　這本小說開頭雖平淡無奇，但到後來便如倒吃甘蔗，越讀越覺趣味盎然。

近義　先苦後甘　漸入佳境

反義　每況愈下　大不如前

倒行逆施（ㄉㄠˋ ㄒㄧㄥˊ ㄋㄧˋ ㄕ）　行事違背常理，胡作非為。

語源　史記伍子胥列傳：「吾日暮途遠，吾故倒行而逆施之。」

例句　執政者應體恤人民疾苦，若一味倒行逆施，終將遭到百姓唾棄。

近義　傷天害理

反義　直道而行　順天應人

倒持太阿（ㄉㄠˋ ㄔˊ ㄊㄞˋ ㄜ）　參見「太阿倒持」。

倒背如流（ㄉㄠˋ ㄅㄟˋ ㄖㄨˊ ㄌㄧㄡˊ）　倒著背誦文章，仍像流水般順暢。比喻將詩文讀得滾瓜爛熟。流，流水。

例句　他長期浸淫於詩學研究，各朝著名詩人的作品都可以倒背如流。

近義　滾瓜爛熟

倒屣相迎（ㄉㄠˋ ㄒㄧˇ ㄒㄧㄤ ㄧㄥˊ）　急於出門迎客，而將鞋子穿反了。形容熱情迎接賓客。屣，鞋子。也作「倒屣迎之」。

語源　三國志魏書王粲傳：「時邕才學顯著，貴重朝廷，常車騎填巷，賓客盈坐。聞粲在門，倒屣迎之。」

辨析　屣，音ㄒㄧˇ，不讀ㄒㄧˊ。

例句　像你這樣的人才，如果肯來我們公司發展，老闆必定倒屣相迎，倚仗重用。

近義　掃榻以待

反義　拒人千里　下逐客令

倒抽一口氣（ㄉㄠˋ ㄔㄡ ㄧˋ ㄎㄡˇ ㄑㄧˋ）　形容非常驚訝或驚嚇。

語源　清文康兒女英雄傳第一回：「登時倒抽了一口氣，涼了半截。」

例句　看到弟弟爬得那麼高，媽媽倒抽一口氣，直嚷著要他快點下來。

近義　瞠目結舌　捏一把冷汗

反義　面不改色

倚老賣老（ㄧˇ ㄌㄠˇ ㄇㄞˋ ㄌㄠˇ）　仗恃著經驗豐富而自以為是。倚，仗恃。賣，炫耀；顯露。

語源　元佚名謝金吾詐拆清風府第一折：「則管裡倚老賣老，口裡嘮嘮叨叨的說個不了。」

辨析　倚，音ㄧˇ，不讀ㄧ。也不可寫成「依」。

例句　林老師教學經驗豐富，是本校的元老之一，說起話難免會倚老賣老，妳不要介意。

近義　予智自雄　老氣橫秋

倚門傍戶（ㄧˇ ㄇㄣˊ ㄅㄤˋ ㄏㄨˋ）　倚靠在門上。比喻依附他人，不能自立。也比喻做學問自己沒有見解，只襲取別人的說法。倚、傍，靠著。門、戶，均指門。

語源　宋釋普濟五燈會元卷一一：「僧問紙衣和尚：如何是賓中賓？師曰：倚門傍戶。」明黃宗羲明儒學案發凡：「學問之道，以各人自用得著者為真。凡倚門傍戶、依樣葫蘆者，非流俗之士，則經生之業也。」

例句　他不願倚門傍戶，總是在研究領域上大膽嘗試創新。

近義　亦步亦趨　依樣畫葫蘆

反義　獨闢蹊徑　自成一格

倚馬可待（ㄧˇ ㄇㄚˇ ㄎㄜˇ ㄉㄞˋ）　在戰馬前寫文章，很快就完成。形容文思敏捷，行文迅速。倚，靠著。

語源　南朝宋劉義慶世說新語文學：「桓宣武北征……會須露布文，喚袁倚馬前令作，手不輟筆，俄得七紙，殊可觀。」唐李白與韓荊州書：「請日試萬言，倚馬可待。」

例句　小明本來以為寫這個題目倚馬可待，哪知下筆時卻一點頭緒也沒有。

近義　援筆立成　一揮而就

反義　搜索枯腸　嘔心瀝血

倚閭之望（ㄧˇ ㄌㄩˊ ㄓ ㄨㄤˋ）　靠著里巷大門的遠望。指父母期待子女回家的殷切盼望。閭，里巷的大門。原作「倚閭而望」。

語源　戰國策齊策六：「其母曰：『女（汝）朝出而晚來，則吾倚門而望；女暮出而不還，則吾倚閭而望。』」

例句　希望你能早日學成歸國，不要辜負了父母的倚閭之望。

倜儻不群（ㄊㄧˋ ㄊㄤˇ ㄅㄨˋ ㄑㄩㄣˊ）　形容人灑脫豪放，在人群中最為出色。倜儻，風流瀟灑且不受拘束。

語源　漢司馬遷報任少卿書：「唯倜儻非常之人稱焉。」戰國楚屈原九章惜誦：「行不群以巔越兮，又眾兆之所咍。」清蒲松齡聊齋誌異狐夢：「余友畢怡庵，倜儻不群，豪縱自喜。」

例句　周教授知識豐富，倜儻不群，是學界的明日之星。

近義　瀟灑豪邁　風流倜儻

借刀殺人（ㄐㄧㄝˋ ㄉㄠ ㄕㄚ ㄖㄣˊ）　指透過他人去害人。借，假借；利用。

語源　後漢書禰衡傳記載：禰衡性情剛傲，喜好批評，多次辱罵曹操，曹操雖心中忿恨，卻不想親手殺他，於是將禰衡送到劉表那裡，想借劉表之手除掉他。禰衡到了荊州後依然故我，最後被劉表部下黃祖一怒之下殺了。後衍為「借刀殺人」一語。

例句　他的話完全是在挑撥離間，企圖借刀殺人，你可別中了他的圈套。

近義　引風吹火　借風使船

借古諷今（ㄐㄧㄝˋ ㄍㄨˇ ㄈㄥˋ ㄐㄧㄣ）　參見「以古諷今」。

借花獻佛（ㄐㄧㄝˋ ㄏㄨㄚ ㄒㄧㄢˋ ㄈㄛˊ）　比喻用他人的東西來為自己作人情。

語源　過去現在因果經卷一：「今我女弱不能前，請寄二花，以獻於佛。」元蕭德祥楊氏女殺狗勸夫楔子：「既然哥哥有酒，我們借花獻佛，與哥哥上壽咱。」

例句　老王送來自家種的梨子真是好吃，你不妨借花獻佛，帶去當拜訪老師的見面禮。

近義　慷他人之慨

借屍還魂（ㄐㄧㄝˋ ㄕ ㄏㄨㄢˊ ㄏㄨㄣˊ）　傳說人死後，靈魂可藉他人屍體而復活。今多用以比喻已消失或式微的事物，假借別的名義或形態重新出現。還魂，死而復生。

語源　元岳伯川呂洞賓度鐵拐李岳第四折：「您眾人聽著，這的是李屠的屍首，岳壽的魂靈，我著他借屍還魂來。」

例句　這些被偷的車子經過拆解後，被不法之徒運到他處借屍還魂，大發不義之財。

借風使船 ㄐㄧㄝˋ ㄈㄥ ㄕˇ ㄔㄨㄢˊ　張帆用風力來行船。比喻憑藉外力達到目的。

語源　紅樓夢第九十一回：「今見金桂所為，先已開了端了，他便樂得借風使船，先弄薛蝌到手，不怕金桂不依。」

例句　看我和老板殺價成功，旁人竟然借風使船，也用相同的價錢買了一件同樣的衣服。

近義　借水行舟　因人成事

反義　自力更生　自食其力

借酒澆愁 ㄐㄧㄝˋ ㄐㄧㄡˇ ㄐㄧㄠ ㄔㄡˊ　用飲酒的方式來消除憂愁。

語源　南朝宋劉義慶世說新語任誕：「阮籍胸中壘塊，故須酒澆之。」宋王千秋水調歌頭：「座上騎鯨仙友，笑我胸磊磈，取酒為澆愁。」

例句　自從女友移情別戀之後，他便日日借酒澆愁，意志消沉。

借箸代籌 ㄐㄧㄝˋ ㄓㄨˋ ㄉㄞˋ ㄔㄡˊ　用筷子當籌碼來規劃。比喻代人謀劃策略。箸，筷子。籌，籌劃。

語源　史記留侯世家：「張良對曰：『臣請藉前箸為大王籌之。』」

辨析　箸，音ㄓㄨˋ，不讀ㄓㄨㄛˊ。

例句　這件收購案，如果您信得過我，我願借箸代籌，為您策劃。

借題發揮 ㄐㄧㄝˋ ㄊㄧˊ ㄈㄚ ㄏㄨㄟ　借某個題目來發表自己的看法。多指利用某事作藉口來擴大行事或議論。

語源　明王衡鬱輪袍第二折：「前日悲田院聽得抱琵琶的漢子彈什麼鬱輪袍，一定是未入樂譜的，我隨分劃幾劃便罷，這個原是借題發揮，不什麼要緊。」

例句　原本只是不經意的玩笑話，沒想到被有心人拿來借題發揮，竟成了惡意的中傷。

倦鳥知還 ㄐㄩㄢˋ ㄋㄧㄠˇ ㄓ ㄏㄨㄢˊ　疲倦的鳥兒知道返回自己的巢。比喻辭官歸隱田園，或是由旅居之地返鄉。也作「倦鳥知返」。

語源　晉陶淵明歸去來辭：「雲無心以出岫，鳥倦飛而知還。」

例句　在外闖蕩多年，他終於倦鳥知還，回到家中與父母同享天倫之樂。

近義　不如歸去

倨傲鮮腆 ㄐㄩˋ ㄠˋ ㄒㄧㄢˇ ㄊㄧㄢˇ　傲慢無禮。倨傲，驕慢不恭。倨，傲慢。鮮腆，輕慢不敦厚。鮮，寡少。腆，厚重。

語源　宋蘇軾留侯論：「是故倨傲鮮腆而深折之。」

例句　眼前這位文質彬彬的先生居然就是從前那個倨傲鮮腆、人人見了都頭疼的問題青少年，真是令人難以置信。

近義　桀驁不馴　傲慢無禮

反義　文質彬彬　彬彬有禮

倩人捉刀 ㄑㄧㄢˋ ㄖㄣˊ ㄓㄨㄛ ㄉㄠ　找人頂替做事。多用來指請人代寫文章。倩，請人代理做事。

語源　三國志魏書陳思王植傳：「(植)善屬文。太祖嘗視其文，謂植曰：『汝倩人邪？』」南朝宋劉義慶世說新語容止：「魏武將見匈奴使，自以形陋，不足雄遠國，使崔季珪代，帝自捉刀立床頭。」

例句　這本新書的序文雖署名某某政要所作，但文筆不佳的他想必是倩人捉刀的吧！

值回票價 ㄓˊ ㄏㄨㄟˊ ㄆㄧㄠˋ ㄐㄧㄚˋ　所得可以補回付出的購票費。指聽到或看到的內容很精采，購票進場很值得。也比喻不枉此行，獲益很多。

例句 太陽馬戲團的表演精采刺激，保證讓您值回票價。
近義 唱作俱佳　令人激賞
反義 差強人意　不過爾爾

9

偃旗息鼓（ㄧㄢˇ ㄑㄧˊ ㄒㄧ ㄍㄨˇ） 放倒軍旗，停敲戰鼓。指行軍時藏匿蹤跡，使敵軍不易發現。也指停止戰事或爭鬥。今也泛指行事中途停止。偃，臥倒；放倒。也作「掩旗息鼓」。
語源 三國志蜀書趙雲傳裴松之注引雲別傳：「翼欲閉門拒守，而雲入營，更大開門，偃旗息鼓。公軍疑雲有伏兵，引去。」紅樓夢第六十二回：「登時掩旗息鼓，捲包而去。」
例句 ①趁著清晨，他率領大軍偃旗息鼓去偷襲尚在睡夢中的敵人，打了一場漂亮的勝仗。②雖然戰敗投降後，那些野心家表面上偃旗息鼓，其實仍蠢蠢欲動，要伺機再起。③因為收了對方的錢，他決定偃旗息鼓，不再上訴。
近義 鳴金收兵　銷聲匿跡
反義 大張旗鼓　重整旗鼓

假仁假義（ㄐㄧㄚˇ ㄖㄣˊ ㄐㄧㄚˇ ㄧˋ） 內心虛偽，外表卻裝出仁義的樣子。
語源 宋朱熹答陳同甫（其六）：「直以其能假仁假義以行其私。」
例句 官員巡視災區卻口惠而實不至，難怪會被批評為假仁假義。
近義 虛情假義　貓哭耗子
反義 推心置腹　開誠布公

假公濟私（ㄐㄧㄚˇ ㄍㄨㄥ ㄐㄧˋ ㄙ） 假借公家的名義，謀取私人的利益。
語源 漢書杜周傳：「阿黨所厚，排擠英俊，託公報私，橫厲無所畏忌。」元無名氏包待制陳州糶米第一折：「這是朝廷救民的德意，他假公濟私，我怎肯和他干罷了也呵！」
例句 他利用賑災的名義所募得的善款竟流入個人口袋，這種假公濟私的行為，令人不齒。
近義 中飽私囊　營私舞弊
反義 大公無私　公而忘私

假手他人（ㄐㄧㄚˇ ㄕㄡˇ ㄊㄚ ㄖㄣˊ） 假借別人的力量去完成一件事。假，借。也作「假手於人」。
語源 尚書伊訓：「假手于我有命。」三國志魏書龐淯傳裴松之注引皇甫謐列女傳：「今雖三弟早死，門戶泯絕，而娥親猶在，豈可假手於人哉！」
例句 畢業論文一定要親自完成，怎麼可以假手他人呢？
近義 假力於人　倩人捉刀
反義 身體力行　躬行實踐

假以時日（ㄐㄧㄚˇ ㄧˇ ㄕˊ ㄖˋ） 給予一段時間。假，借；給予。
例句 他年紀雖輕卻資質不凡，若能努力充實自我，假以時日，定能有一番作為。
近義 有朝一日　為期不遠
反義 遙遙無期　驢年馬月

假以辭色（ㄐㄧㄚˇ ㄧˇ ㄘˊ ㄙㄜˋ） 用溫和的言語、態度對待別人。假，給。辭色，言辭態度。
語源 明歸有光震川集沈貞甫墓誌銘：「貞甫為人伉厲，喜自修飾，介介自持，非其人未嘗假以辭色。」
例句 學生做錯事，楊老師總是假以辭色、諄諄教誨，令學生們有如沐春風之感。
近義 和顏悅色
反義 疾言厲色　不假辭色

假戲真做（ㄐㄧㄚˇ ㄒㄧˋ ㄓㄣ ㄗㄨㄛˋ） ①把戲劇表演時本為模擬的假動作，真實確切地做過。②把蒙混造假變成真確的事實。
例句 ①片中一場激情戲太過

人

逼真，讓人懷疑男女演員是不是假戲真做？②那對夫妻為了逃避債務而辦理假離婚，沒想到丈夫假戲真做，另結新歡，太太氣得一狀告到法院。

近義　弄假成真　無心插柳

做好做歹　好說歹說。指用各種方法進行勸說。

語源　金瓶梅第九十九回：「陸秉義見劉二打得凶，和謝胖子做好做歹，反勸的他去了。」

例句　李經理做好做歹，一定要小胖今天下班前完成企劃案，好讓未來的工作得以順利展開。

近義　說好說歹　軟硬兼施

做賊心虛　參見「作賊心虛」。

做一日和尚，撞一日鐘　參見「當一日和尚，敲一天鐘」。

停滯不前　停在原地或處於現狀，不再前進或發展。停滯，停止、不動。

例句　因為這幾年國內經濟停滯不前，選民大失所望，執政黨恐將輸掉年底的總統大選。

近義　原地踏步　欲振乏力

反義　蒸蒸日上　大有起色

健步如飛　形容人走路穩健而快速。

例句　雖然他已年逾七旬，但登山健行仍健步如飛，一點都不輸年輕小伙子。

反義　步履蹣跚　舉步維艱

偶一為之　偶然做一次，並非經常這樣做。

語源　宋歐陽脩縱囚論：「若夫縱而來歸而赦之，可偶一為之爾。」

例句　抽菸是不好的嗜好，偶一為之雖然無可厚非，但抽上癮後，就很難戒掉了。

反義　習以為常　接二連三

偷工減料　不依照規格施工，暗中減少材料或施工過程。指做事馬虎、不實在。

語源　清文康兒女英雄傳第二回：「這下游一帶的工程都是偷工減料作的，斷靠不住。」

例句　這棟大樓因為包商建築時偷工減料，幾年不到，便已經成為危樓了。

反義　真材實料　按部就班

偷天換日　偷換天上的太陽。太陽人人都看得見，還能偷換。比喻暗中玩弄的手法非常高明，足以欺瞞世人，掩蓋事情的真相。

語源　晉書齊王冏傳：「趙庶人聽任孫秀，移天易日，當時喋喋，莫敢先唱。」金瓶梅第二回：「這個王婆，豈不是偷天換日的老手。」

例句　他以為控制了媒體，就可以偷天換日，製造假象欺瞞世人，完全是自欺欺人。

近義　一手遮天　瞞天過海

偷偷摸摸　形容瞞著人做事，不敢讓他人知道。

語源　元李行道灰闌記第一折：「想俺兩個偷偷摸摸的，到底不是個了期。」

例句　他們兩人偷偷摸摸地交往了半年後，終於要公開戀情了。

近義　鬼鬼祟祟　藏頭露尾

反義　正大光明　堂而皇之

偷梁換柱　比喻暗中玩弄手段，以假換真。

語源　唐佚名琱玉集壯力篇引太史公記：「力能索鐵舒鉤，

撫梁易柱。」清平步清霞外攟屑牮屋：「荐者謂柱將損壞，欲易之，而惜費不肯改作，以他木旁承之，乃易去其柱，諺目為偷梁換柱。」

例句 有些預售屋在銷售時標榜百萬裝潢，交屋時卻以次級品偷梁換柱，購屋者不可不察。

近義 偷天換日　瞞天過海

偷雞摸狗 ㄊㄡ ㄐㄧ ㄇㄛ ㄍㄡˇ 指偷竊的行為。也用來比喻不夠光明正大的行為。也作「偷雞盜狗」。

語源 水滸傳第四十六回：「小人如今在此，只做得些偷雞盜狗的勾當，幾時是了？」

例句 ①社區偷竊事件頻傳，這次總算逮到那個偷雞摸狗的小偷了。②他好逸惡勞，正當職業不做，專做一些偷雞摸狗的勾當。

近義 鬼鬼祟祟

反義 光明正大

偷雞不著蝕把米 ㄊㄡ ㄐㄧ ㄅㄨˋ ㄓㄠˊ ㄕˊ ㄅㄚˇ ㄇㄧˇ 用米誘雞，沒偷到雞，反而損失一把米。比喻本想投機取巧，結果不但沒有得到好處，反而遭到損失。

語源 清錢彩說岳全傳第二十五回：「這梢公好悔氣！卻不是『偷雞不著，反折了一把米』？」

例句 他本以為買到了便宜貨，沒想到偷雞不著蝕把米，原來買到的是假酒。

10

傍人門戶 ㄅㄤ ㄖㄣˊ ㄇㄣˊ ㄏㄨˋ 比喻依靠他人，無法自立。

語源 宋蘇軾東坡志林卷一二：「吾輩不肖，方傍人門戶，何暇爭閒氣耶？」

例句 孤苦無依的他只能暫時過著傍人門戶的生活。

近義 寄人籬下　仰人鼻息

反義 自力更生　自食其力

傅粉何郎 ㄈㄨˋ ㄈㄣˇ ㄏㄜˊ ㄌㄤˊ 原指何晏。因其面容白皙，如同搽了粉一般，故有此稱。後泛指美男子。傅粉，敷粉；搽粉。何郎，指三國時代魏國的清談之士何晏（字平叔）。

語源 南朝宋劉義慶世說新語容止：「何平叔美姿儀，面至白，魏文帝疑其傅粉。」唐李端贈郭駙馬：「熏香荀令偏憐少，傅粉何郎不解愁。」

例句 他這個傅粉何郎不僅長得帥，演技也一流，難怪主演的電影每部都大賣。

近義 貌似潘安　潘安再世

反義 其貌不揚　貌不驚人

傅粉施朱 ㄈㄨˋ ㄈㄣˇ ㄕ ㄓㄨ 塗粉抹胭脂。指修飾打扮，使儀容美觀。傅，通「敷」。塗抹。

語源 南朝梁費昶行路難之二：「蛾眉偃月徒自妍，傅粉施朱欲誰為？」

例句 媽媽為了出席好友的婚宴，特地傅粉施朱，精心打扮一番。

近義 塗脂抹粉　描眉畫眼

反義 脂粉未施

備受好評 ㄅㄟˋ ㄕㄡˋ ㄏㄠˇ ㄆㄧㄥˊ 普遍受到好的評價。也作「廣受好評」。

例句 這家連鎖餐廳的環境清幽，菜色美味，服務人員的親切、周到也備受好評，難怪生意會蒸蒸日上。

近義 佳評如潮　交口稱譽

反義 一無可取　不過爾爾

備受威脅 ㄅㄟˋ ㄕㄡˋ ㄨㄟ ㄒㄧㄝˊ 強烈感受到形勢不利而有壓力。也作「備感威脅」。

例句 知名連鎖店近日將要在路口開張，使附近的傳統商家備受威脅。

近義 如臨大敵

人

反義 等閒視之

備受矚目 ㄅㄟˋ ㄕㄡˋ ㄓㄨˇ ㄇㄨˋ 參見「倍受矚目」。

11

傲視群倫 ㄠˋ ㄕˋ ㄑㄩㄣˊ ㄌㄨㄣˊ 表現勝過眾人。群倫，眾多同類。

例句 這次時裝比賽，姊姊的設計大膽創新，傲視群倫，贏得評審一致的讚賞。

近義 出類拔萃 卓爾不群

反義 望塵莫及 瞠乎其後

傲雪凌霜 ㄠˋ ㄒㄩㄝˇ ㄌㄧㄥˊ ㄕㄨㄤ 形容松、柏等不畏嚴寒，挺立於霜雪中。也比喻有節有守，不屈於迫害或威權。

語源 宋楊無咎柳梢青：「傲雪凌霜，平欺寒力，攙借春光。」

例句 張伯伯抗戰時被俘期間不畏強權、傲雪凌霜的表現，令人敬佩。

近義 高風亮節 松柏後凋

反義 奴顏婢膝 苟合取容

傳聲筒 ㄔㄨㄢˊ ㄕㄥ ㄊㄨㄥˇ 用來提高音量的圓錐形話筒。也比喻只依照指示說話的人或傳播媒體。

例句 新聞媒體如果淪為特定政黨的傳聲筒，有何公信力可言？

傳宗接代 ㄔㄨㄢˊ ㄗㄨㄥ ㄐㄧㄝ ㄉㄞˋ 傳承宗族，接續後代。指生兒育女，使子孫世代相繼。

語源 清李伯元官場現形記第四十九回：「自己辛苦了一輩子，掙了這分大家私，死下來，又沒有個傳宗接代的人，不知當初要留著這些錢何用！」

例句 老一輩的人都希望子孫能夠傳宗接代，使家族綿延流傳。

近義 後繼有人 瓜瓞綿綿

反義 絕子絕孫 後繼無人

傳家之寶 ㄔㄨㄢˊ ㄐㄧㄚ ㄓ ㄅㄠˇ 家中世代相傳的珍寶。也作「傳家寶」。

語源 西遊記第十六回：「卻把那袈裟留下，以為傳家之寶，豈非子孫長久之計耶？」

例句 有錢人家或許會以珠寶、古董作為傳家之寶，然而最可貴的傳家寶不是有形之物，而是美好的信念與品德。

近義 無價之寶

傳誦不絕 ㄔㄨㄢˊ ㄙㄨㄥˋ ㄅㄨˋ ㄐㄩㄝˊ 事跡流傳後世，永遠被稱頌傳述。

語源 明洪楩清平山堂話本西湖三塔記：「直到如今，西湖上古跡遺蹤，傳誦不絕。」

例句 蘇東坡擔任杭州太守時勤政愛民的事蹟，被當地人傳誦不絕。

近義 流傳千古 流芳百世

反義 沒沒無聞 遺臭萬年

債臺高築 ㄓㄞˋ ㄊㄞˊ ㄍㄠ ㄓㄨˋ 形容欠債極多。

語源 漢書諸侯王表：「有逃責（債）之臺。」清龔萼雪鴻軒尺牘一答沈回言：「夏屋喬遷，債臺高築，吾輩皆生此病。」

例句 他不擅經營卻又好大喜功，結果使得公司債臺高築，最後以倒閉收場。

反義 堆金積玉 腰纏萬貫

傷天害理 ㄕㄤ ㄊㄧㄢ ㄏㄞˋ ㄌㄧˇ 違背天理。形容行為殘忍兇惡。

語源 宋書前廢帝紀：「反天滅理，顯暴萬端。」清蒲松齡聊齋誌異呂無病：「堂上公以我為天下之齷齪教官，勒索傷天害理之錢，以吮人癰痔者耶！」

例句 這種傷天害理的事，我是斷斷不能做的。

近義 喪盡天良 慘無人道

反義　天理良心　天理昭彰

傷風敗俗 ㄕㄤ ㄈㄥ ㄅㄞˋ ㄙㄨˊ　破壞善良風俗。

語源　漢書貨殖傳：「傷化敗俗，大亂之道也。」晉書苻堅載記上：「趙掇等皆商販醜豎……傷風敗俗，有塵聖化。」

例句　這些小姐穿著暴露，當街叫賣，實在是傷風敗俗。

近義　有傷風化

反義　移風易俗

傷痕累累 ㄕㄤ ㄏㄣˊ ㄌㄟˇ ㄌㄟˇ　到處是受傷的痕跡。形容多處受傷或損傷。累累，繁多。也作「纍纍」。

例句　弟弟騎機車上班途中，因為天雨路滑而摔倒，手腳傷痕累累，讓媽媽好心疼。

近義　遍體鱗傷　體無完膚

反義　安然無恙　完好無缺

傻裡傻氣 ㄕㄚˇ ㄌㄧ ㄕㄚˇ ㄑㄧˋ　形容人呆呆傻傻，不精明的樣子。

例句　她常常傻裡傻氣的，被人騙了還不知道，麻煩你要多關照她。

近義　呆頭呆腦

反義　精明能幹　聰明伶俐

傾城傾國 ㄑㄧㄥ ㄔㄥˊ ㄑㄧㄥ ㄍㄨㄛˊ　形容女子美麗得足以傾敗城池及國家。也作「傾國傾城」。

語源　漢書孝武李夫人傳：「北方有佳人，絕世而獨立，一顧傾人城，再顧傾人國。」

例句　她仗著傾城傾國的容貌，順利在演藝圈裡闖出了一片天。

近義　絕代佳人　國色天香

反義　其貌不揚　貌不驚人

傾盆大雨 ㄑㄧㄥ ㄆㄣˊ ㄉㄚˋ ㄩˇ　像整盆水不停往下倒的大雨。形容雨勢又大又急。

語源　大宋宣和遺事亨集：「轟雷閃電，雨若傾盆。」

例句　午後一陣傾盆大雨，低窪地區又開始積水了。

近義　滂沱大雨　狂風暴雨

反義　風和日麗　晴空萬里

傾家蕩產 ㄑㄧㄥ ㄐㄧㄚ ㄉㄤˋ ㄔㄢˇ　家產全部敗光。

語源　三國志魏書明帝紀裴松之注引魏略：「故富者則傾家盡產，貧者舉假貸貫。」宋胡太初晝簾緒論差役：「其勢不至於傾家蕩產、鬻妻賣子，不止也。」

例句　他因為好賭成性，以至於傾家蕩產，流落街頭。

近義　坐吃山空

反義　生財有道

傾巢而出 ㄑㄧㄥ ㄔㄠˊ ㄦˊ ㄔㄨ　比喻全部出動。

語源　清劉坤一復李少荃制軍：「各處諜報亦謂賊數倍於從前，將來傾巢而出，其鋒殆不易當。」

例句　登山隊不幸遇上傾巢而出的虎頭蜂，造成多名隊員受傷。

傾箱倒篋 ㄑㄧㄥ ㄒㄧㄤ ㄉㄠˋ ㄑㄧㄝˋ　把箱子裡的東西全倒出來。比喻盡其所有，毫無保留。篋，小箱子。

語源　南朝宋劉義慶世說新語賢媛：「王家見二謝，傾筐倒庋。」明馮夢龍喻世明言卷一：「急得陳大郎性發，傾箱倒篋的尋箇遍，只是不見。」

例句　他是個知恩圖報的人，知道昔日恩人有困難，便傾箱倒篋地幫忙，不求任何回報。

近義　不遺餘力　全力以赴

反義　敷衍塞責　虛應故事

傾囊相授 ㄑㄧㄥ ㄋㄤˊ ㄒㄧㄤ ㄕㄡˋ　將全部的本領都傳授給他人。傾囊，倒出袋子中的所有物品。

比喻傾其所有。授，給予。

【語源】宋蘇轍王氏清虛堂記：「贖之傾囊而不厭，慨乎思見其人而不得。」

【例句】原本對烹飪一竅不通的小美，經過母親的傾囊相授之後，如今已是烹飪高手。

【近義】傾箱倒篋　盡其在我

【反義】留有一手　藏私不授

12

僧多粥少 ㄙㄥ ㄉㄨㄛ ㄓㄡ ㄕㄠˇ　比喻人多物少或人多事少，不夠分配。也作「僧多粥薄」。

【語源】清西周生醒世姻緣傳第六十二回：「再要來一個撞席的，便就僧多粥薄，相公就吃不夠了。」

【例句】社會不景氣，謀職的人又大增，以致僧多粥少，造成嚴重的失業問題。

【近義】人浮於事

13

價值連城 ㄐㄧㄚˋ ㄓˊ ㄌㄧㄢˊ ㄔㄥˊ　形容物品極其珍貴。值，抵得上。連城，連成一片的許多城市。

【語源】史記廉頗藺相如列傳記載：趙惠文王時，得楚國和氏璧，秦昭王派人送信給趙王，說秦國願意拿出十五個城池來交換這塊和氏璧。

【例句】這件清朝古董價值連城，是許多收藏家心中的珍寶。

【近義】無價之寶　身價非凡

【反義】一文不值　如棄敝屣

價廉物美 ㄐㄧㄚˋ ㄌㄧㄢˊ ㄨˋ ㄇㄟˇ　價錢便宜，物品又精美。也作「物美價廉」。

【語源】清吳趼人近十年之怪現狀第十回：「蘇州有個朋友寫信來，要印一部書，久仰貴局的價廉物美，所以特來請教。」

【例句】每到換季期間，百貨公司服飾都有優惠折扣，由於價廉物美，往往造成搶購風潮。

【近義】物超所值

儀態萬千 ㄧˊ ㄊㄞˋ ㄨㄢˋ ㄑㄧㄢ　參見「儀態萬方」。

儀態萬方 ㄧˊ ㄊㄞˋ ㄨㄢˋ ㄈㄤ　形容女性容貌、姿態及風度，樣樣都十分美好。也作「儀態萬千」。

【語源】漢張衡同聲歌：「素女為我師，儀態盈萬方。」

【例句】她家教良好，儀態萬方，吸引許多愛慕者的追求。

【近義】婀娜多姿　風情萬種

【反義】蓬頭垢面　披頭散髮

儉以養廉 ㄐㄧㄢˇ ㄧˇ ㄧㄤˇ ㄌㄧㄢˊ　節儉的習慣可以培養廉潔的美德。也作「儉可助廉」。

【語源】宋史范純仁傳：「惟儉可以助廉，惟恕可以成德。」

【例句】物慾的誘惑是無處不在的，因此無論生活條件好壞，「儉以養廉」是每個人最好的座右銘。

【近義】克勤克儉

【反義】揮霍無度

15

優哉游哉 ㄧㄡ ㄗㄞ ㄧㄡˊ ㄗㄞ　形容從容自得，悠閒自在。

【語源】詩經小雅采菽：「優哉游哉，亦是戾矣。」左傳襄公二十一年：「優哉游哉，聊以卒歲。」

【例句】他們夫妻倆退休後，每天優哉游哉，到處遊山玩水，真是叫人羨慕。

【近義】逍遙自在　優游自在

【反義】東奔西走　狼狽不堪

優柔寡斷 ㄧㄡ ㄖㄡˊ ㄍㄨㄚˇ ㄉㄨㄢˋ　形容人猶豫徬徨，不夠果斷。優柔，猶豫不決。寡，少。

【語源】韓非子亡征：「緩心而無成，柔茹而寡斷，而無所定者，可亡也。」清梁章鉅陳頌南給諫：「見不善而不能退，退而不能遠，其端不過優柔寡斷，而其後遂貽害於國家。」

【例句】你如果不改優柔寡斷的

性格，將來一定會錯失更多升遷的良機。

近義 猶豫不決　舉棋不定

反義 當機立斷　毅然決然

優游自在 ㄧㄡ ㄧㄡˊ ㄗˋ ㄗㄞˋ 形容悠閒自在。優游，悠閒無事。

語源 詩經小雅采菽：「優哉游哉，亦是戾矣。」宋釋惟白續傳燈錄卷一二：「或茶坊酒肆徇利投機，或花街柳巷優游自在。」

例句 他退休後歸隱田園，過著優游自在的生活。

近義 優哉游哉　逍遙自在

反義 倉皇失措　跼蹐不安

儿部

2

允文允武 ㄩㄣˇ ㄨㄣˊ ㄩㄣˇ ㄨˇ 能文能武。允，語首助詞。

語源 詩經魯頌泮水：「允文允武，昭假烈祖。」

例句 小強成績優異，又是運動健將，允文允武的表現使他成為學校的風雲人物。

近義 文武雙全　文武全才

反義 庸庸碌碌　一無所長

允執厥中 ㄩㄣˇ ㄓˊ ㄐㄩㄝˊ ㄓㄨㄥ 指確實能把握中正之道而不偏廢。允，誠信。執，持。厥，代詞。其；他的。

語源 尚書大禹謨：「人心惟危，道心惟微，惟精惟一，允執厥中。」

例句 李經理做事向來允執厥中，不但受到老闆的重用，也受到同事們的尊敬。

近義 不偏不倚　中規中矩

元元本本 ㄩㄢˊ ㄩㄢˊ ㄅㄣˇ ㄅㄣˇ 本指探索事物的根源。今指事物的詳細始末、經過。也作「原原本本」。

語源 漢班固西都賦：「元元本本，殫見洽聞。」清魏秀仁花月痕第二十一回：「你能原原本本，說個清楚不能？」

例句 你必須把你們兩人爭執的經過元元本本地告訴我，我才能評斷誰對誰錯。

近義 從頭到尾　鉅細靡遺

3

兄友弟恭 ㄒㄩㄥ ㄧㄡˇ ㄉㄧˋ ㄍㄨㄥ 兄弟之間相互友愛尊敬，感情和睦。

語源 史記五帝本紀：「使布五教於四方，父義母慈，兄友弟恭。」

例句 他們兄弟兩人兄友弟恭，患難相扶持，手足情深的表現令人感動。

近義 手足情深　讓棗推梨

反義 兄弟鬩牆　煮豆燃萁

兄弟鬩牆 ㄒㄩㄥ ㄉㄧˋ ㄒㄧˋ ㄑㄧㄤˊ 兄弟不和睦，互相爭鬥。也比喻內亂或內訌。鬩，爭鬥。

語源 詩經小雅常棣：「兄弟鬩於牆，外禦其務。」

例句 ①社會上經常可以聽見因遺產分配不公而造成兄弟鬩牆的新聞。②原本這家公司大有可為，沒想到因為兄弟鬩牆而分崩離析。

近義 同室操戈　煮豆燃萁

反義 親密無間　同氣連枝

充耳不聞 ㄔㄨㄥ ㄦˇ ㄅㄨˋ ㄨㄣˊ 塞住耳朵，故意不聽。指存心不理別人所說的話。充，堵塞。

語源 詩經邶風旄丘：「叔兮伯兮，褎如充耳。」鄭玄箋：「充耳，塞耳也……如見塞耳，無聞知也。」

例句 他剛愎自用，對別人的建議總是充耳不聞。

近義 聽而不聞　置若罔聞

反義 洗耳恭聽　俯首聽命

4

先入為主 ㄒㄧㄢ ㄖㄨˋ ㄨㄟˊ ㄓㄨˇ 以先得知的事理為主見，而排斥後得知的不同主張或意見。

語源 漢書息夫躬傳：「唯陛

下觀覽古戒，反覆參考，無以先入之語為主。」宋劉克莊再跋陳禹錫杜詩補注：「學者多以先入為主，童蒙時一字一句在胸臆，有終其身尊信之太過膠執而不變者。」

例句　一個領導者若光憑先入為主的認知做決策，將很難成功。

近義　先入之見　門戶之見

反義　兼聽則明

先天不足 ㄒㄧㄢ ㄊㄧㄢ ㄅㄨˋ ㄗㄨˊ　天生體質虛弱不佳。比喻事物的基礎不良。常與「後天失調」連用。

語源　清李汝珍鏡花緣第二十六回：「又老人之子，先天不足，亦或日中無影。」

例句　這項計畫推出得太匆促，各項條件原本就先天不足，如今也只能盡人事、聽天命了。

先見之明 ㄒㄧㄢ ㄐㄧㄢˋ ㄓ ㄇㄧㄥˊ　能事先預料事物發展和結果的能力。

語源　後漢書楊彪傳：「愧無日磾先見之明。」

例句　若非總經理的先見之明，提前到國外布局，公司現在恐怕要面臨營運危機。

近義　未卜先知　洞燭機先

反義　後知後覺　一知半解

先知先覺 ㄒㄧㄢ ㄓ ㄒㄧㄢ ㄐㄩㄝˊ　比別人早一步知道與覺悟。指智慧、思想比一般人高明。

語源　孟子萬章上：「天之生此民也，使先知覺後知，使先覺覺後覺也。」

例句　幸虧里長先知先覺，在颱風季節之前就修好排水設施，否則後果將不堪設想。

近義　先見之明　未卜先知

反義　後知後覺

先斬後奏 ㄒㄧㄢ ㄓㄢˇ ㄏㄡˋ ㄗㄡˋ　封建時代執掌大權的官吏得以先處決犯人，再向君主報告。也比喻先自行把事情處理了，再向上報告。

語源　漢書申屠嘉傳：「嘉謂長史曰：『吾悔不先斬錯乃請之，為錯所賣。』」唐顏師古注：「言先斬而後奏。」

例句　姊姊事前沒有和媽媽商量，就買了昂貴的音響，先斬後奏的行為被媽媽罵了一頓。

近義　先行後聞

反義　承風希旨

先發制人 ㄒㄧㄢ ㄈㄚ ㄓˋ ㄖㄣˊ　先採取行動，以制服別人。

語源　漢書項籍傳：「先發制人，後發制於人。」

例句　這場比賽我們要以攻為守，先發制人，殺它個措手不及。

近義　先聲奪人　先聲後實

反義　後發先至

先意承旨 ㄒㄧㄢ ㄧˋ ㄔㄥˊ ㄓˇ　①揣摩君主或父母的心意，而照著去做。②指逢迎以諂媚在上位者。也作「先意承志」。

語源　禮記祭義：「君子之所謂孝者，先意承志，諭父母以道。」韓非子八姦：「此人主未命而唯唯，未使而諾諾，先意承旨，觀貌察色以先主心者也。」

例句　①他凡事總是先意承旨，不讓父母有絲毫的不順心，是個難得的孝子。②他靠先意承旨博得上司的青睞，很快就升上處長的位子。

近義　投其所好　阿諛奉承

先睹為快 ㄒㄧㄢ ㄉㄨˇ ㄨㄟˊ ㄎㄨㄞˋ　以先看到為快樂。形容急切地想看到結果。

語源　新唐書李渤傳引唐韓愈與少室李拾遺書：「朝廷士引

頸東望，若景星鳳鳥始見也，爭先睹之為快。」

例句 這部熱門電影上映時，許多影迷為了先睹為快，一大早就在戲院門口排隊。

先馳得點 ㄒㄧㄢ ㄔˊ ㄉㄜˊ ㄉㄧㄢˇ 兩軍對陣時，搶先出軍占據有利的地點。也泛指比賽時搶先得分。

例句 一局上半，洋基隊靠著兩支二壘安打先馳得點，以一比〇領先紅襪隊。

近義 旗開得勝　制敵機先

先憂後樂 ㄒㄧㄢ ㄧㄡ ㄏㄡˋ ㄌㄜˋ ①先受苦而後享樂。②承受憂患在人先，享受快樂在人後。

語源 大戴禮記曾子立事：「先憂事者後樂事，先樂事者後憂事。」宋范仲淹岳陽樓記：「先天下之憂而憂，後天下之樂而樂乎！」

例句 ①做事情若能依先憂後樂的原則，必能倒吃甘蔗，漸至佳境。②如果政府官員、民意代表都能有先憂後樂的胸懷，那才是國人之福。

近義 先人後己　先苦後甘

先禮後兵 ㄒㄧㄢ ㄌㄧˇ ㄏㄡˋ ㄅㄧㄥ 先以禮儀與對方交涉，再以強硬的手段或武力對付。

語源 三國演義第十一回：「劉備遠來救援，先禮後兵，主公當用好言答之，以慢備心；然後進兵攻城，城可破也。」

例句 兩支隊伍先禮後兵，彼此鞠躬握手，再展開激烈的冠亞軍爭奪戰。

先聲奪人 ㄒㄧㄢ ㄕㄥ ㄉㄨㄛˊ ㄖㄣˊ 作戰時先壯大自己的聲勢，使敵人士氣受挫，以取得優勢。原作「先人有奪人之心」。

語源 左傳文公七年：「既不受矣，而復緩師，秦將生心，先人有奪人之心。」清徐震後七國志：「行兵之道，果是先聲可以奪人之氣。」

例句 球賽一開打，地主隊即先聲奪人，攻下三分。

近義 先發制人　先聲後實

反義 後來居上

先難後獲 ㄒㄧㄢ ㄋㄢˊ ㄏㄡˋ ㄏㄨㄛˋ 先辛苦，後收穫。形容不坐享其成。難，艱難；辛苦付出。

語源 論語雍也：「仁者先難而後獲，可謂仁矣。」

例句 做生意要腳踏實地，不貪圖近利。如果沒有先難後獲的精神，遲早要失敗。

近義 先事後得　一分耕耘，一分收穫

反義 坐享其成　不勞而獲

先下手為強 ㄒㄧㄢ ㄒㄧㄚˋ ㄕㄡˇ ㄨㄟˊ ㄑㄧㄤˊ 比喻先採取行動，就能掌握優勢。常與「後下手遭殃」連用。

語源 隋書元胄傳：「兵馬悉他家物，一先下手，大事便去。」元關漢卿關大王獨赴單刀會第二折：「到來日我壁間暗藏甲士，擒住關公，便插翅也飛不過大江去。我待要先下手為強。」

例句 開拓市場要懂得先下手為強，才能贏得先機。

近義 先發制人

反義 後發制於人　後下手遭殃

先小人，後君子 ㄒㄧㄢ ㄒㄧㄠˇ ㄖㄣˊ ㄏㄡˋ ㄐㄩㄣ ㄗˇ 指做事之前先不講客套地說明條件和規定，再以禮相待，放手去做。小人，比喻互相防範。君子，比喻開誠相見。

語源 西遊記第八十四回：「如今先小人，後君子，先把房錢講定後，好算帳。」

例句 房租裡並沒有包括水電

費，以後按電表再收取費用。我們先小人，後君子，講明以後比較沒有糾紛。

近義　有言在先　醜話講在前頭

反義　先禮後兵

光天化日 ㄍㄨㄤ ㄊㄧㄢ ㄏㄨㄚˋ ㄖˋ　光明的白天，太平的日子。原形容太平盛世。後多用來指大白天裡，人所共見的場合。

語源　尚書益稷：「帝光天之下，至於海隅蒼生。」漢王符愛日篇：「化國之日舒以長，故其民閑暇而力有餘。」明李開先仙呂南曲傍妝臺：「景輝輝，光天化日古來稀。」

例句　光天化日之下，他竟然持槍搶劫超商，真是猖狂。

近義　大庭廣眾　眾目睽睽

光芒萬丈 ㄍㄨㄤ ㄇㄤˊ ㄨㄢˋ ㄓㄤˋ　光輝四射，照耀遠方。形容事物燦爛偉大。

語源　唐韓愈調張籍：「李杜文章在，光焰萬丈長。」宋劉克莊挽李秘監：「空令蟠結千年核，難掩光芒萬丈文。」

例句　梵谷的畫作在當時不被人所接受，但並未減損其光芒萬丈的藝術成就。

近義　光輝燦爛　燦爛輝煌

反義　黯淡無光

光宗耀祖 ㄍㄨㄤ ㄗㄨㄥ ㄧㄠˋ ㄗㄨˇ　使祖先宗族光榮顯耀。

語源　紅樓夢第三十三回：「兒子管他也為的是光宗耀祖。」

例句　父母都希望子女能有所成就，光宗耀祖。

近義　光耀門楣　顯祖揚宗

反義　敗壞門風

光怪陸離 ㄍㄨㄤ ㄍㄨㄞˋ ㄌㄨˋ ㄌㄧˊ　事物呈現光色紛繁的奇特現象。也比喻怪異離奇。光怪，奇特的光所呈現的怪異景象。陸離，形容色彩紛繁。

語源　三國志吳書孫堅傳：「塚上數有光怪，雲氣五色，上屬於天，漫延數里。」戰國屈原離騷：「紛總總其離合兮，斑陸離其上下。」清李漁無聲戲第八回：「銀杯金箸，光怪陸離。」

例句　①這座以古代神話人物為主題的元宵花燈光怪陸離，讓人看得眼花撩亂。②最近接連發生幾起光怪陸離的社會事件，令人深感憂慮。

近義　花裡胡哨　稀奇古怪

光明正大 ㄍㄨㄤ ㄇㄧㄥˊ ㄓㄥˋ ㄉㄚˋ　心胸坦白，行為正直。

語源　宋朱熹王梅溪文集序：「是以其心光明正大，疏暢洞達，無有隱蔽。」

例句　他做事一向光明正大，怎麼可能會接受賄賂呢！

近義　光明磊落　堂堂正正

反義　鬼鬼祟祟　偷偷摸摸

光明磊落 ㄍㄨㄤ ㄇㄧㄥˊ ㄌㄟˇ ㄌㄨㄛˋ　形容心地純正，坦白無私。磊落，錯落分明。引申為直率開朗，毫無隱私。

語源　宋朱熹朱子語類卷七四易十：「譬如人，光明磊落底便是好人，昏昧迷暗底便是不好人。」

例句　他光明磊落的作風，贏得大家的讚賞。

近義　光明正大　襟懷坦白

反義　心懷叵測　詭計多端

光前裕後 ㄍㄨㄤ ㄑㄧㄢˊ ㄩˋ ㄏㄡˋ　為祖先增光，並造福後人。形容功業偉大。光前，光大前人的事業。裕後，把恩惠遺留給後代。

語源　宋王應麟三字經：「揚名聲，顯父母，光於前，裕於後。」

例句　他一生所建立的功業已

儿

足以光前裕後，在歷史留名。

近義 光宗耀祖 耀祖榮宗

反義 遺臭萬年 羞辱門楣

光風霽月（ㄍㄨㄤ ㄈㄥ ㄐㄧˋ ㄩㄝˋ） 雨過天晴時的清風明月。比喻人的品格高潔，胸襟開闊。光風，雨後初晴時的和風。霽，指雨雪初晴。

語源 宋史周敦頤傳：「黃庭堅稱其人品甚高，胸懷灑落，如光風霽月。」

例句 他擁有光風霽月的品格，是擔任兩造調人的最佳人選。

近義 風清月朗 冰清玉潔

反義 闇然媚世 居心叵測

光彩奪目（ㄍㄨㄤ ㄘㄞˇ ㄉㄨㄛˊ ㄇㄨˋ） 形容色彩鮮麗，引人注目。

語源 晉崔豹古今注草木：「華似木槿，而光色奪目。」宋張邦基墨莊漫錄卷五：「廊廡間懸琉璃燈，光彩奪目。」

例句 在夜色烘托下，五顏六色的霓虹燈更顯得光彩奪目。

近義 光輝燦爛 五彩繽紛

反義 黯然失色 黯淡無光

光陰似箭（ㄍㄨㄤ ㄧㄣ ㄙˋ ㄐㄧㄢˋ） 時光像射出去的箭。形容時間過得非常快。

語源 唐韋莊關河道中：「但見時光流似箭，豈知天道曲如弓？」全金元詞劉處玄踏雲行（其五）：「光陰似箭催人老。」

例句 光陰似箭，轉眼間我們畢業已經二十年了。

近義 日月如梭 白駒過隙

反義 度日如年 長繩繫日

光說不練（ㄍㄨㄤ ㄕㄨㄛ ㄅㄨˋ ㄌㄧㄢˋ） 只會空談而沒有付諸行動。

例句 他有許多抱負與理想，但往往光說不練，以致一事無成。

近義 眼高手低 好高騖遠

反義 身體力行 劍及履及

光輝燦爛（ㄍㄨㄤ ㄏㄨㄟ ㄘㄢˋ ㄌㄢˋ） 光亮耀眼，鮮明奪目。

語源 三國演義第七十一回：「光耀燦爛，極其雄壯。」

例句 光輝燦爛的國慶煙火照亮夜空，引來陣陣歡呼。

近義 光彩奪目 熠熠生輝

反義 黯淡無光 黯然失色

光耀門楣（ㄍㄨㄤ ㄧㄠˋ ㄇㄣˊ ㄇㄟˊ） 光彩照耀家門。比喻獲得極大的功名、成就。門楣，廳堂正門上的橫梁。借指家族的社會地位及聲望。

語源 明馮夢龍醒世恆言卷九：「指望他應試，登科及第，光耀門楣。」

例句 爸媽不奢望你將來能擔任高官，光耀門楣，只要你往後能平平順順的就好。

近義 光宗耀祖 顯祖揚宗

反義 敗壞門楣 家族蒙羞

5

克己奉公（ㄎㄜˋ ㄐㄧˇ ㄈㄥˋ ㄍㄨㄥ） 克制私欲，嚴格要求自己，以公事為重。

語源 後漢書祭遵傳：「遵為人廉約小心，克己奉公。」

例句 擔任公務員三十年來，他兢兢業業，克己奉公，堪為表率。

近義 奉公守法 枵腹從公

反義 徇私舞弊 假公濟私

克己復禮（ㄎㄜˋ ㄐㄧˇ ㄈㄨˋ ㄌㄧˇ） 約束自己，使言行合乎禮義。克，約束。復，反；回。

語源 論語顏淵：「一日克己復禮，天下歸仁焉。」

例句 人類的資源有限而欲望無窮，唯有克己復禮才是解決貪婪的根本之道。

近義 居仁由義

克紹箕裘（ㄎㄜˋ ㄕㄠˋ ㄐㄧ ㄑㄧㄡˊ） 子女能繼承父業。克，能夠。紹，繼承。箕裘，畚箕和皮襖。

儿

借指上一代的事業。

語源　禮記學記：「良冶之子，必學為裘；良弓之子，必學為箕。」

例句　虎父無犬子，董事長幾位公子都是克紹箕裘的企業人才。

近義　肯堂肯構　繼志述事

反義　傾家蕩產　敗業傾家

克勤克儉（ㄎㄜˋ ㄑㄧㄣˊ ㄎㄜˋ ㄐㄧㄢˇ）　能勤勞而節儉。克，能夠。

語源　尚書大禹謨：「克勤于邦，克儉于家。」五代梁太廟樂舞辭撤豆：「克勤克儉，無怠無荒。」

例句　他省吃節用，克勤克儉，三年後終於開了一間小店。

反義　揮霍無度　鋪張浪費

克盡厥職（ㄎㄜˋ ㄐㄧㄣˋ ㄐㄩㄝˊ ㄓˊ）　能盡力做好本職工作。克，能夠。厥，其。也作「克盡己職」。

例句　他負責教學工作一向克盡厥職，因此屢獲校長的表揚。

近義　盡忠職守　不辱使命

反義　尸位素餐　伴食中書

克敵制勝（ㄎㄜˋ ㄉㄧˊ ㄓˋ ㄕㄥˋ）　制服敵人，取得勝利。克，戰勝；獲勝。制，制服。

語源　水滸傳第十九回：「只今番克敵制勝，便見得先生妙法。」

例句　只要我們充分發揮實力，在這次的國際比賽中必能克敵制勝，獲得冠軍。

近義　旗開得勝　大獲全勝

反義　落荒而逃　丟盔卸甲

6

兒女情長（ㄦˊ ㄋㄩˇ ㄑㄧㄥˊ ㄔㄤˊ）　指過於沉溺或看重男女情愛及家庭親情而忽略事業。多與「英雄氣短」連用。

語源　南朝梁鍾嶸詩品中：「猶恨其兒女情多，風雲氣少。」清厲鶚吳可堂十二種傳奇序：「或者歡愉意少，愁苦詞多；或者兒女情長，英雄氣短。」

例句　男兒志在四方，理應努力打拼闖出一番事業，不應兒女情長，誤了美好前程。

近義　兒女私情　英雄氣短

反義　公而忘私　過門不入

兒孫滿堂（ㄦˊ ㄙㄨㄣ ㄇㄢˇ ㄊㄤˊ）　形容兒孫眾多。滿堂，充滿廳堂。也作「子孫滿堂」。

語源　史記魏公子列傳：「賓客滿堂。」明馮夢龍醒世恆言卷三八：「掙了老大家業，兒孫滿堂。」明天然癡叟石點頭第十回：「願官人百年富貴，子孫滿堂。」

例句　趙伯伯德高望重，兒孫滿堂，人人稱羨。

近義　枝葉扶疏　瓜瓞綿綿

反義　門衰祚薄

兔死狐悲（ㄊㄨˋ ㄙˇ ㄏㄨˊ ㄅㄟ）　看到兔子死了，狐狸也感到悲傷。比喻因同類的不幸而感到悲傷。也作「狐死兔悲」。

語源　唐敦煌變文集燕子賦：「切聞狐死兔悲，物傷其類。」金馬鈺蘇幕遮看送孝：「兔死狐悲，傷類聲悽切。」

例句　看到同仁只犯小錯竟遭革職處分，小李不禁有兔死狐悲之感，擔心自己哪天也將工作不保。

近義　物傷其類

反義　幸災樂禍

兔死狗烹（ㄊㄨˋ ㄙˇ ㄍㄡˇ ㄆㄥ）　獵物捕光後，輪到獵狗被烹殺。比喻事情成功之後，有功勞的人卻被遺棄或遭殺害。

語源　史記越王句踐世家：「蜚鳥盡，良弓藏；狡兔死，走狗烹。」

例句　中國歷史上開國功臣被

殺害、兔死狗烹的事件屢見不鮮。

近義 鳥盡弓藏 忘恩負義

反義 一飯千金 知恩圖報

兔起鶻落 ㄊㄨˋ ㄑㄧˇ ㄏㄨˊ ㄌㄨㄛˋ 兔子一躍起，老鷹就俯衝下來。①形容動作迅速敏捷。②比喻寫作、繪畫時，靈感湧現，下筆準確而迅速。鶻，老鷹的一種。落，俯衝而下。

語源 宋蘇軾篔簹谷偃竹記四：「故畫竹必先得成竹於胸中，執筆熟視，乃見其所欲畫者，急起從之，振筆直遂，以追其所見，如兔起鶻落，少縱則逝矣。」

例句 ①只見他腳下盤球直衝，幾下兔起鶻落，巧妙閃過對方後衛便起腳射門，球就應聲入網。②他當眾揮毫，下筆如兔起鶻落，很快就完成一幅酣暢淋漓的行草。

近義 一揮而就

反義 慢條斯理

兔子不吃窩邊草 ㄊㄨˋ ˙ㄗ ㄅㄨˋ ㄔ ㄨㄛ ㄅㄧㄢ ㄘㄠˇ 兔子不會去吃兔窩旁邊的草。比喻不做有害近鄰的事。今多指不打鄰居、親友、同事的壞主意。也作「兔兒不喫窠邊草」、「兔兒不吃窩邊草」。

語源 清竹溪山人粉妝樓全傳第三十七回：「洪大哥，我不是來追趕你的。自古道：『狡兔不吃窩邊草。』」孫錦標通俗常言疏證動物：「通俗編：『鸕鷀不打腳下塘。』全唐詩錄唐諺云：『兔兒不喫窠邊草。』義與之同。」

例句 小王雖然生性風流，但他不會去招惹公司的女同事，「兔子不吃窩邊草」是他的原則。

近義 鸕鷀不打腳下塘

9

兜圈子 ㄉㄡ ㄑㄩㄢ ˙ㄗ 繞圈子走路。①比喻說話拐彎抹角，不直截了當。②指無事閒逛。

例句 ①你就有話直說，別再兜圈子了，免得大家一頭霧水。②晚飯後，他常到公園兜圈子散心。

12

兢兢業業 ㄐㄧㄥ ㄐㄧㄥ ㄧㄝˋ ㄧㄝˋ 形容小心謹慎、辛勤努力的樣子。兢，恭敬的樣子。

語源 尚書皋陶謨：「兢兢業業，一日二日萬幾。」

辨析 兢，音ㄐㄧㄥ，不讀ㄐㄧㄥˋ，也不可寫作「競」。

例句 為了通過這次考試，大家都兢兢業業，不敢懈怠。

近義 朝乾夕惕 勤勤懇懇

反義 敷衍了事 馬馬虎虎

入部

入土為安 ㄖㄨˋ ㄊㄨˇ ㄨㄟˊ ㄢ 死後埋入土中，才能讓死者的靈魂得到安寧。

語源 明淩濛初二刻拍案驚奇卷三一：「從來說入土為安，為何要拘定三年？」

例句 事隔多年，死者也早已入土為安，你又去提這件意外做什麼呢？

入不敷出 ㄖㄨˋ ㄅㄨˋ ㄈㄨ ㄔㄨ 收入的款項不夠支出。即收支不平衡。敷，足夠。

語源 宋朱熹行宮便殿奏札三：「尚且入不支出，公私俱困。」清朱彝尊竹垞詩話卷下臣士下倪嘉慶：「國計入不敷出，歲額缺至二百三十餘萬，何以支持？」

例句 老張雖暫時免於失業的威脅，但收入銳減，入不敷出，生活苦不堪言。

近義 左支右絀

儿

入

反義 綽綽有餘 綽有餘裕

入木三分 ㄖㄨˋ ㄇㄨˋ ㄙㄢ ㄈㄣ 原形容書法筆力遒健有力。也用來比喻見解、議論深刻，或描寫、表演十分逼真。

語源 唐張懷瓘書斷王羲之：「晉帝時，祭北郊，更祝版，工人削之，筆入木三分。」

例句 ①他這幅字寫得入木三分，力透紙背，很有得獎的希望。②這場演講雖短，但是對問題的剖析卻能入木三分。③她擅長花鳥畫，每一幅畫都栩栩如生，入木三分。

近義 力透紙背 鞭辟入裡

反義 不著邊際 輕描淡寫

入主出奴 ㄖㄨˋ ㄓㄨˇ ㄔㄨ ㄋㄨˊ 以自己所推崇的為主，以所排斥的為奴。多指學術或宗派上的門戶之見。

語源 唐韓愈原道：「其言道德仁義者，不入於楊，則入於墨……入於彼，出於此；入者主之，出者奴之。」

例句 為了一點小問題，兩位學者在研討會上你來我往，入主出奴，爭得面紅耳赤。

入吾彀中 ㄖㄨˋ ㄨˊ ㄍㄡˋ ㄓㄨㄥ 彀，箭所能及處。指進入我的勢力範圍，比喻就範。

語源 五代王定保唐摭言卷一述進士上篇：「嘗私幸端門，見新進士綴行而出，喜曰：『天下英雄入吾彀中矣。』」

例句 他一步步設下陷阱，終讓敵隊主將入吾彀中，陷入苦戰。

入室操戈 ㄖㄨˋ ㄕˋ ㄘㄠ ㄍㄜ 進入對方的屋裡，拿起對方的武器攻擊對方。比喻以對方的論點來反駁對方。

語源 唐慧立大慈恩寺三藏法師傳卷一〇：「法師從容辯釋，皆入其室操其戈，取其矛擊其盾。」

例句 林教授用入室操戈的方式對周教授展開一場脣槍舌劍的辯論。

近義 以子之矛，攻子之盾

入國問俗 ㄖㄨˋ ㄍㄨㄛˊ ㄨㄣˋ ㄙㄨˊ 進入別國先要問其風俗，以免抵觸。也作「入境問俗」。

語源 禮記曲禮上：「入竟(境)而問禁，入國而問俗。」

例句 在世界各地旅行要入國問俗，以免鬧笑話。

近義 入境隨俗

入情入理 ㄖㄨˋ ㄑㄧㄥˊ ㄖㄨˋ ㄌㄧˇ 合乎人情道理。

語源 明張岱柳敬亭說書：「款款言之，其疾徐輕重，吞吐抑揚，入情入理。」

例句 他講的話句句入情入理，使人心悅誠服。

近義 合情合理 無可非議

反義 不近人情 強詞奪理

入境隨俗 ㄖㄨˋ ㄐㄧㄥˋ ㄙㄨㄟˊ ㄙㄨˊ 到一個地方，要隨順當地的風俗習慣行事。

語源 禮記曲禮上：「入竟(境)而問禁，入國而問俗。」

例句 我到印度旅遊時，為了「入境隨俗」，也學著用手抓飯吃，倒也別有一番樂趣。

近義 入國問俗

入幕之賓 ㄖㄨˋ ㄇㄨˋ ㄓ ㄅㄧㄣ 原指重要幕僚或關係親近的人。現也用來指情夫。

語源 晉書郗超傳：「謝安與王坦之嘗詣溫論事，溫令超帳中臥聽之，風動帳開，安笑曰：『郗生可謂入幕之賓矣！』」

例句 ①他當選市長後便聘請李教授擔任市政顧問，對於這個入幕之賓十分倚重。②一起出國開會回來後，王先生竟成

了陳小姐的入幕之賓。

2

內外交迫 ㄋㄟˋ ㄨㄞˋ ㄐㄧㄠ ㄆㄛˋ 同時受到內部與外來的逼迫。

語源 清徐珂清稗類鈔諫諍類：「及痛論時事，至府庫空虛、內外交迫等語，徐泣，德宗亦泣。」

例句 競爭的同業越來越多，公司員工又紛紛離職，面對內外交迫的情勢，張經理已經快撐不下去了。

內省不疚 ㄋㄟˋ ㄒㄧㄥˇ ㄅㄨˋ ㄐㄧㄡˋ 自我反省而沒有愧疚之處。疚，慚愧後悔。

語源 論語顏淵：「內省不疚，夫何憂何懼！」

例句 只要你內省不疚，何必在乎外界的閒言閒語！

近義 俯仰無愧　不欺暗室

反義 詞窮理屈　站不住腳

內視反聽 ㄋㄟˋ ㄕˋ ㄈㄢˇ ㄊㄧㄥ 檢查自身得失，反省並聽取他人意見。內視，檢查自己。反，反省。聽，聽取。

語源 史記商君列傳：「反聽之謂聰，內視之謂明，自勝之謂強。」後漢書王允傳：「夫內視反聽，則忠臣竭誠。」

例句 身為一個主管，應不時內視反聽，才不致使個人的缺點影響整個團體的運作。

近義 反躬自省　三省吾身

反義 剛愎自用　深閉固拒

內聖外王 ㄋㄟˋ ㄕㄥˋ ㄨㄞˋ ㄨㄤˊ 對內自我修養聖人的德性，對外實行王者的仁政。為儒家所主張國君應有的作為。

語源 莊子天下：「是故內聖外王之道，闇而不明，鬱而不發。」

例句 領導者若能做到內聖外王，國家必能安康富強。

內憂外患 ㄋㄟˋ ㄧㄡ ㄨㄞˋ ㄏㄨㄢˋ 內部不安定，外面有敵人侵犯。形容內外都有憂患，情勢危急。

語源 管子戒：「君外舍而不鼎饋，非有內憂，必有外患。」清方苞兄子道希墓誌銘：「內憂外患，獨身當之，遂得危疾。」

例句 國家面臨內憂外患之際，國人必須團結一致，始能度過難關。

近義 內外交迫　多事之秋

反義 國泰民安　政通人和

內行看門道，外行看熱鬧 ㄋㄟˋ ㄏㄤˊ ㄎㄢˋ ㄇㄣˊ ㄉㄠˋ，ㄨㄞˋ ㄏㄤˊ ㄎㄢˋ ㄖㄜˋ ㄋㄠˋ 同一件事物，有經驗者懂得觀察其中的關鍵、要領，沒經驗者則只看表面而已。門道，門路。引申指關鍵、要領。

例句 正所謂「內行看門道，外行看熱鬧」，你對首飾一竅不通，只怕會高價買到假貨，還是請專家幫你鑑定吧！

4

全力以赴 ㄑㄩㄢˊ ㄌㄧˋ ㄧˇ ㄈㄨˋ 投注所有的心力去做某件事。也作「全力赴之」。

語源 清趙翼廿二史箚記東漢尚名節：「故凡可以得名者，必全力赴之。」

例句 這次的參展我會全力以赴，希望能有好的成績。

近義 不遺餘力　盡心竭力

反義 敷衍塞責　馬馬虎虎

全心全力 ㄑㄩㄢˊ ㄒㄧㄣ ㄑㄩㄢˊ ㄌㄧˋ 集中所有精神，使出全部力氣。

例句 高中籃球比賽將近，校隊球員每天都全心全力地練球，希望能贏得佳績，為校爭光。

近義 全神貫注　全力以赴

反義 馬馬虎虎　敷衍了事

入

全心全意 ㄑㄩㄢˊ ㄒㄧㄣ ㄑㄩㄢˊ ㄧˋ 專心一意。形容投入全部的心思和精力。

例句 他全心全意地支持你，為你著想，可千萬別辜負了這份盛情。

近義 一心一意 誠心誠意

反義 三心二意 心猿意馬

全身而退 ㄑㄩㄢˊ ㄕㄣ ㄦˊ ㄊㄨㄟˋ 從危險處境或是非之地完好無損地退出。全身，保全身體、生命。也指完全無損。

語源 詩經王風君子陽陽序：「君子遭亂，相招為祿仕，全身遠害而已。」明余邵魚春秋列國志傳第八回：「諫以明節，仁以遠害。作誥父師，全身而退。」

例句 檢調已經找到新事證，他想從這場官司全身而退，看來是不可能的了。

近義 安然無恙 毫髮無傷

反義 傷痕累累 在劫難逃

全神貫注 ㄑㄩㄢˊ ㄕㄣˊ ㄍㄨㄢˋ ㄓㄨˋ 全部精神集中在某一事物上。

語源 清陳端生再生緣第五十三回：「唷！總算他肯自己說穿，這下都全神貫注，看老太太會不會醒過來。」

例句 做化學實驗時必須全神貫注，絲毫馬虎不得，稍有差池即可能釀成災害。

近義 全心全意 聚精會神

反義 漫不經心 心不在焉

全軍覆沒 ㄑㄩㄢˊ ㄐㄩㄣ ㄈㄨˋ ㄇㄛˋ ①作戰時全部軍隊被消滅。②比喻事情完全失敗。

語源 資治通鑑卷一二一宋文帝元嘉六年：「精兵數萬，猶不能守，全軍覆沒。」

例句 ①這場戰爭在李將軍的英勇帶領下，使得來犯的敵寇全軍覆沒。②張先生因為誤信小道消息，以至於所有的投資全軍覆沒。

近義 一敗塗地 隻輪不返

反義 大獲全勝 橫掃千軍

全然不同 ㄑㄩㄢˊ ㄖㄢˊ ㄅㄨˋ ㄊㄨㄥˊ 完全不一樣。

例句 她這次扮演的角色，與上一齣全然不同，對演技是個大考驗。

近義 截然不同 迥然不同

反義 一模一樣 如出一轍

全盤托出 ㄑㄩㄢˊ ㄆㄢˊ ㄊㄨㄛ ㄔㄨ 參見「和盤托出」。

全盤否定 ㄑㄩㄢˊ ㄆㄢˊ ㄈㄡˇ ㄉㄧㄥˋ 全部否決；完全不加以肯定。全盤，全部；全數。

例句 小邱的企劃書只有部分數據出現錯誤，但是瑕不掩瑜，你怎能全盤否定他的努力呢？

近義 一概而論 以偏概全

6

兩小無猜 ㄌㄧㄤˇ ㄒㄧㄠˇ ㄨˊ ㄘㄞ 形容幼年男女相處融洽，沒有猜疑。猜，猜疑。

語源 唐李白長干行：「妾髮初覆額，折花門前劇，郎騎竹馬來，繞床弄青梅。同居長干里，兩小無嫌猜。」清蒲松齡聊齋誌異江城：「時皆八九歲，兩小無猜，日共嬉戲。」

例句 看到童年照片上與小強兩小無猜的模樣，小英臉上不禁露出了笑容。

近義 青梅竹馬 竹馬之好

兩全其美 ㄌㄧㄤˇ ㄑㄩㄢˊ ㄑㄧˊ ㄇㄟˇ 兩方面都能圓滿顧全。也作「兩全之美」。

語源 韓詩外傳第二十四章：「行不兩全，名不兩立。」宋王珪論蘇頌等封還李定辭頭劄子：「陛下若恢天地之度，而與兩全之美，莫若今日且除李定一京官，明日除臺官。」

例句 鼓勵街坊鄰居參與環保義工，不僅可節省社區經費，還能促進彼此感情，不失為兩全其美的好辦法。

近義 公私兩便　兩得其便

反義 顧此失彼　兩敗俱傷

兩把刷子 ㄌㄧㄤˇ ㄅㄚˇ ㄕㄨㄚ ˙ㄗ

指真本領；真本事。

例句 阿升果然有兩把刷子，參加全國發明獎，兩度獲得金牌。

近義 多才多藝　一技之長

反義 不學無術　一無所長

兩虎相鬥 ㄌㄧㄤˇ ㄏㄨˇ ㄒㄧㄤ ㄉㄡˋ

比喻力量強大的雙方拚死爭鬥。

語源 戰國策秦策二：「今兩虎爭人而鬥，小者必死，大者必傷。」

例句 你們應該坐下來好好商量，若為蠅頭小利而兩虎相鬥，實在太不值得了！

近義 鷸蚌相爭　龍爭虎鬥

反義 禮尚往來　相敬如賓

兩相情願 ㄌㄧㄤˇ ㄒㄧㄤ ㄑㄧㄥˊ ㄩㄢˋ

雙方都甘心願意。也作「兩廂情願」。

語源 水滸傳第四回：「既然不兩相情願，如何招贅做個女婿？」

例句 婚姻若非兩相情願的結合，恐怕會讓雙方都陷入痛苦的深淵。

反義 一相情願

兩面三刀 ㄌㄧㄤˇ ㄇㄧㄢˋ ㄙㄢ ㄉㄠ

在人前是一套，背後又是另一套。比喻諂諛狡詐，耍兩面手法。

語源 元李行道包待制智賺灰闌記第二折：「我是這鄭州城里第一個賢慧的，倒說我兩面三刀，我搬調你甚的來？」

例句 小謝這個人兩面三刀，表裡不一，你要多加提防才好。

近義 心懷鬼胎　老奸巨猾

反義 胸無城府　天真爛漫

兩袖清風 ㄌㄧㄤˇ ㄒㄧㄡˋ ㄑㄧㄥ ㄈㄥ

兩隻袖子擺動帶起的清風。原形容喝茶或飲酒之後清爽舒暢的感覺。後用以形容為官清廉，沒有積蓄。也泛指毫無積蓄。

語源 元高文秀好酒趙元遇上皇第一折：「吃了這發醅醇糯，勝如那玉液瓊漿，兩袖清風和月偃，一壺春色透缾（瓶）香。」元魏初青崖集送楊季海：「交親零落鬢如絲，兩袖秋風一束詩。」

例句 張縣長為官清廉且熱心公益，四年任期下來，仍是兩袖清風。

近義 一清如水　一介不取

反義 貪贓枉法　中飽私囊

兩得其便 ㄌㄧㄤˇ ㄉㄜˊ ㄑㄧˊ ㄅㄧㄢˋ

指某種做法對兩方面皆有好處。

語源 明馮夢龍喻世明言卷三一：「當初韓信懷才不遇，漢皇缺少大將，兩得其便。」

例句 你只需幫我把東西送到，便有豐厚報酬，兩得其便，何樂而不為呢？

近義 公私兩便　兩全其美

反義 損人利己　漁翁得利

兩情相悅 ㄌㄧㄤˇ ㄑㄧㄥˊ ㄒㄧㄤ ㄩㄝˋ

彼此喜愛對方。

語源 清李伯元文明小史第十九回：「只要被我挑選上了，兩情相悅，我就同他做親，有何不可？」

例句 雖然他們兩情相悅，但因家世背景懸殊，雙方家長還遲遲不肯同意這門婚事。

近義 情投意合　心心相印

反義 自作多情

兩敗俱傷 ㄌㄧㄤˇ ㄅㄞˋ ㄐㄩ ㄕㄤ

爭鬥的兩方都遭受傷害。

語源 新五代史宦者傳論：

入

「謀之而不可為，為之而不可成，至其為，則俱傷而兩敗。」

例句 你們夫妻倆再這樣吵下去，互不退讓，最後只會落得兩敗俱傷。

反義 兩全其美

兩廂情願（ㄌㄧㄤˇ ㄒㄧㄤ ㄑㄧㄥˊ ㄩㄢˋ） 參見「兩相情願」。

兩腋生風（ㄌㄧㄤˇ ㄧㄝˋ ㄕㄥ ㄈㄥ） 原指飲用味甘香醇的茶後，兩腋之下如同清風吹過。後多用來形容心神舒暢，彷彿要乘風飛翔。

語源 唐盧仝走筆謝孟諫議寄新茶：「五碗肌骨清，六碗通仙靈。七碗喫不得也，唯覺兩腋習習清風生。」幼學瓊林飲食：「兩腋生風，盧仝偏嗜乎茶。」

例句 騎車馳騁在池上的伯朗大道上，遠山青翠，稻浪迎面而來，讓人不覺兩腋生風，歡欣舒暢。

兩腳書櫥（ㄌㄧㄤˇ ㄐㄧㄠˇ ㄕㄨ ㄔㄨˊ） 像長了兩隻腳的書櫃。原比喻學識淵博的人，後也用來比喻飽覽群書卻不能靈活運用的人，有反諷之意。兩腳，人有兩腳，故以兩腳代指人。書櫥，書櫃。也作「有腳書櫥」。

語源 宋史吳時傳：「時敏於為文，未嘗屬稿，落筆已就。兩學目之曰立地書廚。」宋龔明之中吳記聞：「程信民手未嘗釋卷，記問精確，經傳子史，無不通貫，鄉人號為有腳書櫥。」明焦竑玉堂叢語卷一文學：「毘陵陳濟先生善記書……遂朗誦終篇，不誤一字。當時文廟嘗謂濟『兩腳書廚』云。」清葉燮原詩內篇下：「且夫胸中無識之人，即終日勤於學，而亦無益，俗諺謂為兩腳書櫥，記誦日多，多益為累。」

例句 ①王教授堪稱是兩腳書櫥，任何冷僻的典故都難不倒他。②你雖能熟背許多唐詩、宋詞，卻不懂得其中的情致意蘊，說穿了也不過是一個兩腳書櫥罷了。

近義 滿腹經綸　食古不化

反義 胸無點墨　學以致用

兩鬢飛霜（ㄌㄧㄤˇ ㄅㄧㄣˋ ㄈㄟ ㄕㄨㄤ） 兩側的鬢髮像飄飛的霜雪般斑白。形容年老。

例句 不知何時起，爸爸已是兩鬢飛霜，卻仍然為這個家在外勞累奔波。

近義 白髮蒼顏　七老八十

反義 年輕力壯　春秋鼎盛

兩害相權取其輕（ㄌㄧㄤˇ ㄏㄞˋ ㄒㄧㄤ ㄑㄩㄢˊ ㄑㄩˇ ㄑㄧˊ ㄑㄧㄥ） 在兩種傷害之間權衡比較，選擇影響較小者。

語源 清章炳麟答某書：「蓋聞兩害相較，則取其輕。」

例句 我們不該任由事態擴大，應當兩害相權取其輕，將傷害減到最低。

近義 避重就輕　避害就利

反義 不知輕重　輕重倒置

八部

八拜之交（ㄅㄚ ㄅㄞˋ ㄓ ㄐㄧㄠ） 指結拜為異姓兄弟或姊妹。八拜，古人結義時，互相四拜，共為八拜。

語源 元馬致遠西華山陳摶高臥第四折：「便是某幼年間與今上聖人為八拜之交，患難相同。」

例句 他們倆在軍中結成八拜之交，彼此的感情比親兄弟還好。

近義 義結金蘭

八面玲瓏（ㄅㄚ ㄇㄧㄢˋ ㄌㄧㄥˊ ㄌㄨㄥˊ） 本指四面八方的窗戶多而明亮的

樣子。今多用來形容為人處世心思靈巧，手腕圓滑，面面俱到。

語源 宋葛長庚滿江紅：「八面玲瓏光不夜，四圍晃耀寒如月。」清李伯元官場現形記第五十一回：「不過想做得八面玲瓏，一時破不了案。」

例句 張經理為人八面玲瓏，是一位協商、溝通的高手。

近義 面面俱到 見風轉舵

八九不離十 比喻和實際情況相差不遠。

例句 他善於蒐集資料與分析，因此每次推測股市走向都八九不離十。

近義 十之八九

八字沒一撇 比喻事情還沒有眉目。

語源 宋釋普濟五燈會元卷九韶州南華知昺禪師：「若問是何宗，八字不著丿。」清文康兒女英雄傳第二十九回：「不然，姐姐只想，也有個八字兒沒見一撇兒，我就敢冒冒失失把姐姐合他畫在一幅畫兒上的理嗎？」

例句 小陳升官的事只是謠傳而已，其實八字沒一撇，現在就開心地慶祝似乎言之過早。

八竿子打不著 諺語。比喻毫無關係。竿，也作「杆」或「桿」。

例句 這件事和他根本八竿子打不著，一點關係也沒有，妳別錯怪人家。

近義 風馬牛不相及

反義 息息相關 相為表裡

八仙過海，各顯神通 傳說中的八位仙人過海時，各自施展神通。比喻各自施展本領。八仙，指漢鍾離、張果老、韓湘子、李鐵拐、呂洞賓、曹國舅、藍采和、何仙姑。神通，古印度的宗教說法，指修行有成就的人能具備各種神妙的能力。後用以比喻本領。也省作「各顯神通」。

例句 這次不限方式橫渡日月潭的活動，參加的人是「八仙過海，各顯神通」，非常有趣！

2

公子哥兒 原指富貴人家的子弟。後多帶有貶意，泛指嬌生慣養、不懂人情世故的富貴子弟。

語源 紅樓夢第四十五回：「上託著主子的洪福，下託著你老子娘，也是公子哥兒似的，讀書寫字。」清文康兒女英雄傳第五回：「見安公子那一番舉動，早知他是不通世路艱難、人情利害的一個公子哥兒。」

例句 他當兵還不改公子哥兒的習性，難怪會被班長修理。

近義 紈褲子弟 花花公子

公而忘私 形容大公無私的精神。原作「公耳忘私」。

語源 漢賈誼陳政事疏：「國耳忘家，公耳忘私。」

例句 林主任負責認真，公而忘私，時常加班到很晚才回家。

近義 大公無私 公正無私

反義 假公濟私 徇私舞弊

公私兩便 公和私兩方面都便利。形容公私兩方面的利益都能照顧到。也作「公私兩濟」。

語源 晉書阮种傳：「若人有所患苦者，有宜損益，使公私兩濟者，委曲陳之。」唐顏師古注漢書溝洫志二九：「今縣官給其衣食，而使修治河水，是為公私兩便也。」

例句 戶政管理電子化是一項公私兩便的好措施，不但戶政人員省時省力，民眾洽公也不用再大排長龍了。
近義 公私兼顧　兩得其便
反義 假公濟私

公私兼顧 ㄍㄨㄥ ㄙ ㄐㄧㄢ ㄍㄨˋ　公務和私事都能照顧到。
例句 陳老闆在工廠設立托兒所，讓雙薪家庭的員工可以放心托育幼小子女，公私兼顧，員工都感到十分窩心。
近義 公私兩便　兩得其便
反義 假公濟私

公事公辦 ㄍㄨㄥ ㄕˋ ㄍㄨㄥ ㄅㄢˋ　照規定、制度辦理公事，不講人情。
語源 清袁枚子不語第十九卷：「地藏王曉得公事公辦，無可挽回。」
例句 這件事茲事體大，你最好公事公辦，以免落人口實。

近義 依法行事　照章行事
反義 假公濟私　徇私舞弊

公忠體國 ㄍㄨㄥ ㄓㄨㄥ ㄊㄧˇ ㄍㄨㄛˊ　公正忠誠，為國服務。
例句 如果每個公務人員都能公忠體國，國家一定富強。
近義 奉公守法　為國為民
反義 禍國殃民　自私自利

公是公非 ㄍㄨㄥ ㄕˋ ㄍㄨㄥ ㄈㄟ　①公認的是非。是，正確。非，錯誤。②以大公無私的原則與標準來評斷是非對錯。是、非，指評論對錯。
語源 唐劉禹錫天論上：「法大行，則是為公是，非為公非。」唐李翺答皇甫湜書：「故欲筆削國史，成不刊之書，用仲尼褒貶之心，取天下公是公非為本。」宋建炎以來朝野雜記乙集卷三上德：「為人主者，但公是公非，何緣為黨？」
例句 ①關心公共事務和熱心參與社會運動的群眾，內心都秉持著公是公非，不是少數人或特定媒體所能抹黑扭曲的。②在政治立場鮮明對立的時代，媒體更應該有公是公非的擔當，才會受人信任。
近義 大是大非　大公無私
反義 一己之私　徇私舞弊

公報私仇 ㄍㄨㄥ ㄅㄠˋ ㄙ ㄔㄡˊ　假借公事之名，報復私人仇怨。
語源 明凌濛初初刻拍案驚奇卷一五：「今日又將我家人收留謀死了他，正好公報私仇，卻饒不得。」
例句 老李不小心得罪了陳經理，陳經理便時常藉機公報私仇，讓他苦不堪言。
近義 損人利己　暗箭傷人
反義 以德報怨　寬以待人

公諸同好 ㄍㄨㄥ ㄓㄨ ㄊㄨㄥˊ ㄏㄠˋ　公開展示、發表給有同樣愛好的人一起欣賞。諸，之於合音。
語源 三國魏曹植與楊德祖書：「雖未能藏之於名山，將以傳之於同好。」清趙翼甌北詩話小引：「爰就鄙見所及，略為標舉，以公諸同好焉。」
例句 李先生藏有多幅宋元明清四代的花鳥圖軸，他藉著大壽之日將它們公諸同好。
近義 公之於世
反義 祕而不宣　什襲而藏

公之於世 ㄍㄨㄥ ㄓ ㄩˊ ㄕˋ　公布一切讓世人知道。之，指所有的、全部的內容。
例句 劉醫師將治療氣喘的祖傳祕方公之於世，期待更多患者受惠。
近義 和盤托出　直言不諱
反義 祕而不宣　守口如瓶

公餘之暇 ㄍㄨㄥ ㄩˊ ㄓ ㄒㄧㄚˊ　辦理公務以外的閒暇時間。

語源 宋王禹偁黃州新建小竹樓記：「公退之暇，被鶴氅衣，戴華陽巾，手執易經一卷，焚香默坐，消遣世慮。」明袁宗道送別謝在杭司理東昌：「公餘尋古蹟，先上魯連臺。」

例句 公餘之暇，他常常手不釋卷，好學精神令人佩服。

近義 忙裡偷閒　茶餘飯後

反義 疲於奔命　案牘勞形

公道自在人心（ㄍㄨㄥ ㄉㄠˋ ㄗˋ ㄗㄞˋ ㄖㄣˊ ㄒㄧㄣ）　公理正道自然存在民眾心中。自，自然；當然。

語源 清袁枚子不語第七卷：「奴張目作女聲曰：『公道自在人心，何如何如。』向言者三叩頭而死。」

例句 儘管對手不擇手段地抹黑，王議員相信公道自在人心，選民一定會力挺他到底。

近義 天公地道　公是公非

反義 公道難明　是非不分

公說公有理，婆說婆有理（ㄍㄨㄥ ㄕㄨㄛ ㄍㄨㄥ ㄧㄡˇ ㄌㄧˇ，ㄆㄛˊ ㄕㄨㄛ ㄆㄛˊ ㄧㄡˇ ㄌㄧˇ）　比喻兩方爭辯，各有其理，是非難分。

語源 清秦紀文再生緣第七十一回：「太后聽兒子說的也有一番道理，真是公說公有理，婆說婆有理。」

例句 夫妻吵架總是「公說公有理，婆說婆有理」，就算清官也難斷家務事。

近義 各執一詞

六尺之孤（ㄌㄧㄡˋ ㄔˇ ㄓ ㄍㄨ）　指未成年的孤兒。尺，周代的一尺。六尺，約當今日之一百三十八公分。

語源 論語泰伯：「可以托六尺之孤，可以寄百里之命。」

例句 長年失業的他昨夜仰藥自盡，留下行動不便的妻子和可憐的六尺之孤。

六月飛霜（ㄌㄧㄡˋ ㄩㄝˋ ㄈㄟ ㄕㄨㄤ）　酷熱的六月降下霜雪。比喻冤獄之悲慘。

語源 南朝梁江淹詣建平王上書：「昔者賤臣叩心，飛霜擊於燕地。」唐李善注引淮南子：「鄒衍盡忠於燕惠王，惠王信譖而繫之。鄒子仰天而哭，正夏而天為之降霜。」唐張說獄箴：「匹夫結憤，六月飛霜。」

例句 在舊時代，一些土豪劣紳往往勾結貪官汙吏，造成許多六月飛霜的冤獄。

近義 含冤莫白　不白之冤

反義 沉冤得雪　明鏡高懸

六神無主（ㄌㄧㄡˋ ㄕㄣˊ ㄨˊ ㄓㄨˇ）　形容慌張害怕，不知所措。依道教說法，人的心、肺、肝、腎、脾、膽，各有神靈主宰，稱為六神。實為人的精神。無主，沒有主意。

語源 明馮夢龍醒世恆言卷二九：「嚇得知縣已是六神無主，還有甚心腸去喫酒？」

例句 突如其來的爆炸聲，嚇得大家六神無主，不知發生了什麼事。

近義 手足無措　張皇失措

反義 從容不迫　泰然自若

六根清淨（ㄌㄧㄡˋ ㄍㄣ ㄑㄧㄥ ㄐㄧㄥˋ）　佛家語，斷除眼、耳、鼻、舌、身、意等六根的欲念，使它們清淨。指沒有任何欲念。或指思想純正，沒有私心雜念。

語源 法華經法師功德品：「以是功德，莊嚴六根，皆令清淨。」智度論：「六根清淨，善欲心生。」

例句 陳先生退休後勤於禮佛，現在已是六根清淨，日子過得優閒自在。

近義 四大皆空　一塵不染

反義 牽腸掛肚

八

六馬仰秣 ㄌㄧㄡˋ ㄇㄚˇ ㄧㄤˇ ㄇㄛˋ 形容音樂優美動聽，能使正在吃草的馬仰起頭來聆聽。秣，餵牛馬的穀粟等飼料。

語源 荀子勸學：「昔者瓠巴鼓瑟而沉魚出聽，伯牙鼓琴而六馬仰秣。」

例句 伯牙鼓琴，能使六馬仰秣、沉魚出聽，令人想見其琴藝之高明。

近義 三月不知肉味　沉魚出聽

六親不認 ㄌㄧㄡˋ ㄑㄧㄣ ㄅㄨˋ ㄖㄣˋ ①形容違背人情世故，忘親背祖。②形容依法辦事，不徇私情。六親，指父、母、兄、弟、妻、子。泛指所有的親屬。

語源 管子牧民：「上服度則六親固。」

例句 ①歹徒竟然結夥搶劫自己的舅舅，六親不認的行徑令人髮指。②他為人正直，辦起案來六親不認，你想賄賂他是沒用的。

近義 視同陌路　鐵面無私

六親無靠 ㄌㄧㄡˋ ㄑㄧㄣ ㄨˊ ㄎㄠˋ 沒有任何親人可以依靠。

語源 清李汝珍鏡花緣第二十一回：「我家現在六親無靠，故鄉舉目無親，除叔叔外，別無可託之人。」

例句 在他鄉異地雖然六親無靠，但因誠懇謙和，廣結善緣，他終於開創出一番事業。

近義 煢煢獨立　舉目無親

4

共襄盛舉 ㄍㄨㄥˋ ㄒㄧㄤ ㄕㄥˋ ㄐㄩˇ 共同出力幫助來完成一件大事。襄，幫助。盛舉，大事。

例句 請大家共襄盛舉，慷慨解囊，幫助貧困兒童，使他們能順利升學。

近義 同心戮力　鼎力相助

反義 置若罔聞　不聞不問

5

兵不血刃 ㄅㄧㄥ ㄅㄨˋ ㄒㄧㄝˇ ㄖㄣˋ 兵器沒有沾到血。指未經交戰，就已征服敵人。也比喻輕易得勝。兵，兵器。

語源 荀子議兵：「故近者親其善，遠方慕其德；兵不血刃，遠邇來服。」晉書陶侃傳：「聞侃討之，兵不血刃而擒也，益畏侃。」

例句 警方布署得宜，拂曉出擊，兵不血刃，順利制服歹徒，救出人質。

近義 不戰而勝　馬到成功

反義 短兵相接　血流成河

兵不厭詐 ㄅㄧㄥ ㄅㄨˋ ㄧㄢˋ ㄓㄚˋ ①用兵作戰時，不妨運用詐術來取勝。②比喻為了達到目的，不妨使用詭詐的手段。厭，拒絕；嫌棄。

語源 韓非子難一：「戰陣之間，不厭詐偽。」孫子計篇：「兵者，詭道也。」唐李筌注：「軍不厭詐。」三國演義第三十回：「操亦笑曰：『豈不聞兵不厭詐！』」

例句 ①戰場上兵不厭詐，若存有婦人之仁，必定會遭受致命的打擊。②下棋時採取示弱、欺敵等戰術，正是兵不厭詐的巧妙運用。

兵多將廣 ㄅㄧㄥ ㄉㄨㄛ ㄐㄧㄤˋ ㄍㄨㄤˇ 形容兵力強大。

語源 元關漢卿單刀會第三折：「他又兵多將廣，人強馬壯。」

例句 三星集團財力雄厚、兵多將廣，加上韓國政府的大力支持，在全球電子產品市場所向披靡。

近義 千軍萬馬

反義 烏合之眾　老弱殘兵

兵荒馬亂 ㄅㄧㄥ ㄏㄨㄤ ㄇㄚˇ ㄌㄨㄢˋ 形容戰時動盪不安的狀態。也作「兵慌馬亂」。

語源 元佚名李雲英風送梧桐葉第四折：「一向收留在俺府中為女，也是天數。不然，那兵荒馬亂，定然遭驅被擄。」明陸華甫雙鳳齊鳴記：「亂紛紛東逃西竄，鬧烘烘兵慌馬亂。」

例句 那孩子在兵荒馬亂中與親人失散，恐怕已凶多吉少。

近義 兵連禍結 滄海橫流

反義 天下太平 國泰民安

兵馬倥傯 ㄅㄧㄥ ㄇㄚˇ ㄎㄨㄥˇ ㄗㄨㄥˇ 參見「戎馬倥傯」。

兵強馬壯 ㄅㄧㄥ ㄑㄧㄤˊ ㄇㄚˇ ㄓㄨㄤˋ 形容兵力強大。也泛指實力、戰力堅強。

語源 新五代史安重榮傳：「天子寧有種邪？兵強馬壯者為之爾！」

例句 本屆亞運，中華隊兵強馬壯，實力堅強，獎牌數可望再創新高。

近義 兵多將廣 堅甲利兵

反義 老弱殘兵 烏合之眾

兵連禍結 ㄅㄧㄥ ㄌㄧㄢˊ ㄏㄨㄛˋ ㄐㄧㄝˊ 戰爭、災禍接連不斷地發生。

語源 漢書匈奴傳：「漢武帝選將練兵，約賚輕糧，深入遠戍，雖有克獲之功，胡輒報之，兵連禍結三十餘年。」

例句 中東地區戰事頻仍，兵連禍結數十年。

近義 兵荒馬亂 狼煙四起

反義 天下太平 國泰民安

兵慌馬亂 ㄅㄧㄥ ㄏㄨㄤ ㄇㄚˇ ㄌㄨㄢˋ 參見「兵荒馬亂」。

兵臨城下 ㄅㄧㄥ ㄌㄧㄣˊ ㄔㄥˊ ㄒㄧㄚˋ 敵兵逼近城下。比喻情勢十分危急。

語源 三國演義第七回：「兵臨城下，將至河邊，豈可束手待斃？」

例句 面對市場的惡性競爭，公司一年前的景況有如兵臨城下，搖搖欲墜，幸好全體員工同心協力，才渡過難關。

近義 大軍壓境 四面楚歌

兵敗如山倒 ㄅㄧㄥ ㄅㄞˋ ㄖㄨˊ ㄕㄢ ㄉㄠˇ 比喻情勢崩潰得不可收拾。

例句 這場籃球賽我方自從主將犯滿下場後，便兵敗如山倒，讓教練著急萬分。

兵來將擋，水來土掩 ㄅㄧㄥ ㄌㄞˊ ㄐㄧㄤˋ ㄉㄤˇ，ㄕㄨㄟˇ ㄌㄞˊ ㄊㄨˇ ㄧㄢˇ 比喻問題發生，自然有解決的辦法。也省作「水來土掩」。

語源 元高文秀保成公徑赴澠池會楔子：「自古道兵來將迎，水來土堰，他若領兵前來，俺這裡領兵與他交鋒。」金瓶梅第四十八回：「西門慶道：『常言：「兵來將擋，水來土掩。」事到其間，道在人為，少不的你我打點禮物，早差人上東京，央及老爺那裡去。』」

例句 兵來將擋，水來土掩，他們要來找碴，我自有妙計，你不用操心。

6

其來有自 ㄑㄧˊ ㄌㄞˊ ㄧㄡˇ ㄗˋ 所以如此，是有原因的。其，代名詞，指事物。自，原由。

語源 宋歐陽脩瀧岡阡表：「俾知夫小子脩之德薄能鮮，遭時竊位，而幸全大節，不辱其先者，其來有自。」

例句 他原本是品學兼優的好學生，如今會淪落街頭，為非作歹，其來有自，都是交到壞朋友所致。

其味無窮 ㄑㄧˊ ㄨㄟˋ ㄨˊ ㄑㄩㄥˊ 寓意深刻或情致濃郁，使人回味不盡。味，回味。

語源 宋朱熹四書集注中庸：「放之則彌六合，卷之則退藏於密；其味無窮，皆實學也。」

例句 他的書畫作品寓意深

八

刻，其味無窮，因此受到大眾的喜愛與收藏。

近義 回味無窮　津津有味

反義 枯燥無味　索然無味

其情可憫 ㄑㄧˊ ㄑㄧㄥˊ ㄎㄜˇ ㄇㄧㄣˇ　指當事人的處境或犯錯的原因值得同情。

語源 明沈德符萬曆野獲編第三十三卷：「瑄子虎上疏，原代父刑，且謂父殺家奴，非僱工人，都察院謂其情可憫，瑄逐得復職。」

例句 楊太太為求自保，失手刺傷酒後施暴的丈夫，其情可憫。

近義 情有可原　無可厚非

反義 罪有應得　罪不可赦

其貌不揚 ㄑㄧˊ ㄇㄠˋ ㄅㄨˋ ㄧㄤˊ　相貌不好看。不揚，不顯。即不出色。

語源 左傳昭公二十八年：「夫今子少不颺。」晉杜預注：「顏貌不揚顯。」宋王讜唐語林文學：「榜未及第，禮部侍郎鄭愚以其貌不揚，戲之。」

例句 王先生長得其貌不揚，談吐又粗鄙，表姊與他見過一次面，便再也不連絡了。

近義 尖嘴猴腮　貌不驚人

反義 眉清目秀　一表人才

其樂融融 ㄑㄧˊ ㄌㄜˋ ㄖㄨㄥˊ ㄖㄨㄥˊ　比喻身處的情境十分和睦愉快。融融，和樂的樣子。

語源 左傳隱公元年：「公入而賦：『大隧之中，其樂也融融！』」

例句 雖然經濟不景氣帶來不少經營壓力，但王老闆與員工相處仍然一本初衷，其樂融融，絲毫不受影響。

近義 和樂融融　其樂無窮

反義 勢不兩立　明爭暗鬥

具體而微 ㄐㄩˋ ㄊㄧˇ ㄦˊ ㄨㄟ　內容大體具備而規模較小。具體，大體完備。微，小。

語源 孟子公孫丑上：「昔者竊聞之，子夏、子游、子張，皆有聖人之一體；冉牛、閔子、顏淵，則具體而微。」

例句 這座案頭山水只由兩塊文石和清水組成，就變成具體而微的山林幽境，真是趣味盎然。

近義 麻雀雖小，五臟俱全

反義 一鱗半爪　東鱗西爪

8

兼容並蓄 ㄐㄧㄢ ㄖㄨㄥˊ ㄅㄧㄥˋ ㄒㄩˋ　廣泛包容各種不同的事物或意見。也作「兼容並包」、「兼收並蓄」。

語源 史記司馬相如列傳：「故馳騖乎兼容并包，而勤思乎參天貳地。」宋朱熹己酉擬上封事：「小人進則君子必退，君子親則小人必疏，未有可以兼收並蓄而不相害者。」

例句 這派畫家勇於嘗試，各種畫風兼容並蓄，故能成其大。

反義 以偏概全

兼籌並顧 ㄐㄧㄢ ㄔㄡˊ ㄅㄧㄥˋ ㄍㄨˋ　各方面都能同時籌劃、顧慮到。形容做事考慮周全，不偏廢一方。

語源 清史稿志一百二十五：「鴻章言兼籌並顧，招商局力有未逮。」

例句 經濟發展與環境保護如何兼籌並顧，是現今政府必須正視的課題。

近義 統籌兼顧　兩全其美

反義 不知輕重　頭痛醫頭，腳痛醫腳

兼聽則明，偏信則暗 ㄐㄧㄢ ㄊㄧㄥ ㄗㄜˊ ㄇㄧㄥˊ ㄆㄧㄢ ㄒㄧㄣˋ ㄗㄜˊ ㄢˋ　聽取多方的意見就能明辨是非；片面聽信一方的言論則會混淆真相，判斷錯誤。

語源 漢王符潛夫論明暗：

「君之所以明者，兼聽也；所以闇者，偏信也。」

例句　好的領導者要廣納雅言，慎思明察，所謂兼聽則明，偏信則暗，如此才能不偏不倚，做出最正確的判斷。

近義　察納雅言　廣開言路

反義　閉目塞聽

冂 部

4 **再接再厲** ㄗㄞˋ ㄐㄧㄝ ㄗㄞˋ ㄌㄧˋ　交戰以後，無論勝敗，回來好好磨刀以備下次再戰。比喻勇往直前，毫不鬆懈。接，武器兵刃相接戰。厲，通「礪」。磨。

語源　唐孟郊鬥雞聯句：「一噴一醒然，再接再礪乃。」

例句　這次的實驗雖然失敗了，但只要再接再厲，不斷修正，一定有成功的一天。

近義　百折不撓　發揚蹈厲

反義　灰心喪志　一蹶不振

7 **冒名頂替** ㄇㄠˋ ㄇㄧㄥˊ ㄉㄧㄥˇ ㄊㄧˋ　假冒別人名義，代替他人做某種事情。

語源　西遊記第四十九回：「你這和尚，甚沒道理！你變做一秤金，該一個冒名頂替之罪。」

例句　這件事牽涉到法律上的責任，你千萬不要冒名頂替，以免吃上官司。

近義　李代桃僵　張冠李戴

反義　敢作敢當

冒然行事 ㄇㄠˋ ㄖㄢˊ ㄒㄧㄥˊ ㄕˋ　參見「貿然行事」。

冒險犯難 ㄇㄠˋ ㄒㄧㄢˇ ㄈㄢˋ ㄋㄢˋ　挑戰艱難險阻，勇往直前。

語源　清史稿沈棣輝傳：「廉州、潯州、廣州三戰，皆履險犯難，卒得大捷。」

例句　年輕人應該有冒險犯難的精神，激發潛能，勇於開創。

近義　勇往直前　乘風破浪

反義　畏首畏尾　推三阻四

冒天下之大不韙 ㄇㄠˋ ㄊㄧㄢ ㄒㄧㄚˋ ㄓ ㄉㄚˋ ㄅㄨˋ ㄨㄟˇ　指不顧眾人反對，一意孤行去做所有的人都認為是錯誤的事。不韙，不是；過錯。

語源　清顧炎武日知錄正始：「如山濤者，既為邪說之魁，遂使嵇紹之賢，且犯天下之韙而不顧。」

辨析　韙，音ㄨㄟˇ，不讀ㄏㄨㄟˋ。

例句　為了孩子的醫藥費，明知搶劫為重刑，他卻仍甘冒天下之大不韙，最後依然要面臨法律的制裁。

近義　一意孤行

反義　眾怒難犯

10 **最後通牒** ㄗㄨㄟˋ ㄏㄡˋ ㄊㄨㄥ ㄉㄧㄝˊ　英語 ultimatum 的意譯，源自拉丁語「最後一個」之意。指針對雙方的爭端所進行的談判，一方向另一方提出最後的要求，限期答覆，否則將採取嚴厲的手段解決。今泛指最後一次警告或通知。

例句　媽媽對弟弟下了最後通牒，要他在兩天內打掃好房間，不然就要沒收手機。

冖 部

2 **冗詞贅句** ㄖㄨㄥˇ ㄘˊ ㄓㄨㄟˋ ㄐㄩˋ　指詩文中多餘的字句。冗，多餘的。贅，無用的。

例句　這首詩用字精鍊，無一冗詞贅句，實在是難得一見的佳作。

近義　拖泥帶水　連篇累牘

反義　不蔓不枝　言簡意賅

7 **冠冕堂皇** ㄍㄨㄢ ㄇㄧㄢˇ ㄊㄤˊ ㄏㄨㄤˊ　形容外表莊嚴正大的樣子。多含有諷刺意味，指人表面上莊嚴正大，實際上卻全然不是如此。冠，帽子。冕，古代大夫

以上所戴的禮帽。堂皇，莊嚴氣派的樣子。

【語源】清文康兒女英雄傳第二十二回：「他們如果空空洞洞，心裡沒椿事，便該合我家常瑣屑無所不談；怎麼到一派的冠冕堂皇，甚至連安驥兩個字都不肯提在話下？」

【辨析】冠，音ㄍㄨㄢ，不讀ㄍㄨㄢˋ。

【例句】別瞧他說得冠冕堂皇，其實最不照規矩來的人就是他。

【近義】堂而皇之

冠絕古今（ㄍㄨㄢˋ ㄐㄩㄝˊ ㄍㄨˇ ㄐㄧㄣ） 古今第一。冠絕，遠遠超過。古今，自古到現在；有史以來。

【語源】北魏楊衒之洛陽伽藍記卷一城內景樂寺：「雕刻巧妙，冠絕一時。」

【例句】王羲之的書法冠絕古今，後人尊稱他為「書聖」。

【近義】空前絕後 舉世無雙

冠蓋如雲（ㄍㄨㄢ ㄍㄞˋ ㄖㄨˊ ㄩㄣˊ） 官帽和車篷像雲一樣聚集在一起。形容達官貴人往來不絕。冠，官帽。蓋，車篷。也作「冠蓋雲集」。

【語源】漢班固西都賦：「英俊之域，紱冕所興；冠蓋如雲，七相五公。」

【例句】今晚的慈善晚會冠蓋如雲，因為所募得的款項將用來建造老人安養中心，所以大家都樂於共襄盛舉。

【近義】冠蓋相望 絡繹不絕

【反義】門可羅雀 門庭冷落

冠蓋相望（ㄍㄨㄢ ㄍㄞˋ ㄒㄧㄤ ㄨㄤˋ） 一路望去都是官員的帽子和車篷。形容官吏或使者來往不斷。冠，帽子。蓋，車篷。

【語源】戰國策魏策四：「齊、楚約而欲攻魏，魏使人求救於秦，冠蓋相望，秦救不出。」

【例句】陳董事長的政商關係良好，作六十大壽時，門外冠蓋相望，賓客絡繹不絕。

【近義】冠蓋雲集 賓客盈門

【反義】門可羅雀 息交絕遊

冠蓋雲集（ㄍㄨㄢ ㄍㄞˋ ㄩㄣˊ ㄐㄧˊ） 參見「冠蓋如雲」。

8

冢中枯骨（ㄓㄨㄥˇ ㄓㄨㄥ ㄎㄨ ㄍㄨˇ） 墳墓裡的乾枯屍骨。比喻沒有生氣、無所作為的人。

【語源】三國志蜀書先主傳：「袁公路豈憂國忘家者邪？冢中枯骨，何足介意！」

【例句】現代社會的腳步快，唯有不斷充實自我，保持衝勁，才不會被社會淘汰，成為別人眼中的冢中枯骨。

【近義】行屍走肉 朽木糞土

【反義】中流砥柱 後起之秀

冤大頭（ㄩㄢ ㄉㄚˋ ㄊㄡˊ） 譏稱受欺騙而枉費錢財的人。大頭，指遭欺騙卻不自知的人。冤，受騙。

【語源】清李伯元文明小史第三十一回：「只消遇著幾個冤大頭，也就彌補過去了」。

【例句】出門購物總要貨比三家，才不致成為冤大頭。

冤冤相報（ㄩㄢ ㄩㄢ ㄒㄧㄤ ㄅㄠˋ） 指不斷地互相報復。

【語源】元無名氏朱砂擔滴水浮漚記第四折：「纔見得冤冤相報，方通道天理難容。」

【例句】你就原諒他吧！若是這樣冤冤相報下去，這段糾葛何時才有盡頭？

【近義】以眼還眼，以牙還牙

【反義】以德報怨

冤家路窄（ㄩㄢ ㄐㄧㄚ ㄌㄨˋ ㄓㄞˇ） 不願相見的人偏偏相遇了，躲避不了。

【語源】明凌濛初初刻拍案驚奇卷三〇：「真是冤家路窄，今

日一命討了一命。」

例句 這兩位候選人雖然冤家路窄出現在同一場合，仍能互相握手祝福，展現了君子的泱泱大度。

近義 狹路相逢

反義 失之交臂

冤有頭，債有主（ㄩㄢ ㄧㄡˇ ㄊㄡˊ，ㄓㄞˋ ㄧㄡˇ ㄓㄨˇ） 仇恨有頭，欠債有主。比喻追究事情要找主要造成的人。冤，仇恨。

語源 元施惠幽閨記第七齣：「休敢，休敢，俺和你魚水無交，冤有頭，債有主，教你一個來時一個死。」

例句 「冤有頭，債有主」，你這樣遷怒他人，只會造成別人對你的負面印象。

冥冥之中（ㄇㄧㄥˊ ㄇㄧㄥˊ ㄓ ㄓㄨㄥ） 幽暗中。指人無法窺知的狀態。冥，暗。

語源 荀子修身：「行乎冥冥而施乎無報。」宋洪邁夷堅甲志卷二：「賈人適欲之金山，聞其語，意冥冥之中，假手以告。」

例句 人的姻緣冥冥之中自有定數，小林和珍珍繞了一大圈，最後還是在一起了。

近義 命中注定　聽天由命

冥頑不靈（ㄇㄧㄥˊ ㄨㄢˊ ㄅㄨˋ ㄌㄧㄥˊ） 愚昧頑固，不可理喻。冥，不明事理。靈，通曉事理。

語源 唐韓愈祭鱷魚文：「不然，則是鱷魚冥頑不靈，刺史雖有言，不聞不知也。」

辨析 頑，不可寫成「玩」。

例句 他既然如此冥頑不靈，就讓他自己承擔後果吧，你別再跟他多費唇舌了。

近義 執迷不悟　頑固不化

反義 通情達理　聞一知十

冫部

3

冬溫夏凊（ㄉㄨㄥ ㄨㄣ ㄒㄧㄚˋ ㄐㄧㄥˋ） 冬天睡前先為父母溫被，夏天則先將床席搧涼。指子女孝親無微不至。凊，清涼。

語源 禮記曲禮上：「凡為人子之禮，冬溫而夏凊，昏定而晨省。」

辨析 凊，音ㄐㄧㄥˋ，不讀ㄑㄧㄥ，也不可寫作「清」。

例句 張先生事親至孝，即使工作再忙也不忘做到晨昏定省、冬溫夏凊。

近義 晨昏定省　扇枕溫被

冬裘夏葛（ㄉㄨㄥ ㄑㄧㄡˊ ㄒㄧㄚˋ ㄍㄜˊ） 參見「夏葛冬裘」。

4

冰山一角（ㄅㄧㄥ ㄕㄢ ㄧˋ ㄐㄧㄠˇ） 海面上看到的冰山只是整塊冰山的一角而已。比喻事態的一小部分。

例句 你所看到的問題只是冰山一角而已，若不及早研擬因應對策，遲早會釀成大禍。

冰天雪地（ㄅㄧㄥ ㄊㄧㄢ ㄒㄩㄝˇ ㄉㄧˋ） 形容冰雪遍地或很寒冷的地方。

語源 清蔣士銓雞毛房：「冰天雪地風如虎，裸而泣者無棲所。」

例句 他今年冬天打算到北海道旅遊，見識一下冰天雪地的異國風情。

近義 天寒地凍

反義 春暖花開

冰肌玉骨（ㄅㄧㄥ ㄐㄧ ㄩˋ ㄍㄨˇ） ①比喻女子瑩潔光潤的肌膚。②比喻梅花的傲寒秀麗。

語源 莊子逍遙遊：「藐姑射之山，有神人居焉，肌膚若冰雪，淖約若處子。」五代孟昶避暑摩訶池上作：「冰肌玉骨清無汗，水殿風來暗香暖。」宋毛滂蔡天逸以詩寄梅詩至梅不至：「冰肌玉骨終安在，賴有清詩為寫真。」

例句 ①她是個冰肌玉骨的美

人，因此有許多化妝品廣告請她代言。②梅花在大雪紛飛的嚴冬中綻放，更顯出它的冰肌玉骨。

冰消瓦解 ㄅㄧㄥ ㄒㄧㄠ ㄨㄚˇ ㄐㄧㄝˇ　像冰一般消融，像瓦一般破碎。比喻事物消逝或潰散。

語源　晉成公綏雲賦：「於是玄風仰散，歸雲四旋，冰消瓦解，奕奕翩翩。」

例句　經歷命運一再無情地捉弄，他原有的雄心壯志都已冰消瓦解了。

近義　雲消霧散　煙消雲散

冰清玉潔 ㄅㄧㄥ ㄑㄧㄥ ㄩˋ ㄐㄧㄝˊ　像冰一般清澈，像玉一般潔白。比喻人的品格或操守清白高尚。

語源　漢司馬遷與摯伯陵書：「伏惟伯陵，材能絕人，高尚其志，以善厥身，冰清玉潔，不以細行，荷累其名。」

例句　政治人物要能持守冰清玉潔的品格，不濫用特權，才能得到選民的敬重。

近義　精金美玉　一片冰心

反義　同流合汙　隨波逐流

冰雪聰明 ㄅㄧㄥ ㄒㄩㄝˇ ㄘㄨㄥ ㄇㄧㄥˊ　聰明得有如冰之透明、雪之明亮。比喻一個人事理通透，絕頂聰明。

語源　唐杜甫送樊二十三侍御赴漢中判官：「冰雪淨聰明，雷霆走精銳。」

例句　他是個冰雪聰明的人，一定能見機行事、化險為夷的。

近義　聰明伶俐　聰明絕頂

反義　不辨菽麥　愚不可及

冰炭不相容 ㄅㄧㄥ ㄊㄢˋ ㄅㄨˋ ㄒㄧㄤ ㄖㄨㄥˊ　冰可以滅炭火，炭火也能溶冰，彼此不能相容。比喻兩個性格相反、主張不同的人鬧意見，不能相處在一起。

語源　宋陸游寄題李季章侍郎石林堂：「君不見，牛奇章與李衛公，一生冰炭不相容。」

例句　這對夫婦天天吵架，已到了冰炭不相容的地步，看來離婚是早晚的事。

近義　水火不容　勢同水火

反義　志同道合　相親相愛

冰凍三尺，非一日之寒 ㄅㄧㄥ ㄉㄨㄥˋ ㄙㄢ ㄔˇ ㄈㄟ ㄧˊ ㄖˋ ㄓ ㄏㄢˊ　比喻勢態嚴重並非一朝一夕造成，有其深遠的背景和原因。冰凍三尺，指情勢嚴重。

語源　漢王充論衡狀留：「故夫河冰結合，非一日之寒；積土成山，非斯須之作。」

例句　「冰凍三尺，非一日之寒」，要化解他們之間的誤會，談何容易。

近義　日積月累

反義　一時半刻　一朝一夕

5

冷板凳 ㄌㄥˇ ㄅㄢˇ ㄉㄥˋ　原指私塾教師的座位，用以譏諷教師生活的清苦孤寂。今指不受重視的職位或遭受冷落的處境。

語源　明余永麟北窗瑣語：「今年已去復明年，寒氈冷凳俱坐穿。」

例句　這場籃球賽他坐了好久的冷板凳，直到快終場，教練才叫他上場。

冷言冷語 ㄌㄥˇ ㄧㄢˊ ㄌㄥˇ ㄩˇ　形容諷刺譏笑的言語。

語源　宋寶林禪師語錄：「關著門，盡是自家屋裡，何須冷言冷語，暗地敵人？」

例句　他對妳冷言冷語的，擺明了不願繼續交往的意思，妳不要再一廂情願了。

近義　冷語冰人　冷嘲熱諷

反義　甜言蜜語　軟語溫言

冷若冰霜 ㄌㄥˇ ㄖㄨㄛˋ ㄅㄧㄥ ㄕㄨㄤ　形容態度嚴肅，像冰霜一樣不可

冒犯。也作「冷似冰霜」。

語源　元清茂宗門統要續集京兆米和尚：「雪竇細處細如米末，冷處冷似冰霜。」

例句　她平日對人的態度總是冷若冰霜，讓許多追求者望之卻步。

反義　和藹可親　平易近人

冷眼旁觀 ㄌㄥˇ ㄧㄢˇ ㄆㄤˊ ㄍㄨㄢ　用冷靜或冷淡的態度在一旁觀看。

語源　唐徐夤上盧三拾遺以言見黜：「疾危必厭神明藥，心惑多嫌正直言，冷眼靜看真好笑，傾懷與說卻為冤。」宋朱熹答黃直卿：「冷眼旁觀，手足俱露，甚可笑也。」

例句　當大家一窩蜂地在颱風來臨之前搶購糧食時，他卻冷眼旁觀，絲毫不為所動。

近義　袖手旁觀　作壁上觀

反義　不忍坐視　見義勇為

冷嘲熱諷 ㄌㄥˇ ㄔㄠˊ ㄖㄜˋ ㄈㄥˋ　用尖銳、刻薄的言語去嘲笑或諷刺別人。

語源　清黃仁景邁陂塘蝙蝠：「羞他雞犬相共，寄人檐下須與事，且耐冷嘲閒諷。」

例句　同學犯了錯，不妨給他善意的建議，何必一味冷嘲熱諷呢？

近義　冷言冷語　冷語冰人

反義　甜言蜜語　軟語溫言

8

凌雲壯志 ㄌㄧㄥˊ ㄩㄣˊ ㄓㄨㄤˋ ㄓˋ　宏偉遠大的志向。

語源　宋黃機鵲橋仙：「凌雲壯志，垂天健翮，九萬扶搖路穩。」

例句　他從小便立下凌雲壯志，有朝一日一定要登上太空。

近義　鴻鵠之志　雄心壯志

反義　胸無大志

13

凜然犯難 ㄌㄧㄣˇ ㄖㄢˊ ㄈㄢˋ ㄋㄢˋ　嚴肅可敬地投身危險之中。凜然，嚴肅可敬的樣子。犯難，冒險。

語源　孔子家語致思：「夫子凜然，曰：『美哉德也。』」逸周書史記：「犯難爭權，疑者死。」

例句　明知任務艱難，他依舊凜然犯難，頭也不回地勇往直前。

近義　冒險犯難　奮不顧身

反義　貪生怕死　苟且偷生

凵部

2

凶多吉少 ㄒㄩㄥ ㄉㄨㄛ ㄐㄧˊ ㄕㄠˇ　形容情況不妙，可能出現危難或不幸。

語源　明馮夢龍醒世恆言卷五：「安南離此有萬里之遙，音信尚且難通；況他已是官身，此去刀劍無情，凶多吉少。」

例句　空難發生至今已超過七十二小時，尚未尋獲的旅客恐怕已是凶多吉少。

近義　九死一生　不祥之兆

反義　吉人天相　洪福齊天

凶神惡煞 ㄒㄩㄥ ㄕㄣˊ ㄜˋ ㄕㄚˋ　比喻非常凶惡的人。

語源　元王曄桃花女破法嫁周公第三折：「又犯著太歲，遭這般凶神惡煞，必然板殭身死了也。」

例句　一看到警察，那個小混混立刻收起凶神惡煞的模樣，頓時成了名副其實的小癟三。

近義　牛鬼蛇神　青面獠牙

反義　和藹可親　慈眉善目

凶終隙末 ㄒㄩㄥ ㄓㄨㄥ ㄒㄧˋ ㄇㄛˋ　以仇殺與敵視結束。指原本交好，後來卻互相敵視，不能保持友誼。凶，殺傷之事。隙，怨仇。

語源　後漢書王丹傳：「張、陳凶其終，蕭、朱隙其末，故

知全之者鮮矣。」

例句 他們本來交情不錯，沒想到這次選舉因為支持不同陣營的候選人，而落得凶終隙末的下場。

近義 反目成仇

反義 言歸於好　重修舊好

3

凹凸不平（ㄠ ㄊㄨˊ ㄅㄨˋ ㄆㄧㄥˊ） 形容物體表面高低不平。

例句 這條馬路經不起砂石車的蹂躪，已經變得凹凸不平，騎車經過要小心。

近義 崎嶇不平

出人意表（ㄔㄨ ㄖㄣˊ ㄧˋ ㄅㄧㄠˇ） 出人意料之外。表，外。

語源 南朝宋何法盛晉中興書：「祖逖為東海王越典兵參軍，智出人表。」陳書袁憲傳：「憲常招引諸生，與之談論，每有新議，出人意表，同輩咸嗟服焉。」

例句 口才一向不佳的陳同學居然出人意表地獲得英文演講比賽冠軍。

近義 出乎意料　始料未及

反義 不出所料　意料之中

出人頭地（ㄔㄨ ㄖㄣˊ ㄊㄡˊ ㄉㄧˋ） 超越眾人之上。多指由低賤窮困而功成名就。

語源 宋歐陽脩與梅聖俞書：「老夫當避路，放他出一頭地也。」宋俞成螢雪叢說卷下：「東萊先生呂伯恭嘗教學者作文之法……每每出人一頭地。」

例句 陳先生經過多年的努力，終於出人頭地，當上了這家大公司的總經理。

近義 出類拔萃　超群絕倫

反義 庸庸碌碌　濫竽充數

出口成章（ㄔㄨ ㄎㄡˇ ㄔㄥˊ ㄓㄤ） 形容人才思敏捷，談吐風雅。

語源 詩經小雅都人士：「其容不改，出言有章。」元馬致遠江州司馬青衫淚：「妾愛他，愛他那走筆題詩，出口成章。」

例句 若想要談吐文雅，出口成章，一定要多讀書才行。

近義 錦心繡口　咳唾成珠

反義 江郎才盡　腸枯思竭

出水芙蓉（ㄔㄨ ㄕㄨㄟˇ ㄈㄨˊ ㄖㄨㄥˊ） 水面上剛綻開的荷花。①比喻詩文清新不俗。②比喻女子嬌柔清麗。芙蓉，荷花的別名。也作「芙蓉出水」。

語源 南朝梁鍾嶸詩品卷中顏延之：「謝詩如芙蓉出水，顏如錯彩鏤金。」唐李白經亂離後天恩流夜郎憶舊遊書懷贈江夏韋太守良宰：「清水出芙蓉，天然去雕飾。」清魏秀仁花月痕第七回：「又另是一個麗人，濯濯如春風楊柳，灩灩如出水芙蓉。」

例句 ①這篇詩作如出水芙蓉，格調清新，在眾多入選作品中獨樹一格。②女主角清新俏麗的裝扮，猶如出水芙蓉，一出場就吸引了大家的目光。

近義 清新俊逸　風姿綽約

反義 枯燥無味

出乎尋常（ㄔㄨ ㄏㄨ ㄒㄩㄣˊ ㄔㄤˊ） 與平常的情況不一樣。也作「出乎尋常之外」。

語源 清墨浪子西湖佳話第一卷：「長兄不獨形貌超凡，而議論高妙又迥出乎尋常之外，真高士也。」

例句 平日笑口常開的阿花，今天竟出乎尋常地苦著臉，不知道發生了什麼事？

反義 一如既往　屢見不鮮

出乎意料（ㄔㄨ ㄏㄨ ㄧˋ ㄌㄧㄠˋ） 超出料想；完全料想不到。也作「出乎意料之外」。

語源 清李百川綠野仙蹤第十七回：「文煒將劉貢生等借約

二張揀出，支付文魁；文魁喜歡得心花具開，出乎意料之外。」

例句 這部電影出乎意料的結局，一時成為大家討論的話題。

近義 意料之外

反義 不出所料　果不其然

出生入死（ㄔㄨ ㄕㄥ ㄖㄨˋ ㄙˇ） 原指從出生到死亡。後指出入於生死之間。形容冒險犯難，歷經艱險。

語源 老子五十章：「出生入死，生之徒十有三，死之徒十有三。」晉潘岳秋興賦：「彼知安而忘危兮，故出生而入死。」

例句 前方將士出生入死，捍衛國土，勇氣令人敬佩。

近義 冒險犯難　赴湯蹈火

反義 貪生怕死　苟且偷生

出言不遜（ㄔㄨ ㄧㄢˊ ㄅㄨˋ ㄒㄩㄣˋ） 說話粗暴無禮。遜，謙恭。

語源 史記外戚世家：「栗姬怒，不肯應，言不遜。」三國志魏書張郃傳：「圖慚，又更譖郃曰：『郃快軍敗，出言不遜。』」

例句 青少年性格衝動，容易出言不遜，頂撞師長。

近義 出言無狀　惡語傷人

反義 溫文爾雅　彬彬有禮

出言無狀（ㄔㄨ ㄧㄢˊ ㄨˊ ㄓㄨㄤˋ） 指說話沒有分寸。無狀，不知檢點；沒有禮貌。

語源 史記項羽本紀：「諸侯吏卒異時故繇使屯戍過秦中，秦中吏卒遇之多無狀。」西遊記第三十三回：「這潑猴頭，出言無狀。」

例句 原本希望他能委曲求全，好讓大事化小，小事化無，沒想到他竟出言無狀，事情反而弄得更僵了。

近義 出言不遜　惡語傷人

反義 彬彬有禮　溫文爾雅

出乖露醜（ㄔㄨ ㄍㄨㄞ ㄌㄡˋ ㄔㄡˇ） 在眾人面前出醜。乖，違背。引申有荒謬、反常的意思。

語源 金董解元西廂記諸宮調：「已恁地出乖弄醜，潑水再難收。」元佚名玉清庵錯送鴛鴦被：「小姐，若真個打起官司來，出乖露醜，一發不好。」

例句 他在臺上胡扯搞笑，自以為很會表演，其實是出乖露醜，惹人生厭。

近義 醜態百出　窮形盡相

出其不意（ㄔㄨ ㄑㄧˊ ㄅㄨˋ ㄧˋ） 行動出乎對方的意料之外。

語源 孫子計篇：「攻其無備，出其不意。」

例句 麥可．喬登出其不意的一記三分球，讓防守他的球員只能望球興嘆。

近義 出人意表　攻其不備

反義 不出所料

出奇制勝（ㄔㄨ ㄑㄧˊ ㄓˋ ㄕㄥˋ） 運用奇兵，制敵取勝。形容使用奇特的方法獲勝。

語源 孫子勢篇：「凡戰者，以正合，以奇勝。故善出奇者，無窮如天地，不竭如江河。」唐陸贄論請不替鳳翔節度使李楚琳狀：「非有陷堅殪敵之雄，出奇制勝之略。」

例句 這一次比賽高手如林，我們一定要出奇制勝，才有奪冠的希望。

近義 制敵機先

出神入化（ㄔㄨ ㄕㄣˊ ㄖㄨˋ ㄏㄨㄚˋ） 超越神奇，入於化境。形容技藝已達最高境界。神，神妙。化，精妙超凡。

語源 易經繫辭下：「精義入神，以致用也……窮神知化，

凵

德之盛也。」唐孔穎達疏：「言聖人用精粹微妙之義入于神化。」清趙翼甌北詩話：「是放翁於草書工力，幾於出神入化。」

例句　歷經大小比賽的磨鍊，他的球技已到了出神入化的境界。

近義　爐火純青　神乎其技

出師不利（ㄔㄨ ㄕ ㄅㄨˋ ㄌㄧˋ）　出動軍隊打仗卻不順利。也比喻事情一開始就遭遇挫折或嚐到敗績。師，軍隊。

例句　本屆亞洲棒球錦標賽，我隊出師不利，首場就嚐敗績，接下來勢必有一番苦戰。

近義　一觸即潰　鎩羽而歸

反義　旗開得勝　馬到成功

出將入相（ㄔㄨ ㄐㄧㄤˋ ㄖㄨˋ ㄒㄧㄤˋ）　出征可為大將，入朝可為宰相。形容人文武兼備又飛黃騰達。

語源　唐吳兢貞觀政要任賢王珪：「才兼文武，出將入相，臣不如李靖。」

例句　李靖才兼文武，出將入相，是唐太宗時的名臣。

近義　文武雙全　允文允武

反義　庸庸碌碌　碌碌無能

出塵之想（ㄔㄨ ㄔㄣˊ ㄓ ㄒㄧㄤˇ）　超越世俗的思想境界。多用以形容詩文字畫意境清奇脫俗。

語源　南朝齊孔稚珪北山移文：「夫以耿介拔俗之標，瀟灑出塵之想，度白雪以方絜，干青雲而直上。」

例句　這幅畫將蓮花出淤泥而不染的姿態傳神地表達出來，觀賞之餘令人悠然有出塵之想。

近義　超凡脫俗　絕世出塵

反義　俗不可耐　鄙俗不堪

出爾反爾（ㄔㄨ ㄦˇ ㄈㄢˇ ㄦˇ）　本指你怎樣對待人，別人也會同樣對待你。後指人反覆無常，前後矛盾。爾，你。

語源　孟子梁惠王下：「曾子曰：『戒之，戒之！出乎爾者，反乎爾者也』。」

例句　由於對方不遵守諾言，出爾反爾，讓他在交易中吃了很大的虧。

近義　反覆無常　言而無信

反義　一諾千金　言而有信

出謀劃策（ㄔㄨ ㄇㄡˊ ㄏㄨㄚˋ ㄘㄜˋ）　提供謀略，制定計策。多指替別人出主意。劃，也作「畫」。也作「出奇畫策」。

語源　漢揚雄解嘲：「曾不能畫一奇，出一策，上說人主，下談公卿。」明馮夢龍東周列國志第六十九回：「汝依違觀望其間，並不見出奇畫策，無非因人成事。」

例句　多虧有那群死黨為他出謀劃策，小馬才能成功追到阿霞。

近義　想方設法　運籌帷幄

出雙入對（ㄔㄨ ㄕㄨㄤ ㄖㄨˋ ㄉㄨㄟˋ）　進出都成雙成對。形容感情很好，形影不離。

例句　那兩位明星不避諱在公開場合出雙入對，大方承認兩人的戀情。

近義　雙宿雙飛　形影不離

反義　別鶴孤鸞　形單影隻

出類拔萃（ㄔㄨ ㄌㄟˋ ㄅㄚˊ ㄘㄨㄟˋ）　超出眾人之上。類，類別。拔，特出。萃，群；類。

語源　孟子公孫丑上：「出於其類，拔乎其萃，自生民以來，未有盛於孔子也。」三國志蜀書蔣琬傳：「琬出類拔萃，處群僚之右，既無戚容，又無喜色，神守舉止，有如平日，由是眾望漸服。」

例句　能夠進入這所大學的學生，個個都聰明絕頂、出類拔萃。

近義 超群絕倫 卓爾不群

反義 濫竽充數 碌碌無能

出淤泥而不染 ㄔㄨ ㄩ ㄋㄧˊ ㄦˊ ㄅㄨˋ ㄖㄢˇ 本指蓮花生長在淤泥中，卻能夠清麗脫俗，不受汙染。比喻人出身於不好的環境而有高潔的品格。淤，沉積水底的汙泥。

語源 宋周敦頤愛蓮說：「予獨愛蓮之出淤泥而不染，濯清漣而不妖。」

例句 雖然出身黑道家庭，他卻能夠出淤泥而不染，一直保有純真的天性。

近義 涅而不緇 冰清玉潔

刀部

刀山火海 ㄉㄠ ㄕㄢ ㄏㄨㄛˇ ㄏㄞˇ 比喻非常危險和艱難的處境。

例句 為了達成上級交辦的任務，即使是刀山火海，弟兄們也會一往無前，赴湯蹈火，在所不辭。

刀光劍影 ㄉㄠ ㄍㄨㄤ ㄐㄧㄢˋ ㄧㄥˇ 形容激烈搏鬥的場面或殺氣騰騰的氛圍。

語源 唐劉禹錫有僧言羅浮事因為詩以寫之：「日光吐鯨背，劍影開龍鱗。」

例句 他出獄後遠離黑道，金盆洗手，不願再過從前刀光劍影的生活。

近義 劍拔弩張 殺氣騰騰

反義 偃旗息鼓 鳴金收兵

刀耕火種 ㄉㄠ ㄍㄥ ㄏㄨㄛˇ ㄓㄨㄥˋ 以刀砍伐林木，再用火燒餘株，以便耕種。泛指原始粗糙的耕作方式。

語源 史記貨殖列傳：「楚越之地，地廣人希，飯稻羹魚，或火耕而水耨。」唐羅隱別池陽所居：「黃塵初起此留連，火耨刀耕六七年。」宋張淏雲谷雜記卷四：「如是則所收必倍，蓋史所謂刀耕火種也。」

例句 非洲有些部落，至今仍過著刀耕火種的原始生活。

近義 火耨刀耕 火耕水耨

刀鋸鼎鑊 ㄉㄠ ㄐㄩˋ ㄉㄧㄥˇ ㄏㄨㄛˋ 指各種殘酷的刑罰。刀鋸，古代切割肢體的刑具。鼎鑊，古代烹殺用的大鍋。

語源 宋蘇軾留侯論：「當韓之亡，秦之方盛也，以刀鋸鼎鑊待天下之士。」

例句 在民主法治的時代，動輒以刀鋸鼎鑊對待罪犯的行為已不復見。

刀頭舔蜜 ㄉㄠ ㄊㄡˊ ㄊㄧㄢˇ ㄇㄧˋ 比喻為一時小利而甘冒危險。也比喻因小失大，得不償失。

語源 佛說四十二章經：「佛言財色之於人，譬如小兒貪刀刃之蜜，甜不足一食之美，然有截舌之患也。」

例句 這些混混暴力討債、勒索樣樣來，每天過著刀頭舔蜜的生活而不自知，愚昧又可憐。

近義 鋌而走險 貪小失大

刁鑽古怪 ㄉㄧㄠ ㄗㄨㄢ ㄍㄨˇ ㄍㄨㄞˋ 形容個性狡猾而怪僻。

語源 紅樓夢第二十七回：「他素昔眼空心大，是個頭等刁鑽古怪東西。」

例句 她從小就是個刁鑽古怪的孩子，有些舉動令人又好氣又好笑。

近義 鬼靈精怪 機靈古怪

反義 平易近人 和藹可親

分一杯羹 2 ㄈㄣ ㄧ ㄅㄟ ㄍㄥ 比喻從別人那裡得到好處。羹，用肉、菜煮成的濃湯。

語源 史記項羽本紀：「吾翁即若翁，必欲烹而翁，則幸分我一杯羹。』」

例句 他中了樂透頭彩的消息

曝光後，親戚朋友都想來分一杯羹，令他不勝其擾。

近義 坐收漁利

分工合作 ㄈㄣ ㄍㄨㄥ ㄏㄜˊ ㄗㄨㄛˋ 將整體工作分配給大家進行，相互配合，共同完成。

例句 在大家分工合作下，終於完成了這件艱難的任務。

近義 同心協力 和衷共濟

反義 各行其是 各自為政

分文不取 ㄈㄣ ㄨㄣˊ ㄅㄨˋ ㄑㄩˇ 一分一文都不收取。形容為人廉潔或不收受任何酬勞。分、文，都是古時錢幣極小的單位。

語源 明抱甕老人今古奇觀第一卷：「又且一清如水，分文不取。」

例句 廖老太太孤苦無依，仁心仁術的王醫師替她治好病後分文不取，令她感動萬分。

近義 一介不取 兩袖清風

反義 愛財如命 見錢眼開

分身乏術 ㄈㄣ ㄕㄣ ㄈㄚˊ ㄕㄨˋ 事情繁多，無法兼顧。

例句 職業婦女想要家庭與工作兼顧，實在是分身乏術。

近義 日不暇給 一身兩役

反義 從容不迫 好整以暇

分門別類 ㄈㄣ ㄇㄣˊ ㄅㄧㄝˊ ㄌㄟˋ 依據事物特性分別部門，歸納種類，使人一目了然。

語源 明朱國禎湧幢小品卷一八志錄集：「分門別類，非全帙也。」

例句 超市裡把所有商品分門別類放置，顧客可以很快地找到想要的物品。

近義 以類相從 比物連類

反義 混為一談

分秒必爭 ㄈㄣ ㄇㄧㄠˇ ㄅㄧˋ ㄓㄥ 一分一秒也不放過。指充分利用所有的時間。

例句 為了在大都會裡生存，臺北人總是分秒必爭，因而累積了難以紓解的生活壓力。

近義 爭分奪秒 不眠不休

反義 浪擲光陰 韶光虛擲

分庭抗禮 ㄈㄣ ㄊㄧㄥˊ ㄎㄤˋ ㄌㄧˇ 原指賓主分列庭院兩旁，彼此相對，平等行禮。今比喻地位、實力相當，不分上下。庭，堂前的庭院。抗，相當；相等。

語源 莊子漁父：「萬乘之主，千乘之君，見夫子未嘗不分庭伉（抗）禮。」

例句 這支球隊經過集訓後，已可與去年的冠軍隊伍分庭抗禮，一較高低了。

近義 平起平坐 勢均力敵

反義 甘拜下風 俯首稱臣

分崩離析 ㄈㄣ ㄅㄥ ㄌㄧˊ ㄒㄧ 分裂、崩潰、離散、析異。形容國家或團體四分五裂，不能團結。

語源 論語季氏：「邦分崩離析，而不能守也。」

例句 這個社團的領導人能力不足，社員各行其是，最後落得分崩離析，以解散收場。

近義 土崩瓦解 四分五裂

反義 精誠團結 同心同德

分毫不爽 ㄈㄣ ㄏㄠˊ ㄅㄨˋ ㄕㄨㄤˇ 參見「絲毫不爽」。

分進合擊 ㄈㄣ ㄐㄧㄣˋ ㄏㄜˊ ㄐㄧ 軍隊從不同方向分別前進，聯合攻擊敵人。也泛指多路前進，聯合打擊同一目標。

例句 這次國會議長選舉，在野黨整合成功，與第三勢力分進合擊，讓執政黨腹背受敵。

近義 遠交近攻 各個擊破

反義 長驅直入

分道揚鑣 ㄈㄣ ㄉㄠˋ ㄧㄤˊ ㄅㄧㄠ 指分路而行。也指按照不同的目標或志趣，各走各的道路，或比喻在不同領域各占一席之地，各有造詣。鑣，馬口中所

銜的鐵環。揚鑣，指驅馬前進。

語源 魏書神元平文諸帝子孫列傳：「洛陽我之豐、沛，自應分路揚鑣。自今以後，可分路而行。」南史裴子野傳：「蘭陵蕭琛言其評論可與過秦、王命分道揚鑣。」

例句 ①你要北上，我要南下，我們就在此分道揚鑣吧！②他們本來是合夥人，由於經營理念不同，只好分道揚鑣。③他在服裝設計界闖出一片天，已經可以跟享譽建築界的哥哥分道揚鑣，各擅勝場。

近義 各奔東西　各奔前程

反義 志同道合　齊頭並進

切中時弊（ㄑㄧㄝˋ ㄓㄨㄥˋ ㄕˊ ㄅㄧˋ） 精切地指出社會的弊端所在。切中，切合。也作「切中時病」。

語源 宋蘇舜欽詣匭疏景祐五年：「旬餘日來，聞頗有言事者，其間豈無切中時病，而絕不聞朝廷從而行之。」

例句 他的批評都能夠切中時弊，值得當政者好好深思。

近義 一語破的　一針見血

反義 隔靴搔癢　不著邊際

切切私語（ㄑㄧㄝˋ ㄑㄧㄝˋ ㄙ ㄩˇ） 參見「竊竊私語」。

切身之痛（ㄑㄧㄝˋ ㄕㄣ ㄓ ㄊㄨㄥˋ） 參見「切膚之痛」。

切磋琢磨（ㄑㄧㄝ ㄘㄨㄛ ㄓㄨㄛˊ ㄇㄛˊ） 整治骨角、象牙、璞玉和石頭，使之精細美好。比喻仔細研究，精益求精。切，治骨角。磋，治象牙。琢，治玉。磨，治石。

語源 詩經衛風淇奧：「如切如磋，如琢如磨。」

例句 經過大家切磋琢磨、反覆討論之後，這棘手的難題終於找到解決的方法。

近義 互切互磋　精益求精

切膚之痛（ㄑㄧㄝˋ ㄈㄨ ㄓ ㄊㄨㄥˋ） 親身經受的痛苦。形容深切的感受。切膚，切身；與自己關係密切。也作「切身之痛」。

語源 易經剝卦：「六四，剝床以膚，凶。象曰：剝床以膚，切近災也。」明史范淑泰傳：「毋以降級戴罪，徒為不切身之痛癢。」清蒲松齡聊齋誌異冤獄：「受萬罪於公門，竟屬切膚之痛。」

例句 提及被「公寓之狼」性侵害的經過，幾個被害人因為有切膚之痛，幾度泣不成聲。

近義 刻骨銘心　銘心刻骨

反義 無關痛癢

4

刎頸之交（ㄨㄣˇ ㄐㄧㄥˇ ㄓ ㄐㄧㄠ） 指同生死、共患難的交誼或朋友。刎頸，用刀割脖子。

語源 史記廉頗藺相如列傳：「廉頗聞之，肉袒負荊，因賓客至藺相如門謝罪……卒相與驩（歡），為刎頸之交。」

例句 人情淡薄的現代社會，能有坦誠相見的朋友已很困難，更別說是刎頸之交了。

近義 生死之交　患難之交

反義 狐朋狗友　酒肉朋友

列祖列宗（ㄌㄧㄝˋ ㄗㄨˇ ㄌㄧㄝˋ ㄗㄨㄥ） 指歷代祖先。

例句 你一定要發憤圖強，重振家族名聲，才對得起列祖列宗。

5

判若兩人（ㄆㄢˋ ㄖㄨㄛˋ ㄌㄧㄤˇ ㄖㄣˊ） 指一個人的言行前後不同，好像是兩個人。判，分明。

語源 清梁紹壬兩般秋雨盦隨筆二書詞與史筆迥異：「向常論汪彥章之於李伯紀，一啟一制，判然如出兩人。」清李伯元文明小史第五回：「本是何等通融、何等遷就，何以如今判若兩人？」

例句 朱立委競選時和當選後

的言行判若兩人，讓選民十分失望。

近義 截然不同 一反常態

反義 依然故我 一如既往

判若雲泥 ㄆㄢˋ ㄖㄨㄛˋ ㄩㄣˊ ㄋㄧˊ 像天上雲彩與地上泥土般的差別。比喻高低、好壞相差懸殊。判，區別。雲泥，雲在天，泥在地。比喻差距很大。也作「判若霄壤」。

語源 唐杜甫送韋書記赴安西：「夫子欻通貴，雲泥相望懸。」清林則徐番務完竣赴任日期折：「邊隘之安恬，實與去歲情形，判若霄壤。」

例句 這兩件作品的水準判若雲泥，你根本不應該將它們相提並論！

近義 天壤之別 天差地遠

反義 毫無二致 不相上下

判若霄壤 ㄆㄢˋ ㄖㄨㄛˋ ㄒㄧㄠ ㄖㄤˇ 參見「判若雲泥」。

別出心裁 ㄅㄧㄝˊ ㄔㄨ ㄒㄧㄣ ㄘㄞˊ 獨創一格；創造與眾不同的巧思。心裁，心中的計畫與想法。也作「別出新裁」。

語源 明李贄水滸全書發凡：「今別出新裁，不依舊樣。」清李汝珍鏡花緣第四十五回：「不知賢妹可能別出心裁，另有泡製？」

例句 他真不愧是室內設計的名家，連轉角的擺設都別出心裁，令人耳目一新。

近義 獨樹一幟 別具一格

反義 人云亦云 千篇一律

別出機杼 ㄅㄧㄝˊ ㄔㄨ ㄐㄧ ㄓㄨˋ 相同的織布機，卻能織出不同花樣的布。比喻別出巧思，另有創新。

語源 宋樓鑰跋李伯和所藏書畫薄薄酒二篇：「詞人務以相勝，似不若別出機杼。」

例句 畢卡索的畫作別出機杼，堪稱二十世紀最傑出的作品。

近義 別具匠心 別出心裁

反義 拾人牙慧 千篇一律

別有天地 ㄅㄧㄝˊ ㄧㄡˇ ㄊㄧㄢ ㄉㄧˋ 另有一種特殊的境界。

語源 唐李白山中問答：「桃花流水窅然去，別有天地非人間。」

例句 這間房子雖然外觀十分老舊，其實裡面別有天地，布置得十分精巧。

近義 別有洞天 別有乾坤

反義 平淡無奇 屢見不鮮

別有用心 ㄅㄧㄝˊ ㄧㄡˇ ㄩㄥˋ ㄒㄧㄣ 指另有企圖或主意。通常帶有負面意義。

語源 清吳趼人二十年目睹之怪現狀第九十九回：「王太尊也是說他辦事可靠，哪裡知道他是別有用心的呢！」

例句 原本以為他是熱心提供協助，沒想到他竟別有用心，還將我們耍得團團轉。

近義 心懷鬼胎 居心不良

反義 光明磊落 心口如一

別有洞天 ㄅㄧㄝˊ ㄧㄡˇ ㄉㄨㄥˋ ㄊㄧㄢ 有另一處不同的天地。指另有一種特殊的境界或景觀。

語源 金元好問濟南雜詩十首：「別有洞天君不見，鵲山寒食泰和年。」

例句 太魯閣國家公園處處充滿大自然的鬼斧神工，徜徉其中，可發現處處皆別有洞天，興味無窮。

近義 別有天地 別有風味

反義 一成不變 平淡無奇

別有風味 ㄅㄧㄝˊ ㄧㄡˇ ㄈㄥ ㄨㄟˋ ①形容食物美味，別具特色。②形容另有特殊的神采、韻味。也作「別具風味」。

語源 清李汝珍鏡花緣第五回：「此時只覺四處焦香撲

鼻，倒也別有風味。」

例句 ①沒想到湯裡加了這種香料後，竟然別有風味，大家都讚不絕口。②姐姐平日打扮都很休閒，今天穿上旗袍後別有風味，令人驚豔。

別有會心 ㄅㄧㄝˊ ㄧㄡˇ ㄏㄨㄟˋ ㄒㄧㄣ 指對事物有獨到的領會或理解。

語源 清梁章鉅歸田瑣記曼雲先兄家傳：「自言窮經非力所能，雜考據亦性所不近，惟論史及論詩，似別有會心之處。」

例句 他在古典詩詞的研究上別有會心，令許多學者耳目一新。

近義 別具隻眼 觀察入微

反義 不甚了了 一知半解

別具一格 ㄅㄧㄝˊ ㄐㄩˋ ㄧˋ ㄍㄜˊ 另有一種獨特的風格。多指詩、文、繪畫等的格調與眾不同。

語源 清呂留良與施愚山書三首（其三）：「詠見贈詩，風力又別具一格。」

例句 他的小說創作別具一格，獲得書評家及讀者一致的好評。

近義 匠心獨運 獨樹一幟

反義 千篇一律 照貓畫虎

別具匠心 ㄅㄧㄝˊ ㄐㄩˋ ㄐㄧㄤˋ ㄒㄧㄣ 有獨到創新的巧思。

語源 清陳廷焯白雨齋詞話：「蕃錦集運用成語，別具匠心。」

例句 這棟建築設計得簡單大方，風格獨特，別具匠心，吸引許多民眾前去參觀。

近義 別出心裁 匠心獨運

反義 千篇一律 襲人故智

別具隻眼 ㄅㄧㄝˊ ㄐㄩˋ ㄓ ㄧㄢˇ 出自禪宗語，原指具有與眾不同的眼力，能看到別人看不到的事物。後用以形容具有獨到的眼光和見解。也作「獨具隻眼」。

語源 宋釋普濟五燈會元卷四盤山積禪師法嗣：「臨濟小廝兒卻具一隻眼。」宋楊萬里送彭元忠縣丞北歸：「學詩初學陳後山，霜皮脫盡山骨寒。近來別具一隻眼，要踏唐人最上關。」

例句 他對這個問題所提出的意見，別具隻眼，引起眾人熱烈的討論。

近義 獨具慧眼 見解獨到

反義 人云亦云 襲人故智

別無長物 ㄅㄧㄝˊ ㄨˊ ㄓㄤˋ ㄨˋ 參見「一無長物」。

別開生面 ㄅㄧㄝˊ ㄎㄞ ㄕㄥ ㄇㄧㄢˋ 指另闢途徑，創新格局。

語源 唐杜甫丹青引贈曹將軍霸：「凌煙功臣少顏色，將軍下筆開生面。」

例句 他的繪畫在傳統文人畫風格之外，有別開生面的表現。

近義 自出機杼 別具一格

反義 千篇一律 人云亦云

別樹一幟 ㄅㄧㄝˊ ㄕㄨˋ ㄧˊ ㄓˋ 另立一種旗號。比喻另創格調，獨自開展出一種局面。樹，建立；豎立。

語源 南朝齊周顒重答張長史：「此自足下懷抱，與老、釋而為三耳，或可獨樹一家，非老情之所敢逮也。」清王之春椒生隨筆四鏡花緣：「小說之鏡花緣，是欲於石頭記外，別樹一幟者。」

例句 他的服裝設計風格別樹一幟，只要模特兒一出場，大家一眼就能認出。

近義 別具一格 自出機杼

反義 千篇一律 人云亦云

別鶴孤鸞 ㄅㄧㄝˊ ㄏㄜˋ ㄍㄨ ㄌㄨㄢˊ 比喻離散的夫妻。別鶴、孤鸞，即別鶴操、孤鸞操。皆為古琴曲，其內容、情調反映夫妻離

散的哀怨。

語源 晉陶淵明擬古九首（其五）：「上弦驚別鶴，下弦操孤鸞。」唐楊炯原州百泉縣令李君神道碑：「琴前鏡裡，孤鸞別鶴之哀。」

例句 由於戰爭的關係，造成許多夫妻別鶴孤鸞、天各一方的悲哀。

近義 鸞飄鳳泊　單鵠寡鳧

反義 白頭偕老　比翼雙飛

利己利人 ㄌㄧˋ ㄐㄧˇ ㄌㄧˋ ㄖㄣˊ　有益於自己也有益於別人。形容對雙方皆有益處。

例句 捐血救人是件利己利人的事，我們何樂而不為呢？

近義 與人方便，自己方便

反義 損人利己　自私自利

利令智昏 ㄌㄧˋ ㄌㄧㄥˋ ㄓˋ ㄏㄨㄣ　受私利驅使，以致喪失理性，不明事理。

語源 史記平原君虞卿列傳：「鄙語曰：『利令智昏。』平原君貪馮亭邪說，使趙陷長平兵四十餘萬眾，邯鄲幾亡。」

例句 汪課長原本聰明幹練，只因一時利令智昏，盜用公款，以致身陷囹圄。

近義 見利忘義　利欲薰心

反義 見利思義　懲忿窒欲

利多於弊 ㄌㄧˋ ㄉㄨㄛ ㄩˊ ㄅㄧˋ　利益多於弊病；好處多於害處。

例句 經濟自由化是世界潮流，與外國簽定貿易開放協定應該是利多於弊，問題只在於如何妥善照顧本土弱勢產業。

反義 有害無利

利空出盡 ㄌㄧˋ ㄎㄨㄥ ㄔㄨ ㄐㄧㄣˋ　源自股票術語。意指對股價具有不利影響的所有消息或因素都已經出現，先前一路下挫的股價也已跌至最低點，有可能開始上漲。比喻所有負面衝擊或最壞情況都已經歷過。隱含否極泰來之意。利空，指能影響股價下跌的種種因素。

例句 在經歷劍拔弩張的一年後，南韓外長率團訪問北韓，顯示雙方關係已利空出盡，朝著互信、和平的方向發展。

近義 跌深反彈　否極泰來

反義 利多出盡

利益均霑 ㄌㄧˋ ㄧˋ ㄐㄩㄣ ㄓㄢ　共同分享利益與好處。霑，同「沾」。透過別人而受惠。

語源 清吳趼人二十年目睹之怪現狀第八十一回：「他今日既然直言相告，不免附他幾股，將來和他利益均霑，豈不是好。」

例句 這間大型家具館已有許多家具行進駐，彼此良性競爭，也帶來人潮，最終利益均霑，這種經營模式值得參考。

近義 有福同享　雨露均霑

反義 自私自利

利欲薰心 ㄌㄧˋ ㄩˋ ㄒㄩㄣ ㄒㄧㄣ　貪財圖利的欲望蒙蔽了心智。

語源 宋黃庭堅贈別李次翁：「利欲薰心，隨人翕張。」

例句 他因一時的利欲薰心，被詐騙集團騙走了一大筆錢。

近義 財迷心竅　利令智昏

反義 見利思義　懲忿窒欲

利弊互見 ㄌㄧˋ ㄅㄧˋ ㄏㄨˋ ㄐㄧㄢˋ　好處與壞處都有。利弊，利益與弊病；好處與壞處。

例句 加稅與否利弊互見，政府相關部門應當通盤考量之後再做決定。

近義 各有利弊　利弊參半

反義 利多於弊　有害無利

利弊參半 ㄌㄧˋ ㄅㄧˋ ㄘㄢ ㄅㄢˋ　好處與壞處各占一半。

語源 蔡東藩唐史通俗演義第六十二回：「兩稅之法，利弊參半，陸宣公嘗痛論之，但後世嘗奉為成制，無非以簡易可

行耳。」

例句 這項開發案利弊參半，產業界與環保團體爭持不下，讓主管官員很難抉擇。

近義 利弊互見 各有利弊

反義 利多於弊 有害無利

利弊得失 ㄌㄧˋ ㄅㄧˋ ㄉㄜˊ ㄕ 一件事的好與壞、得或失。

語源 清劉錦藻清朝續文獻通考征榷考：「臣此次閱歷二年餘，於廠務利弊得失，頗已周知。」

例句 凡事都要先衡量利弊得失再做，才不會判斷錯誤，留下遺憾。

6

刮目相看 ㄍㄨㄚ ㄇㄨˋ ㄒㄧㄤ ㄎㄢˋ 另眼看待。多用在別人有好的改變時。刮，擦。原作「士別三日，刮目相待」。

語源 三國志吳書呂蒙傳裴松之注引江表傳：「肅拊蒙背曰：『吾謂大弟但有武略耳，至於今者，學識英博，非復吳下阿蒙。』蒙曰：『士別三日，即更刮目相待。』」

例句 升上高三之後，世偉一改昔日惡習，變得勤奮好學、溫和有禮，老師和同學們都對他刮目相看。

近義 另眼相待

反義 一視同仁 不屑一顧

刮垢磨光 ㄍㄨㄚ ㄍㄡˋ ㄇㄛˊ ㄍㄨㄤ 將汙垢刮除，並磨亮使之發光。比喻精心造就，訓練人才。或比喻推敲鑽研，認真學習。

語源 唐韓愈進學解：「占小善者率以錄，名一藝者無不庸，爬羅剔抉，刮垢磨光。」

例句 王老師要求嚴格，二十多年來刮垢磨光，造就不少優秀的人才。

近義 精雕細琢 精益求精

反義 誤人子弟

制敵機先 ㄓˋ ㄉㄧˊ ㄐㄧ ㄒㄧㄢ 掌握先機，制伏敵人。

例句 我們要趁著同業尚在觀望之際，搶先推出這項新產品，才能制敵機先，擴大市占。

近義 先發制人 先聲奪人

刺股懸梁 ㄘˋ ㄍㄨˇ ㄒㄩㄢˊ ㄌㄧㄤˊ 參見「懸梁刺股」。

刻不容緩 ㄎㄜˋ ㄅㄨˋ ㄖㄨㄥˊ ㄏㄨㄢˇ 形容事情非常急迫，一刻也不能耽擱。刻，計算時間的單位。十五分鐘為一刻。容，容許。緩，延緩。

語源 宋周密齊東野語紹熙內禪：「事不容緩，宜亟行之。」清李汝珍鏡花緣第四十回：「至胎前產後，以及難產各症，不獨刻不容緩，並且兩命攸關。」

例句 臭氧層遭到破壞，溫室效應日趨嚴重，因此推動環境保護是刻不容緩的事。

近義 迫在眉睫 燃眉之急

反義 綽有餘裕 好整以暇

刻舟求劍 ㄎㄜˋ ㄓㄡ ㄑㄧㄡˊ ㄐㄧㄢˋ 比喻做事拘泥固執，不知變通。

語源 呂氏春秋慎大覽察今記載：有一個楚國人乘船渡江，一不小心把劍掉入水中，他立刻在船身刻上記號，說劍就是從那裡掉下去的。等船靠岸了，便從做記號的地方下水尋劍，結果自然是找不到劍了。

例句 在日新月異的資訊時代，你還以舊觀念、舊方法行事，無異刻舟求劍。

近義 膠柱鼓瑟 守株待兔

反義 因時制宜 隨機應變

刻苦耐勞 ㄎㄜˋ ㄎㄨˇ ㄋㄞˋ ㄌㄠˊ 能忍受勞苦，盡心盡力做事。

例句 他做事一向認真，刻苦耐勞，是老闆眼中的優良員工。

近義 任勞任怨 不辭辛苦

反義 好逸惡勞　飽食終日

刻骨銘心 ㄎㄜˋ ㄍㄨˇ ㄇㄧㄥˊ ㄒㄧㄣ　比喻感受極深，不能忘懷。銘心，牢記不忘。銘，鏤刻。也作「銘心刻骨」。

語源 唐柳宗元謝除柳州刺史表：「銘心鏤骨，無報上天。」水滸傳第八十回：「萬望太尉慈憫，救拔深陷之人，得瞻天日，刻骨銘心，誓圖死報。」

例句 承蒙您的大力幫助，使我度過此一難關。此恩此德，我將刻骨銘心，沒齒難忘。

近義 銘諸肺腑　銘感五內

刻畫入微 ㄎㄜˋ ㄏㄨㄚˋ ㄖㄨˋ ㄨㄟ　描寫非常深刻，連細微的地方也都表現出來。刻畫，描摹。微，細微。

例句 水滸傳敘事生動，尤其對人物性格的描寫，刻畫入微，十分精彩。

近義 淋漓盡致　曲盡其妙

反義 輕描淡寫　隔靴搔癢

刻薄寡恩 ㄎㄜˋ ㄅㄛˊ ㄍㄨㄚˇ ㄣ　形容做人苛刻而無情。

例句 一個刻薄寡恩的老闆，很難留得住員工。

近義 尖酸刻薄

反義 豁達大度　宅心仁厚

7

剃頭擔子——一頭熱 ㄊㄧˋ ㄊㄡˊ ㄉㄢˋ ㄗˇ ㄧˋ ㄊㄡˊ ㄖㄜˋ　歇後語。指自己一相情願，對方並無此意。古代剃頭師傅挑著擔子為人剃頭，擔子的一頭放置板凳工具，一頭放置爐火熱水。故有「一頭熱」的說法。

語源 清劉鶚老殘遊記第三回：「人家假愛你，你真愛人家，不跟了天津的話，剃頭挑子一頭想嗎？」

例句 這項合併案，我看是「剃頭擔子——一頭熱」，對方根本毫無意願，你還是放棄吧！

近義 一相情願

反義 兩相情願

削足適履 ㄒㄩㄝ ㄗㄨˊ ㄕˋ ㄌㄩˇ　為了穿上小鞋，把腳削去一塊。比喻拘泥成例，不知變通，或毫無原則地遷就湊合。適，適應。履，鞋。

語源 漢劉安淮南子說林訓：「夫所以養而害所養，譬猶削足而適履，殺頭而便冠。」

辨析 削，音ㄒㄩㄝ，不讀ㄒㄧㄠ。

例句 政府施政要以全體民眾的利益為考量，不能為了少數人的反對而隨意變更，否則是削足適履的做法。

近義 刻舟求劍　食古不化

反義 隨機應變　相機行事

前仆後繼 ㄑㄧㄢˊ ㄆㄨ ㄏㄡˋ ㄐㄧˋ　前面的人倒下了，後面的人接著衝向前去。形容勇往直前，不怕犧牲。仆，倒下。

語源 宋王楙野客叢書後宮嬪御：「故士大夫以粉白黛綠喪身殞命，何可勝數。前仆後繼，曾不知悟。」

例句 早期的臺商人手一只皮箱，風塵僕僕、前仆後繼地前往海外開拓市場，他們是創造臺灣經濟奇蹟的大功臣。

近義 視死如歸　赴湯蹈火

反義 臨陣脫逃　貪生怕死

前功盡棄 ㄑㄧㄢˊ ㄍㄨㄥ ㄐㄧㄣˋ ㄑㄧˋ　之前所做的努力都白費了。功，成績。棄，丟掉；失掉。

語源 史記周本紀：「一舉不得，前功盡棄，公不如稱病而無出。」

例句 幾個月來他積極準備，就是為了參加這次比賽，不料因為一場病而導致前功盡棄，實在令人惋惜。

近義 功虧一簣　功敗垂成

反義 大功告成　功德圓滿

前仰後合 ㄑㄧㄢˊ ㄧㄤˇ ㄏㄡˋ ㄏㄜˊ 身體前後俯仰搖晃。形容因大笑或酒醉而站不穩的樣子。

語源 元高文秀好酒趙元遇上皇第一折：「東倒西歪，後合前仰，離席上，這酒興顛狂。」紅樓夢第四十二回：「眾人聽了，越發鬨然大笑的前仰後合。」

例句 他擅長表演說唱，每次上臺都逗得觀眾前仰後合，笑聲不斷。

前因後果 ㄑㄧㄢˊ ㄧㄣ ㄏㄡˋ ㄍㄨㄛˇ 起因和結果。指事情的整個過程。

語源 南齊書高逸傳論：「今樹以前因，報以後果。」

例句 你別著急，先把事情的前因後果告訴我，我們再一起設法解決。

近義 來龍去脈

前車之鑑 ㄑㄧㄢˊ ㄔㄜ ㄓ ㄐㄧㄢˋ 前頭車子翻覆的原因，後面的車子要引以為戒。比喻先前的失敗，可以作為以後的教訓。鑑，鏡子。引申為教訓、戒鑑。也作「覆車之鑑」、「覆車之戒」。

語源 漢劉向說苑善說：「前車覆，後車戒。」三國志蜀書裴松之注引蜀記：「隗囂凭隴而亡，公孫述據蜀而滅，此皆前世覆車之鑑也。」

例句 林同學因沉溺網咖、荒廢課業而被退學，他是你的前車之鑑，你可不要重蹈覆轍喔！

近義 殷鑑不遠　引以為戒

反義 重蹈覆轍　一誤再誤

前呼後擁 ㄑㄧㄢˊ ㄏㄨ ㄏㄡˋ ㄩㄥˇ 前面有人呼喝開道，後面有人擁護跟隨。形容尊貴者外出時的浩大聲勢。

語源 清文康兒女英雄傳第十三回：「落後便是那河臺，鳴鑼喝道，前呼後擁的過去。」

例句 總統下鄉巡視，吸引大批媒體記者與民眾跟隨，前呼後擁，聲勢浩蕩。

近義 結駟連騎　一呼百諾

反義 輕車簡從

前所未有 ㄑㄧㄢˊ ㄙㄨㄛˇ ㄨㄟˋ ㄧㄡˇ 以前未曾有過。指某種事物十分新奇或創造新的紀錄。

語源 宋歐陽脩六一詩話卷一九：「松江新作長橋，制度宏麗，前世所未有。」宋洪邁容齋四筆第六卷：「賦韻如是，前所未有。」

例句 衛福部官員警告，這波流感的傳播速度和規模前所未有，要民眾提高警覺。

近義 史無前例　亙古未有

反義 史不絕書　屢見不鮮

前所未見 ㄑㄧㄢˊ ㄙㄨㄛˇ ㄨㄟˋ ㄐㄧㄢˋ 從來不曾見過。

語源 宋周密齊東野語表答用先世語：「此又述批答之意，亦前所未見也。」

例句 這家公司設計的這項新產品，前所未見，受到業界的矚目。

近義 史無前例　前所未有

反義 屢見不鮮　司空見慣

前所未聞 ㄑㄧㄢˊ ㄙㄨㄛˇ ㄨㄟˋ ㄨㄣˊ 從來不曾聽說過。

語源 宋周密齊東野語野婆：「此事前所未聞，是知窮荒絕徼，天奇地怪，亦何所不有？」

例句 這種宇宙生成論前所未聞，科學界大多抱持懷疑的看法。

近義 史無前例　前所未見

反義 屢見不鮮　司空見慣

前思後想 ㄑㄧㄢˊ ㄙ ㄏㄡˋ ㄒㄧㄤˇ 參見「思前想後」。

前科累累（ㄑㄧㄢˊ ㄎㄜ ㄌㄟˇ ㄌㄟˇ） 犯罪被判刑的紀錄很多。也比喻犯錯不斷，無心悔改。前科，法律上指曾受科刑判決的紀錄。累累，繁多、重積的樣子。

【例句】這家食品廠商前科累累，每次發生食安風暴，總是榜上有名，你還敢吃他們的產品嗎？

【近義】素行不良　罪孽深重

【反義】改邪歸正　痛改前非

前倨後恭（ㄑㄧㄢˊ ㄐㄩˋ ㄏㄡˋ ㄍㄨㄥ） 對人的態度原先傲慢，後來轉為恭敬有禮。多用來形容為人勢利或比喻炎涼的世態人情。倨，不恭敬。

【語源】史記蘇秦列傳記載：戰國時代的蘇秦，年輕時遊歷他國多年，毫無成就，生活貧困潦倒。回家後，兄弟妻嫂全都譏笑他。他羞愧之餘閉門苦讀，後來終於成功地遊說六國合縱抗秦，佩帶了六國相印。當他榮歸故鄉，兄弟妻嫂匍伏在地，不敢仰視。蘇秦笑對其嫂說：「何前倨而後恭也？」嫂嫂諂媚地回答說：「因為您如今的地位尊榮、富貴多金呀！」

【例句】那個售貨員得知王老太太的身分後，立刻堆滿笑容，熱絡逢迎。前倨後恭的嘴臉，十分可笑！

【近義】卑躬屈膝　嫌貧愛富

前程似錦（ㄑㄧㄢˊ ㄔㄥˊ ㄙˋ ㄐㄧㄣˇ） 前途像錦繡一樣光輝燦爛。形容前途十分美好。

【語源】元賈仲名對玉梳第四折：「想著咱錦片前程，十分恩愛。」

【例句】一個前程似錦的年輕演員，就這樣毀在毒品上，令人嘆惜！

前嫌盡釋（ㄑㄧㄢˊ ㄒㄧㄢˊ ㄐㄧㄣˋ ㄕˋ） 放下過去的一切嫌隙與仇怨。釋，放。也作「盡釋前嫌」。

【例句】兩個主力球員在賽前能夠前嫌盡釋，共同為球隊榮譽而努力，令人欣慰。

【近義】言歸於好　重修舊好

【反義】爾虞我詐　鉤心鬥角

前塵往事（ㄑㄧㄢˊ ㄔㄣˊ ㄨㄤˇ ㄕˋ） 過往的事情。前塵，往事；舊事。塵，蹤跡。

【例句】又回到與初戀女友分手的咖啡館，前塵往事浮上心頭，阿鴻一時感到莫名地悲傷。

【近義】驀然回首　浮光掠影

前言不搭後語（ㄑㄧㄢˊ ㄧㄢˊ ㄅㄨˋ ㄉㄚ ㄏㄡˋ ㄩˇ） 說話前後矛盾或沒有條理。

【語源】宋釋惟白續傳燈錄卷二明州天童澹交禪師：「曰：『向上宗乘，又且如何舉唱？』師曰：『前言不及後語。』」紅樓夢第五十四回：「你們想想，那些人都是管做什麼的？可是前言不答後語了不是？」

【例句】他這番說詞前言不搭後語，分明是在說謊，我們可不要被騙了！

【近義】自相矛盾　破綻百出

【反義】條理分明　頭頭是道

前人種樹，後人乘涼（ㄑㄧㄢˊ ㄖㄣˊ ㄓㄨㄥˋ ㄕㄨˋ，ㄏㄡˋ ㄖㄣˊ ㄔㄥˊ ㄌㄧㄤˊ） 比喻前人為後人造福。

【語源】明胡文煥群音類選清腔類桂枝香：「竹竿空長，肚裡無糧，前人栽樹，後人乘涼。」

【例句】今天我們能夠享受富裕的生活，是上一代人奮鬥打拚的結果。前人種樹，後人乘涼，我們都應當知所感恩和珍惜。

【近義】垂裕後昆

【反義】積惡餘殃

前事不忘，後事之師 ㄑㄧㄢˊ ㄕˋ ㄅㄨˋ ㄨㄤˋ ㄏㄡˋ ㄕˋ ㄓ ㄕ

記取以前的經驗、教訓，可以作為以後行事的參考。師，榜樣；參考。

【語源】戰國策趙策一：「臣觀成事，聞往古，天下之美同，臣主之權均之能美，未之有也。前事之不忘，後事之師。」

【例句】弟弟因為沉溺電玩而導致成績一落千丈，差點被留級。前事不忘，後事之師，這學期他再也不敢貪玩了。

【近義】前車之鑑　懲前毖後

【反義】執迷不悟　重蹈覆轍

前門拒虎，後門進狼 ㄑㄧㄢˊ ㄇㄣˊ ㄐㄩˋ ㄏㄨˇ ㄏㄡˋ ㄇㄣˊ ㄐㄧㄣˋ ㄌㄤˊ

才在屋前趕走老虎，惡狼又從屋後進來。比喻災禍不斷，前一個禍患才去除，下一個禍患又來到。也可用來比喻許多禍患同時來到，難以防禦。

【語源】明趙弼評史：「竇氏雖除，而寺人之權，從茲盛矣！諺：『前門拒虎，後門進狼』，此之謂與？」

【例句】地震過後，災民還忙著重整家園，不料接連數日豪雨又釀成災情，真是「前門拒虎，後門進狼」，災民苦不堪言！

【近義】一波未平，一波又起

前無古人，後無來者 ㄑㄧㄢˊ ㄨˊ ㄍㄨˇ ㄖㄣˊ ㄏㄡˋ ㄨˊ ㄌㄞˊ ㄓㄜˇ

原作「前不見古人，後不見來者」，乃詩人概嘆生不逢時，不遇知音。後多用來形容成就空前絕後，無人能及。也省作「前無古人」。

【語源】唐陳子昂登幽州臺歌：「前不見古人，後不見來者，念天地之悠悠，獨愴然而涕下。」宋胡仔苕溪漁隱叢話卷九：「老杜於詩學，世以謂前無古人，後無來者。」

【例句】你的事業成就是否空前絕後，我不知道；但你自吹自擂的功夫，恐怕真是前無古人，後無來者。

【近義】史無前例　空前絕後

8

剖腹藏珠 ㄆㄡˇ ㄈㄨˋ ㄘㄤˊ ㄓㄨ

比喻為貪愛錢財而本末倒置，做出使身體損傷的行為。

【語源】資治通鑑卷一九二唐太宗貞觀元年：「吾聞西域賈胡得美珠，剖身以藏之。」紅樓夢第四十五回：「就失了手也是有限的，怎麼忽然又變出這剖腹藏珠的脾氣來！」

【例句】為了獎金，參加大胃王比賽的選手不顧身體是否能夠負擔，個個狼吞虎嚥，如此剖腹藏珠的行為，真是得不償失。

【近義】本末倒置　因小失大

【反義】恬淡寡欲　不忮不求

剛正不阿 ㄍㄤ ㄓㄥˋ ㄅㄨˋ ㄜ

剛強正直，不諂媚奉承他人。阿，逢迎。

【語源】孟子公孫丑上：「智足以知聖人，汙不至阿其所好。」明史劉槩傳：「卿相缺人，則遷延餌引，待有交通請屬軟美易制之人，然後薦用。其剛正不阿者，輒媒孽而放棄之。」

【辨析】阿，音ㄜ，不讀ㄚ。

【例句】他的個性剛正不阿，常常因為不假修飾提出見解而得罪人。

【近義】直道而行

【反義】闇然媚世　曲意逢迎

剛柔相濟 ㄍㄤ ㄖㄡˊ ㄒㄧㄤ ㄐㄧˋ

剛強與柔和互相輔助，交互運用。也作「剛柔並濟」。

【語源】十大經觀（馬王堆漢墓帛書）：「柔剛相成，牝牡若形。」漢王粲為劉荊州與袁尚書：「金木水火以剛柔相濟，

然後克得其和，能為民用。」

例句 領導下屬要剛柔相濟，恩威並施，才能讓人信服。

近義 寬猛相濟 恩威並行

剛愎自用 ㄍㄤ ㄅㄧˋ ㄗˋ ㄩㄥˋ 形容人剛強固執，自以為是。愎，固執任性。

語源 呂氏春秋孟夏紀誣徒：「失之在己，不肯自非，愎過自用，不可證移。」宋陳摶心相編：「君子剛愎自用，小人行險僥倖。」

辨析 愎，音ㄅㄧˋ，不讀ㄈㄨˋ。

例句 身為管理者，最重要的是知人善任、博採眾議，若是剛愎自用，將很難順利推行工作。

近義 一意孤行 師心自用

反義 兼容並蓄 廣開言路

剛毅木訥 ㄍㄤ ㄧˋ ㄇㄨˋ ㄋㄜˋ 性情剛強果決而不善言詞。

語源 論語子路：「剛毅木訥，近仁。」

例句 他為人剛毅木訥，不善交際，但朋友們仍喜歡和他往來。

反義 巧言令色 油腔滑調

剜肉醫瘡 ㄨㄢ ㄖㄡˋ ㄧ ㄔㄨㄤ 為了醫治瘡口，而挖掉一塊好肉。比喻只顧眼前救急，不顧後果。剜，挖。瘡，皮膚上的潰瘍。也作「挖肉補瘡」。

語源 唐聶夷中傷田家：「二月賣新絲，五月糶新穀；醫得眼前瘡，剜卻心頭肉。」

例句 向地下錢莊借錢來還債，這種剜肉醫瘡的做法只會令你越陷越深。

近義 飲鴆止渴 抱薪救火

反義 釜底抽薪 對症下藥

剝極必復 ㄅㄛ ㄐㄧˊ ㄅㄧˋ ㄈㄨˋ 困頓、不利的局面最後一定會好轉。剝、復，都是易經卦名，復卦緊接在剝卦之後。剝，表示剝落、困頓。復，表示回復、轉好。

語源 宋史徐元杰傳：「奏否泰、剝復之理，因及右轄久虛，非骨鯁耆艾、身足負荷斯世者，不可輕畀。」清平山堂圖志卷五藝文三詩二：「甘棠藹遺蔭，剝復理必還。」

例句 你們不要氣餒，只要堅持下去，相信剝極必復，事情一定會有轉機的。

近義 苦盡甘來 否極泰來

反義 樂極生悲 盛極必衰

9

剪燭西窗 ㄐㄧㄢˇ ㄓㄨˊ ㄒㄧ ㄔㄨㄤ 參見「西窗剪燭」。

10

割席絕交 ㄍㄜ ㄒㄧˊ ㄐㄩㄝˊ ㄐㄧㄠ 比喻和朋友絕交。

語源 南朝宋劉義慶世說新語德行：「管寧、華歆共園中鋤菜，見地有片金，管揮鋤與瓦石不異，華捉而擲去之。又嘗同席讀書，有乘軒冕過門者，寧讀如故，歆廢書出看。寧割席分坐曰：『子非吾友也。』」

例句 小李愛慕虛榮，忘恩負義，我早已跟他割席絕交，請你不要再提起他。

近義 一刀兩斷 分道揚鑣

反義 膠漆相投 情好日密

割雞焉用牛刀 ㄍㄜ ㄐㄧ ㄧㄢ ㄩㄥˋ ㄋㄧㄡˊ ㄉㄠ 殺雞何必使用宰牛的刀。比喻做小事情不值得動用大的力量或大材不要小用。焉，何必。

語源 論語陽貨：「子之武城，聞弦歌之聲。夫子莞爾而笑，曰：『割雞焉用牛刀？』」

例句 你的問題我來解決就可以了，割雞焉用牛刀？總經理忙得很呢！

近義 大材小用 牛鼎烹雞

反義 小材大用 小題大作

創業維艱 ㄔㄨㄤˋ ㄧㄝˋ ㄨㄟˊ ㄐㄧㄢ 開創事業，必定歷經許多的艱

苦。形容初創事業的困難。維，語助詞。

語源 孟子梁惠王下：「君子創業垂統，為可繼也。」清孔尚任桃花扇第九齣：「仍恐轉運維艱，枵腹難待。」

例句 王家兒女看見父母創業維艱的辛勞，因此戰戰兢兢地繼承家業，期許有更穩固的發展。

反義 一步登天　平步青雲

創鉅痛深 ㄔㄨㄤˋ ㄐㄩˋ ㄊㄨㄥˋ ㄕㄣ　傷害巨大，痛苦深切。形容遭受重大的傷害與痛苦。也作「創巨痛深」。

語源 禮記三年問：「創鉅者其日久，痛甚者其愈遲。」南朝宋劉義慶世說新語紕漏：「司空流涕曰：『臣父遭遇無道，創巨痛深，無以仰答明詔。』」

例句 在一次意外事故中頓時失去雙親，這樣創鉅痛深的打擊，教一個十來歲的孩子如何承受？

近義 痛不欲生　椎心蝕骨

反義 樂不可支　欣喜若狂

12

劃清界線 ㄏㄨㄚˋ ㄑㄧㄥ ㄐㄧㄝˋ ㄒㄧㄢˋ　清楚劃分兩地的邊界線。比喻脫離關係、保持距離或互不干涉。

例句 他再不跟黑道份子劃清界線，遲早會惹禍上身。

近義 井水不犯河水　不相往來

13

劈頭劈臉 ㄆㄧ ㄊㄡˊ ㄆㄧ ㄌㄧㄢˇ　所施加的動作正對著頭臉。形容來勢猛而急。

語源 水滸傳第十三回：「奪過士兵手裡棍棒，劈頭劈臉便打。」

例句 小胖徹夜未歸，早上一進家門便被老媽劈頭劈臉訓斥了一頓。

近義 鋪天蓋地　暴風驟雨

劍及屨及 ㄐㄧㄢˋ ㄐㄧˊ ㄐㄩˋ ㄐㄧˊ　比喻奮起行動，果決迅速，毫不遲疑。及，到達。屨，鞋。原作「屨及劍及」。屨，音ㄐㄩˋ。鞋。

語源 左傳宣公十四年記載：楚莊王聽到他的使者在宋國被殺，一怒之下，一甩袖子就站起來奔出寢宮，要去派兵討伐宋國。侍奉的人追上去，「屨及於窒皇，劍及於寢門之外」。意為趕到庭院才送上鞋子，追到寢宮殿門外才送上佩劍。呂氏春秋恃君覽行論作「屨及諸庭，劍及諸門」。

例句 此事極為重要，你必須劍及屨及，一刻不可拖延。

近義 行權立斷　當機立斷

劍拔弩張 ㄐㄧㄢˋ ㄅㄚˊ ㄋㄨˇ ㄓㄤ　本指書法氣勢飛揚，強勁有力。現多用來形容形勢緊張。

語源 唐張彥遠法書要錄：「韋誕書如龍威虎振，劍拔弩張。」

例句 小張怒目相向，小李也拍案叫罵，劍拔弩張的氣氛令人坐立不安。

近義 一觸即發　如箭在弦

反義 相安無事　風平浪靜

力部

力大無窮 ㄌㄧˋ ㄉㄚˋ ㄨˊ ㄑㄩㄥˊ　形容力氣很大。無窮，沒有極限。

語源 明陸西星封神演義第十四回：「哪吒力大無窮，三五合把李靖殺的馬仰人翻。」

例句 獅子再兇猛，碰到力大無窮的大象，也只好乖乖走開。

近義 孔武有力

反義 弱不禁風　手無縛雞之力

力不從心 ㄌㄧˋ ㄅㄨˋ ㄘㄨㄥˊ ㄒㄧㄣ　心裡想有所作為，但力量不足，無法依從心願。

語源　後漢書西域傳：「今使者大兵未能得出，如諸國力不從心，東西南北自在也。」

例句　陳董雖然想再創一番事業，奈何年紀已大，常有力不從心的感覺。

近義　心有餘而力不足

反義　得心應手　遊刃有餘

力有未逮 ㄌㄧˋ ㄧㄡˇ ㄨㄟˋ ㄉㄞˋ　能力有所不足。逮，趕上；達到。

語源　宋連文鳳送苟厚夫學正之昌國序：「非厚夫本志也，奈何力有所不逮。」清袁枚子不語第二十四卷：「母喜，欲啟其石，而力有未逮。」

例句　他對開發新客戶很有企圖心，但是力有未逮，至今還沒成功過。

近義　心餘力絀　綆短汲深

反義　綽綽有餘　應付裕如

力爭上游 ㄌㄧˋ ㄓㄥ ㄕㄤˋ ㄧㄡˊ　比喻努力上進，以求表現優異。上游，江河的發源地及其附近地區。引申為上等、上品。

語源　清趙翼甌北詩鈔閒居讀書作：「所以才智人，不肯自棄暴，力欲爭上游，性靈乃其要。」

例句　小明家境清寒卻懂得力爭上游，成績一直名列前茅。

近義　奮發向上

反義　自暴自棄　得過且過

力挽狂瀾 ㄌㄧˋ ㄨㄢˇ ㄎㄨㄤˊ ㄌㄢˊ　比喻努力挽救險惡、頹敗的局勢。狂瀾，猛烈的大浪。

語源　唐韓愈進學解：「障百川而東之，回狂瀾於既倒。」元王惲秋澗集挽李子陽：「筆端力挽狂瀾倒，袖裡親攜太華來。」

例句　華仔終場前的一記三分球，力挽狂瀾，把比數追成平手，我們才得以延長比賽。

近義　扭轉乾坤　旋乾轉坤

反義　一蹶不振　兵敗如山倒

力疾從公 ㄌㄧˋ ㄐㄧˊ ㄘㄨㄥˊ ㄍㄨㄥ　形容抱病處理公務。力疾，勉強支撐病體。也作「力疾從事」。

語源　宋張守毘陵集謝除知平江府到任表：「臣敢不瘽身以字民，力疾以從事，儻能小補，其敢告勞。」

例句　古院長肝炎舊疾復發後，仍然力疾從公，精神可佩！

近義　鞠躬盡瘁

力排眾議 ㄌㄧˋ ㄆㄞˊ ㄓㄨㄥˋ ㄧˋ　極力排除各種不同的議論。

語源　宋蘇轍上皇帝書：「仁宗哀其狂愚，力排群議，使臣得不遂棄於世。」三國演義第四十三回：「諸葛亮舌戰群儒，魯子敬力排眾議。」

例句　李導演力排眾議，大膽啟用這名新人擔任男主角，一舉奪得數項電影大賞，證明他眼光獨到。

近義　獨排眾議　據理力爭

反義　隨聲附和　人云亦云

力透紙背 ㄌㄧˋ ㄊㄡˋ ㄓˇ ㄅㄟˋ　筆力穿透至紙的背面。①形容書法遒勁有力。②比喻詩文立意深刻有力。

語源　唐顏真卿張長史十二意筆法意記：「當其用鋒，常欲使其透過紙背，此功成之極矣。」清趙翼甌北詩話六陸放翁詩：「放翁以律詩見長……意在筆先，力透紙背。」

例句　①經過多年的苦練，如今他的隸書寫來已是力透紙背，深受眾人的肯定。②這首詩雖然簡短，但深刻雋永，力透紙背，值得再三玩味。

近義　入木三分　鞭辟入裡

力學不倦 ㄌㄧˋ ㄒㄩㄝˊ ㄅㄨˋ ㄐㄩㄢˋ 勤奮學習而不倦怠。

語源 舊唐書子繁傳：「以其警悟異常，泌之故人為宰相，左右援拯，後得累居郡守，而力學不倦。」

例句 他力學不倦，期望能成為一位物理學家。

近義 篤志好學 懸梁刺股

反義 不學無術 一暴十寒

3

功不可沒 ㄍㄨㄥ ㄅㄨˋ ㄎㄜˇ ㄇㄛˋ 功勞很大，不可抹滅。沒，沉埋；掩蓋。

語源 清計六奇明季北略第十九卷：「後雖有潼關之敗，然兩大功不可沒也。」

例句 這次壁報比賽本班能拿下冠軍，學藝股長功不可沒。

近義 勞苦功高 厥功甚偉

反義 難辭其咎

功不唐捐 ㄍㄨㄥ ㄅㄨˋ ㄊㄤˊ ㄐㄩㄢ 下的功夫、努力沒有白費。唐，空虛；徒然。捐，拋棄；捐棄。

語源 法華經普門品：「功不唐捐。」

例句 他費盡苦心經營這間小吃店，幸而功不唐捐，生意蒸蒸日上。

近義 種瓜得瓜，種豆得豆

反義 徒勞無功 得不償失

功名利祿 ㄍㄨㄥ ㄇㄧㄥˊ ㄌㄧˋ ㄌㄨˋ 泛指名位和俸祿。功名，舊指科舉及第做官。做官是有錢有地位的象徵。也作「功名富貴」。

語源 唐李白江上吟：「功名富貴若長在，漢水亦應西北流。」清無垢道人八仙得道第八十二回：「從前尚有功名利祿、妻妾兒女之念，如今卻除了年邁雙親之外，再也沒有心事。」

例句 李先生出身名門世家，本來很有機會往仕途發展，但他卻視功名利祿如浮雲，投身社會公益活動。

近義 富貴榮華

反義 過眼浮雲

功名富貴 ㄍㄨㄥ ㄇㄧㄥˊ ㄈㄨˋ ㄍㄨㄟˋ 參見「功名利祿」。

功成不居 ㄍㄨㄥ ㄔㄥˊ ㄅㄨˋ ㄐㄩ 事情完成以後不居功。形容謙退無私。

語源 老子二章：「為而不恃，功成而弗居。」

例句 國父孫中山先生在民國成立後讓位給袁世凱，這種功成不居、大公無私的風範，讓後人極為景仰。

近義 功成身退

反義 爭功諉過 急功近利

功成名就 ㄍㄨㄥ ㄔㄥˊ ㄇㄧㄥˊ ㄐㄧㄡˋ 事業成功，名聲建立。也作「功成名遂」。遂，成就。

語源 元范康陳季卿誤上竹葉舟第二折：「你則說做官的功成名就，我則說出家的延年益壽。」

例句 他當初毅然決定出外奮鬥，便是期待有功成名就、衣錦還鄉的一天。

近義 建功立業 名利雙收

反義 一事無成 壯志未酬

功成身退 ㄍㄨㄥ ㄔㄥˊ ㄕㄣ ㄊㄨㄟˋ 功業成就後，就退休歸隱。後泛指事情完成後便引身而退。形容謙退無私，毫不居功。

語源 老子九章：「功成身退，天之道。」

例句 歷史上有多少名臣能夠像范蠡一樣功成身退呢？

近義 急流勇退 功成不居

反義 爭功諉過 急功近利

功高震主 ㄍㄨㄥ ㄍㄠ ㄓㄣˋ ㄓㄨˇ 功勞太高，使君主受到震動而心生疑慮。

語源 史記淮陰侯列傳：「臣

聞勇略震主者身危，而功蓋天下者不賞。」魏書彭城王傳：「功高震主，德隆動俗，間言一入，卒不全志。」

例句 歷史上，功高震主的文臣武將通常都沒有好下場。

近義 功高不賞 鳥盡弓藏

反義 崇德報功 論功行賞

功敗垂成 ㄍㄨㄥ ㄅㄞˋ ㄔㄨㄟˊ ㄔㄥˊ 事情接近成功時，卻遭到失敗。垂，接近。

語源 三國志魏書楊阜傳：「棄垂成之功，陷不義之名，阜以死守之。」晉書謝安傳：「降齡何促，功敗垂成。」

例句 在決賽前夕，他卻因為腳傷不得不退出，功敗垂成，讓人十分惋惜！

近義 功虧一簣 前功盡棄

反義 功成名就 大功告成

功業彪炳 ㄍㄨㄥ ㄧㄝˋ ㄅㄧㄠ ㄅㄧㄥˇ 功勛、事業傑出，成果輝煌。彪炳，文采煥發，成績顯著。

語源 戰國策趙策二：「功業高世者，人主不再行也。」南朝梁劉勰文心雕龍原道：「發揮事業，彪炳辭義。」

例句 李將軍在多次的戰役中出生入死，功業彪炳，政府特頒榮譽勛章加以表揚。

近義 赫赫之功 豐功偉績

功德無量 ㄍㄨㄥ ㄉㄜˊ ㄨˊ ㄌㄧㄤˋ 功績、德業極大，不可計量。也指利益眾生的貢獻非常大。功德，功績、德業。佛教指誦經、念佛、行善等利益眾生的善行。無量，無法計算。

語源 漢書丙吉傳：「所以擁全神靈，成育聖躬，功德已亡量矣。」宋釋道原景德傳燈錄南陽慧忠國師：「其金剛大士，功德無量，非口所說，非意所陳。」

例句 志工的關愛與付出，讓災民們恢復生活的信心，真是功德無量。

功德圓滿 ㄍㄨㄥ ㄉㄜˊ ㄩㄢˊ ㄇㄢˇ 佛家稱作佛事叫作功德，一場佛事完畢就叫功德圓滿。引申指事情順利完成。

語源 隋煬帝入朝遣使參書：「奉五月二日誨，用慰馳結，仰承衡岳，功德圓滿，便致荊巫。」

例句 三年下來，王老師把學生一一送進理想的大學，如今總算功德圓滿，可以卸下肩上這一付重擔了。

近義 大功告成

反義 功敗垂成

功虧一簣 ㄍㄨㄥ ㄎㄨㄟ ㄧˊ ㄎㄨㄟˋ 原指堆土成山，雖只差一簸箕的泥土也不算完成。比喻做事不能堅持到底，以致功敗垂成。虧，缺欠。簣，盛土用的竹器。

語源 尚書旅獒：「不矜細行，終累大德；為山九仞，功虧一簣。」

例句 本來只差一點就能完成的事，卻因為一時的疏忽，而導致功虧一簣，十分可惜。

近義 功敗垂成 前功盡棄

反義 大功告成 功德圓滿

加油添醋 ㄐㄧㄚ ㄧㄡˊ ㄊㄧㄢ ㄘㄨˋ 比喻將事情加以誇大渲染。也作「添油加醋」、「加油加醋」。

語源 清西泠野樵繪芳錄第六十九回：「見我同老爺在此，又要添油加醋，說出多少話來。」

例句 一個簡單的故事，在編劇加油添醋之下，竟然成為長達幾十集的連續劇。

近義 誇大其詞 言過其實

5

助人為樂 ㄓㄨˋ ㄖㄣˊ ㄨㄟˊ ㄌㄜˋ 把幫助別人當作快樂的事。

例句 他一向急公好義，助人為樂，因此獲得鄉民的讚揚。

近義 與人為善 成人之美

反義 一毛不拔

助紂為虐 ㄓㄨˋ ㄓㄡˋ ㄨㄟˋ ㄋㄩㄝˋ 幫助商紂虐待百姓。比喻幫助惡人做壞事。紂，商朝暴君。原作「助桀為虐」。桀，夏朝暴君。

語源 史記留侯世家：「今始入秦，即安其樂，此所謂『助桀為虐』。」太平御覽卷九六載南朝宋謝靈運晉書武帝論記：「昔武王伐紂，歸傾宮之女，不以助紂為虐。」

例句 身為辯護律師，縱使有利可圖，也不該助紂為虐，為惡人開脫。

近義 為虎作倀 為虎添翼

反義 助人為樂 除暴安良

劫後餘生 ㄐㄧㄝˊ ㄏㄡˋ ㄩˊ ㄕㄥ 經歷大災難之後倖存的生命。劫，佛家謂成、住、壞、空為劫。壞劫之末有水、風、火三災。後世遂以災厄、災難為劫。

語源 清丘逢甲寄懷許仙屏中丞四首（其三）：「歸飛越鳥戀南枝，劫後餘生嘆數奇。」

例句 那次的空難得以大難不死，劫後餘生的他更加珍惜生命及身邊的朋友。

近義 虎口餘生 死裡逃生

劫富濟貧 ㄐㄧㄝˊ ㄈㄨˋ ㄐㄧˋ ㄆㄧㄣˊ 奪取富人的財物來救濟窮困的人。

語源 清徐珂清稗類鈔義俠類：「獅雖為盜，而劫富濟貧，扶善鋤惡，生平未妄殺一人。」

例句 廖添丁劫富濟貧的傳奇故事，讓人津津樂道。

近義 鋤強扶弱 行俠仗義

反義 恃強凌弱 仗勢欺人

劫數難逃 ㄐㄧㄝˊ ㄕㄨˋ ㄋㄢˊ ㄊㄠˊ 參見「在劫難逃」。

7

勃然大怒 ㄅㄛˊ ㄖㄢˊ ㄉㄚˋ ㄋㄨˋ 形容人非常忿怒的樣子。勃然，發怒衝動的樣子。

語源 史記魯仲連鄒陽列傳：「齊威王勃然怒曰：『叱嗟，而母婢也！』」三國演義第二十九回：「孫策見官民俱羅拜於水中，不顧衣服，乃勃然大怒，叱曰……」

例句 聽見這個消息，老闆勃然大怒，馬上把負責的同事叫過來訓了一頓。

近義 怒髮衝冠 怒不可遏

反義 樂不可支 喜不自勝

勃然變色 ㄅㄛˊ ㄖㄢˊ ㄅㄧㄢˋ ㄙㄜˋ 發怒、生氣而臉色大變。勃然，發怒衝動的樣子。

語源 孟子萬章下：「王勃然變乎色。」

例句 他聽到分公司傳來的壞消息，就勃然變色地走出了辦公室。

近義 勃然大怒 怫然作色

反義 不露聲色

勇往直前 ㄩㄥˇ ㄨㄤˇ ㄓˊ ㄑㄧㄢˊ 勇敢地一直前進。形容為達目標不畏任何艱難險阻。

語源 宋朱熹答陸子靜：「不顧旁人是非，不計自己得失，勇往直前，說出人不敢說底道理。」

例句 為了保衛國土，國軍勇往直前，竭力抵抗敵人的攻擊。

近義 一往無前 奮不顧身

反義 裹足不前 望而卻步

勇冠三軍 ㄩㄥˇ ㄍㄨㄢˋ ㄙㄢ ㄐㄩㄣ 英勇出眾，為三軍之首。形容非常勇猛，眾所不及。

語源 漢李陵答蘇武書：「陵先將軍，功略蓋天地，義勇冠三軍。」三國志魏書劉曄傳：「關羽、張飛勇冠三軍而為將，蜀民既定，據險守要，則不可犯矣。」

例句 在競技場上，他的表現

真是勇冠三軍，銳不可當。

近義 驍勇善戰

反義 膽小如鼠

勇猛精進 ㄩㄥˇ ㄇㄥˇ ㄐㄧㄥ ㄐㄧㄣˋ 佛教指勤奮修行。也泛指努力學習，力求進步。

語源 無量壽經卷上：「勇猛精進，志願無惓。」

例句 在求學的道路上，他一向比別人勇猛精進，三十歲不到，便拿到博士學位。

近義 惕勵奮發 精益求精

反義 半途而廢 不思進取

勉為其難 ㄇㄧㄢˇ ㄨㄟˊ ㄑㄧˊ ㄋㄢˊ 勉強去做感到困難或不願意做的事。勉，勉強。

語源 史記趙世家：「趙氏先君遇子厚，子彊為其難者，吾為其易者，請先死。」清史稿李鴻章傳：「詔鴻章入朝，充議和全權大臣，兼督直隸，有『此行為安危存亡所係，勉為其難』之語。」

例句 經不起左鄰右舍一再請託，李爺爺終於勉為其難的答應出任社區主委。

近義 勉力而行

反義 力所能為 心甘情願

9

動人心弦 ㄉㄨㄥˋ ㄖㄣˊ ㄒㄧㄣ ㄒㄧㄢˊ 形容使人深受感動。也作「動人心魄」。

語源 清吳敬梓儒林外史第二十四回：「那秦淮到了有月色的時候，越是夜色已深，更有那細吹細唱的船來，淒清委婉，動人心魄。」

例句 小王一番動人心弦的告白，真情流露，莉莉終於答應了他的求婚。

近義 感人肺腑 迴腸盪氣

動心忍性 ㄉㄨㄥˋ ㄒㄧㄣ ㄖㄣˇ ㄒㄧㄥˋ 激勵心志，並鍛鍊堅忍的性情。

語源 孟子告子下：「故天將降大任於斯人也，必先苦其心志，勞其筋骨，餓其體膚，空乏其身，行拂亂其所為，所以動心忍性，增益其所不能。」

例句 你若能把眼前的挫折與不如意當作是動心忍性、磨練自我的過程，必能掌握未來成功的契機。

近義 砥節礪行 自強不息

反義 苟且偷安

動心駭目 ㄉㄨㄥˋ ㄒㄧㄣ ㄏㄞˋ ㄇㄨˋ 對所見事物感受很深，震撼極大。

語源 宋陸游跋蘭亭樂毅論并趙岐王帖：「王遺墨藏家廟者，今雖僅存，某嘗獲觀，皆奇麗超絕，動心駭目。」

例句 看見地震災後令人動心駭目的景象，我不禁張口結舌，對大自然的力量，感到既震撼又敬畏。

近義 驚心動魄 觸目驚心

反義 不足為奇 無動於中

動如參商 ㄉㄨㄥˋ ㄖㄨˊ ㄕㄣ ㄕㄤ 形容人分離之後難以會面，有如天上的參、商二星一樣。參，參宿。商，商星，為心宿的主星。參、心二宿都是二十八宿之一，參宿位於西方，心宿位於東方，絕不會同時出現於天空。

語源 唐杜甫贈衛八處士：「人生不相見，動如參與商。」

辨析 參，音ㄕㄣ，不讀ㄘㄢ。

例句 踏入社會後，好友們四散天涯，動如參商，想見一次面都非常困難。

近義 勞燕分飛 生死契闊

反義 焦孟不離 形影不離

動見觀瞻 ㄉㄨㄥˋ ㄐㄧㄢˋ ㄍㄨㄢ ㄓㄢ 一舉一動都受人注意。見，被；受到。觀瞻，觀看。

語源 三國魏曹丕與吳質書：「以犬羊之質，服虎豹之文，無眾星之明，假日月之光，動

力

見觀瞻，何時易邪？」

例句 他是在野黨最有實力挑戰下屆總統寶座的人選，因此動見觀瞻。

近義 眾所矚目 倍受矚目

動輒得咎 ㄉㄨㄥˋ ㄓㄜˊ ㄉㄜˊ ㄐㄧㄡˋ 一有舉動就會犯錯而受到責備。形容處境艱難，時常遭到無理的指責。輒，往往。咎，罪過。

語源 唐韓愈進學解：「跋前躓後，動輒得咎。」

例句 國家正值多事之秋，陳部長想要有所作為卻動輒得咎，但他決定置個人榮辱於度外，繼續把政策推行下去。

近義 跋前疐後

反義 無往不利

動彈不得 ㄉㄨㄥˋ ㄊㄢˊ ㄅㄨˋ ㄉㄜˊ 形容沒有氣力或受到限制而無法活動。動彈，活動。

語源 水滸傳第二回：「只見鄭屠挺在地下，口裏只有出的氣，沒了入的氣，動彈不得。」

例句 交通尖峰時間加上前方發生車禍，大夥兒受困在車陣裡，動彈不得。

近義 寸步難行 進退維谷

反義 無往不利 暢行無阻

10

勝之不武 ㄕㄥˋ ㄓ ㄅㄨˋ ㄨˇ 本指對手實力不強，即使戰勝他，也算不得勇武。後也指用不正當的方式贏得勝利，是不光榮的。武，勇武。

語源 左傳襄公十年：「城小而固，勝之不武，弗勝為笑。」

例句 你用不光明的手段為球隊贏得冠軍，勝之不武，沒有隊友會感到光榮的。

反義 雖敗猶榮

勝任愉快 ㄕㄥˋ ㄖㄣˋ ㄩˊ ㄎㄨㄞˋ 能力夠且輕鬆、圓滿地達成任務。

語源 史記酷吏列傳：「當是之時，吏治若救火揚沸，非武健嚴酷，惡能勝其任而愉快乎？」

例句 這件差事並不難，以他的能力一定可以勝任愉快。

近義 遊刃有餘 應付自如

反義 力不從心 無能為力

勝券在握 ㄕㄥˋ ㄑㄩㄢˋ ㄗㄞˋ ㄨㄛˋ 參見「穩操勝券」。

勝殘去殺 ㄕㄥˋ ㄘㄢˊ ㄑㄩˋ ㄕㄚ 指感化凶殘的人，使其去惡從善，不致犯罪，則可以廢除死刑。殘，凶惡暴戾的人。殺，代指死刑。

語源 論語子路：「善人為邦百年，亦可以勝殘去殺矣。」

例句 李牧師多年來將心力投注在感化那些誤入歧途的青少年，希望能達到勝殘去殺之效，減少悲劇的發生。

近義 潛移默化

反義 不教而誅

勝不驕，敗不餒 ㄕㄥˋ ㄅㄨˋ ㄐㄧㄠ ㄅㄞˋ ㄅㄨˋ ㄋㄟˇ 贏了不驕傲，輸了不氣餒。

語源 商君書戰法：「王者之兵，勝而不驕，敗而不怨。」

例句 今天的運動會是友誼賽，希望大家都能秉持「勝不驕，敗不餒」的精神，參與各項競賽。

反義 得意忘形 一蹶不振

勝敗乃兵家常事 ㄕㄥˋ ㄅㄞˋ ㄋㄞˇ ㄅㄧㄥ ㄐㄧㄚ ㄔㄤˊ ㄕˋ 勝利或失敗是帶兵打仗的人經常遇到的事。指一時勝敗不足以論優劣。常用作失敗時之安慰語。

語源 舊唐書裴度傳：「一勝一敗，兵家常勢。」三國演義第十二回：「兵家勝敗真常事，捲甲重來未可知。」

例句 勝敗乃兵家常事，今天輸球沒關係，回去好好檢討，下一場再打敗他們吧！

勞心勞力 ㄌㄠˊ ㄒㄧㄣ ㄌㄠˊ ㄌㄧˋ 既費心又費力。形容做事認真。勞心，用心；費心。勞力，用力；費力。

語源 左傳襄公九年：「君子勞心。小人勞力。」清東隅逸士飛龍全傳第二十三回：「況他勞心勞力，經多日月，博得成功。」

例句 小李為這件訂單勞心勞力，功勞卻都歸林經理，讓他憤憤不平。

近義 費心費力　親力親為

反義 無所用心　不聞不問

勞民傷財 ㄌㄠˊ ㄇㄧㄣˊ ㄕㄤ ㄘㄞˊ 使民眾勞苦，又耗費財物。指政府措施不當。現也形容濫用人力、物力。原作「傷財害民」。

語源 易經節卦：「天地節而四時成，節以制度，不傷財，不害民。」元史李元禮傳：「今日支持調度，方之曩昔百倍，而又勞民傷財，以奉土木。」

例句 經濟不景氣時，舉辦各種活動要節約儉樸，千萬不可勞民傷財。

近義 費財勞民　勞師動眾

反義 物盡其用

勞而無功 ㄌㄠˊ ㄦˊ ㄨˊ ㄍㄨㄥ 參見「徒勞無功」。

勞神苦思 ㄌㄠˊ ㄕㄣˊ ㄎㄨˇ ㄙ 勞費心神，苦心思索。

語源 唐魏徵諫太宗十思疏：「何必勞神苦思，代下司職，役聰明之耳目，虧無為之大道哉？」

例句 經過一番勞神苦思之後，我終於找到解決問題的辦法。

近義 絞盡腦汁　殫精竭慮

反義 不假思索　一揮而就

勞苦功高 ㄌㄠˊ ㄎㄨˇ ㄍㄨㄥ ㄍㄠ 歷經辛勤勞苦並立下很大的功勞。

語源 史記項羽本紀：「勞苦而功高如此，未有封侯之賞，而聽細說，欲誅有功之人。」

例句 我國女子足球隊這次能勇奪亞運金牌，林教練勞苦功高，載譽歸國時受到盛大的歡迎。

近義 汗馬功勞　豐功偉績

勞師動眾 ㄌㄠˊ ㄕ ㄉㄨㄥˋ ㄓㄨㄥˋ 原指出動大批軍隊，現多用以形容耗費大量人力。勞師，使軍隊勞累。也作「興師動眾」。

語源 左傳僖公三十二年：「勞師以襲遠，非所聞也。」吳子勵士：「興師動眾，而人樂戰。」明陸西星封神演義第八十一回：「長兄！不必勞師動眾，他自然盡絕。」

例句 這件事交給我們幾個就行了，何必勞師動眾？

近義 大張旗鼓　大費周章

反義 偃旗息鼓

勞逸不均 ㄌㄠˊ ㄧˋ ㄅㄨˋ ㄐㄩㄣ 指工作或任務分配不平均，有人做得很辛勞，有人卻很安逸。勞，辛勞。逸，安逸。

語源 北史令狐整傳：「豐州舊不居民中，賦役參集，勞逸不均。」

例句 勞逸不均是團體生活的大忌，身為主管，應該盡量避免讓屬下有此感受。

反義 分工合作　群策群力

勞燕分飛 ㄌㄠˊ ㄧㄢˋ ㄈㄣ ㄈㄟ 伯勞鳥和燕子各自向東西飛去。比喻雙方分別離散，不能相聚。多用於夫妻、情侶及親友。

語源 宋郭茂倩樂府詩集東飛伯勞歌：「東飛伯勞西飛燕，黃姑織女時相見。」

例句 因為工作關係，他們夫妻倆勞燕分飛，一年難得相聚一次。

近義 天各一方

反義 形影不離 形影相隨

11

勢不兩立 ㄕˋ ㄅㄨˋ ㄌㄧㄤˇ ㄌㄧˋ 雙方敵對，不能共存。

語源 戰國蘇秦說楚威王：「秦之所害於天下莫如楚，楚強則秦弱，楚弱則秦強，此其勢不兩立。」

例句 自從上次衝突之後，他們兩個就水火不容，勢不兩立，非要爭到你死我活不可。

近義 誓不兩立 你死我活

反義 親密無間 情好日密

勢同水火 ㄕˋ ㄊㄨㄥˊ ㄕㄨㄟˇ ㄏㄨㄛˇ 形容雙方關係如同水與火一樣，不能相容。也作「勢如水火」。

語源 三國志蜀書魏延傳：「唯楊儀不假借延，延以為至忿，有如水火。」

例句 為了爭奪遺產，王家兄弟之間勢同水火，互不往來，王老太太為此傷心不已。

近義 誓不兩立 水火不容

反義 相敬如賓 如膠似漆

勢在必行 ㄕˋ ㄗㄞˋ ㄅㄧˋ ㄒㄧㄥˊ 因為情勢所迫，事情非做不可。

例句 地球生態嚴重被破壞，氣候異常，天災頻仍，保護地球環境已勢在必行。

近義 箭在弦上 迫在眉睫

勢如破竹 ㄕˋ ㄖㄨˊ ㄆㄛˋ ㄓㄨˊ 情勢有如用刀剖竹，順勢而下。形容事情進行得非常順利。

語源 晉書杜預傳：「今兵威已振，譬如破竹，數節之後，皆迎刃而解，無復著手處也。」

例句 五虎將一上場，我隊立刻聲威大振，勢如破竹，把對手打得落花流水。

近義 銳不可當 所向披靡

反義 節節敗退 潰不成軍

勢成騎虎 ㄕˋ ㄔㄥˊ ㄑㄧˊ ㄏㄨˇ 情勢好像騎在老虎背上。比喻事態的發展已令人無法停止或回頭。

語源 南朝宋何法盛晉中興書：「今之事故，義無旋踵，騎虎之勢，可得下乎?」

例句 走到這步田地，早已勢成騎虎，容不得他回頭了。

近義 騎虎難下 欲罷不能

勢均力敵 ㄕˋ ㄐㄩㄣ ㄌㄧˋ ㄉㄧˊ 形容雙方實力相當，不分高下。

語源 太平御覽卷四三二人事部智引尹文子逸文：「兩智不能相救，兩貴不能相臨，兩辯不能相屈：力均勢敵故也。」宋史蘇轍傳：「呂惠卿始諂事王安石……，及勢鈞力敵，則傾陷安石，甚於仇讎。」

例句 這場比賽雙方勢均力敵，一時還難以分出勝負。

近義 旗鼓相當 棋逢敵手

反義 眾寡不敵

勤政愛民 ㄑㄧㄣˊ ㄓㄥˋ ㄞˋ ㄇㄧㄣˊ 勤於政事，愛護人民。

語源 晉成公綏賢明頌：「王用勤政，萬國以虔。」宋史選舉志考課：「勤政愛民，奉法除姦，方可書為勞績。」

例句 地方首長若是能做到勤政愛民，想連任是輕而易舉的事。

近義 愛民如子 宵衣旰食

反義 尸位素餐 魚肉百姓

勤能補拙 ㄑㄧㄣˊ ㄋㄥˊ ㄅㄨˇ ㄓㄨㄛˊ 勤奮努力可彌補先天資質之不足。

語源 宋黃庭堅跛奚移文：「持勤補拙，與巧者儔。」

例句 雖然你天資不如人，但勤能補拙，繼續努力一定會成功的。

近義 熟能生巧 駑馬十駕

15

勵精圖治 ㄌㄧˋ ㄐㄧㄥ ㄊㄨˊ ㄓˋ 振奮精神，力圖將國家治理好或

力

將事業經營好。勵，勉力。

語源 宋史神宗紀：「厲精圖治，將有大為。」清李伯元官場現形記第二十二回：「從此以後，他老人家更打起精神，勵精圖治，閒下來還要課小少爺讀書。」

例句 唐太宗即位後聽取諫言，勵精圖治，終於成就了歷史上有名的「貞觀之治」。

近義 奮發圖強

反義 萎靡不振 苟且偷安

18

勸善規過（ㄑㄩㄢˋ ㄕㄢˋ ㄍㄨㄟ ㄍㄨㄛˋ） 勸人向善並改正過失。規，矯正。也作「規過勸善」。

語源 清夏敬渠野叟曝言第一二五回：「所賴乎朋友者，正在勸善規過耳！」

例句 參與宗教團體的好處之一，是同修之間彼此勸善規過，可以不斷提升自我。

近義 忠告善道 諄諄告誡

勹部

2

勾魂攝魄（ㄍㄡ ㄏㄨㄣˊ ㄕㄜˋ ㄆㄛˋ） 動人心魄，令人著迷。形容事物具有很大的吸引力。

語源 清蔣士銓臨川夢殉夢：「你好端端造言生事，做出這樣勾魂攝魄的文字來。」

例句 電影雖已結束，女主角那勾魂攝魄的眼神，依然深深印在小明的腦海，久久不散。

近義 引人入勝

反義 索然無味

勿枉勿縱（ㄨˋ ㄨㄤˇ ㄨˋ ㄗㄨㄥˋ） 參見「毋枉毋縱」。

3

包山包海（ㄅㄠ ㄕㄢ ㄅㄠ ㄏㄞˇ） 山中的和海裡的一切都包括在內。形容無所不包、無所不納。

例句 網路購物發展迅速，商品種類已是包山包海，逐漸改變了現代人的購物行為。

近義 無所不包 包羅萬象

反義 屈指可數 一無所有

包羞忍恥（ㄅㄠ ㄒㄧㄡ ㄖㄣˇ ㄔˇ） 忍受羞愧與恥辱。包，包藏。忍，容忍。

語源 唐杜牧題烏江亭：「勝敗兵家事不期，包羞忍恥是男兒。」

例句 劉警官為了追查犯罪證據，臥底在犯罪集團內，包羞忍恥數年，終於獲得關鍵證據，順利破案。

近義 能屈能伸

反義 小不忍則亂大謀

包藏禍心（ㄅㄠ ㄘㄤˊ ㄏㄨㄛˋ ㄒㄧㄣ） 心懷謀害他人的詭計。

語源 左傳昭公元年：「將恃大國之安靖己，而無乃包藏禍心以圖之。」

例句 表面上裝得慈眉善目，實際上卻包藏禍心的人，最教人防不勝防。

近義 心術不正 心懷鬼胎

反義 光明正大 光明磊落

包羅萬象（ㄅㄠ ㄌㄨㄛˊ ㄨㄢˋ ㄒㄧㄤˋ） 包含非常多事物。形容內容豐富，應有盡有。羅，招致；搜集。

語源 黃帝宅經卷上：「所以包羅萬象，舉一千從。」

例句 電視臺新推出的綜藝節目，內容包羅萬象，多彩多姿。

近義 應有盡有 一應俱全

反義 空空如也 一無所有

9

匏瓜徒懸（ㄆㄠˊ ㄍㄨㄚ ㄊㄨˊ ㄒㄩㄢˊ） 像匏瓜一樣懸掛著而不被人所食用。比喻有才能的人不能發揮，不為當世所用。也作「匏瓜空繫」。

語源 論語陽貨：「吾豈匏瓜也哉？焉能繫而不食！」

例句 許多著名的藝術家，在生前往往不被重視，只能抱著匏瓜徒懸的遺憾而終。

近義 懷才不遇 有志難酬

反義 一展長才 適得其所

匕部

2

化外之民（ㄏㄨㄚˋ ㄨㄞˋ ㄓ ㄇㄧㄣˊ） ①指生活在政令教化所達不到的地區的人民。②指不受禮俗教化約束的人。

語源 唐律疏義名例化外人相犯：「諸化外人，同類自相犯者，各依本俗法。」

例句 ①唐太宗的恩澤，廣被化外之民，所以令人感戴。②他對於世俗的眼光不屑一顧，向來我行我素，十足是個化外之民。

化為烏有（ㄏㄨㄚˋ ㄨㄟˊ ㄨ ㄧㄡˇ） 變得什麼都沒有。指全部喪失或完全落空。

語源 漢司馬相如作子虛賦，文中以烏有先生為無有此人之意。宋蘇軾章質夫送酒……戲作小詩問之：「豈意青州六從事，化為烏有一先生。」

例句 趁著週末假期，原本打算去南部旅遊，沒想到突然被通知要加班，所有計畫頓時化為烏有。

近義 煙消雲散 付諸東流

化敵為友（ㄏㄨㄚˋ ㄉㄧˊ ㄨㄟˊ ㄧㄡˇ） 從敵人轉變成朋友。

例句 經過眾人的勸說，他們兩人總算願意化敵為友，共同為公司打拚。

近義 化干戈為玉帛

反義 反目成仇 勢同水火

化整為零（ㄏㄨㄚˋ ㄓㄥˇ ㄨㄟˊ ㄌㄧㄥˊ） 把整體分散為許多零散的部分。

例句 老師化整為零，將全班同學分成幾個小組進行討論。

化險為夷（ㄏㄨㄚˋ ㄒㄧㄢˇ ㄨㄟˊ ㄧˊ） 原指將險阻的道路變為平坦。後指轉危為安。夷，平坦；平安。

語源 唐韓雲卿平蠻頌：「變氛沴為陽煦，化險阻為夷途。」

例句 這趟登山之旅突然遇上颱風，一路上多虧領隊沉穩應付，我們才能化險為夷。

近義 轉危為安

反義 危機四伏 岌岌可危

化干戈為玉帛（ㄏㄨㄚˋ ㄍㄢ ㄍㄜ ㄨㄟˊ ㄩˋ ㄅㄛˊ） 比喻停止戰爭，和平相處。干戈，古代二種兵器。借指戰爭。玉帛，瑞玉和絲織品。古代會盟、祭祀時所用的禮品。借指和平。

語源 論語季氏：「謀動干戈於邦內。」論語陽貨：「禮云禮云，玉帛云乎哉？」

例句 互為世仇的兩大家族終於化干戈為玉帛，讓鄉里間多了一分和諧的氣氛。

近義 化敵為友 一笑泯恩仇

反義 不共戴天 誓不兩立

化腐朽為神奇（ㄏㄨㄚˋ ㄈㄨˇ ㄒㄧㄡˇ ㄨㄟˊ ㄕㄣˊ ㄑㄧˊ） 將腐壞的東西改造成精美奇妙之物。形容技術精妙。

語源 莊子知北遊：「是其所美者為神奇，所惡者為腐朽。臭腐復化為神奇，神奇復化為臭腐。」

例句 他將許多蒐集來的廢棄物裝飾成藝術品，真是化腐朽為神奇。

近義 神乎其技 點石成金

3

北面稱臣（ㄅㄟˇ ㄇㄧㄢˋ ㄔㄥ ㄔㄣˊ） 古代君主南面而坐，臣子朝見君主則面北而拜，言必稱「臣」。後泛指臣服於人。

語源 史記酈生陸賈列傳：「君王宜郊迎，北面稱臣。」

例句 胡、陳兩派人馬爭奪公司董事長寶座，最後由政商關係較佳的胡董勝出，陳董不得不向他北面稱臣。

近義 甘拜下風 俯首稱臣

反義 不甘雌伏 不甘示弱

匚 部

4 **匠心獨運**（ㄐㄧㄤˋ ㄒㄧㄣ ㄉㄨˊ ㄩㄣˋ） 具獨創性地運用精巧的心思。多指文學藝術的創作。匠心，精巧的心思。

語源 唐王士源孟浩然集序：「學不為儒，務掇菁藻；文不按古，匠心獨妙。」清杭士駿秋窗隨筆序：「筆者得意疾書，隨則匠心獨運。」

例句 這篇文章取材特別，書寫手法匠心獨運，獲得全體評審的青睞。

近義 自出機杼 別具一格

反義 襲人故智 拾人牙慧

8 **匪夷所思**（ㄈㄟˇ ㄧˊ ㄙㄨㄛˇ ㄙ） 不平坦而有所顧慮。後指事情離奇，非平常人所能想像。匪，通「非」。夷，平坦；平常。

語源 易經渙卦：「渙有丘，匪夷所思。」

例句 在保全滴水不漏的警戒下，竊賊仍能偷走價值連城的寶物，實在令人匪夷所思。

近義 不可思議 難以想像

反義 可想而知 不足為奇

匸 部

2 **匹夫之勇**（ㄆㄧ ㄈㄨ ㄓ ㄩㄥˇ） 缺少智謀、只憑個人血氣的小勇。

語源 國語越語上：「吾不欲匹夫之勇也，欲其旅進旅退。」

例句 年輕人有著光明前途，你何必逞匹夫之勇，與那地痞流氓一般見識？

近義 有勇無謀 血氣之勇

反義 智勇雙全 三思而行

匹夫匹婦（ㄆㄧ ㄈㄨ ㄆㄧ ㄈㄨˋ） 一夫一婦。泛指一般人。

語源 孟子萬章上：「思天下之民，匹夫匹婦有不被堯舜之澤者，若己推而內之溝中。」

例句 你這套說辭，匹夫匹婦聽了也會笑掉大牙的，更別說是有識之士了。

近義 平頭百姓 市井小民

反義 王公貴族 達官貴人

十 部

十二萬分（ㄕˊ ㄦˋ ㄨㄢˋ ㄈㄣ） 極度；非常。意同「十分」、「萬分」，而更加強語氣。

例句 很高興聽到你們即將結婚的消息，謹獻上我十二萬分的祝福。

十之八九（ㄕˊ ㄓ ㄅㄚ ㄐㄧㄡˇ） 十分之八、十分之九。表示極大多數。

語源 五代史平話唐史卷上：「今天下之勢，歸朱溫的十之八九。」

例句 韓國當紅偶像團體抵達機場時，在現場搖旗吶喊的歌迷，十之八九都是高中生。

近義 八九不離十 顯而易見

十全十美（ㄕˊ ㄑㄩㄢˊ ㄕˊ ㄇㄟˇ） 形容十分完美，毫無缺陷。十全，原指十治十癒。全，痊癒。

語源 周禮天官冢宰醫師：「歲終則稽其醫事，以制其食，十全為上。」清邱心如筆生花第一回：「似恁般，才貌郎君當世少，十全十美足堪誇。」

例句 李將軍凡事要求十全十美的個性，常常使部屬感到無比的壓力。

近義 盡善盡美 完美無缺

反義 美中不足 甘瓜苦蒂

十年窗下（ㄕˊ ㄋㄧㄢˊ ㄔㄨㄤ ㄒㄧㄚˋ） 形容閉門苦讀時間之長。

語源 唐趙摶琴歌：「綠桐製自桐孫枝，十年窗下無人知。」

例句 學而優則仕，古人十年窗下苦讀，只為求得一官半職，光宗耀祖。

近義 十載寒窗

反義 玩歲愒時

十室九空 ㄕˊ ㄕˋ ㄐㄧㄡˇ ㄎㄨㄥ

十戶人家，有九戶空無一人。形容橫徵暴斂、戰爭或災荒之後的蕭條景象。

語源 晉葛洪抱朴子外篇用刑：「天下欲反，十室九空，其所以亡，豈由嚴刑？」

例句 這個地區在歷經震災之後，居民大半已遷往他處，如今十室九空，非常冷清。

近義 斷垣殘壁 荒煙蔓草

反義 安居樂業 家給人足

十指連心 ㄕˊ ㄓˇ ㄌㄧㄢˊ ㄒㄧㄣ

十個手指的感覺與心互通。比喻骨肉關係之密切。

語源 唐劉商胡笳十八拍第十四拍：「手中十指有長短，截之痛惜皆相似。」明湯顯祖南柯記情盡：「哎也！焚燒十指連心痛，圖得三生見面圓。」

例句 小明常抱怨媽媽對哥哥比較好，其實十指連心，他又何嘗不是媽媽的心肝寶貝！

近義 手心手背都是肉

十拿九穩 ㄕˊ ㄋㄚˊ ㄐㄧㄡˇ ㄨㄣˇ

有十分之九成功的把握。形容極有把握。拿，把握。穩，穩當。

語源 明阮大鋮燕子箋購倖：「今年一定要煩老兄，與我著實設個法兒，務必中得十拿九穩方好。」

例句 看他一副氣定神閒的樣子，這次比賽肯定是十拿九穩。

近義 穩操勝券 萬無一失

反義 束手無策 一籌莫展

十惡不赦 ㄕˊ ㄜˋ ㄅㄨˋ ㄕㄜˋ

犯了十惡重罪的人不能赦免。形容罪孽深重。十惡，古代刑律所規定的不可寬恕的十種重大罪名，包括：謀反、謀大逆、謀叛、惡逆、不道、大不敬、不孝、不睦、不義、內亂。

語源 元關漢卿感天動地竇娥冤第四折：「這藥死公公的罪名，犯在十惡不赦。」

例句 這些歹徒連續犯下勒索、撕票等慘無人道的案件，真是十惡不赦，人神共憤。

近義 罪大惡極 惡貫滿盈

反義 赫赫之功 功德無量

十項全能 ㄕˊ ㄒㄧㄤˋ ㄑㄩㄢˊ ㄋㄥˊ

奧林匹克運動會中，男子十項田徑混合賽冠軍的美稱。也用來形容兼具各項才能。

例句 廖大哥學識、口才、溝通技巧各方面表現都十分優秀，是個十項全能的業務人才。

近義 文武全才 樣樣精通

反義 一無所長 庸庸碌碌

十萬火急 ㄕˊ ㄨㄢˋ ㄏㄨㄛˇ ㄐㄧˊ

本指戰爭的情勢非常危險緊急。後泛指非常緊急，刻不容緩。

例句 看你跑得上氣不接下氣，究竟是有什麼十萬火急的事啊？

近義 刻不容緩 迫在眉睫

十載寒窗 ㄕˊ ㄗㄞˇ ㄏㄢˊ ㄔㄨㄤ

指在貧苦的環境中長期苦讀。

語源 元石子章秦修然竹塢聽琴第三折：「十載寒窗積雪餘，讀得人間萬卷書。」

例句 憑你的資質，只要拿出十載寒窗的苦讀精神，一定能夠考取理想的大學。

近義 十年窗下

反義 玩歲愒時

十八般武藝 中國古代十八種兵器技藝的總稱。泛指多種技能、武藝。

語源 元楊梓功臣宴敬德不伏老第一折：「憑著俺十八般武藝，定下了六十四處征塵。」

例句 李經理擅於開發客戶，商場上的十八般武藝樣樣精通，是不可多得的業務人才。

近義 多才多藝　十項全能

十年磨一劍 以十年工夫精心磨製一把鋒利無比的寶劍。也比喻多年專注一事，苦心磨練，成就可觀。

語源 唐賈島劍客：「十年磨一劍，霜刃未曾試。今日把似君，誰為不平事？」

例句 他在首次競選市長失利後並不氣餒，反而更加用心經營基層。十年磨一劍，這次終於高票當選。

近義 苦心經營　慘澹經營

十目所視，十手所指 很多眼睛在看著，很多隻手在指著。指一個人的言行受大眾檢視，無法隱藏。

語源 大學：「曾子曰：『十目所視，十手所指，其嚴乎！』」

例句 公眾人物必須特別留意自己的言行，因為十目所視，十手所指，社會大眾隨時都在注意你。

十年樹木，百年樹人 栽種樹木要十年才能長成，培育人才則是百年大計。比喻培育人才是長遠的事。多就重視人才的培養和人才不易培養而言。樹，作動詞用。培植。也省作「百年樹人」。

語源 管子權修：「一年之計，莫如樹穀；十年之計，莫如樹木；終身之計，莫如樹人。」

例句 教育是十年樹木，百年樹人的事業，所以教改工作必須從長計議。

十步之內，必有芳草 原比喻到處都有優秀出眾的人才。現也用來比喻到處都有美麗出色的女子。芳草，香草。比喻美好的人才或美女。

語源 論語公冶長：「子曰：『十室之邑，必有忠信如丘者焉，不如丘之好學也。』」漢劉向說苑說叢：「十步之澤，必有香草；十室之邑，必有忠士。」隋書煬帝紀上：「十步之內，必有芳草，四海之中，豈無奇秀。」

例句 十步之內，必有芳草。何必為了女友移情別戀而如此頹廢失意？

近義 天涯何處無芳草

1

千刀萬剮 將罪犯一刀一刀割肉處死。原為古代一種酷刑。現多用來譴責人罪孽深重，詛咒人不得好死。剮，割肉離骨。也作「萬剮千刀」。

語源 元紀君祥冤報冤趙氏孤兒第三折：「將那廝萬剮千刀，切莫要輕輕的素放了。」水滸傳第三十七回：「千刀萬剮的黑殺才！老爺怕你的不算好漢，走的不是好男子！」

例句 這個兇手手段殘忍，即使受到千刀萬剮，也難撫平受害者家屬心中的悲痛。

近義 碎屍萬段　罪該萬死

千山萬水 形容山川極多，地域廣大。也可比喻遙遠的路途。

語源 唐宋之問至端州驛見杜

五……概然成詠：「豈意南中歧路多，千山萬水分鄉縣。」

例句 何先生因工作之故走遍千山萬水，最令他懷念的還是故鄉芬芳的土地。

近義 千里迢迢 關山迢遞

反義 一衣帶水 近在咫尺

千夫所指 ㄑㄧㄢ ㄈㄨ ㄙㄨㄛˇ ㄓˇ 受到眾人的指責。形容觸犯眾怒。也作「千人所指」。

語源 漢書王嘉傳：「里諺曰：『千人所指，無病而死。』」蔡東藩民國通俗演義第七十六回：「此實千夫所指，咸以該督為寇仇。」

例句 他的個性固執，即使千夫所指，依然故我，真是拿他沒辦法。

近義 眾矢之的 群起攻之

千方百計 ㄑㄧㄢ ㄈㄤ ㄅㄞˇ ㄐㄧˋ 指各種辦法、計謀。方，方法。計，計謀。

語源 宋朱熹朱子語類卷三五論語一七：「譬如捉賊相似，須是著起氣力精神，千方百計去趕捉他。」

例句 他用盡千方百計，才順利將女兒送進這所私立學校就讀。

近義 絞盡腦汁 挖空心思

反義 無計可施 一籌莫展

千古絕唱 ㄑㄧㄢ ㄍㄨˇ ㄐㄩㄝˊ ㄔㄤˋ 自古以來最優秀的作品。形容作品水平極高。千古，指時間之久遠。絕唱，指出類拔萃、無與倫比的詩文創作。

語源 宋蘇頲夷齊四皓優劣論：「激清一時，流譽千古。」宋書謝靈運傳論：「絕唱高蹤，久無嗣響。」清黃周星張靈崔瑩合傳：「我高季迪梅花詩，乃千古絕唱。」

例句 李白的絕句飄逸清雋，堪稱千古絕唱。

近義 歎為觀止 無與倫比

反義 陳腔濫調 驢鳴犬吠

千回百轉 ㄑㄧㄢ ㄏㄨㄟˊ ㄅㄞˇ ㄓㄨㄢˇ 反覆回旋，不斷縈繞。①形容思緒紆迴轉折。②形容歌聲婉轉繚繞。也作「千回百折」。

語源 宋趙長卿探春令賞梅十首（其四）：「照影兒、覷了千回百轉，素豔明於練。」清劉鶚老殘遊記第二回：「那王小玉唱到極高三四疊後，陡然一落，又極力騁其千迴百折的精神，如一條飛蛇在黃山三十六峰半中腰裡盤旋穿插，頃刻之間，周匝數遍。」

例句 ①因為白天的工作沒有完成，所以她躺在床上，心中千回百轉的都是公事。②鄧麗君的歌聲千回百轉，甜美動人，深受歌迷的懷念。

近義 迴腸盪氣 餘音繞梁

千言萬語 ㄑㄧㄢ ㄧㄢˊ ㄨㄢˋ ㄩˇ 形容很多的話。

語源 唐鄭谷燕：「千言萬語無人會，又逐流鶯過短牆。」

例句 與女友分別前夕，我的心中雖有千言萬語，卻不知從何說起。

反義 三言兩語 一言半語

千辛萬苦 ㄑㄧㄢ ㄒㄧㄣ ㄨㄢˋ ㄎㄨˇ 形容非常辛苦。

語源 元張之翰元日：「千辛萬苦都嘗遍，祇有吳淞水最甘。」

例句 鄭豐喜自幼家境貧窮，身體又有殘疾，歷經千辛萬苦，才開創出一片天地。

近義 含辛茹苦

千里迢迢 ㄑㄧㄢ ㄌㄧˇ ㄊㄧㄠˊ ㄊㄧㄠˊ 形容路途非常遙遠。迢迢，遙遠的樣子。

語源 宋釋法應禪宗頌古聯珠通集吉州清源行思禪師：「千

里迢迢信不通，歸來何事太匆匆。」

例句 九二一大地震發生後，各國救難隊千里迢迢趕來救援，令人敬佩。

近義 關山迢遞　跋山涉水

反義 一衣帶水　近在咫尺

千里鵝毛 ㄑㄧㄢ ㄌㄧˇ ㄜˊ ㄇㄠˊ 「千里送鵝毛」的略語。比喻禮物雖輕，但情意深厚。千里，相距甚遠。鵝毛，比喻輕微的禮物。

語源 宋蘇軾揚州以土物寄少游：「且同千里寄鵝毛，何用孜孜飲麋鹿。」

例句 朋友寄來的禮物雖只是家鄉土產，但千里鵝毛，令我感動在心。

近義 禮輕情義重

千呼萬喚 ㄑㄧㄢ ㄏㄨ ㄨㄢˋ ㄏㄨㄢˋ 經過再三邀請、催促。形容人不肯出面或事情不易實現。

語源 唐白居易琵琶行：「千呼萬喚始出來，猶抱琵琶半遮面。」

例句 演唱會的安可曲在觀眾千呼萬喚下終於登場，精采的表演再度令觀眾聽得如痴如醉。

近義 三催四請

千奇百怪 ㄑㄧㄢ ㄑㄧˊ ㄅㄞˇ ㄍㄨㄞˋ 各種各樣奇怪的事情或現象。

語源 宋釋普濟五燈會元卷一二華嚴道隆禪師：「如人在州縣住，或聞或見，千奇百怪，他總將作尋常。」

例句 桂林山水名聞遐邇，千奇百怪的石灰岩地形令人目不暇給。

近義 稀奇古怪　無奇不有

反義 司空見慣　平淡無奇

千金之子 ㄑㄧㄢ ㄐㄧㄣ ㄓ ㄗˇ 富貴人家的子弟。

語源 史記越王句踐世家：「朱公曰：『殺人而死，職也。然吾聞千金之子不死於市。』」

例句 他貴為千金之子，身邊不乏名門淑媛，怎麼會看上小家碧玉的妳呢？

近義 富家子弟　膏粱子弟

反義 清寒子弟　貧賤之子

千金買骨 ㄑㄧㄢ ㄐㄧㄣ ㄇㄞˇ ㄍㄨˇ 有人如果願意以重金收購千里馬的屍骨，那麼擁有良駒活馬的人自然會樂意前來。比喻求賢若渴，以重金禮聘人才。千金，重金。也作「千金市骨」。

語源 戰國策燕策一記載：古時有人想以千金為君王購買千里馬，三月後馬死，仍以五百金買回馬首，他對君王說：「死馬且買之王百金，況生馬乎？天下必以王為能市馬，馬今至矣。」郭隗以此為喻，勸諫燕昭王要能禮遇天下賢士，賢士便能為其所用。後用「千金買骨」比喻重金禮聘賢士、懇切求才的意思。宋黃庭堅詠李伯時摹韓幹三馬次蘇子由韻簡伯時兼寄李德素：「千金市骨今何有，士或不價五羖皮。」

例句 董事長如果具有千金買骨的胸襟，何必擔心找不到人才呢？

近義 吐哺握髮　求賢若渴

反義 嫉賢妒能

千挑萬選 ㄑㄧㄢ ㄊㄧㄠ ㄨㄢˋ ㄒㄩㄢˇ 形容仔細地挑選。

例句 姐姐千挑萬選，終於決定在這家裝潢典雅的飯店舉辦婚宴。

近義 精挑細選　披沙揀金

反義 照單全收　來者不拒

千秋大業 ㄑㄧㄢ ㄑㄧㄡ ㄉㄚˋ ㄧㄝˋ 流傳久遠的偉大事業。千秋，千年。形容時間久遠。

語源 漢李陵與蘇武三首（其

二）：「嘉會難再遇，三載為千秋。」易經繫辭上：「盛德大業，至矣哉！」清陳確平水東嶽廟謝別先生：「千秋大業真吾事，臨別丁寧不敢忘。」

例句 良好制度的建立是千秋大業，希望立法諸公們能敬謹從事。

千秋萬世 ㄑㄧㄢ ㄑㄧㄡ ㄨㄢˋ ㄕˋ 千年萬年。指年代久遠。秋，年。也作「千秋萬代」、「萬代千秋」。

語源 藝文類聚卷四四引說苑：「千秋萬世之後，宗廟必不血食。」

例句 劉董事長關懷的是影響千秋萬世的文化事業，而不是短暫的利益。

近義 永生永世 地久天長

反義 俯仰之間 彈指之間

千軍萬馬 ㄑㄧㄢ ㄐㄩㄣ ㄨㄢˋ ㄇㄚˇ 形容兵馬眾多或聲勢浩大。

語源 南史陳慶之傳：「洛中謠曰：『名軍大將莫自牢，千兵萬馬避白袍。』」

例句 每逢漲潮時分，這裡的海水便有如千軍萬馬般湧入，吸引大批觀賞的人潮。

近義 投鞭斷流 旌旗蔽空

反義 單槍匹馬 一兵一卒

千差萬別 ㄑㄧㄢ ㄔㄚ ㄨㄢˋ ㄅㄧㄝˊ 形容品類眾多且各不相同。

語源 唐善導證信序：「說一切諸法，千差萬別，如來觀知，歷歷了然。」

例句 社會上各行各業千差萬別，隔行如隔山，不懂的地方最好虛心向人請教。

近義 截然不同 迥然不同

反義 一模一樣 大同小異

千恩萬謝 ㄑㄧㄢ ㄣ ㄨㄢˋ ㄒㄧㄝˋ 反覆地向人道謝，表示心中十分感激。

語源 紅樓夢第三十七回：「那婆子們站起來，眉開眼笑，千恩萬謝的不肯受。」

例句 這點小忙對你來說只是舉手之勞，對他而言卻如雪中送炭般受用，難怪他要對你千恩萬謝了。

近義 感激涕零 銘感五內

反義 不以為意 滿不在乎

千真萬確 ㄑㄧㄢ ㄓㄣ ㄨㄢˋ ㄑㄩㄝˋ 形容非常確實。

語源 清錢彩說岳全傳第十四回：「（岳飛）問道：『你方纔這些話，是真是假？恐怕還是訛傳？』店主人道：『千真萬確。朝廷已差官兵前去征剿了。』」

例句 他以前曾有過一段荒唐歲月，雖是千真萬確的事，但現在實在不宜再去追究。

近義 無庸置疑 確鑿不移

反義 子虛烏有 鏡花水月

千絲萬縷 ㄑㄧㄢ ㄙ ㄨㄢˋ ㄌㄩˇ 千萬條數不清的絲線。比喻情思不斷或關係極為錯綜複雜。

語源 唐鄭谷柳：「會得離人無限意，千絲萬縷惹春風。」

例句 那些影劇圈的情侶時分時合，彼此之間千絲萬縷的關係，是八卦雜誌最愛報導的話題。

近義 錯綜複雜 千頭萬緒

千鈞一髮 ㄑㄧㄢ ㄐㄩㄣ ㄧ ㄈㄚˇ 用一根頭髮拉引三萬斤重的東西。比喻非常危急。一鈞為三十斤。

語源 唐韓愈與孟尚書書：「其危如一髮引千鈞。」

例句 情勢雖然十分險惡，但他憑著冷靜的判斷及過人的膽識，終於在千鈞一髮之際化解了危機。

近義 間不容髮 危如累卵

反義 穩如泰山 安如磐石

千萬買鄰 ㄑㄧㄢ ㄨㄢˋ ㄇㄞˇ ㄌㄧㄣˊ 花千萬買好鄰居。比喻好鄰居難得而可貴。

語源 南史呂僧珍傳：「宋季雅罷南康郡，市宅居僧珍宅側。僧珍問宅價，曰：『一千一百萬。』怪其貴，季雅曰：『一百萬買宅，千萬買鄰。』」

例句 這個社區的居民看起來水準都很高，這種千萬買鄰的機會可遇不可求，我們就決定搬來這裡吧！

近義 里仁為美

反義 以鄰為壑

千載一時 ㄑㄧㄢ ㄗㄞˇ ㄧˋ ㄕˊ 一千年才有一次機會。形容機會難得。載，年。

語源 晉王羲之與會稽王箋：「況遇千載一時之運，顧智力屈於當年，何得不權輕重而處之也？」

例句 後天會出現的哈雷彗星乃是千載一時的天文奇景，我們一定要把握機會觀賞。

近義 千載難逢 百代一時

反義 司空見慣 家常便飯

千載難逢 ㄑㄧㄢ ㄗㄞˇ ㄋㄢˊ ㄈㄥˊ 一千年也難得遇到一次。形容機會難得。載，年。

語源 南齊書庾杲之傳：「臣以凡庸，謬徼昌運，獎擢之厚，千載難逢。」

例句 這項天文奇景千載難逢，加上媒體的報導，因此吸引大批民眾徹夜守候觀賞。

近義 千載一時 百年不遇

反義 司空見慣 習以為常

千嬌百媚 ㄑㄧㄢ ㄐㄧㄠ ㄅㄞˇ ㄇㄟˋ 形容女子無限嬌柔豔麗。

語源 唐張鷟遊仙窟：「千嬌百媚，造次無可比方。」

例句 參加選美大會的佳麗們個個千嬌百媚，內外兼美，令評審們不知如何取捨。

近義 風情萬種 綽約多姿

反義 其貌不揚 貌似無鹽

千慮一得 ㄑㄧㄢ ㄌㄩˋ ㄧˋ ㄉㄜˊ 經過多次思慮之後的所得。指平庸的人深思熟慮之後的意見，也會有可取之處。多用作謙詞。

語源 晏子春秋內篇雜下：「聖人千慮，必有一失；愚人千慮，必有一得。」

例句 我所想的辦法未必可行，但千慮一得，也許幫的上忙也說不定。

近義 寸有所長 一得之愚

反義 尺有所短 千慮一失

千瘡百孔 ㄑㄧㄢ ㄔㄨㄤ ㄅㄞˇ ㄎㄨㄥˇ 形容到處都是瘡口或孔洞。也比喻缺漏、弊病非常嚴重。原作「百孔千瘡」。

語源 唐韓愈與孟尚書書：「漢氏以來，群儒區區修補，百孔千瘡，隨亂隨失。」

例句 這條馬路的人行道多年來疏於整修，早已千瘡百孔。

近義 體無完膚 滿目瘡痍

反義 十全十美 無懈可擊

千篇一律 ㄑㄧㄢ ㄆㄧㄢ ㄧˊ ㄌㄩˋ 指詩文的內容、結構毫無變化。也比喻做事刻板，不知變通。

語源 明王世貞藝苑卮言卷四：「張為稱白樂天……千篇一律，詩道未成。」

例句 他近來的表演千篇一律，了無新意，恐怕已經江郎才盡。

近義 一成不變 如出一轍

反義 千變萬化 五花八門

千頭萬緒 ㄑㄧㄢ ㄊㄡˊ ㄨㄢˋ ㄒㄩˋ 頭緒紛雜，沒有條理。緒，絲線的端頭。

語源 宋朱熹答胡寬夫：「若不如此，方寸之間頃刻之際，千頭萬緒，卒然便要主一，如何按伏得下？」

例句 公司草創之初，大小事情千頭萬緒，令董事長傷透腦筋。

近義 千絲萬縷 心亂如麻

反義 有條不紊 提綱挈領

千錘百鍊 ㄑㄧㄢ ㄔㄨㄟˊ ㄅㄞˇ ㄌㄧㄢˋ 鐵經過多次錘鍊，去除雜質而成鋼。比喻人經過很多磨鍊，或文章經過精細鍛鍊。

語源 清趙翼甌北詩話卷一：「詩家好作奇句警語，必千錘百鍊而後能成。」

例句 他的文章擲地有聲，廣受喜愛，乃是經過千錘百鍊才有的成績。

近義 切磋琢磨 百鍊成鋼

千巖萬壑 ㄑㄧㄢ ㄧㄢˊ ㄨㄢˋ ㄏㄨㄛˋ 形容山峰連綿、谿谷眾多。巖，高峻的山崖。壑，山谷。

語源 南朝宋劉義慶世說新語言語：「千巖競秀，萬壑爭流。」唐白居易題岐王舊山池石壁：「況當霽景涼風後，如在千巖萬壑間。」

例句 雪霸國家公園裡千巖萬壑，四季風貌各異，值得你我一起去尋幽探奇！

近義 層巒疊嶂 千巖競秀

反義 一馬平川

千巖競秀 ㄑㄧㄢ ㄧㄢˊ ㄐㄧㄥˋ ㄒㄧㄡˋ 眾多山頭彷彿在爭相比美。形容山勢起伏，景色優美。競，相爭。

語源 南朝宋劉義慶世說新語言語：「千巖競秀，萬壑爭流。」

例句 登上玉山，眼前千巖競秀的景致，令人心曠神怡。

近義 千巖萬壑 層巒疊嶂

反義 窮山惡水

千變萬化 ㄑㄧㄢ ㄅㄧㄢˋ ㄨㄢˋ ㄏㄨㄚˋ 形容變化無窮。

語源 漢賈誼鵩鳥賦：「千變萬化兮，未始有極。」

例句 諸葛亮用兵如神，戰術千變萬化，是一位偉大的軍事家。

近義 變化多端 變化無窮

反義 一成不變 千篇一律

千里之行，始於足下 ㄑㄧㄢ ㄌㄧˇ ㄓ ㄒㄧㄥˊ ㄕˇ ㄩˊ ㄗㄨˊ ㄒㄧㄚˋ 再長遠的路途，都是從腳下這一步開始。比喻成果是由小到大積累起來的。

語源 老子六十四章：「九層之臺，起於累土；千里之行，始於足下。」

例句 千里之行，始於足下，你不肯跨出第一步，永遠沒有成功的機會。

近義 積土成山 積沙成塔

反義 空中樓閣

千里之堤，潰於蟻穴 ㄑㄧㄢ ㄌㄧˇ ㄓ ㄊㄧˊ ㄎㄨㄟˋ ㄩˊ ㄧˇ ㄒㄩㄝˋ 千里長的大堤，卻因一個小小螞蟻洞而崩潰。比喻忽略了小處，而釀成大禍。潰，大水沖破堤岸。也作「蟻穴潰堤」。

語源 韓非子喻老：「千丈之堤，以螻蟻之穴潰。」淮南子人間訓：「千里之堤，以螻螘之穴漏。」

例句 這棟大廈的建商當初只因疏忽而用了一小部分的海砂，沒想到千里之堤，潰於蟻穴，現在整棟大樓已被視為危樓了。

近義 因小失大 星火燎原

反義 防微杜漸

2

升斗小民 ㄕㄥ ㄉㄡˇ ㄒㄧㄠˇ ㄇㄧㄣˊ 只靠一升一斗糧食度日的老百姓。形容貧困窮苦的老百姓。也泛指一般百姓。

例句 物價節節上漲，升斗小民是叫苦連天。

近義 市井小民 平頭百姓

反義 達官貴人

升堂入室 ㄕㄥ ㄊㄤˊ ㄖㄨˋ ㄕˋ　參見「登堂入室」。

午夜夢迴 ㄨˇ ㄧㄝˋ ㄇㄥˋ ㄏㄨㄟˊ　深夜從夢中醒來。迴，回來。

語源　南唐李璟浣溪沙：「細雨夢回雞塞遠，小樓吹徹玉笙寒。」

例句　每當午夜夢迴，昔日你我攜手同遊的情景又在腦海浮現。

3

半吊子 ㄅㄢˋ ㄉㄧㄠˋ ˙ㄗ　指做事不實在，或是在學問或技藝上一知半解的人。

例句　不要讓他的長篇大論給唬住了，其實他只是個半吊子。

近義　半瓶醋

半瓶醋 ㄅㄢˋ ㄆㄧㄥˊ ㄘㄨˋ　比喻一知半解或技藝不純熟的人。

語源　大慧普覺禪師宗門武庫湛堂和尚：「俗語：『一瓶子不響，半瓶子晃蕩』本此。」紅樓夢第六十四回：「又有一等半瓶醋的讀書人。」

例句　有真才實學的人通常不喜歡賣弄，那些老愛掉書袋的人多半是半瓶醋。

近義　半吊子

半斤八兩 ㄅㄢˋ ㄐㄧㄣ ㄅㄚ ㄌㄧㄤˇ　半斤等於八兩。比喻彼此相等，不分高下。

語源　宋釋惟白續傳燈錄明州端巖石窗法恭禪師：「踏著秤砣硬似鐵，八兩原來是半斤。」匯纂元譜南曲九宮正始王質：「伊嬌俊，我鶻伶，算半斤八兩稱兒稱著不沉不輕。」

辨析　本則成語含有鄙視之意，用來指「同樣不好」，而非「同樣很好」。

例句　一個落榜，一個留級，你們兩人根本就是半斤八兩，不必互相嘲笑了。

近義　難兄難弟　彼此彼此

反義　天淵之別　天差地遠

半生不熟 ㄅㄢˋ ㄕㄥ ㄅㄨˋ ㄕㄡˊ　①形容食物還沒完全煮熟。②比喻與人尚不熟識。③比喻技藝還很生疏。也作「半生半熟」。

語源　宋元懷拊掌錄：「君為北道生張八，我是西州熟魏三。莫怪尊前無笑語，半生半熟未相諳。」

例句　①吃下半生不熟的肉類食物，很容易得到寄生蟲病。②他們倆雖半生不熟，一上臺卻一搭一唱極有默契，真是天生的一對寶。③小李剛入這行，技術還半生不熟，需要多加磨練。

半老徐娘 ㄅㄢˋ ㄌㄠˇ ㄒㄩˊ ㄋㄧㄤˊ　指年長而頗有姿色的婦女。參見「徐娘半老」。

語源　南史梁元帝徐妃傳：「南朝梁元帝妃徐昭佩，通帝左右暨季江，季江嘆曰：『徐娘雖老，猶尚多情。』」

辨析　本則成語帶有輕佻的意味，不可用於尊長身上。

例句　那些女明星即使年過四十，已是半老徐娘，卻仍然風姿嫵媚。

近義　風韻猶存

反義　二八佳人

半吞半吐 ㄅㄢˋ ㄊㄨㄣ ㄅㄢˋ ㄊㄨˇ　形容話到嘴邊又收回去，欲言又止的樣子。

語源　明馮夢龍醒世恆言卷八：「孫寡婦見他半吞半吐，越發盤問得急了。」

例句　哥哥打破了花瓶，當媽媽問起時，只見弟弟半吞半吐，不知該不該說。

近義　吞吞吐吐　欲言又止

反義　直言不諱　一吐為快

半信半疑 ㄅㄢˋ ㄒㄧㄣˋ ㄅㄢˋ ㄧˊ　疑信各半。形容難以確定事物的

真假。

語源　三國魏嵇康答釋難宅無吉凶攝生論：「何為半信而半不信耶？」

例句　雖然嫌犯提出了不在場證明，但警方對於他的供詞仍是半信半疑，決定再深入調查。

近義　將信將疑　疑信參半

反義　深信不疑

半推半就 ㄅㄢˋ ㄊㄨㄟ ㄅㄢˋ ㄐㄧㄡˋ

一半推辭，一半接受。形容勉強或不好意思地接受。就，接受。

語源　元王實甫西廂記第四本第一折：「半推半就，又驚又愛。」

例句　雖然他嘴裡說著「不敢當」，卻還是在半推半就的情況下，坐上了今天宴會的主位。

近義　忸怩作態　欲拒還迎

反義　落落大方

半途而廢 ㄅㄢˋ ㄊㄨˊ ㄦˊ ㄈㄟˋ

比喻做事中途放棄，不能堅持到底。也作「中道而廢」。

語源　中庸：「君子遵道而行，半塗而廢，吾弗能已矣。」論語雍也：「力不足者，中道而廢。」

例句　不論求學或做事，一定要堅持到底，半途而廢的人絕對沒有成功的希望。

近義　功虧一簣　前功盡棄

反義　持之以恆　堅持不懈

半路出家 ㄅㄢˋ ㄌㄨˋ ㄔㄨ ㄐㄧㄚ

指成年後才出家當和尚或尼姑。後多用來比喻中途改行，不是本行出身。

語源　京本通俗小說錯斬崔寧：「先前讀書，後來看看不濟，卻去改業做生意，便是半路上出家的一般。」

例句　他本來是大學教授，後來轉入企業界，可以說是半路出家。

反義　科班出身

半截入土 ㄅㄢˋ ㄐㄧㄝˊ ㄖㄨˋ ㄊㄨˇ

比喻生命已過了一半。有感慨年歲老去、時日無多的意思。

語源　宋蘇軾東坡志林卷一二：「桃符仰視艾人而罵曰：『汝何等草芥，輒居我上！』艾人俯而應曰：『汝已半截入土，猶爭高下乎？』」

例句　實現夢想要趁年輕，若是等到半截入土才感慨一事無成就太遲了。

近義　行將就木　風燭殘年

反義　年富力強　年輕力壯

半壁江山 ㄅㄢˋ ㄅㄧˋ ㄐㄧㄤ ㄕㄢ

半個天下。多指國土淪陷大半的殘局。

語源　宋呂頤浩送張德遠宣撫川陝：「每憤中原淪半壁，擬將孤劍斬長鯨。」清潘耒韓蘄王墓碑歌：「麾日之戈射潮弩，半壁江山留宋土。」

例句　北宋徽宗性喜鋪張奢靡且昏庸無能，最後落得將半壁江山送給了胡人。

近義　山河破碎　殘山剩水

反義　金甌無缺　山河一統

6

卑以自牧 ㄅㄟ ㄧˇ ㄗˋ ㄇㄨˋ

以謙虛的態度修養自己。卑，謙卑；謙虛。自牧，自我修養。

語源　易經謙卦：「謙謙君子，卑以自牧。」唐孔穎達正義：「君子之義，恆以謙卑自養其德。」

例句　越是有涵養的人，越能卑以自牧；反觀那些半吊子，卻是喜愛賣弄。

近義　謙沖自牧　虛懷若谷

反義　自命不凡　狂妄自大

卑躬屈膝 ㄅㄟ ㄍㄨㄥ ㄑㄩ ㄒㄧ

形容人諂媚奉承、毫無骨氣的樣子。卑躬，低下身子。屈膝，下跪。

十

語源 漢劉安淮南子氾論訓：「夫君臣之接，屈膝卑拜，以相尊禮也。」宋魏了翁江陵州叢蘭精舍記：「公卿大臣皆卑躬屈膝唯後，雖謝安石之賢也，而猶不能免。」

例句 他雖窮卻有骨氣，決不在權貴面前卑躬屈膝，逢迎諂媚。

近義 奴顏婢膝　俯首帖耳

反義 寧死不屈　趾高氣昂

卑鄙無恥 ㄅㄟ ㄅㄧˇ ㄨˊ ㄔˇ

形容人品格低下，行為惡劣。

語源 清李伯元官場現形記第二十七回：「到京之後，又復花天酒地，任意招搖，并串通市儈黃某，到處鑽營，卑鄙無恥。」

例句 這些金光黨專門欺騙鄉下不識字的老太太，實在是卑鄙無恥。

近義 卑鄙齷齪　厚顏無恥

反義 光明正大　嶔崎磊落

卑之無甚高論 ㄅㄟ ㄓ ㄨˊ ㄕㄣˋ ㄍㄠ ㄌㄨㄣˋ

原指不要高談闊論才易於施行。後用來指見識平平，沒有特別突出的論點。

語源 史記張釋之馮唐列傳：「釋之既朝畢，因前言便宜事。文帝曰：『卑之，毋甚高論，令今可施行也。』」明朱之瑜批古文奇賞四十九條（其三十四）：「吳武陵上韓舍人行軍書……卑之無甚高論，只是周至切當，然亦參以權謀術數。」

例句 本以為他會發表什麼高見，原來只是舊調重彈，卑之無甚高論，不聽也罷。

近義 皮相之談　世俗之見

反義 要言妙道　崇論閎議

卓爾不群 ㄓㄨㄛˊ ㄦˇ ㄅㄨˋ ㄑㄩㄣˊ

優秀卓越，超出常人。

語源 漢書景十三王傳贊：「夫唯大雅，卓爾不群，河間獻王近之矣。」

例句 他才學高絕，卓爾不群，是當代備受敬重的大學者。

近義 超群出眾　出類拔萃

反義 庸庸碌碌　碌碌無能

7

南征北討 ㄋㄢˊ ㄓㄥ ㄅㄟˇ ㄊㄠˇ

形容轉戰各地，經歷了許多爭戰。

語源 元無名氏昊天塔孟良盜骨第一折：「想老夫幼年時，南征北討，東蕩西除，到今日都做了一場春夢也。」

例句 陳將軍自十八歲從軍以來，南征北討數十年，從未打過敗仗，令後生晚輩佩服不已。

近義 東征西討　南征北戰

反義 偃武修文　偃旗息鼓

南柯一夢 ㄋㄢˊ ㄎㄜ ㄧˋ ㄇㄥˋ

比喻人生的榮枯得失變化無常，就像一場夢。也比喻空歡喜一場。南柯，南邊的枝幹。

語源 唐李公佐南柯太守傳記載：有位名叫淳于棼的人，有一天在一棵老槐樹下睡覺，夢到自己成了大槐安國的駙馬，同時也是南柯郡太守，享盡二十年的富貴榮華。後來因敵軍入侵，他領兵禦敵打了敗仗，被遣送回鄉才一夢醒來。夢醒後發現槐樹南邊枝幹上有個大蟻窩，竟和夢中的大槐安國很相似，於是想到人生的富貴貧賤，也不過是蟻夢一場。

例句 ①如果對人世不能有所貢獻，再大的功名富貴，到頭來不過是南柯一夢，有什麼好羨慕的呢？②他以為自己中了樂透頭彩，卻原來是南柯一夢，因為他對到上一期的中獎號碼了！

近義 黃粱一夢　一場春夢

南腔北調 ㄋㄢˊ ㄑㄧㄤ ㄅㄟˇ ㄉㄧㄠˋ

原指南方人說北方話。也指兼具

各地方言。

語源　清袁枚隨園詩話：「兩間東倒西歪屋，一個南腔北調人。」清富察敦崇燕京歲時記：「像聲即口技，能學百鳥音，並能作南腔北調。」

例句　這場學術會議聚集了海峽兩岸各地的學者，討論時南腔北調，真是有趣！

反義　字正腔圓

南橘北枳 ㄋㄢˊ ㄐㄩˊ ㄅㄟˇ ㄓˇ　南邊的橘，到了北邊就成了枳。比喻生長環境的好壞會影響本質的優劣。枳，似橘而小。

語源　晏子春秋雜下：「橘生淮南則為橘，生淮北則為枳……所以然者何？水土異也。」

例句　千萬別忽視環境對人的影響，所謂南橘北枳，你在搬家前還是多為小孩想一想。

近義　近朱者赤，近墨者黑　一傅眾咻

反義　出淤泥而不染

南轅北轍 ㄋㄢˊ ㄩㄢˊ ㄅㄟˇ ㄔㄜˋ　想要去南方，車子卻往北走。①比喻行動與目標相反。②比喻雙方背道而馳，無法聚合。轅，車前的槓木。轍，車輪輾過的痕跡。

語源　戰國策魏策四記載：戰國時，魏王打算攻打趙國，魏國季梁聽說此事便立刻進宮諫止魏王說：「我來的路上看見有人駕車朝北走，說是要到楚國去。我問他楚國在南方為何向北走？這人說他的馬很精良。我說馬雖好，仍是到不了楚國。那人又說他的錢多。我說你錢雖多，向北不是往楚國的路，你的條件愈好，離楚國將愈遙遠。今天，大王想成就霸業卻輕易發動戰爭，這就好像想到楚國卻往北方走，永遠達不到目的地。」

例句　①你希望在課業上有好的表現，卻不肯用功讀書，想法和行動南轅北轍，願望是不可能實現的。②他的做法和我的理念南轅北轍，我們是不可能合作的。

近義　背道而馳　適得其反

反義　有志一同　殊途同歸

南蠻鴃舌 ㄋㄢˊ ㄇㄢˊ ㄐㄩㄝˊ ㄕㄜˊ　南方口音如伯勞鳥一樣難聽。譏諷南方方言難懂或形容語言難聽。鴃，伯勞鳥。

語源　孟子滕文公上：「今也南蠻鴃舌之人，非先王之道。」

例句　少數民族的語言都各有特色，千萬不可視為南蠻鴃舌而加以輕視，否則只會造成無謂的紛爭。

近義　怪腔怪調

反義　珠圓玉潤　餘音繞梁

10

博士買驢 ㄅㄛˊ ㄕˋ ㄇㄞˇ ㄌㄩˊ　飽讀詩書的人說要買驢子，但寫滿了三張紙，還沒提到一個「驢」字。譏諷人寫作、說話言辭煩瑣，廢話連篇，不得要領。也作「三紙無驢」。

語源　北齊顏之推顏氏家訓勉學：「問一言輒酬數百，責其指歸，或無要會。鄴下諺云：『博士買驢，書券三紙，未有驢字。』」

例句　他在臺上致辭已逾十分鐘，卻仍聽不出其主題，真是博士買驢。

博大精深 ㄅㄛˊ ㄉㄚˋ ㄐㄧㄥ ㄕㄣ　廣大、精微而深入。形容學識或思想廣博高深。也作「博大閎深」。

語源　宋王安石答陳梠書：「聖人之說，博大而閎深，要當不遺餘力以求之。」明姜世昌逸周書序：「迄今讀之，若

揭日月而行千載，其博大精深之旨，非晚世學者所及。」

例句 中華文化歷經五千年的發展，在世界文明中堪稱博大精深，且受到舉世的重視。

近義 博古通今

反義 不學無術　孤陋寡聞

博文約禮 ㄅㄛˊ ㄨㄣˊ ㄩㄝ ㄌㄧˇ　廣博研習典籍，增進學問，並以禮來約束自己的行為。文，典籍文字。泛指知識學問。

語源 論語雍也：「君子博學於文，約之以禮，亦可以弗畔矣夫。」子罕：「夫子循循然善誘人，博我以文，約我以禮。」明歸有光君子尊德性而道問學：「孔之教曰，博文約禮，精以歸一，義以全禮，博以致約，千聖相傳之祕，其在茲乎！」

例句 孔子教人要「博文約禮」，因為治世要博學，修身在守禮，內聖外王的功夫都在這裡了。

博古通今 ㄅㄛˊ ㄍㄨˇ ㄊㄨㄥ ㄐㄧㄣ　通曉古今的事情。形容知識淵博。原作「博古知今」。

語源 孔子家語觀周：「孔子謂南宮敬叔曰：『吾聞老聃博古知今。』」晉書石崇傳：「君侯博古通今，察遠照邇。」

例句 他治學認真，博古通今，素為學人所敬重。

近義 通曉古今　博學多聞

反義 孤陋寡聞　胸無點墨

博施濟眾 ㄅㄛˊ ㄕˋ ㄐㄧˋ ㄓㄨㄥˋ　廣施恩惠，救助眾人。濟，救助。

語源 論語雍也：「子貢曰：『如有博施于民，而能濟眾，何如？可謂仁乎？』」

例句 新市長一到任就博施濟眾，提供遊民半年免費的三餐。

近義 博施於民　解衣推食

反義 善財難捨　一毛不拔

博極群書 ㄅㄛˊ ㄐㄧˊ ㄑㄩㄣˊ ㄕㄨ　形容人閱讀廣博，學識豐富。也作「博覽群書」。

語源 漢書司馬遷傳：「然自劉向、揚雄博極群書，皆稱遷有良史之材。」

例句 王教授博極群書，兼通古今，被譽為會走路的活字典。

近義 博古通今　學富五車

反義 粗通文墨　胸無點墨

博聞強記 ㄅㄛˊ ㄨㄣˊ ㄑㄧㄤˊ ㄐㄧˋ　見識廣博，並擁有很強的記憶力。

語源 韓詩外傳卷三：「博聞強記，守之以淺者智。」

例句 大哥從小求知慾強又博聞強記，大家有問題都會找他解決。

反義 孤陋寡聞　一知半解

博學多聞 ㄅㄛˊ ㄒㄩㄝˊ ㄉㄨㄛ ㄨㄣˊ　學問廣博，見識豐富。

語源 漢劉安淮南子本經：「故博學多聞，而不免於惑。」

例句 余教授是博學多聞的著名學者，每次演講總是座無虛席。

近義 見多識廣　博古通今

反義 不學無術　孤陋寡聞

博學鴻儒 ㄅㄛˊ ㄒㄩㄝˊ ㄏㄨㄥˊ ㄖㄨˊ　學識廣博的大學者。鴻，大。

語源 清史稿聖祖本紀：「一代之興，必有博學鴻儒振起文運，闡發經史，以備顧問。」

例句 余教授是享譽國際的博學鴻儒，能請他來演講，非常難得，同學們千萬要把握機會去聽講。

近義 鴻儒碩學　碩學通儒

反義 穴見小儒　孤陋寡聞

卜部

卜晝卜夜 ㄅㄨˇ ㄓㄡˋ ㄅㄨˇ ㄧㄝˋ　指不分晝夜地飲酒作樂。卜，占卜。

語源　左傳莊公二十二年載：齊桓公到陳敬仲家喝酒，非常快樂。到了晚上，齊桓公命令點起燈來繼續喝，敬仲說：「臣卜其晝，未卜其夜，不敢。」意思是說：臣白天喝酒的事卜過了所以敢喝；晚上喝酒的事還沒卜過，不敢喝。清羅安傷移俗：「卜晝卜夜恣號呶，飲食靡費若流水。」

例句　自從他發了一筆橫財之後，便日日卜晝卜夜，令人不禁為他的健康擔心。

近義　縱情酒色　紙醉金迷

反義　粗衣惡食　克勤克儉

卩部

3

卯足全力 ㄇㄠˇ ㄗㄨˊ ㄑㄩㄢˊ ㄌㄧˋ　使出全部的力量。卯，卯勁；使勁。

例句　他瞄準那顆直球，卯足全力揮棒，竟是一支再見全壘打！

近義　竭盡全力　全力以赴

反義　得過且過　敷衍了事

4

危在旦夕 ㄨㄟˊ ㄗㄞˋ ㄉㄢˋ ㄒㄧ　指危險隨時會降臨。旦夕，喻時間短暫。

語源　史記魯仲連列傳：「燕人十萬，聊城不去，國亡在旦夕，先生奈之何？」三國志吳書太史慈傳：「今管亥暴亂，北海被圍，孤窮無援，危在旦夕。」

例句　連日的豪雨造成河水暴漲，河面上的橋危在旦夕，為避免有人受傷，警察已封橋禁止人車通行。

近義　岌岌可危　危如累卵

反義　穩如泰山　安如磐石

危如累卵 ㄨㄟˊ ㄖㄨˊ ㄌㄟˇ ㄌㄨㄢˇ　危險的程度如同堆疊的蛋，隨時有跌碎的可能。比喻情況非常危急。累，堆積。原作「危於累卵」。

語源　史記范雎蔡澤列傳：「秦王之國危於累卵，得臣則安。」水滸傳第六十六回：「大名危如纍卵，破在旦夕；倘或失陷，河北縣郡如之奈何？」

例句　這家公司經營不善，再加上人謀不臧，目前營運的狀況已經危如累卵了。

近義　千鈞一髮　搖搖欲墜

反義　穩如泰山　固若金湯

危言危行 ㄨㄟˊ ㄧㄢˊ ㄨㄟˊ ㄒㄧㄥˋ　正直的言行。危，端正；正直。

語源　論語憲問：「邦有道，危言危行；邦無道，危行言孫。」

例句　他是個危言危行的正人君子，我不相信他會做出這種傷天害理的事。

近義　剛正不阿　直道而行

反義　見風轉舵　闇然媚世

危言聳聽 ㄨㄟˊ ㄧㄢˊ ㄙㄨㄥˇ ㄊㄧㄥ　故意說嚇人的話以引人注意或造成恐懼。聳，驚動。

語源　清劉坤一書牘復郭善臣：「兄與弟肝膽至交，何敢危詞聳聽。」

例句　為了班上同學的安寧，請你別再危言聳聽了。

近義　聳人聽聞　駭人聽聞

危機四伏 ㄨㄟˊ ㄐㄧ ㄙˋ ㄈㄨˊ　到處潛藏著危險。

例句　臺灣許多溪流看來平靜和緩，其實充滿了漩渦，危機四伏。

近義　險象環生　危在旦夕

反義　安然無恙　高枕無憂

危急存亡之秋 ㄨㄟˊ ㄐㄧˊ ㄘㄨㄣˊ ㄨㄤˊ ㄓ ㄑㄧㄡ　危險急迫的生死關

頭。秋，時期。

語源 三國蜀諸葛亮出師表：「今天下三分，益州疲敝，此誠危急存亡之秋也。」

例句 在這危急存亡之秋，大家應放下個人的恩怨，齊心協力，共度難關。

近義 生死關頭　生死攸關

反義 海晏河清　承平之年

7

卻之不恭 ㄑㄩㄝˋ ㄓ ㄅㄨˋ ㄍㄨㄥ　拒絕別人的饋贈或邀請，就顯得不恭敬。多用以委婉地表示接受之意。常與「受之有愧」連用。

語源 孟子萬章下：「卻之卻之為不恭，何哉？」明沈德符萬曆野獲編補遺之戊戌謗書朱東吉閨鑒圖說跋：「此賢妃敬賢之禮，卻之不恭，是當諒其心矣。」

例句 人們在收禮時總會順口說聲「卻之不恭」，其實心裡喜歡得很。

8

卿卿我我 ㄑㄧㄥ ㄑㄧㄥ ㄨㄛˇ ㄨㄛˇ　男女間親愛的稱呼。形容親密恩愛的樣子。卿，稱對方。我，自稱。

語源 南朝宋劉義慶世說新語惑溺：「親卿愛卿，是以卿卿；我不卿卿，誰當卿卿？」

例句 捷運月臺上，一對情侶卿卿我我，完全無視於往來人群的側目。

近義 你儂我儂　如膠似漆

反義 形同陌路

厂部

7

厚古薄今 ㄏㄡˋ ㄍㄨˇ ㄅㄛˊ ㄐㄧㄣ　推崇古代，輕視當代。厚，厚待；重視。薄，輕視；怠慢。

語源 宋米芾蠶賦：「由斯而言，則予之功，非欲厚古而薄今，時之異也。」

例句 他懷有厚古薄今的心態，一向輕視現代文學，所作出的評論不可盡信。

近義 尊古卑今

厚此薄彼 ㄏㄡˋ ㄘˇ ㄅㄛˊ ㄅㄧˇ　重視這一方，輕視另一方。形容對不同對象的待遇截然不同。厚，優待；重視。薄，苛待；輕視。

語源 梁書賀琛傳：「並欲薄於此而厚於彼，此服雖降，彼服則隆。」明袁宏道廣莊養生主：「皆吾生即皆吾養，不宜厚此薄彼。」

例句 你請她吃大餐，卻連請我喝咖啡都不肯，對待朋友怎可如此厚此薄彼？

近義 嫌貧愛富　揀佛燒香

反義 一視同仁　等量齊觀

厚德載福 ㄏㄡˋ ㄉㄜˊ ㄗㄞˋ ㄈㄨˊ　指德行深厚的人能承載更多福分。

語源 易經坤卦：「君子以厚德載物。」國語晉語六：「唯厚德者能受多福，無德而服者眾，必自傷也。」

例句 王老先生年高體健，子孫滿堂，可說是厚德載福的寫照。

近義 善有善報

反義 惡有惡報

厚顏無恥 ㄏㄡˋ ㄧㄢˊ ㄨˊ ㄔˇ　厚臉皮而不知羞恥。

例句 他義正詞嚴的演說，對那群厚顏無恥的人不啻是當頭棒喝！

近義 寡廉鮮恥　恬不知恥

反義 行己有恥

8

厝火積薪 ㄘㄨㄛˋ ㄏㄨㄛˇ ㄐㄧ ㄒㄧㄣ　把火苗放在堆積的柴木下。比喻潛伏著危機。厝，通「措」。放置。

語源 漢書賈誼傳：「夫抱火厝之積薪之下而寢其上，火未

及燃，因謂之安，方今之勢，何以異此！」

辨析 厝，音ㄘㄨㄛˋ，不讀ㄘㄨˋ。

例句 開發山坡地來建別墅可說是厝火積薪，一旦颱風來襲，恐怕會造成嚴重的傷害。

近義 奔車朽索　燕巢於幕

反義 高枕無憂　防患未然

原汁原味 食物本身的汁液和味道。也比喻最道地、最純正的事物特質。

例句 ①姐姐只喝原汁原味的現榨果汁，市售的含糖飲料她一概不要。②那年在西班牙，朋友帶我去觀賞一場原汁原味的佛朗明哥舞表演，讓我印象非常深刻。

近義 道道地地　貨真價實

原地踏步 軍事或體育訓練原指兩腳在定點踏步而不前進。也用來比喻沒有任何進度或進步。

例句 別人的報告都交了，你卻還在原地踏步，是不是遇到什麼瓶頸？

近義 停滯不前

反義 一日千里

原形畢露 本來的面目完全暴露。

語源 清錢泳履園叢話朱方旦：「將衣求印，原冀升天，詎意被其一火，原形已露，骨肉僅存，死期望至。」

例句 不少政治人物在飛黃騰達之後便原形畢露，現出貪婪和腐敗的本性。

近義 暴露無遺

原封不動 原來的封口未曾開過。比喻保持原狀，沒有更動。

語源 元王仲文救孝子賢母不認屍：「是你的老婆，這等呵，我也原封不動，送還你罷。」

例句 他拾金不昧，將撿到的錢原封不動地交還失主，光明磊落的行為令人讚賞。

近義 維持原狀　紋風不動

反義 偷梁換柱　移花接木

原原本本 參見「元元本本」。

10 **厥功甚偉** 他所建立的功業十分輝煌。厥，同「其」。他的；那個。

語源 明史門克新傳：「廣微砥柱狂瀾，厥功甚偉，宜錫之溫綸，優以禮數。」

例句 吳教練為體壇奉獻半生精力，培養無數優秀國手，厥功甚偉，因此獲得總統頒獎表揚。

近義 功業彪炳　豐功偉績

反義 一事無成　徒勞無功

厶部

3 **去偽存真** 去掉虛假，保留真實。

語源 宋釋惟白續傳燈錄和州褒禪溥禪師：「權衡在手，明鏡當臺，可以摧邪輔正，可以去偽存真。」

例句 社會中存在著太多詭詐，大家若能向小孩子學習，去偽存真，人際之間或許能更加和諧。

近義 披沙揀金　返璞歸真

反義 魚目混珠　泥沙俱下

去蕪存菁 除去雜亂，保留精華。

例句 這篇文章經過一番刪改、去蕪存菁之後，顯得更為精鍊簡要，幾乎可說是一字千金了。

近義 去粗取精　披沙揀金

9 **參差不齊** 長短、高低、大小不齊。形容很不一致。參差，不整齊。

語源 漢揚雄法言重黎：「國君將相，卿士名臣，參差不齊，一槩諸聖。」

辨析 參差，音ㄘㄣ ㄘ，不讀ㄘㄢ ㄔㄚ。

例句 這一班學生的英文程度參差不齊，令林老師不知從何教起。

近義 長短不一　良莠不齊

反義 井然有序　整齊劃一

又部

2

及時行樂 ㄐㄧˊ ㄕˊ ㄒㄧㄥˊ ㄌㄜˋ

把握時間趕快尋歡作樂。

語源 古詩十九首生年不滿百：「晝短苦夜長，何不秉燭遊？為樂當及時，何能待來茲？」

例句 許多人在感歎人生短暫之餘，往往主張及時行樂的人生態度，卻在行樂後倍感空虛失落。

近義 秉燭夜遊　對酒當歌

及笄之年 ㄐㄧˊ ㄐㄧ ㄓ ㄋㄧㄢˊ

指女子已年滿十五歲或已到適婚年齡。古代女子年滿十五歲需盤髮插笄，表示成年，可以嫁人。後世遂以「及笄」表示女子已到出嫁的年齡。笄，髮簪。

語源 禮記內則：「女子……十有五年而笄。」明湯顯祖牡丹亭第十齣：「年已及笄，不得早成佳配。」

例句 小姑早已過了及笄之年，卻仍待字閨中，崇尚單身生活。

近義 二八年華　荳蔻年華

反反覆覆 ㄈㄢˇ ㄈㄢˇ ㄈㄨˋ ㄈㄨˋ

①重複多次；一次又一次。②不斷更改；變動不定。

語源 宋朱熹朱子語類大學：「人治一家一國，尚且有照管不到處，況天下之大，所以反反覆覆說，不是大著箇心去理會，如何照管得。」

例句 ①林先生反反覆覆地檢查這只花瓶，確認沒有瑕疵才付錢購買。②教育部有關免試升學的做法反反覆覆，讓學生和家長無所適從。

近義 翻來覆去　反覆無常

反義 始終如一

反目成仇 ㄈㄢˇ ㄇㄨˋ ㄔㄥˊ ㄔㄡˊ

指由原本友好的關係轉為仇視。反目，由和好變為不和。

語源 易經小畜：「夫妻反目。」紅樓夢第五十七回：「甚至於憐新棄舊，反目成仇，多著呢！」

例句 他們兩人是合作多年的夥伴，沒想到卻因金錢問題而反目成仇，真是令人不解。

近義 翻臉無情　凶終隙末

反義 情深義重　化敵為友

反求諸己 ㄈㄢˇ ㄑㄧㄡˊ ㄓㄨ ㄐㄧˇ

反過來要求自己。指從本身反省失敗的原因。

語源 禮記射義：「發而不中，則不怨勝己者，反求諸己而已矣。」

例句 他遇事皆先反求諸己，從不怨天尤人，是同學們學習的好榜樣。

近義 反躬自省　捫心自問

反義 委過他人　怨天尤人

反客為主 ㄈㄢˇ ㄎㄜˋ ㄨㄟˊ ㄓㄨˇ

客人變成主人。比喻化被動為主動。

語源 宋曾慥類說卷三九：「因糧於敵，是變客為主也。」三國演義第七十一回：「可激勵士卒，拔寨前進，步步為營，誘淵來戰而擒之。此乃反客為主之法。」

例句 他們挾著龐大資金邀我們談判市場的合併，我們唯有反客為主，主動出擊才能有所收穫。

近義 喧賓奪主

反面無情 ㄈㄢˇ ㄇㄧㄢˋ ㄨˊ ㄑㄧㄥˊ 翻臉而不認情義。也作「翻臉無情」。

語源 明邵璨香囊記第二十五齣：「狀元，成就了罷，他也是一個君王，恐怕反面無情，那時節悔之晚矣。」

例句 合夥投資失敗，小陳竟然反面無情，告我詐欺，真叫人心寒。

近義 視同陌路 反目成仇

反義 情深義重

反躬自省 ㄈㄢˇ ㄍㄨㄥ ㄗˋ ㄒㄧㄥˇ 回過頭來自我省察。躬，親身。

語源 禮記樂記：「好惡無節於內，知誘於外；不能反躬，天理滅矣。」

例句 時時反躬自省，便能及時修正自己的言行，使品德臻於完善。

近義 反求諸己 捫心自問

反義 怨天尤人 委過他人

反敗為勝 ㄈㄢˇ ㄅㄞˋ ㄨㄟˊ ㄕㄥˋ 反轉失敗的局面而獲得勝利。

語源 三國演義第十六回：「將軍在匆忙之中，能整兵堅壘，任謗任勞，使反敗為勝，雖古之名將，何以加茲！」

例句 這場比賽雖然客隊始終處於劣勢，但憑著過人的意志力，最後竟反敗為勝，擊敗地主隊。

近義 敗中求勝 敗部復活

反義 先盛後衰

反脣相譏 ㄈㄢˇ ㄔㄨㄣˊ ㄒㄧㄤ ㄐㄧ 受到指責不服氣，反過來責問或譏刺對方。反脣，回嘴；頂嘴。也作「反脣相稽」。稽，計較。

語源 漢書賈誼傳：「婦姑不相說(悅)，則反脣而相稽。」清庾嶺勞人蜃樓志第二十回：「並不是學三家村婦女，反脣相譏。」

例句 你一向牙尖嘴利，說話不留情面，難怪會時常遭到別人反脣相譏。

近義 針鋒相對 反咬一口

反義 反躬自省 無言以對

反掌折枝 ㄈㄢˇ ㄓㄤˇ ㄓㄜˊ ㄓ 翻轉手掌，折取樹枝。比喻非常容易。折枝，或解釋為彎曲腰肢，就是鞠躬行禮。

語源 孟子梁惠王上：「孟子曰：『為長者折枝，語人曰：「我不能。」是不為也，非不能。』」漢枚乘上書諫吳王：「變所欲為，易於反掌。」

例句 以你的能力，要做好這件事情實在有如反掌折枝，何必推辭呢？

近義 易如反掌 探囊取物

反義 挾山超海 難如登天

反間之計 ㄈㄢˇ ㄐㄧㄢˋ ㄓ ㄐㄧˋ 利用敵方間諜，使他反被我方利用的一種計策。

語源 三國演義第十三回：「聞郭汜之妻最妒，可令人於汜妻處用反間計，則二賊自相害矣。」

例句 不論在商場或是戰場上，對於敵方的情報要謹慎過濾，否則誤中對方反間之計，使得親痛仇快，後悔莫及。

近義 裡應外合 將計就計

反經行權 ㄈㄢˇ ㄐㄧㄥ ㄒㄧㄥˊ ㄑㄩㄢˊ 指不依常理而採取變通的做法。反，違反。經，常理。權，權變；權宜。

語源 公羊傳桓公十一年：「權者反於經，然後有善者也。」「行權有道，自貶損以行權，不害人以行權。」明凌濛初二刻拍案驚奇卷三二：「而今客居數千里之外，只得反經行權，目下圖個伴寂寥之計。」

例句 做大事者往往不拘小

節，你若是不懂得反經行權，這件事便不可能成功。

近義　隨機應變　因時制宜

反義　陳陳相因　刻舟求劍

反裘負芻　反穿皮襖，背負柴薪。古人穿裘毛朝外，反穿則毛朝內。反穿皮襖背柴是怕磨掉毛，結果卻磨壞了皮。比喻行為愚昧或本末倒置。裘，皮衣。負，背負。芻，柴薪。

語源　漢劉向新序雜事：「魏文侯出游，見路人反裘而負芻。文侯曰：『胡為反裘而負芻?』對曰：『臣愛其毛。』文侯曰：『若不知其裡盡而毛無所恃邪?』」

例句　為了養寵物而花光積蓄，這種反裘負芻的蠢事居然會發生在你身上?

近義　本末倒置　捨本逐末

反義　崇本抑末

反璞歸真　除去所有的造作和虛偽，返回淳樸天真的境界。璞，未經雕琢的玉石。反，同「返」。

語源　戰國策齊策四：「歸真反璞，則終身不辱也。」

例句　她退出絢爛的演藝圈之後，便反璞歸真，過著平淡的生活。

近義　清靜無為　清心寡欲

反覆無常　形容多變而無規律可遵循。也作「反復無常」。

語源　史記淮陰侯列傳：「齊，詐偽多變，反覆之國也。」宋陳亮與范東叔龍圖：「時事反復無常，天運所至，亦看人事對副如何。」

例句　山裡的天氣陰晴不定，反覆無常，令人無所適從。

近義　朝三暮四　朝秦暮楚

反義　始終如一　言而有信

反其道而行　指採取與別人相反的策略、方法來做。反其道，與他人的辦法相反。道，辦法；方法。行，做。

語源　史記淮陰侯列傳：「今大王誠能反其道，任天下武勇，何所不誅?」

例句　在外商因政治因素而減緩投資時，我們不如反其道而行，趁機增資，搶占市場。

6

取之不竭　參見「取之不盡，用之不竭」。

取精用弘　比喻由眾多材料中提取精華。

語源　左傳昭公七年：「而三世執其政柄，其用物也弘矣，其取精也多矣，其族又大，所馮厚矣。」

例句　這本選集是經過名家取精用弘、精挑細選而出，因此備受讀者好評。

近義　去蕪存菁　披沙揀金

反義　博而不精

取之不盡，用之不竭　資源豐富，取用不完。也省作「取之不竭」。

語源　莊子天地：「夫大壑之為物也，注焉而不滿，酌焉而不竭。」朱子語類卷五七：「他那源頭只管來得不絕，取之不盡，用之不竭。」宋陳亮祭鄭景元提幹文：「兄之文章，有源有委……取之不竭，有本如是。」

例句　地球資源有限，並非取之不盡，用之不竭，因此我們應做好環保，留給後代美好的家園。

近義　不虞匱乏　綽有餘裕

反義　一無所有　所剩無幾

受寵若驚　受到特別的關愛，驚喜得不知

又

如何是好。寵，寵愛；恩寵。驚，驚喜。

語源　老子十三章：「何謂寵辱若驚？寵為上，辱為下，得之若驚，失之若驚，是謂寵辱若驚。」宋歐陽脩辭特轉吏部侍郎表：「受寵若驚，況被非常之命；事君無隱，敢傾至懇之誠。」

例句　我們萍水相逢，你對我竟這般看重，真是讓我受寵若驚。

近義　寵辱若驚

反義　寵辱不驚　寵辱偕忘

受人之託，忠人之事 ㄕㄡˋ ㄖㄣˊ ㄓ ㄊㄨㄛ　ㄓㄨㄥ ㄖㄣˊ ㄓ ㄕˋ

接受了他人的請託，就盡全力把事情做好。託，也作「托」。

語源　漢劉向列女傳卷四貞順傳：「夫受人之托，豈可棄哉！」明馮夢龍警世通言卷三四：「孫九受人之托，忠人之事，伺候到次早，纔覷個方便，寄得此詩於明霞。」

例句　爸爸說：「受人之託，忠人之事。」他無論如何都要幫林爺爺把這件事查個水落石出。

近義　不負所託　盡心竭力

反義　敷衍了事

口部

口頭禪 ㄎㄡˇ ㄊㄡˊ ㄔㄢˊ　原指人談話時套用禪話卻不明禪理。今泛指說話時習用而無深意的語句。

語源　宋王楙臨終詩：「平生不學口頭禪，腳踏實地性虛天。」

例句　老張不說話則已，一開口就說個不停，他的口頭禪就是「不是我愛說」。

口口聲聲 ㄎㄡˇ ㄎㄡˇ ㄕㄥ ㄕㄥ　不斷地、重複地說。有強調、顯示某種決心的意味。

語源　京本通俗小說西山一窟鬼：「只是吃他執拗的苦，口口聲聲只要嫁個讀書官人，卻又沒這般巧。」

例句　他口口聲聲說要努力上進，實際上卻仍是渾渾噩噩，過一天算一天。

口才辨給 ㄎㄡˇ ㄘㄞˊ ㄅㄧㄢˋ ㄐㄧˇ　形容言談敏捷機靈。辨給，口才敏捷。

語源　三國演義第四十七回：「(闞澤)口才辨給，少有膽氣。孫權召為參謀，與黃蓋最相善。」

例句　本屆金曲獎頒獎典禮主持人相貌出眾、口才辨給，會場笑聲不斷，也締造了史上最高的收視率。

近義　舌燦蓮花　能言善辯

反義　笨口拙舌　笨嘴拙腮

口不擇言 ㄎㄡˇ ㄅㄨˋ ㄗㄜˊ ㄧㄢˊ　說話不加選擇。指說話不恰當。

例句　這場協商會議，雙方都因缺乏誠意而口不擇言，最後宣告破裂。

近義　出言無狀　口無遮攔

反義　謹言慎行

口耳之學 ㄎㄡˇ ㄦˇ ㄓ ㄒㄩㄝˊ　指膚淺不實的學問。

語源　荀子勸學：「小人之學也，入乎耳，出乎口。」清趙翼廿二史劄記：「是當時雖從事於經義，亦皆口耳之學。」

例句　他靠著一點口耳之學到處招搖撞騙，令人不敢恭維。

近義　耳食之聞　道聽塗說

反義　真才實學　真知灼見

口耳相傳 ㄎㄡˇ ㄦˇ ㄒㄧㄤ ㄔㄨㄢˊ　以口說耳聽的方式互相傳授。

語源　宋張君房雲笈七籤卷七

二：「是知玄為萬物母，聖人祕之，不形文字，口口相傳，知其訣者為仙耳。」

例句 許多民間流傳的故事，是靠口耳相傳才留存下來的。

口角春風 ㄎㄡˇ ㄐㄧㄠˇ ㄔㄨㄣ ㄈㄥ 說話像春風一樣能使萬物生長。比喻很會說話，或替人說好話、給人溫暖。口角，嘴邊。借指說話的技巧。

語源 宋李新送張少卿赴召：「傾倒憐才出至公，吹噓牙頰自春風。」元曹伯啟清平樂寄復初省郎兼簡希孟文友：「指日雲泥超異，重占口角春風。」

例句 他現在的心情就像是槁木死灰，任憑你口角春風也無法改變他。

近義 能言善道

反義 笨口拙舌　笨嘴拙腮

口沫橫飛 ㄎㄡˇ ㄇㄛˋ ㄏㄥˊ ㄈㄟ 形容說話滔滔不絕、興致盎然的樣子。

例句 每次一提起年輕往事，他總是說得口沫橫飛，孩子們也聽得津津有味。

近義 滔滔不絕　口若懸河

反義 三緘其口　沉默寡言

口是心非 ㄎㄡˇ ㄕˋ ㄒㄧㄣ ㄈㄟ 嘴巴說的和心裡想的不一樣。

語源 晉葛洪抱朴子內篇黃白：「如非其人，口是而心非者，雖寸斷支解，而道猶不出也。」

例句 他為人城府極深，說話往往口是心非，讓人猜不透他真正的想法。

近義 陽奉陰違　言不由衷

反義 心口如一　表裡如一

口若懸河 ㄎㄡˇ ㄖㄨㄛˋ ㄒㄩㄢˊ ㄏㄜˊ 話語像傾瀉的河流，滔滔不絕。比喻人善於言談，口才絕佳。原作「懸河瀉水」。

語源 晉裴啟語林：「吐章陳文，如懸河瀉水，注而不竭。」唐韓愈石鼓歌：「安能以此上論列，願借辯口似懸河。」宋趙蕃贈者英見過題贈六言四首之一：「髯曾暇能過我，誦詩口若懸河。」

例句 這場演講比賽，選手個個口若懸河，表現優異，因此一時難分軒輊。

近義 滔滔不絕　能言善道

反義 期期艾艾　笨口拙舌

口乾舌燥 ㄎㄡˇ ㄍㄢ ㄕㄜˊ ㄗㄠˋ 嘴巴乾燥口渴。多指因天熱口渴或說話太多所引起。

語源 史記仲尼弟子列傳：「困於會稽，痛入於骨髓，日夜焦脣乾舌。」明馮夢龍醒世恒言卷一五：「行不多時，漸漸酒湧上來，口乾舌燥。」

例句 在大太陽底下趕了數公里的路，大夥早已口乾舌燥。

近義 舌敝脣焦

口無遮攔 ㄎㄡˇ ㄨˊ ㄓㄜ ㄌㄢˊ 形容說話毫無顧忌，沒有分寸。也作「口沒遮攔」。

例句 他對著新聞記者大爆公司內幕，口無遮攔，令董事長十分震怒。

近義 口不擇言　出言無狀

口碑載道 ㄎㄡˇ ㄅㄟ ㄗㄞˋ ㄉㄠˋ 稱頌的聲音充滿路上。比喻極受肯定、讚賞。口碑，群眾口頭稱讚，就像用文字刻在石碑上一樣。載道，充滿道路上。

語源 宋釋普濟五燈會元卷一七太師安禪師：「勸君不用鐫頑石，路上行人口似碑。」明張煌言九月獄中感懷：「口碑載道是還非，誰識蹉跎心事違。」

例句 那家公司製造的家電用品設計精良，在消費者之間口碑載道，商譽良好。

近義 有口皆碑　家喻戶曉

反義 惡名昭彰 怨聲載道

口誅筆伐 ㄎㄡˇ ㄓㄨ ㄅㄧˇ ㄈㄚˊ 用言語和文字譴責、聲討。誅、伐，譴責；討伐。

語源 明張岱與李硯翁引宋呂祖謙曰：「君子所以口誅筆伐于華門圭竇之間，而老奸巨猾心喪膽落。」

例句 身為政治人物若是胡作非為，辜負民意，一定會被社會大眾口誅筆伐。

近義 群起攻之 大張撻伐

反義 口碑載道 歌功頌德

口蜜腹劍 ㄎㄡˇ ㄇㄧˋ ㄈㄨˋ ㄐㄧㄢˋ 嘴上甜言蜜語，內心暗藏刀劍。比喻人表面和善，實則陰狠狡詐。

語源 資治通鑑卷二一五玄宗天寶元年：「世謂林甫口有蜜，腹有劍。」明王世貞鳴鳳記第二十五回：「這廝口蜜腹劍，正所謂匿怨而友者也。」

例句 別看他一副熱絡的樣子，其實是口蜜腹劍，你要多加提防才好。

近義 笑裡藏刀 佛口蛇心

反義 表裡如一 心口如一

口誦心惟 ㄎㄡˇ ㄙㄨㄥˋ ㄒㄧㄣ ㄨㄟˊ 口中誦讀，心裡思考。指專心深入的閱讀體會。惟，思考。

語源 唐韓愈上襄陽于相公書：「手披目視，口詠其言，心惟其義，且恐且懼，忽若有亡。」宋陳亮送吳恭父知縣序：「儕輩往往口誦心惟，吟哦上下，記憶不少休。」

例句 論語是孔子思想的精華，書中充滿人生智慧，值得我們口誦心惟，身體力行。

口說無憑 ㄎㄡˇ ㄕㄨㄛ ㄨˊ ㄆㄧㄥˊ 只是用嘴巴說，沒有憑據。多指必須訂立真憑實據才算數。也作「空口無憑」。

語源 元喬吉杜牧之詩酒揚州夢第四折：「咱兩個口說無憑。」清李伯元官場現形記第二十七回：「空口無憑的話，門生也不敢朝著老師來說。」

例句 雖然你保證一定會還錢，但口說無憑，還是寫張借據來，我才能借你。

近義 無憑無據 空口說白話

反義 有憑有據 白紙黑字

2

古今中外 ㄍㄨˇ ㄐㄧㄣ ㄓㄨㄥ ㄨㄞˋ 古往今來、中國和外國。泛指涵蓋最廣泛的時空範圍。

語源 清嚴從簡殊域周咨錄第一卷：「道同則形之言者，無往而不同矣。苟不於此求之而屑屑焉，古今中外之較，豈知言哉！」

例句 人性的本質，是古今中外的哲學家探討極多的課題。

近義 古往今來

古色古香 ㄍㄨˇ ㄙㄜˋ ㄍㄨˇ ㄒㄧㄤ 形容書畫、器物或建築物等具有古雅的色彩和風味。

語源 宋趙希鵠洞天清錄：「古畫色黑或淡黑，則積塵所成，自是一種古香可愛。」清黃丕烈士禮居藏書題跋記卷上塵史：「古色古香溢於楮墨。」

例句 這家新落成的飯店是採宮殿式的建築，裡面的裝潢布置也古色古香，十分典雅。

近義 古意盎然

古往今來 ㄍㄨˇ ㄨㄤˇ ㄐㄧㄣ ㄌㄞˊ 從古到今。

語源 南朝宋劉義慶世說新語排調劉孝標注引尸子：「天地四方曰宇，往古來今曰宙。」晉潘岳西征賦：「古往今來，邈矣悠哉。」

例句 古往今來多少英雄美人，如今都化為灰土塵埃。

近義 從古至今 亙古亙今

古稀之年 指人七十歲。語本杜甫曲江二首之一。

語源 唐杜甫曲江二首之一：「酒債尋常行處有，人生七十古來稀。」

例句 唐伯伯在古稀之年還參加馬拉松比賽，真令人佩服！

近義 年近古稀　年逾古稀

反義 二八年華　春秋鼎盛

古意盎然 充滿古雅的趣味。

例句 這家餐館具中國傳統風格，桌椅、窗框皆用黑檀木製成，古意盎然。

近義 古色古香

古道熱腸 有古人的風範和熱忱。形容待人真誠熱情，熱心好義。古道，古人的風範。熱腸，熱心。

語源 清李伯元官場現形記第四十四回：「幾個人當中，畢竟是老頭子秦梅士古道熱腸。」

例句 秦伯伯古道熱腸，多年來王家的孤兒寡婦生活所需，都是他接濟的。

近義 古貌古心

反義 人心不古

古調獨彈 獨自彈奏著古老的曲調。比喻行為不合時宜或不同凡俗。

語源 唐劉長卿聽彈琴：「古調雖自愛，今人多不彈。」

例句 人手一支手機的今天，阿輝仍偏愛用書信跟朋友連絡感情，古調獨彈，朋友都笑他「慢半拍」。

近義 不合時宜　孤芳自賞

反義 和光同塵　隨波逐流

另起爐灶 比喻另外從頭做起或另作打算。

語源 宋陸九淵語錄卷下：「見理未明，寧是放過去，不要起爐作灶。」清李汝珍鏡花緣第十四回：「必至鬧到『出而哇之』，飯糞莫辨，這才另起爐灶。」

例句 我們花了許多功夫在科展作品上，才發現別人早就做過了，只好另起爐灶。

近義 改弦易轍　改弦更張

反義 舊調重彈　步人後塵

另眼相待 用特別的眼光看待。另，特異的。也作「另眼相看」。

語源 明馮夢龍警世通言卷二二：「劉翁劉嫗見他小心得用，另眼相待，好衣好食的管顧他。」

例句 自從上回他解決了大家束手無策的電腦中毒問題後，眾人便對他另眼相待。

近義 刮目相看

反義 等量齊觀　一視同仁

另眼相看 參見「另眼相待」。

另當別論 不同於一般，另外看待。

語源 清紀昀閱微草堂筆記卷一九灤陽續錄一：「此婦甘辱一身以延宗祠，所全者大，似又當別論矣。」

例句 凡事堅持原則雖是好的，但若是太過拘泥便又另當別論。

反義 一視同仁　等同視之

另請高明 另外請託高超明智的人來做某事。多用為推辭之詞。

語源 紅樓夢第四十五回：「只是你吃他們的藥總不見效，不如再請一個高明的人來瞧一瞧。」清王夢吉濟公傳第二回：「老太太上了年歲之人，氣血兩虧，不能用藥，趙員外另請高明罷。」

例句 你家漏水問題很嚴重，我恐怕沒辦法修理，你還是另請高明吧！

近義 無能為力 不堪負荷

反義 一力承當 自告奮勇

另闢蹊徑 ㄌㄧㄥˋ ㄆㄧˋ ㄒㄧ ㄐㄧㄥˋ 另外開闢一條路。比喻原來的辦法行不通，另想其他辦法。蹊、徑，小路。

例句 當全世界的科學家都對愛滋病束手無策的時候，何大一博士另闢蹊徑，發明了雞尾酒療法，為治療開啟了新頁。

近義 別出機杼 別出心裁

反義 鸚鵡學舌 襲人故智

只可意會，不可言傳 ㄓˇ ㄎㄜˇ ㄧˋ ㄏㄨㄟˋ ㄅㄨˋ ㄎㄜˇ ㄧㄢˊ ㄔㄨㄢˊ 只能領會，難以用言語表達。

語源 莊子天運：「意之所隨者，不可以言傳也。」清劉大櫆論文偶記：「凡行文多寡長短、抑揚高下，無一定之律，而有一定之妙。可以意會，而不可以言傳。」

例句 運動的真正好處「只可意會，不可言傳」，只有喜愛運動的人才知道。

近義 以心印心 心領神會

反義 口耳相傳

只知其一，不知其二 ㄓˇ ㄓ ㄑㄧˊ ㄧ ㄅㄨˋ ㄓ ㄑㄧˊ ㄦˋ 只知局部，不知全貌。

語源 詩經小雅小旻：「人知其一，莫知其他。」史記高祖本紀：「公知其一，未知其二。」

例句 他喜歡發表意見，但往往「只知其一，不知其二」而貽笑大方。

近義 孤陋寡聞 見少識淺

反義 見多識廣 無所不知

只許州官放火，不許百姓點燈 ㄓˇ ㄒㄩˇ ㄓㄡ ㄍㄨㄢ ㄈㄤˋ ㄏㄨㄛˇ ㄅㄨˋ ㄒㄩˇ ㄅㄞˇ ㄒㄧㄥˋ ㄉㄧㄢˇ ㄉㄥ 比喻官吏可以為所欲為，百姓卻處處受到限制。

語源 宋陸游老學庵筆記記載：宋朝時有個州官叫田登，忌諱人家提到他的名字，甚至同音字都不行。有一年元宵節，州裡要放花燈。官吏怕觸犯他的忌諱，不敢說放燈。貼出布告說：「本州依照往例，放火三天。」

例句 市長座車紅線停車卻未見警察取締，這種「只許州官放火，不許百姓點燈」的行徑，讓民眾很反感。

叫苦連天 ㄐㄧㄠˋ ㄎㄨˇ ㄌㄧㄢˊ ㄊㄧㄢ 連連大聲叫苦。形容非常痛苦。

語源 明馮夢龍喻世明言卷三六：「王愷大驚，叫苦連天。」

例句 從早到晚都有考試，讓同學們個個叫苦連天。

近義 叫苦不迭

反義 樂在其中

可立而待 ㄎㄜˇ ㄌㄧˋ ㄦˊ ㄉㄞˋ 可以站著等待結果出現。形容很快有結果。

語源 荀子王制：「入不可以守，出不可以戰，則傾覆滅亡可立而待也。」

例句 他雖在很短的時間內便深受賞識並獲重用，但太過於驕傲跋扈，不可一世，他的失敗將可立而待。

近義 指日可待

反義 遙遙無期

可見一斑 ㄎㄜˇ ㄐㄧㄢˋ ㄧˋ ㄅㄢ 可以從事情的某一部分推論全貌。參見「管中窺豹」。

語源 南朝宋劉義慶世說新語方正：「此郎亦管中窺豹，時見一斑。」

辨析 斑，指豹紋斑點。不可誤作「般」。

例句 這支棒球隊的選手自出

賽以來，幾乎每位選手都有全壘打的記錄，其打擊實力之強可見一斑。
近義 小中見大　見微知著

可圈可點 ㄎㄜˇ ㄑㄩㄢ ㄎㄜˇ ㄉㄧㄢˇ 原指文句精美。古人評論文章，多在精美處加圈或加點，作為標誌。後用以比喻表現特別突出，值得稱讚。
例句 中華隊在本次比賽的表現可圈可點，令人激賞。

可造之材 ㄎㄜˇ ㄗㄠˋ ㄓ ㄘㄞˊ 比喻值得培育的人才。也作「可造之才」。
例句 阿民在青少棒時期，快速球就達一百五十公里，教練認為他是個可造之材，一路培養他成為棒球國手。
近義 孺子可教
反義 朽木不雕　一無所長

可喜可賀 ㄎㄜˇ ㄒㄧˇ ㄎㄜˇ ㄏㄜˋ 值得道喜、慶賀。
語源 清天花藏主人玉嬌梨第十九回：「吾兄得此佳婿，也不枉了從前費許多心機，也不負甥女這般才美，真可喜可賀。」
例句 聽說隔壁王大哥高中高考狀元，真是可喜可賀！

可想而知 ㄎㄜˇ ㄒㄧㄤˇ ㄦˊ ㄓ 可以推想而得知。指不難明白。
語源 宋王楙野客叢書漢唐俸祿：「而郊以吟詩廢務，上官差官以攝其職，分其半祿，酸寒之狀，可想而知。」
例句 保險公司對極限運動設有特定項目及較高的保費，其危險程度可想而知。
近義 一望而知　不言而喻
反義 匪夷所思　不得而知

可歌可泣 ㄎㄜˇ ㄍㄜ ㄎㄜˇ ㄑㄧˋ 值得歌頌讚美，使人感動流淚。形容事蹟英勇悲壯，感人極深。
語源 易經中孚：「得敵，或鼓或罷，或泣或歌。」明海瑞方孝孺臨麻姑仙壇記跋：「追念及之，可歌可泣。」
例句 革命先烈為國犧牲的精神可歌可泣，讓後人永遠景仰懷念。
近義 感天地，泣鬼神

可望而不可即 ㄎㄜˇ ㄨㄤˋ ㄦˊ ㄅㄨˋ ㄎㄜˇ ㄐㄧˊ 可以看得見卻無法接近。也比喻事物或目標只能想望而難以獲得、達到。即，接近；靠近。
語源 唐宋之問明河篇：「明河可望不可親，願得乘槎一問津。」明劉基登臥龍山寫懷二十八韻：「白雲在青天，可望不可即。」
例句 這些跑車動輒上千萬，對一般人來說是可望而不可即。
近義 遙不可及
反義 平易近人

叱咤風雲 ㄔˋ ㄓㄚˋ ㄈㄥ ㄩㄣˊ 發出怒喝使風雲變色。形容威風氣概足以左右大局。叱咤，也作「叱吒」。怒斥聲。
語源 三國志魏書賈詡傳裴松之注引九州春秋：「指麾可以振風雲，叱咤足以興雷電。」晉書乞伏熾盤傳：「熾盤叱咤風雲，見機而動，牢籠俊傑，決勝多奇。」
例句 如今許多青年崇拜的不是叱咤風雲、不可一世的政治人物，而是埋頭苦幹、成功致富的科技新貴。
近義 氣吞山河

史不絕書 ㄕˇ ㄅㄨˋ ㄐㄩㄝˊ ㄕㄨ 歷史上不斷的有所記載。指同類的事情一再發生。書，記載；記錄。

口

語源　左傳襄公二十九年：「魯之於晉也，職貢不乏，玩好時至，公卿大夫，相繼於朝，史不絕書。」

例句　人類因貪婪而發動侵略的戰爭史不絕書，最後都以悲劇收場。

近義　屢見不鮮　不乏其例

反義　史無前例　前所未見

史無前例（ㄕˇ ㄨˊ ㄑㄧㄢˊ ㄌㄧˋ）　在歷史上找不到同樣的例子。即前所未有。

語源　南齊書陸慧曉傳：「兩賢同時，便是未有前例。」

例句　電子科技迅速發展的今日，人類面對的龐大資訊，可說史無前例。

近義　前所未有　得未曾有

反義　史不絕書　屢見不鮮

司空見慣（ㄙ ㄎㄨㄥ ㄐㄧㄢˋ ㄍㄨㄢˋ）　經常看到，不會感到新奇。司空，古代官名。

語源　唐孟棨本事詩情感記載：中唐詩人劉禹錫受司空李紳設宴招待，並叫家中歌伎歌舞助興。劉禹錫即席賦詩一首，讚美歌伎的美貌與歌曲的動人。其中有這樣兩句：「司空見慣渾閑事，斷盡江南刺史腸。」意思是說：這些歌伎的表演，在司空你眼中是見慣了覺得沒什麼，但在我這個剛被罷官的刺史看來，卻要為之極度感傷了。司空李紳聽了，就把歌伎送給他。

例句　生活水準提高，國人在假期時出國旅遊已經是司空見慣，不足為奇。

近義　屢見不鮮　習以為常

反義　少見多怪　大驚小怪

司馬昭之心，路人皆知（ㄙ ㄇㄚˇ ㄓㄠ ㄓ ㄒㄧㄣ ㄌㄨˋ ㄖㄣˊ ㄐㄧㄝ ㄓ）　指陰謀或野心眾所周知。司馬昭是三國時魏國的權臣，司馬懿之子。

語源　三國志魏書高貴鄉公紀裴松之注引漢晉春秋記載：三國魏末年，魏帝曹髦在位，大將軍司馬昭專擅朝政，有篡位的野心。曹髦非常氣憤，有一次就對幾個朝臣說：「司馬昭想要篡位的心，連路上的行人都知道了，我不能等他來廢掉我，現在我就要出兵討伐他。」後來曹髦兵敗被廢，貶為高貴鄉公。

例句　長久以來他一直想排擠董事長，控制整個公司，這已經是「司馬昭之心，路人皆知」。

反義　知人知面不知心

3

吃香喝辣（ㄔ ㄒㄧㄤ ㄏㄜ ㄌㄚˋ）　吃香的，喝辣的。形容吃得很好。也比喻占盡好處或生活很享受。

例句　他上臺掌權後，幾個心腹也跟著吃香喝辣，令人眼紅。

近義　山珍海味

反義　粗茶淡飯　惡衣惡食

吃喝玩樂（ㄔ ㄏㄜ ㄨㄢˊ ㄌㄜˋ）　泛指物質的享受和娛樂。

例句　他曾是個紈袴子弟，成天只知吃喝玩樂，如今卻改頭換面，成為一個熱心公益、事業有成的上進青年。

近義　酒食徵逐　尋歡作樂

吃喝嫖賭（ㄔ ㄏㄜ ㄆㄧㄠˊ ㄉㄨˇ）　泛指男人所從事的不良嗜好和惡習。

語源　清石玉崑三俠五義第一一七回：「這殷顯孤身一口，並無家小，吃喝嫖賭，無所不為。」

例句　這個富二代吃喝嫖賭樣樣來，負面新聞不斷。

近義　花天酒地　沉湎酒色

吃裡扒外（ㄔ ㄌㄧˇ ㄆㄚˊ ㄨㄞˋ）　比喻受著這一方的好處，卻暗中為另一方盡力效勞。也作「吃裡爬外」。

語源　清程道一消閒演義：「朝臣都不一心，總是吃裡爬外，恐怕將來鬧糟了算呀！」

例句　如果你繼續做這些吃裡扒外的事，遲早會被大家唾棄。

近義　賣國求榮

反義　忠心耿耿　赤膽忠心

吃力不討好（ㄔ ㄌㄧˋ ㄅㄨˋ ㄊㄠˇ ㄏㄠˇ）　費了很大的力氣，卻沒有得到應有的效果或報償。表示徒勞無功，還招惹一番閒氣。

語源　清袁枚隨園詩話：「每見今人知集中詩缺某體，故晚年必補作此體，以補其數，往往吃力而不討好。」

例句　他事前沒有徵詢大家的意見就去做這件事，結果吃力不討好，大家不但不感謝他，還抱怨連連。

近義　欲益反損　勞而無功

反義　坐享其成

吃軟不吃硬（ㄔ ㄖㄨㄢˇ ㄅㄨˋ ㄔ ㄧㄥˋ）　比喻順從溫和的勸導或懇求，而不接受強硬手段的壓制。

語源　清文康兒女英雄傳第三十一回：「安老爺是知透他那吃軟不吃硬的脾氣的。」

例句　他是個吃軟不吃硬的人，說服他的時候，要溫和婉轉，不然是不可能成功的。

吃不了兜著走（ㄔ ㄅㄨˋ ㄌㄧㄠˇ ㄉㄡ ˙ㄓㄜ ㄗㄡˇ）　本指東西吃不完的可以帶走。後比喻無法消受或承受不住。兜，用衣襬裝盛東西。

語源　紅樓夢第二十三回：「不可拿進園去，叫人知道了，我就吃不了兜著走了！」

例句　你這次去找他求情，最好說話小心點，否則包準你吃不了兜著走！

近義　難以消受

吃一塹，長一智（ㄔ ㄧˊ ㄑㄧㄢˋ ㄓㄤˇ ㄧˊ ㄓˋ）　比喻受一次挫折，長一分見識。塹，壕溝。引申為挫折。

語源　明王守仁與薛尚謙：「經一蹶者長一智，今日之失，未必不為後日之得。」

例句　吃一塹，長一智。經過這次失敗歷練之後，我學到了很多。

近義　失敗為成功之母

吃了秤砣——鐵了心（ㄔ ˙ㄌㄜ ㄔㄥˋ ㄊㄨㄛˊ ㄊㄧㄝˇ ˙ㄌㄜ ㄒㄧㄣ）　歇後語。比喻心意堅定，誰也改變不了。秤砣，懸掛在秤桿一端，可左右移動以量輕重的鐵製錘子。吃了秤砣，心便如鐵一般堅硬，故有此比喻。

例句　不管我們如何反對，爺爺這次是吃了秤砣——鐵了心，要回鄉下住，都市生活他始終都過不慣。

近義　無動於中　不為所動

反義　三心二意　見異思遷

各式各樣（ㄍㄜˋ ㄕˋ ㄍㄜˋ ㄧㄤˋ）　各種不同的樣式和類別。

語源　紅樓夢第四十一回：「劉姥姥因見那小麵果子都玲瓏剔透，各式各樣，便揀了一朵牡丹花樣的。」

例句　百貨公司陳列著各式各樣的商品，琳琅滿目，令顧客忍不住駐足挑選購買。

近義　琳琅滿目　五花八門

反義　一模一樣　如出一轍

各有千秋（ㄍㄜˋ ㄧㄡˇ ㄑㄧㄢ ㄑㄧㄡ）　各有可以長久流傳的價值。比喻各有特點或長處。千秋，千年。泛指久遠。

語源　漢李陵與蘇武三首（其

口

二）：「嘉會難再遇，三載為千秋。」清趙翼甌北詩鈔吳穀人祭酒……辛同集其四：「名流各有千秋在，肯與前人作替人？」

例句 他們兩人的書法，一個長於隸書，一個長於草書，各有千秋。

近義 環肥燕瘦　各有所長

各有利弊 ㄍㄜˋ ㄧㄡˇ ㄌㄧˋ ㄅㄧˋ　各有各的好處與壞處。利弊，利益與弊病；好處與壞處。

語源 蔡東藩唐史通俗演義第五十六回：「子儀待下，寬而有恩，光弼卻務從嚴整……寬嚴各有利弊，但不能用寬，毋寧尚嚴。」

例句 這項投資案，兩派的主張各有利弊，看來董事長不會立刻裁決。

近義 利弊互見　利弊參半

反義 利多於弊　有害無利

各有所長 ㄍㄜˋ ㄧㄡˇ ㄙㄨㄛˇ ㄔㄤˊ　各有各的長處、優點。

語源 管子形勢解：「明主之官物也，任其所長，不任其所短……亂主不知物之各有所長所短也，而責必備。」漢書丙吉傳：「士亡(無)不可容，能各有所長。」

例句 團體中每個人都各有所長，領導者若能知人善任，就能使團隊發揮最大力量。

近義 各有千秋　春蘭秋菊

各自為政 ㄍㄜˋ ㄗˋ ㄨㄟˊ ㄓㄥˋ　政權不統一，各自頒布政令。比喻各人按照自己的主張辦事，不互相配合協調。為政，處理政事。泛指行事。

語源 詩經小雅節南山：「不自為政，卒勞百姓。」三國志吳書胡綜傳：「各自為政，莫或同心。」

例句 陳家兄弟三人各自為政，誰也不服誰，以致公司四分五裂，瀕臨破產。

近義 各行其是　離心離德

反義 同心協力　群策群力

各行各業 ㄍㄜˋ ㄏㄤˊ ㄍㄜˋ ㄧㄝˋ　各種行業。意指所有的行業。

例句 由於水電價格一再上揚，因此各行各業也都紛紛調漲了產品價格。

各行其是 ㄍㄜˋ ㄒㄧㄥˊ ㄑㄧˊ ㄕˋ　各人按照自己認為正確的去做。指行動不一致。

語源 莊子徐无鬼：「天下非有公是也，而各是其所是。」明凌濛初二刻拍案驚奇卷九：「自古貞姬守節，俠女憐才。兩者俱賢，各行其是。」

例句 朝野各政黨對這議題毫無共識，各行其是，這絕非國家人民之福。

近義 各自為政　離心離德

反義 同心協力　同心同德

各抒己見 ㄍㄜˋ ㄕㄨ ㄐㄧˇ ㄐㄧㄢˋ　各人充分發表自己的見解。

語源 唐李翱陵廟日時朔祭議：「先儒穿鑿，各伸己見。」清梁章鉅歸田瑣記卷五年羹堯：「令將軍、督撫、提鎮各抒己見入奏。」

例句 這場研討會，人人各抒己見，充分達到交流的目的。

近義 暢所欲言　直抒己見

反義 不容置喙　一言堂

各取所需 ㄍㄜˋ ㄑㄩˇ ㄙㄨㄛˇ ㄒㄩ　各自選取所需要的東西。

例句 購物中心裡的商品應有盡有，大家可以在此各取所需，準備好隔天郊遊烤肉的用具。

各奔東西 ㄍㄜˋ ㄅㄣ ㄉㄨㄥ ㄒㄧ　各自趕赴不同的方向；各走各的路。

語源 清惜陰堂主人二度梅第六回：「即日各奔東西，惶惶

口

實屬堪憐。」

例句 畢業後大家各奔東西，難得碰面，她現在過得如何，我也不清楚。

近義 分道揚鑣 各奔前程

各奔前程 ㄍㄜˋ ㄅㄣ ㄑㄧㄢˊ ㄔㄥˊ 各自投向自己的未來。

語源 宋佚名張協狀元第三十七齣：「今日相逢不下馬，……各自奔前程。」明淩濛初二刻拍案驚奇卷三〇：「後來工部建言，觸忤了聖旨，欽降為四川瀘州州判；萬戶升上了邊上參將，各奔前程去了。」

例句 自從畢業後，班上同學們各奔前程，分隔日久，感情也日漸疏遠了。

近義 各奔東西 分道揚鑣

反義 齊頭並進 並駕齊驅

各為其主 ㄍㄜˋ ㄨㄟˋ ㄑㄧˊ ㄓㄨˇ 各自效忠自己的主人或上司。

語源 史記張儀列傳：「人臣各為其主用。」三國志蜀書關羽傳：「彼各為其主，勿追也。」

例句 兩派人士在談話節目上各為其主，互相攻訐，實在叫人看不下去。

近義 狗吠非主 跖狗吠堯

各個擊破 ㄍㄜˋ ˙ㄍㄜ ㄐㄧˊ ㄆㄛˋ 一個一個地分別加以擊敗。

例句 警方趁暴徒尚未行動之前，採取各個擊破的策略，將傷亡降至最低。

各執一詞 ㄍㄜˋ ㄓˊ ㄧˋ ㄘˊ 各自堅持自己的說法。

語源 明馮夢龍醒世恆言卷二九：「兩下各執一詞，難以定招。」

例句 法庭上，原告和被告各執一詞，法官卻早已心裡有數。

近義 各執己見 各說各話

反義 眾口一詞 異口同聲

各執己見 ㄍㄜˋ ㄓˊ ㄐㄧˇ ㄐㄧㄢˋ 各自堅持自己的意見。也作「各持己見」。

語源 明馮夢龍喻世明言卷三十：「兩人終日談論，依舊各執己見，不相上下。」

例句 立院朝野兩黨黨團各執己見，這項法案要通過，恐怕遙遙無期。

近義 各執一詞 各說各話

反義 異口同聲 眾口一詞

各得其宜 ㄍㄜˋ ㄉㄜˊ ㄑㄧˊ ㄧˊ 每個人或每樣事物都得到恰當的安置。

語源 管子明法解：「有功者賞，亂法者誅，誅賞之所加，各得其宜。」

例句 班上同學在畢業之後都有所成就，各得其宜，令導師相當欣慰。

近義 各得其所 鳶飛魚躍

反義 大材小用 牛刀割雞

各得其所 ㄍㄜˋ ㄉㄜˊ ㄑㄧˊ ㄙㄨㄛˇ 每個人或事物都得到他們想要的。

語源 易經繫辭下：「日中為市，致天下之民，聚天下之貨，交易而退，各得其所。」

例句 在這個多元開放的社會中，應該尊重每個人的選擇，讓大家各得其所。

近義 鳶飛魚躍 各得其宜

反義 適得其反 不得其所

各異其趣 ㄍㄜˋ ㄧˋ ㄑㄧˊ ㄑㄩˋ 精神、旨意各不相同。

例句 這幾款衣服的風格各異其趣，很難想像是出自同一位設計師之手。

近義 各有千秋 各有所長

反義 毫無二致 如出一轍

各盡所能 ㄍㄜˋ ㄐㄧㄣˋ ㄙㄨㄛˇ ㄋㄥˊ 各人盡力發揮自己的能力。

語源 後漢書曹襃傳：「漢遭秦餘，禮壞樂崩，且因循故事，

未可觀省，有知其說者，各盡所能。」

例句 在校慶活動前，全校學生各盡所能，將校園佈置得五彩繽紛、喜氣洋洋。

近義 人盡其才

反義 敷衍塞責

各說各話 ㄍㄜˋ ㄕㄨㄛ ㄍㄜˋ ㄏㄨㄚˋ 各人有各人的說法。形容說法不一致或意見不統一。

例句 在警局裡，他們二人各說各話，卻又提不出證據，員警一時也難以判斷。

近義 各執一詞 各執己見

反義 眾口一詞 異口同聲

各憑本事 ㄍㄜˋ ㄆㄧㄥˊ ㄅㄣˇ ㄕˋ 各自拿出本領來競爭。本事，本領；能力。

例句 自由市場的遊戲規則是公平競爭，各憑本事，但也要遵守法律。

近義 看家本領 各顯神通

反義 不擇手段

各擅勝場 ㄍㄜˋ ㄕㄢˋ ㄕㄥˋ ㄔㄤˇ 各有自己獨到取勝之處。擅，獨到；擅長。勝場，取勝的地方。

語源 清沈德潛說詩晬語：「太白近樂府，右丞、蘇州近古詩，又各擅勝場也。」

例句 這次電腦展各家廠商都推出新款電腦，在品質、功能上各擅勝場，消費者可以各取所需。

近義 各有千秋 各有所長

反義 獨擅勝場 獨領風騷

各懷鬼胎 ㄍㄜˋ ㄏㄨㄞˊ ㄍㄨㄟˇ ㄊㄞ 各自藏著壞主意。鬼胎，比喻不可告人的念頭。

語源 明淩濛初二刻拍案驚奇卷三：「翰林心懷鬼胎，假說道：『只是小侄，並沒有那個。』」

例句 這次協商，因雙方各懷鬼胎、暗中較勁，局勢顯得詭譎多變。

近義 別有用心 各有盤算

反義 開誠布公 推心置腹

各顯神通 ㄍㄜˋ ㄒㄧㄢˇ ㄕㄣˊ ㄊㄨㄥ 參見「八仙過海，各顯神通」。

各人自掃門前雪，休管他人瓦上霜 ㄍㄜˋ ㄖㄣˊ ㄗˋ ㄙㄠˇ ㄇㄣˊ ㄑㄧㄢˊ ㄒㄩㄝˇ，ㄒㄧㄡ ㄍㄨㄢˇ ㄊㄚ ㄖㄣˊ ㄨㄚˇ ㄕㄤˋ ㄕㄨㄤ 比喻各人只管自己的事，不要過問他人的事。

語源 宋陳元靚事林廣記人事類下警世格言：「自家掃取門前雪，莫管他人屋上霜。」明沈璟義俠記除凶：「他自要去送性命，干俺甚事，各人自掃門前雪，休管他家瓦上霜。」

例句 各人自掃門前雪，休管他人瓦上霜。你太愛管閒事，當心惹禍上身。

近義 袖手旁觀 不相聞問

合作無間 ㄏㄜˊ ㄗㄨㄛˋ ㄨˊ ㄐㄧㄢˋ 形容彼此密切合作，非常有默契。間，空隙。

例句 他們二人是多年的同窗好友，因此能在這項比賽中合作無間，贏得勝利。

近義 齊心協力 通力合作

合浦珠還 ㄏㄜˊ ㄆㄨˇ ㄓㄨ ㄏㄨㄢˊ 比喻珍貴的東西失而復得。合浦，古地名。即今廣東合浦。

語源 後漢書循吏傳記載：合浦因地屬沿海，盛產珍珠，當地百姓都以採珍珠和交趾郡交換糧食為生。後來有個太守貪得無厭，下令百姓所採的上等珍珠都要上繳官府，只留少許次等的珍珠給百姓維持生活。自從太守下了這項命令之後，合浦的珠蚌竟都遷徙他去，百姓頓失所依，痛苦不堪。直到孟嘗到任後，才革除這項陋規，處處為民求利，不到一年，那些珠蚌又都回到合浦，百姓重新過著安樂的生活。

例句 上個月走失的愛犬，昨天竟然合浦珠還，自己回來了，令我喜出望外。

近義 失而復得　完璧歸趙

反義 一去不返　有去無回

合情合理 ㄏㄜˊ ㄑㄧㄥˊ ㄏㄜˊ ㄌㄧˇ

合於人情事理。

例句 畢業後開始賺錢養活自己了，父母不再提供生活費，完全合情合理，不該有所抱怨。

近義 入情入理　理所當然

反義 不近人情　無理取鬧

吉人天相 ㄐㄧˊ ㄖㄣˊ ㄊㄧㄢ ㄒㄧㄤˋ

善良的人會受到上天的保祐。吉人，指有福氣的好人。相，幫助；保祐。

語源 左傳宣公三年：「吾聞姬、姞耦，其子孫必蕃。姞，吉人也，后稷之元妃也。」左傳昭公四年：「晉楚唯天所相，不可與爭。」明馮夢龍醒世恆言卷九：「但吉人天相，令郎尊恙，終有好日，還要三思而行。」

例句 小李吉人天相，應該會平安無事，你不用擔心。

近義 逢凶化吉　吉星高照

反義 禍從天降　凶多吉少

吉凶未卜 ㄐㄧˊ ㄒㄩㄥ ㄨㄟˋ ㄅㄨˇ

是福是禍，難以預測。卜，預測。

語源 清錢彩說岳全傳第五十九回：「聖上命我進京，怎敢抗旨？但奸臣在朝，此去吉凶未卜。」

例句 這支登山隊已失聯四天，救難人員搜尋了兩天都無所獲，目前情況仍吉凶未卜。

近義 禍福難料

反義 吉星高照　吉人天相

吉光片羽 ㄐㄧˊ ㄍㄨㄤ ㄆㄧㄢˋ ㄩˇ

神馬身上的一根毛。比喻殘存的藝術珍品。吉光，神馬名。片羽，一根毛。

語源 晉葛洪抱朴子內篇對俗：「騰黃之馬，吉光之獸，皆壽三千歲也。」明王世貞三吳楷法十冊：「此本乃故人子售余，為直十千，因留置此，比於吉光之片羽耳。」

例句 各地古蹟的楹聯禁不起歲月的摧殘，只剩吉光片羽，必須善加保存才行。

近義 鳳毛麟角　稀世珍品

吉星高照 ㄐㄧˊ ㄒㄧㄥ ㄍㄠ ㄓㄠˋ

吉祥之星高照。古人以為是萬事順遂之兆。比喻有好運。吉星，指福、祿、壽三星，古人認為是吉祥的象徵。

語源 清華廣生白雪遺音卷三今日大喜：「今日大喜，喜的是千祥雲集，吉星高照，萬事如意。」

例句 他最近做什麼事都稱心如意，真是吉星高照哇！

近義 萬事大吉　吉祥如意

反義 烏雲罩頂　禍從天降

吊兒郎當 ㄉㄧㄠˋ ㄦ˙ ㄌㄤˊ ㄉㄤ

形容態度散漫，毫不在乎的樣子。

例句 他一副吊兒郎當的樣子，事情交給他辦，怎能讓人放心呢？

近義 沒大沒小　嬉皮笑臉

反義 正經八百　循規蹈矩

同仇敵愾 ㄊㄨㄥˊ ㄔㄡˊ ㄉㄧˊ ㄎㄞˋ

齊心合力，共同抵禦所恨怒的人。同仇，齊心合力，打擊敵人。敵，當動詞用。抵禦。愾，恨；怒。指所怨恨的人。

語源 詩經秦風無衣：「脩我戈矛，與子同仇。」左傳文公四年：「諸侯敵王所愾，而獻其功。」

例句 三軍將士同仇敵愾，準備痛擊來犯的敵人。

近義 勠力同心

反義 同室操戈　自相殘殺

同心同德 ㄊㄨㄥˊ ㄒㄧㄣ ㄊㄨㄥˊ ㄉㄜˊ 指思想信念一致。

語源 尚書泰誓：「受有億兆夷人，離心離德。予有亂臣十人，同心同德。」

例句 他們夫妻兩人同心同德，用雙手打造出這間獨具特色的原木小屋。

近義 同心協力 一心一德

反義 離心離德 同床異夢

同心協力 ㄊㄨㄥˊ ㄒㄧㄣ ㄒㄧㄝˊ ㄌㄧˋ 心志一致，共同努力。

語源 漢賈誼過秦論：「且天下嘗同心并力而攻秦矣。」南朝陳徐陵為貞陽侯重答王太尉書：「同心協力，克定邦家。」

例句 為了爭取班上榮譽，大家同心協力，將教室打掃得一塵不染。

近義 同心戮力 和衷共濟

反義 離心離德 各行其是

同日而語 ㄊㄨㄥˊ ㄖˋ ㄦˊ ㄩˇ 相提並論。

語源 漢賈誼過秦論：「試使山東之國，與陳涉度長絜大，比權量力，則不可同年而語矣。」漢書息夫躬傳：「臣與祿異議，未可同日而語也。」

辨析 本成語前多加「不可」或「未可」，用於否定句中。

例句 以運算速度而言，第一代電腦和現代電腦比較，簡直不可同日而語。

近義 一概而論 相提並論

反義 另眼相待

同甘共苦 ㄊㄨㄥˊ ㄍㄢ ㄍㄨㄥˋ ㄎㄨˇ 一起享受歡樂，共同擔負艱苦。甘，甜。比喻歡樂。苦，比喻艱辛。

語源 戰國策燕策一：「燕王弔死問生，與百姓同其甘苦。」新編五代史平話唐史下：「李周盡力拒守，每與士卒同甘共苦，故能得軍心，效死勿去。」

辨析 使用時多偏向於「同擔艱苦」的部分。

例句 他們是同甘共苦的事業夥伴，而今又共結連理，實在是美事一樁。

近義 禍福與共 休戚與共

同生共死 ㄊㄨㄥˊ ㄕㄥ ㄍㄨㄥˋ ㄙˇ 形容情誼深厚，生死與共。

語源 隋書鄭譯傳：「鄭譯與朕同生共死，間關危難，興言念此，何日忘之。」

例句 這部電影描寫袍澤間同生共死的情誼，令人動容。

近義 休戚與共 禍福與共

反義 漠不關心 水火不容

同名之累 ㄊㄨㄥˊ ㄇㄧㄥˊ ㄓ ㄌㄟˋ 因為名字或名稱一樣而受連累。

例句 這部電影上映後被批評得一無是處，已上市半年的這款汽車竟受到同名之累，業績掉了一大半。

近義 池魚之殃 無妄之災

同舟共濟 ㄊㄨㄥˊ ㄓㄡ ㄍㄨㄥˋ ㄐㄧˋ 同坐一艘船過河。比喻共處於艱危的環境中，同心協力，戰勝困難。原作「同舟而濟」。

語源 孫子九地：「夫吳人與越人相惡也，當其同舟而濟，遇風，其相救也，如左右手。」三國魏文欽與郭淮書：「然同舟共濟，安危勢同，禍痛已連，非言飾所解，自公侯所明也。」

例句 我們必須同舟共濟，捐棄彼此的成見，才能渡過眼前的難關。

近義 風雨同舟 和衷共濟

反義 各行其是 同床異夢

同床異夢 ㄊㄨㄥˊ ㄔㄨㄤˊ ㄧˋ ㄇㄥˋ 睡在同一張床上，做著不同的夢。比喻關係親近卻意見不同或感情不睦。

語源 唐神清北山錄聖人生：「譬同室而異夢，彼夢者不知

口

彼所夢也。」清紀昀閱微草堂筆記槐西雜志一：「雖琵琶別抱，已負舊恩，然身去心留，不猶愈於同床各夢哉？」

例句 他們夫妻倆早就同床異夢，如今以離婚收場，並不令人意外。

近義 貌合神離

反義 同心同德　心心相印

同室操戈 ㄊㄨㄥˊ ㄕˋ ㄘㄠ ㄍㄜ　同住一屋卻持戈自相殘殺。比喻內鬨。也用來比喻兄弟不和，互相爭執。操，拿。戈，古代的一種兵器。

語源 後漢書鄭玄傳：「康成入我室，操吾矛以伐我乎？」清江藩宋學淵源記卷上序：「為宋學者，不第攻漢儒而已也，抑且同室操戈矣。」

例句 張家兄弟為了爭奪家產，竟然同室操戈，現在已鬧到法庭上了。

近義 自相殘殺　兄弟鬩牆

反義 同仇敵愾　同心協力

同流合汙 ㄊㄨㄥˊ ㄌㄧㄡˊ ㄏㄜˊ ㄨ　混同於流俗，隨世沉浮。比喻與壞人為伍，漸漸地也學壞了。流，流俗。指壞風氣。汙，指汙濁的風氣。

語源 孟子盡心下：「非之無舉也，刺之無刺也，同乎流俗，合乎汙世。」宋朱熹與陳丞相：「其守既足以遵聖賢之轍，則其自處必高，而不能同流合汙以求譽。」

例句 在光怪陸離的世道中，你要把持住自己的原則，千萬不要同流合汙，迷失了自我。

近義 隨波逐流　與世浮沉

反義 潔身自好　明哲保身

同氣連枝 ㄊㄨㄥˊ ㄑㄧˋ ㄌㄧㄢˊ ㄓ　指同胞兄弟。同氣，指兄弟。連枝，相連的樹枝。也比喻兄弟。

語源 漢蘇武與李陵詩四首（其一）：「四海皆兄弟，誰為行路人。況我連枝樹，與子同一身。」後漢書光武十王傳：「況臣居宰相之位，同氣之親哉！」舊唐書睿宗諸子傳：「撝、範已降，同氣連枝。」

例句 你們同氣連枝，理應友愛互助，何苦為了一點小事就對簿公堂呢？

同病相憐 ㄊㄨㄥˊ ㄅㄧㄥˋ ㄒㄧㄤ ㄌㄧㄢˊ　比喻彼此遭遇相同的困境而互相同情憐惜。憐，憐惜；同情。

語源 漢趙曄吳越春秋闔閭內傳元年：「子胥曰：『吾之怨與喜同。子不聞河上歌乎：同病相憐，同憂相救。』」

例句 他們兩個同時被公司裁員，因而成為同病相憐的好朋友。

近義 物傷其類　惺惺相惜

同條共貫 ㄊㄨㄥˊ ㄊㄧㄠˊ ㄍㄨㄥˋ ㄍㄨㄢˋ　長在同一枝條，串在同一錢貫。比喻事理相通，脈絡連貫。也指體系相同，可以互相連貫。貫，古時穿錢的繩索。

語源 漢書董仲舒傳：「夫帝王之道，豈不同條共貫與？」明徐弘祖徐霞客遊記楚遊日記：「衡州之脈，南自回雁峰而北盡於石鼓……南嶽岣嶁諸峰，乃其下流迴環之脈，非同條共貫者。」

例句 他在書中以西方哲學理論來詮釋儒家學說，彰顯的義理仍與孔孟之道同條共貫，不曾偏離。

近義 息息相關　一脈相承

反義 格格不入　風馬牛不相及

同惡相濟 ㄊㄨㄥˊ ㄜˋ ㄒㄧㄤ ㄐㄧˋ　壞人互相勾結，一起作惡。濟，助。

語源 左傳昭公十三年：「同惡相求，如市賈焉。」三國魏

潘勖冊魏公九錫文：「馬超成宜，同惡相濟。」

例句 許多鄉里的惡霸和土豪同惡相濟，專門欺凌善良誠實的老百姓。

同歸於盡 ㄊㄨㄥˊ ㄍㄨㄟ ㄩˊ ㄐㄧㄣˋ 本指同樣都會走向盡頭。後多用來指一起毀滅。

語源 唐獨孤及祭吏部元郎中文：「夫彭祖、殤子，同歸於盡，豈不知前後相哀，達生者不為歎。」清李漁無聲戲第四回：「無論做生意不做生意，將來這些尊產少不得同歸於盡。」

例句 所謂的自殺式攻擊，就是發動攻擊者與目標同歸於盡。

近義 玉石俱焚 蘭艾同焚

同是天涯淪落人 ㄊㄨㄥˊ ㄕˋ ㄊㄧㄢ ㄧㄚˊ ㄌㄨㄣˊ ㄌㄨㄛˋ ㄖㄣˊ 同樣是失意落拓的人。

語源 唐白居易琵琶行：「同是天涯淪落人，相逢何必曾相識。」

例句 因為同是天涯淪落人，所以早期移民美國的華人，都會聚集在一起互相照應，而有唐人街的形成。

近義 同病相憐 物傷其類

同聲相應，同氣相求 ㄊㄨㄥˊ ㄕㄥ ㄒㄧㄤ ㄧㄥˋ，ㄊㄨㄥˊ ㄑㄧˋ ㄒㄧㄤ ㄑㄧㄡˊ 同聲氣的互相呼應，同氣味的互相求聚。比喻志趣相同的人十分投合，自然地結合在一起。也省作「同聲相應」或「同氣相求」。

語源 易經乾卦：「同聲相應，同氣相求。水流濕，火就燥；雲從龍，風從虎；聖人作而萬物睹。」

例句 他們二十個人同聲相應，同氣相求，共同組成了名叫醉書社的讀書會。

近義 聲應氣求

反義 格格不入 水火不容

名山大川 ㄇㄧㄥˊ ㄕㄢ ㄉㄚˋ ㄔㄨㄢ 著名的山岳河川。

語源 尚書武成：「厎商之罪，告于皇天后土，所過名山大川，曰……」

例句 中國地大物博，處處皆有名山大川，美景不勝枚舉。

近義 奇山異水

名山事業 ㄇㄧㄥˊ ㄕㄢ ㄕˋ ㄧㄝˋ 指不朽的著作。泛指著作事業。名山，古代帝王藏書的地方。

語源 史記太史公自序：「藏之名山，副在京師，俟後世聖人君子。」

例句 陳教授退休之後即致力於名山事業，希望能出版畢生的研究成果，以嘉惠學子。

近義 著書立說

名不副實 ㄇㄧㄥˊ ㄅㄨˋ ㄈㄨˋ ㄕˊ 名聲與實際內涵不符。指徒有虛名，而無實際的內涵。副，符合；相稱。也作「名不符實」。

語源 漢書王莽傳上：「臣愚以為，宰衡官以正百僚平海內為職，而無印信，名實不副。」三國魏劉劭人物志下效難：「中情之人，名不副實，用之有效，故名由眾退，而實從事章。」

例句 坊間有許多名不副實的藥品，消費者選購時要多注意產品標識，以免花錢又傷身。

近義 有名無實 徒有虛名

反義 名實相副 名副其實

名不符實 ㄇㄧㄥˊ ㄅㄨˋ ㄈㄨˊ ㄕˊ 參見「名不副實」。

名不虛傳 ㄇㄧㄥˊ ㄅㄨˋ ㄒㄩ ㄔㄨㄢˊ 流傳開來的名聲與實際相符合，不是空有虛名。

語源 史記孟嘗君列傳：「世

之傳孟嘗君好客自喜，名不虛矣。」宋華岳白面渡：「繫船白面問溪翁，名不虛傳說未通。」

例句　他演講時，內容充實，舉例生動，果然名不虛傳。

近義　名副其實　名實不違

反義　徒具虛名　名過其實

名正言順（ㄇㄧㄥˊ ㄓㄥˋ ㄧㄢˊ ㄕㄨㄣˋ）　名分或名義正當，所說的話才順適。指做事的理由充分而正當。

語源　論語子路：「名不正，則言不順；言不順，則事不成。」元鄭德輝迷青瑣倩女離魂第二折：「老夫人許了親事，待小生得官回來，諧兩姓之好，卻不名正言順。」

例句　這件事由你來主辦才顯得名正言順，若由別人經手恐怕會遭非議。

近義　理直氣壯　義正辭嚴

反義　理屈詞窮

名列前茅（ㄇㄧㄥˊ ㄌㄧㄝˋ ㄑㄧㄢˊ ㄇㄠˊ）　比喻成績優秀，名次排列在前面。前茅，指隊伍的最前列。

語源　左傳宣公十二年記載：春秋時，楚國偵察敵情，用白茅做開路報警用的旌旗，故行軍時持白茅者走在隊伍的前面。後以「名列前茅」指成績優秀。

例句　經過夜以繼日地苦讀，這次模擬考他總算名列前茅了。

近義　首屈一指　獨占鼇頭

反義　名落孫山　榜上無名

名存實亡（ㄇㄧㄥˊ ㄘㄨㄣˊ ㄕˊ ㄨㄤˊ）　名義尚存在，但實質內涵卻已亡失了。

語源　韓非子南面：「出雖倍其入，不知其害，則是名得而實亡。」唐韓愈處州孔子廟碑：「郡邑皆有孔子廟，或不能修事，雖設博士、弟子，或役於有司，名存實亡，失其所業。」

例句　他們兩人的合作關係早已名存實亡，瀕臨決裂的地步。

近義　有名無實　徒具虛名

反義　名實相副　表裡一致

名利雙收（ㄇㄧㄥˊ ㄌㄧˋ ㄕㄨㄤ ㄕㄡ）　既有名，又得利。

語源　清文康兒女英雄傳第二十七回：「親族交贊，名利雙收。」

例句　由他擔任男主角的電影鋼鐵人全球大賣，讓這名男星名利雙收。

近義　好事成雙　揚名立萬

反義　福無雙至　禍不單行

名花有主（ㄇㄧㄥˊ ㄏㄨㄚ ㄧㄡˇ ㄓㄨˇ）　指女子已有交往或所屬的對象。名花，為人所珍貴的花。比喻美女。

語源　宋歐陽脩漁家傲：「墻外有樓花有主，尋花去，隔墻遙見秋千侶。」宋趙長卿探春令：「向綠窗繡戶，朱欄小檻，做個名花主。」

例句　張小姐已經名花有主了，你再苦苦追求也只是白費力氣。

近義　羅敷有夫　心有所屬

反義　待字閨中　雲英未嫁

名門望族（ㄇㄧㄥˊ ㄇㄣˊ ㄨㄤˋ ㄗㄨˊ）　有名望的門第、世族。

語源　清陳忱水滸後傳第三十八回：「莫若遍選名門望族，與中土來的文武各官，或量品級尊卑，或論年紀大小，一邊求婚，一邊擇婿，務使門當戶對，兩相情願，彼此一家。」

例句　蔡家是地方上的名門望族，一向熱心公益，很受敬重。

近義　世代簪纓　世家豪族

名門閨秀 ㄇㄧㄥˊ ㄇㄣˊ ㄍㄨㄟ ㄒㄧㄡˋ　出身望族的未婚女子。名門，有名望的家族。閨秀，稱富貴人家的女子。

語源　魏書宋弁傳：「高祖以郭祚晉魏名門，從容謂弁曰：『卿固應推郭祚之門也。』」南朝宋劉義慶世說新語賢媛：「顧家婦清心玉映，自是閨房之秀。」清文康兒女英雄傳第二十五回：「你是個名門閨秀，也曾讀過詩書，你只就史鑑上幾個眼前的有名女子看去。」

例句　陳小姐是個名門閨秀，想追求她的人可說不計其數。

近義　大家閨秀　名門淑媛

反義　小家碧玉

名垂青史 ㄇㄧㄥˊ ㄔㄨㄟˊ ㄑㄧㄥ ㄕˇ　美好名聲流傳史冊上。垂，流傳。青史，史書。

語源　三國魏曹植求自試表：「身雖屠裂，而功銘著於鼎鍾，名稱垂於竹帛，未嘗不拊心而歎息也。」三國演義第六十回：「匡正天朝，名垂青史，功莫大焉。」

例句　莫那魯道因率族人抗日而名垂青史。

近義　名垂後世　青史留名

反義　遺臭萬年　泯滅無聞

名副其實 ㄇㄧㄥˊ ㄈㄨˋ ㄑㄧˊ ㄕˊ　名聲和實際相符合。副，符合；相稱。也作「名符其實」、「名實相副」或「名實相符」。

語源　三國魏曹操與王修書：「君澡身浴德，流聲本州，忠能成績，為世美談，名實相副，過人甚遠。」宋范祖禹唐鑑玄宗下天寶八年：「故夫孝子慈孫之欲顯其親，莫若使名副其實而不浮。」

例句　他做事踏實，熱心助人，得到優秀志工的獎賞，真是名副其實。

近義　實至名歸　名不虛傳

反義　名過其實　徒具虛名

名符其實 ㄇㄧㄥˊ ㄈㄨˊ ㄑㄧˊ ㄕˊ　參見「名副其實」。

名勝古蹟 ㄇㄧㄥˊ ㄕㄥˋ ㄍㄨˇ ㄐㄧ　著名的古蹟或風景優美的地方。也作「名勝古跡」。

語源　明陳仁錫堯峰山志目錄：「卷之一，山原、山名、名勝、古蹟……」

例句　她喜歡在假日裡四處遊覽名勝古蹟，藉此紓解工作上的壓力。

名揚四海 ㄇㄧㄥˊ ㄧㄤˊ ㄙˋ ㄏㄞˇ　聲名傳遍天下。

語源　元關漢卿劉夫人慶賞五侯宴第四折：「雄糾糾名揚四海，喜孜孜笑滿腮。」

例句　中國武術因李小龍的電影而名揚四海。

近義　名滿天下　名聞遐邇

反義　不見經傳　沒沒無聞

名落孫山 ㄇㄧㄥˊ ㄌㄨㄛˋ ㄙㄨㄣ ㄕㄢ　名字排在孫山的後面。指考試落榜。

語源　宋范公偁過庭錄卷六九記載：有個名叫孫山的人，為人風趣，也很有才氣。當他去參加科舉考試時，同鄉有人將兒子託他一起帶去應考。結果孫山考取最後一名，鄉人的兒子則榜上無名。回鄉後鄉人問起兒子的成績，孫山回答說：「解名盡處是孫山，賢郎更在孫山外。」

例句　這次升學考試，他因為太過緊張，沒有發揮應有的水準，以致名落孫山。

近義　榜上無名　曝鰓龍門

反義　金榜題名　鯉躍龍門

名過其實 ㄇㄧㄥˊ ㄍㄨㄛˋ ㄑㄧˊ ㄕˊ　名聲超過實際。

語源　韓詩外傳卷一：「故祿過其功者削，名過其實者損。」晉書齊王攸傳：「齊王名過其實，而天下歸之。」

例句　這款網購最熱門的法式甜點，吃起來也沒什麼特別，讓人覺得有點名過其實。

近義　有名無實　聲聞過情

反義　實至名歸　名副其實

名實相副 ㄇㄧㄥˊ ㄕˊ ㄒㄧㄤ ㄈㄨˋ　參見「名副其實」。

名滿天下 ㄇㄧㄥˊ ㄇㄢˇ ㄊㄧㄢ ㄒㄧㄚˋ　形容名聲傳播得非常廣。

語源　管子白心：「名滿於天下，不若其已也。」

例句　經過媒體報導，默默行善的賣菜阿婆一夕之間名滿天下。

近義　舉世聞名　名揚四海

反義　默默無聞　鮮為人知

名聞遐邇 ㄇㄧㄥˊ ㄨㄣˊ ㄒㄧㄚˊ ㄦˇ　名聲傳遍遠近。形容名聲很大。遐，遠。邇，近。

語源　南齊書高帝紀上：「上流聲議，遐邇所聞。」清蒲松齡聊齋誌異細柳：「時福為中丞所寵異，故遐邇皆知其名。」

例句　老李做的水煎包名聞遐邇，顧客每天都大排長龍。

近義　遠近馳名　名滿天下

反義　沒沒無聞　不見經傳

名震一時 ㄇㄧㄥˊ ㄓㄣˋ ㄧˋ ㄕˊ　在當時享有盛名。也作「名噪一時」。

語源　後漢書卓茂傳：「六人同志，不仕王莽，并名重當時。」新唐書劉晏傳：「公卿邀請旁午，號神童，名震一時。」

例句　楊傳廣於一九五八年第三屆東京亞運獲男子十項金牌，贏得「亞洲鐵人」的稱號，名震一時。

近義　名滿天下　名聞遐邇

反義　沒沒無聞　湮沒無聞

名韁利鎖 ㄇㄧㄥˊ ㄐㄧㄤ ㄌㄧˋ ㄙㄨㄛˇ　名和利像韁繩和鎖鏈。形容人被名利所束縛而無法擺脫。

語源　宋柳永夏雲峰：「向此免名韁利鎖，虛費光陰。」

例句　他生性淡泊，早就擺脫名韁利鎖，享受自在快樂的生活了。

反義　清心寡欲　反璞歸真

名師出高徒 ㄇㄧㄥˊ ㄕ ㄔㄨ ㄍㄠ ㄊㄨˊ　優秀的師傅訓練出技藝高明的徒弟。

例句　王教授教出來的學生個個學有專精，在法律界發光發熱，真是名師出高徒啊！

近義　強將手下無弱兵　作育英才

吐哺握髮 ㄊㄨˇ ㄅㄨˇ ㄨㄛˋ ㄈㄚˇ　周公執政時，為了急於接待來訪的賢士，時常在吃飯時吐出口中食物，洗頭時多次握住溼髮。比喻殷勤接待賢士，求才若渴。哺，口中咀嚼的食物。

語源　韓詩外傳卷三：「然一沐三握髮，一飯三吐哺，猶恐失天下之士。」唐韓愈後二十九日復上書：「今雖不能如周公吐哺握髮，亦宜引而進之，察其所以而去就之，不宜默默而已也。」

例句　為成立研發部門，董事長吐哺握髮，網羅各界優秀人才。

近義　求賢若渴　禮賢下士

反義　頤指氣使　嫉賢妒能

向平之願 ㄒㄧㄤˋ ㄆㄧㄥˊ ㄓ ㄩㄢˋ　指子女的婚姻大事。向平，東漢向長字子平，省稱向平。他隱居不做官，等兒女都已婚嫁，

願望了結，便四處雲遊。

語源 後漢書向長傳：「向長字子平，河內朝歌人也。隱居不仕……建武中，男女娶嫁既畢，斷家事勿相關，當如我死也。」清李伯元官場現形記第五十六回：「如今兒子已經長大，擬於秋間為之完婚，以了向平之願。」

例句 錢先生家庭美滿，事業有成，只有向平之願未了，讓他十分煩惱。

向壁虛造 ㄒㄧㄤˋ ㄅㄧˋ ㄒㄩ ㄗㄠˋ 對著牆壁憑空捏造假經書。比喻不根據事實而憑空捏造。向，原作「鄉」。對著。也作「向壁虛構」。

語源 漢許慎說文解字敘：「壁中書者，魯恭王壞孔子宅而得禮記、尚書……。而世人大共非訾，以為好奇者也，故詭更正文，鄉壁虛造不可知之書。」

例句 他的研究報告完全是向壁虛造，沒有科學根據。

近義 無中生有 憑空捏造

反義 信而有徵 真憑實據

向聲背實 ㄒㄧㄤˋ ㄕㄥ ㄅㄟˋ ㄕˊ 崇尚名聲，背離實際。指人注重虛名而不求實學。

語源 三國魏曹丕典論論文：「常人貴遠賤近，向聲背實；又患暗於自見，謂己為賢。」

例句 他為了打響知名度而頻上電視節目，其實寫的書乏善可陳，這種向聲背實的作家，我根本就不屑一顧。

近義 浮名虛譽 浪得虛名

反義 真才實學 名副其實

4

君子不器 ㄐㄩㄣ ㄗˇ ㄅㄨˋ ㄑㄧˋ 君子不像器物一樣只限定一種功能。用以讚美人的全才。

語源 論語為政：「子曰：『君子不器。』」

例句 年輕人應當多方面學習，以君子不器自勉。

君子之交 ㄐㄩㄣ ㄗˇ ㄓ ㄐㄧㄠ 指建立在道義基礎上的情誼，能夠相敬而持恆。

語源 禮記表記：「君子之接如水，小人之接如醴；君子淡以成，小人甘以壞。」莊子山木：「且君子之交淡若水，小人之交甘若醴。」

例句 爸爸與陳伯伯是患難與共的老朋友，雖不常相聚，但依然保持真摯的情誼，是真正的君子之交。

近義 刎頸之交 患難之交

反義 狐群狗黨 酒肉朋友

吞吞吐吐 ㄊㄨㄣ ㄊㄨㄣ ㄊㄨˇ ㄊㄨˇ 形容說話有顧慮，想說又不敢說的樣子。

語源 清文康兒女英雄傳第五回：「怎麼問了半日，你一味的吞吞吐吐？」

例句 你說話吞吞吐吐的，是不是有什麼事瞞著我？

近義 支吾其詞 欲言又止

反義 脫口而出 直言不諱

吞雲吐霧 ㄊㄨㄣ ㄩㄣˊ ㄊㄨˇ ㄨˋ 雲霧在口中吞吐。本指方士變化的法術。今多借指吸食鴉片或吸菸。

語源 晉張載蒙汜池賦：「幽讀傍集，潛流獨注，仰承河漢，吐納雲霧。」清彭養鷗黑籍冤魂第一卷：「那富貴的人家，依舊的吞雲吐霧。」

例句 為了健康，人人都有拒吸二手菸的權利，因此癮君子在吞雲吐霧之際，更應多為別人著想。

吟風弄月 ㄧㄣˊ ㄈㄥ ㄋㄨㄥˋ ㄩㄝˋ 指作詩。舊時詩人多以風花雪月為題材，故稱。

語源 晉王嘉拾遺記：「免學他嘲風詠月，汙人行止。」宋

朱熹抄二南寄平父因寄此詩：「析句分章功自少，吟風弄月興何長。」

例句 少年時代的他喜歡吟風弄月，還出版過一本新詩集呢！

近義 吟詩作對

吠形吠聲 ㄈㄟˋ ㄒㄧㄥˊ ㄈㄟˋ ㄕㄥ 參見「一犬吠形，百犬吠聲」。

吠影吠聲 ㄈㄟˋ ㄧㄥˇ ㄈㄟˋ ㄕㄥ 參見「一犬吠形，百犬吠聲」。

否極泰來 ㄆㄧˇ ㄐㄧˊ ㄊㄞˋ ㄌㄞˊ 惡運到了極點，好運就會到來。否，易經卦名，表示陰陽不交，萬物閉塞不通，一切就不順利。泰，易經卦名，表示陰陽交感，萬象亨通，一切就順利。否和泰是對立統一的，可以相互轉化。

語源 漢趙曄吳越春秋句踐入臣外傳：「天道祐之，時過於期，否終則泰。」唐顧雲又謝下第後使人存問啟：「誰言否極，忽有泰來。」

例句 不要被這一連串的挫折擊倒，只要持續努力，終會否極泰來的。

近義 時來運轉 苦盡甘來

反義 樂極生悲 福過災生

含血噴人 ㄏㄢˊ ㄒㄧㄝˇ ㄆㄣ ㄖㄣˊ 參見「血口噴人」。

含沙射影 ㄏㄢˊ ㄕㄚ ㄕㄜˋ ㄧㄥˇ 比喻拐彎抹角地誹謗、中傷他人。相傳蜮居於水中，能吐氣或含沙射人，被射中身體的人會長瘡，被射中影子的人也會得病。

語源 穀梁傳莊公十八年：「蜮，射人者也。」晉范甯集解：「蜮，短狐也，蓋含沙射人。」南朝宋鮑照代苦熱行：「含沙射流影，吹蠱病行暉。」

例句 他說話時常含沙射影，人品實在教人不敢恭維。

近義 暗箭傷人 指桑罵槐

含辛茹苦 ㄏㄢˊ ㄒㄧㄣ ㄖㄨˊ ㄎㄨˇ 含著辛辣，吃著苦菜。比喻忍受辛勞艱苦。辛，辣。茹，吞；吃。

語源 宋蘇軾中和勝相院記：「佛之道難成，言之使人悲酸愁苦……茹苦含辛，更百千萬億生而後成。」

例句 父母含辛茹苦地將我們扶養長大，我們長大後一定要孝順父母。

近義 吃苦耐勞 千辛萬苦

反義 養尊處優 遊手好閒

含苞待放 ㄏㄢˊ ㄅㄠ ㄉㄞˋ ㄈㄤˋ 花朵將開未開的樣子。也用以比喻少女即將成熟。苞，特化以保護花的葉狀構造。

例句 ①情人節那天，阿花收到男朋友送她的九十九朵含苞待放的玫瑰，開心極了。②生日舞會那天，高中剛畢業的小丸子一身碎花洋裝，含苞待放的模樣，吸引全場的目光。

含英咀華 ㄏㄢˊ ㄧㄥ ㄐㄩˇ ㄏㄨㄚˊ 把花朵含在嘴裡慢慢咀嚼。比喻細細品味文章精華。也比喻詩文字畫中蘊含精華。英、華，花朵。

語源 唐韓愈進學解：「沉浸醲郁，含英咀華。」

例句 ①這篇文章意味雋永，值得含英咀華，細細體會。②這幅畫作含英咀華，風格超群，真不愧是名家之作。

近義 熟讀玩味 融會貫通

反義 不求甚解 囫圇吞棗

含哺鼓腹 ㄏㄢˊ ㄅㄨˇ ㄍㄨˇ ㄈㄨˋ 形容人民在安定的社會裡過著無憂無慮的生活。含哺，口含食物。鼓腹，鼓著肚子。

語源 莊子馬蹄：「含哺而熙，鼓腹而遊，民能已此矣。」後

漢書：「含哺鼓腹，焉知凶災？」

例句 這個國家的社會福利制度十分健全，因此人們能過著含哺鼓腹的安定生活。

近義 雞犬相聞 政通人和

反義 顛沛流離 流離失所

含情脈脈 ㄏㄢˊ ㄑㄧㄥˊ ㄇㄛˋ ㄇㄛˋ 含著無限的情思默默地凝視著。形容心中充滿情愛想說出來的樣子。脈脈，同「眽眽」。凝視的樣子。也作「脈脈含情」。

語源 戰國楚宋玉九思逢尤：「目脈脈兮寤終朝。」唐李德裕二芳叢賦：「一則含情脈脈，如有思而不得，類西施之容治。」

辨析 脈，音ㄇㄛˋ，不讀ㄇㄞˋ。

例句 街角一張大大的電影海報上，女主角含情脈脈地看著男主角的嬌羞模樣，吸引路人佇足觀看。

含羞帶怯 ㄏㄢˊ ㄒㄧㄡ ㄉㄞˋ ㄑㄩㄝˋ 害羞又畏縮的樣子。多用來形容女子羞答答的樣子。

語源 南朝梁簡文帝戲贈麗人：「含羞來上砌。」

例句 結婚典禮上，新娘子含羞帶怯，在白紗禮服的襯托下，更加明豔動人。

近義 羞人答答

反義 落落大方

含飴弄孫 ㄏㄢˊ ㄧˊ ㄋㄨㄥˋ ㄙㄨㄣ 嘴裡含著飴糖，逗弄孫兒戲樂。形容老人安享天倫的情景。飴，用穀類澱粉熬成的糖漿或軟糖。

語源 漢班固東觀漢記六明德馬皇后：「上欲封諸舅，……太后輒斷絕曰：『……吾但當含飴弄孫，不能復知政事。』」

例句 老張從公司主管的職位退休後，過著含飴弄孫的生活，倒也快樂自在。

近義 樂享天倫

反義 晚景淒涼

含糊其詞 ㄏㄢˊ ㄏㄨˊ ㄑㄧˊ ㄘˊ 把話說得模稜兩可，不明確、不清楚。

語源 宋袁燮絜齋集侍御史贈通議大夫汪公墓誌銘：「是非予奪多含糊其辭；公則不然，可則曰可，否則曰否。」

例句 這件事他自始至終都含糊其詞，其中必定另有隱情。

近義 閃爍其詞 模稜兩可

反義 一五一十 直言不諱

含蓼問疾 ㄏㄢˊ ㄌㄧㄠˇ ㄨㄣˋ ㄐㄧˊ 不辭辛苦，問候疾病。指君主刻苦自勵，與軍民同甘共苦。蓼，一種草本植物，有苦味。借指辛苦。

語源 三國志蜀書先主傳裴松之注引習鑿齒曰：「觀其所以結物情者，豈徒投醪撫寒、含蓼問疾而已哉！」

例句 在上位者若能常存仁民愛物之心，含蓼問疾，必能受到人民的擁戴。

近義 恫瘝在抱 視民如傷

反義 率獸食人 草菅人命

吮癰舐痔 ㄕㄨㄣˇ ㄩㄥ ㄕˋ ㄓˋ 用口吸取他人膿瘡的腫毒，用舌舔乾他人痔瘡的膿血。形容諂媚、無恥到了極點。吮，用嘴吸取。癰，惡性膿瘡。

語源 史記佞幸列傳：「文帝嘗病癰，鄧通常為帝唶吮之。」莊子列禦寇：「秦王有病召醫，破癰潰痤者得車一乘，舐痔者得車五乘。」南朝宋鮑照瓜步山楬文：「販交買名之薄，吮癰舐痔之卑，安足議其是非。」

例句 小陳為了升官，不惜吮癰舐痔、迎合上司，難怪同事都羞與為伍。

近義 阿諛取容 奴顏婢膝

反義　剛正不阿　不卑不亢

吳下阿蒙（ㄨˊ ㄒㄧㄚˋ ㄚ ㄇㄥˊ）　原指有武略而無學識的人，後泛指不學無術的人。吳下，指今江蘇吳縣一帶。阿，暱稱。蒙，呂蒙，三國時吳人。

語源　三國志吳書呂蒙傳裴松之注引江表傳記載：三國東吳呂蒙本無學術，經孫權勸勉而力學有成。魯肅曾與他論辯而屈居下風，因而讚歎地說：「吾謂大弟但有武略耳，至於今者，學識英博，非復吳下阿蒙。」

辨析　本則成語常用反面敘述，如在前面加「已非」二字，表示某人大有進步。

例句　他去年大考落榜之後，便專心致力苦讀了一年，如今已非吳下阿蒙了。

吳牛喘月（ㄨˊ ㄋㄧㄡˊ ㄔㄨㄢˇ ㄩㄝˋ）　吳地的水牛怕熱，看到月亮以為是太陽，便喘起氣來。比喻見到曾備受困擾或害怕的類似事物而產生疑懼。也形容天氣炎熱。吳，古國名，在今江、浙一帶。也指今江淮以南地區。

語源　太平御覽卷四引漢應劭風俗通義：「吳牛望月則喘。使之苦於日，見月怖喘矣。」

例句　他曾經在溪裡險些溺斃，所以看到游泳池就吳牛喘月，說什麼也不敢下水。

近義　杯弓蛇影　驚弓之鳥

反義　司空見慣　習以為常

吳越同舟（ㄨˊ ㄩㄝˋ ㄊㄨㄥˊ ㄓㄡ）　春秋時吳、越兩國人民交惡，但有危難時卻能同舟共濟，互相救助。比喻在患難時化敵為友，共度難關。

語源　孫子九地：「夫吳人與越人相惡也，當其同舟濟而遇風，其相救也如左右手。」

例句　面對鄰敵的威脅，他呼籲兩大黨要捐棄成見，發揮吳越同舟的精神，團結一致抵禦外侮。

近義　同舟共濟　風雨同舟

反義　同室操戈　自相殘殺

吹毛求疵（ㄔㄨㄟ ㄇㄠˊ ㄑㄧㄡˊ ㄘ）　把皮上的毛吹開來找毛病。比喻故意挑剔過失。疵，過失；小缺點。

語源　韓非子大體：「不吹毛而求小疵，不洗垢而察難知。」漢書中山靖王傳：「有司吹毛求疵，笞服其臣，使證其君，多自以侵冤。」

例句　凡事不要吹毛求疵，否則很容易得罪人。

近義　挑三揀四　洗垢求瘢

反義　揚長避短　棄瑕錄用

吹氣如蘭（ㄔㄨㄟ ㄑㄧˋ ㄖㄨˊ ㄌㄢˊ）　形容美女的氣息如蘭花一樣芳香襲人。

語源　戰國楚宋玉神女賦：「陳嘉辭而云對兮，吐芬芳其若蘭。」漢郭憲洞冥記：「帝所幸宮人，名麗娟，年十四，玉膚柔軟，吹氣勝蘭。」

例句　開會時與秀麗端莊、吹氣如蘭的阿美同座，小王不免心猿意馬，想入非非。

吹彈可破（ㄔㄨㄟ ㄊㄢˊ ㄎㄜˇ ㄆㄛˋ）　稍微口吹、手彈就會弄破似的。比喻皮膚非常細嫩。也作「吹彈得破」。

語源　元王實甫西廂記第二本第三折：「覷俺姐姐這個臉兒，吹彈得破，張生有福也呵！」

例句　這款法式甜點馬卡龍，粉白細嫩，像少女的肌膚般吹彈可破，叫人垂涎欲滴。

近義　白裡透紅　膚如凝脂

吹鬍子瞪眼（ㄔㄨㄟ ㄏㄨˊ ㄗ˙ ㄉㄥˋ ㄧㄢˇ）　形容非常憤怒的樣子。

例句 我已向你認錯，請你不要再對我吹鬍子瞪眼的。

呆若木雞 ㄉㄞ ㄖㄨㄛˋ ㄇㄨˋ ㄐㄧ 本指訓練鬥雞，使其見敵能像木製的雞般不驚懼。比喻人修養已到家。後用以比喻人呆笨不靈活，或突然受驚而神態呆滯、不知所措的樣子。木雞，木頭做的雞。

語源 莊子達生：「紀渻子為王養鬥雞。十日而問：『雞已乎？』曰：『未也，方虛憍而恃氣。』……十日又問，曰：『幾矣。雞雖有鳴者，已無變矣，望之似木雞矣。』」

例句 電梯上升到一半突然停住，大家一時呆若木雞，不知如何是好。

近義 張口結舌 目瞪口呆

反義 活蹦亂跳 生龍活虎

呆頭呆腦 ㄉㄞ ㄊㄡˊ ㄉㄞ ㄋㄠˇ 形容腦筋不靈活，不知變通的樣子。

語源 元馬致遠呂洞賓三醉岳陽樓第三折：「似這等呆腦呆頭勸不回，呸！可不乾賺了我奔走紅塵九千里。」紅樓夢第四十八回：「你本來呆頭呆腦的，再添上這個，越發弄成個呆子了！」

例句 別看小陳呆頭呆腦的，他可是商業設計的高手呢！

近義 愣頭愣腦 傻裡傻氣

反義 聰明伶俐 冰雪聰明

告老還鄉 ㄍㄠˋ ㄌㄠˇ ㄏㄨㄢˊ ㄒㄧㄤ 因年老而請求辭官回鄉。

語源 左傳襄公七年：「冬十月，晉韓獻子告老。」紅樓夢第五十四回：「本是金陵人氏，名喚王忠，曾做過兩朝宰輔，如今告老還家。」

例句 王將軍擔任軍職已經超過三十年，現已告老還鄉，享受含飴弄孫的天倫之樂。

近義 懸車告老 解組歸田

告朔餼羊 ㄍㄨˋ ㄕㄨㄛˋ ㄒㄧˋ ㄧㄤˊ 古代諸侯有每月初一到祖廟用活羊告祭而後聽政的告朔禮，但春秋時，魯國自文公之後便不行告朔，而祖廟每月仍殺活羊為祭。後比喻徒具形式或虛應故事。餼，活的牲畜。

語源 論語八佾：「子貢欲去告朔之餼羊。子曰：『賜也，爾愛其羊，我愛其禮。』」

辨析 告，音ㄍㄨˋ，不讀ㄍㄠˋ。

例句 現代人越來越不了解一些民俗節日的由來和意義，過年過節只是流於告朔餼羊而已。

近義 虛應故事 流於形式

告貸無門 ㄍㄠˋ ㄉㄞˋ ㄨˊ ㄇㄣˊ 連借錢的地方都沒有。形容經濟十分困難。告貸，向人借錢。

語源 明瞿式耜表急公紳士疏：「各助之索米索餉，刻不可遲，稱貸無門，徵催莫濟。」清林則徐江蘇陰雨連綿稻歉收情形片：「來歲青黃不接，不知更當何如，小民口食無資……告貸無門。」

例句 他因為失業又告貸無門，只好向地下錢莊借錢，卻陷入萬劫不復的深淵。

近義 山窮水盡 羅掘俱窮

5

周而不比 ㄓㄡ ㄦˊ ㄅㄨˋ ㄅㄧˋ 公平周全地對待大眾而不偏袒私黨。比，偏私。

語源 論語為政：「君子周而不比，小人比而不周。」

辨析 比，音ㄅㄧˋ，不讀ㄅㄧˇ。

例句 他在待人處事方面，向來公正無私，周而不比，因此深受到部屬的敬重。

近義 一視同仁 大公無私

反義 比而不周

周而復始 ㄓㄡ ㄦˊ ㄈㄨˋ ㄕˇ 一遍完了又重新開始。指循環不

息。周，遍。復，又；再。

語源　易經蠱卦：「終則有始，天行也。」文子自然：「十二月運行，周而復始。」

例句　天體運行，周而復始，這是宇宙間自然的規律。

近義　循環不已

反義　一去不返

周轉不靈（ㄓㄡ ㄓㄨㄢˇ ㄅㄨˋ ㄌㄧㄥˊ）

資金的運用、流轉不順利。也作「週轉不靈」。

例句　這間公司由於資金周轉不靈，面臨倒閉的命運。

近義　左支右絀

反義　財運亨通

呱呱墜地（ㄨㄚ ㄨㄚ ㄓㄨㄟˋ ㄉㄧˋ）

指人出生。呱呱，形容嬰兒的哭聲。

語源　尚書益稷：「啟呱呱而泣，予弗子，惟荒度土功。」

辨析　呱，音ㄨㄚ，不讀ㄍㄨㄚ。

例句　人自呱呱墜地之後，純真的天性便漸漸被遮蔽，能保有赤子之心的人實在少之又少。

味如嚼蠟（ㄨㄟˋ ㄖㄨˊ ㄐㄩㄝˊ ㄌㄚˋ）

形容毫無滋味。多指文章或說話枯燥無味。

語源　楞嚴經卷八：「我無欲心，應汝行事，於橫陳時，味如嚼蠟。」

例句　這部小說情節鬆散，文句也不優美，讀起來味如嚼蠟，毫無樂趣。

近義　索然無味　枯燥無味

反義　津津有味　妙趣橫生

呶呶不休（ㄋㄠˊ ㄋㄠˊ ㄅㄨˋ ㄒㄧㄡ）

形容人非常多話，令人生厭。呶呶，說話嘮叨。

語源　唐柳宗元答韋中立論師道書：「豈可使呶呶者早暮咈吾耳，騷吾心？」

例句　為了昨天沒有留蛋糕給她，姐姐一早起來還在那裡呶呶不休，真讓人受不了。

近義　喋喋不休　絮絮叨叨

反義　沉默寡言　三緘其口

呼么喝六（ㄏㄨ ㄧㄠ ㄏㄜˋ ㄌㄧㄡˋ）

①形容賭博時的叫喝聲。也代稱賭博。②大聲叫喝，盛氣凌人的樣子。么、六，投擲骰子所得的數目。

語源　水滸傳第一〇四回：「那些擲色的，在那裡呼么喝六。」元佚名漢高皇濯足氣英布第三折：「喒則道舌剌剌言十妄九，村棒棒呼么喝六。」

辨析　喝，音ㄏㄜˋ，不讀ㄏㄜ。

例句　①附近建築工地的工人喜歡賭博，每天收工以後，呼么喝六的聲音不絕於耳。②這群輟學生，每天在街頭遊蕩，呼么喝六地聚眾滋事，這樣下去實在不是辦法。

近義　呼盧喝雉　盛氣凌人

呼之欲出（ㄏㄨ ㄓ ㄩˋ ㄔㄨ）

①形容繪畫或文學作品中人物生動逼真，彷彿即將從書畫中走出來。②形容事情的真相或結果即將呈現。呼，叫喚。

語源　宋蘇軾郭忠恕畫贊：「恕先在焉，呼之或出。」清王韜淞隱漫錄秦倩娘：「生視像，秋波流注，嫣然若笑，真有呼之欲出之勢。」

例句　①這幅畫生動逼真，畫中人物呼之欲出。②經過刑事專家的偵查及推理，凶手已經呼之欲出，案情即將真相大白。

近義　躍然紙上　栩栩如生

反義　畫虎類犬　平淡無奇

呼天搶地（ㄏㄨ ㄊㄧㄢ ㄑㄧㄤˇ ㄉㄧˋ）

呼喊蒼天，以頭撞地。形容極度悲痛的樣子。搶，碰觸。

語源　戰國策魏策四：「布衣之怒，亦免冠徒跣，以頭搶地

爾。」史記屈原賈生列傳：「人窮則反本，故勞苦倦極，未嘗不呼天也。」

辨析 搶，音ㄑㄧㄤ，不讀ㄑㄧㄤˇ。

例句 隔壁的王先生車禍過世了，看著王太太呼天搶地的悲傷模樣，真令人難過。

近義 聲淚俱下 捶胸頓足

反義 仰天大笑 歡天喜地

呼呼大睡 ㄏㄨ ㄏㄨ ㄉㄚˋ ㄕㄨㄟˋ 熟睡並發出鼾聲。呼呼，形容鼾聲。

語源 清李伯元文明小史第二十七回：「那張先生卻是呼呼大睡，叫也叫不醒。」

例句 哥哥一吃飽就倒頭呼呼大睡，連碗筷也沒收拾，讓媽媽好生氣。

近義 鼾聲如雷 酣然入夢

呼朋引伴 ㄏㄨ ㄆㄥˊ ㄧㄣˇ ㄅㄢˋ 參見「呼朋引類」。

呼朋引類 ㄏㄨ ㄆㄥˊ ㄧㄣˇ ㄌㄟˋ 招引同類的人聚集一起。原用為貶意，有「同惡相濟」之意。現則不限於此，有「招引同伴」之意。也作「呼朋引伴」、「引類呼朋」。

語源 宋歐陽脩憎蒼蠅賦：「奈何引類呼朋，搖頭鼓翼。」清紀昀閱微草堂筆記灤陽續錄三：「比至日暮，有數狐醉倒現形，始知其呼朋引類來也。」

例句 ①阿義不務正業，時常呼朋引類出入聲色場所，你最好少跟他來往。②一聽說好友開了家餐廳，他馬上呼朋引伴去消費，為好友捧場。

近義 同惡相濟 臭味相投

呼風喚雨 ㄏㄨ ㄈㄥ ㄏㄨㄢˋ ㄩˇ ①指懂法術的人呼喚風雨來去。②比喻很有辦法，能掌控情勢。

語源 宋孫覿罨畫溪行四首：「罨畫溪頭烏烏樂，呼風喚雨不能休。」

例句 ①在羅貫中筆下，諸葛亮是一位精通道術、能呼風喚雨的神奇人物。②政府嚴厲掃黑，許多黑道出身的地方民代紛紛避走海外，再也無法在地方上呼風喚雨了。

近義 神通廣大 三頭六臂

呼盧喝雉 ㄏㄨ ㄌㄨˊ ㄏㄜˋ ㄓˋ 形容賭博時使勁吆喝、期望取勝的樣子。盧、雉，古代一種名為樗蒲的賭博中最大的兩種賭彩。

語源 晉書劉毅傳：「後於東府聚樗蒲大擲，……毅次擲得雉，大喜，……既而四子俱黑，其一子轉躍未定，裕厲聲喝之，即成盧焉。」宋陸游風順舟行甚疾戲書：「呼盧喝雉連暮夜，擊兔伐狐窮歲年。」

例句 一群賭客正在地下賭場呼盧喝雉、忘情廝殺時，警方破門而入，逮個正著。

近義 呼么喝六

呼之即來，揮之即去 ㄏㄨ ㄓ ㄐㄧˊ ㄌㄞˊ ㄏㄨㄟ ㄓ ㄐㄧˊ ㄑㄩˋ 需要時，呼喚一聲就來；不需要時，揮一揮手就命人離去。形容對人任意使喚。

語源 宋蘇軾王仲儀真贊序：「呼之則來，揮之則散者，惟世臣巨室為能。」

例句 她從小家境富裕，備受父母寵愛，因此養成對人「呼之即來，揮之即去」的傲慢態度，令人不敢恭維。

近義 頤指氣使

命中注定 ㄇㄧㄥˋ ㄓㄨㄥ ㄓㄨˋ ㄉㄧㄥˋ 生命中的遭遇，早有定數，難以改變。也作「命中註定」。

語源 水滸傳第六十回：「李固道：『主人誤矣……休聽那

算命的胡言亂語，只在家中，怕做甚麼?』盧俊義道：『我命中註定了，你休逆我。』」

例句　是福不是禍，是禍躲不過，這一切都是命中注定，不需要去強求什麼。

近義　冥冥之中

反義　人定勝天　事在人為

命在旦夕 ㄇㄧㄥˋ ㄗㄞˋ ㄉㄢˋ ㄒㄧ　早晚將死。形容生命垂危。

語源　漢書龔勝傳：「年老被病，命在朝夕。」唐陳子昂為建安王與諸將書：「盡病水腫，命在旦夕。」

例句　他成日遊手好閒，從不努力上進，如今發生車禍，命在旦夕，已是後悔莫及。

近義　命若懸絲　日薄西山

反義　安然無恙　福壽齊天

命若懸絲 ㄇㄧㄥˋ ㄖㄨㄛˋ ㄒㄩㄢˊ ㄙ　生命像懸吊在細絲上一樣。比喻生命十分危險。

語源　後漢書鄧訓傳：「轉運之費，空竭府帑，涼州吏人，命縣(懸)絲髮。」唐敦煌變文集大目乾連冥間救母變文：「娘娘見今飢困，命若懸絲，汝若不起慈悲，豈名孝順之子。」

例句　小陳染上毒癮後不能自拔，越陷越深，如今已是命若懸絲。

近義　命在旦夕　風中殘燭

反義　安然無恙　身強力壯

命途多舛 ㄇㄧㄥˋ ㄊㄨˊ ㄉㄨㄛ ㄔㄨㄢˇ　指平生經歷坎坷，困厄多難。舛，困厄不幸。

語源　唐王勃滕王閣序：「時運不齊，命途多舛。」

例句　她雖然命途多舛，遇人不淑，但能自立自強，學習一技之長，終於開創出屬於自己的天空。

近義　命蹇時乖　時乖運蹇

反義　洪福齊天　否極泰來

咂嘴弄舌 ㄗㄚ ㄗㄨㄟˇ ㄋㄨㄥˋ ㄕㄜˊ　舔舐嘴唇，擺弄舌頭。形容貪吃的樣子。

語源　清吳敬梓儒林外史第十回：「他一時慌了，彎下腰去抓那粉湯，又被兩個狗爭著，咂嘴弄舌的，來搶那地下的粉湯吃。」

例句　弟弟一進門，看見桌上擺個大蛋糕，馬上咂嘴弄舌地湊過去就想吃起來。

近義　饞涎欲滴　垂涎三尺

咄咄怪事 ㄉㄨㄛˋ ㄉㄨㄛˋ ㄍㄨㄞˋ ㄕˋ　令人感到驚奇不解的事。咄咄，嗟歎聲。

語源　南朝宋劉義慶世說新語黜免：「殷中軍被廢，在信安，終日恒書空作字。揚州吏民尋義逐之，竊視，唯作『咄咄怪事』四字而已。」

例句　他才看了一下我的掌紋，便能說出我的生平遭遇，而且極為準確，真是咄咄怪事。

咄咄逼人 ㄉㄨㄛˋ ㄉㄨㄛˋ ㄅㄧ ㄖㄣˊ　言語凌厲，盛氣凌人的樣子。咄，嗟歎聲。

語源　南朝宋劉義慶世說新語排調記載：有一次桓玄與殷仲堪等人比賽舉出最危險的事。桓玄說：「拿著矛頭洗米，拿著劍頭煮飯。」殷仲堪說：「百歲老先生攀爬枯樹枝。」顧愷之說：「小嬰兒躺在水井上。」殷仲堪有一個部屬，在旁插嘴說道：「盲人騎著瞎馬，在漆黑的夜裡走在懸崖邊。」殷仲堪因瞎了一眼，聽見這話頗不高興，說了句「咄咄逼人」來斥責部屬說話傷人。

例句　妳說話總是咄咄逼人，難怪大夥兒不喜歡和妳討論

事情。

近義 逼人太甚　盛氣凌人

咄嗟可辦 ㄉㄨㄛˋ ㄐㄧㄝ ㄎㄜˇ ㄅㄢˋ　一下子就辦好。咄嗟，片刻之間。也作「咄嗟立辦」。

語源 晉書石苞傳：「崇為客作豆粥，咄嗟便辦。」清江日昇臺灣外紀第二十六卷：「督臣姚啟聖調兵製器，獎勵士卒，精敏整暇，咄嗟立辦。」清蒲松齡聊齋誌異金和尚：「客倉卒至，十餘筵咄嗟可辦。」

例句 小邱經驗豐富，這事交給他，咄嗟可辦，你大可放心。

近義 唾手可得　如運諸掌

反義 大費周章　勞師動眾

和事佬 ㄏㄜˊ ㄕˋ ㄌㄠˇ　為人調解爭執的人。佬，也作「老」。指男子。

語源 明佚名鼓掌絕塵：「就待我去見三府公，講一講明，與你們做個和事老罷！」

例句 李爺爺最喜歡當和事佬，街坊鄰居有了糾紛爭吵，都會找李爺爺出來調停。

和光同塵 ㄏㄜˊ ㄍㄨㄤ ㄊㄨㄥˊ ㄔㄣˊ　減弱光芒，使自己混同於塵世，不露鋒芒。和，協調；混合。

語源 老子四章：「和其光，同其塵。」晉司馬彪續漢書：「懷德滅行，和光同塵。」

例句 在是非不分的亂世裡，他選擇和光同塵，過平凡的生活。

近義 韜光養晦　隨波逐流

反義 鋒芒畢露　標新立異

和而不同 ㄏㄜˊ ㄦˊ ㄅㄨˋ ㄊㄨㄥˊ　與人和睦相處，卻能堅守原則，不曲從人意。同，苟同；附和。

語源 論語子路：「君子和而不同；小人同而不和。」

例句 待人處世要能和而不同，千萬別為了私利而放棄了該有的原則。

近義 周而不比

反義 比而不周

和風細雨 ㄏㄜˊ ㄈㄥ ㄒㄧˋ ㄩˇ　形容微風習習，細雨濛濛。也比喻待人處事溫和不粗暴。和風，春天的風。

例句 ①初夏的早晨，一陣和風細雨過後，令人心曠神怡。②指責人要留有餘地，批評人要和風細雨，才容易讓人接受。

近義 和藹可親

反義 狂風暴雨　疾言厲色

和氣致祥 ㄏㄜˊ ㄑㄧˋ ㄓˋ ㄒㄧㄤˊ　和睦融洽的氣氛可招來吉祥。

語源 漢劉向條災異封事：「由此觀之，和氣致祥，乖氣致異。」

例句 你們這樣冷戰下去也不是辦法，所謂「和氣致祥」，不如聽我這個和事佬的話，雙方各讓一步吧！

近義 和氣生財　家和萬事興

和衷共濟 ㄏㄜˊ ㄓㄨㄥ ㄍㄨㄥˋ ㄐㄧˋ　同心協力，共度難關。和衷，同心。濟，本為渡水，此指度過難關。

語源 尚書皐陶謨：「同寅協恭，和衷哉！」國語魯語下：「夫苦匏不材於人，共濟而已。」清王夫之陳言疏：「正望大小臣工，和衷一德，共濟時艱。」

例句 公司目前正面臨財務危機，必須大家和衷共濟才能度過難關，共創未來。

近義 同舟共濟　風雨同舟

反義 同床異夢　鉤心鬥角

和盤托出 ㄏㄜˊ ㄆㄢˊ ㄊㄨㄛ ㄔㄨ　連盤子一起端出來。比喻毫不保留，把事情始末全部說出來。和，連同。也作「全盤托出」。

語源 元明本述天目中峰和尚

廣錄：「今日特為你起模畫樣，和盤托出。」清李伯元文明小史第四十四回：「洋人見他們有點肯的意思了，便將蕪湖道的說話全盤托出。」

例句 他受不了良心的苛責，便來到老師面前，把偷錢的事和盤托出了。

近義 罄其所有　毫無保留

反義 留有餘地　語帶保留

和璧隋珠 ㄏㄜˊ ㄅㄧˋ ㄙㄨㄟˊ ㄓㄨ 比喻極為珍貴的寶物。和璧，指和氏璧，春秋時楚人卞和自楚國山中所得的一塊寶玉。見韓非子和氏。隋珠，也作「隨珠」，指隋侯救大蛇所獲贈的明珠。見戰國策楚策四與淮南子覽冥訓。

語源 韓非子和氏：「楚人和氏得玉璞楚山中，奉而獻之厲王。厲王使玉人相之……曰石也。王以和為誑，而刖其左足……武王即位，和又奉其璞而獻之……王又以和為誑，而刖其右足……文王即位，和乃抱其璞而哭於楚山之下……文王乃使玉人理其璞，而得寶焉，遂命曰和氏之璧。」戰國策楚策四：「寶珍隋珠不知佩兮，禕布與絲不知異兮。」漢劉安淮南子覽冥訓：「隋侯見大蛇傷斷，以藥傅之，後蛇於江中銜大珠以報之，因曰隋侯之珠，蓋明月珠也。」韓非子解老：「和氏之璧，不飾以五采；隋侯之珠，不飾以銀黃。其質之美，物不足以飾之。」唐張廷珪因旱上直言疏：「去奇技淫巧，捐和璧隋珠，不見可欲，使心不亂。」

例句 這件木雕是張伯伯的珍藏，即使有人想拿和璧隋珠來交換，他也不願割愛。

近義 奇珍異寶　和隋之珍

和顏悅色 ㄏㄜˊ ㄧㄢˊ ㄩㄝˋ ㄙㄜˋ 溫和而愉悅的神情。

語源 初學記孝色難引論語（為政）漢鄭玄注：「言和顏悅色為難也。」

例句 面對顧客的不滿與挑剔，售貨員依然能保持和顏悅色，的確不簡單。

近義 和藹可親　笑容滿面

反義 疾言厲色　聲色俱厲

和藹可親 ㄏㄜˊ ㄞˇ ㄎㄜˇ ㄑㄧㄣ 形容態度和善，容易親近。和藹，溫和親切的樣子。親，親近。

語源 明李開先賀邑令賀洪濱獎異序：「雖若凜不可犯，而實藹然可親。」清李伯元官場現形記第二十九回：「原來這唐六軒唐觀察為人極其和藹可親，見了人總是笑嘻嘻的。」

例句 新來的導師待人和藹可親，同學們都很喜歡她。

近義 平易近人　和顏悅色

反義 盛氣凌人　冷若冰霜

咎由自取 ㄐㄧㄡˋ ㄧㄡˊ ㄗˋ ㄑㄩˇ 災禍由自己招來。咎，災禍。

語源 戰國策齊策四：「嗟乎！君子焉可侮哉，寡人自取病耳。」三國志蜀書卷四十：「招禍取咎，無不自己也。」清李伯元官場現形記第五十一回：「但這件事據兄弟看起來，他們兩家實在是咎由自取。」

例句 弟弟因沉溺電玩而荒廢課業，以致被學校留級，這是他咎由自取，怪不得他人。

近義 自取其禍　自作自受

反義 禍從天降　飛來橫禍

6

咫尺千里 ㄓˇ ㄔˇ ㄑㄧㄢ ㄌㄧˇ ①在短小的篇幅裡，表現出遼遠的景物。意同「尺幅千里」。②比喻相距不遠，卻難以相見，如同遠隔千里。意同「咫尺天涯」。咫尺，比喻很近。

語源　唐釋彥悰後畫錄展子虔：「尤善樓閣，人馬亦長。遠近山川，咫尺千里。」唐魚玄機隔漢江寄子安：「含情咫尺千里，況聽家家遠砧。」

例句　①這幅風景畫氣勢磅礴，有咫尺千里的效果。②畢業之後，同學們都各自忙於工作，咫尺千里，難得相聚。

近義　尺幅千里　咫尺天涯

反義　天涯若比鄰

咫尺天涯 ㄓˇ ㄔˇ ㄊㄧㄢ ㄧㄚˊ

形容相距雖近，卻如同相隔千里般無法相見。咫尺，比喻距離極近。天涯，比喻相距極遠。

語源　唐李中宮詞二首：「門鎖簾垂月影斜，翠華咫尺隔天涯。」元關漢卿新水令玉驄絲鞚套：「馬頭咫尺天涯遠，易去難相見。」

例句　小英和男友鬧翻之後，雖仍在同一家公司服務，卻頗有咫尺天涯的感覺。

近義　咫尺千里

反義　天涯若比鄰

咬文嚼字 ㄧㄠˇ ㄨㄣˊ ㄐㄧㄠˊ ㄗˋ

原指斟酌推敲詞句。今多用來諷刺人說話或行文死摳字眼，欠缺精神內涵。

語源　元喬吉越調小桃紅：「含宮泛徵，咬文嚼字，誰敢嗑牙兒。」明無名氏司馬相如題橋記：「如今那街市上常人，粗讀幾句書，咬文嚼字，人叫他做半瓶醋。」

例句　①寫文章不宜太過咬文嚼字，以免掩蔽了文章的情蘊內涵。②他說話老喜歡咬文嚼字、賣弄知識，令人生厭。

近義　字斟句酌　雕章鏤句

反義　一揮而就　信手拈來

咬牙切齒 ㄧㄠˇ ㄧㄚˊ ㄑㄧㄝ ㄔˇ

氣得咬緊牙關。形容憤怒、痛恨到極點。切，咬緊。

語源　元孫仲章河南府張鼎勘頭巾第二折：「為甚事咬牙切齒，唬的犯罪人面色如金紙。」

例句　一提到他，你便咬牙切齒，你們究竟有什麼過節呢？

近義　拊膺切齒　氣憤填膺

反義　笑逐顏開　眉開眼笑

咬緊牙關 ㄧㄠˇ ㄐㄧㄣˇ ㄧㄚˊ ㄍㄨㄢ

牙齒緊閉，不開口出聲。比喻忍受痛苦而堅持到底。也作「咬定牙關」。

語源　西遊記第五十五回：「這長老咬定牙關，聲也不透。」

例句　雖然家裡經濟拮据，但他仍咬緊牙關，努力攢錢，供子女們完成學業。

近義　堅苦卓絕　刻苦自勵

反義　無病呻吟

咳唾成珠 ㄎㄜˊ ㄊㄨㄛˋ ㄔㄥˊ ㄓㄨ

咳出來的唾液像珍珠一樣。比喻言語精當或文詞優美。也作「欬唾成珠」。

語源　莊子秋水：「子不見夫唾者乎？噴則大者如珠，小者如霧。」

例句　王先生的發言咳唾成珠，不愧是文壇的老前輩。

近義　清詞麗句　出口成章

反義　語無倫次　不知所云

哀兵必勝 ㄞ ㄅㄧㄥ ㄅㄧˋ ㄕㄥˋ

指兩軍對戰，則胸懷悲憤的一方必能獲得勝利。

語源　老子六十九章：「故抗兵相加，哀者勝矣。」

例句　儘管景氣低迷又面對國外產品的低價傾銷，只要抱著哀兵必勝的決心，仍可一搏。

反義　驕兵必敗

哀哀欲絕 ㄞ ㄞ ㄩˋ ㄐㄩㄝˊ

形容悲傷到了極點。

語源　紅樓夢第十三回：「那寶珠按未嫁女之喪，在靈前哀哀欲絕。」

例句 得知妻子的死訊時，明華哀哀欲絕的神情令在場的朋友都相當憂心。

近義 哀毀骨立 肝腸寸斷

反義 欣喜欲狂 歡天喜地

哀矜勿喜（ㄞ ㄐㄧㄣ ㄨ ㄒㄧˇ） 對他人的不幸或犯錯後的報應保持哀憐體恤，不要覺得高興。矜，憐憫。

語源 論語子張：「上失其道，民散久矣，如得其情，則哀矜而勿喜。」

例句 儘管兩國處於敵對狀態，但對於對方的天災，我們應保持哀矜勿喜的態度，不要加以嘲諷。

近義 將心比心 易地而處

反義 幸災樂禍 打落水狗

哀感頑豔（ㄞ ㄍㄢˇ ㄨㄢˊ ㄧㄢˋ） 形容文辭淒美動人，使頑鈍及聰慧的人皆受到感動。

語源 三國魏繁欽與魏文帝箋：「咏北狄之遐征，奏胡馬之長思，悽入肝脾，哀感頑豔。」

例句 這部愛情小說是作者根據自身經歷改寫而成，因此寫來哀感頑豔，感人至深。

近義 動人心弦 纏綿悱惻

反義 味如嚼蠟 不值一哂

哀毀骨立（ㄞ ㄏㄨㄟˇ ㄍㄨˇ ㄌㄧˋ） 形容因過於悲痛而使身體極度消瘦。多用於居父母之喪時。哀毀，因過度悲傷而損壞身體。骨立，形容人骨瘦如柴。

語源 後漢書韋彪傳：「彪孝行純至，父母卒，哀毀三年，不出廬寢。服竟，羸瘠骨立異形，醫療數年乃起。」

例句 喪母之痛，我們能體會，但是你哀毀骨立、茶飯不思，也著實叫人擔心。

近義 椎心泣血 形銷骨立

哀鴻遍野（ㄞ ㄏㄨㄥˊ ㄅㄧㄢˋ ㄧㄝˇ） 比喻到處都是流離失所、呻吟哀號的災民。多指戰亂或災禍時。哀鴻，失去棲地而哀鳴的鴻雁。比喻無家可歸的飢民。

語源 詩經小雅鴻鴈：「鴻鴈于飛，哀鳴嗸嗸。」清湯斌湯子遺書二：「今春賣兒賣女者，有售無受，以故哀鴻遍野，碩鼠興歌。」

例句 地震過後，災區哀鴻遍野，滿目瘡痍，令人不忍卒睹。

近義 民不聊生 生靈塗炭

反義 國泰民安 安居樂業

品學兼優（ㄆㄧㄣˇ ㄒㄩㄝˊ ㄐㄧㄢ ㄧㄡ） 品行及學業都優秀。

語源 清文康兒女英雄傳第九回：「一定是一位品學兼優、閱歷通達的老輩。」

例句 小岱待人謙虛，又十分勤學，是大家公認品學兼優的好學生。

近義 才德兼備

反義 百無一能 一無所長

品頭論足（ㄆㄧㄣˇ ㄊㄡˊ ㄌㄨㄣˋ ㄗㄨˊ） 參見「評頭論足」。

哄堂大笑（ㄏㄨㄥ ㄊㄤˊ ㄉㄚˋ ㄒㄧㄠˋ） 全場的人同時大笑。哄，也作「烘」。眾人發出的聲音。

語源 宋歐陽脩歸田錄：「馮相、和相同在中書。一日，和問馮曰：『公靴新買，其值幾何？』馮舉左足示和曰：『九百。』和性褊急，遽回顧小吏云：『吾靴何得用一千八？』因詬責。久之，馮徐舉其右足曰：『此亦九百。』於是烘堂大笑。」

例句 晚會一開始，主持人以逗趣的開場白引得哄堂大笑。

反義 鴉雀無聲

7

哪壺不開提哪壺（ㄋㄚˇ ㄏㄨˊ ㄅㄨˋ ㄎㄞ ㄊㄧˊ ㄋㄚˇ ㄏㄨˊ） 哪壺不是滾熱

的開水，偏去提那壺。比喻說話放冷槍，有意刁難。或不該提起的話偏去提。

例句 曉莉才剛跟阿德分手，你別哪壺不開提哪壺，老說起他們的過往。

哭笑不得（ㄎㄨ ㄒㄧㄠˋ ㄅㄨˋ ㄉㄜˊ） 哭也不是，笑也不是。形容十分尷尬。

語源 元高安道皮匠說謊：「好一場惡一場，哭不得笑不得。」

例句 沒吃過法國料理的老媽，竟要求將法式生牛肉煮熟，令服務生哭笑不得。

近義 啼笑皆非

哲人其萎（ㄓㄜˊ ㄖㄣˊ ㄑㄧˊ ㄨㄟˇ） 賢哲之人去世了。多用於悼念有德者的逝世。萎，枯萎。指死亡。

語源 禮記檀弓上：「孔子蚤作，負手曳杖，消搖於門，歌曰：『泰山其頹乎！梁木其壞乎！哲人其萎乎！』」

例句 一生致力於正派辦報、捍衛輿論的余創辦人不幸於昨晚逝世，哲人其萎，新聞界同表哀悼。

唉聲嘆氣（ㄞ ㄕㄥ ㄊㄢˋ ㄑㄧˋ） 因傷感、愁悶、痛苦而發出嘆息的聲音。

語源 紅樓夢第八十回：「薛蟠急得說又不好，勸又不好，打又不好，央告又不好，只是出入唉聲嘆氣。」

例句 你只會唉聲嘆氣，不思振作，別人也幫不了你的忙！

近義 長吁短嘆

反義 哈哈大笑

唐突西施（ㄊㄤˊ ㄊㄨ ㄒㄧ ㄕ） 冒犯西施。比喻冒犯衝撞了女性。西施，古代美女。借指女性。

語源 南朝宋劉義慶世說新語輕詆：「何乃刻劃無鹽以唐突西子也！」

例句 將這位小姐的缺點拿來開玩笑，未免唐突西施，有失君子風度。

近義 唐突佳人

反義 彬彬有禮

8

唯利是圖（ㄨㄟˊ ㄌㄧˋ ㄕˋ ㄊㄨˊ） 只知謀求個人利益。指人滿腦子只想賺錢，或只要對自己有利就不顧一切去做。圖，謀求。原作「唯利是視」。也作「惟利是圖」。

語源 左傳成公十三年：「余雖與晉出入，余唯利是視。」晉葛洪抱朴子內篇勤求：「內抱貪濁，惟利是圖。」

辨析 本則成語含有鄙視之意。利，專指個人利益，往往與道義、公益相違背。

例句 他罔顧國家安全，唯利是圖，把軍事機密賣給了敵人。

近義 見利忘義 利慾薰心

反義 急公好義 居仁由義

唯妙唯肖（ㄨㄟˊ ㄇㄧㄠˋ ㄨㄟˊ ㄒㄧㄠˋ） 巧妙得如同真的一樣。形容非常逼真。唯，也作「惟」、「維」。

語源 尚書說命上：「高宗夢得說……乃審厥象，俾以形旁求于天下。說築傅巖之野，惟肖。」宋岳珂英光堂帖贊：「彼妍我峭，惟妙惟肖。」

例句 小方因為模仿貓叫聲唯妙唯肖，所以同學們給他取了個外號叫「阿貓」。

近義 栩栩如生

反義 刻鵠成鶩 畫虎類犬

唯我獨尊（ㄨㄟˊ ㄨㄛˇ ㄉㄨˊ ㄗㄨㄣ） 天底下只有自己最尊貴。相傳為佛陀釋迦牟尼生下來時所說的一句話，原意是在說每個生命都是獨一無二，都是最尊貴的。後世則用來形容自視很

高，或譏諷人妄自尊大，目中無人。唯，只。也作「惟」。

語源　毗奈耶雜事卷二〇：「遍觀四方，手指上下，作如是語，此即是我最後生身，天上天下，唯我獨尊。」

例句　你如果不改掉這種唯我獨尊的態度，換到什麼單位工作，都一樣不受歡迎。

近義　目中無人　妄自尊大

反義　謙沖自牧　卑以自牧

唯命是從（ㄨㄟˊ ㄇㄧㄥˋ ㄕˋ ㄘㄨㄥˊ）　只要是命令就服從。表示絕對服從命令。

語源　左傳昭公十二年：「今周與四國，服事君王，將唯命是從，豈其愛鼎?」

例句　他領導有方，又能體恤員工，所以員工對他唯命是從。

近義　百依百順　言聽計從

反義　桀驁不馴　獨行其是

唯唯諾諾（ㄨㄟˇ ㄨㄟˇ ㄋㄨㄛˋ ㄋㄨㄛˋ）　恭敬地連聲答應，不敢反對。唯唯，謙卑恭順地應答。諾諾，連聲應答。

語源　韓非子八姦：「此人主未命而唯唯，未使而諾諾，先意承旨，觀貌察色。」明馮夢龍醒世恆言卷二：「聽其教誨，唯唯諾諾，并不違拗。」

例句　他對上司唯唯諾諾的巴結模樣，真令人感到不齒。

近義　俯首帖耳　唯命是從

唱反調（ㄔㄤˋ ㄈㄢˇ ㄉㄧㄠˋ）　比喻提出相反的主張。

例句　他在班上常常唱反調，又不肯與同學合作，令大家感到很困擾。

唱高調（ㄔㄤˋ ㄍㄠ ㄉㄧㄠˋ）　比喻提出好聽而不切實際的言論。

例句　他專唱高調，卻無具體行動，仍然於事無補。

唱作俱佳（ㄔㄤˋ ㄗㄨㄛˋ ㄐㄩˋ ㄐㄧㄚ）　原形容戲曲表演中唱工和動作、表情都很好。也用來形容人表演生動精彩，或演唱與創作歌曲都有優秀的表現。唱作，戲曲的唱工與作工。泛指表演。

例句　①他們這段相聲表演唱作俱佳，博得滿堂彩。②他是位唱作俱佳的知名歌手，班上很多同學都是他的歌迷。

近義　聲情並茂

反義　乏善可陳　平淡無奇

唱獨角戲（ㄔㄤˋ ㄉㄨˊ ㄐㄧㄠˇ ㄒㄧˋ）　比喻僅由一人或一方獨撐場面。獨角戲，由一人獨力演出的戲劇。

例句　這次的活動很盛大，只有阿杰一個人唱獨角戲是不成的，要請大家多多幫忙。

近義　一手包辦　單槍匹馬

反義　通力合作　輪番上陣

唸唸有詞（ㄋㄧㄢˋ ㄋㄧㄢˋ ㄧㄡˇ ㄘˊ）　參見「念念有詞」。

問心無愧（ㄨㄣˋ ㄒㄧㄣ ㄨˊ ㄎㄨㄟˋ）　反省自己的作為，內心覺得毫不慚愧。指沒做對不起人的事而心安理得。

語源　明謝詔東漢演義第十一回：「及莽篡位，祿等忠謀已盡，問心無愧，樂志林良。」

例句　雖然被懷疑是他去告密，出賣朋友，但他問心無愧，認為總有一天會真相大白。

近義　心安理得　俯仰無愧

反義　無地自容　作賊心虛

問長問短（ㄨㄣˋ ㄔㄤˊ ㄨㄣˋ ㄉㄨㄢˇ）　詳細地詢問。多表示關切。

語源　明馮夢龍醒世恆言卷一八：「那老兒因多了幾杯酒，一路上問長問短，十分健談。」

例句　林奶奶拉著許久未見的孫子問長問短，關愛之情溢於言表。

近義 噓寒問暖

反義 不聞不問　漠不關心

問道於盲（ㄨㄣˋ ㄉㄠˋ ㄩˊ ㄇㄤˊ） 向瞎子問路。比喻向無知或外行的人求教，毫無助益。常用為自謙之詞。

語源 唐韓愈答陳生書：「是所謂借聽於聾，求道於盲，雖其請之勤勤，教之云云，未有見其得者也。」宋陳亮戊申再上孝宗皇帝書：「而書生便以為長淮不易守者，是亦問道於盲之類耳。」

例句 我只是一介書生，對政治一竅不通，這個問題，您真是問道於盲了。

問鼎中原（ㄨㄣˋ ㄉㄧㄥˇ ㄓㄨㄥ ㄩㄢˊ） 原指覬覦王位，謀取政權。後也泛指謀取最高榮譽或地位。鼎，即九鼎，夏商周三代傳國的寶器，乃王權的象徵。中原，黃河中下游一帶。借指中國。

語源 左傳宣公三年記載：時為諸侯的楚莊王興兵北伐陸渾（今河南嵩縣）的戎人，乘勝揮軍北上，到周王近畿雒邑大閱兵，周定王派人勞軍，楚莊王竟問起九鼎的輕重。顯示楚莊王有篡奪王位的野心。

例句 ①東漢末年政局紛亂，野心家各個集結重兵，企圖問鼎中原。②雖然起步比別人晚，但這家廠商投入智慧手機的生產後，規模不斷擴充，大有問鼎中原的決心。

近義 逐鹿中原　躍馬中原

啞口無言（ㄧㄚˇ ㄎㄡˇ ㄨˊ ㄧㄢˊ） 無話可說。形容被質問或駁斥時，因為理虧而說不出話來。

語源 明馮夢龍醒世恆言卷八：「一番言語，說得張六嫂啞口無言。」

例句 她面對確鑿的證據，啞口無言，只好俯首認罪了。

近義 張口結舌　百口莫辯

反義 辯才無礙　滔滔不絕

啞然失笑（ㄧㄚˇ ㄖㄢˊ ㄕ ㄒㄧㄠˋ） 忍耐不住而笑出聲來。啞然，笑聲。失笑，忍不住地笑起來。

語源 列子周穆王：「同行者啞然大笑。」清蒲松齡聊齋誌異王子安：「想鬼狐竊笑已久，故乘其醉而玩弄之，床頭人醒，寧不啞然失笑哉？」

例句 小組討論時，小華說出他那不切實際的想法後，大家都啞然失笑。

近義 忍俊不住　哄堂大笑

反義 痛哭流涕　泣不成聲

啞巴吃黃連——有苦說不出（ㄧㄚˇ ㄅㄚ ㄔ ㄏㄨㄤˊ ㄌㄧㄢˊ ㄧㄡˇ ㄎㄨˇ ㄕㄨㄛ ㄅㄨˋ ㄔㄨ） 啞巴吃下黃連，苦在心頭卻無法說出來。比喻只有自己知道苦況，有口難言。黃連，一種中藥，味極苦。

語源 京本通俗小說錯斬崔寧：「兩人渾身是口，也難分說。正是『啞子漫嘗黃蘗味，難將苦口對人言。』」

例句 她為了面子，不敢訴苦，大家以為她婚姻美滿，其實是啞巴吃黃連——有苦說不出。

9

唾手可得（ㄊㄨㄛˋ ㄕㄡˇ ㄎㄜˇ ㄉㄜˊ） 比喻很容易就能得到。唾手，往手上吐唾液。形容非常容易。原作「唾手可取」。另也作「垂手可得」。垂手，手下垂。指不用什麼舉動、力氣就可得到。

語源 新唐書褚遂良傳：「但遣一二慎將，付銳兵十萬……，唾手可取。」三國演義第七回：「就中取事，唾手可得。」水滸傳第五十七回：「只除教呼延灼將軍賺開城門，垂手可得。」

例句 他的實力高出其他參賽者一大截，冠軍對他來說是唾手可得。

近義　輕而易舉　易如反掌

反義　大海撈針　難如登天

唾面自乾 ㄊㄨㄛˋ ㄇㄧㄢˋ ㄗˋ ㄍㄢ　別人將唾液吐在自己的臉上，不去擦它，讓它自行乾掉。比喻逆來順受，忍辱不與人計較。

語源　新唐書婁師德傳：「其弟守代州，辭之官，教之耐事。弟曰：『人有唾面，絜之乃已。』師德曰：『未也。絜之，是違其怒，正使自乾耳。』」

例句　面對不講理的主管，你應該據理力爭，不要一味採取唾面自乾的態度。

近義　忍氣吞聲　逆來順受

反義　睚眥必報　以牙還牙

啼笑皆非 ㄊㄧˊ ㄒㄧㄠˋ ㄐㄧㄝ ㄈㄟ　哭也不是，笑也不是。形容處境尷尬，讓人哭笑不得。啼，哭。

語源　唐孟棨本事詩情感載南朝陳徐德言之妻樂昌公主詩：「啼笑俱不敢，方驗作人難。」

例句　出門時弟弟奇裝異服的打扮，讓媽媽啼笑皆非。

近義　哭笑不得

啼飢號寒 ㄊㄧˊ ㄐㄧ ㄏㄠˊ ㄏㄢˊ　因寒冷飢餓而叫喊哭訴。形容生活極端貧困，經常挨餓受凍。

語源　唐韓愈進學解：「冬暖而兒號寒，年豐而妻啼飢。」清王晫今世說賢媛：「值歲凶，啼飢號寒。」

例句　他小時候家境清苦，過著啼飢號寒的生活，所以很珍惜現今平安飽暖的環境。

近義　飢寒交迫　饔飧不繼

反義　豐衣足食　暖衣飽食

喁喁細語 ㄩˊ ㄩˊ ㄒㄧˋ ㄩˇ　形容低聲說話。喁喁，低語聲。

語源　清李綠園歧路燈第三十六回：「只聽得樓房南間一燈閃閃之下，妻妾喁喁細語。」

例句　那對戀人搭肩摟腰，不時喁喁細語，狀甚親暱。

近義　輕聲細語

反義　大聲喧嘩

喃喃自語 ㄋㄢˊ ㄋㄢˊ ㄗˋ ㄩˇ　自己不斷的低聲說話。喃喃，形容低聲說話的聲音。

語源　北史房陵王勇傳：「乃向西北奮頭，喃喃細語。」清紀昀閱微草堂筆記灤陽消夏錄一：「俗客趨東南隅坐，喃喃自語。」

例句　他常常一個人呆坐在客廳喃喃自語，不知道心裡在想什麼。

近義　念念有詞　自言自語

喋喋不休 ㄉㄧㄝˊ ㄉㄧㄝˊ ㄅㄨˋ ㄒㄧㄡ　形容人說話囉嗦，沒完沒了的樣子。喋，多話的樣子。休，停止。

語源　漢書張釋之傳：「豈效此嗇夫喋喋利口捷給哉！」清蒲松齡聊齋誌異雊鵒：「飛簷間，梳翎抖羽，尚與王喋喋不休。」

例句　他工作的時候總是喋喋不休，因此大家都不願和他共事。

近義　呶呶不休　嘮嘮叨叨

反義　言簡意賅　沉默寡言

喜上眉梢 ㄒㄧˇ ㄕㄤˋ ㄇㄟˊ ㄕㄠ　喜悅之情流露在眉目之間。

語源　清文康兒女英雄傳第二十三回：「思索良久，得了主意，不覺喜上眉梢。」

例句　弟弟考試得了滿分，喜上眉梢，一回家便拿出來炫耀。

近義　喜不自勝　心花怒放

反義　愁眉苦臉　黯然神傷

喜不自勝 ㄒㄧˇ ㄅㄨˋ ㄗˋ ㄕㄥ　高興到無法承受的程度。勝，承受。

語源　漢鍾繇賀捷表：「天道

口

禍淫，不終厥命，奉聞嘉憙，喜不自勝。」

例句 幸運中了樂透頭彩之後，他成天眉開眼笑，喜不自勝。

近義 樂不可支 欣喜若狂

反義 悲痛欲絕 悲不自勝

喜出望外 ㄒㄧˇ ㄔㄨ ㄨㄤˋ ㄨㄞˋ 出乎意料之外的喜悅。望外，希望或意料之外。

語源 唐柳宗元鈷鉧潭西小丘記：「皆大喜，出自意外。」宋蘇軾與李之儀書：「契闊八年，豈謂復有見日。漸近中原，辱書尤數，喜出望外。」

例句 媽媽答應週末帶妹妹去看電影，讓她喜出望外。

近義 大喜過望 喜從天降

反義 大失所望 悲從中來

喜形於色 ㄒㄧˇ ㄒㄧㄥˊ ㄩˊ ㄙㄜˋ 內心的歡喜表現在臉上，用於形容內心抑制不住的喜悅。形，表露。

語源 戰國策趙策三：「趙王不說，形於顏色。」唐裴庭裕東觀奏記卷上九節：「上悅安平不妬，喜形於色。」

例句 看你春風滿面，喜形於色，一定是遇到了什麼好事吧？

近義 喜上眉梢 眉開眼笑

反義 愁眉不展 憂心忡忡

喜怒哀樂 ㄒㄧˇ ㄋㄨˋ ㄞ ㄌㄜˋ 歡喜、惱怒、悲哀、快樂。形容人隨著處境的順逆而產生的各種情感。

語源 中庸：「喜怒哀樂之未發，謂之中；發而皆中節，謂之和。」

例句 喜怒哀樂是人之常情，但必須因時因地、節制守禮，不然會引人側目。

喜氣洋洋 ㄒㄧˇ ㄑㄧˋ ㄧㄤˊ ㄧㄤˊ 形容人欣喜歡樂，笑逐顏開。洋洋，得意的樣子。也作「喜氣揚揚」。

語源 唐司空圖障車文：「滿盤羅餡，大榼酒漿，兒郎偉總擔將歸去，教你喜氣揚揚。」宋袁甫番陽喜晴贈幕僚：「耄倪載詠，喜氣洋洋。」

例句 今天是王校長兒子結婚的大喜之日，王家上上下下都喜氣洋洋。

近義 歡天喜地 眉開眼笑

反義 愁眉苦臉 憂心忡忡

喜從天降 ㄒㄧˇ ㄘㄨㄥˊ ㄊㄧㄢ ㄐㄧㄤˋ 形容喜事突然而來，有如從天而降。

語源 京本通俗小說西山一窟鬼：「教授聽得說罷，喜從天降，笑逐顏開。」

例句 他抽中頭獎，獲得一部汽車，真是喜從天降。

近義 大喜過望 喜出望外

反義 飛來橫禍 禍從天降

喜新厭舊 ㄒㄧˇ ㄒㄧㄣ ㄧㄢˋ ㄐㄧㄡˋ 喜歡新的，討厭舊的。形容在男女感情上或對事物的喜好不專一。原作「樂新厭舊」。

語源 唐陸贄論朝官闕員及刺史等改轉倫序狀：「時俗長情，樂新厭舊；有始卒者，其唯聖人。」宋葉適淮西論鐵錢五事狀：「常人之情，喜新厭舊。」

例句 他喜新厭舊，女朋友一個換過一個，大家都不齒他的行為。

近義 見異思遷 朝三暮四

反義 忠貞不渝 之死靡它

喜極而泣 ㄒㄧˇ ㄐㄧˊ ㄦˊ ㄑㄧˋ 高興到了極點，反而落下淚來。

語源 宋史后妃傳下韋賢妃：「帝初見太后，喜極而泣。」

例句 知道自己榮獲最佳女主角的那一剎那，她不禁喜極而泣。

反義 悲從中來

喝西北風（ㄏㄜ ㄒㄧ ㄅㄟˇ ㄈㄥ）　比喻挨餓。

語源 清吳敬梓儒林外史第四十一回：「都像你這一毛不拔，我們喝西北風！」

例句 你再不努力振作，我們一家老小就只能等著喝西北風！

近義 三餐不繼　無以為繼

反義 豐衣足食　酒醉飯飽

喟然而嘆（ㄎㄨㄟˋ ㄖㄢˊ ㄦˊ ㄊㄢˋ）　嘆息的樣子。喟然，嘆氣的樣子。

語源 禮記禮運：「昔者，仲尼與於蜡賓，事畢，出遊於觀之上，喟然而嘆。」

例句 一個年輕的生命就這樣葬送在毒品上，令人不禁喟然而嘆。

近義 感慨萬千　心有戚戚焉

反義 無動於中

喧賓奪主（ㄒㄩㄢ ㄅㄧㄣ ㄉㄨㄛˊ ㄓㄨˇ）　客人的聲音喧騰或氣勢強大，超越主人。比喻外來的、次要的事物占據原有的、主要的事物的地位。喧，大聲吵嚷。

語源 清阮葵生茶餘客話：「余倣為之，香則噴鼻而酒味變矣。不論酒而論香，是為喧賓奪主。」

例句 這幅靜物畫的背景太鮮豔，給人喧賓奪主的感覺。

近義 反客為主　鳩占鵲巢

反義 輕重得宜　客隨主便

喧囂一時（ㄒㄩㄢ ㄒㄧㄠ ㄧˋ ㄕˊ）　在短時間內喧譁吵鬧。形容事物曇花一現。

語源 南史梁武帝本紀上：「雖公卿異議，朝野喧囂，竟不從。」

例句 縣市合併的話題曾在媒體喧囂一時，但過一陣子又不了了之。

近義 甚囂塵上　沸沸揚揚

反義 鴉雀無聲　消聲匿跡

喪心病狂（ㄙㄤˋ ㄒㄧㄣ ㄅㄧㄥˋ ㄎㄨㄤˊ）　喪失本心，好像發了狂病一樣。形容人喪失理智，言行殘忍或荒謬至極。

語源 宋史范如圭傳：「公不喪心病狂，奈何為此？」

例句 這個兇手連續犯下幾起殺人案件，真是喪心病狂。

近義 喪盡天良　傷天害理

反義 良知未泯

喪家之犬（ㄙㄤ ㄐㄧㄚ ㄓ ㄑㄩㄢˇ）　原指主人家中有喪事的狗，因主人忙於喪事而不得餵養，後多轉指無家可歸的狗。形容不得志、無所歸宿、處境淒涼或驚慌失措的人。原作「喪家之狗」。

語源 史記孔子世家：「孔子適鄭，與弟子相失，孔子獨立郭東門。鄭人或謂子貢曰：『東門有人……纍纍若喪家之狗。』」

例句 想當初，他官高權重，意氣風發，失勢下臺後，卻像喪家之犬一般，無人聞問。

近義 失水之魚

喪盡天良（ㄙㄤˋ ㄐㄧㄣˋ ㄊㄧㄢ ㄌㄧㄤˊ）　天理良心完全喪失。形容心腸毒辣，毫無人性。

語源 宋周必大跋汪聖錫家藏……三帖：「顛倒是非者，豈盡喪其良心哉！」清錢泳履園叢話利己：「今人既富貴驕奢矣，而又喪盡天良，但思利己，不思利人。」

例句 家屬擔心喪盡天良的歹徒會殺害肉票，因此遲遲不敢報警。

近義 喪心病狂　狼心狗肺

喪權辱國（ㄙㄤˋ ㄑㄩㄢˊ ㄖㄨˇ ㄍㄨㄛˊ）　喪失國家權益，使國家受到恥辱。

語源 元史順帝本紀：「范文等糾言也先帖木兒喪師辱國，乞明正其罪。」清史稿交通志鐵路：「比聞川省風潮日烈，皆以盛宣懷喪權誤國，欲得而甘心。」

例句 民初袁世凱為了一己私欲而做出喪權辱國的行為，導致他身敗名裂，遺臭萬年。

近義 辱國喪師

反義 為國爭光

喬裝打扮 ㄑㄧㄠˊ ㄓㄨㄤ ㄉㄚˇ ㄅㄢˋ 改換服裝，修飾容貌，使人認不出來。

語源 清文康兒女英雄傳第十五回：「這班人原來是那海馬周三預先叫他的夥伴，隨了那起戲子喬裝打扮，混了進來。」

例句 阿珍喬裝打扮成公主的模樣，要在舞會上給大家一個驚喜。

近義 改頭換面

反義 廬山真面目

喬遷之喜 ㄑㄧㄠˊ ㄑㄧㄢ ㄓ ㄒㄧˇ 祝賀人遷居或職位升遷。喬遷，原指鳥兒從深谷飛到高大的樹木上。後用以比喻人搬到好的居所或職位高升。

語源 詩經小雅伐木：「伐木丁丁，鳥鳴嚶嚶；出自幽谷，遷於喬木。」唐張籍贈殷山人：「滿堂虛左待，眾目望喬遷。」

例句 為了祝賀小明的喬遷之喜，我打算送一幅畫給他。

近義 鶯遷喬木

單刀直入 ㄉㄢ ㄉㄠ ㄓˊ ㄖㄨˋ 一把刀直接刺入。禪家指擺脫依傍，勇猛精進。後也用來比喻直截了當，不繞彎子。

語源 宋釋道原景德傳燈錄卷一二廬州澄心院旻德和尚：「若是作家戰將，便請單刀直入，更莫如何若何。」

例句 ①禪家認為只要單刀直入，勇猛精進，便能明心見性。②他說話一向單刀直入，沒有惡意，你不要在意才好。

近義 直截了當　一針見血

反義 拐彎抹角　閃爍其詞

單打獨鬥 ㄉㄢ ㄉㄚˇ ㄉㄨˊ ㄉㄡˋ ①指一對一的對戰方式。②形容獨力奮鬥。

例句 ①小強人高馬大，你們一起上都打不過他，何況單打獨鬥？②擴大市佔率需要各部門通力合作，光靠你一個人單打獨鬥是行不通的。

近義 單槍匹馬　孤軍奮戰

反義 通力合作　群策群力

單槍匹馬 ㄉㄢ ㄑㄧㄤ ㄆㄧ ㄇㄚˇ 一個人單身上陣。也比喻獨自行動，不依靠別人。

語源 五代汪遵烏江：「兵散弓殘挫虎威，單槍匹馬突重圍。」

例句 他做事一向單槍匹馬慣了，因此缺乏團隊合作的經驗。

近義 孤軍奮戰　孤軍深入

反義 成群結隊　人多勢眾

10

嗚呼哀哉 ㄨ ㄏㄨ ㄞ ㄗㄞ 表示悲哀傷痛的感歎詞，古時常用於祭文中。現也用來指死亡或完結，含有詼諧的意味。嗚呼，原作「於乎」。感歎詞。哀，悲痛。哉，語氣詞。

語源 詩經大雅召旻：「於乎哀哉！維今之人，不尚有舊。」左傳哀公十六年：「孔丘卒，公誄之曰：『旻天……。嗚呼哀哉尼父！無自律。』」

例句 老陳誤信偏方又用藥過量，昨晚不幸嗚呼哀哉，見閻王老爺去了。

近義 一命嗚呼　撒手人寰

嗜之如命 ㄕˋ ㄓ ㄖㄨˊ ㄇㄧㄥˋ 當作自己生命一樣地喜愛。形容

口

非常喜愛。嗜，喜愛；愛好。

例句 小祥喜歡蒐集公仔，已到了嗜之如命的地步，一有零用錢便往超商跑。

近義 情有獨鍾　愛不釋手

反義 棄若敝屣　無動於中

嗜痂之癖 ㄕˋ ㄐㄧㄚ ㄓ ㄆㄧˇ 喜歡吃瘡痂的怪癖。形容人愛好某種事物而成了癖性。痂，瘡口癒合時所結的硬皮。

語源 南朝宋劉敬叔異苑卷一〇：「東莞劉邕性嗜食瘡痂，以為味似鰒魚。嘗詣孟靈休。靈休先患炙瘡，痂落在床。邕取食之，靈休大驚，痂未落者悉褫取飴邕。」清蒲松齡聊齋誌異羅剎海市：「花面逢迎，世情如鬼。嗜痂之癖，舉世一轍。」

例句 收集煙灰缸是他的嗜痂之癖，每次出國都不忘搜購當地的產品。

近義 逐臭之夫

嗤之以鼻 ㄔ ㄓ ㄧˇ ㄅㄧˊ 從鼻孔發出譏笑聲。形容極輕視的樣子。嗤，譏笑。

語源 後漢書樊宏傳：「嘗欲作器物，先種梓漆，時人嗤之，然積以歲月，皆得其用，向之笑者咸求假焉。」清頤瑣黃繡球第七回：「請於巨紳貴族，更嗤之以鼻。」

例句 對於他那種小人行徑，大家都嗤之以鼻。

近義 不屑一顧　不值一哂

反義 讚不絕口　交口稱譽

11

嗷嗷待哺 ㄠˊ ㄠˊ ㄉㄞˋ ㄅㄨˇ 形容飢餓哀號，等待餵食。嗷嗷，鳥悲鳴聲。

語源 詩經小雅鴻鴈：「鴻鴈于飛，哀鳴嗸嗸。」宋史富弼傳：「待哺數日，不得粥而仆。」清西周生醒世姻緣傳第七十一回：「將晚，沒有草料，象在那裡嗷嗷待哺。」

例句 一想到家裡還有孩子嗷嗷待哺，他便不畏寒風淒雨，抖擻精神，推著沉重的攤子，認真叫賣起來。

近義 啼飢號寒　飢寒交迫

反義 豐衣足食　家給人足

嘉言懿行 ㄐㄧㄚ ㄧㄢˊ ㄧˋ ㄒㄧㄥˋ 美善的言論和行為。嘉、懿，美；好。也作「嘉言善行」。

語源 漢劉向新序雜事一：「古人之嘉言善行亦往往而在也。」

例句 古聖先賢的嘉言懿行我們要牢記在心，奉為言行的圭臬。

反義 惡形惡狀

嘔心瀝血 ㄡˇ ㄒㄧㄣ ㄌㄧˋ ㄒㄧㄝˇ 把心、血都吐出來。形容人費盡心思、絞盡腦汁的樣子。嘔，吐。瀝，滴落。

語源 新唐書文藝傳下：「母使婢探囊中，見所書多，即怒曰：『是兒要嘔出心乃已耳！』」清夏敬渠野叟曝言第七十八回：「而欲如壽之嘔心瀝血，出鬼入神，以成此千古無偶，萬世不磨之大文，斷不能矣。」

例句 這是他嘔心瀝血的創作，相信能引起廣大的共鳴，流傳久遠。

近義 挖空心思　絞盡腦汁

反義 無所用心　粗製濫造

嘖有煩言 ㄗㄜˊ ㄧㄡˇ ㄈㄢˊ ㄧㄢˊ 本指彼此意見不同，互相指責、爭執。今多指眾人頻發怨言。嘖，大聲爭論。煩言，忿怨的爭執。

語源 左傳定公四年：「會同難，嘖有煩言，莫之治也。」

例句 林老師作風保守，未能充實教學內容，一味注重抄寫，使學生、家長嘖有煩言。

近義 怨聲載道　人言籍籍

反義 有口皆碑　交口稱譽

嘖嘖稱奇（ㄗㄜˊ ㄗㄜˊ ㄔㄥ ㄑㄧˊ）讚歎不絕。嘖嘖，讚歎的聲音。也作「嘖嘖稱賞」。

語源 漢伶玄飛燕外傳：「音詞舒閒清切，左右歎賞之嘖嘖。」明陶宗儀南村輟耕錄貞烈墓：「一部卒妻郭氏有令姿，見之者無不嘖嘖稱賞。」明徐弘祖徐霞客遊記粵西遊日記二：「終不能攀上層而登，與縣官嘖嘖稱奇指盼。」

例句 魔術師瞬間將獅子變成溫順的小貓，在場觀眾無不嘖嘖稱奇。

近義 讚不絕口

嘗鼎一臠（ㄔㄤˊ ㄉㄧㄥˇ ㄧ ㄌㄨㄢˊ）品嘗鼎中的一塊肉。比喻根據部分即可推論出全體。鼎，古代烹煮食物的器具。臠，小塊的肉。

語源 宋王安石回蘇子瞻簡：「嘗鼎一臠，旨可知也。」

例句 這件事情並不複雜，老爸嘗鼎一臠，已經心中有數，你瞞不了我的！

近義 因小見大　見微知著

反義 只知其一，不知其二

12

嘮嘮叨叨（ㄌㄠˊ ㄌㄠˊ ㄉㄠ ㄉㄠ）形容瑣碎地責備或抱怨。

語源 宋鄭思肖答吳山人問遠遊觀地理書：「古人胸中高明，一見便了……未若後世嘮嘮叨叨，支支離離。」

例句 他從早到晚嘮嘮叨叨說個不停，令人難以與他共事。

近義 絮絮叨叨　喋喋不休

反義 要言不煩　言簡意賅

嘻皮笑臉（ㄒㄧ ㄆㄧˊ ㄒㄧㄠˋ ㄌㄧㄢˇ）笑嘻嘻的樣子。形容輕浮不莊重。也作「嬉皮笑臉」。

語源 紅樓夢第三十回：「你見我和誰玩過？你來疑我！有和你素日嘻皮笑臉的那些姑娘們，你該問他們去！」

例句 小游做錯事還嘻皮笑臉的，一點不知檢討，難怪他的父母會生氣。

近義 油頭滑腦　玩世不恭

反義 溫文爾雅　文質彬彬

噓寒問暖（ㄒㄩ ㄏㄢˊ ㄨㄣˋ ㄋㄨㄢˇ）問候冷暖。表示對他人的關切愛護。噓，問候。

語源 清王韜淞隱漫錄卷三陸碧珊：「一日，生妻疾病，女來省視，問燠噓寒，秤藥量水，倍極殷勤。」

例句 在外求學期間，房東時常對我噓寒問暖，讓我倍感溫馨。

近義 體貼入微　關懷備至

反義 不聞不問　漠不關心

13

嘴上無毛，辦事不牢（ㄗㄨㄟˇ ㄕㄤˋ ㄨˊ ㄇㄠˊ ㄅㄢˋ ㄕˋ ㄅㄨˋ ㄌㄠˊ）指年輕人經驗少，性情浮躁，做事不可靠。嘴上無毛，戲稱沒長鬍鬚的年輕人。

語源 清李伯元官場現形記第十五回：「你們幾位都是上了歲數的人，俗話說道，嘴上無毛，辦事不牢，像你們諸位一定最靠得住，不會冤枉人的。」

例句 誰說「嘴上無毛，辦事不牢」？瞧他年紀輕輕，便把偌大一個活動辦得有聲有色，叫人刮目相看。

近義 少不更事　乳臭未乾

反義 少年老成　後生可畏

噤若寒蟬（ㄐㄧㄣˋ ㄖㄨㄛˋ ㄏㄢˊ ㄔㄢˊ）像天冷時的蟬閉口不鳴。形容有所顧忌而不敢說話。噤，閉口不出聲。

語源 後漢書杜密傳：「聞惡無言，隱情惜己，自同寒蟬，此罪人也。」宋張守題鑠樹諫圖後：「嘗怪士處明時，事賢主，履高位，噤如寒蟬，或至

導諛以誤國。」

例句 老師一來，原本吵得最兇的同學個個噤若寒蟬，再也沒人敢出聲了。

近義 三緘其口　默不作聲

反義 侃侃而談　高談闊論

器小易盈 (ㄑㄧˋ ㄒㄧㄠˇ ㄧˋ ㄧㄥˊ)

容量小的器皿容易裝滿。原指酒量小，後比喻氣量狹小的人容易自大自滿。

語源 三國魏吳質在元城與魏太子牋：「前蒙延納，侍宴終日……，小器易盈，先取沉頓。」宋袁燮管仲器小論：「仲之相齊也……，實有大功焉，惜乎其器小而易盈也。」

例句 看他得意洋洋的樣子，就知道此人器小易盈，難成大事。

近義 斗筲之人　妄自尊大

反義 虛懷若谷　肚大能容

器宇軒昂 (ㄑㄧˋ ㄩˇ ㄒㄩㄢ ㄤˊ)

形容人氣概風度不凡的樣子。器宇，指人的儀表、風度。軒昂，氣概不凡的樣子。也作「氣宇軒昂」。

語源 三國志魏書薛瑩傳裴松之注引王隱晉書：「瑩子兼，字令長，清素有器宇。」南朝梁陶弘景尋山誌：「心容曠朗，氣宇條暢。」宋劉弇贈賈仲武：「賈侯器宇何軒昂，下視齪齪真秕糠。」

例句 這孩子長得器宇軒昂，且談吐不凡，甚得長輩器重。

近義 器宇不凡　英姿煥發

反義 獐頭鼠目　萎靡不振

噬臍莫及 (ㄕˋ ㄑㄧˊ ㄇㄛˋ ㄐㄧˊ)

要人用嘴咬自己的肚臍，是做不到的事。後比喻後悔也來不及。噬，咬。臍，肚臍。

語源 左傳莊公六年：「亡鄧國者，必此人也。若不早圖，後君噬齊（臍），其及圖之乎！」

例句 孩子小時就要管教，不要等長大學壞後才要糾正，那就噬臍莫及了。

近義 後悔莫及　悔之晚矣

反義 曲突徙薪　未雨綢繆

14

嚎啕大哭 (ㄏㄠˊ ㄊㄠˊ ㄉㄚˋ ㄎㄨ)

放聲大哭。嚎啕，大哭聲。也作「嚎啕痛哭」。

語源 唐敦煌變文集李陵變文：「李陵弓矢俱無，勒轡便走，捶胸望漢國，號咷大哭。」元楊顯之臨江驛瀟湘秋夜雨：「冤枉事誰行訴與？從今後忍氣吞聲，再不敢嚎啕痛哭。」

例句 妹妹因為玩具被弟弟搶走而嚎啕大哭起來。

近義 捶胸頓足　聲淚俱下

反義 開懷大笑　眉飛色舞

17

嚴刑峻法 (ㄧㄢˊ ㄒㄧㄥˊ ㄐㄩㄣˋ ㄈㄚˇ)

嚴厲而殘酷的刑法。峻，本指山勢高，引申有苛刻的意思。

語源 漢書丙吉傳：「吉扞拒大難，不避嚴刑峻法。」

例句 平時如果用嚴刑峻法來治理人民，必定會引起民怨。

近義 刻薄寡恩　刀鋸鼎鑊

反義 布德施仁　寬以待民

嚴陣以待 (ㄧㄢˊ ㄓㄣˋ ㄧˇ ㄉㄞˋ)

作好充分的戰鬥準備，等待敵軍來犯。嚴陣，擺出整齊而嚴肅的陣勢。

語源 資治通鑑漢紀光武帝建武三年：「甲辰，帝親勒六軍，嚴陣以待之。」

例句 面對敵軍來犯，我方嚴陣以待，準備迎頭痛擊。

近義 警備森嚴　厲兵秣馬

反義 掉以輕心　偃旗息鼓

嚴懲不貸 (ㄧㄢˊ ㄔㄥˊ ㄅㄨˋ ㄉㄞˋ)

嚴厲懲罰絕不寬恕。貸，寬恕；

原諒。

語源　明余繼登典故紀聞：「有或違者必懲不貸。」

例句　此項規定已經三令五申，今後如有再犯，一定嚴懲不貸。

近義　明正典刑

反義　法外施仁　從輕發落

嚴以律己，寬以待人（ㄧㄢˊ ㄧˇ ㄌㄩˋ ㄐㄧˇ，ㄎㄨㄢ ㄧˇ ㄉㄞˋ ㄖㄣˊ）　嚴格地要求自己，寬大地對待他人。律，約束。

語源　宋陳亮謝曾察院啟：「嚴於律己，出而見之事功。」清汪琬送張牖如之任南寧序：「嚴以律己，寬以字人。」

例句　若我們能做到嚴以律己，寬以待人，那麼人際關係一定十分和諧。

19

囊中取物（ㄋㄤˊ ㄓㄨㄥ ㄑㄩˇ ㄨˋ）　參見「探囊取物」。

囊空如洗（ㄋㄤˊ ㄎㄨㄥ ㄖㄨˊ ㄒㄧˇ）　口袋裡空空的，如同洗過一般。比喻窮到身無分文。

語源　明馮夢龍警世通言卷三二：「我囊空如洗，如之奈何？」

例句　他剛付了新屋的頭期款，所以現在囊空如洗，無法參加這次的員工旅行。

近義　阮囊羞澀　身無分文

反義　金玉滿堂　家財萬貫

囊螢映雪（ㄋㄤˊ ㄧㄥˊ ㄧㄥˋ ㄒㄩㄝˇ）　形容刻苦學習，勤奮讀書。囊螢，晉車胤家貧，無錢點油燈，故捕捉螢火蟲聚囊中以夜讀。映雪，晉孫康好學而貧，於冬夜積雪地上映月光而讀。

語源　參見「螢窗雪案」。宋劉克莊雷母宜人王氏墓誌銘：「皆服其勞，無隕獲，故夫子得囊螢映雪，不以家衡慮。」

例句　因為他從小家貧，囊螢映雪苦讀有成之後，便矢志幫助那些清寒家庭的孩子們完成學業。

近義　螢窗雪案　鑿壁偷光

反義　韶華虛度　玩歲愒時

囊螢照書（ㄋㄤˊ ㄧㄥˊ ㄓㄠˋ ㄕㄨ）　藉由布囊中螢火蟲的光來讀書。形容勤苦力學。

語源　晉書車胤傳：「家貧，不常得油，夏月，則練囊盛數十螢火以照書。」

例句　古人囊螢照書、勤奮苦讀的精神，十分令人佩服。

近義　囊螢映雪　鑿壁偷光

反義　韶華虛度　玩歲愒時

口部

2

囚首喪面（ㄑㄧㄡˊ ㄕㄡˇ ㄙㄤ ㄇㄧㄢˋ）　如囚犯般不梳理頭髮，像居喪般不洗臉。①形容人儀容不整潔的樣子。②形容人失意頹廢的樣子。

語源　宋蘇洵辨奸：「囚首喪面而談詩書，此豈情也哉？」

例句　①他的衛生習慣不佳，總是囚首喪面，難怪得不到女孩子的青睞。②自從失業之後，他成天囚首喪面，家人見了也無奈地搖頭歎息。

近義　蓬頭垢面　不修邊幅

反義　英姿煥發　容光煥發

四分五裂（ㄙˋ ㄈㄣ ㄨˇ ㄌㄧㄝˋ）　形容破碎不完整或分散不統一。

語源　戰國策魏策一：「魏之地勢，故戰場也。……此所謂四分五裂之道也。」

例句　中國這塊土地在歷史上，有許多時期是處於四分五裂的狀態。

近義　土崩瓦解　支離破碎

反義　金甌無缺　完好無缺

四平八穩（ㄙˋ ㄆㄧㄥˊ ㄅㄚ ㄨㄣˇ）　各方面都很平穩。形容非常穩

當妥貼。

語源 水滸傳第四十四回：「戴宗、楊林看裴宣時，果然好表人物，生得面白肥胖，四平八穩。」

例句 他這個人個性忠厚老實，提出來的意見也是四平八穩的，沒有什麼毛病可挑。

近義 面面俱到

反義 搖搖欲墜

四季如春（ㄙˋ ㄐㄧˋ ㄖㄨˊ ㄔㄨㄣ） 形容一整年天氣都如春天般舒適暖和。

例句 那個南方小鎮四季如春，風光明媚，是有名的度假勝地。

四面八方（ㄙˋ ㄇㄧㄢˋ ㄅㄚ ㄈㄤ） 指各個方向。也作「四方八面」。

語源 唐釋慧然臨濟慧照玄公大宗師語錄勘辨：「明頭來明頭打，暗頭來暗頭打，四方八面來旋風打，虛空來連架打。」宋宗澤請寧國再開堂序：「吞盡三世諸佛，跳出四面八方。」

例句 花季一到，陽明山上便擠滿了從四面八方蜂湧而至的賞花人潮。

四面楚歌（ㄙˋ ㄇㄧㄢˋ ㄔㄨˇ ㄍㄜ） 比喻四面受敵，環境險惡。

語源 史記項羽本紀記載：楚漢相爭的末期，項羽駐軍垓下，受到漢軍的重重包圍。當時項羽眾叛親離，身邊只有少數的將領及士兵，糧食也不夠了。有一天夜裡，項羽聽到漢軍唱起楚國的歌謠，大吃一驚說：「漢軍已經佔領楚國了嗎？不然漢軍中的楚人為何那麼多呢？」事實上是漢軍的心理戰術，使得楚軍的士氣大受打擊，而項羽也自覺無望。不久項羽的愛妾虞姬自刎，項羽率領殘餘部隊退至烏江邊，在江邊自殺，結束了楚漢相爭的局面。

例句 選戰末期他飽受對手抹黑，支持者背棄，民調大幅滑落，陷入四面楚歌的地步。

近義 腹背受敵　危機四伏

反義 歌舞昇平　天下太平

四海一家（ㄙˋ ㄏㄞˇ ㄧ ㄐㄧㄚ） 四海之內，猶如一家人。形容天下統一或不分彼此的博愛胸懷。

語源 荀子儒效：「四海之內若一家，通達之屬莫不從服。」唐劉知幾史通探賾：「異乎炎漢之世，四海一家。」

例句 學習外語、到外國旅行，可以幫助我們培養四海一家的胸懷。

近義 天下一家　四海之內皆兄弟

反義 四分五裂　瓜分豆剖

四海昇平（ㄙˋ ㄏㄞˇ ㄕㄥ ㄆㄧㄥˊ） 天下太平。昇平，太平。

語源 唐張說大唐封禪頌：「二時會四海升平之運。」

例句 曾經歷戰亂的人對四海昇平的渴望總是特別強烈。

近義 河清海晏　太平盛世

反義 狼煙四起　兵連禍結

四海為家（ㄙˋ ㄏㄞˇ ㄨㄟˊ ㄐㄧㄚ） 原指天下為帝王家族所有，或言天下統一。後多用來形容志在四方，到處可以為家，或指四處漂泊，居無定所。

語源 史記高祖本紀：「且夫天子以四海為家，非壯麗無以重威。」唐陳諷連理樹賦：「四海為家，豈必移根於上苑？」清褚人穫隋唐演義第十六回：「弟一身四海為家，跡同萍梗。」

例句 他的個性浪漫瀟灑，最嚮往的就是旅遊世界各地，過著四海為家的生活。

近義 浪跡萍蹤　浪跡天涯

口

反義　安土重遷　落葉歸根

四通八達 ㄙˋ ㄊㄨㄥ ㄅㄚ ㄉㄚˊ　四面八方都可通達。形容交通很方便。

語源　史記酈生陸賈列傳：「夫陳留，天下之衝，四通五達之郊也。」北魏崔鴻十六國春秋南燕錄慕容德：「滑臺四通八達，非帝王之居。」

例句　高雄港不管海運、陸運都四通八達，這是它能成為優良商港的重要條件之一。

近義　通衢廣陌

四兩撥千斤 ㄙˋ ㄌㄧㄤˇ ㄅㄛ ㄑㄧㄢ ㄐㄧㄣ　原指練武的人借力使力，以柔克剛的方法。後指用巧妙的言詞或手段化解困難的問題或局勢。

語源　明王宗岳太極拳論打手歌：「任它巨力來打我，牽動四兩撥千斤。」

例句　在記者會上，記者提出許多尖銳的問題，都被他用「四兩撥千斤」的手法輕鬆地化解了。

近義　以柔克剛　柔能克剛

四海之內皆兄弟 ㄙˋ ㄏㄞˇ ㄓ ㄋㄟˋ ㄐㄧㄝ ㄒㄩㄥ ㄉㄧˋ　普天之下的人都以同胞兄弟相待。四海，原指全中國。現泛指全天下。

語源　論語顏淵：「君子敬而無失，與人恭而有禮，四海之內，皆兄弟也。」

例句　李先生具有「四海之內皆兄弟」的胸懷，所以大家都喜歡和他來往。

近義　四海一家

3

回天乏術 ㄏㄨㄟˊ ㄊㄧㄢ ㄈㄚˊ ㄕㄨˋ　比喻病情沉重，無法救治。或比喻事情的情勢已成定局，無法挽回。回天，比喻挽回極難挽回的局勢。乏，缺乏。術，方法。

語源　新唐書張玄素傳記載：玄素為給事中，太宗欲興修洛陽宮。玄素以節財恤民為請，上疏切諫，帝即罷役。魏徵歎曰：「張公論事，有回天之力。」清馮起鳳昔柳摭談秋風自悼：「後採得的耗，萬箭攢心，臟腑欲裂，但木已成舟，回天乏術。」

例句　①當他檢查出肝有問題時，已是癌症末期，回天乏術了。②這家公司經營不善，連年虧損，又碰上這波不景氣，看來已是回天乏術了。

近義　無力回天　無能為力

反義　力挽狂瀾　揮戈反日

回心轉意 ㄏㄨㄟˊ ㄒㄧㄣ ㄓㄨㄢˇ ㄧˋ　改變心意，不再堅持過去的成見或主張。多指改變不好的念頭，重回正途；或放棄嫌怨，恢復舊日感情。

語源　宋朱熹朱子語類卷二七朱子十四門人：「且人一日間，此心是起多少私意，起多少計較，都不會略略回心轉意去看。」

例句　經過張老師的苦苦相勸，終於使他回心轉意，答應退出幫派。

近義　浪子回頭　痛改前非

反義　死心塌地　執迷不悟

回光返照 ㄏㄨㄟˊ ㄍㄨㄤ ㄈㄢˇ ㄓㄠˋ　①佛教用語。指時時省察自己的身心，以求證悟佛理。道教也用來指凝聚心神，不外馳騖，是一種修養工夫。②太陽將落時反射的光。比喻人臨終前精神轉好的現象，或事物毀滅前暫時的興旺。也作「迴光返照」。

語源　唐釋慧然臨濟慧照玄公大宗師語錄：「丈夫將頭覓頭，你言下便自回光返照，更不別求，知身心與祖佛不別，當下無事，方名得法。」

例句 ①佛、道二教都有回光返照的修煉方法。②他被送進加護病房已經好幾天，今天精神特別好，可能是回光返照的現象。

回味無窮 回想滋味，沒有止境。比喻事物意味深長。

例句 人的一生中或許會有許多段情事，但最教人回味無窮的還是初戀。

近義 齒頰生香 耐人尋味

反義 枯燥乏味 味如嚼蠟

回眸一笑 轉動眼珠，嫣然一笑。形容笑靨嬌媚動人。眸，眼珠。

語源 唐白居易長恨歌：「回眸一笑百媚生，六宮粉黛無顏色。」

例句 那位來自哈薩克的女子排球選手身材高䠷，長相甜美，新聞鏡頭捕捉到她比賽時的回眸一笑，立刻在網路上瘋傳。

近義 嫣然一笑 眉目傳情

回祿之災 指火災。回祿，傳說中的火神。

語源 左傳昭公十八年：「禳火于玄冥、回祿。」宋朱熹答包定之（其二）：「近聞永嘉有回祿之災，高居不至驚恐否？」

例句 那棟新落成的大樓昨夜遭受回祿之災，幸好沒有傳出任何傷亡的消息。

近義 祝融之災

回嗔作喜 由生氣變作欣喜。嗔，生氣；發怒。

語源 唐敦煌變文集捉季布傳文：「皇帝登時聞此語，回嗔作喜却交存。」

例句 他拿出藏在身後的玫瑰花，女友才回嗔作喜，答應原諒他。

近義 轉憂為喜 破涕為笑

反義 樂極生悲

回腸蕩氣 參見「蕩氣迴腸」。

回頭是岸 佛家用語。本指有罪的人好像陷在無邊無際的苦海中，只要回過頭爬上岸來，便可獲得再生。是佛家勸人改過向善、努力修行的常用語。後多用來比喻做壞事的人如能徹底悔悟向善，仍可重新做人。

語源 元佚名觀音魚籃記第三折：「奉勸呆痴漢，只管弄精神，回頭便是岸，從此出沉淪。」清紀昀閱微草堂筆記灤陽消夏錄四：「孽海洪波，回頭是岸。」

例句 只要你肯真心改過，回頭是岸，大家會重新接納你的。

近義 改邪歸正 洗心革面

反義 至死不悟 執迷不悟

因人成事 依賴他人而完成事情。因，依靠；憑藉。

語源 史記平原君虞卿列傳：「公等錄錄，所謂因人成事者也。」

例句 從小生活在養尊處優環境中的人，容易養成因人成事的依賴習慣。

近義 假手於人 坐享其成

反義 自食其力 自力更生

因人而異 因為對象不同而有差異。

語源 紅樓夢第二十四回：「倪二素日雖是潑皮，卻也因人而施，頗有義俠之名。」清夏敬渠野叟曝言第七十回總評：「素臣卻色本領，書中屢屢揭出，然其言則因人而異。」

例句 法律之前應人人平等，

怎可因人而異，讓人民對司法公正產生懷疑呢？

近義　判若兩人　厚此薄彼

反義　一視同仁　不分彼此

因小失大（ㄧㄣ ㄒㄧㄠˇ ㄕ ㄉㄚˋ）　因貪小利而造成重大損失。

語源　漢焦延壽焦氏易林漸：「顧小失大，福逃墻外。」清文康兒女英雄傳第二十三回：「倘然因小失大，轉為不妙。」

例句　買東西價比三家固然沒錯，但如果因貪便宜而忽略了品質，那才是因小失大呢。

近義　得不償失　以珠彈雀

因地制宜（ㄧㄣ ㄉㄧˋ ㄓˋ ㄧˊ）　順應不同地區的情況而做出適當的變通措施。因，依據。制，制定。宜，適宜。

語源　漢趙曄吳越春秋闔閭內傳：「夫築城郭，立倉庫，因地制宜，豈有天氣之數以威鄰國者乎？」

辨析　做事的方法並不是一成不變的，需要隨時間、環境、對象的不同而改變。如果是環境不同，那就是「因地制宜」；如果是時間不同，那就是「因時制宜」；如果是對象不同，那就是「因人制宜」。

例句　為了適應城鄉差距，企劃部設計出四種宣傳模型，讓同仁因地制宜推廣新產品。

近義　因時制宜　隨機應變

反義　刻舟求劍　墨守成規

因利乘便（ㄧㄣ ㄌㄧˋ ㄔㄥˊ ㄅㄧㄢˋ）　憑藉著有利的形勢。因，依據；憑藉。

語源　漢賈誼過秦論：「秦有餘力而制其弊……因利乘便，宰割天下。」

例句　這次高中籃球邀請賽在本校舉行，本校校隊因利乘便，占盡地利人和，因而信心大增。

近義　順風駛船　順水推舟

反義　錯失良機　寶山空回

因材施教（ㄧㄣ ㄘㄞˊ ㄕ ㄐㄧㄠˋ）　針對受教者的資質、興趣、個性等條件給予適當的教育。

語源　宋程頤河南程氏遺書第十九卷：「孔子教人，各因其材，有以政事入者，有以言語入者……。」清鄭觀應盛世危言卷二女教：「將中國諸經、列傳，訓誡女子之書，別類分門，因材施教。」

例句　林老師教學很重視因材施教，讓每位同學都能得到適合自己的指導。

近義　循循善誘　有教無類

因果報應（ㄧㄣ ㄍㄨㄛˇ ㄅㄠˋ ㄧㄥˋ）　佛教用語。認為今生種什麼因，來生就會結什麼果。行善必有善報，行惡必有惡報。多用來勸人不可做壞事。

語源　唐慧立彥悰大慈恩寺三藏法師傳：「（太宗）既至，處分之外，唯談玄論道，問因果報應。」

例句　當年他為了金錢而出賣朋友，如今落魄不堪，無人搭理，真可說是因果報應啊！

近義　善有善報　惡有惡報

因陋就簡（ㄧㄣ ㄌㄡˋ ㄐㄧㄡˋ ㄐㄧㄢˇ）　沿襲舊有簡陋的事物或制度，將就使用，不求改進。也指就著原有的簡陋條件辦事，不大事鋪張。因，依著；沿襲。就，將就；湊合。

語源　漢劉歆移書讓太常博士：「苟因陋就寡，分文析字，煩言碎辭，學者罷老，且不能究其一藝。」宋朱熹論都昌創寨劄子：「夫論事不論其利害之實，而欲因陋就簡，偷合取容，以徇目前一切之計，此乃世俗淺陋之常談，宜不足以惑

高明之聽。」宋李綱議巡幸：「深戒守臣因陋就簡，勿事壯麗。」

例句　凡事不要為了怕麻煩而因陋就簡，如果只求得過且過，那就永遠不會進步。

近義　敷衍了事　得過且過

反義　鄭重其事　精益求精

因時制宜　ㄧㄣ ㄕˊ ㄓˋ ㄧˊ

順應不同時間的實際情況，採取適宜的措施。因，依據。制宜，制定適宜的措施。

語源　晉劉頌上武帝悉要事宜疏：「所遇不同，故當因時制宜，以盡事適今。」

例句　即便是好的制度也要因時制宜，適切調整以順應當前環境，才能發揮最好的效能。

近義　因地制宜　見機行事

反義　刻舟求劍　生搬硬套

因循守舊　ㄧㄣ ㄒㄩㄣˊ ㄕㄡˇ ㄐㄧㄡˋ

沿襲舊規，不求改變。因循，依照往例做事，得過且過。

語源　漢書循吏傳：「光因循守職，無所改作。」清康有為上清帝第五書：「如再徘徊遲疑，苟且度日，因循守舊，坐失事機，則外患內訌，間不容發。」

例句　年輕人應當充滿朝氣，求新求變，怎可因循守舊，抱著得過且過的想法呢？

近義　抱殘守缺　蹈常襲故

反義　革故鼎新　日新又新

因循苟且　ㄧㄣ ㄒㄩㄣˊ ㄍㄡˇ ㄑㄧㄝˇ

依循舊軌做事，得過且過，不求改進。因循，沿襲。苟且，敷衍了事；馬馬虎虎。

語源　史記太史公自序：「其術以虛無為本，以因循為用。」漢書宣帝紀：「樞機周密，品式備具，上下相安，莫有苟且之意也。」宋呂祖謙答潘叔度：「以此等語言自恕，則因循苟且，無一事可為矣。」

例句　你做事的態度要積極一些，若是一味因循苟且，不可能會有好成績的。

近義　得過且過　故步自封

反義　發揚蹈厲　發憤圖強

因勢利導　ㄧㄣ ㄕˋ ㄌㄧˋ ㄉㄠˇ

順著事物的發展趨勢向好的方面引導。

語源　史記孫子吳起列傳：「善戰者因其勢而利導之。」

例句　他推銷產品時，善於察言觀色、因勢利導，所以擁有良好的業績。

近義　順水推舟　因風吹火

反義　倒行逆施

因禍得福　ㄧㄣ ㄏㄨㄛˋ ㄉㄜˊ ㄈㄨˊ

因為災禍的緣故，反而得到福運。

語源　明李贄史綱評要宋紀欽宗：「金劫上皇及后妃、太子、宗戚至其軍，獨元祐皇后孟氏以廢居私第免。」批語：「因禍得福。」

例句　小明騎車不慎跌傷被小英救起送醫，兩人竟因此認識而開始交往，真可說是因禍得福。

近義　塞翁失馬，焉知非福

反義　樂極生悲

因噎廢食　ㄧㄣ ㄧㄝ ㄈㄟˋ ㄕˊ

因吃東西被噎住了，便索性不吃。比喻因偶然的小挫折而停止該做的事。噎，食物塞住喉嚨。

語源　呂氏春秋孟秋紀蕩兵：「夫有以饐死者，欲禁天下之食，悖。」唐陸贄奉天請數對群臣兼許令論事狀：「昔人有因噎而廢食者，又有懼溺而自沉者，其為矯枉防患之慮，豈不過哉！」

例句　因為害怕地震而長期在屋外打地鋪，你也未免太因噎廢食了。

近義　矯枉過正　因小失大

反義　百折不撓　再接再厲

因緣湊巧（ㄧㄣ ㄩㄢˊ ㄘㄡˋ ㄑㄧㄠˇ）　發生某事的條件剛好都齊備。即湊巧；剛好。因，內在條件。緣，外在條件。也作「因緣巧合」。

語源　明凌濛初二刻拍案驚奇卷三：「至今人說因緣湊巧，多用延津劍合故事，所以這詞中說的正是這話。」

例句　他去參觀畫展那天，因緣湊巧，遇見了二十年不見的同學，把誤會釐清，心結也解開了。

近義　機緣湊巧　鬼使神差

反義　失之交臂　擦身而過

因緣際會（ㄧㄣ ㄩㄢˊ ㄐㄧˋ ㄏㄨㄟˋ）　因素和條件都聚集在一起。指成就事情的時機成熟。因，內在因素。緣，外在條件。際會，交會聚集。

語源　史記田叔傳：「少孤貧困，為人將車之長安，留，求事為小吏，未有因緣也。」漢書王莽傳上：「安漢公莽輔政三世，比遭際會，安光漢室，遂同殊風。」宋書臧質傳：「臣本凡瑣，少無遠概，因緣際會，遂班槐鼎。」

例句　他原本只是一個小演員，因緣際會參與這部大片，並因演出精采而開始走紅。

近義　因緣湊巧　適逢其會

反義　失之交臂　坐失良機

4

囤積居奇（ㄊㄨㄣˊ ㄐㄧ ㄐㄩ ㄑㄧˊ）　大量積存物資，等待高價出售，以獲取暴利。囤，積存。居奇，儲藏起來視為奇貨。

例句　因為預期漲價的心理作祟，許多不肖商人囤積居奇，以致衛生紙的價格一再飆高。

近義　奇貨可居　操奇計贏

囫圇吞棗（ㄏㄨˊ ㄌㄨㄣˊ ㄊㄨㄣ ㄗㄠˇ）　把棗子整個吞下去，不加咀嚼，不辨滋味。比喻含糊籠統地接受，不求深刻了解。囫圇，物體完整的樣子。

語源　宋圓悟克勤碧巖錄卷三之三○：「若是知有底人，細嚼來咽；若是不知有底人，一似渾崙（囫圇）吞個棗。」

例句　有些書不可囫圇吞棗，要細嚼慢嚥、一再反芻，才能體會個中滋味。

近義　生吞活剝　不求甚解

反義　細嚼慢嚥　融會貫通

困心衡慮（ㄎㄨㄣˋ ㄒㄧㄣ ㄏㄥˊ ㄌㄩˋ）　心志困頓，思慮阻塞。形容處境艱難而費心苦思。衡，橫；阻塞。

語源　孟子告子下：「人恆過，然後能改。困於心，衡於慮，而後作。」

例句　雖然事業遇到瓶頸，令他困心衡慮，但是他終於找到解決方法，安然渡過難關。

近義　苦心積慮　勞神苦思

反義　無所用心

困知勉行（ㄎㄨㄣˋ ㄓ ㄇㄧㄢˇ ㄒㄧㄥˊ）　遇困求知，勉力實行。形容人在艱苦的環境中勤奮求知，努力實行。

語源　中庸：「或生而知之，或學而知之，或困而知之，及其知之，一也。或安而行之，或利而行之，或勉強而行之，及其成功，一也。」宋朱熹集注：「困知勉行者，勇也。」

例句　這位企業家不向貧窮低頭，困知勉行，終致成功的精神，值得大家效法。

近義　孜孜不倦

反義　自暴自棄

困獸之鬥（ㄎㄨㄣˋ ㄕㄡˋ ㄓ ㄉㄡˋ）　參見「困獸猶鬥」。

困獸猶鬥 ㄎㄨㄣˋ ㄕㄡˋ ㄧㄡˊ ㄉㄡˋ 被圍困的野獸還在掙扎。比喻雖處在絕境，仍奮力抵抗，不肯屈服。一作「困獸之鬥」。

語源 左傳宣公十二年：「困獸猶鬥，況國相乎！」

辨析 「困獸猶鬥」多用在褒義，指人在失敗中仍努力奮鬥，不輕言放棄；「困獸之鬥」多用在貶義，指作惡者面對制裁時，仍在做無謂的抵抗。

例句 雖然我們的分數遙遙領先，但對手困獸猶鬥，千萬不可大意。

近義 負嵎頑抗 孤注一擲

反義 束手就縛 棄械投降

困難重重 ㄎㄨㄣˋ ㄋㄢˊ ㄔㄨㄥˊ ㄔㄨㄥˊ 困難一層又一層。形容非常困難。重重，層層；眾多。

例句 即使任務困難重重，大家還是抱定決心，全力以赴，終於順利完成。

近義 難上加難 難於登天

反義 易如反掌 輕而易舉

5

固若金湯 ㄍㄨˋ ㄖㄨㄛˋ ㄐㄧㄣ ㄊㄤ 形容城池或陣地非常堅固。引申也指在競技比賽中防守十分嚴密。金湯，金城湯池。即以金屬打造的城郭，以滾燙熱水作為護城河。

語源 漢應劭風俗通義佚文：「金城湯池而無粟者，太公、墨翟不能守之。」漢書蒯通傳：「邊地之城皆將相告曰：『范陽令先降而身死。』必將嬰城固守，皆為金城湯池，不可攻也。」

例句 ①中古歐洲各地的城堡固若金湯，是形成莊園制度的重要因素。②在這場排球賽中，我方的防守固若金湯，對方一直到終場都無法得分。

近義 銅牆鐵壁 牢不可破

反義 不堪一擊 一觸即潰

固執己見 ㄍㄨˋ ㄓˊ ㄐㄧˇ ㄐㄧㄢˋ 堅持自己的看法，毫不妥協改變。

語源 舊唐書李綱傳：「綱每固執所見，不與之同，由是二人深惡之。」宋史陳宓傳：「固執己見，動失人心。」

例句 爸爸和媽媽每次吵架都是因為兩人固執己見，不肯互相讓步的結果。

近義 一意孤行 剛愎自用

反義 從善如流 集思廣益

8

國色天香 ㄍㄨㄛˊ ㄙㄜˋ ㄊㄧㄢ ㄒㄧㄤ 原指色香俱美的牡丹花，非一般花卉可比。後也用以比喻非常美麗嬌豔的女子。

語源 唐李浚摭異集記載唐李正封咏牡丹詩：「天香夜染衣，國色朝酣酒。」明馮夢龍警世通言卷三二：「值十娘梳洗方畢……粉容微露，卻被孫富窺見了，果是國色天香。」

例句 紅樓夢大觀園中的十二金釵，個個都是國色天香。

近義 傾國傾城 沉魚落雁

反義 其貌不揚 貌似無鹽

國泰民安 ㄍㄨㄛˊ ㄊㄞˋ ㄇㄧㄣˊ ㄢ 社會安定，人民生活幸福。

語源 唐敦煌變文集捉季布傳文：「國泰人安喜氣新。」宋吳自牧夢粱錄卷一四山川神：「每歲海潮大溢，衝激州城，春秋醮祭，詔命學士院，撰青詞，以祈國阜民安。」

例句 過年時，大家都祝禱新的一年能風調雨順，國泰民安。

近義 風調雨順 河清海晏

反義 兵荒馬亂 生靈塗炭

國破家亡 ㄍㄨㄛˊ ㄆㄛˋ ㄐㄧㄚ ㄨㄤˊ 國家殘破，家人離散。

語源 晉劉琨答盧諶書：「自頃輈張，困於逆亂，國破家亡，

親友彫殘。」

例句 面對敵人的侵略，前線官兵都不惜犧牲自己的生命，英勇作戰，終於扭轉國破家亡的命運。

近義 家破人亡

反義 國泰民安　天下太平

9

圍魏救趙 ㄨㄟˊ ㄨㄟˋ ㄐㄧㄡˋ ㄓㄠˋ 指襲擊敵人的後方，迫使其撤兵，以解除危機的戰略。

語源 史記孫子吳起列傳記載：戰國時魏國出兵圍攻趙國國都邯鄲，趙國向齊國求救，齊國以田忌為將，孫臏為師，率兵救趙。孫臏趁魏國重兵在外，國內空虛，便派兵直搗魏都大梁，魏軍被迫撤回，途中並遭齊兵截擊而大敗，趙國之危遂解。

例句 就在左下角即將失守之際，持黑子的林國手突然轉攻白子占優勢的右上角，這招圍魏救趙，果然奏效。

近義 聲東擊西

11

圖文並茂 ㄊㄨˊ ㄨㄣˊ ㄅㄧㄥˋ ㄇㄠˋ 圖畫與文章都十分優美。茂，豐盛優美。

例句 這本科學期刊的內容深入淺出，圖文並茂，很適合中學生閱讀。

近義 文情並茂

圖窮匕現 ㄊㄨˊ ㄑㄩㄥˊ ㄅㄧˇ ㄒㄧㄢˋ 比喻一個人懷有不良圖謀，最後行跡敗露。

語源 戰國策燕策三記載：荊軻要刺殺秦王，但又不能帶兵器上宮殿，乃以獻地圖為由，將匕首卷藏在圖內，於是「軻既取圖奉之，發圖，圖窮而匕首見(現)」。後乃以「圖窮匕現」比喻不良企圖被發現。

例句 他雖然對妳極力巴結奉承，其實是包藏禍心，總有一天圖窮匕現，必定會對妳不利。

近義 形跡敗露　露出馬腳

圖謀不軌 ㄊㄨˊ ㄇㄡˊ ㄅㄨˋ ㄍㄨㄟˇ 原指陰謀作不法叛逆之事。後泛指計畫做不正當的事。圖，謀劃。軌，正道；正當。

語源 左傳隱公五年：「不軌不物，謂之亂政。」晉書王彬傳：「因勃然數敦曰：『兄抗旌犯順，殺戮忠良，謀圖不軌，禍及門戶。』」

例句 陳經理竟然圖謀不軌，打算將公司的商業機密出賣給競爭對手，實在枉費老闆對他的栽培。

近義 包藏禍心　居心不良

反義 循規蹈矩　安分守己

圖難於易，為大於細 ㄊㄨˊ ㄋㄢˊ ㄩˊ ㄧˋ ㄨㄟˊ ㄉㄚˋ ㄩˊ ㄒㄧˋ 困難的事要從容易處理的地方入手，偉大的事業要從卑微、細瑣的小事開始。也作「為大於微，圖難於易」。

語源 老子六十三章：「圖難於其易，為大於其細。天下難事，必作於易；天下大事，必作於細。」史記太史公自序：「運籌帷幄之中，制勝於無形……圖難於易，為大於細。」

例句 凡事無不圖難於易，為大於細，開發新的投資，最好由自己熟悉的領域著手。

近義 登高自卑　行遠自邇

土部

土生土長 ㄊㄨˇ ㄕㄥ ㄊㄨˇ ㄓㄤˇ 在當地出生、長大。

例句 無尾熊在澳洲是土生土長的國寶級動物，可愛的模樣令人百看不厭。

土崩瓦解 ㄊㄨˇ ㄅㄥ ㄨㄚˇ ㄐㄧㄝˇ 如土塊崩散，如瓦片破碎。比喻團體或勢力徹底潰散。

語源 史記秦始皇本紀：「秦之積衰，天下土崩瓦解。」

例句 在警民合作無間、聯合打擊下，這些犯罪集團終於土崩瓦解，再也不能作惡了。

近義 分崩離析　四分五裂

反義 堅不可摧　牢不可破

土豪劣紳 地方上的惡霸和品格卑下的鄉紳。泛指危害鄉里的惡勢力。土，本地的。豪，有權勢、有財富的人。劣，品行卑下。紳，指官員或有地位的人。

語源 南史韋鼎傳：「州中有土豪，外修邊幅，而內行不軌。」清龍鳳再生緣第三十九回：「山東吹臺山娥寇韋勇達乃少年豪傑，隨劫貪官汙吏、土豪劣紳，不擾良善之家。」

例句 幾年來縣議會被一些土豪劣紳所把持，議長竟帶頭包工程，實在太不像話。

3

在劫難逃 命中注定要遭受災禍，難以逃脫。劫，劫數。佛教指無法逃避的災難。也作「大劫難逃」、「劫數難逃」。

語源 元佚名馮玉蘭夜月泣江舟第三折：「那兩個是船家將錢覓到，也都在劫數裡不能逃。」明朱國禎湧幢小品卷一四大劫運：「雖然，大劫難逃，內備雖飭，又必發之意外。」清吳趼人發財祕訣：「後來王師到時，全城被戮，可見劫數難逃。」

例句 談判破裂後對方已正式提出告訴，公司這次恐怕在劫難逃，即將面臨被分割的命運。

反義 逢凶化吉　吉星高照

在所不惜 指對某種犧牲、付出無所吝惜。

例句 他無論如何都要打贏這場官司，即使會傾家蕩產，也在所不惜。

近義 放手一搏　不顧一切

在所不辭 無論如何決不推辭、退縮。

語源 清無垢道人八仙得道第八十五回：「萬一因我害人之故，將來仍要貶入紅塵，完此一重孽賬，妹子也在所不辭。」

例句 只要對公司有幫助，再棘手的任務王經理都在所不辭，讓同事們十分敬佩。

近義 義無反顧　義不容辭

反義 推三阻四　瞻前顧後

在所難免 無論如何都難以避免。也作「在所不免」。

語源 清隨緣下士林蘭香第十六回：「若不知檢點，則費時失事，滅性傷生，在所難免。」

例句 小孩遊戲玩鬧，受點小傷也是在所難免的，父母不用太過擔心。

近義 情有可原

在商言商 從商的人站在商業的立場說話。

例句 在商言商，只要你們保證如期付款，我下禮拜一定準時交貨。

在人矮簷下，怎敢不低頭 比喻處在他人的勢力控制之下，不得不服從或妥協。

語源 水滸傳第二十八回：「古人道：『不怕官，只怕管。』『在人矮簷下，怎敢不低頭。』只是小心便是。」

例句 有些雇主會要求超時工作，外勞因為「在人矮簷下，怎敢不低頭」，也只好逆來順受。

在家靠父母，出外靠朋

……友　指人出門在外或是在社會上打拚，必須倚賴朋友的幫助才能平安順利。強調朋友的重要。

例句　在家靠父母，出外靠朋友，你別客氣，有事儘管來找我，我一定想辦法幫你解決。

地頭蛇 ㄉㄧˋ ㄊㄡˊ ㄕㄜˊ　指地方上強橫無賴的人。

語源　西遊記第四十五回：「這正是『強龍不壓地頭蛇』。」

例句　小張是我們這裡的地頭蛇，鄰居們提起他都不禁咬牙切齒！

地下有知 ㄉㄧˋ ㄒㄧㄚˋ ㄧㄡˇ ㄓ　死後如果還有知覺。多用於假設。

語源　管子小稱：「死者無知則已，若有知，吾何面目以見仲父於地下。」清無垢道人八仙得道第二十四回：「就是亡夫地下有知，一定也知感仰。」

例句　羅密歐與茱麗葉被他們改編成一齣大喜劇，莎士比亞地下有知，肯定會哭笑不得。

地大物博 ㄉㄧˋ ㄉㄚˋ ㄨˋ ㄅㄛˊ　土地廣大，物產豐富。

語源　唐韓愈平淮西碑：「至於玄宗，受報收功，極熾而豐，物眾地大，蘖牙其間。」清薛福成代李伯相招集華商創設公司往來貿易疏：「中國地大物博，商務為四洲之冠。」

例句　兼併了法國殖民地之後，地大物博的美國迅速躋身世界強國之列。

近義　地博物阜　沃野千里

反義　彈丸之地

地老天荒 ㄉㄧˋ ㄌㄠˇ ㄊㄧㄢ ㄏㄨㄤ　天地都衰老、荒蕪。極言時間之久遠。也作「天荒地老」。

語源　唐李賀昌谷集致酒行：「吾聞馬周昔作新豐客，天荒地老無人識。」宋柴望和通判弟隨亨書感：「風沙萬里夢堪驚，地老天荒只此情。」

例句　他在情書中最後寫著：「我將愛妳直到地老天荒。」令她感動萬分。

近義　海枯石爛　天長地久

反義　彈指之間　俯仰之間

地坼天崩 ㄉㄧˋ ㄔㄜˋ ㄊㄧㄢ ㄅㄥ　地裂開，天倒塌。比喻重大的變故。坼，裂開。

語源　後漢書翟酺傳：「自去年以來，災譴頻數，地坼天崩，高岸為谷。」

例句　兒子突然辭世，對陳媽媽來說有如地坼天崩，傷慟至今仍無法平復。

近義　天崩地裂　天塌地陷

地狹人稠 ㄉㄧˋ ㄒㄧㄚˊ ㄖㄣˊ ㄔㄡˊ　土地狹小，人口眾多。

語源　舊唐書高季輔傳：「今畿內數州，實惟邦本，地狹人稠，耕植不博。」

例句　鄉下人口不斷外移，都市地區卻是地狹人稠，城鄉發展失衡的問題愈來愈嚴重。

反義　地廣人稀

地廣人稀 ㄉㄧˋ ㄍㄨㄤˇ ㄖㄣˊ ㄒㄧ　土地廣闊，人口稀少。

語源　北齊書魏蘭根傳：「緣邊諸鎮，控攝長遠。昔時初置，地廣人稀。」

例句　美國內華達州的沙漠地帶地廣人稀，卻有座金光閃閃的不夜城，那就是世界最著名的賭城拉斯維加斯。

近義　人跡罕至

地靈人傑 ㄉㄧˋ ㄌㄧㄥˊ ㄖㄣˊ ㄐㄧㄝˊ　參見「人傑地靈」。

4

坎坷不平 ㄎㄢˇ ㄎㄜˇ ㄅㄨˋ ㄆㄧㄥˊ　形容道路高低不平。也比喻很不順利或不得志。坎坷，道路高低不平。

語源　漢書揚雄傳：「瀸南巢之坎坷兮，易豳岐之夷平。」

顏師古注：「坎坷，不平貌。」

例句　王媽媽一生坎坷不平的遭遇，令人同情。

近義　崎嶇不平　艱難險阻

反義　一帆風順　康莊大道

坐不安席 ㄗㄨㄛˋ ㄅㄨˋ ㄢ ㄒㄧˊ

無法安心地坐在座位上。形容心緒不寧，焦躁難安。席，坐席。

語源　三國志蜀書張飛傳：「朕用怛然，坐不安席，食不甘味，整軍誥誓，將行天罰。」

例句　王伯伯被送進手術房後，家人坐不安席地在外守候，直到得知手術成功才放下心來。

近義　食不甘味　坐立不安

反義　安之若素　處之泰然

坐井觀天 ㄗㄨㄛˋ ㄐㄧㄥˇ ㄍㄨㄢ ㄊㄧㄢ

坐在井底仰望天空，只能看到井口大小的一塊天空。比喻眼界狹小，所見不廣。

語源　尸子卷上廣澤：「因井中視星，所視不過數星。」唐韓愈原道：「坐井而觀天，曰天小者，非天小也。」

例句　從事研究工作者應隨時進修，不斷吸收新知，絕不可坐井觀天。

近義　牖中窺日　管窺蠡測

反義　高瞻遠矚　登高望遠

坐以待旦 ㄗㄨㄛˋ ㄧˇ ㄉㄞˋ ㄉㄢˋ

坐著等待天亮。形容辦事勤勞謹慎。

語源　尚書太甲上：「先王昧爽丕顯，坐以待旦，旁求俊彥，啟迪後人。」紅樓夢第九十七回：「停了片時，寶玉便昏沉睡去。賈母等纔得略略放心，只好坐以待旦。叫鳳姐去請寶釵安歇。」

例句　為了能夠及時出貨，廠長坐以待旦的監督趕工，總算如期交差了。

近義　不眠不休　夜以繼日

坐以待斃 ㄗㄨㄛˋ ㄧˇ ㄉㄞˋ ㄅㄧˋ

坐著等死。比喻遭遇困難而不積極設法克服。斃，死。

語源　管子參患：「短兵待遠矢，與坐而待死者同實。」資治通鑑卷二八八後漢隱帝乾祐二年：「若以此時翻然改圖，朝廷必喜，自可不失富貴，孰與坐而待斃乎！」

例句　他的求勝意志十分堅定，無論對手多強，他都主動出擊，絕不坐以待斃。

近義　束手待斃　束手就擒

反義　困獸猶鬥　負嵎頑抗

坐失良機 ㄗㄨㄛˋ ㄕ ㄌㄧㄤˊ ㄐㄧ

白白失去好機會。

語源　宋蔡抗上殿輪對札：「虛擲歲月，坐失事機，則天下之勢惟有日趨於危亡而已。」清昭槤嘯亭雜錄木果木之敗：「若不審敵勢，坐失良機，使民心至於潰敗。」

例句　趁著資訊展在大減價，好好添購你的電腦設備吧，可不要坐失良機喔！

近義　失之交臂　錯失良機

反義　及鋒而試　捷足先登

坐立不安 ㄗㄨㄛˋ ㄌㄧˋ ㄅㄨˋ ㄢ

坐也不安，站也不安。形容心神不安，不知如何是好。也作「坐立難安」。

語源　周書姚僧垣傳：「大將軍、襄樂公賀蘭隆先有氣疾，加以水腫，喘息奔急，坐臥不安。」水滸傳第三十回：「今日天使李俊在家坐立不安，棹船出來江裡趕些私鹽，不想又遇著哥哥在此受難。」

例句　大考結束之後，因為擔心成績不理想，他整天坐立不安，吃飯、睡覺都不正常。

近義　手足無措　心神不寧

反義　高枕而臥　高枕無憂

坐吃山空 ㄗㄨㄛˋ ㄔ ㄕㄢ ㄎㄨㄥ 比喻只消費而不事生產，用光堆積如山的財物。

語源 京本通俗小說錯斬崔寧：「姐夫，你須不是這等算計。『坐吃山空，立吃地陷』；『咽喉深似海，日月快如梭』。你須計較一個常便。」

例句 雖然靠著積蓄仍能生活一陣子，但終是坐吃山空，你最好想想其他辦法。

近義 立吃地陷

反義 開源節流　強本節用

坐地分贓 ㄗㄨㄛˋ ㄉㄧˋ ㄈㄣ ㄗㄤ 指盜賊搶奪偷取之後，平分財物。也比喻集體分配共同貪汙所得的財物。贓，用不正當的手法取得的財物。

語源 明王守仁防制省城奸惡牌：「毋得非為，及容隱面生可疑之人在家，通誘賊情，坐地分贓。」

例句 這三個銀行搶匪正在坐地分贓的時候，被警察逮個正著。

坐收漁利 ㄗㄨㄛˋ ㄕㄡ ㄩˊ ㄌㄧˋ 比喻趁人相爭時，從中獲取利益。從「鷸蚌相爭，漁人得利」衍生而來。參見「鷸蚌相爭」。

例句 這兩家商店競爭激烈，時常有降價促銷或買二送一的活動，顧客都樂得坐收漁利。

近義 鷸蚌相爭　漁人之利

坐困愁城 ㄗㄨㄛˋ ㄎㄨㄣˋ ㄔㄡˊ ㄔㄥˊ 被愁苦所包圍，無法超脫。形容人憂愁而苦無對策。

語源 宋王應麟困學紀聞易：「梁武帝不守采石，而臺城坐困。」宋陸游山園：「狂吟爛醉君無笑，十丈愁城要解圍。」

例句 龐大的房貸壓力加上刷爆的信用卡帳單令他喘不過氣，坐困愁城，不知如何是好。

近義 一籌莫展　束手無策

反義 應付裕如　胸有成竹

坐享其成 ㄗㄨㄛˋ ㄒㄧㄤˇ ㄑㄧˊ ㄔㄥˊ 指不費心力而平白享受別人努力的成果。

語源 戰國策燕策一：「夫使人坐受成事者，唯訑者耳。」明王守仁與顧惟賢書：「閩廣之役，偶幸了事，皆諸君之功，區區蓋坐享其成者。」

例句 在團體中要樂於奉獻，不可只想坐享其成。

近義 不勞而獲　坐收漁利

反義 自力更生　自食其力

坐臥不寧 ㄗㄨㄛˋ ㄨㄛˋ ㄅㄨˋ ㄋㄧㄥˊ 形容身體不適或心緒煩亂的樣子。也作「坐臥不安」。

語源 周書姚僧垣傳：「大將軍襄樂公賀蘭隆先有氣疾，加以水腫，喘息奔急，坐臥不安。」水滸傳第一〇二回：「實是腰肋疼痛，坐臥不寧，行走不動，非敢怠玩。」明淩濛初二刻拍案驚奇卷六：「自此精神恍惚，坐臥不寧，染成一病。」

例句 聽到小明受傷的消息，他的父母坐臥不寧，馬上從南部趕來臺北看他。

近義 坐立不安　寢食難安

反義 氣定神閒　神色自若

坐視不救 ㄗㄨㄛˋ ㄕˋ ㄅㄨˋ ㄐㄧㄡˋ 見到危急困難，卻漠不關心，不出手援救。

語源 宋洪邁夷堅志補一褚大震死：「凶愎不孝，鄉里惡之。母嘗墮水中，坐視不救。」

例句 弟弟的公司財務吃緊，你有能力幫他，卻忍心坐視不救，太令人失望了！

近義 見死不救　隔岸觀火

反義 雪中送炭　急人之難

坐懷不亂 ㄗㄨㄛˋ ㄏㄨㄞˊ ㄅㄨˋ ㄌㄨㄢˋ 雖有美女在懷抱中也不動心。形

容男子品德高尚而不好女色。

語源 詩經小雅巷伯漢毛亨傳及荀子大略記載：春秋時，魯國柳下惠夜宿郭門，一個年輕女子趕不上進城，要求和柳下惠同宿。柳下惠怕她受凍，就解開外衣把她裹在懷裡，坐了一夜，並沒有發生非禮的行為。

例句 她憑著美色在商場上無往不利，但遇上坐懷不亂的王先生，她就沒輒了。

近義 冰清玉潔

反義 色膽包天　好色之徒

坐觀成敗 ㄗㄨㄛˋ ㄍㄨㄢ ㄔㄥˊ ㄅㄞˋ　冷眼旁觀他人的成功或失敗而不參與、不相助。

語源 史記田叔列傳：「見兵事起，欲坐觀成敗，見勝者欲合從之，有兩心。」

例句 身為黨內大老，對於同黨候選人陷入苦戰，他竟然只會坐觀成敗，實在令人失望。

近義 袖手旁觀　隔岸觀火

反義 盡心竭力　一力承當

坐山觀虎鬥 ㄗㄨㄛˋ ㄕㄢ ㄍㄨㄢ ㄏㄨˇ ㄉㄡˋ　坐在高處觀賞兩虎相鬥。比喻袖手旁觀別人爭鬥。也作「隔山觀虎鬥」。

語源 史記張儀列傳：「莊子欲刺虎，館豎子止之，曰：『兩虎方且食牛，食甘必爭，爭則必鬥，鬥則大者傷，小者死；從傷而刺之，一舉必有雙虎之名。』卞莊子以為然，立須之。有頃，兩虎果鬥，大者傷，小者死。莊子從傷者而刺之，一舉果有雙虎之功。」

例句 他表面上勸你兩人和解，其實他內心卻是希望你兩人衝突，他正可以坐山觀虎鬥，從中取利。

近義 袖手旁觀　隔岸觀火

反義 排難解紛

6

垂手可得 ㄔㄨㄟˊ ㄕㄡˇ ㄎㄜˇ ㄉㄜˊ　參見「唾手可得」。

垂拱而治 ㄔㄨㄟˊ ㄍㄨㄥˇ ㄦˊ ㄓˋ　帝王垂衣拱手，無為而治。

語源 尚書武城：「垂拱而天下治。」

例句 魏徵曾勸諫唐太宗修己任賢，垂拱而治，百姓才能休養生息。

近義 不言而化　無為而治

反義 事必躬親　案牘勞形

垂涎三尺 ㄔㄨㄟˊ ㄒㄧㄢˊ ㄙㄢ ㄔˇ　流下的口水有三尺長。形容非常嘴饞或看見他人的東西極想占為己有。涎，口水。

語源 唐柳宗元三戒臨江之麋：「臨江之人，畋得麋麑，畜之。入門，群犬垂涎，揚尾皆來。」

辨析 涎，音ㄒㄧㄢˊ，不讀ㄧㄢˊ。

例句 面對滿桌佳餚，妹妹不禁垂涎三尺，不等大家開動，拿起筷子便吃了起來。

近義 饞涎欲滴　食指大動

反義 視如敝屣

垂涎欲滴 ㄔㄨㄟˊ ㄒㄧㄢˊ ㄩˋ ㄉㄧ　嘴饞得口水幾乎流下來。形容見到美食的饞嘴模樣。也比喻見到美好的事物，恨不得據為己有。涎，口水。

語源 唐柳宗元三戒臨江之麋：「臨江之人，畋得麋麑，畜之。入門，群犬垂涎，揚尾皆來。」

例句 飯店名廚精心烹調的佳餚色香味俱全，叫人看了垂涎欲滴。

近義 垂涎三尺　食指大動

反義 不為所動　無動於中

垂頭喪氣 ㄔㄨㄟˊ ㄊㄡˊ ㄙㄤˋ ㄑㄧˋ　低垂著頭，意氣消沉。形容失意沮喪的樣子。

語源 新唐書宦者傳下韓全誨傳：「自見勢去，計無所用，

垂頭喪氣。」

辨析 喪，音ㄙㄤˋ，不讀ㄙㄤ。

例句 遇到一點小挫折就垂頭喪氣，怎能成就大事業呢？

近義 愁眉苦臉 無精打彩

反義 眉飛色舞 得意洋洋

垂簾聽政 ㄔㄨㄟˊ ㄌㄧㄢˊ ㄊㄧㄥ ㄓㄥˋ 垂下簾子，在簾後聽政。指太后掌握朝政。也泛指女性在背後主政。

語源 舊唐書高宗紀下：「自誅上官儀後，上每視朝，天后垂簾於御座後，政事大小皆預聞之，內外稱為『二聖』。」

例句 董事長對夫人言聽計從，公司實際上是她在垂簾聽政。

城府深密 ㄔㄥˊ ㄈㄨˇ ㄕㄣ ㄇㄧˋ 比喻心機深藏難測。城府，城市與官署。比喻心機。

語源 晉干寶晉紀總論：「性深阻有如城府，而能寬綽以容納。」資治通鑑卷二一四唐玄宗開元二十四年：「林甫城府深密，人莫窺其際。」

例句 他為人城府深密，給你的情報也許是假的吧？

近義 居心叵測 綿裡藏針

反義 胸無城府 光明磊落

城狐社鼠 ㄔㄥˊ ㄏㄨˊ ㄕㄜˋ ㄕㄨˇ 躲在城牆中的狐狸和土地廟裡的老鼠。比喻依附權勢作惡的人。

語源 晏子春秋內篇問上：「夫社，束木而塗之，鼠因托焉，熏之則恐燒其木，灌之則恐敗其塗。此鼠所以不可得殺者，以社故也。」漢劉向說苑善說：「且夫狐者，人之所攻也；鼠者，人之所熏也。臣未見稷狐見攻，社鼠見熏，何則？所托者然也。」晉書謝鯤傳：「及敦將為逆，謂鯤曰：『劉隗奸邪，將危社稷。吾欲除君側之惡，匡主濟時，何如？』對曰：『隗誠始禍，然城狐社鼠也。』」

例句 國家社稷之所以敗壞，都是一些城狐社鼠之輩在興風作浪，令人義憤填膺卻又無可奈何。

城開不夜 ㄔㄥˊ ㄎㄞ ㄅㄨˋ ㄧㄝˋ 原指城門徹夜開放，人車往來，沒有宵禁。後多用來形容徹夜狂歡，熱鬧非凡。

語源 清曾樸孽海花第三十二回：「從此芳名大震，哄動一時，窟號銷金，城開不夜，說不盡的繁華熱鬧。」

例句 這條街夜總會、酒店、小吃店林立，天天城開不夜。

近義 不夜城 通宵達旦

城門失火，殃及池魚 ㄔㄥˊ ㄇㄣˊ ㄕ ㄏㄨㄛˇ ㄧㄤ ㄐㄧˊ ㄔˊ ㄩˊ 城門失火，為了滅火，取池水澆灌，使魚枯死。比喻被偶然發生且不相干的事牽連，而遭到禍害及損失。也省作「殃及池魚」，或作「池魚之殃」。

語源 漢應劭風俗通義佚文辨惑：「城門失火，禍及池中魚。……宋城門失火，因汲池中水以沃灌之，池中空竭，魚悉露死。」宋劉克莊雜記：「邑困繭絲之取，邑無生意，民受池魚之殃。」

例句 由於他們二人打架，使全班同學皆受罰，真是城門失火，殃及池魚。

近義 無妄之災

反義 死有餘辜 罪有應得

7

埋頭苦幹 ㄇㄞˊ ㄊㄡˊ ㄎㄨˇ ㄍㄢˋ 低著頭努力做事。形容專心致志，刻苦工作。

語源 宋邵雍思山吟：「果然得手情性上，更肯埋頭利害間。」

例句 他個性老實，只要認為

應該做的事便埋頭苦幹去做，從沒一句怨言。

近義 心無旁騖　全心全力

反義 心猿意馬　心不在焉

8

執牛耳 ㄓˊ ㄋㄧㄡˊ ㄦˇ 古代諸侯訂立盟約，主持盟會的人親手割牛耳取血，放在盤內，讓參與盟會的人分嘗，以表示誠意信守，故以執牛耳稱主其事者。也泛指在某一領域居領導地位。

語源 左傳定公八年：「衛人請執牛耳。」

辨析 此則成語常使用「執……之牛耳」的形式。

例句 他久執文壇之牛耳，經他推薦的作品都能獲得大家的重視。

近義 舉足輕重　動見觀瞻

反義 人微言輕　無足輕重

執迷不悟 ㄓˊ ㄇㄧˊ ㄅㄨˋ ㄨˋ 堅持錯誤而不知醒悟。

語源 梁書武帝紀：「若執迷不悟，距逆王師，大眾一臨，刑茲罔赦。」

例句 你還年輕，及時回頭還不算太遲，不要再執迷不悟。

近義 至死不悟　冥頑不靈

反義 懸崖勒馬　迷途知返

執經問難 ㄓˊ ㄐㄧㄥ ㄨㄣˋ ㄋㄢˋ 手捧經書質問駁辯。多指弟子從師受業，虛心請教。難，詰問。

語源 後漢書儒林傳：「帝正坐自講，諸儒執經問難於前。」

例句 小明深深著迷於古典文學，因而時常虛心地向老師執經問難。

堂而皇之 ㄊㄤˊ ㄦˊ ㄏㄨㄤˊ ㄓ 原形容莊嚴正大，有氣派。引申也指公然、不遮掩。多帶有嘲諷的意味。堂皇，氣勢宏偉的樣子。

語源 宋張耒大禮慶成賦：「堂皇二儀，拓落八極，以定萬世之業。」清吳趼人二十年目睹之怪現狀第四十三回：「你去看，有兩房還堂而皇之的擺在桌上呢！」

例句 有些家住一樓的民眾堂而皇之地將門口道路占為私有停車位，警方已展開取締。

近義 大模大樣　冠冕堂皇

反義 遮遮掩掩　偷偷摸摸

堂皇富麗 ㄊㄤˊ ㄏㄨㄤˊ ㄈㄨˋ ㄌㄧˋ 原形容文詞美麗而氣勢宏偉。現多用來形容建築物或場面華麗壯觀。也作「富麗堂皇」。

語源 清文康兒女英雄傳第三十五回：「見那三篇文章，作得來堂皇富麗。」清曾樸孽海花第三十五回：「上首第一進尤其布置得堂皇富麗，幾等王宮。」

例句 他把新居布置得堂皇富麗，參觀的人無不讚歎！

近義 金碧輝煌　美輪美奐

反義 質樸無華

堂堂正正 ㄊㄤˊ ㄊㄤˊ ㄓㄥˋ ㄓㄥˋ 原形容軍隊盛大整齊的樣子，後多用於形容人格光明正大。

語源 孫子軍爭：「無要正正之旗，勿擊堂堂之陳，此治變者也。」清西周生醒世姻緣傳第六十八回：「婦女們有那堂堂正正的佈施，這是不怕公婆知道，不怕丈夫拘管。」

例句 行事光明磊落，為人堂堂正正，自然能受人尊重。

近義 光明磊落　光明正大

反義 偷偷摸摸　鬼鬼祟祟

堅不可摧 ㄐㄧㄢ ㄅㄨˋ ㄎㄜˇ ㄘㄨㄟ 極為堅固，無法摧毀。

語源 清李綠園歧路燈第八十二回：「二十年閫閣，養成拘墟篤時之見，牢不可破，堅不可摧。」

例句 他們之間的情誼堅不可摧，不會被輕易挑撥的。

近義 牢不可破 堅如磐石
反義 土崩瓦解 一觸即潰

堅甲利兵 ㄐㄧㄢ ㄐㄧㄚˇ ㄌㄧˋ ㄅㄧㄥ 堅固的鎧甲和銳利的兵器。形容武器精良。也指勇猛善戰的部隊。
語源 墨子非攻下：「今王公大人……於此為堅甲利兵，以往攻伐無罪之國。」
例句 八年抗戰時期，國人以堅定團結和不屈不撓的意志力，對抗日本的堅甲利兵，終於贏得最後的勝利。
近義 人強馬壯
反義 烏合之眾 蝦兵蟹將

堅如磐石 ㄐㄧㄢ ㄖㄨˊ ㄆㄢˊ ㄕˊ 像磐石一樣堅固。磐石，大石頭。
語源 玉臺新詠古詩為焦仲卿作：「君當作磐石，妾當作蒲葦。蒲葦紉如絲，磐石無轉移。」
例句 他發誓對黨的忠貞，堅如磐石，絕對不會做出叛黨的行為。
近義 牢不可破 屹立不搖
反義 不堪一擊 不攻自破

堅忍不拔 ㄐㄧㄢ ㄖㄣˇ ㄅㄨˋ ㄅㄚˊ 形容意志堅定，不可動搖。拔，拔除，引申為動搖。
語源 宋蘇軾鼂錯論：「古之立大事者，不唯有超世之才，亦必有堅忍不拔之志。」
例句 秉持堅忍不拔的決心，陳董事長終於克服重重的難關，帶領公司成功轉型。
近義 堅定不移 不屈不撓
反義 心猿意馬 半途而廢

堅定不移 ㄐㄧㄢ ㄉㄧㄥˋ ㄅㄨˋ ㄧˊ 意志堅強穩定，毫不動搖。
語源 資治通鑑唐紀文宗開成五年：「陛下誠能慎擇賢才以為宰相……推心委任，堅定不移，則天下何憂不理哉！」
例句 努力付出一定會有收穫，劉老闆堅定不移地奉行這個理念，終於有了今天的成就。
近義 堅忍不拔 百折不撓
反義 有始無終 知難而退

堅持己見 ㄐㄧㄢ ㄔˊ ㄐㄧˇ ㄐㄧㄢˋ 堅持自己的意見，不聽別人的建議。
語源 宋史陳宓傳：「固執己見，動失人心。」清徐珂清稗類鈔獄訟類：「李秉衡巡撫山左時，有候補知縣松年者明於事理，有疑獄，思平反，李堅持己見，漠然不動。」
例句 在上位者要能廣納善言，切勿堅持己見，武斷行事。
近義 剛愎自用 固執己見
反義 從善如流 擇善而從

堅持到底 ㄐㄧㄢ ㄔˊ ㄉㄠˋ ㄉㄧˇ 堅持到最後一刻。
語源 蔡東藩前漢通俗演義第十四回：「既已叛秦自主，不得不堅持到底，誓死拒秦。」
例句 這個問題你只要冷靜判斷，並且堅持到底，最後必然能迎刃而解。
近義 始終如一 貫徹始終
反義 虎頭蛇尾 半途而廢

堅苦卓絕 ㄐㄧㄢ ㄎㄨˇ ㄓㄨㄛˊ ㄐㄩㄝˊ 堅忍刻苦的精神超越常人。
語源 清朱琦書歐陽永叔答尹師魯書後：「雖使古人堅苦卓絕之行，推彼其心，其視鼎鑊，甘之如飴，固不計其人之相賞與否。」
例句 綜觀大企業的領導者，大都具有堅苦卓絕的特質。
近義 堅忍不拔 刻苦自勵

堅貞不屈 ㄐㄧㄢ ㄓㄣ ㄅㄨˋ ㄑㄩ 節操堅定，毫不屈服。也作「堅貞不移」。
語源 唐張巡守睢陽作：「忠信應難敵，堅貞諒不移。」

土

例句 不管元人如何威逼利誘，文天祥仍堅貞不屈，不為元朝效命，並作正氣歌以明心志。

近義 傲雪凌霜　威武不屈

反義 卑躬屈膝　奴顏婢膝

堅壁清野 ㄐㄧㄢ ㄅㄧˋ ㄑㄧㄥ ㄧㄝˇ　堅守壁壘，使敵人不易進攻；清除田野未收割的禾麥，使敵軍缺乏糧食，無法久留。指軍事上的一種退敵之計。

語源 後漢書荀彧傳：「堅壁清野，以待將軍，將軍攻之不拔，掠之無獲，不出一旬，則十萬之眾未戰而自困矣。」

例句 我軍採取堅壁清野的計策，使得來犯的敵軍因為缺乏糧食，不攻自退。

近義 焦土政策

反義 開門揖盜

堆積如山 ㄉㄨㄟ ㄐㄧ ㄖㄨˊ ㄕㄢ　形容物品堆積眾多，如同一座山。

語源 史記趙世家：「乘飛龍上天，不至而墜，見金玉之積如山。」宋孟元老東京夢華錄卷一：「每遇冬月諸鄉納粟稈草……場內堆積如山。」

例句 望著稻埕中堆積如山的穀子，農人們不禁笑顏逐開，欣慰一年的辛勞沒有白費。

近義 滿坑滿谷　車載斗量

反義 寥寥無幾　屈指可數

9

堯天舜日 ㄧㄠˊ ㄊㄧㄢ ㄕㄨㄣˋ ㄖˋ　比喻太平盛世。堯、舜，古代明君。

語源 宋朱熹辛丑延和奏札一：「使一日之間，雲消霧散，堯天舜日，廓然清明。」

例句 飽受戰亂之苦的無辜百姓，莫不渴望堯天舜日的到來。

近義 太平盛世　四海昇平

反義 滄海橫流　民不聊生

報喜不報憂 ㄅㄠˋ ㄒㄧˇ ㄅㄨˋ ㄅㄠˋ ㄧㄡ　只說好消息而不說壞消息。

語源 清夢梅叟毛公案第二回：「你這作大嫂的太也莽撞，俗語云『報喜不報憂』，才是正理。」

例句 為了不讓遠方的父母擔心，他在家書中總是報喜不報憂。

10

塊然獨處 ㄎㄨㄞˋ ㄖㄢˊ ㄉㄨˊ ㄔㄨˇ　原指置身世外，單獨生活。後指孤獨寂寞地生活於某處。

語源 莊子應帝王：「塊然獨以其形立。」

例句 自從老婆去世後，他便過著塊然獨處的生活，不想再娶。

近義 形單影隻　孑然一身

反義 枝繁葉茂　竹苞松茂

塞翁失馬，焉知非福 ㄙㄞˋ ㄨㄥ ㄕ ㄇㄚˇ，ㄧㄢ ㄓ ㄈㄟ ㄈㄨˊ　①比喻人因禍得福。②形容禍福無常，不能遽下定論。也省作「塞翁失馬」。

語源 漢劉安淮南子人間訓記載：邊塞地區有一老翁走失一匹馬，後來失馬重返，還帶回一群駿馬，塞翁因此致富。塞翁家中因此多良馬，其子於是喜歡騎馬，有天卻跌下馬來折斷了大腿，終身行動不便。後來，邊塞發生戰事，行動矯捷的人都必須上陣殺敵，因此死傷大半，塞翁和跛腳的兒子兩人反而平安無事。

例句 「塞翁失馬，焉知非福」，不必為了沒被錄取而太過傷心。

近義 因禍得福

反義 福過災生　樂極生悲

11

塵埃落定 ㄔㄣˊ ㄞ ㄌㄨㄛˋ ㄉㄧㄥˋ　空中飛揚的塵埃都落回地面。比喻事情已經成為定局。

例句 等這次甄試的結果塵埃落定後，我們再好好計畫到哪裡去玩吧！

近義 水落歸槽　木已成舟

反義 未定之天

墊腳石（ㄉㄧㄢˋ ㄐㄧㄠˇ ㄕˊ） 比喻被利用來升遷的人或事物。

例句 雖然戲份不多，這部電影卻是他成功躍上國際影壇的墊腳石。

墓木已拱（ㄇㄨˋ ㄇㄨˋ ㄧˇ ㄍㄨㄥˇ） 墓地上的樹已經長到必須雙手合抱那麼粗了。形容人已去世很久。拱，兩手合圍。

語源 左傳僖公三十二年：「爾何知？中壽，爾墓之木拱矣。」宋范祖禹答劉仙尉書：「近資治通鑑印本奏御，因思同時修書之人墓木已拱，存者唯僕，尤可感歎！」

例句 他們的父親逝世多年，墓木已拱，可是為了龐大的產業，兄弟仍鬩牆如故。

反義 屍骨未寒

12

增廣見聞（ㄗㄥ ㄍㄨㄤˇ ㄐㄧㄢˋ ㄨㄣˊ） 增加見識與聽聞。

語源 晉葛洪抱朴子論仙：「非得道者，安能見聞，而儒墨之家，知此不可以為訓，故終不言其有焉。」清劉鶚老殘遊記第十回：「請先生彈兩聲，以廣見聞，何如？」

例句 讀書、旅行與多交朋友都可以增廣見聞，恢宏氣度。

近義 博學多聞

反義 孤陋寡聞

墮其術中（ㄉㄨㄛˋ ㄑㄧˊ ㄕㄨˋ ㄓㄨㄥ） 落入別人設計的圈套。

語源 梁書傳岐傳：「今若許澄通好，正是墮其計中。」宋朱熹壬午應詔封事：「而我墮其術中，曾不省悟。」

例句 詐騙集團橫行，收到可疑簡訊或電話最好查證清楚，以免墮其術中。

近義 自投羅網

反義 洞見癥結　明察秋毫

13

壁立千仞（ㄅㄧˋ ㄌㄧˋ ㄑㄧㄢ ㄖㄣˋ） 形容山壁高聳直立。也比喻德行或人格形象高大，巍巍挺立。仞，古時以七尺或八尺為一仞。

語源 北魏酈道元水經注河水：「其山惟石，壁立千仞。」南朝宋劉義慶世說新語賞譽：「王公目太尉巖巖清峙，壁立千仞。」

例句 太魯閣國家公園內，立霧溪穿透山谷，兩岸壁立千仞，景色雄偉壯觀。

近義 懸崖峭壁　峨然矗立

反義 一馬平川　一望無際

壁壘分明（ㄅㄧˋ ㄌㄟˇ ㄈㄣ ㄇㄧㄥˊ） 形容兩軍對立，界限清楚。壁壘，軍營周圍的防禦建築。比喻對立事物之間的界限。

語源 史記黥布列傳：「深溝壁壘。」

例句 看臺上兩支啦啦隊壁壘分明，各自為他們支持的球隊加油。

近義 楚河漢界　涇渭分明

14

壓卷之作（ㄧㄚ ㄐㄩㄢˋ ㄓ ㄗㄨㄛˋ） 壓在各卷之上的作品。指最好的作品。壓卷，壓在卷首；指第一篇。引申指第一的、最好的。

語源 新唐書杜審言傳：「然吾在，久壓公等，今且死，固大慰，但恨不見替人。」宋陳振孫直齋書錄解題卷十五：「朱晦庵晚歲嘗語學者曰：此書編次，篇篇有意，每卷首，必取一大文字作壓卷。」

例句 王昌齡的出塞一詩，音韻鏗鏘，氣勢雄渾，在我心目中是唐人七言絕句的壓卷之作。

近義 膾炙人口　奇文共賞

反義 驢鳴犬吠　狗屁不通

士部

士為知己者死 指肯為知己的人努力、犧牲。

語源 戰國策趙策一：「士為知己者死，女為悅己者容。」

例句 士為知己者死，你若有困難，我定兩肋插刀、鼎力相助。

近義 兩肋插刀

反義 賣友求榮

士可殺，不可辱 有節操的人寧可失去生命也不願受到侮辱。強調人格的尊貴。士，指有學識、有品德的人。

語源 禮記儒行：「儒有可親而不可劫也，可近而不可迫也，可殺而不可辱也。」明史王鏊傳：「鏊謂瑾曰：『士可殺，不可辱。』今辱且殺之，吾尚何顏居此。」

例句 他因為不肯說假話而遭到同黨人士的指責和汙蔑，所謂「士可殺，不可辱」，他已決定退黨明志。

近義 寧死不屈

反義 苟且偷生　貪生怕死

4

壯士斷腕 勇士手指被毒蛇咬到，及時砍下手腕，以保住生命。比喻面臨緊要關頭，下定決心，犧牲局部以成全大局。也作「壯士解腕」。

語源 三國志魏書陳群傳：「古人有言：『蝮蛇螫手，壯士解其腕。』」唐竇臯述書賦：「君子棄瑕以拔才，壯士斷腕以全質。」

例句 到了這關頭，你再不拿出壯士斷腕的魄力，大力改革，後果恐怕不堪設想。

近義 顧全大局　當機立斷

反義 因小失大　優柔寡斷

壯志未酬 偉大的志願尚未實現。酬，實現。

語源 唐李頻春日思歸：「壯志未酬三尺劍，故鄉空隔萬重山。」

例句 他在立委任內，為社會福利法規的訂定辛勞奔走，不幸法規尚未通過就過世了，壯志未酬，令人不勝唏噓。

反義 如願以償　志得意滿

壯志凌雲 形容志向遠大。

語源 史記司馬相如列傳：「飄飄有凌雲之志。」元許有壬沁園春：「老子當年，壯志凌雲，巍科起家。」

例句 三軍將士壯志凌雲，個個是保國衛民的英勇戰士。

近義 雄心壯志　志在四方

反義 胸無大志　人窮志短

壯烈成仁 為真理、正義而英勇地犧牲生命。成仁，完就仁德。多指為正義而犧牲。

語源 論語衛靈公：「志士仁人，無求生以害仁，有殺身以成仁。」

例句 那兩位消防員奮不顧身衝入火場救人，卻不幸遭遇意外，壯烈成仁，令人悲慟不捨。

近義 殺身成仁　慷慨赴義

反義 貪生怕死　苟且偷生

11

壽比南山 壽命如同南山那樣的長久。祝人長壽的賀詞。

語源 詩經小雅天保：「如月之恆，如日之升，如南山之壽，不騫不崩。」

例句 我們以這杯酒，祝賀爺爺福如東海，壽比南山。

近義 海屋添籌　松柏之壽

反義　行將就木　風燭殘年

壽終正寢 ㄕㄡˋ ㄓㄨㄥ ㄓㄥˋ ㄑㄧㄣˇ　指人享盡天年，自然老死於家中。正寢，房屋的正室。

語源　史記酈生陸賈列傳：「陸生竟以壽終。」公羊傳莊公三十二年：「公薨於路寢，路寢者何？正寢也。」明陸西星封神演義第十一回：「紂王立身大呼曰：『你道朕不能善終，你自誇壽終正寢，非侮君而何？』」

例句　曾祖父壽終正寢時，已高壽九十五了。

近義　終其天年　無疾而終

反義　英年早逝　死於非命

夂部

7

夏葛冬裘 ㄒㄧㄚˋ ㄍㄜˊ ㄉㄨㄥ ㄑㄧㄡˊ　夏天穿葛衣，冬天穿皮襖。形容應時之服裝。也指能因時制宜，權衡變通。葛，植物名，纖維可織布。也指夏天穿的衣服。裘，毛衣。也作「冬裘夏葛」。

語源　莊子讓王：「冬日衣皮毛，夏日衣葛絺。」唐韓愈原道：「夏葛而冬裘，渴飲而飢食，其事殊，其所以為智一也。」宋蘇軾始皇論中：「如冬裘夏葛，時之所宜。」

例句　小董做事不會隨機應變，連夏葛冬裘的道理都不懂，真是呆板！

近義　因時制宜　隨機應變

反義　泥古不化　墨守成規

夏爐冬扇 ㄒㄧㄚˋ ㄌㄨˊ ㄉㄨㄥ ㄕㄢˋ　夏天用暖爐，冬天用扇子。比喻不合時宜，毫無用處。

語源　漢王充論衡逢遇：「以夏進爐，以冬奏扇，為所不欲得之事，獻所不欲聞之語，其不遇禍幸矣！」

例句　做事要懂得因時制宜，你的作為無異夏爐冬扇，難怪被大家取笑了。

近義　不合時宜　於事無補

反義　因時制宜　通權達變

夏蟲不可語冰 ㄒㄧㄚˋ ㄔㄨㄥˊ ㄅㄨˋ ㄎㄜˇ ㄩˇ ㄅㄧㄥ　對只在夏天存活的蟲子，無法跟牠談論冰是什麼。喻人見識短淺，無法接受新事物。

語源　莊子秋水：「井蛙不可以語于海者，拘于虛也；夏蟲不可以語于冰者，篤于時也。」

例句　他不學無術，跟他討論正如夏蟲不可語冰，只是浪費時間罷了！

近義　井底之蛙　坐井觀天

反義　見多識廣　博學多聞

夕部

2

外弛內張 ㄨㄞˋ ㄔˊ ㄋㄟˋ ㄓㄤ　形容表面平靜，內部卻緊張。弛，緩和；鬆懈。張，拉緊。

語源　禮記雜記下：「張而不弛，文武不能也；弛而不張，文武不為也。一張一弛，文武之道也。」

例句　這兩家公司表面看起來相安無事，其實外弛內張，檯面下的競爭十分激烈。

近義　明爭暗鬥　暗潮洶湧

外柔內剛 ㄨㄞˋ ㄖㄡˊ ㄋㄟˋ ㄍㄤ　外表柔順，內心剛強。

語源　晉書甘卓傳：「卓外柔內剛，為政簡惠。」

例句　小張看起來好像是個好好先生，其實他外柔內剛，為人做事挺有原則的。

近義　外圓內方

反義　色厲內荏　羊質虎皮

外強中乾 ㄨㄞˋ ㄑㄧㄤˊ ㄓㄨㄥ ㄍㄢ　外表看起來強大，其實很虛弱。

語源 左傳僖公十五年：「亂氣狡憤，陰血周作，張脈僨興，外強中乾，進退不可，周旋不能。」

例句 別看他身材高大，其實外強中乾，不堪一擊。

近義 色厲內荏　虛有其表

反義 外圓內方　外柔內剛

外圓內方 ㄨㄞˋ ㄩㄢˊ ㄋㄟˋ ㄈㄤ　形容處世手段圓融，內心卻正直而有原則。

語源 本則成語或從「外方內圓」衍化而來。後漢書郅惲傳：「按延資性貪邪，外方內員(圓)。」

例句 他為人外圓內方，即便是不同性格、不同主張的人也對他敬重有加。

近義 外柔內剛

反義 外強中乾　色厲內荏

3

夙世冤家 ㄙㄨˋ ㄕˋ ㄩㄢ ㄐㄧㄚ　參見「宿世冤家」。

夙夜匪懈 ㄙㄨˋ ㄧㄝˋ ㄈㄟˇ ㄒㄧㄝˋ　從早到晚都不懈怠。形容工作勤奮。夙，早晨。匪，通「非」。不。

語源 詩經大雅烝民：「既明且哲，以保其身，夙夜匪解(懈)，以事一人。」

例句 為了讓剛成立的公司早日上軌道，陳經理夙夜匪懈地工作，希望能做員工的表率。

近義 夙興夜寐　朝乾夕惕

反義 遊手好閒　好逸惡勞

夙負盛名 ㄙㄨˋ ㄈㄨˋ ㄕㄥˋ ㄇㄧㄥˊ　向來享有極大的名聲。夙，一向；向來。負，享有。

語源 清徐珂清稗類鈔考試類：「萍鄉文道希學士廷式夙負盛名。」

例句 這棟美術館是由夙負盛名的日本建築師安藤忠雄所設計，外觀簡潔大方。

近義 遠近馳名　聲名遠播

反義 默默無聞　不見經傳

夙興夜寐 ㄙㄨˋ ㄒㄧㄥ ㄧㄝˋ ㄇㄟˋ　很早就起床，深夜才睡覺。形容非常勤勞。夙，早。興，起來。寐，睡覺。

語源 詩經衛風氓：「三歲為婦，靡室勞矣。夙興夜寐，靡有朝矣。」

例句 小李開了一家小工廠，夫婦倆夙興夜寐，用心經營，如今已初具規模。

近義 早出晚歸　夙夜匪懈

反義 好逸惡勞　飽食終日

夙願以償 ㄙㄨˋ ㄩㄢˋ ㄧˇ ㄔㄤˊ　平日所懷的願望得以實現。夙，平常的；一向的。償，實現。也作「償得夙願」、「宿願以償」。

語源 清李伯元文明小史第四十回：「若得此人為妻，也總算償得夙願了。」

例句 妹妹立志要成為一流的小提琴手，經過多年不懈的努力，如今她終於夙願以償，即將登上國家音樂廳表演了。

近義 如願以償　得償所願

反義 事與願違　一場春夢

多才多藝 ㄉㄨㄛ ㄘㄞˊ ㄉㄨㄛ ㄧˋ　具多方面的才能和技藝。

語源 尚書金縢：「旦能多才多藝，能事鬼神。」

例句 她是一位多才多藝的演員，除在演技上獲得大眾的肯定外，對崑曲、書法均有深入研究。

近義 無所不能　樣樣精通

反義 一無所長　酒囊飯袋

多多益善 ㄉㄨㄛ ㄉㄨㄛ ㄧˋ ㄕㄢˋ　原指帶領的士兵越多越好。後泛指各種事物越多越好。益，更加。善，好。

語源 史記淮陰侯列傳記載：漢高祖問韓信能帶多少兵，他回答說：「臣多多而益善耳。」

例句 為了能從容應付突發的狀況，創業資金的籌措當然是多多益善。

反義 寧缺勿濫

多如牛毛（ㄉㄨㄛ ㄖㄨˊ ㄋㄧㄡˊ ㄇㄠˊ） 像牛身上的毛那樣多。形容極多，無法計算。

語源 北史文苑列傳：「學者如牛毛，成者如麟角。」

例句 夏天的夜裡，滿天星斗多如牛毛，令人看得目眩神迷。

近義 不計其數　車載斗量

反義 屈指可數　寥若晨星

多此一舉（ㄉㄨㄛ ㄘˇ ㄧˋ ㄐㄩˇ） 多了這個舉動。指做了不必要的事。

語源 清李綠園歧路燈第四回：「寅兄盛情，多此一舉。」

例句 這件事其實有更簡單快捷的做法，你這樣做只是多此一舉，浪費時間。

近義 畫蛇添足　脫褲子放屁

反義 恰如其分

多事之秋（ㄉㄨㄛ ㄕˋ ㄓ ㄑㄧㄡ） 事故很多的時期。形容局勢或國家不安定。秋，借指時期。

語源 三國蜀諸葛亮出師表：「今天下三分，益州疲蔽，此誠危急存亡之秋也。」宋孫光憲北夢瑣言卷十二：「所以多事之秋，滅跡匿端，無為綠林之嚆矢也。」

例句 此時正值國家多事之秋，各政黨應拋棄成見，共赴國難。

近義 風雨飄搖　變亂紛乘

反義 國泰民安　風調雨順

多彩多姿（ㄉㄨㄛ ㄘㄞˇ ㄉㄨㄛ ㄗ） 形容事物充滿趣味又多變化。也作「多姿多彩」、「多采多姿」。

例句 各式各樣的燈籠，將元宵節燈會現場點綴得多彩多姿。

多愁善感（ㄉㄨㄛ ㄔㄡˊ ㄕㄢˋ ㄍㄢˇ） 形容人的情感豐富而敏感。

語源 唐韋莊遣興：「如幻如泡世，多愁多病身。」宋黃庭堅滿庭芳：「鴛鴦，頭早白，多情易感，紅蓼池塘。」

例句 失意的人最容易多愁善感，所以更需要別人的了解與關懷。

近義 多情易感　多愁多病

反義 無憂無慮　心曠神怡

多聞闕疑（ㄉㄨㄛ ㄨㄣˊ ㄑㄩㄝ ㄧˊ） 多聽各方面的意見，有懷疑的地方就暫且保留下來。泛指謙虛謹慎的學習態度。

語源 論語為政：「多聞闕疑，慎言其餘，則寡尤。」

例句 處事、為學皆要能多聞闕疑，才能避免錯誤的認知和作為。

近義 好學深思　慎思明辨

反義 不求甚解　淺嘗輒止

多歷年所（ㄉㄨㄛ ㄌㄧˋ ㄋㄧㄢˊ ㄙㄨㄛˇ） 經歷的年數很多。原指朝代或國家存續的時間很長。後多用來泛指歷時久遠。所，數。表示大概的數目。

語源 尚書君奭：「率惟茲有陳，保乂有殷，故殷禮陟配天，多歷年所。」

例句 他們壟斷地方的砂石業和果菜批發，多歷年所，早已形成一種特權。

近義 經年累月　年深日久

反義 轉眼之間　一夕之間

多頭馬車（ㄉㄨㄛ ㄊㄡˊ ㄇㄚˇ ㄔㄜ） 多匹馬同時間但方向不一致地拉著一輛車。比喻意見分歧，沒有共識。

例句 教育部的教改方案實施一年多來，仍像多頭馬車，莫衷一是，讓老師、家長和學生都無所適從。

近義 莫衷一是　無所適從

反義 馬首是瞻 唯命是從

多藏厚亡 積藏的財貨眾多，所遭受的損失也會很重大。厚，重；大。亡，失。

語源 老子四十四章：「甚愛必大費，多藏必厚亡。」三國蜀諸葛亮便宜十六策陰察：「富者得志，貧者失時，甚愛太費，多藏厚亡。」

例句 這間大型倉儲量販店昨夜發生一場大火，損失不貲，當真是多藏厚亡。

多難興邦 許多的患難、挑戰可使人民惕勵奮發，從而振興國家。

語源 左傳昭公四年：「鄰國之難，不可虞也。或多難以固其國，啟其疆土。」唐陸贄論敘遷幸之由狀：「多難興邦者，涉庶事之艱而知敕慎也。」

例句 飽嘗艱辛的以色列人民表現得異常團結和堅強，是多難興邦的最好寫照。

近義 殷憂啟聖 奮發圖強

反義 佚逸亡身

多年媳婦熬成婆 媳婦長年受婆婆管教、使喚，日子熬久了，總算或終於成為可以管教、使喚媳婦的婆婆。比喻揚眉吐氣或苦盡甘來。也作「媳婦熬成婆」。

例句 他在公司苦幹了二十幾年，終於多年媳婦熬成婆，當上執行長。

近義 熬出頭 苦盡甘來

多行不義必自斃 壞事做多了，必會自取敗亡。

語源 左傳隱公元年：「多行不義必自斃，子姑待之。」

例句 多行不義必自斃，所以害人損己的事千萬別做。

近義 咎由自取 惡有惡報

反義 善有善報

多一事不如少一事 事情越少越好。有少管閒事、明哲保身之意。也作「多一事不如省一事」。

語源 紅樓夢第四十五回：「你纔說的也是，多一事不如省一事。」

例句 現代人時常抱持著多一事不如少一事、莫管他人瓦上霜的想法，難怪社會會越來越冷漠。

近義 明哲保身 事不關己

反義 引火燒身 無事生非

5

夜貓子 原指貓頭鷹。比喻喜歡晚睡或夜間不睡的人。

語源 清文康兒女英雄傳第五回：「這老梟大江以南叫作貓頭鴟，大江以北叫作夜貓子，深山裡面，隨處都有。」

例句 弟弟是個夜貓子，喜歡在晚上讀書、聽音樂、上網，愈到三更半夜精神愈好。

夜不閉戶 夜間不關閉門戶。形容政治清明，盜賊絕跡。戶，單扇門。

語源 禮記禮運：「是故謀閉而不興，盜竊亂賊而不作，故外戶而不閉，是謂大同。」三國演義第八十七回：「兩川之民，忻樂太平，夜不閉戶，路不拾遺。」

例句 夜不閉戶是儒家學說的政治理想，也是幾千年來百姓對良好治安的期望。

近義 盜賊不作 犬不夜吠

反義 雞犬不寧 擾攘不安

夜以繼日 入夜以後還繼續白天的事情。形容不停地從事某件事。

語源 孟子離婁下：「周公思

夕

兼三王，以施四事，其有不合者，仰而思之，夜以繼日。」

例句 合唱比賽快到了，同學們夜以繼日地練唱，看來這次的冠軍他們是勢在必得。

近義 通宵達旦　焚膏繼晷

反義 飽食終日　無所事事

夜夜笙歌（ㄧㄝˋ ㄧㄝˋ ㄕㄥ ㄍㄜ） 每天晚上都歌舞歡樂。形容生活靡爛。笙歌，吹笙唱歌。泛指音樂歌舞。笙，一種簧管樂器。

語源 宋五代史平話卷上：「簫鼓喧天，笙歌聒地。」清吳敬梓儒林外史第四十一回：「自文德橋至利涉橋、東水關，夜夜笙歌不絕。」

例句 一連串的負面新聞，已經使「富二代」三字與「紙醉金迷」、「夜夜笙歌」畫上等號。

近義 紙醉金迷　卜晝卜夜

夜長夢多（ㄧㄝˋ ㄔㄤˊ ㄇㄥˋ ㄉㄨㄛ） 比喻時間拖長了，事情容易產生不利的變化。

語源 宋王令客次寄王正叔：「夜長夢反覆，百瞑百到家。」清李漁凰求鳳墮計：「你就趁此時去做個了當，不要夜長夢多，又使他中變了。」

例句 既然已經下定了決心這麼做，就應該立刻著手進行，以免夜長夢多。

夜郎自大（ㄧㄝˋ ㄌㄤˊ ㄗˋ ㄉㄚˋ） 譏諷孤陋寡聞的人妄自尊大。夜郎，漢時西南方的一個小國。

語源 史記西南夷列傳記載：夜郎是個小國家，疆域和漢朝的一個縣差不多大。可是夜郎國王很驕傲，自以為擁有全天下最大的國家。當漢朝使臣來訪時，他竟不知天高地厚地問說：「你們漢朝的疆土有我國大嗎？」

例句 他不過是在校內作文比賽中得名，便夜郎自大，自以為是一代文豪。

近義 妄自尊大　自高自大

反義 自輕自賤　妄自菲薄

夜深人靜（ㄧㄝˋ ㄕㄣ ㄖㄣˊ ㄐㄧㄥˋ） 參見「夜闌人靜」。

夜幕低垂（ㄧㄝˋ ㄇㄨˋ ㄉㄧ ㄔㄨㄟˊ） 夜色如垂下的帷幕般籠罩大地。形容夜色灰暗的樣子。

例句 夜幕低垂，我們俯瞰山下，只見家家戶戶燈火亮起，宛如銀河般美麗。

近義 華燈初上

夜闌人靜（ㄧㄝˋ ㄌㄢˊ ㄖㄣˊ ㄐㄧㄥˋ） 形容深夜人們安睡，一片沉靜的狀態。也作「夜深人靜」。

語源 元王實甫西廂記第一本第一折：「有一日柳遮花映，霧障雲屏，夜闌人靜，海誓山盟。」明凌濛初初刻拍案驚奇卷七：「但只夜深人靜，四顧悄然。」

例句 跨年之夜，平日夜闌人靜的廣場擠滿了熱鬧狂歡的民眾，樂聲鼎沸。

近義 萬籟俱寂

11

夢幻泡影（ㄇㄥˋ ㄏㄨㄢˋ ㄆㄠˋ ㄧㄥˇ） 原為佛教語。以夢境、幻景、水泡和影子來比喻世事無常，一切皆空。後用來比喻不切實際的幻想或虛無縹渺的東西。

語源 金剛般若波羅蜜經應化非真分：「一切有為法，如夢幻泡影，如露亦如電，應作如是觀。」

例句 對我來說，這些外在的頭銜都是夢幻泡影，我不想花無謂的時間去追求。

近義 海市蜃樓　鏡花水月

夢寐以求（ㄇㄥˋ ㄇㄟˋ ㄧˇ ㄑㄧㄡˊ） 連睡夢中都在期盼、追求。形容迫切地追求，期待某種願望的實現。寐，入睡；睡著。

語源 詩經周南關雎：「窈窕

淑女，寤寐求之。」

例句 到瑞士一遊是我夢寐以求的願望，今年暑假終於得以實現，令我異常興奮。

近義 朝思暮想　寤寐求之

大部

大嘴巴 ㄉㄚˋ ㄗㄨㄟˇ ㄅㄚ　指多話、喜歡傳送消息的人。

例句 這件事妳要保密，讓那個大嘴巴聽到的話，不用一個早上，全辦公室的人都會知道了。

大人大量 ㄉㄚˋ ㄖㄣˊ ㄉㄚˋ ㄌㄧㄤˋ　形容人心胸寬大，不與他人計較。

語源 清吳趼人二十年目睹之怪現狀第六十七回：「是，是，是。既是密司大人大量，兄弟明天便把他放了就是。」

例句 我跟弟弟不小心打破張伯伯家的窗戶，幸虧他大人大量，不加追究。

近義 寬洪大量　寬大為懷

反義 刻薄寡恩　斤斤計較

大刀闊斧 ㄉㄚˋ ㄉㄠ ㄎㄨㄛˋ ㄈㄨˇ　士兵個個手持寬而大的刀和斧。原形容軍隊聲勢浩大，殺氣騰騰。後用來比喻辦事果斷而有魄力。

語源 水滸傳第三十三回：「催攢軍兵，大刀闊斧，逕奔清風寨來。」清文康兒女英雄傳第二十一回：「姑娘向來大刀闊斧，於這些小事，不大留心。」

例句 瀕臨倒閉的公司在總經理大刀闊斧的整頓下，終於起死回生，漸入佳境。

近義 雷厲風行

反義 優柔寡斷　畏首畏尾

大力鼓吹 ㄉㄚˋ ㄌㄧˋ ㄍㄨˇ ㄔㄨㄟ　極力宣揚、提倡。

例句 校長大力鼓吹環保的重要，呼籲全校師生都能從日常生活做起。

近義 大聲疾呼　奔走呼號

反義 嗤之以鼻　不屑一顧

大千世界 ㄉㄚˋ ㄑㄧㄢ ㄕˋ ㄐㄧㄝˋ　佛教合四大洲、七山、八海為一世界，合一千個世界為小千世界，合一千個小千世界為中千世界，合一千個中千世界為大千世界。後用以形容形形色色、無奇不有的廣大世界。

語源 唐程太虛洞陽峰：「丈五月輪才晃曜，大千世界便輝光。」

例句 這個大千世界每天都有新鮮事發生，我早就見怪不怪了。

近義 三千世界　花花世界

大大小小 ㄉㄚˋ ㄉㄚˋ ㄒㄧㄠˇ ㄒㄧㄠˇ　大的小的都包含。指所有的。

語源 水滸傳第二十三回：「小人只認的大郎，一個養家經紀人，且是在街上做買賣，大大小小，不曾惡了一個人。」

例句 林經理求好心切，為了新品發表會能圓滿成功，大大小小的事他都要再三確認。

近義 上上下下　無所不包

大公無私 ㄉㄚˋ ㄍㄨㄥ ㄨˊ ㄙ　形容處事公正，毫不偏私。

語源 管子形勢解：「風雨至公而無私。」清龔自珍論私：「且今之大公無私者，有楊、墨之賢耶？」

例句 我們主管做事向來大公無私，你找誰來求情恐怕都沒有用。

近義 鐵面無私　秉公行事

反義 自私自利　假公濟私

大出風頭 ㄉㄚˋ ㄔㄨ ㄈㄥ ㄊㄡˊ　參見「大出鋒頭」。

大出鋒頭 ㄉㄚˋ ㄔㄨ ㄈㄥ ㄊㄡˊ 形容表現十分突出，受人注目。鋒頭，言行表現活躍或突出而引人注意。也作「大出風頭」。

例句 林書豪個人獨得四十分，包括五個三分球，在這場籃球比賽大出鋒頭。

近義 大放異彩

反義 默默無聞

大功告成 ㄉㄚˋ ㄍㄨㄥ ㄍㄠˋ ㄔㄥˊ 艱鉅或重要的事情宣告完成。

語源 漢書王莽傳：「諸生、庶民大和會，十萬眾並集，平作二旬，大功畢成。」清文康兒女英雄傳第三十三回：「這件事可就算大功告成了。」

例句 這件工程從規劃、發包到營建，歷經十年才大功告成。

近義 功德圓滿

反義 功敗垂成　功虧一簣

大可不必 ㄉㄚˋ ㄎㄜˇ ㄅㄨˋ ㄅㄧˋ 完全沒有必要。

語源 清文康兒女英雄傳第三十三回：「如今要再去學那下車馮婦，也就似乎大可不必了。」

例句 像他這種心胸狹窄的人，你大可不必跟他計較，他終究會吃到苦頭的。

近義 多此一舉　畫蛇添足

大失所望 ㄉㄚˋ ㄕ ㄙㄨㄛˇ ㄨㄤˋ 十分失望。指所期待的事情完全落空。

語源 史記高祖本紀：「項羽遂西，屠燒咸陽秦宮室，所過無不殘破。秦人大失所望。」舊五代史李守貞傳：「自謂素得軍情，坐俟叩城迎己，及軍士詬譟，大失所望。」

例句 為了這期上看三億的頭彩，他花了大把鈔票購買彩券，結果仍然全數落空，令他大失所望。

近義 若有所失　事與願違

反義 大喜過望　心想事成

大巧若拙 ㄉㄚˋ ㄑㄧㄠˇ ㄖㄨㄛˋ ㄓㄨㄛˊ 境界很高的靈巧之人不自炫耀，看起來好像笨拙的樣子。

語源 老子四十五章：「大直若屈，大巧若拙，大辯若訥。」

例句 他為人虛懷若谷，大巧若拙，是同學們學習的好榜樣。

近義 大智若愚　深藏若虛

反義 露才揚己　鋒芒畢露

大打出手 ㄉㄚˋ ㄉㄚˇ ㄔㄨ ㄕㄡˇ 戲曲中由主角與多人對打的武打場面，稱為打出手。後以大打出手形容動手打人或互相毆打。

例句 你們兩個為了一點小事就大打出手，不覺得丟臉嗎？

反義 相安無事　握手言歡

大吃一驚 ㄉㄚˋ ㄔ ㄧ ㄐㄧㄥ 形容非常吃驚。指事情突然發生，毫無心理準備。

語源 明馮夢龍警世通言卷二八：「不張萬事皆休，則一張那員外大吃一驚，回身便走，來到後邊，望後倒了。」

例句 看到帳戶裡的存款被盜領一空，他大吃一驚，不知到底發生什麼事！

近義 張口結舌　目瞪口呆

反義 面不改色　泰然處之

大同小異 ㄉㄚˋ ㄊㄨㄥˊ ㄒㄧㄠˇ ㄧˋ 兩者大致相同，只有一點點差異。

語源 莊子天下：「大同而與小同異，此之謂小同異；萬物畢同畢異，此之謂大同異。」北魏楊衒之洛陽伽藍記城北凝圓寺：「西胡風俗，大同小異，不能具錄。」

例句 這兩地的文化經過長期

交流，風俗民情已大同小異。

近義 本同末異　相去無幾

反義 天差地遠　大相逕庭

大名鼎鼎 ㄉㄚˋ ㄇㄧㄥˊ ㄉㄧㄥˇ ㄉㄧㄥˇ　形容名氣響亮。鼎鼎，盛大的樣子。也作「鼎鼎大名」、「鼎鼎有名」。

語源 清李伯元官場現形記第二十四回：「你一到京，打聽人家像他這樣大名鼎鼎，還怕有不曉得的？」

例句 白先生是文壇大名鼎鼎的重要作家，你竟然對他一無所知，真是孤陋寡聞。

近義 赫赫有名　如雷貫耳

反義 沒沒無聞　不見經傳

大有人在 ㄉㄚˋ ㄧㄡˇ ㄖㄣˊ ㄗㄞˋ　原指活著的人還很多，後多用來形容某一種人為數很多。

語源 資治通鑑卷一八二隋煬帝大業十一年：「帝至東都，顧盼街衢，謂侍臣曰：『猶大有人在。』意謂鄙日平楊玄感，殺人尚少故也。」清尹會一與趙廣文：「深喜老成憂國之大有人在。」

例句 雖然環保法規已施行多年，但任意丟置廢棄物的依然大有人在，令人質疑民眾的公德心何在？

近義 實繁有徒　不乏其人

反義 寥寥無幾　屈指可數

大有文章 ㄉㄚˋ ㄧㄡˇ ㄨㄣˊ ㄓㄤ　指事情或話語中隱含著別的情況或意思。

語源 清石玉崑三俠五義第一一八回：「艾虎聽了，暗暗思忖道：『這話語之中大有文章。』」

例句 這件事看起來沒這麼單純，裡頭說不定大有文章，應該仔細調查才是。

近義 暗藏玄機　話中有話

反義 一清二楚　明明白白

大有可為 ㄉㄚˋ ㄧㄡˇ ㄎㄜˇ ㄨㄟˊ　形容有遠大的發展前途。

語源 孟子公孫丑下：「故將大有為之君，必有所不召之臣，欲有謀焉則就之。」清王圖炳詠史：「吾道大可為，斯人詎可避？」

例句 小陳這個年輕人做事認真負責，又能虛心接受建議，將來一定大有可為。

近義 前程似錦　指日可待

反義 無所作為

大有可觀 ㄉㄚˋ ㄧㄡˇ ㄎㄜˇ ㄍㄨㄢ　很值得一看。形容很精采，達到很高的水準。

語源 元無名氏李師師外傳：「殊不知美成文筆，大有可觀。」

例句 市政府今年大手筆邀請澳洲團隊來設計跨年煙火秀，想必大有可觀。

近義 卓然有成　舉足輕重

反義 不成氣候　不屑一顧

大有來頭 ㄉㄚˋ ㄧㄡˇ ㄌㄞˊ ㄊㄡˊ　來歷不凡；頗有背景、資歷。來頭，來歷。也作「來頭不小」。

語源 明朝鮮李邊訓世評話下卷：「有一箇姓趙的秀才，也是一箇大有來頭家的，有好些錢財。」清李伯元文明小史第四十七回：「聽說他是安徽巡撫聘請的人，一定來頭不小。」

例句 這位候選人大有來頭，祖父是反對黨元老，父親還擔任過四屆國會議員。

近義 舉足輕重　非比尋常

反義 人微權輕　微不足道

大有起色 ㄉㄚˋ ㄧㄡˇ ㄑㄧˇ ㄙㄜˋ　①指病情好轉許多。②比喻事情的狀況好轉許多。

語源 明胡應麟少室山房筆叢經籍會通二：「憂籍以釋，忿籍以平，病籍以起色。」清張集馨道咸宦海見聞錄：「皖省

大

惟英、霍有零賊，余亦肅清，南中軍務，大有起色。」

例句 ①奶奶的氣喘經過媽媽的悉心照料，病情已大有起色。②經過政府的大力宣導，臺灣黑熊的保育工作已大有起色。

近義 轉危為安

反義 大勢已去 病入膏肓

大有斬獲

原指在戰場上斬殺、擄獲很多敵人。也泛指收穫很多。

語源 三國志魏書田疇傳：「單于身自臨陳，太祖與交戰，遂大斬獲。」清史稿卷三八四姚瑩傳：「瑩設方略，與達洪阿督兵連卻之，大有斬獲。」

例句 小雨近年來在房地產投資方面大有斬獲，因此年紀輕輕就累積了不少財富。

近義 滿載而歸

反義 一無所得 空手而回

大江南北

長江南北兩岸地區。泛指天下各地。

語源 清惲敬上曹儷笙侍郎書：「而大江南北，以文名天上者，幾於猖狂無理。」

例句 他走遍大江南北，遊遍名山大川，將所見所聞寫成一本遊記，和讀者分享。

大而化之

原形容達到超凡入聖的境界。後轉而用來形容漫無標準、界線或做事不精細。

語源 孟子盡心下：「充實而有光輝之謂大，大而化之之謂聖。」朱自清文心序：「這些新的又未免太無邊際，大而化之了。」

例句 他的個性大而化之，恐怕不適合擔任品管的工作。

近義 粗枝大葉 馬馬虎虎

反義 一絲不苟 不厭其煩

大而無當

原指說話誇張，漫無邊際。後用來形容過大而不切實用。當，合宜。

語源 莊子逍遙遊：「吾聞言於接輿，大而無當，往而不反。」清李漁十二樓第六回：「這座園亭大而無當，倒不若那座書樓緊湊得好。」

例句 這座圖書館占地廣大，藏書卻不甚豐富，令人有大而無當之感。

近義 華而不實

大行其道

指某種學說、思想廣為推行。也泛指某種事物非常流行。

語源 孟子公孫丑上宋孫奭疏：「君子得時，大行其道。」

例句 因為環保意識抬頭，提倡節能的綠色建築在二十一世紀大行其道。

近義 如日中天 欣欣向榮

反義 每況愈下

大劫難逃

參見「在劫難逃」。

大吹大擂

本指大聲吹奏、用力敲打樂器，表示慶賀。現多用來比喻大肆吹噓或宣揚。擂，敲打。

語源 元王實甫四丞相高會麗春堂第四折：「復你右丞相之職，賜你黃斤千兩，香酒百瓶，就在麗春堂大吹大擂，做一箇慶喜的筵席。」

例句 為了博取消費者青睞，商場裡的推銷員正提高嗓門大吹大擂，推銷自己的產品。

近義 自吹自擂 大言不慚

大吹法螺

比喻吹牛、說大話。法螺，僧道作法事所用的樂器，是一種梭尾螺殼。

語源 妙法蓮華經序品：「今

佛世尊欲說大法，雨大法雨，吹大法螺，擊大法鼓，演大法義。」庚子事變：「於是在端王前大吹法螺，硬說他曾在陳國瑞軍前打過前敵。」

例句　政壇人物常大吹法螺，誇耀自己的行政能力及成就，好尋求連任。

近義　自吹自擂　老王賣瓜

大快人心 ㄉㄚˋ ㄎㄨㄞˋ ㄖㄣˊ ㄒㄧㄣ　使人心感到非常快慰。

語源　明許三階節俠記誅佞：「李秦授這廝，今日聖旨殺他，大快人心。」

例句　看到社會上的好人出頭，壞人受到應有的懲罰，真是大快人心！

近義　額手稱慶

反義　民怨沸騰　怨聲載道

大快朵頤 ㄉㄚˋ ㄎㄨㄞˋ ㄉㄨㄛˇ ㄧˊ　痛快地享受一頓美味佳餚。朵頤，吃東西時腮頰活動的樣子。

語源　易經頤卦：「舍爾靈龜，觀我朵頤，凶。」

例句　拿到年終獎金後，大夥便上館子大快朵頤一番，慰勞自己一年來的辛苦。

近義　大飽口福

大旱雲霓 ㄉㄚˋ ㄏㄢˋ ㄩㄣˊ ㄋㄧˊ　大旱之時渴望看到下雨的跡象。比喻殷切盼望解除困境。雲霓，下雨的徵兆。也作「大旱望雲霓」。

語源　孟子梁惠王下：「民望之，若大旱之望雲霓也。」

例句　公司最近財務吃緊，渴望能有大筆訂單如大旱雲霓，以渡過難關。

近義　延頸企踵　如望時雨

大材小用 ㄉㄚˋ ㄘㄞˊ ㄒㄧㄠˇ ㄩㄥˋ　大的材料只發揮小的功用。比喻任用有才能的人處理小事。原作「大器小用」。

語源　後漢書文苑傳下邊讓傳：「傳曰：『函牛之鼎以烹雞……。』此言大器之於小用，固有所不宜也。」宋陸游送辛幼安殿撰造朝：「大材小用古所嘆，管仲蕭何實流亞。」

例句　小齊有豐富的實務經驗，你只讓他做個小助理，未免大材小用了。

近義　牛鼎烹雞　投閒置散

反義　人盡其才　知人善任

大言不慚 ㄉㄚˋ ㄧㄢˊ ㄅㄨˋ ㄘㄢˊ　說大話而不感到難為情。

語源　論語憲問：「其言之不怍，則為之也難。」宋朱熹注：「大言不慚，則無必為之志。」

例句　他犯下了多起性侵案，在法庭上竟還大言不慚地為自己辯解，真是無恥到了極點。

近義　大吹大擂　自吹自擂

反義　虛懷若谷　謙沖自牧

大卸八塊 ㄉㄚˋ ㄒㄧㄝˋ ㄅㄚ ㄎㄨㄞˋ　①將人肢解為八大塊。多用於怨恨至極的氣憤語，謂殺了對方才甘心。②泛指將完整事物拆解成若干小塊。卸，拆卸；拆解。也作「大解八塊」。

例句　①阿姨被詐騙集團騙走了一百多萬，氣得想將對方大卸八塊。②他的車被偷後，很快就被大卸八塊，當成零件去銷贓了。

近義　千刀萬剮　恨之入骨

大呼小叫 ㄉㄚˋ ㄏㄨ ㄒㄧㄠˇ ㄐㄧㄠˋ　形容大聲嚷叫。

語源　紅樓夢第六十三回：「斯文些纔好，別大呼小叫，叫人聽見。」

例句　醫院不比外頭，更需要安靜的環境，你可別大呼小叫的，影響別人休養。

近義　大驚小怪　大聲嚷嚷

反義　輕聲細語　呢喃細語

大放異彩 ㄉㄚˋ ㄈㄤˋ ㄧˋ ㄘㄞˇ 表現精彩出色。

例句 經過多年的苦練，他終於在國際武術大賽大放異彩，贏得金牌。

近義 大出鋒頭　不同凡響

反義 差強人意　不過爾爾

大放厥辭 ㄉㄚˋ ㄈㄤˋ ㄐㄩㄝˊ ㄘˊ 原指盡力鋪陳辭藻，大展文才。現多用來形容大發議論。含有貶義。厥，其。辭，語辭或文辭。

語源 唐韓愈祭柳子厚文：「玉佩瓊琚，大放厥辭，富貴無能，磨滅誰紀？」

例句 他事先未與主管討論便在會議中大放厥辭，成為眾人注目的焦點。

近義 大發議論

反義 一言不發　默不作聲

大是大非 ㄉㄚˋ ㄕˋ ㄉㄚˋ ㄈㄟ 重大的、原則性的對與錯。是，正確。非，錯誤。

例句 在這種大是大非的問題上，是不容許妥協讓步的。

近義 公是公非　黑白分明

反義 細微末節　黑白不分

大相逕庭 ㄉㄚˋ ㄒㄧㄤ ㄐㄧㄥˋ ㄊㄧㄥˊ 截然不同，相差甚遠。逕，也作「徑」。大門外的道路。庭，大門內的院子。原作「大有逕庭」。

語源 莊子逍遙遊：「吾驚怖其言，猶河漢而無極也；大有逕庭，不近人情焉。」明何良俊四友齋叢說：「其與但為風雲月露之形者大相逕庭。」

例句 他們兩人對這件事情的看法大相逕庭，再討論也不會有交集的。

近義 天壤之別　天差地遠

反義 不相上下　相差無幾

大軍壓境 ㄉㄚˋ ㄐㄩㄣ ㄧㄚ ㄐㄧㄥˋ 數量龐大的敵軍逼臨國境。也泛指強大的競爭者已進逼。

語源 陳書傅縡傳：「今疆埸日蹙，隋軍壓境。」

例句 雖然蘋果、三星大軍壓境，國產手機仍不斷推陳出新，撐起市場半邊天。

近義 兵臨城下

大限臨頭 ㄉㄚˋ ㄒㄧㄢˋ ㄌㄧㄣˊ ㄊㄡˊ 指死期將要到來。大限，生命的盡頭。

語源 晉葛洪抱朴子極言：「不得大藥，但服草木，可以差於常人，不能延其大限也。」元佚名南鄉子：「勸君休要苦張羅，大限臨頭怎躲？」

例句 這幾個歹徒等到大限臨頭才知道後悔，為時已晚。

近義 死期將近

反義 長命百歲

大風大浪 ㄉㄚˋ ㄈㄥ ㄉㄚˋ ㄌㄤˋ 巨大的風浪。比喻艱難險阻或重大動盪。

語源 清李綠園歧路燈第六十九回：「叫他看看我每日大風大浪，卻還要好過。」

例句 這次的突發事件幸虧有老李的幫助才能化險為夷，真不愧是見過大風大浪的人。

近義 狂風巨浪　驚濤駭浪

反義 風平浪靜

大家風範 ㄉㄚˋ ㄐㄧㄚ ㄈㄥ ㄈㄢˋ 形容出自高貴人家所特有的風采及氣度。大家，舊指有聲望地位的高門望族。

語源 清石玉崑三俠五義第十八回：「敘起話來，問答如流，氣度從容，真是大家風範。」

例句 他在文壇上雖為初生之犢，但行文沉穩內斂，具有大家風範。

近義 雍容大度

反義 小家子氣

大家閨秀 ㄉㄚˋ ㄐㄧㄚ ㄍㄨㄟ ㄒㄧㄡˋ 生長在大戶人家而有教養的未婚

女子。閨，女子的臥室。閨秀，指有才德的女子。

語源 南朝宋劉義慶世說新語賢媛：「顧家婦清心玉映，自是閨房之秀。」清文康兒女英雄傳第八回：「姑娘既是位大家閨秀，怎生來得到此？」

例句 陳小姐出身書香門第，是個知書達禮的大家閨秀，因此有許多仰慕者。

近義 名門閨秀

反義 小家碧玉

大展身手 ㄉㄚˋ ㄓㄢˇ ㄕㄣ ㄕㄡˇ 充分展露本領。身手，技藝或武藝。也作「大顯身手」。

語源 北齊顏之推顏氏家訓誡兵：「頃世亂離，衣冠之士，雖無身手，或聚徒眾，違棄素業，徼倖戰功。」

例句 好不容易爭取到這個專案，小強急著想要大展身手，讓大家刮目相看。

近義 一展長才　大顯神通

大庭廣眾 ㄉㄚˋ ㄊㄧㄥˊ ㄍㄨㄤˇ ㄓㄨㄥˋ 指人多而公開的場合。

語源 新唐書張行成傳：「左右文武誠無將相材，奚用大庭廣眾與之量校，損萬乘之尊，與臣下爭功哉？」

例句 現今社會風氣開放，在大庭廣眾之下接吻已經不是新鮮事了。

近義 眾目睽睽　光天化日

大書特書 ㄉㄚˋ ㄕㄨ ㄊㄜˋ ㄕㄨ 原指鄭重地、突出地記述。也指不忌諱、不含蓄地記述。書，書寫；記錄。

語源 唐韓愈答元侍御書：「而足下年尚強，嗣德有繼，將大書特書，屢書不一書而已也。」

例句 ①他在任內對地方建設的貢獻，值得大書特書。②這家報紙的社會新聞以腥羶著名，往往大書特書歹徒的作案過程，造成不少負面影響。

反義 不贊一辭　輕描淡寫

大海撈針 ㄉㄚˋ ㄏㄞˇ ㄌㄠ ㄓㄣ 參見「海底撈針」。

大起大落 ㄉㄚˋ ㄑㄧˇ ㄉㄚˋ ㄌㄨㄛˋ 形容起伏、變化很大。

語源 清汪寄海國春秋第三十二回：「正脈梧桐串心，節節雙送雙迎，大起大落，護衛周備。」

例句 在歷經事業的大起大落後，如今他已明白榮華富貴不過都是過眼雲煙。

近義 起伏不定

反義 一帆風順　風平浪靜

大逆不道 ㄉㄚˋ ㄋㄧˋ ㄅㄨˋ ㄉㄠˋ 原指作亂犯上。後也指嚴重違抗、傷害父母親長。

語源 漢書宣帝紀：「（楊惲）不悔過，怨望，大逆不道，要斬。」

例句 這個惡少竟然因為要不到錢而打傷自己的祖母，實在是大逆不道！

近義 喪盡天良　禽獸不如

反義 循規蹈矩

大動肝火 ㄉㄚˋ ㄉㄨㄥˋ ㄍㄢ ㄏㄨㄛˇ 大怒；非常生氣。

語源 清無垢道人八仙得道第一回：「毛虎聽了，不覺大動肝火。」

例句 老師因為小強動手打人又不肯認錯而大動肝火。

近義 大發雷霆　怒不可遏

反義 平心靜氣　心平氣和

大將之風 ㄉㄚˋ ㄐㄧㄤˋ ㄓ ㄈㄥ 統軍將領的風範。比喻能臨危不亂，有統領眾人的氣質。

語源 墨子迎敵祠：「五步有五長，十步有什長，百步有百長，旁有大率，中有大將。」新唐書王處存傳：「處存臨事

通便宜，有大將風。」

例句 林同學雖然年紀輕輕卻有大將之風，在班上是個風雲人物。

大張旗鼓 ㄉㄚˋ ㄓㄤ ㄑㄧˊ ㄍㄨˇ 軍隊高舉旗幟，打響戰鼓。比喻聲勢或規模盛大。張，陳設。

語源 唐崔湜塞垣行：「蔽山張旗鼓，間道潛鋒鏑。」明張岱王漢傳：「大張旗鼓，為疑兵，追賊至朱仙鎮，連戰皆克。」

例句 他大張旗鼓地招攬人才、募集資金，打算籌組新公司，東山再起。

近義 聲勢浩大　大張聲勢

反義 偃旗息鼓　銷聲匿跡

大排長龍 ㄉㄚˋ ㄆㄞˊ ㄔㄤˊ ㄌㄨㄥˊ 形容隊伍排得很長。

例句 轉角那家冰品店口味多樣，價錢合理，即使大排長龍，顧客也願意耐心等待。

近義 門庭若市　絡繹不絕

反義 三三兩兩　乏人問津

大異其趣 ㄉㄚˋ ㄧˋ ㄑㄧˊ ㄑㄩˋ 精神、旨意差異很大。

例句 現代人崇尚自由戀愛的觀念，與古人大異其趣。

近義 迥然不同　截然不同

反義 毫無二致　如出一轍

大處著眼 ㄉㄚˋ ㄔㄨˇ ㄓㄨㄛˊ ㄧㄢˇ 參見「大處著眼，小處著手」。

大喜過望 ㄉㄚˋ ㄒㄧˇ ㄍㄨㄛˋ ㄨㄤˋ 因所得超出原先的期望而感到非常高興。

語源 史記黥布列傳：「出就舍，帳御飲食從官如漢王居，布又大喜過望。」

例句 聽到自己考上公費留學的消息，讓原本不被看好的他大喜過望。

近義 喜從天降　喜出望外

反義 大失所望　事與願違

大惑不解 ㄉㄚˋ ㄏㄨㄛˋ ㄅㄨˋ ㄐㄧㄝˇ 非常迷惑，不能理解。

語源 莊子天地：「大惑者終身不解，大愚者終身不靈。」

例句 他既聰明又用功，成績卻一直不理想，真是令人大惑不解。

近義 百思不解　不明所以

反義 茅塞頓開　恍然大悟

大智若愚 ㄉㄚˋ ㄓˋ ㄖㄨㄛˋ ㄩˊ 大智慧的人不炫耀自己，表面看起來好像愚笨的樣子。形容智者鋒芒不外露。

語源 宋蘇軾賀歐陽少師致仕：「大勇若怯，大智如愚。」

例句 別看他平時笨手笨腳的，事實上他是個大智若愚、多才多藝的人。

近義 大巧若拙　深藏若虛

反義 鋒芒畢露　露才揚己

大發利市 ㄉㄚˋ ㄈㄚ ㄌㄧˋ ㄕˋ ①指做成許多好買賣，獲利甚多。②指運氣甚佳。利市，好買賣。也指好運氣。

語源 易經說卦：「為近利市三倍。」左傳昭公十六年：「爾有利市寶賄，我勿與知。」明馮夢龍醒世恆言卷二六：「今夜再發利市，安知明日不釣了兩個？」

例句 ①農曆正月初五開工時，店家們祭祀甚豐，希望新的一年能大發利市。②小李一向沒什麼偏財運，沒想到今日竟大發利市，中了樂透頭獎。

近義 吉星高照

反義 霉運當頭

大發神威 ㄉㄚˋ ㄈㄚ ㄕㄣˊ ㄨㄟ 發出無比威力。神威，如天神般的威力。也作「大顯神威」。

語源 三國演義第四十一回：「四十二年真命主，將軍因得顯神威。」

例句 亞運籃球決賽，中華隊

大發神威，以九十比六十五痛宰韓國隊，奪下冠軍。

近義　銳不可當　萬夫莫敵

大發慈悲 ㄉㄚˋ ㄈㄚ ㄘˊ ㄅㄟ　形容對人表現出慈愛和憐憫之心。

語源　明馮夢龍喻世明言卷三七：「伏望母親大人，大發慈悲，優容苦志。」

例句　一向吝嗇的老闆今年大發慈悲，破例發了五個月的年終獎金。

近義　大慈大悲　悲天憫人

反義　慘無人道　心狠手辣

大發雷霆 ㄉㄚˋ ㄈㄚ ㄌㄟˊ ㄊㄧㄥˊ　大發脾氣，好像雷響一樣。比喻非常生氣。霆，突然響起的雷聲。

語源　三國志吳書陸遜傳：「今不忍小忿，而發雷霆之怒。」明淩濛初初刻拍案驚奇卷一五：「陳秀才大發雷霆，嚷道：『人命關天，怎便將我家人殺害了？』」

例句　公司上個月營運成績下滑，惹得老闆在朝會中大發雷霆，訓了所有人一頓。

近義　怒不可遏　暴跳如雷

反義　心平氣和　平心靜氣

大筆如椽 ㄉㄚˋ ㄅㄧˇ ㄖㄨˊ ㄔㄨㄢˊ　筆如椽一樣大。形容文筆非常高妙，或稱讚著名作家、作品成就極高。椽，承架屋頂的圓木。也作「如椽大筆」。

語源　晉書王珣傳：「珣夢人以大筆如椽與之，既覺，語人曰：『此當有大手筆事。』俄而帝崩，哀冊諡議，皆珣所草。」

例句　他的文章見解精闢，大筆如椽，深獲讀者的喜愛。

近義　妙筆生花　波瀾老成

大街小巷 ㄉㄚˋ ㄐㄧㄝ ㄒㄧㄠˇ ㄒㄧㄤˋ　泛指城市中各處的街道。

語源　元羅貫中三遂平妖傳第二十三回：「張千、李萬攙扶到十字街口時，鬨動了大街小巷的人，挨肩疊背，爭著來看。」

例句　張小姐連日來穿梭大街小巷尋尋覓覓，終於找回了心愛的小狗。

近義　街頭巷尾

大費周章 ㄉㄚˋ ㄈㄟˋ ㄓㄡ ㄓㄤ　歷經很多麻煩，曲折地進行。周章，曲折；麻煩。也作「大費周折」或「煞費周章」。

語源　紅樓夢第九十六回：「若是他有些喜歡的意思，這事卻要大費周折呢！」清袁枚續子不語第八卷：「狀已入，大費周章，內幕已批定矣，但需費八百。」

例句　有兩隻海豚不知何故擱淺在沙灘，救難人員想盡辦法，大費周章，終於讓牠們重回海中。

近義　勞師動眾　煞費苦心

反義　輕而易舉　不費吹灰之力

大費脣舌 ㄉㄚˋ ㄈㄟˋ ㄔㄨㄣˊ ㄕㄜˊ　說了很多話來勸服別人。脣舌，指言語。

語源　明呂坤呻吟語聖賢：「牧誓武成取得，何等費脣舌！」

例句　我大費脣舌，好不容易才說動她，你可別節外生枝！

近義　橫說豎說　口乾舌燥

反義　三言兩語　乾淨俐落

大開大闔 ㄉㄚˋ ㄎㄞ ㄉㄚˋ ㄏㄜˊ　①形容文思跌宕起伏，能放能收。②形容格局開闊，能放能收。也作「大開大閤」、「大開大合」。

語源　清趙翼憂旱：「今年天作奇文章，大開大合為弛張。」

例句　①這篇社論探討如何突

破經濟困境，立論高遠，大開大闔，值得當局借鑑。②他語重心長地呼籲，國家領導人應拋棄一黨之私，以大開大闔的格局，思考國家整體發展，謀求全民最大福利。

近義 沉鬱頓挫 大破大立

反義 拖泥帶水 鑽牛角尖

大開眼界 ㄉㄚˋ ㄎㄞ ㄧㄢˇ ㄐㄧㄝˋ 拓展視野，增長見識。眼界，視力所及的範圍。指見識的廣度。

語源 唐李濬松窗雜錄楚兒：「馬上取筆答之，曰：『大開眼界莫言寃。』」

例句 博大精深的中國功夫讓外國人大開眼界，嘖嘖驚歎！

近義 一新耳目

反義 坐井觀天 管中窺豹

大勢已去 ㄉㄚˋ ㄕˋ ㄧˇ ㄑㄩˋ 形容大局已經無可挽回。大勢，大局的趨向。

語源 宋李新武侯論：「先主失荊州，天下之大勢已去矣。」

例句 小華棋高一著，眼看這局大勢已去，我只好棄子投降。

近義 回天乏術 無力回天

反義 大有可為 力挽狂瀾

大勢已定 ㄉㄚˋ ㄕˋ ㄧˇ ㄉㄧㄥˋ 局勢或情勢已經確定、明朗，不會再有變化。也作「大勢底定」。

語源 元史陳天祥傳：「乘此一勝，則大勢已定。然後取黃州、壽昌如摧枯拉朽耳。」

例句 這場網球公開賽冠亞軍之爭大勢已定，她即將成功衛冕冠軍。

近義 大勢所趨 塵埃落定

反義 大勢已去 未定之天

大勢底定 ㄉㄚˋ ㄕˋ ㄉㄧˇ ㄉㄧㄥˋ 參見「大勢已定」。

大勢所趨 ㄉㄚˋ ㄕˋ ㄙㄨㄛˇ ㄑㄩ 指時局、潮流的歸向。

語源 宋陳亮上孝宗皇帝第三書：「天下大勢之所趨，非人力之所能移也。」

例句 為了使臺灣邁向國際化，提高競爭力，教育改革是大勢所趨。

近義 人心所向 勢所必然

大塊文章 ㄉㄚˋ ㄎㄨㄞˋ ㄨㄣˊ ㄓㄤ 本指大自然秀麗的景物足以啟發文思，並為文藝創作提供素材。後多用來指長篇大論、言之有物的文章。大塊，大自然；大地。文章，錯雜的顏色、花紋。

語源 唐李白春夜宴從弟桃花園序：「陽春召我以烟景，大塊假我以文章。」

例句 他在報章雜誌發表的都是擲地有聲的大塊文章。

近義 擲地有聲 不同凡響

反義 無病呻吟 風花雪月

大慈大悲 ㄉㄚˋ ㄘˊ ㄉㄚˋ ㄅㄟ 佛教用語。指憐憫人們並想拯救他們脫離苦難的慈悲心。

語源 法華經譬喻品：「大慈大悲，常無懈倦，恆求善事，利益一切。」

例句 德蕾莎修女一生助人無數，是個大慈大悲的人間天使。

近義 大發慈悲 慈悲為懷

反義 滅絕人性 心狠手辣

大搖大擺 ㄉㄚˋ ㄧㄠˊ ㄉㄚˋ ㄅㄞˇ 走路時身體大幅度地左右搖擺。形容態度從容、無所畏懼或揚揚得意的樣子。

語源 明周楫西湖二集第二十卷：「脫白掛綠，人人自以為才子，個個說我是文人，大搖大擺，誰人敢批點他『不濟』二字來。」

例句 他仗恃著家裡有錢，不

但說話大聲，連走起路來也是大搖大擺。

近義　大模大樣　神氣活現

反義　畏畏縮縮　躡手躡腳

大義滅親（ㄉㄚˋ ㄧˋ ㄇㄧㄝˋ ㄑㄧㄣ）　為了維護正義，對犯罪的親人不徇私情，使其受到應有的懲罰。

語源　左傳隱公四年記載：春秋時代，衛國大夫石碏之子石厚和衛公子州吁弒殺桓公，事後，石碏殺了兒子石厚以謝罪，因此大家稱讚他說：「石碏純臣也，惡州吁而厚與焉。大義滅親，其是之謂乎！」

例句　兒子犯了綁票勒索罪，丁警官大義滅親，帶他去自首，接受應有的制裁。

近義　大公無私　鐵面無私

大義凜然（ㄉㄚˋ ㄧˋ ㄌㄧㄣˇ ㄖㄢˊ）　形容為維護正義而顯出嚴峻不可侵犯的樣子。凜然，態度正直，人格嚴正。也作「正義凜然」、「正氣凜然」。

語源　宋王十朋答李丞務：「參政宏才碩學，精忠大節凜然，當代少見其比。」明鄭仲夔耳新正氣：「不惟侍御精忠貫日，夫人亦且大義凜然。」明沈德符萬曆野獲編第五卷：「其為人正氣凜然，奸邪莫可犯。」

例句　文天祥被押至刑場時大義凜然，從容就義，圍觀者無不動容。

近義　浩然正氣　義薄雲天

大肆抨擊（ㄉㄚˋ ㄙˋ ㄆㄥ ㄐㄧ）　大力指責、攻擊。抨擊，攻擊、指責。

例句　那位知名影星因為發言失當，引起媒體和輿論的大肆抨擊。

反義　交口稱譽　讚不絕口

大腹便便（ㄉㄚˋ ㄈㄨˋ ㄆㄧㄢˊ ㄆㄧㄢˊ）　形容腹部肥大的樣子。便便，肥滿的樣子。

語源　後漢書邊韶傳：「邊孝先，腹便便，懶讀書，但欲眠。」

例句　他食量大，又懶得運動，才三十多歲就已經大腹便便。

近義　腦滿腸肥

反義　骨瘦如柴　形銷骨立

大飽口福（ㄉㄚˋ ㄅㄠˇ ㄎㄡˇ ㄈㄨˊ）　充分滿足飲食上的享受。口福，享用美食的福氣。

例句　老闆今天要請大家到知名的法式餐廳用餐，又可以大飽口福囉！

近義　大快朵頤

大夢初醒（ㄉㄚˋ ㄇㄥˋ ㄔㄨ ㄒㄧㄥˇ）　比喻剛從錯誤或被蒙蔽中醒悟過來。

語源　莊子齊物論：「覺而後知其夢也，且有大覺而後知此其大夢也。」

例句　他迷上樂透彩後幾乎花光了所有積蓄，如今大夢初醒，才了悟腳踏實地工作最實在。

近義　恍然大悟　如夢初醒

反義　至死不悟　執迷不悟

大徹大悟（ㄉㄚˋ ㄔㄜˋ ㄉㄚˋ ㄨˋ）　形容徹底覺悟。

語源　元鄭光祖立成湯伊尹耕莘楔子：「蓋凡升天之時，先參貧道，授與仙訣，大徹大悟後，方得昇九天朝真而觀元始。」

例句　何先生多年來沉迷酒色，成天鬼混，直到聽了大師的一番開示之後才大徹大悟。

近義　幡然悔悟　恍然大悟

反義　執迷不悟　至死不悟

大敵當前（ㄉㄚˋ ㄉㄧˊ ㄉㄤ ㄑㄧㄢˊ）　強大的敵人就要來犯。也比喻處在危急迫切的關頭。

語源　宋劉克莊杜尚書神道

碑：「雖大敵在前，戈甲耀日，矢石如雨，公意氣愈閑暇，無窘遽容。」

【例句】大敵當前，前線官兵莫不枕戈待旦，誓死保衛家園。

【近義】兵臨城下　大軍壓境

【反義】天下太平　平安無事

大模大樣 ㄉㄚˋ ㄇㄛˊ ㄉㄚˋ ㄧㄤˋ

①形容傲慢自大、旁若無人的樣子。②形容很有架勢，毫不拘謹的樣子。

【語源】明徐霖繡襦記結伴毗陵：「這廝大模大樣，公然慢我。」明馮夢龍喻世明言卷二十二：「在典鋪裡賃件新鮮衣服穿了，折一項新頭巾；大模大樣，搖擺在劉八太尉府中去。」

【例句】①客人來了，你們兄弟倆還大模大樣地坐著，連打聲招呼也不會，真沒禮貌！②只見一個打扮入時的小姐走進會議室，大模大樣地坐在主席的位置，大家才知道她就是新上任的年輕女總裁。

【近義】旁若無人　大搖大擺

【反義】扭扭捏捏　忸怩作態

大醇小疵 ㄉㄚˋ ㄔㄨㄣˊ ㄒㄧㄠˇ ㄘ

大體純正而略有缺點。

【語源】唐韓愈讀荀子：「孟氏醇乎醇者也；荀與揚大醇而小疵。」

【例句】他的個性雖然急躁，但心地善良、見義勇為，可以說是大醇小疵。

【近義】瑕瑜互見　白璧微瑕

【反義】十全十美　無懈可擊

大駕光臨 ㄉㄚˋ ㄐㄧㄚˋ ㄍㄨㄤ ㄌㄧㄣˊ

指客人上門或來訪。通常作為敬詞使用，有客套或歡迎之意。

【語源】史記孝文本紀：「天子鹵簿有大駕、法駕。」後漢書劉焉袁術呂布列傳：「二將軍親拔大駕。」

【例句】林董事長大駕光臨，使本公司的開幕酒會生色不少。

大器晚成 ㄉㄚˋ ㄑㄧˋ ㄨㄢˇ ㄔㄥˊ

本指製造大的器具費時較久才能完成，今多指人較晚成就。

【語源】老子四十一章：「大方無隅，大器晚成。」清吳敬梓儒林外史第四十九回：「二位先生高才久屈，將來定是大器晚成的。」

【例句】他年輕時就投入陶藝工作，不過中年後的作品才頻頻得獎，受到肯定，可說是「大器晚成」。

【反義】少年得志　老大無成

大興土木 ㄉㄚˋ ㄒㄧㄥ ㄊㄨˇ ㄇㄨˋ

大量興建各種土木工程。原多指興建宮殿、住宅、園林等，現也泛指各種建築工事。

【語源】舊五代史李守貞傳：「守貞因取連宅軍營，以廣其第，大興土木，治之歲餘，為京師之甲。」

【例句】自從這裡成為新的工業區後，幾年來大興土木，辦公大樓與廠房一棟接一棟的落成。

大錯特錯 ㄉㄚˋ ㄘㄨㄛˋ ㄊㄜˋ ㄘㄨㄛˋ

形容錯誤到了極點。

【語源】清曾樸孽海花第二十五回：「第二款兩國派兵交互知會這一條，如今想來，真是大錯特錯！」

【例句】你因為輕信流言而開除小強，真是大錯特錯！如今真相大白，後悔也來不及了。

【近義】大謬不然　荒謬絕倫

【反義】千真萬確　無庸置疑

大獲全勝 ㄉㄚˋ ㄏㄨㄛˋ ㄑㄩㄢˊ ㄕㄥˋ

取得全面性的勝利。

【語源】三國演義第三十六回：「且說劉玄德大獲全勝，引軍入樊城。」

【例句】美國在本屆奧運所得的金牌及獎牌數皆居各國之冠，

可說是大獲全勝。

近義　戰績輝煌

反義　一敗塗地

大聲疾呼 ㄉㄚˋ ㄕㄥ ㄐㄧˊ ㄏㄨ　大聲呼喊以引起他人注意。也用來形容對某事大力呼籲、提倡。疾，急速。

語源　唐韓愈後十九日復上宰相書：「其既危且極矣，大其聲而疾呼矣。」清計六奇明季北略第一卷：「何一件非職大聲疾呼、爭口鬥氣所得？」

例句　環保專家大聲疾呼，籲請民眾舉手之勞做環保，否則地球的汙染將越來越嚴重。

近義　大力鼓吹　奔走呼號

反義　三緘其口　默不作聲

大謬不然 ㄉㄚˋ ㄇㄧㄡˋ ㄅㄨˋ ㄖㄢˊ　大錯特錯，與事實完全不符。謬，錯誤。不然，不是如此。

語源　漢司馬遷報任少卿書：「而事乃有大謬不然者。」

例句　他以為我趁機挾怨報復，其實大謬不然。

近義　大錯特錯　錯誤百出

反義　千真萬確　無庸置疑

大爆冷門 ㄉㄚˋ ㄅㄠˋ ㄌㄥˇ ㄇㄣˊ　出現與預期大不相同的結果。冷門，比喻不受重視的事物或行業。

例句　這次總決賽大爆冷門，居然由一開始最不被看好的隊伍奪冠。

近義　出乎意料　出人意表

反義　不出所料　果不其然

大難不死 ㄉㄚˋ ㄋㄢˋ ㄅㄨˋ ㄙˇ　遇到重大災難而能保全生命。難，災難；災禍。

語源　元關漢卿裴度還帶第三折：「皆是先生陰德太重，救我一家之命，因此遇大難不死，必有後程，准定發跡也。」

例句　他在那場空難中奇蹟生還，大難不死，讓他更加珍惜人生。

近義　虎口餘生　死裡逃生

反義　在劫難逃　大劫難逃

大權在握 ㄉㄚˋ ㄑㄩㄢˊ ㄗㄞˋ ㄨㄛˋ　掌握處理重大決策的權力。

語源　明張岱石匱書堵胤錫何騰蛟列傳：「大勢既張，大權在握，天下全局，指顧間耳。」

例句　他平日就視我們為眼中釘，一旦讓他當上社長，大權在握，我們都該倒楣了。

近義　當家作主　大權獨攬

反義　大權旁落　太阿倒持

大權旁落 ㄉㄚˋ ㄑㄩㄢˊ ㄆㄤˊ ㄌㄨㄛˋ　重大的權力落入旁人的手中。多指國家政權。

語源　宋高斯得輪對奏札：「遂使眾臣爭衡，大權旁落，養成積輕之勢。」

例句　戊戌政變後，光緒皇帝因為大權旁落，鬱鬱以終。

近義　太阿倒持

反義　大權獨攬　大權在握

大權獨攬 ㄉㄚˋ ㄑㄩㄢˊ ㄉㄨˊ ㄌㄢˇ　獨自把持處理重大事情的權柄。攬，把持。也作「獨攬大權」。

語源　清曾樸孽海花第六回：「他卻忘其所以，大權獨攬，只弄些小聰明，鬧些空意氣。」

例句　古時候若皇帝年幼，宦官或外戚便容易大權獨攬，造成政局不安。

近義　一手遮天　大權在握

反義　大權旁落　倒持太阿

大顯身手 ㄉㄚˋ ㄒㄧㄢˇ ㄕㄣ ㄕㄡˇ　參見「大展身手」。

大驚小怪 ㄉㄚˋ ㄐㄧㄥ ㄒㄧㄠˇ ㄍㄨㄞˋ　形容人過分慌張或驚訝。

語源　宋朱熹晦庵集答林擇之書：「要須把此事來做一平常事看，樸實頭做將去，久之自然見效，不必如此大驚小怪，起模畫樣也。」

例句 現代人看見日蝕，已經不會像古人那樣以為是天狗食日而大驚小怪了。

近義 少見多怪　蜀犬吠日

反義 司空見慣　等閒視之

大驚失色 ㄉㄚˋ ㄐㄧㄥ ㄕ ㄙㄜˋ 形容過於驚嚇而臉色蒼白。

語源 三國演義第二十四回：「忽見曹操帶劍入宮，面有怒容，帝大驚失色。」

例句 她一向怕蛇，連看到電視上出現蛇的畫面都會大驚失色。

近義 面如土色　花容失色

反義 泰然自若　面不改色

大眼瞪小眼 ㄉㄚˋ ㄧㄢˇ ㄉㄥˋ ㄒㄧㄠˇ ㄧㄢˇ 大眼看著小眼。形容因訝異、生氣或無可奈何而相視無言的樣子。也作「大眼望小眼」。

語源 清吳敬梓儒林外史第三回：「眾人大眼望小眼，一齊道：『原來新貴人歡喜瘋了。』」

例句 座談會上，兩位來賓意見不合，竟然大打出手，與會的人都大眼瞪小眼，手足無措。

近義 面面相覷

大意失荊州 ㄉㄚˋ ㄧˋ ㄕ ㄐㄧㄥ ㄓㄡ 三國時，關羽鎮守荊州，因輕敵而失守。見三國志蜀書關羽傳。後用來警惕人疏忽大意會壞事。荊州，今湖北江陵。三國時期為兵家必爭之地。

例句 雖然這場比賽我方勝券在握，但仍要全力以赴，千萬不可大意失荊州。

近義 掉以輕心　等閒視之

反義 小心謹慎　小心翼翼

大開方便之門 ㄉㄚˋ ㄎㄞ ㄈㄤ ㄅㄧㄢˋ ㄓ ㄇㄣˊ 原為佛教用語，指引領人進入學佛的門徑。後多指給人自由及方便的門徑。

語源 南朝梁王僧孺中寺碑：「將同商主，取喻醫王，開方便門，示真實相。」明馮惟敏僧尼共犯第四折：「誰想巡捕老爹大開方便之門，放俺還俗，便成配偶。」

例句 新的土地政策為建商取得建地大開方便之門，有圖利財團之嫌。

近義 與人方便

反義 善自為謀

大事化小，小事化無 ㄉㄚˋ ㄕˋ ㄏㄨㄚˋ ㄒㄧㄠˇ ㄒㄧㄠˇ ㄕˋ ㄏㄨㄚˋ ㄨˊ 大事化解為小事，小事化解為無事。指盡量化解、消弭衝突。也作「大事化為小事，小事化為無事」。

語源 紅樓夢第六十二回：「大事化為小事，小事化為沒事，方是興旺之家。」

例句 對方的損失並不嚴重，你就賠點小錢吧。能夠大事化小，小事化無，以後大家也好相處。

近義 息事寧人　相安無事

反義 睚眥必報　兩敗俱傷

大處著眼，小處著手 ㄉㄚˋ ㄔㄨˋ ㄓㄨㄛˊ ㄧㄢˇ ㄒㄧㄠˇ ㄔㄨˋ ㄓㄨㄛˊ ㄕㄡˇ 從大的方面設想、規劃，從小的方面踏實做起。著眼，把注意力放在某處。或省作「大處著眼」。

語源 清文康兒女英雄傳第二十五回：「感念姑娘救了自己的兒子，延了安家的宗祀，大處著眼，便不忍吹求到此。」

例句 凡事要從大處著眼，小處著手，既不能目光短淺，也不可好高騖遠。

近義 實事求是　腳踏實地

反義 尋枝摘葉　見樹不見林

大姑娘坐花轎——頭一 ㄉㄚˋ ㄍㄨ ㄋㄧㄤˊ ㄗㄨㄛˋ ㄏㄨㄚ ㄐㄧㄠˋ ㄊㄡˊ ㄧ

大

遭 ㄗㄠ 歇後語。比喻第一次。舊時以花轎迎娶新娘，大姑娘沒結過婚，出嫁時是第一次坐花轎，故有此比喻。

例句 在電視鏡頭前亮相，我這還是大姑娘坐花轎——頭一遭。

1 **天人永隔** ㄊㄧㄢ ㄖㄣˊ ㄩㄥˇ ㄍㄜˊ 死者在天，生者在世，永遠無法再見。天，歸天。指死者。人，人世。指生者。

例句 那場車禍造成一對情侶天人永隔，酒駕肇事者竟然還若無其事，真是可惡。

天人交戰 ㄊㄧㄢ ㄖㄣˊ ㄐㄧㄠ ㄓㄢˋ 天理公義和人情私欲在內心掙扎。

例句 小智在福利社撿到一隻很漂亮的手機，他天人交戰了片刻，最後還是決定交給老師處理。

天上人間 ㄊㄧㄢ ㄕㄤˋ ㄖㄣˊ ㄐㄧㄢ 一個在天上，一個在人間。比喻境遇不同，相差極大。也指像天上的人間。形容無比享樂。

語源 唐趙嘏送李給事：「眼前軒冕是鴻毛，天上人間漫自勞。」明馮夢龍喻世明言卷三六：「宅中有十里錦帳，天上人間，無比奢華。」

例句 他是個貴公子，我是個鄉巴佬，天上人間，我拿什麼跟人家比呢？

近義 天壤之別　判若雲泥

天下為公 ㄊㄧㄢ ㄒㄧㄚˋ ㄨㄟˊ ㄍㄨㄥ 指天下屬於全體人民所有。為一人人平等、自由的社會政治理想。

語源 禮記禮運：「大道之行也，天下為公。」

例句 身為現代人應該具有天下為公的民主素養，才能符合時代潮流。

近義 世界大同

天下為家 ㄊㄧㄢ ㄒㄧㄚˋ ㄨㄟˊ ㄐㄧㄚ 把國家當作自己的家產。後泛指志在四方，處處可以為家。

語源 禮記禮運：「今大道既隱，天下為家。」南朝宋劉義慶世說新語言語：「臣聞王者以天下為家，是以耿亳無定處，九鼎遷於洛邑，願陛下勿以遷都為念。」

例句 他為了打拚事業而毅然離開故鄉，天下為家，絲毫不以為苦。

近義 四海為家

反義 安土重遷

天下無雙 ㄊㄧㄢ ㄒㄧㄚˋ ㄨˊ ㄕㄨㄤ 全世界再沒有第二個。形容超群出眾，獨一無二。

語源 史記魏公子列傳：「始吾聞夫人弟公子天下無雙。」

例句 他既是科學界的菁英，文學造詣也高人一等，堪稱是天下無雙的人才。

近義 舉世無雙　冠絕古今

反義 凡夫俗子　泛泛之輩

天下歸心 ㄊㄧㄢ ㄒㄧㄚˋ ㄍㄨㄟ ㄒㄧㄣ 天下百姓心悅誠服地接受統治。

語源 論語堯曰：「興滅國，繼絕世，舉逸民，天下之民歸心焉。」

例句 為政者唯有廣施德政，使百姓安居樂業，自然天下歸心，長治久安。

近義 天與人歸　率土歸心

反義 眾叛親離　天怒人怨

天不假年 ㄊㄧㄢ ㄅㄨˋ ㄐㄧㄚˇ ㄋㄧㄢˊ 上天不給予壽命。指壽命不長。假，借。引申指給予。

語源 左傳僖公二十八年：「民之情偽，盡知之矣，天假之年，而除其害。」元史成宗紀：「我昭考早正儲位，德盛功隆，天不假年，四海缺望。」

例句 他是個前途大好的明日

大

之星，可惜天不假年，不幸因病而英年早逝。

近義　英年早逝　蘭摧玉折

反義　天假之年　終其天年

天之驕子 ㄊㄧㄢ ㄓ ㄐㄧㄠ ㄗˇ　天所寵幸的人。原是漢代對匈奴的稱呼，簡稱「天驕」。現多用來指境況優越的人。

語源　漢書匈奴傳：「南有大漢，北有強胡。胡者，天之驕子也。」

例句　世傑聰明伶俐，家世又好，從小就是天之驕子，未曾吃過苦頭。

近義　得天獨厚

反義　泛泛之輩

天公地道 ㄊㄧㄢ ㄍㄨㄥ ㄉㄧˋ ㄉㄠˋ　像天地那麼公平地覆載萬物。比喻十分公平。

語源　清嶺南羽衣女士東歐女豪傑第三回：「如今人人的腦袋裡頭，既都有了一個社會平等、政治自由，是個天公地道的思想。」

例句　有人擅長體育，有人擅長美術，人人各有所長，天公地道，誰也不用羨慕誰。

近義　天經地義　合情合理

反義　不近情理

天方夜譚 ㄊㄧㄢ ㄈㄤ ㄧㄝˋ ㄊㄢˊ　原為阿拉伯著名的民間故事集。故事內容有豐富想像，充滿神話色彩。後用來比喻誇張荒誕的言論。天方，古代中國對麥加與阿拉伯地區的稱呼。

例句　你這種說法簡直就是天方夜譚，荒謬至極！

近義　癡人說夢　無稽之談

天外有天 ㄊㄧㄢ ㄨㄞˋ ㄧㄡˇ ㄊㄧㄢ　比喻強中更有強中手。勸戒人不能自滿自大。

語源　清王夢吉濟公傳第十八回：「豈不知泰山高矣，泰山之上還有天。滄海深矣，滄海之下還有地。人外有人，天外有天。」

例句　能得到大家的肯定已屬僥倖，天外有天，這「第一」的名號，本人實不敢當。

近義　強中更有強中手　一山還有一山高

反義　目中無人　目空一切

天生麗質 ㄊㄧㄢ ㄕㄥ ㄌㄧˋ ㄓˊ　與生俱來的美麗姿質。

語源　唐白居易長恨歌：「天生麗質難自棄，一朝選在君王側。」

例句　黃小姐憑著天生麗質，甫畢業就成為高收入的模特兒，羨煞不少人。

近義　天生尤物

天各一方 ㄊㄧㄢ ㄍㄜˋ ㄧˋ ㄈㄤ　各居一地，相隔遙遠。天，指居處所看到的天空。代指居處。

語源　昭明文選蘇武詩四首其四：「良友遠別離，各在天一方。」唐李朝威柳毅傳：「洎錢塘季父論親不從，遂至睽違，天各一方，不能相問。」

例句　通訊科技一日千里，即使天各一方，卻能透過網路隨時聯繫，真是方便。

近義　天涯海角

反義　近在咫尺

天衣無縫 ㄊㄧㄢ ㄧ ㄨˊ ㄈㄥˊ　天仙的衣服沒有針線縫合的痕跡。比喻事物完美自然，沒有破綻。或指詩文渾然天成，不顯雕琢痕跡。

語源　五代前蜀牛嶠靈怪錄：「郭翰暑月臥庭中，仰視空中，有人冉冉而下，曰：『吾織女也。』徐視其衣並無縫。翰問之，謂曰：『天衣本無針線為也。』」

例句　①這支舞團今晚的演出，舞者們彼此配合得天衣無縫，非常完美。②她的文章結

構嚴謹，渾然天成，簡直是天衣無縫。

近義 十全十美 巧奪天工

反義 千瘡百孔 漏洞百出

天作之合 ㄊㄧㄢ ㄗㄨㄛˋ ㄓ ㄏㄜˊ 由上天配對而成的佳偶。多用於對美滿婚姻的祝賀。

語源 詩經大雅大明：「天監在下，有命既集；文王初載，天作之合。」

例句 這對新人郎才女貌，真可說是天作之合。

近義 佳偶天成 天造地設

反義 彩鳳隨鴉 露水夫妻

天助自助 ㄊㄧㄢ ㄓㄨˋ ㄗˋ ㄓㄨˋ 上天會幫助那些自我幫助的人。鼓勵人自我奮發，自立自強。也作「天助自助者」。

例句 天助自助，我們只要不畏困難，勇往直前，還有成功的機會。

近義 自助人助 自立自強

反義 自暴自棄 妄自菲薄

天災人禍 ㄊㄧㄢ ㄗㄞ ㄖㄣˊ ㄏㄨㄛˋ 自然的災害和人為的禍害。泛指各種災難。

語源 管子內業：「不逢天災，不遇人害，謂之聖人。」明方汝浩禪真後史第三十四回：「不過是天災人禍，偶爾相湊，聚成作耗耳。」

例句 這個非洲小國天災人禍不斷，亟待世界各國積極伸出援手。

反義 國泰民安 四海昇平

天昏地暗 ㄊㄧㄢ ㄏㄨㄣ ㄉㄧˋ ㄢˋ ①形容昏暗無光。②比喻政治腐敗、社會黑暗，或形容氣氛混亂淒慘。

語源 唐韓愈龍移：「天昏地黑蛟龍移，雷驚電激雄雌隨。」明王世貞鳴鳳記第三十五回：「睹朝綱天昏日暗，因此上身泛五湖舟。」清吳敬梓儒林外史第五回：「披頭散髮，滿地打滾，哭的天昏地暗。」

例句 ①颱風來臨前，濃雲密布，天昏地暗，民眾還是少外出為妙。②這部動作片最後的高潮，兩方人馬殺得天昏地暗，看得觀眾膽戰心驚。

近義 暗無天日 昏天黑地

反義 河清海晏 晴空萬里

天花亂墜 ㄊㄧㄢ ㄏㄨㄚ ㄌㄨㄢˋ ㄓㄨㄟˋ 原指佛祖說法時感動天神，各色香花紛紛墜落。後多用來比喻人說話浮誇不實。

語源 心地觀經序品：「六欲諸天來供養，天華（花）亂墜遍虛空。」宋朱熹朱子語類卷三五：「凡他人之言，便做說得天花亂墜，我亦不信，依舊只執己是。」

例句 購物頻道的主持人將產品好處說得天花亂墜，企圖挑起顧客購買的欲望。

近義 花言巧語 不著邊際

反義 言簡意賅 肺腑之言

天長地久 ㄊㄧㄢ ㄔㄤˊ ㄉㄧˋ ㄐㄧㄡˇ 形容時間長久。

語源 老子七章：「天長地久。天地所以能長且久者，以其不自生，故能長生。」

例句 現代人常抱著「不在乎天長地久，只在乎曾經擁有」的愛情觀，與古人大異其趣。

近義 天荒地老

反義 一朝一夕

天南地北 ㄊㄧㄢ ㄋㄢˊ ㄉㄧˋ ㄅㄟˇ ①比喻相隔遙遠。②比喻談話內容廣泛，沒有主題。

語源 漢蔡琰胡笳十八拍第八拍：「為神有靈兮，何事處我天南海北頭？」宋宋江念奴嬌：「天南地北，問乾坤何處，可容狂客？」清張春帆九尾龜第五回：「劉厚卿急使個眼色，與幼惲說些閒話，天南地

北的攀談。」

例句 ①現代交通方便，即使相隔天南地北，依然容易會面，何必為分離而傷心呢？②他們兩個人十分投緣，一見面便天南地北地聊了起來。

近義 天涯海角　天各一方

反義 近在咫尺　近在眼前

天怒人怨 ㄊㄧㄢ ㄋㄨˋ ㄖㄣˊ ㄩㄢˋ　上天發怒，人心怨恨。多用來形容暴政或主政者的措施不當，失去民心。

語源 漢王充論衡雷虛：「天怒不旋日，人怨不旋踵。」

例句 中國歷代許多國君昏瞶暴虐，弄得天怒人怨，終致亡朝。

近義 人神共憤　怨聲載道

反義 大快人心　天下歸心

天倫之樂 ㄊㄧㄢ ㄌㄨㄣˊ ㄓ ㄌㄜˋ　指親情的歡樂。天倫，家庭中父母、兄弟、姊妹間自然生成的親屬關係。

語源 唐李白春夜宴從弟桃花園序：「會桃李之芳園，序天倫之樂事。」

例句 我最珍惜逢年過節家人團聚、共享天倫之樂的時刻。

反義 妻離子散

天真無邪 ㄊㄧㄢ ㄓㄣ ㄨˊ ㄒㄧㄝˊ　形容人本性純潔，沒有心機。

語源 晉書列傳第十九：「餐和履順，以保天真。」論語為政：「詩三百，一言以蔽之，曰思無邪。」

例句 她經過多年社會歷練，仍然一派天真無邪，對人毫無機心，真是難得。

近義 天真爛漫　赤子之心

反義 少年老成　矯揉造作

天真爛漫 ㄊㄧㄢ ㄓㄣ ㄌㄢˋ ㄇㄢˋ　性情真純，率直自然。爛漫，性情率直的樣子。

語源 宋龔開高馬小兒圖：「天真爛漫好容儀，楚楚衣裝無不宜。」

例句 她最喜歡教小學生，只因小朋友的天真爛漫讓她感動。

近義 天真無邪

反義 矯揉造作

天荒地老 ㄊㄧㄢ ㄏㄨㄤ ㄉㄧˋ ㄌㄠˇ　參見「地老天荒」。

天馬行空 ㄊㄧㄢ ㄇㄚˇ ㄒㄧㄥˊ ㄎㄨㄥ　神馬在空中奔馳。①比喻才氣縱橫，不受拘束。②形容言行不著邊際。

語源 明劉廷振薩天錫詩集序：「其所以神化而超出於眾表者，殆猶天馬行空而步驟不凡。」

例句 ①這雖然是小題目，但他寫來卻有如天馬行空，立論高妙。②他的發言不但偏離主題，而且天馬行空，不知所云。

近義 不著邊際

反義 一針見血

天崩地裂 ㄊㄧㄢ ㄅㄥ ㄉㄧˋ ㄌㄧㄝˋ　天崩塌，地裂開。形容巨大的自然災害。也比喻巨大的變動。

語源 戰國策趙策三：「天崩地坼，天子下席。」漢劉勝文木賦：「王子見知，乃命班爾，載斧伐斯，隱若天崩，豁如地裂。」

例句 九二一地震後，她時常從「天崩地裂」的夢魘中驚醒。

近義 天翻地覆　天塌地陷

天旋地轉 ㄊㄧㄢ ㄒㄩㄢˊ ㄉㄧˋ ㄓㄨㄢˇ　①形容暈眩的感覺。②比喻時勢的巨大變化。

語源 唐元稹望雲騅馬歌：「雄雄猛將李令公，收城殺賊豺狼空。天旋地轉日再中，天子卻坐明光宮。」水滸傳第二十六回：「那兩個公人只見天旋地轉，噤了口，望後撲地便倒。」

例句 ①昨天天氣太熱，中午時我忽然覺得一陣天旋地轉，差點暈了過去。②清末民初之際的政局變動，對保守人士來說，猶如天旋地轉，難以接受。

近義 暈頭轉向　翻天覆地

天涯海角（ㄊㄧㄢ ㄧㄚˊ ㄏㄞˇ ㄐㄧㄠˇ）　指非常遙遠的地方。

語源 南朝陳徐陵為陳武皇帝作相時與嶺南酋豪書：「天涯藐藐，地角悠悠，言面無由，但以情企。」　宋王十朋懷子尚：「水北山南春寂寂，天涯海角路漫漫。」

例句 犯了罪的人即使逃到天涯海角，也逃不過自己良心的譴責。

近義 天南地北

反義 近在咫尺

天淵之別（ㄊㄧㄢ ㄩㄢ ㄓ ㄅㄧㄝˊ）　天空和深淵之間的差距。比喻相差極遠。淵，深水。

語源 宋羅大經鶴林玉露卷一三：「只一字之差，意味天淵敻別。」

例句 他們兄弟倆雖然在同一個家庭成長，接受相同的教育，但是最後的成就卻有天淵之別。

近義 天差地遠　判若雲泥

反義 不相上下　銖兩悉稱

天理昭彰（ㄊㄧㄢ ㄌㄧˇ ㄓㄠ ㄓㄤ）　天道明顯彰著。形容報應分明。昭彰，明顯；顯著。

語源 元佚名馮玉蘭夜月泣江舟第三折：「不承望這搭兒裡偏湊巧，這一個天理昭昭，誰想道有今朝。」　明淩濛初二刻拍案驚奇卷五：「如此劇賊，卻被小孩子算破了，豈非天理昭彰？」

例句 那個流氓平日作惡多端，現在被判無期徒刑，可說是天理昭彰。

近義 天道好還　天網恢恢

天理難容（ㄊㄧㄢ ㄌㄧˇ ㄋㄢˊ ㄖㄨㄥˊ）　天理難以原諒。指作惡多端，必遭天譴。天理，天道。容，寬容；原諒。也作「天理不容」。

語源 西遊記第七十回：「那時我等占了他的城池，大王稱帝，我等稱臣……雖然也有個大小官爵，只是天理難容也。」明淩濛初初刻拍案驚奇卷二：「天理不容，自然敗露。」

例句 他居然做出這種泯滅人性的惡行，簡直天理難容，一定會遭到報應的。

近義 天理昭彰

天造地設（ㄊㄧㄢ ㄗㄠˋ ㄉㄧˋ ㄕㄜˋ）　由天地造就設置。比喻事物巧妙得宜。

語源 唐田穎問道堂後園記：「回思向所辟諸境，幾若天造地設。」

例句 老師這座雕塑作品，刀法俐落，氣勢雄渾，真是天造地設的佳作。

近義 渾然天成　鬼斧神工

天寒地凍（ㄊㄧㄢ ㄏㄢˊ ㄉㄧˋ ㄉㄨㄥˋ）　形容天氣非常寒冷。

語源 宋汪莘南州春色：「一任天寒地凍，南枝香動，花傍一陽開。」

例句 沙漠地區的氣溫變化十分劇烈，白天有如火爐一般，晚上卻是天寒地凍。

近義 冰天雪地

反義 春光明媚

天搖地動（ㄊㄧㄢ ㄧㄠˊ ㄉㄧˋ ㄉㄨㄥˋ）　形容聲勢巨大或震動得非常厲害。

語源 明羅懋登三寶太監西洋記第六十九回：「南陣上三通鼓響，吶喊一聲，天搖地動的一般。」清錢彩說岳全傳第七十四回：「祇聽得墳門外齊聲吶喊，震得天搖地動。」

【例句】今早那場地震，天搖地動，許多地方都陸續傳出災情。
【近義】天崩地裂

天經地義 ㄊㄧㄢ ㄐㄧㄥ ㄉㄧˋ ㄧˋ 天地間恆常不變的道理。經，常道。義，道理。
【語源】左傳昭公二十五年：「夫禮，天之經也，地之義也，民之行也。」
【例句】孝敬父母本是天經地義的事，如今竟然有人棄年邁雙親於不顧，真是世風日下啊！
【近義】理所當然　無庸置疑
【反義】豈有此理

天誅地滅 ㄊㄧㄢ ㄓㄨ ㄉㄧˋ ㄇㄧㄝˋ 為天地所誅殺消滅。
【語源】水滸傳第十四回：「我等六人中，但有私意者，天誅地滅。」
【例句】這批暴徒到處燒殺擄掠，罪大惡極，終有一天會遭到天誅地滅。
【近義】天地不容　罪不容誅

天道好還 ㄊㄧㄢ ㄉㄠˋ ㄏㄠˋ ㄏㄨㄢˊ 指天理一向是善有善報，惡有惡報。好還，以還報為好。好，以此為好。還，還報。
【語源】宋朱翌送鄭公績赴試金陵：「物情有報復，天道則好還。」
【例句】因為天道好還，所以多做善事、多說好話對我們的人生一定有幫助。
【近義】天理昭彰　天網恢恢

天與人歸 ㄊㄧㄢ ㄩˇ ㄖㄣˊ ㄍㄨㄟ 得到天意的託付和民心的歸順。為對執政者的頌揚。
【語源】孟子萬章上：「天與之，人與之。」三國演義第六十回：「不若乘此天與人歸之時，出其不意，早立基業，實為上策。」
【例句】漢文帝勤政愛民，治國有方，無怪乎天與人歸，廣受人民愛戴。
【近義】人心所向　天下歸心
【反義】怨聲載道　眾叛親離

天翻地覆 ㄊㄧㄢ ㄈㄢ ㄉㄧˋ ㄈㄨˋ ①比喻情勢巨大變化。②比喻極為混亂，毫無秩序。也作「翻天覆地」。
【語源】唐劉商胡笳十八拍第六拍：「天翻地覆誰得知，如今正南看北斗。」西遊記第五十三回：「著老孫翻天覆地，請天兵水火與佛祖丹砂。」紅樓夢第二十五回：「寶玉一發拿刀弄杖，尋死覓活的，鬧得天翻地覆。」
【例句】①選舉過後，執政黨在國會的席次大減，整個政局又歷經一次天翻地覆的改變。②暑假期間，孩子們在家裡常吵得天翻地覆，真是讓人受不了！
【近義】掀天揭地　天崩地裂

天羅地網 ㄊㄧㄢ ㄌㄨㄛˊ ㄉㄧˋ ㄨㄤˇ 天上和地面的羅網。比喻嚴密的防範。羅，捕鳥網。
【語源】大宋宣和遺事亨集：「又值天羅地網災。」
【例句】警方已布下天羅地網，相信那兩個歹徒不久就會束手就擒。
【近義】插翅難飛
【反義】逃之夭夭

天壤之別 ㄊㄧㄢ ㄖㄤˇ ㄓ ㄅㄧㄝˊ 天上和地下的差別。形容差別很大。壤，土地。也作「天壤之隔」。
【語源】晉葛洪抱朴子論仙：「趨舍所尚，耳目所欲，其為不同，已有天淵之隔，冰炭之乖矣。」
【例句】他倆個性上雖有天壤之別，但是結婚後倒也恩愛和諧。

近義 天差地遠　判若雲泥
反義 不相上下　半斤八兩

天籟自鳴 ㄊㄧㄢ ㄌㄞˋ ㄗˋ ㄇㄧㄥˊ 大自然的聲響是自然天成的。比喻作品渾然天成。天籟，自然之聲響。
語源 莊子齊物論：「子游曰：『地籟則眾竅是已，人籟則比竹是已。敢問天籟。』子綦曰：『夫吹萬不同，而使其自已也，咸其自取，怒者其誰邪？』」宋姜夔白石道人詩集自敘：「詩本無體，三百篇皆天籟自鳴。」
例句 好的文學作品往往是天籟自鳴，不假任何斧鑿雕飾。
近義 渾然天成　巧奪天工
反義 斧鑿斑斑　雕章鏤句

天下父母心 ㄊㄧㄢ ㄒㄧㄚˋ ㄈㄨˋ ㄇㄨˇ ㄒㄧㄣ 所有為人父母者對孩子呵護、關愛的心情。
例句 爸媽之所以禁止你與那些壞朋友往來，都是為你好，天下父母心，你應該能理解。
近義 推乾就溼　舐犢情深

天不從人願 ㄊㄧㄢ ㄅㄨˋ ㄘㄨㄥˊ ㄖㄣˊ ㄩㄢˋ 老天不順從人的願望。指事與願違。
語源 明凌濛初二刻拍案驚奇卷四：「爭奈天不從人願，楊僉憲齎表進京……他貪聲大著，已註了不謹項頭。」
例句 老李省吃儉用，好不容易湊足了房子的頭期款，無奈天不從人願，一場大病就讓這筆錢去掉一大半。
近義 事與願違　徒勞無功
反義 如願以償　心滿意足

天公不作美 ㄊㄧㄢ ㄍㄨㄥ ㄅㄨˋ ㄗㄨㄛˋ ㄇㄟˇ 老天不肯成全好事。多指天氣不好。
例句 大夥兒起個大早想迎接新年的第一道曙光，無奈天公不作美，滿天烏雲，只好敗興而歸。
近義 天不從人願　事與願違
反義 喜從天降　心想事成

天字第一號 ㄊㄧㄢ ㄗˋ ㄉㄧˋ ㄧ ㄏㄠˋ 舊時常用千字文的內文作為排序的依據，「天」是千字文首句「天地玄黃」的第一字，故「天字第一號」即指第一。後也指最高或最重大的。
語源 水滸傳第二十回：「有那梁山泊晁蓋送與你的一百兩金子，快把來與我，我便饒你這一場天字第一號官司。」明方汝浩禪真逸史第四十回：「不想今日親身降臨，實是天字第一號的喜事。」
例句 小方是老闆跟前天字第一號的紅人，許多重要的合約都由他負責。

天高皇帝遠 ㄊㄧㄢ ㄍㄠ ㄏㄨㄤˊ ㄉㄧˋ ㄩㄢˇ ①指地方偏遠，政府力量管轄不到。②比喻無人管束。
語源 明黃溥閒中今古錄：「天高皇帝遠，民少相公多；一日三遍打，不反待如何？」清西周生醒世姻緣傳第十二回：「有那班油光水滑的光棍，真是天高皇帝遠，曉得怕些什麼，奸盜豪橫，無日無天。」
例句 ①明清時期的雲貴地方因為天高皇帝遠，造成了許多土司據地為王的亂象。②哥哥到南部讀大學，天高皇帝遠，媽媽擔心懶散的他不會料理生活。
近義 鞭長莫及　無法無天

天涯若比鄰 ㄊㄧㄢ ㄧㄚˊ ㄖㄨㄛˋ ㄅㄧˇ ㄌㄧㄣˊ 雖遠在天邊，卻如比鄰而居。比喻只要感情深厚，雖相隔遙遠也覺親近。比，並列。
語源 唐王勃送杜少府之任蜀州：「海內存知己，天涯若比鄰。」

辨析 比，音ㄅㄧˋ，不讀ㄅㄧˇ。

例句 王伯伯移居美國後，仍然時常來信問候，讓我們深深感受「天涯若比鄰」的可貴。

反義 咫尺天涯

天無絕人之路（ㄊㄧㄢ ㄨˊ ㄐㄩㄝˊ ㄖㄣˊ ㄓ ㄌㄨˋ） 上天不會斷絕人的生路。勸慰人只要努力奮鬥，就有一線希望。

語源 元佚名風雨像生貨郎擔第四折：「果然道天無絕人之路，只見那東北上搖下一隻船來。」

例句 雖然公司倒閉，負債累累，但老王相信天無絕人之路，他一定會想辦法東山再起。

近義 皇天不負苦心人

天機不可洩露（ㄊㄧㄢ ㄐㄧ ㄅㄨˋ ㄎㄜˇ ㄒㄧㄝˋ ㄌㄨˋ） 上天的祕密不可加以洩露。形容事情極為機密，不可洩露。

語源 太平廣記女仙：「今泄天機，三子免禍幸矣！」清吳敬梓儒林外史第七回：「那時老先生尚不曾高發，天機不可洩露，所以晚生就預先迴避了。」

例句 算命先生告訴我：「只要努力，便可改變命運；其餘的，因為天機不可洩露，不便奉告。」

反義 洩露天機

天不怕，地不怕（ㄊㄧㄢ ㄅㄨˋ ㄆㄚˋ ㄉㄧˋ ㄅㄨˋ ㄆㄚˋ） 形容什麼都不怕。也作「不怕天，不怕地」。

語源 紅樓夢第三十四回：「何曾見過我哥哥那天不怕地不怕、心裡有什麼口裡說什麼的人呢？」清西周生醒世姻緣傳第二十七回：「做秀才時不怕天不怕地的，做了官倒怕起人來了！」

例句 小表妹天不怕，地不怕，就怕牆上的壁虎，一見壁虎馬上驚聲尖叫。

近義 無所畏懼　膽大包天

反義 畏畏縮縮　膽小如鼠

天下烏鴉一般黑（ㄊㄧㄢ ㄒㄧㄚˋ ㄨ ㄧㄚ ㄧˋ ㄅㄢ ㄏㄟ） 比喻同類的人或事物大多具有相同特性。多用於貶義。也作「天下老鴉一般黑」。

語源 明袁宏道錦帆集卷三湯義仍：「鵠般白，鴉般黑。」紅樓夢第五十七回：「眾人笑道：『這更奇了！天下老鴉一般黑，豈有兩樣的？』」

例句 每個時代總會有貪官汙吏存在，真是「天下烏鴉一般黑」！

天生我材必有用（ㄊㄧㄢ ㄕㄥ ㄨㄛˇ ㄘㄞˊ ㄅㄧˋ ㄧㄡˇ ㄩㄥˋ） 上天賦予我這樣的資質，必定有用處。勉勵人肯定自我。材，資質；天賦。

語源 唐李白將進酒：「天生我材必有用，千金散盡還復來。」

例句 天生我材必有用，只要你樂觀進取，總有一天會找到適合自己的路。

近義 自我肯定

反義 妄自菲薄　自暴自棄

天下無不散的筵席（ㄊㄧㄢ ㄒㄧㄚˋ ㄨˊ ㄅㄨˋ ㄙㄢˋ ˙ㄉㄜ ㄧㄢˊ ㄒㄧˊ） 比喻世事無常，分離乃是不可避免的事。

語源 明馮夢龍喻世明言卷一：「古人云：『天下無不散的筵席』，纔過十五元宵夜，又是清明三月天。陳大郎思想蹉跎了多時生意，要得還鄉。」

例句 天下無不散的筵席，畢業後我們就要各奔前程，讓我們珍惜這相聚的時光吧！

天下興亡，匹夫有責（ㄊㄧㄢ ㄒㄧㄚˋ ㄒㄧㄥ ㄨㄤˊ ㄆㄧˇ ㄈㄨ ㄧㄡˇ ㄗㄜˊ） 國家能否興盛，免於衰亡，每

個人都有責任。匹夫，平民；尋常百姓。

語源 清顧炎武日知錄正始：「保天下者，匹夫之賤與有責焉耳矣。」梁啟超痛定罪言：「斯乃真顧亭林所謂天下興亡，匹夫有責也。」

例句 每個國民如果都有「天下興亡，匹夫有責」的觀念，我們的國家一定富強。

天要下雨，娘要嫁人

諺語。比喻必然會發生，阻擋不了。有無可奈何之意。也作「天要落雨，娘要嫁人」。

例句 執政黨因為政績飽受批評，人心思變，輸掉此次大選已是意料中事。「天要下雨，娘要嫁人」，支持者也莫可奈何。

近義 無可奈何　聽其自然

天網恢恢，疏而不漏

天道雖像一張大網寬廣而稀疏，但是作惡的人卻難逃天道的懲罰。現多指壞人絕對逃不了法律的制裁。恢恢，寬廣的樣子。也作「法網恢恢，疏而不漏」。

語源 老子三十三章：「天網恢恢，疏而不失。」

例句 「天網恢恢，疏而不漏」，那些貪官汙吏所做的惡行，終會東窗事發，受到法律制裁的。

近義 法網難逃

反義 逍遙法外

天下沒有白吃的午餐

比喻世界上沒有不勞而獲的事情。

例句 天下沒有白吃的午餐，想要成功，自然得努力付出。

近義 一分耕耘，一分收穫

反義 不勞而獲　坐享其成

天下無難事，只怕有心人

勉人只要立志努力，就沒有不能克服的困難。也作「世上無難事，只怕有心人」。

語源 宋秦觀李訓論：「天下無難事，得其人則易於反掌。」西遊記第二回：「祖師道：『世上無難事，只怕有心人。』」紅樓夢第四十九回：「可知俗語說：『天下無難事，只怕有心人。』」

例句 天下無難事，只怕有心人。只要你肯努力，要考上理想的學校一定沒問題。

近義 磨杵成針　有志竟成

反義 望而卻步　一曝十寒

天有不測風雲，人有旦夕禍福

比喻禍福無常，災難隨時會來到。旦夕，早晚。比喻隨時到來。禍福，偏義複詞。指「災禍」。也省作「旦夕禍福」。

語源 水滸傳第一百一回：「正是天有不測風雲，人有旦夕禍福。」

例句 所謂天有不測風雲，人有旦夕禍福，我們應該把握現有的時光，做些有意義的事。

近義 禍福無常　禍福難料

天時不如地利，地利不如人和

合適的天候不如好的地理條件，好的地理條件不如得到人們的支持與認同。

語源 孟子公孫丑下：「天時不如地利，地利不如人和。」

例句 每次選舉，參選人無不想方設法將競選總部安排在最好的地段，殊不知天時不如地利，地利不如人和，若是沒有民眾的支持，再好的地點也

大

沒有用。

太平盛世（ㄊㄞˋ ㄆㄧㄥˊ ㄕㄥˋ ㄕˋ）　安定興盛的時期。

語源　明沈德符萬曆野獲編章楓山封事：「余謂太平盛世，元夕張燈，不為過侈。」

例句　我們生長在太平盛世，無法體會兵荒馬亂、顛沛流離的痛苦。

近義　四海昇平　國泰民安

反義　兵荒馬亂　兵連禍結

太阿倒持（ㄊㄞˋ ㄜ ㄉㄠˋ ㄔˊ）　倒拿著太阿寶劍，把劍柄交給別人。比喻把大權交給別人，自己反受其害。太阿，寶劍名。也作「泰阿」，春秋歐冶子所鑄。也作「倒持太阿」。

語源　漢書梅福傳：「至秦則不然，張誹謗之網，以為漢驅除，倒持泰阿，授楚其柄。」

辨析　阿，音ㄜ，不讀ㄚ。

例句　你將這麼重要的職位交給一個不可信賴的人，無異太阿倒持，總有一天公司會被他出賣。

近義　授人以柄　大權旁落

反義　尚方寶劍　大權在握

太倉稊米（ㄊㄞˋ ㄘㄤ ㄊㄧˊ ㄇㄧˇ）　大穀倉中的一粒米。比喻極為渺小或微不足道。太倉，古代京師儲存穀物的大倉庫。稊米，小米。

語源　莊子秋水：「計中國之在海內，不似稊米之在太倉乎？」　唐白居易和思歸樂：「太倉一稊米，大海一浮萍。」

例句　微軟創辦人比爾・蓋茲富可敵國，這點錢對他來說猶如太倉稊米。

近義　滄海一粟　九牛一毛

反義　舉足輕重　非比尋常

太歲頭上動土（ㄊㄞˋ ㄙㄨㄟˋ ㄊㄡˊ ㄕㄤˋ ㄉㄨㄥˋ ㄊㄨˇ）　比喻冒犯有權有勢的人。陰陽家認為太歲星所在為凶方，不宜動土或建築。

語源　水滸傳第一回：「好大膽，直來太歲頭上動土。」

例句　那個小偷竟敢「太歲頭上動土」，跑到警察宿舍行竊。

夫子自道（ㄈㄨ ㄗˇ ㄗˋ ㄉㄠˋ）　表面是在談論別人，其實說的正是自己。

語源　論語憲問：「子曰：『君子道者三，我無能焉：仁者不憂，知者不惑，勇者不懼。』子貢曰：『夫子自道也。』」

例句　他每次有些難堪的問題都說是朋友要他問的，其實根本就是夫子自道。

夫唱婦隨（ㄈㄨ ㄔㄤˋ ㄈㄨˋ ㄙㄨㄟˊ）　①妻子跟隨並應和丈夫。②形容夫妻和睦親密。

語源　關尹子三極：「天下之理，夫者倡，婦者隨。」倡，通「唱」。

例句　①傳統社會中的女性多半不能獨立自主，只知道夫唱婦隨，甚至委屈求全。②何老師伉儷有許多共同的興趣，夫唱婦隨，婚姻美滿，令人羨慕。

近義　舉案齊眉　相敬如賓

反義　琴瑟不調　夫妻反目

2

失之交臂（ㄕ ㄓ ㄐㄧㄠ ㄅㄧˋ）　形容當面錯過機會。交臂，手臂相碰。指擦肩而過。

語源　莊子田子方：「吾終身與汝交一臂而失之，可不哀與！」明徐弘祖徐霞客遊記遊九鯉湖日記：「雖未合其時，然不可失之交臂也。乘興遂行。」

例句　他特別起了個大清早去拜訪老師，沒想到失之交臂，老師剛剛出門去旅行了。

近義　擦肩而過　坐失良機

反義　機不可失　不期而遇

失而復得（ㄕ ㄦˊ ㄈㄨˋ ㄉㄜˊ）　失去了又再次獲得。

語源 宋王安石原過：「是失而復得，廢而復舉也。」

例句 他在人潮擁擠的西門町掉了錢包，居然還能失而復得，真是不可思議。

近義 合浦珠還　完璧歸趙

反義 一去不返　石沉大海

失魂落魄（ㄕ ㄏㄨㄣˊ ㄌㄨㄛˋ ㄆㄛˋ）　精神恍惚的樣子。形容驚嚇過度或落拓不得志。

語源 漢桓寬鹽鐵論誅秦：「單于失魂，僅以身免。」元佚名看錢奴買冤家債主：「餓的我肚裡飢，失魂喪魄。」明淩濛初初刻拍案驚奇卷二五：「做子弟的，失魂落魄，不惜餘生。」

例句 自從落榜後，他就失魂落魄的，飯也吃不下，一下子瘦了好幾公斤。

近義 亡魂喪膽　魂不附體

反義 神色自若　泰然處之

失敗為成功之母（ㄕ ㄅㄞˋ ㄨㄟˊ ㄔㄥˊ ㄍㄨㄥ ㄓ ㄇㄨˇ）　意謂失敗往往是成功的先導。

例句 這次的實驗雖然不如預期，但是失敗為成功之母，只要我們再接再厲，一定會有好成績的。

近義 吃一塹，長一智

反義 因噎廢食

失之東隅，收之桑榆（ㄕ ㄓ ㄉㄨㄥ ㄩˊ ㄕㄡ ㄓ ㄙㄤ ㄩˊ）　比喻在這方面有所失，卻在另一方面有所得。東隅，東方。指日出處。桑榆，桑樹、榆樹。指日落所照的地方。

語源 後漢書馮異傳：「始雖垂翅回谿，終能奮翼黽池，可謂失之東隅，收之桑榆。」

例句 王同學雖然在推甄失利，卻在指考時上了第一志願，可謂「失之東隅，收之桑榆」。

反義 一無所得

失之毫釐，差以千里（ㄕ ㄓ ㄏㄠˊ ㄌㄧˊ ㄔㄚ ㄧˇ ㄑㄧㄢ ㄌㄧˇ）　參見「差之毫釐，繆以千里」。

3

夷為平地（ㄧˊ ㄨㄟˊ ㄆㄧㄥˊ ㄉㄧˋ）　剷為平地或徹底摧毀。夷，剷平。

語源 明沈德符萬曆野獲編第五卷：「鵰舉治圃於白門郊外，見一邱隆起，立命夷為平地。」清史稿志二十九地理一：「府城，三岔口西南。光緒庚子拳匪亂，夷為平地。」

例句 在敵軍炮火猛烈的攻擊下，這個小鎮幾乎被夷為平地。

近義 滿目瘡痍　蕩然無存

夸父逐日（ㄎㄨㄚ ㄈㄨˋ ㄓㄨˊ ㄖˋ）　原指人們征服自然的野心抱負。後世多用以比喻自不量力，或追求理想、至死不悔的精神。夸父，神話中的人物。也作「夸父追日」。

語源 山海經海外北經：「夸父與日逐走，入日。渴欲得飲，飲于河渭；河渭不足，北飲大澤。未至，道渴而死。棄其杖，化為鄧林。」南朝宋僧愍戎華論折顧道士夷夏論：「真謂夸父逐日，必渴死者也。」

例句 ①有些愛美的人想盡辦法要青春永駐，這無異是夸父逐日。②這件事雖然是萬分艱鉅，但我願意用夸父逐日的精神努力不懈地付出。

近義 蚍蜉撼樹　自不量力

反義 量力而為　妄自菲薄

4

夾七夾八（ㄐㄧㄚˊ ㄑㄧ ㄐㄧㄚˊ ㄅㄚ）　形容講話或行動含混雜亂，沒有條理。

語源 水滸傳第四十三回：「挽了半香爐水，雙手擎來，自尋舊路，夾七夾八走上嶺來。」又九十回：「那漢一頭

吃酒吃肉，一頭夾七夾八的說出幾句話來。」

例句 我一進門就被老媽夾七夾八地說了一頓，聽得我一頭霧水。

近義 拉拉雜雜 拉三扯四

反義 有條不紊 井然有序

夾道歡呼 ㄐㄧㄚˊ ㄉㄠˋ ㄏㄨㄢ ㄏㄨ 列於道路兩旁呼喊歡迎。形容熱烈歡迎某人的到來。

語源 宋張守謝除知福州到任表：「望雲仰戴，夾道歡呼。」

例句 偶像明星一出現，影迷們立刻夾道歡呼，鎂光燈閃個不停。

5

奄奄一息 ㄧㄢ ㄧㄢ ㄧˊ ㄒㄧˊ 只剩微弱的一口氣。奄奄，氣息微弱的樣子。

語源 晉李密陳情表：「但以劉日薄西山，氣息奄奄。」明馮夢龍警世通言卷一五：「此時秀童奄奄一息，爬走不動了。」

例句 當他從扭曲變形的車子裡被救出來時，已經奄奄一息了。

近義 氣息奄奄 命若懸絲

反義 生龍活虎 生氣勃勃

奇人異士 ㄑㄧˊ ㄖㄣˊ ㄧˋ ㄕˋ 行為奇特怪異或具有特殊才能的人。

例句 這部電影裡有許多奇人異士，他們才能出眾，在不同場合打擊惡魔，幫助男主角完成救人任務。

近義 臥虎藏龍

反義 凡夫俗子

奇山異水 ㄑㄧˊ ㄕㄢ ㄧˋ ㄕㄨㄟˇ 形勢特殊的山水風景。

語源 朱自清山野掇拾：「又得見水經注，所記奇山異水，或令我心驚動魄，或讓我游目騁懷。」

例句 他喜愛旅行，走遍世界各地，看盡奇山異水。

近義 名山大川

反義 窮山惡水 殘山剩水

奇文共賞 ㄑㄧˊ ㄨㄣˊ ㄍㄨㄥˋ ㄕㄤˇ 奇特美妙的文章與大家共同欣賞。

語源 晉陶淵明移居詩二首之一：「奇文共欣賞，疑義相與析。」

例句 這次參賽的文章篇篇內容精彩，主辦單位為能奇文共賞，打算將之集結成冊，出版發行。

奇形怪狀 ㄑㄧˊ ㄒㄧㄥˊ ㄍㄨㄞˋ ㄓㄨㄤˋ 奇奇怪怪、不同尋常的形狀。

語源 唐吳融太湖石歌：「洞庭山下湖波碧，波中萬古生幽石。鐵索千尋取得來，奇形怪狀誰能識？」

例句 這條溪谷兩岸佈滿許多奇形怪狀的小石頭，仔細挑選，也許會有意外的收穫呢！

近義 形形色色 千奇百怪

反義 平凡無奇

奇珍異寶 ㄑㄧˊ ㄓㄣ ㄧˋ ㄅㄠˇ 珍貴奇異的寶物。

語源 舊唐書張柬之傳：「其國西通大秦，南通交趾，奇珍異寶，進貢歲時不闕。」

例句 這家私人博物館，以收藏古埃及的奇珍異寶而聞名。

近義 和璧隋珠 和隋之珍

奇風異俗 ㄑㄧˊ ㄈㄥ ㄧˋ ㄙㄨˊ 奇特的風俗。風俗，指一地方特有的生活方式或習慣。

例句 這個民族的奇風異俗十分有趣，因此吸引了許多觀光客前來遊覽。

奇恥大辱 ㄑㄧˊ ㄔˇ ㄉㄚˋ ㄖㄨˇ 極大的恥辱。奇，極；甚。

詩源 清無垢道人八仙得道第八十五回：「這等事情，可算自他得道以來，未有之奇恥大辱

辱。」

例句　他剛剛說的那番話，對我而言簡直就是奇恥大辱，我這輩子都不會原諒他。

近義　胯下之辱

奇貨可居 ㄑㄧˊ ㄏㄨㄛˋ ㄎㄜˇ ㄐㄩ　稀奇的物品可以囤積起來，等待好價錢再出售。居，囤積；儲存。

語源　史記呂不韋列傳記載：秦國公子子楚在趙國當人質，處境相當艱困。這時呂不韋正好到趙國都城邯鄲做生意，知道了此事，便說：「這個人是『奇貨可居』啊！」於是花大錢栽培他，為他廣植人脈，還籠絡秦王寵妃，使子楚被召回國，立為太子。後來子楚即位，呂不韋也當了秦國丞相。

例句　許多不肖商人看出米酒奇貨可居，於是大量囤積，造成米酒售價一路攀升。

近義　囤積居奇　操奇計贏

奇裝異服 ㄑㄧˊ ㄓㄨㄤ ㄧˋ ㄈㄨˊ　奇特怪異的服裝。

語源　梁書武帝紀上：「奇服異衣，更極誇麗。」清朝續文獻通考職官考民政部一覈定違警律：「二、奇裝異服，有礙風化者。」

例句　小花一身奇裝異服，引來不少路人好奇的眼光。

奉公守法 ㄈㄥˋ ㄍㄨㄥ ㄕㄡˇ ㄈㄚˇ　奉行公事，遵守法令。奉，遵行。

語源　史記廉頗藺相如列傳：「以君之貴，奉公如法則上下平，上下平則國強。」宋朱熹辭免江東提刑奏狀二：「若復奉公守法，則恐如前所為，或至重傷朝廷事體。」

例句　身為公務員，應當奉公守法，不可有收賄徇私、圖利個人的行為出現。

近義　安分守己　循規蹈矩

反義　違法亂紀　作奸犯科

奉為圭臬 ㄈㄥˋ ㄨㄟˊ ㄍㄨㄟ ㄋㄧㄝˋ　信奉為準則。圭，測日影的器具。臬，射箭的靶子。圭臬，比喻事物的準則。

語源　清錢大昕六書音韻表序：「此書出，將使海內說經之家奉為圭臬。」

例句　古代以科舉取士，讀書人將四書五經奉為圭臬，以求取功名利祿。

近義　規矩繩墨　奉為楷模

反義　不足為訓　一無可取

奉若神明 ㄈㄥˋ ㄖㄨㄛˋ ㄕㄣˊ ㄇㄧㄥˊ　信奉某人或某事物如同對待神明一般。形容極端崇拜。

語源　左傳襄公十四年：「民奉其君，愛之如父母，仰之如日月，敬之如神明。」明楊爾曾韓湘子全傳第二十三回：「那潮州士民人人仰德，個個興歌，奉若神明。」

例句　某大師迷人的風采和一流的口才，令許多信眾佩服得五體投地，奉若神明。

近義　頂禮膜拜　樹碑立傳

反義　視如敝屣　視如土芥

奔車朽索 ㄅㄣ ㄔㄜ ㄒㄧㄡˇ ㄙㄨㄛˇ　用腐朽的繩子駕馭奔馳的馬車。比喻非常危險。索，繩子。

語源　尚書五子之歌：「懍乎若朽索之馭六馬。」唐魏徵諫太宗十思疏：「載舟覆舟，所宜深慎。奔車朽索，其可忽乎？」

例句　幫派分子時常過著爭奪砍殺的生活，有如奔車朽索，隨時都有性命危險。

近義　魚游釜中　盲人瞎馬

反義　平安無事　風平浪靜

奔相走告 ㄅㄣ ㄒㄧㄤ ㄗㄡˇ ㄍㄠˋ　奔跑著互相告訴。形容發生特別令人高興或震驚的事。

語源　國語魯語下：「士有陪

大

乘，告奔走也。」唐韓愈考功員外盧君墓銘：「立於是奉其父命奔走來告。」

例句 小趙成功登上聖母峰的消息傳回國內，山友們奔相走告，大家都以他的成就為榮。

奔逸絕塵 ㄅㄣ ㄧˋ ㄐㄩㄝˊ ㄔㄣˊ 快速奔走，揚起的塵土遠拋在後。形容奔走的速度極快。也比喻人才傑出，高超不凡。

語源 莊子田子方：「夫子奔逸絕塵，而回瞠若乎後矣。」

例句 他是體壇新人中的頂尖好手，奔逸絕塵，其他人只能望塵莫及。

近義 卓爾不群 出類拔萃

反義 庸庸碌碌 碌碌無能

6

契若金蘭 ㄑㄧˋ ㄖㄨㄛˋ ㄐㄧㄣ ㄌㄢˊ 形容友誼深厚。契，投合。

語源 易經繫辭上：「二人同心，其利斷金；同心之言，其臭如蘭。」晉戴逵竹林七賢論：「山濤與阮籍、嵇康，皆一面，契若金蘭。」

例句 他們兩人契若金蘭，從學生時代起就是無話不談的好朋友。

近義 金蘭之契 義結金蘭

反義 酒肉朋友 狐朋狗友

11

奪眶而出 ㄉㄨㄛˊ ㄎㄨㄤ ㄦˊ ㄔㄨ 形容眼淚一下子從眼眶流下來。多由於激動或悲傷。

例句 她雖然強自壓抑心中的悲傷，但說到激動處，淚水仍不禁奪眶而出。

近義 淚如泉湧 熱淚盈眶

13

奮力一搏 ㄈㄣˋ ㄌㄧˋ ㄧˋ ㄅㄛˊ 奮發努力做一次。搏，擊打。指做某件事。

例句 雖然營業額一直在虧損之中，但他還想奮力一搏，謀求轉機。

近義 孤注一擲 放手一搏

奮不顧身 ㄈㄣˋ ㄅㄨˋ ㄍㄨˋ ㄕㄣ 形容人勇往直前，不顧危險。

語源 漢司馬遷報任少卿書：「常思奮不顧身以徇國家之急。」

例句 一遇到危險，母親便奮不顧身，擋在前面保護愛兒。

近義 勇往直前 義無反顧

反義 貪生怕死

奮起直追 ㄈㄣˋ ㄑㄧˇ ㄓˊ ㄓㄨㄟ 參見「急起直追」。

奮發向上 ㄈㄣˋ ㄈㄚ ㄒㄧㄤˋ ㄕㄤˋ 振作精神，努力上進。奮發，激勵振作。

語源 漢王充論衡初稟：「勇氣奮發，性自然也。」

例句 雖然家境不好，但建銘從小就知道奮發向上，是一個難得的有為青年。

近義 奮發圖強 奮發有為

反義 暮氣沉沉 意志消沉

奮發圖強 ㄈㄣˋ ㄈㄚ ㄊㄨˊ ㄑㄧㄤˊ 振奮精神，努力謀求富強。奮發，努力振作。圖，謀求。也作「發奮圖強」、「發憤圖強」。

語源 漢王充論衡初稟：「勇氣奮發，性自然也。」

例句 面對詭譎多變的國際情勢，我們應奮發圖強，開拓屬於我們自己的國際舞臺。

近義 勵精圖治 發揚蹈厲

反義 苟且偷安 得過且過

奮筆疾書 ㄈㄣˋ ㄅㄧˇ ㄐㄧˊ ㄕㄨ 形容精神昂揚地提筆快速書寫。奮，高舉；振動。疾，快速。也作「振筆疾書」、「振筆直書」。

語源 後漢何休春秋公羊傳解詁序：「奮筆以為公羊可奪，左氏可興。」宋劉克莊題方汝一班史贊后：「或隱匿未彰，而奮筆直書。」

辨析 疾，指速度很快，不可

作「急」。

例句 考場裡，考生們個個奮筆疾書，安靜中透露著一股緊張的氣氛。

近義 援筆立成 一揮而就

反義 搜索枯腸

女部

女中豪傑 ㄋㄩˇ ㄓㄨㄥ ㄏㄠˊ ㄐㄧㄝˊ 具有英雄氣概的女子。

語源 明馮夢龍警世通言卷三二：「十娘鍾情所歡，不以貧寠易心，此乃女中豪傑。」

例句 花木蘭代父從軍的故事家喻戶曉，人人都稱讚她巾幗不讓鬚眉，是個女中豪傑。

近義 巾幗英雄 巾幗鬚眉

女大不中留 ㄋㄩˇ ㄉㄚˋ ㄅㄨˋ ㄓㄨㄥ ㄌㄧㄡˊ 女子長大了便應出嫁，不宜久留家中。也作「女大難留」。

語源 元王實甫西廂記第四本第二折：「夫人得好休，便好休，這其間何必苦追求。常言道：『女大不中留。』」

例句 女大不中留已是守舊思想，結婚並非女性的唯一人生目標。

近義 男大當婚，女大當嫁

2

奴顏婢膝 ㄋㄨˊ ㄧㄢˊ ㄅㄧˋ ㄒㄧ 指卑賤諂媚的臉色和動作。

語源 晉葛洪抱朴子外篇交際：「以奴顏婢睞者，為曉解當世。」 唐陸龜蒙江湖散人歌：「我見婦女留鬚眉，奴顏婢膝真乞丐。」

例句 看他對長官奴顏婢膝的嘴臉，真讓人作嘔。

近義 卑躬屈膝 搖尾乞憐

反義 趾高氣昂 高視闊步

3

奼紫嫣紅 ㄔㄚˋ ㄗˇ ㄧㄢ ㄏㄨㄥˊ 形容花朵的色彩鮮豔美麗。奼，豔麗。嫣，豔麗的樣子。

語源 明湯顯祖牡丹亭第十齣：「原來奼紫嫣紅開遍，似這般都付與斷井頹垣。」

例句 花園裡百花盛開，一片奼紫嫣紅，令人心曠神怡。

近義 萬紫千紅 花團錦簇

好大喜功 ㄏㄠˋ ㄉㄚˋ ㄒㄧˇ ㄍㄨㄥ 喜歡做大事、立大功。指作風浮誇。好大，愛好不切實際的大事。喜功，喜愛建立功勞。

語源 新唐書太宗紀：「好大喜功，勤兵於遠，此中材庸主之所常為。」

例句 總經理做事腳踏實地，不會好大喜功，因此公司得以安然度過這波不景氣。

近義 好高騖遠 矜功自伐

反義 實事求是 功成身退

好吃懶做 ㄏㄠˋ ㄔ ㄌㄢˇ ㄗㄨㄛˋ 貪吃而不工作。指人不事生產。

語源 紅樓夢第一回：「人前人後又怨他們不會善過活，只一味好吃懶做。」

例句 他家境富裕，自小又受父母寵溺，因此養成好吃懶做的個性。

近義 好逸惡勞 遊手好閒

反義 宵衣旰食 孜孜不倦

好好先生 ㄏㄠˇ ㄏㄠˇ ㄒㄧㄢ ㄕㄥ ①指沒有主見的人。②指性情平和溫順，不與人計較的人。

語源 南朝宋劉義慶世說新語言語劉孝標注引司馬徽別傳：「有以人物問徽者，初不辨其高下，每輒言佳。其婦諫曰：『人質所疑，君宜辨論，而一皆言佳，豈人所以咨君之意乎？』徽曰：『如君所言，亦復佳。』其婉約遜遁如此。」元佚名雙調水仙子冬（其二）：「得便宜是好好先生。」

例句 ①王大哥是個好好先生，常為了不知如何拒絕別人而傷腦筋。②我們上司是個好

大

女

好先生，只要跟他說明理由，請假沒有不批准的。

好自為之 ㄏㄠˇ ㄗˋ ㄨㄟˊ ㄓ　原指喜歡親自去做。後用以勉人自勵圖強，好好地做下去。

語源　漢劉安淮南子主術訓：「君人者不任能，而好自為之，則智日困而自負其責也。」清王韜淞隱漫錄卷五四奇人合傳：「行矣李君，好自為之！」

例句　未來四年是培養專業知識的重要時期，希望你能好自為之，滿載而歸。

好行小惠 ㄏㄠˋ ㄒㄧㄥˊ ㄒㄧㄠˇ ㄏㄨㄟˋ　喜歡給人一些小恩小惠。惠，恩惠。原作「好行小慧」，指喜歡賣弄小聰明。

語源　論語衛靈公：「群居終日，言不及義，好行小慧，難矣哉！」晉書殷仲堪傳：「及在州，綱目不舉，而好行小惠，夷夏頗安附之。」

例句　在上位者不能以德服人，卻靠好行小惠收買人心，並不是光明正大的做法。

好言好語 ㄏㄠˇ ㄧㄢˊ ㄏㄠˇ ㄩˇ　言辭、語氣都很友善。

語源　西遊記第六十四回：「你這和尚，我們好言好語，你不聽從。」

例句　人家好言好語的勸你，感謝都來不及，怎麼還罵人呢？

近義　和顏悅色　情真語切

反義　疾言厲色　惡言相向

好事多磨 ㄏㄠˇ ㄕˋ ㄉㄨㄛ ㄇㄛˊ　美好的事情多波折，不易成就。多用於形容男女間的愛情。

語源　宋晁端禮安公子：「正好花前攜素手，卻雲飛雨散。是即是、從來好事多磨難。」

例句　姊姊和張先生情投意合，想要結婚，可惜爸爸還沒同意，真是好事多磨。

近義　一波三折

反義　一帆風順　得償宿願

好事成雙 ㄏㄠˇ ㄕˋ ㄔㄥˊ ㄕㄨㄤ　好事同時到來。

例句　小李剛升官，女朋友也答應他的求婚，好事成雙，怪不得整個人容光煥發。

近義　雙喜臨門　喜上加喜

反義　福無雙至　禍不單行

好勇鬥狠 ㄏㄠˋ ㄩㄥˇ ㄉㄡˋ ㄏㄣˇ　形容人喜歡逞強鬥毆。狠，兇惡；殘忍。

語源　孟子離婁下：「好勇鬥狠，以危父母，五不孝也。」

例句　他從小個性火爆，好勇鬥狠，令父母憂心不已。

近義　逞兇鬥狠

好為人師 ㄏㄠˋ ㄨㄟˊ ㄖㄣˊ ㄕ　喜歡當別人的老師。指人不謙虛，總是以指導者自居。

語源　孟子離婁上：「人之患在好為人師。」

例句　他學識平平卻好為人師，老出一些餿主意，同事們都相當反感。

近義　矜才使氣　自命不凡

反義　不恥下問　移樽就教

好高騖遠 ㄏㄠˋ ㄍㄠ ㄨˋ ㄩㄢˇ　只嚮往高遠的目標而不切實際。騖，馬狂馳亂跑。

語源　晉程本子華子卷上陽城胥渠問：「千世之後，必有人主好高而慕大。」宋史程顥傳：「病學者厭卑近而騖高遠。」清呂留良與錢孝直書：「其根大約在好高騖遠，事事求出人頭地。」

例句　做學問要腳踏實地，從根本處下功夫，一味好高騖遠，終難有所成就。

近義　眼高手低　不自量力

反義　穩紮穩打　循序漸進

好景不常 ㄏㄠˇ ㄐㄧㄥˇ ㄅㄨˋ ㄔㄤˊ　美好的景物無法長久不變。也作「好景不長」。

語源　唐王勃滕王閣序：「勝地不常，盛筵難再。」宋晁補之梁州令疊韵：「好景難常在，過眼韶華如箭。」

例句　他的小吃店剛開張時生意頗佳，可惜好景不常，一個月後生意就一落千丈。

近義　曇花一現　盛筵難再

反義　一帆風順

好逸惡勞 ㄏㄠˋ ㄧˋ ㄨˋ ㄌㄠˊ　喜歡安逸，厭惡操勞。

語源　呂氏春秋仲夏紀適音：「人之情欲壽而惡夭……欲逸而惡勞。」後漢書郭玉傳：「好逸惡勞，四難也。」

例句　好逸惡勞是人之常情，所以勤奮的人往往比別人有更多的機會成功。

近義　好吃懶做　遊手好閒

反義　夙夜匪懈　克勤克儉

好學不倦 ㄏㄠˋ ㄒㄩㄝˊ ㄅㄨˋ ㄐㄩㄢˋ　喜好學習而不覺疲倦。

語源　史記楚世家：「昔我文公，狐季姬之子也，有寵於獻公。好學不倦。」

例句　小明從小就好學不倦，成績始終名列前茅。

近義　孜孜不倦　篤志好學

反義　玩歲愒時　遊手好閒

好學深思 ㄏㄠˋ ㄒㄩㄝˊ ㄕㄣ ㄙ　愛好學習而又能深入思考。

語源　史記五帝本紀：「非好學深思，心知其意，固難為淺見寡聞道也。」

例句　好學深思的小劉三十出頭便拿到博士學位，成就斐然。

近義　篤志好學　多聞闕疑

好整以暇 ㄏㄠˋ ㄓㄥˇ ㄧˇ ㄒㄧㄚˊ　原指軍隊善於整齊步伐，又善於從容不迫。後用以形容在紛亂、匆忙的場合仍能從容不迫。

語源　左傳成公十六年：「子重問晉國之勇，臣對曰：『好以眾整。』曰：『又如何？』臣對曰：『好以暇。』」清夏敬渠野叟曝言第二回總評：「作者好整以暇，是能於百忙中使閒筆者。」

例句　比賽陷入膠著，教練卻仍好整以暇，似乎對勝負胸有成竹。

近義　從容不迫　優哉游哉

反義　驚慌失措　侷促不安

好心當成驢肝肺 ㄏㄠˇ ㄒㄧㄣ ㄉㄤ ㄔㄥˊ ㄌㄩˊ ㄍㄢ ㄈㄟˋ　指好意被人曲解。驢肝肺，比喻極壞的心腸。

語源　金瓶梅第二十八回：「你看我好心倒做了驢肝肺，你倒訕起我來。」

例句　我一向為他設想，誰知他卻好心當成驢肝肺，到處跟別人說我的壞話。

近義　好心沒好報

好馬不吃回頭草 ㄏㄠˇ ㄇㄚˇ ㄅㄨˋ ㄔ ㄏㄨㄟˊ ㄊㄡˊ ㄘㄠˇ　比喻有志氣的人勇往直前，不願再做已做過的事。多用於指一個人已離開某人或某地方以後，就不肯再回來。

語源　明天然痴叟石點頭卷六：「常言『好馬不吃回頭草』，料想延壽寺自然不肯相留，決無再入之理。」

例句　當初公司輕信流言而將他解聘，現在雖然真相大白，但「好馬不吃回頭草」，想要他回來是不可能的了。

好漢不吃眼前虧 ㄏㄠˇ ㄏㄢˋ ㄅㄨˋ ㄔ ㄧㄢˇ ㄑㄧㄢˊ ㄎㄨㄟ　指聰明人懂得權衡輕重而暫時趨吉避凶。

例句　好漢不吃眼前虧，他們是有備而來，蓄意挑釁，我們

還是暫時忍一忍吧！

近義 識時務者為俊傑

反義 暴虎馮河　匹夫之勇

好漢不怕出身低 有志氣者不擔心出身低微。意指只要肯努力，終有成功的一天。

語源 清文康兒女英雄傳第十一回：「俗話兒說的『行行出狀元』，又說『好漢不怕出身低』，那一行沒有好人哪！」

例句 好漢不怕出身低，許多成功的企業家都是在困苦環境中成長的，你怎麼可以妄自菲薄？

近義 力爭上游　自強不息

反義 妄自菲薄　自暴自棄

好事不出門，惡事傳千里 形容好事不易為人所知，而壞事則傳播得又快又廣。惡，壞；不好的。

語源 宋孫光憲北夢瑣言卷六以歌詞自娛：「所謂：『好事不出門，惡事行千里。』士君子得不戒之乎？」

例句 「好事不出門，惡事傳千里」，在網路發達的今天，更是如此。

如日中天 好像太陽正升到天空中央。比喻正發展到興盛的時期。

語源 詩經邶風簡兮：「日之方中，在前上處。」明楊爾曾韓湘子全傳第九回：「臣叔父韓愈嘗言：孔子之道，如日中天。」

例句 他在事業如日中天時，卻不幸在車禍意外中喪生，令人欷歔。

近義 欣欣向榮　方興未艾

反義 日薄西山　桑榆暮景

如火如荼 一大片紅色和一大片白色。原比喻軍容壯盛，現多用來比喻氣勢旺盛熱烈。荼，菅茅之屬，開白色花。原作「如荼如火」。

語源 國語吳語：「萬人以為方陳（陣），皆白裳、白旂、素甲、白羽之矰，望之如荼……左軍亦如之，皆赤裳、赤旟、丹甲、朱羽之矰，望之如火。」清夏敬渠野叟曝言第九十回：「一棵大的，更是如火如荼，如霞如日，燦爛非常。」

例句 為了慶祝學校百年校慶，各項活動早在半年前就如火如荼地展開了。

近義 風起雲湧　方興未艾

反義 死氣沉沉　無聲無息

如出一轍 痕跡像由同一個車輪輾過一般。形容前後出現的情況非常相似。轍，車輪在路上所壓出的痕跡。

語源 晉盧諶贈劉琨：「惟同大觀，萬殊一轍。」宋朱熹壬午應詔封事：「而我墮其術中，曾不省悟，危國亡師，如出一轍。」

例句 最近常有歹徒透過電話以退稅為名，行詐財勾當，犯案手法如出一轍，顯然都受過專門訓練。

近義 不約而同　不謀而合

反義 大相逕庭　天差地遠

如坐春風 有如坐在和暖舒適的春風中一樣。用於稱頌老師善於教導，或比喻受有德者的薰陶教化。也作「如沐春風」。

語源 宋侯仲良侯子雅言記載：朱光庭到汝州向程明道問道學習，回來以後告訴人說：「我在春風中坐了一個月。」明王世貞鳴鳳記二鄒林游學：「倘蒙時雨之化，如坐春風之中。」

例句 張老師上課認真，對學生的態度又和藹可親，在他的課堂上，學生都有如坐春風的感覺。

近義 時雨春風　春風化雨

反義 誤人子弟

如坐針氈 ㄖㄨˊ ㄗㄨㄛˋ ㄓㄣ ㄓㄢ

好像坐在插滿針的氈子上。比喻有所顧慮而心神不安。氈，一種毛織品，可做褥墊或禦寒的鞋帽。

語源 晉書杜預傳：「(錫)屢諫愍懷太子，言辭懇切，太子患之。後置針著錫常所坐處氈中，刺之流血。」三國演義第二十三回：「王子服等四人面面相覷，如坐針氈。」

例句 得知明天颱風將會登陸，爸爸整天如坐針氈，深怕園裡的蓮霧要遭殃了。

近義 坐立不安　惴惴不安

反義 若無其事　氣定神閒

如坐雲霧 ㄖㄨˊ ㄗㄨㄛˋ ㄩㄣˊ ㄨˋ

像處在雲霧之中，看不清眼前景物。比喻陷入茫然、困惑的境地。

語源 北齊顏之推顏氏家訓勉學：「及有吉凶大事，議論得失，蒙然張口，如坐雲霧。」

例句 這個章節的難度較高，雖然老師已講解得十分詳盡，仍有許多同學如坐雲霧，抓不到重點。

近義 莫名其妙　一頭霧水

反義 撥雲見日　恍然大悟

如法炮製 ㄖㄨˊ ㄈㄚˇ ㄆㄠˊ ㄓˋ

本指中藥鋪依據固有的方法煉製藥料。引申指依照現成的老方法辦理事情。炮製，泛指中藥材的加工處理等方法。如切飲片、炙、蒸、淬等。也作「如法泡製」。

語源 宋釋曉瑩羅湖野錄卷四廬山慧日雅禪師：「若克依此書，明藥之體性，又須解如法炮製。」

辨析 炮，音ㄆㄠˊ，不讀ㄆㄠˋ。

例句 這件事做起來其實不難，你只要如法炮製即可。

近義 依樣畫葫蘆　蕭規曹隨

反義 別出心裁　不落窠臼

如泣如訴 ㄖㄨˊ ㄑㄧˋ ㄖㄨˊ ㄙㄨˋ

像在哭泣，又像在訴說。形容聲音淒涼悲切。

語源 宋蘇軾赤壁賦：「客有吹洞簫者，倚歌而和之，其聲嗚嗚然，如怨如慕，如泣如訴。」

例句 這首樂曲旋律如泣如訴，似在感傷人生諸多無可奈何之事，聽得人柔腸寸斷。

近義 淒淒切切　如怨如慕

如花似玉 ㄖㄨˊ ㄏㄨㄚ ㄙˋ ㄩˋ

比喻女子美麗嬌豔。

語源 詩經魏風汾沮洳：「彼其之子，美如英，……彼其之子，美如玉。」元無名氏金水橋陳琳抱妝盒第四折：「端的是賽陽臺欺洛浦，生得來如花似玉。」

例句 這部電影的女主角長得如花似玉，因此儘管演技平平，仍有眾多影迷。

近義 閉月羞花　國色天香

反義 貌似無鹽　其貌不揚

如虎添翼 ㄖㄨˊ ㄏㄨˇ ㄊㄧㄢ ㄧˋ

好像老虎添加了翅膀。比喻力量很強的人增加了新的助力，聲勢越發壯大。

語源 三國蜀諸葛亮新書兵機：「譬如猛虎，加之羽翼，而翱翔四海，隨所遇而施之。」三國演義第三十九回：「今玄德得諸葛亮為輔，如虎生翼矣。」

例句 張經理接受這位財經專家指導後，如虎添翼，業績又不斷上升。

如狼似虎 ㄖㄨˊ ㄌㄤˊ ㄙˋ ㄏㄨˇ 原比喻軍人威武勇猛。後多用來比喻像狼虎一樣兇狠殘忍，或比喻動作像虎狼一樣飢渴猛烈，常用於指生理欲求。

語源 尉繚子武議：「一人之兵，如狼如虎。」元關漢卿包待制三勘蝴蝶夢第二折：「公人如狼似虎，相公又生嗔發怒。」清錢彩說岳全傳第十三回：「見了這些酒餚，也不聽他們談天說地，好似渴龍見水，如狼似虎的吃個精光。」

例句 這座監獄裡關的盡是如狼似虎的重刑犯人，因此警戒格外嚴密。

近義 窮凶極惡　凶神惡煞

如飢似渴 ㄖㄨˊ ㄐㄧ ㄙˋ ㄎㄜˇ 形容要求或欲望迫切而強烈。

語源 三國魏曹植上責躬詩：「遲奉聖顏，如渴如飢。」明馮夢龍古今小說卷一六：「吾兒一去，音信不聞，令我懸望，如飢似渴。」

例句 那段期間他對知識的追求如飢似渴，因此鎮日都埋首在圖書館裡。

近義 夢寐以求　嗜之如命

反義 可有可無　若即若離

如假包換 ㄖㄨˊ ㄐㄧㄚˇ ㄅㄠ ㄏㄨㄢˋ 如果所賣的物品是假的，保證退換。指真實不虛。

例句 這可是如假包換的長白山野生人參，一株要好幾十萬臺幣呢！

近義 貨真價實

反義 魚目混珠

如棄敝屣 ㄖㄨˊ ㄑㄧˋ ㄅㄧˋ ㄒㄧˇ 像丟掉破舊鞋子一樣。比喻毫不在意或珍惜。敝屣，破鞋子。也作「棄若敝屣」。

語源 孟子盡心上：「舜視棄天下猶棄敝屣也。」明馮夢龍東周列國志第四十七回：「倘此時龍鳳迎寡人，寡人視棄山河如棄敝屣耳！」明佚名七十二朝人物演義第十卷：「平常盡有冠蓋來往，他卻視如土芥，棄若敝屣。」

例句 他拋家棄子，遠走高飛，如棄敝屣的態度，讓人寒心。

近義 視如土芥　視如敝屣

反義 視若珍寶　珍而重之

如魚得水 ㄖㄨˊ ㄩˊ ㄉㄜˊ ㄕㄨㄟˇ 原指君臣相得，後比喻得到與自己志同道合的人或適合於自己發展的環境。

語源 三國志蜀書諸葛亮傳：「先主與亮情好日密，關羽、張飛等不悅。先主解之曰：『孤之有孔明，猶魚之有水也。』」

例句 把小張安置在業務部，以他能說善道的本事，真是如魚得水。

近義 志同道合　意氣相投

反義 格格不入　龍困淺灘

如鳥獸散 ㄖㄨˊ ㄋㄧㄠˇ ㄕㄡˋ ㄙㄢˋ 像受到驚嚇的鳥獸一般飛奔逃散。形容慌亂逃跑的樣子。也作「作鳥獸散」。

語源 漢書李陵傳：「今無兵復戰，天明坐受縛矣！各鳥獸散，猶有得脫歸報天子者。」

例句 看到教官遠遠走來，幾個躲在角落抽煙的男同學立刻如鳥獸散。

近義 逃之夭夭　抱頭鼠竄

如喪考妣 ㄖㄨˊ ㄙㄤ ㄎㄠˇ ㄅㄧˇ 像父母親過世一樣。比喻極為悲痛。考，已死的父親。妣，已死的母親。

語源 尚書舜典：「二十有八載，帝乃殂落，百姓如喪考妣。」

例句 倍受敬愛的教宗逝世，信眾如喪考妣，前來瞻仰遺容的各地教徒綿延數公里。

近義 肝腸寸斷　哀痛欲絕

反義 興高采烈 歡天喜地

如湯沃雪 ㄖㄨˊ ㄊㄤ ㄨㄛˋ ㄒㄩㄝˇ 像熱水澆在冰雪上，馬上溶化。比喻事情極容易解決。湯，熱水；開水。沃，澆；灌。

語源 漢枚乘七發：「小飲大歡，如湯沃雪。」

例句 小張手腳俐落，這件事情交給他辦肯定是如湯沃雪，你大可放心。

近義 如運諸掌 迎刃而解

反義 談何容易 難上加難

如意算盤 ㄖㄨˊ ㄧˋ ㄙㄨㄢˋ ㄆㄢˊ 讓自己稱心滿意的打算。如意，合意；稱心。

語源 清李伯元官場現形記第四十四回：「你倒會打如意算盤！十三個半月工錢，只付三個月！」

例句 這項法案，在野黨的如意算盤是能拖就拖，最好過不了。

近義 一廂情願

如椽大筆 ㄖㄨˊ ㄔㄨㄢˊ ㄉㄚˋ ㄅㄧˇ 參見「大筆如椽」。

如痴如醉 ㄖㄨˊ ㄔ ㄖㄨˊ ㄗㄨㄟˋ 形容迷戀某人或某事而失常忘我，不能控制的樣子。也作「如痴如狂」、「如醉如狂」。

語源 唐韋莊倚柴關：「杖策無言獨倚關，如痴如醉又如閒。」明凌濛初初刻拍案驚奇卷二五：「這些人還指望出張續案，放遭告考，把一箇長安的子弟，弄得如醉如狂的。」清曾樸孽海花第七回：「傾城士女如痴如狂，一條七里塘，停滿了畫船歌舫。」

例句 他喜愛爵士樂已到如痴如醉的地步，一天不聽就會覺得渾身不舒服。

近義 渾然忘我 神魂顛倒

反義 無動於中 不為所動

如運諸掌 ㄖㄨˊ ㄩㄣˋ ㄓㄨ ㄓㄤˇ 好像在手掌上擺弄東西一樣。比喻極為容易。運，轉動；擺弄。

語源 列子楊朱：「楊朱見梁王，言治天下，如運諸掌。」

例句 微積分考題對小明來說是如運諸掌，對我而言卻難如登天。

近義 易如反掌 探囊取物

反義 挾山超海 難上加難

如雷貫耳 ㄖㄨˊ ㄌㄟˊ ㄍㄨㄢˋ ㄦˇ 像雷聲穿透耳朵。比喻人名聲極大，為眾所知。也作「如雷灌耳」。

語源 元無名氏凍蘇秦衣錦還鄉第一折：「久聞先生大名，如雷貫耳。」

例句 杜大師的大名如雷貫耳，今日聽他演講，果然不同凡響。

近義 遐邇聞名 大名鼎鼎

反義 默默無聞 不見經傳

如夢似幻 ㄖㄨˊ ㄇㄥˋ ㄙˋ ㄏㄨㄢˋ 像在夢中，又像是幻覺。形容很不真實。

例句 海拔八百公尺的七星山夢幻湖，果如其名，長年雲霧繚繞，如夢似幻，彷彿遺世獨立的仙境。

近義 虛無縹緲 夢幻泡影

如夢初醒 ㄖㄨˊ ㄇㄥˋ ㄔㄨ ㄒㄧㄥˇ 像從夢中醒來。比喻從錯誤或迷惑中醒悟過來。

語源 明馮夢龍東周列國志第十一回：「寡人聞仲之言，如夢初醒。」

例句 直到警察上門，小柔才如夢初醒，知道自己上了詐騙集團的當。

近義 恍然大悟 大夢初醒

反義 執迷不悟

如履平地 ㄖㄨˊ ㄌㄩˇ ㄆㄧㄥˊ ㄉㄧˋ 就像走在平地上。①形容腳步穩健。②比喻做事非常拿手，

毫無困難。

語源 唐陸暢蜀道易：「蜀道易，易於履平地。」宋范成大再用前韻時被命帥蜀：「蜀道雖如履平地，杜鵑終勸不如歸。」

例句 ①李伯伯雖已七十好幾，但登山健行依然如履平地，教人十分佩服。②對職業籃球選手來說，「灌籃」簡直是如履平地，有何稀奇？

近義 駕輕就熟　得心應手

反義 窒礙難行　荊天棘地

如履薄冰 ㄖㄨˊ ㄌㄩˇ ㄅㄛˊ ㄅㄧㄥ

參見「如臨深淵，如履薄冰」。

如影隨形 ㄖㄨˊ ㄧㄥˇ ㄙㄨㄟˊ ㄒㄧㄥˊ

像影子跟隨形體一般。比喻彼此關係密切。

語源 管子任法：「臣之事主也，如影之從形也。」經法名理（馬王堆漢墓帛書）：「形名出聲，聲實調和，禍福廢立，如景（影）之隨形，如響之隨聲。」

例句 他們兩人總是如影隨形，出現在同一場合，關係之親密，令人好奇。

近義 如膠似漆　形影不離

反義 貌合神離　同床異夢

如數家珍 ㄖㄨˊ ㄕㄨˇ ㄐㄧㄚ ㄓㄣ

如同數說自己家裡所珍藏的寶物一般。比喻敘事明白熟練。

語源 清江藩漢學師承記卷七凌廷堪：「元史姓氏，有詰之者，從容應答，如數家珍焉。」

例句 她是個水晶迷，說起水晶來是如數家珍，你不懂的問她準沒錯。

近義 一清二楚　瞭如指掌

反義 一無所知　一竅不通

如膠似漆 ㄖㄨˊ ㄐㄧㄠ ㄙˋ ㄑㄧ

如同膠和漆黏在一起，不可分離。比喻關係親密，難分難捨。多指男女之間的感情而言。也作「如膠如漆」。

語源 韓詩外傳卷九：「與人以實，雖疏必密……夫實之與實，如膠如漆。」水滸傳第二十一回：「那張三和這婆惜，如膠似漆，夜去明來。」

例句 這對夫妻非常恩愛，看他們如膠似漆的樣子，真令人羨慕。

近義 水乳交融　形影不離

反義 貌合神離　分道揚鑣

如獲至寶 ㄖㄨˊ ㄏㄨㄛˋ ㄓˋ ㄅㄠˇ

好像獲得最珍貴的寶物一般。形容對所得到的東西非常珍視喜愛。

語源 宋李光與胡邦衡書：「忽蜀僧行密至，袖出『寂照庵』三字，如獲至寶。」

例句 父親送他一冊齊白石的印譜，他如獲至寶，十分珍惜。

反義 棄如敝屣　視如土芥

如臂使指 ㄖㄨˊ ㄅㄧˋ ㄕˇ ㄓˇ

像手臂帶動手指一樣。比喻指揮調動得心應手。

語源 管子輕重乙：「若此，則如胸之使臂，臂之使指也。」唐獨孤及故江陵尹兼御史大夫呂諲諡議：「諲當此時，能以慈惠易其疾苦，且訓其三軍，如臂使指，闔境無拔葵噉棗之盜。」

例句 幾千人的場面他都能控制，主持這種小型集會，他是如臂使指，綽有餘裕。

近義 得心應手　運用自如

反義 力不從心　心餘力絀

如臨大敵 ㄖㄨˊ ㄌㄧㄣˊ ㄉㄚˋ ㄉㄧˊ

好像防禦強大的敵人一般。比喻心神緊張，處於戒備狀態。

語源 舊唐書鄭畋傳：「畋還鎮，蒐乘補卒，繕修戎仗……晝夜如臨大敵。」

例句 為了辦好晚會，他整天

如臨大敵，惟恐有不完善的地方。

近義 戒慎恐懼 戰戰兢兢

反義 談笑用兵 好整以暇

如臨其境 ㄖㄨˊ ㄌㄧㄣˊ ㄑㄧˊ ㄐㄧㄥˋ 如同到了相同的場景。形容情境或描繪十分逼真。

例句 這座遊樂場模擬太空場景建造，置身其中，如臨其境，讓人以為自己真的到了外太空了。

近義 身歷其境 歷歷在目

如簧之舌 ㄖㄨˊ ㄏㄨㄤˊ ㄓ ㄕㄜˊ 像簧片一樣的舌頭。形容人能說善道，滔滔不絕。簧，笙、竽等管樂器中用來振動發聲的薄片。

語源 宋史李煜傳：「仍慮巧肆如簧之舌，仰成投杼之疑，曲構異端，潛行詭道。」

例句 董事長已經否決這項投資案，王經理再怎麼鼓動如簧之舌也無濟於事。

近義 口若懸河 滔滔不絕

反義 詞不達意 不知所云

如鯁在喉 ㄖㄨˊ ㄍㄥˇ ㄗㄞˋ ㄏㄡˊ 像魚刺鯁在喉嚨。形容有話在心中，不吐不快。或將某人、某事視為眼中釘，務必除去而後快。也作「骨鯁在喉」。

語源 清段玉裁注說文解字：「忠言逆耳，如食骨在喉。」清袁枚小倉山房尺牘四與金匱令：「僕明知成事不說，既往不咎，而無如聞不慊心事，如骨鯁在喉，必吐之而後快。」

例句 這件事十分重要，牽一髮而動全身，若是不盡快處理，便如鯁在喉，請你今天一定要完成。

近義 一吐為快 不吐不快

反義 暢所欲言 直抒胸臆

如蟻附羶 ㄖㄨˊ ㄧˇ ㄈㄨˋ ㄕㄢ 像螞蟻攀附腥羶的羊肉一樣。比喻趨炎附勢或盲目追逐的醜態。羶，羊身上的臊氣。

語源 莊子徐无鬼：「羊肉不慕蟻，蟻慕羊肉，羊肉羶也。」清徐珂清稗類鈔優伶類：「面白皙……為花旦，振動一時，趨之者如蟻附羶。」

例句 不肖政客的周圍總有一群人如蟻附羶，因利益所在而彼此掛鉤。

近義 趨炎附勢 攀龍附鳳

反義 不卑不亢 守正不阿

如願以償 ㄖㄨˊ ㄩㄢˋ ㄧˇ ㄔㄤˊ 按照自己的心願得到實現。償，實現。也作「得償所願」。

語源 唐韓愈新修滕王閣記：「儻得一至其處，竊寄目償所願焉。」清李伯元官場現形記第四十六回：「後來巴祥甫竟其如願以償，補受臨清州缺。」

例句 經過三年的努力，他如願以償地考上理想的科系。

近義 稱心如意 夙願以償

反義 事與願違 好事多磨

如釋重負 ㄖㄨˊ ㄕˋ ㄓㄨㄥˋ ㄈㄨˋ 好像放下一個沉重的負擔。比喻壓力解除或責任已盡，身心輕快。釋，放下。

語源 穀梁傳昭公二十九年：「昭公出奔，民如釋重負。」

例句 學力測驗結束後，大家如釋重負，準備來一趟環島旅行。

近義 稱心如意 了無牽掛

反義 心事重重

如入無人之境 ㄖㄨˊ ㄖㄨˋ ㄨˊ ㄖㄣˊ ㄓ ㄐㄧㄥˋ 好像到了沒有人的地方。形容衝殺、進攻時，無人能阻擋，所向無敵。

語源 舊五代史杜重威傳：「每敵騎數十驅漢人千萬過城下，如入無人之境，重威但登陴注目，略無邀取之意。」

例句 在這次戰役中，他英勇

殺敵，衝鋒陷陣，如入無人之境。

近義 所向披靡 長驅直入

反義 望風披靡 落荒而逃

如人飲水，冷暖自知 比喻一切事理必須親身經歷才能真切地體會。

語源 唐裴休黃檗山斷際禪師傳心法要：「如人飲水，冷暖自知，某甲在五祖會中，枉用三十年工夫。」

例句 每個行業都有它的甘苦，如人飲水，冷暖自知，別光羨慕別人收入高。

如臨深淵，如履薄冰 如同面臨深淵或踩在薄冰之上般不敢大意。比喻戒慎恐懼、小心謹慎的樣子。也省作「臨深履薄」、「臨淵履薄」或「如履薄冰」。

語源 詩經小雅小旻：「戰戰兢兢，如臨深淵，如履薄冰。」後漢書楊終傳：「豈可不臨深履薄，以為至戒！」

例句 這次手術困難重重，醫療小組懷著「如臨深淵，如履薄冰」的態度，終於克服萬難，挽回病人寶貴的生命。

近義 兢兢業業 戒慎恐懼

反義 粗心大意 漫不經心

妄自尊大 狂妄地自高自大。

語源 後漢書馬援傳：「子陽井底蛙耳，而妄自尊大，不如專意東方。」

例句 他才出了一本書，就不把當代知名作家放在眼裡，一副妄自尊大的樣子，真不知天高地厚。

近義 自命不凡 唯我獨尊

反義 妄自菲薄 自輕自賤

妄自菲薄 過分地看輕自己，失去自信。菲，微薄。

語源 三國蜀諸葛亮出師表：「誠宜開張聖聽，以光先帝遺德，恢弘志士之氣，不宜妄自菲薄，引喻失義，以塞忠諫之路也。」

例句 你的資質很好，只要肯用功，不要妄自菲薄，一定考得上好學校。

近義 自輕自賤 自暴自棄

反義 妄自尊大 夜郎自大

4

妒賢嫉能 妒嫉有品德有才能的人。

語源 史記高祖本紀：「項羽妒賢嫉能，有功者害之，賢者疑之，戰勝而不予人功，得地而不予人利，此其所以失天下也。」

例句 王老先生大人大量，妒賢嫉能的事絕非他所為，這之間恐怕是有所誤會了。

近義 妒能害賢 鼠肚雞腸

反義 禮賢下士 選賢任能

妖言惑眾 用怪誕的邪說迷惑大眾。

語源 六韜龍韜兵徵：「耳目相屬，妖言不止，眾口相惑。」漢書眭弘傳：「奏賜、孟妄設妖言惑眾，大逆不道。」

例句 一些有心人士常利用占卜方術妖言惑眾，來達到滿足私欲的目的。

近義 蠱惑人心 詭辭欺世

妖魔鬼怪 ①泛指怪異駭人的鬼物。②指為非作歹的壞人。

語源 宋歐陽脩讀徂徠集：「存之警後世，古鑑照妖魔。」明馮夢龍醒世恆言卷二九：「眼前見的無非死犯重囚，言語嘈雜，面目兇頑，分明一班妖魔鬼怪。」

例句 ①聽說那棟房子半夜有妖魔鬼怪出沒，「鬼屋」之名因此不脛而走。②你竟想跟這些妖魔鬼怪講道理，實在是太過天真了。

近義 牛鬼蛇神 邪魔外道

反義 正人君子 善男信女

妙不可言 ㄇㄧㄠˋ ㄅㄨˋ ㄎㄜˇ ㄧㄢˊ 美妙得不能用言語來表達。

語源 晉郭璞江賦：「妙不可盡之於言，事不可窮之於筆。」宋周紫芝竹坡詩話：「若杜少陵『風吹客衣日杲杲，樹攪離思花冥冥』……則又妙不可言矣。」

例句 眼前細雨迷濛，遠山近水染成一片，間或有人撐傘漫步其間，畫面唯美，妙不可言。

近義 歎為觀止 妙絕一時

反義 平淡無奇 俗不可耐

妙手丹青 ㄇㄧㄠˋ ㄕㄡˇ ㄉㄢ ㄑㄧㄥ 稱譽繪畫技藝高超的人。妙手，技藝高妙的人。丹青，古代繪畫用的顏料。借指繪畫。也作「丹青妙手」。

語源 晉蔡洪圍棋賦：「命班爾之妙手，制朝陽之柔木，取坤象于四方。」清吳敬梓儒林外史第四十六回：「莊濯江尋妙手丹青畫了一幅登高送別圖，在會諸人，都做了詩。」

例句 他的這幅山水畫氣勢磅礡，讓人如臨其境，不愧是妙手丹青。

妙手回春 ㄇㄧㄠˋ ㄕㄡˇ ㄏㄨㄟˊ ㄔㄨㄣ 稱讚醫生醫術高明，能使重病的人恢復健康。妙手，指高超的技藝。回春，回復到春天。指重新得到生機。

語源 晉蔡洪圍棋賦：「命班、爾之妙手，制朝陽之柔木。」宋蘇軾浪淘沙：「檻內群芳芽未吐，早已回春。」清汪燮藻兒學醫詩以勉之：「慎重以往，妙手回春。」

例句 困擾多年的偏頭痛，幸賴張醫師妙手回春，幫我治好了。

近義 著手成春 起死回生

反義 蒙古大夫 藥石罔效

妙筆生花 ㄇㄧㄠˋ ㄅㄧˇ ㄕㄥ ㄏㄨㄚ 指文筆生動巧妙。

語源 唐馮贄雲仙雜記卷一〇：「李太白少夢筆頭生花，後天才贍逸，名聞天下。」

例句 寫散文並不難，但若想將它寫得精彩動人，那非得有妙筆生花的本事不可。

近義 筆底生花 神來之筆

反義 索然無味 味如嚼蠟

妙絕一時 ㄇㄧㄠˋ ㄐㄩㄝˊ ㄧˋ ㄕˊ 參見「妙絕時人」。

妙絕時人 ㄇㄧㄠˋ ㄐㄩㄝˊ ㄕˊ ㄖㄣˊ 指藝文等創作精妙，當代無人可比。也作「妙絕一時」。

語源 三國魏曹丕與吳質書：「其五言詩之善者，妙絕時人。」宋周煇清波雜志卷一二：「筆墨簡遠，妙絕一時。」

例句 她是文壇才女，隨筆小品妙絕時人，廣受喜愛。

近義 韓潮蘇海 不同凡響

反義 語不驚人 滿紙空言

妙語如珠 ㄇㄧㄠˋ ㄩˇ ㄖㄨˊ ㄓㄨ 佳妙的話語像珍珠一樣，一顆接一顆而又圓轉靈活。形容說話或作文用語精彩靈活。

語源 宋蘇軾次韻答子由：「好語似珠穿一一，妄心如膜退重重。」

例句 這一課雖然不好懂，但在老師妙語如珠的解說下，大家都聽得津津有味。

近義 咳唾成珠 綴玉聯珠

反義 枯燥無味 味如嚼蠟

妙趣橫生 ㄇㄧㄠˋ ㄑㄩˋ ㄏㄥˊ ㄕㄥ 巧妙而趣味洋溢。多形容言語、

文辭極富趣味。

語源 馮玉祥我的生活第二十七章：「這番講話，既有好教訓又說得妙趣橫生，給我們官兵以極深刻的印象。」

例句 這齣舞臺劇演員間默契十足，劇情高潮迭起，妙趣橫生，引得全場笑聲不斷。

近義 妙語如珠　趣味雋永

反義 枯燥無味　味如嚼蠟

5

妻離子散 ㄑㄧ ㄌㄧˊ ㄗˇ ㄙㄢˋ　妻子兒女分離不在一處。形容家庭破碎，一家人四處分散。

語源 孟子梁惠王上：「彼奪其民時，使不得耕耨以養其父母。父母凍餓，兄弟妻子離散。」

例句 他沉迷賭博，屢勸不聽，最後背負龐大債務，弄得妻離子散。

近義 家破人亡　骨肉離散

反義 共享天倫　安居樂業

始作俑者 ㄕˇ ㄗㄨㄛˋ ㄩㄥˇ ㄓㄜˇ　最初製造殉葬木偶的人。今泛指開創惡例的人。俑，古代用以殉葬的木偶。

語源 孟子梁惠王上：「仲尼曰：『始作俑者，其無後乎！』為其象人而用之也。」

例句 班上最近興起上課偷看漫畫書的歪風，始作俑者就是阿德。

近義 首開惡例

始料未及 ㄕˇ ㄌㄧㄠˋ ㄨㄟˋ ㄐㄧˊ　指情勢的演變，是當初所沒有預料到的。

例句 這場選舉最後會以不到百分之一的差距決定勝負，實在是始料未及。

近義 出乎意外　跌破眼鏡

反義 未卜先知　不出所料

始終不渝 ㄕˇ ㄓㄨㄥ ㄅㄨˋ ㄩˊ　從開始到結束都不會改變。渝，改變。

語源 晉書陸納傳：「恪勤貞固，始終不渝。」

例句 阿明對著月亮發誓說會始終不渝地愛著她，聽得阿美心花怒放。

近義 始終如一　從一而終

反義 見異思遷　朝秦暮楚

始終如一 ㄕˇ ㄓㄨㄥ ㄖㄨˊ ㄧ　從開頭到結尾都一樣。多指言行能堅持到底，前後一致。

語源 荀子議兵：「慮必邊事兒申之以敬，慎終如始，始終如一，夫是之謂大吉。」

例句 他為了考上研究所，日夜苦讀，始終如一，終於如願以償。

近義 始終不渝　貫徹始終

反義 虎頭蛇尾　半途而廢

始亂終棄 ㄕˇ ㄌㄨㄢˋ ㄓㄨㄥ ㄑㄧˋ　起始淫亂，最終遺棄。指男子玩弄女子的感情並加以拋棄的卑劣行徑。

語源 唐元稹鶯鶯傳：「始亂之，終棄之。」清紀昀閱微草堂筆記卷十三：「始亂終棄，君子所惡。」

例句 像他這種用情不專的男人，不是喜新厭舊，就是始亂終棄，妳千萬別被他騙了。

近義 逢場作戲　另結新歡

反義 海誓山盟　堅貞不渝

姍姍來遲 ㄕㄢ ㄕㄢ ㄌㄞˊ ㄔˊ　形容慢吞吞地延遲到達。姍姍，行走緩慢的樣子。

語源 漢書外戚傳：「立而望之，偏何姍姍其來遲。」

辨析 姍，不可寫作「跚」。

例句 由於他姍姍來遲，使得會議延後開始，耽誤了不少時間。

近義 蝸行牛步　慢條斯理

反義 動如脫兔　捷足先登

姑息養奸 ㄍㄨ ㄒㄧ ㄧㄤˇ ㄐㄧㄢ　一味寬容，助長奸人為惡。姑息，

毫無原則地寬容。養，養成；助長。

語源 禮記檀弓上：「君子之愛人也以德，細人之愛人也以姑息。」漢王符潛夫論述赦篇：「非得以養姦活罪為仁，放縱天賊賢也。」清昭槤嘯亭雜錄卷七徐中丞：「深文傷和，姑息養奸，戒之哉！」

例句 對於違法之徒一定要明察嚴懲，不可姑息養奸，否則社會治安會日益敗壞。

近義 養虎遺患　養癰成患

反義 嚴懲不貸　摘伏發隱

姑妄言之，姑妄聽之（ㄍㄨ ㄨㄤˋ ㄧㄢˊ ㄓ，ㄍㄨ ㄨㄤˋ ㄊㄧㄥ ㄓ） 暫且隨便說說的話，就暫且隨便聽聽。多用來指沒有根據或不負責任的言論。

語源 莊子齊物論：「予嘗為女妄言之，女以妄聽之。」清王士禎聊齋誌異題辭：「姑妄言之姑聽之，豆棚瓜架雨如絲；料應厭作人間語，愛聽秋墳鬼唱詩。」

例句 有些娛樂節目的主持人和來賓喜歡說一些藝人的八卦新聞，我們最好是「姑妄言之，姑妄聽之」，不要太當真。

委曲求全（ㄨㄟˇ ㄑㄩ ㄑㄧㄡˊ ㄑㄩㄢˊ） 曲意遷就，以求保全自己的性命或財富。也指委曲自己，以顧全大局。委曲，壓抑自己的心意，遷就別人。

語源 漢書儒林嚴彭祖傳：「何可委曲從俗，苟求富貴乎！」清劉坤一復劉蔭渠：「以時局安危所繫，不敢不委曲求全。」

例句 ①作為一個政務官，必須堅守原則，不可為了戀棧官位而委曲求全。②張太太十多年來飽受婚姻暴力之苦，如今她決定結束這段婚姻，不再委曲求全了。

近義 忍氣吞聲　逆來順受

反義 寧為玉碎，不為瓦全

委決不下（ㄨㄟˇ ㄐㄩㄝˊ ㄅㄨˋ ㄒㄧㄚˋ） 指心生猶豫而無法下決定。

語源 明馮夢龍喻世明言卷二：「孟夫人心上委決不下，教管家婆出去，細細把家事盤問，他答來一字無差。」

例句 留在國內或出國深造，建銘一時委決不下，你給他一點建議吧！

近義 舉棋不定　瞻前顧後

反義 當機立斷　毅然決然

委靡不振（ㄨㄟˇ ㄇㄧˇ ㄅㄨˋ ㄓㄣˋ） 形容意志消沉，精神不振。委靡，頹廢。也作「萎靡不振」。萎，音ㄨㄟˇ。

語源 宋馬永卿元城先生語錄：「至嘉祐末年，天下之事似乎舒緩，委靡不振，當時士大夫亦自厭之，多有文字論列。」清蕭魯甫醒世新編第二十八回：「朝廷命官亦多因此嗜好而萎靡不振。」

例句 為了慶生而徹夜狂歡，使得他今早顯得委靡不振，一副昏昏欲睡的模樣。

近義 無精打采　暮氣沉沉

反義 精神抖擻　朝氣蓬勃

6

姜太公釣魚——願者上鉤（ㄐㄧㄤ ㄊㄞˋ ㄍㄨㄥ ㄉㄧㄠˋ ㄩˊ——ㄩㄢˋ ㄓㄜˇ ㄕㄤˋ ㄍㄡ） 歇後語。相傳姜太公釣魚不用釣餌，且魚鉤離水三尺，並說：「負命者上釣來！」比喻心甘情願作某件事，非他人所迫。

語源 清孔尚任桃花扇第二十四齣：「這有何妨，太公釣魚，願者上鉤。」

例句 這樁生意完全是姜太公釣魚——願者上鉤，我可不曾鼓吹他來買。

近義 心甘情願

反義 迫不得已

姚黃魏紫（ㄧㄠˊ ㄏㄨㄤˊ ㄨㄟˋ ㄗˇ） 牡丹花的通稱或泛指名貴的花卉。姚黃與魏紫為宋代洛陽著名的兩種牡丹品種。也作「魏紫姚黃」。

語源 宋范成大再賦簡養正：「一年春色摧殘盡，再覓姚黃魏紫看。」鏡花緣第七十二回：「只見姚黃魏紫，爛熳爭妍。」

例句 弟弟在花市裡見到珍稀的姚黃魏紫，興奮地拿出塗鴉本要畫下來。

威武不屈（ㄨㄟ ㄨˇ ㄅㄨˋ ㄑㄩ） 威勢、武力也不能使之屈服。

語源 孟子滕文公下：「富貴不能淫，貧賤不能移，威武不能屈，此之謂大丈夫。」

例句 軍人整齊筆挺的服裝和不苟言笑的表情，總是予人威武不屈的印象。

近義 堅毅不拔 寧死不屈

威風八面（ㄨㄟ ㄈㄥ ㄅㄚ ㄇㄧㄢˋ） 形容聲勢氣派十足。

語源 元紀君祥趙氏孤兒：「我我我盡威風八面揚，你你你怎掙鬪怎攔擋？」

例句 媽祖每年出巡的陣頭聲勢浩大，威風八面，沿途都有大批信徒虔誠膜拜。

近義 威風凜凜 神氣十足

反義 垂頭喪氣 無精打采

威風凜凜（ㄨㄟ ㄈㄥ ㄌㄧㄣˇ ㄌㄧㄣˇ） 氣勢及儀態威嚴逼人，令人敬畏。凜，嚴肅可敬。

語源 元薩都刺傷思曲哀燕將軍：「將軍容，丹砂紅，威風凜凜蓋世雄。」

例句 他在電影中的扮相英偉挺拔，威風凜凜，令不少女影迷為之傾倒。

近義 威風八面 神氣十足

反義 委靡不振 無精打采

威脅利誘（ㄨㄟ ㄒㄧㄝˊ ㄌㄧˋ ㄧㄡˋ） 以強力逼迫，用利益引誘。指以軟硬兼施的手段，使人屈服。

語源 宋王灼李仲高石君堂：「利誘威脅擬奪去，仲高誓死君之側。」

例句 他是個正人君子，任你威脅利誘也無法動搖，還是趁早死了這條心吧！

近義 軟硬兼施 好說歹說

反義 軟語相求 太公釣魚

威震八方（ㄨㄟ ㄓㄣˋ ㄅㄚ ㄈㄤ） 威名震懾各地。形容很有威望。

例句 楊將軍治軍嚴謹，威震八方，連總統都對他禮敬三分。

近義 名揚四海 名震一時

反義 默默無聞 不見經傳

威震寰宇（ㄨㄟ ㄓㄣˋ ㄏㄨㄢˊ ㄩˇ） 聲名威望震動天下。寰宇，天下。也作「聲震寰宇」或「名震寰宇」。

語源 梁書敬帝紀：「介冑仁義，折衝罇俎，聲振（震）寰宇，澤流遐裔。」清無垢道人八仙得道第五十二回：「此時萬萬不容嬴政苟息人間，原因這人仁德不施，而威震寰宇。」

例句 曹操原本威震寰宇，不可一世，卻因赤壁之戰太過輕敵，而失去一統天下的契機。

近義 名震一時 威震八方

反義 默默無聞 不見經傳

7

娓娓不倦（ㄨㄟˇ ㄨㄟˇ ㄅㄨˋ ㄐㄩㄢˋ） 原指文章耐人尋味，久讀不厭。後用以形容連續說話而不倦的樣子。娓娓，也作「亹亹」。言辭動人的樣子。

語源 南朝梁鍾嶸詩品上張協：「詞彩蔥蒨，音韻鏗鏘，使人味之，亹亹不倦。」宋釋惠洪石門文字禪李德茂書城四友序：「管城子，吾益友也，直諒多聞，每與之語，娓娓不

女

倦。」

例句 聊起軍中趣事，老士官長可以娓娓不倦地講個三天三夜，直到你不想聽為止。

娓娓而談 ㄨㄟˇ ㄨㄟˇ ㄦˊ ㄊㄢˊ 連續不斷且動人地談論著。

語源 參見「娓娓不倦」。

例句 她在臺上娓娓而談，將自己的心路歷程毫無保留的說出來，大家聽得津津有味。

娓娓動聽 ㄨㄟˇ ㄨㄟˇ ㄉㄨㄥˋ ㄊㄧㄥ 形容說話生動，讓人愛聽。

語源 參見「娓娓不倦」。清曾樸孽海花第三十四回：「夢蘭也竭力招呼，知道楊、陸兩人都不大會講上海白，就把英語來對答，倒也說得清脆悠揚，娓娓動聽。」

例句 一件平常的事經過他加油添醋之後馬上變得娓娓動聽，難怪小朋友們都愛聽他說故事。

反義 索然無味 味如嚼蠟

娓娓道來 ㄨㄟˇ ㄨㄟˇ ㄉㄠˋ ㄌㄞˊ 生動而不斷地描述。

語源 參見「娓娓不倦」。清史稿李端棻傳：「賞粲啟超才，以從妹妻之，自是頗納啟超議，娓娓道東西邦制度。」

例句 這段纏綿悱惻的愛情故事由他娓娓道來，令人彷彿身歷其境，深受感動。

近義 娓娓而談 娓娓不倦

反義 結結巴巴 期期艾艾

8

婀娜多姿 ㄜ ㄋㄨㄛˊ ㄉㄨㄛ ㄗ 形容儀態柔美，風姿綽約。婀娜，柔美的樣子。

語源 三國魏曹植洛神賦：「華容婀娜，令我忘餐。」三國魏嵇康琴賦：「既豐贍以多姿，又善始而令終。」清王韜淞隱漫錄返生草：「後坐一雛鬟，婀娜多姿，亦殊可人意。」

例句 她婀娜多姿的身影，令小新永生難忘。

近義 風姿綽約 儀態萬千

反義 其貌不揚 扭捏作態

婆娑起舞 ㄆㄛˊ ㄙㄨㄛ ㄑㄧˇ ㄨˇ 形容盤旋舞蹈的樣子。婆娑，盤旋。形容舞蹈的樣子。

語源 詩經陳風東門之枌：「子仲之子，婆娑其下。」清吳敬梓儒林外史第十一回：「攀月中仙桂一枝，久讓人婆娑而舞。」清徐珂清稗類鈔盜賊類：「獮則連引數觥，婆娑起舞。」

例句 月光下她婆娑起舞的曼妙身影，時時在我的腦海盤旋，令我思念不已。

近義 翩翩起舞 舞態生風

婆婆媽媽 ㄆㄛˊ ㄆㄛˊ ㄇㄚ ㄇㄚ 形容說話囉嗦、做事不乾脆或感情脆弱。

語源 紅樓夢第十一回：「寶玉，你忒婆婆媽媽的，他病人不過是這樣說，那裡就到這個田地。」

例句 他說話婆婆媽媽的，花了好多時間，大家才弄清楚狀況。

近義 囉哩囉嗦 絮絮叨叨

反義 當機立斷 乾淨俐落

婦人之仁 ㄈㄨˋ ㄖㄣˊ ㄓ ㄖㄣˊ 指施小恩小惠而不識大體。

語源 史記淮陰侯列傳：「項王見人恭敬慈愛，言語嘔嘔，人有疾病，涕泣分食飲，至使人有功當封爵者，印刓敝，忍不能予，此所謂婦人之仁也。」

辨析 古時女子很少有受教育的機會，見識較淺，加上婦人心腸柔軟，所以雖然好施小惠，臨大事則委決不下。因此本則成語含有貶義。

例句 做一個領導人物，要賞罰分明，不要心存婦人之仁。

反義 鐵石心腸

女

婦孺皆知 ㄈㄨˋ ㄖㄨˊ ㄐㄧㄝ ㄓ 婦人和小孩都知道。形容人人都知道。孺，孩童。

語源 明史耿九疇傳：「廉名益振，婦孺皆知其名。」

例句 張縣長的緋聞案鬧得滿城風雨，婦孺皆知，看來他想連任是不太可能了。

近義 眾所周知 家喻戶曉

反義 鮮為人知 不見經傳

10

嫁禍於人 ㄐㄧㄚˋ ㄏㄨㄛˋ ㄩˊ ㄖㄣˊ 把禍害或罪責轉移到他人身上。嫁，轉移。

語源 史記趙世家：「韓氏所以不入於秦者，欲嫁禍於趙也。」南史隱逸傳：「己所不欲，豈可嫁禍於人?」

例句 這個錯誤是你造成的，怎麼可以嫁禍於人?

近義 以鄰為壑 推諉塞責

反義 與人為善 敢作敢當

嫁雞隨雞，嫁狗隨狗 ㄐㄧㄚˋ ㄐㄧ ㄙㄨㄟˊ ㄐㄧ，ㄐㄧㄚˋ ㄍㄡˇ ㄙㄨㄟˊ ㄍㄡˇ ①比喻女子從一而終。②比喻嫁娶已定，隨遇而安。

語源 宋陸佃埤雅引語：「嫁雞與之飛，嫁狗與之走。」

例句 「嫁雞隨雞，嫁狗隨狗」，她認為既然已經是人家的媳婦，就隨遇而安吧！

嫉惡如仇 ㄐㄧˊ ㄜˋ ㄖㄨˊ ㄔㄡˊ 參見「疾惡如仇」。

11

嫣然一笑 ㄧㄢ ㄖㄢˊ ㄧˊ ㄒㄧㄠˋ 形容女子嫵媚可愛的笑容。嫣然，嫵媚微笑的樣子。

語源 戰國楚宋玉登徒子好色賦：「腰如束素，齒如含貝，嫣然一笑，惑陽城，迷下蔡。」

例句 自從見了她嫣然一笑，他便茶不思、飯不想，成天魂不守舍。

近義 巧笑倩兮 回眸一笑

12

嬉皮笑臉 ㄒㄧ ㄆㄧˊ ㄒㄧㄠˋ ㄌㄧㄢˇ 參見「嘻皮笑臉」。

嬉笑怒罵 ㄒㄧ ㄒㄧㄠˋ ㄋㄨˋ ㄇㄚˋ 比喻創作不拘一格，能任意揮灑。也泛指人的各種情緒。

語源 宋史蘇軾傳：「嘗自謂：『作文如行雲流水，初無定質，但常行於所當行，止於所不可不止。』雖嬉笑怒罵之辭，皆可書而誦之。」

例句 卓別林演技精湛，嬉笑怒罵總是信手拈來，便發揮得淋漓盡致。

嬌小玲瓏 ㄐㄧㄠ ㄒㄧㄠˇ ㄌㄧㄥˊ ㄌㄨㄥˊ 形容小巧靈活。多指女子身材。

語源 唐李白江夏行：「憶昔嬌小姿，春心亦自持。」晉左思吳都賦：「珊瑚幽茂而玲瓏。」清王韜淞隱漫錄畫船紀豔：「蘭仙之嬌小玲瓏，動人憐惜。」

例句 技驚四座的跆拳道國手，竟然是位嬌小玲瓏的姑娘。

反義 虎背熊腰

嬌生慣養 ㄐㄧㄠ ㄕㄥ ㄍㄨㄢˋ ㄧㄤˇ 形容在寵愛縱容中成長。嬌，溺愛。慣，放縱。

語源 紅樓夢第十九回：「他雖沒這樣造化，倒也是嬌生慣養的。」

例句 這孩子自小嬌生慣養，從沒幹過粗活。

近義 養尊處優 珠圍翠繞

反義 飽經風霜 動心忍性

子部

子虛烏有 ㄗˇ ㄒㄩ ㄨ ㄧㄡˇ 指不存在的人與事。子虛、烏有，是漢司馬相如在子虛賦中所虛構的兩個人物。

語源 史記司馬相如列傳：「相如以子虛，虛言也，為楚

稱；烏有先生者，烏有此事也，為齊難。」

例句 外面的流言根本是子虛烏有的事，你大可不必對號入座。

近義 無中生有

反義 千真萬確

孑然一身（ㄐㄧㄝˊ ㄖㄢˊ ㄧ ㄕㄣ） 孤單一個人。孑然，孤單的樣子。

語源 三國志吳書陸瑁傳：「若實孑然無所憑賴。」宋周煇清波雜志：「兼渠孑然一身，無所依倚，處性不能自立。」

例句 妻子過世後，年事已高的王伯伯孑然一身，孤苦無依。

近義 煢煢獨立 形影相弔

反義 兒孫滿堂 五世同堂

1 **孔武有力**（ㄎㄨㄥˇ ㄨˇ ㄧㄡˇ ㄌㄧˋ） 勇武且力氣大。孔，非常。武，勇猛；剛健。

語源 詩經鄭風羔裘：「羔裘豹飾，孔武有力。」

例句 擔任保全人員不只要孔武有力，還要具有高度的警戒心和臨機應變的智慧才行。

近義 身強力壯

反義 弱不禁風 弱不勝衣

3 **字正腔圓**（ㄗˋ ㄓㄥˋ ㄑㄧㄤ ㄩㄢˊ） 咬字精準、行腔圓潤。形容說話、唱歌聲音清晰動聽。

例句 他的客家話說得字正腔圓，是難得的客語老師。

近義 珠圓玉潤

反義 荒腔走板

字字珠璣（ㄗˋ ㄗˋ ㄓㄨ ㄐㄧ） 比喻文章字句精美。珠璣，珠玉珍寶。

語源 舊唐書元稹白居易傳：「纂組成而耀以珠璣，瑤臺構而間之金碧。」萬病驗方大全序：「方方金玉，字字珠璣。」

例句 這篇文章字字珠璣，值得一讀再讀。

近義 一字千金 綴玉聯珠

反義 驢鳴犬吠 狗屁不通

字裡行間（ㄗˋ ㄌㄧˇ ㄏㄤˊ ㄐㄧㄢ） 文辭、字句之中。指文章所流露的思想感情。

語源 南朝梁簡文帝答新渝侯和詩書：「風雲吐於行間，珠玉生於字裡。」清無名氏官場維新記第二回：「字裡行間，略帶些古文氣息，方能中肯。」

例句 這篇文章字裡行間洋溢著自信與對文學的熱情。

字斟句酌（ㄗˋ ㄓㄣ ㄐㄩˋ ㄓㄨㄛˊ） 寫文章或說話時，仔細考慮每一個字句。斟酌，考慮取捨。

語源 清紀昀閱微草堂筆記灤陽消夏錄一：「宋儒積一生精力，字斟句酌，亦斷非漢儒所及。」

例句 這封求職信她字斟句酌，花了整個晚上才寫好。

近義 雕章鏤句 千錘百煉

反義 率爾操觚

存亡繼絕（ㄘㄨㄣˊ ㄨㄤˊ ㄐㄧˋ ㄐㄩㄝˊ） 使將滅亡的國家得以保存，將斷絕的宗嗣得以延續。

語源 穀梁傳僖公十七年：「桓公嘗有存亡繼絕之功，故君子為之諱也。」

例句 歷史上幸好有一些高瞻遠矚的政治家立下存亡繼絕的功業，才能避免許多悲劇。

4 **孜孜不倦**（ㄗ ㄗ ㄅㄨˋ ㄐㄩㄢˋ） 勤勉用功而不倦怠。孜孜，也作「孳孳」，勤勉的樣子。

語源 尚書君陳：「唯日孜孜，無敢逸豫。」三國志蜀書向朗傳：「自去長史，優游無事垂三十年，乃更潛心典籍，孜孜不倦。」

例句 考期將近，這些日子來他孜孜不倦地讀書，一定可以過關的。

近義 不眠不休 焚膏繼晷

反義 一曝十寒 玩歲愒時

孜孜矻矻 ㄗ ㄗ ㄎㄨˋ ㄎㄨˋ 形容極為勤奮。

語源 漢書王褒傳：「勞筋苦骨，終日矻矻。」唐韓愈爭臣論：「孜孜矻矻，死而後已。」

辨析 「矻」音ㄎㄨˋ，字形與「訖」(音ㄑㄧˋ)、「屹」(音ㄧˋ)相似，須特別注意。

例句 王老師向來愛好中國古籍，並浸淫於歷代的注解，孜孜矻矻，歷數十年而不歇。

近義 好學不倦 孜孜不倦

反義 玩歲愒時 好逸惡勞

孝子賢孫 ㄒㄧㄠˋ ㄗˇ ㄒㄧㄢˊ ㄙㄨㄣ 孝順賢良的子孫。指成材的後代。也借指甘心效勞、奉承別人的人。

語源 孟子離婁上：「雖孝子慈孫，百世不能改也。」元張國賓相國寺公孫合汗衫第二折：「更有那孝子賢孫兒女每打，早難道神不容奸，天能鑒察！」

例句 ①古時候家中有孝子賢孫，就會在鄉里傳為美談。②他有錢又有勢，自然有人願意當他的孝子賢孫，替他出力。

反義 不肖子孫

5

季布一諾 ㄐㄧˋ ㄅㄨˋ ㄧ ㄋㄨㄛˋ 指信守諾言。秦漢之際，楚人季布豪俠慷慨，信守諾言，享有盛名。楚地遂有「得黃金百斤，不如得季布一諾」的諺語。

語源 史記季布傳：「楚人諺曰：『得黃金百斤，不如得季布一諾。』足下何以得此聲於梁楚閒哉？」

例句 陳大哥是個季布一諾的守信之人，不用擔心他會毀約。

近義 一諾千金

反義 背信棄義 出爾反爾

孟母三遷 ㄇㄥˋ ㄇㄨˇ ㄙㄢ ㄑㄧㄢ 孟子的母親三次遷居。形容家長為教育子女而選擇良好的學習環境所花的苦心。

語源 漢劉向列女傳母儀鄒孟軻母傳記載：孟子小時家住墓園旁，見慣了下葬祭拜的事，跟孩童遊玩時也學著做，孟母見了就說：「這裡不是居住的好地方。」接著搬到市集旁，孟子見慣了叫賣交易，遊玩時又跟著做，孟母又說：「這也不是居住的好地方。」最後搬到學校旁，在耳濡目染下就跟著禮節進退應對，孟母說：「這裡可以居住啊！」於是便定居下來。後衍為「孟母三遷」一詞。

例句 她為了使孩子有良好的教育環境，特別將住家遷至文教區，可說是孟母三遷，用心良苦。

近義 孟母擇鄰

孤立無援 ㄍㄨ ㄌㄧˋ ㄨˊ ㄩㄢˊ 獨自支撐，缺乏援助。

語源 後漢書班超傳：「焉耆以中國大喪，遂攻沒都護陳睦，超孤立無援。」

例句 排外的政策讓這個回教國家陷入孤立無援的困境。

近義 孤軍奮戰 單槍匹馬

反義 人多勢眾 眾志成城

孤臣孽子 ㄍㄨ ㄔㄣˊ ㄋㄧㄝˋ ㄗˇ 被貶謫的臣子和失寵的庶子。比喻處於憂患困苦中的人。孤臣，失勢不受重用的臣子。孽子，非正妻所生的庶子。

語源 孟子盡心上：「獨孤臣孽子，其操心也危，其慮患也深，故達。」

例句 困苦的環境可以激勵人的志氣，所以歷史上許多孤臣孽子往往都有偉大的成就。

孤注一擲 ㄍㄨ ㄓㄨˋ ㄧ ㄓˋ 賭徒把所有的錢財投做一次賭

注，以決定輸贏。比喻竭盡全力做最後一次冒險行為。注，賭博所投入的錢。擲，賭博時擲骰子。

語源 宋司馬光涑水記聞：「澶淵之役，準以陛下為孤注與敵博耳。」宋辛棄疾九議：「於是乎『為國生事』之說起焉，『孤注一擲』之喻出焉。」

例句 投資不是壞事，但這筆錢是你所有的積蓄，千萬不可孤注一擲啊！

近義 不顧一切

孤芳自賞 ㄍㄨ ㄈㄤ ㄗˋ ㄕㄤˇ 把自己看成獨特的香花，自我讚賞。指人自命清高或不凡。

語源 南朝梁沈約謝齊竟陵王教撰高士傳啟：「貞操與日月俱懸，孤芳隨山壑共遠。」清玉琵齋主人血海花嚼雪：「雖無詠絮之清才，卻抱孤芳而自賞。」

例句 他總是孤芳自賞，而且憤世嫉俗，難怪雖有傲人的學歷，卻總是不得志於工作。

近義 自命清高　自命不凡

反義 自慚形穢　自愧弗如

孤苦伶仃 ㄍㄨ ㄎㄨˇ ㄌㄧㄥ ㄉㄧㄥ 孤單困苦，無依無靠。伶仃，無依無靠的樣子。也作「孤苦零丁」。

語源 晉李密陳情表：「臣少多疾病，九歲不行，零丁孤苦，至於成立。」元紀君祥趙氏孤兒第二折：「可憐三百口親丁飲劍鋒，剛留得孤苦伶仃一小童。」

例句 雖然時代進步，生活富裕，仍有許多孤苦伶仃的老人三餐不繼，等待社會援助。

近義 無依無靠　孤苦無依

反義 兒孫滿堂

孤苦無依 ㄍㄨ ㄎㄨˇ ㄨˊ ㄧ 孤單貧窮而沒有依靠。

語源 清西周生醒世姻緣傳第五十三回：「此時憐念鼂寡婦孤苦無依，遂養活了這個老者。」

例句 小平的父母在交通意外中不幸喪生，孤苦無依的他只好由外婆收養。

近義 孤苦伶仃　孑然一身

孤軍奮戰 ㄍㄨ ㄐㄩㄣ ㄈㄣˋ ㄓㄢˋ 孤立無援的軍隊奮力作戰。比喻一個人獨自奮鬥而無人幫助。

語源 隋書虞慶則傳：「由是長儒孤軍獨戰，死者十八九。」

例句 在親友的反對下，小明憑著毅力孤軍奮戰，一年後終於達成開店創業的目標。

近義 孤立無援　孤軍深入

反義 四方響應

孤陋寡聞 ㄍㄨ ㄌㄡˋ ㄍㄨㄚˇ ㄨㄣˊ 形容人見聞不廣，見識淺薄。

語源 禮記學記：「獨學而無友，則孤陋而寡聞。」

例句 紅樓夢是中國最著名的古典小說，你竟然連聽都沒聽過，實在太孤陋寡聞了。

近義 一無所知　井底之蛙

反義 見多識廣　博學多聞

孤家寡人 ㄍㄨ ㄐㄧㄚ ㄍㄨㄚˇ ㄖㄣˊ 指單身一個人。孤家、寡人，皆古代王侯自稱之詞。

語源 清吳趼人二十年目睹之怪現狀第六十五回：「到了今日，雲岫竟變了個孤家寡人了。」

例句 李爺爺的親人都移民外國，只留下他孤家寡人一個，好不淒涼。

近義 形單影隻　孑然一身

反義 儷影雙雙

孤掌難鳴 ㄍㄨ ㄓㄤˇ ㄋㄢˊ ㄇㄧㄥˊ 一隻手掌難以拍出聲響。比喻孤單無助，難以有所作為。

語源 韓非子功名：「一手獨拍，雖疾無聲。」元宮大用嚴

子陵垂釣七里灘：「若不是雲臺上英雄併力，你獨自個孤掌難鳴。」

例句　這件任務他孤掌難鳴，請你務必協助他。

近義　獨木不林　一木難支

反義　眾志成城　眾擎易舉

孤魂野鬼 ㄍㄨ ㄏㄨㄣˊ ㄧㄝˇ ㄍㄨㄟˇ　沒有人祭祀的鬼魂。也比喻沒有依靠、處境艱難的人。

語源　三國演義第三十九回：「汝等隨劉備，如孤魂隨鬼耳。」

例句　這位老先生沒有親人，也沒有工作，每天像個孤魂野鬼一樣四處流浪，乞討為生，真教人同情。

13

學以致用 ㄒㄩㄝˊ ㄧˇ ㄓˋ ㄩㄥˋ　將所學的知識應用到實際生活中。

例句　大學畢業生不能學以致用，發揮專長，對於國家的教育投資來說是太大的浪費。

近義　發揮所長

反義　學非所用　食古不化

學究天人 ㄒㄩㄝˊ ㄐㄧㄡ ㄊㄧㄢ ㄖㄣˊ　學問通達，能窮盡天道與人事的道理。究，窮盡。也作「學貫天人」。

語源　漢司馬遷報任少卿書：「欲以究天人之際，通古今之變。」梁書鍾嶸傳上：「文麗日月，學究天人。」

例句　他不僅自律甚嚴，而且博極群書，學究天人，很受眾人的景仰。

近義　博古通今　宏儒碩學

反義　孤陋寡聞　末學膚受

學非所用 ㄒㄩㄝˊ ㄈㄟ ㄙㄨㄛˇ ㄩㄥˋ　所學的沒有應用在實際工作上。也作「用非所學」。

語源　後漢書張衡傳：「必也學非所用，術有所仰，故臨川將濟，而舟楫不存焉。」明史葉伯巨傳：「比到京師，而除官多以貌選，所學或非其所用，所用或非其所學。」

例句　調查顯示，國內大學畢業生學非所用的比例將近五成，值得教育界深思。

反義　學以致用

學富五車 ㄒㄩㄝˊ ㄈㄨˋ ㄨˇ ㄐㄩ　本指書多，可裝滿五車。後用以形容人讀書很多，學問淵博。

語源　莊子天下：「惠施多方，其書五車。」明馮夢龍醒世恆言卷三二：「兼之學富五車，才傾八斗，同輩之中，推為才子。」

例句　他天資聰敏，又學富五車，是不可多得的人才。

近義　滿腹經綸　博學多聞

反義　胸無點墨　孤陋寡聞

學無止境 ㄒㄩㄝˊ ㄨˊ ㄓˇ ㄐㄧㄥˋ　學問的領域無窮無盡。也指學習沒有停止的時候。

例句　畢業在即，老師勉勵同學要有學無止境的精神，隨時充實自我，追求新知。

近義　學海無涯　活到老，學到老

反義　淺嘗輒止　一暴十寒

學藝不精 ㄒㄩㄝˊ ㄧˋ ㄅㄨˋ ㄐㄧㄥ　技藝學得不夠精通。

語源　清石玉崑三俠五義第十二回：「項福只回頭觀看，並不搜查左右。可見粗心，學藝不精。」

例句　那次歌唱比賽，只能怪我學藝不精，第一輪就被淘汰。

近義　淺嘗輒止　囫圇吞棗

反義　融會貫通　三年有成

14

孺子可教 ㄖㄨˊ ㄗˇ ㄎㄜˇ ㄐㄧㄠˋ　指年輕人能造就成材，可以接受教誨。孺子，小孩子；後生。

語源　史記留侯世家記載：張良在下邳遇難時，曾在橋上遇

子

到一位傳說叫黃石公的老人，老人故意將鞋子掉在橋下，叫張良下去取來並替他穿上。張良強忍著怒氣照辦了。老人穿上鞋走了一里多路，又回來對張良說：「孺子可教矣。後五日平明，與我會此。」經過一番試煉後，將太公兵法傳授給張良。

例句 原本不諳水性的小明，竟在三星期內就學會蝶式了，教練直誇說：「孺子可教。」

近義 聰明伶俐　可造之材

反義 庸庸碌碌　朽木不雕

宀部

3

宅心仁厚 存心仁慈溫厚。宅心，居心；存心。宅，存著；懷著。

語源 宋陸游上趙參政啓：「此蓄伏遇某官造德精微，宅心忠厚。」

例句 老里長宅心仁厚、胸襟豁達，所以即使退休後，里民仍十分敬重他。

近義 菩薩心腸　心地善良

反義 狼心狗肺　蛇蠍心腸

守口如瓶 就像守住瓶口，不肯輕易往外倒一樣。原為佛家用語。比喻說話十分慎重或嚴守祕密。

語源 唐釋道世法苑珠林卷六〇懲過篇引證部引維摩經：「防意如城，守口如瓶。」

例句 這件事她至今守口如瓶，不知其中有什麼隱情？

近義 祕而不宣　三緘其口

反義 和盤托出　走漏風聲

守身如玉 指保持自身的清白節操，就如同無瑕的美玉一般。

語源 孟子離婁上：「守，孰為大？守身為大。」明抱甕老人今古奇觀卷一三：「妾守身如玉，恨郎眼內無珠。」

例句 雖然周遭的朋友男女關係很隨便，她依然守身如玉，不隨同流俗。

近義 潔身自好　懷瑾握瑜

反義 水性楊花　不安於室

守株待兔 守在樹邊等待兔子到來。①比喻妄想不勞而獲，坐享其成。②比喻固執成見，不知變通。

語源 韓非子五蠹：「宋人有耕田者，田中有株，兔走，觸株折頸而死，因釋其耒而守株，冀復得兔。兔不可復得，而身為宋國笑。」

例句 ①這是個競爭激烈的時代，你若是只想守株待兔，早晚會被大環境所淘汰。②做事情要知變通，只知守株待兔，問題是無法完滿解決的。

近義 坐享其成　刻舟求劍

反義 隨機應變　見機行事

守望相助 形容鄰居相互照顧，以防盜賊或意外。守望，古代鄰里村莊設有瞭望臺，村民輪流看守，遇事即鳴號示警。

語源 孟子滕文公上：「鄉田同井，出入相友，守望相助，疾病相扶持，則百姓親睦。」

例句 近來社區竊案頻傳，幸賴居民發揮守望相助的精神，終於將小偷繩之以法。

安樂窩 比喻安逸的生活環境。

語源 宋戴復古訪趙東野：「四山便是清涼國，一室可為安樂窩。」

例句 他從小就備受呵護，一直處在父母為他建造的安樂窩裡，未曾嘗過人生的辛酸。

安土重遷 安居於本鄉本土，不願輕易遷移。

語源 漢書元帝紀：「安土重遷，黎民之性。」

例句 老一輩的農民大都懷有安土重遷的觀念，即使生活孤單，也不願隨子女住到城市裡。

近義 落地生根

反義 離鄉背井　四海為家

安之若命 ㄢ ㄓ ㄖㄨㄛˋ ㄇㄧㄥˋ　把遭受的不幸看作是命中注定的，而甘心承受。

語源 莊子人間世：「知其不可奈何而安之若命，德之至也。」

例句 家庭暴力是非理性的行為，受害婦女不應安之若命，勇敢地站出來求援才是根絕此一問題的最好方法。

近義 安之若素　隨遇而安

安之若素 ㄢ ㄓ ㄖㄨㄛˋ ㄙㄨˋ　坦然面對困逆，就像平日無事一樣。素，往常。

語源 莊子人間世：「知其不可奈何而安之若命，德之至也。」清陳確書蔡伯蜚便面：「苟吾心之天定，則貧賤患難，疾病死喪，皆安之若素矣。」

例句 面對眾人無情的嘲笑諷刺，他仍然安之若素，繼續他的發明研究。

近義 安之若命　泰然處之

安內攘外 ㄢ ㄋㄟˋ ㄖㄤˇ ㄨㄞˋ　安定內部的亂事，抵禦外敵的侵略。

語源 詩經小雅車攻序：「宣王能內修政事，外攘夷狄。」明經世文編卷四五議賜也先敕書稱號疏：「其為安內攘外，慮也至矣。」

例句 國內局勢動盪不安，國際上又備受打壓，只有他提出的政策可以安內攘外，果然高票當選。

安分守己 ㄢ ㄈㄣˋ ㄕㄡˇ ㄐㄧˇ　安於本分，守住自己的崗位，不做越軌的事。

語源 宋蘇軾林子中以詩寄……追和其韻：「胡不安其分，但聽物所誘？」宋袁文甕牖閒評：「彼安分守己、恬於進取者，方且以道義自居，其肯如此僥倖乎？」

例句 一個人能安分守己，就不會做出違法亂紀的事。

近義 循規蹈矩　奉公守法

反義 為非作歹　胡作非為

安如磐石 ㄢ ㄖㄨˊ ㄆㄢˊ ㄕˊ　像大石頭一樣安穩。比喻堅定穩固，不可動搖。磐石，厚重的大石。比喻穩固。

語源 荀子富國：「為名者否，為利者否，為忿者否，則國安於磐石，壽於旗翼。」資治通鑑秦紀始皇帝二十五年：「夫如是則國家安如磐石，熾如炎火。」

例句 王院長在政壇上的地位安如磐石，要爭取連任應該沒問題。

近義 穩如泰山　固若金湯

反義 危如累卵　岌岌可危

安步當車 ㄢ ㄅㄨˋ ㄉㄤ ㄐㄩ　慢慢地步行，權當是乘車。原比喻刻苦安貧，後多用來指從容不迫地步行。

語源 戰國策齊策四：「晚食以當肉，安步以當車，無罪以當貴。」

例句 這裡離我們要前往的地方並不遠，我們就安步當車，邊走邊聊吧！

近義 緩步代車

安身立命 ㄢ ㄕㄣ ㄌㄧˋ ㄇㄧㄥˋ　指生活有著落，精神有寄託。

語源 左傳昭公元年：「君子有四時，朝以聽政，晝以訪問，夕以脩令，夜以安身。」孟子

盡心上：「殀壽不貳，修身以俟之，所以立命也。」宋釋道原景德傳燈錄湖南長沙景岑禪師：「僧問：『學人不據地時如何？』師云：『汝向什麼處安身立命？』」

例句 游牧民族逐水草而居，肥沃的草原便是他們安身立命的地方。

反義 四海為家 浪跡天涯

安享天年 ㄢ ㄒㄧㄤˇ ㄊㄧㄢ ㄋㄧㄢˊ 安心享受老年時光。天年，上天給予的年壽。指自然的壽命。

語源 戰國策韓策二：「老母今以天年終。」明方汝浩禪真逸史第四十回：「父王年近古稀，正宜安享天年。」

例句 子女都成家立業後，老張夫妻倆卸下重擔，想找個清幽的地方安享天年。

近義 頤養天年 終其天年

反義 天不假年

安和樂利 ㄢ ㄏㄜˊ ㄌㄜˋ ㄌㄧˋ 安定和諧，快樂富裕。

例句 有完善的福利政策，才能創造安和樂利的社會。

近義 安居樂業 民康物阜

反義 流離失所 顛沛流離

安居樂業 ㄢ ㄐㄩ ㄌㄜˋ ㄧㄝˋ 安定地居住在一地，愉快地從事自己的職業。形容太平安樂的景況。

語源 老子八十章：「甘其食，美其服，安其居，樂其俗。」漢書貨殖傳序：「各安其居而樂其業，甘其食而美其服。」

例句 過著安居樂業的生活，是人民共同的期望。

近義 安和樂利 國泰民安

反義 流離失所 民不聊生

安常習故 ㄢ ㄔㄤˊ ㄒㄧˊ ㄍㄨˋ 安於常態的生活，沿襲或保守舊有的一切。指守舊不知變革。

語源 宋劉摯論人材：「有安常習故樂於無事之論，有變古更法喜於敢為之論。」

例句 新任的董事長只知安常習故，不思改革，公司未來的發展恐怕前景堪憂。

近義 因循守舊 墨守成規

反義 革故鼎新 推陳出新

安常處順 ㄢ ㄔㄤˊ ㄔㄨˇ ㄕㄨㄣˋ 原指不論境況如何，都能以平常心對待。後也用來指習慣於安穩正常的生活，處在順利的境況中。

語源 莊子養生主：「安時而處順，哀樂不能入也。」明朱舜水太廟典禮議四款（其一）：「而且安常處順，人所優為，至於禮之變者，不可不窮而思通也。」

例句 人都是有惰性的，一旦安常處順久了，便會失去奮發向上的鬥志。

近義 安於現狀

反義 顛沛流離 飽經風霜

安貧樂道 ㄢ ㄆㄧㄣˊ ㄌㄜˋ ㄉㄠˋ 甘於貧困，樂於持守正道。

語源 文子上仁：「聖人安貧樂道，不以欲傷生，不以利累己。」

例句 做人不可太貪心，清心寡欲、安貧樂道才能體會快樂的真諦。

近義 樂天知命 清心寡欲

安然無恙 ㄢ ㄖㄢˊ ㄨˊ ㄧㄤˋ 平安而沒有任何疾病、傷害。恙，疾病；災禍。

語源 戰國策齊策：「民亦無恙耶？王亦無恙耶？」明馮夢龍醒世恆言卷四：「上圖日月五星之文，立於苑東，吾輩則安然無恙矣。」

例句 這批古文物歷經戰亂而四處遷徙，竟能安然無恙，真是奇蹟。

近義 平安無事 完好無缺

反義 傷痕累累 遍體鱗傷

4 **完美無缺** ㄨㄢˊ ㄇㄟˇ ㄨˊ ㄑㄩㄝ 完善美好而沒有缺點。也作「完美無瑕」。

例句 他們兩人在臺上完美無缺的演出，博得觀眾熱烈的掌聲。

近義 無懈可擊 天衣無縫

反義 白璧微瑕 美中不足

完璧歸趙 ㄨㄢˊ ㄅㄧˋ ㄍㄨㄟ ㄓㄠˋ 比喻物歸原主，沒有任何損害。完，完好。璧，一種玉製的禮器，也是玉的通稱。

語源 史記廉頗藺相如列傳記載：戰國時，趙惠文王得到珍貴的和氏璧，秦昭王詐稱願以秦國十五座城池交換；藺相如奉命前往獻璧，見秦王無意遵守約定，便設計取回璧玉，完整地送歸趙國。

辨析 璧，不可寫作「壁」。

例句 小董呼籲拿走他數位相機的同事要完璧歸趙，否則他要報警了。

近義 物歸原主

5 **官官相護** ㄍㄨㄢ ㄍㄨㄢ ㄒㄧㄤ ㄏㄨˋ 指官吏互相包庇、袒護。

語源 明馮夢龍醒世恆言卷一三：「既是太師府中事體，我只道官官相護，就了其事，卻如何從新又要這個人來？」

例句 官官相護是古代官僚體系中衍生的惡習，這種惡習不該在民主社會中出現才對。

近義 朋黨比周 朋比為奸

反義 大公無私 鐵面無私

官逼民反 ㄍㄨㄢ ㄅㄧ ㄇㄧㄣˊ ㄈㄢˇ 官府殘酷壓迫百姓，迫使人民奮起反抗。

語源 清李伯元官場現形記第二十八回：「廣西事情一半亦是官逼民反。正經說起來，三天亦說不完。」

例句 水滸傳裡都是官逼民反的情節，反映古代官場文化腐敗黑暗的一面。

近義 逼上梁山 揭竿而起

反義 上下一心 上和下睦

官樣文章 ㄍㄨㄢ ㄧㄤˋ ㄨㄣˊ ㄓㄤ 原指典雅堂皇的應制文章。後比喻徒具形式的虛文或措施。

語源 宋吳處厚青箱雜記卷五：「王安國嘗語余曰：『文章格調須是官樣。』豈安國言官樣，亦謂有館閣氣耶？」清李伯元官場現形記第十八回：「下來之後，便是同寅接風，僚屬賀喜。過年之時，另有一番忙碌，官樣文章，不必細述。」

例句 往年畢業典禮不外是師長訓誨、來賓致辭，都是官樣文章，沒啥意思。今年卻別開生面地舉辦一場舞會，真是出人意料。

近義 千篇一律 陳腔濫調

反義 別具一格 匠心獨運

定心丸 ㄉㄧㄥˋ ㄒㄧㄣ ㄨㄢˊ 具有寧心安神功效的中藥丸劑。也比喻能使心情安定下來的力量。

語源 紅樓夢第一百回：「寶釵也不理他，暗叫襲人快把定心丸給他吃了，慢慢的開導他。」

例句 考完試後我心裡還七上八下，直到對完答案，才像是吞下一顆定心丸，終於可以過關了。

近義 如釋重負 一塊石頭落了地

反義 忐忑不安 憂心忡忡

定於一尊 ㄉㄧㄥˋ ㄩˊ ㄧ ㄗㄨㄣ 原指天下一統，萬事以天子為尊。也泛指某一領域以最高權威做為唯一的標準。

語源 史記秦始皇本紀：「今皇帝并有天下，別黑白而定一

尊。」明徐光啟刻紫陽朱子全集：「今世名為崇孔氏，黜絕異學，而定於一尊。」

例句　漢武帝採用董仲舒的主張，罷黜百家，使儒家思想定於一尊，對中國政治產生深遠影響。

近義　顛撲不破　奉為圭臬

宜室宜家　指女子出嫁，能使家庭和睦，夫妻和順。為祝賀女子出嫁之詞。宜，和睦。也作「宜家宜室」。

語源　詩經周南桃夭：「之子于歸，宜其室家。」

例句　她平日便將家裡打點得有條不紊，更燒得一手好菜，將來一定是個宜室宜家的好妻子。

近義　鸞鳳和鳴　琴瑟之好

反義　不安於室

6

客隨主便　客人聽憑主人的意思，以主人的方便為主。

例句　你不用太費心招呼我，反正一切客隨主便，簡單就好。

反義　喧賓奪主　不請自來

室如懸磬　住屋像懸掛著的磬。形容非常貧窮。磬，玉或石製成的打擊樂器。懸掛起來形狀像空無一物的房屋。

語源　左傳僖公二十六年：「室如縣（懸）磬，野無青草，何恃而不恐？」

例句　早年他室如懸磬，每天都過得很踏實；如今他金玉滿堂，卻終日惶惶不安。

近義　家徒四壁　一貧如洗

反義　堆金積玉　家財萬貫

7

宰相肚裡能撐船　比喻人度量寬宏。多作為恭維、奉迎之用。

語源　京本通俗小說拗相公：「荊公道：常言『宰相腹中撐得船過』，從來人言不足恤。」

例句　您是宰相肚裡能撐船，這事不要跟他計較了吧！

近義　寬宏大量　豁達大度

反義　斤斤計較　鼠肚雞腸

害人害己　指行為傷害別人，也傷害到自己。

語源　清無垢道人八仙得道第六十回：「切勿再生惡念，害人害己。」

例句　酒醉駕車容易肇事，害人害己，所以警方要加強取締。

近義　損人不利己

反義　皆大歡喜　利人利己

害群之馬　危害馬群的馬。比喻危害社會或團體的人。原作「害馬」。

語源　莊子徐无鬼：「夫為天下者，亦奚以異乎牧馬者哉！亦去其害馬者而已矣！」宋劉安世應詔言事：「若小得志，則復結朋黨，恣其毀譽，如害群之馬，豈宜輕議哉！」

例句　他既愛打架鬧事，又時常故意破壞公物，是班上的害群之馬。

宵衣旰食　天還沒亮就穿衣起床，忙到傍晚才吃飯。形容勤於政事。旰食，過晚而食。旰，晚；日落的時候。

語源　唐劉蕡賢良方正直言極諫策：「若夫任賢惕厲，宵衣旰食，宜黜左右之纖佞，進股肱之大臣。」

辨析　本則成語多用於政治人物。旰，音ㄍㄢˋ，不讀ㄍㄢ。

例句　他宵衣旰食，到處奔波，都是為了實現對選民的承諾。

近義 廢寢忘食 枵腹從公

反義 尸位素餐 飽食終日

家徒四壁 ㄐㄧㄚ ㄊㄨˊ ㄙˋ ㄅㄧˋ 家中除了四面牆壁外，什麼都沒有。形容家境貧窮，一無所有。徒，只；僅。

語源 史記司馬相如列傳：「文君夜亡奔相如，相如乃與馳歸成都。家居徒四壁立。」

例句 他雖然家徒四壁，但為人隨和又奮發上進，仍然贏得許多人的尊敬。

近義 室如懸磬 環堵蕭然

反義 家財萬貫 金玉滿堂

家破人亡 ㄐㄧㄚ ㄆㄛˋ ㄖㄣˊ ㄨㄤˊ 家庭破碎，親人死亡。形容家庭遭到不幸而破敗。

語源 元佚名看錢奴買冤家債主第二折：「你看他跛匾形骸，毒害心腸，不著他家破人亡那裡采？」

例句 因為酒後開車肇事，而造成許多家破人亡的悲劇，令人悲憤不已。

家財萬貫 ㄐㄧㄚ ㄘㄞˊ ㄨㄢˋ ㄍㄨㄢˋ 參見「萬貫家財」。

家常便飯 ㄐㄧㄚ ㄔㄤˊ ㄅㄧㄢˋ ㄈㄢˋ ①指家中日常的飯菜。②比喻尋常不稀奇的事物。原作「家常菜飯」。

語源 唐宋若華、宋若昭女論語第七章事夫：「莫令寒冷，凍損夫身；家常菜飯，供待殷勤。」

例句 ①沒有特地準備，只有家常便飯可招待你，真是過意不去。②因為用功不懈，名列前茅對他來說已經是家常便飯。

近義 粗茶淡飯 習以為常

反義 山珍海味 偶一為之

家喻戶曉 ㄐㄧㄚ ㄩˋ ㄏㄨˋ ㄒㄧㄠˇ 家家戶戶都知道。用以表示人人皆知。喻，明白。曉，知道。

語源 宋樓鑰繳鄭熙等免罪：「而遽有免罪之旨，不可以家諭（喻）戶曉。」

例句 自從神奇寶貝卡通播出後，皮卡丘已成為家喻戶曉的卡通人物。

近義 眾所周知 盡人皆知

反義 沒沒無聞 不見經傳

家給人足 ㄐㄧㄚ ㄐㄧˇ ㄖㄣˊ ㄗㄨˊ 家家戶戶衣食無缺。

語源 鄧析子轉辭：「寂然無鞭朴之罰，漠然無叱咤之聲，而家給人足。」

例句 家給人足是新政府施政的首要目標。

近義 豐衣足食 民康物阜

反義 民生凋敝 啼飢號寒

家傳戶誦 ㄐㄧㄚ ㄔㄨㄢˊ ㄏㄨˋ ㄙㄨㄥˋ 家家戶戶都傳播、誦讀或稱道。形容詩文等深受群眾的喜愛。

語源 明沈德符萬曆野獲編填詞名手：「湯義仍（顯祖）牡丹亭（驚）夢一出，家傳戶誦，幾令西廂減價。」

例句 三字經和千字文在以前是家傳戶誦的童蒙教材。

近義 膾炙人口 家喻戶曉

家賊難防 ㄐㄧㄚ ㄗㄟˊ ㄋㄢˊ ㄈㄤˊ 家中的小偷難以防範。比喻內部或身邊的人舞弊，很難防備。

語源 宋釋普濟五燈會元卷三七鼎州梁山緣觀禪師：「問：『家賊難防時如何？』曰：『識得不為冤。』」

例句 跟隨多年的老幹部竟然帶著新研發的成果投向敵營，家賊難防，令郭董既震怒又失望。

近義 禍起蕭牆 變生肘腋

家道中落 ㄐㄧㄚ ㄉㄠˋ ㄓㄨㄥ ㄌㄨㄛˋ 指家庭的社會地位、經濟狀況已經衰敗，不如從前。家道，家境。中落，中途衰落。

語源 清吳敬梓儒林外史第十四回：「雖然他家太爺做了幾任官，而今也家道中落，那裡一時拏的許多銀子出來。」

例句 這裡曾經也是個大戶人家，只是二十年前家道中落，人丁凋零，祖厝便荒廢至今。

反義 家道興旺

家學淵源（ㄐㄧㄚ ㄒㄩㄝˊ ㄩㄢ ㄩㄢˊ） 家中世代相傳的學問源遠流長，根基深厚。

語源 宋劉克莊送林寬夫父子：「家學有淵源，傳之於艾軒。」

例句 林先生家學淵源，兼且幽默風趣，深獲許多女同事的青睞。

近義 書香門第 翰墨世家

反義 無師自通 不學無術

家和萬事興（ㄐㄧㄚ ㄏㄜˊ ㄨㄢˋ ㄕˋ ㄒㄧㄥ） 只要家庭和睦，做任何事都會成功。

語源 明方汝浩東度記第三十八回：「立心仁厚，報應非小，後來俱各昌榮，真是家和萬事興。」

例句 夫妻相處之道在彼此包容，互相體諒，要知「家和萬事興」啊！

家書抵萬金（ㄐㄧㄚ ㄕㄨ ㄉㄧˇ ㄨㄢˋ ㄐㄧㄣ） 收到一封家書，值得上萬兩黃金。比喻家書的珍貴。

語源 唐杜甫春望：「烽火連三月，家書抵萬金。」

例句 前線將士最渴望得知家人的訊息，家書抵萬金，即使只是隻字片語，也能振奮士氣。

家醜不可外揚（ㄐㄧㄚ ㄔㄡˇ ㄅㄨˋ ㄎㄜˇ ㄨㄞˋ ㄧㄤˊ） 家中或團體中的不名譽事情，不可對外宣揚。

語源 宋釋惟白續傳燈錄卷七金陵蔣山覺海禪師：「釋迦老子，不惜手腳，山僧擬欲說破，算來家醜不可外揚。」

例句 家醜不可外揚，你們兄弟倆何苦為了一點小事就對簿公堂，讓眾人看笑話呢？

家有一老，如有一寶（ㄐㄧㄚ ㄧㄡˇ ㄧ ㄌㄠˇ ㄖㄨˊ ㄧㄡˇ ㄧ ㄅㄠˇ） 家中有一位年老長者，就如同擁有寶物一樣地可貴。指老人家的人生閱歷豐富而且珍貴。

例句 爸爸雖是一家之主，但家中大大小小的事總是向爺爺請教過才能安心地下決定，正所謂「家有一老，如有一寶」。

家有敝帚，享之千金（ㄐㄧㄚ ㄧㄡˇ ㄅㄧˋ ㄓㄡˇ ㄒㄧㄤˇ ㄓ ㄑㄧㄢ ㄐㄧㄣ） 家中的破掃帚，也看得如千金般的貴重。比喻自己的東西雖然不好，卻非常珍愛。也比喻人有看不清自己缺點的毛病。敝，破舊。也作「敝帚千金」、「敝帚自珍」。

語源 漢班固東觀漢記光武帝紀：「家有敝帚，享之千金。禹宗室子孫，故嘗更職，何忍行此？」三國魏曹丕典論論文：「里語曰：『家有敝帚，享之千金。』斯不自見之患也。」

例句 李媽媽做的包子其實並不怎麼樣，但「家有敝帚，享之千金」，她老喜歡拿來送我們，那份誠意倒叫人不忍拒絕。

家累千金，坐不垂堂（ㄐㄧㄚ ㄌㄟˇ ㄑㄧㄢ ㄐㄧㄣ ㄗㄨㄛˋ ㄅㄨˋ ㄔㄨㄟˊ ㄊㄤˊ） 家中有千金積蓄，不應坐在屋簷邊緣下方，以免屋瓦墜落傷人。意謂家財富有的人不會讓自己處於危險之中。也比喻做事要小心謹慎，不可輕忽大意。垂堂，靠近屋簷下。

語源 漢書司馬相如傳下：「蓋明者遠見於未萌，而知者

避危於無形……故鄙諺曰：『家累千金，坐不垂堂。』此言雖小，可以諭大。」

例句 「家累千金，坐不垂堂」，董事長的兒子只是來實習，你要他也跟著去醫院採訪禽流感病患，董事長會答應嗎？

容光煥發 ㄖㄨㄥˊ ㄍㄨㄤ ㄏㄨㄢˋ ㄈㄚ 臉上光彩四射的樣子。表示身體健康，精神飽滿。

語源 清蒲松齡聊齋誌異阿繡：「母亦喜，為之盥濯，妝竟，容光煥發。」

例句 多年不見，你是越來越清健了，看你容光煥發，更勝往昔，真是養生有術。

近義 神采奕奕 英姿煥發

反義 委靡不振 無精打采

8

宿世冤家 ㄙㄨˋ ㄕˋ ㄩㄢ ㄐㄧㄚ 前世結成的冤家對頭。宿世，前世。也作「夙世冤家」。

語源 宋洪邁夷堅志黃法師醮：「便冉冉翔空，回首言：『宿世冤家皆得解脫，汝勿復悲惱。』」

例句 老陳和老王像宿世冤家似的，從年輕的時候就吵到現在，從沒停止過。

宿願以償 ㄙㄨˋ ㄩㄢˋ ㄧˇ ㄔㄤˊ 參見「夙願以償」。

寂然不動 ㄐㄧˊ ㄖㄢˊ ㄅㄨˋ ㄉㄨㄥˋ 原形容大道之本體。後也用來指人不為外界所動，或形容寂靜無聲，一點動靜都沒有。

語源 易經繫辭上：「易無思也，無為也，寂然不動，感而遂通天下之故。」明周楫西湖二集第三十卷：「又見青龍騰躍，白虎咆哮，好不怕人。馬自然識破了，寂然不動。」

例句 看到自己高分落榜，他先是寂然不動三、四分鐘，之後才拖著蹣跚的步伐離開。

近義 紋風不動 老僧入定

反義 鼓譟不安

寄人籬下 ㄐㄧˋ ㄖㄣˊ ㄌㄧˊ ㄒㄧㄚˋ 寄居在他人家中。比喻依靠他人生活或保護，不能自立。

語源 戰國策齊策四：「齊人有馮諼者，貧乏不能自存，使人屬孟嘗君，願寄食門下。」南齊書張融傳：「丈夫當刪詩書，制禮樂，何至因循寄人籬下。」

例句 因為父母雙亡，他的童年過著寄人籬下的生活。

近義 仰人鼻息 仰俯由人

反義 自食其力 自力更生

寅吃卯糧 ㄧㄣˊ ㄔ ㄇㄠˇ ㄌㄧㄤˊ 寅年預支了卯年的糧食。形容財用不足，預先透支。寅，地支第三位。卯，地支第四位。古時以農立國，為防天災發生饑荒，政府都會預先儲存糧食。寅、卯都是農曆表示時間的用詞，寅在前，卯在後。也作「寅支卯糧」。

語源 明畢自嚴蠲錢糧疏：「大都民間止有此物力，寅支卯糧，則卯年之逋，勢也。」

例句 他一直過著寅吃卯糧的生活，不知何時才能稍有積蓄。

近義 入不敷出 捉襟見肘

反義 綽綽有餘 供過於求

密不可分 ㄇㄧˋ ㄅㄨˋ ㄎㄜˇ ㄈㄣ 形容關係非常密切。

例句 觀光產業與花蓮縣的經濟發展密不可分，所以歷任縣長無不大力推動。

近義 親密無間 如影隨形

反義 不相聞問 老死不相往來

密密麻麻 ㄇㄧˋ ㄇㄧˋ ㄇㄚˊ ㄇㄚˊ 形容又多又密集。

例句 看到小表弟身上長滿了密密麻麻的小紅疹，姨媽嚇壞了，趕緊帶他去醫院。

近義 滿坑滿谷 多如牛毛

反義 稀稀疏疏 屈指可數

9

富比王侯 財富和天子公侯相等。也作「富埒天子」。

語源 史記平準書：「故吳，諸侯也，以即山鑄錢，富埒天子，其後卒以叛逆。」明胡文煥群音類選卷七駐雲飛出家：「富比王侯，你道歡時我道憂。」

例句 比爾．蓋茲富比王侯，身價有好幾百億美金。

近義 富可敵國 家財萬貫

反義 一貧如洗 室如懸磬

富可敵國 擁有的財富足以跟國家相比。形容非常富有。敵，相等；相當。

語源 明凌濛初初刻拍案驚奇卷一八：「母銀越多，丹頭越精。若鍊得有半合許丹頭，富可敵國矣。」

例句 微軟創辦人比爾．蓋茲富可敵國，可貴的是他熱心公益，捐出的善款無人能比。

近義 家財萬貫 富甲一方

反義 一貧如洗 家徒四壁

富甲一方 形容非常富有。甲，天干的第一位。借指位居首位。一方，一地。

語源 清佚名乾隆下江南第二十五回：「故江南一省花鳥之好，莫過於此。兼且富甲一方，惟是功名稀少。」

例句 臺灣早期盛產樟腦油，他們家靠著出口樟腦油到海外，富甲一方。

近義 家財萬貫 富比王侯

反義 一文不名 一貧如洗

富而好禮 富有財物而又謙虛好禮。

語源 論語學而：「子貢曰：『貧而無諂，富而無驕，何如？』子曰：『可也。未若貧而樂，富而好禮者也。』」

例句 經過多年的努力，臺灣人民的生活水準漸漸提昇，但離富而好禮的境界還有一段距離。

近義 富而不驕

富國強兵 國家富有，兵力強盛。

語源 商君書壹言：「故治國者，其摶力也，以富國彊兵也。」

例句 戰國時代，每一個諸侯國都努力追求富國強兵的方法，希望自己能稱霸天下。

近義 兵強馬壯 國富民強

反義 兵微將寡 國步艱難

富麗堂皇 參見「堂皇富麗」。

富貴險中求 指不懼險阻，才能獲得富貴。也比喻成功需要付出更多，承擔更多風險。

語源 清黃世仲大馬扁第十一回：「常言道，若要富，險中求。我們若要貴，該從險中求才做得。」

例句 王董深黯富貴險中求的道理，環境再險惡也絕不退縮，屢仆屢起，終於在全球工具機市場，打下一片江山。

寒來暑往 參見「暑往寒來」。

寒泉之思 本是子女自責不能侍奉母親的意思，現常用於形容為人子女對母親的深切思念。寒泉，泉名，在河北省濮陽縣南。

語源 詩經邶風凱風：「爰有寒泉？在浚之下。有子七人，母氏勞苦。」三國志蜀書二主妃子傳先主甘后傳：「今皇思夫人宜有尊號，以慰寒泉之

思。」

例句　陳奶奶生前長年茹素，陳先生每年到了母親忌日時，都會吃素一星期，略表其寒泉之思。

近義　風木之思　風木含悲

反義　膝下承歡　天倫之樂

寒蟬效應 ㄏㄢˊ ㄔㄢˊ ㄒㄧㄠˋ ㄧㄥˋ　指媒體或個人因害怕被整肅、迫害而噤若寒蟬、不敢直言的連鎖反應。寒蟬，天寒時蟬便不再鳴叫。比喻遇事不敢直言。

語源　後漢書杜密傳：「知善不薦，聞惡無言，隱情惜己，自同寒蟬。」

例句　小李因為一再抱怨薪水太低而被借故解聘後，已造成寒蟬效應，再也沒人敢要求加薪了。

近義　噤若寒蟬　諱莫如深

反義　直言不諱　暢所欲言

寓教於樂 ㄩˋ ㄐㄧㄠˋ ㄩˊ ㄌㄜˋ　在娛樂中寄託教育的目的和作用。寓，託付；寄託。

語源　古羅馬詩人賀拉斯在詩藝一書中，主張詩人寫詩，在模仿自然時允許虛構，說「虛構的目的在使人愉悅」，「寓教於樂，既勸諭讀者，又讓他樂在其中，才能符合眾望」。

例句　這齣喜劇刻畫人生百態，強調處世要樂觀進取，在風趣幽默中寓教於樂，很值得觀賞。

11

察言觀色 ㄔㄚˊ ㄧㄢˊ ㄍㄨㄢ ㄙㄜˋ　觀察人的言語、神色以推知他的心意。

語源　論語顏淵：「夫達也者，質直而好義，察言而觀色，慮以下人。」

例句　與人相處要懂得察言觀色，才能避免衝突。

近義　鑑貌辨色　審時度勢

反義　閉目塞聽　麻木不仁

寡不敵眾 ㄍㄨㄚˇ ㄅㄨˋ ㄉㄧˊ ㄓㄨㄥˋ　人少的一方抵擋不住人多的一方。

語源　逸周書芮良夫：「民至億兆，后一而已；寡不敵眾，后其危哉！」

例句　在商場上單打獨鬥畢竟是寡不敵眾，若能互相支援，對業務的推展將大有助益。

反義　以寡擊眾　一以當十

寡廉鮮恥 ㄍㄨㄚˇ ㄌㄧㄢˊ ㄒㄧㄢˇ ㄔˇ　沒有操守，不知羞恥。寡、鮮，少。

語源　漢司馬相如諭巴蜀檄：「寡廉鮮恥，而俗不長厚也。」

例句　政壇上許多不肖政客寡廉鮮恥，為一己之利而不擇手段，令人不齒。

近義　厚顏無恥　恬不知恥

反義　行己有恥　高風亮節

寢食難安 ㄑㄧㄣˇ ㄕˊ ㄋㄢˊ ㄢ　睡覺、吃飯都不得安寧。形容內心憂慮、煩亂。

語源　戰國策齊策五：「秦王恐之，寢不安席，食不甘味。」水滸傳第二十四回：「教嫂嫂生受，武松寢食不安。」

例句　小英很容易緊張，一到考試就會寢食難安。

近義　心神不寧　坐立不安

反義　問心無愧　心安理得

寥若晨星 ㄌㄧㄠˊ ㄖㄨㄛˋ ㄔㄣˊ ㄒㄧㄥ　像清晨時的星星一樣稀少。形容數量很少。寥，稀疏；稀少。

語源　南朝齊謝朓京路夜發：「曉星正寥落，晨光復泱漭。」唐韓愈華山女：「黃衣道士亦講說，座下寥落如明星。」清徐珂清稗類鈔考試類：「至四覆，寥寥若晨星矣。」

例句　這是一個非常冷僻的講題，所以聽眾寥若晨星。

近義 寥寥可數 屈指可數

反義 不勝枚舉 不可勝數

寥寥可數 ㄌㄧㄠˊ ㄌㄧㄠˊ ㄎㄜˇ ㄕㄨˇ 形容數目極少，容易計算。寥寥，稀少的樣子。

語源 唐李邕銅雀妓：「頌聲何寥寥，唯聞銅雀詩。」清方苞請矯除積習興起人才札子：「而公卿大臣抗節效忠者，寥寥可數。」

例句 強烈颱風即將來襲，街道上的車輛行人寥寥可數。

近義 屈指可數 寥寥無幾

反義 不勝枚舉 不計其數

寥寥無幾 ㄌㄧㄠˊ ㄌㄧㄠˊ ㄨˊ ㄐㄧˇ 形容非常稀少。寥寥，稀少的樣子。

語源 明胡應麟詩藪內編卷三：「建安以後，五言日盛；晉宋齊間，七言歌行寥寥無幾。」

例句 鄉下入夜後，路上行人就寥寥無幾了，不像都市裡依然車水馬龍。

近義 寥若晨星 寥寥可數

反義 不計其數 不勝枚舉

實至名歸 ㄕˊ ㄓˋ ㄇㄧㄥˊ ㄍㄨㄟ 有真才實學，也獲得了應有的美譽。

語源 清吳敬梓儒林外史第十五回：「實至名歸，反作終身之玷。」

例句 他一生奉獻教育，這次得獎，可謂實至名歸。

近義 名副其實 當之無愧

反義 名不副實 聲聞過情

實事求是 ㄕˊ ㄕˋ ㄑㄧㄡˊ ㄕˋ 形容做事踏實，力求正確。

語源 漢書河間獻王德傳：「修學好古，實事求是。」

例句 他做事一向一板一眼，實事求是，絕不會敷衍塞責。

近義 盈科後進 腳踏實地

反義 敷衍了事 虛應故事

實話實說 ㄕˊ ㄏㄨㄚˋ ㄕˊ ㄕㄨㄛ 講真話，不隱瞞。

例句 這惡作劇是我起的頭，老師如果問起，你就實話實說，後果我自會承擔。

近義 直言不諱 和盤托出

反義 諱莫如深 含糊其辭

寧缺勿濫 ㄋㄧㄥˋ ㄑㄩㄝ ㄨˋ ㄌㄢˋ 寧可缺乏，絕不濫取。也作「寧缺毋濫」。

語源 明徐光啟續行事宜：「其人即於援兵步營中挑選，寧少勿濫，漸次取盈。」清李綠園歧路燈第五回：「即令寧缺勿濫，這開封是一省首府，祥符是開封首縣，卻是斷缺不得的。」

例句 朋友對我們影響非常深遠，所以交友一定要謹慎，寧缺勿濫。

近義 精挑細選

反義 濫竽充數 降格以求

寧為玉碎，不為瓦全 ㄋㄧㄥˋ ㄨㄟˊ ㄩˋ ㄙㄨㄟˋ ㄅㄨˋ ㄨㄟˊ ㄨㄚˇ ㄑㄩㄢˊ 寧願作寶貴的玉器被打破，也不願作微賤的瓦器而得以保全。比喻寧願為正義而犧牲，不願屈辱苟活。

語源 北齊書元景安傳：「豈得棄本宗，逐他姓，大丈夫寧可玉碎，不能瓦全。」

例句 大丈夫寧為玉碎，不為瓦全，我就算餓死，也不會接受不義之財。

近義 捨生取義 寧死不屈

反義 委曲求全 卑躬屈膝

寧為雞口，不為牛後 ㄋㄧㄥˋ ㄨㄟˊ ㄐㄧ ㄎㄡˇ ㄅㄨˋ ㄨㄟˊ ㄋㄧㄡˊ ㄏㄡˋ 寧願當雞的嘴巴，也不要當牛的肛門。比喻寧願在小天地裡自我作主，不願在大局面下受人支配。

語源 戰國策韓策一：「臣聞鄙語曰：『寧為雞口，無為牛

後。』今大王西面交臂而臣事秦，何以異於牛後乎？」

例句 雖然大單位待遇較優渥，但是「寧為雞口，不為牛後」，倒不如在這小單位當主管自在些。

反義 仰人鼻息　趨炎附勢

寧可信其有，不可信其無 表示信之無害，不信則不利。

語源 水滸傳第六十一回：「盧俊義道：『你婦人家省得甚麼？寧可信其有，不可信其無。』」

例句 對於鬼神，大多數人都抱著「寧可信其有，不可信其無」的態度。

12

審己度人 省察自己後再衡量他人。度，衡量；測度。

語源 三國魏曹丕典論論文：「蓋君子審己以度人，故能免於斯累。」

辨析 度，音ㄉㄨㄛˋ，不讀ㄉㄨˋ。

例句 他不懂得審己度人，總以自我為中心，因此時常與人發生口角衝突。

近義 推己及人　將心比心

審時度勢 審察當前的情況，衡量客觀的形勢。度，衡量。

語源 唐呂溫諸葛武侯廟記：「未能審時定勢，大順人心，而克觀厥成。」明沈德符萬曆野獲編第十五卷：「劉欲畢試以完大典，俱審時度勢，切中事理。」

辨析 度，音ㄉㄨㄛˋ，不讀ㄉㄨˋ。

例句 他聰慧伶俐，懂得審時度勢，所以才能趨吉避凶，無往不利。

近義 權衡輕重　察言觀色

寬大為懷 形容居心寬厚。

語源 漢書丙吉傳：「及居相位，上寬大，好禮讓。」

例句 他待人處事寬大為懷，贏得眾人的敬重。

近義 寬宏大量　豁達大度

反義 鼠肚雞腸　刻薄寡恩

寬以待人 參見「嚴以律己，寬以待人」。

寬洪大量 形容人的度量大，能容人。也作「寬弘大量」、「寬宏大量」。

語源 晉書何嵩傳：「嵩字泰基，寬弘愛士。」晉書車濟傳：「車濟字萬度，敦煌人也。果毅有大量。」元無名氏朱太守風雪漁樵記第三折：「我則道相公不知打我多少，原來那相公寬洪大量。」

例句 我不小心打破了唐先生的花瓶，幸好他寬洪大量，不與我計較。

近義 豁達大度　大人大量

反義 鼠肚雞腸　不近人情

寬猛相濟 寬大和嚴厲互為助成。寬，寬厚。猛，嚴厲。

語源 左傳昭公二十年：「政寬則民慢，慢則糾之以猛；猛則民殘，殘則施之以寬。寬以濟猛，猛以濟寬，政是以和。」

例句 要當一個成功的領導者，一定要恩威並行，寬猛相濟。

近義 恩威並行　威德兼施

16

寵辱不驚 不因榮辱得失而動心。形容心境寧靜曠達。

語源 老子第十三章：「得之若驚，失之若驚，是謂寵辱若驚。」南朝宋劉義慶世說新語棲逸：「此君近不驚寵辱。雖古之沉冥，何以過此！」

宀

例句 官場上浮沉若夢，唯有寵辱不驚才能坦然面對。
近義 泰然處之　寵辱皆忘
反義 受寵若驚　患得患失

寵辱皆忘 ㄔㄨㄥˇ ㄖㄨˇ ㄐㄧㄝ ㄨㄤˋ　得寵或受辱都忘記了。形容豁達自在。
語源 宋范仲淹岳陽樓記：「登斯樓也，則有心曠神怡，寵辱皆忘，把酒臨風，其喜洋洋者矣。」
例句 在官場上要有寵辱皆忘的胸懷，才能為所當為，進退從容自在。
近義 忘懷得失　寵辱不驚
反義 寵辱若驚　抗塵走俗

17

寶刀未老 ㄅㄠˇ ㄉㄠ ㄨㄟˋ ㄌㄠˇ　比喻年紀雖老而精力或技藝仍未衰退。也作「寶刀不老」。
語源 穀梁傳僖公二年：「孟勞者，魯之寶刀也。」三國演義第七十回：「豎子欺吾年老，吾手中寶刀卻不老。」
例句 老周年近耳順，但打起籃球來依然身手矯健，寶刀未老。
近義 老當益壯
反義 未老先衰　年老體衰

寶山空回 ㄅㄠˇ ㄕㄢ ㄎㄨㄥ ㄏㄨㄟˊ　進入寶山卻空手而回。比喻雖有良好機會，卻毫無收穫。
語源 大乘本生心地觀經離世間品：「如人無手，雖至寶山，終無所得。」宋張方平送僧南游雪室：「便從古道掐眉去，莫到寶山空手回。」
例句 趁著文學營有許多作家與會，大家要把握機會多多請益，千萬不要寶山空回。
近義 一無所得　空手而回
反義 滿載而歸　不虛此行

寶裡寶氣 ㄅㄠˇ ㄌㄧˇ ㄅㄠˇ ㄑㄧˋ　形容人個性詼諧，言行逗趣。寶，寶貝。戲稱人機靈逗趣。
例句 寶裡寶氣的小胖是班上的開心果，有他在，總是笑聲不斷。
近義 插科打諢

寸部

寸土寸金 ㄘㄨㄣˋ ㄊㄨˇ ㄘㄨㄣˋ ㄐㄧㄣ　每一寸土地都像黃金一樣昂貴。極言土地的昂貴、值錢。
例句 臺北市市中心寸土寸金，房價高不可攀，一般上班族根本買不起。

寸土必爭 ㄘㄨㄣˋ ㄊㄨˇ ㄅㄧˋ ㄓㄥ　連極小的一塊地方都要爭奪到手。比喻針鋒相對或拼鬥激烈。寸土，形容極小的土地。也作「尺寸必爭」。
語源 唐趙彥昭奉和聖製幸長安故城未央宮應制：「山河寸土盡，宮觀尺椽無。」新唐書李光弼傳：「兩軍相敵，尺寸地必爭。」
例句 為了贏得年度銷售冠軍，這兩家汽車公司是寸土必爭，各種促銷手段紛紛出籠。

寸步不離 ㄘㄨㄣˋ ㄅㄨˋ ㄅㄨˋ ㄌㄧˊ　一小步也不離開。形容緊緊守候。
語源 南朝梁任昉述異記：「夫妻相重，寸步不相離，時人號為比肩人。」
例句 外公、外婆伉儷情深，自從外公生病以後，外婆就寸步不離地照顧著他。
近義 如影隨形　形影不離
反義 若即若離　各奔東西

寸步難行 ㄘㄨㄣˋ ㄅㄨˋ ㄋㄢˊ ㄒㄧㄥˊ　形容行動或處境十分困難。
語源 唐杜甫九日寄岑參：「寸步曲江頭，難為一相就。」唐敦煌變文集維摩詰經講經文：「吾緣染患，寸步難移。」元白樸董秀英花月東墻記第

二折：「聽了他淒涼慘切，好教我寸步難行。」

【例句】有理走遍天下，無理寸步難行，只要你不冒犯別人，又有什麼好怕的？

【近義】步履維艱　進退維谷

【反義】一帆風順　通行無阻

寸草不留 ㄘㄨㄣˋ ㄘㄠˇ ㄅㄨˋ ㄌㄧㄡˊ　比喻剷除得乾乾淨淨。

【語源】宋樓鑰英老真贊：「大地一變，直教寸草不留。」

【例句】張局長一上任便向黑社會挑戰，誓言半年內要讓轄區裡的幫派組織寸草不留。

【近義】一掃而光　斬草除根

【反義】留有餘地　秋毫無犯

寸草春暉 ㄘㄨㄣˋ ㄘㄠˇ ㄔㄨㄣ ㄏㄨㄟ　小草在春天溫暖的陽光下。比喻父母親的養育恩情浩大，子女實在難以報答。春暉，春天的陽光。比喻父母的恩情。

【語源】唐孟郊遊子吟：「慈母手中線，遊子身上衣。臨行密密縫，意恐遲遲歸。誰言寸草心，報得三春暉。」

【例句】父母的養育恩情，我們做子女都該有寸草春暉之心，努力報答。

【近義】恩重如山　恩深似海

【反義】六親不認　忘恩負義

寸陰尺璧 ㄘㄨㄣˋ ㄧㄣ ㄔˇ ㄅㄧˋ　短暫的光陰就像大塊的璧玉一樣珍貴。形容時光寶貴，勸人珍惜時間。也作「尺璧寸陰」。

【語源】漢劉安淮南子原道訓：「故聖人不貴尺之璧，而貴寸之陰，時難得而易失也。」

【例句】青春易逝，寸陰尺璧，我們當及時振奮，圖一番作為，才不致於老大徒傷悲。

【近義】一刻千金　一寸光陰一寸金

【反義】玩歲愒時　蹉跎歲月

6

封妻蔭子 ㄈㄥ ㄑㄧ ㄧㄣˋ ㄗˇ　妻子得到封號，子孫世襲官爵。指立功揚名，光耀門楣。

【語源】舊五代史唐書明宗本紀：「封妻蔭子，準格合得者，亦與施行。」

【例句】古代科舉取士，只要一朝金榜題名，即可封妻蔭子，光宗耀祖。

【近義】榮宗耀祖　顯親揚名

【反義】辱及先人

8

將士用命 ㄐㄧㄤˋ ㄕˋ ㄩㄥˋ ㄇㄧㄥˋ　軍隊中軍官和士兵都一心執行命令。也比喻團體中領導者與成員上下一心，共同奮鬥。用命，服從並執行命令。

【語源】三國志魏書胡質傳：「在郡九年，吏民便安，將士用命。」

【例句】這場比賽關係到他們能不能晉級，因此全隊團結一心，將士用命，獲得壓倒性勝利。

【近義】同仇敵愾　同心同德

【反義】眾叛親離　分崩離析

將心比心 ㄐㄧㄤ ㄒㄧㄣ ㄅㄧˇ ㄒㄧㄣ　拿自己的心去揣度別人的心。比喻以自己的立場去衡量別人的立場，體會他人的感受。將，拿。比，比擬。

【語源】宋朱熹朱子語類卷一六大學三：「俗語所謂將心比心，如此則各得其平矣。」

【例句】與人相處不可太過主觀，要能將心比心，多站在對方的立場，為對方著想。

【近義】推己及人　設身處地

【反義】自私自利　損人利己

將功贖罪 ㄐㄧㄤ ㄍㄨㄥ ㄕㄨˊ ㄗㄨㄟˋ　以功勞彌補罪過。贖，抵消；彌補。也作「將功折罪」。

【語源】三國演義第五十一回：「今雲長雖犯法，不忍違卻前盟。望權記過，容將功贖罪。」

例句 為了彌補上次錯估市場而造成的損失，他自願前往中南美洲勘察，希望能將功贖罪，開拓更多客戶。
近義 戴罪立功
反義 罪上加罪

將本求利 ㄐㄧㄤ ㄅㄣˇ ㄑㄧㄡˊ ㄌㄧˋ 放債求息。也指用本錢交易，去賺取利潤。將，拿；用。也作「將本圖利」。
語源 元佚名施仁義劉弘嫁婢第一折：「可不道吃酒的望醉，放債的圖利？也則是將本圖利來。」
例句 他善於營生，這幾年將本求利，已經攢了不少家產。
近義 連本帶利 一本萬利

將門虎子 ㄐㄧㄤˋ ㄇㄣˊ ㄏㄨˇ ㄗˇ 將帥之家培養出來的強健子弟。也泛指父輩功績顯赫，孩子也表現優秀。將門，將帥門第。
語源 史記孟嘗君列傳：「文聞將門必有將。」明馮夢龍三遂平妖傳第三十四回：「此人將門之子，文武雙全。」
例句 小強的爸爸是職籃教練，哥哥也當過籃球國手，這次他又入選國家代表隊，將門虎子，身手果然不凡。
近義 虎父無犬子

將信將疑 ㄐㄧㄤ ㄒㄧㄣˋ ㄐㄧㄤ ㄧˊ 想要相信，又覺可疑。表示難斷真偽。將，未然之詞。
語源 唐李華弔古戰場文：「人或有言，將信將疑。」
例句 他經常說謊，因此大家對他的話都將信將疑。
近義 半信半疑 疑信參半
反義 深信不疑 毋庸置疑

將計就計 ㄐㄧㄤ ㄐㄧˋ ㄐㄧㄡˋ ㄐㄧˋ 利用對方所用的計策，反過來向對方施計。
語源 元楊梓忠義士豫讓吞炭第二折：「咱今將計就計，決開堤口。」
例句 他想要陷害你，你不妨將計就計，再趁機揭發他的陰謀。
近義 順水推舟
反義 反其道而行

將勤補拙 ㄐㄧㄤ ㄑㄧㄣˊ ㄅㄨˇ ㄓㄨㄛˊ 以勤奮來彌補智力的不足。
語源 宋范仲淹與韓魏公書：「然旨命丁寧，亦勉率成篇，并自寫上呈，所謂將勤補拙，更乞斤斧。」
例句 他的資質雖然比不上別人，但能將勤補拙，也有很好的表現。
近義 勤能補拙 駑馬十駕

將錯就錯 ㄐㄧㄤ ㄘㄨㄛˋ ㄐㄧㄡˋ ㄘㄨㄛˋ 事情出了差錯，索性順著差錯做下去。
語源 宋釋普濟五燈會元卷一六禮部侍郎楊杰居士：「無一可戀，無一可捨；大虛空中，之乎者也。將錯就錯，西方極樂。」
例句 事已至此，他只好將錯就錯，聽從命運的安排。
反義 知過必改

專心一志 ㄓㄨㄢ ㄒㄧㄣ ㄧˊ ㄓˋ 全神貫注，心無雜念。也作「專心一意」。
語源 荀子性惡：「今使塗之人伏術為學，專心一志，思索孰察，加日縣久，積善而不息，則通於神明，參於天地矣。」
例句 求學貴在專心一志，心無旁騖。假以時日，一定能有所收穫。
近義 心無旁騖 一心一意
反義 心不在焉 三心二意

專心致志 ㄓㄨㄢ ㄒㄧㄣ ㄓˋ ㄓˋ 專一心思，集中意志。形容人專心認真，全神貫注。致，盡。
語源 孟子告子上：「使弈秋誨二人弈，其一人專心致志，

惟弈秋之為聽。」

例句 小明正專心致志、聚精會神地在思考如何解這題數學時，手機突然響起。

近義 聚精會神 全神貫注

反義 心猿意馬 漫不經心

專美於前 ㄓㄨㄢ ㄇㄟˇ ㄩˊ ㄑㄧㄢˊ 在此之前專享美名。專美，專享美名；獨得美名。

語源 尚書說命下：「罔俾阿衡，專美有商。」宋陳亮復杜伯高：「左右筆力如川之方至，無使楚漢專美於前。」

例句 不讓蘋果新款手機專美於前，宏達電也推出了功能更強的新產品。

近義 領先群倫

9

尊師重道 ㄗㄨㄣ ㄕ ㄓㄨㄥˋ ㄉㄠˋ 尊敬師長，重視師道。

語源 韓詩外傳卷三：「故太學之禮，雖詔於天下，無北面，尊師尚道也。」漢班固白虎通義卷三王者不臣：「不臣授受之師者，尊師重道，欲使極陳天人之意也。」

例句 一個懂得尊師重道的社會，風氣一定良善。

近義 師嚴道尊

尋死覓活 ㄒㄩㄣˊ ㄙˇ ㄇㄧˋ ㄏㄨㄛˊ 形容人遇到難以接受的事，而有近似發狂、不想活的動作。

語源 元楊文奎翠紅鄉兒女兩團圓第一折：「我這大渾家尋死覓活的，倘或有些好歹，我那幾個舅子，狼虎般相似。」

例句 莉莉失戀後一再尋死覓活，讓家人十分擔憂。

反義 絕路求生 螻蟻貪生

尋行數墨 ㄒㄩㄣˊ ㄏㄤˊ ㄕㄨˇ ㄇㄛˋ 一行一行、一字一字地誦讀。形容讀書只拘泥於字句，不顧通篇大義或不求通曉義理。

語源 宋釋道原景德傳燈錄梁寶志和尚大乘贊之九：「口內誦經千卷，體上問經不識，不解佛法圓通，徒勞尋行數墨。」

例句 像你這樣尋行數墨，不知融會貫通，即使讀再多書也是枉然。

近義 尋章摘句 不求甚解

反義 融會貫通 尋根究底

尋花問柳 ㄒㄩㄣˊ ㄏㄨㄚ ㄨㄣˋ ㄌㄧㄡˇ 原指遊賞春天的美景。後多用來比喻嫖妓。花、柳，原指春景。舊時也指娼妓。也作「尋芳問柳」。

語源 唐杜甫嚴中丞枉駕見過：「元戎小隊出郊坰，問柳尋花到野亭。」宋王質銀山寺和宗禪師四季詩：「尋花問柳山前後，隱隱鐘聲暮已傳。」唐段成式酉陽雜俎卷十二：「某年少常結豪族為花柳之遊，竟畜亡命，訪城中名姬，如蠅襲羶，無不獲者。」金瓶梅第八十一回：「韓道國與來保兩個，且不置貨，成日尋花問柳，飲酒宿娼。」

例句 那位補教名師退休後居然到處尋花問柳，引起社會一陣譁然。

近義 眠花宿柳 拈花惹草

尋幽探奇 ㄒㄩㄣˊ ㄧㄡ ㄊㄢˋ ㄑㄧˊ 搜尋探求幽深奇特的美景。

語源 唐李商隱閒遊：「尋幽殊未極，得句總堪誇。」宋陸九淵題新興寺壁：「至其尋幽探奇，更泊互進，迭為後先，有若偶然而相從。」

例句 奇萊山美景天成，吸引大批登山客前來尋幽探奇。

近義 尋幽訪勝

尋幽訪勝 ㄒㄩㄣˊ ㄧㄡ ㄈㄤˇ ㄕㄥˋ 遊覽奇山異水、名勝古蹟。尋幽，探尋美景。

語源 唐李商隱閒遊：「尋幽殊未極，得句總堪誇。」清王韜淞隱漫錄卷一一妙香：「竹

杖芒鞋，探幽選勝，登涉之勞，所不憚也。」

例句 他最大的興趣就是放假時走訪山林古蹟，到處尋幽訪勝。

近義 尋幽探奇

尋根究底 ㄒㄩㄣˊ ㄍㄣ ㄐㄧㄡˋ ㄉㄧˇ 追究問題發生的根源，釐清事情的來龍去脈。

語源 紅樓夢第三十九回：「村老老是信口開河，情哥哥偏尋根究底。」

例句 員警們夜以繼日地對案情尋根究底，終於偵破這起懸疑的兇殺命案。

近義 追根究底　追本溯源

尋章摘句 ㄒㄩㄣˊ ㄓㄤ ㄓㄞ ㄐㄩˋ 搜尋、摘記文章中的一些華麗詞句。指讀書或寫作不深究通篇大義，只拘泥於詞句的推求。

語源 三國志吳書吳主傳裴松之注引吳書：「任賢使能，志存經略，雖有餘閒，博覽書傳歷史，籍採奇異，不效諸生尋章摘句而已。」唐李賀南園詩十三首之六：「尋章摘句老雕蟲。」

例句 讀書若僅只尋章摘句，而不深究其中義理，則會徒勞而無功。

近義 尋行數墨　雕章鏤句

反義 鉤玄提要　融會貫通

尋歡作樂 ㄒㄩㄣˊ ㄏㄨㄢ ㄗㄨㄛˋ ㄌㄜˋ 追求享樂放縱的生活。

例句 阿發不務正業，整天尋歡作樂，令人看了搖頭嘆息。

近義 吃喝玩樂　聲色犬馬

11

對牛彈琴 ㄉㄨㄟˋ ㄋㄧㄡˊ ㄊㄢˊ ㄑㄧㄣˊ 比喻對不明事理的人講道理，白費口舌。

語源 漢牟融理惑論：「昔公明儀為牛彈清角之操，伏食如故，非牛不聞，不合其耳也。」清西周生醒世姻緣傳第二十八回：「說到關帝、城隍、泰山、聖母，都只當對牛彈琴一般。」

例句 和那種老粗講藝術，簡直就是對牛彈琴。

近義 白費心機

反義 心領神會　頑石點頭

對症下藥 ㄉㄨㄟˋ ㄓㄥˋ ㄒㄧㄚˋ ㄧㄠˋ 針對病症開藥方。也比喻針對實際情況採取有效的措施。

語源 宋朱熹朱子語類卷四二論語二十四：「克己復禮，便是捉得病根，對證(症)下藥。」

例句 ①勸你詳細做個身體檢查，找出病因，才能對症下藥。②一個成功的業務員，要了解顧客的需要，才能對症下藥，打動顧客的心。

近義 切中肯綮　搔到癢處

反義 隔靴搔癢

對答如流 ㄉㄨㄟˋ ㄉㄚˊ ㄖㄨˊ ㄌㄧㄡˊ 回答別人的問話就像流水一樣地順暢。形容答話敏捷流暢。也作「應答如流」。

語源 太平御覽四六三引後漢書李膺傳：「(孔融)後與膺談論百姓經史，應答如流，膺不能下之。」

例句 陳部長已作了萬全準備，所以接受立委質詢時都能對答如流。

反義 啞口無言　理屈詞窮

對號入座 ㄉㄨㄟˋ ㄏㄠˋ ㄖㄨˋ ㄗㄨㄛˋ 按照編號找到自己的位子就座。引申為閱聽者自認為文章或話語談及的人物即指他本人。

例句 ①入場券上都有座位號碼，進入戲院後請對號入座。②剛剛說的那個故事純屬虛構，若有雷同，純屬巧合，請不要對號入座。

近義 指名道姓　呼之欲出

反義 穿鑿附會　子虛烏有

對簿公堂 ㄉㄨㄟˋ ㄅㄨˋ ㄍㄨㄥ ㄊㄤˊ 指訴之於法庭以解決爭端。簿，狀文。公堂，舊時官吏審案的地方。

語源 史記李將軍列傳：「大將軍使長史急責廣之幕府對簿。」

例句 你跟他之間的這點小紛爭找人調解即可，何必鬧到對簿公堂？

近義 訴之法律

反義 息事寧人

13

導火線 ㄉㄠˇ ㄏㄨㄛˇ ㄒㄧㄢˋ 比喻引發事件的直接原因。

例句 他倆早就不睦，「踩到腳」只不過是這次打架的導火線罷了。

小部

小兒科 ㄒㄧㄠˇ ㄦˊ ㄎㄜ 專門治療兒童疾病的醫科。今俗稱人吝嗇小氣的樣子。

例句 以他的萬貫家財，在這次賑災中只捐出數萬元，實在是太「小兒科」了。

近義 鐵公雞 一毛不拔

反義 一擲千金 輕財好施

小辮子 ㄒㄧㄠˇ ㄅㄧㄢˋ ˙ㄗ 指讓人議論的根據、把柄。

例句 狗仔隊不顧新聞道德，抓住名人的小辮子便大肆報導，引起社會普遍的反感。

小人得志 ㄒㄧㄠˇ ㄖㄣˊ ㄉㄜˊ ㄓˋ 小人得到權勢地位，恣意胡作非為。小人，人格卑劣的人。

語源 宋書謝晦傳：「若使小人得志，君子道消，凡百有殄瘁之哀，蒼生深橫流之懼。」

例句 他靠送紅包、走後門當上主任後，便對舊日同事頤指氣使，真是小人得志大不幸。

近義 瓦釜雷鳴 作威作福

小中見大 ㄒㄧㄠˇ ㄓㄨㄥ ㄐㄧㄢˋ ㄉㄚˋ 從小地方可以看出大的道理或問題。

語源 清夏敬渠野叟曝言第三十八回總評：「酒能亂性一段，小中見大，極有意義。」

例句 我們只要多留心週遭的小事物，便不難小中見大，發掘出不同的意義而獲得啟發。

近義 一葉知秋 見微知著

反義 習焉不察 習以為常

小心翼翼 ㄒㄧㄠˇ ㄒㄧㄣ ㄧˋ ㄧˋ 本指嚴肅恭敬的樣子。今多形容小心謹慎的樣子。翼翼，恭敬謹慎的樣子。

語源 詩經大雅大明：「維此文王，小心翼翼。昭事上帝，聿懷多福。」三國志魏書公孫淵傳裴松之注：「淵小心翼翼，恪恭於位，勤事奉上，可謂勉矣。」

例句 這座吊橋有點老舊，每個人經過時都小心翼翼，緩步前進。

近義 戰戰兢兢 臨淵履薄

反義 粗心大意 漫不經心

小心謹慎 ㄒㄧㄠˇ ㄒㄧㄣ ㄐㄧㄣˇ ㄕㄣˋ 細心慎重，不敢疏忽大意。

語源 漢書霍光傳：「出入禁闥二十餘年，小心謹慎，未嘗有過，甚見親信。」

例句 建明做事向來小心謹慎，因此頗受師長的嘉許。

近義 小心翼翼 謹言慎行

反義 粗心大意 大而化之

小巧玲瓏 ㄒㄧㄠˇ ㄑㄧㄠˇ ㄌㄧㄥˊ ㄌㄨㄥˊ 參見「玲瓏小巧」。

小姑獨處 ㄒㄧㄠˇ ㄍㄨ ㄉㄨˊ ㄔㄨˇ 指女子未出嫁。姑，未嫁女子之通稱。

語源 古樂府清溪小姑曲：「開門白水，側近橋樑，小姑所居，獨處無郎。」

例句 她擇偶的條件太高，以致年過四十仍是小姑獨處。

近義 待字閨中　雲英未嫁

反義 名花有主　羅敷有夫

小家碧玉 ㄒㄧㄠˇ ㄐㄧㄚ ㄅㄧˋ ㄩˋ

小戶人家的女兒。小家，微賤的小戶人家。碧玉，女子名。

語源 宋郭茂倩樂府詩集碧玉歌三首之二：「碧玉小家女，不敢攀貴德。」

例句 她雖然是小家碧玉，但是美麗大方，頗有大家閨秀的風範。

反義 大家閨秀

小國寡民 ㄒㄧㄠˇ ㄍㄨㄛˊ ㄍㄨㄚˇ ㄇㄧㄣˊ

小國家，少人民。道家的理想社會型態。

語源 老子八十章：「小國寡民。使有什伯之器而不用，使民重死而不遠徙。雖有舟輿，無所乘之，雖有甲兵，無所陳之。」

例句 陶淵明桃花源記一文即在描繪小國寡民的理想世界。

小鳥依人 ㄒㄧㄠˇ ㄋㄧㄠˇ ㄧ ㄖㄣˊ

形容女子或小孩嬌小柔順的樣子。依，倚靠。

語源 舊唐書長孫無忌傳：「譬如飛鳥依人，自加憐愛。」清評花主人九尾狐第五十一回：「寶玉聽他口舌靈便，言語清澈，依稀小鳥依人，著實令人可喜。」

例句 李小姐和男友一起出現的時候，總是一副小鳥依人的模樣，幸福甜蜜，寫在臉上。

小題大作 ㄒㄧㄠˇ ㄊㄧˊ ㄉㄚˋ ㄗㄨㄛˋ

中國明、清科舉考試以四書文句命題叫小題，以「五經」文句命題叫大題；用「五經」文句章法來做四書文句叫小題大作。後指對小題目加以擴大發揮，作深入的論述。或比喻把小事誇張成大事來處理，有不值得這麼做的意思。

語源 明楊聰玉堂薈記卷上：「成既被提入京，欲伸前志，每為范木漸所阻。迨范以艱去，而成遂奏揭紛出，小題大作矣。」

例句 兄弟間為了五塊錢起口角爭執，進而大打出手，未免太小題大作了。

反義 大題小作

小巫見大巫 ㄒㄧㄠˇ ㄨ ㄐㄧㄢˋ ㄉㄚˋ ㄨ

小巫師見到了大巫師，法術就無法施展。比喻相較之下，相差懸殊。

語源 太平御覽方術部巫下引莊子：「小巫見大巫，拔茅而棄，此其所以終身弗如。」南朝宋蕭常續後漢書張紘：「所謂小巫見大巫，神氣盡矣。」

例句 小鎮上這個夜市雖然熱鬧，但比起臺北士林夜市來，還是「小巫見大巫」。

近義 相形見絀　相形失色

反義 伯仲之間　不分軒輊

小鼻子小眼睛 ㄒㄧㄠˇ ㄅㄧˊ ˙ㄗ ㄒㄧㄠˇ ㄧㄢˇ ㄐㄧㄥ

長得鼻小眼也小。也比喻心胸狹隘，缺乏遠見。

語源 清佚名劉公案第八十五回：「稀眉相襯小眼睛，小小鼻子唇不厚，這大人，就知此官心內渾。」

例句 你千萬別學那些小鼻子小眼睛的人，凡事只顧為自己著想。

近義 鼠肚雞腸　鼠目寸光

反義 豁達大度　高瞻遠矚

小不忍則亂大謀 ㄒㄧㄠˇ ㄅㄨˋ ㄖㄣˇ ㄗㄜˊ ㄌㄨㄢˋ ㄉㄚˋ ㄇㄡˊ

小事不忍耐，便會敗壞大事。謀，計畫。

語源 論語衛靈公：「子曰：『巧言亂德，小不忍則亂大謀。』」

例句 小不忍則亂大謀，這件事情我們要從長計議才是。

近義　因小失大

反義　大局著想　大處著眼

小時了了，大未必佳

年少時很聰明懂事，長大後不一定會有成就。了了，聰明懂事的樣子。

語源　南朝宋劉義慶世說新語言語：「孔文舉（融）年十歲，詣司隸校尉李元禮，元禮及賓客莫不奇之。太中大夫陳韙後至……曰：『小時了了，大未必佳。』文舉曰：『想君小時，必當了了。』」

例句　資質優異的兒童須給予特別的教導，否則小時了了，大未必佳，將是一項損失。

1 少不更事

年紀輕，經歷的事不多。更，經歷。也作「少不經事」。

語源　晉書周顗傳：「君少年未更事。人主自非堯舜，何能無失？」

例句　回想起當年因為少不更事而做出許多糗事，小胖不禁搖頭苦笑。

近義　涉世未深　初出茅廬

反義　少年老成　老成持重

少安毋躁

勸人把心靜下來，不要急躁。少，略微；稍為。也作「少安無躁」、「少安勿躁」或「稍安毋躁」、「稍安勿躁」。

語源　左傳襄公七年：「吾子其少安。」唐韓愈答呂毉山人書：「方將坐足下三浴而三熏之，聽僕之所為，少安無躁。」宋陸游雨：「上策莫如常熟睡，少安毋躁會當晴。」清無垢道人八仙得道第四十九回：「要知吳剛如何對答，只好稍安毋躁，請看下回分解。」

例句　在節目正式開始之前，主持人要大家少安毋躁，先觀賞雜技團的暖場表演。

反義　心浮氣躁　心急如焚

少年老成

年紀雖輕，做事卻穩重老練。稱讚年輕人穩重成熟。有時也指年紀輕輕卻缺乏朝氣與活力。老成，老練成熟。

語源　漢趙岐三輔決錄：「韋主簿雖少，有老成之風，昂昂如千里之駒。」明馮夢龍喻世明言卷一：「興哥少年老成，這般大事，虧他獨力支持。」

例句　①他雖然是社會新鮮人，但少年老成，辦事很穩當，很受老闆器重。②聽他講話的口氣，一副少年老成的模樣，實在不像一個高中生。

近義　老成持重　老氣橫秋

反義　少不更事　乳臭未乾

少見多怪

見識不廣，認為怪事很多。譏笑人見識淺薄。

語源　漢牟融理惑論：「諺云：少所見，多所怪，睹馲駝，言馬腫背。」

例句　見識不多的人往往少見多怪，把他人覺得稀鬆平常的事物當成是古今奇聞。

近義　大驚小怪　蜀犬吠日

反義　見怪不怪　司空見慣

少壯不努力，老大徒傷悲

年輕時不奮發努力，年老時將徒留悲傷。用以警惕人應該及時努力，以免老時後悔莫及。

語源　宋郭茂倩樂府詩集長歌行：「百川東到海，何時復西歸？少壯不努力，老大徒傷悲。」

例句　俗話說：「少壯不努力，老大徒傷悲。」我們應該趁著年輕時及時努力，以免年老之後一事無成。

3

尖酸刻薄 ㄐㄧㄢ ㄙㄨㄢ ㄎㄜˋ ㄅㄛˊ 形容待人冷酷苛刻，或說話帶刺，令人難堪。

語源 宋陳摶心相編：「愚魯人說話尖酸刻薄。」紅樓夢第五十五回：「分明太太是好太太，都是你們尖酸刻薄，可惜太太有恩無處使。」

例句 他說話總是尖酸刻薄，因此得罪了不少人。

近義 刻薄寡恩 尖嘴薄舌

反義 宅心仁厚 齒頰生香

尖嘴猴腮 ㄐㄧㄢ ㄗㄨㄟˇ ㄏㄡˊ ㄙㄞ 面貌像猴子一樣瘦削難看。常用來形容小人的嘴臉。腮，面頰。

語源 清吳敬梓儒林外史第三回：「像你這尖嘴猴腮，也該撒泡尿自己照照！」

例句 那個人常在你家附近出現，看他尖嘴猴腮，行動又鬼鬼祟祟，你要小心一點才好。

近義 獐頭鼠目 小頭銳面

反義 眉清目秀 相貌堂堂

尖嘴薄舌 ㄐㄧㄢ ㄗㄨㄟˇ ㄅㄛˊ ㄕㄜˊ 形容說話尖酸刻薄。也作「嘴尖舌薄」。

語源 清西周生醒世姻緣傳第五十一回：「尖嘴薄舌，談論人的是非，數說人的家務。」

例句 她老愛尖嘴薄舌，把別人說得一無是處，難怪會惹人討厭。

近義 冷嘲熱諷 冷言冷語

反義 好言好語 情真語切

尖擔兩頭脫 ㄐㄧㄢ ㄉㄢ ㄌㄧㄤˇ ㄊㄡˊ ㄊㄨㄛ 扁擔兩頭細而光滑，所擔之物容易脫落。比喻兩頭落空。

語源 元關漢卿趙盼兒風月救風塵第三折：「這婆娘他若是不嫁我呵，可不弄的尖擔兩頭脫。」

例句 他既想工作賺錢，又想順利取得學位，只怕到頭來尖擔兩頭脫，還賠上自己的健康。

近義 賠了夫人又折兵

5

尚方寶劍 ㄕㄤˋ ㄈㄤ ㄅㄠˇ ㄐㄧㄢˋ 皇帝專用的劍，由專門為皇室製造器械的尚方監所鑄造。受皇帝賜予此劍的大臣，有權先斬後奏。後也比喻高層的授權。

語源 漢書朱雲傳：「臣願賜尚方斬馬劍，斷佞臣一人以厲其餘。」

例句 陳主任因為深受總經理的重用，自以為握有尚方寶劍而大肆調整人事，引起辦公室裡一片譁然。

尢部

1

尤有甚者 ㄧㄡˊ ㄧㄡˇ ㄕㄣˋ ㄓㄜˇ 還有更過分的。尤，更加；格外。甚，過分；過度。

語源 蔡東藩明史通俗演義第六十八回：「押勒侵奪，怙勢肆害，所在民怨入骨。尤有甚者，……名雖居憂，實係縱欲。」

例句 無視國際警告，日本漁民繼續在南太平洋捕鯨；尤有甚者，連瀕臨絕種的座頭鯨和灰鯨也都在他們捕殺之列。

近義 一至於此 伊于胡底

反義 適可而止

尤雲殢雨 ㄧㄡˊ ㄩㄣˊ ㄊㄧˋ ㄩˇ 比喻沉浸在男女的歡愛中。尤，纏綿。殢，沉溺；迷戀。雲雨，比喻男女交合。

語源 宋柳永錦堂春：「待伊要、尤雲殢雨，纏繡衾、不與同歡。」

辨析 殢，音ㄊㄧˋ，不讀ㄓˋ，也不可寫作「滯」。

例句 夫妻之間除了尤雲殢雨之外，更應該重視彼此的心靈交流。

近義 繾綣纏綿 巫山雲雨

9

就地取材（ㄐㄧㄡˋ ㄉㄧˋ ㄑㄩˇ ㄘㄞˊ） 在本地取用所需的材料。也比喻就近選取人才或事物，不假外求。

語源 清李漁笠翁偶集卷三手足：「噫！豈其娶妻必齊之姜，就地取材，但不失立言之大意而已矣。」

例句 她新發表的小說不再採虛擬的風格，而是就地取材，描寫都會女子的愛情故事。

近義 因地制宜

反義 捨近求遠

就事論事（ㄐㄧㄡˋ ㄕˋ ㄌㄨㄣˋ ㄕˋ） 只就事情本身加以評論，而不牽涉到其他事情。

語源 宋楊時荊州所聞：「孟子與人君言，皆所以擴其善心而革其非，不止就事論事。」

例句 關於這個問題，我只是就事論事而已，你何必聯想到以前的恩恩怨怨呢？

近義 平心而論 有感而發

反義 東拉西扯 拐彎抹角

尸部

尸位素餐（ㄕ ㄨㄟˋ ㄙㄨˋ ㄘㄢ） 古代祭祀時扮祖先的小孫輩，只受祭祀而不做事。指空占職位而不做事。或用作謙語，表示沒做什麼事。尸位，祖先神主牌位，古代用孫輩來充代，稱為「尸」。素餐，吃閒飯。

語源 漢書朱雲傳：「今朝廷大臣，上不能匡主，下亡(無)以益民，皆尸位素餐。」

例句 公司經過大力改革，開除了尸位素餐的員工後，果然漸入佳境，轉虧為盈。

近義 伴食中書 濫竽充數

反義 鞠躬盡瘁 宵衣旰食

尸居餘氣（ㄕ ㄐㄩ ㄩˊ ㄑㄧˋ） 參見「屍居餘氣」。

1

尺寸之地（ㄔˇ ㄘㄨㄣˋ ㄓ ㄉㄧˋ） 形容極微小的地方。

語源 宋蘇洵六國：「思厥先祖父，暴霜露，斬荊棘，以有尺寸之地。」

例句 我祖的房間雖只是尺寸之地，卻是我最自在舒適的美麗世界。

近義 彈丸之地 立錐之地

尺木有節（ㄔˇ ㄇㄨˋ ㄧㄡˇ ㄐㄧㄝˊ） 一尺長的木頭上必定會有突出的節。比喻事物難以十全十美。節，樹幹分枝處突出的部分。

語源 呂氏春秋離俗覽舉難：「尺之木必有節目；寸之玉必有瑕瓋。」

例句 凡事不要太過苛求，尺木有節，留下缺憾，或許將來更有成長的可能。

近義 白璧微瑕

反義 完美無缺 白璧無瑕

尺布斗粟（ㄔˇ ㄅㄨˋ ㄉㄡˇ ㄙㄨˋ） 一尺布、一斗粟尚可共用，天地之大，卻不能相容。比喻兄弟不和。

語源 史記淮南衡山列傳記載：漢文帝弟淮南厲王劉長謀反事敗被貶往蜀郡，中途絕食而死。民間作歌道：「一尺布，尚可縫；一斗粟，尚可舂。兄弟二人不能相容！」隋書文四子傳論：「俄屬天步方艱，讒人已勝，尺布斗粟，莫肯相容。」

例句 他們兄弟二人不顧尺布斗粟之譏，竟為爭奪父親遺產而鬧上法庭。

近義 同室操戈 兄弟鬩牆

反義 兄友弟恭 手足情深

尺幅千里（ㄔˇ ㄈㄨˊ ㄑㄧㄢ ㄌㄧˇ） 小小的畫幅卻概括千里的景象。①形容圖畫氣韻生動，意境幽

尢
尸

遠。②形容文章簡潔緊湊又富於變化。也作「咫尺千里」。

語源 南史蕭賁傳：「於扇上圖山水，咫尺之內，便覺萬里為遙。」清蔣士銓香祖樓發凜：「此篇結構簡潔，尺幅有千里之勢。」

例句 ①這幅玉山圖尺幅千里，雄偉遼闊，的確是少有的佳作。②這篇小說結構緊湊，情節多變，有「尺幅千里」之妙。

尺短寸長 ㄔˇ ㄉㄨㄢˇ ㄘㄨㄣˋ ㄔㄤˊ 參見「尺有所短，寸有所長」。

尺有所短，寸有所長 ㄔˇ ㄧㄡˇ ㄙㄨㄛˇ ㄉㄨㄢˇ ㄘㄨㄣˋ ㄧㄡˇ ㄙㄨㄛˇ ㄔㄤˊ 比喻人或事物各有長處和短處，不可一概而論。也作「尺短寸長」。

語源 戰國楚屈原卜居：「夫尺有所短，寸有所長；物有所不足，智有所不明。」宋蘇軾定州到任謝執政啟：「尺短寸長，今以乏人而授。」

例句 小華的學業成績雖然不能和哥哥相比，但尺有所短，寸有所長，他的美術才華也不該被忽視。

近義 各有千秋 各有所長

反義 一概而論 等量齊觀

4

尾大不掉 ㄨㄟˇ ㄉㄚˋ ㄅㄨˋ ㄉㄧㄠˋ 尾巴過大很難搖動。比喻部屬的權勢過大，長官無法指揮調度。掉，擺動。

語源 左傳昭公十一年：「若由是觀之，則害於國，末大必折，尾大不掉，君所知也。」

例句 唐玄宗時，藩鎮勢力尾大不掉，以致釀成安史之亂。

近義 末大必折

反義 強幹弱枝

尾生之信 ㄨㄟˇ ㄕㄥ ㄓ ㄒㄧㄣˋ 指忠誠不渝的信用。另也或指固執而不知變通的小信。

語源 莊子盜跖：「尾生與女期於梁下，女子不來，水至不去，抱梁柱而死。」

例句 ①他與人相約，總是抱持尾生之信，從不遲到爽約，因此獲得大家的信任。②做事要有計劃、方法，若固執尾生之信而不知權衡通變，則往往疲於奔命而無實效。

近義 一諾千金 拘文牽俗

反義 輕諾寡信 隨方就圓

屁滾尿流 ㄆㄧˋ ㄍㄨㄣˇ ㄋㄧㄠˋ ㄌㄧㄡˊ 形容驚嚇或歡喜過度的失常狀態。

語源 水滸傳第二十六回：「聽得武松叫一聲，驚的屁滾尿流。」金瓶梅第八十七回：「這婆子聽見，喜歡的屁滾尿流。」

例句 歹徒一見到警察衝進來，個個嚇得屁滾尿流，跪在地上求饒。

近義 魂飛魄散 驚魂未定

反義 泰然自若 神色自若

5

居仁由義 ㄐㄩ ㄖㄣˊ ㄧㄡˊ ㄧˋ 心存仁道，行事合乎正義。居，存。由，行。

語源 孟子盡心上：「居仁由義，大人之事備矣。」

例句 他平日行事居仁由義，備受鄉親的愛戴與尊重。

近義 克己復禮 澡身浴德

反義 行險僥倖 橫行霸道

居心叵測 ㄐㄩ ㄒㄧㄣ ㄆㄛˇ ㄘㄜˋ 居心險惡，令人難以揣測。叵，不可。

語源 清薛福成代李伯相三答朝鮮國相李裕元書：「近察日本，行事乖謬，居心叵測。」

例句 他刻意接近、討好妳，居心叵測，妳要特別留意。

近義 心懷叵測 包藏禍心

反義 光明正大 光明磊落

尸

尸

居必擇鄉 選擇居住在環境好的鄉里。形容環境對人成長的重要，不可忽視。
語源 荀子勸學：「君子居必擇鄉，遊必就士，所以防邪僻而近中正也。」
例句 現代人注重生活品質，居必擇鄉，因此交通便利、環境單純的住宅區往往成為熱門購屋地點。
近義 孟母三遷　里仁為美

居安思危 處在安定的時候，仍考慮到未來可能發生的危險。居，處。
語源 左傳襄公十一年：「書曰：『居安思危。』思則有備，有備無患。」
例句 眼前生活雖然富足安定，但我們仍應居安思危，不可浪費。
近義 未雨綢繆

居高不下 指數據、價格等持續停留在高點，沒有下降。
例句 今年世界各地的小麥歉收，麵粉價格一直居高不下。
反義 價廉物美

居高臨下 站在高處俯視下方。比喻處於有利地位，可以輕易控制全局。
語源 孫子行軍：「凡軍好高而惡下。」清畢沅續資治通鑑卷一二四宋紀：「敵居高臨下，我戰地不利；宜少就平曠以致其師，宜可勝。」
例句 據報有毒販要在街口交易，警方於是藏身在樓頂，居高臨下，監視路上每一個人。

居無定所 沒有固定的住所。
語源 晉書隱逸傳：「石垣，字洪孫。自云北海劇人，居無定所。」
例句 我這個低薪族只能過著居無定所的租屋生活，哪敢奢望買房？
近義 東飄西蕩　浮家泛宅
反義 落地生根　安土重遷

屈打成招 用嚴刑拷打，使人不得不冤屈地承認犯罪。屈，冤屈。招，招認罪狀。
語源 元佚名爭報恩三虎下山第三折：「如今把姐姐拖到官中，三推六問，屈打成招。」
辨析 此則成語通常指清白無罪之人被誣陷、拷打而認罪。屈，不可寫作「曲」。
例句 辦案一定要講求證據，如果嚴刑逼供，往往屈打成招而造成冤獄。
反義 三曹對案　不打自招

屈指可數 彎曲手指便可以算出來。形容數量很少。屈，彎曲。
語源 三國志魏書張郃傳：「屈指計亮糧，不至十日。」宋歐陽脩唐安公美政頌：「今文儒之盛，其書屈指可數者，無三四人。」
辨析 屈，不可寫作「曲」。
例句 聖母峰是世界第一高峰，能成功攀登峰頂的人，屈指可數。
近義 寥寥無幾　寥寥可數
反義 不計其數　多如牛毛

6

屋上建瓴 參見「高屋建瓴」。

屋漏偏逢連夜雨 屋舍破漏，偏又遭遇連夜的風雨侵襲。比喻倒楣之事接二連三地發生。也作「屋漏更遭連夜雨」、「破屋又遭連夜雨」。
語源 明洪楩清平山堂話本董永遇仙傳：「屋漏更遭連夜雨，行船又撞打頭風。」

例句 張太太車禍住院，急需籌措醫藥費的同時，張先生卻被公司資遣了，真是「屋漏偏逢連夜雨」呀！

近義 流年不利 禍不單行

屍居餘氣 ㄕ ㄐㄩ ㄩˊ ㄑㄧˋ 軀體雖在，卻只比死屍多一口氣。形容人快要死了。後多用來指人暮氣沉沉，無所作為。也作「尸居餘氣」。

語源 晉書宣帝紀：「司馬公屍居餘氣，形神已離，不足慮矣。」

例句 他自從失戀後，每天都恍恍惚惚、暮氣沉沉，有如屍居餘氣一般。

近義 奄奄一息 行將就木

反義 生龍活虎 朝氣蓬勃

屍骨未寒 ㄕ ㄍㄨˇ ㄨㄟˋ ㄏㄢˊ 屍體還未完全僵冷。指人死亡不久。也作「屍肉未寒」。

語源 明何良俊四友齋叢說卷之八：「其主既死，屍肉未寒，而新主即招之使來，任以家政。」

例句 王老先生才剛下葬，屍骨未寒，他的兒女們竟已為了遺產爭得不可開交，實在讓人笑話。

屍骨無存 ㄕ ㄍㄨˇ ㄨˊ ㄘㄨㄣˊ 連屍體或骨骸都沒留下。形容死得非常悽慘。

語源 清袁枚續子不語第二卷：「此名老虎，人近之者，必遭咬死，屍骨無存。」

例句 這次地下管線的氣爆案，造成數十人的死傷，有的罹難者甚至屍骨無存，引起社會極大的震撼。

近義 粉身碎骨 死於非命

反義 壽終正寢 終其天年

屍橫遍野 ㄕ ㄏㄥˊ ㄅㄧㄢˋ ㄧㄝˇ 屍體遍布整個原野。形容死的人極多。

語源 水滸傳第八十六回：「正來三路軍馬，逼住大戰，殺的屍橫遍野，血流成河。」

例句 戰爭時屍橫遍野、血流成河的場面，讓無辜的人民惴慄不安。

近義 血流成河

屏氣凝神 ㄅㄧㄥˇ ㄑㄧˋ ㄋㄧㄥˊ ㄕㄣˊ 抑制呼吸，凝聚精神。形容極度專注的樣子。

語源 清劉鶚老殘遊記第二回：「那王小玉唱到極高的三四疊後，陡然一落……滿園子的人都屏氣凝神，不敢少動。」

例句 頒獎人在宣布得獎者之際，臺下觀眾莫不屏氣凝神，引領期盼。

近義 全神貫注 心神專一

反義 心猿意馬 心不在焉

屏氣斂息 ㄅㄧㄥˇ ㄑㄧˋ ㄌㄧㄢˇ ㄒㄧ 形容恭謹畏懼的樣子。屏氣，抑制呼吸。斂，收住。

語源 清李伯元官場現形記第三十八回：「瞿耐庵道：『太太說得是，說得是！』連連屏氣斂息，不敢作聲。」

例句 經理在檢討會上講話的時候，大家都屏氣斂息，深怕成為被檢討的對象。

近義 正襟危坐 屏聲息氣

7

展翅高飛 ㄓㄢˇ ㄔˋ ㄍㄠ ㄈㄟ 展開翅膀，飛向高處。也比喻發揮才能，實現抱負；或飛黃騰達，前途大好。也作「振翅高飛」。

語源 史記留侯世家：「鴻鵠高飛，一舉千里。」

例句 李校長期許每一位畢業生都能展翅高飛，實現人生的夢想。

近義 一展長才 鵬程萬里

反義 懷才不遇 坐困愁城

11

屢仆屢起 ㄌㄩˇ ㄆㄨ ㄌㄩˇ ㄑㄧˇ 多次跌倒，都再次爬起。也比喻

一再失敗，仍然繼續努力。屢，多次；再次。仆，跌倒而伏在地上。

[語源] 清徐珂清稗類鈔義俠類：「遂負之行，三日三夜，蹠穿膝暴，屢仆屢起而不釋於肩。」

[例句] 即使面對這麼困難的挑戰，他仍然屢仆屢起，再接再厲，終於闖出一片天。

[近義] 百折不撓　愈挫愈勇

[反義] 一蹶不振　欲振乏力

屢見不鮮 ㄌㄩˇ ㄐㄧㄢˋ ㄅㄨˋ ㄒㄧㄢ　原指經常來的客人就不必宰殺牲畜來款待。今指常常見到，並不稀奇。鮮，鮮美。引申作「新奇」。

[語源] 史記酈生陸賈列傳：「一歲中往來過他客，率不過再三過，數見不鮮，無久慁公為也。」

[例句] 這個十字路口由於規劃不當，因此塞車的情況屢見不鮮。

[近義] 司空見慣　習以為常

[反義] 少見多怪　前所未見

屢敗屢戰 ㄌㄩˇ ㄅㄞˋ ㄌㄩˇ ㄓㄢˋ　每次戰敗後，又整軍再戰。形容不畏失敗，愈挫愈勇。

[語源] 張鴻來應用文公文書：「文有改字次序，而精神大異者。昔曾文正公在湘軍奏報，有『屢戰屢敗』語，經李元度改為『屢敗屢戰』，一轉移間，變頹喪為奮揚，雖曾語忠誠，終不敵改稿得體。」

[例句] 老李在創業過程中，不畏困難，抱著屢敗屢戰的精神，終於有成。

[近義] 愈挫愈勇　屢仆屢起

[反義] 一蹶不振　一敗塗地

屢試不爽 ㄌㄩˇ ㄕˋ ㄅㄨˋ ㄕㄨㄤˇ　每次試驗都沒有差錯。爽，差錯。

[語源] 清蒲松齡聊齋誌異冷生：「言未已，驢已蹶然伏道上，屢試不爽。」

[例句] 小王是出了名的鐵公雞，同事們只要一向他借錢，他就露出痛苦無奈的表情，屢試不爽。

[近義] 絲毫不爽

屢戰屢敗 ㄌㄩˇ ㄓㄢˋ ㄌㄩˇ ㄅㄞˋ　多次作戰皆敗北。

[語源] 晉書桓溫傳：「殷浩至洛陽修復園陵，經涉數年，屢戰屢敗，器械都盡。」

[例句] 他志氣有餘，可惜資質不足，多次參加考試，總是屢戰屢敗。

[反義] 屢戰屢勝　百戰百勝

12

層出不窮 ㄘㄥˊ ㄔㄨ ㄅㄨˋ ㄑㄩㄥˊ　形容事物接連出現，沒有止盡。層，重複；接連不斷。窮，盡。

[語源] 宋葉適水心別集卷四兵權上：「豫應天下之變，百出而不窮。」清紀昀閱微草堂筆記卷三：「天下之勢，輾轉相勝；天下之巧，層出不窮。」

[例句] 近來暴力犯罪案件層出不窮，治安已亮起紅燈。

[近義] 源源不絕　接二連三

[反義] 曇花一現

層次井然 ㄘㄥˊ ㄘˋ ㄐㄧㄥˇ ㄖㄢˊ　次序分明，很有條理。層次，次序。井然，有條理的樣子。

[語源] 明徐宏祖徐霞客遊記遊雁宕山日記後：「重巖夾立，層疊而上，莫辨層次。」明沈榜宛署雜記馬政：「方策井然，皆非有司所得言也。」

[例句] 他分析事理，層次井然，再複雜的事，都能一聽就懂。

[近義] 有條有理　有條不紊

[反義] 雜亂無章　茫無頭緒

層次分明 ㄘㄥˊ ㄘˋ ㄈㄣ ㄇㄧㄥˊ　形容事物的次第順序十分清楚。層次，次序。

[語源] 明徐弘祖徐霞客遊記後

遊雁宕山日記：「重巖夾立，層疊而上，莫辨層次。」清徐珂清稗類鈔工藝類：「層次分明，淺深迭見，益得畫家遠近濃淡之致。」

例句 小芬新剪的髮型層次分明，讓原本外型亮麗的她更增添幾分嫵媚。

近義 層次井然　錯落有致

反義 亂七八糟

層巒疊嶂 ㄘㄥˊ ㄌㄨㄢˊ ㄉㄧㄝˊ ㄓㄤˋ　山嶺重疊的樣子。

語源 南朝宋劉義慶世說新語黜免劉孝標注引荊州記：「重巖疊嶂，隱天蔽日。」宋陸九淵與王謙仲書：「層巒疊嶂，奔騰飛動，近者數十里，遠者數百里，爭奇競秀。」

例句 舟行三峽中，只見兩岸層巒疊嶂，隱天蔽日，山光水色，賞玩不盡。

近義 重巖疊嶂

反義 綠野平疇　一馬平川

履穿踵決 ㄌㄩˇ ㄔㄨㄢ ㄓㄨㄥˇ ㄐㄩㄝˊ　鞋穿破了，連腳跟也磨破了皮。形容非常貧窮。履，鞋。穿，穿透；破洞。踵，腳跟。決，破裂；裂開。

語源 莊子讓王：「捉襟而肘見，納履而踵決。」

例句 當一個履穿踵決的路人伸手向你要錢時，你會給他嗎？

近義 衣不蔽體　短褐穿結

反義 席豐履厚

履舄交錯 ㄌㄩˇ ㄒㄧˋ ㄐㄧㄠ ㄘㄨㄛˋ　鞋子零亂地放置地上。形容賓客眾多。履，單底鞋。舄，複底鞋。

語源 史記滑稽列傳：「日暮酒闌，合尊促坐，男女同席，履舄交錯，杯盤狼藉。」

例句 那戶人家門外履舄交錯，門內高朋滿座，似乎是有大喜之事。

近義 高朋滿座　門庭若市

反義 門可羅雀　門庭冷落

履險如夷 ㄌㄩˇ ㄒㄧㄢˇ ㄖㄨˊ ㄧˊ　行走於險峻之地卻如同走在平地上一般。比喻處於危險之中能保持鎮定，安然度過。如，也作「若」。

語源 晉書姚萇載記：「董率大眾，履險若夷，上下咸允，人盡死力。」

例句 一路上幸虧有他幫忙，才能履險如夷，達成任務。

近義 臨危不亂　好整以暇

履霜堅冰 ㄌㄩˇ ㄕㄨㄤ ㄐㄧㄢ ㄅㄧㄥ　腳踩著霜就知道寒凍即將到來。比喻不良的徵兆剛出現，就預示著它即將逐漸發展成嚴重的地步。

語源 易經坤卦：「初六，履霜，堅冰至。」

例句 公司主管相繼求去，履霜堅冰，我們的經營理念可能存在不少問題，必須加以正視。

近義 防微杜漸　防患未然

反義 臨渴掘井　江心補漏

山部

山光水色 ㄕㄢ ㄍㄨㄤ ㄕㄨㄟˇ ㄙㄜˋ　形容山水的美麗景致。

語源 唐李白魯郡堯祠送竇明府薄華還西京：「笑誇故人指絕境，山光水色青於藍。」

例句 太魯閣國家公園的山光水色，讓人流連忘返。

近義 湖光山色　山明水秀

反義 窮山惡水　荒山野嶺

山明水秀 ㄕㄢ ㄇㄧㄥˊ ㄕㄨㄟˇ ㄒㄧㄡˋ　形容山水秀麗，風景明媚。也作「山清水秀」。

語源 宋黃庭堅驀山溪：「山明水秀，盡屬詩人道。」清李

汝珍鏡花緣第四十七回：「祥雲繚繞，紫霧繽紛，那山清水秀之中，透出一座紅宇。」

例句　這次花東之旅，沿途山明水秀，令人心曠神怡。

近義　山光水色　湖光山色

反義　窮山惡水　荒山野嶺

山肴野蔌　山產和野菜。指具有鄉土風味的菜肴。蔌，蔬菜的總稱。

語源　宋歐陽脩醉翁亭記：「山肴野蔌，雜然而前陳者，太守宴也。」

例句　假日裡到鄉間走走，吃些山肴野蔌，別有一番趣味。

山峙淵渟　像山岳般高聳，像潭水般深邃。比喻人品格高潔，端莊穩重。峙，山勢聳立。渟，深邃。

語源　南朝宋劉義慶世說新語賞譽「謝子微見許子將兄弟」句劉孝標注引海內先賢傳：「許劭字子將，虔弟也。山峙淵渟，行應規表。」

例句　劉伯伯與父親是莫逆之交，人格如山峙淵渟，也是我從小到大崇拜的偶像。

近義　淵渟嶽峙　光風霽月

山珍海味　山中和海裡所產的珍貴食物。泛指可口珍貴的菜餚。

語源　唐韋應物長安道：「山珍海錯棄藩籬，烹犢炰羔如折葵。」紅樓夢第三十九回：「姑娘們天天山珍海味的，也吃膩了。」

例句　現代人生活無虞，天天山珍海味，容易造成體形過胖、營養過剩的現象。

近義　炊金饌玉　龍肝鳳膽

反義　粗茶淡飯　家常便飯

山重水複　山巒層疊，河川蜿蜒曲折。形容地形複雜多變。

語源　宋陸游遊山西村：「山重水複疑無路，柳暗花明又一村。」

例句　廣西、雲南一帶山重水複的石灰岩地理景觀，令人歎為觀止。

近義　千山萬水

反義　一馬平川

山高水低　比喻意外的事情。多指死亡。

語源　水滸傳第三回：「若是留提轄在此，誠恐有些山高水低。」

例句　這件事複雜又危險，你最好別涉入其中，以免有個山高水低，得不償失。

近義　三長兩短　旦夕禍福

反義　安然無恙　事事如意

山高水長　像山一樣高，像水一樣長。比喻品性高潔或情誼悠久深厚。

語源　唐劉禹錫望賦：「龍門不見兮，雲霧蒼蒼，喬木何許兮，山高水長。」

例句　李校長雖然已退休多年，但山高水長的風範至今仍令全校師生無限景仰。

近義　淵渟嶽峙　高風亮節

山清水秀　參見「山明水秀」。

山盟海誓　①發下誓言保證愛情像山海一樣永恆不變。②如山海般永恆不變的誓言。也作「海誓山盟」。

語源　宋趙長卿惜香樂府賀新郎：「終待說山盟海誓，這恩情到此非容易。」

例句　①情侶們戀愛時動輒山盟海誓，但矢志不渝的人終究不多。②分手多年以後，想起我們過去的山盟海誓，仍然不免感慨萬分。

近義　指天誓日　金石之盟

反義　言而無信　背信忘義

山鳴谷應 ㄕㄢ ㄇㄧㄥˊ ㄍㄨˇ ㄧㄥˋ 聲音在山谷中引起回響。形容聲音響亮深長。也比喻彼此投合而互相呼應。

語源 宋蘇軾後赤壁賦：「劃然長嘯，草木震動，山鳴谷應，風起水湧。」清西周生醒世姻緣傳第九十一回：「真是那獅吼之聲，山鳴谷應，你倡我隨。」

例句 原本以為設置社區文康基金的建議不會受重視，沒想到一提出後便山鳴谷應，得到多數住戶的贊同。

近義 響徹雲霄　一唱一和

反義 曲高和寡　孤掌難鳴

山窮水盡 ㄕㄢ ㄑㄩㄥˊ ㄕㄨㄟˇ ㄐㄧㄣˋ 本指荒僻之地，交通閉塞。也用來比喻陷入絕境。

語源 宋洪咨夔龍州免運糧夫跋：「山窮水盡之邦，刀耕火種之俗。」清蒲松齡聊齋誌異李八缸：「今汝所遭，可謂山窮水盡矣。」

例句 他因為生意失敗，已經到了山窮水盡的地步，只好低聲下氣向人借錢。

近義 走投無路　窮途末路

反義 柳暗花明　絕處逢生

山環水抱 ㄕㄢ ㄏㄨㄢˊ ㄕㄨㄟˇ ㄅㄠˋ 周圍有山水圍繞。形容風景秀麗。

語源 唐楊筠松龍經疑龍經中篇：「山回水抱雖似面，浪打風吹巖壁寒。」明王守仁添設和平縣治疏：「本峒羊子一處，地方寬平，山環水抱，水陸俱通。」

例句 這棟別墅在山環水抱之中顯得更加別緻。

近義 山明水秀　山光水色

山不轉路轉 ㄕㄢ ㄅㄨˋ ㄓㄨㄢˇ ㄌㄨˋ ㄓㄨㄢˇ 比喻遇到阻礙、行不通時，不妨轉個彎，換個方法試試。也比喻事情會如何發展還未可知，不宜妄下定論。

例句 所謂「天無絕人之路」、「山不轉路轉」，凡事樂觀看待，不鑽牛角尖，下一刻或許就會「柳暗花明又一村」。

近義 窮則變，變則通　世事難料

山雨欲來風滿樓 ㄕㄢ ㄩˇ ㄩˋ ㄌㄞˊ ㄈㄥ ㄇㄢˇ ㄌㄡˊ 山中要下大雨之前先颳起風來。也比喻事情發生前的氣氛詭異。

語源 唐許渾咸陽城東樓：「溪雲初起日沉閣，山雨欲來風滿樓。」

例句 爸爸跟媽媽雖然一聲不吭，但是卻有山雨欲來風滿樓之勢，一場脣槍舌戰即將展開。

3

屹立不搖 ㄧˋ ㄌㄧˋ ㄅㄨˋ ㄧㄠˊ 高聳直立，堅定不搖動。比喻堅定而不可動搖。也作「屹立不動」。

語源 唐常袞唐四鎮北庭……馬璘神道碑銘序：「有若犀兕其威，貔豻其勇，屹立而不動。」

例句 牛頓發現三大運動定律，使他在物理學界的地位屹立不搖。

近義 穩如泰山　堅如磐石

反義 搖搖欲墜　岌岌可危

4

岌岌可危 ㄐㄧˊ ㄐㄧˊ ㄎㄜˇ ㄨㄟˊ 非常危險的樣子。岌岌，危險的樣子。

語源 管子小問：「危哉！君之國岌乎！」孟子萬章上：「於斯時也，天下殆哉，岌岌乎！」清金安清洋務宜遵祖訓安內攘外自有成效說：「溯查順治年間先後三藩之變，一時國勢固岌岌可危。」

例句 火災現場堆積有大量易燃物品，情勢岌岌可危，消防

人員正全力搶救。」

近義 危在旦夕 險象環生

反義 穩如泰山 安如磐石

7

峨冠博帶 ㄜˊ ㄍㄨㄢ ㄅㄛˊ ㄉㄞˋ 形容士大夫的服裝。峨冠，高帽子。博帶，寬腰帶。也作「高冠博帶」。

語源 三國演義第三十七回：「門外有一先生，峨冠博帶，道貌非常，特來相探。」

例句 舞臺上，他峨冠博帶的扮相溫文儒雅，令觀眾印象深刻。

近義 衣冠楚楚

反義 衣衫襤褸 鶉衣百結

峨然矗立 ㄜˊ ㄖㄢˊ ㄔㄨˋ ㄌㄧˋ 形容高聳直立。峨然，高聳的樣子。矗立，高聳直立。

語源 唐皮日休鄙孝議下篇：「所在之州鄙，礱石峨然。」明獻花巖志志山石志第一：「芙蓉峯之上又百步，有石巃嵸矗立。」

例句 峨然矗立的臺北一〇一大樓，已成為每年施放跨年煙火的最佳地點。

近義 壁立千仞

峰迴路轉 ㄈㄥ ㄏㄨㄟˊ ㄌㄨˋ ㄓㄨㄢˇ 山峰連緜環繞，山路也跟著蜿蜒曲折。形容山路曲折複雜。也比喻劇情發展曲折離奇或事情有了轉機。迴，也作「回」。曲折環繞。

語源 唐陳子昂入東陽峽與李明府舟前後不相及：「路轉青山合，峰回白日曛。」宋歐陽脩醉翁亭記：「峰回路轉，有亭翼然臨於泉上者，醉翁亭也。」

例句 這齣戲到了後半段，劇情峰迴路轉，結局出人意表，十分精彩。

近義 柳暗花明

崇山峻嶺 ㄔㄨㄥˊ ㄕㄢ ㄐㄩㄣˋ ㄌㄧㄥˇ 高大陡峭的山勢。也作「高山峻嶺」。

語源 晉王羲之蘭亭集序：「此地有崇山峻嶺，茂林修竹。」

例句 面對如此的崇山峻嶺，即使擁有廿年登山經驗的他仍謹慎以對，步步為營。

近義 層巒疊嶂 壁立千仞

崇洋媚外 ㄔㄨㄥˊ ㄧㄤˊ ㄇㄟˋ ㄨㄞˋ 崇拜討好外國事物。多指人輕視自己的文化，一切以外國為好。洋，西洋。泛指外國。媚，諂媚；討好。

例句 有些人對於自己的文化往往不屑一顧，卻崇洋媚外令人不屑。

近義 遠來的和尚會念經 外國的月亮比較圓

崇論閎議 ㄔㄨㄥˊ ㄌㄨㄣˋ ㄏㄨㄥˊ ㄧˋ 崇高宏遠的議論。閎，宏大；弘遠。

語源 史記司馬相如列傳：「必將崇論閎議，創業垂統，為萬世規。」清曾樸孽海花第六回：「崇論宏議雖多，總擋不住堅船大炮的猛。」

例句 這篇社論崇論閎議針砭時政獨到精闢，值得當局借鑑。

近義 讜言嘉論 不刊之論

反義 一孔之見 迂闊之論

崎嶇不平 ㄑㄧ ㄑㄩ ㄅㄨˋ ㄆㄧㄥˊ 形容路面高低不平，非常難走。

語源 漢張衡南都賦：「上平衍而曠蕩，下蒙籠而崎嶇。」清文康兒女英雄傳第五回：「那路漸漸的崎嶇不平，亂石荒草，沒些村落人煙。」

例句 山上的產業道路十分狹窄，路面崎嶇不平，你要小心開車。

近義 凹凸不平 忽高忽低

反義 康莊大道 暢通無阻

11

嶄露頭角 ㄓㄢˇ ㄌㄨˋ ㄊㄡˊ ㄐㄧㄠˇ 高高露出頭上的角。比喻開始展現才能，引人注意。嶄，高峻的樣子。

語源 唐韓愈柳子厚墓誌銘：「雖少年，已自成人，能取進士第，嶄然見頭角。」

例句 經過長期苦練，他終於在這次公開賽嶄露頭角，引起各界的注意。

近義 脫穎而出 頭角崢嶸

反義 庸庸碌碌 不學無術

12

嶔崎磊落 ㄑㄧㄣ ㄑㄧ ㄌㄟˇ ㄌㄨㄛˋ 比喻傑出不群，瀟灑不凡。嶔崎，高峻的樣子。比喻高潔脫俗。磊落，形容志向高遠、心地光明的樣子。

語源 南朝宋劉義慶世說新語容止：「周伯仁道桓茂倫：『嶔崎歷落可笑人』。」清徐釚詞苑叢談成容若賀新郎：「詞旨嶔崎磊落，不啻坡老、稼軒，都下竟相傳寫。」清吳敬梓儒林外史第一回：「元朝末年，也曾出了一個嶔崎磊落的人。」

例句 他為人向來嶔崎磊落，不可能為了一己私利而做出危害國家安全的事。

近義 光明磊落 超凡絕塵

20

巖穴之士 ㄧㄢˊ ㄒㄩㄝˋ ㄓ ㄕˋ 住在深山洞穴的人。指隱居者。

語源 韓非子外儲說左上：「夫好顯巖穴之士而朝之，則戰士怠於行陣。」

例句 陳教授嚮往田園生活，退休後便回到鄉間蒔花種菜，做一名現代的巖穴之士。

巛部

川流不息 ㄔㄨㄢ ㄌㄧㄡˊ ㄅㄨˋ ㄒㄧ 像流水般不停止。比喻來往的人或車輛、船隻很頻繁。

語源 南朝梁周興嗣千字文：「似蘭斯馨，如松之盛，川流不息，淵澄取映。」

例句 臺北火車站每天出入的旅客川流不息，是全市最重要的交通樞紐。

近義 熙來攘往 車水馬龍

反義 稀稀落落 三三兩兩

工部

工力悉敵 ㄍㄨㄥ ㄌㄧˋ ㄒㄧ ㄉㄧˊ 雙方的造詣完全相等，不分上下。多指文學藝術等方面。工，功夫。力，才力。悉，全。敵，相當；相等。

語源 宋計敏夫唐詩記事上官昭容：「中宗正月晦日，幸昆明池賦詩，群臣應制百餘篇。……及聞其評，曰：『二詩工力悉敵。』」

例句 在作曲方面，他們兩人工力悉敵，不相上下，堪稱一時瑜亮。

近義 不相上下 平分秋色

反義 天差地遠 判若雲泥

工於心計 ㄍㄨㄥ ㄩˊ ㄒㄧㄣ ㄐㄧˋ 心思細密，擅長算計。工，擅長；善於。

語源 清黃世仲廿載繁華夢第一回：「不提防來了一位姓張的總督，本是順天直隸的人氏，由翰林院出身，為人卻工於心計。」

例句 他長袖善舞又工於心計，在這次的公司經營權爭奪中，明顯占了上風。

近義 城府深密 老謀深算

反義 胸無城府

工欲善其事，必先利其器 ㄍㄨㄥ ㄩˋ ㄕㄢˋ ㄑㄧˊ ㄕˋ ㄅㄧˋ ㄒㄧㄢ ㄌㄧˋ ㄑㄧˊ ㄑㄧˋ 工匠若想做好工作，一定要先有精良的工具。比喻做事要善用好的工具。利，使

銳利。器，工具。

語源 論語衛靈公：「工欲善其事，必先利其器。居是邦也，事其大夫之賢者，友其士之仁者。」

例句 工欲善其事，必先利其器，要想練得一手漂亮的書法，用的毛筆可不能太差。

2

左右手 ㄗㄨㄛˇ ㄧㄡˋ ㄕㄡˇ ①形容配合無間。②比喻得力的助手。

語源 孫子九地：「吳人與越人相惡也，當其同舟濟，遇風，其相救也，如左右手。」

例句 ①他們倆默契十足，做起事來有如左右手。②他辦事勤快，頭腦清楚，是老闆十分信任的左右手。

左支右絀 ㄗㄨㄛˇ ㄓ ㄧㄡˋ ㄔㄨˋ 形容能力或財力不足，顧此失彼而無法應付。支，支持。絀，不足。

語源 戰國策西周策：「我不能教子支左屈右。」清沈復浮生六記坎坷記愁：「余夫婦居家，偶有需用不免典質，始則移東補西，繼則左支右絀。」

辨析 絀，音ㄔㄨˋ，不讀ㄓㄨㄛˊ。

例句 老張沒錢又愛擺闊，請了幾次客下來就左支右絀，還得向朋友借錢度日。

近義 捉襟見肘 顧此失彼

反義 應付裕如 綽有餘裕

左右為難 ㄗㄨㄛˇ ㄧㄡˋ ㄨㄟˊ ㄋㄢˊ 形容怎麼做都有困難，不容易下決定。

語源 元楊顯之臨江驛瀟湘秋夜雨第一折：「著老夫左右兩難，如何是好？」紅樓夢第一二〇回：「千思萬想，左右為難。」

例句 這對兄弟時常吵架，害得身為其好友的陳先生左右為難，不知如何是好。

近義 進退兩難 進退維谷

反義 左右逢源 應付裕如

左右逢源 ㄗㄨㄛˇ ㄧㄡˋ ㄈㄥˊ ㄩㄢˊ 本指學問造詣極深，處處運用自如。也指做事順利，得心應手。源，也作「原」。

語源 孟子離婁下：「君子深造之以道……資之深，則取之左右逢其原。」宋衛宗武張石山戲筆序：「久之而心與手應，手與物忘，出奇入神，左右逢原。」

例句 他為人隨和謙恭，又善於交際，因此做起生意來，左右逢源，無往不利。

近義 得心應手 無往不利

反義 左右為難 左支右絀

左右開弓 ㄗㄨㄛˇ ㄧㄡˋ ㄎㄞ ㄍㄨㄥ 左手和右手都能拉弓射箭。形容左右手同時動作，或兩方面同時行動。

語源 元白樸唐明皇秋夜梧桐雨楔子：「臣左右開弓，一十八般武藝，無有不會。」

例句 雖然右手受了傷，但對平日習慣左右開弓的他來說，並沒有造成太大的困擾。

近義 雙管齊下

左思右想 ㄗㄨㄛˇ ㄙ ㄧㄡˋ ㄒㄧㄤˇ 形容反覆思考。

語源 明馮夢龍東周列國志第五十五回：「魏顆在營中悶坐，左思右想，沒有良策。」

例句 照著鏡子，我左思右想，就是想不起鼻梁上的眼鏡是什麼時候不見的。

近義 思前想後

反義 不假思索

左道旁門 ㄗㄨㄛˇ ㄉㄠˋ ㄆㄤˊ ㄇㄣˊ 參見「旁門左道」。

左鄰右舍 ㄗㄨㄛˇ ㄌㄧㄣˊ ㄧㄡˋ ㄕㄜˋ 指鄰居或附近人家。

語源 京本通俗小說錯斬崔寧：「左鄰右舍都指畫了十

字。」

例句 老蔣在這裡住了幾十年了，左鄰右舍都知道他是個和藹可親的長者。

左擁右抱 ㄗㄨㄛˇ ㄩㄥˇ ㄧㄡˋ ㄅㄠˋ 形容姬妾眾多或大享豔福。也作「左抱右擁」。

語源 戰國策楚策四：「左抱幼妾，右擁嬖女，與之馳騁乎高蔡之中，而不以國家為事。」

例句 酒店包廂裡，一個黑道大哥左擁右抱，正喝得高興時，警察突然進來臨檢。

近義 齊人之福

反義 孤家寡人

左顧右盼 ㄗㄨㄛˇ ㄍㄨˋ ㄧㄡˋ ㄆㄢˋ ①形容左右張望。②形容志得意滿的樣子。顧、盼，看。

語源 三國魏曹植與吳季重書：「左顧右眄，謂若無人，豈非君子壯志哉！」唐李靖衛公兵法卷上將務兵謀：「及臨敵赴敵，方始趦趄，左顧右盼，計無所出。」

例句 ①考試的時候，不可以左顧右盼，否則以作弊論處！②得知自己考上了第一志願，他不自覺地左顧右盼了起來。

近義 東張西望 顧盼自得

反義 目不斜視 目不轉睛

巧立名目 ㄑㄧㄠˇ ㄌㄧˋ ㄇㄧㄥˊ ㄇㄨˋ 為達到某種目的，而編造各種名義或理由。

語源 明李開先白雲湖子粒考：「巧立名色，作為冊外，私自收受。」明史志第五十六食貨四：「魏忠賢黨郭興治、崔呈秀等，巧立名目以取之，所入無算。」

例句 不肖補習班常常巧立名目向學生收費，主管機關不可放任不管。

巧舌如簧 ㄑㄧㄠˇ ㄕㄜˊ ㄖㄨˊ ㄏㄨㄤˊ 舌頭像簧片一樣靈巧。比喻能言善道，詞語動聽。簧，管樂器中用來振動發聲的薄片。

語源 詩經小雅巧言：「巧言如簧，顏之厚矣。」唐劉兼誡是非：「巧舌如簧總莫聽，是非多自愛憎生。」

例句 縱使小偉巧舌如簧，極力討好，但小莉已打定主意要離開他。

近義 能言善道 伶牙俐齒

反義 笨口拙舌 笨嘴拙腮

巧言令色 ㄑㄧㄠˇ ㄧㄢˊ ㄌㄧㄥˋ ㄙㄜˋ 說動聽的話，裝出和善的表情。令，美。

語源 尚書皋陶謨：「何畏乎巧言令色孔壬？」

例句 身為一個推銷員，一定要練就巧言令色的功夫，才能把產品成功的推銷出去。

反義 疾言厲色

巧取豪奪 ㄑㄧㄠˇ ㄑㄩˇ ㄏㄠˊ ㄉㄨㄛˊ 用巧妙的手段騙取，或憑藉武力搶奪。

語源 宋蘇軾次韻米芾二王書跋尾二首（其二）：「巧偷豪奪古來有，一笑誰似癡虎頭。」宋劉克莊鐵庵方閣學墓誌銘：「公儒者，未嘗行巧取豪奪之政。」

例句 大英博物館內所藏的許多寶物，大部分是大英帝國強盛時從世界各地巧取豪奪得來的。

近義 敲詐勒索 鵲巢鳩占

反義 樂善好施 仗義疏財

巧奪天工 ㄑㄧㄠˇ ㄉㄨㄛˊ ㄊㄧㄢ ㄍㄨㄥ 形容技藝精巧，勝過天然。

語源 列子湯問：「人之巧乃可與造化者同功乎？」唐岑參劉相公中書江山畫障：「始知丹青筆，能奪造化功。」元趙孟頫贈放烟火者：「人間巧藝奪天工，煉藥燃燈清畫同。」

例句 故宮博物院裡的翠玉白

菜，形狀顏色幾可亂真，真是巧奪天工！

近義 鬼斧神工 渾然天成

巧婦難為無米之炊 善於烹調的婦女，如果沒有米，也無法做出一頓飯來。比喻本領再大的人，缺少必要的條件，事情也難以辦成。

語源 宋莊綽雞肋篇中：「諺有『巧息婦做不得沒麵餺飥』與『遠井不救近渴』之語。」清袁枚隨園詩話補遺：「毛大瀛妻某氏……寄毛家信云：『出門七年，寄銀八兩。兒要衣穿，女要首飾。巧婦不能為無米之炊，此之謂也。』」

例句 雖然他有心為學校做一些事，但經費不足，巧婦難為無米之炊，使他一籌莫展。

巨細靡遺 參見「鉅細靡遺」。

4

巫山雲雨 原指古代神話傳說裡巫山神女興雲降雨的事。後多用來比喻男女歡合。

語源 戰國楚宋玉高唐賦：「昔者先王嘗遊高唐……。去而辭曰：『妾在巫山之陽，高丘之阻。旦為朝雲，暮為行雨，朝朝暮暮，陽臺之下。』」唐李白清平調：「一枝紅豔露凝香，雲雨巫山枉斷腸。」

例句 現今愛滋病泛濫，為了家人也為了自己，在享受巫山雲雨之樂時，應做好保護措施，以免後悔莫及。

近義 顛鸞倒鳳 男歡女愛

7

差強人意 原指很能振奮人心。後指大體上還能使人滿意。差，甚；殊。強，起；振奮。

語源 漢班固東觀漢記吳漢傳：「吳公差強人意，隱若一敵國矣！」宋朱熹答呂子約：「奉常差強人意，但覺亦欠子細商量。」

例句 我隊初賽的表現差強人意，還需再接再厲才能在決賽取得好成績。

反義 盡善盡美

差之毫釐，繆以千里 由於初始時的細微偏差，導致最後重大的錯誤。毫、釐，都是極小的長度單位。繆，錯誤。也作「謬」。也作「失之毫釐，差以（之）千里」。

語源 禮記經解：「易曰：『君子慎始，差若毫釐，繆以千里。』此之謂也。」史記太史公自序：「故易曰：『失之毫釐，差以千里。』」

例句 年終盤點必須詳細正確，否則差之毫釐，繆以千里，一點數據有出入可能就要重來。

己部

己飢己溺 參見「人飢己飢、人溺己溺」。

己立立人，己達達人 自己能立身處世，也要使別人能立身處世；自己求得通達，也要使別人求得通達。

語源 論語雍也：「夫仁者，己欲立而立人，己欲達而達人。」

例句 我們應該懷著「己立立人，己達達人」的精神為社會大眾服務。

近義 推己及人 兼善天下

反義 損人利己 獨善其身

己所不欲，勿施於人 自己不想要的事物，不要加在

別人的身上。

語源 論語衛靈公：「子貢問曰：『有一言而可以終身行之者乎？』子曰：『其恕乎！己所不欲，勿施於人。』」

例句 「己所不欲，勿施於人」，若能時時設身處地為他人著想，社會上將充滿祥和。

近義 推己及人　設身處地

反義 損人利己

1

巴不得 ㄅㄚ ㄅㄨˋ ㄉㄜˊ 非常迫切地期待。

語源 元關漢卿金線池第一折：「我這門戶人家，巴不得接著子弟，就是錢龍入門。」

例句 爸媽答應小華暑假帶他出國旅遊，小華好期待，巴不得明天就能放暑假。

近義 迫不及待　夢寐以求

反義 無動於中　意與闌珊

巴山夜雨 ㄅㄚ ㄕㄢ ㄧㄝˋ ㄩˇ 客居他鄉時夜雨連綿。形容異鄉孤獨落寞的情景。

語源 唐李商隱夜雨寄北：「君問歸期未有期，巴山夜雨漲秋池。何當共翦西窗燭，卻話巴山夜雨時。」

例句 巴山夜雨的心情，是每個離鄉背井的人所難以承受的。

巴蛇吞象 ㄅㄚ ㄕㄜˊ ㄊㄨㄣ ㄒㄧㄤˋ 神話中說巴蜀地區的蛇會吞下大象。比喻人心貪婪。巴蛇，產於巴蜀的大蛇。

語源 山海經海內南經：「巴蛇食象，三歲而出其骨。」

例句 公司的資金、人力有限，卻要包下這項大工程，簡直是「巴蛇吞象」，將來一定會出問題的。

近義 貪得無厭　欲壑難填

反義 知足常樂　知足無求

6

巷議街談 ㄒㄧㄤˋ ㄧˋ ㄐㄧㄝ ㄊㄢˊ 參見「街談巷議」。

巾部

巾幗英雄 ㄐㄧㄣ ㄍㄨㄛˊ ㄧㄥ ㄒㄩㄥˊ 指才識卓越、有男子氣概的婦女。巾幗，古代婦女的頭巾與髮飾，借為女子的代稱。

語源 清湘靈子軒亭冤賞花：「新世界，舊乾坤，巾幗英雄叫九閽。」

例句 國軍部隊裡的女性士官兵，也承擔著保家衛國的重責大任，稱得上是現代的「巾幗英雄」。

2

市井小民 ㄕˋ ㄐㄧㄥˇ ㄒㄧㄠˇ ㄇㄧㄣˊ 指一般的平民百姓。市井，古時人們在井邊交易貨物，故稱。

語源 宋王安石答錢公輔學士書：「況一甲科通判，苟粗知為辭賦，雖市井小人，皆可以得之，何足道哉？」

例句 參觀民俗博物館，可以見到昔日市井小民的生活縮影。

近義 平頭百姓　升斗小民

反義 達官顯要　王孫公子

市井無賴 ㄕˋ ㄐㄧㄥˇ ㄨˊ ㄌㄞˋ 街里的流氓。市井，市場。古時於井邊交易，故云。無賴，蠻橫、無恥的人。

語源 宋胡銓戊午上高宗封事：「王倫本一狎邪小人，市井無賴。」

例句 他不務正業，成天跟一些市井無賴鬼混，前途實在堪虞！

近義 地痞流氓

布衣之交 ㄅㄨˋ ㄧ ㄓ ㄐㄧㄠ ①指貧賤時所結交的朋友。也比喻患難知己的朋友。②指顯貴者所結交的沒有官職的人。布衣，平民的服裝。代稱平民。

語源 戰國策齊策三：「衛君與文布衣交，請具車馬皮幣，

己

巾

願君以此從衛君游。」史記廉頗藺相如列傳：「臣以為布衣之交尚不相欺，況大國乎！」三國志魏書夏侯尚傳裴松之注引魏書：「尚有籌畫智略，文帝器之，與為布衣之交。」

例句 ①林部長與那個小販十分熱絡，原來他們是小學同學，這種布衣之交的感情最可貴。②總統為人平實，喜歡結交朋友，不論是小吃店老闆或是計程車司機，都成為他的布衣之交。

近義 患難之交　貧賤之交

反義 酒肉朋友

布鼓雷門 ㄅㄨˋ ㄍㄨˇ ㄌㄟˊ ㄇㄣˊ 比喻在行家面前賣弄本領。布鼓，以布製成而發不出聲音的鼓。雷門，古代浙江會稽的城門，傳說設有大鼓，擊響之聲可在千里外的洛陽聽見。

語源 漢書王尊傳：「太傅在前說相鼠之詩。尊曰：『毋持布鼓過雷門！』」宋朱熹次張彥輔賞梅韻：「酒酣耳熱莫狂歌，布鼓雷門須縮手。」

例句 你這三腳貓的功夫也敢在跆拳道冠軍面前炫耀，簡直是布鼓雷門，貽笑大方。

近義 班門弄斧　關公面前耍大刀

4

希世之寶 ㄒㄧ ㄕˋ ㄓ ㄅㄠˇ 世上罕見的珍寶。

語源 三國志魏書鍾繇傳裴松之注引魏略：「猥以蒙鄙之姿，得觀希世之寶。」

例句 故宮博物院的典藏品裡有數不清的希世之寶，吸引各國的觀光客前來觀賞。

近義 奇珍異寶　無價之寶

反義 一文不值　塵飯塗羹

7

師心自用 ㄕ ㄒㄧㄣ ㄗˋ ㄩㄥˋ 以自己內心的想法為師，憑自己的主觀意圖行事。指人固執己見，自以為是。

語源 莊子人間世：「夫胡可以及化，猶師心者也。」尚書仲虺之誥：「好學則問，自用則小。」唐陸贄請數對群臣兼許令論事狀：「師心自用，肆於人上，以遂非拒諫，孰有不危者乎？」

例句 他師心自用又屢勸不聽，沒多久便將父親臨終託囑的公司弄得負債累累而倒閉。

近義 自以為是　一意孤行

師出無名 ㄕ ㄔㄨ ㄨˊ ㄇㄧㄥˊ 出兵發動戰爭卻沒有正當的名義。比喻做事沒有正當的理由。師，軍隊。名，名義。

語源 禮記檀弓下：「君王討敝邑之罪，又矜而赦之，師與，有無名乎？」

例句 ①戰爭是十分殘酷的，若是師出無名，必定會遭受世人譴責。②許多官員挪用公帑出國考察卻師出無名，難怪遭受輿論的大力抨擊。

近義 妄動干戈

反義 師出有名

師老兵疲 ㄕ ㄌㄠˇ ㄅㄧㄥ ㄆㄧˊ 軍隊長期征戰，兵士疲累，士氣低落。也泛指因長期做某件事而疲憊不堪。師，軍隊。老，衰竭。

語源 左傳僖公四年：「師老矣，若出於東方而遇敵，懼不可用也。」魏書許謙傳：「慕容無道，侵我疆埸，師老兵疲，天亡期至。」

例句 洋基隊雖然實力堅強，但打到延長賽，師老兵疲，最後還是輸了比賽。

反義 養精蓄銳　蓄勢待發

師嚴道尊 ㄕ ㄧㄢˊ ㄉㄠˋ ㄗㄨㄣ 師長受到尊敬，所傳授的道術、知識才能被尊崇。

語源 禮記學記：「凡學之道，

嚴師為難。師嚴然後道尊；道尊然後民知敬學。」

例句 這間私立學校因為管教有方，師嚴道尊，成為許多家長心目中理想的好學校。

席不暇暖 ㄒㄧˊ ㄅㄨˋ ㄒㄧㄚˊ ㄋㄨㄢˇ 座席尚未坐暖就要離開。形容工作忙碌或迫不及待，連坐定的時間也沒有。席，座席。暇，空閒。

語源 文子自然：「孔子無黔突，墨子無煖席，非以貪祿慕位，將欲事起天下之利，除萬物之害也。」漢班固答賓戲：「孔席不煖，墨突不黔。」南朝宋劉義慶世說新語德行：「武王式商容之閭，席不暇煖。」

例句 為了使大樓如期完工，他天天在工地裡監督，席不暇暖。

近義 廢寢忘食　夙興夜寐

反義 飽食終日　無所事事

席地而坐 ㄒㄧˊ ㄉㄧˋ ㄦˊ ㄗㄨㄛˋ 把地板當成座席坐下。即就地坐下。

語源 舊五代史李茂貞傳：「但御軍整眾，都無紀律，當食則造庖廚，往往席地而坐。」

例句 公園草坪上，但見民眾三三兩兩，席地而坐，享受午後悠閒的時光。

席卷天下 ㄒㄧˊ ㄐㄩㄢˇ ㄊㄧㄢ ㄒㄧㄚˋ 把天下像捲席子那樣包起來。比喻控制或占有全中國。現也可指全世界。卷，同「捲」。

語源 漢賈誼過秦論：「有席卷天下，包舉宇內，囊括四海之意，併吞八荒之心。」

例句 二十世紀的兩次世界大戰，都是由於野心家妄想席卷天下而釀成的人類浩劫。

近義 包舉宇內　囊括四海　併吞八荒

反義 太阿倒持　授人以柄

席珍待聘 ㄒㄧˊ ㄓㄣ ㄉㄞˋ ㄆㄧㄣˋ 陳列珍寶於席上，待人選用。比喻人懷才待用。

語源 禮記儒行：「儒有席上之珍以待聘。」

例句 他遠赴德國深造數年，今日學成歸國，席珍待聘，希望能對社會有所貢獻。

近義 待價而沽

8

帶罪立功 ㄉㄞˋ ㄗㄨㄟˋ ㄌㄧˋ ㄍㄨㄥ 參見「戴罪立功」。

帷薄不修 ㄨㄟˊ ㄅㄛˊ ㄅㄨˋ ㄒㄧㄡ 指家庭中男女混雜，生活淫亂。帷薄，帳幔和簾子，古代用來使內外隔離有別。

語源 漢賈誼陳政事疏：「古者大臣有……坐汙穢淫亂男女亡（無）別者，不曰汙穢，曰『帷薄不修』。」

例句 一個家庭若是帷薄不修，勢必會影響下一代的身心發展。

11

幕天席地 ㄇㄨˋ ㄊㄧㄢ ㄒㄧˊ ㄉㄧˋ 以天為帳幕，以地為臥席。比喻胸襟開闊，志氣高遠。也指在露天下活動。

語源 劉伶酒德頌：「行無轍跡，居無室廬，幕天席地，縱意所如。」西遊記第六十三回：「眾兄弟在星月光前，幕天席地，舉杯敘舊。」

例句 我們幕天席地，仰臥在草原上，在大自然的懷抱中，感受天地的遼闊。

12

幡然改圖 ㄈㄢ ㄖㄢˊ ㄍㄞˇ ㄊㄨˊ 參見「翻然改圖」。

幡然悔悟 ㄈㄢ ㄖㄢˊ ㄏㄨㄟˇ ㄨˋ 參見「翻然悔悟」。

干部

干名采譽 ㄍㄢ ㄇㄧㄥˊ ㄘㄞˇ ㄩˋ 求取美好的名譽。多指以不正當的手段求取。干、采，求；取。

語源 漢書終軍傳：「矯作威福，以從民望，干名采譽，此明聖所必加誅也。」

例句 以不正當的手段干名采譽，最終只會讓人不齒。

近義 欺世盜名　沽名釣譽

反義 淡泊名利　實至名歸

2 **平分秋色** ㄆㄧㄥˊ ㄈㄣ ㄑㄧㄡ ㄙㄜˋ 本指中秋或秋分這一天，晝夜長短平均分配。引申指雙方相等或勢均力敵。

語源 戰國楚宋玉九辯：「皇天平分四時兮，竊獨悲此凜秋。」宋李樸中秋詩：「平分秋色一輪滿，長伴雲衢千里明。」清石玉崑小五義第八十一回：「從此以後，不分什麼叫寨主，什麼叫伙計，作了買賣平分秋色。」

例句 這場冠亞軍賽，雙方實力相當，平分秋色，觀眾都看得目不轉睛。

近義 勢均力敵　旗鼓相當

反義 眾寡懸殊　相去萬里

平心而論 ㄆㄧㄥˊ ㄒㄧㄣ ㄦˊ ㄌㄨㄣˋ 公正地評論。

語源 清蒲松齡聊齋誌異司文郎：「當前踧落，固是數之不偶；平心而論，文亦未便登峰。」

例句 他雖說話尖刻，惹人討厭，但是平心而論，他講的也不是沒有一點道理。

平心靜氣 ㄆㄧㄥˊ ㄒㄧㄣ ㄐㄧㄥˋ ㄑㄧˋ 心境平和，態度冷靜。

語源 漢劉安淮南子詮言訓：「善博者不欲牟，不恐不勝，平心定意……得籌必多。」紅樓夢第七十四回：「且平心靜氣，暗暗訪察，才能得這個實在。」

例句 進入考場之後，最重要的是平心靜氣，才能把平常的實力發揮出來。

近義 心平氣和

反義 氣急敗壞　暴跳如雷

平白無故 ㄆㄧㄥˊ ㄅㄞˊ ㄨˊ ㄍㄨˋ 沒有原因；無緣無故。平白，憑空；無緣無故。

語源 清石玉崑三俠五義第五十五回：「平白無故的生出這等毒計。」

例句 又沒做錯事，平白無故地被老闆罵一頓，真是倒楣。

近義 無緣無故

反義 事出有因

平白無辜 ㄆㄧㄥˊ ㄅㄞˊ ㄨˊ ㄍㄨ 毫無牽連，清白無罪。也指毫無干係。平白，無緣無故。無辜，無罪。

語源 詩經小雅正月：「民之無辜，并其臣僕。」元關漢卿竇娥冤第二折：「不是妾訟庭上胡支對，大人也卻教我平白地說甚的？」紅樓夢第六十一回：「這樣說，你竟是平白無辜之人，拿你來頂缸的。」

例句 一個平白無辜的人，竟被他們說成十惡不赦，真是人言可畏啊！

近義 清清白白　不白之冤

反義 罪有應得　罪證確鑿

平地風波 ㄆㄧㄥˊ ㄉㄧˋ ㄈㄥ ㄅㄛ 無緣無故興起的風浪。比喻突然發生的事端或變故。平地，忽然的；無緣無故的。

語源 唐杜荀鶴將過湖南經馬當山廟因書三絕(其二)：「只怕馬當山下水，不知平地有風波。」明陸西星封神演義第八回：「豈知平地風波，生此異事，娘娘竟遭慘死。」

例句 房子將被強制徵收如平地風波，使他們家陷入愁雲慘

霧之中。

近義　飛來橫禍　無風起浪

反義　風平浪靜

平步青雲 ㄆㄧㄥˊ ㄅㄨˋ ㄑㄧㄥ ㄩㄣˊ　比喻地位順利而迅速地高升。青雲，比喻顯要的地位。

語源　史記范雎蔡澤列傳：「賈不意君能自致於青雲之上。」唐李頻自遣：「青雲道是不平地，還有平人上得時。」宋王十朋林明仲和詩復用前韻：「四場筆力媒身策，平步青雲豈待攜。」

例句　因為一次出色的表現深得長官的賞識，從此他在仕途上平步青雲。

近義　飛黃騰達　扶搖直上

反義　一落千丈　一蹶不振

平易近人 ㄆㄧㄥˊ ㄧˋ ㄐㄧㄣˋ ㄖㄣˊ　態度親切和藹，樂於接近別人。

語源　史記魯周公世家：「平易近民，民必歸之。」清唐孫華三中丞詩：「坐鎮資老成，近人總平易。」

例句　陳老師平易近人，學生都很喜歡他。

近義　和顏悅色　和藹可親

反義　盛氣凌人　咄咄逼人

平起平坐 ㄆㄧㄥˊ ㄑㄧˇ ㄆㄧㄥˊ ㄗㄨㄛˋ　彼此行平等的禮節。比喻雙方地位平等。

語源　清吳敬梓儒林外史第三回：「若是家門口這些做田的，扒糞的，不過是平頭百姓，你若是同他拱手作揖，平起平坐，這就是壞了學校規矩，連我臉上都無光了。」

例句　他的年紀雖輕，但在政壇上卻可和陳部長平起平坐。

近義　分庭抗禮　並駕齊驅

反義　望塵莫及　瞠乎其後

平淡無奇 ㄆㄧㄥˊ ㄉㄢˋ ㄨˊ ㄑㄧˊ　平平常常，沒有一點新奇。

語源　明朱國禎湧幢小品用時文：「有戴元禮一方，平平無奇。」清陳確與老友董東隱書：「聖王之教，如布帛菽粟，雖平淡無奇，自有至味。」

例句　屋裡的各式各樣的小擺飾，全是他用平淡無奇的回收材料製成的。

近義　稀鬆平常　司空見慣

反義　不同凡響　精彩萬分

平鋪直敘 ㄆㄧㄥˊ ㄆㄨ ㄓˊ ㄒㄩˋ　指文章直接鋪陳記敘，沒有曲折變化。

語源　明祁彪佳遠山堂曲品具品狐裘：「記孟嘗君事，平鋪直敘，詳略尚未得法。」

例句　這篇遊記從頭到尾平鋪直敘，像在記流水帳，看了讓人昏昏欲睡。

反義　波瀾起伏

平頭正臉 ㄆㄧㄥˊ ㄊㄡˊ ㄓㄥˋ ㄌㄧㄢˇ　形容相貌端正。

語源　紅樓夢第四十六回：「這個大老爺，真真太下作了！略平頭正臉的，他就不能放手了。」

例句　你長得平頭正臉的，為什麼還要去動整型手術呢？

近義　相貌堂堂　眉清目秀

反義　獐頭鼠目　尖嘴猴腮

平頭百姓 ㄆㄧㄥˊ ㄊㄡˊ ㄅㄞˇ ㄒㄧㄥˋ　普通的老百姓。平頭，普通；平常。

語源　清吳敬梓儒林外史第三回：「若是家門口這些做田、扒糞的，不過是平頭百姓，你若同他拱手作揖，平起平坐，這就是壞了學校規矩，連我臉上都無光了。」

例句　這幢別墅，平頭百姓是住不起的。

近義　市井小民　升斗小民

反義　達官顯宦　王孫公子

平地一聲雷 ㄆㄧㄥˊ ㄉㄧˋ ㄧˋ ㄕㄥ ㄌㄟˊ　突然響起的雷聲。比喻突

然降臨的喜事或名聲，舊多指科舉中試。平地，突然的；無緣無故的。

語源 唐韋莊喜遷鶯：「鳳銜金榜出雲來，平地一聲雷。」

例句 中華隊拿到奧運金牌的消息傳來，彷彿平地一聲雷，全國上下都欣喜若狂。

平時不燒香，臨時抱佛腳（ㄆㄧㄥˊ ㄕˊ ㄅㄨˋ ㄕㄠ ㄒㄧㄤ，ㄌㄧㄣˊ ㄕˊ ㄅㄠˋ ㄈㄛˊ ㄐㄧㄠˇ） 比喻平日不準備，緊急時才倉促應付。

例句 你就是「平時不燒香，臨時抱佛腳」，考試成績才會那麼差。

3

年方弱冠（ㄋㄧㄢˊ ㄈㄤ ㄖㄨㄛˋ ㄍㄨㄢˋ） 指男子年紀正當二十歲。方，正當；正值。冠，古代男子二十歲行冠禮，表示已成年。

語源 禮記曲禮上：「二十曰弱冠。」

例句 他年方弱冠就得了兩項國際比賽大獎，假以時日，定能成為名家。

年幼無知（ㄋㄧㄢˊ ㄧㄡˋ ㄨˊ ㄓ） 年輕不懂事。

語源 三國演義第七十八回：「朕年幼無知，惟相父斟酌行之。」

例句 許多年幼無知的中學生被吸收加入幫派，校園染黑的問題日益嚴重。

近義 少不更事　乳臭未乾

反義 老成持重　老成練達

年屆不惑（ㄋㄧㄢˊ ㄐㄧㄝˋ ㄅㄨˋ ㄏㄨㄛˋ） 已到心無迷惑的年紀。指四十歲。不惑，不迷惑。孔子自稱「四十而不惑」。

語源 論語為政：「子曰：吾十有五而志于學，三十而立，四十而不惑。」

例句 表哥年屆不惑還沒結婚，急壞了姑丈與姑媽。

年近半百（ㄋㄧㄢˊ ㄐㄧㄣˋ ㄅㄢˋ ㄅㄞˇ） 將近五十歲。

語源 清如蓮居士薛剛反唐第八十三回：「某年近半百，未有子息。」

例句 他年近半百慘遭裁員，面對未來一片茫然，不知如何是好。

近義 知命之年

年高德劭（ㄋㄧㄢˊ ㄍㄠ ㄉㄜˊ ㄕㄠˋ） 年紀大而品德好。劭，美好。

語源 漢揚雄法言孝至：「年彌高而德彌邵者，是孔子之徒歟！」

例句 吳老先生年高德劭，鄉人之間發生了衝突，都請他排解。

近義 德高望重　齒德俱尊

年深日久（ㄋㄧㄢˊ ㄕㄣ ㄖˋ ㄐㄧㄡˇ） 形容經過了很長的時間。

語源 西遊記第五十六回：「自別了長安，年深日久，就有些盤纏也使盡了。」

例句 癮君子一菸在手享受吞雲吐霧之樂，但年深日久，等到健康受損只怕為時已晚。

近義 經年累月　長年累月

反義 彈指之間　轉瞬之間

年富力強（ㄋㄧㄢˊ ㄈㄨˋ ㄌㄧˋ ㄑㄧㄤˊ） 年紀輕，精力旺盛。年富，指未來的年歲還很多。

語源 宋朱熹論語集注子罕：「孔子言後生年富力強，足以積學而有待。」

例句 他想趁著年富力強之際，努力創造一番屬於自己的事業，所以毅然放棄這份高薪的工作。

近義 年輕力壯　春秋鼎盛

反義 老態龍鍾　年老力衰

年復一年（ㄋㄧㄢˊ ㄈㄨˋ ㄧˋ ㄋㄧㄢˊ） 一年又一年。形容長時間。復，又。

例句 小明從小就立志成為作

干

家，因此勤練文筆，勇於投稿，年復一年，如今已小有名氣。

近義 經年累月　積年累月

反義 彈指之間　轉瞬之間

年華老去 ㄋㄧㄢˊ ㄏㄨㄚˊ ㄌㄠˇ ㄑㄩˋ 年老了；年紀大了。年華，年紀；年歲。

語源 明淩濛初初刻拍案驚奇卷二〇：「今年華已去，子息杳然，為此不覺傷感。」

例句 女明星最怕年華老去，美麗不再；殊不知內在的美，才可長可久，永不褪色。

近義 人老珠黃　七老八十

反義 年輕力壯　豆蔻年華

年逾古稀 ㄋㄧㄢˊ ㄩˊ ㄍㄨˇ ㄒㄧ 年紀超過七十歲。逾，超越。古稀，指七十歲。

語源 唐杜甫曲江：「酒債尋常隨處有，人生七十古來稀。」

例句 王老先生平日注重養生，雖已年逾古稀，身體依然硬朗，不輸年輕小伙子。

近義 古稀之年

反義 二八年華　春秋鼎盛

年逾花甲 ㄋㄧㄢˊ ㄩˊ ㄏㄨㄚ ㄐㄧㄚˇ 年紀超過六十歲。逾，越過；超過。花甲，指六十歲。參見「花甲之年」。

語源 清李雨堂萬花樓演義第四回：「臣年逾花甲，精力已衰，恐難勝任。」

例句 李伯伯年逾花甲還滿頭黑髮，確實養生有道。

近義 年近花甲　花甲之年

反義 年輕力壯　年富力強

年輕力壯 ㄋㄧㄢˊ ㄑㄧㄥ ㄌㄧˋ ㄓㄨㄤˋ 形容人年輕且身體強壯。

語源 紅樓夢第七十一回：「老太太也太想的到。實在我們年輕力壯的人，綑上十個也趕不上。」

例句 他仗著年輕力壯，時常徹夜狂歡，以致健康亮起了紅燈。

近義 年富力強　春秋鼎盛

反義 年老力衰　未老先衰

年輕氣盛 ㄋㄧㄢˊ ㄑㄧㄥ ㄑㄧˋ ㄕㄥˋ 年紀輕，血氣正盛，容易衝動。

例句 他剛畢業就活躍於職場，不免年輕氣盛，得罪人還不自知。

近義 血氣方剛　血氣之勇

反義 老成持重　老成練達

年輕貌美 ㄋㄧㄢˊ ㄑㄧㄥ ㄇㄠˋ ㄇㄟˇ 年紀輕又長得漂亮。

語源 清錢彩說岳全傳第六十六回：「朱致見他年輕貌美，便吩咐道：『李氏、洪氏……等，俱在外面安插。鞏氏著他進衙伏侍我老爺。』」

例句 啦啦隊員個個年輕貌美，朝氣蓬勃，整齊劃一的動作，吸引全場的目光。

近義 亭亭玉立　如花似玉

并日而食 ㄅㄧㄥˋ ㄖˋ ㄦˊ ㄕˊ 兩天只吃一天份的糧食。形容非常窮苦。

語源 禮記儒行：「易衣而出，并日而食。」

例句 張伯伯年少時，家境困苦，并日而食，卻仍不放棄任何自學求知的機會。

近義 三餐不繼　三旬九食

反義 食前方丈　錦衣玉食

5

幸災樂禍 ㄒㄧㄥˋ ㄗㄞ ㄌㄜˋ ㄏㄨㄛˋ 高興他人遭遇災禍。幸，慶幸。

語源 北齊顏之推顏氏家訓誡兵：「若居承平之世，睥睨宮闈，幸災樂禍，首為逆亂，……此皆陷身滅族之本也。」

例句 你身為兄長，看見弟弟被人欺侮，怎麼可以不挺身護衛，反而幸災樂禍呢？

近義 見死不救　隔岸觀火

反義 扶危濟困　感同身受

干

广 部

5

庖丁解牛

比喻技術純熟精湛或做事爽快俐落。庖丁，梁惠王時善於宰牛的廚師。

語源　莊子養生主記載：庖丁為文惠君宰殺牛隻，肢體動作十分優美，令文惠君讚歎不已。庖丁乃藉宰牛為喻闡述養生的道理。

例句　這套電腦遊戲十分複雜，很難過關。可是一到他手上，竟然像庖丁解牛般，三兩下就破解了，真是神奇。

近義　得心應手　遊刃有餘

反義　笨手笨腳

6

度日如年

過一天如同過一年。形容心中焦急或處境困窘，日子難過。

語源　宋柳永中呂調戚氏：「孤館度日如年。風露漸變，悄悄至更闌。」

例句　張伯伯經商失敗後欠了大筆債務，債主天天催逼，令他度日如年。

近義　一日三秋　苦不堪言

反義　樂在其中　渾然忘我

度長絜大

比較長短大小。形容相互較量。絜，衡量；審度。

語源　漢賈誼過秦論：「試使山東之國，與陳涉度長絜大，比權量力，則不可同年而語矣。」

辨析　絜，音ㄒㄧㄝˊ，不讀ㄐㄧㄝ。

例句　李老先生財力雄厚，但若與張先生度長絜大，可就略遜一籌了。

近義　一較高下　比權量力

7

座無虛席

座位沒有空著的。形容聽眾、觀眾或賓客很多。

語源　晉書王渾傳：「渾撫循羈旅，虛懷綏納，座無虛席，門不停賓。」

辨析　座，不可寫作「坐」。

例句　這家餐廳口碑很好，每到用餐時間，總是座無虛席。

近義　高朋滿座　賓客盈門

反義　門可羅雀　門無蹄轍

8

康莊大道

①指寬闊平坦的道路。②比喻光明的道路。原作「康莊之衢」。

語源　史記孟子荀卿列傳：「皆命曰列大夫，為開第康莊之衢。」

例句　①臺北市內康莊大道縱橫交錯，交通四通八達。②只要你肯刻苦努力，未來的人生將是一條康莊大道。

近義　四通八達　陽關大道

反義　羊腸小徑

庸人自擾

指原本無事卻自尋煩惱。庸，常。

語源　新唐書陸象先傳：「天下本無事，庸人擾之為煩耳。」

例句　根本沒有人懷疑是你，不要再庸人自擾了。

近義　自尋煩惱　杞人憂天

反義　無憂無慮　自得其樂

庸庸碌碌

形容才識平凡無奇，沒有作為。庸庸，平常。碌碌，無能的樣子。

語源　漢王充論衡答佞：「庸庸之主，無高材之人也。」史記酷吏列傳：「九卿碌碌奉其官，救過不贍，何暇論繩墨之外乎！」明夏良勝中庸衍義卷一五：「但庸庸碌碌，充位而已。」

例句　人如果沒有明確的奮鬥目標和持之以恆的態度，很容易一輩子就庸庸碌碌、平平凡

凡地過去了！

近義 平庸無能 碌碌無能

反義 出類拔萃 卓爾不群

9

廊廟之才 ㄌㄤˊ ㄇㄧㄠˋ ㄓ ㄘㄞˊ 原指能建築廊廟的巨大木材，後比喻能擔負國家重責大任者。廊廟，廊是宮殿四周的走廊，廟是太廟，後借代為朝廷。也作「廊廟之器」。

語源 慎子君人：「廊廟之材，非一木之枝。」唐白居易雪中晏起偶詠所懷雜言：「上無皋陶伯益廊廟材，既不能匡君輔國活生民。」

例句 他的學識豐厚，才貌出眾，是國家不可多得的廊廟之才。

近義 廟堂之器 國家棟梁

反義 凡夫俗子 平庸之輩

10

廉貪立懦 ㄌㄧㄢˊ ㄊㄢ ㄌㄧˋ ㄋㄨㄛˋ 使貪婪的人廉潔，使懦弱的人意志堅強。形容感化力量強大。也作「頑廉懦立」、「廉頑立懦」。

語源 孟子萬章下：「故聞伯夷之風者，頑夫廉，懦夫有立志。」宋樓鑰見一堂集序：「一覽此編，赫赫若前日事，真足以廉貪立懦也。」

例句 在上位者是人民的表率，若能以身作則，則能廉貪立懦，收到事半功倍的效果。

近義 振聾發聵 桃李不言，下自成蹊

12

廟堂之器 ㄇㄧㄠˋ ㄊㄤˊ ㄓ ㄑㄧˋ 能擔負國家大事的人才。廟堂，指朝廷。器，器識才幹，指人才。

語源 唐李白贈華州王司士：「知君先負廟堂器，今日還須贈寶刀。」明劉基賣柑者言：「峨大冠，拖長紳者，昂昂乎廟堂之器也。」

例句 這孩子氣宇軒昂，談吐不凡，將來必是廟堂之器，應該好好地栽培他。

近義 將相之材 棟梁之材

反義 平庸之輩 碌碌無能

廢寢忘食 ㄈㄟˋ ㄑㄧㄣˇ ㄨㄤˋ ㄕˊ 既不睡覺，又忘了吃飯。形容做事非常專心。

語源 北齊顏之推顏氏家訓勉學：「廢寢忘食，以夜繼朝。」

例句 為了研發新產品，他每天廢寢忘食地工作。

近義 夜以繼日 焚膏繼晷

反義 飽食終日 無所用心

廣受好評 ㄍㄨㄤˇ ㄕㄡˋ ㄏㄠˇ ㄆㄧㄥˊ 參見「備受好評」。

廣納善言 ㄍㄨㄤˇ ㄋㄚˋ ㄕㄢˋ ㄧㄢˊ 廣泛地採納意見。

語源 三國蜀諸葛亮出師表：「開張聖聽，諮諏善道，察納雅言。」

例句 他謙虛誠懇，能廣納善言，你大可直接向他反應。

近義 廣開言路 博採眾議

反義 一意孤行 閉目塞聽

廣結善緣 ㄍㄨㄤˇ ㄐㄧㄝˊ ㄕㄢˋ ㄩㄢˊ 指多幫助別人，以與人建立良好關係或創造好的機緣。也作「廣結良緣」。

語源 金瓶梅第五十七回：「你又發起善念，廣結良緣，豈不是俺一家兒的福份？」

例句 出門在外，不但要避免與人結仇，更要廣結善緣，才能無往不利。

近義 善與人交 以德報怨

反義 市怨結禍 反目成仇

廣開言路 ㄍㄨㄤˇ ㄎㄞ ㄧㄢˊ ㄌㄨˋ 廣泛地開放管道，讓人表達意見。

語源 漢書劉輔傳：「臣聞明王垂寬容之聽，崇諫爭之官，廣開忠直之路，不罪狂狷之言。」宋包拯論臺官言事：「伏

自陛下臨御以來，將三十載遵守先訓，廣開言路，虛懷以待，犯顏必容。」

例句 為了了解民情，以確立施政方針，政府必須廣開言路，聽取建言。

近義 廣納善言 博採眾議

反義 一意孤行 閉目塞聽

16

廬山真面目 ㄌㄨˊ ㄕㄢ ㄓㄣ ㄇㄧㄢˋ ㄇㄨˋ 比喻事物的真相或人的本來面目。廬山，中國的名山，位於江西省九江市南。

語源 宋蘇軾題西林壁：「橫看成嶺側成峰，遠近高低各不同。不識廬山真面目，只緣身在此山中。」

例句 大家蜂湧而至，只為了一睹大明星的廬山真面目。

龐然大物 ㄆㄤˊ ㄖㄢˊ ㄉㄚˋ ㄨˋ 非常龐大的東西。

語源 唐柳宗元黔之驢：「黔無驢，有好事者船載以入。至則無可用，放之山下，虎見之，龐然大物也，以為神，蔽林間窺之。」

例句 在暗夜中，他只見龐然大物迎面而來，還來不及看清楚是什麼，嚇得拔腿就跑。

近義 碩大無朋

反義 嬌小玲瓏

廴部

5

延年益壽 ㄧㄢˊ ㄋㄧㄢˊ ㄧˋ ㄕㄡˋ 延長壽命，增加歲數。延，延長。益，增加。

語源 戰國楚宋玉高唐賦：「九竅通鬱，精神察滯，延年益壽千萬歲。」

例句 聽說經常食用富含膠原蛋白的食物可以養顏美容，延年益壽，不知是真是假？

近義 海屋添籌

反義 天不假年

延頸企踵 ㄧㄢˊ ㄐㄧㄥˇ ㄑㄧˋ ㄓㄨㄥˇ 伸長脖子，踮起腳跟。形容殷切盼望的樣子。延，伸長。企踵，踮起腳跟。也作「延頸舉踵」。

語源 漢書蕭望之傳：「是以天下之士延頸企踵，爭願自效，以輔高明。」

例句 每次爸媽帶我們回外婆家，車子一到路口，便看見外婆延頸企踵，倚在大門等候。

近義 引領而望 望眼欲穿

6

建功立業 ㄐㄧㄢˋ ㄍㄨㄥ ㄌㄧˋ ㄧㄝˋ 建立功勳、事業。

語源 水滸傳第六十八回：「他時歸順朝庭，建功立業，官爵升遷，能使弟兄盡生光彩。」

例句 想要建功立業，就該趁年輕時努力不懈，不要等到年華老去才後悔莫及。

近義 功成名就 豐功偉績

廾部

4

弄巧成拙 ㄋㄨㄥˋ ㄑㄧㄠˇ ㄔㄥˊ ㄓㄨㄛˊ 本來想取巧，反而壞了事。

語源 宋釋普濟五燈會元江西馬祖道一禪師：「師歸方丈，居士隨後。曰：『適來弄巧成拙。』」

例句 這支廣告花大錢請來漂亮的模特兒代言，沒想到弄巧成拙，大家只記得美女，對產品一點印象都沒有。

近義 畫蛇添足 畫虎類犬

反義 恰到好處 恰如其分

弄瓦之喜 ㄋㄨㄥˋ ㄨㄚˇ ㄓ ㄒㄧˇ 參見「弄瓦徵祥」。

弄瓦徵祥 ㄋㄨㄥˋ ㄨㄚˇ ㄓㄥ ㄒㄧㄤˊ 祝賀人家生女孩的吉祥話。弄瓦，古人把瓦(紡錘)給女孩子玩，希望她將來勝任女工。後借指生女孩。徵，預兆。也作「弄

瓦之喜」。

語源 詩經小雅斯干：「乃生女子，載寢之地，載衣之裼，載弄之瓦。」

例句 王太太日前產下一女，弄瓦徵祥，令夫妻倆十分歡喜。

近義 明珠入抱

反義 弄璋之喜　熊羆入夢

弄假成真 ㄋㄨㄥˋ ㄐㄧㄚˇ ㄔㄥˊ ㄓㄣ　原是假意去做，結果竟成為事實。

語源 宋邵雍弄筆吟：「弄假像真終是假，將勤補拙總輸勤。」元無名氏隔江鬥智第二折：「那一個掌親的，怎知道弄假成真？」

例句 他們夫妻兩個為了逃稅，辦假離婚，結果弄假成真，最後竟真的分手了。

近義 假戲真做

弄虛作假 ㄋㄨㄥˋ ㄒㄩ ㄗㄨㄛˋ ㄐㄧㄚˇ　以虛假不實的事物來欺騙他人。

例句 那個騙子弄虛作假，在網路上販賣黑心商品，很多人都因此受害。

近義 裝神弄鬼　故弄玄虛

反義 貨真價實　真材實料

弄璋之喜 ㄋㄨㄥˋ ㄓㄤ ㄓ ㄒㄧˇ　祝賀人家生男孩的吉祥話。弄璋，古人把璋(玉器)給男孩子玩，希望他將來有玉一般的品德。

語源 詩經小雅斯干：「乃生男子，載寢之床，載衣之裳，載弄之璋。」

例句 他們結婚多年終於如願以償產下一子，弄璋之喜，值得慶賀。

近義 熊羆入夢　喜獲麟兒

反義 弄瓦之喜　明珠入抱

11

弊絕風清 ㄅㄧˋ ㄐㄩㄝˊ ㄈㄥ ㄑㄧㄥ　各種弊病絕跡，社會風氣清明。也作「風清弊絕」。

語源 宋周敦頤拙賦：「嗚呼！天下拙，刑政徹，上安下順，風清弊絕。」清吳趼人二十年目睹之怪現狀第六十三回：「單立出這些名目來，自以為弊絕風清，中間卻不知受了多少蒙蔽。」

例句 政府大力進行政治改革，期望弊絕風清，讓人民生活安樂。

近義 百廢俱興　安和樂利

反義 百弊叢生　世風日下

弓部

1

弔民伐罪 ㄉㄧㄠˋ ㄇㄧㄣˊ ㄈㄚˊ ㄗㄨㄟˋ　征討有罪之人，以撫慰百姓。弔，慰問。

語源 孟子梁惠王下：「誅其君而弔其民，若時雨降。」周禮夏官大司馬：「及師，大合軍，以行禁令，以救無辜，伐有罪。」三國魏曹叡櫂歌行：「伐罪以弔民，清我東南疆。」

例句 叛軍打著「弔民伐罪」的名號，卻行奪權之實，他們的行動是得不到人民支持的。

近義 除暴安良　為民請命

反義 助紂為虐　為虎作倀

引人入勝 ㄧㄣˇ ㄖㄣˊ ㄖㄨˋ ㄕㄥˋ　引人進入美妙的境地。多指風景名勝或詩文非常吸引人。勝，勝地；美妙的境地。

語源 晉郭澄之郭子：「三日不飲酒，覺形神不復相親，酒自引人入勝地耳。」清夏敬渠野叟曝言第一二〇回總評：「如桃花流水，引人入勝，當澄心靜氣讀之。」

例句 ①阿里山櫻花盛開，美景引人入勝，想不想結伴一遊呢？②這部長篇小說情節生動，引人入勝，叫人一看就欲罷不能。

近義 流連忘返

引人非議 ㄧㄣˇ ㄖㄣˊ ㄈㄟ ㄧˋ 引發他人的批評和指責。

例句 市議員假借出國考察之名，行觀光旅遊之實的行徑，引人非議。

近義 落人口實 議論紛紛

反義 交口稱譽 備受好評

引人側目 ㄧㄣˇ ㄖㄣˊ ㄘㄜˋ ㄇㄨˋ 引來他人的斜視。多指行為怪異、罕見。側目，斜眼看人；想看又不敢正視。

例句 那對情侶在車廂內的親密舉動引人側目，他們卻依然若無其事，我行我素。

引人遐思 ㄧㄣˇ ㄖㄣˊ ㄒㄧㄚˊ ㄙ 使人產生幻想。遐思，超越現實的思索想像；胡思亂想。遐，遠。

例句 路口那幅巨型廣告，穿著清涼的美女姿態撩人，因為怕引人遐思，幾天後便被撤掉了。

近義 想入非非 胡思亂想

引人矚目 ㄧㄣˇ ㄖㄣˊ ㄓㄨˇ ㄇㄨˋ 參見「令人矚目」。

引火燒身 ㄧㄣˇ ㄏㄨㄛˇ ㄕㄠ ㄕㄣ 參見「惹火燒身」。

引以自豪 ㄧㄣˇ ㄧˇ ㄗˋ ㄏㄠˊ 以所取得的成就而感到榮耀。也作「引以為豪」。

例句 擔仔麵是臺南人引以自豪的地方美食，來到臺南，可千萬別錯過喔！

近義 引以為傲 引以為榮

反義 羞愧無地 無地自容

引以為戒 ㄧㄣˇ ㄧˇ ㄨㄟˊ ㄐㄧㄝˋ 以過去失敗或錯誤的事例作為鑑戒和教訓，避免再犯。戒，警戒；鑑戒。也作「引以為鑑」。

語源 清錢大昕十駕齋養新錄卷一二：「好古之士，當引以為戒。」

例句 去年鳳梨因生產過剩而價格暴跌的慘痛教訓，果農應該引以為戒，別再一窩蜂搶種了。

近義 殷鑑不遠 前車之鑑

反義 執迷不悟 重蹈覆轍

引以為傲 ㄧㄣˇ ㄧˇ ㄨㄟˊ ㄠˋ 以某人或某事物而感到驕傲。

例句 全民健保是臺灣最引以為傲的公共政策，許多國家都曾來取經。

近義 引以為榮 引以自豪

反義 羞愧無地 無地自容

引以為榮 ㄧㄣˇ ㄧˇ ㄨㄟˊ ㄖㄨㄥˊ 以此而感到光榮。

語源 常傑淼雍正劍俠圖第四回：「交你這個兄弟，我引以為榮。」

例句 鄉裡出了一位奧運金牌選手，鄉民都引以為榮。

近義 引以為傲 引以自豪

反義 羞愧無地 臉上無光

引吭高歌 ㄧㄣˇ ㄏㄤˊ ㄍㄠ ㄍㄜ 張開喉嚨，高聲唱歌。吭，咽喉。

語源 漢傅毅舞賦：「動朱脣，紆清揚，亢音高歌，為樂之方。」宋呂希純朱氏園：「殷勤更謝華亭鶴，引吭高聲送我歸。」

例句 她喜歡在浴室裡邊洗澡邊引吭高歌，自得其樂。

引咎自責 ㄧㄣˇ ㄐㄧㄡˋ ㄗˋ ㄗㄜˊ 承認過錯並自我責備。咎，過錯。

語源 晉書庾亮傳：「亮甚懼，及見侃，引咎自責，風止可觀。」

例句 偽卡集團偽造信用卡盜刷的案件頻傳，主管機關應該引咎自責，加強防範措施。

反義 推諉塞責 推卸責任

引狼入室 ㄧㄣˇ ㄌㄤˊ ㄖㄨˋ ㄕˋ 把狼引進室內。比喻自招禍患。

語源 元賈仲名荊楚臣重對玉梳記第二折：「若是娶的我去

家中過，便是引得狼來屋裡窩。」清蒲松齡聊齋誌異黎氏：「再娶者，皆引狼入室耳，況將於野合逃竄中求賢婦哉！」

例句 你沒有調查清楚他的底細就委以重任，小心「引狼入室」啊！

近義 養虎遺患 開門揖盜

引商刻羽（ㄧㄣˇ ㄕㄤ ㄎㄜˋ ㄩˇ） 有時拉高音調為商音，有時降低音調為羽音。指音樂的曲調變化合於音律，演奏的造詣極深。商、羽，皆五音之一。引，伸長。刻，限定。

語源 戰國楚宋玉對楚王問：「引商刻羽，雜以流徵，國中屬而和者，不過數人而已。」

例句 他的鋼琴獨奏引商刻羽，技巧精湛，全場來賓聽得如痴如醉。

反義 五音不全

引蛇出洞（ㄧㄣˇ ㄕㄜˊ ㄔㄨ ㄉㄨㄥˋ） 比喻引誘躲在暗處的對手出來行動，暴露行蹤。

例句 警方放出假消息引蛇出洞，將那幫詐騙集團的所有成員一網打盡。

反義 打草驚蛇

引喻失義（ㄧㄣˇ ㄩˋ ㄕ ㄧˋ） 引用的事例不恰當。

語源 三國蜀諸葛亮出師表：「不宜妄自菲薄，引喻失義，以塞忠諫之路也。」

例句 這本書上的例證往往引喻失義，看了令人啼笑皆非。

反義 引經據典 真憑實據

引經據典（ㄧㄣˇ ㄐㄧㄥ ㄐㄩˋ ㄉㄧㄢˇ） 引用經籍、典故作為論證的依據。

語源 後漢書荀爽傳：「引據大義，正之經典。」清李汝珍鏡花緣第九十二回：「吃到這些臭東西，還要替他考正，你也忒愛引經據典了。」

例句 王教授上課時總會引經據典，一一論證各項觀點，十分令人信服。

近義 旁徵博引 言必有據

反義 無稽之談 羌無故實

引領而望（ㄧㄣˇ ㄌㄧㄥˇ ㄦˊ ㄨㄤˋ） 伸長脖子看望。形容殷切期盼。引，伸長；延長。領，頸部。也作「引頸翹望」。

語源 孟子梁惠王上：「如有不嗜殺人者，則天下之民，皆引領而望之矣。」

例句 他在孤兒院裡日日引領而望，期盼自己的父母會突然出現。

近義 望眼欲穿 延頸企踵

引領風潮（ㄧㄣˇ ㄌㄧㄥˇ ㄈㄥ ㄔㄠˊ） 帶領風氣的流行。引領，帶領。風潮，風向與潮汐。比喻一時轟動喧騰的事物。

例句 她設計的時裝總能推陳出新，引領風潮，在時尚界享有盛名。

近義 風行一時 獨領風騷

反義 步人後塵 亦步亦趨

引頸期盼（ㄧㄣˇ ㄐㄧㄥˇ ㄑㄧˊ ㄆㄢˋ） 伸長脖子遠望期待。形容殷切期盼。

語源 新唐書李渤傳：「朝廷士引頸東望，若景星、鳳鳥始見，爭先睹之為快。」

例句 臺語歌壇天后多年沒有發片，歌迷們莫不引頸期盼她早日推出新專輯。

近義 翹首盼望 延頸企踵

5

弦外之音（ㄒㄧㄢˊ ㄨㄞˋ ㄓ ㄧㄣ） 琴弦的餘音。比喻言外之意。

語源 後漢書自序：「其中體趣，言之不盡，弦外之意，虛響之音，不知所從而來。」清袁枚隨園詩話卷八：「如作近體短章，不是半吞半吐，超超元箸，斷不能得弦外之音，甘

餘之味。」

【例句】他的這一番話聽起來很有弦外之音，似乎在暗示我什麼，我得好好想一想。

【近義】言外之意　話中有話

弦歌不輟 ㄒㄧㄢˊ ㄍㄜ ㄅㄨˋ ㄔㄨㄛˋ　音樂和歌聲不斷。形容文教風氣極盛或人講誦不停。

【語源】莊子秋水：「孔子遊於匡，宋人圍之數帀，而弦歌不輟。」

【例句】經過政府大力提倡，城市裡處處弦歌不輟，市民的生活品質也隨之提升了。

【近義】文風鼎盛

7

弱不禁風 ㄖㄨㄛˋ ㄅㄨˋ ㄐㄧㄣ ㄈㄥ　身體瘦弱，承受不住風吹。形容削瘦纖弱的樣子。禁，經受；承受。

【語源】隋書柳機傳：「柳條通體弱，獨搖不須風。」宋陸游六月二十四日夜分夢范致能：「白菡萏香初過雨，紅蜻蜓弱不禁風。」

【例句】她因為營養不良又缺乏運動，所以看起來一副弱不禁風的樣子。

【近義】弱不勝衣　蒲柳之姿

【反義】身強力壯　孔武有力

弱肉強食 ㄖㄨㄛˋ ㄖㄡˋ ㄑㄧㄤˊ ㄕˊ　動物界中弱者是強者的食物。比喻弱者被強者欺凌、併吞。

【語源】唐韓愈送浮屠文暢師序：「弱之肉，彊之食。」明劉基秦女休行：「有生不幸遭亂世，弱肉強食官無誅。」

【例句】弱肉強食是動物生存的法則，但人類的社會應該是互助合作的。

【近義】恃強凌弱　優勝劣敗

【反義】興滅繼絕　鋤強扶弱

8

張口結舌 ㄓㄤ ㄎㄡˇ ㄐㄧㄝˊ ㄕㄜˊ　張著嘴巴說不出話來。形容理屈而無言對答或緊張驚嚇而語塞。

【語源】清西周生醒世姻緣傳第八十五回：「辨得總督張口結舌，回不上話來。」

【例句】在大家的質問下，他張口結舌，窘得說不出話來。

【近義】瞠目結舌　目瞪口呆

【反義】口若懸河　滔滔不絕

張牙舞爪 ㄓㄤ ㄧㄚˊ ㄨˇ ㄓㄠˇ　張口露牙，揮動手爪。原形容野獸露出可怕的姿態。後多用以比喻姿態兇惡猖狂。

【語源】三國魏曹植七啟：「哮闞之獸，張牙奮鬣。」唐敦煌變文集三附錄新編小兒難孔子：「魚生三日游於江湖，龍生三日張牙舞爪。」

【例句】他罵起人來，一副張牙舞爪的樣子，讓人生厭。

【近義】青面獠牙　面目猙獰

【反義】慈眉善目

張冠李戴 ㄓㄤ ㄍㄨㄢ ㄌㄧˇ ㄉㄞˋ　張三的帽子戴在李四頭上。比喻混淆不清，弄錯對象。

【語源】明田藝蘅留青日札二二張公帽賦：「諺云：『張公帽掇在李公頭上。』有人作賦云：『物各有主，貌貴相宜；竊張公之帽也，假李老以戴之。』」

【例句】寫作報告時如果要引經據典，一定要查明清楚，不要張冠李戴。

【近義】指鹿為馬

【反義】名副其實

張燈結彩 ㄓㄤ ㄉㄥ ㄐㄧㄝˊ ㄘㄞˇ　點掛燈火，結掛彩帶。形容喜慶、節日的熱鬧場面。

【語源】三國演義第六十九回：「告諭城內居民，盡張燈結彩，慶賞佳節。」

【例句】每到元宵佳節，各地都會舉辦燈會活動，到處張燈結

彩，好不熱鬧。

近義 鑼鼓喧天

張家長，李家短 指談論鄰里之間的瑣碎雜事。

語源 水滸傳第二十回：「正在那裏張家長，李家短，說白道綠。」

例句 王媽媽喜歡串門子，每次一來總是張家長，李家短，有聊不完的話題。

近義 說長道短　說三道四

張公吃酒李公醉 ①比喻一方取得實益，一方卻徒負虛名。②比喻代人受過或累及無辜。

語源 唐張鷟朝野僉載卷一：「天后時，謠言曰：『張公喫酒李公醉。』張公者，斥易之兄弟也；李公者，言李氏大盛也。」

例句 ①他得了便宜卻不吭聲，害得我徒擔虛名，真是張公吃酒李公醉。②他的合夥人捲款潛逃，結果是張公吃酒李公醉，害他必須負起責任。

近義 李代桃僵

強人所難 勉強、逼迫別人做不願做或做不到的事。強，勉強。

語源 漢崔寔政論：「不強人以不能，背急切而慕所聞也。」唐白居易贈友五首（其三）：「不求土所無，不強人所難。」

辨析 強，作「勉強」解時，音ㄑㄧㄤˇ，不讀ㄑㄧㄤˊ。

例句 要他一夕之間籌出五百萬，簡直比登天還難，你不要強人所難了。

近義 趕鴨子上架

反義 心甘情願　己所不欲，勿施於人

強作解人 指不明瞭而妄加議論。

語源 清賀裳載酒園詩話野客叢談：「此言深得詩人之致，前說小兒強作解人耳。」

例句 研討會上對於自己不熟悉的議題，不可強作解人，以免自暴其短。

近義 信口雌黃　強不知以為知

反義 知之為知之，不知為不知

強弩之末 機械發射強勁的箭，到最後已經氣衰力竭，沒有威勢了。比喻原來很強但快要用盡的微弱力量。強，原作「彊」。力道強勁。弩，用機械發射的弓。

語源 史記韓長孺列傳：「彊弩之極，矢不能穿魯縞。」漢書韓安國傳：「彊弩之末，力不能入魯縞。」

例句 他表面看起來氣勢如虹，其實已是強弩之末，起不了任何作用。

近義 外強中乾

反義 勢不可當　所向披靡

強迫中獎 不管當事人意願，硬要給獎。比喻逼迫接受。

例句 入園參觀的門票竟然包含五百元的餐飲費，這種強迫中獎的推銷方式，讓遊客很反感。

近義 強人所難　趕鴨子上架

反義 心甘情願　毛遂自薦

強渡關山 強行通過層層關口和高山。比喻不畏任何阻力或挑戰，務求付諸行動，達到目的。關山，有重兵駐守的關隘和重重高山。

語源 北朝佚名木蘭詩：「萬里赴戎機，關山度若飛。」

例句 在野黨議員誓死反對，執政黨想要強渡關山，倚仗席次過半強行通過這項法案，恐

怕沒那麼容易。

近義 一往無前　一意孤行

反義 知難而退　打退堂鼓

強詞奪理（ㄑㄧㄤˇ ㄘˊ ㄉㄨㄛˊ ㄌㄧˇ） 形容沒有道理，卻仍強加辯說。

語源 唐神清北山錄三合霸王：「皓強詞昧理，取會不及已。」三國演義第四十三回：「孔明所言，皆強詞奪理，均非正論，不必再言。」

例句 他這一番強詞奪理的言辭，無法使大家信服。

近義 一口咬定　蠻不講理

反義 義正辭嚴　理直氣壯

強顏歡笑（ㄑㄧㄤˇ ㄧㄢˊ ㄏㄨㄢ ㄒㄧㄠˋ） 勉強裝出愉快的樣子。

語源 清蒲松齡聊齋誌異邵九娘：「(妻)見柴曰：『汝狡兔三窟，何歸為？』柴俛不對。女肘之，柴始強顏為笑。」

例句 她怕大家為她擔心，因此強顏歡笑。

強中自有強中手（ㄑㄧㄤˊ ㄓㄨㄥ ㄗˋ ㄧㄡˇ ㄑㄧㄤˊ ㄓㄨㄥ ㄕㄡˇ） 本領再強，還有更高明的人。比喻智慧或技能永無止境。常用於勸人不可自滿、驕傲。也作「強中更有強中手」。

語源 宋釋法應禪宗頌古聯珠通集池州南泉普願禪師：「鴛鴦繡出世無雙，好手元來更有強。」元無名氏桃花女破法嫁周公第二折：「強中更有強中手，惡人終被惡人磨。」

例句 不要以為在縣運中拿到了金牌就很了不起了，要知道強中自有強中手，若不繼續苦練，可能連全運會決賽的資格都拿不到。

近義 人外有人　天外有天

強將手下無弱兵（ㄑㄧㄤˊ ㄐㄧㄤˋ ㄕㄡˇ ㄒㄧㄚˋ ㄨˊ ㄖㄨㄛˋ ㄅㄧㄥ） 比喻有能力的領導者底下不會有無能的部屬。

語源 宋周遵道豹隱紀談引粟齋詩話：「死人身邊有活鬼，強將手下無弱兵。」

例句 強將手下無弱兵，周教練訓練出來的球員，個個都是身手矯捷的神射手。

近義 名師出高徒　虎父無犬子

強龍不壓地頭蛇（ㄑㄧㄤˊ ㄌㄨㄥˊ ㄅㄨˋ ㄧㄚ ㄉㄧˋ ㄊㄡˊ ㄕㄜˊ） 比喻外來的強者由於人地生疏而無法與本地的舊有勢力較量。

語源 西遊記第四十五回：「你也忒自重了，更不讓我遠鄉之僧。也罷，這正是『強龍不壓地頭蛇』。」

例句 出門在外，千萬別仗著人高馬大就四處為人打抱不平，所謂「強龍不壓地頭蛇」，一切要以安全為上。

12

彈丸之地（ㄉㄢˋ ㄨㄢˊ ㄓ ㄉㄧˋ） 比喻地方極小。彈丸，彈弓用的丸子。

語源 戰國策趙策三：「誠知秦力之不至，此彈丸之地，猶不予也。」

例句 別小看這彈丸之地，地價可是全市之冠呢！

近義 立錐之地　蕞爾之地

反義 曠野千里

彈指之間（ㄊㄢˊ ㄓˇ ㄓ ㄐㄧㄢ） 比喻極短的一瞬間。

語源 唐白居易禽蟲十二章第八：「何異浮生臨老日，一彈指頃報恩仇。」

例句 強強食量極大，彈指之間便將滿桌菜餚一掃而空。

近義 俯仰之間　轉眼之間

反義 窮年累月　積年累月

彈盡援絕（ㄉㄢˋ ㄐㄧㄣˋ ㄩㄢˊ ㄐㄩㄝˊ） 糧草吃盡，後援斷絕。形容處於危急的困境。

語源 宋魏了翁故太府寺丞……郭公墓志銘：「血戰三日

夜，矢盡援絕，遂死之。」

例句 山區突然下起豪雨，山洪爆發，以致登山隊受困山中，彈盡援絕，亟待救援。

近義 孤立無援　勢窮力竭

13

彊本節用 ㄑㄧㄤˊ ㄅㄣˇ ㄐㄧㄝˊ ㄩㄥˋ 指加強農業，節約用度。彊，同「強」，加強。本，根本，指農業生產；因為中國古代以農立國，故以農業為國之根本。

語源 荀子天論：「彊本而節用，則天不能貧。」史記太史公自序：「要曰彊本節用，則人給家足之道也。」

例句 中國古代以農立國，多以彊本節用作為施政方針。

近義 開源節流

反義 鋪張浪費　揮霍無度

14

彌足珍貴 ㄇㄧˊ ㄗㄨˊ ㄓㄣ ㄍㄨㄟˋ 越發值得珍惜寶貴。

例句 真摯的愛情在情欲橫流的現代社會中彌足珍貴。

近義 鳳毛麟角　不可多得

反義 日趨式微　一文不值

彡部

4

形同具文 ㄒㄧㄥˊ ㄊㄨㄥˊ ㄐㄩˋ ㄨㄣˊ 形容事物徒有形式，但毫無作用。多指規定、規章、法令、條約等。具文，只有形式而沒有作用的文字。

語源 漢書宣帝紀：「上計簿，具文而已。」

例句 班規訂出來卻沒有同學遵守，形同具文，老師請班長趕緊想出對策。

近義 虛應故事　告朔餼羊

形同虛設 ㄒㄧㄥˊ ㄊㄨㄥˊ ㄒㄩ ㄕㄜˋ 空有設置而沒有實際作用。

例句 許多駕駛人在這裡違規左轉，也不見警察取締，「禁止左轉」的標誌根本形同虛設。

近義 形同具文　告朔餼羊

形形色色 ㄒㄧㄥˊ ㄒㄧㄥˊ ㄙㄜˋ ㄙㄜˋ 各種不同的形態與顏色。形容各色各樣，種類很多。

語源 列子天瑞：「有形者，有形形者……。有色者，有色色者。」清葉燮原詩內篇下：「凡形形色色、音聲狀貌，舉不能越乎此。」

例句 年節將至，各式禮盒形形色色，令人眼花撩亂，不知如何選擇。

近義 五花八門　各式各樣

反義 千篇一律　如出一轍

形容枯槁 ㄒㄧㄥˊ ㄖㄨㄥˊ ㄎㄨ ㄍㄠˇ 形體、容貌如同焦枯的樹幹。形容身體消瘦、精神憔悴。

語源 楚辭漁父：「屈原既放，遊於江潭，行吟澤畔，顏色憔悴，形容枯槁。」

例句 為了年終成果展，他連日不眠不休地加班趕工，以致形容枯槁，令人擔心。

近義 骨瘦如柴　形銷骨立

反義 精神抖擻　容光煥發

形格勢禁 ㄒㄧㄥˊ ㄍㄜˊ ㄕˋ ㄐㄧㄣˋ 指形勢上的阻礙與限制。也形容形勢因受阻而不順利。格，阻礙。禁，禁止；限制。

語源 史記孫子吳起列傳：「夫解雜亂紛糾者不控捲，救鬪者不搏撠，批亢擣虛，形格勢禁，則自為解耳。」

例句 目前法律是不允許表兄妹結婚的，形格勢禁之下，他與表妹的這段感情注定不會有結果。

近義 荊天棘地　窒礙難行

反義 一帆風順　無往不利

形單影隻 ㄒㄧㄥˊ ㄉㄢ ㄧㄥˇ ㄓ 只有一個人和自己的影子。形容孤單的樣子。

語源 唐韓愈祭十二郎文：「承先人後者，在孫惟汝，在子惟吾，兩世一身，形單影

隻。」

例句 與交往多年的男友分手後，她走在昔日兩人常去的海邊，形單影隻，心中五味雜陳。

近義 孤苦伶仃 形影相弔

反義 比翼雙飛 儷影雙雙

形跡可疑 ㄒㄧㄥˊ ㄐㄧ ㄎㄜˇ ㄧˊ 舉止神色令人懷疑。

語源 明呂坤呻吟語應務：「即形跡可疑，心事難白，亦付之無可奈何。」

例句 在校園內如果發現形跡可疑的人，一定要立刻向師長通報。

近義 鬼鬼祟祟 探頭探腦

反義 堂堂正正 落落大方

形影不離 ㄒㄧㄥˊ ㄧㄥˇ ㄅㄨˋ ㄌㄧˊ 像身體和影子那樣分不開。形容彼此關係密切，時刻在一起。

語源 呂氏春秋孝行覽首時：「聖人之見時，若步之與影不可離。」南朝王融奉和代徐二首（其一）：「思君如形影，寢興未曾離。」明古吳墨浪子西湖佳話第十三卷：「自此之後，便朝夕間形影不離。」

例句 下課時總是見到她們兩人形影不離，感情真是好得沒話說。

近義 如影隨形 寸步不離

反義 形影相弔 形單影隻

形影相弔 ㄒㄧㄥˊ ㄧㄥˇ ㄒㄧㄤ ㄉㄧㄠˋ 只有自己的形體和影子相慰相憐。形容孤獨無伴。弔，慰問。

語源 三國志魏書陳思王植傳：「形影相弔，五情愧赧。」

例句 剛剛結束一段戀情，小芳獨自漫步在公園裡，月光下形影相弔，更添淒涼。

近義 無依無靠 形單影隻

反義 形影不離 成雙成對

形影相依 ㄒㄧㄥˊ ㄧㄥˇ ㄒㄧㄤ ㄧ 身體和影子相依隨。①形容彼此互相依靠，感情深厚。②形容獨自一人，孤單無伴。

語源 明湯顯祖紫釵記第八齣：「娘和女傳仃可嗟，形影相依，怎生撇下？」明周楫西湖二集第二十二卷：「妾今芳年無主，形影相依。」

例句 ①他二人形影相依，如同手足一般。②張奶奶獨居於老公寓，形影相依，真是可憐。

近義 形影不離 形影相弔

反義 貌合神離 出雙入對

形銷骨立 ㄒㄧㄥˊ ㄒㄧㄠ ㄍㄨˇ ㄌㄧˋ 身體瘦得只剩骨架子。形容極為消瘦、憔悴。形，形體；身體。銷，同「消」。消減；消瘦。也作「銷毀骨立」。

語源 梁書武帝紀下：「高祖形容本壯，及還至京都，銷毀骨立，親表士友，不復識焉。」清蒲松齡聊齋誌異葉生：「生嗒喪而歸，愧負知己，形銷骨立，痴若木偶。」

例句 王伯伯因胃癌住院開刀，原本就消瘦的他，出院時更加形銷骨立，看了真令人不忍。

近義 骨瘦如柴 瘦骨嶙峋

反義 虎背熊腰 體壯如牛

8

彬彬有禮 ㄅㄧㄣ ㄅㄧㄣ ㄧㄡˇ ㄌㄧˇ 形容人舉止文雅，禮節合儀。彬彬，內外調適和諧的樣子。比喻溫文優雅。

語源 清李汝珍鏡花緣第八十三回：「喚出他兩個兒子，兄先弟後，彬彬有禮。」

例句 小張對人彬彬有禮，談吐幽默風趣，是不少女孩子心儀的對象。

近義 文質彬彬 溫文儒雅

反義 傲慢無禮 粗俗無文

彬彬君子 ㄅㄧㄣ ㄅㄧㄣ ㄐㄩㄣ ㄗˇ 品德高尚、舉止有禮的人。彬彬，內外調適和諧的樣子。比喻溫文優雅。

彡

語源 論語雍也：「質勝文則野，文勝質則史。文質彬彬，然後君子。」三國魏曹丕與吳質書：「而偉長獨懷文抱質，恬淡寡欲，有箕山之志，可謂彬彬君子者矣。」

例句 建華從小家教就很好，是個斯文有禮的彬彬君子。

近義 溫文儒雅　風度翩翩

反義 斗筲之輩　無恥小人

11

彰明較著 ㄓㄤ ㄇㄧㄥˊ ㄐㄧㄠˋ ㄓㄨˋ 形容非常明顯。彰、明、較、著，都是明顯的意思。

語源 史記伯夷列傳：「此其尤大彰明較著者也。」

例句 牛頓對科學的貢獻彰明較著，對科技文明的進步有著重大影響。

近義 有目共睹　眾所周知

反義 若隱若現　隱隱約約

彳部

4

彷徨失措 ㄆㄤˊ ㄏㄨㄤˊ ㄕ ㄘㄨㄛˋ 形容心意不定、不知所措的樣子。彷徨，也作「徬徨」。徘徊猶豫。失措，不知如何是好。

語源 玉臺新詠古詩為焦仲卿妻作：「行人駐足聽，寡婦起彷徨。」唐韓愈為韋相公讓官表：「承命震駭，心神靡寧，顧己慚靦，手足失措。」明羅貫中隋唐兩朝志傳第十四回：「嚇得眾人彷徨失措，面面相覷。」

例句 面對人生的難關，我們都不免會彷徨失措，這時最好能定下心來，冷靜思考對策。

近義 手足無措　不知所措

反義 老僧入定　氣定神閒

6

待人接物 ㄉㄞˋ ㄖㄣˊ ㄐㄧㄝ ㄨˋ 指與人相處。接物，與人接觸。物，眾人。

語源 宋朱熹朱子語類卷一三學七：「其待人接物，胸中不可先分厚薄。」

例句 張教授待人接物極為寬厚誠摯，對於後進又能不吝提攜，因而很受人敬重。

近義 立身處世

待字閨中 ㄉㄞˋ ㄗˋ ㄍㄨㄟ ㄓㄨㄥ 指女子未有婚嫁之約。閨，女子的房間。古代女子成年許嫁才能命字，「待字」，即指尚未許婚的女子。

語源 禮記曲禮上：「女子許嫁，笄而字。」明抱甕老人今古奇觀卷一二：「他令愛如今還是已適他姓，還是待字閨中？」

例句 大表姊忙於事業，無暇談戀愛，因此年近四十仍然待字閨中。

近義 雲英未嫁　小姑獨處

反義 羅敷有夫　名花有主

待價而沽 ㄉㄞˋ ㄐㄧㄚˋ ㄦˊ ㄍㄨ 珍貴之物等待好價錢出售。也比喻人等待機會，為世所用。沽，賣。

語源 論語子罕：「子貢曰：『有美玉於斯，韞匵而藏諸？求善賈而沽諸？』子曰：『沽之哉！沽之哉！我待賈者也』」。清李漁十二樓第五回：「還好待價而沽，就賣也不肯賤賣。」

例句 孔子周遊列國，是為了待價而沽，尋找可以讓他施展理念的政治環境。

近義 奇貨可居　席珍待聘

徇私舞弊 ㄒㄩㄣˋ ㄙ ㄨˇ ㄅㄧˋ 為謀求私利而違法亂紀。徇，設法求取。舞弊，作弊。也作「營私舞弊」。

語源 史記項羽本紀：「今不恤士卒而徇其私，非社稷之臣。」清史稿卷二二一安定親王永璜傳：「載銓營私舞弊，自謂『操進退用人之權』。」

例句 他藉職務之便徇私舞弊，還妄想一手遮天，最後仍難逃法網。

近義 上下其手 假公濟私

反義 奉公守法 循規蹈矩

後生可畏 ㄏㄡˋ ㄕㄥ ㄎㄜˇ ㄨㄟˋ 指年輕人是新生力量，朝氣蓬勃，未來的成就，很容易超越先輩，令人敬畏。後生，年輕的晚輩，亦作「後輩」、「後進」。

語源 論語子罕：「後生可畏，焉知來者之不如今也？」

例句 許多新創事業的開拓者，往往是二十出頭的年輕人，真是後生可畏呀！

近義 青出於藍 後起之秀

反義 乳臭未乾 少不更事

後來居上 ㄏㄡˋ ㄌㄞˊ ㄐㄩ ㄕㄤˋ 原指堆積柴火時，後搬來的放在上面。後用以諷刺用人不當，使新進之人位居舊臣之上。現則多用以讚揚後來之人的成就，超越前人。

語源 漢劉安淮南子繆稱訓：「故聖人不為物先，而常制之其類，若積薪樵，後者在上。」史記汲鄭列傳：「陛下用群臣如積薪耳，後來者居上。」清張潮虞初新志凡例：「庶幾舊調翻新，敢謂後來居上。」

例句 這次校慶舉行的八百公尺賽跑，原本落後的悅華後來居上，勇奪冠軍。

近義 青出於藍 後發先至

後果堪虞 ㄏㄡˋ ㄍㄨㄛˇ ㄎㄢ ㄩˊ 事情的結果令人憂心。虞，憂慮；憂心。也作「後果堪慮」。

例句 連日豪雨，滾滾黃水夾帶砂石從山上沖下來，幸好當地並無住家，否則後果堪虞。

近義 不堪設想 岌岌可危

反義 安然無恙 高枕無憂

後知後覺 ㄏㄡˋ ㄓ ㄏㄡˋ ㄐㄩㄝˊ 比別人晚覺悟、明白。形容反應遲鈍或消息不靈光。

語源 孟子萬章上：「天之生此民也，使先知覺後知，使先覺覺後覺也。」

例句 這件新聞鬧得滿城風雨，你到現在才聽說，未免太後知後覺了。

近義 渾然不覺 冥頑不靈

反義 先知先覺 先見之明

後悔莫及 ㄏㄡˋ ㄏㄨㄟˇ ㄇㄛˋ ㄐㄧˊ 事後懊悔已來不及了。也作「後悔無及」。

語源 後漢書光武帝紀：「反水不治，後悔無及。」

例句 父母健在時，子女就要及時行孝，不然等到子欲養而親不待時，必將後悔莫及。

近義 悔之無及 悔不當初

後起之秀 ㄏㄡˋ ㄑㄧˇ ㄓ ㄒㄧㄡˋ 指後輩中的優秀人物。秀，才智傑出的人。原作「後來之秀」。

語源 南朝宋劉義慶世說新語賞譽：「卿風流儁望，真後來之秀。」

例句 公司剛招考進來的這幾位年輕人，學識、能力俱佳，是科技界的後起之秀。

近義 後生可畏 青年才俊

後患無窮 ㄏㄡˋ ㄏㄨㄢˋ ㄨˊ ㄑㄩㄥˊ 以後的禍害沒有窮盡。無窮，沒有盡頭。

語源 詩經周頌小毖：「予其懲，而毖後患。」晉書李矩傳：「默懼後患未已，將降於劉曜。」施公案第四四二回：「大人叫施不全，此來必非好事，一定私訪咱們的隱處，若不將他捉住，後患無窮。」

例句 政府放任不肖商人濫墾山坡地，破壞水土保持，將會後患無窮。

近義 貽害無窮 放虎歸山

反義 斬草除根

彳

後發先至 ㄏㄡˋ ㄈㄚ ㄒㄧㄢ ㄓˋ　軍事上指比敵軍後出動，卻比敵軍先到達，占據有利陣地。也泛指比人晚出手，卻比人先得手。

語源　孫子兵法軍爭篇：「故迂其途而誘之以利，後人發，先人至，此知迂直之計者也。」

例句　拳擊國手在擂臺上不動如山，待對手大喝一聲出拳，他側身一拳擊出，後發先至，那名對手立即應聲倒地。

近義　後來居上　出奇制勝

後會有期 ㄏㄡˋ ㄏㄨㄟˋ ㄧㄡˇ ㄑㄧˊ　指以後還有見面的時候。多用於分別時。

語源　元喬吉杜牧之詩酒揚州夢第三折：「小官公事忙，後會有期也。」

例句　畢業後雖然各奔東西，但只要有心，友誼歷久一樣濃，相信我們後會有期。

反義　遙遙無期　相見無日

後繼有人 ㄏㄡˋ ㄐㄧˋ ㄧㄡˇ ㄖㄣˊ　有可以承繼志業的人。

語源　清王羌特孤山再夢第一回：「此子容姿清秀，異日遠到之器也。居士可謂後繼有人矣。」

例句　看到捏麵人這項傳統技藝後繼有人，林師傅終於放心了。

近義　世代交替　青出於藍

反義　後繼無人　青黃不接

後繼無人 ㄏㄡˋ ㄐㄧˋ ㄨˊ ㄖㄣˊ　缺乏可以將志業承繼下去的人。也作「後繼乏人」。

例句　家族企業後繼無人，讓陳董憂心忡忡。

近義　青黃不接

反義　後繼有人

後繼無力 ㄏㄡˋ ㄐㄧˋ ㄨˊ ㄌㄧˋ　沒有力量持續下去。也作「後繼乏力」。

例句　前三節他們雖然打得虎虎生風，可惜後繼無力，最後一節被對手一輪猛攻慘遭逆轉。

近義　難以為繼　欲振乏力

反義　鍥而不捨　堅持到底

後顧之憂 ㄏㄡˋ ㄍㄨˋ ㄓ ㄧㄡ　在日後或背後令人憂慮的事情。後顧，向後看。

語源　魏書李沖傳：「朕以仁明忠雅，委以臺司之寄，使我出境無後顧之憂。」

例句　等到兒女都成家立業後，我就無後顧之憂，可以四處旅行遊玩了。

反義　高枕無憂　無憂無慮

7

徐娘半老 ㄒㄩˊ ㄋㄧㄤˊ ㄅㄢˋ ㄌㄠˇ　指中年婦女風韻猶存。徐娘，原指南朝梁元帝妃子徐昭佩。

語源　南史后妃傳下記載：梁元帝的妃子徐昭佩，長得不美，不受寵愛，與皇帝左右的暨季江私通。暨季江常嘆道：「徐娘雖老，猶尚多情。」

辨析　本則成語通常與「風韻猶存」連用，形容半老佳人猶有風韻，語含輕薄，不可用於尊長身上。

例句　她雖已徐娘半老，但風韻猶存，總是打扮得花枝招展。

近義　風韻猶存

反義　人老珠黃

徒子徒孫 ㄊㄨˊ ㄗˇ ㄊㄨˊ ㄙㄨㄣ　徒弟和再傳的徒弟。①指一脈相傳的弟子。②泛指黨羽或信徒，含有貶意。

語源　明馮夢龍警世通言卷四〇：「長老依言，吩咐師兄師弟、徒子徒孫等訖。」

例句　①那位相聲大師的九十大壽，來自海內外的徒子徒孫齊聚一堂為他慶生，熱鬧非

彳

凡。②那位黑道大哥改邪歸正極力行善，但是他的徒子徒孫們仍在各地為非作歹。

徒有虛名 空有名聲；名聲與事實不相符。也作「徒負虛名」、「徒有其名」。

語源 北齊書李元忠傳：「元忠以為萬石給人，計一家不過升斗而已，徒有虛名，不救其弊。」

例句 這家牛肉麵店名氣很大，但我吃過後感覺不過爾爾，徒有虛名。

近義 有名無實　名不副實

反義 實至名歸　名不虛傳

徒呼負負 只有歎息慚愧而毫無辦法。徒，僅；只。負負，慚愧；對不起。

語源 後漢書張步傳：「蘇茂將萬餘人來救之，茂讓步曰：……步曰：『負負，無可言者。』」清宣鼎夜雨秋燈錄記錢姬假途脫籍事：「情好如君，若終作露水夫妻，路牆花柳，豈不徒呼負負！」

辨析 「徒呼負負」今多誤用指比賽競爭失利的一方，乃是將「負」解作「勝負」的「負」；但此處「負」為「虧欠」之義，重複「負」字乃表示「虧欠之極」。

例句 粗心大意的小胖將女友送的定情物弄丟了，面對佳人的責備，他也只能徒呼負負。

近義 無可奈何　無能為力

徒勞無功 白費力氣而沒有任何成就或好處。徒，徒然；白白地。也作「勞而無功」。

語源 莊子天運：「是猶推舟於陸也，勞而無功。」宋朱熹詩集傳齊風甫田注：「以戒時人厭小而務大，忽近而圖遠，將徒勞而無功也。」

例句 如果做事的方法不對，即使花再多力氣，也將徒勞無功。

近義 鏤冰雕朽　枉費心力

反義 事半功倍

8

得寸進尺 比喻貪得無厭，得了一些，又想再要一些。

語源 清平步青霞外攟屑卷二彭尚書奏折：「泰西各國，乃得乘隙竄入，要挾百端，請求萬億……得寸進尺，得尺進丈，至於今日，氣燄益張。」

例句 他得寸進尺，一味要挾，大家已經忍無可忍了。

近義 貪得無厭　得隴望蜀

反義 知足常樂　心滿意足

得不償失 所得的利益抵不上所受的損失。償，抵付。

語源 墨子非攻：「計其所得，反不如所喪者之多。」宋蘇軾和子由除日見寄：「感時嗟事變，所得不償失。」

例句 他原本打著如意算盤，結果卻得不償失，失望極了。

近義 因小失大　明珠彈雀

反義 亡羊得牛

得天獨厚 獨具特殊優越的條件。天，指天所賦予，非人力所能獲致。

語源 明張居正答宗伯董潯陽：「何得天之厚如是哉？」清洪亮吉三月十五日在舍間看牡丹：「得天獨厚開盈尺，與月同圓到十分。」

例句 他有副得天獨厚的好嗓音，將來很有機會成為歌星。

近義 天之驕子

反義 先天不足

得心應手 心裡怎麼想，手就能怎麼做。形容運用自如。原作「得手應

心」。

語源 莊子天道：「不徐不疾，得之於手而應於心。」宋沈括夢溪筆談卷一七書畫：「此乃得心應手，意到便成。」

例句 他博學多聞，寫起文章來得心應手，揮筆立就。

近義 隨心所欲 如臂使指

反義 左支右絀 進退維谷

得來不易 ㄉㄜˊ ㄌㄞˊ ㄅㄨˋ ㄧˋ 費了很多心力才得到；好不容易才獲得。

例句 這份姻緣得來不易，你要好好珍惜。

近義 彌足珍貴 不可多得

反義 不費吹灰之力 唾手可得

得魚忘筌 ㄉㄜˊ ㄩˊ ㄨㄤˋ ㄑㄩㄢˊ 捕到魚就忘了捕魚的竹器。原比喻既已領悟道理或掌握精髓，表達它的語言文字就可拋開，不要執著。後也用來比喻達到目的之後，就忘記了原來的憑藉。有「忘恩負義」之意。筌，也作「荃」。捕魚用的竹器。

語源 莊子外物：「荃者所以在魚，得魚而忘荃……言者所以在意，得意而忘言。」明朱權荊釵記第十五齣：「門楣顯，姓名傳。得魚後，怎忘筌？」

例句 ①作文貴在傳達真實的情意，要能得魚忘筌，不以辭害意。②他成功之後，竟得魚忘筌，不知感恩圖報。

近義 忘恩負義 過河拆橋

反義 飲水思源 感恩圖報

得意忘形 ㄉㄜˊ ㄧˋ ㄨㄤˋ ㄒㄧㄥˊ ①原指稱心適意而物我兩忘。後多用來形容高興得失去常態。②指取其精神而捨其形式。

語源 晉書阮籍傳：「當其得意，忽忘形骸。」宋歐陽修試筆：「余雖因邕書得筆法，然為字絕不相類，豈得意而忘其形邪？」清徐珂清稗類鈔音樂類：「炳源至是得意忘形，行至大堂，高唱『大叫一聲出帳外』云云。」

例句 ①只不過幾次勝利，他就得意忘形，在球場上表現得很輕浮。②太極拳法重在得意忘形，能否得其精髓，端看各人悟性。

近義 沾沾自喜 顧盼自雄

反義 垂頭喪氣 悵然若失

得意忘言 ㄉㄜˊ ㄧˋ ㄨㄤˋ ㄧㄢˊ 指不拘泥於字句言辭，既能領會，則忘其言。也指彼此有默契，無須多言。

語源 莊子外物：「言者所以在意，得意而忘言。」清李伯元文明小史第二回：「府縣心裡還當他們話到投機，得意忘言。」

例句 他們在工作上配合得宜，得意忘言。

近義 心領神會 心照不宣

反義 一知半解 百思不解

得意洋洋 ㄉㄜˊ ㄧˋ ㄧㄤˊ ㄧㄤˊ 參見「洋洋得意」。

得過且過 ㄉㄜˊ ㄍㄨㄛˋ ㄑㄧㄝˇ ㄍㄨㄛˋ 可以過得去就暫且這樣過。形容胸無大志，苟且度日。

語源 宋陸游雜詠四首之二：「得過一日且一日，安知今吾非故吾？」永樂大典戲文小孫屠第三齣：「怕家中得過且過，出去做甚的？」

例句 他上班時常常混水摸魚，得過且過，難怪業績很差。

近義 敷衍了事 苟且偷生

反義 奮發圖強 精益求精

得道多助 ㄉㄜˊ ㄉㄠˋ ㄉㄨㄛ ㄓㄨˋ 做事合乎正道，自然能得到大家的幫助或擁護。

語源 孟子公孫丑下：「得道

者多助，失道者寡助。」

例句 李先生雖然不曾刻意經營人際關係，但得道多助，一路上都有許多人願意支援他。

近義 德不孤，必有鄰

反義 失道寡助

得償所願 ㄉㄜˊ ㄔㄤˊ ㄙㄨㄛˇ ㄩㄢˋ 參見「如願以償」。

得隴望蜀 ㄉㄜˊ ㄌㄨㄥˇ ㄨㄤˋ ㄕㄨˇ 得到了隴右，又希望得到巴蜀。比喻貪心不足，務求多得。隴，今甘肅。蜀，今四川。

語源 漢班固東觀漢記隗囂傳：「人苦不知足，既平隴，復望蜀。每一發兵，頭鬢為白。」

例句 他才剛升上科長，就開始積極爭取經理的位置，真是得隴望蜀。

近義 得寸進尺 貪得無厭

反義 知足常樂 安貧樂道

得了便宜還賣乖 ㄉㄜˊ ˙ㄌㄜ ㄆㄧㄢˊ ㄧˊ ㄏㄞˊ ㄇㄞˋ ㄍㄨㄞ 得到好處還賣弄乖巧。比喻占到便宜或得到好處還裝出無辜的樣子。

例句 你們這組資源最多，客戶也最穩定，不要得了便宜還賣乖，宣稱績效評比得第一只是運氣好。

近義 得寸進尺

得饒人處且饒人 ㄉㄜˊ ㄖㄠˊ ㄖㄣˊ ㄔㄨˋ ㄑㄧㄝˇ ㄖㄠˊ ㄖㄣˊ 指做人做事要留餘地，不要太過絕情。

語源 元關漢卿竇娥冤第二折：「既然有了藥，且饒你罷。正是：得放手時須放手，得饒人處且饒人。」

例句 他已誠心認錯，得饒人處且饒人，你就原諒他吧！

近義 留有餘地 不為已甚

反義 不留餘地 逼人太甚

徘徊不前 ㄆㄞˊ ㄏㄨㄞˊ ㄅㄨˋ ㄑㄧㄢˊ 在原地來回走動。形容猶豫不決。

語源 漢書高后紀：「產不知祿已去北軍，入未央宮欲為亂。殿門弗內，徘徊往來。」顏師古注：「徘徊猶傍徨，不進之意也。」宋吳處厚青箱雜記第二卷：「二女猶記憶鄉里，至玉堂香嚴寺，徘徊不前，曰……。」

例句 下定決心做一件事，就要勇往直前，努力去做，切勿徘徊不前，猶豫不決。

近義 裹足不前 躊躇不前

反義 勇往直前 劍及履及

從一而終 ㄘㄨㄥˊ ㄧ ㄦˊ ㄓㄨㄥ 指婦女用情專注，始終如一，夫死則終身不嫁。也比喻忠臣不事二主。

語源 易經恆卦：「象曰婦人貞吉，從一而終也。」

例句 古代女子大都抱著從一而終的觀念，夫死終身不再嫁。

近義 至死不渝 矢志不移

反義 始亂終棄 人盡可夫

從中作梗 ㄘㄨㄥˊ ㄓㄨㄥ ㄗㄨㄛˋ ㄍㄥˇ 居中阻撓事情的發展。作梗，干擾；妨害。

語源 清張集馨道咸宦海見聞錄：「是以糧道必應酬將軍者，畏其從中作梗也。」

例句 若非小明從中作梗，他們二人早就結為夫妻了。

近義 興風作浪 橫生枝節

反義 玉成其事 從中斡旋

從中斡旋 ㄘㄨㄥˊ ㄓㄨㄥ ㄨㄛˋ ㄒㄩㄢˊ 居中協調。斡旋，周旋、調解。

語源 宋史辛棄疾傳：「棄疾善斡旋，事皆立辦。」清東隅逸士飛龍全傳第四十三回：「此便是緩兵之計，各位便好計議，從中斡旋。」

例句 那起車禍引發的糾紛，幸好有交通警察從中斡旋，事

態才沒有進一步擴大。

近義　排難解紛　息事寧人

反義　置身事外　袖手旁觀

從天而降 ㄘㄨㄥˊ ㄊㄧㄢ ㄦˊ ㄐㄧㄤˋ　從天上降臨。比喻非所預料，突然出現。

語源　漢書周亞夫傳：「兵事上神密，將軍何不從此右去……直入武庫，擊鳴鼓。諸侯聞之，以為將軍從天而下也。」

例句　他凡事腳踏實地，恪守本分，從不奢望這種從天而降的意外之財。

近義　出乎意料　突如其來

反義　意料之中　不出所料

從心所欲 ㄘㄨㄥˊ ㄒㄧㄣ ㄙㄨㄛˇ ㄩˋ　參見「隨心所欲」。

從長計議 ㄘㄨㄥˊ ㄔㄤˊ ㄐㄧˋ ㄧˋ　多用些時間來慢慢商量、考慮。

語源　宋蔡襄請改軍法疏：「朝廷每有指揮事件，多下逐路並令鈐轄都監都同巡檢等司共從長商量。」元李行道包待制智賺灰闌記楔子：「且待女孩兒到來，慢慢的與他從長計議，有何不可。」

例句　這件事需要從長計議，不要草率決定。

近義　三思而行　謀定後動

反義　輕舉妄動　操之過急

從容不迫 ㄘㄨㄥ ㄖㄨㄥˊ ㄅㄨˋ ㄆㄛˋ　形容臨事沉著鎮定，不慌不忙。

語源　莊子秋水：「儵魚出游從容。」宋張守再論守禦並乞預措……箚子：「徐為後圖，則進退周旋，庶幾簡易而不煩，從容而不迫矣。」

例句　他做事從容不迫，頗有大將風範。

近義　不慌不忙　好整以暇

反義　驚慌失措　手足無措

從容自若 ㄘㄨㄥ ㄖㄨㄥˊ ㄗˋ ㄖㄨㄛˋ　形容不慌不忙、沉著鎮定。自若，自如；自然。也作「從容自在」。

語源　舊唐書劉文靜傳：「而思禮以為得計，從容自若，嘗與相忤者，必引令枉誅。」

例句　銀行突遭搶匪闖入，他還從容自若地走出銀行大門，令旁人為他捏了一把冷汗。

近義　不慌不忙　從容不迫

反義　手忙腳亂　手足無措

從容就義 ㄘㄨㄥ ㄖㄨㄥˊ ㄐㄧㄡˋ ㄧˋ　毫不畏懼地為正義而犧牲生命。

語源　宋程頤、程顥二程遺書卷一一：「感慨殺身者易，從容就義者為難。」

例句　從林覺民與妻訣別書中，我們可以真切的感受到他對妻子的摯愛，但他仍然選擇從容就義，讀之令人動容。

近義　成仁取義

反義　苟且偷生

從善如流 ㄘㄨㄥˊ ㄕㄢˋ ㄖㄨˊ ㄌㄧㄡˊ　形容樂於接受別人的好意見，如水順流而下般迅速自然。

語源　左傳成公八年：「君子曰：『從善如流，宜哉！』」

例句　身為長官如果能從善如流，幕僚就樂意為他獻策，施政便可達到事半功倍的效果。

近義　知所進退　聞過則喜

反義　剛愎自用　獨斷獨行

從頭到尾 ㄘㄨㄥˊ ㄊㄡˊ ㄉㄠˋ ㄨㄟˇ　從開始到結束。指事物的全部過程或內容。也作「從頭徹尾」、「從頭至尾」。

語源　宋朱熹答呂伯恭：「從頭徹尾，只是此一箇病根也。」

例句　這家公司信譽良好，每件產品從頭到尾都有嚴格的品質管制。

近義　徹頭徹尾　自始至終

御下有方 ㄩˋ ㄒㄧㄚˋ ㄧㄡˇ ㄈㄤ　領導屬下很有辦法。御，駕御；

領導。方，方法；技巧。

例句 黃經理御下有方，因此下屬都樂於服從、效力，唯他馬首是瞻。

近義 領導有方

反義 眾叛親離

御駕親征 ㄩˋ ㄐㄧㄚˋ ㄑㄧㄣ ㄓㄥ 舊指皇帝親自帶兵出征。現也泛指領導者親自出馬。御駕，天子的車駕。代指皇帝。

語源 三國演義第八十一回：「卻說先主每日自下教場操演軍馬，剋日興師，御駕親征。」

例句 為了開發新市場，已經七十幾歲的陳老闆還要御駕親征，實在辛苦。

9

循名責實 ㄒㄩㄣˊ ㄇㄧㄥˊ ㄗㄜˊ ㄕˊ 按照事物的名稱或名義來考核實際的內容。循，依照。責，要求。

語源 韓非子定法：「術者，因任而授官，循名而責實。」

例句 長官考核屬下若能循名責實，大家就能心服口服。

近義 綜核名實 名副其實

反義 有名無實 名實不副

循序漸進 ㄒㄩㄣˊ ㄒㄩˋ ㄐㄧㄢˋ ㄐㄧㄣˋ 遵循一定的順序逐步前進。指學習或工作時，按照一定的步驟，逐漸深入或提高。

語源 宋朱熹答邵叔義：「讀書窮理，積其精誠，循序漸進，然後可得。」

例句 讀書要循序漸進，先打好穩固的基礎，才能往更高深的學問邁進。

近義 按部就班 由淺而深

反義 一蹴而就 揠苗助長

循規蹈矩 ㄒㄩㄣˊ ㄍㄨㄟ ㄉㄠˋ ㄐㄩˇ 遵循規矩、標準或禮法。規、矩，圓規和角尺。借指為行為的標準。

語源 宋朱熹答方賓王書：「循塗守轍，猶言循規蹈矩云爾。」

例句 他做人一向循規蹈矩，是值得信任的朋友。

近義 安分守己 規行矩步

反義 惹事生非 胡作非為

循循善誘 ㄒㄩㄣˊ ㄒㄩㄣˊ ㄕㄢˋ ㄧㄡˋ 指善於有步驟地引導教誨。循循，有次序的樣子。誘，誘導。

語源 論語子罕：「夫子循循然善誘人，博我以文，約我以禮，欲罷不能。」

例句 陳老師對班上的同學循循善誘，大家都很敬愛他。

近義 諄諄教誨 誨人不倦

反義 揠苗助長 誤人子弟

10

徬徨歧路 ㄆㄤˊ ㄏㄨㄤˊ ㄑㄧˊ ㄌㄨˋ 在分岔路口徘徊，不知如何選擇。比喻臨事猶豫，難以抉擇。常指人可能誤入歧途而言。徬徨，徘徊不前。也作「徬徨歧途」、「徘徊歧路」。

語源 昭明文選古詩十九首明月何皎皎：「出戶獨彷徨。」唐駱賓王為徐敬業討武曌檄：「若其眷戀窮城，徘徊歧路，坐昧先機之兆，必貽後至之誅。」

例句 經過心理諮商之後，他重新找回自我，不再徬徨歧路。

近義 委決不下 誤入歧途

反義 當機立斷 毅然決然

微不足道 ㄨㄟˊ ㄅㄨˋ ㄗㄨˊ ㄉㄠˋ 形容事物細微，不值得談論。

語源 穀梁傳隱公七年：「其不言逆，何也？逆之道微，無足道焉爾。」

例句 這種微不足道的小事，你處理就好，不要去煩他。

近義 微乎其微

反義 舉足輕重

微乎其微 ㄨㄟˊ ㄏㄨ ㄑㄧˊ ㄨㄟˊ 形容非常輕微或非常少。

語源 爾雅釋訓：「式微式微

者，微乎微者也。」

例句 依他頑固的個性，要他點頭同意此事，機率可說是微乎其微。

近義 微不足道　滄海一粟

反義 舉足輕重　事關重大

微言大義 ㄨㄟˊ ㄧㄢˊ ㄉㄚˋ ㄧˋ　隱微委婉的言論，深蘊切要之至理。

語源 漢劉歆移書讓太常博士：「及夫子沒而微言絕，七十子終而大義乖。」

例句 這本書極富微言大義，對於匡正世道人心有很好的助益。

近義 言近旨遠　言簡意賅

11

徹頭徹尾 ㄔㄜˋ ㄊㄡˊ ㄔㄜˋ ㄨㄟˇ　自頭至尾，貫徹到底。

語源 宋程顥程頤二程語錄一一：「誠者，物之終始，猶俗說徹頭徹尾。」

例句 由於疑點重重，因此他打算徹頭徹尾調查此事，還原事情的真相。

近義 自始至終　從頭到尾

反義 虎頭蛇尾　半途而廢

12

德高望重 ㄉㄜˊ ㄍㄠ ㄨㄤˋ ㄓㄨㄥˋ　稱頌年長者德行高尚，聲望極隆，為人所敬重。

語源 明歸有光上總制書：「伏惟君侯德高望重，謀深慮淵。」

例句 元宵燈謎晚會，社長請來德高望重的劉老先生擔任頒獎人。

近義 年高德劭　齒德俱尊

反義 德薄能鮮

德薄能鮮 ㄉㄜˊ ㄅㄛˊ ㄋㄥˊ ㄒㄧㄢˇ　德行淺薄又沒有才能。多用於自謙。鮮，少；無。

語源 宋歐陽脩瀧岡阡表：「俾知夫小子脩之德薄能鮮，遭時竊位，而幸全大節不辱其先者，其來有自。」

例句 在下德薄能鮮，受到大家的抬愛接掌會務，內心非常惶恐，還請不吝指教。

近義 何德何能　才疏學淺

反義 德高望重　德才兼備

心部

心力交瘁 ㄒㄧㄣ ㄌㄧˋ ㄐㄧㄠ ㄘㄨㄟˋ　精神和體力都非常疲憊。形容十分勞累。交，一齊；同時。瘁，極度勞累。

語源 清淮陰百一居士壺天錄卷上：「由此心力交瘁，患疾遂卒。」

例句 經過激烈的選戰，他最後以些微差距落敗，此刻已心力交瘁，只想回家好好休息。

近義 身心俱疲

反義 容光煥發

心口如一 ㄒㄧㄣ ㄎㄡˇ ㄖㄨˊ ㄧ　心中所想和口裡所說完全一致。形容為人真誠、直爽。

語源 宋汪應辰題續池陽集：「使士大夫心口如一，豈復有紛紛之患哉！」

例句 經過我仔細地觀察，建明確實是心口如一的人，你大可信任他。

近義 言行一致　表裡如一

反義 心口不一　口是心非

心不在焉 ㄒㄧㄣ ㄅㄨˋ ㄗㄞˋ ㄧㄢ　心思不在這裡。形容心神不專注。焉，兼詞。於此。

語源 大學：「心不在焉，視而不見，聽而不聞，食而不知其味。」

例句 你上課時經常心不在焉，功課怎會進步？

近義 漫不經心　心猿意馬

反義 聚精會神　專心致志

心心相印 ㄒㄧㄣ ㄒㄧㄣ ㄒㄧㄤ ㄧㄣˋ　原指不靠語言而以心法互相印證。今指兩人意氣相投或情意相合。

語源　唐裴休集黃檗山斷際禪師傳心法要：「自如來付法迦葉已來，心心印心，心心不異。」宋薛嵎太古元西堂過萬壽謁住山肇淮海禪師並簡：「心心倘相印，亦足慰衰遲。」

例句　他們夫妻結婚已經三十多年，依然心心相印，鶼鰈情深，令人羨慕！

近義　情投意合　志同道合

反義　同床異夢　貌合神離

心手相應 ㄒㄧㄣ ㄕㄡˇ ㄒㄧㄤ ㄧㄥˋ　心裡怎麼想，手就怎麼做。形容技藝純熟。

語源　南史豫章文獻王嶷傳：「帝嘗論書曰：『筆力勁駿，心手相應。』」

例句　他浸淫陶藝數十年，早已心手相應，隨手拈來，均是藝術價值極高的作品。

近義　心手如一　得心應手

反義　笨手笨腳

心平氣和 ㄒㄧㄣ ㄆㄧㄥˊ ㄑㄧˋ ㄏㄜˊ　心情平靜，態度溫和。

語源　左傳昭公二十年：「君子聽之，以平其心，心平德和。」宋蘇軾菜羹賦：「先生心平而氣和，故雖老而體胖。」

例句　陳老師耐性十足，每當遇到調皮搗蛋的學生，總能心平氣和地規勸他們。

近義　平心靜氣　和顏悅色

反義　暴跳如雷　氣急敗壞

心甘情願 ㄒㄧㄣ ㄍㄢ ㄑㄧㄥˊ ㄩㄢˋ　心裡願意，沒有絲毫勉強。

語源　宋王明清摭青雜說：「女曰：『此事兒甘心情願也。』遂許之。」

例句　有些人為了蒐集特別的物品，花再多的錢也心甘情願，令人無法理解。

反義　勉為其難

心如刀割 ㄒㄧㄣ ㄖㄨˊ ㄉㄠ ㄍㄜ　形容心痛到了極點。

語源　漢蔡邕太傅胡公碑：「感悼傷懷，心肝若割。」元秦簡夫宜秋山趙禮讓肥第一折：「眼睜睜俺子母各天涯，想起來我心如刀割。」

例句　看到心愛的佳人和別人卿卿我我，小陳心如刀割。

近義　痛徹心扉　萬箭攢心

反義　心花怒放

心如止水 ㄒㄧㄣ ㄖㄨˊ ㄓˇ ㄕㄨㄟˇ　心境像靜止的水一般。形容持守正道，不為世俗利害所動。也比喻毫無欲望。

語源　唐白居易祭李侍郎文：「公獨何人，心如止水；風雨如晦，雞鳴不已。」

例句　他自從與女友分手後，對感情之事已經心如止水。

近義　不為所動　無動於中

反義　心神不寧　心旌搖曳

心安理得 ㄒㄧㄣ ㄢ ㄌㄧˇ ㄉㄜˊ　言行合於道理，心中坦然安適。

語源　三國志魏書夏侯玄傳：「斯則人心定而事理得，庶可以靜風俗而審官才矣。」清嶺南羽衣女士東歐女豪傑第三回：「原來我們只求自己心安理得，那外界的苦樂原是不足計較。」

例句　待人處世心安理得，自然就能快樂。

近義　問心無愧　不愧不怍

反義　問心有愧　作賊心虛

心有餘悸 ㄒㄧㄣ ㄧㄡˇ ㄩˊ ㄐㄧˋ　心中仍存有恐怖驚懼。

語源　後漢書梁節王暢傳：「肌慄心悸，自悔無所復及。」

例句　儘管九二一地震發生多年，受災的民眾回憶起當時的情景，仍然心有餘悸。

近義　餘悸猶存　心驚膽戰

反義　處之泰然　泰然自若

心灰意冷（ㄒㄧㄣ ㄏㄨㄟ ㄧˋ ㄌㄥˇ）　心情沮喪，意志消沉。也作「心灰意懶」。

語源　元喬吉南呂玉交枝閒適二曲（其二）：「不是我心灰意懶，怎陪伴愚眉肉眼。」

例句　人生不如意事十常八九，切不可因一時的挫折而心灰意冷。

近義　灰心喪氣　心如死灰

反義　雄心勃勃　意氣風發

心血來潮（ㄒㄧㄣ ㄒㄧㄝˇ ㄌㄞˊ ㄔㄠˊ）　心中突然興起某個念頭。

語源　明陸西星封神演義第三十四回：「正運元神，忽心血來潮。」

例句　下班後走過電影院門口，我一時心血來潮，就去看了一場電影。

近義　靈機一動　突發奇想

心事重重（ㄒㄧㄣ ㄕˋ ㄔㄨㄥˊ ㄔㄨㄥˊ）　形容因掛念事情而被憂愁縈繞。

例句　朱媽媽這幾天看起來心事重重，鬱鬱寡歡，讓人擔心。

近義　心煩意亂　憂思百結

反義　無憂無慮　了無牽掛

心服口服（ㄒㄧㄣ ㄈㄨˊ ㄎㄡˇ ㄈㄨˊ）　不只嘴巴上說，更打從內心信服。形容誠心佩服或服從。

語源　莊子寓言：「利義陳乎前，而好惡是非直服人之口而已矣。使人乃以心服，而不敢蘁立，定天下之定。」紅樓夢第五十九回：「如今請出一個管得著的人來管一管，嫂子就心服口服，也知道規矩了。」

例句　小林又在這場高爾夫球賽中奪冠，高超的球技讓大家心服口服。

近義　心悅誠服　甘拜下風

心直口快（ㄒㄧㄣ ㄓˊ ㄎㄡˇ ㄎㄨㄞˋ）　心思樸質，說話直接。形容個性直爽不存顧忌，想什麼就說什麼。

語源　宋文天祥紀事詩四首序：「巴延吐舌云：『文丞相心直口快，男子心！』」

例句　他是個心直口快的人，說話從不拐彎抹角，常常得罪人而不自知。

近義　直腸直肚　快人快語

反義　吞吞吐吐　欲言又止

心知肚明（ㄒㄧㄣ ㄓ ㄉㄨˋ ㄇㄧㄥˊ）　心裡很明白，只是沒說出來。

例句　他屬意的黨主席繼任人選是誰，大家心知肚明，但最後誰會當選，開票後才知道。

近義　心裡有數　心照不宣

反義　百思不解　摸門不著

心花怒放（ㄒㄧㄣ ㄏㄨㄚ ㄋㄨˋ ㄈㄤˋ）　本指心中有所領悟，心田如花盛開。後多形容高興到了極點。怒放，盛開。

語源　圓覺經：「心花發明，照十方剎。」紅樓夢第六十四回：「賈璉聽到這裡，心花都開了。」清夏敬渠野叟曝言第一二八回：「把各人心花怒放，歎為奇觀。」

例句　阿強因為表現優異，老闆特別加薪五千元，樂得他心花怒放。

近義　興高采烈　欣喜若狂

反義　愁腸百結　心如死灰

心急如焚（ㄒㄧㄣ ㄐㄧˊ ㄖㄨˊ ㄈㄣˊ）　心中急得像火燒一樣。形容十分著急。焚，燒。

語源　清吳趼人二十年目睹之怪現狀第十七回：「我越發覺得心急如焚，然而也是沒法的事，成日裡猶如坐在針氈上一般。」

例句　一陣天搖地動之後，眾人心急如焚地透過各種管道連絡自己的親人。

近義　五內如焚

反義　不慌不忙　從容不迫

心狠手辣　ㄒㄧㄣ ㄏㄣˇ ㄕㄡˇ ㄌㄚˋ　心腸狠毒，手段殘忍。

語源　明馮夢龍醒世恆言卷三三：「欲待信來，他平白與我沒半句言語，大娘子又過得好，怎麼便下得這等狠心辣手？」清夏敬渠野叟曝言第三十六回：「雖柯渾平日惡聲昭著，不料其心狠手辣，竟至於是。」

例句　當年那起滅門血案，兇手心狠手辣，竟連三歲小孩也不放過，震驚全國。

近義　喪盡天良　慘無人道

反義　悲天憫人　慈悲為懷

心神不寧　ㄒㄧㄣ ㄕㄣˊ ㄅㄨˋ ㄋㄧㄥˊ　心思精神不安寧。形容人心情不平靜。

語源　紅樓夢第一一三回：「叫劉老老坐在頭邊，告訴他心神不寧，如見鬼怪的樣。」

例句　男朋友已經三天沒打電話來，讓小花心神不寧，整天胡思亂想。

近義　心亂如麻　心煩意亂

反義　氣定神閒　心曠神怡

心神恍惚　ㄒㄧㄣ ㄕㄣˊ ㄏㄨㄤˇ ㄏㄨ　心神迷惑、不安寧。

語源　宋張君房雲笈七籤卷一二一：「時多恚怒，心神恍惚。」

例句　英子經不起丈夫猝逝的打擊，每天以淚洗面，心神恍惚，實在讓人擔心。

近義　心神不寧　失魂落魄

反義　心神專注

心悅誠服　ㄒㄧㄣ ㄩㄝˋ ㄔㄥˊ ㄈㄨˊ　內心喜悅且真誠信服。

語源　孟子公孫丑上：「以德服人者，中心悅而誠服也。」

例句　張先生以他的專業能力來領導公司，員工們無不對他心悅誠服。

近義　心服口服　五體投地

心浮氣躁　ㄒㄧㄣ ㄈㄨˊ ㄑㄧˋ ㄗㄠˋ　心緒浮動，脾氣暴躁。形容情緒很不穩定。

例句　陳經理這兩天被客戶煩得心浮氣躁，講話不免大聲了點，你不要怪他。

反義　氣定神閒　心平氣和

心高氣傲　ㄒㄧㄣ ㄍㄠ ㄑㄧˋ ㄠˋ　自視不凡，態度驕傲。

語源　元無名氏凍蘇秦衣錦還鄉第一折：「我可也心高氣傲惹人憎。」

例句　陳先生雖然很有能力，但心高氣傲，在公司的人緣一向不好。

近義　趾高氣昂　旁若無人

反義　謙沖自牧　虛懷若谷

心細如髮　ㄒㄧㄣ ㄒㄧˋ ㄖㄨˊ ㄈㄚˇ　形容心思非常細密，如頭髮一般。

語源　清李綠園歧路燈第九回：「這孝移本是個膽小如芥、心細如髮之人，不敢多聽，卻又不能令其少說。」

例句　鑑識人員調查現場一定要心細如髮，才不會漏掉任何蛛絲馬跡。

近義　深思熟慮

反義　心浮氣躁　心亂如麻

心術不正　ㄒㄧㄣ ㄕㄨˋ ㄅㄨˋ ㄓㄥˋ　指心念不正，居心不良。心術，居心；存心。

語源　三國演義第十九回：「汝心術不正，吾故棄汝。」

例句　這人看來心術不正，跟他往來要特別小心。

近義　居心不良　心懷鬼胎

反義　光明正大　堂堂正正

心勞力絀　ㄒㄧㄣ ㄌㄠˊ ㄌㄧˋ ㄔㄨˋ　精神勞累，體力不足。形容非常勞苦、疲憊。絀，不足。

例句　先生過世後，她為了償還債務和養育兩名幼子而心

勞力絀，處境堪憐。

近義 心力交瘁　身心俱疲

反義 生龍活虎　朝氣蓬勃

心勞日拙（ㄒㄧㄣ ㄌㄠˊ ㄖˋ ㄓㄨㄛˊ） 形容費盡心機，卻越做越糟。拙，拙劣；愚笨。

語源 尚書周官：「作德，心逸日休；作偽，心勞日拙。」

例句 因為執政不力，民調大幅落後，他即使努力想打贏這場選戰，但已心勞日拙，無力回天了。

近義 徒勞無功

反義 事半功倍

心無二用（ㄒㄧㄣ ㄨˊ ㄦˋ ㄩㄥˋ） 一心不能同時用在兩件事上。指用心必須專一。

語源 南朝梁劉勰劉子專學：「使左手畫方，右手畫圓……而不能成者，由心不兩用，則手不並運也。」明王守仁示徐曰仁應試：「夫心無二用，一念在得，一念在失，一念在文字，是三用矣。」

例句 做化學實驗必須心無二用，否則稍有不慎，可能釀成災害。

近義 心無旁騖　全神貫注

反義 心猿意馬　一心二用

心無旁騖（ㄒㄧㄣ ㄨˊ ㄆㄤˊ ㄨˋ） 專心一意，沒有其他念頭。騖，奔馳；追求。旁騖，別有追求。

語源 清夏敬渠野叟曝言第一四一回：「讀書之外，不許旁騖。」

例句 讀書的要訣就是要心無旁騖，才能夠學有所成。

近義 全神貫注　專心致志

反義 三心二意　見異思遷

心裡有數（ㄒㄧㄣ ㄌㄧˇ ㄧㄡˇ ㄕㄨˋ） 心裡明白。有數，知道數目。比喻清楚明白。

語源 紅樓夢第三十九回：「可不是老實？心裡可有數兒呢。太太是那麼佛爺似的，事情上不留心；他都知道，凡一應事，都是他提著太太行。」

例句 手機市占率為什麼持續下滑，王董心裡有數。他們的行銷策略若不改變，機種再多也沒用。

近義 心知肚明　心照不宣

反義 摸門不著　百思不解

心亂如麻（ㄒㄧㄣ ㄌㄨㄢˋ ㄖㄨˊ ㄇㄚˊ） 形容心思煩亂，毫無頭緒。如麻，像一團亂麻，找不出頭緒。

語源 宋王思明山居二首：「隨緣隨份是生涯，莫使身心亂似麻。」明群音類選金釧記：「尋寶釧，拔殘花，只愁打草反驚蛇，那嫦娥心亂如麻。」

例句 臨登機時小花卻遍尋不著護照，讓他心亂如麻。

近義 六神無主　方寸大亂

反義 氣定神閒　泰然自若

心想事成（ㄒㄧㄣ ㄒㄧㄤˇ ㄕˋ ㄔㄥˊ） 心中的想法都能夠實現。形容順心如意。

例句 許多人以為擁有財富之後，一切便能心想事成，卻不知世上有許多事物是錢再多也得不到的。

近義 如願以償

反義 事與願違

心慈面軟（ㄒㄧㄣ ㄘˊ ㄇㄧㄢˋ ㄖㄨㄢˇ） 心地慈善，容貌溫和。形容人富同情心，心腸軟。

語源 紅樓夢第六十八回：「我又是個心慈面軟的人，憑人撮弄我，我還是一片傻心腸兒。」

例句 別看小李平日心慈面軟的，執行勤務的時候卻是鐵面無私，絕不留情。

近義 慈眉善目　菩薩低眉

反義 心狠手辣　蛇蠍心腸

心慌意亂 ㄒㄧㄣ ㄏㄨㄤ ㄧˋ ㄌㄨㄢˋ 心中慌張，思緒紛亂。

語源 明凌濛初初刻拍案驚奇卷六：「心慌意亂，一時狂走，不知一個東西南北。」

例句 你現在心慌意亂，別急著下決定，免得誤判形勢，等心靜下來再從長計議吧！

近義 六神無主　心亂如麻

反義 泰然自若　安之若素

心照不宣 ㄒㄧㄣ ㄓㄠˋ ㄅㄨˋ ㄒㄩㄢ 彼此心裡明白，不必用言語表達出來。照，明白。宣，說明。

語源 清曾樸孽海花第三十一回：「張夫人吩咐儘管照舊開輪，大家也都心照不宣了。」

例句 老師調查這件惡作劇是誰主使的時候，大家都心照不宣，裝作不知道。

近義 心領神會　心知肚明

反義 一竅不通　百思不解

心煩意亂 ㄒㄧㄣ ㄈㄢˊ ㄧˋ ㄌㄨㄢˋ 心情煩躁，思緒紛亂。也作「心煩慮亂」。

語源 戰國楚屈原卜居：「竭智盡忠，而蔽障於讒。心煩慮亂，不知所從。」三國演義第三十一回：「袁紹回冀州，心煩意亂，不理政事。」

例句 當我心煩意亂的時候，蕭邦的鋼琴曲是我最好的朋友，那流水般的旋律，很快就會讓心情平靜下來。

近義 心慌意亂　心亂如麻

反義 心平氣和　心曠神怡

心猿意馬 ㄒㄧㄣ ㄩㄢˊ ㄧˋ ㄇㄚˇ 心意像猿、馬一般跳躍奔馳，難以控制。形容心思、意念難以控制。

語源 唐敦煌變文集維摩詰經講經文：「卓定深沉莫測量，心猿意馬罷顛狂。」

例句 一見到那個心儀已久的女孩走進閱覽室，在他身旁坐下，令他心猿意馬，書也看不下去了。

近義 三心二意　心神不定

反義 專心致志　心無旁騖

心腹之患 ㄒㄧㄣ ㄈㄨˋ ㄓ ㄏㄨㄢˋ 體內重要部位的重大疾病。比喻嚴重的禍患或隱憂。也作「心腹之疾」、「心腹大患」。

語源 左傳哀公六年：「除腹心之疾，而置諸股肱，何益？」後漢書陳蕃傳：「今寇賊在外，四支（肢）之疾；內政不理，心腹之患。」

例句 黃河雖是中華文化的搖籃，但因時常泛濫，也是威脅百姓身家性命的心腹之患。

反義 疥癬之疾　纖介之禍

心路歷程 ㄒㄧㄣ ㄌㄨˋ ㄌㄧˋ ㄔㄥˊ 內心思考、感受的全部過程。心路，思路；心中思考的軌跡。

語源 南朝梁沈約瑞石像銘：「心路照通，有感斯順。」

例句 那位知名作家在社群媒體上，與學員分享她走上創作的心路歷程，獲得許多迴響。

心馳神往 ㄒㄧㄣ ㄔˊ ㄕㄣˊ ㄨㄤˇ 心思飛馳嚮往。形容嚮往之至。也作「心慕神馳」。

語源 宋韓琦祭歐陽文忠公文：「自公還事，心慕神馳，徒憑翰墨，莫挹姿儀。」

例句 玉山勝景令人心馳神往，有機會我一定要去遊歷一番。

近義 心嚮往之　悠然神往

心滿意足 ㄒㄧㄣ ㄇㄢˇ ㄧˋ ㄗㄨˊ 形容非常滿足。

語源 漢書王莽傳：「豐等爵位已盛，心意既滿，又實畏漢宗室、天下豪傑。」宋劉克莊答歐陽袐書書之二：「雖累數千言，而義理一脈，首尾貫屬，讀之使人心滿意足。」

例句　他家境清寒，偶爾能夠吃到他最喜歡的紅燒肉就心滿意足了。

近義　稱心如意　如願以償

反義　大失所望　悵然若失

心領神會　ㄒㄧㄣ ㄌㄧㄥˇ ㄕㄣˊ ㄏㄨㄟˋ　內心領悟體會。

語源　唐田穎遊雁蕩山記：「與之辯論心性切實之學，彼已心領神會。」

例句　用心的學生不需要老師太多的解說，就能心領神會，掌握重點。

近義　心照不宣　會心一笑

反義　百思不解　一竅不通

心廣體胖　ㄒㄧㄣ ㄍㄨㄤˇ ㄊㄧˇ ㄆㄢˊ　心胸開闊，身體自然舒泰。胖，安然舒泰。

語源　大學：「富潤屋，德潤身，心廣體胖，故君子必誠其意。」明孫仁孺東郭記第二齣：「待雄飛海內應無幾，縱飢寒心寬體肥。」清東隅逸士飛龍全傳第二十二回：「自古道心廣體胖，不上一月的將養，把那肌黃膚瘦的形容，竟換了一副潤澤光華體貌。」

辨析　本則成語後多用來指因心情愉快，生活無憂，身體自然發胖。也作「心寬體胖」。胖，音ㄆㄤˋ。

例句　老王退休後輕鬆自在，無憂無慮，果然心廣體胖，身材發福不少。

近義　大腹便便

反義　面黃肌瘦　骨瘦如柴

心慕手追　ㄒㄧㄣ ㄇㄨˋ ㄕㄡˇ ㄓㄨㄟ　因心裡愛慕而著手模仿。多用來形容對精湛技藝的高度讚賞並竭力效法。

語源　晉書王羲之傳：「玩之不覺為倦，覽之莫識其端，心慕手追，此人而已。」

例句　他因喜愛鄭板橋所畫的墨竹，幾年來心慕手追，竟也有幾分神似。

心醉神迷　ㄒㄧㄣ ㄗㄨㄟˋ ㄕㄣˊ ㄇㄧˊ　形容愛慕到極點。也作「心醉魂迷」。

語源　莊子應帝王：「列子見之而心醉，歸以告壺子。」北齊顏之推顏氏家訓慕賢：「所值名賢，未嘗不心醉魂迷，向慕之也。」

例句　阿花的美貌，令小王心醉神迷，魂牽夢縈。

近義　心馳神往　神魂顛倒

心餘力絀　ㄒㄧㄣ ㄩˊ ㄌㄧˋ ㄔㄨˋ　參見「心有餘而力不足」。

心凝形釋　ㄒㄧㄣ ㄋㄧㄥˊ ㄒㄧㄥˊ ㄕˋ　心志凝注而形體消釋。形容達到專注忘我的境地。

語源　列子黃帝：「而後眼如耳，耳如鼻，鼻如口，無不同也。心凝形釋，骨肉都融。」

例句　多年來養成睡前靜坐的習慣，能讓我放下雜念，體驗心凝形釋的妙處。

近義　專心致志　渾然忘我

反義　神不守舍　心不在焉

心蕩神馳　ㄒㄧㄣ ㄉㄤˋ ㄕㄣˊ ㄔˊ　形容心神迷亂、不能自持的樣子。也作「心蕩神搖」、「心蕩神迷」。

語源　金瓶梅第十八回：「猛然一見，不覺心蕩神搖，精魂已失。」清陳端生再生緣第四十八回：「君王想到情深處，心蕩神馳魂暗飛。」清李汝珍鏡花緣第九十八回：「陽衍正在心蕩神迷，一聞此語，慌忙接過芍藥道……」

例句　小新一見到阿花的美貌，不覺心蕩神馳，語無倫次。

近義　神魂顛倒　意亂情迷

反義　興味索然　不為所動

心嚮往之 ㄒㄧㄣ ㄒㄧㄤˋ ㄨㄤˇ ㄓ　心裡非常地嚮往。

語源　史記孔子世家：「詩有之：『高山仰止，景行行止。』雖不能至，然心嚮往之。」

例句　對於王維鳥鳴澗詩中描述的空靈寧靜的意境，雖不能至，然心嚮往之。

近義　心馳神往　悠然神往

心懷不軌 ㄒㄧㄣ ㄏㄨㄞˊ ㄅㄨˋ ㄍㄨㄟˇ　心中懷有不良的企圖。軌，正軌；規矩。

例句　一進地下道，後面那個人突然加快腳步靠近我，顯然心懷不軌，我趕緊拔腿就跑。

近義　居心不良　圖謀不軌

反義　光明正大　光明磊落

心懷叵測 ㄒㄧㄣ ㄏㄨㄞˊ ㄆㄛˇ ㄘㄜˋ　內心險惡，不可測度。叵，不可。

語源　三國演義第五十七回：「曹操心懷叵測，叔父若往，恐遭其害。」

例句　挾持人質的匪徒，要求警方派員入屋談判，只怕是心懷叵測。

近義　居心叵測　包藏禍心

反義　光明磊落　襟懷坦白

心懷鬼胎 ㄒㄧㄣ ㄏㄨㄞˊ ㄍㄨㄟˇ ㄊㄞ　內心暗藏著壞念頭或不可告人的想法。

語源　水滸傳第八回：「兩個公人懷著鬼胎，各自要保性命。」

例句　看妳們一副心懷鬼胎的樣子，是不是有什麼事瞞著我？

近義　居心叵測　居心不良

反義　心懷坦白　光明正大

心曠神怡 ㄒㄧㄣ ㄎㄨㄤˋ ㄕㄣˊ ㄧˊ　形容心情開朗，精神愉快。

語源　晉王肅之蘭亭古詩四言：「今我斯遊，神怡心靜。」唐田穎博浪沙行序：「出所為詩，讀至……已為心曠神怡。」

例句　這一趟花東之旅，沿途風光明媚，令人心曠神怡。

近義　怡然自得

反義　心煩意亂

心懸兩地 ㄒㄧㄣ ㄒㄩㄢˊ ㄌㄧㄤˇ ㄉㄧˋ　心中記掛著兩地的事。

語源　明陸西星封神演義第三回：「末將路聞君侯反商，崇侯奉旨征討，因此上末將心懸兩地，星夜奔回。」

例句　為了出國深造，表哥不得不暫時與心愛的女友分別，令他飽嘗心懸兩地之苦。

近義　牽腸掛肚

心驚肉跳 ㄒㄧㄣ ㄐㄧㄥ ㄖㄡˋ ㄊㄧㄠˋ　形容極度驚惶，心神非常不安寧。

語源　元佚名爭報恩三虎下山第三折：「不知怎麼，這一會兒心驚肉戰，這一雙好腳兒再走也走不動了。」紅樓夢第一〇五回：「賈政在外，心驚肉跳，拈鬚搓手的等候旨意。」

例句　自從目睹那場大車禍以後，他一聽到緊急煞車聲就會嚇得心驚肉跳。

近義　心驚膽戰　魂不附體

反義　神色自若　泰然處之

心驚膽戰 ㄒㄧㄣ ㄐㄧㄥ ㄉㄢˇ ㄓㄢˋ　形容非常驚恐。戰，通「顫」。抖動。

語源　元關漢卿包待制智斬魯齋郎第一折：「我恰便是墜深淵，把不定心驚膽戰，有這場死罪愆。」

例句　那輛車子突然失控撞向橋邊護欄，半個車身懸在半空中，叫人看得心驚膽戰。

近義　心驚肉跳　魂不附體

反義　神色自若　泰然處之

心有戚戚焉 ㄒㄧㄣ ㄧㄡˇ ㄑㄧ ㄑㄧ ㄧㄢ　內心有所感動的樣子。戚戚，心有所感。

語源　孟子梁惠王上：「夫子

言之，於我心有戚戚焉。」

例句 您說的這番道理，讓我心有戚戚焉啊。

反義 無動於中

心中自有一把尺 比喻人人心中都有判斷是非對錯的標準。尺，量長短的器具。比喻衡量的標準。

例句 誰對國家發展最有貢獻，民眾心中自有一把尺，不是少數政客或名嘴可以強加扭曲的。

近義 公是公非　公道自在人心

心有餘而力不足 心裡很有意願去做，但是能力不足。也作「心餘力絀」。絀，不足。

語源 論語里仁：「有能一日用其力於仁矣乎？我未見力不足者。」宋朱熹金紫光祿大夫黃公墓誌銘：「竊公養親之意有餘而力不足。」紅樓夢第二十五回：「我手裡但凡從容些，也時常來上供，只是心有餘而力不足。」清許優民後官場現形記第五回：「縱使沒錢肯借，免不得說兩句心餘力絀、愛莫能助的客氣話。」

例句 我也很想幫你解決財務危機，但實在是心有餘而力不足啊！

近義 力不從心　力有未逮

反義 遊刃有餘　應付裕如

心有靈犀一點通 指彼此心靈契合，互相感應。靈犀，舊傳犀牛角上有白紋，感應靈敏。也作「心有靈犀」、「一點靈犀」或「靈犀相通」。

語源 唐李商隱無題：「身無彩鳳雙飛翼，心有靈犀一點通。」

例句 我正想打電話給妳時，就接到妳的電話，真是心有靈犀一點通啊！

近義 心心相印

反義 貌合神離　格格不入

1 **必恭必敬** 形容非常恭敬。必，一定。俗作「畢恭畢敬」。

語源 詩經小雅小弁：「維桑與梓，必恭敬止。」清錢泳履園叢話朱文正公逸事：「待人接物，必恭必敬，晚年益自刻厲。」

例句 小平在長輩面前必恭必敬，乖巧又有禮貌。

近義 正襟危坐　肅然起敬

反義 吊兒郎當　沒大沒小

3 **忍俊不禁** 本指熱中某事不能克制，後多指忍不住笑了出來。忍俊，含笑。

語源 唐趙璘因話錄第五卷徵部三：「戎時為吏部郎中，大書其上，戲作考詞狀：『當有千有萬，忍俊不禁考上下。』」清梁紹王兩般秋雨盦隨筆迦陵填詞圖：「讀之忍俊不禁，不意此老亦風趣乃爾。」

例句 阿發談吐幽默，加上肢體語言豐富，講起笑話來每每令人忍俊不禁。

近義 啞然失笑

反義 泣不成聲

忍氣吞聲 受了氣勉強忍耐不作聲。形容因有所顧慮，受了氣也不敢發作。吞聲，不敢出聲。

語源 南朝梁任孝恭為汝南王檄魏文：「痛桑梓淪蕪，室家顛殞，飲氣吞聲，志中仇怨。」京本通俗小說菩薩蠻：「錢都管……罵了一頓，走開去了。張老只得忍氣吞聲回來，與女兒說知。」

例句 為了班上的和諧，我對

阿達的惡意批評一直忍氣吞聲，但如果他繼續無理取鬧下去，我就不客氣了。

近義　逆來順受　委曲求全

反義　忍無可忍　不平則鳴

忍辱含垢 ㄖㄣˇ ㄖㄨˇ ㄏㄢˊ ㄍㄡˋ　忍受恥辱。垢，通「詬」。恥辱。

語源　漢班昭女誡卑弱：「有善莫名，有惡莫辭，忍辱含垢，常若畏懼，是謂卑弱下人也。」

例句　經濟不景氣之下，為了家庭幸福，即使忍辱含垢也應當努力打拚，不可輕言放棄。

近義　忍辱負重　包羞忍恥

反義　忍無可忍

忍辱求全 ㄖㄣˇ ㄖㄨˇ ㄑㄧㄡˊ ㄑㄩㄢˊ　忍受屈辱以顧全大局。

例句　面對丈夫的家暴，阿芳決定不再忍辱求全，已向家扶中心尋求協助。

近義　忍辱負重　委曲求全

反義　寧死不屈　不平則鳴

忍辱負重 ㄖㄣˇ ㄖㄨˇ ㄈㄨˋ ㄓㄨㄥˋ　忍受一時的屈辱，擔負起重任。

語源　三國志吳書陸遜傳：「國家所以屈諸君使相承望者，以僕有尺寸可稱，能忍辱負重故也。」

例句　外交人員忍辱負重，竭盡所能維護我國應有的國際地位，令人敬佩。

近義　忍辱含垢　包羞忍恥

反義　忍無可忍

忍無可忍 ㄖㄣˇ ㄨˊ ㄎㄜˇ ㄖㄣˇ　指忍耐已到了極限，無法再忍。

語源　論語八佾：「是可忍也，孰不可忍也？」三國志魏書孫禮傳：「（孫禮）因涕泣橫流。宣王曰：『且止，忍不可忍。』」清無名氏官場維新記第十四回：「果然那些學生忍無可忍，鬧出全班散學的事來。」

例句　雖然一再警告，小花還是時常遲到，老闆已經忍無可忍，打算請她走路了。

近義　是可忍，孰不可忍

反義　忍辱負重

忐忑不安 ㄊㄢˇ ㄊㄜˋ ㄅㄨˋ ㄢ　形容心神不寧。忐忑，心神不定。

語源　清曾樸孽海花第三十回：「天已漸漸的黑了，彩雲心裏有些忐忑不安，恐怕回去得晚，雯青又要嚕嗦。」

例句　考期將近，卻還有好多書沒唸，小新心中忐忑不安。

近義　惴惴不安　心神不寧

反義　神色自若　氣定神閒

志同道合 ㄓˋ ㄊㄨㄥˊ ㄉㄠˋ ㄏㄜˊ　志向相同，信仰相合。形容彼此理想、志趣一致。

語源　三國魏曹植陳審舉表：「及其見舉於湯武、周文，誠道合志同，玄謨神通。」宋陳亮與呂伯恭正字四首（其二）：「天下事常出於人意料之外，志同道合，便能引其類。」

例句　他結合一群志同道合的醫護人員，利用假日到山區義診，愛心可嘉。

近義　志趣相投　心心相印

反義　各行其是　離心離德

志在四方 ㄓˋ ㄗㄞˋ ㄙˋ ㄈㄤ　形容有遠大的志向和抱負。四方，指天下、國家。

語源　唐李白上安州裴長史書：「大丈夫必有四方之志，乃仗劍去國，辭親遠遊。」明馮夢龍東周列國志第二十五回：「妾聞男子志在四方，君壯年不出圖仕，乃區區守妻子坐困乎？」

例句　年輕人應該志在四方，不可好逸惡勞，埋沒自己的潛能和青春。

近義　胸懷萬里　天下為家

反義　胸無大志　燕雀之志

志得意滿 ㄓˋ ㄉㄜˊ ㄧˋ ㄇㄢˇ

志願得到實現，心滿而意足。多用來譏刺人得意而驕傲。原作「志盈欲滿」。

語源 三國志魏書傳嘏傳：「孫權自破關羽并荊州之後，志盈欲滿，凶宄以極。」宋鄭準昆山縣學租記：「若夫名遂身榮，志得意滿，陳食前方丈，而弗念虀鹽之憂。」

例句 小華得了個優等獎便一副志得意滿的模樣，未免太小家子氣。

近義 趾高氣揚　得意忘形

反義 謙沖自牧　虛懷若谷

忘年之交 ㄨㄤˋ ㄋㄧㄢˊ ㄓ ㄐㄧㄠ

不拘年齡、輩分而交往的朋友。

語源 晉張騭文士傳：「禰衡與孔融作爾汝之交，時衡未滿二十，融已五十，重衡才秀，忘年也。」梁書張纘傳：「初未與纘遇，便虛相推重，因為忘年之交。」

例句 由於有共同的愛好，阿財和常去公園下棋的幾位老伯伯成了忘年之交。

忘其所以 ㄨㄤˋ ㄑㄧˊ ㄙㄨㄛˇ ㄧˇ

由於過度興奮、得意而忘記了一切。

語源 漢張衡東京賦：「朝罷夕倦，奪氣褫魄之為者，忘其所以為談，失其所以為夸。」明凌濛初二刻拍案驚奇卷五：「一時看得渾，忘其所以。」

例句 隨著節奏強烈的舞曲，舞池裡的男男女女都忘其所以地跳著熱舞。

近義 得意忘形

忘恩負義 ㄨㄤˋ ㄣ ㄈㄨˋ ㄧˋ

忘記別人對自己的恩惠，背棄了情義。指做出對不起別人的事。負，辜負；背棄。

語源 漢書張敞傳：「背恩忘義，傷化薄俗。」元楊文奎翠紅鄉兒女團圓第二折：「他怎生忘恩負義，你雪堆兒裡扶起他來那。」

例句 師父從小把他帶大，他學藝有成之後竟處處排擠師父，這種忘恩負義之徒，我壓根兒瞧不起他。

近義 恩將仇報　過河拆橋

反義 知恩圖報　感恩戴德

忙中有錯 ㄇㄤˊ ㄓㄨㄥ ㄧㄡˇ ㄘㄨㄛˋ

在慌張忙亂中出了差錯。

語源 宋戴復古處世：「萬事盡從忙裡錯，一心須向靜中安。」明馮夢龍醒世恆言卷三二：「逐隻挨去，並不見韓翁之舟，心中早已著忙，莫非忙中有錯？」

例句 你最好在前一晚就準備好隔天上學所需的物品，以免早上趕著出門忙中有錯，丟東忘西。

忙裡偷閒 ㄇㄤˊ ㄌㄧˇ ㄊㄡ ㄒㄧㄢˊ

在繁忙中抽出一點休閒的時間。

語源 宋釋法應禪宗頌古聯珠通集六祖慧能大師：「年來老大渾無力，偷得忙中些子閑。」宋黃庭堅和答趙令同前韻：「人生政自無閑暇，忙裡偷閑得幾回。」

例句 雖然工作繁忙，也要設法忙裡偷閒，活動一下筋骨。

反義 自顧不暇　焦頭爛額

4

忠心耿耿 ㄓㄨㄥ ㄒㄧㄣ ㄍㄥˇ ㄍㄥˇ

形容非常忠誠。耿耿，誠信守節的樣子。

語源 漢劉向九歎惜賢：「進雄鳩之耿耿兮，讒紛紛而蔽之。」清李汝珍鏡花緣第五十七回：「當日令尊伯伯為國捐軀，雖大事未成，然忠心耿耿，自能名垂不朽。」

例句 擔任國家元首的侍衛，皆是經過嚴格篩選，個個忠心

耿耿，能誓死達成任務。

近義 赤膽忠心　忠肝義膽

反義 心懷異志　包藏禍心

忠告善道 ㄓㄨㄥ ㄍㄠˋ ㄕㄢˋ ㄉㄠˋ　真誠地勸告並用正道加以開導。道，通「導」。

語源 論語顏淵：「子貢問友，子曰：『忠告而善道之，不可則止，毋自辱焉。』」

例句 朋友相交貴在知心，尤其是能做到忠告善道的朋友，更是難得。

近義 循循善誘

反義 口蜜腹劍

忠孝兩全 ㄓㄨㄥ ㄒㄧㄠˋ ㄌㄧㄤˇ ㄑㄩㄢˊ　盡忠國家和孝順父母，兩者都能兼顧。

語源 唐白居易除程執恭檢校右僕射制：「蘊天爵以修己，忠孝兩全。」

例句 他身為職業軍人，為人正氣凜然，更難得的是忠孝兩全，可作為國軍的楷模。

近義 盡忠盡孝　忠臣孝子

反義 忠孝不能兩全

忠肝義膽 ㄓㄨㄥ ㄍㄢ ㄧˋ ㄉㄢˇ　指忠義的情操。

語源 宋辛棄疾永遇樂：「烈日秋霜，忠肝義膽，千載家譜。」

例句 水滸傳裡所描述的梁山泊人物，多是光明坦蕩、忠肝義膽的英雄好漢。

近義 碧血丹心　赤膽忠心

忠言逆耳 ㄓㄨㄥ ㄧㄢˊ ㄋㄧˋ ㄦˇ　忠直的勸告總令人難以接受。逆耳，不順耳。

語源 史記留侯世家：「且忠言逆耳利於行，良藥苦口利於病，願沛公聽樊噲言！」

例句 剛才的話或許過於嚴厲，但是忠言逆耳，希望你能夠自我反省，切莫一錯再錯。

近義 良藥苦口

反義 巧言令色　甜言蜜語

忠貞不貳 ㄓㄨㄥ ㄓㄣ ㄅㄨˋ ㄦˋ　忠誠堅定，沒有二心。也作「忠貞不渝」。

語源 尚書君牙：「惟乃祖乃父，世篤忠貞。」明孫高亮于少保萃忠傳第三十九回：「至如謙者，鞠躬報國，既有忠貞不二之節……。」

例句 老趙對老婆忠貞不貳，從不在外拈花惹草。

近義 忠心耿耿　赤膽忠心

反義 朝秦暮楚　見異思遷

快人快語 ㄎㄨㄞˋ ㄖㄣˊ ㄎㄨㄞˋ ㄩˇ　痛快人說痛快話。形容性情直爽，說話痛快。快，爽快；痛快。

語源 宋釋道原景德傳燈錄南源道明禪師：「快馬一鞭，快人一語。」蔡東藩五代史演義第三回：「我恐朱氏一族，將被汝覆滅了。」批語：「快人快語。」

例句 老張快人快語，一席話說得現場來賓頻頻點頭。

近義 心直口快　直言不諱

反義 欲言又止　含糊其詞

快馬加鞭 ㄎㄨㄞˋ ㄇㄚˇ ㄐㄧㄚ ㄅㄧㄢ　鞭策快馬使牠跑得更快。比喻快上加快，急速進行。

語源 宋王安石送純甫如江南：「此去還知苦相憶，歸時快馬亦須鞭。」明徐畛殺狗記第十七齣：「何不快馬加鞭，徑趕至蒼山，救取伯伯。」

例句 我們何不快馬加鞭，一鼓作氣把這件工作做完，別再拖到明天了。

近義 馬不停蹄

反義 慢條斯理　蝸行牛步

快意當前 ㄎㄨㄞˋ ㄧˋ ㄉㄤ ㄑㄧㄢˊ　指只圖眼前一時的痛快。快意，稱心滿意。

語源 戰國秦李斯諫逐客書：

心

「快意當前，適觀而已矣。」

例句 做事當謀定而後動，不可只圖快意當前，否則因小而失大就太不值得了。

近義 急功近利 目光如豆

反義 高瞻遠矚 三思而行

快刀斬亂麻 ㄎㄨㄞˋ ㄉㄠ ㄓㄢˇ ㄌㄨㄢˋ ㄇㄚˊ 比喻果斷迅速地解決紛亂複雜的問題。

語源 後漢書方儲傳：「上嘉其才，以繁亂絲付儲使理。儲拔佩刀三斷之，對曰：『反經任勢，臨事宜然。』」北齊書文宣紀：「高祖嘗試觀諸子意識，各使治亂絲，帝獨抽刀斬之，曰：『亂者須斬。』」

例句 他一上任就快刀斬亂麻，宣布全面回收這批有瑕疵的產品，馬上受到好評。

近義 大刀闊斧 當機立斷

反義 優柔寡斷 拖泥帶水

念念不忘 ㄋㄧㄢˋ ㄋㄧㄢˋ ㄅㄨˋ ㄨㄤˋ 時常思念而不能忘懷。

語源 宋蘇軾東坡志林論修養帖寄子由：「觀妄除愛，自粗及細，念念不忘。」紅樓夢第四十七回：「因其中有個柳湘蓮，薛蟠自上次會過一次，已念念不忘。」

例句 上次到宜蘭吃到的牛舌餅，酥脆甜美的滋味，爺爺至今仍念念不忘。

近義 念茲在茲 銘心刻骨

念念有詞 ㄋㄧㄢˋ ㄋㄧㄢˋ ㄧㄡˇ ㄘˊ 口中細聲地說著話語。也作「唸唸有詞」。

語源 水滸傳第五十一回：「宋江不等那風到，口中也念念有詞，左手捏訣，右手把劍一指。」

例句 每一次開飯前，他必定雙手合拜，低著頭念念有詞地感謝上帝的恩賜。

近義 自言自語 喃喃自語

念茲在茲 ㄋㄧㄢˋ ㄗ ㄗㄞˋ ㄗ 念念不忘這個。念，記住；掛念。茲，此。

語源 尚書大禹謨：「帝念哉！念茲在茲，釋茲在茲。」

例句 林先生以完成父親遺願為職志，一生念茲在茲，孝心令人感動。

近義 念念不忘 沒齒不忘

反義 拋在腦後 秋風過耳

忸怩作態 ㄋㄧㄡˇ ㄋㄧˊ ㄗㄨㄛˋ ㄊㄞˋ 裝作含羞、難為情的樣子。忸怩，慚愧難為情的樣子。

例句 既然你想收下這份禮物，又何必忸怩作態，假意推辭呢？

近義 扭扭捏捏 裝模作樣

反義 落落大方 大模大樣

忽隱忽現 ㄏㄨ ㄧㄣˇ ㄏㄨ ㄒㄧㄢˋ 時而隱沒，時而顯現。

語源 清吳敬梓儒林外史第十四回：「又遙見隔江的山，高高低低，忽隱忽現。」

例句 他伸著頭往外張望，但見一名長髮披肩、白衣素紈的女子在自家門口忽隱忽現。

近義 乍隱乍現 若隱若現

反義 清清楚楚 明明白白

忿忿不平 ㄈㄣˋ ㄈㄣˋ ㄅㄨˋ ㄆㄧㄥˊ 心中憤恨不滿。忿，憤怒。也作「憤憤不平」。

語源 漢書劉據傳：「不忍忿忿之心，起而殺充，恐懼逋逃。」晉書桓祕傳：「祕亦免官，居於宛陵，每憤憤有不平之色。」唐許嵩建康實錄：「自爾憤憤不平，每酒後輒詠魏武帝樂府。」

例句 這種惡人竟然逍遙法外，真是教人忿忿不平。

近義 氣憤填膺 咬牙切齒

反義 心平氣和 淡然處之

5

怏怏不平 ㄧㄤˋ ㄧㄤˋ ㄅㄨˋ ㄆㄧㄥˊ 因不滿而心中不平。怏怏，不滿意、有點惱怒的樣子。

語源 隋書虞世基傳：「貧無產業，每傭書養親，怏怏不平。」

例句 新玩具總是被哥哥搶去玩，弟弟怏怏不平地跑去跟媽媽告狀。

近義 忿忿不平

怏怏不樂 ㄧㄤˋ ㄧㄤˋ ㄅㄨˋ ㄌㄜˋ 形容不快樂的樣子。怏怏，不快樂的樣子。

語源 史記絳侯周勃世家：「此怏怏者非少主臣也。」水滸傳第一〇一回：「宋江見折了三將，心中煩惱，怏怏不樂。」

例句 主管不同意王先生的請求，王先生討了個沒趣，怏怏不樂地退了出去。

近義 鬱鬱寡歡 悶悶不樂

反義 歡天喜地 興高采烈

怒不可遏 ㄋㄨˋ ㄅㄨˋ ㄎㄜˇ ㄜˋ 憤怒到不能抑制的地步。形容憤怒至極。遏，阻止；壓制。

語源 資治通鑑後唐明宗天成二年：「嚴惶怖求哀，知祥曰：『眾怒不可遏也。』遂揖下，斬之。」

例句 小明出言不遜，辱罵師長，王爸爸怒不可遏，當場摑了他一個耳光。

近義 怒氣沖天 大發雷霆

反義 喜不自勝 樂不可支

怒火中燒 ㄋㄨˋ ㄏㄨㄛˇ ㄓㄨㄥ ㄕㄠ 形容極為憤怒。

語源 宋王邁再呈趙倅：「虛舟相觸何心在，怒火雖炎一餉空。」清蒲松齡聊齋誌異封三娘：「然遙遙探訪，妄冀復挽；察知業有主，忿火中燒，萬慮俱斷矣。」

例句 聽到弟弟又在外跟人打架，爸爸怒火中燒，狠狠罵了他一頓。

近義 怒氣沖天 火冒三丈

反義 心平氣和 和顏悅色

怒目相向 ㄋㄨˋ ㄇㄨˋ ㄒㄧㄤ ㄒㄧㄤˋ 投以憤怒的眼神，表達生氣。

語源 清蒲松齡聊齋誌異王大：「有舉人重貲作巨商者，衣錦厭粱肉，家中起樓閣、買良沃，而竟忘所自來。一取償，則怒目相向。」

例句 兩好三壞後，一顆明顯偏低的球竟被判好球，打者對著裁判怒目相向，心不甘情不願地拎著球棒走回去。

近義 橫眉豎眼 惡言相向

反義 笑容滿面 笑逐顏開

怒形於色 ㄋㄨˋ ㄒㄧㄥˊ ㄩˊ ㄙㄜˋ 臉上流露出憤怒的神色。色，臉色；神色。

語源 宋洪邁夷堅志子夏蹴酒：「陳炎夢登大成殿，夫子賜之酒五尊。子夏怒形於色，舉足蹴其二。」

例句 老闆開會時怒形於色，把桌子拍得震天價響，大家都嚇得噤若寒蟬。

近義 怒容滿面 怒氣沖天

反義 喜形於色 眉開眼笑

怒氣沖天 ㄋㄨˋ ㄑㄧˋ ㄔㄨㄥ ㄊㄧㄢ 形容憤怒到了極點。

語源 三國演義第一一八回：「北地劉諶聞知，怒氣沖天，乃帶劍入宮。」

例句 父親一看到弟弟的段考成績，不禁怒氣沖天，立刻下了禁足令，要他好好反省。

近義 怒髮衝冠 怒不可遏

反義 心花怒放 歡天喜地

怒氣填胸 ㄋㄨˋ ㄑㄧˋ ㄊㄧㄢˊ ㄒㄩㄥ 胸中充滿怒氣。形容非常忿怒。也作「怒氣填膺」。

語源 三國演義第九回：「及至呂布來時，卻又擂鼓收軍去

了，激得呂布怒氣填胸。」蔡東藩明史通俗演義第十二回：「見平江仍屹峙如故，不覺怒氣填膺。」

例句　明明安全上壘卻被判出局，甲隊教練怒氣填胸，馬上衝出來跟裁判理論。

近義　怒氣沖天　怒火中燒

反義　心平氣和　和顏悅色

怒髮衝冠 ㄋㄨˋ ㄈㄚˇ ㄔㄨㄥ ㄍㄨㄢ　憤怒得頭髮直豎，把帽子都頂了起來。形容極為憤怒。

語源　莊子盜跖：「盜跖聞之大怒，目如明星，髮上指冠。」史記廉頗藺相如列傳：「相如因持璧卻立，倚柱，怒髮上衝冠。」

辨析　衝，不可寫成「沖」。

例句　這樁命案，兇手的作案手法太過殘忍，聽聞者無不怒髮衝冠，破口大罵。

近義　大發雷霆　怒不可遏

反義　一笑置之　和顏悅色

怒濤排壑 ㄋㄨˋ ㄊㄠ ㄆㄞˊ ㄏㄨㄛˋ　洶湧的浪濤猛力沖向山谷。形容波濤洶湧澎湃。也比喻聲勢、力量浩大。

語源　孫文黃花岡烈士事略序：「怨憤所積，如怒濤排壑，不可遏抑。」

例句　人民對無能政府的不滿，如怒濤排壑，不可遏止。

近義　波濤洶湧　聲勢浩大

反義　風平浪靜

怔忡不安 ㄓㄥ ㄔㄨㄥ ㄅㄨˋ ㄢ　惶恐不安。怔忡，中醫指心悸。引申用來形容惶恐不安。

語源　明馮夢龍東周列國志第三十二回：「寡人有怔忡之疾，惡聞人聲。」清蒲松齡聊齋誌異聶小倩：「三日來，心怔忡無停息，意金華妖物，恨妾遠遁，恐旦晚尋及也。」

例句　老李欠下大筆債務整天怔忡不安，深怕債主找上門來。

近義　惴惴不安　心神不寧

反義　處之泰然　老神在在

怙惡不悛 ㄏㄨˋ ㄜˋ ㄅㄨˋ ㄑㄩㄢ　仗著權勢為非作歹，而不肯悔改。怙，仗恃。悛，悔改。

語源　金史許古傳：「其或怙惡不悛，舉眾討之，顧亦未晚也。」

辨析　悛，音ㄑㄩㄢ，不讀ㄐㄩㄣ。

例句　表弟是因年少不懂事才會誤入歧途，其實他並非怙惡不悛、十惡不赦之徒。

近義　為非作歹　執迷不悟

反義　改邪歸正　洗心革面

思古幽情 ㄙ ㄍㄨˇ ㄧㄡ ㄑㄧㄥˊ　懷念古人古事的情致。

語源　漢班固西都賦：「願賓攄懷舊之蓄念，發思古之幽情。」

例句　置身故宮博物院旁的至善園，飽覽怡人景致之餘，也不禁引發思古幽情。

思如泉湧 ㄙ ㄖㄨˊ ㄑㄩㄢˊ ㄩㄥˇ　文思如泉水般湧出。形容文思源源不絕，十分充沛。也作「思若湧泉」、「思如湧泉」。

語源　三國魏曹植王仲宣誄：「文若春華，思若湧泉。」唐韓休唐金紫光祿大夫蘇頲文集序：「則翰動若飛，思如泉湧。」

例句　陳老師寫文章總是思如泉湧，援筆立成，令人折服。

近義　文思泉湧　援筆立成

反義　腸枯思竭　腹笥甚窘

思前想後 ㄙ ㄑㄧㄢˊ ㄒㄧㄤˇ ㄏㄡˋ　反覆思量、考慮。也作「思前算後」、「前思後想」。

語源　明陸西星封神演義第三十二回：「黃飛虎坐在殿上，思前想後。」清西周生醒世姻

緣傳第六十五回：「前思後想，沒奈何，只得還去求他。」

例句　我思前想後，總覺得這樣做不是很好，還是再想想別的辦法吧！

近義　左思右想　深思熟慮

怠忽職守（ㄉㄞˋ ㄏㄨ ㄓˊ ㄕㄡˇ）　參見「玩忽職守」。

怡神養性（ㄧˊ ㄕㄣˊ ㄧㄤˇ ㄒㄧㄥˋ）　參見「頤神養性」。

怡情悅性（ㄧˊ ㄑㄧㄥˊ ㄩㄝˋ ㄒㄧㄥˋ）　怡悅、陶冶性情。也作「怡情養性」。

語源　漢徐幹中論治學：「學也者，所以疏神達思，怡情理性。」紅樓夢第十七回：「如今上了年紀，且案牘勞煩，於這怡情悅性的文章上更生疏了。」

例句　讀書寫字、蒔花藝草都足以怡情悅性，陶冶氣質。

近義　頤神養性　修心養性

怡然自得（ㄧˊ ㄖㄢˊ ㄗˋ ㄉㄜˊ）　形容喜悅適意的樣子。怡然，喜悅和樂的樣子。也作「怡然自樂」。

語源　列子黃帝：「黃帝既寤，怡然自得。」晉陶淵明桃花源記：「黃髮垂髫，並怡然自樂。」

例句　連日來陰雨綿綿，潮溼寒冷，人人苦不堪言；他卻怡然自得，一點也不受影響。

近義　自得其樂　樂在其中

反義　悵然若失　惘然若失

急就章（ㄐㄧˊ ㄐㄧㄡˋ ㄓㄤ）　漢史游撰有急就篇，也叫急就章。後用來比喻匆促完成的文章或事情。急就，急於完成。指速成。

語源　清李漁奈何天籌餉：「不能勾從容細繪流民狀，只好在馬上封題急就章。」

例句　凡事要按部就班，急就章很少不出錯的。

急人之難（ㄐㄧˊ ㄖㄣˊ ㄓ ㄋㄢˋ）　積極救助別人的困難、災難。

語源　詩經小雅常棣：「脊令在原，兄弟急難。」宋呂祖謙金華汪君將仕墓誌銘：「君資廉直，急人之難，不避風雨。」

例句　張伯伯為人熱心，常常急人之難，是擔任里長的不二人選。

近義　雪中送炭　急公好義

反義　自私自利　自掃門前雪

急中生智（ㄐㄧˊ ㄓㄨㄥ ㄕㄥ ㄓˋ）　在緊急狀況下猛然想出了應付的方法。

語源　清石玉崑三俠五義第二十三回：「忽見猛虎啣一小孩，也是急中生智，將手中板斧照定虎頭拋擊下去，正打在虎背之上。」

例句　那天我在課堂上出糗，幸虧你急中生智，幫我解了圍，真是多謝！

近義　靈機一動　情急智生

反義　束手無策　無計可施

急公好義（ㄐㄧˊ ㄍㄨㄥ ㄏㄠˋ ㄧˋ）　熱心公益，喜好幫助人。急，此指忙於解決他人之事或困難。

語源　清李伯元官場現形記第三十四回：「此次由上海捐集鉅款，來晉賑濟，急公好義，已堪嘉尚。」

辨析　公，不可寫成「功」。

例句　林先生急公好義，社區裡的大小事務，他總是一馬當先地出面協助。

近義　樂善好施　急人之難

反義　自私自利　假公濟私

急功近利（ㄐㄧˊ ㄍㄨㄥ ㄐㄧㄣˋ ㄌㄧˋ）　急於求取眼前的利益或成效。近，眼前的。

語源　漢董仲舒春秋繁露對膠西王越大夫不得為仁：「仁人者正其道，不謀其利；修其

理，不急其功。」

例句　作學問不能有急功近利的心態，必須循序漸進，真積力久，才能有所得。

近義　短視近利　操之過急

急如星火 ㄐㄧˊ ㄖㄨˊ ㄒㄧㄥ ㄏㄨㄛˇ　如流星的光那樣快速。形容非常急迫。也作「急於星火」。

語源　晉李密陳情表：「州司臨門，急於星火。」宋王明清揮麈錄卷二：「竭澤而漁，急如星火。」

例句　這件事急如星火，片刻也耽擱不得，請你立刻進行。

近義　燃眉之急　十萬火急

反義　慢條斯理　不疾不徐

急流勇退 ㄐㄧˊ ㄌㄧㄡˊ ㄩㄥˇ ㄊㄨㄟˋ　船在急流中，果斷地回舟退出。比喻人處於得意順遂時，及時引退，以求明哲保身。

語源　宋蘇軾贈善相程傑：「火色上騰雖有數，急流勇退豈無人？」

例句　東南亞國家近來政局頗不穩定，他打算急流勇退，結束公司，撤回資金。

近義　功成身退　見好就收

反義　破釜沉舟　知難而進

急起直追 ㄐㄧˊ ㄑㄧˇ ㄓˊ ㄓㄨㄟ　馬上振奮努力，以求追上他人。也作「奮起直追」。

語源　梁啟超說國風上：「人之有善，則急起直追之若不及。」

例句　你的成績落後其他同學很多了，要趕緊用功、急起直追才行呀！

近義　迎頭趕上　力爭上游

反義　自甘墮落　甘居中游

急景凋年 ㄐㄧˊ ㄐㄧㄥˇ ㄉㄧㄠ ㄋㄧㄢˊ　光陰催促，一年又將過去。多用作歲暮感慨之語。急景，快速消逝的光陰。凋年，殘年；歲暮。

語源　南朝宋鮑照舞鶴賦：「歲崢嶸而催暮，心惆悵而哀離。於是窮陰殺節，急景凋年。」

例句　隆冬臘月的景象特別讓人有急景凋年的感受，似乎一轉眼，一年就過去了。

近義　烏飛兔走　春去秋來

急管繁絃 ㄐㄧˊ ㄍㄨㄢˇ ㄈㄢˊ ㄒㄧㄢˊ　形容樂曲節拍緊湊，音色豐富熱鬧。也比喻各種繁複熱鬧的聲音。管、絃，樂器的總稱。借指音樂。也作「繁絃急管」、「急竹繁絲」。

語源　唐錢起送孫十尉溫縣：「急管繁弦催一醉，頹陽不駐引征鑣。」宋翁卷白紵詞：「急竹繁絲互催逼，吳娘嬌濃玉無力。」

例句　週末清晨不適合聽這種急管繁絃，來段清新的鋼琴小品如何？

近義　抑揚頓挫　錚錚鏦鏦

急轉直下 ㄐㄧˊ ㄓㄨㄢˇ ㄓˊ ㄒㄧㄚˋ　情況突然轉變，並且迅速發展下去。可指情況變好或變壞。急，急速。轉，轉變。

例句　原本呈現膠著的案子，由於新證據的出現，使案情急轉直下，很快就真相大白了。

近義　風雲變色　一瀉千里

反義　相持不下

急驚風碰上慢郎中 ㄐㄧˊ ㄐㄧㄥ ㄈㄥ ㄆㄥˋ ㄕㄤˋ ㄇㄢˋ ㄌㄤˊ ㄓㄨㄥ　比喻情況緊急，卻偏偏遇上慢性子的人，令人焦急。急驚風，中醫指小兒急性癲癇症，屬於急性重症。郎中，指醫師。

語源　明淩濛初二刻拍案驚奇卷三三：「此時富家子正是：急驚風撞著了慢郎中。抽馬聽得是他聲音，且不開門，一路數落他。」

例句　舞臺劇開演在即，女主

角卻還慢條斯理地化著妝，真是急驚風碰上慢郎中。

怦然心動 ㄆㄥ ㄖㄢˊ ㄒㄧㄣ ㄉㄨㄥˋ　形容受到吸引或刺激而動心。怦然，心跳動的樣子。

語源　清誕叟檮杌萃編第三回：「他看見他的恩師進了軍機，不覺怦然心動，就有個王陽在位貢禹彈冠的意思。」

例句　看到那支新車廣告，爸爸怦然心動，很想把開了十五年的老爺車換掉。

近義　見獵心喜　心馳神往

反義　無動於中　不為所動

性命交關 ㄒㄧㄥˋ ㄇㄧㄥˋ ㄐㄧㄠ ㄍㄨㄢ　牽涉生死；決定存亡。形容事關重大，非常緊要。交關，相牽涉；相關聯。也作「生死關頭」、「生死攸關」。

語源　清計六奇明季北略第十七卷：「人惟財色二事，孽障纏綿，一當生死關頭，便有許多繫戀。」清李汝珍鏡花緣第九十六回：「嗣後萬萬不可親自下山，惟恐被人看出，彼此性命交關。」

例句　這是性命交關的大事，你千萬不能耽擱啊！

近義　生死關頭　事關重大

反義　無關緊要　無關痛癢

性情中人 ㄒㄧㄥˋ ㄑㄧㄥˊ ㄓㄨㄥ ㄖㄣˊ　指感情豐富、率性真摯的人。

語源　清文康兒女英雄傳第二十五回：「認定了姑娘是個性情中人，所以也把性情來感動他。」

例句　媽媽說當初看到爸爸正直率真，又喜歡藝術，是個性情中人，所以才答應嫁給他。

近義　豪放不羈

反義　裝腔作勢

怨女曠夫 ㄩㄢˋ ㄋㄩˇ ㄎㄨㄤˋ ㄈㄨ　參見「曠男怨女」。

怨天尤人 ㄩㄢˋ ㄊㄧㄢ ㄧㄡˊ ㄖㄣˊ　怨恨上天，責怪他人。尤，責怪。

語源　論語憲問：「不怨天，不尤人。」

辨析　尤，不可寫成「由」。

例句　面對失敗，應該先反省自己，一味怨天尤人是不能解決問題的。

近義　文過飾非　怨天恨地

反義　反躬自省　反求諸己

怨聲載道 ㄩㄢˋ ㄕㄥ ㄗㄞˋ ㄉㄠˋ　道路上到處充滿了怨恨的聲音。形容群眾普遍怨恨、不滿。載，滿。

語源　後漢書李固傳：「開門受賂，署用非次，天下紛然，怨聲滿道。」明馮夢龍警世通言卷四：「民間怨聲載道，天變迭興。」

例句　公司政策朝令夕改，弄得員工怨聲載道，苦不堪言。

近義　民怨沸騰　天怒人怨

反義　口碑載道　有口皆碑

怪力亂神 ㄍㄨㄞˋ ㄌㄧˋ ㄌㄨㄢˋ ㄕㄣˊ　有關怪異、暴力、悖亂、神鬼的事。泛指不合科學常理的事情。

語源　論語述而：「子不語怪、力、亂、神。」

例句　他向來強調有憑有據的科學證據，因此對怪力亂神之事皆置之不理。

近義　荒誕不經　怪誕不經

反義　合情合理　入情入理

怪裡怪氣 ㄍㄨㄞˋ ㄌㄧˇ ㄍㄨㄞˋ ㄑㄧˋ　怪異奇特的樣子。

例句　她穿著和服，踩著高跟鞋，還戴了頂帽子，怪裡怪氣的打扮，讓人側目。

近義　陰陽怪氣

反義　一本正經　正經八百

怯聲怯氣 ㄑㄧㄝˋ ㄕㄥ ㄑㄧㄝˋ ㄑㄧˋ　形容說話時膽怯畏縮的樣子。怯，膽小；畏縮。

例句　到了新環境，她怯聲怯氣與人應對，看來還需要一點時間適應。

反義　理直氣壯　侃侃而談

怵目驚心（ㄔㄨˋ ㄇㄨˋ ㄐㄧㄥ ㄒㄧㄣ）　形容景象的可怖令人心生害怕。怵，恐懼；害怕。

辨析　本則成語疑從「觸目驚心」一語衍生而來，兩成語現已混用。細較之，兩成語之詞性、修辭則稍有不同，「怵目驚心」強調心目皆受驚駭，「觸目驚心」則指目見之而驚心。

例句　這場車禍造成多人死傷，現場血肉模糊的景象真是怵目驚心，慘不忍睹。

近義　慘不忍睹　慘絕人寰

反義　賞心悅目

6

恃才矜己（ㄕˋ ㄘㄞˊ ㄐㄧㄣ ㄐㄧˇ）　倚仗自己有才能而驕矜自負。恃，依靠；憑藉。矜，驕縱。

語源　隋書煬帝紀下：「恃才矜己，傲狠明德。」

辨析　恃，不可寫成「侍」。

例句　他入選為籃球國手之後，恃才矜己，傲慢不恭，所以遭到教練的責備。

近義　恃才傲物　負才使氣

反義　虛懷若谷　謙沖自牧

恃才傲物（ㄕˋ ㄘㄞˊ ㄠˋ ㄨˋ）　仗恃本身的才華而驕傲。物，指人。傲物，對人態度驕傲。

語源　南史蕭子顯傳：「恃才傲物，宜謚曰驕。」

例句　拿到全國作文比賽第一名之後，他變得恃才傲物，目空一切，不再是那個淳樸可愛的大男孩了。

近義　才高氣傲　恃才矜己

反義　虛懷若谷　謙沖自牧

恃強凌弱（ㄕˋ ㄑㄧㄤˊ ㄌㄧㄥˊ ㄖㄨㄛˋ）　憑著自己的強大而欺侮弱小。

語源　宋魏了翁畫一榜諭將士：「毋得恃強淩弱，恃眾欺寡。」

例句　那幾個學長總是恃強淩弱，在社團為所欲為，令人憤慨。

近義　仗勢欺人　恃勢凌人

反義　濟弱扶傾　鋤強扶弱

恃寵而驕（ㄕˋ ㄔㄨㄥˇ ㄦˊ ㄐㄧㄠ）　仗著自己受寵愛而驕縱。寵，偏愛。

語源　北史趙王杲傳：「恃寵而驕，厚自封植，進之既踰制，退之不以道。」

例句　他這種恃寵而驕的性格，恐怕會成為眾人攻訐的焦點。

近義　高不可攀　盛氣凌人

恆河沙數（ㄏㄥˊ ㄏㄜˊ ㄕㄚ ㄕㄨˋ）　像印度恆河裡的沙子般的數量。形容事物的數量多得不可計量。數，數量。

語源　金剛經無為福勝分第十一品：「以七寶滿爾所恆河沙數三千大千世界，以用布施，得福多不？」

辨析　數，音ㄕㄨˋ，指數量，不讀ㄕㄨˇ。

例句　在晴朗無雲的夜空，擡頭仰望那如恆河沙數的點點繁星，總引發人們無限遐想。

近義　不可勝數　不計其數

反義　寥寥無幾　寥若辰星

恍如隔世（ㄏㄨㄤˇ ㄖㄨˊ ㄍㄜˊ ㄕˋ）　彷彿隔了一世。形容人事、景物發生了巨大變化。恍，好似；彷彿。

語源　宋陸游劍南詩稿卷一六：「淳熙甲辰秋，觀海潮上，偶繫舟其門，曳杖再游，恍如隔世矣。」

例句　那對姊妹失散多年後再次見面，恍如隔世，不禁相擁而泣。

恍然大悟 ㄏㄨㄤˇ ㄖㄢˊ ㄉㄚˋ ㄨˋ 頓時醒悟過來。恍然，猛然清醒的樣子。悟，明白。

語源 三國演義第七十七回：「於是關公恍然大悟，稽首皈依而去。」

例句 經過老師的講解，我才恍然大悟過去一直錯用這個成語。

近義 豁然貫通　茅塞頓開

反義 百思不解　大惑不解

恣意妄為 ㄗˋ ㄧˋ ㄨㄤˋ ㄨㄟˊ 任意地胡作非為。恣意，任意；放縱。也作「恣意妄行」。

語源 漢書杜周傳：「曲陽侯……知趙昭儀殺皇子，不輒白奏，反與趙氏比周，恣意妄行。」三國演義第一二〇回：「恣意妄為，窮兵屯戍，上下無不嗟怨。」

例句 小孩子做錯事不可溺愛，如果放任他恣意妄為，將來肯定要闖下大禍。

近義 肆無忌憚　胡作非為

反義 安分守己　循規蹈矩

恥居人下 ㄔˇ ㄐㄩ ㄖㄣˊ ㄒㄧㄚˋ 以地位在他人之下而覺得可恥。形容人志向遠大。

語源 宋陳亮謝曾察院啟：「伏念某本無他長，恥居人下，常想英豪之行事。」

例句 他早年就表現出恥居人下的氣概，因此會選擇自己創業當老闆，並不令人意外。

近義 鴻鵠之志　不甘雌伏

反義 苟且偷安　甘居人下

恨之入骨 ㄏㄣˋ ㄓ ㄖㄨˋ ㄍㄨˇ 形容痛恨到了極點。

語源 史記秦本紀：「繆公之怨此三人入於骨髓。」晉葛洪抱朴子外篇自敘：「見侵者則恨之入骨，劇於血仇。」

例句 小英的爸爸因為喝了假酒而送命，因此她對那些製造假酒的人是恨之入骨。

近義 拊膺切齒　不共戴天

反義 感恩戴德　感激涕零

恨鐵不成鋼 ㄏㄣˋ ㄊㄧㄝˇ ㄅㄨˋ ㄔㄥˊ ㄍㄤ 憾恨無法將鐵冶鍊成鋼。比喻所期望的人不成材，因此感到焦急，進而責求、惋惜。

語源 紅樓夢第九十六回：「只為寶玉不上進，所以時常恨他，也不過是『恨鐵不成鋼』的意思。」

例句 父親對你期望甚高，他會責罵你，也是因為「恨鐵不成鋼」呀！

近義 愛深責切　苦口婆心

恩同再造 ㄣ ㄊㄨㄥˊ ㄗㄞˋ ㄗㄠˋ 恩惠之大，如同給予第二次生命一般。形容恩惠深重。再造，再生。

語源 南朝梁任昉到大司馬記室牋：「千載一逢，再造難答。」清李汝珍鏡花緣第二十五回：「倘出此關，不啻恩同再造。」

辨析 本則成語不可用來形容生身父母的恩德。

例句 多虧您贊助大筆資金，使得公司免於倒閉，恩同再造，真不知如何回報才好。

近義 重生父母　恩重如山

恩威並行 ㄣ ㄨㄟ ㄅㄧㄥˋ ㄒㄧㄥˊ 獎賞和刑罰兩種方法交互施行。

語源 三國志吳書周魴傳：「魴在郡十三年卒，賞善罰惡，威恩並行。」

例句 黃老師採取恩威並行的管教方式，因此班上同學都非常自愛。

近義 賞罰分明　寬猛相濟

恩怨分明 ㄣ ㄩㄢˋ ㄈㄣ ㄇㄧㄥˊ 恩惠與仇恨分得很清楚。

語源 三國演義第五十回：「某素知雲長傲上而不忍下，欺強而不凌弱；恩怨分明，信

義素著。」

例句 李爺爺為人恩怨分明，正直敢言，即使退出政壇多年，講話還是很有影響力。

近義 愛憎分明 深明大義

反義 是非不分

恩怨情仇 ㄣ ㄩㄢˋ ㄑㄧㄥˊ ㄔㄡˊ 參見「愛恨情仇」。

恩重如山 ㄣ ㄓㄨㄥˋ ㄖㄨˊ ㄕㄢ 恩情如山岳般深重。比喻恩情深厚。

語源 三國魏曹植表遺句：「身輕蟬翼，恩重丘山。」西遊記第六十九回：「神僧恩重如山，寡人酬謝不盡。」

例句 父母養育我們恩重如山，我們應該要善體親心、恪盡孝道才對。

近義 恩同再造 恩深義重

恩將仇報 ㄣ ㄐㄧㄤ ㄔㄡˊ ㄅㄠˋ 用對待仇人的態度對待恩人。

語源 明馮夢龍喻世明言卷二：「你這房親事還虧母舅作成你的，你今日恩將仇報，反去破壞了做兄弟的姻緣，又害了顧小姐一命，汝心何安？」

例句 當初若不是我向總經理保薦，他哪能升上主管？如今卻恩將仇報，在總經理面前打我的小報告，真是豈有此理！

近義 忘恩負義

反義 以德報怨

恩斷義絕 ㄣ ㄉㄨㄢˋ ㄧˋ ㄐㄩㄝˊ 既有的恩情道義斷絕了。

語源 大宋宣和遺事亨集：「我從今後再不敢踏上你家門兒來，咱兩箇瓶墜簪折，恩斷義絕！」

例句 為了孩子的監護權鬧上法院後，他與前妻早已恩斷義絕，絕不可能復合了。

反義 鶼鰈情深 情深義重

恫瘝在抱 ㄊㄨㄥ ㄍㄨㄢ ㄗㄞˋ ㄅㄠˋ 心中懷抱著人民的苦痛。形容在上位者愛民深切。恫，也作「痌」。痛苦。瘝，疾苦。

語源 尚書康誥：「嗚呼！小子封，恫瘝乃身，敬哉！」清夏敬渠野叟曝言第十一回總評：「真聖賢心胸，隨時隨處痌瘝在抱之念。」

例句 在上位者若能以恫瘝在抱的心情對待百姓，自然能獲得人民的支持。

近義 視民如傷 愛民如子

反義 殘民以逞 魚肉鄉民

恬不知恥 ㄊㄧㄢˊ ㄅㄨˋ ㄓ ㄔˇ 做了壞事卻安然處之，不感到羞恥。恬，安適。

語源 宋錢時兩漢筆記：「諫不行，言不聽，膏澤不下於民，而但緘默固位，恬不知恥，又可謂賢乎？」

例句 被告恬不知恥的態度，讓法官決定加重他的刑罰，以示懲戒。

近義 厚顏無恥 寡廉鮮恥

恬淡寡欲 ㄊㄧㄢˊ ㄉㄢˋ ㄍㄨㄚˇ ㄩˋ 清靜淡泊，無所營求。

語源 三國魏曹丕又與吳質書：「而偉長獨懷文抱質，恬然寡欲。」清李綠園歧路燈第七十五回：「貧道原是恬淡寡欲的，可惜這個頑徒，道行未深，經過京城繁華地面，信手揮霍。」

例句 恬淡寡欲的處世態度讓他在面對外界的誘惑時，依然能保有純樸的本性。

近義 清心寡欲 反璞歸真

反義 汲汲營營

恭敬不如從命 ㄍㄨㄥ ㄐㄧㄥˋ ㄅㄨˋ ㄖㄨˊ ㄘㄨㄥˊ ㄇㄧㄥˋ 恭敬謙遜不如聽從命令。也指恭敬地推辭不如順從對方的心意。多用作謙詞。

語源 宋釋贊寧筍譜下：「恭

敬不如從命，受訓莫如從順。」

例句 既然你一再堅持要請我坐在上首，我就恭敬不如從命了。

息交絕遊 ㄒㄧ ㄐㄧㄠ ㄐㄩㄝˊ ㄧㄡˊ 斷絕與世人的交往。交遊，交際；結交朋友。遊，也作「游」。

語源 荀子君道：「其交遊也，緣義而有類。」晉陶淵明歸去來辭：「請息交以絕游，世與我而相遺，復駕言兮焉求？」

例句 自從辭官退隱以來，他便深居簡出，息交絕遊，媒體上再也沒他的消息。

近義 閉門卻掃 杜門謝客

息事寧人 ㄒㄧ ㄕˋ ㄋㄧㄥˊ ㄖㄣˊ 原指不製造事端，使人民生活安定。後泛指盡量平息糾紛，減少麻煩，使彼此相安。息，停止。寧，安寧。

語源 後漢書肅宗孝章帝紀：「其令有司，罪非殊死且勿案驗，及吏人條書相告不得聽受，冀以息事寧人，敬奉天氣。」清紀昀閱微草堂筆記灤陽續錄五：「謬答以畏，可息事寧人。彼此相激，伊於胡底乎？」

例句 與人相處以和為貴，不過也不能凡事都抱著息事寧人的態度，以致姑息養奸。

近義 排難解紛

反義 惹事生非 火上加油

息息相關 ㄒㄧ ㄒㄧ ㄒㄧㄤ ㄍㄨㄢ 一呼一吸皆相互關聯。比喻彼此關係非常密切。息息，呼吸；氣息出入。

語源 山海經海外北經：「不飲不食，不息息為風。」清蔣士銓第二碑書表：「昭明太子為我撰成墓表，仍求吳姐書丹，恰好上仙亦至，可見三人息息相關。」

例句 陽光、空氣和水與我們的生命息息相關，是生命的三大要素。

近義 休戚相關 關係密切

恰如其分 ㄑㄧㄚˋ ㄖㄨˊ ㄑㄧˊ ㄈㄣˋ 剛好符合本分。形容辦事、說話十分恰當。恰，正好。分，本分；分寸。

語源 清李綠園歧路燈第一〇八回：「賞分輕重，俱是閻仲端酌度，多寡恰如其分，無不欣喜。」

例句 她擔任主持人，表現恰如其分，晚會一切圓滿結束。

近義 恰到好處 適可而止

反義 過猶不及 言過其實

恰到好處 ㄑㄧㄚˋ ㄉㄠˋ ㄏㄠˇ ㄔㄨˋ 剛剛好；很適當。

例句 按摩師傅的力道恰到好處，媽媽說她的痠痛症狀都消失了！

近義 恰如其分 不偏不倚

反義 過猶不及

7

悒悒不樂 ㄧˋ ㄧˋ ㄅㄨˋ ㄌㄜˋ 憂鬱不快樂的樣子。悒悒，憂愁鬱悶的樣子。

語源 漢班固漢武帝內傳：「庸主對坐，悒悒不樂，夫人肯暫來否？」

例句 阿和失戀之後每天都悒悒不樂，人也消瘦許多。

近義 悶悶不樂 抑鬱寡歡

反義 眉開眼笑 春風得意

悔不當初 ㄏㄨㄟˇ ㄅㄨˋ ㄉㄤ ㄔㄨ 後悔當時沒有怎麼做。有悔之已晚的意思。

語源 唐劉商胡笳十八拍第八拍：「憶昔私家恣嬌小，遠取珍禽學馴擾。如今淪棄念故鄉，悔不當初放林表。」

例句 身繫囹圄後，他才了解忍一時之氣的重要，深感悔不當初，可惜為時已晚了。

近義 後悔莫及 悔之無及

後悔已來不及。

悔之無及 ㄏㄨㄟˇ ㄓ ㄨˊ ㄐㄧˊ

語源 左傳昭公二十年：「既而悔之，亦無及已。」漢鼂錯上書言兵事：「夫以人之死爭勝，跌而不振，則悔之亡（無）及也。」

例句 核能安全事關重大，必須確保萬無一失，否則一旦發生意外，可就悔之無及。

近義 後悔莫及　悔之已晚

反義 亡羊補牢　翻然悔悟

悠然自得 ㄧㄡ ㄖㄢˊ ㄗˋ ㄉㄜˊ　心情悠閒，神態從容的樣子。也作「悠然自適」。

語源 晉書楊軻傳：「常食粗飲水，衣褐縕袍，人不堪其憂，而軻悠然自得。」

例句 期末考試總算結束，終於能夠悠然自得地看自己喜歡的書了。

近義 陶然自得　怡然自得

反義 惶惶不安　悵然若失

悠然神往 ㄧㄡ ㄖㄢˊ ㄕㄣˊ ㄨㄤˇ　形容內心十分嚮往，心思因此飄向所嚮往之處。悠然，內心閒適的樣子。神往，心神嚮往。

語源 晉陶淵明飲酒二十首（其五）：「採菊東籬下，悠然見南山。」晉陸雲答兄平原詩：「神往同逝感，形留悲參商。」

例句 表哥旅遊回來後，極力讚美黃山的神奇壯麗，讓人聽了不禁悠然神往。

近義 心馳神往　心嚮往之

反義 無動於中　淡然處之

患得患失 ㄏㄨㄢˋ ㄉㄜˊ ㄏㄨㄢˋ ㄕ　原指還沒得到官職時，唯恐得不到；一旦得到了，又怕失去。後用以指過於在意個人的利害得失。患，擔憂。

語源 論語陽貨：「鄙夫可與事君也與哉？其未得之也，患得之；既得之，患失之。」

例句 在考場上要抱持著平常心，如果患得患失，反而無法發揮應有的水準。

近義 斤斤計較　錙銖必較

反義 無動於中　滿不在乎

患難之交 ㄏㄨㄢˋ ㄋㄢˋ ㄓ ㄐㄧㄠ　指一同經歷過憂患或災難的朋友。

語源 明東魯古狂生醉醒石第十回：「浦肫夫患難之交……年兄要破格相待。」

例句 李爺爺與祖父是一起打過抗日戰爭的患難之交，談起往事，總是慷慨激昂。

近義 生死之交　刎頸之交

反義 泛泛之交　萍水相逢

患難與共 ㄏㄨㄢˋ ㄋㄢˋ ㄩˇ ㄍㄨㄥˋ　共同承擔憂患與災難。形容彼此一心一德，肝膽相照。

語源 清佚名螢窗清玩第四卷：「謂碧蓮自幼追隨，親如姊妹，患難與共，生死與俱。」

例句 阿得與小傑因為一起在外島服兵役，而成為患難與共的好朋友。

近義 患難之交　難兄難弟

8

悲不自勝 ㄅㄟ ㄅㄨˋ ㄗˋ ㄕㄥ　悲傷到無法承受。形容非常悲傷。勝，承受得了。

語源 北周庾信哀江南賦序：「燕歌遠別，悲不自勝。」

例句 因為熱水器使用不當造成一氧化碳中毒，奪走了兩個稚子的生命，讓她悲不自勝。

近義 錐心泣血　痛不欲生

反義 喜不自勝　樂不可支

悲天憫人 ㄅㄟ ㄊㄧㄢ ㄇㄧㄣˇ ㄖㄣˊ　憂傷天理不明，哀憐百姓疾苦。多指對時局的艱辛和人民的痛苦感到悲憤和憂傷。憫，哀憐。

語源 唐韓愈爭臣論：「若果賢，則固畏天命而閔人窮也。」

心

清劉鶚老殘遊記第十一回：「坎水陽德，從悲天憫人上起的，所以成了個既濟之象。」

例句 詩聖杜甫的許多詩篇中，表露出他悲天憫人的胸懷，令人感動。

近義 蒿目時艱 憂時傷世

悲從中來 ㄅㄟ ㄘㄨㄥˊ ㄓㄨㄥ ㄌㄞˊ 悲哀從內心發出。

語源 清張潮虞初新志第十七卷：「叢林如束，陰風怒號，不自知其悲從中來也。」

例句 看到新聞播報地震的災情，他憶起多年前在震災中喪生的家人，不禁悲從中來，無法自已。

近義 悲不自勝 哀哀欲絕

反義 喜出望外 喜極而泣

悲喜交集 ㄅㄟ ㄒㄧˇ ㄐㄧㄠ ㄐㄧˊ 悲傷和喜悅的心情同時湧現。

語源 晉王廙中興賦：「當大明之盛，而守局遐外，不得奉瞻大禮，聞問之日，悲喜交集。」

例句 戰亂之後再度重逢，那對母子悲喜交集，相擁而泣。

近義 百感交集

反義 無動於中

悲痛欲絕 ㄅㄟ ㄊㄨㄥˋ ㄩˋ ㄐㄩㄝˊ 傷心哀痛到了極點。

語源 清東隅逸士飛龍全傳第四十七回：「柴后晉王悲痛欲絕，哭泣不止。」

例句 得知這起空難無人生還，乘客家屬悲痛欲絕。

近義 痛不欲生 哀哀欲絕

反義 欣喜若狂 樂不可支

悲歡離合 ㄅㄟ ㄏㄨㄢ ㄌㄧˊ ㄏㄜˊ 悲傷、歡樂、分離、聚合四種常見的感受或場合。也比喻人世間變化無常的遭遇或感受。

語源 唐元稹敘詩寄樂天書：「當花對酒，樂罷哀餘，通滯屈伸，悲歡合散。」宋蘇軾水調歌頭：「人有悲歡離合，月有陰晴圓缺，此事古難全。」

例句 他看遍人生的悲歡離合，對生命中的起起落落，已不再耿耿於懷。

悵然若失 ㄔㄤˋ ㄖㄢˊ ㄖㄨㄛˋ ㄕ 形容失意懊惱，若有所失。

語源 漢劉安淮南子原道訓：「罷酒徹樂，而心忽然若有所喪，悵然若有所亡也。」南朝宋謝靈運擬魏太子鄴中集詩八首徐幹：「中飲顧昔心，悵焉若有失。」

例句 看你這幾天悵然若失，到底發生什麼事？

近義 黯然神傷 若有所失

反義 春風滿面 精神抖擻

悶葫蘆 ㄇㄣ ㄏㄨˊ ˙ㄌㄨ 比喻難以猜測或令人納悶的話或事情。也比喻不愛說話的人。悶，密封的。

語源 水滸傳第二十八回：「這個鳥悶葫蘆，教我如何猜得破？」

例句 小明不說，這個悶葫蘆誰也猜不透。

悶悶不樂 ㄇㄣˋ ㄇㄣˋ ㄅㄨˋ ㄌㄜˋ 心情憂鬱不快樂。

語源 三國演義第十八回：「意欲棄布他往，卻又不忍，又恐被人嗤笑。乃終日悶悶不樂。」

例句 知道自己被降職，他整天面無表情，悶悶不樂。

近義 抑鬱寡歡 悒悒不樂

反義 歡天喜地 興高采烈

悼心失圖 ㄉㄠˋ ㄒㄧㄣ ㄕ ㄊㄨˊ 因痛心而顧不及謀劃。表示陷入悲痛之中而失去主張，不知所措。

語源 左傳昭公七年：「孤與其二三臣悼心失圖，社稷之不皇，況能懷思君德？」

例句 李叔叔多年辛苦建立的

工廠竟付之一炬，令他悼心失圖，一時還無法靜下心來安排員工的出路。

情不自禁 ㄑㄧㄥˊ ㄅㄨˋ ㄗˋ ㄐㄧㄣ 感情控制不住。不自禁，忍不住；不由自主。禁，受得住。

語源 南朝梁劉遵七夕穿針：「步月如有意，情來不自禁。」明馮夢龍警世通言卷二九：「浩此時情不自禁，遂整巾正衣，向前而揖。」

例句 讀著小說裡感人的情節，令她情不自禁地掉下淚來。

近義 不由自主 不能自已

反義 心如止水 無動於中

情同手足 ㄑㄧㄥˊ ㄊㄨㄥˊ ㄕㄡˇ ㄗㄨˊ 形容彼此感情深厚，如同親兄弟一般。

語源 明陸西星封神演義第四十一回：「名雖各姓，情同手足。」

例句 他們在軍中就已認識，因為志趣相投，彼此情同手足，後來還一起創業。

近義 稱兄道弟 親如手足

反義 非親非故 一面之交

情好日密 ㄑㄧㄥˊ ㄏㄠˇ ㄖˋ ㄇㄧˋ 彼此之間的感情、交誼一天比一天深厚。

語源 三國志蜀書諸葛亮傳：「於是與亮情好日密。」

例句 小英和小美畢業旅行回來之後便情好日密，如今已成為閨中密友了。

近義 親密無間 密不可分

情有可原 ㄑㄧㄥˊ ㄧㄡˇ ㄎㄜˇ ㄩㄢˊ 從情理上講，所犯之錯有可以原諒的地方。

語源 後漢書霍諝傳：「光之所坐，情既可原，守闕連年，而終不見理。」新唐書列女傳：「迫飢而盜，救死爾，情有可原，能原之邪？」

例句 他為了送人就醫而超速，情有可原，所以警察沒有開單告發。

近義 無可厚非 其情可憫

反義 情理難容 罪不可赦

情有獨鍾 ㄑㄧㄥˊ ㄧㄡˇ ㄉㄨˊ ㄓㄨㄥ 特別鍾愛某一人事物。鍾，聚集。

語源 南朝宋劉義慶世說新語傷逝：「聖人忘情，最下不及情。情之所鍾，正在我輩。」清陳球燕山外史卷二：「竇生情有獨鍾，心無別戀。」

例句 李先生對石頭情有獨鍾，家裡收藏了許多各式各樣、奇形怪狀的石頭。

近義 一往情深 獨沽一味

反義 三心二意 見異思遷

情投意合 ㄑㄧㄥˊ ㄊㄡˊ ㄧˋ ㄏㄜˊ 雙方感情契合，心意相通。

語源 後漢書卷二八李賢注引馮衍與陰就書：「是以意同情合，聲比相應也。」明馮夢龍喻世明言卷二二：「也是天配姻緣，自然情投意合。」

例句 他倆情投意合，結婚是早晚的事。

近義 膠漆相投 心心相印

反義 貌合神離 水火不容

情見乎辭 ㄑㄧㄥˊ ㄒㄧㄢˋ ㄏㄨ ㄘˊ 真情流露於字裡行間。見，同「現」。流露。

語源 易經繫辭下：「爻象動乎內，吉凶見乎外，功業見乎變，聖人之情見乎辭。」

例句 她的文章真摯感人，情見乎辭，讓人讀來不禁為之動容。

近義 文情並茂 情景交融

反義 索然無味 辭不達意

情非得已 ㄑㄧㄥˊ ㄈㄟ ㄉㄜˊ ㄧˇ 情勢所迫，不得不如此。

語源 明馮夢龍智囊全集卷二一：「僕射愍汝曹皆良人，為賊所制，情非得已。」

例句　我相信阿輝一定有苦衷，情非得已才會出此下策，我們要先弄清楚再下定論。

近義　身不由己　無可奈何

反義　心甘情願　自告奮勇

情真語切（ㄑㄧㄥˊ ㄓㄣ ㄩˇ ㄑㄧㄝˋ）　感情真摯，言辭懇切。

語源　明葉盛水東日記呂忠肅遺詩：「大抵公之詩情真語切，要亦出元、白云。」

例句　他在臺上的一席話情真語切，感動了現場無數的來賓，因而順利募得救災款項。

近義　情深語摯　語重心長

情理兼顧（ㄑㄧㄥˊ ㄌㄧˇ ㄐㄧㄢ ㄍㄨˋ）　人情和道義都能顧及。

例句　待人處事的原則，莫過於「情」、「理」二字，要情理兼顧，須有智慧。

近義　事理圓融　合情合理

情景交融（ㄑㄧㄥˊ ㄐㄧㄥˇ ㄐㄧㄠ ㄖㄨㄥˊ）　形容詩文中的情感與描繪的景象交相融合為一體。

語源　宋張炎詞源離情：「離情當如此作，全在情景交煉，得言外意。」

例句　王維的山水詩意象深遠，情景交融，令人回味無窮。

近義　文情並茂　詩中有畫

情隨事遷（ㄑㄧㄥˊ ㄙㄨㄟˊ ㄕˋ ㄑㄧㄢ）　情感、想法隨著事物的變化而改變。

語源　晉王羲之蘭亭集序：「及其所之既倦，情隨事遷，感慨係之矣。」

例句　那件曾經轟動一時的緋聞，經過了數年，情隨事遷，早已為人們所淡忘。

近義　事過境遷　時過境遷

反義　始終不渝　一如既往

情竇初開（ㄑㄧㄥˊ ㄉㄡˋ ㄔㄨ ㄎㄞ）　初通情愛的感覺。形容少男少女剛萌生愛情。竇，孔穴。引申為開端。

語源　宋袁采袁氏世範卷中子弟當謹交游：「禁防一弛，情竇頓開，如火燎原，不可撲滅。」清李漁蜃中樓傳奇：「我與你自情竇初開之際，就等到如今了。」

例句　情竇初開的年紀，對於異性朋友的追求，常覺得不知如何是好。

情人眼裡出西施（ㄑㄧㄥˊ ㄖㄣˊ ㄧㄢˇ ㄌㄧˇ ㄔㄨ ㄒㄧ ㄕ）　指因為主觀感受而認為所愛的人美好出眾。西施，古代美女。

語源　宋胡仔苕溪漁隱叢話後集卷三一山谷上：「諺云：『情人眼裡有西施。』」紅樓夢第七十九回：「一則是天緣，二則是情人眼裡出西施。」

例句　她貌不出眾，男朋友卻覺得她清秀可愛，果真是「情人眼裡出西施」。

惜墨如金（ㄒㄧ ㄇㄛˋ ㄖㄨˊ ㄐㄧㄣ）　原指作畫不輕易使用濃墨。也指不輕易下筆或不肯多言。

語源　宋費樞釣磯立談：「李營丘惜墨如金。」清評花主人九尾狐第二十三回：「所以在下草草表過，就算交代，並非惜墨如金，為寶玉遮掩這一宵醜態。」

例句　他在文壇上的成就已蜚聲國際，但是惜墨如金，新作不多。

近義　字斟句酌

反義　率爾操觚

惟利是圖（ㄨㄟˊ ㄌㄧˋ ㄕˋ ㄊㄨˊ）　參見「唯利是圖」。

惟妙惟肖（ㄨㄟˊ ㄇㄧㄠˋ ㄨㄟˊ ㄒㄧㄠˋ）　參見「唯妙唯肖」。

惠而不費（ㄏㄨㄟˋ ㄦˊ ㄅㄨˋ ㄈㄟˋ）　原指施惠於人而又無所損耗。後

指有好處、有實益，花費卻不多。

語源 論語堯曰：「子張曰：『何謂惠而不費？』子曰：『因民之所利而利之，斯不亦惠而不費乎？』」

例句 每月撥出一點福利金辦慶生會，可以增進同事間的感情，惠而不費，何樂不為呢！

近義 順水人情　借花獻佛

惠風和暢（ㄏㄨㄟˋ ㄈㄥ ㄏㄜˊ ㄔㄤˋ）　煦煦的風吹來，和順舒暢。

語源 晉王羲之三月三日蘭亭詩序：「是日也，天朗氣清，惠風和暢。」

例句 夏日清晨，惠風和暢，好期待能與你一起漫步湖畔啊！

近義 清風徐來　雲淡風輕

惡作劇（ㄜˋ ㄗㄨㄛˋ ㄐㄩˋ）　指戲弄人或使人難堪的戲弄行為。

語源 唐段成式酉陽雜俎卷九盜俠：「僧前行百餘步，韋知其盜也，乃彈之，正中其腦。僧初不覺，凡五發中之，僧始捫中處，徐曰：『郎君莫作惡劇！』」

例句 小張平日愛惡作劇，欺侮膽子較小的人，大家都不喜歡他。

惡名昭彰（ㄜˋ ㄇㄧㄥˊ ㄓㄠ ㄓㄤ）　不好的名聲廣為人知。昭彰，顯著。

例句 這個惡名昭彰的股市禿鷹近來又蠢蠢欲動，引起了金管會的注意。

近義 聲名狼藉　遺臭萬年

反義 夙負盛名　有口皆碑

惡衣惡食（ㄜˋ ㄧ ㄜˋ ㄕˊ）　形容生活儉約樸實。惡衣，粗劣的衣服。惡食，粗糙的食物。

語源 論語里仁：「士志於道，而恥惡衣惡食者，未足與議也！」

例句 只要能有一顆奮發向上、永不放棄的心，即使惡衣惡食也能活得自在。

近義 粗茶淡飯　布衣疏食

反義 錦衣玉食　食前方丈

惡言相向（ㄜˋ ㄧㄢˊ ㄒㄧㄤ ㄒㄧㄤˋ）　用惡毒的話罵人。惡言，無禮、辱罵人的話。

語源 史記仲尼弟子傳：「自吾得由，惡言不聞於耳。」三國演義第十八回：「雲長知此人有忠義之氣，更不以惡言相加，亦不出戰。」

例句 老張脾氣暴躁，經常對人惡言相向，難怪大家都對他敬而遠之。

近義 破口大罵　出言無狀

惡貫滿盈（ㄜˋ ㄍㄨㄢˋ ㄇㄢˇ ㄧㄥˊ）　不斷地作傷天害理之事，積惡如銅錢盈滿。比喻人罪大惡極。貫，古時以繩穿錢，每穿滿一千錢，便稱一貫。盈，滿。

語源 元無名氏滴水浮漚記硃砂擔第四折：「你今日惡貫滿盈，有何理說！」

例句 這批歹徒犯罪手法殘酷，且不知悔改，真是惡貫滿盈，死有餘辜。

近義 罪大惡極　罄竹難書

反義 積善慶餘

9

惱羞成怒（ㄋㄠˇ ㄒㄧㄡ ㄔㄥˊ ㄋㄨˋ）　因憤恨羞愧而發怒。惱，憤恨。羞，羞愧。

語源 明抱甕老人今古奇觀第四十八卷：「花小姐見他如此模樣，反惱羞成怒道……。」

辨析 惱，不作「腦」。

例句 在眾口批評下，他一時惱羞成怒，破口大罵了起來。

近義 氣急敗壞　怒容滿面

反義 心平氣和　笑容滿面

想入非非（ㄒㄧㄤˇ ㄖㄨˋ ㄈㄟ ㄈㄟ）　原指思考已達難以描述的境界。今指人不切實際、胡思亂想。

非非，佛教所謂「非想非非想處」的略稱。

語源 楞嚴經卷九：「如存不存，若盡非盡，如是一類，名為非想非非想處。」清李百川綠野仙踪第七回：「且將『杜撰』二字改為『肚饌』，巧為關合，有想入非非之妙。」

例句 別盡在那裡想入非非了，快認真做事吧！

近義 異想天開　胡思亂想

反義 腳踏實地　實事求是

想方設法 ㄒㄧㄤˇ ㄈㄤ ㄕㄜˋ ㄈㄚˇ 從多方設想，用盡一切方法。

例句 這所國中是全國數一數二的明星學校，許多家長想方設法要把孩子送來就讀。

近義 千方百計　絞盡腦汁

反義 一籌莫展　無計可施

想當然耳 ㄒㄧㄤˇ ㄉㄤ ㄖㄢˊ ㄦˇ 純粹憑主觀的推測，認為事情的發展或真相應當如此。耳，語末助詞。

語源 後漢書孔融傳：「操子丕私納袁熙妻甄氏，融乃與操書，稱『武王伐紂，以妲己賜周公。』操不悟，後問出何經典。對曰：『以今度之，想當然耳。』」

例句 許多子虛烏有的謠言都是好事之人想當然耳的推測，並非有真憑實據。

近義 顧名思義　自以為是

反義 有憑有據

惴惴不安 ㄓㄨㄟˋ ㄓㄨㄟˋ ㄅㄨˋ ㄢ 形容因擔心害怕而恐懼不安。惴惴，恐懼的樣子。

語源 詩經秦風黃鳥：「臨其穴，惴惴其慄。」清褚人穫隋唐演義第七十二回：「中宗在均州聞之，心中惴惴不安，仰天而祝。」

辨析 惴，音ㄓㄨㄟˋ，不讀ㄔㄨㄢˇ或ㄔㄨㄞˇ。

例句 害怕偷錢的事東窗事發，阿海惴惴不安地過了一天後，終於主動向老師認錯了。

近義 忐忑不安　坐立難安

反義 處之泰然　神色自若

惹火燒身 ㄖㄜˇ ㄏㄨㄛˇ ㄕㄠ ㄕㄣ 比喻招來災禍，傷害自己。也作「惹火上身」。

語源 明無名氏白兔記第十齣：「今日與你盤纏，遲延少待乞大拳，披麻惹火燒身怨，莫待等江心補漏船。」

例句 你如果不心存僥倖，收受賄賂，也不至於惹火燒身，被判十年的徒刑。

近義 玩火自焚　自掘墳墓

反義 潔身自愛　明哲保身

惹事生非 ㄖㄜˇ ㄕˋ ㄕㄥ ㄈㄟ 製造事端，引起糾紛。也作「惹是生非」。

語源 元無名氏趙匡義智娶符金錠第二折：「大兄弟虎狼叢惹事招非。」明馮夢龍喻世明言卷三六：「如今再說一個富家，安分守己，並不惹事生非。」

例句 請你潔身自愛，別再惹事生非了。

近義 無事生非　招風惹雨

反義 安分守己　循規蹈矩

惹禍招愆 ㄖㄜˇ ㄏㄨㄛˋ ㄓㄠ ㄑㄧㄢ 招引麻煩災禍。愆，過失；罪過。

語源 元關漢卿普天樂為風流：「鄭恆枉自胡來纏，空落得惹禍招愆。」

例句 在外行事須謹慎，以避免惹禍招愆。

近義 惹禍招災　惹火燒身

反義 明哲保身　潔身自好

惺惺作態 ㄒㄧㄥ ㄒㄧㄥ ㄗㄨㄛˋ ㄊㄞˋ 虛情假意，故作姿態或刻意討好。惺惺，虛偽做作。

例句 為了升職，他在老闆跟前總是惺惺作態，真是令人不

心

齒！

近義 虛情假意　裝模作樣

反義 誠心誠意　真心真意

惺惺相惜 ㄒㄧㄥ ㄒㄧㄥ ㄒㄧㄤ ㄒㄧˊ 聰明才智相當的人彼此同情、憐惜。惺惺，機靈；聰明。也作「惺惺惜惺惺」。

語源 水滸傳第二回：「惺惺惜惺惺，好漢識好漢。」徐枕亞玉梨魂第三章：「雖未接一言，未謀一面，早已惺惺相惜，心心相印矣。」

例句 古代文人豪傑們總是彼此敬重，惺惺相惜，反觀現代人，卻心胸狹窄，互相輕視。

近義 心心相印　同病相憐

反義 文人相輕　同行相忌

惻隱之心 ㄘㄜˋ ㄧㄣˇ ㄓ ㄒㄧㄣ 人類天生的同情憐憫之心。惻隱，憐憫。

語源 孟子公孫丑上：「惻隱之心，仁之端也。」

例句 看到難民骨瘦如柴的畫面，他不禁動了惻隱之心，流下淚來。

近義 慈悲為懷　於心不忍

反義 鐵石心腸　麻木不仁

愁眉不展 ㄔㄡˊ ㄇㄟˊ ㄅㄨˋ ㄓㄢˇ 眉頭因愁煩而無法舒展。形容心事重重。

語源 唐姚鵠隨州獻李侍御二首：「舊隱每懷空竟夕，愁眉不展幾經春。」

例句 註冊日期將近，為了籌措孩子的學費，令家境清寒的她終日愁眉不展。

近義 愁眉苦臉　憂形於色

反義 眉開眼笑　滿面春風

愁眉苦臉 ㄔㄡˊ ㄇㄟˊ ㄎㄨˇ ㄌㄧㄢˇ 皺著眉頭，哭喪著臉。形容憂傷愁苦的神情。

語源 清吳敬梓儒林外史第四十七回：「成老爹氣的愁眉苦臉，只得自己走出去，回那幾個鄉裡人去了。」

例句 年紀輕輕不要一遇到挫折便愁眉苦臉，應該敞開心胸，勇於接受挑戰。

近義 愁眉不展　愁容滿面

反義 眉飛色舞　眉開眼笑

愁雲慘霧 ㄔㄡˊ ㄩㄣˊ ㄘㄢˇ ㄨˋ 一片陰陰暗暗的雲霧。也比喻令人憂愁、悲慘的景象。

語源 宋釋道原景德傳燈錄福州林陽山瑞峰院志端禪師：「雲愁霧慘，大眾嗚咽。」明謝讜四喜記第三十九齣：「何處是家鄉，眄盡愁雲慘霧。」

例句 電話那頭傳來爺爺過世的消息，全家頓時陷入一片愁雲慘霧之中。

反義 普天同慶　歡天喜地

愁腸百結 ㄔㄡˊ ㄔㄤˊ ㄅㄞˇ ㄐㄧㄝˊ 愁悶的心腸，像是打了一百個死結。形容愁緒鬱結，無法排解。

語源 明洪楩清平山堂話本風月相思：「愁腸百結如絲亂，珠淚千行似雨傾。」

例句 失業的壓力及感情的挫敗令他愁腸百結，想要努力振作，卻茫無頭緒。

近義 日坐愁城　憂思百結

反義 樂不可支　心曠神怡

愈挫愈勇 ㄩˋ ㄘㄨㄛˋ ㄩˋ ㄩㄥˇ 越遭受挫折，越加堅強奮發。

例句 人生旅途並非都能一帆風順，只有愈挫愈勇的人，才能嘗到生命甜蜜的果實。

近義 屢敗屢戰　再接再厲

反義 一蹶不振　一敗塗地

愈演愈烈 ㄩˋ ㄧㄢˇ ㄩˋ ㄌㄧㄝˋ 指事情的演變愈來愈激烈、嚴重。

語源 蔡東藩民國通俗演義第一二九回：「不但年關無法過渡，而且政治糾紛，愈演愈烈。」

例句 此次鐵路工會的罷工事件，勞資雙方都不肯讓步，情

心

況愈演愈烈，鐵路運輸恐怕會大受影響。

近義 變本加厲　火上加油

意在言外 ㄧˋ ㄗㄞˋ ㄧㄢˊ ㄨㄞˋ

真正要表達的意思在言辭之外。指不將真意明顯說出，讓人自己去領會、揣摩。多用於文學作品或言談之中。

語源 宋司馬光迂叟詩話續詩話：「古人為詩，貴於意在言外，使人思而得之。」

例句 劉禹錫有首詩說：「東邊日出西邊雨，道是無晴還有晴。」在晴雨之間，實有所寄託。意在言外，韻味深長。

近義 弦外之音　話中有話

反義 開門見山　直言不諱

意在筆先 ㄧˋ ㄗㄞˋ ㄅㄧˇ ㄒㄧㄢ

在落筆之前先考慮、思索。指在寫字、作文、繪畫前，先構思成熟才下筆。

語源 晉王羲之題衛夫人筆陣圖後：「意在筆前，然後作字。」唐歐陽詢書法救應：「凡作字，一筆才落，便當思第二、三筆，如何救應，如何結裹，書法所謂意在筆先，文向思後是也。」清趙翼甌北詩話陸放翁詩：「意在筆先，力透紙背。」

例句 寫作之前要先行構思，意在筆先，文章才能完整而流暢。

近義 意到筆隨

反義 信筆塗鴉　率爾操觚

意到筆隨 ㄧˋ ㄉㄠˋ ㄅㄧˇ ㄙㄨㄟˊ

筆下的文句隨著心意而流動。形容寫作才思敏捷，能隨心所欲地運行筆墨。

語源 宋何薳春渚紀聞卷六：「某平生無快意事，惟作文章，意之所到，則筆力曲折無不盡意。」

例句 小建才高八斗，寫起詩來常是意到筆隨，揮灑自如。

近義 文不加點　揮灑自如

反義 搜索枯腸　辭不達意

意味深長 ㄧˋ ㄨㄟˋ ㄕㄣ ㄔㄤˊ

意思深刻含蓄，耐人尋味。

語源 宋程頤、程顥二程遺書卷一九：「某自十七八讀論語，當時已曉文義，讀之愈久，但覺意味深長。」

例句 這首詩意味深長，令人百讀不厭。

近義 言近旨遠　言淺意深

反義 索然無味　陳腔濫調

意氣用事 ㄧˋ ㄑㄧˋ ㄩㄥˋ ㄕˋ

憑情緒、情感衝動做事。意氣，這裡指情緒。

語源 清吳敬梓儒林外史第四十六回：「至今想來，究竟還是意氣用事。」

例句 辭職並不能解決問題，你千萬不可意氣用事。

近義 感情用事　冒昧從事

反義 三思而行　從長計議

意氣風發 ㄧˋ ㄑㄧˋ ㄈㄥ ㄈㄚ

形容精神振奮，氣概昂揚。意氣，意態、氣概。風發，奮發。

語源 史記李將軍列傳：「會日暮，吏士皆無人色，而廣意氣自如。」後漢書皇甫嵩傳：「實神機之至會，風發之良時也。」

例句 總經理意氣風發，頗有一展抱負的企圖心。

近義 精神抖擻　鬥志昂揚

反義 灰心喪志　垂頭喪氣

意氣揚揚 ㄧˋ ㄑㄧˋ ㄧㄤˊ ㄧㄤˊ

形容自得自滿、意氣高昂的樣子。揚揚，興奮自得的樣子。

語源 史記管晏列傳：「其夫為相御，擁大蓋，策駟馬，意氣揚揚，甚自得也。」

例句 自從得到冠軍後，他就一副意氣揚揚、不可一世的樣子。

近義　洋洋得意　志得意滿

反義　無精打采　垂頭喪氣

意猶未盡（一ˋ 一ㄡˊ ㄨㄟˋ ㄐㄧㄣˋ）　心念、欲望還沒有竭盡。指心意還未滿足。

語源　北史外戚傳胡長仁：「長仁性好威福，意猶未盡。」

例句　雖然校外教學結束了，但同學們還覺得意猶未盡，好想再來玩一趟。

近義　興致勃勃　欲罷不能

反義　心灰意懶　意興闌珊

意亂情迷（一ˋ ㄌㄨㄢˋ ㄑㄧㄥˊ ㄇㄧˊ）　形容有所愛慕而情意迷亂。

語源　明馮夢龍三遂平妖傳第十二回：「或女欠著男，這一邊男全不放在肚裏，一般情牽意亂，短歎長吁，卻是乾折了便宜，這謂之單思。」

例句　小王一見到阿花便意亂情迷，不能自拔，彷彿是他前世註定的冤家。

近義　神魂顛倒　心蕩神馳

反義　心如止水　無動於中

意興闌珊（一ˋ ㄒㄧㄥˋ ㄌㄢˊ ㄕㄢ）　形容興致極為低落。闌珊，衰落；將盡。

語源　唐白居易詠懷：「詩情酒興漸闌珊。」清李伯元文明小史第五十二回：「饒鴻生到此，更覺意興闌珊。」

例句　不知道為什麼，他最近情緒低落，對任何活動都意興闌珊，提不起勁來。

近義　心灰意冷　興味索然

反義　興致勃勃　意猶未盡

愚不可及（ㄩˊ ㄅㄨˋ ㄎㄜˇ ㄐㄧˊ）　原指明哲保身的修養為別人所不及。後指人愚蠢至極。

語源　論語公冶長：「寧武子，邦有道，則知；邦無道，則愚。其知可及也，其愚不可及也。」清無垢道人八仙得道第二十六回：「他這自盡固然愚不可及，但從此可以瞧透他的心胸志趣。」

例句　他的話破綻百出，你還深信不疑，簡直是愚不可及。

近義　愚昧無知　冥頑不靈

反義　大智若愚　聰明絕頂

愚公移山（ㄩˊ ㄍㄨㄥ 一ˊ ㄕㄢ）　比喻人只要有恆心，再艱難的事也能完成。

語源　列子湯問記載：愚公年九十，打算把屋前阻礙出入的王屋、太行二山剷平。因毅力堅定，終於感動上蒼，命夸蛾氏二子將山移去。宋張耒山海：「愚公移山寧不智，精衛填海未必癡。」

例句　只要有愚公移山的精神，再困難的事都可能成功。

近義　精衛填海　持之以恆

反義　半途而廢　功虧一簣

愚夫愚婦（ㄩˊ ㄈㄨ ㄩˊ ㄈㄨˋ）　舊時指平凡的市井小民。也泛稱無知的男女。

語源　尚書五子之歌：「予視天下愚夫愚婦，一能勝予。」明淩濛初初刻拍案驚奇卷三九：「所以聰明正直之人，再不被那一干人所惑，只好哄愚夫愚婦、一竅不通的。」

例句　國防外交事涉機密，本來就不是一般愚夫愚婦所能知道的。

近義　匹夫匹婦　市井小民

反義　達官貴人　達官顯宦

愚昧無知（ㄩˊ ㄇㄟˋ ㄨˊ ㄓ）　愚蠢而沒知識。愚昧，愚蠢糊塗，不明事理。

語源　唐玄奘大唐西域記羯若鞠闍國：「自顧寡德，國人推尊……，愚昧無知，敢稀聖旨！」

例句　現代竟然還有人寧可服食香灰治病也不願到醫院求診，真是愚昧無知。

近義 愚不可及 冥頑不靈

反義 冰雪聰明 聰明伶俐

愛才如命 ㄞˋ ㄘㄞˊ ㄖㄨˊ ㄇㄧㄥˋ 愛惜人才如同愛惜自己的性命一般。形容十分重視人才。

語源 清錢彩說岳全傳第三十一回：「本帥愛才如命，何必過謙？」

例句 總經理是個愛才如命的人，你如果肯加入我們的經營團隊，一定會受到重用。

近義 求賢若渴 吐哺握髮

反義 投閒置散 以貌取人

愛不釋手 ㄞˋ ㄅㄨˋ ㄕˋ ㄕㄡˇ 因喜愛而捨不得放手。形容對心愛之物的珍惜。

語源 南朝梁蕭統陶淵明集序：「余愛嗜其文，不能釋手，尚想其德，恨不同時。」

例句 這個新設計的產品既實用又美觀，令人愛不釋手。

近義 把玩不厭

反義 棄若敝屣

愛民如子 ㄞˋ ㄇㄧㄣˊ ㄖㄨˊ ㄗˇ 愛護百姓就像對待子女一樣。

語源 漢劉向新序雜事一：「良君將賞善而除民患，愛民如子，蓋之如天，容之若地。」

例句 歷史的教訓告訴我們，統治者若是愛民如子，必定會受到人民擁戴；若是作威作福，則將被人取而代之。

近義 勤政愛民 民胞物與

反義 魚肉百姓 殘民以逞

愛河永浴 ㄞˋ ㄏㄜˊ ㄩㄥˇ ㄩˋ 比喻夫妻永遠相愛。也作「永浴愛河」。

例句 經過重重困難，他倆終於結為夫婦，得以愛河永浴。

愛屋及烏 ㄞˋ ㄨ ㄐㄧˊ ㄨ 比喻因為喜愛某人進而喜愛與其有關的其他事物。

語源 尚書大傳卷三大戰：「愛人者，兼其屋上之烏。」三國魏王肅孔叢子連叢子下：「此乃陛下愛屋及烏，惠下之道。」

例句 因為女朋友喜歡養貓，他愛屋及烏，時常買進口的貓飼料送她，博取芳心。

近義 屋烏推愛

反義 殃及池魚

愛恨交織 ㄞˋ ㄏㄣˋ ㄐㄧㄠ ㄓ 愛與恨的情緒交相纏繞。形容又愛又恨的矛盾心情。

例句 她在劇中把一個被負心漢拋棄、愛恨交織的癡情女子，詮釋得絲絲入扣。

近義 又愛又恨

愛恨情仇 ㄞˋ ㄏㄣˋ ㄑㄧㄥˊ ㄔㄡˊ 情愛與仇怨、所愛與所恨。泛指世間或人與人之間，感情與恩怨的糾葛。常偏指仇怨一面。一作「恩怨情仇」。

例句 這部電影刻劃兩位主角之間的愛恨情仇，劇情張力十足，上映以來票房迭創佳績。

近義 恩恩怨怨

愛財如命 ㄞˋ ㄘㄞˊ ㄖㄨˊ ㄇㄧㄥˋ 吝惜錢財就像吝惜自己的生命一樣。形容人過分貪財，非常吝嗇。

語源 清夏敬渠野叟曝言第九十六回總評：「引五愛財如命，而玉兒獨不愛財，古怪如此，文字便有起落。」

例句 他是個愛財如命的人，你別妄想能向他募到捐款。

近義 一毛不拔 見錢眼開

反義 輕財好義 仗義疏財

愛惜羽毛 ㄞˋ ㄒㄧˊ ㄩˇ ㄇㄠˊ 比喻人謹言慎行以顧惜自己的名譽。

語源 漢劉向說苑雜言：「夫君子愛口，孔雀愛羽，虎豹愛爪，此皆所以治身法也。」舊唐書李紳傳：「搢紳皆自惜毛

羽，孰肯為相公搏擊。」

例句 像他這樣愛惜羽毛的人，對於未經查證的事，斷不會輕易評論。

近義 潔身自愛　謹言慎行

反義 寡廉鮮恥　恬不知恥

愛深責切 ㄞˋ ㄕㄣ ㄗㄜˊ ㄑㄧㄝˋ 對人愈疼愛，則責備愈嚴厲。也作「愛之深，責之切」。

例句 老師會如此教訓你，完全是愛深責切，你應該深自反省才是。

近義 當頭棒喝　恨鐵不成鋼

愛莫能助 ㄞˋ ㄇㄛˋ ㄋㄥˊ ㄓㄨˋ 內心雖然關懷、同情，卻無法給予幫助。

語源 詩經大雅烝民：「維仲山甫舉之，愛莫助之。」明馮夢龍警世通言卷三：「子瞻左遷黃州，乃聖上主意，老夫愛莫能助。」

例句 學業的事，我或許還能幫上忙；至於感情的事，我就愛莫能助了。

近義 心餘力絀　力有未逮

愛憎分明 ㄞˋ ㄗㄥ ㄈㄣ ㄇㄧㄥˊ 喜愛和憎惡的態度非常鮮明。也作「好惡分明」。

語源 韓非子說難：「而以前之所以見賢，而後獲罪者，愛憎之變也。」後漢書伏湛傳：「湛公廉愛下，好惡分明。」

例句 林小姐的個性愛憎分明，只要遇到不平的事，一定會站出來說話。

反義 愛憎無常　善惡不分

感人肺腑 ㄍㄢˇ ㄖㄣˊ ㄈㄟˋ ㄈㄨˇ 形容感人至深。肺腑，肺臟。比喻內心深處。也作「感人肺肝」、「感人心脾」。

語源 唐劉禹錫唐故相國李公集記：「今考其文至論事疏，感人肝肺，毛髮皆聳。」清西周生醒世姻緣傳第六十六回：「這段高情真是感深肺腑。」

例句 獲頒總統教育獎的得主，他們不屈不撓的故事，真是感人肺腑。

近義 沁人心脾　動人心弦

反義 平淡無奇　無動於中

感同身受 ㄍㄢˇ ㄊㄨㄥˊ ㄕㄣ ㄕㄡˋ 原指感激之情如同親身受到別人的恩惠一樣。今多指別人的遭遇引起自己相同的感受，有如事情發生在自己身上。

語源 清吳啟太、鄭永邦官話指南卷四：「俾伊有所遵循，則我感同身受矣。」

例句 對於你的遭遇，我們都感同身受。希望你振作精神，繼續努力。

近義 切膚之痛　心有戚戚焉

反義 麻木不仁　漠不關心

感恩圖報 ㄍㄢˇ ㄣ ㄊㄨˊ ㄅㄠˋ 感念別人對自己的恩德而設法報答。

語源 明瞿佑剪燈餘話泰山御史傳：「過蒙原宥，特賜保全，所宜竭力宣忠，感恩圖報。」

例句 對於外界的援助，我們感恩圖報都來不及，怎麼會說這種傷人的話呢？

近義 一飯千金　結草銜環

反義 忘恩負義　過河拆橋

感恩戴德 ㄍㄢˇ ㄣ ㄉㄞˋ ㄉㄜˊ 形容對別人所給的好處、幫助感激不已。

語源 元蘇天爵元朝名臣事略樞密趙文正公：「今聞其父已死，誠立之為王，遣送還國，世子必感恩戴德，願修臣職。」

例句 在小張最危急的時候，只有陳先生對他伸出援手，因此他終生感恩戴德，不敢或忘。

近義 銘感五內　知恩圖報

反義 忘恩負義　恩將仇報

感情用事 ㄍㄢˇ ㄑㄧㄥˊ ㄩㄥˋ ㄕˋ 指憑個人好惡或一時的感情衝動去處理事情。用事，行事；做事。

例句 這件事你自己要考慮清楚，千萬不要感情用事，以免終身遺憾。

近義 意氣用事 冒昧從事

反義 平心靜氣 心平氣和

感慨萬千 ㄍㄢˇ ㄎㄞˇ ㄨㄢˋ ㄑㄧㄢ 心中有很多感觸而發出慨嘆。萬千，形容很多。

語源 晉王羲之蘭亭集序：「情隨事遷，感慨係之矣。」清尹湛納希泣紅亭第一回：「他想到這裡，不禁心潮滾滾，不知是喜還是悲，看到金府衙門更是感慨萬千了。」

例句 眼看著社會風氣日益敗壞，怎能不令人感慨萬千呢？

感激涕零 ㄍㄢˇ ㄐㄧ ㄊㄧˋ ㄌㄧㄥˊ 形容受人大恩德，感情激動，至於哭泣流淚。涕，淚。

語源 詩經小雅小明：「念彼共人，涕零如雨。」三國蜀諸葛亮出師表：「臣不勝受恩感激，今當遠離，臨表涕泣，不知所云。」唐劉禹錫平蔡州三首（其二）：「路旁老人憶舊事，相與感激皆涕零。」

例句 他的大恩大德，令我感激涕零。

近義 千恩萬謝 銘感五內

反義 忘恩負義 過河拆橋

愣頭愣腦 ㄌㄥˋ ㄊㄡˊ ㄌㄥˋ ㄋㄠˇ ①形容魯莽粗心的樣子。②形容笨拙遲鈍的樣子。愣，失神；痴呆。

例句 ①這可是名貴瓷器，請你小心拿好，別愣頭愣腦地摔破了！②他小時候就愣頭愣腦，講話結結巴巴，因此常被取笑。

近義 迷迷糊糊 呆頭呆腦

反義 精明能幹 聰明伶俐

慈眉善目 ㄘˊ ㄇㄟˊ ㄕㄢˋ ㄇㄨˋ 形容面容慈祥和善。

語源 清王夢吉等濟公傳第二回：「面如古月，慈眉善目，三綹長髯，飄灑胸前。」

例句 那些老爺爺、老奶奶慈眉善目，個個都有著豐富的人生閱歷，值得我們學習。

近義 慈祥和藹 和藹可親

反義 冷若冰霜 正顏厲色

慈烏反哺 ㄘˊ ㄨ ㄈㄢˇ ㄅㄨˇ 烏鴉雛鳥長大後，會反過來銜食餵養母鳥。引申指子女長大後能報答親恩。慈烏，俗稱烏鴉。古人以為慈烏長大後會反哺親鳥。

語源 晉成公綏烏賦：「雛既壯而能飛兮，乃銜食而反哺。」南朝梁武帝孝思賦：「慈烏反哺以報親，在蟲鳥其尚爾。」

例句 小表弟說他長大後要效法慈烏反哺的精神，好好孝順爸媽，讓阿姨聽了好感動。

近義 烏鳥私情

10

慎始敬終 ㄕㄣˋ ㄕˇ ㄐㄧㄥˋ ㄓㄨㄥ 做事自始至終都抱持謹慎小心的態度，不敢苟且懈怠。

語源 禮記表記：「事君慎始而敬終。」

例句 對於這個任務，他抱持著慎始敬終的態度，兢兢業業，絲毫不敢放鬆。

近義 兢兢業業 小心翼翼

反義 敷衍塞責 馬馬虎虎

慎思明辨 ㄕㄣˋ ㄙ ㄇㄧㄥˊ ㄅㄧㄢˋ 嚴謹地思考，精確地辨別。

語源 禮記中庸：「博學之，審問之，慎思之，明辨之，篤行之。」

例句 做學問必須追根究柢，慎思明辨，才能有所成就。

近義 好學深思 深思熟慮

反義 馬馬虎虎 不求甚解

慎終追遠 ㄕㄣˋ ㄓㄨㄥ ㄓㄨㄟ ㄩㄢˇ 謹慎辦好父母的喪禮，依禮追祭久遠的祖先。表示不忘根本。

語源 論語學而：「曾子曰：『慎終追遠，民德歸厚矣。』」

例句 慎終追遠的傳統，讓許多人在清明節紛紛返鄉掃墓祭祖。

慎謀能斷 ㄕㄣˋ ㄇㄡˊ ㄋㄥˊ ㄉㄨㄢˋ 事前謹慎謀劃，臨事當機立斷。

例句 他不但學識豐富，兼且慎謀能斷，是個出類拔萃的人物。

近義 深謀遠慮　慮周行果

反義 猶豫不決　優柔寡斷

11

慕名而來 ㄇㄨˋ ㄇㄧㄥˊ ㄦˊ ㄌㄞˊ 因仰慕名聲而前來。

語源 清吳趼人近十年之怪現狀第三回：「兄弟向在漢口，這回是慕名而來，打算多少做點股分。」

例句 巷口的小吃店因為口味獨特，價錢公道，不少外地人都慕名而來。

近義 聞風而至　趨之若鶩

慘不忍睹 ㄘㄢˇ ㄅㄨˋ ㄖㄣˇ ㄉㄨˇ 情況悽慘，令人不忍觀看。

語源 唐李華弔古戰場文：「傷心慘目，有如是耶！」清許叔平里乘卷八倪公春岩：「小人慘不忍睹。」

例句 車禍的現場一片血肉模糊，慘不忍睹。

近義 怵目驚心　慘絕人寰

反義 賞心悅目

慘無人道 ㄘㄢˇ ㄨˊ ㄖㄣˊ ㄉㄠˋ 殘忍狠毒，毫無人性。形容殘暴到極點。慘，殘暴。

語源 蔡東藩唐史通俗演義第五十二回：「將妃、主等人一一剖心致祭，慘無人道。」

例句 日軍在侵華戰爭中，所到之處無不極盡燒殺姦淫之能事，真是慘無人道。

近義 喪盡天良　禽獸不如

反義 慈悲為懷　悲天憫人

慘絕人寰 ㄘㄢˇ ㄐㄩㄝˊ ㄖㄣˊ ㄏㄨㄢˊ 形容悲慘的情況為世間所未有。絕，極；至。人寰，人世間。

例句 慘絕人寰的種族大屠殺，是納粹所犯下最嚴重的暴行。

近義 慘不忍睹　駭人聽聞

慘綠少年 ㄘㄢˇ ㄌㄩˋ ㄕㄠˋ ㄋㄧㄢˊ 本指身穿暗綠色衣服的少年。後指風度翩翩、大有前途的青年，或指打扮入時的年輕男子。引申也指青春期的少年。慘綠，暗綠色。

語源 太平廣記卷二七一潘炎妻引唐張固幽閒鼓吹：「問：『末座慘綠少年，何人也？』曰：『補闕黃杜裳。』夫人曰：『此人全別，必是有名卿相。』」

例句 爸爸翻出高中畢業紀念冊，看到當年自己那慘綠少年的模樣，不禁莞爾。

慘澹經營 ㄘㄢˇ ㄉㄢˋ ㄐㄧㄥ ㄧㄥˊ 費心而艱苦地運作。慘澹，辛苦。

語源 唐杜甫丹青引：「詔謂將軍拂絹素，意匠慘澹經營中。」

例句 經過數年慘澹經營，他終於小有所成，有了自己的店面。

近義 苦心經營　篳路藍縷

慢條斯理 ㄇㄢˋ ㄊㄧㄠˊ ㄙ ㄌㄧˇ 形容人言行從容、有條理的樣子。也形容動作遲緩、慢吞吞的樣子。

語源 元王實甫西廂記第三本第二折金聖歎批：「寫紅娘從張生邊來入闈中，慢條斯理，如在意如不在意。」清吳敬梓儒林外史第一回：「老爺親自在這裡傳你家兒子說話，怎的慢條斯理。」

例句 ①雖然心有餘悸，但在

回答警察的詢問時，他仍能慢條斯理地把如何自綁匪手中逃脫的經過完整說出來。②火車快開了，他還慢條斯理地穿襪穿鞋才出門，真拿他沒轍。

近義 從容不迫　老牛破車

反義 慌慌張張　手忙腳亂

慢工出細活 ㄇㄢˋ ㄍㄨㄥ ㄔㄨ ㄒㄧˋ ㄏㄨㄛˊ 從容仔細地工作，才能做出精緻巧妙的成品。

例句 這起建築工程慢工出細活，將原先的精緻設計充分呈現出來。

反義 急就章

慧眼獨具 ㄏㄨㄟˋ ㄧㄢˇ ㄉㄨˊ ㄐㄩˋ 參見「獨具慧眼」。

慧眼識英雄 ㄏㄨㄟˋ ㄧㄢˇ ㄕˋ ㄧㄥ ㄒㄩㄥˊ 稱讚人眼光獨到，能辨別人才。慧眼，佛教原指能照見實相的智慧。也泛指敏銳的眼光。

例句 陳董果然慧眼識英雄，提拔小李當經理不到一年，小李便獲得分區經理績效冠軍。

近義 知人之明　獨具慧眼

慮周行果 ㄌㄩˋ ㄓㄡ ㄒㄧㄥˊ ㄍㄨㄛˇ 思慮周詳，行動果決。

語源 南朝梁劉勰文心雕龍體性：「平子淹通，故慮周而藻密。」明方孝儒指喻：「君慮周行果，非久於布衣者也。」

例句 他為人慮周行果，所以深得上司的信任與青睞。

近義 深謀遠慮　慎謀能斷

反義 優柔寡斷　意氣用事

慷慨赴義 ㄎㄤ ㄎㄞˇ ㄈㄨˋ ㄧˋ 意氣激昂地為正義付出。慷慨，意氣激昂。

語源 明朱鼎玉鏡臺記王敦反：「大丈夫當慷慨赴義，何用悲為！」

例句 歷史上有許多仁人志士為了救國救民而慷慨赴義，精神可佩。

近義 從容就義　視死如歸

反義 貪生怕死　苟且偷生

慷慨陳詞 ㄎㄤ ㄎㄞˇ ㄔㄣˊ ㄘˊ 意氣激昂地陳述見解。慷慨，情緒高昂，充滿正氣。

語源 三國志魏書臧洪傳：「洪辭氣慷慨，涕泣橫下。」清潘德輿養一齋詩話：「詩家慷慨陳詞，多衰颯無餘地。」

例句 張律師在法庭上慷慨陳詞，為被告提出辯護，終於使冤情獲得平反。

近義 大聲疾呼　義正辭嚴

反義 吞吞吐吐　張口結舌

慷慨悲歌 ㄎㄤ ㄎㄞˇ ㄅㄟ ㄍㄜ 激昂地高歌，以抒發悲壯的胸懷。也作「悲歌慷慨」。

語源 史記項羽本紀：「於是項王乃悲歌慷慨，自為詩曰：『力拔山兮氣蓋世，時不利兮騅不逝。騅不逝兮可奈何？虞兮虞兮奈若何！』」宋陸游哀郢：「淋漓痛飲長亭暮，慷慨悲歌白髮新。」

例句 慷慨悲歌之後，常能讓人鬱悶的心情稍稍寬解。

慷慨解囊 ㄎㄤ ㄎㄞˇ ㄐㄧㄝˇ ㄋㄤˊ 毫不吝嗇地捐出錢財。慷慨，大方而不吝嗇。解囊，打開袋子。指拿出錢財助人。

語源 水滸傳第五回：「魯智深見李忠、周通不是個慷慨之人，作事慳吝，只要下山。」明馮夢龍東周列國志第一〇一回：「唐舉解囊中，出數金贈之。」清李伯元文明小史第三十五回：「吾兄慷慨解囊，亦要請教請教。」

例句 每當發生重大災變，民眾莫不慷慨解囊幫助受災同胞，足見國人充滿愛心。

近義 仗義疏財　樂善好施

反義 一毛不拔　愛財如命

心

心

慷慨激昂 ㄎㄤˇ ㄎㄞˇ ㄐㄧ ㄤˊ 意氣高昂激動。

語源 唐柳宗元上權德輿補闕溫卷決進退啟：「今將慷慨激昂，奮攘布衣，縱談作者之筵，曳裾名卿之門。」

例句 遊行的群眾個個慷慨激昂，用行動表達他們的訴求。

近義 意氣昂揚 義憤填膺

反義 萎靡不振 垂頭喪氣

慷他人之慨 ㄎㄤ ㄊㄚ ㄖㄣˊ ㄓ ㄎㄞˇ 擅自作主將別人財物供人享用，以示慷慨。也作「慷人之慨」。

語源 明李贄李氏雜述寒燈小話：「況慷他人之慨，費別姓之財，於人為不情，於己甚無謂乎？」

例句 他一向自私小氣，今天居然說要作東請客，恐是慷他人之慨，待會付錢的一定不是他。

近義 借花獻佛 順水人情

反義 解衣推食 慷慨解囊

憂心如焚 ㄧㄡ ㄒㄧㄣ ㄖㄨˊ ㄈㄣˊ 心中憂愁得像火在燒。形容非常憂愁。

語源 三國魏曹植釋愁文：「予以愁慘，行吟路邊，形容枯悴，憂心如焚。」

例句 那名翹家少年整天在不良場所遊蕩，絲毫不顧家中憂心如焚的父母。

近義 愁腸百結 憂心忡忡

反義 無憂無慮 心無罣礙

憂心忡忡 ㄧㄡ ㄒㄧㄣ ㄔㄨㄥ ㄔㄨㄥ 憂慮不安的樣子。忡忡，憂愁的樣子。

語源 詩經召南草蟲：「未見君子，憂心忡忡。」

例句 作父母的，只要子女生病，便憂心忡忡，食不知味。

近義 愁腸百結 憂心如焚

反義 無憂無慮 心無罣礙

憂生傷逝 ㄧㄡ ㄕㄥ ㄕㄤ ㄕˋ ①憂慮生命，悲傷死亡。②憂慮生者，哀傷逝者。

語源 續高僧傳卷三〇：「臨丹陽尹，無何而歎，有憂生之嗟。」北周庾信周趙國公夫人紇豆陵氏墓誌銘：「孫子荊之傷逝，怨起秋風。」明李贄焚書卷四：「人莫不欲生，然卒不能使之久生；人莫不傷逝，然卒不能止之使勿逝。」

例句 ①魏晉時代的文人，因為身處亂世，動輒得咎，普遍有憂生傷逝的情懷。②葬身火窟的那對夫妻，留下一對稚子，民眾在憂生傷逝之餘，紛紛慷慨解囊。

近義 生命無常 天人永隔

憂思百結 ㄧㄡ ㄙ ㄅㄞˇ ㄐㄧㄝˊ 憂愁的思緒有如糾纏不清的結一般，無從化解。

語源 唐聶夷中飲酒樂：「一飲解百結，再飲破百憂。」

例句 經歷了一連串不幸的打擊之後，他憂思百結，形容枯槁，令人同情。

近義 愁腸百結 愁容滿面

反義 心寬體胖 無憂無慮

憂國憂民 ㄧㄡ ㄍㄨㄛˊ ㄧㄡ ㄇㄧㄣˊ 憂慮國家、人民的艱困疾苦。

語源 宋范仲淹謝轉禮部侍郎表：「進則盡憂國憂民之誠，退則處樂天樂道之分。」

例句 他雖已從公職退休，但仍憂國憂民，時常向公部門提出建言。

近義 傷時感事

反義 禍國殃民 賣國求榮

憂讒畏譏 ㄧㄡ ㄔㄢˊ ㄨㄟˋ ㄐㄧ 擔憂被人詆毀，害怕被人譏諷。讒，毀謗。

語源 宋范仲淹岳陽樓記：「登斯樓也，則有去國懷鄉，憂讒畏譏，滿目蕭然，感極而

悲者矣。」

例句 自從升官之後，他整日憂讒畏譏，生活壓力變得比以前更為沉重。

反義 無憂無慮 無牽無掛

12

憐香惜玉 ㄌㄧㄢˊ ㄒㄧㄤ ㄒㄧˊ ㄩˋ 憐愛香花，珍惜美玉。比喻男子對意中人的溫存愛憐。

語源 明馮夢龍醒世恆言卷三：「酒色之徒，但知買笑追歡的雅意，那有憐香惜玉的真心。」

例句 他是個粗魯漢子，根本不懂得憐香惜玉。

憐新棄舊 ㄌㄧㄢˊ ㄒㄧㄣ ㄑㄧˋ ㄐㄧㄡˋ 喜愛新的，厭棄舊的。多指愛情不專一。憐，愛。

語源 明馮夢龍東周列國志第三十六回：「他日憐新棄舊，把我等同守患難之人，看做殘敝器物一般。」

例句 花心的帥帥總是憐新棄舊，女朋友一個換一個，以致三十好幾仍未成家。

近義 喜新厭舊 得新忘故

反義 之死靡它 始終如一

憤世嫉俗 ㄈㄣˋ ㄕˋ ㄐㄧˊ ㄙㄨˊ 對腐敗的社會現狀及庸俗世態氣憤不滿。憤、嫉，都有憎恨、痛恨之意。

語源 唐韓愈雜說四首（其三）：「將憤世嫉邪，長往而不來者之所為乎？」元趙孟頫書吳幼清送李文卿歸養序後：「嗟乎！吳公之憤世嫉俗，可為萬世戒。」

例句 他平日憤世嫉俗，這次會參加絕食抗議的活動，大家一點都不意外。

近義 痛心疾首 深惡痛絕

反義 同流合汙 隨波逐流

憤憤不平 ㄈㄣˋ ㄈㄣˋ ㄅㄨˋ ㄆㄧㄥˊ 參見「忿忿不平」。

13

應聲蟲 ㄧㄥˋ ㄕㄥ ㄔㄨㄥˊ 比喻沒有主見、只會隨聲附和的人。

語源 唐人傳說，有人患怪病，腹中生蟲，人說話，腹內即有小聲應之。有道士謂此為應聲蟲，宜讀本草，遇蟲所不應者，當取服之。讀至「雷丸」，蟲忽然無聲，便一口氣吃下數顆雷丸，病便好了。見唐張鷟朝野僉載、宋范正敏遯齋閒覽應聲蟲。

例句 對於這個提案，請你表達意見，不要再做應聲蟲了。

近義 隨聲附和 人云亦云

應付裕如 ㄧㄥˋ ㄈㄨˋ ㄩˋ ㄖㄨˊ 處理事情從容鎮靜，得心應手。裕，寬裕。

語源 清佚名乾隆下江南第七十三回：「據你二位所習的武藝，若論衝鋒交戰，應付裕如。」

例句 他對危機的處理應付裕如，是個不可多得的人才。

近義 遊刃有餘 得心應手

反義 捉襟見肘 左支右絀

應有盡有 ㄧㄥ ㄧㄡˇ ㄐㄧㄣˋ ㄧㄡˇ 應該有的全都具備了。形容非常齊全。

語源 宋書江智淵傳：「人所應有盡有，人所應無盡無者，其江智淵乎！」

例句 這個社區公共設施完善，游泳池、健身房等應有盡有。

近義 一應俱全 無一不備

反義 一無所有 空空如也

應接不暇 ㄧㄥˋ ㄐㄧㄝ ㄅㄨˋ ㄒㄧㄚˊ 本指景物繁多，使人來不及一一欣賞。後用以形容來人或事情太多，來不及應付。暇，空閒。

語源 晉王獻之鏡湖帖：「鏡湖澄澈，清流瀉注；山川之美，使人應接不暇。」

例句 他交遊廣闊，因此有應

接不暇的飯局。

近義 美不勝收　疲於奔命

應運而生 ㄧㄥˋ ㄩㄣˋ ㄦˊ ㄕㄥ 本指順應天命而降世。後指順應時勢的需要而產生。

語源 漢荀悅前漢紀後序：「實天生德，應運建主。」唐王勃益州夫子廟碑：「大哉神聖，與時迴薄，應運而生，繼天而作。」

例句 隨著資訊時代的來臨，許多前所未聞的新行業也應運而生。

近義 大行其道

反義 生不逢辰

15

懲一警百 ㄔㄥˊ ㄧ ㄐㄧㄥˇ ㄅㄞˇ 懲罰一人以警戒眾人。警，也作「儆」。也作「殺一警百」。

語源 漢書尹翁歸傳：「以一警百，吏民皆服。」明史黃道周傳：「陛下欲剔弊防奸，懲一警百，諸臣用之以借題修隙，斂怨市權。」

例句 柳同學嚴重違反校規，學校給予大過處分，以收懲一警百之效。

近義 殺雞儆猴　以儆效尤

懲忿窒欲 ㄔㄥˊ ㄈㄣˋ ㄓˋ ㄩˋ 戒止忿怒，克制欲望。懲，警戒；制止。窒，阻塞；壓制。

語源 易經損卦：「君子以懲忿窒欲。」

例句 在緊要關頭懂得懲忿窒欲的人，比較不會犯錯。

近義 清心寡欲　澄心滌慮

反義 縱情恣欲

懲前毖後 ㄔㄥˊ ㄑㄧㄢˊ ㄅㄧˋ ㄏㄡˋ 以之前的過失為教訓，謹慎行事，不再犯錯。懲，警戒；教訓。毖，戒慎；謹慎。

語源 詩經周頌小毖：「予其懲而毖後患。」明張居正答河道吳自湖計河漕書：「懲前毖後，預為先事之圖可也。」

例句 失敗不打緊，只要你能懲前毖後，成功一定會到來。

近義 殷鑑不遠　引以為戒

反義 重蹈覆轍　執迷不悟

懲惡勸善 ㄔㄥˊ ㄜˋ ㄑㄩㄢˋ ㄕㄢˋ 懲戒壞人壞事，獎勵好人好事。懲，懲治；懲罰。

語源 左傳成公十四年：「春秋之稱：微而顯，志而晦，婉而成章，盡而不汙，懲惡而勸善。」

例句 古時流行於民間的說書，都或多或少具有懲惡勸善的作用。

近義 賞善罰惡　激濁揚清

反義 棄善取惡　賞罰不明

懲羹吹齏 ㄔㄥˊ ㄍㄥ ㄔㄨㄟ ㄐㄧ 因為被熱羹湯燙過，吃冷菜也要吹一下。比喻吃過大虧而心存戒懼，遇事格外小心謹慎。多用以指變得膽小怕事之意。懲，鑑戒。齏，切碎的醬菜。

語源 戰國楚屈原九章惜誦：「懲于羹者而吹韲兮，何不變此之志也。」宋陸游謝梁右相啟：「刻舟求劍，固匪通材；懲羹吹齏，已消壯志。」

例句 自從上次被騙後，他已變得懲羹吹齏，只要是陌生人的來電一概不接。

近義 謹小慎微　心有餘悸

反義 勇往直前

16

懵懵懂懂 ㄇㄥˇ ㄇㄥˇ ㄉㄨㄥˇ ㄉㄨㄥˇ 形容迷糊無知的樣子。

語源 西遊記第二十八回：「獃子懵懵懂懂的，托著缽盂，拑著釘鈀，與沙僧徑直回來。」

例句 東東第一次出國，懵懵懂懂的，不知該準備哪些東西，你要教他。

近義 糊裡糊塗　渾渾噩噩

反義 聰明伶俐　精明能幹

懷山襄陵 ㄏㄨㄞˊ ㄕㄢ ㄒㄧㄤ ㄌㄧㄥˊ 包圍並漫過山陵。形容洪水氾

濫。懷，包圍。襄，凌越。

語源 尚書堯典：「湯湯洪水方割，蕩蕩懷山襄陵。」

例句 黃河在洪汛季節裡時常氾濫成災，處處可見懷山襄陵的景象。

懷才不遇 ㄏㄨㄞˊ ㄘㄞˊ ㄅㄨˋ ㄩˋ 懷有才學而得不到賞識。

語源 明馮夢龍喻世明言卷五：「眼見別人才學萬倍不如他的，一個個出身通顯，享用爵祿，偏則自家懷才不遇。」

例句 與其悲歎懷才不遇，不如掌握時機，適時表現自己的才學。

近義 有志難酬 匏瓜徒懸

反義 適得其所 一展長才

懷文抱質 ㄏㄨㄞˊ ㄨㄣˊ ㄅㄠˋ ㄓˊ 形容人本性淳樸，又有文采。文，文采。質，質樸。

語源 三國魏曹丕與吳質書：「偉長獨懷文抱質，恬淡寡欲，有箕山之志，可謂彬彬君子者矣。」

例句 他是個懷文抱質的人才，前途很被看好。

近義 握珠抱玉 懷瑾握瑜

反義 酒囊飯袋 凡夫俗子

懷恨在心 ㄏㄨㄞˊ ㄏㄣˋ ㄗㄞˋ ㄒㄧㄣ 心裡藏著怨恨。指記下對某人的仇恨。

語源 明馮夢龍警世通言卷二四：「想你見那男子棄舊迎新，你懷恨在心，藥死親夫，此情理或有之。」

例句 對於小張的橫刀奪愛，小陳一直懷恨在心，很想找機會報復。

近義 恨之入骨

反義 不念舊惡

懷憂喪志 ㄏㄨㄞˊ ㄧㄡ ㄙㄤˋ ㄓˋ 滿懷憂傷，喪失鬥志。

語源 後漢書申徒剛傳：「人人懷憂，騷動惶懼。」晉書周浚傳：「將令賢智杜心，義士喪志。」

例句 這件事的成敗還在未定之天，你怎麼可以懷憂喪志，輕言放棄呢？

近義 灰心喪氣 日坐愁城

反義 意氣風發 鬥志昂揚

懷瑾握瑜 ㄏㄨㄞˊ ㄐㄧㄣˇ ㄨㄛˋ ㄩˊ 懷中抱著、手裡握著的都是美玉。比喻人具有高尚的品德與情操。瑾、瑜，美玉。借指高尚的人品。

語源 戰國楚屈原九章懷沙：「懷瑾握瑜兮，窮不得所示。」

例句 幾位新任的大法官都是懷瑾握瑜之士，必能為捍衛憲政做出貢獻。

近義 精金美玉 冰清玉潔

反義 輕薄無行 寡廉鮮恥

懷璧其罪 ㄏㄨㄞˊ ㄅㄧˋ ㄑㄧˊ ㄗㄨㄟˋ ①指擁有珍貴物品而招來禍患。②比喻懷才而遭人忌恨。懷，存有；抱著。璧，寶玉。

語源 左傳桓公十年：「周諺有之：『匹夫無罪，懷璧其罪。』」

例句 ①銀樓、珠寶商容易因為懷璧其罪而遭人洗劫，所以都很注重保全措施。②你雖然剛進公司就大出鋒頭，也不可沾沾自喜，小心懷璧其罪，受人排擠。

近義 樹大招風 多藏厚亡

懷寶迷邦 ㄏㄨㄞˊ ㄅㄠˇ ㄇㄧˊ ㄅㄤ 有才德卻不願做官，任由國家混亂。

語源 論語陽貨：「懷其寶而迷其邦，可謂仁乎？」梁書武帝紀中：「若懷寶迷邦，蘊奇待價，蓄響藏真，不求聞達，並依名騰奏，罔或遺隱。」

例句 許多政客自稱不忍懷寶迷邦而投身政治，其實正是這些人讓國家陷入混亂。

近義 獨善其身

反義 兼善天下

懸而未決 ㄒㄩㄢˊ ㄦˊ ㄨㄟˋ ㄐㄩㄝˊ 指問題或事件遭到擱置，尚未解決。

例句 由於環保評結果遲不公開，這項開發案至今仍懸而未決，許多廠商都開始打退堂鼓。

近義 原地踏步 停滯不前

反義 當機立斷

懸崖峭壁 ㄒㄩㄢˊ ㄧㄞˊ ㄑㄧㄠˋ ㄅㄧˋ 高峻、陡峭的山壁。懸，高掛的。也作「懸崖絕壁」。

語源 唐劉長卿望龍山懷道士許法棱：「懸崖絕壁幾千丈，綠蘿嫋嫋不可攀。」宋張君房雲笈七籤卷一一三下許碏：「到處皆於懸崖峭壁人不及處題云：『許碏自峨嵋尋偃月子到此。』」

例句 走進太魯閣峽谷，迎面而來的懸崖峭壁，如鬼斧神工般，令人驚歎不已。

近義 重巖疊嶂 壁立千仞

懸崖勒馬 ㄒㄩㄢˊ ㄧㄞˊ ㄌㄜˋ ㄇㄚˇ 在懸崖邊及時勒住韁繩，停止前進。比喻到了危險的邊緣，及時停止。

語源 清紀昀閱微草堂筆記如是我聞二：「書生懸崖勒馬，可謂大智慧矣。」

例句 警政署制訂自新改過條例，使誤入歧途的人能夠及早懸崖勒馬。

近義 回頭是岸 迷途知返

反義 一意孤行 執迷不悟

懸梁刺股 ㄒㄩㄢˊ ㄌㄧㄤˊ ㄘˋ ㄍㄨˇ 讀書時為了防止打瞌睡，把頭髮懸在屋梁上，或用針錐刺大腿。形容發憤認真苦學。也作「刺股懸梁」。

語源 戰國策秦策一：「(蘇秦)讀書欲睡，引錐自刺其股，血流至足。」太平御覽卷三六三引漢書：「(孫敬)及至眠睡疲寢，以繩繫頭懸屋梁。」元王實甫西廂記第二本第三折：「可憐刺股懸梁志，險作離鄉背井魂。」明徐霖繡襦記第三十三齣：「豈不聞古之人懸梁刺股，以志於學。」

例句 他以懸梁刺股的精神苦讀，終於克服了語言障礙，並在德國取得了博士學位。

近義 囊螢映雪 鑿壁偷光

懸壺濟世 ㄒㄩㄢˊ ㄏㄨˊ ㄐㄧˋ ㄕˋ 指行醫救人。

語源 後漢書費長房傳：「曾為市掾，市中有老翁賣藥，懸一壺於肆頭。及市罷，輒跳入壺中，市人莫之見。」

例句 他從醫學院畢業以後，就參加了偏遠山區的醫療服務隊，至今已逾三十年，這種懸壺濟世、不求回報的精神令人佩服。

18

懾人心魄 ㄓㄜˊ ㄖㄣˊ ㄒㄧㄣ ㄆㄛˋ 令人心神畏懼。多指所見所聞使人心生畏懼或敬畏之情。懾，害怕、恐懼。這裡作動詞。懾人，使人害怕。心魄，心神。

例句 臺灣許多大山高聳挺拔，巍峨矗立，登臨其上無不懾人心魄。

近義 動心駭目 動人心魄

懿範長存 ㄧˋ ㄈㄢˋ ㄔㄤˊ ㄘㄨㄣˊ 美好的風範永遠留存下去。多用於老年婦女之喪的輓辭。懿範，美好的風範。也作「懿範長昭」。

語源 晉陸雲贈顏驃騎後二首：「思我懿範，萬民未服。」

例句 王老夫人的靈堂上，高掛著議長「懿範長存」的輓聯。

近義 音容宛在 福壽全歸

19

戀戀不捨 ㄌㄧㄢˋ ㄌㄧㄢˋ ㄅㄨˋ ㄕㄜˇ 非常眷戀，捨不得離開。戀戀，眷戀；愛慕。捨，也作「舍」。放下；離開。

語源 史記范雎蔡澤列傳：「然公之所以得無死者，以綈袍戀戀，有故人之意，故釋公。」宋李之儀代人與薛金陵小紙二：「而往來賓客，無問細粗，莫不滿足，而戀戀不忍舍去。」清李汝珍鏡花緣第四十回：「唐敖正遊的高興，雖然轉身，仍是戀戀不捨，四處觀望。」

例句 簽唱會結束後，偶像歌手雖已離開，許多歌迷仍戀戀不捨地在現場逗留。

近義 依依不捨　難捨難分

反義 一刀兩斷

戈部

2

戎馬倥傯 ㄖㄨㄥˊ ㄇㄚˇ ㄎㄨㄥˇ ㄗㄨㄥˇ 為軍事奔走忙碌。也指戰爭頻繁。戎馬，戰馬。借指軍事、戰爭。倥傯，急忙迫促的樣子。形容事情繁多而忙碌。也作「兵馬倥傯」。

語源 老子四十六章：「天下無道，戎馬生於郊。」後漢書卓茂傳論：「建武之初，雄豪方擾……斯固倥傯不暇給之日。」明盧象昇與豫撫某書：「戎馬倥傯之場，屢荷足下訓誨指提。」連橫臺灣通史序：「重以改隸之際，兵馬倥傯，檔案俱失。」

例句 ①李將軍在戎馬倥傯之際仍不忘讀書，十分好學。②那幾年國家戎馬倥傯，百姓苦不堪言。

近義 南征北討　兵荒馬亂

反義 安居樂業　河清海晏

成一家言 ㄔㄥˊ ㄧˋ ㄐㄧㄚ ㄧㄢˊ 指學問自成體系或自成一派。

語源 漢司馬遷報任少卿書：「亦欲以究天人之際，通古今之變，成一家之言。」新唐書韓愈傳：「故愈深探本元，卓然樹立，成一家言。」

例句 王教授在病毒學中鑽研多年，他的論述在這個領域已可以成一家言。

近義 自成一家　一家之言

成人之美 ㄔㄥˊ ㄖㄣˊ ㄓ ㄇㄟˇ 成全別人的好事。

語源 論語顏淵：「君子成人之美，不成人之惡。」

例句 雙方家長請他擔任這場婚禮的證婚人，他樂得成人之美，一口答應了。

近義 助人為樂

反義 橫刀奪愛

成千上萬 ㄔㄥˊ ㄑㄧㄢ ㄕㄤˋ ㄨㄢˋ 形容數量非常多。也作「成千成萬」、「成千累萬」。

語源 清蔣士銓雪中人眠雪：「今日數文，明日數文，積儹起來，成千累萬。」

例句 一到假日，總會有成千上萬的遊客湧入這處風景名勝。

近義 不計其數　多如牛毛

反義 屈指可數　寥寥可數

成仁取義 ㄔㄥˊ ㄖㄣˊ ㄑㄩˇ ㄧˋ 指為正義而犧牲性命。

語源 論語衛靈公：「志士仁人，無求生以害仁，有殺身以成仁。」孟子告子上：「生亦我所欲也，義亦我所欲也，二者不可得兼，舍生而取義者也。」

例句 歷史上的民族英雄常是因為他們成仁取義的事蹟而被後人崇拜。

近義 殺身成仁　捨生取義

反義 苟且偷生　臨難苟免

成年累月 參見「積年累月」。

成竹在胸 參見「胸有成竹」。

成事不說 指已經做了的事不便再加解釋。也指既已成事實，多說無益。

語源 論語八佾：「子聞之，曰：『成事不說，遂事不諫，既往不咎。』」

例句 成事不說，這件事既然都已經過去了，你就不要再咄咄逼人了。

成家立業 指人建立家庭，並在事業上有所成就。

語源 宋吳自牧夢粱錄恤貧濟老：「四方百貨，不趾而集，自此成家立業者眾矣。」

例句 他雖出身貧困，但因勤學上進，如今也已成家立業，小有成就了。

反義 靡室靡家 中饋猶虛

成敗利鈍 成功或失敗、順利或挫折。

語源 三國蜀諸葛亮出師表：「臣鞠躬盡力，死而後已，至于成敗利鈍，非臣之明所能逆睹也。」

例句 凡事只需盡力盡心去做，至於成敗利鈍則不必太過在意。

近義 成敗得失

成群結隊 形容數目眾多。

語源 南朝梁蕭綱徵君何先生墓志：「聚徒教習，學侶成群。」南朝梁沈炯為王僧辯等勸進梁元帝第三表：「結隊千群，持戟百萬。」三國演義第九十五回：「忽然山中居民成群結隊，飛奔而來。」

例句 每年當東北季風吹起，便有成群結隊的黑面琵鷺飛臨曾文溪口過冬。

近義 三五成群

反義 稀稀落落 三三兩兩

成也蕭何，敗也蕭何 比喻事情的成敗都由同一個人所導致。漢初韓信之所以受劉邦重用，是因為蕭何的推薦；最後韓信中計被擒而死，也是出於蕭何的計謀。

語源 宋洪邁容齋續筆蕭何紿韓信：「信之為大將軍，實蕭何所薦，今其死也，又出其謀。故俚語有『成也蕭何，敗也蕭何』之語。」

例句 先前的合約之所以能夠簽訂，全是因為有他的極力斡旋；如今他抽身離開，客戶便不願再跟我們合作，真是「成也蕭何，敗也蕭何」！

成事不足，敗事有餘 指做事無法成功，而且弄得更糟。

語源 清李綠園歧路燈第一〇五回：「部裡書辦們，成事不足，壞事有餘。」

例句 他脾氣太急躁，成事不足，敗事有餘，你找他合作可要小心點。

3

我行我素 本指堅守本分，行所當行。後多用來指完全依照自己的意思行事，不管別人的看法和批評。含有貶義。素，平素；向來。

語源 中庸：「君子素其位而行，不願乎其外。」清李伯元官場現形記第五十六回：「他夫婦二人還是毫無聞見，依舊是我行我素。」

例句 我早就勸他不要隨便對

外放話，以免引起不必要的誤會，但他還是我行我素，有什麼辦法呢？

近義 依然故我 一意孤行

反義 從善如流 守經達權

我見猶憐 ㄨㄛˇ ㄐㄧㄢˋ ㄧㄡˊ ㄌㄧㄢˊ 我見了也十分喜愛。指女子十分貌美，惹人憐愛。憐，愛。

語源 南朝宋虞通之妒記記載：溫平蜀納李勢之女為妾，他的妻子善妒，知道後便拿著刀去李女住處想殺她。但一見到李女姿態容貌端莊美麗，便丟下刀將李女抱住說：「我見了妳尚且會憐惜妳，更何況是那些男人呢！」

例句 電影中的女主角端莊美麗，我見猶憐，不知要迷倒多少影迷。

近義 國色天香 秀色可餐

反義 其貌不揚 貌不驚人

戒備森嚴 ㄐㄧㄝˋ ㄅㄟˋ ㄙㄣ ㄧㄢˊ 防備得十分嚴密。戒，防備。森，嚴密的樣子。

語源 國語晉語三：「日考而習，戒備畢矣。」新唐書文藝傳序：「排逐百家，法度森嚴。」

例句 總統每次公開露面，隨扈總是戒備森嚴，絲毫不敢大意。

近義 嚴陣以待 銅牆鐵壁

反義 掉以輕心 漫不經心

戒慎恐懼 ㄐㄧㄝˋ ㄕㄣˋ ㄎㄨㄥˇ ㄐㄩˋ 小心謹慎、緊張擔憂。

語源 中庸：「是故君子戒慎乎其所不睹，恐懼乎其所不聞。」明呂坤呻吟語問學：「正門工夫戒慎恐懼；旁門工夫曠大逍遙。」

例句 李經理剛被董事長賦予整頓業務的重任，他對這項工作戒慎恐懼，不敢掉以輕心。

近義 戰戰兢兢 臨淵履薄

反義 掉以輕心 漫不經心

7

戞戞獨造 ㄐㄧㄚˊ ㄐㄧㄚˊ ㄉㄨˊ ㄗㄠˋ 形容苦心獨創，自成一格。戞戞，困難、費力的樣子。

語源 唐韓愈答李翊書：「當其取於心而注於手也，惟陳言之務去，戞戞乎其難哉！」清洪亮吉北江詩話五：「屋漏牆圮云……皆戞戞獨造，非尋行數墨者所能到也。」

辨析 戞，音ㄐㄧㄚˊ，不讀ㄍㄚ。

例句 多年來他在創作上戞戞獨造，一系列的作品令人耳目一新。

近義 獨樹一格 別出心裁

反義 襲人故智 拾人牙慧

戞然而止 ㄐㄧㄚˊ ㄖㄢˊ ㄦˊ ㄓˇ 原指聲音突然停止，後也指事物、言語、文章等突然停止，不再繼續。戞然，突然停止。

語源 清李綠園歧路燈第十回：「忽的鑼鼓戞然而止，戲已煞卻。」

辨析 戞，音ㄐㄧㄚˊ，不讀ㄍㄚ。

例句 小陳邊開車邊想事情，正想得出神時，前面的車竟戞然而止，害他差一點撞上去。

10

截長補短 ㄐㄧㄝˊ ㄔㄤˊ ㄅㄨˇ ㄉㄨㄢˇ 取多餘的部分來彌補不足的部分。截，切斷。

語源 管子七法：「不明於象，而欲論材審用，猶絕長以為短，續短以為長。」宋度正性善堂稿條奏便民五事：「舊城湮廢之餘，截長補短，可得十之五。」

例句 她雖不善於言辭，但為人勤敏誠懇，截長補短，還是有不少朋友。

近義 裒多益寡 損有餘，補不足

截然不同 ㄐㄧㄝˊ ㄖㄢˊ ㄅㄨˋ ㄊㄨㄥˊ 完全不一樣。截然，界限分明的

樣子。

語源 宋陸九淵與王順伯：「公私義利之別，判然截然。」清黃宗羲餘姚至省下路程沿革記：「是故吾邑風氣樸略，較之三吳，截然不同。」

例句 他們兩兄弟相貌雖然很像，但是個性卻截然不同。

近義 天壤之別 迥然不同

反義 毫無二致 一模一樣

11

戮力同心 ㄌㄨˋ ㄌㄧˋ ㄊㄨㄥˊ ㄒㄧㄣ 共同努力，團結一心。戮力，合力。

語源 墨子尚賢中：「湯誓曰：『聿求元聖，與之戮力同心，以治天下。』」

例句 面對眼前的困境，大家猶如在同一艘船上，應當戮力同心，共渡難關。

近義 同舟共濟 齊心協力

反義 離心離德 分崩離析

12

戰無不勝 ㄓㄢˋ ㄨˊ ㄅㄨˋ ㄕㄥˋ 參見「戰無不勝，攻無不克」。

戰戰兢兢 ㄓㄢˋ ㄓㄢˋ ㄐㄧㄥ ㄐㄧㄥ 形容臨事戒慎惶恐，不敢大意。戰戰，因害怕而顫抖。兢兢，小心謹慎。

語源 詩經小雅小旻：「戰戰兢兢，如臨深淵，如履薄冰。」

辨析 兢，不作「競」。

例句 走在懸崖邊上，大家都戰戰兢兢，唯恐失足。

近義 小心翼翼 戒慎恐懼

反義 膽大妄為 漫不經心

戰無不勝，攻無不克 ㄓㄢˋ ㄨˊ ㄅㄨˋ ㄕㄥˋ ㄍㄨㄥ ㄨˊ ㄅㄨˋ ㄎㄜˋ 形容每戰必勝，所向無敵。克，制勝。也作「攻無不勝，戰無不克」，或省作「戰無不勝」、「攻無不克」。

語源 戰國策齊策二：「戰無不勝而不知止者，身且死。」唐蘇頲諫鑾駕親征第二表：「我軍未捷而恥已深，而陛下又將屈至尊遠為之敵，使攻無不勝，戰無不克。」清百一居士壺天錄卷上：「古來戰無不勝，攻無不克，端賴吾能用兵之將。」

例句 張將軍率領的二十九師是支「戰無不勝，攻無不克」的勁旅，曾立下無數汗馬功勞。

近義 百戰百勝 所向無敵

反義 屢戰屢敗 不堪一擊

13

戴盆望天 ㄉㄞˋ ㄆㄣˊ ㄨㄤˋ ㄊㄧㄢ 頭上戴著盆子看天。比喻兩件事不可能同時進行。也比喻行動與目的相反，不可能達成。

語源 漢司馬遷報任少卿書：「僕以為戴盆何以望天，故絕賓客之知，亡室家之業，日夜思竭其不肖之才力。」後漢書第五倫傳：「苦身待士，不如為國。戴盆望天，事不兩施。」

例句 節能減碳、保護地球已是全球共識，但若世界主要工業國家不節制二氧化碳的排放，無異戴盆望天。

近義 顧此失彼 南轅北轍

戴罪立功 ㄉㄞˋ ㄗㄨㄟˋ ㄌㄧˋ ㄍㄨㄥ 指以有罪之身爭取表現，立下功勞以減免責罰。也作「帶罪立功」。

語源 明王守仁案行漳南道守巡官戴罪督兵剿賊：「戴罪殺賊，立功自贖。」明馮夢龍警世通言卷九：「放出子儀，許他帶罪立功。」

例句 由於阿華的失誤而輸掉上場比賽，所以他今天打得特別賣力，想要戴罪立功。

近義 將功贖罪 將功補過

戶部

戶限為穿 ㄏㄨˋ ㄒㄧㄢˋ ㄨㄟˊ ㄔㄨㄢ 連門檻都被踩得陷出凹洞。形容進出的人非常多。戶限，門檻。穿，破洞。

語源 唐李綽尚書故實：「人來覓書並請題頭者如市，所居戶限為之穿穴。」

例句 這家超市物美價廉，生意興隆，戶限為穿。

近義 高朋滿座　門庭若市

反義 門可羅雀　門庭冷落

戶樞不蠹 ㄏㄨˋ ㄕㄨ ㄅㄨˋ ㄉㄨˋ 參見「流水不腐，戶樞不蠹」。

4

房謀杜斷 ㄈㄤˊ ㄇㄡˊ ㄉㄨˋ ㄉㄨㄢˋ 形容善於謀劃，能決斷大事。房，指房玄齡。杜，指杜如晦。二人均為唐太宗的大臣，房玄齡多謀，杜如晦善斷，故有房謀杜斷之稱。

語源 舊唐書房玄齡傳：「蓋房知杜之能斷大事，杜知房之善建嘉謀。」

例句 林警官擁有房謀杜斷的能力，這起命案他一定可以迅速偵破。

近義 慎謀能斷

反義 無計可施

所向披靡 ㄙㄨㄛˇ ㄒㄧㄤˋ ㄆㄧ ㄇㄧˇ 所到之處敵人紛紛敗退。形容勢力強大，無人可抵抗。披靡，草木隨風傾倒。借指潰敗。

語源 史記項羽本紀：「於是項王大呼馳下，漢軍皆披靡。」晉書景帝紀：「乃與驍騎十餘摧鋒陷陣，所向皆披靡。」

辨析 靡，音ㄇㄧˇ。分散下垂的樣子，引申為傾倒。不可讀為ㄇㄧˊ，也不可寫作「糜」。（糜，濃稠的粥。）

例句 早年的紅葉少棒隊曾經風光過一陣子，在各種比賽中所向披靡，戰無不勝。

近義 所向無敵　勢如破竹

反義 潰不成軍　落荒而逃

所向無敵 ㄙㄨㄛˇ ㄒㄧㄤˋ ㄨˊ ㄉㄧˊ 所到之處，沒有人可以對抗。形容實力非常強大。向，去；前往。敵，抵擋；對抗。

語源 史記項羽本紀：「吾騎此馬五歲，所當無敵。」三國蜀諸葛亮心書：「善將者因天之時，就地之勢，依人之利，則所向無敵，所擊者萬全矣。」

例句 他的運動細胞十分發達，加上練習認真，所以能縱橫球場，所向無敵。

近義 所向披靡　百戰百勝

反義 不堪一擊　潰不成軍

所見所聞 ㄙㄨㄛˇ ㄐㄧㄢˋ ㄙㄨㄛˇ ㄨㄣˊ 看到的和聽到的事物。

語源 宋王安石明州慈溪縣學記：「則士朝夕所見所聞，無非所以治天下國家之道。」

例句 他常帶著筆記本和照相機，把旅行時的所見所聞一一記錄下來。

近義 耳聞目睹　目見耳聞

反義 道聽塗說　耳食之聞

所見略同 ㄙㄨㄛˇ ㄐㄧㄢˋ ㄌㄩㄝˋ ㄊㄨㄥˊ 見解大致相同。

語源 三國志蜀書龐統傳裴松之注引江表傳：「天下智謀之士，所見略同耳！」

例句 今天的校務會議，大家所見略同，認為「如何提升學生的學習成效」是當務之急。

近義 異口同聲　不謀而合

反義 見仁見智　各持己見

所託非人 ㄙㄨㄛˇ ㄊㄨㄛ ㄈㄟ ㄖㄣˊ ①指女子婚姻不幸，嫁給不可靠的人。②指把工作託付給不適任的人而誤事。

語源 清劉璋鳳凰池第七回：「小女湘蘭，頗工吟詠。老夫終身，藉此半子之奉。常恐所託非人，所以待字不苟許人。」

例句 ①婚後才知道丈夫喜歡拈花惹草，想到所託非人，阿

美不悲從中來。②老闆原以為林經理認真負責，交付給他重要的任務，沒想到所託非人，公司業績竟一路下滑。

近義　遇人不淑

反義　琴瑟和鳴　不負所託

所剩無幾 ㄙㄨㄛˇ ㄕㄥˋ ㄨˊ ㄐㄧˇ　指剩下的很少。

語源　清李汝珍鏡花緣第九十回：「此詩虛虛實實，渺渺茫茫，貧道何能深知。好在所剩無幾，待我念完，諸位才女再去慢慢參詳。」

例句　小劉浪費成性，每每不到月底薪水便已所剩無幾。

近義　屈指可數　寥寥可數

所費不貲 ㄙㄨㄛˇ ㄈㄟˋ ㄅㄨˋ ㄗ　指花費的錢財無法計算。貲，計算；估量。

語源　明沈德符萬曆野獲編御膳：「聞茄蔬之中，皆以葷血清汁和劑以進，上始甘之，所費不貲。」

例句　這項重大建設所費不貲，政府應做好規劃工作，以免浪費公帑。

6

扇風點火 ㄕㄢ ㄈㄥ ㄉㄧㄢˇ ㄏㄨㄛˇ　參見「煽風點火」。

手部

手下留情 ㄕㄡˇ ㄒㄧㄚˋ ㄌㄧㄡˊ ㄑㄧㄥˊ　處置事物時保留情面，有所節制。

語源　施公案第二二六回：「只因甘亮有了存心，手下留情，所以在望山堂上，兩人跳來跳去，戰了十多個回合，殺得她香汗淋淋。」

例句　看在小胖偷竊後很有悔意，文具店老闆手下留情，沒有將他移送法辦。

近義　高抬貴手　法外施仁

反義　趕盡殺絕　嚴懲不貸

手不釋卷 ㄕㄡˇ ㄅㄨˋ ㄕˋ ㄐㄩㄢˋ　手中的書捨不得放下。形容好學勤讀。卷，書籍。

語源　三國志吳書呂蒙傳裴松之注：「光武當兵馬之務，手不釋卷。」

例句　他隨時隨地總是手不釋卷，好學精神，令人佩服。

近義　孜孜不倦　韋編三絕

反義　束書不觀　束之高閣

手忙腳亂 ㄕㄡˇ ㄇㄤˊ ㄐㄧㄠˇ ㄌㄨㄢˋ　形容做事慌張忙亂，毫無條理。

語源　宋釋普濟五燈會元卷一五韶州雲門山文偃禪師：「莫一似落湯螃蟹，手腳忙亂。」宋朱熹答呂子約：「今亦何所迫切而手忙腳亂，一至於此邪！」

例句　做事之前如果能做好規劃和準備，即使有突發狀況，也不會手忙腳亂。

近義　慌手慌腳　倉皇失措

反義　不慌不忙　有條不紊

手足情深 ㄕㄡˇ ㄗㄨˊ ㄑㄧㄥˊ ㄕㄣ　形容兄弟姊妹間感情深厚。

語源　清陳少海紅樓復夢第六回：「新近接著家書，說是清可三弟吐血病重，百醫不效，危在旦夕。祝尚書手足情深，更添病症。」

例句　阿升和阿友手足情深，有福同享，有難同當，人人都稱讚。

近義　同氣連枝　血濃於水

反義　兄弟鬩牆　煮豆燃萁

手足無措 ㄕㄡˇ ㄗㄨˊ ㄨˊ ㄘㄨㄛˋ　手腳無處安置。形容沒有主意，不知該怎麼辦才好。措，放置。

語源　論語子路：「刑罰不中，則民無所措手足。」

例句　由於對這項工作還不熟悉，常常弄得我手足無措。

近義　不知所措　一籌莫展

反義　應付裕如　成竹在胸

手到擒來 ㄕㄡˇ ㄉㄠˋ ㄑㄧㄣˊ ㄌㄞˊ 一出手就能捉到。形容很容易便能獲得。

語源 元康進之梁山泊李逵負荊第四折：「管教他甕中捉鱉，手到拿來。」西遊記第二十四回：「這個容易。老孫去，手到擒來。」

例句 李先生是個捕蛇高手，不論哪種蛇，都能手到擒來。

近義 甕中捉鱉　探囊取物

反義 大海撈針　挾山超海

手揮目送 ㄕㄡˇ ㄏㄨㄟ ㄇㄨˋ ㄙㄨㄥˋ 參見「目送手揮」。

手無寸鐵 ㄕㄡˇ ㄨˊ ㄘㄨㄣˋ ㄊㄧㄝˇ 指手裡沒有任何武器。也形容弱小的人。寸鐵，短小的鐵器。

語源 漢李陵答蘇武書：「兵盡矢窮，人無尺鐵，猶復徒首奮呼，爭為先登。」三國演義第一〇九回：「背後郭淮引兵趕來，見維手無寸鐵，乃驟馬挺槍追之。」

例句 歹徒居然加害一個手無寸鐵的女孩，實在太可惡了！

近義 赤手空拳

反義 荷槍實彈　披堅執銳

手舞足蹈 ㄕㄡˇ ㄨˇ ㄗㄨˊ ㄉㄠˇ 雙手舞動，雙腳也跳起來。形容歡喜忘形的樣子。蹈，踩；踏。

語源 孟子離婁上：「不知足之蹈之，手之舞之。」水滸傳第三十九回：「宋江寫罷……不覺歡喜，自狂蕩起來，手舞足蹈。」

例句 得知考上心目中的理想學校後，她高興得手舞足蹈。

近義 歡欣鼓舞

反義 悶悶不樂　抑鬱寡歡

手無縛雞之力 ㄕㄡˇ ㄨˊ ㄈㄨˋ ㄐㄧ ㄓ ㄌㄧˋ 雙手連捆綁一隻雞的力氣都沒有。形容柔弱無力。縛，捆綁。

語源 元佚名隨何賺風魔蒯通第一折：「那韓信手無縛雞之力，只淮陰市上兩個少年要他在胯下鑽過去，他就鑽過去了。」

例句 他是個手無縛雞之力的文弱書生，怎麼會和人打架呢？

近義 弱不勝衣　弱不禁風

反義 力大無窮　孔武有力

才子佳人 ㄘㄞˊ ㄗˇ ㄐㄧㄚ ㄖㄣˊ 有才情的男子和貌美的女子。多指有婚姻或愛情關係而匹配相當的男女。

語源 宋晁補之鷓鴣天：「夕陽芳草本無根，才子佳人空自悲。」

例句 那對銀色情侶，男的文質彬彬，女的貌美溫柔，是影壇公認的才子佳人。

近義 郎才女貌

反義 彩鳳隨鴉

才高八斗 ㄘㄞˊ ㄍㄠ ㄅㄚ ㄉㄡˇ 形容很有才華。

語源 宋佚名釋常談八斗之才：「文章多，謂之八斗之才。謝靈運嘗曰：『天下才有一石，曹子建獨占八斗，我得一斗，天下共分一斗。』」

例句 這次的「詩美學國際學術研討會」，與會人士個個才高八斗，盛況可期。

近義 學富五車　滿腹經綸

反義 才疏學淺　胸無點墨

才疏學淺 ㄘㄞˊ ㄕㄨ ㄒㄩㄝˊ ㄑㄧㄢˇ 才能、學識都很粗疏淺薄。常用作謙詞。

語源 漢書谷永傳：「臣材朽學淺，不通政事。」清錢彩說岳全傳第四十回：「小子才疏學淺，做不得他的業師，只好另請高明。」

例句 著書立說雖是不朽的盛事，但自忖才疏學淺，我還不

手

敢率爾操觚，以免貽笑大方。

近義 胸無點墨 不學無術

反義 才高八斗 博學多聞

才貌雙全 ㄘㄞˊ ㄇㄠˋ ㄕㄨㄤ ㄑㄩㄢˊ 才華和相貌都很出眾。也作「才貌兩全」。

語源 元白樸牆頭馬上第一折：「七歲草字如雲，十歲吟詩應口，才貌兩全，京師人每呼為少俊。」明馮夢龍醒世恆言卷七：「因偶聞令愛才貌雙全，老翁又慎於擇婿，因思舍親正合其選，故此斗膽輕造。」

例句 表姊才貌雙全，是出了名的校花，身邊不乏追求者。

近義 秀外慧中

才德兼備 ㄘㄞˊ ㄉㄜˊ ㄐㄧㄢ ㄅㄟˋ 才幹與品德都具備。

語源 元佚名周公瑾得志娶小喬第一折：「江東有一故友，乃魯子敬，此人才德兼備。」

例句 身為國家領袖必須才德兼備，方足以擔當人民交付的重責大任。

近義 品學兼優 懷文抱質

反義 無才無德 輕薄無行

2

打牙祭 ㄉㄚˇ ㄧㄚˊ ㄐㄧˋ 享用豐盛的食物。打，做某種動作。牙祭，古代雇主供員工飯菜，平日以素菜為主，每月的初二、十六才有葷食可吃。

語源 清吳敬梓儒林外史第十八回：「平常每日就是小菜飯，初二、十六跟著店裡吃牙祭肉。」

例句 一到週末晚上，我們就會去士林夜市打打牙祭。

打包票 ㄉㄚˇ ㄅㄠ ㄆㄧㄠˋ 立下保證書。指絕對保證；完全擔保。包票，又稱「保單」，表示負責、保證的單據。

例句 小英這麼優秀，我敢打包票，這次選舉，她一定高票當選。

近義 說一不二

打交道 ㄉㄚˇ ㄐㄧㄠ ㄉㄠˋ 指交際、往來。

語源 清文康兒女英雄傳第三十八回：「自己是天生的不願意同僧道打交道，卻又著實賞鑒他這幾句道情。」

例句 在商場上和外國人打交道，一定要了解他們的習性和作風，以免弄巧成拙。

打秋風 ㄉㄚˇ ㄑㄧㄡ ㄈㄥ 原指古代胡人或盜賊趁秋天收成時，以武力向民家強取糧食、財物。後比喻假借某種名義向他人索取財物。

語源 五代王定保唐摭言賢僕夫：「當今北面官人，入則內貴，出則使臣，到所在打風打雨。」明郎瑛七修類稿辯證上懩子秋風：「俗以干人云打秋風，予累思不得其義，偶於友人處見米芾札有此二字，風乃『豐熟』之『豐』，然後知二字有理，而來歷亦遠。」

例句 中央官員到地方視察時藉機打秋風的陋習，最讓民眾詬病。

打圓場 ㄉㄚˇ ㄩㄢˊ ㄔㄤˇ 調解糾紛。圓場，戲劇術語，一種在舞臺上按規定的環形路線行進，以示空間轉換的動作。

語源 清李伯元官場現形記第十一回：「虧得和尚打圓場，好容易才把那女人勸下的。」

例句 每當同學爭執不下時，老成持重的小華便會出來打圓場。

近義 和事佬 居中調停

反義 火上澆油 挑撥離間

打入冷宮 ㄉㄚˇ ㄖㄨˋ ㄌㄥˇ ㄍㄨㄥ 古代后妃失寵，被發落到皇帝不常去的宮室幽居獨處。比喻將原來喜愛的人或事物冷落在一旁。

語源 元馬致遠破幽夢孤雁漢宮秋第一折：「只把美人圖點上些破綻，到京師必定發入冷宮，教他苦受一世。」

例句 畢業後，什麼英文、數學，全被我打入冷宮，如今幾乎忘光了。

近義 束之高閣　秋扇見捐

反義 愛不釋手

打成一片 ㄉㄚˇ ㄔㄥˊ ㄧˊ ㄆㄧㄢˋ　原指將不同事物混在一起成為一個整體。後多用來比喻緊密結合，感情融洽。

語源 宋釋普濟五燈會元卷二〇育王德光禪師：「耳聽不聞，眼覷不見，苦樂逆順，打成一片。」明李清明珠緣第十五回：「大家打成一片，毫無忌憚，不分晝夜，行坐不離。」

例句 陳經理在公事上要求十分嚴格，但下班後卻毫無架子，與同事打成一片，是非常出色的領導者。

近義 寸步不離　親密無間

反義 不相聞問　視同陌路

打抱不平 ㄉㄚˇ ㄅㄠˋ ㄅㄨˋ ㄆㄧㄥˊ　看到不平的事，挺身而出。

語源 紅樓夢第四十五回：「氣的我只要替平兒打抱不平。」

例句 張同學為人正直豪爽，喜歡打抱不平。

近義 拔刀相助　挺身而出

反義 欺善怕惡　明哲保身

打家劫舍 ㄉㄚˇ ㄐㄧㄚ ㄐㄧㄝˊ ㄕㄜˋ　指侵入民宅搶奪財物。

語源 元武漢臣李素蘭風月玉壺春第四折：「見俫子撅天撲地，不弱如打家劫舍殺人賊。」

例句 這一夥人不只打家劫舍，還逞兇傷人，如今已被警方一一緝捕到案。

近義 殺人越貨　燒殺擄掠

打草驚蛇 ㄉㄚˇ ㄘㄠˇ ㄐㄧㄥ ㄕㄜˊ　本指懲罰甲，使相關連的乙也感到警惕。今多比喻輕舉妄動，使敵人得以警覺戒備。

語源 唐段成式酉陽雜俎：「魯判曰：『汝雖打草，吾已驚蛇。』」宋朱熹答黃仁卿書：「但恐見黃商伯狼狽後，打草驚蛇，亦不敢放手做事耳。」

例句 人質還在綁匪手上，千萬不可打草驚蛇，危及人質安全。

近義 輕舉妄動

反義 不動聲色　神不知鬼不覺

打躬作揖 ㄉㄚˇ ㄍㄨㄥ ㄗㄨㄛˋ ㄧ　彎腰鞠躬，抱手行禮。形容恭敬的樣子。

語源 明李贄焚書雜述因記往事：「平居無事，只解打恭作揖。」清吳敬梓儒林外史第十六回：「又在外邊學得恁知禮，會打躬作揖。」

例句 知道是自己錯了，王同學立刻向對方打躬作揖，連聲道歉。

近義 拱手作禮

反義 傲慢無禮　倨傲鮮腆

打退堂鼓 ㄉㄚˇ ㄊㄨㄟˋ ㄊㄤˊ ㄍㄨˇ　古代縣官退堂，擊鼓為號。比喻取消原來想做的事或半途退縮。

語源 宋宗杲大慧普覺禪師語錄：「氣力弱者入得佛境界，往往於魔境界打退鼓，不可勝數。」清李伯元官場現形記第五十七回：「如今聽說要拿他們當作出頭的人，早已一大半都打了退堂鼓了。」

例句 產業前景不明，再加上投資金額龐大，投資人都紛紛打退堂鼓。

近義 知難而退　半途而廢

反義 持之以恆　貫徹始終

打情罵俏 ㄉㄚˇ ㄑㄧㄥˊ ㄇㄚˋ ㄑㄧㄠˋ　男女假意打罵以調情。情，風情。俏，俏皮；風趣。指玩笑。

語源　明董說西遊補第一回：「在那裡採野花，結草卦，抱兒攜女，打情罵俏。」

例句　小王和小花常常在辦公室裡打情罵俏，讓主任非常不高興。

近義　撥雲撩雨

反義　不苟言笑

打通關節 ㄉㄚˇ ㄊㄨㄥ ㄍㄨㄢ ㄐㄧㄝˊ　指使用不法手段，暗中請託、賄賂。關節，暗中請託、賄賂。

語源　宋史包拯傳：「關節不到，有閻羅包老。」明凌濛初二刻拍案驚奇卷一：「在任年餘，漸漸放手長了。有幾個富翁為事打通關節，他傳出密示，要蘇州這卷金剛經。」

例句　他居然賄賂法官，打通關節而獲得不起訴處分，引起社會譁然。

打落水狗 ㄉㄚˇ ㄌㄨㄛˋ ㄕㄨㄟˇ ㄍㄡˇ　比喻乘機打擊失勢的人。也作「棒打落水狗」。

語源　蔡東藩元史通俗演義第二十五回：「凡屬桑哥黨羽，統應削職為民云云。真是打落水狗。」

例句　這位官員被罷免之後，媒體打落水狗，又揭發了許多他在位時的弊案。

近義　落阱下石　乘人之危

打道回府 ㄉㄚˇ ㄉㄠˋ ㄏㄨㄟˊ ㄈㄨˇ　舊指官員回府衙。今泛指回家或歸去。打道，古時官員出巡，前有差役敲鑼開路，令群眾閃避。

語源　清錢彩說岳全傳第七十回：「秦檜命左右打道回府，眾僧一齊跪送。」

例句　日本隊戰績墊底，在世足賽第一輪結束後便早早打道回府了。

打鐵趁熱 ㄉㄚˇ ㄊㄧㄝˇ ㄔㄣˋ ㄖㄜˋ　比喻趁著情勢好的時候加緊去做。

例句　那部電影大賣，電影公司打鐵趁熱，馬上又推出續集。

近義　乘勝追擊　因利乘便

反義　坐失良機　失之交臂

打蛇打七寸 ㄉㄚˇ ㄕㄜˊ ㄉㄚˇ ㄑㄧ ㄘㄨㄣˋ　打蛇要打在蛇首下七寸處，那裡是蛇的致命要害。比喻做事應抓住重點，掌握關鍵。

語源　明王守仁年譜：「以吾良知，求晦翁之說，譬之打蛇得七寸。」清吳敬梓儒林外史第十四回：「我也只願得無事，落得河水不洗船，但做事也要打蛇打七寸才妙。」

例句　李經理做事深得打蛇打七寸之妙，因此能事半功倍。

近義　擒賊先擒王

打蛇隨棍上 ㄉㄚˇ ㄕㄜˊ ㄙㄨㄟˊ ㄍㄨㄣˋ ㄕㄤˋ　嶺南俚語「木棍打蛇，蛇隨棍上」的縮語。意指人以木棍打蛇，不中要害，蛇反而隨棍而上，攻擊打蛇者。比喻抓住機會順勢而為，或適時反擊。

例句　這事你錯在先，里長伯肯出面調停，已經很給面子，你要打蛇隨棍上，反咬對方一口，就太不識相了。

近義　順勢而為　反咬一口

反義　打蛇打七寸

打通任督二脈 ㄉㄚˇ ㄊㄨㄥ ㄖㄣˋ ㄉㄨ ㄦˋ ㄇㄞˋ　任、督二脈為中醫與道家所言人體奇經八脈的前二脈，任脈主血，督脈主氣。打通任督二脈，便能丹田氣動，蓄蘊驚人能量，武功可以突飛猛進。也用來比喻掌握關鍵性竅訣，實力與發展前景都能大獲提升。也常用為「打通

○○任督二脈」。

例句 廖部長期望這些優惠措施上路後，我國經貿能打通任督二脈，再創經濟奇蹟。

近義 無往不利　暢行無阻

反義 舉步維艱　窒礙難行

打腫臉充胖子 比喻愛慕虛榮，不惜吃虧以勉強撐場面。

語源 孫錦標通俗常言疏證頭面引涇諺匯錄：「打腫了臉充胖子。」注云：「言要虛場面也。」

例句 公司都快倒閉了，卻還招待客戶住五星級飯店，真是打腫臉充胖子！

打破沙鍋問到底 原指陶製的鍋子一破就會整個裂開。比喻對事情詢問得很徹底。「問」原作「璺」。璺，裂縫。

語源 宋黃庭堅豫章文集拙軒頌：「覓巧了不可得，拙從何來？打破沙盆一問，狂子因此眼開。」元吳昌齡花間四友東坡夢第四折：「葛藤接斷老婆禪，打破沙鍋璺到底。」

例句 面對錯綜複雜的案件，檢察官一定要有「打破沙鍋問到底」的精神，才有希望破案。

近義 追根究柢　窮源竟委

反義 淺嘗輒止　不求甚解

打開天窗說亮話 比喻直率而明白地說出來。亮，明亮；明白。

語源 清吳敬梓儒林外史第十四回：「老實一句，打開板壁講亮話……。」清李伯元官場現形記第二十七回：「打開天窗說亮話，還不是等姓賈的過來盡點心……。」

例句 咱們打開天窗說亮話，這件事到底是不是你幹的？

近義 開門見山　直截了當

反義 拐彎抹角　含糊其詞

3

扞格不入 參見「格格不入」。

扣人心弦 比喻文學作品或音樂感人至深，能引起共鳴。扣，撥動。心弦，把人心當成琴弦，撥動了心中的情意。

例句 她練琴已逾十載，彈奏出來的琴音真是扣人心弦！

近義 感人肺腑　沁人心脾

反義 味如嚼蠟　索然無味

扣槃捫燭 盲者敲銅槃、摸蠟燭，誤以為是太陽的聲音和形狀。比喻不經實證，所得只是片面的或不正確的知識。

語源 宋蘇軾日喻說：「生而眇者不識日，問之有目者。或告之曰：『日之狀如銅槃。』扣槃而得其聲。他日聞鐘，以為日也。或告之曰：『日之光如燭。』捫燭而得其形。他日揣籥，以為日也。」明汪循儒志編原序：「言皆治修身之要，見匪扣槃捫燭之為，如斯人者，豈易得哉！」

例句 研究學問應當親自求證，若只想撿現成資料的便宜，難免會有扣槃捫燭之誤。

近義 盲人摸象　管窺蠡測

反義 目見耳聞

4

扭扭捏捏 走路時身體左右搖擺扭動。也形容言談舉止不自然、不大方或故作姿態。

語源 西遊記第二十三回：「都這般扭扭捏捏的拿班兒，把好事都弄得裂致了。」又第三十四回：「他卻隨後徐行，那般嬌嬌啻啻，扭扭捏捏，就像那老怪的行動。」

例句 你有話就快說，別扭扭

手

捏捏的，惹人討厭！

近義 裝模作樣 忸怩作態

反義 落落大方 雍容大度

扭轉乾坤 扭轉天地。比喻徹底改變局面。多指挽回極惡劣的局勢。乾坤，天地。

語源 唐呂巖題桐柏山黃先生庵門：「既修真，須堅確，能轉乾坤泛海岳。」明陸西星封神演義第四十九回：「你等不諳天時，指望扭轉乾坤，逆天行事。」

例句 九局下半落後兩分時，藍隊靠著阿強一記三分全壘打扭轉乾坤，氣走白隊。

近義 力挽狂瀾 旋乾轉坤

反義 回天乏力 回天乏術

扮豬吃老虎 比喻假裝成弱者，使對手失去警戒，趁機贏得勝利。

例句 商場上爾虞我詐的事時有所聞，固然有人虛張聲勢，但也不乏扮豬吃老虎的例子，都要謹慎防範。

扯後腿 指從旁或暗中阻撓、破壞。

語源 郭則澐紅樓真夢第五十回：「咱們昨兒晚上怎麼說的？你又來扯後腿。」

例句 他本來答應借我一百萬又反悔了，我想一定是有人在扯後腿。

近義 挑撥離間 從中作梗

反義 玉成其事 一臂之力

扳回一城 指競賽時，落後的一方贏回一分、一場、一局或一回合等，稍微挽回頹勢。扳，拉；反轉。指挽回劣勢。

例句 已經三連敗的兄弟隊，今天將士用命，終於扳回一城，晉級總冠軍賽還保有一線希望。

近義 不甘示弱 還以顏色

反義 一敗塗地 全軍覆沒

扶危定傾 拯救危急傾覆的人或國家，使之轉危為安。

語源 後漢李尤靈壽杖銘：「乃制為杖，扶危定傾。」三國志吳書孫綝傳：「大將軍忠計內發，扶危定傾，安康社稷。」

例句 滿清末年政治腐敗，國勢衰微，有志之士抱持著扶危定傾的偉大節操，戮力於各種改革，以期能救亡圖存。

近義 撥亂反正 救亡圖存

反義 倒行逆施 禍國殃民

扶危濟困 幫助、救濟處於危急窮困的人。扶，扶持；救助。

語源 水滸傳第五十四回：「素知將軍仗義行仁，扶危濟困。」

例句 這個慈善團體多年來扶危濟困，受到幫助的人不計其數。

近義 樂善好施 救苦救難

反義 以鄰為壑 落阱下石

扶老攜幼 扶著老人，牽著小孩。形容男女老少一起出動或同行。攜，牽引；帶領。

語源 戰國策齊策四：「孟嘗君就國於薛，未至百里，民扶老攜幼，迎君道中。」

例句 聽說布袋戲團要在廟口表演，民眾扶老攜幼都來觀賞，十分熱鬧。

近義 攜手同行

扶搖直上 乘著旋風一直往上升。形容迅速上升。舊多指仕途得意，官位升得很快。扶搖，自下盤旋而上的旋風。

語源 莊子逍遙遊：「摶扶搖

而上者九萬里。」唐李白上李邕：「大鵬一日同風起，扶搖直上九萬里。」清吳趼人二十年目睹之怪現狀第八十八回：「大人步步高升，扶搖直上，還望大人栽培呢！」

例句 ①股票加權指數這幾天扶搖直上，一舉衝破萬點大關，投資人都笑得合不攏嘴。②靠著父親在政壇的廣大人脈，他的職位扶搖直上，沒多久就當上部長，不免引人側目。

近義 青雲直上　步步高升

反義 一落千丈　仕途坎坷

承上啟下（ㄔㄥˊ ㄕㄤˋ ㄑㄧˇ ㄒㄧㄚˋ） 承接上面的，引啟下面的。多指文本的脈絡或人際之間的上下連接。

語源 禮記曲禮上唐孔穎達疏：「故君子戒慎，不失色於人者，並結前義也；故，承上起下之辭。」

例句 這個章節承上啟下，為全書的關鍵所在，閱讀時要特別留意。

承先啟後（ㄔㄥˊ ㄒㄧㄢ ㄑㄧˇ ㄏㄡˋ） 繼承前人的事業或學問，為後人開創未來。

語源 清顏元存學編：「上者但學先儒講著，稍涉文義，即欲承先啟後。」

例句 學術工作者擔負著承先啟後的重責大任，因此必須秉持嚴肅的態度治學。

近義 繼往開來　承上啟下

承歡膝下（ㄔㄥˊ ㄏㄨㄢ ㄒㄧ ㄒㄧㄚˋ） 在父母身旁盡孝，使其歡悅。承，迎合。膝下，指父母身邊。

語源 孝經聖治：「親生之膝下。」唐駱賓王上廉使啟：「冀塵跡邱中，絕漢機於俗網；承歡膝下，馭潘輿於家園。」

例句 他與父母離散多年，常因無法承歡膝下而感到遺憾不已。

近義 菽水承歡　綵衣娛親

反義 大逆不道　忤逆不孝

技高一籌（ㄐㄧˋ ㄍㄠ ㄧ ㄔㄡˊ） 技藝或技能比他人更高明一些。籌，算籌，古代計數的用具。

例句 本週的歌唱選秀比賽，挑戰者技高一籌，打敗了連勝數週的衛冕者。

近義 略勝一籌　棋高一著

反義 相形見絀　望塵莫及

抑揚頓挫（ㄧˋ ㄧㄤˊ ㄉㄨㄣˋ ㄘㄨㄛˋ） 高低起伏，停頓轉折。形容音調或文氣變化有節奏。

語源 晉陸機遂志賦序：「衍抑揚頓挫，怨之徒也。豈亦窮達異事，而聲為情變乎！」

例句 朗誦比賽的選手們抑揚頓挫毫不含糊，個個字正腔圓，煞是好聽。

近義 高低起伏

反義 平鋪直敘

抑鬱寡歡（ㄧˋ ㄩˋ ㄍㄨㄚˇ ㄏㄨㄢ） 憂愁不快樂。抑鬱，憂悶不樂。也作「鬱鬱寡歡」。

語源 漢書司馬遷傳：「動而見尤，欲益反損，是以抑鬱而無誰語。」蔡東藩前漢通俗演義第一回：「異人質居異地，舉目無親，免不得抑鬱寡歡，離愁百結。」

例句 她因為工作不順，成天抑鬱寡歡。

近義 愁眉不展　悶悶不樂

反義 滿面春風　喜形於色

抓耳撓腮（ㄓㄨㄚ ㄦˇ ㄋㄠ ㄙㄞ） 一下子抓耳朵，一下子搔臉頰。形容焦慮不安或欣喜過度的樣子。撓，搔；抓。

語源 西遊記第二回：「孫悟空在旁聞講，喜得他抓耳撓腮，眉花眼笑。」

例句 主持人宣布得獎人是小

東時，瞧他抓耳撓腮的模樣，不知有多高興！

近義 眉飛色舞　樂不可支

投石問路 ㄊㄡˊ ㄕˊ ㄨㄣˋ ㄌㄨˋ　比喻事前先行試探，以掌握狀況。

語源 施公案第二十九回：「大人中了那人投石問路的計了。」

例句 董事長派我帶著公司的新產品到日本投石問路，以便開拓外銷市場。

投其所好 ㄊㄡˊ ㄑㄧˊ ㄙㄨㄛˇ ㄏㄠˋ　投合他的喜好。

語源 孟子公孫丑上：「宰我、子貢、有若，智足以知聖人，汙不至阿其所好。」宋張耒司馬遷論下：「蓋其尚氣好俠，事投其所好，故不知其言之不信，而忘其事之為不足錄也。」

例句 每次和岳母吃飯，小陳都會投其所好，在飯桌上大談股票經。

近義 曲意逢迎　先意承旨

投桃報李 ㄊㄡˊ ㄊㄠˊ ㄅㄠˋ ㄌㄧˇ　別人送我桃子，我用李子回贈他。比喻禮尚往來，互相贈答。投，投贈。報，回報。

語源 詩經大雅抑：「投我以桃，報之以李。」

例句 王媽媽時常送我們她自己種的菜，我們是不是也該投桃報李，趁到日本旅遊之便買個特產送她？

近義 禮尚往來　采蘭贈藥

反義 來而不往　水米無交

投袂而起 ㄊㄡˊ ㄇㄟˋ ㄦˊ ㄑㄧˇ　形容奮發而立即起身行動。袂，衣袖。投袂，振袖；甩袖。也作「奮袂而起」。

語源 左傳宣公十四年記載：楚莊王用膳時聽到他的使者被宋人殺死，馬上「投袂而起」，等不及著軍裝就衝出去要討伐宋國。漢劉安淮南子主術：「楚莊王傷文無畏之死於宋也，奮袂而起，衣冠相連於道，遂成軍宋城之下……」

例句 代表班級參加大隊接力徵選跑者的消息一出，同學們立刻投袂而起，奮勇爭先。

近義 劍及履及

反義 猶豫不決

投筆從戎 ㄊㄡˊ ㄅㄧˇ ㄘㄨㄥˊ ㄖㄨㄥˊ　扔下毛筆從軍去。指讀書人棄文就武，從軍報國。投，扔掉。從戎，從軍。戎，軍事；軍隊。

語源 後漢書班超傳記載：班超家貧，起先在官府擔任文書抄寫工作，但他認為這不是長遠之計，有次他停下抄寫工作，感歎著說：「大丈夫無他志略，猶當效傅介子、張騫，立功異域，以取封侯，安能久事筆研（硯）間乎？」於是放下筆去從軍，後來成為一代名將。

例句 高中畢業後，表哥決心投筆從戎，報考軍校，做一名保家衛國的優秀軍人。

近義 棄文就武

投閒置散 ㄊㄡˊ ㄒㄧㄢˊ ㄓˋ ㄙㄢˇ　被安置在閒散的職位。形容有才能的人未得重用，被安置在無關緊要的位置上。

語源 唐韓愈進學解：「動而得謗，名亦隨之；投閒置散，乃分之宜。」

例句 賢能的人投閒置散，而平庸之輩充斥要津，這樣的機構哪還有希望？

近義 大材小用　牛鼎烹雞

反義 量才錄用　人盡其才

投鼠忌器 ㄊㄡˊ ㄕㄨˇ ㄐㄧˋ ㄑㄧˋ　想扔東西打老鼠又怕砸壞了老鼠旁邊的器物。比喻行事有所顧忌而不敢放手去做。多指欲打擊某人而言。忌，顧忌。

語源 漢賈誼陳政事疏：「里

諺曰：『欲投鼠而忌器。』此善諭也。鼠近於器，尚憚不投，恐傷於器，況於貴臣之近主乎！」

例句 小張是處長的姪子，有時犯了錯，組長投鼠忌器，也不敢斥責他，真是十足的鄉愿！

近義 瞻前顧後 畏首畏尾

反義 大刀闊斧 肆無忌憚

投機分子（ㄊㄡˊ ㄐㄧ ㄈㄣˋ ㄗˇ） 指利用時機以僥倖獲利的人。投機，利用機會，獲取名利。

例句 他在前朝當過高官，這次在野黨可望贏得大選，他又率先表態支持，被譏為十足的政治投機分子。

近義 投機取巧

反義 腳踏實地

投機取巧（ㄊㄡˊ ㄐㄧ ㄑㄩˇ ㄑㄧㄠˇ） 利用時機，以僥倖的方法獲取利益。

例句 想要創業，就必須一步一腳印，踏踏實實地努力，千萬不能投機取巧。

近義 不安本分 見風轉舵

反義 腳踏實地 行不由徑

投鞭斷流（ㄊㄡˊ ㄅㄧㄢ ㄉㄨㄢˋ ㄌㄧㄡˊ） 將馬鞭投擲到河裡，足以截斷流水。比喻人馬眾多，兵力強大。

語源 晉書苻堅載記下：「以吾之眾旅，投鞭於江，足斷其流。」

例句 曹操率領大軍南下，以投鞭斷流之勢，想一舉擊垮吳蜀聯軍。不料赤壁一戰，卻被打得落荒而逃。

近義 兵多將廣 旌旗蔽空

反義 兵微將寡

投懷送抱（ㄊㄡˊ ㄏㄨㄞˊ ㄙㄨㄥˋ ㄅㄠˋ） 投入他人的懷抱，求取歡心。多指女性主動向男性示愛。

例句 應酬場合雖然常有酒店女郎投懷送抱，阿嘉都不為所動，是個坐懷不亂的君子。

抗塵走俗（ㄎㄤˋ ㄔㄣˊ ㄗㄡˇ ㄙㄨˊ） 以庸俗的面孔奔走於世俗中。形容熱衷名利，奔走鑽營。抗，舉；表現。塵，指塵容，世俗的面容。走，奔走。

語源 南朝齊孔稚圭北山移文：「焚芰製而裂荷衣，抗塵容而走俗狀。」

例句 在功利主義掛帥之下，抗塵走俗之人屢見不鮮，高風亮節之人成了鳳毛麟角。

近義 汲汲營營 蠅營狗苟

反義 不忮不求 超塵出俗

折腰升斗（ㄓㄜˊ ㄧㄠ ㄕㄥ ㄉㄡˇ） 為獲得斗米之俸祿而向人鞠躬哈腰，形容人沒骨氣或迫於生計而忍受屈辱。

語源 晉書陶潛傳：「吾不能為五斗米折腰，拳拳事鄉里小人邪！」宋楊澤民六么令壬寅四月扶病外邑催租寄內：「折腰升斗，辜負當年舊松菊。」

例句 他寧可效法顏淵居陋巷、一瓢飲一簞食的清苦生活，也不願意折腰升斗。

近義 仰人鼻息 摧眉折腰

反義 堅苦卓絕 富貴不能淫

折衝樽俎（ㄓㄜˊ ㄔㄨㄥ ㄗㄨㄣ ㄗㄨˇ） 原指在會盟的酒席上透過談判而制勝對方，後泛指外交談判。折衝，折退衝車，指擊退敵人。衝，衝車。古代兵車，用以衝撞城門。樽俎，古代盛酒肉的器具。借指酒席間。樽，也作「尊」。

語源 晏子春秋內篇雜上：「夫不出于尊俎之間，而折衝于千里之外，晏子之謂也。」晉張協雜詩十首(其七)：「折衝樽俎間，制勝在兩楹。」清曾樸孽海花第六回：「總算沒有另外賠款割地，已經是他折衝樽俎的大功。」

例句 我國能夠順利成為世界貿易組織的一員，他在外交上的折衝樽俎，功不可沒。

近義 縱橫捭闔

5

披毛戴角 ㄆㄧ ㄇㄠˊ ㄉㄞˋ ㄐㄧㄠˇ

身上長毛、頭上長角的牲畜。也泛指所有牲畜。披，覆蓋。

語源 宋釋道原景德傳燈錄卷二〇：「學人不負師機，還免披毛戴角也無？」

例句 犯下這起滅門慘案的兇手簡直是披毛戴角的可惡禽獸。

披沙揀金 ㄆㄧ ㄕㄚ ㄐㄧㄢˇ ㄐㄧㄣ

撥開沙子，揀取金子。比喻從多數中仔細地選取精英。披，撥開。揀，擇取。

語源 南朝梁鍾嶸詩品卷上：「陸文如披沙簡金，往往見寶。」唐劉知幾史通直書：「雖古人糟粕，真偽相亂，而披沙揀金，有時獲寶。」

辨析 揀也可寫作「簡」，但不可寫作「撿」。

例句 我喜歡逛舊書店，在成堆舊書中披沙揀金，有時可以找到珍貴的絕版書。

近義 精挑細選 去偽存真

披肝瀝膽 ㄆㄧ ㄍㄢ ㄌㄧˋ ㄉㄢˇ

剖開胸腹，露出肝膽。比喻竭誠付出或相待。披，剖開。瀝，顯露。也作「披肝露膽」。

語源 史記魯仲連鄒陽列傳：「披心腹，見情素，墮肝膽，施德厚。」漢書路溫舒傳：「披肝膽，決大計。」晉書杜弢傳：「使吾得披露肝膽，沒身何恨哉！」隋書李德林傳：「披肝瀝膽，晝歌夜吟。」

例句 他對於朋友一向披肝瀝膽，真誠相待，絕不會賣友求榮。

近義 肝膽相照 推心置腹

反義 爾虞我詐 陽奉陰違

披星戴月 ㄆㄧ ㄒㄧㄥ ㄉㄞˋ ㄩㄝˋ

披著星光，頂著月色。形容夜間趕路、旅途奔波，或早出晚歸、辛勞工作。也作「披星帶月」。

語源 唐呂巖七言：「擊劍夜深歸甚處，披星帶月折麒麟。」元金仁傑蕭何月夜追韓信第二折：「官人每不在家快活，也這般戴月披星生受。」

例句 近年來經濟不景氣，父親每日披星戴月、早出晚歸地工作，才能維持一家溫飽。

近義 餐風宿露 廢寢忘食

披荊斬棘 ㄆㄧ ㄐㄧㄥ ㄓㄢˇ ㄐㄧˊ

斬除叢生多刺的雜草樹木。比喻克服障礙困難。披，劈開。荊、棘，叢生多刺的灌木。

語源 後漢書馮異傳：「異朝京師，引見，帝謂公卿曰：『是我起兵時主簿也。為吾披荊棘，定關中。』」明佚名鳴鳳記：「我祖宗披荊斬棘，開創何難。」

例句 我們今天能擁有安居樂業的生活，是無數先賢披荊斬棘、努力開創的成果，因此大家要懂得珍惜。

近義 排除萬難 篳路藍縷

披堅執銳 ㄆㄧ ㄐㄧㄢ ㄓˊ ㄖㄨㄟˋ

身穿堅固盔甲，手執銳利兵器。形容軍人全副武裝，準備作戰。披，也作「被」。披掛。

語源 戰國策楚策一：「吾被堅執銳，赴強敵而死，此猶一卒也，不若奔諸侯。」

例句 將士們披堅執銳，為保衛國家而不惜犧牲生命的奮勇精神，令人敬佩。

近義 荷槍實彈

反義 解甲歸田

披掛上陣 ㄆㄧ ㄍㄨㄚˋ ㄕㄤˋ ㄓㄣˋ

穿上鎧甲上戰場打仗。引申為參與某種競賽或活動。掛，指鎧甲，古代用金屬片綴成的戰

手

袍。

例句 因為不滿現任市長無能又貪腐，他決定披掛上陣，角逐下任市長寶座。

近義 當仁不讓 粉墨登場

反義 臨陣脫逃 落荒而逃

披麻帶孝 ㄆㄧ ㄇㄚˊ ㄉㄞˋ ㄒㄧㄠˋ 直系尊親屬過世後，子孫穿喪服、帶孝儀以示孝心。為古禮之一。麻，麻絰。泛指喪服。

語源 元無名氏崔府君斷冤家債主第二折：「你也想著一家兒披麻帶孝為何由，故來這靈堂裡尋鬥毆。」

例句 方老先生上個月壽終正寢，子孫們披麻帶孝，為他舉行了一個非常隆重的喪禮。

披榛採蘭 ㄆㄧ ㄓㄣ ㄘㄞˇ ㄌㄢˊ 撥開叢生的荊棘，採取芳香的蘭花。比喻選拔優秀的人才。

語源 晉皇甫謐傳徵聘疏：「陛下披榛采蘭，并收蒿艾。」

例句 舉辦此次徵文比賽的目的，為的是披榛採蘭，發掘優秀的文壇新人。

近義 選賢與能 拔犀擢象

反義 投閒置散 用非其人

披髮左衽 ㄆㄧ ㄈㄚˇ ㄗㄨㄛˇ ㄖㄣˋ 古代夷狄等落後民族披散著頭髮，衣襟開向左方。意指被夷狄的風俗習慣所同化。也比喻落後、不開化。衽，衣襟。也作「被髮左衽」。

語源 論語憲問：「微管仲，吾其被髮左衽矣！」文選潘岳西征賦：「或披髮左衽，奮迅泥滓；或從容傳會，望表如裡。」

例句 熱帶雨林裡仍住著許多披髮左衽的少數民族，過著與世隔絕的生活。

披頭散髮 ㄆㄧ ㄊㄡˊ ㄙㄢˋ ㄈㄚˇ 形容頭髮散亂的樣子。

語源 水滸傳第二十二回：「那張三又挑唆閻婆去廳上披頭散髮來告道：『宋江實是宋清隱藏在家，不令出官。』」

例句 看他一副披頭散髮、失魂落魄的樣子，肯定是遇到挫敗了。

近義 蓬頭垢面 不修邊幅

反義 容光煥發 滿面春風

抬頭挺胸 ㄊㄞˊ ㄊㄡˊ ㄊㄧㄥˇ ㄒㄩㄥ 形容精神飽滿的樣子。也可形容行事正當，光明磊落。

例句 國慶閱兵時，三軍健兒個個抬頭挺胸，接受總統的檢閱。

近義 精神抖擻 朝氣蓬勃

反義 無精打采 暮氣沉沉

抱恨終天 ㄅㄠˋ ㄏㄣˋ ㄓㄨㄥ ㄊㄧㄢ 含恨一輩子。恨，悔恨；遺憾。終天，永遠。

語源 三國演義第四十一回：「今老母已喪，抱恨終天。」

例句 你喜歡她，就該適時表達，不然等她名花有主之後，你就只能抱恨終天了。

近義 悔之無及 遺憾終身

反義 了無遺憾 含笑九泉

抱殘守缺 ㄅㄠˋ ㄘㄢˊ ㄕㄡˇ ㄑㄩㄝ 指好古的人固守古籍遺文，雖殘缺而不忍拋棄。後也泛指過於守舊而不肯接受新事物。

語源 漢劉歆移書讓太常博士：「猶欲保殘守缺，挾恐見破之私意，而亡從善服義之公心。」清江藩漢學師承記顧炎武：「豈若抱殘守缺之俗儒，尋章摘句之世士也。」

例句 現在是科技時代，資訊日新月異，若仍一味抱殘守缺，很快便會被時代淘汰。

近義 墨守成規 泥古不化

反義 革故鼎新 推陳出新

抱痛西河 ㄅㄠˋ ㄊㄨㄥˋ ㄒㄧ ㄏㄜˊ 參見「西河之痛」。

抱頭痛哭 ㄅㄠˋ ㄊㄡˊ ㄊㄨㄥˋ ㄎㄨ 因傷心或激動而相擁大哭。

語源 西遊記第九回：「光蕊見了老母，連忙拜倒，母子抱頭痛哭一場。」

例句 因一分之差輸了全國總決賽，球員們不禁抱頭痛哭。

近義 痛哭失聲　嚎啕大哭

反義 笑逐顏開　開懷大笑

抱頭鼠竄 ㄅㄠˋ ㄊㄡˊ ㄕㄨˇ ㄘㄨㄢˋ 抱著頭像老鼠般逃匿。形容狼狽逃避的樣子。

語源 漢書蒯通傳：「常山王奉頭鼠竄，以歸漢王。」宋蘇軾代侯公說項羽辭：「夫陸賈天下之辯士，吾前日遣之，智窮辭屈，抱頭鼠竄，狼狽而歸。」

例句 原本氣焰囂張的幫派分子在聽到巡邏車的警笛聲後，便抱頭鼠竄了。

近義 逃之夭夭　落荒而逃

抱薪救火 ㄅㄠˋ ㄒㄧㄣ ㄐㄧㄡˋ ㄏㄨㄛˇ 抱著木柴去救火。比喻以錯誤的方法消除災患，反而使禍害擴大。也作「負薪救火」。

語源 韓非子有度：「其國亂弱矣，又皆釋國法而私其外，則是負薪而救火也。」戰國策魏策三：「以地事秦，譬猶抱薪而救火也，薪不盡則火不止。」

例句 向地下錢莊借錢應急，無異是抱薪救火，高額的利息只會加重你的負擔。

近義 從井救人　南轅北轍

反義 釜底抽薪　對症下藥

抱關擊柝 ㄅㄠˋ ㄍㄨㄢ ㄐㄧˊ ㄊㄨㄛˋ 看守城門，打更巡邏。指低階的官職。

語源 孟子萬章下：「辭尊居卑，辭富居貧，惡乎宜乎？抱關擊柝。」

例句 政務的推行，有賴政府上下齊心齊力，即使只是抱關擊柝，也當克盡職責。

反義 位極人臣　達官貴人

抵死不從 ㄉㄧˇ ㄙˇ ㄅㄨˋ ㄘㄨㄥˊ 形容堅決拒絕或反抗。抵死，徹底堅持、竭力。抵，支撐。

語源 明馮夢龍醒世恆言卷三二：「近日被呂相公用強奪去，女兒抵死不從。」

例句 大家硬拉著阿花去體驗高空彈跳，她抵死不從。

反義 俯首聽命　唯命是從

抵瑕蹈隙 ㄉㄧˇ ㄒㄧㄚˊ ㄉㄠˋ ㄒㄧˋ 指摘、攻擊他人的弱點或過失。抵、蹈，皆有趁機攻擊之意。瑕、隙，指弱點、過失。

語源 三國志蜀書法正傳：「觀釁伺隙。」唐柳宗元答問：「抵瑕陷厄。」

例句 這次選戰，各候選人不談政見，只會抓住對手的弱點抵瑕蹈隙，大肆攻擊，實在敗壞選風。

抽絲剝繭 ㄔㄡ ㄙ ㄅㄛ ㄐㄧㄢˇ 剝開蠶繭抽出絲來。比喻層層分析以找出事物的來龍去脈。

例句 這件離奇的竊盜案，在王警官抽絲剝繭的調查之下，終於真相大白。

抽薪止沸 ㄔㄡ ㄒㄧㄣ ㄓˇ ㄈㄟˋ 抽去柴火，使開水停止沸騰。比喻從根本上解決問題或消除禍患。

語源 北齊魏收為侯景叛移梁朝文：「抽薪止沸，剪草除根。」

例句 當今社會治安敗壞，亂象叢生，唯有從教育著手，才是抽薪止沸的根本之道。

近義 釜底抽薪　斬草除根

反義 揚湯止沸　挑雪填井

拂袖而去 ㄈㄨˊ ㄒㄧㄡˋ ㄦˊ ㄑㄩˋ 甩動衣袖而離開。形容非常氣

手

憤或不滿地離開。拂，振動。

語源　後漢書楊彪傳：「孔融魯國男子，明日便當拂衣而去，不復朝矣。」宋釋道原景德傳燈錄汝州寶應和尚：「師云：『侍者收取。』明拂袖而去。」

例句　討論班遊事宜時，他與大家一言不合，竟當場拂袖而去。

拈花惹草　ㄋㄧㄢˊ ㄏㄨㄚ ㄖㄜˇ ㄘㄠˇ　比喻男子到處勾搭女子。

語源　紅樓夢第二十一回：「又兼生性輕薄，最喜拈花惹草。」

例句　像他這種到處拈花惹草的男人，妳若嫁給他，幸福堪憂，最好考慮清楚。

近義　尋芳問柳

反義　從一而終

拈酸吃醋　ㄋㄧㄢˊ ㄙㄨㄢ ㄔ ㄘㄨˋ　指嫉妒吃醋的情緒。

語源　明馮夢龍醒世恆言卷一五：「怎奈靜真情性利害，比空照大不相同，極要拈酸吃醋。」

例句　張先生的成功不光是靠機運，你不該拈酸吃醋，而要虛心向他學習才是。

近義　爭風吃醋

反義　心如止水　古井無波

拉三扯四　ㄌㄚ ㄙㄢ ㄔㄜˇ ㄙˋ　形容胡亂牽扯一些無關的人和事。

語源　紅樓夢第四十六回：「願意不願意，你也好說，犯不著拉三扯四的。」

例句　你的目的是什麼，請直接說出來吧，別再拉三扯四了。

近義　不著邊際　東拉西扯

反義　直截了當　開門見山

拉拉雜雜　ㄌㄚ ㄌㄚ ㄗㄚˊ ㄗㄚˊ　形容多而雜亂的樣子。

語源　清夏敬渠野叟曝言第六十一回：「秋香，你說話也要想一想兒，怎這樣拉拉雜雜的？」

例句　每次年終大掃除時，我們都會從家裡清出一大堆拉拉雜雜的東西。

近義　亂七八糟　雜亂無章

反義　有條不紊　井然有序

拉幫結派　ㄌㄚ ㄅㄤ ㄐㄧㄝˊ ㄆㄞˋ　拉攏團體中利害相同者結成一派，含有貶意。指組織小團體搞鬥爭。

例句　這次院長改選，各路人馬覬覦，有人拉幫結派，志在必得，看來又是一場惡鬥！

近義　黨同伐異　排斥異己

拊膺大慟　ㄈㄨˇ ㄧㄥ ㄉㄚˋ ㄊㄨㄥˋ　搥胸痛哭。形容悲傷至極。拊膺，也作「撫膺」。搥胸。表示悲憤或哀痛。大慟，因過度悲傷而哭泣。

語源　宋史楊業傳：「業力戰，自午至暮，果至谷口。望見無人，即拊膺大慟。」明淩濛初初刻拍案驚奇卷九：「見了棺柩，不覺傷心，撫膺大慟。」

例句　看到家人的遺體，他拊膺大慟，昏厥在地。

近義　痛哭失聲　悲痛欲絕

反義　歡天喜地　欣喜若狂

拊膺切齒　ㄈㄨˇ ㄧㄥ ㄑㄧㄝ ㄔˇ　搥胸咬牙。形容非常憤怒和痛恨。拊，搥打；拍打。膺，胸。

語源　清陸應暘樵史通俗演義第三十二回：「當時南京臣民哀慟如喪考妣，無不拊膺切齒，欲悉東南之甲，立翦兇讎。」

例句　那名搶匪被逮捕後仍然大言不慚，民眾莫不拊膺切齒。

近義　氣憤填膺　深惡痛絕

拋在腦後 ㄆㄠ ㄗㄞˋ ㄋㄠˇ ㄏㄡˋ　丟在一旁，不加理會。

例句　那個小沙彌一下山，早把老和尚的叮嚀拋在腦後，玩得不亦樂乎。

近義　置之不理　置之度外

反義　念念不忘　念茲在茲

拋磚引玉 ㄆㄠ ㄓㄨㄢ ㄧㄣˇ ㄩˋ　拋出磚石，引來美玉。指自己先拿出粗俗的東西以吸引別人拿出貴重的東西。多用作自謙之詞。

語源　宋釋普濟五燈會元卷四從諗禪師：「比來拋磚引玉，卻引得箇墼子。」

例句　我願意拋磚引玉，捐出一月所得，希望大家能踴躍捐款，賑濟災區同胞。

拋頭露面 ㄆㄠ ㄊㄡˊ ㄌㄨˋ ㄇㄧㄢˋ　舊稱婦女不守在閨房，而在外露面。現也泛稱人輕易在外露面。多含貶義。

語源　金瓶梅第六十九回：「幾次欲待要往公門訴狀，爭奈妾身未曾出閨門，誠恐拋頭露面，有失先夫名節。」

例句　表姊的婆婆觀念很傳統，只要她在家相夫教子，不需要拋頭露面在外工作。

近義　不安於室

反義　深居簡出

拍馬屁 ㄆㄞ ㄇㄚˇ ㄆㄧˋ　比喻說話迎合他人以博取歡心。

語源　清李伯元官場現形記第八回：「看見陶子堯官派薰天，官腔十足，曉得是歡喜拍馬屁戴炭簍子的一流人。」

例句　他這人不學無術，只會逢迎拍馬屁，竟然也能升官，真教人氣憤。

拍手稱快 ㄆㄞ ㄕㄡˇ ㄔㄥ ㄎㄨㄞˋ　拍手叫好。形容正義伸張或仇恨消除時高興痛快的樣子。

語源　明淩濛初二刻拍案驚奇卷三五：「說起他死得可憐，無不垂涕，又見惡姑姦夫俱死，又無不拍手稱快。」

例句　看到劇中最可惡的反派腳色伏法，大家不禁都拍手稱快。

近義　大快人心　額手稱慶

反義　痛心疾首　氣憤填膺

拍板定案 ㄆㄞ ㄅㄢˇ ㄉㄧㄥˋ ㄢˋ　比喻做出決定。

例句　只要董事會通過，這項投資就可拍板定案。

反義　猶豫不決　委決不下

拍案叫絕 ㄆㄞ ㄢˋ ㄐㄧㄠˋ ㄐㄩㄝˊ　拍著桌子叫好。表示非常讚賞或驚奇。案，桌子。絕，極好；極妙。

語源　唐田穎博浪沙行序：「不禁拍案呼奇。」金元好問水簾記異：「稱奇叫絕喜欲舞。」紅樓夢第七十八回：「忙問：『這一句可還使得？』眾人拍案叫絕。」

例句　見到舞臺上丑角滑稽逗趣的演出，不禁令人拍案叫絕。

近義　擊節歎賞　讚不絕口

拐彎抹角 ㄍㄨㄞˇ ㄨㄢ ㄇㄛˇ ㄐㄧㄠˇ　原形容道路曲折。後多比喻說話或做事不直截了當。

語源　清李綠園歧路燈第八十八回：「拐彎抹角，記的土地廟兒，照走過的小巷口，徑上碧草軒來。」

例句　說話喜歡拐彎抹角的人，待人多半不真誠，與這種人交往，一定要小心謹慎。

近義　半吞半吐　含糊其詞

反義　開門見山　直截了當

拒諫飾非 ㄐㄩˋ ㄐㄧㄢˋ ㄕˋ ㄈㄟ　拒絕規勸，掩飾錯誤。

語源　荀子成相：「拒諫飾非，愚而上同，國必禍。」

例句　李經理看事情太過主觀

又拒諫飾非，實在不適合當一名主管。

近義 文過飾非 深閉固拒

反義 聞過則喜 從善如流

拒人於千里之外（ㄐㄩˋ ㄖㄣˊ ㄩˊ ㄑㄧㄢ ㄌㄧˇ ㄓ ㄨㄞˋ） 形容嚴拒他人的請求。

語源 孟子告子下：「訑訑之聲音顏色，距人於千里之外。」清夏敬渠野叟曝言第九十八回：「如能毅然釋此夫婦，導之出疆，則遠人聞之，孰不裹糧而至；否則拒人於千里之外，大業何由而成？」

例句 既然他如此誠懇地請託，你又何必拒人於千里之外呢？

反義 來者不拒 近悅遠來

拔刀相助（ㄅㄚˊ ㄉㄠ ㄒㄧㄤ ㄓㄨˋ） 拔出刀來幫助被欺侮的人。形容打抱不平，仗義相助。

語源 元馬致遠西華山陳摶高臥第一折：「路見不平，拔刀相助。」

例句 他這人最重義氣了，你有什麼委屈儘管說出來，他一定拔刀相助。

近義 打抱不平 見義勇為

反義 見死不救

拔山蓋世（ㄅㄚˊ ㄕㄢ ㄍㄞˋ ㄕˋ） 力能拔山，氣蓋當世。形容人的力氣強大或志向遠大。蓋世，高出當代之上。

語源 史記項羽本紀：「力拔山兮氣蓋世，時不利兮騅不逝。」

例句 戰爭片裡男主角常常被塑造成一個拔山蓋世、萬夫莫敵的救世英雄。

拔本塞源（ㄅㄚˊ ㄅㄣˇ ㄙㄜˋ ㄩㄢˊ） 拔起樹根，阻塞水源。比喻毀棄事物的根本源頭。原指背棄根本，後多指從根源處杜絕，使不再滋生。本，樹根。源，水源。

語源 左傳昭公九年：「伯父若裂冠毀冕，拔本塞源，專棄謀主，雖戎狄其何有余一人。」宋程頤、程顥二程遺書卷二一：「夫闢邪說以明先王之道，非拔本塞源不能也。」

例句 要杜絕盜版的歪風，拔本塞源之道需由教育著手，從小就培養每個人尊重他人創作的觀念和態度。

近義 釜底抽薪 斬草除根

反義 揚湯止沸 捨本逐末

拔得頭籌（ㄅㄚˊ ㄉㄜˊ ㄊㄡˊ ㄔㄡˊ） 獲得第一。頭籌，第一籌。指第一名。

語源 唐王建宮詞一百首之七十三：「一半走來爭跪拜，上棚先謝得頭籌。」明馮夢龍醒世恆言卷二七：「如今遺下許多短命賊種，縱掙得潑天家計，少不得被他們先拔頭籌。」

例句 這次壁報比賽，本班能拔得頭籌，學藝股長的功勞最大。

近義 名列前茅 獨占鰲頭

反義 敬陪末座 吊車尾

拔犀擢象（ㄅㄚˊ ㄒㄧ ㄓㄨㄛˊ ㄒㄧㄤˋ） 比喻提拔出色的人才。犀、象，都是巨獸，比喻非凡的人物。擢，提拔。

語源 宋王洋與丞相論鄭武子狀：「救局數人，其間固有拔犀擢象見稱一時者，然而析理精微，旁通注意，鮮有如克。」

例句 王經理大公無私，兼有識人之明，十餘年來拔犀擢象，替公司培訓了許多優秀的人才。

近義 拔榛採蘭 選賢與能

反義 薰蕕同器 以貌取人

拖人下水（ㄊㄨㄛ ㄖㄣˊ ㄒㄧㄚˋ ㄕㄨㄟˇ） 指引誘人同流合汙，陷於不利的境地。

手

語源 明李素甫元宵鬧傳奇卷二五：「這是娘子拖人下水，與我什麼相干？」

例句 他要邀你去擺地攤賣仿冒品，明明是拖人下水，你可別聽他的！

近義 誨盜誨淫　教猱升木

反義 與人為善　伸出援手

拖泥帶水 ㄊㄨㄛ ㄋㄧˊ ㄉㄞˋ ㄕㄨㄟˇ　比喻做事不乾脆，或說話、寫作不簡潔。也作「沾泥帶水」。

語源 宋嚴羽滄浪詩話詩法：「語貴脫洒，不可拖泥帶水。」

例句 他個性懶散，做事老是拖泥帶水，因而拖累整體的工作進度。

近義 黏皮帶骨　牽絲攀藤

反義 當機立斷　乾脆俐落

招兵買馬 ㄓㄠ ㄅㄧㄥ ㄇㄞˇ ㄇㄚˇ　招募士兵，購買戰馬。本指組織武裝，充實軍事力量。今泛指招募人員。

語源 舊五代史唐莊宗紀：「魏州錢穀諸務，及招兵市馬，悉委進監臨。」明凌濛初初刻拍案驚奇卷三一：「開倉賑濟，招兵買馬，隨行軍官兵將，還都隨功陞賞。」

例句 學校各社團無不趁著開學期間四處招兵買馬，吸收更多的新社員。

近義 整軍經武　厲兵秣馬

反義 偃旗息鼓　解甲休士

招架不住 ㄓㄠ ㄐㄧㄚˋ ㄅㄨˋ ㄓㄨˋ　抵擋不了或沒有力量支撐。

語源 封神演義第四十八回：「姚天君招架不住，掩一鐧，望陣內便走。」

例句 面對記者的連番提問，身陷醜聞風波的部長招架不住，只得快閃。

近義 左支右絀　無能為力

反義 應付裕如　兵來將擋，水來土掩

招降納叛 ㄓㄠ ㄒㄧㄤˊ ㄋㄚˋ ㄆㄢˋ　招收接納敵方投降叛變之人，以壯大自己勢力。

語源 後漢書公孫瓚傳：「瓚志埽滅烏桓，而劉虞欲以恩信招降，由是與虞相忤。」清褚人穫隋唐演義第六十回：「殿下招降納叛，如小將輩俱自異國得侍左右。」

例句 黑道為了爭地盤，往往招降納叛，以擴充自己的實力。

近義 結黨營私　招兵買馬

招搖過市 ㄓㄠ ㄧㄠˊ ㄍㄨㄛˋ ㄕˋ　形容故意在人多的地方炫耀、張揚，引人注目。招搖，舉止誇張以引人注意。市，街市。

語源 史記孔子世家：「靈公與夫人同車，宦者雍渠參乘，出，使孔子為次乘，招搖市過之。」明許自昌水滸記邂逅：「你不惜目挑心招，無俟招搖過市。」

例句 治安越來越壞，你還敢穿金戴銀，招搖過市，不怕被歹徒盯上？

近義 大搖大擺

招搖撞騙 ㄓㄠ ㄧㄠˊ ㄓㄨㄤˋ ㄆㄧㄢˋ　假借名義或聲勢來伺機詐騙。招搖，張揚炫耀。撞騙，伺機行騙。

語源 紅樓夢第一〇二回：「那些家人在外招搖撞騙，欺凌屬員，已經把好名聲都弄壞了。」

例句 聽說最近有人冒稱某立委的助理，到處招搖撞騙，詐財騙色，真是可惡！

招蜂引蝶 ㄓㄠ ㄈㄥ ㄧㄣˇ ㄉㄧㄝˊ　比喻女子以媚態引誘男人。

語源 清張春帆九尾龜第四十九回：「今天看戲，明日燒香，到處賣弄風騷，招蜂引蝶。」

例句 她濃妝豔抹打扮得花枝

招展，難怪不時招蜂引蝶，惹上麻煩。

近義 搔首弄姿

招權納賄 招攬權勢，收受賄賂。

語源 荀子仲尼：「招權於下，以妨害人，雖欲無危，得乎哉？」明王守仁陳言邊務疏：「為左右者，內挾交蟠蔽塞之資，而外肆招權納賄之惡。」

例句 國家需要的是清廉有為的官員，若任由貪官汙吏招權納賄，將有無窮的後患。

近義 貪贓枉法　誅求無已

反義 奉公守法　守正不阿

拜師學藝 拜人為師，學習技藝。

例句 朱銘先生從十五歲就開始拜師學藝，不斷努力，並且一再突破自己，才成就今日雕刻大師的美名。

近義 篤志好學　轉益多師

6

拭目以待 擦亮眼睛等待著。比喻期待事情的發展及結果。拭，擦抹。

語源 宋楊萬里答普州李知府：「伏惟財幸筆橐之除，方且拭目以俟。」清紀昀閱微草堂筆記槐西雜志四：「然益以美人之貽，拭目以待佳遇。」

例句 作惡多端的人一定會遭報應，這些壞人的下場，我們且拭目以待。

近義 引領而望　翹首盼望

拱手讓人 平白地、輕易地讓給別人。拱手，形容非常容易。

語源 史記秦始皇本紀：「於是秦人拱手而取西河之外。」清王蘭沚綺樓重夢第三十六回：「這段姻緣，眼見得是拱手讓人的了。」

例句 他因無法負擔額外的生活費用，而將出國研習的機會拱手讓人，真是可惜。

近義 失之交臂　擦身而過

拳打腳踢 形容毆打得極為凶狠。

語源 元典章刑部七強奸：「姬驢兒將劉四男婦女阿任頭髮拖下，驢兒用拳打腳踢。」

例句 那個惡漢把汽車駕駛拖下車，一陣拳打腳踢後便揚長而去。

近義 棍棒交加

拳拳服膺 牢記心中，加以奉行遵守。拳拳，誠懇深切的樣子。服膺，銘記在心。膺，胸。

語源 禮記中庸：「回之為人也，擇乎中庸。得一善，則拳拳服膺而弗失之矣。」

例句 老師的教誨，學生定當拳拳服膺，不讓您失望。

近義 口誦心惟

反義 陽奉陰違

拳不離手，曲不離口 練拳的人離不了手，唱曲的人離不了口。比喻只有勤學苦練，才能使功夫純熟。不離，不離開。指經常在練習。

語源 清丁秉仁瑤華傳第十二回：「聞說拳不離手，曲不離口，居常也習練習練麼？」

例句 所謂「拳不離手，曲不離口」，你要成為主廚，就要鍥而不捨，先將刀工練到淋漓盡致為止。

近義 業精於勤　鍥而不捨

反義 一暴十寒　淺嘗輒止

拾人牙慧 撿取別人說過的話。比喻蹈襲他人的意見、言論。拾，撿取。牙慧，別人說過的見解。

語源 南朝宋劉義慶世說新語文學：「殷中軍云：『康伯未得我牙後慧。』」清袁枚寄奇方

伯書：「大概著書立說最怕雷同，拾人牙慧。」

[辨析] 慧，不可寫成「惠」。

[例句] 他所談論的內容都是拾人牙慧，欠缺新意，所以引不起觀眾的興趣。

[近義] 人云亦云　鸚鵡學舌

[反義] 自出機杼　另闢蹊徑

拾金不昧 ㄕˊ ㄐㄧㄣ ㄅㄨˋ ㄇㄟˋ　撿獲財物卻不據為己有。昧，隱藏。

[語源] 清吳熾昌客窗閒話卷三義丐：「乃呼里長，為之謀宅於市廛，置貨立業，且表之以額曰『拾金不昧』。」

[例句] 邱同學拾金不昧的行為，在朝會上受到校長的公開表揚。

[近義] 見利思義　物歸原主

[反義] 見錢眼開　據為己有

拾遺補闕 ㄕˊ ㄧˊ ㄅㄨˇ ㄑㄩㄝ　補錄缺失遺漏的內容。泛指補救遺漏偏差。闕，通「缺」。缺失；缺漏。

[語源] 漢司馬遷報任少卿書：「上之，不能納忠效信……次之，又不能拾遺補闕，招賢進能。」

[例句] 由於文獻的不足，這份古蹟考察報告還有待拾遺補闕，才能交差。

[近義] 補偏救弊

[反義] 抱殘守缺　將錯就錯

拿手好戲 ㄋㄚˊ ㄕㄡˇ ㄏㄠˇ ㄒㄧˋ　指演員擅長演出的劇目。也比喻擅長的本領。拿手，擅長；有把握。

[語源] 清張春帆九尾龜第二十七回：「只見做花旦戲的小喜鳳，恰好排的武十回，正是他拿手的好戲。」

[例句] 魔術表演是他的拿手好戲，今晚的節目你可千萬不要錯過。

[近義] 看家本領　拿手絕活

拿著雞毛當令箭 ㄋㄚˊ ˙ㄓㄜ ㄐㄧ ㄇㄠˊ ㄉㄤ ㄌㄧㄥˋ ㄐㄧㄢˋ　比喻仗恃著小小的權勢而作威作福，或小題大作，見識狹小。令箭，也叫「令旗」，古時軍中用來發號施令。

[語源] 清吳趼人糊塗世界第十一回：「外省的官場最會扯弄，拿了雞毛當令箭。」

[例句] 他善於奉承，成為經理眼前紅人，在公司裡常拿著雞毛當令箭，作威作福。

[近義] 狐假虎威　小題大作

持之以恆 ㄔˊ ㄓ ㄧˇ ㄏㄥˊ　形容做事極有恆心。持，堅守。

[語源] 清曾國藩諭紀澤：「若能從此三事上下一番苦工，進之以猛，持之以恆，不過一二年，自爾精進而不覺。」

[例句] 每天若能持之以恆地健走三十分鐘，不僅是減肥良方，也是長壽的要訣。

[近義] 貫徹始終　鍥而不捨

[反義] 一曝十寒　半途而廢

持平之論 ㄔˊ ㄆㄧㄥˊ ㄓ ㄌㄨㄣˋ　立場公正的評論。

[語源] 宋陳亮謝鄭侍郎啟：「此蓋伏遇判部侍郎以獨見之明，持甚平之論。」清紀昀閱微草堂筆記灤陽消夏錄一：「劉文正公曰：『卜地見書，卜日見禮，苟無吉凶，聖人何卜……。』斯持平之論矣。」

[例句] 他跟當事人關係密切，卻能說出如此持平之論，確實是難能可貴。

[近義] 空谷跫音　平心而論

[反義] 一隅之見

持危扶顛 ㄔˊ ㄨㄟˊ ㄈㄨˊ ㄉㄧㄢ　扶持危局，免於傾墜。形容挽救顛危的局面。顛，傾倒；墜落。也作「扶顛持危」。

[語源] 論語季氏：「危而不持，

手

顛而不扶，則將焉用彼相矣。」漢漢章帝賜東平王蒼書：「公卿議駁，今皆并送，及有可以持危扶顛，宜勿隱。」宋秦觀賀孫中丞啟：「力足以扶顛持危，器足以致遠任重。」

例句　在公司瀕臨倒閉之際，多虧他挺身而出，扶危持顛，一年後才終於轉虧為盈。

近義　扶危定傾　力挽狂瀾

持盈保泰　處高位而能保守成業，平安無事。盈，盈滿，指擁有財富、地位、學識等。泰，平安。原作「持盈守成」。

語源　詩經大雅鳧鷖序：「太平之君子，能持盈守成。」清夏敬渠野叟曝言第一一八回：「登斯民於三五，臻治術於唐虞，此即持盈保泰之道。」

例句　王院長深諳持盈保泰之道，所以能馳騁政壇數十載，屹立不搖。

持之有故，言之成理　提出的主張及見解有根據，能站得住腳。

語源　荀子非十二子：「縱情性，安恣睢，禽獸行，不足以合文通治；然而其持之有故，其言之成理，足以欺惑愚眾。」

例句　他博學多聞，機智聰明，與人辯論每每旁徵博引，持之有故，言之成理，令人折服。

近義　言必有據　言而有徵

反義　信口雌黃　無稽之談

挂一漏萬　參見「掛一漏萬」。

指不勝屈　扳著手指數也數不完。形容數量很多。指，手指。屈，彎曲。

語源　清歸莊吳郡名賢圖像序：「吾吳，人才之淵藪也，在前代已指不勝屈；時與三百年，人才尤盛。」

例句　他是一個很有實力的網球選手，贏得的獎盃指不勝屈。

近義　不可勝數　不勝枚舉

反義　屈指可數　寥寥可數

指天畫地　①形容說話慷慨激昂，毫無顧忌。②形容邊說話邊比手劃腳。

語源　後漢書侯霸傳：「歆又證歲將飢凶，指天畫地，言甚剛切，坐免歸田里。」清文康兒女英雄傳第七回：「女子忙問：『進來便怎麼樣？』公子指天畫地的說道：『進來他就跳上桌子。』」

例句　①那對夫妻吵得不可開交，指天畫地，引來路人們的圍觀。②弟弟一進門，書包都來不及放下就指天畫地講述著路上的奇遇。

近義　比手劃腳

指日可待　不久即將實現。指日，用指頭數算日子，形容不久。可待，可以期待。

語源　三國蜀諸葛亮出師表：「則漢室之隆，可計日而待也。」宋司馬光乞開言路狀：「太平之期，指日可待也。」

例句　他做事總是勤勉不懈，被老闆重用必定指日可待。

近義　計日而待　為期不遠

反義　遙遙無期　不可企及

指名道姓　指出當事人的姓名。

語源　明抱甕老人今古奇觀第五十二卷：「說過這些話，就指名道姓咒罵起來。」

例句　可不要隨意在網路上罵人，即使未指名道姓，也一樣會觸法。

近義　直言不諱

手

反義 拐彎抹角　不著痕跡

指指點點 ㄓˇ ㄓˇ ㄉㄧㄢˇ ㄉㄧㄢˇ

指著人事物發出議論。

語源 明凌濛初二刻拍案驚奇卷一一：「合家人指指點點，笑的話的，道是……」紅樓夢第九十三回：「賈芹走進書房，只見那些下人指指點點，不知說什麼。」

例句 即使長期在家啃老，他也毫不在意別人指指點點，依然故我。

近義 說三道四　比手劃腳

指桑罵槐 ㄓˇ ㄙㄤ ㄇㄚˋ ㄏㄨㄞˊ

指著桑樹罵槐樹。比喻拐彎抹角地罵人。

語源 金瓶梅第六十二回：「他每日那邊指桑樹罵槐樹，百般稱快。俺娘這屋裡，分明聽見，有個不惱的？」

例句 你對我有什麼不滿，直接說出來吧！何必拐彎抹角、指桑罵槐呢！

近義 含沙射影　指著禿驢罵和尚

反義 開門見山　直截了當

指鹿為馬 ㄓˇ ㄌㄨˋ ㄨㄟˊ ㄇㄚˇ

指著鹿說是一匹馬。比喻故意顛倒是非，作威作福。

語源 史記秦始皇本紀記載：趙高欲謀叛亂，故意獻給秦二世一隻鹿，指稱牠是馬，並詢問朝中官員牠是鹿還是馬，而將據實回答為鹿的人暗中殺害，使群臣畏懼自己。

例句 執政者治國無方，卻還百般掩飾錯誤，不惜指鹿為馬，實在讓人民失望透頂。

近義 顛倒是非　顛倒黑白

指揮若定 ㄓˇ ㄏㄨㄟ ㄖㄨㄛˋ ㄉㄧㄥˋ

指揮調度，從容鎮定。常用來讚美軍事將領或單位主管領導有方。

語源 唐杜甫詠懷古跡五首（其五）：「伯仲之間見伊呂，指揮若定失蕭曹。」

例句 公司受到這波不景氣影響，營運陷入危機，多虧總經理指揮若定，調度有方，才能轉危為安。

近義 從容不迫

反義 手忙腳亂　束手無策

指點迷津 ㄓˇ ㄉㄧㄢˇ ㄇㄧˊ ㄐㄧㄣ

為迷路的人指出渡口的位置。比喻指導人走出困境，解決困難。津，渡口。

語源 論語微子：「使子路問津焉。」唐孟浩然南還舟中寄袁太祝：「桃源何處是？遊子正迷津。」清鶴市主人醒風流第七回：「今桑榆暮景，幸遇和尚指點迷津，得成解脫。」

例句 高大哥博學多聞，歷練老成，在團體中常扮演指點迷津的角色。

近義 金針度人　醍醐灌頂

指證歷歷 ㄓˇ ㄓㄥˋ ㄌㄧˋ ㄌㄧˋ

非常詳細清楚地指認、證明。歷歷，清楚明白。

例句 目擊者指證歷歷，是車號一五四七的小貨車撞倒機車騎士後加速逃逸。

近義 鉅細靡遺　言而有徵

反義 語焉不詳　空口無憑

按兵不動 ㄢˋ ㄅㄧㄥ ㄅㄨˋ ㄉㄨㄥˋ

暫時停止軍事行動以觀望形勢。也比喻做事時暫不行動，以觀察情勢變化。按，抑止；擱置。兵，軍隊。

語源 荀子王制：「偃然案兵無動，以觀夫暴國之相卒也。」呂氏春秋恃君覽召類：「趙簡子按兵而不動。」

例句 這件事我們暫且按兵不動，看對方有何動靜，再思考因應的對策。

近義 靜觀其變

反義 傾巢出動

手

按捺不住（ㄢˋ ㄋㄚˋ ㄅㄨˋ ㄓㄨˋ） 壓抑、忍耐不了。捺，壓抑。

語源 明馮夢龍醒世恆言卷一四：「見那女孩兒白淨身體，那廝淫心頓起，按捺不住，奸了女孩兒。」

例句 看到妹妹動作慢吞吞，媽媽按捺不住急性子，不停地催促她。

反義 不動聲色　氣定神閒

按部就班（ㄢˋ ㄅㄨˋ ㄐㄧㄡˋ ㄅㄢ） 原指作文章時，安排章節，組織文句。今多用以形容做事依照一定的程序且有條理。按，依照。部、班，部隊；班列。借指人、事、物分類的單位。就，趨近；靠近。

語源 晉陸機文賦：「然後選義按部，考辭就班。」清李綠園歧路燈第九十九回：「我一發勞動小相公大筆，寫個書名簽兒，按部就班，以便觀書者指名以求，售書者認簽而給。」

辨析 部，不可寫成「步」。

例句 不論讀書或做事，都要按部就班，不可躐等躁進，才能有所成就。

近義 循序漸進　盈科後進

反義 躐等躁進　揠苗助長

按圖索驥（ㄢˋ ㄊㄨˊ ㄙㄨㄛˇ ㄐㄧˋ） 按照圖象去找良馬。①比喻做事拘泥成法，不知變通。②比喻依線索指引去尋找事物。索，探求；搜尋。驥，良馬。

語源 漢書梅福傳：「猶察伯樂之圖，求騏驥於市，而不可得。」元袁桷示從子瑛：「按圖索驥術難靈。」清夏敬渠野叟曝言第一一六回：「故前日分派諸將如指掌，此時按圖索驥，如探囊也。」

例句 ①讀書不知融會貫通，只知抱緊書本按圖索驥，是沒有用的。②靠著這張地圖，我們按圖索驥，不費多少功夫，便到達目的地了。

近義 刻舟求劍　沿波討源

挑三揀四（ㄊㄧㄠ ㄙㄢ ㄐㄧㄢˇ ㄙˋ） 形容非常挑剔。揀，選擇；挑選。

語源 清西周生醒世姻緣傳第五十七回：「這們個攪家不良、挑三豁四、丈二長的舌頭，誰家著的他罷？」

例句 她為人精打細算，買東西總會挑三揀四，讓店員疲於應付。

近義 挑肥揀瘦　揀精擇肥

挑肥揀瘦（ㄊㄧㄠ ㄈㄟˊ ㄐㄧㄢˇ ㄕㄡˋ） 比喻為了個人利益，反覆挑選對自己有利的。揀，選擇；挑選。

語源 清王夢吉等濟公傳第一二六回：「掌刀的一瞧，見和尚破爛不堪，心想：『這和尚必是買十個錢的肉，挑肥揀瘦。』」

例句 年輕人想要成功，最要緊的是踏實苦幹，絕不可挑肥揀瘦。

近義 挑三揀四　揀精擇肥

反義 先人後己　捨己為人

挑雪填井（ㄊㄧㄠ ㄒㄩㄝˇ ㄊㄧㄢˊ ㄐㄧㄥˇ） 用雪將井填塞起來，雪溶化後井依然存在。比喻徒勞無功，白費力氣。

語源 唐顧況行路難：「君不見擔雪塞井徒用力，炊砂作飯豈堪吃。」

例句 你這樣毫無計畫、盲目地擴充，只是挑雪填井，對公司業務一點幫助也沒有。

近義 緣木求魚　海底撈月

反義 對症下藥　事半功倍

挑撥離間（ㄊㄧㄠˇ ㄅㄛ ㄌㄧˊ ㄐㄧㄢˋ） 搬弄是非，製造不和。挑撥，挑弄是非。離間，從中製造不和。

語源 清無垢道人八仙得道第六十七回：「卻由他去怎樣挑撥離間，橫豎一概置之不理，

也就完了。」

例句 他這種挑撥離間的行為，不但卑鄙無恥，更是令人痛惡。

近義 搬弄是非　煽風點火

反義 排難解紛　從中斡旋

挑燈夜戰 ㄊㄧㄠˇ ㄉㄥ ㄧㄝˋ ㄓㄢˋ　形容夜晚不休息，繼續工作。挑，撥動。

語源 唐白居易長恨歌：「孤燈挑盡未成眠。」

辨析 挑，音ㄊㄧㄠˇ，不讀ㄊㄧㄠ。

例句 待審法案堆積如山，立法進度嚴重落後，立法委員們只好在週末挑燈夜戰，期望在會期結束前交出成績單。

近義 廢寢忘食　焚膏繼晷

挖肉補瘡 ㄨㄚ ㄖㄡˋ ㄅㄨˇ ㄔㄨㄤ　參見「剜肉醫瘡」。

挖空心思 ㄨㄚ ㄎㄨㄥ ㄒㄧㄣ ㄙ　形容想盡一切辦法。

語源 清俞萬春蕩寇志第一二六回：「今此賊挖空心思，用到如許密計，圖我安如泰山之鄆城。」

例句 憲憲挖空心思找機會討好阿美，只為贏得她的芳心。

近義 想方設法　煞費苦心

反義 無所用心　不加思索

挖東牆補西牆 ㄨㄚ ㄉㄨㄥ ㄑㄧㄤˊ ㄅㄨˇ ㄒㄧ ㄑㄧㄤˊ　比喻臨時勉強應急，無濟於事。

例句 勸你別再用信用卡預借現金了，那只是挖東牆補西牆，到頭來只怕越欠越多，難以收拾。

近義 左支右絀　窮於應付

7

挨家挨戶 ㄞ ㄐㄧㄚ ㄞ ㄏㄨˋ　一家一家地。挨，依序。也作「挨門逐戶」。

語源 明葛天明等明鏡公案第三卷：「差兵部將京城官民人等，挨家挨戶搜檢。」明袁于令隋史遺文第四十二回：「挨門逐戶，搜求查勘。」

例句 為了尋找走失的小狗，他挨家挨戶發送尋狗傳單，希望早日得到愛狗的消息。

挨餓受凍 ㄞˊ ㄜˋ ㄕㄡˋ ㄉㄨㄥˋ　忍受飢餓和寒冷。

例句 他不小心與隊友走失，又在山中迷路，挨餓受凍了一天一夜才獲救。

近義 啼飢號寒　飢寒交迫

反義 豐衣足食　鮮衣美食

挾山超海 ㄒㄧㄝˊ ㄕㄢ ㄔㄠ ㄏㄞˇ　把泰山夾在胳膊下越過北海。比喻不可能辦到的事。挾，夾持；夾帶。原作「挾泰山超北海」。

語源 孟子梁惠王上：「挾泰山以超北海，語人曰：『我不能。』是誠不能也。」明盧象昇與某書：「某以一身肩荷七省，何異挾山超海之難。」

例句 要在週末前交出新的報告計畫書，實在是挾山超海的不可能任務。

近義 鑽冰求火

反義 反掌折枝　輕而易舉

振振有詞 ㄓㄣ ㄓㄣ ㄧㄡˇ ㄘˊ　形容理直氣壯地說個不停。振振，理直氣壯的樣子。詞，也作「辭」。

語源 清無垢道人八仙得道第九十七回：「因此王泰振振有詞，理直氣壯。」

例句 他犯了錯，還振振有詞地為自己辯護，真令人不齒。

近義 理直氣壯　滔滔雄辯

反義 理屈辭窮　笨嘴拙舌

振衰起敝 ㄓㄣ ㄕㄨㄞ ㄑㄧˇ ㄅㄧˋ　振興衰微，革除弊害。

例句 這次選舉，執政黨必須提出更有力的論述，才能振衰

起敝，挽救低迷的選情。

近義 興利除弊　補偏救弊

振聾發聵 ㄓㄣˋ ㄌㄨㄥˊ ㄈㄚ ㄎㄨㄟˋ 發出很大的響聲，使耳聾的人也能聽到。比喻用言語、文字喚醒愚頑糊塗的人。也比喻行為或學說具有很大的啟發作用。振，啟發。聵，耳聾。引申作不明事理。

語源 清袁枚隨園詩話補遺卷一：「此數言，振聾發聵，想當時必有迂儒曲士以經學談詩者，故為此語以曉之。」

辨析 聵，音ㄎㄨㄟˋ，不讀ㄍㄨㄟˋ。

例句 王教授的一番話振聾發聵，使我多年的疑惑終於解開了。

近義 醍醐灌頂　當頭棒喝

反義 冥頑不靈　執迷不悟

挺而走險 ㄊㄧㄥˇ ㄦˊ ㄗㄡˇ ㄒㄧㄢˇ 參見「鋌而走險」。

挺身而出 ㄊㄧㄥˇ ㄕㄣ ㄦˊ ㄔㄨ 挺直身子勇敢地站出來。指勇於面對危局或承擔責任。

語源 舊五代史唐景思傳：「後數日，城陷，景思挺身而出，使人告於鄰郡，得援軍數百，逐其草寇，復有其城。」

例句 他挺身而出證明小明的清白，令小明感動不已。

近義 自告奮勇　奮不顧身

反義 畏縮不前　袖手旁觀

捉賊捉贓 ㄓㄨㄛ ㄗㄟˊ ㄓㄨㄛ ㄗㄤ 逮捕盜賊一定要找到贓物。比喻處理案件、問題須掌握真憑實據。贓，贓物；偷盜來的財物。也作「捉賊見贓」。

語源 宋胡太初晝簾緒論治獄：「諺曰：『捉賊須捉贓，捉姦須捉雙。』此雖俚言，極為有道。」

例句 捉賊捉贓，若是你沒有真憑實據，就不該隨便冤枉別人。

近義 捉姦見雙　罪證確鑿

反義 捕風捉影　無中生有

捉摸不定 ㄓㄨㄛ ㄇㄛ ㄅㄨˋ ㄉㄧㄥˋ 無法揣測；無法掌握。捉摸，揣測；料想。

語源 宋趙長卿滿江紅：「天易感，人難託。人心險，天又怎生捉摸？」水滸傳第二回：「卻說朱武、楊春兩個正在寨裡猜疑，捉摸不定。」

例句 小傑從來不愛講話，心思又捉摸不定，跟他共事，還真得小心翼翼。

近義 難以捉摸　不可捉摸

反義 顯而易見　一清二楚

捉襟見肘 ㄓㄨㄛ ㄐㄧㄣ ㄐㄧㄢˋ ㄓㄡˇ 拉一下衣襟，就露出手肘。①形容衣服破爛，生活貧困。②比喻短缺不足，窮於應付。捉，拉；整。襟，衣的前幅。見，通「現」。肘，上下手臂中間的關節部位。

語源 莊子讓王：「曾子居衛……三日不舉火，十年不製衣，正冠而纓絕，捉衿而肘見，納履而踵決。」

例句 ①一個衣衫襤褸、捉襟見肘的拾荒老人在街上踽踽獨行，令人同情。②他薪水不多卻出手大方，常常不到月底生活費就捉襟見肘了。

近義 顧此失彼　左支右絀

反義 應付裕如　綽有餘裕

捏一把冷汗 ㄋㄧㄝ ㄧˋ ㄅㄚˇ ㄌㄥˇ ㄏㄢˋ 形容極為緊張、擔憂。

例句 那輛卡車為閃避前方的機車，差一點就撞到路邊的阿伯，令人不禁替他捏一把冷汗。

近義 心驚肉跳

反義 處之泰然

捐軀赴難 ㄐㄩㄢ ㄑㄩ ㄈㄨˋ ㄋㄢˋ 不惜犧牲生命以解救國家的危

難。

語源 三國魏曹植白馬篇：「捐軀赴國難，視死忽如歸。」明史伍文定傳：「非真有捐軀赴難之義，戮力報主之忠，孰肯甘虀粉之禍，從赤族之誅。」

例句 八年抗戰中，無數英勇的將士為抵禦外侮而捐軀赴難，勇氣可嘉。

近義 慷慨赴義 為國捐軀

捕風捉影 ㄅㄨˇ ㄈㄥ ㄓㄨㄛ ㄧㄥˇ 捕捉風和影子。原比喻出擊一無所獲。今多比喻說話或做事毫無根據。風、影，皆比喻虛假不實的事情。

語源 管子兵法：「善者之為兵也，使敵若據虛，若搏景。」（搏，捕捉。景，通「影」。）宋朱熹朱子語類卷八學二：「若悠悠地，似做不做，如捕風捉影，有甚長進！」

例句 要論斷事情之前，必須先確實求證，不可捕風捉影。

近義 無中生有 生拉硬扯

反義 耳聞目見 證據確鑿

8

捨己為人 ㄕㄜˇ ㄐㄧˇ ㄨㄟˋ ㄖㄣˊ 為了他人而犧牲自己的利益。

語源 宋朱熹論語集注先進「吾與點也」注：「曾點之學……初無捨己為人之意。」

例句 每個公務員都應該具備捨己為人的服務精神，才能真正為群眾謀利，而不致淪為推諉敷衍的官僚作風。

近義 先人後己 絕甘分少

反義 自私自利 損人利己

捨本逐末 ㄕㄜˇ ㄅㄣˇ ㄓㄨˊ ㄇㄛˋ 原指放棄農業而從事工商業。後泛指捨棄根本、只注重細節的處事態度。

語源 呂氏春秋士容論上農：「捨本而事末則不令。」後魏賈思勰齊民要術序：「捨本逐末，賢哲所非……故商賈之事，闕而不錄。」蔡東藩民國通俗演義：「教育一事，視若虛設，未免捨本逐末。」

例句 讀書的目的是為求取知識、修養品德、變化氣質，如果只是為了考試而讀，那就捨本逐末了。

近義 本末倒置 不知輕重

捨生取義 ㄕㄜˇ ㄕㄥ ㄑㄩˇ ㄧˋ 放棄自己的生命而選擇道義。指為正義而犧牲生命。捨，也作「舍」。放棄。

語源 孟子告子上：「生，亦我所欲也；義，亦我所欲也，二者不可得兼，舍生而取義者也。」

例句 在亂世中，幸賴一些志士仁人捨生取義，捍衛人性的尊嚴，才能為黑暗的時代帶來希望。

近義 殺身成仁 成仁取義

反義 苟且偷生 貪生害義

捨近求遠 ㄕㄜˇ ㄐㄧㄣˋ ㄑㄧㄡˊ ㄩㄢˇ 捨棄近的，尋求遠的。指做事不知有捷徑或不切實際。捨，也作「舍」。

語源 孔叢子論勢：「齊、楚遠而難恃，秦、魏呼吸而至，舍近而求遠，是以虛名自累而不免近敵之困者也。」

例句 這種花瓶上網就買得到，你何必捨近求遠，專程跑去香港買呢？

近義 捨本逐末

捫心自問 ㄇㄣˊ ㄒㄧㄣ ㄗˋ ㄨㄣˋ 摸著胸口問自己。指一個人自我檢討、反省。捫，撫；摸。

語源 唐劉禹錫上中書李相公啟：「捫躬自劾，愧入肌骨。」明陸人龍遼海丹忠錄第四十回：「五年滅賊，一戰平胡，只是成空憶。捫心自問，應也多慚色。」

例句 這次成績不理想，你捫

手

心自問，考前盡力了嗎？

近義 三省吾身 反躬自省

反義 委過他人 推諉塞責

捲土重來 ㄐㄩㄢˇ ㄊㄨˇ ㄔㄨㄥˊ ㄌㄞˊ 人馬奔跑捲起塵土，再一次撲過來。比喻失敗以後重新再來。

語源 唐杜牧題烏江亭：「勝敗兵家事不期，包羞忍恥是男兒。江東子弟多才俊，捲土重來未可知。」

例句 去年班上參加班際籃球賽慘遭滑鐵盧，今年捲土重來，準備一雪前恥。

近義 東山再起 重整旗鼓

反義 一蹶不振 偃旗息鼓

捷足先登 ㄐㄧㄝˊ ㄗㄨˊ ㄒㄧㄢ ㄉㄥ 腳快的人先到達。比喻行動快的人先達到目的。捷，快。

語源 史記淮陰侯列傳：「秦失其鹿，天下共逐之，於是高材疾足者先得焉。」清佚名螢窗清玩第二卷：「先生如此才華，如此品格，龍門雁塔，其殆捷足先登矣。」

例句 這個待遇優渥的工作機會，已經被消息靈通的人捷足先登了。

近義 疾足先得

反義 姍姍來遲 坐失良機

掂斤播兩 ㄉㄧㄢ ㄐㄧㄣ ㄅㄛ ㄌㄧㄤˇ 反覆估量輕重。比喻在細碎的事情上過分計較。掂、播，把東西放在手上或稍作翻動以估計輕重。

語源 元王實甫西廂記第一本第二折：「儘著你說短論長，一任待掂斤播兩。」

例句 你凡事掂斤播兩，錙銖必較，難怪沒有人願意跟你共事。

近義 斤斤計較 錙銖必較

掃地出門 ㄙㄠˇ ㄉㄧˋ ㄔㄨ ㄇㄣˊ 將東西徹底清除出去。也指將人趕出家門，或不留情面地將人趕出團體。掃地，比喻徹底清除或摧毀，毫無剩餘。

語源 清李綠園歧路燈第八十四回：「有七八年的，也有三四年的，也有昨年的，也還有幾次利息還過的。要是清白掃地出門，總得兩千兩。」

例句 他年少時加入幫派，到處逞兇鬥狠，被家人掃地出門，如今一個人流落街頭，後悔莫及。

掃眉才子 ㄙㄠˇ ㄇㄟˊ ㄘㄞˊ ㄗˇ 指通曉文學的女子。掃眉，畫眉。借指女子。

語源 唐司空圖燈花三首之二：「明朝鬥草多應喜，剪得燈花自掃眉。」唐王建寄蜀中薛濤校書：「掃眉才子知多少，管領春風總不如。」

例句 我家大姊是個掃眉才子，詩詞歌賦樣樣精通。

近義 不櫛進士 詠絮之才

掃榻以待 ㄙㄠˇ ㄊㄚˋ ㄧˇ ㄉㄞˋ 掃除床榻上的灰塵，等待賓客的到來。表示熱誠地期待賓客的到來。

語源 宋陸游寄題徐載叔秀才東莊：「南臺中丞掃榻見，北門學士倒屣迎。」清張集馨向榮來函：「如閣下允為留營，弟當於營中掃榻以待。」

例句 得知陳伯伯要從美國回來，爸爸老早便掃榻以待，期待他的光臨。

近義 倒屣相迎

授人以柄 ㄕㄡˋ ㄖㄣˊ ㄧˇ ㄅㄧㄥˇ 把劍柄交給別人。比喻將權柄授予他人，或留下讓人批評的話柄。

語源 漢書梅福傳：「倒持泰阿，授楚其柄。」三國志魏書王粲傳：「所謂倒持干戈，授人以柄，功必不成。」

例句 這件不光彩的事千萬別

傳出去，以免授人以柄，讓競選對手拿來作文章。

近義 倒持太阿　落人口實

反義 大權在握　獨攬大權

掉書袋 ㄉㄧㄠˋ ㄕㄨ ㄉㄞˋ 譏諷人喜歡引用古書詞句，賣弄才學。

語源 南唐書彭利用傳：「言必據書史，斷章破句，以代常談，俗謂之掉書袋。」

例句 他說話總是刻意引經據典、賣弄學識，難怪會遭人譏為掉書袋。

近義 咬文嚼字

掉以輕心 ㄉㄧㄠˋ ㄧˇ ㄑㄧㄥ ㄒㄧㄣ 指對事情漫不經心，不當一回事。

語源 清劉坤一覆陳防營改操餉項支絀摺：「臣受恩深重，職守攸關，斷不敢掉以輕心，稍存大意。」

例句 我們這項提案雖已獲得有力的支持，但在表決通過之前絕不可掉以輕心，以免遭對手的干擾破壞。

近義 漫不經心　等閒視之

反義 鄭重其事　一絲不苟

掌上明珠 ㄓㄤˇ ㄕㄤˋ ㄇㄧㄥˊ ㄓㄨ 捧在手上的珍珠。原比喻深受珍愛的人，後多用來比喻極受父母疼愛的兒女，特別是女兒。

語源 晉傅玄短歌行：「昔君視我，如掌中珠；何意一朝，棄我溝渠。」金元好問楊煥然生子四首（其一）：「掌上明珠慰老懷，愁顏我亦為君開。」

例句 她是父母的掌上明珠，自幼備受寵愛，不免嬌生慣養。

近義 心肝寶貝　金枝玉葉

反義 眼中釘，肉中刺

掏心掏肺 ㄊㄠ ㄒㄧㄣ ㄊㄠ ㄈㄟˋ 心和肺都掏出來給人。比喻非常誠懇地對待或徹底地付出。也作「掏心挖肺」。

例句 你對他掏心掏肺，可是人家未必領情呢！

近義 推心置腹　心甘情願

反義 鉤心鬥角　冷若冰霜

排山倒海 ㄆㄞˊ ㄕㄢ ㄉㄠˇ ㄏㄞˇ 把高山推倒，把大海翻過來。比喻聲勢浩大，不可阻擋。

語源 後漢書獻帝紀：「迴山倒海，遂移天日。」明馮夢龍東周列國志第五十六回：「勢如排山倒海，齊軍不能當，大敗而奔。」

例句 這股排山倒海的改革呼聲，終於讓腐敗無能的執政黨願意重組內閣了。

近義 雷霆萬鈞　翻江倒海

反義 虛張聲勢

排斥異己 ㄆㄞˊ ㄔˋ ㄧˋ ㄐㄧˇ 排擠、斥逐不附和自己或意見與自己不同的人。異己，指見解、觀點與自己不同的人。

語源 後漢書范滂傳：「有不合者，見則排斥。」晉書殷顗傳：「顗見江績亦以正直為仲堪所斥，知仲堪當逐異己，樹置所親。」清徐珂清稗類鈔譏諷類：「偏樹黨援，排斥異己。」

例句 他這個人肚量狹小，喜歡排斥異己，你要多加注意。

近義 誅鋤異己　黨同伐異

反義 求同存異

排除萬難 ㄆㄞˊ ㄔㄨˊ ㄨㄢˋ ㄋㄢˊ 克服一切困難。

例句 在經費缺乏、設備不足的情況下，他憑著聰明才智及過人毅力，排除萬難，終於成功研發出這項新產品。

近義 勇往直前　披荊斬棘

反義 知難而退　裹足不前

排難解紛 ㄆㄞˊ ㄋㄢˋ ㄐㄧㄝˇ ㄈㄣ 排除危難，調解糾紛。

語源 戰國策趙策三：「所貴於天下之士者，為人排患釋

難、解紛亂而無所取也。」

例句 王伯伯常常為里民排難解紛，頗受眾人的尊敬。

近義 從中斡旋 息事寧人

反義 隔岸觀火 袖手旁觀

掛一漏萬 ㄍㄨㄚˋ ㄧ ㄌㄡˋ ㄨㄢˋ 提及的部分很少，遺漏的部分卻很多。形容列舉得不完全。多用作謙詞。掛，也作「挂」。

語源 唐韓愈南山：「團辭試提挈，挂一念萬漏。」宋吳泳答嚴子韶書：「對客之暇，隨筆疏去。未免掛一漏萬，有疑不妨再指教。」

例句 我的記性不好，用講的怕掛一漏萬，所以事先列出這張名單，請你過目。

近義 顧此失彼 七零八落

反義 面面俱到 萬無一失

掛萬漏一 ㄍㄨㄚˋ ㄨㄢˋ ㄌㄡˋ ㄧ 「掛一漏萬」的反面用法。指百密一疏或說凡事皆有不周全之處。

語源 清海圃主人續紅樓夢新編第三十一回：「汝何得以浮詞瑣瑣，掛萬漏一，為識者所笑？」

例句 原本以為晚會的準備已非常周全，沒想到掛萬漏一，突然停電讓大家束手無策。

近義 百密一疏 千慮一失

掛羊頭賣狗肉 ㄍㄨㄚˋ ㄧㄤˊ ㄊㄡˊ ㄇㄞˋ ㄍㄡˇ ㄖㄡˋ 比喻名不副實，蓄意欺騙。也作「懸羊頭賣狗肉」。

語源 晏子春秋內篇雜下：「靈公好婦人而丈夫飾者，國人盡服之。公使吏禁之……，晏子對曰：『君使服之於內，而禁之於外，猶懸牛首於門，而賣馬肉於內也。』」五燈會元卷一六元豐清滿禪師：「有般名利之徒，為人天師，懸羊頭賣狗肉，壞後進初機。」

例句 這家店標榜專賣有機蔬菜，其實是「掛羊頭賣狗肉」，拿一般蔬菜混充，可別上當！

近義 掩人耳目 弄虛作假

掠人之美 ㄌㄩㄝˋ ㄖㄣˊ ㄓ ㄇㄟˇ 奪取別人的成就歸為己有。掠，奪取。

語源 左傳昭公十四年：「己惡而掠美為昏。」宋王楙野客叢書卷二龔張對上無隱：「異時，湯見上，曰：『前奏非俗吏所及，誰為之者？』湯以寬對，不掠人之美以自耀。」

例句 撰寫論文時，引用或參考他人的研究成果，一定要註明出處，不可掠人之美。

近義 慷他人之慨

反義 成人之美

探頭探腦 ㄊㄢˋ ㄊㄡˊ ㄊㄢˋ ㄋㄠˇ 伸著頭四處探望。形容鬼鬼祟祟，到處窺視。

語源 宋朱熹朱子語類卷一八大學五：「時時去他那下探頭探腦，心下也須疑它那下有個好處在。」明馮夢龍醒世恆言卷一五：「見那老頭探頭探腦，幌來幌去，情知是個細作。」

例句 你在別人的屋外探頭探腦，難怪會引來社區警衛的懷疑。

近義 鬼鬼祟祟 東張西望

探賾索隱 ㄊㄢˋ ㄗㄜˊ ㄙㄨㄛˇ ㄧㄣˇ 探求深奧隱微的事理。探、索，探察、求取。賾、隱，幽深玄妙、隱微奧祕。

語源 易經繫辭上：「探賾索隱，鉤深致遠，以定天下之吉凶。」

例句 他浸淫紫微斗數多年，深得探賾索隱之妙。

探囊取物 ㄊㄢˋ ㄋㄤˊ ㄑㄩˇ ㄨˋ 伸手到袋子裡取東西。比喻事情極容易辦到。也作「囊中取

物」。

語源 唐杜牧郡齋獨酌：「取易卷席如探囊。」新五代史南唐世家：「中國用吾為相，取江南如探囊中物爾。」

例句 本班籃球隊很早就展開集訓，實力堅強，要贏得冠軍有如探囊取物。

近義 唾手可得　甕中捉鱉

反義 海底撈針　挾山超海

探驪得珠 ㄊㄢˋ ㄌㄧˊ ㄉㄜˊ ㄓㄨ

原指冒著生命危險潛入深淵，得到驪龍頷下珍貴的寶珠。後比喻寫詩作文掌握要領，深得題旨精髓。驪，黑龍，古人傳說驪龍頷下的珍珠極為名貴，故用來比喻寫文章能扼要精彩。

語源 莊子列禦寇：「夫千金之珠，必在九重之淵而驪龍頷下，子能得珠者，必遭其睡也。」清歸鋤子紅樓夢補第四十一回：「得此一聯，已如劉禹錫賦金陵懷古詩，探驪得珠，元白擱筆。」

例句 這篇文章取材豐富，探驪得珠，因而獲得評審的青睞，名列首獎。

近義 一語中的　一針見血

反義 不知所云　文不對題

接二連三 ㄐㄧㄝ ㄦˋ ㄌㄧㄢˊ ㄙㄢ

一個接著一個，接連不斷。

語源 紅樓夢第二十九回：「於是接二連三，都聽見賈府打醮……世家相與，都來送禮。」

例句 他這張專輯超乎水準，因此能接二連三的獲獎。

近義 三番兩次　接踵而來

接踵而來 ㄐㄧㄝ ㄓㄨㄥˇ ㄦˊ ㄌㄞˊ

後者的腳尖緊接著前者的腳跟走來。形容來的人很多。或比喻事情連接不斷。也作「接踵而至」。

語源 戰國策秦策四：「韓、魏父子兄弟接踵而死於秦者，百世矣。」隋書突厥傳：「呼韓頓顙至，屠耆接踵來。」

例句 開學之後，除了上課之外，各種作業、測驗和課餘活動接踵而來，真是令人應接不暇。

近義 絡繹不絕　紛至沓來

反義 零零落落　門可羅雀

推三阻四 ㄊㄨㄟ ㄙㄢ ㄗㄨˇ ㄙˋ

假借各種理由推拖。

語源 元佚名玉清庵錯送鴛鴦被第一折：「非是我推三，推三阻四；這事情應難，應難造次。」

例句 他做事情推三阻四的，一點服務的熱忱都沒有。

近義 敷衍了事

反義 自告奮勇　當仁不讓

推己及人 ㄊㄨㄟ ㄐㄧˇ ㄐㄧˊ ㄖㄣˊ

用自己的心意去推想別人的心意。指設身處地為他人著想。

語源 論語衛靈公：「己所不欲，勿施於人。」晉傅玄傅子：「然夫仁者，蓋推己以及人也。」

例句 「飢餓三十」活動的宗旨是要讓我們能推己及人，關懷仍在苦難中的人們。

近義 將心比心　設身處地

反義 以鄰為壑　嫁禍於人

推心置腹 ㄊㄨㄟ ㄒㄧㄣ ㄓˋ ㄈㄨˋ

推出自己的赤心放在別人腹中。比喻真心誠意地相待。

語源 後漢書光武帝紀上：「蕭王推赤心置人腹中，安得不投死乎！」明焦竑玉堂叢語卷七：「與人交，必推心置腹。」

例句 他對朋友一向推心置腹，不可能會欺騙你。

近義 肝膽相照　披肝瀝膽

反義 爾虞我詐　明爭暗鬥

推本溯源 ㄊㄨㄟ ㄅㄣˇ ㄙㄨˋ ㄩㄢˊ 參見「追本溯源」。

推而廣之 ㄊㄨㄟ ㄦˊ ㄍㄨㄤˇ ㄓ 推論、推展開來，使其範圍、作用等擴大。也指從一件事推及其他。

語源 南朝梁蕭統文選序：「風雲草木之興，魚蟲禽獸之流，推而廣之，不可勝載矣。」

例句 「有機」的概念，不只是指食物，推而廣之，它其實就是一種生活態度，包括對自身的關愛，和對環境的保護。

近義 以此類推

推波助瀾 ㄊㄨㄟ ㄅㄛ ㄓㄨˋ ㄌㄢˊ 比喻從旁助長，使事態擴大。瀾，大的波浪。

語源 隋王通中說卷五問易：「真君、建德之事，適足推波助瀾，縱風止燎耳。」

辨析 本則成語多用於壞的事物，如糾紛爭鬥方面。

例句 他們原本只是一點口角，若不是你推波助瀾，雙方也不會鬧得大打出手。

近義 興風作浪 煽風點火

反義 息事寧人 排難解紛

推乾就溼 ㄊㄨㄟ ㄍㄢ ㄐㄧㄡˋ ㄕ 讓幼兒睡在乾燥的地方，自己睡在潮溼的地方。形容父母撫育兒女的辛勞和慈愛。

語源 後漢書楊震傳：「阿母王聖出自賤微……雖有推燥居溼之勤，前後賞惠，過報勞苦。」明袁宏道舒大家誌石銘：「叔諸子宗正等家皆母之，推乾就溼，倍於所生。」

例句 天下父母心，總是推乾就溼，只求子女能平安長大。

近義 含辛茹苦 天下父母心

推崇備至 ㄊㄨㄟ ㄔㄨㄥˊ ㄅㄟˋ ㄓˋ 推舉尊崇到了極點。

語源 清曾樸孽海花第十八回：「所談西國政治藝術，天驚石破，推崇備至，私心竊以為過當！」

例句 王大哥對阿機師的烹調手藝推崇備至，讚不絕口，今日一嚐，果然名不虛傳。

近義 高山仰止 讚不絕口

反義 不屑一顧 不置可否

推陳出新 ㄊㄨㄟ ㄔㄣˊ ㄔㄨ ㄒㄧㄣ 本指新穀登場時，移出糧倉中的舊米，更換儲藏新米。也泛指一切事物的除舊更新。

語源 明甄偉西漢演義第三十七回：「(韓信曰)倉廒米糧，日久且朽，當出陳易新，以濟民用。」明史范濟傳：「推陳出新，無耗無阻，則鈔法流通，永永無弊。」

例句 最近這位知名的設計師又推陳出新，花俏的新款春裝讓人眼睛為之一亮。

近義 除舊布新 脫胎換骨

反義 一成不變 陳陳相因

推諉塞責 ㄊㄨㄟ ㄨㄟˇ ㄙㄜˋ ㄗㄜˊ 推卸責任。推諉，同「推委」。把責任推給別人。

例句 小志犯了錯，又推諉塞責，被老師狠狠訓斥了一頓。

近義 委過他人

反義 引咎自責 敢作敢當

推襟送抱 ㄊㄨㄟ ㄐㄧㄣ ㄙㄨㄥˋ ㄅㄠˋ 比喻真誠相待。襟、抱，指心意。

語源 南史張裕傳：「所可通夢交魂，推襟送抱者，唯丈人而已。」

例句 你能結交建華這種推襟送抱的朋友，實在很難得，應當好好珍惜。

近義 推心置腹 披肝瀝膽

反義 爾虞我詐 鉤心鬥角

掩人耳目 ㄧㄢˇ ㄖㄣˊ ㄦˇ ㄇㄨˋ 遮掩他人的聽聞和視線。比喻以假象蒙蔽、欺騙別人。

語源 大宋宣和遺事亨集：「事跡顯然，雖欲掩人之耳目，

不可得也。」

例句 他成立這家貿易公司只是為了掩人耳目，其實做的盡是不法的勾當。

近義 故弄玄虛 混淆視聽

反義 正大光明

掩耳盜鈴 ㄧㄢˇ ㄦˇ ㄉㄠˋ ㄌㄧㄥˊ 偷鈴時摀住耳朵，以為聽不到鈴發出的聲音，別人就不知道。比喻自欺欺人。

語源 呂氏春秋不苟論自知：「百姓有得鐘者，欲負而走，則鐘大不可負，以椎毀之，鐘況然有音。恐人聞之而奪己也，遽揜其耳。」宋重顯頌古集：「是即是兩個惡賊，只解掩耳偷鈴。」

例句 他明知選不上，卻對外營造民調領先的假象，簡直是掩耳盜鈴。

近義 自欺欺人

掩旗息鼓 ㄧㄢˇ ㄑㄧˊ ㄒㄧ ㄍㄨˇ 參見「偃旗息鼓」。

措手不及 ㄘㄨㄛˋ ㄕㄡˇ ㄅㄨˋ ㄐㄧˊ 形容事出突然或準備不足，來不及應付。措手，著手處理。

語源 京本通俗小說錯斬崔寧：「同年……看見了這封家書寫得好笑，故意朗誦起來。魏生措手不及，通紅了臉。」

例句 老師突然說要隨堂考試，害我們措手不及。

近義 猝不及防 驚慌失措

反義 應付裕如 安之若素

9

捶胸頓足 ㄔㄨㄟˊ ㄒㄩㄥ ㄉㄨㄣˋ ㄗㄨˊ 以拳頭擊胸，以腳跺地。形容焦急、痛楚、無可奈何的樣子。頓足，腳跺地。

語源 明李開先昆侖張詩人傳：「捶胸頓足，若不欲生。」

例句 客隊終場前的一記三分球扭轉乾坤，令原本一路領先的地主隊球員個個捶胸頓足。

近義 撫膺頓足 椎心泣血

反義 撫掌大笑 欣喜若狂

揀佛燒香 ㄐㄧㄢˇ ㄈㄛˊ ㄕㄠ ㄒㄧㄤ 選擇佛的大小而燒不同的香。比喻待人有厚薄之分。揀，選擇；挑選。

語源 唐寒山詩：「擇佛燒好香，揀僧歸供養。」明吳炳療妒羹遊湖：「〔小旦〕這是觀音大士。〔拜介〕〔旦笑介〕青娘可謂揀佛燒香矣。」清陳森品花寶鑑第十八回：「府中那些朋友門客及家人們，算起來就有幾百人，那一天沒有些事，應酬慣了，是不能揀佛燒香的。」

例句 小張向來揀佛燒香，專會奉承老闆跟前的紅人，是出了名的勢利小人。

近義 厚此薄彼

反義 一視同仁

揀精擇肥 ㄐㄧㄢˇ ㄐㄧㄥ ㄗㄜˊ ㄈㄟˊ 比喻非常挑剔。揀，挑選。精，瘦肉。也作「揀精揀肥」。

語源 明抱甕老人今古奇觀卷四八：「唐相公這等揀精揀肥的主顧……」清李漁風箏誤糊鷂：「又不要他花錢費鈔，他偏會得揀精擇肥。」

例句 他做事總是揀精擇肥，難怪沒有人願意與他共事。

近義 挑肥揀瘦 挑三揀四

揆情度理 ㄎㄨㄟˊ ㄑㄧㄥˊ ㄉㄨㄛˋ ㄌㄧˇ 揣測人情，衡量事理。揆，揣測。度，衡量。也作「揆理度情」。

語源 明劉若愚酌中志遼左棄地：「揆理度情，大有未便。」清史稿卷二九〇楊名時傳：「取所當取，用所當用，全在爾等揆情度理而行，無煩章奏也。」

辨析 度，音ㄉㄨㄛˋ，不讀ㄉㄨˋ。

例句 青少年犯法，法官會依

案情揆情度理，儘量給與他們改過自新的機會。

近義　斟酌損益　權衡輕重

反義　貿然行事　不知輕重

提心吊膽　ㄊㄧˊ ㄒㄧㄣ ㄉㄧㄠˋ ㄉㄢˇ　形容人心神恐慌不安的樣子。

語源　明淩濛初初刻拍案驚奇卷一九：「小婦人冤仇在身，日夜提心吊膽，豈有破綻露出在人眼裡？」

例句　這條地下道狹長而昏暗，每天放學經過，小玉總是提心吊膽。

近義　心驚膽戰　惴惴不安

反義　處之泰然　心安理得

提綱挈領　ㄊㄧˊ ㄍㄤ ㄑㄧㄝˋ ㄌㄧㄥˇ　提起魚網的大繩、衣服的領口，就能把魚網、衣服理順。比喻抓住要領，掌握關鍵。綱，魚網的大繩。挈，提起。領，衣領。

語源　韓非子外儲說右下：「善張網者，引其綱。」荀子勸學：「若挈裘領，詘五指而頓之，順者不可勝數也。」南朝齊顧歡上高帝治綱表：「臣聞舉網提綱，振裘持領。」明金陵梵剎志卷五三：「以中、小寺而分屬大寺，尤得提綱挈領之意。」

例句　大考將近，老師又提綱挈領地為大家做一次總複習。

近義　綱舉目張　簡明扼要

反義　不得要領　拖泥帶水

提得起放得下　ㄊㄧˊ ˙ㄉㄜ ㄑㄧˇ ㄈㄤˋ ˙ㄉㄜ ㄒㄧㄚˋ　比喻能理性決斷，捨棄既有的事物。

例句　小芳面對感情問題一向提得起放得下，一方不合，就會斷然分手。

近義　當機立斷　快刀斬亂麻

反義　優柔寡斷　拖泥帶水

插科打諢　ㄔㄚ ㄎㄜ ㄉㄚˇ ㄏㄨㄣˋ　戲曲演員在表演中穿插引人發笑的動作和口白。也泛指逗樂取笑。科，戲曲演員的動作表情。諢，開玩笑逗趣的話。

語源　明高明琵琶記第一齣：「休論插科打諢，也不尋宮數調，只看子孝共妻賢。」

例句　①那名丑角在戲臺上插科打諢，逗觀眾開心。②他在發言時不忘插科打諢，讓會場氣氛輕鬆不少。

近義　滑稽逗趣　妙語解頤

反義　一本正經　不苟言笑

插翅難飛　ㄔㄚ ㄔˋ ㄋㄢˊ ㄈㄟ　插上翅膀也難以飛走。比喻逃脫不了。

語源　唐韓愈寄崔二十六立之：「安有巢中鷇，插翅飛天陲？」元高文秀保成公徑赴澠池會第一折：「便相如插翅也飛不出函谷關去。」

例句　警察已將整棟大樓團團圍住，歹徒就算有天大的本事也插翅難飛了。

近義　束手就擒　在劫難逃

反義　死裡逃生　逃之夭夭

揚名立萬　ㄧㄤˊ ㄇㄧㄥˊ ㄌㄧˋ ㄨㄢˋ　打響名號，廣受稱揚。萬，即北方方言「萬兒」，指名稱、名號。

例句　這項發明讓這對兄弟名利雙收，在國際上揚名立萬。

近義　一舉成名　一炮而紅

反義　聲名狼藉　遺臭萬年

揚長而去　ㄧㄤˊ ㄔㄤˊ ㄦˊ ㄑㄩˋ　形容大模大樣地離去。揚長，大模大樣。去，離開。

語源　紅樓夢第十二回：「說畢，揚長而去，眾人苦留不住。」

例句　他撞倒商家的貨品後，既不幫忙收拾，也沒有一聲道歉，就揚長而去，令店員抱怨連連。

揚眉吐氣 ㄧㄤˊ ㄇㄟˊ ㄊㄨˇ ㄑㄧˋ　眉頭紓解，積在胸中的悶氣一吐而出。形容受盡辛苦或壓抑後終獲成功或紓解而暢快得意的樣子。

語源　唐李白與韓荊州書：「而君侯何惜階前盈尺之地，不使白揚眉吐氣，激昂青雲耶！」

例句　去年落榜後，他再接再厲，經過一年的努力，終於揚眉吐氣，金榜題名。

近義　意氣風發　洋洋得意

反義　垂頭喪氣　灰心喪志

揚揚得意 ㄧㄤˊ ㄧㄤˊ ㄉㄜˊ ㄧˋ　參見「洋洋得意」。

揚湯止沸 ㄧㄤˊ ㄊㄤ ㄓˇ ㄈㄟˋ　把沸水舀起來再倒回去，使水暫時不沸騰。比喻方法不當或不徹底，不能從根本上解決問題。

語源　呂氏春秋季春紀盡數：「夫以湯止沸，沸愈不止，去其火則止矣。」後漢書董卓傳：「臣聞揚湯止沸，莫若去薪。」

例句　一味鎮壓示威遊行只是揚湯止沸，民怨依然存在，如何疏導化解才是根本之道。

近義　抱薪救火

反義　釜底抽薪　抽薪止沸

換湯不換藥 ㄏㄨㄢˋ ㄊㄤ ㄅㄨˋ ㄏㄨㄢˋ ㄧㄠˋ　煎藥的湯水換了而藥方並未改變。比喻形式或表面改了，而內容或實質依然如舊。

語源　清張南莊何典第三回：「那郎中看了，依然換湯弗換藥的拿出兩個紙包來。」

辨析　本則成語在使用時含有貶義，譏評人還是老一套。

例句　他強調報告的內容會加強改進，結果換湯不換藥，講來講去，還是那幾點，只是文字稍微改動而已。

近義　自欺欺人　依然如故

揠苗助長 ㄧㄚˋ ㄇㄧㄠˊ ㄓㄨˋ ㄓㄤˇ　拔起秧苗，助它長高，卻反而讓秧苗枯死了。比喻做事急求速成，不但無益，反而有害。揠，拔起。

語源　孟子公孫丑上記載：有一個宋國人，因為憂愁他的稻苗長不大，就把苗全部拔高一些，回家告訴家人說：「今天累壞了，我幫稻苗長高了。」他兒子趕去看時，稻苗已經枯死了。

例句　教育孩子要有耐心，一味苛求、重罰只是揠苗助長罷了。

近義　欲速不達　適得其反

反義　水到渠成　瓜熟蒂落

握手言歡 ㄨㄛˋ ㄕㄡˇ ㄧㄢˊ ㄏㄨㄢ　原形容見面時彼此親熱友好。今多用於指雙方關係一度不佳後又重新和好。

語源　後漢書馬援傳：「援素與述同里閈，相善，以為既至當握手歡如平生。」唐高適題李別駕壁：「去鄉不遠逢知己，握手相歡得如此。」

例句　在長輩勸導下，這對兄弟終於握手言歡，重歸於好。

近義　重修舊好　言歸於好

反義　不歡而散　反目成仇

揭竿而起 ㄐㄧㄝ ㄍㄢ ㄦˊ ㄑㄧˇ　高舉旗竿，起來反抗。本指古代農民聚眾起義，也泛指奮發興起。

語源　漢賈誼過秦論：「斬木為兵，揭竿為旗。」清夏敬渠野叟曝言第四十二回：「富民重足而立，貧民揭竿而起，將來不知何所底止。」

例句　①在古代政治腐敗、社會黑暗的時候，常有農民揭竿而起，反抗暴政。②當社會價值混淆錯亂的時候，有識之士

應該揭竿而起，挺身而出，以導正視聽。

近義 官逼民反

反義 俯首帖耳 逆來順受

揮之不去 ㄏㄨㄟ ㄓ ㄅㄨˋ ㄑㄩˋ 驅趕不了。引申為受到某種事物不斷干擾、糾纏而不得安寧。

語源 清紀昀閱微草堂筆記卷五灤陽消夏錄五：「余在烏魯木齊畜數犬。辛卯賜環東歸，一黑犬曰四兒，戀戀隨行，揮之不去，竟同至京師。」

例句 那場大海嘯所造成的恐怖景象與重大傷害，成了倖存者心中揮之不去的夢魘。

近義 不勝其煩 如影隨形

揮汗成雨 ㄏㄨㄟ ㄏㄢˋ ㄔㄥˊ ㄩˇ 大家用手抹汗，灑出去就像下雨一樣。①形容人很多。②形容天熱多汗。也作「揮汗如雨」。

語源 晏子春秋內篇雜下：「齊之臨淄三百閭，張袂成陰，揮汗成雨，比肩繼踵而在，何為無人？」

例句 ①夏天是海洋公園遊樂場的旺季，遊客如織，揮汗成雨。②他在大太陽底下工作，沒多久便揮汗成雨，整件衣服都溼透了。

近義 摩肩接踵 汗流浹背

反義 寥寥可數 寥寥無幾

揮金如土 ㄏㄨㄟ ㄐㄧㄣ ㄖㄨˊ ㄊㄨˇ 花錢像撒泥土一樣。本指不重視金錢，出手大方。後多用來比喻極端揮霍浪費。金，泛指錢財。

語源 宋毛滂祭鄭庭誨文：「揮金如土，結客如市。」

例句 中了樂透頭彩後，他揮金如土，不久就揮霍一空。

近義 一擲千金 揮霍無度

反義 勤儉持家 克勤克儉

揮霍無度 ㄏㄨㄟ ㄏㄨㄛˋ ㄨˊ ㄉㄨˋ 恣意浪費金錢，毫無節制。揮霍，任意花錢。無度，沒有限度。

語源 唐李肇國史補中：「會冬至，需家致宴揮霍。」清吳趼人二十年目睹之怪現狀第一〇二回：「一一要了收條，藏在身邊。因為兒子豹英一向揮霍無度，不敢交給他。」

例句 小陳繼承了上億的財產後，成天流連聲色場所，揮霍無度，沒幾年家產就被他敗光了。

近義 揮金如土 窮奢極侈

反義 節衣縮食 省吃儉用

揮灑自如 ㄏㄨㄟ ㄙㄚˇ ㄗˋ ㄖㄨˊ 形容下筆得心應手，熟練自在，不受拘束。揮，運筆。灑，指灑墨汁。自如，自在如意。

語源 宋蘇軾書若逵所書經後：「如空中雨，是誰揮灑？自然蕭散，無有疏密。」三國演義第五十七回：「揮灑自如，雅量高志。」

例句 林老師胸有成竹，提起筆來揮灑自如，沒多久就完成一幅傳神的作品。

近義 得心應手 意到筆隨

反義 揮灑不開 力不從心

援古證今 ㄩㄢˊ ㄍㄨˇ ㄓㄥˋ ㄐㄧㄣ 引用古代經典或事例，以印證今日事物。援，引用。證，驗證。

語源 南朝梁劉勰文心雕龍事類：「事類者，蓋文章之外，據事以類義，援古以證今者也。」

例句 小華所寫的論說文，援古證今，立論明確，相當具有說服力。

反義 以古非今 借古諷今

援筆立成 ㄩㄢˊ ㄅㄧˇ ㄌㄧˋ ㄔㄥˊ 拿起筆來立刻寫成文章。形容才思敏捷。也作「援筆立就」。

語源 宋羅大經鶴林玉露卷一六：「李太白一斗百篇，援筆立成。」

手

例句 他擔任主筆多年，寫社論通常不加遲疑，援筆立成。
近義 一揮而就 文不加點
反義 搜索枯腸 江郎才盡

10

損人利己 ㄙㄨㄣˇ ㄖㄣˊ ㄌㄧˋ ㄐㄧˇ 損害別人，使自己獲利。
語源 漢劉向新序雜事：「夫損人而益己，身之不祥也。」元高文秀誶范叔第四折：「則為你損人利己使心機。」
例句 這種損人利己的事，只有他那種卑鄙無恥的小人才做得出來。
近義 自私自利 唯利是圖
反義 捨己為人

損兵折將 ㄙㄨㄣˇ ㄅㄧㄥ ㄓㄜˊ ㄐㄧㄤˋ 作戰時損失許多兵士、將領。也泛指人力的折損。
語源 三國演義第八十二回：「朱然聽知孫桓損兵折將，正欲來救。」
例句 曹操在赤壁之戰損兵折將，元氣大傷，從此無力一統天下，而有三國鼎立時代的來臨。
近義 鎩羽而歸 出師不利
反義 大獲全勝 克敵制勝

搔到癢處 ㄙㄠ ㄉㄠˋ ㄧㄤˇ ㄔㄨˋ 比喻碰觸到關鍵點，或正合心意，而令人感到舒服、痛快。多指言論。
語源 唐杜牧讀韓杜集：「杜詩韓集愁來讀，似倩麻姑癢處抓。」
例句 董事長一心想擴大投資，李經理那些提議正搔到癢處，馬上被升為副總。
近義 一語中的 洞中肯綮
反義 隔靴搔癢 搔不到癢處

搔首弄姿 ㄙㄠ ㄕㄡˇ ㄋㄨㄥˋ ㄗ 形容故意賣弄風情。多指女子故意擺弄姿態。搔，抓。
語源 漢馬融為梁冀誣奏太尉李固書：「固獨胡粉飾貌，搔頭弄姿。」清徐珂清稗類鈔疾病類：「搔首弄姿，惑諸年少，誘與之交。」
例句 她為了引起身旁帥哥的注意，不斷搔首弄姿，亂拋媚眼。
近義 招蜂引蝶 撒嬌賣俏

搖錢樹 ㄧㄠˊ ㄑㄧㄢˊ ㄕㄨˋ 比喻被用來獲取大量錢財的人或物。
語源 明馮夢龍警世通言卷三二：「別人家養的女兒便是搖錢樹，千生萬活；偏我家晦氣，養了個退財白虎。」
例句 他的這項獨門絕活可說是他的搖錢樹，每年四處表演，為他賺進大把鈔票。

搖曳生姿 ㄧㄠˊ ㄧˋ ㄕㄥ ㄗ 形容擺動搖蕩，姿態美妙。
語源 南北朝宋鮑照代櫂歌行：「飂戾長風振，搖曳高帆舉。」三國魏嵇康贈兄秀才入軍：「淩厲中原，顧盼生姿。」
例句 伸展臺上，模特兒走起路來搖曳生姿，十分好看。
近義 婀娜多姿 綽約多姿

搖尾乞憐 ㄧㄠˊ ㄨㄟˇ ㄑㄧˇ ㄌㄧㄢˊ 動物向人搖動尾巴，討好乞食。比喻人卑躬屈膝，乞求他人憐憫。
語源 漢司馬遷報任少卿書：「猛虎在深山，百獸震恐，及其在檻穽之中，搖尾而求食。」唐韓愈應科目時與人書：「若俛首帖耳，搖尾而乞憐者，非我之志也。」
例句 為了工作，他不得不低聲下氣，向人搖尾乞憐，令人同情。
近義 卑躬屈膝 低聲下氣
反義 不卑不亢 昂首挺立

搖身一變 ㄧㄠˊ ㄕㄣ ㄧˊ ㄅㄧㄢˋ 神怪小說中形容神仙鬼怪變形迅速，一搖身就變成別種形體。也用來形容改換面目出現。多

含有貶義。

語源 西遊記第三十七回：「他當時在花園內搖身一變，就變做朕的模樣。」

例句 出獄後他刻意偽裝，搖身一變成為風度翩翩的富家闊少，繼續招搖撞騙。

搖脣鼓舌 ㄧㄠˊ ㄔㄨㄣˊ ㄍㄨˇ ㄕㄜˊ 鼓動嘴脣與舌頭。比喻搬弄是非。也作「鼓舌搖脣」。

語源 莊子盜跖：「搖脣鼓舌，擅生是非。」元佚名連環計第三折：「你這裡鼓舌搖脣說短長。」

例句 不管她再怎麼搖脣鼓舌，王先生依然不為所動，相信自己的兒子絕對不會加入幫派。

近義 挑撥離間　搬弄是非

搖搖欲墜 ㄧㄠˊ ㄧㄠˊ ㄩˋ ㄓㄨㄟˋ 形容物體搖動很厲害，快要傾倒的樣子。

語源 唐馬總意林卷一太公金匱：「黃帝云：『予在民上，搖搖恐夕不至朝。』」三國演義第一〇四回：「眾視之，見其色昏暗，搖搖欲墜。」

例句 這房子年久失修，早已搖搖欲墜，住不得人了。

近義 危如累卵　岌岌可危

反義 穩如泰山　安如磐石

搖旗吶喊 ㄧㄠˊ ㄑㄧˊ ㄋㄚˋ ㄏㄢˇ 作戰時揮動軍旗，大聲喊叫以助聲威。也比喻助人威勢。

語源 元喬吉玉簫女兩世姻緣第三折：「你這般搖旗吶喊，簸土揚沙。」

例句 籃球隊員在場內賣力比賽，同學們都圍在旁邊搖旗吶喊，替他們加油。

搖頭晃腦 ㄧㄠˊ ㄊㄡˊ ㄏㄨㄤˋ ㄋㄠˇ 形容自得其樂或自以為是的樣子。

語源 清李百川綠野仙踪第十四回：「只見那知州在轎內坐著，不住的搖頭晃腦，弄眼提眉。」

例句 他胸無點墨，卻又愛附庸風雅、吟詩作對，瞧他那搖頭晃腦的模樣，令人啼笑皆非。

近義 大搖大擺　搖頭擺尾

搖頭嘆息 ㄧㄠˊ ㄊㄡˊ ㄊㄢˋ ㄒㄧˊ 搖著頭嘆氣。表示難過、感慨或可惜。

例句 看到孫子毫無節制地浪費金錢，老奶奶不禁搖頭嘆息。

近義 感慨萬千　喟然而嘆

搖頭擺尾 ㄧㄠˊ ㄊㄡˊ ㄅㄞˇ ㄨㄟˇ 搖晃著腦袋，擺動著身體。形容悠閒自在或得意輕狂的樣子。

語源 宋釋普濟五燈會元卷六澧州元安禪師：「臨濟門下，有箇赤梢鯉魚，搖頭擺尾，向南方去也。」清李漁連城璧第五卷：「里侯看見，不覺搖頭擺尾，露出許多歡欣的醜態。」

例句 ①站在小橋上，俯瞰湖中的魚兒搖頭擺尾、自在悠游，心情也跟著快樂起來。②大雄被老師誇獎了幾句，那搖頭擺尾的得意模樣，真是好笑。

近義 優游自在　顧盼自得

搖擺不定 ㄧㄠˊ ㄅㄞˇ ㄅㄨˋ ㄉㄧㄥˋ 物體不停擺動。比喻想法或立場變來變去。

例句 執政黨的社會福利政策搖擺不定，是輸掉這次國會改選的主要原因。

近義 三心二意　見異思遷

反義 堅持到底　始終不渝

搜索枯腸 ㄙㄡ ㄙㄨㄛˇ ㄎㄨ ㄔㄤˊ 形容寫作時絞盡腦汁，竭力思索。搜索，搜查尋找。枯腸，指枯竭的文思。

語源 唐盧仝走筆謝孟諫議寄

新茶：「三搜枯腸，惟有文字五千卷。」 紅樓夢第八十四回：「寶玉只得答應著，低頭搜索枯腸。」

例句 叫老王這個大老粗來寫文章，即使他搜索枯腸也擠不出幾個字，你還是饒了他吧！

近義 絞盡腦汁 嘔心瀝血

反義 援筆立成 文思泉湧

搧風點火 ㄕㄢ ㄈㄥ ㄉㄧㄢˇ ㄏㄨㄛˇ 參見「煽風點火」。

搬弄是非 ㄅㄢ ㄋㄨㄥˋ ㄕˋ ㄈㄟ 在背後說人壞話，蓄意挑撥，製造糾紛。

語源 元李壽卿說鱄諸伍員吹簫第一折：「他在平公面前，搬弄我許多的是非。」

例句 這件事不是你所想的那樣，一定是有人在背後搬弄是非，請你要相信我。

近義 搬口弄舌 挑撥離間

搬磚砸腳 ㄅㄢ ㄓㄨㄢ ㄗㄚˊ ㄐㄧㄠˇ 搬磚頭砸自己的腳。比喻自找麻煩或自討苦吃。

例句 你明知小明能力有限，還將這個重擔交給他，這不是在搬磚砸腳嗎？

近義 自找麻煩 自討苦吃

11

摧枯拉朽 ㄘㄨㄟ ㄎㄨ ㄌㄚ ㄒㄧㄡˇ 摧折枯枝腐木。比喻非常容易做到，毫不費力。

語源 漢書異姓諸侯王表：「鐫金石者難為功，摧枯朽者易為力，其勢然也。」晉書甘卓傳：「將軍之舉武昌，若摧枯拉朽。」

例句 以我方的堅強實力，要打敗他們，就如摧枯拉朽，你何必擔心？

近義 易如反掌 輕而易舉

反義 難於登天 窒礙難行

摧陷廓清 ㄘㄨㄟ ㄒㄧㄢˋ ㄎㄨㄛˋ ㄑㄧㄥ 攻破敵陣，加以徹底掃蕩。也比喻一掃由來已久的弊病。多指破除文藝界的陳言腐說。

語源 唐李漢唐吏部侍郎昌黎先生韓愈文集序：「嗚呼！先生於文，摧陷廓清之功，比於武事，可謂雄偉不常者矣。」

例句 張教授致力於摧陷廓清文壇色腥的歪風，引薦文學清流。

摩肩接踵 ㄇㄛˊ ㄐㄧㄢ ㄐㄧㄝ ㄓㄨㄥˇ 肩頭相磨擦，腳跟相連接。形容人多擁擠。也作「比肩繼踵」。

語源 晏子春秋內篇雜下：「比肩繼踵而在，何為無人？」宋黃庭堅答王周彥書：「見其摩肩而入，接踵而出。」

例句 元宵花燈展吸引大批人潮，現場摩肩接踵，萬頭攢動。

近義 萬頭攢動 水洩不通

反義 零零落落 三三兩兩

摩拳擦掌 ㄇㄛˊ ㄑㄩㄢˊ ㄘㄚ ㄓㄤˇ 揮舞拳頭，擦揉手掌，準備行動或動武。形容情緒振奮，準備動手的樣子。

語源 元關漢卿關大王獨赴單刀會第一折：「不是我十分強，硬主張，但題起廝殺呵，摩拳擦掌。」

例句 宣布參賽之後，隊員們個個摩拳擦掌，躍躍欲試。

近義 躍躍欲試 蓄勢待發

反義 畏首畏尾

摩頂放踵 ㄇㄛˊ ㄉㄧㄥˇ ㄈㄤˇ ㄓㄨㄥˇ 從頭頂到腳跟都磨傷。比喻不辭辛苦地為大眾的事而奔走。摩，磨傷。頂，頭頂。放，到；至。踵，腳跟。

語源 孟子盡心上：「墨子兼愛，摩頂放踵，利天下為之。」

辨析 放，音ㄈㄤˇ，不讀ㄈㄤˋ。

例句 他熱心公益，為解救雛妓而摩頂放踵，在所不惜。

近義 鞠躬盡瘁 不辭辛勞

反義 好逸惡勞

摸門不著 ㄇㄛ ㄇㄣˊ ㄅㄨˋ ㄓㄠˊ 比喻弄不清楚狀況。

語源 金瓶梅第八十回：「這吳月娘，心中還氣忿不過……，一頓罵的來安兒摸門不著。」

例句 她一進教室，就被同學的惡作劇弄得摸門不著。

近義 莫名其妙 一頭霧水

12

撐腸拄肚 ㄔㄥ ㄔㄤˊ ㄓㄨˇ ㄉㄨˋ 裝滿食物，使肚腸鼓脹。形容吃太飽或比喻容納過多事物。

語源 唐盧仝月蝕：「撐腸拄肚，礧傀如山丘，自可飽死更不偷。」

例句 看到滿桌美食，阿美忍不住吃了個撐腸拄肚，早把減肥計劃拋諸腦後。

反義 食不果腹 飢火燒腸

撒手鐧 ㄙㄚ ㄕㄡˇ ㄐㄧㄢˋ 把手中鋼鐧奮力擲出的最後一招。比喻最後、最厲害的手段。鐧，古代一種兵器。原作「殺手鐧」。是小說中唐代武將秦瓊家傳鐧法的最厲害招數。

語源 清佚名說唐全傳第九回：「秦瓊把鐧法一路路傳與羅成，看看傳到殺手鐧……呼的一聲，就住了手。」

例句 阿美被小林糾纏不過，只好使出撒手鐧，報請上司裁決。

撒手人寰 ㄙㄚ ㄕㄡˇ ㄖㄣˊ ㄏㄨㄢˊ 離開人間；去世。撒手，放開手不管。人寰，人世；人間。也作「撒手歸天」。

語源 京本通俗小說菩薩蠻：「唱徹當時菩薩蠻，撒手便歸兜率國。」清無垢道人八仙得道第三十六回：「到了大限臨頭，仍舊不免撒手歸天。」

例句 經過醫生搶救，他依然撒手人寰，令人悲痛。

近義 溘然長逝 與世長辭

撒手歸天 ㄙㄚ ㄕㄡˇ ㄍㄨㄟ ㄊㄧㄢ 參見「撒手人寰」。

撥雲見日 ㄅㄛ ㄩㄣˊ ㄐㄧㄢˋ ㄖˋ 撥開雲霧，見到太陽。比喻一掃陰霾，重見光明。也比喻受到啟發而豁然開朗。

語源 漢公孫瓚與袁紹書：「曠若開雲見日，何喜如之。」元佚名神奴兒大鬧開封府第四折：「今日投至見大人，似那撥雲見日，昏鏡重明。」

例句 這事經他一指點，我才撥雲見日，了解來龍去脈。

近義 重見天日 茅塞頓開

反義 暗無天日 撲朔迷離

撥亂反正 ㄅㄛ ㄌㄨㄢˋ ㄈㄢˇ ㄓㄥˋ 治理混亂局面，使恢復正常。撥，撥轉；治理。反，回復。

語源 公羊傳哀公十四年：「撥亂世，反諸正，莫近乎春秋。」

例句 如今社會道德淪喪，像你這樣的有志之士應當出來參選，才有機會撥亂反正。

撫今追昔 ㄈㄨˇ ㄐㄧㄣ ㄓㄨㄟ ㄒㄧˊ 由現在的情形而追想到從前的事。撫，據；依照。追，緬懷。也作「撫今思昔」。

語源 明袁宏道書念公碑文後：「撫今思昔，淚與之俱。」明佚名鼓掌絕塵第二十七回：「豈不令人撫今追昔，對景關情。」

例句 屋後小溪邊坡是我兒時垂釣之處，如今雜草叢生，撫今追昔，令人悵然。

近義 觸景生情

撫髀興嘆 ㄈㄨˇ ㄅㄧˋ ㄒㄧㄥ ㄊㄢˋ 手拍大腿而感嘆。髀，大腿。

語源 參見「髀肉復生」。明馮夢龍警世通言卷四：「今日正應此言，不覺撫髀長嘆道……」

例句 當年縱然豪氣萬千，但

如今垂垂老矣，老張也只能撫髀興嘆。

近義 喟然而嘆 髀肉復生

反義 揚眉吐氣 得意洋洋

撲朔迷離（ㄆㄨ ㄕㄨㄛˋ ㄇㄧˊ ㄌㄧˊ） 形容事情複雜，真相不明。撲朔，跳躍的樣子。迷離，模糊不清。

語源 木蘭詩：「雄兔腳撲朔，雌兔眼迷離，兩兔傍地走，安能辨我是雄雌。」清沈起鳳諧鐸第一卷：「撲朔迷離，雌雄莫辨。」

例句 整個案情撲朔迷離，警方正在努力釐清當中。

近義 錯綜複雜 眼花撩亂

反義 一目了然 涇渭分明

13

撼山拔樹（ㄏㄢˋ ㄕㄢ ㄅㄚˊ ㄕㄨˋ） 搖動高山，拔起大樹。形容力量或聲勢極大。

語源 明李唐賓梧桐葉第二折：「風呵，兀的不傒倖殺人也，方才撼山拔樹，飛沙走石般起，投至央及你，可倒定息了。」

例句 被那個撼山拔樹的龍捲風掃過之處，一片狼籍。

近義 翻江倒海 聲勢浩大

擅自作主（ㄕㄢˋ ㄗˋ ㄗㄨㄛˋ ㄓㄨˇ） 不向上級請示或不理會其他人的想法，完全依照自己的主張去做。

例句 小張擅自作主接下這份訂單，出了問題卻把大家一起拖下水，真是太過分了。

近義 獨斷獨行 剛愎自用

反義 集思廣益 從善如流

擅離職守（ㄕㄢˋ ㄌㄧˊ ㄓˊ ㄕㄡˇ） 未經准許就擅自離開工作崗位，沒有盡責。擅，擅自；自作主張。

語源 宋史寧宗紀：「癸未，禁邊郡官吏擅離職守。」

例句 公務人員辦公時間不得擅離職守，或從事與業務無關的事，否則要以曠職論處。

近義 怠忽職守 有虧職守

反義 盡忠職守 克盡厥職

擇善固執（ㄗㄜˊ ㄕㄢˋ ㄍㄨˋ ㄓˊ） 選擇正確的做法後，便堅持下去不改變。固執，堅守不違背。

語源 中庸：「誠之者，擇善而固執之者也。」

例句 面對各種誘惑，很多人都已改變立場，只有他能擇善固執，拒絕同流合汙。

近義 守正不阿 堅定不移

反義 隨波逐流 同流合汙

擊節歎賞（ㄐㄧ ㄐㄧㄝˊ ㄊㄢˋ ㄕㄤˇ） 本指聽到別人吟誦詩文，不禁跟著節奏打拍子，表示欣賞、讚美。後用以形容對人的行為、言論或詩文、技藝等表示高度讚賞。節，一種竹編樂器，可以拍擊發聲，打出拍子節奏；引申為節拍。擊節，打拍子。

語源 晉左思蜀都賦：「巴姬彈弦，漢女擊節。」孔子家語七十二弟子解：「（公哲哀）未嘗屈節人臣，孔子特歎賞之。」宋呂本中東萊呂紫微師友雜誌：「江信民嘗言『人常咬得菜根，則百事可做。』胡安國康侯聞之，擊節歎賞。」

例句 聽他朗誦自己所作的新詩，聲情詩情融合無間，令人擊節歎賞。

近義 拍案叫絕

擋箭牌（ㄉㄤˇ ㄐㄧㄢˋ ㄆㄞˊ） 泛指用來掩護自己或推辭別人要求的事物、藉口。

例句 每當挨罵時，他總是拿我當擋箭牌。

操之在我（ㄘㄠ ㄓ ㄗㄞˋ ㄨㄛˇ） 掌握在自己手上或由自己決定。操，掌握；操持。

例句 要不要建立自己的飛彈防衛體系，一切操之在我，外國無權干涉。

反義 身不由己 任人宰割

操之過急 ㄘㄠ ㄓ ㄍㄨㄛˋ ㄐㄧˊ 形容做事太過急切。

語源 公羊傳莊公三十年：「蓋以操之為已蹙矣。」漢書五行志：「匹馬觭輪無反者，操之急矣。」明黃宗羲子劉子行狀：「陛下求治之心，操之過急，不免醞釀而為功利。」

例句 做事要按部就班，穩紮穩打，千萬不可操之過急。

近義 揠苗助長 急功近利

反義 穩紮穩打 從長計議

操奇計贏 ㄘㄠ ㄑㄧˊ ㄐㄧˋ ㄧㄥˊ 商人操縱奇貨，以獲取暴利。奇，奇貨，指市場短缺的貨物。贏，盈利。

語源 漢書食貨志上：「商賈大者積貯倍息，小者坐列販賣，操其奇贏，日游都市。」清章炳麟讀管子書後：「雖閉關絕市，裏商人之足焉可也，又安得操奇計贏，以成輕重之勢者哉！」

例句 王老闆眼光精準，投資生意善於操奇計贏，幾年來獲利非常可觀。

近義 囤積居奇 奇貨可居

擒賊擒王 ㄑㄧㄣˊ ㄗㄟˊ ㄑㄧㄣˊ ㄨㄤˊ 擒拿盜賊要先抓住他們的首領。也比喻做事要抓住重點，才能簡明有效。

語源 唐杜甫出塞：「射人先射馬，擒賊先擒王。」

例句 要打擊犯罪集團，「擒賊擒王」是最徹底有效的辦法。

近義 釜底抽薪 對症下藥

反義 不著邊際

擔驚受怕 ㄉㄢ ㄐㄧㄥ ㄕㄡˋ ㄆㄚˋ 擔心害怕，飽受驚恐。

語源 元無名氏玎玎璫璫盆兒鬼第三折：「俺出門紅日乍平西，歸時猶未夕陽低，怎教俺擔驚受怕著昏迷。」

例句 消防隊員水裡來火裡去，每次出勤務，總會讓家人擔驚受怕。

近義 提心吊膽 心驚膽戰

反義 泰然自若 安之若素

擘肌分理 ㄅㄛˋ ㄐㄧ ㄈㄣ ㄌㄧˇ 比喻分析得很精密仔細。擘，剖分。肌、理，皮膚的紋理。比喻細微。

語源 漢張衡西京賦：「街談巷議，彈射臧否，剖析毫釐，擘肌分理。」

例句 原本錯綜複雜的局勢，經過他一番擘肌分理之後，立刻變得清楚明白。

近義 條分縷析 鞭辟入裡

反義 混淆不清 掛一漏萬

據為己有 ㄐㄩˋ ㄨㄟˊ ㄐㄧˇ ㄧㄡˇ 把別人的或公共的東西占為自己所有。也作「占為己有」。

語源 明馮夢龍醒世恆言卷二：「將大宅良田，強奴巧婢，悉據為己有。」清蒲松齡聊齋誌異劉姓：「又以他人之物，占為己有。」

例句 他常趁別人不注意時順手牽羊，把公物據為己有。

近義 非分之想 順手牽羊

反義 涓滴歸公

據理力爭 ㄐㄩˋ ㄌㄧˇ ㄌㄧˋ ㄓㄥ 依據事理，盡力爭取或爭辯，不做讓步。

語源 魏書陽固傳：「據理不撓，談者稱焉。」清李伯元文明小史第三十八回：「外國人呢，固然得罪不得，實在下不去的地方，也該據理力爭。」

例句 這件事錯不在你，你應該據理力爭，否則對方只會得寸進尺。

近義 理直氣壯 振振有詞

反義 理屈詞窮 無理取鬧

14

擠眉弄眼 ㄐㄧˇ ㄇㄟˊ ㄋㄨㄥˋ ㄧㄢˇ 形容人用眉眼的動作表達情意。

也形容鬼鬼祟祟的樣子。

語源 元王實甫呂蒙正風雪破窰記第一折：「擠眉弄眼，俐齒伶牙，攀高接貴，順水推舟。」

例句 他們兩人一路上擠眉弄眼，似乎有什麼祕密瞞著我們。

近義 眉來眼去 暗送秋波

擢髮難數（ㄓㄨㄛˊ ㄈㄚˇ ㄋㄢˊ ㄕㄨˇ） 拔取頭髮來計算也算不清。比喻罪惡多得無法計算。擢，拔取。數，計算。

語源 唐大詔令集會昌四年平潞州德音：「脇從百姓，殘忍一方，積惡成殃，擢髮難數。」

辨析 本則成語只能用於貶義。

例句 明代宦官殘害忠良，所犯下的罪行真是擢髮難數。

近義 罄竹難書 惡貫滿盈

擦身而過（ㄘㄚ ㄕㄣ ㄦˊ ㄍㄨㄛˋ） 沿著身體邊緣交錯而過。形容短暫時間內一度非常靠近。也用來指錯失機會。也作「擦肩而過」。

語源 施公案第二一三回：「這只鏢擦身而過，險些打著，只離一線，直奔前面而去。」

例句 這次內閣改組，儘管傳言滿天飛，但他最後還是與部長一職擦身而過。

近義 失之交臂 坐失良機

擦槍走火（ㄘㄚ ㄑㄧㄤ ㄗㄡˇ ㄏㄨㄛˇ） 擦拭槍枝時不慎觸動扳機而擊發子彈。也比喻在對立或摩擦時因意外因素而導致嚴重後果。

例句 兩派人馬為了車禍糾紛相互叫囂，快速打擊部隊火速出動驅離，以避免雙方擦槍走火。

15

擲地之材（ㄓˊ ㄉㄧˋ ㄓ ㄘㄞˊ） 能寫出辭采華美、音韻鏗鏘之文的人才。擲地，語本「擲地作金石聲」。比喻文章辭句工巧華美，聲調鏗鏘悅耳。

語源 晉書孫楚傳：「嘗作天台山賦，辭致甚工，初成，以示友人范榮期，云：『卿試擲地，當作金石聲也。』」宋王禹偁重修北嶽廟碑奉敕撰并序：「慚非擲地之材，有玷他山之石。」

例句 他確實是個擲地之材，文筆優美，請他來作詞，一定能讓你這首曲子相得益彰。

擲地有聲（ㄓˊ ㄉㄧˋ ㄧㄡˇ ㄕㄥ） 丟到地上，會發出金石撞擊的清脆聲音。形容文辭優美，聲調鏗鏘。也形容說話內容堅實有加。

語源 晉書孫綽傳記載：孫綽曾做天台山賦，文辭和風格都很好，他拿給范榮期看，並且說：「卿試擲地，當作金石聲。」清李汝珍鏡花緣第八十一回：「字字雪亮，此等燈謎，可謂擲地有聲了。」

例句 ①他這篇小說擲地有聲，獲得評審委員一致的讚賞。②在會議桌上，他一席擲地有聲的話，為公司爭取到不少客戶。

近義 金石之言 不同凡響

反義 驢鳴犬吠 牽強附會

擾攘不安（ㄖㄠˇ ㄖㄤˇ ㄅㄨˋ ㄢ） 形容局勢紛亂，人心不安。擾攘，紛亂。

語源 漢書律曆志上：「戰國擾攘，秦兼天下。」蔡東藩民國通俗演義第一一六回：「京中方擾攘不安，東南亦幾生戰事。」

例句 越是在擾攘不安的時代，國家領導人更要有堅定的信念和勇氣，才能帶領國家和人民走出困境。

近義 變亂紛乘　風雨飄搖

反義 國泰民安　安和樂利

擿奸發伏（ㄊㄧˋ ㄐㄧㄢ ㄈㄚ ㄈㄨˊ） 參見「發奸擿伏」。

攀山越嶺（ㄆㄢ ㄕㄢ ㄩㄝˋ ㄌㄧㄥˇ） 參見「翻山越嶺」。

攀花折柳（ㄆㄢ ㄏㄨㄚ ㄓㄜˊ ㄌㄧㄡˇ） 比喻男子狎妓尋歡的放蕩行為。花、柳，比喻妓女。

語源 元無名氏百花亭第二折：「則為我攀花折柳，致令的有國難投。止望待天長地久，誰承望雨歇雲收。」

例句 他生性風流，早年喜愛攀花折柳，把家產都花光了。

近義 尋花問柳　眠花宿柳

攀龍附鳳（ㄆㄢ ㄌㄨㄥˊ ㄈㄨˋ ㄈㄥˋ） 比喻依附權貴。攀，用手抓東西往上爬。附，依附。龍、鳳，比喻有權勢的人。

語源 漢揚雄法言淵騫：「攀龍鱗，附鳳翼，巽以揚之，勃勃乎其不可及也。」漢書敘傳：「攀龍附鳳，並乘天衢。」

例句 他為了求得更高的職位而四處逢迎拍馬、攀龍附鳳，令人不齒。

近義 攀高結貴　趨炎附勢

反義 安貧樂道　守正不阿

攀蟾折桂（ㄆㄢ ㄔㄢˊ ㄓㄜˊ ㄍㄨㄟˋ） 攀上月宮，折取桂枝。古時指科舉及第，現也泛指各級考試得以上榜。蟾，蟾宮；月宮。也作「蟾宮折桂」。

語源 後漢書天文志上「言其時星辰之變」南朝梁劉昭注：「羿請無死之藥於西王母，姮娥竊之以奔月……遂託身于月，是為蟾蠩（蜍）。」後人因此稱月宮為蟾宮。晉書郤詵傳：「武帝於東堂會送，問詵曰：『卿自以為何如？』詵對曰：『臣舉賢良對策，為天下第一，猶桂林之一枝，崑山之片玉。』」相傳蟾宮中有桂樹，唐以來牽合兩事，便以「攀蟾折桂」謂科舉及第。元荊幹臣醉花陰：「攀蟾折桂為卿相。」

例句 經過二年的準備，今年高考他終於攀蟾折桂，高分錄取。

近義 金榜題名　魚躍龍門

反義 名落孫山　曝鰓龍門

支部

支支吾吾（ㄓ ㄓ ㄨˊ ㄨˊ） 形容說話吞吞吐吐，搪塞敷衍。支吾，應付；搪塞。

語源 京本通俗小說錯斬崔寧：「這分明是支吾的說話了。」清隨緣下士林蘭香第五十一回：「眾無悔、需吉雖不明攔，卻支支吾吾的，耽延到三月十六日。」

例句 我問了他半天，他還是支支吾吾的，不肯說個明白。

近義 支吾其詞　含糊其辭

反義 直截了當　開門見山

支吾其詞（ㄓ ㄨˊ ㄑㄧˊ ㄘˊ） 形容說話含含糊糊，有所隱瞞。支吾，應付；搪塞。

語源 京本通俗小說錯斬崔寧：「這分明是支吾的說話了。」清李伯元官場現形記第二十八回：「這句話又不便向時筱仁說明，只得支吾其詞道：『這不過我想情度理是如此。』」

例句 面對警察的盤問，嫌犯總是支吾其詞，不肯說出實情。

近義 支支吾吾　閃爍其詞

反義 開門見山　直言不諱

支離破碎（ㄓ ㄌㄧˊ ㄆㄛˋ ㄙㄨㄟˋ） 形容事物殘破不完整。支離，殘缺不全。

語源 明何良俊四友齋叢說卷

四：「此解支離破碎，全失立言之意。」

例句 這篇論文結構鬆散，論點支離破碎，難怪會被批評得一文不值。

近義 七零八落　殘缺不全

反義 金甌無缺　完美無缺

攴部

2

收回成命 ㄕㄡ ㄏㄨㄟˊ ㄔㄥˊ ㄇㄧㄥˋ 收回已經發布的命令或決定。

語源 詩經周頌昊天有成命：「昊天有成命，二后受之。」宋鄭興裔辭知廬州表：「恭望皇帝陛下察臣之誠，鑒臣之拙，收回成命。」

例句 他正為可以到紐約出差而高興，沒想到上司突然收回成命，讓他空歡喜一場。

收放自如 ㄕㄡ ㄈㄤˋ ㄗˋ ㄖㄨˊ 隨心所欲地收束或放開。多指對情感、意念或力道的控制。自如，流暢順利，不受阻礙。

語源 明洪應明菜根譚後集：「放者流為猖狂，收者入於枯寂，唯善操身心的，欛柄在手，收放自如。」

例句 正派角色與反派角色的喜怒哀樂，在表達上會有不同，很少演員能像他這樣，兩方面都收放自如。

近義 隨心所欲　遊刃有餘

反義 力不從心　顧此失彼

3

改邪歸正 ㄍㄞˇ ㄒㄧㄝˊ ㄍㄨㄟ ㄓㄥˋ 離開邪路，回到正途。指改正錯誤的行為，走上光明正大的道路。也作「棄邪歸正」。

語源 七國春秋平話卷上：「望大王改邪歸正，就有道而去無道，則邦國之幸。」

例句 他曾因交友不慎而誤入歧途，自從接觸宗教後，便決心改邪歸正，重新做人。

近義 改過自新　棄暗投明

反義 執迷不悟　怙惡不悛

改弦更張 ㄍㄞˇ ㄒㄧㄢˊ ㄍㄥ ㄓㄤ 重新張設樂器的弦線，以使聲音和諧。比喻改革舊制度或改變方針、計畫、做法等。更，更換。張，給樂器上弦。

語源 漢董仲舒賢良策：「竊譬之琴瑟不調，甚者必解而更張之。」魏書高謙之傳：「且琴瑟不韻，知音改弦更張。」

例句 我們的銷售手法已經面臨瓶頸，再不改弦更張，恐怕要被市場淘汰了。

近義 改弦易轍　另起爐灶

反義 一仍舊貫　抱殘守缺

改弦易轍 ㄍㄞˇ ㄒㄧㄢˊ ㄧˋ ㄔㄜˋ 更換琴弦，改變行車道路。比喻改變方向、做法或態度。易，改變。轍，車輪走過的痕跡。借指道路。

語源 唐白居易王公亮可商州刺史制：「況商土瘠，商人貧，可以靜理而阜安，不宜改張而易轍。」

例句 由於這項計畫窒礙難行，會長決定改弦易轍，委請學者另做規劃。

近義 改弦更張　另起爐灶

反義 一仍舊貫　故步自封

改朝換代 ㄍㄞˇ ㄔㄠˊ ㄏㄨㄢˋ ㄉㄞˋ 推翻舊王朝，建立新王朝。也泛指政治或權勢上的重大變化。

語源 清佚名隔簾花影第二十四回：「況復改朝換代，剩水殘山。」

例句 所謂一將功成萬骨枯，歷史上每逢改朝換代，總是屍橫遍野，代價慘重。

近義 物換星移　移天易日

反義 百世不磨　長治久安

改過自新 ㄍㄞˇ ㄍㄨㄛˋ ㄗˋ ㄒㄧㄣ 改正錯誤，重新做人。自新，自己重新做人。

語源 史記孝文本紀：「妾傷夫死者不可復生，刑者不可復屬，雖復欲改過自新，其道無由也。」

例句 我本來以為你可以改過自新，想不到你竟重蹈覆轍，讓人失望。

近義 改邪歸正　痛改前非

反義 死不悔改　執迷不悟

改過遷善 ㄍㄞˇ ㄍㄨㄛˋ ㄑㄧㄢ ㄕㄢˋ 改正過錯，轉向好的方面去做。遷，趨向；轉變。也作「遷善改過」、「改過向善」。

語源 易經益卦：「君子以見善則遷，有過則改。」宋陸九淵與張輔之書（其二）：「此病去，自能改過遷善，服聖人之訓，得師友之益。」

例句 人非聖賢，孰能無過？只要他能改過遷善，大家還是會接納他的。

近義 改過自新　改邪歸正

反義 執迷不悟　怙惡不悛

改頭換面 ㄍㄞˇ ㄊㄡˊ ㄏㄨㄢˋ ㄇㄧㄢˋ 原指一代新人換舊人，容貌不斷地改變。後比喻只改變形式，內容不變。也用來指徹底改變、重新做人。

語源 唐寒山詩三百三首（其二一三）：「改頭換面孔，不離舊時人。」宋朱熹朱子語類卷一〇九論取士：「今人作經義，正是醉人說話，只見許多說話，改頭換面，說了又說，不成文字。」清夏敬渠野叟曝言第七十回：「倘得回心轉意，改頭換面，便是我報你之恩了。」

例句 ①這本二十年前的舊書經過重新排版、改頭換面後，居然大賣。②他自從參加「禪七」活動回來後，整個人改頭換面，一改平日動輒罵人的壞脾氣。

近義 脫胎換骨　洗心革面

攻心為上 ㄍㄨㄥ ㄒㄧㄣ ㄨㄟˊ ㄕㄤˋ 指瓦解敵人的鬥志是上等的策略。

語源 三國志蜀書馬謖傳裴松之注引襄陽記：「夫用兵之道，攻心為上，攻城為下。」

例句 球場如同戰場，攻心為上，要把你的氣勢和鬥志展現出來。

近義 心戰為上　先聲後實

攻其不備 ㄍㄨㄥ ㄑㄧˊ ㄅㄨˋ ㄅㄟˋ 趁敵人沒有防備時加以攻擊。也作「攻其無備」。

語源 孫子計篇：「攻其無備，出其不意。」

例句 警方拂曉出擊，攻其不備，將這夥擄人勒索的歹徒一網打盡。

近義 乘虛而入　出其不意

反義 無隙可乘　無懈可擊

攻城略地 ㄍㄨㄥ ㄔㄥˊ ㄌㄩㄝˋ ㄉㄧˋ 攻占城池，掠奪土地。略，通「掠」。奪取。

語源 漢劉安淮南子兵略訓：「戍卒陳勝，興於大澤，攘臂袒右，稱為大楚，而天下響應……攻城略地，莫不降下。」

例句 美伊戰爭中，美軍攻城略地，勢如破竹，一舉攻陷巴格達。

近義 斬將搴旗　殺敵致果

反義 偃旗息鼓　偃武修文

攻無不克 ㄍㄨㄥ ㄨˊ ㄅㄨˋ ㄎㄜˋ 參見「戰無不勝，攻無不克」。

4

放冷箭 ㄈㄤˋ ㄌㄥˇ ㄐㄧㄢˋ 暗中放箭射人。泛指暗中傷人。

語源 水滸傳第八十七回：「你軍中休放冷箭，看咱打你這個小陣。」

例句 你對他有什麼不滿，應該當他的面告訴他，不要只會放冷箭，在他背後說壞話。

放鴿子 ㄈㄤˋ ㄍㄜ ˙ㄗ 指失約或中途將人丟下的行為。

例句 同學們約好一起去爬山，竟然被他們放鴿子，真是讓人生氣。

放手一搏 ㄈㄤˋ ㄕㄡˇ ㄧˋ ㄅㄛˊ 不顧一切，盡最大的努力迎向挑戰。

例句 事已至此，或許放手一搏，還有成功的機會。

近義 破釜沉舟　不顧一切

反義 猶豫不決　徘徊不前

放任自流 ㄈㄤˋ ㄖㄣˋ ㄗˋ ㄌㄧㄡˊ 不加約束，任其自然發展。也作「聽其自流」。

語源 淮南子修務：「夫地勢水東流，人必事焉，然後水潦得谷行……聽其自流，待其自生，則鯀禹之功不立。」

例句 忙碌於事業的父母，子女的教育往往放任自流，造成不少的社會問題。

近義 聽其自然　聽之任之

反義 因勢利導　循循善誘

放虎歸山 ㄈㄤˋ ㄏㄨˇ ㄍㄨㄟ ㄕㄢ 把老虎放回山林。比喻放走敵人或有危險的人，從而留下禍根。也作「縱虎歸山」。

語源 三國志蜀書劉巴傳裴松之注：「巴復諫曰：『若使備討張魯，是放虎於山林也。』」三國演義第二十一回：「此放龍入海，縱虎歸山也。」

例句 動員了大批警力才抓到的槍擊要犯，竟然又被他從獄中脫逃了，這下放虎歸山，又要危害社會了。

近義 養癰遺患　養虎遺患

反義 除惡務盡　斬草除根

放浪形骸 ㄈㄤˋ ㄌㄤˋ ㄒㄧㄥˊ ㄏㄞˊ 形容行為放縱，不受禮法的約束。放浪，放縱。形骸，形體。

語源 晉王羲之蘭亭集序：「或因寄所託，放浪形骸之外。」

例句 魏晉時期，讀書人多反抗禮教，崇尚放浪形骸的行為及言論。

近義 豪放不羈　風流倜儻

反義 道貌岸然　一本正經

放眼天下 ㄈㄤˋ ㄧㄢˇ ㄊㄧㄢ ㄒㄧㄚˋ 縱觀全世界；看遍全世界。①形容眼界開闊，不侷限一隅。②形容概括的、極大的範圍。

例句 ①他製作的新聞節目能夠放眼天下，兼具深度與廣度，因此頗受好評。②他的魔術表演出神入化，放眼天下還找不到幾個可以與他匹敵的對手。

近義 胸懷萬里

放眼望去 ㄈㄤˋ ㄧㄢˇ ㄨㄤˋ ㄑㄩˋ 從近處一直看到遠方。放眼，任眼睛流覽。

例句 放眼望去，綠油油的稻田綿延不盡，一陣風吹來，稻浪一波又一波，煞是好看。

近義 游目四顧　舉目千里

放蕩不羈 ㄈㄤˋ ㄉㄤˋ ㄅㄨˋ ㄐㄧ 形容行為放縱，不受拘束。羈，拘束。也作「放縱不拘」、「放縱不羈」、「放浪不羈」。

語源 漢書游俠傳：「竦博學通達，以廉儉自守，而遵放縱不拘，操行雖異，然相親友。」晉書王長文傳：「少以才學知名，而放蕩不羈。」宋洪邁夷堅丙志卷一一：「李好吹鐵笛，蓋放浪不羈之士也。」

例句 金庸武俠小說中的人物，我最喜歡的是那個行事放蕩不羈的令狐沖。

近義 放浪形骸　豪邁不群

反義 循規蹈矩　中規中矩

放縱不拘 ㄈㄤˋ ㄗㄨㄥˋ ㄅㄨˋ ㄐㄩ 參見「放蕩不羈」。

放長線釣大魚　比喻先釋放一點利益，以獲得更優厚的利益。

語源　清石成金傳家寶三集俗諺：「線兒放得長，魚兒釣得大。」

例句　賭場通常會放長線釣大魚先讓賭客贏錢，待賭客上鉤後，就準備讓他們輸得傾家蕩產。

放之四海而皆準　在任何地方都可以作為準則。

語源　禮記祭義：「夫孝……推而放諸東海而準，推而放諸西海而準，推而放諸南海而準，推而放諸北海而準。」

例句　真理放之四海而皆準，只要你不瞞心昧己，到哪裡都行得通。

近義　天經地義　顛撲不破

放下屠刀，立地成佛　佛家語。一旦不再作惡，立刻能得道成佛。勸人改過自新，棄惡從善。也作「立地成佛」。

語源　宋釋普濟五燈會元卷一九東山覺禪師：「廣額正是箇殺人不眨眼底漢，颺下屠刀，立地成佛。」宋朱熹朱子語類卷三〇論語雍也：「佛家所謂『放下屠刀，立地成佛』。」

例句　佛家說「放下屠刀，立地成佛」，你雖然過去為非作歹，但如今能改過遷善，實在令人敬佩。

近義　回頭是岸　迷途知返

反義　執迷不悟　一念之差

5

政出多門　政令由許多人或部門發出。指事權不一，令人無所適從。

語源　左傳成公十六年：「晉政多門，不可從也。」晉書姚興載記上：「政出多門，權去公家。」

例句　公司組織日益龐大，有必要增設一名副總，協調各部門，避免政出多門的現象發生。

近義　各自為政　多頭馬車

政清獄簡　形容政治清明，犯罪少而社會風氣良好。

語源　清史稿黎士弘傳：「裁缺，改授永新知縣。政清獄簡，與民休息。」

例句　陳縣長任內政清獄簡，讓縣民十分懷念。

近義　刑措不用　興利除弊

政通人和　政事順利，百姓和樂。形容吏治之成功。

語源　宋范仲淹岳陽樓記：「越明年，政通人和，百廢具興。」

例句　這次總統大選，我們一定要選出賢明有智慧的領導人，開創一個政通人和的新氣象。

近義　國泰民安　風調雨順

反義　怨聲載道　民怨沸騰

故弄玄虛　故意賣弄玄妙虛無的言辭或手段，使人迷惑。

語源　韓非子解老：「聖人觀其玄虛，用其周行。」西遊記第三十九回：「那獃子就弄玄虛，將行李分開……輕些的自己挑了。」

例句　這件事很單純，是他故弄玄虛，你別被唬住了。

近義　裝神弄鬼　弄虛作假

反義　實話實說　開門見山

故步自封　限制自己只用原來的方式走路。比喻安於現狀，不求進步。故步，舊的步法。比喻舊方法。

自封，自我限制。

語源　漢書敘傳：「昔有學步於邯鄲者，曾未得其髣髴，又復失其故步。」晉庾闡斷酒戒：「子獨區區，檢情自封。」清徐珂清稗類鈔鑑賞類：「徒以不求進化，故步自封，為列強所藐視。」

辨析　故，不可作「固」。

例句　在這瞬息萬變的資訊時代，企業要是故步自封，很快就會被淘汰。

近義　墨守成規　抱殘守缺

反義　標新立異　勇猛精進

故宮禾黍（ㄍㄨˋ ㄍㄨㄥ ㄏㄜˊ ㄕㄨˇ）

舊時的宮殿已荒蕪，長滿農作物。形容故國殘破的景象。也指懷念故國的情思。

語源　詩經王風黍離序：「過宗廟宮室，盡為禾黍，閔周室之顛覆，徬徨不忍去。」明周楫西湖二集第三十二卷：「故官禾黍沒牛羊。」

例句　在海外流浪多年，他的詩作中充滿故宮禾黍的濃濃情懷。

近義　黍離麥秀　新亭對泣

反義　樂不思蜀

故態復萌（ㄍㄨˋ ㄊㄞˋ ㄈㄨˋ ㄇㄥˊ）

老樣子又再度顯現。指老毛病或壞習慣又再犯。萌，發生；出現。也作「舊態復萌」。

語源　後漢書嚴光傳：「狂奴故態也。」明梅鼎祚玉合記嗣音：「韓郎遣信到此，不覺故態復萌，情緣難斷。」

例句　小明上週才被老師訓誡過，沒想到今天竟又故態復萌，毫無反省之意。

近義　重蹈覆轍　故技重施

反義　改過自新　洗心革面

7

啟人疑竇（ㄑㄧˇ ㄖㄣˊ ㄧˊ ㄉㄡˋ）

讓人產生懷疑。竇，孔穴。疑竇，指令人懷疑之處。

語源　清紀昀閱微草堂筆記卷一三：「乃視若路人，以推諉啟疑竇，何貴有此朋友哉！」

例句　市府團隊在這項重大招標案介入太深，完全沒有利益迴避，縱然發表了聲明，仍不免啟人疑竇。

近義　滿腹狐疑　不以為然

救亡圖存（ㄐㄧㄡˋ ㄨㄤˊ ㄊㄨˊ ㄘㄨㄣˊ）

拯救國家的危亡，謀求民族的生存。也泛指拯救危亡，力圖生存。圖，謀求。

語源　鬼谷子卷下中經：「聖人所貴道微妙者，誠以其可以轉危為安，救亡使存也。」清朝續文獻通考田賦考五：「救亡圖存，轉危為安，無愈於此。」

例句　對日八年抗戰期間，全國軍民無不把救亡圖存、復興民族當作自己的責任。

近義　興滅繼絕　轉危為安

反義　賣國求榮

救人一命，勝造七級浮屠（ㄐㄧㄡˋ ㄖㄣˊ ㄧˊ ㄇㄧㄥˋ ㄕㄥˋ ㄗㄠˋ ㄑㄧ ㄐㄧˊ ㄈㄨˊ ㄊㄨˊ）

救人一命，比建造七層佛塔的功德還大。強調行善救人，功德無量。浮屠，佛塔。

語源　元鄭德輝㑳梅香第二折：「救人一命，勝造七級浮屠，不索多慮。」

例句　「救人一命，勝造七級浮屠」，請大家踴躍捐輸，救助奄奄一息的災民。

近義　功德無量

反義　見死不救

教猱升木（ㄐㄧㄠ ㄋㄠˊ ㄕㄥ ㄇㄨˋ）

比喻教唆壞人為惡。猱，獼猴。升木，爬樹。

語源　詩經小雅角弓：「毋教猱升木。」漢鄭玄箋：「猱之性善登木，若教使，其為之必也。」明文秉先撥志始敘：「教猱升木，翼虎而食，孰甚於贊

攴

導逆賢諸人！」

例句　黑幫老大教猱升木，胡作非為，簡直視法律如無物。

教學相長 ㄐㄧㄠˋ ㄒㄩㄝˊ ㄒㄧㄤ ㄓㄤˇ　教與學兩者之間可以促進彼此的成長。長，成長。

語源　禮記學記：「是故學然後知不足，教然後知困。知不足然後能自反也；知困然後能自強也，故曰教學相長也。」

例句　姊姊常到鄉下義務為國小學童補習英文，不僅幫助別人，在教學相長的過程中，也累積了不少寶貴經驗。

近義　相輔相成

敝帚千金 ㄅㄧˋ ㄓㄡˇ ㄑㄧㄢ ㄐㄧㄣ　參見「家有敝帚，享之千金」。

敝帚自珍 ㄅㄧˋ ㄓㄡˇ ㄗˋ ㄓㄣ　參見「家有敝帚，享之千金」。

8

敢作敢為 ㄍㄢˇ ㄗㄨㄛˋ ㄍㄢˇ ㄨㄟˊ　勇於行事，無所畏懼。

語源　清褚人穫隋唐演義第六十九回：「凡諸音樂，一習便能，敢作敢為，並不知宮中忌憚。」

例句　大丈夫敢作敢為，何必看別人的臉色行事？

近義　一往無前　勇往直前

反義　畏首畏尾　裹足不前

敢作敢當 ㄍㄢˇ ㄗㄨㄛˋ ㄍㄢˇ ㄉㄤ　勇於任事，不逃避責任。

語源　清石玉崑三俠五義第四十四回：「敢作敢當，這才是漢子呢！」

例句　你不用擔心，我敢作敢當，這件事有任何問題儘管來找我。

近義　一力承當　責無旁貸

反義　推諉塞責　敷衍塞責

敢怒而不敢言 ㄍㄢˇ ㄋㄨˋ ㄦˊ ㄅㄨˋ ㄍㄢˇ ㄧㄢˊ　憤怒壓在心頭，嘴上不敢說出來。指在受到威勢壓迫之下，不敢說出心中的憤怒。

語源　水滸傳第三回：「李忠見魯達兇猛，敢怒而不敢言。」

例句　董事長夫人在公司總是頤指氣使，員工們是敢怒而不敢言。

近義　隱忍不發　道路側目

反義　犯顏直諫　暢所欲言

散兵游勇 ㄙㄢˇ ㄅㄧㄥ ㄧㄡˊ ㄩㄥˇ　逃散或沒有統屬的士兵。也比喻不屬於團體，獨自行動的人。勇，舊時地方上臨時招募的士兵。游勇，指無編制的士兵。

語源　史記陳丞相世家：「引而還，收散兵，至滎陽。」清俞樾春在堂隨筆卷三：「無業之游民，失職之游勇，伏戎於莽，紛紛皆是。」案中冤案第一章：「無奈當這大亂之後，散兵游勇，遍地皆是。」

例句　股市裡的散兵游勇，常常要注意投資大戶的動向，作為買進或賣出的參考。

近義　烏合之眾　單打獨鬥

敦品勵學 ㄉㄨㄣ ㄆㄧㄣˇ ㄌㄧˋ ㄒㄩㄝˊ　修養品德，勤勉向學。敦，敦厚；使厚重。勵，奮發；勉力。

語源　清梁章鉅歸田瑣記卷四：「然先生敦品勵學，實為儒宗，一時罕有其匹。」

例句　小俊是個敦品勵學的好學生，師長們都很喜歡他。

近義　進德修業　篤志好學

反義　玩歲愒時　遊手好閒

敦親睦鄰 ㄉㄨㄣ ㄑㄧㄣ ㄇㄨˋ ㄌㄧㄣˊ　與親友、鄰里和睦相處，關係融洽。敦，和睦；使融洽。

例句　向來敦親睦鄰的王先生，被大家一致推舉擔任社區的主委。

近義　守望相助　禮尚往來

反義　以鄰為壑　老死不相往來

攴

9

敬老尊賢 ㄐㄧㄥˋ ㄌㄠˇ ㄗㄨㄣ ㄒㄧㄢˊ　尊敬年長和賢能的人。

語源　明馮夢龍東周列國志第四十九回：「又敬老尊賢，凡國中年七十以上，月致粟帛。」

例句　在社會上工作，要懂得敬老尊賢、虛心請益，工作才能順遂。

敬而遠之 ㄐㄧㄥˋ ㄦˊ ㄩㄢˇ ㄓ　指與人保持距離，不親近也不得罪。

語源　論語雍也：「敬鬼神而遠之。」晉王嘉拾遺記卷八吳：「同幽者百餘人，謂夫人為神女，敬而遠之。」

例句　對於那些牛鬼蛇神，最好是敬而遠之，少惹為妙。

近義　不即不離　若即若離

敬陪末座 ㄐㄧㄥˋ ㄆㄟˊ ㄇㄛˋ ㄗㄨㄛˋ　因輩分或地位最低而坐在最後面的座次。也比喻落在人後或得到最後一名。末座，也作「末坐」。

語源　三國志吳書陸績傳：「孫策在吳，張昭、張紘、秦松為上賓，共論四海未泰，須當用武治而平之，績年少末坐，遙大聲言曰……。」

例句　小華剛入學時每項功課的成績都敬陪末座，沒想到三年之後卻以第一名畢業，令父母大喜過望。

反義　名列前茅

敬業樂群 ㄐㄧㄥˋ ㄧㄝˋ ㄧㄠˋ ㄑㄩㄣˊ　專心致力於學業或工作，並樂於與人相處。樂，喜好；欣賞。

語源　禮記學記：「一年視離經辨志，三年視敬業樂群。」

例句　他的功課好，人緣也佳，是敬業樂群的好學生。

反義　孤僻乖張　落落寡合

敬謝不敏 ㄐㄧㄥˋ ㄒㄧㄝˋ ㄅㄨˋ ㄇㄧㄣˇ　表示能力不夠，推辭做不來。多用作謙語，以推辭事情。敬謝，恭敬地道歉。不敏，不聰明；沒有才能。自謙之詞。

語源　左傳襄公二十六年：「寡君來煩執事，懼不免於戾，使夏謝不敏。」韓詩外傳卷九：「此亦吾過矣，願夫子為寡人敬謝焉。」清得碩亭草珠一串序：「若曰凡為詩者，必須意深思遠，神韻悠然，則敬謝不敏矣！」

例句　王先生不勝酒力，因此對別人的勸酒一律敬謝不敏。

近義　無能為力　另請高明

反義　當仁不讓　捨我其誰

10

敲竹槓 ㄑㄧㄠ ㄓㄨˊ ㄍㄤˋ　藉故向人強取或騙取錢財。

語源　清曾樸孽海花第七回：「若碰著公子哥兒蒙懂貨，那就整千整百的敲竹槓了。」

例句　這附近的小販最會敲竹槓，你最好貨比三家，才不會上當。

敲門磚 ㄑㄧㄠ ㄇㄣˊ ㄓㄨㄢ　比喻達到目的即被丟棄的工具。古諺：「敲門磚，不值錢。」意思是拾磚敲門，既入門即棄磚也。

語源　清曾樸孽海花第三回：「你們真變了考據迷了，連敲門磚的八股，都要詳徵博引起來。」

例句　他認為讀書就只是求取文憑的敲門磚，文憑拿到便再也不讀書了。

敲邊鼓 ㄑㄧㄠ ㄅㄧㄢ ㄍㄨˇ　從旁鼓動以促成事情。

語源　清李伯元官場現形記第十一回：「我去替你探一探口氣，再托周老爺敲敲邊鼓。」

例句　小張雖還有些猶豫不定，幸好有父母在旁敲邊鼓，這樁好事才這麼說定了。

敲骨吸髓 ㄑㄧㄠ ㄍㄨˇ ㄒㄧ ㄙㄨㄟˇ　比喻殘酷地剝削。

語源　宋釋普濟五燈會元卷

一：「昔人求道，敲骨吸髓，刺血濟饑。」明李遜之三朝野紀崇禎朝第二卷：「小民敲骨吸髓，馬不歇蹄，人不息肩。」

例句 清末有許多貪官汙吏對百姓敲骨吸髓，令人民苦不堪言。

近義 巧取豪奪　橫徵暴斂

反義 視民如子　仁政愛民

11

敷衍了事（ㄈㄨ ㄧㄢˇ ㄌㄧㄠˇ ㄕˋ）

表面應付就算完事。形容做事不認真、不負責。敷衍，將就應付。了，了結。

語源 清李伯元官場現形記第一回：「禮生見他們參差不齊，也只好由著他們敷衍了事。」

例句 陳課長已經在注意你了，你再敷衍了事，小心這一季的考績會很難看！

近義 敷衍塞責　虛應故事

反義 一絲不苟　盡心竭力

敷衍塞責（ㄈㄨ ㄧㄢˇ ㄙㄜˋ ㄗㄜˊ）

表面應付以了卻責任。形容做事草率，推卸責任。

語源 清張集馨道咸宦海見習錄：「委勘幾及年餘，始克竣事，半屬敷衍塞責。」

例句 小強醉心電玩，對於課業一向是敷衍塞責，難怪成績不佳。

近義 敷衍了事　虛應故事

反義 精益求精　一絲不苟

數一數二（ㄕㄨˇ ㄧ ㄕㄨˇ ㄦˋ）

不是第一就是第二。形容非常傑出。

語源 元戴善夫陶學士醉寫風光好第三折：「此乃金陵數一數二的歌者，與學士遞一杯。」

例句 她才貌雙全，是學校裡數一數二的風雲人物。

近義 首屈一指　出類拔萃

反義 不足為奇　庸庸碌碌

數以千計（ㄕㄨˋ ㄧˇ ㄑㄧㄢ ㄐㄧˋ）

形容數量很多。

例句 每年這個時節，都會有數以千計的候鳥飛來這裡過冬。

近義 成千上萬　不計其數

反義 寥寥無幾　屈指可數

數米而炊（ㄕㄨˇ ㄇㄧˇ ㄦˊ ㄔㄨㄟ）

數著米粒下鍋煮飯。原比喻處理事物過於煩瑣，成不了大事。後多用來形容為人吝嗇或生活困苦。炊，生火煮飯。

語源 莊子庚桑楚：「簡髮而櫛，數米而炊，竊竊乎又何足以濟世哉！」太平廣記卷一六五引唐張鷟朝野僉載：「韋莊頗讀書，數米而炊，秤薪而爨，炙少一臠而覺之。」明陳汝元金蓮記焚券：「老乏立錐之地，空自養兒；餓難數米而炊，愧無積穀。」

例句 ①小林是個數米而炊的小氣鬼，你想向他借錢，我看比登天還難！②他過怕了數米而炊的生活，立志一定要努力賺錢擺脫貧窮。

近義 一毛不拔　三餐不繼

反義 一擲千金　豐衣足食

數典忘祖（ㄕㄨˇ ㄉㄧㄢˇ ㄨㄤˋ ㄗㄨˇ）

列舉典故來評論事情，卻把自己祖先就是掌管典籍的歷史給忘了。罵人忘本。也比喻對本國歷史的無知。數，一條條述說。典，典章制度；歷史典故。

語源 左傳昭公十五年記載：周晉大夫籍談到周王室訪問，周景王設宴款待。席間景王問起晉國為何不像其他諸侯國一樣進貢物品給王室，籍談回答說，因為晉地處偏僻，王室從不曾顧及，又忙於應付戎狄，要拿什麼來貢獻呢？景王聽了頗不以為然，於是舉出周王室曾贈予晉國種種賞賜的史

事，並責問籍談：「你的先人是掌管國家典籍的，為什麼你會忘了這些史事呢？」籍談無言以對。其後景王對臣子說：「籍父其無後乎？數典而忘其祖。」

辨析 數，音ㄕㄨˇ，不讀ㄕㄨˋ。

例句 身為外交官，怎可數典忘祖，在國際場合批評自己的國家呢？

反義 飲水思源　狐死首丘

12

整軍經武 ㄓㄥˇ ㄐㄩㄣ ㄐㄧㄥ ㄨˇ 整頓軍務，加強戰備。經，整治；治理。

語源 左傳宣公十二年：「子姑整軍而經武乎！」

例句 勝敗乃兵家常事，我們應該整軍經武，力圖振作，才有可能一雪前恥。

近義 秣馬厲兵

反義 偃武修文　重文輕武

整裝待發 ㄓㄥˇ ㄓㄨㄤ ㄉㄞˋ ㄈㄚ 整理好裝備，等待出發。

語源 蔡東藩前漢通俗演義第二十六回：「印尚未成，酈生已整裝待發。」

例句 飽餐一頓後，大夥兒整裝待發，準備登頂。

近義 秣馬厲兵　蓄勢待發

反義 偃旗息鼓　鳴金收兵

整齊劃一 ㄓㄥˇ ㄑㄧˊ ㄏㄨㄚˋ ㄧ 整齊而一致。形容整齊的樣子。

語源 三國志魏書鄭渾傳：「入魏郡界，村落齊整如一，民得財足用饒。」

例句 三軍儀隊整齊劃一的步伐，是經過耐心苦練才有的成果。

近義 井井有條　井然有序

反義 亂七八糟　橫七豎八

文部

文人相輕 ㄨㄣˊ ㄖㄣˊ ㄒㄧㄤ ㄑㄧㄥ 讀書人互相輕視。

語源 三國魏曹丕典論論文：「文人相輕，自古而然。」

例句 文人相輕是一些量小器狹的知識分子難以避免的毛病。

反義 惺惺相惜　相知恨晚

文不加點 ㄨㄣˊ ㄅㄨˋ ㄐㄧㄚ ㄉㄧㄢˇ 作文不用塗改，一氣呵成。形容文思敏捷，下筆成章。加點，在字的右上角塗上一點，表示刪去。

語源 漢禰衡鸚鵡賦：「衡因為賦，筆不停綴，文不加點。」

例句 他每次考試時都能充分準備，寫起作文來文不加點，難怪能得意考場。

近義 一揮而就　下筆成章

反義 江郎才盡　腸枯思竭

文不對題 ㄨㄣˊ ㄅㄨˋ ㄉㄨㄟˋ ㄊㄧˊ 文章內容和題目的意思不符合，或說話答非所問。

例句 寫文章時，要先做好審題，才不會犯了文不對題的毛病。

近義 答非所問　不知所云

文以載道 ㄨㄣˊ ㄧˇ ㄗㄞˋ ㄉㄠˋ 用文章來發揚聖賢的思想。宋代理學家所主張的文學觀點。載，承擔。道，儒家思想。

語源 宋周敦頤通書文辭：「文所以載道也。」

例句 時下的暢銷書大多不是文以載道的嚴肅著作，而是以輕鬆閱讀為取向的休閒讀物。

反義 風花雪月　吟風弄月

文如其人 ㄨㄣˊ ㄖㄨˊ ㄑㄧˊ ㄖㄣˊ 文章的風格充分呈現出作者性情、品格的特點。

語源 宋蘇軾答張文潛縣丞書：「其為人深不願人知之，其文如其人，故汪洋澹泊。」

例句 文如其人，這篇文章筆

攴

文

力遒健，風格豪邁、瀟灑，不愧是文豪的力作。

文君新寡 ㄨㄣˊ ㄐㄩㄣ ㄒㄧㄣ ㄍㄨㄚˇ 指年輕婦女喪夫不久。文君，漢朝卓王孫之女。寡，婦女喪夫。

語源 史記司馬相如列傳記載司馬相如與卓文君的故事：漢朝時，臨邛財主卓王孫請司馬相如喝酒，縣令作陪。在酒酣耳熱之際，司馬相如應臨邛縣令等人之邀，彈琴獻藝。這時，卓王孫的女兒文君丈夫去世不久，守寡在家。她也喜歡音樂，於是偷偷地在門後聆聽，而相如就用寄託情愛的曲調來挑動文君的心，事後又收買文君的侍者，請求轉達愛慕之意，於是文君在當天晚上就私奔相如了。後人便以「文君新寡」稱年輕婦女喪夫不久。

例句 她在婚前就有很多仰慕者，如今文君新寡，不少男性又展開熱烈追求。

文武全才 ㄨㄣˊ ㄨˇ ㄑㄩㄢˊ ㄘㄞˊ 參見「文武雙全」。

文武兼備 ㄨㄣˊ ㄨˇ ㄐㄧㄢ ㄅㄟˋ 參見「文武雙全」。

文武雙全 ㄨㄣˊ ㄨˇ ㄕㄨㄤ ㄑㄩㄢˊ 兼具文才武藝的人。也作「文武全才」、「文武兼備」。

語源 舊五代史周書和凝傳：「和公文武全才而有志氣，後必享重位，爾宜謹事之。」新唐書裴行儉傳：「兵不血刃而叛黨禽矣，可謂文武兼備矣。」三國演義第五十二回：「此人姓姜……事母主孝，文武雙全。」

例句 早聽說這個人文武雙全、才德兼備，今日一見，果真不凡。

近義 能文善武　允文允武

反義 德薄能鮮　志大才疏

文思泉湧 ㄨㄣˊ ㄙ ㄑㄩㄢˊ ㄩㄥˇ 比喻寫作時情思如泉水湧出般迅速且順暢。

語源 三國魏曹植王仲宣誄：「文若春華，思若湧泉，發言成詠，下筆成篇。」清李伯元官場現形記第一回：「王鄉紳飲了半酣，文思泉湧，議論風生。」

例句 名作家通常一下筆就文思泉湧，但他們腸枯思竭時的痛苦也多半倍於常人。

近義 援筆立成　思如泉湧

反義 江郎才盡　腸枯思竭

文風不動 ㄨㄣˊ ㄈㄥ ㄅㄨˋ ㄉㄨㄥˋ 參見「紋風不動」。

文從字順 ㄨㄣˊ ㄘㄨㄥˊ ㄗˋ ㄕㄨㄣˋ 行文流暢，用字妥當。

語源 唐韓愈南陽樊紹述墓誌銘：「文從字順各識職，有欲求之此其躅。」

例句 他這篇文章文從字順，論理精當，要得高分應該不成問題。

近義 順理成章　斐然成章

反義 詰屈聱牙　辭不達意

文情並茂 ㄨㄣˊ ㄑㄧㄥˊ ㄅㄧㄥˋ ㄇㄠˋ 形容文章的辭藻和情思都很好。

例句 這篇文章文情並茂，是難得一見的佳作。

近義 情見乎辭　詩中有畫

文過飾非 ㄨㄣˋ ㄍㄨㄛˋ ㄕˋ ㄈㄟ 掩飾自己的過錯。文，掩飾。

語源 論語子張：「小人之過也必文。」莊子盜跖：「強足以距敵，辯足以飾非。」唐劉知幾史通惑經：「豈與夫庸儒末學，文過飾非，使夫問者緘辭杜口，懷疑不展，若斯而已哉？」

辨析 文，音ㄨㄣˋ，不讀ㄨㄣˊ。

例句 做錯事就要勇於承擔，不要一味文過飾非，否則將失去重新學習的機會。

近義 拒諫飾非 諱疾忌醫

反義 聞過則喜 從善如流

文質彬彬（ㄨㄣˊ ㄓˋ ㄅㄧㄣ ㄅㄧㄣ） 原指文采和實質兼備，配合得恰到好處。現泛指人的舉止文雅。文，文采。質，質樸。彬彬，事物相雜而調和的樣子。

語源 論語雍也：「質勝文則野，文勝質則史，文質彬彬，然後君子。」

例句 新來的劉老師看起來文質彬彬，同學們對他都很有好感。

近義 溫文爾雅 彬彬有禮

反義 俗不可耐 放蕩不羈

8

斐然成章（ㄈㄟˇ ㄖㄢˊ ㄔㄥˊ ㄓㄤ） 富有文采而又能成章法。形容文章寫得很好。斐，文采華美的樣子。

語源 論語公冶長：「吾黨之小子狂簡，斐然成章，不知所以裁之。」

例句 這篇小說極富創意，斐然成章，難怪獲得首獎。

近義 妙筆生花 擲地有聲

反義 言之無物 詰屈聱牙

斗部

斗斛之祿（ㄉㄡˇ ㄏㄨˊ ㄓ ㄌㄨˋ） 微薄的俸祿。斗、斛，都是古代的量器，也是容量的單位。十升為一斗，十斗為一斛。這裡指少量。也作「斗升之祿」。

語源 莊子胠篋：「為之斗斛以量之。」漢書梅福傳：「言可采取者，秩以升斗之祿。」唐韓愈祭十二郎文：「故捨汝而旅食京師，以求斗斛之祿。」宋蘇轍上樞密韓太尉書：「嚮之來，非有取於斗升之祿。」

例句 他不願為了這點斗斛之祿忍受上司無理的指責，因此憤而辭職。

斗筲之人（ㄉㄡˇ ㄕㄠ ㄓ ㄖㄣˊ） 比喻才智短淺、器量狹小的人。也用來自謙。斗，量器，容十升；筲，竹器，容一斗二升。斗、筲都是容量不大的器具，比喻才智、器量狹小。也作「斗筲之輩」、「斗筲之徒」。

語源 論語子路：「噫！斗筲之人，何足算也。」後漢書卷四三何敞傳：「臣雖斗筲之人，誠竊懷怪，以為篤、景親近貴臣，當為百僚表儀。」

例句 我們要敞開胸懷虛心學習，才不會成為見識短淺的斗筲之人。

斗轉星移（ㄉㄡˇ ㄓㄨㄢˇ ㄒㄧㄥ ㄧˊ） 參見「星移斗轉」。

斗轉參橫（ㄉㄡˇ ㄓㄨㄢˇ ㄕㄣ ㄏㄥˊ） 北斗轉向，參星橫斜。指天快亮的時候。斗，北斗星。參，參宿，二十八宿之一。

語源 宋郭茂倩樂府詩集善哉行：「月沒參橫，北斗闌干。」宋韓元吉水龍吟題三峰閣詠英華女子：「斗轉參橫，半簾花影，一溪寒水。」

辨析 參，音ㄕㄣ，不讀ㄘㄢ。

例句 他與阿義久別重逢，兩人似有講不完的話，一直聊到斗轉參橫仍無睡意。

近義 月落星沉 曉風殘月

反義 夕陽西下

6

料事如神（ㄌㄧㄠˋ ㄕˋ ㄖㄨˊ ㄕㄣˊ） 形容預測事情非常準確。料，揣度；猜測。

語源 明史劉基傳：「基佐定天下，料事如神。」

例句 張隊長對犯罪心理學相當有研究，因而料事如神，屢破奇案。

近義 未卜先知 洞燭機先

料敵制勝（ㄌㄧㄠˋ ㄉㄧˊ ㄓˋ ㄕㄥˋ） 準確估計、判斷敵情而取得勝利。

語源 漢揚雄趙充國頌：「料敵制勝，威謀靡亢。」

例句 如果能在比賽前完整蒐集對手的資訊，必能取得先機，料敵制勝。

近義 料敵如神　制敵機先

9

斟酌損益 ㄓㄣ ㄓㄨㄛˊ ㄙㄨㄣˇ ㄧˋ 比喻對事情多方考量，權衡得失。斟酌，將酒適量倒入杯中。引申為衡量事理，擇善而定。損益，得失。

語源 三國蜀諸葛亮出師表：「至於斟酌損益，進盡忠言，則攸之、禕、允之任也。」

例句 這項方案就交由你執行，你自己斟酌損益、考慮清楚，該怎麼做就去做吧！

近義 權衡輕重　謀定後動

反義 操之過急

斤部

斤斤計較 ㄐㄧㄣ ㄐㄧㄣ ㄐㄧˋ ㄐㄧㄠˋ 形容極細微的事情都要計算清楚。斤斤，明察的樣子。

語源 詩經周頌執競：「自彼成康，奄有四方，斤斤其明。」北齊顏之推顏氏家訓治家：「計較錙銖，責(債)多還少。」清劉坤一復吳清臣：「該鎮以專閫大員，於一利字，斤斤計較。」

例句 這點小事你都要斤斤計較，怎麼適應團體生活呢？

近義 錙銖必較　分斤撥兩

反義 不屑一顧　不值一哂

5

斫輪老手 ㄓㄨㄛˊ ㄌㄨㄣˊ ㄌㄠˇ ㄕㄡˇ 參見「斲輪老手」。

7

斬草除根 ㄓㄢˇ ㄘㄠˇ ㄔㄨˊ ㄍㄣ 割草要連根拔除。比喻徹底清除禍根，免生後患。

語源 左傳隱公六年：「如農夫之務去草焉……絕其本根，勿使能殖。」三國演義第二回：「若不斬草除根，必為喪身之本。」

例句 飛仔下定決心，這次一定要斬草除根，徹底戒掉吸毒的壞習慣。

近義 除惡務盡　釜底抽薪

反義 姑息養奸　養癰遺患

斬釘截鐵 ㄓㄢˇ ㄉㄧㄥ ㄐㄧㄝˊ ㄊㄧㄝˇ 比喻堅定果斷，毫不猶豫。

語源 祖堂集卷八雲居和尚：「生死尋常，勿以憂慮，斬釘截鐵，莫違佛法。」

例句 總經理既然頒布了這項新規定，以他斬釘截鐵的作風，你最好不要陽奉陰違，否則有你好受。

近義 說一不二　乾淨俐落

反義 拖泥帶水　優柔寡斷

斬將搴旗 ㄓㄢˇ ㄐㄧㄤˋ ㄑㄧㄢ ㄑㄧˊ 斬殺敵將，拔掉敵旗。形容作戰勇猛，屢立戰功。搴，拔起。

語源 吳子料敵：「搴旗取將，必有能者。」漢司馬遷報任少卿書：「攻城野戰，有斬將搴旗之功。」

例句 衛青率領五千勁旅深入西域，一路斬將搴旗，令匈奴聞風喪膽。

近義 追亡逐北　攻城略地

反義 棄甲曳兵　損兵折將

8

斯文掃地 ㄙ ㄨㄣˊ ㄙㄠˇ ㄉㄧˋ 讀書人的風度教養完全敗壞無餘。斯文，原指文化遺產，包括禮樂制度。也泛指讀書人的風度教養。

語源 論語子罕：「天之未喪斯文也，匡人其如予何？」新唐書祝欽明傳：「是舉五經掃地矣！」清夏敬渠野叟曝言第六十一回：「數其罪而責之，才洩得公憤，不至斯文掃地。」

例句 他雖然擁有教授的頭銜，卻對女學生性騷擾，實在是斯文掃地。

近義 有辱斯文

反義 文質彬彬

9

新仇舊恨 ㄒㄧㄣ ㄔㄡˊ ㄐㄧㄡˋ ㄏㄣˋ ①新仇加舊恨。形容結仇很深。②新仇和舊恨。指新近的和舊有的仇人。

語源 常傑淼雍正劍俠圖第十九回：「前仇尚且未報，你又破壞小太爺的好事，新仇舊恨，豈能容你！」

例句 ①他們兩人的新仇舊恨，恐怕一時很難化解。②他一下臺，那些新仇舊恨無不鼓掌叫好。

近義 深仇大恨 勢同水火

反義 握手言歡 前嫌盡釋

新沐彈冠 ㄒㄧㄣ ㄇㄨˋ ㄊㄢˊ ㄍㄨㄢ 剛洗完頭髮的人必定會彈去帽子上的灰塵再戴上。比喻潔身自好。沐，洗頭髮。彈冠，用手彈去帽子上的灰塵。

語源 戰國楚屈原漁父：「新沐者必彈冠，新浴者必振衣；安能以身之察察，受物之汶汶者乎？」

例句 他雖然跟他們同一夥，只是新沐彈冠，不願跟其他人瞎起鬨。

近義 潔身自好 愛惜羽毛

反義 隨波逐流 與世浮沉

新來乍到 ㄒㄧㄣ ㄌㄞˊ ㄓㄚˋ ㄉㄠˋ 指人剛到或來到的時間尚短。乍，初；剛。

語源 金瓶梅詞話第四十回：「好大膽丫頭！新來乍到，就恁少條失教的，大剌剌對著主子坐著。」

例句 大夥都是新來乍到，若能相互幫忙，相信工作很快便能上軌道。

近義 人地生疏

新亭對泣 ㄒㄧㄣ ㄊㄧㄥˊ ㄉㄨㄟˋ ㄑㄧˋ 西晉亡國後，南渡的東晉士人在同遊新亭時，因國仇家恨而相對哭泣。後用來指國土淪亡的傷痛。新亭，亭名，故址在今南京南方勞勞山上。

語源 南朝宋劉義慶世說新語言語：「過江諸人，每至暇日，輒相要出新亭，藉卉飲宴。周侯中坐而歎曰：『風景不殊，舉目有江河之異！』皆相視流淚。唯王丞相愀然變色曰：『當共戮力王室，克復神州；何至作楚囚相對泣邪？』」

例句 面對家國的淪亡，與其只知新亭對泣，不如積極奮起，再圖發展。

近義 故宮禾黍 亡國之痛

反義 樂不思蜀

新婚燕爾 ㄒㄧㄣ ㄏㄨㄣ ㄧㄢˋ ㄦˇ 形容新婚時歡樂的樣子。多用作慶賀別人新婚之語。

語源 詩經邶風谷風：「宴爾新昏，如兄如弟。」元王實甫西廂記第二本第三折：「聘財斷不爭，婚姻自有成，新婚燕爾安排定。」

例句 他們現在正值新婚燕爾，甜蜜的模樣令人羨慕。

反義 分釵破鏡 離鸞別鳳

新瓶舊酒 ㄒㄧㄣ ㄆㄧㄥˊ ㄐㄧㄡˋ ㄐㄧㄡˇ 新的瓶子，裝著舊酒。比喻形式、外表雖然更新，內容、精神卻沒改變。

例句 政府針對經濟發展的這些政策宣示只是新瓶舊酒，民眾都快無感了。

近義 了無新意 抱殘守缺

反義 除舊布新 革故鼎新

新陳代謝 ㄒㄧㄣ ㄔㄣˊ ㄉㄞˋ ㄒㄧㄝˋ 新事物不斷滋生發展，代替舊的事物。形容事物的更新除舊。陳，舊的。謝，凋謝。

語源 淮南子兵略：「若春秋有代謝。」唐徐堅初學記卷二○引漢蔡邕筆賦：「新故代謝，四時次也。」蔡東藩民國

通俗演義第一五九回：「可知其分子雖有新陳代謝，而其傳統思想，則始終如一。」

例句 由於景氣低迷，這家公司無力發放退休金，以致人事上的新陳代謝出了大問題。

近義 吐故納新 推陳出新

反義 陳陳相因 因循守舊

新愁舊恨 ㄒㄧㄣ ㄔㄡˊ ㄐㄧㄡˋ ㄏㄣˋ 新添的憂愁加上舊日的憾恨。形容憂愁極深。恨，遺憾。

語源 唐雍陶憶山寄僧：「新愁舊恨多難說，半在眉間半在胸。」

例句 由於許多新愁舊恨難以排解，她整日怏怏不樂，眉頭深鎖。

近義 愁腸百結 日坐愁城

反義 怡然自得 樂以忘憂

新鶯出谷 ㄒㄧㄣ ㄧㄥ ㄔㄨ ㄍㄨˇ 如小黃鶯鳥在山谷間鳴叫。比喻歌聲宛轉清脆，悅耳動聽。

語源 清劉鶚老殘遊記第二回：「聲聲宛轉，如新鶯出谷，乳燕歸巢。」

例句 小姿甜美的聲音，彷彿新鶯出谷，每一首歌都得到大家的熱烈掌聲。

近義 乳燕歸巢 珠圓玉潤

反義 嘔啞嘲哳 荒腔走板

新官上任三把火 ㄒㄧㄣ ㄍㄨㄢ ㄕㄤˋ ㄖㄣˋ ㄙㄢ ㄅㄚˇ ㄏㄨㄛˇ 比喻官員或主管一上任便大刀闊斧地改革或推行新政。

例句 新官上任三把火，劉署長一上臺便跟同仁約法三章，收受賄賂一律開除，絕不寬貸。

近義 下馬威 雷厲風行

11

斲輪老手 ㄓㄨㄛˊ ㄌㄨㄣˊ ㄌㄠˇ ㄕㄡˇ 古時建造車輛以雕鑿車輪最難，唯有經驗老到的人才能得心應手。比喻經驗豐富、技藝高超的人。斲，雕鑿。老手，技藝嫻熟、經驗豐富的人。也作「斫輪老手」。

語源 莊子天道：「斲輪，徐則甘而不固，疾則苦而不入，得之於手而應之於心……臣不能以喻臣之子，臣之子亦不能受之於臣，是以行年七十而老斲輪。」清佚名繡鞋記第二回：「兄乃斲輪老手，作事必諧。」

例句 我做的風箏老會打轉，經李大哥調整後馬上飛得又高又遠，不愧是斲輪老手。

近義 能工巧匠 沙場老將

14

斷尾求生 ㄉㄨㄢˋ ㄨㄟˇ ㄑㄧㄡˊ ㄕㄥ 蜥蜴遇到危險時，會自斷尾巴，迷惑掠食者，藉機逃命。比喻犧牲部分以保住主體或生命。

例句 銷售量一再下滑，虧損累累，郭董不得不考慮斷尾求生，結束筆電製造部門，專攻手機市場。

近義 棄車保帥 金蟬脫殼

斷垣殘壁 ㄉㄨㄢˋ ㄩㄢˊ ㄘㄢˊ ㄅㄧˋ 坍塌殘毀的牆壁。形容破舊或毀壞的建築物。垣，牆。

例句 這古蹟原本只剩下斷垣殘壁，但是經由專家細心整修後，又重現舊日的風華。

近義 殘垣敗壁 斷井頹垣

反義 龍樓鳳閣 雕梁畫棟

斷袖之癖 ㄉㄨㄢˋ ㄒㄧㄡˋ ㄓ ㄆㄧˇ 指男性之間的同性戀。典出漢書佞幸傳。

語源 漢書佞幸傳記載：董賢是漢哀帝的男寵，有一天兩人同床共寢，漢哀帝醒來後要起身，但董賢壓著他的衣袖睡得正熟，於是漢哀帝「斷袖而起」，不忍驚醒董賢。後人乃有「斷袖之癖」的說法。

例句 那位男星有斷袖之癖，早就已經是公開的祕密了。

近義 龍陽之好 分桃之愛

斷梗飄蓬 ㄉㄨㄢˋ ㄍㄥˇ ㄆㄧㄠ ㄆㄥˊ 隨水漂流的斷枝，隨風飄轉的飛蓬。比喻漂泊不定的行蹤。梗，植物的枝莖。蓬，多年生草本植物，秋天枯萎後枝葉會隨風飄走，故也稱「飛蓬」。也作「飄蓬斷梗」、「斷梗飄萍」。

語源 唐杜甫贈李白：「秋來相顧尚飄蓬。」宋石孝友清平樂：「自憐俗狀塵容，幾年斷梗飄蓬。」明汪錂春蕪記第八齣：「問卿卿，多應是飄蓬斷梗渾無定。」

例句 朱大哥本來有大好前程，卻因為好賭而落得如斷梗飄蓬般，四處躲債。

近義 萍蹤浪跡　浪跡天涯

反義 安土重遷　落地生根

斷章取義 ㄉㄨㄢˋ ㄓㄤ ㄑㄩˇ ㄧˋ 原指截取詩的某一部分以表達自己的意思。後指引用書籍文字或他人談話，只截取一段或一句，而違失了全文精神和原意。斷，截斷；割裂。章，篇章。

語源 左傳襄公二十八年：「賦詩斷章，余取所求焉。」南朝梁劉勰文心雕龍章句：「尋詩人擬喻，雖斷章取義，然章句在篇……。」紅樓夢第五十六回：「如今只斷章取義，念出底下一句，我自己罵我自己不成！」

例句 你要耐心聽完別人說的話，而且引述時不可斷章取義，這樣才不會扭曲別人的意思。

近義 引喻失義　牽強附會

反義 原原本本　融會貫通

斷線風箏 ㄉㄨㄢˋ ㄒㄧㄢˋ ㄈㄥ ㄓㄥ 比喻一去不返或毫無音信的人或東西。

語源 宋無名氏釣磯立談宋子嵩初佐烈祖：「夫飛鳶之初逝也……慎不可縱，縱則斷線而去矣。」清張春帆九尾龜第一〇四回：「哪知這一下就如斷線風箏、出籠黃鵠，一連去了幾天，連個影兒也不見來。」

例句 老王的妻兒在戰亂後就像斷線風箏，失去了消息。

近義 石沉大海　音訊全無

斷簡殘編 ㄉㄨㄢˋ ㄐㄧㄢˇ ㄘㄢˊ ㄅㄧㄢ 指殘缺不全的文字或書籍。斷，殘。簡、編，指書籍。寫字的竹片叫簡，將竹簡穿聯成書叫編。

語源 宋史歐陽脩傳：「金石遺文，斷簡殘編，一切掇拾，研稽異同。」

例句 面對斷簡殘編，必須進行多方面的考據研究，才能正確判讀其文意。

近義 斷爛朝報　郭公夏五

反義 高文典冊　鴻篇鉅製

斷虀畫粥 ㄉㄨㄢˋ ㄐㄧ ㄏㄨㄚˋ ㄓㄡ 形容人刻苦向學的精神。虀，醬菜。

語源 宋朱熹五朝名臣言行錄卷七之二引東軒筆錄記載：范仲淹少時貧苦，借住於長白山僧舍讀書，每天只以二升小米煮成一鍋粥，過夜凝結後，用刀劃為四塊，配著切斷的醬菜，早晚各吃二塊，如此苦讀三年。

例句 你要是有古人斷虀畫粥上進精神的十分之一，也不用母親百般鞭策你去讀書了。

近義 螢窗雪案　穿壁引光

方部

方寸大亂 ㄈㄤ ㄘㄨㄣˋ ㄉㄚˋ ㄌㄨㄢˋ 心緒極為煩亂。方寸，心。

語源 三國志蜀書諸葛亮傳：「本欲與將軍共圖王霸之業者，以此方寸之地也。今已失老母，

方寸亂矣。」

例句 聽到落榜的消息令他方寸大亂，不知該如何是好。

近義 六神無主 心慌意亂

反義 泰然自若 氣定神閒

方枘圓鑿 ㄈㄤ ㄖㄨㄟˋ ㄩㄢˊ ㄗㄠˋ 方形的榫頭和圓形的卯眼。比喻彼此不能相容。

語源 戰國楚宋玉九辯：「圜鑿而方枘兮，吾固知其鉏鋙而難入。」

辨析 枘，音ㄖㄨㄟˋ，不讀ㄋㄚˋ。

例句 他倆個性截然不同，相處起來方枘圓鑿，格格不入。

近義 格格不入 水火不容

反義 情投意合 意氣相投

方面大耳 ㄈㄤ ㄇㄧㄢˋ ㄉㄚˋ ㄦˇ 臉形方正，耳朵肥大。形容有福氣的相貌。

語源 宋史太祖紀：「帝王之興，自有天命，周世宗見諸將方面大耳者皆殺之，我終日侍側，不能害也。」

例句 你沒看到那些做官的老爺，一個個方面大耳，天生的富貴相。

近義 天庭飽滿 相貌堂堂

反義 尖嘴猴腮 獐頭鼠目

方興未艾 ㄈㄤ ㄒㄧㄥ ㄨㄟˋ ㄞˋ 指正在興盛發展，還沒有終止。方，正。艾，已；停止。

語源 尚書微子：「小民方興。」左傳哀公二年：「憂未艾也。」宋陸佃太學策問：「大學之道，方興未艾也。」

辨析 艾，音ㄞˋ，不讀ㄧˋ。

例句 青少年沉迷網咖的風氣方興未艾，令人憂心。

近義 蒸蒸日上 有增無減

反義 大勢已去 江河日下

4 **於心不忍** ㄩˊ ㄒㄧㄣ ㄅㄨˋ ㄖㄣˇ 即不忍心。

語源 明馮夢龍喻世明言卷二七：「倘然葬江魚之腹，你別娶新人，於心何忍？」清佚名定情人第六回：「若置之不問，看他懨懨就死，又於心不忍，卻為之奈何？」

例句 讓這樣年紀的小孩去做如此粗重的工作，真叫人於心不忍。

近義 惻隱之心

反義 心狠手辣

於心何忍 ㄩˊ ㄒㄧㄣ ㄏㄜˊ ㄖㄣˇ 如何能夠忍心。指以反問語氣表示不該如此狠心。忍，殘酷。

語源 明馮夢龍喻世明言卷二七：「倘然葬江魚之腹，你別娶新人，於心何忍？」

例句 那隻流浪狗已經瘸了一條腿，你還拿石頭丟他，於心何忍呢？

反義 喪盡天良 慘無人道

於事無補 ㄩˊ ㄕˋ ㄨˊ ㄅㄨˇ 對於已發生的事情沒有任何的幫助。補，補救。

例句 凡事都應事前妥善準備，臨事審慎果決，事後的悔恨、懊喪都已於事無補。

近義 無濟於事

反義 大有助益

6 **旁門左道** ㄆㄤˊ ㄇㄣˊ ㄗㄨㄛˇ ㄉㄠˋ ①指非正統的宗教派別。②比喻不正當的方法。旁、左，不正；邪。門、道，引申作學術思想或宗教派別。也作「左道旁門」。

語源 禮記王制：「執左道以亂政，殺。」疏：「左道謂邪道。」明陸西星封神演義第四十二回：「弟子聞此人乃截教門下，必定別請左道旁門之客，也要仔細防護。」清夏敬渠野叟曝言第三十一回：「引入旁門左道，妄想升仙。」

例句 ①當人們心靈空虛的時候，容易被一些旁門左道的邪說所操控。②做人做事應腳踏

實地，不要盡想用一些旁門左道的伎倆來投機取巧。

[近義] 邪門外道　裝神弄鬼

旁若無人 ㄆㄤˊ ㄖㄨㄛˋ ㄨˊ ㄖㄣˊ 言談舉止毫無顧忌，好像旁邊沒有人。形容神色自若或態度高傲。

[語源] 史記刺客列傳：「已而相泣，旁若無人者。」北齊書平秦王歸彥傳：「志意盈滿，發言陵侮，旁若無人。」

[例句] 班會時，他總是搶先發言，高談闊論，一副旁若無人的樣子。

[近義] 高視闊步　目中無人

[反義] 虛懷若谷　謙沖自牧

旁敲側擊 ㄆㄤˊ ㄑㄧㄠ ㄘㄜˋ ㄐㄧ 從側面敲擊。比喻用間接的方法探取實情。

[語源] 清但明倫評聊齋誌異卷一二新鄭訟：「非旁敲側擊，用借賓定主之法，則真無皂白矣。」

[例句] 為免引起嫌犯的疑心和防備，警方問話時旁敲側擊，希望能找出真正的元兇。

[近義] 拐彎抹角

[反義] 開門見山　直截了當

旁徵博引 ㄆㄤˊ ㄓㄥ ㄅㄛˊ ㄧㄣˇ 廣博地引用很多材料作為依據和例證。

[語源] 清王韜淞隱漫錄卷九紅芸別墅：「生數典已窮，而女博引旁徵，滔滔不竭，計女多於生凡十四則。」

[例句] 這篇論文旁徵博引，立論有據，很具說服力。

[近義] 引經據典　言必有據

[反義] 羌無故實　遊談無根

旁觀者清 ㄆㄤˊ ㄍㄨㄢ ㄓㄜˇ ㄑㄧㄥ 參見「當局者迷，旁觀者清」。

旅進旅退 ㄌㄩˇ ㄐㄧㄣˋ ㄌㄩˇ ㄊㄨㄟˋ 與眾人共進共退，步調一致。也比喻隨波逐流，自己沒有主張。旅，俱；共同。

[語源] 禮記樂記：「今夫古樂，進旅退旅，和正以廣。」國語越語上：「吾不欲匹夫之勇也，欲其旅進旅退。」宋王禹偁待漏院記：「復有無毀無譽，旅進旅退，竊位而苟祿，備員而全身者。」

[例句] 該說的都已經說了，既然大家仍執意推行這項計畫，也只有旅進旅退，和大家一起努力把它做好。

[近義] 隨波逐流

[反義] 獨闢蹊徑

7

旋乾轉坤 ㄒㄩㄢˊ ㄑㄧㄢˊ ㄓㄨㄢˇ ㄎㄨㄣ 扭轉天地的位置。比喻改變既定的局面。多用以形容人的能力或權力極大。易經「八卦」中，乾卦代表天，坤卦代表地。

[語源] 唐韓愈潮州刺史謝上表：「陛下即位以來，躬親聽斷，旋乾轉坤。」

[例句] 面對如此惡劣的局勢，除非他有旋乾轉坤的能力，否則只好準備接受失敗的事實。

[近義] 扭轉乾坤　移山倒海

[反義] 無力回天　回天乏術

旌旗蔽空 ㄐㄧㄥ ㄑㄧˊ ㄅㄧˋ ㄎㄨㄥ 旗幟多得遮住整個天空，形容軍容壯盛。蔽，遮蓋；擋住。

[語源] 戰國策楚策一：「結駟千乘，旌旗蔽日。」宋蘇軾赤壁賦：「舳艫千里，旌旗蔽空。」

[例句] 曹操統率百萬大軍南征吳、蜀，遠遠望去，旌旗蔽空，好不壯觀。

[近義] 舳艫千里　千軍萬馬

[反義] 散兵遊勇　單槍匹馬

10

旗開得勝 ㄑㄧˊ ㄎㄞ ㄉㄜˊ ㄕㄥˋ 一開戰就取得勝利。也比喻一出賽就獲勝或一開始就取得成功。常與「馬到成功」連用。

方

語源 元關漢卿劉夫人慶賞五侯宴楔子：「人人奮勇，個個英雄，端的是旗開得勝，馬到成功。」

例句 我方運動健兒個個士氣如虹，這次參賽必能旗開得勝，馬到成功。

近義 馬到成功　出手得盧

反義 出師不利　不堪一擊

旗鼓相當 ㄑㄧˊ ㄍㄨˇ ㄒㄧㄤ ㄉㄤ　本指兩軍對陣，勢均力敵。後比喻雙方聲勢不相上下。

語源 韓非子內儲說下六微：「二軍相當，兩旗相望。」後漢書隗囂傳：「如令子陽到漢中、三輔，願因將軍兵馬，鼓旗相當。」

例句 世界盃足球冠軍爭霸賽，兩隊旗鼓相當，最後鹿死誰手，尚在未定之天。

近義 勢均力敵　不分軒輊

反義 實力懸殊　寡不敵眾

无　部

5

既成事實 ㄐㄧˋ ㄔㄥˊ ㄕˋ ㄕˊ　已經成為事實。指無法改變的局面。

例句 經過市政府強力執行，違建拆除已是既成事實，住戶只好放棄抗爭。

近義 木已成舟　生米煮成熟飯

反義 未定之天

既往不咎 ㄐㄧˋ ㄨㄤˇ ㄅㄨˋ ㄐㄧㄡˋ　已經過去的事，不再追究。多用來指對過去的錯誤不再責難。咎，責怪。

語源 論語八佾：「成事不說，遂事不諫，既往不咎。」

辨析 咎，不可寫成「疚」。

例句 只要你能痛改前非，過去所做的事，大家都可以既往不咎。

近義 不溯既往　寬大為懷

反義 嚴懲不貸　繩之以法

既來之，則安之 ㄐㄧˋ ㄌㄞˊ ㄓ ㄗㄜˊ ㄢ ㄓ　原指既然遠方的人來了，就讓他們安心定居。後多指既然來了，就應該安心適應。

語源 論語季氏：「夫如是，故遠人不服，則修文德以來之。既來之，則安之。」

例句 這裡的環境雖不理想，但既來之，則安之，還是先定下心來努力工作吧！

近義 安之若素　隨遇而安

反義 坐立不安　惴惴不安

既有今日，何必當初 ㄐㄧˋ ㄧㄡˇ ㄐㄧㄣ ㄖˋ ㄏㄜˊ ㄅㄧˋ ㄉㄤ ㄔㄨ　既然有今天的局面，當初又何必那樣呢？有懊悔不已之意，或指責別人中途變心。也作「早知今日，何必當初」。

語源 紅樓夢第二十八回：「黛玉聽說，回頭就走。寶玉在身後面歎道：『既有今日，何必當初！』」

例句 他被判刑後才痛心悔悟，但既有今日，何必當初，如今懊悔也沒有用了。

近義 悔之無及　後悔莫及

日　部

日上三竿 ㄖˋ ㄕㄤˋ ㄙㄢ ㄍㄢ　太陽已經升到有三根竹竿那樣高。指時候不早了。

語源 南齊書天文志上：「日出高三竿，朱色赤黃。」宋釋普濟五燈會元卷二〇徑山杲禪師：「物外翛然無箇事，日上三竿猶更眠。」

例句 失業後他更形頹廢，每天睡到日上三竿才起床。

日久生情 ㄖˋ ㄐㄧㄡˇ ㄕㄥ ㄑㄧㄥˊ　相處久了產生感情。常用於男女

之間。

例句　日久生情是常有的事，他們共事六年開始交往，也不必意外。

日月如梭 ㄖˋ ㄩㄝˋ ㄖㄨˊ ㄙㄨㄛ　太陽和月亮像織布機上的梭子一樣，不停地快速交替來往。比喻時間過得很快。梭，織布機上用來牽引緯線的工具。

語源　宋高登朱黃雙硯：「日月如梭，文籍如海，討探不及，朱黃敢怠。」

例句　日月如梭，轉眼間，他離開臺灣已將近十年了。

近義　光陰似箭　歲月如流

反義　度日如年

日月無光 ㄖˋ ㄩㄝˋ ㄨˊ ㄍㄨㄤ　太陽和月亮都失去了光輝。比喻景象淒慘黯淡。

語源　晉葛洪抱朴子登涉：「所謂白日陸沉、日月無光、人鬼不能相見也。」

例句　兩軍交戰，硝煙砲灰彌天蓋地，日月無光，將士卻仍奮勇向前，無一退縮。

近義　風雲變色　天昏地暗

反義　日月重光　月白風清

日坐愁城 ㄖˋ ㄗㄨㄛˋ ㄔㄡˊ ㄔㄥˊ　天天都處在憂愁之中。

語源　清高詠致顏遜甫書：「緣貧病交侵，日坐愁城苦海故也。」

例句　丈夫的變心，使她日坐愁城，茶飯不思。

近義　愁腸百結　愁眉不展

反義　心花怒放　樂不可支

日居月諸 ㄖˋ ㄐㄩ ㄩㄝˋ ㄓㄨ　原指日、月。後指光陰流逝。居、諸，語助詞。

語源　詩經邶風日月：「日居月諸，照臨下土。」晉陶淵明命子詩：「日居月諸，漸免於孩。」

例句　人若不懂得把握時光，日居月諸，將虛度了自己的青春。

近義　時光荏苒　歲月如梭

日削月朘 ㄖˋ ㄒㄧㄠ ㄩㄝˋ ㄐㄩㄢ　連日累月地剝削、縮減。指執政者不斷剝削百姓。朘，縮減。

語源　漢書董仲舒傳：「民日削月朘，寖以大窮。」

例句　受到政府日削月朘，老百姓的生活幾乎到了難以維持的地步。

近義　巧取豪奪　敲骨吸髓

日食萬錢 ㄖˋ ㄕˊ ㄨㄢˋ ㄑㄧㄢˊ　每天飲食耗費非常多的錢財。形容生活極為奢侈。

語源　舊唐書許敬宗傳：「何曾既忠且孝，徒以日食萬錢，所以貶為繆醜。」

例句　他的生活奢侈，日食萬錢，所以沒多久便將祖上數代累積的家產揮霍殆盡。

近義　食前方丈　山珍海錯

反義　粗茶淡飯　簞食瓢飲

日起有功 ㄖˋ ㄑㄧˇ ㄧㄡˇ ㄍㄨㄥ　每日都有成績。強調凡事持之以恆，自能有所成就。

語源　清史稿卷一三六兵志七：「增購機械，獎勵學生，籌度經費，以期日起有功。」

例句　作學問須抱定日起有功，持之以恆；若妄想一步登天，只是痴人說夢罷了。

近義　奮發向上　持之以恆

反義　有始無終　半途而廢

日理萬機 ㄖˋ ㄌㄧˇ ㄨㄢˋ ㄐㄧ　每天處理很多重要政務。機，事物的重要關鍵。

語源　尚書皋陶謨：「兢兢業業，一日二日萬機。」漢書百官公卿表上：「相國、丞相，皆秦官，金印紫綬，掌丞天子助理萬機。」明余繼登典故紀聞：「人君日理萬機，聽斷之際，豈能一一盡善？」

例句 總統日理萬機，不但要有圓融的智慧，還要有健康的身體。
近義 一日萬機
反義 尸位素餐

日復一日 ㄖˋ ㄈㄨˋ ㄧˊ ㄖˋ 原指過一天是一天。後多指過了一天又一天。形容時間的消逝。
語源 後漢書光武帝紀下：「天下重器，常恐不任，日復一日，安敢遠期十歲乎?」魏書高涼王傳：「但以權兼，未宜便爾。日復一日，遂歷炎涼。」
例句 你老愛熬夜，菸又抽得這麼兇，日復一日，身體怎麼受得了?
近義 年復一年　久而久之
反義 一時半刻　一朝一夕

日進斗金 ㄖˋ ㄐㄧㄣˋ ㄉㄡˇ ㄐㄧㄣ 一天賺進一斗黃金。形容發大財。
語源 清王夢吉等濟公全傳第二十五回：「北上房柱子上有一副對句，上面寫的：『歌舞庭前，栽滿相思樹。白蓮池內，不斷連理香』。橫批是：『日進斗金』。」
例句 你的手藝這麼好，只要選對地點開店，肯定顧客盈門，日進斗金。
近義 大發利市　財源滾滾
反義 血本無歸　周轉不靈

日新又新 ㄖˋ ㄒㄧㄣ ㄧㄡˋ ㄒㄧㄣ 每天不斷地追求進步。
語源 大學：「苟日新，日日新，又日新。」
例句 產品的研發必須日新又新，否則會被這瞬息萬變的世界淘汰。
近義 日新月異
反義 一成不變

日新月異 ㄖˋ ㄒㄧㄣ ㄩㄝˋ ㄧˋ 天天更新，月月不同。形容事物發展變化很快，不斷地出現新面貌、新氣象。
語源 大學：「苟日新，日日新，又日新。」漢賈誼陳政事疏：「今世以侈靡相競……可謂月異而歲不同矣。」宋林景熙永嘉縣重建法空院記：「而浮屠之宮被四海，金碧嵯峨，日新月異。」
例句 現代科技日新月異，許多原本不可思議的事全都成為事實。
近義 千變萬化　突飛猛進
反義 依然如故　一成不變

日暮途窮 ㄖˋ ㄇㄨˋ ㄊㄨˊ ㄑㄩㄥˊ 太陽將落又前進無路。比喻陷入困境而無計可施。
語源 唐杜甫投贈哥舒開府二十韻：「幾年春草歇，今日暮途窮。」
例句 就算飢寒交迫，生活已是日暮途窮，他仍堅持專心創作，不向現實環境屈服。
近義 走投無路　山窮水盡
反義 柳暗花明　絕處逢生

日積月累 ㄖˋ ㄐㄧ ㄩㄝˋ ㄌㄟˇ 形容長時間不斷地累積。
語源 漢董仲舒賢良策二：「且古所謂功者，以任官稱職為差，非所積日累久也。」資治通鑑唐文宗開成五年：「小過皆含笑不言，日積月累，以至禍敗。」
例句 他能有今日傲人的成就，全靠平時苦讀不輟、日積月累而來的。
近義 積小成大　積少成多

日薄西山 ㄖˋ ㄅㄛˊ ㄒㄧ ㄕㄢ 太陽接近西邊的山頭。比喻事物接近衰亡，或人年老力衰，接近死亡。薄，迫近。
語源 漢揚雄反騷：「臨汨羅而自隕兮，恐日薄于西山。」
例句 祖母長年臥病在床，已

經日薄西山，能陪伴我們的日子越來越少了。

近義 風中殘燭 氣息奄奄

反義 蒸蒸日上 旭日東升

日久見人心 時間久了自然看得出人心的好壞。

語源 京本通俗小說拗相公：「所以古人說：『日久見人心。』又道：『蓋棺論始定。』」

例句 雖然他講話比較刺耳，但日久見人心，大家一定會明白他是為團體著想。

近義 路遙知馬力

日出而作，日入而息 太陽東昇就開始工作，西落後才休息。原指古人單純簡樸的生活。後用以形容辛勤的工作。

語源 宋郭茂倩樂府詩集擊壤歌：「日出而作，日入而息，鑿井而飲，力田而食，帝力於我何有哉？」

例句 古代的農業社會，人們往往都是日出而作，日入而息，生活型態比較單純。

近義 夙興夜寐

反義 好吃懶做

1 **旦夕禍福** 參見「天有不測風雲，人有旦夕禍福」。

2 **早出晚歸** 早上很早出門，晚上很晚回家。形容整日在外或工作辛勤。

語源 明馮夢龍喻世明言卷三八：「這任珪又向早出晚歸，因此不滿婦人之意。」

例句 爸爸為了及時完成跨國的投資案，近幾個月都早出晚歸，難得見上一面。

近義 披星戴月

早知今日，何必當初 參見「既有今日，何必當初」。

旭日東升 早晨太陽從東方升起。也比喻充滿活力、朝氣蓬勃的景象。旭日，早晨剛出來的太陽。

例句 新任總裁年盛力強、滿懷理想，使得整個企業充滿旭日東升的新氣象。

近義 如日方升 朝氣蓬勃

反義 日薄西山 暮氣沉沉

4 **昂首挺立** 抬頭挺胸，身軀直立。形容氣概豪邁、無所畏懼的樣子。

例句 國慶大典上，三軍儀隊個個昂首挺立，正在接受總統的檢閱。

近義 頂天立地 英姿颯爽

反義 卑躬屈膝 搖尾乞憐

昂首闊步 抬起頭，邁開大步走。形容意氣風發或很有精神的樣子。昂首，仰頭。闊步，大步。

語源 南朝梁沈約奏彈太子中舍人王僧祐：「肆情運氣，不顧朝典，揚眉闊步，直轡高驅。」

例句 上臺領獎的人個個昂首闊步，令人羨慕。

近義 鷹揚虎視 高視闊步

反義 垂頭喪氣 無精打采

昊天罔極 天無窮無盡。多比喻父母的恩德廣大無邊。昊，泛指天。罔，無。極，盡頭。

語源 詩經小雅蓼莪：「欲報之德，昊天罔極。」

例句 父母恩德，昊天罔極，為人子女應竭力盡孝才是。

近義 寸草春暉

日

明心見性 ㄇㄧㄥˊ ㄒㄧㄣ ㄐㄧㄢˋ ㄒㄧㄥˋ 佛家語。指修學佛法者徹見自心本性。也泛指大徹大悟，了解人生真諦。

語源 元史仁宗紀：「明心見性，佛教為深；修身治國，儒道為切。」

例句 你多年來研讀佛經，平日也多以明心見性之說勉人自勵，為什麼自己的感情問題卻一直處理不好呢？

明文規定 ㄇㄧㄥˊ ㄨㄣˊ ㄍㄨㄟ ㄉㄧㄥˋ 用明確的文字加以規範。多指法律條文或政府規章。

例句 政府已經明文規定不能在公園抽菸，但還是有很多癮君子在公園裡吞雲吐霧，不知自己已違反規定。

近義 三令五申 約法三章

明日黃花 ㄇㄧㄥˊ ㄖˋ ㄏㄨㄤˊ ㄏㄨㄚ 重陽節後的菊花。原用以比喻懷才不遇。後多比喻過時的事物。明日，指重陽節之後。黃花，菊花。古人講究重陽（陰曆九月九日）賞菊，佳節過後，菊花逐漸凋零，便失去賞花興味。

語源 宋蘇軾南鄉子：「萬事到頭都是夢，休休，明日黃花蝶也愁。」

辨析 本則成語之「明日」，乃特指重陽節過後，不可改為「昨日」。作「昨日黃花」者，乃為誤用。

例句 江山代有才人出，多少曾經烜赫一時的人物，已成明日黃花，令人不勝唏噓。

明火執仗 ㄇㄧㄥˊ ㄏㄨㄛˇ ㄓˊ ㄓㄤˋ 點著火把，拿著兵器，公然搶劫。指毫無顧忌地進行不法行為。

語源 元佚名玎玎璫璫盆兒鬼第二折：「何曾明火執仗，無非赤手求財。」

例句 這些官員藉職務之便，明火執仗地向人民索賄，簡直無法無天。

近義 明目張膽 肆無忌憚

反義 偷偷摸摸 鬼鬼祟祟

明正典刑 ㄇㄧㄥˊ ㄓㄥˋ ㄉㄧㄢˇ ㄒㄧㄥˊ 指依照法律公開判處罪刑。正，治罪。典刑，法律。

語源 宋呂頤浩辭免赴召乞納節致仕箚子：「如是托疾，自當明正典刑；如委實抱病，伏望天慈放臣閑退。」

例句 對於這些危害治安的敗類，政府應拿出魄力，將他們逮捕歸案，明正典刑，以儆效尤。

近義 繩之以法 以儆效尤

明目張膽 ㄇㄧㄥˊ ㄇㄨˋ ㄓㄤ ㄉㄢˇ 原形容有膽識，無所畏懼。後多用來形容公然作惡，無所忌憚。明目，一作「瞋目」。張眼怒視。張膽，形容人敢作敢當。

語源 晉書王敦傳：「今日之事，明目張膽，為六軍之首，寧忠臣而死，不無賴而生矣。」清西周生醒世姻緣傳第三十一回：「後來以強淩弱，以眾暴寡，明目張膽的把那活人殺喫。」

例句 眾目睽睽之下，你竟然敢違規，你也太明目張膽了吧！

近義 肆無忌憚 姿意妄為

反義 偷偷摸摸 渾水摸魚

明爭暗鬥 ㄇㄧㄥˊ ㄓㄥ ㄢˋ ㄉㄡˋ 不論在表面上或在暗地裡，都在互相爭鬥。

例句 為了獲取自身利益，公司各派人馬明爭暗鬥，對於公司整體發展十分不利。

近義 鉤心鬥角 爾虞我詐

反義 同心協力 和衷共濟

明知故犯 ㄇㄧㄥˊ ㄓ ㄍㄨˋ ㄈㄢˋ 明知道不對，卻還故意去做。故，故意。犯，觸犯。

語源 宋釋普濟五燈會元卷一五德山志先禪師：「問：『為甚麼如此？』師曰：『知而故犯。』」明鄭若庸玉玦記第二十二齣：「正是明知故犯，也因業在其中。」

例句 這種親痛仇快的事，除非你被人收買，否則怎會明知故犯呢？

近義 知法犯法　以身試法

明查暗訪 ㄇㄧㄥˊ ㄔㄚˊ ㄢˋ ㄈㄤˇ

一面公開調查，一面祕密探訪。也作「明察暗訪」。

語源 清李漁連城璧第三卷：「就說事有可疑，也該明察暗訪。」

例句 經過一年多的明查暗訪，他終於找到那個開車撞傷妻子的肇事者，報警將他繩之以法。

明哲保身 ㄇㄧㄥˊ ㄓㄜˊ ㄅㄠˇ ㄕㄣ

明智之人能洞察事理，趨吉避凶，以保全自身。明哲，聰明有智慧。

語源 詩經大雅烝民：「既明且哲，以保其身。」明馮夢龍智囊全集委蛇：「把酒賦詩，不問人間事。古人明哲保身之術，例如此。」

辨析 此則成語原是指賢智者能避危擇安。現也用來形容以顧全己身利益為最優先。

例句 ①歷史上的動盪時代，讀書人為了明哲保身，常退隱山林，不過問政治。②這群飆車族兇悍跋扈，我們還是明哲保身，不要去招惹他們。

近義 韜光養晦　潔身自好

反義 枉道速禍

明恥教戰 ㄇㄧㄥˊ ㄔˇ ㄐㄧㄠˋ ㄓㄢˋ

教導士兵明白懦弱退縮是羞恥的而勇於作戰。明恥，啟發羞恥心。教戰，教導作戰。

語源 左傳僖公二十二年：「明恥教戰，求殺敵也。」

辨析 恥，不可寫作「齒」。

例句 訓練一支團隊，明恥教戰是激勵士氣的最佳方法。

明珠暗投 ㄇㄧㄥˊ ㄓㄨ ㄢˋ ㄊㄡˊ

將晶瑩的寶珠丟到暗處。比喻珍貴之物或才高之人不被賞識。

語源 史記魯仲連鄒陽列傳：「臣聞明月之珠，夜光之璧，以暗投人於道路，人無不按劍相眄者，何則？」北周王褒墻上難為趨：「白璧求善價，明珠難暗投。」

例句 小王是個行銷高手，可惜明珠暗投，在這家公司一直未被重用。

近義 懷才不遇　匏瓜徒懸

反義 如魚得水　一展長才

明眸皓齒 ㄇㄧㄥˊ ㄇㄡˊ ㄏㄠˋ ㄔˇ

明亮的眼睛和雪白的牙齒。形容女子美麗的容貌。

語源 唐杜甫哀江頭：「明眸皓齒今何在？血汙遊魂歸不得。」

例句 這群少女雖然衣著樸實，但個個明眸皓齒，笑容燦爛。青春，是她們最好的裝扮。

近義 朱脣皓齒　雙瞳剪水

反義 蓬頭垢面

明媒正娶 ㄇㄧㄥˊ ㄇㄟˊ ㄓㄥˋ ㄑㄩˇ

經媒人介紹並舉行正式的婚姻儀式。指合法的婚姻。明，光明正大。

語源 元關漢卿趙盼兒風月救風塵第四折：「那裡是明婚正娶，公然的傷風敗俗。」明朱權荊釵記第二十九齣：「我當初嫁你，也是明媒正娶，又不是暗地裡偷情。」

例句 現代雖然民風開放，男女時興自由戀愛，但結婚仍講究明媒正娶，馬虎不得。

反義 私訂終身

日

明察秋毫 ㄇㄧㄥˊ ㄔㄚˊ ㄑㄧㄡ ㄏㄠˊ 眼力能看清秋天鳥獸新長的細毛。形容觀察入微。秋毫，鳥獸到秋天新生的細毛，比喻事物的細微之處。

語源 孟子梁惠王上：「明足以察秋毫之末，而不見輿薪。」

辨析 察，不可寫作「查」。

例句 現在的犯罪手法不斷更新，所幸辦案人員明察秋毫，接連偵破幾起重大案件，讓歹徒無所遁形。

近義 洞若觀火　觀察入微

反義 目光如豆　鼠目寸光

明賞慎罰 ㄇㄧㄥˊ ㄕㄤˇ ㄕㄣˋ ㄈㄚˊ 有功行賞必定明確，有過處罰必定謹慎。

語源 漢荀悅前漢紀文帝紀下：「興利除害，明賞慎罰。」

例句 蒲總經理明賞慎罰，絕不徇私，把公司治理得有聲有色。

近義 賞罰分明　信賞必罰

反義 賞罰不明　賞罰不公

明鏡高懸 ㄇㄧㄥˊ ㄐㄧㄥˋ ㄍㄠ ㄒㄩㄢˊ 比喻居官清廉，審案公正無私。

語源 唐杜甫洗兵馬：「司徒清鑒懸明鏡，尚書氣與秋天香。」元關漢卿望江亭第四折：「今日個幸對清官，明鏡高懸。」

例句 社會上黑金橫行，特權氾濫，法官若再不明鏡高懸，國家就前途堪憂了！

近義 執法如山　毋枉毋縱

反義 徇私舞弊　貪贓枉法

明人不做暗事 ㄇㄧㄥˊ ㄖㄣˊ ㄅㄨˋ ㄗㄨㄛˋ ㄢˋ ㄕˋ 光明正直的人，做事磊落，從不偷偷摸摸。

語源 元吳昌齡張天師第三折：「我為甚先吐了這招承的口詞？常言道明人不做那暗事。」

例句 明人不做暗事，張先生個性正直，絕不是這件陰謀的背後主使。

近義 光明磊落　堂堂正正

反義 陽奉陰違　鬼鬼祟祟

明修棧道，暗渡陳倉 ㄇㄧㄥˊ ㄒㄧㄡ ㄓㄢˋ ㄉㄠˋ，ㄢˋ ㄉㄨˋ ㄔㄣˊ ㄘㄤ 表面上修築棧道，暗中卻進軍陳倉。比喻以表面的行動迷惑對方，暗中卻進行意料之外的行動。或省作「暗渡陳倉」。

語源 史記高祖本紀和淮陰侯列傳記載：項羽滅秦後，劉邦聽從張良和韓信的計策，入漢中時燒掉沿路的棧道，表示不再向東，消除項羽疑慮；之後雖然派人修復棧道，作出由此出兵的打算，迷惑楚軍，卻率兵偷渡陳倉，打敗楚的章邯，回到咸陽。

例句 他為人不老實，你須提防他明修棧道，暗渡陳倉，把你給出賣了。

近義 出其不意　攻其不備

明槍易躲，暗箭難防 ㄇㄧㄥˊ ㄑㄧㄤ ㄧˋ ㄉㄨㄛˇ，ㄢˋ ㄐㄧㄢˋ ㄋㄢˊ ㄈㄤˊ 比喻正面的攻擊容易躲避，暗中的詭計難以防範。也省作「明槍暗箭」。

語源 元無名氏梁山七虎鬧銅臺：「明槍易躲，暗箭難防，不如跳入水內浮出去罷。」

例句 他這個人心眼小，喜歡記仇，千萬別和他結怨，否則明槍易躲，暗箭難防，難免會受到他的陷害。

昏天黑地 ㄏㄨㄣ ㄊㄧㄢ ㄏㄟ ㄉㄧˋ ①形容天地昏暗。②形容十分忙亂或意識恍惚。③比喻社會黑暗，真理不彰。也作「昏天暗地」。

語源 元關漢卿詐妮子調風月第二折：「打秋千，閑鬥草，直到箇昏天黑地。」清吳敬梓儒林外史第八回：「趕了幾日

旱路，又搭船走，昏天黑地，一直走到了浙江烏鎮地方。」明西周生醒世姻緣傳第四十二回：「昏天黑地，那個官是肯聽你辯的？」

例句　①這條山徑沒有路燈，一入夜便昏天黑地，我們還是趕快下山吧！②乍然聽到丈夫車禍過世的消息，她頓覺昏天黑地而暈了過去。③立法院裡為了立委的津貼吵得昏天黑地，重要的民生法案卻被丟置不管，這樣的民意代表，真令人失望。

近義　日月無光　暗無天日

反義　天朗氣清　河清海晏

昏昏沉沉　頭腦混沌不清朗。

語源　元關漢卿感天動地竇娥冤第二齣：「我吃下這湯去，自覺昏昏沉沉的。」

例句　我昨晚熬夜趕報告，今天開會時一直昏昏沉沉，無法思考。

近義　頭昏眼花　昏頭轉向

反義　神清氣爽　生龍活虎

昏昏欲睡　精神恍惚想睡的樣子。形容疲憊倦怠。

語源　清蒲松齡聊齋誌異賈奉雉：「未至終篇，昏昏欲睡，心惶惑無以自主。」

例句　午後靠在窗邊曬著太陽，讓人感覺昏昏欲睡。

近義　昏昏沉沉　無精打采

反義　神清氣爽　朝氣蓬勃

昏頭轉向　參見「暈頭轉向」。

易子而教　彼此交換小孩來教導。古人認為這樣才能教育好小孩。

語源　孟子離婁上：「古者易子而教之，父子之間不責善。」

例句　易子而教能盡早培養孩子獨立自主、不過分依賴父母。

易地而處　互相交換所處的地位。意指將心比心，設身處地為他人著想。易，交換。

語源　三國魏曹髦少康漢高祖論：「身歿之後，社稷幾傾，若與少康易地而處，或未能復大禹之績也。」

例句　小明是個我行我素的人，要他易地而處、多為別人著想，恐怕很難。

近義　將心比心　設身處地

易如反掌　如同翻手掌一樣容易。形容非常容易做到。

語源　荀子非相：「誅白公，定楚國，如反手爾。」北史裴佗傳：「易如反掌，何往不至。」

例句　這次的考試題目非常簡單，得高分可說是易如反掌。

近義　唾手可得　輕而易舉

反義　難於登天　無能為力

5

星火燎原　參見「星星之火，可以燎原」。

星移斗轉　①星斗移位、轉向。指時光流逝。②比喻變動劇烈或力量強大。也作「斗轉星移」。

語源　元喬吉兩世姻緣第二折：「他便眼巴巴簾下等，直等到星移斗轉二三更。」水滸傳第八十九回：「端的是殺得星移斗轉，日月無光。」

例句　①我抬頭觀看，星移斗轉，已是三更時分，四周萬籟俱寂。②他那套劍法演練起來真有星移斗轉的氣勢，令人叫好。

近義　物換星移　排山倒海

星羅棋布 ㄒㄧㄥ ㄌㄨㄛˊ ㄑㄧˊ ㄅㄨˋ 像星星、棋子般的廣列密布。形容排列繁密。羅，陳列；分布。

語源 漢班固西都賦：「列卒周匝，星羅雲布。」元史張楨傳：「河南提封三千餘里，郡縣星羅棋布。」

例句 經過數十年的發展，臺北市的高樓大廈星羅棋布，已是非常繁榮的現代化都市。

近義 成千上萬　鱗次櫛比

反義 寥若晨星　寥寥可數

星星之火，可以燎原 ㄒㄧㄥ ㄒㄧㄥ ㄓ ㄏㄨㄛˇ ㄎㄜˇ ㄧˇ ㄌㄧㄠˊ ㄩㄢˊ 小火點可以引起燎原大火。①比喻小事能釀成大禍。②比喻小力量可以發展成大勢力。星星之火，細微的火點。也作「星火燎原」。

語源 尚書盤庚上：「若火之燎于原，不可嚮邇，其猶可撲滅？」清嚴有禧漱華隨筆卷三：「微之不慎，星火燎原。」

辨析 燎，不可寫成「繚」。

例句 ①所謂「星星之火，可以燎原」，倘若不及時糾正員工的錯誤觀念，將造成公司的大損害。②雖然我們能力有限，但星星之火，可以燎原，只要持續努力，一定會成功的。

近義 蟻穴潰堤

春心蕩漾 ㄔㄨㄣ ㄒㄧㄣ ㄉㄤˋ ㄧㄤˋ 形容愛戀之情在心中波動。春心，指愛戀異性的情懷。蕩漾，水波起伏的樣子。

語源 南朝梁元帝春別應令之一：「花朝月夜動春心，誰忍相思不相見？」明洪楩清平山堂話本柳耆卿詩酒翫江樓記：「柳縣宰看了月仙，春心蕩漾。」

例句 看到志明在信中如此深情的表白，春嬌不禁春心蕩漾而兩頰泛紅。

近義 意亂情迷

春去秋來 ㄔㄨㄣ ㄑㄩˋ ㄑㄧㄡ ㄌㄞˊ 春天過去，秋季到來。形容時光的流逝。

語源 明劉基大堤曲：「春去秋來年復年，生歌死哭長相守。」

例句 大學畢業後選擇來到這所山中的小學任教，春去秋來，一晃眼竟已十年了。

近義 寒來暑往　日居月諸

春光明媚 ㄔㄨㄣ ㄍㄨㄤ ㄇㄧㄥˊ ㄇㄟˋ 形容春天的景色明麗動人。

語源 元宋方壺鬥鵪鶉踏青：「時遇著春光明媚，人賀豐年，民樂雍熙。」

例句 現在正值春光明媚，今天又是假日，不出外踏青、賞花，真是太可惜了。

近義 春和景明　春暖花開

春色撩人 ㄔㄨㄣ ㄙㄜˋ ㄌㄧㄠˊ ㄖㄣˊ 春天美麗的景色引發人的興致。撩，引逗；挑撥。

語源 宋陸游山園雜詠五首（其三）：「桃花爛漫杏花稀，春色撩人不忍違。」

例句 三月的陽明山春色撩人，吸引市民結伴出遊。

近義 桃紅柳綠

春和景明 ㄔㄨㄣ ㄏㄜˊ ㄐㄧㄥˇ ㄇㄧㄥˊ 形容春天陽光和煦，景色明媚。

語源 宋范仲淹岳陽樓記：「至若春和景明，波瀾不驚，上下天光，一碧萬頃。」

例句 趁著大地一片春和景明，大夥何不連袂出遊，享受這美好時光？

近義 春光明媚

春花秋月 ㄔㄨㄣ ㄏㄨㄚ ㄑㄧㄡ ㄩㄝˋ 春天的花，秋天的月。指美好的時光和景物。

語源 唐魚玄機題隱霧亭：

「春花秋月入詩篇，白日清宵是散仙。」

例句 即使有春花秋月、賞心樂事，也難以排遣與妳相隔千里的相思。

近義 花好月圓　良辰美景

春秋大夢 ㄔㄨㄣ ㄑㄧㄡ ㄉㄚˋ ㄇㄥˋ　春秋時期各國國君都有稱霸中原的夢想。比喻不切實際的想法或夢想。

例句 你想等房價降下來再買是不可能的，這幾年看來是只會升不會降，想買房子就要盡早決定，不要再做你的春秋大夢了。

近義 痴心妄想　如意算盤

反義 大夢初醒　恍然大悟

春秋鼎盛 ㄔㄨㄣ ㄑㄧㄡ ㄉㄧㄥˇ ㄕㄥˋ　指人正值壯盛的年紀。春秋，指年齡。鼎，正當。

語源 漢賈誼新書宗首：「天子春秋鼎盛。」

例句 老李春秋鼎盛、事業正得意時就從職場退下，全心投入公益活動。

春風一度 ㄔㄨㄣ ㄈㄥ ㄧˊ ㄉㄨˋ　比喻領略一番美妙的意境或情趣。後多指男女間的歡愛。一度，一回；一次。

語源 元王實甫四丞相高會麗春堂第三折：「可不道呂望、嚴陵自千古，這便算的我春風一度。」清蒲松齡聊齋誌異荷花三娘子：「春風一度，即別東西。」

例句 小王性好漁色，與女子交往只為春風一度，缺少情感的寄託。

近義 巫山雲雨　男歡女愛

春風化雨 ㄔㄨㄣ ㄈㄥ ㄏㄨㄚˋ ㄩˇ　比喻良好的教育如春風時雨，使人潛移默化。多用來形容師長和藹親切的教誨。

語源 孟子盡心上：「有如時雨化之者，有成德者，有達財者，有答問者，有私淑艾者。」清尹會一上孫靜軒先生：「側聞視學京畿，以大德經世之業，普春風化雨之施。」

例句 從學校畢業十多年了，但那段師長殷殷教誨、春風化雨的歲月，卻永難忘懷。

近義 如坐春風　諄諄教誨

反義 誤人子弟

春風風人 ㄔㄨㄣ ㄈㄥ ㄈㄥˋ ㄖㄣˊ　春日和煦的風吹拂著人們。比喻教育給人們的感化和恩澤。春風吹拂，化育萬物，用以比喻教育的恩澤和影響。風人，吹拂著人。風，音ㄈㄥˋ。吹拂。

語源 漢劉向說苑貴德：「吾不能以春風風人，吾不能以夏雨雨人，吾窮必矣。」

例句 吳神父一生奉獻給文化教育，如春風風人，造福無數偏鄉學子。

近義 春風化雨

春風得意 ㄔㄨㄣ ㄈㄥ ㄉㄜˊ ㄧˋ　形容做事順利、志得意滿的神情。

語源 唐孟郊登科後：「春風得意馬蹄疾，一日看盡長安花。」

例句 他最近升官又加薪，難怪一臉春風得意。

近義 志得意滿　得意揚揚

反義 悶悶不樂　垂頭喪氣

春風滿面 ㄔㄨㄣ ㄈㄥ ㄇㄢˇ ㄇㄧㄢˋ　參見「滿面春風」。

春宵苦短 ㄔㄨㄣ ㄒㄧㄠ ㄎㄨˇ ㄉㄨㄢˇ　春天美好的夜晚太短，使人苦惱。指歡樂的時光總是令人感覺過得特別快。

語源 唐白居易長恨歌：「春宵苦短日高起，從此君王不早朝。」

例句 所謂春宵苦短，你們小

倆口何苦為了一些口角，糟蹋這難得相聚的時光？

近義 良宵易逝

反義 長夜漫漫

春寒料峭 ㄔㄨㄣ ㄏㄢˊ ㄌㄧㄠˋ ㄑㄧㄠˋ 形容早春的寒風刺骨。料峭，風吹到身上寒冷的感覺。

語源 宋釋普濟五燈會元卷一九潭州大溈佛性法泰禪師：「春寒料峭，凍殺年少。」

例句 近日春寒料峭，出門別忘添件外套，免得著涼。

近義 乍暖還寒

反義 春暖花開

春暖花開 ㄔㄨㄣ ㄋㄨㄢˇ ㄏㄨㄚ ㄎㄞ 春日溫暖，百花盛開。多指出遊賞景的良好時機。

語源 明朱國禎湧幢小品卷四南內：「又其後為圓殿，引水環之，左右列以亭館，雜植奇花異木其中。春暖花開，命中貴陪內閣儒臣宴賞。」

例句 每到春暖花開的季節，陽明山上便湧入滿山滿谷的賞花人潮。

反義 春寒料峭

春樹暮雲 ㄔㄨㄣ ㄕㄨˋ ㄇㄨˋ ㄩㄣˊ 春天的樹，日暮時的雲。懷念遠方友人的用辭。

語源 唐杜甫春日憶李白：「渭北春天樹，江東日暮雲。何時一樽酒，重與細論文？」清仇兆鰲注：「公居渭北，白在江東，春樹暮雲，即景寓情，不言懷而懷在其中。」

例句 負笈他鄉已經二十年，回憶少時玩伴，春樹暮雲之思一時湧上心頭。

春蘭秋菊 ㄔㄨㄣ ㄌㄢˊ ㄑㄧㄡ ㄐㄩˊ 春天的蘭花和秋天的菊花，各擅其美。比喻人各有專長。

語源 戰國楚屈原九歌禮魂：「春蘭兮秋菊，長無絕兮終古。」唐顏師古隋遺錄：「後主問帝：『蕭妃何如此人？』帝曰：『春蘭秋菊，各一時之秀也。』」

例句 三年五班人才濟濟，有的外語棒，有的電腦強，春蘭秋菊，各有所長。

近義 各有千秋 各有所長

反義 高下立判 天壤之別

昭然若揭 ㄓㄠ ㄖㄢˊ ㄖㄨㄛˋ ㄐㄧㄝ 明顯得就像舉著日月走路一般。多用來指真相顯露無遺。昭然，明顯的樣子。揭，高舉。

語源 莊子達生：「今汝飾知以驚愚，修身以明汙，昭昭乎若揭日月而行也。」清夏敬渠野叟曝言第七十八回：「其誅丕之篡漢，而許先主以人心天命之歸，昭然若揭。」

辨析 揭，不可寫成「竭」。

例句 這個神棍假借宗教來欺騙世人的行為，已經昭然若揭，你怎麼還會相信他呢？

近義 真相大白 原形畢露

反義 霧裡看花 諱莫如深

是非不分 ㄕˋ ㄈㄟ ㄅㄨˋ ㄈㄣ 沒有明辨對錯。

語源 漢王褒四子講德論：「好惡不形，則是非不分。」

例句 有些名嘴，在時事評論節目上是非不分，一味幫特定政黨辯護，實在令人反感。

近義 黑白不分 涇渭不分

反義 黑白分明 涇渭分明

是非曲直 ㄕˋ ㄈㄟ ㄑㄩ ㄓˊ 對或錯、邪或正。是，對。非，錯。曲，不正；邪。

語源 漢王充論衡說日：「二論各有所見，故是非曲直，未有所定。」

例句 凡事但求問心無愧，不必強自辯解，是非曲直自有公道論斷。

近義 青紅皂白

是非只為多開口 糾紛都是因為多說話而造成。勸人少說話，以免惹是非。

語源 宋陳元靚事林廣記卷九警世格言：「是非只為多開口，煩惱皆因強出頭。」

例句 「是非只為多開口」，他們的紛爭好不容易平息，你就別再多說了吧！

是可忍，孰不可忍 這樣的事都可以忍受，還有什麼事是不能忍的呢？指事情已到了忍無可忍的地步。

語源 論語八佾：「孔子謂季氏：『八佾舞于庭，是可忍也，孰不可忍也！』」

例句 面對這樣的侮辱，是可忍，孰不可忍，他已決定向法院提出損害名譽的告訴。

近義 忍無可忍

反義 忍氣吞聲　逆來順受

是福不是禍，是禍躲不過 福與禍皆命中注定，災禍若真來臨是無法躲避的。

例句 是福不是禍，是禍躲不過，凡事只要盡其在我，其他就交給上天吧！

近義 在劫難逃　劫數難逃

反義 死裡逃生　虎口餘生

6

時不我與 時間不等待我。歎息機會錯過，追悔莫及。我與，「與我」的倒裝。與，等待。

語源 論語陽貨：「日月逝矣，歲不我與。」漢張衡大司農鮑德誄：「命有不永，時不我與。」

例句 年輕人要及時努力，不要等到時不我與，後悔也來不及了。

近義 時不再來

反義 來日方長

時乖命蹇 時運不順，命運不佳。乖，指背時，不順利。蹇，跛。引申為不順利。

語源 元嚴忠濟天淨沙：「大丈夫時乖命蹇。有朝一日天隨人願，賽田文養客三千。」

例句 陳先生不僅被生意夥伴陷害，工廠又慘遭回祿，令他大嘆時乖命蹇。

近義 時運不濟　命途多舛

反義 時運亨通　福星高照

時來運轉 時機到來，運氣轉好。指由逆境轉入順境。

語源 晉書慕容暐載記：「時來運集，天贊我也。」清西周生醒世姻緣傳第七十八回：「狄希陳兩次來往，都不曾遇著素姐這個兇神，倒像是時來運轉。」

例句 原本一直慘澹經營的店面，捷運通車後，終於時來運轉，門庭若市。

近義 鴻運當頭　否極泰來

反義 時運不濟　時乖命蹇

時時刻刻 每時每刻；一直。

語源 明呂坤呻吟語應務：「這三日裡，時時刻刻只在那所祭者身上，更無別個想頭。」

例句 自從買了那家公司的股票後，媽媽時時刻刻都在注意股價的變化，弄得心神不寧。

近義 日日夜夜　朝朝暮暮

反義 無時無刻

時移事易 時間推移，世事也有了變化。泛指外在情勢起了變化。易，改變；變化。也作「時移世易」、「時移事遷」。

語源 梁書侯景傳：「時移世易，門無強蔭，家有幼孤。」

日

元施惠幽閨記第二十二齣：「時移事遷，為地覆天翻，君去民逃。」明心月主人醋葫蘆第十回：「以後時移事易，衣缽泛爛。」

例句 過去政府會對某些產業採取保護措施，然而時移事易，在追求市場自由化的今天，這種做法已不恰當。

近義 時過境遷 物換星移

時運不濟 ㄕˊ ㄩㄣˋ ㄅㄨˋ ㄐㄧˋ 時機未到，運氣不好。

語源 唐王勃滕王閣詩序：「懷帝閽而不見，奉宣室以何年。嗟乎！時運不齊（濟），命途多舛。」

例句 他自認已非常努力，卻仍遭受一連串的挫敗，只得怪自己時運不濟。

近義 時乖命蹇 命途多舛

反義 時來運轉 鴻運當頭

時過境遷 ㄕˊ ㄍㄨㄛˋ ㄐㄧㄥˋ ㄑㄧㄢ 時間已經過去，環境也改變了。遷，改變。

語源 梁啟超新中國未來記第二回：「到現在時過境遷，這部書自然沒甚用處，亦沒多人去研究他。」

例句 這裡曾因開採金礦而繁榮一時，但如今時過境遷，已經不復當年的盛況了。

近義 事過境遷 時移世易

反義 一如既往 一成不變

時窮節見 ㄕˊ ㄑㄩㄥˊ ㄐㄧㄝˊ ㄒㄧㄢˋ 在艱難危急的時刻，最能彰顯人們的品格與氣節。窮，困難艱危。見，同「現」。顯露；顯出。也作「時窮節乃見」。

語源 宋文天祥正氣歌：「時窮節乃見，一一垂丹青。」

例句 在歷史上的黑暗時刻時窮節見，有志之士總會挺身而出，犧牲奉獻，照亮青史。

近義 傲雪凌霜 松柏後凋

反義 自甘墮落 同流合汙

時勢造英雄 ㄕˊ ㄕˋ ㄗㄠˋ ㄧㄥ ㄒㄩㄥˊ 在時局動盪的時候，可以激發人才崛起。

語源 晉陸機豪士賦序：「才不半古而功已倍之，蓋得之於時勢也。」清羅普東歐女豪傑第一回：「看官，古語道：『英雄造時勢，時勢造英雄。』」

例句 時勢造英雄，國家危急存亡之秋，必定會有志士仁人應時而起，救國救民。

7

晚節不保 ㄨㄢˇ ㄐㄧㄝˊ ㄅㄨˋ ㄅㄠˇ 不能保住晚年應有的節操。晚節，晚年的節操。也作「晚節不終」。

語源 宋書陸徽傳：「霜情與晚節彌茂。」明史于孔兼傳：「疏論都御史吳時來晚節不終，不當諡忠恪。」

例句 那名教授著作等身，學術地位甚高，退休後卻因性侵案而鋃鐺入獄，晚節不保，令人感慨。

近義 自毀長城 自取其辱

反義 黃花晚節 愛惜羽毛

晝伏夜出 ㄓㄡˋ ㄈㄨˊ ㄧㄝˋ ㄔㄨ 白天潛伏，晚上才出來行動。伏，隱藏。

語源 金史僕散端傳：「小寇當晝伏夜出，豈敢白日列陳？」

例句 夜間因為能見度低，那些晝伏夜出的動物，聽覺和嗅覺都特別靈敏。

晨昏定省 ㄔㄣˊ ㄏㄨㄣ ㄉㄧㄥˋ ㄒㄧㄥˇ 清晨探望問安，晚間侍候就寢。指子女侍奉父母生活起居的日常禮節。省，探望；問候。

語源 禮記曲禮上：「凡為人子之禮，冬溫而夏凊，昏定而晨省。」宋陸游上殿劄子：「所謂悅親之道，非薦旨甘、奉輕

暖也；非晨昏定省、冬夏溫清也。」

例句 現代的子女雖然不必像過去一樣晨昏定省，但也要時時注意父母的健康與起居，那份關懷的心應該不因時代而有所差別。

近義 承歡膝下 冬溫夏清

反義 忤逆不孝

8

普天之下 ㄆㄨˇ ㄊㄧㄢ ㄓ ㄒㄧㄚˋ 整個天下；全天下。

語源 詩經小雅北山：「溥（普）天之下，莫非王土。率土之濱，莫非王臣。」

例句 普天之下還沒看過像他這麼厚顏無恥的人。

近義 五湖四海 大江南北

反義 彈丸之地 一隅之地

普天同慶 ㄆㄨˇ ㄊㄧㄢ ㄊㄨㄥˊ ㄑㄧㄥˋ 全天下都在慶祝。多指與國家人民有關的重大喜事。普，普遍；全。也作「溥天同慶」。

語源 三國志魏書郭淮傳：「今溥天同慶而卿最留遲，何也？」晉傅玄賀老人星表：「普天同慶，率土會歡。」

例句 今年適逢建國一百週年紀念，國慶日當天，普天同慶，舉國歡騰。

近義 舉國歡騰

反義 怨聲載道

晴天霹靂 ㄑㄧㄥˊ ㄊㄧㄢ ㄆㄧ ㄌㄧˋ 晴朗天空忽然打起疾雷。比喻突然發生的令人震驚的事。霹靂，巨大的響雷。也作「青天霹靂」。

語源 宋陸游四日夜雞未鳴起作：「正如久蟄龍，青天飛霹靂。」清曾樸孽海花第十七回：「猝聞這信，真是晴天霹靂，人人裂目，個個椎心。」

例句 父親車禍身亡的消息傳來，宛如晴天霹靂，他腦中頓時一片空白。

近義 平地風波 平地一聲雷

晶瑩剔透 ㄐㄧㄥ ㄧㄥˊ ㄊㄧ ㄊㄡˋ 形容明亮透澈的樣子。

例句 朝陽初升，茶葉尖上的露珠在陽光照射下晶瑩剔透。

智勇雙全 ㄓˋ ㄩㄥˇ ㄕㄨㄤ ㄑㄩㄢˊ 智謀與勇氣兼備。

語源 元關漢卿劉夫人慶賞五侯宴第三折：「某文通三略，武解六韜，智勇雙全。」

例句 歹徒正要亮槍之際，智勇雙全的警衛搶先一步按下警鈴，並衝向前去將他撲倒，迅速化解了這起銀行搶案。

近義 文武兼備 文武雙全

反義 有勇無謀

暑往寒來 ㄕㄨˇ ㄨㄤˇ ㄏㄢˊ ㄌㄞˊ 夏天過去，冬天到來。指時光流逝。也作「寒來暑往」。

語源 易經繫辭下：「寒往則暑來，暑往則寒來。」宋張掄阮郎歸：「寒來暑往幾時休，光陰逐水流。」

例句 自從來到山上的小學教書，暑往寒來，不經意間竟已度過了六個年頭。

近義 春去秋來 日居月諸

9

暈頭轉向 ㄩㄣ ㄊㄡˊ ㄓㄨㄢˇ ㄒㄧㄤˋ 形容頭腦昏亂不清。轉向，不辨方向。也作「昏頭轉向」。

例句 我已經被這個問題搞得暈頭轉向，你們不要再來煩我好嗎？

近義 頭昏腦脹 七葷八素

反義 神清氣爽 神采奕奕

暗中摸索 ㄢˋ ㄓㄨㄥ ㄇㄛ ㄙㄨㄛˇ 比喻在沒有師傳及門徑的情況下，試著尋求事物的道理。

語源 唐劉餗隋唐嘉話中：「卿自難記，若遇何、劉、沈、謝，暗中摸索著，亦可識之。」

例句 別看他現在飛黃騰達，當年他可是花了不少心力暗

日

中摸索，才有今天的成就。

近義　無師自通

反義　負笈從師　執經問難

暗吃一驚　心中暗自驚訝。

語源　明馮夢龍醒世恆言卷二九：「汪知縣因不見譚遵回覆，正在疑惑；又見董縣丞呈說這事，暗吃一驚。」

例句　無意中看到丈夫的手機裡有一則曖昧簡訊，阿美暗吃一驚，莫非他有了外遇？

近義　大吃一驚

暗自竊喜　心裡偷偷地高興。竊，私下；偷偷的。

例句　打開考卷，作文題目是不久前才寫過的「圓一個夢」，小齊暗自竊喜。

近義　喜出望外　喜不自勝

反義　悲從中來　欲哭無淚

暗送秋波　指暗中以眉目傳情。也用以比喻暗中勾搭，獻媚以取寵。秋波，比喻美女的眼睛。

語源　宋謝絳夜行船：「尊前和笑不成歌，意偷轉、眼波微送。」明馮夢龍掛枝兒卷一私部私窺：「眉兒來，眼兒去，暗送秋波。」

例句　小美在舞會中對小明暗送秋波，小明便鼓起勇氣上前邀舞。

近義　眉來眼去　眉目傳情

暗渡陳倉　參見「明修棧道，暗渡陳倉」。

暗無天日　形容處境悲慘陰暗，見不到光明。或比喻時代、社會極端黑暗，沒有一絲光明。天日，天空和太陽。比喻光明。

語源　清蒲松齡聊齋誌異鴉頭：「妾幽室之中，暗無天日。」清徐珂清稗類鈔貞烈類：「方是時，賊黨布滿朝列，暗無天日。」

例句　明朝末年執政者暴虐無道，倒行逆施，致使百姓過著暗無天日的生活。

近義　天昏地暗　不見天日

反義　撥雲見日　重見天日

暗結珠胎　參見「珠胎暗結」。

暗潮洶湧　水面下潮流激烈湧動。也比喻看似平靜的局面，暗中動盪不安。

語源　宋楊萬里過沙頭詩：「暗潮已到無人會，只有篙師識水痕。」

例句　①這裡有很多巨石，河道曲折，暗潮洶湧，下去玩水很危險。②這次黨代表改選，表面看似一團和氣，其實暗潮洶湧，充斥著各種流言蜚語。

近義　山雨欲來

反義　風平浪靜

暗箭傷人　趁人不備，暗中放箭加以傷害。也比喻暗中用陰險的手段傷害別人。

語源　宋劉炎邇言卷六：「暗箭中人，其深次骨；人之怨之，亦必次骨，以其掩人所不備也。」水滸傳第一一三回：「但是殺下馬的，各自抬回本陣，不許暗箭傷人。」

例句　我們絕不使用暗箭傷人的手段，而要光明正大地贏得勝利。

近義　放冷射

反義　光明正大

暗藏玄機　暗中隱藏玄妙的機關或設計。

例句　每張鈔票上其實都暗藏玄機，有很多防偽的設計，一般人不容易分辨。

近義 深藏不露　大有文章

10

暢行無阻 毫無阻礙地順利通過。

語源 清朝續文獻通考國用考漕運一：「加以節節套塘灌放，其不能暢行無阻，已可概見。」

例句 自從開闢了這條便道以後，我們到市區就變得暢行無阻了。

近義 無往不利　一帆風順

反義 窒礙難行

暢所欲言 盡情地表達自己的意見。暢，通暢無礙。即盡情。

語源 宋黃庭堅與王周彥長書：「紙窮不能盡所欲言。」明李清三垣筆記崇禎：「故開元不能暢所欲言。」

例句 人與人之間之所以不能暢所欲言，有時是因為利害關係，有時則是因為面子問題。

近義 直抒己見　侃侃而談

反義 欲言又止　欲語還休

11

暮去朝來 黃昏過去，清晨又來。指時間流逝。

語源 唐白居易琵琶行：「弟走從軍阿姨死，暮去朝來顏色故。」

例句 別老是遊手好閒，小心暮去朝來之間，你的青春歲月很快就浪費掉了。

近義 春去秋來　斗轉星移

暮四朝三 參見「朝三暮四」。

暮氣沉沉 本形容日暮景象，後比喻萎靡不振的樣子。

語源 孫子軍爭：「朝氣銳，晝氣惰，暮氣歸。」

例句 一大早看到同事個個暮氣沉沉，主任忍不住訓了大家一頓。

近義 死氣沉沉　萎靡不振

反義 意氣風發　朝氣蓬勃

暮鼓晨鐘 佛寺中早課敲鐘、晚課擊鼓。也比喻使人覺悟的言論。

語源 唐杜甫遊龍門奉先寺：「欲覺聞晨鐘，令人發深省。」明周履靖錦箋記協計：「暮鼓晨鐘勤懺悔，怎免阿鼻。」

例句 聽君一席話，有如暮鼓晨鐘，令人深省。

近義 金玉良言　醍醐灌頂

反義 老生常談　陳腔濫調

暴戾恣睢 兇狠殘暴，任意妄為。恣睢，狂妄橫暴的樣子。恣，放縱。睢，怒視。

語源 史記伯夷列傳：「盜蹠日殺不辜，肝人之肉，暴戾恣睢。」

例句 部分學生被吸收加入幫派，行為暴戾恣睢，校園頻傳暴力事件，實在令人憂心。

近義 橫行霸道　肆無忌憚

反義 循規蹈矩　居仁由義

暴虎馮河 比喻人做事有勇無謀。暴虎，空手打虎。馮河，徒步渡河。

語源 詩經小雅小旻：「不敢暴虎，不敢馮河。」論語述而：「暴虎馮河，死而無悔者，吾不與也。」

例句 你不要衝動，暴虎馮河不是明智的做法。

近義 有勇無謀　匹夫之勇

反義 智勇雙全

暴殄天物 原指殘害各種生物。也泛指糟蹋物資，不珍惜可用之物。暴，糟蹋；損害。殄，滅絕。天物，自然界的物質。

語源 尚書武成：「今商王受無道，暴殄天物。」唐杜甫又

日

觀打魚詩：「吾徒胡為縱此樂，暴殄天物聖所哀。」

辨析 殄，音ㄊㄧㄢˇ，不讀ㄓㄣˇ。

例句 綜藝節目流行拿食物來玩遊戲，真是暴殄天物。

近義 揮霍無度　窮奢極侈

反義 克勤克儉　廢物利用

暴虐無道 ㄅㄠˋ ㄋㄩㄝˋ ㄨˊ ㄉㄠˋ 兇狠殘暴，喪盡天良。多指當政者而言。

語源 晉書桓彝傳：「遂肆意酒色，暴虐無道，多所殘害。」

例句 商紂王受妲己蠱惑，暴虐無道，殘害忠良，終致眾叛親離，亡國喪身。

近義 倒行逆施　殘民以逞

反義 仁民愛物　視民如傷

暴跳如雷 ㄅㄠˋ ㄊㄧㄠˋ ㄖㄨˊ ㄌㄟˊ 形容非常生氣的樣子。

語源 宋郭茂倩樂府詩集焦仲卿妻：「我有親父兄，性行暴如雷。」明羅懋登三寶太監西洋記第二十三回：「他聽不過姜老星的閒言碎語，激得他就暴跳如雷。」

例句 他性情急躁，稍不如意就暴跳如雷，很難相處。

近義 氣急敗壞　火冒三丈

反義 平心靜氣　和顏悅色

12

曇花一現 ㄊㄢˊ ㄏㄨㄚ ㄧˊ ㄒㄧㄢˋ 比喻美好事物難得一見，或出現一下子就消失了。曇花，梵語「優曇缽花」的簡稱。花白而香美，花期甚短，且只在夜間開放，花開後幾小時就凋謝。

語源 法華經：「如是妙法，如優曇缽花，時一現耳。」清王韜淞隱漫錄悼紅仙史：「今大半降生人世，然多不永年，曇花一現。」

例句 由武則天主政的大周帝國為期甚短，在歷史上曇花一現。

近義 驚鴻一瞥　稍縱即逝

反義 天長地久

曉以大義 ㄒㄧㄠˇ ㄧˇ ㄉㄚˋ ㄧˋ 以公理正義開導對方。曉，告知使明白。

語源 元史史天祥傳：「天祥命人列崖，擒都統不剌，釋其縛，仍曉以大義，不剌感泣，願效死。」

例句 經過警察不斷曉以大義、柔性勸說，歹徒終於在一小時後釋放人質，束手就擒。

近義 曉以利害　以理服人

曉以利害 ㄒㄧㄠˇ ㄧˇ ㄌㄧˋ ㄏㄞˋ 把事情的利害關係為人說明清楚，使其正確抉擇。曉，告諭；開導。

語源 北齊書薛修循傳：「修循以雙熾是其鄉人，遂輕詣壘下，曉以利害，熾等遂降。」

例句 馬市長費盡口舌，曉以利害，終於成功說服示威的群眾，使抗議活動和平收場。

近義 曉以大義　喻之以理

曉月殘星 ㄒㄧㄠˇ ㄩㄝˋ ㄘㄢˊ ㄒㄧㄥ 形容將黎明時，月猶未落、殘星點點的景象。曉，黎明。殘星，依稀隱約的星光。

語源 唐王勃易陽早發：「飭裝侵曉月，奔策候殘星。」

例句 為了一睹日出的美景，我們起了個大早，伴著曉月殘星，滿懷期待地去攻頂。

近義 曉風殘月

曉風殘月 ㄒㄧㄠˇ ㄈㄥ ㄘㄢˊ ㄩㄝˋ 清晨的微風和即將隱沒的月亮。形容黎明時的景色。曉，黎明。

語源 唐韓琮露：「幾處花枝抱離恨，曉風殘月正潸然。」

例句 他因為憂愁而徹夜未眠，望著窗外，曉風殘月，更平添落寞的感受。

13

曙光乍現 ㄕㄨˋ ㄍㄨㄤ ㄓㄚˋ ㄒㄧㄢˋ 比喻在混沌不明或絕望中突然出

現希望。曙光，清晨的日光。比喻光明、希望。乍，突然。

例句 自從他當選總統後，改革的曙光乍現，政府或許能重新獲得人民的信任。

近義 一線曙光　一線希望

反義 萬念俱灰　心灰意冷

15

曝鰓龍門 ㄆㄨˋ ㄙㄞ ㄌㄨㄥˊ ㄇㄣˊ 魚跳不過黃河上的龍門，只能在下面張著魚鰓喘息。比喻應試落第或處境困頓。也作「暴腮龍門」。

語源 太平御覽卷四〇地部龍門山：「河津一名龍門，巨靈跡猶在，去長安九百里，江海大魚洎集門下數千，不得上，上則為龍，故云：『曝鰓龍門』。」

例句 入學考試的日子就快到了，你不想曝鰓龍門，就得加緊努力喔！

近義 名落孫山　龍門點額

反義 金榜題名　魚躍龍門

曠日持久 ㄎㄨㄤˋ ㄖˋ ㄔˊ ㄐㄧㄡˇ 荒廢時日，拖延過久。曠，耽誤；荒廢。

語源 戰國策趙策四：「曠日持久數歲，令士大夫餘子之力，盡於溝壘。」

例句 由於設計不當，使得這項道路工程曠日持久，附近居民是抱怨連連。

近義 曠日費時　長年累月

反義 指日可待　彈指之間

曠日費時 ㄎㄨㄤˋ ㄖˋ ㄈㄟˋ ㄕˊ 歷時長久，耗廢時日。曠日，荒廢時日。

語源 三國魏曹冏六代論：「曠日若彼，用力若此，豈非深固根蒂不拔之道乎？」

例句 這項侵權糾紛如果透過法律途徑解決，恐怕曠日費時，我勸你們還是各退一步，早日和解吧。

近義 曠日持久　遙遙無期

反義 一朝一夕　為期不遠

曠古未聞 ㄎㄨㄤˋ ㄍㄨˇ ㄨㄟˋ ㄨㄣˊ 前所未聞。曠古，自古以來；從古至今。

語源 舊唐書顏真卿傳：「如今日之事，曠古未有。」明馮夢龍警世通言卷三四：「再說吳江闕大尹接得南陽衛文書，拆開看時，深以為奇。此事曠古未聞。」

例句 石頭居然會長出頭髮，這種事真是曠古未聞！

近義 前所未聞　聞所未聞

反義 司空見慣　史不絕書

曠男怨女 ㄎㄨㄤˋ ㄋㄢˊ ㄩㄢˋ ㄋㄩˇ 指過了適婚年齡卻還沒有配偶的男女。曠，無妻的男子。也作「曠夫怨女」、「怨女曠夫」。

語源 孟子梁惠王下：「當是時也，內無怨女，外無曠夫。」清白雲道人賽花鈴第十五回：「怎見得曠男怨女，一番情夢。」

例句 現代網路發達，透過線上交友，也間接替許多曠男怨女促成良緣。

近義 孤家寡人

反義 成雙成對　雙宿雙飛

曰部

2

曲折離奇 ㄑㄩ ㄓㄜˊ ㄌㄧˊ ㄑㄧˊ 形容事情發展得複雜而不尋常。離奇，奇特；不尋常。也作「離奇曲折」。

語源 漢書鄒陽傳：「蟠木根柢，輪囷離奇。」清潘綸恩道聽途說卷一二：「伯常又嘗自作一夢，亦極離奇曲折。」

例句 這本偵探小說的情節曲折離奇，拍成電影肯定會賣座。

近義 撲朔迷離　匪夷所思

反義 平淡無奇　不足為奇

日

曰

曲突徙薪 ㄑㄩ ㄊㄨˊ ㄒㄧˇ ㄒㄧㄣ 使煙囪彎曲，並且將灶旁積放的木柴搬到別處，避免發生火災。比喻事先採取措施，防止危險發生。突，煙囪。徙，搬移。

語源 漢書霍光傳：「今論功而請賓，曲突徙薪亡恩澤，焦頭爛額為上客耶？」

例句 最近意外災害頻傳，大家有必要再加強曲突徙薪、防患未然的觀念。

近義 防患未然 防微杜漸

反義 臨渴掘井 江心補漏

曲徑通幽 ㄑㄩ ㄐㄧㄥˋ ㄊㄨㄥ ㄧㄡ 彎曲的小路通向幽靜別致之處。形容景色雅致怡人。幽，幽靜；少人所到之處。

語源 唐常建題破山寺後禪院：「曲徑通幽處，禪房花木深。」

例句 走進板橋林家花園，園林佈景巧妙，往往曲徑通幽，轉出令人驚喜的一片天地。

近義 引人入勝 流連忘返

曲高和寡 ㄑㄩ ㄍㄠ ㄏㄜˋ ㄍㄨㄚˇ 曲調高妙，能應和的人少。比喻知音難求。也比喻作品不通俗，了解的人不多，或才高難為人所知。

語源 戰國楚宋玉對楚王問：「客有歌於郢中者，其始曰下里巴人，國中屬而和者千人；其為陽阿薤露，國中屬而和者數百人；其為陽春白雪，國中屬而和者不過數十人；引商刻羽，雜以流徵，國中屬而和者，不過數人而已。是其曲彌高，其和彌寡。」

例句 ①這場古典音樂會聽眾稀少，賣座欠佳，恐怕是曲高和寡吧！②他的文章內容深奧，出版社擔心曲高和寡而拒絕出版。

近義 陽春白雪

反義 下里巴人

曲終人散 ㄑㄩ ㄓㄨㄥ ㄖㄣˊ ㄙㄢˋ 樂曲演奏完畢，人群紛紛散去。泛指聚會結束，人群各自離去。

語源 宋葛立方韻語陽秋卷一九：「又有招屈亭詩，所謂『曲終人散空愁暮，招屈亭前水東注』是也。」

例句 戶外演唱會曲終人散之後，滿地狼藉的垃圾，顯示聽眾公德心有待加強。

曲意逢迎 ㄑㄩ ㄧˋ ㄈㄥˊ ㄧㄥˊ 委曲自己的心意，以迎合他人。

語源 宋葉紹翁給舍繳駁論疏：「如用兵之謀，不惟不能沮止，乃從而附合，曲意逢迎，貽害生民。」

例句 你有不同的意見要勇於向上司表達，不能因為怕得罪他而曲意逢迎。

近義 投其所好 阿諛奉承

反義 剛正不阿 不卑不亢

曲盡人情 ㄑㄩ ㄐㄧㄣˋ ㄖㄣˊ ㄑㄧㄥˊ 委婉詳盡地表達出人情事理。曲，婉轉；委婉。

語源 宋邵雍觀詩吟：「愛君難得似當時，曲盡人情莫若詩。」

例句 偉大的小說作品描寫人性總是淋漓盡致，曲盡人情。

反義 詞不達意 不知所云

曲盡其妙 ㄑㄩ ㄐㄧㄣˋ ㄑㄧˊ ㄇㄧㄠˋ 委婉細致地表達出其中的奧妙。

語源 晉陸機文賦序：「故作文賦以述先士之盛藻，因論作文之利害所由，他日殆可謂曲盡其妙。」

例句 這部電影的導演藉由日常瑣事表現父女親情，曲盡其妙，確實功力非凡。

近義 個中三昧 言盡意達

反義 詞不達意 不知所云

曰

曲學阿世（ㄑㄩ ㄒㄩㄝˊ ㄜ ㄕˋ） 扭曲或違背自己的學識以迎合世俗的喜好。阿，迎合。

語源 史記儒林列傳：「公孫子，務正學以言，無曲學以阿世。」

辨析 阿，音ㄜ，不讀ㄚ。

例句 他一味曲學阿世，只為保住官位，令人不齒。

近義 曲意逢迎 覥顏借命

反義 剛正不阿 不卑不亢

曳尾塗中（ㄧˋ ㄨㄟˇ ㄊㄨˊ ㄓㄨㄥ） 拖著尾巴在泥中爬行。比喻自由自在的隱逸生活。塗，泥沼。

語源 莊子秋水記載：楚王派遣兩位大夫聘請莊子為官。莊子以楚宮的神龜為喻，表示與其死後而被尊崇，寧可活著「曳尾塗中」。

例句 他在事業有成之際，竟毅然拋棄名利羈絆，歸隱山林，過著曳尾塗中的生活。

近義 閒雲野鶴 枕石漱流

反義 名韁利鎖 追名逐利

3

更上層樓（ㄍㄥˋ ㄕㄤˋ ㄘㄥˊ ㄌㄡˊ） 比喻達到更高的境界。

語源 唐王之渙登鸛雀樓：「欲窮千里目，更上一層樓。」

例句 蔡主席上任以來，已逐步完成在野勢力的整合，媒體一致看好他能更上層樓，問鼎下屆總統。

近義 展翅高飛

反義 坐困愁城

更勝一籌（ㄍㄥˋ ㄕㄥˋ ㄧ ㄔㄡˊ） 比對方更好一些。籌，算籌，古代計數的用具。

例句 年輕人不拘一格的創意，往往比年長者更勝一籌。

近義 略勝一籌 棋高一著

反義 略遜一籌 黯然失色

6

書不盡言（ㄕㄨ ㄅㄨˋ ㄐㄧㄣˋ ㄧㄢˊ） 文字無法完全表達想說的話。多用以指書信。

語源 易經繫辭上：「子曰：『書不盡言，言不盡意。』」

例句 與你分別之後，思念之情與日俱增，但恨書不盡言，紙短情長，只盼早日相見，一訴衷腸。

近義 言不盡意 紙短情長

反義 言盡於此

書空咄咄（ㄕㄨ ㄎㄨㄥ ㄉㄨㄛˋ ㄉㄨㄛˋ） 用手在空中寫「咄咄怪事」四個字。借指失意時藉以宣洩憤慨與不解情緒的舉動。咄咄，咨嗟嘆氣。

語源 南朝宋劉義慶世說新語黜免：「殷中軍被廢，在信安，終日恆書空作字。揚州吏民尋義逐之，竊視，唯作『咄咄怪事』四字而已。」

辨析 咄，音ㄉㄨㄛˋ，不讀ㄓㄨㄛˊ。

例句 敗選之後，他成天唉聲嘆氣，書空咄咄，不復選前意氣風發的樣子。

近義 唉聲嘆氣 長吁短嘆

反義 意氣風發 春風得意

書香門第（ㄕㄨ ㄒㄧㄤ ㄇㄣˊ ㄉㄧˋ） 世代都是讀書人的家庭。書香，世代讀書的風尚。

語源 宋林景熙述懷次柴主簿：「書香劍氣俱寥落，虛老乾坤父母身。」清文康兒女英雄傳第四十回：「如今眼看著書香門第是接下去了，衣飯生涯是靠得住了。」

例句 他出身書香門第，家學淵源，從小就培養出做學問的興趣。

8

曾幾何時（ㄘㄥˊ ㄐㄧˇ ㄏㄜˊ ㄕˊ） 才多少時間。指時間過去沒多久。有感嘆之意。

語源 宋趙德莊新荷葉：「曾幾何時，故山疑夢還非。」

例句 以前這裡因為淘金熱潮

而繁華熱鬧，金礦採光後，曾幾何時，竟已變得一片蕭條。

曾經滄海難為水 曾經經歷過大海，面對江河湖泊的水也就不放在眼裡了。比喻見識廣博、經驗豐富的人，對於一般的事物便覺得平淡無奇。也比喻曾經擁有過美好的感情，因而不能或不願再面對新的戀情。滄海，大海。也作「曾經滄海」。

語源 孟子盡心上：「孔子登東山而小魯，登泰山而小天下。故觀于海者難為水，游於聖人之門者難為言。」唐元稹離思五首（其四）：「曾經滄海難為水，除卻巫山不是雲。」

例句 曾經滄海難為水，除了小君，我是不會再為任何人動心的。

近義 除卻巫山不是雲

替罪羔羊 參見「代罪羔羊」。

9

會心一笑 領會他人未明說之意或對事情別有體悟而微微一笑。會心，心中領悟。

語源 南朝宋劉義慶世說新語言語：「會心處不必在遠，翳然林水，便自有濠濮間想也。」

例句 真正的默契不需太多言語，往往是彼此會心一笑，就已靈犀相通。

近義 心領神會　心照不宣

月部

月白風清 月色皎潔，和風清爽。形容幽靜美好的月夜。

語源 宋蘇軾後赤壁賦：「有客無酒，有酒無肴，月白風清，如此良夜何！」

例句 今夜月白風清，我們坐在陽臺上聊過往、憶友朋，不亦快哉！

近義 清風明月　月明如水

反義 月黑風高　日月無光

月明如水 月光像水一般明淨、清冷。

語源 元王實甫西廂記第一折：「彩雲何在？明月如水浸樓臺。」

例句 今夜月明如水，我們正好放舟中流，隨月光游向天際。

近義 清風明月　月白風清

反義 月黑風高　日月無光

月明星稀 月光明亮，星光稀疏。形容寧靜的月夜。

語源 漢曹操短歌行：「月明星稀，烏鵲南飛。」

例句 月明星稀的夜晚，望著遠方，懷鄉之情油然而生。

近義 清風明月　月明如水

反義 月黑風高　愁雲黯黯

月黑風高 沒有月亮而且風勢強勁的夜晚。

語源 宋邢居實拊掌錄：「月黑殺人夜，風高放火天。」

例句 月黑風高的夜晚，常是宵小橫行的時候，要格外小心注意。

近義 日月無光

反義 清風明月　風清月皎

月暈而風 參見「月暈而風，礎潤而雨」。

月暈而風，礎潤而雨 月亮四周圍繞彩色雲氣，表示將颳大風；柱下的石墩潮溼，表示將下大雨。比喻事物發生之前必有徵兆。礎，柱子底下的基石。也省作「月暈而風」或「礎潤而雨」。

語源 唐孟浩然彭蠡湖中望廬

山：「太虛生月暈，舟中知天風。」易經乾卦唐孔穎達疏：「同氣相求者，若天欲雨而礎潤柱是也。」宋蘇洵辨奸論：「月暈而風，礎潤而雨，人人知之。」

例句 就像「月暈而風，礎潤而雨」，媽媽在大發雷霆之前，也會有特別的徵兆。

近義 見微知著　落葉知秋

2

有口皆碑 ㄧㄡˇ ㄎㄡˇ ㄐㄧㄝ ㄅㄟ 每一個人都說好。指大家同聲讚譽。

語源 宋釋惟白續傳燈錄卷二二永州太平安禪師：「勸君不用鐫頑石，路上行人口似碑。」清劉鶚老殘遊記第三回：「宮保的政聲，有口皆碑，那是沒有得說的了。」

例句 這家食品工廠生產的產品從不偷工減料，而且風味獨特，有口皆碑。

近義 膾炙人口　口碑載道

反義 怨聲載道

有口無心 ㄧㄡˇ ㄎㄡˇ ㄨˊ ㄒㄧㄣ 嘴上隨便說說，並非出自內心。也指心直口快，說話傷人而不自知。

語源 明于謙擬吳儂曲：「刻木為雞啼不得，元來有口卻無心。」金瓶梅第三十九回：「你便有口無心許下，神明都記得。」清文康兒女英雄傳第十五回：「老爺此時早看透了鄭九公是個重交尚義，有口無心，年高好勝的人。」

例句 他個性爽直，有口無心，說話如果得罪了你，請你不要在意。

近義 言不由衷　心直口快

有口難言 ㄧㄡˇ ㄎㄡˇ ㄋㄢˊ ㄧㄢˊ 指受到冤屈，難以辯說。

語源 宋蘇軾醉睡者：「有道難行不如醉，有口難言不如睡。」

例句 小健好心安慰失戀的小美，竟被旁人誤以為橫刀奪愛，令他有口難言。

近義 難言之隱　欲語還休

反義 直言不諱　脫口而出

有女懷春 ㄧㄡˇ ㄋㄩˇ ㄏㄨㄞˊ ㄔㄨㄣ 指少女萌發情思。

語源 詩經召南野有死麕：「有女懷春，吉士誘之。」

例句 有女懷春對父母而言是一則以喜，一則以憂；喜的是女兒長大成人，憂的是她將離開父母的懷抱。

近義 情竇初開

有以教我 ㄧㄡˇ ㄧˇ ㄐㄧㄠ ㄨㄛˇ 有可以教導我之處；有東西可以教導我。指提出問題向他人請教，希望得到解答。

語源 孟子梁惠王上：「願夫子輔吾志，明以教我。」宋王令寄王正叔：「賢子遠相問，幸有以教我。」

例句 我是新手，在實務方面較無經驗，希望前輩有以教我，讓我早日進入狀況。

有生之年 ㄧㄡˇ ㄕㄥ ㄓ ㄋㄧㄢˊ 指生命中剩餘的歲月。

例句 陳伯伯想在有生之年，帶著陳伯母遊山玩水，環遊世界。

有目共睹 ㄧㄡˇ ㄇㄨˋ ㄍㄨㄥˋ ㄉㄨˇ 凡有眼睛的人都看得見。形容極其明顯。

語源 漢徐幹中論上貴驗：「事著明則有目者莫不見也，有耳者莫不聞也。」宋蘇軾淮陰侯廟記：「淮陰少年，有目共睹。」

例句 你對公司的貢獻有目共睹，別人想排擠你，恐怕沒那麼容易，何必擔心呢？

近義 顯而易見　眾所周知

反義 鮮為人知　微乎其微

有名無實 ㄧㄡˇ ㄇㄧㄥˊ ㄨˊ ㄕˊ 徒有虛名而無實在的內涵。

語源 管子明法解：「如此者，有人主之名而無其實。」漢書黃霸傳：「並行偽貌，有名亡（無）實。」

例句 他在協會只是個有名無實的理事長，根本沒有任何職權。

近義 名不副實 名存實亡

反義 名副其實 名實相副

有血有肉 ㄧㄡˇ ㄒㄧㄝˇ ㄧㄡˇ ㄖㄡˋ 比喻文藝作品內容充實，形象生動鮮明，富有生命力。

例句 這齣戲的編劇將康熙皇帝寫得有血有肉，除了天縱英明的刻板形象外，還多了人性矛盾衝突的刻劃。

近義 栩栩如生 刻畫入微

反義 不痛不癢 無病呻吟

有行無市 ㄧㄡˇ ㄏㄤˊ ㄨˊ ㄕˋ 有行情卻無市場。指商品的行情被看好，但賣得不好，交易很少。

例句 這個新市鎮的捷運工程一再延宕，以致房地產仍然有行無市，空屋一大堆。

反義 大發利市 銷售一空

有利可圖 ㄧㄡˇ ㄌㄧˋ ㄎㄜˇ ㄊㄨˊ 有好處、利益可以謀取。

語源 清吳趼人發財祕訣第一回：「忽見一家店鋪在那裡燒料泡，心中暗忖，把這個販到香港，或者有利可圖。」

例句 自從第一家咖啡屋生意興隆、人潮不斷後，風景區內的商家眼見有利可圖，也紛紛改賣起咖啡來。

有志一同 ㄧㄡˇ ㄓˋ ㄧ ㄊㄨㄥˊ 志趣相同而做同樣的事；志趣相同而一起行動。

例句 小傑和建仔都愛好飛行，兩人有志一同，高中畢業後都想去報考空軍官校。

近義 志同道合 不約而同

反義 分道揚鑣 各行其是

有志竟成 ㄧㄡˇ ㄓˋ ㄐㄧㄥˋ ㄔㄥˊ 只要有堅強意志，事情終究可以成功。用來勉勵人立志上進，做事要有決心和毅力。原作「有志者事竟成」。

語源 後漢書耿弇傳：「將軍前在南陽建此大策，常以為落落難合，有志者事竟成也！」

例句 這項任務有許多困難需要克服，但有志竟成，相信只要大家通力合作，一定可以完成。

近義 事在人為 人定勝天

反義 半途而廢 有始無終

有志難酬 ㄧㄡˇ ㄓˋ ㄋㄢˊ ㄔㄡˊ 懷有遠大的抱負卻難以實現。酬，完成；實現。也作「有志難伸」。

語源 元佚名張公藝九世同居第二折：「有一等要讀書的家私薄，更無錢辦束脩，因此上有志難酬。」

例句 小王的學歷雖高，然缺乏通達圓融的處事態度，不受上司賞識，難怪一直感嘆有志難酬。

近義 懷才不遇 龍困淺灘

反義 一展長才 志得意滿

有求必應 ㄧㄡˇ ㄑㄧㄡˊ ㄅㄧˋ ㄧㄥˋ 只要有所要求，都會答應。多用以形容人樂善好施或神明的仁慈靈驗。

語源 後漢書樊宏傳：「又池魚牧畜，有求必給。」明文徵明嚴母陸宜人墓誌銘：「而特樂於賑施，恤窮急匱，有求必應。」

例句 聽說這間土地公廟有求必應，許多人特地不遠千里前來膜拜。

近義 來者不拒 急人之難

反義 拒人千里 不聞不問

有始有終 ㄧㄡˇ ㄕˇ ㄧㄡˇ ㄓㄨㄥ 做事有頭有尾，能堅持到底。

語源 論語子張：「有始有卒者，其惟聖人乎？」唐吳兢貞觀政要慎終：「昔陶唐、成湯之時非無災患，而稱其聖德者，以其有始有終，無為無欲，遇災則極其憂勤，時安則不驕不逸故也。」

例句 做人做事只要能秉持著有始有終的態度，到哪裡都會受到歡迎。

近義 有頭有尾 貫徹始終

反義 虎頭蛇尾 半途而廢

有始無終 ㄧㄡˇ ㄕˇ ㄨˊ ㄓㄨㄥ 做事有頭無尾，不能堅持到底。

語源 詩經大雅蕩：「靡不有初，鮮克有終。」戰國策秦策五：「三者非無功也，能始而不能終也。」漢揚雄法言孝至：「德有始而無終，與有終而無始也，孰寧？」

例句 成功不會屬於那些好逸惡勞、有始無終的人。

近義 虎頭蛇尾 半途而廢

反義 貫徹始終 鍥而不捨

有板有眼 ㄧㄡˇ ㄅㄢˇ ㄧㄡˇ ㄧㄢˇ 唱戲合乎節拍板眼。也比喻說話或處理事情有條理，有步驟。板、眼，奏樂或唱曲時，每一小節中強拍以鼓板敲擊，稱板；次強拍和弱拍用簽敲鼓按拍，稱眼。

語源 明王驥德曲律二論板眼：「蓋凡曲，句有長短，字有多寡，調有緊慢，一視板以為節制，故謂之板眼。」清坑餘生續濟公傳第二一一回：「聽他兩首花籃詞顛來倒去，在嘴裡唱得有板有眼的。」

例句 ①她票戲時唱得有板有眼，不輸科班出身的演員。②董事長做事一向有板有眼，在他底下做事，可一點也馬虎不得。

近義 一板一眼 一絲不苟

反義 馬馬虎虎 粗枝大葉

有勇無謀 ㄧㄡˇ ㄩㄥˇ ㄨˊ ㄇㄡˊ 只憑血氣之勇而缺乏智謀。

語源 三國志魏書董卓傳裴松之注引獻帝起居注：「呂布受恩而反圖之，斯須之間，頭懸竿端，此有勇而無謀也。」

例句 事情要做全盤規劃，考慮周密之後再著手去做，有勇無謀很難成事。

近義 匹夫之勇 暴虎馮河

反義 智勇雙全 有勇有謀

有恃無恐 ㄧㄡˇ ㄕˋ ㄨˊ ㄎㄨㄥˇ 有所倚靠所以膽大而不害怕。恃，倚靠。

語源 左傳僖公二十六年：「室如縣罄，野無青草，何恃而不恐？」宋魏了翁陛辭奏定國論別人才回天怒圖民怨：「毋為人言所怵，嗜欲所移，則臣秉鉞于外，庶乎有恃無恐。」

例句 弟弟以為有媽媽當靠山，便一副有恃無恐的樣子，真令人生氣。

近義 狐假虎威 肆無忌憚

有害無利 ㄧㄡˇ ㄏㄞˋ ㄨˊ ㄌㄧˋ 有害處而無好處。

語源 漢書吾丘壽王傳：「盜賊有害無利，則莫犯法，刑錯之道也。」

例句 他們兩人的紛爭如果不化解的話，對整個團體的運作絕對有害無利。

近義 有百害而無一利

反義 有利無害 多多益善

有容乃大 ㄧㄡˇ ㄖㄨㄥˊ ㄋㄞˇ ㄉㄚˋ 有度量，能容人，才能成就大事。

語源 尚書君陳：「必有忍，其乃有濟，有容德乃大。」

例句 對於小陳的無心之過，你就不要在意，有容乃大，他

一定會感激你的。

近義 寬洪大量 豁達大度

反義 鼠肚雞腸 妒賢害能

有氣無力 ㄧㄡˇ ㄑㄧˋ ㄨˊ ㄌㄧˋ 形容虛弱而沒有力量。

語源 明凌濛初初刻拍案驚奇卷二二：「只得閃了身子開來，一句話也不說，有氣無力的，仍舊走回下處悶坐。」

例句 他因感冒而食不下咽，幾天下來顯得有氣無力，需要好好調養。

近義 無精打采 萎靡不振

反義 精神抖擻 生龍活虎

有教無類 ㄧㄡˇ ㄐㄧㄠˋ ㄨˊ ㄌㄟˋ 對人施行教育，沒有身分、資質的區別。無類，不分類別。

語源 論語衛靈公：「子曰：『有教無類。』」

例句 孔子有教無類，不僅顯示出他偉大的教育精神，也成為後代所有老師們的典範。

近義 循循善誘 誨人不倦

有條不紊 ㄧㄡˇ ㄊㄧㄠˊ ㄅㄨˋ ㄨㄣˇ 條理清楚而不雜亂。

語源 尚書盤庚上：「若網在綱，有條而不紊。」

例句 他做事有條不紊，效率很高，深得上司的賞識。

近義 井井有條 井然有序

反義 亂七八糟 顛三倒四

有眼無珠 ㄧㄡˇ ㄧㄢˇ ㄨˊ ㄓㄨ 形容見識淺短，不知真假好壞。

語源 宋釋普濟五燈會元卷一二洪州百丈惟政禪師：「游山又作麼生？會則燈籠笑你，不會有眼如盲。」西遊記第四十二回：「菩薩，我弟子有眼無珠，不識你廣大法力。」

例句 他雖然其貌不揚，卻是一家知名企業的負責人，你可別有眼無珠，當他是個工人。

近義 有眼不識泰山

有備而來 ㄧㄡˇ ㄅㄟˋ ㄦˊ ㄌㄞˊ 準備好了才前來。形容事前已有所準備。

例句 友校籃球隊主動提出比賽邀約，想必是有備而來，我們一定要勤加練習，以免被痛宰。

有備無患 ㄧㄡˇ ㄅㄟˋ ㄨˊ ㄏㄨㄢˋ 事先有準備，就可避免禍患。

語源 尚書說命：「惟事事，乃其有備，有備無患。」

例句 颱風季節即將來臨，防颱措施要及早做好，才能有備無患。

近義 防患未然 未雨綢繆

反義 臨陣磨槍 臨渴掘井

有朝一日 ㄧㄡˇ ㄓㄠ ㄧˊ ㄖˋ 將來有一天。預料某種情況將在某一天實現。

語源 元關漢卿趙盼兒風月救風塵第一折：「我也勸你不得，有朝一日，准備著搭救你塊望夫石。」

例句 他寒窗苦讀，比別人付出更多的努力，只盼望有朝一日能金榜題名，告慰年邁的雙親。

有感而發 ㄧㄡˇ ㄍㄢˇ ㄦˊ ㄈㄚ 內心有感觸而表達出來。

例句 看到鄰居小孩哭鬧不停，媽媽不禁有感而發地對我說：「想當初你也是個頑皮的小孩子，讓我傷透腦筋，一轉眼你就要上大學了，時間過得可真快呀！」

近義 語重心長 情真語切

反義 言不由衷 違心之論

有腳書櫥 ㄧㄡˇ ㄐㄧㄠˇ ㄕㄨ ㄔㄨˊ 參見「兩腳書櫥」。

有增無減 ㄧㄡˇ ㄗㄥ ㄨˊ ㄐㄧㄢˇ 只有增加而沒有減少。

語源 三國志魏書高堂隆傳：「臣寢疾病，有增無損，常懼

奄忽，忠款不昭。」明馮夢龍醒世恆言卷七：「你的從人雖多，怎比得坐地的，有增無減。」

例句 他們結婚二十多年，夫妻倆的感情有增無減，令人羨慕不已。

反義 每況愈下

有樣學樣 ㄧㄡˇ ㄧㄤˋ ㄒㄩㄝˊ ㄧㄤˋ 照著既有的模樣學習、模仿。

例句 小孩子最喜歡有樣學樣，所以父母的言傳身教不可不慎。

近義 如法炮製 依樣畫葫蘆

有機可乘 ㄧㄡˇ ㄐㄧ ㄎㄜˇ ㄔㄥˊ 有機會可以利用。也作「有隙可乘」。

語源 宋樓鑰簽書樞密院……王公神道碑銘：「公之有行，請益兵備，機有可乘，雖烹何畏！」三國演義第一一〇回：「今魏有隙可乘，不就此時伐之，更待何時？」

例句 他是個愛慕虛榮的人，只要有機可乘，就會想辦法攀龍附鳳。

有頭有尾 ㄧㄡˇ ㄊㄡˊ ㄧㄡˇ ㄨㄟˇ 有始有終。

語源 宋朱熹朱子語類卷二九：「『斐然成章』，也是自成一家了，做得一章有頭有尾。」

例句 做事若能無論大小都有頭有尾，便是個成功的人。

近義 貫徹始終 有始有終

反義 虎頭蛇尾 中道而廢

有頭有臉 ㄧㄡˇ ㄊㄡˊ ㄧㄡˇ ㄌㄧㄢˇ 比喻有地位、有名譽。

語源 紅樓夢第七十四回：「太太那邊的人，我也都見過，就只沒看見你這麼個有頭有臉大管事的奶奶！」

例句 他是企業界鉅子，結交的朋友都是有頭有臉的人。

近義 赫赫有名 響噹噹

有聲有色 ㄧㄡˇ ㄕㄥ ㄧㄡˇ ㄙㄜˋ ①既有名聲，又有光彩。形容做事很有成效，或表演很精采。②形容言論或文章描寫逼真生動。

語源 宋汪藻翠微堂記：「其意以謂世之有聲有色者，未有不爭而得，亦未有不終磨滅者。」清佚名賽紅絲第二回：「枯冷之題，寫得有聲有色，真鏤空妙手。」

例句 ①他在任內的施政表現有聲有色，深獲讚揚。②他的文章旁徵博引，寫得有聲有色，引人入勝。

近義 栩栩如生 繪聲繪影

反義 乏善可陳 不堪入目

有虧職守 ㄧㄡˇ ㄎㄨㄟ ㄓˊ ㄕㄡˇ 有損於職責；未盡到該盡的職責。虧，缺損。

語源 清無名氏海公大紅袍全傳第十三回：「遂致坑陷良民，抗藐地方官員，實屬不能防範，有虧職守。」

例句 國內接連發生好幾起危害食品衛生安全的重大事件，衛福部長因為有虧職守而自動請辭。

近義 怠忽職守 玩忽職守

反義 盡忠職守 克盡厥職

有礙觀瞻 ㄧㄡˇ ㄞˋ ㄍㄨㄢ ㄓㄢ 妨害外觀。形容不雅觀。觀瞻，外觀。

語源 清夏敬渠野叟曝言第六十六回：「這使不得！一來有礙觀瞻，二來我從沒這般吃過，必至嗆壞喉嚨，嘔吐滿地。」

例句 違章建築不僅有礙觀瞻，對建築物的結構也有安全之虞，相關部門應加強取締、拆除。

近義 不堪入目 不成體統

有識之士（ㄧㄡˇ ㄕˋ ㄓ ㄕˋ）　指有識見的人。

語源　後漢書皇后紀下：「時有識之士心獨怪之，後遂因何氏傾沒漢祚焉。」

例句　在他的呼籲下，一群有識之士挺身而出，為保存古蹟而奔走。

有驚無險（ㄧㄡˇ ㄐㄧㄥ ㄨˊ ㄒㄧㄢˇ）　出現令人驚恐的情況，但最終安然度過。

例句　地主隊今天遭到客隊的強力挑戰，最後總算有驚無險地保住勝利。

近義　虛驚一場　提心吊膽

有理走遍天下（ㄧㄡˇ ㄌㄧˇ ㄗㄡˇ ㄅㄧㄢˋ ㄊㄧㄢ ㄒㄧㄚˋ）　只要有道理，不管到哪裡都行得通。也作「有理走遍天下，無理寸步難行」。

例句　小劉相信有理走遍天下，面對上司的故意刁難，他還是會據理力爭。

近義　合情合理　以理服人

反義　無理取鬧　不可理喻

有眼不識泰山（ㄧㄡˇ ㄧㄢˇ ㄅㄨˋ ㄕˋ ㄊㄞˋ ㄕㄢ）　諺語。比喻不能識別貴人。泰山，民間傳說他是春秋時代著名木匠魯班的徒弟。因他不專心，偷偷跑去學編竹器，被魯班趕出師門。幾年後他成為一位出色的竹匠，編製的竹器精美絕倫，魯班因而有「有眼不識泰山」的感慨。

語源　水滸傳第二回：「師父如此高強，必是個教頭，小兒有眼不識泰山。」

辨析　本則成語多用作冒犯別人後賠禮道歉的客氣話，有自責之意。

例句　我的下屬對您不禮貌，真是有眼不識泰山，我代他向您賠罪。

近義　有眼無珠　肉眼凡夫

有其父必有其子（ㄧㄡˇ ㄑㄧˊ ㄈㄨˋ ㄅㄧˋ ㄧㄡˇ ㄑㄧˊ ㄗˇ）　什麼樣的父親就會有什麼樣的兒子。

語源　孔叢子居衛：「有此父斯有此子，道之常也。」元白樸董秀英花月東墻記第三折：「想你父親也不曾弱了。常言道：『有其父必有其子。』孩兒，你著志者！」

辨析　本則成語褒義、貶義皆可用。前者意同「虎父無犬子」，後者意同「上梁不正下梁歪」。

例句　他父親是個職業軍人，做起事來一板一眼，沒想到兒子也跟他一樣，果真是有其父必有其子。

近義　虎父無犬子　上梁不正下梁歪

有情人終成眷屬（ㄧㄡˇ ㄑㄧㄥˊ ㄖㄣˊ ㄓㄨㄥ ㄔㄥˊ ㄐㄩㄢˋ ㄕㄨˇ）　真心相愛的人，最後能如願以償，結為夫婦。

語源　元王實甫西廂記第五本第四折：「永老無別離，萬古常完聚，願普天下有情的都成了眷屬。」

例句　受人歡迎的愛情文藝電影，最後的結局多半是有情人終成眷屬。

反義　棒打鴛鴦

有錢能使鬼推磨（ㄧㄡˇ ㄑㄧㄢˊ ㄋㄥˊ ㄕˇ ㄍㄨㄟˇ ㄊㄨㄟ ㄇㄛˋ）　比喻金錢萬能。使鬼推磨，比喻極難或不可能辦到的事。使，差遣；命令。磨，碾碎穀物的工具。

語源　晉魯褒錢神論：「有錢可使鬼，而況於人乎？」明沈璟義俠記萌奸：「有錢能使鬼推磨，一分錢鈔一分貨。」

例句　原本宣布退休的球員竟轉往其他隊伍，難道真是有錢能使鬼推磨嗎？

近義　錢可通神　金錢萬能

反義　富貴不能淫

有則改之，無則加勉

有錯誤就改正，沒有錯誤就自我勉勵。指虛心聽從、接受他人的意見或批評。

【語源】論語學而：「曾子曰：『吾日三省吾身。』」宋朱熹集注：「曾子以此三者日省其身，有則改之，無則加勉。」

【例句】校長在朝會上的叮嚀，希望同學們有則改之，無則加勉，共同為維護校譽而努力。

【近義】從善如流　知錯能改

【反義】文過飾非　拒諫飾非

有福同享，有難同當

禍福共同承擔與分享。形容交情深厚，關係密切。

【語源】清李伯元官場現形記第五回：「從前老爺有過話，是『有福同享，有難同當』。」

【例句】他和小強從小一塊兒長大，兩人有福同享，有難同當，感情好得沒話說。

【近義】患難與共　同甘共苦

【反義】酒肉朋友　人情冷暖

有意栽花花不發，無心插柳柳成陰

諺語。比喻有意去做的事不成功，無意中所做的事卻有意想不到的收穫。陰，通「蔭」。也省作「無心插柳柳成陰」或「無心插柳」。

【語源】元羅貫中平妖傳第十九回：「有意種花花不發，無心插柳柳成陰。」明湯顯祖南柯記第八齣：「有意栽花花不活，無心插柳柳成陰。」清天花藏主人平山冷燕第十四回：「有意栽花，既以無成；無心插柳，或庶幾一遇。」

【例句】本來是要介紹弟弟給阿花認識，沒想到後來是我娶了她姊姊，真是「有意栽花花不發，無心插柳柳成陰」。

【近義】歪打正著　誤打誤撞

【反義】偷雞不著蝕把米

4

朋比為奸

形容互相勾結，為非作歹。朋比，結黨。為，做。奸，奸邪之事。

【語源】宋高登東溪集上淵聖皇帝書：「此曹當盡伏誅，今且偃然自恣，尚欲朋比為奸，蒙蔽天日。」

【辨析】比，音ㄅㄧˋ，不讀ㄅㄧˇ。

【例句】國家重大建設時聞官商勾結，朋比為奸，互相包庇以中飽私囊，真是令人憤慨。

【近義】結黨營私　狼狽為奸

【反義】周而不比　群而不黨

服服貼貼

形容非常信服、順從。

【語源】清李漁連城璧第十二卷：「情理上說不去的，就把刑罰加他，那怕他不服服貼貼？」

【例句】楊太太御夫有術，老楊被她管教得服服貼貼，絕不敢在外拈花惹草。

【近義】百依百順　唯命是從

【反義】鉤心鬥角　反目成仇

6

朗朗上口

參見「琅琅上口」。

7

望子成龍

希望自己的兒子能夠成為人中之龍。多與「望女成鳳」連用。

【語源】清文康兒女英雄傳第三十六回：「無如望子成名，比自己功名念切，還加幾倍。」

【例句】望子成龍、望女成鳳是一般家長的願望，但過度的期望常常造成多數孩子不快樂的童年。

【近義】望女成鳳

【反義】恨鐵不成鋼

望文生義 ㄨㄤˋ ㄨㄣˊ ㄕㄥ ㄧˋ 從字面牽強附會地做出錯誤的或片面的解釋。

語源 清王念孫讀書雜志戰國策第三虎摯：「鮑、吳皆讀『摯』為『前有摯獸』之『摯』，望文生義，近於皮傅矣。」

例句 近來姓名學十分風行，但那種望文生義的拆字聯想，大多違背文字原義，令人啼笑皆非。

近義 穿鑿附會　斷章取義

反義 慎思明辨　融會貫通

望而卻步 ㄨㄤˋ ㄦˊ ㄑㄩㄝˋ ㄅㄨˋ 形容事物艱難或危險，令人裹足不前，不敢嘗試。

語源 清袁枚隨園詩話補遺卷七：「今藏園、甌北兩才子詩，鬥險爭新，余望而卻步。」

例句 雲霄飛車太過刺激，讓膽小的妹妹望而卻步。

近義 視為畏途　裹足不前

反義 冒險犯難　勇往直前

望其項背 ㄨㄤˋ ㄑㄧˊ ㄒㄧㄤˋ ㄅㄟˋ 從後面望見別人的頸子和背部。指已很接近，可以趕上別人。多用於反面敘述。項，頸部。

語源 明周藩憲王三度小桃紅楔子孟稱舜評點(眉批)：「氣味渾厚，音調復諧，畢竟是本朝第一能手。近時作者雖多，終難望其項背耳。」

辨析 本則成語使用時通常會在前面加上「難以」、「不敢」、「無法」等否定詞，來強調彼此的差距，表示趕不上或比不上。

例句 他鑽研天文學多年，尤其是太空物理方面的研究成績，其他人難以望其項背。

反義 望塵莫及　瞠乎其後

望洋興歎 ㄨㄤˋ ㄧㄤˊ ㄒㄧㄥ ㄊㄢˋ 抬頭仰望而感歎自己的渺小。原指在偉大的事物面前開闊了眼界，感到自己的渺小而大為驚歎。後也用來形容無能為力而感到無可奈何。望洋，即「盳洋」。抬頭仰視的樣子。

語源 莊子秋水：「於是焉河伯欣然自喜，以天下之美為盡在己。順流而東行，至於北海，東面而視，不見水端，於是焉河伯始旋其面目，望洋向若而歎。」明陸人龍遼海丹忠錄第十四回：「吳得水險，常以長江千里屈曹丕，望洋興歎。」

例句 ①聽到大師的演講，旁徵博引，學貫中西，不禁令人望洋興歎，自愧淺薄。②馬拉松比賽到了最後一百公尺，小強已精疲力竭，看著其他選手衝刺超越，後來居上，他也只能望洋興歎。

近義 無能為力　無可奈何

反義 沾沾自喜　自鳴得意

望穿秋水 ㄨㄤˋ ㄔㄨㄢ ㄑㄧㄡ ㄕㄨㄟˇ 比喻思慕盼望得十分殷切。多用於女性對愛人或丈夫的思念。秋水，比喻美好清澈的眼睛。

語源 唐白居易箏：「雙眸剪秋水，十指剝春蔥。」元袁桷班姬：「望幸眸凝秋水。」元王實甫西廂記第三本第二折：「你若不去呵，望穿他盈盈秋水，蹙損他淡淡春山。」

例句 表哥出海遠航已近半年，表嫂日夜望穿秋水，期盼他平安歸來。

近義 望眼欲穿　一日三秋

望風披靡 ㄨㄤˋ ㄈㄥ ㄆㄧ ㄇㄧˇ 草木順著風勢而倒伏。比喻受到強大氣勢所壓倒，或不經戰鬥就潰散。靡，傾倒。

語源 漢司馬相如上林賦：「應風披靡，吐芳揚烈。」漢書杜周傳：「天下莫不望風而靡。」元史張榮傳：「敵兵整

陣至，榮馳之，望風披靡。」

例句 本校啦啦隊表現傑出，大放異彩，讓其他參賽隊伍望風披靡，甘拜下風。

近義 落荒而逃 潰不成軍

反義 負嵎頑抗 困獸猶鬥

望梅止渴 ㄨㄤˋ ㄇㄟˊ ㄓˇ ㄎㄜˇ 想到梅子，唾腺便能分泌出唾液，好像止渴了。比喻用空想、空話安慰自己或別人。

語源 南朝宋劉義慶世說新語假譎：「魏武行役失汲道，軍皆渴。乃令曰：『前有大梅林，饒子，甘酸可以解渴。』士卒聞之，口皆出水。乘此得及前源。」水滸傳第五十一回：「官人今日見一文也無，提甚三五兩銀子，正是教俺『望梅止渴，畫餅充飢』。」

例句 醉不上道，為了自身以及其他人用路人的安全，今天聚餐，我們姑且以茶當酒，望梅止渴吧！

近義 畫餅充飢 指雁為羹

望眼欲穿 ㄨㄤˋ ㄧㄢˇ ㄩˋ ㄔㄨㄢ 極目遠望，把眼睛都要望穿了。形容非常殷切的盼望。

語源 唐白居易江樓夜吟元九律詩成三十韻：「白頭吟處變，青眼望中穿。」宋潘閬酒泉子：「別來已是二十年，東望眼將穿。」明西湖居士明月環第十六齣：「小姐望眼欲穿，老身去回覆小姐去也。」

例句 爸爸計畫暑假帶全家到墾丁玩，弟弟望眼欲穿，巴不得明天就放暑假。

近義 翹首盼望 望穿秋水

望塵莫及 ㄨㄤˋ ㄔㄣˊ ㄇㄛˋ ㄐㄧˊ 只看見前面車馬揚起的塵土，卻追趕不上。比喻程度遠遠落後，無法趕上。常用作謙詞。

語源 後漢書趙咨傳：「迎路謁候，咨不為留，暠送至亭次，望塵不及。」施公案第二五一回：「老夫散悶，望塵莫及，慚愧之至。」

例句 劉經理思慮周密，學養豐富，在公司表現一向傑出，我自認望塵莫及。

近義 瞠乎其後 自嘆不如

反義 後來居上 迎頭趕上

8

朝三暮四 ㄓㄠ ㄙㄢ ㄇㄨˋ ㄙˋ 原意是比喻善於使用手段，愚弄別人。後多用來比喻人變化不定或反覆無常。也作「暮四朝三」。

語源 莊子齊物論：「狙公賦芧，曰：『朝三而暮四。』眾狙皆怒。曰：『然則朝四而暮三。』眾狙皆悅。」舊唐書皇甫鎛傳：「直以性惟狡詐，言不誠實，朝三暮四，天下共知。」明陸西星封神演義第七十三回：「總是暮四朝三之小人，豈是一言以定之君子？」

例句 她是個朝三暮四的女人，你何必為了她的移情別戀而傷心？

近義 朝秦暮楚 反覆無常

反義 始終如一 堅定不移

朝不保夕 ㄓㄠ ㄅㄨˋ ㄅㄠˇ ㄒㄧ 早上獲得保全，但不能保證晚上也能夠保得住。形容情況危急，難以保全。也作「朝不謀夕」、「朝不慮夕」。

語源 左傳昭公元年：「吾儕偷食，朝不謀夕。」南齊書蕭昭胄傳：「建武以來，高、武王侯居常震怖，朝不保夕。」晉李密陳情表：「但以劉日薄西山，氣息奄奄，人命危淺，朝不慮夕。」

例句 加護病房中的老爺爺氣息奄奄，朝不保夕，子女卻都不在身邊，真是可憐。

近義 岌岌可危 氣息奄奄

反義 穩如泰山 萬無一失

朝令夕改 ㄓㄠ ㄌㄧㄥˋ ㄒㄧˋ ㄍㄞˇ 早晨發布的命令，到晚上又改變了。形容政令無常，使人無所適從。

語源 漢鼂錯論貴粟疏：「急政暴賦，賦斂不時，朝令而暮改。」宋范祖禹唐鑑卷一九穆宗：「朝令夕改，不知所從。」

例句 教育法規要從長計議，審慎制訂，不可朝令夕改。

近義 反覆無常 出爾反爾

反義 令出如山 言出必行

朝思暮想 ㄓㄠ ㄙ ㄇㄨˋ ㄒㄧㄤˇ 早晚都在想念。形容思念之深。

語源 宋柳永傾杯樂：「朝思暮想，自家空恁添清瘦。」

例句 朝思暮想的夢中情人如今就出現在眼前，他一陣臉紅心跳，卻不敢向前。

近義 魂牽夢縈 牽腸掛肚

反義 漠不關心 不聞不問

朝氣蓬勃 ㄓㄠ ㄑㄧˋ ㄆㄥˊ ㄅㄛˊ 形容精神振作，充滿旺盛的活力。蓬勃，興盛的樣子。

語源 孫子軍爭：「是故朝氣銳，晝氣惰，暮氣歸。」

例句 球場上，中華隊隊員個個朝氣蓬勃、紀律嚴整，充滿了奪標的信心。

近義 精神抖擻 生龍活虎

反義 萎靡不振 暮氣沉沉

朝秦暮楚 ㄓㄠ ㄑㄧㄣˊ ㄇㄨˋ ㄔㄨˇ ①早上事奉秦國，晚上又改事奉楚國。原指戰國時處於秦和楚兩個敵對大國之間的小國或游士，常見風使舵。後比喻人反覆無常。②早上在秦地，晚上在楚地。比喻居無定處。

語源 宋晁補之海陵集序：「戰國異甚士，一切趨利邀合，朝秦而暮楚不恥。」宋晁補之北渚亭賦：「托生理於四方，固朝秦而暮楚。」

例句 ①她周旋在兩個男友之間，朝秦暮楚，實在令人擔心。②他從事進出口貿易，時常要出差，已經過慣了朝秦暮楚的生活。

近義 反覆無常 萍蹤不定

反義 始終如一 落地生根

朝乾夕惕 ㄓㄠ ㄑㄧㄢˊ ㄒㄧˋ ㄊㄧˋ 時時刻刻都勤奮謹慎。朝、夕，從早到晚；時時刻刻。乾，易經乾卦，代表剛健、自強不息。惕，小心謹慎，隨時警覺。

語源 易經乾卦：「君子終日乾乾，夕惕若厲，無咎。」紅樓夢第十八回：「惟朝乾夕惕，忠於厥職。」

例句 企業的開創者往往朝乾夕惕，不辭辛勞；守成者則多半坐享其成，缺少艱苦卓絕的歷練和精神。

近義 兢兢業業 小心謹慎

反義 無所用心 得過且過

朝朝暮暮 ㄓㄠ ㄓㄠ ㄇㄨˋ ㄇㄨˋ 日日夜夜，時時刻刻。比喻從早到晚，日復一日。

語源 戰國楚宋玉高唐賦序：「妾在巫山之陽，高丘之阻。旦為朝雲，暮為行雨。朝朝暮暮，陽臺之下。」

例句 男女雙方的情感若是堅貞，又何必一定要朝朝暮暮，片刻不離呢？

近義 時時刻刻 形影不離

反義 一朝一夕 一時片刻

朝歌暮絃 ㄓㄠ ㄍㄜ ㄇㄨˋ ㄒㄧㄢˊ 從早到晚沉迷於歌舞的歡樂中。也作「朝歌暮樂」。

語源 元周密武林舊事卷六歌館：「外此諸處茶肆各有等差……莫不靚妝迎門，爭妍賣笑，朝歌暮絃，搖蕩心目。」

例句 這些富二代只知朝歌暮絃，好吃懶做，哪能期望他們有所成就？

近義 夜夜笙歌 笙歌達旦

朝虀暮鹽 ㄓㄠ ㄐㄧ ㄇㄨˋ ㄧㄢˊ 早晚只用鹹菜和鹽巴下飯。形容飲食菲薄，生活清苦。虀，切碎的醃菜。

語源 唐韓愈送窮文：「太學四年，朝虀暮鹽，惟我保汝，人皆汝嫌。」

例句 雖然過著朝虀暮鹽的生活，他仍然保有樂觀的天性，不曾怨天尤人。

近義 惡衣惡食 糟糠不厭

反義 豐衣足食 鮮衣美食

期期艾艾 ㄑㄧ ㄑㄧ ㄞˋ ㄞˋ 形容人口吃，說話不流利。期期、艾艾都是形容口吃者說話重複的樣子。

語源 史記張丞相列傳：「臣口不能言，然臣期期知其不可。」南朝宋劉義慶世說新語言語：「鄧艾口吃，語稱艾艾。」清陳森品花寶鑑第二回：「有時議論起來，期期艾艾，愈著急愈說不清楚。」

例句 老師問他話時，他期期艾艾地說了半天，仍然說不清楚。

近義 結結巴巴 語無倫次

反義 伶牙俐齒 口若懸河

木部

木已成舟 ㄇㄨˋ ㄧˇ ㄔㄥˊ ㄓㄡ 木材已經做成舟船。比喻事情已成定局，無法挽回或改變。

語源 清夏敬渠野叟曝言第九回：「據你說來，則木已成舟，實難挽回了?」

例句 在作重大決定之前應該格外謹慎，不要等到木已成舟時才後悔莫及。

近義 生米煮成熟飯

反義 未定之天

木石心腸 ㄇㄨˋ ㄕˊ ㄒㄧㄣ ㄔㄤˊ 參見「鐵石心腸」。

木強則折 ㄇㄨˋ ㄑㄧㄤˊ ㄗㄜˊ ㄓㄜˊ 樹幹強硬就容易被風吹斷。比喻人或事物太過強硬就會遭到挫敗。

語源 列子黃帝：「老聃曰：『兵強則滅，木強則折。』」

例句 我們處事應知所取捨，若一味進取，反而容易因為木強則折，導致失敗的結果。

近義 強弓易折

1

未卜先知 ㄨㄟˋ ㄅㄨˇ ㄒㄧㄢ ㄓ 不用占卜就預先知道。形容有先見之明。

語源 元王曄桃花女破法嫁周公第三折：「賣弄殺易經，陰陽誰似你，還有個未卜先知意。」

例句 我還沒開口，你就知道我的來意，難道你能未卜先知？

近義 料事如神 先見之明

反義 事後諸葛 放馬後炮

未可厚非 ㄨㄟˋ ㄎㄜˇ ㄏㄡˋ ㄈㄟ 參見「無可厚非」。

未可限量 ㄨㄟˋ ㄎㄜˇ ㄒㄧㄢˋ ㄌㄧㄤˋ 參見「不可限量」。

未成一簣 ㄨㄟˋ ㄔㄥˊ ㄧ ㄎㄨㄟˋ 就差一簣土而沒能堆成一座山。比喻功敗垂成。簣，盛土用的竹器。

語源 尚書旅獒：「不矜細行，終累大德。為山九仞，功虧一簣。」論語子罕：「譬如為山，未成一簣，止，吾止也。」

例句 眼看終點近在眼前，他卻不小心跌倒受傷而放棄比賽，未成一簣，實在可惜。

近義 功虧一簣 功敗垂成

反義 大功告成 堅持不懈

未老先衰 ㄨㄟˋ ㄌㄠˇ ㄒㄧㄢ ㄕㄨㄞ 年紀不大就顯出衰老之態。形容

年輕人身體衰弱，也指心力衰退而言。

語源 唐白居易歎髮落：「多病多愁心自知，行年未老髮先衰。」宋歐陽脩蔡州再乞致仕第二表：「稟生素弱，顧身未老而先衰。」

例句 看你一副未老先衰的樣子，再這樣熬夜、酗酒下去，遲早要病倒。

近義 蒲柳之姿　望秋先零

反義 老當益壯　鶴髮童顏

未定之天 ㄨㄟˋ ㄉㄧㄥˋ ㄓ ㄊㄧㄢ 本指天理、天心尚未確定。後多指事情尚未成定局。天，天道；天心。

語源 宋蘇軾三槐堂銘敘：「世之論天者，皆不待其定而求之，故以天為茫茫。善者以怠，惡者以恣。盜蹠之壽，孔顏之厄，此皆天之未定者也。」清吳楚才、吳調侯古文觀止卷一一評曰：「次乃說出有未定之天，有一定之天，歷世數來，……然後可以取必於天心，此坡公作銘微意。」

例句 你要振作一點，一切都還在未定之天，怎麼可以懷憂喪志呢？

近義 未定之數　來日方長

反義 塵埃落定　已成定局

未雨綢繆 ㄨㄟˋ ㄩˇ ㄔㄡˊ ㄇㄡˊ 還沒下雨的時候，鴟鴞就取桑根修補鳥巢。比喻事先做好防備的工作。綢繆，緊密纏繞，使之牢固。

語源 詩經豳風鴟鴞：「迨天之未陰雨，徹彼桑土，綢繆牖戶。」明史傅朝佑傳：「鳳陽、昌平鍾靈之地，體仁曾無未雨綢繆，兩地失守，陵寢震驚。」

例句 颱風還沒到，許多商家未雨綢繆，已開始堆沙包、固定招牌以防萬一。

近義 防患未然　有備無患

反義 江心補漏　臨渴掘井

未能免俗 ㄨㄟˋ ㄋㄥˊ ㄇㄧㄢˇ ㄙㄨˊ 沒能擺脫世俗的影響，免於世俗之例。

語源 晉戴逵竹林七賢論：「未能免俗，聊復爾爾。」

例句 小趙富有之後也未能免俗，買了一部名貴轎車代步。

近義 有樣學樣　步人後塵

反義 超凡脫俗　標新立異

未置可否 ㄨㄟˋ ㄓˋ ㄎㄜˇ ㄈㄡˇ 參見「不置可否」。

末學膚受 ㄇㄛˋ ㄒㄩㄝˊ ㄈㄨ ㄕㄡˋ 學問不深，見識淺薄。末學，沒有根柢的學問。

語源 漢張衡東京賦：「若客所謂末學膚受，貴耳而賤目者也。」

例句 他的見解只是從電視和報章雜誌道聽塗說而來，末學膚受，不值一哂。

近義 口耳之學　記問之學

反義 真才實學　見多識廣

本末倒置 ㄅㄣˇ ㄇㄛˋ ㄉㄠˋ ㄓˋ 比喻先後順序倒過來，或輕重緩急失序。

語源 宋朱熹答呂伯恭：「本末倒置之病，明者已先悟其失。」

例句 你為了打工而荒廢學業，這不是本末倒置嗎？

近義 捨本逐末　輕重倒置

反義 崇本抑末　正本清源

本同末異 ㄅㄣˇ ㄊㄨㄥˊ ㄇㄛˋ ㄧˋ 根源相同，但結果或細節處則有不同。本，根幹。末，枝梢。

語源 三國魏曹丕典論論文：「夫文，本同而末異，蓋奏議宜雅，書論宜理，銘誄尚實，詩賦欲麗。」晉盧諶贈劉琨一首并書：「蓋本同末異，楊朱興哀。」

例句 孟子與荀子都屬儒家，但本同末異，一主性善，一主性惡，在思想史上引發很大的論爭。

反義 殊途同歸

本性難移 ㄅㄣˇ ㄒㄧㄥˋ ㄋㄢˊ ㄧˊ 參見「江山易改，本性難移」。

2

朱門繡戶 ㄓㄨ ㄇㄣˊ ㄒㄧㄡˋ ㄏㄨˋ 指富貴人家。朱門，紅色大門。古代王侯貴族的宅第大門漆成紅色，以示尊貴。後泛指富貴人家。繡戶，雕飾華美的門戶。

語源 唐李約觀祈雨：「朱門幾處看歌舞，猶恐春陽咽管絃。」清蒲松齡聊齋誌異封三娘：「娘子朱門繡戶，妾素無葭莩親，慮致譏嫌。」

例句 曹雪芹所著紅樓夢將賈家從朱門繡戶的富貴盛況到家道中落的經過，描繪得淋漓盡致。

近義 深宅大院

反義 蓬門蓽戶

朱脣皓齒 ㄓㄨ ㄔㄨㄣˊ ㄏㄠˋ ㄔˇ 紅脣白齒。形容女子容貌美麗。也作「皓齒朱脣」。

語源 楚辭屈原大招：「朱脣皓齒，嫭以姱只。」金瓶梅第十二回：「每日和孟玉樓兩個，打扮粉妝玉琢，皓齒朱脣，無一日不走在大門首倚門而望。」

例句 這部電影，男主角英俊瀟灑、一表人才，女主角朱脣皓齒、如花似玉，俊男美女的組合，讓影迷充滿期待。

近義 明眸皓齒 千嬌百媚

朱輪華轂 ㄓㄨ ㄌㄨㄣˊ ㄏㄨㄚˊ ㄍㄨˇ 紅漆的車輪，彩繪的車轂。指顯貴者所乘坐的華美車輛。轂，車輪中間輻木湊集的圓環。

語源 史記張耳陳餘列傳：「令范陽令乘朱輪華轂，使驅馳燕、趙郊。」

例句 朱輪華轂固然是身分地位的象徵，然安步當車何嘗不是心境安適的寫照。

近義 輕裘肥馬 駟馬高車

反義 敝車羸馬 破車瘦馬

朽木不雕 ㄒㄧㄡˇ ㄇㄨˋ ㄅㄨˋ ㄉㄧㄠ 腐朽的木頭不能用來雕刻。比喻人資質低劣或不知上進，無法造就。

語源 論語公冶長：「宰予晝寢。子曰：『朽木不可雕也，糞土之牆不可杇也，於予與何誅？』」

例句 他年輕力壯，卻成天酗酒鬧事，不知長進，真是朽木不雕。

近義 朽木糞土 不稂不莠

反義 孺子可教 可造之材

3

李代桃僵 ㄌㄧˇ ㄉㄞˋ ㄊㄠˊ ㄐㄧㄤ 李樹代替桃樹枯死。原借桃李之能共患難以反諷兄弟不能互助互愛，後多用來比喻互相頂替，代人受過。僵，枯死。

語源 宋郭茂倩樂府詩集卷二八雞鳴：「桃生露井上，李樹生桃傍。蟲來嚙桃根，李樹代桃僵。樹木身相代，兄弟還相忘。」明淩濛初二刻拍案驚奇卷三八：「李代桃僵，羊易牛死。世上冤情，最不易理。」

例句 警方深入調查這起案件後，發現被羈押的嫌犯竟是李代桃僵，兇手其實另有其人。

近義 代人受過 替罪羔羊

反義 委過於人 嫁禍他人

杏眼圓睜 ㄒㄧㄥˋ ㄧㄢˇ ㄩㄢˊ ㄓㄥ 形容女子生氣時瞪大眼睛的模樣。杏眼，圓而大的眼睛。

語源 清王夢吉濟公傳第二十一回：「吳氏一聽此言，蛾眉倒豎，杏眼圓睜，說……」

例句 我一講到「胖」，姐姐就杏眼圓睜，一副作勢要打人的

樣子。

近義 柳眉倒豎　怒氣沖天

反義 喜上眉梢　心花怒放

杜門謝客 將門關起，謝絕訪客。指隱居不出。杜，關閉。也作「杜門卻掃」。卻掃，不再清掃車跡。指謝客。

語源 北史李謐傳：「遂絕跡下帷，杜門卻掃，棄產營書。」元史太平傳：「遂還奉元，杜門謝客，以書史自適。」

例句 他曾是政界翻雲覆雨的大人物，但在一次競選失利後，從此杜門謝客，不再過問政治。

近義 息交絕遊　深居簡出

反義 高朋滿座　門庭若市

杜絕後患 防止、根絕未來的禍害。杜絕，禁絕；阻塞斷絕。

語源 金瓶梅第九十二回：「人無遠慮，必有近憂。不如到官處斷開了，庶杜絕後患。」

例句 槍擊事件時有所聞，為了杜絕後患，禁止私人擁槍才是根本之道。

近義 斬草除根　連根拔起

反義 縱虎歸山　養癰遺患

杜漸防微 參見「防微杜漸」。

杞人憂天 杞國有個人擔心天會塌下來。比喻毫無根據或不必要的憂慮。杞，周時的諸侯國，在今河南杞縣一帶。

語源 列子天瑞：「杞國有人憂天地崩墜，身亡(無)所寄，廢寢食者。」唐儲光羲奉別長史庾公太守徐公應召：「烈風起江漢，白浪忽如山。方伯驟勤王，杞人亦憂天。」

例句 農產品開放進口後對國內農業造成的衝擊，政府自有對策，你何必杞人憂天？

近義 自尋煩惱　庸人自擾

反義 無憂無慮　不憂不懼

束之高閣 把東西捆起來放在高架子上。比喻棄置不用或不去管它。束，捆綁。閣，存放物品的架子或櫥櫃。

語源 晉書庾翼傳：「此輩宜束之高閣，俟天下太平，然後議其任耳。」

例句 考前被考生抱著苦讀的課本、參考書，在大考結束之後多半被束之高閣。

近義 置於腦後　打入冷宮

反義 銘記在心　不敢或忘

束手待斃 敵人來犯時綁起雙手不抵抗，等待被滅亡。也比喻不積極面對困難或挑戰，坐等失敗或滅亡。

語源 金史完顏杲傳：「今諸軍已集，儻欲加兵，未能束手待斃也。」

例句 面對全球強力的競爭對手，電子科技業再不積極研發創新，就只能束手待斃。

近義 束手就擒　束手無策

反義 克敵制勝　應付裕如

束手就擒 像捆起手一樣被人輕易捉住。比喻無力反抗或無法脫身。束，捆綁。擒，活捉。

語源 十一家注孫子軍爭「窮寇勿迫」何氏注引五代晉符彥卿語：「與其束手就擒，曷若以身殉國？」

例句 一度拼死抵抗的歹徒，在警力重重的包圍下終於束手就擒。

近義 坐以待斃　一籌莫展

反義 負嵎頑抗　困獸猶鬥

束手無策 像捆住手一樣，拿不出辦法。比

喻遇到難題，無法應付。策，計策；辦法。也作「束手無措」。

語源　宋王柏書先君遺獨善汪公帖後：「士大夫念慮不及此，一旦事變之來，莫不束手無策。」明熊大木精忠傳第一回：「內無賢相，外無勇將，束手無措，坐看中原沒於夷狄。」

例句　我只會使用電腦而不會修電腦，它一當機我就束手無策了。

近義　無計可施　一籌莫展

反義　計出萬全　應付裕如

束縕請火（ㄕㄨˋ ㄩㄣˋ ㄑㄧㄥˇ ㄏㄨㄛˇ）　搓揉棉絮為引火繩，向鄰居討火。比喻替人引薦或說情。

語源　漢書蒯通傳記載：鄉間有位婦人的家中夜裡遺失了一塊肉，她的姑姑以為是她偷了，便生氣地將她趕了出去。婦人來到平日相善的鄰居那裡，告訴鄰居這件事，鄰居對她說：「妳放心，我有方法讓妳的家人出來尋妳。」於是搓揉棉絮為引火繩，到婦人的家裡說：「夜裡有幾隻狗得了一塊肉，為了爭肉而吵鬧，想向你們借火來驅趕牠們。」婦人的姑姑聽了，知道錯怪了她，便追出來尋她回去了。

例句　既然這件事是個誤會，我願意束縕請火，替你們當個和事佬，解開彼此的心結。

近義　息事寧人　排難解紛

反義　煽風點火　搬弄是非

4

杯中物（ㄅㄟ ㄓㄨㄥ ㄨˋ）　指酒。

語源　晉陶潛責子：「天運苟如此，且進杯中物。」

例句　因為貪飲杯中物，他居然誤了這麼重要的大事，真是不可原諒！

近義　壺中物

杯弓蛇影（ㄅㄟ ㄍㄨㄥ ㄕㄜˊ ㄧㄥˇ）　將倒映於杯中的弓箭影子誤以為是蛇。形容人疑神疑鬼，極容易受驚嚇。

語源　漢應劭風俗通義怪神記載：應劭祖父應郴任汲縣令，有次請主簿杜宣在家裡喝酒。當時北邊牆上掛著一把紅色的弓，影子映在杯中，杜宣以為是蛇，覺得害怕又厭惡，但又不敢不喝，當天便覺得胸腹劇痛，無法飲食。用了很多方法都治不好。應郴知道事情的原委後，便再度邀杜宣到家裡，在原處放一杯酒，酒杯中仍像有蛇，於是告訴杜宣說：「這只是牆上那把弓的影子罷了，並不是蛇。」杜宣聽了心中釋然，病也就不藥而癒了。

例句　因為做過不法勾當，所以一有什麼風吹草動，他便整日杯弓蛇影，坐立難安。

近義　疑神疑鬼　滿腹狐疑

杯水車薪（ㄅㄟ ㄕㄨㄟˇ ㄐㄩ ㄒㄧㄣ）　用一杯水想要澆熄整車木柴都在燃燒的火勢。比喻力量微小，發揮不了作用。薪，用作燃料的乾草或木柴。

語源　孟子告子上：「今之為仁者，猶以一杯水，救一車薪之火也。」

例句　地震過後，災民遍野，這一點救災物品只是杯水車薪，實在令人擔心。

近義　無濟於事　僧多粥少

杯觥交錯（ㄅㄟ ㄍㄨㄥ ㄐㄧㄠ ㄘㄨㄛˋ）　你來我往，舉杯互敬。形容酒宴進行時的熱烈景象。觥，古代用兕牛角製成的酒杯。

語源　明天然痴叟石點頭第十回：「席間賓主款洽，杯觥交錯。」

例句　劉老闆請客戶吃飯，席

上杯觥交錯，賓主盡歡，生意很快就談成了。

近義　觥籌交錯　開懷暢飲

杯盤狼藉 ㄅㄟ ㄆㄢˊ ㄌㄤˊ ㄐㄧˊ　形容宴飲後杯盤零落散亂的樣子。狼藉，雜亂的樣子。

語源　史記滑稽列傳：「日暮酒闌，合尊促坐，男女同席，履舄交錯，杯盤狼藉。」

例句　婚宴開始前大家都正襟危坐等待新人入席，酒酣飯飽之後則是杯盤狼藉、人仰馬翻。

近義　酒醉飯飽

東道主 ㄉㄨㄥ ㄉㄠˋ ㄓㄨˇ　東邊路上的主人。泛指擔任接待或宴客的主人。

語源　左傳僖公三十年：「若舍鄭以為東道主，行李之往來，共其乏困，君亦無所害。」

例句　這次的全國運動會輪到臺北市主辦，市長以東道主的身分，在開幕儀式上熱情歡迎所有選手的到來。

反義　座上客

東山再起 ㄉㄨㄥ ㄕㄢ ㄗㄞˋ ㄑㄧˇ　比喻退隱後又出來做官，或失敗後重新奮起。

語源　晉書謝安傳記載：東晉謝安年輕時官居佐著作郎，後來因病辭官，隱居在會稽的東山，朝廷屢次徵召出仕，他都不為所動。直到四十歲時，他才又入朝，擔任桓溫司馬，後又升為宰相。官位較隱居之前更加顯赫。於是「東山再起」便用來比喻在野之人重新出仕，或失敗之人重新振作而獲得成功。

例句　上次的金融風暴導致他的公司倒閉，但是沒幾年他又東山再起，公司的規模更勝從前。

近義　捲土重來　反敗為勝

反義　一蹶不振

東山高臥 ㄉㄨㄥ ㄕㄢ ㄍㄠ ㄨㄛˋ　比喻隱居不仕。也作「高臥東山」。

語源　晉書謝安傳記載：謝安隱居東山，多次拒絕出來做官，有人稱他「累違朝旨，高臥東山」。元鄭廷玉布袋和尚忍字記第四折：「我趕不上龐居士海內沉舟，晉孫登蘇門長嘯，我可甚麼謝安石東山高臥。」

例句　林部長早就懷有東山高臥的想法，如今辭官歸隱並不令人意外。

東床快婿 ㄉㄨㄥ ㄔㄨㄤˊ ㄎㄨㄞˋ ㄒㄩˋ　本指稱心的女婿。後為女婿的美稱。

語源　晉書王羲之傳記載：東晉時，太尉郗鑒派遣門生到王導家中求親。於是王導召集家中子弟聚在東廂房，讓來人挑選。這位門人歸去之後向郗鑒回報：「王家的諸位公子，個個人品俊逸，聽說我要去擇婿，大夥都言行矜持而端莊。只有一人例外，他逕自躺在東床上，露出肚子，吃著東西，一副完全不在乎的模樣。」郗鑒聽完便說道：「此人正是我的佳婿呀！」探訪得知此人便是王羲之，便將女兒嫁給他。後人便用「東床坦腹」、「東床快婿」或「東床嬌婿」來指稱女婿。

例句　表姐嫁了一位留美的電腦博士，姨媽得到這麼個東床快婿，笑得都合不攏嘴呢！

近義　東床坦腹　東床嬌婿

東床坦腹 ㄉㄨㄥ ㄔㄨㄤˊ ㄊㄢˇ ㄈㄨˋ　女婿的美稱。

語源　參見「東床快婿」條。

例句　王君才貌雙全，正是東床坦腹的最佳人選。

近義 東床嬌婿 東床快婿

東床嬌婿 ㄉㄨㄥ ㄔㄨㄤˊ ㄐㄧㄠ ㄒㄩˋ 女婿的美稱。

語源 參見「東床快婿」條。元李好古沙門島張生煮海：「東海龍神差老僧來做媒，招你為東床嬌客。」金瓶梅第二十回：「東床嬌婿實堪憐，況過青春美少年。」

例句 小王人品敦厚，學有所成，老陳非常屬意他成為東床嬌婿。

近義 東床坦腹 東床快婿

東奔西走 ㄉㄨㄥ ㄅㄣ ㄒㄧ ㄗㄡˇ 形容往來奔忙。多指為生活所迫而奔走。走，跑。

語源 宋蔣捷賀新郎：「萬疊城頭哀怨角，吹落霜花滿袖，影廝伴東奔西走。」

例句 爸爸每天東奔西走，賺取微薄收入來維持一家人的生計，非常辛苦。

近義 早出晚歸 疲於奔命

東拉西扯 ㄉㄨㄥ ㄌㄚ ㄒㄧ ㄔㄜˇ 四處隨便抓取來湊數。形容言談或文章任意湊合，雜亂無章。

語源 紅樓夢第八十二回：「更有一種可笑的，肚子裡原沒有什麼，東拉西扯，弄的牛鬼蛇神，還自以為博奧。」

例句 我慕名來聽他的演講，沒想到他只是東拉西扯，講些無關緊要的話題，實在令人失望。

近義 拉三扯四 拉拉雜雜

東拼西湊 ㄉㄨㄥ ㄆㄧㄣ ㄒㄧ ㄘㄡˋ 形容勉強湊合、湊集。

語源 紅樓夢第八回：「因是兒子的終身大事所關，說不得東拼西湊，恭恭敬敬封了二十四兩贄見禮，帶了秦鍾，到代儒家來拜見。」

例句 這個作文題目很難寫，我東拼西湊才勉強擠出這幾百字，希望老師不會退回叫我重寫才好。

近義 七拼八湊 粗製濫造

東挑西選 ㄉㄨㄥ ㄊㄧㄠ ㄒㄧ ㄒㄩㄢˇ 形容仔細反覆揀選。

例句 媽媽在地攤上東挑西選了半天，終於買了一件衣服。

近義 挑三揀四

東施效顰 ㄉㄨㄥ ㄕ ㄒㄧㄠˋ ㄆㄧㄣˊ 比喻刻意模仿，反而弄巧成拙。東施，稱西施鄰家的醜女。效，模仿。顰，皺眉。

語源 莊子天運記載：相傳古代的美女西施為心臟疾病所苦，經常摀住心口、皺著眉頭，而不減其美。鄰居有位醜女看到後也跟著捧心皺眉卻更增其醜，走在路上，村人都嚇得紛紛走避。後人便將這位鄰居醜女叫做東施。以「東施效顰」來比喻膚淺倣效而自曝其短。

例句 她的身材高䠷，穿上這款洋裝才好看。妳的個子嬌小，如果也穿這款式，可就是東施效顰了。

近義 矯揉造作 畫虎類犬

反義 唯妙唯肖

東歪西倒 ㄉㄨㄥ ㄨㄞ ㄒㄧ ㄉㄠˇ 參見「東倒西歪」。

東食西宿 ㄉㄨㄥ ㄕˊ ㄒㄧ ㄙㄨˋ 齊國有位女子擇夫時，因見東家郎富而醜，西家郎貧而美，因此願意在東家就食而在西家住宿。比喻貪得的人，企圖兩利兼得，不知羞恥。

語源 藝文類聚引漢應劭風俗通義：「齊人有女，二人求之，東家子醜而富，西家子好而貧。父母疑不能決，問其女：『定所欲適，難指斥言者，偏袒令我知之。』女便兩袒，怪問其故，云：『欲東家食，西家宿。』」

例句 像他這種貪心自利的

人，凡事總想東食西宿，占盡便宜，在團體中最不受歡迎。

近義 貪得無厭　唯利是圖

東倒西歪 ㄉㄨㄥ ㄉㄠˇ ㄒㄧ ㄨㄞ　形容人或物體站立不穩、傾倒混亂的樣子。也用以形容零亂不堪。也作「東歪西倒」。

語源 元蕭德祥楊氏女殺狗勸夫第一折：「他那裡把盞兒斟，直吃的醉醺醺，吃的來東倒西歪。」明陸西星封神演義第九十六回：「層圍木柵撞得東倒西歪。」清吳趼人二十年目睹之怪現狀第三十九回：「及至歸來沉醉矣，東歪西倒難扶起。」

例句 ①突如其來的緊急煞車，使得公車上站立的乘客東倒西歪，跌成一團。②那盆花插得東倒西歪，一點美感也沒有。

近義 前仰後合　橫七豎八

東海揚塵 ㄉㄨㄥ ㄏㄞˇ ㄧㄤˊ ㄔㄣˊ　東海上揚起塵土。指大海變為陸地。比喻世事變化無常或變化極大。

語源 晉葛洪神仙傳王遠：「麻姑自說：『接侍以來，已見東海三為桑田。向到蓬萊，水又淺於往昔會時略半也，豈將復還為陵陸乎？』方平歎曰：『聖人皆言，海中行復揚塵也。』」明凌濛初初刻拍案驚奇卷二二：「東海揚塵猶有日，白衣蒼狗剎那間。」

例句 老陳回鄉探親，一別四十年，只見東海揚塵，故鄉人事全非。

近義 白雲蒼狗　滄海桑田

反義 亙古不變

東張西望 ㄉㄨㄥ ㄓㄤ ㄒㄧ ㄨㄤˋ　形容四處探看。張，張望；看。

語源 明凌濛初初刻拍案驚奇卷一七：「走到街上東張西望，那裡得有個人？」

例句 考試時不可以東張西望，以免有作弊的嫌疑。

近義 左顧右盼

反義 目不斜視

東窗事發 ㄉㄨㄥ ㄔㄨㄤ ㄕˋ ㄈㄚ　比喻陰謀敗露或是祕密勾當被發現。

語源 元劉一清錢塘遺事卷二記載：秦檜和夫人王氏曾在東窗下密謀陷害岳飛，以致岳飛蒙冤而死。秦檜死後，夫人王氏思念丈夫，於是請方士設醮祭拜，到陰間尋訪，方士在酆都城找到正遭受酷刑折磨的秦檜，秦檜託方士說：「麻煩回去告訴我老婆，東窗下密謀的那件事被發現了。」後人便用「東窗事發」來表示陰謀或祕密勾當被發現。

例句 別以為你們幹的不法勾當沒人知道，哪天東窗事發，就等著坐牢吧！

近義 露出馬腳　人贓俱獲

反義 瞞天過海　神不知鬼不覺

東飄西蕩 ㄉㄨㄥ ㄆㄧㄠ ㄒㄧ ㄉㄤˋ　到處飄泊，沒有定處。形容居無定所或生活不安定。

語源 明佚名蘇九淫奔第一折：「不想東飄西蕩，將本錢盡行折了。」

例句 靠著打零工賺錢的小李一直過著東飄西蕩的生活，不敢奢望成家。

近義 居無定所　四海為家

反義 落葉歸根

東鱗西爪 ㄉㄨㄥ ㄌㄧㄣˊ ㄒㄧ ㄓㄠˇ　畫龍時，龍身被雲遮住，只是東畫一片鱗，西畫一隻爪。比喻零散片面而不完整。

語源 清龔自珍識某大令集尾：「東雲一鱗焉，西雲一爪焉，使後世求之而皆在，或皆

不在。」梁啟超論中國成文法編制之沿革得失：「然以其為法經之淵源，則東鱗西爪，藉法經之介紹，間接以散見於現行法律中者，殆非絕無矣。」

例句　媒體近日對高層人事即將調整的報導都是東鱗西爪，猜測的成分居多。

近義　一鱗半爪　東拼西湊

反義　面面俱到　完整無缺

東風壓倒西風 ㄉㄨㄥ ㄈㄥ ㄧㄚ ㄉㄠˇ ㄒㄧ ㄈㄥ　比喻在對立的雙方中，一方擁有勝過另一方的優勢。

語源　紅樓夢第八十二回：「這也難說。但凡家庭之事，不是東風壓了西風，就是西風壓了東風。」

例句　這場辯論會中，反方東風壓倒西風，完全掌控全場，令正方招架不住。

反義　不相上下　旗鼓相當

杳如黃鶴 ㄧㄠˇ ㄖㄨˊ ㄏㄨㄤˊ ㄏㄜˋ　像飛去的黃鶴那樣毫無蹤影。杳，不見蹤影。

語源　南朝梁任昉述異記卷上：「憩江夏黃鶴樓上，望西南，有物飄然降自雲漢，俄頃已至，乃駕鶴之賓也……辭去，跨鶴騰空，眇然煙滅。」唐崔顥黃鶴樓：「黃鶴一去不復返，白雲千載空悠悠。」

例句　昨天回到母校，景物依舊，但昔日師友已杳如黃鶴，不勝感慨。

近義　杳無音信　泥牛入海

反義　春風有信　合浦珠還

杳無蹤跡 ㄧㄠˇ ㄨˊ ㄗㄨㄥ ㄐㄧ　毫無蹤影、痕跡。指不知去向。杳，渺茫沉寂。也作「杳無蹤影」。

語源　水滸傳第四十三回：「李逵叫娘吃水，杳無蹤跡，叫了幾聲不應。」

例句　張太太四處張貼尋狗啟事，但是幾個星期過去了，她的愛犬仍然杳無蹤跡。

近義　無影無蹤　音信全無

松柏後凋 ㄙㄨㄥ ㄅㄛˊ ㄏㄡˋ ㄉㄧㄠ　松、柏歷經嚴寒，能堅持到最後而不凋零。比喻堅貞的節操經得起考驗。

語源　論語子罕：「歲寒，然後知松柏之後彫也。」唐于競王審知德政碑銘：「惟公益堅尊獎，慎守規程，松柏後凋，風雨如晦。」

例句　亂世之中，方知松柏後凋的精神難能可貴。

近義　傲雪凌霜　疾風勁草

反義　苟且偷生　靦顏借命

松喬之壽 ㄙㄨㄥ ㄑㄧㄠˊ ㄓ ㄕㄡˋ　像赤松子、王子喬二位仙人那樣的長壽。多用在祝人長壽的賀詞。

語源　漢書王吉傳：「大王誠留意如此，則心有堯舜之志，體有松喬之壽。」

例句　人的生命有限，應思如何創造最大的價值，而非妄想擁有松喬之壽。

近義　壽比南山　松鶴遐齡

板蕩識忠臣 ㄅㄢˇ ㄉㄤˋ ㄕˋ ㄓㄨㄥ ㄔㄣˊ　亂世中才能看出誰是忠心的臣子。板、蕩，皆詩經大雅的篇名，描述周厲王的殘暴無道。後借指亂世。

語源　晉書忠義傳：「所謂亂世識忠臣，斯之謂也。」舊唐書蕭瑀傳：「疾風知勁草，版蕩識誠臣。」清李漁無聲戲第五回：「疾風知勁草，板蕩識忠臣。」

例句　抗日戰爭中，死守四行倉庫的謝團長，正是板蕩識忠臣的具體寫照。

近義　赤膽忠心　疾風勁草

反義　苟且偷生　變節求榮

枉尺直尋（ㄨㄤˇ ㄔˇ ㄓˊ ㄒㄩㄣˊ） 彎曲的有一尺，伸直的卻有八尺。比喻吃小虧而有大收穫。枉，彎曲。直，伸直。尋，古代長度單位，八尺為一尋。

語源 孟子滕文公下：「枉尺而直尋，宜若可為也。」

例句 公司為了回收這批瑕疵品，損失了數百萬，但卻建立了良好的信譽，枉尺直尋，十分值得。

近義 亡羊得牛　小屈大伸

反義 因小失大　得不償失

枉費心機（ㄨㄤˇ ㄈㄟˋ ㄒㄧㄣ ㄐㄧ） 白費心思。枉，徒然；白白地。

語源 宋劉克莊諸公載酒賀余休致水村農卿有詩次韻（十和）：「高屋從來有鬼窺，鐵門關枉費心機。」

例句 林小姐早已名花有主，王先生想追他，只是枉費心機罷了。

近義 痴心妄想　徒勞無功

枉道速禍（ㄨㄤˇ ㄉㄠˋ ㄙㄨˋ ㄏㄨㄛˋ） 不依正道，招來災禍。枉，歪曲；違反。速，召；邀請。

語源 宋司馬光訓儉示康：「君子多欲則貪慕富貴，枉道速禍。」

例句 你做事只想投機取巧，小心枉道速禍，到頭來後悔莫及。

近義 作法自斃　自取其禍

枕山棲谷（ㄓㄣˋ ㄕㄢ ㄑㄧ ㄍㄨˇ） 生活在山谷之中。比喻過著恬適的隱居生活。枕，枕靠。

語源 後漢書黃瓊傳：「誠遂欲枕山棲谷，擬跡巢、由，斯則可矣。」

辨析 枕，音ㄓㄣˋ，不讀ㄓㄣˇ。

例句 他退休後便杜門卻掃，過著枕山棲谷的隱士生活。

近義 枕石漱流　東山高臥

枕戈待旦（ㄓㄣˋ ㄍㄜ ㄉㄞˋ ㄉㄢˋ） 枕著兵器等待天亮。形容殺敵心切，隨時備戰。枕，把頭靠在物品上。戈，古代兵器的一種。旦，天明。

語源 晉書劉琨傳：「吾枕戈待旦，志梟逆虜。」

辨析 枕，音ㄓㄣˋ，不讀ㄓㄣˇ。

例句 前線將士個個摩拳擦掌，枕戈待旦，士氣高昂。

近義 盤馬彎弓　披堅執銳

枕石漱流（ㄓㄣˋ ㄕˊ ㄕㄨˋ ㄌㄧㄡˊ） 以山石為枕頭，用溪水漱口。形容隱居山林。枕，枕靠。漱，漱口。也作「枕流漱石」。

語源 三國魏曹操秋胡行：「名山歷觀，遨遊八極，枕石漱流飲泉。」另據南朝宋劉義慶世說新語排調記載：孫子荊（楚）年少的時候，想要隱居，他告訴好友王武子（濟）：「我現在應當要過枕石漱流的生活才對呀！」卻在說話時不小心把「枕石漱流」錯說成「枕流漱石」。王武子藉機取笑他：「溪流可以枕靠，石頭可以漱口嗎？」孫子荊回答：「枕靠溪流是為了清洗耳朵；用石頭漱口，是為了砥礪我的牙齒啊！」「枕流漱石」原本是「枕石漱流」的誤用，卻因孫子荊的敏捷善辯而有了佳妙的詮釋。所以後人也沿用「枕流漱石」來形容隱居的生活。

辨析 枕，音ㄓㄣˋ，不讀ㄓㄣˇ。

例句 愈來愈多的上班族選擇在假日走訪鄉間，徜徉山林，遠離都市塵囂，體驗枕石漱流的寧靜生活。

近義 東山高臥　枕山棲谷

林林總總（ㄌㄧㄣˊ ㄌㄧㄣˊ ㄗㄨㄥˇ ㄗㄨㄥˇ） 形容事物的項目、形式繁多。

語源 明趙汸葬書問對：「且江南之林林總總、生生化化

者，無有窮時。」

例句 大賣場銷售的貨品林林總總，應有盡有。

近義 五花八門　森羅萬象

反義 零零星星　寥寥無幾

果不其然 ㄍㄨㄛˇ ㄅㄨˋ ㄑㄧˊ ㄖㄢˊ 果真如此。指事情結果如預期的一樣。

語源 清吳敬梓儒林外史第三回：「姑老爺今非昔比，少不得有人把銀子送上門來給他用，只怕姑老爺不希罕。今日果不其然！」

例句 他們兩人的個性相差太大，我早就認為這段感情不會有結果。果不其然，兩個月後他們就分手了。

近義 不出所料　可想而知

反義 始料未及　出乎意料

枝葉扶疏 ㄓ ㄧㄝˋ ㄈㄨˊ ㄕㄨ 枝葉繁茂有致。也比喻子孫繁衍昌盛。扶疏，枝葉繁盛的樣子。

語源 漢書武五子傳：「是以支葉扶疏，異姓不得間也。」後漢書延篤傳：「則草木之生，始於萌芽，終於彌蔓，枝葉扶疏，榮華紛縟。」

例句 ①花園裡的花木經過專家照顧後，如今已枝葉扶疏，極富庭園之美。②四百多年來，鄭氏子孫繁衍，枝葉扶疏，後裔已遍布全臺。

近義 枝繁葉茂　綠葉成陰

杵臼之交 ㄔㄨˇ ㄐㄧㄡˋ ㄓ ㄐㄧㄠ 在杵臼之間結交的友情。指不分貴賤的友誼。杵、臼，都是舂搗物品的器具。也作「杵臼交」。

語源 後漢書吳祐傳記載：漢人公沙穆好學，家貧無法進太學，於是到富翁吳祐家擔任舂米的傭人。有次吳祐和他交談後，大為驚異他的飽學，於是兩人便定交於杵臼之間。清蒲松齡聊齋誌異卷一成仙：「文登周生，與成生少共筆硯，遂訂為杵臼交。」

例句 郭校長跟工友老王成為好朋友，看重的是他的人品。這種杵臼之交實在難得。

近義 布衣之交　貧賤之交

反義 勢利之交

5

枯木生華 ㄎㄨ ㄇㄨˋ ㄕㄥ ㄏㄨㄚˊ 已枯萎的樹木重新開花。比喻重獲生機。也作「枯樹生花」。

語源 三國魏曹植轉封東阿王謝表：「若陛下念臣入從五年之勤，少見佐助，此枯木生華，白骨更肉，非臣之敢望也。」

例句 公司積弊不振，營運每況愈下，所幸新任總經理上臺後大力整頓，得以枯木生華，轉虧為盈。

近義 枯木逢春　起死回生

反義 病入膏肓　尸居餘氣

枯木逢春 ㄎㄨ ㄇㄨˋ ㄈㄥˊ ㄔㄨㄣ 乾枯的樹，到了春天又恢復活力。比喻重新獲得生機。

語源 唐敦煌變文集廬山遠公話：「是日遠公猶如臨崖枯木，再得逢春。」宋釋道原景德傳燈錄卷二三：「唐州大乘山和尚問：枯樹逢春時如何？師曰：世間希有。」

例句 他鰥居多年，始終落落寡歡。經人介紹，再結良緣之後，便似枯木逢春般生氣蓬勃。

近義 枯木生華　否極泰來

反義 樂極生悲

枯楊生稊 ㄎㄨ ㄧㄤˊ ㄕㄥ ㄊㄧˊ 枯萎的楊柳又長出嫩芽。比喻老年得子或老夫娶少婦。稊，植物初生的嫩芽。

語源 易經大過：「枯楊生稊，老夫得其女妻，無不利。」

例句 王伯伯喪偶多年，卻在

七十歲時娶了一個年輕的外籍新娘，枯楊生稊，引來不少好奇的眼光。

近義 枯木逢春 枯木生華

枯燥無味 ㄎㄨ ㄗㄠˋ ㄨˊ ㄨㄟˋ 單調而毫無趣味。

語源 明胡應麟詩藪近體上：「故習杜者，句語或有枯燥之嫌，而體裁絕無靡冗之病。」

例句 這位來賓的致詞都是老生常談，令人覺得枯燥無味。

近義 索然無味 味如嚼蠟

枵腹從公 ㄒㄧㄠ ㄈㄨˋ ㄘㄨㄥˊ ㄍㄨㄥ 形容不顧己身，勤於公事。枵腹，空腹。從公，治理公務。

語源 清李伯元活地獄楔子：「到了這個分上要想他們毀家紓難，枵腹從公，恐怕走遍天涯，如此好人，也找不出一個。」

辨析 枵，音ㄒㄧㄠ，不讀ㄜˋ或ㄒㄧ。

例句 像他這樣枵腹從公、勤政愛民的官員，已經不多見。

近義 宵衣旰食 勤政愛民

反義 尸位素餐 伴食中書

柔茹剛吐 ㄖㄡˊ ㄖㄨˊ ㄍㄤ ㄊㄨˇ 參見「茹柔吐剛」。

柔腸寸斷 ㄖㄡˊ ㄔㄤˊ ㄘㄨㄣˋ ㄉㄨㄢˋ 參見「肝腸寸斷」。

柳眉倒豎 ㄌㄧㄡˇ ㄇㄟˊ ㄉㄠˋ ㄕㄨˋ 形容女子發怒的樣子。柳眉，細如柳葉的眉毛。

語源 唐吳融還俗尼詩：「柳眉梅額倩妝新，笑脫袈裟得舊身。」水滸傳第五十一回：「白秀英聽得，柳眉倒豎，星眼圓睜，大罵道：……」

例句 阿花柳眉倒豎，氣沖沖地質問小新，為什麼在背後罵她三八？

近義 杏眼圓睜 火冒三丈

反義 喜上眉梢 心花怒放

柳暗花明 ㄌㄧㄡˇ ㄢˋ ㄏㄨㄚ ㄇㄧㄥˊ 本為寫景詩句。後多用以比喻絕處逢生，忽現轉機。

語源 宋陸游遊山西村：「山重水複疑無路，柳暗花明又一村。」

例句 遇到挫折時別氣餒，只要努力撐下去，必有柳暗花明的時候。

近義 峰迴路轉 絕處逢生

反義 山窮水盡 走投無路

柳綠桃紅 ㄌㄧㄡˇ ㄌㄩˋ ㄊㄠˊ ㄏㄨㄥˊ 參見「桃紅柳綠」。

柏舟之痛 ㄅㄛˊ ㄓㄡ ㄓ ㄊㄨㄥˋ 比喻喪夫的哀痛。柏舟，詩經篇名。

語源 詩經鄘風柏舟記載：春秋時衛國世子共伯早死，其妻共姜守節不願改嫁，作柏舟詩自誓。後人乃以「柏舟之痛」代指喪夫之痛。唐權德輿鄜坊節度使推官大理評事唐君墓誌銘：「結褵周月，遭罹柏舟之痛。」

例句 林先生過世已年餘，林太太一直走不出柏舟之痛的哀傷，我們要多關心她。

反義 鼓盆之戚

6

栩栩如生 ㄒㄩˇ ㄒㄩˇ ㄖㄨˊ ㄕㄥ 形容形象非常逼真，好像活的樣子。栩栩，原指歡暢的樣子，後引申為活潑生動的樣子。

語源 莊子齊物論：「昔者莊周夢為胡蝶，栩栩然胡蝶也，自喻適志與！」清王韜淞隱漫錄合記珠琴事：「工刺繡，花鳥人物，栩栩如生。」

例句 他用紙黏土捏了一隻白文鳥，栩栩如生，好像就要展翅高飛一樣。

近義 活龍活現 維妙維肖

根深柢固 ㄍㄣ ㄕㄣ ㄉㄧˇ ㄍㄨˋ ①形容樹木根柢深厚堅固。②比喻基礎穩固，不容易動搖。柢，

草木之根。也作「根深蒂固」。蒂，果實與枝莖相連的部分。根柢、根蒂，皆有根本、基礎之意。

語源 老子五十九章：「有國之母，可以長久。是謂深根固柢、長生久視之道。」晉左思魏都賦：「劍閣雖嶚，憑之者蹶，非所以深根固蒂也。」唐李鼎祚周易集解卷四：「根深蒂固，若山之堅，若地之厚者也。」

例句 ①這棵老樹根深柢固，雖然受到強烈颱風的侵襲，仍然屹立不拔。②這家公司由於經營有道，根深柢固，所以能在不景氣的大環境下持續成長。

近義 盤根錯節　牢不可破

反義 搖搖欲墜

根深葉茂 ㄍㄣ ㄕㄣ ㄧㄝˋ ㄇㄠˋ 樹根深厚，枝葉茂盛。也比喻事業基礎深厚，繁榮興旺。

語源 漢劉安屏風賦：「維茲屏風，出自幽谷，根深枝茂，號為喬木。」

例句 這家公司經過創辦人數十年來的苦心經營，如今已根深葉茂，從原本的小店面成為國際知名的企業。

近義 欣欣向榮　枝繁葉茂

反義 江河日下　一落千丈

格物致知 ㄍㄜˊ ㄨˋ ㄓˋ ㄓ 窮究事物的道理，以增進知識。

語源 禮記大學：「致知在格物，物格而後知至。」

例句 西方科學探究物質世界，注重格物致知的態度和精神，足以補中國傳統學術的不足。

反義 不求甚解　一知半解

格格不入 ㄍㄜˊ ㄍㄜˊ ㄅㄨˋ ㄖㄨˋ 牴觸而不相投合。形容彼此不協調，言語不投機，性情不相合。格，牴觸。也作「扞格不入」。

語源 禮記學記：「發然後禁，則扞格而不勝。」漢鄭玄注：「扞，堅不可入之貌。……扞格不入也。」清陳確與張考夫書：「弟言極樸直……而學道家每格格不入，未知何故？」

例句 他們兩個人雖經過幾次會商，意見仍是格格不入，無法融洽地合作。

近義 方枘圓鑿　水火不容

反義 水乳交融　打成一片

格殺勿論 ㄍㄜˊ ㄕㄚ ㄨˋ ㄌㄨㄣˋ 指把行凶、拒捕或違反禁令的人當場打死，不以殺人論罪。格殺，打死。多用於抗拒的場合。

語源 史記荊燕世家：「郢人等告定國，定國使謁者以他法劾捕格殺郢人以滅口。」清林則徐恭報抵粵日期摺：「倘敢逞凶拒捕，格殺勿論。」

例句 這次攻堅行動警方以安全救出人質為首要考量，若歹徒意圖傷害人質，便格殺勿論。

近義 就地正法

反義 網開一面　法外施仁

桀驁不馴 ㄐㄧㄝˊ ㄠˋ ㄅㄨˋ ㄒㄩㄣˊ 性情兇暴乖戾而不順從。桀，兇暴。驁，馬不馴良。也作「桀驁不遜」。

語源 宋陳亮酌古論先主：「勝者張勢，敗者阻險，桀驁不遜，以拒陛下。」清文康兒女英雄傳第十八回：「到了五六歲上，識字讀書，聰明出眾，只是生成一個桀驁不馴的性子，頑劣異常。」

例句 阿華雖然天資聰穎，但桀驁不馴，讓師長傷透腦筋。

近義 好勇鬥狠　橫行霸道

反義 百依百順　俯首貼耳

桃之夭夭（ㄊㄠˊ ㄓ ㄧㄠ ㄧㄠ） 參見「逃之夭夭」。

桃李爭妍（ㄊㄠˊ ㄌㄧˇ ㄓㄥ ㄧㄢˊ） 桃花李花競相開放。形容春色美麗。妍，豔麗、美好。也作「桃李爭輝」。

語源 明無名氏萬國來朝第二折：「春花豔豔，看紅白桃李爭妍。」

例句 天氣漸暖的三月天，公園裡桃李爭妍，吸引無數市民前來遊賞。

近義 春光明媚　春暖花開

桃李滿門（ㄊㄠˊ ㄌㄧˇ ㄇㄢˇ ㄇㄣˊ） 比喻學生或所栽培的後輩很多。桃李，人們栽種的桃樹和李樹。比喻老師教出的學生。（韓詩外傳卷七）

語源 資治通鑑唐則天后久視元年：「或謂仁傑曰：『天下桃李，悉在公門矣。』仁傑曰：『薦賢為國，非為私也。』」

例句 孫教授作育英才數十年，桃李滿門，獲頒教育貢獻獎，可說實至名歸。

近義 作育英才　桃李滿天下

反義 誤人子弟

桃紅柳綠（ㄊㄠˊ ㄏㄨㄥˊ ㄌㄧㄡˇ ㄌㄩˋ） 桃樹開紅花，柳樹發綠芽。形容春天亮麗多彩的景象。也作「柳綠桃紅」。

語源 唐王維田園樂六首（其六）：「桃紅復含宿雨，柳綠更帶春烟。」元鄭德輝㑳梅香騙翰林風月第一折：「看了這桃紅柳綠，是好春光也呵！」明無名氏大劫牢：「試看這柳綠桃紅，佳人羅綺。」

例句 陽明山每到花季，一片桃紅柳綠，美不勝收。

桃李滿天下（ㄊㄠˊ ㄌㄧˇ ㄇㄢˇ ㄊㄧㄢ ㄒㄧㄚˋ） 比喻引薦的後輩或所教的學生眾多。桃李，人們栽培的桃樹和李樹。比喻後輩或學生。

語源 資治通鑑唐則天后久視元年：「或謂仁傑曰：『天下桃李，悉在公門矣。』仁傑曰：『薦賢為國，非為私也。』」唐白居易春和令公綠野堂種花：「令公桃李滿天下，何用堂前更種花。」

例句 邱老師作育英才三十年，如今已是桃李滿天下了。

近義 作育英才　桃李滿門

反義 誤人子弟

桃李不言，下自成蹊（ㄊㄠˊ ㄌㄧˇ ㄅㄨˋ ㄧㄢˊ，ㄒㄧㄚˋ ㄗˋ ㄔㄥˊ ㄒㄧ） 桃樹、李樹雖然不會向人打招呼，但以其飽滿的果實引人前來，樹下自然會被踏成一條路。比喻為人真摯、忠誠，自然會有強烈的感召力而深得人心。蹊，小路。

語源 史記李將軍列傳：「及死之日，天下知與不知，皆為盡哀……諺曰『桃李不言，下自成蹊』。此言雖小，可以諭大也。」

例句 曹教授學問精深，待人謙和，即使已退休多年，仍有很多學生前往求教，果真是「桃李不言，下自成蹊」啊！

近義 德不孤，必有鄰

案牘勞形（ㄢˋ ㄉㄨˊ ㄌㄠˊ ㄒㄧㄥˊ） 形容人因文書工作繁重以致身體勞累。案，長形的桌子。牘，書信。形，外形。借指身體。

語源 唐劉禹錫陋室銘：「無絲竹之亂耳，無案牘之勞形。」

例句 部裡最近業務特別多，主任每天案牘勞形，疲倦不堪。

桑榆暮景（ㄙㄤ ㄩˊ ㄇㄨˋ ㄐㄧㄥˇ） 落日餘暉照在桑樹和榆樹上。比喻老年時光。景，日光。也作「桑榆晚景」、「桑榆之年」。

語源 漢劉安淮南子（太平御

覽卷三引）：「日西垂，景在樹端，謂之桑榆。」唐劉禹錫為裴相公讓官第三表：「葵藿微誠，已蒙識察；桑榆莫（暮）景，所冀哀憐。」

例句　張將軍年輕時驍勇善戰，即使如今已是桑榆暮景，兩眼依然炯炯有神。

近義　年逾古稀　年事已高

反義　風華正茂　春秋鼎盛

7

梁上君子（ㄌㄧㄤˊ ㄕㄤˋ ㄐㄩㄣ ㄗˇ）　藏身在屋梁上的人。竊賊的代稱。

語源　後漢書陳寔傳：「時歲荒民儉，有盜夜入其室，止於梁上。寔陰見，乃起自整拂，呼命子孫，正色訓之曰：『夫人不可不自勉。不善之人未必本惡，習以性成，遂至於此。梁上君子者是矣！』盜大驚，自投於地。」

例句　自從社區每個出入口都加裝了監視器後，梁上君子就此絕跡了。

近義　穿窬之盜

梅妻鶴子（ㄇㄟˊ ㄑㄧ ㄏㄜˋ ㄗˇ）　以梅為妻，以鶴為子。原指詩人林逋隱居不娶，植梅養鶴以自娛。後也用來比喻清高或隱居。

語源　宋沈括夢溪筆談卷十人事記載：北宋詩人林逋（和靖）恬淡好古，隱居杭州西湖孤山，終身不娶，於所居處植梅養鶴以自娛。詩風淡遠，多詠梅之作。時人因有「梅妻鶴子」之稱。

例句　林部長卸任後，只想徜徉山林，過著梅妻鶴子的悠閒生活，謝絕一切酬庸。

近義　枕石漱流　枕山棲谷

梅開二度（ㄇㄟˊ ㄎㄞ ㄦˋ ㄉㄨˋ）　梅花再度盛開。比喻好事再現。常用於指再婚、足球賽二次進球或競賽再度獲勝。

語源　清惜陰堂主人二度梅第十三回：「陳公笑道：『也罷，你們如此孝心，要求梅開二度，限三日以定。如三日梅花不能重開，定要前去修行。』」

例句　①這名男星離婚多年，如今終於梅開二度，與小他十歲的一位女星結婚。②靠著羅納度在下半場梅開二度，巴西隊一舉超前，以三比二逆轉淘汰西班牙。

條分縷析（ㄊㄧㄠˊ ㄈㄣ ㄌㄩˇ ㄒㄧ）　一條條、一縷縷地去分解。形容對事物分析得很清楚細緻。

語源　明顧憲成涇皐藏稿卷一三：「上自古樂府，下及近代諸體，條分縷析，井井具矣。」

例句　劉教授在演講中，說明現今的世界局勢，條分縷析，讓聽眾都能清楚了解。

近義　擘肌分理　剖析入微

反義　雜亂無章　顛三倒四

條理分明（ㄊㄧㄠˊ ㄌㄧˇ ㄈㄣ ㄇㄧㄥˊ）　形容有層次系統而不紊亂。

語源　明馮夢龍東周列國志第八十三回：「他日悉召諸子，叩其學問，無卹有問必答，條理分明。」

例句　小敏的上課筆記條理分明，一目了然，常是同學們借閱的對象。

近義　井然有序　有條不紊

反義　雜亂無章　亂七八糟

梧鼠技窮（ㄨˊ ㄕㄨˇ ㄐㄧˋ ㄑㄩㄥˊ）　傳說梧鼠擁有五種技術，但沒有一項真正擅長。比喻技能雖多而不精。也作「梧鼠之技」。

語源　荀子勸學：「螣蛇無足而飛，梧鼠五技而窮。」

例句　王小華學過烹飪、木工、水電等多項技能，但都半途而廢，以致梧鼠技窮，找工作處處碰壁。

近義　黔驢技窮　一籌莫展

反義 神通廣大 三頭六臂

梵宇僧樓（ㄈㄢˋ ㄩˇ ㄙㄥ ㄌㄡˊ） 泛指佛寺。梵，梵語 brahmā（梵摩）音譯的簡稱。意為寂靜、清靜。今指與佛有關的事物。

語源 唐宋之問登禪定寺閣：「梵宇出三天，登臨望八川。」明徑山志卷十夜坐徑山松源樓聯句：「高燈喜雨坐僧樓。」清劉鶚老殘遊記第二回：「梵宇僧樓，與那蒼松翠柏，高下相間。」

例句 泰國人大多信奉佛教，國內梵宇僧樓林立，給人寧靜肅穆的印象。

棄甲曳兵（ㄑㄧˋ ㄐㄧㄚˇ ㄧˋ ㄅㄧㄥ） 丟棄鎧甲，拖著兵器。形容打了敗仗，狼狽逃竄。甲，兵士穿著用以防身的鎧甲。曳，拖著。兵，武器。

語源 孟子梁惠王上：「填然鼓之，兵刃既接，棄甲曳兵而走，或百步而後止，或五十步而後止。」

例句 雙方一交戰，敵軍就不堪一擊，棄甲曳兵逃跑了。

近義 丟盔棄甲 潰不成軍

棄車保帥（ㄑㄧˋ ㄐㄩ ㄅㄠˇ ㄕㄨㄞˋ） 原指下象棋時犧牲「車」棋以保全「帥」棋。在象棋規則中，帥或將被吃掉就輸了，所以車即使很好用，可以通吃對方任何棋子，但必要時還是得棄車保帥。後泛指捨棄較不重要的，以保全最主要的。

例句 這項醜聞牽連甚廣，雖然執政黨撤換祕書長，企圖棄車保帥，但高層仍難辭其咎。

近義 棄卒保車 斷尾求生

反義 因小失大 顧此失彼

棄邪歸正（ㄑㄧˋ ㄒㄧㄝˊ ㄍㄨㄟ ㄓㄥˋ） 參見「改邪歸正」。

棄若敝屣（ㄑㄧˋ ㄖㄨㄛˋ ㄅㄧˋ ㄒㄧˇ） 參見「如棄敝屣」。

棄暗投明（ㄑㄧˋ ㄢˋ ㄊㄡˊ ㄇㄧㄥˊ） 離開黑暗，投向光明。比喻脫離邪惡的環境，走向光明正道。

語源 三國演義第十四回：「公何不棄暗投明，共成大業。」

例句 我勸你盡早脫離不良幫派，棄暗投明，不然下場會很淒慘。

近義 改邪歸正 改過自新

反義 執迷不悟 怙惡不悛

棄瑕錄用（ㄑㄧˋ ㄒㄧㄚˊ ㄌㄨˋ ㄩㄥˋ） 不計較人的某些缺點錯誤，而加以任用。瑕，玉上的斑點，借指過失。

語源 漢陳琳為袁紹檄豫州：「收羅英雄，棄瑕取用。」後漢書袁紹傳：「廣羅英雄，棄瑕錄用。」

例句 公司為了拓展業務，對於素行不良的人也都棄瑕錄用，這種作法是否適當，值得商榷。

梟首示眾（ㄒㄧㄠ ㄕㄡˇ ㄕˋ ㄓㄨㄥˋ） 古代酷刑。殺人取頭懸掛在木桿上，讓眾人觀看。梟，斬首懸頭於木上。

語源 史記秦始皇本紀：「二十人皆梟首。」明馮夢龍三遂平妖傳第三十七回：「即將陶必顯並同謀諸人，一齊綑來城上，梟首示眾。」

例句 梟首示眾的場景畫面只會出現在古裝電影，現代劇是不可能出現的。

8

棉薄之力（ㄇㄧㄢˊ ㄅㄛˊ ㄓ ㄌㄧˋ） 參見「綿薄之力」。

棋高一著（ㄑㄧˊ ㄍㄠ ㄧ ㄓㄨㄛˊ） 原作「棋高一著，束手縛腳」，指與棋藝比自己高的人下棋，會顯得綁手綁腳，難以發揮。後多

用「棋高一著」，指棋藝比別人高。也比喻計謀或技能高人一等。一著，一步棋。

語源 明淩濛初二刻拍案驚奇卷二：「心裡先自慌了……正所謂『棋高一著，束手縛腳』，況兼是心意不安的，把平日的力量一發減了，連敗了兩局。」

例句 這場國際電玩冠亞軍決賽，強強挾著去年餘威，果然棋高一著，衛冕成功。

近義 高人一等 略勝一籌

反義 棋逢敵手 甘拜下風

棋逢敵手 ㄑㄧˊ ㄈㄥˊ ㄉㄧˊ ㄕㄡˇ 下棋時碰到棋力相當的對手。比喻雙方的實力相當，不相上下。也作「棋逢對手」。

語源 唐杜荀鶴觀棋：「有時逢敵手，當局到深更。」

例句 今天這場籃球賽，雙方棋逢敵手，戰況激烈。

近義 旗鼓相當 勢均力敵

反義 實力懸殊 高下立判

棒打落水狗 ㄅㄤˋ ㄉㄚˇ ㄌㄨㄛˋ ㄕㄨㄟˇ ㄍㄡˇ 參見「打落水狗」。

森羅萬象 ㄙㄣ ㄌㄨㄛˊ ㄨㄢˋ ㄒㄧㄤˋ 紛然羅列的各種事物或現象。森，繁密；眾多。羅，羅列；包羅。

語源 南朝梁陶弘景茅山長沙館碑：「夫萬象森羅，不離兩儀所育。」

例句 天地間森羅萬象，各盡其妙，只要善於觀察，都可作為寫作的材料。

近義 包羅萬象 形形色色

棲棲遑遑 ㄑㄧ ㄑㄧ ㄏㄨㄤˊ ㄏㄨㄤˊ 形容奔波忙碌，無暇安居的樣子。棲棲，忙碌的樣子。遑遑，焦急不安的樣子。也作「棲棲皇皇」。

語源 漢班固答賓戲：「是以聖哲之治，棲棲遑遑。」

例句 為了這次的競選，他整天棲棲遑遑，忙得不可開交。

近義 席不暇暖 矻矻終日

反義 無所事事 遊手好閒

棺材裡伸手——死要錢 ㄍㄨㄢ ㄘㄞˊ ㄌㄧˇ ㄕㄣ ㄕㄡˇ ㄙˇ ㄧㄠˋ ㄑㄧㄢˊ 歇後語。躺在棺材裡還伸出手來要錢。比喻貪得無厭，一心要錢。

語源 清吳趼人二十年目睹之怪現狀第九十二回：「現在那些中堂大人們，那一個不是棺材裡伸出手來——死要的！」

例句 修理一個小小的水龍頭居然索價五千元，這個工人真是「棺材裡伸手——死要錢」。

近義 貪得無厭 視錢如命

椎心泣血 ㄓㄨㄟ ㄒㄧㄣ ㄑㄧˋ ㄒㄧㄝˇ 用拳頭捶打胸膛，眼睛哭得快要流血。形容傷心悲痛到極點。椎，捶。

語源 漢李陵答蘇武書：「何圖志未立而怨已成，計未從而骨肉受刑，此陵所以仰天椎心而泣血也。」

例句 對於未能趕回來見母親最後一面，她椎心泣血，後悔不已。

近義 悲痛欲絕 心如刀割

反義 歡天喜地 興高采烈

椎心蝕骨 ㄓㄨㄟ ㄒㄧㄣ ㄕˊ ㄍㄨˇ 椎擊心口，侵蝕骨頭。極言痛苦或內心煎熬之深切。椎，搥打、敲擊。

例句 那架客機失聯已超過七十二小時，搜救毫無進展，乘客家屬那椎心蝕骨的痛苦等待，已轉化為滿腔怒火。

近義 椎心泣血 心如刀割

9

椿庭萱堂 ㄔㄨㄣ ㄊㄧㄥˊ ㄒㄩㄢ ㄊㄤˊ 指父母。椿庭，指父親。椿，椿木。長壽之徵。萱堂，指母親。萱，萱草。令人忘憂。

語源 宋葉夢得再任後遣模歸按視石林詩四首之二：「白髮

萱堂上，孩兒更共懷。」明朱權荊釵記傳奇第二齣：「不幸椿庭早逝，惟賴母親訓育成人。」明抱甕老人今古奇觀卷一二：「恐不能令我哀哀孤子，再復庇於椿庭萱堂之下矣！」

例句 他從小生長在幸福的家庭，椿庭萱堂呵護備至，令人稱羨。

近義 萱花椿樹

椿萱並茂 ㄔㄨㄣ ㄒㄩㄢ ㄅㄧㄥˋ ㄇㄠˋ 比喻父母都健在。椿木象徵長壽，借以指父；萱草令人忘憂，借以指母。

語源 莊子逍遙遊：「上古有大椿者，以八千歲為春，八千歲為秋。」詩經衛風伯兮：「焉得諼草？言樹之背。」毛傳：「諼（萱）草令人忘憂。」唐牟融送徐浩詩：「堂上椿萱雪滿頭。」清褚人穫隋唐演義第四十九回：「線娘又問道：『椿萱並茂否？』」。

例句 林處長已年屆六十而椿萱並茂，退休之後正可全心全意照顧雙親，承歡膝下。

反義 風木含悲 父母雙亡

楚囚相對 ㄔㄨˇ ㄑㄧㄡˊ ㄒㄧㄤ ㄉㄨㄟˋ 形容處境窘迫，無計可施。楚囚，本指春秋時被俘虜到晉國的楚人鍾儀，後借喻處境窘迫、無計可施之人。也作「楚囚對泣」。

語源 南朝宋劉義慶世說新語言語：「王丞相愀然變色曰：『當共勠力王室，克復神州，何至作楚囚相對？』」宋汪元量鶯啼序：「楚囚對泣何已時。」

例句 遭逢災難，當思奮起，不要只作楚囚相對。

近義 束手無策 無計可施

反義 奮發圖強 自強不息

楚材晉用 ㄔㄨˇ ㄘㄞˊ ㄐㄧㄣˋ ㄩㄥˋ 楚國的材料被晉國所用。比喻人才外流。

語源 左傳襄公二十六年：「如杞、梓、皮革，自楚往也。雖楚有材，晉實用之。」周書儒林傳：「而楚材晉用，豈無先哲？」

例句 近年來留學生回國就業的人數大增，楚材晉用的情況已有改善。

楚河漢界 ㄔㄨˇ ㄏㄜˊ ㄏㄢˋ ㄐㄧㄝˋ 比喻對立的兩方界線分明。

語源 漢書高帝紀：「羽乃與漢約，中分天下，割洪溝以西為漢，以東為楚。」

例句 南北韓以北緯三十八點五度線為楚河漢界，相互對峙。

楚楚可憐 ㄔㄨˇ ㄔㄨˇ ㄎㄜˇ ㄌㄧㄢˊ 本指松樹枝葉纖弱、柔嫩可愛的樣子。後多用來形容女子嬌柔可愛或柔弱哀楚，令人憐憫。楚楚，幼樹枝葉柔弱的樣子。可憐，可愛。

語源 南朝宋劉義慶世說新語言語：「松樹子非不楚楚可憐，但永無棟梁用耳。」清魏秀仁花月痕第十五回：「荷生見說得楚楚可憐，便嘆了一口氣，道……」

例句 她纖細的身影走在雨中，更顯得楚楚可憐。

業精於勤 ㄧㄝˋ ㄐㄧㄥ ㄩˊ ㄑㄧㄣˊ 學業的精進，有賴於勤勉努力。

語源 唐韓愈進學解：「業精於勤，荒於嬉；行成於思，毀於隨。」

例句 學期開始，老師勉勵大家要業精於勤，不要浪費寶貴的時光。

近義 三更燈火五更雞 勤能補拙

反義 玩歲愒時 飽食終日

10

榜上無名 ㄅㄤˇ ㄕㄤˋ ㄨˊ ㄇㄧㄥˊ 指考試沒有被錄取。

語源 元曾瑞留鞋記楔子：「自謂狀元探手可得，豈知時運不濟，榜上無名。」

例句 他參加高等考試已超過十次，但至今仍榜上無名。

近義 名落孫山 曝鰓龍門

反義 名列前茅 獨占鰲頭

榮辱與共 ㄖㄨㄥˊ ㄖㄨˋ ㄩˇ ㄍㄨㄥˋ 榮耀與恥辱都共同享有或承擔。形容關係密切。

例句 亞運前夕，陳總領隊宣示說：全體代表隊榮辱與共，每個人一定全力以赴，爭取最佳成績。

近義 休戚與共 同甘共苦

反義 不相聞問 分道揚鑣

榮華富貴 ㄖㄨㄥˊ ㄏㄨㄚˊ ㄈㄨˋ ㄍㄨㄟˋ 榮耀顯達，富裕尊貴。也作「富貴榮華」。

語源 管子重令：「行事便辟，以貴富為榮華以相稚也，謂之逆。」漢王符潛夫論論榮：「所謂賢人君子者，非必高位厚祿、富貴榮華之謂也。」北齊書崔暹傳：「今榮華富貴，直是中尉自取，高歡父子無以相報。」

例句 榮華富貴對我來說只不過是過眼雲煙，何必費心汲汲營營？

近義 功名利祿

反義 窮愁潦倒 時乖命蹇

槁木死灰 ㄍㄠˇ ㄇㄨˋ ㄙˇ ㄏㄨㄟ 乾枯的樹木和火滅之後的冷灰。原比喻道家內心寂靜而忘卻形體的境界。後比喻意志消沉，毫無生趣。

語源 莊子齊物論：「形固可使如槁木，而心固可使如死灰乎？」

例句 自從親人相繼去世後，她的心便如槁木死灰，每天只望著窗外發呆。

近義 心灰意冷 萬念俱灰

槍林彈雨 ㄑㄧㄤ ㄌㄧㄣˊ ㄉㄢˋ ㄩˇ 槍像樹林一樣多，子彈像雨點那麼密。形容戰況激烈。

例句 從槍林彈雨中走過來的人，特別珍惜袍澤間相互扶持的感情。

近義 刀光劍影 烽火連天

反義 兵不血刃 傳檄而定

11

樂不可支 ㄌㄜˋ ㄅㄨˋ ㄎㄜˇ ㄓ 快樂得支持不住。形容高興到了極點。

語源 漢班固東觀漢記張堪傳：「桑無附枝，麥秀兩歧；張君為政，樂不可支。」

例句 獲知嫂嫂平安產下一對龍鳳胎時，哥哥樂不可支地又跳又笑。

近義 樂不可言 喜不自勝

反義 愁眉苦臉 唉聲嘆氣

樂不思蜀 ㄌㄜˋ ㄅㄨˋ ㄙ ㄕㄨˇ 快樂得不想念蜀國。比喻留戀異地，不念家鄉。也比喻人沉迷安樂，不思振作。

語源 三國志蜀書後主紀注引漢晉春秋：「司馬文王與劉禪宴，為之作故蜀技，旁人皆為之感愴，而禪喜笑自若。……他日，王問禪曰：『頗思蜀否？』禪曰：『此間樂，不思蜀。』」

例句 這些孩子一到臺北，有吃有玩，早就樂不思蜀啦！

近義 樂而忘返 樂而忘歸

反義 毋忘在莒 狐死首丘

樂天知命 ㄌㄜˋ ㄊㄧㄢ ㄓ ㄇㄧㄥˋ 形容人安於一切際遇。天、命，指一切客觀的限定。

語源 易經繫辭上：「樂天知命，故不憂。」

例句 他一生淡泊名利，樂天知命，過著閒雲野鶴般的生

活。

近義 安貧樂道 知足常樂

反義 杞人憂天 汲汲營營

樂以忘憂 ㄌㄜˋ ㄧˇ ㄨㄤˊ ㄧㄡ 快樂得忘記憂愁。

語源 論語述而：「其為人也，發憤忘食，樂以忘憂，不知老之將至云爾。」

例句 他退休後隱居鄉間，吟詩耕作，樂以忘憂。

近義 逍遙自在 無憂無慮

反義 憂心忡忡 愁容滿面

樂在其中 ㄌㄜˋ ㄗㄞˋ ㄑㄧˊ ㄓㄨㄥ 從中得到樂趣；陶醉其中。

語源 論語述而：「飯疏食，飲水，曲肱而枕之，樂亦在其中矣。」

例句 他整天在球場上奔跑跳躍，儘管汗如雨下，卻樂在其中。

近義 趣味盎然 其樂陶陶

反義 索然無味 味如嚼蠟

樂此不疲 ㄌㄜˋ ㄘˇ ㄅㄨˋ ㄆㄧˊ 以此為樂，一點也不感疲倦。

語源 後漢書光武帝紀下：「我自樂此，不為疲也。」清夏敬渠野叟曝言第五十二回：「也有樂此不疲，捨不得羅漢神通的。」

例句 三十年來，他每天清晨都要慢跑五公里，別人深以為苦，他卻樂此不疲。

近義 好之不倦 甘之如飴

反義 深以為苦 苦不堪言

樂而忘返 ㄌㄜˋ ㄦˊ ㄨㄤˊ ㄈㄢˇ 沉迷於某種場合而捨不得離開。

語源 晉書苻堅載記：「堅嘗如鄴，狩於西山，旬餘，樂而忘返。」

例句 他沉迷線上遊戲，每每埋首網咖，樂而忘返，蹉跎了寶貴的光陰。

近義 樂不思蜀 樂而忘歸

反義 淺嘗輒止 樂而知返

樂善好施 ㄌㄜˋ ㄕㄢˋ ㄏㄠˋ ㄕ 喜歡做善事並樂於救濟他人。

語源 史記樂書：「聞徵音，使人樂善好施；聞羽音，使人整齊而好禮。」

例句 他生性慷慨，樂善好施，是鄉民眼中的大善人。

近義 慷慨解囊 解衣推食

反義 一毛不拔 巧取豪奪

樂極生悲 ㄌㄜˋ ㄐㄧˊ ㄕㄥ ㄅㄟ 快樂到極點時，往往容易發生令人悲愁的事。

語源 文子守弱：「夫物盛則衰，日中則移，月滿則虧，樂終而悲。」水滸傳第二十六回：「常言道：『樂極生悲，否極泰來。』」

例句 在歡樂時要懂得節制，以免樂極生悲。

反義 否極泰來 苦盡甘來

樂觀其成 ㄌㄜˋ ㄍㄨㄢ ㄑㄧˊ ㄔㄥˊ 樂於見到事情成功。也作「樂見其成」。

例句 對於這次研發的新產品，大家都樂觀其成。

近義 成人之美 玉成其事

反義 從中作梗 興風作浪

標新立異 ㄅㄧㄠ ㄒㄧㄣ ㄌㄧˋ ㄧˋ 本義是指能開創新意，立論與眾不同。今多指故意創造新奇，標榜與眾不同。

語源 南朝宋劉義慶世說新語文學記載：晉朝郭象、向秀解釋莊子逍遙遊之義，當世無人能及得上。其後，支道林在洛陽白馬寺講解逍遙遊，卻能「標新理於二家之表，立異義於眾賢之外」。清褚人穫隋唐演義第三十一回：「但今作者止取體豔句嬌，標新立異而已。」

例句 他的打扮標新立異，引來眾人驚奇的眼光。

近義 別出心裁 獨闢蹊徑

木

反義　亦步亦趨　拾人牙慧

模山範水　ㄇㄛˊ ㄕㄢ ㄈㄢˋ ㄕㄨㄟˇ　以文字描寫山水。模、範，模擬仿效。

語源　南朝梁劉勰文心雕龍物色：「及長卿之徒，詭勢瓌聲，模山範水，字必魚貫。」

例句　他喜愛四處旅遊，模山範水，竟讓他寫成了好幾本遊記。

近義　鏤月裁雲。

模稜兩可　ㄇㄛˊ ㄌㄥˊ ㄌㄧㄤˇ ㄎㄜˇ　指言行、態度不明確，不表贊同或反對。模稜，也作「摸稜」或「模棱」。形容態度含糊不明。

語源　舊唐書蘇味道傳：「嘗謂人曰：『處事不欲決斷明白，若有錯誤，必貽咎譴，但摸稜以持兩端可矣。』」明史余珊傳：「堅白同異，模棱兩可。」明史紀事本末卷六一：「猥以模稜兩可謂之調停。」

例句　他怕得罪人，發言時模稜兩可，十足的鄉愿。

近義　含糊其辭　不置可否

反義　旗幟鮮明　斬釘截鐵

12

樸素無華　ㄆㄨˊ ㄙㄨˋ ㄨˊ ㄏㄨㄚˊ　樸質簡淡而不浮華。也作「樸實無華」。

語源　元史烏古孫澤傳：「身一布袍數年，妻子樸素無華，人皆言之，澤不以為意也。」

例句　她勤儉持家，衣著和日常用品都樸素無華。

近義　勤儉樸素

反義　鋪張浪費　窮奢極侈

樹大招風　ㄕㄨˋ ㄉㄚˋ ㄓㄠ ㄈㄥ　高大的樹木容易遭受強風的吹襲。比喻富貴顯達、名高位尊的人容易招致妒嫉毀謗。

語源　西遊記第三十三回：「這正是樹大招風風撼樹，人為名高名喪人！」

例句　為了避免樹大招風，我們還是低調一點，不要太招搖。

近義　德高毀來　人怕出名豬怕肥

反義　韜光養晦　明哲保身

樹碑立傳　ㄕㄨˋ ㄅㄟ ㄌㄧˋ ㄓㄨㄢˋ　將某人的事蹟功業刻寫在碑石上或撰成傳記，使之流傳久遠。多指建立個人威信或抬高個人聲望的吹捧行為。樹，豎立。

語源　後漢書桓彬傳：「僉以為彬有過人者四……乃共樹碑而頌焉。」晉書陳壽傳：「壽為亮立傳，謂……。」

例句　總統大選還沒投票，就有人急著為其中某個候選人樹碑立傳。

近義　歌功頌德

反義　口誅筆伐

樹德務滋　ㄕㄨˋ ㄉㄜˊ ㄨˋ ㄗ　施行德政，力求普遍而不間斷。也泛指立德行善務求多而廣泛。多與「除惡務盡」連用。滋，增生。

語源　尚書泰誓下：「樹德務滋，除惡務本。」

例句　「樹德務滋，除惡務盡」是他從政多年的圭臬，因此政績一向有口皆碑。

反義　為德不卒

樹大好遮蔭　ㄕㄨˋ ㄉㄚˋ ㄏㄠˇ ㄓㄜ ㄧㄣ　諺語。比喻倚靠的所在強大，好處就多。

例句　阿強認為大公司比較有保障，樹大好遮蔭，所以早就想跳槽了。

近義　大樹底下好乘涼

樹倒猢猻散　ㄕㄨˋ ㄉㄠˇ ㄏㄨˊ ㄙㄨㄣ ㄙㄢˋ　樹倒了，樹上的猴子也跟著四處逃散。比喻核心人物一旦失勢或垮臺，其他依附的人也隨之而散。猢猻，猴子。

語源　宋龐元英談藪記載：曹

詠依附秦檜，官至戶部侍郎，顯赫一時。當時的人都趨炎附勢，唯獨厲德斯不肯卑躬屈節。等到秦檜一死，曹詠隨即被貶，厲德斯便寫了一篇樹倒猢猻散賦送給他。

例句　自從幫派裡的幾個大哥相繼逃亡海外後，剩下的小混混群龍無首，也跟著樹倒猢猻散。

近義　如鳥獸散

反義　炙手可熱　烜赫一時

樹欲靜而風不止 ㄕㄨˋ ㄩˋ ㄐㄧㄥˋ ㄦˊ ㄈㄥ ㄅㄨˋ ㄓˇ

比喻子女想要孝順父母而父母卻已去世。

語源　韓詩外傳卷九：「樹欲靜而風不止，子欲養而親不待也。」元高明琵琶記第三十七齣：「樹欲靜而風不止，子欲養而親不在。」

例句　「樹欲靜而風不止，子欲養而親不待」，為人子女的應及時行孝，以免徒留遺憾。

近義　風木之悲

反義　承歡膝下

機不可失 ㄐㄧ ㄅㄨˋ ㄎㄜˇ ㄕ

不可錯過良好的時機。

語源　宋書范曄傳：「兼云人情樂亂，機不可失，讖緯天文，並有徵驗。」

例句　股票市場連日來重挫近千點，投資者見機不可失，紛紛逢低買進。

近義　千載難逢　機不旋踵

反義　坐失良機　失之交臂

機關用盡 ㄐㄧ ㄍㄨㄢ ㄩㄥˋ ㄐㄧㄣˋ

使出了全部的計謀。形容絞盡腦汁，費盡心機。多含貶義。機關，陷阱；圈套。指計謀。

語源　宋黃庭堅牧童：「騎牛遠遠過前村，吹笛風斜隔壟聞；多少長安名利客，機關用盡不如君。」

例句　為了詐領保險金，他機關用盡，甚至不惜自殘，但最後還是被識破了。

近義　費盡心機　絞盡腦汁

反義　無所用心　無所施其技

橫七豎八 ㄏㄥˊ ㄑㄧ ㄕㄨˋ ㄅㄚ

參見「橫三豎四」。

橫三豎四 ㄏㄥˊ ㄙㄢ ㄕㄨˋ ㄙˋ

凌亂不整齊的樣子。也作「橫七豎八」。

語源　宋釋普濟五燈會元越州姜山方禪師：「橫三豎四，乍離乍合。」紅樓夢第三十六回：「只見外間床上橫三豎四，都是丫頭們睡覺。」水滸傳第三十四回：「一片瓦礫場上，橫七豎八，殺死的男人婦女，不計其數。」

例句　颱風過後，園子內的花木橫三豎四倒了一地。

近義　亂七八糟　歪七扭八

反義　井然有序　有條不紊

橫生枝節 ㄏㄥˊ ㄕㄥ ㄓ ㄐㄧㄝˊ

比喻主要問題尚未解決，又意外生出新的問題。

語源　清劉坤一書牘致榮中堂：「現在時局既定，關內外諸軍似宜速裁，否則虛耗薪糧，並恐橫生枝節。」

例句　這件事雖然大勢底定，但仍要小心從事，以免橫生枝節。

近義　節外生枝

反義　一帆風順

橫行霸道 ㄏㄥˊ ㄒㄧㄥˊ ㄅㄚˋ ㄉㄠˋ

蠻橫放肆，不講道理。形容人依仗權勢，胡作非為。橫行，行為蠻橫放肆。霸道，不講道理。

語源　紅樓夢第九回：「又助著薛蟠圖些銀錢酒肉，一任薛蟠橫行霸道。」

例句　仗著舅舅是縣長，他壟斷地方的砂石業，橫行霸道，已經引起業者的公憤。

近義 為所欲為　作威作福

反義 奉公守法　循規蹈矩

橫眉豎眼 ㄏㄥˊ ㄇㄟˊ ㄕㄨˋ ㄧㄢˇ　形容憤怒兇惡的樣子。

語源 五代何光遠鑒戒錄攻離詠：「橫眉努目強幹嗔，便作閻浮有力神。」清楊潮觀吟風閣雜劇凝碧池忠魂再表：「只激得安祿山豎眼橫眉，咬牙切齒。」

例句 門外來了幾個年輕人，個個橫眉豎眼，顯然來意不善。

近義 怒形於色　怒目相向

反義 和顏悅色　和藹可親

橫掃千軍 ㄏㄥˊ ㄙㄠˇ ㄑㄧㄢ ㄐㄩㄣ　形容殺敵無數，大獲全勝。橫掃，極言快速而勇猛。

語源 元王實甫西廂記第二本第一折：「橫掃了五千人。」蔡東藩前漢通俗演義第十四回：「再加章邯一柄大刀旋風飛舞，橫掃千軍。」

例句 李小龍在影片中單槍匹馬、橫掃千軍的英姿，令人印象深刻。

近義 勢如破竹　所向披靡

反義 全軍覆沒　望風披靡

橫槊賦詩 ㄏㄥˊ ㄕㄨㄛˋ ㄈㄨˋ ㄕ　橫置長矛吟詩。形容允文允武的豪邁氣概。

語源 唐元稹唐故工部員外郎杜君墓系銘：「曹氏父子鞍馬間為文，往往橫槊賦詩。」

例句 歷史上，在鞍馬間橫槊賦詩的英雄豪傑，都是允文允武的一代名將。

近義 允文允武　文武雙全

橫說豎說 ㄏㄥˊ ㄕㄨㄛ ㄕㄨˋ ㄕㄨㄛ　指由各種角度切入論說或喻解。

語源 宋羅大經鶴林玉露東坡文：「莊子之文，以無為有；戰國策之文，以曲作直。東坡平生熟此二書，故其為文橫說豎說，惟意所到。」

例句 我想他這次是吃了稱鉈鐵了心，任憑你橫說豎說，他都不會改變心意的。

近義 好說歹說

反義 三言兩語

橫徵暴斂 ㄏㄥˊ ㄓㄥ ㄅㄠˋ ㄌㄧㄢˋ　以蠻橫強暴的手段向人民徵收稅捐。極言稅捐之苛重。

語源 唐元稹彈奏劍南東川節度使狀：「而乃橫徵暴賦，不奉典常。」清江日昇臺灣外紀第六卷：「邇來橫徵暴斂，民不聊生。」

例句 歷史上的昏君往往為了個人私欲，不惜橫徵暴斂來滿足他的慾望。

近義 殘民以逞　巧取豪奪

反義 休養生息

橫衝直撞 ㄏㄥˊ ㄔㄨㄥ ㄓˊ ㄓㄨㄤˋ　毫無顧忌地亂衝亂撞。①形容兇悍勇猛，無人能擋。②形容行為魯莽蠻橫，不講道理。

語源 水滸傳第五十四回：「那連環馬軍，漫山遍野，橫衝直撞將來。」

例句 ①憑著高大的身材，他在籃球場上橫衝直撞，如入無人之境。②開車要遵守交通規則，不能任由你橫衝直撞，否則會危及他人的生命安全。

13

櫛比鱗次 ㄐㄧㄝˊ ㄅㄧˋ ㄌㄧㄣˊ ㄘˋ　像梳篦的齒、魚的鱗片一般，排列緊密。比喻排列得既整齊又緊密。櫛，梳子、篦子的總稱。比，並列。也作「鱗次櫛比」。

語源 漢李龍辟雍賦：「王公群后，卿士具集，攢羅鱗次，差池雜遝。」漢王褒四子講德論：「甘露滋液，嘉禾櫛比。」元黃溍陸氏藏書目錄序：「一榻蕭然，環以古今書凡若干卷……櫛比而鱗次，入其室，如登群玉之府。」

例句 臺北的高樓大廈櫛比鱗次，讓習慣鄉村生活的人有極大的壓迫感。

近義 密密麻麻　星羅棋布

反義 稀疏錯落　雜亂無章

13

櫛風沐雨 以風梳髮，以雨洗頭。比喻不避風雨，奔波勞苦。

語源 莊子天下：「沐甚雨，櫛疾風。」三國志魏書董昭傳：「周旋征伐，櫛風沐雨，且三十年。」

例句 爸爸為了讓全家人的生活不虞匱乏，每天在外櫛風沐雨，辛勤工作。

近義 東奔西走　風吹日曬

反義 游手好閒　無所事事

14

檻猿籠鳥 參見「籠鳥檻猿」。

17

櫻桃小口 形容女子的嘴唇如櫻桃般小巧紅潤。

語源 金董解元西廂記諸宮調卷一：「櫻桃小口嬌聲顫，不防花下，有人腸斷。」

例句 她一雙水汪汪的大眼睛，嵌在那瓜子型的臉上，高挺的鼻子下方一張櫻桃小口，活脫脫一個大美人。

18

權宜之計 為應付事況所採取的變通做法。權宜，暫時適宜。

語源 後漢書王允傳：「杖正持重，不循權宜之計，是以群下不甚附之。」

例句 央行暫時讓臺幣貶值，只是權宜之計，廠商如何加強產品的競爭力，才是提升出口的根本之道。

近義 便宜行事　通權達變

反義 膠柱鼓瑟　一成不變

權衡輕重 稱量一下哪個輕、哪個重。比喻衡量事情的利害得失或主次。權衡，作動詞用，衡量。權，秤錘。衡，秤桿。

語源 鬼谷子揣闔：「揣之者，料其情也；闔之者，結其誠也。皆見其權衡輕重，乃為之度數。」

例句 凡事都要先權衡輕重，再付諸行動，才能事半功倍，有所成就。

近義 斟酌損益　謀定後動

欠部

4

欣欣向榮 草木茂盛的樣子。也比喻事物蓬勃發展，興旺昌盛。

語源 晉陶潛歸去來辭：「木欣欣以向榮，泉涓涓而始流。」清朝續文獻通考市糴考二：「自英人貿易斷後，他國頗欣欣向榮。」

例句 ①春天到來，草木無不欣欣向榮、生氣勃勃。②唯有安定的政治環境，才能使產業欣欣向榮，經濟穩定發展。

近義 生意盎然　蒸蒸日上

反義 零零落落　江河日下

欣喜若狂 非常歡喜，像是發狂了一般。

語源 左傳哀公二十年：「諸夏之人，莫不欣喜。」水滸傳第一〇八回：「宋江聞報……欣喜雀躍。」清尹湛納希泣紅亭第八回：「說完施禮，康信仁欣喜若狂。」

例句 得知中了大獎，他欣喜若狂，整個人都跳了起來。

近義 手舞足蹈　歡天喜地

反義 哀痛欲絕　悲不自勝

6

欬唾成珠 參見「咳唾成珠」。

7

欲言又止 形容因有所顧忌或另有打算，話

到了嘴邊卻又止住不說。

語源 晉書衛瓘傳：「瓘欲言而止者三。」明馮夢龍醒世恆言卷八：「張六嫂欲待不說……事在兩難，欲言又止。」

例句 阿妹好像有滿腹委屈，卻欲言又止，不知為什麼？

近義 欲語還休　吞吞吐吐

反義 暢所欲言　滔滔不絕

欲哭無淚 ㄩˋ ㄎㄨ ㄨˊ ㄌㄟˋ　想痛哭，卻流不出眼淚。形容極為悲痛或無奈。

語源 三國演義第一一九回：「後主如郤正之言以對，欲哭無淚。」

例句 在遭受一連串的打擊之後，妻子又棄他而去，讓老王欲哭無淚。

近義 哀哀欲絕　心如刀割

反義 歡欣鼓舞　欣喜若狂

欲振乏力 ㄩˋ ㄓㄣˋ ㄈㄚˊ ㄌㄧˋ　想要振作，卻缺乏力道。

例句 股市連日來交易清淡，欲振乏力，投資人個個愁眉不展。

近義 力不從心　心有餘而力不足

反義 如臂使指　輕而易舉

欲益反損 ㄩˋ ㄧˋ ㄈㄢˇ ㄙㄨㄣˇ　原本想要有所得益，結果反受損害。

語源 漢司馬遷報任少卿書：「顧自以為身殘處穢，動而見尤，欲益反損。」

例句 媽媽燉了一些中藥材讓我進補，沒想到欲益反損，害我整天拉肚子。

近義 適得其反　揠苗助長

欲蓋彌彰 ㄩˋ ㄍㄞˋ ㄇㄧˊ ㄓㄤ　想要掩蓋事情的真相，結果反而更加暴露、明顯。彌，更加。

語源 左傳昭公三十一年：「或求名而不得，或欲蓋而名章（彰），懲不義也。」唐王方慶鄭魏公諫錄第五卷：「欲人不知，莫若勿為；欲蓋彌彰，掩之何益？」

例句 小明打破玻璃卻不承認，推說當時他不在教室，結果欲蓋彌彰，謊話隨即就被識破了。

近義 原形畢露　事跡敗露

欲語還休 ㄩˋ ㄩˇ ㄏㄨㄢˊ ㄒㄧㄡ　形容想說卻沒有說出口。

語源 宋辛棄疾醜奴兒：「少年不識愁滋味，愛上層樓，愛上層樓，為賦新詞強說愁。而今識盡愁滋味，欲語還休，欲語還休，卻道天涼好個秋。」

例句 小胖鼓起勇氣走到阿美面前想要示愛，卻又欲語還休，讓阿美一頭霧水。

近義 欲言又止　半吞半吐

反義 暢所欲言　脫口而出

欲罷不能 ㄩˋ ㄅㄚˋ ㄅㄨˋ ㄋㄥˊ　想要停止卻做不到。形容專心一事，不想停止。也指因局勢所逼，想停止卻無法停止。罷，停止。

語源 論語子罕：「夫子循循然善誘人，博我以文，約我以禮，欲罷不能。」宋洪邁容齋四筆第六卷：「予謂唐昭宗於是時尚復講此，而在庭無一言，蓋宮掖相承，欲罷不能也。」

例句 哈利波特這套書內容生動有趣，情節緊湊，往往令人一讀之後就欲罷不能。

近義 不能自拔　不可遏止

反義 收放自如

欲擒故縱 ㄩˋ ㄑㄧㄣˊ ㄍㄨˋ ㄗㄨㄥˋ　想要捉拿，卻故意放縱，使其放鬆戒備。比喻運用計謀，故意放縱來達到掌握、擒拿的目的。也比喻寫文章時，敘事欲緊先緩的筆法。

語源 三國演義記載：諸葛亮

出兵南蠻，七擒孟獲，七縱孟獲，最後使其心悅誠服，不再造反。清沈起鳳諧鐸第一卷：「此欲擒故縱、欲貪故廉之說也。」清文康兒女英雄傳第十三回：「無如他著書的，要作這等欲擒故縱的文章。」

例句 ①小李改用欲擒故縱的手法追小倩，不再像以前一樣天天打電話，沒想到居然奏效。②這本推理小說善用欲擒故縱的筆法，讓弟弟看得十分入迷。

欲壑難填（ㄩˋ ㄏㄨㄛˋ ㄋㄢˊ ㄊㄧㄢˊ） 形容人的貪欲有如深谷，無法填滿。壑，深谷。

語源 清徐珂清稗類鈔譏諷類二：「世稱欲壑難填者曰無底洞。」

例句 我們要時時懷著知足感恩的心，否則欲壑難填，永遠也沒有滿足的一天。

近義 貪得無厭 得寸進尺

反義 清心寡欲 安貧樂道

欲速則不達（ㄩˋ ㄙㄨˋ ㄗㄜˊ ㄅㄨˋ ㄉㄚˊ） 一味求快，操之過急，反而達不到目的。也作「欲速不達」。

語源 論語子路：「無欲速，無見小利。欲速則不達，見小利則大事不成。」

例句 我們的分店擴增得太快了，我怕欲速則不達，市場占有率未見提升，獲利反而下降。

近義 操之過急 欲益反損

欲加之罪，何患無辭（ㄩˋ ㄐㄧㄚ ㄓ ㄗㄨㄟˋ，ㄏㄜˊ ㄏㄨㄢˋ ㄨˊ ㄘˊ） 指存心誣陷別人，不怕找不到藉口。

語源 左傳僖公十年：「不有廢也，君何以興？欲加之罪，其無辭乎！」宋劉克莊與鄭丞相：「凡人之身豈能無過，苟欲加罪，何患無辭！」

例句 只因我無意間破壞了他升遷的機會，他便因此說我在公司挑撥離間，真是「欲加之罪，何患無辭」。

近義 曲意栽贓 深文周納

8

欺人之談（ㄑㄧ ㄖㄣˊ ㄓ ㄊㄢˊ） 騙人的話。

語源 清文康兒女英雄傳第十六回：「吾兄這句話，是欺人之談了。」

例句 他每日出門都以名車代步，卻推說無力償還債務，分明是欺人之談。

近義 口是心非 違心之論

反義 肺腑之言 情真語切

欺人太甚（ㄑㄧ ㄖㄣˊ ㄊㄞˋ ㄕㄣˋ） 欺凌人到了無法忍受的地步。

語源 詩經小雅巷伯：「彼譖人者，亦已太甚！」元鄭廷玉楚昭王疏者下船第四折：「筵前舉鼎，欺人太甚！」

例句 他這些話實在是欺人太甚，有損我的名譽，我決定對他提出告訴。

近義 逼人太甚 倚門踏戶

欺上瞞下（ㄑㄧ ㄕㄤˋ ㄇㄢˊ ㄒㄧㄚˋ） 對上欺騙，對下隱瞞。也作「欺上罔下」。

語源 唐元結奏免科率狀：「忝官尸祿，欺上罔下，是臣之罪。」

例句 當一名主管要能隨時發掘問題並商討對策，不可欺上瞞下，任其惡化。

欺世盜名（ㄑㄧ ㄕˋ ㄉㄠˋ ㄇㄧㄥˊ） 指以不正當的手段欺騙世人，竊取虛名。欺，詐騙。盜，竊取。

語源 漢王符潛夫論務本：「今多務交游，以結黨助，偷世竊名，以取濟渡。」宋蘇洵辨姦論：「王衍之為人，容貌言語，固有以欺世而盜名者。」

例句 他不過是一個欺世盜名

欠

的政客罷了，何曾真心替大眾謀福利呢？

近義 沽名釣譽 矯俗干名

反義 功成不居 淡泊名利

欺軟怕硬（ㄑㄧ ㄖㄨㄢˇ ㄆㄚˋ ㄧㄥˋ） 欺負軟弱或無權勢的，害怕強橫或有權勢的。形容卑鄙小人，專會欺負弱小。

語源 元無名氏魯智深喜賞黃花峪第四折：「打你個軟的欺硬的怕鑞槍頭，你是個無道理無仁義酒魔頭。」

例句 阿德是個橫行鄉里的小流氓，專會欺軟怕硬，實在讓人厭惡。

近義 欺善怕惡 茹柔吐剛

反義 鋤強扶弱 濟弱鋤強

欺善怕惡（ㄑㄧ ㄕㄢˋ ㄆㄚˋ ㄜˋ） 欺負善良弱小的人，而畏懼強橫兇惡的人。

語源 宋蘇軾東坡志林卷六：「水族癡暗，太輕殺之，或云，不能償冤，是乃欺善怕惡。」

例句 他不過是個欺善怕惡的小混混，你只要一板臉，他就不敢欺負你了。

近義 茹柔吐剛 欺軟怕硬

反義 鋤強扶弱 除暴安良

款款動人（ㄎㄨㄢˇ ㄎㄨㄢˇ ㄉㄨㄥˋ ㄖㄣˊ） ①形容舉止輕柔徐緩，令人心動。款款，徐緩的樣子。②指每種款式的產品都很吸引人。款款，每一條、每一項。

語源 唐杜甫曲江二首之二：「穿花蛺蝶深深見，點水蜻蜓款款飛。」

例句 ①她穿著一身碎花洋裙，手撐洋傘漫步在街頭，款款動人的身影，吸引許多男士的目光。②這家流行服飾店新推出的春裝款款動人，小妹一時不知如何選擇才好。

近義 搖曳生姿 儀態萬方

10

歌功頌德（ㄍㄜ ㄍㄨㄥ ㄙㄨㄥˋ ㄉㄜˊ） 頌揚功績德行。也用來指一味地、過分地稱揚。

語源 史記周本紀：「民皆歌樂之，頌其德。」宋王明清玉照新志第二卷：「今日治效如此，正臣子歌功頌德之秋也。」

例句 這份報紙對執政黨只會歌功頌德，從不批評，明顯有失立場。

近義 推崇備至 溢美之詞

反義 逆耳忠言 冷言冷語

歌臺舞榭（ㄍㄜ ㄊㄞˊ ㄨˇ ㄒㄧㄝˋ） 表演唱歌跳舞的地方。比喻歡娛享樂的場所。榭，建在臺上的房屋。

語源 唐呂令問雲中古城賦：「百堵齊矗，九衢相望，歌臺舞榭，月殿雲堂。」

例句 自從他商場得意後，無日沒有應酬，每每深夜還流連在歌臺舞榭。

近義 楚館秦樓

歌舞昇平（ㄍㄜ ㄨˇ ㄕㄥ ㄆㄧㄥˊ） 既歌且舞以慶祝太平盛世。今多指繁華享樂的時代風氣。

語源 左傳襄公三十一年：「文王之功，天下誦而歌舞之。」清朝續文獻通考國用考一：「戲園戲班歌舞昇平，歲時宴集，原為例所不禁。」

例句 夜晚的臺北街頭燈光燦爛，人群熙熙攘攘，一片歌舞昇平的景象。

近義 河清海晏 四海昇平

反義 民不聊生 生靈塗炭

11

歎為觀止（ㄊㄢˋ ㄨㄟˊ ㄍㄨㄢ ㄓˇ） 形容所見到的事物極為美好，令人讚歎，是觀覽的極境。止，盡頭；不可復加。

語源 左傳襄公二十九年：「觀止矣！若有他樂，吾不敢請已！」清王韜淞隱漫錄卷八海外壯游：「生撫掌稱奇，歎

欠

為觀止。」

【例句】他的表演簡直到了出神入化的境界，實在令人歎為觀止。

【近義】盡善盡美　令人激賞

【反義】不足掛齒　平淡無奇

18

歡天喜地（ㄏㄨㄢ ㄊㄧㄢ ㄒㄧˇ ㄉㄧˋ）形容歡喜到極點。

【語源】京本通俗小說錯斬崔寧：「當下權且歡天喜地，並無他說。」

【例句】得知自己的作品獲得首獎後，他歡天喜地地打電話告訴親朋好友。

【近義】喜不自勝　欣喜若狂

【反義】呼天搶地　愁眉苦臉

歡欣鼓舞（ㄏㄨㄢ ㄒㄧㄣ ㄍㄨˇ ㄨˇ）形容非常高興、振奮。

【語源】宋蘇軾上知府王龍圖書：「方其困急時，簞瓢之饋，愈於千金，是故莫不歡欣鼓舞之至。」

【例句】成棒代表隊贏得世界冠軍的消息傳來，全國民眾莫不歡欣鼓舞。

【近義】歡天喜地　興高采烈

【反義】愁眉不展　垂頭喪氣

歡喜冤家（ㄏㄨㄢ ㄒㄧˇ ㄩㄢ ㄐㄧㄚ）指既恩愛又常鬧意見、愛爭吵的夫妻或情侶。

【語源】元喬吉小令贈朱翠英：「五百年歡喜冤家，正好星前月下。」

【例句】他們這對歡喜冤家，有時吵架有時又甜甜蜜蜜，令旁人是越看越糊塗。

歡聲雷動（ㄏㄨㄢ ㄕㄥ ㄌㄟˊ ㄉㄨㄥˋ）歡呼聲像打雷一樣。形容群眾歡呼聲之宏大熱烈。

【語源】唐令狐楚賀赦表：「歡聲雷動，喜氣雲騰。」

【例句】中華青棒隊隊員擊出再見全壘打，勇奪世界冠軍時，現場觀眾頓時歡聲雷動。

【近義】歡聲震天　歡聲如雷

【反義】寂無人聲　鴉雀無聲

止部

止於至善（ㄓˇ ㄩˊ ㄓˋ ㄕㄢˋ）達到最完善的境界。

【語源】禮記大學：「大學之道在明明德、在親民、在止於至善。」

【例句】一個有作為的人所追求的最高理想，應該是止於至善。

【近義】盡善盡美　完美無缺

1

正人君子（ㄓㄥˋ ㄖㄣˊ ㄐㄩㄣ ㄗˇ）行為端正、品格高尚的人。

【語源】尚書洪範：「凡厥正人，既富方穀。」論語學而：「人不知而不慍，不亦君子乎？」舊唐書崔胤傳：「胤所悅者闒茸下輩，所惡者正人君子，人人悚懼，朝不保夕。」

【例句】結交正人君子，對品德修養必定大有助益。

【近義】大雅君子

【反義】勢利小人

正中下懷（ㄓㄥˋ ㄓㄨㄥˋ ㄒㄧㄚˋ ㄏㄨㄞˊ）正好符合自己的心意。下懷，謙稱自己的心意。

【語源】水滸傳第六十三回：「蔡福聽了，心中暗喜：如此發放，正中下懷。」

【例句】老師說要趕課，小考暫時不考了。同學一聽，正中下懷，無不樂得趕緊把課本拿出來。

【近義】稱心如意

【反義】大失所望

正本清源（ㄓㄥˋ ㄅㄣˇ ㄑㄧㄥ ㄩㄢˊ）從根本源頭加以整頓清理。指從根本上解決問題。

【語源】漢書刑法志：「豈宜惟思所以清原正本之論，刪定律令。」

例句 建設四通八達的大眾運輸系統，是解決都會區交通壅塞的正本清源之道。
近義 釜底抽薪
反義 頭痛醫頭，腳痛醫腳

正色敢言 ㄓㄥˋ ㄙㄜˋ ㄍㄢˇ ㄧㄢˊ 態度嚴肅，敢於直言。
語源 晉書王恭傳：「恭每正色直言，道子深憚而忿之。」明史王竑傳：「十一年授戶科給事中，豪邁負氣節，正色敢言。」
例句 王科長以正色敢言聞名，在會議中每每提出一針見血的評論，所以甚得部屬的敬重。
近義 正色直言 疾言厲色
反義 巧言令色 嬉皮笑臉

正氣凜然 ㄓㄥˋ ㄑㄧˋ ㄌㄧㄣˇ ㄖㄢˊ 參見「大義凜然」。

正經八百 ㄓㄥˋ ㄐㄧㄥ ㄅㄚ ㄅㄞˇ 形容態度認真、嚴肅的樣子。正經，正派；謹守規矩。
例句 老方平時一副正經八百的樣子，沒想到他居然有婚外情，真是人不可貌相。
近義 一本正經 正襟危坐
反義 嬉皮笑臉 油頭滑腦

正義凜然 ㄓㄥˋ ㄧˋ ㄌㄧㄣˇ ㄖㄢˊ 參見「大義凜然」。

正襟危坐 ㄓㄥˋ ㄐㄧㄣ ㄨㄟˊ ㄗㄨㄛˋ 整理好衣服，端正地坐著。形容態度嚴肅或尊敬的樣子。正，整理。危，端正。
語源 史記日者列傳：「宋忠、賈誼瞿然而悟，獵纓正襟危坐。」
例句 在導師的厲聲斥責下，同學們個個正襟危坐，不敢稍動。
近義 必恭必敬 目不斜視
反義 吊兒郎當 沒大沒小

2

此起彼落 ㄘˇ ㄑㄧˇ ㄅㄧˇ ㄌㄨㄛˋ 那邊才落下，這裡又起來。形容接連不斷。
語源 清李修行夢中緣第十五回：「但每人一首猶覺冷落，不如聯句，此起彼落，彼斷此續，尤為熱鬧。」
例句 班際合唱比賽快到了，大家都利用休息時間練唱，悠揚的歌聲此起彼落。
近義 源源而來
反義 斷斷續續

此風不可長 ㄘˇ ㄈㄥ ㄅㄨˋ ㄎㄜˇ ㄓㄤˇ 指某種不良的風氣或行為應加以制止或杜絕，不能任其滋長。
語源 資治通鑑卷二五二唐懿宗咸通十一年：「豈得群黨相聚，擅自斥逐，亂上下之分！此風殆不可長，宜加嚴誅以懲來者。」
例句 時下年輕人以身穿名牌服飾互相標榜，此風不可長，否則會養成愛慕虛榮的錯誤心態。

此一時，彼一時 ㄘˇ ㄧ ㄕˊ，ㄅㄧˇ ㄧ ㄕˊ 指時間不同，情況有異。
語源 孟子公孫丑下：「彼一時，此一時也。」元王實甫西廂記第五本第二折：「此一時，彼一時，佳人才思，俺鶯鶯世間無二。」
例句 隨著社會變遷，昔日的熱門科系如今變得乏人問津，真是此一時，彼一時。
近義 今非昔比
反義 同日而語

此地無銀三百兩 ㄘˇ ㄉㄧˋ ㄨˊ ㄧㄣˊ ㄙㄢ ㄅㄞˇ ㄌㄧㄤˇ 比喻遮遮掩掩的舉動正好暴露了所要掩飾的內容。
語源 元普會禪宗頌古聯珠通集卷三八舒州法華院全舉禪

師：「聞名不如見面，見面不如聞名。此地無金二兩，俗人酤酒三升。」魯迅偽自由書則提到民間流傳一個笑話：有個人把銀子埋在地裡，害怕別人偷走，就在上頭立了牌子，上面寫道：「此地無銀三百兩。」鄰居阿二看了就把銀子偷走，卻也立了個牌子道：「隔壁阿二未曾偷。」

例句 他一再刻意表明自己的清白，反而讓人覺得此地無銀三百兩，懷疑此事與他有關。

近義 不打自招 欲蓋彌彰

反義 不露風聲 祕而不宣

3

步人後塵 ㄅㄨˋ ㄖㄣˊ ㄏㄡˋ ㄔㄣˊ 跟著別人後面走。比喻追隨或模仿。

語源 明祁彪佳遠山堂劇品具品關岳交代：「惟勘檜、高一案，或可步曇花後塵。」

例句 她新發表的長篇小說內容完全步人後塵，了無新意。

近義 亦步亦趨 鸚鵡學舌

反義 獨闢蹊徑 不落俗套

步步生蓮 ㄅㄨˋ ㄅㄨˋ ㄕㄥ ㄌㄧㄢˊ 每一步跡都生出蓮花。形容女子步態輕盈。也作「步步蓮花」。

語源 南史齊本紀：「鑿金為蓮華以帖地，令潘妃行其上，曰：『此步步生蓮華也。』」

例句 伸展臺上的模特兒走起臺步來步步生蓮，姿態優雅。

步步為營 ㄅㄨˋ ㄅㄨˋ ㄨㄟˊ ㄧㄥˊ 軍隊每前進一個據點就構築一道營壘。比喻行動小心謹慎，防守嚴密。

語源 三國演義第七十一回：「黃忠即日拔寨而進，步步為營；每營住數日，又進。」

例句 進入延長賽後，兩隊都採取步步為營的戰術，不敢稍有大意。

近義 穩紮穩打

反義 輕舉妄動 貿然行事

步步高升 ㄅㄨˋ ㄅㄨˋ ㄍㄠ ㄕㄥ 一步一步晉升到較高的職位。常作為恭賀別人升遷的吉祥話。也作「步步高陞」。

語源 唐杜牧走筆送杜十三歸京：「煙鴻上漢聲聲遠，逸驥尋雲步步高。」清吳趼人二十年目睹之怪現狀第八十八回：「大人步步高升，扶搖直上，還望大人栽培呢。」

例句 他自從進入公司之後，便屢獲上司拔擢，兩年來步步高升，令許多同事羨慕不已。

近義 平步青雲 青雲直上

步履維艱 ㄅㄨˋ ㄌㄩˇ ㄨㄟˊ ㄐㄧㄢ 行走十分困難。步履，行走。維，語助詞。艱，困難。

語源 宋邵雍伊川擊壤集二傷足：「乍然艱步履，偶爾阻登臨。」清劉坤一奏疏二七請假一月片：「時患腰痛，兩髎無力，步履維艱。」

例句 車禍受傷後，即使需拄著拐杖走路，步履維艱，但小華每天仍準時上班，精神可嘉。

近義 步履蹣跚 寸步難行

反義 健步如飛 舉步生風

步履蹣跚 ㄅㄨˋ ㄌㄩˇ ㄇㄢˊ ㄕㄢ 形容步伐不穩，走路歪歪斜斜的樣子。蹣跚，走路一跛一跛的樣子。

語源 宋龔熙正釋常談步履蹣跚：「患腳謂之步履蹣跚。」明沈德符萬曆野獲編第二十卷：「其狀最奇：長不過四尺，腹大如箕，腰背傴僂，步履蹣跚。」

例句 那位國家領導人神隱多日，再次露面時步履蹣跚，引起各國媒體大作文章。

近義 步履維艱 舉步維艱

反義 如履平地

止

4 **歧路亡羊** ㄑㄧˊ ㄌㄨˋ ㄨㄤˊ ㄧㄤˊ 在多分岔的道路上走失了羊隻。比喻事況複雜多變或所學雜多，使人容易迷失方向，一無所得。歧，分岔。亡，失去。也作「多歧亡羊」。

語源 列子說符記載：楊子的鄰居走失了一隻羊，發動全家人去尋找，也來請楊子的家人幫忙。楊子問說：「走丟一隻羊，幹嘛需要這麼多人去找？」鄰人說：「因為路上有許多岔路。」過了許久，大夥都回來了。楊子又問：「羊找到了嗎？」鄰人回答：「羊已經找不回來了，因為分岔的小路裡又有岔路，實在無從找起，只好放棄了。」友人心都子於是說：「大道以多歧亡羊，學者以多方喪生。」

例句 讀書貴精熟，切不可貪多務得，以免歧路亡羊，收到反效果。

反義 一門深入 專心致志

5 **歪七扭八** ㄨㄞ ㄑㄧ ㄋㄧㄡˇ ㄅㄚ 歪斜不正的樣子。也作「七歪八扭」。

語源 清石玉崑三俠五義第八十四回：「慢說房屋四分五落，連樹木也是七歪八扭。」

例句 他長得眉清目秀，沒想到字卻寫得歪七扭八，讓人不敢恭維。

近義 橫三豎四 亂七八糟

反義 端端正正

歪打正著 ㄨㄞ ㄉㄚˇ ㄓㄥˋ ㄓㄠˊ 本來無心去做或方法不當，卻僥倖得到好結果。

語源 清西周生醒世姻緣傳第二回：「將藥煎中，打發晁大舍喫將下去。誰想歪打正著，又是楊太醫運好的時節，喫了藥就安穩睡了一覺。」

例句 百貨公司正舉辦周年慶大摸彩，他原本只是想去湊熱鬧，沒想到歪打正著，竟摸到第一特獎。

近義 誤打誤撞 無心插柳

9 **歲不我與** ㄙㄨㄟˋ ㄅㄨˋ ㄨㄛˇ ㄩˇ 參見「時不我與」。

12 **歷久不衰** ㄌㄧˋ ㄐㄧㄡˇ ㄅㄨˋ ㄕㄨㄞ 歷經長久時間仍不衰退。

例句 這首經典老歌歷久不衰，至今仍有歌手不斷翻唱，教人百聽不厭。

近義 歷久彌新 風靡一時

反義 曇花一現 銷聲匿跡

歷久彌堅 ㄌㄧˋ ㄐㄧㄡˇ ㄇㄧˊ ㄐㄧㄢ 時間越久越堅定。

例句 張先生和張太太結髮已五十年，感情歷久彌堅。

語源 清李春榮水石緣第三十章：「歲寒不改高人品，歷久彌堅君子風。」

近義 矢志不移 始終不渝

反義 朝三暮四 反覆無常

歷久彌新 ㄌㄧˋ ㄐㄧㄡˇ ㄇㄧˊ ㄒㄧㄣ 經過的時間越久，越覺得新穎。

例句 雋永的情歌，經過多年依然歷久彌新，深受人們的喜愛而傳唱不絕。

近義 歷久不衰 其味無窮

反義 曇花一現 不成氣候

歷盡滄桑 ㄌㄧˋ ㄐㄧㄣˋ ㄘㄤ ㄙㄤ 比喻經歷無數的人事變化與憂患。滄桑，滄海桑田，比喻世事的變化無常。

例句 他是個無可救藥的樂觀派，即使歷盡滄桑，仍然保有一顆赤子之心。

近義 飽經風霜 飽經憂患

反義 一帆風順 無憂無慮

歷歷可見 ㄌㄧˋ ㄌㄧˋ ㄎㄜˇ ㄐㄧㄢˋ 可以被人看得很清楚。歷歷，清楚分明。

語源 宋洪邁夷堅甲志卷四鄭鄰再生：「殿前掛大鏡，照人心腑，歷歷可見。」

例句 那名受虐兒童的身上，被毒打的傷痕歷歷可見，叫人不忍卒睹。

近義 歷歷在目 歷歷可數

歷歷可數 ㄌㄧˋ ㄌㄧˋ ㄎㄜˇ ㄕㄨˇ 可以一一數清楚。歷歷，清楚分明。

語源 五代史唐書明宗本紀：「濮州進重修河堤圖，沿河地名歷歷可數。」

例句 他在市長任內推動的重大建設歷歷可數，深受好評，爭取連任一定不成問題。

近義 歷歷在目 歷歷可見

歷歷在目 ㄌㄧˋ ㄌㄧˋ ㄗㄞˋ ㄇㄨˋ 一個一個清楚地在眼前。歷歷，一個一個很清楚的樣子。

語源 唐杜甫歷歷：「歷歷開元事，分明在眼前。」宋樓鑰攻媿集西漢會要序：「開卷一閱，而二百餘年之事，歷歷在目。」

例句 看著童年泛黃的照片，往事歷歷在目，令人不勝欷歔。

近義 班班可考 一目了然

反義 若有似無 不可捉摸

歷歷如繪 ㄌㄧˋ ㄌㄧˋ ㄖㄨˊ ㄏㄨㄟˋ 形容清楚明白，就像繪畫一樣展現在眼前。歷歷，清楚明白的樣子。也作「歷歷如畫」。

語源 清昭槤嘯亭雜錄喬道人：「言皆妄誕，然談兵家事歷歷如繪。」

例句 聽見年輕時常聽的歌，那段年少輕狂的時光便歷歷如繪重現在腦海裡。

近義 歷歷在目 記憶猶新

反義 隱隱約約 撲朔迷離

14

歸心似箭 ㄍㄨㄟ ㄒㄧㄣ ㄙˋ ㄐㄧㄢˋ 想回家的心情像射出的箭一樣急速。形容回家心切。也作「歸心如箭」。

語源 三國志通俗演義第二十二卷姜維洮西敗魏兵：「再欲提兵回，軍已歸心似箭。」金瓶梅第五十五回：「留連了八九日，西門慶歸心如箭。」

例句 聽到媽媽生病的消息，他歸心似箭，恨不得插翅飛回家探望。

反義 流連忘返 樂不思蜀

歸根結柢 ㄍㄨㄟ ㄍㄣ ㄐㄧㄝˊ ㄉㄧˇ 歸結到根本。多指事情的原由。柢，根本。

語源 清張南莊何典第二回：「歸根結柢，把一場著水人命，一盤摙歸去。」

例句 他們兩人相交近二十年，如今卻反目成仇，歸根結柢，都是因為金錢糾紛。

歹部

歹戲拖棚 ㄉㄞˇ ㄒㄧˋ ㄊㄨㄛ ㄆㄥˊ 源自閩南諺語「歹戲善拖棚」。意指難看的戲拖拖拉拉，令人看得不耐煩。也用來比喻不光彩的事持續發展，沒個了結。歹，壞；不好。

例句 這兩位明星互告毀謗的新聞鬧個不停，真是歹戲拖棚，讓人看不下去！

近義 拖泥帶水 沒完沒了

反義 斬釘截鐵 乾淨俐落

2

死不足惜 ㄙˇ ㄅㄨˋ ㄗㄨˊ ㄒㄧ ①即使死了也不感到可惜。形容不怕死。②死了也不值得惋惜。指人死有餘辜。

語源 宋史蘇洵傳：「善用兵者使之無所顧……無所顧則知死之不足惜。」明馮夢龍東周列國志第二回：「妾一身死不足惜，但自蒙愛幸，身懷六甲，已兩月矣。」

例句 ①這次突圍若沒有成功，我死不足惜，你們一定要勇敢堅持下去！②這種十惡

不赦的殺人犯，死不足惜。

近義 視死如歸　死有餘辜

反義 貪生怕死　遺愛人間

死不瞑目（ㄙˇ ㄅㄨˋ ㄇㄧㄥˊ ㄇㄨˋ） 死了也不閉上眼睛。形容抱恨而死，心有未甘。

語源 三國志吳書孫堅傳：「今不夷汝三族，懸示四海，則吾死不瞑目。」

例句 他懷有遠大志向，如今事業略有小成，卻遭意外橫死，想必死不瞑目。

近義 抱恨終天　齎志以歿

反義 死而無憾　含笑九泉

死心眼兒（ㄙˇ ㄒㄧㄣ ㄧㄢˇ ㄦ） 形容個性執著，不知變通。

語源 紅樓夢第七十回：「二爺也太死心眼兒了，我不管！我且拿起來！」

例句 他這人就是死心眼兒，行不通的事還偏要去做，真叫人生氣！。

近義 鑽牛角尖

反義 通權達變

死心塌地（ㄙˇ ㄒㄧㄣ ㄊㄚ ㄉㄧˋ） 形容一心一意、心甘情願而不作他想。

語源 三國演義第八十八回：「那時擒得，方纔死心塌地而降。」

例句 於公賞罰分明，於私體恤下屬，是陳董令員工死心塌地追隨他的祕訣。

近義 之死靡它　心甘情願

反義 朝秦暮楚　三心二意

死去活來（ㄙˇ ㄑㄩˋ ㄏㄨㄛˊ ㄌㄞˊ） 昏死過去，再甦醒過來。形容極度疼痛、悲傷或驚恐。

語源 京本通俗小說錯斬崔寧：「當下眾人將那崔寧與小娘子死去活來，拷打一頓。」

例句 突然接到父親罹難的噩耗，她哭得死去活來。

近義 呼天搶地　痛不欲生

死皮賴臉（ㄙˇ ㄆㄧˊ ㄌㄞˋ ㄌㄧㄢˇ） 形容厚著臉皮，一味糾纏。

語源 紅樓夢第二十四回：「還虧是我呢，要是別個死皮賴臉的，三日兩頭兒來纏舅舅，要三升米二升豆子，舅舅也就沒有法兒呢。」

例句 張小姐根本不想和小李交往，他竟死皮賴臉地一味糾纏。

近義 死纏爛打　胡攪蠻纏

死有餘辜（ㄙˇ ㄧㄡˇ ㄩˊ ㄍㄨ） 雖然死了，也不能抵償罪過。形容罪大惡極。辜，罪。

語源 漢書路溫舒傳：「蓋奏當之成，雖咎繇聽之，猶以為死有餘辜。」

例句 這個殺人犯喪盡天良，即使被處死刑，仍然死有餘辜。

近義 罪不容誅　罪該萬死

反義 罪不至死　罪不當誅

死灰復燃（ㄙˇ ㄏㄨㄟ ㄈㄨˋ ㄖㄢˊ） 已經熄滅的灰燼，又重新燃燒起來。比喻失勢的人重新得勢，或事情已平息之後又再發作。

語源 史記韓長孺列傳：「安國坐法抵罪，蒙獄吏田甲辱安國。安國曰：『死灰獨不復然乎？』」明抱甕老人今古奇觀卷五二：「小姐肯許，不怕父母不從。死灰復燃，也是或有之事。」

例句 黑心油危害國人健康甚鉅，政府應該嚴厲取締，不要讓它有死灰復燃的機會。

近義 東山再起　捲土重來

反義 一蹶不振　銷聲匿跡

死而後已（ㄙˇ ㄦˊ ㄏㄡˋ ㄧˇ） 到死才停止。比喻對某事竭盡心力地去做。已，止。

語源 論語泰伯：「士不可不弘毅，任重而道遠。仁以為己

任，不亦重乎？死而後已，不亦遠乎？」

例句 李先生工作認真，做事往往抱持鞠躬盡瘁、死而後已的心態，因此獲選為公司的模範員工。

近義 肝腦塗地　鞠躬盡瘁

反義 得過且過　敷衍了事

死而無怨 ㄙˇ ㄦˊ ㄨˊ ㄩㄢˋ 死了也心甘情願。

語源 論語述而：「暴虎馮河，死而無悔者，吾不與也。」元楊梓承明殿霍光鬼諫第一折：「客況淒然，與皇家，出死力，使殺我也死而無怨。」

例句 嗜吃河豚的老饕總是說：「能吃上這等人間美味，死而無怨。」

近義 不枉此生　含笑九泉

反義 死不瞑目　含恨九泉

死於非命 ㄙˇ ㄩˊ ㄈㄟ ㄇㄧㄥˋ 原指因病殺、刑殺、兵殺而死，後泛指死於意外災禍。

語源 韓詩外傳卷一第四則：「人有三死而非命也者，自取之也。」水滸傳第十五回：「殘酒為誓，教我們都遭橫事，惡病臨身，死於非命！」

例句 隔壁的小張年紀輕輕就死於非命，真令人惋惜。

近義 不得其死　身首異處

反義 壽終正寢　終其天年

死氣沉沉 ㄙˇ ㄑㄧˋ ㄔㄣˊ ㄔㄣˊ 形容事物衰敗，毫無生氣，或人缺乏活力，意志消沉。

例句 自從丟了工作之後，他整天死氣沉沉，不思振作。

近義 暮氣沉沉　萎靡不振

反義 意氣風發　朝氣蓬勃

死無對證 ㄙˇ ㄨˊ ㄉㄨㄟˋ ㄓㄥˋ 當事人或知情的人已死，事情已無從對質證實。

語源 元無名氏金水橋陳琳抱妝盒第三折：「那廝死了，可不好了，你做的個死無對證。」

例句 由於與案情有關的人都已遇害，以致本案因死無對證而陷入膠著。

反義 罪證確鑿　有憑有據

死裡逃生 ㄙˇ ㄌㄧˇ ㄊㄠˊ ㄕㄥ 指歷經極危險的境地而保住性命。

語源 晉常璩華陽國志卷五公孫述劉二牧志：「男兒貴死中求生，敗中求成，無愛財物也。」金侯善淵益壽美金花：「頤生就死，死裡逃生終復始。」

例句 歷經那場大地震而死裡逃生的人，無不更加珍惜自己的生命。

近義 大難不死　逢凶化吉

反義 全無倖理　必死無疑

死傷相枕 ㄙˇ ㄕㄤ ㄒㄧㄤ ㄓㄣˇ 死傷者相互枕疊而臥。形容傷亡人數很多。

語源 唐陸贄請不置瓊林大盈二庫狀：「六師初降，百物無儲，外扞凶徒，內防危堞，晝夜不息，迨將五旬，凍餒交侵，死傷相枕。」

例句 這場突如其來的地震，造成災區斷垣殘壁、死傷相枕，慘不忍睹的景象令人鼻酸。

死路一條 ㄙˇ ㄌㄨˋ ㄧˋ ㄊㄧㄠˊ 只有死亡一途。也比喻行不通、無路可走或毫無前途。

語源 清尹湛納希泣紅亭第三回：「太太要是真的不可憐我，我只有死路一條了。」

例句 王經理這麼做根本是死路一條，公司業務遲早會被他拖垮。

近義 大限臨頭　自掘墳墓

反義 起死回生　打開生路

死纏爛打 ㄙˇ ㄔㄢˊ ㄌㄢˋ ㄉㄚˇ 源自粵語。形容豁出去、不顧一

切地打鬥、糾纏。也比喻不顧他人意願，糾纏不休。

例句 小美根本不喜歡他，小新還死纏爛打地追人家，真是不要臉。

近義 死皮賴臉 胡攪蠻纏

死馬當活馬醫 比喻在已經絕望的情況下盡力挽救。也作「死馬醫」。

語源 晉干寶搜神記卷三郭璞二：「趙固所乘馬忽死，甚悲惜之。以問郭璞，……於是如言，果得一物，似猿。持歸，入門見死馬。跳梁走往死馬頭，噓吸其鼻，頃之，馬即能起，奮迅嘶鳴，飲食如常。」猗覺寮雜記：「自唐已有此語……世俗無可奈何，尚欲救之者，謂之死馬醫。」

例句 事已至此，大夥都束手無策，唯有死馬當活馬醫了。

死無葬身之地 死後沒有埋葬的地方。形容死得很慘。

語源 三國志蜀書馬超傳裴松之注引山陽公載記：「超計不得施。曹公聞之曰：『馬兒不死，吾無葬地也。』」水滸傳第三十一回：「便不使宋江要去投奔花知寨，險些兒死無葬身之地。」

例句 你多行不義，還不知及時悔改，不怕死無葬身之地嗎？

死生有命，富貴在天 生死交由命運決定，富有或貧賤聽任上天安排。指凡事盡其在我即可，不刻意強求，或聽從宿命的安排。

語源 論語顏淵：「子夏曰：『吾聞之矣：死生有命，富貴在天。』」

例句 「死生有命，富貴在天」，為了長壽而吃一大堆保健食品，爺爺說他做不來的。

5

殃及池魚 參見「城門失火，殃及池魚」。

6

殊途同歸 ①從不同的道路到達共同的目的地。②比喻用不同的方法而達到相同的目的。殊，異；不同。途，原作「塗」。道路。

語源 易經繫辭下：「天下同歸而殊塗，一致而百慮。」三國魏陳群奏定曆：「按三公議，皆綜盡曲理，殊塗同歸，欲使效之璿璣，各盡其法。」

例句 ①不管搭輪船或坐飛機，都可殊途同歸到達綠島。②他們兩人雖然所學不同，各有專業，但殊途同歸，最後都擔任教職，作育英才。

近義 江海同歸 異曲同工

8

殘民以逞 指統治者殘害人民以圖自己快意。

語源 左傳宣公二年：「詩所謂『人之無良』者，其羊斟之謂乎！殘民以逞。」

例句 驕奢淫佚的隋煬帝殘民以逞，以致葬送了隋朝的大好江山。

近義 暴虐無道 荼毒生靈

反義 愛民如子 恫瘝在抱

殘而不廢 指身體雖然有所缺陷，仍然有所作為。

例句 他雖不幸在車禍中失去了雙腿，但殘而不廢，仍用雙手做家庭代工賺錢養活自己。

反義 自暴自棄 自甘墮落

殘花敗柳 凋殘枯萎的花朵和楊柳。比喻行為放蕩或遭人蹂躪遺棄的婦女。

語源 元白樸牆頭馬上第三折：「休把殘花敗柳寃仇結，我與你生男長女填還徹。」

例句 像她這種淪落風塵的殘花敗柳，豈有幸福可言？

近義 野草閒花

殘缺不全 ㄘㄢˊ ㄑㄩㄝ ㄅㄨˋ ㄑㄩㄢˊ 殘破缺損而不完整。

語源 漢書藝文志：「周室既微，載籍殘缺。」清沈三白浮生六記第一卷：「書之殘缺不全者，必搜集分門，匯訂成帙。」

例句 案發之後，警方循著現場所留殘缺不全的線索努力偵查，終於將兇手逮捕到案。

近義 支離破碎

反義 完美無缺 十全十美

12

殫精竭慮 ㄉㄢ ㄐㄧㄥ ㄐㄧㄝˊ ㄌㄩˋ 用盡精力，費盡心思。殫，盡。

語源 唐白居易策頭：「殫思極慮，以盡微臣獻言之道乎！」宋樓鑰乞東宮進嘉言善行：「思欲殫智竭慮，以稱陛下任使之意。」清西周生醒世姻緣傳第三十一回：「殫精竭慮，細刮窮搜，拮据又延一月。」

例句 王教授為了提供切合現實需要的教改策略，每天殫精竭慮，希望能盡棉薄之力。

近義 嘔心瀝血 絞盡腦汁

反義 無所用心 漫不經心

殳部

6

殷憂啟聖 ㄧㄣ ㄧㄡ ㄑㄧˇ ㄕㄥˋ 深切的憂患足以啟發聖明的才智。殷，深。

語源 晉劉琨勸進表：「或多難以固邦國，或殷憂以啟聖明。」新唐書張廷珪傳：「古有多難興國，殷憂啟聖，蓋事危則志銳，情苦則慮深，故能轉禍為福也。」

例句 傳說周文王被囚禁在羑里而演繹出易經六十四卦，這或許是殷憂啟聖的緣故吧！

近義 多難興邦

反義 安逸亡身 宴安鴆毒

殷鑑不遠 ㄧㄣ ㄐㄧㄢˋ ㄅㄨˋ ㄩㄢˇ 殷人的子孫應以不久前夏桀亡國的歷史作為借鑑。泛指前人失敗的教訓就在眼前，應該引以為借鏡。

語源 詩經大雅蕩：「殷鑑不遠，在夏后之世。」

例句 前一個店長因店員老是得罪顧客而遭撤換，殷鑑不遠，加強服務品質是新店長的當務之急。

近義 前車之鑑 引以為戒

反義 重蹈覆轍 執迷不悟

7

殺風景 ㄕㄚ ㄈㄥ ㄐㄧㄥˇ 破壞風景。指粗俗而不雅的行為，使人敗興。殺，敗。也作「煞風景」。

語源 宋胡仔苕溪漁隱叢話西崑體引西清詩話：「義山雜纂，品目數十，……其一曰殺風景，謂清泉濯足，花上曬褌，背山起樓，燒琴煮鶴，對花啜茶，松下喝道。」

例句 音樂會上，正當我陶醉在優美的樂聲中時，隔壁卻傳來嚼花生米的聲音，真是殺風景。

殺一警百 ㄕㄚ ㄧ ㄐㄧㄥˇ ㄅㄞˇ 參見「懲一警百」。

殺人如麻 ㄕㄚ ㄖㄣˊ ㄖㄨˊ ㄇㄚˊ 殺死的人多到數不清。如麻，像亂麻般數不清。

語源 史記天官書：「其後秦遂以兵滅六王，并中國，外攘四夷，死人如亂麻。」唐李白蜀道難：「朝避猛虎，夕避長蛇，磨牙吮血，殺人如麻。」

例句 電影結尾，鋼鐵人終於打敗殺人如麻的惡魔，成為全民英雄。

近義 殺人不眨眼

殺人越貨 ㄕㄚ ㄖㄣˊ ㄩㄝˋ ㄏㄨㄛˋ 殺害人命並搶奪財物。指盜匪的行徑。越，搶奪。

語源 尚書康誥：「殺越人于貨，暋不畏死。」清史稿卷二六六沈荃傳：「禹州盜倚竹園為巢，殺人越貨，荃遣吏卒收捕。」

例句 檢察官認為被告殺人越貨，泯滅人性，將他求處死刑。

近義 謀財害命

殺人滅口 ㄕㄚ ㄖㄣˊ ㄇㄧㄝˋ ㄎㄡˇ 殺死知道內情的人，以防祕密洩漏。

語源 新唐書王義方傳：「殺人滅口，此生殺之柄，不自主出，而下移佞臣，履霜堅冰，彌不可長。」

例句 那位處長的意外死亡並不單純，有可能是因為知道弊案內情而被殺人滅口。

殺出重圍 ㄕㄚ ㄔㄨ ㄔㄨㄥˊ ㄨㄟˊ 奮力作戰以衝出敵人的重重包圍。

語源 三國演義第五十一回：「曹仁引十數騎殺出重圍，正遇曹洪，遂引敗殘軍馬一同奔走。」

例句 經過幾天的激烈交手，他終於殺出重圍，拿下這次跆拳道比賽冠軍。

近義 破繭而出

反義 坐困愁城

殺身成仁 ㄕㄚ ㄕㄣ ㄔㄥˊ ㄖㄣˊ 原指犧牲生命以成全仁義，後泛指為正義或崇高的理想而犧牲生命。

語源 論語衛靈公：「志士仁人，無求生以害仁，有殺身以成仁。」

例句 為了拯救國家於危難之中，許多志士仁人前仆後繼，殺身成仁，勇氣可嘉。

近義 捨生取義 寧死不屈

反義 貪生怕死 苟且偷生

殺氣騰騰 ㄕㄚ ㄑㄧˋ ㄊㄥˊ ㄊㄥˊ 形容強烈的殺伐氣氛。

語源 唐盧綸臘日觀咸寧王部曲娑勒擒豹歌：「傳呼賀拜聲相連，殺氣騰凌陰滿川。」元無名氏漢高皇濯足氣英布第四折：「殺氣騰騰蔽遠空，一聲傳語似金鐘。」

例句 見他殺氣騰騰地從外而來，每個人都識相地閃開。

殺彘教子 ㄕㄚ ㄓˋ ㄐㄧㄠˋ ㄗˇ 為了不欺騙兒子而殺豬。比喻父母教育子女必須以身作則，言行一致。彘，豬。

語源 韓非子外儲說左上記載：曾子之妻為了不讓兒子跟著她去市場，哄騙他說回來後會殺豬給他吃。曾子認為欺騙孩子是不良的身教，所以真的殺了豬以實現妻子的諾言。

例句 「殺彘教子」的故事，強調的是身教的重要。

殺雞取卵 ㄕㄚ ㄐㄧ ㄑㄩˇ ㄌㄨㄢˇ 比喻貪圖眼前小利，而斷絕利益的來源。

語源 古希臘伊索寓言生金蛋的雞記載：有一個貪心的愚人，嫌等雞下金蛋太慢，妄圖殺了雞，從雞肚子裡取出金塊來發大財，結果卻一無所得。

例句 橫徵暴斂是殺雞取卵的行為，統治者若只顧眼前利益，不管人民的死活，終有被推翻的一天。

近義 竭澤而漁 焚林而獵

反義 留有餘地 適可而止

殺雞儆猴 ㄕㄚ ㄐㄧ ㄐㄧㄥˇ ㄏㄡˊ 比喻懲罰一個人以警戒其他的人。也作「殺雞警猴」。

語源 清李伯元官場現形記第五十三回：「拿這人殺在貴衙署旁邊，好教他們同黨瞧著，

或者有些怕懼。俗話說得好，叫做『殺雞駭猴』。拿雞子宰了，那猴兒自然害怕。」

例句　爸爸把帶頭吵架的哥哥教訓了一頓，果然發揮殺雞儆猴的作用，弟弟再也不敢胡鬧了。

近義　懲一警百　以儆效尤

反義　不教而誅

殺人不見血 ㄕㄚ ㄖㄣˊ ㄅㄨˋ ㄐㄧㄢˋ ㄒㄧㄝˇ　比喻中傷人的讒言或害人手段極其惡毒陰險，使人覺察不出來。

語源　宋羅大經鶴林玉露聽讒詩：「堂堂八尺軀，莫聽三寸舌。舌上有龍泉，殺人不見血。」

例句　他一直在背地裡散播謠言，令許多不知情的人誤會小明，這種殺人不見血的手段，真是令人不齒。

近義　吃人不吐骨

殺人不眨眼 ㄕㄚ ㄖㄣˊ ㄅㄨˋ ㄓㄚˇ ㄧㄢˇ　殺了人眼睛眨也不眨。形容人殘忍狠毒，嗜殺成性。本為禪宗用語。眨，眼睛閉上立刻又睜開。

語源　宋釋惟白續傳燈錄卷二八紹興府東山覺禪師：「廣額正是個殺人不眨眼底漢。」

例句　這個殺人不眨眼的槍擊要犯至今仍逍遙法外，社會上人心惶惶，希望警方盡快將他逮捕歸案。

近義　窮凶極惡　心狠手辣

反義　慈悲為懷　悲天憫人

9

毀於一旦 ㄏㄨㄟˇ ㄩˊ ㄧˊ ㄉㄢˋ　在一個早上毀壞。形容多年累積的事物在極短時間內毀壞。旦，早晨。

語源　後漢書竇融傳：「百年累之，一朝毀之，豈不惜乎！」水滸後傳第十五回：「趙良嗣道：『垂成之功，豈可毀於一旦！』」

例句　經過洪水肆虐，原本美麗的家園毀於一旦，教人欲哭無淚！

近義　前功盡棄　化為烏有

毀家紓難 ㄏㄨㄟˇ ㄐㄧㄚ ㄕㄨ ㄋㄢˋ　捐棄自己的家財，以解救國家的危難。紓，解；緩。

語源　左傳莊公三十年：「鬬穀於菟為令尹，自毀其家以紓楚國之難。」唐錢珝代史館王相公謝令樞密使宣諭奸邪表：「惟當竭誠啟沃，戮力弼諧，盡毀家紓難之謀，繼圖國忘身之策。」

例句　國難當頭，有許多企業家挺身而出，毀家紓難，令人敬佩。

反義　賣國求榮

毀譽參半 ㄏㄨㄟˇ ㄩˋ ㄘㄢ ㄅㄢˋ　批判和讚譽各占一半；有褒有貶。

語源　清史稿汪志伊傳：「仁宗初甚嚮用，時論毀譽參半焉。」

例句　鬼谷子一書教人許多權謀之術的應用，世人對它毀譽參半。

近義　褒貶不一　言人人殊

反義　交口稱譽　有口皆碑

11

毅然決然 ㄧˋ ㄖㄢˊ ㄐㄩㄝˊ ㄖㄢˊ　形容態度非常堅決，行動十分果斷。

語源　清李伯元官場現形記第五十八回：「所以毅然決然，借點原由同洋人反對，彼此分手。」

例句　母親過世後，她毅然決然挑起照顧弟妹的責任。

近義　斬釘截鐵　當機立斷

反義　優柔寡斷　舉棋不定

毋部

毋忘在莒（ㄨˊ ㄨㄤˋ ㄗㄞˋ ㄐㄩˇ）　勉勵人不要忘記過去的艱難困苦。莒，春秋時代齊國的一個小城。

語源　呂氏春秋貴直論直諫記載：春秋時齊國內戰，公子小白出奔莒地。後人齊即位，是為齊桓公。某日宴飲時，鮑叔奉杯而進曰：「使公（齊桓公）毋忘出奔在於莒也。」

例句　雖然他今日的成就非凡，但他仍以「毋忘在莒」自勉，克勤克儉，不敢稍有懈怠。

毋枉毋縱（ㄨˊ ㄨㄤˇ ㄨˊ ㄗㄨㄥˋ）　不冤枉無辜之人，也不縱放有罪之人。也作「勿枉勿縱」。

例句　這起軍中虐死案引起社會譁然，牽涉廣大，總統希望司法單位務必毋枉毋縱，給家屬和社會一個公正、合理的交代。

近義　秉公處理　追查到底

毋庸置疑（ㄨˊ ㄩㄥ ㄓˋ ㄧˊ）　參見「無庸置疑」。

2

每況愈下（ㄇㄟˇ ㄎㄨㄤˋ ㄩˋ ㄒㄧㄚˋ）　原作「每下愈況」，指從低微處推論，愈能看出「道」的真相。後多作「每況愈下」，意指不好的情況愈來愈嚴重。

語源　莊子知北遊：「正獲之問于監市履狶也，每下愈況。」宋洪邁容齋續筆卷八：「人人自以為君平，家家自以為季主，每況愈下。」

例句　經濟發展持續衰退，居住環境越來越差，生活品質實在每況愈下。

近義　江河日下　等而下之

反義　漸入佳境　蒸蒸日上

比　部

比手劃腳（ㄅㄧˇ ㄕㄡˇ ㄏㄨㄚˋ ㄐㄧㄠˇ）　利用手勢或肢體動作來輔助語言表達。也作「比手畫腳」。

語源　清曾樸孽海花第二十一回：「只聽他走過處，背後就有多少人比手劃腳，低低講道……。」

例句　小何每次只要一緊張就會口吃，所以他總會習慣性地比手劃腳起來。

比比皆是（ㄅㄧˋ ㄅㄧˋ ㄐㄧㄝ ㄕˋ）　形容同類的事物或情況很普遍，到處都是。比比，到處。

語源　戰國策秦策一：「犯白刃、蹈煨炭，斷死於前者，比比是也。」

辨析　比，音ㄅㄧˋ，不讀ㄅㄧˇ。

例句　鬧區裡穿著時髦的青少年比比皆是，你何必大驚小怪？

近義　觸目皆是　俯拾即是

反義　寥寥無幾　屈指可數

比目連枝（ㄅㄧˇ ㄇㄨˋ ㄌㄧㄢˊ ㄓ）　比喻夫妻相愛，永不分離。比目，指傳說中的魚，只有一隻眼，在海中必須兩魚同游。連枝，枝幹交纏在一起的兩棵樹。

語源　元賈固小令寄金鶯兒：「樂心兒比目連枝，肯意兒新婚燕爾。」

例句　劉蘭芝與焦仲卿比目連枝的愛情故事，至今仍令人感動不已。

近義　比翼連理　伉儷情深

反義　別鳳離鸞　鏡破釵分

比肩繼踵（ㄅㄧˇ ㄐㄧㄢ ㄐㄧˋ ㄓㄨㄥˇ）　參見「摩肩接踵」。

比鄰而居（ㄅㄧˋ ㄌㄧㄣˊ ㄦˊ ㄐㄩ）　居住在隔壁。也形容住得很近。比鄰，相鄰近。

語源　清李漁無聲戲第二回：「知府一面教畫供，一面提起筆來判道：審得蔣瑜、趙玉吾比鄰而居，趙玉吾之媳何氏……」

辨析　比，音ㄅㄧˋ，不讀ㄅㄧˇ。

例句 老吳與小蔡比鄰而居，時常見面又很談得來，兩人竟結為忘年之交。

近義 左鄰右舍

比翼雙飛 ㄅㄧˇ ㄧˋ ㄕㄨㄤ ㄈㄟ 如比翼鳥般成雙成對飛翔。比喻夫妻或情侶恩愛相守。

語源 韓詩外傳：「南方有鳥名曰鶼，比翼而飛，不相得不能舉。」孤本元明雜劇卓文君第四折：「做神鳳，下丹霄，比翼雙飛上泬寥。」

例句 他們兩人拍完這部電影後竟假戲真做，從此比翼雙飛。

近義 舉案齊眉 鸞鳳和鳴

反義 勞燕分飛 分釵破鏡

比權量力 ㄅㄧˇ ㄑㄩㄢˊ ㄌㄧㄤˊ ㄌㄧˋ 比較、衡量彼此的權勢力量。

語源 漢賈誼過秦論：「試使山東之國，與陳涉度長絜大，比權量力，則不可同年而語矣。」

例句 這次的選戰，比權量力，執政黨自然較有優勢，然而最後鹿死誰手，仍在未定之天。

近義 較短量長 度長絜大

比登天還難 ㄅㄧˇ ㄉㄥ ㄊㄧㄢ ㄏㄞˊ ㄋㄢˊ 形容非常艱難，有再大的本事也做不到。

語源 紅樓夢第十回：「你如今要鬧出了這個學房，再要找這麼一個地方，我告訴你說罷，比登天的還難呢！」

例句 小謝向來一毛不拔，要他請客，我看比登天還難。

近義 困難重重 難上加難

反義 輕而易舉 易如反掌

比上不足，比下有餘 ㄅㄧˇ ㄕㄤˋ ㄅㄨˋ ㄗㄨˊ ㄅㄧˇ ㄒㄧㄚˋ ㄧㄡˇ ㄩˊ 比起好的雖不及，但足以超過差的。表示中等或知足。

語源 漢趙岐三輔決錄：「上比崔、杜不足，下方羅、趙有餘。」明李開先詞謔詞套：「再點檢南呂，又得三套，比上不足，比下有餘。」

例句 雖然你的生活不富裕，但比上不足，比下有餘，應該知足了。

毛部

毛手毛腳 ㄇㄠˊ ㄕㄡˇ ㄇㄠˊ ㄐㄧㄠˇ 原指人做事粗率慌張，今多指人行為輕浮失禮。毛，粗糙；不純淨。

語源 清石玉崑三俠五義第七十六回：「但凡有點毛手毛腳的，小人決不用他。」

例句 他因為對女同事毛手毛腳，遭到了革職處分。

毛骨悚然 ㄇㄠˊ ㄍㄨˇ ㄙㄨㄥˇ ㄖㄢˊ 從毛髮到骨頭都感到害怕。形容非常恐懼的樣子。悚然，恐懼的樣子。悚，也作「竦」。

語源 宋洪邁夷堅志大渾王：「未幾，因出謁，過婁氏之門，毛骨凜然俱竦，即得疾。」三國演義第二十二回：「左右將此檄傳進，操見之，毛骨悚然。」

例句 在寧靜的深夜裡聽鬼故事，讓人不禁毛骨悚然。

近義 不寒而慄 心驚膽戰

毛遂自薦 ㄇㄠˊ ㄙㄨㄟˋ ㄗˋ ㄐㄧㄢˋ 毛遂自我推薦。比喻自己推薦自己。毛遂，戰國時趙國平原君的門下食客。

語源 史記平原君列傳記載：戰國時，毛遂為趙平原君門下食客。當時秦國侵略趙國，包圍了邯鄲，趙國派平原君去向楚國求救。平原君要徵求二十人同行，只得十九人，毛遂於是自我推薦，願意同行。結果以他雄辯的口才，說服楚王援助趙國，解除了邯鄲之危。

例句 如果你真有把握，何不向董事長毛遂自薦，爭取表現的機會？

近義 自告奮勇　挺身而出

反義 另請高明　婉言謝絕

7
毫不遜色 ㄏㄠˊ ㄅㄨˋ ㄒㄩㄣˋ ㄙㄜˋ

完全不會比不上；一點也不會比較差。

例句 阿姨用手工縫製的手提袋，與百貨公司的名牌商品相比毫不遜色。

近義 不相上下　不遑多讓

反義 黯然失色　相形見絀

毫無二致 ㄏㄠˊ ㄨˊ ㄦˋ ㄓˋ

完全相同；沒有絲毫差別。

語源 清李伯元官場現形記第二十九回：「佘道臺見了這副神氣，更覺得同花小紅一式一樣，毫無二致。」

例句 這對雙胞胎長得一模一樣，今天又穿相同的衣服，看起來毫無二致，令人無從分辨。

近義 一模一樣　如出一轍

反義 天壤之別　截然不同

毫髮不爽 ㄏㄠˊ ㄈㄚˇ ㄅㄨˋ ㄕㄨㄤˇ

參見「絲毫不爽」。

毫髮無傷 ㄏㄠˊ ㄈㄚˇ ㄨˊ ㄕㄤ

一點也沒有受傷。毫髮，毫毛及頭髮。形容極少、一點點。

語源 漢王充論衡齊世：「有浸酆溢美之化，無細小毫髮之虧。」

例句 他不小心從樹上摔下來，竟然毫髮無傷，真是福大命大！

近義 安然無恙　完好無缺

反義 遍體鱗傷　傷痕累累

氏部

1
民不聊生 ㄇㄧㄣˊ ㄅㄨˋ ㄌㄧㄠˊ ㄕㄥ

民眾失去賴以生存的條件。形容時局惡劣，民生痛苦。聊，依賴；憑藉。

語源 戰國黃歇上書說秦昭王：「百姓不聊生，族類離散，流亡為臣妾，滿海內矣。」史記張耳陳餘列傳：「財匱力盡，民不聊生。」

例句 連年的內戰加上旱災，使得非洲許多國家民不聊生。

近義 民生凋敝　生靈塗炭

反義 安居樂業　民康物阜

民不堪命 ㄇㄧㄣˊ ㄅㄨˋ ㄎㄢ ㄇㄧㄥˋ

人民無法承受繁重的勞役賦稅。形容政府過分壓榨，百姓生活困苦。堪，承當；忍受。

語源 左傳桓公二年：「宋殤公立，十年十一戰，民不堪命。」

例句 經濟不景氣，稅賦又沉重，老百姓已經到了民不堪命的地步！

近義 民不聊生

反義 民康物阜

民生凋敝 ㄇㄧㄣˊ ㄕㄥ ㄉㄧㄠ ㄅㄧˋ

人民生活困苦，社會衰敗。凋敝，衰敗困苦。

語源 漢書循吏傳：「民用凋敝，姦軌不禁。」明史太祖本紀：「東南久罹兵革，民生凋敝。」

例句 連年動亂使這個國家物價飛騰、民生凋敝，犯罪率也節節上升。

近義 民窮財盡　民不聊生

反義 政通人和　國泰民安

民怨沸騰 ㄇㄧㄣˊ ㄩㄢˋ ㄈㄟˋ ㄊㄥˊ

形容人民不滿的情緒到達了頂點。

語源 清袁枚隨園詩話補遺卷十：「王荊公行新法，自知民怨沸騰。」

例句 政府振興經濟無力，物價又一再上漲，導致民怨沸騰，抗議聲四起。

近義 怨聲載道

反義 歌功頌德

民胞物與（ㄇㄧㄣˊ ㄅㄠ ㄨˋ ㄩˇ） 眾人都是我的同胞，萬物都是我的同類。形容博愛的胸襟。與，類。

語源 宋張載西銘：「故天地之塞，吾其體；天地之帥，吾其性。民吾同胞，物吾與也。」宋劉克莊詩話新集：「東屯云：『築場憐穴蟻，拾穗許村童。』可見民胞物與之意。」

例句 保育人士呼籲大家發揮民胞物與的精神，平等看待不同的生物。

近義 兼善天下

反義 自私自利

民脂民膏（ㄇㄧㄣˊ ㄓ ㄇㄧㄣˊ ㄍㄠ） 指人民用血汗換來的財物。膏，油脂。

語源 後蜀孟昶頒令箴：「爾祿爾俸，民膏民脂……勉爾為戒，體朕深思。」

例句 政府的各種經費都來自稅收，每一分錢都是民脂民膏，千萬不可浪費。

民康物阜（ㄇㄧㄣˊ ㄎㄤ ㄨˋ ㄈㄨˋ） 百姓安樂，物產豐足。

語源 宋華鎮治論卷下：「昔貞觀中，民康物阜，盜賊衰熄，人知自愛而不犯法。」

例句 臺灣民康物阜，消費能力十分驚人，因此世界各國的美食佳餚、名牌精品隨處可見。

近義 豐衣足食　國泰民安

反義 民生凋敝　民不聊生

民窮財盡（ㄇㄧㄣˊ ㄑㄩㄥˊ ㄘㄞˊ ㄐㄧㄣˋ） 百姓生活窮困，財物被搜括殆盡。形容亂世或荒年中百姓的困苦之狀。

語源 明歸有光上總制書：「夫東南賦稅半天下，民窮財盡，已非一日。」

例句 在民窮財盡之際，慈禧太后竟還挪用軍款大肆修建頤和園，滿清末年清廷的腐敗，可見一斑。

近義 民不聊生　民生凋敝

反義 民康物阜　物阜民豐

民以食為天（ㄇㄧㄣˊ ㄧˇ ㄕˊ ㄨㄟˊ ㄊㄧㄢ） 人民認為糧食是最重要的。

語源 史記酈生陸賈列傳：「王者以民人為天；而民人以食為天。」

例句 民以食為天，要是肚子都照顧不了，誰還有心力去想別的事呢？

气部

6

氣宇軒昂（ㄑㄧˋ ㄩˇ ㄒㄩㄢ ㄤˊ） 參見「器宇軒昂」。

氣吞山河（ㄑㄧˋ ㄊㄨㄣ ㄕㄢ ㄏㄜˊ） 氣勢能吞沒高山大河。形容氣勢、氣魄很大。也作「氣吞河山」。

語源 元金仁杰追韓信第二折：「背楚投漢，氣吞山河；知音未遇，彈琴空歌。」

例句 操練場上，國軍弟兄的喊聲震天，氣吞山河。

近義 豪氣干雲　氣貫長虹

反義 萎靡不振　死氣沉沉

氣沖斗牛（ㄑㄧˋ ㄔㄨㄥ ㄉㄡˇ ㄋㄧㄡˊ） 原指寶劍劍氣上沖牛宿和斗宿。後比喻怒氣沖天或才氣高昂。

語源 晉書張華傳記載：晉武帝時，張華見斗牛二星之間常有紫氣，聽說豫章雷煥精通天象，便請他來。雷煥說這是寶劍的精氣，上沖於天際，位置在豫章豐城。張華便任命雷煥為豐城縣令，要他去尋找。他挖到一個石匣，其中有兩把劍，一刻著「龍泉」，一刻著「太阿」。雷煥送一劍給張華，自佩一劍。他們兩人死後兩把劍便化作龍飛去。

例句 王勃的滕王閣序展現其才華洋溢，氣沖斗牛，稱得上是一篇千古絕唱。

近義 才華洋溢

反義 心平氣和

氣味相投 ㄑㄧˋ ㄨㄟˋ ㄒㄧㄤ ㄊㄡˊ 嗜好、志趣相同，彼此投合。

語源 宋葛長庚水調歌頭：「天下雲游客，氣味偶相投。暫時相聚，忽然雲散水空流。」

例句 因為都喜好杯中物，使他們成為氣味相投的朋友。

近義 意氣相投 情投意合

反義 格格不入 方枘圓鑿

氣定神閒 ㄑㄧˋ ㄉㄧㄥˋ ㄕㄣˊ ㄒㄧㄢˊ 氣息平穩，神情安適。形容神情安定，不受驚擾的樣子。

例句 當大家因地震而驚慌失措之際，只見他氣定神閒，彷彿什麼事都沒發生一般。

近義 泰然自若 老神在在

反義 驚慌失措 氣急敗壞

氣急敗壞 ㄑㄧˋ ㄐㄧˊ ㄅㄞˋ ㄏㄨㄞˋ 上氣不接下氣，狼狽不堪的樣子。形容慌張或頹喪的神情。現多用來形容十分生氣的樣子。

語源 水滸傳第四回：「只見數個小嘍囉，氣急敗壞，走到山寨裡來叫道：『苦也！苦也！』」

例句 為了一點小事，他便氣急敗壞地跑到人家家裡去理論，心胸未免太過狹隘。

近義 火冒三丈 暴跳如雷

反義 心平氣和

氣息奄奄 ㄑㄧˋ ㄒㄧ ㄧㄢ ㄧㄢ 呼吸微弱，快要斷氣的樣子。也比喻事物衰頹沒落，即將滅亡。奄奄，氣息微弱的樣子。

語源 晉李密陳情表：「但以劉日薄西山，氣息奄奄，人命危淺，朝不慮夕。」

例句 ①他在山中挨餓受凍超過三天，被搜救人員發現時已氣息奄奄，幸好及時撿回一命。②那些氣息奄奄的小黨對政壇沒有影響力，國內政治完全被兩大黨所左右，令人無奈。

近義 奄奄一息 命在旦夕

反義 生氣勃勃 生龍活虎

氣貫長虹 ㄑㄧˋ ㄍㄨㄢˋ ㄔㄤˊ ㄏㄨㄥˊ 正氣貫穿橫跨天際的彩虹。比喻充滿正氣或氣勢壯盛。

語源 明馮夢龍喻世明言卷一六：「於維巨卿，氣貫虹霓，義高雲漢。」水滸傳第七十六回：「右手那一個，綠紗巾，皁羅衫，氣貫長虹，心如秋水，乃是梁山泊掌吏事的豪杰『鐵面孔目』裴宣。」

例句 三國演義中，關羽赤膽忠心、氣貫長虹的形象，深植人心。

近義 正氣凜然 豪氣干雲

反義 屍居餘氣 死氣沉沉

氣喘吁吁 ㄑㄧˋ ㄔㄨㄢˇ ㄒㄩ ㄒㄩ 形容因呼吸急促而大聲喘息的樣子。

語源 明馮夢龍醒世恆言卷三○：「李勉向一條板凳上坐下，覺得氣喘吁吁。」

例句 為了趕上火車，他一路狂奔，等坐上車時，已是氣喘吁吁、汗流浹背了。

反義 氣喘如牛

氣喘如牛 ㄑㄧˋ ㄔㄨㄢˇ ㄖㄨˊ ㄋㄧㄡˊ 像負重的牛般大口喘氣。形容呼吸急促。

語源 清西周生醒世姻緣傳第四回：「頭疼壯熱，腹脹如鼓，氣喘如牛。」

例句 看他外型高大壯碩，才跑幾步路便氣喘如牛，真是中看不中用。

近義 氣喘吁吁

气

氣象萬千 ㄑㄧˋ ㄒㄧㄤˋ ㄨㄢˋ ㄑㄧㄢ 形容自然景象變化多端，非常壯觀。

語源 宋范仲淹岳陽樓記：「銜遠山，吞長江，浩浩湯湯，橫無際涯；朝暉夕陰，氣象萬千，此則岳陽樓之大觀也。」

例句 阿里山上日出之際，雲海翻湧，輝映朝陽，氣象萬千。

氣勢如虹 ㄑㄧˋ ㄕˋ ㄖㄨˊ ㄏㄨㄥˊ 氣勢像貫穿天際的彩虹。比喻氣勢壯盛。

語源 參見「氣貫長虹」。

例句 一開賽，地主隊便氣勢如虹，把對手打得落花流水。

近義 氣貫長虹　雷霆萬鈞

反義 萎靡不振　死氣沉沉

氣勢磅礴 ㄑㄧˋ ㄕˋ ㄆㄤˊ ㄅㄛˊ 氣勢雄渾壯盛。

語源 宋文天祥正氣歌：「是氣所磅礡，凜冽萬古存。」清歸莊自訂時文序：「大抵議論激昂，氣勢磅礡，縱橫馳驟，不拘繩墨之作也。」

例句 這幅潑墨山水縱橫不羈、氣勢磅礡，確實是令人百看不厭的佳作。

氣憤填膺 ㄑㄧˋ ㄈㄣˋ ㄊㄧㄢˊ ㄧㄥ 憤恨之氣充滿胸中。膺，胸。

語源 舊唐書文宗紀下：「我每思貞觀、開元之時，觀今日之事，往往憤氣填膺耳。」清李伯元官場現形記第二十七回：「卻說賈大少爺正在自己動手掀王師爺的舖蓋，被王師爺回來從門縫裡瞧見了，頓時氣憤填膺。」

例句 對於偷車賊的惡劣行徑，車主們莫不氣憤填膺。

近義 拊膺切齒　怒火中燒

水部

水土不服 ㄕㄨㄟˇ ㄊㄨˇ ㄅㄨˋ ㄈㄨˊ 指不適應他鄉的環境或生活。

語源 三國志吳書周瑜傳：「不習水土，必生疾病。」元典章戶部官民婚：「離家萬里，不伏水土。」水滸傳第一〇一回：「說軍士水土不服，權且罷兵。」

例句 她初到美國留學，因為水土不服，經常生病。

水中撈月 ㄕㄨㄟˇ ㄓㄨㄥ ㄌㄠ ㄩㄝˋ 比喻虛妄不實、徒勞無功。

語源 明淩濛初初刻拍案驚奇卷一三：「五錢銀幹什麼事？況又去與媳婦商量，多分是水中撈月了。」

例句 這個計畫華而不實，若勉強進行而想達到預定的成果，無疑是水中撈月，終將徒勞無功。

近義 徒勞無功　緣木求魚

反義 探囊取物　手到擒來

水天一色 ㄕㄨㄟˇ ㄊㄧㄢ ㄧˊ ㄙㄜˋ 水連天，天連水，分不出界線。形容水面寬闊無際。

語源 唐王勃滕王閣序：「落霞與孤鶩齊飛，秋水共長天一色。」

例句 今天風平浪靜，水天一色，倚靠船舷，和風拂面，不禁令人心曠神怡。

近義 水光接天　一碧萬頃

水火不容 ㄕㄨㄟˇ ㄏㄨㄛˇ ㄅㄨˋ ㄖㄨㄥˊ 比喻互相衝突，無法協調。

語源 宋歐陽脩祭丁學士文：「善惡之殊，如火與水不能相容，其勢然爾。」

例句 他倆本來政治理念就不同，現在更為了選舉而鬧到水火不容的地步。

近義 勢同水火　勢不兩立

反義 水乳交融　親密無間

水光接天 ㄕㄨㄟˇ ㄍㄨㄤ ㄐㄧㄝ ㄊㄧㄢ 水色與天際相接。形容水面廣

闊遼遠。

語源　宋蘇軾赤壁賦：「少焉，月出於東山之上，徘徊於斗牛之間。白露橫江，水光接天。」

例句　花蓮七星潭風景秀麗，水光接天，徜徉其中，令人心曠神怡。

近義　水天一色　一碧萬頃

水光瀲灩 ㄕㄨㄟˇ ㄍㄨㄤ ㄌㄧㄢˋ ㄧㄢˋ　形容水面上波光閃動的樣子。瀲灩，波光閃動。

語源　宋蘇軾飲湖上初晴後雨：「水光瀲灩晴方好，山色空濛雨亦奇。」

例句　碧湖水光瀲灩，四周鳥語花香，吸引不少遊客前來散心。

近義　波光粼粼　波光瀲灩

水乳交融 ㄕㄨㄟˇ ㄖㄨˇ ㄐㄧㄠ ㄖㄨㄥˊ　水和乳汁相互融合。比喻感情融洽，渾然一體。

語源　長阿含經游行經中：「同一師受，同一水乳。」清查慎行豆腐詩和楊芝田宮坊四首（其四）：「須知澹泊生涯在，水乳交融味最長。」

例句　他們夫妻感情深厚，加上多年共同生活的默契，有如水乳交融，令人羨慕不已。

近義　親密無間　如膠似漆

反義　格格不入　水火不容

水來土掩 ㄕㄨㄟˇ ㄌㄞˊ ㄊㄨˇ ㄧㄢˇ　參見「兵來將擋，水來土掩」。

水到渠成 ㄕㄨㄟˇ ㄉㄠˋ ㄑㄩˊ ㄔㄥˊ　水流到的地方自然形成溝渠。比喻條件具備，時機成熟，事情自然會順利完成。渠，水道。

語源　宋蘇軾答秦太虛書：「水到渠成，不須預慮，以此胸中都無一事。」

例句　凡事只要計畫周全，準備妥當，自然水到渠成。

近義　瓜熟蒂落　順理成章

反義　揠苗助長

水性楊花 ㄕㄨㄟˇ ㄒㄧㄥˋ ㄧㄤˊ ㄏㄨㄚ　像水流動不定，像花隨風飛舞。形容女子輕佻淫蕩，用情不專。楊花，柳絮。

語源　宋佚名小孫屠第九齣：「你休得強惺惺，楊花水性無憑準。」清黃六鴻福惠全書刑名部刁奸：「婦人水性楊花，焉有不為所動。」

例句　一般人批評女人水性楊花，更甚於男人的拈花惹草，這是傳統男女不平等觀念的具體寫照。

近義　不安於室　紅杏出牆

反義　三貞九烈　玉潔冰清

水洩不通 ㄕㄨㄟˇ ㄒㄧㄝˋ ㄅㄨˋ ㄊㄨㄥ　連水都流不出去。比喻非常擁擠或防備、控制得十分嚴密。也作「水泄不通」。

語源　唐敦煌變文集卷五伍子胥變文：「勑既行下，水楔不通，州縣相知，牓標道路。」宋釋惟白續傳燈錄卷三汀州開元宋祐禪師：「祖師門下，水洩不通。」

例句　數以萬計的愛書人來參觀國際書展，把會場擠得水洩不通。

近義　人山人海　萬頭攢動

反義　暢通無阻

水深火熱 ㄕㄨㄟˇ ㄕㄣ ㄏㄨㄛˇ ㄖㄜˋ　在深水烈火之中。比喻生活非常艱辛痛苦。

語源　孟子梁惠王下：「以萬乘之國伐萬乘之國，簞食壺漿以迎王師，豈有他哉？避水火也。如水益深，如火益熱，亦運而已矣。」

例句　只要戰事一發生，人民便會生活在水深火熱之中。

近義　生靈塗炭

反義　安居樂業

水清石見 ㄕㄨㄟˇ ㄑㄧㄥ ㄕˊ ㄒㄧㄢˋ　水流清澈，水底石頭清楚顯現。

也比喻真相大白，或行事光明磊落，自能為人所知。見，通「現」。

語源 宋郭茂倩樂府詩集豔歌行：「語卿且勿眄，水清石自見。」

例句 對於外界的批評，他一向不做回應，認為只要自己行得正，總有水清石見的一天。

近義 真相大白 水落石出

水清無魚 ㄕㄨㄟˇ ㄑㄧㄥ ㄨˊ ㄩˊ 參見「水至清則無魚」。

水鄉澤國 ㄕㄨㄟˇ ㄒㄧㄤ ㄗㄜˊ ㄍㄨㄛˊ ①指河流、湖泊等水域密集的地區。②形容淹水的地方。

語源 晉陸機答張士然：「余固水鄉士，總轡臨清淵。」周禮地官掌節：「凡邦國之使節，山國用虎節，土國用人節，澤國用龍節。」

例句 ①這小鎮自古即有「水鄉澤國」之稱，區內水道密布，風景秀麗，每年都吸引大批遊客前往。②颱風帶來驚人的雨量，北部低窪地區頓成一片水鄉澤國。

水落石出 ㄕㄨㄟˇ ㄌㄨㄛˋ ㄕˊ ㄔㄨ 水位降低，石頭就露出來了。原形容冬天的自然景色。也比喻事情真相大白。

語源 宋歐陽脩醉翁亭記：「野芳發而幽香，佳木秀而繁陰，風霜高潔，水落而石出者，山間之四時也。」紅樓夢第六十一回：「如今這事，八下裡水落石出了。」

例句 這一件大弊案牽涉的範圍太廣，要查個水落石出恐怕不容易。

近義 真相大白 暴露無遺

反義 撲朔迷離 疑雲重重

水滴石穿 ㄕㄨㄟˇ ㄉㄧ ㄕˊ ㄔㄨㄢ 參見「滴水穿石」。

水漲船高 ㄕㄨㄟˇ ㄓㄤˇ ㄔㄨㄢˊ ㄍㄠ 水面上升，船也會跟著升高。比喻人或事物隨著外在的環境而提高地位或價值。

語源 宋釋普濟五燈會元卷九郢州芭蕉山繼徹禪師：「水長船高，泥多佛大。」

例句 大臺北捷運沿線由於交通方便，房價也跟著水漲船高。

近義 泥多佛大

水磨工夫 ㄕㄨㄟˇ ㄇㄛˊ ㄍㄨㄥ ㄈㄨ 加水細細研磨。比喻細緻周密的工夫。

語源 明周楫西湖二集卷一一：「這果有機可乘，須要用一片水磨工夫在舅舅面前，方才有益。」

例句 從事芒雕創作時，得用上水磨工夫才行，否則中途一點小差錯可就前功盡棄了。

近義 慢工出細活

水至清則無魚 ㄕㄨㄟˇ ㄓˋ ㄑㄧㄥ ㄗㄜˊ ㄨˊ ㄩˊ 水太清澈則魚不能生存。比喻人若太精明苛察，將無法容人或沒人願意與他交往。多指不要過於求全責備。也省作「水清無魚」。

語源 大戴禮記子張問入官：「水至清則無魚，人至察則無徒。」

例句 雖然小胖有些缺點教人難以忍受，但水至清則無魚，你該試著多包容他，多看他的優點，才能一起共事。

近義 人至察則無徒

1

永垂不朽 ㄩㄥˇ ㄔㄨㄟˊ ㄅㄨˋ ㄒㄧㄡˇ 永遠流傳後世而不磨滅。

語源 漢蔡邕太傅胡公碑：「揚景烈，垂不朽，仰邃古，耀昆後。」魏書高祖紀下：「雖不足綱範萬度，永垂不朽，且可釋滯目前，釐整時務。」

例句 清末革命志士的英勇事

水

蹟，絕對可以在歷史上永垂不朽！

近義 萬古流芳

反義 遺臭萬年

永無止境 ㄩㄥˇ ㄨˊ ㄓˇ ㄐㄧㄥˋ 永遠沒有盡頭。

例句 學習是永無止境的，因為我們所知的總比不知的少。

近義 無窮無盡

永無寧日 ㄩㄥˇ ㄨˊ ㄋㄧㄥˊ ㄖˋ 永遠沒有安寧的一天。

語源 南朝梁武帝手書與蕭寶夤：「或攻小城小戍，或掠一村一里，若小相酬答，終無寧日。」

例句 如果不同的種族與宗教之間的歧視和誤解無法消弭，世界將永無寧日。

反義 長治久安

永結同心 ㄩㄥˇ ㄐㄧㄝˊ ㄊㄨㄥˊ ㄒㄧㄣ 夫妻間永遠保有相同的心意。多作為新婚賀詞。

語源 南朝梁蕭衍有所思：「腰中雙綺帶，夢為同心結。」清蘇庵主人繡屏緣第十二回：「化行雲，永結同心帶。」

例句 各位嘉賓，讓我們一起舉杯，祝這對新人百年好合，永結同心，白頭偕老。

近義 百年好合 愛河永浴

2

氾濫成災 ㄈㄢˋ ㄌㄢˋ ㄔㄥˊ ㄗㄞ ①形容大水橫流，四處漫溢而造成災害。②比喻不好的事物擴散滋長，造成禍害。

例句 ①這次颱風帶來驚人的雨量，導致河水氾濫成災，農漁業損失慘重。②當今世上的禍害不勝枚舉，其中毒品的氾濫成災，最不容忽視。

近義 懷山襄陵 層出不窮

求之不得 ㄑㄧㄡˊ ㄓ ㄅㄨˋ ㄉㄜˊ 本指追求而得不到。後多用以表示極願意得到之意。

語源 詩經周南關雎：「求之不得，寤寐思服。」明馮夢龍醒世恆言卷九：「喜得男家願退，許了一萬個利市，求之不得。」

例句 新聞主播是我最嚮往的工作，一直苦無機會，如今可以到電視臺實習，真是求之不得。

近義 夢寐以求 心嚮往之

反義 興味索然 視如糞土

求仁得仁 ㄑㄧㄡˊ ㄖㄣˊ ㄉㄜˊ ㄖㄣˊ 追求仁德而得到仁德。常用於願意為了實現某種理念而付出代價的安慰語。

語源 論語述而：「求仁而得仁，又何怨？」太平廣記卷一六四：「求仁得仁，又誰恨也？」

例句 施先生為了抗議政府施政失當而聚眾遊行，雖因違反集會遊行法而被關，但求仁得仁，他甘之如飴。

近義 如願以償 心安理得

反義 事與願違 無所作為

求田問舍 ㄑㄧㄡˊ ㄊㄧㄢˊ ㄨㄣˋ ㄕㄜˋ 謀求購買田地和房產。譏諷人胸無大志，只知圖謀私利，不問國事。舍，房舍；房產。

語源 三國志魏書陳登傳：「望君憂國忘家，有救世之意，而君求田問舍，言無可采。」

例句 身為國會議員，他竟然無心問政，只知求田問舍，實在有負選民所託。

近義 胸無大志 汲汲營營

反義 胸懷大志 以國為重

求全之毀 ㄑㄧㄡˊ ㄑㄩㄢˊ ㄓ ㄏㄨㄟˇ 想要追求完美反而招來詆毀。也指因為達不到完美的要求而產生不滿。

語源 孟子離婁上：「有不虞之譽，有求全之毀。」

例句 太過強勢的人在團體之

中難免會有求全之毀。

近義 求全責備

反義 不虞之譽

求全責備（ㄑㄧㄡˊ ㄑㄩㄢˊ ㄗㄜˊ ㄅㄟˋ） 對人對事過分挑剔，要求完美無缺。

語源 孟子離婁上：「有求全之毀。」漢劉安淮南子氾論訓：「是故君子不責備於一人。」宋劉克莊代謝西山啟：「竊謂天下不能皆絕類離倫之材，君子未嘗持求全責備之論。」

例句 父母親教養孩子應該適材適性，不可一味求全責備。

近義 吹毛求疵

求同存異（ㄑㄧㄡˊ ㄊㄨㄥˊ ㄘㄨㄣˊ ㄧˋ） 找出共同點來遵循，保留各自不同的意見。

例句 關於這個問題，大家或許有不同看法，但我們應該求同存異，會務才能順利推展。

近義 大同小異

反義 斤斤計較　固執己見

求好心切（ㄑㄧㄡˊ ㄏㄠˇ ㄒㄧㄣ ㄑㄧㄝˋ） 熱切地想把事情做完美。

例句 哥哥求好心切，凡事追求完美，和他一起工作的同事都備感壓力。

近義 精益求精

反義 敷衍了事　馬馬虎虎

求神問卜（ㄑㄧㄡˊ ㄕㄣˊ ㄨㄣˋ ㄅㄨˇ） 祈求神明保佑指點，用占卜預測吉凶禍福。

語源 明淩濛初初刻拍案驚奇卷一一：「那三歲的女兒，出起極重的痘子來，求神問卜，請醫調治，百無一靈。」

例句 在科學昌明的年代，還以求神問卜的方式醫治疾病，未免太過迷信。

求新求變（ㄑㄧㄡˊ ㄒㄧㄣ ㄑㄧㄡˊ ㄅㄧㄢˋ） 追求創新，變得更好。

例句 面對激烈的競爭，電子產品必須不斷求新求變，才能走在時代尖端。

近義 不主故常　標新立異

反義 抱殘守缺　安常襲故

求賢若渴（ㄑㄧㄡˊ ㄒㄧㄢˊ ㄖㄨㄛˋ ㄎㄜˇ） 像口渴急於找水那樣急於尋求賢才。形容求才的心非常迫切。

語源 後漢書周舉傳：「昔在前世，求賢如渴。」隋書韋世康傳：「朕夙夜庶出，求賢若渴，冀與公共治天下，以致太平。」

例句 新政府上臺後，求賢若渴，有志之士若能勇於自薦，必能一展長才。

近義 吐哺握髮　愛才如命

反義 嫉賢妒能　為淵驅魚

求人不如求己（ㄑㄧㄡˊ ㄖㄣˊ ㄅㄨˋ ㄖㄨˊ ㄑㄧㄡˊ ㄐㄧˇ） 與其求別人幫助，不如靠自己努力。

語源 論語衛靈公：「君子求諸己，小人求諸人。」文子上德：「苟不向善，雖忠來惡。故怨人不如怨己，求諸人不如求諸己。」

例句 遇到問題就要想辦法解決，求人不如求己，如此才能訓練自己成為獨當一面的人。

近義 自力更生　自食其力

反義 仰人鼻息　寄人籬下

求生不得，求死不能（ㄑㄧㄡˊ ㄕㄥ ㄅㄨˋ ㄉㄜˊ，ㄑㄧㄡˊ ㄙˇ ㄅㄨˋ ㄋㄥˊ） 形容處境艱難，生死都由不得自己。

語源 金瓶梅第五回：「至今求生不生，求死不死，你每卻自去快活。」清李伯元文明小史第三十七回：「此時慕政弄得沒法，求生不得，求死不能。」

例句 面對龐大的債務和年幼的兒女，陳先生如今是求生不得，求死不能。

水

近義 上天無路，入地無門

3

汗牛充棟 ㄏㄢˋ ㄋㄧㄡˊ ㄔㄨㄥ ㄉㄨㄥˋ 載運時能使牛馬勞累得出汗，收藏時又裝滿整個屋子。形容著作或藏書極多。

語源 晉皇甫謐三都賦序：「雖充車聯駟，不足以載；廣廈接榱，不容以居也。」唐柳宗元唐故給事中皇太子侍讀陸文通先生墓表：「其為書，處則充棟宇，出則汗牛馬。」

例句 他的藏書汗牛充棟，學養也很豐富，你需要什麼參考資料，可跟他請教。

汗如雨下 ㄏㄢˋ ㄖㄨˊ ㄩˇ ㄒㄧㄚˋ 汗水如雨水一般降下。形容出汗極多。

語源 紅樓夢第一〇一回：「不防一塊石頭絆了一跤，猶如夢醒一般，渾身汗如雨下。」

例句 天氣又悶又熱，工作一會兒就汗如雨下。

近義 汗流浹背 揮汗如雨

汗流浹背 ㄏㄢˋ ㄌㄧㄡˊ ㄐㄧㄚˊ ㄅㄟˋ 出汗很多，溼透肩背。原形容極度惶恐或非常慚愧。也形容渾身大汗。浹，溼透。

語源 後漢書獻帝伏皇后紀：「操出，顧左右，汗流浹背，自後不敢復朝請。」唐鄭谷代秋扇詞：「露入庭蕪恨已深，熱時天下是知音。汗流浹背曾施力，氣爽中宵便負心。」

例句 為了將書房搬到二樓，我上上下下來回搬書，沒多久便汗流浹背了！

近義 汗如雨下 揮汗成雨

汗馬功勞 ㄏㄢˋ ㄇㄚˇ ㄍㄨㄥ ㄌㄠˊ ①原指從事征戰、運輸的勞苦。後指戰功。②泛指一切勞苦或功勞。汗，當動詞用，流汗的意思。汗馬，指使馬因運載貨物而流汗。也作「汗馬之勞」。

語源 戰國策楚策一：「下水而浮，一日行三百餘里；里數雖多，不費汗馬之勞。」史記蕭相國世家：「今蕭何未嘗有汗馬之勞，徒持文墨議論，不戰，顧反居臣等上，何也？」

例句 ①王將軍戰時為國家立下汗馬功勞，死後入祀忠烈祠，受民眾敬仰。②林經理的企劃案令公司營運轉虧為盈，憑此汗馬功勞，總經理的寶座非他莫屬。

近義 勞苦功高

反義 尸位素餐

江心補漏 ㄐㄧㄤ ㄒㄧㄣ ㄅㄨˇ ㄌㄡˋ 船已駛至江中才開始補漏洞。比喻補救已遲，無濟於事。

語源 元關漢卿趙盼兒風月救風塵第一折：「恁時節船到江心補漏遲，煩惱怨他誰？事要前思免後悔。」

例句 房子蓋到一半你才想修改建築結構，有如江心補漏，為時已晚。

近義 臨渴掘井 臨淵羨魚

反義 未雨綢繆 有備無患

江河日下 ㄐㄧㄤ ㄏㄜˊ ㄖˋ ㄒㄧㄚˋ 江河的水日日向下游奔流。比喻局勢或景象日趨衰敗。

語源 宋蘇轍應詔集進策君術第五道：「其狀如長江大河，日夜渾渾趨於下而不能止。」清陸隴其詒安錄序：「嘗慨世之浮薄殘刻，如江河日下而不可止。」

例句 社會風氣日趨敗壞，若不由根本的教育改革做起，國家發展將如江河日下，終至一蹶不振。

近義 每況愈下 一落千丈

反義 蒸蒸日上 欣欣向榮

江郎才盡 ㄐㄧㄤ ㄌㄤˊ ㄘㄞˊ ㄐㄧㄣˋ 比喻文思衰竭。江郎，指南朝梁江淹。

語源 南史江淹傳：「嘗宿於

水

治亭，夢一丈夫自稱郭璞，謂淹曰：『吾有筆在卿處多年，可以見還。』淹乃探懷中得五色筆一以授之，爾後為詩絕無美句，時人謂之才盡。」清李汝珍鏡花緣第九十一回：「如今弄了這個，還不知可能敷衍交卷？我被你鬧的真是『江郎才盡』了！」

例句 他晚年的作品，水準已大不如從前，恐怕是江郎才盡了。

反義 文思泉湧 夢筆生花

江雲渭樹 ㄐㄧㄤ ㄩㄣˊ ㄨㄟˋ ㄕㄨˋ

懷念遠方友人的用辭。語本杜甫春日憶李白詩。杜甫在北方的渭水看到春樹，便憶起在江南看著暮雲的李白。

語源 唐杜甫春日憶李白：「渭北春天樹，江東日暮雲。何時一樽酒，重與細論文。」明胡文煥群音類選清腔類念奴嬌：「依然遼絕千山萬水天一方，使我江雲渭樹空懷仰。」

例句 即使現在影音通訊發達，但對遠隔兩地的人而言，江雲渭樹之思又何嘗減少呢？

近義 春樹暮雲

江山易改，本性難移 ㄐㄧㄤ ㄕㄢ ㄧˋ ㄍㄞˇ，ㄅㄣˇ ㄒㄧㄥˋ ㄋㄢˊ ㄧˊ

形容人的本性很難改變。本，也作「稟」。也省作「本性難移」或「稟性難移」。

語源 明徐仲田殺狗記第二齣：「他縱無怨恨之心，奈絕無順從之美。正所謂江山易改，稟性難移。」

例句 母親臨終時，他答應她從此不再賭博，沒想到才過幾個月就故態復萌，真是江山易改，本性難移。

近義 積習難改

反義 脫胎換骨 洗心革面

池魚之殃 ㄔˊ ㄩˊ ㄓ ㄧㄤ

參見「城門失火，殃及池魚」。

池魚籠鳥 ㄔˊ ㄩˊ ㄌㄨㄥˊ ㄋㄧㄠˇ

池中之魚，籠中之鳥。比喻喪失自由的人。

語源 晉潘岳秋興賦：「譬猶池魚籠鳥，有江湖山藪之思。」

例句 人一旦進入職場工作即如池魚籠鳥般，整日為生計奔忙而無暇他顧。

近義 檻猿籠鳥

反義 鳶飛魚躍 逍遙自在

4

汪洋自恣 ㄨㄤ ㄧㄤˊ ㄗˋ ㄗˋ

指文章或言談內容深廣，氣勢豪放宏大，瀟灑自如。恣，放縱；沒有拘束。也作「汪洋自肆」。

語源 唐柳宗元故銀青光祿大夫……柳公行狀：「凡為文，去藻飾之華靡，汪洋自肆以適己為用。」明袁中道李溫陵傳：「且夫今之言汪洋自恣，莫如莊子，然未有因讀莊子而汪洋自恣者也。」

例句 他每天勤寫文章，日進有功，如今下筆汪洋自恣，已是一位著名作家。

近義 行雲流水 洋洋灑灑

反義 空洞無物 胡言亂語

汰舊換新 ㄊㄞˋ ㄐㄧㄡˋ ㄏㄨㄢˋ ㄒㄧㄣ

淘汰舊的，換成新的。

例句 因為連年虧損，這家客運的公車無法汰舊換新，許多老爺車還在滿街跑，實在很危險。

近義 革故鼎新 除舊布新

反義 抱殘守缺 陳陳相因

汲汲營營 ㄐㄧˊ ㄐㄧˊ ㄧㄥˊ ㄧㄥˊ

急切追求功名利祿的樣子。汲汲，急切求取的樣子。

語源 北宋歐陽脩送徐無黨南歸序：「方其用心與力之勞，亦何異眾人之汲汲營營，而忽焉以死者。」

例句 他總是汲汲營營於富貴

名利，甚至不惜鑽法律漏洞，簡直沒有人格可言。

近義　追名逐利　蠅營狗苟

反義　不慕榮利　清靜寡欲

沁人心脾（ㄑㄧㄣˋ ㄖㄣˊ ㄒㄧㄣ ㄆㄧˊ）　浸透心肝脾臟之內。形容感受深刻。沁，滲入。也作「沁人肺腑」。

語源　清趙翼甌北詩話白香山詩：「坦易者多觸景生情，因事起意，眼前景、口頭語，自能沁人心脾，耐人咀嚼。」

例句　夏夜晚風送來一陣沁人心脾的茉莉花香，令人不禁勾起童年在外婆家的美好回憶。

近義　感人肺腑　淪肌浹髓

沃野千里（ㄨㄛˋ ㄧㄝˇ ㄑㄧㄢ ㄌㄧˇ）　肥沃的田野綿延千里。形容田野廣大肥沃。

語源　戰國策秦策一：「沃野千里，蓄積饒多，地勢形便，此所謂天府。」

例句　嘉南平原沃野千里，物產豐富，是臺灣的農業精華區。

近義　魚米之鄉　膏腴之地

反義　不毛之地　寸草不生

沆瀣一氣（ㄏㄤˋ ㄒㄧㄝˋ ㄧ ㄑㄧˋ）　比喻臭味相投的人結合在一起。含有貶義。沆瀣，夜間的水氣。這裡為雙關語，借指崔沆和崔瀣二人。

語源　宋錢易南部新書戊集記載：唐乾符二年，崔沆主持科舉考試，錄取了應考的崔瀣。當時有人戲稱：「座主門生，沆瀣一氣。」

辨析　沆，音ㄏㄤˋ，不讀ㄏㄤˊ。

例句　社區管理委員會的主任委員竟然和總幹事沆瀣一氣，串通起來侵吞社區公款。

近義　臭味相投　朋比為奸

反義　涇渭分明

沉冤莫白（ㄔㄣˊ ㄩㄢ ㄇㄛˋ ㄅㄞˊ）　久積的冤屈無從辯白，得不到平反。白，也作「雪」。

語源　唐無名氏靈應傳：「五百人皆遭庾氏焚炙之禍，纂紹幾絕，不忍戴天，潛遁幽巖，沉冤莫雪。」明陸西星封神演義第九十七回：「吾為守貞立節，墜樓而死，沉冤莫白。」

例句　這件事是公司誤會他，又不給他機會說明，令他沉冤莫白，只好選擇離開。

近義　百口莫辯　不白之冤

反義　水落石出　真相大白

沉魚落雁（ㄔㄣˊ ㄩˊ ㄌㄨㄛˋ ㄧㄢˋ）　魚見了趕緊沉入水底，雁見了馬上降落至沙洲。原指魚鳥不辨人之美醜，見到美人也同樣驚慌逃避。後轉用來形容女子容貌美麗。

語源　莊子齊物論：「毛嬙、麗姬，人之所美也。魚見之深入，鳥見之高飛。」元戴善夫陶學士醉寫風光好第三折：「我看此女有沉魚落雁之容、閉月羞花之貌。」

例句　她徒有沉魚落雁的美貌，演技卻一無是處，要擔綱演出女主角還早得很。

近義　花容月貌　閉月羞花

反義　貌似無鹽　奇醜無比

沉湎酒色（ㄔㄣˊ ㄇㄧㄢˇ ㄐㄧㄡˇ ㄙㄜˋ）　沉迷於美酒與美色。湎，沉迷。

語源　尚書泰誓上：「沉湎冒色，敢行暴虐。」舊唐書李惎傳：「惎累官至右龍武大將軍，沉湎酒色，恣為豪侈。」

例句　他原有美好前程，卻因沉湎酒色，自甘墮落，斷送了大好前途。

近義　燈紅酒綠　花天酒地

沉默寡言（ㄔㄣˊ ㄇㄛˋ ㄍㄨㄚˇ ㄧㄢˊ）　性格沉靜，很少講話。

語源　舊唐書郭子儀傳：「釗，

偉姿儀，身長七尺，方口豐下，沉默寡言。」

例句 他平時沉默寡言，非不得已也是要言不煩，從不多說一句廢話。

近義 罕言寡語

反義 喋喋不休　滔滔不絕

沉鬱頓挫 ㄔㄣˊ ㄩˋ ㄉㄨㄣˋ ㄘㄨㄛˋ 蘊積深厚，抑揚有致。形容詩文的風格深沉蘊藉，語勢跌宕轉折。

語源 唐杜甫進鵰賦表：「至於沉鬱頓挫，隨時敏捷，揚雄、枚皋之徒，庶可企及也。」

例句 楊老師的性情蘊蓄厚實，所作文章也沉鬱頓挫，讀來饒富興味。

沐猴而冠 ㄇㄨˋ ㄏㄡˊ ㄦˊ ㄍㄨㄢˋ 猴子戴帽，仍然不像人。比喻人虛有其表，不脫粗鄙的本質。沐猴，獮猴的別名。

語源 史記項羽本紀：「人言楚人沐猴而冠耳，果然。」

例句 他靠著祖上留下的地產一夕致富後，儘管穿金戴銀全身名牌，卻無異沐猴而冠，引人訕笑。

近義 徒有其表　虛有其表

反義 文質彬彬　表裡如一

沒大沒小 ㄇㄟˊ ㄉㄚˋ ㄇㄟˊ ㄒㄧㄠˇ 形容對長輩態度隨便，不合禮儀。

語源 詩經魯頌泮水：「無小無大，從公于邁。」金瓶梅第七十五回：「恁不合理的行貨子，生生把個丫頭慣的恁沒大沒小，上頭上臉的，還嗔人說哩。」

例句 他從小受父母寵溺，因此養成驕縱的個性，對長輩往往沒大沒小，令人搖頭。

近義 吊兒郎當　目無尊長

反義 長幼有序　謙恭有禮

沒完沒了 ㄇㄟˊ ㄨㄢˊ ㄇㄟˊ ㄌㄧㄠˇ 沒有結束的時候。

例句 這兩個政黨之間的惡鬥沒完沒了，令人生厭。

近義 層出不窮　漫無止境

反義 戛然而止

沒沒無聞 ㄇㄛˋ ㄇㄛˋ ㄨˊ ㄨㄣˊ 形容沒有名氣，不被人知道。沒沒，無聲無息。也作「默默無聞」。

出處 法書要錄張懷瓘書斷下：「書之為用，施於竹帛，千載不朽，亦猶愈沒沒而無聞哉。」清顧炎武古隱士二首（其二）：「嘗聞龐德公，自守甘窮餓……默默似無聞。」

例句 電影大賣後，這所沒沒無聞的鄉下小學也因為曾被取景而變成觀光景點。

近義 不見經傳　鮮為人知

反義 名聞遐邇　舉世聞名

沒精打采 ㄇㄟˊ ㄐㄧㄥ ㄉㄚˇ ㄘㄞˇ 參見「無精打采」。

沒齒不忘 ㄇㄛˋ ㄔˇ ㄅㄨˋ ㄨㄤˋ 終身不忘；一輩子記得。沒齒，終身。沒，終；盡頭。齒，年齒；年紀。也作「沒世不忘」、「沒齒難忘」。

語源 禮記大學：「道盛德至善，民之不能忘也……君子賢其賢而親其親，小人樂其樂而利其利，此以沒世不忘也。」唐李商隱為汝南公華州賀赦表：「司馬談闕陪盛禮，沒齒難忘。」宋蘇舜欽啟事上奉寧軍陳侍郎：「蓋以被一顧之厚，一言之飾，雖沒齒不可忘。」

辨析 沒，音ㄇㄛˋ，不讀ㄇㄟˊ。

例句 感謝您這次的鼎力相助，您的大恩大德我沒齒不忘。

近義 永誌不忘　銘諸肺腑

沒頭沒腦 ㄇㄟˊ ㄊㄡˊ ㄇㄟˊ ㄋㄠˇ 形容不明來歷，令人莫名其妙，

水

或慌亂而沒有主意。

語源 明凌濛初初刻拍案驚奇卷一：「得了一主沒頭沒腦錢財，變成巨富。」又卷三〇：「連滿堂伏侍的人，都慌得來沒頭沒腦，不敢說一句話。」

例句 阿明說話常沒頭沒腦的，教人搞不清楚他到底想表達什麼。

近義 摸門不著　莫名其妙

反義 有條有理　有頭有尾

沙場老將（ㄕㄚ ㄔㄤˇ ㄌㄠˇ ㄐㄧㄤˋ） 戰場上的老將士。比喻經驗老到的人。沙場，指戰場。

語源 唐張喬宴邊將：「座中有老沙場客，橫笛休吹塞上聲。」清娥川主人世無匹第八回：「雖沙場老將，亦不能有此輕身馳驟，技至此，可謂神矣！」

例句 他是保險業界的沙場老將，開發的客戶不計其數。

近義 識途老馬　斫輪老手

反義 初生之犢　毛頭小子

沙裡淘金（ㄕㄚ ㄌㄧˇ ㄊㄠˊ ㄐㄧㄣ） 從沙子裡淘取金子。①比喻費力大而成效小。②比喻從大量材料中選取精華。

語源 唐德行禪師四字經乙癸：「沙裡淘金。」元楊景賢馬丹陽度脫劉行首第三折：「恰便似沙裡淘金，石中取火，水中撈月。」

例句 ①你不記得東西掉在哪裡，便上大街小巷亂找一通，無異是沙裡淘金。②這幾位人才是總經理沙裡淘金、高薪延聘來的，相信一定能為公司開創新局。

近義 披沙揀金　萬中選一

5

河東獅吼（ㄏㄜˊ ㄉㄨㄥ ㄕ ㄏㄡˇ） 比喻善妒而兇悍的妻子發怒叫罵。

語源 宋洪邁容齋三筆陳季常記載：陳季常生性好熱鬧，經常邀朋友到家中宴飲，然而只要宴席中有歌妓在，他那兇悍善妒的妻子柳氏，就會拿著木杖敲打牆壁並大吼大叫，許多賓客及歌妓只好紛紛走避。因此蘇東坡作詩取笑他說：「忽聞河東獅子吼，拄杖落手心茫然。」河東，是柳姓的郡望，暗指陳季常的妻子柳氏。獅子吼，是佛家語，比喻威嚴。陳季常好談佛，所以蘇東坡借佛家語取笑他。

例句 別瞧他現在威風凜凜的模樣，只消他太太在電話中一聲河東獅吼，他便立刻乖乖回家去了。

近義 季常之癖　乾綱不振

河清海晏（ㄏㄜˊ ㄑㄧㄥ ㄏㄞˇ ㄧㄢˋ） 黃河清澈，海水平靜。比喻太平盛世。河，黃河。晏，平靜；安逸。

語源 唐鄭錫日中有王字賦：「河清海晏，時和歲豐。」

例句 河清海晏、萬民豐樂的太平盛世，是全天下百姓的渴望。

近義 天下太平　堯天舜日

反義 天下大亂　四海鼎沸

河魚腹疾（ㄏㄜˊ ㄩˊ ㄈㄨˋ ㄐㄧˊ） 魚腐爛由腹部開始。後代指腹瀉。也作「河魚之疾」。

語源 左傳宣公十二年：「河魚腹疾，奈何？」宋蘇軾與馮祖仁書：「又苦河魚之疾，少留調理乃行。」

例句 購買食品須注意保存期限，否則吃了過期食物，將有河魚腹疾之憂。

近義 上吐下瀉

沸沸揚揚（ㄈㄟˋ ㄈㄟˋ ㄧㄤˊ ㄧㄤˊ） 像煮開的水一樣翻滾升騰。比喻議論紛紛。

語源 水滸傳第十七回：「後

來聽得沸沸揚揚地說道：『黃泥岡上一夥販棗子的客人把蒙汗藥麻翻了人，劫了生辰綱去。』」

例句 原以為這是件無關緊要的事，如今卻鬧得沸沸揚揚，逼得他不得不出面說明。

近義 滿城風雨 甚囂塵上

油然而生 ㄧㄡˊ ㄖㄢˊ ㄦˊ ㄕㄥ 自然而然地產生。油然，自然而然。

語源 禮記樂記：「禮樂不可斯須去身，致樂以治心，則易直子諒之心油然生矣。」宋蘇洵族譜引：「嗚呼！觀吾之譜者，孝弟之心可以油然而生矣。」

例句 站在高山上，仰望無垠的星空，對宇宙的敬畏之情不禁油然而生。

近義 情不自禁 自然而然

油腔滑調 ㄧㄡˊ ㄑㄧㄤ ㄏㄨㄚˊ ㄉㄧㄠˋ 形容說話輕浮，或文章浮誇不實。

語源 清郎廷槐等師友詩傳錄：「愚意以為學力深始能見性情，若不多讀書多貫穿，而遽言性情，則開後學油腔滑調、信口成章之惡習矣。」

例句 從事推銷業務的人員一定要口才辨給，但不可以油腔滑調，否則將得不到顧客的信賴。

近義 油嘴滑舌

反義 穩重踏實

油嘴滑舌 ㄧㄡˊ ㄗㄨㄟˇ ㄏㄨㄚˊ ㄕㄜˊ 形容說話虛浮不實。

語源 金瓶梅第六十八回：「幾年不見，你也學的恁油嘴滑舌的，到明日還教我尋親事哩。」

辨析 「油嘴滑舌」多用於形容說話浮誇不實，而「油腔滑調」除了形容說話浮誇之外，也可形容做事或寫文章浮滑不實。

例句 他這人說話油嘴滑舌，給人很不可靠的感覺。

近義 油腔滑調

油頭粉面 ㄧㄡˊ ㄊㄡˊ ㄈㄣˇ ㄇㄧㄢˋ 形容女子打扮得妖豔庸俗。也可形容男子喜好妝扮而舉止輕浮的樣子。

語源 元石子章秦脩然竹塢聽琴第一折：「改換了油頭粉面，再不將蛾眉淡掃鬢堆蟬。」

例句 他一個大男人，卻打扮得油頭粉面，一點男子氣概也沒有。

近義 傅粉施朱 濃妝豔抹

油頭滑臉 ㄧㄡˊ ㄊㄡˊ ㄏㄨㄚˊ ㄌㄧㄢˇ 形容人舉止狡猾、輕浮。也作「油頭滑腦」。

語源 明馮夢龍醒世恆言卷二一：「隨有中年和尚油頭滑臉，擺將出來，見了這幾位冠冕客人蹺進來，便鞠躬迎進。」清落魄道人常言道第四回：「但見他：輕骨頭，大眼眶，油頭滑腦。」

例句 小陳總是一副油頭滑臉的樣子，難怪應徵工作老是失利。

近義 油頭粉面 油嘴滑舌

反義 道貌岸然

治絲益棼 ㄓˋ ㄙ ㄧˋ ㄈㄣˊ 想整理絲線，卻愈弄愈亂。比喻處理事情不得要領，反而越做越糟。棼，紛亂。

語源 左傳隱公四年：「臣聞以德和民，不聞以亂；以亂，猶治絲而棼之也。」

例句 他們兩人的感情糾紛，外人不宜貿然介入，否則調停不成，反而治絲益棼，只會讓事情更形惡化。

近義 抱薪救火 欲益反損

反義 釜底抽薪

沽名釣譽 ㄍㄨ ㄇㄧㄥˊ ㄉㄧㄠˋ ㄩˋ 巧用手段來博取名譽。沽，買。釣，用餌引魚上鉤，比喻用手段取得。

語源 後漢書逸民傳序：「彼雖硜硜，有類沽名者。」漢書公孫弘傳：「與內富厚而外為詭服以釣虛譽者殊科。」金張健高陵縣張公去思碑：「非若沽名釣譽徒，內有所不足，急於人聞而專苛責督察，以祈當世之知。」

例句 王先生多年來捐錢出力救濟貧苦，卻從不張揚，足見他並非沽名釣譽之徒。

近義 欺世盜名 矯俗干名

反義 不忮不求

沾沾自喜 ㄓㄢ ㄓㄢ ㄗˋ ㄒㄧˇ 自以為美好或僥倖而揚揚得意的樣子。沾沾，自得的樣子。

語源 史記魏其武安侯列傳：「魏其者，沾沾自喜耳，多易。」

例句 這次考試，你不過是勉強及格，若因此而沾沾自喜，未免也太沒志氣了吧？

近義 自鳴得意 洋洋得意

反義 垂頭喪氣

沾泥帶水 ㄓㄢ ㄋㄧˊ ㄉㄞˋ ㄕㄨㄟˇ 參見「拖泥帶水」。

沾親帶故 ㄓㄢ ㄑㄧㄣ ㄉㄞˋ ㄍㄨˋ 與他人攀上親戚朋友的關係。親，親戚。故，朋友。

語源 元無名氏包龍圖智賺合同文字第三折：「這文書上寫作見人，也只為沾親帶故。」

例句 他還不是因為跟總經理沾親帶故，才能平步青雲，一下子就坐上經理的位子。

反義 非親非故

沿波討源 ㄧㄢˊ ㄅㄛ ㄊㄠˇ ㄩㄢˊ 沿著河流尋找發源地。比喻由近而遠，探討事物的根本。

語源 晉陸機文賦：「或因枝以振葉，或沿波而討源。」

例句 他個性腳踏實地，遇事能沿波討源，從不好高騖遠。

近義 原始要終 追本究源

反義 不求甚解 囫圇吞棗

沿門托鉢 ㄧㄢˊ ㄇㄣˊ ㄊㄨㄛ ㄅㄛ 形容人沿街挨戶乞討或化緣。鉢，僧尼化緣的食器。

語源 清袁枚隨園詩話卷四：「沿門托鉢，尚缺五百餘金。」

例句 王老先生原本家財萬貫，卻因子孫不孝，落得沿門托鉢、晚景淒涼的下場。

近義 吹簫乞食 吳市吹簫

反義 食前方丈 炊金饌玉

泄漏天機 ㄒㄧㄝˋ ㄌㄡˋ ㄊㄧㄢ ㄐㄧ 向人透露不該被知道的天意。後指暴露別人不知道的機密。

語源 西遊記第四十四回：「吃東西事小，泄漏天機事大。」

例句 這支廣告的內容列為最高機密，你切莫泄漏天機，推出時才有震撼力。

近義 天機外洩 走漏風聲

反義 守口如瓶

法外施仁 ㄈㄚˇ ㄨㄞˋ ㄕ ㄖㄣˊ 在依法處置之外，依情理施予恩惠。多指從輕發落或免除刑罰。也作「法外施恩」。

語源 明李清三垣筆記崇禎：「其馳驅通義一帶，亦不無微勞可憫。乞皇上法外施仁，俯從部議。」

例句 因為他是無心之失，且又是初犯，所以法官法外施仁，只判他十天的拘役。

近義 網開一面 從輕發落

反義 從重量刑 嚴懲不貸

法網恢恢，疏而不漏 ㄈㄚˇ ㄨㄤˇ ㄏㄨㄟ ㄏㄨㄟ ㄕㄨ ㄦˊ ㄅㄨˋ ㄌㄡˋ 參見「天網恢恢，疏而不漏」。

水

泛泛之交（ㄈㄢˋ ㄈㄢˋ ㄓ ㄐㄧㄠ） 指交情不深的朋友。泛泛，淺薄；普通。

語源 施公案第四九一回：「只因與雲家兄弟非泛泛之交，故允了施大人這差事。」

例句 我和張君只是泛泛之交，談不上熟識。

近義 點頭之交　一面之雅

反義 刎頸之交　患難之交

泛泛之輩（ㄈㄢˋ ㄈㄢˋ ㄓ ㄅㄟˋ） 即普通人。

語源 元馬致遠馬丹陽三度任風子第二折：「謝師父救了我這蠢蠢之物，泛泛之才。」

例句 看他衣著華貴，身後隨從甚多，定非泛泛之輩。

近義 市井小民　凡夫俗子

反義 縉紳之士　達官貴人

波及無辜（ㄅㄛ ㄐㄧˊ ㄨˊ ㄍㄨ） 因事端擴大而牽連到無辜的人。

語源 明陸西星封神演義第九十八回：「今軍士救火，不無波及無辜。相父首先嚴禁，毋令復遭陷害也。」

例句 這場火災原本可以即時撲滅，卻因為巷道過窄，消防車進不來而波及無辜。

近義 殃及池魚

波濤洶湧（ㄅㄛ ㄊㄠ ㄒㄩㄥ ㄩㄥˇ） ①形容波浪聲勢壯盛。②比喻感情起伏激盪的樣子。

語源 三國志吳書吳主傳裴注引吳錄：「帝見波濤洶涌，歎曰：『嗟乎！固天所以隔南北也。』」

例句 ①颱風來臨時，海面上波濤洶湧，十分駭人。②見到睽違許多年的初戀情人，他心中不禁波濤洶湧，感慨萬千。

近義 波瀾壯闊　怒濤排壑

反義 風平浪靜　水波不興

波瀾老成（ㄅㄛ ㄌㄢˊ ㄌㄠˇ ㄔㄥˊ） 形容詩文、書法等氣勢恢宏，功力精深。

語源 唐杜甫敬贈鄭諫議十韻：「思飄雲物外，律中鬼神驚。毫髮無遺恨，波瀾獨老成。」

例句 經過數年的磨練之後，他的行草寫起來波瀾老成，儼然有大家風範。

波瀾壯闊（ㄅㄛ ㄌㄢˊ ㄓㄨㄤˋ ㄎㄨㄛˋ） 形容氣勢雄偉。瀾，大波浪。

語源 南朝宋鮑照登大雷岸與妹書：「旅客貧辛，波路壯闊。」清劉大勤師友詩傳續錄：「七言詩須波瀾壯闊，頓挫激昂，大開大闔耳。」

例句 王勃滕王閣序一文堪稱宏詞巨構，波瀾壯闊，是不可多得的佳文。

近義 沉鬱雄渾　汪洋宏肆

泣不成聲（ㄑㄧˋ ㄅㄨˋ ㄔㄥˊ ㄕㄥ） 哭得失去聲音。形容十分悲傷。

語源 吳越春秋越王無餘外傳：「堯崩，禹服三年之喪，如喪考妣，晝夜哭泣，氣不屬聲。」清黃鈞宰金壺七墨鴛鴦印傳奇始末：「彌留之際，日飲白湯升許，欲以洗滌肺腑，及食不下咽，泣不成聲。」

例句 失去了雙親的她，一想到從今以後將孤苦伶仃、無依無靠，便泣不成聲。

近義 淚流滿面　痛哭失聲

反義 笑語如珠

泥牛入海（ㄋㄧˊ ㄋㄧㄡˊ ㄖㄨˋ ㄏㄞˇ） 泥塑的牛掉入海中即被溶解。比喻一去不回，毫無消息。

語源 宋釋道原景德傳燈錄卷八潭州龍山和尚：「洞山又問：『和尚見箇什麼道理，便住此山？』師云：『我見兩箇泥牛鬥入海，直至如今無消息。』」

例句 小花移民美國之後，有如泥牛入海，無論是臉書或是

Line，都毫無消息。

近義　斷線風箏　石沉大海

泥古不化 ㄋㄧˊ ㄍㄨˇ ㄅㄨˋ ㄏㄨㄚˋ　參見「食古不化」。

泥多佛大 ㄋㄧˊ ㄉㄨㄛ ㄈㄛˊ ㄉㄚˋ　泥用得多，塑的佛像就大。比喻根基深厚或附益的人多，成就就大。

語源　宋釋道原景德傳燈錄曇華禪師：「十五日已前，水長船高；十五日已後，泥多佛大。」

例句　照顧弱勢者需要大眾共同關心，所謂泥多佛大，若人人皆能伸出援手，則公益的推行必定事半功倍。

近義　根深葉茂　水漲船高

反義　勢單力薄　孤掌難鳴

泥沙俱下 ㄋㄧˊ ㄕㄚ ㄐㄩˋ ㄒㄧㄚˋ　泥土和沙石一同隨水沖下。比喻好壞不同的人或事物混雜一起。

語源　清袁枚隨園詩話卷一：「人稱才大者，如萬里黃河，與泥沙俱下。余謂此粗才，非大才也。」

例句　與單純的學校生活相比，社會上龍蛇雜處，泥沙俱下，人際相處成為新鮮人的首要課題。

近義　牛驥同皂　龍蛇雜處

反義　涇渭分明　良莠分明

泥塑木雕 ㄋㄧˊ ㄙㄨˋ ㄇㄨˋ ㄉㄧㄠ　用泥塑成、用木頭雕成的偶像。比喻舉止呆板或對事物毫無反應。

語源　元鄭廷玉崔府君斷冤家債主第四折：「城隍也是泥塑木雕的，有什麼靈感在那裡？」

例句　臺下的學生有如泥塑木雕，講了老半天也不知道他們懂不懂。

近義　呆頭呆腦　楞頭楞腦

反義　生龍活虎

泥菩薩過江——自身難保 ㄋㄧˊ ㄆㄨˊ ㄙㄚˋ ㄍㄨㄛˋ ㄐㄧㄤ ㄗˋ ㄕㄣ ㄋㄢˊ ㄅㄠˇ　歇後語。菩薩是救人苦難的，但泥土塑成的菩薩要下水過河，恐怕自己都難免被水溶化。比喻自身難保。也省作「泥菩薩過江」或「自身難保」。

語源　明馮夢龍警世通言卷四〇：「我想江西不沉卻好，若沉了時節，正是泥菩薩落水，自身難保，還保得別人？」

例句　我自己都是泥菩薩過江——自身難保了，怎麼幫你呀？

泰山其頹 ㄊㄞˋ ㄕㄢ ㄑㄧˊ ㄊㄨㄟˊ　泰山崩塌了。哀悼所尊敬仰望的有德者逝世。泰山，五嶽中的東嶽，在山東泰安境內，是關東最高的山，自古被視為天下第一高峰。「泰山」因此有高大崇偉之意。頹，崩壞；倒塌。

語源　禮記檀弓上：「孔子蚤作，負手曳杖，消搖於門，歌曰：『泰山其頹乎！梁木其壞乎！哲人其萎乎！』」

例句　現任教宗不幸於昨晚逝世，泰山其頹，國內教友無不同表哀悼。

近義　哲人其萎　大星殞落

泰山壓卵 ㄊㄞˋ ㄕㄢ ㄧㄚ ㄌㄨㄢˇ　泰山壓在蛋上。比喻力量懸殊，強者可以豪不費力地擊敗對方。

語源　晉書孫惠傳：「況履順討逆，執正伐邪，是烏獲攜冰，賁育拉朽，猛獸吞狐，泰山壓卵，因風燎原，未足方也。」

例句　本屆奧運籃球賽，實力超強的美國隊果然以泰山壓卵之勢，輕鬆獲得金牌。

近義　所向披靡　摧枯拉朽

反義 螳臂當車 以卵擊石

泰山壓頂 ㄊㄞˋ ㄕㄢ ㄧㄚ ㄉㄧㄥˇ 泰山壓在頭上。比喻壓力強大或情勢危急。

語源 宋袁甫跋慈湖先生廣居賦：「疾雷破柱，色不為動；泰山壓前，目不為瞬。」清文康兒女英雄傳第六回：「一個棍起處似泰山壓頂，打下來舉手無情。」

例句 因為只有他一個人補考，老師便坐在面前監看，讓他感覺猶如泰山壓頂，簡直搖不動筆桿。

近義 千鈞一髮 岌岌可危

泰山鴻毛 ㄊㄞˋ ㄕㄢ ㄏㄨㄥˊ ㄇㄠˊ 比喻二者輕重懸殊。多指生命價值的重大和輕微。語本「死有重於泰山，輕於鴻毛」。泰山，五嶽中的東嶽，在山東泰安境內，是關東最高的山。比喻極重大。鴻毛，鴻雁的羽毛。比喻極輕微。

語源 漢司馬遷報任少卿書：「人固有一死，死有重於泰山，或輕於鴻毛，用之所趨異也。」

例句 生命意義的輕重，正所謂「泰山鴻毛」，端看個人的自覺與努力與否。

泰然自若 ㄊㄞˋ ㄖㄢˊ ㄗˋ ㄖㄨㄛˋ 形容沉著鎮定，不慌不忙的樣子。

語源 莊子庚桑楚：「宇泰定者，發乎天光。」晉郭象注：「夫德宇泰然而定，則其所發者天光耳，非人耀。」金史顏盞門都傳：「有敵忽來，雖矢石至前，泰然自若。」

例句 路旁突然竄出一隻野狗，大家都嚇得停下腳步，只有小明泰然自若，面不改色的繼續往前走。

近義 老神在在 若無其事

反義 驚慌失措 心慌意亂

泰然處之 ㄊㄞˋ ㄖㄢˊ ㄔㄨˇ ㄓ 參見「處之泰然」。

泱泱大國 ㄧㄤ ㄧㄤ ㄉㄚˋ ㄍㄨㄛˊ 讚頌氣度宏偉的大國家。泱泱，宏大的樣子。

語源 左傳襄公二十九年：「為之歌齊，曰：『美哉！泱泱乎大國也哉！』」

例句 軍事強國應該以平等之禮對待弱小國家，才能顯示出泱泱大國的風範。

近義 禮儀之邦

6

洋洋大觀 ㄧㄤˊ ㄧㄤˊ ㄉㄚˋ ㄍㄨㄢ 形容事物豐富而多彩多姿。洋洋，盛大、眾多的樣子。大觀，多彩豐富的景象。

語源 莊子天地：「夫道，覆載萬物者也，洋洋乎大哉！」清沈復浮生六記卷四浪遊記快：「河之北，山如屏列，已屬山西界，真洋洋大觀也。」

例句 他是個職棒迷，多年來所蒐集的職棒相關產品，真是琳琅滿目，洋洋大觀。

近義 琳琅滿目 包羅萬象

洋洋自得 ㄧㄤˊ ㄧㄤˊ ㄗˋ ㄉㄜˊ 參見「洋洋得意」。

洋洋得意 ㄧㄤˊ ㄧㄤˊ ㄉㄜˊ ㄧˋ 形容十分得意的樣子。也作「洋洋自得」、「揚揚得意」、「得意洋洋」。

語源 荀子儒效：「得委積足以揜其口，則揚揚如也。」唐楊倞注：「揚揚，得意之貌。」明馮夢龍醒世恆言卷二四：「獨素殘忍深刻，揚揚得意。」明凌濛初初刻拍案驚奇卷三三：「夫妻兩口，洋洋得意。」紅樓夢第一〇三回：「只見香菱已哭得死去活來，寶蟾反得意洋洋。」

例句 他因為升官加薪，便洋洋得意地帶全家上米其林餐廳慶祝一番。

水

近義　志得意滿　顧盼自得

洋洋灑灑（一ㄤˊ 一ㄤˊ ㄙㄚˇ ㄙㄚˇ）　形容言論或文章長篇大論，內容豐富而優美。

語源　韓非子難言：「言順比滑澤，洋洋纚纚然，則見以為華而不實。」清陳森品花寶鑑第十一回：「他在席上就成了一首燈月詞，頃刻之間洋洋灑灑七八百字。」

例句　他寫起文章來，動輒洋洋灑灑數萬言，實在令人讚歎。

近義　長篇大論　鴻篇巨製

反義　要言不煩　言簡意賅

洗心革面（ㄒ一ˇ ㄒ一ㄣ ㄍㄜˊ ㄇ一ㄢˋ）　洗滌不正、不善的心念，改變舊有面貌。指徹底改過自新。

語源　易經繫辭上：「聖人以此洗心，退藏於密。」易經革卦：「君子豹變，其文蔚也；小人革面，順以從君也。」晉葛洪抱朴子外篇用刑：「洗心而革面者，必若清波之滌輕塵。」

例句　在多年的牢獄生活之後，小馬終於洗心革面，不再作惡了。

近義　改邪歸正　脫胎換骨

洗耳恭聽（ㄒ一ˇ ㄦˇ ㄍㄨㄥ ㄊ一ㄥ）　恭敬、專心的聆聽。

語源　元鄭廷玉楚昭公疎者下船第四折：「請大王試說一遍，容小官洗耳恭聽。」

例句　法會上的信眾們無不洗耳恭聽法師的開示，期待得到心靈上的解脫。

近義　傾耳注目

反義　充耳不聞　置若罔聞

洗垢求瘢（ㄒ一ˇ ㄍㄡˋ ㄑ一ㄡˊ ㄅㄢ）　洗去汙垢後，仍尋找遺留的痕跡。比喻故意挑剔缺點或錯誤。

語源　漢趙壹疾邪賦：「所好則鑽皮出其毛羽，所惡則洗垢求其瘢痕。」

例句　課長為人刻薄，對基層員工總是洗垢求瘢，百般挑剔，令人生厭。

近義　吹毛求疵　雞蛋裡挑骨頭

反義　隱惡揚善　棄瑕錄用

洗盡鉛華（ㄒ一ˇ ㄐ一ㄣˋ ㄑ一ㄢ ㄏㄨㄚˊ）　徹底洗去臉上化妝的鉛粉。比喻回歸原本樸素的面貌。鉛華，舊時化妝用的白色鉛粉。也作「洗淨鉛華」。

語源　三國魏曹植洛神賦：「芳澤無加，鉛華弗御。」明湯顯祖牡丹亭第七齣：「洗淨鉛華，有風有化，宜室宜家。」清佚名隔簾花影第三十五回：「架裟披上見空王，洗盡鉛華木槵香。」

例句　她曾是銀幕上的大明星，嫁為人婦洗盡鉛華之後，成了一個溫柔體貼、善於持家的好太太。

洛陽紙貴（ㄌㄨㄛˋ 一ㄤˊ ㄓˇ ㄍㄨㄟˋ）　比喻著作風行一時，流傳甚廣。

語源　晉書左思傳記載：晉代左思寫成三都賦後，時人競相傳寫，使得洛陽的紙價一時上漲而昂貴。

例句　這位暢銷作家的小說一出版，馬上洛陽紙貴，掀起搶購風潮。

近義　一字千金　字字珠璣

反義　乏人問津

洞天福地（ㄉㄨㄥˋ ㄊ一ㄢ ㄈㄨˊ ㄉ一ˋ）　本指神仙居住的地方，後用以比喻名山勝境或優美的環境。

語源　宋葉紹翁四朝聞見錄戊集閱古南園：「疑為洞天福地之居。」

例句　這個鐘乳石洞怪石嶙峋，美不勝收，是一處遠近馳名的洞天福地。

近義 蓬萊仙島　世外桃源
反義 人間煉獄

洞見癥結 ㄉㄨㄥˋ ㄐㄧㄢˋ ㄓㄥ ㄐㄧㄝˊ 清楚地看見腹中積結成塊的病症。比喻透徹地看見問題的關鍵。洞，透徹。
語源 清紀昀閱微草堂筆記卷一〇如是我聞四：「斯言洞見癥結矣。」
例句 黃經理思路清楚，遇事往往能洞見癥結，指導下屬最有效的解決之道。
近義 洞若觀火　明察秋毫
反義 鼠目寸光　目光如豆

洞若觀火 ㄉㄨㄥˋ ㄖㄨㄛˋ ㄍㄨㄢ ㄏㄨㄛˇ 比喻觀察事物非常清楚透徹。洞，透徹。
語源 尚書盤庚上：「不惕予一人，予若觀火。」明沈采千金記第十七齣：「老丞相明炳機先，洞若觀火。」
例句 李經理對市場的變化洞若觀火，因此能做出正確判斷，掌握商機。
近義 瞭如指掌　明察秋毫
反義 霧裡看花　迷離恍惚

洞燭機先 ㄉㄨㄥˋ ㄓㄨˊ ㄐㄧ ㄒㄧㄢ 事情未發生前就已經清楚地看出跡象。洞燭，明亮的燭火。引申為明察。機先，事情尚未顯現端倪的時候。
語源 宋岳飛奏辭開府第三劄子：「庶幾陛下洞燭危懇，終賜矜從。」宋書恩倖傳：「自以體含德厚，識鑑機先。」蔡東藩清史通俗演義第八十七回：「若非仰賴祖宗默佑，洞燭機先，其事何堪設想？」
例句 董事長十年前就洞燭機先，投入奈米科技的研發，如今公司已有多項新產品問世。
近義 先知先覺　先見之明

津津有味 ㄐㄧㄣ ㄐㄧㄣ ㄧㄡˇ ㄨㄟˋ ①形容興味濃厚。②形容言論有趣或是食物美味。
語源 明凌濛初二刻拍案驚奇卷一八：「甄監生聽得津津有味。」
例句 ①李老師的歷史課上得精彩極了，同學們都聽得津津有味。②瞧她吃得津津有味的模樣，想必是肚子餓了吧？
近義 興味盎然　齒頰生香
反義 枯燥乏味　味如嚼蠟

津津樂道 ㄐㄧㄣ ㄐㄧㄣ ㄌㄜˋ ㄉㄠˋ 形容深感興趣並常常談論。津津，趣味濃厚的樣子。
語源 清申頲耐俗軒新樂府忍些好八十章前言：「兒輩列之座右，相與流連歌，津津樂道。」
例句 傳奇人物廖添丁的抗日事蹟，至今仍為人們津津樂道。
反義 不屑一顧　不值一哂

洪水猛獸 ㄏㄨㄥˊ ㄕㄨㄟˇ ㄇㄥˇ ㄕㄡˋ 造成災害的大水及兇猛的野獸。比喻影響巨大的禍害。
語源 孟子滕文公下：「昔者禹抑洪水而天下平，周公兼夷狄，驅猛獸而百姓寧。」清黃宗羲壽張奠夫八十序：「夫為洪水猛獸之害者，非佛氏乎？」
例句 外來文化猶如洪水猛獸，對原住民的古老傳統造成莫大的衝擊。
近義 天災人禍

洶湧澎湃 ㄒㄩㄥ ㄩㄥˇ ㄆㄥ ㄆㄞˋ 水勢猛烈上湧，波浪互相衝擊。①形容水勢盛大，不可阻擋。②比喻聲勢浩大或感情奔放。
語源 漢司馬相如上林賦：「沸乎暴怒，洶湧彭湃。」
例句 ①每當颱風來襲，海面濁浪排空，洶湧澎湃，氣勢非凡，有人甚至冒著生命危險前

往觀浪。②他在臺上大聲朗誦著新詩，洶湧澎湃的熱情感染了現場的每一個人。

【近義】排山倒海　聲勢浩大

活色生香 ㄏㄨㄛˊ ㄙㄜˋ ㄕㄥ ㄒㄧㄤ　①形容花的顏色鮮麗，香味濃郁。②形容繪畫或詩文描繪逼真生動。③形容女子美豔動人。

【語源】唐薛能杏花：「活色生香第一流，手中移得近青樓。」

【例句】①這盆活色生香的香水百合，讓客廳整個亮了起來。②他的小說寫得活色生香，人物呼之欲出，讀來津津有味。③穿著清涼的車展美女個個活色生香，吸引眾人目光。

【近義】栩栩如生　躍然紙上

活龍活現 ㄏㄨㄛˊ ㄌㄨㄥˊ ㄏㄨㄛˊ ㄒㄧㄢˋ　形容描寫生動或表演逼真。也作「活靈活現」。

【語源】明馮夢龍喻世明言卷一〇：「眾人見大尹半日自言自語，說得活龍活現，分明是倪太守模樣，都信道倪太守真個出現了。」

【例句】這段經歷他說得活龍活現，大家都聽得津津有味。

【近義】栩栩如生　躍然紙上

活蹦亂跳 ㄏㄨㄛˊ ㄅㄥˋ ㄌㄨㄢˋ ㄊㄧㄠˋ　蹦蹦跳跳，很有活力的樣子。

【例句】草地上，活蹦亂跳的小狗不停追逐著小球，彷彿有用不完的精力似的。

【近義】生氣蓬勃　朝氣蓬勃

【反義】死氣沉沉　氣息奄奄

活靈活現 ㄏㄨㄛˊ ㄌㄧㄥˊ ㄏㄨㄛˊ ㄒㄧㄢˋ　參見「活龍活現」。

活到老，學到老 ㄏㄨㄛˊ ㄉㄠˋ ㄌㄠˇ ㄒㄩㄝˊ ㄉㄠˋ ㄌㄠˇ　勉勵人應該不斷的學習。

【例句】奶奶幼年失學，六十幾歲才開始上國小補校，如今已上到國二的課程了，「活到老，學到老」的精神令人敬佩。

【近義】學無止境　手不釋卷

【反義】得過且過　無所用心

流年不利 ㄌㄧㄡˊ ㄋㄧㄢˊ ㄅㄨˋ ㄌㄧˋ　整年都不順利。指運氣不好。流年，一年的運氣。

【語源】明馮夢龍醒世恆言卷三七：「想是我流年不利，故此沒福消受，以至如此。」

【例句】他開車不守規則，出了車禍卻怪自己流年不利，真是拿他沒辦法。

【近義】時運不濟　時乖命蹇

【反義】吉星高照　時來運轉

流言蜚語 ㄌㄧㄡˊ ㄧㄢˊ ㄈㄟ ㄩˇ　毫無根據的、詆毀他人的話。流言、蜚語，皆指沒有根據的話。蜚，通「飛」。

【語源】荀子大略：「流丸止於甌臾，流言止於知者。」史記魏其武安侯列傳：「乃有蜚語，為惡言聞上。」

【辨析】蜚，音ㄈㄟ，不讀ㄈㄟˇ。

【例句】只要我們行得正，這些流言蜚語大可不必理會。

【近義】蜚短流長　風言風語

流於形式 ㄌㄧㄡˊ ㄩˊ ㄒㄧㄥˊ ㄕˋ　變得只有表面形式而無實質意義。流，趨向；演變。

【例句】民眾批評政府的稽查都只流於形式，才會發生一連串的食安問題。

【近義】虛應故事　行禮如儀

【反義】實事求是　循名責實

流芳百世 ㄌㄧㄡˊ ㄈㄤ ㄅㄞˇ ㄕˋ　美名永遠流傳後世。芳，香氣。比喻美名。百世，古人以三十年為一世，比喻時間久遠。

【語源】漢酈炎對事：「夫四王之輕命致國乎季子，謂其能流慶百世也。」晉書桓溫傳：「既不能流芳後世，不足復遺臭萬載邪！」三國演義第九回：「將軍若扶漢室，乃忠臣也，

青史傳名，流芳百世。」

例句 王伯伯在世時樂善好施，造福鄉里，相信其德澤必能流芳百世。

近義 名垂青史　萬古流芳

反義 惡名昭彰　遺臭萬年

流金鑠石 參見「鑠石流金」。

流風回雪 流動的風中回旋飄舞著雪花。①形容女子體態輕盈、舞姿曼妙的樣子。②形容文筆飄逸，曲折反覆。

語源 三國魏曹植洛神賦：「髣髴兮若輕雲之蔽月，飄颻兮若流風之回雪。」南朝梁鍾嶸詩品中梁衛將軍范雲：「范詩清便宛轉，如流風回雪。」

例句 ①她這段如流風回雪般的花式溜冰，贏得滿堂喝采。②徐志摩的文字浪漫不羈，有如流風回雪，令人陶醉。

近義 翩翩起舞　婀娜多姿

流風餘韻 流傳下來的風範和雅事。多指歷史人物所遺留下來的美好風範。也作「餘韻流風」。

語源 宋歐陽脩峴山亭記：「至於流風餘韻，藹然被於江漢之間者。」

例句 每次遊歷古蹟名勝，總令人懷想起前人的流風餘韻，而興弔古傷今之感慨。

近義 流風遺跡　遺風餘思

流風遺跡 流傳於後世的風尚和事跡。

語源 宋蘇轍黃州快哉亭記：「至於長洲之濱，故城之墟，曹孟德、孫仲謀之所睥睨，周瑜、陸遜之所騁騖，其流風遺跡，亦足以稱快世俗。」

例句 這裡的古厝雖已改建成現代化的建築，然而前人的流風遺跡仍流傳在老一輩人的口耳之間。

近義 流風餘韻

流連忘返 指沉迷某事而不覺悟。也形容對景物留戀不已而不想回去。

語源 孟子梁惠王下：「流連荒亡，為諸侯憂。從流下而忘反謂之流，從流上而忘反謂之連，……先王無流連之樂，荒亡之行。」北魏酈道元水經注江水：「流連信宿，不覺忘返。」

例句 ①燈紅酒綠的臺北夜生活令他流連忘返，生活日益頹廢。②初春的阿里山，櫻花盛開，徜徉其中，令人流連忘返。

近義 樂不思蜀

流離失所 形容人民轉徙離散，沒有安身的住所。

語源 漢書食貨志：「百姓流離。」金史完顏匡傳：「邊民連歲流離失所。」

例句 地震造成嚴重災情，使許多人流離失所，急需社會大眾伸出援手。

近義 顛沛流離　無家可歸

反義 安居樂業　安和樂利

流水不腐，戶樞不蠹 流動的水不會腐臭，轉動的門軸不會被蛀蟲咬壞。比喻經常保持活動狀態，才是健全之道。樞，門窗的轉軸。蠹，蛀蟲。這裡指蛀蝕。也省作「戶樞不蠹」。

語源 呂氏春秋季春紀盡數：「流水不腐，戶樞不螻，動也。」宋張君房雲笈七籤卷五七：「夫肢體關節，本資於動用……，戶樞不蠹，其義信然。」

例句 林老先生年逾八十依然保持運動的習慣，身體十分健朗，正是「流水不腐，戶樞不

蠹」的最佳寫照。

近義 滾石不生苔

反義 肉腐蟲生 魚枯生蠹

7

浩如煙海 ㄏㄠˋ ㄖㄨˊ ㄧㄢ ㄏㄞˇ 像雲煙、大海般遼闊。形容非常廣大或眾多。多指書籍、文獻資料等。浩，廣大繁多。

語源 荀子富國：「一而成群，然後飛鳥鳧雁若煙海。」隋釋真觀夢賦：「若夫正法弘深，妙理難尋，非生非滅，非色非心，浩如滄海，鬱如鄧林。」宋司馬光進書表：「遍閱舊史，旁采小說，簡牘盈積，浩如煙海。」

例句 圖書館裡的藏書浩如煙海，如果沒有一套簡便的檢索系統，還真不知從何找起。

浩浩蕩蕩 ㄏㄠˋ ㄏㄠˋ ㄉㄤˋ ㄉㄤˋ 形容水勢洶湧盛大的樣子，也比喻聲勢浩大。

語源 尚書堯典：「湯湯洪水方割，蕩蕩懷山襄陵，浩浩滔天。」水滸傳第五十四回：「馬步三軍人等，浩浩蕩蕩，殺奔梁山泊來。」

例句 抗議民眾浩浩蕩蕩的走向集會地點，沿途不斷呼喊口號，表達這次遊行的訴求。

近義 聲勢浩大 鋪天蓋地

浩然之氣 ㄏㄠˋ ㄖㄢˊ ㄓ ㄑㄧˋ 正大剛直的人格氣質。也作「浩然正氣」。

語源 孟子公孫丑上：「我善養吾浩然之氣。」

例句 方老師教導學生時，從不用打罵的方式，但學生卻都循規蹈矩，或許是他的浩然之氣在不知不覺中影響了學生。

浪得虛名 ㄌㄤˋ ㄉㄜˊ ㄒㄩ ㄇㄧㄥˊ 空有外在的名聲，卻沒有實際的本事。浪，空；虛妄。虛名，名不副實的聲譽。

語源 唐李白嘲王歷陽不肯飲酒詩：「浪撫一張琴，虛栽五株柳。」明凌濛初初刻拍案驚奇卷二一：「事雖如此，只是袁尚寶相術可笑，可見向來浪得虛名耳。」

例句 那個被稱為實力派唱將的偶像歌手，在演唱會上頻頻走音，只怕是浪得虛名。

近義 徒有虛名 有名無實

反義 實至名歸 名不虛傳

浪跡天涯 ㄌㄤˋ ㄐㄧ ㄊㄧㄢ ㄧㄚˊ 形容人流浪四方，足跡遍及天涯海角。浪跡，流浪而行跡不定。

語源 昭明文選江淹雜體詩效張綽雜述李善注引晉戴逵棲林賦：「浪跡潁湄，棲景箕岑。」宋王楙野客叢書李白事說者不一：「為同列者所譖，詔令歸山，遂浪迹天下。」

例句 他生性豪放不羈又喜歡遊山玩水，早年浪跡天涯，曾遊歷四十幾個國家。

近義 四海為家 東飄西蕩

反義 安土重遷 落葉歸根

浪蝶狂蜂 ㄌㄤˋ ㄉㄧㄝˊ ㄎㄨㄤˊ ㄈㄥ 恣意在花叢中穿梭飛舞的蝴蝶與蜜蜂。比喻輕浮放蕩的男子。浪，放浪；放蕩。狂，輕狂；輕浮。也作「狂蜂浪蝶」。

語源 元高明琵琶記第三齣：「驚奇嬌鶯語燕，打開浪蝶狂蜂。」明李清明珠緣第二十五回：「狂蜂浪蝶齊飛入，零亂芳紅一夜殘。」

例句 夜店裡龍蛇混雜，而且專有那些浪蝶狂蜂挑逗女子，還是少去為妙。

近義 拈花惹草

浮上心頭 ㄈㄨˊ ㄕㄤˋ ㄒㄧㄣ ㄊㄡˊ 在心中浮現。

例句 整理愛妻的遺物時，過去的種種不斷浮上心頭，老王不禁流下淚來。

近義 觸景生情　歷歷如繪

浮生若夢 ㄈㄨˊ ㄕㄥ ㄖㄨㄛˋ ㄇㄥˋ　人生像夢一般。形容人生短促，世事無常。

語源 莊子刻意：「其生若浮，其死若休。」唐李白春夜宴從弟桃花園序：「而浮生若夢，為歡幾何？」

例句 許多人畢生汲汲追逐名利，直到垂暮之年驀然回首，才明白浮生若夢的道理。

近義 人生如寄　人生如夢

浮光掠影 ㄈㄨˊ ㄍㄨㄤ ㄌㄩㄝˋ ㄧㄥˇ　①水面反射的日光，輕輕閃過的影子。②形容倏忽而過，不留痕跡。③比喻膚淺的言論或虛幻的事物。掠，拂過。

語源 唐褚亮臨高臺：「高臺暫俯臨，飛翼聳輕音。浮光隨日度，漾影逐波深。」清馮班常熟二馮先生傳滄浪詩話糾謬：「滄浪論詩，止是浮光掠影，如有所見，其實腳跟未曾點地。」

例句 ①清澈如鏡的湖水在豔陽下，不時閃爍著浮光掠影。②讀書時若是心不在焉，那麼所讀的內容不過是浮光掠影，轉瞬即忘。③他的評論只是浮光掠影，絲毫沒有參考的價值。

近義 走馬看花　蜻蜓點水

浮名虛譽 ㄈㄨˊ ㄇㄧㄥˊ ㄒㄩ ㄩˋ　虛有的名聲，不實在的稱譽。

語源 南朝宋謝靈運初去郡：「伊予秉微尚，拙訥謝浮名。」列子楊朱：「遑遑爾競一時之虛譽。」明桑紹良獨樂園第三折：「欷歔！白髮垂肩老更癯，空有些浮名虛譽。」

例句 李博士名滿天下，卻仍謙稱自己的成就只不過是浮名虛譽罷了。

近義 浪得虛名　徒有虛名

反義 名副其實　名實相副

浮家泛宅 ㄈㄨˊ ㄐㄧㄚ ㄈㄢˋ ㄓㄞˊ　漂浮在水上的家宅。形容以船為家，或過著到處漂泊的生活。

語源 唐顏真卿浪跡先生玄真子張志和碑：「儻惠漁舟，願以為浮家泛宅，沿泝江湖之上，往來苕、霅之間。」清王韜淞隱漫錄劍仙聶碧雲：「觀子行蹤，亦浮家泛宅流也。」

例句 ①有些越南人依賴湄公河維生，一輩子都在浮家泛宅上度過。②這種浮家泛宅的日子，你還要過多久？

近義 居無定所　萍蹤浪跡

浮雲蔽日 ㄈㄨˊ ㄩㄣˊ ㄅㄧˋ ㄖˋ　浮雲遮住了太陽。原比喻奸臣蒙蔽君王，使賢良之士不能為國效力。後也泛指小人得勢，社會一片黑暗。

語源 漢陸賈新語慎微：「故邪臣之蔽賢，猶浮雲之障日月也。」古詩十九首行行重行行：「浮雲蔽白日，遊子不顧反。」

例句 董事長的特助職小而權大，若是任其操縱人事，將造成浮雲蔽日的局面，不能不慎。

近義 豺狼當道　小人得志

反義 太平盛世　河清海晏

浮想聯翩 ㄈㄨˊ ㄒㄧㄤˇ ㄌㄧㄢˊ ㄆㄧㄢ　指種種思緒不斷在腦中湧現。浮想，飄浮不定的想像。聯翩，鳥飛的樣子。比喻連續不斷。

語源 晉陸機文賦：「浮藻聯翩。」

例句 見到春日盎然的美景，小美頓時浮想聯翩，文思泉湧，隨手就寫下一首新詩。

近義 觸景生情　百感交集

浴火重生 ㄩˋ ㄏㄨㄛˇ ㄔㄨㄥˊ ㄕㄥ　歷經烈火的焚燒和痛苦，獲得重生。源自古代不死鳥（或指鳳

水

凰）跳進火裡再生的故事。比喻遭受重大打擊之後徹底改變，重獲新生。也比喻不屈不撓的奮鬥精神。

例句 冰島政府斷然採取讓銀行倒閉、匯率貶值等做法，雖經劇烈陣痛，但其他國家仍深陷金融危機的泥淖之際，他們已浴火重生，迅速復甦經濟。

近義 脫胎換骨　破繭而出

浴血奮戰（ㄩˋ ㄒㄩㄝˇ ㄈㄣˋ ㄓㄢˋ）

身上沾滿了血仍奮勇作戰。也用來形容戰況慘烈。

語源 清劉獻廷廣陽雜記卷四：「由此濟洞二宗，各以其所見，互相是非，浴血而戰，兵連禍結。」

例句 抗戰期間，國軍憑著堅韌的精神浴血奮戰，終於贏得最後的勝利。

近義 衝鋒陷陣

反義 兵不血刃　臨陣脫逃

海市蜃樓（ㄏㄞˇ ㄕˋ ㄕㄣˋ ㄌㄡˊ）

光通過不均勻介質時產生折射現象，使遠方景物顯示在半空中或地面上的奇幻景象。古時傳說是由蜃吐氣形成城市樓臺等景物。比喻虛幻不實的事物。蜃，傳說中有角的一種蛟。

語源 史記天官書：「海旁蜃氣象樓臺。」騈字類編卷四六引隋唐遺事：「張昌儀恃易之昌宗之寵，請托如市，甲第奢侈，李湛曰：『此海市蜃樓比耳，豈長久計耶？』」

辨析 蜃，音ㄕㄣˋ，不讀ㄔㄨㄣˊ。

例句 世間一切繁華，有如海市蜃樓，終將歸於幻滅。

近義 空中樓閣　鏡花水月

海底撈月（ㄏㄞˇ ㄉㄧˇ ㄌㄠ ㄩㄝˋ）

到海底去撈月亮。比喻白費力氣，徒勞無功。也作「海中撈月」。

語源 明淩濛初初刻拍案驚奇卷二七：「卻又不知姓名住址，有影無踪，海中撈月。」

例句 你成天無所事事而妄想一夕致富，無異於海底撈月。

近義 水中撈月　大海撈針

反義 探囊取物　甕中捉鱉

海底撈針（ㄏㄞˇ ㄉㄧˇ ㄌㄠ ㄓㄣ）

到海底去撈一根針。比喻很難找到或徒勞無功。也作「大海撈針」。

語源 唐釋道世法苑珠林卷三一慚愧篇引證部：「一針投海中，求之尚可得。」明淩濛初初刻拍案驚奇卷二〇：「一面點起民壯，分頭追捕，多應是海底撈針，那尋一個？」

例句 要在這麼多人當中找出扒手，無疑是海底撈針，機會渺茫。

近義 海底撈月　徒勞無功

反義 探囊取物　輕而易舉

海屋添籌（ㄏㄞˇ ㄨ ㄊㄧㄢ ㄔㄡˊ）

祝人長壽的吉祥話。添籌，指增加歲數。

語源 宋蘇軾東坡志林異事卷七記載：傳說曾有三老人相遇，互問年齡，其中一人說：「每當滄海變成桑田時，我就存一根小竹籤（籌），現在竹籤已添滿十間屋子了。」明吳元泰東遊記八仙求文老子：「今朝海屋添籌，莫惜金樽倒。」

例句 在爺爺的八十歲壽宴上，大家都祝福他老人家海屋添籌、福壽綿綿。

近義 壽比南山　松喬之壽

海枯石爛（ㄏㄞˇ ㄎㄨ ㄕˊ ㄌㄢˋ）

海水枯乾，石頭腐爛。指不可能的事。也用來反襯心意堅定，永不改變。

語源 金元好問西樓曲：「海枯石爛兩鴛鴦，只合雙飛便雙死。」三國演義第七十四回：

「汝要說我降，除非海枯石爛。」

例句 縱然海枯石爛，我對你的一片真情也不會改變。

近義 天荒地老　矢志不渝

反義 見異思遷　喜新厭舊

海納百川 ㄏㄞˇ ㄋㄚˋ ㄅㄞˇ ㄔㄨㄢ 大海容納眾多河川而成其大。比喻心胸寬廣，有容乃大。

語源 淮南子氾論訓：「百川異源，而皆歸於海。」清瀛園舊主木蘭奇女傳第二十六回：「故曰性如海，仁如水。海納百川，仁兼萬善。」

例句 國家領導人要有海納百川的雅量，才能帶領國家成長茁壯，大步向前。

近義 有容乃大　厚德載福

反義 鼠肚雞腸

海誓山盟 ㄏㄞˇ ㄕˋ ㄕㄢ ㄇㄥˊ 參見「山盟海誓」。

海闊天空 ㄏㄞˇ ㄎㄨㄛˋ ㄊㄧㄢ ㄎㄨㄥ ①指海與天遼闊無邊。②比喻人胸襟廣闊，不受拘束。③比喻言論漫無邊際。

語源 唐劉瑤暗別離：「青鸞脈脈西飛去，海闊天空不知處。」明呂坤呻吟語修身：「泰山喬岳之身，海闊天空之腹。」清李伯元文明小史第三十五回：「不三不四合上了好些朋友，發了些海闊天空的議論。」

例句 ①他推開窗，看見眼前一片海闊天空，心情剎時開朗起來。②做人不要鑽牛角尖，冷靜一下再作思考，便能海闊天空，豁然開朗。③網路上的言論並非可以海闊天空，不受拘束，一樣也要遵守法律的規範。

近義 無邊無際　不著邊際

浸潤之譖 ㄐㄧㄣˋ ㄖㄨㄣˋ ㄓ ㄗㄣˋ 逐漸發生作用的讒言。譖，誣陷；中傷。

語源 論語顏淵：「子張問明。子曰：『浸潤之譖，膚受之愬，不行焉，可謂明也已矣。』」

例句 他有事沒事就在老闆耳邊煽風點火，這種浸潤之譖早晚會使得公司員工離心離德。

涅而不緇 ㄋㄧㄝˋ ㄦˊ ㄅㄨˋ ㄗ 用黑色染料也染不黑。比喻人能保持高尚的品格，不受惡劣環境影響。涅，可用作黑色染料的礬石。緇，黑色。

語源 論語陽貨：「不曰堅乎，磨而不磷；不曰白乎，涅而不緇。」

例句 小強雖然成長於黑社會家庭，卻能涅而不緇，依然保有一顆善良純潔之心，非常不簡單。

近義 出淤泥而不染

反義 隨波逐流　同流合汙

涇渭不分 ㄐㄧㄥ ㄨㄟˋ ㄅㄨˋ ㄈㄣ 分不清涇水和渭水的清濁。比喻是非好壞不分。涇渭，涇水和渭水，兩河在陝西交會，一清一濁，界線分明。

語源 詩經邶風谷風：「涇以渭濁，湜湜其沚。」唐陸贄又論進瓜果人擬官狀：「薰蕕無辨，涇渭不分。」

例句 他們向來老實經營，與那些黑心商人完全不同，你可別涇渭不分。

近義 黑白不分　是非不分

反義 涇渭分明　黑白分明

涇渭分明 ㄐㄧㄥ ㄨㄟˋ ㄈㄣ ㄇㄧㄥˊ 涇水流入渭水時，清濁的界限很分明。比喻是非分明或雙方立場清楚。涇，涇水，水色清澈。渭，渭水，水色混濁。

語源 詩經邶風谷風：「涇以渭濁，湜湜其沚。」漢毛亨傳：「涇渭相入，而清濁異。」南

水

齊王儉褚淵碑文：「制勝既遠，涇渭斯明。」明馮夢龍喻世明言卷一〇：「守得一十四歲時，他胸中涇渭漸漸分明，瞞他不得了。」

辨析 涇，音ㄐㄧㄥ，不讀ㄐㄧㄥˋ。

例句 為人處世，在大是大非上要涇渭分明，馬虎不得。

近義 黑白分明

反義 不分皂白 涇渭不分

消災解厄 ㄒㄧㄠ ㄗㄞ ㄐㄧㄝˇ ㄜˋ 消除災難。厄，危難。

語源 三國志魏書張琦傳：「詔求隱學之士能消災復異者。」漢書敘傳下：「留侯襲秦，作漢腹心，圖折武關，解阸(厄)鴻門。」西遊記第十八回：「燒了些平安無事的紙，念了幾卷消災解厄的經。」

例句 媽祖神轎經過時，善男信女都舉香祝禱，祈求媽祖能夠消災解厄，常保平安。

消聲匿跡 ㄒㄧㄠ ㄕㄥ ㄋㄧˋ ㄐㄧ 參見「銷聲匿跡」。

涉世未深 ㄕㄜˋ ㄕˋ ㄨㄟˋ ㄕㄣ 經歷世事不多；社會經歷淺。涉世，經歷世事。

語源 史記老子韓非列傳：「故此二子者，皆聖人也，猶不能無役身而涉世如此其汙也。」

例句 涉世未深的年輕人，很容易被人利用，以致鑄成大錯。

近義 少不更事 初出茅廬

反義 老成練達 見多識廣

涉筆成趣 ㄕㄜˋ ㄅㄧˇ ㄔㄥˊ ㄑㄩˋ 一下筆便充滿趣味情致。涉筆，動筆，指寫作或繪畫。

語源 清李汝珍鏡花緣第一〇〇回：「心有餘閒，涉筆成趣，每於長夏餘冬，燈前月夕，以文為戲。」

例句 他走遍世界各國，所寫的遊記涉筆成趣，廣受喜愛。

近義 妙筆生花 意味深長

反義 索然無味 味如嚼蠟

涓滴歸公 ㄐㄩㄢ ㄉㄧ ㄍㄨㄟ ㄍㄨㄥ 即使是極微小的款項也全部歸為公有。形容十分廉潔。涓滴，小水滴。比喻極小極少的財物。

語源 清李伯元官場現形記第三十三回：「真正涓滴歸公，一絲一毫不敢亂用。」

例句 這次的募款所得涓滴歸公，絕沒有任何中飽私囊的不法情事發生。

近義 分文不取 兩袖清風

反義 中飽私囊

涕泗縱橫 ㄊㄧˋ ㄙˋ ㄗㄨㄥ ㄏㄥˊ 眼淚和鼻涕流得滿臉都是。形容哭得很傷心的樣子。涕，眼淚。泗，鼻涕。縱橫，交錯雜亂的樣子。

語源 詩經陳風澤陂：「寤寐無為，涕泗滂沱。」漢司馬相如長門賦：「左右悲而垂淚兮，涕流離而從橫。」宋王禹偁謝加朝請大夫：「非小臣稽古之力，乃陛下好文之心，涕泗縱橫，亂於縻綆。」

例句 連日來的壓抑再加上突如其來的打擊，讓她涕泗縱橫，一發不可收拾。

近義 淚流滿面 淚如雨下

反義 笑逐顏開 眉飛色舞

8

涸轍之鮒 ㄏㄜˊ ㄔㄜˋ ㄓ ㄈㄨˋ 陷在乾涸車轍中的鯽魚。比喻身陷困境、急待救援的人。涸，枯乾；枯竭。轍，車輪輾過的痕跡。鮒，鯽魚。也作「涸轍枯魚」、「涸轍之魚」。

語源 莊子外物：「周昨來，有中道而呼者。周顧視車轍中，有鮒魚焉。」宋蘇軾乞開

水

杭州西湖狀：「若一旦堙塞，使蛟龍魚鼈，同為涸轍之鮒，臣子坐觀，亦何心哉？」

例句 小李今天的處境已如涸轍之鮒，我們怎能見死不救？

反義 春風得意 蛟龍得水

淅淅瀝瀝（ㄒㄧ ㄒㄧ ㄌㄧˋ ㄌㄧˋ） 形容風聲、雪聲或雨聲。

語源 紅樓夢第四十五回：「不想日未落時，天就變了，淅淅瀝瀝下起雨來。」

例句 每當下雨的夜晚，窗外淅淅瀝瀝的風聲、雨聲總會平添遊子的鄉愁。

淋漓盡致（ㄌㄧㄣˊ ㄌㄧˊ ㄐㄧㄣˋ ㄓˋ） 比喻文章、談話或技藝非常純熟流暢，充分表達出事物的情致。淋漓，淋透而水往下滴。比喻表達得充分、詳盡，或暢快到了極點。致，情趣意態。

語源 唐李商隱韓碑：「公退齋戒坐小閣，濡染大筆何淋漓。」清吳趼人二十年目睹之怪現狀第八十六回：「那姓蘇的本來是個無賴文人，便代他作得淋漓盡致。」

例句 這篇文章把農家操持農務的辛勞景象描寫得淋漓盡致，使人看了感動不已。

近義 曲盡其妙 刻畫入微

淒風苦雨（ㄑㄧ ㄈㄥ ㄎㄨˇ ㄩˇ） 寒冷的風，久下不停的雨。形容風雨連綿的惡劣天氣。也比喻人的境遇悲慘淒涼。淒，寒冷。

語源 左傳昭公四年：「春無淒風，秋無苦雨。」宋范成大惜分飛：「重別西樓腸斷否？多少淒風苦雨。」

例句 那段淒風苦雨的歲月，多虧妻子的支持與鼓勵，我才能熬過來。

近義 風吹雨打 愁雲慘霧

反義 風和日暖

淚如雨下（ㄌㄟˋ ㄖㄨˊ ㄩˇ ㄒㄧㄚˋ） 眼淚像雨水般掉下來。形容十分悲痛。

語源 宋周煇清波雜志卷六：「西園人民起離，淚下如雨。」水滸傳第八回：「林沖見說，淚如雨下。」

例句 乍聽祖父過世的消息，他頓時淚如雨下。

近義 淚如泉湧 淚流滿面

反義 笑逐顏開 喜上眉梢

淚如泉湧（ㄌㄟˋ ㄖㄨˊ ㄑㄩㄢˊ ㄩㄥˇ） 眼淚像泉水一樣湧出。形容悲傷之極。

語源 唐劉損憤惋詩三首（其三）：「莫道詩成無淚下，淚如泉滴亦須乾。」西遊記第三十八回：「那娘娘認得是當時國王之寶，止不住淚如泉湧。」

例句 母親是個歌仔戲迷，每每被劇情感動得淚如泉湧，十分入戲。

近義 淚如雨下 涕泗縱橫

反義 笑逐顏開 眉飛色舞

淡而無味（ㄉㄢˋ ㄦˊ ㄨˊ ㄨㄟˋ） ①食物清淡而沒有味道。②內容平淡而沒有趣味。

語源 南朝梁任昉答陸倕感知己賦：「既蘊藉其有餘，又淡然而無味。」清艾衲居士豆棚閑話第十則：「望去表裡照見，吃去淡而無味。」

例句 ①他平時吃慣了山珍海錯，所以青菜豆腐對他而言簡直淡而無味。②真佩服那些幽默大師，可以將淡而無味的日常瑣事，轉變成為令人捧腹大笑的笑料。

近義 平淡無奇 枯燥無味

反義 津津有味 精彩萬分

淡泊明志（ㄉㄢˋ ㄅㄛˊ ㄇㄧㄥˊ ㄓˋ） 恬靜寡欲，志向高遠。淡泊，恬淡寡欲，不爭名利。明志，表明志向。也作「澹泊明志」。

語源 三國蜀諸葛亮誡子：「夫君子之行，靜以修身，儉以養德；非澹泊無以明志，非寧靜無以致遠。」

例句 高伯伯向來與世無爭，淡泊明志，深受後輩的景仰。

近義 淡泊名利 恬淡寡欲

反義 汲汲營營

淡掃蛾眉 (ㄉㄢˋ ㄙㄠˇ ㄜˊ ㄇㄟˊ) 形容婦女淡雅的妝扮。蛾眉，美稱婦女的眉毛如蠶蛾的觸鬚般細長而彎曲。也作「娥眉」。

語源 唐張祜集靈臺二首之二：「卻嫌脂粉汙顏色，淡掃蛾眉朝至尊。」

例句 有自信的女人，即使淡掃蛾眉，也能自顯氣質。

反義 濃妝豔抹 油頭粉面

淡然處之 (ㄉㄢˋ ㄖㄢˊ ㄔㄨˇ ㄓ) 以冷淡的態度面對。

例句 面對媒體的不實指控，他始終淡然處之，不隨之起舞。

近義 若無其事 心如止水

反義 方寸大亂 不知所措

淪肌浹髓 (ㄌㄨㄣˊ ㄐㄧ ㄐㄧㄚˊ ㄙㄨㄟˇ) 透入肌膚，滲入骨髓。比喻感受、影響極深。淪，淹沒。浹，滲透。

語源 漢劉安淮南子原道：「不浸於肌膚，不浹於骨髓。」宋李之儀與王性之：「所謂得纔數十語，亹亹淪肌浹髓，靡不使人心醉。」

例句 你若能將師父說的智慧語謹記在心，時刻反省，自能淪肌浹髓，無形中變化你的氣質。

近義 銘心刻骨 沁人心脾

深入人心 (ㄕㄣ ㄖㄨˋ ㄖㄣˊ ㄒㄧㄣ) 指思想、言論、德澤等能感動人，為人所接受、讚賞。

語源 明馮夢龍東周列國志第二十回：「且君新得諸侯，非有存亡興滅之德，深入人心，恐諸侯之兵，不為我用。」

例句 陳教授提倡的體內環保觀念深入人心，已在社會形成一股風潮。

近義 沁人心脾 發人深省

深入堂奧 (ㄕㄣ ㄖㄨˋ ㄊㄤˊ ㄠˋ) 比喻達到學問或技藝的深奧境界。堂奧，屋室的最深處。比喻學問的精深處。

語源 宋高僧傳卷二〇：「躬事盤山積禪師，密密指教，深入堂奧。」

例句 書法這門藝術，除了筆法、架構的講究，還注重精神、氣韻的呈現，沒有三、五年的苦功，絕對無法深入堂奧。

近義 登堂入室 登峰造極

反義 一知半解 口耳之學

深入淺出 (ㄕㄣ ㄖㄨˋ ㄑㄧㄢˇ ㄔㄨ) 用淺顯的語言文字表達深刻的道理。也作「深入顯出」。

語源 明朱之瑜與釋獨立書三首(其二)：「鴻論深入顯出，切中事機。」

例句 張老師講課深入淺出，我們都獲益不少。

近義 老嫗能解 雅俗共賞

反義 鉤章棘句 詰屈聱牙

深不可測 (ㄕㄣ ㄅㄨˋ ㄎㄜˇ ㄘㄜˋ) 水深得無法測量。也形容道理、含義異常深奧，或人心深密，難以測知。

語源 戰國楚景差大招：「代水不可涉，深不可測只。」漢劉安淮南子主術：「天道玄默……深不可測。」

例句 小李表面上是個隨和爽朗的人，其實城府深不可測，我們應該要多加提防。

近義 高深莫測 城府深密

反義 平易近人 一目了然

深仇大恨 (ㄕㄣ ㄔㄡˊ ㄉㄚˋ ㄏㄣˋ) 形容仇恨極深。

語源 清和邦額夜譚隨錄鐵公雞：「一似與銀錢二物有深仇大恨者，必欲盡力消耗之而後已。」

例句 你們之間到底有什麼深仇大恨，你竟要置他於死地？

近義 不共戴天　血海深仇

反義 恩重如山　大恩大德

深切著明 ㄕㄣ ㄑㄧㄝˋ ㄓㄨˋ ㄇㄧㄥˊ　深刻而明顯。

語源 史記太史公自序：「子曰：『我欲載之空言，不如見之於行事之深切著明也。』」

例句 教育孩子待人處世的道理，言教不如身教來得深切著明。

近義 顯而易見　彰明較著

反義 隱隱約約　若明若暗

深文周納 ㄕㄣ ㄨㄣˊ ㄓㄡ ㄋㄚˋ　指不根據事實而給人強加罪名。深文，使法律條文盡量苛細，苛刻地援用法律條文，以陷人於罪。周納，周密地羅織罪狀。

語源 史記酷吏列傳：「與趙禹共定諸律令，務在深文，拘守職之吏。」漢路溫舒上書言宜尚德緩刑：「上奏畏卻，則鍛鍊而周內(納)之。」清方苞結感錄：「始部胥承行是獄者，以求索不遂，於余獨深文周內。」

例句 法治社會不容許有深文周納的情事發生，一切案件都應依法審理判決。

深居簡出 ㄕㄣ ㄐㄩ ㄐㄧㄢˇ ㄔㄨ　原指野獸潛藏在深山密林，很少出來活動。後多用來指人平日待在家裡，很少出門。深居，居住在隱祕的地方。

語源 唐韓愈送浮屠文暢師序：「夫獸深居而簡出，懼物之為己害也。」元史釋老傳張清志：「深居簡出，人或不識其面。」

例句 老王退休後深居簡出，很少和外界聯繫，不知他現在過得如何？

近義 離群索居　杜門謝客

反義 賓客盈門　戶限為穿

深明大義 ㄕㄣ ㄇㄧㄥˊ ㄉㄚˋ ㄧˋ　深切了解做人處事的道理。多指人能識大體，能為大局著想。

語源 清李綠園歧路燈第一〇八回：「豈知撫臺太太乃是閥閱舊族，科第世家，深明大義，不肯分毫有錯。」

例句 小華是個深明大義的人，一定能諒解你的難處，不會將昨天的事放在心上。

近義 通情達理

反義 不明事理

深思熟慮 ㄕㄣ ㄙ ㄕㄡˊ ㄌㄩˋ　深刻而周密地考慮。

語源 戰國楚屈原漁父：「何故深思高舉，自令放為？」史記穰侯列傳：「願君熟慮之而無行危。」金史宗浩傳：「不深思熟慮，以計將來之利害……。」

例句 他做事之前都會深思熟慮，所以很少出錯。

近義 前思後想　深謀遠慮

反義 輕舉妄動　倉卒從事

深閉固拒 ㄕㄣ ㄅㄧˋ ㄍㄨˋ ㄐㄩˋ　固執地閉門自守，堅決拒絕外來的事物。

語源 漢劉歆移書讓太常博士：「今則不然，深閉固距(拒)，而不肯試。」

例句 他行事太過保守，對新事物、新觀念深閉固拒，難怪多年來都沒有長進。

深惡痛絕 ㄕㄣ ㄨˋ ㄊㄨㄥˋ ㄐㄩㄝˊ　形容厭惡痛恨到了極點。

語源 清金聖歎批西廂記第三本第四折：「不言誰送來與先生者，深惡而痛絕之至也。」

例句 董事長對於員工說謊的

行為深惡痛絕，一經發現便立刻予以開除。

近義　痛心疾首　恨之入骨

深謀遠慮（ㄕㄣ ㄇㄡˊ ㄩㄢˇ ㄌㄩˋ）　周密謀劃，長遠考慮。

語源　漢賈誼過秦：「深謀遠慮，行軍用兵之道，非及曩時之士也。」

例句　他做事一向深謀遠慮，甚得上司賞識。

近義　從長計議　慎謀能斷

反義　人謀不臧　掉以輕心

深藏若虛（ㄕㄣ ㄘㄤˊ ㄖㄨㄛˋ ㄒㄩ）　將寶貨深深藏起，好像什麼都沒有一樣。比喻有真才實學的人不露鋒芒。虛，空虛。也作「深藏不露」。

語源　大戴禮記曾子制言上：「良賈深藏若虛，君子有盛教如無。」清天花藏主人玉支璣第八回：「紅絲小姐雖有如此才華，卻深藏不露。」

例句　陳先生雖然滿腹經綸，平常卻是深藏若虛，從不對外炫耀自己的才學。

近義　大智若愚　被褐懷玉

反義　鋒芒畢露　自吹自擂

淵渟嶽峙（ㄩㄢ ㄊㄧㄥˊ ㄩㄝˋ ㄓˋ）　水深山高。比喻人品高潔。渟，深邃。峙，山勢聳立。

語源　晉石崇楚妃嘆：「矯矯莊王，淵渟嶽峙。」

例句　何老師的人品高尚，淵渟嶽峙，是最受同學們敬愛的師長。

近義　山高水長　高風亮節

反義　寡廉鮮恥　蠅營狗苟

混水摸魚（ㄏㄨㄣˋ ㄕㄨㄟˇ ㄇㄛ ㄩˊ）　參見「渾水摸魚」。

混為一談（ㄏㄨㄣˋ ㄨㄟˊ ㄧ ㄊㄢˊ）　把不同的事物不加區別地混在一起，說成是同樣的事物。也作「混為一說」。

語源　宋朱熹答潘恭叔（其一）：「程說自與謝說不同，不可混為一說也。」

例句　這根本是南轅北轍的兩個問題，怎麼可以混為一談呢！

近義　一概而論

混淆是非（ㄏㄨㄣˋ ㄧㄠˊ ㄕˋ ㄈㄟ）　顛倒是非對錯，使人觀念混亂。

語源　清吳趼人二十年目睹之怪現狀第九十八回：「布散謠言，混淆是非。」

例句　許多不負責任的民意代表，為了作秀而在電視上發表聳人聽聞、混淆是非的言論，令人不齒。

近義　顛倒黑白　指鹿為馬

反義　涇渭分明　黑白分明

混淆視聽（ㄏㄨㄣˋ ㄧㄠˊ ㄕˋ ㄊㄧㄥ）　以假象或謊言使人分辨不出真假對錯。混淆，混雜、擾亂。視聽，見聞。

語源　三國志魏書袁紹傳裴松之注：「如此之類，正足以誣罔視聽，貽誤後生矣。」

例句　對手以不實的宣傳混淆視聽，破壞商譽，陳董事長已決定提出告訴。

近義　妖言惑眾　危言聳聽

反義　以正視聽

淺嘗輒止（ㄑㄧㄢˇ ㄔㄤˊ ㄓㄜˊ ㄓˇ）　略微嘗試就停止。比喻做事情或學習不深入、不徹底。

語源　清彭養鷗黑籍冤魂卷二四：「此物非不可嘗，苟文人墨客，淺嘗輒止，用以悅性陶情，有何不可？」

例句　他對各種樂器都有興趣，但總是淺嘗輒止，因此到現在沒有一項拿手。

近義　走馬看花　不求甚解

反義　尋根究底　鍥而不捨

淺顯易懂（ㄑㄧㄢˇ ㄒㄧㄢˇ ㄧˋ ㄉㄨㄥˇ）　淺白明顯，容易理解。

例句 這套百科叢書分類詳細，文字淺顯易懂，很適合一般大眾閱讀。

近義 老嫗能解 通俗易懂

反義 詰屈聱牙

添枝加葉 ㄊㄧㄢ ㄓ ㄐㄧㄚ ㄧㄝˋ 比喻說話故意添加內容，誇大渲染。

語源 宋朱熹答黃子耕：「今人生出重重障礙，添枝接葉，無有了期。」

例句 這話傳出去之後，被有心人添枝加葉，竟說成我是個自戀狂，簡直太可怕了。

近義 加油添醋 誇大其詞

反義 元元本本 實話實說

添油加醋 ㄊㄧㄢ ㄧㄡˊ ㄐㄧㄚ ㄘㄨˋ 參見「加油添醋」。

清心寡欲 ㄑㄧㄥ ㄒㄧㄣ ㄍㄨㄚˇ ㄩˋ 指清除私心雜念，減少世俗慾望，以保持心地清淨。

語源 南朝宋劉義慶世說新語賞譽：「清真寡欲，萬物不能移也。」宋劉安世盡言論卷一二論不御講筵及求乳母事再奏：「惟冀陛下愛身進德，留意問學，清心寡慾，增厚福基。」

例句 王先生晚年崇尚老莊思想，清心寡欲，與世無爭。

近義 安貧樂道 淡泊名利

反義 利欲薰心 追名逐利

清夜捫心 ㄑㄧㄥ ㄧㄝˋ ㄇㄣˊ ㄒㄧㄣ 在寂靜的深夜裡摸著胸口自我反省。

語源 清王夫之龍源夜話陳言疏：「即德復清夜捫心，亦自悉之，臣又何敢過為吹索。」

例句 你賣這種黑心商品牟取暴利，清夜捫心，難道不感到愧疚嗎？

近義 捫心自問 反躬自省

清新俊逸 ㄑㄧㄥ ㄒㄧㄣ ㄐㄩㄣˋ ㄧˋ 形容詩文清朗新奇，飄逸脫俗。

語源 唐杜甫春日憶李白：「清新庾開府，俊逸鮑參軍。」

例句 他的文章讀起來清新俊逸，不落俗套，令人回味再三。

清靜無為 ㄑㄧㄥ ㄐㄧㄥˋ ㄨˊ ㄨㄟˊ 原指道家克制欲念、順應自然的處世思想。後泛指與世無爭，一切任其自然的處世態度。靜，也作「淨」。

語源 漢劉向說苑君道：「人君之道清淨無為，務在博愛，趨在任賢。」

例句 王老先生退休後便搬到鄉下居住，過著清靜無為、不與人爭的生活。

近義 與世無爭 清心寡欲

反義 急功好利 利欲薰心

清官難斷家務事 ㄑㄧㄥ ㄍㄨㄢ ㄋㄢˊ ㄉㄨㄢˋ ㄐㄧㄚ ㄨˋ ㄕˋ 家庭內部的紛爭，即使再清廉公正的官員也無法判定誰是誰非。

語源 明馮夢龍喻世明言卷一〇：「常言道：『清官難斷家務事。』我如今管你母子一生衣食充足，你也休做十分大望。」

例句 唉！清官難斷家務事，她們姑嫂之間的爭執，你還是少管吧！

9

渙然冰釋 ㄏㄨㄢˋ ㄖㄢˊ ㄅㄧㄥ ㄕˋ 冰消融流散的樣子。比喻誤會、疑慮或嫌隙完全消除。渙然，流散的樣子。釋，融解。

語源 老子第十五章：「渙兮若冰之將釋。」晉杜預春秋左氏傳序：「若江海之浸，膏澤之潤，渙然冰釋，怡然理順。」

例句 還好你對小明說明事實經過，他對我的誤會才能渙然冰釋，真是謝謝你！

近義 冰消瓦解

水

渾水摸魚 ㄏㄨㄣˊ ㄕㄨㄟˇ ㄇㄛ ㄩˊ　在渾濁的水中趁機摸（抓）魚。①比喻利用混亂的時機牟取不當利益。②比喻做事不認真，藉機偷懶。也作「混水摸魚」。

辨析　第②義是衍伸出來的用法，現在反而較常用，也可省作「摸魚」。

例句　①貨車翻覆後，車上的物品散落一地，路人竟渾水摸魚，都來搶拾。②打掃時他常常渾水摸魚，令人討厭。

近義　趁火打劫　藉機偷懶

渾身解數 ㄏㄨㄣˊ ㄕㄣ ㄐㄧㄝˇ ㄕㄨˋ　全身的力氣或本領。解數，武術的架勢、路數。渾身，全身。

語源　元關漢卿越調鬥鵪鶉女校尉：「演習得踢打溫柔，施逞得解數滑熟。」西遊記第七十三回：「渾身解數如花錦，雙手騰那似轆轤。」

辨析　①本則成語使用時，常在前面加上「使出」二字。②「解數」指武術的架勢、路數，不可誤作「解術」。

例句　為了得到老師的嘉獎，他使出渾身解數，要把這張海報做好。

近義　竭盡全力

反義　無精打采　敷衍了事

渾金璞玉 ㄏㄨㄣˊ ㄐㄧㄣ ㄆㄨˊ ㄩˋ　參見「璞玉渾金」。

渾渾噩噩 ㄏㄨㄣˊ ㄏㄨㄣˊ ㄜˋ ㄜˋ　本形容渾厚而嚴正。後多用來形容人糊裡糊塗，愚昧無知。渾渾，深大的樣子。噩噩，嚴肅的樣子。

語源　漢揚雄法言問神：「虞夏之書渾渾爾，商書灝灝爾，周書噩噩爾。」孫中山心理建設第五章：「三代以前，人類渾渾噩噩，不識不知。」

例句　丟掉工作後，他就一蹶不振，每天渾渾噩噩地過日子，你要多勸勸他才好。

近義　糊裡糊塗　愚昧無知

反義　神采奕奕　耳聰目明

渾然一體 ㄏㄨㄣˊ ㄖㄢˊ ㄧˋ ㄊㄧˇ　融合而成一個不可分割的整體。也形容詩文結構嚴謹。渾然，完全；全然。

語源　明李贄焚書耿楚倥先生傳：「兩舍則兩忘，兩忘則渾然一體，無復事矣。」

例句　這座象牙塔精緻巧妙，渾然一體，令人愛不釋手。

近義　渾然天成　天衣無縫

反義　東拼西湊　支離破碎

渾然不覺 ㄏㄨㄣˊ ㄖㄢˊ ㄅㄨˋ ㄐㄩㄝˊ　一點都沒感覺；完全不知道。形容遲鈍或無知。渾然，完全；全然。

語源　紅樓夢第五回：「因此黛玉心中便有些不忿之意，寶釵卻是渾然不覺。」

例句　同事對你的配合度已經很不滿意，你竟還渾然不覺，自己該好好檢討檢討了！

近義　渾渾噩噩　糊裡糊塗

渾然天成 ㄏㄨㄣˊ ㄖㄢˊ ㄊㄧㄢ ㄔㄥˊ　完全由天然生成，無人工雕琢造作的痕跡。原形容才德完美自然，後多用來形容詩文結構嚴密而自然，用典措詞沒有斧鑿的痕跡，或形容工藝作品自然完美。

語源　唐韓愈上襄陽于相公書：「閣下負超卓之奇材，蓄雄剛之俊德，渾然天成，無有畔岸。」宋張耒明道雜志：「老杜語韵渾然天成，無牽強之迹。」

例句　①他的文章善於用典卻又渾然天成，讀來十分具有說服力。②這顆寶石圓潤光滑，渾然天成，一看就知道是上等的極品。

近義 巧奪天工 鬼斧神工

反義 粗製濫造 斧鑿斑斑

渾然忘我（ㄏㄨㄣˊ ㄖㄢˊ ㄨㄤˋ ㄨㄛˇ） 完全忘了自己。形容十分陶醉，樂在其中。渾然，全然；完全。

例句 貝多芬的田園交響曲輕輕響起，沙發上的他閉著眼睛，臉帶微笑，渾然忘我地沉浸在優美的樂聲中。

近義 樂在其中 陶然自得

湖光山色（ㄏㄨˊ ㄍㄨㄤ ㄕㄢ ㄙㄜˋ） 湖水的波光，山中的景色。形容美麗的自然風景。

語源 宋吳自牧夢粱錄卷一七歷代人物：「杭城湖光山色之秀，鍾為人物，所以清奇傑特，為天下冠。」

例句 群山環繞的日月潭，一片湖光山色，令人心曠神怡。

近義 山明水秀 山光水色

反義 窮山惡水

湮沒無聞（ㄧㄣ ㄇㄛˋ ㄨˊ ㄨㄣˊ） 名聲或事跡埋沒而無法流傳於世。湮，也作「堙」。沒落；埋沒。

語源 史記司馬相如列傳：「伊上古之初肇，自昊穹兮生民……堙滅而不稱者，不可勝數也。」晉習鑿齒襄陽耆舊記：「由來賢達登此遠望者多矣，皆湮滅無聞，不得而知。念此令人悲傷。」

例句 小時候聽祖父敘說家族的許多事蹟，可惜因沒有文字記載，在祖父故去後已經湮沒無聞了。

近義 不見經傳 沒沒無聞

反義 大名鼎鼎 赫赫有名

10

源源不絕（ㄩㄢˊ ㄩㄢˊ ㄅㄨˋ ㄐㄩㄝˊ） 形容連續不斷。

語源 孟子萬章上：「欲常常而見之，故源源而來。」宋史洪皓傳：「中原歸正人源源不絕，納之則東南力不能給，否則絕向化之心。」

例句 自從他將店鋪重新裝潢之後，顧客源源不絕，生意增加好幾倍。

近義 接二連三 綿延不絕

源源而來（ㄩㄢˊ ㄩㄢˊ ㄦˊ ㄌㄞˊ） 指人或財物連續不斷地到來。

語源 孟子萬章上：「欲常常而見之，故源源而來。」

例句 自從政府實施七十二小時落地免簽證措施後，外國觀光客源源而來。

近義 紛至沓來 接踵而來

源遠流長（ㄩㄢˊ ㄩㄢˇ ㄌㄧㄡˊ ㄔㄤˊ） 河流的源頭很遠，流程就長。比喻根柢深厚，歷史悠久。

語源 南朝梁沈約贈沈錄事江水曹二大使詩五章（其一）：「伊我洪族，源濬流長；奕奕清濟，代有蘭芳。」唐白居易海州刺史裴君夫人李氏墓志銘：「夫源遠流長，根深者枝茂也。」

例句 中華文化博大精深，源遠流長，值得我們深入了解。

源頭活水（ㄩㄢˊ ㄊㄡˊ ㄏㄨㄛˊ ㄕㄨㄟˇ） 有源頭、會流動的水。比喻因掌握根本而保有不斷發展的動力和源泉。

語源 宋朱熹觀書有感：「半畝方塘一鑑開，天光雲影共徘徊。問渠哪得清如許，為有源頭活水來。」

例句 老師勉勵我們畢業後也要不斷吸收新知，才能保有源頭活水，不致被時代淘汰。

溘然長逝（ㄎㄜˋ ㄖㄢˊ ㄔㄤˊ ㄕˋ） 指人突然過世。多用於悼念死者。溘然，突然；忽然。逝，逝世；死亡。

語源 清袁枚小倉山房尺牘：「則一旦溘然而去，將一生心血，付之茫茫，豈不大可惜

水

也。」清大橋式羽胡雪巖外傳第十二回：「那香官卻早已溘然長逝，無聲無臭的了。」

辨析　溘，音ㄎㄜˋ，不讀ㄏㄜˊ。

例句　李老太太身體一向健朗，但一場感冒竟溘然長逝，大家都嘆惋不已。

近義　撒手人寰　與世長辭

溜之大吉（ㄌㄧㄡ ㄓ ㄉㄚˋ ㄐㄧˊ）　形容脫身溜走。溜，偷偷走開。

語源　清李伯元官場現形記第二十八回：「門生故吏當中，有兩個天良不泯的，少不得各憑良心，幫助他幾個；其在一班勢利小人，早已溜之大吉。」

例句　等一下只要一發現苗頭不對，就馬上溜之大吉，千萬別遲疑。

近義　逃之夭夭　走為上策

溢於言表（ㄧˋ ㄩˊ ㄧㄢˊ ㄅㄧㄠˇ）　超出語言之外。指某種感情或含意藉由語言文字充分表露出來。

語源　漢書東方朔傳：「皆辯知閎達，溢于文辭。」清紀昀閱微草堂筆記灤陽續錄一：「忠厚之言，溢於言表。」

例句　小弟信中那種懊悔自責的心情溢於言表，因此爸爸決定原諒他，再給他一次機會。

近義　表露無遺

溢美之辭（ㄧˋ ㄇㄟˇ ㄓ ㄘˊ）　過分誇獎或吹噓的話。

語源　莊子人間世：「夫兩喜必多溢美之言，兩怒必多溢惡之言。」清梁章鉅歸田瑣記六高雨農序：「雨農遽為之序，且有溢美之詞。」

例句　這篇書評對作者有不少溢美之辭，令人不敢苟同。

近義　言過其實　歌功頌德

反義　由衷之言

溫文爾雅（ㄨㄣ ㄨㄣˊ ㄦˇ ㄧㄚˇ）　溫和文雅。形容人的神情舉止富有書卷氣。也作「溫文儒雅」。

語源　禮記文王世子：「禮樂交錯於中，發形於外，是故其成也懌，恭敬而溫文。」史記儒林列傳序：「明天人分際，通古今之義，文章爾雅，訓辭深厚。」清蒲松齡聊齋誌異錫九：「此名士之子，溫文爾雅，烏能作賊？」

例句　陳老師溫文爾雅，是許多單身女老師心儀的對象。

近義　文質彬彬　彬彬有禮

反義　猥瑣粗俗　俗不可耐

溫故知新（ㄨㄣ ㄍㄨˋ ㄓ ㄒㄧㄣ）　溫習舊業，獲得新知。形容勤於所學，一面複習舊時所學，一面求取新知。故，舊。

語源　論語為政：「子曰：『溫故而知新，可以為師矣。』」

例句　為學要能溫故知新，才會日日有所進步。

溫柔敦厚（ㄨㄣ ㄖㄡˊ ㄉㄨㄣ ㄏㄡˋ）　溫和柔順，誠懇厚道。原指詩經的教義。後形容人的性情溫和寬厚，或詩文的風格內容溫婉含蓄。

語源　禮記經解：「溫柔敦厚，詩教也。」

例句　她為人溫柔敦厚，舉止端莊典雅，任誰看了都會喜歡。

近義　溫文爾雅

反義　刻薄寡恩

滄海一粟（ㄘㄤ ㄏㄞˇ ㄧ ㄙㄨˋ）　大海裡的一粒穀子。比喻人或物在天地之間極為渺小。

語源　宋蘇軾赤壁賦：「寄蜉蝣於天地，渺滄海之一粟。」

辨析　粟，穀子。不可寫成「栗」。

例句　與浩瀚的宇宙相比，地球就如同滄海一粟般渺小！

近義　九牛一毛　微不足道

反義 舉足輕重

滄海桑田 ㄘㄤ ㄏㄞˇ ㄙㄤ ㄊㄧㄢˊ 大海變成陸地，陸地變成大海。形容世事變化巨大。

語源 晉葛洪神仙傳王遠：「麻姑自說接待以來，見東海三為桑田。」

例句 記憶中的綠野平疇，如今已成了高樓大廈，令人有滄海桑田的感慨。

近義 白雲蒼狗　東海揚塵

反義 一成不變　亙古不變

滄海橫流 ㄘㄤ ㄏㄞˇ ㄏㄥˊ ㄌㄧㄡˊ 海水泛濫，四處溢流。比喻政治社會動盪不安。

語源 漢郭泰答友勸仕進者：「雖在原陸，猶恐滄海橫流，吾其魚也。」

例句 比起世界上許多地區滄海橫流、人民流離失所的景況，我們應該更加珍惜得來不易的安定生活。

近義 天下大亂　兵荒馬亂

反義 河清海晏　太平盛世

滄海遺珠 ㄘㄤ ㄏㄞˇ ㄧˊ ㄓㄨ 大海裡被採珠人所遺漏的珍珠。比喻被埋沒的人才或珍貴事物。

語源 新唐書狄仁傑傳：「仲尼稱觀過知仁，君可謂滄海遺珠矣。」

例句 這一屆文學獎的來稿水準都相當高，但因入選名額的限制，不免有滄海遺珠之憾。

近義 懷才不遇　匏瓜徒懸

滔天大罪 ㄊㄠ ㄊㄧㄢ ㄉㄚˋ ㄗㄨㄟˋ 形容罪惡極大。滔天，瀰漫整個天空。極言其大。也作「滔天之罪」。

語源 宋蘇軾呂惠卿責授……不得簽書公事：「稍正滔天之罪，永為垂世之規。」

例句 一向乖巧的他竟會犯下這等滔天大罪，真令人不敢置信。

近義 彌天大罪　罪惡滔天

滔滔不絕 ㄊㄠ ㄊㄠ ㄅㄨˋ ㄐㄩㄝˊ 河水奔流不斷的樣子。比喻口才出眾，說話流利順暢不間斷。

語源 詩經齊風載驅：「汶水滔滔。」清俞萬春蕩寇志第一〇二回：「成英反覆議論，滔滔不絕，口若懸河。」

例句 他講起話來滔滔不絕，根本容不得別人插嘴。

近義 口若懸河　能言善道

反義 默不作聲　一言不發

滔滔雄辯 ㄊㄠ ㄊㄠ ㄒㄩㄥˊ ㄅㄧㄢˋ 持續不斷強力地論辯。滔滔，說話連續不停的樣子。也作「雄辯滔滔」。

例句 王律師在庭上滔滔雄辯，反駁檢方對其當事人的指控。

近義 能言善辯　振振有詞

反義 理屈詞窮　百口莫辯

11

滴水不漏 ㄉㄧ ㄕㄨㄟˇ ㄅㄨˋ ㄌㄡˋ 比喻十分嚴密，毫無差失漏洞。

語源 明馮夢龍東周列國志第八十九回：「公子少官率領軍士，拘獲車仗人等，真個是滴水不漏。」

例句 這場比賽敵隊嚴密的防守幾乎到了滴水不漏的地步，我們的打線根本無機可乘。

近義 密不通風　銅牆鐵壁

反義 吞舟是漏　破綻百出

滴水穿石 ㄉㄧ ㄕㄨㄟˇ ㄔㄨㄢ ㄕˊ 不斷滴落的水滴可以穿透石頭。比喻能持之以恆，則再難的事也能完成。也作「水滴石穿」。

語源 漢書枚乘傳：「泰山之霤穿石……，漸靡使之然也。」唐周曇吳隱之：「徒言滴水能穿石，其那堅貞匪石心。」

例句 小明發揮滴水穿石的耐心，堅定不移地追求莉莉，終於打動她的芳心。

近義 繩鋸木斷 有志竟成

反義 半途而廢 自暴自棄

滾瓜爛熟（ㄍㄨㄣˇ ㄍㄨㄚ ㄌㄢˋ ㄕㄡˊ） 像滾落地上的瓜一樣熟透。比喻記得很熟或背誦得很流利。

語源 清吳敬梓儒林外史第十一回：「先把一部王守溪的稿子讀的滾瓜爛熟。」

例句 為了準備考試，他已經把課文背得滾瓜爛熟。

近義 倒背如流

反義 淺嘗輒止 不求甚解

滿不在乎（ㄇㄢˇ ㄅㄨˋ ㄗㄞˋ ㄏㄨ） 完全不當一回事；絲毫不放在心上。

語源 清曾樸孽海花第三十回：「若是有人真心愛我……倒滿不在乎狀元不狀元，我都肯跟他走。」

例句 老師苦口婆心地告誡，學生卻滿不在乎，真是令人為之氣結。

近義 不以為意 漠不關心

滿目瘡痍（ㄇㄢˇ ㄇㄨˋ ㄔㄨㄤ ㄧˊ） 眼中所見都是創傷。比喻到處都是殘破的景象。

語源 清史稿王騭傳：「且四川禍變相踵，……滿目瘡痍。」

例句 南部縣市飽受颱風的侵襲，滿目瘡痍，農漁損失難以估計。

近義 千瘡百孔

反義 欣欣向榮

滿坑滿谷（ㄇㄢˇ ㄎㄥ ㄇㄢˇ ㄍㄨˇ） 充滿了坑谷。原指道充滿周遍。後比喻數量極多，到處都是。

語源 莊子天運：「變化齊一，不主故常；在谷滿谷，在坑滿坑。」 清徐珂清稗類鈔飲食類：「蝗蟲孳生甚速，滿坑滿谷，隨處而有。」

例句 一到花季，滿坑滿谷的賞花人潮把陽明山擠得水洩不通。

近義 漫山遍野 不計其數

反義 龜毛兔角 寥寥無幾

滿城風雨（ㄇㄢˇ ㄔㄥˊ ㄈㄥ ㄩˇ） 比喻事情鬧得很大，眾人議論紛紛。

語源 宋釋惠洪冷齋夜話卷四：「滿城風雨近重陽。」清曾樸孽海花第二十八回：「且把山口縣知事和警察長都革了職，也算鬧得滿城風雨了。」

例句 這事一經新聞媒體報導，便鬧得滿城風雨，成為眾人茶餘飯後的話題。

近義 議論紛紛 甚囂塵上

滿面春風（ㄇㄢˇ ㄇㄧㄢˋ ㄔㄨㄣ ㄈㄥ） 形容臉上喜氣洋溢的樣子。也作「春風滿面」。

語源 宋陳與義寓居劉倉廨中晚步過鄭倉臺上：「紗巾竹杖過荒陂，滿面春風二月時。」

例句 他最近喜事連連，看起來滿面春風。

近義 眉開眼笑 眉飛色舞

反義 愁眉苦臉 愁眉不展

滿座風生（ㄇㄢˇ ㄗㄨㄛˋ ㄈㄥ ㄕㄥ） 整個座席間都能感受一股清風。比喻人談吐出色，光彩動人。

語源 唐杜光庭虬髯客：「俄而文皇來，長揖而坐，神清氣朗，滿坐風生，顧盼暐如也。」

例句 楊課長談吐幽默，只要他在場，總是滿座風生，沒有冷場。

近義 談笑風生

反義 死氣沉沉

滿腹牢騷（ㄇㄢˇ ㄈㄨˋ ㄌㄠˊ ㄙㄠ） 一肚子的怨憤不平。牢騷，怨憤不平。

語源 清吳敬梓儒林外史第八回：「因科名蹭蹬，不得早年入鼎甲，入翰林，激成了一肚牢騷不平。」清李伯元官場現形記第十四回：「那裡曉得他一腔心事，滿腹牢騷。」

例句 小李因為遭受降職而滿腹牢騷，怪東怪西，就是不怪他自己。

滿腹狐疑 ㄇㄢˇ ㄈㄨˋ ㄏㄨˊ ㄧˊ 因猜不透而心中充滿疑惑。

語源 戰國楚屈原離騷：「心猶豫而狐疑兮，欲自適而不可。」紅樓夢第一一六回：「寶玉滿腹狐疑，只得問道：『姐姐說是妃子叫我，那妃子究是何人？』」

例句 突然接到一通自稱是銀行行員的來電，李太太滿腹狐疑，會不會是詐騙集團的行騙電話？

近義 半信半疑 滿腹疑團

反義 堅信不疑

滿腹經綸 ㄇㄢˇ ㄈㄨˋ ㄐㄧㄥ ㄌㄨㄣˊ 形容人才識淵博，具有處理大事的能力。經綸，本指將蠶絲理出頭緒，編絲成線。

語源 易經屯卦：「雲雷屯，君子以經綸。」宋洪炎聞師川諫議至漳州作建除字詩十二韻迓之：「滿腹懷經綸，筆間含露雨。」

例句 他儀表堂堂，又滿腹經綸，難怪在政壇上迅速崛起。

近義 學究天人 學富五車

反義 不學無術 胸無點墨

滿載而歸 ㄇㄢˇ ㄗㄞˋ ㄦˊ ㄍㄨㄟ 形容收穫非常豐富。載，盛裝。

語源 管子小匡：「諸侯之使，垂橐而入，攟載而歸。」晉書潘岳傳：「少時常挾彈出洛陽道，婦人遇之者，皆連手縈繞，投之以果，遂滿車而歸。」宋倪思經鉏堂雜誌干謁：「里有善干謁者……滿載而歸，里人無不羨之。」

例句 這次旅行因為事前計畫周詳，加上天公作美，大家都滿載而歸。

近義 大有斬獲 不虛此行

反義 一無所獲 空手而返

滿招損，謙受益 ㄇㄢˇ ㄓㄠ ㄙㄨㄣˇ ㄑㄧㄢ ㄕㄡˋ ㄧˋ 驕傲會招致失敗，謙虛會得到好處。告誡人不可自滿。

語源 尚書大禹謨：「滿招損，謙受益。」傳：「自滿者人損之，自謙者人益之。」

例句 畢業時，老師特別叮嚀我們要記住「滿招損，謙受益」的道理，繼續不斷學習。

近義 自是不彰 自見不明

漁人之利 ㄩˊ ㄖㄣˊ ㄓ ㄌㄧˋ 比喻趁人相爭時，從中獲取的利益。從「鷸蚌相爭，漁人得利」衍生而來。參見「鷸蚌相爭」。

語源 明淩濛初二刻拍案驚奇卷一六：「毛烈也曉得陳祈有三個幼弟，卻獨掌著家事，必有欺心毛病。他日可以在裡頭看景生情，得些漁人之利。」

例句 趁著日、韓兩國大打貿易戰之際，臺商或許可以從中獲取漁人之利。

近義 鷸蚌相爭 坐收漁利

漁翁得利 ㄩˊ ㄨㄥ ㄉㄜˊ ㄌㄧˋ 比喻兩方相爭，第三者不勞而獲。從「鷸蚌相爭，漁人得利」衍生而來。參見「鷸蚌相爭」。

語源 清庾嶺勞人蜃樓志第十五回：「我乘空襲了城池，豈不是漁翁得利！」

例句 由於兩大廠商相互削價競爭，消費者漁翁得利，成為最大的受益者。

近義 漁人之利 鷸蚌相爭

漏洞百出 ㄌㄡˋ ㄉㄨㄥˋ ㄅㄞˇ ㄔㄨ 比喻缺失很多，非常不周密。

例句 這篇講稿漏洞百出，你上臺前必須重擬過，否則會貽笑大方。

近義 破綻百出 錯誤百出

反義 天衣無縫 完美無缺

水

漏網之魚 逃過網子的魚。比喻僥倖逃脫的罪犯。漏，逃脫；避過。

語源 史記酷吏列傳：「漢興，破觚而為圜，斲雕而為朴，網漏於吞舟之魚。」明張景飛丸記第十三齣：「分付鄉村市鎮著實捱捉，他道是漏網之魚，我視他几上之肉。」

例句 警方上次的「掃黑」行動，他僥倖成了漏網之魚，卻不知警惕，依舊為惡鄉里。

漠不關心 一點都不關心。漠，冷淡。

語源 明朱之瑜與岡崎昌純書二首（其二）：「至於一身之榮瘁，祿食之厚薄，則漠不關心，故惟以得行其道為悅。」

例句 有些父母忙於工作，對小孩的教養漠不關心，實在有虧父母之責。

近義 不聞不問　漠然置之

反義 噓寒問暖　牽腸掛肚

漫山遍野 遍布山間和田野。形容數量眾多或範圍廣大。漫，遍布的；充滿的。

語源 三國演義第十三回：「於是李傕在左，郭汜在右，漫山遍野擁來。」水滸傳第三十五回：「眾人看時，漫山遍野，都是雜彩旗旛。」明淩濛初初刻拍案驚奇卷五：「漫山遍野，無處不到，並無一些下落。」

例句 暑假別忘了來一趟臺東太麻里，漫山遍野的金針花海，保證讓您大開眼界！

近義 鋪天蓋地　滿坑滿谷

反義 無影無蹤　寥寥可數

漫不經心 毫不留意。多指做事態度輕忽。也作「漫不經意」。

語源 宋陳亮與徐大諫：「則於明公之舉動，烏能漫不經意於其間！」明葛寅亮金陵梵剎志卷五一：「租糧耗損，漫不經心，則設官何用？」

例句 因為他做事總是漫不經心，所以才會錯誤百出。

近義 漠不關心　無所用心

反義 全神貫注　專心致志

漫天匝地 遍布圍繞在天地之間。形容十分繁密眾多。漫，遍布。匝，圍繞。也作「漫天蓋地」。

語源 宋范成大雪復大作六言四首（其一）：「遙想漫天匝地，近聽穿幔嗚窗。」

例句 夏天的樹林裡，漫天匝地的蟬聲，熱鬧極了。

近義 遮天蔽日　鋪天蓋地

漫無止境 遼遠沒有邊際；永遠沒有停止的時候。

例句 漫無止境的爭吵讓他們兩人的婚姻瀕臨破裂。

近義 永無止境　無窮無盡

漫無邊際 ①形容廣大無邊的樣子。②比喻說話或作文沒有重點。

語源 舊唐書地理志循州：「南海在海豐縣南五十里，即漲海，渺漫無際。」

例句 ①行車至濱海公路上，舉目所及盡是漫無邊際的海洋，教人心曠神怡。②小黃講話總是漫無邊際，教人聽得一頭霧水。

近義 無邊無際　不著邊際

漸入佳境 逐漸進入興味濃厚或景況美好的境界。

語源 晉書顧愷之傳：「每食甘蔗，恆自尾至本。人或怪之，云：「漸入佳境。」」

例句 公司的營運狀況漸入佳境，大家可以不用擔心裁員的

問題了。

近義 倒吃甘蔗 時來運轉

反義 每況愈下 江河日下

漸趨式微 ㄐㄧㄢˋ ㄑㄩ ㄕˋ ㄨㄟ 逐漸走向衰微。式微，衰落；衰微。

語源 詩經邶風式微：「式微，式微，胡不歸？」

例句 因為想學捏麵人的人越來越少，這項傳統民俗技藝已漸趨式微，恐怕不久就要失傳了。

近義 每況愈下 不成氣候

反義 歷久不衰 大行其道

12

潔身自愛 ㄐㄧㄝˊ ㄕㄣ ㄗˋ ㄞˋ 愛惜自身的純潔，不同流合汙。也作「潔身自好」。

語源 孟子萬章上：「聖人之行不同也，或遠或近，或去或不去，歸潔其身而已矣。」又：「自鬻以成其君，鄉黨自好者不為，而謂賢者為之乎？」清方苞四君子傳劉齊：「太學生雖有潔己自好者，而氣概不足動人。」

例句 在道德敗壞的社會裡，這群潔身自愛的清流人士，值得嘉許。

近義 明哲保身 守身如玉

反義 自甘墮落 同流合汙

潘安再世 ㄆㄢ ㄢ ㄗㄞˋ ㄕˋ 形容男子英俊貌美。潘安，即晉代的潘岳，有名的美男子。晉書潘岳傳記載他因容貌俊美，每出遊洛陽道上，婦女都爭著將水果投到他的車上。

例句 這部偶像劇的男主角有如潘安再世，不知迷倒了多少女性觀眾。

近義 貌似潘安 美如冠玉

反義 其貌不揚 貌不驚人

潛移默化 ㄑㄧㄢˊ ㄧˊ ㄇㄛˋ ㄏㄨㄚˋ 指人的思想、性格、習慣無形中受到影響而產生變化。原或作「潛移暗化」。

語源 北齊顏之推顏氏家訓慕賢：「潛移暗化，自然似之。」明呂坤呻吟語治道：「故為政不能因民隨時，以寓潛移默化之機，輒紛紛更變，驚世駭俗。」

例句 政府推廣藝文活動，對民眾的心靈具有潛移默化的作用。

近義 耳濡目染

反義 不可救藥

潰不成軍 ㄎㄨㄟˋ ㄅㄨˋ ㄔㄥˊ ㄐㄩㄣ 軍隊被打得四處潰散，不成隊伍。形容慘敗。

語源 蔡東藩民國通俗演義第一二三回：「那消一個時辰，全部人馬潰不成軍，繳械的繳械，逃走的逃走……。」

例句 由於賽前知己知彼而且鬥志高昂，我隊在這場比賽將對方打得落花流水，潰不成軍。

近義 一敗塗地 落花流水

反義 克敵制勝 凱旋而歸

潸然淚下 ㄕㄢ ㄖㄢˊ ㄌㄟˋ ㄒㄧㄚˋ 心有所感而落淚。潸然，流淚的樣子。

語源 詩經小雅大東：「睠言顧之，潸焉出涕。」漢書劉勝傳：「紛驚逢羅，潸然出涕。」唐李賀金銅仙人辭漢歌序：「仙人臨載，乃潸然淚下。」

例句 想起過去所受的委屈，他不禁潸然淚下。

近義 涕泗縱橫 淚如雨下

反義 笑逐顏開 眉開眼笑

澄心滌慮 ㄔㄥˊ ㄒㄧㄣ ㄉㄧˊ ㄌㄩˋ 沉靜思緒，使意念純正。

語源 漢劉安淮南子泰族訓：「澄心清意以存之。」金王丹桂滿庭芳示眾：「吾曹，聽勸化，休生懈怠，道念堅牢。在澄心滌慮，勿犯天條。」

水

例句 靜坐可以令人澄心滌慮，她從此不再胡思亂想了。

近義 洗心滌慮

澄清天下 將混亂不安的天下安定下來。

語源 後漢書范滂傳：「滂登車攬轡，慨然有澄清天下之志。」

例句 國事方殷，有志之士當勵精圖治，以澄清天下。

近義 定國安邦 撥亂反正

反義 禍國殃民 蠹國害民

澄澈如鏡 形容水面清澈無波，有如鏡子一般。

語源 晉王獻之雜帖：「鏡湖澄澈，清流瀉注。」明徐弘祖徐霞客遊記粵西遊日記一：「其下有方池一，圓池一，內有泉，澄澈如鏡。」

例句 長白山天池澄澈如鏡，是個人跡罕至的世外桃源。

13

澡身浴德 潔淨身心，涵養道德。

語源 禮記儒行：「儒有澡身而浴德……其特立獨行有如此者。」

例句 宗教領袖時常呼籲社會大眾要澡身浴德，不要沉溺物慾，隨波逐流。

近義 修身養性 進德修業

反義 同流合汙 隨波逐流

澹泊明志 參見「淡泊明志」。

激濁揚清 沖去汙泥，浮現清水。比喻去除邪惡，顯揚良善。激，沖濺。

語源 尸子君治：「揚清激濁，蕩去滓穢，義也。」三國魏劉劭人物志利害：「其功足以激濁揚清，師範僚友。」

例句 媒體要能嚴守公正的立場，才能發揮激濁揚清的功能。

近義 懲惡勸善 褒善貶惡

反義 同流合汙 助紂為虐

濃妝豔抹 形容女子打扮得非常豔麗。抹，敷粉。

語源 水滸傳第二十四回：「又見他濃妝豔抹了出去，歸來時便面顏紅色。」

例句 她在片中飾演一個阻街女郎，上戲前都要先濃妝豔抹一番。

近義 施朱傅粉 塗脂抹粉

反義 粉黛不施 洗盡鉛華

濃眉大眼 形容人長相鮮明有神。

語源 三國演義第七回：「那少年生得身長八尺，濃眉大眼，闊面重頤，威風凜凜。」

例句 站在門口的是一位濃眉大眼、寬肩闊背的青年。

近義 龍眉鳳目 燕頷虎頸

反義 獐頭鼠目 尖嘴猴腮

濃墨重彩 濃厚的筆墨、色彩。形容大力地描寫。

例句 這篇報導以濃墨重彩讚揚甫獲奧斯卡最佳導演的新片，譽為是十年來全球最佳的電影。

反義 惜墨如金

14

濟河焚舟 軍隊過河之後便把船燒掉。比喻義無反顧，決心死戰。

語源 左傳文公三年：「秦伯伐晉，濟河焚舟。」

例句 球隊面臨淘汰邊緣，今天這場比賽唯有抱定濟河焚舟的決心，全力以赴，才有晉級的希望。

近義 破釜沉舟 背水一戰

反義 鳴金收兵 退避三舍

濟弱扶傾 救助弱小和處於危險境地的人或民族、國家。

語源 南朝梁周興嗣千字文：「桓公匡合，濟弱扶傾。」水滸傳第十八回：「事親行孝敬，待士有聲名，濟弱扶傾心慷慨。」
例句 許多慈善團體濟弱扶傾，讓社會充滿溫暖。
近義 扶危定傾　扶危濟困
反義 恃強凌弱　弱肉強食

濟弱鋤強 ㄐㄧˋ ㄖㄨㄛˋ ㄔㄨˊ ㄑㄧㄤˊ 幫助弱小者，剷除強悍者。
語源 明寧靜子詳刑公案第四卷：「至直無私，使世祿二口有資可稱，善於濟弱鋤強。」
例句 美國表面上濟弱鋤強，扮演世界警察的角色；但往往純從自身利益著眼，而招致不少批評。
近義 鋤強扶弱　打抱不平
反義 恃強凌弱　欺善怕惡

濟濟一堂 ㄐㄧˇ ㄐㄧˇ ㄧ ㄊㄤˊ 很多人聚在一起。形容人才之盛。濟濟，眾多的樣子。
語源 尚書大禹謨：「濟濟有眾，咸聽朕命。」清歸莊靜觀樓講義序：「今也名賢秀士，濟濟一堂。」
辨析 濟，音ㄐㄧˇ，不讀ㄐㄧˋ。
例句 本屆國際詩人大會，各國詩人濟濟一堂，盛況空前。
近義 人才濟濟　齊聚一堂

濫竽充數 ㄌㄢˋ ㄩˊ ㄔㄨㄥ ㄕㄨˋ 比喻沒有真才實學而占位湊數。濫，多而無用。竽，樂器名，笙類。
語源 韓非子內儲說上記載：齊宣王喜歡聽數百人一起吹竽，因此供養了許多樂師。然而，在數百人一同吹奏時，即使是不會吹竽的人混雜於其中，只拿著竽做做樣子以充湊人數，也不會被發現。宣王死後，齊湣王即位，由於湣王喜歡聽單人獨吹，所以蒙混湊數的吹竽人就全都逃走了。後衍為「濫竽充數」一語。
例句 這個公司濫竽充數的人太多了，所以營運狀況一直無法好轉。
近義 尸位素餐　魚目混珠
反義 名副其實　貨真價實

火部

火上加油 ㄏㄨㄛˇ ㄕㄤˋ ㄐㄧㄚ ㄧㄡˊ 比喻使事態更加惡化或使人更加憤怒。
語源 元關漢卿杜蕊娘智賞金線池第二折：「我見了他撲鄧鄧火上澆油。」明羅懋登三寶太監西洋記第八十一回：「張狼牙又是個火性的，這一場罵，就是火上加油。」
例句 小李遲到的事，老闆已經在氣頭上，你再數落他的不是，只會火上加油。
近義 變本加厲　愈演愈烈
反義 大事化小，小事化無

火冒三丈 ㄏㄨㄛˇ ㄇㄠˋ ㄙㄢ ㄓㄤˋ 形容非常生氣。
例句 小陳盜用公款還不認錯，令老闆火冒三丈，決定開除他。
近義 勃然大怒　七竅生煙
反義 若無其事　心平氣和

火眼金睛 ㄏㄨㄛˇ ㄧㄢˇ ㄐㄧㄣ ㄐㄧㄥ 本指西遊記中孫悟空能識別妖魔鬼怪的眼睛。後用來形容人的眼光銳利，能夠識別真偽善惡。
語源 西遊記第四十回：「我老孫火眼金睛，認得好歹。」
例句 楊警官辦案多年，經驗豐富，兼且觀察犀利，歹徒的任何行徑都逃不過他的一雙火眼金睛。

火傘高張 ㄏㄨㄛˇ ㄙㄢˇ ㄍㄠ ㄓㄤ 太陽像一支大火傘高掛在空中。

比喻天氣酷熱。

語源 唐韓愈遊青龍寺贈崔大補闕：「光華閃壁見神鬼，赫赫炎官張火傘。」清無垢道人八仙得道第九十五回：「不料，從早晨求到午後……依舊是火傘高張，陽威炙體。」

例句 今年夏天天天火傘高張，高溫屢破記錄，大家都巴不得能待在冷氣房裡，不要外出。

近義 豔陽高照　鑠石流金

火樹銀花 ㄏㄨㄛˇ ㄕㄨˋ ㄧㄣˊ ㄏㄨㄚ　掛滿彩燈的樹和被照得通明的花。形容節日絢麗燦爛的夜景。

語源 晉傅玄庭燎詩：「枝燈若火樹，庭燎繼天光。」南朝梁蕭綱彌陀佛像銘：「玉蓮水開，銀花樹落。」唐蘇味道正月十五夜：「火樹銀花合，星橋鐵鎖開。」

例句 每到元宵佳節，燈會現場處處可見火樹銀花，美麗極了。

近義 張燈結彩　燈火輝煌

火燒屁股 ㄏㄨㄛˇ ㄕㄠ ㄆㄧˋ ㄍㄨˇ　比喻非常緊急，片刻也不能等。

例句 那份資料趕快去找出來，已經火燒屁股了，妳還一派輕鬆，小心挨罵！

近義 火燒眉毛　十萬火急

反義 不慌不忙　從容不迫

火燒眉毛 ㄏㄨㄛˇ ㄕㄠ ㄇㄟˊ ㄇㄠˊ　比喻情勢非常急迫。

語源 宋釋普濟五燈會元卷一六蔣山法泉禪師：「問：『如何是急切一句？』師曰：『火燒眉毛。』」

例句 小陳做事拖拖拉拉，事情總要拖到火燒眉毛才肯動手。

近義 十萬火急　迫在眉睫

2

灰心喪氣 ㄏㄨㄟ ㄒㄧㄣ ㄙㄤˋ ㄑㄧˋ　因受挫折而意志消沉、失去信心。

語源 唐裴度中書即事：「灰心緣忍事，霜鬢為論兵。」後漢書杜喬傳：「先是李固見廢，內外喪氣。」明呂坤呻吟語治道：「是以志趣不堅、人言是恤者，輒灰心喪氣，竟不卒功。」

例句 接連的失敗並沒有使他灰心喪氣，反而愈挫愈勇。

近義 垂頭喪氣　心灰意冷

反義 意氣風發　鬥志高昂

灰飛煙滅 ㄏㄨㄟ ㄈㄟ ㄧㄢ ㄇㄧㄝˋ　灰燼飛散，煙火熄滅。形容消逝無蹤。

語源 圓覺經卷上：「譬如鑽火，兩木相因，火出木盡，灰飛煙滅。」

例句 他們兩家多年的恩怨，在彼此握手談和後灰飛煙滅。

近義 煙消雲散　冰消瓦解

灰頭土臉 ㄏㄨㄟ ㄊㄡˊ ㄊㄨˇ ㄌㄧㄢˇ　佛教禪宗語。原作「灰頭土面」。原指投入塵世，不顧汙穢，不事修飾。後用來形容奔波勞頓、面容汙穢的樣子，也用來形容心情低落、意志消沉的神態。

語源 宋釋道原景德傳燈錄卷二〇廬山歸宗寺懷惲禪師：「曰：『如何是磨不轉？』師曰：『不停輪。』問：『如何是塵中子？』師曰：『灰頭土面。』」清西周生醒世姻緣傳第十四回：「晁大舍送了珍哥到監，自己討了保，灰頭土臉，瘸狼渴疾，走到家中。」

例句 ①經過五天的夏令戰鬥營，雖然大家都弄得灰頭土臉，卻學到了不少寶貴經驗。②弟弟是得失心很重的人，看他灰頭土臉的神情，想必是今天的比賽表現不佳吧！

近義 蓬頭垢面　囚首喪面

反義 容光煥發　神采奕奕

4

炊沙作飯　煮沙做飯。比喻徒勞無功。
語源　唐顧況行路難：「君不見擔雪塞井徒用力，炊砂作飯豈堪吃。」
例句　這件事已無法挽回，你再怎麼努力，也不過是炊沙作飯，白費力氣。
近義　磨磚成鏡　挑雪填井
反義　日起有功　一舉兩得

炊金饌玉　形容飲食的精美奢侈。
語源　唐駱賓王帝京篇：「平臺戚里帶崇墉，炊金饌玉待鳴鐘。」
例句　富豪之家天天炊金饌玉，其實容易營養過剩，造成身體極大的負擔。
近義　日食萬錢　食前方丈
反義　粗茶淡飯　饘粥糊口

炎黃子孫　炎帝和黃帝的後代子孫。為中華民族的自稱。
語源　清丘逢甲少瀛以詩舲自壽詩索和走筆書此：「誰非炎黃之子孫，九天忍令呼無門。」
例句　身為炎黃子孫，應該肩負起中華文化薪傳的重任，切莫數典忘祖，愧對先人。

炒魷魚　魷魚下鍋煸炒即成捲筒狀，好像捲鋪蓋（走路）一樣。比喻解雇、開除。
例句　他因為工作不認真，業績不好，所以被老闆炒魷魚了。

炙手可熱　像手放在火上烤一樣發燙。比喻權勢、氣焰很盛。炙，燒烤。
語源　唐杜甫麗人行：「炙手可熱勢絕倫，慎莫近前丞相嗔。」
例句　他是好萊塢炙手可熱的大導演，許多影視明星都渴望能跟他合作拍片。
近義　煊赫一時
反義　無足輕重

5

炯炯有神　形容眼睛明亮而且充滿精神的樣子。炯炯，明亮的樣子。
語源　晉潘岳秋興賦：「登春臺之熙熙兮，珥金貂之炯炯。」明李開先涇野呂亞卿傳：「輪耳方面，兩目炯炯有神。」
例句　王先生的衣著樸實，雙眼卻炯炯有神，透露著一股自信的風采。
近義　目光如電　容光煥發

為人作嫁　替別人縫製出嫁穿的衣裳。比喻為他人辛勞而對自己無益。
語源　唐秦韜玉貧女：「苦恨年年壓金線，為他人作嫁衣裳。」
例句　提出這項企畫的小陳昨天遭到調職，原本悉心規劃的藍圖，沒想到竟是為人作嫁。
近義　徒勞無功
反義　坐享其成

為人師表　原指人品、學問可做為人們學習的榜樣。後多用來指從事教育工作者。
語源　南朝宋荀伯子荀氏家傳：「荀公為人之師表，汝當盡禮敬之。」明焦竑玉堂叢話方正：「敬宗忝為人師表，而求謁中貴，他日無以見諸生。」
例句　為人師表的小陳一向注重穿著，連皮鞋都擦得十分光亮。

為人說項　參見「逢人說項」。

為今之計　現在所能採取的做法。
語源　五代史平話周史卷上：「為今之計，宜召張令超，諭

以禍福，乘夜將兵劫取崇威的馬君。」

例句　弟弟的分數已上不了國立大學，他又不想重考，為今之計，只能選填私立學校了。

為民除害 ㄨㄟˋ ㄇㄧㄣˊ ㄔㄨˊ ㄏㄞˋ　為人民消除禍害。

語源　三國志蜀書秦宓傳：「禹疏江決河，東注於海，為民除害，生民已來，功莫先者。」

例句　這幾個地痞流氓無惡不作，民眾莫不盼望警方為民除害。

為民喉舌 ㄨㄟˋ ㄇㄧㄣˊ ㄏㄡˊ ㄕㄜˊ　比喻轉達民意，充當人民的發言人。為，當作。

語源　詩經大雅烝民：「出納王命，王之喉舌。」

例句　新聞媒體除了報導時事外，更重要的是為民喉舌，讓執政者了解民眾的需要，以作為施政的參考。

近義　為民請命

為民請命 ㄨㄟˋ ㄇㄧㄣˊ ㄑㄧㄥˇ ㄇㄧㄥˋ　為人民說話；替百姓爭取所需。

語源　史記淮陰侯列傳：「因民之欲，西鄉為百姓請命，則天下風走而回應矣，孰敢不聽！」三國志魏書文帝紀裴松之注：「武王親衣甲而冠冑，沐雨而櫛風，為民請命。」

例句　陳鄉長奔走四方，為民請命，促使政府正視當地工業汙染的嚴重問題，鄉民都很感激他。

近義　勤政愛民　愛民如子

反義　魚肉鄉民　殘民以逞

為所欲為 ㄨㄟˊ ㄙㄨㄛˇ ㄩˋ ㄨㄟˊ　想做什麼就做什麼。本指做自己想做的事，後多指人任意而為。含有貶意。

語源　史記刺客列傳：「以子之才，委質而臣事襄子，襄子必近幸子。近幸子，乃為所欲，顧不易邪？」資治通鑑周威烈王二十三年引作：「子乃為所欲為，顧不易邪？」

例句　他以為有錢有勢便能為所欲為，即使犯法也不在乎。

近義　胡作非為　無所不至

為虎作倀 ㄨㄟˋ ㄏㄨˇ ㄗㄨㄛˋ ㄔㄤ　相傳被虎咬死的人，靈魂將成為鬼而為虎所役使。比喻助惡人為虐。倀，鬼名。

語源　太平廣記卷四三〇馬拯引唐裴鉶傳奇：「此是倀鬼，被虎所食之人也。為虎前呵道耳。」清徐珂清稗類鈔戰事類二：「及中、法戰時，教士攜之入軍，隨孤拔來寇……，徐居軍幕，為虎作倀。」

例句　他這人無惡不作，你要拒絕他的收買，千萬不可為虎作倀。

近義　為虎添翼　助紂為虐

反義　鋤強扶弱　為民除害

為虎添翼 ㄨㄟˋ ㄏㄨˇ ㄊㄧㄢ ㄧˋ　為老虎加上翅膀。比喻替惡人助長聲勢。翼，翅膀。

語源　逸周書寤儆：「無為虎傅翼，將飛入邑，擇人而食。」明楊爾增兩晉祕史第二六三回：「今復資之以兵，以為虎添翼者也。」

例句　這些地痞流氓專作走私販毒的勾當，李議員竟還為他們關說，簡直是「為虎添翼」。

近義　助紂為虐　為虎作倀

反義　除暴安良　為民除害

為非作歹 ㄨㄟˊ ㄈㄟ ㄗㄨㄛˋ ㄉㄞˇ　指做各種壞事。

語源　元尚仲賢洞庭湖柳毅傳書第二折：「只一口將他吞於腹中，看道可還有本事為非作歹哩！」

例句　犯下多起刑案的匪徒終於落網，再也不能為非作歹

了。

近義 胡作非為　無法無天

反義 安分守己　奉公守法

為國為民 ㄨㄟˋ ㄍㄨㄛˊ ㄨㄟˋ ㄇㄧㄣˊ 所作所為都是為國家人民謀福利。指不謀私利的高尚品德。

語源 明無名氏漁樵閒話第一折：「有為國為民賢才，因苦諫不聽，反遭誅戮。」

例句 他自認就職以來，一切作為都是為國為民，可以問心無愧，對於外界的猜疑中傷，一概不予理會。

反義 自私自利

為國捐軀 ㄨㄟˋ ㄍㄨㄛˊ ㄐㄩㄢ ㄑㄩ 為國家而奉獻出生命。

語源 漢袁康越絕書外傳紀策考：「捐軀切諫，虧命為邦。」明陸西星封神演義第五十二回：「可憐成湯首相，為國捐軀。」

例句 今日國家能安定繁榮，是許許多多英勇戰士為國捐軀所換來的，我們當知感恩。

近義 捐軀赴難　視死如歸

反義 賣國求榮

為淵驅魚 ㄨㄟˋ ㄩㄢ ㄑㄩ ㄩˊ 將魚群趕到深水處。比喻暴政使人民移居他國。也指處理失當，使關係親近的人投效到敵對陣營。

語源 孟子離婁上：「為淵毆（驅）魚者，獺也；為叢毆爵者，鸇也；為湯、武毆民者，桀與紂也。」

例句 新任執行長的短視近利，只是為淵驅魚，讓競爭對手撿現成的便宜。

近義 為叢驅雀

反義 近悅遠來

為富不仁 ㄨㄟˊ ㄈㄨˋ ㄅㄨˋ ㄖㄣˊ 只知道累積財富，卻不行仁義道德。

語源 孟子滕文公上：「是故賢君必恭儉禮下，取於民有制。陽虎曰：『為富，不仁矣；為仁，不富矣。』」

辨析 為，音ㄨㄟˊ，不讀ㄨㄟˋ。

例句 不肖商人賣黑心油獲取暴利，置民眾性命於不顧，簡直是為富不仁。

近義 見利忘義

反義 富而好禮　樂善好施

為期不遠 ㄨㄟˊ ㄑㄧˊ ㄅㄨˋ ㄩㄢˇ 預期的時日已經快到了。多用於預測推斷。

語源 清無垢道人八仙得道第十五回：「他倆仍要吃令弟的虧，決沒有好結果，為期不遠，你等著瞧吧！」

例句 他四處籌措資金周轉卻一再碰壁，公司倒閉的日子看來已為期不遠。

近義 指日可待　近在眼前

為德不卒 ㄨㄟˊ ㄉㄜˊ ㄅㄨˋ ㄗㄨˊ 形容做好事沒有做到底。卒，終止；結束。

語源 史記淮陰侯列傳：「公，小人也，為德不卒。」

辨析 為，音ㄨㄟˊ，不讀ㄨㄟˋ。

例句 阿強答應幫忙佈置教室卻為德不卒，還沒完成就先跑回家了。

近義 虎頭蛇尾　有始無終

反義 有始有終

為大於微，圖難於易 ㄨㄟˊ ㄉㄚˋ ㄩˊ ㄨㄟˊ，ㄊㄨˊ ㄋㄢˊ ㄩˊ ㄧˋ 參見「圖難於易，為大於細」。

6

烏合之眾 ㄨ ㄏㄜˊ ㄓ ㄓㄨㄥˋ 烏鴉一般忽聚忽散的群眾。比喻倉促集合而沒有紀律的一群人。

語源 管子形勢：「烏集之交，初雖相驩，後必相咄。」後漢書劉玄傳：「漢起，驅輕黠烏合之眾，不當天下萬分之一。」

例句 我們的工作團隊要精挑細選，烏合之眾是不可能完成

任務的。

烏飛兔走 ㄨ ㄈㄟ ㄊㄨˋ ㄗㄡˇ 金烏飛躍，玉兔疾走。比喻時光如日月不停向前般迅速流逝。烏，古代傳說日中有金色的三足烏鴉，後用以借指太陽。兔，古代傳說月中有白兔，後用以借指月亮。

語源 唐韓琮春愁：「金烏長飛玉兔走，青鬢長青古無有。」唐劉軻廬山黃石巖院記：「烏飛兔走，吾復何齒！」

例句 畢業之後大夥兒各奔前程，轉眼間烏飛兔走，再見面時已不復年少了。

近義 光陰似箭 日月如梭

烏鳥私情 ㄨ ㄋㄧㄠˇ ㄙ ㄑㄧㄥˊ 烏鴉反哺之情。比喻孝養父母的心意。也作「烏鳥之情」。

語源 三國魏文欽降吳表：「烏鳥之情，竊懷憤踴。」晉李密陳情表：「烏鳥私情，願乞終養。」

例句 雖然他長年在外工作，但烏鳥私情從未稍減，一有假期便返家侍奉雙親。

近義 羔羊跪乳 菽水承歡

烏雲密布 ㄨ ㄩㄣˊ ㄇㄧˋ ㄅㄨˋ 黑色的雲遍布天空。指將要下雨的天象。也比喻極為險惡的形勢。

語源 南朝梁蕭綱金錞賦：「望烏雲之臨敵，聞條風之入營。」 明佚名檮杌閑評第四回：「天上忽然烏雲密布，漸漸風生。」

例句 ①原本萬里無雲的天空，轉眼間便烏雲密布，一場午後的雷陣雨即將來臨。②全球經濟烏雲密布，專家普遍預測各國恐將陷入大蕭條的不利局面。

近義 昏天黑地 天昏地暗

反義 風和日麗 雨過天青

烏煙瘴氣 ㄨ ㄧㄢ ㄓㄤˋ ㄑㄧˋ 瀰漫黑煙和瘴癘之氣。比喻環境混亂或社會黑暗。

語源 清文康兒女英雄傳第三十二回：「如今鬧是鬧了個烏煙瘴氣，罵是罵了個破米糟糠。」

例句 選舉時，候選人之間的口水戰，使得社會中滿是一片烏煙瘴氣。

近義 群魔亂舞

烘雲托月 ㄏㄨㄥ ㄩㄣˊ ㄊㄨㄛ ㄩㄝˋ 作畫時渲染雲彩為背景，使月亮凸顯出來。後用以形容詩文或藝術創作中，利用別的東西襯托，使主角或主題更為凸顯的手法。烘，渲染；襯托。

語源 清梁紹壬兩般秋雨盦隨筆卷四詩家烘托法：「詠方鏡詩云：『秋水一泓明見底，照來誰有面如田。』不言方而方字自見，此所謂烘雲托月法也。」

例句 描寫小說的人物時，若能善用烘雲托月的手法，將使讀者更能掌握角色的性格。

近義 烘托渲染 借客顯主

反義 直截了當 開門見山

烜赫一時 ㄒㄩㄢˇ ㄏㄜˋ ㄧˊ ㄕˊ 在當時的聲威十分盛大。

語源 唐李白俠客行：「千秋二壯士，烜赫大梁城。」清阮葵生茶餘客話：「珠簾甲帳，烜赫一時。」

例句 曾經烜赫一時的股市名人，如今卻落得靠拾荒維生，令人不勝欷歔。

近義 赫赫有名 炙手可熱

反義 沒沒無聞 不見經傳

7

烹龍炮鳳 ㄆㄥ ㄌㄨㄥˊ ㄆㄠˊ ㄈㄥˋ 形容烹調異常珍貴的菜餚，或指珍貴的菜餚。

語源 唐李賀將進酒：「烹龍炮鳳玉脂泣，羅幃繡幕圍香

風。」

例句 只要能和老友齊聚一堂，就算是清茶野蔌也成美酒佳餚，何必非要烹龍炮鳳、大費周章呢！

近義 山珍海味 龍肝鳳髓

反義 粗茶淡飯 山肴野蔌

烽火連天 ㄈㄥ ㄏㄨㄛˇ ㄌㄧㄢˊ ㄊㄧㄢ 形容戰火連綿，戰亂四起。烽火，古代戰爭時傳遞訊息的煙火。借代為戰亂。

語源 明湯顯祖牡丹亭第四十二齣：「你星霜滿鬢當戎虜，似這烽火連天各路衢。」

例句 中東地區因為宗教與民族複雜，時起衝突，近年來烽火連天，可憐的是當地無辜的老百姓。

近義 干戈四起 兵連禍結

反義 河清海晏 天下太平

8

焚琴煮鶴 ㄈㄣˊ ㄑㄧㄣˊ ㄓㄨˇ ㄏㄜˋ 劈琴為柴來焚燒，殺鶴烹煮來食用。比喻粗魯、庸俗的人糟蹋破壞美好的事物。

語源 宋洪适滿江紅：「吹竹彈絲誰不愛，焚琴煮鶴人何肯？」

辨析 琴用以彈奏怡情，鶴用以賞玩悅性，都是風雅的事。所以本則成語用來譏諷不解風雅，大殺風景的行為。

例句 這群人竟在古蹟旁邊烤起肉來，真是焚琴煮鶴，大殺風景！

近義 佛頭著糞 大殺風景

焚膏繼晷 ㄈㄣˊ ㄍㄠ ㄐㄧˋ ㄍㄨㄟˇ 夜間點上油燈來接替陽光，繼續念書。形容夜以繼日勤奮學習，毫不懈怠。膏，燈油。繼，接續。晷，日光。

語源 唐韓愈進學解：「焚膏油以繼晷，恆兀兀以窮年。」

例句 你若能專心一致，以焚膏繼晷的精神準備功課，想考上理想的學校並非難事。

近義 夙夜匪懈 夜以繼日

反義 玩歲愒時 韶光虛擲

無底洞 ㄨˊ ㄉㄧˇ ㄉㄨㄥˋ 深不可測的洞。比喻欲望之深或耗費之大，沒有止境。

語源 清徐珂清稗類鈔譏諷類二：「世稱欲壑難填者曰無底洞。案無底洞即無底壑。列子湯問：『渤海之東……有大壑焉，實惟無底之谷，其下無底，名曰歸墟。』」

例句 這項研究的耗費根本是個無底洞，贊助的廠商已經無意再提供經費了。

無一倖免 ㄨˊ ㄧ ㄒㄧㄥˋ ㄇㄧㄢˇ 沒有人能夠僥倖避免。

語源 明呂坤呻吟語問學：「自古十人而十，百人而百，無一倖免，可不憂哉？」

例句 老師這次真的生氣了，全班同學都被罰跑操場，無一倖免。

近義 統統有獎

無人問津 ㄨˊ ㄖㄣˊ ㄨㄣˋ ㄐㄧㄣ 比喻十分冷落，無人過問。津，過河的地方，即渡口。問津，本指問渡口，引申為詢問、探索。也作「乏人問津」。

語源 論語微子：「長沮、桀溺耦而耕，孔子過之，使子路問津焉。」晉陶淵明桃花源記：「欣然規往，未果，尋病終。後遂無問津者。」

例句 由於經濟不景氣，許多座落在湖邊的千萬豪宅，如今都無人問津。

近義 乏人問津

反義 門庭若市 絡繹不絕

無力回天 ㄨˊ ㄌㄧˋ ㄏㄨㄟˊ ㄊㄧㄢ 無法挽回頹敗的局勢。回天，比喻挽回極為艱困的局勢。

語源 新唐書張玄素傳：「張公論事，有回天之力。」周大

荒反三國演義第五十三回：「前後覆敗，死亡接踵，陸遜淩統，無力回天。」

例句 公司負債累累，面臨倒閉，即使請來最高明的總經理，我看也無力回天。

近義 回天乏術　莫可奈何

反義 力挽狂瀾　扭轉乾坤

無中生有 ㄨˊ ㄓㄨㄥ ㄕㄥ ㄧㄡˇ　原指宇宙萬有皆自虛無的道體生出。後形容本無其事，憑空捏造。

語源 老子四十章：「天下萬物生於有，有生於無。」水滸傳第三十三回：「實被劉高這廝無中生有，官報私讎。」

例句 我什麼時候拿走你的作業啦？你少無中生有！

近義 憑空捏造　向壁虛造

反義 千真萬確　有憑有據

無孔不入 ㄨˊ ㄎㄨㄥˇ ㄅㄨˋ ㄖㄨˋ　沒有一處空隙不滲入。比喻善於鑽營或滲入，不放過任何機會。孔，小洞。

語源 清李伯元官場現形記第三十五回：「況且上海辦捐的人，鑽頭覓縫，無孔不入。」

例句 他為了和執政要員多攀上一點關係，四處鑽營，無孔不入。

近義 鑽頭覓縫　無所不至

無心插柳 ㄨˊ ㄒㄧㄣ ㄔㄚ ㄌㄧㄡˇ　參見「有意栽花花不發，無心插柳柳成陰」。

無以名之 ㄨˊ ㄧˇ ㄇㄧㄥˊ ㄓ　①無法用名號來稱呼它。②無法形容。名，指稱；形容。

例句 ①她的設計風格，前所未見，無以名之，姑且稱它做「浪漫與復古的雙重奏」。②聽完老師懇切的開導，小強內心的激動無以名之，不禁流下淚來。

無以為繼 ㄨˊ ㄧˇ ㄨㄟˊ ㄐㄧˋ　沒有辦法繼續下去。多指生活困難而言。

例句 如果沒有人伸出援手，那些難民的生活恐怕將無以為繼。

近義 難以為繼　後繼無力

反義 綽有餘裕　綽綽有餘

無以復加 ㄨˊ ㄧˇ ㄈㄨˋ ㄐㄧㄚ　不能再增加了。表示已經達到了極點。

語源 漢書王莽傳下：「宜崇其制度，宣視海內，且令萬世之後無以復加也。」

例句 小胖的任性已經到了無以復加的地步，令爸媽傷透腦筋。

無出其右 ㄨˊ ㄔㄨ ㄑㄧˊ ㄧㄡˋ　指才能出眾，沒有人能比得上。出，越過；超出。右，上位。古代尊崇右，把右邊作為上位。

語源 史記田叔列傳：「上盡召見，與語，漢廷臣毋能出其右者。」唐薛用弱集異記卷二：「至於詞學，無出其右。」

例句 論起小明的圍棋功力，班上同學可說無出其右。

近義 無與倫比　首屈一指

反義 不相上下　旗鼓相當

無功而返 ㄨˊ ㄍㄨㄥ ㄦˊ ㄈㄢˇ　沒有達到目標而返回。

語源 宋書武帝紀：「先是，遣冠軍劉敬宣伐蜀賊譙縱，無功而返。」

例句 他為了爭取這項產品的代理權，特別前往日本洽談，卻因理念不合，無功而返。

近義 徒勞無功　一事無成

反義 大功告成　開花結果

無可比擬 ㄨˊ ㄎㄜˇ ㄅㄧˇ ㄋㄧˇ　沒有可與相比的。形容獨一無二，極為珍貴。比擬，相比。

語源 宋張君房雲笈七籤卷七

一：「五色備具，無可比象。」宋釋惟白續傳燈錄卷一三玉泉悟空禪師：「應用萬般，無可比擬。」

例句 這條項鍊是外祖母留給媽媽的紀念品，在媽媽心中，其價值是無可比擬的。

近義 無與倫比　獨一無二

反義 平淡無奇　不足稱道

無可奈何 ㄨˊ ㄎㄜˇ ㄋㄞˋ ㄏㄜˊ 沒有辦法。表示事已如此，無力挽回。奈何，如何；怎麼辦。也作「不可奈何」、「莫可奈何」。

語源 莊子人間世：「知其不可奈何而安之若命，德之至也。」戰國策燕策三：「既已，無可奈何，乃遂收盛樊於期之首，函封之。」西遊記第十三回：「已自分必死，莫可奈何。」

例句 因為忙於社團，沒有時間準備，這次考試成績欠佳也是無可奈何的事。

近義 無計可施　萬般無奈

反義 想方設法　成竹在胸

無可厚非 ㄨˊ ㄎㄜˇ ㄏㄡˋ ㄈㄟ 沒有必要過分責備。指過錯或缺點尚可原諒，不宜全盤否定。厚，過分；過多。非，責備；責難。也作「未可厚非」。

語源 漢書王莽傳中：「莽怒，免英官，後頗覺寤，曰：『英亦未可厚非。』」

例句 他第一次參加比賽難免會緊張，沒有發揮應有的實力也是無可厚非，要多鼓勵他才是。

近義 情有可原　情非得已

反義 不可饒恕　情理難容

無可救藥 ㄨˊ ㄎㄜˇ ㄐㄧㄡˋ ㄧㄠˋ 指病重到不能用藥救治。也比喻人或事物壞到無法挽救的地步。藥，作動詞用，醫治。也作「不可救藥」、「無藥可救」。

語源 詩經大雅板：「多將熇熇，不可救藥。」清魏秀仁花月痕第二十五回：「習與性成，恐已無可救藥。」

例句 勸了他半天，他仍然不為所動，真是無可救藥。

近義 病入膏肓　萬劫不復

反義 不藥而癒　藥到病除

無可置辯 ㄨˊ ㄎㄜˇ ㄓˋ ㄅㄧㄢˋ 沒什麼可以爭辯的，也用不著爭論。置，放。

語源 清紀昀閱微草堂筆記卷一灤陽消夏錄一：「此譬至明，以詰行家，亦無可置辯。」

例句 水土保持對山林的保育非常重要，這是無可置辯的。

近義 無庸置疑　毫無疑義

反義 將信將疑　疑信參半

無可諱言 ㄨˊ ㄎㄜˇ ㄏㄨㄟˋ ㄧㄢˊ 坦率直接地說，無須避諱掩飾。也作「不可諱言」。

語源 漢書元帝紀：「直言盡意，無有所諱。」清徐珂清稗類鈔經術類：「罪證確鑿，無可諱言。」

例句 無可諱言，語文能力早已成為現今企業徵才的重要考量。

近義 無庸諱言　直言不諱

反義 隱約其詞　諱莫如深

無名小卒 ㄨˊ ㄇㄧㄥˊ ㄒㄧㄠˇ ㄗㄨˊ 不出名的小兵。泛指平常之人或地位低下而無足輕重的人。

語源 三國演義第四十一回：「魏延無名小卒，安敢造亂！」

例句 在公司裡你只是個無名小卒，董事長怎麼會放心把這麼重要的企劃案交給你呢？

近義 市井小民　匹夫匹婦

反義 赫赫名流　將相名臣

無名英雄 ㄨˊ ㄇㄧㄥˊ ㄧㄥ ㄒㄩㄥˊ 姓名不為人所知的英雄。多指默默奉獻而不求人知的人。

語源 梁啟超新中國未來記緒言：「誠以他日救此一方民者，必當賴將來無名之英雄也。」

例句 這座隧道能夠如期貫通，那群日夜趕工的工程人員，才是功勞最大的無名英雄。

近義 默默付出　無私奉獻

無地自容 ㄨˊ ㄉㄧˋ ㄗˋ ㄖㄨㄥˊ　沒有地方可以容身。比喻羞愧到了極點。

語源 孔子家語卷八屈節解：「季孫聞之，赧然而愧曰：『地若可入，吾豈忍見宓子哉？』」唐敦煌變文集唐太宗入冥記：「皇帝聞此語，無地自容。」

例句 他的謊言被揭穿了，窘得無地自容。

近義 羞愧無地　汗顏無地

反義 問心無愧　理直氣壯

無妄之災 ㄨˊ ㄨㄤˋ ㄓ ㄗㄞ　意想不到的災禍。無妄，意外。

語源 易經无妄：「六三，无（無）妄之災。或繫之牛，行人之得，邑人之災。」（是說有人把牛拴在路邊，被路過的人牽走了，住在附近的人家則平白無故的受到懷疑和搜查。）

例句 他走在校園裡，卻被牆外飛來的棒球打個正著，真是無妄之災啊！

近義 飛來橫禍　禍從天降

反義 喜從天降　喜出望外

無利可圖 ㄨˊ ㄌㄧˋ ㄎㄜˇ ㄊㄨˊ　得不到任何好處或利潤。圖，謀取；謀求。

例句 用兩名潛力新秀換來這個過氣球員，這項交易根本無利可圖，不知球隊老闆心裡在打什麼算盤？

無言以對 ㄨˊ ㄧㄢˊ ㄧˇ ㄉㄨㄟˋ　無話可說；無法回答。多用於理屈或無奈。

語源 宋孫光憲北夢瑣言第十一卷：「所由謝伏於階前，對諸進士曰：『崔十五郎不合於同年前面，瞋決所由，請罰若干。』博陵無言以對。」

例句 早上又因睡過頭而遲到，被組長一頓臭罵，我只能尷尬笑笑，無言以對。

近義 啞口無言　理屈詞窮

反義 振振有詞　矢口否認

無足掛齒 ㄨˊ ㄗㄨˊ ㄍㄨㄚˋ ㄔˇ　參見「不足掛齒」。

無足輕重 ㄨˊ ㄗㄨˊ ㄑㄧㄥ ㄓㄨㄥˋ　不足以影響事物的輕重。指無關緊要，不值得重視。也作「不足輕重」。

語源 宋歐陽脩答吳充秀才書：「其毀譽不足輕重，氣力不足動人。」明馮夢龍智囊全集經務：「然對虜使卻又云……以示無足輕重之意。」

例句 他的職位低下又不求上進，在公司裡無足輕重，最有可能被裁員。

近義 無關緊要　微不足道

反義 舉足輕重　茲事體大

無事生非 ㄨˊ ㄕˋ ㄕㄥ ㄈㄟ　本來沒事卻故意惹事製造是非。

語源 明羅貫中說唐：「不如把此事奏聞父王，說他兩個無事生非。」

例句 這本是件單純的事，你卻無事生非，弄得滿城風雨，到底是何居心？

近義 興風作浪　橫生枝節

反義 大事化小，小事化無

無依無靠 ㄨˊ ㄧ ㄨˊ ㄎㄠˋ　孤苦伶仃，沒有親友可以投奔、依靠。

語源 明馮夢龍醒世恆言卷三五：「遺下許多兒女，無依無靠。」

例句 他自幼父母雙亡，無依

火

無靠，總是過著有一餐沒一餐的生活，十分可憐。

【近義】孤苦伶仃　形影相弔

無奇不有 ㄨˊ ㄑㄧˊ ㄅㄨˋ ㄧㄡˇ　各種稀奇古怪的事物或現象都有。

【語源】清吳趼人二十年目睹之怪現狀第九回：「上海地方，無奇不有。倘能在那裡多盤桓些日子，新聞還多著呢！」

【例句】表哥的收藏品無奇不有，令我大開眼界。

【近義】千奇百怪　稀奇古怪

【反義】稀鬆平常　不足為奇

無往不利 ㄨˊ ㄨㄤˇ ㄅㄨˋ ㄌㄧˋ　形容非常順利，到處都行得通、辦得好。

【語源】唐李虛中命書：「官高祿厚，無往不利。」

【例句】他反應靈敏，口才犀利，因此在商場談判中總是無往不利。

【近義】十拿九穩　萬無一失

【反義】寸步難行　動輒得咎

無忝所生 ㄨˊ ㄊㄧㄢˇ ㄙㄨㄛˇ ㄕㄥ　不辱父母；對得起父母。勉人要進德修業，不使父母因自己的行為而感到羞辱。忝，辱。所生，指生身父母。

【語源】詩經小雅小宛：「夙興夜寐，毋忝爾所生。」

【例句】為人子女應當端正品德，努力上進，彰顯父母生養之勞，如此才算是真正的無忝所生。

【近義】澡身浴德　顯親揚名

無所不包 ㄨˊ ㄙㄨㄛˇ ㄅㄨˋ ㄅㄠ　沒有包含不了的；一切都包括在內。意指什麼都有。

【語源】漢王充論衡別通：「故夫大人之胸懷非一，才高知大，故其於道術無所不包。」

【例句】這間商店雖然空間不大，可是商品琳琅滿目，無所不包。

【近義】包山包海　應有盡有

【反義】盡付闕如　一無長物

無所不在 ㄨˊ ㄙㄨㄛˇ ㄅㄨˋ ㄗㄞˋ　任何地方都存在。指隨處可見。

【語源】宋張君房雲笈七籤卷四四太一帝君太丹隱書：「當存太一在己身中六合宮，或存太一在兆左右，坐臥背向無所不在也。」

【例句】道家主張「道」是無所不在的，因為許多真理本就蘊涵在日常生活中。

【近義】無遠弗居

無所不至 ㄨˊ ㄙㄨㄛˇ ㄅㄨˋ ㄓˋ　①沒有什麼事不會去做。指無論什麼事都幹的出來。②沒有不曾想到、做到的。形容周到、完備。③沒有不曾到達的。指到過很多地方。④沒有什麼情況不會發生。指任何禍患都可能降臨。

【語源】論語陽貨：「既得之，患失之。苟患失之，無所不至矣！」明凌濛初初刻拍案驚奇卷一三：「撫摩鞠育，無所不至。」史記貨殖列傳：「賈郡國，無所不至。」新五代史馮道傳：「人而如此，則禍敗亂亡，亦無所不至。」

【例句】①那群年輕人飆車、吸毒、搶劫，無所不至，已成為社會的一股亂源。②老張夫妻只有一個寶貝兒子，疼愛之心無所不至，以致養成他兒子驕縱之性。

【近義】無所不為　鉅細靡遺

【反義】適可而止　安分守己

無所不知 ㄨˊ ㄙㄨㄛˇ ㄅㄨˋ ㄓ　沒有不知道的。也作「無所不曉」。

【語源】晉葛洪抱朴子祛惑：「凡人見其小驗，便呼為神人，謂之必無所不知。」

例句 在西西的心目中，葉教授是無所不知的人生導師，他在電視上的節目一集也沒錯過。

近義 料事如神 神通廣大

反義 一無所知 百無一能

無所不為 ㄨˊ ㄙㄨㄛˇ ㄅㄨˋ ㄨㄟˊ 沒有什麼事不會去做。指無論什麼壞事、醜事都做的出來。也作「無所不作」。

語源 三國志吳書張溫傳：「挾其姦心，無所不為。」

例句 這幾個不良少年整天打架鬧事，偷拐搶騙，無所不為。

近義 無所不至 為所欲為

反義 循規蹈矩 安分守己

無所用心 ㄨˊ ㄙㄨㄛˇ ㄩㄥˋ ㄒㄧㄣ 什麼事情都沒用過心。指什麼事都不關心、不動腦筋。

語源 論語陽貨：「飽食終日，無所用心，難矣哉！」

例句 他只曉得吃喝玩樂，對於家庭和事業皆無所用心，根本是個不負責任的男人。

近義 漠不關心 不聞不問

反義 盡心竭力 不遺餘力

無所作為 ㄨˊ ㄙㄨㄛˇ ㄗㄨㄛˋ ㄨㄟˊ 未曾努力創造成就；沒有創造出成就。指安於現狀，缺乏進取之心。

語源 宋朱熹魏甥恪字序：「夫人飽食逸居而無所作為於世，則蠢然天地之一蠹也。」

例句 自從他升任經理以來，數年間皆無所作為，所以遭到資遣。

近義 一事無成 飽食終日

反義 奮發向上 大有作為

無所事事 ㄨˊ ㄙㄨㄛˇ ㄕˋ ㄕˋ 閒著沒做任何事。事事，做事。

語源 明歸有光送同年丁聘之之任平湖序：「然每晨八部升堂，只揖而退，卒無所事事。」

例句 他被裁員後，每天無所事事，很快便把積蓄花光了。

近義 遊手好閒 不務正業

無所依歸 ㄨˊ ㄙㄨㄛˇ ㄧ ㄍㄨㄟ 無處可去或心靈沒有安止之處。

語源 漢書外戚傳：「又令共王祭祀絕廢，精魂無所依歸。」清吳敬梓儒林外史第四十六回：「老叔已去，小姪從今無所依歸矣。」

例句 一場大火燒掉好幾棟民宅，災民無所依歸，只好暫時住進臨時收容所。

近義 流離失所 走投無路

無所遁形 ㄨˊ ㄙㄨㄛˇ ㄉㄨㄣˋ ㄒㄧㄥˊ 沒有辦法隱藏或隱瞞。指事跡敗露。遁形，隱蔽形體。

語源 晉陸機漢高祖功臣頌：「鬼無隱謨，物無遁形。」

例句 那個小偷偷竊的過程已被全程錄下，他自知已無所遁形，只好乖乖出面投案。

近義 事跡敗露 原形畢露

反義 神不知鬼不覺

無所適從 ㄨˊ ㄙㄨㄛˇ ㄕˋ ㄘㄨㄥˊ 不知該依從何者。形容不知如何是好。適，去；往。從，依從；跟隨。

語源 北齊書魏蘭根傳：「此縣界於強虜，皇威未接，無所適從，故成背叛。」

例句 教育部說要改進十二年國教免試入學方案，但新方案卻遲遲未見公布，實在令考生無所適從。

近義 手足無措 莫衷一是

反義 當機立斷 自有定見

無拘無束 ㄨˊ ㄐㄩ ㄨˊ ㄕㄨˋ 形容自由自在，不受任何約束。

語源 西遊記第二回：「逐日家無拘無束，自在逍遙此一長生之美。」

例句 能夠過著自由自在、無拘無束的生活，就是人世間第一大樂事。

近義 海闊天空　自由自在

反義 籠鳥檻猿　身不由己

無明業火　佛教指人由於「痴」或「愚昧」，不了解正理而引起的諸多煩惱。後也指怒氣、怒火。

語源 金馬鈺滿庭芳贈趙雷二先生：「休起無明業火，更休思、名利相干。」水滸傳第三回：「鄭屠大怒……那一把無明業火焰騰騰的按納不住。」

例句 看到心愛的蟠龍花瓶被唐先生打破，唐太太不禁生起無明業火，拿起掃把就朝他打去。

近義 怒火中燒　火冒三丈

無法無天　不顧法紀和天理。形容毫無顧忌地做壞事或言行任性放肆。

語源 紅樓夢第三十三回：「你在家不讀書也罷了，怎麼又做出這些無法無天的事來？」

例句 這群飆車少年不但橫行街頭，還任意傷害路人，簡直無法無天。

近義 目無法紀　胡作非為

反義 安分守己　循規蹈矩

無的放矢　沒有目標就亂射箭。原指說話做事不看對象、沒有目的或不切合實際。今多指沒有根據的批評謾罵。的，靶心，借指靶子。矢，箭。

語源 周書蘇綽傳：「君行不能自脩，而欲百姓脩行者，是猶無的而責射中也。」梁啟超中日交涉匯評：「如是，則吾本篇所論純為無的放矢，直拉雜摧燒之可耳。」

例句 說話做事要憑良心，如果沒有親眼看到，請不要胡亂批評、無的放矢好嗎？

近義 惡意攻訐　信口雌黃

反義 言必有據　一針見血

無怨無悔　沒有怨尤，從不後悔。形容只有付出，不求回報。

例句 王媽媽十幾年來無怨無悔地照顧行動不便的王伯伯，實在令人感動。

近義 任勞任怨　無微不至

反義 嘖有煩言　怨天尤人

無為而治　為政者從容安逸無所作為而使國家大治。多指以德化民、不重刑罰，而能使社會安定。

語源 論語衛靈公：「無為而治者，其舜也與！」

例句 自古以來，無為而治一直是中國歷代帝王統治的最高理想境界。

近義 垂拱而治　垂拱而化

無計可施　想不出一點辦法來。計，計謀；策略。施，施展。

語源 三國演義第八回：「賊臣董卓，將欲篡位；朝中文武，無計可施。」

例句 「人算不如天算」，面對這接踵而來的難關，連一向精明的他也無計可施了。

近義 一籌莫展　束手無策

反義 急中生智　足智多謀

無家可歸　失去家庭，沒有地方可以安身。

語源 舊五代史唐書明宗紀：「無家可歸者，任從所適。」

例句 那場強烈地震，不但奪走好幾千條人命，也使得數以萬計的災民無家可歸。

近義 顛沛流離　流離失所

反義 安居樂業　國泰民安

無師自通　沒有老師傳授、指導而自行學會某種知識或技能。

語源 唐賈島送賀蘭上人：

「無師禪自解，有格句堪夸。」清李伯元文明小史第十七回：「後來自己嫌不好，又改了個名字，叫做什麼無師自通新語錄。」

例句 小王靠著一股毅力，無師自通地學會日文，的確值得敬佩。

無時無刻 沒有任何一時刻。

語源 明淩濛初初刻拍案驚奇卷六：「自是行忘止，食忘餐，卻像掉下了一件什麼東西的，無時無刻不在心上。」

辨析 本則成語在使用時，後面常與否定詞「不」字連用，表示時時刻刻、隨時的意思。

例句 自從和妳分離後，我無時無刻不想念著妳。

近義 時時刻刻　朝朝暮暮

無疾而終 原指人沒有疾病而死亡，是高壽或修養境界極高的象徵。現則常用來比喻事情半途而廢或沒有結果。

語源 南史陶弘景傳：「將死，忽移寺金剛像出置戶外，語人云：『菩薩當去。』旬日無疾而終。」

例句 他們那段轟轟烈烈的愛情，就像多數明星戀人一樣，最後還是無疾而終。

近義 半途而廢　有始無終

無病呻吟 沒有病卻故意發出痛苦的聲音。比喻為不值得憂慮的事而長吁短歎。多用來比喻文章矯揉造作，缺乏真實感情。呻吟，病痛聲。

語源 宋辛棄疾臨江仙：「百年光景百年心，更歡須歎息，無病也呻吟。」

例句 寫文章要發自內心的真情實感，若一味無病呻吟，無論形式怎樣優美，都只會令人生厭。

近義 矯揉造作　裝模作樣

反義 言近旨遠　言之有物

無能為力 沒有能力做好事情或解決問題。

語源 清梁紹壬兩般秋雨盦隨筆史閣部書：「忠臣流涕頓足而嘆，無能為力，惟有一死以報國，不亦大可哀乎！」

例句 小陳在火災中遭濃煙嗆昏缺氧過久，現在只怕是最優秀的醫生也無能為力了。

近義 力不從心　心有餘而力不足

反義 力所能及　駕輕就熟

無動於中 內心毫無觸動。指毫不關心或毫不在意。中，也作「衷」。內心。

語源 論語述而：「不義而富且貴，於我如浮雲。」宋朱熹集注：「其視不義之富貴，如浮雲之無有，漠然無所動於其中也。」

例句 面對那些流離失所、掙扎在垂死邊緣的難民們，你真的能夠無動於中嗎？

近義 不以為意　不為所動

反義 情不自禁　牽腸掛肚

無堅不摧 形容力量強大，能克服所有敵人或阻礙。

語源 舊唐書孔巢父傳：「若蒙見用，無堅不摧。」

例句 美國隊的成員都是現役職籃球員一時之選，在本屆世界杯籃球賽無堅不摧，輕鬆拿下冠軍。

近義 所向披靡　橫掃千軍

反義 不堪一擊　潰不成軍

無庸置疑 用不著懷疑。形容很明顯或很正確。無庸，也作「毋庸」。無須；不用。置疑，懷疑。

語源 清朝續文獻通考國用考：「中外共見，無庸置疑也。」
例句 每個人都愛這塊土地，這一點無庸置疑，只是愛的方式不一樣罷了。
近義 有目共睹 千真萬確
反義 似是而非 大謬不然

無庸贅言（ㄨˊ ㄩㄥ ㄓㄨㄟˋ ㄧㄢˊ） 不用多說。指已很明白、正確，不必再說。無庸，無須；不用。贅言，多餘的話。
語源 宋樓鑰范忠宣公文集序：「自其立朝出鎮，廟謨相業，具載史冊，不待贅言。」
例句 這種道理大家都明白，無庸贅言，重要的是如何去身體力行。
近義 無庸置疑 無可置辯

無理取鬧（ㄨˊ ㄌㄧˇ ㄑㄩˇ ㄋㄠˋ） 原指蛙鳴聲此起彼落但沒有什麼意義，只是一片喧鬧。後用來指毫無理由地吵鬧、搗亂。
語源 唐韓愈答柳柳州食蝦蟆：「跳擲雖云高，意不離濘淖。鳴聲相呼和，無理只取鬧。」清吳趼人二十年目睹之怪現狀第一〇六回：「不合妄到某公館無理取鬧，被公館主人飭僕送捕。」
例句 這批人未經申請就上街頭遊行抗議，簡直無理取鬧，警方已決定強制驅離。
近義 不可理喻 無事生非
反義 理直氣壯 就事論事

無惡不作（ㄨˊ ㄜˋ ㄅㄨˋ ㄗㄨㄛˋ） 沒有一件壞事不做。形容人品行惡劣，做盡壞事。惡，壞事。
語源 宋法雲翻譯名義集釋氏眾名篇：「二無羞僧，破戒身口不淨，無惡不作。」
例句 自從他加入幫派後，行為更加放肆，無惡不作，讓父母傷透腦筋。
近義 胡作非為 為非作歹
反義 安分守己 循規蹈矩

無傷大雅（ㄨˊ ㄕㄤ ㄉㄚˋ ㄧㄚˇ） 對事物雅正的一面沒有損害。原指文藝作品雖含有諷刺、詼諧意味，仍不失其雅正。後也用來指不關緊要、無損整體。傷，損害；妨害。也作「不傷大雅」。
語源 清毛際可今世說序：「即忿狷、惑溺，跡涉風刺，要無傷於大雅。」清沈德潛說詩晬語上：「劉隨州工於鑄語，不傷大雅。」
例句 他喜歡在演講前講些無傷大雅的笑話，讓會場氣氛輕鬆一些。
近義 無關緊要

無微不至（ㄨˊ ㄨㄟˊ ㄅㄨˋ ㄓˋ） 沒有一處細微的地方不被照顧到。形容關懷照顧得非常細心周到。微，細微。至，到。
語源 清孫道乾小螺菴病榻憶語：「張姬愛兒如己出。姬病，兒侍奉湯藥，無微不至。」
例句 小瑛雖然年紀小，對久病在床的祖母卻照顧得無微不至，其孝心令人感動。
近義 體貼入微 關懷備至
反義 漠不關心 不聞不問

無愧無怍（ㄨˊ ㄎㄨㄟˋ ㄨˊ ㄗㄨㄛˋ） 不羞慚愧疚。形容行事光明正大，問心無愧。愧怍，羞慚。也作「不愧不怍」。
語源 孟子盡心上：「仰不愧於天，俯不怍於人。」清青心才人金雲翹傳第五回：「返之於心，無愧無怍。」
例句 君子心中坦蕩蕩，今天這件事，我無愧無怍，任誰來調查我都不怕！
近義 問心無愧 俯仰無愧
反義 羞愧難當 無地自容

無福消受 沒有福氣享受。消受，享用。

【語源】明淩濛初初刻拍案驚奇卷一〇：「不怨悵自己沒有眼睛，便嗟歎女兒無福消受。」

【例句】美食當前卻無福消受是糖尿病患者心中的痛，其實只要懂得選擇、吃得其法，便不成問題。

無跡可尋 沒有蹤跡可以尋求。常用來形容做事或措辭寫意不著痕跡。也作「無跡可求」。

【語源】宋書謝方明傳：「承代前人，不易其政。有必宜改者，則以漸移變，使無跡可尋。」宋嚴羽滄浪詩話詩辯：「盛唐諸人，惟在興趣，羚羊掛角，無跡可求。」

【例句】老張默默行善而無跡可尋，若非他太太不小心露了口風，任誰都不知道他的善行義舉。

【近義】無影無蹤　天衣無縫

【反義】來龍去脈　有跡可尋

無精打采 形容精神不振、情緒低落的樣子。精，精神。打，打消。采，通「彩」。興致；神采。也作「沒精打彩」。

【語源】紅樓夢第二十五回：「取了噴壺而回，無精打彩，自向房內躺著。」

【例句】自從小美離開他後，小新就變得無精打采，天天過著萎靡不振的生活。

【近義】萎靡不振　垂頭喪氣

【反義】容光煥發　精神抖擻

無與倫比 沒有能比得上的。形容非常傑出、特殊。倫比，可相匹敵。

【語源】漢揚雄法言五百：「貴無敵，富無倫。」舊唐書郭子儀傳：「自秦、漢以還，勳力之盛，無與倫比。」

【例句】牛頓在古典物理學領域中的地位無與倫比，沒有人可以取代。

【近義】無可比擬　無出其右

【反義】平淡無奇　不足稱道

無遠弗屆 沒有不能到達的地方。指不管多遠都能到達。弗，不。屆，到達。

【語源】尚書大禹謨：「惟德動天，無遠弗屆。」

【例句】隨著科技的進步和電腦的普及，網路的應用幾乎無遠弗屆。

【近義】無所不至　無所不在

【反義】鞭長莫及

無隙可乘 沒有空隙可利用。原指嚴謹周密，後多用來指沒有機會可以鑽營利用。隙，漏洞。乘，趁；利用。

【語源】宋書律曆志下：「臣其曆七曜，咸始上元，無隙可乘。」明馮夢龍醒世恆言卷二三：「彼常侍其父，無隙可乘。」

【例句】執法單位要做好安全防護工作，讓那些不法份子無隙可乘，人民生活才能受到保障。

【近義】無機可乘　無懈可擊

【反義】有機可乘　乘虛而入

無價之寶 無法估算價值的寶物。形容極其珍貴稀有的東西。

【語源】尹文子大道上：「王問價，玉工曰：『此玉無價以當之，五城之都，僅可一觀。』」唐魚玄機贈鄰女：「易求無價寶，難得有心郎。」

【例句】佛家說每個人身上都有一顆無價之寶，那就是我們與生俱來、本自具足的佛性。

近義 奇珍異寶 希世之珍

無影無蹤 一點點影子和蹤跡都沒有。形容完全消失，不留痕跡。

語源 元無名氏浪淘沙：「一個主人翁，住在靈宮。無形無影亦無蹤。」

例句 小弟摔壞媽媽心愛的手機，當知道要被處罰時，便一溜煙跑得無影無蹤。

近義 不知去向 杳無蹤跡

反義 蛛絲馬跡 有跡可尋

無徵不信 沒有證據就無法令人相信。

語源 禮記中庸：「上焉者，雖善無徵，無徵不信，不信民弗從。」

例句 學術論文必須有根有據，若只是憑空臆測，無徵不信，即使寫成長篇巨論也是枉然。

近義 口說無憑 信口雌黃

反義 言必有據 言而有徵

無憂無慮 沒有煩憂、掛慮。

語源 元鄭廷玉忍字記第二折：「來，來，來，我做了個草庵中無憂無慮的僧家。」

例句 懂得知足、感恩的人，即使物質生活不充裕，也能無憂無慮。

近義 了無牽掛 怡然自得

反義 憂心忡忡 憂思百結

無稽之談 未經查考的言談。指毫無根據的言論。稽，查考。也作「無稽之言」。

語源 尚書大禹謨：「無稽之言勿聽。」宋孫覿與范丞相書：「凡迂闊難行之論，謬悠無稽之談，不得一言入于其間。」

例句 那篇報導說芭樂葉可以治百病，根本是無稽之談，你居然還信以為真！

近義 不經之談 道聽塗說

反義 言而有徵 確鑿之言

無窮無盡 沒有窮盡及止境。窮，終止。

語源 宋晏殊踏莎行五首（其二）：「畫閣魂消，高樓目斷，斜陽只送平波遠。無窮無盡是離愁，天涯地角尋思徧。」

例句 宇宙的奧妙無窮無盡，令人充滿好奇。

近義 永無止境 沒完沒了

反義 一覽無遺

無緣無故 沒有任何原因。緣，因由。

語源 紅樓夢第四十四回：「好好兒的從那裡說起，無緣無故，白受了一場氣。」

例句 弟弟無緣無故發高燒，媽媽擔心得不得了。

近義 平白無故 不明不白

反義 事出有因 其來有自

無懈可擊 沒有漏洞可以讓人攻擊。形容十分嚴謹周密。懈，鬆懈。引申為漏洞、破綻。

語源 清吳喬圍爐詩話一：「一篇詩祇立一意，起手、中間、收結互相照應，方得無懈可擊。」

例句 這篇文章論點正確，舉證嚴密，可以說是無懈可擊。

近義 無隙可乘 完美無缺

反義 破綻百出 漏洞百出

無獨有偶 不只一個，還有與它成一對的。形容難得一見的事物，竟然同時出現。獨，單獨；一個。偶，一對；成對。

語源 清壯者掃迷帚第十三回：「聞簡某係蜀人，而此女亦是蜀人，可謂無獨有偶。」

例句 小張有這個怪癖，沒想到老李也是一樣，真是無獨有偶

偶。

近義 事有湊巧　毫無二致

反義 絕無僅有　獨一無二

無頭公案 沒有線索可尋的疑難案件。

語源 明陳玉秀古今律條公案第四卷：「本府太爺鍾維新一清如水，善斷無頭公案。」

例句 經過十年，這起謀殺案還沒偵破，已成了無頭公案了。

近義 鐵案如山

反義 死無對證

無頭蒼蠅 比喻沒有目標、方向，盲目亂闖的人。也作「沒頭蒼蠅」。

語源 清俞萬春蕩寇志第七十四回：「孫高當時起了稿底，出名的是孫高、薛寶、沒頭蒼蠅牛信、矮腳鬼富吉。」

例句 投資股票要有策略，可別像無頭蒼蠅，勤於做功課，到處盲目跟進。

無濟於事 對事情沒有什麼幫助。指解決不了問題。濟，助益；幫助。也作「無補於事」。

語源 宋劉摯論分析助役：「豈其言皆無補於事歟！」清西周生醒世姻緣傳第八十九回：「料得即來解勸，也定無濟於事。」

例句 你做事的方法不對，再怎麼努力也是無濟於事。

近義 於事無補　杯水車薪

反義 立竿見影　藥到病除

無聲無息 沒有任何聲音、動靜。也比喻沒有名聲，不為人知。

語源 詩經大雅文王：「上天之載，無聲無臭。」清唐芸洲七劍十三俠第一七六回：「終不過是個田舍翁，無聲無息過了一世。」

例句 ①輕飄飄的雪花，無聲無息地落著。②他不想就這樣無聲無息地過一生，立志闖出一點名號。

近義 悄無聲息　默默無聞

反義 震古鑠今　大名鼎鼎

無邊無際 沒有邊際。形容非常廣闊。際，邊緣。

語源 西遊記第七十二回：「平日間一望無邊無際，你們沒遠沒近的去化齋。今日人家逼近，可以叫應，也讓我去化一個來。」

例句 無邊無際的雲海盡頭，突然射出萬丈光芒，是阿里山觀日出最令人期待的畫面。

近義 一望無際　漫無邊際

無關宏旨 沒有涉及主旨。指意義或關係不大。宏旨，主旨；大旨。

語源 清紀昀閱微草堂筆記灤陽消夏錄一：「孝經詞義明顯，宋儒所爭，只今文古字句，亦無關宏旨。」

例句 他的發言根本無關宏旨，卻占用那麼多時間，主席應該加以制止。

近義 無關緊要　不關痛癢

反義 事關重大　茲事體大

無關痛癢 比喻沒有感覺或無關緊要。也作「不關痛癢」。

語源 宋朱熹朱子語類卷一〇一程子門人謝顯道：「那不關痛癢底是不仁。」紅樓夢第八回：「這裡雖還有兩三個老婆子，都是不關痛癢的。」

例句 你盡說些無關痛癢的話，可見你對這件事一點也不關心。

近義 無關緊要　不痛不癢

反義 事關重大　非同小可

無關緊要（ㄨˊ ㄍㄨㄢ ㄐㄧㄣˇ ㄧㄠˋ） 一點都不重要。

語源 紅樓夢第一一一回：「還自謂風月多情，無關緊要。不知『情』之一字……。」

例句 今天還有很多提案需要討論，你不要一直說那些無關緊要、雞毛蒜皮的小事好嗎？

近義 可有可無 無關痛癢

反義 事關重大 至關緊要

無功不受祿（ㄨˊ ㄍㄨㄥ ㄅㄨˋ ㄕㄡˋ ㄌㄨˋ） 沒有功勞，不應接受賞賜。多用作謙詞。祿，俸祿；古代官吏的薪俸。

語源 詩經魏風伐檀序：「刺貪也。在位貪鄙，無功而受祿。」水滸傳第二十八回：「正是無功受祿，寢食不安。」清佚名大漢三合明珠寶劍全傳第六回：「無功不受祿，焉敢受領。」

例句 我只是在一旁加油打氣而已，無功不受祿，這個獎勵實在受之有愧。

無巧不成書（ㄨˊ ㄑㄧㄠˇ ㄅㄨˋ ㄔㄥˊ ㄕㄨ） 比喻事情非常湊巧。

語源 明馮夢龍醒世恆言卷三：「自古道：『無巧不成話。』恰好有一人從牆下而過。」清洪楝園後南柯招駙：「田生巧於委禽，宮女巧於假冒，所謂無巧不成書也。」

例句 他逛街的時候，碰到三年前因為誤會而分手的女朋友，得以再續舊情，真是無巧不成書啊！

近義 因緣湊巧 歪打正著

無風不起浪（ㄨˊ ㄈㄥ ㄅㄨˋ ㄑㄧˇ ㄌㄤˋ） 比喻事出有因。也作「有風方起浪」。

語源 西遊記第七十五回：「行者道：『有風方起浪，無潮水自平。』你不惹我，我好尋你？」

例句 你雖極力否認與這件緋聞有關，但無風不起浪，只怪你平日太不檢點了。

近義 事出必有因

反義 平白無故 無緣無故

無容身之地（ㄨˊ ㄖㄨㄥˊ ㄕㄣ ㄓ ㄉㄧˋ） ①沒有棲身的地方。②形容非常羞愧。

語源 ①宋李昉等編太平廣記卷三五四：「彼公愎戾，興造不輟，致其無容身之地也。」②明馮夢龍醒世恆言卷三七：「只這一聲，羞得杜子春再無容身之地。」

例句 ①孤獨的感覺侵襲著我，世界雖廣，我卻彷彿無容身之地。②大家正聚精會神聽演講，阿美的手機突然響起，她頓覺無容身之地，趕緊跑出去。

近義 羞愧無地 無地自容

反義 海闊天空 優游自在

無所不用其極（ㄨˊ ㄙㄨㄛˇ ㄅㄨˋ ㄩㄥˋ ㄑㄧˊ ㄐㄧˊ） 原指凡事無不用盡心力，後多指想盡辦法以達到目的，多就做壞事而言。

語源 大學：「詩曰：『周雖舊邦，其命維新。』是故君子無所不用其極。」明馮夢龍醒世恆言卷二三：「莎里古真一至，則捧惜擁持無所不用其極，惟恐古真之不悅己。」

例句 詐騙集團作案的手段無所不用其極，警方呼籲民眾要提高警覺。

近義 無所不至 不擇手段

無心插柳柳成陰（ㄨˊ ㄒㄧㄣ ㄔㄚ ㄌㄧㄡˇ ㄌㄧㄡˇ ㄔㄥˊ ㄧㄣ） 參見「有意栽花花不發，無心插柳柳成陰」。

無事不登三寶殿（ㄨˊ ㄕˋ ㄅㄨˋ ㄉㄥ ㄙㄢ ㄅㄠˇ ㄉㄧㄢˋ） 沒事不會到佛殿來禮佛。比喻沒有事情不會找上門來，登門必有事相求。

三寶，佛教用語，指佛、法、僧。三寶殿，泛指佛殿。

語源 明楊爾曾韓湘子全傳第二十五回：「二媽不要說乖話，你是無事不登三寶殿的人，怎肯今日白白的來看我？」

例句 老實說，今日是無事不登三寶殿，臨時有急用，跟你告貸來的。

焦孟不離 ㄐㄧㄠ ㄇㄥˋ ㄅㄨˋ ㄌㄧˊ

形容雙方感情深厚，形影不離。焦指焦贊，孟指孟良，是小說楊家將演義裡兩位感情很好、可以同生共死的猛將。也作「焦不離孟，孟不離焦」。

例句 小華和國雄參加科學競賽後，彼此惺惺相惜，從此焦孟不離，下課常見他們玩在一起。

近義 形影不離　如膠似漆

反義 不相聞問　老死不相往來

焦頭爛額 ㄐㄧㄠ ㄊㄡˊ ㄌㄢˋ ㄜˊ

頭髮燒焦，額頭潰爛。形容頭部被火燒傷的狼狽相。後也用來比喻受到重創或處於窘迫狼狽的境地。

語源 漢書霍光傳：「今論功而請賓，曲突徙薪亡恩澤，燋頭爛額為上客耶？」宋陸游戍卒說沉黎事有感：「焦頭爛額知何補，弭患從來貴未形。」

例句 太太生病住院期間，他一面要上班，一面要照料小孩，又常要跑醫院，搞得他焦頭爛額。

近義 狼狽不堪

反義 從容不迫　遊刃有餘

煮字療飢 ㄓㄨˇ ㄗˋ ㄌㄧㄠˊ ㄐㄧ

指讀書人窮困潦倒，靠賣字畫、寫文章維生。

語源 宋黃庚雜咏：「耽書自笑已成癖，煮字原來不療飢。」

例句 別看他現在是個成名作家，早期也曾經歷過一段煮字療飢的日子呢！

煮豆燃萁 ㄓㄨˇ ㄉㄡˋ ㄖㄢˊ ㄑㄧˊ

燃燒豆莖以煮熟豆子。比喻兄弟間自相殘殺。也泛指內部自相爭鬥或迫害。萁，豆莖。

語源 南朝宋劉義慶世說新語文學：「文帝（曹丕）嘗令東阿王（曹植）七步中作詩，不成者行大法。應聲便為詩曰：『煮豆持作羹，漉菽以為汁；萁在釜下燃，豆在釜中泣。本自同根生，相煎何太急！』帝深有慚色。」

例句 ①為了爭奪遺產，兄弟間反目成仇、煮豆燃萁的事屢見不鮮。②為了打敗對手，我們要齊力合作，千萬不可煮豆燃萁，自我消耗。

近義 兄弟鬩牆　自相殘殺

反義 同氣連枝　兄友弟恭

9

煙消雲散 ㄧㄢ ㄒㄧㄠ ㄩㄣˊ ㄙㄢˋ

煙霧消散盡淨。比喻事物消失得無影無蹤。也作「雲消霧散」。

語源 宋朱熹朱子全書治道二：「使一日之間，雲消霧散，堯天舜日，廓然清明。」元張養浩天淨沙：「更著十年試看，煙消雲散，一盃誰共歌歡？」

例句 從前建構的種種美麗願景，都因為這場火災而煙消雲散了。

近義 化為烏有　無影無蹤

煙霞痼疾 ㄧㄢ ㄒㄧㄚˊ ㄍㄨˋ ㄐㄧˊ

指遊山玩水的癖好。

語源 舊唐書田遊巖傳：「（高宗）謂曰：『先生養道山中，比得佳否？』遊巖曰：『臣泉石膏肓，煙霞痼疾，既逢聖代，幸得逍遙。』」

例句 因為有一個愛探險的父親，因此長大後他也有煙霞痼

疾，喜歡到處遊山玩水。

近義 遊山玩水 尋幽訪勝

煙霧瀰漫 ㄧㄢ ㄨˋ ㄇㄧˊ ㄇㄢˋ 形容煙霧遍布的樣子。瀰漫，充滿；遍布。

語源 明堯峰山志卷五寶雲井記：「陰雨瀰月，則煙霧瀰漫，延袤數里。」

例句 百貨公司的火災現場煙霧瀰漫，所幸消防隊員搶救得宜，沒有造成人員的傷亡。

反義 晴空萬里 天清氣朗

煞有介事 ㄕㄚˋ ㄧㄡˇ ㄐㄧㄝˋ ㄕˋ 上海話。原作「像煞有介事」。很像有那麼一回事的樣子。

語源 清徐珂清稗類鈔方言類：「像煞有介事，自以為能，故意裝腔作勢，復覥不為怪者之謂也。」

例句 他手提七星劍，身披八卦袍，煞有介事的念起咒語來。

煞費周章 ㄕㄚˋ ㄈㄟˋ ㄓㄡ ㄓㄤ 參見「大費周章」。

煞費苦心 ㄕㄚˋ ㄈㄟˋ ㄎㄨˇ ㄒㄧㄣ 形容費盡心思。煞，極；甚。

語源 宋朱熹朱子語類卷三三論語十五：「若必用從初說起，則煞費思量矣。」清吳熾昌客窗閒話第七卷：「憑我一片舌，煞費苦心，肯與郎君一面矣。」

例句 小強調皮搗蛋又不愛念書，父母為了他的教育問題煞費苦心。

近義 殫精竭慮 挖空心思

反義 無所用心 不假思索

煢煢孑立 ㄑㄩㄥˊ ㄑㄩㄥˊ ㄐㄧㄝˊ ㄌㄧˋ 形容孤孤單單，無依無靠。煢煢，孤零零的樣子。孑立，獨自站立。也作「煢煢獨立」。

語源 楚辭屈原思美人：「獨煢煢而南行兮。」晉李密陳情表：「煢煢孑立，形影相弔。」清陳森品花寶鑑第十三回：「煢煢獨立，顧影自憐。」

例句 在國外求學的期間，煢煢孑立，每次看到圓月當空，總令小美特別思鄉。

近義 形單影隻 孤苦伶仃

煥然一新 ㄏㄨㄢˋ ㄖㄢˊ ㄧ ㄒㄧㄣ 形容物品呈現光亮鮮明的新面貌。煥然，光彩的樣子。

語源 唐張彥遠歷代名畫記卷二論鑒識收藏購求閱玩：「其有晉宋名跡，煥然如新。」宋李之儀天禧寺新建法堂記：「又建僧堂廚庫……，各適其正，煥然一新。」

例句 這輛十年的舊車，經過車廠稍作整理後，便又煥然一新。

近義 面目一新

反義 陳舊不堪

照本宣科 ㄓㄠˋ ㄅㄣˇ ㄒㄩㄢ ㄎㄜ 照著本子唸經。比喻死板地按照書本或文稿宣讀，不能靈活運用。宣科，道士唸經。

語源 元關漢卿關張雙赴西蜀夢第三折：「也不用僧人持咒，道士宣科。」

例句 上課方式要精心設計，才會精彩動人，若只是照本宣科，效果就會大打折扣。

近義 例行公事

反義 融會貫通 舉一反三

照單全收 ㄓㄠˋ ㄉㄢ ㄑㄩㄢˊ ㄕㄡ 對於別人的要求全部接受。

語源 清惜陰堂主人二度梅第六回：「俗話說的好，人情不在厚薄，看老父的情面，不必與他計較，照單全收了罷！」

例句 對於客戶的要求，你要看合理與否，可不能照單全收。

近義 來者不拒

反義 精挑細選 千挑萬選

火

照貓畫虎 ㄓㄠˋ ㄇㄠ ㄏㄨㄚˋ ㄏㄨˇ 照著貓的模樣畫老虎。比喻照著樣子模仿。

語源 清李綠園歧路燈第十一回：「這大相公聰明的很，他是看貓畫虎，一見即會套的人。」

例句 做事要有主見，若只是照貓畫虎，永遠不能走出自己的風格。

近義 依樣畫葫蘆 如法炮製

反義 獨闢蹊徑 別具一格

10

煽風點火 ㄕㄢ ㄈㄥ ㄉㄧㄢˇ ㄏㄨㄛˇ 搖扇生風，助長火勢。比喻從旁挑撥，助長事態的發展。煽，也作「扇」、「搧」。

語源 晉書列傳第二十九：「西晉之政亂朝危，雖由時主，然而煽其風、速其禍者，咎在八王。」

例句 阿花最近時常鬧著要跟丈夫離婚，王大嬸不但不好言相勸，反而在旁煽風點火，不知是何居心？

近義 挑撥離間 搬弄是非

反義 息事寧人 排難解紛

熊心豹膽 ㄒㄩㄥˊ ㄒㄧㄣ ㄅㄠˋ ㄉㄢˇ 比喻很有膽量。

語源 元紀君祥趙氏孤兒第三折：「我有熊心豹膽，怎敢掩藏著趙氏孤兒？」

例句 要我去跟老闆要求加薪，我可沒那個熊心豹膽，有種你去呀！

近義 膽識過人 一身是膽

反義 膽小如鼠 畏首畏尾

熊夢徵祥 ㄒㄩㄥˊ ㄇㄥˋ ㄓㄥ ㄒㄧㄤˊ 祝賀人生男孩的吉祥話。古人以為夢見熊和羆，是生男孩的預兆。徵，預兆。也作「熊羆入夢」、「熊羆之祥」。

語源 詩經小雅斯干：「大人占之，維熊維羆，男子之祥。」

例句 阿姨結婚多年終於懷孕，我們都祝福她明春能夠「熊夢徵祥」，順利產下麟兒。

近義 弄璋之喜 喜獲麟兒

反義 弄瓦之喜 弄瓦徵祥

熙來攘往 ㄒㄧ ㄌㄞˊ ㄖㄤˇ ㄨㄤˇ 形容行人往來紛雜眾多的樣子。也作「熙熙攘攘」。

語源 史記貨殖列傳：「天下熙熙，皆為利來；天下攘攘，皆為利往。」

例句 街頭熙來攘往的人潮早把他孤獨的身影淹沒了。

近義 人來人往 車水馬龍

反義 冷冷清清

熙熙攘攘 ㄒㄧ ㄒㄧ ㄖㄤˇ ㄖㄤˇ 參見「熙來攘往」。

11

熟門熟路 ㄕㄡˊ ㄇㄣˊ ㄕㄡˊ ㄌㄨˋ 時常往來，熟悉門徑。也比喻非常熟悉或很懂門道。

語源 清李伯元官場現形記第二回：「王孝廉是熟門熟路，管門的一向認得，立時請進。」

例句 臺南哪裡有美食，阿中早就熟門熟路，想找吃的，問他準沒錯。

近義 識途老馬 輕車熟路

反義 人地生疏 舉步維艱

熟能生巧 ㄕㄡˊ ㄋㄥˊ ㄕㄥ ㄑㄧㄠˇ 技術熟練後能致巧妙。

語源 宋朱熹朱子語類卷一〇四朱子一：「且如百工技藝，也只要熟，熟則精，精則巧。」清趙翼甌北詩鈔：「才豈患多花釀蜜，熟真生巧水成渠。」

例句 不要著急，你只要多加練習，自然熟能生巧。

近義 得心應手 運用自如

熟視無睹 ㄕㄡˊ ㄕˋ ㄨˊ ㄉㄨˇ 看了很久卻像沒看到一樣。比喻對眼前的事物不在意、不經心。

語源 晉劉伶酒德頌：「靜聽不聞雷霆之聲，熟視不睹泰山

之形。」唐韓愈應科目時與人書：「是以有力者遇之，孰視之若無睹也。」

例句 盜版猖獗，相關單位卻熟視無睹，不知公權力何在？

近義 視若無睹 視而不見

熬出頭 ㄠˊ ㄔㄨ ㄊㄡˊ 指長期忍耐、努力終於成功或情勢好轉。熬，辛苦忍耐。

例句 從學徒當起，在廚房辛苦了二十多年後，趙先生終於熬出頭，當上了飯店的主廚。

近義 媳婦熬成婆

熱情洋溢 ㄖㄜˋ ㄑㄧㄥˊ ㄧㄤˊ ㄧˋ 熱烈的感情充分表現在外。形容言語或行動充滿熱情。洋溢，盛大而遠播；充分表現在外。

語源 中庸：「聲名洋溢乎中國，施及蠻貊。」

例句 每天一回到家，我的愛狗——多多就會熱情洋溢地迎接我。

近義 熱情如火

反義 冷若冰霜

熱淚盈眶 ㄖㄜˋ ㄌㄟˋ ㄧㄥˊ ㄎㄨㄤ 激動的淚水充滿眼眶。

語源 清尹湛納希泣紅亭第五回：「娜氏以為她必是寫與盧梅的訣別詩，不禁熱淚盈眶。」

例句 看到大家那麼熱心地幫她解決困難，小美感動得熱淚盈眶。

近義 潸然淚下 淚如泉湧

反義 眉開眼笑 笑容可掬

熱鍋上的螞蟻 ㄖㄜˋ ㄍㄨㄛ ㄕㄤˋ ˙ㄉㄜ ㄇㄚˇ ㄧˇ 比喻著急惶恐的人。

語源 水滸傳第五十五回：「徐寧娘子並兩個婭嬛如『熱鏊子上螞蟻』，走頭無路，不茶不飯，慌做一團。」紅樓夢第十二回：「直往那夾道中屋子裡來等著，熱鍋上螞蟻一般，只是乾轉。」

例句 眼看快錯過火車了，計程車卻還塞在路上動彈不得，急得他如熱鍋上的螞蟻。

近義 六神無主 心慌意亂

反義 泰然自若 不慌不忙

12

燃眉之急 ㄖㄢˊ ㄇㄟˊ ㄓ ㄐㄧˊ 像火燒到眉毛般緊急。比喻情勢急迫，片刻都不能拖延。

語源 水滸傳第三十四回：「既是天教我知了，正是度日如年，燒眉之急！」明陸西星封神演義第七十五回：「待吾再擒他進來，且救一時燃眉之急。」

例句 她性情一向高傲，若不是碰上燃眉之急，相信她不會這般苦苦哀求你。

近義 迫在眉睫 火燒眉毛

反義 從容不迫 慢條斯理

燈紅酒綠 ㄉㄥ ㄏㄨㄥˊ ㄐㄧㄡˇ ㄌㄩˋ 紅色的燈，綠色的酒。形容夜晚尋歡作樂、奢侈糜爛的生活，或聲色場所的迷人景象。

語源 清蔣士銓唱檔子：「燈紅酒綠聲聲慢，促柱移絃節節高。」

例句 鄉下來的淳樸孩子，很容易迷失在城市的燈紅酒綠之中。

近義 花天酒地 醉生夢死

燈蛾撲火 ㄉㄥ ㄜˊ ㄆㄨ ㄏㄨㄛˇ 飛蛾在夜間被燈光吸引而撲向火焰。比喻自尋死路，自取滅亡。也作「飛蛾撲火」。

語源 梁書到溉傳：「如飛蛾之赴火，豈焚身之可吝。」水滸傳第二十六回：「這賊配軍卻不是作死，倒來戲弄老娘！正是『燈蛾撲火，惹焰燒身』。」

例句 那些惡少正四處找你報仇，這個時候回去，豈不是燈蛾撲火，自找死路嗎？

近義 自投羅網 自取滅亡

燕子裁衣 ㄧㄢˋ ˙ㄗ ㄘㄞˊ ㄧ 形容燕子在空中來回飛翔的樣

子。指時節到了春季。燕尾尖長，分為兩叉，形似剪刀，故比喻其飛行為裁衣。

例句 春天總是靜悄悄地來臨，當聞到花香，聽著鳥囀，看見燕子裁衣，人們才驚覺大地已回春。

燕巢幕上 ㄧㄢˋ ㄔㄠˊ ㄇㄨˋ ㄕㄤˋ 燕子築巢於帷幕之上，隨時有被吹落的可能。比喻處境非常危險。也作「燕巢於幕」。

語源 左傳襄公二十九年：「夫子之在此也，猶燕之巢於幕上。」

例句 這家公司連年虧損，眼看就要倒閉，員工的處境猶如燕巢幕上，人心惶惶。

近義 危在旦夕　朝不保夕

反義 高枕無憂　穩如泰山

燕雀處堂 ㄧㄢˋ ㄑㄩㄝˋ ㄔㄨˇ ㄊㄤˊ 燕雀在廳堂的梁上築巢，廳堂失火時仍不知危險。比喻居安而忘禍。

語源 呂氏春秋有始覽諭大：「燕雀爭善處於一屋之下，子母相哺也，姁姁焉相樂也，自以為安矣。灶突決則火上焚棟，燕雀顏色不變，是何也？乃不知禍之將及己也。」

例句 把溫泉旅館蓋在河道邊上，無異燕雀處堂，一旦山洪爆發，後果不堪設想。

近義 魚游釜中　厝火積薪

反義 居安思危

燕頷虎頸 ㄧㄢˋ ㄏㄢˋ ㄏㄨˇ ㄐㄧㄥˇ 形容英俊而威猛的相貌。頷，下巴。頸，脖子。

語源 後漢書班超傳：「生燕頷虎頸，飛而食肉，此萬里侯相也。」

例句 他雖長得不高大，但燕頷虎頸，且精明能幹，他日定能有所作為。

近義 龍眉鳳目　相貌堂堂

反義 獐頭鼠目　其貌不揚

燕雀安知鴻鵠之志 ㄧㄢˋ ㄑㄩㄝˋ ㄢ ㄓ ㄏㄨㄥˊ ㄏㄨˊ ㄓ ㄓˋ 燕子、麻雀怎能知道雁鳥、天鵝的志向。比喻凡庸之人不能了解有志者的胸懷。

語源 史記陳涉世家：「嗟呼！燕雀安知鴻鵠之志哉！」

例句 他雖然學歷不高，志向卻很遠大，只是燕雀安知鴻鵠之志，眼光短淺的老闆始終沒有重用他。

燙手山芋 ㄊㄤˋ ㄕㄡˇ ㄕㄢ ㄩˋ 燙手的蕃薯，沒人敢拿。比喻沒人想接手的麻煩事物。山芋，蕃薯的別稱。

例句 小林居然敢接下這個燙手山芋，不得不佩服他的勇氣。

近義 敬謝不敏　視為畏途

13

營私舞弊 ㄧㄥˊ ㄙ ㄨˇ ㄅㄧˋ 參見「徇私舞弊」。

燦爛奪目 ㄘㄢˋ ㄌㄢˋ ㄉㄨㄛˊ ㄇㄨˋ 形容光彩、顏色美麗耀眼。

語源 明馮夢龍醒世恆言卷三一：「夢見天上五色雲霞，燦爛奪目。」

例句 昨天的跨年煙火燦爛奪目，令人驚呼連連。

近義 光輝燦爛　絢麗多姿

反義 黯淡無光

燦爛輝煌 ㄘㄢˋ ㄌㄢˋ ㄏㄨㄟ ㄏㄨㄤˊ 形容光彩四射，鮮明耀眼。也比喻成就非凡，十分耀眼。

語源 清李汝珍鏡花緣第四十八回：「只覺金光萬道，瑞氣千條，燦爛輝煌，華彩奪目。」

例句 王先生年紀輕輕，卻已是上市公司的總裁，前途燦爛輝煌，令人欣羨。

近義 光輝燦爛　前程似錦

反義 黯淡無光

15
爍石流金 參見「鑠石流金」。

16
爐火純青 道家認為爐火變成純青的火焰時，煉丹就成功了。比喻功夫或造詣到達精湛完美的境地。

語源 清曾樸孽海花第二十五回：「到了現在，可已到了爐火純青的氣候，正是弟兄們各顯身手的時期。」

例句 他浸淫圍棋數十年，棋藝已到了爐火純青的地步。

近義 出神入化 登峰造極

反義 半生不熟 一知半解

17
爛醉如泥 酒醉嚴重而無法站立。原作「醉如泥」。泥，依南宋吳曾能改齋漫錄事實所記，是南海中的一種蟲，體內無骨，「在水中則活，失水則醉」。故古人有「醉如泥」之語。

語源 後漢書儒林傳周澤：「一歲三百六十日，三百五十九日齋。」唐李賢注：「漢官儀此下云『一日不齋醉如泥』。」元薛昂夫倘秀才：「真吃的爛醉如泥盡意呵。」

例句 他酒力不好又愛貪杯，時常喝得爛醉如泥，令家人十分擔心。

近義 酩酊大醉

爪部

4
爬羅剔抉 廣泛搜集，從中梳理、選擇有用的，剔除不合適的。多指著作之編排整理。爬羅，搜羅。剔抉，挑選。

語源 唐韓愈進學解：「占小善者率以錄，名一藝者無不庸，爬羅剔抉，刮垢磨光。」

例句 這本雜誌內容精彩，編輯每期皆用心爬羅剔抉，將最好的內容呈現在讀者面前。

近義 精挑細選 去蕪存菁

爭功諉過 爭搶功勞，推卸過失。諉，推卸。

例句 所謂日久見人心，爭功諉過的人雖能得意一時，最後仍會被大家看清而唾棄。

近義 諉過他人 推諉塞責

反義 謙沖自牧 不矜不伐

爭先恐後 爭著向前，唯恐落在他人之後。

語源 漢書諸侯王表：「漢諸侯王厥角稽首，奉上璽韍，惟恐在後。」宋吳孝宗與張江東論事書：「古之人見一善則爭先為之，惟恐在後。」清吳熾昌客窗閒話第二卷：「人咸爭先恐後，扶老攜幼，走避空曠之區。」

例句 那家商店以撒紅包作為開幕的噱頭，吸引大批民眾在現場爭先恐後地搶拾。

爭名奪利 爭奪名聲和利益。

語源 戰國策秦策一：「臣聞爭名者於朝，爭利者於市。」唐呂巖敲爻歌：「苦苦煎熬喚不回，奪利爭名如鼎沸。」

例句 一些民意代表在當選後便開始爭名奪利，完全將選民交付他們的重責大任拋諸腦後。

近義 爭權奪利 追名逐利

反義 與世無爭 淡泊名利

爭奇鬥豔 原指百花盛開，美豔多彩。也借以形容在服飾、外貌上爭相競美。也作「爭妍鬥奇」、「爭奇鬥妍」。

語源 宋吳曾能改齋漫錄方物芍藥譜：「名品相壓，爭妍鬥奇。」清歸莊看寒花記：「因思春夏秋之花，鬥豔爭妍，逾旬則色衰態倦，甚且有一日半

日而謝者。」

例句　這次的啦啦隊比賽非常精彩，各隊在服飾、舞蹈上爭奇鬥豔，叫人看得眼花撩亂。

近義　喬裝打扮　奇裝異服

爭長論短（ㄓㄥ ㄔㄤˊ ㄌㄨㄣˋ ㄉㄨㄢˇ）　爭論、計較利害得失或是非好壞。也作「爭短論長」。

語源　宋柳開穆夫人墓志銘序：「因娶婦入門，異姓相聚，爭長競短，漸漬日聞。」明淩濛初初刻拍案驚奇卷二〇：「當下一邊是落難之際，一邊是富厚之家，並不消爭短論長，已自一說一中。」

例句　他知道房東忠厚老實，不會和他爭長論短，因此用起水、電毫無節制。

近義　斤斤計較

反義　與世無爭

爭風吃醋（ㄓㄥ ㄈㄥ ㄔ ㄘㄨˋ）　因嫉妒而相爭。多指感情方面而言。

語源　明馮夢龍醒世恆言卷一：「那時我爭風吃醋便遲了。」

例句　李先生長得一表人才又多金，難怪有許多女孩子為他爭風吃醋。

近義　拈酸吃醋

反義　豁達大度　成人之美

爭強好勝（ㄓㄥ ㄑㄧㄤˇ ㄏㄠˋ ㄕㄥˋ）　好與人競爭，務求勝過別人。

語源　宋陸九淵與鄧文範（其一）：「此與自任私智，好勝爭強，竊近似以為外飾者，天淵不侔。」清文康兒女英雄傳第三十五回：「只看世上那班分明造極登峰的，也會變生不測；任是爭強好勝的，偏逢用違所長。」

例句　弟弟那種爭強好勝的性格，讓他在班上很不得人緣。

近義　矜才使氣

反義　無欲無求　與世無爭

爻部

10

爾虞我詐（ㄦˇ ㄩˊ ㄨㄛˇ ㄓㄚˋ）　彼此用計謀互相欺騙。形容人際間的鉤心鬥角。爾，代稱詞。你。虞，欺騙。

語源　左傳宣公十五年：「宋及楚平。華元為質。盟曰：『我無爾詐，爾無我虞。』」

例句　為了競選董事長，他們兩人私下暗自較勁，爾虞我詐，可說無所不用其極。

近義　鉤心鬥角　明爭暗鬥

反義　開誠布公　推心置腹

爿部

13

牆頭草（ㄑㄧㄤˊ ㄊㄡˊ ㄘㄠˇ）　長在牆頭上的草，隨風向而搖擺。比喻投機取巧，看風使舵的人；或沒有主見，立場不堅定的人。

例句　他從政這幾年，總是當牆頭草，毫無建樹，難怪會遭選民唾棄。

近義　見風轉舵

反義　堅定不移　堅貞不二

牆倒眾人推（ㄑㄧㄤˊ ㄉㄠˇ ㄓㄨㄥˋ ㄖㄣˊ ㄊㄨㄟ）　比喻失勢或遇到挫折的人，遭受眾人的譏諷、攻擊。

語源　紅樓夢第五十五回：「罷了！好奶奶們，『牆倒眾人推』，那趙姨娘原有些顛倒著三不著兩，有了事就都賴他。」

例句　他才剛被解職，大家就把一些弊案都賴在他身上，真正應了「牆倒眾人推」這句話。

近義　落井下石　打落水狗

反義　雪中送炭　濟困扶危

片部

片甲不留（ㄆㄧㄢˋ ㄐㄧㄚˇ ㄅㄨˋ ㄌㄧㄡˊ）　一片甲冑也沒有留下。形容作戰

慘敗。也作「片甲不回」。

語源 三國志平話第五十回：「張飛笑曰：『吾用一計，使曹公片甲不回。』」水滸傳第九十九回：「可速還俺們的城池，若稍延挨，教你片甲不留。」

例句 自信棋藝精湛的他興致勃勃地找人下棋，沒想到才一局就被對方殺得片甲不留。

近義 全軍覆沒 隻輪不返

反義 大獲全勝

片言折獄（ㄆㄧㄢˋ ㄧㄢˊ ㄓㄜˊ ㄩˋ） 以極少的話就能正確地裁判訴訟案件。片言，一句話。形容很少的話。折，審判。獄，訴訟案件。

語源 論語顏淵：「子曰：『片言可以折獄者，其由也與！』」

例句 楊法官審案明快，常常可以片言折獄，在司法界享有盛名。

近義 明鏡高懸

片言隻字（ㄆㄧㄢˋ ㄧㄢˊ ㄓ ㄗˋ） 指極少的言語或零散的文字。也作「片語隻字」或「隻字片語」。

語源 晉陸機謝平原內史表：「片言隻字，不關其間，事蹤筆跡，皆可推校。」

例句 他離開至今已數個月，連片言隻字的問候或消息都沒有，不知近況如何？

近義 一言半語 三言兩語

反義 千言萬語 洋洋灑灑

11

牖中窺日（ㄧㄡˇ ㄓㄨㄥ ㄎㄨㄟ ㄖˋ） 在室內隔著窗戶看太陽。比喻見識狹隘。牖，窗戶。

語源 南朝宋劉義慶世說新語文學：「北人看書，如顯處視月；南人學問，如牖中窺日。」

例句 這篇報導牖中窺日，扭曲阿美族的傳統習俗，引起很大的反彈。

近義 管中窺豹 坐井觀天

反義 觀察入微 洞若觀火

牛部

牛刀小試（ㄋㄧㄡˊ ㄉㄠ ㄒㄧㄠˇ ㄕˋ） 指稍微顯露一點點才能而已。

語源 金路鐸題鄒公所藏淵明歸去來圖：「牛刀小試義熙前，一日懷歸豈偶然。」

例句 林媽媽廚藝精湛，今天這一桌菜只不過是牛刀小試而已。

近義 小試鋒芒

反義 大顯身手 鋒芒畢露

牛刀割雞（ㄋㄧㄡˊ ㄉㄠ ㄍㄜ ㄐㄧ） 用宰牛的刀來殺雞。比喻大材小用。

語源 論語陽貨：「夫子莞爾而笑曰：『割雞焉用牛刀？』」晉楊泉物理論：「夫解小而引大，了淺而伸深，猶以牛刀割雞，長殳刈薺。」

例句 這種雞毛蒜皮的小事竟然派總經理去做，簡直是牛刀割雞！

近義 牛鼎烹雞 大材小用

反義 小材大用

牛山濯濯（ㄋㄧㄡˊ ㄕㄢ ㄓㄨㄛˊ ㄓㄨㄛˊ） 本指牛山上沒有樹木，後泛稱山無樹木。現也多用來譏笑人頭禿無髮。濯濯，形容沒有草木的樣子。

語源 孟子告子上：「牛山之木嘗美矣，以其郊於大國也，斧斤伐之，……牛羊又從而牧之，是以若彼濯濯也。」

例句 ①颱風過境之後，山區多處崩塌，放眼望去，到處是牛山濯濯。②陳先生年紀不過四十，頭頂已經牛山濯濯，讓他非常苦惱。

近義 童山濯濯

牛衣對泣（ㄋㄧㄡˊ ㄧ ㄉㄨㄟˋ ㄑㄧˋ） 臥在牛衣中相對哭泣。形容貧賤

夫妻的困苦生活。牛衣，用亂麻編成，給牛禦寒遮雨的東西。

語源 漢書王章傳記載：漢朝王章為諸生時，到長安遊學，只有妻子跟著他，生活貧困又生病，因為沒有棉被，只能躺在用亂麻編成的牛衣裡，勉強禦寒。王章覺得自己將會死去，曾與妻訣別，傷心哭泣。後來，王章做了京兆尹，當時大將軍王鳳專權，王章想上書彈劾王鳳，他的妻子就勸阻說：「人應當知足，你沒想到當年我們在長安臥在牛衣裡哭泣的悲慘情景嗎？」王章沒有聽太太勸告，結果被王鳳所害。

例句 這對夫妻早年經常過著牛衣對泣的生活，經過多年努力，如今已是事業有成。

牛角掛書 ㄋㄧㄡˊ ㄐㄧㄠˇ ㄍㄨㄚˋ ㄕㄨ 牛角上掛著書籍，邊走邊讀。形容勤學。

語源 新唐書記載：唐朝人李密家貧，但勤勉好學，乘牛時掛書於角上，邊走邊讀書。

例句 古人牛角掛書的勤學精神，值得後人好好學習。

近義 囊螢映雪 穿壁鑿光

反義 束書不觀

牛鬼蛇神 ㄋㄧㄡˊ ㄍㄨㄟˇ ㄕㄜˊ ㄕㄣˊ 牛頭鬼，蛇身神。比喻怪異荒唐的人事物或形形色色的壞人。

語源 唐杜牧李賀歌詩集序：「鯨呿鼇擲，牛鬼蛇神，不足為其虛荒誕幻也。」

例句 最近常有一些牛鬼蛇神在這裡聚眾滋事，你還是小心為妙。

近義 妖魔鬼怪 牛頭馬面

牛鼎烹雞 ㄋㄧㄡˊ ㄉㄧㄥˇ ㄆㄥ ㄐㄧ 用足以容納一整頭牛的大鍋子煮一隻雞。比喻大材小用。

語源 史記孟子荀卿列傳唐司馬貞索隱引呂氏春秋：「函牛之鼎，不可以烹雞。」

例句 讓一個學有專精的人才去打雜工，未免牛鼎烹雞吧！

近義 牛刀割雞 大材小用

反義 小材大用

牛頭馬面 ㄋㄧㄡˊ ㄊㄡˊ ㄇㄚˇ ㄇㄧㄢˋ 佛教指地獄中頭像牛和臉像馬的鬼卒。比喻兇惡醜陋的人。

語源 楞嚴經卷八：「牛頭獄卒，馬頭羅剎，手執槍矟，驅入城門。」

例句 這群飆車族少年個個都像牛頭馬面一樣，路人見了就害怕。

近義 牛鬼蛇神

牛驥同皁 ㄋㄧㄡˊ ㄐㄧˋ ㄊㄨㄥˊ ㄗㄠˋ 牛與良馬同槽共食。比喻賢愚不分。驥，良馬。皁，馬槽。

語源 漢鄒陽獄中上梁惠王書：「使不羈之士與牛驥同皁，此鮑焦所以忿于世而不留富貴之樂也。」

例句 如果公司的人事安排老是這樣牛驥同皁的話，恐怕會留不住人才。

近義 薰蕕同器 龍蛇雜處

反義 舉直錯枉 知人善任

牛頭不對馬嘴 ㄋㄧㄡˊ ㄊㄡˊ ㄅㄨˋ ㄉㄨㄟˋ ㄇㄚˇ ㄗㄨㄟˇ 比喻兩件事情完全不相符合或答非所問。也作「驢脣不對馬嘴」。

語源 明馮夢龍警世通言卷一一：「見鬼！大爺自姓高，是江西人，牛頭不對馬嘴。」清文康兒女英雄傳第二十五回：「一段話，說了個亂糟糟，驢脣不對馬嘴。」

例句 來賓的回答非常滑稽，與主持人的問題牛頭不對馬嘴，引得大家哄堂大笑。

近義 文不對題 答非所問

牛

反義　就事論事　言必有中

2

牝牡驪黃　雌或雄，黑或黃。比喻事物的表面現象。牝，雌。牡，雄。驪，黑色。

語源　列子說符記載：伯樂推薦九方皋為秦穆公訪求良馬。三個月後，九方皋找到了良馬，回來稟報秦穆公。秦穆公問馬的樣子，他回答說是「牝而黃」（黃色的母馬），但運馬回來的人卻說是「牡而驪」（黑色的公馬）。秦穆公為此不滿，並向伯樂抱怨。伯樂說：「九方皋注重的是馬的真實本領，所以才會忽略馬的外表，以致說錯了，但他相中的的確是千里馬呀！」宋陳亮祭潘叔度文：「亮不肖無狀，為天人之所共棄，叔度獨略其牝牡驪黃而友其人，闕其休戚。」

例句　觀察事物不能只留意其牝牡驪黃，而是要能深入掌握它的原理和規則。

牝雞司晨　母雞在早晨啼叫報曉。比喻女子掌權或越權行事。

語源　尚書牧誓：「古人有言曰：『牝雞無晨。牝雞之晨，惟家之索。』今商王受，惟婦言是用。」新唐書長孫皇后傳：「牝雞司晨，家之窮也，可乎？」

例句　林小姐只是祕書，卻牝雞司晨代校長簽收公文。

近義　垂簾聽政　越俎代庖

3

牡丹雖好，也得綠葉扶持　比喻就算才能出眾，也要有眾人的支持。也作「荷花雖好，也得綠葉扶持」。

語源　金瓶梅第七十六回：「常言：『牡丹花兒雖好，還要綠葉兒扶持。』」

例句　「牡丹雖好，也得綠葉扶持」，你上臺領獎時，別忘了感謝其他工作伙伴喔！

牢不可破　牢固而不能摧毀破壞。①比喻思想、觀念等深入人心，無法改變。②形容建築或物品非常堅固。

語源　唐韓愈平淮西碑：「大官臆決唱聲，萬口和附，并為一談，牢不可破。」

例句　①老一輩的人篤信風水的觀念牢不可破，你可別犯了他們的忌諱。②他誇說新裝的防盜門牢不可破，結果昨晚還是遭小偷了。

近義　根深柢固　固若金湯

反義　不攻自破　不堪一擊

牢獄之災　被關入監牢的災禍。

語源　西遊記第九十七回：「師父該有這一夜牢獄之災。老孫不開口折辨，不使法力者，蓋為此耳。」

例句　算命師說阿哲今年會有牢獄之災，你最好勸他謹言慎行，別到處惹事生非。

4

物以類聚　人或物會因同類而聚集在一起。

語源　易經繫辭上：「方以類聚，物以群分，吉凶生矣。」明馮夢龍醒世恆言卷一七：「自古道：『物以類聚。』過遷性喜遊蕩，就有一班浮浪子弟引誘打合。」

例句　那幾位愛蹺課的同學常聚在一起打架鬧事，真是物以類聚啊！

近義　各從其類　同氣相求

物是人非　景物依舊，而人事卻已改變。感慨人事變化無常。

語源　三國魏曹丕與朝歌令吳質書：「節同時異，物是人

非。」

例句 畢業多年之後回到母校，只見景物依舊，但師友都星散了，不免有物是人非之感。

近義 人面桃花

物美價廉 ㄨˋ ㄇㄟˇ ㄐㄧㄚˋ ㄌㄧㄢˊ 參見「價廉物美」。

物換星移 ㄨˋ ㄏㄨㄢˋ ㄒㄧㄥ ㄧˊ 景物改變，星辰移動。指世事的變遷。換，改變。

語源 唐王勃滕王閣序：「閒雲潭影日悠悠，物換星移幾度秋。」

例句 再回到童年生長的故鄉，才發現物換星移，許多地方都不一樣了。

近義 滄海桑田　時移世易

反義 亙古不移

物傷其類 ㄨˋ ㄕㄤ ㄑㄧˊ ㄌㄟˋ 為同類遭遇不幸而感到傷感。

語源 唐敦煌變文集鷰子賦：「狐死兔悲，物傷其類。」

例句 當年一起進入公司的同事紛紛被裁員，讓她不免有物傷其類的感嘆。

近義 同病相憐

物極必反 ㄨˋ ㄐㄧˊ ㄅㄧˋ ㄈㄢˇ 事物發展到極點必然轉往相反的方向。

語源 鶡冠子環流：「美惡相飾，命曰復周；物極則反，命曰環流。」明張岱陶庵夢憶第一卷：「蕭索淒涼，亦物極必反之一。」

例句 人類壓榨地球的資源已達極限，物極必反，如今正要面臨地球的反撲。

近義 日中則仄　盛極必衰

物盡其用 ㄨˋ ㄐㄧㄣˋ ㄑㄧˊ ㄩㄥˋ 充分發揮各種物資的效用。

例句 為了節約能源，我們應該物盡其用，避免任何浪費。

物腐蟲生 ㄨˋ ㄈㄨˇ ㄔㄨㄥˊ ㄕㄥ 東西先腐爛後，蟲才得以寄生。比喻內部存在著弱點，外力才得以乘隙而入。

語源 荀子勸學：「肉腐出蟲，魚枯生蠹。怠慢忘身，禍災乃作。」宋蘇軾范增論：「物必先腐也，而後蟲生之。」

例句 這件事不會平白發生，所謂物腐蟲生，我們應盡快找出治本之法，才能將問題徹底解決。

近義 魚枯生蠹

物歸原主 ㄨˋ ㄍㄨㄟ ㄩㄢˊ ㄓㄨˇ 東西歸還原來的擁有人。

語源 明淩濛初初刻拍案驚奇卷三五：「他不生兒女，就過繼著你兒子，承領了這家私，物歸原主，豈非天意？」

例句 拾獲財物，應想辦法物歸原主，不能將之據為己有。

近義 完璧歸趙

物競天擇 ㄨˋ ㄐㄧㄥˋ ㄊㄧㄢ ㄗㄜˊ 生物在自然界競爭，環境會擇取優秀者生存下來，是英國生物學家達爾文所提出生物界演化的原則。後被廣泛用來形容人事環境裡優勝劣敗、適者生存的現象。

語源 本則成語譯自英國生物學家達爾文的進化論。書中強調生物演化過程中，各物種個體間為了生存而競爭，能適應環境者便得以生存，並繁衍後代。

例句 現代工商社會競爭激烈，只有不斷學習，提升個人能力，才能在這物競天擇的環境下生存。

近義 優勝劣敗　適者生存

物以稀為貴 ㄨˋ ㄧˇ ㄒㄧ ㄨㄟˊ ㄍㄨㄟˋ 東西的數量少而顯得特別珍貴。

語源 唐白居易小歲日喜談氏

外孫女孩滿月：「物以稀為貴，情因老更慈。」

例句 世間的價值沒有一定的標準，這件古董之所以值錢，全因物以稀為貴的緣故。

近義 鳳毛麟角

反義 俯拾即是

6

特立獨行 ㄊㄜˋ ㄌㄧˋ ㄉㄨˊ ㄒㄧㄥˊ 形容立身處事與眾不同。

語源 禮記儒行：「世治不輕，世亂不沮，同弗與，異弗非也，其特立獨行有如此者。」

例句 陳老師特立獨行的教學風格讓他贏得「麻辣教師」的外號。

近義 跌宕不羈 與眾不同

反義 隨波逐流

7

牽強附會 ㄑㄧㄢ ㄑㄧㄤˇ ㄈㄨˋ ㄏㄨㄟˋ 把關係不大或不相干的事物勉強湊合在一起。

語源 宋鄭樵通志總序：「董仲舒以陰陽之學，倡為此說，本於春秋，牽合附會。」清曾樸孽海花第十一回：「後儒牽強附會，費盡心思，不知都是古今學不分明的緣故。」

例句 算命仙牽強附會的說法，你竟然信以為真。

近義 生拉硬扯 無稽之談

反義 言必有據 信而有徵

牽腸掛肚 ㄑㄧㄢ ㄔㄤˊ ㄍㄨㄚˋ ㄉㄨˋ 形容非常掛念、關心。

語源 宋王之道惜奴嬌：「從前事，不堪回顧。怎奈冤家，抵死牽腸惹肚。」明馮夢龍醒世恆言卷一六：「為了你，日夜牽腸掛肚，廢寢忘餐。」

例句 孩子第一次出遠門，父母總是牽腸掛肚，擔心不已。

近義 朝思暮想 魂牽夢縈

反義 漠不關心 鐵石心腸

牽攣乖隔 ㄑㄧㄢ ㄌㄩㄢˊ ㄍㄨㄞ ㄍㄜˊ 分隔兩地，彼此思念、牽掛。牽攣，牽掛、繫念。乖隔，分離。

語源 唐白居易與微之書：「牽攣乖隔，各欲白首。」

例句 表姐夫將被派駐紐約，表姐不想忍受牽攣乖隔之苦，毅然辭去教職，一同前往赴任。

近義 牽腸掛肚 一日三秋

牽蘿補屋 ㄑㄧㄢ ㄌㄨㄛˊ ㄅㄨˇ ㄨ 把女蘿的藤蔓牽引到茅屋頂上，用來遮擋縫隙。指居室簡陋，生活貧困。

語源 唐杜甫佳人：「侍婢賣珠回，牽蘿補茅屋。」

例句 縱然牽蘿補屋的日子艱辛難熬，卻阻止不了他力圖上進的決心。

近義 甕牖繩樞 家徒四壁

反義 富麗堂皇 美輪美奐

牽一髮而動全身 ㄑㄧㄢ ㄧ ㄈㄚˇ ㄦˊ ㄉㄨㄥˋ ㄑㄩㄢˊ ㄕㄣ 比喻牽涉或更動一小部分，就會影響全體。

語源 宋蘇軾成都大悲閣記：「牽一髮而頭為之動，拔一毛而身為之變。」清龔自珍自春徂秋偶有所觸：「黔首本骨肉，天地本比鄰，一髮不可牽，牽之動全身。」

例句 重新分組的事牽一髮而動全身，我想還是從長計議吧！

犁庭掃穴 ㄌㄧˊ ㄊㄧㄥˊ ㄙㄠˇ ㄒㄩㄝˋ 犁平庭院，掃蕩巢穴。比喻徹底剷除敵人或盜匪的巢穴。犁，摧毀；剷平。

語源 漢書匈奴傳：「固已犁其庭，掃其閭，郡縣而置之。」宋陸游上殿箚子：「以臣愚計之，朝廷若未有深入遠討、犁庭掃穴之意。」

例句 警方布線多時，今天清晨大舉出動，總算犁庭掃穴，破獲這間地下兵工廠。

近義 摧陷廓清 趕盡殺絕

10 **犖犖大者**（ㄌㄨㄛˋ ㄌㄨㄛˋ ㄉㄚˋ ㄓㄜˇ） 指清楚明顯的、大的方面。多用於列舉項目時。犖犖，分明清楚的樣子。也作「犖犖大端」。

語源 史記天官書：「此其犖犖大者，若至委曲小變，不可勝道。」

例句 市政最受批評的部分，舉其犖犖大者，不外交通混亂、治安不好、色情氾濫等。

犬部

犬牙相錯（ㄑㄩㄢˇ ㄧㄚˊ ㄒㄧㄤ ㄘㄨㄛˋ） 狗的牙齒尖尖突突，參差不齊。多用以形容交錯、牽制的地勢或地形。也形容錯綜複雜的形勢。也作「犬牙交錯」。

語源 史記孝文本紀：「高帝封王子弟，地犬牙相制。」漢書劉勝傳：「先帝所以廣封連城，犬牙相錯者，為盤石宗也。」宋史俞充傳：「環州田與夏境犬牙交錯。」

例句 這兩國的交界處因為多高山，形成犬牙相錯的複雜地形。

犬馬之勞（ㄑㄩㄢˇ ㄇㄚˇ ㄓ ㄌㄠˊ） 像犬馬所付出的辛勞。多用作為人盡力工作的謙詞。犬馬，舊時人臣對國君自稱的謙詞。

語源 史記三王世家：「臣竊不勝犬馬心，昧死願陛下詔有司，因盛夏吉時定皇子位。」三國演義第二十一回：「公既奉詔討賊，備敢不效犬馬之勞？」

例句 小弟雖然沒有什麼長才，但樂意為大家效犬馬之勞。

4 **狂妄自大**（ㄎㄨㄤˊ ㄨㄤˋ ㄗˋ ㄉㄚˋ） 形容極端自高自大。狂妄，放肆妄為。自大，自以為非常了不起。

語源 清李雨堂萬花樓演義第五十三回：「內侍暗想：萬歲爺都宣他不動，太覺狂妄自大了。」

例句 他狂妄自大的口氣和咄咄逼人的態度，幾乎惹惱了所有與會的人員。

近義 妄自尊大　夜郎自大

反義 謙沖自牧　虛懷若谷

狂風怒吼（ㄎㄨㄤˊ ㄈㄥ ㄋㄨˋ ㄏㄡˇ） 形容風勢強大、風聲嚇人的景氣。

語源 明馮夢龍醒世恆言卷四〇：「至大洋深波之中，忽然狂風怒吼，怪浪波番。」

例句 颱風之夜，狂風怒吼，大雨傾盆，街上沒見半個行人。

近義 狂風大作　飛沙走石

狂風暴雨（ㄎㄨㄤˊ ㄈㄥ ㄅㄠˋ ㄩˇ） 強大猛烈的風雨。

語源 宋梅堯臣惜春：「前日看花心未足，狂風暴雨忽無憑。」

例句 正是芒果成熟採收的季節，忽然昨夜一陣狂風暴雨，令果農損失慘重。

近義 風雨交加

反義 微風細雨　風和日麗

5 **狐死首丘**（ㄏㄨˊ ㄙˇ ㄕㄡˇ ㄑㄧㄡ） 狐臨死時，會將頭朝向出生的山丘。比喻人不忘本或對故鄉的思念。

語源 禮記檀弓上：「狐死正丘首，仁也。」漢劉安淮南子說林：「鳥飛反鄉，兔走歸窟，狐死首丘……各哀其所生。」

例句 旅居美國的他晚年回到臺灣定居，一償他狐死首丘的心願。

近義 葉落歸根　飲水思源

狐狸尾巴（ㄏㄨˊ ㄌㄧˊ ㄨㄟˇ ㄅㄚ） 傳說狐狸能化變成人形來迷惑人，但無法使尾巴改變。比喻惡人的真面目或害人的意圖。

語源　北魏楊衒之洛陽伽藍記城西法雲寺記載：孫巖娶了一位賢淑美麗的太太，夫妻恩愛相敬如賓。但是，他的妻子有個怪癖，晚上睡覺從來不脫衣服。孫巖覺得奇怪，有一天趁妻子熟睡時，偷偷脫下她的衣服，發現有一條長長的狐狸尾巴露出來，孫巖嚇得奪門而出。原來他的妻子是狐狸精變化而成的。

例句　這個竊盜嫌疑犯禁不起王警官的套問，三兩句話便露出狐狸尾巴了。

近義　原形畢露　無所遁形

狐假虎威（ㄏㄨˊ ㄐㄧㄚˇ ㄏㄨˇ ㄨㄟ）　比喻藉他人權威來恐嚇人。假，假藉。

語源　戰國策楚策一記載一則寓言：有一隻老虎到森林裡覓食，抓到了一隻狐狸。狐狸說：「你不能吃我，上帝派我做百獸的領袖，你吃了我，便是違背上帝的旨意。若不信，我走在前頭，你跟隨在後，瞧瞧是否百獸一見到我便四處逃竄。」老虎認為有道理，便跟隨在狐狸之後，果然，所到之處其他動物紛紛走避。老虎不知道百獸怕的其實是自己，還以為牠們是怕狐狸呢！

例句　在學校大家讓你三分，是看在你父親是校長的分上；出了校外，你這套狐假虎威的伎倆可就不管用了。

近義　仗勢欺人　狗仗人勢

狐群狗黨（ㄏㄨˊ ㄑㄩㄣˊ ㄍㄡˇ ㄉㄤˇ）　指相互勾結、一起為非作歹的人。也作「狐朋狗黨」、「狐朋狗友」。

語源　元無名氏漢高皇濯足氣英布第四折：「咱若不是扶劉鋤項，逐著那狐群狗黨，兀良怎顯得咱這黥面當王！」元關漢卿單刀會第三折：「我須索緊緊的防，都是些狐朋狗黨。」紅樓夢第十回：「惱的是那群混帳狐朋狗友，扯是搬非。」

例句　你成天跟這些狐群狗黨廝混，要不被帶壞也很難。

近義　一丘之貉　沆瀣一氣

反義　良朋益友

狐疑不決（ㄏㄨˊ ㄧˊ ㄅㄨˋ ㄐㄩㄝˊ）　像狐狸一樣多疑而猶豫不決。形容拿不定主意。

語源　漢班固東觀漢記來歙傳：「帝謀西收囂兵，與俱伐蜀。囂將王元說囂，故狐疑不決。」

例句　機會來臨時要當機立斷，好好掌握，千萬不可狐疑不決，以免遺憾終生。

近義　猶豫不決　舉棋不定

反義　當機立斷　剛毅果決

狗仗人勢（ㄍㄡˇ ㄓㄤˋ ㄖㄣˊ ㄕˋ）　狗倚仗主人的威勢對人狂吠。比喻倚仗他人的權威來欺壓別人。仗，依靠。

語源　紅樓夢第七十四回：「叫你一聲『媽媽』，你就狗仗人勢，天天作耗，在我們跟前逞臉！」

例句　他不過是總統的一個隨扈，卻在這兒狗仗人勢、大聲喧吵，真是不知羞恥。

近義　狐假虎威　仗勢欺人

狗血淋頭（ㄍㄡˇ ㄒㄧㄝˇ ㄌㄧㄣˊ ㄊㄡˊ）　舊俗以為用狗血澆頭，可使妖魔現形。後比喻痛罵人一頓，如用狗血淋人之頭。也作「狗血噴頭」。

語源　漢應劭風俗通義記載：古人以狗血祭城門以除不祥。金瓶梅第三回：「我還把他罵的狗血噴了頭。」

例句　他因為經常遲到，又習慣在上班時打瞌睡，被老闆罵了個狗血淋頭。

近義 破口大罵

狗吠非主（ㄍㄡˇ ㄈㄟˋ ㄈㄟ ㄓㄨˇ） 如果不是主人，狗都會對其吠叫。比喻人臣各忠其主。

語源 戰國策齊策六：「跖之狗吠堯，非貴跖而賤堯也，狗固吠非其主也。」

例句 他的老闆對他有知遇之恩，且狗吠非主，你想叫他跳槽是不可能的。

近義 各為其主　跖狗吠堯

狗尾續貂（ㄍㄡˇ ㄨㄟˇ ㄒㄩˋ ㄉㄧㄠ） 用狗尾來接續、取代原來的貂尾。原指濫授官爵。後泛指後繼者不如前者。常指文學藝術作品而言。續，接續。貂，珍貴的動物，皮毛柔美。古代近侍官員用貂尾來裝飾官帽。

語源 晉書趙王倫傳記載：晉朝時趙王倫發動政變，篡奪帝位。他即位後隨即大赦天下，濫授官爵，凡參與篡謀的人，都予以升官進爵，每當朝會時，到處都是戴著貂帽的人，當時的人作了一則諺語說：「貂不足，狗尾續。」藉以嘲諷趙王倫濫封官爵。後用來形容後繼者表現不如前者。宋黃庭堅再次韻兼簡履中南玉：「經術貂蟬續狗尾，文章瓦釜作雷鳴。」

例句 電影往往因第一部賣座而拍續集，卻常是狗尾續貂，令人失望。

狗屁不通（ㄍㄡˇ ㄆㄧˋ ㄅㄨˋ ㄊㄨㄥ） 譏稱文章或談話內容極不通順。

語源 清石玉崑三俠五義第三十五回回目：「柳老賴婚狼心難測，馮生聯句狗屁不通。」

例句 這種狗屁不通的文章竟然還來投稿，真是叫人笑掉大牙！

近義 不知所云　文不對題

反義 文從字順　深入淺出

狗急跳牆（ㄍㄡˇ ㄐㄧˊ ㄊㄧㄠˋ ㄑㄧㄤˊ） 比喻人走投無路時，不顧一切採取極端的行動。

語源 唐敦煌變文集鷰子賦：「人急燒香，狗急驀牆。」紅樓夢第二十七回：「一時人急造反，狗急跳牆，不但生事，而且我還沒趣。」

例句 你別逼他，萬一他狗急跳牆，做出傷害你的事，那就不好了。

近義 孤注一擲　鋌而走險

反義 坐以待斃　束手就擒

狗頭軍師（ㄍㄡˇ ㄊㄡˊ ㄐㄩㄣ ㄕ） 戲稱喜歡幫別人亂出主意的人。

語源 清張南莊何典第十回：「次日，又宣眾鬼入朝，論功行賞。便封活死人為蓬頭大將，地裡鬼為狗頭軍師。」

例句 他之所以會做出這麼荒唐可笑的事，原來是你這個狗頭軍師幫他出的餿主意。

狗眼看人低（ㄍㄡˇ ㄧㄢˇ ㄎㄢˋ ㄖㄣˊ ㄉㄧ） 形容人勢利眼，隨意輕視他人。

語源 清菊畦子醒世奇言第一回：「你不要狗眼看人低，道我不過是個尼姑的親戚，我親戚多有為官為宰，弄得你這個老狗死哩！」

例句 他雖然穿著樸實，卻是跨國企業的總裁，你別狗眼看人低，當他是個大老粗。

狗嘴吐不出象牙（ㄍㄡˇ ㄗㄨㄟˇ ㄊㄨˇ ㄅㄨˋ ㄔㄨ ㄒㄧㄤˋ ㄧㄚˊ） 比喻粗劣的人嘴裡說不出好話。

語源 晉葛洪抱朴子清鑒：「虎尾不附狸身，象牙不出鼠口。」元高文秀好酒趙元遇上皇第一折：「父親，和這等東西，有什麼好話，講出什麼理來，狗口裡吐不出象牙。」

例句 大過年的，你說這種不吉利的話，真是狗嘴吐不出象

牙。

狗拿耗子——多管閒事 ㄍㄡˇ ㄋㄚˊ ㄏㄠˋ ·ㄗ ㄉㄨㄛ ㄍㄨㄢˇ ㄒㄧㄢˊ ㄕˋ

歇後語。狗也學貓去捉老鼠。比喻多管閒事。耗子，老鼠。

語源 清文康兒女英雄傳第三十四回：「你這孩子，纔叫他娘的狗拿耗子呢！」

例句 這件事我自己解決，你可別狗拿耗子——多管閒事。

狗咬呂洞賓——不識好人心 ㄍㄡˇ ㄧㄠˇ ㄌㄩˇ ㄉㄨㄥˋ ㄅㄧㄣ ㄅㄨˋ ㄕˋ ㄏㄠˇ ㄖㄣˊ ㄒㄧㄣ

歇後語。罵人不知領情，不識好歹。

語源 紅樓夢第二十五回：「彩霞咬著牙，向他頭上戳了一指頭，道：『沒良心的，狗咬呂洞賓，不識好人心。』」

例句 我好意幫你，你卻責怪我，真是「狗咬呂洞賓——不識好人心」。

6

狡兔三窟 ㄐㄧㄠˇ ㄊㄨˋ ㄙㄢ ㄎㄨ

狡猾的兔子有三處藏身的洞穴。比喻有多處藏身的地方或多種避禍的準備。

語源 戰國策齊策四：「狡兔有三窟，僅得免其死耳。」

例句 案發後，狡兔三窟的歹徒讓警方疲於奔命。

反義 窮途末路　死路一條

7

狹路相逢 ㄒㄧㄚˊ ㄌㄨˋ ㄒㄧㄤ ㄈㄥˊ

在狹窄的道路上相遇，無可閃讓。後多比喻仇敵相遇，難以相容。

語源 宋郭茂倩樂府詩集相逢狹路間：「相逢狹路間，道隘不容車。」元佚名爭報恩三虎下山楔子：「不如做個計較，放了他回去；狹路相逢，安知沒有報恩之處。」

例句 他們二人心結已深，如今狹路相逢，難免一場惡鬥。

近義 冤家路窄

狼子野心 ㄌㄤˊ ㄗˇ ㄧㄝˇ ㄒㄧㄣ

豺狼之子，野性難馴。比喻殘暴的人，惡性難改。

語源 左傳宣公四年：「諺曰：『狼子野心。』是乃狼也，其可畜乎！」

例句 這群人狼子野心，行事乖張，你千萬要小心提防。

近義 包藏禍心　蛇蠍心腸

反義 心寬性厚　菩薩心腸

狼心狗肺 ㄌㄤˊ ㄒㄧㄣ ㄍㄡˇ ㄈㄟˋ

比喻心腸狠毒。多就忘恩負義而言。或用以責備居心惡毒、行事殘暴的人。

語源 後漢書南匈奴傳：「自是匈奴得志，狼心復生。」明馮夢龍醒世恆言卷三〇：「那知這賊子恁般狼心狗肺，負恩忘義。」

例句 這個人狼心狗肺，犯下許多罪行，如今受到法律制裁，真是大快人心。

近義 狼子野心　蛇蠍心腸

反義 菩薩心腸　赤子之心

狼吞虎嚥 ㄌㄤˊ ㄊㄨㄣ ㄏㄨˇ ㄧㄢˋ

狼虎爭食，吞嚥匆忙。借以比喻人吃東西粗魯急切。嚥，也作「咽」。

語源 明凌濛初二刻拍案驚奇卷二二：「果然拿出熱騰騰的狗肉來，與公子一同狼吞虎咽，吃得盡興。」

例句 為了趕時間，他吃飯時狼吞虎嚥，差點噎到。

近義 飢不擇食

反義 細嚼慢嚥

狼奔豕突 ㄌㄤˊ ㄅㄣ ㄕˇ ㄊㄨˊ

像狼和野豬一樣狂奔亂衝。比喻壞人到處亂衝亂竄或狼狽逃竄之狀。也作「豕突狼奔」。

語源 清歸莊擊筑餘音重調：「有幾個狼奔豕突的燕和趙，有幾個狗屠驢販的奴和盜。」

例句 聽到警笛聲由遠而近，

那群在街頭械鬥的惡少頓時狼奔豕突，一下子不見人影。

近義 抱頭鼠竄　落荒而逃

狼狽不堪 ㄌㄤˊ ㄅㄟˋ ㄅㄨˋ ㄎㄢ　形容非常窘困的樣子。

語源 三國志蜀書馬超傳：「進退狼狽，乃奔漢中依張魯。」宋朱熹與政府劄子：「風痰大作，頭目旋暈，幾欲僵仆，今已累日，精神愈見昏慢，委是狼狽不堪。」

例句 阿傑在街上跌了一跤，不但撞傷了額頭，褲子還破了個洞，實在是狼狽不堪。

近義 焦頭爛額

反義 春風得意　左右逢源

狼狽為奸 ㄌㄤˊ ㄅㄟˋ ㄨㄟˊ ㄐㄧㄢ　狼和狽合夥傷害牲畜。比喻壞人互相勾結，為非作歹。狽，傳說中一種與狼相似的獸，牠的前腿短，後腿長，跑動時要趴在狼身上，否則就不能行動。

語源 唐段成式酉陽雜俎卷一六：「狽前足絕短，每行常駕兩狼，失狼則不能動。故世言事乖者稱狼狽。」清褚人穫隋唐演義第八十五回：「安祿山向同李林甫狼狽為奸。」

例句 他們兩人素行不端，狼狽為奸已久，盡人皆知。

近義 朋比為奸　沆瀣一氣

反義 周而不比　群而不黨

狼煙四起 ㄌㄤˊ ㄧㄢ ㄙˋ ㄑㄧˇ　指邊境不平靜，到處動盪不安、戰爭紛起。狼煙，燒狼糞升起的煙，古代邊防用以報警。借指戰爭。

語源 明沈采千金記第九齣：「如今狼煙四起，虎鬥龍爭。」

例句 中東地區狼煙四起，令當地百姓終日惶惶不安。

近義 烽火連天　變亂紛乘

8

猛虎出柙 ㄇㄥˇ ㄏㄨˇ ㄔㄨ ㄒㄧㄚˊ　衝出籠子的兇猛老虎。比喻兇猛無比，銳不可當。柙，關獸畜的檻籠或柵欄。

語源 論語季氏：「虎兕出於柙，龜玉毀於櫝中。」古本水滸傳第十六回：「四人見城門開放，如同猛虎出柙，飛步而走。」

例句 他被禁賽五場後，今天一上場，首節就飆進二十分，有如猛虎出柙，無人能擋。

近義 銳不可當　摧枯拉朽

反義 不堪一擊　困獸之鬥

猝不及防 ㄘㄨˋ ㄅㄨˋ ㄐㄧˊ ㄈㄤˊ　事出突然，來不及防備。猝，突然；出乎意外。

語源 清紀昀閱微草堂筆記卷一五姑妄聽之一：「猝不及防，突然相遇，是先生犯鬼，非鬼犯先生。」

例句 前方車輛突然緊急煞車，令我猝不及防，一頭撞上。

近義 措手不及

反義 應付裕如

9

猶豫不決 ㄧㄡˊ ㄩˋ ㄅㄨˋ ㄐㄩㄝˊ　遲疑而不能拿定主意。

語源 戰國策趙策三：「平原君猶豫未有所決。」晉書劉牢之傳：「時玄屯相府，敬宣勸牢之襲玄，猶豫不決。」

例句 小羅的個性優柔寡斷，遇事時常猶豫不決，難怪老闆始終不敢委以大任。

近義 優柔寡斷　狐疑不定

反義 當機立斷　英明果決

10

獅子大開口 ㄕ ㄗˇ ㄉㄚˋ ㄎㄞ ㄎㄡˇ　比喻漫天要價或索求太高。

語源 清蒲崖主人醒夢駢言第十回：「你好不識時務，連些柴米還沒借處，這般獅子大開口起來？」

例句 見那人老實可欺，他竟然獅子大開口，一碗麵要價五百元。

11

獐頭鼠目（ㄓㄤ ㄊㄡˊ ㄕㄨˇ ㄇㄨˋ） 長得像獐的頭，老鼠的眼睛。形容長相邪惡，眼神不定，一副心術不正的模樣。

語源　新唐書李揆傳：「麞頭鼠目子乃求官邪？」

例句　那人長得獐頭鼠目，恐怕心術不正，和他交往還是小心為妙。

近義　尖嘴猴腮　面目可憎

反義　眉清目秀　相貌堂堂

13

獨一無二（ㄉㄨˊ ㄧ ㄨˊ ㄦˋ） 唯一的；沒有其他相同或可以相比的。

語源　金瓶梅第六十二回：「我的家財富豪，清河縣內是獨一無二的。」

例句　這件古董是世界上獨一無二的，你打破了可賠不起。

近義　天下無雙　絕無僅有

反義　無獨有偶　比比皆是

獨木難支（ㄉㄨˊ ㄇㄨˋ ㄋㄢˊ ㄓ） 僅靠一根梁柱難以支撐將要傾倒的大廈。比喻一個人的力量難以支撐全局。也作「一木難支」。

語源　慎子知忠：「故廊廟之材，蓋非一木之枝也。」南朝宋劉義慶世說新語任誕：「元裒如北夏門，拉攞自欲壞，非一木所能支。」明陸西星封神演義第九十三回：「屢欲思報此仇，為獨木難支，不能向前。」

例句　局勢演變至此，光靠他一個人也是獨木難支啊！

近義　孤掌難鳴　勢孤力單

反義　眾擎易舉　眾志成城

獨占鼇頭（ㄉㄨˊ ㄓㄢˋ ㄠˊ ㄊㄡˊ） 古代稱考中狀元。今泛指在競賽中得到第一名。鼇頭，宮殿門前石階上的巨鼇（大鱉）浮雕。科舉時代朝廷發金榜時，由新科狀元立在其上迎榜。

語源　元無名氏包待制陳州糶米楔子：「殿前曾獻升平策，獨占鼇頭第一名。」

例句　他從小參加各項競賽都獨占鼇頭，非常優秀。

近義　名列前茅　首屈一指

反義　名落孫山　敬陪末座

獨守空房（ㄉㄨˊ ㄕㄡˇ ㄎㄨㄥ ㄈㄤˊ） 指女子沒有丈夫陪伴。

語源　古詩十九首青青河畔草：「蕩子行不歸，空房難獨守。」明抱甕老人今古奇觀卷五二：「又說良時吉日，不好使他獨守空房。」

例句　丈夫到海外經商後，她獨守空房，過著冷清寂寞的生活。

近義　形單影隻

反義　雙宿雙飛　出雙入對

獨行其是（ㄉㄨˊ ㄒㄧㄥˊ ㄑㄧˊ ㄕˋ） 不受他人影響，堅定依照自己的信念去做。也指不顧他人意見，一意孤行。

語源　孟子滕文公下：「不得志，獨行其道。」明陸雲龍遼海丹忠錄第七回：「若是一個持守得定，獨行其是的，卻又說他自矜愎諫，捉風捕影，誹謗著他。」清唐芸洲七劍十三俠第七十三回：「人各有志，不能勉強而行，也只好隨他獨行其是便了。」

例句　①在價值混亂的時代裡，能堅守正道、獨行其是的人，確實勇氣可嘉。②你這種自高自大、獨行其是的作風，遲早會遭到同事排斥，勸你心胸要放寬，心量要放大。

近義　擇善固執　獨斷獨行

反義　和光同塵　同心同德

獨行其道（ㄉㄨˊ ㄒㄧㄥˊ ㄑㄧˊ ㄉㄠˋ） 獨自實踐自己的信念。

語源　孟子滕文公下：「得志，

犬

與民由之；不得志，獨行其道。」

例句 處在這種眾人皆醉、向下沉淪的環境裡，他卻能夠獨行其道，拒絕同流合汙，實在不簡單。

近義 獨行其是

獨步一時 ㄉㄨˊ ㄅㄨˋ ㄧˋ ㄕˊ 形容非常突出，在當時沒有人可以相比。

語源 晉書陸喜傳：「文藻宏麗，獨步當時。」北齊書魏收傳：「收遂大被任用，獨步一時。」

例句 陳師傅雕刻佛像的技藝獨步一時，作品廣被收藏。

近義 一時無兩 無出其右

反義 不知凡幾 比比皆是

獨來獨往 ㄉㄨˊ ㄌㄞˊ ㄉㄨˊ ㄨㄤˇ 原指獨自往來天地之間，毫無牽掛。後指行動孤單，自來自去，沒有伴侶。也作「獨往獨來」。

語源 莊子在宥：「出入六合，遊乎九州，獨往獨來，是謂獨有。」宋陳亮又甲辰秋書：「獨往獨來於人世間，亦自傷其孤另而已。」明淩濛初初刻拍案驚奇卷三：「老兄帶了許多銀子，沒個做伴，獨來獨往，只怕著了道兒。」

例句 那個拾荒老人個性孤僻，總是獨來獨往，大夥都不曉得他的底細。

反義 成群結隊 三五成群

獨具匠心 ㄉㄨˊ ㄐㄩˋ ㄐㄧㄤˋ ㄒㄧㄣ 具有獨到靈巧的心思。多指在技術和藝術上有精采的創造性。匠心，精巧的心思。

語源 唐王士源孟浩然集序：「文不按古，匠心獨妙。」清徐珂清稗類鈔藝術類：「又參以右軍、襄陽各體，而獨具匠心，運之以神。」

例句 那件衣服的下襬綴滿各色的玫瑰花，是設計師獨具匠心的傑作。

近義 匠心獨運 獨出機杼

反義 襲人故智 拾人牙慧

獨具隻眼 ㄉㄨˊ ㄐㄩˋ ㄓ ㄧㄢˇ 參見「別具隻眼」。

獨具慧眼 ㄉㄨˊ ㄐㄩˋ ㄏㄨㄟˋ ㄧㄢˇ 稱人見識高超，具有獨到的眼光。也作「慧眼獨具」。

語源 清徐震女才子書第七卷：「有知其事者，莫不交口贊譽，以為雲卿獨具慧眼。」

例句 人們都只見到他殘缺的肢體，只有那位獨具慧眼的女孩了解他的才華。

近義 獨具隻眼 慧眼識英雄

反義 拾人牙慧 人云亦云

獨沽一味 ㄉㄨˊ ㄍㄨ ㄧˊ ㄨㄟˋ 源自粵語。指只賣一味藥材。也用來指只鍾情於某一事物，其餘都看不上眼。沽，賣。

例句 王媽媽幾十年來獨沽一味，在菜市場擺攤賣水煎包。因為料好實在，連外地人都慕名而來。

近義 情有獨鍾 一往情深

獨排眾議 ㄉㄨˊ ㄆㄞˊ ㄓㄨㄥˋ ㄧˋ 排斥眾人的意見，堅持自己的主張。

語源 宋蘇轍上皇帝書：「仁宗哀其狂愚，力排群議，使臣得不遂棄於世。」三國演義第四十三回回目：「諸葛亮舌戰群儒，魯子敬力排眾議。」

例句 當大家異口同聲地說出上館子時，媽媽卻獨排眾議，執意在家裡煮飯。

近義 力排眾議 據理力爭

反義 集思廣益 博採眾議

獨善其身 ㄉㄨˊ ㄕㄢˋ ㄑㄧˊ ㄕㄣ 本意指能做好自己的德性修養。後也用來指只顧自己好而不管他人。

語源 孟子盡心上：「窮則獨善其身，達則兼善天下。」魏書袁翻傳：「當時賢達咸推與之，然獨善其身，無所獎拔。」

例句 ①在那樣汙穢的環境裡，能夠獨善其身，實在難得。②團體裡如果人人只想獨善其身，那就永遠不會進步。

近義 潔身自好　明哲保身

反義 兼善天下　急公好義

獨當一面 ㄉㄨˊ ㄉㄤ ㄧˊ ㄇㄧㄢˋ 獨力擔當一方面的重任。當，承擔；擔任。

語源 史記留侯世家：「而漢王之將獨韓信可屬大事，當一面。」

例句 以他的聰明才智，若能用心學習，相信很快就可以成為獨當一面的主管。

近義 獨挑大梁

獨領風騷 ㄉㄨˊ ㄌㄧㄥˇ ㄈㄥ ㄙㄠ 原指獨自引領文學的風潮。也泛指表現突出，領先群倫。風騷，詩經國風與楚辭離騷的合稱，泛指詩文創作。

語源 南朝宋沈約宋書謝靈運傳論：「源其飇流所始，莫不同祖風騷。」清趙翼論詩：「江山代有才人出，各領風騷數百年。」

例句 這部如史詩般的巨獻共獲得十項大獎，在本屆奧斯卡影展獨領風騷。

近義 領先群倫　專美於前

反義 望塵莫及　瞠乎其後

獨樹一幟 ㄉㄨˊ ㄕㄨˋ ㄧˊ ㄓˋ 獨自樹立另一旗幟。比喻自成一格或一家。

語源 南齊周顒重答張長史：「此自足下懷抱，與老、釋而為三家車，或可獨樹一家，非老情之所敢逮也。」清陳廷焯白雨齋詞話卷六：「南宋詞家……惟方外之葛長庚，閩中之李易安，別於周、秦、姜、史、蘇、辛外，獨樹一幟。」

例句 他的設計風格在服裝界中獨樹一幟，一眼便能認出。

近義 獨闢蹊徑　自成一家

反義 亦步亦趨　拾人牙慧

獨斷獨行 ㄉㄨˊ ㄉㄨㄢˋ ㄉㄨˊ ㄒㄧㄥˊ 獨自決斷，並按自己的想法做事。形容不聽他人意見。

語源 韓非子孤憤：「今大臣執柄獨斷，而上弗知收，是人主不明也。」金史石璩傳：「朕為天子，未嘗敢專行獨斷。」清李伯元官場現形記第十二回：「你在他手下辦事，只可以獨斷獨行。」

例句 他做事一向獨斷獨行，很少與人協調溝通。

近義 一意孤行　剛愎自用

反義 集思廣益　群策群力

獨闢蹊徑 ㄉㄨˊ ㄆㄧˋ ㄒㄧ ㄐㄧㄥˋ 獨自開闢另一條途徑。比喻自創另一種風格或方法。

語源 晏子春秋內篇雜上：「昔者嬰之治阿也，築蹊徑。」清沈德潛說詩晬語：「杜子美獨闢畦徑，寓縱橫排奡於整密中，故應包涵一切。」

例句 善於求變的他，此次參展作品獨闢蹊徑，備受好評。

近義 別出心裁　獨樹一幟

反義 拾人牙慧　千篇一律

獨攬大權 ㄉㄨˊ ㄌㄢˇ ㄉㄚˋ ㄑㄩㄢˊ 參見「大權獨攬」。

獨木不成林 ㄉㄨˊ ㄇㄨˋ ㄅㄨˋ ㄔㄥˊ ㄌㄧㄣˊ 一棵樹無法成為森林。比喻勢孤力單，不能成事。也作「獨木不林」。

語源 後漢書崔駰傳：「蓋高樹靡陰，獨木不林；隨時之宜，道貴從凡。」清錢彩說岳全傳第四十八回：「單絲不成線，獨木不成林。」

例句 你在南部孤軍奮鬥，總

是獨木不成林，何不北上加入我們的團隊，一起打拚？

近義　單絲不線　孤掌難鳴

反義　眾擎易舉　眾志成城

玄部

玄之又玄（ㄒㄩㄢˊ ㄓ ㄧㄡˋ ㄒㄩㄢˊ）　形容極其深奧玄妙，難以捉摸。

語源　老子一章：「玄之又玄，眾妙之門。」

例句　他剛剛說的那席話真是玄之又玄，令我完全摸不著頭緒。

近義　高深莫測　深不可測

反義　深入淺出

6

率由舊章（ㄕㄨㄞˋ ㄧㄡˊ ㄐㄧㄡˋ ㄓㄤ）　完全按照老規矩辦事。率由，遵循；沿襲。

語源　詩經大雅假樂：「不愆不忘，率由舊章。」

例句　在日新月異的時代，政府行政若一味率由舊章，恐將無法趕上世界的腳步。

近義　蹈常襲故　一仍其舊

反義　不主故常　改弦更張

率爾操觚（ㄕㄨㄞˋ ㄦˇ ㄘㄠ ㄍㄨ）　不加思索，提筆就寫。原形容文思敏捷，後多用來形容寫作隨便，不夠經心慎重。率爾，隨便、輕率的樣子。觚，古代寫字用的木簡。操觚，指作文章。

語源　晉陸機文賦：「或操觚以率爾，或含毫而邈然。」清章學誠文史通義和州志前志列傳序例下：「後代文無體要，職非校勘，皆能率爾操觚。」

辨析　觚，音ㄍㄨ，不讀ㄏㄨˊ。

例句　自傳是求職函中不可或缺的部分，要用心地寫，不可率爾操觚。

近義　輕率下筆　率爾成章

反義　惜墨如金　精思巧構

率獸食人（ㄕㄨㄞˋ ㄕㄡˋ ㄕˊ ㄖㄣˊ）　帶領野獸來吃人。比喻暴政害民。率，帶領；率領。

語源　孟子梁惠王上：「庖有肥肉，廄有肥馬，民有飢色，野有餓莩，此率獸而食人也。」

例句　只會橫徵暴斂，不顧人民死活的暴君，無異率獸食人，終將受到歷史的制裁。

近義　倒行逆施　殘民以逞

反義　輕徭薄稅　解民倒懸

玉部

玉石不分（ㄩˋ ㄕˊ ㄅㄨˋ ㄈㄣ）　美玉和石頭混在一起而不分開。比喻好壞不分。

語源　五代王定保唐摭言進士歸禮部：「洎乎近代，厥道寖微，玉石不分，熏蕕錯雜。」

例句　身為公司主管，如果玉石不分，用人失當，將會造成不堪設想的後果。

近義　牛驥同皁　薰蕕同器

反義　各得其所　涇渭分明

玉石俱焚（ㄩˋ ㄕˊ ㄐㄩˋ ㄈㄣˊ）　美玉和石頭一起被燒燬。比喻不論好壞同歸於盡。

語源　尚書胤征：「火炎崑岡，玉石俱焚。」

例句　核子武器的使用，沒有贏家。因為核戰一旦爆發，結果必定玉石俱焚。

近義　玉石同碎

玉成其事（ㄩˋ ㄔㄥˊ ㄑㄧˊ ㄕˋ）　成全那樁美事。玉成，「玉汝於成」的省稱。成就；成全。

語源　詩經大雅民勞：「王欲玉女（汝），是用大諫。」宋張載西銘：「富貴福澤，將厚吾之生也；貧賤憂戚，庸玉女於成也。」明馮夢龍喻世明言卷二七：「秀才若不棄嫌，老漢

犬
玄

即當玉成其事。」

例句　多虧老趙贊助玉成其事，小華才能順利出國比賽。

近義　成人之美　一臂之力

反義　興風作浪　從中作梗

玉兔東升 ㄩˋ ㄊㄨˋ ㄉㄨㄥ ㄕㄥ　指月出。玉兔，指月亮。古代傳說月中有玉兔，故稱。

語源　韓琮春愁：「金烏長飛玉兔走，青鬢長青古無有。」

例句　金烏西墜，玉兔東升，日復一日，生命就在不知不覺中流逝了！

玉樹臨風 ㄩˋ ㄕㄨˋ ㄌㄧㄣˊ ㄈㄥ　比喻人挺拔俊秀，高雅傑出。

語源　唐杜甫飲中八仙歌：「宗之瀟洒美少年，舉觴白眼望青天，皎如玉樹臨風前。」

例句　那位男星身材挺拔，風度瀟灑，有如玉樹臨風，不知道迷死了多少女生！

近義　風度翩翩　倜儻不群

反義　腦滿腸肥　其貌不揚

玉不琢，不成器 ㄩˋ ㄅㄨˋ ㄓㄨㄛˊ ㄅㄨˋ ㄔㄥˊ ㄑㄧˋ　玉石不經過雕琢，就不能成為精美的器物。比喻人不經過磨鍊，就不能成為有用之材。

語源　禮記學記：「玉不琢，不成器；人不學，不知義。」

例句　古人說：「玉不琢，不成器。」他的資質雖好，如果沒有老師的調教鞭策，也不可能有今天的成就！

近義　人不學，不知道

4

玩火自焚 ㄨㄢˊ ㄏㄨㄛˇ ㄗˋ ㄈㄣˊ　玩火而被火燒死。比喻從事冒險或害人的事，最終會自食惡果。

語源　左傳隱公四年：「夫兵，猶火也，弗戢，將自焚也。」

例句　他是個幫派分子，你卻老向他挑釁，遲早會玩火自焚。

近義　自食惡果　咎由自取

玩世不恭 ㄨㄢˊ ㄕˋ ㄅㄨˋ ㄍㄨㄥ　形容不遵守禮法、遊戲人間的生活態度。玩，戲耍；輕藐。不恭，不嚴肅。

語源　清蒲松齡聊齋誌異卷七顛道士：「予鄉殷生文屏，畢司農之妹夫也，為人玩世不恭。」

例句　瞧他一副玩世不恭的態度，凡事都不認真，將來恐怕難有大成就。

近義　遊戲人間　放浪形骸

玩忽職守 ㄨㄢˊ ㄏㄨ ㄓˊ ㄕㄡˇ　怠慢工作，敷衍了事。玩忽，輕忽；不認真。也作「怠忽職守」。

例句　他玩忽職守，毫無責任感，以致考績不佳而遭到解雇，可說是咎由自取。

近義　混水摸魚　有虧職守

反義　克盡厥職　盡忠職守

玩物喪志 ㄨㄢˋ ㄨˋ ㄙㄤˋ ㄓˋ　沉迷於所喜好的事物而喪失志氣。玩，愛好。喪，失去。

語源　尚書旅獒：「玩人喪德，玩物喪志。」

例句　小弟原本勤奮好學，迷上漫畫之後便玩物喪志，成績一落千丈。

近義　不求長進　不思進取

反義　篤志好學　敦品勵學

玩歲愒時 ㄨㄢˋ ㄙㄨㄟˋ ㄎㄞˋ ㄕˊ　貪圖安逸，荒廢時日。玩，貪玩輕忽。愒，曠廢。也作「翫歲愒日」。

語源　左傳昭公元年：「趙孟將死矣，主民，翫歲而愒日，其與幾何？」明王守仁教條示龍場諸生：「今學者曠廢隳惰，玩歲愒時，而百無所成，皆由於志之未立耳。」

例句　年輕人應該把握青春時光，有所作為，若只知玩歲愒

時，虛度光陰，終將老大傷悲，後悔莫及。

近義 虛度年華 遊手好閒

反義 夙夜匪懈 朝乾夕惕

玩於股掌之上（ㄨㄢˊ ㄩˊ ㄍㄨˇ ㄓㄤˇ ㄓ ㄕㄤˋ） 放在大腿和手掌上玩弄。比喻輕易地把人隨意擺布。

語源 國語吳語：「大夫種勇而善謀，將還玩吳國于股掌之上，以得其志。」

例句 這件合作案純粹是個騙局，你被對方玩於股掌之上還不自知，未免太過天真。

5

玲瓏小巧（ㄌㄧㄥˊ ㄌㄨㄥˊ ㄒㄧㄠˇ ㄑㄧㄠˇ） 形容器物形體小而精美細緻。多指工藝製作之精巧。也作「小巧玲瓏」。

語源 宋辛棄疾臨江仙戲為山園蒼壁解嘲：「有心雄泰華，無意巧玲瓏。」清吳趼人近十年之怪現狀第十九回：「那船上敞了兩面船窗，放下鮫綃簾子，陳設了小巧玲瓏的紫檀小桌椅。」

例句 王師傅做的精緻糕點，就像玲瓏小巧的藝術品一般，教人捨不得吃它。

近義 玲瓏剔透

玲瓏剔透（ㄌㄧㄥˊ ㄌㄨㄥˊ ㄊㄧ ㄊㄡˋ） 形容器物細緻精巧，明徹透亮。也比喻人聰明伶俐，靈巧慧黠。

語源 西遊記第四回：「複道迴廊，處處玲瓏剔透。」元關漢卿救風塵第二折：「那廝愛女娘的心，見的便似驢共狗，賣弄他玲瓏剔透。」

例句 ①這件水晶雕飾玲瓏剔透，教人愛不釋手。②像妳這麼一位玲瓏剔透的姑娘，誰會不喜歡呢？

近義 精金美玉 聰明伶俐

反義 冥頑不靈 渾渾噩噩

珍禽異獸（ㄓㄣ ㄑㄧㄣˊ ㄧˋ ㄕㄡˋ） 珍貴奇特的飛禽和走獸。

語源 尚書旅獒：「珍禽奇獸不育于國。」清王韜瀛壖雜誌卷一：「燈作傘形，六角間有圓者，鏤人物花卉、珍禽異獸。」

例句 那家私人動物園裡，畜養了許多珍禽異獸，吸引大批民眾前往觀賞。

6

珠玉在側（ㄓㄨ ㄩˋ ㄗㄞˋ ㄘㄜˋ） 比喻身旁的人儀態俊秀，才識超群。珠玉，珠寶和玉石。比喻寶貴、出眾。側，旁邊。也作「珠玉在旁」。

語源 南朝宋劉義慶世說新語容止：「驃騎王武子是衛玠之舅，俊爽有風姿。見玠輒嘆曰：珠玉在側，覺我形穢。」宋秦觀與李德叟簡：「所謂珠玉在傍，覺人形穢，信此言也。」

例句 劉大哥文質彬彬，風度翩翩，有他這個珠玉在側，小陳不覺自慚形穢。

近義 自慚形穢

珠光寶氣（ㄓㄨ ㄍㄨㄤ ㄅㄠˇ ㄑㄧˋ） 形容女子用珠寶裝飾得富麗華貴。使用時常有貶義。

語源 清張春帆九尾龜第五回：「插一支珍珠紮就斜飛鳳簪飾……珠光寶氣，曄曄照人。」

例句 她一身珠光寶氣地參加家長會，過度的裝扮，令人側目。

近義 穿金戴銀 珠圍翠繞

珠胎暗結（ㄓㄨ ㄊㄞ ㄢˋ ㄐㄧㄝˊ） 比喻女子暗中與人私通而懷孕。珠胎，珠子包在蚌蛤中就像婦女懷著胎兒一樣。也比喻婦女懷胎。也作「暗結珠胎」。

語源 漢書揚雄傳：「方椎夜光之流離，剖明月之珠胎。」

唐王勃傷裴錄事喪子：「魄散珠胎沒，芳銷玉樹沉。」

例句 古代社會中，女子珠胎暗結是不合乎禮法的。

珠圍翠繞 ㄓㄨ ㄨㄟˊ ㄘㄨㄟˋ ㄖㄠˋ ①形容裝飾得很美麗。②比喻有眾多美女隨侍在旁。

語源 金元好問書貽第三女珍：「珠圍翠繞三花樹，李白桃紅一捻春。」明顧大典青衫記第三齣：「怎禁得煙花圈套，便玉軟香溫，珠圍翠繞。」

例句 ①陳太太每次外出都打扮得花枝招展、珠圍翠繞，儼然一副貴夫人的模樣。②有錢的公子哥兒成天處在珠圍翠繞之中，容易予人用情不專的印象。

近義 珠光寶氣　前呼後擁

珠圓玉潤 ㄓㄨ ㄩㄢˊ ㄩˋ ㄖㄨㄣˋ 像明珠一般渾圓，像美玉一般溫潤。原比喻水流明淨，回波圓轉。後多用來比喻文詞華美圓熟。也用來比喻歌聲佳妙。

語源 唐張文琮咏水：「方流涵玉潤，圓折動珠光。」清周濟詞辨：「北宋詞多就景敘情，故珠圓玉潤，四照玲瓏。」

例句 ①這篇短文具有珠圓玉潤的美感，讀來琅琅上口。②她的歌聲珠圓玉潤，令人陶醉。

近義 字字珠璣　黃鶯出谷

反義 詰屈聱牙　五音不全

珠落玉盤 ㄓㄨ ㄌㄨㄛˋ ㄩˋ ㄆㄢˊ 一顆顆大小不一的珍珠不停落在玉盤子上的聲音。形容聲音清脆悅耳。

語源 唐白居易琵琶行：「大弦嘈嘈如急雨，小弦切切如私語；嘈嘈切切錯雜彈，大珠小珠落玉盤。」

例句 偌大的音樂廳中只聽聞鐵琴音由弱而強，由慢而快，如珠落玉盤，悅耳動聽，揭開了這首打擊樂曲的序幕。

珠聯璧合 ㄓㄨ ㄌㄧㄢˊ ㄅㄧˋ ㄏㄜˊ 珍珠串聯在一起，美玉合在一塊兒。比喻美好的事物或人才聚集，有完美無缺的意思。常用來祝頌男女結婚才貌相當，互相匹配。原作「合璧連珠」。指日月、五星（水、木、金、火、土）同時出現於天空的一種天象。

語源 漢書律曆志上：「日月如合璧，五星如連珠。」南北朝庾信周兗州刺史廣饒公鄭常神道碑：「發源纂胄，葉派枝分；開國承家，珠聯璧合。」

例句 這對佳偶郎才女貌，十分匹配，真是珠聯璧合。

近義 郎才女貌　佳偶天成

班門弄斧 ㄅㄢ ㄇㄣˊ ㄋㄨㄥˋ ㄈㄨˇ 在巧匠魯班門前賣弄大斧。用以譏諷人不自量力，在行家面前賣弄學識技藝。班，魯班，即公輸子，古代的巧匠。

語源 唐柳宗元王氏伯仲唱和詩序：「操斧于班、郢之門，斯強顏耳。」宋歐陽脩與梅聖俞書：「昨在真定，有詩七、八首，今錄去，班門弄斧，可笑可笑。」

例句 在座的白先生是享譽國際的知名作家，我今天來談文藝，簡直班門弄斧，請大家不要見笑。

近義 布鼓雷門　關公面前耍大刀

反義 深藏不露　自知之明

班班可考 ㄅㄢ ㄅㄢ ㄎㄜˇ ㄎㄠˇ 形容跡象清楚，明顯可查。班班，顯著；分明。也作「斑斑可考」。

語源 宋陳亮與韓無咎尚書：「本朝二百年之間，學問文章、政事術業，各有家法，其本末

源流，班班可考。」清谷應泰明史紀事本末第十六卷：「政事之美，頗斑斑可考焉。」

例句 貪官汙吏最後都沒有好下場，這種例證在歷史上班班可考。

近義 顯而易見　歷歷在目

班荊道故 ㄅㄢ ㄐㄧㄥ ㄉㄠˋ ㄍㄨˋ 坐在鋪著荊條的地上一起談論往事。形容朋友相遇於途中，不拘禮節，共敘舊情。班，鋪開。荊，荊條。也作「班荊道舊」。

語源 左傳襄公二十六年：「伍舉奔鄭，將遂奔晉。聲子將如晉，遇之於鄭郊，班荊相與食，而言復故。」晉陶淵明與子儼等疏：「鮑叔、管仲，分財無猜；歸生（即聲子）、伍舉班荊道舊。」

例句 弟弟在回家的路上巧遇久違的同學，兩人班荊道故，相談甚歡。

近義 西窗剪燭　邂逅相遇

反義 灞橋折柳

7

現身說法 ㄒㄧㄢˋ ㄕㄣ ㄕㄨㄛ ㄈㄚˇ 原指佛力廣大，能現出種種身形演說佛法，勸化世人。後多用來比喻以親身經歷為例證來說明。

語源 楞嚴經卷六：「我於彼前皆現其身而為說法，令其成就。」宋釋道原景德傳燈錄卷一釋迦牟尼佛：「度諸天眾說補處行，亦於十方界中現身說法。」

例句 他以自己的創業經驗現身說法，勉勵社會新鮮人勇於挑戰自我。

近義 循循善誘　諄諄教誨

現買現賣 ㄒㄧㄢˋ ㄇㄞˇ ㄒㄧㄢˋ ㄇㄞˋ 剛買進，馬上就賣出。也比喻將剛學到的技能或學問馬上應用出來。

例句 看過電視上主持人示範了醋溜魚的做法後，爸爸馬上現買現賣，下廚弄了起來。

琅琅上口 ㄌㄤˊ ㄌㄤˊ ㄕㄤˋ ㄎㄡˇ 形容將詩文讀得相當熟練，能順口誦讀而出。也指文辭簡單通順，能輕易誦讀。琅琅，玉石撞擊聲。比喻響亮的讀書聲。也作「朗朗上口」。朗朗，形容聲音清晰響亮。

語源 漢司馬相如子虛賦：「礧石相擊，硠硠礚礚。」唐韓愈奉使常山早次太原詩：「朗朗聞街鼓。」清王韜淞隱漫錄卷三淩波女史：「自幼即喜識字，授以唐詩，琅琅上口。」

例句 白居易的詩淺顯易懂、平易近人，不論老人或小孩都能琅琅上口。

近義 老嫗能解　淺顯易懂

反義 結結巴巴　詰屈聱牙

理不勝辭 ㄌㄧˇ ㄅㄨˋ ㄕㄥ ㄘˊ 文章的說理不夠暢達，無法跟上所使用的文辭。形容人不長於推理立論，儘管文辭豐富多采，道理並不充分。勝，勝任。

語源 三國魏曹丕典論論文：「孔融體氣高妙，有過人者；然不能持論，理不勝辭。」

例句 小英寫作太過注重文句的修飾，忽略主旨的闡述，常常犯下理不勝辭的缺點。

近義 以文害辭　以辭害意

反義 文情並茂　情見乎辭

理屈詞窮 ㄌㄧˇ ㄑㄩ ㄘˊ ㄑㄩㄥˊ 參見「詞窮理屈」。

理所當然 ㄌㄧˇ ㄙㄨㄛˇ ㄉㄤ ㄖㄢˊ 從道理而言，應該如此。

語源 宋朱熹朱子語類卷六〇孟子十：「只是理所當然者便是性，只是人合當如此做底便是性。」

例句 父母養育子女不知費盡

了多少苦心，等到父母年老後，子女善盡奉養責任是理所當然的事。

近義 天經地義 理當如此

反義 豈有此理 莫名其妙

理直氣壯 ㄌㄧˇ ㄓˊ ㄑㄧˋ ㄓㄨㄤˋ 道理正確、理由充分，因而說話氣勢壯盛。

語源 唐吳兢貞觀政要卷一〇慎終貞觀十三年：「自得公疏，反復研尋，深覺詞強理直。」明馮夢龍喻世明言卷三一：「便提我到閻羅殿前，我也理直氣壯，不怕甚的！」

例句 看他辯論時理直氣壯的樣子，就知道事前的準備一定很充分。

近義 義正辭嚴 振振有詞

反義 理屈詞窮 啞口無言

8

琳琅滿目 ㄌㄧㄣˊ ㄌㄤˊ ㄇㄢˇ ㄇㄨˋ 眼睛看到的都是精美的玉石。比喻隨處都見美好珍異的事物。多指書籍、工藝品或詩文內容而言。琳琅，也作「琳瑯」。美玉。比喻出色的人才、詩文或珍異之物。

語源 南朝宋劉義慶世說新語容止：「今日之行，觸目見琳琅珠玉。」清天花藏主人人間樂第十回：「圖書琳瑯滿目，足堪賞玩。」

例句 書店中琳琅滿目的各類書籍，使人流連忘返。

近義 美不勝收 目不暇給

反義 平淡無奇 乏善可陳

琴棋書畫 ㄑㄧㄣˊ ㄑㄧˊ ㄕㄨ ㄏㄨㄚˋ 彈琴、下棋、作文、繪畫。泛指文藝風雅的特長。

語源 宋孫光憲北夢瑣言卷五：「唐高測，彭州人。聰明博識，文翰縱橫。至於天文曆數，琴棋書畫，長笛胡琴，率皆精巧。」

例句 表哥從小就多才多藝，琴棋書畫樣樣精通，是許多女同學欣賞的對象。

琴瑟和鳴 ㄑㄧㄣˊ ㄙㄜˋ ㄏㄜˊ ㄇㄧㄥˊ 琴瑟同時彈奏，音調配合和諧。比喻夫妻恩愛和諧。

語源 詩經小雅常棣：「妻子好合，如鼓瑟琴。」明陳忱水滸後傳第十二回：「花駙馬在府中與公主琴瑟和鳴，互相敬愛。」

例句 阿姨與姨丈結縭三十年來，夫唱婦隨，琴瑟和鳴，令人欣羨。

近義 鸞鳳和鳴 夫唱婦隨

琵琶別抱 ㄆㄧˊ ㄆㄚˊ ㄅㄧㄝˊ ㄅㄠˋ 指婦女改嫁或另有新歡。

語源 唐白居易琵琶行：「千呼萬喚始出來，猶抱琵琶半遮面。」明顧大典青衫記第二十二齣：「含羞，又抱琵琶過別舟。」清歐陽兆熊水窗春囈輓妓長聯：「問魚嘗渺，問雁嘗空，料不定，琵琶別抱？」

例句 小明入伍不到半年，女友就琵琶別抱，令他飽嚐「兵變」之苦。

近義 另結新歡

反義 從一而終

9

瑕不掩瑜 ㄒㄧㄚˊ ㄅㄨˋ ㄧㄢˇ ㄩˊ 雖有斑點，但掩蓋不了美玉的光輝。比喻一小部分的缺點無損於整體的優點。瑕，玉上斑點。借指缺點。掩，遮蓋。瑜，玉的光彩。借指優點。

語源 禮記聘義：「瑕不揜（掩）瑜，瑜不揜瑕，忠也。」

例句 他雖然脾氣暴躁了點，但瑕不掩瑜，仍是個積極有為的青年。

近義 大醇小疵 無傷大雅

瑕瑜互見 ㄒㄧㄚˊ ㄩˊ ㄏㄨˋ ㄐㄧㄢˋ 玉的斑點和光彩互有所見。比喻有缺點也有優點。瑕，玉上斑點。借指缺點。瑜，玉的光彩。

借指優點。

語源 禮記聘義：「瑕不揜瑜，瑜不揜瑕。」明史王彰傳：「綜其生平，瑕瑜互見。」

例句 這件雕刻品，雖然瑕瑜互見，卻是陳大師出道的第一件作品，極有收藏價值。

近義 白璧微瑕　美中不足

反義 盡善盡美　完美無缺

瑜亮並生 ㄩˊ ㄌㄧㄤˋ ㄅㄧㄥˋ ㄕㄥ 周瑜和諸葛亮並立在世。美稱同時期都很傑出的兩個人，或形容兩人棋逢敵手，不相上下。瑜，周瑜，吳國名將。亮，諸葛亮，蜀國軍師。兩人都很有才智謀略。三國演義記述他們亦敵亦友，既合作又相互鬥智，聯手在赤壁之戰以寡擊眾，大敗魏國曹操大軍，傳為美談。也作「一時瑜亮」。

語源 明周楫西湖二集第十六卷：「魏夫人見了大驚道：『真既生瑜又生亮也！』從此敬服，結為相知之契。」清陳森品花寶鑑第十七回：「真是天上日星，人間鸞鳳……與我田郎可謂瑜亮並生矣！」清王士禎古詩選凡例：「北周寥寥，庾得子淵、子山，二人之才，一時瑜亮。」

例句 山普拉斯與阿格西真是瑜亮並生，同為二十世紀九〇年代美國男子職業網球界的兩大巨星。

近義 工力悉敵　並駕齊驅

瑜亮情結 ㄩˊ ㄌㄧㄤˋ ㄑㄧㄥˊ ㄐㄧㄝˊ 指才能相當又一起共事的兩個人，彼此忌妒、暗中較勁的心結。瑜，周瑜，吳國名將。亮，諸葛亮，蜀國軍師。三國演義記述他們聯手在赤壁之戰打敗魏國曹操大軍。戰爭前後兩人互相鬥智較勁，周瑜忌憚諸葛亮之才，三次設計殺他未成；諸葛亮則藉機三氣周瑜，最後把他活活氣死。周瑜死前不禁大嘆「既生瑜，何生亮」。

語源 三國演義第五十七回：「周瑜覽畢，長歎一聲……言訖，昏絕。徐徐又醒，仰天長歎曰：『既生瑜，何生亮！』連叫數聲而亡。」

例句 他們兩個都是執政黨的明日之星，每到選舉，媒體總要拿他們之間的瑜亮情結做文章。

近義 瑜亮之爭　互別苗頭

12

璞玉渾金 ㄆㄨˊ ㄩˋ ㄏㄨㄣˊ ㄐㄧㄣ 未經雕琢的玉石和未曾冶煉的金子。比喻天然質樸的人。也作「渾金璞玉」。

語源 晉書王戎傳：「嘗目山濤如璞玉渾金，人皆欽其寶。」

例句 儒家相信人生之初都是璞玉渾金，如能善加保持維護，人人都是正人君子。

近義 懷瑾握瑜　冰清玉潔

13

環肥燕瘦 ㄏㄨㄢˊ ㄈㄟˊ ㄧㄢˋ ㄕㄡˋ 唐玄宗的妃子楊玉環具豐腴之美；漢成帝的皇后趙飛燕具瘦削之美。形容美人的體態不同而各具風韻。

語源 清梁紹壬兩般秋雨盦隨筆京師梨園：「評量粉黛，環肥燕瘦之間。」

例句 這群女孩子環肥燕瘦，各有特色，很難說誰最美麗。

環堵蕭然 ㄏㄨㄢˊ ㄉㄨˇ ㄒㄧㄠ ㄖㄢˊ 房屋中除了四面牆壁，別無他物。形容居室簡陋，貧窮蕭條的樣子。堵，牆壁。

語源 晉陶淵明五柳先生傳：「環堵蕭然，不蔽風日。」

例句 儘管住處環堵蕭然，缺衣少食，小明卻能好學不倦，努力上進。

近義 家徒四壁　室如懸磬

反義 金玉滿堂　堆金積玉

玉

環環相扣 ㄏㄨㄢˊ ㄏㄨㄢˊ ㄒㄧㄤ ㄎㄡˋ 一環扣著一環，連結緊密。形容事物彼此之間關係緊密，不可分離。環，中間有孔的圓形玉璧。後泛指圈形器物。

例句 拍攝一部電影，導演、演員、劇本、攝影、服裝、配樂……等等各個部分都很重要，環環相扣，缺一不可。

近義 息息相關

15

瓊樓玉宇 ㄑㄩㄥˊ ㄌㄡˊ ㄩˋ ㄩˇ 用美玉築成的樓臺房室。原指仙界樓臺或月中宮殿。後也用來形容瑰麗堂皇的建築物。

語源 宋蘇軾水調歌頭：「我欲乘風歸去，惟恐瓊樓玉宇，高處不勝寒。」明陸西星封神演義第十七回：「殿閣巍峨，瓊樓玉宇。」

例句 這幢山中別墅環境清幽，美輪美奐，遠望如瓊樓玉宇。

近義 珠宮貝闕 雕梁畫棟

反義 蓬門篳戶 茅茨土階

瓊漿玉液 ㄑㄩㄥˊ ㄐㄧㄤ ㄩˋ ㄧㄝˋ 指美酒。

語源 戰國楚宋玉招魂：「華酌既陳，有瓊漿些。」後漢王逸九思疾世：「吮玉液兮止渴，嚙芝華兮療飢。」唐呂巖贈劉方處士：「瑤琴寶瑟與君彈，瓊漿玉液勸我醉。」

例句 這場盛宴吃的是山珍海味，喝的是瓊漿玉液，必定所費不貲。

瓜部

瓜田李下 ㄍㄨㄚ ㄊㄧㄢˊ ㄌㄧˇ ㄒㄧㄚˋ 經過瓜田不可彎腰繫鞋，免得被人懷疑偷摘瓜；走過李樹下不可舉手整理帽子，免得被人懷疑偷摘李子。比喻容易招致誤會的場合或狀況。

語源 古樂府君子行：「君子防未然，不處嫌疑間。瓜田不納履，李下不正冠。」北齊書袁聿修傳：「瓜田李下，古人所慎。」

例句 沒有經過允許不要隨便進入別人的房間，避免東西失竊時有瓜田李下的嫌疑。

近義 是非之地 瓜李之嫌

瓜剖豆分 ㄍㄨㄚ ㄆㄡˇ ㄉㄡˋ ㄈㄣ 像瓜被切開、豆子從莢殼裡分裂出來一樣。比喻國土被侵占分割。也作「瓜分豆剖」。

語源 南朝宋鮑照蕪城賦：「出入三代，五百餘載，竟瓜剖而豆分。」宋胡仔苕溪漁隱叢話後集卷三三：「五代干戈，四海瓜分豆剖。」

例句 當世局紛亂的時候，國土很容易就被野心勃勃的軍閥瓜剖豆分。

近義 四分五裂

反義 完整無缺

瓜瓞綿綿 ㄍㄨㄚ ㄉㄧㄝˊ ㄇㄧㄢˊ ㄇㄧㄢˊ 大大小小的瓜代代繁衍不絕。比喻子孫繁盛，綿延不絕。瓞，小瓜。

語源 詩經大雅緜：「緜緜瓜瓞，民之初生，自土沮漆。」幼學瓊林卷二：「堪羨者，後人之盛如瓜瓞綿綿。」

例句 傳統的中國家庭都希望瓜瓞綿綿，五世其昌。

近義 綠葉成陰 子孫滿堂

反義 斷子絕孫 門衰祚薄

瓜熟蒂落 ㄍㄨㄚ ㄕㄡˊ ㄉㄧˋ ㄌㄨㄛˋ 瓜成熟了，自然會落下來。比喻胎兒成熟自然會分娩。也比喻時機成熟自然會成功。

語源 南朝梁張纘瓜賦：「惟茲瓜之實茂，體太素之純精……潛湫獨熟，墮莖落蒂。」宋張君房雲笈七籤卷五六元氣論：「體地法天，負陰抱陽，

喻瓜熟蒂落，啐啄同時，既而產生為赤子焉。」明馮夢龍情史第五卷：「瓜熟蒂落，水到渠成，全不勞象山棒喝。」

例句 ①她懷胎十月，已經瓜熟蒂落，順利產下一名男嬰。②經過整整兩年的醞釀，這兩家公司的合併計畫終於瓜熟蒂落，順利完成了。

近義 水到渠成

瓦部

瓦釜雷鳴 ㄨㄚˇ ㄈㄨˇ ㄌㄟˊ ㄇㄧㄥˊ 煮飯用的瓦鍋發出如雷的響聲，粗惡難聽。比喻小人得意，占據高位。也比喻拙劣的作品反而到處風行。瓦釜，瓦鍋。比喻庸劣的小人。

語源 戰國楚屈原卜居：「黃鐘毀棄，瓦釜雷鳴；讒人高張，賢士無名。」宋黃庭堅再次韻兼簡履中南玉詩三首之三：「經術貂蟬續狗尾，文章瓦釜作雷鳴。」

例句 ①民主政治若缺乏民意的監督與司法的監察，必然會造成瓦釜雷鳴的局面，使善於諂眾取寵的小人得利。②有感於言情小說充斥，文壇一片瓦釜雷鳴，他呼籲大家要提升閱讀的品味，不要被這股歪風所迷。

近義 小人得志 驢鳴犬吠

反義 舉直錯枉 擲地有聲

6

瓶罄罍恥 ㄆㄧㄥˊ ㄑㄧㄥˋ ㄌㄟˊ ㄔˇ 小酒瓶空了，是酒甕的恥辱。比喻不能終養父母，是子女的恥辱。也比喻彼此關係密切，相互依存，一方受損害或被冷落，另一方會引以為愧恨。瓶，小的酒器。罄，盡。罍，大的酒器。

語源 詩經小雅蓼莪：「哀哀父母，生我勞瘁。瓶之罄矣，維罍之恥。」三國志魏書吳質傳：「今惟吾子棲遲下仕，從我游處，獨不及門。瓶罄罍恥，能無愧懷？」

例句 為了避免瓶罄罍恥的遺憾，他打算提前退休，回鄉照顧年邁的雙親。

12

甑塵釜魚 ㄗㄥˋ ㄔㄣˊ ㄈㄨˇ ㄩˊ 炊具積灰塵，鍋子長蠹魚。形容生活極為清寒困苦。甑，蒸食所用的瓦器。釜，炊飯的鍋具。

語源 後漢書獨行傳記載：漢朝時的范冉家境清苦，久不能燒飯，以致炊器積滿塵埃，鍋子生蠹魚。

例句 王伯伯是一位安貧樂道的長者，即使過著甑塵釜魚的生活，依然笑口常開。

近義 饔飧不繼 簞瓢屢空

反義 豐衣足食 衣食無缺

13

甕中捉鱉 ㄨㄥˋ ㄓㄨㄥ ㄓㄨㄛ ㄅㄧㄝ 從大罈子中捉甲魚。比喻想得到的東西已在掌握之中，能輕易得手。甕，大罈子。鱉，甲魚。

語源 元康進之梁山泊李逵負荊第四折：「管教他甕中捉鱉，手到拿來。」

例句 這小偷最後逃入死巷中，警察逮捕他有如甕中捉鱉，手到擒來。

近義 手到擒來 探囊取物

反義 難於登天 談何容易

甕牖繩樞 ㄨㄥˋ ㄧㄡˇ ㄕㄥˊ ㄕㄨ 破甕做的窗戶，繩子做的門戶轉軸。形容貧窮人家。牖，房屋牆壁側面的窗。樞，樞紐；門軸。

語源 漢賈誼過秦論：「陳涉，甕牖繩樞之子，甿隸之人。」

例句 他雖然出生在甕牖繩樞的人家，卻相當努力上進，如今已是一位樂善好施的企業家。

近義 蓬門蓽戶 家徒四壁

反義 雕梁畫棟 金碧輝煌

甘部

甘之如飴 ㄍㄢ ㄓ ㄖㄨˊ ㄧˊ 甜得像吃麥芽糖一樣。比喻對於艱困處境怡然自得。也比喻為了某些目的而樂於承受艱難困苦或做出犧牲。飴，用米、麥等做的糖膏。
語源 宋真德秀送周天驥序：「不幸而賤貧，甘之如飴蜜。」清夏敬渠野叟曝言第一一〇回：「此外，捶楚困辱，甘之如飴，自以為能盡妾婦之道。」
例句 張媽媽為了讓子女接受良好的教育，日夜辛苦工作，即使是熬夜加班也甘之如飴。
近義 甘之若素 心甘情願
反義 迫不得已 苦不堪言

甘井先竭 ㄍㄢ ㄐㄧㄥˇ ㄒㄧㄢ ㄐㄧㄝˊ 甘美的井水因引人取用而先枯竭。比喻美好的事物容易遭人濫取而先行衰竭。也比喻有才能的人往往早衰。
語源 莊子山木：「直木先伐，甘井先竭。」
例句 ①這片盛開的野薑花芬芳又美麗，然而甘井先竭，沒幾天便被路過的人摘光了。②主管賞識你，委以重任是好事，但我看你忙得日夜不分，以致健康每況愈下，小心甘井先竭啊！
近義 直木先伐 膏火自煎

甘拜下風 ㄍㄢ ㄅㄞˋ ㄒㄧㄚˋ ㄈㄥ 甘願居於低下的位置而向人行禮。表示對別人真心佩服，自認不如對方。下風，風向的下方。比喻下位、劣勢。
語源 左傳僖公十五年：「君履后土而戴皇天，皇天后土，實聞君之言。群臣敢在下風。」清李汝珍鏡花緣第五十二回：「如此議論，纔見讀書人自有卓見，真是家學淵源，妹子甘拜下風。」
例句 幾場比賽下來，他自認技不如人，甘拜下風，不敢再向對方挑戰了。
近義 五體投地 自愧弗如
反義 不甘雌伏 不甘示弱

甘棠遺愛 ㄍㄢ ㄊㄤˊ ㄧˊ ㄞˋ 稱頌已離去或已故廉明官吏的德政仁風。甘棠，樹名。相傳周武王時，召伯巡行南國，曾在甘棠樹下休息，後人追念他的德績，盡心維護此樹，以資紀念。遺愛，仁愛遺留於後世；仁愛的遺風。
語源 詩經召南甘棠：「蔽芾甘棠，勿翦勿敗，召伯所憩。」唐劉禹錫衢州徐員外……用答佳貺：「聞道天台有遺愛，人將琪樹比甘棠。」清王濬卿冷眼觀第七回：「就公眾捐建這座去思碑，以為甘棠遺愛的紀念。」
例句 吳鎮長任內建造了這座公園，每當鎮民在公園休憩聊天時，就會懷念起他甘棠遺愛的德政。

4

甚囂塵上 ㄕㄣˋ ㄒㄧㄠ ㄔㄣˊ ㄕㄤˋ 本指軍營中嘈雜喧譁，塵沙飛揚。後用來形容傳聞四起，議論紛紛。囂，喧譁；嘈雜。
語源 左傳成公十六年：「將發命也，甚囂，且塵上矣。」蔡東藩民國通俗演義第一二二回：「同時蘇人爭請廢督，甚囂塵上。」
例句 選舉將屆，買票賄選傳聞甚囂塵上，檢調單位呼籲民眾切莫以身試法。
近義 喧囂一時 沸沸揚揚
反義 消聲匿跡 沉寂一時

6

甜言蜜語 ㄊㄧㄢˊ ㄧㄢˊ ㄇㄧˋ ㄩˇ 像蜜糖一樣甜美的話。通常指討

人喜歡或哄騙人的話。

【語源】唐釋靈澈大藏治病藥：「甜言美語是良藥。」明馮夢龍醒世恆言卷三六：「卞福坐在旁邊，甜言蜜語，勸了一回。」

【例句】戀愛中的男女常將對方的甜言蜜語信以為真，等結婚後才發覺原來不是那麼美好。

【近義】花言巧語　巧言令色

【反義】忠言逆耳　良藥苦口

生部

生不逢辰（ㄕㄥ ㄅㄨˋ ㄈㄥˊ ㄔㄣˊ）　生非其時。指命運不佳，遭遇許多挫折。辰，也作「時」。

【語源】詩經大雅桑柔：「我生不辰，逢天僤怒。」漢焦延壽焦氏易林卷二頤之第二十七隋：「生不逢時，困且多憂。」

【例句】與其感歎生不逢辰，不如自我奮發，積極努力，開創人生。

【近義】時運不濟　時乖運蹇

【反義】一帆風順　得天獨厚

生民塗炭（ㄕㄥ ㄇㄧㄣˊ ㄊㄨˊ ㄊㄢˋ）　人民如陷入泥沼、火坑之中。形容百姓極端困苦。生民，百姓。塗炭，泥沼和炭火，比喻困苦的境地。也作「生靈塗炭」。

【語源】尚書仲虺之誥：「有夏昏德，民墜塗炭。」晉書苻丕載記：「神州蕭條，生靈塗炭。」北周庾信傷心賦：「王室板蕩，生民塗炭。」

【辨析】塗，不可作「途」或「涂」。

【例句】衣索比亞受到內戰與天災的影響，長年來生民塗炭，亟待國際伸出援手。

【近義】民不聊生　水深火熱

【反義】豐衣足食　安和樂利

生生不息（ㄕㄥ ㄕㄥ ㄅㄨˋ ㄒㄧ）　形容生命相續或生機勃發、永不停止。也作「生生不已」。

【語源】明陸西星封神演義第四十一回：「樹梢上生生不已，鳥啼時韻致悠揚。」清夏敬渠野叟曝言第一三八回：「體生生不息之理，而以至誠無息持之。」

【例句】歷經數次的洪災，嬌小的蒲公英卻仍在此處生生不息，生命力令人讚歎。

【近義】世代相傳　生意盎然

【反義】了無生機　苟延殘喘

生死之交（ㄕㄥ ㄙˇ ㄓ ㄐㄧㄠ）　可以同生共死的至交好友。

【語源】元鄭光祖㑳梅香楔子：「晉公在鎗刀險難之中，我父親挺身赴戰，救他一命，身中六鎗，因此上與俺父親結為生死之交。」

【例句】老李與老陳是飽經戰火焠鍊的生死之交，他們的故事三天三夜也說不完。

【近義】刎頸之交　患難之交

【反義】點頭之交　萍水相逢

生死關頭（ㄕㄥ ㄙˇ ㄍㄨㄢ ㄊㄡˊ）　參見「性命交關」。

生老病死（ㄕㄥ ㄌㄠˇ ㄅㄧㄥˋ ㄙˇ）　出生、衰老、生病、死亡。佛教認為是人生的四苦。

【語源】敦煌變文八相變：「生老病死相煎逼，積財千萬總成空。」

【例句】生老病死是人生無可避免的歷程，每個人都必須學習坦然面對。

生而知之（ㄕㄥ ㄦˊ ㄓ ㄓ）　生下來就知道事理。指資質特優，不學而能。

【語源】論語季氏：「生而知之者，上也；學而知之者，次也。」

甘

生

例句 即使是莫札特這等生而知之的天才，尚且要向當時的音樂大家學習作曲技術，更何況是資質平庸的我們呢？

近義 聰明絕頂

反義 冥頑不靈

生吞活剝 ㄕㄥ ㄊㄨㄣ ㄏㄨㄛˊ ㄅㄛ 活生生地、未經烹煮便吞下去。也比喻生硬地模仿或抄襲別人，不能靈活運用。或毫無顧忌、無情地吞噬、剝奪。

語源 唐劉肅大唐新語諧謔：「張懷慶好偷名士文章……人謂之曰：『活剝王昌齡，生吞郭正一。』」明徐渭上季彭山師：「是以冰解理順之妙固多，而生吞活剝之弊亦有。」清符霖禽海石第九回：「把我家二小姐生吞活剝，賣與一個姓林的光蛋。」

例句 ①他的春裝毫無創意，只是生吞活剝一大堆時尚流行而已。②這種血汗工廠，你再待下去，遲早會被他們生吞活剝。

近義 生搬硬套 一口吞下

反義 融會貫通 別出心裁

生事擾民 ㄕㄥ ㄕˋ ㄖㄠˇ ㄇㄧㄣˊ 製造事端，侵擾人民。形容故意找人民的麻煩。

語源 清褚人穫隋唐演義第七十八回：「那班倚勢作威的小人，都要生事擾民。」

例句 新的繳稅規定制訂不周，徒然生事擾民，有關官員已受到監察院的糾舉。

生拉硬扯 ㄕㄥ ㄌㄚ ㄧㄥˋ ㄔㄜˇ ①形容使勁地拉扯。②形容說話或寫文章牽強附會，硬把不相干的事扯在一起。生，強迫；生硬。

例句 ①那個惡漢把汽車駕駛生拉硬扯地拖下車，一陣拳打腳踢後揚長而去。②他在電視節目上生拉硬扯，把模糊不清的光點也說成是幽浮，真是好笑。

近義 牽強附會 混為一談

生花妙筆 ㄕㄥ ㄏㄨㄚ ㄇㄧㄠˋ ㄅㄧˇ 參見「妙筆生花」。

生氣勃勃 ㄕㄥ ㄑㄧˋ ㄅㄛˊ ㄅㄛˊ 充滿活力，富有朝氣。生氣，生命力。勃勃，旺盛的樣子。也作「生機勃勃」。

語源 清袁枚隨園詩話卷一五：「余選錢文敏公詩甚少，家人誤抄十餘章，余讀之，生氣勃勃，悔知公未盡。」

例句 公園裡的綠地一到了春天便萌發嫩芽，顯得生氣勃勃。

近義 朝氣蓬勃 生意盎然

反義 死氣沉沉 奄奄一息

生張熟魏 ㄕㄥ ㄓㄤ ㄕㄡˊ ㄨㄟˋ 比喻互不熟識的人。

語源 宋沈括夢溪筆談卷一六藝文三：「北都有妓女，美色而舉止生梗，士人謂之生張八……野贈之詩曰：『君為北道生張八，我是西州熟魏三。莫怪尊前無笑語，半生半熟未相諳。』」

例句 她為了償還父債，不得已跳火坑，每天周旋在生張熟魏之間，強顏歡笑。

近義 非親非故 素昧平生

生殺予奪 ㄕㄥ ㄕㄚ ㄩˇ ㄉㄨㄛˊ 活命或殺死，給予或剝奪。指對別人生命財產的處置。也比喻無上的權力。予，給予。奪，剝奪。

語源 荀子王制：「貴賤殺生與奪，一也。」韓非子三守：「使殺生之機、奪予之要，在大臣。」北齊書恩倖傳：「自外殺生予奪不可盡言。」

例句 今天既然落在你的手

中，生殺予奪聽憑處置，我沒有第二句話好說。

生意盎然 ㄕㄥ ㄧˋ ㄤˋ ㄖㄢˊ　充滿生機的樣子。生意，生機；生氣。盎然，盛大充盈的樣子。

例句　陽臺上的盆栽在爺爺細心的照顧下，顯得生意盎然。

近義　生氣勃勃　生機勃勃

反義　死氣沉沉　奄奄一息

生搬硬套 ㄕㄥ ㄅㄢ ㄧㄥˋ ㄊㄠˋ　指不顧情況的差異，生硬地套用別人的經驗或方法。

例句　外國的教育制度和理論，我們可以參考，但不能生搬硬套，否則會窒礙難行。

近義　食古不化　囫圇吞棗

反義　融會貫通　觸類旁通

生榮死哀 ㄕㄥ ㄖㄨㄥˊ ㄙˇ ㄞ　活著時榮顯，死後令人惋惜哀痛。常用來弔唁傑出人士的逝世。

語源　論語子張：「其生也榮，其死也哀。」三國魏曹植王仲宣誄：「生榮死哀，亦孔之榮。」

例句　胡院長一生成就非凡，他的告別式上掛滿了各界的輓聯，可謂生榮死哀。

生聚教訓 ㄕㄥ ㄐㄩˋ ㄐㄧㄠˋ ㄒㄩㄣˋ　原指越國用二十年的時間繁衍人口，積聚物力，教導人民，訓練作戰，使國家富強起來，從而滅亡吳國。後來指全國上下同心同德，積極準備復興國家。

語源　左傳哀公元年：「越十年生聚，而十年教訓，二十年之外，吳其為沼乎！」

例句　只要能上下一心，生聚教訓，國家終能轉弱為強，不再被侵略。

近義　同心同德　勵精圖治

反義　楚囚對泣　楚囚相對

生齒日繁 ㄕㄥ ㄔˇ ㄖˋ ㄈㄢˊ　人口一天天多起來。生齒，兒童長乳齒。古代兒童長乳齒後即列入戶籍，借指「人口」。

語源　周禮秋官小司寇：「司民掌登萬民之數，自生齒以上，皆書於版。」宋程顥論十事札子：「生齒日益繁，而不為之制，則衣食日蹙，轉死日多。」

例句　由於家中生齒日繁，他不得不在晚上兼差才能養家活口。

近義　孳息漸多　食指浩繁

生龍活虎 ㄕㄥ ㄌㄨㄥˊ ㄏㄨㄛˊ ㄏㄨˇ　比喻生氣勃勃，充滿活力。多用來比喻人活潑有朝氣。

語源　宋朱熹朱子語類卷九五程子之書一：「只見得他如生龍活虎相似，更是把捉不得。」

例句　張先生已步入中年，但打起球來依然生龍活虎，不輸給年輕人。

近義　生氣勃勃　朝氣蓬勃

反義　暮氣沉沉　沒精打采

生離死別 ㄕㄥ ㄌㄧˊ ㄙˇ ㄅㄧㄝˊ　生時遠隔兩地，死後天人永別。指人生中最悲痛的二事。

語源　戰國楚屈原九歌少司命：「悲莫悲兮生別離。」漢孔雀東南飛：「生人作死別，恨恨那可論！」南朝陳徐陵與齊尚書僕射楊遵彥書：「況吾生離死別，多歷暄寒。」

例句　戰亂讓無數家庭飽嚐生離死別的痛苦。

生米煮成熟飯 ㄕㄥ ㄇㄧˇ ㄓㄨˇ ㄔㄥˊ ㄕㄡˊ ㄈㄢˋ　比喻已經造成的事實，無法挽回、改變。

語源　明沈受先三元記第十齣：「如今生米做成熟飯了，又何必如此推阻。」

例句　他們離婚協議書都簽了，生米煮成熟飯，你再勸也

沒有用！

近義 生米成炊　木已成舟　覆水難收

反義 言之過早　未定之天

生於憂患，死於安樂 ㄕㄥ ㄩˊ ㄧㄡ ㄏㄨㄢˋ ㄙˇ ㄩˊ ㄢ ㄌㄜˋ

在憂患中努力奮發而得以生存，在安樂中反而懶散懈怠而自取滅亡。多用來警惕人不可貪圖安樂而不知奮發上進。

語源 孟子告子：「然後知生於憂患，而死於安樂也。」

例句 即使令尊已經為你的工作做好安排，但是「生於憂患，死於安樂」，你若不積極進取，遲早會被淘汰。

近義 憂勞興國　逸豫亡身

用部

用心良苦 ㄩㄥˋ ㄒㄧㄣ ㄌㄧㄤˊ ㄎㄨˇ 很費心地設想安排。良，很；非常。

語源 清錢謙益題懷麓堂詩鈔：「此引年之藥物，亦攻毒之箴砭，其用心良亦苦矣。」

例句 爸媽用心良苦，送你出國念書，就是要你遠離那些壞朋友。你再不學好，怎麼對得起他們？

近義 苦心孤詣　煞費苦心

反義 漠不關心　無所用心

用行舍藏 ㄩㄥˋ ㄒㄧㄥˊ ㄕㄜˇ ㄘㄤˊ 參見「用舍行藏」。

用兵如神 ㄩㄥˋ ㄅㄧㄥ ㄖㄨˊ ㄕㄣˊ 形容善於指揮作戰。

語源 三國志魏書郭嘉傳裴松之注：「公以少克眾，用兵如神。」

例句 王教練用兵如神，帶領中華成棒隊一路過關斬將，獲得經典賽冠軍。

近義 指揮若定　神機妙算

用舍行藏 ㄩㄥˋ ㄕㄜˇ ㄒㄧㄥˊ ㄘㄤˊ 為世所用，便積極努力去做；不為世所用，則退藏自我修德。形容士人該有的處世態度。有不強求富貴名利之意。舍，也作「捨」。指不被任用。行，力行。藏，退而修德。也作「用行舍藏」。

語源 論語述而：「子謂顏淵曰：『用之則行，舍之則藏，惟我與爾有是夫！』」晉書劉喬傳：「至人之道，用行舍藏。」宋蘇軾賀歐陽仕少師致啟：「是以用捨行藏，仲尼獨許於顏子。」

例句 世人對於用舍行藏的取捨，如果沒有一定的修為，往往過猶不及，甚至苦心鑽營，徒留笑柄。

近義 不忮不求　能進能退

反義 汲汲營營　蠅營狗苟

用非其人 ㄩㄥˋ ㄈㄟ ㄑㄧˊ ㄖㄣˊ 指用人不當。

語源 三國志魏書賈詡傳裴松之注引魏略：「三公具瞻所歸，不可用非其人。」

例句 公司的主管若是用非其人，將會造成劣幣逐良幣、員工離心離德的嚴重後果。

近義 大才小用　牛鼎烹雞

反義 各得其所　人盡其才

田部

由近及遠 ㄧㄡˊ ㄐㄧㄣˋ ㄐㄧˊ ㄩㄢˇ 從近處推展到遠處。

語源 後漢書殤帝紀：「思惟治道，由近及遠。」

例句 立下目標之後，應該由近及遠一步步做起，千萬不可為求速效，盲目躁進。

近義 按部就班　循序漸進

反義 盲目躁進　操之過急

由淺入深 ㄧㄡˊ ㄑㄧㄢˇ ㄖㄨˋ ㄕㄣ 從淺顯的地方開始再進入深奧的境界。

語源 清夏敬渠野叟曝言第八十三回：「素臣把經史傳記，有益於日用之事，從粗至精，由淺入深，逐漸開示。」

例句 張老師教學生動活潑，且能由淺入深地解析各章節，所以深獲學生的喜愛。

近義 由近及遠 循序漸進

反義 操之過急 盲目躁進

2

男盜女娼 ㄋㄢˊ ㄉㄠˋ ㄋㄩˇ ㄔㄤ 男的偷竊為盜，女的賣淫為娼。形容男女都做壞事，或品行思想惡劣齷齪，專做壞事。

語源 明方汝浩禪真逸史第二十四回：「這正是祖宗不積，所以男盜女娼。」

例句 這個犯罪集團男盜女娼，壞事做盡，警方佈線多時，終於將他們一網打盡。

近義 傷風敗俗 帷薄不修

男歡女愛 ㄋㄢˊ ㄏㄨㄢ ㄋㄩˇ ㄞˋ 指男女間的親密接觸。

語源 晉陸機塘上行：「男歡智傾愚，女愛衰避妍。」明馮夢龍警世通言卷三五：「這般會合，那些個男歡女愛，是偶然一念之差。」

例句 這部電影有不少男歡女愛的畫面，所以被列為限制級。

近義 尤雲殢雨 顛鸞倒鳳

4

畏首畏尾 ㄨㄟˋ ㄕㄡˇ ㄨㄟˋ ㄨㄟˇ 怕前怕後。比喻做事顧慮太多，畏縮不前。

語源 左傳文公十七年：「古人有言曰：『畏首畏尾，身其餘幾？』」

例句 他做事老是畏首畏尾，旁人即使想幫忙，也不知從何幫起。

近義 瞻前顧後 裹足不前

反義 大刀闊斧 敢作敢為

5

留得青山在，不怕沒柴燒 ㄌㄧㄡˊ ㄉㄜˊ ㄑㄧㄥ ㄕㄢ ㄗㄞˋ ㄅㄨˋ ㄆㄚˋ ㄇㄟˊ ㄔㄞˊ ㄕㄠ 比喻只要留下根本的東西，就不愁得不到發展。常用來安慰人只要保有健康或生命，不怕沒有機會和前途。

語源 明凌濛初初刻拍案驚奇卷二二：「只得勸母親道：『留得青山在，不怕沒柴燒。』雖是遭此大禍，兒子官職還在，只要到得任所便好了。」

例句 雖然經商失敗，虧損一些金錢，但你還年輕，「留得青山在，不怕沒柴燒」。只要鬥志不失，總有東山再起的一天。

6

略勝一籌 ㄌㄩㄝˋ ㄕㄥˋ ㄧˋ ㄔㄡˊ 略微多出一碼。比喻兩相比較下，其中一方稍微高明一些。籌，古代計數用的籌碼。也作「略高一籌」、「稍勝一籌」。

語源 清蒲松齡聊齋誌異辛十四娘：「小生所以忝出君上者，以起處數語略高一籌耳。」

例句 雖然你在游泳方面輸他，但在賽跑方面卻是略勝一籌，你們倆可以說是各有千秋。

近義 棋高一著 技高一籌

反義 各有千秋 略遜一籌

略遜一籌 ㄌㄩㄝˋ ㄒㄩㄣˋ ㄧˋ ㄔㄡˊ 比另一方稍差了一點。遜，遜色。籌，算籌，古代計數的用具。

例句 這家公司推出的新款手機，造型雖然比競爭對手的當紅產品還酷炫，但是功能卻略遜一籌。

近義 相形見絀

反義 略勝一籌 不遑多讓

略識之無 ㄌㄩㄝˋ ㄕˋ ㄓ ㄨˊ 諷刺人識字不多，並無真才實學。也用於自謙之詞。「之」、「無」，指簡單易識的字。

語源 唐白居易與元九書：「僕始生六七月時，乳母抱弄於書屏下，有指『無』字『之』字示僕者，僕雖口未能言，心已默識。」清吳趼人二十年目睹之怪現狀第九回：「最可笑的，還有一班市儈，不過略識之無……」

例句 國小畢業後就不再升學的他，不過是略識之無而已，怎麼能當論文的評審呢？

近義 粗通文墨　胸無點墨

反義 學富五車　博古通今

異口同聲 ㄧˋ ㄎㄡˇ ㄊㄨㄥˊ ㄕㄥ 不同的人說出相同的話。形容大家的說法完全一致。

語源 戰國策齊策一：「言章子之敗者，異人而同辭。」晉葛洪抱朴子內篇道意：「阻之者眾，本無至心，而諫怖者，異口同聲。」

例句 班會時，班長提議月底舉行一次同樂會，大家異口同聲地贊成。

近義 眾口一詞　一倡百和

反義 眾說紛紜　言人人殊

異曲同工 ㄧˋ ㄑㄩˇ ㄊㄨㄥˊ ㄍㄨㄥ 曲調雖然不同，卻都同樣地美妙。比喻作法雖然不同，但達到的效果一樣。曲，樂曲。

語源 唐韓愈進學解：「子雲相如，同工異曲。」明徐弘祖徐霞客遊記粵西遊日記一：「三竅同懸，六門各異，可謂異曲同工。」

例句 他們的雙人展，一個以國畫為主，一個以西畫為主，畫風雖不同，卻異曲同工，得到一致的讚賞。

近義 殊途同歸　萬法歸宗

反義 迥然不同

異軍突起 ㄧˋ ㄐㄩㄣ ㄊㄨˊ ㄑㄧˇ 另一支軍隊突然興起。比喻一種新興的勢力勃然興起。也作「異軍特起」。

語源 史記項羽本紀：「少年欲立嬰便為王，異軍蒼頭特起。」

例句 時下多數人都在趕新潮時髦，但他設計的服裝卻異軍突起，以復古帶動另一波流行。

近義 突如其來　從天而降

異想天開 ㄧˋ ㄒㄧㄤˇ ㄊㄧㄢ ㄎㄞ 奇異地想著天將打開。比喻想法離奇而不合常理。異，奇特。指其不合常理，不切實際。

語源 清李汝珍鏡花緣第八十一回：「陶秀春道：『這可謂異想天開了。』」

例句 妳以為臉蛋長得漂亮就可以演電影，真是異想天開！

近義 痴心妄想　白日作夢

反義 腳踏實地　實事求是

異端邪說 ㄧˋ ㄉㄨㄢ ㄒㄧㄝˊ ㄕㄨㄛ 異於正統思想、偏邪不正的學說或主張。邪，偏邪；有害。

語源 論語為政：「子曰：『攻乎異端，斯害也已。』」孟子滕文公下：「世微道衰，邪說暴行有作。」宋蘇軾擬進士對御試策一道：「臣不意異端邪說惑誤陛下，至於如此。」

例句 即使是民主的社會，言論自由，但仍不容許以異端邪說蠱惑人心，破壞社會風氣。

近義 旁門左道　怪力亂神

反義 正統之道　不易之論

7

畫中有詩 ㄏㄨㄚˋ ㄓㄨㄥ ㄧㄡˇ ㄕ 形容畫面富有詩意。

語源 宋蘇軾書摩詰藍關煙雨圖：「味摩詰之詩，詩中有畫；觀摩詰之畫，畫中有詩。」

例句 這幅潑墨山水畫，畫中有詩，仔細品味，別富情趣。

近義 詩情畫意

畫地自限 ㄏㄨㄚˋ ㄉㄧˋ ㄗˋ ㄒㄧㄢˋ 在地上畫個範圍，不敢越過。

田

比喻自我設限，不願突破。

語源 論語雍也：「冉求曰：『非不悅子之道，力不足也。』子曰：『力不足者，中道而廢，今女（汝）畫。』」

例句 不要因為怕失敗而畫地自限，只要勇於嘗試，每個人的潛能都是無限的。

近義 作繭自縛 自我設限

反義 海闊天空 自我突破

畫地為牢 ㄏㄨㄚˋ ㄉㄧˋ ㄨㄟˊ ㄌㄠˊ 相傳上古時，在地上畫圈圈代替牢獄，要犯罪者立在圈中以示懲罰。後比喻只在限定的範圍內活動。

語源 漢司馬遷報任少卿書：「故士有畫地為牢，勢不可入，。」元岳伯川鐵拐李第一折：「他每都指山賣磨，將百姓畫地為牢。」

例句 為學要拓廣視野，不僅讀萬卷書，還要行萬里路，不要畫地為牢才好。

近義 畫地自限 作繭自縛

反義 海闊天空

畫虎類犬 ㄏㄨㄚˋ ㄏㄨˇ ㄌㄟˋ ㄑㄩㄢˇ 參見「畫虎不成反類狗」。

畫蛇添足 ㄏㄨㄚˋ ㄕㄜˊ ㄊㄧㄢ ㄗㄨˊ 畫好蛇之後還為牠添上幾隻腳。比喻多此一舉。

語源 戰國策齊策二：「楚有祠者，賜其舍人卮酒。舍人相謂曰：『數人飲之不足，一人飲之有餘；請畫地為蛇，先成者飲酒。』一人蛇先成，引酒且飲之，乃左手持卮，右手畫蛇，曰：『吾能為之足。』未成，一人之蛇成，奪其卮曰：『蛇固無足，子安能為之足！』遂飲其酒。」

例句 這部小說的結尾強調它的教化功能，畫蛇添足，破壞了整體的文學美感。

近義 多此一舉 弄巧成拙

反義 適可而止 恰到好處

畫餅充飢 ㄏㄨㄚˋ ㄅㄧㄥˇ ㄔㄨㄥ ㄐㄧ 畫一張餅來解餓。①比喻做事不切實際，徒勞而無所得。②比喻聊以空想，自我安慰。

語源 三國志魏書盧毓傳：「選舉莫取有名，名如畫地作餅，不可啖也。」明居頂續傳燈錄卷二〇開先行瑛禪師：「談玄說妙，譬如畫餅充饑。」水滸傳第五十一回：「正是教俺望梅止渴，畫餅充飢。」

例句 ①成天幻想自己將來會功成名就，不過是畫餅充飢，不如腳踏實地去努力。②你沒有做好時間管理，看似完善的讀書計畫，只是畫餅充飢而已。

近義 望梅止渴 說食不飽

反義 實事求是 腳踏實地

畫龍點睛 ㄏㄨㄚˋ ㄌㄨㄥˊ ㄉㄧㄢˇ ㄐㄧㄥ 畫好龍後，再把眼珠點上。比喻在最重要的地方加上關鍵性的一筆，使其更為生動傳神。

語源 晉王嘉拾遺記卷四秦始皇：「又畫為龍鳳，騫者羽若飛，皆不可點睛。或點之，必飛走也。」唐張彥遠歷代名畫記卷七梁張僧繇：「（僧繇畫）金陵安樂寺四白龍，不點眼睛，每云：『點睛即飛去。』人以為妄誕，固請點之；須臾，雷電破壁，兩龍乘雲騰去上天，二龍未點者現在。」明張鼒讀卓吾老子書述：「夫一古人之書耳，有根本者下筆鑑定，則為畫龍點睛。」

例句 他在演講時，常用一兩句話畫龍點睛，使大家更加明白他的意思。

近義 傳神寫照 傳神之筆

反義 畫蛇添足 弄巧成拙

畫虎不成反類狗 ㄏㄨㄚˋ ㄏㄨˇ ㄅㄨˋ ㄔㄥˊ ㄈㄢˇ ㄌㄟˋ ㄍㄡˇ 想要畫老虎，

田

卻畫得像狗。比喻模仿不成，弄得不倫不類，或比喻好高騖遠而一無所成。也作「畫虎類狗」、「畫虎類犬」。

語源 漢馬援戒兄子嚴敦書：「效伯高不得，猶為謹敕之士，所謂刻鵠不成尚類鶩者；效季良不得，陷為天下輕薄子，所謂畫虎不成反類狗者也。」

例句 她一味模仿電視明星的穿著，結果畫虎不成反類狗，俗氣極了。

近義 弄巧成拙　東施效顰

反義 維妙維肖

8

當之無愧 ㄉㄤ ㄓ ㄨˊ ㄎㄨㄟˋ 所承受的榮譽或稱號符合事實，毫不羞慚。無，也作「不」。

語源 宋歐陽脩回丁判官書：「夫人有厚己而自如者，恃其中有所以當之而不愧也。」宋葉紹翁文公謚議：「曰文曰忠，惟公足以當之而無愧。」

例句 他品學兼優，敬業樂群，獲選為模範生，確實當之無愧。

近義 實至名歸　眾望所歸

反義 當之有愧　浪得虛名

當仁不讓 ㄉㄤ ㄖㄣˊ ㄅㄨˋ ㄖㄤˋ 面臨仁義，不用謙讓。指遇到應該做的事情，主動承當，不推辭、不退讓。

語源 論語衛靈公：「當仁不讓於師。」

例句 既然大家都推舉我當主持人，那我就當仁不讓了。

近義 責無旁貸　義不容辭

反義 推三阻四　置身事外

當行出色 ㄉㄤ ㄏㄤˊ ㄔㄨ ㄙㄜˋ 形容精通本行，且相當出色。

語源 清梁廷枏曲話卷二：「寫景寫情，當行出色，元曲中第一義也。」

例句 他是交響樂團的首席小提琴手，不論演奏什麼曲子都是當行出色。

近義 科班出身　訓練有素

反義 半路出家　半生不熟

當局者迷 ㄉㄤ ㄐㄩˊ ㄓㄜˇ ㄇㄧˊ 參見「當局者迷，旁觀者清」。

當家作主 ㄉㄤ ㄐㄧㄚ ㄗㄨㄛˋ ㄓㄨˇ 指當主人或領導者，能決定並負責一切。當家，主持、負責。

語源 史記秦始皇本紀：「百姓當家則力農工。」

例句 執政黨的政績再沒起色，明年的總統大選，肯定要換在野黨當家作主了。

近義 大權在握　第一把手

反義 大權旁落　人微權輕

當務之急 ㄉㄤ ㄨˋ ㄓ ㄐㄧˊ 當前急須做的事。

語源 孟子盡心上：「知者無不知也，當務之為急。」宋魏了翁奏外患未靖……而違時幾：「豁開大公，眾建賢輔，以強本朝，此今日當務之急者。」

例句 事到如今，當務之急是找出病因，才能對症下藥。

近義 重中之重

反義 不急之務

當機立斷 ㄉㄤ ㄐㄧ ㄌㄧˋ ㄉㄨㄢˋ 在適當時機或緊要關頭時，毫不猶豫地作出決斷。

語源 漢陳琳答東阿王牋：「拂鐘無聲，應機立斷。」清朱琦讀王子壽論史詩廣其義五首（其四）：「漢高落落英雄姿，當機立斷不復疑。」

例句 他在發現貨品有瑕疵之際就當機立斷，全數回收，公司商譽才沒受損害。

近義 劍及履及　毅然決然

反義 優柔寡斷　猶豫不決

當頭棒喝 ㄉㄤ ㄊㄡˊ ㄅㄤˋ ㄏㄜˋ 原是佛教禪宗用以考驗修行者佛理領悟程度的一種方法。也比

喻促使人警醒的教訓。

語源 清梁章鉅歸田瑣記卷六楹聯賸話：「仁人之言，亦積無限陰功，便是當頭棒喝矣。」

例句 聽君一席話，如當頭棒喝，茅塞頓開。

近義 愛深責切　曉以大義

當紅炸子雞（ㄉㄤ ㄏㄨㄥˊ ㄓㄚˋ ㄗˇ ㄐㄧ）原為廣東菜名，又叫「炸子雞」。一種皮薄香脆的脆皮炸雞。後用來比喻正熱門的人或物。

例句 她是影視圈的當紅炸子雞，廣告代言費動輒上千萬。

近義 聲名大噪　一炮而紅

反義 沒沒無聞　鮮為人知

當局者迷，旁觀者清（ㄉㄤ ㄐㄩˊ ㄓㄜˇ ㄇㄧˊ，ㄆㄤˊ ㄍㄨㄢ ㄓㄜˇ ㄑㄧㄥ）下棋的人容易迷惑，觀棋的人反能看清棋路。比喻當事者往往因考慮過多而陷入主觀片面，難免迷惑不清，反而旁觀者能客觀看清事實真相。也省作「當局者迷」。

語源 新唐書儒學傳下：「當局稱迷，傍觀必審。」金瓶梅第二十四回：「正是：『當局者迷，傍觀者清。』」宋胡仔苕溪漁隱叢話前集孟東野：「當局者迷，固人情之通患。」

例句 「當局者迷，旁觀者清」，這事你最好聽聽別人的勸告，別再執迷不悟了。

當一天和尚，敲一天鐘（ㄉㄤ ㄧ ㄊㄧㄢ ㄏㄜˊ ㄕㄤˋ，ㄑㄧㄠ ㄧ ㄊㄧㄢ ㄓㄨㄥ）原比喻既然在職，就應盡責。後也比喻因不得不做而態度消極，得過且過。當，也作「做」。天，也作「日」。敲，也作「撞」。

語源 西遊記第十六回：「你那裡曉得，我這是『做一日和尚，撞一日鐘』的。」清李伯元官場現形記第三十一回：「我們現在是『今朝有酒今朝醉』，『做一天和尚撞一天鐘』。」

例句 ①雖然早已倦勤，但是「當一天和尚，敲一天鐘」，總得把分內事辦好。②這些例行公事，他只當作「當一天和尚，敲一天鐘」，從無積極作為。

近義 克盡厥職　得過且過

17

疊床架屋（ㄉㄧㄝˊ ㄔㄨㄤˊ ㄐㄧㄚˋ ㄨ）床上疊床，屋下架屋。比喻重複累贅。

語源 北齊顏之推顏氏家訓序致：「理事重複，遞相模學，猶屋下架屋，床上施床耳。」清白雲道人賽花鈴第三回：「說理則牽引支離，對股則疊床架屋。」

例句 這件事情最好是分層負責，以免疊床架屋，浪費人力與資源。

近義 多此一舉　大可不必

疋部

9

疑信參半（ㄧˊ ㄒㄧㄣˋ ㄘㄢ ㄅㄢˋ）一半相信、一半存疑。形容無法完全相信。

語源 明徐弘祖徐霞客遊記粵西遊日記一：「此中土人鮮知其名，乃從村右北趨，問之村人，仍不知也。中猶疑信參半。」

例句 雖然多數分析師看好股市即將破萬點，投資人仍疑信參半，不敢貿然進場買股。

近義 半信半疑　將信將疑

反義 無庸置疑　深信不疑

疑神疑鬼（ㄧˊ ㄕㄣˊ ㄧˊ ㄍㄨㄟˇ）形容非常多疑。

語源 明徐光啟欽奉明旨條畫屯田疏：「蓋妄信流傳謂戾氣所化，是以疑神疑鬼，甘受戕害。」

例句 一聽說這家旅館發生過命案後，整個晚上大家都惴慄不安，一有風吹草動就疑神疑鬼，根本無法安眠。

近義 滿腹狐疑　疑心生暗鬼

反義 深信不疑

疑雲重重（ㄧˊ ㄩㄣˊ ㄔㄨㄥˊ ㄔㄨㄥˊ）疑點很多。重重，形容眾多。

例句 這起案件疑雲重重，偵辦人員小心翼翼，不放過任何蛛絲馬跡。

近義 撲朔迷離　大有文章

反義 昭然若揭　真相大白

疑難雜症（ㄧˊ ㄋㄢˊ ㄗㄚˊ ㄓㄥˋ）難以診斷治療的各種病症。也比喻難以解決的問題。

語源 明馮夢龍醒世恆言卷三八：「直豎起一面大牌，寫著『李氏專醫小兒疑難雜症』十個字。」

例句 他是資訊工程系的高材生，有什麼電腦方面的疑難雜症，找他準沒錯。

近義 錯綜複雜　茫無頭緒

疑心生暗鬼（ㄧˊ ㄒㄧㄣ ㄕㄥ ㄢˋ ㄍㄨㄟˇ）由於胡亂猜疑，本來正常的事情也變得怪異。

語源 列子說符「人有亡鈇者」條宋林希逸口義：「諺言：疑心生暗鬼。」

例句 她疑心生暗鬼，以為先生有外遇，因而變得緊張兮兮。

近義 杯弓蛇影　疑神疑鬼

疒部

5

疲於奔命（ㄆㄧˊ ㄩˊ ㄅㄣ ㄇㄧㄥˋ）指不斷奉命因而不停地奔走。現在也形容忙於奔走應付而感到筋疲力盡。疲，原作「罷」。

語源 左傳成公七年：「爾以讒慝貪惏事君，而多殺不辜，余必使爾罷於奔命以死。」

例句 由於上司要求嚴格，工作又多，他每天疲於奔命，一刻也不能休息。

近義 人困馬乏　東奔西走

反義 逍遙自在　悠然自得

疾言厲色（ㄐㄧˊ ㄧㄢˊ ㄌㄧˋ ㄙㄜˋ）說話急切，神色嚴厲。形容發怒時對人說話的神情。

語源 後漢書劉寬傳：「溫仁多恕，雖在倉卒，未嘗疾言遽色。」明呂坤呻吟語修身：「疾言厲色，處眾之賊也。」

例句 為了提高生產效率，他一改平日的和氣，疾言厲色地指責員工敷衍塞責的不是。

近義 聲色俱厲　不假辭色

反義 和顏悅色　心平氣和

疾風迅雷（ㄐㄧˊ ㄈㄥ ㄒㄩㄣˋ ㄌㄟˊ）強勁的風，急速的雷。也比喻迅速猛烈的事物。

語源 禮記玉藻：「君子之居恒當戶，寢恒東首。若有疾風迅雷甚雨，則必變，雖夜必興。」明呂坤呻吟語存心：「疾風迅雷，暴雨酷霜，傷損必多。」

例句 他上任後，打擊犯罪毫不手軟，一波波疾風迅雷般的行動，使不法分子人人自危。

近義 狂風暴雨　雷電交加

反義 和風細雨

疾惡如仇（ㄐㄧˊ ㄜˋ ㄖㄨˊ ㄔㄡˊ）痛恨惡人好像痛恨仇人一樣。形容心地正直，不能容忍壞事。疾，憎恨。也作「嫉惡如仇」。

語源 漢桓寬鹽鐵論除狹：「舉善若不足，黜惡若仇讎。」後漢書陳蕃傳：「奉公不橈，疾惡如讎（仇）。」

例句 他一向疾惡如仇，見人不守規矩，一定破口大罵。

近義 正氣凜然

疾風知勁草（ㄐㄧˊ ㄈㄥ ㄓ ㄐㄧㄥˋ ㄘㄠˇ）風吹得越疾猛，越能知道

哪一株草較為堅勁。比喻越處於危難之中，越能辨識一個人節操的堅貞。

語源 漢班固東觀漢記王霸傳：「潁川從我者皆逝，而子獨留，始驗疾風知勁草。」

例句 「疾風知勁草」，在強敵侵逼之下，只有文天祥堅守志節，誓死不降。

近義 時窮節現 板蕩識忠臣

反義 臨陣脫逃 臨難苟免

病入膏肓 ㄅㄧㄥˋ ㄖㄨˋ ㄍㄠ ㄏㄨㄤ 病症已入膏肓之間。中醫指病勢嚴重，無藥可救。也比喻事態發展到無法挽救的地步。膏肓，中國古代醫學把心尖脂肪叫膏，心臟和膈膜之間叫肓，認為是藥力難達到的地方。

語源 左傳成公十年：「疾不可為也！在肓之上，膏之下，攻之不可，達之不及，藥不至焉，不可為也！」清李綠園歧路燈第二十回：「苦言何事太相侵，亡國敗家自古今……病入膏肓嗟已矣，願奉宣聖失言箴。」

例句 公司冗員太多又擴張過快，在連年虧損下已是病入膏肓，瀕臨倒閉了。

近義 無可救藥 不治之症

反義 藥到病除 不藥而癒

病急亂投醫 ㄅㄧㄥˋ ㄐㄧˊ ㄌㄨㄢˋ ㄊㄡˊ ㄧ 病情危急時，胡亂請醫生治療而不問其醫術高明與否。比喻事態危急時，盲目地想一些無用的辦法。

語源 紅樓夢第五十七回：「紫鵑笑道：『你也唸起佛來，真是新聞！』寶玉笑道：『所謂「病急亂投醫」了。』」

例句 儘管公司營運業績欠佳，你也不能病急亂投醫，借高利貸解決問題啊！

近義 操之過急 短視近利

反義 寧缺勿濫

7

痛不欲生 ㄊㄨㄥˋ ㄅㄨˋ ㄩˋ ㄕㄥ 悲痛得不想活下去。形容悲痛至極。

語源 明沈德符萬曆野獲編卷二八：「即罹此變，哀痛不欲生。」清紀昀閱微草堂筆記卷一一槐西雜志一：「有王震升者，暮年喪愛子，痛不欲生。」

例句 半年之內兩名稚子接連過世，一連串的打擊讓她痛不欲生。

近義 悲痛欲絕 悲不自勝

反義 欣喜若狂 樂不可支

痛心泣血 ㄊㄨㄥˋ ㄒㄧㄣ ㄑㄧˋ ㄒㄩㄝˋ 形容悲痛到了極點。泣血，哭到眼睛出血。

語源 漢荀悅漢紀孝元皇帝紀：「若夫石顯可以痛心泣血矣，豈不疾之哉！」宋司馬光乞開言路狀：「臣常痛心泣血，思救其失。」

例句 看到愛女慘烈的死狀，婦人痛心泣血，哭倒在地。

近義 椎心泣血 痛不欲生

反義 欣喜若狂 樂不可支

痛心疾首 ㄊㄨㄥˋ ㄒㄧㄣ ㄐㄧˊ ㄕㄡˇ 形容痛恨到極點。疾首，頭痛。

語源 左傳成公十三年：「諸侯備聞此言，斯是用痛心疾首。」

例句 提起這個無惡不作的黑道分子，民眾莫不痛心疾首，希望警方早日將他繩之以法。

近義 深惡痛絕 恨之入骨

反義 喜形於色 大喜過望

痛改前非 ㄊㄨㄥˋ ㄍㄞˇ ㄑㄧㄢˊ ㄈㄟ 下定決心徹底改正以往的過錯。痛，徹底的。非，過錯。

語源 大宋宣和遺事亨集：「陛下倘信微臣之言，痛改前非……宗社之幸也。」

例句 經過這次的教訓，希望他能痛改前非，重新做人。

近義 洗心革面 重新做人

反義 執迷不悟 死不悔改

痛定思痛（ㄊㄨㄥˋ ㄉㄧㄥˋ ㄙ ㄊㄨㄥˋ） 原指悲痛的心情平靜之後，回想當時的痛苦。後多指經歷痛苦之後，深刻檢討造成痛苦的原因。有警惕之意。

語源 唐韓愈與李翱書：「今而思之，如痛定之人，思當痛之時，不知何能自處也。」清劉錦藻清朝續文獻通考王禮考：「皆由朕用人不當，以致變出非常……痛定思痛，曷勝寅感。」

例句 上屆校際籃球賽落敗後，大家痛定思痛，改進缺點，勤加練球，希望本屆可以一雪前恥。

近義 深自反省 引以為戒

反義 一錯再錯 執迷不悟

痛哭失聲（ㄊㄨㄥˋ ㄎㄨ ㄕ ㄕㄥ） 傷心大哭，以致氣結無法出聲。形容極度悲傷。

語源 明凌濛初初刻拍案驚奇卷一一：「夫妻相見了，痛哭失聲。」

例句 一到飛機失事的現場，罹難者的家屬莫不痛哭失聲，令人不忍。

近義 痛哭流涕 抱頭痛哭

反義 歡天喜地 開懷大笑

8

痴人說夢（ㄔ ㄖㄣˊ ㄕㄨㄛ ㄇㄥˋ） 原指對傻人說話，多生誤會。後比喻憑妄想而說，荒誕不實或無法辦到的事。

語源 宋釋惠洪冷齋夜話卷九：「僧伽，龍朔中，遊江淮間，其迹甚異。有問之曰：『汝何姓？』答曰：『姓何。』又問：『何國人？』答曰：『何國人。』唐李邕作碑，不曉其言，乃書傳曰：『大師姓何，何國人。』此正所謂對癡人說夢耳。」明陸西星封神演義第五十三回：「你這篇言詞，真如痴人說夢。」

例句 想靠賭博賺錢來養家活口，簡直是痴人說夢。

近義 不經之談

痴心妄想（ㄔ ㄒㄧㄣ ㄨㄤˋ ㄒㄧㄤˇ） 痴迷的心思，荒唐的想法。形容一心想著不可能實現的事。

語源 明馮夢龍喻世明言卷一：「大凡人不做指望，倒也不在心上；一做指望，便痴心妄想，時刻難過。」

例句 在經濟不景氣的時候，他居然還痴心妄想能找到一份「錢多事少離家近，睡覺睡到自然醒」的工作，不是很可笑嗎？

近義 異想天開 想入非非

反義 自知之明

10

瘦骨如柴（ㄕㄡˋ ㄍㄨˇ ㄖㄨˊ ㄔㄞˊ） 參見「骨瘦如柴」。

瘦骨嶙峋（ㄕㄡˋ ㄍㄨˇ ㄌㄧㄣˊ ㄒㄩㄣˊ） 形容身體枯瘦，骨骼突出可見。嶙峋，山石奇兀聳峭的樣子。借指骨架突出。

語源 清潘綸恩道聽途說卷一一：「半晌方蘇，號啕痛哭，必欲親往經紀其喪。而瘦骨嶙峋，扎掙無力，且哭且恨。」

例句 一隻瘦骨嶙峋的流浪狗在山中小路踽踽獨行，看了真讓人於心不忍。

近義 骨瘦如柴 形銷骨立

反義 心廣體胖 大腹便便

16

癩蝦蟆想吃天鵝肉（ㄌㄞˋ ㄏㄚˊ ˙ㄇㄚ ㄒㄧㄤˇ ㄔ ㄊㄧㄢ ㄜˊ ㄖㄡˋ） 比喻不自量力，作非分之想。

語源 水滸傳第一〇一回：「我恁地這般獃，癩蝦蟆怎想吃天鵝肉。」

例句 以小陳的五短身材，居然想要追學校的校花，簡直就是癩蝦蟆想吃天鵝肉。

【近義】異想天開　痴心妄想

【反義】自知之明

癶部

7

登徒子 ㄉㄥ ㄊㄨˊ ㄗˇ　指稱好色的男子。登徒，複姓。子，男子的通稱。登徒子，為一虛構人物。

【語源】戰國楚宋玉作登徒子好色賦，後乃以「登徒子」稱好色者。

【例句】他是個登徒子，社團裡的女生幾乎都被他追過。

【近義】好色之徒

登峰造極 ㄉㄥ ㄈㄥ ㄗㄠˋ ㄐㄧˊ　登上山峰的最高點。比喻成就造詣到達最高的境界。造，至。極，最高點。

【語源】南朝宋劉義慶世說新語文學：「佛經以為祛練神明，則聖人可致。簡文云：『不知便可登峰造極不？』」

【例句】陳媽媽的剪紙藝術已達到登峰造極的境界，作品是一紙難求。

【近義】爐火純青　至高無上

【反義】人外有人　天外有天

登高一呼 ㄉㄥ ㄍㄠ ㄧˋ ㄏㄨ　比喻有人起而倡導或號召群眾從事某件事。

【語源】清李伯元官場現形記第六回：「一省之內，惟彼獨尊，自然是登高一呼，眾山響應。」

【例句】這次地震災情慘重，他登高一呼，大家便踴躍捐款，濟助災民。

【近義】挺身而出

【反義】袖手旁觀　漠不關心

登高自卑 ㄉㄥ ㄍㄠ ㄗˋ ㄅㄟ　想登上高處須從低處開始。比喻處理事情要循序漸進，由淺入深。卑，低下。

【語源】中庸：「辟如登高必自卑。」

【例句】所謂「登高自卑，行遠自邇」，凡事要從根本做起，千萬不要妄想一步登天。

【近義】按部就班　行遠自邇

【反義】一步登天　一蹴可幾

登高望遠 ㄉㄥ ㄍㄠ ㄨㄤˋ ㄩㄢˇ　登上高處，看得更遠。也比喻思想境界高，目光自然遠大。

【語源】孟子盡心上：「孔子登東山而小魯，登泰山而小天下。」荀子勸學：「吾嘗跂而望矣，不如登高之博見也。」

【例句】做學問必須不斷精進，才能登高望遠，一窺廟堂之美。

【近義】舉目千里　高瞻遠矚

【反義】坐井觀天　牖中窺日

登堂入室 ㄉㄥ ㄊㄤˊ ㄖㄨˋ ㄕˋ　到達廳堂，進入內室。①比喻人在學問或技能方面造詣精深，已盡得師傅真傳。也作「升堂入室」。②指未經邀請或允許，直接進入他人內室。

【語源】論語先進：「由也升堂矣，未入於室也。」漢書藝文志：「如孔氏之門人用賦也，則賈誼登堂，相如入室矣。」

【例句】①經過三年苦學，他的陶藝已經登堂入室，盡得師傅真傳。②這人好魯莽，竟然未經允許就登堂入室。

【近義】深入堂奧　盡得真傳

【反義】一知半解　未得真傳

發人深省 ㄈㄚ ㄖㄣˊ ㄕㄣ ㄒㄧㄥˇ　指能啟發人深刻思考而有所警悟。深省，深入反省。也作「發人深醒」、「發人省思」。

【語源】唐杜甫遊龍門奉先寺：「欲覺聞晨鐘，令人發深省。」

【例句】這則故事雖然簡短，卻隱含許多人生哲理，足以發人深省。

【近義】醍醐灌頂　暮鼓晨鐘

發奸擿伏 ㄈㄚ ㄐㄧㄢ ㄊㄧˋ ㄈㄨˊ　揭發隱祕的壞人壞事。指吏治清明。擿，揭發。也作「擿奸發伏」。

[語源] 漢書趙廣漢傳：「亭長叩頭服實有之……其發奸擿伏如神，皆此類也。」三國志魏書倉慈傳：「或治身清白，或擿奸發伏。」

[辨析] 擿，音ㄊㄧˋ，不讀ㄓˊ。

[例句] 陳檢察官發奸擿伏，讓犯罪集團無所遁形，是司法界的表率。

[近義] 除暴安良　為民除害

發揚光大 ㄈㄚ ㄧㄤˊ ㄍㄨㄤ ㄉㄚˋ　使事業或傳統更加發展擴大。

[語源] 易經坤卦：「含弘光大，品物咸亨。」宋黃榦劉正之遂初堂記：「備前人之美，發揮而光大之。」蔡東藩民國通俗演義第十回：「篳路藍縷，孫公既開其先；發揚光大，我公宜善其後。」

[例句] 為了使傳統技藝發揚光大，在各大專院校成立相關的系所是最好的辦法。

發號施令 ㄈㄚ ㄏㄠˋ ㄕ ㄌㄧㄥˋ　發布命令。也泛指指揮別人。

[語源] 尚書冏命：「發號施令，罔有不臧。」

[例句] 這事不歸林經理管，他卻老愛發號施令，叫人無所適從。

發憤忘食 ㄈㄚ ㄈㄣˋ ㄨㄤˋ ㄕˊ　努力用心得連吃飯都忘了。形容非常勤奮。發憤，決心努力。

[語源] 論語述而：「其為人也，發憤忘食，樂以忘憂，不知老之將至云爾！」

[例句] 小華發憤忘食，全心全意準備學力測驗。

[近義] 孜孜不倦　夜以繼日

[反義] 飽食終日　玩歲愒時

發奮圖強 ㄈㄚ ㄈㄣˋ ㄊㄨˊ ㄑㄧㄤˊ　參見「奮發圖強」。

白部

白手起家 ㄅㄞˊ ㄕㄡˇ ㄑㄧˇ ㄐㄧㄚ　沒有任何憑藉、依恃，全憑自己的力量創建家業。白手，空手；赤手。也作「白手成家」。

[語源] 明馮夢龍喻世明言卷一〇：「多少白手成家的，如今有屋住，有田種，不算沒根基了，只要自去掙扎。」

[例句] 李先生夫婦兩人一起努力，白手起家，過著平實安穩的幸福生活。

[近義] 自力更生　赤手空拳

[反義] 傾家蕩產

白日見鬼 ㄅㄞˊ ㄖˋ ㄐㄧㄢˋ ㄍㄨㄟˇ　大白天看見鬼。比喻不可能發生或完全出乎意料的事。

[語源] 晉干寶搜神記卷一五：「武陵果大病，白日皆見鬼。」宋岳珂桯史劉改之詩詞：「詞句固佳，然恨無刀圭藥，療君白日見鬼症耳。」明凌濛初二刻拍案驚奇卷九：「白日見鬼，枉著人急了這許多時。」

[例句] 他的手機是上午在教室掉的，當時我正在圖書館看書，說我偷他手機，不是白日見鬼嗎？

[近義] 咄咄怪事

白圭之玷 ㄅㄞˊ ㄍㄨㄟ ㄓ ㄉㄧㄢˋ　白圭上的小汙點。比喻美好的人或事物存在的小缺點。圭，玉製的禮器。玷，玉石上的小斑點。比喻缺點、過失。

[語源] 詩經大雅抑：「白圭之玷，尚可磨也；斯言之玷，不可為也。」

[辨析] 玷，音ㄉㄧㄢˋ，不讀ㄓㄢ。

[例句] 自視太高只是他的白圭之玷，不能因此否定他的才

華。

近義　白璧微瑕　大醇小疵

反義　十全十美　白璧無瑕

白面書生（ㄅㄞˊ ㄇㄧㄢˋ ㄕㄨ ㄕㄥ）　形容相貌清秀的讀書人。也指見識和閱歷不足的年輕文人。

語源　五代王定保唐摭言公薦：「雖白面書生，有雄膽大略。」宋書沈慶之傳：「陛下今欲伐國，而與白面書生輩謀之，事何由濟！」

例句　別看他外表文弱像個白面書生，其實他可是個深藏不露的柔道高手。

近義　文弱書生

白首同歸（ㄅㄞˊ ㄕㄡˇ ㄊㄨㄥˊ ㄍㄨㄟ）　年歲皆老而同時命終。也比喻友情堅貞，至老不渝。白首，人老髮白。也指老人。

語源　南朝宋劉義慶世說新語仇隙：「潘岳與石崇同時被害，潘說：『可謂白首同所歸。』」魏書閻元明傳：「昆弟雍和，尊卑諧穆，安貧樂道，白首同歸。」

例句　他們倆是相識數十年的老戰友，得以白首同歸，也可了無遺憾了。

白首窮經（ㄅㄞˊ ㄕㄡˇ ㄑㄩㄥˊ ㄐㄧㄥ）　參見「皓首窮經」。

白紙黑字（ㄅㄞˊ ㄓˇ ㄏㄟ ㄗˋ）　白紙寫著黑字。形容有憑有據，不容懷疑、抵賴。

語源　元無名氏看錢奴買冤家債主第二折：「不要閑說，白紙上寫著黑字哩。若有反悔之人，罰寶鈔……。」

例句　你的借據在這裡，上頭明明寫著二十萬，白紙黑字，我可沒誣你。

近義　有憑有據　證據確鑿

反義　空口無憑　無憑無據

白馬王子（ㄅㄞˊ ㄇㄚˇ ㄨㄤˊ ㄗˇ）　騎著白馬的王子。指少女心目中愛慕的理想對象。

語源　西方童話故事，如白雪公主、灰姑娘等，有一定型化的角色，一位騎著白馬、英俊瀟灑的王子，總會適時出現解救受困的美麗公主。

例句　電視劇中的男主角俊美多金，兼且多才多藝，是許多少女們心目中的白馬王子。

白裡透紅（ㄅㄞˊ ㄌㄧˇ ㄊㄡˋ ㄏㄨㄥˊ）　形容皮膚極白，透出淡淡紅暈。

例句　她天生麗質，白裡透紅的肌膚更令許多同齡的女孩羨慕。

近義　吹彈可破　膚如凝脂

白雲蒼狗（ㄅㄞˊ ㄩㄣˊ ㄘㄤ ㄍㄡˇ）　白雲聚散不定，忽而變成蒼狗的形狀。比喻世事變化無常。也作「白衣蒼狗」。

語源　唐杜甫可嘆：「天上浮雲如白衣，斯須改變如蒼狗。」清姚鼐慧居寺詩：「白雲蒼狗塵寰感，也到空林釋子家。」

例句　畢業後三十年，在同學會上重聚，大家聊著彼此的生活，不禁有白雲蒼狗的感歎。

近義　滄海桑田　變幻無常

反義　萬古不變　一成不變

白駒過隙（ㄅㄞˊ ㄐㄩ ㄍㄨㄛˋ ㄒㄧˋ）　從縫隙中窺見白馬飛馳而過。比喻時間飛逝或人生短促。駒，駿馬。

語源　莊子知北遊：「人生天地之間，若白駒之過隙，忽然而已。」

例句　人生如白駒過隙，應當把握當下，及時努力。

近義　光陰似箭　稍縱即逝

反義　天長地久

白頭如新（ㄅㄞˊ ㄊㄡˊ ㄖㄨˊ ㄒㄧㄣ）　相交已久，但到了老年，還如同剛認識一般。形容交情不深。

語源 史記魯仲連鄒陽列傳：「諺曰：『有白頭如新，傾蓋如故。』何則？知與不知也。」

例句 他們兩人性格差太多，因此雖相識多年，依然白頭如新，稱不上是好朋友。

近義 泛泛之交　點頭之交

反義 契若金蘭　白首同歸

白頭偕老 ㄅㄞˊ ㄊㄡˊ ㄒㄧㄝˊ ㄌㄠˇ

祝福夫妻相伴到老的賀詞。偕，共同；一起。

語源 詩經邶風擊鼓：「執子之手，與子偕老。」明陸采懷香記第二十三齣：「我與你母親白頭偕老，富貴雙全。」

例句 夫妻要相互體諒、互相扶持，才能白頭偕老。

近義 百年偕老　故劍情深

反義 琵琶別抱　鸞孤鳳隻

白璧無瑕 ㄅㄞˊ ㄅㄧˋ ㄨˊ ㄒㄧㄚˊ

潔白的玉璧上沒有任何斑點。比喻完美無缺。瑕，玉石上的斑點。比喻缺點。

語源 唐孟浩然陪張丞相登荊城樓……戍主劉家：「白璧無瑕玷，青松有歲寒。」

例句 剛完成博士學業的他，不論人品相貌都十分出眾，真可以說是白璧無瑕。

近義 完美無缺　十全十美

反義 白璧微瑕　美中不足

白璧微瑕 ㄅㄞˊ ㄅㄧˋ ㄨㄟˊ ㄒㄧㄚˊ

比喻大致美好而略有缺失。璧，玉的通稱。瑕，玉石上的斑點。引申指缺點或過失。

語源 南朝梁蕭統陶淵明集序：「白璧微瑕者，惟在閑情一賦。」

例句 王先生學識廣博又平易近人，只是白璧微瑕，偶而會貪飲杯中物。

近義 大醇小疵　白圭之玷

反義 白璧無瑕　完美無缺

白

1

百口莫辯 ㄅㄞˇ ㄎㄡˇ ㄇㄛˋ ㄅㄧㄢˋ

即使有一百張嘴也無法辯解清楚。指無從申訴辯白。

語源 宋劉過建康獄中上吳居父：「困一身於囹圄之中，不勝塗炭……亦有百口而莫辯其辜。」

例句 雖然沒有人證物證，但種種跡象都顯示這起竊案與他有關，令他百口莫辯。

近義 有口難言

反義 沉冤昭雪　真相大白

百川歸海 ㄅㄞˇ ㄔㄨㄢ ㄍㄨㄟ ㄏㄞˇ

所有的江河最後都匯流進大海。①比喻眾多分散的事物聚集一處。②比喻眾望所歸或時勢所趨。

語源 尚書大傳：「百川趨於東海。」漢劉安淮南子氾論訓：「百川異源而皆歸於海；百家殊業而皆務於治。」

例句 ①臺北車站是北臺灣的交通樞紐，四方八面的人車都在這裡聚集，有如百川歸海。②陳教授的聲譽極高，私德又篤厚，推選他擔任校長有如百川歸海，乃眾望所歸。

近義 大勢所趨　眾望所歸

反義 分崩離析　眾叛親離

百分之百 ㄅㄞˇ ㄈㄣ ㄓ ㄅㄞˇ

完全；非常；十足。

例句 我百分之百相信阿德不會做出這樣的事，是你誤會他了。

近義 完完全全　徹頭徹尾

百世之師 ㄅㄞˇ ㄕˋ ㄓ ㄕ

指學識品德永為後世表率的人。百世，比喻時間極為長久。世，古以三十年為一世。

語源 孟子盡心下：「聖人，百世之師也。」宋蘇軾潮州韓文公廟碑：「匹夫而為百世師，一言而為天下法。」

例句 張仲景一部傷寒雜病論

活人無數，功在杏林，其醫德醫術足以為百世之師。

近義 萬世師表

百吃不厭（ㄅㄞˇ ㄔ ㄅㄨˋ ㄧㄢˋ） 即使吃過很多次也不覺得厭膩。形容食物美味。

例句 這家小吃店的臭豆腐名聞遐邇，教人百吃不厭。

近義 津津有味　齒頰生香

反義 淡而無味

百年大計（ㄅㄞˇ ㄋㄧㄢˊ ㄉㄚˋ ㄐㄧˋ） 指謀劃久遠的重大計畫或措施。

語源 宋陳亮上孝宗皇帝第三書：「何忍假數百年社稷之大計，認為一日之僥幸，而徒以累陛下哉！」

例句 教育政策是國家的百年大計，不能草率決定或變更。

近義 長久之計

反義 權宜之計

百年好合（ㄅㄞˇ ㄋㄧㄢˊ ㄏㄠˇ ㄏㄜˊ） 永久的好合。指男女結為夫婦。現多用來祝福新婚夫婦永遠和諧恩愛。也作「百年之好」。

語源 宋羅燁醉翁談錄張氏夜奔呂星哥：「今寧隨君遠奔，以結百年之好。」

例句 祝福你們百年好合，恩愛到老。

近義 天作之合　永結同心

百年樹人（ㄅㄞˇ ㄋㄧㄢˊ ㄕㄨˋ ㄖㄣˊ） 參見「十年樹木，百年樹人」。

百折不撓（ㄅㄞˇ ㄓㄜˊ ㄅㄨˋ ㄋㄠˊ） 遭受許多挫折失敗，仍然不屈服。形容意志堅定。撓，屈曲。也作「百折不回」。

語源 漢蔡邕太尉喬公碑：「有百折不撓，臨大節而不可奪之風。」

例句 做事只要具有百折不撓的精神，哪有不成功的呢！

近義 不屈不撓　再接再厲

反義 知難而退　半途而廢

百步穿楊（ㄅㄞˇ ㄅㄨˋ ㄔㄨㄢ ㄧㄤˊ） 能在百步以外射中楊柳葉子。形容射擊技術非常高超。

語源 戰國策西周策二：「楚有養由基者，善射；去柳葉者百步而射之，百發百中。」唐周曇詠史詩春秋戰國門蘇厲：「百步穿楊箭不移，養由堪教聽弘規。」

例句 入選為本屆奧運射箭項目的國手，具有百步穿楊的實力。

近義 百發百中

反義 百不一中

百依百順（ㄅㄞˇ ㄧ ㄅㄞˇ ㄕㄨㄣˋ） 形容凡事順從，毫不違拗。也可形容性情隨和，不固執任性。

語源 明凌濛初初刻拍案驚奇卷一三：「那時也倒聰明伶俐，做爺娘的百依百順，沒一事違拗了他。」

例句 婚前他對女朋友百依百順，婚後卻像變了一個人似的。

近義 服服貼貼　俯首帖耳

百花齊放（ㄅㄞˇ ㄏㄨㄚ ㄑㄧˊ ㄈㄤˋ） 各種花一齊開放。形容春天繁花盛開的美景。也比喻各領域中不同形式和風格自由發展的繁榮景象，特別是指文化藝術領域而言。也作「百花齊發」。

語源 清錢泳履園叢話懷雲亭：「春時百花齊發，群豔爭芳。」

例句 在政府大力提倡下，文藝創作的環境大幅改善，藝文界有如百花齊放，生氣勃勃。

近義 萬紫千紅　百家爭鳴

反義 一枝獨秀

百思不解（ㄅㄞˇ ㄙ ㄅㄨˋ ㄐㄧㄝˇ） 從各方面反覆地思考，仍然不能理解。也作「百思不得其解」。

語源 清無名氏葛仙翁全傳第五回：「百思不解，五夜躊躕，故乘隙邀君一面，以決中疑。」

例句 房間分明沒有人進去過，東西竟然會不翼而飛，真是令人百思不解。

近義 大惑不解　迷惑不解

反義 恍然大悟　茅塞頓開

百看不厭 ㄅㄞˇ ㄎㄢˋ ㄅㄨˋ ㄧㄢˋ 看再多遍也不覺滿足。比喻非常喜歡。厭，滿足。

語源 宋蘇軾送安敦秀才失解西歸：「故書不厭百回讀，熟讀深思子自知。」蔡東藩元史通俗演義第七回：「你的芳容，令人百看不厭！」

例句 紅樓夢是一本非常精采的古典小說，令人百看不厭。

近義 愛不釋手　怦然心動

反義 興味索然　索然無味

百家爭鳴 ㄅㄞˇ ㄐㄧㄚ ㄓㄥ ㄇㄧㄥˊ 原指戰國時期各種思想流派競相著書立說的繁榮景象。後比喻各種言論、派別蓬勃競爭。

語源 漢書藝文志：「凡諸子百八十九家，……蜂出並作，各引一端，崇其所善，以此馳說。」

例句 在學術上，要容許百家爭鳴，才會進步。

近義 百花齊放　各抒己見

反義 萬馬齊瘖　一枝獨秀

百密一疏 ㄅㄞˇ ㄇㄧˋ ㄧˋ ㄕㄨ 即使設想得非常周密，仍有疏漏之處。

例句 這名慣竊以為此次行動仍是神不知鬼不覺，殊不知百密一疏，已被附近商家的監視器錄到身影，暴露了行蹤。

近義 掛萬漏一　忙中有錯

反義 萬無一失　鉅細靡遺

百無聊賴 ㄅㄞˇ ㄨˊ ㄌㄧㄠˊ ㄌㄞˋ 指精神沒有依託，非常無聊。無聊賴，沒有憑藉。

語源 清丁叔雅將歸嶺南留別：「百無聊賴過零丁，遙睇中原一髮青。」

例句 自從退休之後，李伯伯總覺得百無聊賴，生活空虛。

近義 無所事事　窮極無聊

反義 興致勃勃　精神奕奕

百無禁忌 ㄅㄞˇ ㄨˊ ㄐㄧㄣˋ ㄐㄧˋ 沒有任何限制或忌諱。禁忌，受到禁止而有所顧慮。

語源 清李綠園歧路燈第六十一回：「山向利與不利，穴口開與不開，選擇日子，便周章的百無禁忌。」

例句 他說話一向百無禁忌，有時冒犯到別人都不知道。

近義 肆無忌憚

反義 綁手綁腳

百發百中 ㄅㄞˇ ㄈㄚ ㄅㄞˇ ㄓㄨㄥˋ ①形容射擊技術極為高超。②比喻料事如神，萬無一失。

語源 戰國策西周策二：「楚有養由基者，善射；去柳葉者百步而射之，百發百中。」紅樓夢第九十七回：「所以鳳姐的妙計，百發百中。」

例句 ①他在籃球場上總是百發百中，因此得到「神射手」的封號。②元宵節猜燈謎時，有個年輕人答題百發百中，贏得許多大獎。

近義 彈無虛發　萬無一失

百裡挑一 ㄅㄞˇ ㄌㄧˇ ㄊㄧㄠ ㄧ 一百個中才挑出一個。形容非常出眾。

語源 紅樓夢第八十四回：「都像寶丫頭那樣心胸兒、脾氣兒，真是百裡挑一的。」

例句 他的人品和學識都是百裡挑一的，是這個職位最適當的人選。

近義 萬中選一　不可多得

反義 平淡無奇　不足為奇

百感交集 ㄅㄞˇ ㄍㄢˇ ㄐㄧㄠ ㄐㄧˊ 各種感觸交織在心中。形容情緒複雜紊亂。

語源 南朝宋劉義慶世說新語言語：「見此芒芒，不覺百端交集。」宋陳亮祭喻夏卿文：「百感交集，微我有咎。」

例句 阿貴和女友分手已有半年，看著以前一起出遊的照片，他的心中不禁百感交集。

近義 感慨萬千　五味雜陳

反義 無動於中　心如止水

百業蕭條 ㄅㄞˇ ㄧㄝˋ ㄒㄧㄠ ㄊㄧㄠˊ 各行各業衰敗凋敝，很不景氣。蕭條，寂寥冷清的樣子。指經濟不景氣。

語源 蔡東藩民國通俗演義第一一八回：「乃據近日報告，戰事迄未中止，群情惶懼，百業蕭條。」

例句 觀光客不來以後，這個小鎮百業蕭條，年輕人紛紛外出謀生。

近義 民生凋敝

反義 百廢俱興

百煉成鋼 ㄅㄞˇ ㄌㄧㄢˋ ㄔㄥˊ ㄍㄤ 鐵經過一再鍛鍊而成為堅韌的鋼。比喻久經磨練而非常堅強。煉，也作「鍊」。

語源 三國魏陳琳武軍賦：「鎧則東胡闕鞏，百煉精剛。」唐潘存實藏劍銘：「動不仁，靜不德，雖百煉之鋼，於愛身也奚力？」

例句 海軍陸戰隊的健兒個個都有百煉成鋼的體魄和意志，是保衛國家的堅強堡壘。

近義 千錘百鍊

反義 朽木不雕

百弊叢生 ㄅㄞˇ ㄅㄧˋ ㄘㄨㄥˊ ㄕㄥ 各種弊病同時發生、滋長。

語源 明徐光啟醜虜暫東……以備戰守疏：「而昔年任事者，謂承平既久，必無試用之日，以致百弊叢生，莫之究結。」

例句 由於前任董事長無心經營，以致今日公司內部百弊叢生，面臨空前的營運危機。

近義 漏洞百出　百廢待舉

反義 弊絕風清　百廢俱興

百廢待舉 ㄅㄞˇ ㄈㄟˋ ㄉㄞˋ ㄐㄩˇ 許多被擱置的事情都等著興辦。也作「百廢待興」。

語源 清史稿卷四七九：「兵祲之後，百廢待舉。」

例句 公司目前還在草創階段，百廢待舉，需要主管和員工同心同德，一齊努力。

近義 百端待舉

反義 百廢俱興

百廢俱興 ㄅㄞˇ ㄈㄟˋ ㄐㄩˋ ㄒㄧㄥ 所有廢弛的事務都興辦起來。也作「百廢俱舉」。

語源 宋范仲淹岳陽樓記：「越明年，政通人和，百廢具（俱）興。」

例句 自從換了新主管後，公司百廢俱興，營運蒸蒸日上。

近義 萬象更新

反義 百廢待舉

百戰不殆 ㄅㄞˇ ㄓㄢˋ ㄅㄨˋ ㄉㄞˋ 每次戰鬥都不致危險。形容立於不敗之地。殆，危險。

語源 孫子謀攻：「知彼知己者，百戰不殆。」

例句 事前多做準備工作，遇事慎謀能斷，才能百戰不殆。

近義 百戰百勝　戰無不勝

反義 屢戰屢敗　節節敗退

百戰百勝 ㄅㄞˇ ㄓㄢˋ ㄅㄞˇ ㄕㄥˋ 每次作戰都獲勝。

語源 管子七法：「故十戰十勝，百戰百勝。」

例句 在陳老師的指導下，我校辯論代表隊近年來百戰百勝，成績輝煌。

近義 連戰皆捷　所向無敵

反義 屢戰屢敗 一敗塗地

百讀不厭 反覆閱讀也不覺厭倦。形容文章、著作非常吸引人。

語源 宋蘇軾送安惇秀才失解西歸：「舊書不厭百回讀，熟讀深思子自知。」

例句 紅樓夢文辭優美，情節感人，寓意深刻，所以能令人百讀不厭。

近義 不忍釋手 齒頰生香

反義 索然無味 味同嚼蠟

百聞不如一見 聽別人述說百次，還不如親眼看一次來得真切。聞，聽見。

語源 漢書趙充國傳：「百聞不如一見。兵難喻（偷）度，臣願馳至金城，圖上方略。」

例句 百聞不如一見，你想研究文藝復興時期的建築，最好親自到歐洲一趟。

近義 耳聞不如目見

百鍊鋼化為繞指柔 比喻性格由剛直、倔強變為柔順。鍊，也作「煉」。

語源 晉劉琨重贈盧諶：「何意百鍊剛，化為繞指柔。」

例句 小明自從墜入愛河後，便從百鍊鋼化為繞指柔，一改從前的拗脾氣。

百尺竿頭，更進一步 勉勵人不要滿足於已有的成就，要繼續爭取更大的進步。也省作「百尺竿頭」。

語源 唐柳曾險竿行：「奈何平地不肯立，走上百尺高竿頭。」宋朱熹答鞏仲至：「故聊復言之，恐或可以少助百尺竿頭更進一步之勢也。」

例句 這次段考你雖然進步很多，但是百尺竿頭，更進一步，希望你再繼續努力。

近義 再接再厲 精益求精

反義 不求進取 自我設限

百足之蟲，死而不僵 比喻家業大或有權勢的人雖然敗落，但潛在勢力仍舊具有相當的影響。百足，即馬陸。節肢動物，體圓而長，由很多環節構成，除第一至第四節和末節外，每節有腳兩對。把牠切斷，仍能直立。僵，仆倒。

語源 魏曹冏六代論：「故語曰：『百足之蟲，至死不僵。』扶之者眾也。」紅樓夢第二回：「古人有云：『百足之蟲，死而不僵。』」

例句 曹雪芹筆下的賈府儘管已家道中落，但表面上仍維持著大家大業的局面，真是百足之蟲，死而不僵啊！

4

皆大歡喜 大家都十分滿意、高興。

語源 維摩詰經囑累品：「一切大眾，聞佛所說，皆大歡喜，信受奉行。」

例句 這件事終於有了圓滿結局，真是皆大歡喜！

近義 普天同慶

反義 幾家歡樂幾家愁

皇天后土 敬稱天地及其神靈。多用於表白心志或發誓時。皇天，指天或天帝。后土，指土或土神。古人認為天地神靈能主宰萬物。

語源 尚書武成：「底商之罪，告于皇天后土。」晉李密陳情表：「皇天后土，實所共鑑。」

例句 我對妳的一片真心，皇天后土可以為證，請妳一定要相信！

皇親國戚 皇帝的親戚族人。也指權勢大

的人。

語源 元無名氏謝金吾詐拆清風府第三折：「刀斧手且住者，不知是那個皇親國戚來了也，等他過去了，才好殺人哪！」

例句 能夠進出這個私人招待所的個個都是皇親國戚，閒雜人等是不得其門而入的。

近義 王公貴族　皇子王孫

反義 黎民百姓　升斗小民

皇天不負苦心人（ㄏㄨㄤˊ ㄊㄧㄢ ㄅㄨˋ ㄈㄨˋ ㄎㄨˇ ㄒㄧㄣ ㄖㄣˊ） 形容老天有眼，不會辜負堅毅刻苦的人。

語源 明凌濛初初刻拍案驚奇卷四〇：「那奮發不過的人終久容易得些，也是常理。故此說『皇天不負苦心人』。」

例句 經過三年苦讀，總算皇天不負苦心人，讓他如願以償考上第一志願。

近義 鍥而不捨　如願以償

反義 事與願違

7

皓月千里（ㄏㄠˋ ㄩㄝˋ ㄑㄧㄢ ㄌㄧˇ） 形容明月當空，照耀千里。皓月，明月；潔白的月光。

語源 宋范仲淹岳陽樓記：「而或長煙一空，皓月千里。」

例句 今夜長空無雲，皓月千里，正適合賞月談心。

近義 月白風清　月明如水

反義 月黑風高

皓首窮經（ㄏㄠˋ ㄕㄡˇ ㄑㄩㄥˊ ㄐㄧㄥ） 一直到年老白頭仍在研究經書。有時也用來諷刺人讀了一輩子的書卻沒有讀通。皓首，白了頭髮。指年老。窮經，窮究經籍。也作「白首窮經」。

語源 唐韓偓贈易卜崔江處士：「白首窮經通祕義，青山養老度危時。」三國演義第四十三回：「若夫小人之儒，惟務雕蟲，專工翰墨；青春作賦，皓首窮經；筆下雖有千言，胸中實無一策。」

例句 讀書如果沒有心領神會，學以致用，即使皓首窮經，又有什麼用呢？

皮部

皮裡陽秋（ㄆㄧˊ ㄌㄧˇ ㄧㄤˊ ㄑㄧㄡ） 口中不說好壞，而內心有所褒貶。皮裡，內裡；內心。陽秋，本作「春秋」。因避晉簡文帝母后阿春的名諱，以「陽」代「春」。春秋，褒貶、批評之意。孔子作春秋，寓褒貶筆法於書中，故稱。也作「皮裡春秋」。

語源 南朝宋劉義慶世說新語賞譽：「桓茂倫云：『褚季野皮裡陽秋。』謂其裁中也。」

例句 雖然主任沒有當面數落你，但他的話是皮裡陽秋，你自己要聽得出來。

近義 意在言外　話中有話

反義 直言不諱　開門見山

皮開肉綻（ㄆㄧˊ ㄎㄞ ㄖㄡˋ ㄓㄢˋ） 皮和肉都裂開。形容受傷嚴重。

語源 京本通俗小說菩薩蠻：「左右將可常拖倒，打得皮開肉綻，鮮血迸流。」

例句 受虐兒童被狠心的父母打得皮開肉綻，遍體鱗傷，教人看了實在於心不忍。

近義 遍體鱗傷　體無完膚

皮笑肉不笑（ㄆㄧˊ ㄒㄧㄠˋ ㄖㄡˋ ㄅㄨˋ ㄒㄧㄠˋ） 形容笑容很虛假，不是發自內心。

語源 清坑餘生續濟公傳第一四四回：「轆軸精滿面飛赤，皮笑肉不笑的說了兩聲『不濟事』，退在旁邊發癡。」

例句 看他一副皮笑肉不笑的樣子，真令人討厭。

皮之不存，毛將焉附（ㄆㄧˊ ㄓ ㄅㄨˋ ㄘㄨㄣˊ，ㄇㄠˊ ㄐㄧㄤ ㄧㄢ ㄈㄨˋ） 表皮已不存在，毛髮將依附何處。比喻事物的根本既失，其

白

皮

餘的也就無所依附。多用來指大我與小我的關係。焉，疑問詞。怎麼；如何。

語源 左傳僖公十四年：「冬，秦饑，使乞糴于晉，晉人弗與……號射曰：『皮之不存，毛將安傅？』」蔡東藩民國通俗演義第九十六回：「國且將亡，法乎何有？皮之不存，毛將焉附？」

例句 「皮之不存，毛將焉附」，在國家遭受外侮之際，各政黨應捐棄成見一致對外，怎可再內鬥下去？

近義 覆巢之下無完卵　脣亡齒寒

皿部

4

盈千累萬 ㄧㄥˊ ㄑㄧㄢ ㄌㄟˇ ㄨㄢˋ 成千上萬。形容數量極多。盈，滿。

語源 清紀昀閱微草堂筆記卷一〇：「洛閩諸儒，無孔子之道德，而亦招聚生徒，盈千累萬，梟鸞並集。」

例句 盈千累萬的歌迷將會場擠得水洩不通，只為一睹巨星丰采。

近義 成千上萬　數以千計

反義 寥寥可數　屈指可數

盈盈秋水 ㄧㄥˊ ㄧㄥˊ ㄑㄧㄡ ㄕㄨㄟˇ 形容女子眼淚盈眶的模樣。盈盈，水清淺的樣子。秋水，比喻美麗的眼波。

語源 昭明文選古詩十九首迢迢牽牛星：「盈盈一水間，脈脈不得語。」唐白居易箏：「雙眸剪秋水，十指剝春蔥。」明張鳳翼紅拂記第三十四齣：「一般情況，幾回斷腸，只落得盈盈秋水淚汪汪。」

例句 看到女朋友盈盈秋水的雙眸，小王於心不忍，便答應了她的請求。

盈科後進 ㄧㄥˊ ㄎㄜ ㄏㄡˋ ㄐㄧㄣˋ 河水注滿坑洞後繼續向前流。比喻有本者步步踏實，循序漸進，不圖虛名。科，坑洞。

語源 孟子離婁下：「原泉混混，不舍晝夜，盈科而後進，放乎四海。有本者如是，是之取爾。」

例句 這件事頗為複雜，我們當小心謹慎，盈科後進，才不致出亂子。

近義 腳踏實地　循序漸進

反義 一步登天　一蹴可幾

6

盛況空前 ㄕㄥˋ ㄎㄨㄤˋ ㄎㄨㄥ ㄑㄧㄢˊ 盛大的景況，前所未有。

例句 本屆國際龍舟大賽盛況空前，精彩可期。

近義 場面浩大

盛氣凌人 ㄕㄥˋ ㄑㄧˋ ㄌㄧㄥˊ ㄖㄣˊ 用驕橫傲慢的氣勢壓迫別人。盛氣，原意是含著憤怒而未發的樣子，這裡指人態度傲慢。凌，欺凌。

語源 戰國策趙策四：「太后盛氣而揖之。」唐孫元晏謝澹雲霞友：「仗氣凌人豈可親？」清曾國藩求闕齋語家書：「今日我以盛氣凌人，預想他日人亦以盛氣凌我。」

例句 仗著他是董事長的兒子，講話便這般盛氣凌人，真令人受不了。

近義 負才使氣　飛揚拔扈

反義 虛懷若谷　謙沖自牧

盛衰榮枯 ㄕㄥˋ ㄕㄨㄞ ㄖㄨㄥˊ ㄎㄨ 興盛繁榮與衰敗沒落。

例句 在紅樓夢中，作者曹雪芹讓劉姥姥這個村婦見證了賈府的盛衰榮枯，確實別具意義。

近義 盛衰榮辱

盛衰榮辱 ㄕㄥˋ ㄕㄨㄞ ㄖㄨㄥˊ ㄖㄨˋ 興盛、衰敗、榮耀、恥辱。指人事變化或人生際遇的各種情

況。

語源 易經雜卦：「損、益，盛衰之始也。」易經繫辭上：「樞機之發，榮辱之主也。」明方孝孺文會疏：「雖盛衰榮辱，所遇難齊，而道德文章，俱垂不朽。」

例句 這首詩作意境高遠，澹泊閒逸，顯見詩人已看淡人生的盛衰榮辱。

近義 盛衰榮枯

盛情難卻 ㄕㄥˋ ㄑㄧㄥˊ ㄋㄢˊ ㄑㄩㄝˋ 熱烈誠摯的情意，讓人難以推辭。

例句 舅媽再三邀請，實在是盛情難卻，爸媽決定這個週末帶我們去臺南拜訪他們。

近義 卻之不恭

盛極一時 ㄕㄥˋ ㄐㄧˊ ㄧˋ ㄕˊ 形容事物在某一段時間內非常興盛、流行。

例句 二次世界大戰之後，民族主義盛極一時，引發一股獨立建國的風潮。

近義 風行一時 轟動一時

反義 乏善可陳 無足輕重

盛極必衰 ㄕㄥˋ ㄐㄧˊ ㄅㄧˋ ㄕㄨㄞ 興盛到極點，必然走向衰敗。

語源 新唐書志第二十七：「嗚呼，盛極必衰，雖曰勢使之然，而殆忽驕滿，常因盛大，可不戒哉！」

例句 天地間的事物都是盛極必衰，所謂「人無千日好，花無百日紅」，所以古人很重視持盈保泰的修為。

近義 物極必反 月盈則虧

反義 否極泰來 剝極必復

盛筵難再 ㄕㄥˋ ㄧㄢˊ ㄋㄢˊ ㄗㄞˋ 盛大的宴會難以再遇到。多用來表示美好的聚會或光景不可多得。

語源 唐王勃秋日登洪府滕王閣餞別序：「嗚呼，勝地不常，盛筵難再。」

例句 晚宴的尾聲，老友們有感於盛筵難再，大家又舉杯互祝珍重。

近義 好景不常

盛名之下，其實難副 ㄕㄥˋ ㄇㄧㄥˊ ㄓ ㄒㄧㄚˋ ㄑㄧˊ ㄕˊ ㄋㄢˊ ㄈㄨˋ 名氣大的人，他的實際狀況多半難以跟名聲相符。多表示謙虛或自我警惕。副，符合。也作「盛名難副」。

語源 後漢書黃瓊傳：「陽春之曲，和者必寡；盛名之下，其實難副。」

例句 他深知「盛名之下，其實難副」的道理，因此雖已是成名學者，卻不敢以此自滿。

近義 名過其實 有名無實

反義 名副其實 實至名歸

7

盜亦有道 ㄉㄠˋ ㄧˋ ㄧㄡˇ ㄉㄠˋ 本指強盜也有做強盜的一番道理，後多指為惡者有時也講道義。

語源 莊子胠篋：「跖之徒問於跖曰：『盜亦有道乎？』跖曰：『何適而無有道邪？……五者不備而能成大盜者，天下未之有也。』」明凌濛初初刻拍案驚奇卷三：「英雄從古輕一擲，盜亦有道真堪述。」

例句 盜亦有道，時下猖獗的詐騙集團，卻專挑獨居老人下手，實在令人不齒！

9

盡心竭力 ㄐㄧㄣˋ ㄒㄧㄣ ㄐㄧㄝˊ ㄌㄧˋ 用盡心思，竭盡全力。

語源 管子重令：「竭能盡力，而不尚得。」漢馬融忠經武備章：「行此六者，謂之有利，故得師盡其心，竭其力，致其命。」

例句 小馬對上司的指示莫不盡心竭力去做，難怪會被賦予重任。

近義 不遺餘力 全力以赴

反義 敷衍塞責　草率了事

盡付東流 ㄐㄧㄣˋ ㄈㄨˋ ㄉㄨㄥ ㄌㄧㄡˊ 參見「付之東流」。

盡如人意 ㄐㄧㄣˋ ㄖㄨˊ ㄖㄣˊ ㄧˋ 指事情完全合乎人的心意。

語源 宋劉克莊後村全集李艮翁禮部墓誌銘：「然議者但以為恩澤侯挾貴臨民，安得盡如人意。」

例句 不是所有的事情都可以盡如人意，要學著面對人生的起伏。

近義 稱心如意　如願以償

反義 事與願違　天不從人願

盡收眼底 ㄐㄧㄣˋ ㄕㄡ ㄧㄢˇ ㄉㄧˇ 所有的景象都看在眼裡。

語源 清佚名乾隆下江南第四十八回：「遙望江南諸山，盡收眼底，故起名平山。」

例句 登上山頂之後，四周景物盡收眼底，令人心曠神怡。

近義 一覽無遺　舉目千里

盡其在我 ㄐㄧㄣˋ ㄑㄧˊ ㄗㄞˋ ㄨㄛˇ 盡最大的力量去做好自己應該做的事。

語源 宋史李綱傳：「故創業、中興之主，盡其在我，而以其成功歸之於天。」

例句 做事本著盡其在我的態度，就是負責任的表現。

近義 盡力而為　盡心竭力

反義 敷衍了事　敷衍塞責

盡忠報國 ㄐㄧㄣˋ ㄓㄨㄥ ㄅㄠˋ ㄍㄨㄛˊ 竭盡忠誠以報效國家。

語源 周書顏之儀傳：「公等備受朝恩，當思盡忠報國，奈何一旦欲以神器假人！」

例句 岳飛的母親在他的背上刺了「盡忠報國」四個大字，希望他能為國家開創新局。

近義 精忠報國　以身報國

反義 賣國求榮　禍國殃民

盡忠職守 ㄐㄧㄣˋ ㄓㄨㄥ ㄓˊ ㄕㄡˇ 竭盡忠誠，堅守職責。也作「忠於職守」。

語源 左傳宣公十二年：「進思盡忠，退思補過。」晉書烈女傳：「職守，人之大義也。」

例句 王伯伯擔任局長以來，盡忠職守，相信他一定可以更上層樓。

近義 竭智盡忠　克盡厥職

反義 怠忽職守　有虧職守

盡善盡美 ㄐㄧㄣˋ ㄕㄢˋ ㄐㄧㄣˋ ㄇㄟˇ 極為完善美好。

語源 論語八佾：「子謂韶，盡美矣，又盡善矣。」大戴禮記哀公問五義：「雖不能盡善盡美，必有所處焉。」

例句 畢業音樂會的籌辦任務，交由凡事要求盡善盡美的他負責，我們大可放心。

近義 十全十美　完美無缺

反義 美中不足　瑕瑜互見

盡態極妍 ㄐㄧㄣˋ ㄊㄞˋ ㄐㄧˊ ㄧㄢˊ 指女子所展現的姿態美到極點。妍，豔麗美好。

語源 唐杜牧阿房宮賦：「一肌一容，盡態極妍。」

例句 在攝影大師的捕捉下，模特兒所展現的曼妙身段，盡態極妍，令人賞心悅目。

近義 千嬌百媚

盡人事，聽天命 ㄐㄧㄣˋ ㄖㄣˊ ㄕˋ ㄊㄧㄥ ㄊㄧㄢ ㄇㄧㄥˋ 指竭盡自己的力量去做，至於成敗，則順其自然。

語源 宋史李綱傳：「協心同力，盡人事以聽天命。」

例句 他傷勢過重，能不能救活，醫生們也只能盡人事，聽天命了。

近義 盡其在我

盡信書，不如無書 ㄐㄧㄣˋ ㄒㄧㄣˋ ㄕㄨ ㄅㄨˋ ㄖㄨˊ ㄨˊ ㄕㄨ 比喻讀書應深明義理，不可拘

泥於書本所載，一味盲從。

語源 孟子盡心下：「盡信書，則不如無書。」

例句 讀書為學貴在明白義理，而不拘泥於篇章字句，所謂「盡信書，不如無書」便是這個道理。

監守自盜 ㄐㄧㄢ ㄕㄡˇ ㄗˋ ㄉㄠˋ 竊取自己所負責保管的財物。

語源 漢書刑法志：「守縣官財物而即盜之。」顏師古注曰：「即今律所謂『主守自盜』者也。」明馮夢龍三遂平妖傳第二回：「你擅啓天封，私偷秘法，比監守自盜加等，合當擬斬！」

例句 負責看管倉庫的保全監守自盜，趁著深夜竟將貨品偷去變賣。

近義 中飽私囊 貪贓枉法

反義 奉公守法 廉潔自守

10

盤根錯節 ㄆㄢˊ ㄍㄣ ㄘㄨㄛˋ ㄐㄧㄝˊ 樹根盤曲，枝幹交錯。也比喻事情錯綜複雜或形容某種根深柢固的勢力。

語源 後漢書虞詡傳：「志不求易，事不避難，臣之職也。不遇槃（盤）根錯節，何以別利器乎！」

例句 ①這起利益輸送案件盤根錯節，恐怕一時難以釐清來龍去脈。②財團財力雄厚，政商關係往往盤根錯節，社會觀感實在不佳。

近義 錯綜複雜 根深柢固

反義 脈絡分明 一目了然

目部

目不交睫 ㄇㄨˋ ㄅㄨˋ ㄐㄧㄠ ㄐㄧㄝˊ 眼睛不曾閉合。指完全不睡覺。多用來比喻辛勞做事或憂心不已。交睫，上下眼睫毛交合。指閉眼。

語源 史記袁盎鼂錯列傳：「陛下居代時，太后嘗病三年，陛下不交睫，不解衣，湯藥非陛下口所嘗弗進。」漢荀悅漢紀卷七：「目不交睫，睡不解衣。」

例句 阿祥生病住院，媽媽目不交睫地守候，憂心之情溢於言表。

近義 衣不解帶 夜不成眠

反義 高枕而臥 高枕無憂

目不見睫 ㄇㄨˋ ㄅㄨˋ ㄐㄧㄢˋ ㄐㄧㄝˊ 眼睛看不見自己的睫毛。比喻見遠而不能見近，或無自知之明，不見己過。

語源 韓非子喻老：「智如目也，能見百步之外而不能自見其睫。」宋王安石再用前韻寄蔡天啟：「遠求而近遺，如目不見睫。」

例句 他能力有限卻愛批評別人，目不見睫，十分可笑。

近義 目光短淺

反義 自知之明

目不邪視 ㄇㄨˋ ㄅㄨˋ ㄒㄧㄝˊ ㄕˋ 眼睛不到處亂看。形容眼神莊重，為人端正守禮。也作「目不斜視」。

語源 北齊顏之推顏氏家訓教子：「古者聖王有胎教之法：懷子三月，出居別宮，目不邪視，耳不妄聽。」清佚名三門街第二十五回：「居心不苟，目不斜視。」

例句 在公共場合能不能做到目不邪視，可看出一個人的修養。

近義 非禮勿視

反義 東張西望

目不斜視 ㄇㄨˋ ㄅㄨˋ ㄒㄧㄝˊ ㄕˋ 參見「目不邪視」。

目不暇給 ㄇㄨˋ ㄅㄨˋ ㄒㄧㄚˊ ㄐㄧˇ 形容景物美好繁多或變化太快，

使人來不及仔細觀賞。給，供給；應付。也作「目不暇接」。

語源 宋周密武林舊事元夕：「錦繡填委，簫鼓振作，耳目不暇給。」明徐弘祖徐霞客遊記遊嵩山日記：「碑碣散佈，目不暇接。」

例句 跨年晚會的表演節目應有盡有，令人目不暇給。

近義 美不勝收　眼花撩亂

反義 一覽無遺　一目了然

目不轉睛 ㄇㄨˋ ㄅㄨˋ ㄓㄨㄢˇ ㄐㄧㄥ　看東西時，眼珠不轉動。形容集中精神注視。

語源 漢嚴尤三將敘：「瞳子白黑分明，視瞻不轉。」晉楊泉物理論：「子義燃燭危坐通曉，目不轉睛。」

例句 小瓜目不轉睛地看著電視上的卡通影片，對媽媽的叫喚充耳不聞。

近義 全神貫注　聚精會神

反義 左顧右盼　東張西望

目不識丁 ㄇㄨˋ ㄅㄨˋ ㄕˋ ㄉㄧㄥ　形容人不識字。「丁」字易識，所以拿來指簡單的漢字。

語源 舊唐書張延賞傳：「今天下無事，汝輩挽得兩石力弓，不如識一丁字。」明楊漣劾魏忠賢二十四大罪疏：「金吾之堂，口皆乳臭；誥敕之館，目不識丁。」

例句 現在教育普及，目不識丁的文盲已經不多見了。

近義 不識之無　不識一丁

反義 滿腹經綸　飽讀詩書

目中無人 ㄇㄨˋ ㄓㄨㄥ ㄨˊ ㄖㄣˊ　眼裡沒有人。形容驕傲自大，看不起人。

語源 明馮夢龍東周列國志第九十六回：「嘗與父論兵，指天畫地，目中無人，雖奢亦不能難也。」

例句 瞧他一副目中無人的樣子，真討人厭！

近義 目空一切　不可一世

反義 虛懷若谷　自知之明

目光如豆 ㄇㄨˋ ㄍㄨㄤ ㄖㄨˊ ㄉㄡˋ　形容人眼光短淺。也作「眼光如豆」。

語源 清錢謙益列朝詩集小傳丁集下茅待詔元儀：「世所推名流正人，深衷厚貌，修飾邊幅，眼光如豆，寧足與論天下士哉！」

例句 有些不肖業者目光如豆，濫墾濫伐山坡地，嚴重破壞水土保持。

近義 鼠目寸光　短視近利

反義 目光如炬　遠見卓識

目光如炬 ㄇㄨˋ ㄍㄨㄤ ㄖㄨˊ ㄐㄩˋ　眼光像火炬般明亮。原形容非常憤怒，後用以形容目光有神或見識高遠。炬，火把。

語源 南史檀道濟傳：「道濟見收，憤怒氣盛，目光如炬，俄爾間引飲一斛。」明凌濛初二刻拍案驚奇卷五：「中間坐著一位神道，面闊尺餘，鬚髯滿頦，目光如炬。」

例句 企業經營者需目光如炬，才能在瞬息萬變的時局中掌握商機。

近義 炯炯有神　目光遠大

反義 目光如豆　鼠目寸光

目光如電 ㄇㄨˋ ㄍㄨㄤ ㄖㄨˊ ㄉㄧㄢˋ　形容眼睛炯炯有神。

語源 宋張師正括異誌卷十：「長數丈，如龍而一角，目光如電，甚可畏。」明馮夢龍東周列國志第七十二回：「話說伍員……腰大十圍，眉廣一尺，目光如電。」

例句 老師目光如電，不怒自威，同學都對他敬畏三分。

近義 目光如炬　炯炯有神

目光如鼠 ㄇㄨˋ ㄍㄨㄤ ㄖㄨˊ ㄕㄨˇ　目光如老鼠般鬼祟。形容人行為

不正。

例句　那人目光如鼠，行跡可疑，得多加提防。

近義　賊頭賊腦　鬼鬼祟祟

目見耳聞 ㄇㄨˋ ㄐㄧㄢˋ ㄦˇ ㄨㄣˊ　參見「耳聞目睹」。

目空一切 ㄇㄨˋ ㄎㄨㄥ ㄧˋ ㄑㄧㄝˋ　一切都不放在眼裡。形容狂妄自大。原或作「目空四海」、「眼高四海」。

語源　宋蘇軾書丹元子所示李太白真：「西望太白橫峨岷，眼高四海空無人。」清翁方綱石洲詩話卷三：「而及觀其中間所選，則是目空一切、不顧涵養之一莽夫所為。」

例句　他一向驕傲自大，目空一切，難怪會招致反感。

近義　目中無人　不可一世

反義　謙沖自牧　虛懷若谷

目眩神迷 ㄇㄨˋ ㄒㄩㄢˋ ㄕㄣˊ ㄇㄧˊ　眼睛昏花，心神迷亂。形容所見令人驚奇、迷惑。也作「目眩神搖」、「目眩神馳」。

語源　清吳敬梓儒林外史第三十三回：「兩邊看的人目眩神搖，不敢仰視。」清魏文中繡雲閣第九十五回：「師徒是時目眩神馳，幾為入心錐所制。」清曾樸孽海花第十回：「有錦繡的，有金銀的，五光十色，目眩神迷。」

例句　夜店燈光昏暗、氣氛迷離，加上酒精作用，往往使人目眩神迷，流連其中無法自拔。

近義　神魂顛倒　眼花撩亂

目迷五色 ㄇㄨˋ ㄇㄧˊ ㄨˇ ㄙㄜˋ　五色紛呈而使人眼花撩亂。比喻面對外界的誘惑或錯綜複雜的情況而迷惑不清。五色，青、紅、黃、白、黑五種顏色。

語源　老子十二章：「五色令人目盲；五音令人耳聾；五味令人口爽。」宋吳潛水調歌頭：「卻笑當年坡老，過眼翻迷五色，遇合古難之。」明沈德符萬曆野獲編國師閱文偶誤：「蓋文字至此時，已無憑據，即蕭、劉兩法眼，亦目迷五色矣。」

例句　網路雖然方便，但良莠不齊的資訊容易叫人目迷五色，必須知所選擇。

近義　眼花撩亂　目眩神迷

目送手揮 ㄇㄨˋ ㄙㄨㄥˋ ㄕㄡˇ ㄏㄨㄟ　①目送鴻雁，手彈五絃琴。原形容手眼並用，意態悠閒。後比喻技藝熟練，達到得心應手、揮灑自如的境界。②看著離去的人、物，不停地揮手告別。形容送別時的依依不捨。也作「手揮目送」。

語源　三國魏嵇康兄秀才公穆入軍贈詩十九首：「目送歸鴻，手揮五絃。」清戚蓼生序抄本石頭記序：「注彼而寫此，目送而手揮，似譎而正，似則而淫。」清夏敬渠野叟曝言第二十九回總評：「既屬絕世文情，而燈光劍氣奕奕態態，尤盡手揮目送之妙。」

例句　①撞球是項需要高超技巧的運動，但職業選手目送手揮之間，卻毫不費神。②阿水搭乘的入伍列車慢慢離站之際，阿珍在車站目送手揮，哭成個淚人兒。

近義　心手相應　揮灑自如

目無全牛 ㄇㄨˋ ㄨˊ ㄑㄩㄢˊ ㄋㄧㄡˊ　宰殺牛隻時，只看到皮骨間隙，眼中沒有完整的牛。原指宰牛由技入道的高深境界，不再受形象的拘限。後用來比喻洞察事理、處理事務的能力達到精湛純熟的地步。

目

語源　莊子養生主：「庖丁為文惠君解牛……始臣之解牛之時，所見無非牛者；三年之後，未嘗見全牛也。」唐楊承和邠國公功德銘：「操利柄而目無全牛。」

例句　她一邊跟人聊天，一邊織著毛衣，純熟的技巧已達目無全牛的境地。

近義　得心應手　如臂使指

反義　半生不熟　學藝不精

目無法紀 ㄇㄨˋ ㄨˊ ㄈㄚˇ ㄐㄧˋ　無視法令紀律，為非作歹。

語源　紅樓夢第一〇四回：「雨村怒道：『這人目無法紀！問他叫什麼名字。』」

例句　這些人膽敢向公權力挑戰，簡直目無法紀。

近義　違法亂紀　知法犯法

反義　安分守己　奉公守法

目無尊長 ㄇㄨˋ ㄨˊ ㄗㄨㄣ ㄓㄤˇ　沒有尊卑長幼的倫理觀念；不把尊長看在眼裡。形容狂妄無禮。

語源　清陳端生再生緣第七十回：「總為師生情義重，吞聲忍辱到如今。誰知漸漸施狂妄，目無尊長亂胡行。」

例句　又看到青少年成群鬧事、目無尊長的新聞，令人不禁感嘆世風日下。

近義　狂妄自大　目中無人

反義　敬老尊賢

目無餘子 ㄇㄨˋ ㄨˊ ㄩˊ ㄗˇ　眼裡沒有其餘的人。形容傲慢自大。

語源　後漢書禰衡傳：「常稱曰：『大兒孔文舉，小兒楊德祖，餘子碌碌，莫足數也。』」清趙翼歲暮雜詩三首（其二）：「目中敢謂無餘子，海內漸忘有此翁。」

例句　他不過出版了兩本書便目無餘子，把其他作家批評得一文不值。

近義　目中無人　妄自尊大

反義　虛懷若谷　謙沖自牧

目瞪口呆 ㄇㄨˋ ㄉㄥˋ ㄎㄡˇ ㄉㄞ　兩眼瞪著不動，口裡說不出話來。形容驚恐或受窘的樣子。

語源　水滸傳第十八回：「林沖把桌子只一腳踢在一邊……唬得小嘍囉們目瞪口呆。」

例句　在平交道搶道的大卡車差點被火車撞上，嚇得他目瞪口呆，一句話也說不出來。

近義　張口結舌　瞠目結舌

反義　神色自若　談笑自如

3

盲人瞎馬 ㄇㄤˊ ㄖㄣˊ ㄒㄧㄚ ㄇㄚˇ　瞎子騎著瞎馬。比喻盲目行動，非常危險。也作「盲人騎瞎馬」。

語源　南朝宋劉義慶世說新語排調記載：有一天桓玄、殷仲堪比賽說一些危險的事來玩笑取樂。旁邊有位參軍說：「盲人騎瞎馬，夜半臨深池。」大家都認為這算是最危險的情況。

例句　你不綁安全索就要去攀岩，簡直是盲人瞎馬，可千萬不要嘗試啊！

近義　奔車朽索　危如累卵

反義　穩如泰山　安如磐石

直抒己見 ㄓˊ ㄕㄨ ㄐㄧˇ ㄐㄧㄢˋ　直率地表達自己的意見。抒，表達；發洩。

語源　唐呂溫道州刺史廳壁後記：「彰善而不黨，亦指惡而不誣，直舉胸臆，用為鑒戒。」清方苞與李剛主書：「倘鑒愚誠，取平生所述訾謷朱子之語，一切薙芟，而直抒己見，以共明孔子之道。」

例句　現代青年對於諸多事物都能勇敢地站出來直抒己見，果然是不同世代的風格。

近義　侃侃而談　暢所欲言

反義　支支吾吾　吞吞吐吐

直抒胸臆 ㄓˊ ㄕㄨ ㄒㄩㄥ ㄧˋ

率直地表達出心中的想法。胸臆，胸腔；內心。引申為心意。

語源　唐李朝威柳毅傳：「且以率肆胸臆，酬酢紛綸，唯直是圖，不遑避害。」明胡震亨唐音癸籤第十回：「能直抒胸臆，廣酬事物之變而無礙。」

例句　董事長豁達大度且能廣納善言，開會時你盡可直抒胸臆，不必有所顧忌。

近義　直抒己見　暢所欲言

反義　諱莫如深　隱忍不發

直言不諱 ㄓˊ ㄧㄢˊ ㄅㄨˋ ㄏㄨㄟˋ

無所忌諱地直接說出來。也作「直言無諱」。

語源　晏子春秋外篇第七：「行己而無私，直言而無諱。」戰國策齊策四：「聞先王直言正諫不諱。」

例句　他直言不諱的說話風格大受觀眾喜愛，因而成為談話節目爭相邀請的對象。

近義　開門見山　快人快語

反義　拐彎抹角　含糊其詞

直言極諫 ㄓˊ ㄧㄢˊ ㄐㄧˊ ㄐㄧㄢˋ

以正直的言辭極力勸諫。

語源　史記梁孝王世家：「汲黯、韓長孺等敢直言極諫，安得有患害？」

例句　樹木病了，需要啄木鳥來捉害蟲；社會病了，需要直言極諫的人來拯救。

近義　正色敢言　慷慨陳詞

反義　巧言令色　阿諛奉承

直言賈禍 ㄓˊ ㄧㄢˊ ㄍㄨˇ ㄏㄨㄛˋ

說話爽直而招致災禍。賈，取。

語源　左傳成公十五年：「子好直言，必及於難。」又定公六年：「以楊楯賈禍，弗可為也已！」清夏敬渠野叟曝言第四十一回：「文太夫人早知文郎必以直言賈禍，潛避至此。」

例句　阿華的個性剛烈耿直，爸媽常勸他要三思而後言，以免直言賈禍。

直來直往 ㄓˊ ㄌㄞˊ ㄓˊ ㄨㄤˇ

形容做法或講話直接、不掩飾。

例句　徐小姐一向直來直往，有話就說，因此在公司裡得罪不少人，但也有很多人欣賞她這樣的個性。

近義　心直口快　直截了當

反義　拐彎抹角　意在言外

直搗黃龍 ㄓˊ ㄉㄠˇ ㄏㄨㄤˊ ㄌㄨㄥˊ

原指岳飛直攻金人京城黃龍的壯志。後比喻直接攻打敵人的根據地。黃龍，地名，為金人京城。後泛指敵人巢穴。

語源　宋史岳飛傳：「直抵黃龍府，與諸君痛飲爾！」

例句　警方出動大批員警直搗黃龍，將詐騙集團的成員一舉成擒。

近義　犁庭掃穴　長驅直入

直道而行 ㄓˊ ㄉㄠˋ ㄦˊ ㄒㄧㄥˊ

遵循正道行事。直，正直。

語源　論語衛靈公：「斯民也，三代之所以直道而行也。」

例句　為人處世如果能直道而行，定可俯仰無愧於天地之間。

近義　行不由徑　允執厥中

反義　徇私舞弊　結黨營私

直截了當 ㄓˊ ㄐㄧㄝˊ ㄌㄧㄠˇ ㄉㄤˋ

形容說話、做事爽快，不拐彎抹角。了當，爽快。也作「直接了當」。

語源　清湯斌答耿亦巘：「昨辱賜顧，言下直截了當，無葛藤回互之病，真任道之器也。」

例句　他說話太過直截了當，因此得罪了不少人。

近義　開門見山　單刀直入

反義　拐彎抹角　旁敲側擊

4

相反相成 ㄒㄧㄤ ㄈㄢˇ ㄒㄧㄤ ㄔㄥˊ　事物看似互相矛盾、對立，實際上卻相互依存、促成。

語源　老子二章：「有無相生，難易相成。」漢書藝文志：「仁之與義，敬之與和，相反而皆相成也。」

例句　施與人的愈多，而自己愈富有，這正是相反相成的道理。

近義　有無相生　相輔相成

相夫教子 ㄒㄧㄤˋ ㄈㄨ ㄐㄧㄠˋ ㄗˇ　幫助丈夫，教養子女。稱讚婦女具有傳統美德。相，輔助；幫助。

語源　清沈起鳳諧鐸第七卷：「由此相夫教子，恩義備至，鄉黨宗族，悉稱良婦焉。」

辨析　相，音ㄒㄧㄤˋ，不讀ㄒㄧㄤ。

例句　為了讓先生在商場上全力衝刺，周太太毅然辭去工作，專心在家相夫教子。

近義　三從四德

相去咫尺 ㄒㄧㄤ ㄑㄩˋ ㄓˇ ㄔˇ　相隔很短的距離。咫尺，形容距離很近。古制八寸為一咫，十寸為一尺。

語源　宋洪邁夷堅丙志卷一二饒氏婦：「遂有物語于空中，與人酬酢往來……相去咫尺，而莫見其形貌。」

例句　世界上最遙遠的距離莫過於我和她相去咫尺，她的心卻距我千里遠。

近義　近在咫尺

反義　遙不可及

相安無事 ㄒㄧㄤ ㄢ ㄨˊ ㄕˋ　彼此和平相處，不生事端。

語源　宋樓鑰攻媿集汪義端知舒州：「其與斯民相安於無事。」明袁宏道去吳七牘乞歸稿一：「然職一念自守之心，未嘗不盡日自矢，而士民亦幸相安無事。」

例句　那兩個愛吵架的小毛頭，今天整天在家居然相安無事，實在令人納悶。

近義　握手言歡　言歸於好

相形之下 ㄒㄧㄤ ㄒㄧㄥˊ ㄓ ㄒㄧㄚˋ　兩相比較之下。

語源　明抱甕老人今古奇觀第三十二卷：「今見弟媳滿頭珠翠，衣裙華麗，自己妻子身上穿的無一件好衣，頭上插戴一些沒有，相形之下，又氣又羞。」

例句　小傑的個性活潑開朗，討人喜歡，相形之下，孤僻的佑佑，身邊的朋友就少得可憐。

相形失色 ㄒㄧㄤ ㄒㄧㄥˊ ㄕ ㄙㄜˋ　相較之下，差人一等而失去光彩。

語源　清坑餘生續濟公傳第一五五回：「此時上苑裡雖然三十六宮都在，其間不免相形失色。」

例句　韓國首爾近年大力發展城市綠化，臺北跟這個姐妹市比起來，未免相形失色，必須加緊努力才行。

近義　相形見絀　望塵莫及

反義　略勝一籌　棋高一著

相形見絀 ㄒㄧㄤ ㄒㄧㄥˊ ㄐㄧㄢˋ ㄔㄨˋ　比較之下，顯出其中一方的不足。相形，比較。絀，不足。

語源　清李綠園歧路燈第十四回：「又見婁樸，同窗共硯，今日相形見絀。」

辨析　絀，音ㄔㄨˋ，不讀ㄓㄨㄛˊ，也不可寫作「拙」。

例句　看到他對教育的執著與熱誠，令我相形見絀。

近義　自嘆弗如　相形失色

反義　並駕齊驅　不分軒輊

相忍為國 ㄒㄧㄤ ㄖㄣˇ ㄨㄟˋ ㄍㄨㄛˊ　為了國家社稷的利益而互相忍

讓。

語源　左傳昭公元年：「魯以相忍為國也，忍其外，不忍其內，焉用？」

例句　民眾無不期盼朝野雙方相忍為國，以全民幸福為念，不要做無謂的爭鬥。

近義　憂國憂民　顧全大局

反義　意氣用事　意氣之爭

相見恨晚 ㄒㄧㄤ ㄐㄧㄢˋ ㄏㄣˋ ㄨㄢˇ　參見「相知恨晚」。

相依為命 ㄒㄧㄤ ㄧ ㄨㄟˊ ㄇㄧㄥˋ　互相依靠，共同生活。依，倚靠。

語源　晉李密陳情表：「母孫二人，更相為命。」宋文天祥齊魏兩國夫人行實：「先公不幸即世……先夫人號痛欲絕。爾後與繼祖母劉夫人相依為命。」

例句　小華的父親多年前因病去世，家中只剩他與媽媽二人相依為命，境遇堪憐。

近義　相濡以沫　患難與共

反義　孤苦伶仃　孑然一身

相知恨晚 ㄒㄧㄤ ㄓ ㄏㄣˋ ㄨㄢˇ　因相識太晚而感到遺憾。形容初次見面便情投意合的心情。也作「相見恨晚」。

語源　史記魏其武安侯列傳：「相得驩甚，無厭，恨相知晚也。」又平津侯主父列傳：「公等皆安在？何相見之晚也！」宋方千里六么令：「當時相見恨晚，彼此縈心。」

例句　小趙和小馬初次見面就言談甚歡，兩人心中都有相知恨晚的感受。

近義　一見如故　惺惺相惜

相持不下 ㄒㄧㄤ ㄔˊ ㄅㄨˋ ㄒㄧㄚˋ　雙方對立、爭持，不肯讓步。

語源　戰國策魏策四：「秦、趙久相持於長平之下而無決。」史記淮陰侯列傳：「燕、齊相持而不下，則劉、項之權未有所分也。」

例句　他們兩個人為了這雞毛蒜皮的小事相持不下，說穿了只是為了面子的問題而已。

近義　針鋒相對　較短量長

反義　親密無間　善罷干休

相映成趣 ㄒㄧㄤ ㄧㄥˋ ㄔㄥˊ ㄑㄩˋ　兩件事物在互相對照下，顯得有趣。

語源　清吳趼人新石頭記第二十三回：「窗外一株鮮紅石榴，與窗內的白菊，正是相映成趣。」

例句　這間套房面對著湖光山色，和室內典雅的裝潢相映成趣，難怪房租特別貴。

近義　相得益彰

反義　相形失色

相為表裡 ㄒㄧㄤ ㄨㄟˊ ㄅㄧㄠˇ ㄌㄧˇ　彼此關係密切或配合緊密。也作「互為表裡」。

語源　三國志魏書荀彧傳：「彼懲往年之敗，將懼而結親，相為表裡。」宋書劉湛傳：「專弄權威，薦子樹親，互為表裡。」

例句　寫作文章，情感的抒發和優美的詞句相為表裡，若有一者偏廢便不能稱為佳文。

近義　一體兩面　相得益彰

相得益彰 ㄒㄧㄤ ㄉㄜˊ ㄧˋ ㄓㄤ　互相配合、協調，更能將雙方的優點長處彰顯出來。彰，通「章」。彰顯；顯著。

語源　漢王褒聖主得賢臣頌：「聚精會神，相得益章。」

例句　這件輕柔飄逸的洋裝，搭配這款優雅高貴的手提包，真是相得益彰。

近義　相輔相成　相映成趣

相提並論 ㄒㄧㄤ ㄊㄧˊ ㄅㄧㄥˋ ㄌㄨㄣˋ　把性質、情況不同的人、事、物放在一起討論或同等看待。

語源　史記魏其武安侯列傳：

「相提而論，是自明揚主上之過。」明金陵梵剎志卷二十一鳳凰臺上瓦官寺記：「以今相提並論，其不可同年而語，明矣。」

例句 這兩件事情大相逕庭，你怎麼可以相提並論呢？

近義 等量齊觀　同日而語

反義 不可同日而語

相敬如賓 ㄒㄧㄤ ㄐㄧㄥˋ ㄖㄨˊ ㄅㄧㄣ　形容夫妻和睦，相敬相愛。

語源 左傳僖公三十三年：「其妻饁之，敬，相待如賓。」後漢書逸民傳：「居峴山之南，未嘗入城府。夫妻相敬如賓。」

例句 他們夫婦結褵數十載，始終相敬如賓，不曾有過爭吵。

近義 舉案齊眉　琴瑟和鳴

反義 同床異夢　貌合神離

相貌堂堂 ㄒㄧㄤˋ ㄇㄠˋ ㄊㄤˊ ㄊㄤˊ　形容容貌高雅莊嚴。

語源 三國演義第一回：「丹鳳眼，臥蠶眉，相貌堂堂，威風凜凜。」

例句 看他長得相貌堂堂，身材魁梧，卻是個黑幫老大，真是人不可貌相呀！

近義 一表人才　衣冠楚楚

反義 尖嘴猴腮　其貌不揚

相輔相成 ㄒㄧㄤ ㄈㄨˇ ㄒㄧㄤ ㄔㄥˊ　相互輔助、配合，共同完成。

語源 禮記昏義：「故天子之與后，猶日之與月，陰之與陽，相須而后（後）成者也。」清劉錦藻清朝續文獻通考憲政考：「所有統計事項，自宜一併從此入手，以期相輔相成。」

例句 藺相如與廉頗，一個是良臣，一個是猛將，兩者相輔相成，成就趙國一番功業。

近義 相得益彰　相為表裡

反義 水火不容　適得其反

相機行事 ㄒㄧㄤˋ ㄐㄧ ㄒㄧㄥˊ ㄕˋ　參見「見機行事」。

相親相愛 ㄒㄧㄤ ㄑㄧㄣ ㄒㄧㄤ ㄞˋ　相互親近愛護。形容彼此感情很好。

語源 明胡文煥訪友記又賽槐陰分別：「相親相愛有三年，如切如磋萬萬千。」

例句 兄弟姊妹要相親相愛，互諒互助。

近義 親密無間　志同道合

反義 干戈相向　反目成仇

相應不理 ㄒㄧㄤ ㄧㄥˋ ㄅㄨˋ ㄌㄧˇ　以不理會的態度回應他人的勸說或要求。

例句 小強常常遲到早退，對主任的警告相應不理，難怪會被降職。

近義 置若罔聞　置之不理

反義 鄭重其事

相濡以沫 ㄒㄧㄤ ㄖㄨˊ ㄧˇ ㄇㄛˋ　失水的魚用口沫相互滋潤，苟延生命。比喻在困境中以微力相互救助。濡，沾溼；浸潤。

語源 莊子大宗師：「泉涸，魚與相處於陸，相呴以溼，相濡以沫，不如相忘於江湖。」

例句 父親過世後負債累累，他們兄弟倆相濡以沫，互相扶持，五年後終於還清父債。

近義 同病相憐　同甘共苦

相顧失色 ㄒㄧㄤ ㄍㄨˋ ㄕ ㄙㄜˋ　相互對看，臉色驚慌。形容受到驚嚇而彼此露出驚恐之狀。

語源 舊五代史周書段希堯傳：「及乘舟汎海，風濤暴起，檝師僕從皆相顧失色。」

例句 馬戲團的老虎突然將馴獸師撲倒，張口就咬，觀眾嚇得相顧失色，不知如何是好。

近義 面面相覷　大驚失色

反義 處變不驚　神色自若

省吃儉用 ㄕㄥˇ ㄔ ㄐㄧㄢˇ ㄩㄥˋ　減少費用開支。形容生活節儉。

語源　宋龔明之中吳紀聞卷六附傳：「每自謂平日受用，唯一誠字，嘗附益山谷語以省吃儉用。」

例句　這些年他省吃儉用，為的是能存錢買棟房子，脫離「無殼蝸牛」之列。

近義　縮衣節食　勤儉持家

反義　鋪張浪費　食前方丈

眉目傳情 ㄇㄟˊ ㄇㄨˋ ㄔㄨㄢˊ ㄑㄧㄥˊ　透過眼神來傳達情意。也作「眉眼傳情」。

語源　元王實甫西廂記第三本第一折：「喒眉眼傳情未了時，中心日夜藏之。」

例句　阿花和小新在朋友的喜宴上不斷眉目傳情，似乎燃起了愛的火花。

近義　暗送秋波　眉來眼去

眉來眼去 ㄇㄟˊ ㄌㄞˊ ㄧㄢˇ ㄑㄩˋ　形容目光流轉，四處觀賞或示意的樣子。也用來形容男女間眉目傳情。

語源　宋辛棄疾滿江紅：「還記得，眉來眼去，水光山色。」元關漢卿包待制智斬魯齋郎第三折：「他兩箇眉來眼去，不由我不暗暗躊躕。」

例句　①在討論議案時，只見他們兩人眉來眼去，恐怕心中另有圖謀吧！②小新和阿美在自修室裡眉來眼去，根本沒在唸書。

近義　擠眉弄眼　暗送秋波

眉飛色舞 ㄇㄟˊ ㄈㄟ ㄙㄜˋ ㄨˇ　形容非常喜悅、得意的神情。

語源　清李伯元官場現形記第一回：「王鄉紳一聽此言，不禁眉飛色舞。」

例句　瞧你眉飛色舞的，想必是遇上了什麼好事吧！

近義　眉開眼笑　喜形於色

反義　愁眉苦臉　垂頭喪氣

眉高眼低 ㄇㄟˊ ㄍㄠ ㄧㄢˇ ㄉㄧ　指他人喜怒形於外的臉部表情。多指不悅的神色。引申也指看人臉色行事。

語源　明淩濛初初刻拍案驚奇卷二九：「在趙琮夫妻兩個，不要說看了別人許多眉高眼低，只是父母身邊，也受多少兩般三樣的怠慢。」

例句　這陣子他受夠了上司的眉高眼低，早就有了辭職的打算。

眉清目秀 ㄇㄟˊ ㄑㄧㄥ ㄇㄨˋ ㄒㄧㄡˋ　形容容貌端莊秀麗。

語源　元無名氏包龍圖智賺合同文字第一折：「有個孩兒喚做安住，今年三歲，生的眉清目秀，是好一個孩兒也。」

例句　眉清目秀的小麗要在劇中演一個心狠手辣的女殺手，對她的演技可是一大挑戰。

近義　明眸皓齒　五官端正

反義　獐頭鼠目　面目猙獰

眉開眼笑 ㄇㄟˊ ㄎㄞ ㄧㄢˇ ㄒㄧㄠˋ　形容十分愉快的神情。

語源　明周楫西湖二集第二十卷：「吳爾知被曹妙哥說著海底眼，又有這一段美意，便眉開眼笑起來。」

例句　小姪女一看到我手上的冰淇淋，馬上停止啼哭，眉開眼笑地跑過來。

近義　眉飛色舞　笑逐顏開

反義　愁雲滿面　垂頭喪氣

眉睫之利 ㄇㄟˊ ㄐㄧㄝˊ ㄓ ㄌㄧˋ　眼前的利益。眉睫，眉毛和睫毛。比喻眼前。

語源　清龔自珍乙丙之際塾議第二十：「圖眉睫之利，不顧衝要。」

例句　你這種只顧眉睫之利的作法，治標不治本，遲早會出

目

問題。

【近義】短視近利　急功近利

【反義】高瞻遠矚

眉頭深鎖（ㄇㄟˊ ㄊㄡˊ ㄕㄣ ㄙㄨㄛˇ）形容憂愁煩悶的樣子。也作「眉頭不展」。

【語源】新五代史郭崇韜傳：「郭崇韜眉頭不伸。」金瓶梅第六十一回：「西門慶和月娘見他面憂容，眉頭不展。」明心月主人醋葫蘆第十五回：「不覺心上一灰，便把眉頭深鎖，起身竟走。」

【例句】很少看到小花如此眉頭深鎖，究竟她是有甚麼心事解不開呢？

【近義】愁眉苦臉　愁眉不展

【反義】眉開眼笑　眉飛色舞

看朱成碧（ㄎㄢˋ ㄓㄨ ㄔㄥˊ ㄅㄧˋ）把紅色看成了綠色。形容心亂目眩，無法分辨真相。

【語源】南朝梁王僧孺夜愁示諸賓：「誰知心眼亂，看朱忽成碧。」唐李白前有一樽酒行二首（其二）：「催弦拂柱與君飲，看朱成碧顏始紅。」

【例句】都怪他貪杯誤事，才會看朱成碧，糊裡糊塗簽下了契約書。

看風使帆（ㄎㄢˋ ㄈㄥ ㄕˇ ㄈㄢ）順著風向調整船帆。比喻處事靈活，善於相機行事。也作「看風使船」、「看風使舵」、「看風轉舵」。

【語源】宋釋普濟五燈會元卷一六法雲法秀禪師：「看風使帆，正是隨波逐浪；截斷眾流，未免依前滲漏。」

【例句】你先到那邊勘察情況，記得要看風使帆，可千萬別打草驚蛇了。

【近義】隨機應變　相機行事

【反義】膠柱鼓瑟　墨守成規

看家本領（ㄎㄢˋ ㄐㄧㄚ ㄅㄣˇ ㄌㄧㄥˇ）指特別擅長而不輕易使用的精妙技藝。看家，獨有的；拿手的。

【語源】清文康兒女英雄傳第六回：「這一著叫做連環進步鴛鴦柺。這是姑娘的一樁看家的本領。」

【辨析】看，音ㄎㄢ，不讀ㄎㄢˋ。

【例句】這套揉合爵士與芭蕾的舞步，是他的看家本領，別人學不來的。

【近義】拿手絕活　拿手好戲

【反義】花拳繡腿　三腳貓功夫

5

真才實學（ㄓㄣ ㄘㄞˊ ㄕˊ ㄒㄩㄝˊ）真實的才能，紮實的學問。

【語源】宋曹彥約辭免兵部侍郎兼修史恩命申省狀：「兩史院同修之官……更須真才實學，乃入茲選。」

【例句】只要有真才實學，就能經得起考驗，不怕沒有成功的機會。

【近義】滿腹經綸　博學多聞

【反義】徒具虛名　不學無術

真材實料（ㄓㄣ ㄘㄞˊ ㄕˊ ㄌㄧㄠˋ）用來製作物品或食品的材料真實不假。也比喻人確有真本事，不弄虛作假。

【語源】明蘭陵笑笑生金瓶梅第七十五回：「金蓮道：『你是真材實料的，誰敢辯別你？』」

【例句】①這家餅店的鳳梨酥都是採用真材實料製作，口味正宗，深受消費者喜愛。②你想進廣告公司，肚子裡得要有真材實料，否則沒有兩把刷子，很快就會被淘汰。

【近義】貨真價實　真才實學

【反義】華而不實　秀而不實

真知灼見（ㄓㄣ ㄓ ㄓㄨㄛˊ ㄐㄧㄢˋ）精闢透徹的認知和見解。灼，明亮；透徹。

【語源】明王直題卻封禪頌稿後：「皇上聖性高明，真知灼

見，足以破千古之謬。」

例句 事情的發展果然如阿德所料，大家對他的真知灼見都相當佩服。

近義 遠見卓識　目光如炬

反義 目光如豆　鼠目寸光

真相大白 ㄓㄣ ㄒㄧㄤˋ ㄉㄚˋ ㄅㄞˊ　真實的情形全部顯現出來。

例句 經過多年的追查，這件懸案終於真相大白。

近義 水落石出

真憑實據 ㄓㄣ ㄆㄧㄥˊ ㄕˊ ㄐㄩˋ　確實可靠的證據。

語源 清俞萬春蕩寇志第五十三回：「童貫那廝是個奸臣，只是訪他不著真憑實據。」

例句 法官裁決需要有真憑實據，不可草率斷案。

近義 鐵證如山　信而有徵

反義 信口開河　向壁虛造

真人不露相 ㄓㄣ ㄖㄣˊ ㄅㄨˋ ㄌㄡˋ ㄒㄧㄤˋ　比喻有真本領的人不輕易顯露才華。

語源 西遊記第九十九回：「這裡人家，識得我們道成事完了。自古道：『真人不露相，露相不真人。』恐為久淹，失了大事。」

例句 真人不露相，你不要以為他只是平庸之輩，那就大錯特錯了。

近義 深藏若虛　深藏不露

反義 鋒芒畢露　露才揚己

真金不怕火煉 ㄓㄣ ㄐㄧㄣ ㄅㄨˋ ㄆㄚˋ ㄏㄨㄛˇ ㄌㄧㄢˋ　①比喻有真才實學的人，能經得起嚴格的考驗。②比喻立身行事光明正大，不怕人批評、詆譭。也作「真金不怕火」、「真金不怕火來燒」。

語源 明天然癡叟石點頭第四回：「真金不怕火，憑他調嘴何妨！」

例句 ①口試時，他從容地回答主考官接二連三的問題，果然真金不怕火煉。②許多人嫉妒他的成就而詆譭他，但真金不怕火煉，他終於贏得大家的佩服。

眠花宿柳 ㄇㄧㄢˊ ㄏㄨㄚ ㄙㄨˋ ㄌㄧㄡˇ　比喻嫖妓。花、柳，原指春景。舊時也指娼妓。

語源 唐杜甫嚴中丞枉駕見過：「元戎小隊出郊坰，問柳尋花到野亭。」唐段成式酉陽雜俎卷十二：「某年少常結豪族為花柳之遊。」金瓶梅第一回：「終日閒遊浪蕩，一自父母亡後，專一在外眠花宿柳，惹草招風。」

例句 小王結婚後竟還不改風流本性，喜歡眠花宿柳，難怪婚姻維繫不到一年就告吹了。

近義 尋花問柳　拈花惹草

6

眼中釘 ㄧㄢˇ ㄓㄨㄥ ㄉㄧㄥ　比喻極其厭惡、憎恨的人。

語源 新五代史趙在禮傳：「在禮在宋州，人尤苦之；已而罷去，宋人喜而相謂曰：『眼中拔釘，豈不樂哉！』」宋佚名劉知遠諸宮調第二：「去了俺眼中釘，從今後好快活。」

例句 只不過是一次誤會，他就將小明視為眼中釘，肚量實在太小了。

近義 肉中刺

眼巴巴 ㄧㄢˇ ㄅㄚ ㄅㄚ　①形容急切盼望的樣子。②形容著急卻又無可奈何。

語源 元張國賓薛仁貴衣錦還鄉楔子：「休交兩口兒每日逐朝，眼巴巴的空倚定著門兒望。」西遊記第二十二回：「卻說那大聖保著唐僧，立於左右，眼巴巴的望著他兩個在水上爭持，只是他不好動手。」

例句 ①那隻忠犬眼巴巴地望著車站出口，日復一日，但牠的主人始終沒有再回來。②一陣風把阿花寫好的情書吹到河面上，她只能眼巴巴地看著它漂走。

近義 望眼欲穿　乾瞪眼

眼明手快 ㄧㄢˇ ㄇㄧㄥˊ ㄕㄡˇ ㄎㄨㄞˋ 眼光銳利，動作敏捷。形容人能及時發現問題，迅速處理。

語源 元無名氏玎玎璫璫盆兒鬼第三折：「想起俺少時節眼明手捷，體快身輕。」水滸傳第五十四回：「卻被一丈青眼明手快，早起刀，只一隔，右手那口刀望上直飛起來。」

例句 還好我眼明手快將火苗撲滅，才沒有釀成火災，不然後果真不敢想像。

近義 當機立斷　見機而作

反義 舉棋不定　沉吟不決

眼花撩亂 ㄧㄢˇ ㄏㄨㄚ ㄌㄧㄠˊ ㄌㄨㄢˋ 看到繁複多樣的事物而昏眩迷亂。撩亂，紛亂；雜亂。也作「眼花繚亂」。

語源 元王實甫西廂記第一本第一折：「只教人眼花撩亂口難言，魂靈兒飛在半天。」

例句 百貨公司琳琅滿目的物品，看得他眼花撩亂。

近義 目眩神迷　茫無頭緒

眼高手低 ㄧㄢˇ ㄍㄠ ㄕㄡˇ ㄉㄧ 眼界很高，著手去做卻顯得笨拙。指人徒有很高的標準卻做不到。也作「眼高手生」。

語源 宋洪邁次韻夢得見示長篇：「眼高可人稀，命蹇亨遇偶。」明王衡鬱輪袍第三折：「他直恁的手藝低口氣高，教人暗笑。」清陳確與吳仲木書：「譬操觚家一味研究體理，不輕下筆，終是眼高手生，鮮能入彀。」

例句 他把別人批評得一文不值，卻是眼高手低，換他做起來，也是一塌糊塗。

近義 才疏意廣　好高騖遠

眼不見為淨 ㄧㄢˇ ㄅㄨˋ ㄐㄧㄢˋ ㄨㄟˊ ㄐㄧㄥˋ 沒看到製作過程，就認為食物是乾淨的。引申為雖不認同卻無能為力，只好置身事外，以求清淨。

語源 宋趙希鵠調變類編卷四：「凡販賣蝦米及甘蔗者，每用人溺灑之，則鮮美可愛，所謂眼不見為淨也。」明抱甕老人今古奇觀第五十二卷：「一向怕人知道，丈夫不敢追隨，任親戚朋友在背後批評，自家以眼不見為淨的。」

例句 爸爸跟媽媽為了搬家的事意見不合而爭吵不休，我怕兩邊不討好，只好眼不見為淨，出門散步去。

近義 睜一眼，閉一眼　得過且過

反義 實事求是　循名責實

眾口一詞 ㄓㄨㄥˋ ㄎㄡˇ ㄧ ㄘˊ 眾人都說一樣的話。指大家的意見一致。也作「眾口同聲」。

語源 唐令狐楚謝賜冬衣狀（其三）：「自臣而下，萬口一聲，臣並準敕分配訖。」明瞿佑歸田詩話上鼓吹續音：「世人但知宗唐，於宋則棄不取。眾口一辭，至有詩盛於唐壞於宋之說。」清錢彩說岳全傳第五十九回：「眾口同聲攀留元帥，哭聲震地。」

例句 這件事情太過巧合，且疑點重重，可是當事人卻眾口一詞，我想其中必有隱情。

近義 異口同聲　如出一轍

反義 眾說紛紜　各執一詞

眾口鑠金 ㄓㄨㄥˋ ㄎㄡˇ ㄕㄨㄛˋ ㄐㄧㄣ 大家的說法一致，其力量足以熔化金屬。比喻眾多的流言足

以顛倒是非。鑠，銷熔。

語源 國語周語下：「故諺曰：『眾心成城，眾口鑠金。』」

例句 老張並沒有盜用公款，但眾口鑠金，同事見到他，都投以異樣的眼光。

近義 人言可畏　三人成虎

眾目睽睽 ㄓㄨㄥˋ ㄇㄨˋ ㄎㄨㄟˊ ㄎㄨㄟˊ　眾人都睜大眼睛注視著。睽睽，張眼瞪視的樣子。也作「萬目睽睽」。

語源 唐韓愈鄆州谿堂詩序：「新舊不相保持，萬目睽睽。公於此時能安以治之，其功為大。」蔡東藩民國通俗演義第一〇四回：「眾目睽睽，望將過去，乃是『還我青島』一語。」

例句 眾目睽睽之下，你竟做出這種不雅的動作，我真替你感到羞恥。

近義 光天化日　有目共睹

眾矢之的 ㄓㄨㄥˋ ㄕˇ ㄓ ㄉㄧˋ　所有的箭都朝它射的靶子。比喻眾人攻擊的目標。的，射箭的靶子。引申為目標。

語源 明史葉茂才傳：「乃至眾射之的，咸指東林。」蔡東藩民國通俗演義第八十六回：「而以一人為眾矢之的，危孰甚焉？」

例句 你已經成為眾矢之的，今後言行要更加謹慎才好。

近義 千夫所指

反義 交口稱譽　有口皆碑

眾志成城 ㄓㄨㄥˋ ㄓˋ ㄔㄥˊ ㄔㄥˊ　眾人一致的心志足以形成堅固的城牆。比喻大家團結一致就可產生很大的力量，完成任務。也作「眾心成城」。

語源 國語周語下：「故諺曰：『眾心成城，眾口鑠金。』」清梁章鉅歸田瑣記卷二：「果能眾志成城，則又何炮之不可用乎？」

例句 校慶大隊接力比賽，只要大家勤加練習，眾志成城，一定可以奪冠。

近義 萬眾一心　同心斷金

反義 一盤散沙　孤掌難鳴

眾所周知 ㄓㄨㄥˋ ㄙㄨㄛˇ ㄓㄡ ㄓ　大家全都知道。周，普遍；全。也作「眾所共知」、「眾所熟知」。

語源 宋韓琦乙卯夏乞致政：「彥博氣宇康強，眾所共知。」

例句 在政壇上他是眾所周知的激進派，常有驚人之語。

近義 家喻戶曉　婦孺皆知

反義 諱莫如深　無人知曉

眾所矚目 ㄓㄨㄥˋ ㄙㄨㄛˇ ㄓㄨˇ ㄇㄨˋ　受到眾人的關心、注視。

例句 這場眾所矚目的賽事，吸引了滿座的觀眾，甚至一票難求。

近義 倍受矚目　引人矚目

反義 視若無睹　漠不關心

眾叛親離 ㄓㄨㄥˋ ㄆㄢˋ ㄑㄧㄣ ㄌㄧˊ　眾人背叛，親友離棄。形容不得人心，處境極其孤立。

語源 左傳隱公四年：「夫州吁阻兵而安忍，阻兵無眾，安忍無親，眾叛親離，難以濟矣！」

例句 楊立委疏於問政，又捲入收受不當政治獻金的醜聞，如今已是眾叛親離，只怕連任無望了。

近義 舟中敵國　孤立無援

反義 深得人心　眾望所歸

眾怒難犯 ㄓㄨㄥˋ ㄋㄨˋ ㄋㄢˊ ㄈㄢˋ　群眾的憤怒不可觸犯。原指統治者面對群眾的力量有所顧忌而不敢為所欲為。現多指不敢與眾人為敵。犯，觸犯。也作「眾怒不可犯」。

語源 左傳襄公十年：「眾怒難犯，專欲難成。」

例句 由於住戶極力反對在頂樓架設基地臺，電信公司眼見眾怒難犯，只好放棄。

眾星拱月 ㄓㄨㄥˋ ㄒㄧㄥ ㄍㄨㄥˇ ㄩㄝˋ 許多星星環繞著月亮。比喻眾人共同擁戴一個人。多用來比喻很多男人圍繞在一個女人身邊。也作「眾星捧月」。

語源 清佚名小八義第八十四回：「諸位兄弟全要幫著我，一同和氣的，眾星拱月一樣。」

例句 宴會上，阿美常是眾星拱月的對象，讓阿花好生羨慕。

眾望所歸 ㄓㄨㄥˋ ㄨㄤˋ ㄙㄨㄛˇ ㄍㄨㄟ 受到眾人的擁護、愛戴。

語源 左傳襄公二十五年：「晏子門啟而入，枕尸股而哭。興，三踴而出。人謂崔子『必殺之。』崔子曰：『民之望也，舍之得民。』」晉書張華傳：「進無逼上之嫌，退為眾望所依。」隋書高祖紀：「以高祖皇后之父，眾望所歸。」

例句 他平日熱心班上事務，在幹部選舉時果然眾望所歸，被推選為本班的班長。

近義 實至名歸　德高望重

反義 眾叛親離

眾說紛紜 ㄓㄨㄥˋ ㄕㄨㄛ ㄈㄣ ㄩㄣˊ 各種說法雜亂不一。

語源 宋歐陽脩准詔言事上書：「從前所採，眾議紛紜，至於臨事，誰策可用？」元戴表元跋濂溪二程謚議：「然當純公既沒，眾說紛紜，卒能堅忍植立……伊川先生之力也。」

例句 這件事的真相眾說紛紜，不知要相信誰才好！

近義 言人人殊　議論紛紛

反義 眾口一詞　異口同聲

8

睚眥必報 ㄧㄞˊ ㄗˋ ㄅㄧˋ ㄅㄠˋ 即使只是遭人怒目而視的小怨也一定要報復。睚眥，怒目而視。

語源 史記范雎蔡澤列傳：「一飯之德必償，睚眥之怨必報。」宋蘇轍論呂惠卿：「蓋其凶悍猜忍如蝮蠍，萬一復用，睚眥必報。」

例句 他是個氣量狹小、睚眥必報的小人，勸你最好與他保持距離，不要走得太近。

近義 絲恩髮怨　錙銖必較

反義 豁達大度　寬洪大量

睜一眼，閉一眼 ㄓㄥ ㄧˋ ㄧㄢˇ ㄅㄧˋ ㄧˋ ㄧㄢˇ 看到了卻假裝沒看到。比喻遇事容忍、牽就，不加理睬或追究。也作「睜隻眼，閉隻眼」。

例句 為了保全婚姻，阿珠竟對丈夫的外遇睜一眼，閉一眼，終究不是辦法。

近義 視若無睹　若無其事

反義 追根究底　善罷甘休

睜隻眼，閉隻眼 ㄓㄥ ㄓ ㄧㄢˇ ㄅㄧˋ ㄓ ㄧㄢˇ 參見「睜一眼，閉一眼」。

睥睨一切 ㄅㄧˋ ㄋㄧˋ ㄧ ㄑㄧㄝˋ 對一切事物都斜眼看待。形容驕傲自得的樣子。睥睨，斜視。也作「睥睨一世」。

語源 後漢書仲長統傳：「逍遙一世之上，睥睨天地之間。」宋史王雱傳：「雱氣豪，睥睨一世，不能作小官。」清史稿卷三八七肅順傳：「肅順日益驕橫，睥睨一切。」

例句 小強一副睥睨一切、瞧不起人的樣子，實在惹人嫌惡。

近義 自高自大　目中無人

反義 虛懷若谷　謙沖自牧

睹物思人 ㄉㄨˇ ㄨˋ ㄙ ㄖㄣˊ 看到與某人有關的物品而引起對他的思念。多用於對已逝者的追思和懷念。

語源 太平廣記卷三四七曾季衡引唐裴鉶傳奇：「又抽翠玉雙鳳翹一隻，贈季衡曰：『望異日睹物思人，無以幽冥為隔。』」

例句 看著父親生前珍藏的郵票，母親睹物思人，不禁潸然淚下。

近義 觸景傷情　見鞍思馬

反義 視若無睹　無動於中

10

瞎子摸象 ㄒㄧㄚ ˙ㄗ ㄇㄛ ㄒㄧㄤˋ 佛家指眾生不明佛性，有如瞎子摸象，不能了悟。後來用於比喻只知部分，不知全體；或對事物未作全面了解而各有所執。

語源 大般涅槃經卷三二記載：幾個盲人各自去摸大象，有的摸到耳朵，有的摸到肚子，他們都認為自己摸到的那一部分就是大象。

例句 他們二人各執一詞，相持不下，其實是瞎子摸象，各有偏頗罷了。

近義 以偏概全　一孔之見

反義 觀察入微　全盤了解

瞎貓碰上死耗子 ㄒㄧㄚ ㄇㄠ ㄆㄥˋ ㄕㄤˋ ㄙˇ ㄏㄠˋ ˙ㄗ 比喻運氣好，恰好碰上而得到。

例句 這次他得獎純粹是「瞎貓碰上死耗子」，根本不是實力勝過別人。

11

瞞天過海 ㄇㄢˊ ㄊㄧㄢ ㄍㄨㄛˋ ㄏㄞˇ 比喻騙人的手法非常高明。

語源 明阮大鋮燕子箋第七齣：「我做提控最有名，瞞天過海無人問。」

例句 真是服了妳！這種瞞天過海的手段，妳也敢使出來。

近義 隻手遮天　掩人耳目

反義 光明正大　堂堂正正

瞞心昧己 ㄇㄢˊ ㄒㄧㄣ ㄇㄟˋ ㄐㄧˇ 昧著良心做壞事。昧，蒙蔽。

語源 金馬鈺孤鷹：「為酒色財氣，一向粘惹，瞞心昧己。」

例句 財迷心竅的他竟瞞心昧己盜用公款，以致被判重刑。

近義 傷天害理　忍心害理

反義 問心無愧　光明正大

瞠乎其後 ㄔㄥ ㄏㄨ ㄑㄧˊ ㄏㄡˋ 瞪著眼睛看著別人的後頭。指落後趕不上。瞠，張大眼睛直視。

語源 莊子田子方：「夫子步亦步，夫子趨亦趨，夫子馳亦馳；夫子奔逸絕塵，而回瞠若乎後矣！」

例句 巴黎的一級方程式賽車，大舒馬克一開賽便一路領先，其他選手只能瞠乎其後，望塵莫及。

近義 望塵莫及　不可企及

反義 迎頭趕上　並駕齊驅

瞠目結舌 ㄔㄥ ㄇㄨˋ ㄐㄧㄝˊ ㄕㄜˊ 眼睛張大，舌頭打結。形容因驚訝或窘迫而說不出話的樣子。瞠，張大眼睛直視。

語源 漢書李尋傳：「智者結舌。」明袁宏道四鈍僕記：「失手墮瓶，竟不得一口，瞠目而出。」清齋園主人夜譚隨錄卷四：「用手捫結，則腰纏盡失……瞠目結舌，手足無所措。」

例句 看到那麼荒唐的鬧劇，大家都瞠目結舌，難以置信。

近義 張口結舌　目瞪口呆

反義 談笑自如　神色自若

12

瞬息萬變 ㄕㄨㄣˋ ㄒㄧ ㄨㄢˋ ㄅㄧㄢˋ 形容在極短的時間內變化多端。瞬息，一眨眼一呼吸的短暫時間。

語源 宋元詩會胡宏題上封寺：「風雲萬變一瞬息，紅塵奔走真徒勞。」

例句 現代人必須有終身學習的精神，才能適應這瞬息萬變的社會。

近義 變化多端　千變萬化

反義 一成不變　萬古不變

瞭如指掌 ㄌㄧㄠˇ ㄖㄨˊ ㄓˇ ㄓㄤˇ 形容瞭解得非常清楚。也作「瞭若指掌」。

語源 論語八佾：『知其說者之於天下也，其如示諸斯乎？』指其掌。」宋史道學傳序：「推明陰陽五行之理，命於天而性於人者，瞭若指掌。」清陳澧東塾讀書記卷五：「說禹貢者，至國朝康熙乾隆地圖出，而後瞭如指掌。」

例句 總經理雖然長年在國外，但是對公司的所有事情卻都瞭如指掌。

近義 觀察入微　洞若觀火

反義 霧裡看花　不甚了了

瞭若指掌 ㄌㄧㄠˇ ㄖㄨㄛˋ ㄓˇ ㄓㄤˇ 參見「瞭如指掌」。

瞵視昂藏 ㄌㄧㄣˊ ㄕˋ ㄤˊ ㄘㄤˊ 形容目光炯炯，神采飛揚的樣子。瞵視，炯炯有神的注視。昂藏，氣宇軒昂。

語源 晉左思三都賦：「鷹瞵鶚視。」唐李白贈潘侍御論錢少陽：「繡衣柱史何昂藏。」

例句 半年後再見到小傑時，他已不再有往日瞵視昂藏的氣概，不知遭遇了什麼挫折？

近義 神采奕奕　氣宇軒昂

反義 垂頭喪氣　無精打采

13

瞻前顧後 ㄓㄢ ㄑㄧㄢˊ ㄍㄨˋ ㄏㄡˋ 看看前面，又看看後面。形容做事謹慎周密，前後兼顧。也形容做事多所顧忌，猶豫不決。也作「觀前顧後」。

語源 戰國楚屈原離騷：「瞻前而顧後兮，相觀人之計極。」宋朱熹朱子語類卷八學二：「若瞻前顧後，便做不成。」

例句 ①為了事情能圓滿完成，希望你能瞻前顧後，不遺漏任何細節。②他個性太過謹慎，做起事來瞻前顧後，多所猶豫。

近義 小心翼翼　謹小慎微

反義 輕舉妄動　斬釘截鐵

矛部

4

矜才使氣 ㄐㄧㄣ ㄘㄞˊ ㄕˇ ㄑㄧˋ 仗恃著自己的才能放任而為或意氣用事。矜，自負；自恃。使氣，盡意抒發才情和志氣。也指意氣用事，任性而為。也作「負才使氣」。

語源 周書薛憕傳：「憕既羈旅，不被擢用，然負才使氣，未嘗趨世祿之門。」清陳森品花寶鑑第十回：「持重如金，溫潤如玉，絕無矜才使氣的模樣。」

例句 他初出茅廬便被老闆破格重用，難免矜才使氣，給人高傲不羈的觀感。

近義 恃才傲物　恃才矜己

反義 虛懷若谷　謙卑為懷

矜寡孤獨 ㄍㄨㄢ ㄍㄨㄚˇ ㄍㄨ ㄉㄨˊ 參見「鰥寡孤獨」。

矢部

矢口否認 ㄕˇ ㄎㄡˇ ㄈㄡˇ ㄖㄣˋ 堅決否認。矢，發誓。

語源 施公案第五一七回：「高飛哪裡就肯承認，只在下喊道……矢口否認，絕不供招。」

例句 對於原告的指控，被告起初還矢口否認，直到檢察官拿出證據，他才俯首認罪。

近義 死不認賬　矢口抵賴

反義 敢做敢當　一肩承擔

矢志不渝 ㄕˇ ㄓˋ ㄅㄨˋ ㄩˊ 心志永不改變。矢志，下定決心。渝，改變。

語源 晉書謝安傳：「安雖受朝寄，然東山之志始末不渝。」

清陳森品花寶鑑第五十二回：「聞得閣下與琴言訂交最密，矢志不渝。」

例句 情人們在熱戀時總會山盟海誓，矢志不渝，然而一旦結婚後，真正的考驗才要開始。

近義 終身不渝　堅如磐石

反義 見異思遷　朝三暮四

3

知人之明 ㄓ ㄖㄣˊ ㄓ ㄇㄧㄥˊ 具有辨識別人品性和才能優劣的眼光。明，視力。引申為眼光。

語源 尚書皋陶謨：「知人則哲，能官人。」後漢書吳祐傳：「吳季英有知人之明。」

例句 母親頗有知人之明，只需看一眼，就能知道這個人的性格如何。

近義 慧眼識英雄

反義 有眼不識泰山

知人善任 ㄓ ㄖㄣˊ ㄕㄢˋ ㄖㄣˋ 善於辨識人的品行、才能並加以適當地任用。

語源 漢班彪王命論：「蓋在高祖，其興也有五……四曰寬明而仁恕，五曰知人善任使。」

例句 你若懂得知人善任，要帶領這個團隊向前，會比你想像的來得容易。

近義 任人唯賢　拔犀擢象

反義 大材小用　用非其人

知己知彼 ㄓ ㄐㄧˇ ㄓ ㄅㄧˇ 了解敵我雙方的情勢。也泛指了解自己和對方。

語源 孫子謀攻：「知彼知己者，百戰不殆。」元高文秀澠池會第三折：「但上陣要知己知彼，若相持千戰千贏。」

例句 教練在賽前收集了不少參賽各隊的資料，希望藉此能知己知彼，好研擬出打敗對手的策略。

知行合一 ㄓ ㄒㄧㄥˊ ㄏㄜˊ ㄧ 明王陽明所提倡的一種學說。主張知、行原是一事，能知必能行，知而不行，便不是真知。

語源 明王陽明傳習錄上：「知是行的主意，行是知的功夫；知是行之始，行是知之成。」、「聖學只一個功夫，知行不可分為兩事。」明史黃佐傳：「便道謁王守仁，與論知行合一之旨。」

例句 老師鼓勵大家要學以致用，知行合一，不要成為一個書呆子。

近義 即知即行

知足常樂 ㄓ ㄗㄨˊ ㄔㄤˊ ㄌㄜˋ 知道滿足，能常保快樂。

語源 老子四十六章：「禍莫大於不知足，咎莫大於欲得。故知足之足常足矣。」

例句 人的欲望總是無法完全滿足，唯有知足常樂才是心安之道。

近義 樂天知命　安貧樂道

知命之年 ㄓ ㄇㄧㄥˋ ㄓ ㄋㄧㄢˊ 知道天命的年齡。指五十歲。

語源 論語為政：「五十而知天命。」晉潘岳閑居賦序：「自弱冠涉乎知命之年，八徙官而一進階。」

例句 老王到了知命之年仍然一事無成，不免有馬齒徒長的感慨。

近義 年近半百

知所進退 ㄓ ㄙㄨㄛˇ ㄐㄧㄣˋ ㄊㄨㄟˋ 知道何時該進，何時該退。使用時常偏指退。

語源 晉李密陳情表：「臣之進退，實為狼狽。」元史王壽傳：「知所進退，天下之事，可從而理也。」

例句 施政不滿意度屢創新高，媒體呼籲行政院長該知所進退，別再戀棧。

近義 自知之明　有為有守

反義 不知進退　進退失據

知法犯法（ㄓ ㄈㄚˇ ㄈㄢˋ ㄈㄚˇ） 明知法律規定，卻仍執意觸犯法律。

語源 清吳敬梓儒林外史第四回：「好僧官老爺，知法犯法。」

例句 你明知考試作弊會被記過處分，卻仍然知法犯法，如今後悔莫及了！

近義 明知故犯 以身試法

反義 奉公守法 遵守法紀

知恩圖報（ㄓ ㄣ ㄊㄨˊ ㄅㄠˋ） 知道他人所施予的恩惠，當設法報答。圖，謀求。也作「知恩報恩」。

語源 元關漢卿山神廟裴度還帶第四折：「小生我懷舊意無私志，小姐白玉帶知恩必報恩。」蔡東藩民國通俗演義第一五三回：「你既知赦你之罪，便當知恩圖報。」

例句 王伯伯慷慨解囊，幫爸爸渡過難關，我們應該要知恩圖報。

近義 感恩圖報 感恩戴德

反義 恩將仇報 忘恩負義

知書達禮（ㄓ ㄕㄨ ㄉㄚˊ ㄌㄧˇ） 形容人有學識、教養，應對進退都合乎禮節。知書，指熟讀詩書。達禮，通曉禮儀。

語源 元佚名馮玉蘭夜月泣江舟第一折：「只我這知書達禮當恭謹，怎肯著出乖露醜遭談論。」

例句 林同學個性溫柔，又知書達禮，人見人愛。

近義 通情達理 彬彬有禮

反義 不識大體 粗俗無禮

知遇之恩（ㄓ ㄩˋ ㄓ ㄣ） 受到賞識重用的恩德。

語源 北史傅伏傳：「道元感母兄之戀，荷知遇之恩，思親懷舊，固其宜矣。」

例句 他為了報答長官的知遇之恩，自願涉險至販毒集團當臥底警察。

近義 感恩戴德 感恩圖報

知難而退（ㄓ ㄋㄢˊ ㄦˊ ㄊㄨㄟˋ） 了解情勢不可扭轉或自知能力不能勝任而放棄。

語源 左傳僖公二十八年：「軍志曰：『允當則歸。』又曰：『知難而退。』」

例句 並非凡事都要一往直前，有時知難而退也是一種圓融的智慧。

近義 望而卻步 打退堂鼓

反義 排除萬難 勉為其難

知難行易（ㄓ ㄋㄢˊ ㄒㄧㄥˊ ㄧˋ） 了解事物的道理較困難，確實去實踐卻較容易。為國父孫中山先生鼓勵國人力行實踐所提倡的學說。

語源 孫中山民族主義第五講：「諸君要知道知難行易的道理，可以參考我的學說。」

例句 不要被這一大堆理論所惑，這項新的管理模式其實是知難行易，實施起來十分容易。

反義 知易行難

知人知面不知心（ㄓ ㄖㄣˊ ㄓ ㄇㄧㄢˋ ㄅㄨˋ ㄓ ㄒㄧㄣ） 認識一個人的外表很容易，了解他的內心卻很困難。強調人心難以捉摸。

語源 元孟漢卿張孔目智勘魔合羅第一折：「畫虎畫皮難畫骨，知人知面不知心。」

例句 瞧他長相斯文，平日待人也客客氣氣，沒想到竟然是走私販毒的大毒梟，真是知人知面不知心哪！

近義 人心難測 表裡不一

知無不言，言無不盡（ㄓ ㄨˊ ㄅㄨˋ ㄧㄢˊ，ㄧㄢˊ ㄨˊ ㄅㄨˋ ㄐㄧㄣˋ） 形容毫無保留地說出來。也省作「知無不言」。

語源 宋蘇洵衡論遠慮：「聖

人之任腹心之臣也……知無不言，言無不盡。」

例句 你想知道什麼，儘管問吧！我一定知無不言，言無不盡。

知其然，不知其所以然 ㄓ ㄑㄧˊ ㄖㄢˊ，ㄅㄨˋ ㄓ ㄑㄧˊ ㄙㄨㄛˇ ㄧˇ ㄖㄢˊ 知道是這樣，卻不知道為什麼是這樣。形容只了解表面現象，而不了解實質內涵。也作「只知其然，而不知其所以然」。

語源 莊子秋水：「今予動吾天機，而不知其所以然。」唐李節餞潭州疏言禪師詣太原求經藏詩序：「論者不思釋氏扶世助化之大益……吾故曰能知其然，不知其所以然者也。」

例句 填鴨式的教育多以記憶背誦為主，學生對於知識多半只知其然，不知其所以然。

7

短小精悍 ㄉㄨㄢˇ ㄒㄧㄠˇ ㄐㄧㄥ ㄏㄢˋ 形容身材短小卻精明強幹。也比喻文章簡短有力。

語源 史記游俠列傳：「解為人短小精悍。」

例句 ①別看那個阿兵哥身高只有一百五十幾公分，他可是短小精悍，五項體能戰技樣樣都拿第一。②他寫的專欄短小精悍，很受讀者歡迎。

近義 精明能幹　簡明扼要

反義 彪形大漢　長篇大論

短兵相接 ㄉㄨㄢˇ ㄅㄧㄥ ㄒㄧㄤ ㄐㄧㄝ ①作戰雙方用刀、劍等短小兵器作肉搏戰。②比喻競爭的雙方作迫近的纏鬥。兵，兵器。接，交戰。

語源 戰國楚屈原九歌國殤：「操吳戈兮被犀甲，車錯轂兮短兵接。」宋書南平穆王傳：「遂登屍以陵城，短兵相接。」

例句 ①兩軍短兵相接時，我方戰士奮勇殺敵，毫不畏懼。②足球場上，比賽雙方短兵相接，時常出現火爆場面。

反義 鳴金收兵　偃旗息鼓

短視近利 ㄉㄨㄢˇ ㄕˋ ㄐㄧㄣˋ ㄌㄧˋ 形容目光短淺，只注意到眼前的利益。短視，比喻沒有遠見。近利，指急於求得成效，貪求眼前利益。

語源 舊唐書魏元忠傳：「徇目前之近利，忘經久之遠圖。」

例句 企業的經營不能短視近利，而要追求永續經營。

近義 急功近利　目光如豆

反義 深謀遠慮　高瞻遠矚

短褐不全 ㄉㄨㄢˇ ㄏㄜˋ ㄅㄨˋ ㄑㄩㄢˊ 衣服破爛不完整。形容生活窮困。短褐，古代平民所穿的粗布短衣。也作「短褐不完」。

語源 韓非子五蠹：「短褐不完者不待文繡。」唐盧照鄰對蜀父老問：「藜羹不厭，短褐不全。」

例句 陳先生安貧樂道，即使過著短褐不全的生活，依然笑口常開。

近義 短褐穿結　簞瓢屢空

反義 錦衣玉食　豐衣足食

8

矮人一截 ㄞˇ ㄖㄣˊ ㄧˊ ㄐㄧㄝˊ 身高比別人矮。比喻不如別人。

例句 阿德缺乏自信，成績也不好，在同學面前總有矮人一截的感覺。

近義 相形見絀　黯然失色

反義 略勝一籌　棋高一著

矮人觀場 ㄞˇ ㄖㄣˊ ㄍㄨㄢ ㄔㄤˇ 矮小的人擠在人群中觀看戲劇表演，因為被擋到看不清楚，只能跟著別人做反應。比喻盲從附和，毫無主見。也作「矮人看場」、「矮子看戲」。

語源 宋釋普濟五燈會元卷五一蘄州五祖法演禪師：「這個說話，喚作矮子看戲，隨人上

下。」清錢謙益列朝詩集小傳王世貞：「無或如今之人，矮人觀場，莠言自口，徒為後人笑端也。」

例句 憲憲和佼佼不知就裡跟著瞎起鬨，純是矮人觀場，你可別學他們。

近義 人云亦云　隨聲附和

12

矯枉過正 ㄐㄧㄠˇ ㄨㄤˇ ㄍㄨㄛˋ ㄓㄥˋ 把彎曲的東西扭正，結果又歪向另一邊。比喻矯正弊病過度，反而造成了偏差。枉，彎曲；不直。

語源 漢書外戚傳下：「蓋矯枉者過直，古今同之。」後漢書仲長統傳：「逮至清世，則復入於矯枉過正之檢。」

例句 他怕孩子耽誤功課，竟禁止他們參與班上的活動，實在是矯枉過正。

近義 過猶不及

反義 適可而止　恰如其分

矯俗干名 ㄐㄧㄠˇ ㄙㄨˊ ㄍㄢ ㄇㄧㄥˊ 標新立異，違背習俗，以求取美好的名聲。矯，違背。干，求。

語源 宋司馬光訓儉示康：「平生衣取蔽寒，食取充腹；亦不敢服垢弊以矯俗干名，但順吾性而已。」

例句 他生性灑脫，平日就放蕩不羈，並不是故意矯俗干名。

近義 干名采譽　沽名釣譽

矯揉造作 ㄐㄧㄠˇ ㄖㄡˊ ㄗㄠˋ ㄗㄨㄛˋ 比喻刻意做作而不自然。矯，把彎的變成直的。揉，把直的變成彎的。

語源 易經說卦：「為矯輮(揉)，為弓輪。」明呂坤呻吟語問學：「正門造詣，俟其自然；旁門造詣，矯揉造作。」

例句 他矯揉造作的模樣，看起來相當可笑。

近義 裝模作樣　裝腔作勢

反義 天真爛漫　順其自然

矯矯不群 ㄐㄧㄠˇ ㄐㄧㄠˇ ㄅㄨˋ ㄑㄩㄣˊ 形容人才超群出眾。矯矯，出眾貌。

語源 漢書敘傳：「賈生矯矯，弱冠登朝。」戰國楚屈原九章惜誦：「行不群以巔越兮，又眾兆之所咍。」唐司空圖二十四詩品飄逸：「落落欲往，矯矯不群。」

例句 他三十出頭便取得博士學位，矯矯不群，是學術界的一顆新星。

近義 卓爾不群　秀出班行

反義 酒囊飯袋　朽木之才

石部

石沉大海 ㄕˊ ㄔㄣˊ ㄉㄚˋ ㄏㄞˇ 比喻不見蹤影或沒有下文。

語源 法句譬喻經多聞品：「吾不往度，如石沉淵。」元楊文奎翠紅鄉兒女兩團圓第二折：「他可便一去了呵石沉大海。」

例句 他的父親十年前離家後，便石沉大海毫無音訊。

近義 不知去向　杳如黃鶴

石破天驚 ㄕˊ ㄆㄛˋ ㄊㄧㄢ ㄐㄧㄥ 原形容箜篌的聲音驟然高亢，震動了整個天界。後用來比喻突然爆發的事件、聲響，令人震驚。也用來比喻言論、舉動新奇驚人。

語源 唐李賀李憑箜篌引：「女媧煉石補天處，石破天驚逗秋雨。」清紀昀閱微堂筆記槐西雜志二：「石破天驚事有無，後來好色勝登徒。」

例句 他最近發表的研究報告，有石破天驚的發現，讓學界大為佩服。

近義 驚天動地　不同凡響

反義 平淡無奇　不足為奇

5

破天荒 ㄆㄛˋ ㄊㄧㄢ ㄏㄨㄤ 打破天地的荒寂。比喻事物第一次出現。

語源 五代王定保唐摭言卷二海述解送：「時崔魏公作鎮，以破天荒錢七十萬資蛻。」

例句 他數學一向不好，考試常常不及格，這次居然破天荒地得到滿分，令人刮目相看。

近義 史無前例　頭一遭

破口大罵 ㄆㄛˋ ㄎㄡˇ ㄉㄚˋ ㄇㄚˋ 用難聽的話大聲咒罵。破口，以惡言咒罵他人。

語源 清李伯元官場現形記第十回：「茶房未及開口，那女人已經破口大罵起來。」

例句 那輛車快速駛過，濺起一大灘水花，把阿美的衣服都弄溼了，氣得她破口大罵。

破門而入 ㄆㄛˋ ㄇㄣˊ ㄦˊ ㄖㄨˋ 以強硬的方式闖入門內。

語源 明袁于令隋史遺文第四十八回：「義兵一半扒城，一半破門而入。」

例句 警方循線找到一處民宅，破門而入，果然查獲大量的走私毒品。

破涕為笑 ㄆㄛˋ ㄊㄧˋ ㄨㄟˊ ㄒㄧㄠˋ 停止哭泣，露出笑容。形容轉悲為喜的樣子。

語源 晉劉琨答盧諶書：「時復相與舉觴對膝，破涕為笑，排終身之積慘，求數刻之暫歡。」

例句 看到最後一棒的同學衝破終點線，拿到大隊接力冠軍，先前不慎跌了一跤的他，終於破涕為笑了。

近義 轉悲為喜

反義 樂極生悲

破釜沉舟 ㄆㄛˋ ㄈㄨˇ ㄔㄣˊ ㄓㄡ 過了河，就毀壞炊具，鑿沉舟船，以示已無後路，要與敵人決一死戰。比喻下定決心，勇往直前，絕不回頭。釜，炊飯的器具。

語源 左傳文公三年：「秦伯伐晉，濟河焚舟，取王官及郊。」史記項羽本紀：「項羽乃悉引兵渡河，皆沉船，破釜甑，燒廬舍，持三日糧，以示士卒必死，無一還心。」

例句 事到如今唯有破釜沉舟，奮力一搏，或許還有轉機。

近義 背水一戰　放手一搏

破綻百出 ㄆㄛˋ ㄓㄢˋ ㄅㄞˇ ㄔㄨ 形容動作或言論的漏洞很多。

語源 宋朱熹朱子語類卷一〇四自論為學工夫：「且將聖人書來讀，讀來讀去，一日復一日，覺得聖賢言語漸漸有味，卻回頭看釋氏之說，漸漸破綻罅漏百出。」

例句 這件事他說得前言不搭後語，破綻百出，分明有所隱瞞。

近義 漏洞百出　錯誤百出

反義 天衣無縫　顛撲不破

破繭而出 ㄆㄛˋ ㄐㄧㄢˇ ㄦˊ ㄔㄨ ①指蠶蛹羽化為蠶蛾後，鑽出繭外，長為成蟲的過程。②比喻掙脫束縛，自我解放。

例句 ①弟弟養了許久的蠶寶寶終於破繭而出，變成了蛾。②聆聽法師的開示後，她終於有所覺悟，決心破繭而出，開創新的人生。

近義 浴火重生

反義 作繭自縛　畫地自限

破鏡重圓 ㄆㄛˋ ㄐㄧㄥˋ ㄔㄨㄥˊ ㄩㄢˊ 比喻夫妻分散或決裂後又再度團圓。

語源 唐孟棨本事詩情感記載：南朝陳太子舍人徐德言與妻樂昌公主恐國破後兩人不能相保，因破一銅鏡，各執其半，約於他年正月望日賣破鏡於都市，冀得相見。後陳亡，公主沒入越國楊素家。德言依

石

期至京，見有蒼頭賣半鏡，出其半相合。德言題詩曰：「鏡與人俱去，鏡歸人不歸；無復嫦娥影，空留明月輝。」公主得詩，悲泣不食，楊素得知，遂成人之美，使其夫妻團圓。

例句 這對夫妻因誤會離婚多年，如今誤會冰釋，兩人便破鏡重圓了。

近義 言歸於好 缺月再圓

反義 鏡破釵分 別鶴孤鸞

7

硬著頭皮 ㄧㄥˋ ·ㄓㄜ ㄊㄡˊ ㄆㄧˊ 形容勉強支撐著去應付某種不願遇到的情況。

語源 元曾瑞迎仙客風情三首（其三）：「硬頂著頭皮，熬一個心先退。」清東隅逸士飛龍全傳第七回：「柴榮此時雖然懼怕，卻也無奈，只得硬著頭皮，強打精神，推上前去。」

例句 他是個旱鴨子，但遇上游泳課，也只能硬著頭皮下水了。

8

碎屍萬段 ㄙㄨㄟˋ ㄕ ㄨㄢˋ ㄉㄨㄢˋ 殺死並將屍體搗碎。極言對罪大惡極者的最嚴厲制裁，或用於怨憤至極的氣憤語。

語源 水滸傳第五十二回：「我早晚殺到京師，把你那廝欺君賊臣高俅，碎屍萬段，方是願足。」

例句 看到愛女慘遭毒手，高父恨不得將這個強姦殺人犯碎屍萬段。

近義 大卸八塊 千刀萬剮

9

碧血丹心 ㄅㄧˋ ㄒㄧㄝˇ ㄉㄢ ㄒㄧㄣ 比喻忠義赤誠的節操。碧血，指忠臣烈士為國犧牲所流的血。丹心，赤誠的心。

語源 莊子外物：「萇弘死於蜀，藏其血，三年而化為碧。」三國魏阮籍詠懷：「丹心失恩澤，重德喪所其。」清丘逢甲和平里行：「南來未盡支天策，碧血丹心留片石。」

例句 歷史上許多捍衛國家的鬥士，拋頭顱、灑熱血，他們的碧血丹心，令人敬佩。

近義 赤膽忠心 忠肝義膽

反義 包藏禍心 狼子野心

碧草如茵 ㄅㄧˋ ㄘㄠˇ ㄖㄨˊ ㄧㄣ 碧綠的草地如同地毯一樣。茵，墊褥。

語源 清唐芸洲七劍十三俠第四十四回：「山坡上碧草如茵，蘭香陣陣。」

例句 公園裡碧草如茵，民眾或躺或坐，享受傍晚的悠閒時光。

碩大無朋 ㄕㄨㄛˋ ㄉㄚˋ ㄨˊ ㄆㄥˊ 原指人體貌健壯，德美廣博，無人可比。也用來形容巨大無比。碩，大。朋，相比。

語源 詩經唐風椒聊：「彼其之子，碩大無朋。」漢鄭玄箋：「碩，謂狀貌佼好也。大，謂德美廣博也。」清蒲松齡聊齋誌異蓮香：「晨起，睡舄遺墮，索著之，則碩大無朋矣。」

例句 陳媽媽昨天在醫院產下一個碩大無朋的嬰兒，將近五千公克，所幸母子均安。

近義 龐然大物 大莫與京

反義 小巧玲瓏 嬌小玲瓏

碩果僅存 ㄕㄨㄛˋ ㄍㄨㄛˇ ㄐㄧㄣˇ ㄘㄨㄣˊ 果樹上只留存一顆巨大果實。比喻留存下來的唯一的或難得的人才或事物。碩，大。

語源 易經剝卦：「上九，碩果不食。」清吳趼人發財秘訣第八回：「斯世得見斯人，真如碩果僅存。」

例句 經過戰火摧殘，這座古廟是此地碩果僅存、未遭破壞的古蹟，彌足珍貴。

近義 絕無僅有 鳳毛麟角

反義 屢見不鮮 司空見慣

碩學通儒（ㄕㄨㄛˋ ㄒㄩㄝˊ ㄊㄨㄥ ㄖㄨˊ） 學問淵博通達的學者。

語源 魏書李業興傳：「通直散騎常侍李業興碩學通儒，博聞多識。」

例句 他是一位飽讀詩書的碩學通儒，具有崇高的學術地位。

近義 鴻儒碩學 博學鴻儒

反義 目不識丁 不識之無

11

磨杵成針（ㄇㄛˊ ㄔㄨˇ ㄔㄥˊ ㄓㄣ） 把鐵棒磨成針。比喻只要肯下苦功，再難的事也能辦到。

語源 宋祝穆方輿勝覽磨針溪記載：相傳李白少年時曾在象耳山中讀書，學業未成，便中途離去。來到下山路上的一條溪旁，看見一個老婦在磨杵。李白覺得奇怪，便問老婦。老婦說：「我要磨成一根針。」李白聞言，心有所感，於是返回山中完成學業。

例句 只要有磨杵成針的毅力，做事不怕不會成功。

近義 有志竟成 鍥而不捨

反義 一暴十寒 半途而廢

磨磚作鏡（ㄇㄛˊ ㄓㄨㄢ ㄗㄨㄛˋ ㄐㄧㄥˋ） 想把磚頭磨成鏡子。比喻做事的方法與目的相違背，徒勞而無功。

語源 宋釋道原景德傳燈錄卷五南嶽懷讓禪師：「曰：『磨磚作麼？』師曰：『磨作鏡。』一曰：『磨磚豈得成鏡耶？』師曰：『磨磚既不成鏡，坐禪豈得成佛也？』」

例句 做學問應力求融會貫通，你卻只在字句上鑽牛角尖，無異磨磚作鏡，難有收穫。

近義 炊沙作飯 緣木求魚

反義 對症下藥 因勢利導

磨礪以須（ㄇㄛˊ ㄌㄧˋ ㄧˇ ㄒㄩ） 磨好刀等著動手。比喻為完成某事而作好準備。磨礪，原作「摩厲」。把刀磨利。須，等待。

語源 左傳昭公十二年：「摩厲以須，王出，吾刃將斬矣。」

例句 為了這次歌唱大賽，她早在半個月前便磨礪以須，準備一展歌喉。

近義 蓄勢待發 秣馬厲兵

反義 臨陣磨槍 臨渴掘井

13

礎潤而雨（ㄔㄨˇ ㄖㄨㄣˋ ㄦˊ ㄩˇ） 參見「月暈而風，礎潤而雨」。

14

礙手礙腳（ㄞˋ ㄕㄡˇ ㄞˋ ㄐㄧㄠˇ） 妨礙別人做事，使人不便。

語源 明凌濛初初刻拍案驚奇卷三二：「後邊有些嫌忌起來，礙手礙腳，到底不妙。」

例句 你不想學燒菜作飯，就別在這裡礙手礙腳，等煮好了再叫你吧！

示部

5

祕而不宣（ㄇㄧˋ ㄦˊ ㄅㄨˋ ㄒㄩㄢ） 當做祕密，不對外公開。宣，公布；公開。

語源 三國志吳書呂蒙傳裴松之注引江表傳：「密為肅陳三策，肅敬受之，祕而不宣。」

例句 他們倆早已訂婚卻祕而不宣，要等同學會那天再給大家一個驚喜。

近義 守口如瓶 隻字不提

反義 直言不諱 公之於世

祖宗三代（ㄗㄨˇ ㄗㄨㄥ ㄙㄢ ㄉㄞˋ） 泛稱歷代祖先。一作「祖宗八代」。

語源 清西周生醒世姻緣傳第三十九回：「你問他，自他祖宗三代以來，曾摸著個秀才影兒不曾？」清吳趼人糊塗世界第七回：「那人要追著去打，早被旁人勸住，還祖宗八代的罵了一大頓。」

例句 那位候選人口出惡言攻

擊對手，把他的祖宗三代都罵進去，真是缺德。

近義　列祖列宗

神乎其技 ㄕㄣˊ ㄏㄨ ㄑㄧˊ ㄐㄧˋ　形容技術高超，出神入化。

語源　清吳熾昌客窗閒話第四卷：「名目多端，神乎其技者，見諸載籍已不乏人。」

例句　那位魔術師神乎其技的表演，獲得觀眾如雷的掌聲。

近義　鬼斧神工　巧奪天工

神出鬼沒 ㄕㄣˊ ㄔㄨ ㄍㄨㄟˇ ㄇㄛˋ　如鬼神般出沒。原指用兵神奇迅速，行蹤莫測。也泛指行動快速，變幻莫測，難以捉摸。原作「神出鬼行」。

語源　漢劉安淮南子兵略：「善者之動也，神出而鬼行。」唐崔致遠安再榮管臨淮都牒：「前件官夙精韜略，歷試機謀，嘗犯重圍，決成獨戰，實可謂神出鬼沒。」

例句　我方游擊隊神出鬼沒，讓敵軍防不勝防。

近義　神祕莫測　出沒無常

神色自若 ㄕㄣˊ ㄙㄜˋ ㄗˋ ㄖㄨㄛˋ　神態臉色鎮定如常。自若，也作「自如」。態度自然如常。也作「神態自若」。

語源　南朝宋劉義慶世說新語雅量：「初見謝失儀，而神色自若。」新唐書王同皎傳：「斬同皎於都亭驛，籍其家。同皎且死，神色自如。」

例句　雖然對方疾言厲色地責罵，他仍神色自若，從容以對，修養令人敬佩。

近義　面不改色　行若無事

反義　手足無措　慌張失措

神來之筆 ㄕㄣˊ ㄌㄞˊ ㄓ ㄅㄧˇ　如有神靈到來的筆觸。形容書畫、文章極為生動出色，如同神授。也指臨事之際無意中的巧妙安排。

語源　晉書樂志上天郊饗神歌：「神之來，光景昭。聽無聞，視無兆。」清紀昀閱微草堂筆記姑妄聽之二：「今日樓上看山，知杜紫微『雨餘山態活』句，真神來之筆！」

例句　他這步棋簡直是神來之筆，令對手輸得心服口服。

近義　信手拈來　妙筆生花

反義　搜索枯腸

神采奕奕 ㄕㄣˊ ㄘㄞˇ ㄧˋ ㄧˋ　形容人精神煥發，風采動人。或藝術作品神韻生動，光彩奪目。也作「神彩奕奕」。

語源　晉書王戎傳：「戎幼而穎悟，神彩秀徹。」明姜紹書無聲詩史卷四許儀：「精篆籀，寫花鳥神采奕奕，宛若生動。」清陳森品花寶鑑第十回：「仔細一看，只覺神采奕奕，麗若天仙。」

例句　朱銘創作的「太極拳」系列雕像，雖然線條粗獷且無面貌，但個個神采奕奕，彷彿蘊藏著無窮的生命力。

近義　神采飛揚　栩栩如生

反義　無精打采　暮氣沉沉

神采飛揚 ㄕㄣˊ ㄘㄞˇ ㄈㄟ ㄧㄤˊ　精神風采高昂動人。

語源　清陳森品花寶鑑第十四回：「春航換了新衣，依然丰姿奕奕，神采飛揚。」

例句　一談起舞蹈，她便神采飛揚，並且當場就跳了起來。

近義　神采奕奕　容光煥發

反義　神情黯淡　垂頭喪氣

神氣活現 ㄕㄣˊ ㄑㄧˋ ㄏㄨㄛˊ ㄒㄧㄢˋ　形容態度傲慢驕橫，不可一世的樣子。也可形容精神與形態都栩栩如生的樣子。神氣，得意；傲慢。或解作神情、神態。

語源　清徐珂清稗類鈔方言類：「神氣活現，與像煞有介事同。」

例句 ①他不過一次考試名列前茅就一副神氣活現的模樣，令人討厭。②這兩隻老虎畫得神氣活現，好像要從畫中跳出來一樣。

近義 顧盼自得　栩栩如生

反義 黯然神傷

神鬼莫測 ㄕㄣˊ ㄍㄨㄟˇ ㄇㄛˋ ㄘㄜˋ　連神鬼也無法預測。形容變化神奇，難以捉摸。

語源 三國演義第八十七回：「諸將皆拜伏曰：『丞相機算，神鬼莫測。』」

例句 世事與命運往往神鬼莫測，與其費盡心機去算計，不如把握現在來得切實。

近義 波譎雲詭　變幻莫測

反義 一成不變　瞭如指掌

神清氣爽 ㄕㄣˊ ㄑㄧㄥ ㄑㄧˋ ㄕㄨㄤˇ　神志清爽，心情舒暢。

語源 唐牛僧孺玄怪錄裴諶：「香風颯來，神清氣爽，飄飄然有淩雲之意。」

例句 在山林中呼吸著自然空氣，聆聽鳥鳴天籟，令人神清氣爽，怡然暢快。

近義 精神抖擻　心曠神怡

反義 無精打采　有氣無力

神通廣大 ㄕㄣˊ ㄊㄨㄥ ㄍㄨㄤˇ ㄉㄚˋ　佛教用語，原指所具備的法力無所不能。後多用來形容人本領高強。

語源 唐敦煌變文集維摩詰經講經文：「伏以維摩居士，具四般之才辯，告以難偕；現廣大之神通，鹵莽不易。」大唐三藏取經詩話中入王母池之處：「師曰：『你神通廣大，去必無妨。』」

例句 他不過苦讀半年，就考上公務人員高考，真是神通廣大。

近義 通天本領　三頭六臂

反義 黔驢技窮　鼯鼠五技

神魂顛倒 ㄕㄣˊ ㄏㄨㄣˊ ㄉㄧㄢ ㄉㄠˇ　精神、靈魂顛倒異常。形容心神恍惚，失去常態，或對某些事物傾慕嚮往而意亂情迷。

語源 明無名氏女真觀第三折：「怎禁它鳳求凰良夜把琴調，詠月嘲風詩句挑，引的人神魂顛倒。」

例句 她回頭對他嫣然一笑，使得他神魂顛倒，手腳一時慌亂了起來。

近義 心蕩神馳　意亂情迷

神機妙算 ㄕㄣˊ ㄐㄧ ㄇㄧㄠˋ ㄙㄨㄢˋ　神奇的預測，巧妙的謀劃。形容運籌策劃十分高明精準。

語源 唐劉禹錫觀八陣圖：「蜀相運神機。」陳書虞寄諫陳寶應書：「此將軍妙算遠圖。」三國演義第四十六回：「瑜大驚，慨然嘆曰：『孔明神機妙算，吾不如也。』」

例句 三國演義中的孔明神機妙算，以草船借箭，成功化解了周瑜的刻意刁難。

近義 料事如神　足智多謀

反義 無計可施　一籌莫展

神不知，鬼不覺 ㄕㄣˊ ㄅㄨˋ ㄓ ㄍㄨㄟˇ ㄅㄨˋ ㄐㄩㄝˊ　指行事隱密，無人知曉。

語源 水滸傳第四十一回：「只宋江潛地自去，和兄弟宋清搬取老父連夜上山來，那時鄉中神不知，鬼不覺；若還多帶了人伴去，必然驚嚇鄉里，反招不便。」

例句 他以為挪用公款的事神不知，鬼不覺，沒想到終究還是東窗事發了。

近義 神出鬼沒

神龍見首不見尾 ㄕㄣˊ ㄌㄨㄥˊ ㄐㄧㄢˋ ㄕㄡˇ ㄅㄨˋ ㄐㄧㄢˋ ㄨㄟˇ　比喻人的行蹤隱密飄忽。

語源 明陸雲龍遼海丹忠錄第四十回：「正如陳眉公說的，

示

神龍見首不見尾，英雄不見結局，令人想他、慕他、悼他、惜他。」

例句 他在藝文界名聲響亮，但向來神龍見首不見尾，很少人見過他的廬山真面目。

9

禍不單行 ㄏㄨㄛˋ ㄅㄨˋ ㄉㄢ ㄒㄧㄥˊ 災禍、不幸接連發生。

語源 宋釋道原景德傳燈錄紫桐和尚：「師曰：『禍不單行。』」

例句 他的爸爸剛失業，昨天又發生車禍，真是禍不單行。

近義 雪上加霜 屋漏逢雨

反義 好事成雙 雙喜臨門

禍國殃民 ㄏㄨㄛˋ ㄍㄨㄛˊ ㄧㄤ ㄇㄧㄣˊ 殘害國家，危害人民。

語源 資治通鑑卷一九四唐太宗貞觀十年：「道、釋異端之教，蠹國病民，皆上素所不為。」清方東樹大意尊行立行：「古今墮名喪節，亡身赤族，禍國殃民，無不出於有過人之才智者。」

例句 許多政客口口聲聲說凡事都為大眾利益著想，其實暗地裡盡幹些禍國殃民的勾當。

近義 倒行逆施 殘民以逞

反義 勤政愛民 恫瘝在抱

禍從天降 ㄏㄨㄛˋ ㄘㄨㄥˊ ㄊㄧㄢ ㄐㄧㄤˋ 災禍突然發生，好像從天而降，來不及防備。

語源 晏子春秋不合經術者：「今天降禍於齊，不加於寡人，而加於夫子。」漢揚雄太玄盛：「上九，極盛不救，禍降自天。」舊唐書劉瞻傳：「此乃禍從天降，罪匪己為。」

例句 他昨晚外出購物時，竟被一塊掉落的招牌砸傷，真是禍從天降。

近義 無妄之災 飛來橫禍

反義 喜從天降 雙喜臨門

禍福無常 ㄏㄨㄛˋ ㄈㄨˊ ㄨˊ ㄔㄤˊ 禍與福變動不定，難以預料。多偏指禍而言。常，固定不變。

語源 明孫梅錫琴心記第三十九齣：「禍福無常，憂喜難定。」

例句 法師語重心長地告誡我們說：「人生在世，禍福無常，所以要把握當下，老實修行。」

近義 禍福難料 旦夕禍福

禍福與共 ㄏㄨㄛˋ ㄈㄨˊ ㄩˇ ㄍㄨㄥˋ 有禍同當，有福同享。形容朋友以真誠相待。

語源 宋蘇軾東坡志林：「死生可以相待，禍福可以相共。」

例句 朋友之間若不能禍福與共，那麼即使相處再久，也只能算泛泛之交。

近義 同甘共苦 患難與共

反義 離心離德 漠不關心

禍福難料 ㄏㄨㄛˋ ㄈㄨˊ ㄋㄢˊ ㄌㄧㄠˋ 是禍是福難以預料。

語源 明吳還初天妃濟世出身傳第二十七回：「第恐他或知之，必以大欺小，將無作有，其禍福難料。」

例句 他不受黨中央約束，執意參選，政治前途禍福難料。

近義 吉凶未卜 禍福無常

福如東海 ㄈㄨˊ ㄖㄨˊ ㄉㄨㄥ ㄏㄞˇ 福氣像東海一樣廣大。多作為祝壽的頌辭。

語源 明朱權荊釵記第三齣：「齊祝贊，願福如東海，壽比南山。」

例句 今天是奶奶的八十大壽，我們一進門就大聲祝福她「福如東海、壽比南山」，樂得奶奶開懷大笑。

近義 洪福齊天 福星高照

福至心靈 ㄈㄨˊ ㄓˋ ㄒㄧㄣ ㄌㄧㄥˊ 福運到來時，心思也變得靈巧。

語源 宋畢仲詢幕府燕閑錄：「吳參政少以學究登科，復中

賢良，為翰林學士，常草制以示歐陽文忠，稱之，因戲曰：『君福至心靈』。」

例句 她最近福至心靈，做起事來效率特別高。

近義 稱心如意

福星高照 ㄈㄨˊ ㄒㄧㄥ ㄍㄠ ㄓㄠˋ 形容好運當頭。福星，指木星。古稱木星為歲星，其所在方位帶有福氣。

語源 清文康兒女英雄傳第三十九回：「保管你這一瞧，就抵得個福星高照。」

例句 他最近福星高照，參加百貨公司周年慶的抽獎活動，幸運地抽中一部轎車。

近義 吉星高照 鴻運當頭

反義 霉運當頭 時乖運蹇

福無雙至 ㄈㄨˊ ㄨˊ ㄕㄨㄤ ㄓˋ 幸運不會接連到來。

語源 漢劉向說苑權謀：「此所謂福不重至，禍必重來者也。」明高明琵琶記第二十齣：「福無雙至猶難信，禍不單行卻是真。」

例句 福無雙至之理，你要謹慎小心，免得樂極生悲。

近義 禍福無常 世事難料

反義 雙喜臨門 好事成雙

福壽全歸 ㄈㄨˊ ㄕㄡˋ ㄑㄩㄢˊ ㄍㄨㄟ 對享有福分、高壽而終的死者之題辭。

語源 朱瘦菊歇浦潮第三十六回：「老太太年歲已高，又是無疾而逝，正可稱得福壽全歸。」

例句 樂善好施的張老太太活到九十五歲，無疾而終，福壽全歸，鄉里稱善。

近義 壽終正寢 善始善終

反義 英年早逝 蘭摧玉折

福慧雙修 ㄈㄨˊ ㄏㄨㄟˋ ㄕㄨㄤ ㄒㄧㄡ 指福德和智慧都達到圓滿的境界。也指有福氣，又聰明。

語源 唐慧立大慈恩寺三藏法師傳五：「菩薩為行，福慧雙修，慧人得果，不忘其本。」

例句 董事長夫人相夫教子之餘，還熱心公益，並積極參與宗教活動，福慧雙修，的確不簡單。

13

禮尚往來 ㄌㄧˇ ㄕㄤˋ ㄨㄤˇ ㄌㄞˊ 禮節上講究有來有往。尚，注重；重視。

語源 禮記曲禮上：「禮尚往來。往而不來，非禮也；來而不往，亦非禮也。」

例句 生日時小美送我一條項鍊，後天是她的生日，禮尚往來，我也該送上一份禮物。

近義 投桃報李 有來有往

禮賢下士 ㄌㄧˇ ㄒㄧㄢˊ ㄒㄧㄚˋ ㄕˋ 以謙卑的態度禮待賢人。禮，尊敬。下，謙讓。

語源 呂氏春秋慎大覽下賢：「非至公，其孰能禮賢？」史記魏公子列傳：「市人皆以嬴為小人，而以公子為長者能下士也。」孟子盡心下漢趙岐注：「謂王不禮賢下士。」

例句 陳老闆為人謙虛大度，能夠禮賢下士，難怪公司上下員工都樂意為他效力。

近義 求賢若渴 愛才如命

反義 嫉賢妒能 妨賢害能

禮壞樂崩 ㄌㄧˇ ㄏㄨㄞˋ ㄩㄝˋ ㄅㄥ 形容社會秩序混亂，沒有教化約束力。

語源 漢公孫弘請為博士置弟子員議：「今禮廢樂崩，朕甚愍焉。」漢書武帝紀：「今禮壞樂崩，朕甚閔焉。」

例句 現今許多年輕人放蕩不羈的行為，讓老一輩的人大歎這是禮壞樂崩的時代。

近義 人心不古

内部

8

禽獸不如　形容或咒罵品性極為惡劣的人。

語源　舊唐書蜀王愔傳：「太宗怒曰：『禽獸調伏，可以馴擾於人；鐵石鐫鍊，可為方圓之器。至如愔者，曾不如禽獸鐵石乎！』」明史黃道周傳：「鄙杖母，禽獸不如。」

例句　這個惡少不務正業，還時常毆打老母，強索金錢，真是禽獸不如！

近義　傷天害理　大逆不道

萬靈丹　中醫指一種可以治療多種疾病的綜合丹藥。也比喻可以解決所有難題的辦法。

語源　明楊爾曾韓湘子全傳第十五回：「不瞞大人說，我師父在山中煎熬萬靈丹，缺少好酒，故此再求化些。」

例句　旅行不是忘掉煩惱的萬靈丹，你要學會放下，退一步就能海闊天空。

近義　靈丹妙藥　萬全之策

萬人空巷　眾人爭出觀看，使里巷空無一人。形容場面盛大，吸引人潮。

語源　宋蘇軾八月十七復登望海樓：「賴有明朝看潮在，萬人空巷鬥新妝。」

例句　媽祖出巡的鑾駕所到之處，萬人空巷。

近義　人山人海　水洩不通

反義　闃其無人　空無一人

萬不得已　指已無法可想，不得不如此。

語源　明焦竑玉堂叢語器量：「汝父欲保全身家，萬不得已，姑借我以免禍耳。」

例句　老張在萬不得已之下變賣祖產，替兒子償還債務。

近義　迫不得已　逼不得已

反義　計出萬全

萬中選一　一萬個裡只選中一個。形容非常優異傑出。

語源　清無垢道人八仙得道第六十三回：「偏偏碰到這位道者，可正是萬中選一的鐵面人兒，不但不領受他這等盛情，反因萍水之交，覺他關切過分。」

例句　這款手機內外皆美，萬中選一，一上市便引起搶購。

近義　獨一無二　一枝獨秀

反義　不足為奇　司空見慣

萬夫莫敵　一萬人也抵擋不住。形容非常勇猛。

語源　晉左思蜀都賦：「一人守隘，萬夫莫向。」明紀振倫楊家將演義兄妹晉陽比試：「輪動大刀，萬夫莫敵。」

例句　身高一米九的小強在籃下可說萬夫莫敵，有他在場上我們就贏定了。

近義　銳不可當　大發神威

萬世師表　世人永遠的師範表率。清康熙皇帝以此四字題孔廟匾額，世人遂以「萬世師表」尊稱孔子。

語源　太平廣記卷一老子引晉葛洪神仙傳：「其洪源長流所潤，洋洋如此，豈非乾坤所定，萬世之師表哉！」清王士禛池北偶談第四卷：「康熙二十三年駕幸闕里，御書『萬世師表』四字，懸大成殿。」

例句　孔子的思想及言論深深影響中華文化，被後人譽為萬世師表。

萬代千秋　參見「千秋萬世」。

萬古長存　千秋萬代，永遠留存。比喻精神或品德永遠存在。

語源 宋晁補之次韻蘇門下寄題雪浪石：「公歸廊廟誰得挽，此石萬古當長存。」明呂坤呻吟語天地：「二氣萬古長存，萬物四時成遂。」

例句 黃花崗七十二烈士拋頭顱、灑熱血，為國家犧牲奉獻的精神，萬古長存。

近義 萬古流芳 永垂不朽

反義 遺臭萬年

萬古流芳 ㄨㄢˋ ㄍㄨˇ ㄌㄧㄡˊ ㄈㄤ 美好的名聲永遠流傳於後世。

語源 元紀君祥趙氏孤兒第二折：「你若存的趙氏孤兒，當名標青史，萬古留芳。」

例句 他雖然壯烈犧牲了，但偉大的節操將萬古流芳，長存史冊。

近義 流芳百世 萬古長存

反義 遺臭萬年

萬全之策 ㄨㄢˋ ㄑㄩㄢˊ ㄓ ㄘㄜˋ 指絕對可靠而周到的辦法。

語源 韓非子飾邪：「夫懸衡而知平，設規而知圓，萬全之道也。」三國志魏書劉表傳：「長享福祚，垂之後嗣，此萬全之策也。」

例句 這事牽連甚廣，事關重大，務必想出個萬全之策才好。

近義 錦囊妙計 計出萬全

反義 權宜之計

萬死不辭 ㄨㄢˋ ㄙˇ ㄅㄨˋ ㄘˊ 即使死一萬次也不推辭。極言願意拚死效勞的決心。

語源 三國演義第八回：「倘有用妾之處，萬死不辭。」

例句 您是我們家的大恩人，有什麼需要效勞的地方，但憑吩咐，萬死不辭。

近義 義不容辭 在所不辭

反義 推三阻四 裹足不前

萬劫不復 ㄨㄢˋ ㄐㄧㄝˊ ㄅㄨˋ ㄈㄨˋ 永遠不能恢復。多指無法挽救的行為或命運。劫，佛家語「劫簸」的省略，是長時間的意思。佛家認為人世可分成、住、壞、空四個時期，一個時期就叫做「一劫」。萬劫，用以形容時間非常久。

語源 宋釋道原景德傳燈錄一九韶州雲門山文偃禪師：「莫將等閒空過時光，一失人身，萬劫不復。」

例句 山坡地不能過度開發，否則一旦土石流失，造成山崩，美好的家園將萬劫不復。

近義 無可救藥 不可收拾

反義 萬古長青 金剛不壞

萬念俱灰 ㄨㄢˋ ㄋㄧㄢˋ ㄐㄩˋ ㄏㄨㄟ 一切意念都化作灰。形容非常消極灰心，不抱任何希望。

語源 宋歐陽伯威絕句四首（其一）：「年來百念成灰冷，無語送春春自歸。」清李伯元中國現在記第三回：「想到這裡，萬念俱灰。」

例句 離婚後她對感情的事已是萬念俱灰，只想好好照顧她可愛的兒女。

近義 心灰意冷 槁木死灰

反義 雄心壯志 興致勃勃

萬物之靈 ㄨㄢˋ ㄨˋ ㄓ ㄌㄧㄥˊ 指人類。人類自認為是世界上唯一具有理性的動物，故稱。

語源 書經泰誓上：「惟天地萬物父母，惟人萬物之靈。」

例句 人類自詡為萬物之靈，卻恣意破壞生態，恐怕將會造成無法挽救的浩劫。

萬家燈火 ㄨㄢˋ ㄐㄧㄚ ㄉㄥ ㄏㄨㄛˇ 夜晚街市到處燈火輝煌。形容城市入夜後的繁華景象。

語源 唐張蕭遠觀燈：「十萬人家火燭光，門門開處見紅妝。」宋王安石上元戲呈劉貢父：「車馬紛紛白晝同，萬家燈火暖春風。」

禸

例句 位於河岸的這棟豪宅視野絕佳，入夜後市區的萬家燈火盡收眼底，美不勝收。

近義 燈火通明　燈火輝煌

反義 一團漆黑

萬馬奔騰 ㄨㄢˋ ㄇㄚˇ ㄅㄣ ㄊㄥˊ 千萬匹馬奔跑跳躍。形容聲勢浩大或場面熱烈。多用於形容波濤、風雨等。

語源 明凌濛初初刻拍案驚奇卷二二：「須臾之間，天昏地黑，風雨大作……空中如萬馬奔騰，樹杪似千軍擁沓。」

例句 這裡每逢漲潮時分，一波波的海浪如萬馬奔騰衝向岸邊，十分壯觀。

近義 氣勢磅礡　洶湧澎湃

反義 死氣沉沉

萬馬齊喑 ㄨㄢˋ ㄇㄚˇ ㄑㄧˊ ㄧㄣ 所有的馬都靜默無聲。比喻眾人都沉默不語或不表達意見。喑，通「瘖」。啞。

語源 宋蘇軾三馬圖贊引：「振鬣長鳴，萬馬皆瘖。」清龔自珍己亥雜詩之一二五：「九州生氣恃風雷，萬馬齊瘖究可哀。」

辨析 喑，音ㄧㄣ，不讀ㄢ或ㄢˋ。

例句 這場會議在主席強勢主導下，與會人士萬馬齊喑，無法暢所欲言。

近義 死氣沉沉　默不吭聲

反義 百家爭鳴　暢所欲言

萬眾一心 ㄨㄢˋ ㄓㄨㄥˋ ㄧ ㄒㄧㄣ 形容大家抱著共同的理想，團結一致。也作「萬人一心」。

語源 後漢書朱儁傳：「萬人一心，猶不可當，況十萬乎！」清史稿卷三一六曾國藩傳：「國藩練湘軍，謂必萬眾一心，乃可辨賊。」

例句 總統在國慶大典上，勉勵全國同胞要萬眾一心，共同為國家的未來努力奮鬥。

近義 同心同德

反義 離心離德

萬貫家財 ㄨㄢˋ ㄍㄨㄢˋ ㄐㄧㄚ ㄘㄞˊ 家中有上萬貫的錢財。形容極其富有。萬，形容數量之多。貫，古時用繩索穿錢，一千文為一貫。也作「萬貫家私」、「家財萬貫」。

語源 元戴善甫瀾李岳詩酒玩江亭第一折：「牛璘有萬貫家財，在趙江梅家作贅。」

例句 趙爺爺生前擁有萬貫家財，富甲一方，可惜子女不成才，已將家產敗光。

近義 富比王侯　富可敵國

反義 囊空如洗　身無分文

萬頃煙波 ㄨㄢˋ ㄑㄧㄥˇ ㄧㄢ ㄅㄛ 形容煙霧瀰漫、碧波蕩漾的遼闊水域。

語源 宋楊萬里潮陽海岸望海：「客間供給能消底，萬頃煙波一白鷗。」

例句 清晨時分的日月潭萬頃煙波，別有一種朦朧之美。

近義 一碧萬頃　煙波浩渺

萬無一失 ㄨㄢˋ ㄨˊ ㄧ ㄕ 一萬次中不出一次差錯。形容十分準確，絕對有把握。

語源 資治通鑑卷二八七後漢高祖天福十二年：「近者陝、晉二鎮，相繼款附，引兵從之，萬無一失。」

例句 上課專心聽講，課後勤加複習；飲食均衡營養，保持健康，這樣應付考試自然萬無一失。

近義 十拿九穩　百發百中

反義 掛一漏萬　百密一疏

萬紫千紅 ㄨㄢˋ ㄗˇ ㄑㄧㄢ ㄏㄨㄥˊ 形容百花齊放，豔麗多姿。

語源 宋朱熹春日：「等閒識得東風面，萬紫千紅總是春。」

例句 花園裡繁花怒放，萬紫

千紅，引來許多蝴蝶翩翩飛舞。

近義　奼紫嫣紅　百花齊放

萬象更新 ㄨㄢˋ ㄒㄧㄤˋ ㄍㄥ ㄒㄧㄣ　所有事物或景象都呈現新面貌。

語源　唐薛能閒居新雪：「大雪滿初晨，開門萬象新。」清夏敬渠野叟曝言第一三五回：「今一元啓運，萬象更新。」

例句　每到大地春回，萬象更新，人們往往會對未來許下新的願望，但多半不了了之。

近義　煥然一新

反義　一成不變

萬萬不可 ㄨㄢˋ ㄨㄢˋ ㄅㄨˋ ㄎㄜˇ　絕對不可以。萬，絕對。

語源　明馮夢龍喻世明言卷一三：「若吾師墜下，更有何人接引吾師者?萬萬不可也。」

例句　萬萬不可酒後開車，被罰事小，但若肇事就會後悔莫及。

萬箭攢心 ㄨㄢˋ ㄐㄧㄢˋ ㄘㄨㄢˊ ㄒㄧㄣ　像萬支箭集中射入心頭。形容心裡受到打擊或折磨，極端痛苦。攢，聚攏；集中。也作「萬箭穿心」。

語源　唐李伉獨異志卷中沈約僻惡：「然心僻惡，聞人一善，如萬箭攢心。」水滸傳第九十八回：「瓊英知了這個消息，如萬箭攢心，日夜吞聲飲泣。」清佚名五虎平南第二十三回：「狄元帥思起父子親情，猶如萬箭穿心。」

辨析　攢，音ㄘㄨㄢˊ，不讀ㄗㄨㄢˇ，也不可作「鑽」。

例句　看到親人慘遭歹徒殺害，家屬如萬箭攢心，哭求警方要替他們討回公道。

近義　心如刀割　肝腸寸斷

反義　大快人心　喜出望外

萬頭攢動 ㄨㄢˋ ㄊㄡˊ ㄘㄨㄢˊ ㄉㄨㄥˋ　形容許多人聚集在一起，擁擠蠕動的情形。攢，聚集；聚攏。

語源　清大橋式羽胡雪巖外傳卷一一：「到了雲棲山門口，早就擠的人山人海，但見萬頭攢動，和嘖嘖稱羨的聲音。」

辨析　攢，音ㄘㄨㄢˊ，不讀ㄗㄨㄢˇ，也不可作「鑽」。

例句　春節前夕，年貨大街上萬頭攢動，充滿歡樂氣氛。

近義　人山人海　萬人空巷

反義　三三兩兩　空無一人

萬籟俱寂 ㄨㄢˋ ㄌㄞˋ ㄐㄩˋ ㄐㄧˊ　各種聲音都靜下來。形容周圍環境非常安靜，沒有一點聲音。多用於自然環境。籟，從孔穴發出的聲音。萬籟，泛指自然界萬物所發出的聲音。寂，靜。也作「萬籟無聲」。

語源　唐常建題破山寺後禪院：「山光悅鳥性，潭影空人心。萬籟此都寂，但餘鐘磬音。」唐皎然戛銅椀為龍吟歌：「遙聞不斷在烟杪，萬籟無聲天境空。」

例句　星空下，漫步在萬籟俱寂的田野小徑，心中顯得格外清靜。

近義　鴉雀無聲　靜寂無聲

反義　人聲嘈雜　市聲鼎沸

萬事俱備，只欠東風 ㄨㄢˋ ㄕˋ ㄐㄩˋ ㄅㄟˋ ㄓˇ ㄑㄧㄢˋ ㄉㄨㄥ ㄈㄥ　指一切都已準備就緒，只差最後一個重要條件。

語源　三國演義第四十九回：「欲破曹公，宜用火攻，萬事俱備，只欠東風。」

例句　這項活動是萬事俱備，只欠東風，只要你肯答應出任召集人，即可開始進行。

近義　臨門一腳

禾部

秀才人情 ㄒㄧㄡˋ ㄘㄞˊ ㄖㄣˊ ㄑㄧㄥˊ　秀才由於貧窮，與人交往時往往只能以自己的字畫作為饋贈。比喻饋贈的禮物十分微薄。多用為讀書人的自謙之詞。秀才，舊時科舉考試的科目。後泛指讀書人。也作「秀才人情紙半張」。

語源　元王實甫西廂記第一本第二折：「小生特謁長老，奈路途奔馳，無以相饋，量著窮秀才人情只是紙半張。」

例句　李教授名滿天下之前也曾是個窮小子，當年他送給房東的字畫只是秀才人情，如今卻價值不菲。

秀出班行 ㄒㄧㄡˋ ㄔㄨ ㄅㄢ ㄏㄤˊ　才能超過同輩。班行，依照位次等級排列。

語源　國語齊語六：「于子之鄉，有拳勇股肱之力秀出于眾者，有則以告。」唐韓愈唐故太原王公神道碑銘：「秀出班行，乃動帝目。」

例句　小陳聰明伶俐，剛進公司不久便秀出班行，升為總經理特助。

近義　出類拔萃　超群絕倫

反義　樗櫟庸材　碌碌庸材

秀外慧中 ㄒㄧㄡˋ ㄨㄞˋ ㄏㄨㄟˋ ㄓㄨㄥ　外表秀美，內心聰慧。原形容人才貌雙全，後多用來形容婦女聰明美麗。秀，秀美；優美。慧，通「惠」。聰明。

語源　唐韓愈送李愿歸盤谷序：「曲眉豐頰，清聲而便體，秀外而惠中。」清吳熾昌客窗閒話第六卷：「見其帶女來，年逋十三四，秀外慧中。」

例句　小芳是個秀外慧中的好女孩，能娶到她是你的福氣。

近義　蕙質蘭心　才貌雙全

秀而不實 ㄒㄧㄡˋ ㄦˊ ㄅㄨˋ ㄕˊ　只開花，不結果。①比喻人雖有才能卻早死或終無結果。②比喻只學到一點皮毛，實際並無成就。秀，禾類植物開花。實，結果實。

語源　論語子罕：「苗而不秀者有矣夫，秀而不實者有矣夫。」唐楊烱從弟去盈墓誌銘：「秀而不實，蓋有是夫！」元無名氏舉案齊眉第一折：「便道是秀才每秀而不實有矣夫。」

例句　①唐代李賀是天才型的詩人，可惜天不假年，秀而不實。②聽到這番不著邊際的言論，便可知道他是個秀而不實的投機份子。

近義　華而不實

反義　開花結果

秀色可餐 ㄒㄧㄡˋ ㄙㄜˋ ㄎㄜˇ ㄘㄢ　美麗的姿色像可以療飢一般。形容女子容貌非常美麗。也可用來形容景色秀麗。秀，秀美；秀麗。可餐，可以吃。

語源　晉陸機日出東南隅行：「鮮膚一何潤，秀色若可餐。」宋王明清揮麈後錄卷二引李質艮嶽賦：「森峨峨之太華，若秀色之可餐。」

例句　在夕陽餘暉照映下，波光瀲灩的日月潭顯得更加秀色可餐，教人捨不得離開。

近義　活色生香　春色撩人

反義　奇醜無比　貌似無鹽

秀才遇到兵，有理說不清 ㄒㄧㄡˋ ㄘㄞˊ ㄩˋ ㄉㄠˋ ㄅㄧㄥ，ㄧㄡˇ ㄌㄧˇ ㄕㄨㄛ ㄅㄨˋ ㄑㄧㄥ　比喻與蠻橫粗俗之人沒辦法用道理溝通。

例句　這件事證據確鑿，早已真相大白，你卻依然東拉西扯，企圖模糊焦點，真是秀才遇到兵，有理說不清。

近義　胡攪蠻纏　不可理喻

私相授受 ㄙ ㄒㄧㄤ ㄕㄡˋ ㄕㄡˋ　指私底下，不公開的給予及接

受。

語源　明陳玉秀古今律條公案第五卷：「簡束不嚴，以致怨女曠夫私相授受。」

例句　政府工程都必須公開招標，陳經理雖是你的親戚，也不能私相授受。

近義　勾勾搭搭　明來暗往

反義　守正不阿　公正廉明

3

秉燭夜遊 ㄅㄧㄥˇ ㄓㄨˊ ㄧㄝˋ ㄧㄡˊ

拿著火把在夜裡遊玩。比喻及時行樂。秉，執持。

語源　古詩十九首生年不滿百：「晝短苦夜長，何不秉燭遊？」晉陸機董逃行：「昔為少年無憂，常怪秉燭夜遊。」

例句　回想求學時代，年輕力盛，無憂無慮，最時興從事秉燭夜遊的活動。

近義　及時行樂

反義　聞雞起舞

4

秋月春風 ㄑㄧㄡ ㄩㄝˋ ㄔㄨㄣ ㄈㄥ

秋天的明月、春天的和風。比喻美好的時光或景致。

語源　唐白居易琵琶行：「今年歡笑復明年，秋月春風等閒度。」

例句　年少輕狂的他從未計畫過未來，只一味地虛度秋月春風，還自稱是個享樂主義者。

近義　春花秋月

秋風過耳 ㄑㄧㄡ ㄈㄥ ㄍㄨㄛˋ ㄦˇ

比喻毫不關心在意。

語源　漢趙曄吳越春秋吳王壽夢傳：「富貴之於我，如秋風之過耳。」元關漢卿趙盼兒風月救風塵第二折：「那一個不指皇天各般說咒，恰似秋風過耳早休休。」

例句　他在網咖一泡就是好幾個小時，母親的叮嚀就像秋風過耳，早忘得一乾二淨。

近義　置之不理　拋在腦後

秋扇見捐 ㄑㄧㄡ ㄕㄢˋ ㄐㄧㄢˋ ㄐㄩㄢ

秋天一到，扇子便被棄置不用。比喻女子色衰失寵，或事物被廢棄不用。見，被。捐，拋棄。

語源　漢班婕妤怨歌行：「新裂齊紈素，皎潔如霜雪……常恐秋節至，涼風奪炎熱。棄捐篋笥中，恩情中道絕。」唐蔣防霍小玉傳：「但慮一旦色衰，恩移情替，使女蘿無托，秋扇見捐。」

例句　她憑著美貌嫁入豪門，然而沒過幾年便秋扇見捐，遭到丈夫冷落了。

近義　憐新棄舊　色衰愛弛

秋高氣爽 ㄑㄧㄡ ㄍㄠ ㄑㄧˋ ㄕㄨㄤˇ

深秋天空清朗，氣候涼爽。爽，舒適；暢快。

語源　唐杜甫崔氏東山草堂：「愛汝玉山草堂靜，高秋爽氣相鮮新。」宋葛長庚酹江月羅浮賦別：「羅浮山下，正秋高氣爽，淒涼風物。」

例句　我喜歡在秋高氣爽時出外郊遊，涼爽舒適的天氣，讓人心曠神怡。

近義　天高氣清

秋毫無犯 ㄑㄧㄡ ㄏㄠˊ ㄨˊ ㄈㄢˋ

一點都不侵犯。多用以形容軍隊紀律嚴明。秋毫，秋天時動物新長的絨毛。比喻極細微之物。

語源　史記項羽本紀：「(沛公)曰：『吾入關，秋豪不敢有所近。』」後漢書岑彭傳：「持軍整齊，秋毫無犯。」

例句　張將軍治軍有方，所統率的部隊軍紀嚴明，秋毫無犯。

近義　軍令如山　紀律嚴明

反義　奸淫擄掠

秋風掃落葉 ㄑㄧㄡ ㄈㄥ ㄙㄠˇ ㄌㄨㄛˋ ㄧㄝˋ

比喻輕易地、迅速地消除、摧毀。

語源　晉葛洪佚篇：「若春日之泮薄冰，秋風之掃枯葉也。」三國志魏書辛毗傳：「以明公之威，應困窮之敵……無異迅風之振秋葉矣。」許嘯天清宮十三朝演義第四回：「不多時，早已和秋風掃落葉似的，把村裡人馬打得落花流水。」

例句　飢腸轆轆的他們像秋風掃落葉般，將滿桌佳餚吃個精光。

近義　風捲殘雲　一掃而空

科班出身 ㄎㄜ ㄅㄢ ㄔㄨ ㄕㄣ　指接受過正規的、專門的教育或訓練。科班，舊時教導幼童學唱戲曲的機構和組織。

例句　曉莉是科班出身的演員，任何角色都難不倒她。

近義　訓練有素　當行出色

5

秣馬厲兵 ㄇㄛˋ ㄇㄚˇ ㄌㄧˋ ㄅㄧㄥ　餵飽戰馬，磨好兵器。指戰爭的準備工作。今多指為某項競賽所做的準備。秣，飼養。厲，磨利。原作「秣馬利兵」。

語源　左傳成公十六年：「蒐乘補卒，秣馬利兵。」晉書四夷傳：「今將秣馬厲兵，爭衡中國。」

例句　為了今年的校慶運動大會，大家早已秣馬厲兵，期待一展身手了。

近義　養精蓄銳　蓄勢待發

秦晉之好 ㄑㄧㄣˊ ㄐㄧㄣˋ ㄓ ㄏㄠˇ　春秋時，秦、晉兩國經常通婚，關係良好。今多用以比喻兩姓聯姻。原作「秦晉之匹」。

語源　左傳僖公二十三年：「秦晉匹也。」元喬吉玉簫女兩世姻緣第三折：「末將不才，便求小娘子以成秦晉之好，亦不玷辱了他。」

例句　你們兩家能夠共結秦晉之好，真是美事一樁。

近義　天作之合　珠聯璧合

反義　齊大非耦

6

移山倒海 ㄧˊ ㄕㄢ ㄉㄠˇ ㄏㄞˇ　遷移高山，傾倒海水。①形容法力、功力強大。②比喻聲勢浩大。③指人征服自然，改造自然。④比喻事業異常艱巨，難以完成。也作「移山填海」。

語源　漢吾丘壽王驃騎論功論：「君臣若茲，何慮而不成，何征而不剋，雖拔泰山填滄海可也。」唐敦煌變文維摩詰經講經文：「阿修羅眾聖偏殊，覆海移山功力大。」明無名氏秦淮歌：「無人繼此移山倒海之風流。」

例句　①民間故事中的樊梨花具有移山倒海的法力。②這次颱風以移山倒海的威力橫掃全臺，到處傳出慘重的災情。③他不畏艱難，帶領著他的工作團隊，以移山倒海的精神鑿通隧道。④這家企業想要徹底改造，就像移山倒海般困難。

近義　扭轉乾坤　翻江倒海

移花接木 ㄧˊ ㄏㄨㄚ ㄐㄧㄝ ㄇㄨˋ　將某種花木的枝條移接到別種花木之上。比喻暗中運用手法，以此代彼，欺騙別人。

語源　宋蘇軾次韻王廷老退居見寄二首（其二）：「接果移花看補籬，腰鐮手斧不妨持。」清蒲松齡聊齋誌異陸判：「斷鶴續鳧，矯作者妄；移花接木，創始者奇。」

例句　金光黨用移花接木的手法，騙走老婆婆一生的積蓄，令人憤慨。

近義　偷梁換柱　偷天換日

移星換斗 ㄧˊ ㄒㄧㄥ ㄏㄨㄢˋ ㄉㄡˇ　改變天空星斗的位置。比喻能力高超神奇。也作「換斗移星」。

語源　西遊記第五十八回：「通變化，識天時，知地利，移星換斗。」

例句 魔術師常能創造出許多如移星換斗般不可思議的魔術，令觀眾嘖嘖稱奇！

近義 偷天換日　神通廣大

移風易俗（ㄧˊ ㄈㄥ ㄧˋ ㄙㄨˋ） 改變社會的風俗習慣。

語源 孝經廣要道章：「移風易俗，莫善於樂。」

例句 縣政府每年舉辦模範父母親的表揚大會，親子同臺，場面感人，具有移風易俗的作用。

近義 化民成俗　上行下效

移情別戀（ㄧˊ ㄑㄧㄥˊ ㄅㄧㄝˊ ㄌㄧㄢˋ） 移轉感情，愛上別人。

例句 交往多年的男友竟然移情別戀，讓阿花悲痛欲絕。

近義 喜新厭舊　見異思遷

反義 始終如一　終身不渝

移樽就教（ㄧˊ ㄗㄨㄣ ㄐㄧㄡˋ ㄐㄧㄠˋ） 端酒杯移坐到別人席上，以便請教。比喻主動前去向人請教。樽，酒杯。就，前往。

語源 清李汝珍鏡花緣第二十四回：「老者道：『雖承雅愛，但初次見面，如何就要叨擾。』多九公道：『也罷，我們移樽就教罷。』」

例句 聽說你的球技進步神速，下午我是不是可以移樽就教，跟你討教幾招？

近義 負笈從師　執經問難

反義 好為人師　恃才傲物

7

稀奇古怪（ㄒㄧ ㄑㄧˊ ㄍㄨˇ ㄍㄨㄞˋ） 罕見而怪異。

語源 明凌濛初二刻拍案驚奇卷二十：「還有好些稀奇古怪的事，做一回正話。」

例句 這家古董店有很多稀奇古怪的玩意兒，每樣都讓人愛不釋手。

近義 千奇百怪　奇形怪狀

反義 稀鬆平常　不足為奇

稀鬆平常（ㄒㄧ ㄙㄨㄥ ㄆㄧㄥˊ ㄔㄤˊ） 形容很常見，不足為奇。稀鬆，不緊要。

語源 清李綠園歧路燈第六十八回：「那棄產收值，是我近日的常事，稀鬆平常，關什麼哩。」

例句 這種舞步稀鬆平常，有什麼好炫耀的呢？

近義 司空見慣　不足為奇

反義 非同小可　不可小覷

程門立雪（ㄔㄥˊ ㄇㄣˊ ㄌㄧˋ ㄒㄩㄝˇ） 形容尊敬老師，誠懇求教。程，指宋朝理學大師程頤。

語源 宋史道學傳記載：楊時和游酢求見老師程頤，適逢程頤正閉目靜坐，兩人便立在門外等候，積雪一尺仍未離去。

例句 你若有程門立雪的精神，虛心求教，李老師一定傾囊相授。

近義 尊師重道　執經問難

稍安勿躁（ㄕㄠ ㄢ ㄨˋ ㄗㄠˋ） 參見「少安毋躁」。

稍縱即逝（ㄕㄠ ㄗㄨㄥˋ ㄐㄧˊ ㄕˋ） 稍微一疏忽放鬆，就立即消失了。縱，放。逝，過去；消失。多指機會或時間。

語源 宋蘇軾文與可畫篔簹谷偃竹記：「振筆直遂，以追其所見，如兔起鶻落，少縱則逝矣。」清徐珂清稗類鈔獄訟類：「徐既得其情，復證僧手，知無枉，又慮稍縱即逝，故悍然出此也。」

例句 青春歲月稍縱即逝，可不要白白浪費喔！

8

稗官野史（ㄅㄞˋ ㄍㄨㄢ ㄧㄝˇ ㄕˇ） 指小說家或私家所撰述的雜史、傳記。稗官，古時採訪民間瑣事的小官。稗，小米。引申為卑小之意。野史，私家記載，別於史官所記的史事。

語源 漢書藝文志：「小說家

者流，蓋出於稗官。」唐陸龜蒙奉酬苦雨見寄：「自愛垂名野史中。」明談愷上太平廣記表：「余歸田多暇，稗官野史，手抄目覽。」

辨析 稗，音ㄅㄞˋ，不讀ㄅㄧˋ，也不可寫作「裨」。

例句 他喜歡從稗官野史中收集一些有趣的故事。

稟性難移 ㄅㄧㄥˇ ㄒㄧㄥˋ ㄋㄢˊ ㄧˊ 參見「江山易改，本性難移」。

9

種瓜得瓜，種豆得豆 ㄓㄨㄥˋ ㄍㄨㄚ ㄉㄜˊ ㄍㄨㄚ，ㄓㄨㄥˋ ㄉㄡˋ ㄉㄜˊ ㄉㄡˋ 比喻種什麼因就結什麼果。

語源 呂氏春秋離俗覽用民：「大種麥而得麥，種稷而得稷，人不怪也。」明馮夢龍喻世明言卷二九：「假如種瓜得瓜，種豆得豆；種是因，得是果。」

例句 懂得「種瓜得瓜，種豆得豆」的道理後，就更要潔身自愛，才有美好的未來。

近義 因果循環 報應不爽

稱心如意 ㄔㄣˋ ㄒㄧㄣ ㄖㄨˊ ㄧˋ 合乎心意；心滿意足。

語源 晉書蔡謨傳：「才不副意，略不稱心。」宋朱敦儒感皇恩三首（其三）：「稱心如意，剩活人間幾歲？」

例句 他終於稱心如意，達成了環遊世界的願望。

近義 心滿意足 如願以償

反義 事與願違

稱兄道弟 ㄔㄥ ㄒㄩㄥ ㄉㄠˋ ㄉㄧˋ 朋友間以兄弟相互稱呼，表示親近、熟悉。

語源 清李伯元官場現形記第十二回：「見了同事、周老爺一班人，格外顯得殷勤，稱兄道弟，好不熱鬧。」

例句 別看周主任道貌岸然的樣子，其實私底下和我們稱兄道弟，挺和氣的。

近義 情同手足

稱臣納貢 ㄔㄥ ㄔㄣˊ ㄋㄚˋ ㄍㄨㄥˋ 自稱臣下，奉獻貢品。指弱國臣服於強國之下。也泛指向他人臣服。

語源 明馮夢龍東周列國志第十七回：「凡漢東小國，無不稱臣納貢。」

例句 宋朝重文輕武、強幹弱枝的政策，使得國防積弱不振，只得對外族稱臣納貢。

近義 俯首稱臣 北面稱臣

反義 稱孤道寡 稱王稱帝

稱孤道寡 ㄔㄥ ㄍㄨ ㄉㄠˋ ㄍㄨㄚˇ 指以王侯自居。古代王侯以孤或寡人自稱。

語源 禮記玉藻：「凡自稱，……小國之君曰孤。」禮記曲禮：「諸侯見天子曰臣某侯某，其與民言，自稱曰寡人。」元關漢卿單刀會第三折：「俺哥哥稱孤道寡世無雙。」

例句 滿清被推翻後，袁世凱仍妄想恢復帝制，稱孤道寡，但終究抵擋不住民主的潮流。

近義 南面而王 稱王稱帝

反義 俯首稱臣

11

積土成山 ㄐㄧ ㄊㄨˇ ㄔㄥˊ ㄕㄢ 累積土堆可以成高山。比喻積少成多，積小成大。

語源 荀子勸學：「積土成山，風雨興焉；積水成淵，蛟龍生焉。」

例句 若能養成預習、複習的好習慣，積土成山，你的課業必能大有進步。

近義 積水成淵 積少成多

積小成大 ㄐㄧ ㄒㄧㄠˇ ㄔㄥˊ ㄉㄚˋ 聚積小的，可成大的。

語源 宋張君房雲笈七籤卷九〇：「為小惡者，如積小以成大。」

例句 別以為偶爾抽菸便無所謂，當心積小成大，上了癮之後要戒就難了。

近義 積少成多 聚沙成塔

積少成多（ㄐㄧ ㄕㄠˇ ㄔㄥˊ ㄉㄨㄛ） 一點一點累積，可以由少變多。

語源 戰國策秦策四：「於是夫積薄而為厚，聚少而為多。」宋歐陽脩再辭侍讀學士狀：「在下者既皆習慣，因謂所得為當然，積少成多，有加無損，遂至不勝其弊。」

例句 陳同學家境困難，連午餐費都交不出來。我們大家捐一點零用錢，積少成多，就可以幫助他了。

近義 積土成山 聚沙成塔

積水成淵（ㄐㄧ ㄕㄨㄟˇ ㄔㄥˊ ㄩㄢ） 水匯集起來可以成深淵。比喻積少成多，積小成大。

語源 荀子勸學：「積土成山，風雨興焉；積水成淵，蛟龍生焉。」

例句 他從高中開始每天練習用英文寫日記，積水成淵，如今已成為英文寫作高手了！

近義 積少成多 聚沙成塔

積年累月（ㄐㄧ ㄋㄧㄢˊ ㄌㄟˇ ㄩㄝˋ） 形容經過長久的時間。也作「長年累月」、「成年累月」。

語源 北齊顏之推顏氏家訓後娶：「況夫婦之義，曉夕移之，婢僕求容，助相說引，積年累月，安有孝子乎？」

例句 你每天只吃一點點東西，卻從早忙到晚，這樣積年累月下去，身體怎麼撐得住啊？

近義 年深日久 久而久之

反義 一朝一夕 一時半刻

積羽沉舟（ㄐㄧ ㄩˇ ㄔㄣˊ ㄓㄡ） 累積大量的羽毛，也能使船沉沒。比喻禍患雖小，但累積之下也會釀成大害。

語源 戰國策魏策一：「臣聞積羽沉舟，群輕折軸，眾口鑠金。」

例句 這些小缺失要及時加以檢討改正，以防積羽沉舟，釀成大害。

近義 群輕折軸 繩鋸木斷

反義 防微杜漸 防患未然

積非成是（ㄐㄧ ㄈㄟ ㄔㄥˊ ㄕˋ） 歷久不改的錯誤，反被認為是正確的。

語源 清戴震原善卷上：「治經之士，莫能綜貫，習所見聞，積非成是。」

例句 「貓熊」就是「貓熊」，不是「熊貓」，你不要積非成是，人云亦云。

近義 習非勝是 顛倒黑白

反義 真金不怕火煉 事實勝於雄辯

積重難返（ㄐㄧ ㄓㄨㄥˋ ㄋㄢˊ ㄈㄢˇ） 積習深重，難以回復。指不良習慣或弊病因長期累積而難以改變。

語源 明史王用汲傳：「政柄一移，積重難返，此又臣所日夜深慮，不獨為應元一事已也。」

例句 公家機關行政效率低落，積重難返，他誓言選上市長後一定大力改革，挽回市民的信心。

近義 積習難改 陳陳相因

反義 痛改前非

積習難改（ㄐㄧ ㄒㄧˊ ㄋㄢˊ ㄍㄞˇ） 長久累積的習慣難以更改。

例句 他在家懶散慣了，到了學校仍然積習難改，所以大家對他都沒有好感。

近義 本性難移 積重難返

積勞成疾（ㄐㄧ ㄌㄠˊ ㄔㄥˊ ㄐㄧˊ） 因長期過度勞苦而生病。

語源 元張起巖濟南路大都督張公行狀：「以在軍旅歲久，積勞成疾，堅乞骸骨以歸。」

例句 老張工作繁重，又常加班熬夜，終因積勞成疾，一病

不起。

反義 養尊處優

積善餘慶 多行善事，必能給後代子孫遺留福澤。

語源 易經坤卦文言：「積善之家，必有餘慶；積不善之家，必有餘殃。」

例句 他今天能高票當選縣長，除了祖上有德、積善餘慶之外，更在於他的施政理念能得到縣民認同。

近義 作善降祥

13

穠纖合度 胖瘦適中。穠，花木繁盛濃密。借指身材豐滿。纖，細。

語源 三國魏曹植洛神賦：「穠纖得衷，修短合度。」

例句 她的身材穠纖合度，無論穿什麼樣式的衣服都很好看。

近義 窈窕勻稱

反義 大腹便便 弱不勝衣

14

穩如泰山 有如泰山一般安穩。形容非常穩固或十分有把握。

語源 漢枚乘上書諫吳王：「變所欲為，易於反掌，安於泰山。」清李汝珍鏡花緣第三回：「武后恃有高關，又仗武氏兄弟驍勇，自謂穩如泰山，十分得意。」

例句 他在公司有董事長撐腰，自以為地位穩如泰山，十分傲慢。

近義 安如磐石 屹立不搖

反義 危如累卵 岌岌可危

穩紮穩打 穩當地紮營而且有把握地打仗。比喻做事循序漸進，穩重而不浮躁、不冒險。

語源 清劉坤一復王雨菴：「現在鄭軍既已到齊，仍需穩紮穩打，不可輕進求速。」

例句 這場球賽，對手實力不弱，我們必需穩紮穩打，才有可能取勝。

近義 步步為營 循序漸進

反義 輕舉妄動 貿然行事

穩操勝券 穩穩地掌握勝利的憑證。比喻有十足的把握可以獲得勝利。古代契約分為左右兩聯，左聯是作為求償的憑證。也作「勝券在握」。

語源 史記田敬仲完世家：「公常執左券以責（求債）于秦韓。」常傑淼雍正劍俠圖第二十四回：「等看到海川穩操勝券的時候，於老俠便往後撤身。」

例句 妹妹平時就勤於練習，這次比賽應該可以穩操勝券，贏得佳績。

近義 萬無一失 十拿九穩

反義 勝負未卜 略遜一籌

穴部

穴居野處 住在洞穴和林野。指人類原始的居住方式。後用以形容落後民族或隱居山野的簡陋生活。

語源 易經繫辭下：「上古穴居而野處，後世聖人易之以宮室，上棟下宇，以待風雨。」

例句 亞馬遜河熱帶雨林地區，在今天依然不乏穴居野處的人類。

3

空城計 原指為掩飾內部薄弱的力量而使用的詐術。現也用來戲稱屋內空無一人或肚子十分飢餓。

語源 三國志蜀書諸葛亮傳裴松之注引郭沖三事記載：諸葛亮屯兵陽平城時，適逢司馬懿引大軍來攻，由於城內兵力不足，便下令大開城門，令士

兵扮百姓掃城門，自己則登城樓彈琴，故布疑陣。果然司馬懿以為有詐，領兵撤退。

例句 經過一個上午的操練，大夥肚子早已唱空城計，進餐廳後無不狼吞虎嚥。

近義 虛張聲勢

反義 嚴陣以待　有備而來

空口無憑 ㄎㄨㄥ ㄎㄡˇ ㄨˊ ㄆㄧㄥˊ　參見「口說無憑」。

空中樓閣 ㄎㄨㄥ ㄓㄨㄥ ㄌㄡˊ ㄍㄜˊ　懸在半空中的樓閣。也比喻虛幻的事物或構想。

語源 唐宋之問遊法華寺：「空中結樓殿，意表出雲霞。」明徐弘祖徐霞客遊記粵西遊日記一：「此空中樓閣，第根略淺而隘，若少宏深，便可停棲耳。」清李漁閒情偶寄結構第一：「虛者，空中樓閣，隨意構成，無影無形之謂也。」

例句 做事要腳踏實地，老沉浸在空中樓閣的幻想中，絕不可能成功。

近義 海市蜃樓　鏡花水月

空手而回 ㄎㄨㄥ ㄕㄡˇ ㄦˊ ㄏㄨㄟˊ　兩手空空的回來。比喻一無所獲。

語源 明馮夢龍三遂平妖傳第三回：「眾人都走出涼棚迎著，只見趙壹空手而回。」

例句 小花抱著滿心期待參加抽獎，沒想到卻空手而回，十分懊惱。

近義 一無所得　寶山空回

反義 滿載而歸　大有斬獲

空穴來風 ㄎㄨㄥ ㄒㄩㄝˋ ㄌㄞˊ ㄈㄥ　有洞穴的地方，容易引風進入。比喻事情憑空發生或流言趁隙而入。來，招；招致。

語源 戰國楚宋玉風賦：「枳句來巢，空穴來風。」後唐孫光憲北夢瑣言第七卷：「雖好事者托以成之，亦空穴來風之義也。」

例句 這些傳言恐怕不是空穴來風，你有必要查證清楚。

近義 無中生有　捕風捉影

反義 言之有據　實事求是

空言虛語 ㄎㄨㄥ ㄧㄢˊ ㄒㄩ ㄩˇ　不切實際的言論。

語源 史記高祖本紀：「吾聞帝賢者有也，空言虛語，非所守也，吾不敢當帝位。」

例句 他為人浮誇，喜歡說些空言虛語，其實對事情一點幫助都沒有，你可不要相信他。

近義 迂闊之論　陳腔濫調

反義 言之有物　言必有中

空谷幽蘭 ㄎㄨㄥ ㄍㄨˇ ㄧㄡ ㄌㄢˊ　綻放在空寂山谷中幽雅的蘭花。比喻人品高雅。

語源 清劉鶚老殘遊記第五回：「空谷幽蘭，真想不到這種地方，會有這樣高人。」

例句 他談吐不俗，舉止優雅，文質彬彬，有如空谷幽蘭，成為研討會上眾人注目的焦點。

近義 風度翩翩　雅人深致

反義 俗不可耐　凡夫俗子

空谷跫音 ㄎㄨㄥ ㄍㄨˇ ㄑㄩㄥˊ ㄧㄣ　在寂靜的山谷裡聽到人的腳步聲。比喻極為難得的言論。跫音，腳步聲。也作「空谷足音」。

語源 詩經小雅白駒：「皎皎白駒，在彼空谷。」莊子徐无鬼：「夫逃虛空者，……聞人足音跫然而喜矣。」明宋濂貞節堂記：「嗚呼，柏舟之詩，不作久矣，余於婦莊，寧不若聞空谷跫音乎！」

例句 在一片謾罵聲中，這篇中肯持平的社論，無異空谷跫音，讓市府團隊士氣大振。

空前絕後 ㄎㄨㄥ ㄑㄧㄢˊ ㄐㄩㄝˊ ㄏㄡˋ　以前沒有，以後也不會有。形容人或事物非常特殊或獨一無二。

語源　魏書衛操傳：「超前絕後，致此有成。」宋朱象賢聞見偶錄男服從軍：「古之木蘭以女為男，代父從軍……詩歌美之，典籍傳之，以其事空前絕後。」

例句　他在遺傳工程學上的成就空前絕後，獲得諾貝爾醫學獎實至名歸。

近義　獨一無二　絕無僅有

反義　屢見不鮮　不足為奇

空頭支票 ㄎㄨㄥ ㄊㄡˊ ㄓ ㄆㄧㄠˋ　不能兌現的支票。比喻無法實現的諾言。

例句　政治人物講究誠信，若為了勝選亂開空頭支票，終必遭選民唾棄。

近義　輕諾寡信　言而無信

反義　一諾千金　言而有信

空口說白話 ㄎㄨㄥ ㄎㄡˇ ㄕㄨㄛ ㄅㄞˊ ㄏㄨㄚˋ　形容光說不做。白話，即空話。

語源　舊唐書憲宗本紀：「卿等既言之，須行之，勿空口說。」明馮夢龍醒世恆言卷三五：「我只道本利已到手了，原來還是空口說白話。」

例句　你別老是空口說白話，總得做出成績來才能讓大夥心服口服哇！

近義　空口無憑　光說不練

反義　言出必行　一言九鼎

4

穿金戴銀 ㄔㄨㄢ ㄐㄧㄣ ㄉㄞˋ ㄧㄣˊ　形容打扮華麗貴氣。

語源　元楊訥劉行首第二折：「我楊柳腰肢，海棠顏色，穿金戴銀，偎紅倚翠。」

例句　你只是去購物，又不是要參加喜宴，幹嘛穿金戴銀的？小心遭劫。

近義　珠光寶氣

反義　荊釵布裙　粗服亂頭

穿針引線 ㄔㄨㄢ ㄓㄣ ㄧㄣˇ ㄒㄧㄢˋ　比喻從中拉攏、撮合，使雙方搭上關係。

語源　明周楫西湖二集卷一二：「到黃府親見小姐詢其下落，做個穿針引線之人。」

例句　多虧小李居中穿針引線，這樁生意才能談成，你該好好謝他。

近義　拉線搭橋　從中斡旋

反義　挑撥離間　從中作梗

穿雲裂石 ㄔㄨㄢ ㄩㄣˊ ㄌㄧㄝˋ ㄕˊ　穿入雲霄，震裂石頭。形容聲音清亮高亢。

語源　宋蘇軾水龍吟（古來雲海茫茫）序：「善吹鐵笛，嘹然有穿雲裂石之聲。」

例句　收音機傳來男高音卡列拉斯演唱的公主徹夜未眠，那穿雲裂石的歌聲，縈繞耳際，扣人心弦。

近義　響遏行雲　龍吟虎嘯

穿窬之盜 ㄔㄨㄢ ㄩˊ ㄓ ㄉㄠˋ　穿牆的小偷。比喻行竊之人。窬，穿越。

語源　論語陽貨：「色厲而內荏，譬諸小人，其猶穿窬之盜也與！」

例句　春節期間我們舉家出遊，沒想到穿窬之盜卻闖空門，家中財物損失不貲。

近義　梁上君子

穿壁引光 ㄔㄨㄢ ㄅㄧˋ ㄧㄣˇ ㄍㄨㄤ　鑿穿牆壁引入隔鄰的燈光來讀書。形容刻苦求學。也作「鑿壁偷光」、「鑿壁借光」。

語源　晉葛洪西京雜記卷二記載：漢代匡衡年幼好學，可是家中貧窮，晚上沒錢點燈，而鄰居晚上都燭火通明，於是他在牆壁上鑿洞，晚上便利用洞中透過來的光線讀書。

例句　現代的學子擁有良好的學習環境，但普遍缺乏古人穿壁引光的好學精神。

近義　囊螢映雪　懸梁刺股

反義 韶華虛度 玩歲愒時

穿鑿附會 ㄔㄨㄢ ㄗㄠˊ ㄈㄨˋ ㄏㄨㄟˋ 形容憑空杜撰，隨意牽合。鑿，挖掘。比喻牽強附會。

語源 漢書王吉傳：「其欲治者，不知所繇，以意穿鑿。」史記袁盎晁錯列傳：「袁盎雖不好學，亦善傳會。」宋陸九淵與孫季和書：「學不至道，而日以矩規小智，穿鑿傳會。」

例句 這棟空屋荒廢多年，遂被人們穿鑿附會地說成是陰森恐怖的鬼屋。

近義 郢書燕說 牽強附會

反義 言之鑿鑿 言之有據

突如其來 ㄊㄨ ㄖㄨˊ ㄑㄧˊ ㄌㄞˊ 形容突然發生或來到。突如，突然。其，而。

語源 易經離卦九四：「突如其來如。」

例句 面對突如其來的變故，他一時之間不知如何是好。

突飛猛進 ㄊㄨ ㄈㄟ ㄇㄥˇ ㄐㄧㄣˋ 急速飛騰，勇猛邁進。比喻發展、進步迅速。

語源 清劉錦藻清朝續文獻通考選舉考宗教：「基督教有此保障，數十年中遂突飛猛進，發達極盛。」

例句 在財經首長的勵精圖治下，國內的經濟建設突飛猛進，帶動新一波的經濟成長。

近義 一日千里 大有起色

反義 每況愈下 一落千丈

突發奇想 ㄊㄨ ㄈㄚ ㄑㄧˊ ㄒㄧㄤˇ 突然有了奇特的想法或提議。

例句 人類許多重大發明都源自於一時的突發奇想，所以不要隨意扼殺孩子的想像和創意。

近義 心血來潮 靈機一動

5

窈窕淑女 ㄧㄠˇ ㄊㄧㄠˇ ㄕㄨˊ ㄋㄩˇ 體態美好又有德行的女子。形容女子內外皆美。窈，善心。窕，美貌。

語源 詩經周南關雎：「關關雎鳩，在河之洲。窈窕淑女，君子好逑。」

例句 小蘭面貌姣好，溫柔婉約，是難得一見的窈窕淑女，也是許多男同事心儀的對象。

近義 才貌雙全 秀外慧中

6

窒礙難行 ㄓˋ ㄞˋ ㄋㄢˊ ㄒㄧㄥˊ 阻礙很多，不容易實行。窒，阻礙；阻塞不通。

語源 宋蘇轍論衙前及諸役人不便劄子：「庶幾推行而終有窒礙，乞下有司早議成法。」明史張元禎傳：「以言多窒礙難行，寢之。」

例句 王安石變法太過理想化，也缺乏通盤考量，以致窒礙難行，終遭失敗的命運。

近義 荊天棘地 寸步難行

反義 暢行無阻 無往不利

7

窗明几淨 ㄔㄨㄤ ㄇㄧㄥˊ ㄐㄧ ㄐㄧㄥˋ 形容居室乾淨明亮。

語源 宋歐陽脩試筆：「蘇子美嘗言：明窗淨几，和硯紙墨皆極精良，亦自是人生一樂。」

例句 大掃除後，家裡頓時窗明几淨，有煥然一新的感覺。

近義 一塵不染 纖塵不染

10

窮山惡水 ㄑㄩㄥˊ ㄕㄢ ㄜˋ ㄕㄨㄟˇ 形容荒瘠險惡的地方。

語源 史記平津侯主父列傳：「窮山通谷，豪士並起，不可勝載也。」隋書長孫晟傳：「天雨惡水，其亡我乎！」

例句 中國的西南地區在古代是一片窮山惡水，充滿瘴癘和瘟疫。

近義 窮鄉僻壤 不毛之地

反義 良田美池 膏腴之地

窮凶極惡 ㄑㄩㄥˊ ㄒㄩㄥ ㄐㄧˊ ㄜˋ 形容極端兇惡殘暴。

語源 漢書王莽傳：「迺始恣

睢，奮其威詐，滔天虐民，窮凶極惡，毒流諸夏。」

例句 這個窮凶極惡的歹徒終於落網，可說大快人心。

近義 凶殘成性　狼心狗肺

反義 宅心仁厚　平易近人

窮年累月 ㄑㄩㄥˊ ㄋㄧㄢˊ ㄌㄟˇ ㄩㄝˋ 指經過很長久的時間。窮年，一整年。累月，好幾個月。

語源 荀子榮辱：「然而窮年累世，不知不足，是人之情也。」明徐光啟泰西水法序：「退而思之，窮年累月，愈見其說之必然而不可易也。」

例句 這條河流受到沿岸工廠所排廢水窮年累月的汙染，早已又臭又黑。

近義 日積月累　積年累月

反義 轉瞬之間　一夕之間

窮而後工 ㄑㄩㄥˊ ㄦˊ ㄏㄡˋ ㄍㄨㄥ 指文人遭遇困窮的境遇後，作品愈能達到精美的境地。也可用來指其他的藝術創作。工，精巧；工整。

語源 宋歐陽脩梅聖俞詩集序：「蓋愈窮則愈工，然則非詩之能窮人，殆窮者而後工也。」

例句 這幅畫是他歷經人生變故之後所作，所謂窮而後工，獨造的藝術性，確實比他早期作品高出許多。

窮兵黷武 ㄑㄩㄥˊ ㄅㄧㄥ ㄉㄨˊ ㄨˇ 竭盡兵力，恣意攻伐。形容極端好戰。黷，輕率。

語源 三國志吳書陸抗傳：「窮兵黷武，動費萬計，士卒雕瘁，寇不為衰，而我已大病矣！」

例句 第三世界一些國家的獨裁者窮兵黷武，殘暴不仁，致使內戰四起，民不堪命。

近義 殘民以逞

反義 偃武修文　休養生息

窮形盡相 ㄑㄩㄥˊ ㄒㄧㄥˊ ㄐㄧㄣˋ ㄒㄧㄤˋ ①指描寫刻劃得十分生動細膩，極其逼真。②形容人醜態畢露。窮，窮盡。

語源 晉陸機文賦：「雖離方而遁員，期窮形而盡相。」清李伯元文明小史第五十二回：「黃參贊卻是嘻皮笑臉的和那廣東妓女窮形盡相的戲耍了一回。」

例句 ①想像力豐富的作家雖未曾親身經歷，描寫景物卻能窮形盡相，的確令人佩服。②為了得到上層的關愛，他使盡各種手段，窮形盡相，極盡巴結之能事。

近義 維妙維肖　醜態百出

窮於應付 ㄑㄩㄥˊ ㄩˊ ㄧㄥˋ ㄈㄨˋ 因為應付問題而用盡力氣，束手無策。

例句 這次強震和海嘯引發的種種災難，讓日本政府窮於應付，也受到救災無方的嚴厲批評。

近義 左支右絀　顧此失彼

反義 應付裕如　遊刃有餘

窮追不捨 ㄑㄩㄥˊ ㄓㄨㄟ ㄅㄨˋ ㄕㄜˇ 堅持一直追趕、追求或探究而不放棄。

例句 在他的窮追不捨之下，終於娶得美嬌娘而歸。

近義 鍥而不捨　緊追不捨

反義 半途而廢　中道而廢

窮追猛打 ㄑㄩㄥˊ ㄓㄨㄟ ㄇㄥˇ ㄉㄚˇ 猛力地追打。形容毫不留情地攻擊。

例句 競選對手針對他涉及的弊案窮追猛打，使得他的民調支持度一路下滑。

近義 乘勝追擊　趕盡殺絕

反義 手下留情　高抬貴手

窮奢極欲 ㄑㄩㄥˊ ㄕㄜ ㄐㄧˊ ㄩˋ 極端奢侈，盡情享樂。形容任意

穴

揮霍浪費，生活極為荒淫。也作「窮奢極侈」。

語源 漢書谷永傳：「失道妄行，逆天暴物，窮奢極欲，湛湎荒淫。」

例句 他中樂透頭彩之後，每天過著花天酒地、窮奢極欲的生活，沒多久就將彩金揮霍一空了。

近義 驕奢淫佚　花天酒地

反義 刻苦自勵　克己復禮

窮寇勿追 ㄑㄩㄥˊ ㄎㄡˋ ㄨˋ ㄓㄨㄟ 不要追擊走投無路、陷入絕境的敵人，以免其拼死反撲。原作「窮寇勿迫」。

語源 孫子軍爭：「圍師遺闕，窮寇勿迫。」後漢書皇甫嵩傳：「窮寇勿迫，歸眾勿追。」

例句 既然小偷已經落荒而逃，你也沒有什麼損失，窮寇勿追，你就放他一馬吧！

近義 網開一面

反義 趕盡殺絕　斬草除根

窮途末路 ㄑㄩㄥˊ ㄊㄨˊ ㄇㄛˋ ㄌㄨˋ 走到路的盡頭，已無路可走。比喻陷入絕境或潦倒窮困到極點。

語源 清文康兒女英雄傳第五回：「你如今是窮途末路，舉目無依。」

例句 他沉迷賭博，把家產都輸光了，最後落到窮途末路的地步。

近義 山窮水盡　走投無路

反義 平步青雲　前程似錦

窮途潦倒 ㄑㄩㄥˊ ㄊㄨˊ ㄌㄧㄠˇ ㄉㄠˇ 形容處境極困難且非常失意。

語源 北周王褒與周弘讓書：「嗣宗窮途，楊朱歧路。」唐李華臥疾中相里范二侍御先行贈別序：「華也潦倒龍鍾，百疾叢體。」

例句 他不務正業又嗜賭成性，家業敗光之後，窮途潦倒，無依無靠。

近義 窮途末路　山窮水盡

反義 飛黃騰達　春風得意

窮鄉僻壤 ㄑㄩㄥˊ ㄒㄧㄤ ㄆㄧˋ ㄖㄤˇ 指荒遠偏僻之處。

語源 漢劉安淮南子原道：「處窮僻之鄉，側溪谷之間，隱於榛薄之中。」宋曾鞏敘盜：「窮鄉僻壤、大川長谷之間，自中家以上，日昃待錢，無告糴之所。」

例句 住在這樣的窮鄉僻壤裡，出入交通都十分不便，求醫更是困難。

近義 荒郊野外　荒山野嶺

反義 通都大邑　天府之國

窮愁潦倒 ㄑㄩㄥˊ ㄔㄡˊ ㄌㄧㄠˇ ㄉㄠˇ 形容貧困憂愁、失意頹喪的樣子。

語源 史記平原君列傳贊：「然虞卿窮愁，亦不能著書以自見於後世云。」唐杜甫登高：「艱難苦恨繁霜鬢，潦倒新停濁酒杯。」

例句 因為時運不濟，中年以後的他，窮愁潦倒，令人同情。

近義 走投無路　山窮水盡

反義 飛黃騰達　春風得意

窮極無聊 ㄑㄩㄥˊ ㄐㄧˊ ㄨˊ ㄌㄧㄠˊ 指無事可做，精神空虛。

語源 南朝梁費昶思公子：「虞卿亦何命，窮極苦無聊。」

例句 小周窮極無聊，竟然在他的臉書上貼了一大堆挖鼻屎的自拍照，令人看了作噁。

近義 百無聊賴

反義 專心致志　心無旁騖

窮源推本 ㄑㄩㄥˊ ㄩㄢˊ ㄊㄨㄟ ㄅㄣˇ 參見「追本溯源」。

窮則變，變則通 ㄑㄩㄥˊ ㄗㄜˊ ㄅㄧㄢˋ ㄅㄧㄢˋ ㄗㄜˊ ㄊㄨㄥ 指事物發展到極盡或遇困局時，就加以改變，改變後就能順利進行。

語源 易經繫辭下：「易，窮則變，變則通，通則久。」

例句 凡事窮則變，變則通，經費不夠，我們來辦個義賣募款如何？

近義 通權達變　隨機應變

反義 墨守成規　泥古不化

11

窺豹一斑 ㄎㄨㄟ ㄅㄠˋ ㄧ ㄅㄢ　參見「管中窺豹」。

18

竊竊私語 ㄑㄧㄝˋ ㄑㄧㄝˋ ㄙ ㄩˇ　私下低聲談話。竊竊，也作「切切」。形容聲音輕細微弱。

語源 唐白居易琵琶行：「大絃嘈嘈如急雨，小絃切切如私語。」宋蘇舜欽上范文參政書：「時尚竊竊私語，未敢公然言也。」

例句 他一進來便把弟弟拉到一旁竊竊私語，只見兩人談得眉開眼笑，不知是什麼趣事？

近義 切切細語　交頭接耳

反義 高談闊論　大聲疾呼

立部

立地成佛 ㄌㄧˋ ㄉㄧˋ ㄔㄥˊ ㄈㄛˊ　參見「放下屠刀，立地成佛」。

立身處世 ㄌㄧˋ ㄕㄣ ㄔㄨˇ ㄕˋ　立足社會，待人接物。

語源 晉佚名沙彌十戒法并威儀序：「夫乾坤覆載，以人為貴，立身處世，以禮儀為本。」

例句 立身處世應以誠信為本，才會受人尊重。

近義 立身行事　為人處世

立竿見影 ㄌㄧˋ ㄍㄢ ㄐㄧㄢˋ ㄧㄥˇ　在陽光下豎起竹竿，立刻就看到它的影子。比喻立刻見到功效。

語源 漢魏伯陽參同契如審遭逢章：「立竿見影，呼谷傳響，豈不靈哉！」

例句 教育是百年樹人的大業，不可能有立竿見影的效果。

近義 呼谷傳響　可立而待

反義 潛移默化

立錐之地 ㄌㄧˋ ㄓㄨㄟ ㄓ ㄉㄧˋ　只有插下錐子的一點地方。形容極小的地方。

語源 呂氏春秋離俗覽為欲：「無立錐之地，至貧也。」

例句 他雖然家貧，幾無立錐之地，但不卑不亢的態度，贏得大家的讚賞。

近義 彈丸之地　一隅之地

立於不敗之地 ㄌㄧˋ ㄩˊ ㄅㄨˋ ㄅㄞˋ ㄓ ㄉㄧˋ　處於不會失敗的境地。

語源 孫子形篇：「故善戰者，立於不敗之地，而不失敵之敗也。」

例句 這場比賽因為對方失誤連連，使得表現不如預期的我們始終還是立於不敗之地。

5

站不住腳 ㄓㄢˋ ㄅㄨˋ ㄓㄨˋ ㄐㄧㄠˇ　比喻沒有立場或理由不足，無法獲得支持或繼續下去。

語源 清李伯元官場現形記第四十八回：「不過同伙當中都同他不對，因此我這裡他站不住腳，所以太太亦只好讓他走了乾淨。」

例句 他的說法邏輯不通，根本站不住腳。

近義 理屈詞窮

反義 顛撲不破　立於不敗之地

7

童山濯濯 ㄊㄨㄥˊ ㄕㄢ ㄓㄨㄛˊ ㄓㄨㄛˊ　比喻人頭頂光禿禿的樣子。童山，沒有草木的山。濯濯，光潔的樣子。形容山上沒有草木，一片光禿禿的樣子。

語源 漢劉熙釋名卷二釋長幼：「山無草木曰童。」孟子告子上：「牛山之木嘗美矣，以其郊於大國也，斧斤伐之

……牛羊又從而牧之，是以若彼濯濯也。」

例句 小李不到四十歲卻已童山濯濯，大概平日用腦過度吧！

近義 牛山濯濯　頭童齒豁

童心未泯 ㄊㄨㄥˊ ㄒㄧㄣ ㄨㄟˋ ㄇㄧㄣˇ 純真無邪的童稚之心仍未消失。

語源 左傳襄公三十一年：「於是昭公十九年矣，猶有童心。」

例句 雖然已年逾花甲，李爺爺依然童心未泯，對任何事物都很有興趣。

近義 天真無邪　赤子之心

童言無忌 ㄊㄨㄥˊ ㄧㄢˊ ㄨˊ ㄐㄧˋ 小孩子的話，沒有顧忌。多指人說話幼稚，不予計較。

例句 他年紀還小，童言無忌，你就別再責怪他了。

童叟無欺 ㄊㄨㄥˊ ㄙㄡˇ ㄨˊ ㄑㄧ 連幼童、老人都不欺騙。比喻交易實在。常用於商店之招徠顧客。

語源 清吳趼人二十年目睹之怪現狀第五回：「他這是招徠生意之一道呢！但不知可有貨真價實、童叟無欺的字樣沒有？」

例句 我們做生意是以信用起家，所賣的商品，絕對貨真價實，童叟無欺。

近義 貨真價實

童顏鶴髮 ㄊㄨㄥˊ ㄧㄢˊ ㄏㄜˋ ㄈㄚˇ 參見「鶴髮童顏」。

9

竭智盡忠 ㄐㄧㄝˊ ㄓˋ ㄐㄧㄣˋ ㄓㄨㄥ 用盡全部才智，盡最大的忠誠。竭，盡。

語源 戰國楚屈原卜居：「竭智盡忠，而蔽障於讒。」

例句 他服務公職三十年，一向秉持竭智盡忠的原則，做好每一件事，是大家的好榜樣。

近義 殫精竭慮　盡忠職守

反義 苟且偷安　因循怠惰

竭盡全力 ㄐㄧㄝˊ ㄐㄧㄣˋ ㄑㄩㄢˊ ㄌㄧˋ 用盡全部力量。

語源 三國志魏書賈逵傳裴松之注引魏略：「竭盡心力，奉宣科法。」

例句 他總是竭盡全力做好每一件事，絕不敷衍塞責。

近義 全力以赴　盡心盡力

反義 因循苟且　得過且過

竭澤而漁 ㄐㄧㄝˊ ㄗㄜˊ ㄦˊ ㄩˊ 排盡湖澤的水來捕魚。比喻只顧眼前的利益，不計後果或不留餘地。竭，使乾涸。漁，捕魚。

語源 呂氏春秋孝行覽義賞：「竭澤而漁，豈不獲得？而明年無魚。」

辨析 漁，不可作「魚」。

例句 你把積蓄全都拿去買股票，簡直就是竭澤而漁，完全沒有考慮到後果。

近義 焚林而獵　殺雞取卵

反義 留有餘地

竹部

竹馬之好 ㄓㄨˊ ㄇㄚˇ ㄓ ㄏㄠˇ 比喻幼年時的友誼。竹馬，小孩遊戲時當馬騎的竹竿。

語源 南朝宋劉義慶世說新語方正：「帝曰：『卿故復憶竹馬之好不？』」

例句 從國小、國中到高中，我們兩人不是同班就是同校，一直保有竹馬之好。

近義 總角之交　青梅竹馬

竹籬茅舍 ㄓㄨˊ ㄌㄧˊ ㄇㄠˊ ㄕㄜˋ 竹子編的籬笆，茅草蓋的小屋。形容鄉居清靜簡樸的生活。

語源 宋張昇離亭燕：「蓼嶼荻花洲，掩映竹籬茅舍。」

例句 張伯伯退休後便搬離嘈雜的都市，和妻子在鄉村過著竹籬茅舍的清簡生活。

竹籃兒打水——一場空 ㄓㄨˊ ㄌㄢˊ ㄦ ㄉㄚˇ ㄕㄨㄟˇ ㄧˊ ㄔㄤˇ ㄎㄨㄥ

歇後語。比喻徒勞無功。竹籃子多縫隙，盛不住水，故有此比喻。也作「菜籃打水一場空」。

語源 唐寒山詩：「我見瞞人漢，如籃盛水走，一氣將歸家，籃裡何曾有？」金瓶梅第九十一回：「雖故大娘有孩兒，到明日長大了，各肉兒各疼，歸他娘去了，閃的我樹倒無陰，竹籃兒打水。」

例句 劉媽媽不惜花錢送兒子出國唸書，只是她那個寶貝兒子太不成材，恐怕到頭來是竹籃兒打水——一場空。

近義 徒勞無功　勞而無功

反義 開花結果　如願以償

4

笑比河清 ㄒㄧㄠˋ ㄅㄧˇ ㄏㄜˊ ㄑㄧㄥ

笑容難得一見，好比黃河難得清澄一般。形容人難得一笑。

語源 宋史包拯傳：「立朝剛毅，貴戚宦官為之斂手，聞者皆憚之。人以包拯笑比黃河清。」

例句 林老師笑比河清，總是一付嚴肅的樣子，因此學生們都對他存著一份敬畏之心。

近義 不苟言笑

反義 和顏悅色　笑口常開

笑容可掬 ㄒㄧㄠˋ ㄖㄨㄥˊ ㄎㄜˇ ㄐㄩ

形容笑容滿面，情意洋溢，似乎可以用雙手掬取的樣子。掬，用雙手捧取物品。

語源 三國演義第九十五回：「果見孔明坐於城樓之上，笑容可掬，焚香操琴。」

例句 陳先生性情溫和，碰到人總是笑容可掬，難怪擁有好人緣。

近義 眉開眼笑　笑逐顏開

反義 怒目相向　愁眉苦臉

笑逐顏開 ㄒㄧㄠˋ ㄓㄨˊ ㄧㄢˊ ㄎㄞ

臉上綻開笑容。形容眉開眼笑，非常愉快。逐，隨著。

語源 唐劉禹錫送李友路秀才赴舉：「高堂開笑顏。」京本通俗小說西山一窟鬼：「教授聽得說罷，喜從天降，笑逐顏開。」

例句 他聽到兒子求職成功的好消息，笑逐顏開，喜出望外。

近義 眉開眼笑　喜形於色

反義 愁眉苦臉　愁容滿面

笑裡藏刀 ㄒㄧㄠˋ ㄌㄧˇ ㄘㄤˊ ㄉㄠ

比喻外貌和善，內心卻陰險狠毒。

語源 舊唐書李義府傳：「義府貌狀溫恭，與人語必嬉怡微笑，而褊忌陰賊……故時人言義府笑中有刀。」元關漢卿單刀會第一折：「那時間相看的是好，他可便喜孜孜笑裡藏刀。」

例句 他平日露出一副和善的笑臉，其實是笑裡藏刀，常趁機暗算別人。

近義 口蜜腹劍　佛口蛇心

反義 心口如一　宅心仁厚

5

笨口拙舌 ㄅㄣˋ ㄎㄡˇ ㄓㄨㄛˊ ㄕㄜˊ

形容口才不好，說話不伶俐。

例句 想不到這個口若懸河的主持人，被來賓一反問她的愛情史，也有笨口拙舌的時候。

近義 笨嘴拙腮　不知所云

反義 能言善道　口若懸河

笨手笨腳 ㄅㄣˋ ㄕㄡˇ ㄅㄣˋ ㄐㄧㄠˇ

形容動作不靈巧。

語源 清吳趼人二十年目睹之怪現狀第八十六回：「我不過看見他用的都是男底下人，笨手笨腳，伏伺得不稱心。」

例句 店長不喜歡笨手笨腳的員工，你想來打工，可要學機

伶點！

近義 笨頭笨腦

反義 聰明伶俐

笨鳥先飛（ㄅㄣˋ ㄋㄧㄠˇ ㄒㄧㄢ ㄈㄟ） 比喻能力差的人，做事時唯恐落後而提前行動。

語源 元關漢卿狀元堂陳母教子第一折：「我和你有個比喻，我似那靈禽在後，你這等坌（笨）鳥先飛。」

例句 我自認能力不佳，只好提前準備，笨鳥先飛，免得到時手忙腳亂。

近義 人一己百　將勤補拙

笨嘴拙腮（ㄅㄣˋ ㄗㄨㄟˇ ㄓㄨㄛˊ ㄙㄞ） 形容口才笨拙，說話不靈光。

例句 小新伶牙俐齒，最會跟老師撒嬌；我如此笨嘴拙腮，哪比得上他！

近義 笨口拙舌　詞不達意

反義 能言善辯　伶牙俐齒

笨頭笨腦（ㄅㄣˋ ㄊㄡˊ ㄅㄣˋ ㄋㄠˇ） 形容頭腦愚笨，反應遲鈍。

例句 笨頭笨腦的阿水時常成為同學取笑、欺負的對象，他卻絲毫不以為忤。

近義 呆頭呆腦　笨手笨腳

反義 聰明伶俐　冰雪聰明

第一把手（ㄉㄧˋ ㄧ ㄅㄚˇ ㄕㄡˇ） 指團體中居於首位的領導人。

例句 取得過半股權後，他終於如願成為這家公司的第一把手。

近義 大權在握　第一把交椅

反義 人微權輕

第一把交椅（ㄉㄧˋ ㄧ ㄅㄚˇ ㄐㄧㄠ ㄧˇ） 排在第一位的交椅。比喻居於首要地位。交椅，唐人改製胡床所成。下有交腳、後有靠背的輕便座椅，供將領在行軍途中休息之用，後也成為權力或地位的象徵。

語源 水滸傳第四回：「留小弟在山上為寨主，讓第一把交椅，教小弟坐了。」

例句 吳先生說學逗唱的功力深厚，幾十年來作育英才無數，是國內相聲界的第一把交椅。

近義 第一把手　無出其右

反義 敬陪末座　微不足道

6

筆耕墨耘（ㄅㄧˇ ㄍㄥ ㄇㄛˋ ㄩㄣˊ） 文人用筆墨寫字，像農夫用耒耜耕耘一樣。比喻文字創作。

語源 後漢書班超傳：「安能久事筆耕乎？」清蒲松齡聊齋誌異聊齋自志：「門庭之淒寂，則會淡如僧；筆墨之耕耘，則蕭條似鉢。」

例句 他筆耕墨耘數十年，著作等身，對文壇的貢獻頗大。

近義 名山事業

筆墨官司（ㄅㄧˇ ㄇㄛˋ ㄍㄨㄢ ㄙ） 指以文字形式所表達的爭論。官司，訴訟之事，引申為爭論。

語源 清許葉芬紅樓夢辨：「借他人酒杯，澆自己塊壘，非僅為懵懂輩饒舌，打無謂筆墨官司也。」

例句 他這個人觀念偏激，強詞奪理，你大可不必跟他打筆墨官司，浪費精神。

近義 爭長論短　脣槍舌劍

等而下之（ㄉㄥˇ ㄦˊ ㄒㄧㄚˋ ㄓ） 比此等級再低一級。

語源 宋劉昌詩蘆浦筆記卷六：「是天童歲收穀三萬五千斛，育王三萬斛，且分布諸庫，以罔民利。等而下之，要皆有足食之道。」

例句 這間飯店的總統套房一晚要價十幾萬，等而下之的也要好幾萬，令人咋舌。

近義 略遜一籌

反義 略勝一籌

等量齊觀（ㄉㄥˇ ㄌㄧㄤˋ ㄑㄧˊ ㄍㄨㄢ） 不分性質及輕重，一律同等看

待。

語源 清無垢道人八仙得道第四十五回：「仙家法寶，豈能和平常事物等量齊觀？」

例句 事情要分輕重緩急來做，你這樣等量齊觀，不分次序胡攪一通，肯定亂成一團。

近義 一概而論 相提並論

反義 厚此薄彼 另眼相待

等閒之輩 ㄉㄥˇ ㄒㄧㄢˊ ㄓ ㄅㄟˋ 平凡、無足輕重的人物。等閒，平常；無足輕重。

語源 三國演義第九十五回：「司馬懿非等閒之輩，更有先鋒張郃，乃魏之名將……」

例句 決賽的對手絕非等閒之輩，你千萬不可輕敵。

近義 泛泛之輩

反義 人中之龍

等閒視之 ㄉㄥˇ ㄒㄧㄢˊ ㄕˋ ㄓ 把它當作平常的事情來看。指不加重視。等閒，平常。

語源 三國演義第九十五回：「今令汝接應街亭……汝勿以等閒視之，失吾大事。」

例句 父母的身教對孩子的成長有深遠的影響，絕不能等閒視之。

近義 滿不在乎 掉以輕心

反義 非同小可 不容小覷

筋疲力盡 ㄐㄧㄣ ㄆㄧˊ ㄌㄧˋ ㄐㄧㄣˋ 筋骨疲憊，力氣用盡。形容非常疲憊。原作「力盡筋疲」。也作「精疲力竭」、「精疲力盡」。

語源 唐韓愈論淮西事宜狀：「雖時侵掠，小有所得，力盡筋疲，不償其費。」清李漁奈何天攢羊：「既然晝夜兼行，到了住馬的時節，自然精疲力竭。」

例句 年終大掃除結束後，媽媽筋疲力盡地癱在那兒，連說話的力氣都沒有。

近義 疲憊不堪 力困筋乏

反義 生龍活虎 精神抖擻

答非所問 ㄉㄚˊ ㄈㄟ ㄙㄨㄛˇ ㄨㄣˋ 回答的不是所問的內容。指有意迴避或不了解問題而作答。

語源 紅樓夢第八十五回：「襲人見他所答非所問，便微微的笑著問：『到底是什麼事？』」

例句 那位明星為了迴避敏感的感情問題，面對鏡頭，總是答非所問。

近義 文不對題

7

節骨眼 ㄐㄧㄝˊ ㄍㄨˇ ㄧㄢˇ 比喻重要的部分或時刻。

語源 郭則澐紅樓真夢第四十八回：「(湘雲)說道：『想不到四ㄚ頭有此膽量。』惜春道：『什麼叫做膽量，擠到這個節骨眼，也是沒法子罷了。』」

例句 在這個攸關成敗的節骨眼上，你千萬要謹慎小心。

節外生枝 ㄐㄧㄝˊ ㄨㄞˋ ㄕㄥ ㄓ 比喻使問題更複雜，在問題本身之外又加上其他問題。

語源 宋朱熹答呂子約：「隨語生解，節上生枝。」元楊顯之瀟湘雨第二折：「兀的是閒言語，甚意思，他怎肯道節外生枝。」

例句 這件事情大家已經有了共識，你就別再節外生枝了。

近義 橫生枝節 無事生非

節衣縮食 ㄐㄧㄝˊ ㄧ ㄙㄨㄛ ㄕˊ 節省衣服和飲食上的花費。指生活節儉。也作「縮衣節食」。

語源 宋陸游秋穫歌：「縮衣節食勤耕桑。」宋魏了翁杜隱君希仲墓誌銘：「節衣縮食，以經理其生，家日已饒。」

例句 他節衣縮食存了一筆錢，要作為出國的旅費。

近義 克勤克儉 省吃儉用

反義 揮金如土 日食萬錢

節哀順變 ㄐㄧㄝˊ ㄞ ㄕㄨㄣˋ ㄅㄧㄢˋ 節制悲哀，順應變故。多用作弔唁、慰問之辭。變，變故。多指父母去世。

語源 禮記檀弓下：「喪禮，哀戚之至也；節哀，順變也，君子念始之者也。」

例句 雖然伯父的過世令你很悲痛，但還是請你節哀順變，不要傷了身體。

節節敗退 ㄐㄧㄝˊ ㄐㄧㄝˊ ㄅㄞˋ ㄊㄨㄟˋ 因戰敗而不斷向後撤退。也泛指接連失利。節節，逐節；逐次。

例句 我國代表團在這次亞運比賽中節節敗退，令國人大失所望。

近義 屢戰屢敗 鎩羽而歸

反義 所向披靡 乘勝追擊

8

管中窺豹 ㄍㄨㄢˇ ㄓㄨㄥ ㄎㄨㄟ ㄅㄠˋ 從竹管中看豹，只能看到豹身上的斑點，不能看到全豹。比喻不能看到事態物理的全貌，只是片面的了解。也作「窺豹一斑」。

語源 晉書王獻之傳：「此郎亦管中窺豹，時見一斑。」

辨析 本則成語含有輕鄙的意思，所以謙稱自己的見解也可用「管見」。另「管中窺豹，只見一斑」也衍生出「可見一斑」一語，意思是可由小見大，有稱讚的意思，使用時要注意。

例句 新聞曝光後，當事人都三緘其口，因此各家報導都是管中窺豹，拼湊不出整個事件的真相。

近義 瞎子摸象 坐井觀天

反義 見多識廣 一覽無遺

管窺蠡測 ㄍㄨㄢˇ ㄎㄨㄟ ㄌㄧˊ ㄘㄜˋ 用竹管來窺天，用瓠瓢來測量大海。比喻見識狹小、淺陋。蠡，瓠瓢。

語源 漢書東方朔傳：「以筦闚天，以蠡測海。」明吳元泰東遊記鐵拐修真求道：「管窺蠡測，終乏大觀。」

例句 他以為讀了幾年書便可以大放厥詞，無疑是管窺蠡測，淺陋之極。

近義 坐井觀天 一孔之見

反義 見多識廣 高瞻遠矚

管鮑之交 ㄍㄨㄢˇ ㄅㄠˋ ㄓ ㄐㄧㄠ 管仲和鮑叔牙的交情。泛指志同道合、友誼深摯的朋友。管仲和鮑叔牙都是春秋時齊人。管仲因有鮑叔牙的推薦，得以輔佐齊桓公，成就一代霸業。

語源 列子力命：「管夷吾鮑叔牙二人相友甚戚，此世稱管鮑善交者。」宋劉克莊謝二府啟：「已赴皋夔之任，未忘管鮑之交。」

例句 小王和小張是管鮑之交，不可能為一點小事反目，有關他們不合的傳聞，純粹是有人故意中傷。

近義 患難之交 莫逆之交

反義 點頭之交 泛泛之交

箕山之志 ㄐㄧ ㄕㄢ ㄓ ㄓˋ 隱居避世、淡泊名利的志向。相傳堯要讓天下給許由，許由不接受，逃到箕山下隱居。箕山，在今河南鄭州境內。也作「箕山之節」。

語源 史記伯夷列傳：「堯讓天下於許由，許由不受，恥之逃隱……太史公曰：『余登箕山，其上蓋有許由冢云。』」漢書鮑宣傳：「今明主方隆唐虞之德，小臣欲守箕山之節也。」昭明文選曹丕與吳質書：「而偉長獨懷文抱質，恬惔寡欲，有箕山之志。」

例句 韓先生懷抱箕山之志，不願踏入政壇汲汲營營，堅決辭退擔任部長的邀約。

近義 東山高臥 高蹈遠引

9

箭在弦上 ㄐㄧㄢˋ ㄗㄞˋ ㄒㄧㄢˊ ㄕㄤˋ

箭已搭在弦上，不得不發射出去。比喻受形勢所迫，非採取行動不可。

語源 太平御覽卷五九七引魏書記載：陳琳為袁紹掌理文書，曾寫過一篇檄文，罵及曹操祖先。袁紹敗後，陳琳歸附曹操，曹操問他何以罪及父祖，陳琳謝罪云：「矢在弦上，不得不發。」

例句 為了怕走漏風聲，這次的突擊檢查已經箭在弦上，今晚非行動不可了。

近義 迫在眉睫　刻不容緩

10

築室道謀 ㄓㄨˊ ㄕˋ ㄉㄠˋ ㄇㄡˊ

蓋房子而徵求路人的意見。比喻沒有主見而東問西問，人多嘴雜，難以成事。

語源 詩經小雅小旻：「如彼築室于道謀，是用不潰于成。」

例句 環保政策如果隨著媒體或利益團體的意見而搖擺不定，無異於築室道謀，顯見主事者毫無擔當。

近義 作舍道邊　莫衷一是

反義 當機立斷　毅然決然

築巢引鳳 ㄓㄨˊ ㄔㄠˊ ㄧㄣˇ ㄈㄥˋ

在梧桐樹上築好巢，以吸引鳳凰來棲息。比喻打好基礎建設，吸引人才或投資者前來。鳳，鳳凰。為百鳥之王，非梧桐不棲。這裡比喻人才。

語源 詩經大雅卷阿：「鳳凰鳴矣，于彼高岡。梧桐生矣，于彼朝陽。」莊子秋水：「南方有鳥，其名鵷鶵(鳳的一種)……，非梧桐不止，非練實不食。」

例句 政府積極推動各項建設和優惠措施，希望能築巢引鳳，讓這個半導體園區真正發揮作用。

近義 拋磚引玉

篤志好學 ㄉㄨˇ ㄓˋ ㄏㄠˋ ㄒㄩㄝˊ

一心勤學。

語源 後漢書侯霸傳：「篤志好學，師事九江太守房元。」

例句 他一生篤志好學，在國際上擁有崇高的學術地位。

近義 好學深思　勇猛精進

反義 不學無術　遊手好閒

11

篳路藍縷 ㄅㄧˋ ㄌㄨˋ ㄌㄢˊ ㄌㄩˇ

工作時，駕著柴車，穿著破衣。形容艱辛的創業歷程。篳路，柴車。篳，也作「蓽」。藍縷，敝衣。

語源 左傳宣公十二年：「篳路藍縷，以啟山林。」

例句 臺灣先民篳路藍縷，克服重重困難，我們才有今天的繁榮富足，每個人都應當知所感恩。

近義 披荊斬棘　慘澹經營

12

簞食壺漿 ㄉㄢ ㄙˋ ㄏㄨˊ ㄐㄧㄤ

古代人民用竹簍裝著飯，用水壺盛漿湯來慰勞解救他們的軍隊。形容得民心的軍隊受歡迎的情況。簞，古代裝飯的圓形竹器。食，飯。

語源 孟子梁惠王下：「今燕虐其民，王往而征之，民以為將拯己於水火之中也，簞食壺漿以迎王師。」

辨析 食，音ㄙˋ，不讀ㄕˊ。

例句 對於國軍參與救災的辛苦，民眾皆簞食壺漿，以表示感謝。

簞食瓢飲 ㄉㄢ ㄙˋ ㄆㄧㄠˊ ㄧㄣˇ

一簞飯，一瓢水。形容貧苦的生活。簞，古代裝飯的圓形竹器。食，飯。瓢，裝水器具，瓠瓜剖半做成。飲，指水。

語源 論語雍也：「一簞食，一瓢飲，在陋巷，人不堪其憂，回也不改其樂。」

辨析 食，音ㄙˋ，不讀ㄕˊ。

例句 他在山中過著簞食瓢飲

竹

的生活，雖然沒有豐厚的物質享受，卻怡然自得。

近義 粗茶淡飯 饘粥餬口

反義 錦衣玉食 日食萬錢

簞瓢屢空（ㄉㄢ ㄆㄧㄠˊ ㄌㄩˇ ㄎㄨㄥ） 飯筐水瓢常是空的。形容非常貧窮。簞，古代裝飯的圓形竹器。瓢，裝水器具，瓠瓜剖半做成。

語源 晉陶淵明五柳先生傳：「環堵蕭然，不蔽風日，短褐穿結，簞瓢屢空。」

例句 他因無積蓄，失業之後便簞瓢屢空，過著三餐不繼的生活。

近義 饔飧不繼 三餐不繼

反義 列鼎而食 日食萬錢

簡明扼要（ㄐㄧㄢˇ ㄇㄧㄥˊ ㄜˋ ㄧㄠˋ） 指說話、寫文章簡單明瞭，把握重點。

語源 宋洪邁容齋隨筆解釋經旨：「解釋經旨，貴於簡明。」新唐書高崇文傳：「扼二川之要。」

例句 這篇論說文簡明扼要，很有說服力。

近義 言簡意賅 要言不煩

反義 拖泥帶水 連篇累牘

簡潔有力（ㄐㄧㄢˇ ㄐㄧㄝˊ ㄧㄡˇ ㄌㄧˋ） 形容語言文字簡要明白，切中要害。

例句 他的競選標語簡潔有力，令人印象深刻。

近義 簡明扼要 言簡意賅

反義 長篇累牘 拖泥帶水

16

籠鳥檻猿（ㄌㄨㄥˊ ㄋㄧㄠˇ ㄐㄧㄢˋ ㄩㄢˊ） 原指貶官在外，不能回朝，就像籠中鳥、檻中猿，不得回返山林。比喻受困而不得自由的人。也作「檻猿籠鳥」。

語源 唐白居易與微之書：「籠鳥檻猿俱未死，人間相見是何年？」

例句 鎮日為工作而忙碌，無法逍遙自在，讓人有籠鳥檻猿的感慨！

近義 羈宦千里 池魚籠鳥

反義 長風破浪 鳶飛魚躍

米部

米珠薪桂（ㄇㄧˇ ㄓㄨ ㄒㄧㄣ ㄍㄨㄟˋ） 米價貴如珍珠，柴價貴如桂木。形容物價昂貴。珠，珍珠。薪，木柴。

語源 戰國策楚策三：「楚國之食貴于玉，薪貴于桂。」宋蘇軾浣溪沙再和前韻：「空腹有詩衣有結，溼薪如桂米如珠。」明馮夢龍喻世明言卷五：「但長安乃米珠薪桂之地，先生資釜既空，將何存立？」

例句 日本東京米珠薪桂，物價教人咋舌。

近義 長安居，大不易

4

粉妝玉琢（ㄈㄣˇ ㄓㄨㄤ ㄩˋ ㄓㄨㄛˊ） 有如白粉妝飾、白玉雕琢而成。比喻白皙美麗。多用於小孩、女子或雪景等。

語源 金瓶梅第十二回：「每日和孟玉樓兩個，打扮粉妝玉琢，皓齒朱脣，無一日不走在大門首倚門而望。」

例句 合歡山昨晚降下初雪，整個山頭粉妝玉琢，銀白一片。

近義 美如冠玉 如花似玉

反義 人老珠黃

粉身碎骨（ㄈㄣˇ ㄕㄣ ㄙㄨㄟˋ ㄍㄨˇ） 身體粉碎而死。多指為了報答深厚的恩惠或某種目的，不惜犧牲自己的生命。

語源 宋蘇軾葉嘉傳：「可以利生，雖粉身碎骨，臣不辭也。」

例句 荊軻為了報答燕太子丹的知遇之恩，謀刺秦王，即使

粉身碎骨也在所不惜。

近義 肝腦塗地　赴湯蹈火

反義 明哲保身　貪生怕死

粉飾太平 ㄈㄣˇ ㄕˋ ㄊㄞˋ ㄆㄧㄥˊ　掩蓋社會動亂的事實，裝飾出太平景象。也泛指遮掩真相，粉飾表面。

語源 宋周密武林舊事酒樓：「官中趁課初不藉此，聊以粉飾太平耳。」

例句 公司經營遇到瓶頸，業績下滑，他卻一味粉飾太平，以致事態如此嚴重。

粉墨登場 ㄈㄣˇ ㄇㄛˋ ㄉㄥ ㄔㄤˇ　妝扮好後，登臺演戲。引申也泛指上臺、上場。粉墨，化妝。

語源 清梁紹壬京師梨園：「其間粉墨登場，丹青變相，銅琶鐵板，大江東高調淩雲。」

例句 這是她在學習歌仔戲後首次粉墨登場，親朋好友都前往捧場。

5

粗線條 ㄘㄨ ㄒㄧㄢˋ ㄊㄧㄠˊ　繪畫中筆畫較粗的線條，或用線條勾出的大概圖案。比喻行為粗率，或指行為粗率的人。

例句 他粗線條的作風，讓大夥都感到受不了。

近義 粗枝大葉

粗中有細 ㄘㄨ ㄓㄨㄥ ㄧㄡˇ ㄒㄧˋ　形容粗獷、粗疏之中有細心之處。

語源 西遊記第五十五回：「沙僧聽說，大喜道：『好！好！好！正是粗中有細，果然急處從寬。』」

例句 別看他個性大而化之，其實他是個粗中有細的人，總會適時給人鼓勵。

粗心大意 ㄘㄨ ㄒㄧㄣ ㄉㄚˋ ㄧˋ　形容做事不細心、不謹慎。

語源 清文康兒女英雄傳第四回：「俄延了半晌，忽然靈機一動，心中悟將過來。這是我粗心大意，我若不進去，他怎得出來？」

例句 小強總是粗心大意，不是作業沒帶，就是忘了寫，讓老師傷透了腦筋。

近義 粗枝大葉　漫不經心

反義 小心謹慎　一絲不苟

粗服亂頭 ㄘㄨ ㄈㄨˊ ㄌㄨㄢˋ ㄊㄡˊ　衣服粗劣，頭髮蓬亂。形容人不事修飾或比喻不刻意講究章法而呈自然質樸之美的文藝作品。

語源 南朝宋劉義慶世說新語容止：「裴令公有儁容儀，脫冠冕，麤服亂頭皆好。」

例句 俗話說的好：「只有懶女人，沒有醜女人。」妳老是這樣粗服亂頭的，有誰會欣賞妳呢？

近義 不修邊幅　披頭散髮

反義 花枝招展　濃妝豔抹

粗枝大葉 ㄘㄨ ㄓ ㄉㄚˋ ㄧㄝˋ　像花草樹木的大枝幹和大葉子。比喻做事不注意細節。也比喻大體的輪廓。

語源 宋朱熹朱子語類卷七八尚書一：「漢文粗枝大葉，今書序細膩，只是六朝時文字。」清李汝珍鏡花緣第十六回：「至於眼前文義，粗枝大葉，也還略知一二。」

例句 ①他做事一向粗枝大葉、丟三落四的，因此時常挨罵。②我的設計圖還只是粗枝大葉，先給大家做參考。

近義 馬馬虎虎　大而化之

反義 一絲不苟

粗茶淡飯 ㄘㄨ ㄔㄚˊ ㄉㄢˋ ㄈㄢˋ　簡單的、不精緻的飲食。多指簡樸、清苦的生活。

語源 宋黃庭堅四休居士詩序：「粗茶淡飯飽即休，補破遮寒暖即休。」

例句 雖然過著粗茶淡飯的生活，但他已經習以為常，絲毫不以為苦。

近義 惡衣惡食　山肴野蔌

反義 美酒佳肴　山珍海味

粗通文墨（ㄘㄨ ㄊㄨㄥ ㄨㄣˊ ㄇㄛˋ）　稍微懂得文章及寫作。文墨，指文章寫作。

語源 宋史李韶傳：「又劾奏陳洵益刑餘腐夫，粗通文墨，掃除賤隸，竊弄威權。」

例句 他謙稱自己只是粗通文墨，不敢擔任徵文比賽的評審，請主辦單位另請高明。

近義 略識之無　才疏學淺

反義 學富五車　博古通今

粗製濫造（ㄘㄨ ㄓˋ ㄌㄢˋ ㄗㄠˋ）　形容物品製造粗劣，不夠精細。

例句 這些電子產品沒有任何檢驗標章，可能是粗製濫造的劣貨，使用時恐有安全之虞。

近義 偷工減料

反義 精雕細琢

8

精打細算（ㄐㄧㄥ ㄉㄚˇ ㄒㄧˋ ㄙㄨㄢˋ）　精確細密地規劃、計算。多指財物的使用。

例句 媽媽掌管家裡大大小小的開銷，總是精打細算，絕不浪費。

近義 開源節流　量入為出

反義 粗枝大葉　粗心大意

精妙絕倫（ㄐㄧㄥ ㄇㄧㄠˋ ㄐㄩㄝˊ ㄌㄨㄣˊ）　形容美妙出色，無人能比。絕倫，超出眾人。也作「精美絕倫」、「精采絕倫」。

語源 宋周密武林舊事燈品：「燈品至多。蘇、福為冠，新安晚出，精妙絕倫。」

例句 這只琉璃花瓶精妙絕倫，價值連城。

近義 無懈可擊　歎為觀止

精忠報國（ㄐㄧㄥ ㄓㄨㄥ ㄅㄠˋ ㄍㄨㄛˊ）　以赤誠的忠心報效國家。

語源 宋史岳飛傳：「帝手書『精忠岳飛』字，製旗以賜之。」明馮夢龍喻世明言卷三二：「岳飛精忠報國，父子就戮。」

例句 他懷著精忠報國的心念，毅然報考軍事學校。

近義 盡忠報國

精明能幹（ㄐㄧㄥ ㄇㄧㄥˊ ㄋㄥˊ ㄍㄢˋ）　精細明察而有能力。也作「精明強幹」。

語源 史記太史公自序：「扁鵲言醫，為方者宗，守數精明。」魏書元志傳：「字猛略，少清辯強幹。」清文康兒女英雄傳第十三回：「隨帶的那些官員又都是些精明強幹、久經審案的能員。」

例句 她是一位精明能幹的新女性，在職場上憑著自己的努力而步步高升。

近義 精明幹練

反義 昏庸無能　庸庸碌碌

精金美玉（ㄐㄧㄥ ㄐㄧㄣ ㄇㄟˇ ㄩˋ）　純粹的金子，美好的玉石。比喻人品純潔或事物純良精美。精，純淨。

語源 宋蘇軾答謝民師書：「歐陽文忠公言文章如精金美玉，市有定價，非人所能以口舌定貴賤也。」宋程頤明道先生行狀：「先生資稟既異，而充養有道，純粹如精金，溫潤如良玉。」

例句 吳神父將他的一生奉獻在原住民小孩的教育上，精金美玉般的人格，受人景仰。

近義 冰清玉潔　懷瑾握瑜

反義 破銅爛鐵

精挑細選（ㄐㄧㄥ ㄊㄧㄠ ㄒㄧˋ ㄒㄩㄢˇ）　精心仔細地挑選。

例句 這家餃子店不僅所用的餡料全都經過精挑細選，而且口味獨到，令人讚不絕口。

近義 去蕪存菁　披沙揀金

反義 濫竽充數　良莠不齊

精神抖擻 奮發振作有精神。抖擻，精神振奮。

語源 元尚仲賢尉遲恭單鞭奪槊第二折：「你道是精神抖擻，又道是機謀通透。」

例句 校慶運動大會上，同學們個個精神抖擻，全力以赴。

近義 神采奕奕　朝氣蓬勃

反義 萎靡不振　死氣沉沉

精疲力竭 參見「筋疲力盡」。

精益求精 精緻中再求更精美。形容不斷的追求進步。

語源 論語學而引詩：「如切如磋，如琢如磨。」朱熹注：「治玉石者，既琢之而復磨之，治之已精，而益求其精也。」

例句 文章寫好後要多讀幾遍，勤於修改，精益求精，這樣作文才會進步。

近義 刮垢磨光　精雕細琢

反義 粗製濫造　粗枝大葉

精誠團結 誠摯地結合在一起。

語源 莊子漁父：「真者，精誠之至也。」宋司馬光涑水記聞卷一三：「起、彝作戰船，團結洞丁，以為保甲。」

例句 不管面對多麼艱困的局勢，只要大家精誠團結，便能度過難關。

近義 同心同德　團結一致

反義 四分五裂　一盤散沙

精衛填海 比喻意志堅定，不畏艱難。

語源 山海經北山經記載：炎帝的小女兒名叫女娃，有一次到東海玩水，不小心溺斃，她的靈魂化為精衛鳥，每天叼取西山的樹枝和小石頭來填平東海，以免有人再發生像她這樣的悲劇。

例句 蘇花公路的改善工程十分艱鉅，工程人員必須要發揮精衛填海的精神，才能予以克服。

近義 愚公移山　滴水穿石

精雕細琢 精心細緻地雕刻琢磨。形容非常認真而細緻地製作或加工。

例句 一塊毫不起眼的漂流木，經過他的精雕細琢，竟成了價值連城的藝術品。

近義 精益求精　刮垢磨光

反義 粗製濫造

精誠所至，金石為開 比喻以至誠之心待人處事，任何困難都可解決。

語源 漢劉向新序雜事：「熊渠子見其誠心，而金石為之開，況人心乎？」漢王充論衡感虛：「精誠所加，金石為虧。」

例句 「精誠所至，金石為開」。相信只要能給予真誠的關懷，再頑劣的學生都能被感化。

近義 有志竟成　天下無難事，只怕有心人

反義 半途而廢　自暴自棄

9

糊裡糊塗 形容做事迷糊，不明事況。也作「胡裡胡塗」。

語源 清李汝珍鏡花緣第十五回：「吃了這魚，成了神仙，雖是快活，就只當中死的二百年，糊裡糊塗，令人難熬。」

例句 他大概是被金錢沖昏了頭，才會糊裡糊塗簽下那份合約。

近義 渾渾噩噩　懵懵懂懂

反義 冰雪聰明　明明白白

11

糟糠不厭 參見「不厭糟糠」。

糟糠之妻（ㄗㄠ ㄎㄤ ㄓ ㄑㄧ） 指貧困時共患難的妻子。也作「糟糠妻」。糟糠，粗食。代指貧困的生活。糟，酒滓。糠，穀皮。

語源 後漢書宋弘傳：「臣聞貧賤之知不可忘，糟糠之妻不下堂。」

例句 陳老闆賺了錢之後便另結新歡，不顧念和他艱苦創業的糟糠之妻，實在太可惡了。

12

糧盡援絕（ㄌㄧㄤˊ ㄐㄧㄣˋ ㄩㄢˊ ㄐㄩㄝˊ） 戰爭時，糧食吃完了，後援也斷絕了。也形容陷入困境，沒有任何依靠。

語源 晉書沈勁傳：「得千餘人以助祐擊賊，頻以寡制眾，而糧盡援絕，祐懼不能保全。」

例句 他好吃懶做，家人、朋友早已不願資助他，加上信用破產，告貸無門，如今戶頭僅剩數百元，可以說是糧盡援絕了。

近義 彈盡援絕　孤立無援

反義 兵強馬壯　兵多糧足

糸部

3

約定俗成（ㄩㄝ ㄉㄧㄥˋ ㄙㄨˊ ㄔㄥˊ） 事物名稱或法則，經人習用既久，為大家所公認。

語源 荀子正名：「名無固宜，約之以命，約定俗成謂之宜。」

例句 語言文字的使用，有許多是約定俗成的，無法以文字訓詁來考證對錯。

約法三章（ㄩㄝ ㄈㄚˇ ㄙㄢ ㄓㄤ） 原指漢高祖入咸陽，臨時制定三條法律，與民共守。後泛指事先約好或規定。

語源 史記高祖本紀：「與父老約法三章耳：殺人者死，傷人及盜抵罪。」清古吳墨浪子西湖佳話第十四卷：「但我有約法三章，汝須遵守……」

例句 為了讓事情順利進行，不致發生誤會，你最好與他先約法三章。

紅杏出牆（ㄏㄨㄥˊ ㄒㄧㄥˋ ㄔㄨ ㄑㄧㄤˊ） 紅杏花開到牆外來。原形容春意盎然。後用來比喻婦女不守婦道。

語源 宋葉適游小園不值：「春色滿園關不住，一枝紅杏出牆來。」

例句 她的個性放浪不羈，結婚後會紅杏出牆，大家並不意外。

近義 不安於室

紅男綠女（ㄏㄨㄥˊ ㄋㄢˊ ㄌㄩˋ ㄋㄩˇ） 泛指衣著華麗的男女。也作「綠女紅男」。

語源 清壯者掃迷帚第十九回：「那三人泊舟登岸，緩步來前，但見紅男綠女，牽手偕行；敗果濁醪，設攤當路。」

例句 西門町是臺北著名的商圈，街道上紅男綠女穿梭往來，一片繁華景象。

紅粉佳人（ㄏㄨㄥˊ ㄈㄣˇ ㄐㄧㄚ ㄖㄣˊ） 容貌美麗的女子。紅粉，形容女子貌美。

語源 明馮夢龍醒世恆言卷三九：「朱樓美女應無分，紅粉佳人不許看。」

例句 這位知名設計師的春裝發表會上眾星雲集，一字排開的紅粉佳人，吸引眾人目光。

近義 窈窕淑女　二八佳人

紅粉青蛾（ㄏㄨㄥˊ ㄈㄣˇ ㄑㄧㄥ ㄜˊ） 臉像敷上紅色的鉛粉和畫上青黑色的蛾眉。形容美麗的容貌。借指美人。

語源 唐杜審言戲贈趙使君美人：「紅粉青蛾映楚雲，桃花馬上石榴裙。」

例句 事業無成之前，他告誡自己要遠離紅粉青蛾，以免影響奮鬥事業的決心。

近義 紅粉佳人

紅塵萬丈 ㄏㄨㄥˊ ㄔㄣˊ ㄨㄢˋ ㄓㄤˋ 形容世間的繁華、擾嚷不斷。紅塵，俗世；繁華紛擾之地。

語源 元關漢卿山神廟裴度還帶：「想著這紅塵萬丈困賢才，那箇似那魯大夫親贈他這千斛麥？」

例句 紅塵萬丈的大都會充滿機會，也充滿誘惑，端看人如何自持。

近義 五光十色

紅顏薄命 ㄏㄨㄥˊ ㄧㄢˊ ㄅㄛˊ ㄇㄧㄥˋ 指美女的命運不佳。紅顏，指美貌女子。

語源 元無名氏王清庵錯送鴛鴦被第三折：「總則我紅顏薄命，真心兒待嫁劉彥明，偶然間卻遇張瑞卿。」

例句 美好的人生當由自己努力掌握，一味怨嘆紅顏薄命於事無補。

近義 遇人不淑 所託非人

紅鸞星動 ㄏㄨㄥˊ ㄌㄨㄢˊ ㄒㄧㄥ ㄉㄨㄥˋ 指人好事已近，將有婚嫁之喜。紅鸞，吉星名。星相學家認為紅鸞星主掌婚姻喜事。

語源 元關漢卿竇娥冤第二折：「孩兒，你可曾算我兩個的八字，紅鸞天喜幾時到命哩？」清誕叟檮杌萃編第三回：「那知道千里姻緣一線牽，也是這靜如小姐的紅鸞星動。」

例句 主持人預測受邀上節目的女星今年將會紅鸞星動，聽得她心花怒放。

紆尊降貴 ㄩ ㄗㄨㄣ ㄐㄧㄤˋ ㄍㄨㄟˋ 放下尊貴的身分，謙遜地對待他人或從事卑微工作。紆，曲折。也作「降貴紆尊」。

語源 南朝梁簡文帝昭明太子集序：「降貴紆尊，躬刊手掇。」清文康兒女英雄傳第十八回：「得這一等晃動乾坤的大上司紆尊降貴合他作親家，豈有不願之理？」

辨析 紆，音ㄩ，不讀ㄒㄩ。降，音ㄐㄧㄤˋ，不讀ㄒㄧㄤˊ。

例句 領導者若老是高高在上，不肯紆尊降貴地與下屬相處，便無法和大家打成一片。

紈袴子弟 ㄨㄢˊ ㄎㄨˋ ㄗˇ ㄉㄧˋ 指浮華享樂的富家子弟。含有貶義。紈袴，亦作「紈褲」，絹製的腿衣，古代貴族子弟所穿。

語源 宋史魯宗道傳：「館閣育天下英才，豈紈袴子弟得以恩澤處邪？」

辨析 袴，音ㄎㄨˋ，不讀ㄎㄨㄚˋ。

例句 他曾是個只知玩樂的紈袴子弟，經過師長的教化，如今成為一個熱心公益的有為青年。

近義 花花公子 公子哥兒

4

紋風不動 ㄨㄣˊ ㄈㄥ ㄅㄨˋ ㄉㄨㄥˋ 保持原樣，一點也不動。紋，些微。也作「文風不動」、「紋絲不動」。

語源 金瓶梅第五十九回：「那潘金蓮見他拏出貓去摔死了，坐在炕上風紋也不動。」紅樓夢第三十六回：「只見齡官獨自倒在枕上，見他進來，文風不動。」清秦子忱續紅樓夢第二十八回：「我們好些人使勁兒攏繩子，竟紋絲不動。」

例句 少林武僧被三個大漢用力一推，竟然紋風不動，真是武功高強。

近義 老僧入定 寂然不動

紙老虎 ㄓˇ ㄌㄠˇ ㄏㄨˇ 用紙紮成的老虎。比喻外表強大嚇人而實際空虛無力的人或事物。也作「紙虎」、「紙紮老虎」。

語源 水滸傳第二十四回：「閒常時只如鳥嘴賣弄殺好拳

棒，急上場時便沒些用！見個紙虎也嚇一跤。」

例句 平常聽他口氣好大，以為他是仗義敢言的人，結果只是隻紙老虎，一看到混混來鬧事就先開溜了。

紙上談兵 ㄓˇ ㄕㄤˋ ㄊㄢˊ ㄅㄧㄥ 以文字空談用兵的策略。比喻不切實際的空談、議論。

語源 史記廉頗藺相如列傳記載：戰國時的趙括，少時學兵法，談論兵事，天下無人能及，但卻不知變通，領軍出戰，在長平被秦軍大敗，趙軍損失四十萬人。紅樓夢第七十六回：「現有這樣詩仙在此，卻天天去紙上談兵。」

例句 你光是紙上談兵而不實際去做，根本就於事無補。

近義 徒託空言　坐而論道

反義 實事求是　指揮若定

紙短情長 ㄓˇ ㄉㄨㄢˇ ㄑㄧㄥˊ ㄔㄤˊ 比喻情意深長，非文字所能盡述。

語源 明吳敬圻國色天香第十卷：「奈何紙短情長，未免言窮意並，伏乞採之，實為幸也。」

例句 接到遠在非洲工作的兒子來信，訴說對家人的思念，紙短情長，讓吳媽媽邊讀邊掉淚。

近義 情意綿綿　情深意長

紙醉金迷 ㄓˇ ㄗㄨㄟˋ ㄐㄧㄣ ㄇㄧˊ 原指燦爛奪目，令人迷醉。後多指奢侈豪華的享樂生活。也作「金迷紙醉」。

語源 宋陶穀清異錄居室：「有一小室，窗牖煥明，器皆金紙，光瑩四射，金采奪目……歸語人曰：『此室暫憩，令人金迷紙醉。』」清吳趼人近十年之怪現狀第三回：「紙醉金迷，燈紅酒綠，直到九點多鐘方才散席。」

例句 你雖然家境富裕，但也不能無所事事，整天沉溺在紙醉金迷的生活裡。

近義 夜夜笙歌　燈紅酒綠

紙包不住火 ㄓˇ ㄅㄠ ㄅㄨˋ ㄓㄨˋ ㄏㄨㄛˇ 比喻事實真相無法掩蓋。

語源 清王夢吉濟公全傳第一三六回：「凡事紙裡包不住火，要得人不知，除非己莫為。」

例句 他有外遇的事，終究紙包不住火，被他太太發現了。

近義 欲蓋彌彰　無所遁形

反義 瞞天過海

紛至沓來 ㄈㄣ ㄓˋ ㄊㄚˋ ㄌㄞˊ 比喻事物相繼不斷地到來，令人不勝其煩。紛，眾多。沓，重覆；連續。

語源 宋樓鑰洪文安公小隱集序：「禪位之詔，登極之赦，尊號改元等文皆出公手，紛至沓來。」

例句 最近工作上不順之事紛至沓來，令人感到心煩意亂，真想好好休個假。

近義 接二連三　接踵而來

紛紛攘攘 ㄈㄣ ㄈㄣ ㄖㄤˇ ㄖㄤˇ 形容人群吵雜混亂。攘攘，混亂的樣子。

語源 水滸傳第三十一回：「紛紛攘攘，有做公人出城來各鄉村緝捕。」

例句 走在紛紛攘攘的士林夜市，各式各樣的小吃攤位，讓人一下不知該吃什麼才好。

近義 熙熙攘攘　喧囂四起

素不相識 ㄙㄨˋ ㄅㄨˋ ㄒㄧㄤ ㄕˋ 彼此向來不認識。

語源 三國志魏書胡質傳裴松之注：「質帳下都督，素不相識。」

例句 歹徒與被害人素不相

識，不曉得為何會忍心下此毒手？

近義 素昧平生　非親非故

反義 情同手足　一見如故

素行不良 ㄙㄨˋ ㄒㄧㄥˋ ㄅㄨˋ ㄌㄧㄤˊ 行為向來不好。素，一向的；向來的。

例句 素行不良的他竟然當選縣議員，讓人不得不懷疑他是靠買票選上的。

近義 寡廉鮮恥　輕薄無行

反義 才德兼備　品學兼優

素昧平生 ㄙㄨˋ ㄇㄟˋ ㄆㄧㄥˊ ㄕㄥ 一向不認識、不了解。昧，不了解。

語源 宋釋曉瑩羅湖野錄二黃龍震禪師：「若王公為佛法故，何謝之有，況吾與之素昧平生！」

例句 我和你素昧平生，實在不好意思接受你的幫忙。

近義 素不相識　萍水相逢

反義 交情匪淺　情同手足

索然無味 ㄙㄨㄛˇ ㄖㄢˊ ㄨˊ ㄨㄟˋ 比喻十分枯燥，一點樂趣也沒有。索然，枯燥乏味的樣子。

語源 清李漁十二樓第二十回：「就如講迷一般，若還信口說出，不等人猜，反覺得索然無味也。」

例句 吳老師上課只是照本宣科，了無新意，學生都覺得索然無味。

近義 枯燥無味　味如嚼蠟

反義 津津有味　耐人尋味

5

細大不捐 ㄒㄧˋ ㄉㄚˋ ㄅㄨˋ ㄐㄩㄢ 小的大的都不捨棄。原指治學務求多得，知識無論大小都不放過。也泛指物品不論大小都要，或都不放過。細，微小的。捐，捨棄；拋棄。

語源 唐韓愈進學解：「貪多務得，細大不捐。」清李伯元官場現形記第四回：「戴升還問人家要門包，也有兩吊的，也有一吊的，真正是細大不捐，積少成多。」

例句 ①他興趣廣泛，研究學問細大不捐，目前已有多種著作問世。②家裡不用的東西，細大不捐，歡迎大家踴躍捐出來，幫助災民。

近義 鉅細靡遺　兼容並蓄

細水長流 ㄒㄧˋ ㄕㄨㄟˇ ㄔㄤˊ ㄌㄧㄡˊ 細細的流水長流不斷。比喻力量雖小，持之以恆，也可以有成效。也比喻平日節省用度，就可以維持長久不缺。

語源 姚秦鳩摩羅什譯佛遺教經：「是故汝等當勤精進，譬如小水長流，則能穿石。」明屈大均廣東新語第四卷：「消則涓滴不留，惟秋冬間泉無消長，乃有細水長流。」

例句 ①不要擔心我們人少，要知細水長流，努力不懈，終究會成功。②雖然收入有限，但只要節儉度日，細水長流，日子一樣可以過得安安穩穩。

近義 滴水穿石　開源節流

細皮嫩肉 ㄒㄧˋ ㄆㄧˊ ㄋㄣˋ ㄖㄡˋ 形容皮膚細嫩。也指人很嬌嫩，沒吃過苦。

語源 明方汝浩禪真逸史第十四回：「這些妖怪常說，後生的細皮嫩肉，腹飢得快，不如老頭兒皮堅骨硬，有些咬嚼，專要喫老的。」

例句 看他一副細皮嫩肉的模樣，怎麼能當建築工人？

近義 嬌生慣養　弱不禁風

反義 銅筋鐵骨　刻苦耐勞

細針密縷 ㄒㄧˋ ㄓㄣ ㄇㄧˋ ㄌㄩˇ 針線細密。比喻細緻周密。縷，線。

語源 清文康兒女英雄傳第二十六回：「這位姑娘雖是細針密縷的一個心思，卻是海闊天

空的一個性氣。」

例句 他有細針密縷的心思，總能在別人難過的時候給予適切的安慰。

近義 條分縷析 曲盡人情

反義 粗枝大葉 大而化之

細微末節 ㄒㄧˋ ㄨㄟˊ ㄇㄛˋ ㄐㄧㄝˊ 無關緊要的細節。末節，細節。

語源 禮記樂記：「鋪筵席，陳尊俎，列籩豆，以升降為禮者，禮之末節也。」

例句 會議時間有限，請大家報告重點，不要談那些細微末節。

近義 無關緊要 芝麻小事

反義 犖犖大者 當務之急

細嚼慢嚥 ㄒㄧˋ ㄐㄧㄠˊ ㄇㄢˋ ㄧㄢˋ 細細咀嚼食物，再慢慢吞下。引申也泛指細細品味。

例句 ①進食時細嚼慢嚥，除了有助消化，也是一種餐桌禮儀。②比起小說，優美的詩歌與散文更適合細嚼慢嚥，反覆吟詠。

近義 齒頰生香 回味無窮

反義 狼吞虎嚥 囫圇吞棗

終身不渝 ㄓㄨㄥ ㄕㄣ ㄅㄨˋ ㄩˊ 一輩子都不改變。渝，改變。

語源 晉書禮志中：「一與之齊，終身不改。」梁實秋談友誼：「神聖的友誼之情，其性質是如此的甜蜜、穩定、忠實、持久，可以終身不渝。」

例句 德蕾莎修女將一己奉獻給貧窮的印度子民，無怨無悔，終身不渝，獲頒諾貝爾和平獎可說實至名歸。

近義 死而後已 貫徹始終

反義 半途而廢 虎頭蛇尾

終其天年 ㄓㄨㄥ ㄑㄧˊ ㄊㄧㄢ ㄋㄧㄢˊ 形容人年老而得到善終。天年，天然的壽命。

語源 莊子人間世：「夫支離其形者，猶足以養其身，終其天年。」

例句 劉老伯辛苦了大半輩子，努力存了一筆積蓄，為的就是能安穩地終其天年。

近義 壽終正寢 無疾而終

反義 天不假年 英年早逝

終南捷徑 ㄓㄨㄥ ㄋㄢˊ ㄐㄧㄝˊ ㄐㄧㄥˋ 比喻求官或求名利最便捷的門路。也比喻快速達到某種目的的巧妙手段。終南，指終南山，在今陝西西安西南。

語源 唐劉肅大唐新語隱逸：「時盧藏用早隱終南山，後登朝居要官。見承禎將還天台，藏用指終南山謂之曰：『此中大有佳處，何必在天台？』承禎徐對曰：『以僕所觀，乃仕途之捷徑耳。』藏用有慚色。」當時的人因此視終南山為做官的捷徑。

例句 ①在唐朝隱逸的人士當中，有一些人把隱居當作終南捷徑，不一定真有清高的節操。②讀書做學問千萬別妄想有什麼終南捷徑可以速成，只有腳踏實地、持之以恆才能有所成就。

近義 以退為進 進身之階

反義 終老山林 淡泊明志

絆腳石 ㄅㄢˋ ㄐㄧㄠˇ ㄕˊ 比喻行事的阻礙。

例句 小張居然把曾助他一臂之力的陳經理視為更上層樓的絆腳石，過河拆橋的行徑，令人不齒。

統籌兼顧 ㄊㄨㄥˇ ㄔㄡˊ ㄐㄧㄢ ㄍㄨˋ 通盤籌劃，同時照顧幾個方面。

語源 清劉坤一覆松峻帥：「同釐公家之事，務望統籌兼顧，暫支目前。」

例句 這幾年的業務都是陳經理在統籌兼顧，如今升任副總裁，一定也能得心應手。

近義 兼籌並顧 不可偏廢

反義 掛一漏萬　丟三落四

6

結草銜環 ㄐㄧㄝˊ ㄘㄠˇ ㄒㄧㄢˊ ㄏㄨㄢˊ 比喻至死不忘感恩圖報。「結草」故事見左傳宣公十五年。「銜環」故事見南朝梁吳均續齊諧記。

語源 左傳宣公十五年記載：春秋時晉國的魏武子有一個愛妾，當武子生病時，囑咐他兒子魏顆說：「我死之後，要讓她改嫁。」及至病危，又改變主意說：「一定要讓她殉葬。」魏武子死後，魏顆認為父親病危時，神智是錯亂的，決定不讓父親的愛妾殉葬，而讓她改嫁了。後來，秦桓公攻打晉國，魏顆在輔氏見到一個老人用打成結的草來阻攔秦國的大力士杜回，杜回被絆倒，成了俘虜，晉國因此擊敗秦軍。魏顆夜裡夢見老人說：「我便是你父親的愛妾之父，特地來戰場報恩的。」又續齊諧記記載：楊寶九歲時，看見一隻黃雀被鴟鴞攻擊，墜落樹下，楊寶將牠帶回家，放在巾箱中，吃黃花一百多天後，羽毛長好了才放牠飛走。當天晚上，楊寶夢到有一個黃衣童子向他拜謝後說：「我是西王母使者，感謝你的相救，特地以四枚白玉環相贈。」元李行道包待制智賺灰闌記第一折：「多謝大娘子，小人結草銜環，此恩必當重報。」

例句 要不是你及時解救，我早已家破人亡，你的大恩大德，我必定結草銜環以報。

近義 知恩必報　感恩圖報

反義 忘恩負義　恩將仇報

結黨營私 ㄐㄧㄝˊ ㄉㄤˇ ㄧㄥˊ ㄙ 結成黨派，謀求私利。

語源 宋朱熹戊申封事：「宰相植黨營私，孤負任使。」清李汝珍鏡花緣第七回：「今名登黃榜，將來出仕，恐不免結黨營私。」

例句 他在公司內部結黨營私，影響整個企業的人事運作，已經被董事長開除了。

近義 拉幫結派　朋比為奸

反義 不偏不黨　群而不黨

絕口不提 ㄐㄩㄝˊ ㄎㄡˇ ㄅㄨˋ ㄊㄧˊ 對於某件事物，完全不提起。

例句 隔壁剛搬來的老李是個很神祕的人，對於過去，他絕口不提。

近義 三緘其口　隻字不提

反義 侃侃而談　直言不諱

絕甘分少 ㄐㄩㄝˊ ㄍㄢ ㄈㄣ ㄕㄠˇ 東西少，寧可自己不要，也要把好的分給別人。指自己刻苦，待人優厚。

語源 漢司馬遷報任少卿書：「以為李陵素與士大夫絕甘分少，能得人之死力，雖古之名將不過也。」

例句 父母親對子女總是絕甘分少，慈愛之情出於天性。

近義 捨己為人

絕妙好辭 ㄐㄩㄝˊ ㄇㄧㄠˋ ㄏㄠˇ ㄘˊ 原為東漢蔡邕對邯鄲淳所作曹娥碑的評語，後泛指極為出色的文章。

語源 南朝宋劉義慶世說新語捷悟：「魏武嘗過曹娥碑下，楊脩從。碑背上題作『黃絹幼婦外孫齏臼』八字，魏武謂脩：『卿解不？』……脩曰：『黃絹，色絲也，於字為「絕」；幼婦，少女也，於字為「妙」；外孫，女子也，於字為「好」；齏臼，受辛也，於字為「辤（辭）」，所謂「絕妙好辭」也。』」唐蘇頲刑部尚書韋抗神道碑：「愧不得絕妙好辭，披文而相質爾。」

例句 原來這篇絕妙好辭是他

糸

寫的，難怪大家會對他擊節讚賞、稱譽有加了。

絕處逢生 ㄐㄩㄝˊ ㄔㄨˋ ㄈㄥˊ ㄕㄥ　在絕望的困境中遇到了生機。

語源　元關漢卿錢大尹智勘緋衣夢第四折：「李慶安絕處幸逢生，獄神廟暗中彰顯報。」

例句　多虧你借錢給我，我才能絕處逢生，度過眼前的難關。

近義　死裡逃生　起死回生

反義　走投無路　日暮途窮

絕頂聰明 ㄐㄩㄝˊ ㄉㄧㄥˇ ㄘㄨㄥ ㄇㄧㄥˊ　參見「聰明絕頂」。

絕無僅有 ㄐㄩㄝˊ ㄨˊ ㄐㄧㄣˇ ㄧㄡˇ　僅有的一個。比喻獨一無二。

語源　宋蘇軾上神宗皇帝書：「改過不吝，從善如流，此堯舜禹湯之所勉強而力行，秦漢以來之所絕無而僅有。」

例句　故宮博物院的翠玉白菜是絕無僅有的稀世奇珍，參觀者見了都讚歎不已。

近義　獨一無二　天下無雙

反義　多如牛毛　不勝枚舉

絕聖棄智 ㄐㄩㄝˊ ㄕㄥˋ ㄑㄧˋ ㄓˋ　棄絕聰明才智，返歸於人的天真純樸。老子主張棄絕聖賢才智，清靜無為，天下才能太平。

語源　老子十九章：「絕聖棄智，民利百倍。」

例句　「絕聖棄智，反璞歸真」。兩千多年前的哲語，在這紛亂擾攘、紙醉金迷的現代社會，不啻一帖清涼補劑。

絞盡腦汁 ㄐㄧㄠˇ ㄐㄧㄣˋ ㄋㄠˇ ㄓ　形容用盡心思、腦力去思考。絞，扭擰；擠壓。腦汁，腦髓；腦漿。比喻思考力。

語源　老舍四世同堂偷生：「唯其如此，他才更能顯出絞盡腦汁的樣子，替她思索。」

例句　面對這個難題，他絞盡腦汁也想不出解決的辦法來。

近義　費盡心機　挖空心思

反義　無所用心　清靜無為

絡繹不絕 ㄌㄨㄛˋ ㄧˋ ㄅㄨˋ ㄐㄩㄝˊ　路上行人車馬接連不斷。形容來往的人非常多。絡繹，也作「絡驛」。接連不斷。

語源　後漢書東海恭王彊傳：「數遣使者太醫令丞方伎道術，絡驛不絕。」隋書高熲傳：「其夫人賀拔氏寢疾，中使顧問，絡繹不絕。」

例句　自從這裡開發成溫泉觀光勝地後，遊客絡繹不絕，好不熱鬧！

近義　車水馬龍　川流不息

反義　稀稀落落　三三兩兩

絢麗多姿 ㄒㄩㄢˋ ㄌㄧˋ ㄉㄨㄛ ㄗ　形容色彩繽紛美麗。絢麗，燦爛；美麗。

例句　絢麗多姿的煙火，像開在夜空的一朵朵火樹銀花，好看極了。

近義　多彩多姿　五彩繽紛

絮絮叨叨 ㄒㄩˋ ㄒㄩˋ ㄉㄠ ㄉㄠ　形容說話囉嗦重複。絮絮，連續煩瑣。叨叨，話多而囉嗦。

語源　元無名氏風雨像生貨郎旦第二折：「只管裡絮叨叨沒了收。」

例句　小華開會時總是絮絮叨叨說個沒完，令人不勝其擾。

近義　喋喋不休　嘮嘮叨叨

反義　沉默寡言　言簡意賅

絲恩髮怨 ㄙ ㄣ ㄈㄚˇ ㄩㄢˋ　指極小的恩惠和仇恨。多偏指仇恨而言。

語源　通鑑紀事本末唐文宗太和九年：「是時李訓、鄭注連逐三相，威震天下，於是平生絲恩髮怨無不報者。」

例句　他是個小心眼的人，就算是絲恩髮怨也會放在心上。

近義　睚眥之怨

絲毫不爽 ㄙ ㄏㄠˊ ㄅㄨˋ ㄕㄨㄤˇ 一點都不差。比喻毫無差錯。絲毫，非常微細。不爽，沒有差錯。也作「毫髮不爽」。

語源 宋釋普濟五燈會元第十四卷：「木人密運化機，絲毫不爽。」清蒲松齡聊齋志異邑人：「呼鄰問之，則市肉方歸，言其片數、斤數，毫髮不爽。」

例句 天文臺預測今天日全蝕開始的時刻是上午十點五十九分十五秒，果然絲毫不爽，真是厲害。

近義 千真萬確　無庸置疑

反義 大謬不然　差之毫釐，謬以千里

絲絲入扣 ㄙ ㄙ ㄖㄨˋ ㄎㄡˋ 經線和緯線緊密配合而織成布。比喻非常緊湊、細密。「扣」可能是「筘」之訛。筘，織具。

語源 清張潮討蜘蛛檄：「垂天之網，不須軋軋鳴機布；絡地之繩，亦且絲絲入扣。」清趙翼甌北詩話卷三韓昌黎詩：「而體物之工，抒詞之雅，絲絲入扣，幾無一字虛設。」

例句 他的朗誦聲與背景音樂搭配得絲絲入扣，渾如一體。

近義 環環相扣　天衣無縫

反義 漫無條理

絳帳侍坐 ㄐㄧㄤˋ ㄓㄤˋ ㄕˋ ㄗㄨㄛˋ 指學生聆聽師長的傳授、訓示。絳帳，深紅色的帷帳。借指師長或講座。絳，深紅色。

語源 後漢書馬融傳記載：東漢馬融學問淵博。他常坐在高堂上，設置紅紗帳，帳前傳授生徒，帳後陳列著女樂，歌舞伴奏。

例句 著名的編舞大師林教授來校開講座，有幸絳帳侍坐，實在是同學之福啊！

近義 執經問難

7

綁手綁腳 ㄅㄤˇ ㄕㄡˇ ㄅㄤˇ ㄐㄧㄠˇ 被綁住手腳，不得伸展活動。比喻受到很多拘束或限制，不能隨心所欲地做事。

例句 在一個肚量狹小的主管底下做事，老是綁手綁腳，曉莉早就想另謀他就了。

近義 動輒得咎　有志難酬

反義 隨心所欲　大展身手

綆短汲深 ㄍㄥˇ ㄉㄨㄢˇ ㄐㄧˊ ㄕㄣ 吊桶的繩子很短，卻要從很深的井裡打水。比喻才學短淺，難以勝任艱鉅的事情。

語源 莊子至樂：「褚小者不可以懷大，綆短者不可以汲深。」

例句 要他獨力完成這項企劃案，恐怕是綆短汲深，還是讓有經驗的人協助他吧！

近義 小材大用　力有未逮

反義 大材小用

經世致用 ㄐㄧㄥ ㄕˋ ㄓˋ ㄩㄥˋ 治理世事，切合實用。經世，治理天下。

語源 後漢書西羌傳：「計日用之權宜，忘經世之遠略，豈夫識微者之為乎？」清劉錦藻清朝續文獻通考學校考：「庶考古者得實事求是之資，臨政者收經世致用之效。」

例句 求學是為了經世致用，利益天下蒼生，怎可只求個人名利呢？

經年累月 ㄐㄧㄥ ㄋㄧㄢˊ ㄌㄟˇ ㄩㄝˋ 形容經歷很長的時間。

語源 隋薛道衡豫章行：「豐城雙劍昔曾離，經年累月復相隨。」

例句 俗話說：「臺上一分鐘，臺下十年功。」沒有經年累月的努力，怎麼會有出色的演出呢？

近義 成年累月　積年累月

反義 一朝一夕　一夕之間

經綸濟世 ㄐㄧㄥ ㄌㄨㄣˊ ㄐㄧˋ ㄕˋ 治理國事，拯救世局。經綸，整理蠶絲。引申為治理政事。

語源 禮記中庸：「惟天下至誠，為能經綸天下之大經。」元鄭光祖伊尹耕莘第二折：「想你學成經綸濟世之策，立國安邦之謀，若列朝綱，憑此大才，得受官爵顯揚於世。」

例句 新任院長在位不到兩年，調和鼎鼐，興利除弊，顯示出經綸濟世的大才，政途不可限量。

近義 濟世經邦　經世致用

經緯萬端 ㄐㄧㄥ ㄨㄟˇ ㄨㄢˋ ㄉㄨㄢ 原指規範種種事物。也比喻事情繁多複雜。經緯，交織成布的縱線和橫線。借指規劃治理。萬端，指千頭萬緒的種種事物。

語源 左傳昭公二十九年：「夫晉國將守唐叔之所受法度，以經緯其民。」史記禮書：「人道經緯萬端，規矩無所不貫。」清劉錦藻清朝續文獻通考戶口考：「然聞之賈生治天下，至纖至悉，經緯萬端，無一不起於戶口。」

例句 市政經緯萬端，讓新任市長一個頭兩個大。

近義 千絲萬縷　千頭萬緒

反義 綱舉目張　一清二楚

8

綜核名實 ㄗㄨㄥˋ ㄏㄜˊ ㄇㄧㄥˊ ㄕˊ 綜合事物的名稱與實際加以考核，是否名實相符。核，也作「覈」。

語源 漢書宣帝紀：「孝宣之治，信賞必罰，綜核名實……吏稱其職，民安其業也。」

例句 每到年終，公司都會綜核名實，作為獎懲的依據。

綠林好漢 ㄌㄩˋ ㄌㄧㄣˊ ㄏㄠˇ ㄏㄢˋ 原指聚集山林反抗統治者的武裝群眾，後泛指聚集於山林的強盜。綠林，指新莽末年以綠林山（在今湖北當陽東北）為根據地，反抗王莽政權的「綠林軍」。

語源 清文康兒女英雄傳第二十一回：「後來遇著施世綸施按院放了漕運總督，收了無數的綠林好漢，查拿海寇。」

例句 古時候的綠林好漢雖不乏劫富濟貧的俠義之士，但多數幹的是打家劫舍、殺人放火的不法行徑。

近義 綠林豪客　草莽英雄

綠葉成陰 ㄌㄩˋ ㄧㄝˋ ㄔㄥˊ ㄧㄣ 比喻先前結識的女子早已出嫁，兒女成行。陰，通「蔭」。覆蔭。

語源 唐杜牧歎花：「自恨尋芳到已遲，往年曾見未開時。如今風擺花狼藉，綠葉成陰子滿枝。」

例句 時光荏苒，當年嬌滴滴的小姑娘，如今綠葉成陰，已是三個孩子的媽媽了。

近義 枝繁葉茂　枝葉扶疏

反義 膝下猶虛　絕子絕孫

維妙維肖 ㄨㄟˊ ㄇㄧㄠˋ ㄨㄟˊ ㄒㄧㄠˋ 參見「唯妙唯肖」。

綱舉目張 ㄍㄤ ㄐㄩˇ ㄇㄨˋ ㄓㄤ 只要舉起網的大繩，網眼自然張開。比喻掌握事物的主要環節，就能帶動其他環節。也比喻條理清晰。綱，網上大繩。比喻事物主要部分。目，網眼。比喻事物的從屬部分。

語源 漢鄭玄詩譜序：「舉一綱而萬目張。」

例句 ①先把組織架構釐定，便能綱舉目張，再來分配人力和工作便容易多了。②經過多方討論，目前這項提案已經綱舉目張，只待執行了。

近義 提綱挈領

反義 千頭萬緒　盤根錯節

網開一面 ㄨㄤˇ ㄎㄞ ㄧˊ ㄇㄧㄢˋ 寬大地對待有罪的人。原作「網開三面」。

語源 呂氏春秋孟冬紀異用：「湯去其三面，置其一面。」清李綠園歧路燈第三十九回：「老先生意欲網開一面，以存忠厚之意。」

例句 他尚未成年，又是初犯，所以法官對於他的偷竊行為，網開一面，從輕量刑。

近義 寬大為懷 法外施仁

反義 一網打盡 趕盡殺絕

綴玉聯珠 ㄓㄨㄟˋ ㄩˋ ㄌㄧㄢˊ ㄓㄨ 比喻詩詞創作之優美。也指創作優美詩文。綴，連結。

語源 唐唐宣宗弔白居易：「綴玉聯珠六十年，誰教冥路作詩仙？」

例句 詩人節慶祝大會上，與會詩人綴玉聯珠，佳作連篇，令人目不暇給。

近義 字字珠璣 咳唾成珠

綽有餘裕 ㄔㄨㄛˋ ㄧㄡˇ ㄩˊ ㄩˋ ①形容極為寬裕。②形容態度從容、悠閒自得的樣子。綽，寬裕；舒緩。

語源 孟子公孫丑下：「我無官守，我無言責也，則吾進退，豈不綽綽有餘裕哉？」漢蔡邕釋海：「當其無事也，則舒紳緩佩，鳴玉以步，綽有餘裕。」

例句 ①以他豐厚的薪水，要養育一家人是綽有餘裕的。②以你的辦事能力，負責規劃這場展覽會，應該綽有餘裕。

近義 綽綽有餘 遊刃有餘

反義 捉襟見肘 左支右絀

綽綽有餘 ㄔㄨㄛˋ ㄔㄨㄛˋ ㄧㄡˇ ㄩˊ 形容非常寬裕，足夠應付所需要而有餘。

語源 詩經小雅角弓：「此令兄弟，綽綽有裕。」新唐書楊行密傳：「結此二人以圖宣州，我綽綽有餘力矣。」

例句 以家旺每次模擬考試的排名看來，他要上前三志願的學校，應該綽綽有餘。

近義 綽有餘裕 不虞匱乏

反義 左支右絀 捉襟見肘

綿延不絕 ㄇㄧㄢˊ ㄧㄢˊ ㄅㄨˋ ㄐㄩㄝˊ 連續不斷。

語源 孔子家語觀周：「涓涓不壅，終為江河，綿綿不絕，或成網羅。」蔡東藩清史通俗演義第一回：「千秋萬歲，綿延不絕。」

例句 這裡有綿延不絕的青山，又有清澈見底的溪流，是個美麗的山城小鎮。

近義 連綿不絕 源源不絕

反義 斷斷續續 曇花一現

綿薄之力 ㄇㄧㄢˊ ㄅㄛˊ ㄓ ㄌㄧˋ 形容微薄的力量。用作謙詞。也作「棉薄之力」。綿，絲絮；棉，棉絮。都有微薄之意。

語源 漢書嚴助傳：「且越人綿力薄材，不能陸戰。」清蒲松齡聊齋誌異：「必欲僕效綿薄，非青鳳來不可！」

例句 劉董事長說：「推出這套叢書，目的在整理、出版經典古籍，為文化傳承略盡綿薄之力。」

緊迫盯人 ㄐㄧㄣˇ ㄆㄛˋ ㄉㄧㄥ ㄖㄣˊ 籃球比賽指積極近身壓迫、防止對方傳接球或投籃的動作。後也用來指人際關係上時時刻刻留意對方舉動的對待方式。

例句 ①由於上半場的區域防守效果不彰，教練要我們改採一對一緊迫盯人的戰術，下半場一開打果然壓低對方的得分。②表姊的初戀對象是個天蠍座的男生，天天至少五通電話來關心問候，最後因受不了他的緊迫盯人而感情告吹。

近義 如影隨形 亦步亦趨

緊追不捨（ㄐㄧㄣˇ ㄓㄨㄟ ㄅㄨˋ ㄕㄜˇ） 牢牢跟隨在後，不願放棄。

例句 下半場一開打，甲隊雖以六分領先，但對手緊追不捨，這場球賽勝負如何，還很難說。

近義 鍥而不捨 窮追不捨

緊鑼密鼓（ㄐㄧㄣˇ ㄌㄨㄛˊ ㄇㄧˋ ㄍㄨˇ） 鑼鼓敲得緊湊綿密，不曾間斷。比喻為事情緊密地做準備。

例句 一決定了比賽日期，我們便緊鑼密鼓地展開集訓。

9

緣木求魚（ㄩㄢˊ ㄇㄨˋ ㄑㄧㄡˊ ㄩˊ） 爬到樹上抓魚。比喻方法錯誤，徒勞無功。緣，順著；攀爬。

語源 孟子梁惠王上：「以若所為，求若所欲，猶緣木而求魚也。」

例句 數學要多作練習才會進步，光死背公式就想考得高分，無異緣木求魚。

近義 徒勞無功 水中撈月

緣訂三生（ㄩㄢˊ ㄉㄧㄥˋ ㄙㄢ ㄕㄥ） 緣分早已註定。多指姻緣而言。三生，佛教語，指前生、今生、來生。

語源 傳說唐李源與僧人圓觀相善，同遊三峽，路上見到許多婦人在打水，圓觀便說：「其中有個姓王的孕婦，是我將來的母親。」他們並相約十二年後的中秋節晚上在杭州天竺寺外見面。當天晚上圓觀果真去世，而王姓孕婦生產了。十二年後的中秋夜，李源到杭州天竺寺外赴約，聽見一個牧童唱道：「三生石上舊精魂，賞月吟風不要論。慚愧情人遠相訪，此身雖異性長存。」李源才知牧童就是圓觀的轉世。元一初呈虞學士：「一見如曾識，三生定有緣。」

例句 他倆情深意重，早就緣訂三生，許下金石之盟。

近義 三世姻緣 三生石上

反義 緣慳分淺

緣慳一面（ㄩㄢˊ ㄑㄧㄢ ㄧˊ ㄇㄧㄢˋ） 很想見一面，卻沒有機會。形容無緣相見。慳，欠缺；缺少。

辨析 慳，音ㄑㄧㄢ，不讀ㄐㄧㄢ或ㄎㄥ。

例句 王太太一直想為莊先生與李小姐牽紅線，但由於兩人工作繁忙，至今仍緣慳一面。

近義 素昧平生

反義 一見如故

緩不濟急（ㄏㄨㄢˇ ㄅㄨˋ ㄐㄧˋ ㄐㄧˊ） 緩慢的行動或措施無法解決緊急的問題。濟，救助。

語源 清文康兒女英雄傳第十三回：「正愁緩不濟急，恰好有現任杭州織造……託門生帶京一萬銀子。」

例句 災民流離失所，縣府的救濟金要等議會審查通過後才撥下來，恐怕緩不濟急。

近義 無濟於事 遠水救不了近火

緩兵之計（ㄏㄨㄢˇ ㄅㄧㄥ ㄓ ㄐㄧˋ） 拖延敵人進攻的計謀。戰場上指拖延戰事，以等待救援。也泛指暫時緩和不利情勢的方法。

語源 三國演義第九十九回：「孔明用緩兵之計，漸退漢中，都督何故懷疑，不早追之？」清白雲道人玉樓春第十二回：「如今必設一個良策回答他，不順不逆，做個緩兵之計。」

例句 為了避免被殺害，她只好與歹徒虛與委蛇，作為緩兵之計，再找機會脫逃。

近義 拖延戰術

反義 速戰速決

10

縈青繚白（ㄧㄥˊ ㄑㄧㄥ ㄌㄧㄠˊ ㄅㄞˊ） 青山白雲繚繞在四周。形容在山頂眺望所見的美景。縈、繚，均為纏繞之意。青，指青山；白，指白雲。

語源 唐柳宗元始得西山宴遊記：「縈青繚白，外與天際，四望如一。」

例句 登上玉山主峰，看到縈青繚白的美景，讓人不禁忘了攻頂的艱辛。

近義 山環水抱　山明水秀

11

縮衣節食 ㄙㄨㄛ ㄧ ㄐㄧㄝˊ ㄕˊ 參見「節衣縮食」。

縮頭烏龜 ㄙㄨㄛ ㄊㄡˊ ㄨ ㄍㄨㄟ 把頭縮進殼裡的烏龜。比喻膽小怕事、逃避現實的人。

語源 明方汝浩禪真逸史第二十一回：「這悍婦只可欺那縮頭烏龜，敢惹誰來？」

例句 男子漢大丈夫，面對紛爭就要勇敢出面解決，怎可做一個縮頭烏龜？

近義 膽小如鼠

反義 拼命三郎

縱虎歸山 ㄗㄨㄥˋ ㄏㄨˇ ㄍㄨㄟ ㄕㄢ 參見「放虎歸山」。

縱橫交錯 ㄗㄨㄥ ㄏㄥˊ ㄐㄧㄠ ㄘㄨㄛˋ 橫的豎的交叉在一起。形容事物或情況非常複雜。

語源 宋呂祖謙東萊博議卷一梁亡：「縱橫交錯，舉非此理，左顧右盼，應接不暇。」

例句 這裡是三條國道的交會處，交流道縱橫交錯，令人眼花撩亂。

近義 錯綜複雜　盤根錯節

反義 一目了然　井然有序

縱橫捭闔 ㄗㄨㄥ ㄏㄥˊ ㄅㄞˇ ㄏㄜˊ 原指戰國時代的遊說之士為推行合縱或連橫而使用的手段。今指靈活運用分化或拉攏的手段。縱橫，合縱連橫的簡稱。捭闔，開合。指分化和拉攏。

語源 宋朱熹答汪尚書：「相與扇縱橫捭闔之辨，以持其說，而漠然不知禮義廉恥之為何物。」

例句 外交官在談判桌上縱橫捭闔所發揮的影響力，有時勝過百萬雄兵。

近義 分化拉攏

總而言之 ㄗㄨㄥˇ ㄦˊ ㄧㄢˊ ㄓ 總括起來說。多用為總結推證的承接連詞。

語源 舊唐書李百藥傳：「總而言之，爵非世及，用賢之路斯廣。」

例句 總而言之，快樂的人生築基在健康的身體，沒有健康，一切都免談。

近義 一言以蔽之

總角之交 ㄗㄨㄥˇ ㄐㄧㄠˇ ㄓ ㄐㄧㄠ 童年時期的朋友。總角，古代未成年的人頭髮紮成小髻，形狀如兩角。借指童年。

語源 詩經衛風氓：「總角之宴，言笑晏晏。」晉書何劭傳：「少與帝同年，有總角之好。」明方汝浩禪真逸史第十一回：「這哥哥是小人總角之交，姓薛，雙名志義。」

例句 他們兩人是總角之交，現在又剛好在同一個單位服務，因此默契十足，合作無間。

近義 竹馬之好　竹馬之交

繁文縟節 ㄈㄢˊ ㄨㄣˊ ㄖㄨˋ ㄐㄧㄝˊ 繁瑣的禮節或儀式。也比喻瑣碎多餘的事項或程序。文、節，指儀式、禮節。也作「繁文縟禮」。

語源 唐元稹王永太常博士制：「謁清官，朝太廟，繁文縟禮，予心憎然。」明呂坤呻吟語世運：「官盛從豐供，繁文縟節，奔逐世態，而以教養為迂腐。」

例句 公家機關行政作業電腦化之後，申請證件不再需要繁文縟節了。

近義 行禮如儀

反義 刪繁就簡　因陋就簡

繁絃急管 ㄈㄢˊ ㄒㄧㄢˊ ㄐㄧˊ ㄍㄨㄢˇ　參見「急管繁絃」。

12

繞梁三日 ㄖㄠˋ ㄌㄧㄤˊ ㄙㄢ ㄖˋ　聲音環繞屋梁，三日不去。形容音樂或歌聲美妙動聽，餘味無窮。

語源 清劉鶚老殘遊記第二回：「當年讀書，見古人形容歌聲的好處，有那『餘音繞梁，三日不絕』的話，我總不懂。」

例句 聽完世界三大男高音的演唱會後，動人的歌聲繞梁三日，餘音久久不絕。

近義 餘音繞梁

繡花枕頭 ㄒㄧㄡˋ ㄏㄨㄚ ㄓㄣˇ ˙ㄊㄡ　繡花的枕頭外表華麗，但裡面全是破棉絮而已。比喻徒有外表而無真才實學的人。

語源 清無垢道人八仙得道第九十七回：「這等皇親人家的子弟全是繡花枕頭，表面好看，肚子裡全是茅草。」

例句 他雖然相貌堂堂，但是沒什麼才能，只不過是個繡花枕頭罷了！

近義 華而不實　虛有其表

反義 真才實學

13

繩之以法 ㄕㄥˊ ㄓ ㄧˇ ㄈㄚˇ　以法律制裁犯罪的人。繩，木工用的墨線，為校正曲直的工具，此作動詞用，引申為約束、制裁。

語源 後漢書馮衍傳：「以文帝之明而魏尚之忠，繩之以法則為罪，施之以德則為功。」

例句 士林之狼在警方的誘捕之下，已被繩之以法，民眾總算可以免去多日來的驚恐了。

反義 逍遙法外　網開一面

繩鋸木斷 ㄕㄥˊ ㄐㄩˋ ㄇㄨˋ ㄉㄨㄢˋ　繩子也能鋸斷木頭。比喻只要堅持不懈，即使力量微薄，也能取得成功。

語源 宋羅大經鶴林玉露卷十：「一日一錢，千日一千，繩鋸木斷，水滴石穿。」

例句 這項任務儘管艱難，但只要我們憑著努力不懈的精神，終有繩鋸木斷的一天。

近義 水滴石穿　磨杵成針

反義 挾山超海

繪聲繪影 ㄏㄨㄟˋ ㄕㄥ ㄏㄨㄟˋ ㄧㄥˇ　把聲音和影像都描繪出來。形容描寫生動逼真。也作「繪聲繪色」。

語源 清蕭山湘靈子軒亭冤題詞：「繪聲繪影樣翻新，描寫秋娘事事真。」

例句 她說故事時總是繪聲繪影，難怪小朋友聽得津津有味。

近義 栩栩如生　維妙維肖

反義 枯燥無味　平淡無奇

14

繼志述事 ㄐㄧˋ ㄓˋ ㄕㄨˋ ㄕˋ　繼承前人的志向，完成前人的事業。

語源 宋佚名宣和書譜卷一：「夫可謂繼志述事之主。」

例句 生個男孩以繼志述事是傳統社會的舊觀念，但男女日漸平等的今天，許多女孩也被寄予相同的期望。

近義 肯堂肯構　克紹箕裘

反義 數典忘祖

繼往開來 ㄐㄧˋ ㄨㄤˇ ㄎㄞ ㄌㄞˊ　繼承前人的基業，並為後世開啟新的道路。

語源 明王守仁傳習錄：「文公精神氣魄大，是他早年合下，便要繼往開來。」

例句 他在學術上的研究，具有繼往開來的貢獻。

近義 承先啟後　一脈相承

15

纏綿悱惻 ㄔㄢˊ ㄇㄧㄢˊ ㄈㄟˇ ㄘㄜˋ　心緒糾結、情感深刻而哀婉動

人。多用來指詩文情調淒惻婉轉。纏綿，糾結纏繞。悱惻，悲切的樣子。

語源 漢張升與任彥堅書：「纏綿恩好，庶蹈高蹤。」戰國楚屈原九歌湘君：「橫流涕兮潺湲，隱思君兮悱惻。」明王夫之薑齋詩話：「長言永嘆，以寫纏綿悱惻之情，詩本教也。」

例句 這部小說，描寫情愛故事纏綿悱惻，扣人心弦。

近義 哀感頑豔 不忍卒讀

反義 無動於中 心如槁木

17

纖塵不染 ㄒㄧㄢ ㄔㄣˊ ㄅㄨˋ ㄖㄢˇ 參見「一塵不染」。

缶部

11

罄竹難書 ㄑㄧㄥˋ ㄓㄨˊ ㄋㄢˊ ㄕㄨ 用盡竹簡也難寫完。形容罪行多得寫不完。罄，盡；完。

語源 呂氏春秋季夏紀明理：「此皆亂國之所生也，不能勝數，盡荊越之竹，猶不能書。」漢書公孫賀傳：「丞相禍及宗矣，南山之竹不足受我辭。」舊唐書李密傳：「罄南山之竹，書罪未窮；決東海之波，流惡難盡。」

辨析 本則成語含有貶義，只能用在惡行。

例句 這個歹徒所犯下的罪行罄竹難書，天理難容，因此法官將他判處死刑。

近義 擢髮難數 惡貫滿盈

网部

8

罪大惡極 ㄗㄨㄟˋ ㄉㄚˋ ㄜˋ ㄐㄧˊ 形容罪惡深重到極點。

語源 宋歐陽脩縱囚論：「刑入於死者，乃罪大惡極。」

例句 那些殺人越貨的歹徒，真是罪大惡極，死有餘辜。

近義 罪惡滔天 罪該萬死

反義 改惡從善 洗心革面

罪不可赦 ㄗㄨㄟˋ ㄅㄨˋ ㄎㄜˇ ㄕㄜˋ 罪行重大，不可赦免。

語源 舊五代史唐書溫韜傳：「此劫陵賊，罪不可赦。」

例句 這個炸彈客害死十幾條人命，罪不可赦，被害者家屬都恨不得將他千刀萬剮。

近義 十惡不赦 罪不容誅

反義 網開一面 法外施仁

罪不容誅 ㄗㄨㄟˋ ㄅㄨˋ ㄖㄨㄥˊ ㄓㄨ 判處死刑也抵償不了所犯的罪行。比喻罪大惡極。不容，不足以容納。誅，處死。

語源 孟子離婁上：「此所謂率土地而食人肉，罪不容於死。」漢書王莽傳上：「興兵動眾，欲危宗廟，惡不忍聞，罪不容誅。」

例句 為了詐領保險金，他竟然製造假車禍，害死自己的妻子，惡行重大，罪不容誅！

近義 罪大惡極 罪該萬死

反義 迷途未遠 情有可原

罪加一等 ㄗㄨㄟˋ ㄐㄧㄚ ㄧ ㄉㄥˇ 對所犯之罪該當的處分再加重罰責。原作「加罪一等」。

語源 漢書薛宣傳：「其賊加罪一等，與謀者同罪。」清李雨堂萬花樓演義第八回：「縱子殃民，實乃知法犯法，比之庶民罪加一等。」

例句 事前老師已告誡再三，你卻明知故犯，罪加一等，準備接受處罰吧！

近義 嚴懲不貸

反義 從輕發落 法外施仁

罪有應得 ㄗㄨㄟˋ ㄧㄡˇ ㄧㄥ ㄉㄜˊ 犯了罪而受到應得的懲罰。形容受到的懲罰一點也不冤枉。

語源 清李伯元官場現形記第二十回：「今日卑職故違大人禁令，自知罪有應得。」

【例句】他平日為非作歹，魚肉鄉民，如今被判刑是罪有應得。

【近義】作法自斃　自作自受

罪無可逭（ㄗㄨㄟˋ ㄨˊ ㄎㄜˇ ㄏㄨㄢˋ）罪行重大，無法逃避刑責。逭，逃避。也作「罪不可逭」。

【語源】水滸全傳第九十七回：「某等不能速來歸順，罪不可逭。」清史稿刑法志三：「常犯之人情實，固罪無可逭者。」

【例句】他以殘暴的方式殺害這一家四口，證據確鑿，罪無可逭。

【近義】罪不可赦　罪不容誅

【反義】網開一面　法外施仁

罪該萬死（ㄗㄨㄟˋ ㄍㄞ ㄨㄢˋ ㄙˇ）罪行大得應該被處死一萬次。古時多用於請罪之詞，後也用來形容罪惡重大。也作「罪當萬死」。

【語源】漢書東方朔傳：「冀士愚臣，忘生觸死，逆盛意，犯隆指，罪當萬死。」水滸傳第九十七回：「孫安納頭便拜道：『孫某抗拒大兵，罪該萬死。』」

【例句】他做了許多傷天害理的事，仍絲毫沒有悔意，真是罪該萬死。

【近義】罪孽深重　死有餘辜

【反義】情有可原

罪魁禍首（ㄗㄨㄟˋ ㄎㄨㄟˊ ㄏㄨㄛˋ ㄕㄡˇ）指罪行的發動者或首要分子。

【語源】清無名氏續兒女英雄傳第三回：「非大人振作一番，嚴辦幾個罪魁禍首，使民方有所畏懼。」

【例句】他是造成這起人倫悲劇的罪魁禍首，沒人會原諒他。

【近義】始作俑者

罪證確鑿（ㄗㄨㄟˋ ㄓㄥˋ ㄑㄩㄝˋ ㄗㄠˊ）犯罪的證據非常明確。

【語源】清史稿惲祖翼傳：「采臣治亂用重之議，嗣遇將弁贓證確鑿者，分別輕重，嚴定參革、追繳、倍罰、斬絞之例。」

【例句】由於被告的罪證確鑿，法院很快就做出判決。

【近義】人贓俱獲　鐵案如山

【反義】屈打成招　莫須有

罪孽深重（ㄗㄨㄟˋ ㄋㄧㄝˋ ㄕㄣ ㄓㄨㄥˋ）形容罪過極重。罪孽，罪過；罪惡。

【語源】清洪昇長生殿第二十五齣：「罪孽深重，罪孽深重，望我佛度脫咱。」

【例句】雖然已經出獄，但他仍深感自己罪孽深重，決心投身社會公益，以彌補往日的罪過。

【近義】罪大惡極　罪該萬死

【反義】功德無量

置之不理（ㄓˋ ㄓ ㄅㄨˋ ㄌㄧˇ）擱在一邊，不加理會。

【語源】明周楫西湖二集第十卷：「敗報到了朝中，賈似道只是置之不理。」

【例句】資方對於工會提高工資的要求置之不理，看來罷工行動已無可避免。

【近義】置若罔聞　相應不理

【反義】鄭重其事

置之度外（ㄓˋ ㄓ ㄉㄨˋ ㄨㄞˋ）放在所盤算、所計較的範圍之外。形容不將某件事放在心上。

【語源】後漢書隗囂公孫述傳：「且當置此兩子於度外耳。」北齊書神武帝紀：「東南不賓，為日已久，先朝已來，置之度外。」

【例句】特種部隊的精兵為了達成任務，個個早已將生死置之度外了。

【近義】視若無睹　置之不理

【反義】念念不忘　念茲在茲

置身事外 ㄓˋ ㄕㄣ ㄕˋ ㄨㄞˋ 把自己放在事情之外。形容對某事不參與、不過問、不關心；也表示自身與某事無關。

語源 清王韜淞隱漫錄卷九駱蓉初：「署中一切大小公務，悉委局員代理，生反得置身事外，時與客出外遊覽。」

例句 這事遲早會惹禍，你選擇置身事外，實在是明智之舉。

近義 不聞不問　袖手旁觀

反義 一力承當　親力親為

置若罔聞 ㄓˋ ㄖㄨㄛˋ ㄨㄤˇ ㄨㄣˊ 擱置起來像從沒聽過一樣。形容把事情放在一邊不管，不予理會。罔，無；沒有。

語源 明周順昌福州高瑞紀事：「復嚴諭速出迎詔，竟置若罔聞。」

例句 他自認問心無愧，因此對外界的流言蜚語一概置若罔聞。

近義 置之不理　相應不理

反義 銘記在心　念念不忘

置之死地而後生 ㄓˋ ㄓ ㄙˇ ㄉㄧˋ ㄦˊ ㄏㄡˋ ㄕㄥ 處於極其艱險的境地，兵士就會奮勇殺敵，從而生存下來。

語源 孫子九地：「投之亡地然後存，陷之死地然後生。」

例句 革命志士抱定置之死地而後生的決心，奮鬥不懈，終於推翻了滿清，建立了民國。

近義 絕處逢生

14

羅掘俱窮 ㄌㄨㄛˊ ㄐㄩㄝˊ ㄐㄩˋ ㄑㄩㄥˊ 羅雀掘鼠，各種辦法都用盡了。比喻用盡辦法也籌不到錢，陷入財物匱乏的困境。羅掘，「羅雀掘鼠」之意，本指捕捉鳥雀、挖掘鼠類以充飢。也比喻用盡辦法籌措財物。羅，以網捕捉。窮，盡。

語源 新唐書張巡傳：「巡彊令食之，遠亦殺奴僮以哺卒，至羅雀掘鼠，煮鎧弩以食。」蔡東藩民國通俗演義第一三五回：「中央以外債為天源，而典質皆絕；文吏以橫征為上選，而羅掘俱窮。」

例句 他欠了一屁股的債，已到羅掘俱窮的地步，只好躲到國外去。

近義 告貸無門　山窮水盡

羅曼蒂克 ㄌㄨㄛˊ ㄇㄢˋ ㄉㄧˋ ㄎㄜˋ 英語 romantic 的音譯。又譯作「浪漫」。指熱情、感性、富於幻想的特質。

例句 他選了一間氣氛羅曼蒂克的餐廳，準備在用餐時當眾向女朋友求婚。

羅雀掘鼠 ㄌㄨㄛˊ ㄑㄩㄝˋ ㄐㄩㄝˊ ㄕㄨˇ 張網捕捉麻雀、掘洞捕捉老鼠以充饑。比喻極端匱乏的窘境。也比喻用盡一切辦法籌集物資。羅，用作動詞，張網捕捉。

語源 新唐書張巡傳：「至是食盡……至羅雀掘鼠，煮鎧弩以食。」清徐珂清稗類鈔獄訟類：「猶以文書上下，百端誅求，其子至羅雀掘鼠以應。」

例句 非洲許多國家因連年乾旱加上內戰，人民已到了羅雀掘鼠的地步，急需外界的救援。

近義 羅掘俱窮　挖根裹腹

反義 物阜民豐　豐衣足食

羅敷有夫 ㄌㄨㄛˊ ㄈㄨ ㄧㄡˇ ㄈㄨ 原為古樂府詩豔歌羅敷行中，女子羅敷自言已有夫婿，回絕刺史的追求之語。後用來指婦女已婚。

語源 宋書樂志豔歌羅敷行：「秦氏有好女，自名為羅敷。羅敷年幾何……使君謝羅敷，寧可共載不?羅敷前置詞，使君一何愚!使君自有婦，羅敷自有夫。」清俞蛟夢廣雜著春

网

明叢說：「昨歲已受西村某氏聘，人所共知；羅敷有夫，子何妄也？」

【例句】新進的女同事貌美如花，可惜已羅敷有夫，讓單身的小新好生失望。

【近義】名花有主　有夫之婦

【反義】待字閨中　雲英未嫁

羊部

羊入虎口 ㄧㄤˊ ㄖㄨˋ ㄏㄨˇ ㄎㄡˇ

比喻非常危險，絕無僥倖生還的機會。

【語源】明羅懋登三寶太監西洋記第二十八回：「你今日赤手空拳，輕身而往，豈不是羊入虎口，自速其亡？」

【例句】你自己一個人跑去跟黑社會老大討公道，這不是羊入虎口嗎？

【近義】燕巢幕上　魚游釜中

羊狠狼貪 ㄧㄤˊ ㄏㄣˇ ㄌㄤˊ ㄊㄢ

形容人兇狠殘忍，貪婪無厭。

【語源】史記項羽本紀：「猛如虎，很（狠）如羊，貪如狼，強不可使者，皆斬之。」唐韓愈鄆州谿堂詩：「孰為邦蟊，節根之螟；羊狠狼貪，以口覆城。」

【例句】這群綁匪個個羊狠狼貪，令人質的家屬擔心萬分。

【近義】豺狼獸心　貪得無厭

【反義】菩薩心腸

羊腸小徑 ㄧㄤˊ ㄔㄤˊ ㄒㄧㄠˇ ㄐㄧㄥˋ

形容狹窄曲折的小路。

【語源】漢劉安淮南子兵略：「羊腸道，發笥門。」紅樓夢第十七回：「上面苔蘚斑駁，或藤蘿掩映，其中微露羊腸小徑。」

【例句】那座山中有一條羊腸小徑，一到春天，兩旁開滿櫻花，煞是好看。

【近義】羊腸鳥道

【反義】康莊大道　陽關大道

羊腸鳥道 ㄧㄤˊ ㄔㄤˊ ㄋㄧㄠˇ ㄉㄠˋ

曲折險峻的山路小徑。

【語源】北周庾信秦州天水郡麥積崖佛龕銘序：「鳥道乍窮，羊腸或斷。」宋釋普濟五燈會元卷一二明州仗錫山修己禪師：「羊腸鳥道無人到，寂寞雲中一箇人。」

【例句】他爬到半山腰，再往上看盡是些羊腸鳥道，便回頭向山下走去。

【近義】羊腸小徑

【反義】康莊大道　陽關大道

羊質虎皮 ㄧㄤˊ ㄓˊ ㄏㄨˇ ㄆㄧˊ

羊披上虎皮，看似威猛，實際仍很怯弱。比喻外表威猛，而內在怯弱。也作「虎皮羊質」。

【語源】漢揚雄法言吾子：「羊質而虎皮，見草而說（悅），見豺而戰，忘其皮之虎矣。」

【例句】別看他驕傲自大不可一世的樣子，其實羊質虎皮，真碰到事情時一點擔當也沒有。

【近義】外強中乾　色厲內荏

【反義】大勇若怯

羊毛出在羊身上 ㄧㄤˊ ㄇㄠˊ ㄔㄨ ㄗㄞˋ ㄧㄤˊ ㄕㄣ ㄕㄤˋ

比喻所獲得的利益其實是自己所付出的。

【語源】明沈孟柈錢塘漁隱濟顛禪師語錄：「唐家街里閑游賞，媽媽家中請和尚；三百襯錢五味食，羊毛出在羊身上。」

【例句】別為了贈品而買東西，其實「羊毛出在羊身上」，商家只是引誘你掏錢消費而已。

3

美人胚子 ㄇㄟˇ ㄖㄣˊ ㄆㄟ ˙ㄗ

天生的美女。胚子，種子。強調與生俱來。

【例句】她小時候就是個美人胚子，人見人誇，長大後不免有些眼高手低。

【近義】天生麗質

美人遲暮 ㄇㄟˇ ㄖㄣˊ ㄔˊ ㄇㄨˋ 美人已年老。比喻年華老去，美麗不再。遲暮，晚年；年老。
語源 楚辭屈原離騷：「惟草木之零落兮，恐美人之遲暮。」
例句 她正當十八姑娘一朵花、青春無邪的年紀，怎能體會美人遲暮的心情？
近義 年華老去　盛年不再
反義 二八年華　年輕貌美

美不勝收 ㄇㄟˇ ㄅㄨˋ ㄕㄥ ㄕㄡ 形容美好事物眾多、豐富，觀賞不盡。勝，盡。收，收納眼底，引申為觀賞之意。
語源 清張潮虞初新志卷八：「洪子去蕪授我強意堂稿，美不勝收。」
辨析 勝，音ㄕㄥ，不讀ㄕㄥˋ。
例句 這位企業家喜好收藏古董，家中的古物珍玩，琳琅滿目，美不勝收。
近義 琳琅滿目　目不暇給
反義 乏善可陳　不堪入目

美中不足 ㄇㄟˇ ㄓㄨㄥ ㄅㄨˋ ㄗㄨˊ 指事物雖然美好，但稍有缺陷。
語源 明吾丘瑞運甓記第二十三齣：「只這一州未歸掌握……這是美中不足。」
例句 中秋夜家人團聚在一起談天說地，樂享天倫，美中不足的是月亮被雲遮住了臉，彷彿羞於見人。
近義 白璧微瑕　大醇小疵
反義 盡善盡美　完美無缺

美如冠玉 ㄇㄟˇ ㄖㄨˊ ㄍㄨㄢˋ ㄩˋ 美得像帽子上的飾玉。原形容虛有其表的美男子。後用來比喻男子貌美。
語源 史記陳丞相世家：「平雖美大夫，如冠玉耳，其中未必有也。」清蒲松齡聊齋誌異素秋：「時見對戶一少年，美如冠玉。」
例句 這班飛機上的男空服員美如冠玉，讓阿花忍不住多看了幾眼。
近義 一表人才　相貌堂堂
反義 其貌不揚　貌不驚人

美夢成真 ㄇㄟˇ ㄇㄥˋ ㄔㄥˊ ㄓㄣ 美好的願望得以實現。
例句 從小夢想成為音樂家的她，經過多年來不斷地苦練，終於美夢成真，在國家音樂廳舉辦個人演奏會。
近義 如願以償　天從人願
反義 一場春夢　化為泡影

美輪美奐 ㄇㄟˇ ㄌㄨㄣˊ ㄇㄟˇ ㄏㄨㄢˋ 形容屋室華美壯觀。多用於讚美新屋。輪，高大。奐，色彩鮮明。也作「美侖美奐」。
語源 禮記檀弓下：「晉獻文子成室，晉大夫發焉。張老曰：『美哉輪焉，美哉奐焉。』」
例句 這棟專為企業老闆建造的高級豪宅，果然美輪美奐，舒適氣派。
近義 富麗堂皇　瓊樓玉宇
反義 蓬戶甕牖　蓬門蓽戶

5

羚羊掛角 ㄌㄧㄥˊ ㄧㄤˊ ㄍㄨㄚˋ ㄐㄧㄠˇ 傳說羚羊夜晚睡覺時會以角掛在樹上，腳不著地，以避免遭受殺害。後引申為詩文意境高超脫俗，不著痕跡。
語源 祖堂集卷八雲居和尚：「只解尋得有蹤跡底，忽遇靈羊掛角，莫道蹤跡，氣也不識。」宋嚴羽滄浪詩話詩辨：「盛唐諸人，唯在興趣，羚羊掛角，無跡可求。」
例句 這首詩意境高妙，如羚羊掛角一般，若不用心體會，恐難知其深意。
近義 不著痕跡　無跡可尋
反義 有跡可尋

羞愧無地 ㄒㄧㄡ ㄎㄨㄟˋ ㄨˊ ㄉㄧˋ 感到羞恥慚愧得無地自容。
語源 西遊記第七十九回：「那國王羞愧無地，只道……」

例句 他一向刻薄自私，如今遭逢意外，鄰居們卻都主動伸出援手，讓他羞愧無地，不知該如何面對。

近義 無地自容 無容身之地

反義 恬不知恥 厚顏無恥

羞與為伍（ㄒㄧㄡ ㄩˇ ㄨㄟˊ ㄨˇ） 參見「羞與噲伍」。

羞與噲伍（ㄒㄧㄡ ㄩˇ ㄎㄨㄞˋ ㄨˇ） 指不屑與某人同列。表示對某人極端的鄙視和厭惡。羞，不屑。噲，指漢朝的樊噲。伍，同列。語出史記淮陰侯列傳。也作「羞與為伍」。

語源 史記淮陰侯列傳：「信嘗過樊將軍噲，噲跪拜送迎，言稱臣，曰：『大王乃肯臨臣！』信出門，笑曰：『生乃與噲等為伍！』」意思是韓信鄙視樊噲，不屑與他同為列侯。

例句 他靠著逢迎拍馬的手段獲得今日的職位，令許多同事羞與噲伍。

近義 令人不齒

反義 見賢思齊 另眼相待

6

善自為謀（ㄕㄢˋ ㄗˋ ㄨㄟˊ ㄇㄡˊ） 指善於為自己打算。

語源 左傳桓公六年：「太子曰：『人各有耦，齊大，非吾耦也。詩云：「自求多福。」在我而已，大國何為？』君子曰：『善自為謀。』」

例句 商場上沒有永遠的敵人，也沒有永遠的朋友，因此他廣結善緣，可謂善自為謀。

近義 自作打算

反義 公而忘私

善男信女（ㄕㄢˋ ㄋㄢˊ ㄒㄧㄣˋ ㄋㄩˇ） 虔誠信仰佛教或道教的男女教徒。

語源 六祖壇經疑問品第三：「在會善男信女，各得開悟。」

例句 北港媽祖廟香火鼎盛，每天都有許多善男信女前去燒香膜拜。

善始善終（ㄕㄢˋ ㄕˇ ㄕㄢˋ ㄓㄨㄥ） 指事情從開始到結束都很好。也指人一生順遂，並於晚年時有好的結局。

語源 莊子大宗師：「故聖人將遊於物之所不得遯而皆存，善妖善老，善始善終。」史記陳丞相世家：「事多故矣，然平竟自脫，定宗廟，以榮名終，稱賢相，豈不善始善終哉！」

例句 這項任務雖然困難，但由於大家同心協力，終能善始善終，達到預期的目標。

近義 一帆風順 全始全終

反義 虎頭蛇尾 晚節不保

善為說辭（ㄕㄢˋ ㄨㄟˊ ㄕㄨㄛ ㄘˊ） 指很會說話或說好話。

語源 孟子公孫丑上：「宰我、子貢善為說辭。」

例句 這件事是他誤會我了，你與他較為相熟，請你善為說辭，幫我澄清吧！

近義 能言善道 口角春風

反義 辭不達意 搬弄是非

善頌善禱（ㄕㄢˋ ㄙㄨㄥˋ ㄕㄢˋ ㄉㄠˇ） 指善於在頌揚之中隱寓規諷之意。禱，祝頌。

語源 禮記檀弓下：「文子曰：『武也，得歌於斯，哭於斯，聚國族於斯，是全要（腰）領以從先大夫於九京也。』北面再拜稽首。君子謂之善頌善禱。」

例句 李經理在臺上一席善頌善禱的致詞，聽得董事長頻頻點頭。

善罷干休（ㄕㄢˋ ㄅㄚˋ ㄍㄢ ㄒㄧㄡ） 參見「善罷甘休」。

善罷甘休（ㄕㄢˋ ㄅㄚˋ ㄍㄢ ㄒㄧㄡ） 甘願罷手停止，好好地收場。多指了結糾紛，不再鬧下去。常

用否定用法。也作「善罷干休」。

語源 紅樓夢第六十五回：「奶奶就是讓著他，他看見奶奶比他標緻，又比他得人心兒，他就肯善罷干休了?」清竹溪山人粉妝樓全傳第七回：「我們今日打了沈廷芳，他豈肯善罷甘休?」

例句 他為人貪狠自私，你若得罪了他，恐怕他不會輕易善罷甘休。

近義 甘心作罷 適可而止

善體人意 ㄕㄢˋ ㄊㄧˇ ㄖㄣˊ ㄧˋ 非常能體貼別人的心意。

語源 宋高僧傳卷二十九唐京兆歡喜傳：「後棲越溪雲門寺修道，然善體人意，號利智梵僧焉。」

例句 他是個善體人意的朋友，所以我心情不好時都會向他傾訴。

近義 體貼入微 無微不至

反義 冷若冰霜 拒人千里

7

群起攻之 ㄑㄩㄣˊ ㄑㄧˇ ㄍㄨㄥ ㄓ 眾人紛紛加以批評、指責。攻，指責。

語源 論語先進：「非吾徒也，小子鳴鼓而攻之，可也。」宋史馬廷鸞傳：「彌遠之罪既著，故當時不樂嵩之之繼也，因喪起復，群起攻之。」

例句 綜藝節目主持人的言論太過下流，導致觀眾群起攻之，要求他公開道歉。

近義 鳴鼓而攻 口誅筆伐

反義 不予置評

群起效尤 ㄑㄩㄣˊ ㄑㄧˇ ㄒㄧㄠˋ ㄧㄡˊ 大家紛紛仿效某種錯誤的行為。效尤，仿效錯誤。也作「起而效尤」。

語源 左傳莊公二十一年：「鄭伯效尤，其亦將有咎！」清劉錦藻清朝續文獻通考選舉考六：「英、法既開先例，各國群起效尤。」

例句 藝人開搖頭派對的新聞曝光後，盲目的青少年群起效尤，令人憂心。

近義 爭相模仿 有樣學樣

群情激憤 ㄑㄩㄣˊ ㄑㄧㄥˊ ㄐㄧ ㄈㄣˋ 眾人情緒激動、憤慨。

例句 這家工廠又在半夜偷排廢水，汙染河川，附近居民群情激憤，聚集在工廠大門前抗議。

近義 氣憤填膺 咬牙切齒

反義 忍氣吞聲 心平氣和

群策群力 ㄑㄩㄣˊ ㄘㄜˋ ㄑㄩㄣˊ ㄌㄧˋ 眾人一起謀劃，共同完成。

語源 漢揚雄法言重黎：「漢屈群策，群策屈群力。」明史陳亨傳：「意者天之所興，群策群力，應時並濟。」

例句 新年度開始，公司的營運還有賴同仁群策群力，共創佳績。

近義 齊心協力 通力合作

反義 獨斷獨行 單打獨鬥

群賢畢至 ㄑㄩㄣˊ ㄒㄧㄢˊ ㄅㄧˋ ㄓˋ 有賢德才能的人都來到了。形容賢能者齊聚一堂。

語源 晉王羲之蘭亭集序：「會於會稽山陰之蘭亭，修禊事也。群賢畢至，少長咸集。」

例句 一年一度的文藝節大會上，群賢畢至，盛況空前。

近義 鸞翔鳳集 濟濟一堂

群龍無首 ㄑㄩㄣˊ ㄌㄨㄥˊ ㄨˊ ㄕㄡˇ 原指群賢興起、事物勃發初期，無人強要出頭左右局勢。後多用來比喻團體無人領導，局面混亂。

語源 易經乾卦：「用九，見群龍無首，吉。」明沈德符萬曆野獲編第十五卷：「上意大疑，以故屢請不報，至丙辰而群龍無首，文壇喪氣。」

例句 他一生病，整個工作團隊便群龍無首，工作效率直線下降。

近義 烏合之眾 各自為政

反義 一呼百應

群蟻附羶 ㄑㄩㄣˊ ㄧˇ ㄈㄨˋ ㄕㄢ 參見「如蟻附羶」。

群魔亂舞 ㄑㄩㄣˊ ㄇㄛˊ ㄌㄨㄢˋ ㄨˇ 成群的魔鬼胡亂舞動。形容風氣敗壞到極點，或比喻眾多的壞人猖狂作惡。

例句 地方政壇被黑道把持，議員公然包娼包賭，群魔亂舞，簡直視法治為無物！

近義 烏煙瘴氣 胡作非為

反義 歌舞昇平 弊絕風清

義不容辭 ㄧˋ ㄅㄨˋ ㄖㄨㄥˊ ㄘˊ 在道義上不容推辭。

語源 唐岑文本唐故特進尚書……溫公碑：「夫顯微闡幽，義不容辭。」

例句 這件事攸關大家的福利，我就義不容辭替大家向公司爭取了。

近義 責無旁貸 當仁不讓

反義 推三阻四 袖手旁觀

義正辭嚴 ㄧˋ ㄓㄥˋ ㄘˊ ㄧㄢˊ 持論合於義理，措詞嚴肅。

語源 明胡應麟少室山房筆叢卷八秋胡妻：「子玄之論，義正詞嚴，聖人復起，弗能易矣。」

例句 會議上，他義正辭嚴地斥責當前的不良風氣，令人動容。

近義 理直氣壯 慷慨陳詞

反義 理屈詞窮 強詞奪理

義無反顧 ㄧˋ ㄨˊ ㄈㄢˇ ㄍㄨˋ 在道義上只有勇往直前，絕對不猶豫退卻。也作「義不反顧」。

語源 漢司馬相如喻巴蜀檄：「觸白刃，冒流矢，義不反顧，計不旋踵。」清谷應泰明史紀事本末第六卷：「乃其為人勇沉，喜游俠……義無反顧，殺使者，盟諸將，嬰城固守。」

例句 消防隊員義無反顧地衝入火海，救出受困的小孩。

近義 見義勇為 責無旁貸

反義 袖手旁觀 推三阻四

義結金蘭 ㄧˋ ㄐㄧㄝˊ ㄐㄧㄣ ㄌㄢˊ 指朋友之間情義深厚投契。也指結為異姓兄弟或姐妹的行為。金蘭，語本易經，意指「具有斬斷金屬的銳利和如蘭花般的清香高潔」，比喻友情之深厚、契合。

語源 易經繫辭上：「二人同心，其利斷金；同心之言，其臭如蘭。」晉戴逵竹林七賢論：「山濤與阮籍、嵇康，皆一面，契若金蘭。」宋太平御覽引吳錄：「張溫英才瓌瑋，拜中郎將，聘蜀，與諸葛亮義結金蘭之好焉。」

例句 劉備、關羽、張飛三人志同道合，在桃園義結金蘭，為興復漢室而共同奮鬥。

近義 契若金蘭 志同道合

反義 不共戴天 反目成仇

義憤填膺 ㄧˋ ㄈㄣˋ ㄊㄧㄢˊ ㄧㄥ 為不公義的事而激起憤慨，充塞心胸。膺，胸。

語源 後漢書逸民傳：「王莽篡位，士之蘊藉義憤甚矣。」南朝梁江淹恨賦：「置酒欲飲，悲來填膺。」清張潮虞初新志卷二十：「余時義憤填膺，作檄討罪。」

例句 不肖廠商聯合哄抬價格，消費者都義憤填膺，同聲譴責。

近義 憤憤不平 氣憤填膺

反義 心平氣和 平心靜氣

義薄雲天 ㄧˋ ㄅㄛˊ ㄩㄣˊ ㄊㄧㄢ 義氣像雲天一樣高。形容一個人非常重視道義。薄，接近。

語源 宋書謝靈運傳：「高義薄雲天。」

例句 小說三國演義中，關雲長義薄雲天的偉岸形象，在歷代讀者心中留下了不可磨滅的印記。

近義 正氣凜然　豪氣干雲

羽 部

羽化登仙 ㄩˇ ㄏㄨㄚˋ ㄉㄥ ㄒㄧㄢ ①指人得道而飛昇成仙。也諱稱去世。②形容遠離塵世，飄然如登仙境。羽化，道士得道成仙。

語源 魏書釋老志：「奇方妙術，萬等千條，上云羽化飛天，次稱消災滅禍。」宋蘇軾赤壁賦：「飄飄乎如遺世獨立，羽化而登仙。」清俞萬春蕩寇志第一三〇回：「後來召忻、高粱都羽化登仙，其族盛於天下。」

例句 ①這位道長羽化登仙後，各地弟子、信眾特別為他蓋了一座紀念館。②登上山頂之後，青山綠水盡收眼底，山嵐縈繞腳下，真有物我兩忘、羽化登仙之感。

近義 蓬萊歸真　駕鶴西歸

羽毛未豐 ㄩˇ ㄇㄠˊ ㄨㄟˋ ㄈㄥ 羽毛尚未豐滿成熟。比喻年紀尚幼、能力尚淺或勢力尚弱，不能成事。

語源 戰國策秦策一：「寡人聞之，毛羽不豐滿者不可以高飛。」明張景飛丸記第三齣：「我羽毛未豐，恐網羅之易及。」

例句 警方趁著這個黑道組織羽毛未豐之際將他們徹底瓦解，免得壯大之後難以收拾。

近義 乳臭未乾　不成氣候

反義 羽毛豐滿　羽翼已成

羽翼已成 ㄩˇ ㄧˋ ㄧˇ ㄔㄥˊ 羽毛、翅膀都已長成。比喻已得人輔佐或勢力已經鞏固。羽翼，比喻輔佐之人。

語源 史記留侯世家：「我欲易之，彼四人輔之，羽翼已成，難動矣。」

例句 經過多年的經營累積，如今他的公司羽翼已成，準備好要進軍國際市場。

近義 羽毛豐滿

反義 羽毛未豐　不成氣候

5

習以為常 ㄒㄧˊ ㄧˇ ㄨㄟˊ ㄔㄤˊ 經常如此，已經習慣而視為平常。

語源 南齊書豫章文獻王傳：「復由風俗，東北異源，西南各緒，習以為常，因而弗變。」

例句 限用塑膠袋的政策雖然在一開始造成市民的不便，但實施久了，大家也就習以為常，樂於接受了。

近義 司空見慣　不足為奇

反義 少見多怪　蜀犬吠日

習而不察 ㄒㄧˊ ㄦˊ ㄅㄨˋ ㄔㄚˊ 習慣於事物，不去探察其中的深意，或不覺察其中的弊病。也作「習焉不察」。

語源 孟子盡心上：「行之而不著焉，習矣而不察焉，終身由之而不知其道者，眾也。」明朱國禎湧幢小品卷十二士戲：「林堯叟謂得臣輕用民命……學者習而不察，以為實然。」

例句 公司設有員工餐廳，免費供應伙食，但多數同事習而不察，不知老闆為員工健康著想的苦心。

近義 習以為常　等閒視之

習非勝是 ㄒㄧˊ ㄈㄟ ㄕㄥˋ ㄕˋ 習慣於錯誤的認知，反而認為它是對的。非，錯誤。是，正確。

語源 漢揚雄法言學行：「以

習非之勝是，況習是之勝非乎？」宋趙與時賓退錄第五卷：「名實相亂，莫矯其實，習非勝是，終古不悟，可悲矣！」

例句 有些將官公器私用，要小兵打理私人事務，因為沒有人追究，逐漸習非勝是，竟視為理所當然了。

近義 積非成是　似是而非

習焉不察 參見「習而不察」。

9

翩翩起舞 輕快優雅地跳舞。翩翩，行動輕快的樣子。

語源 戰國楚屈原九歌湘君：「飛龍兮翩翩。」清董含三岡識略第六卷：「每月明風和，雙鶴翩翩起舞。」

例句 婀娜多姿的女舞者隨著樂聲翩翩起舞，彷彿是仙女下凡。

近義 婆娑起舞　舞姿曼妙

12

翹首盼望 形容非常期待。翹首，抬頭遠望。形容殷切盼望。

語源 清夏敬渠野叟曝言第一三四回：「正在紛紛擾擾，傳聞木秀被俘，天兵全勝，莫不翹首盼望。」

例句 聽說蘋果公司即將推出新款手機，蘋果迷都在翹首盼望。

近義 引領而望　延頸企踵

翻山越嶺 形容長途跋涉。也作「登山越嶺」、「攀山越嶺」。

語源 西遊記第一百回：「幸虧他登山越嶺，跋涉崎嶇。」清劉省三躋春台十年雞：「做生意近處也可以掙錢，何必遠走他方，翻山越嶺？」

例句 陽明山魚路古道是臺灣先民翻山越嶺，往來金山、士林販售魚貨的一條道路。

近義 跋山涉水　長途跋涉

翻天覆地 參見「天翻地覆」。

翻江倒海 比喻力量或聲勢浩大。

語源 唐李筌太白陰經七祭風伯文：「鼓怒而走石飛沙，翻江倒海。」

例句 為了抗議稅賦不公，數萬名群眾走上街頭，聲勢如翻江倒海，場面十分壯觀。

近義 聲勢浩大　排山倒海

反義 雷大雨小　風平浪靜

翻來覆去 ①形容身體不停翻動，睡不著。②形容來來回回，重複不已。③形容事物多變。

語源 宋楊萬里不寐：「翻來覆去體都痛，乍暗忽明燈為誰？」水滸傳第六回：「林沖把這口刀翻來覆去看了一回，喝采道：『端的好把刀！』」宋吳潛蝶戀花：「世事翻來還覆去，造物兒嬉，自古無憑據。」

例句 ①她躺在床上翻來覆去，想的都是白天遇見的那個人。②這本書我翻來覆去看了半天，就是找不到你說的那一段。③關於這項工程，楊老闆的意見翻來覆去，讓底下的員工很難辦事。

近義 輾轉反側　反覆無常

反義 酣然入夢　始終如一

翻空出奇 形容詩文創作跳脫前人窠臼，風格獨特而出色。

語源 南朝梁劉勰文心雕龍神思：「意翻空而易奇，言徵實而難巧也。」宋劉克莊題吳必大檢察山林素封集：「此集十有七篇皆翻空出奇，幻假成真。」

羽

例句 他喜歡嘗試不同的寫作風格，因此作品往往能翻空出奇，令人耳目一新。
近義 別開生面　不落窠臼
反義 墨守成規　步人後塵

翻然改圖 ㄈㄢ ㄖㄢˊ ㄍㄞˇ ㄊㄨˊ 很快地轉變過來，另做打算。翻然，快而徹底的樣子。也作「幡然改圖」。
語源 孟子萬章上：「湯三使往聘之，既而幡然改曰……」三國志蜀書呂凱傳：「將軍若能翻然改圖，易跡更步，古人不難追，鄙土何足宰哉！」宋史許將傳：「將左顧右視，見利則回，幡然改圖，初無定論。」
例句 在炒作股市失利之後，他已翻然改圖，改買政府公債，做長期的投資。
近義 改弦易轍
反義 一成不變

翻然悔悟 ㄈㄢ ㄖㄢˊ ㄏㄨㄟˇ ㄨˋ 很快地後悔醒悟。翻然，快而徹底的樣子。也作「幡然悔悟」。
語源 唐韓愈與陳給事書：「今則釋然悟，翻然悔。」宋朱熹答袁機仲：「若能於此翻然悔悟，先取舊圖分明改正。」宋史陳宓傳：「願陛下幡然悔悟，昭明德以照臨百官。」
例句 儘管阿家不務正業，母親依然對他溫言婉語，只希望有朝一日他能翻然悔悟。
近義 浪子回頭　迷途知返
反義 執迷不悟　迷而不返

翻雲覆雨 ㄈㄢ ㄩㄣˊ ㄈㄨˋ ㄩˇ 翻過手來是雲，覆過手去是雨。比喻反覆無常，玩弄手段。也比喻男女行房。
語源 唐杜甫貧交行：「翻手作雲覆手雨，紛紛輕薄何須數。」宋黃機木蘭花慢：「世事翻雲覆雨，滿懷何止離憂。」明凌濛初二刻拍案驚奇卷三四：「翻雲覆雨，倒鳳顛鸞，自不必說。」
例句 ①商場上要講求信用，不可耍弄翻雲覆雨的手段。②這部電影中有男女主角翻雲覆雨的鏡頭，所以被列入限制級。
近義 反覆無常　尤雲殢雨

翻箱倒櫃 ㄈㄢ ㄒㄧㄤ ㄉㄠˇ ㄍㄨㄟˋ 把箱子、櫃子裡的東西翻倒出來。形容徹底搜尋。
語源 南朝宋劉義慶世說新語賢媛：「王家見二謝，傾筐倒庋。」明馮夢龍警世通言卷一五：「翻箱倒籠，滿屋尋一遍，那有些影兒。」
例句 他翻箱倒櫃地找身分證找了半天，最後才發覺就在自己口袋的皮夾裡。

翻臉無情 ㄈㄢ ㄌㄧㄢˇ ㄨˊ ㄑㄧㄥˊ 參見「反面無情」。

翻臉不認人 ㄈㄢ ㄌㄧㄢˇ ㄅㄨˋ ㄖㄣˋ ㄖㄣˊ 形容人突然改變態度，否認做過的承諾或決定。
例句 昨天餐桌上大家還相談甚歡，允諾共同出錢解決難關，怎知他今天竟翻臉不認人，真是令人納悶。
近義 視同陌路　反面無情

14

耀武揚威 ㄧㄠˋ ㄨˇ ㄧㄤˊ ㄨㄟ 炫耀武力，顯示威風。形容得意誇耀的姿態。
語源 元鄭德輝立成湯伊尹耕莘：「俺這裡耀武揚威膽氣雄，勒馬橫槍豪氣沖。」
例句 對手那副耀武揚威的模樣，激發了他奮戰不懈的決心。
近義 威風八面　飛揚跋扈
反義 棄甲曳兵　奴顏婢膝

老部

老不修 ㄌㄠˇ ㄅㄨˋ ㄒㄧㄡ　譏罵好色的老人。

語源　清佚名天豹圖第二十六回：「這個老不修，吃了偌大年紀，還要瞞妻子在外取小妾。」

例句　這個老不修，年紀一大把了，還想對朋友的孩子性騷擾，真是令人不齒。

老油條 ㄌㄠˇ ㄧㄡˊ ㄊㄧㄠˊ　比喻經驗老到而遇事圓滑敷衍的人。

例句　才剛進公司半年，他就變成老油條了，難怪遭到上司的警告。

老掉牙 ㄌㄠˇ ㄉㄧㄠˋ ㄧㄚˊ　比喻非常陳腐老舊。

例句　許主任每次上臺講的都是些老掉牙的故事，大家聽都聽膩了。

近義　老生常談

老大無成 ㄌㄠˇ ㄉㄚˋ ㄨˊ ㄔㄥˊ　年紀已大仍毫無成就。

語源　宋郭茂倩樂府詩集長歌行：「少壯不努力，老大徒傷悲。」紅樓夢第四回：「寡母又憐他是個獨根孤種，未免溺愛縱容些，遂致老大無成。」

例句　他少年時不求上進，整日尋歡作樂，如今老大無成，已後悔莫及。

近義　一事無成　無所作為

反義　大器晚成　少年有成

老少咸宜 ㄌㄠˇ ㄕㄠˋ ㄒㄧㄢˊ ㄧˊ　不論年長或年幼都適宜。

例句　這部動畫電影極具創意，老少咸宜，難怪會締造票房佳績。

近義　童叟無欺　雅俗共賞

老牛舐犢 ㄌㄠˇ ㄋㄧㄡˊ ㄕˋ ㄉㄨˊ　老牛用舌頭舔小牛。比喻父母對子女的疼愛。舐，舔。犢，小牛。

語源　參見「舐犢情深」條。

例句　母親輕拂懷中嬰兒臉頰，流露出老牛舐犢的溫情。

近義　舐犢情深

老生常談 ㄌㄠˇ ㄕㄥ ㄔㄤˊ ㄊㄢˊ　年老書生的平凡言論。泛指沒有創意的言論。談，也作「譚」。

語源　南朝宋劉義慶世說新語規箴：「輅稱引古義，深以戒之。颺曰：『此老生之常談。』」

例句　他一上臺就高談闊論，喋喋不休，其實都只是些老生常談罷了。

近義　陳腔濫調　迂闊之論

反義　言之有物　有感而發

老奸巨猾 ㄌㄠˇ ㄐㄧㄢ ㄐㄩˋ ㄏㄨㄚˊ　形容人熟練於世故而奸詐狡猾。奸，也作「姦」。猾，狡猾。

語源　史記魏其武安侯列傳：「丞相亦言灌夫通姦猾，侵細民，家累巨萬。」資治通鑑唐紀玄宗開元二十四年：「林甫城府深密，人莫窺其際……雖老奸巨猾，無能逃其術者。」

辨析　猾，不可作「滑」。

例句　這個人老奸巨猾，一輩子算計別人，現在總算得到報應了。

近義　詭計多端　老謀深算

老成持重 ㄌㄠˇ ㄔㄥˊ ㄔˊ ㄓㄨㄥˋ　原指年老而有德，做事謹慎穩重。後用以形容人學養深厚，閱歷豐富，言行穩重沉著。

語源　詩經大雅蕩：「雖無老成人，尚有典刑。」漢書韋賢傳：「玄成為相七年，守正持重不及父賢，而文采過之。」唐常袞授郭晞左散騎常侍制：「以少年之才雄，有老成之持重。」

例句　王祕書做事不急不躁，老成持重，是董事長的得力助

手。

近義 老成練達　老於世故

反義 初出茅廬　少不更事

老成凋謝 ㄌㄠˇ ㄔㄥˊ ㄉㄧㄠ ㄒㄧㄝˋ 指年長有德或學問、事業有成的人去世。

語源 清龔煒巢林筆談顧茂索詩：「栗園死，有老成凋謝之感。」

例句 傳統藝術的保存是刻不容緩的事，否則老成凋謝後，將更難以傳承了。

老成練達 ㄌㄠˇ ㄔㄥˊ ㄌㄧㄢˋ ㄉㄚˊ 學養深厚，熟練通達人情世故。

語源 宋史王淮傳：「李椿老成練達，擬除長沙師。」

例句 新任里長雖然年輕，但老成練達，對於未來服務里民的工作，應可勝任愉快。

近義 老成持重　人情練達

反義 少不更事　血氣方剛

老有所終 ㄌㄠˇ ㄧㄡˇ ㄙㄨㄛˇ ㄓㄨㄥ 老年人能安養晚年。

語源 禮記禮運：「故人不獨親其親，不獨子其子，使老有所終，壯有所用，幼有所長。」

例句 面臨高齡化社會，我們應及早建立完善的安養制度，使老有所終，以邁向福利國家之林。

老神在在 ㄌㄠˇ ㄕㄣˊ ㄗㄞˋ ㄗㄞˋ 閩南方言。形容從容不迫，很有把握的樣子。

例句 面對記者的連番追問，他總是老神在在，似乎對自己的清白很有信心。

近義 泰然自若　氣定神閒

反義 六神無主　手足無措

老弱婦孺 ㄌㄠˇ ㄖㄨㄛˋ ㄈㄨˋ ㄖㄨˊ 年老者、體弱者、婦女及小孩。指無能力獨自謀生、需要他人扶持的人。

例句 搭乘公共交通工具時讓位給老弱婦孺，是一種美德。

反義 年輕力壯　年富力強

老弱殘兵 ㄌㄠˇ ㄖㄨㄛˋ ㄘㄢˊ ㄅㄧㄥ 年老力衰和傷殘的士兵。也泛指年老體衰、能力薄弱的人。

語源 三國演義第三十二回：「城中無糧，可發老弱殘兵並婦人出降。」

例句 年輕人紛紛到都市謀生，如今田裡只剩一些老弱殘兵在耕作，情景堪憂。

近義 烏合之眾　手無寸鐵

反義 兵強馬壯　堅甲利兵

老氣橫秋 ㄌㄠˇ ㄑㄧˋ ㄏㄥˊ ㄑㄧㄡ 充滿秋天嚴肅強勁的氣概。比喻人自恃年齡老大、經驗豐富而驕傲自大。也比喻年紀雖輕卻暮氣沉沉。橫，充滿。秋，指秋天肅殺之氣。

語源 南朝齊孔稚珪北山移文：「風情張日，霜氣橫秋。」宋樓鑰題楊子元琪所藏東坡古木：「東坡筆端遊戲，槎牙老氣橫秋。」清吳趼人二十年目睹之怪現狀第七十回：「眾人取笑了一回，見新人老氣橫秋的那個樣子，便紛紛散去。」

例句 ①陳經理仗著自己是公司創立的元老，說起話來老氣橫秋。②這個年輕人一副老氣橫秋的樣子，令人好奇他是怎麼過日子的。

近義 倚老賣老　暮氣沉沉

反義 朝氣蓬勃　生氣勃勃

老蚌生珠 ㄌㄠˇ ㄅㄤˋ ㄕㄥ ㄓㄨ 原為讚美人有賢子。現多比喻婦女年紀已高而懷孕生子。

語源 三國魏孔融與韋端書：「不意雙珠，近出老蚌，甚珍貴之。」宋蘇軾贈山谷子：「笑君老蚌生明珠，自笑此物吾家無。」

例句 她年近五十，兩個兒子都上大學了，竟又產下一女，

老蚌生珠的快慰全寫在臉上。

近義 老來得子

老馬識途 ㄌㄠˇ ㄇㄚˇ ㄕˋ ㄊㄨˊ 比喻閱歷多的人富有經驗，熟悉情況，能引導別人。也作「識途老馬」。

語源 韓非子說林上記載：春秋時，管仲和隰朋跟隨齊桓公攻打孤竹國，去的時候是春天，回來時已是冬天，雪蓋大地，因此認不出道路來。管仲便說：「我們可利用老馬的經驗。」於是放了一匹老馬並跟著牠走，終於找到了路。

例句 畢竟是老馬識途，走在迂迴曲折的山路，原住民的嚮導就是不會迷路。

近義 駕輕就熟　熟門熟路

反義 初生之犢　涉世未深

老當益壯 ㄌㄠˇ ㄉㄤ ㄧˋ ㄓㄨㄤˋ 年紀雖老志氣卻更加豪壯。也指年紀大而身體仍然健壯。也作「老而益壯」。

語源 後漢書馬援傳：「丈夫為志，窮當益堅，老當益壯。」明馮夢龍東周列國志第五十三回：「不意卿老而益壯，勇於前進如此！」清褚人穫隋唐演義第八回：「那人老當益壯，翻身跳起道……」

例句 他雖已七十好幾，爬起山來卻一馬當先，老當益壯。

近義 老驥伏櫪

反義 未老先衰

老僧入定 ㄌㄠˇ ㄙㄥ ㄖㄨˋ ㄉㄧㄥˋ 形容靜坐禪定的樣子。也比喻不受外界影響，心如止水或靜止不動。老僧，年老的和尚。入定，佛教修行的一種方法，靜坐安心，不生意念。

語源 唐施肩吾題山僧水閣：「老僧趺坐入定時，不知花落黃金地。」

例句 他在商場上經歷過無數的大風大浪，所以面對各種問題都能如同老僧入定般，沉著應對。

近義 紋風不動　無動於中

反義 驚慌失措　心猿意馬

老嫗能解 ㄌㄠˇ ㄩˋ ㄋㄥˊ ㄐㄧㄝˇ 老太太都能看懂。形容文字通俗明白，容易看懂。嫗，婦女的通稱。

語源 宋釋惠洪冷齋夜話老嫗解詩：「白樂天每作詩，令一老嫗解之……嫗曰解則錄之，不解則又易之。」清李綠園歧路燈第五十六回：「語質詞俚，卻是老嫗能解。」

例句 這種老嫗能解的文章，最適合刊登在報紙的「家庭版」。

近義 淺顯易懂　通俗易懂

反義 艱澀深奧　曲高和寡

老態龍鍾 ㄌㄠˇ ㄊㄞˋ ㄌㄨㄥˊ ㄓㄨㄥ 形容年老體衰，行動不靈便的樣子。

語源 唐耿湋登總持寺閣：「龍鍾兼老病，更有重來期？」宋陸游聽雨：「老態龍鍾疾未平，更堪俗事敗幽情。」

例句 看到一位老態龍鍾的老人家上車，阿義趕忙讓座。

近義 步履維艱

反義 童顏鶴髮　健步如飛

老調重彈 ㄌㄠˇ ㄉㄧㄠˋ ㄔㄨㄥˊ ㄊㄢˊ 再次彈奏老曲調。比喻再次提出舊的主張或理論。也作「舊調重彈」。

例句 政府老調重彈，想推出房稅合一的政策來抑制房價，恐怕又是白忙一場。

近義 千篇一律　了無新意

反義 推陳出新　改弦易轍

老謀深算 ㄌㄠˇ ㄇㄡˊ ㄕㄣ ㄙㄨㄢˋ 指善用計謀，思慮周詳。也指人心思深沉，精於算計。

語源 國語晉語：「既無老謀，

而又無壯事，何以事君？」臥閒草堂本儒林外史第五十二回評：「毛二胡子老謀深算，不過要他打不起官司，告不起狀耳，卻被秦二侉子一語叫破。」

例句　①邱大哥是個老謀深算的人，應該可勝任幕僚的職位。②老張這個人老謀深算，你要小心，別讓他算計了。

近義　足智多謀　工於心計

反義　鼠目寸光

老驥伏櫪（ㄌㄠˇ ㄐㄧˋ ㄈㄨˊ ㄌㄧˋ）　駿馬雖然已老，伏處於馬槽，仍然想在千里路上馳騁。比喻人雖上了年紀，仍有雄心壯志。驥，良馬。櫪，馬槽。為「老驥伏櫪，志在千里」之省語。

語源　三國魏曹操步出夏門行神龜雖壽：「老驥伏櫪，志在千里；烈士暮年，壯心不已。」

例句　他雖然已經屆齡退休了，但老驥伏櫪之心仍表現在文章上。

近義　老當益壯　壯心不已

老死不相往來（ㄌㄠˇ ㄙˇ ㄅㄨˋ ㄒㄧㄤ ㄨㄤˇ ㄌㄞˊ）　指彼此永不來往。

語源　老子八十章：「民至老死，不相往來。」

例句　經過上次激烈的口角衝突後，他們兩家從此就老死不相往來了。

老王賣瓜——自賣自誇（ㄌㄠˇ ㄨㄤˊ ㄇㄞˋ ㄍㄨㄚ ㄗˋ ㄇㄞˋ ㄗˋ ㄎㄨㄚ）　歇後語。指誇耀自己的本事或貨品。也省作「老王賣瓜」。

例句　表哥自認廚藝了得，常常老王賣瓜——自賣自誇，說他開餐廳一定會賺錢。

而　部

而今而後（ㄦˊ ㄐㄧㄣ ㄦˊ ㄏㄡˋ）　從今以後。

語源　論語泰伯：「而今而後，吾知免夫！」

例句　典獄長勉勵出獄的受刑人，希望他們而今而後能安分守己，重新做人。

近義　從今以後　自茲以往

而立之年（ㄦˊ ㄌㄧˋ ㄓ ㄋㄧㄢˊ）　指三十歲。

語源　論語為政：「三十而立，四十而不惑。」

例句　光陰似箭，當初調皮搗蛋的毛頭小子，如今已逾而立之年，是個事業有成的成功人士了。

3

耐人尋味（ㄋㄞˋ ㄖㄣˊ ㄒㄩㄣˊ ㄨㄟˋ）　意味深遠，值得人深思體會。味，研究；體察。

語源　清余成教石園詩話：「趣遠情深，尤耐人尋味。」

辨析　耐，不可寫作「奈」。

例句　這位作家的每一篇作品都蘊含深刻哲理，耐人尋味。

近義　餘味無窮　其味無窮

反義　索然無味　味同嚼蠟

耳　部

耳邊風（ㄦˇ ㄅㄧㄢ ㄈㄥ）　比喻對所聽到的話不在意、不重視。

語源　唐杜荀鶴題兜率寺閑上人院：「百歲有涯頭上雪，萬般無染耳邊風。」

例句　希望大家不要放了假就把老師的叮嚀當成耳邊風，要懂得利用時間充實自己。

近義　風吹馬耳　秋風過耳

反義　洗耳恭聽　言聽計從

耳目一新（ㄦˇ ㄇㄨˋ ㄧ ㄒㄧㄣ）　參見「一新耳目」。

耳提面命（ㄦˇ ㄊㄧˊ ㄇㄧㄢˋ ㄇㄧㄥˋ）　當面叮嚀教誨。形容教誨殷勤懇切。提，提醒。命，指教。

語源　詩經大雅抑：「匪面命之，言提其耳。」明朱之瑜答

奧村庸禮書十二首（其九）：「前札謂耳提面命，不遺底蘊，賢弟其亦知不佞之所至耶？」

【例句】賽前教練一再對球員們耳提面命，要大家互相配合，不可單打獨鬥。

【近義】諄諄告誡　誨人不倦

【反義】不教而誅　誤人子弟

耳順之年 ㄦˇ ㄕㄨㄣˋ ㄓ ㄋㄧㄢˊ　指六十歲。耳順，入耳之言無不順。

【語源】論語為政：「五十而知天命，六十而耳順。」漢書蕭望之傳：「至乎耳順之年，履折衝之位，號至將軍。」

【例句】真是歲月不饒人啊！還記得大學同窗四年的點點滴滴，轉眼間我們已屆耳順之年，都當阿公阿嬤了。

【近義】花甲之年

耳聞目睹 ㄦˇ ㄨㄣˊ ㄇㄨˋ ㄉㄨˇ　親自看到、聽到。也作「耳聞目見」、「目見耳聞」。

【語源】北齊顏之推顏氏家訓歸心：「夫信謗之徵，有如影響；耳聞目見，其事已多。」宋蘇軾石鐘山記：「事不目見耳聞，而臆斷其有無可乎？」明嚴從簡殊域周咨錄第一卷：「朝鮮人士歲觀京國，耳聞目睹，所得尤深。」

【例句】親臨非洲大草原，耳聞目睹野生動物集體遷徙的壯觀場面，令人永生難忘。

【近義】親眼目睹　所見所聞

【反義】道聽塗說　人云亦云

耳熟能詳 ㄦˇ ㄕㄡˊ ㄋㄥˊ ㄒㄧㄤˊ　因經常聽說而能詳知細節。

【語源】宋歐陽脩瀧岡阡表：「其平居教他子弟，常用此語，吾耳熟焉，故能詳也。」

【例句】一些耳熟能詳的成語，其實長久以來一直被人們誤用，失去了它本來的意涵。

【近義】滾瓜爛熟　眾所周知

耳濡目染 ㄦˇ ㄖㄨˊ ㄇㄨˋ ㄖㄢˇ　經常聽到、看到，不知不覺地受到影響。濡，沾染。原作「目濡耳染」。

【語源】唐韓愈清河郡公房公墓碣銘：「公胚胎前光，生長食息，不離典訓之內；目擩（濡）耳染，不學以能。」宋宋祁南陽郡君李氏墓誌銘：「女工織紝之事，耳濡目染，有如天成。」

【例句】由於父親溫文儒雅，母親勤儉賢慧，王同學從小就耳濡目染，養成良好的品行。

【近義】潛移默化

【反義】視而不見　聽而不聞

耳聰目明 ㄦˇ ㄘㄨㄥ ㄇㄨˋ ㄇㄧㄥˊ　聽覺靈敏，視覺清明。形容眼耳機靈敏捷，頭腦清醒靈活。

【語源】漢焦延壽焦氏易林需：「重瞳四乳，耳聰目明，普仁表聖，為作元輔。」

【例句】劉董事長雖已年過七旬，仍舊耳聰目明，即使日理萬機，依然活力充沛。

【反義】耳聾目花　兩眼昏花

耳聽八方 ㄦˇ ㄊㄧㄥ ㄅㄚ ㄈㄤ　聽察來自各方的聲音、訊息。形容敏銳機警。

【語源】明陸西星封神演義第五十三回：「為將之道，身臨戰場，務要眼觀四處，耳聽八方。」

【例句】要在競爭激烈的職場上站穩腳步，必須學會耳聽八方，處處留意，隨時做好準備，迎接挑戰。

【近義】隨機應變　伺機而動

耳鬢廝磨 ㄦˇ ㄅㄧㄣˋ ㄙ ㄇㄛˊ　耳朵、鬢髮互相摩擦。形容非常親密。廝，互相。

【語源】紅樓夢第七十二回：「偺們從小耳鬢廝磨，你不曾

拿我當外人待，我也不敢怠慢了妳。」

例句 他們倆耳鬢廝磨、形影不離的樣子，一看就知道正在熱戀。

近義 形影不離 如膠似漆

反義 分道揚鑣 各奔前程

耳聞不如目見 ㄦˇ ㄨㄣˊ ㄅㄨˋ ㄖㄨˊ ㄇㄨˋ ㄐㄧㄢˋ 聽人描述不如親眼看見來得真切。

語源 漢劉向說苑政理：「夫耳聞之不如目見之，目見之不如足踐之。」魏書崔浩傳：「耳聞不如目見，吾曹目見，何可共辨？」

例句 聽說威尼斯美得像詩，耳聞不如目見，我們何不利用暑假去一趟，實地體驗看看？

近義 百聞不如一見

反義 見面不如聞名

4

耿耿於懷 ㄍㄥˇ ㄍㄥˇ ㄩˊ ㄏㄨㄞˊ 內心惦念著某件事情，一直不能忘懷。耿耿，形容有所繫念，也有不安的意思。

語源 詩經邶風柏舟：「耿耿不寐，如有隱憂。」宋文天祥賀前人正：「某迹縻俗駕……拳拳公壽，雪立於門外，耿耿於懷。」

例句 雖然他曾經誤會過你，但既然已經道歉，你就不要再耿耿於懷了。

近義 刻骨銘心 念念不忘

5

聊以自慰 ㄌㄧㄠˊ ㄧˇ ㄗˋ ㄨㄟˋ 姑且用來安慰自己。聊，姑且。

語源 漢張衡孤鴻序：「永言身事，慨然其多緒，乃為之賦，聊以自慰。」

例句 他離鄉背井獨自前往英國求學，思親之際僅能望著家人照片聊以自慰。

近義 聊以自遣

聊表寸心 ㄌㄧㄠˊ ㄅㄧㄠˇ ㄘㄨㄣˋ ㄒㄧㄣ 略微表達一點心意。聊，姑且；暫且。寸心，小小的心意。也作「聊表心意」。

語源 水滸傳第八十一回：「宋江哥哥有些微物相送，聊表我哥哥寸心。」西遊記第十九回：「師父們既不受金銀，望將這粗衣笑納，聊表寸心。」

例句 感謝老師多年來的諄諄教誨，謹以這份薄禮，聊表寸心。

聊備一格 ㄌㄧㄠˊ ㄅㄟˋ ㄧˋ ㄍㄜˊ 姑且當作一份，勉強湊數。

例句 這篇文章寫得不怎麼樣，但是因為稿件太少，也只好刊登它，以聊備一格囉。

近義 聊勝於無 濫竽充數

反義 不可或缺 舉足輕重

聊勝於無 ㄌㄧㄠˊ ㄕㄥˋ ㄩˊ ㄨˊ 比完全沒有稍微好一點。常作為解嘲或告慰之語，表示事物雖不好或不足，但姑且一用，總比沒有來得好。聊，姑且；略微。

語源 晉陶淵明和劉柴桑：「弱女雖非男，慰情良勝無。」

例句 這些錢雖然不多，但聊勝於無，你拿去先償還一點利息吧！

近義 不無小補 聊備一格

反義 於事無補 無濟於事

聊復爾耳 ㄌㄧㄠˊ ㄈㄨˋ ㄦˇ ㄦˇ 姑且這樣罷了。表示對某種事情只是表面應付一下，而不認真對待。聊復，姑且。爾，如此；這樣。耳，而已。

語源 南朝宋劉義慶世說新語任誕：「未能免俗，聊復爾耳！」

例句 看著朋友都把白髮染黑，老李偶爾也會染個一兩次，但只是聊復爾耳，並不太在意。

近義 姑且如此 得過且過

8

聚沙成塔（ㄐㄩˋ ㄕㄚ ㄔㄥˊ ㄊㄚˇ） 原指兒童在玩耍中顯現佛性，後用以比喻積少成多。

語源 法華經方便品：「乃至童子戲，聚沙為佛塔。」

例句 每天背誦一個英文單字，時日一久，聚沙成塔，成果便非常可觀！

近義 集腋成裘　積少成多

聚蚊成雷（ㄐㄩˋ ㄨㄣˊ ㄔㄥˊ ㄌㄟˊ） 聚集許多微小的聲音可形成巨大聲響。比喻眾口讒毀，為害極大。

語源 漢書景十三王傳：「夫眾喣漂山，聚蚊成雷。」

例句 對他不利的謠言聚蚊成雷，令他始料未及，不得不趕緊出面澄清。

近義 三人成虎　眾口鑠金

聚眾滋事（ㄐㄩˋ ㄓㄨㄥˋ ㄗ ㄕˋ） 聚集群眾，滋生事端。

語源 清李伯元官場現形記第五十三回：「我生平最恨的就是這班刁民，動不動聚眾滋事，挾制官長！」

例句 據報菜市場裡有幫派分子聚眾滋事，警察火速趕到現場處理。

近義 惹事生非

反義 排難解紛　息事寧人

聚訟紛紜（ㄐㄩˋ ㄙㄨㄥˋ ㄈㄣ ㄩㄣˊ） 眾人在某一議題上亂紛紛地爭辯，得不到共識。

語源 後漢書曹褒傳三五：「會禮之家，名為聚訟。」元黃溍送祝蕃遠北上：「奈何夸毗子，聚訟生紛紜。」

例句 為了畢業旅行的地點，大家聚訟紛紜，莫衷一是，班長最後提議用投票表決。

近義 七嘴八舌　眾說紛紜

反義 眾口一詞　異口同聲

聚精會神（ㄐㄩˋ ㄐㄧㄥ ㄏㄨㄟˋ ㄕㄣˊ） 形容全神貫注，注意力集中。

語源 漢王褒聖主得賢臣頌：「聚精會神，相得益章。」

例句 比賽已到最後關頭，觀眾無不聚精會神，深怕錯過精采好球。

近義 專心致志　全神貫注

反義 心不在焉　心猿意馬

聞一知十（ㄨㄣˊ ㄧ ㄓ ㄕˊ） 聽得一道理，便能領悟出其他道理。形容善於推理，非常聰明。

語源 論語公冶長：「回也聞一以知十，賜也聞一以知二。」

例句 他聰明絕頂，能夠聞一知十，這個問題肯定難不倒他。

近義 聰明伶俐　舉一反三

反義 一竅不通　一問三不知

聞所未聞（ㄨㄣˊ ㄙㄨㄛˇ ㄨㄟˋ ㄨㄣˊ） 聽到從未聽過的事。形容非常稀奇或令人不敢置信。也作「聞所不聞，見所未見」或「見所未見，聞所不聞」。

語源 梁簡文帝大法頌序：「如金復冶，似玉更雕，聞所未聞，得未曾得。」唐劉肅大唐新語第十九章：「覽所撰書，博而且要，見所未見，聞所未聞。」

例句 聽說那隻貓咪能預知人的生死，真是聞所未聞。

近義 前所未聞　曠古未聞

反義 司空見慣　不足為奇

聞風而至（ㄨㄣˊ ㄈㄥ ㄦˊ ㄓˋ） 因為聽到消息而到來。聞風，聽到風聲或消息。

語源 元史宋子貞傳：「四方之士聞風而至，故東平一時人材多於他鎮。」

例句 那家電器行在舉辦跳樓大拍賣，聞風而至的顧客把賣場擠得水洩不通。

近義 趨之若鶩　蜂擁而出

聞風喪膽（ㄨㄣˊ ㄈㄥ ㄙㄤˋ ㄉㄢˇ） 聽到一點風聲就嚇破膽。形容對

某種事物非常害怕。也作「聞風破膽」。

語源 唐李德裕授張仲武東面招撫回鶻使制：「故能望影揣情，已探致虜之術，豈止聞風破膽，益堅慕義之心。」明嚴從簡殊域周咨錄第十一卷：「別寨番夷聞風喪膽，各備贏馬衣甲投拜受降。」

例句 警方的霹靂小組訓練嚴格、配備精良，每次出動，都會讓歹徒聞風喪膽。

近義 亡魂喪膽　魂飛魄散

反義 處變不驚　神色自若

聞過則喜 ㄨㄣˊ ㄍㄨㄛˋ ㄗㄜˊ ㄒㄧˇ 聽到別人指出自己的過錯或缺失就感到高興。指能勇於認錯或虛心接受別人的批評。聞，聽到。

語源 孟子公孫丑上：「子路，人告之以有過則喜。」清史稿卷三〇二劉統勳傳：「大臣任大責重，原不能免人指摘。聞過則喜，古人所尚。」

例句 小王這個人最愛狡辯，從不認錯，要他效法子路的「聞過則喜」，無異是緣木求魚。

近義 過而能改　從善如流

反義 文過飾非　怙惡不悛

聞雞起舞 ㄨㄣˊ ㄐㄧ ㄑㄧˇ ㄨˇ 比喻有志者趁著好的時機及時奮起行動。

語源 晉書祖逖傳：「中夜聞荒雞鳴，(祖逖)蹴琨覺曰：『此非惡聲也。』因起舞。」

例句 這次的國家考試，他抱著必勝的決心，每天聞雞起舞，用功苦讀，皇天不負苦心人，終於榜上有名。

近義 雞鳴而起　夙興夜寐

反義 蹉跎歲月　玩歲愒時

11

聰明伶俐 ㄘㄨㄥ ㄇㄧㄥˊ ㄌㄧㄥˊ ㄌㄧˋ 形容天資穎慧，行事機靈。伶俐，聰明機靈，反應敏捷。

語源 水滸傳第二十三回：「你既是聰明伶俐，卻不道『長嫂為母』？」

例句 李老師的小女兒聰明伶俐，教過的事都能舉一反三，十分惹人憐愛。

近義 冰雪聰明　聰明絕頂

反義 愚昧無知　冥頑不靈

聰明絕頂 ㄘㄨㄥ ㄇㄧㄥˊ ㄐㄩㄝˊ ㄉㄧㄥˇ 非常聰明。絕頂，至極；非常。也作「絕頂聰明」。

語源 清李漁連城璧第一卷：「小姐小姐，你是個聰明絕頂之人，豈不知小生之來意乎？」紅樓夢第八十七回：「黛玉本是個絕頂聰明人，又在南邊學過幾時，雖是手生，到底一理就熟。」

例句 像你這麼聰明絕頂的人，怎麼會不懂這個道理呢？

近義 冰雪聰明　聰明伶俐

反義 愚不可及　愚昧無知

聰明反被聰明誤 ㄘㄨㄥ ㄇㄧㄥˊ ㄈㄢˇ ㄅㄟˋ ㄘㄨㄥ ㄇㄧㄥˊ ㄨˋ 聰明的人因自作聰明，反而吃虧或做錯事。

語源 宋蘇軾洗兒戲作：「人皆養子望聰明，我被聰明誤一生；惟願孩兒愚且魯，無災無難到公卿。」明周楫西湖二集第四卷：「然與其聰明反被聰明誤，不如做個愚蠢之人。」

例句 幾次投機取巧得逞後，他又想重施故技，結果聰明反被聰明誤，栽了一個大跟頭。

近義 聰明自誤

聰明一世，懵懂一時 ㄘㄨㄥ ㄇㄧㄥˊ ㄧ ㄕˋ ㄇㄥˇ ㄉㄨㄥˇ ㄧ ㄕˊ 指平時聰明的人，偶爾也會糊塗犯錯。懵懂，糊塗；無知。

語源 明馮夢龍警世通言卷三：「如今且說一個人，古來第一聰明的，他聰明了一世，懵懂在一時。」

耳

例句 小張平日行事謹慎，沒想到聰明一世，懵懂一時，竟會上了詐騙集團的當，損失數十萬元。

近義 智者千慮，必有一失

反義 愚者千慮，必有一得

聲名大噪 ㄕㄥ ㄇㄧㄥˊ ㄉㄚˋ ㄗㄠˋ 名聲非常響亮。噪，蟲鳥爭鳴。引申指喧鬧、響亮。

語源 清花溪逸士嶺南逸史第二回：「話說黃逢玉自長耳山賦詩回來，聲名大噪，求詩求文的終日不絕。」

例句 她因為在那部片子裡的精湛演技而聲名大噪，廣告代言不斷。

近義 聲名鵲起 名聞遐邇

反義 沒沒無聞 鮮為人知

聲名狼藉 ㄕㄥ ㄇㄧㄥˊ ㄌㄤˊ ㄐㄧˊ 形容名聲極為惡劣。狼藉，雜亂不堪。據說狼臥草堆中，離去則草穢亂。

語源 清黃小配廿載繁華夢第三十三回：「因汪太史平日聲名狼藉，最不見重於官場。」

例句 那個民意代表因緋聞、貪汙纏身而聲名狼藉，要想連任只怕難如登天。

近義 惡名昭彰 身敗名裂

反義 名聞遐邇 名揚四海

聲名遠播 ㄕㄥ ㄇㄧㄥˊ ㄩㄢˇ ㄅㄛˋ 名聲流傳甚廣。

語源 宋李昉太平廣記卷一六四：「事雖不行，其聲名遠播如此。」

例句 這間小吃店外觀並不起眼，但聲名遠播，每天一開始營業，就人聲鼎沸。

近義 遠近馳名 名聞遐邇

反義 默默無聞 不見經傳

聲名鵲起 ㄕㄥ ㄇㄧㄥˊ ㄑㄩㄝˋ ㄑㄧˇ 形容聲名提高得很快。鵲起，像喜鵲突然飛起。也作「聲譽鵲起」。

語源 清李斗揚州畫舫錄新城北錄下：「先在徐班，以年五十，故無所表現。至洪班則聲名鵲起。」

例句 她出版了一部小說後聲名鵲起，臉書粉絲團成員很快就超過十萬人。

近義 一舉成名 聲名大噪

反義 身敗名裂 聲名狼藉

聲如洪鐘 ㄕㄥ ㄖㄨˊ ㄏㄨㄥˊ ㄓㄨㄥ 形容說話或唱歌聲音洪亮。

語源 唐顏真卿郭公廟碑銘：「身長八尺二寸，行中絜矩，聲如洪鐘。」

例句 林伯伯注重養生，每天早晨都去爬山，雖然七十多歲了，講話仍然聲如洪鐘，中氣十足。

聲色犬馬 ㄕㄥ ㄙㄜˋ ㄑㄩㄢˇ ㄇㄚˇ 歌舞、女色、養狗、騎馬等遊樂。指享樂的生活。也作「聲色狗馬」。

語源 漢班固東觀漢記北海敬王睦：「志意衰惰，聲色是娛，犬馬是好。」唐白居易悲哉行：「平封還酒債，堆金選蛾眉。聲色狗馬外，其餘一無知。」

例句 富家子弟如果耽溺於聲色犬馬，再多的家產也會坐吃山空。

近義 紙醉金迷 酒色財氣

聲色俱厲 ㄕㄥ ㄙㄜˋ ㄐㄩˋ ㄌㄧˋ 形容人在憤慨激動時，說話的聲音及表情皆十分嚴厲。

語源 晉裴啟語林：「石崇與王愷爭豪。晉武帝，愷之甥也，每助愷，以珊瑚高二尺許，愷以示之，崇以鐵如意擊之，應手瓦碎，愷聲色俱厲。」

例句 因為業績急遽下滑，老闆在業務會報上聲色俱厲地訓斥同仁，期望下個月能有所起色。

近義 疾言厲色　不假辭色

反義 平心靜氣　和藹可親

聲東擊西 ㄕㄥ ㄉㄨㄥ ㄐㄧˊ ㄒㄧ 原指作戰時在某處虛張聲勢，使敵人防備於此，而突襲其不備之處。今泛指以方法轉移對方的注意，再出其不意地出擊。

語源 唐杜佑通典兵典卷六：「聲言擊東，其實擊西。」

例句 警方以聲東擊西的方法，成功救出人質並逮捕綁匪，社會大眾莫不齊聲讚揚。

近義 虛張聲勢　調虎離山

反義 直搗黃龍

聲氣相投 ㄕㄥ ㄑㄧˋ ㄒㄧㄤ ㄊㄡˊ 相同的聲音互相應和，相同的氣味互相融合。比喻志趣相同的人十分投合。也作「聲氣相通」。

語源 易經乾卦：「同聲相應，同氣相求。水流濕，火就燥；雲從龍，風從虎。」

例句 和聲氣相投的朋友在一起，是生活中最愉快的事。

近義 氣味相投　志同道合

反義 格格不入　方枘圓鑿

聲氣相求 ㄕㄥ ㄑㄧˋ ㄒㄧㄤ ㄑㄧㄡˊ 同一聲氣的互相呼應聚集。比喻志同道合的人自然結合在一起。

語源 易經乾卦：「同聲相應，同氣相求。」

例句 我們都喜愛登山，因此聲氣相求，合組了土豆登山隊。

近義 志同道合　氣味相投

反義 分道揚鑣　扞格不入

聲情並茂 ㄕㄥ ㄑㄧㄥˊ ㄅㄧㄥˋ ㄇㄠˋ 聲色情感都很美好。形容演唱或演奏的音色優美，感情真摯充沛。並，都。茂，指美好。

語源 清珠泉居士續板橋雜記麗品：「余於王氏水閣觀演尋親記跌包一出，聲情並茂，不亞梨園能手。」

例句 她聲情並茂的演出，博得觀眾滿堂的喝采。

近義 唱作俱佳　動人心弦

反義 索然無味　不忍卒聽

聲情搖曳 ㄕㄥ ㄑㄧㄥˊ ㄧㄠˊ ㄧˋ 形容文學作品文情並茂，動人心弦。聲情，音韻和情感。搖曳，擺動而姿態優雅動人。

語源 唐李白玉真公主別館苦雨贈衛尉張卿詩二首之二：「功成拂衣去，搖曳滄州傍。」清劉錦藻清朝續文獻通考經籍考：「續稿二卷，乃燕山後游及客梁園之作，年長多愁，聲情變而愈上矣。」

例句 長干行這首樂府詩刻劃少婦情思，想像豐富，而且聲情搖曳，十分耐讀。

近義 文情並茂　動人心弦

反義 詰屈聱牙　味如嚼蠟

聲淚俱下 ㄕㄥ ㄌㄟˋ ㄐㄩˋ ㄒㄧㄚˋ 邊訴說，邊流淚。形容極為悲慟。

語源 晉書王彬傳：「因勃然數敦曰：『兄抗旌犯順，殺戮忠良，謀圖不軌，禍及門戶。』音辭慷慨，聲淚俱下。」

例句 她在記者會上聲淚俱下地控訴有關單位的不當打壓，令人同情。

近義 泣涕如雨　痛哭失聲

反義 眉開眼笑　笑逐顏開

聲勢浩大 ㄕㄥ ㄕˋ ㄏㄠˋ ㄉㄚˋ 形容聲威和氣勢十分盛大。

語源 水滸傳第六十三回：「如今宋江領兵圍城，聲勢浩大，不可抵敵。」

例句 示威抗議的民眾舉著標語，高喊口號，聲勢浩大地向集結地點走去。

近義 大張旗鼓　浩浩蕩蕩

反義 三三兩兩　冷冷清清

聲聞過情 ㄕㄥ ㄨㄣˊ ㄍㄨㄛˋ ㄑㄧㄥˊ　名聲超過實質的內涵。聞，名譽；名聲。情，實質。

語源　孟子離婁下：「故聲聞過情，君子恥之。」

例句　小人會為了聲聞過情而沾沾自喜，但君子則會引以為恥。

近義　名不副實　名過其實

反義　名副其實　實至名歸

聲價十倍 ㄕㄥ ㄐㄧㄚˋ ㄕˊ ㄅㄟˋ　指經過名人讚賞、品評後，聲名、價值大大提高。

語源　戰國策燕策二記載：有人在市場賣馬，一連三天都沒人光顧，於是他去找相馬名人伯樂說：「我想賣一匹馬，但賣了三日還沒人買，我請求您過去看一看我的馬。如您願意，我將獻上一個早上的所得以為報酬。」伯樂便依那人的話過去品評他的馬，一下子馬的身價就漲了十倍。後漢書隗囂傳：「數蒙伯樂一顧之價。」清李綠園歧路燈第九十五回：「這大人們伯樂一顧，便聲價十倍。」

例句　這本小說經過文壇多位前輩撰文推薦後，立刻聲價十倍，造成搶購風潮。

近義　聲名鵲起　一舉成名

反義　沒沒無聞　湮沒無聞

聲嘶力竭 ㄕㄥ ㄙ ㄌㄧˋ ㄐㄧㄝˊ　嗓子啞了，力氣也用盡了。形容大聲叫喊或痛哭。嘶，聲音沙啞。竭，盡。

語源　清劉錦藻清朝續文獻通考憲政考：「吾雖聲嘶力竭以拒之，而終無拒之之術。」

例句　為了校際籃球比賽能奪魁，大家在場邊聲嘶力竭地為校隊高喊加油。

近義　大呼小叫　大聲疾呼

聳人聽聞 ㄙㄨㄥˇ ㄖㄣˊ ㄊㄧㄥ ㄨㄣˊ　故意說新奇或誇大的言詞，使人震驚。

語源　清汪師韓詩學纂聞劉隨州別嚴士元詩：「『閑花落地聽無聲』者，閑官之挫折，無足重輕，不足聳人聽聞。」

例句　最近網路常流傳一些聳人聽聞的消息，嚴重擾亂社會人心。

近義　危言聳聽　駭人聽聞

16

聽天由命 ㄊㄧㄥ ㄊㄧㄢ ㄧㄡˊ ㄇㄧㄥˋ　原指宿命地任隨天意命運的安排。後也指主觀上無能為力，聽憑事態自然發展。聽，任憑。由，順從。

語源　漢孔臧鴞賦：「聽天任命，慎厥所修。」明周楫西湖二集第六卷：「伯華那時已是聽天由命，並無畏懼之心。」

辨析　聽，音ㄊㄧㄥˋ，不讀ㄊㄧㄥ。

例句　他老是抱持著聽天由命的態度做事，從來就不曾努力付出，實在是相當不負責的做法。

近義　順天應命　順其自然

反義　人定勝天　事在人為

聽而不聞 ㄊㄧㄥ ㄦˊ ㄅㄨˋ ㄨㄣˊ　聽了，卻沒有聽進去。形容對事物不注意或不當一回事。

語源　禮記大學：「心不在焉，視而不見，聽而不聞。」

例句　弟弟對媽媽的勸說聽而不聞，讓媽媽相當失望。

近義　馬耳東風　充耳不聞

聽其自便 ㄊㄧㄥ ㄑㄧˊ ㄗˋ ㄅㄧㄢˋ　任由他按自己的意思行事。聽，聽憑；任由。

語源　宋樓鑰論流民：「如其已有所依，未能自還者，聽其自便。」

辨析　聽，音ㄊㄧㄥˋ，不讀ㄊㄧㄥ。

例句 他想中途退出比賽，聽其自便，我們幾個要贏球已綽綽有餘。

近義 放任自流　袖手旁觀

聽其自然（ㄊㄧㄥ ㄑㄧˊ ㄗˋ ㄖㄢˊ） 任由事物自然發展而不加干涉。聽，聽憑；任由。

語源 晉葛洪抱朴子審舉：「窮通得失，委之自然。」唐韓愈送靈師：「官吏不之制，紛紛聽其然。」宋范成大論勸政疏：「與夫沮抑於下而弗使見功者，一聽其自然，不復過而問焉。」

辨析 聽，音ㄊㄧㄥ，不讀ㄊㄧㄥˋ。

例句 這件事我們已盡了最大努力，如今也只能聽其自然。

近義 聽天由命　順其自然

反義 成事在人　事在人為

聿 部

7

肆無忌憚（ㄙˋ ㄨˊ ㄐㄧˋ ㄉㄢˋ） 形容人任意妄為，毫無顧忌和畏懼之心。肆，放肆。忌憚，顧忌害怕。

語源 中庸：「小人之反中庸也，小人而無忌憚也。」宋朱熹注：「小人不知有此，則肆欲妄行而無所忌憚矣。」

例句 因為父親的一味縱容，他任意花錢的行為更加肆無忌憚起來。

近義 無法無天　為所欲為

反義 循規蹈矩　謹言慎行

8

肅然起敬（ㄙㄨˋ ㄖㄢˊ ㄑㄧˇ ㄐㄧㄥˋ） 因受感動而表現出欽佩恭敬的神情。肅然，恭敬的樣子。起敬，產生敬佩的心情。

語源 南朝宋劉義慶世說新語規箴：「執經登坐，諷誦朗暢，詞色甚苦，高足之徒，皆肅然增敬。」宋王柏默成定武蘭亭記：「暇日摩挲展觀，對諸賢姓名，肅然起敬。」

例句 聽了校長在朝會上讚揚小華救助車禍傷者的事蹟，我們都肅然起敬。

反義 不屑一顧　嗤之以鼻

肉 部

肉食者鄙（ㄖㄡˋ ㄕˊ ㄓㄜˇ ㄅㄧˇ） 指高官厚祿的人目光短淺。肉食者，指享厚祿、做大官的人。

語源 左傳莊公十年：「肉食者鄙，未能遠謀。」

例句 這群政客為了迎合工商業界，不惜破壞生態環境以供開發圖利，完全是肉食者鄙的嘴臉。

肉袒牽羊（ㄖㄡˋ ㄊㄢˇ ㄑㄧㄢ ㄧㄤˊ） 袒露上身以謝罪，牽著羊以犒賞敵軍。表示降服順從、請罪之意。

語源 左傳宣公十二年：「楚子圍鄭，……鄭伯肉袒牽羊以逆。」

例句 對於自己無心犯下的錯，能夠肉袒牽羊前去謝罪，以求得諒解，才是有擔當、負責任的人。

近義 負荊請罪

反義 興師問罪

肉眼凡胎（ㄖㄡˋ ㄧㄢˇ ㄈㄢˊ ㄊㄞ） 平凡人的眼睛和肉體。指世俗一般人。也比喻見識淺陋。肉眼，相對於天眼或佛眼而言，指平凡人的眼睛或眼力。

語源 元范子安竹葉舟第一折：「這都是神仙骨，不似你肉眼凡夫。」西遊記第八回：「我把你個肉眼凡胎的潑物！我是南海菩薩的徒弟。」

例句 在他看來，那些藝評家都是肉眼凡胎，根本不懂得欣賞，依然堅持走自己的創作道路。

近義　有眼無珠　有眼不識泰山

反義　獨具慧眼　慧眼識英雄

肉包子打狗——有去無回　歇後語。比喻沒有歸還、回來的可能。

例句　你拿二十萬借給小李去還賭債，這不是「肉包子打狗——有去無回」嗎？

2

肌膚之親　男女之間親密的接觸，如接吻、撫摸、性行為等。

語源　清蒲松齡聊齋誌異青鳳：「女遙語曰：『惓惓深情，妾豈不知，但叔閨訓嚴，不敢奉命。』生固哀之云：『亦不敢望肌膚之親，但一見顏色足矣。』」

例句　王經理跟女祕書被發現在賓館共處一室，還辯稱他們沒有肌膚之親，誰會相信？

近義　一親芳澤

3

肝腦塗地　肝和腦漿流濺一地。①形容慘死。多指死於戰亂之中。②比喻盡忠竭力，不惜犧牲性命。塗地，流了一地。也作「肝膽塗地」。

語源　戰國策燕策一：「因反斗而擊之，代王腦塗地。」史記淮陰侯列傳：「今楚漢分爭，使天下無罪之人肝膽塗地。」漢劉向說苑復恩：「常願肝腦塗地，用頸血湔敵久矣。」

例句　①中東地區局勢不安，自殺炸彈攻擊頻傳，造成許多無辜民眾肝腦塗地。②身為軍人，只要國家需要，一定勇往直前，就算肝腦塗地也在所不辭。

近義　粉身碎骨　赴湯蹈火

反義　貪生怕死　苟且偷生

肝腸寸斷　肝和腸一寸寸地斷裂。形容傷心、悲痛到了極點。也作「柔腸寸斷」。

語源　晉干寶搜神記二〇猿母猿子：「有人入山，得猿子，便將歸。猿母自後逐至家……此人既不能放，竟擊殺之。猿母悲喚，自擲而死。此人破腸視之，寸寸斷裂。」樂府詩集華山畿：「腹中如湯灌，肝腸寸寸斷。」清西周生醒世姻緣傳第二十回：「叫我柔腸寸斷，悶的我臨老沒了結果！」

例句　她一向最為疼愛的小女兒竟在這場車禍中意外喪生，讓她肝腸寸斷，痛不欲生。

近義　哀痛欲絕　痛不欲生

反義　心花怒放　樂不可支

肝膽相照　比喻彼此以真誠之心相待。肝膽，指內心深處或比喻真誠的心。相照，互相照見。

語源　史記淮陰侯列傳：「臣願披腹心，輸肝膽，效愚計。」又伯夷列傳：「同明相照，同類相求。」宋文天祥與陳察院文龍書：「所恃知己，肝膽相照，臨書不憚傾倒。」

例句　小何跟小張兩人是肝膽相照的好朋友，絕不會為了這點小事而翻臉。

近義　推心置腹　披肝瀝膽

反義　鉤心鬥角　爾虞我詐

4

肥馬輕裘　騎著肥壯的馬，穿著輕暖的皮衣。形容生活豪華奢侈。裘，皮衣。

語源　論語雍也：「赤之適齊也，乘肥馬，衣輕裘。」

例句　過慣肥馬輕裘的生活，要適應粗茶淡飯的日子實在不容易。

近義　乘堅策肥　鮮衣怒馬

反義 惡衣惡食 敝車羸馬

肥水不落外人田 ㄈㄟˊ ㄕㄨㄟˇ ㄅㄨˋ ㄌㄨㄛˋ ㄨㄞˋ ㄖㄣˊ ㄊㄧㄢˊ 比喻利益全由自己人享受，不讓外人分享。

語源 清黃小配廿載繁華夢第二回：「俗話說得好：『肥水不過別人田。』」

例句 公司的會計主任剛辭職，總經理立刻安排他的小姨子接任，還真是肥水不落外人田！

肯堂肯構 ㄎㄣˇ ㄊㄤˊ ㄎㄣˇ ㄍㄡˋ 比喻兒孫能繼承父祖的事業。肯，願意。堂，立堂基。構，架屋。也作「肯構肯堂」。

語源 尚書大誥：「若考作室，既底法，厥子乃弗肯堂，矧肯構？」明文秉先撥志始第五章：「此廠臣肯堂肯構之元功也。」明東魯古狂生醉醒石第七回：「肯構肯堂，流譽奕世。」

例句 李老先生年高德劭，子孫們個個奮發有為，肯堂肯構，令人稱羨。

近義 克紹箕裘 繼志述事

反義 不肖子孫

肩摩轂擊 ㄐㄧㄢ ㄇㄛˊ ㄍㄨˇ ㄐㄧ 肩膀與肩膀摩擦，車輪與車輪撞擊。形容往來人車眾多且壅擠。也作「摩肩擊轂」。

語源 梁書武帝紀：「媒孽夸衒，利盡錐刀，遂使官人之門，肩摩轂擊。」

例句 每到假日，這個公園附近總是肩摩轂擊，相當熱鬧。

近義 車水馬龍 人來人往

反義 門可羅雀 門庭冷落

肺腑之言 ㄈㄟˋ ㄈㄨˇ ㄓ ㄧㄢˊ 發自內心的真誠話。肺腑，借指內心。

語源 唐白居易代書詩一百韻寄微之：「身名同日授，心事一言知；肺腑都無隔，形骸兩不羈。」元鄭德輝㑳梅香騙翰林風月第二折：「小生別無所告，只索將這肺腑之言，實訴與小娘子。」

例句 我所說的話或許不太中聽，但句句是肺腑之言，希望你好自為之。

近義 由衷之言 忠言逆耳

反義 言不由衷 違心之論

股肱之力 ㄍㄨˇ ㄍㄨㄥ ㄓ ㄌㄧˋ 大腿與胳膊的力量，比喻輔佐的能力，形容用盡自己的全力做事。

語源 左傳僖公九年：「臣竭其股肱之力，加之以忠貞。其濟，君之靈也，則以死濟之。」三國演義第八十五回：「臣安敢不竭股肱之力，盡忠貞之節，繼之以死乎？」

例句 這次的競賽，我一定會盡股肱之力助你贏得優勝。

近義 盡心竭力 盡心盡力

反義 敷衍塞責 袖手旁觀

5 **背黑鍋** ㄅㄟ ㄏㄟ ㄍㄨㄛ 比喻代他人頂罪或受罪。也作「揹黑鍋」。

例句 他經常做錯事，害我也不時要代他背黑鍋。

近義 李代桃僵 莫須有

背水一戰 ㄅㄟˋ ㄕㄨㄟˇ ㄧ ㄓㄢˋ 比喻抱著必死的決心奮戰到底。背水，背對著江水。

語源 史記淮陰侯列傳記載：韓信讓士兵們背水列陣，使士兵前臨大敵，後無退路而拼死作戰，遂以此陣擊潰趙軍。

例句 公司面臨存亡關鍵之際，所幸同仁皆有背水一戰的決心，終令公司轉虧為盈。

近義 破釜沉舟 義無反顧

背信棄義 ㄅㄟˋ ㄒㄧㄣˋ ㄑㄧˋ ㄧˋ 不守信用，沒有道義。

語源 周書武帝紀下：「加以

背惠怒鄰，棄信忘義。」常傑森雍正劍俠圖第二十四回：「老俠於成就把打賭大破達摩堂，他們如何背信棄義……全部經過跟王爺說了一遍。」

例句 一個背信棄義的人，將永遠受到世人的唾棄。

近義 忘恩負義　恩將仇報

反義 居仁由義

背道而馳（ㄅㄟˋ ㄉㄠˋ ㄦˊ ㄔˊ）朝著相反方向前進。也比喻所做的事與目標、原則完全相反。

語源 戰國策魏策四記載：戰國時，魏王欲攻打趙國邯鄲，季梁得知，以「一駕車者欲往南方楚國，卻往北方行駛」的故事諫魏王，告訴魏王若用攻伐的方法求取霸業，猶如往楚而北行，將離霸業愈來愈遠。

例句 你希望健康長壽，卻背道而馳，經常熬夜酗酒，身體早晚會不堪負荷。

近義 南轅北轍　適得其反

反義 殊途同歸

胎死腹中（ㄊㄞ ㄙˇ ㄈㄨˋ ㄓㄨㄥ）胎兒未出生便死於腹中。也比喻計畫因受限制而無法實行。

例句 這項學校籃球隊培訓計畫由於經費不足，最後胎死腹中，令人扼腕。

近義 功虧一簣　前功盡棄

反義 死灰復燃　起死回生

胡作非為（ㄏㄨˊ ㄗㄨㄛˋ ㄈㄟ ㄨㄟˊ）形容人不顧法紀，任意做壞事。

語源 清李綠園歧路燈第六十五回：「小的是經過老爺教訓過的，再不敢胡作非為。」

例句 這群歹徒胡作非為，連續搶劫，警方誓言將他們逮捕歸案。

近義 橫行霸道　無法無天

反義 循規蹈矩　安分守己

胡言亂語（ㄏㄨˊ ㄧㄢˊ ㄌㄨㄢˋ ㄩˇ）毫無根據地隨便說話。

語源 元康進之梁山泊李逵負荊第二折：「這廝胡言亂語的，有甚麼說話？」

例句 小劉酒量不好又愛喝酒，常在酒後胡言亂語，難怪他老是被朋友挖苦。

近義 胡說八道　一派胡言

胡思亂想（ㄏㄨˊ ㄙ ㄌㄨㄢˋ ㄒㄧㄤˇ）指不切實際地瞎想。

語源 宋朱熹朱子語類卷一一四：「詩上說思無邪，自家口讀思無邪，心裡卻胡思亂想，這不是讀書。」

例句 凡事看開點，別再胡思亂想，以免徒增煩惱。

近義 想入非非　異想天開

胡說八道（ㄏㄨˊ ㄕㄨㄛ ㄅㄚ ㄉㄠˋ）毫無根據地亂說話。

語源 宋宗杲大慧普覺禪師語錄：「手裡指東畫西，口中胡說亂道。」清石玉崑三俠五義第七回：「不但不哭，反倒向小婦人胡說八道。」

例句 根本沒有這回事，你別聽他胡說八道！

近義 胡言亂語　信口開河

反義 引經據典　言之鑿鑿

胡攪蠻纏（ㄏㄨˊ ㄐㄧㄠˇ ㄇㄢˊ ㄔㄢˊ）形容不講道理地糾纏不放。

例句 對付這種胡攪蠻纏的人，只有訴諸法律一途，別無他法。

近義 無理取鬧　死纏爛打

6

胯下之辱（ㄎㄨㄚˋ ㄒㄧㄚˋ ㄓ ㄖㄨˇ）漢朝開國三傑的韓信，在年輕時曾受淮陰無賴少年的侮辱，從人的胯下爬過。後比喻人未顯達時，被人鄙視、譏笑的恥辱。

語源 史記淮陰侯列傳：「淮陰屠中少年有侮信者……於是信孰視之，俯出袴下，蒲伏。」

肉

一市人皆笑信，以為怯。」晉書劉喬傳：「至人之道，用行舍藏。跨下之辱，猶宜俯就，況於換代之嫌，纖介之釁哉！」

例句 大丈夫要能屈能伸，能忍受一時胯下之辱，力求上進，日後必有所成就。

近義 奇恥大辱　忍辱含垢

胸中甲兵 ㄒㄩㄥ ㄓㄨㄥ ㄐㄧㄚˇ ㄅㄧㄥ 心中有用兵的謀略。比喻人富有謀略。甲兵，披戰甲的士兵。也作「胸有甲兵」。

語源 魏書崔浩傳：「汝曹視此人，尫纖懦弱，手不能彎弓持矛，其胸中所懷，乃踰於甲兵。」

例句 那些叱吒商場的名人，各個可說都是胸中甲兵，他們下一步棋要怎麼走，外界實在難以預測。

近義 足智多謀　老謀深算

反義 一籌莫展　計無所出

胸有成竹 ㄒㄩㄥ ㄧㄡˇ ㄔㄥˊ ㄓㄨˊ 畫竹子時，心裡先有一幅竹子的形象。比喻在做事之前，已經有了一定的打算或完整的計畫。也作「成竹在胸」。

語源 宋蘇軾文與可畫篔簹谷偃竹記：「故畫竹必先得成竹於胸中，執筆熟視，乃見其所欲畫者，急起從之，振筆直遂。」

例句 在月考前，他就一副胸有成竹的模樣。考後成績揭曉，果然名列前茅。

近義 胸有定見　心中有數

反義 不知所措　束手無策

胸無城府 ㄒㄩㄥ ㄨˊ ㄔㄥˊ ㄈㄨˇ 形容為人坦率正直，對待他人沒有心機。城府，城邑和衙署。比喻人的心機。

語源 晉干寶晉紀總論：「性深阻有如城府。」清史稿陶澍傳：「澍見義勇為，胸無城府。」

例句 王經理待人真誠，胸無城府，很受客戶的信任。

近義 光明磊落　赤子之心

反義 城府深密　工於心計

胸無點墨 ㄒㄩㄥ ㄨˊ ㄉㄧㄢˇ ㄇㄛˋ 比喻一點學識都沒有。

語源 宋釋惟白續傳燈錄卷三二天童淨全禪師：「匙挑不上個村夫，文墨胸中一點無。」清褚人穫隋唐演義第十七回：「惠及是他最小兒子，倚著門蔭，少不得做了官。目不識丁，胸無點墨。」

例句 別小看他胸無點墨，做起事來卻俐落又可靠。

近義 目不識丁　不識之無

反義 博學多聞　學富五車

胸懷萬里 ㄒㄩㄥ ㄏㄨㄞˊ ㄨㄢˋ ㄌㄧˇ 胸中可以容得下萬里之地。形容志氣遠大。

例句 細讀每一本成功企業家的傳記，沒有一位不是胸懷萬里、目光遠大的人物。

近義 雄心壯志　放眼天下

反義 器小易盈　求田問舍

胼手胝足 ㄆㄧㄢˊ ㄕㄡˇ ㄓ ㄗㄨˊ 手掌和腳底生出厚繭。形容辛勞努力地工作。胼，生在手的厚繭。胝，生在腳的厚繭。原作「手足胼胝」。

語源 荀子子道：「夙興夜寐，耕耘樹藝，手足胼胝，以養其親。」宋朱熹九江彭蠡辨：「凡禹之所為，過門不入，胼手胝足，而不以為病者。」

例句 農民平日胼手胝足，辛勤勞動，都是希望作物有好的收成。

近義 摩頂放踵　不辭辛勞

反義 好逸惡勞

能忍自安 ㄋㄥˊ ㄖㄣˇ ㄗˋ ㄢ 遇事能夠忍耐，自可安然無事。

語源 百喻經記載：有棵樹的細枝被風吹斷，掉在樹下的野鹿和野狐身上。野鹿不以為意，野狐卻不能忍耐，想遷到別處。野鹿說：「這裡有樹能遮風擋雨，還能提供甜美果實，有什麼不好呢？」勸牠忍一下，安心住下來。野狐還是執意離去，但牠每到一個地方，住沒幾天就會有新的抱怨，也是不聽鄰居勸告，又再另遷他處。最後牠在一個氣候好、環境佳，但有猛獸出沒的山坡勉強住下，有一天覓食時被獅子抓住，牠才後悔不聽野鹿的勸告。

例句 父母管教嚴厲，禁止小明參加同學的聚會活動，他就怡然地在家看書。能忍自安，說得一點也沒錯。

近義 知足常樂　有容乃大

反義 小不忍則亂大謀

能言善道（ㄋㄥˊ ㄧㄢˊ ㄕㄢˋ ㄉㄠˋ） 口才好，會講話。也作「能說善道」。

語源 元無名氏須賈大夫誶范叔楔子：「欲遣一文武全備能言快語之士，往聘齊國。」

例句 商展上的推銷員個個能言善道，如不理智些，很可能被他們說動而買了不用的商品。

近義 辯才無礙　伶牙俐齒

反義 笨嘴拙腮　笨口拙舌

能言善辯（ㄋㄥˊ ㄧㄢˊ ㄕㄢˋ ㄅㄧㄢˋ） 口齒伶俐，善於辯說。

語源 元無名氏漢高皇濯足氣英布第一折：「若得能言巧辯之士，說他歸降，縱項王馳還，我有韓信拒之於前。」明方汝浩禪真逸史第二十一回：「一張好口，能言善辯。」

例句 李經理能言善辯，口若懸河，公司對外的公關事宜，只要他出面就可迎刃而解。

近義 口若懸河　辯才無礙

反義 結結巴巴　笨嘴拙腮

能屈能伸（ㄋㄥˊ ㄑㄩ ㄋㄥˊ ㄕㄣ） 不得志時能忍受屈辱；得志時能施展抱負。形容人處世能隨環境轉變。

語源 越絕書卷六越絕外傳紀策考：「蠡專其明，可謂賢焉，能屈能申。」

例句 他在創業過程中能屈能伸，因時制宜，是他成功最重要的因素。

近義 能進能退

能者多勞（ㄋㄥˊ ㄓㄜˇ ㄉㄨㄛ ㄌㄠˊ） 原指靈巧有能力的人多憂勞。後多指能力強的人多承擔一些事務，有稱譽或奉承之意。

語源 莊子列禦寇：「巧者勞而智者憂，無能者無所求，飽食而敖游。」紅樓夢第十五回：「俗語說的『能者多勞』，太太因大小事見奶奶妥貼，率性都推給奶奶了。」

辨析 莊子本意在勉人棄絕巧智，自忘其能，始得逍遙。今多用以恭維人多才能，與原意有所出入。

例句 「能者多勞」，這件事就要仰仗你指導幫忙了！

脅肩諂笑（ㄒㄧㄝˊ ㄐㄧㄢ ㄔㄢˇ ㄒㄧㄠˋ） 聳著肩膀，裝出討好的笑臉。形容諂媚奉承的醜態。

語源 孟子滕文公下：「曾子曰：『脅肩諂笑，病於夏畦。』」

例句 他那副脅肩諂笑、逢迎拍馬的樣態實在令人作嘔。

近義 阿諛奉承　曲意逢迎

反義 剛正不阿　守正不阿

7

脣亡齒寒（ㄔㄨㄣˊ ㄨㄤˊ ㄔˇ ㄏㄢˊ） 沒有了嘴脣，那麼牙齒必定外露受寒。比喻彼此利害相關，一方不保，則另一方也將受害。亡，亡失；沒有。

語源　左傳僖公五年記載：晉獻公派荀息送虞公千里馬及璧玉，要求借路以攻打虢國。宮之奇對虞公說：「虢是虞的屏障，虢國一旦滅亡了，虞國勢必不保，俗語說：『輔車相依，脣亡齒寒。』指的就是我們虞虢兩國吧！」勸虞公不要答應，虞公沒有聽取宮之奇的意見，果然晉兵打敗虢國後，回去時一併將虞國消滅了。

例句　附近商家極力反對將車站遷走，深怕脣亡齒寒，以後人潮不再，他們的生意將會大受影響。

近義　休戚相關　脣齒相依

脣焦舌敝　參見「舌敝脣焦」。

脣槍舌劍　脣如槍，舌如劍。比喻言辭銳利、爭辯激烈，互不相讓。也作「舌劍脣槍」。

語源　金丘處機神光燦：「不在脣槍舌劍，人前鬥，惺惺廣學多知。」

例句　這場辯論賽，兩隊人馬脣槍舌劍，你來我往，十分精采。

近義　爭短論長　針鋒相對

脣齒相依　嘴脣和牙齒相互依存。指關係密切，互相依靠。

語源　漢劉歆新議：「交之於人也，猶脣齒之相濟。」三國志魏書鮑勛傳：「王師屢征而未有所克者，蓋以吳、蜀脣齒相依，憑阻山水，有難拔之勢故也。」

例句　上游工廠與下游工廠脣齒相依，利害相關，所以你們的零件有問題，我們也受害。

近義　息息相關　休戚相關

反義　視同路人　毫無瓜葛

脫口而出　不加思索，隨口就說出來。形容才思敏捷，應答如流。也形容說話隨便，未經思索就說出口。

語源　清李伯元文明小史第八回：「大約一部之中，至少亦有一半看熟在肚裡，不然怎麼能夠脫口而出呢？」

例句　①每當主持人的問題一說完，他的答案便脫口而出，果然輕鬆贏得這項機智問答比賽的冠軍。②小莉一句「不喜歡就別亂翻」的話一脫口而出，顧客馬上轉頭而去。

近義　如數家珍　衝口而出

反義　期期艾艾　謹言慎行

脫胎換骨　原為道家修煉用語。指修道者經過修煉和服食丹藥，脫去凡胎，換俗骨成仙骨。後泛指人徹底改變，重新做人。也比喻原有的東西經徹底改變後呈現新的面貌。

語源　唐呂巖寄白龍洞劉道人：「十月脫胎吞入口，忽覺凡身已有靈。」又七言（其二）：「先生去後身須老，乞與貧儒換骨丹。」宋葛長庚沁園春贈胡葆元：「服此刀圭永駐顏，常溫養，使脫胎換骨，身在雲端。」

例句　①經過劉老師的耐心調教，調皮的阿德已經脫胎換骨，變成乖巧聽話的好學生了。②老街經過專家重新改造後，已經脫胎換骨，再展風華。

近義　洗心革面　改頭換面

反義　執迷不悟　一成不變

脫穎而出　錐子穿透布袋，尖端露了出來。比喻才幹或才華顯露出來，引人注目。穎，細長物件的尖端。原作「穎脫而出」。

語源 史記平原君列傳：「臣乃今日請處囊中耳，使遂蚤得處囊中，乃穎脫而出。」明馬中錫中山狼傳：「異時倘得脫穎而出，先生之恩。」

例句 經過一年的努力，他終於脫穎而出，名列前茅。

近義 錐處囊中　嶄露頭角

反義 沒沒無聞　庸庸碌碌

脫韁之馬 ㄊㄨㄛ ㄐㄧㄤ ㄓ ㄇㄚˇ　脫離韁繩控制的馬。比喻擺脫了束縛的人或事物。也作「脫韁野馬」。

例句 下課鐘一響，小朋友們便像脫韁之馬般衝出教室。

脫褲子放屁 ㄊㄨㄛ ㄎㄨˋ ˙ㄗ ㄈㄤˋ ㄆㄧˋ　歇後語。指多此一舉。

例句 他老愛賣弄英文，講過的話，動不動就用英文再講一遍，根本是脫褲子放屁。

近義 多此一舉　畫蛇添足

反義 恰到好處　恰如其分

9

腥風血雨 ㄒㄧㄥ ㄈㄥ ㄒㄧㄝˇ ㄩˇ　風雨中挾帶腥臭及鮮血。形容大量屠殺的殘酷情狀。也作「血雨腥風」。

語源 唐盧綸送顏推官遊銀夏謁韓大夫：「獵聲雲外響，戰血雨中腥。」水滸傳第二十三回：「腥風血雨滿山林。」清尹慶蘭螢窗異草卷四：「手足割裂，臟腑狼藉，血雨腥風，撲鼻慘目。」

例句 爆炸現場一片腥風血雨，死傷無數，恐怖份子的殘忍行徑，令人髮指。

近義 血流成河　屍橫遍野

腦滿腸肥 ㄋㄠˇ ㄇㄢˇ ㄔㄤˊ ㄈㄟˊ　形容人耽於享受，飽食而無所用心。或譏諷人外表壯盛，卻無實學。也作「腸肥腦滿」。

語源 北齊書高儼傳：「琅邪王年少，腸肥腦滿，輕為舉措。」清納蘭性德念奴嬌：「便是腦滿腸肥，尚難消受。」

例句 新任董事長腦滿腸肥，不肯用心，難怪公司營運每況愈下。

近義 大腹便便　飽食終日

腳踏實地 ㄐㄧㄠˇ ㄊㄚˋ ㄕˊ ㄉㄧˋ　比喻做事踏實穩妥。

語源 宋邵伯溫邵氏聞見錄卷一八：「公嘗問康節曰：『某何如人？』曰：『君實腳踏實地人也。』」

例句 他做事一向腳踏實地，絕不苟且敷衍。

近義 實事求是　按部就班

反義 好高騖遠　弄虛作假

腳踏兩條船 ㄐㄧㄠˇ ㄊㄚˋ ㄌㄧㄤˇ ㄊㄧㄠˊ ㄔㄨㄢˊ　比喻投機取巧，兩方討好，藉機牟利。

語源 明李贄藏書二五名臣傳荀彧：「世間道學，好騎兩頭馬，喜踹兩腳船。」

例句 你用情要專一，千萬不可腳踏兩條船，否則必定得不償失。

腸枯思竭 ㄔㄤˊ ㄎㄨ ㄙ ㄐㄧㄝˊ　比喻沒有靈感，寫不出東西來。

語源 唐盧仝走筆謝孟諫議寄新茶：「三碗搜枯腸，唯有文字五千卷。」三國志魏書鍾會傳裴松之注引世語：「以經時，松思竭不能改，心苦之，形於顏色。」

例句 原本援筆立成的他，近來因腸枯思竭而決意放棄寫作之途。

近義 搜索枯腸　江郎才盡

反義 文思泉湧　援筆立成

腹背受敵 ㄈㄨˋ ㄅㄟˋ ㄕㄡˋ ㄉㄧˊ　前後都受到敵人的攻擊。指處於受困、不利的局面。

語源 魏書崔浩傳：「裕西入函谷，則進退路窮，腹背受敵。」

例句 警方兩面夾攻，腹背受

敵的歹徒只好棄械投降。

近義　四面楚歌　前後夾擊

反義　後顧無憂

10

膏腴之地（ㄍㄠ ㄩˊ ㄓ ㄉㄧˋ）　形容土地肥沃、物產豐富的地方。膏腴，油脂和肥肉。形容土地肥沃。

語源　戰國策秦策三：「韓、魏支分方城膏腴之地以薄鄭，兵休復起，足以傷秦，不必待齊。」

例句　嘉南平原這一大片膏腴之地，是臺灣稻米的主要產地。

近義　魚米之鄉

反義　窮山惡水　不毛之地

膏粱子弟（ㄍㄠ ㄌㄧㄤˊ ㄗˇ ㄉㄧˋ）　比喻富貴人家的子弟，只知飽食，不理世務。膏粱，肥肉和細糧。指能享用精美食物。

語源　南朝梁劉勰文心雕龍雜文：「蓋七竅所發，發乎嗜欲，始邪末正，所以戒膏粱之子也。」資治通鑑卷一四〇齊明帝建武三年：「未審上古已來，張官列位，為膏粱子弟乎？為致治乎？」

例句　他從前是個只知玩樂的膏粱子弟，如今卻肯當義工，服務獨居老人，真是難得。

近義　紈袴子弟　花花公子

11

膝下猶虛（ㄒㄧ ㄒㄧㄚˋ ㄧㄡˊ ㄒㄩ）　形容未生子女。膝下，膝旁。指身邊。猶，仍舊。虛，空。指沒有子女。

語源　孝經聖治：「故親生之膝下，以養父母日嚴。」

例句　他們夫婦倆一向樂觀，儘管年屆半百，膝下猶虛，也不覺得遺憾。

反義　兒孫滿堂　承歡膝下

膠柱鼓瑟（ㄐㄧㄠ ㄓㄨˋ ㄍㄨˇ ㄙㄜˋ）　黏住瑟上調音的弦柱之後再彈奏瑟。比喻拘泥固執不知變通。膠，黏膠。此做動詞。

語源　文子道德：「老子曰：『執一世之法籍，以非傳代之俗，譬猶膠柱調瑟。』」史記廉頗藺相如列傳：「藺相如曰：『王以名使括，若膠柱而鼓瑟耳。』」

例句　處理事情時應隨機應變，不可膠柱鼓瑟，食古不化。

近義　一成不變　食古不化

反義　通權達變　隨機應變

膠漆相投（ㄐㄧㄠ ㄑㄧ ㄒㄧㄤ ㄊㄡˊ）　心意如膠漆般緊密投合。

語源　韓詩外傳卷九：「夫實之與實，如膠如漆。」古詩十九首客從遠方來：「以膠投漆中，誰能別離此！」清何夢梅游龍戲鳳第一回：「兩人同心合志，膠漆相投一般。」

例句　他們朝夕相隨，猶如膠漆相投，不能分離。

近義　水乳交融　情投意合

反義　反目成仇　勢成水火

13

膽大心細（ㄉㄢˇ ㄉㄚˋ ㄒㄧㄣ ㄒㄧˋ）　形容做事果斷而心思細膩，考慮周詳。也作「膽大心小」。

語源　舊唐書孫思邈傳：「膽欲大而心欲小，智欲圓而行欲方。」清汪嫈薇兒學醫詩以勉之：「慎重以往，妙手回春，膽大心細，法孫真人。」

例句　當外科醫生必須膽大心細，才能順利完成手術，使病人康復。

近義　小心翼翼

反義　心粗膽大　暴虎馮河

膽大包天（ㄉㄢˇ ㄉㄚˋ ㄅㄠ ㄊㄧㄢ）　形容膽量極大。現多用於貶義，指為惡而毫無畏懼。包，涵蓋。

語源　清楊潮觀吟風閣雜劇黃石婆授計逃關：「你還不知那張良……有萬夫不當之勇，因此膽大包天，一鐵錘，幾乎把秦王斷送。」明李清明珠緣第

肉

四十九回：「值忠賢竊柄之日，膽大包天。」

例句 小偷實在膽大包天，竟敢到警政署長的官邸行竊。

近義 肆無忌憚 恣意妄為

反義 膽小如鼠 膽小怕事

膽大妄為 ㄉㄢˇ ㄉㄚˋ ㄨㄤˋ ㄨㄟˊ 毫無顧忌，胡作非為。

語源 清曾樸孽海花第十回：「這種人要在敝國，是早已明正典刑，那裡容他們如此膽大妄為呢！」

例句 他仗著父親是議長，竟然膽大妄為，到處圍標工程。

近義 胡作非為 肆無忌憚

反義 安分守己 奉公守法

膽小如鼠 ㄉㄢˇ ㄒㄧㄠˇ ㄖㄨˊ ㄕㄨˇ 形容膽量極小。

語源 魏書元天賜傳：「言同百舌，膽若鼷鼠。」清曾樸孽海花第二十四回：「就怕海軍提督膽小如鼠，到弄得畫虎不成反類狗耳！」

例句 別看他長得人高馬大，其實膽小如鼠，連恐怖電影都不敢看呢！

近義 膽小怕事 畏首畏尾

反義 膽大包天 膽識過人

膽破魂奪 ㄉㄢˇ ㄆㄛˋ ㄏㄨㄣˊ ㄉㄨㄛˊ 比喻非常驚懼害怕。也作「膽破氣奪」、「膽破魂飛」。

語源 三國志魏書明帝紀裴松之注引魏略：「驅略吏民，盜利祁山，王師方振，膽破氣奪。」清佚名大八義第二十二回：「李氏一聞此言，嚇得膽破魂飛。」

例句 這部恐怖電影果真名不虛傳，才開演便嚇得觀眾膽破魂奪，驚叫連連。

近義 魂不附體 魂飛魄散

反義 泰然自若 氣定神閒

膽識過人 ㄉㄢˇ ㄕˋ ㄍㄨㄛˋ ㄖㄣˊ 膽量見識超過一般人。

語源 清史稿卷四一五丁義方傳：「曾國藩疏言義方膽識過人，部署迅速。」

例句 他的膽識過人，是國家可倚賴的棟梁之材。

近義 混身是膽

反義 膽小怕事 畏首畏尾

膾炙人口 ㄎㄨㄞˋ ㄓˋ ㄖㄣˊ ㄎㄡˇ 膾炙的味道鮮美，是人人所喜好的。比喻詩文或事物優美，受到人們的稱讚和傳頌。膾，細切的肉。炙，烤熟的肉。

語源 孟子盡心下：「公孫丑曰：『然則曾子何為食膾炙，而不食羊棗？』孟子曰：『膾炙所同也，羊棗所獨也。』」宋宣和書譜卷十：「所著歌詩頗多，其間綺麗得意者數百篇，往往膾炙人口。」

例句 他作的這首歌曲膾炙人口，在校園中不斷被人傳唱。

近義 奇文共賞 有口皆碑

反義 味如嚼蠟 乏善可陳

臉上無光 ㄌㄧㄢˇ ㄕㄤˋ ㄨˊ ㄍㄨㄤ 比喻丟臉、沒面子。

語源 清吳敬梓儒林外史第三回：「這就是壞了學校規矩，連我臉上都無光了。」

例句 弟弟在圖書館大吵大鬧的舉動，讓爸媽和我都覺得臉上無光。

近義 羞愧無地 顏面盡失

反義 揚眉吐氣 笑逐顏開

臉上貼金 ㄌㄧㄢˇ ㄕㄤˋ ㄊㄧㄝ ㄐㄧㄣ 原指在神佛塑像的臉部貼上金箔。後用來比喻誇耀自己或他人。

例句 你別盡往自己臉上貼金，這事要不是有吳大哥幫忙，恐怕你一個人成不了呢。

近義 自吹自擂 大言不慚

反義 謙沖自牧 功成不居

臉紅脖子粗 ㄌㄧㄢˇ ㄏㄨㄥˊ ㄅㄛˊ ˙ㄗ ㄘㄨ 形容人因發怒或心急而情緒激動的樣子。

例句 那兩個小販為了攤位的界線爭得臉紅脖子粗，把客人都嚇跑了。

近義 勃然大怒　大動肝火

反義 和顏悅色　心平氣和

臣部

臣門如市 ㄔㄣˊ ㄇㄣˊ ㄖㄨˊ ㄕˋ 形容門下巴結奉承的人很多，有如市集一樣熱鬧。

語源 漢書鄭崇傳：「上責崇曰：『君門如市人，何以欲禁切主上？』崇對曰：『臣門如市，臣心如水。願得考覆。』」清吳趼人二十年目睹之怪現狀第九十二回：「京官的俸祿有限，他便專靠這個營生，居然臣門如市起來。」

例句 這家公營事業許多職位都是肥缺，因此他就任董事長後，許多人都來奉承，讓他嘗到臣門如市的滋味。

近義 門庭若市　車馬盈門

反義 門庭冷落　門可羅雀

2

臥虎藏龍 ㄨㄛˋ ㄏㄨˇ ㄘㄤˊ ㄌㄨㄥˊ 隱藏著睡臥的龍與虎。比喻潛藏著不被世人所知的奇才。也比喻聚集眾多英才。虎、龍，皆比喻傑出人才。也作「藏龍臥虎」。

語源 三國志蜀書諸葛亮傳：「諸葛孔明者，臥龍也。」北周庾信同會河陽公新造山池聊得寓目：「暗石疑藏虎，盤根似臥龍。」清郭小亭濟公全傳第一六四回：「再說臨安城乃藏龍臥虎之地。」

例句 ①鄰居們誰也想不到這棟破舊房子裡竟然臥虎藏龍，住著一位書法篆刻奇才。②我們班上人才濟濟，在這個臥虎藏龍之地，我再也不敢驕矜自大了。

近義 人才濟濟

反義 雞鳴狗盜

臥薪嘗膽 ㄨㄛˋ ㄒㄧㄣ ㄔㄤˊ ㄉㄢˇ 睡在柴草上，舔嘗苦膽。比喻刻苦自勵，奮發圖強。

語源 史記越王句踐世家記載：春秋時代，越王句踐被吳王夫差打敗。為了報仇雪恥，句踐過著刻苦的生活，他睡在柴草上，嘗食苦膽，時時警惕自己，並勉勵國人共同努力，經過十年生聚，十年教訓，終於打敗夫差，復興國家。

例句 他去年大考落榜之後，經過一年臥薪嘗膽的苦讀，終於在今年考上第一志願。

近義 生聚教訓　奮發圖強

反義 醉生夢死　苟且偷生

臥榻之側，豈容他人鼾睡 ㄨㄛˋ ㄊㄚˋ ㄓ ㄘㄜˋ ㄑㄧˇ ㄖㄨㄥˊ ㄊㄚ ㄖㄣˊ ㄏㄢ ㄕㄨㄟˋ 自己睡覺的床邊，怎能容忍別人呼呼大睡。比喻不許他人侵犯到自己的利益。也作「臥榻豈容鼾睡」、「臥榻鼾睡」。

語源 宋李燾續資治通鑑長編卷一六太祖開寶八年：「但天下一家，臥榻之側，豈容他人鼾睡乎！」

例句 這個選區他耕耘已久，「臥榻之側，豈容他人鼾睡」，他一定不歡迎你來本區參選。

反義 利益均霑　有福同享

8

臧否人物 ㄗㄤ ㄆㄧˇ ㄖㄣˊ ㄨˋ 評論人物的好壞。臧，善。否，惡。臧否，善惡得失。也指評論善惡得失。

語源 詩經大雅抑：「於呼小子，未知臧否。」昭明文選張衡西京賦：「街談巷議，彈射臧否。」晉書阮籍傳：「籍雖不拘禮教，然發言玄遠，口不

臧否人物。」

例句 許多名嘴常在媒體上信口開河、臧否人物，以此吸引觀眾目光，實是一種亂象。

11

臨去秋波 ㄌㄧㄣˊ ㄑㄩˋ ㄑㄧㄡ ㄅㄛ 臨別時向人拋媚眼，表示情意。也比喻臨別前給人的好處，以博取好感。秋波，比喻女子的眼睛像秋水般澄明。

語源 宋蘇軾百步洪詩二首之二：「佳人未肯回秋波。」元王實甫西廂記第一本第一折：「怎當他臨去秋波那一轉，休道是小生，便是鐵石人也意惹情牽。」

例句 舞會結束後，小張因林小姐的臨去秋波而神魂顛倒。

近義 暗送秋波　眉目傳情

臨危不亂 ㄌㄧㄣˊ ㄨㄟˊ ㄅㄨˋ ㄌㄨㄢˋ 面臨危險困難時仍能保持鎮定而不慌亂。

語源 蔡東藩兩晉通俗演義第二十九回：「還虧侃軍素有紀律，臨危不亂，才得勉力支持。」

例句 消防隊員臨危不亂，衝入火場救出已被嗆昏的小孩，令家屬感激莫名。

近義 沉著冷靜　履險如夷

反義 驚慌失措　六神無主

臨危受命 ㄌㄧㄣˊ ㄨㄟˊ ㄕㄡˋ ㄇㄧㄥˋ 在危難之際接受任命。

語源 三國蜀諸葛亮出師表：「受任於敗軍之際，奉命於危難之間。」

例句 在公司搖搖欲墜之際，他臨危受命出任執行長，兩年之內便讓公司轉虧為盈。

近義 義無反顧

反義 臨陣脫逃　落荒而逃

臨危授命 ㄌㄧㄣˊ ㄨㄟˊ ㄕㄡˋ ㄇㄧㄥˋ 面臨危難，為維護正道，不惜獻出生命。表示不畏生死，勇於赴義。授，給予。也作「見危授命」。

語源 論語憲問：「見利思義，見危授命。」三國志蜀書楊戲傳：「拜子僉為左中郎，後為關中都督，景耀六年，又臨危授命。」

例句 抗戰爆發之際，青年志士不惜臨危授命，勇赴前線抗敵作戰。

近義 慷慨赴義　勇赴國難

反義 臨陣脫逃　貪生怕死

臨別依依 ㄌㄧㄣˊ ㄅㄧㄝˊ ㄧ ㄧ 形容將要離別時難分難捨的樣子。

例句 畢業典禮後，畢業生都臨別依依，四處與師長和同學拍照留念。

近義 戀戀不捨　難分難捨

臨事以懼 ㄌㄧㄣˊ ㄕˋ ㄧˇ ㄐㄩˋ 以戒慎恐懼的心處理事情。形容做事小心謹慎。原作「臨事而懼」。

語源 論語述而：「子曰：『暴虎馮河，死而無悔者，吾不與也。必也臨事而懼，好謀而成者也。』」

例句 這項投資關係公司的未來發展，小弟不得不臨事以懼，請再讓我多考慮兩天。

近義 戒慎恐懼　臨深履薄

反義 暴虎馮河　輕舉妄動

臨門一腳 ㄌㄧㄣˊ ㄇㄣˊ ㄧˋ ㄐㄧㄠˇ 足球賽中，在臨近球門時踢球入網的一次射門。引申指促成最後結果的關鍵力量或動作。

例句 小威和婷婷的感情想要修成正果，尚欠有心人的臨門一腳，這要靠你出力了。

近義 萬事俱備，只欠東風

反義 功敗垂成　坐失良機

臨財不苟 ㄌㄧㄣˊ ㄘㄞˊ ㄅㄨˋ ㄍㄡˇ 面對錢財，不隨意拿取。形容廉潔、不貪財。不苟，不隨便；不草率。也作「臨財不苟得」。

語源 禮記曲禮上：「臨財毋苟得，臨難毋苟免。」魏書公孫軌傳：「卿可謂臨財不苟得，朕所以增賜者，欲顯廉於眾人。」

例句 政府官員如果不能臨財不苟，很容易就會瞞心昧己，做出損害大眾利益的事。

近義 一介不取 兩袖清風

反義 見錢眼開 利令智昏

臨陣脫逃 ㄌㄧㄣˊ ㄓㄣˋ ㄊㄨㄛ ㄊㄠˊ 身臨戰場，怯而逃走。也比喻事情到來，沒有勇氣面對而逃避。

語源 明徐光啟疏辯：「臨陣脫逃，初次即斬矣，亦求免其怨乎？」清佚名施公案第一三九回：「我的意思要找他問問，他不辭而去、臨陣脫逃的緣故。」

例句 大敵當前，我們一定要冷靜應變，不可臨陣脫逃。

近義 丟盔棄甲 落荒而逃

反義 臨危授命 臨危不懼

臨陣磨槍 ㄌㄧㄣˊ ㄓㄣˋ ㄇㄛˊ ㄑㄧㄤ 到了要上戰場前，才開始磨刀槍。比喻事到臨頭才設法準備、應付。

語源 紅樓夢第七十回：「臨陣磨槍也不中用！有這會子著急，天天寫寫念念，有多少完不了的？」

例句 你考試前一晚才熬夜讀書，臨陣磨槍，怎麼會有好成績？

近義 臨渴掘井 臨時抱佛腳

反義 未雨綢繆 曲突徙薪

臨深履薄 ㄌㄧㄣˊ ㄕㄣ ㄌㄩˇ ㄅㄛˊ 參見「如臨深淵，如履薄冰」。

臨淵羨魚 ㄌㄧㄣˊ ㄩㄢ ㄒㄧㄢˋ ㄩˊ 站在水潭邊而想得到潭裡的魚。比喻只是空想而沒有實際行動。

語源 文子上德：「臨河欲魚，不若歸而織網。」漢書禮樂志：「古人有言：『臨淵羨魚，不如歸而結網。』」

例句 與其臨淵羨魚，羨慕她既健康又擁有好身材，不如跟她一樣養成每天運動的習慣，持之以恆一定有成績。

近義 紙上談兵 畫餅充飢

反義 退而結網

臨渴掘井 ㄌㄧㄣˊ ㄎㄜˇ ㄐㄩㄝˊ ㄐㄧㄥˇ 等到口渴的時候，才開始挖掘井水。比喻事到臨頭才設法準備。

語源 太平經卷七二：「臨渴且死，乃掘井索水，何及得也！」明方汝浩禪真逸史第八回：「你可作急計較，不要臨渴掘井，墜馬收韁。」

例句 小明平時不用功，總在考前才臨渴掘井，難怪成績不理想。

近義 臨時抱佛腳 臨陣磨槍

反義 未雨綢繆 防患未然

臨機應變 ㄌㄧㄣˊ ㄐㄧ ㄧㄥˋ ㄅㄧㄢˋ 參見「隨機應變」。

臨時抱佛腳 ㄌㄧㄣˊ ㄕˊ ㄅㄠˋ ㄈㄛˊ ㄐㄧㄠˇ 平日不拜佛，事情發生時才抱住佛像的腳乞求保佑。比喻平時不作準備，事到臨頭才情急設法。

語源 唐孟郊讀經：「垂老抱佛腳，教妻讀黃經。」清李汝珍鏡花緣第十六回：「這叫作『臨時抱佛腳』，也是我們讀書人的通病。」

例句 你出國前幾天才臨時抱佛腳補英語，到時能有多大用處，我真懷疑。

近義 臨渴掘井 臨陣磨槍

反義 有備無患 未雨綢繆

自部

自力更生 ㄗˋ ㄌㄧˋ ㄍㄥ ㄕㄥ　靠自己的力量謀求新生。更生，重新獲得生命。比喻振作、振興。

語源　後漢書和熹鄧皇后紀：「自力上原陵。」史記平津侯主父列傳：「逢明天子，人人自以為更生。」

例句　火災後，他雖然孑然一身，卻堅持自力更生，拒絕親朋好友的接濟。

近義　自食其力　奮發圖強

反義　寄人籬下　仰人鼻息

自不量力 ㄗˋ ㄅㄨˋ ㄌㄧㄤˋ ㄌㄧˋ　不衡量自己的能力，而做自己做不到的事。也作「不自量力」。

語源　左傳隱公十一年：「不度德，不量力。」宋史文天祥傳：「吾深恨於此，故不自量力，而以身徇之。」清李汝珍鏡花緣第八十七回：「並非真才實學，何敢自不量力，妄自談文?」

例句　他明明收入有限，卻老想要穿名牌衣服、開進口轎車，真是自不量力。

近義　蚍蜉撼樹　螳臂當車

反義　自知之明　量力而行

自以為是 ㄗˋ ㄧˇ ㄨㄟˊ ㄕˋ　自以為是正確的。指主觀、不接受建議。

語源　孟子盡心下：「自以為是，而不可與入堯舜之道，故曰德之賊也。」

例句　人在成功之後，便容易自以為是，豈知人外有人，天外有天，還是謙虛的好。

近義　剛愎自用　自矜自是

反義　謙沖自牧　虛懷若谷

自出機杼 ㄗˋ ㄔㄨ ㄐㄧ ㄓㄨˋ　自行織出與眾不同的布。比喻別出心裁，自創新意。也比喻詩文構思新奇巧妙。機杼，織布機上的機鈕和梭子。

語源　漢班固東觀漢記王丹傳：「丹乃懷縑一匹，陳之於主人前，曰：『如丹此縑，出自機杼。』遵聞而有慚色。」魏書祖瑩傳：「文章須自出機杼，成一家風骨，何能共人同生活也。」

例句　這家飯店的主廚手藝精湛，常能自出機杼，推出新菜，難怪大受歡迎。

近義　別出心裁　獨樹一幟

反義　因常襲故　步人後塵

自打嘴巴 ㄗˋ ㄉㄚˇ ㄗㄨㄟˇ ㄅㄚ　比喻說話、做事前後矛盾，自我否定或讓自己出醜。

例句　關於優良學生選拔的標準，學校的說法前後矛盾，自打嘴巴，讓同學無所適從。

近義　自相矛盾　站不住腳

反義　自圓其說　義正辭嚴

自甘墮落 ㄗˋ ㄍㄢ ㄉㄨㄛˋ ㄌㄨㄛˋ　自己心甘情願地墮落。

語源　清褚人穫隋唐演義第三十二回：「你前程有在，但須澄心猛省，不可自甘墮落。」

例句　人生不如意事十之八九，如果因此而自甘墮落、自暴自棄的話，就太不聰明了。

近義　自暴自棄　妄自菲薄

反義　莊敬自強　力爭上游

自生自滅 ㄗˋ ㄕㄥ ㄗˋ ㄇㄧㄝˋ　自然生成，自然消滅。指對某人或某事毫不關切，任其自然發展。

語源　唐白居易山中五絕句嶺上雲：「自生自滅成何事?能逐東風作雨無?」清袁枚子不語第十二卷：「然汝不順天地陰陽自生自滅之理，妄想矯揉造作。」

例句　他雖然不斷犯錯，又不聽勸告，但任他自生自滅，恐怕會惹出更大的禍害!

近義　聽其自然　放任自流

自由自在 ㄗˋ ㄧㄡˊ ㄗˋ ㄗㄞˋ 隨心所欲，不受拘束。

語源 六祖壇經頓漸品：「自由自在，縱橫盡得，有何可立？」

例句 出外旅遊就是要拋開平日事務的牽絆，自由自在地享受休閒時光。

近義 無拘無束　逍遙自在

反義 檻猿籠鳥　身不由己

自立自強 ㄗˋ ㄌㄧˋ ㄗˋ ㄑㄧㄤˊ 靠自己的努力奮發圖強。

例句 小李自小離家奮鬥，養成他自立自強的生活態度，培養出積極向上的人生觀。

近義 自力更生　莊敬自強

反義 坐享其成　不勞而獲

自立門戶 ㄗˋ ㄌㄧˋ ㄇㄣˊ ㄏㄨˋ 從舊有的家庭、團體或派別中獨立出來，自成一家。

語源 三國志蜀書張裔傳：「為之娶婦，買田宅產業，使立門戶。」宋史李侗傳：「孟氏之後，道失其傳，枝分派別，自立門戶，天下真儒不復見於世。」

例句 你學藝未精就想自立門戶，會不會操之過急了？

近義 自力更生　自成一家

反義 寄人籬下　仰人鼻息

自成一家 ㄗˋ ㄔㄥˊ ㄧˋ ㄐㄧㄚ 不模仿他人，創立獨特的風格或體系。

語源 漢司馬遷報任少卿書：「亦欲以究天人之際，通古今之變，成一家之言。」唐劉知幾史通載言：「又詩人之什，自成一家。」

例句 張大千的潑墨山水，在中國水墨畫中自成一家。

近義 自成一格　獨樹一幟

反義 老調重彈　拾人牙慧

自成一格 ㄗˋ ㄔㄥˊ ㄧˋ ㄍㄜˊ 獨自創立一種與眾不同的風格。

語源 宋郭若虛圖畫見聞志五代曹仲玄：「始學吳不得意，遂改迹細密，自成一格。」

例句 古龍以懸疑、偵探的寫作風格，讓他在眾多的武俠小說作者中自成一格。

近義 自成一家　自出機杼

反義 拾人牙慧　鸚鵡學舌

自有公論 ㄗˋ ㄧㄡˇ ㄍㄨㄥ ㄌㄨㄣˋ 公眾自然會有評論。多就事情的是非曲直而言。

語源 南朝宋劉義慶世說新語品藻：「庾又問：『何者居其右？』王曰：『自有人。』又問：『何者是？』王曰：『噫，其自有公論。』左右躡公，公乃止。」

例句 陳部長深信他對政策的堅持必會獲得認同，社會自有公論，所以對現在的流言蜚語並不在意。

自作多情 ㄗˋ ㄗㄨㄛˋ ㄉㄨㄛ ㄑㄧㄥˊ ①單方面產生愛慕之情。②自嘲主動助人卻不被領情。

例句 ①你少自作多情了！她根本不喜歡你。②原本以為你也想聽演唱會，才特地幫你買票的，原來是我自作多情。

近義 一廂情願　自以為是

反義 兩情相悅

自作自受 ㄗˋ ㄗㄨㄛˋ ㄗˋ ㄕㄡˋ 自己做的事，由自己承受責任及後果。

語源 唐釋道世法苑珠林卷六一誡勖篇誡罪部：「汝自作惡……今當受之。」唐敦煌變文集目連緣起：「自作之時還自受，有何道理得生天？」

例句 會有如此下場完全是他自作自受，怨不得別人。

近義 自食其果　咎由自取

反義 自求多福

自作聰明 ㄗˋ ㄗㄨㄛˋ ㄘㄨㄥ ㄇㄧㄥˊ　自以為很聰明而率然行動。

語源　明余繼登典故紀聞：「苟自作聰明，而不取眾長，欲治道之成，不可得也。」

例句　這件重要的投資案由於他自作聰明，獨斷獨行，以致公司蒙受重大損失。

近義　自以為是　師心自用

反義　自知之明　瞻前顧後

自助人助 ㄗˋ ㄓㄨˋ ㄖㄣˊ ㄓㄨˋ　能自我努力，別人才能幫助你。也作「自助而後人助」。

例句　先發投手想獲得勝投，得要自助人助，先確保自己不失分，再寄望隊友打下好分數。

近義　天助自助　自立自強

反義　自暴自棄　妄自菲薄

自吹自擂 ㄗˋ ㄔㄨㄟ ㄗˋ ㄌㄟˊ　自己吹喇叭，自己打鼓。比喻自我吹噓、誇耀。吹，吹奏。擂，敲擊。

例句　小胖常自吹自擂，說他最有女人緣，只是到現在還沒交過半個女朋友。

近義　自賣自誇　大言不慚

反義　深藏若虛　謙沖自持

自告奮勇 ㄗˋ ㄍㄠˋ ㄈㄣˋ ㄩㄥˇ　自己要求擔任某種任務。

語源　隋書史祥傳：「公竭誠奮勇，一舉剋定。」清李伯元官場現形記第五十三回：「因為上頭提倡遊學，所以他自告奮勇，情願自備資斧，叫兒子出洋。」

例句　老師想徵求一個人去打掃走廊，小明馬上自告奮勇，拿起掃把便衝出去。

近義　毛遂自薦　請自隗始

反義　裹足不前　敬謝不敏

自我反省 ㄗˋ ㄨㄛˇ ㄈㄢˇ ㄒㄧㄥˇ　省察自身的缺失、過錯。

例句　小莉每晚睡前都會自我反省，檢討當天的行為有沒有需要改進的地方。

近義　反躬自省　三省吾身

反義　推諉塞責　文過飾非

自我作古 ㄗˋ ㄨㄛˇ ㄗㄨㄛˋ ㄍㄨˇ　由自己創始，不效法古人。作古，不依成規，自創新例。

語源　隋書禮儀志：「又後魏即位，登朱雀觀；周帝初立，受朝於路門。雖自我作古，皆非禮也。」

例句　綜藝節目千篇一律，互相抄襲，只有他製作的新節目能自我作古，令人耳目一新。

近義　不主故常　不落俗套

反義　蹈常襲故　墨守成規

自我陶醉 ㄗˋ ㄨㄛˇ ㄊㄠˊ ㄗㄨㄟˋ　為自己的表現或成就而自我欣賞，得意洋洋。

例句　你的作品還差人家一大截，有什麼好自我陶醉的？

近義　孤芳自賞　自命不凡

反義　妄自菲薄　自輕自賤

自我解嘲 ㄗˋ ㄨㄛˇ ㄐㄧㄝˇ ㄔㄠˊ　因受人嘲笑而自我辯解。後用以形容挖苦、取笑自己。

語源　漢書揚雄傳：「時雄方草太玄，有以自守，泊如也。或嘲雄以玄尚白，而雄解之，號曰：解嘲。」

例句　陳老師對自己的禿頭毫不在意，還自我解嘲說：「最精華的地方是寸草不生的。」

近義　自我調侃　自我消遣

自我調侃 ㄗˋ ㄨㄛˇ ㄊㄧㄠˊ ㄎㄢˇ　自己嘲笑自己。調侃，以文辭或言語嘲弄。

語源　宋元戲文輯佚柳耆卿詩酒翫江樓：「醸旦調侃，是他為第一。」

例句　王老師是個大男人主義者，沒想到一對兒女出生後，卻親自餵牛奶、換尿布，他自我調侃：「這是師法古人『俯

首甘為孺子牛』！」

近義　自我解嘲　自我消遣

自找麻煩（ㄗˋ ㄓㄠˇ ㄇㄚˊ ㄈㄢˊ）　自己招來負擔或困擾。

例句　這件事越單純越好，你把它搞得這麼複雜，不是自找麻煩嗎？

近義　自討沒趣　自找苦吃

自投羅網（ㄗˋ ㄊㄡˊ ㄌㄨㄛˊ ㄨㄤˇ）　原指鳥、魚、野獸等自己投入人所布下的羅網裡。比喻自取禍害。羅，捕鳥網。

語源　三國魏曹植野田黃雀行：「不見籬間雀，見鷂自投羅。」明周楫西湖二集第十三卷：「在下這一回專要勸人回心向善，不可作孽，自投羅網。」

例句　大批警察埋伏在歹徒必經之處，就等著他自投羅網。

近義　自取滅亡　自掘墳墓

反義　全身遠害

自求多福（ㄗˋ ㄑㄧㄡˊ ㄉㄨㄛ ㄈㄨˊ）　靠自己的力量謀求幸福。多用作勸戒之辭。

語源　詩經大雅文王：「永言配命，自求多福。」

例句　你已經得罪了總經理，想在公司繼續待下去，只有自求多福了。

反義　自食其果　自作自受

自私自利（ㄗˋ ㄙ ㄗˋ ㄌㄧˋ）　不顧他人，只謀求自己的利益。

語源　晉潘尼安身論：「憂患之接，必生於自私，而興於有欲。」列子楊朱：「大禹不以一身自利。」宋朱熹答汪尚書：「其所自謂有得者，適足為自私自利之資而已。」

例句　一個自私自利的人，很難擁有真心相待的好朋友。

近義　唯利是圖　損人利己

反義　大公無私　捨己為人

自言自語（ㄗˋ ㄧㄢˊ ㄗˋ ㄩˇ）　自己跟自己對話。

語源　京本通俗小說碾玉觀音：「一個婦女搖搖擺擺從府堂裡出來，自言自語，與崔寧打個胸廝撞。」

例句　最近他老是自言自語的，不知是否有心事？

近義　喃喃自語

自身難保（ㄗˋ ㄕㄣ ㄋㄢˊ ㄅㄠˇ）　參見「泥菩薩過江——自身難保」。

自取其辱（ㄗˋ ㄑㄩˇ ㄑㄧˊ ㄖㄨˇ）　自己招來屈辱。

語源　漢應劭風俗通義過譽：「今見辱者，必有以招之；身自取焉，何尤於人！」明馮夢龍醒世恆言卷一七：「今日落於人後，何顏去見妹子；總不嫌我，倘被妹夫父母兄弟奚落，卻不自取其辱！」

例句　他早就看你不順眼，這個時候去求他，只會自取其辱。

近義　丟人現眼　自討苦吃

反義　自求多福　全身遠害

自取滅亡（ㄗˋ ㄑㄩˇ ㄇㄧㄝˋ ㄨㄤˊ）　自己招來滅亡之禍。

語源　陰符經卷下：「沉水入火，自取滅亡。」晉書衛瓘傳：「二將跋扈，自取滅亡。」

例句　人類過度開發破壞生態，將受大自然的反撲而自取滅亡，實在不可不慎啊！

近義　自掘墳墓　玩火自焚

反義　自求多福　全身遠害

自命不凡（ㄗˋ ㄇㄧㄥˋ ㄅㄨˋ ㄈㄢˊ）　自以為不平凡。

語源　清蒲松齡聊齋誌異楊大洪：「大洪楊先生漣，微時為楚名儒，自命不凡。」

例句　他一向自命不凡，不把別人放在眼裡，沒想到你竟可以讓他乖乖聽話。

近義　自矜自是　自視甚高

反義　自慚形穢　自暴自棄

自命清高 ㄗˋ ㄇㄧㄥˋ ㄑㄧㄥ ㄍㄠ　自以為清高。自命，自許。也作「自鳴清高」。

語源　清吳趼人二十年目睹之怪現狀第二十二回：「還自命清高，反說富貴的是俗人。」

例句　從這些文章中，可以看出他帶有幾分自命清高、不從流俗的傲氣。

近義　自命不凡　孤芳自賞

自奉甚儉 ㄗˋ ㄈㄥˋ ㄕㄣˋ ㄐㄧㄢˇ　形容生活非常節儉。自奉，供給自己的日常需求。

語源　宋史王曾傳：「平生自奉甚儉，有故人子孫京來告別，曾留之具饌，食後，合中送數軸簡紙，啟視之，皆它人書簡後裁取者也。」

例句　劉老闆雖然賺了很多錢，但自奉甚儉，一套西裝一穿就是二十年。

近義　省吃儉用

反義　揮金如土　日食萬錢

自始至終 ㄗˋ ㄕˇ ㄓˋ ㄓㄨㄥ　從開始到結束。常用來表示「一貫到底」之意。

語源　宋書謝靈運傳：「又以晉氏一代，自始至終，竟無一家之史。」

例句　小芬自始至終都沒有參與行動，這件事跟她一點關係都沒有。

近義　從頭到尾　徹頭徹尾

自知之明 ㄗˋ ㄓ ㄓ ㄇㄧㄥˊ　指能正確認識自己的能力。

語源　老子三十三章：「知人者智，自知者明。」宋蘇軾與葉進叔書：「僕聞有自知之明者，乃所以知人。」

例句　沒有兩把刷子是無法入選全國美展的，我還有這點自知之明，你還是推薦別人吧！

近義　自知輕重　知所進退

反義　自不量力　目不見睫

自怨自艾 ㄗˋ ㄩㄢˋ ㄗˋ ㄧˋ　原指悔恨自己的過錯而加以改正。今多單指悔恨怨歎。怨，悔恨。艾，割草。借指治理、改正。

語源　孟子萬章上：「太甲悔過，自怨自艾，於桐處仁遷義。」明馮夢龍醒世恆言卷一七：「過遷漸漸自怨自艾，懊悔不迭。」

辨析　艾，音ㄧˋ，不讀ㄞˋ。

例句　沒有考上理想的學校，妹妹成天自怨自艾，好像世界末日一樣。

近義　自嗟自歎　抱恨終天

自相矛盾 ㄗˋ ㄒㄧㄤ ㄇㄠˊ ㄉㄨㄣˋ　指自己的言行前後牴觸不一致。

語源　韓非子難一記載：楚國有個人賣盾和矛。先誇耀他的盾是最堅固的，什麼武器也刺不穿它；接著又誇耀他的矛是最銳利的，任何東西都可刺穿。於是有人問他：「如果拿你的矛來刺你的盾，會怎麼樣呢？」那人答不出話來。魏書李業興傳：「卿言豈非自相矛盾？」

例句　地方政府為拓寬道路而砍伐十餘株樹齡近四十年的樟樹，顯然與重視綠化的政策自相矛盾。

近義　自打嘴巴　前後矛盾

反義　表裡如一　言行一致

自相殘殺 ㄗˋ ㄒㄧㄤ ㄘㄢˊ ㄕㄚ　自己人互相爭鬥、迫害。殘，傷害。也作「自相殘害」。

語源　三國志魏書文帝紀：「喪亂以來，兵革未戢，天下之人，互相殘殺。」晉書石季龍載記下：「八人自相殘害。」

例句　他們二人原是青梅竹馬的好朋友，如今竟為了爭奪董

事長的職務而自相殘殺，令人不勝欷歔。

近義　同室操戈　兄弟鬩牆

反義　同舟共濟　團結禦侮

自矜自是（ㄗˋ ㄐㄧㄣ ㄗˋ ㄕˋ）　自我誇耀，自以為是。

語源　老子二十二章：「不自見，故明；不自是，故彰；不自伐，故有功；不自矜，故長。」

例句　仗著高學歷，小陳凡事不免自矜自是，聽不進別人的意見，早晚要吃虧。

近義　自命不凡　自以為是

反義　虛懷若谷　卑以自牧

自食其力（ㄗˋ ㄕˊ ㄑㄧˊ ㄌㄧˋ）　靠自己的能力謀生。

語源　漢賈誼論積貯疏：「今毆民而歸之農，皆著於本，使天下各食其力。」明呂坤呻吟語修身：「販夫豎子，朝出暮歸，風餐水宿，他自食其力，原為溫飽。」

例句　他因為家裡貧窮，從小就出來工作，過著自食其力的生活。

近義　自力更生　自給自足

反義　仰人鼻息　寄人籬下

自食其果（ㄗˋ ㄕˊ ㄑㄧˊ ㄍㄨㄛˇ）　自己承受自己所造成的惡果。也作「自食惡果」。

語源　清佚名乾隆下江南第六十四回：「也是他平日過於恃勢，以致激成眾怒，造成今日自食惡果。」

例句　無節制地使用信用卡及現金卡，而導致個人信用破產，這實在是自食其果。

近義　咎由自取　自作自受

反義　自求多福　全身遠害

自娛娛人（ㄗˋ ㄩˊ ㄩˊ ㄖㄣˊ）　自我娛樂也娛樂他人。娛，使快樂。

語源　史記匈奴列傳：「陛下獨立，孤僨獨居，兩主不樂，無以自娛，願以所有，易其所無。」清陳朗雪月梅自序：「良友過讀，復為校正，付之剞劂，以公同好。既以自娛，亦可以娛人云爾。」

例句　小陳喜愛魔術，常在中午休息時間露兩手，自娛娛人，是同事間的開心果。

近義　皆大歡喜

自討沒趣（ㄗˋ ㄊㄠˇ ㄇㄟˊ ㄑㄩˋ）　自己招來難堪、窘迫的境地。

例句　你的建議很好，但他一向自視甚高，你說了也是白說，何必自討沒趣呢？

近義　自找麻煩　自討苦吃

自討苦吃（ㄗˋ ㄊㄠˇ ㄎㄨˇ ㄔ）　自己惹來麻煩而嘗到苦頭。

語源　明張岱陶庵夢憶卷二朱雲崍女戲：「殷殷防護，日夜為勞，是無知老賤自討苦吃者也。」

例句　他正在氣頭上，你卻還去招惹他，分明是自討苦吃。

近義　自尋煩惱　自食其果

反義　李代桃僵

自高自大（ㄗˋ ㄍㄠ ㄗˋ ㄉㄚˋ）　驕傲自滿。

語源　元無名氏點絳脣道妙玄微套混江龍曲：「有一等明師，自高自大，狂言詐語，道聽塗說。」

例句　有了一點成就便自高自大的人，很難完成大事業。

近義　妄自尊大　夜郎自大

反義　謙沖自牧　虛懷若谷

自動自發（ㄗˋ ㄉㄨㄥˋ ㄗˋ ㄈㄚ）　自己主動奮發，不必旁人督促。

例句　小安讀書一向自動自發，從來不曾讓父母操心。

近義　以身作則　身體力行

反義　三催四請　置之不理

自強不息 ㄗˋ ㄑㄧㄤˊ ㄅㄨˋ ㄒㄧ　不斷自我奮發努力。

語源　易經乾卦：「天行健，君子以自強不息。」

例句　得過且過的生活會使人怠惰，唯有奮發向上、自強不息，才能使人有所成長。

近義　莊敬自強　奮發圖強

反義　得過且過　自暴自棄

自得其樂 ㄗˋ ㄉㄜˊ ㄑㄧˊ ㄌㄜˋ　自己得到其中的樂趣。多指對自己的生活環境或方式感到滿足。

語源　元陶宗儀南村輟耕錄卷二〇：「白翎雀生於烏桓朔漠之地，雌雄和鳴，自得其樂。」

例句　雖然大中的工作在旁人眼裡看起來相當辛苦，但他卻自得其樂，毫無怨尤地做了一輩子。

近義　怡然自得　樂在其中

反義　自尋煩惱　自討苦吃

自掘墳墓 ㄗˋ ㄐㄩㄝˊ ㄈㄣˊ ㄇㄨˋ　自己給自己挖墳墓。比喻自毀前途，自找死路。

語源　三國志蜀書先主傳裴松之注引葛洪神仙傳記載：劉備準備攻打東吳為關羽報仇，先請術士意其預卜吉凶。意其不回答劉備，只要求準備紙和筆。他接連畫了數十張打仗用的兵馬武器，然後又一張張撕毀。最後他畫了一個大人，並挖開地面埋了它之後就離去。劉備十分不高興，仍然執意領軍攻打東吳，結果大敗而歸，最後因含恨羞愧，一病不起。眾人才知道意其畫大人並埋起來，就是暗指劉備攻吳是「自掘墳墓」。

例句　明知道吸毒有害身體，你竟躍躍欲試，無異是自掘墳墓。

近義　自尋死路　自取滅亡

反義　全身遠害　自求多福

自尋死路 ㄗˋ ㄒㄩㄣˊ ㄙˇ ㄌㄨˋ　指自殺。也指自取滅亡或自己送死。

語源　水滸傳第十七回：「話說楊志當時在黃泥岡上，被取了生辰綱去，……欲要就岡子上自尋死路。」清錢彩說岳全傳第七十五回：「你乃何人，敢來阻我大兵，自尋死路？」

例句　那幾個不良少年吸毒不打緊，還將警察給殺了，簡直是自尋死路。

近義　自尋短見　自取滅亡

自尋短見 ㄗˋ ㄒㄩㄣˊ ㄉㄨㄢˇ ㄐㄧㄢˋ　尋死。短見，短淺的見識。引申指自殺。

語源　紅樓夢第六十六回：「人家並沒威逼他，是他自尋短見。」

例句　有什麼困難就說出來，大家一定會想辦法幫你，千萬不要自尋短見！

近義　自尋死路

自尋煩惱 ㄗˋ ㄒㄩㄣˊ ㄈㄢˊ ㄋㄠˇ　自己給自己製造煩惱。指本來不該有的煩悶苦惱，卻因自己執著而來。

語源　紅樓夢第四十九回：「黛玉因又說起寶琴來，想起自己沒有姊妹，不免又哭了。寶玉忙勸道：『這又自尋煩惱了。』」

例句　你總是將所有的事情攬在身上，為此擔心受怕，豈非自尋煩惱？

近義　庸人自擾

自欺欺人 ㄗˋ ㄑㄧ ㄑㄧ ㄖㄣˊ　欺騙自己，也欺騙別人。指用自己都難以相信的話或事情來欺騙別人。

語源　宋釋惠洪題古塔主兩種自己：「古蓋吾法中罪人，而自以能嗣雲門，其自欺欺人之狀，不窮而自露也。」

例句 他向父母保證下次考試一定得到前三名，根本就是自欺欺人。

近義 掩耳盜鈴

自然而然 ㄗˋ ㄖㄢˊ ㄦˊ ㄖㄢˊ 很自然地，沒有絲毫人為的勉強。

語源 牟子理惑篇：「夫吉凶之與善惡，猶善惡之乘形聲，自然而然，不得相免也。」

例句 現在的家長多半讓小孩從小就開始接觸英語，希望他們能自然而然地學會兩種語言。

近義 順其自然

反義 勉力致之

自給自足 ㄗˋ ㄐㄧˇ ㄗˋ ㄗㄨˊ 以自己的所得來滿足自己的生活需要。給，供給。足，滿足。

語源 列子黃帝：「不施不惠，而物自足。」漢書宣帝紀：「諸請詔省卒徒自給者皆止。」

例句 這個島上的居民很少和外界連繫，一向過著自給自足的生活。

近義 自食其力 自力更生

反義 入不敷出 捉襟見肘

自貽伊戚 ㄗˋ ㄧˊ ㄧ ㄑㄧ 自己惹來煩惱、禍患。貽，遺留。伊，句中助詞。戚，憂愁；悲傷。

語源 詩經小雅小明：「心之憂矣，自詒伊戚。」北齊書文襄帝紀：「覆宗絕嗣，自貽伊戚。」

例句 當初她極力促成兒子的婚事，沒想到自貽伊戚，媳婦的忤逆常令她氣得吃不下飯。

近義 自取其咎 自作自受

自亂陣腳 ㄗˋ ㄌㄨㄢˋ ㄓㄣˋ ㄐㄧㄠˇ ①自己弄亂了行事的步驟。②指同一立場的人產生糾紛。

例句 ①他本來準備得十分周詳，沒想到上場時卻因為緊張而自亂陣腳。②原本是一場勢均力敵的比賽，沒想到我方因內鬨而自亂陣腳，以慘敗收場。

近義 自毀長城 搬磚砸腳

自圓其說 ㄗˋ ㄩㄢˊ ㄑㄧˊ ㄕㄨㄛ 對自己所說的話或所做的事給予圓滿的解釋，讓人看不出有自相矛盾的地方。

語源 清方玉潤星烈日記卷七〇：「而以世俗之情遇意外之事，實難自圓其說。」

例句 說了一個謊言之後，就可能得再說其他謊言來自圓其說，還是誠實為上策。

近義 自找臺階

反義 自相矛盾 破綻百出

自愧弗如 ㄗˋ ㄎㄨㄟˋ ㄈㄨˊ ㄖㄨˊ 不如別人而感到慚愧。也作「自愧不如」。

語源 唐元結七不如篇序：「元子常自愧不如孩孺。」清蒲松齡聊齋誌異邵女：「妻亦心賢之，然自愧弗如，積慚成忌。」

例句 小英事親至孝，令所有同學都自愧弗如。

近義 自歎不如 自慚形穢

反義 自命不凡 自高自大

自毀長城 ㄗˋ ㄏㄨㄟˇ ㄔㄤˊ ㄔㄥˊ ①指自己毀壞保護的屏障。②指自己除掉得力的良臣或助手。長城，用以屏障外患。也比喻得力的助手。也作「自壞長城」。

語源 南史檀道濟傳：「道濟見收，憤怒氣盛，目光如炬，俄爾間引飲一斛。乃脫幘投地曰：『乃壞汝萬里長城。』」

例句 ①這個小島是保衛全國的最前哨，輕易地撤防無異是自毀長城。②他聽信小人的讒言，自毀長城，把一位最得力的助手撤職了。

近義 自取滅亡　自掘墳墓

自嘆不如 ㄗˋ ㄊㄢˋ ㄅㄨˋ ㄖㄨˊ　感嘆自己比不上。

例句 雖然學畫的時間不長，但小茗的畫作意境深遠，令前輩畫家也自嘆不如。

近義 相形見絀　望塵莫及

反義 不分軒輊　平分秋色

自慚形穢 ㄗˋ ㄘㄢˊ ㄒㄧㄥˊ ㄏㄨㄟˋ　本指感覺自己鄙俗，容貌舉止不如別人俊秀瀟灑。後泛指相形之下，慚愧自己不如別人。穢，陋。形穢，神形鄙俗。

語源 南朝宋劉義慶世說新語容止：「驃騎王武子是衛玠之舅，儁爽有風姿，見玠輒歎曰：『珠玉在側，覺我形穢。』」清蒲松齡聊齋誌異雙燈：「魏視書生，錦貂炫目，自慚形穢。」

例句 張小姐年紀輕輕就已是一家公司的總裁，相形之下，我年過四十還一事無成，實在自慚形穢。

近義 自愧弗如　相形見絀

反義 妄自尊大　自命不凡

自鳴得意 ㄗˋ ㄇㄧㄥˊ ㄉㄜˊ ㄧˋ　對自己所做所為很得意。

語源 明沈德符萬曆野獲編懸花記：「一日遇屠於武林，命其家僮演此曲，揮策四顧，如辛幼安之歌『千古江山』，自鳴得意。」

例句 他對自己能獨自騎自行車環島一周，頗自鳴得意。

近義 沾沾自喜　揚揚自得

反義 自怨自艾　灰心喪氣

自暴自棄 ㄗˋ ㄅㄠˋ ㄗˋ ㄑㄧˋ　自己戕害自己，自己放棄自己。指自甘墮落，不求上進。暴，戕害。

語源 孟子離婁上：「自暴者，不可與有言也；自棄者，不可與有為也。」

例句 他不能忍受落榜的刺激，從此自暴自棄，以致變得落落寡歡。

近義 妄自菲薄　自甘墮落

反義 自強不息　力爭上游

自顧不暇 ㄗˋ ㄍㄨˋ ㄅㄨˋ ㄒㄧㄚˊ　顧全自己都來不及，沒能力再幫助他人。暇，空閒。原作「自固不暇」。

語源 晉書劉聰載記：「彼方憂自固，何暇來邪！」宋蘇軾私試策問七首（其三）：「惴惴焉自固之不暇。」明史土司列傳三：「時蜀方憂盜，大吏自顧不暇，土官事多寢閣云。」

例句 他最近急需現金周轉，尚且自顧不暇，哪還有多餘的錢可以借給你呢？

近義 自身難保

反義 捨己為人　先人後己

4

臭皮囊 ㄔㄡˋ ㄆㄧˊ ㄋㄤˊ　道教和佛教用語，指人的軀體。

語源 太上純陽真君了三得一經：「竟將五官六腑敗壞於臭皮囊之中。」

例句 人身只不過是一具臭皮囊，追求內在的美善比外表美醜更重要。

臭味相投 ㄔㄡˋ ㄨㄟˋ ㄒㄧㄤ ㄊㄡˊ　原指雙方因脾氣性格、行為嗜好相同而相交。現多用以譏諷品行不端、嗜好不正當的人聚集在一起，有貶義。

語源 宋牟巘木蘭花慢：「不妨無蟹有監州，臭味喜相投。」明馮夢龍醒世恆言卷二六：「這三位官人，為官也都清正，因此臭味相投。」

辨析 此則成語的原意並無貶義，臭味，指氣味。臭，此時要念ㄒㄧㄡˋ。

例句 他們常常相約賭博，真是臭味相投。

近義 氣味相投　沆瀣一氣

反義 格格不入

至部

至大至剛 ㄓˋ ㄉㄚˋ ㄓˋ ㄍㄤ 極為廣大剛健。

語源 孟子公孫丑上：「其為氣也，至大至剛，以直養而無害，則塞於天地之間。」

例句 古往今來多少偉人，其生命雖有限，然其至大至剛的浩然正氣卻千古長存。

至高無上 ㄓˋ ㄍㄠ ㄨˊ ㄕㄤˋ 形容最高、最尊貴，無法被超越。至，極；最。

語源 漢劉安淮南子繆稱：「道至高無上，至深無下……包裹宇宙而無表裡，洞同覆載而無所礙。」

例句 在基督徒心中，上帝是至高無上的造物主。

近義 登峰造極 無出其右

反義 等而下之 微不足道

至理名言 ㄓˋ ㄌㄧˇ ㄇㄧㄥˊ ㄧㄢˊ 極有道理、價值的言論。

語源 晉葛洪抱朴子內篇明本：「其褒貶也，皆準的乎至理。」晉書山濤傳：「帝稱之曰：『天下名言也。』」清袁枚答王樓侍講：「每至兩人論詩，如石鼓扣桐魚，聲聲皆應，而且至理名言，皆得古人所未有。」

例句 古聖先賢所說的許多至理名言，若能深切體會並加以實踐，對我們的人生一定會有很大的幫助。

近義 金科玉律 金石之言

臼部

7

與人為善 ㄩˇ ㄖㄣˊ ㄨㄟˊ ㄕㄢˋ 助人為善。與，幫助。

語源 孟子公孫丑上：「取諸人以為善，是與人為善者也，故君子莫大乎與人為善。」

例句 他數十年來總是本著與人為善的精神，貢獻一己之力，絲毫不求回報。

近義 成人之美 助人為樂

反義 嫁禍於人 為虎作倀

與日俱增 ㄩˇ ㄖˋ ㄐㄩˋ ㄗㄥ 隨著時日而增加。

語源 宋呂祖謙為梁參政作乞解罷政事表二首(其二)：「疾疹交作……涉冬浸劇，與日俱增。」

例句 隨著資訊時代的來臨，人們對於電腦的需求和依賴正與日俱增。

近義 日增月益 有增無減

與世長辭 ㄩˇ ㄕˋ ㄔㄤˊ ㄘˊ 永遠離開世間。即逝世。

語源 漢張衡歸田賦：「追漁父以同嬉，超埃塵以遐逝，與世事乎長辭。」宋朱熹行宮便殿奏札二：「則臣雖退伏田野，與世長辭，與有榮矣！」

例句 張伯伯與癌症病魔搏鬥多年，還是不幸與世長辭了。

近義 溘然長逝 撒手人寰

與世俯仰 ㄩˇ ㄕˋ ㄈㄨˇ ㄧㄤˇ 隨世俗進退，毫無主見。俯仰，低頭和抬頭。比喻來往應付。

語源 荀子儒效：「與時遷徙，與世偃仰，千舉萬變，其道一也。」宋曾鞏宰臣寇準：「準剛正，篤於自信，不能與世俯仰，故人多惡之。」

例句 知識分子要能獨立思考，不可與世俯仰，得過且過。

近義 與世浮沉 隨波逐流

反義 與眾不同 不同流俗

與世浮沉 ㄩˇ ㄕˋ ㄈㄨˊ ㄔㄣˊ 隨著世俗而或浮或沉。形容沒有主見，隨波逐流，也作「與世沈浮」。

語源 史記游俠列傳：「豈若

卑論儕俗，與世沉浮而取榮名哉！」南朝梁張纘讓吏部尚書表：「山巨源意存賞拔，不免與世浮沉。」

例句　從事藝術工作，要能創造出自己的風格，一味與世浮沉，有何特色可言？

近義　與世俯仰　隨波逐流

反義　超然物外　不同流俗

與世無爭 ㄩˇ ㄕˋ ㄨˊ ㄓㄥ　不與世人爭奪。形容淡泊、謙退的處世態度。

語源　戰國策楚策四：「自以為無患，與人無爭也。」晉潘岳許由頌：「棲遲高山，與世靡爭。」清文康兒女英雄傳第一回：「與人無患，與世無爭，也算得個人生樂境了。」

例句　他從官場退隱以後，就過著優哉游哉、與世無爭的生活。

近義　韜光養晦　明哲保身

反義　爭名奪利　鉤心鬥角

與民同樂 ㄩˇ ㄇㄧㄣˊ ㄊㄨㄥˊ ㄌㄜˋ　與百姓共享歡樂。

語源　孟子梁惠王下：「此無他，與民同樂也。今王與百姓同樂，則王矣。」

例句　國家領導者若能本著與民同樂的原則處理國政，一定能獲得百姓的支持。

反義　勞民傷財

與生俱來 ㄩˇ ㄕㄥ ㄐㄩˋ ㄌㄞˊ　一生下來就具有的。

語源　宋書謝莊傳：「兩脅癖疾，殆與生俱。」清吳趼人恨海第一回：「我說那與生俱來的情，是說先天種在心裡，將來長大，沒有一處用不著這個情字。」

例句　任何能力及知識皆非與生俱來，而是靠著後天努力學習，才能有所成就。

近義　生而知之　天賦異稟

與虎謀皮 ㄩˇ ㄏㄨˇ ㄇㄡˊ ㄆㄧˊ　跟老虎商量取牠身上的皮。比喻與兇惡之人商量對他不利的事，絕對辦不到。原作「與狐謀皮」。

語源　明陳耀文天中記卷五四引晉苻朗苻子：「欲為千金之裘而與狐謀其皮……言未卒，狐相率逃于重丘之下。」孫中山大亞洲主義：「要請在亞洲的歐洲人，都是和平的退回我們的權利，那就像與虎謀皮，一定是做不到的。」

例句　你想要那個流氓還錢，豈不是與虎謀皮嗎？萬一他惱羞成怒，你連命都不保。

近義　水中撈月　枉費心機

反義　探囊取物　反掌折枝

與時俱進 ㄩˇ ㄕˊ ㄐㄩˋ ㄐㄧㄣˋ　跟著時代的腳步一同前進。

例句　全球化時代已經來臨，政府各項政策應與時俱進，才能為人民謀求最大的福祉。

近義　因時制宜　順應潮流

反義　故步自封　泥古不化

與眾不同 ㄩˇ ㄓㄨㄥˋ ㄅㄨˋ ㄊㄨㄥˊ　跟一般人不一樣。多指人不同尋常，或事物獨具特色。

語源　後漢書袁紹傳李賢等注引先賢行狀：「冀州人聞吾軍敗，皆當念吾；唯田別駕前諫止吾，與眾不同，吾亦慙之。」

例句　那位氣質脫俗、與眾不同的女孩一出現，便成為全場注目的焦點。

近義　不同凡響　非比尋常

反義　平淡無奇　司空見慣

9

興利除弊 ㄒㄧㄥ ㄌㄧˋ ㄔㄨˊ ㄅㄧˋ　振興利益，革除弊害。

語源　宋王安石答司馬諫議書：「舉先王之政，以興利除弊，不為生事。」

例句　他在內政部長任內推行許多興利除弊的措施，政績斐

然。

近義 撥亂反正　補偏救弊

反義 營私舞弊　貪贓枉法

興味索然 ㄒㄧㄥˋ ㄨㄟˋ ㄙㄨㄛˇ ㄖㄢˊ 一點趣味也沒有。興味，興致；趣味。索然，完盡。

語源 唐李中思九江舊居：「門前煙水似瀟湘，放曠優游興味長。」舊五代史郭崇韜傳：「牙門索然。」清王韜瀛壖雜志：「溽暑蒸鬱，看花之興味索然矣。」

例句 這本小說讀來興味索然，但改編成電影卻很賣座。

近義 索然無味　意興闌珊

反義 津津有味　興致勃勃

興致勃勃 ㄒㄧㄥˋ ㄓˋ ㄅㄛˊ ㄅㄛˊ 形容興致很高昂的樣子。勃勃，旺盛的樣子。

語源 清李汝珍鏡花緣第五十六回：「到了郡考，眾人以為緇氏必不肯去，誰知他還是興致勃勃道：『以天朝之大，豈無看文巨眼！』」

例句 大家興致勃勃地聽他說著暑假旅遊歐洲的見聞，好像身歷其境一般。

近義 興致盎然　津津有味

反義 意興闌珊　興味索然

興風作浪 ㄒㄧㄥ ㄈㄥ ㄗㄨㄛˋ ㄌㄤˋ 颳起大風，掀起大浪。小說戲劇中指妖怪以法術掀起風浪作怪。後比喻藉機生事，挑撥是非。作，興起。

語源 元無名氏二郎神醉射鎖魔鏡第一折：「河內有一健蛟，興風作浪，損害人民。」明陳與郊靈寶刀第十二齣：「有一虞候陸謙，常常與小人來往，慣會興風作浪，簸是揚非。」

例句 上次被當眾訓斥之後，他的威望頓減，再也無法興風作浪了。

近義 掀風鼓浪　挑撥離間

反義 息事寧人　排難解紛

興師動眾 ㄒㄧㄥ ㄕ ㄉㄨㄥˋ ㄓㄨㄥˋ 參見「勞師動眾」。

興師問罪 ㄒㄧㄥ ㄕ ㄨㄣˋ ㄗㄨㄟˋ 出兵聲討有罪的人。也泛指質問他人的過錯。興師，出動軍隊。問罪，宣布罪狀。

語源 唐樊綽蠻書名類：「阿奼又訴於歸義，興師問罪。」

例句 兒子在校被打傷，父母氣沖沖地跑來興師問罪了。

近義 聲罪討伐

反義 負荊請罪　肉袒牽羊

興高采烈 ㄒㄧㄥˋ ㄍㄠ ㄘㄞˇ ㄌㄧㄝˋ 原指文章旨趣高遠，辭采峻切。後多用來形容興致高昂，情緒熱烈的樣子。

語源 南朝梁劉勰文心雕龍體性：「叔夜儁俠，故興高而采烈。」清劉鶚老殘遊記二編第七回：「老殘以為他一定樂從，所以說得興高采烈。」

例句 聽到學校要舉辦畢業舞會的消息，大家都興高采烈、手舞足蹈起來。

近義 歡天喜地　歡欣鼓舞

反義 意興闌珊　興味索然

興會淋漓 ㄒㄧㄥˋ ㄏㄨㄟˋ ㄌㄧㄣˊ ㄌㄧˊ 高昂濃厚的興致得以盡情抒發。淋漓，酣暢；痛快。

語源 宋書謝靈運傳論：「靈運之興會標舉，延年之體裁明密。」唐李商隱韓碑：「公退齋戒坐小閣，濡染大筆何淋漓。」清李綠園歧路燈第九十三回：「至祥符進場之日，首題是『君子不器』……這父子興會淋漓，巳牌末脫稿。」

例句 他在臺上大發議論，說得興會淋漓，吸引大家傾耳聆聽。

近義 渾然忘我　興致勃勃

反義 意興闌珊　興味索然

興滅繼絕 ㄒㄧㄥ ㄇㄧㄝˋ ㄐㄧˋ ㄐㄩㄝˊ 使滅亡的國家再復興，斷絕的世族再延續。也泛指使衰亡的事物重新興起。

語源 論語堯曰：「興滅國，繼絕世。」

例句 有興滅繼絕的胸懷，才是一個偉大的領導者。

近義 存亡繼絕　扶危定傾

10

舉一反三 ㄐㄩˇ ㄧ ㄈㄢˇ ㄙㄢ 物有四角，舉其一角，便可推知其他三角的樣子。比喻由一事加以類推，而能知曉其他相關各事。也指人領悟力很強，善於類推。

語源 論語述而：「舉一隅不以三隅反，則不復也。」唐虞世南蔡邕別傳：「通敏兼人，舉一反三。」

例句 他領悟力很強，學習任何知識都能舉一反三，不必別人反復說明。

近義 一隅三反　聞一知十

反義 百思不解　一竅不通

舉一廢百 ㄐㄩˇ ㄧ ㄈㄟˋ ㄅㄞˇ 只以一件事物為標準，而廢棄其餘的。比喻主觀武斷。

語源 孟子盡心上：「所惡執一者，為其賊道也，舉一而廢百也。」宋吳曾能改齋漫錄閻立本畫：「淺薄之俗，舉一廢百，而輕藝嫉能，一至於此。」

例句 做事謹守原則雖是好的，但若不知變通而致舉一廢百，便失去了意義。

近義 入主出奴　一隅之見

舉手之勞 ㄐㄩˇ ㄕㄡˇ ㄓ ㄌㄠˊ 像舉起手一樣簡單的事。形容輕而易舉、毫不費力的事。

語源 唐韓愈應科目時與人書：「如有力者哀其窮而運轉之，蓋一舉手一投足之勞也。」

例句 這件事對他來講只是舉手之勞，他竟然不肯幫忙，實在太不夠意思了！

近義 輕而易舉　易如反掌

反義 談何容易　難上加難

舉手投足 ㄐㄩˇ ㄕㄡˇ ㄊㄡˊ ㄗㄨˊ 原形容輕而易舉。後多用來指人的舉止動作。

語源 唐韓愈應科目時與人書：「蓋一舉手一投足之勞也。」常傑淼雍正劍俠圖第二回：「海川要想把他們致於死地，憑本領只是舉手投足之勞。」

例句 她儀表出眾，在舉手投足間流露出優雅的氣質。

近義 言行舉止　一言一行

舉世皆然 ㄐㄩˇ ㄕˋ ㄐㄧㄝ ㄖㄢˊ 全世界都是如此。舉世，全世界。然，是；如此。

語源 莊子逍遙遊：「且舉世而譽之而不加勸。」晉書禮志：「舉世皆然，莫之裁貶。」

例句 官商勾結、貪汙舞弊的事情一再發生，舉世皆然。唯有嚴刑重罰，才能遏止。

近義 無遠弗居　大勢所趨

舉世混濁 ㄐㄩˇ ㄕˋ ㄏㄨㄣˋ ㄓㄨㄛˊ 全世界都混濁不清。指世人是非不明，黑白顛倒。

語源 戰國楚屈原卜居：「此孰吉孰凶，何去何從?世溷濁而不清。」史記屈原賈生列傳：「舉世混濁而我獨清。」

例句 儘管舉世混濁，但有志之士仍努力保持清高的操守，不同流合汙。

近義 世風日下　四維不張

反義 河清海宴　四海昇平

舉世無雙 ㄐㄩˇ ㄕˋ ㄨˊ ㄕㄨㄤ 全世界找不出第二個。比喻非常傑出或稀有。舉世，全世界。

語源 遼史耶律鐸軫傳：「勤國忠君，舉世無雙。」

例句 他擁有一塊舉世無雙的

玉佩，平常都鎖在保險櫃裡，外人難得一見。

近義 獨一無二　天下無雙

反義 平淡無奇　屢見不鮮

舉世聞名 ㄐㄩˇ ㄕˋ ㄨㄣˊ ㄇㄧㄥˊ　全世界都知道。形容非常著名。舉世，全世界。

例句 埃及的金字塔舉世聞名，每年吸引數百萬遊客前來觀光。

近義 名滿天下　名揚四海

反義 默默無聞　不見經傳

舉目千里 ㄐㄩˇ ㄇㄨˋ ㄑㄧㄢ ㄌㄧˇ　放眼望去，可看到千里之遠的景物。形容登高望遠，視野遼闊。

語源 宋劉學箕哨遍：「松江太湖，舉目千里。」

例句 登上玉山主峰，舉目千里，令人不禁胸襟舒暢，忘記所有的憂愁。

近義 登高望遠　一覽無遺

舉目無親 ㄐㄩˇ ㄇㄨˋ ㄨˊ ㄑㄧㄣ　抬眼觀看，四周沒有親人。形容孤單無依。

語源 唐薛調無雙傳：「四海至廣，舉目無親戚，未知托身之所。」

例句 我剛到美國讀書的那段日子，舉目無親，對環境又不熟，只能每天埋首書堆。

近義 無依無靠　人地生疏

舉步維艱 ㄐㄩˇ ㄅㄨˋ ㄨㄟˊ ㄐㄧㄢ　艱難地抬腳前進。也比喻工作難以進行。維，通「惟」、「唯」。語氣詞，無義。維艱，形容非常艱難困苦。

例句 ①撐傘的民眾，在強風豪雨中舉步維艱。②沿海鄉鎮經海嘯侵襲之後一片狼籍，復原工作舉步維艱。

近義 寸步難行　困難重重

反義 如履平地　暢行無阻

舉足輕重 ㄐㄩˇ ㄗㄨˊ ㄑㄧㄥ ㄓㄨㄥˋ　比喻處於重要地位，一舉一動都關係全局。

語源 後漢書竇融傳：「方蜀漢相攻，權在將軍，舉足左右，便有輕重。」

例句 他幫公司渡過好幾次難關，所以在公司裡具有舉足輕重的地位。

近義 不可或缺　非比尋常

反義 無足輕重　人微言輕

舉直錯枉 ㄐㄩˇ ㄓˊ ㄘㄨㄛˋ ㄨㄤˇ　舉用正直的人，罷黜奸佞的人。舉，推舉；任用。錯，通「措」。罷黜；廢置。枉，彎曲不直。比喻邪佞的人。

語源 論語為政：「舉直錯諸枉，則民服；舉枉錯諸直，則民不服。」

例句 領導一個機構，必須知人善任，舉直錯枉，政策才能有效推展。

近義 唯才是舉　選賢與能

反義 舉枉錯直　任人唯親

舉重若輕 ㄐㄩˇ ㄓㄨㄥˋ ㄖㄨㄛˋ ㄑㄧㄥ　舉起沉重的東西好像是提很輕的東西。比喻才力大，擔當重任或處理難題輕鬆自如。

語源 清趙翼甌北詩話蘇東坡詩：「坡詩不尚雄傑一派，其絕人處，在乎議論英爽，筆鋒精銳，舉重若輕，讀之似不甚用力，而力已透十分。」

例句 她能力高強，擔當大任時能舉重若輕，因此頗受上司倚重。

近義 輕而易舉　身手不凡

舉案齊眉 ㄐㄩˇ ㄢˋ ㄑㄧˊ ㄇㄟˊ　將托盤舉得和眉毛同高。原指妻子對丈夫的尊敬。後用以比喻夫妻恩愛，互相敬重有禮。案，盛食物的有腳托盤。

語源 漢班固東觀漢記梁鴻傳：「（鴻）為人賃舂，每歸，

妻為具食，不敢於鴻前仰視，舉案齊眉。」元關漢卿感天動地竇娥冤第二齣：「那一箇似孟光般舉案齊眉。」

例句 爺爺奶奶結褵六十載，仍然舉案齊眉，令人稱羨。

近義 琴瑟和鳴　相敬如賓

舉國若狂 ㄐㄩˇ ㄍㄨㄛˊ ㄖㄨㄛˋ ㄎㄨㄤˊ　全國人民為某種活動而像發狂般縱情歡樂。

語源 禮記雜記下：「一國之人皆若狂，賜未知其樂也！」明徐弘祖徐霞客遊記粵西遊日記四：「正月初五起，十五止，男婦答歌曰『打跶』，舉國若狂，亦淫俗也。」

例句 義大利獲得世界盃足球賽冠軍後，民眾都跑到街頭慶祝，舉國若狂。

近義 百無禁忌　薄海歡騰

反義 街號巷哭

舉棋不定 ㄐㄩˇ ㄑㄧˊ ㄅㄨˋ ㄉㄧㄥˋ　拿起棋子不知走哪一步好。比喻做事猶豫不決。

語源 左傳襄公二十五年：「弈者舉棋不定，不勝其耦。」

例句 做事情如果總是舉棋不定，很容易錯失良機。

近義 猶豫不決　優柔寡斷

反義 當機立斷　毅然決然

舉頭三尺有神明 ㄐㄩˇ ㄊㄡˊ ㄙㄢ ㄔˇ ㄧㄡˇ ㄕㄣˊ ㄇㄧㄥˊ　傳說每個人頭頂三尺處都有神明監看著。勸人不可做虧心事。

語源 明周楫西湖二集第十五卷：「相士道：『舉頭三尺有神明，舉心動念，天地皆知。』」

例句 舉頭三尺有神明，你可不要胡作非為啊！

12

舊雨新知 ㄐㄧㄡˋ ㄩˇ ㄒㄧㄣ ㄓ　指老朋友和新結交的朋友。在商場上則指新舊顧客。

語源 唐杜甫秋述：「常時車馬之客，舊，雨來；今，雨不來。」戰國楚屈原九歌少司命：「悲莫悲兮生別離，樂莫樂兮新相知。」清張集馨道咸宦海見聞錄：「舊雨新知，履舄交錯，宴會幾無虛夕。」

例句 本店已遷到對面一樓營業，歡迎舊雨新知光臨指教。

舊態復萌 ㄐㄧㄡˋ ㄊㄞˋ ㄈㄨˋ ㄇㄥˊ　參見「故態復萌」。

舊調重彈 ㄐㄧㄡˋ ㄉㄧㄠˋ ㄔㄨㄥˊ ㄊㄢˊ　參見「老調重彈」。

舊燕歸巢 ㄐㄧㄡˋ ㄧㄢˋ ㄍㄨㄟ ㄔㄠˊ　去年的燕子今年又回到舊日的巢裡。比喻重返故里或不忘本。

例句 他離鄉背井奮鬥近二十年；如今事業有成，舊燕歸巢，令他的雙親相當欣慰。

近義 葉落歸根　狐死首丘

舌部

舌敝脣焦 ㄕㄜˊ ㄅㄧˋ ㄔㄨㄣˊ ㄐㄧㄠ　形容費盡脣舌地論說或勸服。也作「脣焦舌敝」。

語源 漢趙曄吳越春秋夫差內傳：「焦脣乾舌，苦身勞力，上事群臣，下養百姓。」清蒲松齡聊齋誌異賭符：「天下之傾家者，莫速於博……忘餐廢寢，則久入成迷；舌敝脣焦，則相看似鬼。」

例句 儘管那位推銷員舌敝脣焦，提出各種優惠方案，媽媽仍然不為所動。

近義 大費脣舌　口乾舌燥

反義 一言不發　默默不語

舌燦蓮花 ㄕㄜˊ ㄘㄢˋ ㄌㄧㄢˊ ㄏㄨㄚ　口中能吐出燦爛的蓮花。比喻能言善道。

語源 南朝梁慧皎高僧傳佛圖澄：「澄知勒（石勒）不達深理……即取應器盛水，燒香呪之，須臾生青蓮花，光色曜

日。」明陳繼儒小窗幽記卷九：「巧舌吐蓮花之豔。」

例句 事情的真相已經水落石出，任憑你舌燦蓮花也無法再欺瞞下去了。

近義 能言善道 口若懸河

反義 笨口拙舌 笨嘴拙腮

2

舍我其誰 除了我還有誰。形容勇於擔當。舍，通「捨」。捨棄；摒除。

語源 孟子公孫丑下：「如欲平治天下，當今之世，舍我其誰也？」

例句 陳經理以舍我其誰的精神，親自帶領業務同仁到中南美洲開發客戶，精神可嘉。

近義 責無旁貸 義不容辭

4

舐犢情深 老牛以舌頭舐小牛，情意深摯。比喻父母對子女的深愛之情。舐，以舌舔物。犢，小牛。也作「舐犢之愛」。

語源 後漢書楊彪傳記載：楊脩為曹操主簿，猜中曹操心思，為善忌的曹操所殺，後操見脩父楊彪，曰：「公何瘦之甚？」彪對曰：「愧無日磾先見之明，猶懷老牛舐犢之愛。」操為之動容。明沈德符萬曆野獲編第十四卷：「其疏果上，必有非常處分，賴李中麓巽言而止。總之舐犢情深。」

例句 他搖哄兒子入睡的模樣，令人深感舐犢情深。

近義 老牛舐犢

舛部

8

舞文弄法 玩弄文字，擾亂法紀。

語源 史記貨殖列傳：「吏士舞文弄法，刻章偽書，不避刀鋸之誅者，沒於賂遺也。」

例句 那名不肖法官舞文弄法，司法風紀蕩然無存，輿論一片撻伐。

近義 深文周納 目無法紀

反義 明鏡高懸 毋枉毋縱

舞文弄墨 賣弄文筆，炫耀才學。有時也指作弊或以文詞歪曲事實。

語源 隋書王充傳：「善敷奏，明習法律，而舞弄文墨，高下其心。」

例句 簡單的一張通告，他偏要加以舞文弄墨，反而把大家搞得一頭霧水。

近義 咬文嚼字

舟部

舟中敵國 同船的人都成了敵人。比喻親信叛離。

語源 史記孫子吳起列傳：「若君不修德，舟中之人盡為敵國也。」唐陸贄論關中事宜狀：「是知立國之安危在勢，任事之濟否在人。勢苟安，則異類同心也；勢苟危，則舟中敵國也。」

例句 方先生的個性驕傲自大，常對下屬頤指氣使，這樣下去，早晚會演變到舟中敵國的地步。

近義 眾叛親離 分崩離析

反義 同心同德 同舟共濟

舟車勞頓 因旅途漫長而辛苦勞累。舟車，船與車。泛指水陸交通工具。勞頓，勞累疲倦。

語源 唐陸贄賜吐蕃宰相尚結贊書：「卿涉遠而來，當甚勞頓。」

例句 你一路上舟車勞頓，現在一定很想好好休息，我就不打擾你了。

近義 風塵僕僕 長途跋涉

5 **船到橋頭自然直**（ㄔㄨㄢˊ ㄉㄠˋ ㄑㄧㄠˊ ㄊㄡˊ ㄗˋ ㄖㄢˊ ㄓˊ） 比喻事情到最後自然有解決的辦法。

例句 不用擔心，「船到橋頭自然直」，先睡飽覺，養足精神再說。

艮部

1 **良辰吉日**（ㄌㄧㄤˊ ㄔㄣˊ ㄐㄧˊ ㄖˋ） 適合的時辰，吉利的日子。指宜於辦事的好日子。

語源 戰國楚屈原九歌東皇太一：「吉日兮辰良，穆將愉兮上皇。」五代史平話漢史卷上：「選取良辰吉日，慕容三郎取那阿蘇歸家。」

例句 雙方家長已經選定良辰吉日，很快就要替他倆完婚。

近義 黃道吉日　良辰吉時

良辰美景（ㄌㄧㄤˊ ㄔㄣˊ ㄇㄟˇ ㄐㄧㄥˇ） 良好的時光和景物。形容時光美好，景色宜人。辰，時光；時節。

語源 南朝宋謝靈運擬魏太子鄴中集詩序：「天下良辰、美景、賞心、樂事，四者難並。」

例句 坐在淡水河邊望著美麗的夕陽，大家都陶醉在這良辰美景之中，捨不得離開。

近義 花朝月夕

反義 花殘月缺

良家子弟（ㄌㄧㄤˊ ㄐㄧㄚ ㄗˇ ㄉㄧˋ） 家世清白的子弟。

語源 漢書地理志下：「漢興，六郡良家子選給羽林、期門，以材力為官，名將出焉。」魏書職官志：「皆取諸部大人及豪族良家子弟儀貌端嚴、機辯才幹者應選。」

例句 小張是個良家子弟，我相信他絕對不會做這種寡廉鮮恥的事。

良家婦女（ㄌㄧㄤˊ ㄐㄧㄚ ㄈㄨˋ ㄋㄩˇ） 家世清白的婦女。

語源 史記外戚世家：「平陽主求諸良家子女十餘人，飾置家。」明馮夢龍醒世恆言卷二五：「這些殺才，劫掠良家婦女，在此歌曲。」

例句 這個不法集團專門誘拐良家婦女從事色情行業，希望警方能早日將他們繩之以法。

良師益友（ㄌㄧㄤˊ ㄕ ㄧˋ ㄧㄡˇ） 能給人教益和幫助的好老師、好朋友。也作「賢師良友」、「良朋益友」。

語源 論語季氏：「益者三友。」漢劉向說苑談叢：「賢師良友在其側，詩書禮樂陳於前，棄而為不善者，鮮矣。」清彭養鷗黑籍冤魂第二十回：「天下這等人卻也不少，雖然有那良師益友，苦口婆心的規勸，卻總是耳旁風。」

例句 這部字典是我從小到大讀書求學不可或缺的良師益友。

反義 酒肉朋友　狐群狗黨

良莠不齊（ㄌㄧㄤˊ ㄧㄡˇ ㄅㄨˋ ㄑㄧˊ） 好的、壞的混在一起，素質不齊一。良，善良。比喻好的。莠，一種惡草。比喻壞的。也作「良莠不分」。

語源 清李汝珍鏡花緣第六十八回：「無如族人甚眾，良莠不齊，每每心懷異志，禍起蕭牆。」

辨析 莠，音ㄧㄡˇ，不讀ㄒㄧㄡˋ，也不可寫成「秀」。

例句 雖然這所學校的風評極佳，但因學生人數眾多，難免會有良莠不齊的情形存在。

近義 魚龍混雜　泥沙俱下

反義 整齊劃一

良禽擇木（ㄌㄧㄤˊ ㄑㄧㄣˊ ㄗㄜˊ ㄇㄨˋ） 參見「良禽擇木而棲」。

良賈深藏（ㄌㄧㄤˊ ㄍㄨˇ ㄕㄣ ㄘㄤˊ） 會做買賣的人懂得把貴重的東西妥善收藏。比喻真正有學問的人不輕易在別人面前展露。賈，商人。

語源 大戴禮記曾子制言：「良賈深藏如虛，君子有盛教如無。」

例句 王教授博學多聞，平日深居簡出，良賈深藏，連鄰居都不曉得隔壁住著一位高人呢！

近義 大智若愚　深藏不露

反義 露才揚己　鋒芒畢露

良藥苦口（ㄌㄧㄤˊ ㄧㄠˋ ㄎㄨˇ ㄎㄡˇ） 好的藥往往味苦難吃。比喻忠告的話雖然聽來刺耳，卻很有益處。

語源 孔子家語六本：「良藥苦於口而利於病；忠言逆於耳而利於行。」

例句 為了怕你越陷越深，我不得不說這些重話。良藥苦口，但願你聽得進去。

近義 忠言逆耳　苦口婆心

反義 阿諛奉承　巧言令色

良禽擇木而棲（ㄌㄧㄤˊ ㄑㄧㄣˊ ㄗㄜˊ ㄇㄨˋ ㄦˊ ㄑㄧ） 好的飛禽選擇好的樹木棲息。比喻有才德的人，選擇賢明的主人效勞。也作「良禽擇木」。

語源 左傳哀公十一年：「鳥則擇木，木豈能擇鳥？」元張憲行路難：「良禽擇木乃下棲，不用漂流嘆遲暮。」

例句 雖然工作難找，但建華仍堅持良禽擇木而棲的原則，不是正派經營的公司他寧可放棄。

近義 適得其所　一展長才

反義 龍困淺灘　坐冷板凳

色部

色衰愛弛（ㄙㄜˋ ㄕㄨㄞ ㄞˋ ㄔˊ） 容貌一衰老便不再受到寵愛。色，指外表。弛，倦怠；減退。

語源 韓非子說難：「昔者彌子瑕有寵於衛君。……及彌子色衰愛弛，得罪於君。」

例句 以美色獲得寵愛的人，最擔心會有色衰愛弛的一天。

近義 秋扇見捐　打落冷宮

反義 寵愛有加

色厲內荏（ㄙㄜˋ ㄌㄧˋ ㄋㄟˋ ㄖㄣˇ） 外表看起來很威猛，但內心其實很怯懦。厲，嚴厲。荏，軟弱。

語源 論語陽貨：「色厲而內荏，譬諸小人，其猶穿窬之盜也與！」

辨析 荏，音ㄖㄣˇ，不讀ㄖㄣˊ。

例句 別看他一副好勇鬥狠的樣子，其實他是色厲內荏，遇到大麻煩便逃之夭夭。

近義 外強中乾　羊質虎皮

反義 外柔內剛　外圓內方

色豔桃李（ㄙㄜˋ ㄧㄢˋ ㄊㄠˊ ㄌㄧˇ） 容貌比桃李更豔麗。形容女子極為貌美。

語源 南史鄧鬱傳：「魏夫人忽來臨降，從少嫗三十，年皆可十七八許，色豔桃李，質勝瓊瑤。」

例句 她不僅色豔桃李，在工作上的表現更是不讓鬚眉。

近義 國色天香　花容月貌

反義 其貌不揚　貌不驚人

艸部

3

芒刺在背（ㄇㄤˊ ㄘˋ ㄗㄞˋ ㄅㄟˋ） 像細刺扎在背上一樣。比喻因畏忌而惶恐不安。芒刺，細刺。芒，穀類植物種子外殼上的細小針狀物。

語源 漢書霍光傳：「宣帝始立，謁見高廟。大將軍光從驂乘，上內嚴憚之，若有芒刺在背。」

例句 阿強初次到女友家拜訪時，面對她父母的嚴格審視，讓他有如芒刺在背，坐立難安。

近義 如坐針氈 坐立不安

反義 泰然自若 處之泰然

4

芝麻小事 ㄓ ㄇㄚˊ ㄒㄧㄠˇ ㄕˋ 像芝麻般細小的事情。

例句 為了一點芝麻小事，破壞了我們多年的友誼，真是不值得。

近義 雞毛蒜皮 微不足道

反義 非同小可 非比尋常

芝麻綠豆 ㄓ ㄇㄚˊ ㄌㄩˋ ㄉㄡˋ 如同芝麻、綠豆般。比喻非常微小。

例句 這麼一點芝麻綠豆般的小事，還勞動您出面，真是不好意思。

近義 微不足道 雞毛蒜皮

反義 舉足輕重

芝蘭之室 ㄓ ㄌㄢˊ ㄓ ㄕˋ 有芝與蘭的處所。比喻良好的環境。芝、蘭，都是香草。比喻德操、才質美好。

語源 孔子家語六本：「與善人居，如入芝蘭之室，久而不聞其香，即與之化矣！」

例句 來到許教授的書房上課，在滿屋書香中聆聽他的循循善誘，讓人有如入芝蘭之室的感覺。

近義 里仁為美

反義 龍蛇雜處

芝蘭玉樹 ㄓ ㄌㄢˊ ㄩˋ ㄕㄨˋ 比喻優秀的子弟或美好的人才。

語源 晉裴啟語林：「譬如芝蘭玉樹，欲使其生庭階也。」芝蘭，香草。

例句 陳小姐如芝蘭玉樹，年紀輕輕便接掌公司董事，是企業家第二代中的佼佼者。

近義 後起之秀 人中騏驥

反義 酒囊飯袋 碌碌庸才

花天酒地 ㄏㄨㄚ ㄊㄧㄢ ㄐㄧㄡˇ ㄉㄧˋ 形容沉迷於酒色之中。

語源 清李伯元官場現形記第二十七回：「到京之後，又復花天酒地，任意招搖。」

例句 他在影劇圈竄紅後，便時常沉溺在花天酒地之中，沒多久就把身體搞壞了。

近義 燈紅酒綠 紙醉金迷

反義 克勤克儉 奮發圖強

花木扶疏 ㄏㄨㄚ ㄇㄨˋ ㄈㄨˊ ㄕㄨ 形容花草樹木枝葉茂盛。扶疏，繁茂。也作「花樹扶疏」。

語源 呂氏春秋士容論辯土：「樹肥無使扶疏。」宋姜夔虞美人咏牡丹：「玉盤動搖半庭花，花樹扶疏，一半白雲遮。」

例句 公園裡花木扶疏，景致優雅，是市民休閒散步的好去處。

近義 枝繁葉茂 枝葉扶疏

反義 零零落落 稀稀疏疏

花甲之年 ㄏㄨㄚ ㄐㄧㄚˇ ㄓ ㄋㄧㄢˊ 滿一花甲的年紀。指六十歲。古人用十天干配合十二地支來紀年，從甲子到癸亥共六十年為一循環，稱為「一甲子」。因天干地支相配繁複錯綜，故也有「花甲」之稱。

語源 西遊記第十二回：「又問：『年壽幾何？』道：『痴長六十一歲。』行者道：『好，好，好，花甲重逢矣。』」

例句 大伯雖然已是花甲之年，但是他人老心不老，仍然樂於學習社會上流行的新事物。

近義 耳順之年

花好月圓 ㄏㄨㄚ ㄏㄠˇ ㄩㄝˋ ㄩㄢˊ 花正盛開，月正圓。形容團聚的美好時光。也比喻夫妻相處融洽，生活美滿。多用來祝賀新婚。

語源 宋晁次膺行香子：「願花長好，人長健，月長圓。」

例句 他們小倆口新婚燕爾、花好月圓的恩愛模樣，真是令人欣羨。

近義 鸞鳳和鳴 鳳凰于飛

反義 花殘月缺 琴瑟不和

花言巧語 ㄏㄨㄚ ㄧㄢˊ ㄑㄧㄠˇ ㄩˇ 形容虛假而動聽的話。

語源 宋朱熹朱子語類卷二〇論語二：「巧言即所謂花言巧語，如今世舉子弄筆端，做文字者便是。」

例句 他的花言巧語固然動聽，卻沒有一句是實在的，可不要被他騙了！

近義 甜言蜜語 虛情假意

反義 逆耳忠言 肺腑之言

花枝招展 ㄏㄨㄚ ㄓ ㄓㄠ ㄓㄢˇ 花朵枝葉迎風擺動。形容女子妝扮豔麗。

語源 紅樓夢第二十七回：「滿園裡繡帶飄颻，花枝招展。」清吳趼人二十年目睹之怪現狀第三回：「可憐他花枝招展的來，披頭散髮的去。」

例句 為了參加死黨阿美的生日舞會，大夥打扮得花枝招展，好像要參加選美一樣。

近義 濃妝豔抹 粉妝玉琢

反義 荊釵布裙 樸素無華

花花公子 ㄏㄨㄚ ㄏㄨㄚ ㄍㄨㄥ ㄗˇ 指衣著華麗、只會吃喝玩樂的富貴子弟。

語源 清張南莊何典第六回：「活死人便知他是個仗官托勢的花花公子了。」

例句 他整天只知玩樂，不求上進，是個不折不扣的花花公子，不久便把家產揮霍殆盡了。

近義 紈袴子弟 公子哥兒

花花世界 ㄏㄨㄚ ㄏㄨㄚ ㄕˋ ㄐㄧㄝˋ 指形形色色的繁華世界。也泛指人間世界。

語源 宋文及翁賀新郎：「回首洛陽花世界，煙渺黍離之地，更不復、新亭墮淚。」清錢彩說岳全傳第十五回：「每想中原花花世界，一心要奪取宋室江山。」

例句 他原本是個純樸乖巧的孩子，來到臺北這花花世界打滾幾年之後，竟全變了個樣，怎教人不心疼！

花紅柳綠 ㄏㄨㄚ ㄏㄨㄥˊ ㄌㄧㄡˇ ㄌㄩˋ 形容春天花木繁盛，景色美好。也形容顏色鮮豔奪目。也作「柳綠花紅」。

語源 五代蜀魏承班生查子：「花紅柳綠間晴空。」紅樓夢第七十三回：「手內拿著個花紅柳綠的東西，低頭瞧著只管走。」

例句 ①春天一到，小湖的四周花紅柳綠，倒映水中，美麗極了。②他這次的春裝設計活潑大膽，伸展臺上的模特兒個個花紅柳綠，讓人看得眼花撩亂。

近義 桃紅柳綠 五彩繽紛

花容月貌 ㄏㄨㄚ ㄖㄨㄥˊ ㄩㄝˋ ㄇㄠˋ 比喻女子美麗的容貌。

語源 明馮夢龍醒世恆言卷二五：「那娟娟小姐，花容月貌，自不必說；刺繡描花，也是等閒之事。」

例句 她的花容月貌雖然吸引了大批的追求者，但是她一點也不快樂。

近義 如花似玉 閉月羞花

反義 貌似無鹽 其貌不揚

花容失色 ㄏㄨㄚ ㄖㄨㄥˊ ㄕ ㄙㄜˋ 比喻女子受到驚嚇而臉色蒼白。

語源 清張春帆九尾龜第二十六回：「金小寶出奇不意，大吃一驚……已經嚇得花容失色，嬌喘微微。」

例句　草叢裡突然竄出一條灰溜溜的小蛇，嚇得阿美花容失色。
近義　大驚失色
反義　神色自若　處變不驚

花拳繡腿 ㄏㄨㄚ ㄑㄩㄢˊ ㄒㄧㄡˋ ㄊㄨㄟˇ　指中看不中用的武術。
語源　明周楫西湖二集卷三四：「相處一般惡少，都是花拳繡腿，好使剛氣。」
例句　你這些花拳繡腿根本不管用，遇上歹徒還是走為上策。
近義　華而不實
反義　真才實學

花裡胡哨 ㄏㄨㄚ ㄌㄧˇ ㄏㄨˊ ㄕㄠˋ　形容顏色花俏豔麗。多用於貶義。也作「花狸狐哨」。
語源　西遊記第十二回：「我家是清涼瓦屋，不像這個害黃病的房子，花狸狐哨的門扇。」
例句　她今天打扮得花裡胡哨來教堂，自以為好看，卻不知與場合格格不入，令人啼笑皆非。
近義　花團錦簇　濃妝豔抹
反義　樸素無華

花團錦簇 ㄏㄨㄚ ㄊㄨㄢˊ ㄐㄧㄣˇ ㄘㄨˋ　一堆堆豔麗的花朵和鮮豔的錦繡。形容五彩繽紛、繁華豔麗的景象。簇，叢聚在一處。
語源　明凌濛初初刻拍案驚奇卷二九：「霎時間，把一箇趙娘子打扮的花一團錦一簇。」
例句　慶祝酒會的會場被裝飾得花團錦簇、金碧輝煌。
近義　萬紫千紅　奼紫嫣紅
反義　百花凋零　綠肥紅瘦

芳香四溢 ㄈㄤ ㄒㄧㄤ ㄙˋ ㄧˋ　香氣散布四周。形容非常芬芳。
語源　漢司馬相如美人賦：「臣排其戶而造其堂，芳香芬烈，黼帳高張。」
例句　庭前的桂花正值盛開季節，滿園芳香四溢，叫人忍不住多聞幾下。
近義　香氣四溢
反義　臭氣薰天

芸芸眾生 ㄩㄣˊ ㄩㄣˊ ㄓㄨㄥˋ ㄕㄥ　指世間形形色色的眾人。芸芸，眾多的樣子。眾生，泛指所有的人。
語源　清秋瑾光復軍起義檄稿：「芸芸眾生，孰不愛生？」
例句　在芸芸眾生之中，能夠相識相知已屬不易，成為莫逆之交更是難得。
近義　茫茫人海

芻蕘之言 ㄔㄨˊ ㄖㄠˊ ㄓ ㄧㄢˊ　割草砍柴者的話。指鄉野百姓的言論。常用作見解淺陋的自謙之詞。芻蕘，割草砍柴的人。
語源　詩經大雅板：「先民有言，詢于芻蕘。」梁書顧協傳：「臣聞貢玉之士，歸之潤山；論珠之人，出於枯岸。是以芻蕘之言，擇於廊廟者也。」
例句　他憂心國事，不惜花錢買版面，在報上發表萬言書，期盼總統聽得進他的芻蕘之言。
近義　一得之愚　千慮一得

5

苛捐雜稅 ㄎㄜ ㄐㄩㄢ ㄗㄚˊ ㄕㄨㄟˋ　指巧立名目所收取的繁重稅捐。
語源　蔡東藩民國通俗演義第一五九回：「一切苛捐雜稅，悉數蠲除，由民選官吏另訂稅則。」
例句　縣府財政吃緊，腦筋卻動到縣民身上，冒出一大堆苛捐雜稅，令民眾大感吃不消。
近義　橫徵暴斂　巧取豪奪
反義　輕徭薄賦

苛政猛於虎 ㄎㄜ ㄓㄥˋ ㄇㄥˇ ㄩˊ ㄏㄨˇ　暴政及苛稅比老虎還凶猛，令百姓苦不堪言。
語源　禮記檀弓下：「小子識之，苛政猛於虎也。」

例句　政府於政策推行前應謹慎考量其可行性，才不致有苛政猛於虎之譏。

近義　率獸食人　橫徵暴斂

反義　輕傜薄賦　河清海晏

苞苴公行

包裝著的禮物公然通行。指公然進行賄賂。苞苴，包裹魚肉的草袋。指行賄的財物。

語源　荀子大略：「苞苴行與？讒夫興與？」

例句　早期法治觀念薄弱，公職人員或民意代表選舉時，苞苴公行之事司空見慣。

近義　貪贓枉法　賄賂公行

苟且偷生

得過且過，勉強生存。苟且，只顧眼前，草率應付。

語源　後漢書戴憑傳：「不能以尸伏諫，偷生苟活，誠慙聖朝。」明陸采明珠記第二十九齣：「幸得大理寺官員，憐我無罪，時時周給衣食，苟且偷生。」

例句　因為不願苟且偷生，他每天都努力以赴，想讓眾人刮目相看。

近義　得過且過　靦顏借命

反義　發憤圖強　日新又新

苟且偷安

得過且過，只圖眼前的安逸。苟且，馬虎草率；得過且過。

語源　宋汪應辰文定集廷試策：「承晏安太平之後，苟且偷安，昧於遠圖，政令日弛，法度日隳。」

例句　步入中年的阿明只想苟且偷安、打零工度日，讓年邁的雙親憂心不已。

近義　因循苟且　得過且過

反義　奮發圖強　自立自強

苟合取容

隨便附和來討好別人，以求被接納。

語源　漢司馬遷報任少卿書：「苟合取容，無所短長之效。」

例句　因為不願苟合取容，他屢次遭到上司的刁難，心裡早有辭職的打算。

近義　曲意逢迎　闇然媚世

反義　堅持己見　擇善固執

苟延殘喘

勉強存續生命。也比喻勉強撐住局面。苟，姑且；暫且。

語源　西遊記第三十一回：「欲要自盡，又恐父母疑我逃走，事終不明。故沒奈何，苟延殘喘，誠為天地間一大罪人也。」清史稿卷五二三藩部列傳：「逆賊阿睦爾撒納現竄匿哈薩克，苟延殘喘。」

例句　①黑幫老大生了重病，躺在病床上苟延殘喘，底下已經有人急著要篡位。②他們的產品失去競爭力，在市場節節敗退，公司雖未倒閉，但也只是苟延殘喘罷了。

近義　奄奄一息　大勢已去

反義　一命嗚呼

若合符節

像同個符節的兩半一樣相吻合。比喻兩者完全吻合或一致。符節，古代出入城門關卡或遣使調兵的一種憑證。以竹、木等製成，刻有文字。分成兩半，使用時以能無縫密合為憑證。

語源　孟子離婁下：「得志行乎中國，若合符節，先聖後聖，其揆一也。」

例句　瑤瑤在這部電影裡飾演一個個性倔強、青春叛逆的女孩，由於與自己的成長經歷若合符節，所以演來得心應手。

近義　一模一樣　毫無二致

反義　截然不同　大異其趣

若有似無

好像有又好像沒有。

語源　左傳昭公七年「對日至

之災」唐孔穎達疏：「神之則惑眾，去之則害宜，故其言若有若無，其事若信若不信。」

例句　昨天夜裡樓上時常傳來若有似無的腳步聲，害得王小姐一夜無法成眠。

近義　若隱若現　隱隱約約

反義　一清二楚

若有所失 ㄖㄨㄛˋ ㄧㄡˇ ㄙㄨㄛˇ ㄕ　好像失去了重要的東西。形容惆悵恍惚的神情。

語源　漢司馬遷報任少卿書：「是以腸一日而九迴，居則忽忽若有所亡，出則不知其所往。」南朝宋劉義慶世說新語德行：「戴良少所服下，見憲則自降薄，悵然若有所失。」

例句　自從阿美離職後，小明便若有所失，常常望著那張空桌子發呆。

近義　悵然若失　魂不守舍

反義　寵辱不驚　隨遇而安

若有所思 ㄖㄨㄛˋ ㄧㄡˇ ㄙㄨㄛˇ ㄙ　好像心中正在想著什麼事情。形容沉思或是發呆的樣子。

語源　唐陳鴻長恨歌傳：「玉妃茫然退立，若有所思。」

例句　姐姐最近常常看書看到一半便停下來，若有所思，我看八成是在談戀愛了！

若有所聞 ㄖㄨㄛˋ ㄧㄡˇ ㄙㄨㄛˇ ㄨㄣˊ　彷彿聽到一些消息。

例句　小李要離職的事，我最近也若有所聞。

反義　略有所聞　耳聞目睹

若即若離 ㄖㄨㄛˋ ㄐㄧˊ ㄖㄨㄛˋ ㄌㄧˊ　好像親近，又像生疏。形容態度曖昧，令人捉摸不定。若，好像。即，靠近；投向。

語源　晉成公綏嘯賦：「若離若合，將絕復續。」徐枕亞玉梨魂第四章：「簾中人影，窗內書聲，若即若離。」

例句　他們兩人之間總是若即若離，令人無法確定他們是否已是一對情侶。

近義　欲拒還迎　不即不離

反義　如膠似漆　形影不離

若無其事 ㄖㄨㄛˋ ㄨˊ ㄑㄧˊ ㄕˋ　好像沒有這回事。形容神態鎮定自然。

語源　清俞萬春蕩寇志第一三五回：「乳肋下鮮血迸流，若無其事，口中大叫道……」

例句　你做錯事還一副若無其事的樣子，難怪爸媽會生氣。

近義　談笑自若　行若無事

反義　驚慌失措　心慌意亂

若隱若現 ㄖㄨㄛˋ ㄧㄣˇ ㄖㄨㄛˋ ㄒㄧㄢˋ　形容隱約不明。

語源　清蒲松齡聊齋誌異珠兒：「李驚，方將詰問，則見其若隱若現，恍惚如煙霧，宛轉間，已登榻坐。」

例句　阿里山的日出名聞遐邇，晨曦於雲霧中若隱若現，充滿奇幻之美。

近義　忽隱忽現　若有似無

反義　一清二楚　一目了然

若要人不知，除非己莫為 ㄖㄨㄛˋ ㄧㄠˋ ㄖㄣˊ ㄅㄨˋ ㄓ，ㄔㄨˊ ㄈㄟ ㄐㄧˇ ㄇㄛˋ ㄨㄟˊ　若要別人不知道，除非自己不去做。指暗地做壞事，事跡終究會敗露。

語源　漢枚乘上書諫吳王：「欲人勿聞，莫若勿言；欲人勿知，莫若勿為。」

例句　你別以為背後毀謗可以得逞，若要人不知，除非己莫為，勸你還是光明正大一點吧！

近義　紙包不住火

苦口婆心 ㄎㄨˇ ㄎㄡˇ ㄆㄛˊ ㄒㄧㄣ　懇切真摯且耐心地規勸他人。苦口，本指藥引起苦味，後指以誠摯的言語反覆規勸。婆心，慈愛的心腸。

語源　清文康兒女英雄傳第十

六回：「這等人若不得個賢父兄、良師友苦口婆心的成全他，喚醒他，可惜那至性奇才，終歸名隳身敗。」

例句　基於愛護的心理，師長們總是苦口婆心地規勸我們，使我們不致誤入歧途。

近義　諄諄告誡　語重心長

反義　冷言冷語　口蜜腹劍

苦不堪言 ㄎㄨˇ ㄅㄨˋ ㄎㄢ ㄧㄢˊ　痛苦無法說出來。指受苦很深。

語源　宋李昌齡樂善錄劉貢文：「晚年得惡疾，鬚眉墜落，鼻梁斷壞，苦不可言。」明陸西星封神演義第四十五回：「自別大王，我兄弟盤河過日子，苦不堪言。」

例句　這條街每次下大雨都會淹水，住戶是苦不堪言。

近義　度日如年

苦中作樂 ㄎㄨˇ ㄓㄨㄥ ㄗㄨㄛˋ ㄌㄜˋ　處在痛苦之中而強作歡樂。

語源　大寶積經：「心如吞鉤，苦中作樂想故。」

例句　雖然新兵訓練的日子很難熬，但個性開朗樂觀的阿華總是能苦中作樂，隨時給自己加油。

近義　強顏歡笑　樂以忘憂

反義　坐困愁城

苦心孤詣 ㄎㄨˇ ㄒㄧㄣ ㄍㄨ ㄧˋ　用心刻苦鑽研，而且達到無人能及的境界或成就。也指費心、辛苦地經營。詣，造詣；成就。

語源　清屈復論詩絕句四十四首（其三十一）：「苦將心力成孤詣，不敢隨風薄宋元。」清李重華貞一齋詩說：「孟東野、賈浪仙卓犖偏才，俱以苦心孤詣得之。」清李伯元文明小史第六十回：「這也是諸君的苦心孤詣，兄弟何敢辜負？」

例句　這本小說，不論是情節安排，還是人物設計、對話，都可以看出作者的苦心孤詣，是一部難得的佳構。

近義　嘔心瀝血　煞費苦心

苦心經營 ㄎㄨˇ ㄒㄧㄣ ㄐㄧㄥ ㄧㄥˊ　用盡心思安排籌劃，建構管理。

語源　詩經大雅江漢：「江漢湯湯，武夫洸洸，經營四方，告成于王。」南朝梁劉勰文心雕龍麗辭：「至於詩人偶章，大夫聯辭，奇偶適變，不勞經營。」清李伯元文明小史第二十二回：「湖北的開通，竟是我們中國第一處了。這都是老前輩的苦心經營。」

辨析　此則成語應用甚廣，可指建構房屋、治理政事、企業或構思文藝創作等方面。

例句　原本規模不大的一間小店，在他的苦心經營之下，竟在三年內擴張成連鎖企業。

苦盡甘來 ㄎㄨˇ ㄐㄧㄣˋ ㄍㄢ ㄌㄞˊ　形容人經歷艱辛之後，逐漸進入佳境。

語源　元白樸董秀英花月東牆記第三折：「似這等不枉了教人害，苦盡甘來。」

例句　她歷盡千辛萬苦把孩子拉拔長大，如今孩子們皆已成家立業，總算是苦盡甘來了！

近義　否極泰來　時來運轉

反義　樂極生悲

英年早逝 ㄧㄥ ㄋㄧㄢˊ ㄗㄠˇ ㄕˋ　青壯時期就去世。多用在男性。英年，正當英氣風發的年齡。指青壯年。

例句　外界一致看好那位男主播的未來發展，他卻不幸英年早逝，令人不勝唏噓。

近義　蘭摧玉折

反義　壽比南山　長命百歲

英姿煥發 ㄧㄥ ㄗ ㄏㄨㄢˋ ㄈㄚ　形容體態威武，神采飛揚。英姿，

威武的神態。煥發，光彩四射。

語源 唐陳鴻長恨傳：「光彩煥發，轉動照人。」宋蘇軾念奴嬌：「遙想公瑾當年，小喬初嫁了，雄姿英發。」

例句 三軍儀隊個個人高馬大，英姿煥發，在國慶日的慶典上出盡風頭。

近義 容光煥發　神采飛揚

反義 垂頭喪氣　死氣沉沉

英雄所見略同 ㄧㄥ ㄒㄩㄥˊ ㄙㄨㄛˇ ㄐㄧㄢˋ ㄌㄩㄝˋ ㄊㄨㄥˊ 指有才識的人其見解大致相同。

語源 三國志蜀書龐統傳裴松之注引江表傳：「天下智謀之士，所見略同耳！」宋高斯得莫恃勢行：「奇哉天下士，英雄見略同。」

例句 我們二人英雄所見略同，一致看好這項產品的未來發展，因此決定共同投資生產。

近義 所見略同

英雄無用武之地 ㄧㄥ ㄒㄩㄥˊ ㄨˊ ㄩㄥˋ ㄨˇ ㄓ ㄉㄧˋ 形容人空有才華，卻無施展的機會。

語源 資治通鑑卷六五漢紀獻帝建安十三年：「今操芟夷大難，略已平矣，遂破荊州，威震四海。英雄無用武之地，故豫州遁逃至此，願將軍量力而處之。」

例句 小馬擁有豐富的經驗和專業知識，卻不受上司重用，常常感嘆自己是「英雄無用武之地」。

近義 龍困淺灘　有志難酬

茅茨土階 ㄇㄠˊ ㄘˊ ㄊㄨˇ ㄐㄧㄝ 茅草做的屋頂，泥土做的臺階。形容居處簡陋質樸。茨，茅草蓋的屋頂。

語源 尹文子佚文：「堯為天子，衣不重帛，食不兼味，土階三尺，茅茨不翦。」明馮夢龍東周列國志第三回：「昔堯舜在位，茅茨土階，禹居卑宮，不以為陋。」

例句 退休後的老李獨自在山中過著茅茨土階、粗茶淡飯的生活，卻也怡然自樂。

近義 蓬門篳戶　蓬戶甕牖

反義 深宅大院　朱門繡戶

茅塞頓開 ㄇㄠˊ ㄙㄜˋ ㄉㄨㄣˋ ㄎㄞ 比喻受到啟發而頓時開悟、明白。茅塞，茅草長滿山徑。比喻知識未開，思路不通。頓，立刻；突然。

語源 孟子盡心下：「今茅塞子之心矣。」西遊記第六十四回：「我身無力，我腹無才，得三公之教，茅塞頓開。」

辨析 塞，音ㄙㄜˋ，不讀ㄙㄞ。

例句 這個問題困擾我甚久，如今聽了你的一席話，令我茅塞頓開。

近義 恍然大悟　豁然貫通

反義 百思不解　大惑不解

6

茫無頭緒 ㄇㄤˊ ㄨˊ ㄊㄡˊ ㄒㄩˋ 形容對事情摸不著邊，一點頭緒也沒有。

語源 明淩濛初譚曲雜札：「沈伯英構造極多，最喜以奇事舊聞，不論數種，扭合一家……茫無頭緒，尤為可怪。」

例句 面對上屆理事留下的爛攤子，見多識廣的他也感到茫無頭緒。

近義 沒頭沒腦　不得要領

茲事體大 ㄗ ㄕˋ ㄊㄧˇ ㄉㄚˋ 事情牽涉的範圍很廣，影響深遠。常用為提醒人慎重行事之詞。

語源 後漢書班固傳：「茲事體大而允，寤寐次於聖心。」

例句 移居國外的話，生活形態會完全改變，真的是茲事體大，需要全家人好好討論才行。

近義 事關重大　非同小可

反義　芝麻小事　微不足道

茶飯不思（ㄔㄚˊ ㄈㄢˋ ㄅㄨˋ ㄙ）

沒有心思喝茶吃飯。形容情緒低落、焦慮或精神不佳而不吃東西。

語源　清東隅逸士飛龍全傳第三十二回：「到了次日，心中憂惑頻添，煩悶轉盛，茶飯不思，臥病不起。」

例句　阿花這幾天因為失戀而茶飯不思，你要多勸勸她。

近義　食不下咽　寢食難安

反義　開懷暢飲

茶餘飯後（ㄔㄚˊ ㄩˊ ㄈㄢˋ ㄏㄡˋ）

喝茶吃飯後的空閒時間。泛指一般閒暇無事之時。

語源　清吳趼人二十年目睹之怪現狀第九十三回：「趙老爺聽了，也當作新聞，茶餘酒後，未免向各同事談起。」

例句　張立委婚外情的消息上報後，立即成為市井小民茶餘飯後聊天的話題。

近義　閒來無事

茶來伸手，飯來張口（ㄔㄚˊ ㄌㄞˊ ㄕㄣ ㄕㄡˇ，ㄈㄢˋ ㄌㄞˊ ㄓㄤ ㄎㄡˇ）

形容生活舒服悠閒，事事有人服侍。

例句　他從小過著茶來伸手，飯來張口的生活，哪有吃過這種苦？

近義　養尊處優　嬌生慣養

茹毛飲血（ㄖㄨˊ ㄇㄠˊ ㄧㄣˇ ㄒㄧㄝˇ）

連毛帶血生吃禽獸。形容未開化人類的生活情形。茹，食；吃。

語源　禮記禮運：「未有火化，食草木之實，鳥獸之肉，飲其血，茹其毛。」

例句　人類在知道鑽木取火之前，便過著茹毛飲血的原始生活。

茹柔吐剛（ㄖㄨˊ ㄖㄡˊ ㄊㄨˇ ㄍㄤ）

吃到軟的就吞下，硬的就吐出來。比喻欺善怕惡。茹，吃。也作「柔茹剛吐」。

語源　詩經大雅烝民：「人亦有言：『柔則茹之，剛則吐之。』」晉書元帝紀：「及當官軟弱，茹柔吐剛，行身穢濁，修飾時譽者，各以名聞。」

例句　他是個茹柔吐剛的人，你要據理力爭，別一味忍讓。

近義　欺善怕惡　欺軟怕硬

草木皆兵（ㄘㄠˇ ㄇㄨˋ ㄐㄧㄝ ㄅㄧㄥ）

因驚嚇而將草木看成兵士。比喻人極度驚恐時發生多疑的錯覺，稍有動靜，就非常緊張。

語源　晉書苻堅載記下：「堅與苻融登城而望王師，見部陣整齊，將士精銳；又北望八公山上草木，皆類人形，顧謂融曰：『此亦勍敵也，何謂少乎！』憮然有懼色。」

例句　一震天搖地動之後，還不斷有餘震，大家都驚疑不定，草木皆兵。

近義　提心吊膽　風聲鶴唳

反義　處之泰然　神色自若

草行露宿（ㄘㄠˇ ㄒㄧㄥˊ ㄌㄨˋ ㄙㄨˋ）

在草野中行走，露天睡覺。形容行旅的艱苦或急迫。

語源　晉書謝玄傳：「餘眾棄甲宵遁，聞風聲鶴唳，皆以為王師已至，草行露宿，重以飢凍，死者十七八。」

例句　氣象預報說將有一場大風雨，所以大家草行露宿，希望趕早些下山。

近義　餐風露宿

草草了事（ㄘㄠˇ ㄘㄠˇ ㄌㄧㄠˇ ㄕˋ）

匆忙草率地把事情處理完畢。草草，匆促；急急忙忙。了事，指事情結束。

語源　唐杜甫送長孫九侍御赴武威判官：「問君適萬里，取別何草草。」明張居正張太岳文集答山東巡撫何來山：「務

為一了百當，若但草草了事，可惜此時徒為虛文耳。」

例句 由於明天就要交作業，小明只好將蒐集到的資料胡亂拼湊便草草了事。

近義 敷衍了事　敷衍塞責

反義 一絲不苟　有始有終

草菅人命 ㄘㄠˇ ㄐㄧㄢ ㄖㄣˊ ㄇㄧㄥˋ　把人命看得像茅草一樣輕賤。菅，茅草。

語源 大戴禮記保傅：「其視殺人若艾草菅然。」明凌濛初初刻拍案驚奇卷一一：「所以說為官做吏的人，千萬不可草菅人命，視同兒戲！」

辨析 菅，音ㄐㄧㄢ，不讀ㄍㄨㄢ，亦不可誤作「管」。

例句 清末有一些剛愎自用的官吏，自以為是不收紅包的清官，就不問是非妄加斷案，草菅人命。

近義 濫殺無辜

反義 仁民愛物　愛民如子

荊天棘地 ㄐㄧㄥ ㄊㄧㄢ ㄐㄧˊ ㄉㄧˋ　滿是荊棘的地方。比喻充滿困難的處境。

語源 唐白居易傷唐衢二首（其二）：「是時兵革後，生民正憔悴……天高未及聞，荊棘生滿地。」清壯者掃迷帚第一回：「荊天棘地，生氣索然。」

例句 身處這樣荊天棘地的惡劣環境，他不但不氣餒，反而更激發出一股鬥志。

近義 窒礙難行

反義 康莊大道

荒郊野外 ㄏㄨㄤ ㄐㄧㄠ ㄧㄝˇ ㄨㄞˋ　偏僻荒涼的郊外曠野地區。

語源 元無名氏漢高皇濯足氣英布第三折：「看者看者咱爭鬥，都交死在咱家手，荒郊野外橫屍首。」

例句 在這荒郊野外一時也找不到醫生，你就先簡單包紮一下傷口，我趕緊載你回鎮上吧！

近義 窮鄉僻壤　荒山野嶺

反義 通都大邑

荒淫無道 ㄏㄨㄤ ㄧㄣˊ ㄨˊ ㄉㄠˋ　過分貪好酒色，生活糜爛而不守正道。荒淫，荒廢事物，迷戀酒色。

語源 晉書段灼傳：「不能屬任賢相，用婦人之言，荒淫無道，肆志沉宴。」

例句 綜觀中國歷史，每個朝代的滅亡，大都起因於國君荒淫無道、不顧朝政，造成人心背離，進而引起各地的叛亂。

近義 沉湎酒色　驕奢淫逸

反義 奮發圖強　勵精圖治

荒腔走板 ㄏㄨㄤ ㄑㄧㄤ ㄗㄡˇ ㄅㄢˇ　唱歌時拿不準腔調節拍。也比喻事情做得離譜混亂。

例句 ①他唱起歌來雖然荒腔走板，卻能自得其樂。②他做事沒有預先規劃好，走一步算一步，難怪會荒腔走板，不可收拾。

近義 五音不全　不得要領

反義 有板有眼　一板一眼

荒煙蔓草 ㄏㄨㄤ ㄧㄢ ㄇㄢˋ ㄘㄠˇ　形容蕭瑟荒涼的景象。荒煙，荒野上瀰漫的煙霧。蔓草，雜生的野草。

語源 宋歐陽脩祭石曼卿文：「荒煙野蔓，荊棘縱橫，風淒露下，走磷飛螢。」孫文黃花岡烈士事略序：「黃花岡上一坏土，猶湮沒於荒煙蔓草間。」

例句 原本是荒煙蔓草的山頭，經過一番整頓開發之後，如今遊客如織，十分熱鬧。

近義 人跡罕至　荒山野嶺

荒誕不經 ㄏㄨㄤ ㄉㄢˋ ㄅㄨˋ ㄐㄧㄥ　荒唐怪異，不合常理。形容言行荒謬，不近情理。不經，不合

常理。

語源 唐李白大獵賦：「哂穆王之荒誕，歌白雲之西母。」史記孟子荀卿列傳：「其語閎大不經。」清董含三岡識略第九卷：「有所謂五通、五顯……等名號，皆荒誕不經。」

例句 ①山海經裡面都是一些荒誕不經的神話故事，展現先民豐沛的想像力。②清朝義和團說他們能夠刀槍不入，真是荒誕不經。

近義 荒謬絕倫　光怪陸離

反義 合情合理　有憑有據

荒謬絕倫 ㄏㄨㄤ ㄇㄧㄡˋ ㄐㄩㄝˊ ㄌㄨㄣˊ 荒唐錯誤到了極點。絕倫，無可比擬。

語源 清龔自珍語錄卷二二：「此等依托，乃得罪孔子之尤，荒謬絕倫之作，作者可醢也。」

例句 這項開發案簡直荒謬絕倫，不僅會破壞生態環境，還將破壞公司辛苦建立的形象。

近義 大謬不然　荒誕不經

反義 天經地義　理所當然

7

荳蔻年華 ㄉㄡˋ ㄎㄡˋ ㄋㄧㄢˊ ㄏㄨㄚˊ 比喻少女時期。荳蔻，也作「豆蔻」。一種多年生常綠草本植物，初夏開淡黃色花。常用來比喻少女。

語源 唐杜牧贈別：「娉娉嫋嫋十三餘，荳蔻梢頭二月初。」

例句 小妹正值荳蔻年華，洋溢著青春氣息。

近義 二八佳人　黛綠年華

反義 人老珠黃　美人遲暮

荷槍實彈 ㄏㄜˋ ㄑㄧㄤ ㄕˊ ㄉㄢˋ 扛著槍，子彈也已上膛。形容高度戒備，隨時準備戰鬥。

語源 朱瘦菊歇浦潮第四十六回：「帶著數十名兵警，荷槍實彈，如臨大敵。」

辨析 荷，音ㄏㄜˋ，不讀ㄏㄜˊ。

例句 聽說歹徒擁有槍枝，圍捕時員警個個荷槍實彈，絲毫不敢大意。

近義 嚴陣以待　戒備森嚴

反義 赤手空拳　手無寸鐵

荼毒生靈 ㄊㄨˊ ㄉㄨˊ ㄕㄥ ㄌㄧㄥˊ 恣意殘害百姓。荼毒，殘害；毒害。生靈，生民；老百姓。

語源 唐李華弔古戰場文：「荼毒生靈，萬里朱殷。」

例句 歷史上有許多暴君常為一己之私欲發動戰爭，不顧荼毒生靈的嚴重後果。

近義 殘民以逞　率獸食人

反義 愛民如子　痌瘝在抱

莊敬自強 ㄓㄨㄤ ㄐㄧㄥˋ ㄗˋ ㄑㄧㄤˊ 以莊重謹慎的態度自我奮發圖強。

語源 禮記表記：「君子莊敬日強。」易經乾卦：「天行健，君子以自強不息！」

例句 處在動盪不安的時代，唯有莊敬自強，國家才能生存發展。

近義 自立自強　自強不息

反義 自暴自棄　自甘墮落

莘莘學子 ㄕㄣ ㄕㄣ ㄒㄩㄝˊ ㄗˇ 眾多的學生。莘莘，眾多的樣子。

語源 國語晉語四：「周詩曰：『莘莘征夫，每懷靡及。』」蔡東藩元史通俗演義第三十回：「幸有後王能干蠱，莘莘學子尚成行。」

辨析 「莘莘」是眾多的意思，不作「辛勤」或「年輕」解，前面也不可加數詞。且「莘」音ㄕㄣ，不讀ㄒㄧㄣ。

例句 市長在教師節頒獎表揚各校優良教師，感謝他們為莘莘學子付出的辛勞。

莫須有 ㄇㄛˋ ㄒㄩ ㄧㄡˇ 恐怕有；也許有。多用來表示憑空捏造的指控或罪名。

語源 宋史岳飛傳：「獄之將上也，韓世忠不平，詣檜詰其

實。檜曰：「飛子雲與張憲書雖不明，其事體莫須有。」世忠曰：『莫須有三字，何以服天下？』」

例句　他被以莫須有的罪名強加逮捕，完全是一種政治迫害。

近義　欲加之罪，何患無辭

反義　罪證確鑿

莫之與京 ㄇㄛˋ ㄓ ㄩˇ ㄐㄧㄥ　大得沒有人可以和他相比。京，大。「莫與之京」的倒裝。

語源　左傳莊公二十二年：「有媯之後，將育于姜，五世其昌，並于正卿，八世之後，莫之與京。」

例句　他們王家世代在本地經商，財大勢大，莫之與京。

近義　碩大無朋　無可比擬

反義　微不足道　微乎其微

莫可奈何 ㄇㄛˋ ㄎㄜˇ ㄋㄞˋ ㄏㄜˊ　參見「無可奈何」。

莫名其妙 ㄇㄛˋ ㄇㄧㄥˊ ㄑㄧˊ ㄇㄧㄠˋ　無法用言語表達出它的奧妙。多用來表示事情很奇怪，使人弄不明白。名，稱名；形容。也作「莫明其妙」。

語源　宋秦觀賀呂相公啟：「璞玉渾金，鑑識莫名其器。」清吳趼人二十年目睹之怪現狀第四十八回：「大家看見，莫名其妙，只得把它退回去。」清文康兒女英雄傳第九回：「這一句話，要問一村姑蠢婦，那自然一世也莫明其妙。」

例句　他突如其來的一句話，弄得大家一頭霧水，莫名其妙。

近義　百思不解　一頭霧水

反義　心領神會　茅塞頓開

莫此為甚 ㄇㄛˋ ㄘˇ ㄨㄟˊ ㄕㄣˋ　沒有能超過這個的。表示某種事情所具有的惡劣性質極端嚴重。

語源　宋蘇軾揚州上呂相書：「此元豐中一小人建議，羞汙士風，莫此為甚。」

例句　他藉職務之便包攬工程以謀取利益，敗壞政風莫此為甚。

近義　無以復加　一至於此

莫明其妙 ㄇㄛˋ ㄇㄧㄥˊ ㄑㄧˊ ㄇㄧㄠˋ　參見「莫名其妙」。

莫衷一是 ㄇㄛˋ ㄓㄨㄥ ㄧ ㄕˋ　各有各的看法或主張，不能得出一致的結論。衷，折衷。

語源　清史稿樂志一：「樂之學既微，自古言者又歧說繁滋，莫衷一是。」

例句　對於畢業旅行的地點，大家意見分歧，莫衷一是。

近義　議論紛紛　無所適從

反義　眾口一詞　異口同聲

莫逆之交 ㄇㄛˋ ㄋㄧˋ ㄓ ㄐㄧㄠ　指心意相合、情誼深厚的朋友。莫逆，沒有抵觸，同心相契。

語源　莊子大宗師：「子桑戶、孟子反、子琴張三人相與友……三人相視而笑，莫逆於心。」

例句　他們兩人之間的誤會冰釋後，已經成為莫逆之交。

近義　管鮑之交　契若金蘭

莫測高深 ㄇㄛˋ ㄘㄜˋ ㄍㄠ ㄕㄣ　無法測量究竟高深到什麼程度。形容神祕玄奧而令人無法捉摸。也作「高深莫測」。

語源　漢書嚴延年傳：「吏民莫能測其意深淺，戰栗不敢犯禁。」清李伯元文明小史第二十四回：「姬公看了，莫測高深，只籠統讚了聲『好』。」

例句　他平日一副莫測高深的樣子，別人都不敢跟他講真心話。

近義　不可捉摸　難以捉摸

反義　顯而易見　昭然若揭

8

華而不實 原指只開花不結果。後指人或事物徒具外表而無實質內容。華，開花。實，結果實。
語源 左傳文公五年：「且華而不實，怨之所聚也。」
例句 這篇文章堆砌了過多的華麗詞藻，給人華而不實的感覺。
近義 虛有其表 表裡不一
反義 真才實學 名副其實

華佗再世 稱讚人醫術高明，有如古代名醫華佗重生。
語源 明方汝浩東度記第九十一回：「有此三難，便是盧扁復生，華佗再世，也救不得。」
例句 他醫術高明，活人無數，大家都稱揚他是「華佗再世」。
近義 妙手回春

華屋山丘 活著時住在華美的屋宇，死後埋葬在隆起的土堆裡。比喻世事變化無常，富貴有勢之人也終歸一死。
語源 三國魏曹植箜篌引：「生存華屋處，零落歸山丘。」黃世仲廿載繁華夢第一回：「不轉眼間，華屋山丘，勢敗運衰，便如山倒，回頭一夢。」
例句 去國多年後回到睽違已久的家鄉，許多舊識都已不在，他的心中充滿華屋山丘、滄海桑田的感慨。
近義 滄海桑田 東海揚塵
反義 亙古不變 一成不變

華燈初上 指夜色降臨，開始點亮燈火的時候。
語源 清曾樸孽海花第三十二回：「等到華燈初上，豪宴甫開，驥東招呼諸人就座。」
例句 從陽明山的半山腰俯瞰臺北盆地，最令人驚歎的是，當華燈初上時，萬家燈火如星辰閃爍，十分壯觀。
近義 萬家燈火

菽水承歡 本指貧寒人家的子弟雖然以微薄的食物供養父母，但能使父母歡心，盡到孝道。後泛指子女能克盡孝道。菽，豆類的總稱。菽水，比喻微薄的供養。
語源 禮記檀弓下：「啜菽飲水盡其歡，斯之謂孝。」清吳敬梓儒林外史第八回：「晚生只願家君早歸田里，得以菽水承歡，這是人生至樂之事。」
例句 你雖然貧窮，但只要能菽水承歡，讓父母順心快樂，也算是孝順的孩子。
近義 承歡膝下 慈烏反哺
反義 棄親不顧 忤逆不孝

萍水相逢 浮萍隨水漂流，遇合不定。比喻不相識的人偶然相遇。
語源 唐王勃滕王閣序：「關山難越，誰悲失路之人；萍水相逢，盡是他鄉之客。」
例句 我倆萍水相逢，難得一見如故，相談甚歡。
近義 邂逅相遇 不期而遇
反義 失之交臂

萍蹤不定 行蹤像浮萍般飄浮不定。形容四處飄泊，居無定所。也作「萍蹤無定」。
語源 宋陸游答交代楊通判啟：「萍蹤無定，悵候問之未遑。」
例句 老張退休後熱愛旅遊，萍蹤不定，目前人在哪裡，我也不清楚。
近義 萍蹤浪跡 居無定所
反義 落地生根 安土重遷

萍蹤浪跡 指行蹤飄泊不定。
語源 明陳鐸秋碧樂府雙調夜

行船離亭宴煞：「參不透懵懂禪，猜不破風流迷，料不定萍蹤浪迹。」

例句 擔任經理後必須時常出差，他的生活變得萍蹤浪跡，雖然事業越來越有成就，卻也失去了與家人相處的時光。

近義 萍蹤不定　居無定所

反義 安家落戶　落地生根

萎靡不振 ㄨㄟˇ ㄇㄧˇ ㄅㄨˋ ㄓㄣˋ　參見「委靡不振」。

著手成春 ㄓㄨㄛˊ ㄕㄡˇ ㄔㄥˊ ㄔㄨㄣ　①比喻作詩生動精妙。②比喻醫術精良，扭轉病情。著，接觸。

語源 唐司空圖二十四詩品自然：「俯拾即是，不取諸鄰；俱道適往，著手成春。」

例句 ①詩仙李白天才橫溢，所作詩文著手成春，令人歎服。②他長年臥病在床，希望李醫生能著手成春，令他早日康復。

近義 妙手天成　妙手回春

反義 江郎才盡　庸醫殺人

著作等身 ㄓㄨˋ ㄗㄨㄛˋ ㄉㄥˇ ㄕㄣ　著作堆疊起來和身高相等。形容人著作極多。

語源 宋史賈黃中傳：「黃中幼聰悟，方五歲，玭每日令正立，展書卷比之，謂之『等身書』，課其誦讀。」清徐珂清稗類鈔隱逸類：「歸田後，閉戶著書，著作等身。」

例句 劉先生學識豐富，著作等身，向來是我們所景仰的前輩作家。

9

落湯雞 ㄌㄨㄛˋ ㄊㄤ ㄐㄧ　掉在熱水裡的雞。比喻落水或被水淋而全身溼漉的人。

語源 明馮夢龍醒世恆言卷三四：「只見婦女家人，渾身似水，都像落湯雞一般，四散奔走。」

例句 出門踏青，不料下了場大雷雨，每個人都淋成了落湯雞。

落人口實 ㄌㄨㄛˋ ㄖㄣˊ ㄎㄡˇ ㄕˊ　成為他人批評的依據。口實，批評的依據。實，真實。指有依據，非捏造。

語源 晉書載記第五石勒傳：「中山王深可三思周霍，勿為將來口實。」

例句 社區經費的收入與支出，每一筆都要記得清清楚楚，免得落人口實。

近義 落人笑柄

落人笑柄 ㄌㄨㄛˋ ㄖㄣˊ ㄒㄧㄠˋ ㄅㄧㄥˇ　成為他人取笑的題材、依據。笑柄，指藉以取笑的題材、依據。柄，把手；器物執手處。

語源 明凌濛初初刻拍案驚奇卷二二：「再沒有一個身子上，先前做了貴人，以後流為下賤，現世現報，做人笑柄的。」

例句 有些藝人打扮得俗氣，又在鎂光燈前搔首弄姿，只會落人笑柄。

近義 落人口實

落井下石 ㄌㄨㄛˋ ㄐㄧㄥˇ ㄒㄧㄚˋ ㄕˊ　參見「落阱下石」。

落月屋梁 ㄌㄨㄛˋ ㄩㄝˋ ㄨ ㄌㄧㄤˊ　月光照進屋裡，引發對朋友的思念。表示對朋友的懷念。

語源 唐杜甫夢李白（其一）：「落月滿屋梁，猶疑照顏色。」

例句 好友移民加拿大之後，年來落月屋梁之思，有增無減。

近義 春樹暮雲

落地生根 ㄌㄨㄛˋ ㄉㄧˋ ㄕㄥ ㄍㄣ　原為一種多年生草本植物的名稱，又稱燈籠花。葉片厚而富含水分，莖、葉落地即能生根長出新株。比喻人在某地定居之後即不再遷徙，就像種子掉

落在地上生根一樣。

例句 十年前來到這個小鎮，他便喜愛上它的淳樸，從此就在這裡落地生根，過著與世無爭的生活。

近義 安居樂業　安土重遷

反義 四海為家　浮萍浪蹤

落阱下石 ㄌㄨㄛˋ ㄐㄧㄥˇ ㄒㄧㄚˋ ㄕˊ 見人跌入陷阱，非但不救援，反而投下石頭。比喻乘人之危，加以打擊陷害。阱，掘地為坑以捕獸。另也作「落井下石」，井指汲水之井。

語源 唐韓愈柳子厚墓誌銘：「落陷阱，不一引手救，反擠之，又下石焉者，皆是也。」

例句 他已經落魄不堪，求助無門，請你別再落阱下石了。

近義 趁火打劫　乘人之危

反義 雪中送炭　急人之難

落花流水 ㄌㄨㄛˋ ㄏㄨㄚ ㄌㄧㄡˊ ㄕㄨㄟˇ ①形容暮春落花飄散的景象。②比喻被打得慘敗。

語源 唐李嘉祐聞逝者自驚：「黃卷清琴總為累，落花流水共添悲。」

例句 ①外雙溪每到暮春時節，處處落花流水，顯得更加風流韻致。②上屆拳王將現任的拳王打得落花流水，奪回了他的榮銜。

近義 潰不成軍　人仰馬翻

落荒而逃 ㄌㄨㄛˋ ㄏㄨㄤ ㄦˊ ㄊㄠˊ 原指吃了敗仗而慌張逃命，現也泛指在爭鬥中落敗後狼狽逃竄。落荒，離開大道，奔向荒郊野外。

語源 元無名氏龐涓夜走馬陵道第三折：「你自慢慢的從大路上行，我便落荒而走。」明方汝浩禪真逸史第十六回：「夏景勒轉馬頭，往北落荒而逃。」

例句 那兩個歹徒眼見路人一直圍過來，趕緊丟下婦人的皮包，落荒而逃。

近義 抱頭鼠竄　豕突狼奔

反義 追亡逐北　乘勝追擊

落落大方 ㄌㄨㄛˋ ㄌㄨㄛˋ ㄉㄚˋ ㄈㄤ 形容態度豁達自然，舉止不拘泥。落落，豁達；開朗。

語源 唐柳宗元故銀青光祿大夫……柳公行狀：「終身坦蕩而細故不入，其達生知足，落落如此。」清文康兒女英雄傳第二十九回：「更兼他天生得落落大方，不似那羞手羞腳的小家氣象。」

例句 她應對合宜，舉止落落大方，一望而知是名門閨秀。

近義 雍容大度　風度翩翩

落落寡合 ㄌㄨㄛˋ ㄌㄨㄛˋ ㄍㄨㄚˇ ㄏㄜˊ 原指見解高遠，不被一般人理解。後多用來形容人性情孤僻，很難與人合得來。落落，孤獨的樣子。寡，少。

語源 後漢書耿弇傳：「將軍前在南陽建此大策，常以為落落難合。」清石玉崑三俠五義第六十九回：「原來此人姓杜名雍，是個飽學儒流，一生性氣剛直，又是個落落寡合之人。」

例句 轉學之後，小祥更顯得落落寡合，常常獨自待在教室一角，不發一語。

近義 孤芳自賞　踽踽獨行

落花有意，流水無情 ㄌㄨㄛˋ ㄏㄨㄚ ㄧㄡˇ ㄧˋ ㄌㄧㄡˊ ㄕㄨㄟˇ ㄨˊ ㄑㄧㄥˊ 比喻男女之間一方有意，一方無情。多指女有意，男無情。

語源 明馮夢龍醒世恆言卷三：「誰知朱重是個老實人，又且蘭花齷齪醜陋，朱重也看不上眼。以此落花有意，流水無情。」

例句 她雖鍾情於他，奈何落花有意，流水無情，終難結成

連理。

葉公好龍（ㄕㄜˋ ㄍㄨㄥ ㄏㄠˋ ㄌㄨㄥˊ） 比喻表面上喜愛某事物，其實並不真正喜愛它。

語源 漢劉向新序雜事記載：古人葉公子高喜歡龍，家裡到處都是龍的畫像和雕刻的龍，可是等到有一天真的龍出現時，他卻嚇得逃跑了。

例句 小智高中時很喜歡室內設計，但當他如願考上建築系後，卻念不到一年就休學了，看來也只是葉公好龍。

近義 表裡不一　似是而非

葉落歸根（ㄧㄝˋ ㄌㄨㄛˋ ㄍㄨㄟ ㄍㄣ） 樹葉凋落時總是掉回樹根旁。比喻事物終結，歸於本源，或久居異地的人回歸故鄉。也作「落葉歸根」。

語源 六祖壇經咐囑品第十：「眾曰：『師從此去，早晚可回？』師曰：『葉落歸根，來時無口。』」明王世貞鳴鳳記第三十八齣：「今日遇赦回來，正是落葉歸根，豐城劍回。」

例句 在外奮鬥了那麼多年，他終於得以返鄉，一償葉落歸根的心願。

近義 狐死首丘　倦鳥知還

反義 離鄉背井　東飄西蕩

10

蒙在鼓裡（ㄇㄥˊ ㄗㄞˋ ㄍㄨˇ ㄌㄧˇ） 比喻被蒙蔽或消息不靈通，不知道事情真相。

語源 清吳趼人瞎騙奇聞第二回：「總是他命好，纔有這一個好先生給他算了出來，要不是周先生，我們還蒙在鼓裡呢。」

例句 這事早就鬧得滿城風雨了，她還被蒙在鼓裡，渾然不覺呢！

近義 一無所知　不得而知

反義 瞭如指掌　一清二楚

蒲柳之姿（ㄆㄨˊ ㄌㄧㄡˇ ㄓ ㄗ） 比喻虛弱早衰的體質。多用作自謙之詞。蒲柳，即水楊，秋來時比其他的樹早落葉。

語源 南朝宋劉義慶世說新語言語：「顧悅與簡文同年，而髮蚤白。簡文曰：『卿何以先白？』對曰：『蒲柳之姿，望秋而落；松柏之質，經霜彌茂。』」

例句 我這蒲柳之姿，難堪棟梁之任，此等經國之大事，還請另尋大材，方為國家社稷之福。

近義 望秋先零　未老先衰

反義 松柏長青　身強體健

蒸沙成飯（ㄓㄥ ㄕㄚ ㄔㄥˊ ㄈㄢˋ） 想把沙子蒸成米飯。比喻事情不可能成功。

語源 楞嚴經卷六：「若不斷婬，修禪定者，如蒸沙石，欲其成飯，經千百劫，祇名熱沙。」

例句 這個計畫雖好，但如果沒有雄厚的財力支持，將如蒸沙成飯，決不可能實現。

近義 磨磚作鏡　炊沙作飯

蒸蒸日上（ㄓㄥ ㄓㄥ ㄖˋ ㄕㄤˋ） 形容日日皆有進步發展。

語源 詩經魯頌泮水：「烝烝皇皇，不吳不揚。」清陳康祺世宗停止浙江鄉會試：「況今涵濡聖澤幾二百年，宜風氣蒸蒸日上也。」

例句 新方案實施以來，本公司業務果然蒸蒸日上。

近義 與日俱增　欣欣向榮

反義 江河日下　每況愈下

蒹葭之思（ㄐㄧㄢ ㄐㄧㄚ ㄓ ㄙ） 指愛慕、思念之情。蒹葭，蘆葦。

詩經秦風有一首著名的情詩，描寫對愛慕者的追求、思念，雋永深刻，詩名便叫作蒹葭。後用「蒹葭之思」表示愛慕、

艸

思念之情。

【語源】詩經秦風蒹葭：「蒹葭蒼蒼，白露為霜。所謂伊人，在水一方。」

【例句】他在信中表達濃濃的蒹葭之思，讓她感動萬分。

蒿目時艱 ㄏㄠ ㄇㄨˋ ㄕˊ ㄐㄧㄢ 眼望遠方而憂慮時局的艱危。蒿目，極目遠望。形容憂慮的樣子。

【語源】莊子駢拇：「今世之仁人，蒿目而憂世之患；不仁之人，決性命之情而饕貴富。」明張岱范景文傳：「景文蒿目時艱，中夜輒涕零。」

【例句】有鑒於政局混亂，民生凋敝，他們幾人蒿目時艱之虞，決定籌組政黨，投入改革。

【近義】傷時感事

【反義】和光同塵　與世沉浮

蓁莽荒穢 ㄓㄣ ㄇㄤˇ ㄏㄨㄤ ㄏㄨㄟˋ 形容草木叢生，雜亂不堪。蓁莽，雜聚叢生的草木。荒穢，蕪雜紛亂的樣子。

【語源】宋王禹偁黃州新建小竹樓記：「子城西北隅，雉堞圮毀，蓁莽荒穢。」

【例句】這間久無人住的大宅院，前庭後院蓁莽荒穢，教人難以想像它過去的光景。

【近義】荒煙蔓草　一片荒蕪

【反義】良田美池　屋舍儼然

蓄勢待發 ㄒㄩˋ ㄕˋ ㄉㄞˋ ㄈㄚ 聚積實力，待機而發。

【語源】晉書慕容德載記：「三齊英傑，蓄志以待，孰不思得明主以立尺寸之功！」

【例句】比賽即將開始，所有選手蓄勢待發，要向世人展現他們的實力。

【近義】待機而作　整裝待發

蓋世之才 ㄍㄞˋ ㄕˋ ㄓ ㄘㄞˊ 才智、能力超越當代的傑出人才。蓋，勝過；壓倒。

【語源】宋蘇軾留侯論：「子房以蓋世之才，不為伊尹、太公之謀，而特出荊軻、聶政之計。」

【例句】他雖無蓋世之才，但憑著過人的毅力和決心，也在科技業界闖出一片天。

【近義】蓋世英才　雄才大略

【反義】庸碌之輩　泛泛之輩

蓋棺論定 ㄍㄞˋ ㄍㄨㄢ ㄌㄨㄣˋ ㄉㄧㄥˋ 指人一生的是非功過，必須等到死後才能公平論定。也比喻事情最後已有結論。蓋棺，指人死後裝殮入棺。

【語源】唐杜甫君不見簡蘇徯：「丈夫蓋棺事始定。」明史劉大夏傳：「人生蓋棺論定，一日未死，即一日憂責未已。」

【例句】①他的歷史功過，在他死後十年，總算才蓋棺論定。②這件事情還不到蓋棺論定的時候，你不要太早下結論。

【反義】言之過早

11

蓬戶甕牖 ㄆㄥˊ ㄏㄨˋ ㄨㄥˋ ㄧㄡˇ 用蓬草編成的門，用破甕做成的窗。形容貧苦的人家。

【語源】禮記儒行：「儒有一畝之宮，環堵之室，篳門圭窬，蓬戶甕牖。」

【例句】沒有想到蓬戶甕牖之子，也能有這麼傑出的成就，真是不容易呀！

【近義】蓬門蓽戶　甕牖繩樞

【反義】朱門大戶　鐘鼎之家

蓬門蓽戶 ㄆㄥˊ ㄇㄣˊ ㄅㄧˋ ㄏㄨˋ 用蓬草和荊條編成的門和窗戶。形容窮人所住的簡陋房子，也指窮苦人家。蓽，荊條。也作「蓽門蓬戶」。

【語源】晉段灼上表陳五事：「二者苟然，則蓽門蓬戶之俊，安得不有陸沉者哉！」明方汝浩禪真後史第十四回：「且不提那蓬門蓽戶的孀居，君試看

這宧室富家……。」

例句 他喜愛蒔花種樹，所以住的雖是蓬門蓽戶，卻蘭桂飄香，滿室生春。

近義 茅茨土階 蓬戶甕牖

反義 朱門大戶 鐘鼎之家

蓬萊仙島 ㄆㄥˊ ㄌㄞˊ ㄒㄧㄢ ㄉㄠˇ 古代傳說中東方海上的仙山。

語源 史記封禪書：「自威、宣、燕昭使人入海求蓬萊、方丈、瀛洲，此三神山者。」唐李白古風：「但求蓬島藥，豈思農扈春?」

例句 這個山谷風景清幽，瓊花玉樹搖曳生姿，令人恍若置身蓬萊仙島。

近義 海外仙山 洞天福地

蓬蓽生輝 ㄆㄥˊ ㄅㄧˋ ㄕㄥ ㄏㄨㄟ 使簡陋的家增添光彩。常用以恭維貴客光臨或感謝他人題贈字畫。蓬蓽，用柴草做成的門戶。指簡陋的房子。

語源 明馮夢龍醒世恆言卷一五：「小尼僻居荒野，無德無能，謬承枉顧，蓬蓽生輝。」

例句 你的畫我掛在客廳裡，頓時蓬蓽生輝，來訪的客人無不稱讚。

蓬頭垢面 ㄆㄥˊ ㄊㄡˊ ㄍㄡˋ ㄇㄧㄢˋ 散亂的頭髮，骯髒的面容。形容儀容髒亂。

語源 漢書王莽傳：「世父大將軍鳳病，莽侍疾，親嘗藥，亂首垢面，不解衣帶連月。」魏書封軌傳：「君子整其衣冠，尊其瞻視，何必蓬頭垢面，然後為賢?」

例句 由於政府社會福利政策推行有成，街頭已經不常見到那些蓬頭垢面的遊民了。

近義 披頭散髮 不修邊幅

反義 衣冠楚楚 儀表堂堂

蔚為大觀 ㄨㄟˋ ㄨㄟˊ ㄉㄚˋ ㄍㄨㄢ 形成盛大壯觀的場面。蔚，盛多；繁盛。

語源 南朝梁劉勰文心雕龍詮賦：「爰賜名號，與詩畫境，六義附庸，蔚成大國。」宋李清臣尚書祠部員外郎……知制誥：「博習墳史，多識典故，代予言訓，蔚為可觀。」蔡東藩民國通俗演義第十回：「一座黃鶴樓，高樓雲表，蔚為大觀。」

例句 這一帶農民陸續改種菊花後，每到開花時節，一片花團錦簇，蔚為大觀。

近義 蔚為奇觀 雲蒸霞蔚

反義 不成氣候

蔚為奇觀 ㄨㄟˋ ㄨㄟˊ ㄑㄧˊ ㄍㄨㄢ 形成奇特的景觀。蔚，盛多；繁盛。

語源 清王韜淞隱漫錄李珊臣：「四圍皆山，環青峙碧，蒼翠萬狀，煙雲變態，蔚為奇觀。」

例句 野柳地質公園綿延兩三公里的海蝕和奇岩地景蔚為奇觀，每年都吸引無數民眾前往一遊。

近義 蔚為大觀

蔚然成風 ㄨㄟˋ ㄖㄢˊ ㄔㄥˊ ㄈㄥ 指很多人都在做某種有意義的事而逐漸形成一種風氣。蔚然，茂盛的樣子。

例句 由於民間與宗教團體的大力推廣，兒童讀經近年已蔚然成風，也使社會增添不少祥和氣氛。

反義 銷聲匿跡

12

蕙質蘭心 ㄏㄨㄟˋ ㄓˋ ㄌㄢˊ ㄒㄧㄣ 比喻女子秉性淳美嫻雅。蕙、蘭，香草名。

語源 唐王勃七夕賦：「金聲玉振，蕙心蘭質。」宋柳永離別難：「有天然蕙質蘭心、美韶容，何啻值千金?」

例句 她是個蕙質蘭心的女

艸

子，因而成為許多男士心儀的對象。

近義 冰清玉潔　精金美玉

反義 水性楊花

蕞爾之地 ㄗㄨㄟˇ ㄦˇ ㄓ ㄉㄧˋ 很小的地方。蕞爾，很小的樣子。蕞

語源 左傳昭公七年：「蕞爾國，而三世執其政柄。」明許進平番始末第一卷：「吾非貪功生事，特以吐番蕞爾之地，敢肆侵侮如此，堂堂天朝，不能發一鏃於關外，何以威示四夷？」

例句 釣魚臺列嶼雖然是蕞爾之地，卻牽動中、日、臺三方敏感的外交神經。

近義 彈丸之地　尺寸之地

反義 地大物博　廣土眾民

蕩氣迴腸 ㄉㄤˋ ㄑㄧˋ ㄏㄨㄟˊ ㄔㄤˊ 形容樂曲、詩文纏綿悱惻，感人至深。也作「迴腸蕩氣」、「蕩氣回腸」。

語源 戰國楚宋玉高唐賦：「感心動耳，迴腸傷氣。」三國魏曹丕大牆上蒿行：「女娥長歌，聲協宮商，感心動耳，蕩氣回腸。」清徐珂清稗類鈔文學類：「不自覺其動魄驚心，迴腸蕩氣也。」

例句 世界三大男高音的歌聲令人蕩氣迴腸，現場的聽眾都聽得如醉如痴。

近義 感人肺腑　動人心弦

反義 無動於中　索然無味

蕩然無存 ㄉㄤˋ ㄖㄢˊ ㄨˊ ㄘㄨㄣˊ 一點也沒有留存下來。

語源 明蘇伯衡國學公試策題：「自秦人廢古，而先王維持天下之大經大法，蕩然無復存焉者矣。」

例句 那棟瀕海的三級古蹟，在上次強烈颱風的侵襲之下，已蕩然無存了。

近義 一掃而空　風捲殘雲

反義 安然無恙　原封不動

蕭規曹隨 ㄒㄧㄠ ㄍㄨㄟ ㄘㄠˊ ㄙㄨㄟˊ 比喻後繼者按照前人的成規辦事，不加更改。蕭，指蕭何。曹，指曹參。漢高祖時，蕭何為相，創制律法制度，死後曹參繼任，一切都依他所創定的施行，無所變更。

語源 史記曹相國世家：「蕭何為法，顜若畫一；曹參代之，守而勿失。」漢揚雄法言淵騫：「蕭也規，曹也隨。」

例句 公司制度已很完備，你到任後只要蕭規曹隨就可，不必有太多更動。

近義 率由舊章　一仍舊貫

反義 革故鼎新　改弦更張

蕭牆之禍 ㄒㄧㄠ ㄑㄧㄤˊ ㄓ ㄏㄨㄛˋ 本指一國的內亂，後也用來比喻發生於內部的禍患。蕭牆，宮室內的門屏。蕭，也作「肅」。古時大臣往見國君，過此門屏而更加肅靜。後以「蕭牆」借指宮廷內部或至近之地。也作「蕭牆之患」。

語源 論語季氏：「吾恐季孫之憂，不在顓臾，而在蕭牆之內也。」韓非子用人：「不謹蕭牆之患，而固金城於遠境……禍莫大於此。」

例句 那家公司的倒閉起因於蕭牆之禍，而不在員工營運不善。

近義 禍起蕭牆　變生肘腋

13

薄利多銷 ㄅㄛˊ ㄌㄧˋ ㄉㄨㄛ ㄒㄧㄠ 指低價販賣，單品雖只賺取微薄的利潤，但能增加銷量，累積獲利。

例句 這家自助餐便當一律五十元，薄利多銷的經營方式，果然引來滿滿的人潮。

薄情寡義 ㄅㄛˊ ㄑㄧㄥˊ ㄍㄨㄚˇ ㄧˋ 不念情義；毫無情義。薄、寡，都有缺少、缺乏之意。

語源 清評花主人九尾狐第三十回：「雖回想前事，深怪他棄舊戀新，薄情寡義。」

例句 薄情寡義的小謝另結新歡，阿美卻還對他念念不忘，實在叫人費解。

近義 鐵石心腸 漠不關心

反義 掏心掏肺 古道熱腸

薈萃一堂 ㄏㄨㄟˋ ㄘㄨㄟˋ ㄧ ㄊㄤˊ 各地菁英聚集在一處。形容難得的盛會。薈萃，草木叢生茂盛。引申指匯集、聚集。

例句 各國學者薈萃一堂，熱烈參與這場學術研討會，四天下來，成果豐碩。

近義 人文薈萃 風雲際會

薑是老的辣 ㄐㄧㄤ ㄕˋ ㄌㄠˇ ˙ㄉㄜ ㄌㄚˋ 比喻年長或經驗豐富者能掌握要領，解決問題。

語源 清隨緣下士林蘭香第四十一回：「薑是老的辣，這法子非你不可。」

例句 薑是老的辣，張董一出手，很快就把這事擺平，沒人不服氣。

近義 見多識廣 足智多謀

反義 乳臭未乾 初出茅廬

薪火相傳 ㄒㄧㄣ ㄏㄨㄛˇ ㄒㄧㄤ ㄔㄨㄢˊ 木柴有燒盡的時候，但火苗卻能延續不絕。比喻師徒相傳而不絕。也比喻某種精神延續不斷。

語源 莊子養生主：「指窮於為薪，火傳也，不知其盡也。」

例句 孔子雖遠在春秋時代，但儒家學說薪火相傳，至今仍延續不墜。

近義 衣缽相傳 代代相傳

反義 後繼無人 青黃不接

14

薰蕕同器 ㄒㄩㄣ ㄧㄡˊ ㄊㄨㄥˊ ㄑㄧˋ 香草和臭草放在同一個器皿中。比喻君子小人雜處。薰，香草，比喻君子。蕕，臭草，比喻小人。

語源 孔子家語致思：「回聞薰蕕不同器而藏，堯桀不共國而治，以其異類也。」宋王柏上王右司書：「願執事審時度勢，熟慮精思，薰蕕同器決無久馨之理。」

例句 長期與一群鉤心鬥角的小人共事，猶如薰蕕同器，你還是及早換個工作吧。

近義 龍蛇混雜 牛驥同皁

藏之名山 ㄘㄤˊ ㄓ ㄇㄧㄥˊ ㄕㄢ 收藏在國家書庫。指著作受到良好保存，能流傳後世。名山，古代藏書府庫設在山中，故稱。也作「藏諸名山」。

語源 史記太史公自序：「藏之名山，副在京師，俟後世聖人君子。」

例句 時下書籍日增千百種，但真正能藏之名山的卻寥寥無幾。

近義 名山事業

藏汙納垢 ㄘㄤˊ ㄨ ㄋㄚˋ ㄍㄡˋ 包藏容納骯髒汙穢的東西。本指在上位者有包容他人的雅量，後多用來比喻包藏容忍壞人壞事，或形容聚集骯髒汙穢。也作「含垢納汙」、「藏垢納汙」。

語源 左傳宣公十五年：「諺曰：『高下在心，川澤納汙……國君含垢，天之道也。』」清江日昇臺灣外紀第四卷：「吳越乃報仇雪恥之國，非藏垢納汙之區也。」

例句 ①這種龍蛇雜處、藏汙納垢的組織，你還是早點離開的好。②廚房看不到的角落最容易藏汙納垢，要注意定時清掃。

近義 含垢忍辱 姑息養奸

反義 發奸擿伏 疾惡如仇

藏頭露尾 ㄘㄤˊ ㄊㄡˊ ㄌㄨˋ ㄨㄟˇ 比喻行動遮遮掩掩，不想讓人撞

見；或說話閃躲，沒有吐露全部實情。

語源　元張可久點絳唇翻歸去來辭：「早休官棄職，遠紅塵是非，省藏頭露尾。」明凌濛初二刻拍案驚奇卷三：「我見師父藏頭露尾不肯直說出來，所以也做啞裝呆，取笑一回。」

例句　我知道你手頭很緊，房租交不出來就直說吧，不要藏頭露尾的。

近義　遮遮掩掩　拐彎抹角

反義　光明正大　開門見山

藏龍臥虎（ㄘㄤˊ ㄌㄨㄥˊ ㄨㄛˋ ㄏㄨˇ）　參見「臥虎藏龍」。

藐不可測（ㄇㄧㄠˇ ㄅㄨˋ ㄎㄜˇ ㄘㄜˋ）　渺遠而無法掌握。也作「渺不可測」。藐、渺，都有遙遠、渺茫而無法掌握之意。

語源　戰國楚屈原九章悲回風：「藐蔓蔓之不可量兮。」

例句　面對藐不可測的浩瀚宇宙，人類雖不斷地加以探索，但至今所知仍然非常有限。

近義　深不可測

15

藕斷絲連（ㄡˇ ㄉㄨㄢˋ ㄙ ㄌㄧㄢˊ）　蓮藕折斷，藕絲仍然相連。比喻表面上斷了關係，實際上仍有牽連。多指男女間情意的似斷非斷。

語源　唐孟郊去婦：「妾心藕中絲，雖斷猶牽連。」元凌雲翰木蘭花慢：「奈花老房空，菂存心苦，藕斷絲連。」

例句　她和前任男友至今仍藕斷絲連，使得現任男友十分生氣。

近義　意惹情牽

反義　一刀兩斷　恩斷義絕

藝高膽大（ㄧˋ ㄍㄠ ㄉㄢˇ ㄉㄚˋ）　技術高超的人，膽量也大。也作「藝高人膽大」。

語源　明戚繼光紀效新書束伍篇：「諺曰：『藝高人膽大。』是藝高止可添壯有膽之人，非懦弱膽小之人苟熟一技而即膽大也。」

例句　傑克藝高膽大，聲稱要倒著表演高空走鋼索，吸引大批民眾圍觀。

近義　膽識過人

藥石罔效（ㄧㄠˋ ㄕˊ ㄨㄤˇ ㄒㄧㄠˋ）　形容病情嚴重，無法醫治。藥石，治病的藥劑與砭石。罔效，無效。

例句　他發現自己罹患肺癌時已是末期，藥石罔效，不久就過世了。

近義　病入膏肓　不可救藥

16

蘇海韓潮（ㄙㄨ ㄏㄞˇ ㄏㄢˊ ㄔㄠˊ）　參見「韓潮蘇海」。

17

蘭艾同焚（ㄌㄢˊ ㄞˋ ㄊㄨㄥˊ ㄈㄣˊ）　蘭草和艾草同遭焚毀。比喻好壞同歸於盡。蘭，香草。借指好的。艾，一種多年生草本植物，可藥用，味苦。古人視為惡草。

語源　晉書孔坦傳：「蘭艾同焚，賢愚所歎。」

例句　對這種地痞流氓，你大可不必和他一般見識，否則蘭艾同焚，可是得不償失啊！

近義　玉石俱焚　同歸於盡

蘭摧玉折（ㄌㄢˊ ㄘㄨㄟ ㄩˋ ㄓㄜˊ）　香草、美玉遭受摧折。比喻賢才早死。多用於哀悼、弔唁。蘭、玉，比喻賢人君子。

語源　晉裴啟語林：「毛伯成負其才氣，常稱寧為蘭摧玉折，不作蒲芬艾榮。」

例句　他致力研究初有所成，卻因積勞成疾，竟而蘭摧玉折，學界同感哀慟！

近義　英年早逝　香消玉殞

反義　壽終正寢　無疾而終

蘭薰桂馥（ㄌㄢˊ ㄒㄩㄣ ㄍㄨㄟˋ ㄈㄨˋ）　蘭花桂樹散發持久而濃郁的香氣。比喻德澤長留人間或稱讚

他人子孫優秀繁昌。薰、馥，香氣。

語源 唐駱賓王上齊州張司馬啟：「常山王之玉潤金聲，博望侯之蘭薰桂馥。」

例句 張教授著書立說，傳承文化命脈，蘭薰桂馥，將來必能流芳百世，澤及後代子孫。

近義 流芳百世　枝繁葉茂

反義 遺臭萬年

虍部

2

虎口拔牙 ㄏㄨˇ ㄎㄡˇ ㄅㄚˊ ㄧㄚˊ　在老虎嘴裡拔牙齒。比喻做十分危險的事。

語源 元弘濟一山國師語錄卷一：「蒼龍頭上拶折角，猛虎口中拔得牙。」

例句 你單槍匹馬要去找黑道大哥理論，簡直是虎口拔牙！

近義 暴虎馮河　行險僥倖

虎口餘生 ㄏㄨˇ ㄎㄡˇ ㄩˊ ㄕㄥ　比喻經歷大難，僥倖保全生命。虎口，比喻危險的境地。

語源 莊子盜跖：「疾走料虎頭，編虎須，幾不免虎口哉！」唐劉長卿按覆後歸睦州贈苗侍郎：「羊腸留覆轍，虎口脫餘生。」

例句 這次地震，我們的房屋雖然倒塌了，但家人都能虎口餘生，逃過一劫，也算是不幸中的大幸。

近義 大難不死　死裡逃生

反義 必死無疑　在劫難逃

虎皮羊質 ㄏㄨˇ ㄆㄧˊ ㄧㄤˊ ㄓˋ　參見「羊質虎皮」。

虎尾春冰 ㄏㄨˇ ㄨㄟˇ ㄔㄨㄣ ㄅㄧㄥ　踩在老虎尾巴上，走在春天將融的薄冰上。比喻處境十分危險。

語源 尚書君牙：「心之憂危，若蹈虎尾，涉於春冰。」宋朱熹擇之所和生字韻……兼呈伯崇：「煩君屬和增危惕，虎尾春冰寄此生。」

例句 深夜走在治安惡劣的街道上，猶如虎尾春冰，不免讓人提心吊膽。

近義 魚游釜中　燕巢飛幕

反義 化險為夷　履險如夷

虎虎生風 ㄏㄨˇ ㄏㄨˇ ㄕㄥ ㄈㄥ　像虎嘯風生一般。形容雄壯威武，氣勢不凡。

語源 易經乾卦：「雲從龍，風從虎。」

例句 小強從小就喜歡武術，練就一身好功夫，打起拳來虎虎生風。

近義 生龍活虎　龍騰虎躍

反義 無精打采　死氣沉沉

虎背熊腰 ㄏㄨˇ ㄅㄟˋ ㄒㄩㄥˊ ㄧㄠ　像老虎的背、熊的腰那樣強壯結實。形容人的體格魁梧健壯。

語源 元無名氏摩利支飛刀對箭第二折：「這廝到是一條好漢……狗背驢腰的。哦，是虎背熊腰。」

例句 英英的男友長得虎背熊腰，嬌小的她倚在他身邊，一副小鳥依人的模樣。

近義 燕頷虎頸　身強體壯

反義 骨瘦如柴　弱不禁風

虎視眈眈 ㄏㄨˇ ㄕˋ ㄉㄢ ㄉㄢ　老虎注視獵物，伺機要撲噬的樣子。形容貪婪地注視著想要攫取的對象或物品。眈眈，注視的樣子。

語源 易經頤卦：「虎視眈眈，其欲逐逐。」紅樓夢第四十五回：「你看這裡這些人，因見老太太多疼了寶玉和鳳姐姐兩個，他們尚虎視眈眈，背地裡言三語四的，何況於我？」

例句 張伯伯中風後，親戚們對他龐大的家產都虎視眈眈，對他的病情卻是漠不關心。

近義 虎視鷹瞵

虎視鷹瞵 ㄏㄨˇ ㄕˋ ㄧㄥ ㄌㄧㄣˊ 像老虎、老鷹一樣貪狠地注視著獵物。比喻強者想將弱者攫為己有的貪狠之狀。瞵，注視。

語源 晉左思三都賦：「鷹瞵鶚視。」清洪楝園後南柯伐檀：「虎視鷹瞵萃列強，竟稱兵要犯封疆。」

例句 鑒於列強環伺，虎視鷹瞵，孫中山先生乃登高一呼，創立興中會，號召有志之士起來拯救中華。

近義 虎視眈眈 垂涎三尺

虎嘯風生 ㄏㄨˇ ㄒㄧㄠˋ ㄈㄥ ㄕㄥ 老虎吼叫，大風就跟著產生。比喻豪傑之士乘時而起。

語源 北史張定和傳：「虎嘯風生，龍騰雲起，英賢奮發，亦各因時。」

例句 滿清末年政治腐敗，於是英雄並起，虎嘯風生，民國乃得以創建。

近義 風雲際會 時勢造英雄

虎頭蛇尾 ㄏㄨˇ ㄊㄡˊ ㄕㄜˊ ㄨㄟˇ 頭大如虎，尾細如蛇。比喻做事有始無終。也指文章收尾草率。

語源 水滸傳第一○三回：「官府挨捕的事，已是虎頭蛇尾，前緊後慢。」

例句 你做事總是虎頭蛇尾，怎麼會有成就呢？

近義 有始無終 半途而廢

反義 有始有終 貫徹始終

虎父無犬子 ㄏㄨˇ ㄈㄨˋ ㄨˊ ㄑㄩㄢˇ ㄗˇ 比喻有才智、有成就的人，子女也必然像他一樣能幹、有成就。

語源 三國演義第八十三回：「先主視之，嘆曰：『虎父無犬子也！』」

例句 王伯伯是國內最有名的外科醫師，他的公子也以全國榜首的高分進入臺大醫學系，真是虎父無犬子啊！

近義 有其父必有其子 將門虎子

虎毒不食子 ㄏㄨˇ ㄉㄨˊ ㄅㄨˋ ㄕˊ ㄗˇ 老虎雖凶猛，尚且不吃親生的幼虎。比喻再狠毒的人，也不會傷害自己的親生子女。

語源 明楊珽龍膏記藏春：「你爹爹既往洛陽，一時未歸，待異日我自慢慢勸他，虎毒尚不食兒，孩兒切莫短見。」

例句 俗話說「虎毒不食子」，小強的父親怎麼這樣喪心病狂，把他打成重傷呢？

虎落平原被犬欺 ㄏㄨˇ ㄌㄨㄛˋ ㄆㄧㄥˊ ㄩㄢˊ ㄅㄟˋ ㄑㄩㄢˇ ㄑㄧ 老虎離開山林，落入平原之後，連狗都要欺侮牠。比喻人一旦失勢，就容易被人欺侮。平原，也作「平陽」。

語源 西遊記第二十八回：「龍游淺水遭蝦戲，虎落平原被犬欺。」

例句 自從股市崩盤後，他的身價一落千丈，上館子時侍者也一副不理不睬的樣子，不禁慨嘆「虎落平原被犬欺」！

近義 龍困淺灘遭蝦戲 牆倒眾人推

5

彪形大漢 ㄅㄧㄠ ㄒㄧㄥˊ ㄉㄚˋ ㄏㄢˋ 形容身材魁梧高大的男子。彪，老虎身上的花紋。代指老虎。

語源 明凌濛初初刻拍案驚奇卷三一：「只見紙人都變做彪形大漢，各執槍刀，就裡面殺出來。」

例句 海軍陸戰隊的訓練嚴格，每個官兵都是皮膚黝黑、肌肉結實的彪形大漢。

近義 虎背熊腰 身材魁梧

反義 骨瘦如柴 弱不禁風

處之泰然 ㄔㄨˇ ㄓ ㄊㄞˋ ㄖㄢˊ 形容面對逆境或緊急情況時態度

從容，神色自若。也作「泰然處之」。

【語源】論語雍也：「賢哉回也。」宋朱熹集注：「顏子之貧如此，而處之泰然，不以害其樂。故夫子再言賢哉回也，以深歎美之。」

【例句】他做事一向冷靜沉著，無論遇到多棘手的問題，都能處之泰然，毫不慌張。

【近義】泰然自若　氣定神閒

【反義】心驚膽戰　驚慌失措

處心積慮 ㄔㄨˇ ㄒㄧㄣ ㄐㄧ ㄌㄩˋ　放在心裡，積存謀慮。指積極地想各種辦法。處，居；存在。

【語源】穀梁傳隱公元年：「何甚乎鄭伯？甚鄭伯之處心積慮成於殺也。」

【辨析】本則成語多用於形容做壞事，有貶義。好事、良謀則多用「深思熟慮」。

【例句】他處心積慮想陷害對方，卻往往陰錯陽差而無法得逞。

【近義】用盡心機　挖空心思

【反義】無所用心

處變不驚 ㄔㄨˇ ㄅㄧㄢˋ ㄅㄨˋ ㄐㄧㄥ　處於詭譎多變的情勢中，卻不驚慌失措。

【例句】他見多識廣，遇事往往能處變不驚，冷靜做出正確的判斷。

【近義】處之泰然　從容不迫

【反義】驚慌失措　不知所措

6

虛左以待 ㄒㄩ ㄗㄨㄛˇ ㄧˇ ㄉㄞˋ　參見「虛位以待」。

虛有其表 ㄒㄩ ㄧㄡˇ ㄑㄧˊ ㄅㄧㄠˇ　空有美好的外表而沒有充實的內涵。

【語源】唐鄭處晦明皇雜錄下記載：唐玄宗很器重蘇頲，想用他為相，就召蕭嵩來擬詔書。寫好後，因為裡面有一句「國之瑰寶」的「瑰」字犯了蘇頲父親的名諱，玄宗要蕭嵩把「瑰」字改掉，蕭嵩因為慚愧緊張而汗流滿身，久久不能下筆。玄宗以為耗時許久，一定改得非常周密，便靠近去看，不料只改成「國之珍寶」而已。等蕭嵩告退後，玄宗把草詔扔在地上說：「不過是虛有其表而已！」原來蕭嵩身材高大，相貌威武，所以玄宗這麼說他。

【例句】別看他相貌堂堂，儼然出將入相之才，其實膽小如鼠，沒有主見，只是虛有其表罷了。

【近義】名不副實　華而不實

【反義】表裡如一　名副其實

虛位以待 ㄒㄩ ㄨㄟˋ ㄧˇ ㄉㄞˋ　空著位子等候。表示等待賢者到來。也作「虛左以待」。古以左為尊。虛左，指留著尊位。

【語源】宋歐陽脩乞定兩制員數箚子：「遇有員闕，則精擇賢材以充其選；苟無其人，尚可虛位以待。」明馮夢龍東周列國志第九十四回：「諸貴客見公子親往迎客，虛左以待，正不知甚處有名的……」

【例句】王先生是企業界的經營長才，公司早就虛位以待，期待他能為公司帶來一番新氣象。

虛晃一招 ㄒㄩ ㄏㄨㄤˇ ㄧ ㄓㄠ　打鬥時假裝進攻、欺騙敵人。也泛指以假行動來矇騙、混淆別人的視聽。

【例句】她假裝好意來探望你，虛晃一招以博取輿論同情，才不是真正的關心你呢！

【近義】掩人耳目　虛情假意

虛張聲勢 ㄒㄩ ㄓㄤ ㄕㄥ ㄕˋ　故意誇張聲勢嚇唬人。張，誇張；擴大。

語源 三國志魏書曹休傳：「今乃先張聲勢，此其不能也。」唐韓愈論淮西事宜狀：「然皆闇弱，自保無暇，虛張聲勢，則必有之。」

例句 許多動物遇到危險時，都會虛張聲勢，恫嚇敵人。

反義 不動聲色

虛情假意 ㄒㄩ ㄑㄧㄥˊ ㄐㄧㄚˇ ㄧˋ

形容感情或心意虛假不實，毫無誠意。

語源 元石君寶李亞仙花酒曲江池第三折：「只為你虛心假意會勞承，賺的他囊橐如冰。」金瓶梅詞話第七十六回：「我也見出你那心來了，一味在我面上虛情假意。」

例句 嬸嬸一味虛情假意地討好奶奶，說穿了還不是因為龐大的家產。

近義 惺惺作態　心口不一

反義 誠心誠意　開誠布公

虛無縹緲 ㄒㄩ ㄨˊ ㄆㄧㄠ ㄇㄧㄠˇ

形容虛幻渺茫，不可捉摸。虛無，虛幻不實。縹緲，隱隱約約、若有若無的樣子。也作「虛無飄渺」。

語源 唐白居易長恨歌：「忽聞海上有仙山，山在虛無縹緲間。」

例句 歷史上不知多少人曾經訪求蓬萊仙島，希望長生不老，但仙山總在虛無縹緲間，何曾有人到過？

近義 海市蜃樓　空中樓閣

反義 真實不虛

虛與委蛇 ㄒㄩ ㄩˇ ㄨㄟ ㄧˊ

原指虛空自己，能隨著萬物而調整變化。後指假意應付。委蛇，婉轉綿長的樣子，亦即不斷變化。這裡指敷衍應付。也作「逶迆」。

語源 莊子應帝王：「吾與之虛而委蛇。」

辨析 委蛇，音ㄨㄟ ㄧˊ，不讀ㄨㄟˇ ㄕㄜˊ。

例句 對付兇殘成性的歹徒，你最好先虛與委蛇，再伺機逃脫。

反義 開誠相見　赤誠相見

虛應故事 ㄒㄩ ㄧㄥˋ ㄍㄨˋ ㄕˋ

按照往例敷衍一番。形容消極、被動或沒有誠意。故事，往例；成例。

語源 宋蘇軾御試制科策：「所為親策賢良之士者，以應故事而已。」明余繼登典故紀聞卷一四：「或有施行，亦虛應故事。」

例句 看那副吊兒郎當的樣子，就知道他根本只是在虛應故事罷了。

近義 敷衍了事　流於形式

虛聲恫嚇 ㄒㄩ ㄕㄥ ㄉㄨㄥˋ ㄏㄜˋ

以虛張聲勢、誇大其詞恐嚇對方。恫嚇，恐嚇。

語源 明吳世濟復豪州葉發明書：「賊不過虛張其數以虛聲恐嚇我耳。」

例句 他對你只是虛聲恫嚇，事實上心中早已亂了方寸，不足為懼。

近義 虛張聲勢　裝腔作勢

反義 好言好語　款語溫言

虛懷若谷 ㄒㄩ ㄏㄨㄞˊ ㄖㄨㄛˋ ㄍㄨˇ

心胸像山谷般空曠。形容虛心謙卑，氣度恢弘。

語源 老子十五章：「曠兮其若谷。」元安熙故承事郎同知綿州事安公墓誌：「其遇事接物，虛懷以應，坦然無疑心。」清陳確復吳裒仲書：「讀教益，知虛懷若谷，求益無方，彌深感嘆。」

例句 他雖博學多能卻虛懷若谷，能接納別人的意見，實在難得。

近義 深藏若虛　大智若愚

反義 驕傲自滿　拒諫飾非

虛驚一場（ㄒㄩ ㄐㄧㄥ ㄧˊ ㄔㄤˇ） 危險狀況並未發生或不存在，只是平白受到驚嚇。

例句 飛機被放炸彈的消息經證實是有人惡作劇，害航空公司與乘客虛驚一場。

近義 心有餘悸　提心吊膽

反義 氣定神閒　臨危不亂

虫部

4

蚍蜉撼樹（ㄆㄧˊ ㄈㄨˊ ㄏㄢˋ ㄕㄨˋ） 蚍蜉想要搖動大樹。比喻不自量力。蚍蜉，大螞蟻。

語源 唐韓愈調張籍：「李杜文章在，光燄萬丈長。不知群兒愚，那用故謗傷。蚍蜉撼大樹，可笑不自量。」

例句 這支雜牌軍想要打敗國家代表隊，簡直是蚍蜉撼樹，不自量力。

近義 螳臂當車　不自量力

反義 量力而為　自知之明

5

蛇蠍心腸（ㄕㄜˊ ㄒㄧㄝ ㄒㄧㄣ ㄔㄤˊ） 形容人的心腸十分狠毒。

語源 元佚名金水橋陳琳抱妝盒第二折：「小儲君好驚駭，劉皇后肯耽待，便是蛇蝎心腸，不似般恁毒害。」

例句 沒想到看似忠厚的小張，竟懷有如此的蛇蠍心腸，讓所有同事都不敢置信。

近義 豺狼獸心　狼心狗肺

反義 菩薩心腸　宅心仁厚

6

蛛絲馬跡（ㄓㄨ ㄙ ㄇㄚˇ ㄐㄧ） 如蜘蛛的引絲，馬蹄的留跡。原形容地脈地理。後用來比喻隱約可尋的線索或跡象。

語源 唐楊筠松龍經統說破軍星七：「引到平處如蛛絲，欲斷不斷馬迹過，東西有顯梭中絲。」清王家賁別雅序：「泛濫浩博，幾疑天下無字不可通用；而實則蛛絲馬跡，原原本本，具在古書。」

例句 犯罪現場沒有留下任何蛛絲馬跡，看來此案很難偵破。

反義 無跡可求

蛟龍得水（ㄐㄧㄠ ㄌㄨㄥˊ ㄉㄜˊ ㄕㄨㄟˇ） 指才能之士得到施展抱負的機會。

語源 管子形勢：「蛟龍得水而神可立也。」

例句 以老張的才幹，升任業務經理可說是蛟龍得水，將來必能一展抱負。

近義 如魚得水　一展長才

反義 懷才不遇　龍困淺灘

7

蜀犬吠日（ㄕㄨˇ ㄑㄩㄢˇ ㄈㄟˋ ㄖˋ） 四川地區的狗對著太陽吠叫。比喻少見多怪。蜀，今四川地區。

語源 唐韓愈與韋中立論師道書：「蜀中山高霧重，見日時少；每至日出，則群犬疑而吠之也。」

例句 他一進攝影棚，見到進進出出的明星就大呼小叫，有如蜀犬吠日。

近義 少見多怪

反義 不足為奇　司空見慣

蜂湧而出（ㄈㄥ ㄩㄥˇ ㄦˊ ㄔㄨ） 參見「蜂擁而出」。

蜂擁而出（ㄈㄥ ㄩㄥ ㄦˊ ㄔㄨ） 像蜂群似地大量奔出。蜂擁，比喻多而擁擠。也作「蜂湧而出」。

語源 明羅懋登三寶太監西洋記第三十五回：「一員番將領著一支番兵，蜂擁而出。」明羅貫中隋唐兩朝志傳第三十四回：「只見倉內耗鼠蜂湧而出。」

例句 消防警鈴一響，餐廳裡的人立刻蜂擁而出，險些因推擠而發生意外。

近義 一擁而出　爭先恐後

蜂擁而至 ㄈㄥ ㄩㄥˇ ㄦˊ ㄓˋ 像蜂群似地湧進來。

語源 清李汝珍鏡花緣第二十六回：「個個頭戴浩然巾，手執器械，蜂擁而至。」

例句 午餐鐘聲一響，福利社立刻被蜂擁而至的學生擠滿。

近義 爭先恐後 洶湧而來

反義 一哄而散 作鳥獸散

8

蜚短流長 ㄈㄟ ㄉㄨㄢˇ ㄌㄧㄡˊ ㄔㄤˊ 參見「飛短流長」。

蜚聲中外 ㄈㄟ ㄕㄥ ㄓㄨㄥ ㄨㄞˋ 揚名於國內與國外。蜚聲，揚名。蜚，同「飛」。

語源 漢書司馬相如傳：「蜚英聲，騰茂實。」

例句 雲門舞集幾十年來創作不斷，一齣又一齣精采的現代舞碼，蜚聲中外。

近義 遠近馳名 名聞遐邇

反義 沒沒無聞 不見經傳

蜻蜓點水 ㄑㄧㄥ ㄊㄧㄥˊ ㄉㄧㄢˇ ㄕㄨㄟˇ 蜻蜓飛行水面，尾部觸水即起。比喻對某些事物只稍微接觸。今多指做事或治學膚淺不深入。

語源 唐杜甫曲江：「點水蜻蜓款款飛。」

例句 他自稱多才多藝，但都是蜻蜓點水，廣而不精，只能算是半調子。

近義 淺嘗輒止 走馬看花

反義 即物窮理 探本溯源

9

蝦兵蟹將 ㄒㄧㄚ ㄅㄧㄥ ㄒㄧㄝˋ ㄐㄧㄤˋ 神話傳說中指龍王手下的兵將。後多用來比喻供惡勢力驅使的人或未經訓練的烏合之眾。

語源 西遊記第三回：「東海龍王敖廣即忙起身，與龍子龍孫、蝦兵蟹將出宮迎道：『上仙請進，請進。』」

例句 他經常帶著一群蝦兵蟹將魚肉鄉民，為非作歹，大家是敢怒不敢言。

近義 牛鬼蛇神 烏合之眾

10

融會貫通 ㄖㄨㄥˊ ㄏㄨㄟˋ ㄍㄨㄢˋ ㄊㄨㄥ 參合各種知識或事理，得到全面透徹的理解。

語源 宋朱熹答姜叔權：「舉一而三反，聞一而知十，乃學者用功之深，窮理之熟，然后能融會貫通，以至於此。」

例句 為學貴在能融會貫通，不要只做支離破碎的記誦。

近義 觸類旁通 心領神會

反義 囫圇吞棗 生吞活剝

螢窗雪案 ㄧㄥˊ ㄔㄨㄤ ㄒㄩㄝˇ ㄢˋ 形容刻苦讀書，勤奮學習。螢窗，借指書齋。晉車胤家貧，以囊集螢苦學，後世因而稱苦讀之書齋為螢窗。雪案，苦讀之書案。晉孫康好讀書，家貧無油點燈，冬夜藉雪反映月光而讀。

語源 昭明文選任昉為蕭揚州薦士表唐李善注引南朝宋檀道鸞續晉陽秋：「車胤字武子，好學不倦。家貧，不常得油，夏日用練囊，盛數十螢火，以夜繼日焉。」孫氏世錄：「孫康家貧，常映雪讀書。」元王實甫西廂記第一本第一折：「暗想小生螢窗雪案，刮垢磨光，學成滿腹文章。」

例句 拜現代科技文明之賜，今日學子的讀書環境已大幅改善，但古人螢窗雪案的精神仍值得我們好好學習。

近義 囊螢映雪 鑿壁借光

反義 玩歲愒時 不學無術

11

螳臂當車 ㄊㄤˊ ㄅㄧˋ ㄉㄤ ㄔㄜ 螳螂舉起前腿想要阻擋車輪前進。比喻不自量力。當，阻擋；抵抗。

語源 莊子人間世：「汝不知夫螳螂乎，怒其臂以當車轍，不知其不勝任也。」

例句 面對洶湧澎湃的民主運動，獨裁者企圖以強權抵擋，只是螳臂當車罷了。

近義 蚍蜉撼樹 以卵擊石

反義 量力而為

螳螂捕蟬，黃雀在後 螳螂只顧捉蟬，卻不知黃雀在後面正要吃牠。比喻只注意眼前利益，而不顧後患。

語源 莊子山木：「睹一蟬，方得美蔭而忘其身；螳螂執翳而搏之，見得而忘其形；異鵲從而利之，見利而忘其真。」漢趙曄吳越春秋：「螳螂捕蟬，志在有利，不知黃雀在後啄之。」晉書石崇傳論：「金谷含悲，吹樓將墜，所謂螳螂捕蟬，黃雀在後也。」

例句 搶劫銀行的匪徒只注意銀行裡的動靜，沒想到「螳螂捕蟬，黃雀在後」，尾隨他入內的警察立刻便將他制服。

反義 瞻前顧後 萬全之計

13

蟻穴潰堤 參見「千里之堤，潰於蟻穴」。

蟾宮折桂 參見「攀蟾折桂」。

蠅頭微利 像蒼蠅頭那樣的小利。形容微不足道的小利益。也作「蠅頭小利」。

語源 宋蘇軾滿庭芳：「蝸角虛名，蠅頭微利。」

例句 他的心願是賺大錢、發大財，這樣的蠅頭微利他是不會放在眼裡的。

反義 利市三倍 一本萬利

蠅營狗苟 像蒼蠅到處營求覓食，像狗一樣苟且迎合主人。比喻為追逐名利而不顧廉恥。

語源 唐韓愈送窮文：「蠅營狗苟，驅去復還。」

例句 他不學無術，是個蠅營狗苟之輩，你少與他來往為妙。

近義 汲汲營營 寡廉鮮恥

反義 行己有恥 樂天知命

15

蠢蠢欲動 指蟲子蠕動欲出。也比喻急著想要行動的樣子。蠢蠢，蟲子爬行蠕動的樣子。

語源 南朝宋劉敬叔異苑句容水脈：「掘得一黑物，無有首尾，形如數百斛舡，長數十丈，蠢蠢而動。」宋王質論廟謀疏：「越千里以伐人，而強晉蠢蠢然又有欲動之勢，形孤而心搖，必不能久矣。」

例句 歲末正是宵小蠢蠢欲動的時候，回鄉過節千萬要鎖緊門窗，做好防盜措施。

近義 伺機而作 躍躍欲試

反義 按兵不動 靜觀其變

18

蠶食鯨吞 像蠶吃桑葉似地一口一口吃掉，像鯨魚吞食一樣地一口吞掉。比喻緩食或急吞。多指利用不同的手段侵占他人財物或侵奪他國的領土。

語源 韓非子存韓：「諸侯可蠶食而盡，趙氏可得與敵矣。」晉書慕容暐載記論：「宰割黎元，縱其鯨吞之勢。」

例句 歷史上常見野心家發動戰爭，蠶食鯨吞，侵略弱小的國家。

血部

血口噴人 口中含血，吐向他人。比喻以惡毒或不實的話誣害別人。也作「含血噴人」。

語源 宋釋曉瑩羅湖野錄二臨安府崇覺空禪師：「含血潠人，先汙其口。」清李綠園歧

路燈第六十四回：「一向不曾錯待你，只要你的良心，休血口噴人。」

例句 我好心協助救護車禍的傷患，他竟然血口噴人，誣賴我是肇事者，真是好心沒好報。

近義 含沙射影

血本無歸 ㄒㄧㄝˇ ㄅㄣˇ ㄨˊ ㄍㄨㄟ 辛苦積聚的資本全部虧損，無法收回。血本，以血汗辛苦積蓄下來的本錢。

例句 陳媽媽聽信小道消息而盲目投資，以致落得血本無歸的下場。

反義 一本萬利

血肉之軀 ㄒㄧㄝˇ ㄖㄡˋ ㄓ ㄑㄩ 血液和肌肉組成的軀體。指人的身體。

語源 明呂坤呻吟語倫理：「子弟生富貴家，十九多驕惰淫泆，大不長進。古人謂之豢養，言甘食美服養此血肉之軀，與犬豕等。」

例句 戰場上，軍人衝鋒陷陣，勇往直前，不惜以血肉之軀換得國家安全。

近義 臭皮囊

血肉橫飛 ㄒㄧㄝˇ ㄖㄡˋ ㄏㄥˊ ㄈㄟ 形容戰鬥時殺戮的慘烈。橫飛，四處散飛。

語源 清吳趼人發財祕訣第六回：「養息了兩天，真是賤皮賤肉，打得那般血肉橫飛的，不到幾天，已經痊癒了。」

例句 這部戰爭影片有很多血肉橫飛的場面，因此被列為輔導級。

近義 屍橫遍野 死傷相枕

血雨腥風 ㄒㄧㄝˇ ㄩˇ ㄒㄧㄥ ㄈㄥ 參見「腥風血雨」。

血流成河 ㄒㄧㄝˇ ㄌㄧㄡˊ ㄔㄥˊ ㄏㄜˊ 形容死傷的人極多。

語源 隋祖君彥檄洛州文：「尸骸蔽野，血流成河，積怨滿於山川，號哭動於天地。」

例句 看見戰爭片中血流成河的悲慘景象，讓人不寒而慄。

近義 血流漂杵 屍橫遍野

血流漂杵 ㄒㄧㄝˇ ㄌㄧㄡˊ ㄆㄧㄠ ㄔㄨˇ 死傷的士兵所流的血足以使木杵漂浮。形容戰爭的慘烈。杵，棒槌。也作「血流漂櫓」。

語源 尚書武成：「前徒倒戈，攻于後，以北，血流漂杵。」

例句 戰爭是十分殘酷的，就算有再正當的理由，仍免不了血流漂杵、生靈塗炭，因此要嚴肅以待。

近義 血流成河 屍橫遍野

血氣之勇 ㄒㄧㄝˇ ㄑㄧˋ ㄓ ㄩㄥˇ 憑一時意氣衝動所激發出來的勇氣。

語源 孟子公孫丑上「孟施舍之所養勇也」句宋朱熹集注：「孟賁血氣之勇。」

例句 做事情只憑一時血氣之勇，沒有長遠的謀劃，很難成功。

近義 匹夫之勇 好勇鬥狠

反義 深思熟慮 三思而行

血氣方剛 ㄒㄧㄝˇ ㄑㄧˋ ㄈㄤ ㄍㄤ 指年輕氣盛，容易衝動。

語源 論語季氏：「及其壯也，血氣方剛，戒之在鬥。」

例句 年輕人血氣方剛，動輒與人相鬥，除了傷害自己外，更會增添父母的煩憂。

近義 年輕氣盛 血氣之勇

反義 少年老成 老成持重

血海深仇 ㄒㄧㄝˇ ㄏㄞˇ ㄕㄣ ㄔㄡˊ 極深重的仇恨。血海，佛教用來比喻地獄中的悲慘境地。

語源 清陳天華獅子吼楔子：「放著他血海冤仇三百載，鬼混了漢家疆宇十餘傳。」

例句 他們兩人之間有著血海深仇，要他們握手言和是不可

能的。

近義 不共戴天 深仇大恨

反義 恩深義重 恩重如山

血脈賁張（ㄒㄧㄝˇ ㄇㄞˋ ㄅㄣ ㄓㄤ） 參見「血脈僨張」。

血脈僨張（ㄒㄧㄝˇ ㄇㄞˋ ㄈㄣˋ ㄓㄤ） 血液快速流動，血管擴張突起。形容情緒激動。僨張，張大、突起。一作「血脈賁張」。賁，剛勇而迅捷。賁張，形容迅速擴張。

語源 左傳僖公十五年：「亂氣狡憤，陰血周作，張脈僨興，外彊中乾。」清紀昀閱微草堂筆記卷九如是我聞三：「夫金石燥烈，益以火力，亢陽鼓蕩，血脈僨張，故筋力似倍加強壯，而消鑠真氣，伏禍亦深。」

例句 他們二人大聲互罵，你一言，我一語，血脈僨張，肢體衝突一觸即發。

近義 波濤洶湧 不能自已

反義 心如止水 無動於中

血債血還（ㄒㄧㄝˇ ㄓㄞˋ ㄒㄧㄝˇ ㄏㄨㄢˊ） 被殘殺的仇恨，要對方以鮮血來償還。指犯下殺人害命的罪行，必須以死來抵償。也用作誓言報仇的激憤語。

例句 敵軍殘殺我無辜百姓，國軍誓言要他們血債血還。

近義 以牙還牙 不共戴天

反義 以德報怨

血濃於水（ㄒㄧㄝˇ ㄋㄨㄥˊ ㄩˊ ㄕㄨㄟˇ） 指血緣關係勝過其他關係。

例句 他被朋友騙走了數千萬元之後，多虧兄弟姊妹的接濟才得以過活，這才明白血濃於水的道理。

行 部

行己有恥（ㄒㄧㄥˊ ㄐㄧˇ ㄧㄡˇ ㄔˇ） 立身處世，不做可恥的事。行己，做人處世。有恥，有羞恥心。

語源 論語子路：「子貢問曰：『何如斯可謂之士矣？』子曰：『行己有恥。』」

例句 做人處世如果行己有恥，當不致做出損害他人之事，也不會讓父母蒙羞。

近義 守正不阿 克己復禮

反義 奴顏婢膝 趨炎附勢

行不由徑（ㄒㄧㄥˊ ㄅㄨˋ ㄧㄡˊ ㄐㄧㄥˋ） 走路不抄小路。比喻行為光明正大。

語源 論語雍也：「有澹臺滅明者，行不由徑；非公事，未嘗至於偃之室也。」

例句 正人君子行不由徑，絕不會利用旁門左道以求快速成功。

近義 光明磊落 直道而行

反義 投機取巧 闇然媚世

行有餘力（ㄒㄧㄥˊ ㄧㄡˇ ㄩˊ ㄌㄧˋ） 完成職責後，還有多餘的力氣。

語源 論語學而：「弟子入則孝，出則悌，謹而信，汎愛眾，而親仁，行有餘力，則以學文。」

例句 那位受到表揚的志工表示，行有餘力還能幫助別人，是最幸福的事。

近義 勝任愉快

反義 心餘力絀 力有未逮

行色匆匆（ㄒㄧㄥˊ ㄙㄜˋ ㄘㄨㄥ ㄘㄨㄥ） 形容趕路而神色匆忙的樣子。

語源 唐牟融送客之杭：「西風吹冷透貂裘，行色匆匆不暫留。」

例句 他坐在星巴克咖啡館裡悠閒地喝著咖啡，與行色匆匆的路人形成強烈的對比。

近義 東奔西走 風塵僕僕

反義 安步當車 優哉游哉

行俠仗義（ㄒㄧㄥˊ ㄒㄧㄚˊ ㄓㄤˋ ㄧˋ） 奉行俠道，主持正義。俠，見義勇為、抑強扶弱的人。也指見義勇為的事。仗義，憑正義行

事。

【語源】南朝宋王僧達和琅邪王依古詩：「少年好馳俠，旅宦遊關源。」三國志魏書陳登傳裴松之注：「出命以報國，仗義以整亂。」

【例句】王大哥古道熱腸，喜歡行俠仗義，看到不公平的事，一定挺身而出。

【近義】濟弱鋤強　鋤強扶弱

行屍走肉 ㄒㄧㄥˊ ㄕ ㄗㄡˇ ㄖㄡˋ　會走動卻沒有魂魄的軀體。形容徒具形骸，毫無生氣或毫無作為。也作「行尸走肉」。

【語源】晉王嘉拾遺記後漢：「臨終誡曰：『夫人好學，雖死若存；不學者雖存，謂之行屍走肉耳。』」

【例句】他自從至親離世之後，生活頓失重心，整天過著行屍走肉的生活。

【近義】酒囊飯袋　死氣沉沉

【反義】生龍活虎　精神奕奕

行若無事 ㄒㄧㄥˊ ㄖㄨㄛˋ ㄨˊ ㄕˋ　動作舉止就像沒這回事一樣。形容神色鎮定，毫不慌亂。

【語源】孟子離婁下：「禹之行水也，行其所無事也。」清陳確投當事揭：「禹之治水，行所無事，得其道故也。」

【例句】這名慣竊在偷了珠寶之後還行若無事地回到現場看熱鬧，真是大膽。

【近義】若無其事　氣定神閒

【反義】心慌意亂　六神無主

行將就木 ㄒㄧㄥˊ ㄐㄧㄤ ㄐㄧㄡˋ ㄇㄨˋ　快要進棺材。指生命將盡。就木，進入棺材。

【語源】左傳僖公二十三年：「我二十五年矣，又如是而嫁，則就木焉。」蘇曼殊斷鴻零雁記第三章：「老身已矣，行將就木。」

【例句】他已是行將就木之人，過去就算有什麼恩怨，也該學會放下才對。

【近義】風中之燭　日薄西山

【反義】春秋鼎盛　如日東升

行雲流水 ㄒㄧㄥˊ ㄩㄣˊ ㄌㄧㄡˊ ㄕㄨㄟˇ　比喻自然流暢，毫無滯礙。

【語源】宋蘇軾答謝民師書：「所示書教及詩賦雜文，觀之熟矣，大略如行雲流水，初無定質，但常行於所當行，常止於所不可不止。」

【例句】這幅行書筆勢如行雲流水，毫無凝滯，頗得王羲之神髓。

【近義】揮灑自如　渾然天成

【反義】矯揉造作

行遠自邇 ㄒㄧㄥˊ ㄩㄢˇ ㄗˋ ㄦˇ　比喻做事必從近處開始著手。邇，近。

【語源】中庸：「君子之道，辟如行遠必自邇，辟如登高必自卑。」

【例句】所謂行遠自邇，環保政策一定要有整套長期性的規劃，最好從國人生活中去落實才能奏效。

【近義】登高自卑　循序漸進

【反義】揠苗助長　盲目躁進

行險僥倖 ㄒㄧㄥˊ ㄒㄧㄢˇ ㄐㄧㄠˇ ㄒㄧㄥˋ　冒險行事以求利。

【語源】中庸：「故君子居易以俟命，小人行險以徼幸。」宋蘇軾張文定公墓志銘：「近歲邊臣建開拓之議，皆行險僥倖之人，欲以天下之安危試之一擲，事成則身蒙其利，不成則陛下任其患，不可聽也。」

【例句】你空有滿腹才華，卻以這種行險僥倖的投機行為賺錢，遲早會出紕漏的。

【近義】投機取巧　鋌而走險

【反義】安分守己　行不由徑

行禮如儀 ㄒㄧㄥˊ ㄌㄧˇ ㄖㄨˊ ㄧˊ　禮節、動作完全照著儀式規定進

行。也指只是不失禮節地做到該有的動作，表面應付而已。有嘲諷之意。

語源 宋史禮志：「請舉行冊禮，凡三請乃從……發皇太后、太妃冊寶於文德殿，行禮如儀。」

例句 蒲副總主持今年的新春團拜，她不想像往年一樣只是行禮如儀，流於形式，因此事前用心準備，要給大家一個驚喜。

近義 虛應故事　流於形式

反義 鄭重其事　有板有眼

行行出狀元 ㄏㄤˊ ㄏㄤˊ ㄔㄨ ㄓㄨㄤˋ ㄩㄢˊ 形容每種行業都有前途，都會有傑出的人才。行，行業。

語源 清文康兒女英雄傳第十一回：「俗語兒說的『行行出狀元』，又說『好漢不怕出身低』，那一行沒有好人哪！」

例句 不必非要往熱門科系發展不可，要知行行出狀元，只要努力，都會有出人頭地的一天。

行百里者半九十 ㄒㄧㄥˊ ㄅㄞˇ ㄌㄧˇ ㄓㄜˇ ㄅㄢˋ ㄐㄧㄡˇ ㄕˊ 百里的路程，走了九十里，只能視為全程的一半。比喻做事愈接近成功的階段愈困難，更要加倍努力。常用來勉人堅持到底。

語源 戰國策秦策五：「詩云：『行百里者半于九十。』此言末路之難。」

例句 考期將近，你千萬不可懈怠，所謂「行百里者半九十」，要堅持到最後，這三年的努力才不會白費。

近義 持之以恆　堅持到底

6

街談巷議 ㄐㄧㄝ ㄊㄢˊ ㄒㄧㄤˋ ㄧˋ 街頭巷尾人們的言談議論。指針對某件事而有的各種議論，或指毫無根據的傳言。也作「巷議街談」。

語源 漢張衡西京賦：「街談巷議，彈射臧否。」

例句 新聞報導必須客觀公正，這些街談巷議未經查證是不能採信的。

近義 道聽塗說　議論紛紛

街頭巷尾 ㄐㄧㄝ ㄊㄡˊ ㄒㄧㄤˋ ㄨㄟˇ 泛指街巷的各個地方。

例句 聽說這裡要蓋馬路，這幾天街頭巷尾議論紛紛，居民大多不表贊同。

近義 大街小巷

9

衛道之士 ㄨㄟˋ ㄉㄠˋ ㄓ ㄕˋ 護衛道德、禮教的人。

例句 他的言論過於激進，難怪衛道之士會群起攻之。

衝口而出 ㄔㄨㄥ ㄎㄡˇ ㄦˊ ㄔㄨ 不加思索地把話說出來。多指說話失於檢點。

語源 宋蘇軾劉景文歐公帖：「此數十紙，皆文忠公衝口而出，縱手而成，初不加意者也。」宋朱熹答呂伯恭：「每忍而不欲言，至於不得已而有言，則衝口而出，必至於傷事而後已。」

例句 他一時情急，這種不禮貌的話才會衝口而出，希望你不要介意。

近義 脫口而出　心直口快

反義 守口如瓶　謹言慎行

衝鋒陷陣 ㄔㄨㄥ ㄈㄥ ㄒㄧㄢˋ ㄓㄣˋ 衝向敵軍，攻陷陣地。形容奮勇作戰。鋒，軍隊的前列。

語源 北齊書崔暹傳：「衝鋒陷陣，大有其人。」

例句 在電視螢幕上看他披鎧帶甲，手持長槍，衝鋒陷陣，實在太英勇了。

近義 出生入死　一馬當先

衣部

衣不解帶（一 ㄅㄨˋ ㄐㄧㄝˇ ㄉㄞˋ） 和衣而臥，不曾解下衣帶。形容辛苦操勞，不能好好休息。

語源 晉書殷仲堪傳：「父病積年，仲堪衣不解帶。」

例句 媽媽衣不解帶地照顧生病的弟弟，擔憂之情溢於言表。

近義 目不交睫

衣不蔽體（一 ㄅㄨˋ ㄅㄧˋ ㄊㄧˇ） 衣服破爛遮不住身體。形容極為貧困。

語源 唐杜甫進鵰賦表：「唯臣衣不蓋體，常寄食於人。」宋洪邁夷堅丁志奢侈報：「妻子衣不蔽體，每日求丐得百錢，僅能菜粥度日。」

例句 許多國家的人民因政局動盪、戰亂頻繁，而過著三餐不繼、衣不蔽體的生活。

近義 衣衫襤褸 短褐穿結

反義 衣冠楚楚 西裝革履

衣衫襤褸（一 ㄕㄢ ㄌㄢˊ ㄌㄩˇ） 形容衣服破爛不堪。襤褸，也作「藍縷」。衣服破爛。

語源 宋洪邁夷堅丁志奢侈報：「為晟教幼子，衣冠藍縷，身寒欲顫，月得千錢。」西遊記第四十四回：「雖是天色和暖，那些人卻也衣衫藍縷。」

例句 寒流來襲的夜裡，衣衫襤褸的遊民們只憑藉幾塊紙板擋風取暖，令人同情。

近義 鶉衣百結 衣不蔽體

反義 衣冠楚楚 西裝革履

衣冠楚楚（一 ㄍㄨㄢ ㄔㄨˇ ㄔㄨˇ） 形容服飾整齊華美的樣子。楚楚，鮮明華美的樣子。

語源 詩經曹風蜉蝣：「蜉蝣之羽，衣裳楚楚。」元無名氏凍蘇秦第四折：「到今日，衣冠楚楚爭親近?」

例句 國宴中到處穿梭著衣冠楚楚的各國使節與名媛淑女。

近義 衣著光鮮 西裝革履

反義 衣衫襤褸 鶉衣百結

衣冠禽獸（一 ㄍㄨㄢ ㄑㄧㄣˊ ㄕㄡˋ） 穿衣戴帽的禽獸。比喻品德敗壞的人。

語源 明陳汝元金蓮記第七齣：「人人罵我做衣冠禽獸，個個識我是文物穿窬。」

例句 虧他是個高級知識分子，竟然做出這種卑鄙無恥的事，簡直是衣冠禽獸。

近義 牛鬼蛇神 卑鄙無恥

反義 正人君子 高風亮節

衣食父母（一 ㄕˊ ㄈㄨˋ ㄇㄨˇ） 如父母般供應吃和穿的人。借指賴以維生的人。

語源 元關漢卿竇娥冤第二折：「但來告狀的，就是我衣食父母。」

例句 遊客是風景區附近商販的衣食父母，他們怎敢去得罪呢？

衣食無缺（一 ㄕˊ ㄨˊ ㄑㄩㄝ） 生活所需從不缺少。形容生活順遂。衣食，衣服和飲食。泛指生活所需。

語源 冷佛春阿氏謀夫案第十五回：「只盼阿氏出閣遇著個品學兼憂，像貌出眾，和樂且耽的快婿，再能夠衣食無缺，安享榮華，這才快意。」

例句 比起父母，現代的小孩從小可說衣食無缺，不過大多較不懂得感恩。

近義 豐衣足食 鮮衣美食

反義 惡衣惡食 三餐不繼

衣香鬢影（一 ㄒㄧㄤ ㄅㄧㄣˋ ㄧㄥˇ） 衣服的香氣，兩鬢的髮影。形容女子的華麗妝飾。

語源 三國志魏書朱建平傳：「帝將乘馬，馬惡衣香，驚嚙文帝膝，帝大怒，即便殺之。」唐李賀詠懷二首（其一）：「彈琴看文君，春風吹鬢影。」清

陳忱水滸後傳第九回：「二八嬋娟，倚欄而望，衣香鬢影，掩映霏微。」

例句 星光大道上，女星們衣香鬢影，吸引眾人的目光。

近義 花枝招展

衣缽相傳 原為佛教用語。指歷代祖師以衣缽為信物，傳承心法。也泛指師徒以經驗、學問、技能相傳授。衣，指袈裟。缽，出家人化緣乞食的食具。

語源 唐慧能六祖壇經：「有僧達摩者……得禪宗妙法，云自釋迦相傳，有衣缽為記，世相付授。」宋朱熹次韻傳文武夷道中五絕句：「衣缽相傳自端的，老生無用與安心。」

例句 這項傳統技藝三百年來衣缽相傳，已發展成為十分具有地方特色的工藝。

近義 薪火相傳 代代相傳

衣褐懷寶 身穿粗麻布衣，而內藏珍珠財寶。比喻人賢能而不露鋒芒。衣，穿。褐，用粗毛或粗麻製成的衣服。

語源 史記滑稽列傳：「東郭先生久待詔公車，貧困飢寒，衣敝履不完……此所謂衣褐懷寶者也。」

辨析 衣，音ㄧˋ，不讀ㄧ。

例句 劉伯伯才德兼具卻淡泊名利，他的朋友中也不乏衣褐懷寶之輩。

近義 被褐懷玉 深藏若虛

反義 鋒芒畢露

衣錦還鄉 穿著繡錦的衣服榮歸故鄉。形容在外地獲富貴功名後回故鄉。衣，穿。也作「衣錦榮歸」。

語源 南史劉之遴傳：「卿母年德並高，故令卿衣錦還鄉，盡榮養之理。」元石君寶秋胡戲妻第三折：「如今衣錦榮歸，見母親走一遭。」

辨析 衣，音ㄧˋ，不讀ㄧ。

例句 在外奮鬥多年，唯一的盼望便是可以早日衣錦還鄉，光耀門楣。

近義 榮歸故里 載譽而歸

反義 愧對鄉親 無顏見江東父老

衣不如新，人不如故 比喻老友舊屬的可靠，不可喜新厭舊。也用來指對前妻或舊情人的懷念。也作「衣莫若新，人莫若故」。

語源 晏子春秋雜上：「衣莫若新，人莫若故。」漢無名氏古豔歌：「煢煢白兔，東走西顧；衣不如新，人不如故。」

例句 我需要幫忙時，只有你這位老朋友伸出援手，真是「衣不如新，人不如故」啊！

2 **初出茅廬** 本指諸葛亮初次走出隱居之地，輔佐劉備用兵，便大敗魏軍。後多用來比喻初入社會，缺乏經驗。

語源 三國演義第三十九回記載：劉備三顧茅廬，請諸葛亮幫忙打江山。諸葛亮才剛離開隱居的茅屋，就在博望坡設下埋伏，以火攻大敗曹軍。後人作詩歌頌道：「博望相持用火攻，指揮如意笑談中。直須驚破曹公膽，初出茅廬第一功。」清李伯元官場現形記第十九回：「署院一聽他問這兩句話，便知道他是初出茅廬，不懂得甚麼。」

例句 他雖然聰明伶俐，但畢竟是初出茅廬的新人，閱歷尚淺，仍待磨鍊。

近義 羽毛未豐 涉世未深

反義 沙場老將 身經百戰

初生之犢 ㄔㄨ ㄕㄥ ㄓ ㄉㄨˊ 參見「初生之犢不畏虎」。

初試啼聲 ㄔㄨ ㄕˋ ㄊㄧˊ ㄕㄥ 比喻第一次顯露才華或能力。

例句 沒想到你初試啼聲，便有這麼好的成績，真是了不起！

近義 初露鋒芒 嶄露頭角

反義 鋒芒畢露

初露鋒芒 ㄔㄨ ㄌㄡˋ ㄈㄥ ㄇㄤˊ 開始顯露才華。鋒芒，刀劍的尖利部分。比喻引人注意的才華。

例句 他在那部片中飾演一個小角色時就已初露鋒芒，從此戲約不斷。

近義 初試啼聲 嶄露頭角

反義 渾渾噩噩 庸庸碌碌

初露頭角 ㄔㄨ ㄌㄡˋ ㄊㄡˊ ㄐㄧㄠˇ 開始展露技藝或才能。頭角，比喻出眾的才氣。

語源 唐韓愈柳子厚墓誌銘：「雖少年已自成人，能取進士第，嶄然見頭角。」

例句 他在電視選秀節目上初露頭角，渾厚的歌聲，獲得滿堂彩。

近義 初露鋒芒 初試啼聲

反義 渾渾噩噩 庸庸碌碌

初生之犢不畏虎 ㄔㄨ ㄕㄥ ㄓ ㄉㄨˊ ㄅㄨˋ ㄨㄟˋ ㄏㄨˇ 剛出生的小牛不怕老虎。比喻年輕人膽大敢為，無所畏懼。犢，小牛。畏，也作「怕」或「懼」。也省作「初生之犢」。

語源 明陸西星封神演義第七十三回：「天祥年方十七歲，正所謂『初生之犢不懼虎』，催開戰馬，搖手中鎗沖殺過來。」

例句 瞧！這群高一的小女生，竟然敢向全國大專排球聯賽的冠軍隊挑戰，真是初生之犢不畏虎！

反義 畏首畏尾

3

表裡山河 ㄅㄧㄠˇ ㄌㄧˇ ㄕㄢ ㄏㄜˊ 內外有高山大河作為屏障。形容地勢險要。表，外。裡，內。

語源 左傳僖公二十八年：「戰而捷，必得諸侯；若其不捷，表裡山河，必無害也。」

例句 南京城龍蟠虎踞，表裡山河，自古以來即是兵家必爭之地。

近義 山河襟帶 龍蟠虎踞

表裡不一 ㄅㄧㄠˇ ㄌㄧˇ ㄅㄨˋ ㄧ 外表與內在不一致。形容行為和想法不一致。

例句 他看起來氣宇軒昂，衣著又光鮮亮麗，其實是表裡不一，千萬不要被他騙了。

近義 口是心非 笑裡藏刀

反義 表裡如一 名副其實

表裡如一 ㄅㄧㄠˇ ㄌㄧˇ ㄖㄨˊ ㄧ 形容言行與思想一致。表，外表。裡，內在。如一，一致。

語源 宋朱熹朱子語類卷一三二：「王龜齡學也粗疏，只是他天資高，意思誠愨，表裡如一。」

例句 王先生是位表裡如一的君子，我非常欣賞他的為人。

近義 言行一致 心口如一

反義 口是心非 表裡不一

表裡相濟 ㄅㄧㄠˇ ㄌㄧˇ ㄒㄧㄤ ㄐㄧˋ 指內外互相補足。

語源 三國魏嵇康養生論：「又呼吸吐納，服食養生，使形神相親，表裡相濟也。」晉桓溫辭參朝政疏：「且不有行者，誰扞牧圉，表裡相濟，實深實重。」

例句 身體健康來自於日常飲食與運動表裡相濟的累積。

近義 表裡相應 表裡相合

表露無遺 ㄅㄧㄠˇ ㄌㄨˋ ㄨˊ ㄧˊ 完全顯現出來，毫無保留。

辨析 此則成語多用於形容個性、想法之類較為內在隱微而抽象的主題。

例句 在這場政治風波中，他不畏權勢、耿介不阿的個性表露無遺，令人十分佩服。

近義 溢於言表

反義 深藏不露

5

袖手旁觀 雙手縮入袖中，在一旁觀看。表示置身事外，不加過問。原作「旁觀縮手」。

語源 唐韓愈祭柳子厚文：「巧匠旁觀，縮手袖間。」三國演義第四十六回：「先生是客，何故袖手旁觀，不發一語？」

例句 她們兩人的爭執是因你而起的，你居然袖手旁觀，太沒良心了！

近義 隔岸觀火　作壁上觀

反義 分憂代勞　急人之難

袞袞諸公 眾多的官員紳士。多指身居高位而無所作為。袞袞，眾多。

語源 唐杜甫醉時歌：「諸公袞袞登臺省，廣文先生官獨冷。」宋廖行之鳳棲梧：「袞袞諸公名又利，誰似高標，擺卻人間事。」

例句 許多重要法案的立法進度嚴重落後，立法院袞袞諸公實在有負國人所託。

被堅執銳 參見「披堅執銳」。

被褐懷玉 身穿粗糙的布衣，懷裡卻揣著美玉。比喻隱匿才華不欲人知。後來也比喻出身微賤而懷有真才實學。

語源 老子七十章：「知我者希，則我者貴。是以聖人被褐懷玉。」

例句 他是個被褐懷玉的人才，如今被老闆重用，未來必有大成就。

近義 深藏若虛　衣褐懷寶

反義 鋒芒畢露

7

補苴罅漏 彌補缺陷及漏洞。苴，意同「補」。彌補。罅，裂縫；缺陷。

語源 唐韓愈進學解：「觝排異端，攘斥佛老；補苴罅漏，張皇幽眇。」

辨析 罅，音ㄒㄧㄚˋ，不讀ㄏㄨ。

例句 這個計畫仍然不盡完美，希望大夥集思廣益，擬出萬全的方法補苴罅漏，使計畫得以順利推行。

近義 裨補闕漏

補偏救弊 矯正弊端缺失，補救偏差疏漏。

語源 漢書董仲舒傳：「舉其偏者以補其弊而已矣。」宋魏了翁直前奏六未喻及邪正二論：「以明白洞達為目前補偏救弊之策。」

例句 失業率不斷提高，政府部門緊急會商，提出一些補偏救弊、振興經濟的方案。

近義 興利除弊

反義 知錯不改　一錯再錯

裝神弄鬼 故弄玄虛來欺騙人。

語源 紅樓夢第三十七回：「你們別和我裝神弄鬼的，什麼事我不知道！」

例句 他表演的隔空抓藥根本是在裝神弄鬼，千萬別被騙了。

裝腔作勢 形容人故作情態，非出於真心。

語源 元蕭德祥楊氏女殺狗勸夫第四折：「你枉作個頂天立地的男兒，教那廝越裝模越作勢。」清錢彩說岳全傳第六十五回：「趙大、錢二還要做腔做勢，地方鄰舍俱來替他討

情，二人方纔應允。」

[例句] 他那副裝腔作勢的模樣，真令人生厭。

[近義] 裝模作樣　矯揉造作

[反義] 自然而然　率性而為

裝瘋賣傻 ㄓㄨㄤ ㄈㄥ ㄇㄞˋ ㄕㄚˇ　故意假裝瘋癲糊塗。

[語源] 清程道一庚子事變演義：「打算裝瘋賣傻，充作神仙附體，殺此一龍，自己便可即位。」

[例句] 為了躲避追問，他只好裝瘋賣傻，一問三不知。

[近義] 裝聾作啞

裝模作樣 ㄓㄨㄤ ㄇㄛˊ ㄗㄨㄛˋ ㄧㄤˋ　故意裝出某種姿勢或態度。

[語源] 元柯丹丘荊釵記第十九齣：「裝模作樣，惱得我氣滿胸膛。」

[例句] 他在臺上裝模作樣，不過是想吸引觀眾的注意。

[近義] 裝腔作勢　矯揉造作

[反義] 自然而然　率性而為

裝聾作啞 ㄓㄨㄤ ㄌㄨㄥˊ ㄗㄨㄛˋ ㄧㄚˇ　假裝聾啞。形容故意不理睬或置身事外。

[語源] 元王實甫西廂記第三本第三折：「卻早禁住隋何，迸住陸賈，叉手躬身，妝聾做啞。」

[例句] 面對老婆的冷嘲熱諷，他一向都裝聾作啞，所以兩人也就相安無事多年。

[近義] 裝瘋賣傻

裡應外合 ㄌㄧˇ ㄧㄥˋ ㄨㄞˋ ㄏㄜˊ　外面的人動手，潛伏在內的人接應。

[語源] 水滸傳第四十八回：「我們進身入去，裡應外合，必成大事。」

[例句] 運鈔車司機與搶匪裡應外合，輕易地搶走了二千萬現金。

裡外不是人 ㄌㄧˇ ㄨㄞˋ ㄅㄨˋ ㄕˋ ㄖㄣˊ　內外都不被當人看。指無法令任何一方滿意。也作「豬八戒照鏡子——裡外不是人」。

[例句] 別人的家務事你別插手，免得到時候裡外不是人，把自己弄得灰頭土臉。

[近義] 進退失據

[反義] 兩全其美　面面俱到

8

裨補闕漏 ㄅㄧˋ ㄅㄨˇ ㄑㄩㄝ ㄌㄡˋ　彌補缺失和遺漏。裨補，彌補；添足。闕，缺失。

[語源] 三國蜀諸葛亮出師表：「愚以為宮中之事，事無大小，悉以咨之，然後施行，必能裨補闕漏，有所廣益。」

[辨析] 裨，音ㄅㄧˋ，不讀ㄆㄧˊ。

[例句] 這份報告未臻詳盡，還需要裨補闕漏，否則肯定被打回票。

[近義] 補苴罅漏　補偏救弊

裹足不前 ㄍㄨㄛˇ ㄗㄨˊ ㄅㄨˋ ㄑㄧㄢˊ　停止腳步不敢向前。

[語源] 戰國秦李斯諫逐客書：「使天下之士，退而不敢西向，裹足不入秦，此所謂藉寇兵而齎盜糧者也。」三國演義第十六回：「天下智謀之士，聞而自疑，將裹足不前，主公誰與定天下乎？」

[例句] 中東地區戰事頻繁，局勢不安，使得觀光客裹足不前。

[近義] 視為畏途　望而卻步

[反義] 勇往直前　一往無前

9

褒貶不一 ㄅㄠ ㄅㄧㄢˇ ㄅㄨˋ ㄧ　有人稱讚，有人批評。

[例句] 他在市長任上的作為，民眾褒貶不一。

[近義] 毀譽參半　仁智互見

[反義] 有口皆碑　一無可取

16

襲人故智 ㄒㄧˊ ㄖㄣˊ ㄍㄨˋ ㄓˋ　仿效或沿用別人用過的方法。襲，

承繼；沿用。

語源 史記韓世家：「公仲曰：『子以為果乎？』對曰：『秦王必祖張儀之故智。』」

例句 雖然眾人都誇他足智多謀，但在明眼人看來，他不過是襲人故智罷了。

近義 步人後塵　蹈襲前人

反義 自出機杼　不主故常

襾部

西河之痛（ㄒㄧ ㄏㄜˊ ㄓ ㄊㄨㄥˋ） 孔子弟子子夏在西河時，因喪子而痛哭，以致失明。比喻喪子之痛。多用作悼人喪子的題辭。西河，在今陝西韓城、華陰一帶。也作「抱痛西河」、「喪明之痛」。

語源 禮記檀弓上：「子夏喪其子而喪其明。曾子弔之，曰……吾與女事夫子於洙泗之間，退而老於西河之上……喪爾子，喪爾明，爾罪三也。」清徐珂清稗類鈔正直類：「予自問生平無罪，西河之痛，天何罰之酷耶？」

例句 老張不幸遭到西河之痛，白髮人送黑髮人，實在令人同情。

近義 喪子之痛　痛失愛子

西窗剪燭（ㄒㄧ ㄔㄨㄤ ㄐㄧㄢˇ ㄓㄨˊ） 在西窗下點著蠟燭談心。形容親友久別重聚時傾心交談的情景。也作「剪燭西窗」。

語源 唐李商隱夜雨寄北：「君問歸期未有期，巴山夜雨漲秋池。何當共剪西窗燭，卻話巴山夜雨時。」

例句 趁著到紐約出差之便，小美順道去探望在美留學的好友，兩人西窗剪燭，無話不談。

近義 剪燭談心　班荊道故

反義 相對無語

3

要言不煩（ㄧㄠ ㄧㄢˊ ㄅㄨˋ ㄈㄢˊ） 形容言辭精要。要，簡要。煩，同「繁」，繁雜；眾多。

語源 三國志魏書管輅傳裴松之注引輅別傳：「輅尋聲答之曰：『夫善易者，不論易也。』晏含笑而讚之：『可謂要言不煩也。』」

例句 總經理處事幹練，思慮清晰，說話要言不煩，深受董事長器重。

近義 一語道破　言簡意賅

反義 長篇大論　連篇累牘

12

覆水難收（ㄈㄨˋ ㄕㄨㄟˇ ㄋㄢˊ ㄕㄡ） 潑出去的水很難再收回。比喻已成定局的事，無法再挽回。常用來比喻離異的夫妻很難再復合。

語源 後漢書光武帝紀上：「反水不收，後悔無及。」後漢書何進傳：「國家之事，亦何容易，覆水不可收。」唐駱賓王豔情代郭氏答盧照鄰：「情知唾井終無理，情知覆水也難收。」

例句 她和先生離婚的事已是覆水難收，只是可憐了那一雙年幼的子女。

近義 木已成舟　破鏡難圓

反義 力挽狂瀾

覆車之鑑（ㄈㄨˋ ㄔㄜ ㄓ ㄐㄧㄢˋ） 參見「前車之鑑」。

覆盆之冤（ㄈㄨˋ ㄆㄣˊ ㄓ ㄩㄢ） 比喻難以申訴的冤情。覆盆，翻過來倒扣的盆子。比喻極為黑暗。

語源 晉葛洪抱朴子內篇辨問：「是責三光不照覆盆之內也。」明張居正答應天張按院：「若不得大疏存此說，則覆盆之冤誰與雪之？」

例句 她無法承受這種覆盆之冤，竟選擇自殺以明志，實在太傻了。

反義　不白之冤　沉冤莫白

覆巢之下無完卵 ㄈㄨˋ ㄔㄠˊ ㄓ ㄒㄧㄚˋ ㄨˊ ㄨㄢˊ ㄌㄨㄢˇ　鳥巢翻覆，所有的鳥蛋都會破裂。比喻整體毀滅，個體也不能倖存。

語源　南朝宋劉義慶世說新語言語：「孔融被收，中外惶怖。時融兒大者九歲，小者八歲，二兒故琢釘戲，了無遽容。融謂使者曰：『冀罪止於身，二兒可得全不？』兒徐進曰：『大人豈見覆巢之下，復有完卵乎？』尋亦收至。」

例句　「覆巢之下無完卵」，國家一旦被滅亡了，人民也會跟著遭遇災殃。

近義　脣齒相依　脣亡齒寒

見部

見不得人 ㄐㄧㄢˋ ㄅㄨˋ ㄉㄜˊ ㄖㄣˊ　不能被人看見；沒臉見人。指做了不光采或虧心的事。

語源　清西周生醒世姻緣傳第十五回：「只怕果是親眷，在衙裡幹了甚麼見不得人的勾當。」

例句　我們又沒做什麼見不得人的事情，幹嘛要這樣躲躲藏藏？

近義　偷雞摸狗　瞞心昧己

反義　光明正大　光明磊落

見仁見智 ㄐㄧㄢˋ ㄖㄣˊ ㄐㄧㄢˋ ㄓˋ　指對同一問題因觀察的角度或立場不同而有不同見解，都各有道理。也作「仁者見仁，智者見智」、「仁智互見」。

語源　易經繫辭上：「仁者見之謂之仁，知者見之謂之知。」

例句　對於政治取向的選擇，見仁見智，身處民主社會，我們應有包容不同意見的雅量。

近義　各有所好　因人而異

反義　所見略同　不謀而合

見危授命 ㄐㄧㄢˋ ㄨㄟˊ ㄕㄡˋ ㄇㄧㄥˋ　參見「臨危授命」。

見多識廣 ㄐㄧㄢˋ ㄉㄨㄛ ㄕˋ ㄍㄨㄤˇ　看得多，知道得廣。形容人閱歷深，見識廣博。

語源　明馮夢龍喻世明言卷一：「還是大家寶眷，見多識廣，比男子漢眼力到勝十倍。」

例句　他年紀輕輕，卻見多識廣，懂得很多天文學的事。

近義　博學多聞　見聞廣博

反義　孤陋寡聞　坐井觀天

見好就收 ㄐㄧㄢˋ ㄏㄠˇ ㄐㄧㄡˋ ㄕㄡ　看見局面已不錯時就收手。指適可而止，掌握分寸不貪求。

語源　常傑淼雍正劍俠圖第七回：「急流勇退，見好就收，壽終正寢，蓋棺定論，也算不錯啦。」

例句　我勸妳還是見好就收，別得意忘形，以免前功盡棄。

近義　適可而止　恰到好處

反義　貪得無厭　得寸進尺

見死不救 ㄐㄧㄢˋ ㄙˇ ㄅㄨˋ ㄐㄧㄡˋ　看到別人有生命危險，卻不加救援。也泛指不伸援手幫助他人。

語源　元關漢卿趙盼兒風月救風塵第二折：「你做的個見死不救，可不羞殺桃園中殺白馬、宰烏牛？」

例句　身為小胖的好友，見到他大難臨頭，我怎麼能夠見死不救呢！

近義　隔岸觀火　坐視不救

反義　拔刀相助　挺身而出

見利忘義 ㄐㄧㄢˋ ㄌㄧˋ ㄨㄤˋ ㄧˋ　看見有利可圖就忘了道義。

語源　漢書樊酈滕灌靳周傳：「當孝文時，天下以酈寄為賣友。夫賣友者，謂見利而忘義

西

見

也。」

例句　他為了錢財而背棄朋友，見利忘義，如今會眾叛親離，也是意料中的事。

近義　忘恩負義　利令智昏

反義　見利思義　急公好義

見兔顧犬 ㄐㄧㄢˋ ㄊㄨˋ ㄍㄨˋ ㄑㄩㄢˇ　看見兔子，急忙回頭叫獵犬去捉捕。比喻事到臨頭，急忙採取措施，為時未晚。顧，回頭。

語源　戰國策楚策四：「見兔而顧犬，未為晚也；亡羊而補牢，未為遲也。」

例句　這件事計畫不周又倉卒施行，恐怕有所遺漏，見兔顧犬，趕快採取補救措施或許還來得及。

近義　亡羊補牢

反義　江心補漏　為時已晚

見怪不怪 ㄐㄧㄢˋ ㄍㄨㄞˋ ㄅㄨˋ ㄍㄨㄞˋ　看到奇怪的事物而不覺得奇怪。原指遇怪事能鎮定處之，自然無事。後多用來指奇怪事物見多了，已不足為怪。

語源　宋洪邁夷堅三志卷二姜七家豬：「畜生之言，何足為信，我已數月來知之矣。見怪不怪，其怪自壞。」

例句　來到紐約多日，對於洋人當街摟抱接吻，早已見怪不怪。

近義　不足為奇　司空見慣

反義　少見多怪　大驚小怪

見風轉舵 ㄐㄧㄢˋ ㄈㄥ ㄓㄨㄢˇ ㄉㄨㄛˋ　參見「隨風轉舵」。

見笑大方 ㄐㄧㄢˋ ㄒㄧㄠˋ ㄉㄚˋ ㄈㄤ　被內行人或有見識的人取笑。見笑，被人取笑。大方，指有某種專長或學識廣博的人。

語源　莊子秋水：「今我睹子之難窮也，吾非至於子之門則殆矣，吾長見笑於大方之家。」

例句　你的論文漏洞百出，竟也敢提交大會討論，不怕見笑大方嗎？

近義　貽笑大方　傳為笑柄

反義　肅然起敬　令人起敬

見財起意 ㄐㄧㄢˋ ㄘㄞˊ ㄑㄧˇ ㄧˋ　看見金錢就起了壞主意。

語源　京本通俗小說錯斬崔寧：「可憐崔寧和小娘子受刑不過，只得屈招了，說是一時見財起意，殺死親夫。」

例句　他因一時見財起意而犯下了這樁搶案，事後懊悔不已。

近義　見錢眼開　財迷心竅

反義　見利思義　臨財不苟

見異思遷 ㄐㄧㄢˋ ㄧˋ ㄙ ㄑㄧㄢ　見到別的、不一樣的事物就想改變主意。指人意志不堅定，喜愛不專一。遷，改變。

語源　管子小匡：「少而習焉，其心安焉，不見異物而遷焉。」清袁枚與慶晴村都統：「名教中自有樂地，何必見異思遷？」

例句　阿芬對感情非常專一，即使有條件再好的追求者出現，她也絕不見異思遷。

近義　三心二意　喜新厭舊

反義　矢志不移　一心一意

見微知著 ㄐㄧㄢˋ ㄨㄟ ㄓ ㄓㄨˋ　看見事物細微的徵兆便能知道它的本質或未來發展。微，細微；隱微。著，明顯；顯著。

語源　漢班固白虎通義情性：「智者，知也。獨見前聞，不惑於事，見微知著者也。」

例句　李經理思慮縝密，對於許多事情都能見微知著，做出正確的判斷。

近義　一葉知秋　以小明大

反義　蒙昧無知　蓬心蒿目

見義勇為 ㄐㄧㄢˋ ㄧˋ ㄩㄥˇ ㄨㄟˊ　看到合於正義的事便勇敢去做。

語源　論語為政：「見義不為，無勇也。」宋史歐陽脩傳：「天

資剛勁，見義勇為。」

例句 維護治安不能單靠警察，民眾應當見義勇為，檢舉犯罪，社會才能安和樂利。

近義 急公好義 義無反顧

反義 袖手旁觀 見死不救

見賢思齊 ㄐㄧㄢˋ ㄒㄧㄢˊ ㄙ ㄑㄧˊ 見到賢德的人就想向他看齊。賢，賢能；有才德的人。齊，看齊；學習。

語源 論語里仁：「見賢思齊焉，見不賢而內自省也。」

例句 聽說隔壁班捐出班費認養災區孤兒，班長決定見賢思齊，也發動募捐來幫助災區重建。

近義 善與人同 高山仰止

反義 嫉賢妒能 嫉賢害能

見機而作 ㄐㄧㄢˋ ㄐㄧ ㄦˊ ㄗㄨㄛˋ 看到適當時機就立即行動。機，通「幾」。隱微；細微。指事情顯露的徵兆。

語源 易經繫辭下：「幾者，動之微，吉凶之先見者也。君子見幾而作，不俟終日。」三國蜀諸葛亮將苑應機：「夫必勝之術，合變之形，在於機也。非智者孰能見機而作？」

例句 自從她走紅後，許多廠商見機而作，紛紛請她擔任產品的代言人。

近義 見機行事 因利乘便

反義 坐失良機

見機行事 ㄐㄧㄢˋ ㄐㄧ ㄒㄧㄥˊ ㄕˋ 依據情勢的變化而採取適當的行動。機，時機。也作「相機行事」。

語源 明史張璁傳：「帝諭令與言交好，而遣黃綰之大同，相機行事。」紅樓夢第九十八回：「你去見機行事，得回再回方好。」

例句 小吳初次拜訪客戶就遇到了大難題，幸虧他能見機行事，終於成功談成生意。

近義 隨機應變 看風使舵

反義 不知變通 膠柱鼓瑟

見錢眼開 ㄐㄧㄢˋ ㄑㄧㄢˊ ㄧㄢˇ ㄎㄞ 看到錢財，眼睛就發亮。形容人貪婪愛財的樣子。

語源 金瓶梅第八十回：「棄舊迎新，見錢眼開，自然之理。」

例句 小王這個人見錢眼開，你想要他義務幫忙，不收取費用，簡直比登天還難。

近義 唯利是圖 見財起意

反義 輕財重義 臨財不苟

見縫插針 ㄐㄧㄢˋ ㄈㄥˊ ㄔㄚ ㄓㄣ 看到有縫隙就插針進去。①比喻善於把握一切可以利用的時機和空間。②比喻看到雙方之間的一點嫌隙就乘機挑撥離間。

例句 ①他善於抓住機會，見縫插針，難怪會成功。②他們的友誼堅固，雖然最近有點爭吵，你也別想見縫插針。

近義 伺機而動 有機可乘

見獵心喜 ㄐㄧㄢˋ ㄌㄧㄝˋ ㄒㄧㄣ ㄒㄧˇ 看見別人打獵，心裡就十分興奮。比喻觸及舊有的習性或愛好，不由得躍躍欲試。獵，打獵。

語源 宋周敦頤周子遺事：「年十六七時，好田獵，既而自謂已無此好……後十二年，暮歸，在田間見獵者，不覺有喜心。」清秦朝釪消寒詩話：「余在京時……為芍藥吟卷。今見皋蘭芍藥詩，不勝見獵心喜，輒題數絕句。」

例句 弟弟愛打電動玩具，每次經過電玩商店總會見獵心喜，駐足流連，不肯離去。

近義 怦然心動 躍躍欲試

4

視民如傷 ㄕˋ ㄇㄧㄣˊ ㄖㄨˊ ㄕㄤ 看待人民就如同生病或有傷痛的

人一樣，不敢驚動打擾。形容非常體恤愛護人民。

語源　左傳哀公元年：「臣聞國之興也，視民如傷，是其福也；其亡也，以民為土芥，是其禍也。」

例句　我們的總統視民如傷，善待人民，所以得到全國民眾一致的愛戴。

近義　愛民如子　恫瘝在抱

反義　殘民以逞　荼毒生靈

視同兒戲（ㄕˋ ㄊㄨㄥˊ ㄦˊ ㄒㄧˋ）

把事情看作是小孩子的遊戲。指對待事情不嚴肅、不認真。

語源　明凌濛初初刻拍案驚奇卷一一：「為官做吏的人，千萬不可草菅人命，視同兒戲。」

例句　參加這次的交流活動對公司業務的推展非常重要，你們要用心投入，不可視同兒戲。

近義　等閒視之　掉以輕心

反義　臨深履薄　戰戰兢兢

視同陌路（ㄕˋ ㄊㄨㄥˊ ㄇㄛˋ ㄌㄨˋ）

把親人及熟人當作路人。多形容為人勢利，冷酷無情。

語源　明王鈇言行匯纂喪祭：「漠不關情，視如陌路，甚至爭奪興詞，吾於對越之時，尚何面目見吾祖宗父母乎？」

例句　他升官發財後，對於早年幫助過他的同學竟視同陌路，真是勢利。

近義　六親不認　反面無情

反義　親如手足　不分彼此

視如土芥（ㄕˋ ㄖㄨˊ ㄊㄨˇ ㄐㄧㄝˋ）

看成像泥土、小草一般。比喻極為輕視。芥，小草。

語源　孟子離婁下：「君之視臣如土芥，則臣視君如寇讎。」清吳敬梓儒林外史第四十一回：「鹽商富貴奢華，多少士大夫見了就銷魂奪魄；你一個弱女子，視如土芥，這就可敬的極了。」

例句　對於名利權勢，他根本視如土芥，這次會出來競選市長，完全是基於服務民眾的一種使命感。

近義　視如敝屣　棄若敝屣

反義　捧在手心　趨之若鶩

視如己出（ㄕˋ ㄖㄨˊ ㄐㄧˇ ㄔㄨ）

當作是親生的孩子一樣對待。

語源　宋史徐國長公主傳：「再生子，不成而死，媵妾得女，拊視如己出。」明史興宗孝康皇帝傳：「帝初撫兄子文正、姊子李文忠及沐英等為子，高后視如己出。」

例句　小莉聰明伶俐又認真，曲子一教就會，林老師愛護有加，視如己出，很樂意免費教她鋼琴。

視如敝屣（ㄕˋ ㄖㄨˊ ㄅㄧˋ ㄒㄧˇ）

當破鞋一樣看待。比喻不屑一顧。敝屣，破鞋。

語源　孟子盡心上：「舜視棄天下，猶棄敝屣也。」清章炳麟駁康有為論革命書：「其仁如天，至公如地，視天位如敝屣。」

例句　他對虛名浮譽一向視如敝屣，怎麼會跟你爭這個顧問的頭銜？

近義　棄若敝屣　視如土芥

反義　嗜之如命　趨之若鶩

視如糞土（ㄕˋ ㄖㄨˊ ㄈㄣˋ ㄊㄨˇ）

看成糞土般汙穢低劣。比喻極為鄙視、瞧不起。

語源　清李汝珍鏡花緣第三十八回：「今舅兄把他視如糞土，又是王衍一流人物了。」

例句　他退出政壇多年，對功名權勢早就視如糞土，你要他出來參選立委，根本是緣木求魚。

近義　視如敝屣　視如土芥

反義　視如拱璧　視若珍寶

視死如生（ㄕˋ ㄙˇ ㄖㄨˊ ㄕㄥ）　把死亡當作依然生存著。形容勇敢不怕死。

語源　莊子秋水：「視死若生者，烈士之勇也。」漢書鼂錯傳：「故能使其眾蒙矢石，赴湯火，視死如生。」

例句　戰場上，他衝鋒陷陣、視死如生的英勇精神，令人感佩。

近義　奮不顧身　視死如歸

反義　貪生怕死　苟且偷生

視死如歸（ㄕˋ ㄙˇ ㄖㄨˊ ㄍㄨㄟ）　把死亡視同歸宿。形容不怕死。

語源　管子小匡：「鼓之而三軍之士視死如歸。」

例句　他潛入敵後搜集情報，一心只為達成任務，早就視死如歸。

近義　視死如生　捨生忘死

反義　貪生怕死　苟且偷生

視而不見（ㄕˋ ㄦˊ ㄅㄨˊ ㄐㄧㄢˋ）　睜著眼睛卻好像沒有看見一樣。形容不關心，不注意。

語源　大學：「心不在焉，視而不見，聽而不聞，食而不知其味。」

例句　他雖然捧著書本，但好像對課文視而不見，呆呆的不知在想些什麼？

近義　視若無睹　心不在焉

反義　目不轉睛　聚精會神

視為畏途（ㄕˋ ㄨㄟˊ ㄨㄟˋ ㄊㄨˊ）　看成可怕而不敢走的道路。比喻不敢去做或不想去做。畏途，危險可怕的道路。

語源　莊子達生：「夫畏塗者，十殺一人，則父子兄弟相戒也，必盛卒徒而後敢出焉。」清林則徐控制鎮……優劣片：「即如征調出師，在別營視為畏途，而該處趨之恐後。」

例句　有些人將服兵役視為畏途，因而用盡辦法希望可以免去當兵之苦。

近義　裹足不前　望而卻步

反義　奮不顧身　勇往直前

視若無睹（ㄕˋ ㄖㄨㄛˋ ㄨˊ ㄉㄨˇ）　看見了好像沒看見。形容對眼前事物漠不關心。

語源　唐韓愈應科目時與人書：「是以有力者遇之，熟視之若無睹也。」

例句　對於社會風氣的敗壞，我們不能視若無睹，否則只會讓情況繼續惡化下去。

近義　視而不見　漠不關心

反義　熱心投入

9

親力親為（ㄑㄧㄣ ㄌㄧˋ ㄑㄧㄣ ㄨㄟˊ）　親自動手做。

語源　清黃世仲廿載繁華夢第四十回：「只今時比不得往日，我今日也是親力親為的，你卻不必擔心。」

例句　公司的重要事務，邱經理一定親力親為，絕不假手他人。

近義　事必躬親　一力承當

反義　假手他人　因人成事

親如手足（ㄑㄧㄣ ㄖㄨˊ ㄕㄡˇ ㄗㄨˊ）　指朋友之間情感深厚，關係密切，如同親兄弟一般。手足，比喻兄弟。

語源　魏書高祖記：「胡越之人亦可親如兄弟。」元孟漢卿張孔目智勘魔合羅第四折：「想兄弟情親如手足，怎下的生心將兄命虧？」

例句　爸爸與李叔叔退役後便一起創業，共同攜手奮鬥幾十年，彼此之間可說是親如手足。

近義　親密無間　情同手足

反義　視同陌路　貌合神離

親朋好友（ㄑㄧㄣ ㄆㄥˊ ㄏㄠˇ ㄧㄡˇ）　泛指親戚和朋友。

例句　新居落成當天，親朋好友

友都來祝賀，非常熱鬧。

親密無間 ㄑㄧㄣ ㄇㄧˋ ㄨˊ ㄐㄧㄢ 形容彼此互動密切，沒有隔閡。間，縫隙。

【語源】漢書蕭望之傳贊：「蕭望之歷位將相，籍師傅之恩，可謂親昵亡（無）間。」

【辨析】間，音ㄐㄧㄢ，不讀ㄐㄧㄢˋ。

【例句】那組總統副總統候選人彼此親密無間，又相輔相成，果然獲得選民青睞，高票當選。

【近義】親如手足　水乳交融

【反義】視如寇仇　視同陌路

親痛仇快 ㄑㄧㄣ ㄊㄨㄥˋ ㄔㄡˊ ㄎㄨㄞˋ 行事不當而使親近的人感到痛心，使仇敵稱快。也作「親者痛，仇者快」。

【語源】後漢書卷三三引朱浮與彭寵書：「凡舉事無為親厚者所痛，而為見仇者所快。」

【例句】競爭對手正虎視眈眈要打擊我們，你還想對外大爆公司內幕，千萬不要做這種親痛仇快的事。

18

觀前顧後 ㄍㄨㄢ ㄑㄧㄢˊ ㄍㄨˋ ㄏㄡˋ 參見「瞻前顧後」。

觀察入微 ㄍㄨㄢ ㄔㄚˊ ㄖㄨˋ ㄨㄟ 觀察深入到細微的地方。

【例句】她在進行田野調查時，總能觀察入微，所以寫出的論文都具有相當高的參考價值。

【近義】明察秋毫　小中見大

【反義】盲人摸象　扣盤捫燭

角部

6

解民倒懸 ㄐㄧㄝˇ ㄇㄧㄣˊ ㄉㄠˋ ㄒㄩㄢˊ 比喻解救人民脫離苦難。倒懸，頭下腳上倒掛。比喻深受苦難。

【語源】孟子公孫丑上：「萬乘之國行仁政，民之悅之，猶解倒懸也。」

【例句】國難當頭，正賴有志之士挺身而出，解民倒懸。

【近義】撥亂反正　澄清天下

【反義】倒行逆施　禍國殃民

解衣推食 ㄐㄧㄝˇ ㄧ ㄊㄨㄟ ㄕˊ 脫下衣服給別人穿，拿出食物給別人吃。形容為人慷慨，熱心助人。

【語源】史記淮陰侯列傳：「漢王授我上將軍印，予我數萬眾，解衣衣我，推食食我，言聽計用，故吾得以至於此。」陳書華皎傳：「時兵荒之後，百姓饑饉，皎解衣推食，多少必均。」

【例句】在寒冬裡，幸好有善心人士解衣推食，否則遊民們將難以度日。

【近義】博施濟眾　樂善好施

【反義】自私自利　獨善其身

解囊相助 ㄐㄧㄝˇ ㄋㄤˊ ㄒㄧㄤ ㄓㄨˋ 打開口袋、拿出財物幫助人。形容慷慨助人。

【語源】明張岱募修岳鄂王祠募疏：「若有賢士大夫解囊樂助，自為王所式凭。」

【例句】老張為人熱心，朋友有急難，他一定慷慨地解囊相助，沒有一句怨言。

【近義】慷慨解囊　輕財好施

【反義】一毛不拔　寡恩少義

解鈴還須繫鈴人 ㄐㄧㄝˇ ㄌㄧㄥˊ ㄏㄞˊ ㄒㄩ ㄒㄧˋ ㄌㄧㄥˊ ㄖㄣˊ 比喻問題必須由製造這個問題的人解決。

【例句】她會想不開是因他而起，解鈴還須繫鈴人，所以還得請他親自出面解決才行。

觥籌交錯 ㄍㄨㄥ ㄔㄡˊ ㄐㄧㄠ ㄘㄨㄛˋ 酒杯交錯。形容酒宴時歡樂暢飲的情形。觥，古代盛酒器。籌，計算數目的用品。此處指行酒令用的籌碼。

語源 詩經小雅楚茨：「為賓為客，獻醻交錯。」唐王建書贈舊渾二曹長：「替飲觥籌知戶小，助成書屋見家貧。」宋歐陽脩醉翁亭記：「射者中，弈者勝，觥籌交錯，起坐而喧譁者，眾賓歡也。」

例句 哥哥的結婚喜宴，觥籌交錯，賓主盡歡，場面既隆重又熱鬧。

近義 杯觥交錯　開懷暢飲

13

觸目驚心 ㄔㄨˋ ㄇㄨˋ ㄐㄧㄥ ㄒㄧㄣ

眼睛一看到就引起內心的震撼，形容情況十分嚴重，令人震驚。觸目，與眼睛接觸。

語源 南朝陳徐陵答李顒之書：「羊祜之痾，秋冬彌劇，且年光遒盡，觸目崩心。」明李清檮杌閑評卷四〇：「為天災人災，同時互見，觸目驚心。」

例句 世衛組織有關全球愛滋病患急速增加的報告，令人觸目驚心。

近義 怵目驚心　慘不忍睹

反義 不足為奇　無動於中

觸景生情 ㄔㄨˋ ㄐㄧㄥˇ ㄕㄥ ㄑㄧㄥˊ

看見眼前的景象，因而興起了某種情懷。

語源 清趙翼甌北詩話卷四：「坦易者多觸景生情，因事起意。」

例句 他因戰亂而與家人失散，每次見到朋友一家和樂的樣子，都會觸景生情，流下淚來。

近義 情不自禁　見景生情

反義 麻木不仁　無動於中

觸景傷情 ㄔㄨˋ ㄐㄧㄥˇ ㄕㄤ ㄑㄧㄥˊ

看到眼前景物而勾動情緒，引發傷感。也作「睹物傷情」。

語源 晉石崇答棗腆：「言念將別，睹物傷情。」明淩濛初初刻拍案驚奇卷二五：「司戶自此赴任襄陽，一路上鳥啼花落，觸景傷情，只是想著盼奴。」

例句 隻身在異鄉奮鬥的阿輝，每次見到與故鄉相似的風光便會觸景傷情。

近義 睹物思人　不堪回首

反義 無動於中　漠然置之

觸類旁通 ㄔㄨˋ ㄌㄟˋ ㄆㄤˊ ㄊㄨㄥ

了解某事物後，接觸同類的事物便能推知其理。

語源 易經繫辭上：「引而申之，觸類而長之，天下之能事畢矣。」易經乾卦：「六爻發揮，旁通情也。」清陳確示友帖：「使吾輩舉事，能事事如此，便是聖賢一路上人，要當觸類旁通耳。」

例句 讀書要能觸類旁通，才能廣博深入。

近義 舉一反三　融會貫通

反義 食古不化　鑽牛角尖

言部

言人人殊 ㄧㄢˊ ㄖㄣˊ ㄖㄣˊ ㄕㄨ

每個人的說法都不相同。指對同一件事情人們的見解紛歧。殊，不同。

語源 史記曹相國世家：「參盡召長老諸生，問所以安集百姓……言人人殊，參未知所定。」

例句 這場火災發生的原因言人人殊，眾說紛紜，警方正在深入調查。

近義 眾說紛紜　各執一詞

反義 異口同聲　眾口一詞

言下之意 ㄧㄢˊ ㄒㄧㄚˋ ㄓ ㄧˋ

話中真正的含意。

例句 媽媽說阿發家裡窮，又沒正當職業，言下之意就是反對妳跟他交往。

反義 意在言外　言外之意

言不及義 ㄧㄢˊ ㄅㄨˋ ㄐㄧˊ ㄧˋ

言談無關乎正經的道理或事情。指不說正經話或盡說些無聊的話。及，涉及。義，正義；義理。指正經的事或道理。

語源　論語衛靈公：「群居終日，言不及義，好行小慧，難矣哉！」

例句　他的演講東拉西扯，言不及義，不知「名嘴」的稱號從何而來？

近義　空言虛語　迂闊之論

反義　讜言正論　言之有物

言不由衷 ㄧㄢˊ ㄅㄨˋ ㄧㄡˊ ㄓㄨㄥ

所說的話不是發自內心。指心口不一。由，從。衷，通「中」。內心。

語源　左傳隱公三年：「信不由中，質無益也。」宋史何鑄傳：「士大夫心術不正，狥虛以掠名，託名以規利，言不由中，而首尾鄉背。」

例句　表裡不一、言不由衷的人，很難交到知心的朋友。

近義　心口不一　違心之論

反義　心口如一　由衷之言

言不盡意 ㄧㄢˊ ㄅㄨˋ ㄐㄧㄣˋ ㄧˋ

參見「書不盡言」。

言之成理 ㄧㄢˊ ㄓ ㄔㄥˊ ㄌㄧˇ

說得合乎道理。之，指所論說的事情。也作「言之有理」。

語源　荀子非十二子：「然而其持之有故，其言之成理，足以欺惑愚眾。」

例句　他所提出的意見和構想言之成理，令人不得不信服。

近義　持之有故　言之有物

反義　強詞奪理　無稽之談

言之有物 ㄧㄢˊ ㄓ ㄧㄡˇ ㄨˋ

指言論或文章內容充實而有根據。物，內容；內涵。

語源　易經家人象：「君子以言有物而行有恆。」

例句　小華不只外表瀟灑，還能出口成章，言之有物，難怪能得到不少女孩子的青睞。

近義　言之成理　鞭辟入裡

反義　游談無根　滿紙空言

言之過早 ㄧㄢˊ ㄓ ㄍㄨㄛˋ ㄗㄠˇ

太早談論某事。①指時機未到。②譏人過於自信，妄下定論。

例句　①雙方尚未見面，要談合作還言之過早。②人事命令尚未發布，他就到處說自己會升遷，未免言之過早。

近義　時機未到　妄下斷言

反義　未卜先知　先見之明

言之鑿鑿 ㄧㄢˊ ㄓ ㄗㄠˊ ㄗㄠˊ

說話確實而有根據。鑿鑿，確鑿；確實。

語源　明許元溥柳道傳：「又載其暑中遷寓甫里精舍詩，則言之似鑿鑿可信矣。」

例句　這件事他言之鑿鑿，看來應該是真有其事。

近義　言而有徵　有憑有據

反義　憑空杜撰　信口雌黃

言外之意 ㄧㄢˊ ㄨㄞˋ ㄓ ㄧˋ

言語表面沒有明說的本意。

語源　宋葉夢得石林詩話：「七言難於氣象雄渾，句中有力而紆餘，不失言外之意。」

例句　他為人城府極深，言談中往往含有言外之意，令人摸不透其真正的心思。

近義　意在言外　弦外之音

反義　直言不諱　實話實說

言必有據 ㄧㄢˊ ㄅㄧˋ ㄧㄡˇ ㄐㄩˋ

所說的話一定有根據。

語源　明沈德符萬曆野獲編第二十五卷：「楊升庵云：皇明通紀為梁文康弟梁億所撰。其言必有據。」

例句　這篇論文考證詳確，言必有據，獲得很高的評價。

近義　旁徵博引　引經據典

反義　牽強附會　無稽之談

言多必失 ㄧㄢˊ ㄉㄨㄛ ㄅㄧˋ ㄕ 話說多了，必定會有出錯的地方。戒人要慎言。

語源 明朱用純治家格言：「處世戒多言，言多必失。」

例句 出門在外，說話應當有所節制，切記言多必失，否則得罪別人就不好了。

近義 多言買禍　禍從口出

反義 謹言慎行

言而有徵 ㄧㄢˊ ㄦˊ ㄧㄡˇ ㄓㄥ 說的話有所根據。徵，根據；證驗。

語源 左傳昭公八年：「子野之言君子哉！信而有徵。」

例句 他說話向來言而有徵，不會信口開河。

近義 言之鑿鑿　言必有據

反義 信口開河　信口雌黃

言而無信 ㄧㄢˊ ㄦˊ ㄨˊ ㄒㄧㄣˋ 說話不算數，不講信用。

語源 穀梁傳僖公二十二年：「言而不信，何以為言？」元關漢卿詐妮子調風月第一折：「交人道眼裏有珍，你可休言而無信。」

例句 做人以誠信為本，若是言而無信，出爾反爾，將無法在社會上立足。

近義 食言而肥　輕諾寡信

反義 言而有信　一諾千金

言行一致 ㄧㄢˊ ㄒㄧㄥˊ ㄧˊ ㄓˋ 說的和做的相互符合。

語源 宋趙善璙自警篇誠實：「力行七年而後成，自此言行一致，表裡相應。」

例句 陳經理為人剛正不阿，言行一致，是值得信任的夥伴。

近義 心口如一　表裡一致

反義 言行相悖　言行不一

言近旨遠 ㄧㄢˊ ㄐㄧㄣˋ ㄓˇ ㄩㄢˇ 語言淺近而含意深遠

語源 孟子盡心下：「言近而指遠者，善言也。」

例句 論語內容言近旨遠，富含哲理，可作為立身處事的準則。

近義 言淺意深　意味深長

反義 不知所云　言不及義

言信行果 ㄧㄢˊ ㄒㄧㄣˋ ㄒㄧㄥˊ ㄍㄨㄛˇ 參見「言必信，行必果」。

言為心聲 ㄧㄢˊ ㄨㄟˊ ㄒㄧㄣ ㄕㄥ 言語是思想意志的表現或反映。

語源 漢揚雄法言問神：「故言，心聲也；書，心畫也。」

例句 言論自由是民主社會的基本人權，言為心聲，不平則鳴，人人皆可在不違法的前提下，自由表達意見。

言淺意深 ㄧㄢˊ ㄑㄧㄢˇ ㄧˋ ㄕㄣ 言詞淺近而含意深長、意義深遠。

語源 清汪寄海國春秋第九回：「顧庶長看畢，歎道：『言淺意深，實此日對症之妙劑也。』」

例句 老師的一席話言淺意深，同學們都覺得受益良多。

近義 言近旨遠　意味深長

反義 言不及義　無病呻吟

言猶在耳 ㄧㄢˊ ㄧㄡˊ ㄗㄞˋ ㄦˇ 話音還清楚地在耳邊迴響。形容對別人說的話印象深刻。

語源 左傳文公七年：「今君雖終，言猶在耳。」

例句 許老師雖已退休，但他在課堂上對我們的諄諄教誨，言猶在耳，我們必當身體力行，不辜負老師的期望。

近義 記憶猶新　歷歷如繪

反義 馬耳東風　充耳不聞

言過其實 ㄧㄢˊ ㄍㄨㄛˋ ㄑㄧˊ ㄕˊ 形容說話浮誇，與實際不符。

語源 漢劉安淮南子主術訓：「言不得過其實，行不得踰其法。」三國志蜀書馬良傳：「馬謖言過其實，不可大用，君其

察之。」

【例句】他依據一兩次民調的領先便篤定自己可以當選，未免言過其實。

【近義】誇大其詞　加油添醋

【反義】恰如其分　持平之論

言談舉止　ㄧㄢˊ ㄊㄢˊ ㄐㄩˇ ㄓˇ　人的言語、舉動和行為。泛指人的談吐和風度。

【語源】明黃宗羲陳母沈孺人墓誌銘：「其言談舉止，不問可知為胡先生弟子也。」

【例句】從邱小姐平常的言談舉止，可以看出她是個很有教養的女孩。

【近義】一言一行　一舉一動

言歸正傳　ㄧㄢˊ ㄍㄨㄟ ㄓㄥˋ ㄓㄨㄢˋ　把話頭拉回到正題上來。舊小說、話本中常用的套語。正傳，正題；本題。

【語源】清文康兒女英雄傳第五回：「如今說書的把這話交代清楚，不再絮煩，言歸正傳。」

【辨析】傳，音ㄓㄨㄢˋ，不讀ㄔㄨㄢˊ。

【例句】廢話少說，我們言歸正傳，剛才交代你辦的事，可千萬不要出錯。

【近義】長話短說　廢話少說

【反義】東拉西扯　拉三扯四

言歸於好　ㄧㄢˊ ㄍㄨㄟ ㄩˊ ㄏㄠˇ　指彼此不計前嫌，重新和好。言，句首助詞，多置於動詞之前。無義。歸，回到。好，和好。

【語源】左傳僖公九年：「凡我同盟之人，既盟之後，言歸於好。」

【例句】幾天冷戰下來，讓他們了解彼此有多麼在乎對方，於是又言歸於好。

【近義】重修舊好　握手言歡

【反義】惡言相向　分道揚鑣

言簡意賅　ㄧㄢˊ ㄐㄧㄢˇ ㄧˋ ㄍㄞ　言詞簡要而意思完備。形容言談或文章簡明扼要。賅，通「該」。完備；充足。

【語源】清朱庭珍筱園詩話卷一：「夫不盡而盡者，情深於中，韻溢於外，言簡意該，詞近旨遠。」

【例句】這篇文章雖然篇幅短小，但文辭精練，言簡意賅，稱得上是一篇佳作。

【近義】簡明扼要　要言不煩

【反義】連篇累牘　長篇大論

言聽計從　ㄧㄢˊ ㄊㄧㄥ ㄐㄧˋ ㄘㄨㄥˊ　所說的話、所出的主意都聽從採納。形容對人十分信任。也作「言聽計用」。

【語源】史記淮陰侯列傳：「漢王授我上將軍印，與我數萬眾，解衣衣我，推食食我，言聽計用，故吾得以至於此。」魏書崔浩傳論：「崔浩才藝通博……值世祖經營之日，言聽計從。」

【例句】自從陳經理為公司拉到一位重要客戶之後，老闆便對他言聽計從，還準備升他為總經理。

【近義】唯命是聽　百依百順

【反義】剛愎自用　我行我素

言必信，行必果　ㄧㄢˊ ㄅㄧˋ ㄒㄧㄣˋ　ㄒㄧㄥˊ ㄅㄧˋ ㄍㄨㄛˇ　原指持守小信小義。現多取其正面義，指講話必定兌現，行事必定果決。也作「言信行果」。

【語源】論語子路：「言必信，行必果，硜硜然小人哉！」清瀛園舊主木蘭奇女傳第六回：「此人果是豪傑之士，自然疏財仗義，言信行果。」

【例句】做人講求誠信，言必信，行必果，則能立足社會，通行無阻。

【近義】言行一致　言行如一

反義 優柔寡斷 言而無信

言者無罪，聞者足戒 發言者的意見即使不完全正確，也不會有罪責；聽取者即使沒有所指出的錯誤，也可引以為戒。也作「言之者無罪，聞之者足戒」。

語源 詩經序：「上以風化下，下以風刺上，主文而譎諫，言之者無罪，聞之者足以戒，故曰風。」

例句 今天的檢討會是對事不對人，言者無罪，聞者足戒，請大家盡量發言。

言者諄諄，聽者藐藐 說話的人懇切叮嚀，聽的人卻無動於中。諄諄，懇切的樣子。藐藐，輕視的樣子。

語源 詩經大雅抑：「誨爾諄諄，聽我藐藐。」清蕭魯甫醒世新編第二十八回：「著為論說，勸人戒絕，無如言者諄諄，聽者藐藐。」

例句 老師苦口婆心地告誡小明，只是言者諄諄，聽者藐藐，他一放學就忘得一乾二淨了。

2

計上心來 計謀湧上心頭來。也作「計上心頭」。

語源 元馬致遠破幽夢孤雁漢宮秋第一折：「不要倒好了他，眉頭一縱，計上心來。」

例句 老劉眉頭一皺，計上心來，臉上隨即現出一絲陰險的笑容。

近義 靈機一動

反義 無計可施 計無所出

計日而待 計算著時日來等待。形容預期的事情就快要實現。

語源 三國蜀諸葛亮出師表：「侍中、尚書、長史、參軍，此悉貞亮死節之臣，願陛下親之信之，則漢室之隆，可計日而待也。」

例句 只要你保持規律的運動，加上飲食的控制，要恢復窈窕的身材定可計日而待。

近義 指日可待 可立而待

計出萬全 形容計畫得十分周密，不會有意外狀況。

語源 紅樓夢第六十四回：「賈璉只顧貪圖二姐美色，聽了賈蓉一篇話，遂為計出萬全。」

例句 為了達成這項任務，他事前準備充分，計出萬全，相信不會有任何閃失。

近義 萬全之策 算無遺策

反義 無計可施 掛一漏萬

計無所出 想不出什麼辦法來。

語源 三國志吳書妃嬪傳裴松之注引會稽典錄：「士大夫憂恐，計無所出。」

例句 面對這個難題，連小趙這個智多星也計無所出，大家只好放棄。

近義 一籌莫展 無計可施

3

討價還價 本指市場上為物價而彼此爭討。今也用以比喻雙方針對某事為自己爭取有利的條件。

語源 明馮夢龍喻世明言卷一：「三巧兒問了他討價還價，便道：『真個虧你些兒。』」

例句 ①為了負擔能輕鬆些，他跟房東討價還價了半天仍然沒用。②他這個人說一不二，跟他討價還價，只是自討沒趣而已。

反義 市不二價 說一不二

訓練有素 練習操演得極為精熟。素，平常；向來。

語源 宋史王顯傳：「蓋兵不貴多，貴乎訓練之有素。」

例句 訓練有素的三軍健兒在閱兵典禮上，展現出精良的戰技和壯碩的體魄。

近義 有備無患

反義 臨陣磨槍

記憶猶新（ㄐㄧˋ ㄧˋ ㄧㄡˊ ㄒㄧㄣ） 記憶、印象依然很清晰。

語源 宋劉克莊跋章南舉千橐：「友去之數十年，猶記憶如新相知。」

例句 雖然已過了數十寒暑，但他對於童年的趣事依然記憶猶新。

近義 言猶在耳　歷歷如繪

反義 不復記憶

4

設身處地（ㄕㄜˋ ㄕㄣ ㄔㄨˇ ㄉㄧˋ） 設想自己置身在他人的處境中。指能客觀地從他人的立場著想。

語源 中庸：「體群臣也。」宋朱熹注：「『體』謂設以身、處其地而察其心也。」

例句 凡事多設身處地為別人著想，就能減少紛爭。

近義 將心比心　易地而處

5

評頭論足（ㄆㄧㄥˊ ㄊㄡˊ ㄌㄨㄣˋ ㄗㄨˊ） 原指評論婦女的容貌，今泛指對人或事說長道短，多方挑剔。也作「品頭論足」。

語源 清蒲松齡聊齋誌異阿寶：「女起遽去。眾情顛倒，品頭題足，紛紛若狂。」清許叔平里乘卷七：「女東亦東，女西亦西，評頭論足，肆口穢謔。」常傑淼雍正劍俠圖第四十七回：「上一眼，下一眼，品頭論足，偷看婦女。」

例句 他沒事就喜歡在背後批評別人，隨意評頭論足，難怪大家都不喜歡他。

近義 說長道短　說三道四

詞不達意（ㄘˊ ㄅㄨˋ ㄉㄚˊ ㄧˋ） 言詞或文詞不能表達心中的意思。也作「辭不達意」。

語源 晉陸機文賦：「恆患意不稱物，文不逮意。」唐權德輿送張僕射歸徐州序：「德輿辱當授簡，詞不逮意。」宋釋惠洪石門文字禪高安城隍廟記：「蓋五百年而書功烈者，詞不達意，余嘗歎息之。」

例句 他想以一封情書來表達對林小姐的愛慕，無奈文采不佳，寫來詞不達意，只得作罷。

近義 語焉不詳　不知所云

反義 一針見血　鞭辟入裡

詞窮理屈（ㄘˊ ㄑㄩㄥˊ ㄌㄧˇ ㄑㄩ） 道理不充分，沒有言辭可以辯解。窮，盡。理屈，理虧。也作「理屈詞窮」。

語源 宋蘇軾論河北京東盜賊狀：「切詳按問，自言皆是詞窮理屈，勢必不免。」

例句 他犯錯之後仍想辯解，只是詞窮理屈，誰也不相信他。

近義 站不住腳　無言以對

反義 理直氣壯　振振有詞

詠絮之才（ㄩㄥˇ ㄒㄩˋ ㄓ ㄘㄞˊ） 稱讚有才華、能詩文的才女。詠絮，以柳絮詠雪。晉代才女謝道韞曾以「未若柳絮因風起」之句詠雪飛之狀，傳為美談。

語源 南朝宋劉義慶世說新語文學：「謝太傅寒雪日內集，與兒女講論文義。俄而雪驟，公欣然曰：『白雪紛紛何所似？』兄子胡兒曰：『撒鹽空中差可擬。』兄女（謝道韞）曰：『未若柳絮因風起。』公大笑樂。」清煙霞散人鳳凰池第十回：「抑且詠絮之才，可與吉人相唱和，故敢衒玉求售，仰扳秦晉，不識肯俯就否？」

例句 她不僅人長得漂亮，還是個詠絮之才，文學造詣很高，是校園裡的風雲人物。

近義 掃眉才子　不櫛進士

6

詩中有畫 ㄕ ㄓㄨㄥ ㄧㄡˇ ㄏㄨㄚˋ 形容詩作善於描寫景物，優美如畫。常與「畫中有詩」連用。

語源 宋蘇軾書摩詰藍田煙雨圖：「味摩詰之詩，詩中有畫；觀摩詰之畫，畫中有詩。」

例句 他的詩作善於描寫風光景致，這首淡雅的山水詩更堪稱詩中有畫的佳作。

詩情畫意 ㄕ ㄑㄧㄥˊ ㄏㄨㄚˋ ㄧˋ 詩的情致和畫的意境。形容景色優美或情調閒雅。

語源 清毛祥麟墨餘錄還山圖：「詩情畫意，尚可言傳，惟此一片深情，當於言外領味。」

例句 她退休後又學唱歌，又學插花，生活充滿詩情畫意。

近義 良辰美景　陶然自得

詭計多端 ㄍㄨㄟˇ ㄐㄧˋ ㄉㄨㄛ ㄉㄨㄢ 奸詐狡猾，計謀很多。詭計，狡詐的計謀。多端，繁多。也作「鬼計多端」。

語源 宋蘇轍論呂惠卿：「懷張湯之辯詐，兼盧杞之奸凶，詭變多端。」三國演義第一一七回：「維詭計多端，詐取雍州。」清俞萬春蕩寇志第八十九回：「陳希真那廝鬼計多端。」

例句 他是個詭計多端的人，小心別上他的當。

近義 老奸巨猾　兩面三刀

反義 胸無城府　天真無邪

詭譎多變 ㄍㄨㄟˇ ㄐㄩㄝˊ ㄉㄨㄛ ㄅㄧㄢˋ 怪異且變化不定。詭譎，奇特、怪異。

語源 魏書蕭衍傳：「納逋叛之詭譎，蔑信義以猖狂。」

例句 這陣子的天氣詭譎多變，忽冷忽熱，小心不要感冒。

近義 變化多端　反覆無常

詰屈聱牙 ㄐㄧㄝˊ ㄑㄩ ㄠˊ ㄧㄚˊ 形容文字艱深難讀。詰屈，曲折不順。聱牙，拗口。也作「佶屈聱牙」。

語源 唐韓愈進學解：「周誥殷盤，佶屈聱牙。」明楊爾曾韓湘子全傳序：「而章法龐雜舛錯，諺詞詰屈聱牙。」

例句 漢賦文字詰屈聱牙，若非學有專精，很難讀通。

話不投機 ㄏㄨㄚˋ ㄅㄨˋ ㄊㄡˊ ㄐㄧ 談話的內容、旨趣不契合心意。投機，指心意相合。也作「語不投機」。

語源 宋釋普濟五燈會元卷十二雲峰文悅禪師：「所以道，言無展事，語不投機，承言者喪，滯句者迷。」元王子一誤入桃源第三折：「喫緊的理不服人，言不諳典，話不投機。」

例句 因為他滿口生意經，我見話不投機，就草草結束兩人的會面。

反義 靈犀相通

話中有話 ㄏㄨㄚˋ ㄓㄨㄥ ㄧㄡˇ ㄏㄨㄚˋ 話中還有其他意思。

語源 明抱甕老人今古奇觀第十二卷：「商尚書見柳春蔭話中有話，因攜著他的手道：『此處不便講話，可到小舟一談。』」

例句 老張電話中雖沒明講，但我知道他話中有話，必須找時間和他詳談。

近義 弦外之音　意在言外

反義 打開天窗說亮話

誅心之論 ㄓㄨ ㄒㄧㄣ ㄓ ㄌㄨㄣˋ 推究、揭穿動機的評論。也泛指深刻的議論。誅心，譴責真正的用心。誅，譴責。

語源 後漢書霍諝傳：「諝聞春秋之義，原情定過，赦事誅

意。」清李汝珍鏡花緣第九十回：「這個『撕』字乃誅心之論，如何不切！」

例句 他在辯論中提出的誅心之論，往往令對手招架不住。

近義 入室操戈　讜言嘉論

反義 悠悠之談　不經之談

誅求無已 ㄓㄨ ㄑㄧㄡˊ ㄨˊ ㄧˇ　指勒索榨取，沒完沒了。誅求，索求。已，停止。

語源 左傳襄公三十一年：「以敝邑褊小，介於大國，誅求無時。」漢董仲舒春秋繁露王道：「誅求無已，天下空虛。」

例句 政府應為人民謀福祉，若是巧立名目，誅求無已，將會為人民所唾棄。

近義 巧取豪奪　橫徵暴斂

反義 一介不取　秋毫無犯

誇下海口 ㄎㄨㄚ ㄒㄧㄚˋ ㄏㄞˇ ㄎㄡˇ　比喻誇口說大話，自我吹噓。

語源 清俞萬春蕩寇志第八十六回：「我一時負氣，魏虎臣面前誇下海口，不料陳希真果然利害。」

例句 郭老闆誇下海口，要在兩年內拿下手機銷售的世界第一，我們且拭目以待。

近義 大吹大擂　大言不慚

誇大其詞 ㄎㄨㄚ ㄉㄚˋ ㄑㄧˊ ㄘˊ　措詞誇張，超出事實。

語源 宋史王祖道傳：「蔡京開邊，祖道欲乘時徼富貴，誘王江酋、楊晟免等使納土，誇大其詞。」

例句 許多減肥廣告往往誇大其詞，你可別太過相信，以免造成人財兩失。

近義 加油添醋　言過其實

反義 恰如其分　持平之論

誠惶誠恐 ㄔㄥˊ ㄏㄨㄤˊ ㄔㄥˊ ㄎㄨㄥˇ　形容非常惶恐不安的樣子。誠，真的。

語源 漢許沖上說文解字書：「臣沖誠惶誠恐，頓首頓首，死罪死罪。」

例句 第一次跟女朋友的父母吃飯，小華誠惶誠恐地坐在旁邊，不敢稍有鬆懈。

近義 惶恐不安　惴惴不安

反義 泰然自若　泰然處之

7

認賊作父 ㄖㄣˋ ㄗㄟˊ ㄗㄨㄛˋ ㄈㄨˋ　把仇敵認作父親。比喻賣身求榮，投靠敵人。原作「認賊為子」。

語源 楞嚴經卷九：「或著鬼神，或遭魑魅，心中不明，認賊為子。」

例句 他害得你家破人亡，你還認賊作父，替他做事，真令人無法理解。

近義 靦顏事仇

反義 不共戴天　誓不兩立

誓不甘休 ㄕˋ ㄅㄨˋ ㄍㄢ ㄒㄧㄡ　發誓不達目的絕不甘心罷休。

語源 明無名氏包公案第九十五則：「我不致此賊於死地，誓不甘休！」

例句 如果不能獲得調薪，司機工會揚言將無限期罷工，誓不甘休。

近義 堅持到底

反義 善罷甘休　適可而止

誓不兩立 ㄕˋ ㄅㄨˋ ㄌㄧㄤˇ ㄌㄧˋ　絕對不和敵對的人並立於天地之間。形容仇恨很深。誓，發誓。

語源 三國演義第四十四回：「瑜曰：『吾與老賊誓不兩立！』」

例句 他們兩人自從上次投資獲利分配不均，反目成仇後，便誓不兩立、互不往來了。

近義 不共戴天　你死我活

反義 化敵為友　前嫌盡釋

誓死不屈 ㄕˋ ㄙˇ ㄅㄨˋ ㄑㄩ　發誓寧死也不屈服。形容人的節操。

言

語源 宋朱熹跋王樞密答司馬忠潔公帖：「司馬忠潔公仗節虜廷，誓死不屈。」

例句 蘇武被匈奴放逐北海荒地牧羊，誓死不屈的精神，受到後人的景仰。

近義 重義輕生　視死如歸

反義 貪生怕死　降志辱身

語出驚人 ㄩˇ ㄔㄨ ㄐㄧㄥ ㄖㄣˊ　說出的話語很奇特，令人驚異。

例句 他常語出驚人，讓人反應不及。

反義 語不驚人

語重心長 ㄩˇ ㄓㄨㄥˋ ㄒㄧㄣ ㄔㄤˊ　言詞懇切，用意深長。

語源 蔡東藩兩晉通俗演義第二十三回：「語重心長，實為當世作一棒喝。」

例句 出國前父親語重心長的叮嚀，我一定會銘記在心。

近義 苦口婆心　諄諄告誡

反義 冷嘲熱諷　冷言冷語

語焉不詳 ㄩˇ ㄧㄢ ㄅㄨˋ ㄒㄧㄤˊ　指文字或言詞內容含糊不清。

語源 唐韓愈原道：「擇焉而不精，語焉而不詳。」

例句 這封信語焉不詳，害大家猜疑了許久。

近義 含糊其辭　詞不達意

反義 巨細靡遺

語無倫次 ㄩˇ ㄨˊ ㄌㄨㄣˊ ㄘˋ　話講得顛三倒四，沒有條理層次。倫次，條理；次序。

語源 宋蘇軾東坡志林卷一一：「信筆書紙，語無倫次，又當尚有漏落者，方醉不能詳也。」

例句 他驚恐過度，語無倫次，對於火災的發生說不出個所以然來。

近義 顛三倒四　不知所云

反義 有條不紊　頭頭是道

誤人子弟 ㄨˋ ㄖㄣˊ ㄗˇ ㄉㄧˋ　耽誤別人家孩子的學習。形容教師不稱職。

語源 清趙翼答友：「誤人子弟由輕獎。」

例句 陳老師上次摔傷後，自覺腦力受損，上課越來越吃力，為免誤人子弟，只好申請提前退休。

近義 枉為人師

反義 作育英才

誤入歧途 ㄨˋ ㄖㄨˋ ㄑㄧˊ ㄊㄨˊ　由於受到迷惑而走上錯誤的道路。歧途，岔路。此指錯誤的道路。

語源 清無垢道人八仙得道第十二回：「弟子方可日漸精進，不致誤入歧途。」

例句 他年輕時因交友不慎而誤入歧途，如今迷途知返，我們要多給他加油鼓勵。

近義 一念之差

反義 迷途知返　浪子回頭

誤打誤撞 ㄨˋ ㄉㄚˇ ㄨˋ ㄓㄨㄤˋ　形容無意中湊巧切合。

語源 元關漢卿雙赴夢第二折：「這夢先應先知，臣則是誤打誤撞。」

例句 那家藥廠在進行心臟藥物的臨床測試時，誤打誤撞，意外開發出「威而鋼」，成為無數男人的救星。

近義 無巧不成書　無心插柳柳成蔭

反義 處心積慮　大費周章

誨人不倦 ㄏㄨㄟˋ ㄖㄣˊ ㄅㄨˋ ㄐㄩㄢˋ　樂於教人，不覺疲倦。形容不厭其煩地開導教育人。誨，教導。倦，厭倦。

語源 論語述而：「子曰：『默而識之，學而不厭，誨人不倦，何有於我哉？』」

例句 林同學雖然頑劣，但是李老師秉持誨人不倦的精神，終於使他改過向善。

近義 諄諄教誨　循循善誘

反義 誤人子弟

誨盜誨淫（ㄏㄨㄟˋ ㄉㄠˋ ㄏㄨㄟˋ ㄧㄣˊ） 引誘別人偷竊淫邪。誨，誘導。

語源 易經繫辭上：「慢藏誨盜，冶容誨淫。」

例句 你這樣誇耀財富，正是誨盜誨淫，小心宵小上門。

近義 教猱升木

反義 循循善誘

說一不二（ㄕㄨㄛ ㄧ ㄅㄨˋ ㄦˋ） 表示說話信實，絕不變更。

語源 清陳朗雪月梅傳：「岑忠知嚴先生是說一不二的，也不再言。」

例句 他一向說一不二，這件事就包在他身上，你大可放心。

近義 一諾千金　言而有信

反義 出爾反爾　食言而肥

說三道四（ㄕㄨㄛ ㄙㄢ ㄉㄠˋ ㄙˋ） 指隨意地評論。

語源 唐宋若昭、宋若華女論語學禮：「莫學他人，不知朝暮，走遍鄉村，說三道四，引惹惡聲，多招罵怒。」

例句 有些人閒來無事，便喜歡說三道四，惹出許多是非。

近義 說長道短　說長論短

說好說歹（ㄕㄨㄛ ㄏㄠˇ ㄕㄨㄛ ㄉㄞˇ） 好話、壞話都說了。①指百般地勸說或請求。②指評論好壞。

語源 金瓶梅詞話第十六回：「我趕眼錯就走出來，還要攔阻。又說好說歹，放了我來。」明馮夢龍醒世恆言卷二十：「眾人哪裡肯信，一路上說好說歹，不止一個，都跟來看。」

例句 ①弟弟又不吃青菜了，媽媽說好說歹，他才勉強夾了一朵青花菜送進嘴裡。②你自己也沒做好，還有臉在那裡說好說歹，批評別人？

近義 苦口婆心　說長道短

說東道西（ㄕㄨㄛ ㄉㄨㄥ ㄉㄠˋ ㄒㄧ） 沒有主題地隨意談話，或沒有根據地隨意評論。

語源 敦煌變文集茶酒論：「阿誰許你，各擬論功；言詞相毀，道西說東。」宋釋惟白續傳燈錄第二十卷：「那堪長老鼓兩片皮，搖三寸舌，說東道西，指南言北。」

例句 廟口的榕樹下，常有幾位阿公、阿婆泡茶聊天，說東道西，消磨時光。

近義 談天說地　說三道四

說長道短（ㄕㄨㄛ ㄔㄤˊ ㄉㄠˋ ㄉㄨㄢˇ） 談論別人的是非長短。多指對人不滿而發議論。

語源 漢崔瑗座右銘：「無道人之短，無說己之長。」

例句 團體生活中，切忌說長道短，搬弄是非。

近義 評頭論足　說三道四

反義 皮裡陽秋

說時遲，那時快（ㄕㄨㄛ ㄕˊ ㄔˊ ㄋㄚˋ ㄕˊ ㄎㄨㄞˋ） 想加以形容、描述時已嫌慢了，事情發生的當下是非常快的。形容動作非常迅速，或事情發生得非常突然。

語源 金瓶梅第一回：「說時遲，那時快，武松見大蟲撲來，只一閃，閃在大蟲背後。」

例句 眼看那輛車煞車不及，即將撞上小孩，說時遲，那時快，哥哥一個箭步上前將他抱走，化解危機。

近義 迅雷不及掩耳

反義 慢條斯理

8

調皮搗蛋（ㄊㄧㄠˊ ㄆㄧˊ ㄉㄠˇ ㄉㄢˋ） 頑皮淘氣，喜歡玩鬧。

例句 弟弟老愛在學校調皮搗蛋，讓爸媽傷透腦筋。

調兵遣將 ㄉㄧㄠˋ ㄅㄧㄥ ㄑㄧㄢˇ ㄐㄧㄤˋ 調動或派遣軍隊。也比喻調配人力。

語源 水滸傳第六十六回：「早早調兵遣將，勦除賊寇報讎。」

例句 看他調兵遣將，指揮若定，我軍一定可以打勝仗。

近義 運籌帷幄

反義 按兵不動

調和鼎鼐 ㄊㄧㄠˊ ㄏㄜˊ ㄉㄧㄥˇ ㄋㄞˋ 調和鍋中食物的味道。比喻治理國事，也常指宰相的職責。鼎，古代烹飪的器具。鼐，大鼎。鼎鼐，也借指宰相的職位。

語源 呂氏春秋慎大覽察今：「嘗一脟肉，而知一鑊之味，一鼎之調。」唐杜甫上書左相二十韻：「沙汰江河濁，調和鼎鼐新。」

例句 身為閣揆，必須具備調和鼎鼐的本領，才能使政務上軌道。

調虎離山 ㄉㄧㄠˋ ㄏㄨˇ ㄌㄧˊ ㄕㄢ 設法將老虎引開山頭。比喻誘使對方離開有利的據點，以便趁機行事。

語源 西遊記第五十三回：「我是個調虎離山計，哄你出來爭戰，卻著我師弟取水去了。」

例句 外界對許教練的批評都是不實的，可不要中了他人的調虎離山之計，把他給撤換了。

諄諄告誡 ㄓㄨㄣ ㄓㄨㄣ ㄍㄠˋ ㄐㄧㄝˋ 誠懇而不厭其煩地勸戒。諄諄，誠懇教誨的樣子。

語源 詩經大雅抑：「誨爾諄諄，聽我藐藐。」宋費衮閒樂異事：「命諸子子婦皆坐，置酒，諄諄告戒。」

例句 他對於母親的諄諄告誡置若罔聞，仍然每天沉迷在網路遊戲之中。

近義 苦口婆心　耳提面命

反義 棄之不顧

諄諄教誨 ㄓㄨㄣ ㄓㄨㄣ ㄐㄧㄠˋ ㄏㄨㄟˋ 懇切耐心地教導。諄諄，叮嚀告諭；懇切教導。

語源 詩經大雅抑：「誨爾諄諄，聽我藐藐。」蔡東藩明史通俗演義第七十六回：「銖諄諄教誨，每勖生徒以忠孝大節。」

例句 對於師長們三年來的諄諄教誨，同學們在畢業紀念冊上寫滿了感謝的話。

近義 諄諄告誡　循循善誘

談天說地 ㄊㄢˊ ㄊㄧㄢ ㄕㄨㄛ ㄉㄧˋ 形容漫無邊際地閒談。

語源 元喬吉醉太平：「坐蒲團攀風咏月窮活路，按葫蘆談天說地醉模糊。」

例句 每天傍晚，廟前的榕樹下總會有一些老人家聚在那裡談天說地，消磨時光。

近義 談古論今　說東道西

談何容易 ㄊㄢˊ ㄏㄜˊ ㄖㄨㄥˊ ㄧˋ 本指向君王進言並非容易的事。今引申指事情做起來並不像嘴上說的那麼容易。

語源 漢東方朔非有先生論：「吳王曰：『可以談矣，寡人竦意而聽焉。』先生曰：『於戲！可乎哉？可乎哉？談何容易！』」

例句 王先生早就處心積慮要爭取經理的職位，現在要他放棄，真是談何容易！

近義 難如登天　難上加難

反義 易如反掌　輕而易舉

談言微中 ㄊㄢˊ ㄧㄢˊ ㄨㄟ ㄓㄨㄥˋ 說話委婉隱約，卻又能說到要害。

語源 史記滑稽列傳：「談言微中，亦可以解紛。」

例句 他聰明機伶，妙語如珠，

常能談言微中，因此成為電視談話節目的常客。

近義　出口成章　妙語如珠

反義　口無遮攔　不著邊際

談虎色變（ㄊㄢˊ ㄏㄨˇ ㄙㄜˋ ㄅㄧㄢˋ）　曾被虎傷過的人一談到虎就驚恐變色。比喻談到可怕的事物就心生恐懼。

語源　宋程頤、程顥二程遺書卷二上：「常見一田夫曾被虎傷，有人說虎傷人，眾莫不驚，獨田夫色動異於眾。」清徐珂清稗類鈔鑒賞類：「關隴、鞏洛之交，往往談虎色變。」

例句　九二一大地震之後，人人談虎色變，許多斷層地帶的房子都賣不出去了。

近義　心有餘悸　驚魂未定

反義　處之泰然　安之若素

談笑自如（ㄊㄢˊ ㄒㄧㄠˋ ㄗˋ ㄖㄨˊ）　有說有笑，非常自在。形容沉著鎮定或態度自然。自如，如常不變。也作「談笑自若」、「言笑自若」或「言笑自如」。

語源　漢書李廣傳：「會暮，吏士無人色，而廣意氣自如。」三國志蜀書關羽傳：「臂血流離，盈於盤器，而羽割炙引酒，言笑自若。」宋陳師道後山談叢卷一：「契丹犯澶淵，急書日至，一夕凡五至，萊公不發封，談笑自如。」

例句　我很佩服小新在心儀的女子面前依然談笑自如，換做我，早已臉紅心跳，手足無措了。

近義　泰然自若　神色自若

反義　不知所措　驚慌失措

談笑風生（ㄊㄢˊ ㄒㄧㄠˋ ㄈㄥ ㄕㄥ）　有說有笑，風趣活潑。形容說話動聽或興致高昂。

語源　宋汪藻鮑吏部集序：「風度凝遠，如晉宋間人，談笑風生，坐者皆屈。」

例句　昨天見他還談笑風生，一點也沒什麼異樣，誰想今天會做出這種傻事呢？

近義　妙語如珠　有說有笑

反義　神情黯淡　落落寡歡

談情說愛（ㄊㄢˊ ㄑㄧㄥˊ ㄕㄨㄛ ㄞˋ）　戀愛中人互訴情意。

例句　這麼浪漫的咖啡廳，最適合談情說愛，不妨約你的女朋友來喝個下午茶吧。

近義　卿卿我我　你儂我濃

請自隗始（ㄑㄧㄥˇ ㄗˋ ㄨㄟˇ ㄕˇ）　請從任用我郭隗開始。原指想獲得人才，就拿我當示範。後用來比喻自告奮勇或自願帶頭。隗，郭隗，戰國時代遊說之士。也作「請從隗始」。

語源　戰國策燕策一：「今王誠欲致士，先從隗始。隗且見事，況賢於隗者乎？」唐韓愈與于襄陽書：「愈雖不才，其自處不敢後於恆人，閤下將求之而未得歟？古人有言，請自隗始。」

例句　既然沒人敢接下這擔子，那就請自隗始，讓我來吧！

近義　自告奮勇　奮勇當先

反義　裹足不前　視為畏途

請君入甕（ㄑㄧㄥˇ ㄐㄩㄣ ㄖㄨˋ ㄨㄥˋ）　比喻以某人整治他人的手法來整治他自己。意同「以其人之道還治其人之身」。

語源　新唐書周興傳：「(來俊臣)謂興曰：『囚多不肯承，若為作法？』興曰：『甚易也。取大甕，以炭四面炙之，令囚人處之其中，何事不吐！』即索大甕，以火圍之，起謂興曰：『有內狀勘老兄，請兄入此甕。』興惶恐叩頭，咸即款伏。」

例句　這條遊戲規則是你定出來的，如今你帶頭犯規，我們

只好「請君入甕」了！

近義 以其人之道，還治其人之身　自作自受

請纓上陣 ㄑㄧㄥˇ ㄧㄥ ㄕㄤˋ ㄓㄣˋ 比喻自告奮勇，接下任務。纓，繩索。

語源 漢書終軍傳：「南越與漢和親，乃遣軍使南越，說其王，欲令入朝，比內諸侯。軍自請：『願受長纓，必羈南越王而致之闕下。』」唐王勃滕王閣序：「無路請纓，等終軍之弱冠。」

例句 這個選區長期是甲黨的天下，本屆市議員選舉，他自動請纓上陣，願意代表乙黨出馬一搏。

近義 自告奮勇　當仁不讓

反義 臨陣脫逃　裹足不前

論及婚嫁 ㄌㄨㄣˋ ㄐㄧˊ ㄏㄨㄣ ㄐㄧㄚˋ 男女雙方到了談論結婚的階段。指二人決定結婚。婚嫁，嫁娶之事。

例句 表姐和交往多年的男友已經論及婚嫁，衷心祝福她找到幸福的歸宿。

論功行賞 ㄌㄨㄣˋ ㄍㄨㄥ ㄒㄧㄥˊ ㄕㄤˇ 按照功勞大小，給予相當的獎賞。

語源 管子地圖：「論功勞，行賞罰，不敢蔽賢有私行。」

例句 贏得區運團體冠軍後，領隊論功行賞，隊員們個個喜出望外。

近義 賞罰分明

反義 賞罰不公

諸如此類 ㄓㄨ ㄖㄨˊ ㄘˇ ㄌㄟˋ 種種與此相似的。諸，各種。

語源 晉葛洪抱朴子辨問：「諸若此類，不可具舉。」晉書刑法志：「諸如此類，皆為以威勢得財而罪相似者也。」

例句 明清古董、字畫、家具，諸如此類的收藏，量多而精，是這家博物館最吸引人的地方。

近義 以此類推

9

諱疾忌醫 ㄏㄨㄟˋ ㄐㄧˊ ㄐㄧˋ ㄧ 忌諱談到生病，不願看醫生。指隱瞞病情，不加治療。也比喻掩飾自己的過失，不願接受別人的勸告。

語源 宋周敦頤周元公集：「今人有過，不喜人規，如諱疾而忌醫，寧滅其身而無悟也。」

例句 ①你便祕這麼久還不理它，最好去做個直腸檢查吧！別再諱疾忌醫了。②做錯事要勇於承擔，不要一味逃避，諱疾忌醫，否則永遠得不到教訓。

近義 文過飾非　拒諫飾非

反義 從善如流　知過能改

諱莫如深 ㄏㄨㄟˋ ㄇㄛˋ ㄖㄨˊ ㄕㄣ 原指事情重大，因而隱瞞不說。後用來形容隱瞞得非常嚴密，唯恐別人知道。諱，隱瞞。深，事件嚴重。

語源 穀梁傳莊公三十二年：「公子慶如齊。此奔也，其曰『如』，何也？諱莫如深，深則隱，苟有所見，莫如深也。」意思是：魯公子慶父謀殺太子而逃到齊國，春秋不明記此事，是因為事件嚴重，為了怕傷臣子之心，即使親眼看到，也隱諱而不加以明說。

例句 此事關係到整個公司的榮譽，因此高層主管都諱莫如深，要等董事長回國再做處理。

近義 三緘其口　絕口不提

反義 直言不諱　和盤托出

諾諾連聲 ㄋㄨㄛˋ ㄋㄨㄛˋ ㄌㄧㄢˊ ㄕㄥ 連連地隨聲答應。表示同意。

語源 元關漢卿杜蕊娘智賞金

線池第三折：「俺也曾輕輕喚著，躬躬前來，喏喏連聲。」

例句 媽媽要弟弟幫忙掃地和拖地板，弟弟諾諾連聲，因為做完他就可以出去玩了。

反義 不置可否 模稜兩可

謀定後動（ㄇㄡˊ ㄉㄧㄥˋ ㄏㄡˋ ㄉㄨㄥˋ） 計畫確定以後再採取行動。形容做事有計畫而不魯莽。

語源 新唐書李光弼傳：「光弼用兵，謀定而後戰。」

例句 此事關係重大，你一定要謀定後動，謹慎小心呀！

近義 三思而行 從長計議

反義 輕舉妄動 貿然行事

謀財害命（ㄇㄡˊ ㄘㄞˊ ㄏㄞˋ ㄇㄧㄥˋ） 為奪取財物而害人性命。

語源 明馮夢龍醒世恆言卷三三：「這段公事果然是小娘子與那崔寧謀財害命的時節，他兩人須連夜逃走他方，怎的又去鄰舍人家借宿一宵？」

例句 這種謀財害命的勾當你竟然做得出來，不怕遭受報應？

近義 殺人越貨

謀事在人，成事在天（ㄇㄡˊ ㄕˋ ㄗㄞˋ ㄖㄣˊ，ㄔㄥˊ ㄕˋ ㄗㄞˋ ㄊㄧㄢ） 事情的計劃和努力在於人為，而成功與否則靠天命。

語源 三國演義第一〇三回：「孔明嘆曰：『謀事在人，成事在天。不可強也！』」

例句 雖說「謀事在人，成事在天」；但若事前能有多一分準備，事情也就越可能成功。

反義 事在人為

謔而不虐（ㄋㄩㄝˋ ㄦˊ ㄅㄨˋ ㄋㄩㄝˋ） 開玩笑而不過分，不至於讓對方感到難堪。謔，開玩笑。虐，過分。

語源 詩經衛風淇奧：「善戲謔兮，不為虐兮。」

例句 他的幽默恰到好處，謔而不虐，能令聽者莞爾一笑。

近義 適可而止 點到為止

反義 口無遮攔 口不擇言

10

謙沖自牧（ㄑㄧㄢ ㄔㄨㄥ ㄗˋ ㄇㄨˋ） 以謙虛自我修養。牧，養。

語源 易經謙卦：「謙謙君子，卑以自牧也。」三國魏曹操報荀彧書：「前後謙沖，欲慕魯連先生乎？」唐魏徵諫太宗十思疏：「念高危，則思謙沖以自牧。」

例句 小王為人謙沖自牧，從不吹噓自己的長處，教人打從心底佩服他。

近義 虛懷若谷 卑以自牧

反義 自高自大 不可一世

謙謙君子（ㄑㄧㄢ ㄑㄧㄢ ㄐㄩㄣ ㄗˇ） 待人謙遜而又嚴於律己的人。

語源 易經謙卦：「謙謙君子，卑以自牧也。」

例句 他博學多聞，在學術界擁有崇高的地位，卻待人有禮，不炫耀自己的才學，真是個謙謙君子。

近義 虛懷若谷 謙沖自牧

反義 驕傲自大 盛氣凌人

講信修睦（ㄐㄧㄤˇ ㄒㄧㄣˋ ㄒㄧㄡ ㄇㄨˋ） 守信用，睦親鄰。

語源 禮記禮運：「大道之行也，天下為公，選賢與能，講信修睦。」

例句 如果人人都能講信修睦，犯罪案件將會減少許多。

近義 上和下睦 推誠相與

謝天謝地（ㄒㄧㄝˋ ㄊㄧㄢ ㄒㄧㄝˋ ㄉㄧˋ） 感謝天地。古人在無助或有所求時會祈求上天保祐。用來表達平安順利或願望實現時的慶幸與感激心情。

語源 宋邵雍伊川擊壤集：「每日清晨一炷香，謝天謝地謝三光。」明湯顯祖還魂記聞喜：「俺兒，謝天謝地，老爺平安回京了。」

例句 外公因為心臟病住院開刀，今天終於度過危險期，康復有望，真是謝天謝地！

11

謹小慎微 對於微小的事情都小心謹慎，不敢大意。形容態度謹慎。有時也指過於小心而顯得怕事。

語源 漢劉安淮南子人間：「聖人敬小慎微，動不失時。」清呂留良戊戌房書序：「非濂、洛之理不敢從，故其謹小慎微。」

例句 ①他是個謹小慎微的人，這件事交給他辦，應該不會出什麼紕漏。②做這種事需要有氣魄，不是謹小慎微的人能夠勝任的。

近義 臨深履薄 懲羹吹齏

反義 輕舉妄動 膽大妄為

謹言慎行 形容說話、做事都很小心謹慎。

語源 禮記緇衣：「故言必慮其所終，而行必稽其所敝；則民謹於言而慎於行。」宋史李穆傳：「質厚忠恪，謹言慎行。」

例句 自從他擔任立法委員之後，格外謹言慎行，再沒有聽過跟他有關的八卦新聞。

近義 明哲保身 臨深履薄

反義 冒昧從事 放蕩不羈

12

譁眾取寵 用浮誇的言行博取大眾的喜愛。

語源 漢書藝文志：「苟以譁眾取寵，後進循之，是以五經乖析，儒學寖衰。」

例句 研究學問如果只是一味譁眾取寵，是不可能有所成就的。

反義 樸實無華 實事求是

譎而不正 能通權達變，但不夠正直。

語源 論語憲問：「子曰：『晉文公譎而不正，齊桓公正而不譎。』」

例句 他是個譎而不正的人，若要與他合夥創業，恐怕要承擔很大的風險。

近義 鬼計多端 油頭滑腦

反義 正人君子 直道而行

識途老馬 參見「老馬識途」。

識時務者為俊傑 能明瞭當前趨勢而順應改變的人，才是傑出的人才。多用以勸人歸附依從。

語源 三國志蜀書諸葛亮傳裴松之注引襄陽記：「識時務者，在乎俊傑。」

例句 識時務者為俊傑，你最好接受總經理的建議，不要再堅持己見了。

近義 識時達務

反義 不識時務 不知權變

13

議論風生 形容能言善道，言辭生動有味。

語源 宋王晫道山清話：「韓持國為人凝嚴方重，每兄弟聚話，玉汝、子華議論風生，持國未嘗有一言。」

例句 舅舅見多識廣，為人風趣，大家聚會時，他總是議論風生。

近義 談笑風生

反義 沉默寡言

議論紛紛 對某個人或某件事的批評討論相當多。紛紛，多而雜亂的樣子。

語源 三國演義第四十三回：「時武將或有要戰的，文官都是要降的，議論紛紛不一。」

例句 昨天深夜，張伯伯家裡傳出吵架的聲音，所以今天鄰居們都在議論紛紛。

近義 七嘴八舌 沸沸揚揚

16

變化多端 ㄅㄧㄢˋ ㄏㄨㄚˋ ㄉㄨㄛ ㄉㄨㄢ 變化非常多樣。

語源 明馮夢龍喻世明言卷二〇：「這齊天大聖神通廣大，變化多端。」

例句 時尚流行的婦女服裝，有新潮的，有復古的，實在變化多端。

近義 千變萬化 變化無窮

反義 一成不變 蹈常襲故

變化無窮 ㄅㄧㄢˋ ㄏㄨㄚˋ ㄨˊ ㄑㄩㄥˊ 變化不斷，沒有窮盡。

語源 鬼谷子捭闔：「變化無窮，各有所歸。」

例句 這個世界日新月異，變化無窮，充滿了挑戰性。

近義 變化多端 千變萬化

反義 一成不變 率由舊章

變幻莫測 ㄅㄧㄢˋ ㄏㄨㄢˋ ㄇㄛˋ ㄘㄜˋ 指事物的變化令人難以捉摸。也作「變化莫測」。

語源 明陸西星封神演義第四十四回：「吾紅水陣內奪壬癸之精，藏天乙之妙，變幻莫測。」

例句 最近天氣變幻莫測，出門最好隨身攜帶雨傘。

近義 變幻無常 雲譎波詭

反義 一成不變 一如既往

變幻無常 ㄅㄧㄢˋ ㄏㄨㄢˋ ㄨˊ ㄔㄤˊ 變化多端，難以預測。也作「變化無常」。

語源 莊子天下：「芴漠無形，變化無常。」明蔡羽遼陽海神傳：「仙音法曲，變幻無常，耳目應接不暇。」

例句 人能知足感恩，盡其在我，即使世事變幻無常，也能以平常心對待。

近義 變化多端 變幻莫測

反義 一成不變 萬古不變

變本加厲 ㄅㄧㄢˋ ㄅㄣˇ ㄐㄧㄚ ㄌㄧˋ 本指事物更加發展進步。今多指事態變得更加嚴重。本，事物的原樣。

語源 南朝梁蕭統昭明文選序：「蓋踵其事而增華，變其本而加厲，物既有之，文亦宜然。」

辨析 本則成語使用時多指缺點、錯誤等，含貶義。

例句 他製造噪音的行為變本加厲之後，社區管理員不得不報警處理了。

近義 愈演愈烈 每況愈下

反義 日益好轉

變生肘腋 ㄅㄧㄢˋ ㄕㄥ ㄓㄡˇ ㄧㄝˋ 變故發生在手肘、腋下之間。比喻禍患發生在極近之處。

語源 三國志蜀書法正傳：「近則懼孫夫人生變於肘腋之下。」

例句 那項合併計畫原本即將完成，不料卻變生肘腋，消息遭內部同仁走漏，以致功敗垂成。

近義 禍起蕭牆

變亂紛乘 ㄅㄧㄢˋ ㄌㄨㄢˋ ㄈㄣ ㄔㄥˊ 變動混亂不斷地產生。

語源 韓非子八說：「法明則內無變亂之患。」孫文黃花岡烈士事略序：「顧自民國肇造，變亂紛乘，黃花岡上一抔土，猶湮沒於荒煙蔓草間。」

例句 中東地區是石油主要產地，但因種族複雜，變亂紛乘，使得全球油價極不穩定。

近義 擾攘不安

17

讓棗推梨 ㄖㄤˋ ㄗㄠˇ ㄊㄨㄟ ㄌㄧˊ 比喻兄弟友愛。

語源 梁書王泰傳記載：王泰年幼時，他祖母把棗子放在桌上，他的堂兄弟們爭相搶奪，只有他不拿，問他為什麼，他說：「如果是我應得的，自然會得到賜與。」另藝文類聚引文士傳記載：孔融四歲時，和他的兄長們一起吃梨，每次都

拿最小顆的梨，問他為什麼，他回答：「因為我年紀最小，所以應當拿最小的梨子。」

例句 他們兄弟自幼便讓棗推梨，兄友弟恭，長大後仍時時相互關懷勉勵，感情深厚。

近義 兄友弟恭 手足情深

反義 同室操戈 兄弟鬩牆

19 **讚不絕口** ㄗㄢˋ ㄅㄨˋ ㄐㄩㄝˊ ㄎㄡˇ 不停地稱讚。絕，停止。

語源 明馮夢龍警世通言卷二七：「字勢飛舞，魏生讚不絕口。」

例句 對於媽媽所作的料理，全家都讚不絕口。

近義 有口皆碑 交口稱譽

反義 交相指責 口誅筆伐

20 **讜言嘉論** ㄉㄤˇ ㄧㄢˊ ㄐㄧㄚ ㄌㄨㄣˋ 正直而美好的言論。讜言，正直的言論。

語源 元史張孔孫傳：「及其立朝，讜言嘉論，有可觀者。」

例句 他的讜言嘉論切中時弊，獲得大家的贊同。

近義 金石之言 崇論閎議

反義 花言巧語 一派胡言

谷部

10 **豁然貫通** ㄏㄨㄛˋ ㄖㄢˊ ㄍㄨㄢˋ ㄊㄨㄥ 形容一下子明白或領悟了某種道理。

語源 宋朱熹大學章句：「至於用力之久，而一旦豁然貫通焉。」

例句 以前我老是百思不解，那些魔術師怎麼能從身上不斷變出東西來，直到今天我才豁然貫通，原來那些都只是一種障眼法罷了！

近義 恍然大悟 茅塞頓開

反義 大惑不解 百思不解

豁然開朗 ㄏㄨㄛˋ ㄖㄢˊ ㄎㄞ ㄌㄤˇ 形容眼前展現開闊明朗的境界。也可形容心胸開闊舒暢，一下子悟出道理來。豁然，開通貌。

語源 晉陶淵明桃花源記：「初極狹，纔通人，復行數十步，豁然開朗。」紅樓夢第九十一回：「寶玉豁然開朗，笑道……。」

例句 ①沿著崎嶇的小徑往上爬，突然豁然開朗，一片平疇綠野出現在眼前。②這題數學他演算了很久都解不出來，經過老師一點撥，頓時豁然開朗了。

近義 茅塞頓開 豁然貫通

反義 百思不解 勞神苦思

豁達大度 ㄏㄨㄛˋ ㄉㄚˊ ㄉㄚˋ ㄉㄨˋ 形容心胸開闊，度量寬大。豁，開通。

語源 史記高祖本紀：「仁而愛人，喜施，意豁如也，常有大度。」晉潘岳西征賦：「觀夫漢高之興也，非徒聰明神武，豁達大度而已也。」

例句 李先生為人豁達大度，從來不會斤斤計較，故甚少與人發生衝突。

近義 雍容大度 寬宏大量

反義 鼠肚雞腸 刻薄寡恩

豆部

豆蔻年華 ㄉㄡˋ ㄎㄡˋ ㄋㄧㄢˊ ㄏㄨㄚˊ 參見「荳蔻年華」。

3 **豈有此理** ㄑㄧˇ ㄧㄡˇ ㄘˇ ㄌㄧˇ 哪有這樣的道理。指對無理的事表示憤慨。

語源 唐張彥遠法書要錄右軍書記：「知足下以界內有此事，便欲去縣，豈有此理！」

例句 對方開車超速，撞了我的車還要索賠修理費，簡直是豈有此理！

近義 白日見鬼 咄咄怪事

11

豐功偉績 ㄈㄥ ㄍㄨㄥ ㄨㄟˇ ㄐㄧ 偉大的功業和政績。也作「豐功偉業」。

語源 宋包拯對策：「睿謀神斷，豐功偉績，歷選明辟，未之前聞。」

例句 他在任內推動族群和解的豐功偉績，將來一定能夠名垂青史。

近義 不世之功　赫赫之功

反義 一事無成　尸位素餐

豐衣足食 ㄈㄥ ㄧ ㄗㄨˊ ㄕˊ 生活富裕，衣食充足。

語源 唐齊己病中勉送小師往清涼山禮大聖：「豐衣足食處莫住，聖迹靈蹤好遍尋。」

例句 如果國家有良好的制度，人民就能過著豐衣足食的生活。

近義 家給人足　民康物阜

反義 啼飢號寒　飢寒交迫

21

豔如桃李 ㄧㄢˋ ㄖㄨˊ ㄊㄠˊ ㄌㄧˇ 像成熟的桃和李那麼美好嬌媚。形容女子容貌美麗。

語源 唐寒山詩三百三首之十三：「玉堂挂珠簾，中有嬋娟子。其貌勝神仙，容華若桃李。」清傷時子蒼鷹擊割愛：「敢道豔如桃李，冷若冰霜。」

例句 因為勤於保養，年過四十的她看起來依舊豔如桃李，真是駐顏有術。

近義 色豔桃李　花容月貌

豕部

豕突狼奔 ㄕˇ ㄊㄨˊ ㄌㄤˊ ㄅㄣ 參見「狼奔豕突」。

5

象牙塔 ㄒㄧㄤˋ ㄧㄚˊ ㄊㄚˇ 比喻文人或藝術家脫離現實的理想生活。

語源 本為法國大批評家聖鮑和 (St. Beuve) 批評焚宜 (Vigny) 之語，與「藝術之宮」意義相同。

例句 這些象牙塔裡的學者，根本不知推動實際庶務的困難，只會唱高調罷了。

7

豪放不羈 ㄏㄠˊ ㄈㄤˋ ㄅㄨˋ ㄐㄧ 形容人性格豪爽，無拘無束。

語源 北史張彝傳：「彝少而豪放，出入殿庭，步眄高上，無所顧忌。」明朱權太和正音譜：「丹丘體，豪放不羈。」

例句 王先生的個性豪放不羈，又喜歡結交朋友，因此人面很廣。

近義 豪邁不群　倜儻不群

反義 謹小慎微　拘泥小節

豪氣干雲 ㄏㄠˊ ㄑㄧˋ ㄍㄢ ㄩㄣˊ 豪放的氣概衝上雲霄。形容人的氣概不凡。

例句 他雖然年近古稀，但是豪氣干雲，不減當年。

近義 豪情萬丈　壯志凌雲

豪情壯志 ㄏㄠˊ ㄑㄧㄥˊ ㄓㄨㄤˋ ㄓˋ 豪邁的情感，遠大的志向。

語源 南朝梁沈約郊居賦：「並豪情之所侈，非儉志之所娛。」後漢書張儉傳：「而張儉見怒時王，顛沛假命，天下聞其風者，莫不憐其壯志，而爭為之主。」

例句 小李剛入社會時的滿腔豪情壯志，在嘗過幾年的人情冷暖之後，早已消失殆盡。

近義 胸懷萬里　凌雲壯志

反義 心如死灰　心灰意冷

豪情萬丈 ㄏㄠˊ ㄑㄧㄥˊ ㄨㄢˋ ㄓㄤˋ 形容氣魄豪邁雄偉。

例句 陸海空三軍官校應屆畢業生正接受總統的檢閱，個個精神抖擻，豪情萬丈，誓言投入保家衛國的行列。

近義 豪氣干雲　氣貫長虹

豪邁不群 ㄏㄠˊ ㄇㄞˋ ㄅㄨˋ ㄑㄩㄣˊ 形容人性格豪放，不同流俗。

語源 明史莊杲傳：「莊杲，字孔暘，江浦人。自幼豪邁不群，嗜古博學。」

例句 他生性豪邁不群，喜歡獨來獨往。

近義 豪放不羈 倜儻不群

8

豬朋狗友 ㄓㄨ ㄆㄥˊ ㄍㄡˇ ㄧㄡˇ 指只知玩樂、有不良影響的朋友。

例句 都是那班豬朋狗友帶壞他，阿東才會染上毒癮。

近義 酒肉朋友 狐群狗黨

反義 君子之交 良師益友

豬狗不如 ㄓㄨ ㄍㄡˇ ㄅㄨˋ ㄖㄨˊ 連豬狗都不如。罵人行為卑劣、可惡到極點。多指違背人倫。

語源 清娥川主人世無匹第十四回：「乾爺待他如此厚恩，他不思報答，也就奇了，卻還下此毒謀……真比豬狗不如。」

例句 他要不到錢，竟對年邁的祖母拳打腳踢，真是豬狗不如。

近義 卑鄙無恥 衣冠禽獸

反義 正人君子 高風亮節

豬八戒照鏡子——裡外不是人 ㄓㄨ ㄅㄚ ㄐㄧㄝˋ ㄓㄠˋ ㄐㄧㄥˋ ·ㄗ ㄌㄧˇ ㄨㄞˋ ㄅㄨˋ ㄕˋ ㄖㄣˊ 歇後語。參見「裡外不是人」。

豸部

3

豹死留皮，人死留名 ㄅㄠˋ ㄙˇ ㄌㄧㄡˊ ㄆㄧˊ ㄖㄣˊ ㄙˇ ㄌㄧㄡˊ ㄇㄧㄥˊ 人死後要留下美名於世，就像豹死後留下美麗的豹皮一樣。意在勸人應有所建樹，留下聲名芳譽。也作「人死留名，豹死留皮」或「虎死留皮，人死留名」。

語源 新五代史王彥章傳：「彥章武人不知書，常為俚語謂人曰：『豹死留皮，人死留名。』」

例句 「豹死留皮，人死留名」，若能為正義而犧牲，雖死何憾？

近義 流芳百世 名垂青史

反義 遺臭萬年 泯滅無聞

豺狼當道 ㄔㄞˊ ㄌㄤˊ ㄉㄤ ㄉㄠˋ 豺狼橫在道路中間。比喻壞人竊據權位或違法橫行。

語源 漢書孫寶傳：「豺狼橫道，不宜復問狐狸。」漢班固東觀漢記張綱傳：「豺狼當道，安問狐狸！」

例句 地痞流氓向商家索取保護費，警察竟置若罔聞，難怪會使得豺狼當道，社會不安。

近義 豺狼橫行 惡人當道

7

貌不驚人 ㄇㄠˋ ㄅㄨˋ ㄐㄧㄥ ㄖㄣˊ 相貌普通，沒有特別之處。

語源 清西周生醒世姻緣傳第六十二回：「怎樣只見了一個言不出眾、貌不驚人的令正，就魂也不附體了？」

例句 表姊夫雖然貌不驚人，但人品端正，因此表姊才會看上他。

近義 其貌不揚

反義 相貌堂堂 貌似潘安

貌合神離 ㄇㄠˋ ㄏㄜˊ ㄕㄣˊ ㄌㄧˊ 表面彼此相合，實際上卻心志背離。

語源 舊題黃石公素書遵義：「貌合心離者孤。」清陳廷焯白雨齋詞話：「晏、歐詞，雅近正中，然貌合神離，所失甚遠。」

例句 這對夫妻平日雖出雙入對，其實貌合神離已久，遲早會離婚的。

近義 同床異夢 離心離德

反義 情投意合 志同道合

貌似無鹽 ㄇㄠˋ ㄙˋ ㄨˊ ㄧㄢˊ 形容女子長得很醜。無鹽，指戰國時代齊國無鹽縣（今山東東

平東部）的醜女鍾離春。

語源 漢劉向列女傳卷六辯通記載：鍾離春「凹頭深目，長肚大節，昂鼻結喉，肥頂少髮」，「四十未嫁」，「極醜無雙」，但她敢於直諫齊宣王，罷女樂，退讒言。宣王拜為皇后，齊國大治。

例句 她不計形象，在這部片中飾演一位貌似無鹽的苦命女子，精湛的演出，為她贏得本屆影展最佳女配角的殊榮。

近義 無鹽之貌　蓬頭垢面

反義 沉魚落雁　貌美如花

貌似潘安 ㄇㄠˋ ㄙˋ ㄆㄢ ㄢ　外貌像古代的美男子潘安。形容男子相貌英俊。潘安，晉人潘岳（字安仁）之省稱。以容貌俊美著稱。

語源 紅樓夢第六十五回：「若憑你們揀擇，雖是富比石崇、才過子建、貌比潘安的，我心裡進不去，也白過了一世。」

例句 張經理貌似潘安，兼且精明幹練，所以很有女人緣。

近義 傅粉何郎　潘安再世

反義 貌不驚人　其貌不揚

貌美如花 ㄇㄠˋ ㄇㄟˇ ㄖㄨˊ ㄏㄨㄚ　形容女子容貌美麗。

例句 那位女星不但貌美如花，演技更是精湛，難怪主演的電影每一部都叫好又叫座。

近義 如花似玉　國色天香

反義 貌似無鹽　其貌不揚

9

貓哭耗子——假慈悲 ㄇㄠ ㄎㄨ ㄏㄠˋ ˙ㄗ ㄐㄧㄚˇ ㄘˊ ㄅㄟ　歇後語。比喻虛情假意、故作慈悲。

例句 他平常一點同情心也沒有，今天的態度只是貓哭耗子——假慈悲吧！

近義 假惺惺

貝部

2

負才使氣 ㄈㄨˋ ㄘㄞˊ ㄕˇ ㄑㄧˋ　參見「矜才使氣」。

負屈含冤 ㄈㄨˋ ㄑㄩ ㄏㄢˊ ㄩㄢ　蒙受冤屈，無從申雪。

語源 元喬吉李太白匹配金錢記第二折：「小生委實的負屈銜冤。」水滸傳第六十二回：「念小人負屈含冤，上下看覷則個。」

例句 事發當時他正巧在現場，以致被當成共犯，負屈含冤到今天。

近義 沉冤莫白　不白之冤

反義 沉冤昭雪　重見天日

負荊請罪 ㄈㄨˋ ㄐㄧㄥ ㄑㄧㄥˇ ㄗㄨㄟˋ　背負鞭杖，請求責罰。比喻主動向他人認錯、道歉。荊，荊木製成的鞭子。

語源 史記廉頗藺相如列傳記載：戰國時趙國大將廉頗不滿上卿藺相如只是成功出使秦國，官銜卻高於自己，於是想當面羞辱他。藺相如為社稷著想，處處避讓。廉頗得知後甚為慚愧，於是袒露衣襟，背負荊條，到藺相如的居所謝罪。

例句 以他的身分，竟肯親自負荊請罪，可見十分有誠意，你就原諒他吧。

近義 肉袒負荊　肉袒牽羊

反義 怙惡不悛　執迷不悟

負嵎頑抗 ㄈㄨˋ ㄩˊ ㄨㄢˊ ㄎㄤˋ　憑著險要地勢，頑強抵抗。負嵎，背靠險要山角。

語源 孟子盡心下：「野有眾逐虎，虎負嵎，莫之敢攖。」

例句 歹徒雖負嵎頑抗，終究抵擋不了警方的優勢火力，只能束手就擒。

近義 困獸之鬥

反義 束手就擒 引頸就戮

負債累累 ㄈㄨˋ ㄓㄞˋ ㄌㄟˇ ㄌㄟˇ 形容負債很多。累累，重疊而繁多的樣子。

語源 漢王符潛夫論忠貴：「人多驕肆，負債不償。」清李綠園歧路燈第六十七回：「卻說譚紹聞負債累累……少不得典宅賣地，一概徐償。」

例句 因為信用卡預借現金很容易，加上消費習慣的改變，許多人不知節制而負債累累。

近義 債臺高築

反義 量入為出

負薪救火 ㄈㄨˋ ㄒㄧㄣ ㄐㄧㄡˋ ㄏㄨㄛˇ 參見「抱薪救火」。

3

財不露白 ㄘㄞˊ ㄅㄨˋ ㄌㄡˋ ㄅㄞˊ 隨身攜帶的財物不在他人面前顯露。

語源 宋佛海慧遠禪師廣錄卷一台州浮山鴻福禪寺：「錢不露陌，銀不露白。」明凌濛初二刻拍案驚奇卷二一：「盛彥到船相拜，見船中白物堆積，笑道：『財不露白。』」

例句 在公共場合裡要謹記財不露白，以免引來不必要的麻煩。

財迷心竅 ㄘㄞˊ ㄇㄧˊ ㄒㄧㄣ ㄑㄧㄠˋ 貪戀錢財而蒙蔽了理性，做出不道德或不法的事。

例句 他一時財迷心竅，竟去搶劫超商店員，落得被移送法辦。

近義 利欲薰心 見財起意

反義 臨財不苟 見利思義

財源滾滾 ㄘㄞˊ ㄩㄢˊ ㄍㄨㄣˇ ㄍㄨㄣˇ 錢財源源不絕，滾滾而來。形容賺大錢。滾滾，形容翻湧繁多的樣子。

語源 清素庵主人錦香亭第二回：「生意滔滔長，財源滾滾來。」

例句 這間餐廳遠近馳名，每天生意興隆，財源滾滾。

近義 日進斗金 財運亨通

反義 血本無歸 負債累累

財運亨通 ㄘㄞˊ ㄩㄣˋ ㄏㄥ ㄊㄨㄥ 賺錢的運氣很好。多用以形容生意興隆。亨通，順利通達。

語源 清蔣士銓香祖樓撻蚓：「財運亨通可喜，把女兒賣與他老子，夫妻免得充軍。」

例句 自從雜誌報導推薦之後，這家餐廳便財運亨通，上門的顧客絡繹不絕。

近義 財源滾滾 大發利市

反義 負債累累

4

貧病交迫 ㄆㄧㄣˊ ㄅㄧㄥˋ ㄐㄧㄠ ㄆㄛˋ 貧窮和疾病相繼而來。形容人境遇、生活十分悲慘。也作「貧病交攻」、「貧病交加」。

語源 宋陳亮與王季海丞相書：「入春以來，貧病交攻，更無一日好況。」清浩歌子螢窗異草二編卷一：「唯念一尚在，則已貧病交迫，家無斗筲矣。」

例句 由於他過去待人十分刻薄，以致生意失敗後，沒有親友肯幫忙，如今貧病交迫，晚景好不淒涼。

近義 飢寒交迫 命途多舛

反義 豐衣足食 飽食暖衣

貧無立錐 ㄆㄧㄣˊ ㄨˊ ㄌㄧˋ ㄓㄨㄟ 窮得連一小塊土地都沒有。形容非常貧窮。錐，一端尖銳的鑽孔器具。

語源 呂氏春秋為欲：「無立錐之地，至貧也。」清蒲松齡聊齋誌異姚安：「自此貧無立錐，忿恚而死。」

例句 社會上的貧富差距日漸加大，有些人貧無立錐，有些人卻日進斗金。

近義 一窮二白 一貧如洗

反義 富可敵國 腰纏萬貫

貨真價實（ㄏㄨㄛˋ ㄓㄣ ㄐㄧㄚˋ ㄕˊ）　貨品實在，價錢公道。形容真實不假。

語源　清吳趼人二十年目睹之怪現狀第五回：「但不知可有『貨真價實，童叟無欺』的字樣沒有？」

例句　買藥材最是講究貨真價實，否則不但沒有療效，若誤服假藥，更是有害健康。

近義　真材實料　童叟無欺

反義　魚目混珠

販夫走卒（ㄈㄢˋ ㄈㄨ ㄗㄡˇ ㄗㄨˊ）　做小本生意和供人差遣的人。泛指低下階層的人。

語源　周禮地官司市：「夕市，夕時而市，販夫販婦為主。」漢書胡建傳：「所以尉薦走卒，甚得其心。」清曾樸孽海花第十八回：「即販夫走卒，也都通曉天下大勢，民智日進，國力自然日大了。」

例句　在民主社會裡，即使是販夫走卒也有參政的權利。

近義　凡夫俗子　升斗小民

反義　達官貴人

貪小失大（ㄊㄢ ㄒㄧㄠˇ ㄕ ㄉㄚˋ）　貪圖小便宜而錯失大的利益。

語源　呂氏春秋權勛：「此貪于小利以失大利者也。」明凌濛初初刻拍案驚奇卷一六：「這叫做『貪小失大』，所以為人切不可做那討便宜苟且之事！」

例句　接到來歷不明的電話或手機簡訊要慎防詐騙，以免貪小失大。

近義　因小失大　得不償失

貪生怕死（ㄊㄢ ㄕㄥ ㄆㄚˋ ㄙˇ）　貪戀生命，害怕死亡。形容面臨危急的關頭，只求能夠活命而不顧一切。

語源　漢劉安淮南子氾論：「非不貪生而畏死也，惑於恐死而反忘生也。」三國演義第二十回：「貪生怕死之徒，不足以論大事！」

例句　面臨國家生死存亡的關頭，每個人都要有犧牲小我、完成大我的精神，絕不可貪生怕死。

近義　苟且偷生　靦顏借命

反義　視死如歸　從容就義

貪多務得（ㄊㄢ ㄉㄨㄛ ㄨˋ ㄉㄜˊ）　力求最大限度地獲得所需要的東西。本指學習欲望強烈，後多用來形容太過貪求。務，一定。

語源　唐韓愈進學解：「貪多務得，細大不捐。」

例句　現階段公司能夠穩定成長最重要，可別貪多務得，追求太高的成長率，以免得不償失。

近義　貪得無厭　慾壑難填

反義　適可而止　知足常樂

貪官汙吏（ㄊㄢ ㄍㄨㄢ ㄨ ㄌㄧˋ）　貪汙舞弊的官吏。

語源　元無名氏玉清庵錯送鴛鴦被第四折：「一應貪官汙吏，准許先斬後聞。」

例句　滿清末年，政治腐敗，貪官汙吏橫行，百姓怨聲載道。

貪得無厭（ㄊㄢ ㄉㄜˊ ㄨˊ ㄧㄢˋ）　貪心而不知足。厭，也作「饜」。也作「貪求無厭」、「貪求無已」。

語源　左傳昭公二十八年：「貪惏無饜，忿纇無期。」史記楚世家「平王殺吾父」唐張守節正義：「成然立平王，貪求無厭，平王殺之。」明馮夢龍東周列國志第六十九回：「用民不恤，貪得無厭。」

例句　他已經富甲一方了，卻仍以不正當的手段搶標政府採購案，如此貪得無厭，真是

令人不齒。

近義 得隴望蜀 慾壑難填

反義 知足常樂 恬淡寡欲

貪贓枉法 ㄊㄢ ㄗㄤ ㄨㄤˇ ㄈㄚˇ 貪汙受賄，破壞法紀。贓，贓物；不義之財。枉，歪曲；破壞。

語源 史記滑稽列傳：「又恐受賕枉法，為奸觸大罪。」明馮夢龍喻世明言卷二一：「做官的貪贓枉法得來的錢鈔，此乃不義之財，取之無礙。」

例句 儘管貪贓枉法的官員只占少部份，仍然大大損壞政府的形象。

近義 中飽私囊 徇私舞弊

反義 廉潔奉公 一介不取

貫徹始終 ㄍㄨㄢˋ ㄔㄜˋ ㄕˇ ㄓㄨㄥ 自始至終徹底實行或體現。

語源 清曾樸孽海花第三十四回：「把以太來解釋仁的體用變化……對於內學相宗各法門，尤能貫徹始終。」

例句 陳董事長常常告誡員工：「不論作任何事都要努力不懈，貫徹始終，這樣才有成功的機會。」

近義 始終如一 堅持到底

反義 半途而廢 虎頭蛇尾

責無旁貸 ㄗㄜˊ ㄨˊ ㄆㄤˊ ㄉㄞˋ 自己應盡的責任，不能推卸給別人。貸，推卸。

語源 清林則徐覆奏稽查防範回空糧船摺：「其漕船經過地方，各督撫亦屬責無旁貸，著不分畛域，一體通飭所屬，於漕船回，加意稽查。」

例句 保護環境、愛惜家園是每個國民責無旁貸的事，光靠政府推行是不夠的。

近義 當仁不讓 義不容辭

反義 推三阻四 敷衍塞責

5

貴人多忘 ㄍㄨㄟˋ ㄖㄣˊ ㄉㄨㄛ ㄨㄤˋ 原指地位高的人待人傲慢，不念舊情。後指人善忘。多作客套語。也作「貴人多忘事」。

語源 五代王定保唐摭言恚恨：「君之此恩，頂上相戴。倘也貴人多忘，國士難期。」紅樓夢第六回：「劉姥姥一面走，一面笑說道：『你老是貴人多忘事了，那裡還記得我們？』」

例句 林董事長真是貴人多忘，上禮拜才答應賞光的，怎麼今天一直沒見到人呢？

貴古賤今 ㄍㄨㄟˋ ㄍㄨˇ ㄐㄧㄢˋ ㄐㄧㄣ 推崇古代的事物，而鄙視當代的。

語源 南朝宋范曄獄中與諸甥姪書：「自古體大而思精，未有此也。恐世人不能盡之，多貴古賤今，所以稱情狂言耳。」

例句 古代社會和現在存在著許多時空差異，你怎能事事貴古賤今，以古人做標準呢？

近義 厚古薄今 貴遠賤近

貴耳賤目 ㄍㄨㄟˋ ㄦˇ ㄐㄧㄢˋ ㄇㄨˋ 相信傳聞，卻不相信親眼看到的事實。

語源 漢張衡東京賦：「若客所謂末學膚受，貴耳而賤目者也。」

例句 事實就擺在眼前，如果你還是一味地貴耳賤目，聽信傳言，那我也沒辦法了。

近義 三人成虎

反義 眼見為憑

貴遠賤近 ㄍㄨㄟˋ ㄩㄢˇ ㄐㄧㄢˋ ㄐㄧㄣˋ 重視古代或相距遠的，輕視當代或相隔近的。意同「厚古薄今」。

語源 三國魏曹丕典論論文：「常人貴遠賤近，向聲背實，又患闇於自見，謂己為賢。」

例句 我們常常都會有貴遠賤近的心態，以為遠來的和尚會念經，其實是不正確的。

近義 貴古賤今 厚古薄今

買櫝還珠 ㄇㄞˇ ㄉㄨˊ ㄏㄨㄢˊ ㄓㄨ　比喻不知貴賤輕重，而取捨不當。櫝，木匣。

【語源】韓非子外儲說左上：「楚人有賣其珠於鄭者，為木蘭之櫃，薰以桂椒，綴以珠玉，飾以玫瑰，輯以翡翠，鄭人買其櫝而還其珠。此可謂善賣櫝矣，未可謂善鬻珠也。」

【辨析】櫝，音ㄉㄨˊ，不讀ㄕㄨˊ。

【例句】你不去探究這位國際知名學者的思想，卻嫌棄他的外表不夠俊秀，豈不是買櫝還珠？

【近義】捨本逐末　本末倒置

費心費力 ㄈㄟˋ ㄒㄧㄣ ㄈㄟˋ ㄌㄧˋ　耗費心思和氣力。也作「費力勞心」、「費心勞力」。

【語源】三國演義第六十二回：「吾為汝禦敵，費力勞心。」西遊記第七十四回：「三個妖魔，也費心勞力的來報遺信。」紅樓夢第六十八回：「少不還要嬸嬸費心費力，將外頭的事壓住了纔好。」

【例句】多虧劉大嬸費心費力，穿梭調解，他們兩家的糾紛才得以平息。

【近義】想方設法　勞心勞力

【反義】無所用心　袖手旁觀

費盡心機 ㄈㄟˋ ㄐㄧㄣˋ ㄒㄧㄣ ㄐㄧ　形容煞費苦心，想盡辦法謀劃算計。心機，心計；心思。也作「費盡心思」。

【語源】宋朱熹朱文公文集與揚子直書：「而近年一種議論，乃欲周旋於二者之間，回互委曲，費盡心機。」

【例句】想不到我們費盡心機，千方百計要標到這項工程，到頭來還是一場空。

【近義】挖空心思　千方百計

【反義】無所用心　不聞不問

貽人口實 ㄧˊ ㄖㄣˊ ㄎㄡˇ ㄕˊ　留下被人批評、攻擊的話柄。貽，遺留。口實，藉口；話柄。

【語源】尚書仲虺之誥：「予恐來世以台為口實。」清李伯元南亭筆記：「調慶寬為醇賢親王賞識之人，父功之，子罪之，未免貽人口實。」

【例句】對於這個案子，我們還是盡量迴避，以免瓜田李下，貽人口實。

【近義】落人口實　引人非議

【反義】心安理得　理直氣壯

貽害無窮 ㄧˊ ㄏㄞˋ ㄨˊ ㄑㄩㄥˊ　留下的禍害沒有窮盡。貽，遺留。

【語源】宋蔡抗玉堂對策：「取舍不審，則貽害無窮。」

【例句】老張年輕時既抽煙又喝酒，以致現在經常感到身體不適，菸酒真是貽害無窮啊！

【近義】後患無窮　養虎遺患

【反義】斬草除根　杜絕後患

貽笑大方 ㄧˊ ㄒㄧㄠˋ ㄉㄚˋ ㄈㄤ　被有學問或內行的人所譏笑。貽，遺留。大方，懂得大道理的人。方，道術。也作「見笑大方」。

【語源】莊子秋水：「吾長見笑於大方之家。」元劉將孫須溪先生集序：「嗚呼！如之何使孺子僭妄，重貽笑於大方也。」

【例句】不學無術的小趙竟在專家面前高談闊論，實在是貽笑大方。

貿然行事 ㄇㄠˋ ㄖㄢˊ ㄒㄧㄥˊ ㄕˋ　輕率地做事。貿然，也作「冒然」。輕率的樣子。也作「貿然從事」。

【語源】宋蘇舜欽應制科上省使葉道卿書：「某輒欲以空乏鄙陋之資，冒然自進。」清張潮虞初新志卷十二：「若巡方貿然許，司理貿然行，胥役貿然往，皆愚之愚者。」清尹湛納希一層樓第二十四回：「自是

越發敬謹服侍，再不敢貿然行事了。」

例句 這件事牽一髮而動全身，你千萬不要貿然行事。

近義 輕舉妄動 掉以輕心

反義 三思而行 謀定後動

6

賄賂公行（ㄏㄨㄟˋ ㄌㄨˋ ㄍㄨㄥ ㄒㄧㄥˊ） 指公開地行賄、受賄。賄賂，用財物買通別人。

語源 隋書刑法志：「憲章遐棄，賄賂公行，窮人無告，聚為盜賊。」

例句 他們這種賄賂公行的大膽行徑，真是令人髮指。

近義 苞苴公行 貪汙受賄

反義 弊絕風清

賊頭賊腦（ㄗㄟˊ ㄊㄡˊ ㄗㄟˊ ㄋㄠˇ） 形容人外貌狡猾，行動鬼鬼祟祟。

語源 西遊記第三十一回：「你賊頭鼠腦的，一定又變作個什麼東西兒。」清李汝珍鏡花緣第二回：「躲躲藏藏，賊頭賊腦。」

例句 社區最近常有陌生人賊頭賊腦地東張西望，我們要提高警覺，小心一點才好。

近義 形跡可疑 鬼頭鬼腦

反義 堂堂正正 落落大方

7

賓至如歸（ㄅㄧㄣ ㄓˋ ㄖㄨˊ ㄍㄨㄟ） 客人來到後，感覺有如回到自己家裡。形容待客周到。

語源 左傳襄公三十一年：「賓至如歸，無寧災患。」

例句 主人熱忱的招待，讓人有賓至如歸之感。

8

賞心悅目（ㄕㄤˇ ㄒㄧㄣ ㄩㄝˋ ㄇㄨˋ） 使人的心靈和眼睛同感喜悅。形容事物非常美好。

語源 明無名氏人中畫風流配：「求一首清新俊逸，賞心悅目者，迥不可得。」

例句 每到花季，陽明山上一片花海，令人賞心悅目。

近義 美不勝收

反義 不堪入目 觸目驚心

賞心樂事（ㄕㄤˇ ㄒㄧㄣ ㄌㄜˋ ㄕˋ） 使人心情歡暢、快樂的事。

語源 南朝宋謝靈運擬魏太子鄴中集詩八首序：「天下良辰、美景、賞心、樂事，四者難並。」梁書陸雲公傳：「至若此生，寧可多過？賞心樂事，所寄伊人。」

例句 她很懂得生活，文字又平易近人，看她寫生活上的衣食住行、吃喝玩樂，簡直是賞心樂事。

近義 其樂融融 樂在其中

反義 意興闌珊 興味索然

賞善罰惡（ㄕㄤˇ ㄕㄢˋ ㄈㄚˊ ㄜˋ） 獎勵善者，懲罰惡者。

語源 國語周語中：「先王之命有之曰：『天道賞善而罰淫。』」漢貢禹贖罪：「賞善罰惡，不阿親戚。」

例句 想要帶領好一個團體，必須先立下制度，賞善罰惡，下屬才知所適從。

近義 信賞必罰 賞罰嚴明

反義 賞罰不公 賞罰不當

賞罰分明（ㄕㄤˇ ㄈㄚˊ ㄈㄣ ㄇㄧㄥˊ） 獎賞和懲罰的標準很清楚。

語源 漢書張敞傳：「敞為人敏疾，賞罰分明，見惡則收。」

例句 他剛正果決，賞罰分明，是很好的領袖人才。

近義 信賞必罰 賞罰嚴明

反義 賞罰不公 賞罰不當

賞罰嚴明（ㄕㄤˇ ㄈㄚˊ ㄧㄢˊ ㄇㄧㄥˊ） 獎賞和懲罰的標準很嚴格、明白。

語源 漢王符潛夫論實貢：「好善嫉惡，賞罰嚴明，治之材也。」

例句 想把公司管理好，必須賞罰嚴明，使人心服口服。

近義 信賞必罰 賞罰分明

反義 賞罰不公 賞罰不當

賠了夫人又折兵 ㄆㄟˊ ·ㄌㄜ ㄈㄨ ㄖㄣˊ ㄧㄡˋ ㄓㄜˊ ㄅㄧㄥ 比喻沒有得到好處，還蒙受雙重損失。

語源 三國演義第五十五回記載：周瑜向孫權獻計，假借要將孫權的妹妹嫁給劉備，吳蜀聯姻結盟以共同對付曹操，等劉備到了東吳後，再將他留為人質，向蜀漢索回荊州。諸葛亮洞悉周瑜的計謀，他幫助劉備到東吳娶親後又逃回成都，周瑜氣不過，帶兵追來，卻被諸葛亮伏兵打敗。蜀國士兵笑說：「周郎妙計安天下，賠了夫人又折兵。」

例句 幫你那麼大的忙，沒說一聲謝，還被你嫌棄，真是「賠了夫人又折兵」！

近義 偷雞不著蝕把米

反義 人財兩得

賢妻良母 ㄒㄧㄢˊ ㄑㄧ ㄌㄧㄤˊ ㄇㄨˇ 既是好妻子，也是好母親。

語源 清石玉崑小五義第四十二回：「此賢女也。吾昔夢娶一賢妻良母，即此女乎?」

例句 這女孩蕙質蘭心，溫柔體貼，將來必是個賢妻良母。

近義 賢內助

反義 河東獅吼 母夜叉

賢賢易色 ㄒㄧㄢˊ ㄒㄧㄢˊ ㄧˋ ㄙㄜˋ 以尊崇賢者之心去改換愛好美色之心。賢賢，尊崇、重視賢者的才德。易，替代；改換。色，外貌美色。

語源 禮記大學：「君子賢其賢而親其親。」論語學而：「子夏曰：『賢賢易色；事父母能竭其力；事君能致其身；與朋友交，言而有信。雖曰未學，吾必謂之學矣。』」宋邢昺疏：「能改易好色之心以好賢，則善矣。故曰賢賢易色也。」

例句 小劉說他要效法古人的「賢賢易色」，與人結交看重品德，而非外表。

賣關子 ㄇㄞˋ ㄍㄨㄢ ㄗˇ 指說話時在緊要處故作神祕，不肯明說。

例句 他的故事說到要緊處，偏偏賣關子不說，要大家先猜猜看結果如何。

賣友求榮 ㄇㄞˋ ㄧㄡˇ ㄑㄧㄡˊ ㄖㄨㄥˊ 出賣朋友以謀求自身的榮華富貴。

語源 蔡東藩明史通俗演義第八回：「及至驚醒，自覺賣友求榮，於情理上很過不去。」

例句 像他這樣有情有義的人，絕不可能做出賣友求榮的勾當。

近義 背信棄義 見利忘義

反義 見利思義 臨財不苟

賣官鬻爵 ㄇㄞˋ ㄍㄨㄢ ㄩˋ ㄐㄩㄝˊ 指當權者出賣官職爵位，聚斂錢財。鬻，出賣。

語源 管子八觀：「賞罰不信，五年而破；上賣官爵，十年而亡。」宋書鄧琬傳：「琬性鄙闇，貪吝過甚……至是父子并賣官鬻爵。」

例句 這幾年來國內政治日益腐敗，賣官鬻爵的情事，時有所聞。

近義 招權納賄 貪贓枉法

賣國求榮 ㄇㄞˋ ㄍㄨㄛˊ ㄑㄧㄡˊ ㄖㄨㄥˊ 為求個人的富貴而出賣國家利益。

語源 宋洪邁容齋續筆朱溫三事：「全忠薄其為人，以其為唐鴟梟，賣國求利。」清錢彩說岳全傳第三十三回：「你們父子賣國求榮，詐害良民，正要殺你。」

例句 歷史上許多賣國求榮的人，即使得利一時，最後必定落得千古罵名。

質而不俚（ㄓˋ ㄦˊ ㄅㄨˋ ㄌㄧˇ） 質樸而不粗俗。多用以形容文藝作品。

語源 漢書司馬遷傳：「皆稱遷有良史之材，服其善序事理，辨而不華，質而不俚。」

例句 小陳是文宣高手，他寫的廣告詞質而不俚，琅琅上口，深得箇中三昧。

近義 深入淺出 雅俗共賞

反義 俗不可耐

赤部

赤子之心（ㄔˋ ㄗˇ ㄓ ㄒㄧㄣ） 像嬰兒般天真無邪的心靈。形容人的心地純真無偽。赤子，嬰兒。

語源 孟子離婁下：「大人者，不失其赤子之心者也。」

例句 純美擁有一顆赤子之心，大家都樂於跟她做朋友。

近義 天真無邪 天真爛漫

反義 老謀深算 蛇蠍心腸

赤手空拳（ㄔˋ ㄕㄡˇ ㄎㄨㄥ ㄑㄩㄢˊ） 兩手空空，一無所有。①形容手中沒有任何武器。②比喻沒有任何憑藉。赤手，空手；徒手。赤，空；光。空拳，原作「空弮（ㄑㄩㄢ）」。有弓無箭。

語源 宋蘇軾送范純粹守慶州：「當年老使君，赤手降於菟。」漢司馬遷報任少卿書：「張空拳，冒白刃，北首爭死敵。」宋魏了翁端平三年春三月戊午朔：「赤手張空拳，幸脫貔虎群。」元白樸董秀英花月東牆記楔子：「我如今赤手空拳百事無，父喪家貧不似初。」

例句 ①老趙是跆拳道和柔道高手，能赤手空拳對付數名彪形大漢。②三十年前，他赤手空拳來到臺北打拼，如今已是多家公司的負責人了。

近義 手無寸鐵 一無所有

反義 荷槍實彈 披堅執銳

赤地千里（ㄔˋ ㄉㄧˋ ㄑㄧㄢ ㄌㄧˇ） 寸草不生的土地綿延千里。極言災荒之嚴重。赤地，空地。指草木不生之地。千里，形容範圍之廣。

語源 韓非子十過：「晉國大旱，赤地三年。」王先慎曰：「事類賦『三年』作『千里』。」漢書夏侯勝傳：「蝗蟲大起，赤地數千里，或人民相食。」

例句 近幾年由於氣候異常，中國大陸北方經常發生赤地千里的嚴重旱災。

近義 十室九空 一片荒涼

反義 沃野千里 五穀豐登

赤身露體（ㄔˋ ㄕㄣ ㄌㄡˋ ㄊㄧˇ） 身體裸露，什麼都沒穿。

語源 紅樓夢第九十七回：「難道他個女孩兒家，你還叫他赤身露體，精著來光著去嗎！」

例句 參加天體營的人，不管男女老少，個個都赤身露體。

近義 一絲不掛 袒裼裸裎

反義 衣冠楚楚

赤壁鏖兵（ㄔˋ ㄅㄧˋ ㄠˊ ㄅㄧㄥ） 指東漢建安十三年，孫權、劉備聯軍採用火攻燒船，在赤壁大破曹操的著名戰役。後借指激烈的戰爭。鏖，激戰。

語源 三國志吳書周瑜傳：「想他赤壁鏖兵，全仗我東吳力氣。」

例句 這場比賽的結果關係著冠軍獎落誰家，所以兩隊均使出渾身解數，戰況有如赤壁鏖兵，精采萬分。

近義 戰火猛烈 龍爭虎鬥

反義 偃旗息鼓 相安無事

赤膽忠心（ㄔˋ ㄉㄢˇ ㄓㄨㄥ ㄒㄧㄣ） 形容非常忠誠。赤，赤誠；忠誠。

語源 明陸西星封神演義第五

十二回：「當今失政，致天心不順，民怨日生。臣空有赤膽忠心，無能回其萬一。」

例句 趙子龍對劉備的赤膽忠心，可從他七進七出長阪坡救阿斗一事看出來。

近義 忠心耿耿　忠肝義膽

反義 心懷異志　狼子野心

赤繩繫足（ㄔˋ ㄕㄥˊ ㄒㄧˋ ㄗㄨˊ）用紅色的繩子把夫妻的腳趾拴住。指婚姻的締結乃命中注定。

語源 唐李復言續玄怪錄定婚店：「有老人倚布囊，坐於階上……，問囊中何物，曰：『赤繩子耳。以繫夫妻之足……此繩一繫，終不可逭。』」

例句 他們兩人赤繩繫足，經過多年的愛情長跑，如今走向地毯的另一端，親友們無不衷心地祝賀。

近義 姻緣天定　佳偶天成

反義 緣薄分淺　各奔東西

7

赫赫之功（ㄏㄜˋ ㄏㄜˋ ㄓ ㄍㄨㄥ）顯赫的功業。

語源 荀子勸學：「無惛惛之事者，無赫赫之功。」

例句 陳將軍百戰沙場，建立了赫赫之功。

近義 豐功偉績　功業彪炳

赫赫有名（ㄏㄜˋ ㄏㄜˋ ㄧㄡˇ ㄇㄧㄥˊ）形容名聲很響亮。赫赫，顯明盛大的樣子。

語源 詩經小雅節南山：「赫赫師尹，民具爾瞻。」漢書何武傳：「其所居亦無赫赫名，去後常見思。」清吳趼人二十年目睹之怪現狀第三十七回：「還有一個胡公壽，是松江人，詩書畫都好，也是赫赫有名的。」

例句 里長伯在我們家鄉是赫赫有名的人物，他最為人稱道的是樂善好施的義行。

近義 大名鼎鼎　名聞遐邇

反義 沒沒無聞　藉藉無名

走　部

走火入魔（ㄗㄡˇ ㄏㄨㄛˇ ㄖㄨˋ ㄇㄛˊ）原指修行者將修練過程中產生的幻象和現實混淆的精神狀態。後用來比喻對於某種事物過於投入而行為異常或身受其害。走火，道教指修煉時急躁冒進而產生內氣亂竄的狂躁現象。入魔，指因走火而產生的幻象。

語源 清魏秀仁花月痕第二十五回：「後來妙玉觀棋聽琴，走火入魔。」

例句 信仰宗教本非壞事，但是若過於迷信而拋家棄子，甚至戕害自己的身體，那就是走火入魔了。

近義 鬼迷心竅　不能自拔

走投無路（ㄗㄡˇ ㄊㄡˊ ㄨˊ ㄌㄨˋ）無路可走。比喻處境困窘或陷入絕境。投，奔向某處。

語源 元楊顯之臨江驛瀟湘秋夜雨第三折：「淋的我走投無路，知他這沙門島是何處酆都？」

例句 小李因為投資不當而負債累累，加上中年失業一直找不到工作，走投無路的他竟然有了輕生的念頭。

近義 山窮水盡　日暮途窮

反義 絕處逢生　柳暗花明

走馬上任（ㄗㄡˇ ㄇㄚˇ ㄕㄤˋ ㄖㄣˋ）原指官吏上任就職，現也泛指正式擔任一項新的職務。走馬，騎馬快跑。走，跑。任，任所。原作「走馬赴任」。

語源 宋孫光憲北夢瑣言卷四：「云山東盜起，車駕必謀幸蜀，先以陳公走馬赴任。」明馮夢龍喻世明言卷三四：

「李元果中高科，初任江州僉判，閭里作賀，走馬上任。」

例句 蘇縣長走馬上任之後，立刻對縣府人事做了大幅的調整，呈現出改革的新氣象。

近義 新官上任　宣誓就職

反義 告老還鄉　辭官歸里

走馬看花 ㄗㄡˇ ㄇㄚˇ ㄎㄢˋ ㄏㄨㄚ 騎在馬上看花。原形容得意、愉快的心情，後多用來比喻大略地觀察，未能仔細、深入。

語源 唐孟郊登科後：「春風得意馬蹄疾，一日看盡長安花。」清吳喬圍爐詩話三：「唐詩情深詞婉，故有久久吟思莫知其意者。若如走馬看花，同於不讀。」

例句 讀書要深入思考才能領會其中要旨，切不可走馬看花，囫圇吞棗。

近義 蜻蜓點水　淺嘗輒止

反義 觀察入微　細嚼慢嚥

走馬換將 ㄗㄡˇ ㄇㄚˇ ㄏㄨㄢˋ ㄐㄧㄤˋ 原指撤換將領。也泛指更換重要幹部。

例句 他接任球隊經理之後，大刀闊斧走馬換將，從總教練到投手教練、打擊教練，通通換新人。

走漏風聲 ㄗㄡˇ ㄌㄡˋ ㄈㄥ ㄕㄥ 洩漏了消息。風聲，比喻消息、傳聞。

語源 清玩花主人綴白裘鳴鳳記放易：「為此燈火也不取，猶恐走漏風聲，黑暗來此。」

例句 警方這次的圍捕行動已經非常保密，沒想到還是走漏風聲，以致功敗垂成。

近義 泄露天機

反義 祕而不宣　守口如瓶

2

赴湯蹈火 ㄈㄨˋ ㄊㄤ ㄉㄠˋ ㄏㄨㄛˇ 比喻不顧危險，奮勇向前。湯，熱水；沸水。蹈，踩踏。

語源 三國志魏書劉表傳裴松之注引傅子：「今策名委質，唯將軍所命，雖赴湯蹈火，死無辭也。」

辨析 蹈，音ㄉㄠˋ，不讀ㄉㄠˇ。

例句 他是個癡情種，為了愛情可以赴湯蹈火，在所不辭。

近義 粉身碎骨　奮不顧身

反義 貪生怕死　苟且偷生

3

起死回生 ㄑㄧˇ ㄙˇ ㄏㄨㄟˊ ㄕㄥ 使將死的人再活起來。也比喻使衰敗的事物再現生機。

語源 太平廣記卷五九太玄女引女仙傳：「行三十六術甚效，起死廻生，救人無數。」

例句 ①不知哪裡來的仙丹妙藥，不但使他起死回生，而且身強體健。②由他擔任總經理之後，公司竟能起死回生，轉虧為盈，令人十分好奇他是如何辦到的。

近義 妙手回春

反義 見死不救　回天乏術

起而效尤 ㄑㄧˇ ㄦˊ ㄒㄧㄠˋ ㄧㄡˊ 參見「群起效尤」。

起承轉合 ㄑㄧˇ ㄔㄥˊ ㄓㄨㄢˇ ㄏㄜˊ 舊時詩文布局的順序。泛指文章的普遍作法。起，開端。承，承接上文並加以申述。轉，轉折，從正面、反面加以立論。合，結束全文。

語源 元楊載詩法家數律詩要法：「七言律有起、承、轉、合。」

例句 作文時要注意文章的起承轉合，但也不要過於拘泥而喪失了文章的活潑與創意。

近義 章法結構　布局謀篇

反義 毫無章法　雜亂無章

5

趁人不備 ㄔㄣˋ ㄖㄣˊ ㄅㄨˋ ㄅㄟˋ 利用別人沒有防備的時候。

例句 二次世界大戰期間，日軍趁人不備，發動對珍珠港的攻擊，造成美軍重大損失。

近義 乘虛而入　有機可乘

反義　無隙可乘

趁人之危 ㄔㄣˋ ㄖㄣˊ ㄓ ㄨㄟˊ　參見「乘人之危」。

趁火打劫 ㄔㄣˋ ㄏㄨㄛˇ ㄉㄚˇ ㄐㄧㄝˊ　趁他人遭遇火災時，劫奪財物。也比喻乘人之危，從中取利。

語源　西遊記第十六回：「拿著那袈裟，趁鬨打劫。」清徐珂清稗類鈔盜賊類：「有所謂趁火打劫，臨時之盜也。遇有人家失火，即約一二伴侶，飛奔入內，見物即取。」

例句　我因為籌不出現金才向你借錢，你卻趁火打劫，要我多付兩成的利息。

近義　混水摸魚　乘人之危

反義　雪中送炭　扶危濟困

超凡入聖 ㄔㄠ ㄈㄢˊ ㄖㄨˋ ㄕㄥˋ　原指人格修養超越凡俗，進入聖賢境界。後也泛指學術、技藝等達到登峰造極的境界。

語源　宋朱熹朱子語類卷八學二：「就此理會得透，自可超凡入聖。」

例句　他縱橫日本棋壇數十年，擁有無數頭銜，棋藝已達超凡入聖的境界。

近義　超群絕倫　登峰造極

超然物外 ㄔㄠ ㄖㄢˊ ㄨˋ ㄨㄞˋ　超脫於塵世之外。形容人心胸高遠，曠達自處，不被凡俗牽絆。超然，脫離；不介入。物，指凡情世事。

語源　宋胡仔漁隱叢話前集卷三：「淵明正以脫略世故，超然物外為適，顧區區在位者，何足概其心哉？」

例句　張先生不受世俗名利羈絆，超然物外，回歸田園過耕讀生活，是現代一位值得敬佩的田園作家。

近義　與世無爭　超然遠舉

反義　蠅營狗苟　追名逐利

超然遠舉 ㄔㄠ ㄖㄢˊ ㄩㄢˇ ㄐㄩˇ　曠達澹泊，遠離塵俗。也作「超然遠引」。

語源　宋蘇舜欽答韓持國書：「偷俗如此，安可久居其間，遂超然遠舉，羈泊於江湖之上。」

例句　看不慣政治上的爾虞我詐，陳立委常想超然遠舉，離開政壇，因此再次參選的可能性極低。

近義　澹泊名利　超然物外

反義　汲汲營營　追名逐利

超群絕倫 ㄔㄠ ㄑㄩㄣˊ ㄐㄩㄝˊ ㄌㄨㄣˊ　超過一般人；沒人比得上。群、倫，眾多同類。倫，同類；同輩。原作「絕倫超群」。

語源　史記龜策列傳：「通一伎之士咸得自效，絕倫超奇者為右。」三國演義第六十五回：「當與益德並驅爭先，猶未及美髯公之絕倫超群也。」

例句　憑著他超群絕倫的手藝，很快便在珠寶設計這一行闖出名號。

近義　領先群倫　傲視群倫

反義　望塵莫及　瞠乎其後

超塵脫俗 ㄔㄠ ㄔㄣˊ ㄊㄨㄛ ㄙㄨˊ　超脫塵世與流俗。形容毫無塵俗氣息。也作「超世絕俗」、「超塵出俗」、「超塵拔俗」。

語源　南朝宋劉義慶世說新語德行劉孝標注引三國吳謝承後漢書：「清妙高跱，超世絕俗。」明馮夢龍東周列國志第四十七回：「玉貌丹唇，飄飄然有超塵出俗之姿。」

例句　她的穿著樸素淡雅，舉止輕柔，總給人一種超塵脫俗的感覺。

近義　絕世出塵　不食人間煙火

反義　俗不可耐

越俎代庖 ㄩㄝˋ ㄗㄨˇ ㄉㄞˋ ㄆㄠˊ 尸祝越過掌管樽俎祭祀的職責，而代替廚師工作。比喻越過自己的職分，替代他人工作。俎，古代祭祀時陳設牲肉的禮器。庖，廚師。

語源 莊子逍遙遊：「庖人雖不治庖，尸祝不越樽俎而代之矣。」宋曹彥約上宰執臺諫箚子：「經畫當有正官，而越俎代庖，其名不正。」

例句 各人有各人的工作職責，你千萬不可越俎代庖。

近義 越職代理　僭上偪下

反義 不在其位，不謀其政

7

趕盡殺絕 ㄍㄢˇ ㄐㄧㄣˋ ㄕㄚ ㄐㄩㄝˊ 形容手段兇狠，徹底毀滅對方。絕，盡。

語源 清夏敬渠野叟曝言第四十二回：「一路廝殺將去，成百整千的人馬，都被他趕盡殺絕。」

例句 你已掌控大局，何必再趕盡殺絕，不留一點餘地呢？

近義 斬草除根

反義 網開一面

趕鴨子上架 ㄍㄢˇ ㄧㄚ ㄗˇ ㄕㄤˋ ㄐㄧㄚˋ 諺語。比喻強人所難。

例句 我雖然滿心不願，但還是被「趕鴨子上架」，上臺唱了一首歌。

近義 強人所難　強迫中獎

10

趨之若鶩 ㄑㄩ ㄓ ㄖㄨㄛˋ ㄨˋ 像水鴨一樣成群跑過去。形容前往趨附的人眾多。趨，奔赴。鶩，水鴨，又稱舒鳧。

語源 明史蕭如薰傳：「如薰亦能詩，士趨之若鶩，賓客常滿。」

辨析 本則成語有貶義，多指人盲目跟從。

例句 面對偶像明星所引領的服裝潮流，大家趨之若鶩，完全不考慮適不適合自己的身材。

近義 一窩蜂　如蟻附羶

趨吉避凶 ㄑㄩ ㄐㄧˊ ㄅㄧˋ ㄒㄩㄥ 尋求吉祥，避免災禍。

語源 明沈鯨雙珠記第五折毋子分珠：「趨吉避凶，儒者之事。」

例句 世人求神拜佛，算命改運，無非是為了趨吉避凶。

近義 消災解厄　明哲保身

趨炎附勢 ㄑㄩ ㄧㄢˊ ㄈㄨˋ ㄕˋ 比喻奉承和依附有權勢的人。炎，炎熱，比喻有權勢的人。附，依附；歸附。

語源 宋蕭注與李泰伯書：「心銘足下之道，故發此書以聞；非今之趨炎附勢輩，聞足下有大名而沽相知之幸。」

例句 他一向喜歡趨炎附勢，大家都對他相當不齒。

近義 攀龍附鳳

反義 剛正不阿　守正不阿

足部

足不出戶 ㄗㄨˊ ㄅㄨˋ ㄔㄨ ㄏㄨˋ 腳不跨出大門。形容極少出門。

語源 清文康兒女英雄傳第三十三回：「那公子要知真個足不出戶，目不窺園，日就月將，功夫大進。」

例句 為了考取會計師執照，小明半年來足不出戶，閉門苦讀。

近義 深居簡出

足智多謀 ㄗㄨˊ ㄓˋ ㄉㄨㄛ ㄇㄡˊ 智慧夠，謀略多。形容人非常聰明，善於謀劃。

語源 元關漢卿關大王獨赴單刀會第三折：「那魯子敬是個足智多謀的人，他又兵多將廣，人強馬壯。」

例句 水滸傳中的吳用是個足智多謀的人物，因此有個外號

叫「智多星」。

近義　老謀深算　料事如神

反義　一籌莫展　無計可施

4

趾高氣揚 ㄓˇ ㄍㄠ ㄑㄧˋ ㄧㄤˊ　走路時腳抬得很高，意氣昂揚。形容自滿傲慢，得意忘形的樣子。也作「足高氣揚」。

語源　左傳桓公十三年：「莫敖必敗，舉趾高，心不固矣。」清董含三岡識略第十卷：「遂使此輩忘其本來，趾高氣揚，傲然自得。」

例句　獲得冠軍後他便一副趾高氣揚的樣子，不把別人放在眼裡。

近義　高視闊步　得意忘形

反義　虛懷若谷　深藏若虛

5

跋山涉水 ㄅㄚˊ ㄕㄢ ㄕㄜˋ ㄕㄨㄟˇ　翻山越嶺，踏水過河。形容旅途艱辛。跋，走山路。

語源　左傳襄公二十八年：「跋涉山川，蒙犯霜露。」宋王回霍丘縣驛記：「雖跋山涉水，荒陋遐僻之城，具宗廟社稷者，一不敢缺焉。」

例句　早期交通不便，遠行時總需要跋山涉水，甚為辛苦。

近義　翻山越嶺　長途跋涉

跋前疐後 ㄅㄚˊ ㄑㄧㄢˊ ㄓˋ ㄏㄡˋ　狼前進就踏到頸下的垂肉，後退則被尾巴絆倒。比喻進退兩難。跋，踩；踐踏。疐，同「躓」。腳踩到東西而跌倒。

語源　詩經豳風狼跋：「狼跋其胡，載疐其尾。」唐韓愈進學解：「然而公不見信於人，私不見助於友。跋前疐後，動輒得咎。」

例句　這項工程進行到一半卻經費短缺，如今跋前疐後，難以善了。

近義　進退維谷　進退兩難

反義　一帆風順　左右逢源

跌至谷底 ㄉㄧㄝ ㄓˋ ㄍㄨˇ ㄉㄧˇ　跌到山谷底下。比喻掉到最低或最壞的情況。也作「跌落谷底」。

例句　他擔任日本首相以來，一再否認過去日軍侵略韓國的罪行，使得兩國的關係跌至谷底。

近義　一落千丈　降到冰點

反義　大有起色　絕處逢生

跌宕不羈 ㄉㄧㄝ ㄉㄤˋ ㄅㄨˋ ㄐㄧ　形容人心志豪放，不受拘束。跌宕，即「跌蕩」。放縱。羈，牽制；約束。

語源　三國志蜀書簡雍傳：「性簡傲跌宕。」宋周密潘庭堅王實之：「跌宕不羈，傲侮一世。」

例句　他天性跌宕不羈，不受拘束，你想拿傳統禮教約束他，他會聽你的嗎？

近義　放蕩不羈　放縱不拘

跌破眼鏡 ㄉㄧㄝ ㄆㄛˋ ㄧㄢˇ ㄐㄧㄥˋ　比喻出乎意料。

例句　最被看好奪冠的小威竟在第一輪就被淘汰出局，讓大家跌破眼鏡。

近義　出乎意料　始料未及

反義　不出所料　果不其然

跌跌撞撞 ㄉㄧㄝ ㄉㄧㄝ ㄓㄨㄤˋ ㄓㄨㄤˋ　形容走路搖晃不穩。也比喻常遇挫折，很不順利。

語源　清吳敬梓儒林外史第五回：「喫到四更盡鼓，跌跌撞撞，扶了回去。」

例句　①小外甥剛學會走路，看他跌跌撞撞地走著，還不時咯咯地笑，真是可愛。②阿美與阿義的個性根本不合，他們這段婚姻跌跌撞撞，維繫不到兩年便結束了。

近義　一波三折　命途多舛

反義　一帆風順　駕輕就熟

跑龍套（ㄆㄠˇ ㄌㄨㄥˊ ㄊㄠˋ） 原指在舞臺上扮演吶喊助威的隨從或兵卒。也比喻不重要的角色，只能從事幫閒打雜的活動。
語源 清徐珂清稗類鈔優伶類：「戲園中有跑龍套者，其品格甚低，而其為用則甚大。」
例句 他在那齣戲裡，只不過是個跑龍套的小角色罷了。

跑得了和尚跑不了廟（ㄆㄠˇ ㄉㄜˊ ㄌㄧㄠˇ ㄏㄜˊ ㄕㄤˋ ㄆㄠˇ ㄅㄨˋ ㄌㄧㄠˇ ㄇㄧㄠˋ） 和尚跑得掉，但寺廟卻依然存在。比喻當事人無論如何都必須面對問題。
語源 清吳敬梓儒林外史第五十四回：「你不要慌，躲得和尚躲不得寺，我自然有個料理。」
例句 跑得了和尚跑不了廟，他欠銀行的錢終究要想辦法還掉，不然房子要被銀行拿去拍賣了。

跖狗吠堯（ㄓˊ ㄍㄡˇ ㄈㄟˋ ㄧㄠˊ） 盜跖養的狗對著帝堯吠叫。比喻各為其主。跖，盜跖，古代大盜。堯，帝堯，古代明君。也作「跖犬吠堯」。
語源 戰國策齊策六：「跖之狗吠堯，非貴跖而賤堯也，狗固吠非其主也。」
例句 有些名嘴天天在電視上批評時政，高談闊論，大放厥詞。在我看來，都是跖狗吠堯，只一味幫特定政黨護航。
近義 各為其主 狗吠非主

6

跬步千里（ㄎㄨㄟˇ ㄅㄨˋ ㄑㄧㄢ ㄌㄧˇ） 半步半步地累積，可以走千里之遠。比喻要獲得大成就，必須持續努力。跬，半步。也作「蹞」。
語源 荀子勸學：「故不積蹞步，無以致千里。」
例句 許多成功的人都是秉持跬步千里的精神達成目標的。
近義 駑馬十駕
反義 一步登天

路不拾遺（ㄌㄨˋ ㄅㄨˋ ㄕˊ ㄧˊ） 沒有人會侵占別人掉在路上的財物。也作「道不拾遺」。
語源 韓非子外儲說左上：「子產退而為政五年，國無盜賊，道不拾遺。」
例句 「夜不閉戶，路不拾遺」是大同世界的理想。

路見不平，拔刀相助（ㄌㄨˋ ㄐㄧㄢˋ ㄅㄨˋ ㄆㄧㄥˊ ㄅㄚˊ ㄉㄠ ㄒㄧㄤ ㄓㄨˋ） 形容正直而勇敢的人，遇見不平之事，挺身而出，幫助弱者。
語源 宋釋普濟五燈會元卷一八長寧卓禪師法嗣：「育王被人推倒了，也還有路見不平，拔劍相為底麼?」元楊顯之鄭孔目風雪酷寒亭楔子：「這個是路見不平，拔刀相助，那個則是誤傷人命。」
例句 他為人正直勇敢，常常「路見不平，拔刀相助」，上個月還從歹徒手中救下一名雛妓而受到表揚。
近義 見義勇為 打抱不平
反義 袖手旁觀 見死不救

路遙知馬力，日久見人心（ㄌㄨˋ ㄧㄠˊ ㄓ ㄇㄚˇ ㄌㄧˋ ㄖˋ ㄐㄧㄡˇ ㄐㄧㄢˋ ㄖㄣˊ ㄒㄧㄣ） 比喻經過時間考驗，才知人心善惡。
語源 元無名氏爭報恩三虎下山第三折：「若有些好歹，我少不得報答姐姐之恩，可不道路遙知馬力，日久見人心。」
例句 「路遙知馬力，日久見人心」。經過多年的相處，我終於明白你的為人。

跳梁小醜（ㄊㄧㄠˋ ㄌㄧㄤˊ ㄒㄧㄠˇ ㄔㄡˇ） 指沒有操守、叛亂變節的小人。跳梁，跳上跳下。小醜，指卑鄙小人。也作「跳梁小丑」。
語源 莊子逍遙遊：「東西跳梁，不辟高下。」國語周語上：

足

「王猶不堪，況爾小醜乎？」清汪婉廣西巡撫右副都御史郝公墓誌銘：「五省山水環紆……騎兵不能突，此跳梁小醜所以得稍延餘息也。」

例句　若非那群跳梁小醜興風作浪、搬弄是非，公司也不至於烏煙瘴氣。

跳到黃河也洗不清（ㄊㄧㄠˋ ㄉㄠˋ ㄏㄨㄤˊ ㄏㄜˊ ㄧㄝˇ ㄒㄧˇ ㄅㄨˋ ㄑㄧㄥ）　比喻嫌疑、誤會難以解釋清楚。

例句　發生了這種事，我是跳到黃河也洗不清了。

7

跼天蹐地（ㄐㄩˊ ㄊㄧㄢ ㄐㄧˊ ㄉㄧˋ）　彎腰低背，不敢大步行走。形容處於惡劣的境遇，恐懼不安的樣子。跼，彎腰低背。蹐，小步行走。

語源　詩經小雅正月：「謂天蓋高？不敢不局；謂地蓋厚？不敢不蹐。」三國志吳書步騭傳：「無罪無辜，橫受大刑，是以使民跼天蹐地，誰不戰慄？」

例句　有些外籍新娘嫁到臺灣後飽受虐待，每天過著跼天蹐地的生活，令人同情。

近義　不可終日　侷促不安

反義　悠然自得　寵辱皆忘

8

踏破鐵鞋無覓處（ㄊㄚˋ ㄆㄛˋ ㄊㄧㄝˇ ㄒㄧㄝˊ ㄨˊ ㄇㄧˋ ㄔㄨˋ）　比喻用盡心力去尋找，十分艱辛。也省作「踏破鐵鞋」。

語源　宋夏元鼎絕句：「踏破鐵鞋無覓處，得來全不費功夫。」

辨析　此則成語常與「得來全不費功夫」連用。意謂平日用心尋求而不可得，卻在無意之間獲得。

例句　昨天逛舊書攤時，無意中發現這本尋覓多時的詩集，正是「踏破鐵鞋無覓處，得來全不費功夫」，令我喜出望外。

近義　上窮碧落下黃泉

反義　得來全不費功夫

踔厲風發（ㄓㄨㄛˊ ㄌㄧˋ ㄈㄥ ㄈㄚ）　形容議論強而有力，如風勢的強勁。踔厲，卓越而有力。

語源　唐韓愈柳子厚墓誌銘：「議論證據今古，出入經史百子，踔厲風發，率常屈其座人。」

辨析　踔，音ㄓㄨㄛˊ，不讀ㄉㄠˋ。

例句　他的演說慷慨激昂，踔厲風發，聽眾的心都被振奮起來。

近義　議論風生　擲地有聲

反義　不著邊際　遊談無根

9

踵事增華（ㄓㄨㄥˇ ㄕˋ ㄗㄥ ㄏㄨㄚˊ）　繼承前人的事業，且能發揚光大。踵，追隨；繼承。華，光彩。

語源　南朝梁蕭統昭明文選序：「蓋踵其事而增華，變其本而加厲，物既有之，文亦宜然。」

例句　學術界對這方面的研究已有相當成績，難以再踵事增華，你最好另闢蹊徑，才有發揮的空間。

近義　承先啟後　發揚光大

踽踽獨行（ㄐㄩˇ ㄐㄩˇ ㄉㄨˊ ㄒㄧㄥˊ）　獨自行走。形容孤獨無親。踽踽，孤獨的樣子。

語源　詩經唐風杕杜：「獨行踽踽，豈無他人，不如我同父。」

例句　看到小張在馬路上踽踽獨行、滿懷心事的樣子，讓人十分擔心。

近義　舉目無親　形單影隻

反義　結伴而行　呼朋引伴

10

蹈常襲故（ㄉㄠˇ ㄔㄤˊ ㄒㄧˊ ㄍㄨˋ）　做事依循常規或舊方法，無法創新。蹈，踩。引申為依循。襲，沿襲；因循。

語源 宋蘇軾伊尹論：「後之君子，蹈常而襲故，惴惴焉懼不免於天下。」

例句 藝術重在創新，只會蹈常襲故，難成氣候。

近義 墨守成規 陳陳相因

反義 不拘繩墨 推陳出新

蹉跎歲月 ㄘㄨㄛ ㄊㄨㄛˊ ㄙㄨㄟˋ ㄩㄝˋ 指虛度光陰。蹉跎，白白地度過。

語源 三國魏阮籍詠懷詩（其七）：「娛樂未終極，白日忽蹉跎。」唐羅隱魏博羅令公附卷有回：「蹉跎歲月心仍切，迢遞江山夢未通。」

例句 勉強留在自己不喜歡的工作環境只是蹉跎歲月，小趙已決定另覓新職。

近義 虛度年華 韶光虛度

12

蹶角受化 ㄐㄩㄝˊ ㄐㄧㄠˇ ㄕㄡˋ ㄏㄨㄚˋ 叩頭接受教化。表示順服之意。蹶角，猶頓首，以額角叩地。

語源 南朝梁丘遲與陳伯之書：「夜郎滇池，解辮請職；朝鮮昌海，蹶角受化。」

例句 唐朝國威遠揚，四方鄰近國家都蹶角受化，來朝納貢。

近義 心悅誠服

14

躊躇滿志 ㄔㄡˊ ㄔㄨˊ ㄇㄢˇ ㄓˋ 心滿意足、從容自得的樣子。也可形容驕傲自大、得意洋洋的樣子。躊躇，從容自得的樣子。

語源 莊子養生主：「提刀而立，為之四顧，為之躊躇滿志，善刀而藏之。」

例句 他連贏了數盤棋後，顯出躊躇滿志的神情。

近義 志得意滿 顧盼自雄

反義 悵然若失 垂頭喪氣

躍然紙上 ㄩㄝˋ ㄖㄢˊ ㄓˇ ㄕㄤˋ 非常活躍、生動地呈現在紙上。形容描寫、刻畫得非常逼真、生動。

語源 清薛雪一瓢詩話：「如此體會，則詩神詩旨，躍然紙上。」

例句 他所描寫的景致和人物，全都躍然紙上，真是個難得的寫作高手。

近義 栩栩如生 呼之欲出

反義 枯燥無味 平淡無奇

躍躍欲試 ㄩㄝˋ ㄩㄝˋ ㄩˋ ㄕˋ 形容急切地想試一試。躍躍，急著要行動的樣子。

語源 清李伯元官場現形記第三十五回：「一席話說得唐二亂子心癢難抓，躍躍欲試。」

例句 看大家興高采烈地在打籃球，他也躍躍欲試，想下場露一手。

近義 摩拳擦掌 迫不及待

反義 無動於中

18

躡手躡腳 ㄋㄧㄝˋ ㄕㄡˇ ㄋㄧㄝˋ ㄐㄧㄠˇ 輕步行走的樣子。躡，輕踏；提著腳跟走。

語源 京本通俗小說錯斬崔寧：「捏手捏腳，直到房中，並無一人知覺。」紅樓夢第七回：「周瑞家的會意，忙著躡手躡腳兒的往東邊屋裡來。」

例句 小偷躡手躡腳潛進屋內盜取財物的過程，已全被監視攝影機全程拍下來了。

近義 鬼鬼祟祟 偷偷摸摸

反義 大大方方 高視闊步

身部

身不由己 ㄕㄣ ㄅㄨˋ ㄧㄡˊ ㄐㄧˇ 身體不由自己作主。指行動不能由自己支配或控制不住自己。也作「身不由主」。

語源 三國演義第七十四回：「上命差遣，身不由己。」紅樓夢第四十一回：「不承望身不由己，前仰後合的，朦朧兩眼，一歪身，就睡倒在床上。」

例句 一聽班長說放學後還要留下來補課，同學們齊聲抗

議，班長無奈地說：「這是老師的命令，我也是身不由己呀！」

近義　迫不得已　不由自主

反義　獨立自主　從心所欲

身心俱疲 ㄕㄣ ㄒㄧㄣ ㄐㄩˋ ㄆㄧˊ　肉體和精神都很疲憊。

例句　承認敗選那一刻，他身心俱疲，匆匆致詞感謝支持者後，便黯然離去。

近義　心力交瘁　心勞力絀

反義　生龍活虎　朝氣蓬勃

身手不凡 ㄕㄣ ㄕㄡˇ ㄅㄨˋ ㄈㄢˊ　技術高超。身手，指技藝或武藝。

例句　本屆我國奧運代表隊的選手個個身手不凡，一定能夠締造佳績，為國爭光。

近義　多才多藝　通天本領

反義　一竅不通　一無所長

身外之物 ㄕㄣ ㄨㄞˋ ㄓ ㄨˋ　不是生來就有的事物。泛指一切功名、財富、權勢等。

語源　唐吳兢貞觀政要貪鄙：「明珠是身外之物，尚不可彈雀，何況性命之重，乃以搏財物耶？」

例句　錢財乃身外之物，遇到緊急災害時保命要緊，可不要為錢而喪命。

身先士卒 ㄕㄣ ㄒㄧㄢ ㄕˋ ㄗㄨˊ　親自走在士兵的前面。指作戰時將領奮勇當先，帶頭衝鋒。現也泛指領導者能帶頭先做。身，親身；親自。先，走在前面。

語源　史記黥布列傳：「項王伐齊，身負板築，以為士卒先。」三國志吳書孫輔傳：「策西襲廬江太守劉勳，輔隨從，身先士卒，有功。」

例句　作為主管，凡事若能身先士卒去做，必能贏得下屬的敬重和配合。

近義　一馬當先　奮勇爭先

反義　畏縮不前　臨陣脫逃

身首異處 ㄕㄣ ㄕㄡˇ ㄧˋ ㄔㄨˋ　身體和頭分開不在一起。指被砍頭而死。或形容死狀淒慘。

語源　戰國策秦策四：「首身分離，暴骨草澤。」魏書元遵傳：「陵抽箭射之，墜馬，陵恐其救至，未及拔劍，以刀子戾其頸，使身首異處。」

例句　那輛小客車以高速撞上前方載有鐵板的大卡車，造成小客車駕駛當場身首異處。

近義　死於非命　腦袋搬家

反義　壽終正寢

身家性命 ㄕㄣ ㄐㄧㄚ ㄒㄧㄥˋ ㄇㄧㄥˋ　自身以及全家的生命安全。

語源　明朱之瑜答安東守約問八條：「均不免於君子之譏，天下萬世之罪，故不顧身家性命而力辭之。」

例句　消防安全設施關乎大家的身家性命，平日應該做好檢查及保養，以防萬一。

身敗名裂 ㄕㄣ ㄅㄞˋ ㄇㄧㄥˊ ㄌㄧㄝˋ　地位喪失，名聲敗壞。指做壞事而遭到可悲的下場。身，身分；地位。裂，敗壞；損壞。

語源　唐杜甫戲為六絕句：「爾曹身與名俱滅，不廢江河萬古流。」清李綠園歧路燈第二十三回：「看來許多舉人、進士做了官，往往因幾十兩銀子的賄，弄一個身敗名裂。」

例句　李先生在處長任內貪贓枉法，侵吞公款，最後落得身敗名裂的下場。

近義　聲名狼藉　惡名昭彰

反義　流芳百世　名揚天下

身無分文 ㄕㄣ ㄨˊ ㄈㄣ ㄨㄣˊ　身上一毛錢也沒有。形容生活窮困。

例句　他的個性樂觀爽朗，不在乎榮祿名利，即使是身無分

文，亦能怡然自得。

近義 一文不名　一貧如洗

反義 家財萬貫　富可敵國

身無長物 ㄕㄣ ㄨˊ ㄓㄤˋ ㄨˋ 參見「一無長物」。

身經百戰 ㄕㄣ ㄐㄧㄥ ㄅㄞˇ ㄓㄢˋ 親身經歷過上百次的戰鬥。形容戰爭或比賽經驗豐富。

語源 北周庾信周大將軍司馬裔神道碑：「在朝四十一年，身經一百餘戰。」唐郎士元塞下曲：「寶刀塞下兒，身經百戰曾百勝。」

例句 王先生是白手起家的企業家，在商場上身經百戰，各種狀況都難不倒他。

近義 驍勇善戰　南征北討

身輕言微 ㄕㄣ ㄑㄧㄥ ㄧㄢˊ ㄨㄟˊ 參見「人微言輕」。

身價非凡 ㄕㄣ ㄐㄧㄚˋ ㄈㄟ ㄈㄢˊ 形容人或物所具有的財富、價值非比尋常。

例句 別看這只碗不怎麼起眼，它可是身價非凡的宋瓷呢！

近義 價值連城

反義 一文不值

身歷其境 ㄕㄣ ㄌㄧˋ ㄑㄧˊ ㄐㄧㄥˋ 親身到了那個地方。也作「身臨其境」。

語源 清艾納居士豆棚閒話第十一則：「離奇駭異之狀，非身歷其境者，不能抵掌而談。」清石玉崑三俠五義第六十五回：「及至身臨其境，只落得『原來如此』四個大字。」

例句 常聽人說太魯閣峽谷景色壯麗雄偉，如今身歷其境，才真正體會大自然的鬼斧神工，令人讚歎。

近義 如臨其境

身懷六甲 ㄕㄣ ㄏㄨㄞˊ ㄌㄧㄡˋ ㄐㄧㄚˇ 指懷孕。六甲，古代用天干地支相配來表示時日，其中甲子、甲寅、甲辰、甲午、甲申、甲戌六個甲日合稱「六甲」。相傳此六天為天地創造萬物之日，男女若於此時交合，最易懷孕。

語源 明馮夢龍喻世明言卷二九：「夫人吃了一驚，一身香汗驚醒。自此不覺身懷六甲。」

例句 看到一位身懷六甲的婦女上車，阿嘉立刻起身讓座。

近義 大腹便便

身懷絕技 ㄕㄣ ㄏㄨㄞˊ ㄐㄩㄝˊ ㄐㄧˋ 具有獨特的技藝。

語源 清蒲松齡聊齋誌異妾擊賊：「身懷絕技，居數年而人莫之知。」

例句 這些街頭藝人各個身懷絕技，有的變魔術，有的表演雜耍，吸引許多路人圍觀。

近義 身手不凡　多才多藝

身體力行 ㄕㄣ ㄊㄧˇ ㄌㄧˋ ㄒㄧㄥˊ 親身體驗，努力實行。身，親身。體，體驗。

語源 漢劉安淮南子氾論：「故聖人以身體之。」中庸：「力行近乎仁。」宋張洪朱子讀書法二虛心涵泳：「但願更於所聞，身體而力行之。」

例句 「孝順」二字不能只在嘴巴上說說而已，而是必須身體力行，付諸實踐的。

近義 躬行實踐　以身作則

反義 紙上談兵　知而不行

身在江湖，心存魏闕 ㄕㄣ ㄗㄞˋ ㄐㄧㄤ ㄏㄨˊ ㄒㄧㄣ ㄘㄨㄣˊ ㄨㄟˋ ㄑㄩㄝˋ 雖然隱居，心裡仍想著出仕而有一番作為。江湖，江河湖泊的統稱，指隱居處所。魏闕，指朝廷。

語源 莊子讓王：「身在江海之上，心居乎魏闕之下，奈何？」

例句 雖然隱居多年，但他身在江湖，心存魏闕，一有機會，仍想有所作為。

近義 憂以天下　老驥伏櫪

反義 看破紅塵　懷寶迷邦

3

躬行實踐 ㄍㄨㄥ ㄒㄧㄥˊ ㄕˊ ㄐㄧㄢˋ 親身實行，切實體驗。

語源 元王惲紫山先生易直解序：「欲見諸用者，不於先覺躬行踐履之實跡而取法焉，未見能造其突奧也。」明史儒林傳曹端：「其學務躬行實踐，而以靜存為要。」

例句 王經理對公司的規定都能以身作則，躬行實踐，因此深受部屬敬愛。

近義 身體力行

躬逢其盛 ㄍㄨㄥ ㄈㄥˊ ㄑㄧˊ ㄕㄥˋ 指親自參加盛大的典禮、集會或經歷盛世。

語源 明歸有光隆慶元年浙江程策四道：「茲者明詔采取遺事，諸生幸得躬逢其盛。」

例句 哥哥去年至巴西出差，恰巧當地舉辦著名的嘉年華會，得以躬逢其盛，令他印象深刻。

車部

車水馬龍 ㄔㄜ ㄕㄨㄟˇ ㄇㄚˇ ㄌㄨㄥˊ 車相接如流水不斷，馬相連如一條長龍。原形容車馬很多，來往不絕。後多用來形容繁華熱鬧的景象。原作「車如流水馬如龍」。

語源 漢班固東觀漢記明德馬皇后：「吾前過濯龍門，見外家問起居，車如流水馬如龍。」南唐李煜望江南：「還似舊時遊上苑，車如流水馬如龍。」

例句 這裡是全市最熱鬧的商業區，百貨公司林立，附近街道每天都是車水馬龍，人潮不斷。

近義 熙來攘往　川流不息

反義 冷冷清清　門可羅雀

車載斗量 ㄔㄜ ㄗㄞˋ ㄉㄡˇ ㄌㄧㄤˊ 必須用車載，用斗量。形容數量很多。

語源 三國志吳書吳主權傳裴松之注引吳書：「聰明特達者八九十人，如臣之比，車載斗量，不可勝數。」

辨析 載，音ㄗㄞˋ，不讀ㄗㄞˇ。

例句 今天的大專院校林立，大學生車載斗量，擁有大學文憑也不一定找得到工作。

近義 不計其數　滿坑滿谷

反義 鳳毛麟角　屈指可數

2

軍令如山 ㄐㄩㄣ ㄌㄧㄥˋ ㄖㄨˊ ㄕㄢ 軍令如山一般森嚴穩固，不容更改。

語源 清徐珂清稗類鈔戰事類：「老將軍令如山，不可抗也。」

例句 軍人以服從為天職，軍令如山是他們奉為圭臬的信仰。

近義 令出如山

3

軒然大波 ㄒㄩㄢ ㄖㄢˊ ㄉㄚˋ ㄅㄛ 高湧的波濤。比喻巨大的糾紛或風潮。軒然，高昂的樣子。

語源 唐韓愈岳陽樓別竇司直：「軒然大波起，宇宙隘而妨。」

例句 他無意中的一句話，竟引起軒然大波，真是禍從口出，令他後悔莫及。

近義 波濤洶湧　沸沸揚揚

反義 風平浪靜

4

軟釘子 ㄖㄨㄢˇ ㄉㄧㄥ ˙ㄗ 比喻含蓄、委婉的拒絕或責備。

語源 清李伯元官場現形記第五十九回：「黃二麻子碰了這個軟釘子，自己覺著沒趣。」

例句 這件事本以為求他就會幫忙，結果碰了個軟釘子。

軟土深掘 源自臺灣諺語。意指土質鬆軟，便向下挖得深。比喻對軟弱者肆意侮辱、欺負。

例句 他一再得寸進尺，軟土深掘，我已忍無可忍，只好訴諸法律解決。

近義 欺人太甚 得寸進尺

軟玉溫香 比喻女子柔膩而芳香的身體。也作「軟香溫玉」。

語源 元戴善夫陶學士醉寫風光好第二折：「端的是風清月朗，可甚麼軟玉溫香！」

例句 他是個正人君子，即使軟玉溫香在側，也不起邪念。

軟硬兼施 柔軟和強硬的手段並用。

例句 談判桌上，雖然資方代表軟硬兼施，工會領袖仍然決定繼續罷工。

近義 威脅利誘 做好做歹

反義 好言相勸

6

較短量長 比較人才或事物的優劣、好壞。也作「校短量長」。

語源 新唐書韓愈傳：「校短量長，唯器是適者，宰相之方也。」

例句 老張個性隨和，一向不喜歡跟別人較短量長，也少了很多無謂的煩惱。

近義 比權量力 一較高下

載舟覆舟 水可以承載船，也可以使船翻覆。比喻人民可以擁護執政者，也可以推翻暴政。

語源 荀子王制：「君者舟也，庶人者水也。水則載舟，水則覆舟。」唐魏徵諫太宗十思疏：「載舟覆舟，所宜深慎。」

例句 為政者應當了解載舟覆舟的道理，不可為了自身利益而恣意孤行。

載沉載浮 一下子沉，一下子浮。比喻成敗起落不定。載，又；且。也作「載浮載沉」。

語源 詩經小雅菁菁者莪：「泛泛楊舟，載沉載浮。既見君子，我心則休。」清董含三岡識略第六卷：「一丘一壑，載浮載沉，知我者誰？」

例句 他在職場上載沉載浮了幾十年，至今依然一事無成。

近義 起起伏伏

反義 一帆風順

載歌載舞 邊唱邊跳。形容盡情地歡樂。載，又；且。

語源 詩經衛風氓：「不見復關，泣涕漣漣；既見復關，載笑載言。」南朝陳徐陵廣州刺史歐陽頠德政碑：「式歌式舞，仁哉至仁。」

例句 當月亮升起時，草原上的人們載歌載舞，慶賀一年的豐收。

近義 輕歌曼舞 手舞足蹈

載譽而歸 帶著榮譽回來。多指代表外出比賽，獲勝而回。

例句 奧運跆拳代表隊載譽而歸，在機場受到民眾的熱烈歡迎。

近義 衣錦榮歸 衣錦還鄉

7

輕而易舉 比喻事情簡單，容易辦到。

語源 漢王充論衡狀留：「草木之生者溼，溼者重，死者枯，枯而輕者易舉，溼而重者難移也。」宋朱熹詩集傳大雅烝民：「言人皆言德甚輕而易舉，然人莫能舉也。」

例句 這雖是輕而易舉的小事，他仍然全力以赴，爭取最佳的表現。

近義 唾手可得 易如反掌

車

反義　難如登天　難上加難

輕車熟路 ㄑㄧㄥ ㄐㄩ ㄕㄡˊ ㄌㄨˋ　比喻對事情很熟悉，做起來十分容易。

語源　唐韓愈送石處士序：「若駟馬駕輕車就熟路，而王良、造父為之先後也。」

例句　老王曾是飯店主廚，烹調對他而言是輕車熟路，你大可放心。

近義　駕輕就熟　得心應手

反義　手忙腳亂　笨手笨腳

輕車簡從 ㄑㄧㄥ ㄐㄩ ㄐㄧㄢˇ ㄗㄨㄥˋ　外出時行裝簡單，隨從不多。多指官員出訪或出遊時不事鋪張。

語源　清劉鶚老殘遊記第八回：「他就向縣裡要了車，輕車簡從的向平陰進發。」

例句　王部長生性簡樸，假日出遊時總是輕車簡從，十分低調。

反義　結駟連騎　前呼後擁

輕於鴻毛 ㄑㄧㄥ ㄩˊ ㄏㄨㄥˊ ㄇㄠˊ　比大雁的毛還輕。形容極其輕微。常用來形容生命的價值。鴻，大雁。也作「輕如鴻毛」。

語源　戰國策楚策四：「是以國權輕於鴻毛，而積禍重於丘山。」

例句　刻意傷害他人性命的人，他的生命可說輕於鴻毛，沒有絲毫價值。

近義　不值一文　微不足道

反義　重如泰山　重若丘山

輕重緩急 ㄑㄧㄥ ㄓㄨㄥˋ ㄏㄨㄢˇ ㄐㄧˊ　指事情的重要性與辦理的先後順序。

語源　管子國蓄：「令有緩急，故物有輕重。」宋朱熹答何叔京：「聖人顧事有不能必得如其志者，則輕重緩急之間，於是乎有權矣。」

例句　處理事情要懂得拿捏輕重緩急，才會有效率。

輕財任俠 ㄑㄧㄥ ㄘㄞˊ ㄖㄣˋ ㄒㄧㄚˊ　輕視錢財，行俠義之事。

語源　明梅鼎祚玉合記第九齣：「想起那浮生易往……輕財任俠，也屬微塵。」

例句　楊老先生一生輕財任俠，獲得大家的敬重與佩服。

近義　輕財好施　輕財重義

反義　急功近利　貪財好利

輕財好施 ㄑㄧㄥ ㄘㄞˊ ㄏㄠˋ ㄕ　輕視錢財，喜歡施捨。指人慷慨仗義，喜以金錢助人。

語源　韓非子八說：「慈惠則不忍，輕財則好與。」三國志吳書朱據傳：「謙虛接士，輕財好施，祿賜雖豐，而常不足用。」

例句　王鄉長一向輕財好施，很得鄉民的敬重。

近義　樂善好施　仗義疏財

反義　一毛不拔

輕移蓮步 ㄑㄧㄥ ㄧˊ ㄌㄧㄢˊ ㄅㄨˋ　形容女子步履輕盈美妙。也作「蓮步輕移」。

語源　南史齊紀下廢帝東昏侯：「又鑿金為蓮華以帖地，令潘妃步其上。曰：『此步步生蓮華也。』」宋孔平仲觀舞：「雲鬟應節低，蓮步隨歌舞。」水滸傳第八十一回：「當下李師師輕移蓮步。」西遊記第五十四回：「蓮步輕移動玉肢。」

例句　林小姐的身材曼妙，輕移蓮步時，更顯得婀娜多姿。

近義　步步蓮花

輕描淡寫 ㄑㄧㄥ ㄇㄧㄠˊ ㄉㄢˋ ㄒㄧㄝˇ　原指繪畫時用淺淡的顏色輕輕著筆。後比喻說話或為文簡單帶過，不加渲染。也可指做事迴避要害或不費力。

語源　清文康兒女英雄傳第十七回：「不想這位尹先生是話不說，單單的輕描淡寫的。」

例句 對於敏感話題，他只是輕描淡寫，一筆帶過，大家都很失望。

近義 蜻蜓點水 避重就輕

反義 濃墨重彩 刻畫入微

輕諾寡信 ㄑㄧㄥ ㄋㄨㄛˋ ㄍㄨㄚˇ ㄒㄧㄣˋ 輕易給人承諾，卻缺少信用。

語源 老子六十三章：「夫輕諾必寡信，多易必多難。」

例句 自從大家知道他是一個輕諾寡信的人之後，就漸漸疏遠他了。

近義 言而無信 食言而肥

反義 一諾千金 言出必行

輕聲細語 ㄑㄧㄥ ㄕㄥ ㄒㄧˋ ㄩˇ 形容說話聲音很小或很輕柔。

例句 參觀畫展時，說話必須輕聲細語，這是基本的禮貌。

近義 喁喁細語

反義 大聲喧嘩

輕舉妄動 ㄑㄧㄥ ㄐㄩˇ ㄨㄤˋ ㄉㄨㄥˋ 形容不加思索便輕率行動。輕，輕率。妄，任意。

語源 宋秦觀淮海集盜賊中：「或故吏善家子失計隨流，輕舉妄動，若此之類，特盜賊之大情耳。」

例句 在這要緊的時刻，大家一定要聽令行事，千萬不可輕舉妄動。

近義 貿然行事 魯莽從事

反義 三思而行 小心翼翼

輕薄無行 ㄑㄧㄥ ㄅㄛˊ ㄨˊ ㄒㄧㄥˋ 形容人輕佻而無禮。行，德行。

語源 晉書華表傳：「初，恆為州大中正，鄉人任讓輕薄無行，為恆所黜。」

例句 這個紈袴子仗著家中富裕，女朋友換來換去，輕薄無行，結果弄得自己聲名狼藉。

近義 寡廉鮮恥 素行不良

反義 精金美玉 彬彬有禮

8

輪番上陣 ㄌㄨㄣˊ ㄈㄢ ㄕㄤˋ ㄓㄣˋ 輪流上場。番，量詞，相當於「次」、「回」。輪番即依次替換。

語源 明史志第五十二：「府軍前衛，掌統領幼軍，輪番帶刀侍衛。」

例句 跨年晚會上，眾歌手輪番上陣，用歌聲帶領大家一起迎接新年。

10

輾轉不寐 ㄓㄢˇ ㄓㄨㄢˇ ㄅㄨˋ ㄇㄟˋ 形容思念深切或心中有事，翻來覆去無法入睡。輾，半轉。寐，睡。

語源 詩經周南關雎：「求之不得，寤寐思服。悠哉悠哉，輾轉反側。」宋洪邁夷堅乙志卷八：「既寢，輾轉不寐，聞擊床屏者三。」

例句 爸爸深夜未歸，媽媽輾轉不寐，擔心得不得了。

近義 輾轉反側 翻來覆去

反義 酣然入夢 鼾聲如雷

輾轉反側 ㄓㄢˇ ㄓㄨㄢˇ ㄈㄢˇ ㄘㄜˋ 形容思念深切或心中有事，翻來覆去無法入睡。反側，猶言反覆。

語源 詩經周南關雎：「求之不得，寤寐思服。悠哉悠哉，輾轉反側。」

例句 他躺在床上輾轉反側，腦中不停浮現小美動人的微笑。

近義 輾轉不寐 翻來覆去

反義 酣然入夢 鼾聲如雷

11

轉危為安 ㄓㄨㄢˇ ㄨㄟˊ ㄨㄟˊ ㄢ 指病情或局勢由危急轉為平安。

語源 漢劉向戰國策序：「皆高才秀士，度時君之所能行，出奇策異智，轉危為安，運亡為存，亦可喜，皆可觀。」

例句 他憑藉著理財的專長，終於使公司的財務狀況轉危為安，而且轉虧為盈了。

近義 化險為夷 轉禍為福

反義　江河日下　每況愈下

轉益多師　輾轉向多位前輩請益、師法。指廣博地吸收眾家所長，以增進自己的能力。

語源　唐杜甫戲為六絕句（其六）：「別裁偽體親風雅，轉益多師是汝師。」

例句　小陳除了在學校學習烹飪外，並到各大飯店餐廳觀摩，轉益多師，相信未來一定可以成為名廚。

近義　博采約取　拜師學藝

反義　師心自用　閉門造車

轉眼之間　形容時間之短暫。也作「轉瞬之間」。

語源　明胡文煥群音類選葛衣記薦之知信：「無端平地起波濤，轉眼之間忘久要。」

例句　這裡原本荒蕪一片，自從高鐵開通後，轉眼之間竟已高樓林立。

近義　頃刻之間　彈指之間

轉悲為喜　由悲傷轉為喜悅。

語源　紅樓夢第三回：「這熙鳳聽了，忙轉悲為喜。」野叟曝言第七回：「璇姑見素臣頗有回心，轉悲為喜，把手放了下來，說道：『相公不須商議，奴身總屬相公的了。』」

例句　收到爸爸從國外寄回來的禮物，本來還在為爸爸不能回家而哭泣的弟弟瞬間轉悲為喜。

近義　破涕為笑

反義　樂極生悲

轍亂旗靡　車輪的軌跡淩亂，旌旗傾倒。形容軍隊戰敗潰散的情景。轍，車輪輾地的軌跡。靡，倒下。

語源　左傳莊公十年：「夫大國難測也，懼有伏焉。吾視其轍亂，望其旗靡，故逐之。」

例句　古人作戰，常在敵軍轍亂旗靡的時候，乘勝追擊，以求一舉殲滅。

近義　棄甲曳兵　潰不成軍

反義　斬將搴旗　旗開得勝

14

轟動一時　比喻在一段時期裡引起人們極大的關注。轟動，大的聲響。比喻巨大騷動。

例句　電影梁山伯與祝英台曾經轟動一時，老一輩的幾乎人人都看過。

近義　風靡一時　盛極一時

反義　銷聲匿跡　沒沒無聞

轟轟烈烈　火焰轟轟地燃燒熾盛的樣子。形容聲勢浩大或事功盛大。轟轟，狀聲詞。烈烈，火焰熾盛的樣子。也作「烈烈轟轟」。

語源　宋文天祥沁園春：「嗟哉人生，翕欻云亡，好烈烈轟轟做一場。」明瞿式耜丙戌九月二十日書寄：「邑中在庠諸友，轟轟烈烈，成一千古之名，彼豈真惡生而樂死乎？」

例句　他從小就立志要成就一番轟轟烈烈的事業，所以非常積極地充實自己。

近義　聲勢浩大　如火如荼

反義　悄無聲息　無聲無息

辛部

7

辣手摧花　比喻用狠毒的手段對女性施加暴力。辣手，狠毒的手段。花，比喻女性。

例句　沒想到這個外表斯文的傢伙，竟是個辣手摧花的強姦殺人犯，真是人不可貌相啊！

反義　憐香惜玉

12
辭不達意 參見「詞不達意」。

辭不獲命 雖然推辭，卻不被允許。多指不得已而勉強接受委任或饋贈之意。

語源 莊子天地：「辭不獲命，既已告矣，未知中否。」

例句 董事長要派我到美國擔任行銷經理，我自認能力不足卻辭不獲命，月底就要成行。

14
辯才無礙 本為佛家用語，指解說佛法，義理圓通，語言流暢，毫無滯礙。後泛指能言善辯。辯才，善於辯說的口才。

語源 華嚴經卷七十二：「辯才無礙，智慧明達。」三國演義第六十回：「且無論其口似懸河，辯才無礙。」

例句 他是個辯才無礙的政治人物，在政壇上無人能出其右。

近義 口若懸河　舌燦蓮花

反義 笨嘴拙腮　笨口拙舌

辵部

3
迂迴曲折 形容道路彎彎曲曲。也比喻事物發展過程中的波折反覆。迂迴，曲折回旋。

語源 清沈復浮生六記閒情記趣：「多編數屏，隨意遮攔，恍如綠陰滿窗，透風蔽日，迂迴曲折，隨時可更。」

例句 那對新人在感情路上迂迴曲折，最後有情人終成眷屬，皆大歡喜。

近義 拐彎抹角　一波三折

反義 一帆風順

迂闊之論 空洞不實在的言論。迂，不切實際。闊，不著邊際。

語源 漢書王吉傳：「上以其言迂闊，不甚寵異也。」宋史范仲淹傳：「帝問夷簡，夷簡曰：『此仲淹迂闊之論也。』」

例句 年輕人缺乏耐心，總是以為長輩的話都是些迂闊之論，等到自己吃了虧才後悔莫及。

近義 陳腔濫調　空言虛語

反義 言之成理　言必有中

迅雷不及掩耳 突然響起的雷聲使人來不及掩住耳朵。比喻發動突襲，使對手來不及防備。

語源 漢劉安淮南子兵略：「疾雷不及塞耳，疾霆不暇掩目。」晉書石勒載記：「候賊列守未定，出其不意，直衝末柸帳，敵必震惶，計不及設，所謂迅雷不及掩耳。」

例句 警方採取迅雷不及掩耳的突襲行動，將一干走私嫌犯逮捕歸案。

近義 攻其不備　出其不意

反義 好整以暇　以逸待勞

4
迎刃而解 以刀劈竹時，頭幾節一剖開，下面的就會隨刀口向下而裂開。比喻主要問題解決了，其他問題就容易處理。迎，逢。刃，刀刃。解，分開。

語源 晉書杜預傳：「今兵威已振，譬如破竹，數節之後，皆迎刃而解，無復著手處也。」

例句 經過表哥的指點，掌握公式之後，再難的幾何題也都能迎刃而解了！

近義 輕而易舉　無往不利

迎頭痛擊 正面而致命地給予打擊。

語源 清吳趼人發財祕訣第十回：「外人擾我海疆時，迎頭痛擊，殺他個片甲不回。」

例句 這次的比賽，教練特別

傳授球員一些突襲的戰術，準備在比賽一開始就給對方迎頭痛擊。

迎頭趕上（ㄧㄥˊ ㄊㄡˊ ㄍㄢˇ ㄕㄤˋ）　奮起直追，趕上他人。

例句　天資不足的人若想迎頭趕上天賦較佳的人，必定要加倍付出心血才行。

近義　急起直追　奮起直追

近水樓臺（ㄐㄧㄣˋ ㄕㄨㄟˇ ㄌㄡˊ ㄊㄞˊ）　「近水樓臺先得月」的省語。比喻地處近便而取得有利的機會或好處。

語源　宋俞文豹清夜錄記載：范仲淹任杭州知府時，手下官兵都獲得推薦晉升，唯獨漏掉出差在外的巡檢蘇麟。於是蘇麟作了一首詩獻給范仲淹，詩中有「近水樓臺先得月，向陽花木易逢春」兩句。范仲淹看完後知道是自己疏忽，馬上補薦了他。

例句　小張與林小姐在同一家公司上班，憑著近水樓臺的關係，他終於贏得佳人的芳心。

近義　向陽花木

近在咫尺（ㄐㄧㄣˋ ㄗㄞˋ ㄓˇ ㄔˇ）　形容距離很近。咫尺，八寸到一尺之間。古制八寸為一咫，十寸為一尺。

語源　宋蘇軾杭州謝上表：「而臣猥以末技，日奉講帷，凜然威光，近在咫尺。」

例句　那家飯店和我們公司近在咫尺，所以我們總是在那裡用餐、聚會。

近義　近在眼前　一箭之地

反義　相隔遙遠　天各一方

近在眼前（ㄐㄧㄣˋ ㄗㄞˋ ㄧㄢˇ ㄑㄧㄢˊ）　①形容距離很近。俗語多作「遠在天邊，近在眼前」。②形容時間點就快到來。

語源　清李汝珍鏡花緣第四十六回：「道姑道：『遠在天邊，近在眼前，女菩薩自去問心，休來問我。』」

例句　①你要找的東西遠在天邊，近在眼前，你再仔細瞧瞧！②比賽已經近在眼前了，你還不加緊腳步練習？

近義　近在咫尺　迫在眉睫

反義　遠在天邊　遙遙無期

近悅遠來（ㄐㄧㄣˋ ㄩㄝˋ ㄩㄢˇ ㄌㄞˊ）　近處的人受惠而喜悅，遠方之人也聞風而歸附。原指為政者廣施德政，使遠近的人都心悅誠服。現也用於指產品或服務良好，受到顧客喜愛。

語源　論語子路：「葉公問政，子曰：『近者說（悅），遠者來。』」

例句　王叔叔的餐廳口味道地，顧客近悅遠來，生意興隆。

近義　人心所向　座無虛席

反義　怨聲載道

近情近理（ㄐㄧㄣˋ ㄑㄧㄥˊ ㄐㄧㄣˋ ㄌㄧˇ）　合乎人情事理。

語源　紅樓夢第八十二回：「內中也有近情近理的，也有清微淡遠的。」

例句　他的評論近情近理，使得爭執的雙方都無話可說。

近義　合情合理　入情入理

反義　不近人情　一無可取

近鄉情怯（ㄐㄧㄣˋ ㄒㄧㄤ ㄑㄧㄥˊ ㄑㄧㄝˋ）　靠近故鄉，心情反而怯怕起來。形容久別家鄉的人重返故鄉時所產生的複雜心情。

語源　唐宋之問渡漢江：「嶺外音書斷，經冬復歷春；近鄉情更怯，不敢問來人。」

例句　睽違二十年後首度回到童年生長的地方，曉華不免近鄉情怯，車速不覺慢了下來。

近朱者赤，近墨者黑（ㄐㄧㄣˋ ㄓㄨ ㄓㄜˇ ㄔˋ，ㄐㄧㄣˋ ㄇㄛˋ ㄓㄜˇ ㄏㄟ）　靠近朱砂容易染成紅色，靠近

黑墨容易變成黑色。比喻人容易受到環境的影響而改變習性。朱，朱砂。紅色顏料。

語源 晉傅玄太子少傅箴：「夫金木無常，方圓應形，亦有隱括，習以性成，故近朱者赤，近墨者黑。」

例句 近朱者赤，近墨者黑，你和那幾個喜歡喝酒打牌的人走得太近，難保不受影響。

近義 潛移默化

返老還童 ㄈㄢˇ ㄌㄠˇ ㄏㄨㄢˊ ㄊㄨㄥˊ 由衰老恢復青春。形容老年人充滿了活力。也指老年人的言行像兒童一樣。返、還，回復。

語源 宋張君房雲笈七籤諸家氣法：「日服千咽，不足為多，返老還童，漸從此矣。」

例句 自從參加社區大學的舞蹈班後，奶奶就像返老還童一般，整天蹦蹦跳跳，朝氣蓬勃。

返璞歸真 ㄈㄢˇ ㄆㄨˊ ㄍㄨㄟ ㄓㄣ 參見「反璞歸真」。

5

迥然不同 ㄐㄩㄥˇ ㄖㄢˊ ㄅㄨˋ ㄊㄨㄥˊ 完全不同。迥然，相距遙遠的樣子。

語源 宋張戒歲寒堂詩話卷上：「文章古今迥然不同。」

例句 這棟舊房子經過設計師重新裝潢後，呈現出迥然不同的新面貌。

近義 截然不同　天壤之別

反義 殊無二致　一模一樣

迫不及待 ㄆㄛˋ ㄅㄨˋ ㄐㄧˊ ㄉㄞˋ 情況急迫，不能再等待了。常用來形容人急迫地想做某件事。迫，急迫；緊急。

語源 明王夫之讀通鑑論卷二四：「顧慮此迫不及待之勢，許不許兩言而判。」清李汝珍鏡花緣第六回：「該仙何以迫不及待，並不奏聞請旨，任聽部下逞豔於非時之候……。」

辨析 及，不可寫成「急」。待，不可寫成「代」。

例句 百貨公司的周年慶才剛開始，消費者便迫不及待地前往搶購，場面好不熱鬧。

近義 刻不容緩　巴不得

反義 待時而動　從容不迫

迫不得已 ㄆㄛˋ ㄅㄨˋ ㄉㄜˊ ㄧˇ 指迫於情勢，不得不如此。

語源 漢書王莽傳：「公深辭讓，迫不得已，然後受詔。」

例句 由於天候惡劣，許多馬拉松選手迫不得已在半途退出比賽，十分可惜。

近義 無可奈何　情非得已

反義 心甘情願　自告奮勇

迫在眉睫 ㄆㄛˋ ㄗㄞˋ ㄇㄟˊ ㄐㄧㄝˊ 比喻事在眼前，十分急迫。

語源 列子仲尼：「雖遠在八荒之外，近在眉睫之內，來干我者，我必知之。」

例句 報名截止日期迫在眉睫，大夥無不挑燈夜戰，趕在期限前交出作品。

近義 燃眉之急　急如星火

反義 不慌不忙　無關緊要

6

迴光返照 ㄏㄨㄟˊ ㄍㄨㄤ ㄈㄢˇ ㄓㄠˋ 參見「回光返照」。

迴腸九轉 ㄏㄨㄟˊ ㄔㄤˊ ㄐㄧㄡˇ ㄓㄨㄢˇ 腸子在肚裡好像繞了又繞。形容焦急、憂傷，痛苦至極。九轉，極言次數之多。

語源 漢司馬遷報任安書：「是以腸一日而九迴，居則忽然若有所亡，出則不知其所往。每念斯恥，汗未嘗不發背霑衣也。」蔡東藩民國通俗演義第十四回：「元洪數月以來，躊躇再四，愛功憂亂，五內交縈，迴腸九轉，憂心百結。」

例句 兒子因戰亂而流落異鄉，音訊全無，她日夜思念，迴腸九轉，不知母子何時能再團圓。

近義 愁腸百結 憂思百結

反義 無憂無慮 心無罣礙

迴腸蕩氣（ㄏㄨㄟˊ ㄔㄤˊ ㄉㄤˋ ㄑㄧˋ） 參見「蕩氣迴腸」。

迷迷糊糊（ㄇㄧˊ ㄇㄧˊ ㄏㄨˊ ㄏㄨˊ） 形容人腦筋不清楚或做事糊塗大意。

語源 清王夢吉濟公傳第四十回：「這兩人迷迷糊糊，吃也吃不下，睡也睡不安神。」

例句 她這人迷迷糊糊的，燒菜時竟把糖當成鹽巴來調味。

近義 粗心大意 愣頭愣腦

反義 精明能幹

迷途知返（ㄇㄧˊ ㄊㄨˊ ㄓ ㄈㄢˇ） 走錯路而知道回頭。比喻犯錯而知道改正。

語源 南朝梁丘遲與陳伯之書：「夫迷途知反，往哲是與。」

例句 雖然他曾加入不良幫派，但如今迷途知返，改過向善，實在難得。

近義 改過向善 洗心革面

反義 執迷不悟 依然故我

迷離惝怳（ㄇㄧˊ ㄌㄧˊ ㄔㄤˇ ㄏㄨㄤˇ） 形容模模糊糊，難以分辨清楚。迷離、惝怳，皆指模糊不清的樣子。

語源 清沈復浮生六記中山記歷：「丑刻，潮始至，若雲峰萬疊，捲海飛來……迷離惝怳，千態萬狀。」

例句 山中的清晨，山嵐縈繞，林木一片迷離惝怳，別有一種飄渺的美感。

近義 恍恍惚惚 撲朔迷離

反義 一清二楚 黑白分明

追亡逐北（ㄓㄨㄟ ㄨㄤˊ ㄓㄨˊ ㄅㄟˇ） 追逐戰敗逃跑的敵人。形容作戰大捷，乘勝追擊。逐，追趕。亡，逃亡者。北，戰敗的逃兵。

語源 漢賈誼過秦論：「追亡逐北，伏尸百萬，流血漂櫓。」

例句 伊拉克的軍隊戰敗後，四處逃跑，美軍追亡逐北，想要一舉殲滅。

近義 乘勝追擊 窮追猛打

反義 棄甲曳兵 潰不成軍

追本溯源（ㄓㄨㄟ ㄅㄣˇ ㄙㄨˋ ㄩㄢˊ） 追溯推尋事物的根本源頭。形容深入研究事物的起因。也作「推本尋原」、「推本溯原」、「窮源推本」。

語源 史記曆書：「推本天元，順承厥意。」宋王柏上王右司書：「推本尋原，萬弊蟠結。」明沈鯨雙珠記第十九齣：「窮源推本應根究。」

例句 他做學問十分努力，無論什麼問題都能追本溯源，也因此比別人有更深入的瞭解。

近義 尋根究底 追根究底

反義 不求甚解 淺嘗輒止

追根究底（ㄓㄨㄟ ㄍㄣ ㄐㄧㄡˋ ㄉㄧˇ） 追查事物最初的根由。也作「追根究柢」。

語源 清秦子忱續紅樓夢第七回：「王夫人聽了，信以為真……便追根究底的問起賈璉來。」

例句 研究學問，必須具備追根究底的精神，才能有所成就。

近義 探本窮源 尋根究底

反義 淺嘗輒止 不求甚解

追根究柢（ㄓㄨㄟ ㄍㄣ ㄐㄧㄡˋ ㄉㄧˇ） 參見「追根究底」。

退避三舍（ㄊㄨㄟˋ ㄅㄧˋ ㄙㄢ ㄕㄜˋ） 軍隊撤退九十里。比喻主動讓步，不與對方較量高低。舍，紮營休息。古時行軍三十里紮營休息一次，因此以一舍代指三十里。

語源 左傳僖公二十三年記載：晉國公子重耳出奔外國。當逃到楚國時，楚成王設宴款待，席間問道：「你如果能重回晉國的話，將要怎樣報答我

呢？」重耳回答說：「貴國美女珍寶都不缺，我不知道拿什麼報答！」楚王一再逼問，重耳說：「假如有一天晉國、楚國兵戎相見，我將先避你三舍。」後來重耳回到晉國當了國君。僖公二十八年，晉國與楚國果然交戰於城濮，重耳遵守當年的諾言，晉軍後撤了九十里。

例句　見到這個凶神惡煞，大家都退避三舍，唯恐惹上麻煩。

近義　敬而遠之

反義　針鋒相對　先發制人

退而求其次 ㄊㄨㄟˋ ㄦˊ ㄑㄧㄡˊ ㄑㄧˊ ㄘˋ　得不到最好的，只好選擇次一等的。

例句　因為這款鞋沒有我的尺寸，我只好退而求其次，選擇另一款。

近義　聊勝於無　聊備一格

送往迎來 ㄙㄨㄥˋ ㄨㄤˇ ㄧㄥˊ ㄌㄞˊ　送走離去的人，迎接前來的人。原指人事中的交往應酬。俗亦用以指妓女接客的情形。

語源　中庸：「送往迎來，嘉善而矜不能，所以柔遠人也。」

例句　①自從擔任飯店的櫃臺經理後，他已經習慣送往迎來的生活。②她淪落風塵，每天過著送往迎來的生活，已經變得麻木不仁了。

近義　送故迎新　戶限為穿

反義　門可羅雀

送佛送到西天 ㄙㄨㄥˋ ㄈㄛˊ ㄙㄨㄥˋ ㄉㄠˋ ㄒㄧ ㄊㄧㄢ　比喻幫助他人要幫到底。

語源　清文康兒女英雄傳第九回：「姐姐原是為救安公子而來，如今自然送佛送到西天。」

例句　他還缺一點經費就可出國讀書，你就送佛送到西天，再借他十萬元吧！

逃之夭夭 ㄊㄠˊ ㄓ ㄧㄠ ㄧㄠ　形容逃得無影無蹤。原作「桃之夭夭」，為詩經周南桃夭中的一句，形容桃樹之茂盛。後來以「逃」諧「桃」的音，用為逃跑的意思。

語源　明馮夢龍醒世恆言卷三：「俟夜靜更深，將店中資本席捲，雙雙的桃之夭夭。」清石玉崑三俠五義第六回：「李保看此光景，竟將銀兩包袱收拾收拾，逃之夭夭了。」

例句　警察據報趕到這家被搶的商店時，歹徒早已逃之夭夭了。

近義　不知去向　無影無蹤

逆水行舟 ㄋㄧˋ ㄕㄨㄟˇ ㄒㄧㄥˊ ㄓㄡ　逆著水流方向行船。比喻求學或做事不努力向前就會後退。多與「不進則退」連用。

語源　唐德行禪師四字經已王：「逆水行舟。」

例句　求學好比逆水行舟，不進則退，因此要時時自我鞭策，才能日起有功。

近義　困知勉行

逆來順受 ㄋㄧˋ ㄌㄞˊ ㄕㄨㄣˋ ㄕㄡˋ　原指逆境來臨，能坦然接受。後多用來指忍受不合理的對待。

語源　宋陳录善誘文對治十常：「逆境常當順受，動靜常付無心。」明周楫西湖二集第十九卷：「若是一個略略知趣的，見家主來光顧，也便逆來順受了。」

例句　對於丈夫的家暴，小莉一向逆來順受，朋友都勸她不要如此軟弱。

近義　唾面自乾　委曲求全

反義　針鋒相對　以牙還牙

7

逍遙自在 ㄒㄧㄠ ㄧㄠˊ ㄗˋ ㄗㄞˋ　形容無拘無束，悠閒自在。逍遙，自由自在，不受拘束。

語源　莊子有一篇逍遙遊，文

中主張萬物各任其性，不受外物所累，便可逍遙自在。

例句 老爸過了三十年朝九晚五的上班生活，退休後終於可以逍遙自在地享受生活了。

近義 無拘無束　優游自在

反義 心為形役　籠鳥檻猿

逍遙法外（ㄒㄧㄠ ㄧㄠˊ ㄈㄚˇ ㄨㄞˋ）

指犯罪者沒有受到法律制裁。逍遙，自由自在，不受拘束。

例句 這起貪汙案雖然罪證確鑿，嫌犯卻早已偷渡出境，至今仍逍遙法外。

近義 漏網之魚

反義 繩之以法　天網恢恢

逐鹿中原（ㄓㄨˊ ㄌㄨˋ ㄓㄨㄥ ㄩㄢˊ）

比喻群雄並起，爭奪天下。逐鹿，爭奪政權。鹿，借代為政權。中原，黃河流域一帶。借指中國、天下。

語源 史記淮陰侯列傳：「秦失其鹿，天下共逐之。」唐魏徵述懷：「中原初逐鹿，投筆事戎軒。」

例句 隋朝末年天下大亂，群豪並起，逐鹿中原，最後由李世民一統江山，開創光輝的盛唐時期。

近義 群雄逐鹿　問鼎中原

這山望著那山高（ㄓㄜˋ ㄕㄢ ㄨㄤˋ ˙ㄓㄜ ㄋㄚˋ ㄕㄢ ㄍㄠ）

比喻不滿意自己的環境或境況，而羨慕別人的。

語源 明李開先詞謔：「看歸棲鳥雀，聽問對漁樵。今日不知明日事，這山望著那山高。只俺這潛頭的爭比出頭的乖，安心的越顯的勞心的躁。」

例句 人生要知足常樂，若總是這山望著那山高，難免會陷入憤懣的情緒之中。

反義 安分守己　知足常樂

通力合作（ㄊㄨㄥ ㄌㄧˋ ㄏㄜˊ ㄗㄨㄛˋ）

共同出力做一件事。形容團結合作，不分彼此。通力，全力；共同出力。

語源 論語顏淵「蓋徹乎」宋朱熹集注：「周制，一夫受田百畝，與同溝共井之人通力合作，計畝均收，大率民得其九，公取其一，故謂之徹。」

例句 只要我們三人齊心一致，通力合作，必能克服眼前的困難，順利度過難關。

近義 同心協力　團結一致

反義 離心離德　一盤散沙

通天本領（ㄊㄨㄥ ㄊㄧㄢ ㄅㄣˇ ㄌㄧㄥˇ）

形容極大的本事。

語源 清李汝珍鏡花緣第八十四回：「我主意拿的老老的，你縱有通天本領，也無奈我何。」

例句 縱使我有通天本領，也不可能在一天之內籌得一千萬，幫你清償這筆龐大的債務。

近義 三頭六臂　神通廣大

反義 一無所長　黔驢之技

通天徹地（ㄊㄨㄥ ㄊㄧㄢ ㄔㄜˋ ㄉㄧˋ）

上通於天，下通於地。比喻本領極大，無所不能。徹，通；透。

語源 元馬鈺巫山一段雲：「唯有靈童放耍，來往恣情遊冶，通天徹地月明中，顯現至真功。」

例句 他的罪行罪證確鑿，縱使他有通天徹地的本領也難逃法網。

近義 鑽天入地　神通廣大

反義 一籌莫展　黔驢之技

通同作弊（ㄊㄨㄥ ㄊㄨㄥˊ ㄗㄨㄛˋ ㄅㄧˋ）

串通在一起以欺騙的方式做違法或不合規定的事。

語源 宋朱熹管下縣相視約束及開三項田段：「略見荒熟大概，的實分數，然後豁出熟田，細檢荒旱去處，不致猾吏奸民通同作弊。」

【例句】他們兩人通同作弊，以內神通外鬼的方式掏空公司資產，幸好財務長及早發現，否則損失無可估計。

【近義】同流合汙 上下其手

通風報信 ㄊㄨㄥ ㄈㄥ ㄅㄠˋ ㄒㄧㄣˋ 指暗地裡將消息告知別人。

【語源】清尹湛納希泣紅亭第二回：「唯孝悌公等的住處在昭忠寺，離這不遠，互相通風報信。」

【例句】警方這次的突擊行動計畫周詳，要不是有人通風報信，早就將這批歹徒一網打盡。

通宵達旦 ㄊㄨㄥ ㄒㄧㄠ ㄉㄚˊ ㄉㄢˋ 整整一夜直到天明。

【語源】漢書劉向傳：「夜觀星宿，或不寐達旦。」北齊書文宣紀四：「歌謳不息，從旦通宵，以夜繼晝。」明馮夢龍醒世恆言卷二五：「鼓樂笙簫，通宵達旦。」

【例句】他通宵達旦地趕工，總算如期交貨。

【近義】不眠不休

通家之好 ㄊㄨㄥ ㄐㄧㄚ ㄓ ㄏㄠˇ 指兩家相交的情誼深厚。

【語源】元秦簡夫東堂老勸破家子弟第四折：「有西鄰趙國器，是這揚州奴父親，與老夫三十載通家之好。」

【例句】我們兩家有通家之好，在他們有困難的時候伸出援手，是責無旁貸的事。

通情達理 ㄊㄨㄥ ㄑㄧㄥˊ ㄉㄚˊ ㄌㄧˇ 通曉人情，合乎事理。形容說話、做事合情合理。通、達，明瞭；熟悉。

【語源】清李綠園歧路燈第八十五回：「只因民間有萬不通情達理者，遂爾家有殊俗。」

【例句】王先生是個通情達理的人，你把實情告訴他，他應該不會為難你才對。

【近義】人情練達 入情入理

【反義】不通人情 不近情理

通權達變 ㄊㄨㄥ ㄑㄩㄢˊ ㄉㄚˊ ㄅㄧㄢˋ 權衡變通而不拘泥成法。

【語源】三國志蜀書先主傳：「若應權通變，以寧靖聖朝，雖赴水火，所不得辭。」清文康兒女英雄傳第二十八回：「只好通權達變，放在手下備用罷。」

【例句】既然時間來不及，唯有通權達變，省略幾個步驟，一樣可以過關。

【近義】隨機應變 見機行事

【反義】墨守成規 因循守舊

逝者如斯 ㄕˋ ㄓㄜˇ ㄖㄨˊ ㄙ 比喻時光的消逝如同河水流去般迅速。

【語源】論語子罕：「子在川上曰：『逝者如斯夫！不舍晝夜。』」

【例句】一想到逝者如斯，歲月無情，吾人怎可不珍惜光陰，努力向學？

【近義】白駒過隙 光陰荏苒

速戰速決 ㄙㄨˋ ㄓㄢˋ ㄙㄨˋ ㄐㄩㄝˊ 快速發動戰爭，快速制服敵人。也比喻迅速行動，儘早得到結果。

【語源】左傳桓公八年：「少師謂隨侯曰：『必速戰，不然將失楚師。』」常傑淼雍正劍俠圖第二十一回：「你們還有幾位弟兄？一塊兒上吧，咱們速戰速決。」

【例句】老闆下午要出差，等一下的會議我們最好速戰速決，免得耽誤他時間。

【反義】猶豫不決 曠日持久

造化小兒 ㄗㄠˋ ㄏㄨㄚˋ ㄒㄧㄠˇ ㄦˊ 戲稱命運之神。造化，自然界的創造者；天神。

【語源】新唐書杜審言傳：「甚

為造化小兒相苦，尚何言？」

例句　李伯伯一生辛勞，至老仍因造化小兒的捉弄而疾病纏身。

造化弄人 ㄗㄠˋ ㄏㄨㄚˋ ㄋㄨㄥˋ ㄖㄣˊ　上天作弄人。指運氣不好。造化，自然界的創造者。也指命運。

語源　元薩都拉連夜雨晴：「小兒造化多戲人，世上俗子徒勞神。」清李汝珍鏡花緣第六十七回：「可見天道不測，造化弄人，你又何從捉摸？」

例句　今年水梨的行情看俏，小何原本期待可以賺大錢，無奈造化弄人，一場颱風讓他血本無歸。

近義　時運不濟　命途多舛

反義　一帆風順

造謠生事 ㄗㄠˋ ㄧㄠˊ ㄕㄥ ㄕˋ　捏造謠言，挑起事端。

語源　明馮夢龍三遂平妖傳第十回：「省得過些時被做公的看見林子內尸首，又造謠生事。」

例句　演藝圈是非多，常有人造謠生事，那些八卦新聞不看也罷。

近義　無中生有　向壁虛造

逢人說項 ㄈㄥˊ ㄖㄣˊ ㄕㄨㄛ ㄒㄧㄤˋ　遇到人就說項斯的好處。比喻到處稱讚某人或多方替人關說。項，指項斯，唐代人。也作「為人說項」。

語源　唐楊敬之贈項斯：「幾度見詩詩總好，及觀標格過於詩。平生不解藏人善，到處逢人說項斯。」明天花藏主人人間樂第一回：「後來他竟逢人說項，到處揚名，以居公子為當世神童。」

例句　能不能入圍是靠實力，你為了小英而逢人說項，評審可不吃這一套。

逢凶化吉 ㄈㄥˊ ㄒㄩㄥ ㄏㄨㄚˋ ㄐㄧˊ　雖遇凶險不幸，但終能轉化為吉祥、順利。

語源　水滸傳第四十二回：「豪傑交遊滿天下，逢凶化吉天生成。」

例句　小明是一員福將，只要有他在的場次，球隊都能逢凶化吉，贏得勝利。

近義　化險為夷　消災解厄

反義　樂極生悲

逢場作戲 ㄈㄥˊ ㄔㄤˊ ㄗㄨㄛˋ ㄒㄧˋ　①舊時江湖藝人遇到適當場所便當眾搭臺表演。比喻順應環境，偶然的應景行為，非經常如此。②今多指男女間不真誠的情感對待。

語源　宋釋道原景德傳燈錄卷六江西道一禪師：「竿木隨身，逢場作戲。」

例句　①看大家興高采烈地唱著歌，他也逢場作戲，高歌一曲。②小陳對感情一向逢場作戲，害苦了痴情相待的張小姐。

近義　偶一為之　始亂終棄

連本帶利 ㄌㄧㄢˊ ㄅㄣˇ ㄉㄞˋ ㄌㄧˋ　①指本金加利息。②比喻加倍。

例句　①他投資失敗，積欠銀行的債務，連本帶利至少三千萬。②這次比賽因為失誤過多而讓對手輕鬆取勝，下回我一定連本帶利地討回來！

連成一氣 ㄌㄧㄢˊ ㄔㄥˊ ㄧˋ ㄑㄧˋ　比喻站在同一陣線，互通消息，彼此協助和保護。

例句　食品安全問題層出不窮，許多民間團體已連成一氣，要共同抵制那些不肖廠商。

近義　同心協力　互通聲氣

反義　各行其是　各自為政

連根拔起 ㄌㄧㄢˊ ㄍㄣ ㄅㄚˊ ㄑㄧˇ 將植物從根部整個拔起來。也比喻徹底清除。

語源 三國演義第一一三回：「是夜狂風大作，飛沙走石，將老樹連根拔起。」

例句 治安機關必須投注更多心力，才能將那些詐騙集團連根拔起。

近義 斬草除根　除惡務盡

反義 養癰遺患　縱虎歸山

連綿不絕 ㄌㄧㄢˊ ㄇㄧㄢˊ ㄅㄨˋ ㄐㄩㄝˊ 形容連續不斷。也作「連綿不斷」。

語源 南朝梁謝靈運過始寧墅詩：「洲縈渚連綿。」三國演義第八十六回：「一連數百里，城郭舟車，連綿不絕。」

例句 從此處望去，連綿不絕的山峰，迷濛繚繞的雲霧，形成十分美麗的景致。

近義 接二連三　綿延不絕

反義 斷斷續續　稀稀落落

連篇累牘 ㄌㄧㄢˊ ㄆㄧㄢ ㄌㄟˇ ㄉㄨˊ 連著好幾篇，累積好幾頁。指很多的篇幅，或形容文辭冗長繁複。牘，書版。

語源 隋書李諤傳：「尋虛逐微，競一韻之奇，爭一字之巧。連篇累牘，不出月露之形，積案盈箱，唯是風雲之狀。」

例句 他的企劃書連篇累牘大談對員工福利的看法，反而模糊了主題，得不到老闆的青睞。

近義 長篇大論　拖泥帶水

反義 言簡意賅　三言兩語

連戰皆捷 ㄌㄧㄢˊ ㄓㄢˋ ㄐㄧㄝ ㄐㄧㄝˊ 連續幾次作戰都獲得勝利。也泛指比賽或競爭連續獲勝。捷，戰勝；勝利。

語源 清蒲松齡聊齋誌異胡四娘：「使應順天舉，連戰皆捷，授庶吉士。」

例句 本校籃球隊在全國高中聯賽連戰皆捷，全校師生都歡欣鼓舞。

近義 過關斬將　百戰百勝

反義 屢戰屢敗　一敗塗地

8

週轉不靈 ㄓㄡ ㄓㄨㄢˇ ㄅㄨˋ ㄌㄧㄥˊ 參見「周轉不靈」。

進身之階 ㄐㄧㄣˋ ㄕㄣ ㄓ ㄐㄧㄝ 職位向上爬升的憑藉或途徑。

語源 元胡祗遹禮論：「殊不察自即位以來，所聞之言無大利害，適足以為口舌者進身之階，虛失待大臣之體，瀆上下之分。」

例句 在這競爭激烈的時代，擁有一技之長是最有保障的進身之階。

近義 終南捷徑　以退為進

進退失據 ㄐㄧㄣˋ ㄊㄨㄟˋ ㄕ ㄐㄩˋ 前進後退都無所憑藉。比喻行事陷入困境，或臨事張皇失措。據，憑藉；依靠。

語源 後漢書樊英傳：「及其享受爵祿，又不聞匡救之術，進退無所據矣。」金史武仙傳：「九月，至黑谷泊，進退失據，遂謀北走。」

例句 行事要有充分的準備和計畫，才不會一遇挫折就進退失據，不知如何是好。

近義 進退兩難　不知所措

反義 左右逢源　進退自如

進退兩難 ㄐㄧㄣˋ ㄊㄨㄟˋ ㄌㄧㄤˇ ㄋㄢˊ 既不能前進，也不能後退。形容處境十分困難。

語源 元鄭德輝輔成王周公攝政第三折：「娘娘道不放微臣出宮闈，進退兩難為。」

例句 最近他時常被長官責難，事事不遂心；想換工作，卻又怕找不到，真是進退兩難啊！

近義 進退失據　進退維谷

反義　左右逢源　進退自如

進退維谷　在山谷中進退兩難。比喻處境困窘。維，通「惟」。只有。

語源　詩經大雅桑柔：「人亦有言，進退維谷。」

例句　凡事總要先預留退路，否則弄得進退維谷就不好了。

近義　進退兩難　進退失據

反義　進退自如

進德修業　增進德行，修習課業。泛指品德和學識方面的學習。

語源　易經乾卦九三：「君子進德脩業。忠信所以進德也。」

例句　莘莘學子應當好好珍惜進德修業的機會，並期許自己成為社會棟樑。

近義　敦品勵學

進可攻，退可守　指佔據十分有利的戰略位置。

語源　清江日昇臺灣外紀第四卷：「養精蓄銳，窺其釁隙，進可攻，退可守。」

例句　他接下黨主席的職位後，雖然少了行政資源，卻是「進可攻，退可守」，對未來問鼎總統寶座大有幫助。

近義　左右逢源　進退自如

反義　進退失據　進退維谷

逸趣橫生　形容洋溢清新脫俗的趣味。逸趣，優雅脫俗的趣味。橫生，流露；洋溢。

語源　清誕叟檮杌萃編第十一回：「攜著玉人纖纖微步，低嗔輕語，逸趣橫生。」

例句　這場相聲表演從頭至尾逸趣橫生，令觀眾拍手叫好。

近義　趣味橫生　妙趣橫生

反義　味同嚼蠟　枯燥無味

9

逼人太甚　太過逼迫人，不留一點餘地。

語源　清沈起鳳諧鐸第五卷：「生母力敵萬夫，而妾實為其所出，不至逼人太甚。」

例句　他的處境很可憐，你不要逼人太甚，就再寬限他兩天吧！

近義　欺人太甚　盛氣凌人

反義　適可而止　手下留情

逼上梁山　比喻被迫無奈而做壞事。梁山，指梁山泊，是水滸傳裡宋江等人聚眾造反的根據地。

語源　水滸傳第十回：「林沖雪夜上梁山。」

例句　他是被你逼上梁山，才會鑄此大錯。

逼不得已　被情勢所逼，不得不如此。

例句　他欠了地下錢莊大筆債務，逼不得已，只好躲到國外去。

近義　迫不得已　萬不得已

遂其所願　達成他的願望。遂，完成；滿足。

語源　明方汝浩禪真逸史第一回：「而男女之欲，人孰無之？不能遂其所願，輕則欲火煎熬，憂思病死；甚且逾牆窺隙，貪淫犯法而不之顧。」

例句　這批地痞流氓不時向商家強索保護費，不遂其所願，輕則騷擾，重則砸店，真是可惡！

近義　如願以償　得償所願

反義　事與願違　一場春夢

遇人不淑　遇到不善良的人。多指女子所嫁非人。淑，善良。

語源　詩經王風中谷有蓷：「有女仳離，條其歗矣！條其歗矣，遇人之不淑矣。」

例句　她雖然遇人不淑，卻仍

然認真過活，從不怨天尤人。

近義 所託非人

反義 鸞鳳和鳴 鶼鰈情深

遊刃有餘 ㄧㄡˊ ㄖㄣˋ ㄧㄡˇ ㄩˊ 宰牛時，刀刃在骨節間的空隙移動，還有很充裕的空間。比喻能力卓越或技藝嫻熟，做事輕鬆俐落。遊，移動。刃，刀刃。有餘，有餘地。

語源 莊子養生主：「彼節者有間，而刀刃者無厚；以無厚入有間，恢恢乎其於遊刃必有餘地矣。」

例句 以王教練籃球甲級裁判的資格，來擔任校內班際籃球賽的裁判，可說是遊刃有餘了。

近義 庖丁解牛 應付裕如

反義 力有未逮 左支右絀

遊山玩水 ㄧㄡˊ ㄕㄢ ㄨㄢˊ ㄕㄨㄟˇ 遊覽觀賞山水風光。

語源 宋釋道原景德傳燈錄韶州雲門山文偃禪師：「問：『如何是學人自己？』師曰：『游山翫水。』」

例句 有健康的身體，又能到處遊山玩水，才是快樂自在的人生。

近義 登山臨水 尋幽訪勝

遊手好閒 ㄧㄡˊ ㄕㄡˇ ㄏㄠˋ ㄒㄧㄢˊ 終日閒蕩，無所事事。遊手，閒散放蕩，不務正業。

語源 後漢書章帝紀：「其悉以賦貧民，給與糧種，務盡地力，勿令游手。」元蕭德祥楊氏女殺狗勸夫楔子：「我打你個遊手好閒、不務生理的弟子孩兒。」

例句 他終日遊手好閒，無所事事，讓妻子單獨挑起家計重擔。

近義 無所事事 不務正業

反義 奮發向上

遊談無根 ㄧㄡˊ ㄊㄢˊ ㄨˊ ㄍㄣ 形容言談虛浮不實，毫無根據。

語源 宋蘇軾李氏山房藏書記：「而後生科舉之士，皆束書不觀，遊談無根，此又何也？」

例句 王教授治學嚴謹，立論有據，絕對不是那些遊談無根的人所能相比的。

近義 胡說八道 信口開河

反義 言而有徵 言必有據

運斤成風 ㄩㄣˋ ㄐㄧㄣ ㄔㄥˊ ㄈㄥ 揮動斧頭像風一樣快。比喻手法純熟，技藝出神入化。斤，斧頭。

語源 莊子徐无鬼記載：有個郢地人在鼻尖上塗了一層像蒼蠅翅膀那樣薄的石灰，讓工匠砍掉。工匠揮動斧頭像風那樣快，隨手砍去，把石灰砍掉卻沒傷到鼻子，郢人則站在那裡面不改色。

例句 憑著多年的經驗，只見剪刀、梳子在她手上運斤成風，一個俏麗的髮型隨即出現在眼前。

近義 心手相應 揮灑自如

反義 技止此耳 黔驢之技

運用自如 ㄩㄣˋ ㄩㄥˋ ㄗˋ ㄖㄨˊ 運用得非常熟練、順心，不受阻礙。自如，如自己的意；順心。

語源 清無垢道人八仙得道第十九回：「還須加以修煉之功，方能由你運用自如咧。」

例句 她擅長多國語言，能在從事國際外交的工作上運用自如。

近義 得心應手 揮灑自如

反義 左支右絀 手忙腳亂

運籌帷幄 ㄩㄣˋ ㄔㄡˊ ㄨㄟˊ ㄨㄛˋ 在營帳中籌劃戰略。指在後方謀劃軍機，決定作戰策略。也指善於籌劃。帷幄，古時軍中的

帳幕。

語源 史記太史公自序：「運籌帷幄之中，制勝於無形。」

例句 這項工作有他運籌帷幄，你就不需要操心了。

近義 出謀劃策

運用之妙，存乎一心 要運用得巧妙，在於是否善於思考。

語源 宋史岳飛傳：「陣而後戰，兵法之常；運用之妙，存乎一心。」

例句 老師是引領我們入門的人，至於如何融會貫通，則運用之妙，存乎一心，端看個人的努力了。

遍體鱗傷 全身傷痕如同魚鱗一樣密布。形容傷勢嚴重。

語源 清吳趼人痛史第六回：「打的遍體鱗傷，著實走不動了。」

例句 可憐的受虐兒，送來醫院時已是遍體鱗傷，令人不忍卒睹。

近義 體無完膚 皮開肉綻

反義 毫髮無傷 完好如初

過來人 指有經驗的人。

語源 水滸傳第一〇四回：「段三娘從小出頭露面，況是過來人，慣家兒也不害甚麼羞恥。」

例句 爸媽都是過來人，怎麼會不了解你的心情呢？

過目不忘 看過就不會忘記。形容記憶力很好。

語源 漢孔融薦禰衡表：「目所一見，輒誦於口；耳所暫聞，不忘於心。」晉書苻融載記：「耳聞則誦，過目不忘，時人擬之王粲。」

例句 小華空有過目不忘的本事，卻不肯用功，每天沉迷於電玩，真是可惜！

近義 過目成誦

過目成誦 看一遍就能背得下來。形容人的記憶力特別強。

語源 宋黃庭堅劉道原墓誌銘：「道原天機迅疾，覽天下記籍，文無美惡，過目成誦。」

例句 他的天資聰穎，讀書過目成誦，令師長們相當驚奇。

近義 過目不忘

過江之鯽 比喻來來往往或趕時髦的人很多。東晉時中原淪陷，北方很多知名人士紛紛南渡，來到江南，後人因此有「過江名士多於鯽」的詩句，後又簡為「過江之鯽」。鯽，鯽魚，多成群沿江游動。比喻極多。

例句 火車站前來往的行人宛如過江之鯽，好不熱鬧。

近義 絡繹不絕 大有人在

反義 門可羅雀 乏人問津

過河卒子 比喻有進無退，只能放手一搏。卒子，象棋中階級最小的棋子，只能前進，不能後退，通過棋盤中的界河後，多了橫走的功能，但一樣只能進不能退。

例句 我的積蓄全都投資在這片果園了，雖然工作辛苦，但也只能當個過河卒子，埋頭苦幹。

近義 背水一戰 有去無回

過河拆橋 比喻忘恩負義，達到目的以後就把賴以實現這個目的的人或事物一腳踢開。

語源 元史徹里帖木兒傳記載：許有壬是科舉出身，至元元年，有人建議廢掉科舉制

辵

度，許有壬竟署名。御史普化挖苦他：「參政可謂過河拆橋者矣。」

例句 從前你接受他的幫助才有今天的成就，現在他有難了，你怎可過河拆橋，翻臉不認人呢？

近義 忘恩負義

反義 感恩圖報

過從甚密 ㄍㄨㄛˋ ㄘㄨㄥˊ ㄕㄣˋ ㄇㄧˋ 指彼此交往頻繁，關係密切。

語源 宋邵雍後園即事三首（其三）：「賓朋款密過從久，雲水優閒興味長。」明沈德符萬曆野獲編王師竹宮庶：「信陽王師竹宮庶，與先人相善，且不拘詞林前後輩俗體，博洽虛心，過從甚密。」

例句 他們倆最近參加同一個社團活動，因而過從甚密。

近義 私交甚篤　來往密切

反義 疏於音問　不相聞問

過眼雲煙 ㄍㄨㄛˋ ㄧㄢˇ ㄩㄣˊ ㄧㄢ 飄過眼前的雲和煙。比喻事物消逝，不留痕跡。

語源 宋蘇軾寶繪堂記：「見可喜者，雖時復蓄之，然為人取去，亦不復惜也。譬之煙雲之過眼，百鳥之感耳。」明凌濛初拍案驚奇卷一九：「盡道是用不盡的金銀……誰知過眼雲煙，容易消歇。」

例句 從前的種種繁華，都猶如過眼雲煙，只能在夢中追尋了。

近義 鏡花水月　夢幻泡影

過猶不及 ㄍㄨㄛˋ ㄧㄡˊ ㄅㄨˋ ㄐㄧˊ 事情做得過分了，就像做得不夠一樣，都不適當。指凡事應求適中。猶，如同。

語源 論語先進：「子貢問：『師與商也孰賢？』子曰：『師也過，商也不及。』曰：『然則師愈與？』子曰：『過猶不及。』」

例句 運動雖然有益身心健康，但是過猶不及，若是造成運動傷害就得不償失了。

近義 不合中道　矯枉過正

反義 恰如其分　恰到好處

過路財神 ㄍㄨㄛˋ ㄌㄨˋ ㄘㄞˊ ㄕㄣˊ 戲指只是經管或轉手財物的人。

例句 銀行人員每天摸著大把大把的鈔票，卻只是過路財神罷了。

過關斬將 ㄍㄨㄛˋ ㄍㄨㄢ ㄓㄢˇ ㄐㄧㄤˋ 由關羽「過五關，斬六將」簡化而來，比喻接連戰勝對手，或順利克服重重難關，達成目標。

語源 三國演義記載：三國初期，關羽曾被曹操留置，誘其歸順，但關羽身在曹營心在漢，最後他趁著曹操不備，保護劉備的二位夫人，連闖曹營的五個關口，斬殺了曹操的六員大將，終於逃出魏境，與劉備等人團聚。

例句 他從會外賽打起，一路過關斬將，進入了準決賽，締造我國選手在此項比賽的最佳成績。

近義 披荊斬棘　排除萬難

過街老鼠──人人喊打 ㄍㄨㄛˋ ㄐㄧㄝ ㄌㄠˇ ㄕㄨˇ ㄖㄣˊ ㄖㄣˊ ㄏㄢˇ ㄉㄚˇ 歇後語。比喻人人憎惡或引起公憤的人物。

語源 明徐學謨歸有園麈談：「吝者自能致富，然一有事則為過街之鼠；俠者或致破家，然一有事則為百足之蟲。」

例句 那件醜聞一曝光，他就成了過街老鼠──人人喊打了。

道道地地 ㄉㄠˋ ㄉㄠˋ ㄉㄧˋ ㄉㄧˋ 完全真確；真正確實。

例句 雖然小寶的外表像個混血兒，又說著一口流利的英語，但他可是道道地地的臺灣

人。

近義　貨真價實　如假包換

反義　名不副實　虛有其表

道貌岸然（ㄉㄠˋ ㄇㄠˋ ㄢˋ ㄖㄢˊ）　形容人面貌莊嚴，不苟言笑。岸然，嚴肅的樣子。

語源　清吳趼人二十年目睹之怪現狀第一〇四回：「因看見端甫道貌岸然，不敢造次。」

例句　平日道貌岸然的校長，在畢業舞會中大方地和學生飆舞，令全校師生大吃一驚。

近義　不苟言笑　正經八百

反義　放浪形骸　放蕩不羈

道聽塗說（ㄉㄠˋ ㄊㄧㄥ ㄊㄨˊ ㄕㄨㄛ）　路上聽來的消息，未經證實便又在路上轉告他人。塗，通「途」。

語源　論語陽貨：「子曰：『道聽而塗說，德之棄也。』」

例句　新聞媒體若刊登未經證實的訊息，便是道聽塗說、不負責任的行為。

近義　以訛傳訛　流言蜚語

反義　耳聞目睹　言之有據

道不同，不相為謀（ㄉㄠˋ ㄅㄨˋ ㄊㄨㄥˊ，ㄅㄨˋ ㄒㄧㄤ ㄨㄟˊ ㄇㄡˊ）　指彼此思想、主張不同，不必或不能在一起商量或共事。道，志向。謀，謀畫；商量。

語源　論語衛靈公：「子曰：『道不同，不相為謀。』」

例句　既然你們執意要去大陸投資，「道不同，不相為謀」，我們就此拆夥吧！

近義　分道揚鑣

反義　志同道合

道高一尺，魔高一丈（ㄉㄠˋ ㄍㄠ ㄧˋ ㄔˇ，ㄇㄛˊ ㄍㄠ ㄧˊ ㄓㄤˋ）　比喻正義的力量雖然加強，但邪惡的力量更凌駕其上。原為佛家語，用來告誡修行者。

語源　明凌濛初初刻拍案驚奇卷三六：「而今更有個眼花錯認了，弄出好些冤業因果來，理不清身子的，更為可駭可笑。正是：道高一尺，魔高一丈。」

例句　政府執法雖嚴厲，盜版者卻仍猖獗橫行，真是「道高一尺，魔高一丈」啊！

達官貴人（ㄉㄚˊ ㄍㄨㄢ ㄍㄨㄟˋ ㄖㄣˊ）　指位高的官員和顯貴的人。達，騰達；亨通。

語源　禮記檀弓下：「公之喪，諸達官之長杖。」儀禮喪服：「君子子者，貴人之子也。」宋魏了翁知巴州郭君叔誼墓誌銘：「不尚苟同，雖壓以達官貴人，遇所不可，慷慨論辯，不為勢屈。」

例句　有些生意人有心結交達官貴人，以營造商場上的有利條件。

近義　高官顯爵

反義　平民百姓

違心之論（ㄨㄟˊ ㄒㄧㄣ ㄓ ㄌㄨㄣˋ）　不是出自真心的話。

語源　魏書高允傳：「違心苟免，非臣之意。」明史王世貞傳：「世貞頗不樂，嘗自悔獎道昆為違心之論云。」

例句　為了討好上司，小陳竟在業務會議上發表一些違心之論，實在令人不齒。

近義　言不由衷

反義　肺腑之言　由衷之言

違法亂紀（ㄨㄟˊ ㄈㄚˇ ㄌㄨㄢˋ ㄐㄧˋ）　違背法令，破壞紀律。

語源　禮記禮運：「故天子適諸侯必捨其祖廟，而不以禮籍入，是謂天子壞法亂紀。」

例句　那些違法亂紀、造成社會不安的人，都應該受到法律的制裁。

近義　作奸犯科　目無法紀

反義　安分守己　奉公守法

10

遙不可及 太過遙遠而無法到達。

例句 諾貝爾文學獎對許多喜歡寫作的人，是個遙不可及的夢想。

近義 難如登天 談何容易

反義 唾手可得 易如反掌

遙遙無期 形容事情距離完成或實現的日期還很遠。

語源 清李伯元官場現形記第二十七回：「看看前頭存在黃胖姑那裡的銀子漸漸化完，只剩得千把兩銀子，而放缺又遙遙無期。」

例句 我的工作日益忙碌，想要到國外觀光度假的願望，大概遙遙無期了。

反義 為期不遠 指日可待

遙遙領先 形容大幅度地領先。遙遙，很長的距離。

例句 開賽不到十分鐘，地主隊的分數已經遙遙領先，戰況呈現一面倒的趨勢。

近義 領先群倫 一馬當先

反義 望塵莫及 瞠乎其後

遠交近攻 結交遠國而攻伐近鄰。

語源 戰國策秦策三：「王不如遠交而近攻。得寸則王之寸；得尺亦王之尺也。」

例句 在商場上，他採用遠交近攻的策略，兼併了很多店面。

遠走高飛 指脫離束縛，遠走他處。也指逃避或躲避。

語源 後漢書卓茂傳：「凡人之生，群居雜處，故有經紀禮義以相交接。汝獨不欲修之，寧能高飛遠走，不在人間邪？」 西遊記第十六五回：「孫行者，好男子不可遠走高飛，快向前與我交戰三合。」

例句 他把錢騙到手之後，就遠走高飛了，你要到哪裡去找人？

近義 逃之夭夭

遠近馳名 無論遠近都有名聲。馳名，名聲傳揚很遠。

語源 清李汝珍鏡花緣第八十五回：「有個和尚，道行極深，講的禪機，遠近馳名。」

例句 金門雖是彈丸之地，但它的貢糖和高粱酒卻是遠近馳名。

近義 名聞遐邇 馳名中外

反義 不見經傳 沒沒無聞

遠罪豐家 遠離罪罰，使家庭幸福。遠，疏離；離開。

語源 宋司馬光訓儉示康：「小人寡欲，則能謹身節用，遠罪豐家。」

辨析 遠，音ㄩㄢˋ，不讀ㄩㄢˇ。

例句 升斗小民守分守法，應能遠罪豐家，平安度日。

反義 喪德敗家

遠親不如近鄰 遠方的親戚不如近處的鄰居可以隨時互相照顧、幫助。

語源 元秦簡夫東堂老勸破家子弟第四折：「豈不聞遠親呵不似我近鄰，我怎敢做的個有口偏無信。」

例句 雖然你家世顯赫，但是隻身在外，「遠親不如近鄰」，你還是和大夥兒和睦相處比較好。

遠水救不了近火 遠處的水救不了近處的火災。比喻緩不濟急。

語源 韓非子說林上：「失火而取水於海，海水雖多，火必

不滅矣，遠水不救近火也。」

例句 年底我雖然可以領到一筆獎金，但是遠水救不了近火，還是必須先向你借貸現金，才能解決問題。

近義 緩不濟急

反義 立竿見影

11

適可而止 到了適當程度就該停止。表示凡事要有分寸，不要過分。

語源 論語鄉黨「不多食」句宋朱熹集注：「適可而止，無貪心也。」

例句 這事就適可而止，不要再追究了，以免大家都不好看。

近義 恰到好處 見好就收

反義 得寸進尺

適材適用 ①適合的材料有合適的用途。②根據才能做合適的安排或任用。也作「適材適所」。

例句 ①這些略有缺陷的木材，經過適當處理，仍然能夠適材適用，發揮它們的經濟價值。②青年就業輔導的目的，就是希望每個青年都能發揮所長，適材適用。

近義 量材錄用 適得其所

反義 懷才不遇 用非其人

適得其反 事情的發展或結果正好和原先的期望相反。

語源 三國魏嵇康釋難宅無吉凶攝生論：「時名雖同，其用適反。」清史稿嚴樹森傳：「恃才器小，效胡林翼而適得其反者也。」

例句 原想抄近路省時間，誰知適得其反，不但摔了跤，還迷了路，差點回不了家。

近義 欲益反損

適得其所 人處在合適的位置、獲得相稱的職務，或物品用在適當的用途。

例句 姊姊對數字一向很敏銳，也具有精準的眼光，這次被分派到採購部門，真是適得其所。

近義 一展長才 如魚得水

反義 懷才不遇 牛刀割雞

遮天蔽日 遮蔽天空和太陽。形容事物數量龐大或氣勢盛大。

語源 北魏酈道元水經注江水：「重巖疊嶂，隱天蔽日，自非亭午夜分，不見曦月。」明諸聖鄰大唐秦王詞話：「飛在半空，遮天蔽日。」

例句 颱風即將來襲，外頭烏雲遮天蔽日，狂風大作，你還是不要出門的好。

近義 漫天匝地 鋪天蓋地

遷善改過 參見「改過遷善」。

12

遲疑不決 形容拿不定主意。遲疑，猶豫疑惑。

語源 宋朱熹朱子語類卷五〇：「此吝字說得來又廣，只是戒人遲疑不決的意思。」

例句 要先當兵還是報考研究所，哥哥一時遲疑不決。

近義 舉棋不定 猶豫不決

反義 當機立斷 毅然決然

選賢與能 選拔推舉賢能的人。

語源 禮記禮運：「大道之行也，天下為公，選賢與能，講信修睦。」

例句 國家要想長治久安，建立良好的選舉制度以選賢與能，是刻不容緩的事。

近義 任賢使能 任人唯賢

遺世獨立 遺棄俗世，獨自置身在另一個境界。形容超然世外，與人無爭。

語源 漢李延年北方有佳人：「北方有佳人，絕世而獨立。」宋蘇軾赤壁賦：「浩浩乎如馮虛御風，而不知其所止；飄飄乎如遺世獨立，羽化而登仙。」

例句 到太平山遊玩，置身在迷濛的雲霧中，使人有遺世獨立的感覺。

近義 物我兩忘 超然物外

遺風餘思（ㄧˊ ㄈㄥ ㄩˊ ㄙ） 流傳到後代的風氣和思想。遺風，前代遺留下來的風尚。原作「遺風餘烈」。

語源 漢書禮樂志：「夫樂本情性，浹肌膚而臧骨髓，雖經乎千載，其遺風餘烈尚猶不絕。」

例句 受到先民「篳路藍縷，以啟山林」這種遺風餘思的影響，臺灣百姓大都有刻苦耐勞的精神。

近義 流風遺韻

遺珠之憾（ㄧˊ ㄓㄨ ㄓ ㄏㄢˋ） 比喻人才或珍貴事物被埋沒的遺憾。

語源 清查為仁蓮坡詩話：「門前九曲一首，惜已佚去，不勝遺珠之憾。」

例句 這次校慶徵文比賽，投稿作品都相當出色，難免有遺珠之憾，希望沒有入圍的同學能再接再厲，繼續努力。

近義 滄海遺珠 匏瓜徒懸

反義 春風得意 一展長才

遺臭萬年（ㄧˊ ㄔㄡˋ ㄨㄢˋ ㄋㄧㄢˊ） 壞名聲永遠流傳下去。遺臭，死後留下惡名。

語源 南朝宋劉義慶世說新語尤悔：「桓公臥語曰：『作此寂寂，將為文、景所笑。』既而屈起坐曰：『既不能流芳後世，亦不足復遺臭萬載邪！』」

例句 為了一時享受，你竟想出賣國防機密給敵國。你不怕會背負叛國的罪名，遺臭萬年嗎？

近義 惡名昭著 聲名狼藉

反義 流芳百世 名垂青史

13

避人耳目（ㄅㄧˋ ㄖㄣˊ ㄦˇ ㄇㄨˋ） 躲開他人的注意。指行事隱密，不欲人見。

語源 清徐述夔五色石第五卷：「你既非詛咒，何消夜半起來，避人耳目。」

例句 這家公司選在半夜搬遷，刻意避人耳目，內情恐怕不單純。

近義 銷聲匿跡 隱姓埋名

反義 明目張膽 引人注目

避而不談（ㄅㄧˋ ㄦˊ ㄅㄨˋ ㄊㄢˊ） 刻意避開，不去談論。

例句 早年的大雄混過不良幫派，讓父母傷心，對於這段歲月，他一直避而不談。

近義 三緘其口 隻字不提

反義 侃侃而談 暢所欲言

避重就輕（ㄅㄧˋ ㄓㄨㄥˋ ㄐㄧㄡˋ ㄑㄧㄥ） 避開困難的事情，只挑揀輕鬆的來做。也指說話時迴避重要的問題，只以無關緊要的話加以敷衍。

語源 宋劉摯侍御史黃君墓誌銘：「民始不以多男為患，父子始不以避重就輕相去。」

例句 嫌疑犯的說辭避重就輕，目的只是為自己開脫而已。

近義 避實就虛 畏難圖易

避實就虛（ㄅㄧˋ ㄕˊ ㄐㄧㄡˋ ㄒㄩ） 攻擊時避開堅實而選擇虛弱的部位下手。也比喻做事先挑簡單處下手或談話避重就輕。也作「避實擊虛」。

語源 孫子虛實：「夫兵形象水，水之形避高而趨下，兵之形避實而擊虛。」漢劉安淮南子要略訓：「擊危乘勢以為資，清靜以為常，避實就虛，

若驅群羊，此所以言兵也。」

例句 影視明星回答記者有關緋聞或情感的問題時，往往避實就虛，讓人摸不清真相。

近義 避重就輕

避之唯恐不及 ㄅㄧˋ ㄓ ㄨㄟˊ ㄎㄨㄥˇ ㄅㄨˋ ㄐㄧˊ 躲開它只怕來不及。形容人事物令人討厭或害怕。唯恐，只怕。唯，也作「惟」。

語源 清鄒弢海上塵天影第三十五回：「姑娘若真個三頭六臂，人家就避之惟恐不及了。」

例句 她吸毒、酗酒，負面新聞不斷，電影公司避之唯恐不及，就怕她成為票房毒藥。

近義 敬而遠之 退避三舍

反義 趨之若鶩 聞風而至

邂逅相遇 ㄒㄧㄝˋ ㄏㄡˋ ㄒㄧㄤ ㄩˋ 偶然在路上遇見。邂逅，偶然相遇。

語源 詩經鄭風野有蔓草：「有美一人，清揚婉兮，邂逅相遇，適我願兮。」

例句 與多年不見好友竟在他鄉異地邂逅相遇，真是巧合。

近義 不期而遇

還以顏色 ㄏㄨㄢˊ ㄧˇ ㄧㄢˊ ㄙㄜˋ 以同樣的舉動或手段回報對方。

例句 韓國隊雖然在二局上半先馳得點，以一分領先，但中華隊馬上在二局下還以顏色，以一支兩分砲超前比數。

近義 不甘示弱 不遑多讓

反義 井水不犯河水

邑部

4

邪魔外道 ㄒㄧㄝˊ ㄇㄛˊ ㄨㄞˋ ㄉㄠˋ 佛教指妨害正道的邪說和教派。也比喻妖魔鬼怪、異端邪說或不正當的行徑。也作「邪門外道」。

語源 藥師經卷下：「又信世間邪魔外道、妖孽之師，妄說禍福。」元無名氏神奴兒第四折：「你將金錢銀紙快安排，邪魔外道當攔住。」清翁方綱石州詩話卷二九：「顧逋翁歌行，邪門外道，直不入格。」

例句 想成功就必須腳踏實地，各種捷徑只可說是邪魔外道，不宜嘗試。

近義 旁門左道

反義 光明正大 陽關大道

5

邯鄲學步 ㄏㄢˊ ㄉㄢ ㄒㄩㄝˊ ㄅㄨˋ 比喻模仿他人不成，反而失去自己的長處。邯鄲，戰國時趙國的都城。

語源 莊子秋水記載：相傳趙國人走路的姿勢很好看，有一位燕國的少年就遠赴趙國的都城邯鄲，想在那裡學習走路的姿勢。結果不但沒學會，反而連自己原來的步法都忘了，最後只好爬行回燕國。

例句 西方人的男女關係和愛情觀未必適合我們的國情，絕對不可一味模仿，以免邯鄲學步，喪失我們自己的優良傳統。

近義 東施效顰 弄巧成拙

6

郎才女貌 ㄌㄤˊ ㄘㄞˊ ㄋㄩˇ ㄇㄠˋ 男子才華出眾，女子容貌姝麗。多用來稱讚夫妻或情侶。

語源 元關漢卿望江亭中秋切鱠第一折：「您兩口兒正是郎才女貌，天然配合。」

例句 這對新人，男的風流瀟灑，女的清麗脫俗，郎才女貌，羨煞不少人。

近義 才子佳人 一雙兩好

反義 彩鳳隨鴉

7

郢書燕說 ㄧㄥˇ ㄕㄨ ㄧㄢ ㄕㄨㄛ 郢人筆誤的書信被燕人曲解。比喻曲解原意使符合自己的心意或論調。郢，楚國首都。

語源 韓非子外儲說記載：郢人曾在晚上寫書信給燕相，因

為光線昏暗，吩咐掌火的人說：「舉燭！」原來的意思是說將燭火拿靠近一點。嘴裡說著，手中不知不覺地寫上「舉燭」兩個字。燕國宰相收到書信後，很高興地說：『舉燭』就是尚明，尚明就是要舉用賢人的意思。」燕國宰相告訴燕王，燕王採納這個建議，國家因而大治。國家是大治了，但並不是寫信人的本意。

例句 你這樣斷章取義，郢書燕說，雖然可以自圓其說，但卻很難讓人心服口服。

近義 牽強附會　望文生義

8

郭公夏五 ㄍㄨㄛ ㄍㄨㄥ ㄒㄧㄚˋ ㄨˇ 春秋莊公二十四年記載「郭公」二字，桓公十四年記載「夏五」二字，皆闕漏下文。比喻文字脫漏，殘缺不全。也作「夏五郭公」。

語源 春秋莊公二十四年：「郭公。」晉杜預注：「無傳，蓋經闕誤也。」又桓公十四年：「夏五。」杜預注：「不書月，闕文。」

例句 有些古籍經過多年傳抄，難免會有郭公夏五的現象產生。

近義 斷簡殘篇

12

鄭重其事 ㄓㄥˋ ㄓㄨㄥˋ ㄑㄧˊ ㄕˋ 對事情謹慎莊重地看待。鄭，慎重。

語源 紅樓夢第四回：「所以鄭重其事，必得三日後，方進門。」

例句 這項任務事關重大，請你務必鄭重其事，馬虎不得。

近義 一本正經　一絲不苟

反義 敷衍了事　虛應故事

鄭衛之音 ㄓㄥˋ ㄨㄟˋ ㄓ ㄧㄣ 東周時鄭、衛兩國的民間音樂，因內容多涉及男女情愛，儒家認為它是淫靡之音。後也代指淫靡的音樂或詩歌。

語源 禮記樂記：「鄭衛之音，亂世之音也。」漢書禮樂志：「惟世俗奢泰文巧，而鄭衛之音興。」

例句 在老張眼中，現代流行歌曲都是鄭衛之音，他從來不聽。

近義 靡靡之音

酉部

3

酒池肉林 ㄐㄧㄡˇ ㄔˊ ㄖㄡˋ ㄌㄧㄣˊ 酒成池，肉成林。原形容暴君的生活極端奢侈糜爛。後用以比喻生活奢侈無度。

語源 史記殷本紀：「(紂)以酒為池，縣肉為林，使男女倮相逐其閒，為長夜之飲。」

例句 他這樣天天過著酒池肉林的生活，再多的家產也會揮霍一空。

近義 花天酒地　揮霍無度

酒肉朋友 ㄐㄧㄡˇ ㄖㄡˋ ㄆㄥˊ ㄧㄡˇ 在一起只是吃喝玩樂，而不能相互砥礪、患難與共的朋友。

語源 元關漢卿關大王獨赴單刀會第二折：「關雲長是我酒肉朋友，我交他兩隻手送與你那荊州來。」

例句 他生意發達之後，結交的都是酒肉朋友，等到生意不順利時，卻沒人肯伸出援手。

近義 狐朋狗友　豬朋狗友

反義 患難之交　莫逆之交

酒色財氣 ㄐㄧㄡˇ ㄙㄜˋ ㄘㄞˊ ㄑㄧˋ 指嗜酒、好色、貪財、逞氣。為人生之四戒。

語源 後漢書楊秉傳：「我有三不惑：酒，色，財也。」全金元詞王喆西江月四害：「堪歎酒色財氣，塵寰被此長迷。」

例句 小董那班人酒色財氣樣樣都來，你最好離他們遠一點。

近義 吃喝嫖賭 聲色犬馬

酒食徵逐 指朋友間互相邀請，頻繁地聚會、喝酒吃飯。多含貶義。

語源 唐韓愈柳子厚墓誌銘：「今夫平居里巷相慕悅，酒食遊戲相徵逐……一旦臨小利害，僅如毛髮比，反眼若不相識。」

例句 他自從離婚後便過著酒食徵逐的生活，對兒女的教育竟不聞不問。

近義 吃喝玩樂 飽食終日

酒酣耳熱 喝酒暢意而耳根發熱。多用以形容人酒興正濃的歡暢情態。

語源 三國魏曹丕與吳質書：「每至觴酌流行，絲竹並奏，酒酣耳熱，仰而賦詩，當此之時，忽然不自知樂也。」

例句 宴會上，大家喝得酒酣耳熱的時候，都搶著麥克風想高歌一曲。

近義 酒醉飯飽 開懷暢飲

酒醉飯飽 酒已喝醉，飯也吃飽了。形容十分滿足或足夠。也作「酒足飯飽」。

語源 元高文秀劉玄德獨赴襄陽會第一折：「俺這裡安排一席好酒……我著他酒醉飯飽，走不動。」

例句 感謝您的盛情款待，既已酒醉飯飽，且叨擾甚久，應該告辭了！

酒囊飯袋 裝酒的囊和裝飯的袋子。譏諷只會吃喝而不會做事的人。

語源 漢王充論衡別通：「腹為飯坑，腸為酒囊。」清石玉崑三俠五義第六十回：「這樣的酒囊飯袋的人，也敢稱個『俠』字，真真令人可笑！」

例句 他這個也不會，那個也做不好，簡直是酒囊飯袋，一點用都沒有。

近義 行屍走肉 尸位素餐

反義 滿腹經綸 精明能幹

酒逢知己千杯少，話不投機半句多 與知己朋友相逢，喝再多酒都嫌少；跟不投合的人說話，半句話也嫌多。也常省作「酒逢知己千杯少」或「話不投機半句多」。

語源 元高明琵琶記幾言諫父：「自古道：『酒逢知己千杯少，話不投機半句多。』」

例句 「酒逢知己千杯少，話不投機半句多」，阿德在朋友喜宴上與人聊得高興，不免多喝了幾杯。

5

酣暢淋漓 暢達痛快的樣子。多用來形容書法、繪畫或詩文作品感情充沛、筆意流暢。酣暢，酒喝得暢快。淋漓，水滲透的樣子。形容盡興暢快。

語源 晉書阮修傳：「至酒店，便獨酣暢。」唐李商隱韓碑：「濡染大筆何淋漓！」

例句 李老師拿起筆來，一幅墨竹一揮而就，整幅畫作酣暢淋漓，令人讚歎。

近義 興會淋漓 淋漓盡致

反義 興味索然 索然無味

酣聲如雷 參見「鼾聲如雷」。

6

酩酊大醉 形容酒喝過多，醉得十分厲害。酩酊，醉得迷迷糊糊的樣子。

語源 水滸傳第四十三回：「不到兩個時辰，把李逵灌得酩酊大醉，立腳不住。」

例句 他昨晚喝得酩酊大醉，怎麼回到家的自己都搞不清楚了。

酉

近義 爛醉如泥

7

酸甜苦辣 ㄙㄨㄢ ㄊㄧㄢˊ ㄎㄨˇ ㄌㄚˋ 總稱各種滋味。比喻幸福歡樂、痛苦磨難種種遭遇。多偏指痛苦。

語源 清李綠園歧路燈第四十九回：「無非為衣食奔走，圖掙幾文錢，那酸甜苦辣也就講說不起。」

例句 他從十七歲就獨自北上討生活，人世間的酸甜苦辣早就嘗遍了。

8

醇酒美人 ㄔㄨㄣˊ ㄐㄧㄡˇ ㄇㄟˇ ㄖㄣˊ 美酒和美女。泛指聲色享樂。醇，酒質濃厚。

語源 史記魏公子列傳：「公子自知再以毀廢，乃謝病不朝，與賓客為長夜飲，飲醇酒，多近婦女。」清錢泳履園叢話紀存：「古英雄不得志，輒以醇酒婦人為結局者，不一其人。」

例句 他事業才剛起步，便終日耽溺於醇酒美人之中，斷送了大好前程。

近義 聲色犬馬 花天酒地

醉生夢死 ㄗㄨㄟˋ ㄕㄥ ㄇㄥˋ ㄙˇ 生活在醉夢之中。比喻萎靡過日子。

語源 宋程頤明道先生行狀：「雖高才明智，膠於見聞，醉生夢死，不自覺也。」

例句 他失戀後便過著醉生夢死的生活，掙脫不出情感的枷鎖。

近義 花天酒地 紙醉金迷

反義 發憤圖強

醉翁之意不在酒 ㄗㄨㄟˋ ㄨㄥ ㄓ ㄧˋ ㄅㄨˋ ㄗㄞˋ ㄐㄧㄡˇ 本指意不在此而在彼，後多用來比喻別有目的。也簡作「醉翁之意」。

語源 宋歐陽脩醉翁亭記：「醉翁之意不在酒，在乎山水之間也。」

例句 他常來找妳請教功課，其實是「醉翁之意不在酒」，想藉機接近妳罷了！

近義 別有居心

9

醍醐灌頂 ㄊㄧˊ ㄏㄨˊ ㄍㄨㄢˋ ㄉㄧㄥˇ 佛教儀式，弟子入門須經本師用精純的酥酪澆灌頭頂。比喻以智慧或妙理灌輸，使人得到莫大的啟發。

語源 大般涅槃經聖行品：「譬如從牛出乳，從乳出酪，從酪出生酥，從生酥出熟酥，從熟酥出醍醐。醍醐最上。」唐敦煌變文集維摩詰經講經文：「又所蒙處分，令問維摩，聞名之如露入心，共語似醍醐灌頂。」

例句 李大師這場演講的內容十分精彩，聽完以後猶如醍醐灌頂，獲益良多。

近義 振聾發聵 發人深省

反義 執迷不悟 一竅不通

10

醜態百出 ㄔㄡˇ ㄊㄞˋ ㄅㄞˇ ㄔㄨ 醜陋的情狀層出不窮。形容言行舉動極為丟臉。

語源 清李汝珍鏡花緣第六十六回：「得失心未免過重，以致弄的忽哭忽笑，醜態百出。」

例句 張先生昨晚在親戚的婚禮上喝得酩酊大醉，醜態百出，讓張太太很沒面子。

近義 出乖露醜 醜態畢露

醜態畢露 ㄔㄡˇ ㄊㄞˋ ㄅㄧˋ ㄌㄡˋ 醜惡的樣子完全顯露出來。

語源 明唐順之荊川文集卷七與茅鹿門主事書：「蓋頭竊尾，如貧人借富人之衣，莊農作大賈之飾，極力裝做，醜態盡露。」清錢泳履園叢話卷二三裏足：「行步蹣跚，醜態畢露，雖小亦奚以為。」

例句 那位立委因為新法案擋了他的財路而在國會大罵政府官員，醜態畢露，選民終於

看清他的真面目。

近義 醜態百出　出乖露醜

醜媳婦總要見公婆 比喻雖因有過錯、缺點而害怕見人或說出，但早晚還是得勇敢面對，不能老是躲著。

語源 明張岱與祁世培：「醜婦免不得見公姑，……是妍是醜，其必有以區別之也。」清李伯元官場現形記第十六回：「醜媳婦總得要見公婆的，索性我自己招吧！」

例句 明天就要表演了，雖然我準備得不夠充分，但醜媳婦總要見公婆，只得硬著頭皮上臺了。

里部

里仁為美 居住在風俗仁厚的地方是件美事。

語源 論語里仁：「子曰：『里仁為美。擇不處仁，焉得知？』」

例句 古者擇居首重「里仁為美」，今則多以出入便利、舒適寧靜等生活機能完善為指標。

2

重出江湖 武林人物退隱或沉寂之後再度出現在江湖。也泛指再度復出。江湖，江河湖海。借指鄉野草莽或人生社會。也特指武林。也作「重現江湖」。

例句 沉寂數年後，他經不起製作人的要求，最近又重出江湖，主持一個政論節目。

近義 重作馮婦　破繭而出

反義 金盆洗手　銷聲匿跡

重生父母 比喻對自己有救命之恩或極大恩惠的人。重生，再次給了生命。

語源 宋曾晞顏賀新郎賀耐軒周府尹：「道公是，再生父母。」元楊顯之鄭孔目風雪酷寒亭楔子：「多虧了哥哥救撥，得這性命；你是我重生父母、再長爺娘。」

例句 楊牧師曾經在阿榮走投無路時拉他一把，所以阿榮視楊牧師如重生父母，對他非常尊敬。

近義 恩同再造　恩重如山

反義 不共戴天

重作馮婦 比喻重操舊業。

語源 孟子盡心下記載：春秋時晉國獵人馮婦善打虎。後折節讀書，成為善士，不再打虎。有一次在野外見眾人追捕一隻老虎，老虎負嵎頑抗，大家不敢靠近。大夥見馮婦經過，爭相迎接他，馮婦於是下車攘臂再次打虎。後遂衍為「重作馮婦」一語。

例句 老闆已多年不曾跳舞，為了替公司的尾牙餐會增添氣氛，他重作馮婦，為辛苦一年的員工表演一段舞蹈。

近義 重操舊業　前度劉郎

重男輕女 指舊時重視男孩的生養教育而輕忽女孩的父權觀念。

例句 由於外公重男輕女，媽媽國小畢業後就必須下田幫忙農事，沒能再唸書。

近義 男尊女卑

反義 男女平等

重見天日 比喻擺脫黑暗、冤屈或困苦的處境，重新見到光明。

語源 明馮夢龍喻世明言卷一八：「我等指望重見天日，不期老將軍不行細審，一概綑吊。」

例句 一時衝動犯下殺人罪的他，在服刑期間十分後悔，發

酉

里

誓重見天日後，要好好做人。

近義 撥雲見日　開雲見日

反義 暗無天日

重修舊好 ㄔㄨㄥˊ ㄒㄧㄡ ㄐㄧㄡˋ ㄏㄠˇ　重新恢復以往的友好關係。

語源 左傳桓公二年：「公及戎盟于唐，脩舊好也。」

例句 他試圖與黨內初選的競爭對手重修舊好，以打贏年底的市長選戰。

近義 前嫌盡釋　言歸於好

反義 誓不兩立　勢同水火

重振雄風 ㄔㄨㄥˊ ㄓㄣˋ ㄒㄩㄥˊ ㄈㄥ　再度振興，恢復威猛的氣勢。也指男性恢復性能力。

例句 在連續兩屆未能打進前四強之後，中華成棒隊終於重振雄風，贏得本屆亞運棒球比賽冠軍。

重責大任 ㄓㄨㄥˋ ㄗㄜˊ ㄉㄚˋ ㄖㄣˋ　重大的責任。

例句 楊部長誓言完成教改這個重責大任，讓十二年國教步上軌道。

近義 任重道遠　責無旁貸

重溫舊夢 ㄔㄨㄥˊ ㄨㄣ ㄐㄧㄡˋ ㄇㄥˋ　重新經歷往日的情景。或形容與失和或失散的故舊再次聚首，重修舊好。

例句 為了重溫舊夢，我特地回到從前就讀的小學，追憶童年趣事。

近義 破鏡重圓

反義 覆水難收

重義輕生 ㄓㄨㄥˋ ㄧˋ ㄑㄧㄥ ㄕㄥ　重視道義，輕視生命。指願為道義而付出生命。

語源 樂府詩集雜曲歌辭六結客少年場行：「重義輕生一劍知，白虹貫日報仇歸。」

例句 消防隊員赴湯蹈火、重義輕生的精神，受到市民高度讚揚。

近義 視死如歸　慷慨赴義

重操舊業 ㄔㄨㄥˊ ㄘㄠ ㄐㄧㄡˋ ㄧㄝˋ　再度從事以前的工作。操，從事。

例句 曾是最佳節目主持人的他，經過三年沉潛，如今重操舊業，依然大受觀眾歡迎。

近義 重作馮婦　重出江湖

重整旗鼓 ㄔㄨㄥˊ ㄓㄥˇ ㄑㄧˊ ㄍㄨˇ　比喻失敗後再整頓力量，重新行動。

語源 宋克勤圓悟佛果禪師語錄：「法燈重整槍旗，再裝甲冑。」

例句 經過這次教訓，她決定重整旗鼓，再接再厲，爭取下次的勝利。

近義 東山再起　捲土重來

反義 銷聲匿跡　一蹶不振

重蹈覆轍 ㄔㄨㄥˊ ㄉㄠˋ ㄈㄨˋ ㄔㄜˋ　又走上翻車的老路。比喻不能記取教訓而犯下同樣的錯誤。蹈，踏。轍，車輪輾過的痕跡。覆轍，指翻過車的道路。

語源 宋陳東陳少陽集上高宗第一書：「用人不專，狐疑猶豫，遂致大變，今豈可更蹈覆轍。」

辨析 轍，不可寫成「撤」。

例句 閱讀歷史書籍，可以讓我們鑑往知來，避免重蹈覆轍。

近義 故態復萌　執迷不悟

反義 前車之鑑　改弦易轍

重巖疊嶂 ㄔㄨㄥˊ ㄧㄢˊ ㄉㄧㄝˊ ㄓㄤˋ　形容山峰一個接一個，連綿不絕如屏障。也作「重巒疊嶂」。

語源 北魏酈道元水經注江水：「自三峽七百里中，兩岸連山，略無闕處，重巖疊嶂，隱天蔽日，自非亭午夜分，不見曦月。」

例句 登上玉山，放眼望去，但見重巖疊嶂，山勢磅礡，令

人感受到天地的遼闊，心胸也為之一暢。

近義　層巒疊嶂　千巖競秀

重賞之下，必有勇夫（ㄓㄨㄥˋ ㄕㄤˇ ㄓ ㄒㄧㄚˋ，ㄅㄧˋ ㄧㄡˇ ㄩㄥˇ ㄈㄨ）

在豐厚獎賞的引誘下，必定能招募到肯效力的人。

語源　黃石公三略上略：「香餌之下，必有死魚；重賞之下，必有勇夫。」

例句　潛入湖中找回寶物雖有一定的危險，但重賞之下，必有勇夫，別愁沒人肯幹。

近義　人為財死，鳥為食亡

4

野人獻曝（ㄧㄝˇ ㄖㄣˊ ㄒㄧㄢˋ ㄆㄨˋ）

比喻平凡人貢獻平凡的事物。多用為提供事物時的自謙之詞。野人，鄉野鄙夫。曝，曬太陽。

語源　列子楊朱記載：古代宋國有個農夫，常穿粗麻衣勉強過冬，不知帝王家住的是深密的居室，不怕風寒，穿的是質地輕軟的狐裘，十分溫暖。一年春天，他到田裡工作，在太陽下曬得舒服極了。高興地回頭對一同工作的太太說：「曬太陽的這種舒服，沒人知道。假如把我的發現獻給國君，一定有重賞。」

例句　這只是個人的淺見，野人獻曝，請勿見笑。

近義　芻蕘之言　一得之愚

野心勃勃（ㄧㄝˇ ㄒㄧㄣ ㄅㄛˊ ㄅㄛˊ）

形容野心非常大。野心，非分狂妄的欲望。勃勃，旺盛的樣子。

語源　清陳天華獅子吼第一回：「這一位大帝野心勃勃，就想把世界各國盡歸他的宇下。」

例句　那家公司的領導人野心勃勃，妄想壟斷電信業的市場，卻因擴充不當而連年虧損。

近義　狼子野心

反義　安常守分

野草閒花（ㄧㄝˇ ㄘㄠˇ ㄒㄧㄢˊ ㄏㄨㄚ）

野生的花草。比喻妓女或情婦。

語源　唐顧雲詠柳二首（其二）：「閒花野草總爭新，眉皺絲乾獨不勻。」宋辛棄疾定風波（其二）：「野草閒花不當春，杜鵑卻是舊知聞。」

例句　王先生對太太用情專一，從不在外面招惹野草閒花。

5

量入為出（ㄌㄧㄤˋ ㄖㄨˋ ㄨㄟˊ ㄔㄨ）

衡量收入多寡以決定支出的數量。

語源　禮記王制：「然後制國用……，量入以為出。」

例句　若是你花錢時能量入為出，就不會落得負債累累了。

近義　精打細算　開源節流

反義　入不敷出　寅吃卯糧

量力而為（ㄌㄧㄤˋ ㄌㄧˋ ㄦˊ ㄨㄟˊ）

衡量自己的實際能力去做事。也作「量力而行」。

語源　左傳隱公十一年：「度德而處之，量力而行之，相時而動，無累後人。」

例句　這件工作不是短時間可以完成，你量力而為就好，不要逞強。

近義　度德量力

反義　不自量力　螳臂當車

量材錄用（ㄌㄧㄤˋ ㄘㄞˊ ㄌㄨˋ ㄩㄥˋ）

依才能大小錄用並安排適合的職務或工作。量，衡量。錄用，錄取任用。也作「量才錄用」。

語源　舊五代史周書世宗紀五：「親的子孫，並量材錄用，傷夷殘廢者，別賜救接。」

例句　當一個優秀的領導人，最重要的就是量材錄用，讓人盡其才，發揮他們的所長。

近義　量能授官　適才適用

反義 大材小用 任人唯親

量身打造 ㄌㄧㄤˊ ㄕㄣ ㄉㄚˇ ㄗㄠˋ 指特別針對某種人或某種用途、目的而製作。

例句 這家鞋店可以買到專為大腳丫量身打造的特大號球鞋。

近義 量體裁衣

量能授官 ㄌㄧㄤˋ ㄋㄥˊ ㄕㄡˋ ㄍㄨㄢ 依據才能給予適當官職。

語源 荀子君道：「論德而定次，量能而授官，皆使其人載其事而各得其所宜。」

例句 政府首長負責政策成敗，必須量能授官，政策才能有效推行。

近義 量材錄用 適材適用

反義 大材小用 牛鼎烹雞

量體裁衣 ㄌㄧㄤˊ ㄊㄧˇ ㄘㄞˊ ㄧ 依據身材大小來裁製衣服。比喻根據實際情況辦事。

語源 墨子魯問：「量腹而食，度身而衣。」臥閒草堂本儒林外史第三十六回評：「正是其量體裁衣，相題立格，有不得不如此者耳。」

例句 作為一名部門主管，應該懂得依照客戶的需要量體裁衣，不能一味等待上司的指示。

近義 因時制宜 對症下藥

反義 削足適履 因常襲故

金部

金飯碗 ㄐㄧㄣ ㄈㄢˋ ㄨㄢˇ 比喻穩定而待遇優渥的工作。

語源 清藤谷古香轟天雷：「你不看城中在家幾位紳衿麼？都是靠這兩樣做金飯碗的，這是官面的弄錢。」

例句 公家機關的職務一向是人們眼中的金飯碗，難怪每年都有那麼多人報考高、普考。

近義 鐵飯碗

金口玉言 ㄐㄧㄣ ㄎㄡˇ ㄩˋ ㄧㄢˊ 古時稱皇帝所說的話。今用以指珍貴或不可改變的話。

語源 晉夏侯湛抵疑：「今乃金口玉音，漠然沉默。」明馮夢龍醒世恆言卷二：「拜舞已畢，天子金口玉言，問道：『卿是許武之弟乎？』」

例句 身為公司的員工，除了按時上下班外，最重要的是要記住老闆的金口玉言。

近義 金玉良言 金石之言

金戈鐵馬 ㄐㄧㄣ ㄍㄜ ㄊㄧㄝˇ ㄇㄚˇ 金屬做的戈，身披鐵甲的戰馬。形容精銳的軍隊或戰士的雄壯英姿。也比喻戰事或戰場。

語源 新唐書李襲吉傳：「金戈鐵馬，蹂踐於明時。」大宋宣和遺事亨集：「藝祖金戈鐵馬之經營，列聖深仁厚澤之涵養。」

例句 沒想到你在金戈鐵馬之中，還常常研讀文學及哲學書籍，真是允文允武的最好典範。

近義 兵強馬壯 南征北討

反義 老弱殘兵

金玉良言 ㄐㄧㄣ ㄩˋ ㄌㄧㄤˊ ㄧㄢˊ 如黃金美玉般珍貴的言語。指寶貴的、使人受益的話。也作「金玉之言」。

語源 明馮夢龍醒世恆言卷三〇：「恩相金玉之言，某當終身佩銘。」

例句 我是過來人，這番話雖不是什麼金玉良言，但句句是經驗之談，希望你能聽進去。

近義 金口玉言 金石之言

反義 冷言冷語 風言風語

金玉滿堂 ㄐㄧㄣ ㄩˋ ㄇㄢˇ ㄊㄤˊ 金銀珍寶充滿廳堂。形容非常富有。

語源　老子九章：「金玉滿堂，莫之能守。」

例句　經過多年的努力打拚，如今他已是家財萬貫，金玉滿堂。

近義　家財萬貫　富比王侯

金石之言 ㄐㄧㄣ ㄕˊ ㄓ ㄧㄢˊ　如金石般經得起考驗的言論。指極警切的勸告或教誨。

語源　三國演義第六十回：「玄德乃恍然曰：『金石之言，當銘肺腑。』」

例句　師長們平日的金石之言，我們當謹記在心，並時時反省。

近義　金口玉言　金玉良言

金石絲竹 ㄐㄧㄣ ㄕˊ ㄙ ㄓㄨˊ　指各種樂器或各種音樂。金石，鐘、磬等金屬、石製的樂器。絲竹，琴、簫等木、竹製的樂器。

語源　禮記樂記：「德者性之端，樂者德之華也，金石絲竹樂之器也。」

例句　走進森林裡，雖無金石絲竹之聲，但悅耳怡人的自然天籟卻不絕於耳。

近義　引商刻羽　急管繁弦

金字招牌 ㄐㄧㄣ ㄗˋ ㄓㄠ ㄆㄞˊ　舊時商家用金色的字寫成的店號牌匾。形容商店的資金雄厚、信譽良好。也比喻足以對外炫耀的本錢。

語源　清曾樸孽海花第二十五回：「文武全才的金字招牌，還高高掛著。」

例句　這間餅鋪做的糕點非常好吃，不愧是金字招牌的老店。

近義　口碑載道　有口皆碑

金枝玉葉 ㄐㄧㄣ ㄓ ㄩˋ ㄧㄝˋ　黃金般的枝幹，美玉般的葉子。原形容花木枝葉美好，後多用來比喻帝王或富貴人家的子孫。

語源　漢應劭風俗通義佚文：「黃帝戰蚩尤於涿鹿，常有五色雲氣，金枝玉葉，止於帝上，因作華蓋。」唐蕭傚亨太廟樂章懿宗室舞：「聖祚無疆，慶傳樂章。金枝繁茂，玉葉延長。」

例句　人家柳小姐可是個金枝玉葉，怎麼會看上你這個窮小子呢？

近義　千金之子　千金之軀

金城湯池 ㄐㄧㄣ ㄔㄥˊ ㄊㄤ ㄔˊ　銅鐵建造的城牆和滿是沸水的護城河。形容險要堅固的城池或防禦工事。金城，銅鐵打造的城牆。湯，沸水。池，護城河。

語源　漢應劭風俗通義佚文：「孫子云：『金城湯池而無粟者，太公、墨翟不能守之。』」

例句　我們的部隊精良，訓練有素，即使是金城湯池，亦能攻無不克。

近義　高城深池　銅牆鐵壁

金屋藏嬌 ㄐㄧㄣ ㄨ ㄘㄤˊ ㄐㄧㄠ　原指漢武帝要以黃金打造的屋子給表妹阿嬌住。現多用來指男子隱瞞自己的妻子，在外購置住處與女子同居。金屋，比喻華麗的房子。嬌，指阿嬌，漢武帝的表妹。

語源　太平御覽漢武故事記載：漢武帝小的時候，姑姑長公主把他抱在膝上，問他：「你想娶太太嗎？」指遍了宮女，漢武帝都說不要。接著，長公主又指著女兒阿嬌對武帝說：「娶她好不好呢？」武帝笑著說：「若能娶得阿嬌，我一定用黃金打造一座華屋，把她珍藏在裡面。」

例句　王先生在外金屋藏嬌的事被王太太知道了，她氣得要和他離婚呢！

金盆洗手 ㄐㄧㄣ ㄆㄣˊ ㄒㄧˇ ㄕㄡˇ　江湖人物宣布退隱的一種儀式。現也指放棄長期從事的行業或勾當。多指壞事而言。洗手，比喻從此不再做某事。多指壞事。

語源　清文康兒女英雄傳第十一回：「小人從前原也作些小道兒上的買賣，後來洗手不幹，就在河工上充了一個夫頭。」

例句　他曾經營職業賭場，害不少人傾家蕩產。前年出獄後已金盆洗手，致力為社會服務。

近義　洗心革面　改邪歸正

反義　執迷不悟　故態復萌

金科玉律 ㄐㄧㄣ ㄎㄜ ㄩˋ ㄌㄩˋ　原指完善的法令或規章。後多指被奉為圭臬的準則或信條。金、玉，比喻珍貴。科，法律條文。律，律法；規則。原作「金科玉條」。

語源　漢揚雄劇秦美新：「懿律嘉量，金科玉條。」唐陳子良平城縣正陳子幹誄：「爰參選部，乃任平城，金科是執，玉律逾明。」清黃百家仇滄柱時義稿序：「仇子滄柱操選政十年，舉業之家奉之為金科玉律。」

例句　恩師的訓誨，字字金科玉律，徒弟當永銘於心！

金風玉露 ㄐㄧㄣ ㄈㄥ ㄩˋ ㄌㄨˋ　秋天的風和露。形容秋天的景象。金風，西風。金為五行之一，方位為西。秋天多吹西風。玉露，秋天枝頭上所凝結的露水像珠玉一般，故稱。

語源　南朝陳徐陵為護軍長史王質移文：「比金風已勁，玉露方圓，宜及窮秋，幸逾高塞。」唐李商隱辛未七夕：「由來碧落銀河畔，可要金風玉露時？」

例句　每到金風玉露時節，太平山上的滿山楓紅總是吸引許多人前往一覽。

近義　西風落葉　楓葉荻花

金剛怒目 ㄐㄧㄣ ㄍㄤ ㄋㄨˋ ㄇㄨˋ　金剛之眼含怒生威。指人面目兇猛有威儀。金剛，佛教的護法力士。原作「金剛努目」。

語源　太平廣記卷一七四薛道衡引談藪：「隋吏部侍郎薛道衡，嘗遊鍾山開善寺，謂小僧曰：『金剛何為努目，菩薩何為低眉？』小僧答曰：『金剛努目，所以降伏四魔；菩薩低眉，所以慈悲六道。』道衡憮然不能對。」

例句　王老師甚有威嚴，只要他板起臉來，便如金剛怒目，同學們沒有不乖乖聽話的。

近義　橫眉豎眼

反義　慈眉善目

金烏玉兔 ㄐㄧㄣ ㄨ ㄩˋ ㄊㄨˋ　太陽和月亮。借指時光。古代傳說日中有金色的三足烏鴉，月中有白兔。

語源　漢劉楨清慮賦：「玉樹翠葉，上棲金烏。」唐韓琮春愁：「金烏長飛玉兔走，青鬢長青古無有。」宋張掄阮郎歸詠夏十首（其六）：「金烏玉兔最無情，驅馳不暫停。」

例句　人事幾經變遷，惟有金烏玉兔永不改變，依舊日復一日，升起又落下。

金針度人 ㄐㄧㄣ ㄓㄣ ㄉㄨˋ ㄖㄣˊ　比喻以含蓄巧妙的方式將祕訣傳授他人。

語源　唐馮翊桂苑叢談史遺記載：唐肅宗時，有個十六歲的女兒，名叫采娘，長得端莊賢淑。曾在七夕晚上祭拜織女有所祈求，當天便夢見了織女，采娘希望織女令她手藝靈巧，

於是織女給了她一根金針，吩咐她用紙包好，放在裙帶中，並對她說：「只要接下來三天都不說話，妳一定會變得手藝靈巧。」金元好問論詩三首（其三）：「鴛鴦繡了從教看，莫把金針度與人。」

例句 老張這項獨門絕活得來不易，但只要遇到有緣人，他也願意金針度人，決不藏私。

金童玉女 ㄐㄧㄣ ㄊㄨㄥˊ ㄩˋ ㄋㄩˇ 原指侍奉仙人的童男童女。今多指非常匹配的少男少女。

語源 唐徐彥伯幸白鹿觀應制：「金童擎紫藥，玉女獻青蓮。」元李好古沙門島張生煮海：「金童玉女意投機，才子佳人世罕稀。」

例句 他們二人郎才女貌，是影壇公認的一對金童玉女。

近義 郎才女貌 才子佳人

金匱石室 ㄐㄧㄣ ㄍㄨㄟˋ ㄕˊ ㄕˋ 黃金做的櫃子，石頭做的房間。指國家收藏重要文書的地方。

語源 史記太史公自序：「遷為太史令，紬史記、石室金匱之書。」漢書高帝紀下：「又與功臣剖符作誓，丹書鐵契，金匱石室，藏之宗廟。」

例句 國家圖書館內藏有古代金匱石室之書，是重要的文化資產。

金榜題名 ㄐㄧㄣ ㄅㄤˇ ㄊㄧˊ ㄇㄧㄥˊ 科舉應試被錄取。今指考試被錄取。金榜，科舉時代公布殿試錄取名單的黃榜。題名，題寫姓名，指榜上有名。

語源 五代王定保唐摭言今年及第明年登科：「金榜題名墨尚新，今年依舊去年春。」

例句 平日不怎麼用功的小弟竟然金榜題名，考上了第一志願，真是出人意料。

近義 榜上有名 魚躍龍門

反義 名落孫山 龍門點額

金碧輝煌 ㄐㄧㄣ ㄅㄧˋ ㄏㄨㄟ ㄏㄨㄤˊ 形容建築或裝飾堂皇華麗，光彩奪目。金碧，指顏料中的泥金和石青，即金色和碧綠色。輝煌，光彩輝映。

語源 明馮夢龍醒世恆言卷三七：「進了門樓，只見殿宇廊廡，一剗的金碧輝煌，耀睛奪目，儼如天宮一般。」

例句 這座廟宇紅簷綠瓦，雕梁畫棟，在夕陽餘暉下，更顯得金碧輝煌、光彩奪目。

近義 富麗堂皇 美輪美奐

反義 茅茨土階 繩床瓦灶

金聲玉振 ㄐㄧㄣ ㄕㄥ ㄩˋ ㄓㄣˋ 演奏音樂時，以金鐘開端，以玉磬結尾。原為孟子讚美孔子乃聖人中的集大成者。後比喻德行純美或才學精妙，盛名遠播。金聲，以金鐘發聲。玉振，以玉磬收音。

語源 孟子萬章下：「孔子之謂集大成。集大成也者，金聲而玉振之也。」

例句 李院長學識淵博，德高望重，具有金聲玉振般的美名。

金蟬脫殼 ㄐㄧㄣ ㄔㄢˊ ㄊㄨㄛ ㄎㄜˊ 幼蟬在長為成蟬時會脫去一層外殼。比喻用計謀脫身。

語源 三國志平話上：「呂布發箭射孫堅，孫堅使金蟬脫殼計，卻將袍甲掛於樹上走了。」

例句 小明佯稱內急，躲開推銷員的死命糾纏，倒也不失為金蟬脫殼的妙計。

金蘭之契 ㄐㄧㄣ ㄌㄢˊ ㄓ ㄑㄧˋ 情意投合有如金質堅定、蘭味芬芳。比喻經久不渝、深厚融洽的交情。契，投合。也作「金蘭之交」。

語源 南朝宋劉義慶世說新語

賢媛：「山公與嵇、阮一面，契若金蘭。」

例句 我與他幾十年來相知相惜，人生在世能擁有這般金蘭之契，夫復何求？

近義 契若金蘭　義結金蘭

反義 酒肉朋友　狐朋狗友

金玉其外，敗絮其中（ㄐㄧㄣ ㄩˋ ㄑㄧˊ ㄨㄞˋ，ㄅㄞˋ ㄒㄩˋ ㄑㄧˊ ㄓㄨㄥ）

比喻徒有華美的外表，內在卻腐敗不堪。金玉，比喻華美。敗絮，爛棉花。

語源 明劉基郁離子賣柑者言記載一則寓言以暗批時政：有個賣水果的人很會保藏柑橘，即使經歷寒冬到夏季，都不會爛掉。他的柑橘外表光潔潤澤，顏色如同黃金美玉般澄亮，價錢也較一般橘子貴十倍，人們都爭相購買。可是回家剖開一看，裡面卻乾癟得像破舊的棉絮。當顧客責備他不老實時，他卻理直氣壯地說：「那些在上位者，個個高居廟堂，乘坐華麗馬車，享受錦衣玉食，哪一個不是威風凜凜？又哪一個不是『金玉其外，敗絮其中』呢？」

例句 他長得一表人才，可惜金玉其外，敗絮其中，竟是個大色狼。

近義 華而不實　虛有其表

反義 名實相副　表裡如一

2

釜底抽薪（ㄈㄨˇ ㄉㄧˇ ㄔㄡ ㄒㄧㄣ）

從鍋子底下抽掉燃燒的木柴，讓水不再沸騰。比喻從根本上徹底解決。釜，鍋子。

語源 北齊魏收為侯景叛移梁朝文：「抽薪止沸，剪草除根。」

例句 頭痛就吃止痛藥只是揚湯止沸，不如徹底檢查，找出病因加以治療，才是釜底抽薪、一勞永逸的辦法。

近義 抽薪止沸　一勞永逸

反義 揚湯止沸　抱薪救火

針鋒相對（ㄓㄣ ㄈㄥ ㄒㄧㄤ ㄉㄨㄟˋ）

針與針的尖端彼此相對。原比喻雙方言辭、意見相對而又互相投合。現多用以比喻彼此意見、論點銳利對峙，相互駁辯，不分高下。原作「針鋒相投」。

語源 宋釋道原景德傳燈錄二五天台山德韶國師：「夫一切問答如針鋒相投，無纖毫參差相，事無不通，理無不備。」

例句 他們兩個人的意見常常針鋒相對，互不相讓。

近義 脣槍舌劍　相持不下

反義 揖讓而升　所見略同

5

鉅細靡遺（ㄐㄩˋ ㄒㄧˋ ㄇㄧˇ ㄧˊ）

大小都不遺漏。形容非常仔細。靡，無。也作「巨細靡遺」。

語源 史記田儋列傳：「政無巨細，皆斷於相。」

例句 他辦事小心謹慎，鉅細靡遺，因此甚得上司的賞識。

近義 面面俱到

反義 掛一漏萬

鉗口結舌（ㄑㄧㄢˊ ㄎㄡˇ ㄐㄧㄝˊ ㄕㄜˊ）

口被鉗住，舌頭打結。形容閉口不敢發言。

語源 莊子田子方：「吾形解而不欲動，口鉗而不欲言。」鄧析子轉辭篇：「塞枉邪之路，蕩淫辭之端，臣下閉口，左右結舌。」漢王符潛夫論賢難：「此智士所以鉗口結舌，括囊共默而已者也。」

例句 在陳主席的強力主導下，黨內人人鉗口結舌，不敢對新的人事案發表任何意見。

近義 三緘其口　噤若寒蟬

反義 暢所欲言　直言不諱

鉛刀一割（ㄑㄧㄢ ㄉㄠ ㄧˋ ㄍㄜ）

比喻愚鈍無能，仍可發揮一點作用。鉛刀，鉛製的刀。質軟不鋒利。比喻無能之人。多用作

謙詞。

語源 漢賈誼弔屈原文：「莫邪為鈍兮，鉛刀為銛。」漢王粲從軍詩五首之四：「雖無鉛刀用，庶幾奮薄身。」後漢書班超傳：「況臣奉大漢之威，而無鉛刀一割之用乎？」

例句 我雖然駑鈍，但還能發揮鉛刀一割之用，請讓我加入團隊，一起奮鬥。

近義 犬馬之勞　才疏學淺

反義 寶刀未老

鉤心鬥角 ㄍㄡ ㄒㄧㄣ ㄉㄡˋ ㄐㄧㄠˇ　本形容宮室建築錯落有致。現多用來比喻明爭暗鬥，各懷心機。鉤心，指宮室互相鉤連。鬥角，指檐角相互交錯。

語源 唐杜牧阿房宮賦：「五步一樓，十步一閣，廊腰縵迴，簷牙高啄，各抱地勢，鉤心鬥角。」

例句 他倆為了爭寵，彼此鉤心鬥角，互相陷害，徒讓外人看笑話。

近義 明爭暗鬥　爾虞我詐

反義 開誠布公　推心置腹

鉤玄提要 ㄍㄡ ㄒㄩㄢˊ ㄊㄧˊ ㄧㄠˋ　探索深奧的義理，指出精要的旨趣。鉤，探索。玄，幽遠深奧。

語源 唐韓愈進學解：「紀事者必提其要，纂言者必鉤其玄。」明邵亨貞南村輟耕錄疏：「鉤玄提要，匪按圖索驥之空言。」

例句 他讀書時總能鉤玄提要，所以能提出許多精闢的見解。

近義 鉤深致遠　取精用弘

反義 淺嘗輒止　不求甚解

6

銀河倒瀉 ㄧㄣˊ ㄏㄜˊ ㄉㄠˋ ㄒㄧㄝˋ　比喻瀑布水流壯觀盛大，後也泛指雨勢盛大。銀河，夜空綿亙如長河的星群。這裡比喻瀑布之水。瀉，水傾流而下。

語源 唐李白廬山謠寄盧侍御虛舟：「金闕前開二峰長，銀河倒掛三石樑。」（宋本作「銀河倒瀉」）明馮夢龍警世通言卷一四：「果然是銀河倒瀉，滄海盆傾，好陣大雨！」

例句 橫跨美加的尼加拉瓜大瀑布如銀河倒瀉，壯麗無比，是舉世聞名的景觀。

近義 飛流直下　傾盆大雨

銀貨兩訖 ㄧㄣˊ ㄏㄨㄛˋ ㄌㄧㄤˇ ㄑㄧˋ　貨款和貨物兩者都交付完畢。指交易完成。訖，完畢。

例句 許多沒有道德的商店，在銀貨兩訖之後，便對售出的貨品不負任何責任。

銀鉤鐵畫 ㄧㄣˊ ㄍㄡ ㄊㄧㄝˇ ㄏㄨㄚˋ　參見「鐵畫銀鉤」。

銀樣鑞槍頭 ㄧㄣˊ ㄧㄤˋ ㄌㄚˋ ㄑㄧㄤ ㄊㄡˊ　外表像銀的，其實卻是錫鉛合金做的槍頭。比喻虛有其表，中看不中用。鑞，錫和鉛的合金。

語源 元王實甫西廂記第四本第二折：「你原來苗而不秀，呸！你是個銀樣鑞槍頭。」

例句 別以為他塊頭大就有力，其實是銀樣鑞槍頭，連一個沙包都提不動。

近義 虛有其表　中看不中用

反義 表裡如一　真材實料

銅筋鐵骨 ㄊㄨㄥˊ ㄐㄧㄣ ㄊㄧㄝˇ ㄍㄨˇ　形容身體非常健壯。也作「銅筋鐵肋」。

語源 元楊景賢西遊記第三本神佛降孫：「我盜了太上老君煉就金丹，九轉煉得銅筋鐵骨，火眼金睛。」明宋濂秦士錄：「弼環視四體嘆曰：『天生一具銅筋鐵肋，不使立勛萬里外，乃槁死三尺蒿下，命也，亦時也。』」

例句　棒球國手個個練就一副銅筋鐵骨的體格。
近義　虎背熊腰
反義　蒲柳之姿　弱不禁風

銅牆鐵壁（ㄊㄨㄥˊ ㄑㄧㄤˊ ㄊㄧㄝˇ ㄅㄧˋ）　比喻極其堅固，不可摧毀。
語源　元無名氏謝金吾詐拆清風府楔子：「孩兒此一去，隨他銅牆鐵壁，也不怕不拆倒了他的。」
例句　我們的國防如同銅牆鐵壁一般，百姓大可高枕無憂。
近義　固若金湯　金城湯池
反義　不堪一擊

銖兩悉稱（ㄓㄨ ㄌㄧㄤˇ ㄒㄧ ㄔㄥˋ）　連極輕微的地方都完全相等。比喻兩者輕重相等或優劣相當。銖兩，都是古代計量的小單位，二十四銖為一兩。比喻極輕微的量。悉，全；皆。稱，相等；相當。
語源　史記仲尼弟子列傳：「千鈞之重加銖兩而移。」明周暉金陵瑣事尚書異命：「去官三百餘員，銖兩悉稱，士林服之。」
辨析　稱，音ㄔㄥˋ，不讀ㄔㄥ。
例句　在我看來，這兩件作品是銖兩悉稱，很難分出高下。
近義　半斤八兩　伯仲之間
反義　天壤之別　判若雲泥

銖積寸累（ㄓㄨ ㄐㄧ ㄘㄨㄣˋ ㄌㄟˇ）　形容一點一滴地累積。也比喻得來不易，非常珍貴。銖，古代重量單位。為二十四分之一兩。比喻細微。
語源　後漢書列女傳：「一絲而累，以至于寸，累寸不已，遂成丈匹。」宋蘇軾東坡志林夢寐夢中作靴銘：「寒女之絲，銖積寸累。」
例句　這張拼布是奶奶在病床上忍著痛銖積寸累縫成的，特別具有意義。
近義　積少成多　集腋成裘

銘心刻骨（ㄇㄧㄥˊ ㄒㄧㄣ ㄎㄜˋ ㄍㄨˇ）　參見「刻骨銘心」。

銘感五內（ㄇㄧㄥˊ ㄍㄢˇ ㄨˇ ㄋㄟˋ）　深深地感動內心。多用以形容對別人的規勸、情誼、恩惠感念不忘。五內，五臟。比喻內心。
語源　古本平話小說人中畫自作孽：「蒙老師盛意，感銘五內，倘有寸進，自當犬馬圖報。」明佚名贈書記訂盟聞難：「小娘子高誼，自當銘刻五內，豈敢相忘?」
例句　您的大恩大德，我自當銘感五內，將來一定會設法報答您的。
近義　銘諸肺腑　刻骨銘心
反義　置諸腦後　無動於中

銘諸肺腑（ㄇㄧㄥˊ ㄓㄨ ㄈㄟˋ ㄈㄨˇ）　銘刻在心版上。形容牢牢地記在心上。多指對別人的規勸、情誼、恩惠感念不忘。肺腑，指內心。
語源　唐韋處厚答李德裕丹扆箴詔：「銘諸心腑，何啻藥石之功!」宋王偁東都事略富弼傳：「敢不置之枕席，銘諸肺腑，終老是戒。」
例句　承蒙您多次來信關心，隆情高誼，小弟當銘諸肺腑。
近義　銘心刻骨　沒齒不忘
反義　置諸腦後　無動於中

7

銳不可當（ㄖㄨㄟˋ ㄅㄨˋ ㄎㄜˇ ㄉㄤ）　形容氣勢威猛旺盛，不可抵擋。當，抵抗；阻擋。原作「鋒不可當」。
語源　史記淮陰侯列傳：「此乘勝而去國遠鬥，其鋒不可當。」宋史侍其曙傳：「契丹主曰：『其鋒銳不可當。』遂引眾去。」
例句　小象隊經過兩週集訓

後，本季比賽連戰皆捷，氣勢銳不可當。

近義 勢如破竹 所向披靡

反義 望風披靡 不堪一擊

銷售一空 ㄒㄧㄠ ㄕㄡˋ ㄧˋ ㄎㄨㄥ 全部賣完。

例句 那家西點名店的限量月餅禮盒一推出，馬上就銷售一空。

近義 供不應求 大發利市

反義 血本無歸

銷毀骨立 ㄒㄧㄠ ㄏㄨㄟˇ ㄍㄨˇ ㄌㄧˋ 參見「形銷骨立」。

銷聲匿跡 ㄒㄧㄠ ㄕㄥ ㄋㄧˋ ㄐㄧ 隱藏形體及蹤跡。也作「消聲匿跡」。

語源 藝文類聚卷三六引北周庾信五月披裘負薪畫贊：「禽巢欲遠，魚穴惟深，消聲滅迹，何必山林！」明張鉞何大復先生遺集序：「銷聲匿迹中自有不可磨滅者存。」

例句 經過警方的大力掃蕩，原本行徑囂張的飆車族近日已銷聲匿跡。

近義 偃旗息鼓 無影無蹤

反義 大搖大擺 四處張揚

鋃鐺入獄 ㄌㄤˊ ㄉㄤ ㄖㄨˋ ㄩˋ 戴著手銬腳鐐，被關入監獄。鋃鐺，拘鎖罪犯的鐵鍊。

語源 後漢書崔寔傳：「獻帝初，鈞與袁紹俱起兵山東，董卓以是收烈付郿獄，錮之，鋃鐺鐵鎖。」

例句 他惡事做盡，現在終於鋃鐺入獄了。

鋌而走險 ㄊㄧㄥˇ ㄦˊ ㄗㄡˇ ㄒㄧㄢˇ 快速地走向危險之地。形容被逼急而冒險行動或做出越軌的事。鋌，疾走的樣子。也作「挺而走險」。

語源 左傳文公十七年：「鋌而走險，急何能擇？」

例句 為了小孩龐大的醫藥費，他竟不惜鋌而走險搶劫銀行。

近義 行險僥倖 狗急跳牆

反義 安分守己

鋒芒畢露 ㄈㄥ ㄇㄤˊ ㄅㄧˋ ㄌㄨˋ 比喻人的銳氣和才華全都顯露出來。多指人好表現，不知收斂。

語源 後漢書袁紹傳：「會行人發露，瓚亦梟夷，故使鋒芒挫縮，厥圖不果。」

例句 他剛進公司便急於表現，鋒芒畢露，惹來不少異樣和敵視的眼光。

近義 露才揚己 飛揚跋扈

反義 大智若愚 韜光養晦

鋤強扶弱 ㄔㄨˊ ㄑㄧㄤˊ ㄈㄨˊ ㄖㄨㄛˋ 剷除強暴，扶助弱小。鋤，剷除；消滅。

語源 明凌濛初二刻拍案驚奇卷一二：「此等鋤強扶弱的事，不是我，誰人肯做？」

例句 臺灣傳奇人物廖添丁，在庶民百姓心中是個鋤強扶弱、劫富濟貧的英雄好漢。

近義 濟弱鋤強 行俠仗義

反義 恃強凌弱 欺善怕惡

鋤暴安良 ㄔㄨˊ ㄅㄠˋ ㄢ ㄌㄧㄤˊ 參見「除暴安良」。

鋪天蓋地 ㄆㄨ ㄊㄧㄢ ㄍㄞˋ ㄉㄧˋ 鋪滿了天空和大地。形容來勢兇猛或到處都是。

語源 宋范成大雪復大作六言四首（其一）：「遙想漫天匝地，近聽穿幔鳴窗。」清儒學案夏峰學案四書近指：「三代以下，皆是鄉愿學問，彌天蓋地。」

例句 這項新產品的廣告近日鋪天蓋地地出現在各大媒體，令人印象深刻。

近義 漫天匝地 來勢洶洶

反義 寥寥可數 寥寥無幾

鋪張揚厲 ㄆㄨ ㄓㄤ ㄧㄤˊ ㄌㄧˋ 原指文字鋪敘陳述，極力宣揚。後也指過分講究排場。

語源 唐韓愈潮州刺史謝上表：「作為歌詩，薦之郊廟，紀泰山之封，鏤白玉之牒，鋪張對天之閎休，揚厲無前之偉迹。」

例句 ①這份競選文宣對侯選人的吹捧，已到了鋪張揚厲的程度。②每到迎神賽會，各地廟宇無不鋪張揚厲，大肆慶祝。

近義 歌功頌德　好大喜功

反義 持平之論　樸實無華

8

錐處囊中 ㄓㄨㄟ ㄔㄨˇ ㄋㄤˊ ㄓㄨㄥ 錐子放在布囊中，尖端就會露出來。比喻賢能的人，定能嶄露頭角，不致被埋沒。

語源 史記平原君虞卿列傳：「夫賢士之處世也，譬若錐之處囊中，其末立見。」

例句 你沒被重用只是時機未到，不用氣餒。相信錐處囊中，將來必定有你一展雄才的機會。

近義 脫穎而出　嶄露頭角

反義 牛驥同皁

錙銖必較 ㄗ ㄓㄨ ㄅㄧˋ ㄐㄧㄠˋ 對很少的錢財或細微的事物都要計較。形容人吝嗇或氣量狹小。錙銖，二者均為古代極小的重量單位，六銖為一錙，四錙為一兩。較，計較。

語源 宋陳文蔚陳克齋集朱先生敘述：「先生造理精微，見於處事，權衡輕重，錙銖必較。」

例句 他對任何人都錙銖必較，所以連親友都漸漸不與他來往了。

近義 斤斤計較　掂斤播兩

錚錚鏦鏦 ㄓㄥ ㄓㄥ ㄘㄨㄥ ㄘㄨㄥ 形容金屬或玉器相互撞擊的聲音。

例句 打擊樂團演奏時，錚錚鏦鏦的聲音十分悅耳。

近義 鏗然有聲

錦上添花 ㄐㄧㄣˇ ㄕㄤˋ ㄊㄧㄢ ㄏㄨㄚ 在美麗的錦緞上又繡花。比喻美上加美或喜上加喜。

語源 宋黃庭堅了了庵頌：「又要涪翁作頌，且圖錦上添花。」涪翁，黃庭堅之號。

例句 現代社會中錦上添花的人多，但雪中送炭的人卻很少。

近義 美上加美

反義 雪上加霜　落阱下石

錦心繡口 ㄐㄧㄣˇ ㄒㄧㄣ ㄒㄧㄡˋ ㄎㄡˇ 形容文思精巧，辭藻富麗。

語源 唐柳宗元乞巧文：「駢四儷六，錦心繡口。」

例句 他的作品格局恢宏，篇篇錦心繡口，可說是一時之作。

近義 精金美玉　絕妙好辭

反義 驢鳴狗吠　味如嚼蠟

錦衣玉食 ㄐㄧㄣˇ ㄧ ㄩˋ ㄕˊ 華麗精美的衣食。形容生活奢華。

語源 魏書常景傳：「綺閣金門，可安其宅；錦衣玉食，可頤其形。」

例句 他從小就養尊處優，過慣了錦衣玉食的日子，突然間過部隊的生活，當然難以適應。

近義 食前方丈　炊金饌玉

反義 惡衣惡食　粗茶淡飯

錦繡山河 ㄐㄧㄣˇ ㄒㄧㄡˋ ㄕㄢ ㄏㄜˊ 高山和河流如同精美的絲織品。形容國土美好壯麗。錦繡，華麗精緻的絲織品。也形容事物美好。

語源 唐杜甫清明二首（其二）：「秦城樓閣煙花裡，漢主山河錦繡中。」

例句 半山腰上的道觀烏瓦紅柱，與眼前這片錦繡山河融成一體，畫面美不勝收。

近義 大好河山　江山如畫

錦囊妙計 ㄐㄧㄣˇ ㄋㄤˊ ㄇㄧㄠˋ ㄐㄧˋ　錦囊裡裝著神妙的計策。指能及時解救危難的好計策。

語源 清文康兒女英雄傳第二十六回：「他的那點聰明，本不在何玉鳳姑娘以下，況又受了公婆的許多錦囊妙計，此時轉比何玉鳳來的氣壯膽粗。」

例句 情報人員在偵察敵情時，往往靠著錦囊妙計，才使自己屢屢化險為夷。

近義 靈丹妙藥　囊中奇計

反義 束手無策　一籌莫展

錯失良機 ㄘㄨㄛˋ ㄕ ㄌㄧㄤˊ ㄐㄧ　錯過大好機會。

例句 張董事長強調臺灣科技業要把握這黃金十年，創新研發，提升實力，否則便會錯失良機。

近義 坐失良機　失之交臂

反義 當機立斷　見機行事

錯落有致 ㄘㄨㄛˋ ㄌㄨㄛˋ ㄧㄡˇ ㄓˋ　形容事物的布局參差不齊，饒富趣味。

例句 這張圖畫的色塊處理得錯落有致，使人有豐富的想像空間。

近義 亂中有序

反義 整齊劃一　井然有序

錯綜複雜 ㄘㄨㄛˋ ㄗㄨㄥ ㄈㄨˋ ㄗㄚˊ　形容事情繁雜糾葛，難以處理。錯綜，縱橫交錯。

語源 易經繫辭上：「參伍以變，錯綜其數。」明胡應麟詩藪古體上：「騷與賦句語無甚相遠，體裁則大不同：騷複雜無倫，賦整蔚有序。」

例句 這件事情錯綜複雜，待我好好理個明白再向你解釋。

近義 盤根錯節　縱橫交錯

反義 清清楚楚　井然有序

錯誤百出 ㄘㄨㄛˋ ㄨˋ ㄅㄞˇ ㄔㄨ　形容錯誤很多。

例句 她作答時因為緊張而錯誤百出，所以喪失了晉級決賽的資格。

近義 漏洞百出　一無是處

反義 無懈可擊　完美無瑕

9

鍥而不捨 ㄑㄧㄝˋ ㄦˊ ㄅㄨˋ ㄕㄜˇ　本指不停的雕刻。比喻有恆心、有毅力，能堅持不懈。鍥，雕刻。捨，原作「舍」。停止。

語源 荀子勸學：「鍥而舍之，朽木不折；鍥而不舍，金石可鏤。」

例句 經過鍥而不捨的復健，他原先車禍受傷的腿已恢復正常了。

近義 持之以恆　堅持到底

反義 半途而廢　一暴十寒

鍾靈毓秀 ㄓㄨㄥ ㄌㄧㄥˊ ㄩˋ ㄒㄧㄡˋ　天地靈氣聚集的地方，孕育出優秀的人才。鍾，凝聚。毓，孕育。

語源 宋張明中賀新郎：「卓犖歐陽子，是江山毓秀鍾靈，異才問世。」

例句 寶島臺灣風景美麗，人才輩出，是個鍾靈毓秀的好地方。

近義 地靈人傑　人才輩出

11

鎩羽而歸 ㄕㄚ ㄩˇ ㄦˊ ㄍㄨㄟ　羽翅殘落而回。比喻失意而垂頭喪氣地回來。鎩羽，鳥羽摧敗，不能奮飛。

語源 南朝宋鮑照拜侍郎上疏：「鎩羽暴鱗，復見翻躍。」清張集馨道咸宦海見聞錄：「乃癸巳春榜，又落孫山，鎩羽而歸，意興潦倒。」

例句 因為賽前練習不夠，所以這次籃球比賽我隊鎩羽而

歸。

近義 損兵折將　落荒而逃

反義 凱旋歸來　旗開得勝

鏗鏘有力（ㄎㄥ ㄑㄧㄤ ㄧㄡˇ ㄌㄧˋ） 形容聲音洪亮有力。鏗鏘，金石相擊的聲音。

語源 漢書張禹傳：「優人筦弦鏗鏘極樂，昏夜乃罷。」

例句 新市長發表當選感言，一字一句都鏗鏘有力，足見他對市政充滿信心。

近義 抑揚頓挫

反義 聲如細蚊

鏡花水月（ㄐㄧㄥˋ ㄏㄨㄚ ㄕㄨㄟˇ ㄩㄝˋ） 鏡中的花，水中的月。比喻虛幻不可捉摸的事物。

語源 宋黃庭堅沁園春：「鏡裡拈花，水中捉月，覷著無由得近伊。」清李汝珍鏡花緣第一回：「設或無緣，不能一見，豈非鏡花水月，終虛所望麼？」

例句 世間事如鏡花水月，終會歸於幻滅，因此更要把握當下，珍惜眼前的一切。

近義 夢幻泡影　海市蜃樓

鏤月裁雲（ㄌㄡˋ ㄩㄝˋ ㄘㄞˊ ㄩㄣˊ） 雕飾月亮，剪裁雲霞。比喻工藝技術或創作技巧出神入化。

語源 唐李義府堂堂詞二首（其一）：「鏤月為歌扇，裁雲作舞衣。」宋李覯和慎使君出城見梅花：「化工呈巧異尋常，鏤月裁雲費刃芒。」

例句 黃師父製作的工藝品每一件都非常精緻細膩，不愧是鏤月裁雲的能手。

近義 精雕細琢　模山範水

反義 粗製濫造

鏤冰雕朽（ㄌㄡˋ ㄅㄧㄥ ㄉㄧㄠ ㄒㄧㄡˇ） 雕琢冰塊跟朽木。比喻白費力氣，徒勞無功。

語源 漢桓寬鹽鐵論殊路：「故內無質而外學其文，雖有賢師良友，若畫脂鏤冰，費日損功。」論語公冶長：「朽木不可雕也；糞土之牆，不可杇也。」晉葛洪抱朴子論仙：「夫苦心約己以行無益之事，鏤冰雕朽，終無必成之功。」

例句 小胖根本無心學習，你花再多精力教他也是鏤冰雕朽，白費力氣。

近義 徒勞無功　炊沙作飯

反義 開花結果　功不唐捐

12

鐘鳴鼎食（ㄓㄨㄥ ㄇㄧㄥˊ ㄉㄧㄥˇ ㄕˊ） 家中人口眾多，所以開飯必須鳴鐘，菜餚列鼎裝盛。形容富貴之家豪奢的生活。

語源 漢書食貨志：「質氏以洗削而鼎食，張里以馬醫而擊鐘。」唐王勃滕王閣序：「閭閻撲地，鐘鳴鼎食之家；舸艦迷津，青雀黃龍之軸。」

例句 他出身優渥，從小就過慣鐘鳴鼎食的生活。

近義 列鼎而食　錦衣玉食

反義 簞食瓢飲　粗茶淡飯

13

鐵三角（ㄊㄧㄝˇ ㄙㄢ ㄐㄧㄠˇ） 比喻擁有深厚實力的三方，組合而成的堅強陣容。

例句 他們三人在公司分別擔任研發、製造和行銷的主管，是公司業績能夠穩定成長的鐵三角。

反義 烏合之眾

鐵公雞（ㄊㄧㄝˇ ㄍㄨㄥ ㄐㄧ） 暗指「一毛不拔」。比喻非常吝嗇或節儉的人。

例句 老李是出了名的鐵公雞，今天居然大方地請客，真是令人感到意外。

近義 一毛不拔　錙銖必較

反義 博施濟眾　慷慨解囊

鐵口直斷（ㄊㄧㄝˇ ㄎㄡˇ ㄓˊ ㄉㄨㄢˋ） 形容論斷很有把握或非常準確。斷，判定；斷言。

金

例句 算命師鐵口直斷，說她今年就會結婚。

近義 料事如神　斬釘截鐵

鐵石心腸（ㄊㄧㄝˇ ㄕˊ ㄒㄧㄣ ㄔㄤˊ） 像鐵和石一樣堅硬的心腸。形容人性格剛強，不易被感情所動。或譏諷人冷酷無情。也作「心如鐵石」或「木石心腸」。

語源 三國志魏書武帝紀裴松之注引魏武故事：「忠能勤事，心石鐵石，國之良吏也。」元戴善夫陶學士醉寫風光好第二折：「他多管是鐵石心腸，直恁的難親傍。」清洪楝園後南柯辭職：「雖木石心腸，亦為之動。」

例句 這部感人的電影，連鐵石心腸的他看了都想掉淚，可見拍得多成功！

近義 薄情寡義　冷若冰霜

反義 古道熱腸　心慈面軟

鐵杵磨針（ㄊㄧㄝˇ ㄔㄨˇ ㄇㄛˊ ㄓㄣ） 把鐵杵磨成針。比喻有毅力，肯下功夫。多用以勉勵人刻苦進取。杵，舂穀或搥衣用的棒棰。

語源 明陳仁錫潛確類書卷六○：「李白少讀書未成，棄去。道逢老嫗磨杵，白問其故，曰：『欲作針。』白感其言，遂卒業。」

例句 秉持鐵杵磨針的精神做事，一定能克服萬難而有所成就的。

近義 滴水穿石　有志竟成

反義 半途而廢　功虧一簣

鐵面無私（ㄊㄧㄝˇ ㄇㄧㄢˋ ㄨˊ ㄙ） 形容公正嚴明，不徇私情。

語源 紅樓夢第十六回：「都是鐵面無私的，不比偺們陽間瞻情顧意，有關礙處。」

例句 張法官辦案向來鐵面無私，因而受到民眾的讚揚。

近義 大公無私　公正嚴明

反義 徇私舞弊　徇情枉法

鐵案如山（ㄊㄧㄝˇ ㄢˋ ㄖㄨˊ ㄕㄢ） 證據確鑿的罪案，像山那樣無法推翻。

語源 明孟稱舜殘唐再創醉中天：「轆轆的似風車樣轉，道不的鐵案如山。」

例句 這起訴訟在最高法院定讞後已是鐵案如山，無法再上訴了。

近義 白紙黑字　罪證確鑿

反義 莫須有　屈打成招

鐵畫銀鉤（ㄊㄧㄝˇ ㄏㄨㄚˋ ㄧㄣˊ ㄍㄡ） 比喻書法字筆畫剛勁有力，曲折多姿。也作「銀鉤鐵畫」。

語源 唐歐陽詢用筆論：「徘徊俯仰，容與風流，剛則鐵畫，媚若銀鉤。」

例句 這位書法家此次展出的各體作品，分行布白疏密得宜，鐵畫銀鉤，美妙多姿，參觀者無不歎服。

近義 龍飛鳳舞

鐵樹開花（ㄊㄧㄝˇ ㄕㄨˋ ㄎㄞ ㄏㄨㄚ） 比喻事物非常罕見或極難實現。鐵樹，一指鐵做的樹；一指蘇鐵樹，常綠喬木，不常開花。

語源 宋釋惟白續傳燈錄鎮江府焦山或庵師體禪師：「鐵樹開花，雄雞生卵，七十二年，搖籃繩斷。」

例句 以他這種懶散的態度，期待他能成為公司的領導者，恐怕有如鐵樹開花。

近義 談何容易　難上加難

反義 司空見慣　唾手可得

14

鑄成大錯（ㄓㄨˋ ㄔㄥˊ ㄉㄚˋ ㄘㄨㄛˋ） 造成重大的錯誤。鑄，鑄造。

語源 資治通鑑唐昭宣帝天祐三年：「紹威悔之，謂人曰：『合六州四十三縣鐵，不能為此錯也！』」宋蘇軾贈錢道人：「不知幾州鐵，鑄此一大錯！」

例句 你這樣做完全是感情用事，勸你要趕快回頭，以免鑄成大錯。

鑑往知來 ㄐㄧㄢˋ ㄨㄤˇ ㄓ ㄌㄞˊ 審察過去的事情，可以推知未來情勢。鑑，明察；觀察。

例句 瞭解歷史可以鑑往知來，避免重蹈覆轍。

近義 察往知來 鑑古知今

鑑貌辨色 ㄐㄧㄢˋ ㄇㄠˋ ㄅㄧㄢˋ ㄙㄜˋ 觀察辨識他人的表情。指根據表情判斷他人的內心活動。

語源 宋釋普濟五燈會元卷八洪州清泉山守清禪師：「曰：『爭知某甲不肯？』師曰：『鑑貌辨色。』」

例句 生性率直的他不懂得鑑貌辨色，因此常常惹得別人火冒三丈。

近義 察言觀色

15

鑠石流金 ㄕㄨㄛˋ ㄕˊ ㄌㄧㄡˊ ㄐㄧㄣ 把金石都熔化了。形容天氣酷熱。鑠，通「爍」。熔化。流金，金屬熔化成液體。也作「流金鑠石」或「爍石流金」。

語源 楚辭招魂：「十日代出，流金鑠石些。」淮南子詮言：「大熱鑠石流金，火弗為益其烈。」水滸傳第二十六回：「炎炎火日當天，爍石流金之際，只得趕早涼而行。」

例句 地球氣候異常，像這種鑠石流金的大熱天，出現的頻率只會越來越高。

近義 火傘高張 焦金流石

反義 天寒地凍 冰天雪地

19

鑼鼓喧天 ㄌㄨㄛˊ ㄍㄨˇ ㄒㄩㄢ ㄊㄧㄢ 鑼鼓聲響徹天霄。多用來形容喜慶、歡樂的氣氛。喧天，聲響震天。

語源 元關漢卿尉遲恭單鞭奪槊第四折：「早來到北邙前面，猛聽的鑼鼓喧天。」

例句 當媽祖神轎起駕，展開一年一度的繞境活動時，廟前鑼鼓喧天，萬頭攢動，好不熱鬧。

近義 敲鑼打鼓

鑽天入地 ㄗㄨㄢ ㄊㄧㄢ ㄖㄨˋ ㄉㄧˋ 上天下地。形容神通廣大，無所不能。鑽，穿行；穿進。

語源 西遊記第三十二回：「他是個鑽天入地，斧砍火燒，下油鍋都不怕的好漢。」

例句 這次就算他有鑽天入地的本領，也難逃法律的制裁。

近義 通天徹地 通天本領

鑽牛角尖 ㄗㄨㄢ ㄋㄧㄡˊ ㄐㄧㄠˇ ㄐㄧㄢ 鑽入又硬又窄的牛角尖端中。比喻想法偏執，自尋苦惱。也比喻不識大體，只費力鑽研微小、不重要的事。

例句 讀書要從大處著眼，掌握要領，不要鑽牛角尖。

近義 走死胡同

反義 通情達理 豁然貫通

20

鑿壁偷光 ㄗㄠˊ ㄅㄧˋ ㄊㄡ ㄍㄨㄤ 參見「穿壁引光」。

長部

長久之計 ㄔㄤˊ ㄐㄧㄡˇ ㄓ ㄐㄧˋ 長遠穩當的計畫或打算。

語源 戰國策趙策：「豈非計久長，有子孫相繼為王也哉。」漢書元帝紀：「東垂被虐耗之害，關中有無聊之民，非長久之計。」

例句 靠打零工賺錢終非長久之計，阿三心想好歹還是找個穩定的工作吧！

近義 長算遠略 百年大計

反義 權宜之計

長生不老 ㄔㄤˊ ㄕㄥ ㄅㄨˋ ㄌㄠˇ 生命永存而不衰老。

語源 元馬致遠邯鄲道省悟黃

粱夢第一折：「出家人長生不老，煉藥修真，降龍伏虎，到大來悠哉也呵。」

例句 自古以來，人類就懷有長生不老的夢想，然而以今日的科學進展仍無法實現。

近義 長生久視

長吁短嘆 ㄔㄤˊ ㄒㄩ ㄉㄨㄢˇ ㄊㄢˋ 不停嘆息。形容心情煩悶、憂愁。吁，嘆息。

語源 唐白居易夜坐：「此情不語何人會？時復長吁一兩聲。」元王實甫西廂記第一本第二折：「睡不著如翻掌，少可有一萬聲長吁短嘆，五千遍搗枕搥床。」

例句 自從他失業之後，每天只會長吁短嘆，一點也不思振作。

近義 唉聲嘆氣 喟然興嘆

反義 笑逐顏開 喜上眉梢

長年累月 ㄔㄤˊ ㄋㄧㄢˊ ㄌㄟˇ ㄩㄝˋ 參見「積年累月」。

長此以往 ㄔㄤˊ ㄘˇ ㄧˇ ㄨㄤˇ 長久這樣下去。多指後果堪慮。

例句 臺灣農村人口不斷外移，田裡往往只見老人，長此以往，農業前景堪慮。

近義 日積月累 年復一年

長林豐草 ㄔㄤˊ ㄌㄧㄣˊ ㄈㄥ ㄘㄠˇ 幽深的樹林，茂盛的野草。指禽獸棲息的山林草野。也比喻隱居之地。

語源 三國魏嵇康與山巨源絕交書：「雖飾以金鑣，饗以嘉肴，逾思長林而志在豐草也。」清吳敬梓儒林外史第八回：「所以在風塵勞攘的時候，每懷長林豐草之思。」

例句 他自退休後，便隱居於此長林豐草之地，享受與世無爭的悠閒生活。

近義 離離蔚蔚 離群索居

反義 童山濯濯 不毛之地

長治久安 ㄔㄤˊ ㄓˋ ㄐㄧㄡˇ ㄢ 形容國家長期安定，百姓安寧。治，太平。

語源 漢書賈誼傳：「建久安之勢，成長治之業，以承祖廟。」

例句 政府研議中的募兵制太過草率，絕非長治久安之計，必須再審慎評估才行。

近義 河清海晏 天下太平

反義 兵馬倥傯 兵連禍結

長眠不起 ㄔㄤˊ ㄇㄧㄢˊ ㄅㄨˋ ㄑㄧˇ 指死亡。

語源 宋李昉太平廣記：「鄭友過一冢，駐馬而吟，久不得屬，冢中人續之曰：『下有百年人，長眠不知曉。』」

例句 王媽媽上個月因病長眠不起後，王老爹顯得更加落寞了。

近義 嗚呼哀哉 與世長辭

反義 長生不老 長視久生

長袖善舞 ㄔㄤˊ ㄒㄧㄡˋ ㄕㄢˋ ㄨˇ 袖子長，便容易舞出曼妙姿態。原比喻有所憑藉，事情便容易成功。後多用來比喻人善於交際。

語源 韓非子五蠹：「鄙諺曰：『長袖善舞，多錢善賈。』此言多資之易為工也。」

例句 他憑著長袖善舞的本領，才短短一年，便從小職員躍升為業務經理。

近義 八面玲瓏

反義 無米之炊

長途跋涉 ㄔㄤˊ ㄊㄨˊ ㄅㄚˊ ㄕㄜˋ 比喻長距離的辛苦奔走。跋，走山路。涉，徒步渡水。

語源 清錢彩說岳全傳第六十六回：「妾身身犯國法，理所當然，怎敢勞賢姐長途跋涉？」

例句 在科技發達的今日，以

往須長途跋涉的旅程已變得十分便利，且舒適又安全。

近義 翻山越嶺　千里迢迢

長話短說 ㄔㄤˊ ㄏㄨㄚˋ ㄉㄨㄢˇ ㄕㄨㄛ　簡要地說出重點。

語源 清西周生醒世姻緣傳第六回：「咱長話短說，真也罷，假也罷，你說實要多少銀？我買你的。」

例句 我的時間有限，你就長話短說吧，別囉哩囉嗦。

近義 言歸正傳　一言蔽之

反義 東拉西扯　喋喋不休

長歌當哭 ㄔㄤˊ ㄍㄜ ㄉㄤˋ ㄎㄨ　悲壯漫長的歌詠或詩文抵得上哭泣。指用歌詠、詩歌抒發內心悲憤的情緒。

語源 樂府詩集悲歌：「悲歌可以當泣，遠望可以當歸。」清黃宗羲南雷文案卷五亡兒阿壽壙志：「兒卒於乙未之除夕，長歌當哭，遂以哭兒者為之銘。」

例句 面對歷史的悲劇，詩人們往往長歌當哭，以洗鍊的文字道出人們心中的哀痛。

長篇大論 ㄔㄤˊ ㄆㄧㄢ ㄉㄚˋ ㄌㄨㄣˋ　指篇幅很長的詩文、書信或發言。

語源 紅樓夢第七十九回：「原稿在那裡？倒要細細的看看，長篇大論，不知說的是什麼？」

例句 寫文章不見得都要長篇大論，有時候簡潔雅緻的短文效果更大。

近義 連篇累牘　大塊文章

反義 短小精悍　鉤玄提要

長驅直入 ㄔㄤˊ ㄑㄩ ㄓˊ ㄖㄨˋ　指軍隊毫無阻礙地快速前進，深入敵境。也泛指未受任何限制，直接進入。長驅，不停地策馬快跑。直入，一直往前。也作「長驅徑入」。

語源 漢曹操勞徐晃令：「吾用兵三十餘年，及所聞古之善用兵者，未有長驅徑入敵圍者。」水滸全傳第一〇七回：「自此，盧俊義等無南顧之憂，兵馬長驅直入。」

例句 他腳下盤著球，接連閃過幾名防守的球員，長驅直入對方禁區，看得球迷拍手叫好。

近義 所向披靡　銳不可當

反義 節節敗退　潰不成軍

長安居大不易 ㄔㄤˊ ㄢ ㄐㄩ ㄉㄚˋ ㄅㄨˋ ㄧˋ　長安物價昂貴，生活非常不易。今指都市生活不易。

語源 宋尤袤全唐詩話白居易：「樂天未冠，以文謁顧況，況睹姓名，熟視曰：『長安米貴，居大不易。』」

例句 大臺北地區日常生活物價昂貴，貧苦百姓經常歎息道：「長安居大不易。」

長江後浪推前浪 ㄔㄤˊ ㄐㄧㄤ ㄏㄡˋ ㄌㄤˋ ㄊㄨㄟ ㄑㄧㄢˊ ㄌㄤˋ　長江之水一浪接一浪，不斷向前。比喻人事變遷，不斷有新的發展。推，也作「催」。

語源 宋劉斧青瑣高議孫氏記：「我聞古人之詩曰：『長江後浪催前浪，浮世新人換舊人。』」

例句 看她小小年紀便有如此傑出表現，不禁令人慨歎「長江後浪推前浪」！

近義 一代新人換舊人

反義 一代不如一代

長他人志氣，滅自己威風 ㄓㄤˇ ㄊㄚ ㄖㄣˊ ㄓˋ ㄑㄧˋ ㄇㄧㄝˋ ㄗˋ ㄐㄧˇ ㄨㄟ ㄈㄥ　助長對方的氣勢，減低、輕視自己的力量。

語源 水滸傳第二回：「你兩個閉了鳥嘴，長別人志氣，滅自己威風。」清張南莊何典第十回：「你只長他人志氣，滅

自己威風。」

例句　你別長他人志氣，滅自己威風，比賽還沒開打，怎麼可以說他們贏定了呢！

門部

門外漢 ㄇㄣˊ ㄨㄞˋ ㄏㄢˋ　指外行人。

語源　宋釋普濟五燈會元卷六天竺證悟法師：「(師)曰：『……若不到此田地，如何有這個消息？』庵曰：『是門外漢耳。』」

例句　我是個古典音樂的門外漢，你還是不要勉強我去聽今晚的演奏會吧！

近義　一竅不通

門戶之見 ㄇㄣˊ ㄏㄨˋ ㄓ ㄐㄧㄢˋ　拘泥於派別立場的看法。多指學術或藝術領域裡的派別成見。門戶，派別。見，成見。

語源　清惲敬明儒學案條辨序：「此則先生門戶之見也。」

例句　做學問不可拘於門戶之見，否則難以有成。

門可羅雀 ㄇㄣˊ ㄎㄜˇ ㄌㄨㄛˊ ㄑㄩㄝˋ　門前可張網捕捉鳥雀。形容門庭冷落，賓客稀少。羅，捕鳥的網子。此處作動詞，捕捉之意。

語源　舊題周鬻熊鬻子（藝文類聚卷一一）：「禹當朝廷，門可以羅雀。」（指大禹勤於朝政，顧不得回家，因而門庭冷落。）

例句　九二一地震之後，災區的觀光業一落千丈，商店旅館門可羅雀，異常冷清。

近義　門庭冷落

反義　門庭若市　戶限為穿

門生故吏 ㄇㄣˊ ㄕㄥ ㄍㄨˋ ㄌㄧˋ　學生和老部下。也泛指親信的黨徒。

語源　後漢書袁紹傳：「袁氏樹恩四世，門生故吏偏於天下。」

例句　他退休那天，門生故吏都來向他致意，一時冠蓋雲集。

門庭若市 ㄇㄣˊ ㄊㄧㄥˊ ㄖㄨㄛˋ ㄕˋ　門前和庭院好像市場一樣。形容來人眾多，非常熱鬧。多指家道興盛或生意興隆。庭，院子。市，市集；市場。

語源　戰國策齊策一：「令初下，群臣進諫，門庭若市。」

例句　這家餐飲店由於物美價廉，每天都是門庭若市，生意十分興隆。

近義　戶限為穿　絡繹不絕

反義　門可羅雀　門庭冷落

門衰祚薄 ㄇㄣˊ ㄕㄨㄞ ㄗㄨㄛˋ ㄅㄛˊ　家門衰落，福氣淺薄。祚，福運。

語源　晉李密陳情表：「門衰祚薄，晚有兒息。」

例句　李家兩代單傳，真是孤苦伶仃，門衰祚薄。

近義　家業凋零　家道中落

反義　瓜瓞綿綿　兒孫滿堂

門當戶對 ㄇㄣˊ ㄉㄤ ㄏㄨˋ ㄉㄨㄟˋ　指結親的雙方家庭背景、社會地位相當，適合匹配。當，相當。對，登對。

語源　唐敦煌變文集祇園因由記：「長者護勒彌答曰：『此則門當戶對。要馬百匹，黃金千兩。』」

例句　新郎是著名企業家的第二代，新娘則出身政治世家，這樁婚事可說是門當戶對。

近義　秦晉之好

反義　齊大非耦

門牆桃李 ㄇㄣˊ ㄑㄧㄤˊ ㄊㄠˊ ㄌㄧˇ　尊稱他人的弟子、學生。門牆，指師長之門。桃李，比喻優秀的學生。

語源　論語子張：「夫子之牆數仞，不得其門而入，不見宗

廟之美，百官之富。」韓詩外傳卷七：「夫春樹桃李，夏得陰其下，秋得食其實。」明歸有光與曹按察：「雉城朱進士曾負笈函丈，今魁秋榜，足為門墻桃李之光。」

例句 姚教授是名重一時的法學權威，而他的門牆桃李也大多成就非凡，一時傳為美談。

近義 芝蘭玉樹

2 **閃爍其詞** ㄕㄢˇ ㄕㄨㄛˋ ㄑㄧˊ ㄘˊ 形容說話吞吞吐吐，有所保留。

語源 清紀昀閱微草堂筆記姑妄聽之一：「甲夫婦雖堅不承，然詰銀所自，則云拾得；又詰婦縛傷，則云搔破。其詞閃爍，疑乙語未必誣也。」

例句 要他交代案發當天的行蹤，他總是閃爍其詞，似乎有所隱瞞。

近義 支吾其詞 含糊其辭

反義 直言不諱 開門見山

3 **閉門羹** ㄅㄧˋ ㄇㄣˊ ㄍㄥ 僅以羹招待客人而不與會面。引申為拒絕見面。羹，以肉和菜調和煮成的濃湯。

語源 宋王銍偽託後唐馮贄雲仙雜記迷香洞：「史鳳，宣城妓也。待客以等差。甚異者有迷香洞……下列不相見，以閉門羹待之。」

例句 他特地前往小明家賠罪，卻吃了閉門羹。

閉口不談 ㄅㄧˋ ㄎㄡˇ ㄅㄨˋ ㄊㄢˊ 閉上嘴巴不說話。多指有意迴避某些話題。

語源 漢桓寬鹽鐵論刺復：「是以曹丞相日飲醇酒，倪大夫閉口不言。」

例句 小張閉口不談當年參加歌唱大賽的往事，不知是為了什麼原因？

近義 三緘其口 隻字不提

反義 大放厥辭 知無不言

閉月羞花 ㄅㄧˋ ㄩㄝˋ ㄒㄧㄡ ㄏㄨㄚ 使月亮躲起來不敢出現，花兒也自覺羞慚。形容女子容貌美麗。

語源 三國魏曹植洛神賦：「仿佛兮若輕雲之閉月，飄搖兮若流風之回雪。」唐李白西施：「秀色掩今古，荷花羞玉顏。」元王子一劉晨阮肇誤入桃源第四折：「引動這撩雲撥雨心，想起那閉月羞花貌，撇的似繞朱門燕子尋巢。」

例句 她擁有閉月羞花的美貌，是許多男士追求的對象。

近義 沉魚落雁 國色天香

反義 貌似無鹽 其貌不揚

閉目塞聽 ㄅㄧˋ ㄇㄨˋ ㄙㄜˋ ㄊㄧㄥ 閉著眼睛不看，堵上耳朵不聽。形容對外界事物不聞不問或全不了解。原作「閉明塞聰」。

語源 漢王充論衡自紀：「養氣自守，適食則酒；閉明塞聰，愛精自保。」宋司馬光遺表：「設有人閉目塞耳，跣而急趨，前遇險阻，安有不顛躓者哉！」

例句 對於外界的紛紛擾擾，他一向採取閉目塞聽的態度，以求清靜。

近義 不聞不問 視若無睹

閉門卻掃 ㄅㄧˋ ㄇㄣˊ ㄑㄩㄝˋ ㄙㄠˇ 關閉大門，不再打掃。表示謝絕客人，不與外界往來。卻，止；退。

語源 漢應劭風俗通義十反：「蜀郡太守潁川劉勝季陵，去官在家，閉門卻掃，歲致敬郡縣，答問而已。」

例句 自從妻子過世後，張先生就閉門卻掃，連親戚們都鮮少往來。

近義 息交絕遊 杜門謝客

閉門思過 ㄅㄧˋ ㄇㄣˊ ㄙ ㄍㄨㄛˋ 獨自在家反省過錯。

語源 唐徐鉉酬喬亞元舍人長歌：「閉門思過謝來客，知恩省分寬離憂。」

例句 他為了自己的疏失而造成實驗失敗，這段時間都在閉門思過，你就別再苛責他了。

近義 反躬自省　面壁思過

閉門造車 ㄅㄧˋ ㄇㄣˊ ㄗㄠˋ ㄐㄩ 原指只要按照同一規格，關起門來製造的車子也能與道路上的車轍相合。現多比喻不顧客觀情況，只憑主觀辦事。

語源 祖堂集卷二〇五冠山瑞雲寺和尚：「今行與古跡相應，如似閉門造車，出門合轍耳。」

辨析 本則成語現多指人盲目行事，含有貶義。

例句 平日要開拓視野，多接觸新資訊，否則閉門造車，會跟不上時代的腳步。

閉關自守 ㄅㄧˋ ㄍㄨㄢ ㄗˋ ㄕㄡˇ 關閉關口，自我防衛。指不與別國交往。也比喻因循保守，不願接觸外界事物。關，設置在交通險要或邊境出入地的守衛處所。

語源 隋盧思道北齊興亡論：「三秦勍敵，閉關自守。」

例句 禁止學生出國比賽未免太過閉關自守，將失去觀摩比較的機會。

近義 深閉固拒

4

開天窗 ㄎㄞ ㄊㄧㄢ ㄔㄨㄤ 原指報紙的版面因稿件或圖片不足而留下空白。也比喻進行中的事務因接替不及而突然停頓。

例句 快趕拍進度吧！節目可不能開天窗呀。

開倒車 ㄎㄞ ㄉㄠˋ ㄔㄜ 比喻做法退步落伍，違反潮流。

例句 你這樣專斷獨行，根本是開民主倒車，會引起公憤的。

開場白 ㄎㄞ ㄔㄤˇ ㄅㄞˊ 戲劇在開演前說明故事大綱或背景的一段話。後泛指文章或講話開始之前的引言。

例句 他以一個小故事作為今天講演的開場白，頓時拉近了與聽眾的距離。

開山祖師 ㄎㄞ ㄕㄢ ㄗㄨˇ ㄕ 佛教指開闢山林、建立寺院的第一位高僧。後用指創始人。

語源 宋劉克莊後村全集卷一七四詩話前集：「歐公詩如昌黎，不當以詩論；本朝詩，惟宛陵為開山祖師。」

例句 在臺灣，他是原住民文學研究的開山祖師，成就非凡。

開天闢地 ㄎㄞ ㄊㄧㄢ ㄆㄧˋ ㄉㄧˋ 天地最初的開闢創造。引申指事物的開創或比喻前所未有。

語源 唐徐堅初學記卷一引尚書中候：「天地開闢，甲子冬至，日月若懸璧，五星若編珠。」清黃周星張靈崔瑩合傳：「此開天闢地第一吃緊事也。」

例句 小張兩年前結束臺灣的工廠，獨自到上海開天闢地，如今已小有成就。

近義 混沌初開　前所未有

開卷有益 ㄎㄞ ㄐㄩㄢˋ ㄧㄡˇ ㄧˋ 打開書冊就有好處。指讀書就有好處。多就知識性書籍而言。也作「開卷有得」。

語源 晉陶潛與子儼等疏：「少學琴書，偶愛閑靜，開卷有得，便欣然忘食。」宋王辟之澠水燕談錄卷六：「太宗日閱（太平）御覽三卷，因事有闕，暇日追補之，嘗曰：『開卷有益，朕不以為勞也。』」

例句 小明深知開卷有益的道

理，所以時常到圖書館閱覽中外書籍。

開宗明義 ㄎㄞ ㄗㄨㄥ ㄇㄧㄥˊ ㄧˋ 揭示宗旨，闡明要義。泛稱行文或發言時先說明要點。

語源 孝經開宗明義北宋邢昺正義：「開，張也；宗，本也；明，顯也；義，理也。言此章開張一經之宗本，顯明五孝之義理，故曰開宗明義章。」梁啟超新民說論進步：「若此者，皆今日教育事業開宗明義第一章，而將來為一國教育之源泉者也。」

例句 為什麼要開這個新課程呢？開宗明義地說，就是要加強各位的語文能力。

近義 開門見山　單刀直入

反義 拐彎抹角　隱晦曲折

開物成務 ㄎㄞ ㄨˋ ㄔㄥˊ ㄨˋ 開發、通曉事物的道理，以成就各種有益的事業。開，通曉。成，成就。務，事務；事業。

語源 易經繫辭上：「夫易開物成務，冒天下之道，如斯而已者也。」

例句 陳董事長在新書中暢談他創業的理念與歷程，所言皆平實穩健，足以開物成務。

開花結果 ㄎㄞ ㄏㄨㄚ ㄐㄧㄝˊ ㄍㄨㄛˇ 指植物從花開到結果的過程。也比喻事情圓滿進行，有了成果。

語源 宋釋惟白續傳燈錄卷三〇：「無影樹栽人不見，開華結果自馨香。」

例句 經過多年的努力，這項復育臺灣黑熊的計畫終於開花結果，讓工作人員倍感欣慰。

近義 大功造成　功德圓滿

反義 秀而不實　勞而無功

開門見山 ㄎㄞ ㄇㄣˊ ㄐㄧㄢˋ ㄕㄢ 比喻說話或寫文章一開始就直入主題，明白表示。

語源 宋嚴羽滄浪詩話詩評：「太白發句，謂之開門見山。」

例句 都是老朋友了，有事您就開門見山地說吧！別再拐彎抹角了。

近義 直截了當　單刀直入

反義 拐彎抹角　隱晦曲折

開門揖盜 ㄎㄞ ㄇㄣˊ ㄧ ㄉㄠˋ 開門請強盜進來。比喻引進壞人，自取災禍。揖，作揖；拱手行禮。指迎接。

語源 三國志吳書孫權傳：「況今姦宄競逐，豺狼滿道，乃欲哀親戚，顧禮制，是猶開門而揖盜，未可以為仁也。」

例句 你雇用一個有竊盜前科的人看守金庫，無異開門揖盜，將來一定會後悔莫及。

近義 引狼入室　姑息養奸

開源節流 ㄎㄞ ㄩㄢˊ ㄐㄧㄝˊ ㄌㄧㄡˊ 開闢財源，節省開支。

語源 荀子富國：「故明主必謹養其和，節其流，開其源，而時斟酌焉。」

例句 想要使經濟情況好轉，應該設法開源節流，而不是光說不練。

近義 強本節用　量入為出

反義 鋪張浪費　坐吃山空

開誠布公 ㄎㄞ ㄔㄥˊ ㄅㄨˋ ㄍㄨㄥ 誠懇待人，坦白無私。

語源 三國志蜀書諸葛亮傳：「諸葛亮之為相國也，撫百姓，示儀軌，約官職，從權制，開誠心，布公道。」宋魏了翁畫一榜喻將士：「今與將士，開誠布公，共圖協濟。」

例句 他做事一向開誠布公，因此甚得屬下的信賴。

近義 肝膽相照　推心置腹

反義 明爭暗鬥　爾虞我詐

開路先鋒 ㄎㄞ ㄌㄨˋ ㄒㄧㄢ ㄈㄥ 原指行軍作戰時的先遣將士。後

泛指前導或先遣人員。

語源　清張南莊何典第十回：「閻王便即點起陰兵，教活死人掛了騎縫印，做大元帥，冒失鬼為開路先鋒。」

例句　王先生擁有二十多年的登山經驗，由他擔任開路先鋒，我們大可放心。

近義　馬前卒

開懷暢飲　ㄎㄞ ㄏㄨㄞˊ ㄔㄤˋ ㄧㄣˇ　放開胸懷，盡情地喝。

語源　宋鐵筆翁慶長春壽戴一軒：「有酒如澠，便開懷痛飲，我歌君拍。」元佚名閥閱舞射柳捶丸第四折：「令人安排酒肴，與眾大人每玩賞端陽，開懷暢飲。」

例句　得了糖尿病之後，老王遵從醫生的囑咐，參加應酬再也不敢開懷暢飲了。

開大門，走大路　ㄎㄞ ㄉㄚˋ ㄇㄣˊ ㄗㄡˇ ㄉㄚˋ ㄌㄨˋ　比喻做事光明正大，公正公開。

例句　輿論強烈要求兩大政黨在國會議定法案，要開大門，走大路，不要搞密室協商。

近義　光明正大　行不由徑

反義　旁門左道

閒言閒語　ㄒㄧㄢˊ ㄧㄢˊ ㄒㄧㄢˊ ㄩˇ　指在背後議論別人是非，或在背後議論別人是非的話。

語源　宋釋語明聯燈會要舒州投子大同禪師：「我老兒氣力稍劣，口吻遲鈍，亦無閑言長語到汝。」明許自昌水滸記邂逅：「我好意借杯茶你吃，你到有這許多閒言閒語，我那裏睬你！」

例句　小唐行事一向光明磊落，問心無愧，從不理會外界的閒言閒語。

近義　冷嘲熱諷　蜚短流長

閒情逸致　ㄒㄧㄢˊ ㄑㄧㄥˊ ㄧˋ ㄓˋ　悠閒的心情，脫俗的興致。

語源　清但明倫聊齋誌異道士評：「道士何為閒情逸致而作此劇？」

例句　碰上這樣倒楣的事，誰還有閒情逸致出去玩呢？

閒雲野鶴　ㄒㄧㄢˊ ㄩㄣˊ ㄧㄝˇ ㄏㄜˋ　閒逸的浮雲，山野的孤鶴。①比喻來去自如、無所羈絆的人。②指隱居閒適的生活。也作「閒雲孤鶴」。

語源　全唐詩話記載：五代有個和尚釋貫休送詩給吳越王錢鏐，詩中有句「一劍霜寒十四州」，錢鏐表示，要他把「十四州」改成「四十州」，才要接見他。貫休說：「州亦難添，詩亦難改。然閑雲孤鶴，何天而不可飛？」於是入蜀。

例句　①他瀟灑脫俗，從不為名利所惑，是閒雲野鶴般的人物。②都市裡的人每天過著忙碌緊張的日子，心裡卻常常嚮往到鄉村過閒雲野鶴的生活。

近義　巖穴之士　無牽無掛

反義　籠鳥檻猿

閒話家常　ㄒㄧㄢˊ ㄏㄨㄚˋ ㄐㄧㄚ ㄔㄤˊ　隨意聊些日常生活中的瑣事。

語源　唐周賀贈胡僧：「閒話似持咒，不眠同坐禪。」唐敦煌變文集燕子賦：「卒客無卒主人，蹔坐撩治家常。」

例句　母親經常與左鄰右舍閒話家常，因此街坊間的消息她都略知一二。

閒雜人等　ㄒㄧㄢˊ ㄗㄚˊ ㄖㄣˊ ㄉㄥˇ　指在某種場合中毫無關係的人。

語源　明諸聖鄰大唐秦王詞話十三：「齊王分付把門官校，一應閑雜人等，不許放進。」

例句　這家俱樂部採會員制，管制森嚴，不是閒雜人等進得去的。

間不容髮 ㄐㄧㄢˋ ㄅㄨˋ ㄖㄨㄥˊ ㄈㄚˇ 間隔極微，容不下一根髮絲。比喻事態萬分危急。間，空隙。

語源 漢枚乘奏吳王書：「繫絕於天，不可復結；墜入深淵，難以復出。其出不出，間不容髮。」

辨析 間，音ㄐㄧㄢˋ，不讀ㄐㄧㄢ。

例句 在間不容髮之際，警察及時趕到，救了他一命。

近義 千鈞一髮 迫在眉睫

6

閨中密友 ㄍㄨㄟ ㄓㄨㄥ ㄇㄧˋ ㄧㄡˇ 女子的親密好友。閨，閨房；女子所居的內室。

語源 清韓邦慶海上花列傳第二十九回：「那秀英年方十九，是二寶閨中密友，無所不談。」

例句 阿珍與阿花是無話不談的閨中密友，你想追阿花，可得先討好阿珍喔！

7

閱人多矣 ㄩㄝˋ ㄖㄣˊ ㄉㄨㄛ ㄧˇ 見過及交往過的人很多。形容閱歷豐富。

語源 唐杜光庭虬髯客：「妾侍楊司空久，閱天下之人多矣，未有如公者。」

例句 陳董縱橫商場三十多年，閱人多矣，這點小問題根本難不倒他。

近義 曾經滄海 見多識廣

反義 少不更事 涉世未深

8

闇然媚世 ㄧㄢˇ ㄖㄢˊ ㄇㄟˋ ㄕˋ 隱藏自己的心意來取悅世人。闇然，掩藏的樣子。媚，逢迎取悅。

語源 孟子盡心下：「闇然媚於世也者，是鄉原也。」

例句 他這種闇然媚世的處事態度，雖然不易得罪人，卻也容易失去自己的原則。

近義 曲意逢迎 苟合取容

11

關山迢遞 ㄍㄨㄢ ㄕㄢ ㄊㄧㄠˊ ㄉㄧˋ 關隘山嶺重重阻隔，路途遙遠。

語源 唐李郢送人之嶺南：「關山迢遞古交州，歲晏憐君走馬游。」

例句 唐朝的韓愈曾被貶到關山迢遞的嶺南，在那裡寫下許多傳世不朽的文章。

近義 山遙路遠 千里迢迢

反義 近在咫尺 一箭之地

關門大吉 ㄍㄨㄢ ㄇㄣˊ ㄉㄚˋ ㄐㄧˊ 指商店或企業倒閉。含有譏笑之意。

例句 這間小吃店的老闆手藝不精，服務態度又差，開張沒多久便關門大吉了。

關門打狗 ㄍㄨㄢ ㄇㄣˊ ㄉㄚˇ ㄍㄡˇ 關起門來打狗。比喻將對手限制在自己控制的範圍內，加以徹底打擊。

例句 中國海軍宣稱，未來如果發生軍事衝突，美國航母艦隊膽敢進到中國內海，他們絕對有能力關門打狗。

近義 甕中捉鱉 探囊取物

反義 放虎歸山 鞭長莫及

關公面前耍大刀 ㄍㄨㄢ ㄍㄨㄥ ㄇㄧㄢˋ ㄑㄧㄢˊ ㄕㄨㄚˇ ㄉㄚˋ ㄉㄠ 歇後語。比喻自不量力。關公，即關羽，三國蜀漢名將，後世封他為武聖關公。三國演義記述關羽使一把大刀，叫青龍偃月刀，重八十二斤，無人能敵。在他面前耍弄大刀，簡直自不量力。

例句 憑你這一點本事，也敢在關公面前耍大刀，不怕讓人笑話？

近義 自不量力 班門弄斧

阜部

4

阮囊羞澀 ㄖㄨㄢˇ ㄋㄤˊ ㄒㄧㄡ ㄙㄜˋ 比喻經濟困難，錢財很少。阮，指晉人阮孚。囊，錢袋。羞澀，

難為情。

語源 宋呂祖謙詩律武庫後集儉約門一錢看囊記載：晉人阮孚性喜自由，獨自在山野中生活，又喜歡喝酒。時常挑著一隻黑色袋子上會稽，有人問他袋子裡裝什麼東西？阮孚說：「俱無物，但一錢看囊，庶免羞澀爾。」意思是說其實沒什麼，只有一枚銅錢看著袋子，免得太難為情。清王韜淞濱瑣話金玉蟾：「兩月餘，阮囊羞澀，垂橐興嗟。」

例句 這陣子他阮囊羞澀，因此連這一點小錢都捨不得花，你可別笑他。

近義 囊空如洗　身無分文

反義 腰纏萬貫　家累千金

防不勝防 ㄈㄤˊ ㄅㄨˋ ㄕㄥ ㄈㄤˊ 防備再多，也會疏失。形容需防備的地方太多或狀況不明，難以提防。防，提防；防備。勝，盡。

語源 清吳趼人二十年目睹之怪現狀第四十七回：「這種小人，真是防不勝防。」

例句 年節期間迪化街的人潮擁擠，扒手乘機行竊，令民眾防不勝防。

近義 措手不及　猝不及防

反義 應付自如

防患未然 ㄈㄤˊ ㄏㄨㄢˋ ㄨㄟˋ ㄖㄢˊ 事情未發生前就採取預防的措施。

語源 易經既濟：「君子以思患而豫防之。」漢書外戚傳孝成趙皇后：「事不當時固，防禍於未然。」

例句 這場大火是人為疏失造成的，若能防患未然，必能避免不必要的損失。

近義 曲突徙薪　未雨綢繆

反義 江心補漏　臨渴掘井

防微杜漸 ㄈㄤˊ ㄨㄟˊ ㄉㄨˋ ㄐㄧㄢ 在錯誤或不良現象剛露出細微徵兆時就加以防制，不使其蔓延。微，細微。指事物的開端。杜，堵塞。漸，蔓延；發展。原作「杜漸防萌」。

語源 後漢書桓榮丁鴻列傳：「若敕政責躬，杜漸防萌，則凶妖銷滅，害除福湊矣。」宋書吳喜傳：「且欲防微杜漸，憂在未萌。」

例句 青少年沉迷網咖、徹夜不歸的報導偶有所聞，若不趕快採取防微杜漸的措施，恐怕這種現象會越來越嚴重。

近義 防患未然　弭患無形

反義 養癰遺患

防民之口，甚於防川 ㄈㄤˊ ㄇㄧㄣˊ ㄓ ㄎㄡˇ ㄕㄣˋ ㄩˊ ㄈㄤˊ ㄔㄨㄢ 禁止人民的言論，比堵住氾濫的河川更難。比喻民意不可輕忽。

語源 國語周語上：「防民之口，甚於防川。川壅而潰，傷人必多。」

例句 防民之口，甚於防川。政府施政的缺失若是一味禁止人民批評，勢將遭到人民的唾棄。

近義 水能載舟，亦能覆舟

反義 從善如流　廣開言路

5

阿諛奉承 ㄜ ㄩˊ ㄈㄥˋ ㄔㄥˊ 迎合討好。

語源 明東魯古狂生醉醒石第八回：「他卻小器易盈，況且是個小人，在人前不過一味阿諛奉承。」

例句 阿光在公司裡最會阿諛奉承上司，所以同事都在背後叫他馬屁光。

近義 曲意逢迎　苟合取容　承歡獻媚

反義 剛正不阿

附庸風雅 ㄈㄨˋ ㄩㄥ ㄈㄥ ㄧㄚˇ　庸俗的人攀附文人雅事以求取名聲。附庸，附屬；依附。風雅，本指詩經之國風、大雅、小雅。後泛指文雅之事。

語源　清李伯元官場現形記第四十二回回目：「歡喜便宜暗中上當，附庸風雅忙裡偷閒。」

例句　他來參加書法班並不是為了附庸風雅，只是想藉機接近陳小姐而已。

附贅懸疣 ㄈㄨˋ ㄓㄨㄟˋ ㄒㄩㄢˊ ㄧㄡˊ　長在皮膚上的贅肉及腫瘤。比喻多餘而無用之物。

語源　莊子大宗師：「彼以生為附贅懸疣。」

例句　她常藉「血拼」來發洩情緒，買了一大堆附贅懸疣的物品，真是浪費。

近義　餘食贅行

6

降志辱身 ㄐㄧㄤˋ ㄓˋ ㄖㄨˇ ㄕㄣ　壓抑自己的志向，降低自己的身分。比喻委曲求全，混跡於世。

語源　論語微子：「不降其志，不辱其身，伯夷叔齊與？」

例句　以他好強的個性，要他降志辱身去接受這份卑賤的工作，恐怕比登天還難。

近義　委曲求全　卑躬屈膝

反義　寧死不屈

降格以求 ㄐㄧㄤˋ ㄍㄜˊ ㄧˇ ㄑㄧㄡˊ　指降低標準去尋找或要求。格，規格；標準。

語源　唐皎然詩式：「假使曹劉降格來作律詩，二子並驅，未知孰勝？」

例句　這套家具有一點瑕疵，只有降格以求，認賠售出了。

近義　棄瑕錄用

反義　寧缺勿濫　求全責備

降龍伏虎 ㄒㄧㄤˊ ㄌㄨㄥˊ ㄈㄨˊ ㄏㄨˇ　比喻本領極大，能克服艱鉅的困難。

語源　元馬致遠邯鄲到省悟黃粱夢第一折：「出家人長生不老，煉藥修真，降龍伏虎，到大來悠哉也呵。」

例句　既然他有降龍伏虎的本領，就應當出來為社會做些有意義的事，而不該整天逞兇鬥狠，糟蹋本領。

近義　神通廣大　移星換斗

7

除惡務盡 ㄔㄨˊ ㄜˋ ㄨˋ ㄐㄧㄣˋ　清除壞人、壞事，一定要徹底、乾淨。

語源　尚書泰誓下：「樹德務滋，除惡務本。」

例句　若想要戒菸，一定要有除惡務盡的決心，只要稍有姑息，絕對戒不掉。

近義　斬草除根　趕盡殺絕

反義　姑息養奸　養癰遺患

除暴安良 ㄔㄨˊ ㄅㄠˋ ㄢ ㄌㄧㄤˊ　除去殘暴，安撫善良。

語源　舊五代史梁書王師範傳：「師範雅好儒術，少負縱橫之學，故安民禁暴，各有方略。」清李汝珍鏡花緣第六十回：「俺聞劍客行為莫不至公無私，倘心存偏袒，未有不遭惡報；至除暴安良，尤為切要。」

例句　除暴安良是每個警察責無旁貸的責任。

近義　鋤強扶弱　為民除害

反義　仗勢欺人　欺善怕惡

除舊布新 ㄔㄨˊ ㄐㄧㄡˋ ㄅㄨˋ ㄒㄧㄣ　清除舊事物，布置新事物。也表示革新，展現新氣象。

語源　左傳昭公十七年：「彗所以除舊布新也。」彗，掃帚。此指彗星。古人以為天象出現彗星，是要掃除舊事物。

例句　新的學期開始，校長在校務會議上展現除舊布新的決心，推動一系列的改革措施。

近義 革故鼎新　推陳出新
反義 因循守舊

8

陰晴不定 ㄧㄣ ㄑㄧㄥˊ ㄅㄨˋ ㄉㄧㄥˋ　①指氣候多變，時而下雨，時而放晴。②比喻人喜怒無常。
語源 水滸傳第三十一回：「我這兩日正待要起身去，因見天氣陰晴不定，未曾起程。」
例句 ①早春的天氣陰晴不定，出門最好帶把傘。②蓉兒最近性情大變，總是陰晴不定，不知受了什麼刺激？
近義 變幻莫測
反義 風和日麗

陰陽怪氣 ㄧㄣ ㄧㄤˊ ㄍㄨㄞˋ ㄑㄧˋ　形容人古怪的樣子。
語源 清韓邦慶海上花列傳第五十六回：「為啥故歇幾個人才有點陰陽怪氣！」
例句 這個角色內心戲複雜且陰陽怪氣，是他從影以來最大的挑戰。
近義 怪裡怪氣

陰謀詭計 ㄧㄣ ㄇㄡˊ ㄍㄨㄟˇ ㄐㄧˋ　暗中策劃的、狡詐的計謀。陰，暗中。詭，狡詐。
語源 明王守仁傳習錄卷上：「所以要知得許多陰謀詭計，純是一片功利的心。」
例句 他企圖掏空公司資產的陰謀詭計，已經被人察覺而未能得逞。
近義 心懷叵測　心懷不軌
反義 光明正大　光明磊落

陰錯陽差 ㄧㄣ ㄘㄨㄛˋ ㄧㄤˊ ㄔㄚ　比喻由於偶然因素而造成差錯或引起誤會。
語源 明阮大鋮燕子箋轟報：「攤開紙條，把解狀元怎陰錯陽差報。」
例句 這次會議本是要談兩家公司的合作，誰知陰錯陽差，最後竟變成我們公司要被他們併購了。
近義 忙中有錯

陰溝裡翻船 ㄧㄣ ㄍㄡ ㄌㄧˇ ㄈㄢ ㄔㄨㄢˊ　排水溝裡無風無浪，竟然翻船。比喻不可能失敗的事卻失敗了，或不該出錯的地方卻出錯。有倒楣或出乎意料之意。陰溝，地下的排水溝。本或作「陽溝」，即露天的排水溝。
語源 西遊記第七十三回：「大海洪波無恐懼，陽溝之內卻遭風。」
例句 他本以為這次鎮長選舉十拿九穩，不料卻陰溝裡翻船，栽在一個初出茅廬的新人手上。
近義 馬失前蹄
反義 十拿九穩　萬無一失

陳陳相因 ㄔㄣˊ ㄔㄣˊ ㄒㄧㄤ ㄧㄣ　本指倉庫中的糧食逐年累積，舊糧之上又堆舊糧，後比喻只知遵循舊有的規則，不能改進創新。陳，舊的。因，累積；沿襲。
語源 史記平準書：「太倉之粟陳陳相因，充溢露積於外，至腐敗不可食。」
例句 有些法令經過幾十年，早已不合時宜，如果仍舊陳陳相因，不加以改革，國家如何進步？
近義 一成不變　因循守舊
反義 推陳出新　革故鼎新

陳腔濫調 ㄔㄣˊ ㄑㄧㄤ ㄌㄢˋ ㄉㄧㄠˋ　陳腐而無新意的論調。
例句 開會時要提出新見解，不要盡說些陳腔濫調，浪費大家的時間。
近義 老生常談　迂闊之論
反義 至理名言　真知灼見

陳義過高 ㄔㄣˊ ㄧˋ ㄍㄨㄛˋ ㄍㄠ　指主張太過理想。陳義，陳述的道理。
例句 安貧樂道的主張陳義過

高，並不是每個人都能做得到的。

近義 高談闊論 不切實際

反義 就事論事 實事求是

陶然自得 ㄊㄠˊ ㄖㄢˊ ㄗˋ ㄉㄜˊ 自己感到快意。陶然，陶醉的樣子。

語源 宋蘇軾楊繪知徐州：「坐廢十年，陶然自得。」

例句 已退休的楊老師坐在搖椅上，愜意地看著報紙，在淡淡的陽光照耀下，一副陶然自得的模樣。

近義 悠閒自在 怡然自得

陷入絕境 ㄒㄧㄢˋ ㄖㄨˋ ㄐㄩㄝˊ ㄐㄧㄥˋ 落入困窮險惡的境地。

例句 無情的地震摧毀家園，奪走家人的性命，使這對小兄妹的生活頓時陷入絕境。

近義 走投無路 窮途末路

反義 吉星高照 鴻運當頭

9

陽奉陰違 ㄧㄤˊ ㄈㄥˋ ㄧㄣ ㄨㄟˊ 表面遵從，暗中違背。

語源 明范景文革大戶行召募疏：「如有日與胥徒比而陽奉陰違、名去實存者，斷以白簡隨其後。」

例句 他做事一向陽奉陰違，裝出一副唯唯諾諾的樣子，千萬不要被他騙了。

近義 口是心非 面譽背毀

反義 言行一致 表裡如一

陽春白雪 ㄧㄤˊ ㄔㄨㄣ ㄅㄞˊ ㄒㄩㄝˇ 原指春秋時楚國二種藝術性較高、難度較大的歌曲，與「下里巴人」相對。後泛指高深而不通俗的文學藝術作品。

語源 戰國楚宋玉對楚王問：「客有歌于郢中者，其始曰下里、巴人，國中屬而和者數千人……其為陽春、白雪，國中屬而和者、不過數十人。」明陳汝元金蓮記彈絲：「那些個陽春白雪調偏高，賦寫甄神醉裡邀。」

例句 一場成功的音樂會，既要有下里巴人的通俗樂曲，也要有陽春白雪般的典雅樂章，才能雅俗共賞，皆大歡喜。

近義 曲高和寡

反義 下里巴人 雅俗共賞

階下囚 ㄐㄧㄝ ㄒㄧㄚˋ ㄑㄧㄡˊ 指在公堂受審或在押的囚犯。

語源 三國演義第十九回：「布告玄德曰：『公為坐上客，布為階下囚，何不發一言而相寬乎？』」

例句 他昔日一手遮天，做盡壞事，如今終於淪為階下囚，受到應有的法律制裁。

近義 身陷囹圄 披枷戴鎖

反義 亡命之徒

10

隔岸觀火 ㄍㄜˊ ㄢˋ ㄍㄨㄢ ㄏㄨㄛˇ 隔著河水觀看對岸火災。比喻置身事外，採取旁觀的態度。

語源 梁啟超飲冰室文集卷五呵旁觀者文：「旁觀者，如立於東岸，觀西岸之火災，而望其紅光以為樂。」

例句 那是他們兩人之間的爭執，我們隔岸觀火就好，以免遭受波及。

近義 袖手旁觀 坐視不救

反義 見義勇為 拔刀相助

隔靴搔癢 ㄍㄜˊ ㄒㄩㄝ ㄙㄠ ㄧㄤˇ 隔著鞋子抓癢。比喻不得要領，起不了作用。

語源 宋釋道原景德傳燈錄卷二二福州康山契穩法寶大師：「僧曰：『恁麼即識性無根去也？』師曰：『隔靴搔癢。』」

例句 他的答覆雖然長篇大論，卻如同隔靴搔癢，不得要領。

近義 不得要領

反義 一針見血 正中下懷

隔牆有耳 ㄍㄜˊ ㄑㄧㄤˊ ㄧㄡˇ ㄦˇ　用以警惕說話的人要謹慎小心，以防被人偷聽。

語源　管子君臣下：「古者有二言：牆有耳，伏寇在側。牆有耳者，微謀外泄之謂也。」水滸傳第十五回：「常言道：『隔牆須有耳，牕外豈無人？』」

例句　噓！隔牆有耳，此地非講話之處，我們到別處說吧！

隔山觀虎鬥 ㄍㄜˊ ㄕㄢ ㄍㄨㄢ ㄏㄨˇ ㄉㄡˋ　參見「坐山觀虎鬥」。

隔行如隔山 ㄍㄜˊ ㄏㄤˊ ㄖㄨˊ ㄍㄜˊ ㄕㄢ　比喻精於某種行業或專業的人，無法了解其他行業或專業的詳情。

例句　他雖然是知名的經濟學者，但隔行如隔山，對於物理學則顯然所知有限。

13

隨心所欲 ㄙㄨㄟˊ ㄒㄧㄣ ㄙㄨㄛˇ ㄩˋ　隨順自己的心意去做。原指言行都合於道理，不會犯錯。後多用來指想怎麼做就怎麼做。也作「從心所欲」。

語源　論語為政：「七十而從心所欲，不逾矩。」清西周生醒世姻緣傳第七十二回：「如今已是人人皆知，不消顧忌，倒好從心所欲，不必掩掩藏藏。」紅樓夢第九回：「寶玉終是個不能安分守理的人，一味的隨心所欲。」

例句　我們做事要多為別人著想，不能太過隨心所欲。

近義　收放自如　為所欲為

反義　綁手綁腳　身不由己

隨方就圓 ㄙㄨㄟˊ ㄈㄤ ㄐㄧㄡˋ ㄩㄢˊ　跟著方就方，靠近圓就圓。形容人善於順應情勢，靈活對待。就，靠近。也作「隨圓就方」。

語源　南史沈憲傳：「太守褚彥回歎美，以為方圓可施。」宋葉紹翁四朝聞見錄甲集恭孝儀王大節：「隨圓就方，似無惟有。」元汪元亨折桂令歸隱：「安吾分隨方就圓，任他乖越後攙先。」

例句　小趙沒別的長處，就是懂得隨方就圓，因此深受客戶的喜愛。

近義　便宜行事　和光同塵

反義　我行我素　特立獨行

隨波逐流 ㄙㄨㄟˊ ㄅㄛ ㄓㄨˊ ㄌㄧㄡˊ　順著波浪漂流。比喻沒有主見，容易受外界影響，跟著別人行動。

語源　宋孫奕履齋示兒編鄉原：「所謂鄉原，即推原人之情意，隨波逐流，佞偽馳騁，苟合求媚於世。」

例句　他的個性平易隨和，但絕不是隨波逐流之人。

近義　與世浮沉　亦步亦趨

反義　特立獨行　標新立異

隨風轉舵 ㄙㄨㄟˊ ㄈㄥ ㄓㄨㄢˇ ㄉㄨㄛˋ　隨著風的方向轉動船舵。比喻順應情勢改變方向或態度。多指人善於投機或看別人臉色行事，缺乏主見或立場。含有貶義。舵，控制船隻航行方向的裝置。也作「見風轉舵」、「順風轉舵」。

語源　水滸傳第九十八回：「眼見得城池不濟事了，各人自思隨風轉舵。」

例句　原本說好要和我同進退的阿和，因事前耳聞經理另有打算，竟然隨風轉舵，跟其他人一起反對我的提案。

近義　投機取巧

反義　表裡如一

隨時隨地 ㄙㄨㄟˊ ㄕˊ ㄙㄨㄟˊ ㄉㄧˋ　不論何時何地。

語源　明史曆志：「其七政公說之議七……五曰隨時隨地可求諸曜之經度。」

例句 一機在手，可以隨時隨地用影像或文字記錄生活，真是方便。
近義 時時刻刻

隨遇而安（ㄙㄨㄟˊ ㄩˋ ㄦˊ ㄢ） 遇到任何處境都能安然自得。
語源 宋呂頤浩與姚廷輝書：「衣食之分，各有厚薄，隨所遇而安可也。」
例句 即使遭遇了許多挫折，樂天的他仍然能隨遇而安，以喜樂的心去面對生命。
近義 安常處順　安之若素
反義 惴惴不安　惶恐不安

隨機應變（ㄙㄨㄟˊ ㄐㄧ ㄧㄥˋ ㄅㄧㄢˋ） 隨著情況的變化，掌握時機，靈活應付。也作「臨機應變」。
語源 舊唐書郭孝恪傳：「請固武牢，屯軍汜水，隨機應變，則易為克殄。」
例句 你第一次單獨出國旅行，一路上必須隨機應變，注意自身的安全。
近義 看風使帆　通權達變
反義 食古不化　一成不變

隨聲附和（ㄙㄨㄟˊ ㄕㄥ ㄈㄨˋ ㄏㄜˋ） 別人怎麼說，自己就跟著那麼說。比喻沒有主見而盲目跟從。
語源 漢書楚元王傳：「或懷妒嫉，不考情實，雷同相從，隨聲是非。」宋魏了翁鶴山集直前奏六未喻及邪正二論：「言慮所終，事惟其是，而豈肯隨聲附和，以僥倖萬一乎！」
例句 這種強詞奪理的說法竟也有人隨聲附和，實在令人不解。
近義 人云亦云　鸚鵡學舌
反義 擇善固執　獨排眾議

險象環生（ㄒㄧㄢˇ ㄒㄧㄤˋ ㄏㄨㄢˊ ㄕㄥ） 危險的現象不斷發生。形容十分危險。環，環繞；連續。
語源 蔡東藩民國通俗演義第十四回：「險象環生，禍機迫切。」
例句 山區連續兩天的豪雨引發土石流，山坡下的住戶險象環生，亟待救援。
近義 危機四伏　岌岌可危
反義 安然無恙　履險如夷

險遭不測（ㄒㄧㄢˇ ㄗㄠ ㄅㄨˋ ㄘㄜˋ） 差點遭到不幸的意外。
例句 小吳到非洲自助旅行時遇到搶匪，險遭不測。
近義 虎口餘生　死裡逃生
反義 一命嗚呼　慘遭不測

14

隱忍不發（ㄧㄣˇ ㄖㄣˇ ㄅㄨˋ ㄈㄚ） 把事藏在心中，忍住情緒不向人透露。
語源 宋秦觀淮海集一九石慶論：「特以太后之故，隱忍而不發。」
例句 小李為人深沉，心裡有事也總是隱忍不發，讓人猜不透他的想法。
近義 三緘其口　敢怒不敢言
反義 直言不諱　侃侃而談

隱姓埋名（ㄧㄣˇ ㄒㄧㄥˋ ㄇㄞˊ ㄇㄧㄥˊ） 改換姓名，不讓人知道真正的身分或過去的經歷。多指逃亡或隱居。
語源 史記張耳陳餘列傳：「張耳嘗亡命游外黃。」唐司馬貞索隱：「晉灼曰：『命者，名也。謂脫名籍而逃。』」元王子一劉晨阮肇誤入桃源第一折：「因此上不事王侯，不求聞達，隱姓埋名做莊家，學耕稼。」
例句 就算這些通緝要犯逃到國外，隱姓埋名，警調單位還是會極力將之緝捕歸案。
近義 銷聲匿跡　離群索居
反義 坐不改名，行不改姓

隱約其詞（ㄧㄣˇ ㄩㄝ ㄑㄧˊ ㄘˊ） 形容人說話有意迴避，不願明白

直說。

語源 清趙翼廿二史劄記宋史各傳迴護處：「遇有功處，輒遷就以分其美，有罪則隱約其詞以避之。」

例句 因為這件事牽涉到自己的父親，為尊者諱，所以他難免隱約其詞，大家就別再逼問了。

近義 閃爍其詞　含糊其詞

反義 直言不諱　一五一十

隱惡揚善 隱藏別人的過失，宣揚別人的善行。形容對人寬厚有涵養。

語源 中庸：「舜好問而好察邇言，隱惡而揚善，執其兩端，用其中於民，其斯以為舜乎！」

例句 身為領導者，如果能夠做到隱惡揚善，一定可以凝聚團體的向心力。

近義 忠厚待人　寬以待人

反義 吹毛求疵　洗垢求瘢

隹部

2

隻手遮天 參見「一手遮天」。

隻字不提 一個字也沒提及。

例句 他在信中對婚後的生活隻字不提，不知有什麼難言之隱？

近義 守口如瓶　三緘其口

反義 喋喋不休　橫說豎說

隻輪不返 連一隻輪子都沒有回來。比喻全軍大敗。

語源 公羊傳僖公三十三年：「然而晉人與姜戎要之殽而擊之，匹馬隻輪無反者。」

例句 本屆中學運動會，我校代表隊居然隻輪不返，連一個獎盃都沒有，實在可惜。

近義 全軍覆沒　一敗塗地

反義 大獲全勝　旗開得勝

3

雀屏中選 指被選為女婿。也作「雀屏中目」。

語源 舊唐書竇后傳記載：唐高祖因射中屏風上的孔雀眼睛，而娶得竇后。後以「雀屏中選」指被選為女婿。

例句 他的人品很好，所以最後能雀屏中選，成為張先生的女婿。

近義 乘龍新吉

4

雁行折翼 比喻兄弟分離或死亡。雁行，指野雁的飛行有排列次序，就像人的排行長幼有序一樣。比喻兄弟。

語源 幼學瓊林兄弟：「手足分離，如雁行之折翼。」

例句 突然失去摯愛的弟弟，雁行折翼的悲痛，使他無心於公事，暫時請假在家。

雁足傳書 比喻寄信。傳書，傳遞書信。雁，一種候鳥。

語源 漢書蘇武傳：「天子射上林中，得雁，足有係帛書，言武等在某澤中。」

例句 雖然分隔兩地，但經過多年的雁足傳書，他倆終於準備步上紅毯的那一端。

近義 來鴻去雁　雁字魚書

反義 雁杳魚沉　杳無音信

雁杳魚沉 像大雁飛逝、魚沉水底般無影無蹤。比喻音訊全無。杳，毫無蹤影。也作「魚沉雁杳」。

語源 唐戴叔倫相思曲：「魚沉雁杳天涯路，始信人間別離苦。」元劉庭信折桂令憶別：「想人生最苦離別，雁杳魚沉，信斷音絕。」

例句 自從他去美國後，就像

風箏斷了線，雁杳魚沉，不知是否一切平安？真叫人掛念。
近義 杳如黃鶴　音信全無
反義 來鴻去雁　雁足傳書

雁過留聲（ㄧㄢˋ ㄍㄨㄛˋ ㄌㄧㄡˊ ㄕㄥ） 人應做有益之事，才能在離開或死後留下好名聲。常與「人過留名」連用。
語源 清文康兒女英雄傳第三十二回：「我也鬧了一輩子，人過留名，雁過留聲，算是這麼件事，老弟，你瞧著行得行不得？」
例句 爺爺說過「雁過留聲，人過留名」，人活在世上該多做點有意義的事。
近義 豹死留皮，人死留名
反義 遺臭萬年

雄才大略（ㄒㄩㄥˊ ㄘㄞˊ ㄉㄚˋ ㄌㄩㄝˋ） 傑出的才能，遠大的謀略。雄，傑出；特出。略，謀略。也作「雄材大略」。
語源 漢書武帝紀贊：「如武帝之雄材大略，不改文景之恭儉以濟斯民，雖詩書所稱何有加焉！」
例句 憑藉著父祖所奠下的根基，再加上康熙皇帝本身的雄才大略，終於創下清初文治武功均強的歷史盛世。
近義 智勇雙全　蓋世之才
反義 庸庸碌碌　庸碌無能

雄心壯志（ㄒㄩㄥˊ ㄒㄧㄣ ㄓㄨㄤˋ ㄓˋ） 遠大的胸懷，豪壯的志向。形容人有遠大的理想和抱負。
語源 晉陸機弔魏武帝文：「雄心摧於弱情，壯圖終於哀志。」宋歐陽脩蘇才翁輓詩二首（其一）：「柳岸撫柩送歸船，雄心壯志兩崢嶸。」
例句 聽了這麼多別人成功的故事之後，也激起小銘的雄心壯志，想要出去闖蕩一番事業。
近義 凌雲壯志　豪情壯志
反義 胸無大志

雄心勃勃（ㄒㄩㄥˊ ㄒㄧㄣ ㄅㄛˊ ㄅㄛˊ） 形容有強烈的企圖心。
例句 楊老闆雄心勃勃，打算在半年內再開十家分店。
近義 雄心壯志　雄心萬丈
反義 萬念俱灰　灰心喪氣

雄心萬丈（ㄒㄩㄥˊ ㄒㄧㄣ ㄨㄢˋ ㄓㄤˋ） 形容志向極為遠大、豪壯。
例句 他雄心萬丈，要在今年重登球王寶座。
近義 雄心壯志　壯志凌雲
反義 醉生夢死　心灰意冷

雄辯滔滔（ㄒㄩㄥˊ ㄅㄧㄢˋ ㄊㄠ ㄊㄠ） 參見「滔滔雄辯」。

雄霸一方（ㄒㄩㄥˊ ㄅㄚˋ ㄧ ㄈㄤ） 力量雄厚，在某一地區或某個領域具有強大影響。霸，把持；稱雄。
例句 這個家族經營的鋼鐵工廠和建設公司獲利可觀，沒幾年便成為雄霸一方的大財團。
近義 舉足輕重
反義 微不足道

雅俗共賞（ㄧㄚˇ ㄙㄨˊ ㄍㄨㄥˋ ㄕㄤˇ） 不論文雅或粗俗、有文化或沒文化的人，都能夠一起欣賞。指作品通俗生動，能被多數人欣賞、接受。
語源 後漢書郭泰傳論：「林宗雅俗無所失。」明孫人孺東郭記綿駒：「聞得有綿駒善歌，雅俗共賞。」
例句 這場懷念老歌演唱會，雅俗共賞，吸引很多人全家一起來聆聽。
近義 膾炙人口　老少皆宜
反義 陽春白雪　曲高和寡

集思廣益（ㄐㄧˊ ㄙ ㄍㄨㄤˇ ㄧˋ） 集合眾人的見解可以廣收效益。
語源 三國蜀諸葛亮與群下教：「夫參署者，集眾思，廣

隹

忠益也。」宋魏了翁跋晏元獻公帖：「朝廷一政一令必集思廣益，熟復而後行之，其審重蓋若此。」

例句 越是龐大複雜的計畫，越是需要集思廣益，方能成功。

近義 群策群力　齊心協力

反義 獨斷獨行　一意孤行

集腋成裘 ㄐㄧˊ ㄧㄝˋ ㄔㄥˊ ㄑㄧㄡˊ

聚集許多狐腋下的毛皮可以製成一件上等的皮衣。比喻積少成多或聚集眾力完成大事。腋，指狐腋下之毛皮。

語源 墨子親士：「千鎰之裘，非一狐之白也。」慎子內篇：「狐白之裘，非一狐之腋。」清趙翼李雨村觀察……戲題於後：「人各造車期合轍，君能集腋便成裘。」

例句 颱風災情十分慘重，只要大家捐出一日所得，便能集腋成裘，幫助受災戶度過難關。

近義 積少成多　聚沙成塔

5

雍容大度 ㄩㄥ ㄖㄨㄥˊ ㄉㄚˋ ㄉㄨˋ

優雅從容、氣量寬宏的樣子。

語源 漢書薛宣傳：「宣為人好威儀，進止雍容，甚可觀也。」史記高祖本紀：「常有大度，不事家人生產作業。」

例句 與競選對手相較，他要顯得雍容大度許多，而這正是一個領導者不可或缺的氣質。

反義 雍容華貴　落落大方

雍容華貴 ㄩㄥ ㄖㄨㄥˊ ㄏㄨㄚˊ ㄍㄨㄟˋ

形容態度從容大方，衣著華麗富貴。多用以形容貴婦之儀表。

語源 清魏秀仁花月痕第四十三回：「癡珠見采秋華貴雍容，珠圍翠繞，錦簇花團，心中卻為天下有才色的紅顏一慰。」

例句 出席晚宴的女士個個身著禮服，一派雍容華貴，教人眼前為之一亮。

近義 雍容大度　雍容爾雅

反義 庸俗不堪　俗不可耐

雍容爾雅 ㄩㄥ ㄖㄨㄥˊ ㄦˇ ㄧㄚˇ

形容態度從容溫和，舉止大方。

語源 史記司馬相如列傳：「相如之臨邛，從車騎，雍容閒雅甚都。」清吳敬梓儒林外史第十二回：「當下牛布衣吟詩，張鐵臂擊劍，陳和甫打哄說笑，伴著兩公子的雍容爾雅，蘧公孫的俊俏風流……真乃一時勝會。」

例句 她出身書香世家，舉手投足雍容爾雅，帶有千金小姐的氣質。

近義 溫文爾雅　雍容華貴

反義 小家子氣

8

雕梁畫棟 ㄉㄧㄠ ㄌㄧㄤˊ ㄏㄨㄚˋ ㄉㄨㄥˋ

雕刻、繪畫有圖案的棟梁。形容華美的建築物。也作「畫棟雕梁」。

語源 水滸傳第九回：「畫棟雕梁，真乃是三微精舍。」

例句 古代宮廷建築的雕梁畫棟，至今仍能讓人感受到壯盛的皇家氣勢。

近義 雕欄玉砌　美輪美奐

反義 茅茨土階　茅屋采椽

雕章鏤句 ㄉㄧㄠ ㄓㄤ ㄌㄡˋ ㄐㄩˋ

刻意修飾文章字句。雕、鏤，雕琢刻鏤。指刻意修飾遣詞用句。也作「雕章琢句」。

語源 唐白居易策林四議文章：「美刺之詩不稽政，則補察之義廢矣。雖雕章鏤句，將焉用之。」宋俞文豹吹劍錄：「此豈舒箋點翰、雕章琢句者所能出此！」

例句 他早期的文章喜歡雕章鏤句，追求詞藻的華美，內容相對薄弱，因此評價不高。

近義 咬文嚼字　舞文弄墨

隹

雕蟲小技 ㄉㄧㄠ ㄔㄨㄥˊ ㄒㄧㄠˇ ㄐㄧˋ 比喻微不足道的技能。原多指文字技巧，現也泛指一般技能。雕，雕刻。蟲，鳥蟲書，古代一種字體，筆畫形狀像蟲、鳥。雕蟲是古代學童必須學的。

語源 北史李渾傳：「雕蟲小技，我不如卿；國典朝章，卿不如我。」故事成語考文事：「雕蟲小技，自謙文學之卑。」

例句 這篇論文的寫作只不過是雕蟲小技，竟然受到評審青睞而得獎，實在令人意外。

近義 雕蟲篆刻

反義 鬼斧神工 奇才異能

9

雖死猶生 ㄙㄨㄟ ㄙˇ ㄧㄡˊ ㄕㄥ 死得有意義並有價值，如同還活著一樣。

語源 魏書卷二一獻文六王傳上咸陽王禧傳：「今屬危難，恨無遠計，匡濟聖躬。若與殿下同命，雖死猶生。」晉常璩漢中士女志文姬：「先公為漢忠臣，雖死之日，猶生之年。」

例句 霍將軍守衛家國，雖死猶生，直到生命的最後仍在沙場上抵禦外敵。

雖敗猶榮 ㄙㄨㄟ ㄅㄞˋ ㄧㄡˊ ㄖㄨㄥˊ 雖然失敗，仍很光榮。

例句 這場比賽他雖未能成功逆轉，但奮戰精神可嘉，雖敗猶榮。

10

雙宿雙飛 ㄕㄨㄤ ㄙㄨˋ ㄕㄨㄤ ㄈㄟ 如同鳥兒成雙棲息，成雙飛翔。比喻夫妻或情侶恩愛相守，形影不離。

語源 唐無名氏雜詩：「眼想心思夢裡驚，無人知我此時情；不如池上鴛鴦鳥，雙宿雙飛過一生。」

例句 天下有情人無不盼望能相愛相守，雙宿雙飛，直到永遠。

近義 比翼雙飛 比目連枝

反義 別鶴孤鸞 形單影隻

雙喜臨門 ㄕㄨㄤ ㄒㄧˇ ㄌㄧㄣˊ ㄇㄣˊ 兩件喜事一起降臨。

語源 清李綠園歧路燈第二十七回：「你屋裡恭喜了，大相公也喜了，一天生的，真正雙喜臨門。」

例句 老張新居剛落成，媳婦昨天又生下白白胖胖的男孫，雙喜臨門，讓他樂得合不攏嘴。

近義 喜上加喜 好事成雙

反義 禍不單行 雪上加霜

雙管齊下 ㄕㄨㄤ ㄍㄨㄢˇ ㄑㄧˊ ㄒㄧㄚˋ 本指能手握兩枝畫筆，同時作畫。比喻兩件事同時進行。管，筆管；毛筆。

語源 唐朱景玄唐朝名畫錄神品下張璪：「(張璪)嘗以手握雙管，一時齊下，一為生枝，一為枯枝。」

例句 要改善社會風氣，需要從教育和提升精神生活兩方面雙管齊下，才能奏效。

近義 齊頭並進 兩全其美

雜七雜八 ㄗㄚˊ ㄑㄧ ㄗㄚˊ ㄅㄚ 雜亂沒有條理。

例句 阿美的房裡塞滿了雜七雜八的東西，甚至沒辦法順利通行。

近義 雜亂無章 亂七八糟

反義 有條不紊 井然有序

雜亂無章 ㄗㄚˊ ㄌㄨㄢˋ ㄨˊ ㄓㄤ 紛雜紊亂而沒有條理。章，條理。

語源 唐韓愈送孟東野序：「其為言也，雜亂而無章。」

例句 他作文完全不講究布局，以至於雜亂無章，難以卒讀。

近義 亂七八糟 橫三豎四

反義 井然有序 有條有理

雞毛蒜皮 ㄐㄧ ㄇㄠˊ ㄙㄨㄢˋ ㄆㄧˊ 比喻輕微瑣碎的事或東西。

隹

例句 這種雞毛蒜皮的小事，你何必與他計較呢？

近義 無關緊要　微不足道

反義 至關重要　事關重大

雞犬不留 ㄐㄧ ㄑㄩㄢˇ ㄅㄨˋ ㄌㄧㄡˊ　雞和犬都不留下。形容掠奪一空或殺戮殘酷。

語源 三國志魏書荀彧傳裴松之注引曹瞞傳：「雞犬亦盡，墟邑無復行人。」清徐鑅慶釋囚人：「自從賊過東村宿，燒盡村前村後屋，擄將婦女及男丁，雞犬不留多被逐。」

例句 這樁重大命案，歹徒將被害人一家五口殺得雞犬不留，手段凶殘之極。

近義 寸草不留　趕盡殺絕

反義 雞犬不驚　秋毫無犯

雞犬不寧 ㄐㄧ ㄑㄩㄢˇ ㄅㄨˋ ㄋㄧㄥˊ　連雞狗也不得安寧。形容紛擾不安。

語源 唐柳宗元捕蛇者說：「悍吏之來吾鄉，叫囂乎東西，隳突乎南北，譁然而駭者，雖雞狗不得寧焉。」

例句 這群小混混在鎮上惹是生非，讓鎮民清淨的生活變得雞犬不寧。

近義 雞飛狗跳　人心惶惶

反義 雞犬不驚

雞犬相聞 ㄐㄧ ㄑㄩㄢˇ ㄒㄧㄤ ㄨㄣˊ　形容土地狹小，比鄰而居，互相聽得到雞鳴狗叫的聲音。

語源 老子十八章：「鄰國相望，雞犬之聲相聞，民至老死不相往來。」晉陶淵明桃花源記：「有良田、美池、桑、竹之屬，阡陌交通，雞犬相聞。」

例句 他住的小鎮，雞犬相聞，鄰居彼此相處和樂。

近義 小國寡民

雞皮疙瘩 ㄐㄧ ㄆㄧˊ ㄍㄜ ˙ㄉㄚ　皮膚因毛孔聳起所形成的小顆粒。多因受寒、恐懼或其他刺激所引起。原作「雞皮栗子」。也作「雞皮疙疸」。

語源 明馮夢龍醒世恆言卷三七：「(杜子春)身上又無綿衣，肚中又餓，刮起一身雞皮栗子，把不住的寒顫。」清文康兒女英雄傳第五回：「公子一見，嚇的一身雞皮疙疸。」

例句 他的鬼故事講得正起勁，突然一陣寒風透窗吹來，大家忍不住起了一身的雞皮疙瘩。

雞皮鶴髮 ㄐㄧ ㄆㄧˊ ㄏㄜˋ ㄈㄚˇ　像雞皮般滿臉皺紋，像鶴羽般滿頭白髮。形容老人的相貌。也作「鶴髮雞皮」。

語源 北周庾信竹杖賦：「噫，子老矣！鶴髮雞皮，蓬頭歷齒。」唐玄宗傀儡吟：「刻木牽絲作老翁，雞皮鶴髮與真同。」

例句 廟口有幾位雞皮鶴髮的老人坐著聊天，不見半個年輕人。

近義 兩鬢飛霜　老態龍鍾

反義 返老還童　駐顏有術

雞同鴨講 ㄐㄧ ㄊㄨㄥˊ ㄧㄚ ㄐㄧㄤˇ　比喻對話沒有交集，不能溝通。

例句 他們的討論不會有結果，一個說東，一個論西，根本是雞同鴨講。

近義 答非所問　驢脣不對馬嘴

雞飛狗跳 ㄐㄧ ㄈㄟ ㄍㄡˇ ㄊㄧㄠˋ　比喻因為驚慌或受騷擾而引起大混亂。

例句 自從昨天有人在地下室被搶劫，原本寧靜的社區頓時雞飛狗跳了起來。

近義 雞犬不寧

反義 雞犬不驚

雞零狗碎 ㄐㄧ ㄌㄧㄥˊ ㄍㄡˇ ㄙㄨㄟˋ　比喻零碎細瑣。零、碎，瑣碎。

例句 周博士在公司裡只能做些雞零狗碎的事，令他有志難伸。

近義 雞毛蒜皮 微不足道

雞鳴狗盜 ㄐㄧ ㄇㄧㄥˊ ㄍㄡˇ ㄉㄠˋ 比喻卑微不足道的小本領。

語源 史記孟嘗君列傳記載：孟嘗君入秦後被秦昭王拘留，靠著會裝狗偷盜的食客，偷回原先送給秦昭王的白狐裘，轉送給秦昭王的寵妾作酬勞，幫自己說好話，讓秦昭王放了自己；又靠著會學雞叫的食客，讓守函谷關的人提前開了城門，使孟嘗君一行人得以連夜逃走。漢書游俠傳序：「皆藉王公之勢，競為游俠，雞鳴狗盜，無不賓禮。」

例句 知人善任是政治人物成功的要件，不能只用雞鳴狗盜之徒。

近義 雕蟲小技

雞蛋碰石頭 ㄐㄧ ㄉㄢˋ ㄆㄥˋ ㄕˊ ˙ㄊㄡ 比喻自不量力，做自取毀滅的事。

例句 他官大勢強，若與他正面衝突，恐怕只是雞蛋碰石頭，我們最好重新思考因應方法。

近義 以卵擊石 自不量力

反義 量力而為

雞蛋裡挑骨頭 ㄐㄧ ㄉㄢˋ ㄌㄧˇ ㄊㄧㄠ ㄍㄨˇ ˙ㄊㄡ 比喻無中生有地挑毛病。

語源 宋朱弁風月堂詩話：「晁无咎晚年，因評小晏（幾道）並黃魯直、秦少游詞曲，嘗曰：『吾欲托興於此，時作一首以自遣，政使流行，亦復何害，譬如雞子中原無骨頭也。』」

例句 對於這件曠世奇作，大家還偏要挑毛病，簡直就是雞蛋裡挑骨頭。

近義 吹毛求疵 洗垢求瘢

11

離心離德 ㄌㄧˊ ㄒㄧㄣ ㄌㄧˊ ㄉㄜˊ 人人各懷異心，沒有共同的信念和統一的行動。

語源 尚書泰誓中：「受有億兆夷人，離心離德。」

例句 若領導者只謀求自身利益而罔顧全體福利，眾人必定會離心離德，團體終將潰散。

近義 貌合神離 各行其是

反義 同心同德 一心一德

離奇曲折 ㄌㄧˊ ㄑㄧˊ ㄑㄩ ㄓㄜˊ 參見「曲折離奇」。

離情別緒 ㄌㄧˊ ㄑㄧㄥˊ ㄅㄧㄝˊ ㄒㄩˋ 離別依戀的情懷。緒，心思。

語源 管子國蓄：「謂之離情。」唐韓偓惜華詩：「皺白離情高處切，膩紅愁態靜中深。」

例句 當畢業生代表致詞時，同學們的離情別緒都紛紛湧現。

近義 依依不捨 離情依依

離情依依 ㄌㄧˊ ㄑㄧㄥˊ ㄧ ㄧ 形容別離時留戀不捨的樣子。依依，留戀不捨的樣子。

例句 曉芳從未離家，這次出國留學，爸媽在機場送別，她忍不住離情依依，掉下眼淚。

近義 依依不捨 戀戀不捨

離鄉背井 ㄌㄧˊ ㄒㄧㄤ ㄅㄟˋ ㄐㄧㄥˇ 離開故鄉，客居異地。背，離開。井，指家鄉。

語源 元馬致遠破幽夢孤雁漢宮秋第四折：「漢昭君離鄉背井，知他在何處愁聽？」

例句 他難忍離鄉背井的痛苦，時常借酒澆愁。

近義 作客他鄉

反義 葉落歸根

離經叛道 ㄌㄧˊ ㄐㄧㄥ ㄆㄢˋ ㄉㄠˋ 本指背離儒家的經學和道統。今

多指言行違離常理和習俗。經，常道；正道。

語源 元費唐臣蘇子瞻風雪貶黃州第一折：「且本官志大言浮，離經叛道。」

例句 他的作風太過誇張、大膽，遭許多衛道人士指責為離經叛道。

近義 荒誕不經

反義 循規蹈矩

離群索居 ㄌㄧˊ ㄑㄩㄣˊ ㄙㄨㄛˇ ㄐㄩ 離開群體，過著孤獨的生活。索，孤單；孤獨。

語源 禮記檀弓上：「吾離群而索居，亦已久矣。」

例句 他長久以來過著離群索居的生活，就連親戚朋友也無法得知他的近況。

近義 遁世離群　銷聲匿跡

離離蔚蔚 ㄌㄧˊ ㄌㄧˊ ㄨㄟˋ ㄨㄟˋ 形容草木青翠茂盛。離離，分披繁盛貌。

語源 北魏酈道元水經注江水：「林木蕭森，離離蔚蔚。」

例句 欣賞太平山上離離蔚蔚的草木，使人忘了塵憂俗慮。

近義 枝葉扶疏　鬱鬱蒼蒼

反義 稀稀疏疏

難上加難 ㄋㄢˊ ㄕㄤˋ ㄐㄧㄚ ㄋㄢˊ 形容非常困難。

例句 他是一毛不拔的鐵公雞，想從他那裡借到錢，根本是難上加難。

近義 困難重重　談何容易

反義 輕而易舉　易如反掌

難分難捨 ㄋㄢˊ ㄈㄣ ㄋㄢˊ ㄕㄜˇ 形容情意親密，捨不得分離。也作「難捨難分」。

語源 明楊爾曾韓湘子全傳第十九回：「退之當時吩咐竇氏……淚出痛腸，難分難捨。」明龔天我摘錦奇音同窗記：「欲別又難忍，止不住汪汪淚盈，正是難捨難分。」

例句 她和新交往的男友正在熱戀，每次見了面總是難捨難分，羨煞不少人。

近義 如膠似漆　親密無間

反義 視同陌路

難分難解 ㄋㄢˊ ㄈㄣ ㄋㄢˊ ㄐㄧㄝˇ ①形容彼此打鬥、糾纏在一起，難以分開。也作「難解難分」。②形容雙方情意深濃，難以分離。也作「難解難分」、「難分難捨」。

語源 西遊記第十回：「正在那難分難解之時，只見正南上香雲繚繞，彩霧飄颻，有一個女真人上前。」明淩濛初初刻拍案驚奇卷二九：「為些風情事，做了出來，正在難分難解之際，忽然登第。」

例句 ①就在他們兩個打得難分難解時，老師走了進來。②熱戀中的小美，每天與男友難分難解，捨不得片刻分離。

近義 如膠似漆　親密無間

反義 視同陌路

難以估計 ㄋㄢˊ ㄧˇ ㄍㄨ ㄐㄧˋ 無法估量、計算。

例句 這次颱風帶來前所未見的狂風豪雨，造成多人傷亡，農漁業的損失更是難以估計。

近義 不計其數

反義 屈指可數　寥寥無幾

難以言喻 ㄋㄢˊ ㄧˇ ㄧㄢˊ ㄩˋ 無法用言語表達。喻，表達；說明。

語源 明淩濛初二刻拍案驚奇卷二九：「蔣生聽罷，真個如饑得食，如渴得漿，宛然劉、阮入天台，下界凡夫得遇仙子。快樂僥倖，難以言喻。」

例句 小丸子看完那部電影後，心中的感動難以言喻，久久不能忘懷。

近義 不可言喻　不可名狀

難以兩全（ㄋㄢˊ ㄧˇ ㄌㄧㄤˇ ㄑㄩㄢˊ） 無法兩方面都顧全。

【語源】 明楊爾增兩晉祕史第三三八回：「臣有老母在家，非不思歸，然委質為臣，忠孝之道，難以兩全。」

【例句】 因為事業與愛情難以兩全，她這個女強人年近四十依然小姑獨處。

【近義】 顧此失彼

【反義】 兩全其美　公私兼顧

難以為繼（ㄋㄢˊ ㄧˇ ㄨㄟˊ ㄐㄧˋ） 本指前人的表現太好，後人不容易做到。後泛指難以繼續下去。常指經濟拮据，供應接續不上。也作「難乎為繼」。

【語源】 禮記檀弓上：「弁人有其母死，而孺子泣者。孔子曰：『哀則哀矣，而難為繼也。』」明海瑞驛傳議中策下策：「目前勉強，終必疲亡，故曰下策。然居今之世，難乎其為繼也。」

【例句】 他收入不多卻性喜揮霍，所以常常不到月底便難以為繼。

【近義】 無以為繼　財殫力竭

【反義】 傳承不絕　綽綽有餘

難以捉摸（ㄋㄢˊ ㄧˇ ㄓㄨㄛ ㄇㄛ） 不容易揣測、了解。

【語源】 清白雲道人玉樓春第十一回：「聆子之音，負方得宜，緊而不亂，慢而不斷，恰如水中之明月，難以捉摸。」

【例句】 阿榮喜怒無常，難以捉摸，時常為一點小事就翻臉，因此大家對他都敬而遠之。

【近義】 捉摸不定　撲朔迷離

【反義】 顯而易見　一望而知

難以消受（ㄋㄢˊ ㄧˇ ㄒㄧㄠ ㄕㄡˋ） ①難以享用。指承受不起。消受，享用。②很難忍受；忍受不了。消受，忍受。

【語源】 元馬致遠漢宮秋第一折：「量妾身怎生消受的陛下恩寵！」又第三折：「這一去胡地風霜，怎生消受也？」明方汝浩禪真逸史第六回：「佛門中的東西，難以消受。況且無功受祿，決不敢領。」

【例句】 ①我自認是個福薄的人，難以消受您這般照顧。②這種酷熱的天氣，實在令人難以消受。

【近義】 承受不起　不堪其擾

難以置信（ㄋㄢˊ ㄧˇ ㄓˋ ㄒㄧㄣˋ） 很難相信。

【例句】 平日表現欠佳的他，竟然在比賽時領先群倫，真是令人難以置信。

【近義】 滿腹狐疑　不以為然

難兄難弟（ㄋㄢˊ ㄒㄩㄥ ㄋㄢˊ ㄉㄧˋ） 「難為兄，難為弟」的略語。本指才德相當，難分高下的兄弟（難，音ㄋㄢˊ）。後多指彼此共患難或處於同樣困境的人（難，音ㄋㄢˋ）。

【語源】 南朝宋劉義慶世說新語德行：「陳元方子長文有英才，與季方子孝先，各論其父功德，爭之不能決，咨於太丘。太丘曰：『元方難為兄，季方難為弟。』」舊唐書穆寧傳贊：「薛氏三門，難兄難弟。」

【例句】 他們兩人平日交情很好，沒想到這次大考都雙雙落榜，可真成了難兄難弟。

【近義】 患難與共　患難之交

難如登天（ㄋㄢˊ ㄖㄨˊ ㄉㄥ ㄊㄧㄢ） 形容非常困難，如同登天一般。

【語源】 清李綠園歧路燈第一回：「成立之難如登天，覆敗之易如燎毛。」

【例句】 以阿發這種漫不經心的讀書態度，想考上第一志願，恐怕難如登天。

【近義】 難上加難　困難重重

【反義】 輕而易舉　易如反掌

難言之隱（ㄋㄢˊ ㄧㄢˊ ㄓ ㄧㄣˇ） 無法向人表露的隱情或苦衷。隱，隱情；藏在內心深處的事。

語源 清襲煒巢林筆談十二戒：「見人交易，而偶談價值，意非不公也，而賣者之情急於買者，有難言之隱焉。」

例句 他說話支支吾吾的，好像有什麼難言之隱。

近義 難以啟齒　有口難言

反義 直言不諱　和盤托出

難能可貴（ㄋㄢˊ ㄋㄥˊ ㄎㄜˇ ㄍㄨㄟˋ） 不容易做到，值得寶貴。難能，不容易做到。

語源 三國魏曹丕典論自敘：「聞君善左右射，此實難能。」宋蘇軾荀卿論：「子路之勇，子貢之辯，冉有之智，此三者，皆天下之所謂難能而可貴者也。」

例句 她雖貴為部長夫人，待人卻能謙恭有禮，真是難能可貴。

反義 不足為奇

難辭其咎（ㄋㄢˊ ㄘˊ ㄑㄧˊ ㄐㄧㄡˋ） 難以推託其過失。辭，推卻；推託。咎，過失。

例句 國內治安每況愈下，內政部長難辭其咎，在國會質詢時被議員叮得滿頭包。

近義 引咎自責

反義 推諉塞責

雨部

雨打風吹（ㄩˇ ㄉㄚˇ ㄈㄥ ㄔㄨㄟ） 參見「風吹雨打」。

雨後春筍（ㄩˇ ㄏㄡˋ ㄔㄨㄣ ㄙㄨㄣˇ） 春雨過後，竹筍旺盛地生長。比喻事物的滋長快速。

語源 宋張耒柯山集食筍：「荒林春足雨，新筍迸龍雛。」

例句 隨著網路的流行，網路咖啡廳也如雨後春筍般，林立在大街小巷。

雨過天青（ㄩˇ ㄍㄨㄛˋ ㄊㄧㄢ ㄑㄧㄥ） 下雨過後，天空一片蔚藍明淨。比喻經過危機後，重新獲得光明、平靜。

語源 明謝肇淛文海披沙記：「世宗批其狀云：『雨過天青雲破處，這般顏色做將來。』」

例句 經過一番懇切溝通，這對小情侶終於雨過天青，結束了連日來的爭吵。

雨露均霑（ㄩˇ ㄌㄨˋ ㄐㄩㄣ ㄓㄢ） 雨水和露水均勻浸潤大地。比喻恩澤或好處大家都享受到。雨露，比喻恩澤。霑，同「沾」。沾溼；潤澤。

語源 宋謝枋得上丞相劉忠齋書：「其與太平草木，同沾聖朝之雨露。」明羅懋登三寶太監西洋記第十五回：「斗牛並射龍泉劍，雨露均霑獸錦袍。」

例句 蘋果手機大賣，上游各供應商也雨露均霑，股價扶搖直上。

近義 利益均霑　有福同享

反義 厚此薄彼　自私自利

3

雪上加霜（ㄒㄩㄝˇ ㄕㄤˋ ㄐㄧㄚ ㄕㄨㄤ） 比喻災禍相繼而來，使受害程度加重。

語源 宋釋道原景德傳燈錄卷八大陽和尚：「師云：『汝只解瞻前，不解顧後。』伊云：『雪上更加霜。』」

例句 地震後，又因瓦斯外洩引發火災，對災民來說，真是雪上加霜。

近義 禍不單行

反義 雙喜臨門　喜上加喜

雪中送炭（ㄒㄩㄝˇ ㄓㄨㄥ ㄙㄨㄥˋ ㄊㄢˋ） 下雪天送炭給人取暖。比喻在別人急難的時候給予幫助。

語源 宋史太宗紀：「是日，雨雪大寒，再遣中使賜孤老貧窮人千錢、米炭。」

例句 他為善不落人後，常常雪中送炭，幫助貧苦的人家。
近義 急人之難　濟困解危
反義 錦上添花　落阱下石

雪泥鴻爪 ㄒㄩㄝˇ ㄋㄧˊ ㄏㄨㄥˊ ㄓㄠˇ 鴻雁在融雪的泥土上踏過所留下的痕跡。比喻往事遺留的痕跡。也作「鴻爪雪泥」、「飛鴻踏雪」。
語源 宋蘇軾和子由澠池懷舊：「人生到處知何似？應似飛鴻踏雪泥。泥上偶然留指爪，鴻飛那復計東西。」
例句 往事就像雪泥鴻爪般，令人徒增悵惘之情。

4

雲行雨施 ㄩㄣˊ ㄒㄧㄥˊ ㄩˇ ㄕ 雲浮於天並降下雨水滋潤萬物。比喻廣施恩澤。
語源 易經乾卦：「雲行雨施，品物流行。」
例句 他經商致富後發心回饋鄉里，多年來在地方雲行雨施，嘉惠無數的貧困學童。
近義 衣被群生　澤被大眾
反義 自私自利　瘠人肥己

雲英未嫁 ㄩㄣˊ ㄧㄥ ㄨㄟˋ ㄐㄧㄚˋ 指女子尚未嫁人。語出唐代詩人羅隱偶題中的詩句「我未成名君未嫁」。雲英，唐代鍾陵一名歌妓。她與羅隱久別重逢，訝異羅隱久試不第，羅隱便寫下該詩回敬，語含嘲諷。後人遂用「雲英未嫁」借指女子尚待字閨中，但無嘲諷之意。
語源 唐羅隱偶題：「鍾陵醉別十餘春，重見雲英掌上身。我未成名君未嫁，可能俱是不如人。」
例句 許多同齡的朋友都已結婚生子，小美仍雲英未嫁，享受著單身生活。
近義 小姑獨處　待字閨中
反義 名花有主　羅敷有夫

雲消霧散 ㄩㄣˊ ㄒㄧㄠ ㄨˋ ㄙㄢˋ 參見「煙消雲散」。

雲淡風輕 ㄩㄣˊ ㄉㄢˋ ㄈㄥ ㄑㄧㄥ 浮雲淡薄，微風輕柔。形容天色晴朗美好。
語源 宋程顥偶成：「雲淡風輕近午天，傍花隨柳過前川。」
例句 一連下了幾天雨，難得今天雲淡風輕，大家一起到郊外去活動活動筋骨吧！
近義 風和日麗

雲蒸霞蔚 ㄩㄣˊ ㄓㄥ ㄒㄧㄚˊ ㄨㄟˋ 雲氣、彩霞升騰湧聚。也比喻景象繁盛華美。蒸，上升；升騰。蔚，繁盛；聚集。也作「雲興霞蔚」。
語源 南朝宋劉義慶世說新語言語：「千巖競秀，萬壑爭流。草木蒙籠其上，若雲興霞蔚。」明徐弘祖徐霞客遊記遊九鯉湖日記：「然一帶雲蒸霞蔚，得趣故在山水中，豈必刻跡而求乎？」清顏光敏顏氏家藏尺牘卷一：「且海內人文，雲蒸霞蔚，鱗集京師，真千古盛事。」
例句 傳統戲劇節聚集了全國著名的地方戲曲表演團體，演出各自的拿手好戲，雲蒸霞蔚，盛況空前。
近義 五彩繽紛　蔚為大觀
反義 黯淡無光　愁雲慘霧

雲譎波詭 ㄩㄣˊ ㄐㄩㄝˊ ㄅㄛ ㄍㄨㄟˇ 浮雲變幻無常，波瀾起伏不定。比喻事物變化多端，不可預測。譎、詭，奇特怪異；變化多端。
語源 漢揚雄甘泉賦：「於是大廈雲譎波詭，摧嗺而成觀。」摧嗺，林木叢聚的樣子。
辨析 譎，音ㄐㄩㄝˊ，不讀ㄐㄩˊ。
例句 在現今雲譎波詭的局勢中，唯有以不變應萬變才是生存之道。

雨

近義 詭譎多變　變幻莫測

反義 千篇一律　一成不變

5

零零落落 ㄌㄧㄥˊ ㄌㄧㄥˊ ㄌㄨㄛˋ ㄌㄨㄛˋ　零散不完整。指草木的凋枯。也比喻人事的衰頹或死亡。零落，凋落。

語源 三國魏曹植箜篌引：「生在華屋處，零落歸山丘。」

例句 秋冬之際，院子裡的植物都已零零落落，毫無生氣。

反義 生意盎然

雷電交加 ㄌㄟˊ ㄉㄧㄢˋ ㄐㄧㄠ ㄐㄧㄚ　又閃電又打雷。形容伴有雷電的傾盆大雨。

例句 在雷電交加中，救難隊仍鍥而不捨地搜尋落海的民眾。

近義 狂風暴雨　風雨交加

反義 風和日麗　晴空萬里

雷厲風行 ㄌㄟˊ ㄌㄧˋ ㄈㄥ ㄒㄧㄥˊ　像雷一樣猛烈，像風一樣疾速。比喻辦事嚴厲迅速，聲勢猛烈。原作「雷厲風飛」。

語源 新唐書韓愈傳：「陛下即位以來，躬親聽斷，旋乾轉坤，關機闔開，雷厲風飛。」

例句 垃圾不落地政策經過市府雷厲風行的推展，現在已有不錯的成效。

近義 令行禁止　疾風迅雷

反義 拖泥帶水　成效不彰

雷霆萬鈞 ㄌㄟˊ ㄊㄧㄥˊ ㄨㄢˋ ㄐㄩㄣ　形容威勢強大，無法抵擋。

語源 漢賈山至言：「雷霆之所擊，無不摧折者。萬鈞之所壓，無不靡滅者。」

例句 西楚霸王項羽以雷霆萬鈞之勢席捲天下，所向披靡，秦末逐鹿中原的群雄都要聽他號令。

近義 氣勢磅礡　排山倒海

反義 虛張聲勢　無聲無息

雷聲大雨點小 ㄌㄟˊ ㄕㄥ ㄉㄚˋ ㄩˇ ㄉㄧㄢˇ ㄒㄧㄠˇ　比喻虛張聲勢，光說不做。

語源 金瓶梅第二十回：「金蓮聽了，便向玉樓說道：『賊沒廉恥的貨！頭裡那等雷聲大雨點小，打哩亂哩。及到其間，也不怎麼的。』」

例句 他時常誇口要來個「單騎環島一周」的壯舉，但是「雷聲大雨點小」，從來沒見他行動過。

電光石火 ㄉㄧㄢˋ ㄍㄨㄤ ㄕˊ ㄏㄨㄛˇ　閃電所放的光和打火石所發的火。比喻迅速而短暫。

語源 唐釋慧然臨濟慧照玄公大宗師語錄卷一：「學人著力處不通風，石火電光即磋過了也。」

例句 對他來說，功名富貴都只如電光石火，轉眼就會消逝，他寧可追求生命的永恆真諦。

近義 夢幻泡影

反義 天長地久

7

震古鑠今 ㄓㄣˋ ㄍㄨˇ ㄕㄨㄛˋ ㄐㄧㄣ　震動古今，照耀千秋。形容事業、功勳偉大驚人。震，撼動。鑠，通「爍」。輝煌。

語源 明張岱石匱書後集卷二四史可法傳：「此等舉動，振古鑠今，凡為大明臣子，無不長跪北面，頂禮加額。」

例句 唐太宗勤政愛民，開創盛唐貞觀之治，其功業震古鑠今，名留青史。

近義 鑠古炳今　不可磨滅

反義 不見經傳

震耳欲聾 ㄓㄣˋ ㄦˇ ㄩˋ ㄌㄨㄥˊ　形容聲音很大，幾乎要把耳朵震聾了。

例句 我喜歡到機場旁邊看飛機降落，感受那龐然大物挾著震耳欲聾的引擎聲從頭頂呼

嘯而過的震撼。

近義 響徹雲霄　驚天動地

反義 細如蚊蚋　鴉雀無聲

震撼人心 強烈地觸動人心。

例句 海明威的老人與海文筆洗練、語言淺近，小說的情節也十分震撼人心。

近義 感人至深　感人肺腑

反義 平淡無奇　味如嚼蠟

11

霧裡看花 形容視力模糊。也比喻對事物或實情看不真切。

語源 唐杜甫小寒食舟中作：「春水船如天上坐，老年花似霧中看。」宋趙蕃早到超果寺：「霧裡看花喜未昏，竹園啼鳥愛頻言。」

例句 爺爺出門忘了戴老花眼鏡，一路上如同霧裡看花，什麼也看不清。

近義 模模糊糊　若暗若明

反義 一清二楚　洞若觀火

霧鬢風鬟 形容女子的秀髮美麗迷人。有時也指女子頭髮蓬鬆散亂。鬟，古代婦女一種環形髮式。也作「風鬟霧鬢」。

語源 宋蘇軾題毛女貞：「霧鬢風鬟木葉衣，山川良是昔人非。」宋李清照永遇樂：「如今憔悴，風鬟霧鬢，怕見夜間出去。」

例句 她天生麗質，身材高佻，加上那頭霧鬢風鬟的秀髮，簡直是美豔不可方物。

霾雨霏霏 形容久雨不晴，雨絲紛飛的樣子。霾雨，久雨。霏霏，雨絲紛飛的樣子。

語源 宋范仲淹岳陽樓記：「若夫霾雨霏霏，連月不開；陰風怒號，濁浪排空。」

例句 在霾雨霏霏的日子裡，不方便出門，不妨在家享受讀書之樂。

近義 陰雨綿綿　淒風若雨

13

露才揚己 顯露才能，表現自己。多指人愛出風頭。

語源 漢班固離騷序：「今若屈原，露才揚己，競乎危國群小之間，以離讒賊。」

例句 初進社會的年輕人應多聽多學，多累積經驗，若是急於露才揚己，有時會適得其反。

近義 恃才矜己　矜才使氣

反義 深藏不露　韜光養晦

露水夫妻 短暫如露水的夫妻關係。指暫時同居而沒有正式婚姻關係的男女。

語源 明孟稱舜泣賦眼兒媚：「大古來婚姻匹配，老天公注定強難移，空結了些煙花姊妹，露水夫妻。」

例句 我想要的是明媒正娶，而不只是做做露水夫妻而已，希望你能以禮相待。

近義 逢場作戲

反義 結髮夫妻　明媒正娶

露出馬腳 比喻真相洩露。

語源 元無名氏包待制陳州糶米第三折：「這一來，則怕我們露出馬腳來了。」

例句 這個嫌犯的供詞矛盾百出，在反覆偵訊下，終於露出馬腳了。

近義 事機敗露　原形畢露

反義 瞞天過海　不露形跡

霸王硬上弓 比喻蠻橫地侵犯他人。

例句 他居然用霸王硬上弓的卑劣手段，侵占了這棟房子。

16

靈丹妙藥 ㄌㄧㄥˊ ㄉㄢ ㄇㄧㄠˋ ㄧㄠˋ 靈驗有效的神奇丹丸或藥劑。比喻能解決問題的好辦法。

語源 元無名氏瘸李岳詩酒翫江亭第二折：「逍遙散澹在心中，靈丹妙藥都不用。」

例句 你這一席話真是一帖靈丹妙藥，讓我茅塞頓開，不再煩惱。

近義 錦囊妙計 萬全之策

反義 權宜之計 飲鴆止渴

靈光一閃 ㄌㄧㄥˊ ㄍㄨㄤ ㄧˋ ㄕㄢˇ 參見「靈光乍現」。

靈光乍現 ㄌㄧㄥˊ ㄍㄨㄤ ㄓㄚˋ ㄒㄧㄢˋ 靈感突然出現，念頭豁然貫通。靈光，靈性、自性之光。這裡借指頓悟的念頭。乍，突然。也作「靈光一閃」。

語源 西遊記第二十回：「那長老常念常存，一點靈光自透。」

例句 看到書中關於太極拳以柔克剛的描述，他靈光乍現，作曲不也可以表現同樣的道理？

近義 靈機一動 茅塞頓開

反義 百思不解 方寸大亂

靈犀相通 ㄌㄧㄥˊ ㄒㄧ ㄒㄧㄤ ㄊㄨㄥ 參見「心有靈犀一點通」。

靈魂人物 ㄌㄧㄥˊ ㄏㄨㄣˊ ㄖㄣˊ ㄨˋ 重要的、擔任主導角色的人。靈魂，人的心靈、精神。比喻中樞或最重要的。

例句 他們兩人是這起學運的靈魂人物，一言一行都受到媒體的關注。

近義 中流砥柱 風雲人物

靈機一動 ㄌㄧㄥˊ ㄐㄧ ㄧˊ ㄉㄨㄥˋ 指突然想出主意或辦法來。靈機，靈巧的心思或計謀。

語源 清文康兒女英雄傳第四回：「俄延了半晌，忽然靈機一動，心中悟將過去。」

例句 她靈機一動，調整了程式的組合順序，竟然破解了學界困擾已久的問題。

近義 靈光乍現 靈光一閃

反義 百思不解 搜索枯腸

青部

青山綠水 ㄑㄧㄥ ㄕㄢ ㄌㄩˋ ㄕㄨㄟˇ 青翠的山，碧綠的水。形容有山有水的美景。

語源 西遊記第二十三回：「歷遍了青山綠水，看不盡野草閑花。」

例句 青山綠水的美景到處都有，但日月潭才是我的最愛。

近義 山明水秀 山光水色

青天霹靂 ㄑㄧㄥ ㄊㄧㄢ ㄆㄧ ㄌㄧˋ 參見「晴天霹靂」。

青出於藍 ㄑㄧㄥ ㄔㄨ ㄩˊ ㄌㄢˊ 青色的顏料本是由藍草製成，而它的顏色卻比藍草更深。比喻學生超越老師或後人成就勝過前人。青，青色顏料。藍，草名，可提煉藍色顏料。

語源 荀子勸學：「青，取之於藍，而青於藍；冰，水為之，而寒於水。」

例句 為人師長者，莫不期許後學晚輩能夠青出於藍。

近義 後來居上

反義 每況愈下 江河日下

青紅皂白 ㄑㄧㄥ ㄏㄨㄥˊ ㄗㄠˋ ㄅㄞˊ 四種分明的顏色。比喻是非對錯。皂，黑色。

語源 明無名氏梁山七虎鬧銅臺第三折：「也不管他青紅皂白，左右！且拿一面大枷來，把他枷著，送在牢中，再做計較。」

例句 一大早老闆便不分青紅皂白地把大家訓了一頓，使得辦公室氣氛十分低迷。

辨析 此則成語通常採用「不

雨
青

分青紅皂白」的否定句式。

近義 是非曲直

青面獠牙 ㄑㄧㄥ ㄇㄧㄢˋ ㄌㄧㄠˊ ㄧㄚˊ 青綠色的面容，長牙外露。原是形容惡鬼的凶相。後用以形容面貌兇惡可怕。獠牙，指露在嘴外的長牙。

語源 明馮夢龍喻世明言卷三一：「只見七八個鬼卒，青面獠牙，一般的三尺多長，從桌底下鑽出。」

例句 別看他一副青面獠牙的模樣，其實他的心地很善良。

近義 面目猙獰

反義 眉清目秀　脣紅齒白

青梅竹馬 ㄑㄧㄥ ㄇㄟˊ ㄓㄨˊ ㄇㄚˇ 形容孩童一起嬉戲的天真情狀。也指幼時結識的玩伴。青梅、竹馬，青色的梅枝、當馬騎的竹竿，皆舊時孩童喜愛的玩具。

語源 唐李白長干行：「郎騎竹馬來，繞牀弄青梅。同居長干里，兩小無嫌猜。」

例句 他倆原是青梅竹馬的好伴侶，如今卻鬧得對簿公堂，真是讓人慨歎！

近義 總角之交　兩小無猜

青雲之志 ㄑㄧㄥ ㄩㄣˊ ㄓ ㄓˋ 比喻遠大的志向。青雲，指天空。比喻顯要的地位或高遠的志向。也作「青雲志」。

語源 史記范雎蔡澤列傳：「賈不意君能自致於青雲之上，賈不敢復讀天下之書，不敢復與天下之事。」唐王勃滕王閣序：「窮且益堅，不墜青雲之志。」唐張九齡照鏡見白髮：「宿昔青雲志，蹉跎白髮年。」

例句 在看過刺激精彩的奧運金牌戰轉播後，小強立下了青雲之志，將來也要成為一位了不起的桌球國手。

近義 凌雲壯志　志在千里

反義 胸無大志

青雲直上 ㄑㄧㄥ ㄩㄣˊ ㄓˊ ㄕㄤˋ 比喻仕途順利，步步高升。青雲，比喻顯要的地位。

語源 史記范雎列傳：「賈不意君能自致於青雲之上，賈不敢復讀天下之書，不敢復與天下之事。」

例句 由於他的努力及機運，短短數年之內便青雲直上，升到總經理的職位。

近義 飛黃騰達　平步青雲

反義 一落千丈

青黃不接 ㄑㄧㄥ ㄏㄨㄤˊ ㄅㄨˋ ㄐㄧㄝ 舊糧已吃完，新穀仍未成熟。比喻人才或事物短缺，補給接續不上。青，田裡的青苗，借指新穀。黃，黃熟的莊稼，借指舊糧。

語源 宋歐陽脩言青苗第二劄子：「猶是青黃不相接之時，雖不戶戶闕乏，然其間容有不濟者。」

例句 經濟不景氣，企業界興起裁員減薪的風潮，許多家庭的生計，因而陷入青黃不接的窘況。

近義 後繼無人

反義 源源不絕

青燈黃卷 ㄑㄧㄥ ㄉㄥ ㄏㄨㄤˊ ㄐㄩㄢˋ 青色的燈火，泛黃的書卷。形容深夜讀書的情景。

語源 唐韋應物寺居獨夜寄崔主簿：「坐使青燈曉，還使夏衣薄。」晉葛洪抱朴子疾謬：「蓋是窮巷諸生章句之士，吟詠而向枯簡，匍匐以守黃卷者所宜識，不足以問吾徒也。」宋陸游客愁：「蒼顏白髮入衰境，黃卷青燈空苦心。」

例句 哥哥為了考上理想大學，總是在青燈黃卷中努力不懈，真擔心他會累壞身體。

近義 廢寢忘食　手不釋卷

反義 玩歲愒時

青菜蘿蔔各有所好 比喻各人喜好不同，不必強求一致。

例句 有人喜歡日劇，有人喜歡韓劇，青菜蘿蔔各有所好，何必批評人家呢？

近義 各取所需　見仁見智

反義 厚此薄彼　貴古賤今

8

靜如處子，動如脫兔 不動時像處女般貞靜，行動時像逃脫的兔子般敏捷。原指作戰時先靜守誘敵再迅速突擊。後泛指一個人言行處事動靜得宜。處子，也作「處女」。

語源 孫子九地：「是故始如處女，敵人開戶；後如脫兔，敵不及拒。」紅樓夢第七十三回：「這倒不是道家法術，倒是用兵最精的所謂『守如處女，出如脫兔』、『出其不備』的妙策。」

例句 別看他長相秀氣，談吐斯文，他可是靜如處子，動如脫兔，是足球校隊的最佳中鋒呢！

近義 動靜合宜

非部

非分之想 超出本分的想法；妄想。

語源 晉書姚興載記：「吳兒不自知，乃有非分之意。」清史稿于式枚傳：「定於一則無非分之想，散於眾則有競進之心。」

例句 小李做事向來老老實實，從不作非分之想，我決不相信他會盜用公款。

近義 痴心妄想　如意算盤

反義 安分守己

非比尋常 不同於平常。形容事物特殊。比，並；同。

例句 這件事非比尋常，你可要小心應付才行。

近義 與眾不同　大有來頭

非同小可 不同於尋常的小事。形容事情重要或事態嚴重，不容忽視。小可，輕微；尋常。

語源 元孟漢卿張孔目智勘魔合羅第三折：「蕭令史，我與你說，人命事關天關地，非同小可。」

例句 這件事非同小可，你最好慎重考慮之後再做決定。

近義 事關重大　舉足輕重

反義 無關緊要　雞毛蒜皮

非同兒戲 不同於小孩子的遊戲。指事關重大，不可輕率行事。

語源 史記絳侯周勃世家：「曩者霸上、棘門軍，若兒戲耳。」紅樓夢第六十五回：「但終身大事，一生至一死，非同兒戲。」

例句 他受的傷非同兒戲，一定要到醫院去仔細檢查治療才行。

近義 非同小可　茲事體大

反義 無傷大雅　雞毛蒜皮

非我族類 與我不同種族之人。比喻志趣不同的人。

語源 左傳成公四年：「非我族類，其心必異。」

例句 政治圈是非常現實的，非我族類之人往往遭到排擠。

反義 同宗共祖　志同道合

非戰之罪 不是戰鬥本身造成的過失。指戰爭或比賽失敗是由其他因素造成。

語源 史記項羽本紀：「然今

卒困于此，此天之亡我，非戰之罪也。」

例句 這場比賽的裁判執法不公，我們會輸球完全是非戰之罪。

非親非故 ㄈㄟ ㄑㄧㄣ ㄈㄟ ㄍㄨˋ 既不是親戚，也不是老朋友。指彼此毫無關係。親，親戚。故，故舊；老朋友。

語源 唐馬戴寄賈島：「佩玉與鏘金，非親亦非故。朱顏枉自毀，明代空相遇。」

例句 我和您非親非故，卻承您大力相助，真是銘感五內。

近義 素昧平生　素不相識

反義 骨肉至親

非驢非馬 ㄈㄟ ㄌㄩˊ ㄈㄟ ㄇㄚˇ 驢不像驢，馬不像馬。比喻事物不倫不類。

語源 漢書西域傳下：「外國胡人皆曰：『驢非驢，馬非馬，若龜茲王，所謂贏也。』」贏（ㄌㄨㄛˊ），即「騾」，驢和馬交配所生的後代。

例句 他寫文章老愛套用外文句法，以致文句非驢非馬，唸起來十分拗口。

近義 不倫不類　不三不四

7

靠山吃山，靠水吃水 ㄎㄠˋ ㄕㄢ ㄔ ㄕㄢ ㄎㄠˋ ㄕㄨㄟˇ ㄔ ㄕㄨㄟˇ 俗語。意指靠近山邊就吃山裡的產物，靠近水邊就吃水裡的產物。也比喻依傍什麼條件就靠什麼維生，或從事什麼行業就有什麼收入。也作「靠山吃山，靠海吃海」，或省作「靠山吃山」。

語源 明馮夢龍醒世恒言卷二十：「常言道：『靠山吃山，靠水吃水。』做公的買賣，千錢賒不如八百現。」

例句 臺灣早期移民都是「靠山吃山，靠水吃水」，在大自然中奮鬥，造就了堅苦卓絕的精神。

11

靡靡之音 ㄇㄧˇ ㄇㄧˇ ㄓ ㄧㄣ 指柔弱、頹廢或淫蕩的音樂。後也指敗壞風俗的言論。原作「靡靡之樂」。

語源 韓非子十過：「此師延之所作，與紂為靡靡之樂也。」清蒲松齡聊齋誌異：「馬即起舞，亦效白錦纏頭，作靡靡之音。」

例句 他清越激昂的歌聲，在充塞了靡靡之音的樂壇中相當特出。

面部

面不改色 ㄇㄧㄢˋ ㄅㄨˋ ㄍㄞˇ ㄙㄜˋ 臉色如常。形容遇到危險或急事時沉著鎮定。色，臉色。

語源 元秦簡夫宜秋山趙禮讓肥：「今朝拿住這廝，面不改色。」

例句 地震發生時，大夥皆驚慌失措，只有王同學面不改色，十分鎮定。

近義 神色自若　不動聲色

反義 大驚失色　呆若木雞

面目可憎 ㄇㄧㄢˋ ㄇㄨˋ ㄎㄜˇ ㄗㄥ 行為表現邪惡不善，令人厭惡。面目，面貌表情，指整體的行為表現。憎，厭惡。

語源 唐韓愈送窮文：「凡所以使吾面目可憎，語言無味者，皆子之志也。」

辨析 憎，音ㄗㄥ，不讀ㄗㄥˋ。

例句 他每天裝著光鮮整齊，看來儀表堂堂。做事卻經常不擇手段，用計狠毒，是個面目可憎的小人。

近義 面目猙獰

反義 眉目如畫　眉清目秀

面目全非 ㄇㄧㄢˋ ㄇㄨˋ ㄑㄩㄢˊ ㄈㄟ 面貌完全不一樣了。形容改變很

大。

語源 清蒲松齡聊齋誌異卷二陸判：「濯之，盆水盡赤，舉首則面目全非，又駭極。」

例句 經過一場動亂，這裡的古蹟被破壞得面目全非，損失無可估量。

近義 體無完膚　千瘡百孔

反義 依然如故

面目猙獰 ㄇㄧㄢˋ ㄇㄨˋ ㄓㄥ ㄋㄧㄥˊ

形容相貌或是表情兇惡可怕。猙獰，面目兇惡。

語源 明馮夢龍醒世恆言李汧公窮邸遇俠客：「一個個身長臂大，面貌猙獰。」清吳趼人九命奇冤第十三回：「另外還有兩人……都是身材矯健，面目猙獰。」

例句 雖然他時常在電影中飾演面目猙獰的大壞蛋，現實中他卻是個平易近人的人。

近義 青面獠牙　面目可憎

反義 慈眉善目　眉清目秀

面如土色 ㄇㄧㄢˋ ㄖㄨˊ ㄊㄨˇ ㄙㄜˋ

臉色像土一樣。形容恐懼害怕到了極點。

語源 唐敦煌變文集捉季布傳文卷一：「歸到壁前看季布，面如土色結眉頻。」

例句 阿花在朋友的慫恿之下嘗試高空彈跳，落地之後只見她面如土色，直呼下次不敢了。

近義 大驚失色　面無人色

反義 面不改色　神色自若

面有菜色 ㄇㄧㄢˋ ㄧㄡˇ ㄘㄞˋ ㄙㄜˋ

面帶青色。形容營養不足的臉色。菜色，指饑民吃野菜度日所呈現的營養不良的臉色。也作「有菜色」、「面皆菜色」。

語源 禮記王制：「雖有凶旱水溢，民無菜色。」韓詩外傳卷二：「閔子騫始見於夫子，有菜色。」宋王十朋梅溪集夔州論馬綱狀：「臣自入境以來，竊見夔峽之間，土狹民貧，面皆菜色，衣不蔽體。」

例句 他為了減肥而進行斷食，以致因營養不良而面有菜色。

近義 面黃肌瘦　面無人色

反義 紅光滿面　容光煥發

面有愧色 ㄇㄧㄢˋ ㄧㄡˇ ㄎㄨㄟˋ ㄙㄜˋ

臉上露出慚愧的神色。

語源 東漢趙曄吳越春秋句踐陰謀外傳：「於是越王默然不悅，面有愧色。」

例句 他自知理虧，因而面有愧色，連聲賠不是。

面有難色 ㄇㄧㄢˋ ㄧㄡˇ ㄋㄢˊ ㄙㄜˋ

臉上露出為難的神色。

語源 清李伯元官場現形記第二十五回：「溥四爺又再三叮囑晚上同到順泉家吃飯。賈大少爺因為奎官之事面有難色，尚未回答得出。」

例句 他見小明面有難色，便不好意思再提借錢的事了。

面紅耳赤 ㄇㄧㄢˋ ㄏㄨㄥˊ ㄦˇ ㄔˋ

形容人因焦急、發怒或羞愧而臉上發紅的模樣。

語源 明凌濛初初刻拍案驚奇卷三：「東山用盡平生之力，面紅耳赤，不要說扯滿，只求如初八月頭的月，再不能夠。」

例句 他與人爭執時面紅耳赤的神態，與平日的溫文儒雅簡直判若兩人。

近義 勃然變色

反義 面不改色

面面相覷 ㄇㄧㄢˋ ㄇㄧㄢˋ ㄒㄧㄤ ㄑㄩˋ

相互對看而不知所措。形容驚懼或詫異的樣子。覷，看。

語源 宋釋惟白續傳燈錄卷六海鵬禪師：「僧問：『如何是大疑底人？』師曰：『畢缽巖中面面相覷。』」

辨析 覷，音ㄑㄩˋ，不讀ㄒㄩ。

例句 老師突然大發脾氣，同學們都面面相覷，不知如何是好。

近義 不知所措 相顧失色

反義 泰然自若 處之泰然

面面俱到（ㄇㄧㄢˋ ㄇㄧㄢˋ ㄐㄩˋ ㄉㄠˋ） 各方面都照顧得很周到。形容辦事周全或做人周到。

語源 清李伯元官場現形記第五十七回：「這位單道臺辦事，一向是面面俱到，不肯落一點褒貶的。」

例句 這件事多虧你處理得面面俱到，才能有圓滿結局。

近義 四平八穩 八面玲瓏

反義 掛一漏萬 顧此失彼

面授機宜（ㄇㄧㄢˋ ㄕㄡˋ ㄐㄧ ㄧˊ） 指當面傳授應付的方法、策略。機宜，適當的相應對策。

語源 清李伯元官場現形記第十八回：「等到晚上無人的時候，請了拉達過來，面授機宜，如此如此，這般這般的，吩咐了一番。」

例句 這場比賽關係能否晉級，兩隊教練無不把握機會，面授機宜，提醒球員注意事項。

面無人色（ㄇㄧㄢˋ ㄨˊ ㄖㄣˊ ㄙㄜˋ） 臉上沒有血色。形容極端恐懼，或形容因飢餓、病痛而十分虛弱的樣子。

語源 史記李將軍列傳：「會日暮，吏士皆無人色，而（李）廣意氣自如，益治軍。軍中自是服其勇也。」宋朱熹晦庵集奏救荒事宜狀：「百里生齒，飢困支離，朝不謀夕，其尤甚者，衣不蓋形，面無人色。」

例句 從車禍中幸運生還的他因驚嚇過度而面無人色。

近義 大驚失色 面如土色

反義 面不改色 神色自若

面無表情（ㄇㄧㄢˋ ㄨˊ ㄅㄧㄠˇ ㄑㄧㄥˊ） 臉上沒有表情。形容人冷酷或呆滯。

例句 面對他苦苦的哀求，警察仍面無表情地遞給他一張罰單。

近義 呆若木雞 無動於中

反義 喜形於色 愁眉苦臉

面黃肌瘦（ㄇㄧㄢˋ ㄏㄨㄤˊ ㄐㄧ ㄕㄡˋ） 臉色發黃，身體瘦削。形容人有病或飢餓過度的樣子。

語源 明馮夢龍喻世明言卷四：「張遠看著阮三面黃肌瘦，咳嗽吐痰，心中好生不忍。」

例句 看見電視畫面中面黃肌瘦的災民，大家都動了惻隱之心，決定捐出半個月薪水賑災。

近義 面有菜色 面有病容

反義 紅光滿面 容光煥發

面譽背毀（ㄇㄧㄢˋ ㄩˋ ㄅㄟˋ ㄏㄨㄟˇ） 當面稱讚，卻在背後誹謗。形容人前人後不一致，作兩面人。

語源 莊子盜跖：「且吾聞之，好面譽人者，亦好背而毀之。」

例句 像他這種面譽背毀的雙面人，我才不屑與之為伍。

7

靦顏事仇（ㄊㄧㄢˇ ㄧㄢˊ ㄕˋ ㄔㄡˊ） 不知羞恥地奉事仇敵。靦，慚愧的樣子。

語源 南朝梁丘遲與陳伯之書：「將軍獨靦顏借命，驅馳氈裘之長，寧不哀哉？」

例句 歷史上靦顏事仇的貳臣，都會遺臭萬年，為人所不齒。

近義 認賊作父 賣國求榮

反義 忠心耿耿 忠貞不貳

靦顏借命（ㄊㄧㄢˇ ㄧㄢˊ ㄐㄧㄝˋ ㄇㄧㄥˋ） 慚愧苟活。借命，猶言苟活。

語源 南朝梁丘遲與陳伯之書：「將軍獨靦顏借命，驅馳

氈裘之長，寧不哀哉？」

例句 當國家有難的時候，凡我同胞都應該挺身而出，不可靦顏借命。

近義 苟且偷生　貪生怕死

反義 慷慨成仁　從容就義

革部

革故鼎新 ㄍㄜˊ ㄍㄨˋ ㄉㄧㄥˇ ㄒㄧㄣ　革除舊弊，建立新制。多指改朝換代或重大變革。革，卦名，表除舊之意。鼎，卦名，表更新之意。

語源 易經雜卦：「革，去故也；鼎，取新也。」舊五代史梁書太祖本紀三：「革故鼎新，諒歷數而先定，創業垂統，知圖籙以無差。」

辨析 故，不可寫成「固」。

例句 他上任後立即大刀闊斧，革故鼎新，令公司氣象煥然一新。

近義 除舊布新　推陳出新

反義 因循守舊　抱殘守缺

8

鞠躬盡瘁 ㄐㄩ ㄍㄨㄥ ㄐㄧㄣˋ ㄘㄨㄟˋ　竭盡心力，不辭勞苦。鞠躬，恭敬謹慎的樣子。盡瘁，盡心竭力而過度勞累。

語源 三國蜀諸葛亮後出師表：「臣鞠躬盡力，死而後已。」三國演義第九十七回引作「鞠躬盡瘁」。

例句 他抱持著鞠躬盡瘁的信念，為百姓謀福利，為國家求發展，是令人景仰的政治領袖。

近義 披肝瀝膽　肝腦塗地

反義 尸位素餐　竊位素餐

9

鞭長莫及 ㄅㄧㄢ ㄔㄤˊ ㄇㄛˋ ㄐㄧˊ　馬鞭雖長卻打不到馬腹。比喻距離太遠，威力無法達到。原作「鞭長不及馬腹」。

語源 左傳宣公十五年：「古人有言曰：『雖鞭之長，不及馬腹。』」清昭槤魏柏鄉相公：「今將滿兵遽撤，恐一旦有變，有鞭長莫及之虞。」

例句 你別以為到國外出差，經理鞭長莫及管不到你，就可趁機偷懶。

近義 力不從心　心餘力絀

反義 力所能及

鞭辟入裡 ㄅㄧㄢ ㄅㄧˋ ㄖㄨˋ ㄌㄧˇ　鞭策自己，向內深入。指人努力向學，功夫切實。後多用來形容評論文字深刻透闢，能切中要害。鞭，鞭策。辟，透徹。

語源 宋程頤、程顥二程遺書師訓：「學只要鞭辟近裡，著己而已，故『切問而近思』，則『仁在其中矣』。」清盛宣懷致張香帥函：「此時祇有責成朱道鞭辟入裡，實事求是，勿徇情面，勿托空言，或可望有起色。」

例句 這篇文章立論弘富精當，句句鞭辟入裡，值得取法。

近義 入木三分　一針見血

反義 隔靴搔癢　游談無根

韋部

韋編三絕 ㄨㄟˊ ㄅㄧㄢ ㄙㄢ ㄐㄩㄝˊ　穿編竹簡的牛皮繩子屢次磨斷。形容讀書非常勤奮。古人將文字寫於竹簡上，再以皮繩穿起成冊，閱讀時需一片片翻動。韋，皮革。三，指多次。絕，斷裂。

語源 史記孔子世家：「孔子晚而喜易，……讀易，韋編三絕。」

例句 你若能以韋編三絕的精神準備考試，不怕考不上。

8

韓潮蘇海 ㄏㄢˊ ㄔㄠˊ ㄙㄨ ㄏㄞˇ　形容韓愈、蘇軾的文章如海潮般壯闊無比。也作「蘇海韓潮」。

語源 清孔尚任桃花扇聽稗：

「蚤歲清詞，吐出班香宋豔；中年浩氣，流成蘇海韓潮。」

例句 作文要學到韓潮蘇海的氣魄，必須先涵養內心的浩然正氣。

近義 波瀾老成　大塊文章

反義 鉤章棘句　詰屈聱牙

10 **韜光養晦**（ㄊㄠ ㄍㄨㄤ ㄧㄤˇ ㄏㄨㄟˋ） 比喻隱藏才智，不為世人所知。韜光，收斂光采。韜，隱藏。養晦，指退隱待時。養，隱。晦，暗。

語源 東漢孔融雜合詩：「玫璇隱曜，美玉韜光。」宋史邢恕傳：「使養晦以待時。」清俞萬春蕩寇志第七十六回：「你此去，須韜光養晦，再看天時。」

例句 他韜光養晦、不問世事已有多年，現在很多人都不知道他從前的豐功偉績。

近義 披褐懷玉　深藏若虛

反義 鋒芒外露　露才揚己

音部

音容宛在（ㄧㄣ ㄖㄨㄥˊ ㄨㄢˇ ㄗㄞˋ） 聲音與容貌如在眼前。多用於對死者的弔唁之詞。

語源 唐李翱祭吏部韓侍郎文：「遣使奠斝，百酸攪腸，音容宛在，曷日而忘？」

辨析 本則成語不可用在尚未過世者身上。

例句 雖然爺爺已經與世長辭，但在我們心中，他的音容宛在，永難忘懷。

5 **韶光虛擲**（ㄕㄠˊ ㄍㄨㄤ ㄒㄩ ㄓˊ） 白白浪費美好的時光。韶光，美好的時光。擲，丟下；拋棄。

語源 南朝梁蕭綱與慧琰法師書：「五翳消空，韶光表節。」

例句 年紀輕輕不務正業，徒然將韶光虛擲，到老年的時候，一定會後悔的。

近義 蹉跎歲月　玩歲愒時

反義 夙興夜寐　發憤忘食

12 **響噹噹**（ㄒㄧㄤˇ ㄉㄤ ㄉㄤ） ①形容敲擊的聲音響亮。②比喻人剛正坦蕩，或名氣響亮。

例句 ①聽到街頭賣藝人響噹噹的敲鑼聲，路人很快便圍了過來。②郭董事長是商界響噹噹的大人物，一舉一動都備受關注。

近義 大名鼎鼎　赫赫有名

反義 默默無聞　不見經傳

響遏行雲（ㄒㄧㄤˇ ㄜˋ ㄒㄧㄥˊ ㄩㄣˊ） 響亮的歌聲讓流動的雲也停止不前。形容聲音高昂響亮。遏，阻止；停止。

語源 列子湯問：「餞於郊衢，撫節悲歌，聲振林木，響遏行雲。」

例句 他上臺高歌一曲，嘹亮的歌聲，響遏行雲，博得滿堂彩。

近義 穿雲裂石　響徹雲霄

響徹雲霄（ㄒㄧㄤˇ ㄔㄜˋ ㄩㄣˊ ㄒㄧㄠ） 聲音響亮到足以傳到雲層之上。

語源 晉葛洪西京雜記卷一：「戚夫人歌舞：『侍婦數百皆習之，後宮齊首高唱，聲入雲霄。』」明申佳胤端午日鳳樓侍宴：「一聲天語千官坐，響徹雲霄瑞鳥翔。」

例句 大年初一一大早，此起彼落的鞭炮聲響徹雲霄，充滿了年節的氣氛。

近義 聲如洪鐘　震耳欲聾

反義 萬籟俱寂　鴉雀無聲

頁部

2 **頂天立地**（ㄉㄧㄥˇ ㄊㄧㄢ ㄌㄧˋ ㄉㄧˋ） 頭頂雲天，腳立大地。形容人氣概雄偉豪邁，光明磊落。

語源 宋釋惟白續傳燈錄卷三

安吉州道場無庵法全禪師：「汝等諸人，個個頂天立地。」

例句 在紛亂的世局中，他那頂天立地的人格，格外令人佩服。

近義 氣宇軒昂　光明磊落

反義 畏首畏尾　猥猥瑣瑣

頃刻之間 ㄑㄧㄥˇ ㄎㄜˋ ㄓ ㄐㄧㄢ　形容很短的時間。

語源 梁書朱异傳：「异屬辭落紙，覽事下議，從橫敏贍，不暫停筆，頃刻之間，諸事便了。」

例句 這場雨又急又大，頃刻之間路上已積水盈尺。

近義 轉眼之間　轉瞬之間

3

項莊舞劍，意在沛公 ㄒㄧㄤˋ ㄓㄨㄤ ㄨˇ ㄐㄧㄢˋ ㄧˋ ㄗㄞˋ ㄆㄟˋ ㄍㄨㄥ

指外表言行只是用來掩人耳目，實際上另有企圖。項莊，項羽手下的武士。沛公，漢高祖劉邦。

語源 史記項羽本紀記載：項羽在鴻門宴請劉邦時，項莊藉表演舞劍想伺機刺殺劉邦。張良看出情況緊急，於是出到帳外對樊噲說：「今者項莊拔劍舞，其意常在沛公也。」於是樊噲入內去解救劉邦。

例句 他們表面上要跟我們策略聯盟，其實是「項莊舞劍，意在沛公」，不過是想藉機併吞我們公司罷了。

近義 醉翁之意不在酒　別有居心

順手牽羊 ㄕㄨㄣˋ ㄕㄡˇ ㄑㄧㄢ ㄧㄤˊ　比喻乘便竊取他人財物。順，沒有障礙。

語源 宋劉摯梁宣明二帝陵：「快心真噬腊，覆手已牽羊。」元尚仲賢尉遲恭三奪槊第二折：「我也不聽他說，是我把右手帶住馬，左手揪著他眼札毛，順手牽羊一般牽他回來了。」

例句 他逛百貨公司時經常順手牽羊，今天終於被逮個正著。

順水人情 ㄕㄨㄣˋ ㄕㄨㄟˇ ㄖㄣˊ ㄑㄧㄥˊ　不費力氣，順便給人的好處。

語源 明馮夢龍東周列國志第九十九回：「守將和軍卒都受了賄賂，落得做個順水人情。」

例句 這項科研你沒空接，就做個順水人情，把機會讓給急需研究經費的小趙吧！

順水推舟 ㄕㄨㄣˋ ㄕㄨㄟˇ ㄊㄨㄟ ㄓㄡ　比喻趁著方便的機會行事，不必多費力氣。

語源 宋釋惟白續傳燈錄卷七洪州大寧道寬禪師：「萬用自然，不勞心力，到遮裡喚作順水放船，且道逆風舉棹，誰是好手？」元康進之梁山泊李逵負荊第三折：「你休得順水推舟，偏不許我過河拆橋。」

例句 其實我也沒多大功勞，只不過是順水推舟罷了。

近義 見機行事　因利乘便

順其自然 ㄕㄨㄣˋ ㄑㄧˊ ㄗˋ ㄖㄢˊ　任憑事物自然發展，不加干涉。

語源 元史河渠志一：「若順其自然，將河北岸舊隄比之元料，增添工物，如法捲掃，堅固修築，誠為官民便益。」

例句 小孩子的性向發展，最好順其自然，如果一味強迫他學樂器，只怕會適得其反。

近義 聽其自然

反義 揠苗助長　操之過急

順風使帆 ㄕㄨㄣˋ ㄈㄥ ㄕˇ ㄈㄢˊ　順著風勢張帆而行。比喻藉有利的形勢做事，用力小而收效大。

語源 宋釋惟白續傳燈錄卷三一參政錢端禮居士：「大丈夫磊磊落落，當用處把定立處皆真，順風使帆，上下水皆可。」

例句 他眼光獨到，在商場上善於順風使帆，因此累積了不少財富。

近義 順水推舟　因利乘便

順風轉舵（ㄕㄨㄣˋ ㄈㄥ ㄓㄨㄢˇ ㄉㄨㄛˋ） 參見「隨風轉舵」。

順理成章（ㄕㄨㄣˋ ㄌㄧˇ ㄔㄥˊ ㄓㄤ） 比喻合理自然，毫不牽強。

語源 宋朱熹朱子全書論語：「文者，順理而成章之謂。」

例句 只要平日辛勤用功，最後一定會有不錯的考試成績，這是順理成章的事。

近義 理所當然　水到渠成

反義 牽強附會

順藤摸瓜（ㄕㄨㄣˋ ㄊㄥˊ ㄇㄛ ㄍㄨㄚ） 順著瓜藤找瓜。比喻沿著線索追尋，肯定有結果。

例句 檢調掌握這名科員的貪汙證據後，順藤摸瓜，果然查出更高層的涉案官員。

近義 按圖索驥　沿波討源

反義 不得要領

4

頑石點頭（ㄨㄢˊ ㄕˊ ㄉㄧㄢˇ ㄊㄡˊ） 無知的石頭也會點頭稱許。比喻說理精闢透徹，連不易感化的人也信服。

語源 明王鏊姑蘇志卷五八人物二三：「竺道生……聚石為徒，講涅槃經……群石皆首肯之。」

例句 你每天在他耳邊嘮叨，想要他頑石點頭，恐怕只會適得其反。

反義 對牛彈琴　無動於中

頑廉懦立（ㄨㄢˊ ㄌㄧㄢˊ ㄋㄨㄛˋ ㄌㄧˋ） 參見「廉貪立懦」。

5

領先群倫（ㄌㄧㄥˇ ㄒㄧㄢ ㄑㄩㄣˊ ㄌㄨㄣˊ） 表現優秀，超出眾人。群倫，眾多同類。

例句 小嵐天資聰穎又努力不懈，各項課業都領先群倫，當選模範生可說是實至名歸。

近義 出類拔萃　鶴立雞群

反義 望其項背　不可企及

7

頤指氣使（ㄧˊ ㄓˇ ㄑㄧˋ ㄕˇ） 用下巴的動作或口鼻出氣來指使別人做事。形容指使別人時驕橫無禮的態度。頤，下頷；下巴。

語源 舊唐書楊國忠傳：「立朝之際，或攘袂扼腕，自公卿以下，皆頤指氣使，無不讋憚。」

例句 張老闆對員工總是頤指氣使，難怪員工紛紛離職。

近義 趾高氣揚

反義 和顏悅色　平易近人

頤神養性（ㄧˊ ㄕㄣˊ ㄧㄤˇ ㄒㄧㄥˋ） 保養精神，陶冶性情。頤，保養；休養。也作「怡神養性」。

語源 漢馬融廣成頌：「先王所以平和府藏，頤養精神。」魏書顯祖獻文帝紀：「使朕優遊履道，頤神養性，可不善歟？」太平廣記卷二三五交友：「人生百年，有如風燭。宜怡神養性，琴酒寄情。」

例句 每個人都應該培養一些可以頤神養性的正當嗜好，老年之後生活才不會無聊。

近義 怡情悅性

反義 役目勞心

頤養天年（ㄧˊ ㄧㄤˇ ㄊㄧㄢ ㄋㄧㄢˊ） 在晚年的歲月裡安然休養。頤，保養。

例句 他晚年在西湖邊買了棟房子，想在這風景優美的地方頤養天年。

近義 安享天年

頭角崢嶸（ㄊㄡˊ ㄐㄧㄠˇ ㄓㄥ ㄖㄨㄥˊ） 形容年少而氣概不凡，才華出眾。頭角，頭頂左右突出處。崢嶸，本形容山很高峻，比喻才能不凡。

語源 全金元詞覺達鷓鴣天贊

舉公：「頭角崢嶸接九皋，襟懷灑落絕纖毫。」

例句 他年紀輕輕就已頭角崢嶸，若繼續努力，將來的成就必然無可限量。

近義 嶄露頭角　出類拔萃

反義 凡夫俗子　吳下阿蒙

頭昏眼花 頭腦暈眩，眼睛昏花。形容身體不適或極度疲勞。也作「頭昏眼暈」、「頭暈目眩」。

語源 清錢彩說岳全傳第二十五回：「李太師被張保背著飛跑，顛得頭昏眼暈。」

例句 姊姊為了保持苗條身材，時常不吃東西，以致稍微勞動一下就頭昏眼花。

近義 暈頭轉向　眼冒金星

反義 神清氣爽　神志清醒

頭昏腦脹 頭腦昏亂遲鈍，思慮不清。

例句 他花了一整天的時間，都無法解出這題數學，令他頭昏腦脹，信心全無。

近義 昏昏沉沉

頭重腳輕 形容頭腦發脹，站立不穩。或比喻不平衡、不穩固。

語源 水滸傳第一二二回：「用得力猛，頭重腳輕，翻筋斗倒撞下溪裡去，卻起不來。」

例句 我連續幾天都因門前道路施工的噪音而失眠，現在感覺到頭重腳輕，很不舒服。

頭破血流 ①形容受傷很重。②比喻慘遭失敗。

語源 太平御覽四二一引劉彥明敦煌實錄：「賊欲破棺，巽叩頭救請，頭破血流，賊義而釋之。」

例句 ①因為他騎機車沒戴安全帽，以致在車禍中撞得頭破血流。②小陳踏入廣告這一行，雖然過程中也曾到處撞得頭破血流，但他能夠鍥而不捨，終於闖出了一片天。

近義 皮開肉綻　鼻青臉腫

反義 安然無恙　平安無事

頭童齒豁 頭禿齒落。形容衰老的容貌。童，頭上無髮。豁，裂開；有缺口。

語源 唐韓愈進學解：「冬暖而兒號寒，年豐而妻啼飢，頭童齒豁，竟死何裨？」

例句 公園中常看到頭童齒豁的老人聚在一塊，有的下棋，有的品茗聊天，顯得十分悠閒自在。

近義 雞皮鶴髮　老態龍鍾

反義 春秋鼎盛　年富力強

頭頭是道 原為禪宗語，指道無所不在。後用來形容說話或做事條理清楚，道理充分。

語源 宋嚴羽滄浪詩話詩法：「及其透徹，則七縱八橫，信手拈來，頭頭是道矣。」

例句 她外表嬌柔，說起話來卻頭頭是道，一點兒也不含糊。

近義 娓娓動聽　有條有理

反義 語無倫次　顛三倒四

頭痛醫頭，腳痛醫腳 比喻處理問題不從全局考慮，不做根本徹底的解決。

語源 清趙翼廿二史劄記賈魯治河：「舍此不圖，而徒歲歲修防，年年堵築，正如頭痛醫頭，腳痛醫腳，病終不去。」

例句 這項工程施工至今，已經出現了許多問題，你不能只是頭痛醫頭，腳痛醫腳，而不做全盤檢討啊！

近義 治標不治本

反義 釜底抽薪

9

額手稱慶 ㄜˊ ㄕㄡˇ ㄔㄥ ㄑㄧㄥˋ　手放在額頭上，表示慶幸。原為敬禮，後用以表示慶幸、祝賀。也用來形容高興喜悅。

語源　宋史司馬光傳：「衛士望見，皆以手加額，曰：『此司馬相公也。』」明馮夢龍東周列國志第三十七回：「文公至絳，國人無不額手稱慶。百官朝賀，自不必說。」

例句　當裁判宣布中華隊獲勝時，現場觀眾無不額手稱慶。

顏面盡失 ㄧㄢˊ ㄇㄧㄢˋ ㄐㄧㄣˋ ㄕ　無臉見人；非常丟臉。顏面，形貌、面容。

語源　漢書東方朔傳「妾無狀」句唐顏師古注：「狀，形貌也。無狀，猶言無顏面以見人也。」

例句　這場籃球賽，地主隊被客隊一路壓著打，終場大輸三十分，實在顏面盡失。

近義　臉上無光　羞愧無地

反義　揚眉吐氣　神氣活現

10

顛三倒四 ㄉㄧㄢ ㄙㄢ ㄉㄠˇ ㄙˋ　形容人說話、做事沒有次序。

語源　明陸西星封神演義第四十四回：「一日拜三次，連拜了三四日，就把子牙拜的顛三倒四，坐臥不安。」

例句　股市崩盤對她打擊太大，只見她盯著股價指數，講話顛三倒四的，或許該去看醫生了！

近義　顛倒錯亂　語無倫次

反義　有條有理　條理分明

顛沛流離 ㄉㄧㄢ ㄆㄟˋ ㄌㄧㄡˊ ㄌㄧˊ　形容生活困頓，無處安身，不得不輾轉遷徙。顛沛，遭受挫折，生活窮困。流離，流浪離散。

語源　詩經大雅蕩：「人亦有言，顛沛之揭。」漢書蒯通傳：「今劉、項分爭，使人肝腦塗地，流離中野不可勝數。」宋樓鑰上蔣參政書：「有人焉，業弓冶之餘，而弗能修播獲之職，顛沛流離，而叫呼攀援於門下。」

例句　戰爭會使人民過著顛沛流離的生活，所以國與國之間應以和平為首務，切莫輕啟戰端。

近義　流離失所　無所依歸

反義　安居樂業　安和樂利

顛倒是非 ㄉㄧㄢ ㄉㄠˇ ㄕˋ ㄈㄟ　把對的說成錯的，把錯的說成對的。形容違反事實，混淆是非。

語源　唐韓愈施先生墓誌銘：「古聖人言，其旨密微，箋注紛羅，顛倒是非。」

例句　他為了一己之私利，一味顛倒是非，令人相當不齒。

近義　顛倒黑白　指鹿為馬

反義　是非分明　黑白分明

顛倒黑白 ㄉㄧㄢ ㄉㄠˇ ㄏㄟ ㄅㄞˊ　把白的說成黑的，把黑的說成白的。形容違背事實，顛倒是非。

語源　戰國楚屈原九章懷沙：「變白而為黑兮，倒上以為下。」宋方恬西漢論：「黨蔽一成，則顛倒白黑，無所不至矣。」

例句　他說話常常顛倒黑白，可信度不高，所以在決策前，你還是多加思考才好。

近義　指鹿為馬　顛倒是非

反義　是非分明　黑白分明

顛倒錯亂 ㄉㄧㄢ ㄉㄠˇ ㄘㄨㄛˋ ㄌㄨㄢˋ　形容說話、做事沒有次序，失去常態。

語源　宋袁燮絜齋集乞歸田里狀：「今則疾病侵陵，精神恍惚，顛倒錯亂，如癡如醉。」

例句　他自從生病之後，性情大變，就連說話也顛倒錯亂，好像完全變了一個人。

近義　顛三倒四　雜亂無章

反義 井然有序　條理分明

顛撲不破 ㄉㄧㄢ ㄆㄨ ㄅㄨˋ ㄆㄛˋ 無論怎樣摔打都不會破。比喻義理或言論正確，永遠不會被推翻。顛，摔倒。撲，打擊。

語源 宋朱熹答張欽夫：「須如此而言，方是顛撲不破，絕滲漏，無病敗耳。」

例句 這篇研究報告的理論圓融精確，顛撲不破。

近義 無懈可擊　堅不可摧

反義 不堪一擊　漏洞百出

顛鸞倒鳳 ㄉㄧㄢ ㄌㄨㄢˊ ㄉㄠˇ ㄈㄥˋ 比喻男女交歡。鸞鳳，比喻夫婦。

語源 唐盧儲催妝：「今日幸為秦晉會，早教鸞鳳下妝樓。」元王實甫西廂記第二本第三折：「小生到得臥房內，和姐姐解帶脫衣，顛鸞倒鳳。」

例句 好萊塢電影裡時常可見顛鸞倒鳳的鏡頭，西方人性觀念的開放由此可見一斑。

近義 巫山雲雨　魚水交歡

12

顧全大局 ㄍㄨˋ ㄑㄩㄢˊ ㄉㄚˋ ㄐㄩˊ 指說話、行事，以整體利益為重。

例句 她做事能顧全大局，具有大家風範，是值得拔擢的人才。

近義 公而忘私

反義 以私害公

顧名思義 ㄍㄨˋ ㄇㄧㄥˊ ㄙ ㄧˋ 看到名稱，就可以想到它的涵義。

語源 三國志魏書王昶傳：「故以玄默沖虛為名，欲使汝曹顧名思義，不敢違越。」

例句 「刑法」顧名思義，就是與刑事案件有關的法律。

顧曲周郎 ㄍㄨˋ ㄑㄩ ㄓㄡ ㄌㄤˊ 原指精通音樂的周瑜。後泛指精通音樂的人，也指知音或情郎。顧曲，聽到曲中有誤而回頭。顧，回頭。周郎，指三國時代吳國的周瑜。他精通音樂，即使喝了很多酒，聽到別人演奏音樂有一點點差錯，都會回頭看一眼。後以「顧曲周郎」代指知音者。

語源 三國志吳書周瑜傳：「瑜少精意於音樂，雖三爵之後，其有闕誤，瑜必知之，知之必顧，故時有人謠曰：『曲有誤，周郎顧。』」唐李端聽箏：「鳴箏金粟柱，素手玉房前。欲得周郎顧，時時誤拂弦。」元邵亨貞賀新郎：「顧曲周郎今已矣，滿江南、誰是知音客。」清孔尚任桃花扇第二十三齣：「你有這柄桃花扇，少不得個顧曲周郎；難道青春守寡，竟做個入月嫦娥不成？」

例句 大家拱小妹演奏生日快樂歌為奶奶祝壽，因為有陳大哥這位顧曲周郎在，讓她非常緊張。

顧此失彼 ㄍㄨˋ ㄘˇ ㄕ ㄅㄧˇ 顧得了這個，卻漏了那個。形容無法全面照顧。

語源 明馮夢龍東周列國志第七十六回：「大王率大軍直擣郢都，彼疾雷不及掩耳，顧此失彼。」

例句 小明放學後不僅要做功課，還要學許多才藝，常常顧此失彼，疲憊不堪。

近義 左支右絀　難以兩全

反義 面面俱到　八面玲瓏

顧盼生姿 ㄍㄨˋ ㄆㄢˋ ㄕㄥ ㄗ 形容眉目傳神，姿情動人。顧盼，觀看；環顧。

語源 三國魏嵇康贈秀才入軍：「風馳電逝，躡景追風；凌厲中原，顧盼生姿。」

例句 他器宇軒昂，顧盼生姿，一出場就把其他參賽者都比下去了。

頁

近義 神采奕奕 瞵視昂藏

反義 無精打采 暮氣沉沉

顧盼自得 ㄍㄨˋ ㄆㄢˋ ㄗˋ ㄉㄜˊ 左顧右盼，自己覺得很得意。形容得意忘形。原作「顧盼自雄」。

語源 宋書范曄傳：「及在西池射堂上，躍馬顧盼，自以為一世之雄。」

例句 他在場上一副顧盼自得的神態，好像全然不把其他選手放在眼裡。

近義 自鳴得意 神氣活現

反義 虛懷若谷 卑以自牧

顧影自憐 ㄍㄨˋ ㄧㄥˇ ㄗˋ ㄌㄧㄢˊ ①看著影子，自己憐惜自己。形容處境孤苦，潦倒失意的樣子。②轉頭看看影子，自覺可愛。形容自我欣賞。顧，看。憐，憐惜；愛。

語源 晉束皙貧家賦：「債家至而相敦，乃取東而償西，行乞貸而無處，退顧影以自憐。」

例句 ①自從母親去世以後，每當夜深人靜，小英總是不由自主地顧影自憐。②愛美的王小姐喜歡攬鏡自照，顧影自憐。

近義 形影相弔 孤芳自賞

顧左右而言他 ㄍㄨˋ ㄗㄨㄛˇ ㄧㄡˋ ㄦˊ ㄧㄢˊ ㄊㄚ 轉頭看看兩旁而談別的話題。形容故意岔開話題。顧，回頭。

語源 孟子梁惠王下：「曰：『四境之內不治，則如之何？』王顧左右而言他。」

例句 李小姐從不多談自己的私生活，每次一被問到感情的事，她便顧左右而言他。

近義 支吾其詞

14

顯而易見 ㄒㄧㄢˇ ㄦˊ ㄧˋ ㄐㄧㄢˋ 指事情或道理非常明顯，很容易看出來。原作「淺而易見」。

語源 宋蘇洵嘉祐集上皇帝書：「而其近而易行，淺而易見者，謹條為十通。」

例句 他們夫妻失和的癥結顯而易見，是雙方都太愛面子了。

近義 有目共睹 昭然若揭

反義 隱晦曲折 莫測高深

顯祖揚宗 ㄒㄧㄢˇ ㄗㄨˇ ㄧㄤˊ ㄗㄨㄥ 指出人頭地，使祖宗、父母顯耀。

語源 孝經開宗明義：「立身行道，揚名於後世，以顯父母，孝之終也。」

例句 古代讀書人十年寒窗苦讀，莫不為了進入仕途，顯祖揚宗。

近義 光宗耀祖 光耀門楣

反義 敗壞門風

風部

風土人情 ㄈㄥ ㄊㄨˇ ㄖㄣˊ ㄑㄧㄥˊ 指一地的地理環境和風俗習慣。也作「風土民情」。

語源 清文康兒女英雄傳第十四回：「又問了問褚一官走過幾省，說了些那省的風土人情。」清夏敬渠野叟曝言第一四七回：「知其航海路程，及歐羅巴七十二國風土民情。」

例句 到外國旅遊，要先了解當地的風土人情，才不會鬧出笑話來。

近義 風俗習慣

風中之燭 ㄈㄥ ㄓㄨㄥ ㄓ ㄓㄨˊ 風中的燭火，隨時都可能被吹熄。比喻瀕臨死亡的人或隨時可能消失的事物。

語源 宋郭茂倩樂府詩集怨詩行：「天德悠且長，人命一何促。百年未幾時，奄若風吹燭。」三國魏劉楨詩：「低昂倏忽去，炯若風中燭。」明馮夢龍醒世恆言卷一〇：「（劉公道：）老拙夫婦年近七旬，

頁

風

如風中之燭，早暮難保。」

例句　躺在加護病房中奄奄一息的他，生命如風中之燭，隨時都有危險。

近義　日薄西山　風燭殘年

反義　春秋鼎盛

風木之思 ㄈㄥ ㄇㄨˋ ㄓ ㄙ　比喻子女對已故父母的懷念。

語源　韓詩外傳卷九：「樹欲靜而風不止，子欲養而親不待也。去而不可得見者，親也。」明張鳳翼紅拂記卷下楊公完偶：「只是漂流已久，豈無風木之思；伉儷重諧，方有室家之戀。」

例句　每次聽到「天倫之樂」這首歌，他總會觸動風木之思而潸然淚下。

近義　寒泉之思

風木含悲 ㄈㄥ ㄇㄨˋ ㄏㄢˊ ㄅㄟ　喻指父母亡故，兒女無法再盡孝道而含哀悲痛。也作「風木之悲」。

語源　參見「風木之思」。明汪廷訥獅吼記敘別：「先父公弼，作宦黃州，因而流寓岐亭，不幸風木含悲，年來獨與妻房柳氏，諧其伉儷。」

例句　他因為長期在外地工作而無法承歡膝下，如今風木含悲，更加令他抱憾終身。

近義　子欲養而親不待

反義　椿萱並茂

風平浪靜 ㄈㄥ ㄆㄧㄥˊ ㄌㄤˋ ㄐㄧㄥˋ　無風無浪。比喻平靜或情勢穩定。

語源　宋陸九淵語錄：「因提公昨晚所論事，只是勝心。風平浪靜時，都不如此。」

例句　經過一番協調斡旋，大家取得共識後，這件事總算風平浪靜了。

反義　波濤洶湧　驚濤駭浪

風光明媚 ㄈㄥ ㄍㄨㄤ ㄇㄧㄥˊ ㄇㄟˋ　形容景色優美秀麗。

語源　唐陳子昂于長史山池三日曲水宴：「巖樹風光媚，郊園春樹平。」唐元稹元和五年予官……因投五十韻：「漸到柳枝頭，川光始明媚。」

例句　日月潭風光明媚，名聞遐邇，每到假日總是遊客如織。

近義　風光旖旎　鳥語花香

風行一時 ㄈㄥ ㄒㄧㄥˊ ㄧˋ ㄕˊ　在一個時期內廣大而快速的流行。風行，像刮風一樣流行。

語源　清曾樸孽海花第三回：「不是弟妄下雌黃，只怕唐兄印行的不息齋稿，雖然風行一時，決不能望五丁閣稿的項背哩！」

例句　隨著時代變遷，風行一時的新潮商品往往也會與時更迭，成為消費者記憶中的一部分。

近義　風靡一時　盛極一時

風行草偃 ㄈㄥ ㄒㄧㄥˊ ㄘㄠˇ ㄧㄢˇ　風一吹，草就倒。比喻在上位者以德化民。偃，仆倒。

語源　論語顏淵：「君子之德，風，小人之德，草；草上之風，必偃。」三國志吳書張紘傳裴松之注引吳書：「孫策平定三郡，風行草偃。」

例句　執政者若能注重自身的品格道德，則民風自然淳厚，這便是風行草偃的功效。

近義　上行下效

風吹雨打 ㄈㄥ ㄔㄨㄟ ㄩˇ ㄉㄚˇ　風雨侵襲。也比喻強盛勢力對弱小者的迫害、摧殘。也作「雨打風吹」。

語源　唐陸希聲李徑：「一徑穠芳萬蕊攢，風吹雨打未摧殘。」

例句　經不起一夜的風吹雨

打，滿園桃花散落一地。

風吹草動 ㄈㄥ ㄔㄨㄟ ㄘㄠˇ ㄉㄨㄥˋ 比喻輕微的變化。
[語源] 唐敦煌變文集伍子胥變文：「偷蹤竊道，飲氣吞聲，風吹草動，即便藏形。」
[例句] 你不要這麼膽小，一有風吹草動，就嚇得不知所措。
[近義] 風聲鶴唳　草木皆兵
[反義] 天崩地裂　天翻地覆

風言風語 ㄈㄥ ㄧㄢˊ ㄈㄥ ㄩˇ 指沒有根據的空話或到處流傳的謠言。
[語源] 元佚名月明和尚度柳翠第一折：「我哪裡聽你那風言風語？」
[例句] 她聽到了那些不堪入耳的風言風語後，就一直躲在房裡不肯出來。
[近義] 流言蜚語　閒言閒語

風和日麗 ㄈㄥ ㄏㄜˊ ㄖˋ ㄌㄧˋ 清風和煦，陽光燦麗。形容天氣極好。
[語源] 清沈復浮生六記閒情記趣：「是日風和日麗，遍地黃金。」
[例句] 今天風和日麗，最適合全家出遊踏青，增進親子感情。
[近義] 日暖風和

風花雪月 ㄈㄥ ㄏㄨㄚ ㄒㄩㄝˇ ㄩㄝˋ 本指四時景色。也比喻男女風情。
[語源] 宋邵雍和人放懷：「況當水竹雲山地，忍負風花雪月期。」明凌濛初初刻拍案驚奇卷十五：「陳秀才風花雪月了七八年，把家私弄得乾淨快了。」
[例句] 中國歷代文人才華洋溢，情感豐富，即使是風花雪月的題材也能寫出意境深遠的詩文佳作。

風雨交加 ㄈㄥ ㄩˇ ㄐㄧㄠ ㄐㄧㄚ 風雨大作。交加，不同事物一齊降臨。
[語源] 清袁枚子不語第三卷：「是年，夏間無疫，中秋無月，且風雨交加，道士亦杳不至。」
[例句] 外頭風雨交加，我勸你還是別出門，等風雨停了再說吧。
[近義] 狂風暴雨　風吹雨打
[反義] 風和日麗　雲淡風輕

風雨同舟 ㄈㄥ ㄩˇ ㄊㄨㄥˊ ㄓㄡ 在暴風雨中同船共渡。比喻患難與共。
[語源] 孫子九地：「吳人與越人相惡也，當其同舟而濟，遇風，其相救也，如左右手。」
[例句] 要度過這波景氣危機，須得全公司上下風雨同舟，才能共創美好的未來。
[近義] 同舟共濟　休戚與共
[反義] 同床異夢　離心離德

風雨無阻 ㄈㄥ ㄩˇ ㄨˊ ㄗㄨˇ 刮風下雨也無法阻擋，照常進行。
[語源] 明馮夢龍醒世恆言卷三二：「黃秀才從陸路短船，風雨無阻，所以趕著了。」
[例句] 他每天早晨都要慢跑五公里，風雨無阻，精神可嘉。
[近義] 排除萬難　有始有終
[反義] 畏苦怕難

風雨飄搖 ㄈㄥ ㄩˇ ㄆㄧㄠ ㄧㄠˊ 在風雨中飄蕩搖晃。比喻世局動盪不安。
[語源] 詩經豳風鴟鴞：「予室翹翹，風雨所漂搖。」宋范成大送文處厚歸蜀類試：「死生契闊心如鐵，風雨飄搖鬢欲絲。」
[例句] 在那個風雨飄搖的時代，許多人被迫逃離家園，處境堪憐。
[近義] 擾攘不安　多事之秋

反義 四海昇平　國泰民安

風姿綽約 ㄈㄥ ㄗ ㄔㄨㄛˋ ㄩㄝ　風度儀態輕盈柔美的樣子。多用來形容女子體態輕柔。

語源 晉葛洪抱朴子審舉：「士有風姿豐偉，雅望有餘，而懷空抱虛，幹植不足。」莊子逍遙遊：「肌膚若冰雪，淖約若處子。」

例句 幾個風姿綽約的妙齡女郎走在街上，吸引了大家的目光。

近義 儀態萬方

風度翩翩 ㄈㄥ ㄉㄨˋ ㄆㄧㄢ ㄆㄧㄢ　形容男子言談舉止非常優雅。

語源 後漢書竇融傳論：「嘗獨詳味此子之風度，雖經國之術無足多談，而進退之禮良可言矣。」史記平原君列傳：「平原君，翩翩濁世之佳公子也。」

例句 那位女星的身邊最近常有個風度翩翩的男士出現，引起影迷一陣好奇。

近義 文質彬彬　知書達禮

反義 鄉野鄙夫

風流人物 ㄈㄥ ㄌㄧㄡˊ ㄖㄣˊ ㄨˋ　①指俊雅傑出、能影響時代的人物。②指不拘禮法或好色放蕩的人。風流，風度儀表。形容人傑出英俊。也指放蕩不羈的男女關係。

語源 三國志蜀書劉琰傳：「先主在豫州，辟為從事，以其宗姓，有風流，善談論，厚親待之。」宋蘇軾念奴嬌赤壁懷古：「大江東去，浪淘盡千古風流人物。」水滸傳第六回：「婦人家水性，見了衙內這般風流人物，再著些甜話兒調和他，不由他不肯。」

例句 ①歷史上，許多烜赫一時的風流人物都是在困苦中奮鬥出來的。②影劇圈中頭號的風流人物非他莫屬，狗仔隊怎麼會輕易放過他？

風流倜儻 ㄈㄥ ㄌㄧㄡˊ ㄊㄧˋ ㄊㄤˇ　形容男子風度翩翩，豪邁灑脫。倜儻，灑脫不受約束的樣子。

語源 明淩濛初初刻拍案驚奇卷五：「那盧生生得偉貌長髯，風流倜儻。」

辨析 倜儻，音ㄊㄧˋ ㄊㄤˇ，不讀ㄊㄧㄠ ㄉㄤˇ。本則成語不能用來形容女子。

例句 古龍武俠小說中的楚留香，是個風流倜儻的人物。

近義 倜儻不群　跌宕不羈

風風火火 ㄈㄥ ㄈㄥ ㄏㄨㄛˇ ㄏㄨㄛˇ　原形容急急忙忙或冒冒失失的樣子。現也用來形容很活躍、很帶勁的樣子。

語源 清佚名後西遊記第三十九回：「你一路來舟楫艱難，鞍馬勞頓，又風風火火，也辛苦了。」

例句 里長伯有一副熱心腸，辦起事來風風火火，馬不停蹄，好像有用不完的精力似的。

近義 如火如荼　轟轟烈烈

風風雨雨 ㄈㄥ ㄈㄥ ㄩˇ ㄩˇ　刮風下雨。①比喻紛擾或困難。②比喻議論紛紛。

語源 元張可久寨兒令畫鼓鳴曲：「風風雨雨清明，鶯鶯燕燕關情。」

例句 ①一路走來，經歷了那麼多風風雨雨，你們夫妻倆始終互相體諒，彼此扶持，實在令人感動。②你惹下的荒唐事已鬧得風風雨雨，大丈夫敢做敢當，你理應出面給大家一個合理的交代。

近義 滿城風雨　眾說紛紜

風起雲湧 ㄈㄥ ㄑㄧˇ ㄩㄣˊ ㄩㄥˇ　大風刮起，烏雲湧現。比喻事物迅速變化，強烈浩大。

語源 宋蘇軾後赤壁賦：「山

鳴谷應，風起水湧。」清唐夢賚聊齋誌異序：「下筆風起雲湧，能為載記之言。」

例句 在這資訊發展風起雲湧的時代，唯有不斷學習，才能不被潮流所淘汰。

近義 洶湧澎湃　如火如荼

反義 強弩之末　煙消雲散

風情萬種 ㄈㄥ ㄑㄧㄥˊ ㄨㄢˋ ㄓㄨㄥˇ 形容女子富於各種情態，十分動人。風情，表情風采。

例句 那位女星明眸皓齒，風情萬種，使得許多男士為她著迷。

近義 儀態萬方　款款動人

風捲殘雲 ㄈㄥ ㄐㄩㄢˇ ㄘㄢˊ ㄩㄣˊ 大風刮走了殘存的雲彩。比喻一掃而空或消失得很快。

語源 唐戎昱霽雪：「風卷寒雲暮雪晴，江煙洗盡柳條輕。」

例句 在賽後的慶功宴上，我們以風捲殘雲之勢解決了滿桌的飯菜。

近義 一掃而空　秋風掃落葉

風清弊絕 ㄈㄥ ㄑㄧㄥ ㄅㄧˋ ㄐㄩㄝˊ 參見「弊絕風清」。

風華正茂 ㄈㄥ ㄏㄨㄚˊ ㄓㄥˋ ㄇㄠˋ 形容人年輕有為，正當才華橫溢之時。

語源 南史謝晦傳：「時謝混風華為江左第一。」

例句 李先生從歐洲學成歸國時，風華正茂，是文壇期待的明日之星。

近義 頭角崢嶸　年輕有為

反義 風燭殘年

風華絕代 ㄈㄥ ㄏㄨㄚˊ ㄐㄩㄝˊ ㄉㄞˋ 風采神韻超越當世。

語源 南史謝晦傳：「時謝混風華為江左第一，嘗與晦俱在武帝前，帝目之曰：『一時頓有兩玉人耳。』」

例句 雖然已息影多年，風華絕代的她每次一出現，仍然是鎂光燈的焦點。

風雲人物 ㄈㄥ ㄩㄣˊ ㄖㄣˊ ㄨˋ 指引起眾人矚目、熱烈討論的人。

例句 他為老闆立下不少汗馬功勞，是公司裡的風雲人物。

近義 一世之雄　人中之龍

反義 朽木糞土　酒囊飯袋

風雲際會 ㄈㄥ ㄩㄣˊ ㄐㄧˋ ㄏㄨㄟˋ 比喻眾多志士賢才同時出現；或指人遭逢好的時機，得以表現才能。際，交接；會，會合。

語源 唐杜甫夔府書懷四十韻：「社稷經綸地，風雲際會期。」

例句 一年一度的電影金馬獎盛會隆重舉辦，影視明星齊聚一堂，風雲際會，好不熱鬧。

近義 人文薈萃　躬逢其盛

反義 錯失良機　生不逢時

風雲變色 ㄈㄥ ㄩㄣˊ ㄅㄧㄢˋ ㄙㄜˋ 風起雲湧，天地為之變色。比喻時局或情勢發生巨大的變化。

語源 北周庾信擬詠懷二十七首（其二）：「風雲能變色，松竹且悲吟。」唐李邕贈安州都督王仁忠神道碑：「河山動容，風雲變色。」

例句 大選之後，政黨輪替，風雲變色，許多人一時之間難以適應。

近義 晴天霹靂　天翻地覆

風馳電掣 ㄈㄥ ㄔˊ ㄉㄧㄢˋ ㄔㄜˋ 像風一樣飛馳而過，像電一樣一閃即逝。比喻快速。

語源 唐王䛁懷素上人草書歌：「忽作風馳如電掣，更點飛花兼散雪。」

辨析 掣，音ㄔㄜˋ，不讀ㄓˋ。

例句 賽車場上，選手們一個個踩緊油門，風馳電掣地追逐，令觀眾大呼過癮。

近義　追風逐電

反義　老牛拖車

風塵僕僕　ㄈㄥ ㄔㄣˊ ㄆㄨˊ ㄆㄨˊ　形容旅途勞累。僕僕，勞頓的樣子。

語源　清吳沃堯痛史第八回：「三人揀了一家客店住下，一路上風塵僕僕，到了此時，不免早些歇息。」

辨析　僕，不可寫作「撲」或「樸」。

例句　一聽說母親生病住院，他即刻放下工作，從美國風塵僕僕地趕回來。

近義　風餐露宿　櫛風沐雨

風調雨順　ㄈㄥ ㄊㄧㄠˊ ㄩˇ ㄕㄨㄣˋ　形容豐年安樂的景象。調，和暢。

語源　舊唐書禮儀志：「既而克殷，風調雨順。」

例句　元旦升旗典禮上，總統總會帶領大家禱祝全年國泰民安，風調雨順。

近義　物阜民安　國泰民安

反義　哀鴻遍野　五穀不登

風餐露宿　ㄈㄥ ㄘㄢ ㄌㄨˋ ㄙㄨˋ　在野外風中用餐，在露天之下過夜。形容旅途或野外生活的艱苦。也作「露宿風餐」、「餐風露宿」。

語源　宋蘇軾遊山呈通判承議寫寄參寥師：「遇勝即徜徉，風餐兼露宿。」元高明琵琶記第二十一齣：「又怕餐風露宿，求神問卜，把歸期暗數。」

例句　攀登高山免不了要風餐露宿，但沿途飽覽壯麗景致，也足以讓人樂而忘憂。

近義　櫛風沐雨　餐風飲露

風燭殘年　ㄈㄥ ㄓㄨˊ ㄘㄢˊ ㄋㄧㄢˊ　形容人年紀老邁，不久於世。風燭，風中之燭，隨時可能熄滅。比喻生命將盡。

語源　清俞萬春蕩寇志第六回：「你日後出頭，為國家出身大汗，老夫風燭殘年，倘不能親見。」

例句　儘管父親曾犯下諸多荒唐的錯，如今他已風燭殘年，我們還能計較什麼呢？

近義　日薄西山　行將就木

反義　春秋鼎盛　風華正茂

風聲鶴唳　ㄈㄥ ㄕㄥ ㄏㄜˋ ㄌㄧˋ　風吹的聲音和鶴的鳴叫。形容引發人驚慌疑懼的景況。唳，鳴叫。

語源　晉書謝玄傳：「餘眾棄甲宵遁，聞風聲鶴唳，皆以為王師已至。」

辨析　唳，音ㄌㄧˋ，不讀ㄌㄟˋ。

例句　公司傳出財務吃緊的狀況，一時間風聲鶴唳，人人都害怕遭到裁員。

近義　草木皆兵　杯弓蛇影

風靡一時　ㄈㄥ ㄇㄧˇ ㄧˋ ㄕˊ　形容事物在某一時期如風吹草偃般流傳盛行。風靡，望風而倒。比喻流行。

語源　尚書君陳：「爾其戒哉！爾惟風，下民惟草。」漢劉向說苑貴德：「上之變下，猶風之靡草也。」後漢書馮異傳：「方今英俊雲集，百姓風靡。」

例句　十幾年前迷你裙曾經風靡一時，如今似乎又有捲土重來的趨勢。

近義　風行一時　盛極一時

風韻猶存　ㄈㄥ ㄩㄣˋ ㄧㄡˊ ㄘㄨㄣˊ　形容婦女年紀雖大，但風姿不減。風韻，風姿、韻味。

語源　清陳忱水滸後傳第三十八回：「屏風後一陣麝蘭香，轉出李師師來……年紀三旬以外，風韻猶存。」

辨析　本則成語不可用來形容自己的長輩，以免有失莊重。

例句　那位女星雖已年近半百

但風韻猶存，身邊仍然不乏追求者。

近義 徐娘半老

反義 美人遲暮 人老珠黃

風鬟霧鬢 ㄈㄥ ㄏㄨㄢˊ ㄨˋ ㄅㄧㄣˋ 參見「霧鬢風鬟」。

風馬牛不相及 ㄈㄥ ㄇㄚˇ ㄋㄧㄡˊ ㄅㄨˋ ㄒㄧㄤ ㄐㄧˊ 馬牛不同類，因此雌雄之間不會互相引誘。比喻毫不相干。風，動物雌雄相誘。及，牽涉；發生關係。另有一說為齊、楚相距甚遠，馬牛走失，不會跑到對方境內。風，放逸；走失。

語源 左傳僖公四年：「齊侯以諸侯之師侵蔡，蔡潰，遂伐楚。楚子使與師言：君處北海，寡人處南海，唯是風馬牛不相及也。不虞君之涉吾地也，何故？」

例句 這兩件事根本是風馬牛不相及，你怎麼會扯在一起呢？

近義 毫無瓜葛 毫不相干

反義 密不可分

11

飄忽不定 ㄆㄧㄠ ㄏㄨ ㄅㄨˋ ㄉㄧㄥˋ 變化不定，無法掌握。多用以形容行蹤或眼神。

例句 ①他四海為家，行蹤飄忽不定，是個謎樣的人物。②他答話的時候，眼神飄忽不定，好像在逃避什麼似的。

近義 神出鬼沒 神龍見首不見尾

飄洋過海 ㄆㄧㄠ ㄧㄤˊ ㄍㄨㄛˋ ㄏㄞˇ 渡海到異地去。

語源 西遊記第一回：「飄洋過海尋仙道，立志潛心建大功。」

例句 她大學畢業之後最大的心願就是飄洋過海去美國攻讀碩士學位。

近義 遠渡重洋

飄蓬斷梗 ㄆㄧㄠ ㄆㄥˊ ㄉㄨㄢˋ ㄍㄥˇ 參見「斷梗飄蓬」。

飄飄欲仙 ㄆㄧㄠ ㄆㄧㄠ ㄩˋ ㄒㄧㄢ 輕飄飄的，好像即將成仙。原形容仙風道骨的情態。現多用來形容愉悅輕快的感受。

語源 宋蘇軾前赤壁賦：「飄飄乎遺世獨立，羽化而登仙。」明抱甕老人今古奇觀第七十四卷：「小弟只在他浣古軒與無夢閣兩處坐了半日，便舉體飄飄欲仙。」

例句 做完全身按摩後，整個人飄飄欲仙，一身的疲累都消失了。

近義 超塵脫俗 渾然忘我

飛 部

飛沙走石 ㄈㄟ ㄕㄚ ㄗㄡˇ ㄕˊ 沙土飛揚，石頭滾動。形容風勢強勁。

語源 三國志吳書陸胤傳：「風則折木，飛砂轉石。」唐任華懷素上人草書歌：「飛砂走石滿穹塞，萬里颼颼西北風。」

例句 臺東地區由於處於背風面，每當西北颱來襲，總會颳起飛沙走石的落山風。

近義 狂風怒吼 狂風大作

飛來橫禍 ㄈㄟ ㄌㄞˊ ㄏㄥˊ ㄏㄨㄛˋ 指突然發生的意外災禍。

語源 後漢書周榮傳：「故常敕妻子，若卒遇飛禍，無得殯斂，冀以區區腐身覺悟朝廷。」明馮夢龍醒世恆言卷三四：「欲待不去照管他，到天明被做公的看見，卻不是一場飛來橫禍，辨不清的官司。」

例句 小華走在路上時，被掉下來的招牌砸得頭破血流，真是飛來橫禍。

近義 禍從天降

飛流直下 ㄈㄟ ㄌㄧㄡˊ ㄓˊ ㄒㄧㄚˋ　形容瀑布垂直瀉流而下的壯觀景象。飛流，即瀑布。

語源　唐李白望廬山瀑布：「飛流直下三千尺，疑是銀河落九天。」

例句　烏來瀑布上下落差百餘公尺，一條白練飛流直下，十分壯觀。

飛揚跋扈 ㄈㄟ ㄧㄤˊ ㄅㄚˊ ㄏㄨˋ　原形容人率性任真，灑脫不羈。後多用來形容人橫行專斷。跋扈，專橫囂張。

語源　北史齊高祖紀：「(侯)景專制河南十四年矣，常有飛揚跋扈志，顧我能養，豈為汝駕馭也。」

辨析　跋，不可寫成「拔」。

例句　身為公司的繼承人，他不努力學習領導的技巧，反而行事飛揚跋扈，惹得員工人心離散，怨聲載道。

近義　桀驁不馴　盛氣凌人

飛短流長 ㄈㄟ ㄉㄨㄢˇ ㄌㄧㄡˊ ㄔㄤˊ　指眾人的閒言閒語或謠言。也作「蜚短流長」。

語源　清蒲松齡聊齋誌異封三娘：「妾來當須祕密，造言生事者，飛短流長，所不堪受。」

例句　人言可畏，雖然你不在意那些飛短流長，但是它們的殺傷力很大，你還是適時地出面澄清比較好。

近義　閒言閒語　流言蜚語

飛黃騰達 ㄈㄟ ㄏㄨㄤˊ ㄊㄥˊ ㄉㄚˊ　比喻人功成名就，富貴利達。飛黃，神馬名。騰達，形容馬的奔馳。原作「飛黃騰踏」。

語源　唐韓愈符讀書城南：「飛黃騰踏去，不能顧蟾蜍。」

例句　他早年窮苦，常常得縮衣節食度日，如今飛黃騰達，仍保持節儉的生活習慣，十分難得。

近義　平步青雲　扶搖直上

反義　窮途潦倒　時乖命蹇

飛蛾撲火 ㄈㄟ ㄜˊ ㄆㄨ ㄏㄨㄛˇ　參見「燈蛾撲火」。

飛簷走壁 ㄈㄟ ㄧㄢˊ ㄗㄡˇ ㄅㄧˋ　形容攀越屋牆的技藝高超。

語源　水滸傳第六十六回：「且說時遷是個飛簷走壁的人，不從正路入城，夜間越牆而過。」

例句　這部電影的打鬥場面很有看頭，片中高手飛簷走壁、舞刀弄劍的精彩畫面令觀眾大呼過癮。

食部

食不下咽 ㄕˊ ㄅㄨˋ ㄒㄧㄚˋ ㄧㄢˋ　吃不下東西。多指因心事沉重而沒有食慾。咽，吞食。通「嚥」。

語源　唐韓愈張中丞傳後敘：「雲雖欲獨食，義不忍食；雖食，且不下咽。」宋張九成辛未閏四月即事：「如聞失一士，每食不下咽。」

辨析　咽，音ㄧㄢˋ，不讀ㄧㄢ。

例句　愛犬多多走失多日，每想到牠可能在外面吹風淋雨，小英便食不下咽。

近義　食不知味　茶飯不思

反義　高枕無憂　開懷暢飲

食不知味 ㄕˊ ㄅㄨˋ ㄓ ㄨㄟˋ　形容憂慮煩躁，無法辨別食物的美味。原作「食不甘味」。

語源　戰國策齊策五：「秦王恐之，寢不安席，食不甘味。」唐白居易初授拾遺獻書：「臣所以授官已來，僅將十日，食不知味，寢不遑安，唯思粉身，以答殊寵。」

例句　由於被公司裁員，謀職又四處碰壁，這些日子以來，她焦慮得食不知味。

近義　寢食難安

食不兼味 ㄕˊ ㄅㄨˋ ㄐㄧㄢ ㄨㄟˋ 吃飯只配一樣菜。形容生活節儉樸素。兼味，兩種以上的菜肴。

語源 穀梁傳襄公二十四年：「五穀不升謂之大侵。大侵之禮，君食不兼味，臺榭不塗。」

例句 為了存錢出國旅行，連月來他食不兼味，卻依然不以為苦，樂在其中。

近義 省吃儉用　節衣縮食

反義 揮霍無度　鋪張浪費

食古不化 ㄕˊ ㄍㄨˇ ㄅㄨˋ ㄏㄨㄚˋ 比喻一味仿古守舊而不知變通運用。也作「泥古不化」。泥，固執；拘泥。

語源 清陳撰玉几山房畫外錄：「定欲為古人而食古不化，畫虎不成、刻舟求劍之類也。」

例句 風俗習慣是因應時代而變遷的，你這樣拘泥舊習，真是食古不化。

近義 抱殘守缺　墨守成規

反義 因時制宜　推陳出新

食言而肥 ㄕˊ ㄧㄢˊ ㄦˊ ㄈㄟˊ 形容人說話不講信用。

語源 左傳哀公二十五年記載：春秋時，魯國大夫孟武伯常言而無信，令魯哀公十分不滿。在一次宴會中，孟武伯故意問哀公的寵臣郭重為何如此肥胖，哀公想藉機諷刺孟武伯失信背約的行為，便接話道：「這是吃掉自己的話多了，能不肥胖嗎？」後遂衍為「食言而肥」一語。

例句 小董說話不守信用，常常食言而肥，大家已不再信任他。

近義 言而無信　出爾反爾

反義 一諾千金　言而有信

食前方丈 ㄕˊ ㄑㄧㄢˊ ㄈㄤ ㄓㄤˋ 吃飯時，面前一丈見方大的桌子都擺滿了菜肴。形容奢侈浪費。

語源 孟子盡心下：「食前方丈，侍妾數百人，我得志，弗為也。」

例句 為了顯示財力，常見他食前方丈，大宴賓客，十足的暴發戶心態。

近義 鐘鳴鼎食　日食萬錢

反義 省吃儉用　食不兼味

食指大動 ㄕˊ ㄓˇ ㄉㄚˋ ㄉㄨㄥˋ 指面對美食而食慾大開。

語源 左傳宣公四年記載：春秋時楚人獻大鱉給鄭靈公，此時鄭國大夫子家與公子宋將入朝覲見，公子宋的食指忽然動起來，遂告訴子家說：「從前我手指如此顫動時，必有美味可嘗。」後遂衍為「食指大動」一語。

例句 看到這個剛出爐、香噴噴的蘋果派，令人忍不住食指大動。

近義 垂涎三尺　大快朵頤

反義 無動於中

食指浩繁 ㄕˊ ㄓˇ ㄏㄠˋ ㄈㄢˊ 指家中人口眾多，生活負擔沉重。食指，借指家中人口。

語源 明錢子正溪上所見：「家貧食指眾，謀生拙於人。」清魏源軍儲篇卷四：「豈獨八旗之不善節嗇，亦其食指浩繁矣哉！」

例句 大哥原本計畫繼續升學，無奈家中食指浩繁，亟需他賺錢補貼家用，只好先去找工作。

近義 生齒日繁

食髓知味 ㄕˊ ㄙㄨㄟˇ ㄓ ㄨㄟˋ 嘗過一次骨髓，知其美味後，還想再吃。比喻人得到好處後更貪得無厭。

辨析 髓，音ㄙㄨㄟˇ，不讀ㄙㄨㄟ。

例句　歹徒行搶得手之後，食髓知味，想要重施故技，卻被警方逮個正著。

近義　貪得無厭　得隴望蜀

食不甘味，寢不安席 (ㄕˊ ㄅㄨˋ ㄍㄢ ㄨㄟˋ，ㄑㄧㄣˇ ㄅㄨˋ ㄢ ㄒㄧˊ)

吃飯吃不出滋味，睡覺也不能安穩。形容心中掛念、憂慮著某件事而吃不下飯、睡不好覺。也作「寢不安席，食不知味」。

語源　戰國策齊策五：「秦王恐之，寢不安席，食不甘味……為死士置將，以待魏氏。」

例句　這幾天媽媽為了照顧生病的弟弟，食不甘味，寢不安席，整個人都消瘦了一圈。

近義　寢食難安　憂心如焚

反義　無憂無慮　高枕無憂

食不厭精，膾不厭細 (ㄕˊ ㄅㄨˋ ㄧㄢˋ ㄐㄧㄥ，ㄎㄨㄞˋ ㄅㄨˋ ㄧㄢˋ ㄒㄧˋ)

米飯不嫌舂得精，肉塊不嫌切得細。形容講究飲食。厭，通「饜」。滿足。精，舂得很精白的米。膾，切細的肉。

語源　論語鄉黨：「食不厭精，膾不厭細。」

例句　看準高所得者「食不厭精，膾不厭細」的飲食要求，市內的高檔餐廳一家接一家地開。

近義　炊金饌玉　山珍海味

反義　粗茶淡飯　食不求甘

2

飢不擇食 (ㄐㄧ ㄅㄨˋ ㄗㄜˊ ㄕˊ)

非常飢餓時對食物不加挑剔。也比喻迫切需要時不加選擇。擇，挑選。

語源　孟子公孫丑上：「飢者易為食，渴者易為飲。」宋釋普濟五燈會元卷一一潭州神鼎洪諲禪師：「(僧)問：『如何是和尚家風？』師曰：『飢不擇食。』」

例句　①登山隊因山難被困而斷糧三天，一看到補給品到來都飢不擇食，有什麼就吃什麼。②為了趕在三十歲前結婚，他交女朋友有些飢不擇食了！

近義　狼吞虎嚥　飢腸轆轆

反義　精挑細選　挑肥揀瘦

飢寒交迫 (ㄐㄧ ㄏㄢˊ ㄐㄧㄠ ㄆㄛˋ)

既挨餓又受凍。形容生活非常窮困。

語源　清李中孚二曲集與董郡伯(其二)：「今茲關中之荒，近世罕見……隆冬及春，飢寒交迫，生機窮絕。」

例句　登山受困的民眾在飢寒交迫之中度過兩天，才被搜救隊找到。

近義　啼飢號寒　貧病交迫

反義　豐衣足食

飢腸轆轆 (ㄐㄧ ㄔㄤˊ ㄌㄨˋ ㄌㄨˋ)

肚子因飢餓而發出咕嚕嚕的聲響。形容十分飢餓。轆轆，車輪聲。

語源　宋蘇軾次韻孔毅甫久旱已而甚雨三首(其三)：「夜來飢腸如轉雷，旅愁非酒不可開。」清蒲松齡聊齋誌異西湖主：「而枵腸轆轆，飢不可堪。」

例句　經過一整天辛勤工作，大夥皆已飢腸轆轆，一到餐廳便如餓虎撲羊般，不顧形象地吃了起來。

近義　飢火中燒

反義　撐腸拄腹　酒足飯飽

4

飲水思源 (ㄧㄣˇ ㄕㄨㄟˇ ㄙ ㄩㄢˊ)

比喻不忘本。

語源　北周庾信徵調曲：「落其實者思其樹，飲其流者懷其源。」清湯斌與黃太沖書：「伏望時賜指南，加以鞭策，儻有所進，飲水思源，敢忘所自。」

例句　你能有今天的成就，應該飲水思源，感謝他的栽培。

近義　念茲在茲　報本反始
反義　忘恩負義

飲食男女 ㄧㄣˇ ㄕˊ ㄋㄢˊ ㄋㄩˇ　飲食和情欲是人的天性。飲食，指食欲。男女，指性欲。
語源　禮記禮運：「飲食男女，人之大欲存焉。死亡貧苦，人之大惡存焉。」
例句　飲食男女本是人類的天性，沒有必要過度壓抑，但也不可以恣意放縱。

飲醇自醉 ㄧㄣˇ ㄔㄨㄣˊ ㄗˋ ㄗㄨㄟˋ　喝著醇酒，自我陶醉。比喻受到寬厚對待而心悅誠服。
語源　三國志吳書周瑜傳裴松之注引江表傳：「與周公瑾交，若飲醇醪，不覺自醉。」
例句　張老闆待人寬厚、用人惟才，因此員工都飲醇自醉而賣力工作。

飲鴆止渴 ㄧㄣˇ ㄓㄣˋ ㄓˇ ㄎㄜˇ　喝毒酒來解渴。比喻只顧解決眼前的困難，而不顧後患。鴆，指用鴆羽浸製的毒酒。鴆外形似鴞，以毒蛇為食，毛羽有劇毒。
語源　後漢書霍諝傳：「譬猶療飢於附子，止渴於鴆毒；未入腸胃，已絕咽喉，豈可為哉！」附子，毒草名。
辨析　鴆，音ㄓㄣˋ，不讀ㄐㄧㄡ，也不可寫作「鳩」。
例句　為了熬夜讀書而服用安非他命來提神，無異於飲鴆止渴。
近義　挖肉補瘡

5

飽以老拳 ㄅㄠˇ ㄧˇ ㄌㄠˇ ㄑㄩㄢˊ　用拳頭狠狠地痛打一頓。
語源　晉書石勒載記下：「孤往日厭卿老拳，卿亦飽孤毒手。」
例句　大偉仗著人高馬大，正想對小胖飽以老拳，幸好老師及時趕到，否則後果不堪設想。
近義　拳打腳踢　以力服人

飽食終日 ㄅㄠˇ ㄕˊ ㄓㄨㄥ ㄖˋ　每天吃得飽飽的，沒做任何事。比喻無所事事。
語源　論語陽貨：「飽食終日，無所用心，難矣哉！」南朝梁蕭統答湘東王求文集及詩苑英華書：「與其飽食終日，寧游思於文林。」
例句　這個公家單位的職員居然可以優哉游哉、飽食終日而不覺愧疚，太叫人訝異了！
近義　好吃懶做　無所事事
反義　廢寢忘食　奮發向上

飽經世故 ㄅㄠˇ ㄐㄧㄥ ㄕˋ ㄍㄨˋ　充分經歷世間許多事物。形容人處世老成，經驗豐富。飽，充分；充足。經，經歷。世故，世間的一切事物、道理。
語源　宋陸游書興：「占得溪山卜數椽，飽經世故氣猶全。」
例句　他從小就失去父母，獨自在社會上闖蕩多年，至今已是飽經世故。
近義　飽經風霜　歷盡滄桑
反義　養尊處優　少不更事

飽經風霜 ㄅㄠˇ ㄐㄧㄥ ㄈㄥ ㄕㄨㄤ　長期經歷風吹霜凍。形容經歷艱難及困苦。
語源　唐杜甫懷錦水居止二首（其二）：「層軒皆面水，老樹飽經霜。」
例句　這幾年他在外闖蕩，飽經風霜，總算皇天不負苦心人，成功打下事業的基礎。
近義　千辛萬苦　歷盡滄桑　酸甜苦辣
反義　養尊處優　鮮衣美食

飽漢不知餓漢飢 ㄅㄠˇ ㄏㄢˋ ㄅㄨˋ ㄓ ㄜˋ ㄏㄢˋ ㄐㄧ　吃飽的人不知道還有人挨餓。指對於別人困

食

難之處無直接感受而漠不關心。也作「飽人不知餓人飢」。

語源 晏子春秋內篇諫上：「嬰聞古之賢君，飽而知人之飢，溫而知人之寒。」清李伯元官場現形記第四十五回：「誤了差使，釘子是我碰！你飽人不知餓人飢，我勸你快快走罷！」

例句 他已經舉債度日了，你還笑他吝嗇，真是飽漢不知餓漢飢！

近義 麻木不仁　漠不關心

反義 人飢己飢　人溺己溺

6

養生送死 ㄧㄤˇ ㄕㄥ ㄙㄨㄥˋ ㄙˇ　父母在世時的奉養與死後的安葬。指人子事奉父母之道。

語源 禮記禮運：「所以養生送死，事鬼神之大端也。」

例句 為人子女，「養生送死」是最起碼的孝道。

近義 仰事俯畜

反義 棄親不顧

養虎遺患 ㄧㄤˇ ㄏㄨˇ ㄧˊ ㄏㄨㄢˋ　養老虎而帶來禍害。比喻姑息縱容敵人或壞人，給自己留下後患。遺，留下。也作「養虎貽患」。

語源 史記項羽本紀：「今釋弗擊，此所謂『養虎自遺患』也。」

例句 明知他心術不正，你還重用他，當心養虎遺患呀！

近義 養癰遺患　姑息養奸

反義 斬草除根　除惡務盡

養家活口 ㄧㄤˇ ㄐㄧㄚ ㄏㄨㄛˊ ㄎㄡˇ　養活家人，維持生計。

語源 紅樓夢第九十九回：「那些書吏衙役都是花了錢買著糧道的衙門，不想發財，俱要養家活口。」

例句 他為了養家活口，身兼三份工作，身體都快累垮了。

近義 仰事俯畜

養尊處優 ㄧㄤˇ ㄗㄨㄣ ㄔㄨˇ ㄧㄡ　本指地位尊貴，享用優渥。後多用來形容生活在優裕的環境中。

語源 宋蘇洵上韓樞密書：「天子者養尊而處優，樹恩而收名，與天下為喜樂者也。」

例句 這些少爺兵個個養尊處優慣了，真要上戰場，鐵定不堪一擊。

近義 嬌生慣養　珠圍翠繞

反義 含辛茹苦　飽經風霜

養精蓄銳 ㄧㄤˇ ㄐㄧㄥ ㄒㄩˋ ㄖㄨㄟˋ　保養精神，積蓄力量。形容儲備精力，以待奮發。銳，力氣。

語源 三國演義第三十四回：「且待半年，養精蓄銳，劉表、孫權，可一鼓而下也。」

例句 為了明天的比賽，最好早點休息，養精蓄銳，不要再聊天了！

近義 休養生息　蓄勢待發

反義 消耗體力　無精打采

養癰遺患 ㄧㄤˇ ㄩㄥ ㄧˊ ㄏㄨㄢˋ　生了毒瘡不醫治而留下禍患。比喻姑息容忍，終將造成危害。

語源 後漢書馮衍傳李賢注引馮衍與婦弟任武達書：「至于垂白家貧身賤之日，養癰長疽，自生禍殃。」清夏敬渠野叟曝言第一二〇回：「議撫者不特養癰遺患，彼亦必不受。」

例句 小孩子的行為一有偏差，就要立刻糾正，不可養癰遺患。

近義 姑息養奸　養虎遺患

反義 除惡務盡　斬草除根

養兵千日，用在一時 ㄧㄤˇ ㄅㄧㄥ ㄑㄧㄢ ㄖˋ ㄩㄥˋ ㄗㄞˋ ㄧˋ ㄕˊ　比喻平日長期培養訓練，以備一時之需。

語源 三國演義第一〇〇回：「朝廷養軍千日，用在一時，汝安敢出怨言，以慢軍心？」

食

例句　「養兵千日，用在一時」。平日的辛苦訓練，就看今天的表現了。
近義　有備無患　蓄勢待發
反義　臨陣磨槍　臨渴掘井

養兒防老，積穀防饑（一ㄤˇ ㄦˊ ㄈㄤˊ ㄌㄠˇ，ㄐㄧ ㄍㄨˇ ㄈㄤˊ ㄐㄧ）　養育子女，以防年老時無人奉養；積存稻穀，以防荒災時遭受飢餓。比喻平時有所準備以為不時之需。
語源　唐元積憶遠曲：「嫁夫恨不早，養兒將備老。」元高明琵琶記第三十一齣：「又道是『養兒代老，積穀防荒』。」
例句　古人養兒防老，積穀防饑，現代人則是存錢防窮，保險防死，兩者實有異曲同工之妙。
近義　有備無患　未雨綢繆
反義　江心補漏　臨渴掘井

7

餐風露宿（ㄘㄢ ㄈㄥ ㄌㄨˋ ㄙㄨˋ）　參見「風餐露宿」。

餓虎撲羊（ㄜˋ ㄏㄨˇ ㄆㄨ ㄧㄤˊ）　比喻動作迅速猛烈。也作「餓虎吞羊」。
語源　明洪楩清平山堂話本五戒禪師私紅蓮記：「一個初侵女色，由（猶）如餓虎吞羊。」
例句　嫌犯一出現，幾個埋伏多時的警探便如餓虎撲羊般衝上去，逮個正著。
近義　泰山壓頂

餘味無窮（ㄩˊ ㄨㄟˋ ㄨˊ ㄑㄩㄥˊ）　留存下來的滋味沒有窮盡。比喻事物耐人回味。
例句　讀完一部優秀的文學作品，往往令人感到餘味無窮。
近義　耐人尋味　回味無窮
反義　枯燥無味　索然無味

餘波盪漾（ㄩˊ ㄅㄛ ㄉㄤˋ ㄧㄤˋ）　殘餘的水波仍在起伏搖盪。也比喻事件結束後仍有不安的狀況持續。盪漾，水波起伏動盪。也作「蕩漾」。
例句　①水面被一隻海鷗掠過後，餘波盪漾，在夕陽餘暉的映照下，閃爍迷人的波光。②立委互毆事件至今餘波盪漾，在野黨仍緊閉協商大門，國會議事持續空轉。
近義　不可收拾

餘勇可賈（ㄩˊ ㄩㄥˇ ㄎㄜˇ ㄍㄨˇ）　還有剩餘的勇力可以賣給別人。形容氣概豪邁，鬥志不懈。賈，賣。
語源　左傳成公二年記載：晉國出兵與齊國作戰，齊頃公派人到晉營約戰，只見齊國上卿高固徒步進入晉營，拿起石頭砸人，抓了一個士兵，然後坐上他的戰車，又連根拔起一棵桑樹繫在車上，回到齊軍營壘巡行一遍，高喊說：「欲勇者賈余餘勇。」意思是他的勇力還沒使盡呢！
例句　阿強是我隊主力，連打三節後，雖然餘勇可賈，教練仍要他下場休息，保留實力。
近義　勇力過人　愈挫愈勇
反義　膽小如鼠

餘音嫋嫋（ㄩˊ ㄧㄣ ㄋㄧㄠˇ ㄋㄧㄠˇ）　歌唱或演奏雖已停止，悠揚的聲音卻依然繚繞不絕。形容音樂悅耳動聽，耐人尋味。嫋嫋，也作「裊裊」。繚繞不絕的樣子。
語源　宋蘇軾赤壁賦：「餘音嫋嫋，不絕如縷。」
例句　樂章結束之後，音樂廳中餘音嫋嫋，空氣中彷彿充滿著音符。
近義　餘音繚繞　繞梁三日
反義　嘔啞嘲哳　不堪入耳

餘音繞梁（ㄩˊ ㄧㄣ ㄖㄠˋ ㄌㄧㄤˊ）　歌唱停止後，優美的樂音仍在屋

梁間盤旋。比喻歌聲或樂聲之美令人回味無窮。

語源 列子湯問：「昔韓娥東之齊，匱糧，過雍門，鬻歌假食。既去而餘音繞梁欐，三日不絕。」

例句 聽完他的獨唱，但覺餘音繞梁，大家都十分欣賞。

近義 餘音嫋嫋 繞梁三日

反義 嘔啞嘲哳 不堪入耳

餘悸猶存 ㄩˊ ㄐㄧˋ ㄧㄡˊ ㄘㄨㄣˊ 經歷危難驚險後，仍然害怕不安。悸，因害怕而心跳加速。餘悸，指事後仍感受到的驚恐害怕。

例句 經歷天搖地動的恐懼之後，大家餘悸猶存，誰也不敢待在屋內。

近義 心有餘悸 提心吊膽

反義 泰然自若 氣定神閒

餘韻流風 ㄩˊ ㄩㄣˋ ㄌㄧㄡˊ ㄈㄥ 參見「流風餘韻」。

12

饒有風趣 ㄖㄠˊ ㄧㄡˇ ㄈㄥ ㄑㄩˋ 極具風情趣味。

例句 他言談饒有風趣，使聽眾笑聲連連。

近義 趣味橫生 妙趣橫生

反義 味如嚼蠟 索然無味

饒有興味 ㄖㄠˊ ㄧㄡˇ ㄒㄧㄥˋ ㄨㄟˋ 富有趣味。

例句 這篇文章遣詞造句自成一格，饒有興味。

近義 興味盎然 妙趣橫生

反義 索然無味 枯燥無味

13

饔飧不繼 ㄩㄥ ㄙㄨㄣ ㄅㄨˋ ㄐㄧˋ 吃了早餐，沒有晚餐。形容生活困苦，三餐不繼。饔，早餐。飧，晚餐。

語源 明朱用純朱子治家格言：「家門和順，雖饔飧不繼，亦有餘歡。」

辨析 飧是「夕」食，所以不要寫成「飱」。

例句 他雖然經常饔飧不繼，但是寧可用勞力賺錢，也不願向人乞討。

近義 三餐不繼 簞瓢屢空

反義 日食萬錢 食前方丈

饘粥餬口 ㄓㄢ ㄓㄡ ㄏㄨˊ ㄎㄡˇ 吃稀飯過活。形容生活儉約。饘，濃稠的稀飯。

語源 左傳昭公七年：「饘於是，鬻於是，以餬余口。」宋司馬光訓儉示康：「昔正考父饘粥以餬口，孟僖子知其後必有達人。」

例句 在尚未發跡以前，王先生每天都過著饘粥餬口的日子。

近義 節衣縮食 省吃儉用

反義 食前方丈 炊金饌玉

17

饞涎欲滴 ㄔㄢˊ ㄒㄧㄢˊ ㄩˋ ㄉㄧ 饞得口水將要流下來。形容貪吃或貪得的欲望強烈。

語源 宋蘇軾將之湖州戲贈莘老：「吳兒膾縷薄欲飛，未去先說饞涎垂。」

例句 滿桌佳餚美味，令人饞涎欲滴。

近義 垂涎三尺 垂涎欲滴

首部

首如飛蓬 ㄕㄡˇ ㄖㄨˊ ㄈㄟ ㄆㄥˊ 因久未梳理，頭髮像飛散的蓬草般散亂。多指婦女不注重修飾。首，指頭髮。

語源 詩經衛風伯兮：「自伯之東，首如飛蓬。豈無膏沐，誰適為容？」

例句 一大早，媽媽穿著睡衣、首如飛蓬就要出門去買菜，看得爸爸直搖頭。

近義 披頭散髮

首尾相應 ㄕㄡˇ ㄨㄟˇ ㄒㄧㄤ ㄧㄥˋ 原指作戰時前後互相配合呼應。也形容文章氣勢暢旺，理路一貫。也作「首尾貫通」。

語源 孫子九地：「故善用兵者，譬如率然。率然者，常山之蛇也。擊其首則尾至，擊其尾則首至，擊其中則首尾俱至。」舊五代史梁書杜洪鍾傳列傳：「及為楊行密所攻，洪、傳首尾相應，皆遣求援於太祖。」宋洪邁容齋五筆絕句詩不貫穿：「老杜近體、律詩精深妥帖，雖多至百韻，亦首尾相應，如常山之蛇，無間斷齟齬處。」

例句 論說文如果能夠做到首尾相應，一定更具有說服力。

首屈一指 ㄕㄡˇ ㄑㄩ ㄧˋ ㄓˇ 彎下手指頭計數時，首先彎下大拇指。用以形容最優秀的、位居第一的。

語源 清嚴光敏嚴氏家藏尺牘二：「頃阮亭先生比鄰接巷，輒首屈一指。」

辨析 屈，不可寫成「曲」。

例句 無論口才或成績，他在班上都首屈一指。

近義 獨占鼇頭 名列前茅

反義 敬陪末座

首善之區 ㄕㄡˇ ㄕㄢˋ ㄓ ㄑㄩ 指首都或最好的地方。

語源 漢書儒林傳序：「故教化之行也，建首善，自京師始。」

例句 臺北市交通便利，工商發達，是臺灣的首善之區。

近義 京畿重鎮 通都大邑

反義 窮鄉僻壤 不毛之地

首當其衝 ㄕㄡˇ ㄉㄤ ㄑㄧˊ ㄔㄨㄥ 處於衝要之地。比喻首先遭到攻擊或承受傷害。衝，要衝；交通要地。

語源 漢書五行志：「鄭以小國攝乎晉、楚之間，重以強吳，鄭當其衝，不能修德，將鬥三國，以自危亡。」

例句 這個地方地勢低窪，每當大雨來襲，總是首當其衝，水漫過膝，損失慘重。

首鼠兩端 ㄕㄡˇ ㄕㄨˇ ㄌㄧㄤˇ ㄉㄨㄢ 形容在兩者之間進退不定、猶疑不決的樣子。首鼠，指老鼠性多疑，出穴時會前後觀望，欲進又止。一說為連綿詞，通「躊躇」。猶豫不決的樣子。

語源 史記魏其武安侯列傳：「與長孺共一老禿翁，何為首鼠兩端？」

例句 他是個行動派，說到做到，決不會首鼠兩端。

近義 舉棋不定 猶豫不決

反義 當機立斷 毅然決然

香部

香消玉殞 ㄒㄧㄤ ㄒㄧㄠ ㄩˋ ㄩㄣˇ 比喻女子死亡。香、玉，比喻女子。殞，死亡。

語源 明馮夢龍警世通言卷三四：「鶯自此寢廢餐忘，香消玉減，暗地流淚，懨懨成病。」

辨析 殞，音ㄩㄣˇ，不讀ㄩㄣˋ。

例句 她年紀輕輕就因車禍而香消玉殞，實在令人惋惜。

近義 蘭摧玉折

11

馨香禱祝 ㄒㄧㄣ ㄒㄧㄤ ㄉㄠˇ ㄓㄨˋ 燒香向神明祈禱祝願。形容非常虔誠地祈盼。馨香，指燒香。

語源 尚書酒誥：「弗惟德馨香祀，登聞于天，誕惟民怨，庶群自酒，腥聞在上。」清譚嗣同致鄒岳生：「依依天末，住去兩點，惟有馨香禱之而已。」

例句 龍山寺香火鼎盛，每天都有大批的善男信女為了家庭、事業或前途而馨香禱祝。

馬部

馬前卒 ㄇㄚˇ ㄑㄧㄢˊ ㄗㄨˊ　在車馬前供人差遣的小兵。後比喻為他人效力的小人物。

語源　唐韓愈符讀書城南：「一為馬前卒，鞭背生蟲蛆。」

例句　只要你肯出來領導工會，我願意當你的馬前卒，供你差遣。

馬後砲 ㄇㄚˇ ㄏㄡˋ ㄆㄠˋ　下象棋時馬後置砲。比喻事後所做無補於事的言論或行為。砲，原作「炮」。

語源　元無名氏兩軍師隔江鬥智第二折：「今日軍師升帳，大哥須要計較此事，不要做了馬後炮，弄的遲了。」

例句　你說這些話純是放馬後砲，對事情一點幫助也沒有。

馬不停蹄 ㄇㄚˇ ㄅㄨˋ ㄊㄧㄥˊ ㄊㄧˊ　馬不停的跑。形容不停地奔波忙碌，一刻也不休息。

語源　元王實甫四丞相高會麗春堂第二折：「贏的他急難措手，打的他馬不停蹄。」

例句　為了依照合約日期出貨，他馬不停蹄的日夜趕工。

近義　快馬加鞭　緊鑼密鼓

反義　老牛拉車

馬失前蹄 ㄇㄚˇ ㄕ ㄑㄧㄢˊ ㄊㄧˊ　馬奔跑時一時閃失，前腳踏空而撲倒。也比喻人一時疏忽、失算而導致失敗。

語源　三國演義第六十二回：「魏延策馬飛奔，那馬忽失前蹄，雙足跪地，將魏延掀將下來。」

例句　這場圍棋賽，他本來穩操勝券，卻因一時大意而馬失前蹄，遭到淘汰。

近義　大意失荊州　陰溝裡翻船

反義　十拿九穩　穩操勝券

馬耳東風 ㄇㄚˇ ㄦˇ ㄉㄨㄥ ㄈㄥ　東風吹馬耳。比喻對所聽到的事情，漠不關心。

語源　唐李白答王十二寒夜獨酌有懷：「吟詩作賦北窗裡，萬言不值一杯水。世人聞此皆掉頭，有如東風射馬耳。」

例句　她語重心長的叮嚀，卻被弟弟當作馬耳東風，讓她生氣又失望。

近義　如風過耳　充耳不聞

反義　洗耳恭聽　豎耳傾聽

馬到成功 ㄇㄚˇ ㄉㄠˋ ㄔㄥˊ ㄍㄨㄥ　戰馬一到，立即得勝。形容迅速取得勝利或成功。

語源　元鄭德輝程咬金斧劈老君堂楔子：「準備著馬到成功，定太平，統領雄兵遠去征。」

例句　排球校隊北上參加比賽前夕，校長特別勉勵並祝賀他們馬到成功，旗開得勝。

近義　旗開得勝

反義　出師不利

馬革裹屍 ㄇㄚˇ ㄍㄜˊ ㄍㄨㄛˇ ㄕ　戰死沙場，用馬鞍下的墊子把屍體包裹起來。形容英雄本色，有視死如歸的豪情。也作「馬革裹尸」。

語源　後漢書馬援傳：「男兒要當死於邊野，以馬革裹屍還葬耳，何能臥床上在兒女子手中耶？」

例句　為國戍守邊疆，縱然馬革裹屍，也了無遺憾。

近義　以身許國　視死如歸

反義　貪生怕死　臨陣脫逃

馬首是瞻 ㄇㄚˇ ㄕㄡˇ ㄕˋ ㄓㄢ　古代作戰時，士兵看著主將馬頭的朝向，統一進退。比喻服從領導或樂意追隨。是，語助詞，無義。瞻，向前或向上看。

語源　左傳襄公十四年：「荀偃令曰：『雞鳴而駕，塞井夷竈，唯余馬首是瞻。』」

辨析　本則成語常以「唯……

馬首是瞻」的形式出現。

例句 由於他敏銳果敢，大家一向唯他馬首是瞻，儼然成為眾人的領袖。

近義 唯命是從 俯首聽命

反義 多頭馬車 各行其是

馬馬虎虎 ㄇㄚˇ ㄇㄚˇ ㄏㄨ ㄏㄨ 指做事態度隨便將就，敷衍了事。也指事物勉強合乎標準，不很精美。

語源 清曾樸孽海花第六回：「馬馬虎虎逼著朝廷簽定，人不知鬼不覺依然把越南暗送。」

例句 他做事的態度馬馬虎虎、得過且過，即使勸過好幾次，卻仍依然故我，不久就被公司開除了。

近義 敷衍了事 隨隨便便

反義 精益求精 一絲不苟

馬齒徒長 ㄇㄚˇ ㄔˇ ㄊㄨˊ ㄓㄤˇ 年紀增長而無建樹。多用為謙詞。馬齒隨年齡而增換，依馬齒的多寡，可推斷馬的年齡，故以馬齒比喻年歲。原作「馬齒加長」。也作「馬齒徒增」。

語源 穀梁傳僖公二年：「荀息牽馬操璧而前曰：『璧則猶是也，而馬齒加長矣。』」

例句 眼看年屆五旬，仍一事無成，馬齒徒長，甚感慚愧。

近義 髀肉復生 韶光虛擲

反義 少年得志 功成名就

3

馳名中外 ㄔˊ ㄇㄧㄥˊ ㄓㄨㄥ ㄨㄞˋ 名聲傳遍國內及海外。形容十分有名。

語源 史記貨殖列傳裴駰集解引孔叢子：「於是乃適西河，大畜牛羊於猗氏之南，十年之間其息不可計，貲擬王公，馳名天下。」

例句 景德鎮的瓷器馳名中外，即使是不識貨的人也想買來附庸風雅一番。

近義 名聞遐邇 名滿天下

反義 沒沒無聞 藉藉無名

5

駐顏有術 ㄓㄨˋ ㄧㄢˊ ㄧㄡˇ ㄕㄨˋ 指有保持住青春容貌的方法。

語源 晉葛洪神仙傳劉根：「草木諸藥，能治百病，補虛駐顏，斷穀益氣。」

例句 王媽媽雖已年屆七十，但因駐顏有術，看起來只有五十多歲。

近義 養生有道 返老還童

反義 年老色衰

駑馬十駕 ㄋㄨˊ ㄇㄚˇ ㄕˊ ㄐㄧㄚˋ 能力低劣的馬連續走十天的路程。比喻能力不強的人持續努力不懈。

語源 荀子勸學：「騏驥一躍，不能十步；駑馬十駕，功在不捨。」

例句 雖然你先天的條件不好，但駑馬十駕仍然可以有很好的成就，千萬不要氣餒。

近義 跬步千里 勤能補拙

反義 玩歲愒時 無所用心

駑馬戀棧 ㄋㄨˊ ㄇㄚˇ ㄌㄧㄢˋ ㄓㄢˋ 駑鈍的馬念念不捨馬房中的飼料。比喻無能的人只貪圖安逸或祿位，沒有遠大志向。戀，留戀；眷念不捨。棧，馬棚；馬房。原作「駑馬戀棧豆」。

語源 三國志魏書曹真傳裴松之注引干寶晉書：「範則智矣，駑馬戀棧豆，爽必不能用也。」

例句 單位裡多的是駑馬戀棧的主管，讓剛踏入職場的小陳心灰意冷。

近義 鼠目寸光 目光如豆

反義 雄才大略 高瞻遠矚

駕輕就熟 ㄐㄧㄚˋ ㄑㄧㄥ ㄐㄧㄡˋ ㄕㄡˊ 駕著輕便馬車，走熟悉的路。比喻對事情很熟悉，做起來得心應手。

語源 唐韓愈送石處士序：

「若驅馬駕輕車就熟路。」

例句 他在這裡服務三年，大小事務都已駕輕就熟，這件事應該難不倒他。

近義 得心應手　熟能生巧

反義 初出茅廬　到處碰壁

駕鶴西歸 騎著鶴鳥向西飛去。本指得道登仙。後用以借指人死亡。

例句 陳董事長還沒看到兒子成家立業便駕鶴西歸，真是令人不勝欷歔。

近義 羽化登仙　駕返瑤池

6

駢肩雜遝 形容人多而擁擠。駢，並。雜遝，眾多而雜亂的樣子。

語源 宋文天祥正氣歌并序：「駢肩雜遝，腥臊汗垢，時則為人氣。」

例句 春節返鄉時，火車上乘客駢肩雜遝，連走道都站滿了人。

近義 水洩不通　比肩繼踵

反義 三三兩兩　寥寥無幾

駭人聽聞 使人聽了震驚害怕。駭，驚嚇。

語源 隋書王劭傳：「或文詞鄙野，或不軌不物，駭人視聽，大為有識所嗤鄙。」唐李亶誅溫韜等詔：「其後細詢行止，頗駭聽聞。」宋朱熹答詹師書：「浙中近年怪論百出，駭人聽聞。」

例句 最近接二連三發生多起駭人聽聞的社會案件，讓人深感不安。

近義 觸目驚心　怵目驚心

反義 稀鬆平常　一笑置之

8

騎虎難下 騎在虎背上，因害怕被咬而不敢下來。比喻做事因迫於情勢而無法停止。

語源 南朝宋何法盛晉中興書：「今日之事，義無旋踵，騎虎之勢，可得下乎？」清趙翼辭史書法回護處：「勢當騎虎難下之時，不得不為挺鹿走險之計。」

例句 他當初沒仔細考慮就答應了這筆生意，如今已是騎虎難下，不能反悔了。

近義 勢成騎虎　進退維谷

反義 進退從容　全身而退

騎牆之見 指立場搖擺、模稜兩可的言論或主張。騎牆，騎坐在牆上，兩邊觀望。比喻模稜兩可。

語源 明呂坤呻吟語品藻：「其舉動也，借善攻善，匿惡濟惡，善為騎牆之計。」清江藩國朝漢學師承記卷八顧炎武：「多騎牆之見、依違之言，豈真知灼見者哉！」

例句 王教授治學嚴謹，立論明確，像這種騎牆之見，絕不會在他書中出現。

近義 依違兩可　優柔寡斷

反義 真知灼見　高瞻遠矚

騎驢找馬 比喻忘記自己已經擁有的東西，而向別處尋求。也比喻暫且接受現有的，同時伺機尋找更好的。也作「騎驢覓驢」。

語源 宋釋道原景德傳燈錄卷二九：「不解即心即佛，真似騎驢覓驢。」

例句 他抱著騎驢找馬的心態來上班，顯然沒把心思放在公事上，老闆當然不高興了。

10

騷人墨客 泛指文人雅士。屈原作離騷，後人因稱詩人、詞人為騷人。文人用筆墨寫詩文，故稱文人為墨客。

語源 唐李白古風五十九首（其一）：「正聲何微茫，哀怨起騷人。」漢揚雄長楊賦序：「墨客降席，再拜稽首。」

馬

宋朱熹答徐斯遠三首（其三）：「就日用間深察義理之本然，庶幾有所據依，以造實地，不但為騷人墨客而已。」

例句 優美的風景，常是騷人墨客吟詠的題材。

11

驀然回首 ㄇㄛˋ ㄖㄢˊ ㄏㄨㄟˊ ㄕㄡˇ 突然回頭看。驀然，突然；忽然。

語源 宋辛棄疾青玉案元夕：「眾裡尋他千百度，驀然回首，那人卻在，燈火闌珊處。」

例句 他孜孜矻矻地埋首事業之中，直到小有成就時驀然回首，才發現自己的青春和體力已不再。

12

驍勇善戰 ㄒㄧㄠ ㄩㄥˇ ㄕㄢˋ ㄓㄢˋ 勇猛矯健，善於作戰。形容武將英勇出色。驍勇，勇猛。

語源 南齊書戴僧靜傳：「其黨輔國將軍孫曇瓘驍勇善戰，每蕩一合，輒大殺傷，官軍死者百餘人。」

例句 海軍陸戰隊健兒訓練精良，個個驍勇善戰，敵人如果膽敢來犯，必定予以迎頭痛擊。

近義 勇冠三軍　身經百戰

反義 畏敵如虎　貪生怕死

驕兵必敗 ㄐㄧㄠ ㄅㄧㄥ ㄅㄧˋ ㄅㄞˋ 恃強輕敵的軍隊必遭敗績。亦可指一般團隊或個人過於驕傲、自信，將容易失敗。

語源 文子道德：「恃其國家之大，矜其人民之眾，欲見賢于敵國者，謂之驕……驕兵滅，此天道也。」

例句 這支棒球隊在四連勝之後，因為太過輕敵而在最後一場比賽慘遭滑鐵盧，印證了驕兵必敗的道理。

近義 驕者必敗

反義 哀兵必勝

驕奢淫佚 ㄐㄧㄠ ㄕㄜ ㄧㄣˊ ㄧˋ 驕縱奢侈，荒淫放蕩。佚，同「逸」。放蕩。

語源 左傳隱公三年：「石碏諫曰：『臣聞愛子，教之以義方，弗納于邪。驕奢淫佚，所自邪也。』」

例句 他自小家境富裕，再加上父母的溺愛，以致養成他今天驕奢淫佚的個性。

近義 窮奢極欲　酒池肉林

反義 勤儉度日　克勤克儉

驕傲自滿 ㄐㄧㄠ ㄠˋ ㄗˋ ㄇㄢˇ 傲慢自大，滿足於已取得的成績。

語源 王明清揮麈後錄卷八：「既登宥密，頗驕傲自滿。」

例句 他一向驕傲自滿，目空一切，所以人際關係一直很差。

近義 妄自尊大　夜郎自大

反義 謙恭有禮　不矜不伐

13

驗明正身 ㄧㄢˋ ㄇㄧㄥˊ ㄓㄥˋ ㄕㄣ 檢驗明白，確認身分。舊時多指確認罪犯的身分，以免誤捕或誤殺。也泛指確認為其本人，不是他人或假冒者。

語源 施公案第一一三回：「先到刑部將王朗提出，略問數句，驗明正身，然後命武士綁好了。」

例句 那名醫師在進行手術之前，沒有對病患驗明正身，才會發生這件開錯刀的大烏龍。

反義 冒名頂替　移花接木

驚弓之鳥 ㄐㄧㄥ ㄍㄨㄥ ㄓ ㄋㄧㄠˇ 曾被箭射傷，一聽到弓聲就會害怕的鳥。比喻曾受驚嚇，略有動靜就害怕的人。

語源 晉王鑒勸帝征杜弢疏：「黷武之眾易動，驚弓之鳥難安，鑒之所甚懼也。」

例句 他曾因替人做保而官司纏身，現在已成了驚弓之鳥，無法再相信任何人了。

近義 一朝被蛇咬，十年怕草

繩

反義　鎮定自若　泰然自處

驚天動地 ㄐㄧㄥ ㄊㄧㄢ ㄉㄨㄥˋ ㄉㄧˋ　驚動天地。形容行為或事業影響巨大，令人震驚或感動。

語源　唐白居易李白墓：「可憐荒隴窮泉骨，曾有驚天動地文。」

例句　黃花岡烈士們的起義驚天動地，遂激起更大的革命風潮。

近義　驚世駭俗　撼天搖地

反義　寂天寞地　寂寂無聞

驚心動魄 ㄐㄧㄥ ㄒㄧㄣ ㄉㄨㄥˋ ㄆㄛˋ　驚動人的心神魂魄。形容令人感受到極大的震撼。

語源　南朝梁鍾嶸詩品：「陸機所擬十四首，文溫以麗，意悲而遠，驚心動魄，可謂幾乎一字千金。」

例句　看到龍捲風威力無比、所到之處摧毀殆盡的畫面，令人驚心動魄。

近義　魂飛膽裂　心驚膽戰

反義　面不改色　若無其事

驚世駭俗 ㄐㄧㄥ ㄕˋ ㄏㄞˋ ㄙㄨˋ　行為、言論不合於當時的風俗習慣，而使人驚異。駭，驚異。

語源　宋王柏魯齋集朋友服議：「子創此服，豈不驚世駭俗，人將指為怪民矣。」

例句　在純樸的鄉間，這群辣妹的穿著足以用「驚世駭俗」來形容。

近義　動心駭目　駭人聽聞

反義　平淡無奇　司空見慣

驚為天人 ㄐㄧㄥ ㄨㄟˊ ㄊㄧㄢ ㄖㄣˊ　如仙人般令人驚奇。形容才貌出眾，使人驚歎。天人，仙人；神人。

語源　三國志魏書曹仁傳：「矯等初見仁出，皆懼，及見仁還，乃歎曰：『將軍真天人也！』」清蒲松齡聊齋誌異小梅：「女聞，即出展拜。黃一見，驚為天人。」

例句　弟弟一看到小美的照片，就驚為天人，想盡辦法要認識她。

近義　天生麗質　風華絕代

驚慌失措 ㄐㄧㄥ ㄏㄨㄤ ㄕ ㄘㄨㄛˋ　極度害怕驚慌，不知如何應付。也作「驚惶失措」。

語源　北齊書元暉業傳：「孝友臨刑，驚惶失措，暉業神色自若。」

例句　他一上場，就顯出驚慌失措的樣子，教練只好讓他下場休息。

近義　倉皇失措　手足無措

反義　不慌不忙　若無其事

驚魂未定 ㄐㄧㄥ ㄏㄨㄣˊ ㄨㄟˋ ㄉㄧㄥˋ　受到驚嚇而心魂尚未平靜下來。

語源　宋蘇軾謝量移汝州表：「隻影自憐，命寄江湖之上；驚魂未定，夢游縲紲之中。」

例句　車禍發生之後他似乎驚魂未定，一直無法好好入睡。

近義　魂不附體　心神不寧

反義　驚魂甫定

驚魂甫定 ㄐㄧㄥ ㄏㄨㄣˊ ㄈㄨˇ ㄉㄧㄥˋ　受到驚嚇後，心神剛剛平靜下來。甫，才；剛剛。

語源　宋魏了翁鶴山集辭免召赴行在狀：「今驚魂甫定，若再為萬里之役，必不能將親就養，人子之義，實非所安。」

例句　她掙脫歹徒魔掌後，一路狂奔回家，驚魂甫定，便打電話向警方報案。

反義　驚魂未定　心神不寧

驚濤駭浪 ㄐㄧㄥ ㄊㄠ ㄏㄞˋ ㄌㄤˋ　使人驚嚇的大波大浪。比喻險惡的環境或遭遇。濤，大的波浪。也作「驚風駭浪」。

語源　唐田穎玉山堂文集海雲樓記：「人當既靜之時，每思及前此所經履之驚濤駭浪，未

嘗不惕然。」

例句 五十年來，臺灣歷經不少驚濤駭浪，所幸大家都能團結一心，平安度過。

近義 大風大浪

反義 一帆風順 風平浪靜

驚鴻一瞥 驚飛而起的鴻雁，倉卒見得一眼，立即消失。原比喻美女只暫時出現一會兒，就不見了。也用來比喻某人或某物短暫出現。驚鴻，比喻體態輕盈的美女。瞥，很快地看過去。

語源 三國魏曹植洛神賦：「翩若驚鴻，婉若游龍。」

例句 雖然只是驚鴻一瞥，但她美麗的身影卻讓我留下深刻的印象。

近義 曇花一現

驚天地，泣鬼神 驚動天地，使鬼神哭泣。形容非常悲慘壯烈。

語源 元費唐臣蘇子瞻風雪貶黃州第一折：「詩吟的神嚎鬼哭，文驚的地老天荒。」孫文黃花岡烈士事略序：「則斯役之價值，直可驚天地、泣鬼神，與武昌革命之役並壽。」

例句 發生於日據時代的噍吧哖事件，原住民為保衛家園，不惜犧牲生命，壯烈的舉動直可驚天地、泣鬼神。

近義 驚天動地 可歌可泣

16

驢鳴犬吠 像驢子或狗的叫聲一樣難聽。比喻文章拙劣，辭句不佳。

語源 唐張鷟朝野僉載卷六：「(庾)信曰：『惟有韓陵山一片石堪共語，薛道衡、盧思道少解把筆，自餘驢鳴犬吠，聒耳而已。』」

例句 這本雜誌立場偏激又沒水準，盡刊些驢鳴犬吠的文章，我實在看不下去。

近義 蛙鳴蟬噪 瓦釜雷鳴

反義 金章玉句 妙筆生花

驢脣不對馬嘴 參見「牛頭不對馬嘴」。

骨部

骨肉相連 像骨頭和肉一樣相互連接著。比喻關係密切，不可分離。

語源 北齊書楊愔傳：「常山王以磚叩頭，進而言曰：『臣與陛下骨肉相連。楊遵彥等欲擅朝權，威福自已，王公以還，皆重足屏氣。』」

例句 縱然已經分隔三十年，他們母子間骨肉相連的親情卻永難磨滅。

近義 骨肉之親 十指相連

反義 毫無瓜葛

骨瘦如柴 瘦得只剩皮包骨，如同乾柴一般。形容形體非常消瘦。也作「瘦骨如柴」。

語源 埤雅釋獸豺：「又曰：『瘦如豺。』豺，柴也。豺體細瘦，故謂之豺。」唐敦煌變文集維摩詰經講經文：「舊日神情威似虎，今來體骨瘦如柴。」宋楊萬里武陵春：「瘦骨如柴痛又酸。」

例句 因為缺乏糧食，災民個個骨瘦如柴，十分可憐。

近義 形銷骨立 瘦骨嶙峋

反義 腦滿腸肥 大腹便便

骨鯁之臣 指犯顏諫諍、敢進忠言的剛直臣子。骨鯁，比喻正直敢言。

語源 史記吳太伯世家：「方今吳外困於楚，而內空無骨鯁之臣。」

例句 國家愈是動盪不安，就

馬

骨

愈需要骨鯁之臣的正直敢言。

骨鯁在喉 ㄍㄨˇ ㄍㄥˇ ㄗㄞˋ ㄏㄡˊ 參見「如鯁在喉」。

8

髀肉復生 ㄅㄧˋ ㄖㄡˋ ㄈㄨˋ ㄕㄥ 長久沒騎馬，腿上又長出贅肉來。感歎光陰虛度而無所作為。髀，大腿。也作「髀肉之嘆」。

語源 三國志蜀書先主傳裴松之注引九州春秋：「備曰：『吾常身不離鞍，髀肉皆消。今不復騎，髀裡肉生。日月若馳，老將至矣，而功業不建，是以悲耳。』」三國演義第三十四回：「因見己身髀肉復生，亦不覺潸然流淚。」

例句 過慣每天朝九晚五的上班生活，想起初入社會時的創業夢，他不免有髀肉復生的感歎。

近義 撫髀興嘆　蹉跎歲月

反義 聞雞起舞　夙興夜寐

13

體大思精 ㄊㄧˇ ㄉㄚˋ ㄙ ㄐㄧㄥ 規模宏大，思慮精密。多用以形容文章或著作。

語源 南朝宋范曄獄中與諸甥姪書：「自古體大而思精，未有此也。」

例句 詹姆斯．喬依思的尤力西斯一書體大思精，被譽為二十世紀最偉大的小說之一。

近義 大開大闔　不同凡響

體無完膚 ㄊㄧˇ ㄨˊ ㄨㄢˊ ㄈㄨ 受到重傷，全身無一處完整的肌膚。也比喻批評指責得一無是處。完，完好；完整。

語源 唐段成式酉陽雜俎：「楊虞卿為京兆尹時，市里有三王子，力能揭巨石，遍身圖刺，體無完膚。」

例句 他新近發表的研究報告，被批評得體無完膚，必須再做修正才行。

近義 遍體鱗傷　傷痕累累

反義 安然無恙　毫髮無傷

體貼入微 ㄊㄧˇ ㄊㄧㄝ ㄖㄨˋ ㄨㄟ 原指描寫刻畫人物、景色能深入貼切到細微的程度。後多用來形容對人或物關懷照顧得細心而周到。體貼，貼近體察。入微，連細微的地方都注意到。

語源 清趙翼甌北詩話杜少陵詩四：「至於尋常寫景，不必有意驚人，而體貼入微，亦復人不能到。」

例句 曉玲北上念大學時寄住在阿姨家，阿姨體貼入微的照顧讓她一點也沒有離家的感覺。

近義 關懷備至　無微不至

反義 粗枝大葉　漠不關心

高部

高人一等 ㄍㄠ ㄖㄣˊ ㄧ ㄉㄥˇ 比一般人傑出、優秀。

語源 禮記檀弓上：「獻子加於人一等矣！」

例句 他是個努力上進的人，凡事都期許自己能高人一等，做到最好才肯罷休。

近義 出類拔萃　卓爾不群

反義 庸庸碌碌　敬陪末座

高下立判 ㄍㄠ ㄒㄧㄚˋ ㄌㄧˋ ㄆㄢˋ 誰高誰低當下就看得很清楚。比喻實力、強弱差距懸殊。立，即刻；當下。判，分明；辨明。

語源 宋蘇洵六國：「故不戰而強弱勝負已判矣。」

例句 兩人各自演唱指定曲後，高下立判，評審毫無異議，將挑戰者淘汰。

近義 天壤之別　判若霄壤

反義 不相上下　伯仲之間

高下相間 ㄍㄠ ㄒㄧㄚˋ ㄒㄧㄤ ㄐㄧㄢˋ 形容物品的擺放高低交錯。

例句 中國傳統「十景架」中的奇石、古玩、盆景等擺設高下相間，彼此交互輝映，自然成趣。

近義 錯落有致

反義 整齊劃一

高山仰止 ㄍㄠ ㄕㄢ ㄧㄤˇ ㄓˇ 品德如山之崇高，令人欽佩。也作「高山仰之」。

語源 詩經小雅車舝：「高山仰止，景行行止。」

例句 千百年來，孔子的德行被後世的人們所仰望敬重，可說是「高山仰止」，萬人同欽。

近義 高山景行 推崇備至

高山峻嶺 ㄍㄠ ㄕㄢ ㄐㄩㄣˋ ㄌㄧㄥˇ 參見「崇山峻嶺」。

高不可攀 ㄍㄠ ㄅㄨˋ ㄎㄜˇ ㄆㄢ 高得難以到達。形容人高高在上，難以親近。

語源 唐韋應物寄暢當：「出身文翰場，高步不可攀。」清翁方綱石洲詩話卷四：「蓋元祐諸賢，皆才氣橫溢，而一時獨有此一種，見者遂以為高不可攀耳。」

例句 他雖然聰明絕頂，卻自視甚高，一副高不可攀的樣子，讓人不喜歡與他接近。

近義 高高在上 唯我獨尊

反義 和藹可親 平易近人

高官厚祿 ㄍㄠ ㄍㄨㄢ ㄏㄡˋ ㄌㄨˋ 顯要的官位，優厚的俸祿。

語源 荀子議兵：「是高爵豐祿之所加也，榮孰大焉。」孔叢子公儀：「今徒以高官厚祿，釣餌君子，無信用之意。」

辨析 此語常有諷刺的意味。

例句 生性淡泊、不慕榮利的人對高官厚祿往往不為所惑。

高抬貴手 ㄍㄠ ㄊㄞˊ ㄍㄨㄟˋ ㄕㄡˇ 對方的手只要稍微抬高一點，就能夠放過自己。多用作請求寬恕或幫助的話。

語源 宋邵雍伊川擊壤集謝寧寺丞惠希夷罇：「能斟時事高抬手，善酌人情略撥頭。」元施惠幽閨記招商諧偶：「望娘子高抬貴手，饒恕蔣世隆之罪。」

例句 小明這學期不及格的科目實在太多，因此他特地請求教授高抬貴手，讓他有補考的機會。

近義 手下留情

反義 趕盡殺絕

高朋滿座 ㄍㄠ ㄆㄥˊ ㄇㄢˇ ㄗㄨㄛˋ 賓客眾多，將席位都坐滿了。高朋，指貴賓。

語源 漢孔融失題：「高談滿四座，一日傾千觴。」唐王勃滕王閣序：「十旬休假，勝友如雲；千里逢迎，高朋滿座。」

例句 孔伯伯交遊廣闊，待人親切寬厚，壽宴當天高朋滿座，賀客盈門。

近義 座無虛席 賓客盈門

反義 門可羅雀 門前冷落

高枕而臥 ㄍㄠ ㄓㄣˇ ㄦˊ ㄨㄛˋ 睡覺時將枕頭墊高。比喻非常安心，毫無憂慮。

語源 戰國策齊策四：「狡兔有三窟，僅得免其死耳。今君有一窟，未得高枕而臥也。」

例句 王伯伯退休後領了一筆優渥的退休金，應該可以高枕而臥、安享晚年了。

近義 無憂無慮 了無牽掛

反義 憂心忡忡 忐忑不安

高枕無憂 ㄍㄠ ㄓㄣˇ ㄨˊ ㄧㄡ 墊高枕頭安心睡覺。比喻身心安逸，無所憂懼。

語源 戰國策魏策一：「無楚、韓之患，則大王高枕而臥，國必無憂矣。」舊五代史世襲列傳：「且遊獵旬日不迴，中外之情，其何以堪，吾高枕無

憂矣。」

例句　學力測驗獲得高分，這下我可以高枕無憂了！

近義　無憂無慮　了無牽掛

反義　睡不安枕　憂心忡忡

高屋建瓴 ㄍㄠ ㄨ ㄐㄧㄢˋ ㄌㄧㄥˊ　在高高的屋頂上往下倒瓶子裡的水，或順著瓦溝排水。比喻處於居高臨下的形勢，發展順利，毫無阻礙。建，通「瀽」。傾倒。一說指建置。瓴，盛水的瓶子。一說指仰瓦，即瓦溝。也作「屋上建瓴」。

語源　史記高祖本紀：「秦，形勝之國……地勢便利，其以下兵於諸侯，譬猶居高屋之上建瓴水也。」

例句　若能取得奧運的廣告權，公司的產品便能如高屋建瓴般輕易打入國外市場。

近義　大勢所趨　勢不可擋

高風亮節 ㄍㄠ ㄈㄥ ㄌㄧㄤˋ ㄐㄧㄝˊ　高尚的風格氣度，堅貞的節操。形容人志節不凡。

語源　後漢書馮衍傳：「沮先聖之成論兮，貌名賢之高風。」明茅維蘇圓翁：「又道先生高風亮節，非折簡所能招。」

例句　宋朝范仲淹是高風亮節之士，時人稱讚他是天下第一流人物。

近義　淵渟嶽峙　光風霽月

反義　寡廉鮮恥　苟合取容

高高在上 ㄍㄠ ㄍㄠ ㄗㄞˋ ㄕㄤˋ　本指所處的位置或地位很高。後多用來形容不深入群眾、無法體會基層心聲的官僚作風。

語源　詩經周頌敬之：「無曰高高在上，陟降厥士，日監在茲。」

例句　作為一個國家領導者，不可一副高高在上的模樣，而應該勤訪基層，聆聽人民的心聲。

近義　高不可攀

反義　紆尊降貴　平易近人

高唱入雲 ㄍㄠ ㄔㄤˋ ㄖㄨˋ ㄩㄣˊ　高聲歌唱，響入雲霄。也比喻文辭或聲調激越高昂，不同凡響。

語源　晉葛洪西京雜記卷一：「侍婢數百皆習之，後宮齊首高唱，聲入雲霄。」

例句　合唱比賽時，同學們個個鼓足力氣，高唱入雲的歌聲，令人振奮。

近義　穿雲裂石　響遏行雲

高情厚誼 ㄍㄠ ㄑㄧㄥˊ ㄏㄡˋ ㄧˋ　形容深厚的情誼。

語源　清褚人穫隋唐演義第十三回：「久聞潞州單二哥高情厚誼，恨不能相見，今日這樁事，卻為人謀而不忠。」

例句　多年來承蒙您的照顧，高情厚誼，令我永誌不忘。

高深莫測 ㄍㄠ ㄕㄣ ㄇㄛˋ ㄘㄜˋ　參見「莫測高深」。

高視闊步 ㄍㄠ ㄕˋ ㄎㄨㄛˋ ㄅㄨˋ　眼睛向上看，邁著大步往前走。形容氣概不凡或態度高傲。

語源　隋書盧思道傳：「俄而抵掌揚眉，高視闊步。」

例句　自從犯下嚴重錯誤後，這個昔日的大紅人已不敢在辦公室裡高視闊步，對同事頤指氣使了。

近義　氣宇軒昂　趾高氣揚

反義　垂頭喪氣　卑躬屈膝

高潮迭起 ㄍㄠ ㄔㄠˊ ㄉㄧㄝˊ ㄑㄧˇ　指事件中轉折衝突、激烈高昂的部分不斷出現。

例句　這部電影卡司陣容堅強，劇情高潮迭起，令觀眾大呼過癮。

反義　平淡無奇　枯燥無味

高談闊論 ㄍㄠ ㄊㄢˊ ㄎㄨㄛˋ ㄌㄨㄣˋ 形容談論高妙廣博。也用來形容不切實際的空洞議論。

語源 唐呂巖徽宗齋會：「高談闊論若無人，可惜明君不遇真。」六韜文韜上賢：「不圖大事，得利而動，以高談虛論說於人主，王者慎勿使。」

例句 ①大家對此事紛紛提出看法，高談闊論，場面十分熱烈。②只是一味高談闊論沒有用，必須訴諸行動才行。

近義 放言高論 不著邊際

反義 身體力行 劍及履及

高蹈遠引 ㄍㄠ ㄉㄠˋ ㄩㄢˇ ㄧㄣˇ 比喻隱居避世。高蹈，比喻隱居。也作「高蹈遠舉」、「高蹈遠隱」。

語源 晉郭璞遊仙詩七首之一：「高蹈風塵外，長揖謝夷齊。」宋王楙野客叢書卷四：「穆生高蹈遠舉，意蓋有在。」明李贄復焦秣陵：「而欲視天下高蹈遠引之士，混俗和光之徒，皮毛臭穢之夫，如周丘其人者哉？」清王士禛池北偶談第七卷：「後從孫徵君入蘇門，高蹈遠隱。」

例句 他退出政壇後，一心只想高蹈遠引，因此不再對政局發表任何看法。

近義 超然遠舉 遺世獨立

反義 胸懷萬里 和光同塵

高瞻遠矚 ㄍㄠ ㄓㄢ ㄩㄢˇ ㄓㄨˇ 看得高，望得遠。形容眼光遠大。瞻，向前或向上看。矚，望；很專注的看。

語源 漢王充論衡別通：「夫閉戶塞意，不高瞻覽者，死人之徒也哉。」清夏敬渠野叟曝言第二回：「一路高瞻遠矚，要領略湖山真景。」

例句 在瞬息萬變的商場中，必須高瞻遠矚，才能立於不敗之地。

近義 洞燭機先 真知灼見

反義 短視近利 鼠目寸光

高處不勝寒 ㄍㄠ ㄔㄨˋ ㄅㄨˋ ㄕㄥ ㄏㄢˊ 高處的寒冷令人無法承受。比喻人身在高位，因為權力爭鬥，而感到心寒；或不易被人了解而感到孤寂。不勝，承受不了。

語源 宋蘇軾水調歌頭明月幾時有：「我欲乘風歸去，又恐瓊樓玉宇，高處不勝寒。」

例句 獲得世界高爾夫球后的頭銜後，她終於深深體會「高處不勝寒」的滋味。

高不成，低不就 ㄍㄠ ㄅㄨˋ ㄔㄥˊ ㄉㄧ ㄅㄨˋ ㄐㄧㄡˋ 既高攀不上，又不肯屈就。多用於選擇職業或配偶。

語源 明馮夢龍警世通言卷二三：「那邊順娘卻也紅鸞不照，天喜未臨，高不成，低不就，也不曾許得人家。」

例句 她選擇結婚對象一直高不成，低不就，不覺已年過三十了。

髟部

5

髮指眥裂 ㄈㄚˇ ㄓˇ ㄗˋ ㄌㄧㄝˋ 形容極度忿怒。髮指，頭髮豎立。形容盛怒的樣子。眥，眼眶。

語源 史記項羽本紀：「瞋目視項王，頭髮上指，目眥盡裂。」清梁章鉅浪迹續談雙忠祠碑：「馬公罵賊，髮指眥裂。」

例句 一提到這個強暴殺人犯的種種獸行，就令人髮指眥裂！

近義 怒髮衝冠 咬牙切齒

反義 和顏悅色 心平氣和

鬥部

鬥志昂揚 ㄉㄡˋ ㄓˋ ㄤˊ ㄧㄤˊ 奮戰求勝的意志十分旺盛。

例句 雖然天氣寒冷，但比賽雙方都鬥志昂揚，喊聲震天。

近義 意氣風發 踔厲風發

反義 萎靡不振 有氣無力

5

鬧中取靜 ㄋㄠˋ ㄓㄨㄥ ㄑㄩˇ ㄐㄧㄥˋ 在喧鬧中保有寧靜。

例句 街角這座公園雖然規模不大，但也能讓人鬧中取靜，歇息片刻。

鬯部

19

鬱鬱寡歡 ㄩˋ ㄩˋ ㄍㄨㄚˇ ㄏㄨㄢ 參見「抑鬱寡歡」。

鬼部

鬼畫符 ㄍㄨㄟˇ ㄏㄨㄚˋ ㄈㄨˊ 譏人書法惡劣，字跡潦草。也可比喻言語虛詐或莫名其妙的把戲。

語源 金元好問論詩三十首：「萬古文章有坦途，縱橫誰似玉川盧？真書不入今人眼，兒輩從教鬼畫符。」

例句 他的字簡直就是鬼畫符，令人難以辨識。

近義 龍飛鳳舞

鬼使神差 ㄍㄨㄟˇ ㄕˇ ㄕㄣˊ ㄔㄞ 鬼神在暗中指使或相助。指事情的發生出於意料之外，冥冥之中的因緣巧合。

語源 元李致遠都孔目風雨還牢末第四折：「今日得遇你個英雄劍客，恰便似鬼使神差。」

例句 遇上那麼大的災難，還能毫髮無傷，真是鬼使神差，不可思議。

近義 因緣湊巧 不可思議

鬼斧神工 ㄍㄨㄟˇ ㄈㄨˇ ㄕㄣˊ ㄍㄨㄥ 就像鬼神用斧頭所劈鑿的一般。比喻精巧神妙的技藝。多指自然景觀或建築、雕塑、文學等藝術作品。

語源 明袁宏道瀟碧堂集卷三示度門：「鬼斧神工仍七日，直教重勒玉泉碑。」

例句 ①棧道沿著峭壁開鑿架設，有如鬼斧神工，不得不佩服古人的智慧與技術。②太魯閣國家公園峭壁千仞的雄偉景色，令人讚歎大自然鬼斧神工的奧妙。

近義 巧奪天工 渾然天成

反義 粗製濫造 斧鑿斑斑

鬼計多端 ㄍㄨㄟˇ ㄐㄧˋ ㄉㄨㄛ ㄉㄨㄢ 參見「詭計多端」。

鬼哭神號 ㄍㄨㄟˇ ㄎㄨ ㄕㄣˊ ㄏㄠˊ 如鬼魅般的哭泣號叫。形容哭叫聲十分淒厲或是聲音悽慘恐怖。

語源 唐呂巖七言（其四）：「鬼哭神號金鼎結，雞飛犬化玉爐空。」

例句 ①眼見親人慘死，那婦人呼天搶地，鬼哭神號，聞者無不悽惻。②凜冽的北風在深夜的山林中呼嘯，有如鬼哭神號，令人毛骨悚然。

近義 呼天搶地

反義 歡天喜地

鬼迷心竅 ㄍㄨㄟˇ ㄇㄧˊ ㄒㄧㄣ ㄑㄧㄠˋ 被鬼迷惑了心智。比喻冥頑固執，做錯事而不自知。

語源 唐李德裕賜王宰詔意：「然天奪其心，鬼迷其志……曾無面縛之效。」清李綠園歧路燈第六十回：「一時鬼迷心竅，後悔不及。」

例句 小陳妄想得到彩券頭獎，竟傾家蕩產去簽注，簡直是鬼迷心竅。

近義 冥頑不靈

反義 靈臺清明

鬼鬼祟祟 ㄍㄨㄟˇ ㄍㄨㄟˇ ㄙㄨㄟˋ ㄙㄨㄟˋ 形容行為不光明正大，偷偷摸摸。祟，神鬼暗中害人。

鬥

鬯

鬼

語源 紅樓夢第二十四回：「明兒你鬧了，只管來找我，別和他們鬼鬼祟祟的。」

例句 他在附近鬼鬼祟祟的徘徊張望，不知要幹什麼勾當？

近義 偷偷摸摸　探頭探腦

反義 光明正大　堂堂正正

鬼話連篇 ㄍㄨㄟˇ ㄏㄨㄚˋ ㄌㄧㄢˊ ㄆㄧㄢ 比喻胡言亂語，沒有一句可信。也作「鬼話連片」。

語源 綴白裘金鎖記思飯：「呸出來！鬼話連片！我何曾借歇俚丟勾夾被列介？」 借歇，借過。俚丟，他們。

例句 這本書的作者觀點偏激，內容鬼話連篇，毫無根據。

近義 胡言亂語　胡說八道

反義 實話實說　句句屬實

鬼頭鬼腦 ㄍㄨㄟˇ ㄊㄡˊ ㄍㄨㄟˇ ㄋㄠˇ ①形容鬼鬼祟祟的樣子。②形容人陰險狡猾。

語源 明淩濛初二刻拍案驚奇卷二〇：「巢氏有兄弟巢大郎，是一個鬼頭鬼腦的人，奉承得姊夫姊姊好。」

例句 別看小黃一副忠厚老實的樣子，其實他鬼頭鬼腦，不知道有多少人吃過他的暗虧。

近義 賊頭賊腦　鬼鬼祟祟

反義 堂堂正正　光明磊落

鬼靈精怪 ㄍㄨㄟˇ ㄌㄧㄥˊ ㄐㄧㄥ ㄍㄨㄞˋ 意同「鬼靈精」。比喻聰明伶俐，巧思點子很多的人。也可作形容詞用。也作「古靈精怪」。

語源 紅樓夢第二十八回：「你是個可人，你是個多情，你是個刁鑽古怪鬼靈精！」

例句 她這個水瓶座女孩，鬼靈精怪的，從小就很討人喜歡。

近義 聰明伶俐　人小鬼大

4

魂不守舍 ㄏㄨㄣˊ ㄅㄨˋ ㄕㄡˇ ㄕㄜˋ 形容心志恍惚，意念不能自持。

語源 三國志魏書管輅傳裴松之注引輅別傳：「何之視候，則魂不守宅。」紅樓夢第九十八回：「我看寶玉竟是魂不守舍，起動是不怕的。」

例句 自從男朋友出國之後，她就失去了生活重心，成天魂不守舍。

近義 心不在焉　心神恍惚

反義 聚精會神　全神貫注

魂不附體 ㄏㄨㄣˊ ㄅㄨˋ ㄈㄨˋ ㄊㄧˇ 靈魂離開了身體。比喻驚嚇到了極點。

語源 南史徐嗣伯傳：「得死人枕投之，魂氣飛越，不得復附體。」京本通俗小說西山一窟鬼：「兩人立在墓堆子上，嚇得兩個魂不附體。」

例句 目睹了整個慘案發生經過，她嚇得魂不附體，到現在還常常在夢中驚醒。

近義 魂飛魄散　魂飛天外

反義 泰然自若　處之泰然

魂飛魄散 ㄏㄨㄣˊ ㄈㄟ ㄆㄛˋ ㄙㄢˋ 魂魄脫離了人體。形容極度驚恐害怕。

語源 宋劉宰鴉去鵲來篇：「遂令著處聽鴉鳴，魂飛魄散心如搗。」

例句 突如其來的大地震，嚇得大家魂飛魄散，紛紛奪門而出。

近義 心驚膽戰　魂不附體

反義 若無其事　泰然自若

魂牽夢縈 ㄏㄨㄣˊ ㄑㄧㄢ ㄇㄥˋ ㄧㄥˊ 形容思念深切。牽，掛念。縈，牽掛。

語源 宋劉過四字令：「思君憶君，魂牽夢縈。」

例句 她的氣質出眾，容貌美若天仙，是許多男性魂牽夢縈的理想對象。

近義 朝思暮想

魚部

魚水之歡　比喻夫妻恩愛和諧的快樂。也借指性愛。

語源　管子小問：「婢子曰：『詩有之：浩浩者水，育育者魚。未有室家，而安召我居？寧子其欲室乎？』」元王實甫西廂記第二本第二折：「小生到得臥房內，和姐姐解帶脫衣，顛鸞倒鳳，同諧魚水之歡，共效于飛之願。」

例句　這對夫妻只享受了兩年的魚水之歡，就因先生有了外遇而婚姻破裂了。

近義　琴瑟調和　顛鸞倒鳳

魚目混珠　拿魚眼珠混充珍珠。比喻以假貨冒充真品。混，混雜；冒，冒充。

語源　昭明文選任昉到大司馬記室箋李善注引韓詩外傳：「白骨類象，魚目似珠。」宋張商英宗禪辨：「今則魚目混珠，薰蕕共囿，羊質虎皮者多矣。」

例句　路邊攤有許多魚目混珠的東西，不要貪小便宜上當了。

近義　以假亂真　偷梁換柱

反義　貨真價實

魚米之鄉　近水而盛產魚、米的地方。泛指物產富庶之地。

語源　舊唐書王晙傳：「啗以繒帛之利，示以麋鹿之饒，說其魚米之鄉，陳其畜牧之地。」

例句　珠江三角洲自古以來便是稻產豐富、生活富庶的魚米之鄉。

近義　沃野千里　膏腴之地

反義　不毛之地　蠻荒之地

魚肉鄉民　把當地的人民當作魚肉一般地宰割。比喻隨意壓榨、欺侮當地的人民。多用以形容地方官員或劣紳惡霸。

語源　後漢書仲長統傳：「魚肉百姓，以盈其欲。」

例句　黑道出身的縣議長不改本性，暗中經營地下錢莊，魚肉鄉民，已被提報為流氓管束。

近義　胡作非為　橫徵暴斂

反義　造福鄉里

魚沉雁杳　參見「雁杳魚沉」。

魚貫而入　像游魚一樣一個接一個地進入。

語源　明湯顯祖南柯記第三十六齣：「這等，我三人魚貫而入。」

例句　演講開始前，慕名而來的觀眾魚貫而入，三千個座位很快就坐滿了。

近義　魚貫而行

反義　一擁而上　蜂擁而出

魚游釜中　魚在鍋裡游來游去。比喻身處絕境，面臨滅亡的危險。釜，古代一種煮飯的鍋子。也作「魚游沸鼎」。

語源　後漢書張綱傳：「荒裔愚人，不能自通朝廷，不堪侵枉，遂復相聚偷生，若魚游釜中，喘息須臾間耳。」

例句　政黨之間的惡鬥，已使國家陷入魚游釜中的險境。

近義　危在旦夕　燕巢於幕

反義　高枕無憂　安全無虞

魚龍曼衍　原為古代的雜技和魔術名稱，後比喻事物離奇紛呈，變幻百出，令人無從捉摸。也作「漫衍魚龍」。

語源　漢書西域傳贊：「設酒池肉林以饗四夷之客，……漫衍魚龍、角抵之戲，以觀視之。」清李伯元官場現形記第

十四回回目：「剿土匪魚龍曼衍。」

例句 每年的嘉年華會，民風熱情的巴西人莫不變裝出遊，街頭魚龍曼衍，好不熱鬧。

近義 變幻莫測 眼花撩亂

魚躍龍門 ㄩˊ ㄩㄝˋ ㄌㄨㄥˊ ㄇㄣˊ 龍門位於黃河上游，水流甚急。古代傳說魚躍過此門之後，即可化身為龍，騰飛升天。後用以比喻登上高位或考試及第。也作「鯉躍龍門」。

語源 漢辛氏三秦記：「河津一名龍門，水險不通，魚鱉之屬莫能上，江海大魚薄集龍門下數千，不得上，上則為龍也。」宋埤雅釋魚：「俗說魚躍龍門，過而為龍，唯鯉或然。」元鄭光祖倩女離魂第二折：「那時節似魚躍龍門播海涯，飲御酒，插宮花。」

例句 他個性沉穩內斂，無比堅毅，再奮鬥一兩年，必能魚躍龍門，前途不可限量。

近義 金榜題名 三元及第

反義 曝鰓龍門 龍門點額

4

魯魚亥豕 ㄌㄨˇ ㄩˊ ㄏㄞˋ ㄕˇ 魯寫成魚，亥寫成豕。指文字因形近而傳寫錯誤。

語源 晉葛洪抱朴子遐覽：「故諺曰：『書三寫，魚成魯，虛成虎。』」呂氏春秋慎行論察傳：「有讀史記者曰：『晉師三豕涉河。』子夏曰：『非也，是己亥也。』夫己與三相近，豕與亥相似。」明李開先賀谷少岱喪目重明序：「字無魯魚亥豕之訛，由此而享文名。」

例句 古代流傳下來的書籍由於傳抄之誤，魯魚亥豕的情形很多。

近義 三豕渡河

6

鮮衣美食 ㄒㄧㄢ ㄧ ㄇㄟˇ ㄕˊ 華麗的衣服，精美的食物。指浮華奢侈的生活。

語源 宋陸游渭南文集紹興府眾會黃箓青詞：「鮮衣美食，昧稼穡之所從。」

例句 他從小過著鮮衣美食的生活，父母過世後依然揮霍無度，不久就把家財散盡了。

近義 炊金饌玉 錦衣玉食

反義 粗茶淡飯 自奉甚儉

鮮為人知 ㄒㄧㄢˇ ㄨㄟˊ ㄖㄣˊ ㄓ 很少人知道。鮮，稀少。

例句 眾人都只看見成功人士光鮮亮麗的現在，而他們過去的辛酸血淚卻鮮為人知。

近義 沒沒無聞 湮沒無聞

反義 盡人皆知 家喻戶曉

7

鯉躍龍門 ㄌㄧˇ ㄩㄝˋ ㄌㄨㄥˊ ㄇㄣˊ 參見「魚躍龍門」。

10

鰥寡孤獨 ㄍㄨㄢ ㄍㄨㄚˇ ㄍㄨ ㄉㄨˊ 泛指無依無靠的老弱者。鰥，也作「矜」。年老無妻。寡，年老無夫。孤，年幼無父。獨，年老無子。

語源 禮記禮運：「使老有所終，壯有所用，幼有所長，矜寡孤獨廢疾者皆有所養。」

例句 良好的社會制度，應該使鰥寡孤獨者都得到妥善的照顧。

12

鱗次櫛比 ㄌㄧㄣˊ ㄘˋ ㄐㄧㄝˊ ㄅㄧˋ 參見「櫛比鱗次」。

鳥部

鳥盡弓藏 ㄋㄧㄠˇ ㄐㄧㄣˋ ㄍㄨㄥ ㄘㄤˊ 鳥打光了，打鳥的弓就被收藏起來不用了。比喻事情成功後，把曾經出過力的人拋棄了。

語源 史記越王句踐世家：「蜚鳥盡，良弓藏；狡兔死，走狗烹。」蜚，同「飛」。

例句 他是個能共患難卻不能同享富貴的人，小心鳥盡弓藏

藏，你要有所防備才好。

近義 兔死狗烹 過河拆橋

反義 論功行賞 故舊不遺

鳥語花香 鳥鳴悅耳，花開飄香。形容春天美麗的景色。

語源 宋呂本中庵居：「鳥語花香變夕陰，稍閑復恐病相尋。」

例句 每年二、三月，陽明山上總是一片鳥語花香，令許多遊客沉醉其中。

2

鳩占鵲巢 鳩鳥占據鵲鳥的巢居住。比喻占據他人的居處或產業。

語源 詩經召南鵲巢：「維鵲有巢，維鳩居之。」

例句 那家公司聘請他擔任總經理，沒想到他竟然乘職務之便鳩占鵲巢，侵占了整家公司的產業。

近義 巧取豪奪 據為己有

鳩形鵠面 形容人因飢餓而瘦得皮包骨。鳩形，指外表像斑鳩般，腹部凹陷，胸骨突起。鵠面，指面容像黃鵠般，臉頰消瘦，頸長嘴尖。

語源 清陸隴其三魚堂文集答沈友聖：「日對鳩形鵠面之眾，愧無活人手段。」

例句 他隨著醫療團遠赴非洲衣索披亞，看到難民們個個鳩形鵠面，心中非常難過。

3

鳳毛麟角 鳳凰的羽毛，麒麟的角。比喻極為稀有、珍貴的人或事物。

語源 明何良俊四友齋叢說卷二三：「康對山之文，天下慕向之如鳳毛麟角。」

例句 如今世風日下，還能固守德操的人，已是鳳毛麟角了。

近義 碩果僅存 屈指可數

反義 車載斗量 比比皆是

鳳凰于飛 鳳凰相伴而飛。形容或祝福新婚夫妻恩愛和諧的吉祥話。鳳凰，傳說中的吉祥鳥。雄的叫鳳，雌的叫凰。

語源 詩經大雅卷阿：「鳳凰于飛，翽翽其羽。」

例句 新婚的陳老師伉儷情深，鳳凰于飛的模樣，不知羨煞多少人。

近義 伉儷情深 鶼鰈情深

反義 同床異夢 貌合神離

鳴金收兵 原指古代兩軍交戰時敲鑼讓士兵迅速撤退。現也泛指使某事停止、結束。鳴金，敲鑼。

語源 三國演義第七十一回：「兩將交馬，戰到二十餘合，曹營內忽然鳴金收兵。」

例句 這場官司打了好幾年，也該是鳴金收兵的時候了。

近義 偃旗息鼓

反義 衝鋒陷陣 蓄勢待發

鳴琴而治 只彈琴便能治理政務。稱頌政簡刑輕，無為而治。

語源 呂氏春秋開春論察賢：「宓子賤治單父，彈鳴琴，身不下堂而單父治。」

例句 縣政千頭萬緒，陳縣長鎮日勞形案牘，不敢妄想有鳴琴而治的一天。

近義 垂拱而治 鳴琴垂拱

鳴琴垂拱 只是彈琴或垂衣拱手，便能使天下得到治理。稱頌為政輕簡，無為而治。

語源 參見「鳴琴而治」。尚書武成：「惇信明義，崇德報功，垂拱而天下治。」

例句 他打算在當選縣長之後，採用鳴琴垂拱的理念來治理縣政。

鳥

近義　鳴琴而治　垂拱而治

鳴鼓而攻 ㄇㄧㄥˊ ㄍㄨˇ ㄦˊ ㄍㄨㄥ　敲擊戰鼓，發動攻勢。指公開聲討。鳴，使物發聲。

語源　論語先進：「子曰：『非吾徒也。小子鳴鼓而攻之，可也。』」

例句　立法委員如果言行不當，選民應該鳴鼓而攻之。

近義　大加撻伐　口誅筆伐

反義　鳴金收兵

鳶飛戾天 ㄩㄢ ㄈㄟ ㄌㄧˋ ㄊㄧㄢ　老鷹飛翔在天空。比喻適得其所，自在逍遙。戾，到。

語源　詩經大雅旱麓：「鳶飛戾天，魚躍于淵。」

例句　他離開學校進入職場後，有如鳶飛戾天，過得十分自在適意。

近義　魚躍於淵　鳶飛魚躍

鳶飛魚躍 ㄩㄢ ㄈㄟ ㄩˊ ㄩㄝˋ　老鷹飛翔在天空，魚兒歡躍在水面。比喻萬物各得其所，自得其樂。

語源　參見「鳶飛戾天」。宋樓鑰南山廣莫軒：「地下天高俱歷歷，鳶飛魚躍兩悠悠。」

例句　退休以後，在鳶飛魚躍的大自然中生活，他精神煥發更勝從前。

近義　鳶飛戾天

4

鴉雀無聲 ㄧㄚ ㄑㄩㄝˋ ㄨˊ ㄕㄥ　形容非常寂靜，一點聲響也沒有。

語源　宋釋道原景德傳燈錄益州保唐寺無住禪師：「公曰：『鴉去無聲，云何言聞？』」宋秦觀淮海集四絕（其三）：「天風吹月入欄干，烏鵲無聲子夜聞。」紅樓夢第三十回：「寶玉背著手，到一處，一處鴉雀無聲。」

例句　他一走進來，原本鬧哄哄的會堂，頓時鴉雀無聲。

近義　無聲無息　萬籟俱寂

反義　人聲鼎沸　鑼鼓喧天

5

鴕鳥心態 ㄊㄨㄛˊ ㄋㄧㄠˇ ㄒㄧㄣ ㄊㄞˋ　鴕鳥遇到危險時，會把頭埋入草堆或沙堆中，以為看不到就沒事。比喻逃避現實、不敢面對問題的消極心理。

例句　政府官員如果存有鴕鳥心態，遇事推託，得過且過，國家怎麼會進步？

近義　自欺欺人　滿不在乎

鴨子聽雷 ㄧㄚ ㄗˇ ㄊㄧㄥ ㄌㄟˊ　歇後語。指有聽沒有懂。鴨子聽到雷聲，不知那是什麼。比喻無法理解。

例句　這節數學教的是微積分，老師講解了老半天，阿義仍像鴨子聽雷，有聽沒有懂。

近義　渾渾噩噩　懵懵懂懂

6

鴻門宴 ㄏㄨㄥˊ ㄇㄣˊ ㄧㄢˋ　指不懷好意、暗藏陰謀的宴會。

語源　史記項羽本紀記載：劉邦與項羽爭天下，劉邦先入咸陽，安定關中地區。當時的霸主項羽十分忿怒，於是設宴於鴻門，欲加以殺害。然而項羽叔父項梁與張良友好，在宴會中暗助劉邦，加上樊噲持劍進入會場為劉邦解除危難，劉邦始得脫身。

例句　他們邀你參加聚會，一定不懷好意，你千萬別去赴這場鴻門宴啊！

鴻篇巨製 ㄏㄨㄥˊ ㄆㄧㄢ ㄐㄩˋ ㄓˋ　篇幅長、規模大的著作。常用來恭維他人著作或文章。鴻，巨；大。製，指著作。也作「鴻篇鉅製」。

語源　清皮錫瑞經學歷史經學復盛時代：「今鴻篇巨製，照耀寰宇。」

例句 李教授浸淫學術數十年而寫成這部鴻篇巨製，今天得以出版，實乃學界之福。

近義 不朽巨作

鴻儒碩學 ㄏㄨㄥˊ ㄖㄨˊ ㄕㄨㄛˋ ㄒㄩㄝˊ　學識廣博的大學者。鴻，也作「宏」。大；盛。儒，學者；讀書人。碩，博大。

語源 晉書儒林傳序：「而主好斯文，朝多君子，鴻儒碩學，無乏於時。」

例句 余教授學貫中西，著作等身，是兩岸學術界一致推崇的鴻儒碩學，獲頒此項終身成就獎，可謂實至名歸。

近義 博學鴻儒　碩學通儒

鴻鵠之志 ㄏㄨㄥˊ ㄏㄨˊ ㄓ ㄓˋ　指豪傑志士的遠大志向。鴻鵠，大鳥，一舉千里，比喻豪傑志士。

語源 史記陳涉世家：「陳涉少時，嘗與人傭耕。輟耕之壟上，悵恨久之，曰：『苟富貴，無相忘。』傭者笑而應曰：『若為傭耕，何富貴也？』陳涉太息，曰：『嗟乎！燕雀安知鴻鵠之志哉！』」

例句 他在大學時代便立下鴻鵠之志，期望自己能建構出完善的社會福利體系，幫助所有弱勢族群。

近義 志在千里　壯志凌雲

反義 人窮志短　燕雀小志

8

鵬程萬里 ㄆㄥˊ ㄔㄥˊ ㄨㄢˋ ㄌㄧˇ　鵬鳥飛行萬里。比喻前途遠大。

語源 莊子逍遙遊：「鵬之徙於南冥也，水擊三千里，摶扶搖而上者九萬里。」唐唐彥謙別留四首（其一）：「鵬程三萬里，別酒一千鍾。」宋樓鑰送袁恭安赴江州節推：「鵬程萬里茲權輿，平時義方師有餘。」

例句 學子將要畢業之際，師長多會祝其鵬程萬里，希望他們有美好光明的未來。

近義 前程似錦　前途無量

鶉衣百結 ㄔㄨㄣˊ ㄧ ㄅㄞˇ ㄐㄧㄝˊ　形容衣衫破爛不堪，到處都是補釘。鶉衣，比喻經縫補後的破衣。鶉，鵪鶉。鵪鶉的羽毛短而有花斑，像許多補釘。百結，極言補釘很多。

語源 宋趙蕃大雪詩：「鶉衣百結不蔽膝，戀戀誰憐范叔貧。」

例句 街角坐了個鶉衣百結的乞丐，經過的路人都投以同情的眼光。

近義 短褐穿結　衣不蔽體

反義 衣冠楚楚　西裝革履

10

鶯聲燕語 ㄧㄥ ㄕㄥ ㄧㄢˋ ㄩˇ　黃鶯和燕子的叫聲。原形容美麗的春色。現在多用來形容女子婉轉動聽的聲音。

語源 元關漢卿杜蕊娘智賞金線池楔子：「語若流鶯聲似燕，丹青，燕語鶯聲怎畫成？」

例句 選美會上，各國佳麗鶯聲燕語，無比動聽。

鶯鶯燕燕 ㄧㄥ ㄧㄥ ㄧㄢˋ ㄧㄢˋ　許多黃鶯和燕子。形容春天的美景。也比喻美女眾多。多指姬妾或妓女。

語源 唐杜牧為人題贈：「綠樹鶯鶯語，平沙燕燕飛。」

例句 有些應酬的場所充滿了鶯鶯燕燕，你要學會不受甜言蜜語的誘惑。

鶴立雞群 ㄏㄜˋ ㄌㄧˋ ㄐㄧ ㄑㄩㄣˊ　鶴站在雞群中間，昂然特出。比喻人的儀表或才華出眾。也用來比喻人的身材特別高大。原作「野鶴在雞群」。

語源 晉戴逵竹林七賢論：「昨於稠人中始見嵇紹，昂昂然若野鶴之在雞群。」元耶律楚材和景賢十首（其一）：「節

操鴉鶻指鼠餌，風神野鶴立雞群。」

例句 他的儀表出眾，鶴立雞群，在團體中相當引人注目。

近義 超群絕倫　出類拔萃

鶴髮童顏（ㄏㄜˋ ㄈㄚˇ ㄊㄨㄥˊ ㄧㄢˊ） 頭髮像鶴羽般純白，容貌像孩童般紅潤。形容年老而身體健康，精神健旺。也作「童顏鶴髮」。

語源 唐田穎夢遊羅浮：「自言非神亦非仙，鶴髮童顏古無比。」

例句 爺爺平日注重養生，經常運動，雖然年過八十，依然鶴髮童顏。

近義 龍馬精神　老當益壯

反義 雞皮鶴髮　老態龍鍾

鶼鰈情深（ㄐㄧㄢ ㄉㄧㄝˊ ㄑㄧㄥˊ ㄕㄣ） 比喻夫妻恩愛。鶼，比翼鳥。鰈，比目魚。鶼鰈，比喻恩愛的夫妻。

語源 爾雅釋地：「東方有比目魚焉，不比不行，其名謂之鰈。南方有比翼鳥焉，不比不飛，其名謂之鶼。」

例句 這對夫妻結褵五十載，依然鶼鰈情深，令人羨慕。

近義 伉儷情深　舉案齊眉

反義 分釵破鏡　琴瑟不調

11

鷗鷺忘機（ㄡ ㄌㄨˋ ㄨㄤˋ ㄐㄧ） 指人沒有機心，能使鷗鷺親近。後用以比喻人投身自然，不存機心，不以世俗為念。

語源 列子黃帝記載：古時候海邊有個人很喜愛鷗鳥，每天和牠們一起嬉戲。有一天，他父親對他說：「我聽說鷗鳥都跟你一起遊玩，你抓一隻來給我賞玩。」第二天，他到海邊時，鷗鳥卻只在空中飛舞，不肯靠近。宋陸游烏夜啼：「鏡湖西畔秋千頃，鷗鷺共忘機。」

例句 他從政壇引退後便隱居山林，過著鷗鷺忘機、怡然自得的優閒生活。

近義 赤子之心　枕石漱流

12

鷸蚌相爭（ㄩˋ ㄅㄤˋ ㄒㄧㄤ ㄓㄥ） 鷸啄蚌，蚌則緊緊鉗著鷸的喙不放。比喻雙方爭持不肯相讓，將使第三者獲利。鷸，一種長嘴的水鳥，常棲息在水澤旁邊，捕食小魚、貝類和昆蟲。蚌，生長在水裡的一種軟體動物，殼有兩片，可以開合。也作「鷸蚌相爭，漁人得利」。

語源 戰國策燕策二記載：戰國時期，趙國將要進攻燕國，蘇代以一個寓言遊說趙惠文王說：「今天我來這裡的時候，經過易水，正好看見河蚌出來曬太陽，而鷸鳥伸嘴要啄食牠的肉，此時河蚌就合起蚌殼來夾住鷸鳥的嘴。鷸鳥便說：『今天不下雨，明天也不下雨，就會有隻死蚌。』河蚌也不甘示弱地說：『如果我今天不張嘴讓你出來，明天也不讓你出來，就會有隻死鷸。』就在雙方堅持不下之際，一個漁夫正巧經過，便趁機將牠們一起抓住了。現在趙國若要進攻燕國，二國若長期相持不下，人民將會疲困，恐怕秦國就會成為故事中的漁夫啊！」

例句 你們若繼續鷸蚌相爭，不肯為共同目標互助合作，遲早會兩敗俱傷，浪費多年來的努力。

近義 爭持不下　漁翁得利

反義 相安無事　和平共處

13

鷹揚虎視（ㄧㄥ ㄧㄤˊ ㄏㄨˇ ㄕˋ） 像鷹一樣高飛，像虎一樣注視著獵物。比喻奮發有為，大展長才。也作「虎視鷹揚」。

語源 三國魏應璩與侍郎曹長思書：「王肅以宿德顯授，何曾以後進見拔，皆鷹揚虎視，

有萬里之望。」

例句 選擇自己有興趣的職業，全心投入，假以時日必能有鷹揚虎視的一天。

近義 昂首闊步

17 **鸚鵡學舌** ㄧㄥ ㄨˇ ㄒㄩㄝˊ ㄕㄜˊ 像鸚鵡一樣模仿人家說話。比喻人沒有主見，人云亦云，毫無新意。

語源 宋釋道原景德傳燈錄越州大珠慧海和尚：「如鸚鵡學人語，話自語不得，為無智慧故。」

例句 讀書之首要在培養獨立思考的能力，只會鸚鵡學舌是不行的。

近義 人云亦云 隨聲附和

反義 自出機杼 推陳出新

19 **鸞翔鳳集** ㄌㄨㄢˊ ㄒㄧㄤˊ ㄈㄥˋ ㄐㄧˊ 鸞鳳飛來聚集、棲息。比喻賢才齊聚。鸞鳳，比喻人才。鸞，古代鳥名，鳳凰的一種。

語源 晉傅咸申懷賦：「穆穆清禁，濟濟群英，鸞翔鳳集，羽儀上京。」

例句 這一場國際學術研討會，各國學界菁英齊聚一堂，鸞翔鳳集，盛況空前。

近義 群賢畢至 人才濟濟

鸞鳳和鳴 ㄌㄨㄢˊ ㄈㄥˋ ㄏㄜˊ ㄇㄧㄥˊ 比喻婚姻美滿、夫妻和諧。也常作為結婚賀辭。鸞鳳，比喻夫妻。和鳴，共鳴。

語源 元白樸唐明皇秋夜梧桐雨第一折：「夜同寢，晝同行，恰似鸞鳳和鳴。」

例句 張先生伉儷結婚數十年，鸞鳳和鳴，愛情彌篤，令人羨慕。

近義 鳳凰于飛 琴瑟和鳴

反義 琴瑟不調 同床異夢

鹵部

9 **鹹魚翻身** ㄒㄧㄢˊ ㄩˊ ㄈㄢ ㄕㄣ 比喻本來受到輕視的人或物，身價上漲，變得熱門。鹹魚，比喻低賤的人或物。

例句 許多廢棄的舊建築，經過整修設計，改裝成咖啡廳而鹹魚翻身，成為城市亮點。

近義 否極泰來 時來運轉

反義 時運不濟 流年不利

鹿部

鹿死誰手 ㄌㄨˋ ㄙˇ ㄕㄟˊ ㄕㄡˇ 原指共爭帝位，不知最後會落在誰的手中。今指眾人共爭一物，不知誰能獲得。鹿，與「祿」音同雙關，比喻天下、帝位或政權。

語源 北魏崔鴻十六國春秋後趙錄：「若遇光武，當並驅中原，未知鹿死誰手。」

辨析 本則成語在使用時，多加上「未知」或「不知」的補語，表示最後勝利不知由誰取得。

例句 這場籃球賽，雙方勢均力敵，不到最後一秒鐘，尚不知鹿死誰手。

近義 難分難解 勝負難料

反義 勝負已定 高下立判

麻部

麻木不仁 ㄇㄚˊ ㄇㄨˋ ㄅㄨˋ ㄖㄣˊ 肢體麻痺沒有感覺。比喻反應遲鈍或對周遭事物漠不關心。不仁，沒有知覺。

語源 水滸傳第六十四回：「安道全起來，看見四個死屍，嚇得渾身麻木，顫做一團。」黃帝內經素問卷一二痺論：「其不痛不仁者，病久入深。」

例句 他位高權大，卻對弱勢族群的痛苦與需求不聞不問，真是麻木不仁。

近義 漠不關心 不聞不問

反義 感同身受 關懷備至

麻雀雖小，五臟俱全 (ㄇㄚˊ ㄑㄩㄝˋ ㄙㄨㄟ ㄒㄧㄠˇ ㄨˇ ㄗㄤˋ ㄐㄩˋ ㄑㄩㄢˊ) 比喻規模雖小，但該有的東西都不缺。

例句 他租的這間套房可說是麻雀雖小，五臟俱全，電腦、冰箱、視聽娛樂設備應有盡有。

黃部

黃毛丫頭 (ㄏㄨㄤˊ ㄇㄠˊ ㄧㄚ ˙ㄊㄡ) 稱年幼的女孩。帶有親暱或戲謔的味道。

語源 清孔尚任桃花扇第十七齣：「難道三百兩花銀，買不去你這黃毛丫頭麼？」

例句 小表妹剛上幼稚園，是個天真可愛的黃毛丫頭，童言童語常惹得大家開懷大笑。

黃卷青燈 (ㄏㄨㄤˊ ㄐㄩㄢˋ ㄑㄧㄥ ㄉㄥ) 參見「青燈黃卷」。

黃花晚節 (ㄏㄨㄤˊ ㄏㄨㄚ ㄨㄢˇ ㄐㄧㄝˊ) 深秋時百花凋謝，只有菊花仍盛開。黃花，指菊花。比喻人年老而志節仍在。

語源 唐德行禪師四字經戊癸：「黃花晚節。」

例句 這件貪瀆案中牽扯出許多高階退休警官，因為與他們的黃花晚節有關，所以檢調特別謹慎。

反義 晚節不保

黃花閨女 (ㄏㄨㄤˊ ㄏㄨㄚ ㄍㄨㄟ ㄋㄩˇ) 指未出嫁的少女。

語源 明天然癡叟石點頭第三回：「那知新人是黃花閨女，未便解衣。新郎又為孝心未盡，也只和衣而臥。」

例句 別看曉玲還是個黃花閨女，各種家事都難不倒她，這都得歸功於陳媽媽的家教。

黃金時代 (ㄏㄨㄤˊ ㄐㄧㄣ ㄕˊ ㄉㄞˋ) 指最有作為或最為興盛的時期。

例句 康雍乾盛世是清朝的黃金時代，文治武功都達到空前的成就。

黃泉之下 (ㄏㄨㄤˊ ㄑㄩㄢˊ ㄓ ㄒㄧㄚˋ) 參見「九泉之下」。

黃袍加身 (ㄏㄨㄤˊ ㄆㄠˊ ㄐㄧㄚ ㄕㄣ) 黃色的龍袍穿到身上。指在發動政變中被擁立為帝王。

語源 宋李燾續資治通鑑長編建隆元年：「(趙)普與(趙)匡義入白太祖，諸將已擐甲執兵，直扣寢門曰：『諸將無主，願策太尉為天子。』太祖驚起披衣，未及酬應，則相與扶出聽事，或以黃袍加太祖身，且羅拜庭下稱萬歲。」

例句 民國初年，有一些軍閥據地為王，夢想有朝一日能夠黃袍加身，但最後都難逃被消滅的命運。

黃粱一夢 (ㄏㄨㄤˊ ㄌㄧㄤˊ ㄧˊ ㄇㄥˋ) 比喻榮華富貴的虛幻不實。黃粱，即粟米。也作「一枕黃粱」。

語源 唐沈既濟枕中記記載：盧生在邯鄲的旅店遇道士呂翁，盧生自歎窮困，呂翁便從囊中取出青瓷枕讓盧生枕著睡覺。這時店主人正在煮黃粱。盧生進入夢鄉，在夢境中享盡榮華富貴數十年。但一覺醒來，店家的黃粱竟尚未煮熟。

辨析 粱，不可寫作「梁」。

例句 股市長紅時，他是個大富翁；如今卻因濫賭而一貧如洗，一切宛如黃粱一夢。

近義 邯鄲美夢 南柯一夢

黃道吉日 (ㄏㄨㄤˊ ㄉㄠˋ ㄐㄧˊ ㄖˋ) 指宜於辦事的好日子。

語源 元佚名連環計第四折：「今日是黃道吉日，滿朝眾公卿都在銀門臺，敦請太師入朝

受禪。」

例句 三月一日是黃道吉日，因此許多候選人都選在當天成立競選總部。

近義 良辰吉日

黃鐘毀棄 ㄏㄨㄤˊ ㄓㄨㄥ ㄏㄨㄟˇ ㄑㄧˋ 比喻賢能的人被捨棄不用，而平庸的人卻居於高位。黃鐘是古樂十二律之一，音調最為洪亮。借指賢才。

語源 戰國楚屈原卜居：「世溷濁而不清，蟬翼為重，千鈞為輕；黃鐘毀棄，瓦釜雷鳴；讒人高張，賢士無名。」

例句 新任的董事長任人惟私，剛愎自用，許多優秀主管紛紛求去，造成黃鐘毀棄的局面。

近義 懷才不遇　明珠暗投

反義 瓦釜雷鳴　小人得志

黍 部

5

黏皮帶骨 ㄋㄧㄢˊ ㄆㄧˊ ㄉㄞˋ ㄍㄨˇ 比喻做事不爽快或糾纏不清。

語源 宋黃庭堅鍾離跋尾：「比來更知所作韻俗，下筆不瀏離，如禪家黏皮帶骨語，因此不復作。」

例句 一件小訂單你也處理得黏皮帶骨，差點交不出貨，怎麼當好業務員啊？

近義 拖泥帶水　沾泥帶水

反義 當機立斷　毅然決然

黑 部

黑白不分 ㄏㄟ ㄅㄞˊ ㄅㄨˋ ㄈㄣ 比喻不辨是非；不分對錯。

語源 漢書楚元王劉交傳：「今賢不肖渾殽，白黑不分，邪正雜糅，忠讒並進。」宋史范純仁傳：「至如王安石，止因喜同惡異，遂至黑白不分。」

例句 長官黑白不分，將別人的過錯算在小陳身上，讓他大嘆不如歸去。

近義 顛倒黑白　愚昧無知

反義 黑白分明　通情達理

黑白分明 ㄏㄟ ㄅㄞˊ ㄈㄣ ㄇㄧㄥˊ 黑色和白色分得一清二楚。比喻是非、好壞分辨得很清楚。

語源 漢董仲舒春秋繁露保位權：「黑白分明，然後民知所去就。」

例句 經過政見發表會上一番激烈的辯論，兩組候選人之間，到底誰是誰非，已經黑白分明了。

近義 涇渭分明　一清二楚

反義 顛倒黑白　黑白不分

3

墨守成規 ㄇㄛˋ ㄕㄡˇ ㄔㄥˊ ㄍㄨㄟ 比喻固守過去的規範而不知變通。戰國時墨翟善於守城，世人因此稱守城牢固為「墨守」。後轉而以「墨守成規」比喻固守成規而不知變通。

語源 戰國策齊策六：「今公又以弊聊之民，距全齊之兵，朞年不解，是墨翟之守也。」

例句 這人沒什麼創意，只會墨守成規，難有成就。

近義 蹈常襲故　因循守舊

反義 推陳出新　另闢蹊徑

4

黔驢之技 ㄑㄧㄢˊ ㄌㄩˊ ㄓ ㄐㄧˋ 指虛有其表的拙劣技能。黔，今貴州。

語源 唐柳宗元三戒黔之驢記載：黔地無驢，有人從外地帶來一頭，老虎第一次看見驢，因為牠是個龐然大物，不敢接近牠；後來驢踢了老虎一腳，讓老虎看透了驢的本事不過如此，就把牠吃掉了。

例句 他耍的只是黔驢之技，不要被他虛有其表的架勢給騙了。

近義 黔驢技窮　鼯鼠技窮

黔驢技窮 ㄑㄧㄢˊ ㄌㄩˊ ㄐㄧˋ ㄑㄩㄥˊ 比喻虛有其表而技能拙劣。黔，

今貴州。

語源　參見「黔驢之技」。

例句　那位魔術師多年來總是表演同一套把戲，看來已經黔驢技窮了。

近義　鼯鼠技窮　黔驢之技

默不作聲 ㄇㄛˋ ㄅㄨˋ ㄗㄨㄛˋ ㄕㄥ　沉默；不出聲說話。

例句　宴會上人人忙著交際應酬，只有老張一個人默不作聲地坐在角落沉思，似乎有什麼心事。

近義　一言不發　一聲不響

反義　滔滔不絕　口沫橫飛

默默不語 ㄇㄛˋ ㄇㄛˋ ㄅㄨˋ ㄩˇ　沉默不說話。

語源　清石玉崑三俠五義第四十回：「他見郭安默默不語，如有所思，便知必有心事。」

例句　爸爸不斷追問事情的經過，但是弟弟只是低著頭，默默不語。

近義　默默無言　默不作聲

反義　滔滔不絕　喋喋不休

默默無聞 ㄇㄛˋ ㄇㄛˋ ㄨˊ ㄨㄣˊ　參見「沒沒無聞」。

5

黛綠年華 ㄉㄞˋ ㄌㄩˋ ㄋㄧㄢˊ ㄏㄨㄚˊ　愛美、愛打扮的年紀。指少女的青春時代。黛綠，用黛畫眉以增黑。比喻美人。也借指愛美、愛打扮。黛，古代女子用來畫眉的青黑色顏料。

語源　楚辭屈原大招：「粉白黛黑，施芳澤只。」唐韓愈送李愿歸盤谷序：「飄輕裾，翳長袖，粉白黛綠者，列屋而閒居。」

例句　青春寶貴，妳要珍惜黛綠年華，為自己留下美麗的回憶。

近義　豆蔻年華　二八年華

反義　七老八十　人老珠黃

點石成金 ㄉㄧㄢˇ ㄕˊ ㄔㄥˊ ㄐㄧㄣ　神話故事中說仙人用手指對著石頭一點，就能使石頭變黃金。比喻善於運用文字，創出新的意境，或化腐朽為神奇。也作「點鐵成金」。

語源　唐貫休擬君子有所思二首（其二）：「安得龍猛筆，點石為黃金。」宋黃庭堅答洪駒父子書：「雖取古人之陳言入於翰墨，如靈丹一粒，點鐵成金也。」

例句　我的自傳老寫不好，經黃大哥修改後，居然點石成金，變得簡潔有力，令人佩服。

近義　化腐朽為神奇

反義　點金成鐵

點到為止 ㄉㄧㄢˇ ㄉㄠˋ ㄨㄟˊ ㄓˇ　指做事、說話到一個程度就停止。

例句　他為人厚道，每次在指出別人的缺失時，總是點到為止。

近義　適可而止　恰到好處

點頭之交 ㄉㄧㄢˇ ㄊㄡˊ ㄓ ㄐㄧㄠ　遇見時只是互相點點頭打個招呼而已。指交情不深的朋友。

例句　我和老王只是點頭之交，稱不上是什麼好朋友。

近義　一面之雅

反義　莫逆之交

點鐵成金 ㄉㄧㄢˇ ㄊㄧㄝˇ ㄔㄥˊ ㄐㄧㄣ　參見「點石成金」。

8

黨同伐異 ㄉㄤˇ ㄊㄨㄥˊ ㄈㄚˊ ㄧˋ　主張相同者互相結黨；意見和自己不同者就加以攻擊。指存有門戶之見，助同黨而攻異己。

語源　後漢書黨錮傳序：「自武帝以後，崇尚儒學，懷經協術，所在霧會，至有石渠分爭之論，黨同伐異之說，守文之徒，盛於時矣。」

例句　在學術研究上如果有黨

同伐異的現象，就很難相互切磋琢磨。

近義 排斥異己 門戶之見

反義 無偏無黨

9

黯淡無光（ㄢˋ ㄉㄢˋ ㄨˊ ㄍㄨㄤ） 形容失意的樣子。也可形容昏暗的情景。

例句 在經商失敗後，他顯得黯淡無光，但在家人不斷地鼓勵之下，總算又恢復了生氣。

近義 垂頭喪氣 黯然神傷

反義 神采飛揚 意氣揚揚

黯然失色（ㄢˋ ㄖㄢˊ ㄕ ㄙㄜˋ） 原形容心情沮喪而無精打采的樣子。現在多用來指兩相比較之下，遠遠不及對方。黯然，失意沮喪的樣子。

語源 史記孔子世家：「丘得其為人，黯然而黑。」莊子天地：「子貢卑陬失色。」

例句 這幅畫作若和同時期的名家作品相比，就顯得黯然失色了。

近義 相形失色 相形見絀

反義 各擅勝場 不遑多讓

黯然神傷（ㄢˋ ㄖㄢˊ ㄕㄣˊ ㄕㄤ） 形容沮喪、傷感的樣子。

例句 他受不了失戀的打擊而黯然神傷。

近義 黯淡無光 愁眉苦臉

反義 喜形於色 滿面春風

黯然銷魂（ㄢˋ ㄖㄢˊ ㄒㄧㄠ ㄏㄨㄣˊ） 失意沮喪，就像失去魂魄一般。黯然，情緒沮喪。銷，失。

語源 南朝梁江淹別賦：「黯然銷魂者，唯別而已矣。」

例句 這段失敗的戀情令她黯然銷魂，再也提不起勇氣面對感情生活。

近義 黯然神傷 失魂落魄

反義 心花怒放 樂不可支

鼎部

鼎力相助（ㄉㄧㄥˇ ㄌㄧˋ ㄒㄧㄤ ㄓㄨˋ） 大力協助。鼎，大。

例句 多虧你的鼎力相助，這次的活動才能圓滿落幕。

近義 一臂之力

鼎足而立（ㄉㄧㄥˇ ㄗㄨˊ ㄦˊ ㄌㄧˋ） 像鼎的三足峙立。比喻三方分立。鼎，古代烹煮用的金屬器具，圓腹，三足兩耳。也作「三足鼎立」。

語源 漢書蒯通傳：「方今為足下計，莫若兩利而俱存之，參分天下，鼎足而立，其勢莫敢先動。」

例句 許多民主國家都採行政、立法、司法三權鼎足而立、相互制衡的體制。

近義 相互制衡 勢均力敵

鼎鼎大名（ㄉㄧㄥˇ ㄉㄧㄥˇ ㄉㄚˋ ㄇㄧㄥˊ） 參見「大名鼎鼎」。

鼓部

鼓舌如簧（ㄍㄨˇ ㄕㄜˊ ㄖㄨˊ ㄏㄨㄤˊ） 參見「如簧之舌」。

鼓舌搖脣（ㄍㄨˇ ㄕㄜˊ ㄧㄠˊ ㄔㄨㄣˊ） 參見「搖脣鼓舌」。

鼓盆之戚（ㄍㄨˇ ㄆㄣˊ ㄓ ㄑㄧ） 指莊周在妻子去世時，敲擊瓦盆唱歌，以表達心中哀傷。後用來泛指喪妻之哀。鼓，敲打。

語源 莊子至樂：「莊子妻死，惠子弔之。莊子則方箕踞鼓盆而歌。」宋岳珂劉武忠書簡帖：「聞有鼓盆之戚，不易排遣。」

例句 王老先生自遭遇鼓盆之戚後，生活一直很消沉。

近義 喪妻之痛

鼓腹而遊（ㄍㄨˇ ㄈㄨˋ ㄦˊ ㄧㄡˊ） 形容飽食而悠閒無事，四處遨遊。

黑 鼎 鼓

語源 莊子馬蹄：「夫赫胥氏之時，民居不知所為，行不知所之，含哺而熙，鼓腹而遊，民能已此矣。」

例句 現代人追求物質享受，每日汲汲營營累積財富，而無法感受鼓腹而遊的天真情懷。

反義 汲汲營營

鼓舞人心 ㄍㄨˇ ㄨˇ ㄖㄣˊ ㄒㄧㄣ 鼓勵、振奮人們的信心。

語源 漢揚雄法言先知：「鼓舞萬物者，雷風乎？」明呂坤呻吟語治道：「聖人之治天下，鼓舞人心，振作士氣，務使天下之人如含露之朝葉，不欲如久旱之午苗。」

例句 周女士在演講中，常以她殘而不廢的故事鼓舞人心。

鼠部

鼠目寸光 ㄕㄨˇ ㄇㄨˋ ㄘㄨㄣˋ ㄍㄨㄤ 比喻眼光短淺。

語源 宋應庵曇華禪師語錄卷七法語上：「莫只守老鼠見解弄三寸光，巡門傍戶，見人道好從之于好，見人道惡從之于惡。」清蔣士銓臨川夢隱奸：「嚇得那一班鼠目寸光的時文朋友，拜倒轅門。」

例句 公司交給這種鼠目寸光的人管理，恐怕前景堪虞。

近義 目光如豆　短視近利

反義 遠見卓識　高瞻遠矚

鼠肚雞腸 ㄕㄨˇ ㄉㄨˋ ㄐㄧ ㄔㄤˊ 比喻人氣量狹小，不能容人。

語源 明煙霞散人斬鬼傳第四回：「真個鼠肚雞腸，一包糞也存不住，要你何用？」

例句 小吳為人鼠肚雞腸，你得罪了他，自己要小心點。

近義 尖酸刻薄

反義 雍容大度

鼻部

鼻青臉腫 ㄅㄧˊ ㄑㄧㄥ ㄌㄧㄢˇ ㄓㄨㄥˇ 形容頭臉傷勢嚴重。也作「鼻青眼腫」。

語源 清吳趼人糊塗世界第九回：「要是那一種劣馬，不要說一個烏大人，就是十個烏大人也跌得鼻青眼腫了。」

例句 他昨天騎腳踏車不小心摔倒，跌得鼻青臉腫。

3

鼾聲如雷 ㄏㄢ ㄕㄥ ㄖㄨˊ ㄌㄟˊ 形容熟睡時鼾聲大作的樣子。也作「酣聲如雷」。

語源 唐韓愈石鼎聯句序：「道士倚牆睡，鼻息如雷鳴。」清李汝珍鏡花緣第三十七回：「眾宮娥……各去睡了，不多時，酣聲如雷。」

例句 爸爸最近的工作非常辛勞，只要他回家後在沙發上小憩，沒多久就鼾聲如雷了。

齊部

齊人之福 ㄑㄧˊ ㄖㄣˊ ㄓ ㄈㄨˊ 指擁有妻與妾。

語源 孟子離婁下：「齊人有一妻一妾而處室者。」

例句 我國法律規定一夫一妻，若想享齊人之福，小心吃上官司。

近義 三妻四妾

齊大非耦 ㄑㄧˊ ㄉㄚˋ ㄈㄟ ㄡˇ 指談論婚事的對象太好，不敢與其匹配。耦，同「偶」。配偶。

語源 左傳桓公六年：「齊侯欲以文姜妻大子忽，大子忽辭。人問其故，大子曰：『人各有耦；齊大，非吾耦也。』」

例句 張小姐各方條件都太優異，然而齊大非耦，我不敢高攀。

反義 門當戶對 秦晉之好

齊心協力 ㄑㄧˊ ㄒㄧㄣ ㄒㄧㄝˊ ㄌㄧˋ 眾人想法一致，共同努力。

語源 後漢書王常傳：「於是諸部齊心同力，銳氣益壯，遂俱進，破殺甄阜、梁丘賜。」明凌濛初初刻拍案驚奇卷二四：「過不多時，眾人齊心協力，山嶺廟也自成了。」

例句 公司雖然面臨轉型的挑戰，只要大家齊心協力，一定可以度過難關。

近義 同心協力 戮力同心

反義 各自為政 各自為謀

齊足並馳 ㄑㄧˊ ㄗㄨˊ ㄅㄧㄥˋ ㄔˊ 一起前進，不分先後。形容不分高下。

語源 三國魏曹丕典論論文：「咸以自騁驥騄於千里，仰齊足而並馳。」

例句 他們三人在物理學上的造詣齊足並馳，因此同獲諾貝爾獎。

近義 齊頭並進 並駕齊驅

反義 天壤之別 天差地遠

齊東野語 ㄑㄧˊ ㄉㄨㄥ ㄧㄝˇ ㄩˇ 齊國東部地區鄉下人的言語。孟子認為此地多有不實傳言。後泛指荒誕無稽、不足採信的言論。

語源 孟子萬章上：「此非君子之言，齊東野人之語也。」明孫仁儒東郭記第六齣：「與君一話真成幸，抵多少丸僚斲郢，這的是齊東野語索分明。」

例句 網路充斥許多道聽塗說、沒有憑據的齊東野語，必須小心求證、謹慎揀擇才好。

近義 無稽之談 不經之談

齊聚一堂 ㄑㄧˊ ㄐㄩˋ ㄧˋ ㄊㄤˊ 大家聚集在一塊兒。

例句 大夥兒齊聚一堂為小邱慶生，讓他感動萬分。

近義 濟濟一堂 群賢畢至

3

齋戒沐浴 ㄓㄞ ㄐㄧㄝˋ ㄇㄨˋ ㄩˋ 祭祀之前，先吃齋持戒、沐浴更衣，以表示虔敬。也用來比喻慎重其事。

語源 孟子離婁下：「雖有惡人，齋戒沐浴，則可以祀上帝。」

例句 教堂是莊重的場所，去做禮拜雖不需齋戒沐浴，也應衣著乾淨整齊。

7

齎志以歿 ㄐㄧ ㄓˋ ㄧˇ ㄇㄛˋ 懷著沒有實現的抱負而死去。齎，懷著。歿，死亡。

語源 南朝梁江淹恨賦：「齎志沒地，長懷不已。」宋范浚徐忠壯傳：「議既格沮，兵不復出……而卒齎志以歿，義士所為悼歎者也。」

例句 歷史上許多仁人志士，雖然生不逢時，齎志以歿，卻仍贏得後世人的景仰。

反義 死而無憾

齒部

齒德俱尊 ㄔˇ ㄉㄜˊ ㄐㄩˋ ㄗㄨㄣ 年齡與德望都很高。多用以稱頌長者。齒，年齡。

語源 明張瀚松窗夢語第六卷：「此國家大典，非齒德俱尊，不克當也。」

例句 老村長齒德俱尊，請他當調解人，雙方當事人應該都能接受。

近義 年高德劭 德高望重

齒頰生香 ㄔˇ ㄐㄧㄚˊ ㄕㄥ ㄒㄧㄤ 吃了美味食品，使得香甜氣味充滿口頰。也比喻詩文或談吐優美，意味深長，令人回味。也作「齒頰留香」。

語源 宋蘇軾橄欖：「待得微甘回齒頰，已輸崖蜜十分甜。」清吳敬梓儒林外史第三十四回：「這些事我還不愛，我只

愛馱夫家的雙紅姐，說著還齒頰生香。」

例句 姨媽的精巧手藝，讓客人吃得齒頰生香，讚不絕口。

近義 回味無窮 膾炙人口

反義 索然無味 味如嚼蠟

齒頰留香 ㄔˇ ㄐㄧㄚˊ ㄌㄧㄡˊ ㄒㄧㄤ 參見「齒頰生香」。

6

齜牙咧嘴 ㄗ ㄧㄚˊ ㄌㄧㄝˇ ㄗㄨㄟˇ 張開嘴巴，切磨牙齒。形容非常痛苦或兇惡的樣子。

語源 清文康兒女英雄傳第三十七回：「當下眾人看了這兩件東西，一個個齜牙裂嘴，掩鼻攢眉，誰也不肯給他裝那袋煙。」

例句 調皮的小明喜歡捉弄女同學，每次總是齜牙咧嘴的扮著鬼臉，逗得大家捧腹大笑。

近義 面目猙獰

龍部

龍行虎步 ㄌㄨㄥˊ ㄒㄧㄥˊ ㄏㄨˇ ㄅㄨˋ 形容帝王威武的儀態。

語源 宋書武帝紀：「劉裕龍行虎步，視瞻不凡，恐不為人下，宜早為其所。」

例句 虬髯客見到李世民龍行虎步、氣宇軒昂，便失去與之爭天下的鬥志。

龍吟虎嘯 ㄌㄨㄥˊ ㄧㄣˊ ㄏㄨˇ ㄒㄧㄠˋ 龍吟則雲起，虎嘯則風生。比喻同類事物互相呼應。也比喻聲音嘹亮。吟，鳴叫。嘯，發出悠長清越的聲音。

語源 易經乾卦文言：「雲從龍，風從虎。」漢劉安淮南子天文：「虎嘯則谷風至，龍舉而景雲屬。」漢張衡歸田賦：「爾乃龍吟方澤，虎嘯山丘。」唐李頎聽安萬善吹觱篥歌：「龍吟虎嘯一時發。」

例句 隔宿露營中的答數聲嘹亮，宛如龍吟虎嘯，十分雄壯威武。

龍困淺灘 ㄌㄨㄥˊ ㄎㄨㄣˋ ㄑㄧㄢˇ ㄊㄢ 比喻有才華的人受到困限，無法發揮實力。

語源 西遊記第二十八回：「正是：龍遊淺水遭蝦戲，虎落平原被犬欺。」

例句 他現在只是龍困淺灘，相信以他的才能，假以時日，必有一番作為。

近義 懷才不遇 有志難酬

反義 如魚得水 蛟龍得水

龍肝豹胎 ㄌㄨㄥˊ ㄍㄢ ㄅㄠˋ ㄊㄞ 指珍奇希罕的美味食物。豹胎，指未出生的小豹。

語源 晉書潘尼傳：「糟丘酒池，象箸玉杯；厥肴伊何？龍肝豹胎。」

例句 在外經商多年，吃遍山珍海味，但就算是龍肝豹胎，對我來說仍比不上母親做的家鄉菜美味。

近義 山珍海味 瓊漿玉液

反義 山肴野蔌 家常便飯

龍爭虎鬥 ㄌㄨㄥˊ ㄓㄥ ㄏㄨˇ ㄉㄡˋ 比喻兩強猛烈爭鬥。

語源 元戴表元南山下行：「一言不酬兵在頸，性命轉眼輕鴻毛；龍爭虎鬥尚未決，六合一阱何所逃。」

例句 這一場龍爭虎鬥的籃球決賽，吸引了許多球迷前往現場觀看。

龍門點額 ㄌㄨㄥˊ ㄇㄣˊ ㄉㄧㄢˇ ㄜˊ 比喻官場失意或應試落第。龍門位於黃河上游，水流甚急。古代傳說魚躍過此門之後，即可化身為龍，騰飛升天；躍不過者，則碰壁點額而回。點額，額頭觸壁。

語源 漢辛氏三秦記：「河津

一名龍門，水險不通，魚鱉之屬莫能上，江海大魚薄集龍門下數千，不得上，上則為龍也。」南朝梁元帝東宮薦石門侯啟：「龍門點額，亦俟堂溪之珍。」唐李白贈崔侍御：「點額不成龍，歸來伴凡魚。」

例句 阿德參加高考，連續三年都龍門點額，但他仍不氣餒，準備明年再來。

近義 榜上無名　曝鰓龍門

反義 金榜題名　魚躍龍門

龍眉鳳目 ㄌㄨㄥˊ ㄇㄟˊ ㄈㄥˋ ㄇㄨˋ

形容俊偉不凡的相貌。

語源 水滸傳第八回：「馬上那人生得龍眉鳳目，皓齒朱脣，三牙掩口髭鬚。」

例句 他長得龍眉鳳目，在三位總統候選人中，最受矚目。

近義 龍鳳之姿　氣宇非凡

反義 獐頭鼠目　尖嘴猴腮

龍飛鳳舞 ㄌㄨㄥˊ ㄈㄟ ㄈㄥˋ ㄨˇ

比喻山勢蜿蜒起伏。也可比喻書法筆勢靈活流暢或字跡潦草。

語源 宋蘇軾表忠觀碑：「天目之山，苕水出焉；龍飛鳳舞，萃於臨安。」

例句 文老先生練習書法多年，所寫草書龍飛鳳舞，筆勢不凡。

龍馬精神 ㄌㄨㄥˊ ㄇㄚˇ ㄐㄧㄥ ㄕㄣˊ

比喻強健旺盛的精神。多用來讚美老年人體魄健旺。龍馬，駿馬。

語源 唐李郢上裴晉公：「四朝憂國鬢如絲，龍馬精神海鶴姿。」

例句 爺爺數十年來早起運動的習慣，讓他雖已八十高齡仍保有龍馬精神。

近義 生龍活虎　老當益壯

反義 老態龍鍾

龍章鳳姿 ㄌㄨㄥˊ ㄓㄤ ㄈㄥˋ ㄗ

比喻儀表出眾，神采不俗。

語源 南朝宋劉義慶世說新語容止：「嵇康身長七尺八寸，風姿特秀。」劉孝標引康別傳：「(康)土木形骸，不加飾厲，而龍章鳳姿，天質自然。」

例句 王將軍戰功彪炳，他的兒子也是龍章鳳姿般的俊逸人才，可謂虎父無犬子。

近義 鶴立雞群　一表人才

反義 其貌不揚　貌不驚人

龍蛇混雜 ㄌㄨㄥˊ ㄕㄜˊ ㄏㄨㄣˋ ㄗㄚˊ

參見「龍蛇雜處」。

龍蛇雜處 ㄌㄨㄥˊ ㄕㄜˊ ㄗㄚˊ ㄔㄨˇ

比喻好人和壞人或賢者和愚者混雜在一處。也作「龍蛇混雜」。

語源 唐敦煌變文集伍子胥變文：「孤情難立，見此艱辛；皂白難分，龍蛇混雜。」

例句 電玩店裡龍蛇雜處，出入分子相當複雜，你還是少去為妙。

近義 牛驥同皁　薰蕕同器

龍鳳呈祥 ㄌㄨㄥˊ ㄈㄥˋ ㄔㄥˊ ㄒㄧㄤˊ

形容富貴吉祥的徵兆。

語源 清文康兒女英雄傳第二十八回：「這兩道眉兒，一副臉兒，益發顯得風流俊俏，這大約就叫做龍鳳呈祥了。」

例句 定婚喜餅、結婚喜帖上總少不了「龍鳳呈祥」這句題辭和圖案。

近義 祥獅獻瑞

龍潭虎穴 ㄌㄨㄥˊ ㄊㄢˊ ㄏㄨˇ ㄒㄩㄝˋ

龍潛居的深潭，虎藏身的洞穴。比喻十分凶險的地方。

語源 清石玉崑三俠五義第五十一回：「展爺聽了不悅道：『難道陷空島是個龍潭虎穴不成？』」

例句 臥底警察冒著生命危險，深入龍潭虎穴，希望能查出有利的線索。

龍頭老大 ㄌㄨㄥˊ ㄊㄡˊ ㄌㄠˇ ㄉㄚˋ 俗稱領袖；領導者。

例句 這家科技廠以創新領先的技術一躍成為業界的龍頭老大。

近義 執牛耳

反義 無名小卒

龍蟠虎踞 ㄌㄨㄥˊ ㄆㄢˊ ㄏㄨˇ ㄐㄩˋ 像龍盤繞、虎蹲伏。形容地勢雄偉險要。

語源 漢劉勝文木賦：「既剝既刊，見其文章，或如龍盤虎踞，復似鸞集鳳翔。」

例句 南京的地理形勢龍蟠虎踞，是六朝建都於此的原因。

近義 表裡山河 拊背扼喉

龍騰虎躍 ㄌㄨㄥˊ ㄊㄥˊ ㄏㄨˇ ㄩㄝˋ 如龍飛騰，像虎跳躍。形容生氣勃勃，非常活躍。

語源 唐嚴從擬三國名臣贊序：「聖人受命，賢人受任，龍騰虎躍，風流雲蒸，求之精微，其道莫不咸繫乎天者也。」

例句 十七、八歲正當龍騰虎躍的年華，不要因為一時的挫折就垂頭喪氣，尋死覓活。

近義 生龍活虎 朝氣蓬勃

反義 死氣沉沉 尸居餘氣

龍驤虎步 ㄌㄨㄥˊ ㄒㄧㄤ ㄏㄨˇ ㄅㄨˋ 像龍馬昂首，猛虎邁步。形容昂首闊步、雄壯威武的樣子。

語源 後漢書何進傳：「今將軍總皇威，握兵要，龍驤虎步，高下在心。」

例句 閱兵典禮時，三軍健兒個個龍驤虎步通過司令臺，接受總統的檢閱。

近義 昂首闊步 雄壯威武

龜部

龜年鶴壽 ㄍㄨㄟ ㄋㄧㄢˊ ㄏㄜˋ ㄕㄡˋ 比喻長壽。龜、鶴都是長壽的動物。

語源 晉葛洪抱朴子對俗：「知龜鶴之遐壽，故效其道引以增年。」唐李商隱祭張書記文：「神道甚微，天理難究；桂蠹蘭敗，龜年鶴壽，在長短而且然。」

例句 這個村莊的老人，個個都是龜年鶴壽，真想知道他們保健強身的祕訣是什麼。

近義 松喬之壽 松鶴遐齡